James Clavell ist nach seinen eigenen Worten »ein halbirischer Engländer mit ein paar schottischen Glanzlichtern, in Australien geboren, Bürger der Vereinigten Staaten mit Wohnsitz in Kalifornien und Kanada oder sonstwo«. Von 1940 bis 1946 diente er in der britischen Armee. 1954 begann er zu schreiben, zunächst Filmdrehbücher. Sein erster Roman war »Rattenkönig«, die Geschichte einer erstaunlichen Freundschaft in einem japanischen Kriegsgefangenenlager. Die Entstehung der Weltstadt Hongkong schildert er in »Tai-Pan«. Das gewaltige Erzählwerk »Shōgun«, wie »Tai-Pan« längst verfilmt, ist der Roman Japans an der Schwelle vom Mittelalter zur Neuzeit.

Von James Clavell sind außerdem erschienen:

»Tai-Pan« (Band 235)
»Shōgun« (Band 653)
»Noble House Hongkong« (Band 1439)
»Rattenkönig« (Band 60133)

Vollständige Taschenbuchausgabe Juli 1990
Droemersche Verlagsanstalt Th. Knaur Nachf., München

Titel der Originalausgabe »Whirlwind«

Originalverlag Hodder & Stoughton, London
Umschlaggestaltung Kaselow Design, München
Umschlagfoto AKG, Berlin
Druck und Bindung Ebner Ulm
Printed in Germany 10 9 8 7
ISBN 3-426-03004-7

James Clavell: Wirbelsturm

Roman

Aus dem Englischen von Hans Erik Hausner

Knaur

Für Shigatsu

Dieser Abenteuerroman spielt im revolutionären Iran zwischen dem 9. Februar und dem 3. März 1979, also lange vor der Geiselaffäre. Ich habe versucht, alles so realistisch wie möglich darzustellen, doch das Ganze bleibt eine fiktive Erzählung mit imaginären Charakteren, vielen Schauplätzen und ohne beabsichtigte Ähnlichkeit mit lebenden Personen oder Institutionen, die an den entsprechenden Orten waren oder sind. Natürlich sind die Schatten der sich bekämpfenden Riesen – Schah Mohammed Pahlewi nebst seinem Vater Reza und Imam Khomeini –, die auf meine erfundenen Handlungsträger fallen, ein wesentlicher Teil der Story. Diese Giganten werden nicht persönlich porträtiert, obwohl ich bemüht war, ein genaues, wenn auch romanhaftes Bild des besagten Zeitraums, der verschiedenen betroffenen Menschen und der Meinungen, die damals herrschten und zum Ausdruck kamen, zu bieten, wobei ich es nie an Respekt fehlen lassen wollte.
Dies ist eine Geschichte – nicht die der tatsächlichen Ereignisse, sondern der Vorgänge innerhalb jener 24 Tage, wie ich sie mir vorstelle...

Freitag
9. Februar 1979

1

Im Zagros-Gebirge: Sonnenuntergang. Jetzt berührte die Sonne den Horizont; der Mann zügelte müde sein Pferd und war froh, weil er zum Gebet absitzen konnte.

Er hieß Hussain Kowissi und war ein kräftiger, 34 Jahre alter Iraner mit heller Haut, sehr dunklem Bart und ebensolchen Augen. Über seine Schulter hing ein sowjetisches AK47-Sturmgewehr. Zum Schutz gegen die Kälte war er vermummt; er trug einen weißen Turban, ein dunkles, wallendes Gewand voller Schmutzspuren, darüber die grobe, mit einem Gürtel zusammengehaltene Schaffelljacke der Kaschkai-Nomaden und dazu abgetragene Stiefel. Weil er die Ohren bedeckt hatte, hörte er den fernen Lärm des näherkommenden Jet-Helikopters nicht. Hinter ihm zerrte sein müdes Lasttier, eine Kamelstute, ungeduldig am Halfter, weil sie sich nach Futter und Ruhe sehnte. Er schimpfte sie zerstreut, während er absaß.

In dieser Höhe, beinahe 2500 Meter über dem Meer, war die Luft dünn und kalt, sehr kalt. Dichter Schnee, den der Wind zu Wehen auftürmte, bedeckte den Weg, so daß er glatt und trügerisch wurde. Unterhalb des Iraners wand sich der wenig begangene Pfad zu fernen Tälern und schließlich nach Isfahan, von wo Hussain kam. Vor ihm führte er gefährlich steil durch die Felsen bergauf und weiter in andere Täler, die sich zum Persischen Golf öffneten. Dort lag der Ort Kowiss, in dem er zur Welt gekommen war, in dem er jetzt lebte und nach dem er sich benannt hatte, als er Mullah geworden war.

Weder Gefahr noch Kälte störten ihn. Wie die Luft empfand er auch die Gefahr als etwas Reines.

Es ist beinahe so, als wäre ich wieder ein Nomade, dachte er. Es ist wie in den alten Zeiten, als uns mein Großvater führte und alle Stämme der Kaschkai von den Winterweiden zu den Sommerweiden wandern konnten, jeder Mann ein Pferd und ein Gewehr besaß, unsere Schaf-, Ziegen- und Kamelherden zahlreich waren, unsere Frauen unverschleiert gingen, die Stämme frei lebten, wie es unsere Vorväter seit Jahrtausenden getan hatten; nur dem Willen Gottes untertan. Diese alten Zeiten waren vor nicht ganz 60 Jahren zu Ende gegangen. Reza Khan, der Soldat und Emporkömmling, hatte ihnen ein Ende gesetzt. Er hatte sich mit Hilfe der schändlichen Briten des Throns bemächtigt, sich selbst zu Schah Reza, dem ersten Pahlewi-Schah, ausgerufen, uns dann mit Hilfe seines Kosakenregiments an die Kandare genommen und versucht, uns auszurotten.

Es war Allahs Werk, daß Schah Reza von seinen ruchlosen britischen Herren verbannt wurde, so daß er von allen vergessen starb, Allahs Werk, daß Schah Mohammed vor wenigen Tagen fliehen mußte, Allahs Werk, daß Khomeini zurückgekehrt ist, um den heiligen Krieg anzuführen, und es ist Allahs Wille, daß ich morgen oder übermorgen den Märtyrertod sterben werde, Allahs Ermessen, daß Sein Wirbelsturm uns mitreißt und daß es zur endgültigen Abrechnung mit allen Kreaturen des Schahs und allen Fremden kommen wird.

Der Hubschrauber war jetzt näher, aber Kowissi hörte ihn noch immer nicht, denn das Heulen des böigen Windes übertönte den Motorenlärm. Zufrieden holte Hussain seinen Gebetsteppich hervor und breitete ihn auf dem Schnee aus; auf seinem Rücken schmerzten immer noch die Striemen, welche die Peitsche hinterlassen hatte. Er schöpfte eine Handvoll Schnee, wusch sich feierlich Hände und Gesicht für das vierte Gebet des Tages, wandte sich dann nach Südwesten, der heiligen Stadt Mekka zu, die über 1600 Kilometer entfernt in Saudi-Arabien lag, und richtete seine Gedanken auf Allah.

»*Allah-u Akbar, Allah-u Akbar, la illah illa Allah*...« Während er die Schahada wiederholte, warf er sich zu Boden und versenkte sich in die arabischen Worte: »Allah ist der Größte, Allah ist der Größte. Ich bekenne, daß es keinen Gott außer Allah gibt, und Mohammed ist Sein Prophet. Allah ist der Größte, Allah ist der Größte. Ich bekenne, daß es keinen Gott außer Allah gibt, und Mohammed ist Sein Prophet...«

Der Wind frischte auf und wurde noch kälter. Jetzt vernahm Kowissi durch die Ohrenschützer das Dröhnen des Turbinenmotors, das stetig zunahm, in seinen Kopf drang, seinen Frieden vertrieb und seine Konzentration störte. Zornig öffnete er die Augen. Der nahende Hubschrauber flog kaum 60 Meter über dem Boden und stieg geradewegs zu ihm herauf.

Jetzt nahm Hussain an, es handle sich um einen Armeehelikopter, und plötzlich faßte ihn die Angst, daß sie ihn suchten. Dann erkannte er die britischen Farben Rot, Weiß und Blau und das vertraute Zeichen mit dem kühnen S-G-Schriftzug um den roten Löwen Schottlands auf dem Rumpf: die Hubschraubergesellschaft, die vom Luftstützpunkt in Kowiss aus im ganzen Iran operierte. Seine Angst verflog, nicht aber seine Wut. Während er den Helikopter beobachtete, steigerte sich sein Haß auf alles, was dieser verkörperte. Das Flugzeug befand sich jetzt beinahe direkt über Kowissi, aber es stellte keine Gefahr für ihn dar. Er bezweifelte, ob die Männer an Bord ihn unter dem Felsvorsprung überhaupt bemerken konnten, doch er grollte ihnen zutiefst, weil sie in seinen Frieden eingedrungen waren und sein Gebet gestört hatten. Und mit dem ohrenbetäubenden Lärm nahm auch sein Zorn zu.

»*La illah illa Allah*...« Er versuchte, sich wieder in das Gebet zu versenken, aber jetzt wirbelte ihm der Sog der Rotorblätter den Schnee ins Gesicht. Hinter ihm wieherte sein Pferd, bäumte sich in plötzlicher Panik auf und glitt infolge der Fußfessel aus. Durch den Ruck am Halfter geriet das Packkamel ebenfalls in Unruhe, taumelte brüllend und stolperte auf drei Beinen herum, so daß die Last auf seinem Rücken schwankte und die Gurte sich lockerten.

Kowissi explodierte. »Ungläubige«, schrie er hinter dem Helikopter her, der sich jetzt über dem Bergkamm befand, sprang auf, packte sein Gewehr, legte den Sicherungsflügel um und feuerte; dann korrigierte er und schoß das Magazin leer. »Satan!« kreischte er in der plötzlichen Stille.
Als die ersten Kugeln einschlugen, war der junge Pilot Scot Gavallan einen Augenblick lang wie gelähmt und starrte benommen auf die Löcher in der Kunststoffkanzel. »Mein Gott«, keuchte er, denn er war noch nie unter Beschuß geraten. Seine Worte wurden von dem Mann auf dem Vordersitz neben ihm übertönt, dessen Reaktionen präzis und gefechtsschnell funktionierten. »Runter!« Der Befehl dröhnte in Scots Kopfhörern.
»Runter!« brüllte Tom Lochart noch einmal in sein Kehlkopfmikrophon, und weil er keine Steuerung vor sich hatte, griff er über die linke Hand des Piloten hinweg, stieß den Blattverstellhebel nach vorn und schaltete damit unvermittelt Auftrieb und Vortrieb ab. Der Helikopter schwankte wie betrunken und verlor sofort an Höhe. In diesem Augenblick kam der zweite Feuerstoß. Über und hinter ihnen krachte es gefährlich, irgendwo prallte eine Kugel sirrend vom Metall ab, die Turbinen husteten, und der Hubschrauber sackte in die Tiefe. Es handelte sich um eine 206 Jet-Ranger. Sie war mit einem Piloten und vier Passagieren – einer vorne, drei hinten – voll besetzt. Vor einer Stunde hatte Scot die anderen wie üblich nach ihrem Heimaturlaub am etwa 80 Kilometer südöstlich gelegenen Flughafen von Schiras abgeholt, jetzt aber war der Routineflug zum Alptraum geworden. Der Berg stürzte auf sie zu, bis dicht hinter einem Kamm das Gelände wie durch ein Wunder abfiel, und der Hubschrauber in eine Senke absackte. Scot hatte für einen Sekundenbruchteil Zeit, den Antrieb wieder einzuschalten und das Flugzeug halbwegs unter Kontrolle zu bekommen.
»Um Himmels willen, gib acht!« schrie Lochart.
Scot hatte die Gefahr ebenfalls bemerkt, aber nicht ganz so rasch. Jetzt steuerten seine Hände und Füße die rüttelnde Maschine im Bogen um einen Felsvorsprung herum. Die linke Kufe des Fahrgestells streifte den Fels und kreischte protestierend auf, und wieder stürzten sie in die Tiefe, nur wenige Meter über dem unebenen Boden und den Bäumen, die umzuklappen und dann wieder hochzuwirbeln schienen.
»Runter, und zwar schnell!« ermahnte Lochart Scot. »Dorthin! Nein, dorthin, dort drüben, hinter diesem Kamm hinunter in die Schlucht. Hat es dich erwischt?«
»Nein, nein, ich glaube nicht. Dich etwa?«
»Nein. So ist es richtig. Laß dich in die Schlucht sinken, komm, mach schon!«
Scott Gavallan ging gehorsam in die Kurve und brachte den Hubschrauber in Sicherheit, zu tief und zu schnell. Sein Verstand funktionierte noch immer nicht richtig. In seinem Mund hatte er den Geschmack von Galle, und sein Herz raste. Hinter der Trennwand hörte er durch das Dröhnen der Turbinen die Schreie und Flüche der drei Männer auf den Rücksitzen, aber er konnte es nicht riskieren, sich umzudrehen. Besorgt fragte er über die Bordsprechanlage: »Ist hinten jemand verletzt, Tom?«

»Vergiß sie, konzentrier dich, laß den Kamm nicht aus den Augen! Ich kümmere mich schon um sie«, beruhigte ihn Tom Lochart, dessen Augen das Gelände absuchten. Er war 42, Kanadier, ehemaliger RAF-Pilot, Exsöldner und jetzt Chefpilot ihrer Basis Zagros 3. »Beobachte den Kamm, und mach dich darauf gefaßt, wieder auszuweichen! Bleib tief und gib acht!«
Der Kamm befand sich etwas oberhalb der Maschine und kam zu rasch auf sie zu. Gavallan sah die drohenden Spitzen dicht vor sich. Er hatte gerade noch Zeit herumzuschwenken, als eine heftige Bö den Heli gefährlich nahe an die Steilwand der Schlucht drückte. Er korrigierte zu stark, hörte den Fluch in seinen Kopfhörern und bekam den Hubschrauber wieder unter Kontrolle. Dann erblickte er vor sich die Bäume, die Felsen und ganz plötzlich das Ende der Schlucht, und er wußte, daß sie verloren waren.
Plötzlich lief alles im Zeitlupentempo ab. »Mein Gott!«
»Hart backbord... Paß auf die Felsen auf!«
Scot spürte, wie seine Hände und Füße dem Befehl gehorchten, der Heli wischte um Zentimeter an den Felsen vorbei, raste auf die Bäume zu, hob sich über sie hinweg und rettete sich in den freien Luftraum.
»Setz dort drüben auf, so schnell du kannst!«
Scot starrte Lochart an; sein Bauch revoltierte immer noch. »Was?«
»Na sicher. Wir müssen uns den Schaden ansehen. Die Maschine checken«, erklärte Lochart; er war verzweifelt, weil er nicht selbst an der Steuerung saß.
»Ich habe gehört, wie etwas kaputtging.«
»Ich auch, aber... das Fahrgestell. Vielleicht ist es gar nicht mehr da?«
»Belaste es einfach nicht! Ich springe hinaus und sehe nach, und wenn alles in Ordnung ist, setzt du auf, damit ich die Maschine checken kann. Lieber vorsichtig sein: Wer weiß, ob die Kugeln eine Ölleitung beschädigt oder ein Kabel erwischt haben.« Lochart sah, daß Scot die Lichtung aus den Augen ließ und sich umsehen wollte. »Vergiß sie, ich kümmere mich schon um sie!« fuhr er ihn an. »Konzentriere du dich auf die Landung!«
Der Jüngere wurde rot, gehorchte jedoch.
Lochart versuchte, die plötzliche Übelkeit zu unterdrücken, drehte sich um und erwartete überall verspritztes Blut, Eingeweide, jemanden, der schrie – was die Turbinen mühelos übertönt hätten —, und er wußte gleichzeitig, daß er erst etwas unternehmen konnte, wenn sie an einer geschützten Stelle gelandet waren. Immer bestand die erste Pflicht darin, den Hubschrauber sicher auf die Erde zu bringen.
Zu seiner fast schmerzhaften Erleichterung wirkten die drei Männer auf den Rücksitzen – zwei Mechaniker und ein weiterer Pilot – unversehrt, auch wenn sich alle geduckt hatten, und Jordon, der Mechaniker, der direkt hinter Scot saß, leichenblaß geworden war und sich mit beiden Händen den Kopf hielt. Lochart wandte sich wieder nach vorn.
Die Lichtung war jetzt noch ungefähr 20 Meter entfernt. Der Anflugwinkel stimmte, und sie kamen gut hinein. Der Boden war weiß und flach, voller Schneewehen, man sah keine Grasbüschel. Anscheinend eine gute Wahl. Reichlich Platz zum Manövrieren und Landen. Aber wie sollten sie beurtei-

len, wie tief der Schnee war und wie das Gelände darunter aussah? Lochart wußte, was er getan hätte, wäre er an der Steuerung gesessen. Aber er saß nicht an der Steuerung, er war nicht der Captain, obwohl er der ältere war.
»Die hinten sind in Ordnung, Scot, wie sieht der Bo...«
»Gott sei Dank«, unterbrach ihn Scot Gavallan. »Bist du soweit, daß du aussteigen kannst?«
»Wie sieht der Boden deiner Meinung nach aus?«
Scot hörte die Warnung in Locharts Stimme, brach den Landeanflug sofort ab, gab Gas, ging in Schwebe und stieg mit wild pochendem Herzen auf 15 Meter. Fast hätte mich meine Dummheit in Panik geraten lassen, dachte er. Wenn Tom mich nicht gefragt hätte, wäre ich glatt hier gelandet, und weiß Gott, wie tief der Schnee ist oder was sich darunter befindet. Er blieb in 30 Meter Höhe schweben und musterte den Berghang. »Danke, Tom. Wie wäre es mit dort drüben?«
Die neue Lichtung war kleiner, befand sich in einer Entfernung von etwa 100 Metern auf der anderen Talseite, lag tiefer, bot einen guten Fluchtweg, falls sie einen brauchten, und schien windgeschützt. Der Boden war beinahe schneefrei, uneben, aber für eine Landung geeignet.
»Gefällt mir auch besser.« Lochart schob einen Kopfhörer weg und schaute nach hinten: »He, Jean-Luc«, überschrie er den Motorenlärm, »bist du in Ordnung?«
»Ja. Ich habe gehört, da ging etwas kaputt.«
»Wir auch. Bist du in Ordnung, Jordon?«
»Natürlich bin ich in Ordnung«, brüllte Jordon mißmutig zurück. Er war ein magerer, zäher Australier, und beutelte jetzt wie ein Hund den Kopf. »Ich hab mir nur meinen Schädel angerannt. Verdammte Scheißkugeln. Scot hat doch behauptet, daß jetzt alles besser wird, weil der blöde Schah fort und der blöde Khomeini wieder da ist. Besser? Jetzt schießen sie auch noch auf uns! Das haben sie noch nie getan – was ist verdammt noch mal los?«
»Woher soll ich das wissen? Vermutlich nur ein schießwütiger Irrer. Bleibt sitzen, ich sehe mich schnell um. Wenn das Fahrgestell intakt ist, setzen wir auf, und du und Rod könnt die Maschine checken.«
»Wie sieht es mit dem verdammten Öldruck aus?« schrie Jordon.
»Im grünen Bereich.« Lochart lehnte sich zurück, überflog automatisch die Instrumentenanzeigen, die Lichtung, den Himmel, links, rechts, oben und unten. Sie sanken zügig, noch 60 Meter. In den Kopfhörern hörte er, wie Gavallan tonlos summte. »Du hast dich gut gehalten, Scot.«
»Einen Dreck hab' ich.« Der Jüngere bemühte sich um einen sachlichen Ton. »Ich hätte Scheiße gebaut. Ich war wie gelähmt, als die Kugeln einschlugen. Ohne dich wäre ich nicht klargekommen.«
»Das meiste war mein Fehler. Ich hab' den Blattverstellhebel nach vorn gestoßen, ohne dich zu warnen. Es tut mir leid, aber ich mußte uns rasch aus dem Feuerbereich dieses Banditen bringen. Das habe ich in Malaysia gelernt.« Lochart hatte dort ein Jahr lang im Kampf gegen kommunistische Rebellen bei den britischen Streitkräften gedient. »Ich hatte keine Zeit, dich zu warnen.

Geh immer so rasch wie möglich hinunter!« Er beobachtete anerkennend, wie Gavallan in Schwebe ging und das Terrain sorgfältig musterte.
»Hast du gesehen, wer auf uns geschossen hat, Tom?«
»Nein, aber ich war auch nicht auf dergleichen vorbereitet. Wo willst du landen?«
»Dort drüben, etwas entfernt von dem umgestürzten Baum. Okay?«
»Sieht gut aus. Mach schnell! Bleibe ungefähr einen halben Meter über dem Boden!«
Der Schwebeflug gelang einwandfrei. Der Hubschrauber blieb ein paar Zentimeter über dem Schnee, so unbeweglich wie die Felsen, durch die der Wind pfiff. Lochart öffnete die Tür. Die unerwartete Kälte ließ ihn frösteln. Er zog den Reißverschluß seiner gefütterten Fliegerjacke zu, glitt vorsichtig hinaus und senkte den Kopf außer Reichweite der wirbelnden Rotorblätter. Der Vorderteil der Kufe war zerschrammt, ziemlich verbeult und ein bißchen verzogen, aber die Nieten, die sie mit der Halterung des Fahrgestells verbanden, saßen fest. Er überprüfte rasch die andere Seite, untersuchte die beschädigte Kufe noch einmal und hob dann den Daumen. Gavallan ging eine Haaresbreite vom Gas weg und setzte die Maschine leicht wie eine Flaumfeder auf.
Die drei Männer auf den Rücksitzen drängten sofort hinaus. Jean-Luc Sessone, der französische Pilot, lief geduckt beiseite, damit die beiden Mechaniker die Bestandsaufnahme von der Schnauze bis zum Heck beginnen konnten, der eine back-, der andere steuerbords. Der Sog der Rotoren zerrte an ihrer Kleidung. Lochart kroch unter den Hubschrauber und hielt nach eventuell austretendem Öl oder Benzin Ausschau, fand aber nichts; er richtete sich wieder auf und ging zu Rodrigues, einem sehr tüchtigen Amerikaner. Er war Locharts Mechaniker und wartete seit einem Jahr die 212, die der Chefpilot für gewöhnlich flog. Rodrigues löste eine Abdeckplatte und schaute in den Motorraum, während sein leicht ergrautes Haar und seine Kleidung im Wind flatterten.
Die Sicherheitsbestimmungen bei S-G waren die strengsten unter den iranischen Hubschraubergesellschaften, und deshalb war das Labyrinth von Kabeln, Leitungen und Rohren sauber, übersichtlich und gut instand gehalten. Doch plötzlich deutete Rodrigues ins Innere. Auf dem Kurbelgehäuse befand sich eine tiefe Einbuchtung, wo eine Kugel abgeprallt war. Sie verfolgten sorgfältig die Spur des Geschosses. Wieder deutete Rodrigues in das Labyrinth, jetzt aber mit Hilfe einer Taschenlampe. Eine der Ölleitungen war eingekerbt. Als er sie mit der Hand prüfte, war diese ölverschmiert.
»Scheiße«, fluchte er.
»Sollen wir die Turbinen abstellen, Rod?« schrie Lochart.
»Verdammt, nein, es könnten sich noch ein paar schießwütige Banditen in der Gegend herumtreiben, und der Ort ist als Nachtquartier nicht empfehlenswert.« Rodrigues zog ein Stück Werg und einen Schraubenschlüssel heraus. »Schau dich mal um, Tom!«
Lochart überließ ihn sich selbst und hielt besorgt nach einem möglichen

Unterstand Ausschau, falls sie hier übernachten mußten. Auf der anderen Seite der Lichtung pißte Jean-Luc mit einer Zigarette im Mundwinkel lässig an einen Baum. »Frier dir nichts ab, Luc!« rief Lochart, und der andere wackelte fröhlich mit dem Strahl.

»He, Tom!« Jordon winkte ihm.

Tom tauchte unter dem Leitwerksträger durch und ging zu dem Mechaniker. Sein Herzschlag setzte eine Sekunde lang aus. Jordon hatte ebenfalls eine Abdeckplatte abgenommen: Im Fahrgestell befanden sich direkt oberhalb des Tanks zwei Einschüsse. Einen Sekundenbruchteil später, und die Treibstofftanks wären in die Luft geflogen, dachte er. Wenn ich den Blattverstellhebel nicht nach vorn gestoßen hätte, wären wir dran gewesen. Hundertprozentig. Man hätte uns vom Hang kratzen können. Und wofür?

Jordon stieß ihn an, sein Zeigefinger folgte der Spur der Kugeln. Auch der Rotorschaft hatte einen Treffer abbekommen. »Wieso er die verdammten Rotorblätter verfehlt hat, verstehe ich nicht«, brüllte er. Die rote Wollmütze, die er immer trug, hatte er sich über die Ohren gezogen.

»Wir waren noch nicht fällig.«

»Was?«

»Nichts. Hast du noch etwas gefunden?«

»Verdammt noch nichts. Bist du in Ordnung, Tom?«

»Klar.«

Ein plötzlicher Krach, und alle fuhren erschrocken herum, aber es war nur ein großer Ast gewesen, der unter der Schneelast auf den Boden gestürzt war.

»Espèce de con«, murmelte Jean-Luc ärgerlich und schaute zum Himmel hinauf, weil ihm klar war, daß es schnell dunkel wurde. Dann zuckte er mit den Achseln, zündete sich eine Zigarette an und schlenderte davon. Dabei stampfte er mit den Füßen, um sie zu erwärmen.

Jordon fand auf seiner Seite keine weiteren Schäden. Die Minuten verrannen. Rodrigues murmelte und fluchte immer noch vor sich hin, während er mit einem Arm in den Leitungen herumfuhrwerkte. Hinter ihm drängten sich die anderen in sicherer Entfernung von den Rotorblättern zusammen und beobachteten ihn. Der Krach war unerträglich, die Lage ungemütlich, das Licht noch gut, doch es nahm ständig ab. Sie hatten noch gute 30 Kilometer vor sich, und in diesen Bergen gab es keine andere Orientierungshilfe als den kleinen Leitstrahl ihrer Basis, der noch dazu nur funktionierte, wann es ihm paßte. »Macht um Himmels willen weiter!« murmelte jemand. Ja, dachte Lochart, zeigte aber seine Unruhe nicht.

In Schiras hatten ihnen die beiden Piloten und die beiden Mechaniker, die sie abgelöst hatten, zugewinkt und waren dann zur gesellschaftseigenen 125 gerannt, einem achtsitzigen, zweistrahligen, privaten Düsenjet für den Transport von Personen oder Sonderfracht. In ihm waren sie nach ihrer Heimkehr von einem einmonatigen Urlaub vom internationalen Flughafen in Dubai über den Golf gekommen. Lochart und Jordon waren in England gewesen, Jean-Luc in Frankreich, und Rodrigues hatte an einer Safari in

Kenia teilgenommen. »Was zum Teufel soll die Eile?« hatte Lochart gefragt, als das kleine, zweistrahlige Düsenflugzeug dichtmachte und davonrollte. »Der Flughafen ist noch immer nur beschränkt in Betrieb, weil fast das ganze Personal streikt. Aber mach dir deswegen keine Sorgen!« hatte Scot Gavallan in seiner schnoddrigen Art geantwortet. »Sie müssen starten, bevor der übereifrige, kleine Scheißknilch im Tower, der sich für ein Geschenk Gottes an die iranische Flugsicherung hält, die verdammte Starterlaubnis widerruft. Wir verduften lieber, bevor er auf die Idee kommt, uns das Leben sauer zu machen. Schafft euer Zeug an Bord!«

»Wie steht es mit dem Zoll?«

»Der streikt noch immer, alter Junge. Wie alle anderen – auch die Banken sind noch geschlossen. Macht nichts, in einer Woche läuft alles wieder normal.«

»Merde«, hatte Jean-Luc geflucht. »In den französischen Zeitungen steht, daß der Iran eine einzige Katastrophe ist: Khomeini und seine Mullahs sorgen für Aufregung, die Armee ist jederzeit für einen Putsch gut, die Kommunisten stacheln alle auf, Bachtiars Regierung ist machtlos und der Bürgerkrieg unvermeidlich.«

»Was wissen die in Frankreich schon, alter Junge?« hatte Scott Gavallan leichthin gefragt, während sie ihr Gepäck verluden. »Die Fran...«

»Die Franzosen kennen sich aus, *mon vieux*. In allen Zeitungen kann man lesen, daß Khomeini nie mit Bachtiar zusammenarbeiten wird, weil der vom Schah ernannt wurde und jeder, der mit dem Schah in Verbindung steht, erledigt ist. Erledigt! Der alte Feuerfresser hat fünfzigmal erklärt, daß er mit keinem vom Schah ernannten Mann zusammenarbeiten wird.«

»Vor drei Tagen bin ich in Aberdeen mit Andy zusammengetroffen, Jean-Luc«, hatte Lochart eingeworfen, »und er war felsenfest davon überzeugt, daß sich die Lage hier bald normalisiert, weil Khomeini zurückgekommen und der Schah fort ist.«

Scot strahlte. »Na, siehst du. Wenn es jemand weiß, dann ist es der Alte. Wie geht es ihm, Tom?«

»Er ist groß in Form. Wie gewohnt, ein richtiges Energiebündel.« Mit Andy war Andrew Gavallan gemeint gewesen, Scots Vater, Vorstandsvorsitzender und Geschäftsführer von S-G. »Andy behauptet, daß Bachtiar Heer, Marine, Luftwaffe und Polizei hinter sich hat und zudem die SAVAK, so daß Khomeini sich mit ihm einigen muß. Sonst kommt es zum Bürgerkrieg.«

»Mein Gott«, hatte Rodrigues gestöhnt. »Was suchen wir überhaupt hier?«

»Geld.«

»Bullmerde.«

Sie hatten alle gelacht, weil Jean-Luc der geborene Pessimist war, und dann hatte Scot gefragt: »Was zum Teufel macht es schon aus, Jean-Luc? Bis jetzt haben sie uns immer in Ruhe gelassen, oder? Während der Unruhen hat uns nie jemand belästigt. Unsere Verträge sind mit der IranOil abgeschlossen, die der Regierung gehört, ob es sich nun um Bachtiar, Khomeini oder irgendeinen General handelt. Ganz gleich, wer an der Macht ist, sie müssen möglichst bald die Situation normalisieren. Sie werden die Öldollars dringend benötigen:

Deshalb brauchen sie Hubschrauber, deshalb brauchen sie uns. Das sind doch keine Dummköpfe!«
»Nein, aber Khomeini ist ein Fanatiker, und ihm ist alles gleichgültig außer dem Islam – und Öl hat nichts mit dem Islam zu tun.«
»Was ist mit den Saudis? Den Emiraten, OPEC? Sie sind islamisch, und sie kennen trotzdem den Preis eines Barrels. Aber zum Teufel damit, hört mal zu!« Scot hatte gestrahlt. »Guerney Aviation hat sich aus dem Zagros-Gebirge zurückgezogen und alle Operationen im Iran eingestellt. Eingestellt!«
Jetzt waren sie hellhörig geworden. Guerney Aviation war eine riesige amerikanische Hubschraubergesellschaft und ihr größter Konkurrent. Wenn Guerney aus dem Rennen war, hatten sie doppelt soviel Arbeit, und das gesamte ausländische S-G-Personal wurde hier nach einem Prämiensystem bezahlt, das mit den Gewinnen im Iran gekoppelt war.
»Bist du sicher, Scot?«
»Ganz sicher, Tom. Sie haben einen Mordskrach mit IranOil gehabt. Das Ergebnis war, daß IranOil erklärt hat: ›Wenn ihr fort wollt, dann geht, aber alle Hubschrauber sind von uns konzessioniert, deshalb bleiben sie hier – und die Ersatzteile ebenfalls!‹ Daraufhin hat Guerney ihnen den nackten Hintern gezeigt, seine Basis in Gasch stillgelegt, die Hubschrauber eingemottet und ist abgezogen.«
»Ich kann es nicht glauben«, hatte Jean-Luc gemeint. »Guerney muß die Konzession für 50 Helis haben; sie können es sich doch nicht leisten, so viele Maschinen abzuschreiben.«
»Trotzdem haben wir vergangene Woche schon drei Aufträge geflogen, die für Guerney reserviert waren.«
Jean-Luc hatte das Jubelgeschrei unterbrochen. »Warum ist Guerney ausgestiegen, Scot?«
»Unser furchtloser Führer in Teheran meint, daß sie den Streß nicht aushalten können oder wollen, wenn sie keinen Alkohol kriegen. Seien wir doch ehrlich: Khomeini versprüht den Großteil seines Gifts gegen Amerika und amerikanische Gesellschaften. McIver glaubt, daß sie den Verlust abschreiben werden, und das ist für uns großartig.«
»*Mon Dieu*, wenn sie ihre Maschinen und Ersatzteile nicht rausbringen, geraten sie wirklich in Schwierigkeiten.«
»Wir haben nicht darüber nachzudenken, alter Junge, wir haben nur zu fliegen. Solange wir fest im Sattel sitzen, bekommen wir alle ihre Aufträge, und allein in diesem Jahr schaut für uns das doppelte Pulver raus.«
»*Tu en parles à mon cul, ma tête est malade!*«
Alle hatten gelacht. Sogar Jordon hatte verstanden, was es hieß: Sprich mit meinem Hintern, mir schwirrt der Kopf. »Mach dir keine Sorgen, alter Junge!«
Lochart nickte nun zuversichtlich. Die Kälte in dieser Höhe störte ihn noch nicht. Andy und Scot hatten recht, alles wird sich bald wieder beruhigen, es kann gar nicht anders sein, sagte er sich. Auch die Zeitungen in England waren davon überzeugt, daß sich die Situation im Iran rasch normalisieren

wird, vorausgesetzt, daß die Sowjets nicht offen eingreifen. Und die waren gewarnt worden. Hände weg, Amerikaner und Sowjets, hatte es geheißen, damit die Iraner ihre Angelegenheiten selbst in Ordnung bringen können. Derjenige, der an die Macht kommt, braucht dringend Stabilität und Einnahmen – und das bedeutet Öl. Ja. Alles kommt in Ordnung. Scharazad glaubt es, und wenn sie glaubt, daß alles okay sein wird, sobald der Schah gestürzt und Khomeini wieder im Land ist, warum sollte ich es dann nicht auch glauben? Ach, Scharazad, wie sehr hast du mir gefehlt!

Es war unmöglich gewesen, sie von England aus anzurufen. Das Telefonnetz im Iran hatte nie allzu gut funktioniert, weil es infolge der zu raschen Industrialisierung überlastet war, aber in den acht Monaten seit dem Beginn der Unruhen hatten sich die Verbindungen innerhalb des Landes und mit dem Ausland wegen der beinahe ununterbrochenen Streiks immer mehr verschlechtert und jetzt waren sie praktisch nicht mehr herzustellen. Während Tom im Hauptquartier in Aberdeen die halbjährliche ärztliche Untersuchung über sich ergehen ließ, hatte er es geschafft, ihr nach achtstündigem Anlauf ein Telex zu schicken. Er hatte es zu ihren Händen an Duncan McIver nach Teheran gesandt, wo sie sich im Augenblick aufhielt. Man kann in einem Telex nicht viel sagen: Auf baldiges Wiedersehen, ich liebe dich, du fehlst mir. Nicht mehr lang, mein Liebling.

»Tom?«

»Ah, ja, Jean-Luc. Was ist los?«

»Es wird bald schneien.«

»Ja.« Jean-Luc hatte ein schmales Gesicht, eine große Gallier-Nase und braune Augen. Er war schlank wie alle Piloten, die alle sechs Monate einer strengen ärztlichen Untersuchung unterzogen werden und daher kein Übergewicht aufweisen dürfen. »Wer hat auf uns geschossen, Tom?«

Lochart hob die Schultern. »Ich habe niemanden gesehen. Du vielleicht?«

»Nein. Ich hoffe, daß es nur ein Verrückter war.« Jean-Luc blickte Lochart scharf an. »Einen Augenblick lang habe ich geglaubt, daß ich wieder in Algier bin, daß ich wieder in der Luftwaffe gegen die Fellagha und die FLN kämpfe, die Gott auf ewig verfluchen möge.« Er trat den Zigarettenstummel mit dem Absatz aus. »Ich habe einen Bürgerkrieg mitgemacht und ihn gehaßt. Damals hatte ich wenigstens Bomben und Maschinengewehre zur Verfügung. Ich will nicht als Zivilist in einen Bürgerkrieg geraten, weil ich mich dann nur auf meine schnellen Beine verlassen könnte.«

»Es war ein einzelner Irrer.«

»Wir werden es vermutlich mit einer Menge solcher Irrer zu tun bekommen, Tom. Seit ich in Frankreich abgereist bin, werde ich ein schlechtes Gefühl nicht los. Und seit ich zurück bin, ist es ärger geworden. Du und ich haben den Krieg mitgemacht, die meisten anderen kennen ihn nicht. Du und ich haben eine Nase dafür: Wir müssen uns auf eine Menge Ärger gefaßt machen.«

»Nein, du bist nur müde.«

»Das stimmt. War Andy tatsächlich zuversichtlich?«

»Und wie. Er läßt grüßen und sagt, wir sollen nur die Ohren steifhalten.«

Jean-Luc lachte und unterdrückte ein Gähnen. »Madonna, ich bin am Verhungern. Was hat Scot sich für unsere Rückkehr ausgedacht?«

»Er hat ein Schild ›Willkommen daheim‹ am Hangar befestigt.«

»Zum Abendessen, *mon vieux*, zum Abendessen.«

»Scot hat erzählt, daß er mit den Leuten vom Dorf auf die Jagd gegangen ist, daher gibt es eine Rehkeule und ein paar Hasen. Die Grillparty soll nach unserer Ankunft starten.«

Jean-Lucs Augen leuchteten auf. »Toll. Hör zu, ich habe Brie, ein ganzes Kilo Knoblauch, geräucherten Schinken, Sardellen, Zwiebeln, ein paar Kilo Teigwaren und Dosen mit Tomatenmark mitgebracht, und meine Frau hat mir ein neues Rezept für *matriciana à la Sessone* mitgegeben, das einfach unglaublich ist. Den Wein nicht zu vergessen.«

Lochart lief das Wasser im Mund zusammen. Kochen war Jean-Lucs Hobby, und wenn er wollte, war er geradezu kreativ. »Ich habe bei Fortnums alle möglichen Konserven gekauft, was mir eingefallen ist, außerdem natürlich Whisky. Deine Kochkünste, die sind mir abgegangen.« Und deine Gesellschaft, dachte er. In Dubai hatten sie zur Begrüßung einander die Hände geschüttelt, und Tom hatte gefragt: »Wie war der Urlaub?«

»Ich war in Frankreich«, hatte Jean-Luc schlicht, aber strahlend geantwortet. Lochart hatte ihn um seine Unkompliziertheit beneidet. Sein Englandaufenthalt war danebengegangen: das Wetter, das Essen, der Urlaub, die Kinder, sie – so sehr er sich auch bemüht hatte. Macht nichts, dachte er. Ich bin wieder da und werde bald in Teheran sein. »Wirst du heute abend auch etwas kochen, Jean-Luc?«

»Natürlich. Wie könnte ich ohne ordentliches Essen leben?«

Lochart lachte. »Ganz richtig.« Sie beobachteten Rodrigues, der noch immer emsig arbeitete. Das Geräusch der Turbinen war gedämpft. Lochart hob den Daumen und gab Scot Gavallan, der geduldig im Cockpit wartete, ein Zeichen. Scot erwiderte das Signal und zeigte dann zum Himmel. Tom nickte, zuckte mit den Achseln und wandte sich wieder Rodrigues zu: Er wußte, daß er nichts tun, sondern nur geduldig warten konnte.

»Wann fliegst du nach Teheran?« fragte Jean-Luc.

Locharts Herz schlug schneller. »Sonntags, wenn es nicht schneit. Ich muß McIver einen Bericht bringen und habe Post für die übrigen. Ich werde eine 206 nehmen. Scot hat gemeint, daß wir auf vollen Betrieb gefaßt sein müssen.«

Jean-Luc schaute ihn an. »Hat das Nasiri gesagt?«

»Ja.« Nasiri war ihr iranischer Verbindungsmann und der Leiter der Basis, ein Angestellter von IranOil, dem Regierungsbetrieb, dem alles Erdöl über und unter der Erde gehörte. Nasiri teilte alle Flüge ein und bewilligte sie. S-G war vertraglich an diese Gesellschaft gebunden, führte die Aufsicht, brachte Personal, Vorräte und Ausrüstungen zu den im Gebirge verstreuten Bohranlagen und befaßte sich mit den unvermeidlichen CASEVACS, den *casualty evacuations*, wie das Ausfliegen von Verletzten nach Unfällen und unvorhergesehenen Ereignissen genannt wurde. »Ich bezweifle, daß wir bei

diesem Wetter nächste Woche viel zum Fliegen kommen werden, obwohl ich mit der 206 hinauskommen müßte.«
»Ja. Du wirst einen Begleiter brauchen. Ich komme mit.«
Lochart lachte. »Kommt nicht in Frage, alter Freund. Du bist hier stellvertretender Kommandant, und die nächsten vierzehn Tage hast du Dienst.«
»Aber ich werde nicht gebraucht. Für drei Tage, okay? Schau dir den Himmel an, Tom. Ich muß nachsehen, ob unsere Wohnung in Ordnung ist.« In normalen Zeiten waren alle Piloten, die Familien hatten, in Teheran stationiert. Sie flogen zwei Wochen und hatten dann eine Woche Urlaub. Viele zogen zwei Monate Fliegen und einen Monat Urlaub im Heimatland vor, vor allem die Engländer. »Es ist für mich sehr wichtig, daß ich nach Teheran komme.«
»Wenn du willst, kümmere ich mich um deine Wohnung, und wenn du mir versprichst, daß du an drei Abenden in der Woche kochst, schmuggle ich dich auf zwei Tage hinaus, sobald ich wieder da bin. Du hast doch gerade einen Monat Urlaub gehabt.«
»Ja, aber zu Hause. Jetzt muß ich an *mon amie* denken. Natürlich fühlt sie sich ohne mich in Teheran unglücklich, sie hat mich einen ganzen Monat lang nicht zu Gesicht bekommen.« Jean-Luc beobachtete Rodrigues und warf dann wieder einen Blick zum Himmel. »Wir können noch zehn Minuten warten, Tom, dann sollten wir ein Lager aufschlagen, solange es hell ist.«
»Ja.«
»Aber zurück zu wichtigeren Dingen. Tom...«
»Nein.«
»Madonna, denk doch wie ein Franzose und nicht wie ein Angelsachse! Ein ganzer Monat! Nimm doch Rücksicht auf ihre Gefühle!«
Rodrigues schraubte die Abdeckplatte wieder fest und wischte sich die Hände ab. »Hauen wir ab!« rief er und kletterte an Bord. Die anderen folgten ihm rasch. Er hatte seinen Sicherheitsgurt noch nicht geschlossen, als sie bereits in der Luft waren und über die nächste Bergkette zu ihrer Basis jagten. Da bemerkte er, daß Jordon ihn anstarrte. »Was ist los, Aussie?«
»Wie hast du das verdammte Rohr geflickt, Sportsfreund? Die Kerbe war so groß, daß sie eigentlich irreparabel war.«
»Gummi.«
»Was, verflucht?«
»Kaugummi. Das hat in Vietnam funktioniert, also wird es verdammt noch mal auch hier funktionieren. Weil es nur ein verdammt kleines Stück war, aber es war alles, was ich dabei hatte. Also, fang schon an zu beten! Kannst du denn um Himmels willen nicht mit dem Fluchen aufhören?«
Als sie auf dem Stützpunkt landeten, begann es gerade zu schneien. Das Bodenpersonal hatte für alle Fälle die Landeplatzbefeuerung eingeschaltet. Ihre Basis bestand aus vier Wohnwagen, einer Küchenbaracke, einem Hangar für die 212-Maschine – ein Passagier- oder Frachthubschrauber mit 14 Sitzplätzen – und die beiden 206-Modelle sowie Landeplätzen, umgeben von Lagerschuppen mit Ersatzteilen für Ölbohranlagen, mit Zementsäcken, Pum-

pen, Generatoren und allen möglichen Zusatzgeräten für die Bohrtürme, dazu Bohrrohre. Die Basis Zagros lag auf einem bewaldeten, sehr malerischen Plateau in 2500 Metern Höhe in einem Becken, das auf drei Seiten von schneebedeckten Berggipfeln gesäumt war, die Höhen von 4000 Metern und darüber erreichten. Einen Kilometer entfernt befand sich das Dorf Yazdik. Die Dorfbewohner gehörten zu einem kleinen Stamm der Kaschkai-Nomaden, der sich vor einem Jahrhundert am Kreuzungspunkt von zwei tausendjährigen Karawanenstraßen niedergelassen hatte.

S-G besaß den Stützpunkt seit sieben Jahren. Zuerst hatte die Gesellschaft den Bau einer Pipeline beaufsichtigt und topographische Karten des Gebiets angefertigt, dann hatte sie bei der Errichtung der Bohrtürme auf den nahen, ertragreichen Ölfeldern mitgewirkt und anschließend die Belieferung übernommen. Es war ein einsamer, wilder, aber schöner Ort, das Fliegen machte hier Spaß, und die Arbeitsbedingungen waren günstig – im gesamten Iran durfte man nur bei Tageslicht fliegen. Im Sommer war es wunderbar. Den größten Teil des Winters jedoch waren sie eingeschneit. In der Nähe lagen kristallklare, fischreiche Seen, und in den Wäldern gab es eine Menge Wild. Ihre Beziehungen zu den Leuten von Yazdik waren ausgezeichnet. Abgesehen von der Post, wurden sie für gewöhnlich gut versorgt, so daß es ihnen an nichts fehlte. Dazu waren sie, was alle für wichtig erachteten, weit von der Zentrale in Teheran entfernt, mit der sie die meiste Zeit nicht einmal in Funkverbindung standen.

In dem Augenblick, in dem die Rotoren zum Stillstand kamen und die Turbinen abgeschaltet waren, schraubten Rodrigues und Jordon die Abdeckplatten wieder ab. Entgeistert starrten sie einander an. Der Boden des Motorraums stand unter Öl, und dazu kam der schwere Geruch von Benzin. Rodrigues leuchtete zitternd mit der Taschenlampe hinein. In der Schweißnaht eines Benzintanks klaffte ein feiner Sprung, den sie auf dem Berg unmöglich hatten entdecken können. Ein kleines Treibstoffrinnsal hatte sich mit dem Öl vermischt.

»Mein Gott, Aussie!« krächzte Rodrigues. »Die Maschine ist eine verdammte Zeitbombe! Ein Funke und... Aussie, um Himmels willen, gib mir einen Schlauch! Ich spüle alles raus, bevor wir in die Luft fliegen...«

»Ich hole einen«, sagte Gavallan, dann fügte er leicht erschüttert hinzu: »Damit dürfte eines unserer Leben verspielt sein. Jetzt hat jeder noch acht.«

»Du mußt unter einem Glücksstern geboren sein, Captain.« Rodrigues war speiübel. Er wollte weitersprechen, verstummte aber und horchte auf. Alle Umstehenden lauschten. Lochart und Jean-Luc mit Nasiri in der Nähe des Büros, in einiger Entfernung das halbe Dutzend iranisches Bodenpersonal, die Köche und die Arbeiter. Es war sehr still. Dann hörte man vom Dorf her wieder Maschinengewehrfeuer.

»Verdammt«, murmelte Rodrigues. »Wozu sind wir in dieses Dreckloch zurückgekommen?«

2

Aberdeen, Schottland – McCloud Heliport: 17 Uhr 15. Der große Hubschrauber kam mit klatschenden Rotoren aus der Dämmerung und landete in der Nähe des Rolls-Royce, der neben einem der regennassen Landeplätze geparkt war. Auf dem Heliport herrschte reges Treiben. Auf allen Maschinen und Hangars prangte stolz das S-G-Zeichen mit dem roten Löwen. Die Kabinentür ging auf, und zwei Männer in Fliegerkombinationen und mit aufblasbarer Schwimmweste kletterten die hydraulische Treppe herunter. Noch bevor sie den Wagen erreicht hatte, riß der livrierte Fahrer die Wagentür auf.

»Phantastischer Flug, was?« fragte Andy Gavallan heiter. Er war groß, kräftig und für seine 64 Jahre gut in Form. Er schlüpfte mühelos aus der Schwimmweste, schüttelte die Regentropfen von seinem Kragen und setzte sich neben den anderen. »Großartige Maschine, alles, was die Hersteller von ihr behaupten, stimmt. Habe ich dir erzählt, daß wir die ersten Nichtwerksangehörigen sind, die einen Testflug unternehmen?«

»Ob die ersten oder letzten, ist mir gleich. Mir war sie viel zu unruhig und viel zu laut.« Linbar Struan kämpfte verbissen mit der Schwimmweste. Er war 50, hatte rotblondes Haar, blaue Augen und war der Boß von Struan's, genannt Noble House, dem großen Multi mit Sitz in Hongkong, der inoffiziell über die Aktienmehrheit von S-G-Helicopters verfügte. »Ich finde immer noch, daß die Investition pro Maschine zu hoch ist. Viel zu hoch.«

»Die X63 ist wirtschaftlich gesehen das Beste, was auf dem Markt ist. Sie eignen sich ausgezeichnet für die Nordsee, den Iran und alle Gebiete, in denen wir schwere Lasten zu transportieren haben; vor allem für den Iran«, erklärte Gavallan geduldig, weil er sich trotz seines Ärgers über Linbar die Freude am makellosen Testflug nicht verderben lassen wollte. »Ich habe sechs bestellt.«

»Ich habe den Ankauf noch nicht genehmigt«, fuhr ihn Linbar an.

»Deine Genehmigung ist nicht erforderlich.« Gavallans Augen wurden hart. »Ich bin Mitglied des Vorstands von Struan's. Vergangenes Jahr hast du im Einvernehmen mit dem übrigen Vorstand den Kauf genehmigt, vorausgesetzt, daß ich ihn nach dem Testflug befürworte, und...«

»Du hast ihn noch nicht befürwortet.«

»Ich tue es jetzt, und damit ist der Fall erledigt.« Gavallan lächelte honigsüß und lehnte sich zurück. »Du bekommst in drei Wochen bei der Vorstandssitzung die Verträge.«

»Du mit deinem verdammten Ehrgeiz willst wohl nie Ruhe geben, Andrew.«

»Ich kann dir doch gar nicht gefährlich werden, Linbar, also...«

»Das ist richtig, und du wirst das einzige auf der Welt, woran dir wirklich liegt, nie bekommen, nie!« Zornig befahl Linbar über die Sprechanlage dem Fahrer auf der anderen Seite der schalldichten Trennscheibe: »John, lassen Sie Mr. Gavallan beim Büro aussteigen, dann fahren Sie weiter nach Schloß Avisyard.« Sofort schlug der Wagen die Richtung zu dem dreistöckigen Bürogebäude ein.

»Wie geht's mit Avisyard?« fragte Gavallan gepreßt.

»Besser als zu deiner Zeit. Es tut mir ja leid, daß du und Maureen zu Weihnachten nicht eingeladen worden seid, vielleicht klappt es nächstes Jahr.« Linbar verzog spöttisch die Lippen. »Ja, mit Avisyard geht's aufwärts.« Er schaute aus dem Fenster und deutete auf den Jumbo-Hubschrauber. »Und sieh zu, daß du damit nicht Schiffbruch erleidest. Nicht damit und nicht mit etwas anderem.«

Gavallans Gesichtszüge strafften sich. Die höhnische Bemerkung im Zusammenhang mit seiner Frau hatte gesessen. »Apropos Schiffbruch: Was ist mit deinen katastrophalen Investitionen in Südamerika, deinem blödsinnigen Streit mit Toda Shipping wegen ihrer Tankerflotte, wie steht es um den Vertrag für den Hongkong-Tunnel, den dir Par-Con und Toda weggeschnappt haben, was ist mit den Börsenmanipulationen, mit denen du deine alten Freunde in Hongkong aufs Kreuz...«

»›Aufs Kreuz legen‹, Blödsinn! ›Alte Freunde‹, Blödsinn. Sie sind alle über 21, und was haben sie in letzter Zeit für uns getan? Angeblich sind die Geschäftsleute in Schanghai schlauer als wir, die Kantonesen, die Leute vom Festland, alle, das hast du millionenmal gesagt. Ich bin nicht daran schuld, daß es eine Ölkrise gibt oder daß die Welt in Aufruhr geraten und der Iran im Eimer ist, oder daß die Araber uns mitsamt den Japsen, den Koreanern und den Taiwanesen kreuzigen wollen.« Linbar konnte vor Wut kaum weitersprechen. »Ich habe genug von dir und deiner Niedertracht. Du bist alt, erledigt, ausgelaugt. Du hast in die Familie bloß eingeheiratet, du gehörst nicht wirklich dazu. Du vergißt, daß wir jetzt in einer anderen Welt leben, Hongkong ist anders, die Welt ist anders. Ich bin der Tai-Pan von Struan's, ich bin dazu verpflichtet, mich um Noble House zu kümmern, und jeder Tai-Pan hat Rückschläge hinnehmen müssen, sogar dein verfluchter Sir, der verdammte Ian Dunross, und er wird noch mehr einstecken müssen, weil er an die Ölvorkommen in China glaubt. Sogar...«

»Ian hat recht...«

»Sogar Hag Struan hat Rückschläge erlebt, sogar unser verdammter Gründer, der große Dirk höchstpersönlich, möge auch er in der Hölle schmoren! Ich kann nichts dafür, daß die Welt zum Teufel geht. Glaubst du, du würdest es besser machen?« brüllte Linbar.

»Zwanzigmal besser«, schlug Gavallan zurück.

Jetzt zitterte Linbar vor Zorn. »Ich würde dich feuern, wenn ich könnte. Ich kann es nicht. Aber du, du müder, alter, verkalkter Trottel, du wirst dich selbst vernichten, wenn es einen Gott im Himmel gibt. Ich bin Tai-Pan, und du wirst es nie werden!«

Gavallan trommelte gegen die Trennscheibe, und die Limousine hielt abrupt.

Er riß die Tür auf und stieg aus. »*Dew neh loh moh,* Linbar«, zischte er durch die Zähne und stürmte in den Regen davon.

Der Zwist war Ende der 50er und Anfang der 60er Jahre aufgeflammt, als Gavallan in Hongkong für Struan's arbeitete, bevor er einen geheimen Befehl des damaligen Tai-Pans Ian Dunross befolgte, des Bruders seiner verstorbenen Frau Kathy, und hierher übersiedelte. Linbar hatte ihn glühend beneidet, weil Dunross Andrew und nicht ihm vertraut hatte.

Bei Struan's war es immer so gewesen, daß der Tai-Pan über die absolute, unbestrittene Exekutivgewalt verfügte und das unantastbare Recht besaß, den Zeitpunkt seines Rücktritts sowie seinen Nachfolger selbst zu bestimmen. Der Nachfolger mußte Mitglied des Vorstandes sein und somit in gewissem Sinn zur Familie gehören, und sobald die Entscheidung gefallen war, mußte der alte Tai-Pan auf seine gesamte Macht verzichten. Ian Dunross hatte zehn Jahre lang weise regiert und dann seinen Vetter David MacStruan zu seinem Nachfolger ernannt. Vor vier Jahren war David MacStruan, ein begeisterter Bergsteiger, bei einem Kletterunfall im Himalaja ums Leben gekommen. Vor seinem Tod und in Gegenwart von zwei Zeugen hatte er überraschenderweise Linbar zu seinem Nachfolger bestimmt. Die britische und nepalesische Polizei hatten Nachforschungen über die Umstände seines Todes angestellt und herausgefunden, daß jemand sich an seinen Seilen und seiner Kletterausrüstung zu schaffen gemacht hatte. Das Ergebnis der Untersuchung lautete jedoch auf »Unfall«. Der Berg, der David zum Verhängnis geworden war, lag entlegen, der Sturz war überraschend erfolgt, niemand – weder die anderen Bergsteiger noch ihre Führer – wußte genau, wie es geschehen war. Ja, der Sahib sei gesund und ein vorsichtiger Mann gewesen, der nie ein unüberlegtes Risiko einging. Niemand wurde angeklagt, vielleicht, hieß es, habe sich gar niemand an Seil und Ausrüstung zu schaffen gemacht, vielleicht waren sie nur nicht gut instandgehalten worden. Karma.

Bis auf die nepalesischen Führer kamen alle zwölf Alpinisten der Gruppe aus Hongkong: Freunde und Geschäftspartner, Engländer, Chinesen, ein Amerikaner und zwei Japaner. Linbar war nicht dabei.

Unter großem persönlichem Einsatz kletterten zwei Männer, Profitable Choy, ein enorm reicher Direktor von Struan's, und der Japaner Mori sowie ein Führer in die Schlucht hinunter und erreichten David MacStruan, bevor er starb. Sie sagten übereinstimmend aus, daß David MacStruan kurz vor seinem Tod Linbar Struan formell zu seinem Nachfolger ernannt habe. Kurz nachdem die tief erschütterten Teilnehmer nach Hongkong zurückgekehrt waren, hatte Claudia Chen, MacStruans Chefsekretärin, in seinem Schreibtisch ein maschinengeschriebenes Blatt Papier gefunden, das einige Monate zuvor datiert, von David unterschrieben und von Profitable Choy als Zeuge unterfertigt war und das die Nachfolge bestätigte.

Die schwer getroffene Claudia Chen hatte Gavallan erklärt: »Das sieht dem Tai-Pan überhaupt nicht ähnlich. Er hätte ein so wichtiges Papier nie im Büro gelassen, sondern es zusammen mit allen anderen persönlichen Dokumenten in den Safe im Großen Haus gesperrt.«

Doch das hatte David MacStruan nicht getan. Die Verfügung, die er unmittelbar vor seinem Tod erlassen hatte, sowie der schriftliche Beleg hatten die Nachfolge legalisiert, und so war Linbar Struan Tai-Pan von Noble House geworden. Trotzdem, dachte Gavallan, *dew neh loh moh* auf Linbar, seine widerliche Frau, seine teufliche chinesische Mätresse und seine korrupten Freunde! Ich könnte immer noch schwören, daß David entweder ermordet oder manipuliert worden ist. Aber warum hätten Profitable Choy oder Mori lügen sollen, sie hatten nichts davon...

Ein plötzlicher Regenschauer durchnäßte Gavallan und riß ihn aus seiner Träumerei. Sein Herz pochte immer noch heftig, und er verwünschte sich, weil er die Beherrschung verloren hatte. »Du bist ein Idiot, du hättest ihn wie immer gängeln können. Du mußt noch jahrelang mit ihm und ähnlichen Leuten zusammenarbeiten – du bist genauso daran schuld«, sagte er laut und fuhr murmelnd fort: »Der Kerl hätte keine Bemerkung über Maureen machen sollen...« Sie waren seit drei Jahren verheiratet und hatten eine zweijährige Tochter. Seine erste Frau Kathy war vor neun Jahren an multipler Sklerose gestorben.

Er blinzelte in den Regen und sah, wie der Rolls aus dem Tor fuhr und verschwand. Das mit Avisyard ist verdammt schade, dachte er. Er erinnerte sich an die guten und auch an die weniger guten Zeiten, die er dort mit Kathy und den gemeinsamen Kindern Scot und Melinda verbracht hatte. Schloß Avisyard war der weitläufige, über tausend Hektar große Stammsitz der Familien Struan und Dunross. Schade, daß Maureen, die kleine Electra und ich nie dort wohnen werden, jedenfalls solange Linbar Tai-Pan ist. Ein Jammer, aber so ist das Leben.

Er betrat das Gebäude und ging in sein Büro.

»Hi, Liz«, begrüßte er seine Sekretärin, eine gutaussehende Eurasierin Mitte 50, die 1963 mit ihm aus Hongkong gekommen war und alle Geheimnisse von Gavallan Holdings, seiner ursprünglichen Tarnfirma, von S-G und Struan's kannte. »Was gibt es Neues?«

»Sie haben mit dem Tai-Pan gestritten, oder?« Liz Chen reichte ihm eine Tasse Tee.

»Allerdings. Woher wissen Sie das?« Als sie nur lachte, stimmte er ein. »Der Teufel soll ihn holen! Sind Sie schon zu Mac durchgekommen?« Damit war Duncan McIver gemeint, der Einsatzleiter von S-G im Iran und Gavallans ältester Freund.

»Wir haben einen Knaben am Telefon sitzen, der von früh bis spät seine Nummer wählt, aber alle iranischen Leitungen sind immer noch blockiert. Per Fernschreiber ist er auch nicht zu erreichen. Duncan möchte bestimmt genauso dringend mit Ihnen sprechen wie Sie mit ihm.« Sie nahm seinen Mantel und hängte ihn an den Haken in seinem Büro. »Ihre Frau hat angerufen – sie ist mit Electra beim Kinderarzt und möchte wissen, ob Sie zum Abendessen nach Hause kommen. Ich habe ihr gesagt, daß ich es annehme, daß es aber spät werden kann – Sie haben in einer halben Stunde die Konferenzschaltung mit ExTex.«

»Ja.« Gavallan setzte sich an seinen Schreibtisch und überzeugte sich davon, daß die Akte bereitlag. »Sehen Sie doch bitte nach, ob Sie schon per Telex zu Mac durchkommen.«
Liz begann sofort zu wählen. Auf seinem ordentlichen Schreibtisch standen ein paar gerahmte Familienfotos von Kathy mit Melinda und Scot vor dem großen Schloß Avisyard und eines von Maureen mit ihrem Kind. An der Wand hing ein Ölgemälde – das Geschenk von Ian Dunross, um die erste Landung auf einer Ölbohrinsel in der Nordsee und damit den Beginn einer neuen Ära zu feiern.
»Andy«, hatte Dunross gesagt, und damit hatte alles begonnen, »ich möchte, daß du mit Kathy und den Kindern nach Schottland zurückkehrst. Du gibst offiziell deinen Posten bei Struan's auf – natürlich bleibst du Mitglied des Vorstands, aber das bleibt vorläufig ein Geheimnis. Du läßt dich in Aberdeen nieder und kaufst die besten Grundstücke, Werften, Fabrikgelände, einen kleinen Flugplatz und künftige Hubschrauberlandeplätze auf. Aberdeen liegt noch immer hinter dem Mond, du kannst dort das Beste um einen Pappenstiel bekommen. Es handelt sich um eine geheime Operation, von der nur wir beide wissen. Vor ein paar Tagen habe ich einen merkwürdigen Menschen, einen Seismologen namens Kirk, kennengelernt, der mich davon überzeugt hat, daß unter der Nordsee riesige Ölvorkommen liegen. Noble House muß in der Lage sein, die Bohrinseln zu versorgen, sobald sie in Betrieb gehen.«
»Mein Gott, Ian, wie stellst du dir das vor? Die Nordsee! Selbst wenn es dort Öl gibt, was ich für unmöglich halte – sie ist fast das ganze Jahr eines der stürmischsten Meere der Welt. Außerdem wären die Kosten untragbar.«
»Das ist dein Problem, Junge.«
Gavallan erinnerte sich an das Lachen, das uneingeschränktes Vertrauen verriet, daran, daß er sich wie immer für das Projekt erwärmte. Sie hatten dann Hongkong verlassen, worüber Kathy sehr glücklich war, und er tat alles, was man von ihm erwartete.
Bald danach wurde man, wie durch ein Wunder, in der Nordsee fündig, und die größten US-Gesellschaften beteiligten sich mit riesigen Investitionen an dem Geschäft. Gavallan gelang es, das neue Eldorado zu nutzen, und er erkannte als erster, daß eine Versorgung der großen Bohrstellen in diesen stürmischen Gewässern nur mit Hubschraubern möglich war. Er trieb die ungeheuren Geldmittel auf, die er für das Helikopter-Leasing benötigte, und brachte die großen Hubschrauberhersteller dazu, in bezug auf Größe, Sicherheit, Ausrüstung und Flugleistung bisher ungeahnte neue Maßstäbe zu setzen, vor allem bewies er, daß es möglich war, selbst hier bei jedem Wetter zu fliegen. McIver führte die Testflüge durch und half, bis dahin unbekannte Techniken zu entwickeln.
Von der Nordsee ausgehend, expandierten sie in den Golf, nach Persien, Malaysia, Nigeria, Uruguay und Südafrika. Persien war das Juwel in ihrer Krone, dort unterhielten sie die besten Beziehungen zum Pfauenthron, und Gavallans persische Geschäftsfreunde hatten ihm versichert, daß es so bleiben würde, obwohl der Schah abgesetzt worden war. »Andy«, hatte ihm General

Javadah, sein langjähriger Partner in London, erst gestern versichert, »es gibt nicht den geringsten Grund zur Besorgnis. Einer unserer Mittelsmänner ist mit Bachtiar verwandt, und dazu haben wir ausgezeichnete Kontakte zu Khomeinis engstem Kreis. Natürlich wird uns nun manches teurer zu stehen kommen als früher...«

Gavallan lächelte. Die zusätzlichen Kosten und daß die Geschäftspartner jedes Jahr ein bißchen gieriger wurden, konnte man vergessen. Es blieb immer noch genug, um den Iran als Aushängeschild von S-G zu behalten – vorausgesetzt, daß rasch wieder normale Zustände eintraten. Ians Wagnis, dachte Gavallan, hat sich für Noble House tausendfach bezahlt gemacht. Linbar hat recht, ich wäre gern Tai-Pan, und wenn ich diese Position nicht bekomme, dann kriegt sie Scot. Inzwischen geht's vorwärts und aufwärts. Mit den X63 überflügeln wir Imperial und Guerney, wir werden zu einer der größten Helikopter-Leasing-Gesellschaften der Welt. »In ein paar Jahren sind wir die Größten, Liz«, stellte er zutiefst überzeugt fest. »Die X63 ist ein Knüller. Mac wird aus dem Häuschen sein, wenn ich es ihm erzähle.«

»Ja.« Sie legte den Hörer auf. »Es tut mir leid, die Leitungen sind immer noch besetzt. Sie werden uns sofort verständigen, wenn eine frei wird. Haben Sie dem Tai-Pan auch die übrigen guten Nachrichten erzählt?«

»Es war nicht gerade der richtige Augenblick dafür.« Sie lachten. »Ich hebe es mir für die Vorstandssitzung auf.«

Eine alte Schiffsuhr auf dem Büroschrank begann sechs Uhr zu schlagen. Gavallan schaltete das Radio ein, und auch Big Ben kündete die volle Stunde...

Teheran – McIvers Wohnung. Der letzte Glockenschlag verklang. Der Empfang war mehr als schlecht, er bestand fast nur aus atmosphärischen Störungen. »Hier spricht der BBC World Service. Es ist 18 Uhr Greenwich Normalzeit...« 18 Uhr westeuropäischer Zeit entsprach 21 Uhr 30 Lokalzeit im Iran.

Die beiden Männer blickten automatisch auf ihre Armbanduhren, die Frau nippte an ihrem Wodka-Martini. Die drei saßen nahe an dem großen batteriebetriebenen Kurzwellenapparat. Die Nacht draußen war finster. In der Ferne ertönte Gewehrfeuer. In der Wohnung war es kalt, die Zentralheizung funktionierte seit Wochen nicht mehr. Die einzige Wärmequelle war jetzt ein kleiner Elektroofen, der wie die schwache Beleuchtung nur die halbe Leistung erbrachte.

»... um 18 Uhr 30 folgt ein Sonderbericht unseres Korrespondenten im Iran.«

»Gut«, murmelte die Frau, und alle nickten. Sie war 51, sah aber jünger aus, war attraktiv, hatte blaue Augen und blonde Haare, war schlank und trug eine Brille mit dunkler Fassung. Genevere McIver, kurz Genny genannt.

»... zuerst eine Zusammenfassung der Nachrichten aus aller Welt. In England haben im Werk Birmingham von British Leyland, dem größten Automobilerzeuger des Landes, wieder 19 000 Arbeiter gestreikt, um höhere Löhne zu erzwingen. Die Unterhändler der Beamtengewerkschaft haben eine Ge-

haltserhöhung von 16 Prozent erreicht, obwohl die Labourregierung unter Premierminister Callaghan nur acht Komma acht Prozent zugestehen wollte. Am Montag wird Königin Elisabeth nach Kuwait fliegen, der ersten Station auf einer dreiwöchigen Reise in die Golfstaaten. In Washington hat Präs...«
Die Stimme erstarb. Der größere der beiden Männer fluchte. »Hab Geduld, Charlie«, sagte die Frau sanft. »Der Ton kommt wieder.«
»Du hast recht, Genny«, antwortete Charlie Pettikin. Wieder hörten sie in der Ferne eine Feuersalve aus einem Maschinengewehr.
»Ein bißchen riskant, die Königin gerade jetzt nach Kuwait fliegen zu lassen, was?« meinte Genny. »Zu einem solchen Zeitpunkt ist das ganz schön blöd, oder?«
»Verdammt blöd. Diese verdammte Regierung setzt in allem ihren Kopf durch«, bemerkte Duncan McIver, ihr Mann, verdrossen. »Sogar in Aberdeen.«
Sie lachte. »Das ist Gott sei Dank weit weg, Duncan.«
»Nicht weit genug für mich, Gen!« McIver war 58 Jahre alt, hatte die kräftige Statur eines Boxers und graue Haare. »Callaghan ist ein verdammter Idiot und...« Er verstummte, weil er das leise Dröhnen eines schweren Fahrzeugs hörte, das durch die Straße fuhr. Die Wohnung befand sich im vierten, obersten Stockwerk der modernen Wohnhausanlage in einem nördlichen Vorort von Teheran. Ein weiteres Fahrzeug rollte vorbei.
»Klingt wie Panzer«, stellte sie fest.
»Es sind Panzer, Genny«, bestätigte Charlie Pettikin. Er war 57, ehemaliger RAF-Flieger, stammte aus Südafrika, hatte dunkle, graumelierte Haare, war Chefpilot für den Iran und Leiter des S-G-Helikopter-Schulungsprogramms für die iranische Armee und Luftwaffe.
»Vielleicht steht uns wieder ein schlimmer Tag bevor«, meinte sie.
Seit Wochen war jeder Tag schlimm gewesen. Zuerst, im September, war das Standrecht die Ursache gewesen, als öffentliche Versammlungen verboten wurden und der Schah von 21 bis 5 Uhr eine Ausgangssperre verhängte, was das Volk nur noch mehr aufbrachte, vor allem in der Hauptstadt Teheran, dem Ölhafen Abadan und den islamischen Zentren Qom und Mesched. Es gab viele Tote. Als die Gewalt eskalierte, wurde der Schah unschlüssig, hob in den letzten Dezembertagen das Standrecht unvermittelt auf und ernannte den gemäßigten Bachtiar zum Ministerpräsidenten. Er machte weitere Zugeständnisse und verließ schließlich unglaublicherweise am 16. Januar das Land zu einer »Urlaubsreise«. Dann bildete Bachtiar seine Regierung, und Khomeini, der sich noch im französischen Exil befand, verwünschte sie und jeden, der sie unterstützte. Die Unruhen nahmen zu, die Zahl der Toten stieg. Bachtiar versuchte, mit Khomeini zu verhandeln, der aber weigerte sich, mit ihm zusammenzutreffen oder zu sprechen. Das Volk war unruhig, die Armee widerspenstig. Die Flughäfen wurden für Khomeini gesperrt und wieder geöffnet. Dann, man konnte es gar nicht glauben, war Khomeini vor acht Tagen, am 1. Februar, zurückgekehrt.
Es sind wirklich schlimme Tage gewesen, dachte Genny. Am Morgen des

1. Februar hatten sich ihr Mann und sie am Internationalen Flughafen von Teheran eingefunden. Es war ein sehr kalter, aber klarer Tag gewesen, stellenweise lag Schnee, leichter Wind wehte. Sie hatten zu dritt neben der 212 auf dem Vorfeld des Flughafens in gehöriger Entfernung von der Makadamrollbahn vor dem Abfertigungsgebäude gestanden. Auf der anderen Seite des Flughafens wartete eine weitere, ebenfalls startklare 212. Beide waren von Khomeinis Parteigängern hierher beordert worden.

Auf dieser Seite des Abfertigungsgebäudes war es still. Einige Flughafenbeamte hatte Maschinenpistolen umgehängt und warteten neben einem großen schwarzen Mercedes und einem Funkwagen, dessen Gerät auf die Frequenz des Towers eingestellt war. Dafür herrschte im Inneren des Gebäudes und auf dem Gebiet außerhalb der Umzäunung helle Aufregung. Im Terminal wartete ein Empfangskomitee von etwa 1000 eingeladenen Politikern, Ayatollahs, Mullahs, Reportern, dazu Hunderte von uniformierten Polizisten und islamische Sonderkommandos mit grünen Armbinden, die *hezbollahis*, die illegale private Revolutionsarmee der Mullahs. Alle anderen Neugierigen waren vom Flughafen ferngehalten worden, alle Zufahrtsstraßen waren abgesperrt, bewacht und verbarrikadiert. Doch hinter den Barrikaden standen Zehntausende von besorgten Menschen aller Altersstufen. Die meisten Frauen trugen den Tschador, das bodenlange Gewand, das wie ein Totenhemd aussieht und sie von Kopf bis Fuß bedeckt. 5000 bewaffnete Polizisten säumten die 25 Kilometer lange Straße zum Behescht-Zahra-Friedhof, wo der Ayatollah seine erste Rede halten sollte. Auf Balkonen, an Fenstern, auf Mauern und auf den Straßen drängte sich die größte Menschenansammlung, die es im Iran je gegeben hatte, ein Meer von Menschen – beinahe die gesamte Bevölkerung von Teheran. Fast 5 Millionen Menschen lebten in der Stadt und in ihrer Umgebung. Alle waren unruhig, alle waren nervös, alle hatten Angst, daß es im letzten Augenblick zu einer Verzögerung kommen, daß der Flughafen wieder gesperrt werden oder die Luftwaffe Khomeini abschießen würde – mit oder ohne Befehl.

Ministerpräsident Schapur Bachtiar, sein Kabinett und die Generäle aller Streitkräfte befanden sich nicht am Flughafen. Demonstrativ. Das galt auch für die Offiziere und Soldaten. Sie alle warteten in ihren Kasernen, auf den Flugplätzen oder auf den Schiffen, und sie alle waren gleichermaßen unruhig und konnten es nicht erwarten einzugreifen.

»Ich wollte, du wärst zu Hause geblieben, Gen«, hatte McIver besorgt gesagt.

»Ich wollte, wir wären alle zu Hause geblieben«, hatte Pettikin genauso besorgt hinzugefügt.

Eine Woche zuvor war einer von Khomeinis Anhängern mit der Bitte an McIver herangetreten, den Hubschrauber zur Verfügung zu stellen, der Khomeini vom Flughafen nach Behescht-Zahra bringen sollte. »Tut mir leid, das ist unmöglich, ich bin nicht dazu ermächtigt«, hatte McIver entgeistert geantwortet. Eine Stunde später war der Mann mit *hezbollahis* zurückgekehrt. McIvers Büro und der Vorraum füllten sich mit robusten, zornigen jungen Männern, von denen zwei sowjetische AK47-Automatikgewehre und einer ein amerikanisches M16 umgehängt hatten.

»Sie werden den Helikopter zur Verfügung stellen, wie ich es verlangt habe«, hatte ihm der Mann arrogant erklärt. »Für den Fall, daß es schwierig wird, die Menge im Zaum zu halten. Natürlich wird ganz Teheran anwesend sein, um den Ayatollah zu begrüßen, möge Allah ihn segnen!«

»So gern ich es täte, ich kann es nicht«, hatte McIver vorsichtig geantwortet und versucht, Zeit zu gewinnen. Er befand sich in einer unhaltbaren Lage. Man hatte Khomeini gestattet zurückzukehren, aber auch nicht mehr; wenn die Bachtiar-Regierung erfuhr, daß S-G ihrem Erzfeind einen Hubschrauber für den triumphalen Einzug in die Hauptstadt zur Verfügung gestellt hatte, würde sie bestimmt sehr verärgert sein. Und selbst wenn die Regierung ihre Zustimmung gab, würde man S-G dafür verantwortlich machen, falls etwas schiefging. Wenn dem Ayatollah etwas zustieß, war ihr Leben keinen Pfifferling mehr wert. »Alle unsere Maschinen sind geleast, und ich besitze nicht die Befugnis...«

»Ich erteile Ihnen die Befugnis im Namen des Ayatollah«, hatte ihn der Mann zornig mit lauter Stimme unterbrochen. »Der Ayatollah ist die einzige Autorität im Iran.«

»Dann dürfte es Ihnen ja nicht schwerfallen, einen Helikopter von der iranischen Armee oder Luftwaffe zu erhalten.«

»Ruhe! Man hat Ihnen die Ehre erwiesen, Sie zu fragen. Sie werden tun, was man Ihnen befiehlt. In Allahs Namen hat das Komitee beschlossen, daß Sie eine 212 und ihren besten Piloten zur Verfügung stellen, der den Ayatollah, wann und wie wir wollen, dorthin bringt, wohin wir wollen.«

Es war das erste Mal, daß McIver einem jener Komitees gegenübergestanden hatte, jener Gruppen von jungen Fundamentalisten, die wie durch ein Wunder in dem Augenblick, in dem der Schah den Iran verlassen hatte, in jedem Weiler, jedem Dorf, jedem Marktflecken und jeder Stadt aufgetaucht waren, um die Macht an sich zu reißen. Sie griffen Polizeistationen an, mobilisierten den Pöbel und übernahmen überall, wo es ihnen möglich war, das Kommando. In der Regel führte ein Mullah sie an. Aber nicht immer. Auf den Ölfeldern von Abadan bestanden die Komitees angeblich aus linksradikalen Fedajin – wörtlich übersetzt »jene, die bereit sind, sich zu opfern«.

»Sie werden gehorchen.« Der Mann hatte ihm einen Revolver unter die Nase gehalten.

»Ihr Vertrauen ehrt mich«, war McIvers Antwort gewesen, während sich die Männer um ihn drängten und der stechende Geruch von Schweiß und ungewaschener Kleidung aufstieg. »Ich werde die Regierung um...«

»Die Bachtiar-Regierung ist ungesetzlich und für das Volk unannehmbar«, hatte der Mann gebrüllt, worauf die anderen sofort reagierten und die Lage ungemütlich wurde. Einer hatte sein automatisches Gewehr abgenommen. »Sie werden sich bereit erklären, oder das Komitee ergreift weitere Schritte.«

McIver hatte ein Telex an Andrew Gavallan in Aberdeen geschickt, der sofort zustimmte, vorausgesetzt, daß die iranischen Partner von S-G einverstanden waren. Die Partner waren nicht aufzufinden. In seiner Verzweiflung hatte sich McIver um Rat an die Britische Botschaft gewandt. »Natürlich können

Sie die Regierung offiziell oder inoffiziell fragen, aber Sie werden nie eine Antwort erhalten. Wir wissen nicht einmal mit Sicherheit, ob sie Khomeini wirklich erlauben werden zu landen oder ob die Luftwaffe die Sache in die Hand nimmt. Schließlich ist der Kerl ein Erzrevolutionär, der offen zum Aufstand gegen die legale Regierung aufruft, die alle anerkennen – auch die Regierung Ihrer Majestät. Wenn Sie tatsächlich unklugerweise anfragen, wird sich die Regierung bestimmt merken, daß Sie sie in eine peinliche Lage gebracht haben. Ganz gleich, wie Sie es machen, Sie machen es falsch.«

Schließlich war McIver mit dem Komitee zu einem einigermaßen annehmbaren Kompromiß gelangt. »Es würde sehr merkwürdig aussehen«, hatte er ungeheuer erleichtert erklärt, »wenn eine britische Maschine Ihren verehrten Führer in die Stadt fliegt. Es würde sich bestimmt besser machen, wenn es sich um eine von einem Iraner geflogene Maschine der iranischen Luftwaffe handelte. Ich werde selbstverständlich einen unserer Hubschrauber in Bereitschaft halten, ja sogar zwei, falls es zu einem Unfall kommen sollte; mit unseren besten Piloten. Kontaktieren Sie uns einfach über Funk, verlangen Sie eine *casuality evacuation*, und wir stehen Ihnen sofort zur Verfügung.«

Und jetzt wartete er hier und betete, daß es zu keiner CASEVAC kam und sie nicht eingreifen mußten.

Der Jumbo-Jet 747 der Air France tauchte aus dem rosa Dunst auf. 20 Minuten lang kreiste die Maschine und wartete auf die Landeerlaubnis.

McIver hörte über das Funkgerät der 212 den Tower ab. »Immer noch Sicherheitsprobleme«, berichtete er den beiden. »Aha – sie haben die Erlaubnis bekommen.«

»Jetzt geht's los«, murmelte Pettikin.

Sie sahen zu, wie das Flugzeug zur Landung ansetzte, doch im letzten Augenblick startete der Pilot durch. »Was zum Teufel treibt er?« fragte Genny.

»Der Pilot sagt, daß er sich die Lage genauer ansehen wolle«, berichtete McIver nach einiger Zeit. »Ich täte es an seiner Stelle auch – um sicherzugehen. Ich hoffe nur, daß die Luftwaffe keinen Blödsinn macht.«

»Schau!« unterbrach ihn Genny.

Der Jet setzte jetzt auf. Sofort brauste ihm ein Mercedes entgegen, und als die Nachricht von der Landung zu den Menschen im Abfertigungsgebäude, von dort zu den Barrikaden und von dort auf die Straßen drang, geriet die Menge vor Freude außer sich. Das Gebrüll begann: »*Allah-u Akbar... Agha uhmad*« – Allah ist groß... der Meister ist zurückgekehrt.

Es dauerte eine Ewigkeit, bis die Gangway herangeschoben wurde, die Tür aufging und der alte Mann mit dem strengen Gesicht, dem schwarzen Turban und dem dichten Bart die Treppe herunterkam. Er schritt durch die hastig zusammengetrommelte, aus einigen Mullahs und der iranischen Air-France-Crew bestehende Ehrengarde und wurde von seinen engsten Beratern und den nervösen Flughafenbeamten umringt und rasch in dem Wagen untergebracht, der zum Abfertigungsgebäude fuhr. Hier löste er einen Tumult aus, weil die jubelnden, schreienden, ekstatischen Menschen einander wegdrängten, um in

seine Nähe zu gelangen und ihn zu berühren, die Reporter aus der ganzen Welt um die besten Plätze kämpften, Blitzlichter aufflammten, TV-Kameras surrten und alle brüllten. Die *hezbollahis* und die Polizei versuchten, ihn vor dem Gedränge zu schützen. Genny konnte ihn einen Augenblick lang sehen, ein steinernes Antlitz in dem Wirbel, dann wurde er von der Menge verschlungen.
Während dies alles nochmals vor ihrem inneren Auge vorbeizog, trank Genny ihren Wodka-Martini, dabei ließ sie das Radio nicht aus den Augen, als wolle sie erzwingen, daß der Ton wieder einsetzte und die Erinnerung an diesen Tag und Khomeinis Rede auf dem Behescht-Zahra-Friedhof auslöschte; er hatte diesen Ort gewählt, weil so viele Opfer des Blutigen Freitags – er bezeichnete sie als Märtyrer – dort begraben waren.
Sie wollte auch die TV-Bilder auslöschen, die sie später gesehen hatten: das tobende Meer von Menschen, in das die dahinkriechende Wagenkolonne eingeschlossen war – alle Sicherheitsmaßnahmen waren vergessen – Zehntausende von Männern, Frauen, jungen Leuten, die schrien, sich durchkämpften, sich vordrängten, um näher an ihn heranzukommen, die auf den Chevy-Lieferwagen kletterten, in dem er saß, und versuchten, ihn zu erreichen, zu berühren. Der Ayatollah saß anscheinend gelassen auf dem Vordersitz und hob nur gelegentlich abwehrend die Hände. Die Menschen kletterten auf die Motorhaube und das Dach, weinten und schrien, riefen ihm etwas zu, stießen die anderen weg; es war dem Fahrer unmöglich, etwas zu sehen, manchmal bremste er scharf, um die Leute abzuschütteln, manchmal gab er einfach blindlings Gas. Genny wollte vor allem die Erinnerung an einen Jungen in einem braunen Anzug verdrängen, der auf die Motorhaube geklettert war, keinen Halt fand, langsam hinunterfiel und unter die Räder rollte.
Dutzenden war es wie dem Jungen ergangen. Schließlich hatten sich die *hezbollahis* einen Weg zu dem Lieferwagen gebahnt und den Hubschrauber herbeibefohlen. Sie erinnerte sich daran, wie der Helikopter rücksichtslos auf die Menge herabstieß, die vor den Flugblättern flüchtete. Überall lagen Leichen, überall lagen Verletzte; scheinbar ungerührt ging der Ayatollah inmitten seines Rudels moslemischer Leibwächter zum Hubschrauber und ließ sich mit unbeweglichem, kaltem Gesicht hineinhelfen. Dann stieg das Flugzeug zum Himmel empor und ließ das endlose »*Allah-uuuuu Akbar... Agha uhmad...*« hinter sich.
»Ich brauche noch einen Drink.« Sie stand auf, um ihr Frösteln zu verbergen. »Soll ich dir auch einen mixen, Duncan?«
»Danke, Gen.«
Sie ging in die Küche, um Eis zu holen. »Charlie?«
»Danke, Genny, ich bediene mich selbst.«
Sie blieb stehen, als der Ton wieder einsetzte. »... China berichtet, daß es an der Grenze zu Vietnam zu ernsten Zusammenstößen gekommen ist, und prangert diese Angriffe als weiteren Beweis für das sowjetische Hegemoniestreben an. In Frank...« Wieder setzte der Ton aus, und nur die Störgeräusche waren zu hören.
Nach einer kurzen Pause erzählte Pettikin: »Auf dem Weg hierher war ich auf

einen Drink im Club. Unter den Journalisten hält sich hartnäckig das Gerücht, daß Bachtiar sich auf die entscheidende Kampfprobe vorbereitet. Außerdem ist es in Mesched angeblich zu heftigen Kämpfen gekommen, nachdem die Massen den Polizeichef und ein halbes Dutzend seiner Männer aufgeknüpft haben.«

»Schrecklich.« Sie kam aus der Küche zurück. »Wer hat die Massen in der Hand, Charlie? Die Kommunisten?«

Pettikin zuckte mit den Achseln. »Niemand weiß etwas Genaues, aber die kommunistischen Tudeh schüren bestimmt das Feuer, auch wenn sie verboten sind. Und das tun auch die Linken, vor allem die Volks-Mudjaheddin, die an eine von den Sowjets gesponserte Ehe zwischen der islamischen Religion und dem Marxismus glauben. Der Schah, die USA und die meisten westlichen Regierungen wissen das, auch daß ihnen die Sowjets jenseits der Grenze massiv helfen und sie unterstützen. Daher hält sich die gesamte iranische Presse ruhig, genau wie unsere iranischen Geschäftspartner, obwohl sie eine Heidenangst haben, weil sie nicht wissen, für welche Seite sie sich entscheiden sollen. So unterstützen sie sowohl den Schah als auch Khomeini. Ich hoffe von Herzen, daß sich alles beruhigen wird. Der Iran ist ein großartiges Land, und ich möchte es nicht verlassen.«

»Was meint die ausländische Presse?«

»Man ist geteilter Meinung. Einige amerikanische Kommentatoren finden, daß der Schah schuld ist. Andere behaupten, daß Khomeini allein verantwortlich ist, daß es eine religiöse Angelegenheit ist, die er und die Mullahs angezettelt haben. Wieder andere machen die linksstehenden Fedajin oder die zum harten Kern gehörende, fundamentalistische Moslembruderschaft verantwortlich – es gibt sogar einen Kerl, ich glaube einen Franzosen, der behauptet, daß Yasir Arafat und die PLO...« Er verstummte. Im Radio war für eine Sekunde etwas zu vernehmen, dann knatterte es wieder. »Das müssen Sonnenflecken sein.«

»Es genügt, daß es einem den Magen umdreht«, meinte McIver. Wie Pettikin hatte auch er bei der RAF gedient. Er war der erste Pilot gewesen, der zur S-G gewechselt hatte. Als Einsatzleiter im Iran war er gleichzeitig leitender Direktor der IHC, der Iran Helicopter Company, jenes Fifty-fifty-Gemeinschaftsunternehmens mit dem obligatorischen iranischen Partner, an das S-G seine Hubschrauber leaste, jene Gesellschaft, die ihre Verträge bekam, die Abschlüsse tätigte und das Geld verwaltete, kurz: ohne die im Iran nichts ging.

»... Sprecher des Energieministeriums erklärt, daß die neue vierzehnprozentige Preiserhöhung der OPEC nächstes Jahr die USA 51 Milliarden für Ölimporte kosten wird. In Washington gab Präsident Carter bekannt, daß infolge der sich immer mehr zuspitzenden Situation im Iran ein Flugzeugträger von den Philip...« Eine andere Station überlagerte die Stimme des Sprechers, dann fielen beide aus,.

Sie warteten schweigend und sehr gespannt. Die beiden Männer sahen einander an und versuchten zu verbergen, wie betroffen sie waren. Genny ging zu der Whisky-Flasche auf der Anrichte. Dort stand auch das Hochfrequenzfunkgerät, McIvers Verbindung zu den Helikopterbasen im Iran – wenn es die Wetterbedingungen erlaubten. Die Wohnung war groß, gut eingerichtet und verfügte über drei Schlaf- und zwei Wohnzimmer. In den letzten Monaten, seit der Verhängung des Ausnahmezustandes und der eskalierenden Gewalt auf den Straßen, war Pettikin zu ihnen übersiedelt; er hatte sich vor einem Jahr scheiden lassen.

Die Fensterscheiben klirrten im leichten Wind. Genny schaute hinaus. Aus den Fenstern der gegenüberliegenden Häuser drang schwacher Lichtschein, die Straßenlampen brannten nicht. Endlos lagen vor ihr die niedrigen Dächer der riesigen Stadt. Die meisten der fünf bis sechs Millionen Einwohner lebten im Elend. Dieses Gebiet im Norden von Teheran, das vornehmste Viertel, in dem die meisten Ausländer und die wohlhabenden Iraner wohnten, wurde von der Polizei gut bewacht.

»Es wird einen Bürgerkrieg geben. Wir können hier nicht weitermachen«, sagte Genny.

»Es kommt alles wieder in Ordnung, Gen. Carter kann nicht...« Das Licht erlosch plötzlich, und der elektrische Ofen ging aus.

»Scheiße«, fluchte Genny. »Zum Glück haben wir den Butangaskocher.«

»Vielleicht kommt der Strom bald wieder.« McIver half ihr, die schon bereitliegenden Kerzen anzuzünden. Er schaute Richtung Eingangstür, neben der ein Kanister mit 20 Litern Benzin stand: ihr Treibstoffvorrat. Er haßte es, Benzin in der Wohnung aufzubewahren, zumal sie beinahe jeden Abend Kerzen verwenden mußten. Aber seit Wochen mußte man sich bei den Tankstellen 5 bis 24 Stunden anstellen, und selbst dann schickte einen der iranische Tankwart oft noch fort, weil man Ausländer war. Ihr Autotank war immer wieder entleert worden, da halfen auch keine Schlösser. Dabei ging es ihnen noch besser als den meisten anderen, weil sie auf die Vorräte am Flughafen zurückgreifen konnten. Normalen Bürgern dagegen, vor allem Ausländern, wurde das Leben durch das Schlangestehen sehr erschwert.

»Denk an unsere eiserne Ration!« ermahnte er Genny.

»Vielleicht solltest du eingedenk alter Zeiten eine Kerze draufstellen, Mac«, schug Pettikin vor.

»Führe ihn nicht in Versuchung, Charlie! Was wolltest du über Carter sagen?«

»Wenn Carter in Panik gerät und Truppen – oder auch nur einige Flugzeuge – einsetzt, um einen Militärputsch zu unterstützen, brennen die Sicherungen durch. Alle werden aufheulen wie ein verbrühtes Rhinozeros, die Sowjets am lautesten, sie werden reagieren müssen, und der Iran wird zum auslösenden Funken für den dritten Weltkrieg werden.«

»Der dritte Weltkrieg ist doch seit 45 im Gang, Charlie«, widersprach McIver.

Lautes Knattern unterbrach das Gespräch, dann kamen die Nachrichten wieder: »... wegen verbotener Spionagetätigkeit. Der Generalstabschef der Streitkräfte berichtet aus Kuwait, daß sein Land Waffenlieferungen von der Sowjetunion erhalten hat.«

»Mein Gott«, murmelte Pettikin.

»... In Beirut hat der Führer der PLO, Yasir Arafat, erklärt, daß seine Organisation der Revolution des Ayatollah Khomeini weiterhin aktiv Hilfe leisten wird. Bei einer Pressekonferenz in Washington hat Präsident Carter wiederholt, daß die USA die Bachtiar-Regierung und den ›verfassungsgemäßen Prozeß‹ im Iran unterstützen wollen. Und nun Nachrichten aus dem Iran selbst: Ayatollah Khomeini hat mit der Verhaftung von Premierminister Bachtiar gedroht, wenn dieser nicht abdankt. Er hat das Volk aufgefordert, ›die schreckliche Monarchie und ihre illegale Regierung‹ zu vernichten, und an die Armee appelliert, ›sich gegen die vom Ausland gelenkten Offiziere zu erheben und mit ihren Waffen die Kasernen zu verlassen‹. Ein letzte Meldung: Auf den britischen Inseln haben außergewöhnliche Schneefälle, Stürme und Überschwemmungen einen Großteil des Verkehrs lahmgelegt; der Flughafen Heathrow wurde soeben gesperrt. Damit sind unsere Nachrichten beendet. Die nächste Sendung folgt um 19 Uhr. Sie haben den World Service der BBC gehört. Und jetzt ein Bericht unseres Landwirtschaftsexperten über Geflügel und Schweine. Wir beginnen...«

McIver schaltete den Apparat ab. »Verdammt, die Welt geht aus den Fugen, und die BBC erzählt uns etwas über Schweinehaltung!«

Genny lachte. »Was würdest du ohne die BBC, das Fernsehen und das Fußballtoto anfangen?« Sie hob den Telefonhörer versuchsweise ab, die Leitung war wie gewöhnlich tot. »Hoffentlich ist bei den Kindern alles in Ordnung.« Sie hatten einen Sohn und eine Tochter, Hamish und Sarah, die beide bereits verheiratet waren, und von jedem gab es ein Enkelkind.

»Es ist scheußlich, wenn man nicht telefonieren kann, wann man will«, stellte Pettikin fest.

»Ja. Wie dem auch sei, es ist Zeit fürs Essen. Ich habe Claire versprochen, daß ich dich füttere, Charlie. Heute war der Markt zum drittenmal hintereinander beinahe leer. Deshalb hatte ich nur die Wahl zwischen einem gebratenen alten Schaf mit Reis oder etwas Besonderem. Ich habe mich für das Besondere entschieden und die letzten beiden Dosen geöffnet. Es gibt Corned-beef-Auflauf, überbackenen Blumenkohl, Siruptorte und ein Hors d'œuvre surprise.« Sie nahm eine Kerze, ging in die Küche und schloß die Tür hinter sich.

»Ich möchte wissen, warum wir immer überbackenen Blumenkohl bekommen.« McIver beobachtete, wie das Kerzenlicht in der Küchenoberlichte flackerte. »Ich hasse das verdammte Zeug. Ich habe ihr schon fünfzigmal gesagt...« Plötzlich erregte draußen auf der Straße etwas seine Aufmerksamkeit, und er trat ans Fenster. Die Stadt war wegen des Stromausfalls finster. Aber im Südosten erhellte ein roter Schein den Himmel. »Wieder in Jaleh«, stellte er lakonisch fest.

Fünf Monate zuvor, am 8. September, waren Zehntausende von Menschen in Teheran auf die Straßen gegangen, um gegen das vom Schah verhängte Standrecht zu demonstrieren. Es kam zu ausgedehnten Zerstörungen, vor allem in Jaleh, einem armen, dicht bevölkerten Vorort, wo Freudenfeuer angezündet und Barrikaden aus brennenden Autoreifen errichtet wurden. Als die Sicherheitskräfte eintrafen, weigerte sich die Menge auseinanderzugehen.

Es kam zu heftigen Zusammenstößen. Als Tränengas nichts nützte, ließ die Polizei die Gewehre sprechen. Die geschätzte Zahl der Toten schwankte zwischen offiziellen Angaben über 97 bis 250 und den Aussagen militanter oppositioneller Gruppen, die von 2000 bis 3000 Opfern sprachen.
Bei dem darauffolgenden scharfen Durchgreifen, dem sogenannten Blutigen Freitag, wurde eine große Zahl von oppositionellen Politikern, Dissidenten und Regimegegnern verhaftet und eingesperrt – die Regierung gab später zu, daß es 1106 Personen gewesen waren –, darunter zwei Ayatollahs, was die Massen noch mehr aufbrachte.
Pettikin beobachtete niedergeschlagen den Feuerschein. Ohne die Ayatollahs, dachte er, vor allem ohne Khomeini, wäre das alles nicht geschehen. Als McIver vor Jahren in den Iran gekommen war, hatte er einen Freund von der Britischen Botschaft gefragt, was das Wort Ayatollah bedeutet. »Es ist ein arabisches Wort, *ayat'Allah*, und bedeutet ›Spiegelung Gottes‹.«
»Also Priester?«
»Keineswegs. Im Islam gibt es keine Priester. Der Name ihrer Religion ist ebenfalls ein arabisches Wort, es bedeutet ›Unterwerfung‹: Unterwerfung unter den Willen Gottes.«
»Was?«
»Ich erkläre es dir«, hatte sein Freund lachend gesagt, »aber du mußt ein bißchen Geduld haben. Zunächst sind die Iraner keiner Araber, sondern Arier, und die große Mehrheit sind schiitische Moslems, eine aktive, manchmal mystische Splittersekte, während die Araber hauptsächlich orthodoxe Sunniten sind, die den größten Teil der Milliarden Moslems auf der Welt bilden. Die beiden Sekten kann man mit unseren Protestanten und Katholiken vergleichen, und sie haben einander auch genauso erbittert bekämpft. Allen aber ist der Glaube gemeinsam, daß es nur einen Gott gibt – *Allah*, das arabische Wort für Gott –, daß Mohammed, ein Mann aus Mekka, der von 570 bis 632 gelebt hat,.sein Prophet war, und daß die Worte des Korans, die er verkündet hat und die von anderen nach seinem Tod im Lauf vieler Jahre niedergeschrieben wurden, direkt von Gott kommen und alle Anweisungen enthalten, die ein einzelner oder die Gesellschaft braucht und nach denen sie sich richten müssen.«
»Alles? Das ist unmöglich.«
»Für die Moslems ist es möglich, heute, morgen, für ewige Zeiten. Aber ›Ayatollah‹ ist ein Titel, den es nur bei den Schiiten gibt und der einem Mullah verliehen wird, wenn die Gemeinschaft in einer Moschee ihn öffentlich dazu ausruft. Der Mann muß bestimmte Eigenschaften besitzen, die bei den Schiiten hoch in Ansehen stehen und die sie besonders bewundern: Frömmigkeit, Armut, Belesenheit – aber nur im Hinblick auf die heiligen Bücher, den Koran und die Sunna – und Führungsqualitäten, vor allem Führungsqualitäten. Im Islam gibt es keine Trennung zwischen Religion und Politik, es kann sie nicht geben, und die schiitischen Mullahs des Iran waren schon immer fanatische Hüter des Korans und der Sunna, fanatische Führer und, wenn nötig, kämpferische Revolutionäre.«

»Wenn ein Ayatollah oder Mullah kein Priester ist, was ist er dann?«
»Mullah bedeutet ›Führer‹, das ist der, der in der Moschee als Vorbeter die Gläubigen ›anführt‹. Jeder kann Mullah sein, vorausgesetzt, er ist männlichen Geschlechts und Mohammedaner. Im Islam gibt es keinen Klerus, der zwischen den Gläubigen und Gott steht, doch die Schiiten vertreten eine abweichende Auffassung: Sie glauben, daß nach dem Propheten die Erde von einem charismatischen, gottähnlichen, unfehlbaren Führer regiert werden sollte, dem Imam, der als Mittler zwischen den Menschen und Gott fungiert. Dadurch kam es zur großen Spaltung zwischen Sunniten und Schiiten. Wo die Sunniten an einen direkten Konsens glauben, akzeptieren die Schiiten die Autorität eines Imam.«
»Und wer bestimmt den Imam?«
»Darin liegt ja das Problem. Als Mohammed starb, hinterließ er weder Söhne noch einen von ihm bestimmten Nachfolger, einen Kalifen. Die Schiiten fanden, daß die Führerschaft in der Familie des Propheten bleiben sollte, und daß nur Ali, Mohammeds Vetter und Schwiegersohn, Kalif sein konnte. Doch die orthodoxen Sunniten meinten, daß ein Führer nur gewählt werden kann. Sie erwiesen sich als die Stärkeren, daher wurden die ersten drei Kalifen gewählt. Nachdem zwei von Sunniten ermordet wurden, machte man Ali doch noch zum Kalifen, der leidenschaftlichen Vorstellung der Schiiten zufolge zum ersten Imam.«
»Sie behaupten, daß er gottähnlich war?«
»Daß er von Gott geleitet wurde, Mac. Nach fünf Jahren wurde Ali ermordet – für die Schiiten war er ein Märtyrer. Sein ältester Sohn wurde Imam, dann aber von einem Sunniten widerrechtlich aus diesem Amt verdrängt. Sein zweiter Sohn, der verehrte, fünfundzwanzigjährige Hussain, trommelte eine Armee gegen den Usurpator zusammen, wurde jedoch mit seinem gesamten Anhang hingeschlachtet. Das geschah am zehnten Tag des Muhrarram im Jahr 650 unserer Zeitrechnung, und sie feiern Hussains Märtyrertod noch heute als ihr größtes religiöses Fest.«
»Ist das der Tag, an dem diese Prozessionen stattfinden, in deren Verlauf die Teilnehmer sich geißeln, Haken in den Körper treiben und kasteien?«
»Ja. Von unserem Standpunkt aus verrückt. Schah Reza hat den Brauch verboten, aber der Schiismus ist eine fanatische Religion, in der das Märtyrertum fest verankert ist. Es wird im Iran mit Hingabe verehrt.«
»Die Konfrontation ist also klar: die Gläubigen gegen den Schah?«
»O ja. Und auf beiden Seiten Fanatismus. Für die Schiiten ist der Mullah der einzige autorisierte Ausleger und Vermittler des Korans, was ihm ungeheure Macht verleiht. Er ist Führer, Vermittler, Gesetzgeber und Richter. Und die größten Mullahs sind die Ayatollahs.«
Und Khomeini ist der Groß-Ayatollah, dachte McIver, während er den blutigroten Himmel über Jaleh betrachtete.
»Mac!«
Er zuckte zusammen. »Entschuldige, ich war mit meinen Gedanken meilenweit weg. Ja?« Er schaute zur Küchentür. Sie war noch immer geschlossen.

»Meinst du nicht, daß du Genny aus dem Iran fortschaffen solltest? Die Situation wird ziemlich mulmig.«
»Sie will um keinen Preis weg. Ich habe es ihr fünfzigmal vorgeschlagen, sie fünfzigmal darum gebeten, aber sie ist störrisch wie ein Maulesel – wie deine Claire. Sie lächelt nur immer und sagt: ›Wenn du gehst, gehe ich auch.‹« Er trank seinen Whisky aus, blickte zur Tür und schenkte sich noch einmal ein. »Sprich du mit ihr, Charlie! Auf dich wird sie hören.«
»Das glaubst du doch selbst nicht.«
»Stimmt. Die verdammten Frauen. Verdammt eigensinnig. Verdammt, sie sind alle gleich.« Sie lachten.
Nach einer Pause fragte Pettikin: »Wie geht es Scharazad?«
McIver dachte kurz nach. »Tom Lochart hat Glück.«
»Warum ist sie nicht mit ihm auf Urlaub gefahren und in England geblieben, bis sich die Lage im Iran beruhigt?«
»Sie hat keinen Grund dazu. Sie hat dort keine Freunde oder Verwandten. Sie wollte, daß er seine Kinder wiedersieht, und wollte die ganze Geschichte nicht wieder aufrühren, indem sie mitfuhr. Selbst nach einem Jahr hat Deirdre Lochart die Scheidung noch nicht überwunden, außerdem lebt Scharazads Familie hier, und du weißt ja, wie sehr die Menschen hier an ihrer Familie hängen. Sie will das Land erst verlassen, wenn auch Tom abreist, und selbst dann – ich glaube es nicht recht. Tom möchte ohnedies für immer hierbleiben. Genau wie du.« Er lächelte. »Warum bleibst du eigentlich?«
»Solange hier alles normal gelaufen ist, war es der beste Posten, den ich je hatte«, antwortete Pettikin. »Ich kann soviel fliegen, wie ich will, im Winter Ski fahren, im Sommer segeln. Sogar deine Genny ist hier glücklich ... war es jedenfalls, bis der Wirbel losging. Claire dagegen hat sich hier nie heimisch gefühlt. Jahrelang hat sie sich mehr in England aufgehalten als hier, damit sie in der Nähe von Jason und Beatrice, von ihrer Familie und unserem Enkelkind sein konnte. Wir sind wenigstens als Freunde auseinandergegangen. Hubschrauberpiloten sollten überhaupt nicht heiraten, sie müssen zu oft umsiedeln. Ich will nicht nach Kapstadt zurück, und ich hasse die verdammten Winter in England.« Er trank sein Bier. *»Inscha'Allah«*, schloß er. »Alles liegt in Gottes Hand.« Die Vorstellung gefiel ihm.
Das Telefon klingelte vollkommen unerwartet und schreckte sie auf. Seit Monaten hatte man sich nicht mehr auf das Telefonnetz verlassen können, und in den letzten Wochen war es beinahe vollkommen zusammengebrochen.
»Wetten, daß jemand eine Rechnung anmahnt?« sagte Pettikin grinsend zu Genny, die aus der Küche gelaufen kam, weil das Klingeln sie aufgeschreckt hatte.
»Das ist zu ernst für eine Wette, Charlie.« Die Banken waren seit zwei Monaten auf Khomeinis Aufruf zum Generalstreik hin geschlossen.
McIver hob ab. »Hallo.«
»Mein Gott, das Ding funktioniert«, sagte eine Stimme. »Können Sie mich hören, Duncan?«
»Ja, gerade noch. Wer spricht?«

»Talbot, George Talbot von der Britischen Botschaft. Es tut mir leid, aber es wird langsam brenzlig. Khomeini hat Mehdi Bazargan zum Ministerpräsidenten ernannt und verlangt, daß Bachtiar zurücktritt, sonst... Im Augenblick ist eine Million Menschen in den Straßen von Teheran unterwegs, um irgend etwas anzuzetteln. Wir haben gerade erfahren, daß die Flieger in Doschan Tappeh revoltieren, und Bachtiar hat erklärt, daß er die Unsterblichen hinschickt, wenn sie nicht nachgeben.« Die Unsterblichen waren eine Eliteeinheit der dem Schah bis in den Tod ergebenen Kaiserlichen Garde. »Die Regierung Ihrer Majestät wie auch die Regierungen der USA, Kanadas und alle anderen raten ihren sämtlichen entbehrlichen Staatsangehörigen, das Land sofort zu verlassen...«

McIver versuchte, sich nichts anmerken zu lassen, und murmelte den anderen zu: »Talbot von der Botschaft.«

»Gestern wurden ein Amerikaner namens Stanson von ExTexOil und ein iranischer Ölfachmann im Südwesten in der Nähe von Ahwas von ›nicht identifizierten Bewaffneten‹ überfallen und getötet. Sie arbeiten doch noch dort unten, nicht wahr?«

»In der Nähe, bei Bandar-Delam an der Küste.« McIvers Stimme blieb ruhig.

»Wie viele britische Staatsangehörige haben Sie hier, Angehörige ausgenommen?«

McIver überlegte kurz. »Etwa 45. Insgesamt beschäftigen wir 67 Leute, nämlich 26 Piloten, 36 Mechaniker, fünf Bürokräfte. Wir geben alle als Briten aus, wenn es sich als notwendig erweist.«

»Was sind die anderen?«

»Amerikaner, Deutsche, ein Finne.«

»Angehörige?«

»Vier, alles Frauen, keine Kinder. Wir haben die übrigen vor drei Wochen nach Hause geschickt. Genny ist noch hier, eine Amerikanerin in Kowiss und zwei Iranerinnen.«

»Verschafft den beiden iranischen Frauen so rasch wie möglich neue Pässe!« Laut iranischem Gesetz mußten alle iranischen Staatsbürger, die in das Land zurückkehrten, bei der Einreise ihre Pässe der Einwanderungsbehörde aushändigen. Wollten sie wieder ausreisen, mußten sie persönlich um eine Ausreiseerlaubnis ansuchen, und es dauerte Tage, oft Wochen, bis sie sie erhielten.

»Wir können Gott dafür danken, daß wir Briten sind«, fuhr Talbot fort. »Zum Glück haben wir weder mit dem Ayatollah noch mit Bachtiar oder den Generälen Differenzen. Dennoch können alle Ausländer in Schwierigkeiten geraten. Deshalb raten wir Ihnen formell, die Angehörigen möglichst rasch wegzuschicken und das Personal auf ein Minimum zu reduzieren – jedenfalls vorläufig. Ab morgen wird auf dem Flughafen ein wüstes Durcheinander herrschen. Wir schätzen, daß sich noch etwa 5000 Ausländer im Land befinden, hauptsächlich Amerikaner, aber wir haben British Airways gebeten, zu kooperieren und mehr Flüge für uns und unsere Staatsangehörigen einzuschieben. Die Schwierigkeit besteht vor allem darin, daß die zivilen

Fluglotsen noch immer streiken. Bachtiar hat zwar die Fluglotsen der Luftwaffe eingesetzt, aber die sind sicher noch pedantischer. Wir befürchten, daß es genauso wird wie beim Exodus.«

»Du meine Güte!«

Wenige Wochen zuvor, nachdem die Drohungen gegen Ausländer monatelang eskaliert hatten, geriet in der Industriestadt Isfahan der Mob außer Rand und Band, setzte Banken in Brand – der Koran verbietet, Geld gegen Zinsen zu verleihen – Spirituosengeschäfte –, der Koran verbietet den Genuß von Alkohol – und zwei Kinos – angeblich Orte der Pornographie und der westlichen Propaganda, immer schon die Lieblingsziele der Fundamentalisten. Die Menge griff dann Fabriken an, warf Molotow-Cocktails in die vierstöckige Zentrale von Grumman Aircraft und legte sie in Schutt und Asche. Diese Vorgänge hatten den Exodus ausgelöst.

Tausende von Ausländern strömten zum Flughafen von Teheran, kämpften um die wenigen freien Plätze, ließen das Flughafengebäude wie ein Katastrophengebiet erscheinen, in dem Männer, Frauen und Kinder kampierten, geduldig warteten, schliefen, bettelten, jammerten, schrien oder sich stoisch ruhig hielten. Keine Flugpläne wurden eingehalten, jedes Flugzeug war zwanzigfach überbelegt, die Computer fielen aus, nur ein paar mürrische Beamte stellten handschriftlich Tickets aus.

In ihrer Verzweiflung charterten manche Gesellschaften ihre eigenen Flugzeuge, um ihre Leute auszufliegen. Die Luftwaffe der Vereinigten Staaten holte die Angehörigen der Militärs heraus, während die Botschaften das Ausmaß der Evakuierung herunterspielten, weil sie den Schah, der ihnen 20 Jahre lang ein treuer Verbündeter gewesen war, nicht in noch größere Schwierigkeiten bringen wollten. Das Chaos wurde durch Tausende von Iranern vergrößert, die fliehen wollten, solange es noch möglich war; allen voran die Skrupellosen und die Reichen. Etliche Beamte wurden dabei rasch reich. Dann aber streikten die Fluglotsen und legten den Flugbetrieb lahm.

Zwei Tage lang landete und startete keine Maschine. Die Menge verlief sich zum Teil, der Rest blieb. Dann nahmen einige Lotsen die Arbeit wieder auf, und der Tanz ging von neuem los. Die Leute rasten mit Kindern und Gepäck oder auch ohne Gepäck zum Flughafen, weil ihnen ein Platz zugesichert worden war, und weil es ihn nicht gab, wieder zurück nach Teheran. Sie warteten stundenlang auf ein Taxi, da die meisten Taxifahrer streikten, und wenn sie endlich wieder im Hotel ankamen, war ihr Zimmer längst weitervergeben worden. Alle Banken waren geschlossen, und so gab es kein Geld, um die immer offenen Hände zu schmieren.

Endlich waren alle abreisewilligen Ausländer fort. Diejenigen, die geblieben waren, um den Betrieb in Gang zu halten und die gigantischen Investitionen nicht im Stich zu lassen, verhielten sich ruhig, vor allem wenn sie Amerikaner waren. Khomeini hatte erklärt: »Wenn ein Ausländer fort will, laßt ihn ziehen; der amerikanische Materialismus ist der große Satan.«

McIver preßte den Hörer fester an das Ohr, als die Lautstärke nachließ. »Ja, George, was haben Sie gesagt?«

»Wir sind sicher, daß irgendwann wieder Ordnung eintritt. Auf keinen Fall geht alles in die Binsen. Einer inoffiziellen Quelle zufolge wird bereits darüber verhandelt, daß der Schah zugunsten seines Sohnes Reza abdankt – der Kompromiß, für den die Regierung Ihrer Majestät eintritt. Der Übergang zu einer konstitutionellen Regierung wird vielleicht etwas stürmisch verlaufen, aber es besteht kein Grund zu ernstlicher Sorge. Ich muß jetzt leider Schluß machen. Benachrichtigen Sie mich, was Sie beschlossen haben, und...«
Die Verbindung war unterbrochen. McIver fluchte und erzählte den anderen, was Talbot gesagt hatte.
Genny lächelte honigsüß. »Schau mich nicht an, ich sage immer noch nein. Ich...«
»Aber Talbot hat...«
»Von mir aus können alle anderen abreisen, ich bleibe. Das Essen ist beinahe fertig.« Sie ging in die Küche zurück, schloß die Tür hinter sich und schnitt damit jede weitere Debatte ab.
»Sie reist ab, verdammt noch mal, und dabei bleibt es«, knurrte McIver.
»Sie fährt bestimmt nicht – solange du hierbleibst. Warum reist du nicht ab? Ich kann mich doch ums Geschäft kümmern.«
»Nein. Danke. Aber nein. Ich komme mir vor wie im Krieg. Wie bei der verdammten Verdunkelung. Man hat sich keine Gedanken gemacht, seine Pflicht getan und die Befehle befolgt.« Er versuchte, die Niederlassung in Badar-Delam zu erreichen und beobachtete dabei Pettikin. »Hast du Stanson gekannt, diesen Amerikaner?«
»Nein. Du?«
»Ja. Ein stinknormaler Bursche, Gebietsmanager bei ExTex. Ich habe ihn zufällig kennengelernt. Angeblich war er bei der CIA, aber das halte ich für ein Gerücht. Doch damit hat Talbot recht: Wir haben verdammtes Glück, daß wir Briten sind. Für die Yankees steht es schlimm. Das ist nicht fair.«
»Ja, aber du deckst unsere Amerikaner ohnehin, so gut du kannst.«
»Hoffentlich reicht das.« Als der Schah das Land verlassen hatte und die Gewalttätigkeiten überall zunahmen, hatte McIver allen Amerikanern britische Ausweise ausstellen lassen. »Die müßten genügen, außer die *hezbollahis*, die Polizei oder die SAVAk vergleichen sie mit ihren Fluglizenzen.« Laut iranischem Gesetz mußten alle Ausländer ein gültiges Visum, einen gültigen Personalausweis, in dem ihre Firma angegeben war, und alle Piloten dazu eine für das laufende Jahr gültige Fluglizenz besitzen. Als weitere Sicherheitsmaßnahme hatte McIver Firmenausweise ausgestellt, und sie von General Valik, dem Chef ihrer iranischen Partner in Teheran, unterschreiben lassen. Bis jetzt waren diese Papiere nicht reklamiert worden. Den Amerikanern hatte McIver erklärt: »Wenn nötig, zeigen Sie diese Ausweise vor.« Er hatte dem Personal auch befohlen, je ein Foto von Khomeini und vom Schah bei sich zu tragen. »Benützen Sie ja das richtige, wenn Sie angehalten werden!«
Pettikin bemühte sich erfolglos, Bandar-e Delam mit dem Hochfrequenzsender zu erreichen. »Wir versuchen es später«, meinte McIver. »Um zwanzig Uhr dreißig wird auf jedem Stützpunkt jemand am Gerät sitzen – wir haben

also noch Zeit zu überlegen. Es wird verdammt schwierig werden. Was meinst du? Status quo, ausgenommen die Angehörigen?«

Pettikin stand auf, nahm eine Kerze und betrachtete die Einsatzkarte an der Wand. Sie enthielt alle Informationen über die Stützpunkte, die Mannschaften, das Bodenpersonal und die Maschinen. Die Niederlassungen waren über den ganzen Iran verstreut, doch nur fünf waren jetzt noch in Betrieb: Lengeh, Kowiss, Bandar-Delam, Zagros und Täbris. »Wir haben 15 Maschinen vom Typ 212, davon sind zwei wegen des 1500-Stunden-Services momentan außer Betrieb, 7 vom Typ 206 und 3 Alouettes, die augenblicklich alle im Einsatz sein sollten.«

»Und für sämtliche Helis haben wir rechtsgültige Leasing-Verträge. Keiner dieser Verträge ist gekündigt worden, aber wir bekommen auch für keinen Geld«, meinte McIver gereizt. »Wir können sie unmöglich alle in Kowiss stationieren – wir können sie ohne Zustimmung des Unternehmers oder unserer lieben Partner nicht einmal abziehen – es sei denn, wir können uns auf höhere Gewalt berufen.«

»Die ist bis jetzt noch nicht eingetreten. Solange es geht, muß es beim Status quo bleiben«, erklärte Pettikin zuversichtlich.

»Wenn es doch nur der Status quo wäre, Charlie! Vor einem Jahr hatten wir beinahe 40 vom Typ 212 im Einsatz, und dazu noch die anderen Maschinen.« McIver schenkte sich einen neuen Whisky ein.

»Du solltest aussetzen, sonst bekommst du Schwierigkeiten mit Genny. Du weißt, daß du zu hohen Blutdruck hast und nicht trinken sollst.«

»Er ist Medizin für mich.« Eine Kerze flackerte und erlosch. McIver stand auf, zündete sie wieder an und trat zur Karte. »Wir sollten Azadeh und den fliegenden Finnen zurückpfeifen. Seine 212 ist beim 1500-Stunden-Service, also wird er ein paar Tage nicht gebraucht.« Es handelte sich um Captain Erikki Yokkonen und seine iranische Frau Azadeh. Der Stützpunkt lag in der Gegend von Täbriş im Osten Aserbeidschans nahe der sowjetischen Grenze. »Am besten holen wir sie mit einer 206. Damit ersparen wir ihnen die 550 Kilometer Fahrt auf elenden Straßen.«

Pettikin strahlte. »Danke, ich kann einen kleinen Ausflug brauchen. Ich werde heute abend den Flugplan über Funk einreichen, im Morgengrauen starten, in Bandar-e Pahlavi auftanken und uns Kaviar kaufen.«

»Traumtänzer! Aber Genny würde sich darüber freuen. Du weißt, was ich von dem Zeug halte.« McIver wandte sich von der Karte ab. »Wir sind sehr exponiert, wenn die Lage brenzlig wird.«

»Nur, wenn es uns bestimmt ist.«

McIver nickte. Geistesabwesend sah er das Telefon an und nahm dann den Hörer ab. Zu seiner Verblüffung kam das Freizeichen. Aufgeregt wählte er Aberdeen in Schottland. Er wartete, und dann leuchtete sein Gesicht auf. »Mein Gott, ich bin durchgekommen!«

»S-G Helicopters, bleiben Sie bitte am Apparat«, meldete sich der Rund-um-die-Uhr-Dienst, bevor er etwas sagen konnte, und legte ihn auf Eis. Er wartete wütend.

Als sich die Telefonistin wieder meldete, unterbrach er sie: »Hier spricht McIver in Teheran, geben Sie mir bitte den Alten!«
»Er spricht am anderen Apparat. Ich gebe Ihnen seine Sekretärin.«
»Hallo, Mac«, meldete sich Liz Chen sofort. »Warten Sie einen Augenblick, ich hole ihn. Wie geht es Ihnen? Wir versuchen seit Tagen, Sie zu erreichen. Bleiben Sie dran!«
»In Ordnung, Liz.«
Eine Sekunde später rief Andrew Gavallan fröhlich: »Wie hast du es geschafft, durchzukommen, Mac? Großartig, daß ich dich sprechen kann – wir haben hier ständig versucht, deine Nummer anrufen zu lassen. Wie geht es Genny? Wie seid ihr durchgekommen?«
»Reiner Zufall, Andy. Ich bin zu Hause. Ich beeile mich lieber, falls wir unterbrochen werden.« McIver berichtete, was ihm Talbot mitgeteilt hatte, ließ aber einiges aus. Er mußte vorsichtig sein, weil die SAVAK, der iranische Geheimdienst, oft Telefone anzapfte, vor allem die von Ausländern.
Einen Augenblick herrschte Stille. »Zunächst: Tu, was die Botschaft sagt, und schaffe alle Angehörigen unverzüglich außer Landes. Bring die Finnische Botschaft dazu, sich um Azadehs Paß zu kümmern. Sag Tom Lochart, er soll Scharazad wegschicken. Ich habe ihn überredet, vor zwei Wochen um ihre Ausreisegenehmigung anzusuchen. Er hat übrigens Post für dich.«
McIvers Puls ging schneller. »Gut, er kommt morgen.«
»Ich werde mich mit den British Airways in Verbindung setzen und versuchen, Plätze zu reservieren. Außerdem schicke ich dir unsere 125. Sie soll morgen nach Teheran fliegen. Wenn du mit den British Airways Probleme hast, schaff alle Angehörigen und das entbehrliche Personal ab morgen mit dem Jet hinaus. Teheran ist doch noch offen, oder?«
»Heute war offen«, antwortete McIver vorsichtig.
Genauso vorsichtig sagte Gavallan: »Zum Glück haben die Behörden alles unter Kontrolle. Was würdest du in bezug auf unsere Operationen im Iran empfehlen?«
McIver holte tief Luft. »Status quo.«
»Gut. Es deutet alles darauf hin, daß sich das Geschäftsleben bald normalisieren wird. Wir besitzen im Iran viel Prestige. Und Zukunft. Hör mal, Mac, das Gerücht über Guerney hat gestimmt.«
McIvers Augen leuchteten auf. »Bist du sicher?«
»Ja. Vor ein paar Minuten habe ich ein Telex von IranOil bekommen, in dem sie bestätigen, daß alle Guerney-Verträge in Kharg, Kowiss, Zagros und Lengeh auf uns übergehen. Offenbar ist von oberster Stelle der Befehl ausgegeben worden, uns zu schröpfen, und ich mußte einen namhaften Beitrag zum Pischkesch-Fonds unseres Partners leisten.« Das Pischkesch war ein alter persischer Brauch, ein Geschenk, das man im voraus für eine eventuelle Gefälligkeit machte. Es war auch ein alter, legitimer Brauch der Beamten, jedes Pischkesch zu behalten, das sie im Lauf ihrer Amtszeit erhielten. Wovon sollten sie sonst leben? »Aber das macht nichts. Wir werden unsere Gewinne im Iran vervielfachen.«

»Das klingt wunderbar.«
»Und das ist noch nicht alles, Mac! Ich habe gerade 20 weitere 212 bestellt und heute den Auftrag für 6 X63 bestätigt – das Modell ist einsame Spitze.«
»Das ist phantastisch, Andy – aber treibst du es nicht ein bißchen zu weit?«
»Der Iran befindet sich vielleicht momentan in Schwierigkeiten, aber der Rest der Welt versucht verzweifelt, neue Ölquellen zu erschließen. Die Yanks haben sich ins Hemd gemacht.« Die Stimme wurde noch siegessicherer. »Ich habe soeben einen großen Abschluß mit ExTex für neue Verträge in Nigeria, Saudi-Arabien und Borneo bestätigt und einen mit All-Gulf-Oil in den Emiraten. In der Nordsee sind nur wir, Guerney und Imperial Helicopters im Geschäft. Es ist unerhört wichtig, daß im Iran alles beim alten bleibt – unsere Verträge, die Maschinen und die Ersatzteile sind Teil unserer Bürgschaft für die neuen Helis. Wie geht es eigentlich unseren lieben Partnern?«
»Wie üblich.« Das bedeutete, daß sie genauso korrupt waren wie immer.
»Ich bin gerade in London mit General Javadah zusammengetroffen.« Vor einem Jahr, kurz bevor die Unruhen ausgebrochen waren, hatte Javadah mit seiner gesamten Familie den Iran verlassen. In den letzten drei Monaten waren zwei weitere Partner mit ihren Familien »aus gesundheitlichen Gründen« nach London übersiedelt, und vier weitere befanden sich mit ihren Familien in Amerika. Nur noch drei waren in Teheran. »Er ist optimistisch – aber teuer. Was ist mit Kharg? Können wir noch immer nicht hin?« Die Insel Kharg war der ungeheuer wichtige, riesige und küstennahe Umschlagplatz im Golf, über den der Iran den größten Teil seines Öls exportierte. Sie war eine unerschöpfliche Einnahmequelle für S-G gewesen, aber vor drei Wochen hatte Captain Rudolf Lutz den Befehl erhalten, die Insel mit der Mannschaft und den Flugzeugen zu räumen. »Besteht eine Chance, daß wir wieder dorthin kommen?«
»Im Augenblick nicht, aber wir können immer noch von Bandar-e Delam aus alle Bohrinseln im Meer versorgen, sobald die Streiks beendet sind.« McIver hätte gern eindringlich hinzugefügt: Ich habe mit Rudi gesprochen. Er ist froh, von der Insel weggekommen zu sein, weil sie eine Zeitbombe ist, die jeden Augenblick in die Luft gehen kann, so leicht kann man sie sabotieren. Statt dessen sagte er mürrisch: »Ich werde Ihnen mit den Leuten, die wir ausfliegen, einen Bericht schicken. Die Behörden haben alles unter Kontrolle.«
»Ja. Wie geht es Scot?«
»Er macht sich gut. Wir werden ihn demnächst auf der 212 einsetzen können.«
»Gut. Vielleicht hole ich ihn zurück und lasse ihn für die X63 ausbilden.«
»Nein, laß ihm Zeit, Andy! Er ist gut, aber er braucht Zeit. Laß ihn zuerst ein Jahr lang die 212 fliegen!«
»Wie du meinst. Wie steht es in Lengeh?« Das war ihr südöstlichster Stützpunkt, der für das Gebiet um die Straße von Hormus zuständig war.
»Gut. Scragger hat berichtet, daß neue Siri-Bohrtürme in Betrieb gegangen sind, daß die Tanks bis zum Rand voll sind und daß die Streiks dort überhaupt nichts ausgerichtet haben.«

»Schön. Das werde ich weitergeben. Grüß Scrag, den alten Gauner, von mir, wenn du wieder mit ihm sprichst!«
»Glaubst du nicht, daß es Zeit wäre, mit ihm über seine Pensionierung zu...«
»Wie sieht der ärztliche Befund aus?«
»Vollkommen in Ordnung, aber...«
»Er wird alle drei Monate untersucht, und zwar so genau und gründlich wie möglich.«
»Ja, aber...«
»Er fliegt, solange die Untersuchungen okay sind.«
»Ja, aber er ist 63 und...«
»Solange er gesund ist, bleibt er Captain – das habe ich ihm versprochen.«
»Schön, aber wie dieser streitsüchtige, kiebige alte Lustmolch es schafft, in Form zu bleiben, ist mir ein Rätsel. Ich glaube immer noch, daß er irgendwie schwindelt, obwohl das bei den ärztlichen Untersuchungen kaum möglich ist.« McIver wandte sich wichtigeren Problemen zu. »Ich brauche dringend Geld, Andy. Bargeld.«
»Ist in der Post.«
»Du bist unbezahlbar, Chinaboy.« Chinaboy war McIvers persönlicher Spitzname für Gavallan, der vor seiner Übersiedlung nach Aberdeen den größten Teil seines Lebens als Kaufmann in China verbracht hatte. »Wir sind unserem Bodenpersonal die Löhne schuldig, wir haben die Ausgaben für die Piloten, beinahe alles muß auf dem...« Er unterbrach sich gerade noch rechtzeitig. Er hatte sagen wollen: auf dem schwarzen Markt gekauft werden. Doch vielleicht hörte jemand zu. »Die verdammten Banken sind immer noch geschlossen, und das bißchen Bargeld, das ich habe, brauche ich für *heung yau*.« Er benützte den kantonesischen Ausdruck, der wörtlich »duftendes Fett« bedeutet, also das Geld, mit dem man Hände schmiert.
»Javadah hat mir versprochen, daß General Valik dir morgen in Teheran eine halbe Million Rial übergeben wird. Er hat es mir mit einem Telex bestätigt.«
»Aber das sind kaum 6000 Dollar, und wir haben offene Rechnungen über das Zwanzigfache dieses Betrages.«
»Ich weiß, aber er behauptet, daß sowohl Bachtiar wie auch der Ayatollah wollen, daß die Banken aufsperren, also werden diese im Lauf der nächsten Woche öffnen. Sobald das der Fall ist, wird uns IHC alles bezahlen, was sie uns schulden.«
»Hat Javadah schon etwas vom A-Bestand freigegeben?« Dieses Codewort benützten sie für Gelder, die IHC außerhalb des Irans besaß, beinahe sechs Millionen Dollar. IHC schuldete S-G fast vier Millionen Dollar.
»Nein. Er behauptet, die formelle Zustimmung der Partner zu brauchen. Damit bleibt es bei der Pattsituation.«
Gott sei Dank, dachte McIver. Bei diesem Konto waren drei Unterschriften erforderlich, zwei von den Partnern, eine von S-G, so daß keine Seite ohne die andere an das Geld herankonnte. »Es ist ganz schön riskant, Andy. Die Anzahlung für die neuen Maschinen, die Leasing-Zahlungen für unsere Ausrüstung hier – es ist eine Gratwanderung, nicht wahr?«

»Das ganze Leben ist eine Gratwanderung. Aber die Zukunft sieht gut aus.«
Ja, dachte McIver, für Helikopterfirmen. Aber hier im Iran? Vergangenes Jahr hatten die Partner Gavallan gezwungen, das Eigentumsrecht an allen S-G-Hubschraubern und Ersatzteilen im Iran an IHC zu übertragen. Gavallan hatte unter der Voraussetzung zugestimmt, daß er alles binnen einem Tag zurückkaufen könne, ohne daß sie Einspruch erheben durften, und unter der Voraussetzung, daß sie die Leasing-Raten für die Ausrüstung rechtzeitig zahlten und zweifelhafte Forderungen deckten. Seit die Banken geschlossen hatten, war IHC mit den Zahlungen in Verzug geraten, und Gavallan hatte die Leasing-Raten für alle im Iran stationierten S-G-Hubschrauber von Aberdeen aus beglichen; die Partner stellten sich auf den Standpunkt, daß sie nichts dafür konnten, daß die Banken geschlossen waren. Javadah und Valik versprachen, alles zurückzuzahlen, sobald sich die Lage normalisiert habe. Vergessen Sie nicht, Andrew, seit Jahren haben wir Ihnen die besten Verträge verschafft!
»Unsere iranischen Verträge werfen immer noch schöne Profite ab«, stellte Gavallan gerade fest, »da können wir uns über unsere Partner nicht beschweren. Und wenn Guerney aus dem Geschäft ist, geht es uns wie der Made im Speck.«
Ja, dachte McIver, obwohl der Druck auf uns zunimmt. Jedes Jahr wird unser Anteil kleiner und der ihre größer.
Die Verbindung wurde unterbrochen. McIver klopfte ärgerlich auf die Gabel, doch es kam nur das Besetztzeichen. Wütend legte er auf. Das Licht ging plötzlich an.
»Schade«, meinte Genny, »Kerzenlicht ist viel romantischer.«
Pettikin schaltete lächelnd das Licht ab. Der Raum sah so schöner aus, anheimelnder, und das Silber funkelte auf dem Tisch. »Du hast recht, Genny.«
»Danke, Charlie. Du bekommst dafür eine Extraportion. Das Abendessen ist beinahe fertig. Du kannst dir noch einen Whisky genehmigen, Duncan, aber keinen so starken wie den, den du dir gerade genommen hast. Schau mich nicht so unschuldig an! Nach dem Gespräch mit unserem furchtlosen Boß habe sogar ich eine Stärkung nötig. Du kannst mir während des Abendessens erzählen, was er gesagt hat.« Damit ging sie wieder in die Küche.
McIver vertraute Pettikin nicht alles an, was Gavallan gesagt hatte – Pettikin war ja weder bei S-G noch bei IHC Direktor, deshalb mußte McIver etliches für sich behalten. In Gedanken versunken, schlenderte er zum Fenster. Es ist lange her, überlegte er. 14 Jahre.
Im Sommer des Jahres 1965, als in der Kolonie eine Revolution drohte, Mao Zedongs Rote Garden auf dem chinesischen Festland wüteten und sogar in den Straßen von Hongkong und Kowloon auftauchten, war Gavallans Brief eingetroffen. Damals stand McIvers Hubschrauberfirma am Rand einer Katastrophe: Er war die Leasing-Raten für seinen kleinen Helikopter schuldig, und Genny versuchte, mit den beiden Teenagern in einer kleinen, lauten Wohnung in Kowloon zurechtzukommen, wo die Unruhen am ärgsten waren.

»Sieh dir das an, Gen!« Im Brief stand: »Sehr geehrter Mr. McIver, Sie erinnern sich vielleicht daran, daß wir einander vor ein paar Jahren, als ich noch bei Struan's beschäftigt war, beim Rennen kennengelernt haben. Wir haben beide dank eines Wallachs namens Chinaboy schöne Gewinne eingesteckt. Der Tai-Pan, Ian Dunross, hat angeregt, Ihnen zu schreiben. Ich benötige Ihre Erfahrung dringend und sofort. Sie haben ihm beigebracht, wie man einen Heli fliegt, und er empfiehlt Sie mir wärmstens. Daß es in der Nordsee Öl gibt, ist inzwischen eine Tatsache. Meine Theorie lautet, daß man die Bohranlagen nur mittels Hubschrauber bei jedem Wetter versorgen kann, was im Augenblick allerdings nur mit dem Instrumentenlandesystem, dem ILS, möglich ist. Wir könnten es einführen. Ich kümmere mich um das Wetterproblem, Sie haben das Wissen und die Erfahrung beim Fliegen. 1000 Pfund monatlich, ein Dreijahresvertrag, Erfolgsprämie, Flugtickets für Sie und Ihre Familie nach Aberdeen und zu Weihnachten eine Kiste Loch Vay Whisky. Bitte rufen Sie mich so rasch wie möglich an...«

Genny hatte ihm den Brief wortlos zurückgegeben und das Zimmer verlassen.

»Wo zum Teufel gehst du hin?«

»Packen.« Sie kam lachend zurück und umarmte ihn. »Es ist ein Geschenk des Himmels, Duncan. Schnell, ruf ihn an, ruf ihn sofort an!«

»Aber Aberdeen? Bei jedem Wetter ILS-Flüge? Das hat noch niemand gemacht, es gibt die entsprechenden Instrumente gar nicht. Ich weiß nicht, ob es möglich wäre...«

»Für dich schon. Wo stecken nur Hamish und Sarah?«

»Heute ist Samstag, sie sind im Kino...«

Da krachte ein Ziegel durchs Fenster, und draußen ging ein Tumult los. Die Wohnung lag im ersten Stock, und die Fenster gingen auf eine schmale Gasse im dicht bevölkerten Stadtteil von Mong Kok in Kowloon hinaus. McIver zog Genny vom Fenster weg und lugte dann vorsichtig hinunter. Auf der Straße schrien 5000 bis 10 000 Chinesen: *Mao, Mao, kwai loh, kwai loh* – fremder Teufel, fremder Teufel – und wälzten sich in Richtung der 100 Meter entfernten Polizeistation, wo eine kleine Abteilung uniformierter chinesischer Polizisten und drei britische Offiziere sie hinter einer Barrikade erwarteten.

»Mein Gott, sie sind bewaffnet«, hatte McIver hervorgestoßen. Für gewöhnlich trug die Polizei nur Schlagstöcke. Am Vortag waren der Schweizer Konsul und seine Frau in der Nähe verbrannt, als der Mob ihr Auto umgeworfen und angezündet hatte. Abends hatte der Gouverneur in Radio und Fernsehen verkündet, daß er der Polizei befohlen habe, alle erforderlichen Schritte zu unternehmen, um den Aufruhr zu beenden.

Draußen forderte der Polizeiinspektor die Menge über Lautsprecher auf Kantonesisch und Englisch auf, sich zu zerstreuen. Der Mob beachtete ihn jedoch nicht und griff die Barrikade an. Die Polizei eröffnete das Feuer, die Menschen in den vordersten Reihen gerieten in Panik und wurden zertrampelt, als die anderen versuchten zu fliehen. Bald war die Straße leer bis auf

etwa zwölf Leichen, die im Staub lagen. Ähnliche Szenen spielten sich drüben auf der Insel Hongkong ab. Am nächsten Tag herrschte in der Kolonie wieder Frieden.
Innerhalb einer Woche verkaufte McIver seinen Anteil an der Hubschrauberfirma und flog zunächst allein nach Aberdeen, wo er sich begeistert in seine neue Arbeit stürzte. Genny brauchte einen Monat, um zu packen, den Haushalt aufzulösen und zu veräußern, was sie nicht mehr brauchten. Als sie eintraf, hatte er bereits eine ideale Wohnung in der Nähe des McCloud-Heliport gefunden, die sie prompt ablehnte. »Zur nächsten Schule sind es eine Million Kilometer, Duncan! Eine Wohnung, hier in Aberdeen? Du bist jetzt so reich wie Dunross, Junge, und wir mieten ein Haus...«
Er dachte lächelnd an diese Zeit zurück. Genny war so glücklich, weil sie wieder in Schottland leben konnte (sie hatte Hongkong nie wirklich gemocht, es war schwierig gewesen, dort zu leben, wenn man wenig Geld hatte und für Kinder sorgen mußte), und er liebte seinen Beruf. Es war großartig, für und mit Gavallan zu arbeiten, auch wenn McIver die Nordsee haßte, die Kälte, die Nässe und all die Beschwerden, die auf die salzhaltige Luft zurückzuführen waren. Doch die fünf Jahre dort hatten sich gelohnt, er konnte seine alten Kontakte in der noch winzigen Helikopterwelt erneuern und vertiefen. Zu Weihnachten gab es immer eine großzügige Prämie, die für den Ruhestand zurückgelegt wurde, und dazu eine Kiste Loch Vay. »Dieses Versprechen hat den Ausschlag gegeben, Andy.« Gavallan war immer die treibende Kraft gewesen; er hatte sich in Schottland etabliert und streckte seine Fühler nach London, Houston und New York aus – wo immer es um Öl ging. Ja, der alte Chinaboy ist großartig und er kann jeden um den Finger wickeln, sagte sich McIver ohne Groll. Denk nur daran, wie du hierher gekommen bist...
»Hör mal, Mac«, hatte Gavallan einmal Ende der sechziger Jahre gesagt, »ich habe gerade auf einer Jagd ein hohes Tier des iranischen Generalstabs kennengelernt: General Beni-Hassan. Ich war während des Weekends viel mit ihm beisammen, habe ihm Helikopter für die Nahversorgung von Infanterie- und Panzerregimentern eingeredet und dazu das gesamte Programm für die Ausbildung ihres Heeres und der Luftwaffe – und außerdem Hubschrauber für die Ölfelder. Wir sind im Geschäft, Junge.«
»Aber wir besitzen nicht genügend Maschinen für so etwas.«
»Beni-Hassan ist ein großartiger Kerl, und der Schah ein wirklich unternehmungslustiger Monarch, der große Pläne hinsichtlich einer allgemeinen Modernisierung hat. Weißt du etwas über den Iran?«
»Nein, Chinaboy.« McIver war mißtrauisch gewesen, weil er den verschmitzten Überschwang kannte. »Warum?«
»Du fliegst am Freitag nach Bahrain – du und Genny. Warte einen Augenblick, Mac! Was weißt du über die Sheik Aviation?«
»Genny ist in Aberdeen glücklich, sie will nicht weg, die Kinder gehen demnächst von der Schule ab, wir haben soeben die Anzahlung für ein Haus geleistet, wir übersiedeln nicht, und Genny wird dich umbringen.«
»Natürlich«, meinte Gavallan lässig. »Sheik Aviation?«

»Eine kleine, aber solide Hubschraubergesellschaft, die im Golfgebiet operiert. Sie besitzen drei 206 Jet Ranger und als Zubringer ein paar andere Flugzeuge, die in Bahrain stationiert sind. Sie arbeiten viel für ARAMCO, ExTex und IranOil. Besitzer und Leiter ist Jock Forsyth, ehemaliger Fallschirmjäger und Pilot, der die Gesellschaft in den fünfziger Jahren gemeinsam mit einem alten Freund von mir, Scrag Scragger, einem Australier, gegründet hat. Scrag ist der eigentliche Besitzer. Zuerst hatten sie ihre Basis in Singapore, wo ich Scrag kennenlernte. Dann übersiedelten sie mit einem ehemaligen Direktor von ExTex, der zufällig einen großartigen Vertrag am Golf hatte, dorthin. Warum interessiert dich das?«
»Ich habe sie gerade gekauft. Du fängst am Montag als leitender Direktor an. Scragger, die Piloten und das übrige Personal bleiben oder werden ausgewechselt, das entscheidest du. Ich glaube, wir brauchen ihre Erfahrung. Forsyth ist froh, daß er sich in Devonshire zur Ruhe setzen kann. Merkwürdigerweise hat Scragger nicht erwähnt, daß er dich kennt, aber ich habe auch nur einige Worte mit ihm gewechselt und hauptsächlich mit Forsyth verhandelt. Von nun an heißen wir S-G Helicopters Ltd. Nächsten Freitag fliegst du nach Teheran, um dort eine Zentrale einzurichten. Ich habe dich bei Beni-Hassan angemeldet, und du wirst die Papiere für den Vertrag mit der Luftwaffe unterschreiben. Ach ja, du bekommst zehn Prozent vom Gewinn, zehn Prozent von den Aktien der neuen persischen Tochtergesellschaft und du bist leitender Direktor in Persien – was vorläufig für den ganzen Golf bedeutet.«
Natürlich war McIver darauf eingegangen. Er hatte Andrew Gavallan nie widerstehen können und auch nie herausbekommen, wie es diesem gelungen war, Genny herumzukriegen. Als McIver an diesem Abend nach Hause gekommen war, hatte sie seinen Whisky-Soda schon bereitgestellt. Sie lächelte honigsüß.
»Hallo, Liebling, hat du einen angenehmen Tag verbracht?«
»Ja. Worauf willst du hinaus?« fragte er mißtrauisch.
»Ich will darauf hinaus, daß es laut Andy in einem Ort namens Teheran in einem Land namens Persien für uns wunderbare Zukunftsaussichten gibt.«
»Iran. Früher hat es Persien geheißen, das moderne Wort ist Iran. Ich...«
»Wie aufregend. Wann fliegen wir?«
»Ich habe mir vorgestellt, daß wir darüber sprechen, Genny, und wenn du einverstanden bist, richte ich es ein, daß ich zwei Monate dort unten und einen Monat hier arbeite und...«
»Und was fängst du während dieser beiden Monate abends und sonntags an?«
»Ich werde verdammt viel arbeiten müssen und...«
»Sheik Aviation! Du und der alte Scragger werdet östlich von Suez miteinander bechern und euch amüsieren!«
»Ich doch nicht. Komm, komm, wir werden soviel Arbeit haben, daß...«
»Vergiß es. Zwei Monate dort, einer hier? Kommt nicht in Frage. Entweder die ganze Familie fährt, oder es fährt niemand.«
Und noch süßer fügte sie hinzu: »Bist du nicht auch dieser Meinung, Liebster?«

»Also hör mal, Gen...«

Einen Monat später fingen sie wieder von vorn an. Aber es war eine aufregende Zeit gewesen, die schönste Zeit seines Lebens. Er lernte alle möglichen interessanten Menschen kennen, lachte mit Scrag und den anderen, freundete sich mit Charlie, Lochart, Jean-Luc und Erikki an, vor allem aber baute er die Gesellschaft zur effizientesten, sichersten Fluglinie im Iran und am Golf aus. Sheik Aviation war die erste von vielen Neuerwerbungen und Fusionen, die auf Gavallans Konto gingen. »Woher nimmst du das viele Geld?« hatte ihn McIver einmal gefragt.

»Von den Banken, woher sonst? Wir sind äußerst kreditwürdig und zudem Schotten. Aber wie kommen Sie darauf?«

»Ein alter Freund in Sidney hat mir geschrieben, daß Linbar behauptet, S-G gehöre zu Noble House – ich habe es nicht gewußt, aber Linbar ist offensichtlich der Boß von Struan's in Australien.«

»Er spielt den Boß. Unter uns, Ian wollte nicht, daß jemand von dieser Beteiligung erfährt, und David MacStruan ist der gleichen Ansicht, also wäre es mir lieber, wenn du es für dich behältst.«

»Klar. Ich werde es nicht einmal Genny erzählen. Doch ich würde gern wissen, warum du dich zurückgezogen hast.«

Gavallan hatte gelächelt, aber nicht geantwortet. »Liz weiß natürlich über Struan's und den Vorstand Bescheid, aber sie ist auch die einzige.«

McIver hatte nie etwas weitererzählt. S-G war gewachsen und gediehen, so wie das Ölgeschäft gewachsen war. McIvers Einkommen und der Wert seiner Aktien im Iraner Unternehmen waren gestiegen. Wenn er sich in sechs oder sieben Jahren zur Ruhe setzte, würde er ein wohlhabender Mann sein.

McIver starrte nun auf den roten Lichtschein über Jaleh hinaus, der inzwischen heller und größer geworden war. Seine Gedanken überstürzten sich. Das wird die Unruhen in Teheran wieder anheizen, dachte er.

Er trank seinen Whisky. Was zum Teufel hatte Chinaboy sagen wollen, als sie unterbrochen wurden? Er wird es mich wissen lassen, falls es wichtig war – er hat mich noch nie im Stich gelassen. Das mit Stanson ist schrecklich. Er ist der dritte Ausländer, lauter Amerikaner, der von »nicht identifizierten Bewaffneten« ermordet wurde. Ich bin neugierig, wann sie auf uns losgehen – die Iraner hassen die Engländer genauso wie die Yankees. Wo bekomme ich Bargeld her? Mit einer halben Million Rial wöchentlich können wir nicht arbeiten.

Er trank den letzten Schluck Whisky. Ohne die iranischen Partner sind wir aufgeschmissen. Sie wissen, mit wem man sprechen muß, in welche Hand man wieviel drücken muß, wem man schmeicheln, wen man belohnen muß. Trotzdem hat Chinaboy recht: Ganz gleich, wer an die Macht kommt, Bachtiar oder die Generäle, sie brauchen unsere Helis.

In der Küche kamen Genny beinahe die Tränen. Die Dose Haggis, die sie ein halbes Jahr lang so sorgfältig versteckt gehalten und jetzt geöffnet hatte, war verdorben, dabei aß Duncan dieses schottische Gericht so gern, ein Gemisch aus zerkleinerten Schafsinnereien, Hafermehl, Nierenfett, Zwiebeln, Gewürzen und Suppenbrühe, das in den Magen des armen Schafes gestopft und dann

ein paar Stunden gekocht wird. »Ach, verdammt.« Scot Gavallan hatte die Dose von seinem letzten Urlaub mitgebracht, und sie hatte sie für diese besondere Gelegenheit aufbewahrt. Heute war nämlich ihr Hochzeitstag, und das Haggis sollte eine Überraschung für Duncan sein. So ein Mist!
Scot kann nichts dafür, daß diese verdammte Konserve verdorben ist, dachte sie unglücklich. Trotzdem – Scheiße! Ich habe mich seit Monaten auf dieses Abendessen gefreut, und jetzt ist es im Eimer. Zuerst läßt mich der verdammte Metzger im Stich, obwohl ich ihm den doppelten Betrag im voraus bezahlt habe, dann sind die verdammten Banken geschlossen, so daß ich kein Geld abheben und den anderen Metzger bestechen kann, damit er mir statt des alten Hammels eine frische Lammkeule verkauft, dann streiken plötzlich die Gemischtwarenläden, dann...
Das Fenster der kleinen Küche stand halb offen, und sie hörte wieder Maschinengewehrfeuer. Diesmal näher. Dann trug der Wind das ferne, heisere Geschrei der Menge an ihre Ohren. »Allahhh-u Akbarrr... Allahhh-u Akbarr...« Immer wieder.
Ich hasse diese Stadt, dachte sie. Ich hasse die Gewehre und die Drohbriefe. Heute hatte wieder einer im Briefkasten gelegen, der zweite – wie der erste voller Tippfehler und auf billigem Papier: »Im Dezember haben wir Dir und Deiner Familie einen Monat Zeit gegeben, um das Land zu verlassen. Ihr seid noch immer da. Ihr seid jetzt unsere Feinde, und wir werden unerbittlich gegen Euch kämpfen.« Keine Unterschrift. Beinahe jeder Ausländer im Iran erhielt jetzt solche Briefe.
Sie betrachtete ihr Gesicht in der spiegelnden Fensterscheibe und strich sich automatisch über das Haar. Wo ist deine Jugend geblieben? Ich weiß es nicht, sie ist vorbei. Duncan ist anders, er wirkt immer noch jung, jedenfalls für sein Alter – er sollte nur besser auf sich aufpassen. Dieser verdammte Gavallan! Nein, Andy ist in Ordnung. Aber das Land hier ist aus den Fugen geraten. Jetzt wäre es an der Zeit, daß wir abreisen und es uns gutgehen lassen. Aber wie?
Sie lachte laut. Vermutlich würde er einen neuen Job annehmen. Sie öffnete vorsichtig das Backrohr, kniff wegen der Hitze und des Geruchs die Augen zusammen und schloß das Rohr wieder. Ich kann Corned-beef-Auflauf nicht leiden, dachte sie ärgerlich.
Das Abendessen war ausgezeichnet, der Corned-beef-Auflauf braun und knusprig, wie die Männer ihn mochten. »Machst du den Wein auf, Duncan? Es ist persischer, aber leider unsere letzte Flasche.« Normalerweise besaßen sie genügend Vorräte an französischen und persischen Weinen, aber die Menge hatte alle Spirituosenläden in Teheran verwüstet und in Brand gesteckt; die Mullahs, die Khomeinis strengem Fundamentalismus verpflichtet waren, hatten die Leute dazu aufgehetzt, denn der Koran verbot jeglichen Alkoholgenuß. »Der Mann im Basar hat mir erzählt, daß offiziell nirgends Alkohol verkauft wird und daß es jetzt sogar in den internationalen Hotels verboten ist, welchen zu konsumieren.«
»Das kann nicht von Dauer sein, die Leute werden das Alkoholverbot –

genauso wie den Fundamentalismus – nicht lange hinnehmen«, meinte Pettikin. »Blickt man zurück, waren die Schahs in dieser Hinsicht immer tolerant, und warum auch nicht? Beinahe 3000 Jahre lang war Persien wegen seiner schönen Frauen, seiner Weinberge und seiner Weine berühmt. Die *Robá'iyàt* des Omar Hayyám sind eine Hymne auf Wein, Weib und Gesang. Persien für immer, wenn ihr mich fragt.«

Sie hatten den Wein ausgetrunken und den Auflauf und den Blumenkohl aufgegessen, aber sie waren nicht fröhlicher geworden. Es gab zu viel, was ihnen Sorgen bereitete. Wieder rasselten Panzer vorbei. Wieder prasselten Maschinengewehrsalven. Der rote Schein über Jaleh breitete sich weiter aus. Der Sprechchor der fernen Menge schwoll an, und als sie die Nachspeise aßen – eine Biskuittorte mit Sirup, auch eine Lieblingsspeise McIvers –, stolperte Nogger Lane herein, einer ihrer Piloten. Seine Kleidung war zerrissen, sein Gesicht zerschlagen. Er stützte ein Mädchen. Sie war groß, hatte dunkles Haar und dunkle Augen, sie wirkte aufgelöst und geschockt und murmelte kläglich etwas auf Italienisch. Ein Ärmel ihres Mantels war beinahe völlig herausgerissen, Kleidung, Gesicht, Hände und Haar waren schmutzig, als wäre sie in den Rinnstein gefallen.

»Wir sind zwischen... zwischen die Polizei und den Pöbel geraten«, sprudelte Nogger fast unverständlich hervor. »So ein Gauner hat meinen Tank geleert, deshalb... Aber die Leute, es waren Tausende, Mac. Die Straße war eben noch ganz normal, plötzlich begannen alle zu rennen, und sie... kamen aus einer Seitengasse, und viele hatten Gewehre dabei... Sie riefen ihr verfluchtes *Allah-u Akbar*, *Allah-u Akbar*... Ich hätte nie... Dann Steine, Brandbomben, Tränengas, als Polizei und Militär eintrafen. Und Panzer. Ich habe drei gesehen und befürchtet, daß sie schießen. Da hat jemand in der Menge begonnen zu schießen, und plötzlich waren überall Gewehre... und überall Leichen. Wir sind um unser Leben gelaufen, aber eine Schar dieser Brüder hat uns entdeckt, hat ›amerikanischer Satan‹ gekreischt, uns verfolgt und uns in einer Sackgasse in die Enge getrieben. Ich habe versucht, ihnen zu erklären, daß ich Engländer bin und Paula Italienerin ist... Sie sind immer dichter an mich heran... und wenn der Mullah nicht gewesen wäre, ein großer Kerl mit schwarzem Bart und schwarzem Turban... er... dieser Kerl hat sie zurückgepfiffen, und sie haben uns tatsächlich daraufhin in Ruhe gelassen. Uns hat er beschimpft und aufgefordert, sofort abzuhauen...«

Nogger griff nach dem Whisky, den Gen ihm anbot, stürzte ihn hinunter und versuchte, zu Atem zu kommen. Ohne daß er es merkte, schlotterten seine Hände und Knie. Das Mädchen schluchzte leise vor sich hin.

»Ich habe noch nie einen solchen Alptraum erlebt«, fuhr Nogger mit bebender Stimme fort. »Die Soldaten waren lauter junge Leute, die alle eine Heidenangst hatten. Es ist zuviel für sie, Nacht um Nacht die Pöbelhaufen, die schreien und Steine werfen... Ein Molotow-Cocktail hat einen Soldaten im Gesicht getroffen, er begann zu brennen und schrie... Und dann haben uns diese Schweine in eine Ecke gedrängt und angefangen, Paula zu belästigen. Sie haben sie betatscht, an ihren Kleidern gezerrt. Vielleicht haben sie geglaubt,

daß sie eine Einheimische ist... Ich bin natürlich wütend geworden, habe einen von ihnen gepackt und ihm richtig die Schnauze poliert, und wenn der Mullah nicht gewesen wäre...«
»Beruhige dich, Junge!« ermahnte ihn Pettikin besorgt, aber der Pilot sprach weiter, ohne ihn zu beachten.
»... und wenn dieser Mullah nicht gewesen wäre, der mich weggerissen hat, hätte ich den Kerl zu Brei geschlagen. Ich wollte ihm die Augen auskratzen, mein Gott, ich habe es versucht... Ich habe noch nie getötet, ich wollte es nie tun, aber heute...« Seine Hände zitterten, als er sich die blonden Haare aus der Stirn strich, seine Stimme klang jetzt schrill und hoch. »Diese Hunde, sie hatten nicht das Recht, uns anzurühren, aber sie haben Paula gepackt und... und...« Die Tränen begannen zu strömen, seine Lippen bewegten sich, aber er brachte keinen Ton hervor. In seinen Mundwinkeln stand Schaum. »Und... ich wollte töten.«
Pettikin beugte sich unvermittelt vor und schlug den jungen Mann mit dem Handrücken so heftig ins Gesicht, daß er auf das Sofa flog. Die anderen sprangen vor Schreck auf. Lane war einen Augenblick lang benommen, dann kam er taumelnd wieder auf die Füße, und wollte sich auf seinen Angreifer stürzen.
»Schluß jetzt, Nogger!« brüllte Pettikin.
Der Befehlston bremste den Jungen. Er starrte den Älteren mit geballten Fäusten an. »Was zum Teufel ist in dich gefahren? Du hast mir beinahe den Kiefer gebrochen«, schimpfte er wütend. Aber die Tränen waren versiegt, und sein Blick war wieder klar.
»Es tut mir leid, Junge, aber du warst dabei auszuflippen.«
»Verdammt, das ist nicht wahr«, antwortete Lane drohend, und sie brauchten lange, bis sie ihm und ihr alles erklärt und beide beruhigt hatten. Sie hieß Paula Giancani und war Stewardeß bei der Alitalia.
»Sie bleiben heute nacht besser bei uns, Paula«, schlug Genny vor. »Es herrscht Ausgehverbot. Einverstanden?«
»Ja, ich...«
»Kommen Sie! Ich borge Ihnen ein paar Sachen. Du schläfst auf dem Sofa, Nogger!«
Eine Weile später lagen Genny und McIver im Bett. Sie fanden keinen Schlaf, obwohl sie müde waren. Irgendwo in der Nacht bellten Maschinengewehre, irgendwo in der Nacht ertönten Sprechchöre.
»Möchtest du Tee, Duncan?«
»Eine gute Idee.« Er stand mit ihr auf. »Ach verdammt, ich habe es vergessen.« Er ging zum Schreibtisch und holte die kleine, unordentlich verpackte Schachtel hervor. »Alles Gute! Es ist nicht viel, nur ein Armband, das ich im Basar aufgetrieben habe.«
»Danke, Duncan.« Während sie es auspackte, erzählte sie ihm von ihrem Haggis.
»So ein Pech! Macht nichts. Nächstes Jahr essen wir es in Schottland.«
Das Armband bestand aus ungeschliffenen, in Silber gefaßten Amethysten.

»Es ist entzückend, genau so etwas habe ich mir immer gewünscht. Danke, Schatz!«
»Wenn es dir nur gefällt, Gen.« Er schloß sie in die Arme und küßte sie geistesabwesend.
Sie kannte ihn zu gut. »Was gibt es, was ich noch nicht weiß?«
»Es wird von Stunde zu Stunde gefährlicher. Während du mit Paula im anderen Zimmer warst, erzählte uns Nogger, daß sie vom Flughafen gekommen waren. Ihr Alitalia-Flug – die italienische Regierung hatte ihn gechartert, um ihre Staatsbürger auszufliegen. Nach zwei Tagen Startverbot hatten sie für Mittag Starterlaubnis erhalten, und Nogger war mit Paula zum Flughafen gefahren. Natürlich wurde der Start wie gewöhnlich verschoben, und kurz vor Einbruch der Dunkelheit gab es wieder vollkommenes Startverbot. Der Flughafen wurde gesperrt, und alle mußten ihn verlassen. Das iranische Personal verschwand einfach. Sofort danach umstellte eine Gruppe von schwerbewaffneten Revolutionären das ganze Gelände. Die meisten trugen die üblichen grünen Armbinden, aber auf etlichen befanden sich die Buchstaben IPLO – Iranian Palestine Liberation Organisation.
»Dann stimmt es also, daß die PLO Khomeini unterstützt?«
»Ja. Und wenn die ihn unterstützen, dann bekommt die Sache ein anderes Gesicht, dann hat gerade der Bürgerkrieg begonnen, und wir sitzen mitten drin.«

3

Täbris 1: 23 Uhr 05. Erikki Yokkonen lag nackt in der Sauna, die er eigenhändig gebaut hatte. Die Temperatur betrug 80 Grad Celsius. Er war schweißüberströmt, und seine Frau Azadeh ließ sich ebenfalls von der Wärme einlullen. Sie hatten ein großartiges Abendessen hinter sich und dazu zwei Flaschen vom besten russischen Wodka getrunken. Er hatte ihn auf dem Schwarzmarkt von Täbris aufgetrieben und mit seinen beiden englischen Mechanikern und dem Leiter der Basis, Ali Dayati, geteilt. »Jetzt gehen wir in die Sauna«, hatte er die anderen aufgefordert, aber wie üblich lehnten sie ab, weil sie ohnehin Mühe hatten, in ihre Unterkünfte zurückzuschwanken. »Komm schon, Azadeh!«

»Heute abend bitte nicht, Erikki«, hatte sie sich geweigert. Aber er, der Hüne, hatte nur gelacht, sie hochgehoben, sie in ihren Pelzmantel gewickelt und durch die Eingangstür ihres Häuschens an den schneebedeckten Fichten vorbei zur kleinen Hütte an der Rückwand ihrer Unterkunft getragen. Jetzt lag Erikki entspannt auf der Bank, während Azadeh sich sogar nach einjähriger Ehe noch nicht ganz an das allabendliche Ritual gewöhnt hatte.

Er stützte sich auf den Arm und musterte sie. Sie lag auf der gegenüberliegenden Bank auf einem dicken Handtuch. Sie hatte die Augen geschlossen, und er betrachtete das schwarze Haar, das feingeschnittene Gesicht, den wohlgeformten Körper, die helle Haut – und erlebte von neuem das Wunder ihrer faszinierenden Schönheit.

Als er vor vier Jahren hierher versetzt worden war, hatte er als erstes Bäume ausgesucht und gefällt. Die anderen hielten ihn für verrückt. Er zuckte gutmütig mit den Achseln. »Ohne Sauna kann man nicht leben. Zuerst baut man die Sauna, dann das Haus; ohne Sauna ist ein Haus kein Haus. Ihr Engländer versteht überhaupt nichts vom Leben.« Er war versucht, ihnen zu erzählen, daß er wie viele Finnen in einer Sauna zur Welt gekommen war. Warum auch nicht? Wenn man es sich richtig überlegte, war dies sehr vernünftig, da die Sauna der wärmste Raum im Haus, der sauberste, ruhigste und beliebteste war. Er hatte es nur Azadeh erzählt, und sie hatte ihn verstanden.

Draußen schwieg der Wald, der Nachthimmel war wolkenlos, die Sterne leuchteten sehr hell, und der Schnee dämpfte alle Geräusche. Einen Kilometer weiter verlief die einzige Hauptstraße durch die Berge. Sie führte zunächst in das 15 Kilometer entfernte Täbris und schlängelte sich dann in Richtung der sowjetischen Grenze. Im Südosten verband sie Täbris mit dem fast 600 Kilometer entfernten Teheran.

Der Stützpunkt Täbris 1 war das Zuhause von zwei Piloten – der zweite befand sich gerade auf Urlaub in England –, zwei englischen Mechanikern und der übrigen iranischen Besatzung: zwei Köchen, acht Hilfskräften, des Funkers und des Leiters der Basis. Jenseits des Hügels lag das Dorf Abu-Mard und im Tal die staatliche Zellstoffabrik, die sie laut Vertrag versorgten. Die 212 brachte Holzfäller und Ausrüstung in den Wald, half beim Bau der Lager und der wenigen Straßen, die angelegt werden konnten, brachte Ersatzmannschaften und neues Material in die Lager und flog eventuelle Verletzte aus. Für die meisten der unzugänglichen Lager war die 212 die einzige Verbindung mit der Außenwelt, und die Piloten genossen hohes Ansehen. Erikki gefiel dieses Leben und dieses Land, das Finnland so ähnlich war, daß er manchmal träumte, er wäre wieder daheim.

Die Sauna vervollständigte diesen Eindruck. Die winzige Hütte mit den beiden Räumen war von den anderen Unterkünften abgeschirmt; zwischen die Balken hatte Erikki als Isolierung Moos gestopft, nur das Holzfeuer, das die Steine erhitzte, bekam genügend Luft. Die Steine der obersten Schicht hatte er aus Finnland mitgebracht. Sein Großvater hatte sie vom Boden eines Sees heraufgeholt – dem Fundort für alle guten Saunasteine – und sie ihm bei seinem letzten Heimaturlaub vor 18 Monaten geschenkt. »Nimm sie, mein Sohn, mit ihnen vervollkommnest du deine Sauna, obwohl ich wirklich nicht verstehe, warum du eine Fremde heiraten willst.«

»Wenn du sie siehst, Großvater, wirst du sie ins Herz schließen. Sie hat blaugrüne Augen, schwarze Haare, und...«

»Wenn sie dir viele Söhne schenkt – na schön, wir werden ja sehen. Es ist höchste Zeit, daß du heiratest, aber eine Ausländerin? Du hast erwähnt, daß sie Lehrerin ist.«

»Sie ist Angehörige des Iranischen Unterrichtskorps, lauter junge Männer und Frauen, die freiwillig in die Dörfer gehen und den Bewohnern, vor allem den Kindern, Schreiben und Lesen beibringen. Der Schah und die Kaiserin haben das Korps vor ein paar Jahren ins Leben gerufen. Azadeh stammt aus Täbris, in der Nähe arbeite ich jetzt. Sie lehrt in unserem Dorf in einer Behelfsschule, und ich habe sie vor 7 Monaten und 3 Tagen kennengelernt. Damals war sie 24.«

Erikki dachte daran, wie er Azadeh kennengelernt hatte. Sie trug ihre schmucke Uniform und saß auf einer Waldlichtung inmitten einer Kinderschar. Sie lächelte ihn wegen seiner Größe voll Verwunderung an, und er wußte sofort, daß dies die Frau war, auf die er sein Leben lang gewartet hatte. Damals war er 36 gewesen. Und wieder segnete er den *tonto* – den Waldgeist –, der ihn in diesen Teil des Waldes geführt hatte. Nur noch drei Monate, dann winkten volle zwei Monate Urlaub. Er freute sich darauf, daß er ihr Finnland zeigen konnte.

»Es ist Zeit, Liebling«, mahnte er.

»Nein, Erikki, noch nicht«, widersprach sie ihm halb schlafend. Sie war von der Hitze ermattet, nicht aber vom Alkohol, denn sie trank nicht. »Bitte, Erikki, noch...«

»Zuviel Hitze tut dir nicht gut«, erklärte er entschieden. Sie sprachen immer

Englisch miteinander, obwohl sie auch Russisch konnte – ihre Mutter war zur Hälfte Georgierin gewesen und stammte aus dem Grenzgebiet, in dem es gut und nützlich war, wenn man zweisprachig aufwuchs. Azadeh sprach außerdem noch Türkisch, die Sprache, die hier in Aserbeidschan am meisten benutzt wird, und natürlich Neupersisch. Er setzte sich auf, wischte sich den Schweiß ab, beugte sich über sie und küßte sie. Sie erwiderte den Kuß und erschauerte, als seine Hände sie suchten und die ihren ihn. »Du bist ein schlechter Mensch, Erikki«, erklärte sie und räkelte sich genußvoll.
»Bist du soweit?«
»Ja.« Sie klammerte sich an ihn, als er sie mühelos hochhob, um in den Umkleideraum und von dort in die eisige Kälte hinauszugehen. Sie schnappte nach Luft und drückte sich fest an ihn, als er eine Handvoll Schnee aufhob und sie damit abrieb, so daß ihre Haut kribbelte und brannte, ohne jedoch zu schmerzen. Sekunden später glühte sie innerlich und äußerlich. Sie hatte einen ganzen Winter gebraucht, um sich an das Schneebad nach der Hitze zu gewöhnen. Jetzt war die Sauna ohne die Abkühlung unvollständig. Rasch rieb auch sie ihn ab, dann rannte sie ins Innere zurück, während er sich noch einige Sekunden im Schnee wälzte. Er bemerkte die empörte Gruppe von Männern um den Mullah nicht, die in etwa 50 Metern Entfernung auf halber Höhe des Hanges standen und von den Bäumen neben dem Weg fast verdeckt wurden. Erst als er die Tür zuziehen wollte, erblickte er sie.
Zornig schlug er die Tür zu. »Draußen stehen ein paar Dorfbewohner, die uns offenbar beobachtet haben. Dabei weiß doch jeder, daß der Zutritt zum Grundstück verboten ist.«
Auch Azadeh war empört, und sie zogen sich beide rasch an. Er fuhr in die warme Hose, den dicken Pullover und die Pelzstiefel, packte eine schwere Axt und stürzte hinaus. Die Männer standen noch immer dort, und er rannte brüllend, mit drohend erhobener Axt auf sie zu. Sie stoben auseinander, doch einer hob ein Maschinengewehr und schickte einen Feuerstoß in die Luft, daß es von den Bergen widerhallte. Erikki blieb abrupt stehen, sein Zorn war wie weggeblasen. Noch nie hatte ihn jemand mit einem Gewehr bedroht.
»Leg Axt weg«, befahl der Mann in holprigem Englisch, »oder ich dich töte.«
Erikki zögerte. In diesem Augenblick stürzte Azadeh zwischen sie, schlug das Gewehr zur Seite und schrie auf Türkisch: »Wie könnt ihr es wagen, hierher zu kommen! Wie könnt ihr es wagen, ein Gewehr zu tragen – seid ihr Banditen? Das ist unser Land. Verschwindet von unserem Land, oder ich lasse euch einsperren.« Sie hatte sich in ihren schweren Pelzmantel gewickelt und zitterte vor Zorn.
»Das ist das Land des Volkes«, antwortete der Mullah mürrisch, hielt sich aber außer Reichweite der Axt. »Bedecke dein Haar, Weib, bedecke...«
»Wer bist du, Mullah? Du bist nicht aus meinem Dorf. Wer bist du?«
»Ich bin Mahmud, Mullah der Hajsta-Moschee in Täbris. Ich bin keiner von deinen Lakaien«, erklärte er wütend und sprang zur Seite, als Erikki sich auf

ihn stürzte. Der Mann mit dem Maschinengewehr hatte das Gleichgewicht verloren, aber ein anderer im Hintergrund entsicherte seine Waffe: »Bei Gott und dem Propheten, haltet das fremde Schwein zurück, oder ich schicke euch beide in die Hölle, wo ihr hingehört.«

»Warte, Erikki, überlasse diese Bande mir!« rief Azadeh auf Englisch. Dann schrie sie die Männer an: »Was wollt ihr hier? Das ist unser Land, das Land meines Vaters Abdullah Khan, Khan der Gorgons, von der Sippe der Kadscharen, die seit Jahrhunderten hier herrschen.« Ihre Augen hatten sich jetzt an die Dunkelheit gewöhnt, und sie musterte die Fremden. Es waren zehn junge Männer, alle bewaffnet, alle unbekannt bis auf einen, den Kalandar, den Vorsteher ihres Dorfes. »Kalandar, wie kannst du es wagen, hierher zu kommen?«

»Es tut mir leid, Gnädigste«, entschuldigte er sich, »aber der Mullah hat verlangt, daß ich ihn über den Waldweg und nicht über die Dorfstraße hierher führe, deshalb...«

»Was willst du, Schmarotzer?« wandte sie sich an den Mullah.

»Erweise mir Achtung, Weib!« herrschte sie der Mullah zornig an. »Bald werden wir diejenigen sein, die befehlen. Im Koran sind Strafen für Nacktheit und unzüchtigen Lebenswandel vorgesehen: die Peitsche und die Steinigung.«

»Im Koran sind Strafen für Banditen und Leute, die friedliche Menschen bedrohen und Aufstände gegen ihre Vorgesetzten und Lehensherren anzetteln, vorgesehen. Ich bin keine eingeschüchterte Analphabetin. Ich weiß, was ihr seid und immer gewesen seid: die Schmarotzer der Dörfer und des Volkes. Was willst du?«

Vom Landeplatz kamen Leute mit Taschenlampen gelaufen, an ihrer Spitze die beiden Mechaniker Dibble und Arberry, während sich Ali Dayati vorsichtig im Hintergrund hielt. Alle wirkten schlaftrunken und besorgt, und sie hatten sich offensichtlich hastig angekleidet. »Was ist los?« fragte Dayati und musterte die Gruppe durch seine dicken Brillengläser. Seine Familie hatte den Gorgon-Khans seit langer Zeit gedient und war dafür von ihnen beschützt worden.

»Diese Hunde«, begann Azadeh wütend, »sind mitten in der Nacht aufgetaucht...«

»Hüte deine Zunge, Weib!« befahl der Mullah wütend und wandte sich an Dayati. »Wer bist du?«

Als Dayati erkannte, daß es sich bei dem Mann um einen Mullah handelte, wurde er sofort ehrerbietig. »Ich bin – ich bin der Leiter des Stützpunkts, Exzellenz. Was ist geschehen, bitte, was kann ich für Sie tun?«

»Der Hubschrauber. Ich will im Morgengrauen mit ihm zu den Lagern fliegen.«

»Ich bedaure, Exzellenz, aber die Maschine ist zur Überholung auseinandergenommen. Die Fremden...«

Azadeh unterbrach ihn zornig und wandte sich an den Mullah: »Mit welchem Recht wagst du, mitten in der Nacht hierher zu kommen?«

»Imam Khomeini hat es befohlen.«
»Imam?« wiederholte sie empört. »Mit welchem Recht bezeichnest du Ayatollah Khomeini mit diesem Titel?«
»Er ist Imam, und er hat befohlen...«
»Wo steht im Koran oder in der Scharia geschrieben, daß ein Ayatollah sich als Imam bezeichnen und den Gläubigen Befehle erteilen kann?«
»Bist du denn keine Schiitin?« fragte der Mullah verärgert, weil er genau wußte, daß seine Gefolgsleute zuhörten.
»Ja, ich bin Schiitin, aber kein ungebildeter Dummkopf, Mullah!« Sie sprach den Titel aus, als wäre er ein Schimpfwort. »Antworte!«
»Bitte, Gnädigste«, mischte sich Dayati flehentlich ein. »Bitte, überlassen Sie das mir, bitte!«
Doch sie begann zu toben, der Mullah tobte ebenfalls, die anderen mischten sich ein. Die Stimmung wurde immer gefährlicher, bis Erikki die Axt hob und wütend etwas schrie, weil er nicht verstand, was gesprochen wurde. Plötzlich trat Stille ein, einer der Männer entsicherte seine Maschinenpistole.
»Was will der Mullah, Azadeh?« fragte Erikki.
Sie erklärte es ihm.
»Dayati, sagen Sie ihm, daß er meine 212 nicht bekommen kann und daß er jetzt von meinem Grund und Boden verschwinden soll, sonst hole ich die Polizei.«
»Bitte, Captain, bitte gestatten Sie mir, daß ich mich mit der Angelegenheit befasse«, flehte der vor Angst schwitzende Dayati, bevor Azadeh ihn unterbrechen konnte. »Bitte, Gnädigste, bitte gehen Sie jetzt.« Dann wandte er sich an die beiden Mechaniker. »Es ist schon in Ordnung, Sie können wieder schlafen gehen. Ich erledige das.«
Erst jetzt bemerkte Erikki, daß Azadeh barfuß war. Er hob sie hoch. »Dayati, bringen Sie diesem Schnüffler und seinen Freunden bei, daß ich ihnen den Kragen umdrehe, wenn sie noch einmal hier aufkreuzen, und wenn einer von ihnen meiner Frau auch nur ein Haar krümmt, verfolge ich ihn notfalls bis in die Hölle.« Er ging zornentbrannt voraus, und die beiden Mechaniker folgten ihm.
Eine Stimme, der Mann sprach russisch, ließ ihn stehenbleiben. »Könnte ich anschließend kurz mit Ihnen sprechen, Captain Yokkonen?«
Erikki drehte sich um. Azadeh, die er noch immer in den Armen hielt, erstarrte. Der Mann hielt sich im Hintergrund und war schwer auszumachen. Er unterschied sich in seinem unauffälligen Parka kaum von den anderen. »Ja«, antwortete Erikki auf Russisch, »aber bringen Sie kein Gewehr oder Messer in mein Haus mit!« Damit marschierte er ab.
Der Mullah trat mit eiskaltem Blick zu Dayati. »Was hat der fremde Teufel gesagt?«
»Er war unhöflich. Alle Fremden sind unhöflich, die Gnädig..., die Frau war ebenfalls unhöflich.«
Der Mullah spuckte in den Schnee. »Der Prophet hat für solch ein Benehmen Gesetze und Strafen erlassen. Das Volk ist durch Gesetze vor ererbtem

Reichtum und Landdiebstahl geschützt. Das Land gehört dem Volk. Bald werden die rechten Gesetze und Strafen gelten, und der Iran wird endlich Frieden finden.«
Er wandte sich an die anderen. »Nackt im Schnee! Verletzt alle Gesetze des Anstands und stellt sich öffentlich zur Schau, diese Hure! Was sind denn die Gorgons außer Speichellecker des verräterischen Schahs und seines Hundes Bachtiar?« Er blitzte wieder Dayati an. »Was für Lügen verbreitest du über den Hubschrauber?«
Dayati versuchte, seine Angst zu verbergen, während er erklärte, daß die Überprüfung nach 1500 Flugstunden den ausländischen Vorschriften entspreche und außerdem vom Schah und der Regierung angeordnet worden sei.
»Der ungesetzlichen Regierung«, unterbrach ihn der Mullah.
»Natürlich, natürlich ungesetzlich.« Dayati führte sie nervös in den Hangar und schaltete das Licht ein – die Basis besaß einen eigenen Generator. Die Motorteile der 212 waren ordentlich, Stück für Stück, der Reihe nach ausgelegt. »Ich habe nichts damit zu tun, Exzellenz, die Fremden tun, was sie wollen, und obwohl wir alle wissen, daß die Zellstoffabrik dem Volk gehört, hat der Schah das ganze Geld gestohlen. Ich kann nichts gegen die fremden Teufel oder ihre Vorschriften unternehmen.«
»Wann wird der Hubschrauber wieder einsatzbereit sein?« fragte der russisch sprechende Mann in perfektem Türkisch.
»Die Mechaniker behaupten, in zwei Tagen.« Dayati hatte inzwischen begriffen, daß diese Männer linke Mudjaheddin waren, welche an die Theorie glaubten, Islam und Marxismus wären miteinander vereinbar. »Es liegt in Gottes Hand. Zwei Tage. Die fremden Mechaniker warten auf Ersatzteile, die längst hier sein sollten.«
»Was für Ersatzteile?«
Dayati erklärte nervös, daß es sich um ein paar kleinere Teile und um ein Blatt für den Heckrotor handelte.
»Wie viele Betriebsstunden hat das Rotorblatt hinter sich?«
Dayati blätterte mit zitternden Fingern im Logbuch. »Etwas über 1070.«
»Gott ist mit uns«, sagte der Mann und wandte sich an den Mullah. »Wir können das alte Blatt noch mindestens 50 Stunden gefahrlos verwenden.«
»Aber die Lebensdauer... Das Flugtüchtigkeitszeugnis gilt nicht mehr«, wandte Dayati ein, ohne zu überlegen. »Der Pilot wird nicht fliegen, weil die Vorschriften...«
»Die Vorschriften des Satans.«
»Das trifft auf einige zu«, unterbrach ihn der Russischsprechende. »Aber Gesetze, welche die Sicherheit gewährleisten, sind für das Volk wichtig. Und noch wichtiger ist, daß Gott im Koran Vorschriften für die Haltung von Kamelen und Pferden und für ihre Behandlung erlassen hat. Diese Vorschriften können auch auf Flugzeuge angewendet werden, die ebenfalls eine Gabe Gottes sind und uns tragen, damit wir Gottes Werk tun können. Deshalb müssen wir sie behandeln, wie es sich gehört. Bist du nicht dieser Meinung, Mahmud?«

»Natürlich«, antwortete der Mullah ungeduldig, ohne Dayati aus den Augen zu lassen, der zu zittern begann. »Ich komme in zwei Tagen im Morgengrauen wieder. Dann soll der Hubschrauber bereitstehen, und auch ein Pilot soll bereit sein, Gottes Werk für das Volk zu verrichten. Ich werde jedes Lager in den Bergen besuchen. Gibt es hier noch mehr Frauen?«
»Nur... nur zwei Frauen bei den Hilfskräften und meine.«
Dayati schwitzte vor Angst.
»Tragen sie Tschador und Schleier?«
»Natürlich«, log Dayati sofort. Wenn eine Frau den Schleier trug, verstieß sie nämlich gegen ein iranisches Gesetz, da Schah Reza den Schleier 1936 verboten und die Benützung des Tschador freigestellt hatte.
»Gut. Erinnere sie daran, daß Gott und das Volk wachsam sind, auch im schändlichen Bereich der Fremden.« Damit drehte sich der Mullah um und stapfte, von den anderen gefolgt, davon.
Als Dayati allein war, wischte er sich den Schweiß von der Stirn und war froh, daß er zu den Gläubigen gehörte und daß seine Frau jetzt den Tschador tragen würde. Sie würde gehorsam sein, sich wie seine Mutter züchtig benehmen und nicht mehr in Jeans herumlaufen wie die Gnädigste. Wie hatte sie doch der Mullah angeredet? Weib! Gott schütze ihn, wenn Abdullah Khan davon erfährt... Obwohl der Mullah natürlich recht hat und obwohl natürlich Khomeini, Gott schütze ihn, recht hat.

In Erikkis Unterkunft: 23 Uhr 23. Die beiden Männer saßen einander im größten Zimmer des Häuschens am Tisch gegenüber. Als der Mann angeklopft hatte, hatte Erikki Azadeh befohlen, ins Schlafzimmer zu gehen, die Tür aber offengelassen, so daß sie alles hören konnte. Er hatte ihr die Schrotflinte mitgegeben, die er für die Jagd verwendete. »Benütze sie bedenkenlos. Denn wenn er ins Schlafzimmer kommt, bin ich schon tot«, hatte er ihr erklärt und sich seinen Pukoh am Rücken in den Gürtel gesteckt. Der Pukoh ist ein Dolch und die Waffe aller Finnen. Es gilt als unheilvoll – und gefährlich –, wenn ein Mann keinen trägt. In Finnland ist es gesetzlich verboten, den Pukoh offen zu tragen, da man dies für eine Herausforderung halten könnte. Aber alle haben ihn bei sich, vor allem in den Bergen. Erikki Yokkonens Dolch entsprach seiner hünenhaften Gestalt.
»Ich bitte wegen der Störung um Entschuldigung, Captain.« Der Mann hatte dunkles Haarr, war 1 Meter 80 groß, Mitte 30, hatte ein wettergegerbtes Gesicht und dunkle, slawische Augen. Irgendwo unter seinen Vorfahren mußte sich ein Mongole befunden haben. »Ich heiße Rákóczy.«
»Rákóczy war ein ungarischer Revolutionär«, stellte Erikki scharf fest. »Und Ihrem Akzent nach sind Sie Georgier. Rákóczy ist kein georgischer Name. Welchen Namen haben Sie wirklich – und welchen Dienstgrad beim KGB?«
Der Mann lachte. »Ich spreche tatsächlich mit georgischem Akzent und bin Russe aus Tbilisi – oder Tiflis, wie Sie es vielleicht nennen. Mein Großvater kam aus Ungarn. Ich bin Moslem und arbeite als Mechaniker an der iranisch-sowjetischen Erdgas-Pipeline und bin jenseits der Grenze in Astara am

Kaspischen Meer stationiert. Ich bin für den Iran und für Khomeini – er sei gesegnet –, sowie gegen den Schah und gegen Amerika.«
Er war froh, daß er genaue Informationen über Erikki Yokkonen erhalten hatte. Ein Teil seiner Geschichte stimmte. Er kam zwar aus Tbilisi, aber er hieß in Wirklichkeit Igor Mzytryk und war Hauptmann im KGB, ein zu der 116. Luftlandedivision abkommandierter Spezialist, einer von Hunderten Geheimagenten, die seit Monaten in den Iran eingeschleust wurden und hier beinahe unbehindert operierten. Er war 34, KGB-Berufsoffizier wie sein Vater und seit 6 Monaten in Aserbeidschan tätig. Sein Englisch war gut, dazu sprach er fließend Neupersisch und Türkisch, und obwohl er nicht fliegen konnte, wußte er eine Menge über die mit Kolbenmotoren betriebenen Nahversorgungshubschrauber seiner Division. »Und mein Dienstgrad«, fügte er so sanft hinzu, wie es ihm möglich war, »ist Freund. Wir Russen sind gute Freunde der Finnen, nicht wahr?«
»Ja, das stimmt. Das zaristische Rußland war in der Vergangenheit, als wir ein Großherzogtum Rußlands waren, unser Freund. Das atheistische Sowjetrußland war nach 1917, als wir unabhängig wurden, freundlich zu uns. Sowjetrußland ist es auch heute. Aber 1939, während des Winterkriegs, war es nicht unser Freund.«
»Und ihr wart 1941 auch nicht unsere Freunde«, erwiderte Rákóczy scharf. »1941 habt ihr mit den Stink-Nazis gegen uns gekämpft.«
»Das stimmt, aber nur, weil wir unser Karelien wiederhaben wollten, unsere Provinz, die ihr uns gestohlen habt. Wir sind nicht nach Leningrad weitermarschiert, obwohl wir die Möglichkeit dazu hatten. Sind Sie bewaffnet?«
»Nein. Sie wollten doch, daß ich unbewaffnet komme. Mein Gewehr liegt vor der Tür. Ich besitze keinen Pukoh und brauche auch keinen. Bei Allah, ich komme als Freund.«
»Gut. Ein Mann braucht Freunde.« Erikki haßte das Land, das dieser Mann repräsentierte: Sowjetrußland, das 1939 in dem Augenblick in Finnland eingefallen war, in dem Stalin den sowjetisch-deutschen Nichtangriffspakt unterzeichnet hatte. Finnlands kleine Armee hatte sich allein zur Wehr gesetzt. Sie hatte die sowjetischen Truppen während des Winterkriegs 100 Tage lang zurückgeschlagen und war dann überrollt worden. Erikkis Vater war bei der Verteidigung von Karelien, den südlichen und östlichen Landstrichen, in denen die Yokkonen seit Jahrhunderten lebten, gefallen. Sowjetrußland hatte die Provinz annektiert. Die Finnen waren fortgezogen. Keiner wollte unter sowjetischer Flagge leben. Erikki war damals zehn Monate alt gewesen, und bei diesem Exodus im kältesten Winter seit Menschengedenken waren Tausende gestorben, auch seine Mutter.
Und 1945, dachte Erikki, haben Amerika und England uns verraten und unser Land den Sowjets überlassen. Aber wir haben nichts vergessen. »Für einen Georgier wissen Sie erstaunlich gut über Finnland Bescheid«, stellte er ruhig fest.
»Finnland ist für Rußland wichtig. Die Entspannung zwischen unseren Staaten funktioniert und beweist der Welt, daß die amerikanisch-imperialistische Propaganda ein Märchen ist.«

Erikki lächelte. »Es ist nicht die richtige Zeit für eine politische Debatte, es ist spät. Was wollen Sie von mir?«
»Freundschaft.«
»Das sagt sich so leicht, aber wie Sie wissen, bekommt man sie von einem Finnen nicht ohne weiteres.« Erikki griff nach einer beinahe leeren Wodkaflasche und holte zwei Gläser von der Anrichte. »Sind Sie Schiite?«
»Ja, aber kein guter, Allah vergebe mir. Ich trinke gelegentlich einen Wodka, falls Sie das meinen.«
Erikki schenkte zwei Gläser voll. »Gesundheit!« Sie tranken. »Kommen Sie jetzt bitte zur Sache!«
»Bachtiar und seine amerikanischen Lakaien werden bald aus dem Iran vertrieben. Dann wird in Aserbeidschan Unruhe herrschen, aber Sie haben nichts zu befürchten. Sie werden hier geachtet genau wie Ihre Frau und deren Familie. Nur hätten wir uns gern Ihrer... Ihrer Kooperation bei der Befriedung dieser Bergregion versichert.«
»Ich bin nur ein Hubschrauberpilot, der für eine britische Gesellschaft arbeitet, die einen Vertrag mit dem Zellstoffwerk hat. Ich kümmere mich nicht um Politik. Wir Finnen kümmern uns wenig um Politik, wissen Sie das nicht mehr?«
»Wir sind Freunde, ja. Wir sind gleichermaßen am Weltfrieden interessiert.«
Erikkis große Faust schlug auf den Tisch, und der Georgier zuckte zusammen. »Ich habe Sie zweimal höflich gebeten, zur Sache zu kommen. Sie haben zehn Sekunden Zeit.«
»Also schön«, sagte der Mann mit zusammengebissenen Zähnen. »Wir brauchen Sie, damit Sie innerhalb der nächsten Tage unsere Teams in die Lager bringen. Wir...«
»Was für Teams?«
»Die Mullahs von Täbris und ihre Anhänger.«
»Ich bekomme meine Befehle von der Gesellschaft, nicht von Mullahs oder Revolutionären oder Männern, die nachts mit Gewehren bei mir auftauchen. Verstehen Sie mich?«
»Sie werden merken, daß es besser ist, wenn Sie uns verstehen, Captain Yokkonen. Auch die Gorgons werden es merken. Alle«, betonte Rákóczy, und Erikki stieg das Blut ins Gesicht. »Iran Timber, denen das Zellstoffwerk gehört, stehen schon auf unserer Seite. Man wird Ihnen die erforderlichen Befehle erteilen.«
»Gut. In diesem Fall warte ich die Befehle ab.« Erikki erhob sich zu seiner vollen Größe. »Gute Nacht!«
Der Russe stand ebenfalls auf und starrte ihn zornig an. »Sie und Ihre Frau sind zu klug, um nicht zu begreifen, daß Bachtiar ohne die Amerikaner und deren beschissene CIA erledigt ist. Der hirnrissige, verrückte Carter hat Marineeinheiten und Helikopter in die Türkei verlegt und eine amerikanische Kriegsflotte in den Golf geschickt, und zwar einen gemischten Kampfverband mit einem atomgetriebenen Flugzeugträger samt Begleitschiffen und Flugzeugen mit Atomraketen...«

»Das glaube ich nicht.«
»Sie können es mir glauben. Natürlich versuchen sie, einen Krieg anzufangen, natürlich müssen wir darauf reagieren. Es ist Wahnsinn, wir wollen keinen Atomkrieg.« Rákóczy meinte es ehrlich. Erst vor wenigen Stunden hatte er die verschlüsselte Nachricht erhalten, daß für die Sowjetstreitkräfte an der Grenze Alarmzustand gelb – der nächste Schritt war Alarmzustand rot – ausgegeben worden war, weil sich die US-Kriegsflotte näherte. Auch die Atomraketen waren in Alarmzustand versetzt worden. Am schlimmsten war jedoch, daß an der 8000 Kilometer langen Grenze zu China massive chinesische Truppenverschiebungen stattfanden. »Dieser Scheißkerl Carter mit seinem Scheiß-Freundschaftsvertrag mit China wird uns alle ins Jenseits befördern, wenn er die Möglichkeit dazu bekommt.«
»Wenn es geschieht, dann geschieht es eben.«
»*Inscha'Allah*, ja, aber warum wollen Sie die Drecksarbeit für die Amerikaner oder ihre britischen Verbündeten verrichten? Das Volk wird siegen, wir werden siegen. Helfen Sie uns, und Sie werden es nicht bereuen, Captain. Wir brauchen Ihre Fähigkeiten nur für ein paar...«
Er verstummte, weil sich laufende Schritte näherten. Erikki hielt im nächsten Augenblick seinen Dolch in der Hand und schob sich mit katzenhafter Schnelligkeit zwischen die Schlafzimmer- und die Eingangstür. Da wurde diese aufgerissen.
»SAVAK«, keuchte ein Mann, den sie nur halb zu Gesicht bekamen, weil er sofort wieder wegrannte.
Rákóczy sprang vor die Tür und packte seine Maschinenpistole. »Wir brauchen Ihre Hilfe, Captain. Vergessen Sie das nicht!« Schon war er in der Nacht verschwunden.
Azadeh kam mit schußbereiter Flinte ins Wohnzimmer, ihr Gesicht war kalkweiß. »Was hat er mit dem Flugzeugträger gemeint? Ich habe es nicht verstanden.«
Erikki erklärte es ihr, und sie war entsetzt. »Das bedeutet Krieg, Erikki.«
»Ja, vielleicht.« Er zog seinen Parka an. »Bleib hier!« Er schloß die Tür hinter sich. Als seine Augen sich an die Dunkelheit gewöhnt hatten, erkannte er zwei Autos und einen Militärlastwagen, welche die zum Landeplatz führende unbefestigte Straße heraufrasten. Im nächsten Augenblick hielten sie, Polizisten und Soldaten schwärmten aus. Der befehlshabende Offizier grüßte.
»Guten Abend, Captain Yokkonen. Wir haben gehört, daß ein paar Revolutionäre oder kommunistische Tudeh hier waren. Angeblich ist geschossen worden. Geht es der Gnädigsten gut? Gibt es irgendwelche Probleme?«
»Nein, nicht mehr, danke, Oberst Mazardi.« Erikki kannte den Mann gut. Er war ein Vetter Azadehs und Polizeichef im Gebiet von Täbris. Aber SAVAK? Das ist doch etwas anderes, dachte Erikki beunruhigt. »Kommen Sie doch herein!«
Azadeh und Erikki berichteten nun dem Oberst, was sich abgespielt hatte.
»Und der Georgier hat behauptet, daß er Rákóczy heißt?« fragte Mazardi.
»Ja, aber es war eindeutig gelogen. Er muß vom KGB sein«, meinte Erikki.

»Und er hat Ihnen nicht verraten, warum sie die Lager sehen wollen?«
»Nein.«
Der Oberst überlegte kurz und seufzte. »Der Mullah Mahmud möchte also fliegen? Das ist sehr gefährlich, vor allem für einen islamischen Marxisten. Wie ich höre, kann man aus einem Hubschrauber sehr leicht hinausfallen. Vielleicht sollten wir ihm den Gefallen tun. Machen Sie sich keine Sorgen, diese Unruhestifter werden bald wieder in ihren verlausten Löchern hocken. Bachtiar wird uns befehlen, diese Hunde an die Leine zu nehmen. Auch Khomeini sollten wir möglichst rasch den Mund stopfen.« Er stand auf. »Lassen Sie es mich wissen, wenn Ihr Helikopter wieder einsatzbereit ist. Wir werden auf jeden Fall übermorgen vor Morgengrauen wieder hier sein. Hoffen wir, daß der Mullah und seine Freunde, der Georgier vor allem, wiederkommen!«
Als er gegangen war, sagte Erikki nachdenklich: »Pack eine Reisetasche, Azadeh!«
Sie starrte ihn an. »Was?«
»Wir fahren mit dem Wagen nach Teheran, und zwar in ein paar Minuten.«
»Das ist doch nicht notwendig, Erikki!«
»Wenn der Heli einsatzbereit wäre, würde ich ihn benützen.«
»Du mußt dir keine Sorgen machen, Liebling. Die Russen haben den Iran immer schon erobern wollen, und wir haben sie stets zurückgeschlagen. Du brauchst dir wegen ein paar Fanatikern und eines KGB-Manns keine Sorgen zu machen, Erikki!«
Er sah sie an. »Ich mache mir wegen der amerikanischen Marineeinheiten in der Türkei, wegen des gemischten Kampfverbandes, wegen der KGB-Äußerung ›Sie und Ihre Frau sind zu klug‹ und wegen der Tatsache, daß sie meine Dienste ›brauchen‹, Sorgen. Pack die Tasche, mein Liebling, solange es noch möglich ist.«

Samstag 10. Februar 1979

4

Luftwaffenbasis Kowiss: 3 Uhr 32. Unter Anführung des Mullahs Hussain Kowissis drängte die schreiende Menge gegen das versperrte, in Flutlicht getauchte Haupttor und den anschließenden Stacheldrahtzaun, der die riesige Basis umgab. Die Nacht war dunkel und sehr kalt, überall lag Schnee. Die drei- bis viertausendköpfige Menge bestand hauptsächlich aus Jugendlichen, ein paar von ihnen waren bewaffnet. In den ersten Reihen schrien einige junge Frauen im Tschador mit den übrigen: »*Allah-u Akbar* – Gott ist der Größte...«

Hinter dem Zaun hatten sich Soldaten mit schußbereiten Gewehren verteilt, weitere Einheiten standen in Bereitschaft, alle Offiziere trugen Revolver. Zwei Centurion-Panzer warteten mit dröhnenden Motoren einsatzbereit mitten auf dem Fahrweg, in ihrer Nähe beriet sich der Standortkommandant mit einer Gruppe von Offizieren. Hinter ihnen waren mit Soldaten besetzte Lastwagen aufgefahren, deren Scheinwerfer das Tor und den Zaun anstrahlten. Die Soldaten waren zu 20 oder 30 zu 1 in der Minderheit: Hinter den Lastwagen wiederum sah man die Hangars, die Verwaltungsgebäude der Basis, die Baracken und die Offiziersmesse. Überall schwirrten aufgeregte Mechaniker herum, die sich hastig angekleidet hatten, denn die Menge war vor nicht einmal einer halben Stunde aufmarschiert und hatte im Namen von Ayatollah Khomeini die Übergabe der Lufwaffenbasis gefordert.

Einmal mehr erklang die Stimme des Standortkommandanten aus den Lautsprechern: »Zerstreuen Sie sich unverzüglich!« Er sprach scharf und drohend, aber die Sprechchöre der Menge übertönten ihn: »*Allah-u Akbar*...«

Die Luftwaffenbasis Kowiss beherbergte auch die Zentrale von S-G-Helicopters für den südlichen Iran, vor allem aber waren hier zwei F4-Geschwader der iranischen Luftstreitkräfte und seit Ausrufung des Kriegsrechts eine Abteilung Centurions sowie weitere Militäreinheiten stationiert. Außerhalb des Zauns erstreckte sich östlich von der Basis über Hunderte Morgen die riesige Ölraffinerie. Obwohl die Anlage bestreikt wurde und den Betrieb eingestellt hatte, war sie zum Teil in Flutlicht getaucht: Das aus Europäern und Iranern bestehende Stammpersonal hatte vom Streikkomitee die Erlaubnis erhalten, die Raffinerie mit ihren Pipelines und Tanks zu schützen.

»Gott ist der Größte...«, rief Hussain von neuem, und die Menge nahm die Parole sofort auf, so daß sie lautstark in die Köpfe und Herzen der Soldaten drang. Einer der Soldaten in der vordersten Reihe war Ali Bewedan, der noch vor kurzem ein einfacher Dorfbewohner gewesen war. Ja, dachte er, ich stehe auf Allahs Seite und bin bereit, für den Glauben und für den Propheten, Sein Name sei gepriesen, den Märtyrertod zu erleiden. O Allah, laß

mich zu einem Märtyrer werden und direkt ins Paradies eingehen, wie Du es den Gläubigen versprochen hast.
Khomeinis Worte dröhnten in seinen Ohren, denn der Mullah hatte vor zwei Tagen in der Moschee eine Kassette abgespielt: »Soldaten, schließt euch euren Brüdern und Schwestern an, die Allahs Werk tun, flieht mit euren Waffen aus den Kasernen, gehorcht nicht den ungesetzlichen Befehlen der Generäle, stürzt die ungesetzliche Regierung. Verrichtet Allahs Werk, Allah ist der Größte...«
Der junge Soldat merkte gar nicht, daß er längst mit der Menge die Worte skandierte, während sein Blick auf den Mullah gerichtet war, der sich außerhalb des Tors, auf Allahs Seite, befand. Er zerrte am Zaun und versuchte, ihn gemeinsam mit seinen Brüdern und Schwestern niederzureißen. Die Soldaten um Ali, seine Brüder, bewegten sich beunruhigt und nervös, starrten ihn an, wagten nicht zu sprechen. Viele von ihnen hätten das Tor geöffnet, wenn sie nicht vor den Offizieren und Sergeanten und der unvermeidlichen Bestrafung Angst gehabt hätten.
»Auf Allahs Seite, draußen...«
Die Worte explodierten im Gehirn des jungen Mannes; er sah und hörte den Sergeanten nicht, der ihn anbrüllte, sondern sah nur das Tor, das den Gläubigen den Weg versperrte. Da warf er sein Gewehr weg und lief zu dem 50 Meter entfernten Tor. Einen Augenblick lang herrschte unheimliche Stille. Alle Blicke waren wie gebannt auf Ali gerichtet.
Oberst Mohammed Peschadi, der Standortkommandant, hatte sich neben dem ersten Panzer aufgepflanzt und beobachtete den Jungen, der *»Alllahh-u Akkkbarrr«* schrie.
Als Ali nur noch fünf Meter vom Zaun entfernt war, befahl der Oberst dem Sergeanten neben ihm: »Erschießen!«
Der Sergeant riß dem nächsten Soldaten das Gewehr aus der Hand, entsicherte es, lehnte sich kurz an den Panzer, zielte auf den Kopf des Jungen und drückte ab. Der Kopf Alis explodierte und bespritzte die Menschen hinter dem Zaun. Dann sackte der Körper zusammen und blieb im Stacheldraht hängen.
Einen Augenblick lang war die Stille noch intensiver. Dann rückte die Menge unter Hussains Führung geschlossen vor. Die vordersten rissen am Stacheldraht, ohne darauf zu achten, daß ihre Hände zerfetzt wurden. Von den hinter ihnen Stehenden angefeuert, begannen sie, den Zaun zu überklettern.
Aus den Reihen der Angreifer begann eine Maschinenpistole zu bellen. Oberst Peschadi gab dem Offizier im Panzer ein Zeichen. Eine Flammenzunge schoß aus dem Rohr des Geschützes, das über die Köpfe der Menge hinwegzielte und mit Übungsgranaten geladen war. Angesichts der unerwarteten Explosion wichen die Angreifer in panischer Angst vom Zaun zurück, ein halbes Dutzend Soldaten ließ entsetzt die Gewehre fallen, etliche flohen und viele der unbewaffneten Zuschauer suchten erschrocken das Weite. Der zweite Panzer feuerte, diesmal tiefer.
Die Menge flüchtete, Männer und Frauen trampelten einander nieder. Wieder

feuerte der erste Panzer, und die Leute drängten sich noch verzweifelter vom Tor weg. Nur Hussain blieb, wo er stand. Er taumelte, weil er für einen Augenblick blind und taub war, doch dann bekam er einen Torpfosten zu fassen und hielt sich daran fest. Sofort liefen impulsiv einige Soldaten nach vorn, um ihm zu helfen.
»Bleibt, wo ihr seid!« brüllte Oberst Peschadi, dann schaltete er das Mikrophon auf volle Lautstärke. »Alle Soldaten bleiben, wo sie sich befinden. Sichert die Gewehre! *Sichert die Gewehre!* Alle Offiziere und Sergeanten sind für ihre Leute verantwortlich. Sie, Sergeant, begleiten mich.«
Der noch immer geschockte Sergeant folgte dem Kommandanten, der auf das Tor zuging. Vor dem Zaun lagen 30 oder 40 niedergetrampelte Menschen. Die Mehrzahl der Aufrührer war 100 Meter weiter stehengeblieben und begann, sich wieder zu formieren. Schon gingen die Eifrigsten zum Angriff über. Die Spannung nahm zu.
»Halt! Niemand rührt sich!«
Diesmal gehorchten die Leute. Der Kommandant warf einen kurzen Blick auf den Leichnam im Stacheldraht: Der Junge war mit dem Namen Allahs auf den Lippen zum Märtyrer geworden und befand sich daher bereits im Paradies. Dann sprach Peschadi scharf ins Mikrophon: »Ihr drei... ja, ihr drei, helft dem Mullah! *Jetzt!«* Sofort gehorchten die drei Angesprochenen seinem Befehl. Der Oberst zeigte auf einige Soldaten: »Du öffnest das Tor! Du schaffst die Leiche weg!«
Auch sie gehorchten sofort. Als hinter ihm die Soldaten in Bewegung gerieten, brüllte er: »Ich habe befohlen, niemand rührt sich! *Der nächste, der sich ohne meinen Befehl bewegt, ist tot.«*
Alle erstarrten. Peschadi wartete einen Augenblick, aber keiner rührte sich. Dann blickte er Hussain an, den er gut kannte, und fragte ihn: »Ist alles in Ordnung, Mullah?« Er stand jetzt neben ihm. Das Tor war offen. In einigen Metern Entfernung warteten die drei Dorfbewohner.
Hussain hatte fürchterliche Kopf- und Ohrenschmerzen, aber er konnte sehen und hören, und auch wenn er sich die Hände am Stacheldraht blutig gerissen hatte, er war am Leben und noch kein Märtyrer. »Ich fordere«, sagte er mit schwacher Stimme, »ich fordere diese Basis... in Ayatollah Khomeinis Namen.«
»Sie begleiten mich in mein Büro«, unterbrach ihn der Oberst, »und ihr drei kommt als Zeugen mit! Wir werden miteinander sprechen, Mullah. Ich werde zuhören, und dann werden Sie zuhören.« Er schaltete den Lautsprecher wieder ein und erklärte, was geschehen würde. »Er und ich werden friedlich miteinander reden, dann wird der Mullah in die Moschee zurückkehren, und ihr werdet nach Hause gehen und beten. Das Tor bleibt offen. Meine Soldaten und Panzer werden das Tor bewachen und, bei Gott und dem Propheten, dessen Name gelobt sei, wenn einer von euch das Tor durchschreitet oder über den Zaun klettert, wird er von meinen Soldaten erschossen. Wenn ihr glaubt, gemeinsam die Basis angreifen zu können, werde ich meine Panzer in eure Dörfer schicken und die Dörfer samt ihren Bewohnern verbrennen. Lang

lebe der Schah!« Er drehte sich um und ging auf das Verwaltungsgebäude zu. Der Mullah sowie die drei verängstigten Dorfbewohner folgten ihm. Sonst rührte sich niemand.

5 Uhr 21. Captain Conroe Starke, Chefpilot des S-G-Kontingents in Kowiss, stand am Fenster der Offiziersmesse und beobachtete das Verwaltungsgebäude auf der anderen Straßenseite. Der Mullah war noch immer nicht herausgekommen. Hier, im großen Saal der Offiziersmesse, war es sehr kalt. Freddy Ayre drückte sich tiefer in seinen Fauteuil, zog seine Fliegerjacke enger um sich und blickte zu dem großen Texaner auf. »Was meinst du?« fragte er und unterdrückte ein Gähnen.
»Ich meine, daß es in einer Stunde hell sein wird«, antwortete Starke geistesabwesend. Auch er trug eine Fliegerjacke und warme Fliegerstiefel. Die beiden Piloten befanden sich in einem Erker des im ersten Stock liegenden Raums, von dem aus sie den größten Teil der Luftwaffenbasis überblicken konnten. Im Saal hielten sich außerdem etwa ein Dutzend höhere iranische Offiziere auf, denen Peschadi befohlen hatte, sich in Bereitschaft zu halten. Die meisten trugen Fliegerjacken oder Uniformmäntel und schliefen in den Fauteuils. Seit Wochen wurde die Basis nicht mehr geheizt, um Treibstoff zu sparen. Ein paar müde Ordonnanzen beseitigten die letzten Spuren einer Party, die von der heranrückenden Menge unterbrochen worden war.
»Ich bin vollkommen geschafft. Und du?«
»Noch nicht, aber wieso habe ich eigentlich immer an Fest- und Feiertagen Dienst, Freddy?«
»Das ist das Vorrecht des furchtlosen Führers«, meinte Ayre. Er war der stellvertretende Chef des S-G-Stützpunkts, ehemaliger RAF-Pilot, sah gut aus, war 28, hatte dunkelblaue Augen und sprach Oxford-Englisch. »Er gibt der Mannschaft eben ein gutes Beispiel.«
Starke schaute zum offenen Tor hinüber. Es war noch immer gut bewacht. Draußen warteten noch etwa 500 Dorfbewohner, die sich eng zusammendrängten, um sich warm zu halten. Starkes Blick kehrte zum Verwaltungsgebäude zurück. Auch hier hatte sich nichts verändert. Im ersten Stock, in dem Peschadis Büro lag, brannte Licht. »Ich würde ein Monatsgehalt dafür geben, wenn ich ihnen zuhören könnte.«
»Was? Was meinst du?«
»Ich möchte hören, was Peschadi und der Mullah reden.«
»Ach so. Ich habe schon geglaubt, wir sind erledigt, als die Kerle über den Zaun kletterten. Verdammt! Ich war drauf und dran, zu meinem Heli zu rennen und dieses Land für immer zu verlassen.« Ayre grinste. »Natürlich hätte ich auf dich gewartet, Duke.« Er benützte den Spitznamen Starkes, der wie John Wayne Texaner war, dessen Statur besaß und genauso gut aussah. Starke lachte. »Nett von dir. Ich glaube aber, daß ich vor dir bei der Maschine angelangt wäre.« Dann blickte er wieder aus dem Fenster, ohne seine Besorgnis zu zeigen. Die Basis war zum drittenmal von einer Menschenmenge angegriffen worden. Und jedesmal hatte der Mullah an der Spitze gestanden.

Jeder Angriff war gefährlicher gewesen als der vorhergehende, diesmal nun hatte es den ersten Toten gegeben. Wie würde es weitergehen? Peschadi hatte noch einmal die Oberhand behalten, aber bald würde er den kürzeren ziehen, wenn er den Mullah nicht außer Gefecht setzte. Und den Mullah konnte er nur außer Gefecht setzen, indem er ihn tötete. Was würde ich an seiner Stelle tun? Ich weiß es nicht.

Starke sah sich um. Die iranischen Offiziere wirkten nicht beunruhigt. Er kannte die meisten vom Sehen, hatte aber keinen Kontakt zu ihnen. Sie zogen es vor, unter sich zu bleiben.

Warum auch nicht, dachte er, es ist ihr Land. Aber sie zerstören es, und wir sitzen mittendrin. Und jetzt ist Manuela auch noch hier. Er hatte sich gefreut, als seine Frau vor fünf Tagen mit einem Heli eintraf, sich aber gleichzeitig geärgert, weil sie nicht in Teheran geblieben war.

»Verdammt, Manuela, hier bist du in Gefahr.«

»Nicht mehr als in Teheran, Liebling, *Inscha'Allah*«, hatte sie ihm strahlend widersprochen.

»Wie hast du Mac überhaupt überredet, dich hierherzufliegen?«

»Ich habe ihn angelächelt und ihm versprochen, daß ich mit dem ersten Flugzeug, in dem ich einen Platz bekomme, nach England zurückkehre. Und jetzt gehen wir ins Bett, Liebling.«

Er lächelte vor sich hin und überließ sich seinen Gedanken. Seit sechs Jahren war er im Iran und seit elf Jahren bei S-G. Zuerst war es hier schön gewesen, aber das hatte sich geändert, spätestens seit der Schah den Ölpreis auf das Vierfache erhöht hatte. Bis dahin waren die Iraner freundlich und hilfsbereit gewesen, und man kam gut mit ihnen zurecht. Danach stiegen ihnen die ständigen, überheblichen Äußerungen des Schahs über die »angeborene Überlegenheit der Iraner« infolge ihrer 3000 Jahre alten Zivilisation zu Kopf, und sie wurden immer arroganter.

Starke seufzte. Er war Manuela nach wie vor dafür dankbar, daß sie sich intensiv für die iranische Lebensweise interessiert hatte. Sie lernten Neupersisch, fuhren überall hin und verstanden jetzt etwas von Perserteppichen, persischem Kaviar und persischem Wein. Dazu hatten sie zahlreiche Freundschaften geschlossen.

»Von nun an sind wir hier zu Hause«, hatte Manuela erklärt. »Hier werde ich mit den Kindern leben.«

»Was für Kinder? Wir haben keine Kinder, und bei meinem Verdienst können wir uns auch keine leisten.«

Dieses Gespräch hatte vor sechs Jahren stattgefunden, bald nachdem sie geheiratet hatten. Jetzt hatten sie drei Kinder, zwei Jungen und ein Mädchen, und er konnte sie sich gerade noch leisten. Und wie sollte es nun weitergehen? Meine Arbeit ist in Gefahr, unsere iranischen Freunde sind fast alle weggezogen, die Geschäfte sind leer und statt Fröhlichkeit herrscht Angst.

Dieser Khomeini und diese Mullahs, dachte er, haben eine großartige Kultur und ein großartiges Land auf dem Gewissen. Wenn ich Manuela nur dazu bewegen könnte, die Kinder in London abzuholen und mit ihnen nach

Lubbock zu fliegen, bis im Iran wieder Ruhe eingekehrt ist. Lubbock war ein Landstädtchen in Texas, wo sein Vater immer noch die Familienranch betrieb. 500 Morgen, ein paar Rinder, ein paar Pferde, Getreidefelder, es reichte, daß die Familie sorgenfrei leben konnte. Wenn sie nur schon alle dort wären!
Er streckte sich und lehnte sich zurück. Ayres Augen, die seinen Bewegungen folgten, waren trüb. »Du hast ganz schön einen in der Krone gehabt«, stellte Starke fest.
»Es ist mein freier Tag, und ich hatte diese Horde nicht eingeplant. Eigentlich hatte ich vorgehabt, mich vollaufen zu lassen. Meine bessere Hälfte fehlt mir. Mein Gott, bin ich müde!« Er gähnte herzhaft, rutschte noch tiefer in den Fauteuil, um eine bequemere Stellung zu finden, und warf einen Blick aus dem Fenster. Sofort wurde er munter. Ein iranischer Offizier kam über die Straße auf die Messe zu. Es war Major Changiz, der Adjutant der Luftwaffenbasis. Als er eintrat, wirkte sein Gesicht angespannt. »Alle Offiziere melden sich um sieben Uhr beim Kommandanten«, verkündete er auf Persisch. »Um acht Uhr findet sich das gesamte Heeres- und Luftwaffenpersonal auf dem Platz zum Appell ein. Jeder, der nicht erscheint – es sei denn, ich habe ihn vorher aus gesundheitlichen Gründen beurlaubt –, hat mit sofortiger strenger Bestrafung zu rechnen.« Er sah sich im Raum um und entdeckte Starke. »Bitte, folgen Sie mir, Captain.«
Starkes Herzschlag stockte kurz. »Warum, Major?« fragte er auf Persisch.
»Der Kommandant braucht Sie.«
»Wozu?«
Der Major zuckte mit den Achseln und verließ den Raum.
»Alarmiere unsere Jungs«, flüsterte Starke Ayre zu. »Und Manuela.«
»Okay«, murmelte Ayre.
Als Starke die Straße überquerte und die Treppe hinaufstieg, empfand er die auf ihn gerichteten Blicke wie eine körperliche Last. Gott sei Dank bin ich ein Zivilist, der für eine britische Gesellschaft arbeitet und nicht mehr für die US-Army, dachte er und empfand so etwas wie Erleichterung.
Die drei Dorfbewohner waren ins Vorzimmer verbannt worden, und Starke ging an ihnen vorbei direkt in die Höhle des Kommandanten. »Guten Morgen, Herr Oberst«, begrüßte er diesen vorsichtig auf Englisch.
»Guten Morgen, Captain Starke.« Peschadi wechselte zu Persisch. »Ich möchte Sie mit dem Mullah Hussain Kowissi bekannt machen.«
»Friede sei mit Ihnen«, sagte Starke auf Persisch und nahm sehr bewußt die Flecken wahr, die das Blut des Jungen auf dem weißen Turban und dem schwarzen Gewand hinterlassen hatten.
»Friede sei mit Ihnen.«
Starke streckte, wie gewohnt, die Hand zum Händedruck aus. Gerade noch rechtzeitig sah er das geronnene Blut auf der vom Stacheldraht aufgerissenen Handfläche des Mullah und faßte ihn deshalb nur vorsichtig an. Dennoch verzog der Mullah gequält das Gesicht. Starke entschuldigte sich auf Englisch, doch der Mullah blickte ihn nur haßerfüllt an.
»Sie wollten mich sprechen, Herr Oberst?«

»Ja. Bitte, nehmen Sie Platz!« Peschadi zeigte auf einen Stuhl auf der anderen Seite des Schreibtisches. Das Büro war spartanisch eingerichtet und makellos sauber. Der einzige Wandschmuck war ein Foto des Schahs und seiner Frau Farah. Der Mullah saß mit dem Rücken zu dem Bild.
Peschadi zündete sich eine Zigarette an. Hussain betrachtete sie mißbilligend und starrte dann dem Oberst ins Gesicht. Peschadi erwiderte den Blick. Bestimmten Auslegungen zufolge verbot der Koran das Rauchen. Sie hatten über eine Stunde lang über diesen Punkt gestritten. Dann hatte Peschadi abschließend erklärt: »Im Iran ist das Rauchen nicht verboten, noch nicht. Ich bin Soldat und habe geschworen, nur auf Befehle zu gehorchen.«
»Auch auf ungesetzliche Befehle?«
»Ich wiederhole: Die Befehle Seiner kaiserlichen Majestät Schahinschah Mohammed Pahlevi oder seines Vertreters Ministerpräsident Bachtiar sind gemäß den iranischen Gesetzen immer noch in Kraft. Der Iran ist noch kein islamischer Staat. Noch nicht. Sobald er es wird, werde ich die Befehle desjenigen befolgen, der den islamischen Staat leitet.«
»Sie werden dem Imam Khomeini gehorchen?« hatte Hussain gefragt.
»Natürlich – wenn der Ayatollah Khomeini unser legaler Herrscher wird.«
Der Oberst hatte genickt, aber gedacht: Bevor es soweit kommt, wird noch viel Blut fließen. »Und falls ich zum Führer dieses islamischen Staates gewählt werde, werden Sie dann mir gehorchen, Mullah?«
Hussain hatte nicht gelächelt. »Der Führer des islamischen Staates wird der Imam, der Sturm Gottes, sein, und nach ihm ein anderer Ayatollah, und dann der nächste.«
Auch jetzt funkelten Hussains harte, unnachgiebige Augen Peschadi immer noch an, und der Oberst hätte den Mullah am liebsten zerschmettert, dazu mit seinen Panzern alle niedergewalzt, die den Befehlen des Schahs, des gottgesandten Herrschers, nicht gehorchten. Ja, dachte er, unser gottgesandter Herrscher, der sich wie schon sein Vater gegen euch Mullahs und euer Machtstreben gestellt hat, der mit eurem archaischen Dogmatismus aufgeräumt, den Iran aus dem Mittelalter geführt und ihm zu der ihm zustehenden Größe verholfen hat, der die OPEC im Alleingang dazu gebracht hat, sich gegen die ungeheure Macht der ausländischen Ölkonzerne zur Wehr zu setzen, der nach dem Zweiten Weltkrieg die Sowjets aus Aserbeidschan vertrieben und sie seither in Schach gehalten hat, so daß sie ihm wie Schoßhündchen die Hände lecken. Bei Allah und dem Propheten! dachte er wütend. Ich kann nicht verstehen, warum diese Scheiß-Mullahs nicht erkennen, wie es in Wahrheit um den senilen alten Khomeini steht, der seine Lügen noch vom Totenbett in die Welt hinausschreit. Wir brauchen einen einzigen Befehl: Zerschlagt unverzüglich die Revolution! Mit diesem Befehl würde ich innerhalb von drei Tagen in Kowiss und in einem Umkreis von hundert Kilometern Ruhe, Frieden und Wohlstand herstellen, die Mullahs säßen glücklich in den Moscheen, in die sie gehören, und die Gläubigen würden fünfmal am Tag beten. Innerhalb eines Monats hätte die Armee dafür gesorgt, daß der Iran wieder so ist, wie er vor einem Jahr war, und das Problem Khomeini wäre für

immer gelöst. Minuten, nachdem mich der Befehl erreicht hätte, würde ich ihn verhaften, ihm öffentlich den halben Bart wegrasieren lassen, ihn nackt auf einen Mistwagen setzen und durch die Straßen führen. Dann würde das Volk erkennen, was er ist: ein gebrochener, geschlagener alter Mann. Vor dem Verlierer würde das Volk Augen und Ohren verschließen. Dann würden sich aus den Reihen der Ayatollahs und Mullahs und aus dem Volk Ankläger erheben, um ihn gemeinsam auszulöschen.

Peschadi zog an seiner Zigarette und war froh, daß sich seine Gedanken weder in seinem Gesicht noch in seinen Augen spiegelten. »Captain Starke steht vor Ihnen, Mullah. Sie können mit ihm persisch oder englisch sprechen – er spricht Ihre Sprache genauso fließend wie Sie die seine.«

Der Mullah wandte sich an Starke. »Sie sind also von der CIA«, stellte er fest. Sein Englisch hatte einen amerikanischen Akzent.

»Nein.« Starke war sofort auf der Hut. »Sie sind in den Staaten zur Schule gegangen?«

»Ja, ich habe dort studiert«, antwortete Hussain. Die Schmerzen und die Müdigkeit ließen ihn seiner Gereiztheit nachgeben. »Warum haben Sie denn Persisch gelernt? Doch nur, um hier für die CIA oder einen Ihrer Ölkonzerne zu spionieren.«

»Nein, nur aus Interesse«, erwiderte Starke höflich auf Persisch. »Ich bin Gast in Ihrem Land, Ihre Regierung hat mich aufgefordert, hierher zu kommen und gemeinsam mit den Iranern für sie zu arbeiten. Es ist ein Gebot der Höflichkeit, daß Gäste sich über die Sitten ihrer Gastgeber informieren und deren Sprache erlernen.« Seine Stimme wurde scharf. »Und es sind nicht ›meine‹ Konzerne.«

»Es sind amerikanische Konzerne. Sie sind Amerikaner. Die CIA ist amerikanisch. Alle unsere Probleme hängen mit Amerika zusammen, auch die Geldgier des Schahs ist amerikanisch. Seit Jahren ziehen die Amerikaner die Iraner durch den Dreck.«

»Unsinn«, widersprach Starke zornig auf Englisch. Dann wandte er sich an Peschadi, der ruhig weitergeraucht, beobachtet und gewartet hatte. »Worum geht es, Herr Oberst?«

»Der Mullah verlangt einen Ihrer Hubschrauber, weil er alle Erdölanlagen in unserem Gebiet besuchen will. Wie Sie wissen, planen wir zwar weder Ihre Flüge noch mischen wir uns in Ihre Operationen ein, Sie werden aber einen Ihrer besten Piloten dafür abstellen. Ab heute mittag.«

»Warum nehmen Sie nicht eines Ihrer Flugzeuge? Ich könnte einen Navigator...«

»Nein. Einen Ihrer Hubschrauber mit Ihrem Personal. Heute mittag.«

Starke wandte sich an den Mullah. »Es tut mir leid, aber ich nehme nur Befehle von IranOil entgegen, die ich vom Leiter unserer Basis oder vom Gebietsmanager Esvandiari erhalte. Wir haben einen Vertrag mit...«

»Die Helikopter, die Sie fliegen, gehören dem Iran«, unterbrach ihn der Mullah scharf. Seine Erschöpfung und seine Schmerzen nahmen zu, und er wollte zu einem Ende gelangen. »Sie werden uns eine Maschine zur Verfügung stellen.«

»Die Hubschrauber sind wohl im Iran registriert, aber sie gehören der S-G Helicopter Ltd. in Aberdeen.«
»Im Iran registriert, fliegen im iranischen Luftraum, verwenden iranisches Benzin, bekommen ihre Aufträge von Iranern, versorgen iranische Bohrtürme, die iranisches Erdöl fördern: Sie gehören dem Iran.« Hussain verzog den Mund. »Esvandiari wird bis heute mittag die erforderlichen Anweisungen erteilen. Wie lange brauchen wir, wenn wir alle Erdölanlagen besuchen?«
Nach einer Pause antwortete Starke: »Etwa sechs Stunden reine Flugzeit. Wie lange wollen Sie sich bei den Zwischenlandungen aufhalten?«
Der Mullah sah ihn nur an. »Ich möchte anschließend der Pipeline nach Abadan folgen und landen, wo es mir gefällt.«
Starke starrte den Oberst verblüfft an, doch Peschadi beobachtete betont den aus seiner Zigarette aufsteigenden Rauch. »Das wird schwierig, Mullah«, meinte Starke. »Wir brauchen Start- und Überfliegegenehmigungen. Die Radarkontrolle funktioniert nicht, und der größte Teil des Luftraums wird von der Kisch-Flugsicherung überwacht, das heißt von der Luftwaffe.«
»Sie werden jede Genehmigung bekommen, die Sie benötigen«, erklärte Hussain entschieden und sah wieder Peschadi an. »Im Namen Allahs, ich komme mittags zurück: Wenn Sie sich mir in den Weg stellen, reden die Gewehre.«
Starkes Herz klopfte wild, auch Peschadis Herz hämmerte, nur der Mullah blieb ruhig. Er befand sich in der Hand Allahs, verrichtete Allahs Werk, befolgte die Befehle des Sturms: Übt auf jede mögliche Weise Druck auf den Feind aus. Seid wie das Wasser, das gegen den Damm drückt. Übt Druck auf den Damm des Usurpators, des Schahs, seiner Lakaien und Streitkräfte aus. Wir müssen sie mit Mut und Blut auf unsere Seite ziehen. Übt auf jede Weise Druck auf sie aus, ihr verrichtet Allahs Werk!
»Ich werde mittags zurückkommen, Oberst Peschadi, allein oder mit vielen. Die Wahl liegt bei Ihnen«, erklärte Hussain ruhig. »Aber jetzt ist es Zeit für das Gebet.« Er zwang sich aufzustehen. Seine Hände brannten, Rücken, Kopf und Ohren schmerzten immer noch entsetzlich. Einen Augenblick lang fürchtete er, das Bewußtsein zu verlieren, aber er kämpfte Schwindel und Schmerzen nieder und verließ aufrecht den Raum.
Peschadi erhob sich. »Sie werden tun, was er verlangt. Bitte!« fügte er als große Konzession hinzu. »Es ist ein vorläufiger Waffenstillstand, ein vorläufiger Kompromiß, bis wir endgültige Befehle von der gesetzmäßigen Regierung Seiner Kaiserlichen Majestät erhalten und dem Unsinn ein Ende setzen können.« Mit zitternden Händen zündete er eine Zigarette am Stummel der vorhergehenden an. »Sie werden keine Schwierigkeiten haben. Er wird die erforderlichen Genehmigungen vorlegen, und damit wird das Ganze ein Routine-VIP-Flug. Sie müssen zustimmen, denn ich kann selbstverständlich keines meiner Militärflugzeuge in den Dienst eines Mullahs stellen, schon gar nicht, wenn es sich um Hussain handelt, der als Aufrührer bekannt ist. Ist das kein ausgezeichneter Schachzug von mir? Sie werden ihn nicht zunichte machen.« Entschieden drückte er die Zigarette aus und fuhr beinahe schrei-

end fort: »Sie haben gehört, was er gesagt hat. Mittags. Allein oder mit vielen. Wollen Sie, daß noch mehr Blut vergossen wird?«
»Natürlich nicht.«
»Gut. Dann tun Sie, was man von Ihnen verlangt.« Peschadi stürmte davon. Starke trat erbittert ans Fenster. Der Mullah hatte sich in der Nähe des Tores postiert und rief, die Arme erhoben, die Gläubigen in altehrwürdigem Arabisch zum ersten Gebet: »Kommt zum Gebet, kommt, um fortzuschreiten, das Gebet ist besser als der Schlaf. Es gibt keinen Gott außer Gott...«
Auch Peschadi nahm an der Spitze seiner Leute andächtig seinen Platz ein. Alle hatten die Gewehre neben sich auf den Boden gelegt, und nun folgten Soldaten und Dorfbewohner dem Beispiel des Mullahs, wandten sich in die Richtung von Mekka, nahmen die vorgeschriebene Gebetshaltung ein, warfen sich zu Boden und sprachen die Schahada-Litanei: »Ich bekenne, daß es keinen Gott außer Gott gibt, und Mohammed ist sein Prophet...«
Als das Gebet zu Ende war, trat Stille ein. Alle warteten. Dann rief der Mullah laut: »Allah, der Koran und Khomeini!« Er durchschritt das Tor und schlug den Weg nach Kowiss ein. Gehorsam folgten ihm die Dorfbewohner.
Starke erschauerte wider Willen. Der Mullah, überlegte er, ist so vom Haß erfüllt, daß er ihm aus allen Poren dringt. Wenn ich fliege, verschlimmere ich womöglich alles. Teile ich jemand anderen dazu ein, drücke ich mich, denn die Sache fällt in meine Verantwortung.
»Ich muß ihn fliegen«, murmelte er vor sich hin.

5

Vor Lengeh: 6 Uhr 42. Die 212 befand sich mit zwei Piloten und dreizehn Passagieren auf einem Routineflug vom S-G-Stützpunkt Lengeh zu dem von den Franzosen erschlossenen Ölfeld von Siri.

»Hubschrauber EP-HST, hier spricht Flugsicherung Kisch. Ändern Sie den Kurs um 260 Grad!«

Gehorsam schwenkte der Helikopter auf den neuen Steuerkurs ein. »260 bei 1000 Fuß«, bestätigte Ed Vossi.

»Bleiben Sie auf 1000! Melden Sie sich über Siri wieder!« Im Gegensatz zum sonstigen Iran funktionierte hier das Radarsystem; die Stationen auf den Inseln Kisch und Lavan waren mit ausgezeichneten, von der amerikanischen Luftwaffe ausgebildeten Fluglotsen besetzt. Die beiden Enden des Golfs waren von gleicher strategischer Bedeutung und wurden gleich gut betreut. Ed Vossi war Amerikaner, ehemaliger Militärflieger, 32 Jahre alt und gebaut wie ein Rugby-Spieler.

»Das Radar setzt heute manchmal aus, stimmt's, Scrag?« fragte er den zweiten Piloten.

»Richtig. Liegt vermutlich an ihren Batterien.«

Vor ihnen tauchte jetzt die kleine Insel Siri auf. Sie war öde, flach und trostlos, verfügte über einen kleinen, nicht asphaltierten Behelfsflugplatz. Sie sahen ein paar Baracken für die Erdölarbeiter und riesige Tanks, von Pipelines gespeist, die auf dem Meeresgrund zu den Bohrtürmen im Golf führten. Die Insel lag knapp 100 Kilometer vor der iranischen Küste, gerade noch innerhalb der Grenze, welche die Straße von Hormus entzweischneidet und die iranischen Hoheitsgewässer von denen Omans und der Vereinigten Arabischen Emirate trennt.

Die Maschine legte sich über den Öltanks in eine Kurve und flog nach Westen weiter. Die erste Zwischenlandung war auf der Bohrinsel Siri 3 vorgesehen. Zur Zeit waren auf dem gesamten Ölfeld im Golf sechs Bohrtürme im Betrieb, die alle von dem halbstaatlichen französischen Konsortium EPF betrieben wurden. EPF hatte dieses Ölfeld für die IranOil als Vorausleistung auf künftige Öllieferungen erschlossen. »Flugsicherung Kisch. HST über Siri auf 1000 Fuß«, sagte Ed Vossi ins Mikrophon.

»Roger, HST. Bleiben Sie auf 1000«, kam sofort die Antwort. »Melden Sie sich, bevor Sie hinuntergehen. Vor Ihnen befindet sich auf zehn Uhr startender Verkehr im Steigflug.«

»Wir sehen es.« Die beiden Piloten beobachteten, wie vier Düsenjäger in geschlossener Formation mit Kurs auf die Meerenge aufstiegen.

»Die haben es aber eilig«, stellte der Ältere fest.

»Und wie. Sieh mal, amerikanische Luftwaffe, F 15.« Vossi war verblüfft. »Scheiße, ich hab' gar nicht gewußt, daß die hier sind. Hast du schon welche gesehen, Scrag?«
»Nein.« Auch Scrag Scragger war besorgt. Er war 63, der älteste Pilot bei S-G, verschrumpelt, sehr mager, sehr zäh. Er hatte graues Haar und tiefliegende hellblaue Augen. Sein australischer Akzent war nicht zu überhören. »Möchte wissen, was da los ist. Die Flugsicherung ist nervös wie eine Jungfrau vor der Hochzeitsnacht, und das ist die dritte Staffel, die wir auf diesem Flug sehen, die erste amerikanische.«
»Muß eine Spezialeinheit sein. Oder sie fliegen Begleitschutz für die AWACS, welche die USA den Saudis schicken.«
Scragger saß als Ausbilder auf dem linken Sitz, denn er hatte seine Maschine mit einer Doppelsteuerung ausrüsten lassen. »Solange wir hier auf keine MiGs stoßen, ist alles in Ordnung«, meinte er lachend.
»Die Roten werden keine Maschinen hier herunterschicken, auch wenn sie die Meerenge noch so gern hätten.« Vossi schaute hinunter. »Sieh mal, Scrag!« Der riesige Supertanker war schwer beladen. Er lag tief im Wasser und strebte träge auf die Straße von Hormus zu. »Ich möchte wetten, daß der Kahn mindestens 500 000 Tonnen hat.« Mehr als die Hälfte des westlichen Erdölbedarfs wurde durch die seichte, schmale Wasserstraße zwischen dem Iran und Oman transportiert, 20 Millionen Barrel täglich.
Scragger warf einen Blick in die Kabine. Die Passagiere waren angeschnallt, hatten Schwimmwesten an und Ohrenschützer aufgesetzt. Sie lasen oder schauten aus dem Fenster. Alles ist normal, dachte er, warum bin ich dann so kribbelig?
Er wandte sich Vossi zu. »Du hältst dich also für einen Piloten, was?«
»Ja, Scrag«, antwortete Vossi vorsichtig.
»Okay. Du hast Siri 3 ausgemacht?«
Vossi zeigte lächelnd auf die Bohrinsel in der Ferne, die im Dunst kaum zu erkennen war.
Über Scraggers Gesicht huschte ein Leuchten. »Dann schließ die Augen!«
»Komm schon, Scrag! Es ist zwar ein Trainingsflug, aber...«
»Ich habe die Steuerung übernommen«, unterbrach ihn Scragger. Vossi ließ sofort die Steuerung los. »Jetzt schließ die Augen!« Der junge Mann warf einen letzten Blick auf das Ziel, schob die Kopfhörer zurecht, nahm seine Sonnenbrille ab und gehorchte.
Scragger reichte Vossi eine dunkle Schutzbrille. »Hier, setz die auf, und öffne die Augen erst, wenn ich es sage! Halte dich bereit, die Steuerung zu übernehmen!«
Vossi setzte die dunkle Brille auf, streckte mit geschlossenen Augen vorsichtig Hände und Füße aus und berührte die Steuerung leicht. »Okay. Ich bin soweit, Scrag.«
»Du übernimmst jetzt die Maschine!«
Vossi übernahm die Steuerung und freute sich, weil der Übergang glatt vor sich ging und die Maschine auf Kurs blieb. Er konnte sich jetzt nur auf seine

Ohren verlassen und versuchte, die geringste Schwankung im Motorengeräusch wahrzunehmen, die ihm verriet, ob sie stiegen oder sanken. Jetzt veränderte sich das Dröhnen leicht. Der Ton wurde höher, was bedeutete, daß der Hubschrauber tiefer ging. Vossi korrigierte und brachte die Maschine wieder in die Waagrechte.

»Gut gemacht«, lobte ihn Scragger. »Jetzt mach die Augen auf!«

Vossi hatte die übliche Ausbildungsbrille erwartet, die das Gesichtsfeld zwar einschränkte, aber den Blick auf die Instrumente frei ließ. Statt dessen war es völlig dunkel. Er geriet in Panik, seine Konzentration ließ nach und damit auch seine Koordination. Einen Sekundenbruchteil lang war er vollkommen durcheinander, sein Magen verkrampfte sich, weil er erwartete, daß der Hubschrauber ins Trudeln geraten würde. Aber nichts geschah. Scragger hatte eingegriffen.

Vossi schnappte nach Luft und wollte automatisch die Brille abnehmen.

»Laß sie auf! Es ist ein Notfall, Ed, du bist der einzige Pilot an Bord und du hast ein Problem – du kannst nichts sehen. Was tust du? Komm schon, übernimm die Steuerung! Ein Notfall.«

Er übernahm die Steuerung, korrigierte zu stark und schrie beinahe auf, als die Maschine torkelte, denn er hatte erwartet, daß Scragger wieder eingreifen würde. Wieder überkompensierte Vossi, doch diesmal korrigierte Scragger den Fehler.

»Beruhige dich, Ed!« befahl er ihm. »Horch auf die Turbinen! Koordiniere Hände und Füße! Ruhig Blut, du kriegst es prima hin. Kotzen kannst du später. Es handelt sich um einen Notfall, du mußt die Maschine hinunterbringen, du hast 13 Passagiere in der Kabine. Ich sitze neben dir, aber ich bin kein Pilot, was machst du?«

Vossis Hände und Füße arbeiteten wieder im Gleichklang, und er horchte auf den Motor. »Ich kann nichts sehen, aber du kannst es.«

»Richtig.«

»Dann kannst du mir Anweisungen geben.«

»Richtig. Aber du mußt natürlich die richtigen Fragen stellen. Flugsicherung Kisch, HST verläßt 1000, geht nach Siri 3 hinunter.«

»Roger, HST.«

Scraggers Stimme klang jetzt anders. »Ich heiße nun Burt. Ich bin ein Arbeiter von einem der Bohrtürme und habe keine Ahnung vom Fliegen, kann aber Instrumente ablesen – wenn du mir genau erklärst, wo ich hinschauen muß.«

Vossi ging auf das Spiel ein und stellte die richtigen Fragen. »Burt« zwang ihn, sich das Cockpit in allen Einzelheiten vorzustellen, so zu fragen, daß auch ein Flugunkundiger ihn verstand. Wenn Vossi nicht präzise genug fragte, schrie »Burt«: »Ich kann die Scheibe nicht finden, mein Gott, um welche Anzeige handelt es sich? Erklär es mir! Langsam! Noch einmal! O Gott, wir werden alle sterben...«

Für Vossi dehnte sich die Zeit endlos. Kein hilfreiches Instrument beruhigte ihn, nur diese eine Stimme zwang ihn immerzu, bis an die Grenze seiner Leistungsfähigkeit zu gehen.

Als sie nur noch 20 Meter von ihrem Ziel entfernt waren, geriet Vossi an den Rand der Verzweiflung, weil er wußte, daß nun der kleine Landekreis auf der Bohrinsel immer näher kam. Du hast immer noch Zeit, die Landung abzubrechen, Gas zu geben und abzudrehen – aber was bringt es dir?
»Jetzt bist du 3 Meter darüber und 10 Meter davor, wie du es wolltest.«
Sofort hielt der schweißüberströmte Vossi den Hubschrauber in Schwebe.
»Sehr gut. Du bist genau über dem Kreis, wie du es wolltest.«
Vossi drosselte vorsichtig die Kraft. Es dauerte ewig. Dann berührten die Kufen den Boden, und sie waren gelandet. Er war so erleichtert, daß er vor Freude fast geweint hätte. Dann hörte er wie aus weiter Ferne Scraggers Stimme: »Das war verdammt gut, Ed. Fehlerlos. Ich übernehme jetzt.«
Vossi nahm die dunkle Brille ab. Er war klatschnaß, sein Gesicht kalkweiß, und er sank in seinem Sitz zusammen. Er bemerkte kaum die Arbeiter auf der Bohrinsel und das schwere Seilnetz, das über den Landeplatz mit etwa 30 Metern Durchmesser gebreitet war. Wir sind herunten, in Sicherheit.
Scragger hatte die Turbinen auf Leerlauf geschaltet; es war sinnlos, sie abzuschalten, weil es sich nur um einen kurzen Stop handelte. Er summte vor sich hin, was er nur tat, wenn er sehr zufrieden war. Der Junge hat sich gut gehalten, dachte er, der fliegt ausgezeichnet.
Er drehte sich um und gab dem französischen Techniker, der die neu installierte elektrische Pumpe des Bohrturms überprüfen sollte, das Zeichen, daß er aussteigen konnte. Die übrigen Passagiere warteten geduldig. Vier unter ihnen Japaner, Gäste der französischen Beamten und der Techniker von EPF.
Der Techniker kletterte hinaus, öffnete den Laderaum und half iranischen Arbeitern, einige Kisten auszuladen. Es war heiß und schwül, und die Luft stank nach Öldämpfen. Im Cockpit herrschte eine Gluthitze, und die Luftfeuchtigkeit war sehr hoch, aber das machte Scragger nichts aus. Er beobachtete Vossi, der die Hände im Nacken gefaltet hatte und sich sammelte.
Dann erregte eine unüberhörbare Stimme in der Kabine seine Aufmerksamkeit. Es war Georges de Plessey, Chef der französischen Beamten und Gebietsmanager von EPF. Er saß auf der Armlehne eines Sitzes und hielt einen seiner endlosen Vorträge, diesmal an die Adresse der Japaner. Besser erwischt es sie als mich, dachte Scragger belustigt. Er kannte de Plessey seit drei Jahren und mochte ihn – als Kenner der französischen Küche und ausgezeichneten Bridgespieler, nicht aber als Gesprächspartner.
»Alle diese Bohrtürme stehen mit ihren Beinen auf dem Meeresgrund«, erklärte de Plessey gerade. »Alle sind von Franzosen errichtet worden und werden von ihnen betrieben.« Die anderen Franzosen unterhielten sich und debattierten. Typisch, viel mehr tun sie nicht, dachte Scragger, wenn sie nicht essen und trinken oder jedem Rock nachstellen. Trotzdem, sie sind wenigstens Individualisten, im Unterschied zu diesen Japsen. Die Japaner waren alle vier klein, schlank, sehr gepflegt und gleich angezogen: kurzärmeliges weißes Hemd, dunkle Krawatte, dunkle Hose, dunkle Schuhe. Sie trugen die gleichen Digitaluhren und dunkle Brillen. Sie unterschieden sich lediglich in ihrem Alter.

»Das Wasser im Golf ist sehr seicht, Monsieur Kasigi«, dozierte de Plessey gerade. »Hier beträgt die Tiefe etwa 30 Meter. Das Öl befindet sich in 300 Metern Tiefe und ist leicht zu erreichen. Wir besitzen hier sechs Bohrlöcher, und alle sind in Betrieb, das heißt, sie sind durch Rohre verbunden und pumpen Öl in unsere Tanks auf der Insel Siri. Die Tanks haben einen Fassungsraum von insgesamt 3 Millionen Barrel, und zur Zeit sind alle voll.«
»Und wie steht es auf Siri mit den Anlegeplätzen, Monsieur de Plessey?« fragte Kasigi, der grauhaarige Sprecher der Japaner, langsam und deutlich auf Englisch.
»Im Augenblick laden wir in einiger Entfernung von der Küste. Für nächstes Jahr ist ein Kai geplant. Aber bis dahin können wir unsere mittelgroßen Tanker ohne Schwierigkeiten beladen. Wir garantieren eine rasche Abwicklung, schließlich sind wir Franzosen. Sie werden es morgen erleben. Ihre ›Rikomaru‹ hat ja keine Verspätung?«
»Nein, sie trifft mittags ein. Wie groß ist die Förderleistung des Feldes?«
»Unbegrenzt«, lachte der Franzose. »Zur Zeit fördern wir nur 75 000 Barrel pro Tag, aber, *mon Dieu*, unter dem Meeresgrund befindet sich ein ganzer Ölsee.«
»Captain Exzellenz!« Am Fenster neben Scragger tauchte das strahlende Gesicht des jungen Abdullah Turik auf, der zum Feuerlöschtrupp der Bohrinsel gehörte. »Ich sehr gut, sehr gut. Du?«
»Tipptopp, Junge. Wie läuft's?«
»Ich freue mich zu sehen Captain Exzellenz.«
Ein Jahr zuvor war Scraggers Stützpunkt in Lengeh über Funk alarmiert worden, weil es auf Siri 3 eine CASEVAC gab. Es war mitten in der Nacht und es regnete. Der iranische Manager nahm an, daß bei einem Feuerlöschmann der Blinddarm durchgebrochen war, und er fragte, ob im Morgengrauen eine Maschine kommen könne; im Iran waren Nachtflüge nur in Notfällen erlaubt. Scragger hatte Dienst gehabt und war sofort losgeflogen. Dergleichen gehörte zu den Prinzipien der Gesellschaft, zu ihrem Service. Er hatte den jungen Mann abgeholt, ihn direkt in das iranische Marinekrankenhaus in Bandar-e Abbas gebracht und die Verantwortlichen dort überredet, den Jungen aufzunehmen. Damit hatte er ihm das Leben gerettet.
Seither war Abdullah jedesmal zur Stelle, um ihn zu begrüßen, und einmal im Monat traf eine frische Ziegenkeule auf dem Stützpunkt ein, obwohl Scragger wegen der Kosten dagegen protestierte. Er hatte auch das Dorf im Hinterland von Lengeh besucht, aus dem der Junge stammte. Es war das Übliche: keine sanitären Einrichtungen, kein Wasser, Lehmböden, Lehmwände. Abdullahs Familie war wie alle anderen, weder besser noch schlechter. Viele Kinder, Fliegenschwärme, ein paar Ziegen und Hühner, kümmerliches Ackerland. »Bald werden wir eine eigene Schule haben, Exzellenz Pilot«, hatte Abdullahs Vater gesagt, »eine eigene Wasserleitung und sogar Elektrizität. Es geht uns schon viel besser dank unserem Öl. Dank sei Allah, weil er uns das Öl gegeben hat. Dank sei Allah, weil mein Sohn noch am Leben ist.«
»Wie läuft's, Abdullah?« wiederholte Scragger, der den Jungen mochte.

»Gut.« Abdullah trat näher und steckte den Kopf beinahe zum Fenster hinein. »Captain«, sagte er stockend und so leise, daß Scragger sich vorbeugen mußte, um ihn zu verstehen. »Bald viele Schwierigkeiten... kommunistische Tudeh, Mudjaheddin oder Fedajin. Gewehre und Sprengstoff – vielleicht ein Schiff in Siri. Gefahr. Bitte nicht verraten, wer gesagt, ja?« Dann setzte er sein Lächeln wieder auf und rief laut: »Glückliche Landung und kommen bald wieder, Exzellenz!« Er winkte, überspielte seine Nervosität und ging zu den anderen zurück.

»Klar, Abdullah«, murmelte Scragger. Etliche Iraner beobachteten ihn, aber das war nichts Ungewöhnliches, Piloten wurden hier überall bewundert. Der Landemeister hob den Daumen. Automatisch drehte sich Scragger um und vergewisserte sich, daß alles dicht war und jeder auf seinem Platz saß. »Soll ich starten, Ed?«

»Klar, Scrag.«

In 300 Meter Höhe ging Scragger auf Geradeausflug über und steuerte Siri 1 an, wo die übrigen Passagiere aussteigen wollten. Er war sehr beunruhigt. Es war das erste Mal, daß er von Schwierigkeiten hörte. Auf dem Ölfeld von Siri war es noch nie zu Streiks gekommen, wie sie andere Ölfelder lahmgelegt hatten. Die Erklärung dafür lag vielleicht darin, daß Frankreich Khomeini während seines Exils Gastfreundschaft gewährt hatte.

Sabotage? Hat der Japaner nicht für morgen einen Tanker angesagt? Was soll man unternehmen? Im Augenblick nichts. Vergiß Abdullah jetzt; wenn du fliegst, darfst du dich mit nichts anderem beschäftigen.

Scragger flog seit seinem 15. Lebensjahr. 1933, im Alter von 17 Jahren, war er schon bei der Königlichen Australischen Luftwaffe gewesen. 1939 hatte er Spitfires geflogen, ehe er 1945 auf Hubschrauber umgestiegen war. 1950 ging er mit UN-Truppen nach Korea, ehe er dann nach 20 Dienstjahren ausschied. Weil er nie einer Rauferei aus dem Weg gegangen war, hatte er es nur bis zum Leutnant gebracht. Aber er flog immer noch, er wollte nichts anderes tun. Immer noch wollte er der Beste und Sicherste sein und selbst bei einer Notlandung alle Passagiere heil zur Erde bringen.

Er schaute zu Vossi hinüber und war froh, daß es keinen Krieg gab, in den der Junge ziehen mußte. Er wollte Ed nicht verlieren, Ed war einer der Besten bei S-G. Gab es Bessere als ihn? Natürlich, Charlie Pettikin, aber der war ja auch Buschpilot und hat außerdem den Krieg mitgemacht. Das galt auch für Tom Lochart. Duncan McIver war wohl der Beste, obwohl er Startverbot hatte wegen diesen verdammten ärztlichen Untersuchungen. Der arme Teufel.

Scragger fröstelte. Wenn sie neue Vorschriften wegen der Altersgrenzen und Zwangspensionierung einführen, bin ich dran. Der Tag, an dem ich Startverbot bekomme, wird mein letzter Tag sein, das steht fest.

Siri 1 lag noch ein gutes Stück vor ihnen. Seit über einem Jahr landete er dreimal wöchentlich hier. Trotzdem legte er sich den Landeanflug zurecht, als wäre es das erste Mal. »Sicherheit ist kein Zufall, sie muß geschaffen werden.«

»Scrag?«

»Ja, mein Sohn?«

»Du hast mir da vorhin einen schönen Schrecken eingejagt.«
»Das ist die erste Lehre, die du daraus ziehen kannst. Was hast du noch gelernt?«
»Wie verdammt leicht es ist, in Panik zu geraten, wie einsam und hilflos man sich vorkommt und wie wichtig das Augenlicht für einen Menschen ist. Außerdem habe ich gelernt, wie sterblich ich bin. Ich habe eine Scheißangst gehabt.«
»Als es mir passiert ist, habe ich in die Hosen gemacht.«
»Was?«
»Ich bin in den sechziger Jahren mit einer 47G2 von Kuwait gestartet. ExTex hatte sie für einen Arzt und einen Techniker gechartert. Sie wollten zu einer Oase hinter Wafrah, in der es eine CASEVAC gab; ein armer Teufel war mit einem Bein in die Bohrwelle geraten. Wir flogen mit offenen Türen, wie gewöhnlich, weil es Sommer war, es hatte an die 40 Grad, diese elende, trockene Hitze, die es nur in der Wüste gibt. Aber man hatte uns die doppelte Chartergebühr und eine Prämie versprochen, deshalb hatte ich mich dazu bereit erklärt. Der Wind war glühend heiß und böig und spielte uns einen bösen Streich. Du weißt ja: Plötzliche Wirbel peitschen den Sand zu Staubwolken auf. Ich befand mich in ungefähr 100 Meter Höhe, als wir in eine solche Staubwolke gerieten. Der Staub war so fein, daß man ihn nicht sah. Gott weiß, wie er unter meine Schutzbrille dringen konnte, aber eben war noch alles in Ordnung, und im nächsten Augenblick husteten und spuckten wir, meine Augen waren voller Staub, und ich war blind wie ein Maulwurf.«
»Du verschaukelst mich!«
»Nein, ich schwöre dir, es ist die reine Wahrheit. Ich konnte überhaupt nichts sehen, ich brachte die Augen nicht auf, und ich war der einzige Pilot an Bord. Wir torkelten wie verrückt herum, bis ich das Flugzeug halbwegs unter Kontrolle kriegte und mich zur Ruhe zwang. Der Arzt konnte mir den Staub nicht herausholen; jedesmal, wenn er es versuchte, standen wir beinahe kopf. Außerdem waren er und der Techniker genauso in Panik geraten wie ich, und das machte es auch nicht leichter. Dann wurde mir klar, daß es nur eine Möglichkeit gab: blind zu landen. Als die Kufen endlich auf dem Sand aufsetzten, war meine Hose tropfnaß.«
»Du hast sie tatsächlich hinuntergebracht?«
»Ich habe den Doktor gefragt, genau wie du heute mich. Das war die einzige Chance; der Techniker war ohnmächtig geworden.« Scragger hatte die ganze Zeit über sein Ziel nicht aus den Augen gelassen. »Wie gefällt es dir?«
»Kein Problem.« Siri 1 lag genau vor ihnen, der Landeplatz war über das Wasser hinausgebaut. Der Landemeister und die obligate Feuerlöschmannschaft standen bereit. Der Windsack war halbvoll und flatterte nicht.
Normalerweise hätte Scragger sich beim Radar abgemeldet und wäre dann allmählich tiefer gegangen. Statt dessen sagte er: »Wir bleiben heute oben, fliegen in einem steilen Winkel an und lassen dann die Mühle sinken.«
»Warum, Scrag?«
»Zur Abwechslung.«

Vossi runzelte die Stirn, widersprach aber nicht. Er überflog noch einmal die Instrumente, aber alles war in Ordnung. Nur der Alte war merkwürdig.
Als sie sich hoch über der Bohrinsel befanden, schaltete Scragger den Sender ein. »Flugsicherung Kisch, HST, ich gehe jetzt von 1000 zu Siri 1 hinunter.«
»Okay, HST. Melden Sie sich, wenn Sie wieder startklar sind.«
»HST.«
Sie gingen in einen steilen Sinkflug über, was man normalerweise nur tut, wenn hohe Gebäude, Bäume oder Hochspannungsmasten den Landeplatz einengen. Scragger nahm genau die richtige Menge Gas weg. Der Heli begann vollkommen normal zu sinken. 300 Meter, 200, 150, 100... Sie spürten, wie die Steuerung vibrierte.
»Mein Gott«, keuchte Vossi, aber Scragger hatte bereits die Schnauze steil nach unten gestellt und den Blattverstellhebel nach vorn gestoßen. Die Maschine sank sofort sehr schnell. 80 Meter, 50, 30, das Vibrieren wurde stärker. Vossis Blick wanderte von den Instrumenten zur Landestelle und wieder zurück. Er hatte sich verkrampft und dachte nur: Der Heckrotor ist fort oder das Getriebe des Heckrotors...
Der Landeplatz stürzte ihnen entgegen, die Bodenmannschaft spritzte in panischer Angst auseinander, die Passagiere hielten sich erschrocken fest. Jetzt vibrierte das gesamte Instrumentenbrett, das Geräusch der Turbinen hatte sich verändert. Vossi rechnete damit, daß jeden Moment der Heckrotor davonfliegen würde – dann war alles aus. 20 Meter – 18 – 13 – 10 – 6. Vossi wollte den Blattverstellhebel betätigen, aber Scrag war ihm um einen Sekundenbruchteil zuvorgekommen. Einen Augenblick lang schien der Hubschrauber regungslos zu schweben, dann setzte er hart, aber nicht zu hart auf, glitt ein Stück weiter und kam zwei Meter hinter dem Zentrum des Landekreises zum Stillstand.
»Scheiße«, murmelte Scragger.
»Das war großartig, Scrag.« Vossi konnte kaum sprechen.
»Überhaupt nicht, ich habe das Zentrum um zwei Meter verfehlt.« Scragger zwang sich, die Steuerung loszulassen. »Stell den Motor so rasch wie möglich ab, Ed!« Er öffnete die Tür, sprang hinaus, ging zur Kabinentür und öffnete diese. »Bleiben Sie noch einen Augenblick auf Ihren Plätzen«, rief er und stellte erleichtert fest, daß alle noch angeschnallt waren und keiner verletzt war. Gehorsam blieben sie sitzen, zwei von ihnen waren aschgrau. Die vier Japaner sahen ihn gleichmütig an. Kaltblütige Burschen, dachte er.
»*Mon Dieu*, Scrag«, rief de Plessey, »was ist los?«
»Ich weiß es nicht, ich glaube, es ist der Heckrotor. Sobald er steht...«
»Was fällt Ihnen ein, Vossi!« Das war Ghafari, der iranische Landemeister, der ihn wütend anbellte. »Wie können Sie es wagen, hier eine Autorotationsübung durchzuführen? Ich werde Sie wegen undisziplinierten Fliegens melden.«
Scragger fuhr zu ihm herum. »*Ich* bin geflogen, nicht Captain Vossi.« Die ungeheure Erleichterung, lebendig heruntergekommen zu sein, und seine tief eingewurzelte Verachtung für diesen Mann brachten das Faß zum Überlau-

fen. »Verduften Sie, Ghafari, verduften Sie, oder ich schlage Sie zu Brei.« Er ballte die Fäuste. »Verschwinden Sie!«
Die anderen schauten entsetzt zu, Vossi wurde blaß. Ghafari, der größer und kräftiger war als Scragger, beschimpfte ihn auf Iranisch, und brüllte dann auf Englisch, um ihn zu provozieren: »Fremdes Schwein! Wie können Sie es wagen, mich zu beschimpfen, zu bedrohen? Ich lasse Ihnen wegen undisziplinierten Fliegens Startverbot erteilen und Sie aus dem Iran hinauswerfen. Ihr Hunde glaubt, unser Himmel gehört euch...«
Scragger stürzte sich auf ihn, aber plötzlich stand Vossi zwischen den beiden Männern und versperrte mit seiner breiten Brust Scragger den Weg. »Aber, aber, alter Kumpel, was soll das? Es tut mir leid, aber wir sollten uns den Heckrotor ansehen, Scrag! Hör mal, Scrag, Junge, den Heckrotor, nicht wahr?«
Es dauerte einige Sekunden, bis Scragger sich beruhigt hatte. Er zwang sich, seinen Zorn zu beherrschen. »Ja, du hast recht, Ed. Ja.« Dann drehte er sich zu Ghafari um. »Wir hatten einen... wir hatten einen Notfall.« Ghafari begann zu spotten, und Scragger packte wieder die Wut, aber diesmal beherrschte er sich.
Sie gingen zum Heck. Europäische und iranische Erdölarbeiter drängten sich um sie. Der Heckrotor blieb stehen. Von einem Blatt waren etwa zehn Zentimeter abgesplittert, die Bruchlinie war gezackt. Vossi rüttelte am Hauptlager – es war vollkommen locker, das ungeheure Drehmoment, das durch das Ungleichgewicht der Rotorblätter entstanden war, hatte es zerstört.
»Ich könnte es mit zwei Fingern abbrechen«, murmelte Vossi.
Ghafari mischte sich ein. »Eindeutig schlechte Wartung, eine Gefährdung der...«
»Halten Sie den Mund, Ghafari!« befahl de Plessey zornig. *»Merde.* Wir sind alle am Leben, und das verdanken wir Captain Scragger. Niemand konnte so etwas ahnen, die Sicherheitsvorschriften von S-G sind die strengsten im ganzen Iran.«
»Ich werde darüber berichten, Mr. de Plessey...«
»Ja, tun Sie das, und denken Sie daran, daß ich Scragger wegen seiner ausgezeichneten Leistung loben werde.« De Plessey wirkte beeindruckend in seinem Zorn. Er verachtete Ghafari, der einmal offen für Khomeini eintrat und die Arbeiter zum Streik aufhetzte – vorausgesetzt, daß sich kein Militär und keine Polizei in der Nähe befand – und im nächsten Augenblick kriecherisch den Schah pries und die Arbeiter wegen kleiner Vergehen streng bestrafte. »Denken Sie auch daran, daß es sich um ein französisch-iranisches Unternehmen handelt und daß Frankreich sich dem Iran gegenüber in der Stunde der Not freundschaftlich verhalten hat.«
»Dann sollten Sie dafür sorgen, daß Siri nur von Franzosen und nicht von alten Männern versorgt wird. Ich melde diesen Zwischenfall sofort.« Verärgert verschwand Ghafari.
Bevor Scragger etwas sagen oder tun konnte, legte ihm de Plessey die Hände auf die Schultern, küßte ihn auf beide Wangen und schüttelte ihm herzlich die

Hand. »Danke, *mon cher ami.«* Die Franzosen applaudierten, drängten sich um Scragger und umarmten ihn feierlich. Dann trat Kasigi vor. *»Domo«* sagte er würdevoll, und zu Scraggers großer Verlegenheit verbeugten sich die vier Japaner gleichzeitig vor ihm.

»Danke, Captain«, erklärte Kasigi feierlich. »Ja, wir verstehen, und wir danken Ihnen.« Er verbeugte sich wieder und reichte Scragger mit beiden Händen seine Visitenkarte. »Yoshi Kasigi. Toda Shipping Industries. Danke.«

»Es war halb so schlimm, Mr. Kasigi.« Scragger versuchte, seine Verlegenheit zu überspielen. »Wir haben ein Schwimmergestell, wir hatten genügend Platz und hätten auf dem Wasser aufsetzen können. Es ist unsere Pflicht, Sie sicher hinunterzubringen. Ed...« Er strahlte den jungen Mann an, denn er wußte, daß der ihn durch sein Dazwischentreten vor einem Kampf gerettet hatte, bei dem er den kürzeren gezogen hätte »... Captain Vossi hätte das gleiche getan. Es war nicht so schlimm. Ich wollte nur nicht, daß Sie naß werden, auch wenn das Wasser hier angenehm warm ist. Man weiß schließlich nie, wann der weiße Hai vorbeikommt.«

Die Spannung löste sich, und alle lachten, allerdings etwas gezwungen, denn im größten Teil des Golfs und in den Flußmündungen wimmelte es tatsächlich vor Haien.

»Haben Sie jemals einen großen Hai gesehen, Captain?«

»Und ob. Vor der Insel Kharg lauert ein Hammerhai. Ich war ein paar Jahre lang dort stationiert und habe ihn immer wieder gesehen. Er ist acht bis zehn Meter lang. Ich habe auch eine Menge Riesenstachelrochen gesehen, aber er ist noch größer.«

De Plessey erschauerte. »Einmal hat mich auf Siri einer beinahe am Wickel gekriegt. Ich bin nur herumgeplanscht, aber er ist im seichten Wasser auf mich zugeschossen und hatte es so eilig, daß er sich selbst auf Land setzte. Er war fast drei Meter lang. Wir haben sechs Kugeln in ihn hineingejagt, aber er hat immer noch um sich geschlagen und versucht, uns zu kriegen. Er ist erst nach Stunden gestorben, und nicht einmal da haben wir uns in seine Nähe getraut.« Er schaute den beschädigten Rotor an. »Ich bin sehr froh, daß ich auf festem Boden stehe.«

Vossi berührte das Blatt abergläubisch. »Wir haben wieder einmal Schwein gehabt, was?«

»Warum nicht? Solange wir alle aus eigener Kraft fortgehen können, war es eine gute Landung.«

»Was war daran schuld?« erkundigte sich de Plessey.

»Das weiß ich nicht«, antwortete Scragger. »Auf Siri 3 habe ich einen Schwarm Seeschwalben gesehen. Vielleicht ist eine in den Rotor geraten. Ich weiß, daß er heute früh noch in Ordnung war, weil wir ihn beide überprüft haben.« Er hob die Schultern. »Höhere Gewalt.«

»Oui. Espèce de con. Ich habe nicht gern mit höherer Gewalt zu tun.« De Plessey schaute ärgerlich über den Landeplatz. »Kann uns eine 206 oder eine Alouette ratenweise zurückbringen?«

»Wir werden eine andere 212 anfordern und unseren Vogel dort drüben parken.« Scragger deutete auf einen Teil des Landeplatzes in der Nähe des hohen Bohrturms. »Im Gepäckraum haben wir Räder. Kein Problem also, und für Sie entsteht keine Verzögerung.«
»Gut, dann wollen wir Sie nicht aufhalten. Alle übrigen kommen bitte mit mir«, rief de Plessey wichtigtuerisch. »Wir können einen Schluck Kaffee und dann ein Glas eisgekühlten Chablis vertragen.«
»Ich habe geglaubt, daß auf Bohranlagen Alkoholverbot herrscht«, meinte Kasigi.
De Plessey zog die Augenbrauen in die Höhe. »Das stimmt natürlich, Monsieur. Für Iraner und Nichtfranzosen. Aber unsere Anlagen gehören Frankreich und unterstehen dem Code Napoleon. Wir müssen die sichere Landung begießen, und heute sind Sie Gäste von *la belle France*, da können wir schon zivilisiert sein und die Vorschriften umgehen – wozu wären sie sonst da? Kommen Sie nur! Dann beginnen wir mit dem Rundgang und lassen uns informieren.«
Alle folgten ihm, bis auf Kasigi. »Und Sie, Captain?« fragte er. »Was werden Sie tun?«
»Wir warten. Der Hubschrauber wird Ersatzteile und Mechaniker bringen.« Scragger fühlte sich unbehaglich, er befand sich ungern in der Nähe eines Japaners, weil er die Erinnerung an die vielen Freunde nicht verdrängen konnte, die im Weltkrieg gefallen waren, während er am Leben blieb. Immer wieder stellte er sich die Frage, warum es sie und nicht ihn getroffen hatte. »Wir warten, bis der Helikopter instandgesetzt ist, dann fliegen wir zurück. Warum?«
»Wann werden Sie soweit sein?«
»Vor Sonnenuntergang. Warum?«
Kasigi warf einen Blick auf das Rotorblatt. »Wenn es Ihnen recht ist, ich würde gern mit Ihnen zurückfliegen.«
»Das... das muß Captain Vossi entscheiden. Formell ist er auf diesem Flug der Captain.«
Kasigi wandte sich an Vossi. Der junge Pilot wußte, daß Scragger die Japaner nicht mochte, verstand diese Einstellung jedoch nicht. Noch kurz vor dem Start hatte er gesagt: »Verdammt, Scrag, der Zweite Weltkrieg liegt eine Million Jahre zurück. Japan ist jetzt unser Verbündeter – unser einziger großer Verbündeter in Asien.«
Aber Scragger hatte abgewehrt: »Was weißt du, Ed«, und Vossi hatte geschwiegen.
»Es ist besser, wenn Sie mit den anderen zurückfliegen, Mr. Kasigi, wir wissen nicht genau, wie lang die Reparatur dauern wird.«
»Hubschrauber machen mich nervös. Wenn es Ihnen nichts ausmacht, würde ich lieber mit Ihnen fliegen.« Kasigi sah wieder Scragger an. »Es war eine böse Situation. Sie hatten beinahe keine Zeit, trotzdem haben Sie es geschafft, in 100 Meter Höhe auf Autorotation zu gehen und fehlerlos auf diesem Fleck aufzusetzen. Es war eine unglaubliche fliegerische Leistung. Nur etwas

verstehe ich nicht: Warum sind Sie in diesem steilen Winkel hereingekommen?« Er bemerkte, daß Vossi Scragger einen Blick zuwarf. Aha, dachte er, du wunderst dich also auch. »An einem Tag wie heute gab es eigentlich keinen Grund dafür.«
Scragger schaute ihn noch beunruhigter an. »Sie fliegen Hubschrauber?«
»Nein, aber ich habe oft genug in einem gesessen, deshalb merke ich es, wenn es ernstliche Schwierigkeiten gibt. Mein Geschäft sind Tanker, daher auch Ölfelder, hier im Golf, im Irak, in Alaska, überall – sogar in Australien.«
Kasigi spürte Scraggers Haß, er war dergleichen gewöhnt. Er kannte den Grund, denn er wickelte jetzt sehr viele Geschäfte mit Australien ab. Zum Teil ist dieser Haß ja gerechtfertigt, dachte er. Aber das macht nichts, die Australier werden ihre Einstellung ändern müssen, es bleibt ihnen nichts anderes übrig, wenn sie im Geschäft bleiben wollen. »Bitte, warum sind Sie in einem so steilen Winkel hereingekommen? Bei einem normalen Anflug würden wir uns jetzt auf dem Grund des Meeres befinden. Warum?«
»Glück«, meinte Scragger achselzuckend, um es hinter sich zu bringen.
Kasigi lächelte. »Wenn Sie gestatten, ich würde wirklich gern mit Ihnen zurückfliegen. Leben für Leben, Captain. Bitte behalten Sie meine Karte! Vielleicht kann ich Ihnen eines Tages nützlich sein.« Er verbeugte sich höflich und ging.

11 Uhr 56. »Sprengstoff auf Siri, Scrag?« De Plessey war entsetzt.
»Möglicherweise«, antwortete Scragger genauso leise. Sie befanden sich am anderen Ende der Plattform, weit weg von den Passagieren, und Scragger hatte de Plessey gerade erzählt, was Abdullah ihm zugeflüstert hatte.
Die zweite 212 war längst angekommen und wartete darauf, daß de Plessey mit seinen Gästen einstieg, um nach Siri zum Lunch zu fliegen. Die Mechaniker hatten das Heck von Scraggers 212 bereits ausgebaut und kamen mit der Reparatur gut voran. Der neue Rotor und der Getriebekasten befanden sich schon an Ort und Stelle.
Nach einer kurzen Pause meinte de Plessey hilflos: »Es kann überall Sprengstoff geben. Schon eine kleine Menge könnte unser gesamtes Pumpsystem lahmlegen. Das wäre ja eine schöne Methode, zu verhindern, daß Bachtiar – oder Khomeini – zum Normalzustand zurückkehrt.«
»Ja. Aber behalten Sie diese Information um Himmels willen für sich!«
»Natürlich. Dieser Mann befindet sich auf Siri 3?«
»In Lengeh.«
»Warum haben Sie es mir dann nicht schon heute morgen gesagt?«
»Ich hatte keine Zeit dazu.« Scragger sah sich um und überzeugte sich, daß noch immer niemand zuhörte. »Seien Sie vorsichtig. Diesen Fanatikern ist alles und jeder gleichgültig, und wenn sie annehmen, daß es eine undichte Stelle gibt, wird die Meerenge bald mit Leichen übersät sein.«
»Ich bin ganz Ihrer Meinung. Haben Sie es noch jemandem gegenüber erwähnt?«
»Nein.«

»*Mon Dieu*, was soll ich tun? Die Sicherheitsmaßnahmen – wie soll man hier Sicherheitsmaßnahmen durchsetzen? Ob es uns gefällt oder nicht, wir befinden uns in ihrer Gewalt.« Dann fügte er hinzu: »Ich danke Ihnen noch einmal. Ich hätte eher auf Kharg und in Abadan Sabotageanschläge erwartet, hier aber niemals.«
Er stützte sich verstimmt auf das Geländer und blickte in das Wasser hinunter. Wenn die Produktion auf Siri gestört wird, verlieren wir Jahre der Planung und eine Unmenge Öl, das Frankreich dringend braucht. Womöglich müssen wir dann das Öl von den lausigen Engländern und ihren lausigen Nordseeölfeldern kaufen. Warum gibt es vor unseren Küsten oder vor Korsika kein Öl? De Gaulle hatte recht, als er die Engländer nicht nach Europa hereinlassen hat wollen, und jetzt, nachdem wir sie aus reiner Güte akzeptiert haben, denken sie nicht daran, ihren unverhofften Gewinn mit uns, ihren Partnern, zu teilen. Der Große Charles hatte sie richtig eingeschätzt, aber mit Algerien hatte er sich schrecklich geirrt. Wenn wir Algerien und damit das Öl noch hätten, wären wir reich und glücklich.
Und was fange ich jetzt an?
Ich fliege zum Lunch nach Siri. Nach dem Essen kann ich besser überlegen. Zum Glück können wir immer noch Öl von den vernünftigen, zivilisierten Leuten in Dubai, Seharia und Al Sehargas bekommen.
Er bemerkte, daß Scragger ihn anstarrte. »Ja, *mon brave?*«
»Was werden Sie jetzt tun?«
»Eine Sicherheitsübung anordnen. Offenbar habe ich den Paragraphen 56/976 des französisch-iranischen Vertrags vergessen, laut dem alle sechs Monate einige Tage lang die Sicherheitsmaßnahmen überprüft werden müssen. Ja. Meine Untergebenen haben natürlich versäumt, mich daran zu erinnern, aber jetzt werden wir uns mit französischer Begeisterung in die Übung stürzen. Überall, auf Siri, auf den Bohrinseln, auf dem Festland, auch in Lengeh. *Ces crétins!* Wie können sie es wagen, unsere jahrelange Arbeit zu sabotieren? Ich muß es übrigens sofort Kasigi mitteilen, wegen seines Tankers. Vielleicht ist der das Ziel.«
»Können Sie ihm vertrauen?«
»Uns bleibt nichts anderes übrig, *mon ami*. Wir müssen ihn warnen.« Georges de Plesseys Magen knurrte. Mein Gott, dachte er, hoffentlich ist es nur Hunger, hoffentlich bekomme ich keinen Gallenanfall – obwohl es mich heute nicht wundern würde. »Kasigi hat gefragt, ob er mit Ihnen zurückfliegen kann. Wann werden Sie soweit sein?«
»Vor Sonnenuntergang, aber er muß nicht auf uns warten, er kann mit Ihnen fliegen.«
De Plessey runzelte die Stirn. »Ich verstehe, daß Sie die Japaner nicht mögen – ich vertrage die Deutschen noch immer nicht. Aber wir müssen vernünftig sein. Er ist ein guter Kunde, und ich wäre Ihnen dankbar, wenn Sie Vossi ersuchen, ihn mitzunehmen, *mon cher ami.*« Seine Miene heiterte sich auf. »Ja, und das wäre auch eine ausgezeichnete Gelegenheit, ihm von dem Sprengstoff zu erzählen – Sie werden es bestimmt großartig machen.«

»Aber...«
»Er ist einer unserer sehr guten Kunden«, wiederholte de Plessey entschieden. »Unserer sehr guten. Danke, *mon ami!* Ich lasse ihn in Siri zurück. Wenn Sie soweit sind, holen Sie ihn ab. Sehr gut. Das wäre also erledigt. Wir machen uns auf den Weg, und ich sehe Sie morgen.«
Scragger fluchte innerlich. De Plessey war hier der Boß, und er konnte sich nicht widersetzen. Deshalb nahm er am Nachmittag schwitzend in der Kabine Platz und brütete unglücklich vor sich hin.
»Mein Gott, Scrag«, rief Vossi entsetzt, als Scragger ihm erklärte, er würde in der Kabine sitzen. »Bist du in Ordnung? Bist du sicher...«
»Ich will einmal sehen, wie man sich hinten fühlt«, brummte Scragger gereizt. »Und jetzt verfrachte deinen Arsch auf den Pilotensitz, hol diesen Kerl in Siri ab und setze in Lengeh leicht wie eine Feder auf, sonst steht es in deiner Akte.«
Kasigi wartete auf dem Landeplatz. Es gab keinen Schatten, ihm war heiß, Staub klebte an ihm, und er schwitzte. Die Dünen erstreckten sich bis zu den Pipelines und den Tanks, und alles war braun vor Staub. Scragger beobachtete die kleinen Windhosen, die über den Boden tanzten, und dankte dem Schicksal, daß er fliegen durfte und nicht an einem solchen Ort arbeiten mußte. Er haßte es, nicht am Steuer sitzen zu können und fühlte sich dann nie sicher, was sein Unbehagen verstärkte, als er Kasigi auf den Sitz neben sich winkte und die Tür zuschlug. Die beiden Mechaniker dösten in ihren weißen, schweißfleckigen Overalls in den gegenüberliegenden Sitzen. Kasigi schob die Schwimmweste zurecht und schnallte sich an.
Sobald sie in der Luft waren, beugte sich Scragger zu ihm hinüber. »Ich muß es Ihnen rasch und schmerzlos beibringen: Es könnte auf Siri, auf einer der Bohrinseln oder sogar auf Ihr Schiff zu einem Terroranschlag kommen. De Plessey hat mich gebeten, Sie zu warnen.«
Kasigi atmete zischend aus. »Wann?«
»Ich weiß es nicht, genausowenig wie de Plessey. Aber es ist sehr wahrscheinlich.«
»Wie? Wie werden sie vorgehen?«
»Keine Ahnung. Mit Gewehren oder Sprengstoff, vielleicht mit einer Zeitbombe – verschärfen Sie lieber die Sicherheitsmaßnahmen!«
»Die sind bereits optimal.« Kasigi erkannte den Ärger in Scraggers Augen. Einen Augenblick lang verstand er ihn nicht, dann fiel ihm ein, was er eben gesagt hatte. »Tut mir leid, Captain, ich wollte nicht angeben. Aber wir stellen immer hohe Anforderungen, und in diesen Gewässern sind alle übervorsichtig. Entschuldigen Sie bitte!«
»De Plessey wollte, daß Sie es erfahren. Behalten Sie die Sache für sich, sonst könnten die Iraner zu Repressalien greifen.«
»Ich verstehe. Der Tip ist bei mir sicher. Schönen Dank!«
Scragger nickte kurz und lehnte sich zurück. Am liebsten hätte Kasigi ebenfalls kurz genickt und damit das Gespräch beendet, aber weil der Australier nicht nur ihm, sondern auch seinen Gefährten das Leben gerettet

und sie der Gesellschaft und ihrem Leiter Hiro Toda erhalten hatte, hielt er es für seine Pflicht, eine Versöhnung herbeizuführen.
»Captain«, sagte er so leise, wie es beim Dröhnen der Turbinen möglich war, »ich verstehe, warum die Australier die Japaner hassen, und ich entschuldige mich für alle Changis, alle Burmastraßen und alle Grausamkeiten. Ich kann Ihnen nur die Wahrheit sagen: Diese Vorfälle werden in unseren Schulen behandelt und mit aller Schärfe verurteilt. Es ist eine nationale Schande für uns, daß diese Dinge geschehen sind.« Stimmt doch, dachte er zornig. Ein paar Fehler von einigen Sadisten, ein paar ungehobelte Bauern als Gefangenenaufseher – die meisten waren ohnehin knoblauchfressende Koreaner – und alle Japaner müssen ewig darunter leiden. Es ist eine Schande für Japan. Und unsere größte Schande ist, daß unser oberster Kriegsherr seine Pflicht nicht erfüllt und dadurch dem Kaiser die Schande aufgezwungen hat, den Krieg zu beenden. »Bitte, nehmen Sie meine Entschuldigung für uns alle an!«
Scragger starrte ihn an und erwiderte nach einer Weile einfach: »Es tut mir leid, aber das kann ich nicht. Erstens war mein ehemaliger Partner Forsyth der erste, der Changi betrat: Er hat den Anblick nie überwunden. Zweitens sind zu viele meiner Freunde, nicht nur als Kriegsgefangene, ums Leben gekommen. Ich kann das nicht vergessen. Außerdem möchte ich es nicht. Denn wenn ich es täte, würde ich sie verraten. Wir haben sie ohnedies durch den Frieden verraten – was für einen Frieden? Ich finde, daß wir sie alle verraten haben. Es tut mir leid, aber so ist es.«
»Verstehe ich. Dennoch können wir beide Frieden schließen, Sie und ich. Oder?«
»Vielleicht. Vielleicht später.«
Freilich, später, dachte Kasigi. Heute habe ich mich wieder in Todesnähe befunden. Wieviel Zeit haben wir, du und ich? Die Zeit ist doch nur eine Illusion, und das Leben nur eine Illusion inmitten von Illusionen. Und der Tod? Das Todesgedicht seines verehrten Vorfahren, des Samurai Yabu Kasigi, drückte es allgemeingültig aus: »Was sind Wolken, wenn nicht eine Rechtfertigung für den Himmel? Was ist das Leben, wenn nicht eine Flucht vor dem Tod?«
Sein Vorfahre war Daimyō von Izu und Baka gewesen und Anhänger von Yoshi Toronaga, dem ersten und größten der Toronaga-Shōgune. Doch Yabu Kasigi lebte im Gedächtnis der Menschen nicht etwa weiter, weil er seinem Lehnsherrn die Treue gehalten oder weil er sich in der Schlacht tapfer geschlagen hatte. O nein, Yabu hatte Toronaga verraten oder versucht, ihn zu verraten, und deshalb hatte ihm der Shōgun befohlen, *seppuku* zu begehen – den rituellen Tod durch Aufschlitzen des Bauches. Man gedachte Yabus wegen der Kalligraphie seines Todesgedichtes und wegen seines Mutes, als er *seppuku* beging. Er kniete an diesem Tag vor den versammelten Samurais und schickte verächtlich jenen Samurai fort, der mit einem langen Schwert hinter ihm stehen und ihm den Kopf abschlagen sollte, damit ihm die Schande erspart blieb, aufzuschreien. Er ergriff das kurze Messer, stieß es sich tief in den Bauch und führte dann langsam die vier Schnitte aus – beim schwierigsten

seppuku schnitt man quer und hinunter, quer und hinauf –, hob dann selbst seine Gedärme heraus und starb endlich, ohne einen Laut von sich zu geben. Kasigi schauderte bei der Vorstellung, das gleiche tun zu müssen, denn er wußte, daß er dazu nie den Mut aufbringen würde...
Er bemerkte, daß Scragger ihn beobachtete.
»Ich bin auch im Krieg gewesen«, sagte er unwillkürlich. »Ich habe in China, Malaysia und Indonesien Zeros geflogen. Auch in Neuguinea. Der Mut im Krieg ist anders als... der Mut, wenn man allein ist... Ich meine, nicht im Krieg, nicht wahr?«
»Ich verstehe Sie nicht.«
Ich habe seit Jahren nicht mehr an den Krieg gedacht, überlegte Kasigi, und Angst stieg in ihm auf. Er erinnerte sich daran, daß ihm die Vorstellung zu sterben oder verstümmelt zu werden Entsetzen eingeflößt hatte – ganz wie heute, als er sicher gewesen war, daß sie alle ums Leben kommen würden. Ja, und heute haben wir uns nicht anders verhalten als damals im Krieg: Wir haben uns an das Erbe des Landes der Götter erinnert und unser Entsetzen überwunden, wie man es uns von Kindheit an gelehrt hat. Wir haben Ruhe und Harmonie vorgetäuscht, um nicht Schande über uns zu bringen. Damals griffen wir auf Befehl des Kaisers den Feind an, so gut wir konnten, und als er uns dann befahl, die Waffen niederzulegen, gehorchten wir dankbar, auch wenn die Schande groß war. Einige empfanden die Schande als unerträglich und begingen Selbstmord. Habe ich meine Ehre verloren, weil ich ihrem Beispiel nicht gefolgt bin? Nein. Ich habe dem Kaiser gehorcht, der uns befahl, das Unerträgliche zu ertragen, und bin dann in die Firma meines Vetters eingetreten. Ich habe mein Teil dazu beigetragen, als wir Toda Shipping Industries auf den Ruinen von Yokohama zu einer der größten Firmen Japans aufgebaut haben. Und heute habe ich wieder meine gesamte Willenskraft gebraucht, um äußerlich ruhig zu bleiben, als ich mit diesem... widerlichen Franzosen verhandelt habe, der unverschämterweise um $ 2,80 mehr verlangt hat als den bereits ausgehandelten Wucherpreis von $ 14,80. Ich, der einem alten Samurai-Geschlecht entstammt, mußte mit ihm feilschen wie ein Hongkong-Chinese.
»Sie müssen doch einsehen, Monsieur de Plessey, daß dieser Preis plus Fracht und...«
»Es tut mir aufrichtig leid, Monsieur, aber ich habe meine Anweisungen. Wir haben, wie vereinbart, die 3 Millionen Barrel Siri-Öl zuerst Ihnen angeboten. ExTex hat wegen eines Kontingents angefragt, ebenso weitere vier große Mineralölfirmen. Wenn Sie es sich überlegt haben...«
»Nein, aber im Vertrag steht, ›die OPEC-Lieferanten beanspruchen einen Bonus‹. Vergessen Sie nicht, daß die Saudis die Förderung noch diesen Monat drosseln wollen, daß vergangene Woche alle großen Mineralölfirmen eine drastische Kürzung der Einkäufe infolge höherer Gewalt verfügt haben und daß auch Libyen seine Produktion einschränkt.«
Kasigi hätte am liebsten vor Wut gebrüllt, als er sich daran erinnerte, daß er schließlich zugestimmt hatte, vorausgesetzt, daß er alle 3 Millionen Barrel zum

gleichen Preis bekommen konnte, worauf der Franzose honigsüß lächelnd geantwortet hatte: »Selbstverständlich, vorausgesetzt, daß Sie innerhalb von sieben Tagen laden.« Er wußte genausogut wie Kasigi, daß das unmöglich war. Außerdem wußten beide, daß Dutzende Käufer nur darauf warteten, Kasigis Option zu übernehmen – und zwar für alles: Erdöl, Flüssiggas, Naphtha und alle übrigen petrochemischen Produkte.
»Schön, 17,60 pro Barrel«, hatte Kasigi freundlich zugestimmt. Aber er hatte sich auch geschworen, es dem anderen irgendwann heimzuzahlen.
»Und sie kommen mit ihrem Tanker, Monsieur.«
»Selbstverständlich mit unserem Tanker«, hatte er noch freundlicher bestätigt.
Und jetzt flüsterte ihm dieser australische Pilot zu, daß selbst der Tanker unter Umständen gefährdet war. Er blickte Scragger an. »Sie haben gesagt, daß wir vielleicht irgendwann Frieden schließen können. Ohne Ihr Können und ohne etwas Glück hätten wir keine Möglichkeit mehr dazu. Ich weiß nicht, wieviel Zeit uns noch bleibt. Vielleicht fliegt mein Schiff morgen in die Luft, wenn ich mich an Bord befinde.« Er zuckte mit den Achseln. »Lassen Sie uns Freunde sein, Sie und ich! Ich glaube nicht, daß wir damit unsere Kriegskameraden verraten.« Er streckte die Hand aus. »Bitte.«
Scragger sah die Hand an, und Kasigi zwang sich zu warten. Dann nickte Scragger und ergriff die Hand mit festem Druck. »Okay, Sportsfreund, versuchen wir's.«
In diesem Augenblick wandte sich Vossi zu ihm und bedeutete ihm zu kommen. Scragger ging ins Cockpit. »Ja, Ed?«
»Siri 3 meldet eine CASEVAC. Ein Mann von der Besatzung ist über Bord gegangen...«
Sie flogen sofort hin. Die Leiche trieb zwischen den Stützen der Bohrinsel, und sie zogen sie an Bord. Die Haie hatten bereits die Beine gefressen, und ein Arm fehlte. Kopf und Gesicht waren übel zugerichtet und seltsam entstellt. Es war Abdullah Turik.

6

In der Nähe von Bandar-e Delam: 16 Uhr 52. Die Schatten wurden länger. Das Gelände jenseits der Straße war mit Buschwerk bestanden. Auf dieser Seite verlief einer der vielen Pipelines. Sie bestand aus Stahl, hatte einen Durchmesser von 50 Zentimetern, überquerte den Fluß auf einem Betonsteg, mündete am Ufer in einen Graben und verschwand schließlich ganz unter der Erde. Einen guten Kilometer weiter östlich befand sich ein staubiges, erdfarbenes Dorf aus Lehmziegelhäusern, und aus dieser Richtung kam ein kleiner Wagen; er war alt und klapprig, und er fuhr langsam.

In dem Auto saßen vier Iraner: jung, glatt rasiert und besser angezogen als üblich, aber verschwitzt und sehr nervös. In der Nähe des Grabens hielt der Wagen. Ein junger Mann mit Brille stieg vorne aus, tat, als würde er am Straßenrand urinieren und erkundete dabei die Gegend.

»Alles klar«, meldete er schließlich.

Sofort stiegen die beiden Jungen, die auf dem Rücksitz saßen, mit einem groben, schweren Sack aus und liefen gebückt zu dem Graben. Der junge Mann mit der Brille knöpfte die Hose zu, schlenderte dann zum Kofferraum des Wagens und öffnete ihn. Unter einem Stück Segeltuch lag eine tschechische Maschinenpistole. Seine Nervosität ließ ein wenig nach.

Jetzt stieg der Fahrer aus und urinierte in den Graben.

»Ich wollte auch, Maschoud, aber es ging nicht«, bemerkte der Junge mit der Brille neidisch. Er wischte sich den Schweiß vom Gesicht und schob die Brille zurecht.

»Ich kann immer vor Prüfungen nicht«, sagte Maschoud lachend. »Gebe Allah, daß die Universität bald wieder geöffnet wird.«

»Allah ist Opium für die Massen«, erwiderte der Brillenträger scharf und wandte seine Aufmerksamkeit wieder der Straße zu. Sie war noch immer leer. Im Süden, in einigen Kilometern Entfernung, spiegelte sich die Sonne im Wasser des Golfs. Der junge Mann zündete mit zitternden Fingern eine Zigarette an. Die Zeit verging sehr langsam. Dann bemerkte er hinter dem Dorf eine Staubwolke auf der Straße. »Schau!«

Gemeinsam bemühten sie sich, etwas zu erkennen. »Sind das Lastwagen oder Armeefahrzeuge?« fragte Maschoud ängstlich, lief dann zum Graben und rief: »Beeilt euch, ihr beiden, etwas kommt.«

»In Ordnung, wir sind beinahe fertig«, antwortete einer der beiden Jungen im Graben.

Sie hatten den Sack geöffnet und verteilten flache Beutel mit Sprengstoff planlos entlang des Stahlrohrs der Pipeline. Das Rohr war mit Segeltuch und Pech bedeckt, um es vor Rost zu schützen. »Gib mir die Sprengkapsel und die

Zündschnur, Ali«, verlangte der ältere. Beide waren jetzt schmutzig und schweißnaß.
»Hier.« Ali reichte ihm beides vorsichtig. »Bist du sicher, daß du dich damit auskennst, Bijan?«
»Wir haben die Broschüre stundenlang durchgeackert, wir haben es mit geschlossenen Augen geübt.« Bijan zwang sich zu einem Lächeln. »Wir sind wie Robert Jordan in ›Wem die Stunde schlägt‹.«
Der andere fröstelte. »Hoffentlich schlägt die Stunde nicht uns.«
»Und wenn es der Fall ist, was macht es schon aus? Die Partei wird den Feind bezwingen, und der Sieg wird den Massen gehören.« Bijan schob mit ungeschickten Fingern die empfindlichen Nitroglyzerinkapseln an ein Sprengstoffpaket, schloß die Zündschnur an und legte die beiden letzten Beutel darauf, um das Ganze zu fixieren.
Maschoud rief noch drängender: »Beeilt euch, es sind... wir glauben, daß es Militärlastwagen mit Soldaten sind.«
Einen Augenblick lang waren die beiden jungen Männer wie gelähmt, dann rollten sie die Zündschnur aus. Ohne daß sie es bemerkten, löste sich dabei die Zündschnur von der Sprengkapsel. Sie legten die drei Meter Schnur im Graben aus, zündeten sie an und rannten davon. Bijan warf einen Blick zurück und entdeckte voll Entsetzen, daß die Zündschnur nicht mit der Sprengkapsel verbunden war. Er lief zurück, stopfte sie zitternd in die Nähe der Sprengkapsel, glitt aber aus und schleuderte dabei die Sprengkapsel gegen den Beton des Brückenfundaments.
Das Nitroglyzerin explodierte, dann ein Beutel mit Sprengstoff nach dem anderen. Bijan und sechs Meter des Rohres wurden in Stücke gerissen, der Wagen stürzte um, zwei Jungen wurden getötet, dem dritten riß es ein Bein weg.
Aus dem Rohr schoß Öl, Hunderte von Barrel in der Minute. Das Öl hätte eigentlich in Brand geraten sollen, doch der Sprengstoff war nicht richtig angeordnet worden, und als die beiden Armeelastwagen vorsichtig in 100 Meter Entfernung hielten, hatte das Öl bereits den Fluß erreicht. Die leichteren Partikel des Öls schwammen auf der Oberfläche, das schwerere Rohöl sickerte in die Ufer, die Sümpfe und den Boden, so daß das gesamte Gebiet zur Gefahrenzone wurde.
Auf den beiden requirierten Lastwagen befanden sich etwa 20 *hezbollahis* mit ihren charakteristischen grünen Armbinden, die einen bärtig, die anderen unrasiert: Bauern, ein paar Erdölarbeiter, ein von der PLO ausgebildeter Anführer und ein Mullah. Alle waren bewaffnet, alle trugen Kampfspuren, und ein paar waren verwundet. Sie hatten gerade eine Polizeistation im Norden angegriffen und eingenommen und waren jetzt unterwegs nach Bandar-e Delam, um den Kampf dorthin zu tragen. Sie hatten den Auftrag, ihre Kameraden bei der Eroberung des einige Kilometer weiter südlich gelegenen zivilen Flugplatzes zu unterstützen.
Unter Führung des Mullah erreichten sie die Stelle, an der die Ölleitung gesprengt worden war. Einen Augenblick lang sahen sie zu, wie das Öl aus

dem Rohr hervorschoß, dann hörten sie jemanden stöhnen. Mit entsicherten Gewehren näherten sie sich vorsichtig dem umgestürzten Auto. Der junge Mann, dem ein Bein fehlte, lag unter dem Wagen, und mit dem Blut versickerte sein Leben im Boden. Fliegen umschwärmten ihn, ließen sich auf ihm nieder, flogen wieder auf, alles war blutverschmiert, und überall lagen Eingeweide.

»Wer bist du?« fragte ihn der Mullah scharf und rüttelte ihn. »Warum hast du das getan?«

Der junge Mann schlug die Augen auf. Ohne Brille sah er nur verschwommen, deshalb tastete er blindlings nach ihr. Dann überwältigte ihn das Entsetzen vor dem Tod. Er versuchte, die Schahada zu sprechen, stieß jedoch nur einen verzweifelten Schrei aus. Blut stieg ihm in die Kehle und würgte ihn.

»Wie es Allah gefällt.« Der Mullah wandte sich ab. Er bemerkte die zerbrochene Brille im Staub und hob sie auf. Ein Glas war zersplittert, das andere fehlte.

»Warum haben sie das getan?« fragte einer der *hezbollahis*. »Wir haben keinen Befehl, die Ölleitungen zu zerstören – noch nicht.«

»Vermutlich waren es Kommunisten oder islamisch-marxistisches Gesindel.« Der Mullah warf die Brille weg. Sein Gesicht war zerschlagen, sein langes Gewand zerrissen, und er war hungrig. »Sie sehen aus wie Studenten. Möge Allah alle Seine Feinde so schnell töten.«

»He, seht euch das an!« rief ein anderer. Er hatte den Wagen durchsucht und drei Maschinenpistolen und ein paar Handgranaten gefunden. »Alles tschechoslowakische Produkte. Nur Linke sind so gut ausgerüstet. Diese Hunde waren tatsächlich unsere Feinde.«

»Allah sei gelobt! Gut, wir können die Waffen brauchen. Kommen wir mit dem Lastwagen über den zerstörten Graben?«

»O ja, ohne Schwierigkeiten, Allah sei Dank«, antwortete der Fahrer, ein dicker, bärtiger Mann. Er arbeitete auf einem Ölfeld und kannte sich mit Pipelines aus. »Wir sollten den Sabotageakt melden«, fügte er beunruhigt hinzu. »Das ganze Gebiet kann in die Luft fliegen. Am besten rufe ich die Pumpstation an – falls das Telefon funktioniert – oder ich schicke eine Nachricht, damit sie den Durchfluß abschalten. Wir sollten uns lieber beeilen. Das gesamte Gebiet ist gefährdet, und das Öl wird den ganzen Fluß verschmutzen.«

»Das liegt in Allahs Hand.« Der Mullah sah zu, wie die Öllache sich ausbreitete. »Trotzdem ist es nicht richtig, wenn man die Reichtümer, die Er uns gegeben hat, vergeudet. Gut, du wirst vom Flughafen aus anrufen.«

Der junge Mann stieß wieder einen erstickten Hilferuf aus. Sie überließen ihn sich selbst und dem Tod.

Flughafen Bandar-e Delam: 17 Uhr 30. Bis auf das vor einigen Wochen von der Insel Kharg hierher verlegte S-G-Kontingent war der Zivilflughafen unbewacht, verlassen und nicht in Benutzung. Er umfaßte zwei kurze Startbahnen, einen kleinen Tower, ein paar Hangars, ein einstöckiges Verwal-

tungsgebäude und einige Baracken. Zum S-G-Kontingent gehörten ein paar moderne Wohnwagen, provisorische Unterkünfte und eine Einsatzzentrale. Der Flughafen Bandar-e Delam sah genauso aus wie alle zivilen Flugplätze, die der Schah im gesamten Iran hatte anlegen lassen. Aber seit vor sechs Monaten die Unruhen eingesetzt hatten und alle Inland-Zubringerfluglinien bestreikt wurden, war ein allgemeines Startverbot verhängt worden, und die Flughäfen wurden geschlossen. Das Bodenpersonal und der Stab waren verschwunden. Die meisten Flugzeuge standen im Freien ohne Wartung oder Betreuung. Von den drei zweimotorigen Jets auf dem Vorfeld hatten zwei platte Reifen, und beim dritten war eine Scheibe des Cockpits zerbrochen. Bei allen Maschinen hatten Plünderer die Tanks entleert. Alle waren schmutzig, beinahe unbrauchbar. Und traurig.
Captain Rudolf Lutz, der rangälteste Pilot, kontrollierte den letzten der fünf Helikopter von S-G, die im Kontrast zu den anderen Flugzeugen in der Sonne funkelten. »Sehr gut«, meinte er schließlich. »Ihr könnt sie wegbringen.« Er sah zu, wie der Mechaniker und das iranische Bodenpersonal die Hubschrauber in die Hangars zurückschoben. Er wußte, daß ein Teil des Bodenpersonals hinter seinem Rücken über seine übertriebene Genauigkeit spottete, aber das spielte keine Rolle, solange sie nur gehorchten. Das wird unser größtes Problem sein, dachte er, wie wir sie dazu bringen werden zu gehorchen, wenn wir keiner Militärgesetzgebung unterstehen und bloß Nichtkombattanten mitten im Kriegsgebiet sind, ob Duncan McIver es nun sehen will oder nicht.
An diesem Morgen hatte Conroe Starke in Kowiss über den Hochfrequenzsender McIvers knappe Meldung von einem Angriff auf den Teheraner Flughafen und von der Revolte auf dem Luftwaffenstützpunkt bei Kowiss durchgegeben; wegen der Entfernung und des Gebirges konnte Bandar-e Delam außer mit Kowiss weder mit Teheran noch mit den anderen Stützpunkten direkt sprechen. Besorgt hatte Lutz seine gesamte ausländische Mannschaft zusammengerufen, die aus vier Piloten und sieben Mechanikern bestand – sieben Engländer, zwei Amerikaner, ein Deutscher und ein Franzose. Er hatte sich vergewissert, daß niemand sie hören konnte, und es ihnen mitgeteilt. »Es war nicht so sehr der Inhalt von Dukes Bericht, als die Art, wie er gesprochen hat – er hat mich immerzu ›Rudolf‹ genannt und nicht wie sonst ›Rudi‹. Er wirkte beunruhigt.«
»Conroe Starke ist doch sonst nie beunruhigt, außer es ist ganz schlimm«, hatte John Tyrer, Lutz' amerikanischer Stellvertreter, besorgt angemerkt. »Glaubst du, daß er Schwierigkeiten hat? Glaubst du, daß wir in Kowiss einmal nachsehen sollten?«
»Vielleicht. Aber wir warten, bis ich heute abend mit ihm gesprochen habe.«
»Wir sollten um Mitternacht abhauen, Rudi«, hatte der Mechaniker Fowler Joines vorgeschlagen. »Ja. Wenn schon Starke, der alte Duke, nervös wird, sollten wir lieber verduften.«
»Du bist verrückt, Fowler! Wir haben nie Schwierigkeiten gehabt«, hatte Tyrer widersprochen. »Dieses Gebiet ist relativ ruhig, die Polizei und das Militär sind diszipliniert und haben alles unter Kontrolle. Verdammt, in

einem Umkreis von 30 Kilometern befinden sich 5 Luftwaffenstützpunkte, lauter Eliteeinheiten, die auf der Seite des Schahs stehen. Es muß jeden Augenblick zu einem loyalistischen Staatsstreich kommen.«

»Hast du noch nie einen Staatsstreich erlebt? Jeder schießt dabei auf jeden, und ich bin Zivilist.«

»Okay, wenn es wirklich zum Ärgsten kommt. Was schlägst denn du vor?«

Sie hatten alle Möglichkeiten durchgesprochen. Land, Luft, Wasser. Die irakische Grenze war nur 160 Kilometer entfernt – und Kuwait jenseits des Golfs war leicht erreichbar.

»Wir werden es rechtzeitig erfahren.« Rudolf Lutz war seiner Sache sicher. »McIver erfährt es bestimmt, wenn ein Staatsstreich bevorsteht.«

»Hör mal, Junge«, hatte Fowler noch griesgrämiger als gewöhnlich eingewendet, »ich kenne das, solche Firmen funktionieren genauso wie die verdammten Generäle. Wenn es wirklich brenzlig wird, sind wir ganz allein auf uns gestellt. Deshalb sollten wir lieber ein Konzept haben. Ich werde meinen Kopf weder für den Schah noch für Khomeini und schon gar nicht für den Vorstandsvorsitzenden Gavallan hinhalten. Ich meine, wir sollten Leine ziehen – und uns aus dem Staub machen.«

»Verdammt, Fowler«, war einer der englischen Piloten explodiert. »Willst du uns etwa vorschlagen, eines unserer eigenen Flugzeuge zu entführen? Wir würden nie wieder Starterlaubnis bekommen.«

»Immer noch besser als ins Jenseits einzugehen.«

»Sie würden uns abschießen. Wir würden es nie schaffen – du weißt, daß alle unsere Flüge überwacht werden, daß die Flugsicherung hier besonders nervös ist – viel wachsamer als in Lengeh. Wir können nur abheben, wenn wir vorher die Erlaubnis erhalten haben, die Dinger zu starten...«

Schließlich hatte Lutz sie aufgefordert, ihm Vorschläge für eine Evakuierung zu Lande, zu Luft, zu Wasser zu unterbreiten, und sie weiter diskutieren lassen.

Den ganzen Tag über hatte er sich Gedanken darüber gemacht, was sich in Kowiss und Teheran abspielte. Als rangältester Pilot fühlte er sich für seine Crew genauso verantwortlich wie für das Dutzend iranischer Arbeiter und für Jahan, seinen Funker. Sie alle hatten seit sechs Wochen keinen Lohn mehr erhalten. Wir haben verdammtes Glück gehabt, daß wir so glatt von Kharg weggekommen sind, dachte er. Sie waren ohne Schwierigkeiten mit allen Helikoptern, allen wichtigen Ersatzteilen und ihren Transportflugzeugen abgezogen und hatten dennoch ihre vertraglich festgelegten Flüge und die CASEVACS durchgeführt.

Es war nicht schwierig gewesen, die Insel zu verlassen, weil alle fort wollten, und zwar so rasch wie möglich. Schon vor dem Ausbruch der Revolution war Kharg eine unbeliebte Basis gewesen, auf der man nur arbeiten und auf den Urlaub in Teheran oder zu Hause warten konnte. Als dann die Unruhen einsetzten, wußten alle, daß Kharg ein Hauptangriffsziel der Revolutionäre sein würde. Es war zu Zusammenrottungen und gelegentlich auch zu Schießereien gekommen. Dann waren immer mehr IPLO-Armbinden unter den

Aufrührern aufgetaucht, und der Kommandant der Insel hatte gedroht, daß er alle Einwohner erschießen lassen würde, wenn keine Ruhe eintrete. Seit S-G vor ein paar Wochen die Insel geräumt hatte, herrschte dort unheildrohende Ruhe.

Doch war dieser Rückzug noch kein echter Notfall gewesen. Lutz wußte nicht, wie er sich in einer Krisensituation verhalten würde. Eine Woche zuvor war er nach Kowiss geflogen, um Ersatzteile zu holen, und hatte Starke gefragt, was er in einem solchen Fall in Kowiss tun würde.

»Dasselbe wie du, Rudi. Wir würden versuchen, gemäß den Vorschriften der Firma vorzugehen, die aber natürlich nicht anwendbar sind. Wir können allerdings ein paar Pluspunkte für uns buchen: Beinahe alle unsere Leute sind ehemalige Angehörige der Luftwaffe, also ergibt sich eine Art Rangordnung. Aber man kann so viele Pläne machen, wie man will, wenn es ernst wird, ist es immer das gleiche: Ein paar Leute werden einfach die Nerven verlieren, und man weiß nie, wie man selbst reagieren wird.«

Lutz war nie im Krieg gewesen, hatte aber bei der deutschen Bundeswehr gedient und war in den fünfziger Jahren an der Grenze zur DDR stationiert gewesen.

Er war in einem kleinen Dorf in der Nähe von Plauen zur Welt gekommen. 1945 war er 12 gewesen, sein Bruder 16 und bereits Flakhelfer. Während des Krieges war es ihm, seiner Mutter und seiner jüngeren Schwester nicht schlecht gegangen. Auf dem Land gab es einigermaßen genug zu essen. 1945 waren sie vor den Sowjets geflohen und hatten nur mitgenommen, was sie tragen konnten. Während des Trecks war er einmal mit seiner Mutter in der Nähe von Nürnberg auf eine Müllhalde gegangen, weil seine Mutter unbedingt einen Teekessel haben wollte – man hatte ihnen den ihren während der Nacht gestohlen. »Wir müssen einen Teekessel haben«, hatte seine Mutter gejammert, »um das Wasser abzukochen, sonst bekommen wir Typhus oder Ruhr.« Er hatte sie weinend begleitet, weil er davon überzeugt war, daß sie vergebens suchte, aber sie waren dann doch auf einen Teekessel gestoßen. Er war zwar alt und verbeult, die Tülle war verbogen, der Griff locker, aber er hatte einen Deckel und war dicht. Heute funkelte der Kessel vor Sauberkeit, und er stand in ihrem Haus in der Nähe von Freiburg im Breisgau auf dem Kaminsims. Dort lebten jetzt seine Frau, seine Kinder und seine Mutter. Und jedes Jahr am Silvesterabend kochte seine Mutter im Kessel Wasser und brühte damit den Tee auf.

Plötzlich schrie jemand eine Warnung. Lutz drehte sich um und sah drei Armeelastwagen durchs Tor hereinrasen; der eine fuhr zum Tower, die anderen beiden zu den Hangars. Sie hielten mit quietschenden Reifen an, *hezbollahis* sprangen herunter und verteilten sich über das Gelände des Flughafens. Zwei Männer liefen mit dem Gewehr im Anschlag auf ihn zu und schrien auf Persisch etwas, was er nicht verstand, während die anderen seine Leute beim Hangar zusammentrieben. Er hob entsetzt die Arme, als ihm die beiden *hezbollahis* die Gewehrläufe vors Gesicht hielten.

»Ich bin nicht bewaffnet«, keuchte er. »Was wollt ihr?«

Er bekam keine Antwort. Hinter ihm wurde der Rest seiner Mannschaft aus den Wohnwagen auf das Vorfeld getrieben. Einige der *hezbollahis* sprangen in die Hubschrauber, durchsuchten sie, beschädigten die Instrumente, einer riß die ordentlich zusammengefalteten Schwimmwesten aus den Taschen. Lutz' Wut war größer als seine Angst. »Ihr verrückten Dummköpfe!« brüllte er. »Laßt meine Flugzeuge in Ruhe!« Ohne zu überlegen, schob er die Gewehrläufe beiseite und rannte zu den Helikoptern. Einen Augenblick lang sah es aus, als würden die beiden Iraner schießen, doch dann liefen sie nur hinter ihm her, holten ihn ein und rissen ihn herum. Einer hob das Gewehr, um ihm mit dem Kolben ins Gesicht zu schlagen.

»Halt!«

Die Männer erstarrten.

Der Mann, der den Befehl gerufen hatte, war Anfang 30 und kräftig gebaut, er trug grobe Kleidung und eine grüne Armbinde, hatte einen Stoppelbart, dunkles, gewelltes Haar und dunkle Augen. »Wer führt hier den Befehl?«

»Ich!« Lutz riß sich von seinen Angreifern los. »Was tun Sie hier? Was wollen Sie?«

»Wir nehmen diesen Flugplatz im Namen der Revolution in Besitz.« Der Mann sprach Englisch mit britischem Akzent. »Wie viele Luftwaffenangehörige gibt es hier?«

»Überhaupt keine. Auch kein Flugsicherungspersonal. Außer uns befindet sich niemand hier.« Lutz versuchte, wieder zu Atem zu kommen.

»Kein Militär?« Die Stimme klang drohend.

»Nein. Seit wir vor ein paar Wochen hierhergekommen sind, waren von Zeit zu Zeit nur Patrouillen da. Aber es sind keine Luftwaffenangehörigen hier stationiert. Auch keine Militärflugzeuge.« Lutz zeigte auf den Hangar. »Sagen Sie diesen... diesen Leuten, daß sie mit meinen Hubschraubern vorsichtiger umgehen sollen. Die Flugzeuge können nicht nur unser, sondern auch iranisches Leben retten.«

Der Mann drehte sich um und sah, was sich hinter ihm abspielte. Er brüllte wieder einen Befehl. Die Männer schrien widerwillig zurück, doch dann kamen sie ins Freie. Sie hinterließen ein Chaos.

»Bitte, entschuldigen Sie«, sagte der Mann. »Ich heiße Zataki. Ich bin der Leiter des Abadan-Komitees. Mit Allahs Hilfe befindet sich jetzt Bandar-e Delam in unserer Hand.«

Lutz' Magen krampfte sich zusammen. Seine Leute, Ausländer und Iraner, standen neben dem niedrigen Verwaltungsgebäude, ringsum von Gewehren bedroht. »Wir arbeiten für eine britische...«

»Ja, wir kennen S-G Helicopters.« Zataki drehte sich um und rief wieder etwas. Daraufhin begaben sich einige Männer zum Tor, um es zu bewachen. Er schaute zu Lutz zurück. »Ihr Name?«

»Captain Lutz.«

»Sie und Ihre Männer haben nichts zu befürchten, Captain Lutz. Sind Sie im Besitz von Waffen?«

»Nein. Nur Verey-Leuchtpistolen aus dem Bestand der Luftwaffe für Signale, Notsignale.«

»Holen Sie sie!« Zataki drehte sich um, ging zu den S-G-Leuten und musterte sie. Lutz erkannte die Angst in den Gesichtern seiner iranischen Angestellten. »Das sind alles meine Leute«, erklärte er und versuchte, seiner Stimme Festigkeit zu verleihen. »Lauter S-G-Angestellte.«
Zataki schaute ihn an, trat ganz nahe an ihn heran, und Rudi mußte sich überwinden, nicht zurückzuweichen. »Wissen Sie, was Volks-Mudjaheddin bedeutet? Fedajin? Tudeh?« fragte er leise.
»Ja.«
»Gut.« Zataki ging wieder zu den Iranern und musterte einen nach dem anderen. Die Stille wuchs. Plötzlich zeigte er mit dem Finger auf einen Mechaniker. Der Mann sank in sich zusammen, dann begann er zu laufen und schrie dabei etwas auf Persisch. Sie fingen ihn mühelos ein und schlugen ihn zusammen.
»Das Komitee wird in Allahs Namen über ihn richten und ein Urteil fällen.« Zataki wandte sich Lutz zu. »Ich habe Sie aufgefordert, die Leuchtpistolen zu holen.« Seine Lippen waren nur noch eine dünne Linie.
»Sie sind eingesperrt, in Sicherheit.« Lutz versuchte, genauso scharf zu sprechen, fühlte sich aber nicht sehr mutig. »Sie können Sie jederzeit haben. Sie werden nur während der Einsätze in den Flugzeugen mitgeführt. Ich... ich verlange, daß dieser Mann freigelassen wird.«
Ohne Warnung drehte Zataki seine Maschinenpistole um und schlug mit dem Kolben nach Lutz' Kopf, aber der fing die Waffe mit einer Hand ab, entriß sie dem Mann, und noch bevor sie den Boden berührte, führte er mit der zweiten Hand einen Schlag gegen Zatakis ungeschützten Hals. Doch im letzten Augenblick bremste er den Schlag ab, so daß er die Haut des Mannes kaum berührte. Dann trat er zurück. Alle Gewehre waren auf ihn gerichtet.
Die Stille wurde gespenstisch. Seine Männer sahen entsetzt auf Zataki, der ihn wütend anstarrte. »Heben Sie die Maschinenpistole auf!«
Lutz wußte, daß sein Leben, daß das Leben aller an einem seidenen Faden hing. »Fowler, heb die Maschinenpistole auf!« befahl er und hoffte, daß er die richtige Wahl getroffen hatte.
Fowler trat zögernd vor. Obwohl sein Gesicht grau war, zwang er sich zu lächeln. »Ja, ich komme.« Die Zeit, die er für die 20 Meter brauchte, kam ihm sehr lange vor, aber niemand hielt ihn auf, ein *hezbollahi* trat sogar zur Seite, um ihn vorbeizulassen. Fowler hob die Maschinenpistole auf, sicherte sie automatisch und reichte sie Zataki mit dem Kolben voran. »Sie ist nicht beschädigt und so gut wie neu, mein Sohn.«
Der Anführer ergriff die Maschinenpistole, entsicherte sie, und alle hörten das Klicken. »Sie kennen sich mit Waffen aus?«
»Ja... o ja. Wir Mechaniker waren alle... Wir mußten einen Kursus bei der Air Force machen. Können wir wegtreten? Wir sind Zivilisten, mein Sohn, wir sind Nichtkombattanten, wenn Sie gestatten. Neutral!«
Zataki zeigte mit dem Daumen auf die Reihe. »Gehen Sie dorthin zurück!« Dann wandte er sich an Lutz. »Wo haben Sie Karate gelernt?«
»Bei der deutschen Bundeswehr.«

»Sie sind Deutscher? Die Deutschen sind gut zum Iran gewesen, nicht wie die Briten oder die Amerikaner. Wer sind Ihre Piloten, ihre Namen und Nationalitäten?«

Lutz zögerte, dann wies er auf jeden einzelnen: »Captain Dubois, Franzose, Captain Tyrer, Australier, und das ist Forsyth, Engländer.«

»Keine Amerikaner?«

Lutz' Magen krampfte sich wieder zusammen. John Tyrer war Amerikaner und besaß falsche Papiere. Dann hörte er einen näherkommenden Hubschrauber und suchte wie alle anderen den Himmel ab. Einer der *hezbollahis* stieß einen Schrei aus, zeigte auf den Helikopter, und alle spritzten auseinander. Nur die Ausländer blieben stehen. Sie hatten den roten S-G-Löwen gesehen.

»Alle in die Hangars«, befahl Zataki. Der Hubschrauber war nun in 300 Meter Höhe über dem Flugplatz und begann zu kreisen. »Gehört die Maschine zu Ihnen?«

»Ja, aber nicht zu dieser Basis.« Rudi blinzelte in die Sonne. »Das ist die EP-HXT aus Kowiss, von unserem Stützpunkt in Kowiss.«

»Was will sie?«

»Offenbar landen.«

»Fragen Sie, wer sich an Bord befindet. Und keine Tricks!«

Sie gingen zusammen zum Hochfrequenzsender in Lutz' Büro. »Hören Sie mich, HXT?«

»HXT, laut und deutlich. Hier ist Captain Starke aus Kowiss. Captain Lutz?«

»Ja, hier ist Captain Lutz, Captain Starke.« Die förmliche Anrede war ein Hinweis darauf, daß sich ungebetene Gäste im Hubschrauber befanden, und Starke würde begreifen, daß auch hier etwas nicht stimmte.

»Ich ersuche um Landeerlaubnis. Ich habe wenig Benzin und muß auftanken. Die Flugsicherung Abadan hat mich bereits passieren lassen.«

Lutz sah Zataki an. »Fragen Sie, wer sich in der Maschine befindet«, befahl dieser.

»Wen haben Sie an Bord?«

Eine Pause. »Vier Passagiere. Was ist los?«

Lutz wartete. Zataki wußte nicht, was er tun sollte. Es war möglich, daß eine Militärbasis mithörte. »Lassen Sie ihn landen – in der Nähe des Hangars.«

»Landeerlaubnis erteilt, HXT. Gehen Sie neben dem Osthangar nieder.«

»HXT...«

Zataki beugte sich vor und schaltete den Apparat ab. »In Zukunft werden Sie das Funkgerät nur mit meiner Erlaubnis benützen.«

»Wir müssen Routineberichte an die Flugsicherung in Abadan und Kharg durchgeben. Mein Funker ist seit...«

Zatakis Gesicht lief rot an, und er schrie: »Bis auf weiteres werden Sie das Funkgerät nur benützen, wenn einer von uns mithört. Ohne Erlaubnis dürfen auch keine Hubschrauber landen oder starten. Sie sind dafür verantwortlich.« Dann verrauchte sein Zorn so schnell, wie er gekommen war. Er

hob die Maschinenpistole, die noch immer entsichert war, hoch. »Wenn Sie zugeschlagen hätten, wäre ich jetzt tot.«
Lutz nickte. »Ja.«
»Warum haben Sie es nicht getan?«
»Ich... ich habe noch nie einen Menschen getötet.«
»Ich habe viele Menschen getötet, weil ich Allahs Werk getan habe. Viele, Allah sei Dank. Und ich werde mit Allahs Hilfe noch viele Feinde des Islams töten.« Zataki sicherte die Waffe. »Es war Allahs Wille, daß der Schlag aufgehalten wurde, sonst nichts. Ich kann Ihnen diesen Mann nicht geben. Er ist Iraner, wir befinden uns im Iran, er ist ein Feind des Irans und des Islams.«
Sie sahen vom Hangar aus zu, wie die 206 landete. An Bord befanden sich vier Zivilisten, die alle mit Maschinenpistolen bewaffnet waren. Neben dem Piloten saß ein Mullah, und Zatakis Spannung ließ nach, nicht aber sein Ärger. Sobald der Hubschrauber aufgesetzt hatte, stürzten Zatakis Revolutionäre aus den Hangars hervor und kreisten die Maschine ein.
Aus dem Helikopter stieg der Mullah Hussain. Als er Zatakis Feindseligkeit bemerkte, verzog er das Gesicht. »Friede sei mit dir. Ich bin Hussain Kowissi vom Kowiss-Komitee.«
»Im Namen Allahs, willkommen in meinem Gebiet, Mullah.« Zatakis Gesicht war noch grimmiger geworden. »Ich bin Oberst Zataki vom Abadan-Komitee. Wir kontrollieren dieses Gebiet und sind dagegen, daß sich Menschen zwischen uns und Allah stellen.«
»Sunniten und Schiiten sind Brüder, Islam ist Islam«, erwiderte Hussain. »Wir danken unseren sunnitischen Brüdern von den Ölfeldern von Abadan für ihre Unterstützung. Sprechen wir miteinander! Unsere islamische Revolution hat noch nicht gesiegt.«
Zataki nickte, rief seine Männer zurück und bedeutete dem Mullah, sich mit ihm außer Hörweite zu begeben. Lutz war sofort zur Maschine gelaufen.
»Was zum Teufel ist hier los, Rudi?« fragte Starke vom Cockpit aus und stellte die Turbinen ab. Seine Schultern schmerzten. Lutz informierte ihn rasch. »Und bei dir?«
Genauso kurz und bündig berichtete ihm Starke, was sich während der Nacht und in Oberst Peschadis Büro abgespielt hatte. »Der Mullah und seine Mordbande sind zu Mittag wiedergekommen und haben beinahe einen Schlaganfall bekommen, als ich mich geweigert habe, bewaffnete Männer zu fliegen. Sie hätten mich liebend gern umgebracht, aber ich fliege keine Bewaffneten, denn damit würden wir die Revolution unterstützen, und die ist noch lange nicht zu Ende. Wir haben während des Flugs Hunderte von Truppen und Straßensperren gesehen.« Mit energischem Blick überflog er die Basis, bemerkte die *hezbollahis*, die S-G-Besatzung, die immer noch unter Bewachung bei den Baracken stand, und den bewußtlosen Mechaniker. »Schweinehunde.« Er stieg aus, streckte sich, und der Schmerz in seinem Rücken ließ nach. »Schließlich haben wir einen Kompromiß geschlossen. Sie haben ihre Waffen behalten, aber ich habe ihnen die Magazine abgenommen und sie in den Gepäckraum gelegt.« Er verstummte.

Hussain kam auf sie zu. »Bitte den Schlüssel zum Gepäckraum, Captain!« Starke reichte ihm den Schlüssel. »Es ist zu spät, um nach Kowiss zurück- oder nach Abadan weiterzufliegen.«
»Können Sie denn nachts nicht fliegen?«
»Ich kann es, aber es verstößt gegen die Vorschriften. Sie haben doch die Kopfhörer aufgehabt und erlebt, wie die Flugsicherung hier funktioniert. Ich werde tanken, und wir werden hier übernachten – jedenfalls werde ich das tun. Sie können sich jederzeit ein Transportmittel von Ihren Freunden hier ausleihen, wenn Sie in die Stadt wollen.«
Hussain wurde rot. »Sie haben nicht mehr viel Zeit, Amerikaner«, antwortete er auf Persisch. »Sie und Ihre imperialistischen Schmarotzer.«
»Wenn es Gottes Wille ist, Mullah. Nach dem ersten Gebet werde ich aufbruchbereit sein. Dann starte ich, mit Ihnen oder ohne Sie.«
»Sie werden mich nach Abadan bringen, dort warten und dann nach Kowiss zurückfliegen, wie ich es wünsche und wie es Oberst Peschadi befohlen hat.«
Starke fuhr ihn auf Englisch an: »Falls Sie nach dem ersten Gebet bereit zum Aufbruch sind. Aber Peschadi hat es nicht befohlen. Er hat mir nichts zu befehlen – ebensowenig wie Sie oder IranOil. IranOil hat mich gebeten, bei diesem Charterflug Ihr Pilot zu sein. Auf dem Rückflug werde ich übrigens wieder tanken müssen.«
»Also schön, wir fliegen bei Sonnenaufgang«, gab Hussain verärgert nach. »Und das Auftanken, das werden wir auf Kharg besorgen.«
Starke und Lutz schauten ihn erschrocken an. »Kharg befindet sich in den Händen der Luftwaffe. Man würde uns abschießen.«
»Sie warten hier«, sagte Hussain, »bis das Komitee entschieden hat. In einer Stunde will ich über Funk mit Kowiss sprechen.« Er stürmte davon.
»Diese Schweinehunde sind zu gut organisiert, Rudi«, meinte Starke. »Wir sitzen in der Scheiße.«
Lutz' Beine wurden weich. »Wir sollten uns darauf vorbereiten, von hier zu verschwinden.«
»Darüber reden wir nach dem Essen. Geht's dir soweit gut?«
»Ich hab' geglaubt, ich überleb' es nicht. Sie werden uns alle umlegen.«
»Das glaub' ich nicht. Sie brauchen uns, und deshalb gibt Hussain nach und auch dein Zataki. Sie werden uns vielleicht hart hernehmen, um uns auf Vordermann zu bringen, aber sie werden uns vorerst nicht liquidieren.« Wieder versuchte Starke, seine Schulter- und Rückenmuskeln zu entspannen. »Erikkis Sauna täte mir jetzt gut.« Beide blickten auf, als ein paar *hezbollahis* jubelnd in die Luft schossen. »Verrückte Hurensöhne. Nach dem, was ich gehört habe, ist diese Operation Teil eines allgemeinen Aufstandes, bei dem sie sich den Streitkräften entgegenstellen wollen. Wie steht es bei dir mit dem Radioempfang? BBC oder Stimme Amerikas?«
»Schlecht bis miserabel und meist gestört. Radio Freier Iran bekommt man natürlich klar und deutlich wie immer herein.« Das war der Sowjetsender jenseits der Grenze bei Baku am Kaspischen Meer. »Und Radio Moskau empfange ich, als stünde der Sender in meinem Garten.«

7

In der Nähe von Täbris: 18 Uhr 05. In den schneebedeckten Bergen weit im Norden kam in der Nähe der sowjetischen Grenze Charlie Pettikins 206 rasch über die Anhöhe, kletterte den Paß entlang hinauf, hielt sich dabei dicht über den Baumwipfeln und folgte der Straße.

»Täbris 1, HFC aus Teheran. Hören Sie mich?« fragte er zum wiederholten Male über Funk.

Noch immer keine Antwort. Das Licht verschwand, die Spätnachmittagssonne steckte hinter der tiefhängenden Wolkendecke über ihm. Noch einmal versuchte er die Basis zu erreichen; sein Gesicht war mit zahlreichen Blutergüssen übersät und schmerzte noch infolge der Schläge, die er eingesteckt hatte. Wegen der Handschuhe und der aufgeplatzten Haut auf seinen Knöcheln fiel es ihm schwer, den Sendeknopf zu betätigen. »Täbris 1. HFC aus Teheran. Hören Sie mich?«

Er bekam wieder keine Antwort, doch das machte ihm keine Sorgen. Der Funkverkehr war in den Bergen immer schlecht, er wurde nicht erwartet, und weder Erikki Yokkonen noch der Basisleiter Ali Dayati hatten Grund, eine Funküberwachung anzuordnen. Die Straße stieg an, und die Wolkendecke rückte näher, aber zum Glück war der Kamm vor ihm noch frei, und wenn er ihn hinter sich hatte, fiel die Straße ab, und einen Kilometer weiter lag schon die Basis.

An diesem Morgen hatte er viel länger gebraucht als erwartet, um den kleinen Militärstützpunkt in Galeg Morghi in der Nähe des Internationalen Flughafens zu erreichen. Obwohl er die Wohnung noch vor Tagesanbruch verlassen hatte, stand die bleiche Sonne schon hoch am rauchverhangenen Himmel, als er in Galeg Morghi eintraf. Es gab viele Umleitungen. Stellenweise waren noch Straßenkämpfe in Gang, und zahlreiche Fahrbahnen waren gesperrt – manche durch Barrikaden, andere wieder durch ausgebrannte Autos oder Autobusse. Auf den schneebedeckten Gehsteigen und Fahrbahnen lagen Leichen und Verwundete, und zweimal schickten ihn zornige Polizisten zurück. Aber er gab nicht auf und suchte neue Schleichwege. Als er die Basis erreichte, stand zu seiner Überraschung das Tor zu dem S-G-Gelände, auf dem auch das Schulungsgebäude untergebracht war, unbewacht offen. Normalerweise befanden sich dort Posten der Luftwaffe. Er fuhr hinein, parkte seinen Wagen im S-G-Hangar, sah jedoch niemanden von den Mechanikern oder vom Bodenpersonal.

Es war ein kalter, klarer Tag, und er trug die Winterkombination. Schnee bedeckte das Flugfeld und den größten Teil der Startbahn. Er checkte die 206, mit der er fliegen sollte. Alles war in Ordnung. Die Ersatzteile, die Täbris brauchte – ein Heckrotor und zwei hydraulische Pumpen – befanden sich im Laderaum. Die Tanks waren voll, was einer Flugdauer von zweieinhalb bis drei Stunden entsprach – oder dreihundert bis vierhundert Kilometern, je nach Wind, Höhe und Motorleistung. Dennoch mußte er unterwegs auftanken. Sein Flugplan sah den Tankstop in Bandar-e Pahlavi vor, einem Hafen am Kaspischen Meer. Mühelos brachte er die Maschine auf das Vorfeld. Dann brach die Hölle los, und er befand sich am Rand einer Schlacht.

Lastwagen voller Soldaten rasten durch das Tor und über das Flugfeld, wurden jedoch von einem Kugelhagel aus jenem Teil des Stützpunktes begrüßt, in dem die Hangars, Baracken und Verwaltungsgebäude standen. Andere Laster, von denen geschossen wurde, brausten die Umfassungsstraße entlang, dann stieß ein leichter Bren-Jagdpanzer mit feuernden MGs zu ihnen. Entsetzt erkannte Pettikin die Schulterspangen und auf den Helmen die Kennzeichen der Unsterblichen. Ihnen folgten gepanzerte Autobusse mit paramilitärischer Polizei und anderen Männern, die sich über das Gelände der Basis verteilten und sie besetzten. Bevor er wußte, wie ihm geschah, packten ihn vier Männer, schleppten ihn zu einem Bus und brüllten ihn auf Persisch an.

»Ich spreche kein Persisch«, schrie er zurück und versuchte, sich zu befreien. Einer versetzte ihm einen Hieb in den Magen. Er würgte, riß sich los und schlug seinem Angreifer ins Gesicht.

Sofort riß ein anderer eine Pistole heraus und schoß. Die Kugel durchschlug den Kragen seines Parkas und prallte vom Autobus ab. Er erstarrte. Jemand hieb ihm mit der Faust auf den Mund, und dann begannen auch die übrigen, ihn zu schlagen und zu treten. In diesem Augenblick trat ein Polizeioffizier zu der Gruppe. »Amerikaner? Du Amerikaner?« fragte er aggressiv in schlechtem Englisch.

»Ich bin Brite«, keuchte Pettikin, den Mund voller Blut, und versuchte, die Männer abzuschütteln, die ihn gegen die Motorhaube des Autobusses drückten. »Ich bin von S-G Helicopters, und das ist mein...«

»Amerikaner! Saboteur!« Der Mann hielt Pettikin seinen Revolver vor das Gesicht und krümmte den Finger auf dem Abzug. »Wir SAVAK wissen, unsere Schwierigkeiten von Amerikanern kommen.«

Durch einen Nebel von Angst hörte Pettikin eine Stimme, die etwas auf Persisch rief, und die Hände, die ihn festhielten, ließen los. Ungläubig erblickte er einen jungen britischen Fallschirmjäger-Captain, der einen Tarnanzug und eine rote Mütze trug, gefolgt von zwei kleinen, schwer bewaffneten Soldaten mit orientalischen Gesichtern, die Handgranaten in die Schulterriemen geschoben hatten und Tornister trugen. Der Captain warf mit der linken Hand lässig eine Handgranate in die Höhe und fing sie wieder auf, als wäre sie eine Orange; der Stift war gesichert. Er trug einen Revolver im Gürtel und ein merkwürdig geformtes Messer in einem Halfter. Unvermittelt zeigte er auf Pettikin, dann auf die 206, schrie die Polizisten wütend auf Persisch an, winkte gebieterisch und begrüßte Pettikin.

»Um Himmels willen, tun Sie, als wären Sie sehr wichtig, Captain Pettikin«,

sagte er rasch mit deutlich schottischem Akzent und schlug die Hand eines Polizisten weg, der Pettikin noch immer am Arm festhielt. Ein anderer schickte sich an, sein Gewehr zu heben, ließ es aber wieder sein, als der Captain den Stift aus seiner Handgranate zog, ohne jedoch den Bügel loszulassen. Gleichzeitig entsicherten seine Begleiter ihre automatischen Gewehre und hoben sie drohend. Der ältere der beiden zog strahlend sein Messer halb aus dem Halfter. »Ist Ihr Heli startklar?«
»Ja«, murmelte Pettikin.
»Dann starten Sie ihn, so rasch Sie können. Lassen Sie die Türen offen, und kurz vor dem Abheben geben Sie mir ein Zeichen, und wir springen hinein. Sehen Sie zu, daß Sie tief und rasch fliegen. Los jetzt! Tenzing, du begleitest ihn!« Der Offizier zeigte auf den fünfzig Meter entfernten Hubschrauber, drehte sich um, beschimpfte die Iraner auf Persisch und schickte sie auf die andere Seite des Flugfeldes, wo der Kampf etwas abgeflaut war. Tenzing ging mit dem noch immer benommenen Pettikin zur Maschine.
»Bitte, beeilen Sie sich, Sahib.« Tenzing lehnte sich mit schußbereitem Gewehr an eine der Türen. Pettikin brauchte keine Ermunterung.
Weitere Panzerwagen ratterten vorbei, die Insassen beachteten sie jedoch nicht, genausowenig wie andere Polizei- und Militärtrupps, die nur bestrebt waren, den Militärstützpunkt vor dem Pöbel zu sichern, der unüberhörbar näherrückte. Hinter ihnen stritt der Polizeioffizier verärgert mit dem Fallschirmjäger-Captain, und die anderen schauten wegen des immer lauter werdenden *Allah-uuuu-Akbarrrr*-Gebrülls nervös nach hinten. In das Geschrei mischten sich Gewehrfeuer und ein paar Explosionen. In 200 Meter Entfernung steckte die Menge auf der Umfassungsstraße ein Auto in Brand, das in die Luft flog.
Die Turbinen des Helikopters erwachten zum Leben, und das Geräusch versetzte den Polizeioffizier in Wut. Aber im gleichen Augenblick drangen aus der anderen Richtung bewaffnete Jugendliche in geschlossener Formation durch das Tor. Jemand schrie: »Mudjaheddin!« Sofort begannen alle auf dieser Seite des Stützpunkts auf die Jugendlichen zu feuern. Der Captain und der zweite Soldat nützten die Ablenkung, rannten zum Hubschrauber und sprangen hinein. Pettikin gab Vollgas, die Maschine flog ein paar Zentimeter über der Grasfläche, wich einem brennenden Lastwagen aus und stieg dann taumelnd auf. Der Captain schwankte, verlor beinahe die Handgranate, konnte aber den Stift nicht sichern. Er klammerte sich an den Sitz, hielt die Tür auf, warf die Handgranate hinaus und sah ihr nach. Sie explodierte auf dem Boden.
»Na also«, meinte er, schloß die Tür und seinen Sicherheitsgurt, überzeugte sich davon, daß die beiden Soldaten unversehrt waren, und zeigte Pettikin den hochgestreckten Daumen.
Pettikin nahm die Geste kaum wahr. Als sie Teheran hinter sich hatten, landete er in sicherer Entfernung von Straßen oder Dörfern auf freiem Feld und sah nach, ob sie von Kugeln getroffen worden waren. Als er nichts fand, begann er wieder frei zu atmen. »Ich kann Ihnen nicht genug danken,

Captain.« Er streckte die Hand aus, sein Kopf schmerzte. »Zuerst habe ich Sie für eine Fata Morgana gehalten, Captain...?«
»Ross. Das sind Sergeant Tenzing und Corporal Gueng.«
Pettikin schüttelte jedem die Hand und bedankte sich. Sie waren klein, fröhlich und durchtrainiert. Tenzing war der ältere, Anfang 50. »Ein Geschenk des Himmels.«
Ross lächelte, und seine Zähne leuchteten weiß in dem sonnenverbrannten Gesicht. »Ich wußte nicht genau, wie wir aus diesem Schlamassel herauskommen sollen. Es hätte sich nicht gehört, die Polizei zusammenzuschlagen – nicht einmal die Kerle von der SAVAK.«
»Ich bin ganz Ihrer Meinung.« Pettikin hatte bei einem Mann noch nie so blaue Augen gesehen. Er schätzte sein Gegenüber auf Ende 20. »Was zum Teufel war überhaupt los?«
»Ein paar Luftwaffenangehörige hatten gemeutert und einige Offiziere und Loyalisten wollten Ordnung schaffen. Doch kamen Anhänger Khomeinis und Linke den Meuterern zu Hilfe.«
»Was für ein Chaos! Ich kann Ihnen nicht genug danken. Woher kennen Sie meinen Namen?«
»Wir – na ja, wir haben erfahren, daß Sie über Bandar-e Pahlavi nach Täbris fliegen und wollten uns mitnehmen lassen. Wir waren sehr spät dran und glaubten schon, Sie verpaßt zu haben – diese ewigen Umleitungen –, aber wir schafften es doch noch.«
»Gott sei Dank. Sie sind Gurkhas?«
»Sagen wir Einzelgänger.«
Pettikin nickte nachdenklich. Er hatte bemerkt, daß keiner der drei Männer Achselspangen oder Rangabzeichen trug – bis auf Ross' Captainssterne und die roten Mützen. »Wie erfahren Einzelgänger, wohin ein Hubschrauber fliegt?«
»Das weiß ich wirklich nicht«, meinte Ross unschuldsvoll. »Ich befolge nur Befehle.« Er sah sich um. Das Land war flach, steinig und offen, der Boden schneebedeckt. »Sollten wir uns nicht lieber auf den Weg machen? Wir sind hier ziemlich exponiert.«
Pettikin kletterte ins Cockpit. »Was steht in Täbris auf dem Programm?«
»Wir möchten eigentlich dicht vor Bandar-e Pahlavi aussteigen, wenn es Ihnen nichts ausmacht.«
»Klar.« Pettikin hatte automatisch zu starten begonnen. »Was ist dort los?«
»Sagen wir, wir wollen mit jemandem über einen Hund sprechen.«
Pettikin lachte. Der Mann gefiel ihm. »In der Gegend wimmelt es vor Hunden. Also vor Bandar-e Pahlavi. Und ich höre auf, dumme Fragen zu stellen.«
»Es tut mir leid, aber Sie wissen ja, wie es ist. Ich wäre Ihnen zu Dank verpflichtet, wenn Sie meinen Namen vergessen – und daß wir überhaupt an Bord gewesen sind.«
»Und wenn ich gefragt werde – von den Behörden? Wir haben bei unserem Aufbruch ein ziemlich großes Publikum gehabt.«

»Ich habe keinen Namen genannt und Sie mit gemeinen Drohungen gezwungen.« Ross grinste.
»In Ordnung. Aber ich werde Ihren Namen nicht vergessen.«
Pettikin landete ein paar Kilometer vor dem Hafen Bandar-e Pahlavi. Ross hatte die Landestelle auf einer Karte ausgesucht, die er bei sich trug. Es war ein Strand mit Sanddünen, der weit von jedem Dorf entfernt war. Fischerboote sprenkelten die blaue, glatte Wasserfläche des Kaspischen Meeres, am Himmel standen große Kumuluswolken. Hier hatte das Land tropischen Charakter. In der feuchten Luft summten Insekten, und es gab kein Stäubchen Schnee. Es war streng verboten, ohne Erlaubnis zu landen, aber Pettikin hatte Bandar-e Pahlavi zweimal gerufen, ohne daß sich der Tower des Flugplatzes gemeldet hatte. Er konnte sich immer noch auf einen Notfall berufen.
»Viel Glück und nochmals danke!« Er schüttelte den dreien die Hand. »Wenn Sie je etwas brauchen – was auch immer –, ich bin zu allem bereit.« Sie stiegen rasch aus, schulterten ihre Tornister, gingen in Richtung der Dünen und verschwanden.
»Täbris 1, hören Sie mich?«
Beunruhigt kreiste er in der vorgeschriebenen Höhe von 250 Metern und ging dann tiefer. Kein Lebenszeichen, auch kein Licht. Nervös landete er in der Nähe des Hangars. Dann wartete er startbereit, denn er wußte nicht, was ihn erwartete. Die Nachricht von den meuternden Soldaten in Teheran – noch dazu die angebliche Eliteluftwaffe – hatte ihn schwer erschüttert. Aber niemand kam, nichts geschah. Zögernd legte er die Sperre ein, ließ aber die Turbinen laufen und stieg aus. Dies war sehr gefährlich und gegen die Vorschriften, denn wenn die Sperre sich löste, war es möglich, daß der Heli ausbrach und außer Kontrolle geriet.
Aber ich will keinen Fehler machen, dachte er grimmig, überprüfte die Sperre noch einmal und stapfte rasch durch den Schnee zum Büro. Es war leer, auch die Hangars waren bis auf eine auseinandergenommene 212 leer, ebenso die Wohnwagen. Es gab keine Spur von Insassen oder von einem Kampf. Etwas beruhigter ging er schnell durch das Lager. In Erikki Yokkonens Häuschen stand eine leere Wodkaflasche auf dem Tisch. Eine volle befand sich im Kühlschrank. Er hätte liebend gern ein Glas getrunken, aber Fliegen und Alkohol passen nicht zusammen. Er fand auch Wasser in Flaschen, Fladenbrot und luftgetrockneten Schinken. Er trank dankbar das Wasser. Essen werde ich erst, dachte er, wenn ich alles in Augenschein genommen habe.
Im Schlafzimmer war das Bett gemacht, aber ein Schuh lag hier und ein anderer dort. Allmählich entdeckte er noch andere Hinweise auf einen überstürzten Aufbruch. In den Wohnwagen fand er weitere Fingerzeige. Auf der Basis fehlten alle Transportmittel, und auch Erikkis roter Range-Rover war fort. Die Basis war offensichtlich in aller Eile geräumt worden – aber warum?
Er blickte zum Himmel empor. Der Wind hatte aufgefrischt, heulte durch den verschneiten Wald und übertönte das gedämpfte Dröhnen der Turbinen. Die

Kälte drang durch seine Fliegerjacke, durch die dicke Hose und die Fliegerstiefel. Sein Körper sehnte sich nach einer heißen Dusche – oder noch besser: nach Erikkis Sauna –, nach Essen, heißem Grog, einem Bett und acht Stunden Schlaf. Der Wind wird kein Problem sein, dachte er, aber ich kann höchstens noch mit einer Stunde Licht rechnen, um aufzutanken, über den Paß und hinunter in die Ebene zu kommen. Oder soll ich heute nacht hier bleiben? Pettikin war kein Freund von Wald oder Bergen. Er kannte Wüste, Busch, Dschungel, Steppe und das tote Land der Saudis. Weite Ebenen störten ihn nie, doch Schnee und Kälte waren ihm unangenehm. Zuerst mal auftanken, dachte er.

Doch im Depot gab es kein Benzin. Die vielen Benzinfässer waren alle leer. Macht nichts, sagte er sich und unterdrückte die aufsteigende Panik, ich habe genügend Treibstoff in den Tanks, um nach Bandar-e Pahlavi zurückzufliegen. Ich könnte zum Flughafen Täbris weiterfliegen, oder mir Treibstoff beim ExTex-Depot in Ardabil organisieren, aber das liegt verdammt nahe an der sowjetischen Grenze.

Wieder musterte er den Himmel. Verdammt. Ich kann hier oder irgendwo unterwegs übernachten, ich muß nur einen Entschluß fassen. Hier. Das ist sicherer.

Er schaltete die Turbinen ab, schaffte die 206 in den Hangar und sperrte die Einstiegstür ab. Jetzt war die Stille betäubend. Er zögerte, dann ging er hinaus und schloß das Hangartor hinter sich. Der Schnee knirschte unter seinen Füßen. Der Wind zerrte an ihm, als er zu Erikkis Häuschen ging. Unterwegs blieb er plötzlich stehen, weil er spürte, daß ihn jemand beobachtete. Er sah sich um, seine Augen und Ohren suchten Wald und Stützpunkt ab, aber nur der Wind fuhr heulend durch die Baumwipfel, und die Äste knarrten.

Er erschauerte, weil er es haßte, in dieser Gegend allein zu sein. Merkwürdig, es ist mir noch nicht aufgefallen, aber ich bin beinahe nie allein. Immer ist jemand in der Nähe, ein Mechaniker, ein Pilot, ein Freund, Genny, Mac oder Claire.

Er ließ den Wald noch immer nicht aus den Augen. Irgendwo in der Ferne begannen Hunde zu bellen. Das Gefühl, daß jemand da war, beherrschte ihn nach wie vor. Er unterdrückte sein Unbehagen mit Gewalt, kehrte zum Hubschrauber zurück und holte die Leuchtpistole. Er trug die schwere, kurze Waffe in der Hand, während er zu Erikkis Unterkunft zurückging, und fühlte sich nun ruhiger. Noch ruhiger fühlte er sich, nachdem er die Tür verriegelt und die Vorhänge zugezogen hatte.

Die Nacht brach schnell herein. In der Dunkelheit gingen die Tiere auf Jagd.

Teheran: 19 Uhr 05. McIver ging müde und hungrig entlang der Bäume des menschenleeren Boulevards. Keine Straßenlampe brannte, und er suchte seinen Weg vorsichtig im Halbdunkel. In der Ferne ertönten Gewehrfeuer und der Ruf *»Allah-u Akbar.«* Er bog um die Ecke und rannte beinahe in den Centurion-Panzer, der halb am Gehsteig parkte. Eine Stablampe blendete ihn kurz. Soldaten traten aus der Deckung.

»Wer sind Sie, Agha?« fragte ein junger Offizier in gutem Englisch. »Was tun Sie hier?«
»Ich bin Captain Duncan McIver. Ich gehe von meinem Büro nach Hause... Meine Wohnung befindet sich auf der anderen Seite des Parks, um die nächste Ecke.«
»Ausweis bitte.«
McIver griff vorsichtig in die Innentasche. Er spürte die beiden kleinen Fotos neben seinem Ausweis, eines vom Schah, das andere von Khomeini, aber er wußte nicht, welches hier angebracht war, und ließ beide stecken. Der Offizier prüfte den Ausweis im Schein der Stablampe. McIvers Augen hatten sich inzwischen an das Licht gewöhnt, und er bemerkte die Müdigkeit im Gesicht des Mannes, seinen Stoppelbart und seine verknautschte Uniform. Die Soldaten beobachteten ihn schweigend. Keiner rauchte, was McIver wunderte.
»Danke.« Der Offizier reichte ihm den Ausweis zurück. Der Schießlärm kam näher. »Es ist besser, wenn Sie sich nach Einbruch der Dunkelheit nicht mehr im Freien aufhalten, Agha. Gute Nacht!«
»Ja, danke. Gute Nacht!« McIver ging weiter und fragte sich, ob dies Loyalisten oder Aufrührer gewesen waren – wenn einige Einheiten meuterten und andere nicht, konnte es verdammt ungemütlich werden. Er bog um die nächste Ecke. Auch diese Straße und der Park waren dunkel und menschenleer.
Der Tag war frustrierend gewesen, das Telefon funktionierte nicht, die Funkverbindung mit Kowiss war schlecht, und die anderen Stützpunkte hatte er nicht erreicht. Sein Büropersonal war wieder nicht erschienen, was ihn noch mehr verärgerte. Er hatte ein paarmal versucht, ein Telex an Gavallan zu schicken, aber keine Verbindung bekommen. »Morgen wird es besser sein«, sagte er laut zu sich selbst und ging schneller, weil ihm die leeren Straßen unheimlich waren.
Ihr Mietshaus war vier Stock hoch, und sie bewohnten das Penthouse. Das Treppenhaus war schlecht beleuchtet, da die elektrische Spannung schwach war, und der Fahrstuhl funktionierte seit Monaten nicht mehr. Er stieg müde die Treppe hinauf, und in dem trüben Licht deprimierte ihn die Kletterpartie noch zusätzlich. Doch in der Wohnung brannten bereits Kerzen und seine Stimmung wurde besser. »Hi, Genny!« rief er, sperrte die Tür ab und hängte seinen Mantel auf den Haken. »Zeit für den Whisky.«
»Ich bin im Eßzimmer, Duncan. Komm einen Augenblick zu mir!«
Er ging durch den Korridor, blieb an der Tür stehen und staunte. Der Eßtisch war mit einem Dutzend iranischer Gerichte und Obstschüsseln beladen, und überall brannten Kerzen. Genny strahlte ihn an, und neben ihr strahlte Scharazad. »Mein Gott, Scharazad, hast du das alles mitgebracht? Es ist schön, dich zu sehen.«
»Auch ich freue mich, dich zu sehen. Ihr werdet beide täglich jünger. Es tut mir leid, wenn ich euch störe«, sprudelte Scharazad fröhlich hervor. »Mir ist eingefallen, daß gestern euer Hochzeitstag war, denn er liegt fünf Tage vor

meinem Geburtstag, und ich weiß, daß ihr Lamm-Khoresch, Polo und alles Übrige mögt, deshalb haben Hassan, Dewa und ich alles hergebracht und Kerzen dazu.« Sie war kaum 1 Meter 58 groß, hatte riesige, schrägstehende Augen, lange Wimpern, rabenschwarzes Haar; kurz: sie war eine jener persischen Schönheiten, wie sie Omar Hayyām unsterblich gemacht hat. Sie stand auf. »Jetzt bist du da, also kann ich gehen.«
»Warte doch noch! Warum bleibst du nicht? Iß mit uns!«
»Ich kann nicht, so gern ich es täte. Vater gibt heute abend eine Party, und ich muß dabei sein. Das hier ist nur eine kleine Aufmerksamkeit. Ich lasse euch Hassan hier, damit er aufträgt und nachher Ordnung macht, und ich hoffe, daß ihr euch freut. Hassan! Dewa!« rief sie, dann umarmte sie Genny und McIver und lief zur Tür, an der inzwischen ihre beiden Diener warteten. Einer hielt ihren Pelzmantel bereit. Sie schlüpfte hinein, hüllte sich in einen dunklen Tschador, warf Genny eine Kußhand zu und eilte mit Dewa davon. Hassan, ein großer, dreißigjähriger Mann mit weißer Jacke und schwarzen Hosen, schloß und versperrte die Tür. »Soll ich das Abendessen servieren, Madam?« fragte er Genny auf Persisch.
»Ja, bitte, in zehn Minuten. Zuerst wird mein Mann einen Whisky trinken.« Hassan ging sofort zur Anrichte, schenkte den Drink ein, brachte Wasser, verbeugte sich und verließ das Zimmer.
»Es ist beinahe wie in der guten alten Zeit, Gen«, meinte McIver.
»Ja. Dabei liegt sie erst ein paar Monate zurück.« Bis dahin hatten sie ein reizendes Dienerehepaar beschäftigt. Die Frau war eine ausgezeichnete Köchin gewesen, sowohl für europäische wie für iranische Speisen, und hatte damit die Nachlässigkeit ihres Mannes wettgemacht, der sich drückte, wo er nur konnte. Beide waren dann wie beinahe alle Hausangestellten der Ausländer plötzlich verschwunden. Ohne Erklärung, ohne Kündigung. »Ob es ihnen gutgeht, Duncan?«
»Ganz bestimmt. Ist Paula abgeflogen?«
»Nein, sie übernachtet wieder bei uns. Nogger schläft nicht hier. Sie sind mit ein paar Leuten von der Alitalia zum Dinner ausgegangen. Nogger ist davon überzeugt, daß sie sich nicht mehr lang sträuben wird, aber ich hoffe, daß er sich irrt. Ich mag Paula.« Sie hörten Hassan in der Küche hantieren. »Das ist ein herrliches Geräusch.«
McIver hob lachend sein Glas. »Gott sei Dank gibt es Scharazad und wir brauchen nicht abzuspülen.«
»Das ist das Schönste daran.« Genny seufzte. »Sie ist so nett und so aufmerksam. Tom hat wirklich Glück. Scharazad meint, er kommt morgen.«
»Hoffentlich, denn er wird Post für uns mitbringen.«
»Hast du Andy erreicht?«
»Nein, noch nicht.« McIver beschloß, den Panzer nicht zu erwähnen. »Glaubst du, daß sie uns Hassan oder einen anderen Diener jede Woche für ein paar Stunden ausleihen könnte? Das wäre doch eine Hilfe für dich.«
»Ich möchte sie nicht darum bitten – du kennst doch die Lage.«
»Du hast recht, es ist wirklich ärgerlich.« Im Augenblick war es Ausländern

beinahe unmöglich, Hauspersonal zu finden, ganz gleich, wieviel sie auch zahlten.

»Diener zu haben war eine Annehmlichkeit, die ich hier sehr schätzte. Es hat viel ausgemacht: Man kam sich in diesem fremden Land nicht so verlassen vor«, sagte Genny.

»Nach all der Zeit empfindest du es immer noch als fremd?«

»Mehr denn je. Ich hatte immer das Gefühl, daß die Freundlichkeit und Höflichkeit der wenigen Iraner, die wir kennengelernt haben, nur Tünche war. Ihre wahren Gefühle kommen wohl erst jetzt zum Vorschein. Das trifft natürlich nicht auf unsere Freunde zu. Annousch zum Beispiel ist einer der nettesten, liebenswertesten Menschen der Welt.« Annousch war die Frau von General Valik, dem Chef ihrer Partnerfirma in Teheran. »Den meisten Frauen ging es wie mir«, fuhr Genny fort. »Vielleicht schließen sich deshalb die Ausländer immer zusammen, spielen miteinander Tennis, gehen gemeinsam Schi fahren, unternehmen Bootsfahrten, verbringen die Wochenenden zusammen am Kaspischen Meer. Wir haben gelebt wie Gott in Frankreich, aber damit ist es vorbei.«

»Es wird wieder so werden. Ich hoffe es nicht nur für uns, sondern auch für die Menschen hier. Auf dem Heimweg ist mir plötzlich klargeworden, was mir am meisten fehlt: das Lachen. Niemand lacht mehr, ich meine auf den Straßen, nicht einmal die Kinder.« McIver nahm einen Schluck von seinem Whisky.

»Ja, auch mir fehlt das Lachen. Mir fehlt auch der Schah. Ich bedaure sehr, daß er abdanken mußte. Soweit es uns betraf, war doch alles in Ordnung. Ich schäme mich beinahe – er hat bestimmt sein Bestes für sein Volk getan.«

»Leider war es offenbar für die meisten nicht gut genug.«

»Ich weiß. Das ist bitter. Aber es hat keinen Sinn, vergangenen Zeiten nachzutrauern. Hungrig?«

»Und ob.«

Im Licht der Kerzen wirkte das Eßzimmer warm und behaglich. Die Vorhänge waren zugezogen und sperrten die Nacht aus. Hassan trug die dampfenden Schüsseln mit verschiedenem Khoresch auf – das Wort bedeutet wörtlich Suppe, aber es handelt sich eigentlich um einen dicken Eintopf aus Lamm oder Huhn mit Gemüse, Rosinen und allen möglichen Gewürzen. Dazu gab es Polo, den köstlichen überbackenen iranischen Reis. Hungrig aßen sie die vorzüglichen Speisen und erinnerten sich an Feste, die sie in den Häusern ihrer Freunde genossen hatten.

»Ich habe beim Lunch zufällig Christian Tollonen getroffen, du weißt doch, Erikkis Freund von der Finnischen Botschaft. Er hat mir erzählt, daß Azadehs Paß bereitliegt. Das ist gut. Aber eine Bemerkung von ihm hat mir zu denken gegeben: Acht von zehn seiner iranischen Freunde oder Bekannten befinden sich nicht mehr im Land, und wenn die Entwicklung so weitergeht, bleiben bald nur noch die Mullahs und ihre Schäfchen übrig. Ich habe dann auch zu zählen begonnen und bin zu dem gleichen Ergebnis gelangt; das gilt für die Schichten, die wir als Mittel- und Oberklasse bezeichnen würden.«

»Ich kann es ihnen nicht verübeln, daß sie abhauen, ich täte es auch. Ich glaube aber nicht, daß Scharazad je den Iran verlassen wird.«
McIver hörte den Unterton heraus und sah sie an. »So?«
Genny überlegte kurz, dann entschloß sie sich zu sprechen. »Sag Tom ja nichts davon, er würde einen Tobsuchtsanfall bekommen. Sie hat mir glückstrahlend erzählt, daß sie beinahe den ganzen Tag in Doschan Tappeh draußen war, wo es zu einem richtigen Aufstand gekommen ist mit Gewehren, Handgranaten...«
»Du meine Güte!«
»Sie steht auf der Seite der ›ruhmreichen Freiheitskämpfer‹, wie sie sie nennt. In Wirklichkeit handelt es sich freilich um meuternde Luftwaffenangehörige, ein paar Offiziere und von Tausenden Zivilisten unterstützte *hezbollahis*, die der Polizei, den loyalistischen Truppen und den Unsterblichen gegenüberstehen.«

8

Flughafen Bandar-e Delam: 19 Uhr 50. Nach Sonnenuntergang trafen immer mehr bewaffnete Revolutionäre ein, und längst waren alle Hangars und die Zufahrtsstraßen zum Flugplatz bewacht. Zataki hatte Rudolf Lutz erklärt, daß niemand den Flugplatz ohne Erlaubnis verlassen dürfe, daß sie so weitermachen sollten wie bisher und daß einer oder mehrere seiner Männer jeden Flug begleiten würden. »Wenn Sie die Befehle befolgen, wird Ihnen nichts geschehen«, hatte Zataki versprochen. »Es handelt sich um eine Übergangsregelung aufgrund des Wechsels von der ungesetzlichen Regierung des Schahs zu der neuen Volksregierung.« Aber die Nervosität, die er und sein undisziplinierter Haufen an den Tag legten, straften seine Selbstsicherheit Lügen. Starke hatte ihnen zugehört, als sie miteinander tuschelten, und erzählte Lutz, daß sie jeden Augenblick den Gegenangriff von loyalistischen Truppen erwarteten. Als er, Rudi und Lutz' Stellvertreter John Tyrer endlich das Radio in Rudis Wohnwagen einschalten konnten, war der Großteil der Nachrichten schon vorbei. Doch das wenige, das sie noch mitbekamen, war beunruhigend genug.

»...die Regierungen von Saudi-Arabien, Kuwait und dem Irak befürchten, daß die Unruhen im Iran das Gleichgewicht am Persischen Golf empfindlich stören werden. Außerdem könnten die Unruhen der Sowjetunion die Möglichkeit bieten, mit Hilfe von ihr abhängigen Staaten einen Einflußbereich am Golf zu errichten, dessen Ziel die Kontrolle über die Straße von Hormus ist... Aus dem Iran wird berichtet, daß es im Laufe der Nacht auf der Teheraner Luftbasis Doschan Tappeh zu schweren Kämpfen zwischen meuternden khomeini-freundlichen Kadetten einerseits, die von Tausenden von bewaffneten Zivilisten unterstützt wurden, und der Polizei, loyalistischen Truppen und den Unsterblichen andererseits gekommen ist. Später schlossen sich den Aufständischen etwa 5000 Anhänger der marxistischen Gruppe Saihkal an, von denen einige in das Arsenal der Basis eingedrungen sind und Waffen an sich gebracht haben...«

»Scheiße!« sagte Starke.

»...Inzwischen hat Ayatollah Khomeini zum wiederholten Male verlangt, daß das gesamte Kabinett zurücktritt, und das Volk aufgefordert, den von ihm vorgeschlagenen Premierminister Bazargan zu unterstützen...«

Lutz schaltete den Apparat ab.

»Wenn Khomeini in Doschan Tappeh die Oberhand behält, dann müssen sich die Streitkräfte entscheiden«, stellte Starke fest. »Staatsstreich, Bürgerkrieg oder Nachgeben.«

»Sie werden nicht nachgeben, das wäre Selbstmord. Warum sollten sie?« warf

Tyrer ein. »Und vergeßt nicht, daß es sich bei der Luftwaffe um Eliteeinheiten handelt. Die Meuterer sind nur ein Haufen unzufriedener örtlicher Hohlköpfe. Wirklich von Bedeutung ist nur die Tatsache, daß die Marxisten sich daran beteiligt haben – und gleich mit 5000 Mann. Und jetzt besitzen sie auch noch Waffen. Es ist Wahnsinn, daß wir noch hier sind.«
»Wir sind jedenfalls aus freien Stücken hier«, stellte Starke klar, »die Firma hat uns schriftlich zugesichert, daß niemand seinen Job verliert, wenn er fortwill. Willst du fort?«
»Noch nicht«, antwortete Tyrer verdrießlich. »Aber was sollen wir tun?«
»Zunächst einmal einen Bogen um Zataki machen«, antwortete Lutz. »Der Kerl ist verrückt.«
»Einverstanden«, meinte Tyrer. »Aber wir müssen einen Plan ausarbeiten.«
Es klopfte, und die Tür wurde aufgestoßen. Mohammed Yemeni, der Manager von IranOil, tauchte auf, ein gutaussehender, glattrasierter Mann Mitte 40, der seit einem Jahr in diesem Gebiet eingesetzt war. Zwei Wächter begleiteten ihn. »Agha Kyabi ist am Empfänger. Er will sofort mit Ihnen sprechen«, erklärte er ungewohnt herrisch. Kyabi war der ranghöchste Gebietsmanager von IranOil und der wichtigste Beamte im Südiran.
Lutz schaltete sofort seinen Hochfrequenzempfänger ein, doch nichts rührte sich. Yemeni meinte höhnisch: »Oberst Zataki hat befohlen, den Strom und Ihr Gerät abzuschalten. Sie werden den Empfänger im Hauptbüro benützen. Ab sofort.«
Sein Ton gefiel keinem. »Ich komme gleich«, antwortete Lutz.
Yemeni runzelte die Stirn und befahl seinen Begleitern auf Persisch: »Macht dem Hund von Ausländer Beine!«
Starke fuhr die Wächter auf Persisch an: »Dies ist das Zelt unseres Gebieters. Im heiligen Koran gibt es sehr genaue Vorschriften darüber, wie man den Stammeshäuptling in seinem Zelt gegen Bewaffnete schützt.« Die beiden blieben verblüfft stehen. Yemeni starrte Starke an, wich aber zurück, als dieser sich zu seiner vollen Größe erhob und fortfuhr: »Der Prophet, Sein Name sei gepriesen, hat festgelegt, wie sich Freunde und auch Feinde zueinander verhalten sollen, und er hat auch gesagt, daß Hunde Ungeziefer sind. Wir sind Menschen des Buchs, kein Ungeziefer.«
Yemeni lief rot an, drehte sich um und ging. Starke wischte sich die schweißnassen Hände an den Hosen ab. »Hören wir uns an, Rudi, was Kyabi will!« Sie folgten Yemeni, und die Wächter gingen mit. Nach der drückenden Enge des kleinen Büros genoß Starke die klare Nachtluft.
»Was hast du ihnen eigentlich erzählt?« fragte Lutz.
Während es ihm Starke erklärte, war dieser mit seinen Gedanken in Kowiss. Er hatte Manuela ungern zurückgelassen, fand aber, daß sie dort sicherer war als in Teheran. »Ich hole dich so bald wie möglich heraus, Liebling«, hatte er ihr versprochen.
»Ich befinde mich hier absolut in Sicherheit, Liebster. Ich habe eine Menge Zeit, die Kinder sind in Texas, und du weißt ja, daß Opa Starke gut auf sie achtgibt.«

»Das stimmt, den Kindern geht es gut. Aber ich möchte, daß du den Iran so rasch wie möglich verläßt.«
In diesem Augenblick fragte Lutz: »Was sind ›Menschen des Buchs‹?«
»Christen und Juden«, antwortete Starke. »Mohammed hat die Bibel und die Thora auch als heilige Bücher bezeichnet und vieles aus ihnen in den Koran übernommen.«
Vor ihnen stand jetzt der Bürowohnwagen, der von zigarettenrauchenden Posten bewacht wurde. Starke war mit sich zufrieden, weil er mit Yemeni fertig geworden war und auch mit dem Mullah Hussain keine Schwierigkeiten gehabt hatte – 15 fehlerlose Landungen. Er hatte jedesmal gewartet, während der Mullah den Arbeitern Vorträge über Khomeini hielt. Weder Soldaten noch Polizisten, noch SAVAK-Leute waren dabei aufgetaucht. Yemeni ist im Vergleich zu Hussain Hühnerdreck, dachte er.
Zataki und die beiden Mullahs warteten im Büro. Jahan, der Funker, saß am Hochfrequenzgerät. Zataki saß an Lutz' Schreibtisch. Das Büro war einmal sehr ordentlich gewesen, jetzt freilich herrschte totale Unordnung. Aktenschränke standen offen, überall lagen Papiere herum, auf den Tischen standen schmutzige Tassen, in manchen lagen Zigarettenstummel, auch der Fußboden war mit Zigarettenkippen übersät, und auf dem Schreibtisch stand ein Teller mit Speiseresten: Reis und Ziegenfleisch. Die Luft stank nach kaltem Zigarettenrauch.
»Mein Gott!« fluchte Rudi wütend. »Ist das hier vielleicht ein Saustall, und...«
»Halten Sie den Mund!« explodierte Zataki. »Wir befinden uns im Kriegszustand und müssen alles durchsuchen«, fügte er ruhiger hinzu. »Sie können einen von Ihren Leuten zum Saubermachen schicken. Kyabi werden Sie nichts von unserer Anwesenheit sagen. Sie werden ganz normal mit ihm sprechen, mich dabei ansehen und meinen Anweisungen folgen. Haben Sie verstanden, Captain?«
Lutz nickte ernst. Auf ein Zeichen Zatakis hin meldete der Funker: »Exzellenz, hier ist Captain Lutz.«
Dieser übernahm das Mikrophon. »Ja, Boß?« fragte er, wobei er ihn mit seinem Spitznamen anredete. Er und Starke kannten Yusuf Kyabi seit Jahren und vertrugen sich gut mit ihm.
»Abend, Lutz«, meldete sich Kyabi. »Wir haben in einer unserer Haupt-Pipelines irgendwo nördlich von Ihnen ein Leck. Ein großes – wir haben es gerade erst bemerkt. Wer weiß, wie viele Barrels schon ausgeflossen sind oder wieviel sich noch im Rohr befindet. Ich verlange keine CASEVAC, aber ich brauche bei Tagesanbruch einen Heli, um das Leck zu suchen. Können Sie mich zeitig abholen?«
Zataki nickte, und so antwortete Lutz: »Okay, Boß. Wir werden so zeitig wie möglich kommen. Wollen Sie eine 206 oder eine 212?«
»Eine 206, ich und mein Chefingenieur sind die einzigen Passagiere. Kommen Sie bitte selbst. Es könnte sich um einen Sabotageakt handeln, vielleicht ist es aber auch nur ein Riß. Habt ihr in Bandar-e Delam Probleme?«

Lutz und Starke war genau bewußt, wie viele Gewehre sich im Raum befanden. »Nein, nicht mehr als gewöhnlich. Auf Wiedersehen bis morgen!« Lutz wollte Schluß machen, weil Kyabi für gewöhnlich kein Blatt vor den Mund nahm. Er war gegen Revolten und gegen Khomeinis Fanatismus, und er haßte es, wenn die Ölanlagen in Mitleidenschaft gezogen wurden.
»Warten Sie einen Augenblick, Lutz. Angeblich ist es in Abadan wieder zu Unruhen gekommen, und wir haben gehört, daß in Ahwas geschossen wurde. Wissen Sie, daß gestern in der Nähe von Ahwas ein amerikanischer Ölprospektor und ein Iraner in einen Hinterhalt geraten sind und getötet wurden?«
»Ja, Tommy Stanson. Scheußlich.«
»Und ob. Allah möge alle Mörder strafen – Tudeh, Mudjaheddin, Fedajin, alle.«
»Tut mir leid, Boß. Ich muß Schluß machen. Wir sehen uns morgen.«
»Ja, gut, wir unterhalten uns morgen. *Inscha'Allah*, Lutz.«
Die Verbindung wurde unterbrochen. Lutz atmete erleichtert auf. Kyabi hatte nichts gesagt, was ihm schaden konnte. Es sei denn, daß diese Männer insgeheim Tudeh waren und keine Anhänger von Khomeini, wie sie behaupteten. »Alle unsere Extremisten benützen Mullahs als Deckung oder versuchen es wenigstens«, hatte ihm Kyabi erzählt.
»Einer meiner Männer wird mit Ihnen fliegen, und Sie werden sein Magazin nicht in Verwahrung nehmen wie Captain Starke«, sagte Zataki.
Lutz schob das Kinn vor, und die Spannung im Raum stieg. »Auch ich fliege keine Bewaffneten. Es verstößt gegen die Vorschriften meiner Firma, gegen die allgemeinen Flugvorschriften und vor allem gegen die Befehle der iranischen Zivilluftfahrtbehörde. Wenn wir deren Vorschriften nicht befolgen, sind wir unsere Lizenz los.«
»Muß ich erst einen Ihrer Männer erschießen, damit Sie gehorchen?« Wütend fegte Zataki eine Tasse vom Schreibtisch.
Da trat Starke empört vor. Zataki richtete das Gewehr auf ihn. »Sind Khomeinis Anhänger Mörder?« fragte der Captain. »Ist das das Gesetz des Islams?«
Einen Augenblick lang dachte Starke, daß Zataki den Abzug drücken würde, aber Mullah Hussain stand auf. »Ich fliege mit ihm.« Dann sagte er zu Lutz: »Schwören Sie, daß Sie keine Tricks versuchen und auch hierher zurückkehren werden?«
Nach einer Pause sagte Lutz: »Ja.«
»Sie sind Christ?«
»Ja.«
»Schwören Sie bei Ihrem Gott, daß Sie uns nicht hintergehen werden!«
Wieder überlegte Lutz kurz. »Also gut. Ich schwöre bei Gott, daß ich Sie nicht hintergehen werde.«
»Wie können Sie einem Christen vertrauen?« fragte Zataki.
»Ich vertraue ihm nicht«, antwortete Hussain einfach. »Aber wenn er uns betrügt, wird sein Gott ihn bestrafen. Ihn und seine Gefährten. Wenn wir

nicht zurückkommen oder wenn er uns Schwierigkeiten bereitet...« Er zuckte mit den Achseln.

Aberdeen – Gavallans Villa: 19 Uhr 23. Sie saßen im Fernsehraum und sahen auf einem großen Schirm eine Wiederholung des Rugby-Matches Schottland gegen Frankreich: Andrew Gavallan, seine Frau Maureen, John Hogg, der normalerweise den Jet 125 der Gesellschaft flog, und noch einige Piloten. Es war die zweite Spielhälfte, und es stand 17:11 für die Franzosen. In dem Augenblick, als Schottland auf 17:15 aufholte, ging die Tür auf, und ein Diener kam herein. Gavallan stand sofort auf, sah noch einen Augenblick dem Spiel zu und hastete dann davon. Er überquerte den Korridor des erlesen eingerichteten, weitläufigen, alten Hauses – Ledermöbel, gute Bilder, schöne Antiquitäten, viele davon aus Asien – und betrat sein gegenüberliegendes Arbeitszimmer. Dort hielt ihm sein Chauffeur, der auch sein Leibwächter und Vertrauter war und seit drei Stunden versuchte, McIver in Teheran zu erreichen, den Telefonhörer entgegen. »Es tut mir leid, daß ich Sie stören muß, Sir, aber...«
»Haben Sie ihn erreicht, Williams? Großartig.«
»Nein, Sir, es tut mir leid. Die Leitung ist noch immer besetzt. Aber Sir Ian Dunross ist am Apparat, und ich habe angenommen, daß es ebenfalls wichtig ist.«
Gavallans Enttäuschung verflog. Er griff nach dem Hörer. Williams verließ das Zimmer und schloß die Tür hinter sich. »Wie wunderbar, von dir zu hören, Ian – das ist eine Überraschung.«
»Verstehst du mich, Andy? Ich rufe von Schanghai aus an.«
»Ich dachte, du bist in Japan. Ich höre dich sehr gut. Wie geht es?«
»Großartig, besser als erwartet. Hör zu, ich muß es kurz machen, aber ich habe erfahren, daß der Tai-Pan einen finanziellen Erfolg braucht, um Struan's in diesem Jahr aus den roten Zahlen herauszuhalten. Wie steht es im Iran?«
»Alle behaupten, daß es sich wieder beruhigen wird, Ian. Mac hat alles soweit wie möglich unter Kontrolle; man hat uns die Guerney-Verträge versprochen, also müßten wir uns behaupten können. Vielleicht schaffen wir es sogar, unseren Gewinn zu verdoppeln, vorausgesetzt, daß kein Fall höherer Gewalt eintritt.«
»Vielleicht solltest du eine solche Möglichkeit einkalkulieren.«
Gavallans gute Laune war wie weggeblasen. Sein alter Freund hatte ihm immer wieder unter vier Augen eine Warnung oder eine Information zukommen lassen, die sich nachher als verblüffend zutreffend erwiesen hatte. »Das werde ich ab sofort tun.«
»Außerdem habe ich soeben gehört, daß bei Imperial Airways sowohl finanziell wie im höchsten Management eine Neuordnung eingeleitet wurde. Stört dich das?«
Gavallan zögerte. Imperial Helicopter, sein Hauptkonkurrent in der Nordsee, gehörte zu Imperial Airways. »Ich weiß nicht, Ian. Meiner Meinung nach werfen sie das Geld der Steuerzahler zum Fenster hinaus; eine Reorganisation

täte ihnen bestimmt gut – wir schlagen sie auf jedem Gebiet: Sicherheit, Wartung, Ausrüstung... Übrigens, ich habe sechs X63 bestellt.«
»Weiß es der Tai-Pan?«
»Die Neuigkeit hat beinahe seinen Schließmuskel außer Gefecht gesetzt.« Gavallan hörte Ian lachen und war einen Augenblick lang wieder im Hongkong jener Zeit, als Dunross Tai-Pan und das Leben hart, aber ungeheuer aufregend gewesen war. »Alles, was mit Imperial zusammenhängt«, fuhr er fort, »ist wichtig – ich werde der Sache sofort nachgehen. Im übrigen gibt es noch eine gute Nachricht: neue Verträge mit ExTex. Ich wollte sie bei der nächsten Vorstandssitzung bekanntgeben. Struan's befindet sich doch nicht in Gefahr?«
Ian lachte wieder. »Noble House befindet sich immer in Gefahr, alter Junge! Ich wollte dich nur darauf aufmerksam machen. Jetzt muß ich Schluß machen. Grüße Maureen von mir!«
»Und du Penelope. Wann sehe ich dich wieder?«
»Bald. Ich werde anrufen, wenn es irgendwie geht. Wiedersehen!«
Gavallan setzte sich, in Gedanken versunken, auf die Kante seines Schreibtisches. Sein Freund sagte immer »bald«, und das konnte einen Monat oder ein Jahr, sogar zwei Jahre bedeuten. Es ist über zwei Jahre her, daß ich ihn zum letztenmal gesehen habe, dachte er. Ein Jammer, daß er nicht mehr Tai-Pan ist.
Imperial Airways? Gavallan blickte auf die Uhr und griff nach dem Telefon, wartete jedoch, als er ein leises Klopfen hörte. Maureen steckte den Kopf herein und strahlte, als sie sah, daß er nicht telefonierte. »Wir haben 21:17 gewonnen. Bist du beschäftigt?«
»Nein, komm nur herein, Liebling.«
»Ich kann nicht, ich muß mich um das Abendessen kümmern. In 10 Minuten?«
Er schloß sie lachend in die Arme. »Du bist großartig, Mrs. Gavallan!«
Sie schmiegte sich an ihn. »Ist bei Mac alles in Ordnung?«
»Es war Ian – er wollte nur hallo sagen, aus Schanghai.«
»Er ist ein Schatz. Wann sehen wir ihn einmal?«
»Bald.«
Sie lachten beide. Andrew hatte Maureen vor 7 Jahren kennengelernt. Sie war 28 gewesen, frisch geschieden, kinderlos. Ihr Lächeln hatte allen seinen Kummer verscheucht, und sein Sohn Scot hatte gemeint: »Wenn du diese Frau nicht zum Altar schleppst, Daddy, ist dir nicht zu helfen.« Seine Tochter Melinda war der gleichen Meinung gewesen, und so war es vor 3 Jahren soweit gewesen, und seither hatte er nur glückliche Tage erlebt.
»In 10 Minuten, Andy. Versprichst du es?«
»Ja, ich muß nur noch einen Anruf erledigen.« Als sie die Stirn runzelte, fügte er rasch hinzu: »Ich verspreche es. Nur einen einzigen, dann kann Williams wieder die Gespräche entgegennehmen.«
Sie küßte ihn rasch und ging. Er wählte eine Nummer. »Guten Abend, ist Sir Percy anwesend? Hier spricht Andrew Gavallan.« Sir Percy Smedley-Taylor

war Direktor von Struan's Holding, Parlamentsmitglied und voraussichtlicher Verteidigungsminister, falls die Konservativen die nächste Wahl gewannen.

»Hallo Andy, es ist schön, daß du dich meldest! Wenn es um die Jagd am nächsten Sonntag geht, ich bin dabei. Entschuldige, daß ich dich nicht angerufen habe, aber diese sogenannte Regierung, die unser Land zugrunde richtet, dazu die verdammten Gewerkschaften, die haben mir arg zu schaffen gemacht.«

»Das kann ich verstehen. Störe ich dich?«

»Nein, du hast mich gerade noch erreicht. Ich muß wieder einmal zu einer Nachtabstimmung ins Parlament. Unter anderem wollen diese Schwachköpfe, daß wir aus der NATO austreten. Wie hat sich die X63 bewährt?«

»Wunderbar. Besser als erwartet. Der beste Hubschrauber der Welt.«

»Ich würde gern einmal mit ihr fliegen, wenn es sich einrichten läßt. Was kann ich für dich tun?«

»Ich habe gehört, daß Imperial Airways auf höchster Ebene reorganisiert werden soll. Weißt du etwas darüber?«

»Mein Gott, alter Freund, du hast verdammt gute Kontakte. Ich habe es selbst erst heute nachmittag erfahren. Verdammt komisch. Ich habe mich nicht weiter darum gekümmert – was sie wohl vorhaben? Weißt du etwas Genaueres?«

»Nein. Ich kenne nur das Gerücht.«

»Ich werde mich umhören. Ich frage mich... vielleicht wollen diese Idioten Imperial formell verstaatlichen, damit auch Imperial Helicopters, was auch dich tangieren würde und den ganzen Nordseebereich.«

»Mein Gott.« Gavallans Besorgnis nahm zu. Auf den Gedanken war er noch nicht gekommen. »Könnten sie so etwas tun, wenn sie wollen?«

»Ja, das geht ganz einfach.«

Sonntag
11. Februar 1979

9

In der Nähe von Bandar-e Delam: 6 Uhr 55. Es war gerade hell geworden. Lutz war in einiger Entfernung von der Rohrleitung gelandet, und jetzt standen die vier am Rand des Grabens. Die Morgensonne tat gut. Aus der Pipeline strömte noch immer Öl, aber es stand nicht mehr unter Druck. »Es kommt nur noch Restöl, das in der Leitung ist«, meinte Kyabi. »In einer Stunde müßte es versiegen.« Der fünfzigjährige, glattrasierte Gebietsmanager trug eine Brille, abgenützte Khakikleidung und einen Schutzhelm. Er sah sich zornig um. Die Erde war ölgetränkt, und der Öldunst kaum zu ertragen. »Das ganze Gebiet ist verseucht.« Er ging zu dem umgestürzten Wagen. Drei Leichen lagen in dem Wrack oder in seiner Nähe, und man roch sie bereits.

»Dilettanten?« fragte Lutz und scheuchte die Fliegen weg. »Zu früh explodiert?«

Kyabi antwortete nicht, sondern stieg in den Graben. Das Atmen fiel ihm schwer, aber er suchte sorgfältig nach Indizien. Dann kletterte er wieder auf die Straße. »Sie dürften recht haben, Lutz.« Er sah Hussain an. »Ihre Leute?«

Der Mullah wandte den Blick vom Wagen ab. »Der Imam hat keinen Befehl erteilt, Pipelines zu sabotieren. Das ist das Werk der Feinde des Islam.«

»Es gibt viele Feinde des Islam, die behaupten, Anhänger des Propheten zu sein, aber Seine Worte verdrehen und ihn und den Islam verraten«, stellte Kyabi bitter fest.

»Ich bin Ihrer Meinung, und Allah wird sie bestrafen. Sobald der Iran nach den Gesetzen des Islam regiert wird, werden wir sie ausfindig machen und in Seinem Namen bestrafen.« Hussains düsterer Blick wurde genauso hart wie der Kyabis. »Was können Sie gegen die Verschmutzung unternehmen?«

Sie hatten zwei Stunden gebraucht, um das Leck zu finden. Sie waren in 100 Meter Höhe gekreist und über das Ausmaß der Verschmutzung entsetzt gewesen. Das Öl hatte den kleinen Fluß und seine Auen überflutet, und die Strömung hatte es bereits einige Kilometer flußabwärts getragen. Dicker, schwarzer Schaum bedeckte die Oberfläche von einem Ufer zum anderen. Bis jetzt hatte der Ölschaum erst ein Dorf erreicht. Ein paar Kilometer weiter südlich befanden sich jedoch viele Dörfer. Der Fluß lieferte Wasser zum Trinken und zum Waschen, nahm aber auch die Abwässer auf.

»Abbrennen. So schnell wie möglich.« Kyabi sah seinen Chefingenieur an. »Richtig?«

»Ja, ja, natürlich. Aber was wird aus dem Dorf, Exzellenz?« Der Ingenieur war ein nervöser Iraner mittleren Alters, der den Mullah besorgt beobachtete.

»Wir evakuieren die Dorfbewohner – befehlen ihnen, das Dorf zu verlassen, bis alles vorbei ist.«

»Und wenn die Gebäude Feuer fangen?« wollte Lutz wissen.
»Dann fangen sie eben Feuer. Allahs Wille.«
»Ja«, stimmte Hussain zu. »Wie wollen Sie es abbrennen?«
»Ein Streichholz würde genügen. Dabei würden wir allerdings mitverbrennen.« Kyabi überlegte kurz. »Haben Sie Ihre Verey-Pistole an Bord, Lutz?«
»Ja.« Lutz hatte darauf bestanden, die Pistole mitzunehmen, und behauptet, daß sie ein unerläßlicher Ausrüstungsgegenstand für Notfälle sei. Starke hatte ihn unterstützt, obwohl er wußte, daß die Pistole durchaus nicht unerläßlich war. »Mit vier Leuchtkugeln. Wollen Sie...«
Alle blickten beim Geheul der heranrasenden Düsenjäger auf. Zwei Flugzeuge fegten niedrig und sehr schnell in Richtung auf den Golf über sie hinweg. Lutz schätzte, daß sie nach Kharg flogen. Es waren Kampfflugzeuge, und er hatte die Luft-Boden-Raketen in den Halterungen bemerkt. Sind die Raketen für die Insel Kharg bestimmt? fragte er sich. Hat die Revolution auch dort zugeschlagen? Oder handelt es sich nur um einen Übungsflug?
»Was glauben Sie, Lutz? Kharg?« fragte Kyabi.
»Kharg liegt genau in dieser Richtung«, bestätigte Lutz. »Vermutlich handelt es sich um einen Routineflug. Wollen Sie die Leuchtkugeln benutzen, um das Öl anzuzünden?«
Kyabi hörte ihn kaum. Seine Kleidung war schweißnaß, seine Stiefel schwarz vor Öl. Er dachte an die Revolte der Luftwaffe in Doschan Tappeh. Wenn diese beiden Piloten ebenfalls Rebellen sind und die Anlagen zerstören, wird der Iran entwicklungsmäßig um 20 Jahre zurückgeworfen, dachte er.
Als Lutz Kyabi zeitig am Morgen abgeholt hatte, war dieser über die Begleitung des Mullahs erstaunt gewesen und hatte eine Erklärung verlangt. Da verlangte der Mullah von Kyabi zornig, die Anlage stillzulegen und sich sofort für Khomeini zu erklären, worauf dieser beinahe sprachlos war. »Das ist die Revolution. Das bedeutet den Bürgerkrieg.«
»Es ist Allahs Wille«, hatte Hussain geantwortet. »Sie sind Iraner, keine Kreaturen der Fremden. Allahs Wirbelsturm hat die Konfrontation mit den Streitkräften befohlen, um sie zu unterwerfen. Mit Allahs Hilfe ersteht in wenigen Tagen die erste wahre islamische Republik auf Erden seit der Zeit des Propheten, Allahs Segen sei mit ihm.«
Kyabi hätte am liebsten wiederholt, was er oft privat geäußert hatte: Das ist der Traum eines Wahnsinnigen. Euer Khomeini ist ein böser, seniler, alter Mann; er ist nur ein engstirniger Fanatiker, der uns, das Volk und vor allem die Frauen zurück ins Mittelalter versetzen will... Doch er hatte geschwiegen.
Nun beschäftigte er sich wieder mit dem Problem des Dorfes: Wenn die Gebäude Feuer fangen, können die Bewohner sie ohne Schwierigkeit wieder aufbauen. Wichtig ist nur ihre persönliche Habe. Er überwand seinen Haß: »Sie können uns unterstützen, Mullah, wenn Sie wollen. Ich wäre Ihnen für Ihre Hilfe dankbar. Sie könnten mit den Leuten sprechen.«
Die Dorfbewohner weigerten sich jedoch, das Dorf zu verlassen. Hussain erklärte ihnen zum drittenmal, daß das Feuer die einzige Möglichkeit sei, ihr Wasser und die anderen Dörfer zu retten. Dann sprach auch Kyabi zu ihnen,

aber sie wollten nicht fortziehen. Inzwischen war es Zeit für das Mittagsgebet geworden. Der Mullah betete vor und befahl ihnen dann noch einmal, das Flußufer zu verlassen. Die Ältesten berieten sich und erklärten: »Es ist Allahs Wille. Wir bleiben.«

»Es ist Allahs Wille.« Hussain resignierte, drehte und ging zum Helikopter. Wieder landeten sie in der Nähe des Grabens. Jetzt tröpfelte das Öl nur noch aus der Leitung. »Gehen Sie so weit wie möglich gegen den Wind flußaufwärts, Lutz«, befahl Kyabi, »und schießen Sie eine Leuchtkugel in den Graben. Und dann eine genau in die Flußmitte. Können Sie das?«

»Ich werde es jedenfalls versuchen. Ich habe noch nie eine Leuchtpistole abgefeuert.« Lutz stapfte in das mit Büschen bestandene Ödland hinaus. Die anderen kehrten zum Hubschrauber zurück, den er in sicherer Entfernung abgestellt hatte. Als er genügend weit entfernt war, legte er die große Patrone ein, zielte und drückte auf den Abzug. Der Rückstoß war stärker, als er erwartet hatte. Die brennende Phosphorleuchtkugel flog flach über den Boden, prallte ab, stieg kurz in die Höhe und fiel dann in den Graben. Einen Augenblick lang rührte sich nichts, dann explodierte die Erde. Flammen schossen in den Himmel und verwandelten das umgestürzte Auto in einen Scheiterhaufen. Beißender Rauch wogte zum Himmel. Das Feuer breitete sich aus und raste zum Fluß.

Die zweite rote Leuchtkugel stieg hoch empor und fiel dann in den Fluß, dessen Oberfläche sofort Feuer fing. Sie hörten es mehr, als sie es sahen, doch nachdem sie wieder in der Luft waren und den Fluß gegen den Wind entlangflogen, konnten sie sehen, wie sich das Feuer rasch flußabwärts ausbreitete. Dicke, schwarze Rauchwolken zeichneten seinen Weg. Der Hubschrauber kreiste in der Nähe des Dorfes. Männer, Frauen und Kinder flohen mit den Habseligkeiten, die sie tragen konnten. Während die vier im Flugzeug zusahen, ging das Dorf in Flammen auf.

Sie flogen nach Hause. Nach Hause bedeutete für Kyabi zur Gebietszentrale von IranOil außerhalb von Ahwas, einem übersichtlichen Komplex aus weißgestrichenen Betongebäuden, gepflegten Rasenflächen und einem von einem hohen Zaun umgebenen Hubschrauberlandeplatz.

»Danke, Lutz«, sagte Kyabi, doch da befiel ihn würgende Angst, weil der Helikopter, während sie landeten, von Männern umstellt wurde, die aus ihrem Versteck gestürmt waren und brüllend die Gewehre auf sie richteten. Hinter Kyabi spielte Mullah Hussain mit seinen Gebetsperlen.

Kyabi öffnete den Sicherheitsgurt. Allahs Wille, dachte er. Ich habe getan, was ich konnte, gebetet, wie es sich gehört, und ich weiß, daß es keinen Gott außer Gott gibt und daß Mohammed sein Prophet ist. Wenn ich sterbe, werde ich die Feinde Gottes verfluchen. Vor allem den falschen Propheten und Mörder Khomeini und alle seine Anhänger.

Er drehte sich um. Sein Chefingenieur saß mit aschgrauem Gesicht steif neben Hussain. »Allahs Rache wird dich treffen, Mullah!« Kyabi stieg aus.

Sie erschossen Kyabi und schleppten den Ingenieur fort. Und weil der Mullah es verlangte, erlaubten sie dem Hubschrauber weiterzufliegen.

10

Luftwaffenbasis Kowiss: 17 Uhr 05. Manuela hastete über das S-G-Gelände zu dem ebenerdigen Verwaltungsgebäude, dessen Aufbau als Tower fungierte. Sie trug eine Fliegerkombination mit dem S-G-Abzeichen auf dem Rücken, und ihr dunkles Haar steckte unter einer Schirmmütze.

Im ersten Büro saßen drei Angehörige des iranischen Stabs. Sie erhoben sich höflich und beobachteten sie lächelnd.

»Guten Tag, Exzellenz Pavoud«, grüßte sie auf Persisch. »Captain Ayre wollte mich sprechen?«

»Ja, Madam Lady. Seine Exzellenz befindet sich im Tower«, antwortete der Bürovorstand. »Darf ich Sie begleiten?« Sie lehnte dankend ab, und als sie verschwunden war, meinte Pavoud verächtlich: »Ein Skandal, wie sie sich zur Schau stellt. Sie ist nur darauf aus, uns zu reizen.«

»Schlimmer als eine Prostituierte aus dem alten Viertel, Exzellenz«, pflichtete ihm ein anderer genauso angewidert bei. »Bei Allah, von allen Ungläubigen sind die Amerikaner die schlimmsten, und ihre Frauen sind noch um einiges ärger. Diese Frau bettelt geradezu darum, Schwierigkeiten zu bekommen...«

»Sie bettelt um einen ordentlichen iranischen Schwanz.« Der dritte, ein schmächtiger Mann, grinste und kratzte sich zwischen den Beinen.

»Sie sollte einen Tschador tragen und sich züchtig bedecken«, erklärte Pavoud. »Wir sind Männer, wir haben Kinder gezeugt. Hält sie uns für Eunuchen?«

»Sie sollte ausgepeitscht werden, weil sie uns reizt.«

Pavoud bohrte genüßlich in der Nase. »Das wird mit Allahs Hilfe bald geschehen – öffentlich. Jeder wird den islamischen Gesetzen und deren Strafen unterworfen.«

»Ist es wahr, daß Amerikanerinnen keine Schamhaare haben?«

»Nein. Sie rasieren sie sich nur ab.«

»Schamhaare oder nicht, Exzellenz Bürovorstand, ich möchte ihn ihr reinstekken, bis sie schreit – vor Vergnügen«, erklärte der Schmächtige, und alle lachten.

»Ihr Mann hat es ihr jede Nacht besorgt, seit sie hier ist.« Die Augen des Bürovorstandes glitzerten. »Ich habe sie nachts stöhnen gehört.« Er zündete sich eine Zigarette am Stummel der letzten an, stand auf und trat ans Fenster. Er schaute zum Himmel hinauf, bis der sich nähernde Hubschrauber zur Landung ansetzte. Tod allen Fremden! dachte er. Dann fügte er nur für sich hinzu: Und Khomeini und seinen Schmarotzern! Lang lebe die Tudeh und die Revolution der Massen.

Der towerähnliche Aufbau war klein, rundum verglast und gut ausgestattet.

Freddy Ayre, bei Starkes Abwesenheit ranghöchster Pilot, erwartete Manuela.

»HXB landet soeben«, begrüßte er sie.

»Wunderbar«, antwortete sie fröhlich. Sie hatten den ganzen Tag erfolglos versucht, Verbindung mit Starke aufzunehmen. »Mach dir keine Sorgen«, hatte Ayre sie beruhigt, »der Sender dort setzt oft aus, genau wie der unsere.« Am vorhergehenden Abend hatten sie zum letztenmal von Starke gehört; er hatte ihnen kurz gemeldet, daß er in Bandar-e Delam übernachten und sich heute mit ihnen in Verbindung setzen würde.

»Es tut mir leid, Manuela, aber Duke befindet sich nicht an Bord. Marc Dubois fliegt die Maschine.«

»Hat es einen Unfall gegeben?« Für Manuela stürzte eine Welt zusammen. »Ist er verletzt?«

»Nein, keineswegs. Als Marc sich vor ein paar Minuten meldete, hat er gesagt, daß Duke in Bandar-e Delam geblieben ist und er den Auftrag erhalten hat, den Mullah und sein Team zurückzufliegen.«

»Ist das alles? Bist du sicher?«

»Ja. Da kommt er.«

Die HXB schwebte herein und landete genau im Zentrum von Landeplatz 1.

»HXB wird abgeschaltet«, meldete Marc Dubois über Funk.

»Roger, HXB«, antwortete der Funker Massil Tugul, ein Palästinenser, der seit langem für S-G arbeitete.

Einen Augenblick lang blieb es still, dann hörten sie aus dem Hochfrequenzempfänger eine Stimme, die von der 206 kam und scharf etwas auf Persisch sagte. Sie sprach eine halbe Minute und verstummte dann.

»Inscha'Allah«, murmelte Massil.

»Wer zum Teufel war das?« fragte Ayre.

»Der Mullah Hussain, Agha.«

»Was wollte er?« fragte Ayre, der vergaß, daß Manuela Persisch verstand. Massil zögerte. Manuela antwortete an seiner Stelle mit blassem Gesicht: »Der Mullah hat gesagt: ›Im Namen Allahs und im Namen von Allahs Wirbelsturm, schlagt zu!‹ Er hat es ständig wiederholt...« Sie verstummte.

Von der gegenüberliegenden Seite des Flugplatzes hörten sie gedämpft Schüsse. Sofort griff Ayre nach dem Mikrophon: *»Marc, à la tour, vite, immédiatement!«* befahl er, dann blickte er zu der einige hundert Meter entfernten Basis hinüber. Dort kamen Männer aus den Baracken gelaufen; einige von ihnen trugen Gewehre. Ein paar stürzten. Ayre öffnete das Fenster, um besser zu hören. Das ferne *Allah-u Akbar*-Geschrei vermischte sich mit dem Krachen der Gewehrschüsse.

»Was geht am Haupttor vor?« fragte Manuela. Massil stand verängstigt neben ihr.

Ayre griff nach dem Feldstecher. »Großer Gott, Soldaten schießen auf die Basis und... Lastwagen durchbrechen das Tor... ein halbes Dutzend... *hezbollahis*, Mullahs und Soldaten springen heraus...«

Aus dem Empfänger ertönte eine Stimme, die aufgeregt einige Sätze auf

Persisch rief und plötzlich abgeschaltet wurde. Wieder übersetzte Manuela: »›Im Namen Allahs, tötet alle Beamten, die gegen Imam Khomeini sind und besetzt...‹ Das ist die Revolution!«
Unten stürzten Mullah Hussain und seine beiden Begleiter mit schußbereiten Gewehren aus der 206. Der Mullah bedeutete Dubois, ebenfalls auszusteigen, aber der Pilot schüttelte nur den Kopf, zeigte auf die wirbelnden Rotorblätter und fuhr fort, seine Instrumente abzuschalten. Hussain zögerte.
Auf dem gesamten S-G-Flugfeld hatte jegliche Aktivität aufgehört. Die Menschen beugten sich aus den Fenstern oder standen in schweigenden Gruppen auf dem Asphalt und blickten über das Flugfeld. Das Gewehrfeuer nahm an Heftigkeit zu. In der Nähe waren der Jeep und der Tankwagen, die die 206 warten sollten, mit kreischenden Bremsen stehengeblieben, als die ersten Schüsse fielen. Hussain winkte den Fahrer des Jeeps heran, ließ einen Begleiter beim Hubschrauber zurück und ging auf den Jeep zu. Der Fahrer sah ihn kommen, sprang hinaus und gab Fersengeld. Der Mullah rief ihm ein Schimpfwort nach, stieg mit dem anderen *hezbollahi* ein, startete den Motor und fuhr über die Einfassungsstraße zu den Unterkunftsbaracken.
Dubois nahm drei Stufen auf einmal. Er war 36, groß, hager, hatte dunkle Haare und ein jugendliches Lächeln. Er schüttelte Ayre die Hand. »Madonna, was für ein Tag, Freddy!« Dann küßte er Manuela auf beide Wangen. »Duke geht es großartig, *chérie*. Er hat mit dem Mullah gestritten, der ihm erklärt hat, daß er nicht mehr mit ihm fliegen will. Bandar-e Delam ist nicht...« Er verstummte, weil er Massil mißtraute. »Ich könnte einen Drink vertragen. Gehen wir in die Messe!«
Sie gingen nicht zur Messe. Marc führte sie auf den Flugplatz in den Windschatten eines Gebäudes, von wo aus sie die Vorgänge ungefährdet beobachten konnten und wo niemand sie hören konnte. »Wir wissen nicht, auf wessen Seite Massil steht, und das gilt für den gesamten Stab – vorausgesetzt, die armen Hunde wissen es selbst.«
»Was ist geschehen, Marc?«
Er berichtete es ihnen und verharmloste dabei die Vorgänge bei der Besetzung von Bandar-e Delam durch Zataki. »Heute morgen ist Rudi mit dem Mullah und Kyabi zu einer zerstörten Pipeline geflogen und hat den Ölfleck in Brand gesetzt. Reine Routine. Als Rudi dann zurückkam, fing der Mullah wieder mit seinen Sprüchen vom ›großen amerikanischen Teufel‹ an, und Duke antwortete ihm ebenso laut auf Persisch. Die Auseinandersetzung fand vor der gesamten Basis und etwa 40 Revolutionären statt. Keiner wollte nachgeben, deshalb griff Rudi ein, gab vor, der ranghöchste Beamte zu sein und ›befahl‹ Duke, auf der Basis zu bleiben, und mir, mit den Idioten weiterzufliegen. Das ist alles.«
Auf der anderen Seite des Feldes ertönte ein lauter Explosionsknall. Einer der Schuppen begann zu brennen. Rauch stieg auf. »*Mon Dieu*, ist das das Treibstofflager?«
»Nein, aber es ist in der Nähe.« Ayre war verunsichert. Eine weitere Explosion beunruhigte ihn, dann mischte sich die schwere, tiefe Detonation eines Panzerabwehrgeschützes in das sporadische Gewehrfeuer.

Der Jeep mit dem Mullah war hinter den Baracken verschwunden. In der Nähe des Haupttores standen die Armeelastwagen kreuz und quer; die Soldaten und die *hezbollahis* verschwanden in den Hangars und Baracken. Ein paar Leichen lagen im Staub. Panzersoldaten, die das Hauptquartier mit den Büros des Standortkommandanten Peschadi bewachten, kauerten schußbereit in der Nähe der Tür. Andere standen an den Fenstern des ersten Stocks. Als ein halbes Dutzend Soldaten und Flieger über den Platz rannten und mit lautem Geschrei angriffen, gab einer der Männer einen Feuerstoß ab, und alle blieben tot, sterbend oder schwerverletzt liegen.
Manuela stöhnte auf, und die Männer zogen sie hinter das Gebäude. »Es geht schon«, wehrte sie ab. »Wann kommt Duke zurück, Marc?«
»Rudi oder Duke werden heute abend garantiert anrufen. *Pas de problème. Le Grand Duke* befindet sich bei bester Gesundheit. *Mon Dieu*, jetzt brauche ich aber einen Drink!«
Sie warteten, bis das Feuer nachließ. »Kommt«, sagte Ayre, »in den Bungalows sind wir sicherer.«
Sie eilten über das Feld zu Starkes Bungalow. Manuela ließ sie im Zimmer Platz nehmen und holte die Drinks.
»Was ist wirklich geschehen?« fragte Ayre leise.
Der Franzose erzählte ihm rasch von Zatakis Angriff und Rudis Mutprobe. »Der alte Kraut verdient eine Medaille«, meinte er bewundernd. »Aber gestern abend haben die Revolutionäre einen unserer Arbeiter erschossen. Sie haben ihn verhört und nach vier Minuten erschossen, weil er ein Fedajin war. Heute früh haben die Schweine dann Kyabi erschossen.«
Ayre war entsetzt. »Warum denn?«
Dubois erzählte ihm von der zerstörten Pipeline und fügte hinzu: »Als Rudi und der Mullah zurückkamen, ließ Zataki uns antreten und behauptete, daß die Erschießung von Kyabi gerechtfertigt war: ›Ein Anhänger des Schahs, ein Anhänger der teuflischen Amerikaner und Briten, die den Iran seit Jahren ausgeplündert haben, und deshalb ein Feind Gottes.‹«
»Der arme Boß! Ich hatte ihn ins Herz geschlossen, er war ein feiner Kerl.«
»Ja. Und ein erklärter Gegner Khomeinis, und jetzt haben diese Hunde auch noch Gewehre. Duke begann, sie auf Persisch zu beschimpfen; er war bereits gestern abend mit Zataki und dem Mullah aneinandergeraten. Wir wissen nicht, was er gesagt hat, aber plötzlich stürzten sich die Schweine auf ihn, prügelten ihn und schrien ihn an. Natürlich griffen wir ein, aber dann knatterte ein Feuerstoß los, und alle erstarrten. Rudi hatte irgendwie ein Gewehr zu fassen gekriegt und in die Luft geschossen. Dann schoß er noch einmal. ›Laßt ihn in Ruhe‹, brüllte er, ›oder ich lege euch alle um!‹ Er hielt dabei das Gewehr auf Zataki und die Gruppe um Duke gerichtet. Sie ließen von Duke ab, und Rudi schloß einen Pakt mit ihnen: Sie lassen uns in Ruhe, und wir mischen uns nicht in ihre Revolution ein. Ich fliege den Mullah hierher, Duke bleibt dort, und Rudi behält das Gewehr. Er ließ Zataki und den Mullah bei Allah schwören, daß sie sich an den Vertrag halten werden, aber ich traue ihnen trotzdem nicht. *Merde*, sie sind nichts als *merde*, *mon ami*. Aber Rudi war phantastisch.«

Auf der anderen Seite des Flugfeldes rollte einer der drei Centurion-Panzer aus einer Durchfahrt zwischen den Baracken heraus und bog in die breite Straße gegenüber dem Hauptquartier und der Offiziersmesse ein. Er zögerte einen Augenblick, wirbelte dann herum, schoß, und die Granate zerstörte den ersten Stock, in dem die Büros von Oberst Peschadi lagen. Die Verteidiger wichen angesichts dieses Verrats zurück. Der Panzer feuerte noch einmal, große Stücke vom Mauerwerk krachten auf den Boden, und die Hälfte des Daches stürzte ein. Das Gebäude geriet in Brand.
Dann wurde der Panzer von dem demolierten Gebäude aus unter Beschuß genommen. Zwei Loyalisten stürzten heraus, warfen Handgranaten in seine Luken und rannten wieder zurück. Sie brachen im Kugelhagel der Meuterer zusammen, aber im Inneren des Panzers kam es zu einer heftigen Explosion, und aus den Luken schossen Flammen und Rauch. Der Metalldeckel flog auf, und ein brennender Mann versuchte herauszuklettern. Ein Feuerstoß aus dem zerschossenen Gebäude tötete ihn. Der Wind trug den Geruch von Kordit, Feuer und brennendem Fleisch über das Flugfeld.
Das Gefecht ging noch eine Stunde weiter, dann war es zu Ende. Überall lagen Tote und Sterbende. Aber die Revolte war gescheitert, weil die Aufständischen Oberst Peschadi und seine Offiziere nicht auf Anhieb töten hatten können, weil nicht genügend Angehörige des Heeres und der Luftwaffe zu ihnen übergelaufen waren und weil sich nur eine Panzerbesatzung auf ihre Seite geschlagen hatte.
Peschadi hatte sich in einem der beiden anderen Centurions befunden und unbarmherzig den Gegenangriff geführt. Und sobald die Unentschlossenen merkten, daß die Loyalisten die Stärkeren waren, bekannten sie sich lautstark zum Schah und zu Peschadi und begannen, auf die flüchtenden Aufständischen zu feuern. Doch sie zielten absichtlich schlecht, und Peschadi duldete es. Er hatte nur seinen zuverlässigsten Männern befohlen: »Legt den Mullah Hussain um!«
Irgendwie entkam Hussain jedoch.
»Hier spricht Oberst Mohammed Peschadi«, ertönte es aus allen Lautsprechern. »Allah sei gepriesen, der Feind ist geschlagen. Ich danke allen loyalen Truppen. Es ist beinahe Zeit für das Abendgebet. Heute werde ich der Mullah sein und vorbeten. Alle nehmen am Gebet teil, um Allah zu danken!«
Ayre, Manuela und Dubois hörten die Ansprache in Starkes Bungalow, und Manuela übersetzte. »Merkwürdig«, meinte sie nachdenklich. »Peschadi hat nicht mit ›Lang lebe der Schah‹ geschlossen. Er hat doch gesiegt. Er muß zu Tode erschrocken sein.«
»Das wäre ich auch«, meinte Ayre. »Er...« Sie zuckten alle drei zusammen, als das Telefon klingelte. Ayre hob ab. »Hallo?«
»Major Changiz am Apparat. Sind die Revolutionäre auch auf Ihre Seite der Basis gelangt, Captain Ayre? Ist Ihnen etwas geschehen?«
»Nichts. Kein Aufständischer ist bis hierher vorgedrungen.«
»Allah sei gepriesen! Wir haben uns Sorgen wegen Ihrer Sicherheit gemacht. Es hat bei Ihnen keine Toten oder Verwundeten gegeben?«

»Keine, soviel ich weiß.«
»Allah sei gelobt. Bei uns sieht es anders aus. Wie Sie sicherlich einsehen werden, muß ich darauf bestehen, daß Sie diesen Zwischenfall niemandem gegenüber erwähnen – niemandem gegenüber, Captain! Strengste Geheimhaltung. Haben Sie verstanden?«
»Vollkommen, Major.«
»Gut. Bitte, hören Sie unsere Frequenz ab, und wir werden aus Sicherheitsgründen die Ihre abhören. Benützen Sie Ihren Sender nur nach vorheriger Absprache mit uns!« Ayre stieg das Blut ins Gesicht, aber er schwieg.
»Bitte, halten Sie sich um 20 Uhr für eine Lagebesprechung mit Oberst Peschadi bereit und schicken Sie jetzt Esvandiari und alle Ihre Gläubigen zum Abendgebet – sofort.«
»Gern, aber der gute Herr Esvandiari hat eine Woche Urlaub.« Esvandiari war der Gebietsmanager von IranOil.
»Gut. Schicken Sie die übrigen unter Pavouds Aufsicht!«
»Sofort.« Die Verbindung wurde unterbrochen. Ayre informierte die anderen über das Gespräch, dann gab er die Anordnung an seine Leute weiter. Massil im Tower war beunruhigt. »Aber, Captain Exzellenz, ich habe bis Sonnenuntergang Dienst. Unsere beiden 212 müssen noch zurückkommen und...«
»Er hat gesagt: ›alle Gläubigen sofort.‹ Ihre Papiere sind in Ordnung, Sie leben seit Jahren im Iran, er weiß, daß Sie hier sind: Also gehen Sie lieber – außer, Sie haben irgendeinen Grund, besorgt zu sein.«
»Keineswegs.«
Ayre sah den Schweiß auf Massils Stirn und fragte sich, ob man Massil trauen konnte. Trotzdem beruhigte er ihn: »Machen Sie sich keine Sorgen, Massil. Ich werde mich um die Jungs kümmern. Und ich bleibe hier, bis Sie wieder zurück sind. Es wird ja nicht lange dauern.«
Er brachte die beiden 212 zu Bett und wartete mit wachsender Ungeduld. Massil hätte längst zurück sein müssen. Um sich die Zeit zu vertreiben, versuchte er, allen möglichen Papierkram zu erledigen, gab dies aber bald auf.
Kurz nach Einbruch der Dunkelheit erwachte das Hochfrequenzgerät zum Leben. »Hallo, Kowiss, hier spricht Teheran...«

11

Teheran – im S-G-Büro: 18 Uhr 50. »Hallo Kowiss, hier spricht Teheran«, wiederholte McIver, »hören Sie mich?«

»Teheran, hier ist Kowiss. Bitte warten Sie einen Augenblick.«

»In Ordnung, Freddy.« McIver legte das Mikrophon auf den Schreibtisch. Er und Tom Lochart, der am Nachmittag aus Zagros eingetroffen war, befanden sich in seinem Büro im obersten Stockwerk des Gebäudes, das seit dem Einstieg von S-G im Iran als Zentrale diente. Das Gebäude besaß vier Stockwerke und ein Flachdach. General Beni-Hassan, Andrew Gallavans Freund, hatte es wärmstens empfohlen: »Sie können ein halbes Dutzend Büros unterbringen, der Preis ist annehmbar. Auf dem Dach haben Sie Platz für einen eigenen Generator und für die Funkantenne. Die Straße zum Flughafen verläuft in unmittelbarer Nähe – und das hier ist das Prunkstück.« Der General hatte McIver stolz die Toilette gezeigt. Sie war vollkommen durchschnittlich und nicht gerade sauber.

»Was ist daran so besonders?« hatte McIver verblüfft gefragt.

»Es ist das einzige WC im ganzen Gebäude, die übrigen sind Plumpsklos – nur ein Loch im Boden über dem Abfluß –, und wenn man nicht an sie gewöhnt ist, hat man Schwierigkeiten bei der Benützung.«

»Hier sind überall Plumpsklos?«

»Selbst in den besten Häusern, nur nicht in modernen Hotels. Wenn Sie darüber nachdenken, Mac – sie sind viel hygienischer, man kommt mit nichts in Berührung. Und noch etwas...« Der General hatte auf einen kleinen Schlauch gezeigt, der am Wasserhahn der Toilette befestigt war. »Wir reinigen uns mit Wasser, immer mit der linken Hand, denn mit der rechten essen wir. Deshalb bietet man nie etwas mit der linken Hand an. Die meisten Moslems können ihr Geschäft nur in Hockstellung erledigen, deshalb hocken sie sich oft auch über westliche Klobrillen.«

»Kannst du mir verraten, woran du gerade gedacht hast, Mac?« fragte Lochart nun sein Gegenüber.

McIver grunzte. »Ich habe an Plumpsklos gedacht. Ich hasse sie – ich kann mich einfach nicht an sie gewöhnen.«

»Mich stören sie nicht mehr. Wir haben sie auch in unserer Wohnung – Scharazad wollte mir als Hochzeitsgeschenk eine ›westliche‹ Toilette einrichten lassen, aber ich habe darauf verzichtet. Übrigens war es das Plumpsklo, das Deirdre seinerzeit den Rest gegeben hat.«

»Die wenigsten Europäerinnen kommen damit zurecht. Zum Glück haben wir in unserer Wohnung eine richtige Toilette, sonst würde Genny meutern.« McIver drehte den Empfänger auf volle Lautstärke. »Komm schon, Freddy!« murmelte er.

Im Lautsprecher knackte es. »Hier spricht Captain Ayre in Kowiss. Ich empfange Sie laut und deutlich, Captain McIver.«

Lochart horchte auf. »Da stimmt etwas nicht, Mac, er kann nicht offen sprechen. Jemand hört mit.«

McIver schaltete auf Senden. »Sie machen selbst Dienst am Funkgerät, Freddy?«

»Reiner Zufall, Captain McIver.«

»Ist alles in Ordnung?«

Nach einer längeren Pause, die soviel wie nein bedeutete, antwortete Ayre: »Ja, Captain McIver.«

»Gut, Captain Ayre. Verbinden Sie mich bitte mit Captain Starke.«

»Bedaure, Sir, das kann ich nicht. Captain Starke befindet sich noch in Bandar-e Delam.«

»Was tut er dort?« fragte McIver scharf.

»Captain Lutz hat befohlen, daß er dort bleibt, und Captain Dubois angewiesen, den von IranOil erbetenen VIP-Flug, den Sie genehmigt haben, zu Ende zu führen.«

Starke war es gelungen, vor dem Abflug McIver zu erreichen und ihm das Problem mit dem Mullah Hussain zu schildern. McIver hatte den Flug genehmigt, unter der Voraussetzung, daß Oberst Peschadi damit einverstanden war.

»Wird die 125 morgen in Kowiss eintreffen, Captain McIver?«

»Eigentlich schon, aber man kann ja nie wissen.« Die 125 sollte tags zuvor nach Teheran fliegen, aber infolge des Aufstands rund um den Flughafen war der gesamte landende Flugverkehr storniert worden. »Wir versuchen, die Starterlaubnis für einen Direktflug nach Kowiss zu bekommen. Es ist schwierig, weil es... weil es zu wenige Militärfluglotsen gibt. Der Flugplatz in Teheran ist überfüllt, deshalb können wir die Angehörigen nicht ausfliegen. Teilen Sie Manuela mit, daß sie sich bereithalten soll für den Fall, daß wir die Starterlaubnis erhalten.« McIver überlegte, wieviel er gefahrlos sagen konnte, da winkte ihm Lochart.

»Laß mich ans Mikrophon, Mac!« bat er ihn leise. »Freddy versteht Französisch.«

McIver übergab ihm dankbar das Mikrophon.

»*Ecoute*, Freddy!« begann Lochart in kanadischem Französisch. »Mit Hilfe von Khomeini-Anhängern und ein paar PLO-Leuten halten die Marxisten immer noch den internationalen Flughafen und den Tower besetzt. Angeblich soll es heute zu einem Handstreich kommen, angeblich hat der Premierminister zugestimmt, angeblich setzen sich die Truppen überall in Teheran in Bewegung, um die Unruhen zu unterdrücken, angeblich sollen sie keine Milde mehr walten lassen. Wie geht es euch dort unten? Ist alles in Ordnung?«

»Ja, ich darf nichts erzählen, sie hören zu, aber wir haben wirklich keine Probleme. In Smelly« – ihr Spitzname für Bandar-e Delam, wo es immer nach Benzin stank – »haben sie eine Menge Probleme und der Boß wurde vor der ihm zugemessenen Frist hinausbefördert...«

Locharts Augen weiteten sich. »Kyabi ist erschossen worden«, flüsterte er McIver zu.

»...aber Rudi hat alles unter Kontrolle, und Duke ist okay. Wir sollten das Gespräch lieber beenden, sie hören zu.«

»Gut. Gib den anderen weiter, was ich erzählt habe«, er wechselte übergangslos ins Englische, »und ich wiederhole: Ich schicke Ihnen morgen Geld für Ihre Leute.«

Ayres Stimme klang erleichtert: »Wirklich?«

Lochart lachte unwillkürlich. »Wirklich. Lassen Sie ständig jemanden am Funkgerät sitzen! Wir setzen uns wieder mit Ihnen in Verbindung, wenn es etwas Neues zu berichten gibt. Captain McIver will noch einmal mit Ihnen sprechen. *Inscha'Allah!*« Er gab das Mikrophon zurück.

»Captain, haben Sie gestern oder heute etwas aus Lengeh gehört?« fragte McIver.

»Nein, wir haben es versucht, konnten sie aber nicht erreichen. Vielleicht sind die Sonnenflecken daran schuld. Ich werde es jetzt noch einmal probieren.«

»Danke. Grüßen Sie Captain Scragger von mir und erinnern Sie ihn daran, daß sein ärztlicher Check nächste Woche fällig ist.« McIver beendete das Gespräch. Lochart berichtete ihm, was Ayre gesagt hatte, und schenkte sich einen Whisky ein.

»Und was ist mit mir?« fragte McIver gereizt.

»Aber Mac, du...«

»Hör schon auf! Mach mir eben einen schwächeren Drink.« Während Lochart einschenkte, stand McIver auf, trat ans Fenster und schaute hinaus. »Der arme Kyabi. Er war einer der wenigen anständigen Menschen, die es auf Erden gibt; ein treuer Diener des Iran und uns gegenüber fair. Warum haben sie ihn ermordet? Lauter Wahnsinnige! Und was soll das heißen, daß Rudi Duke und Marc ›befiehlt‹?«

»Wohl, daß sie Schwierigkeiten gehabt haben und Rudi mit ihnen fertig geworden ist. Freddy hätte es mir gesagt, wenn es anders gewesen wäre, auch wenn man zugehört hat, wer immer ›man‹ ist. Vielleicht war es so ähnlich wie in Zagros.«

In Zagros waren einen Tag nach Locharts Rückkehr vom Urlaub die Bewohner von Yazdik im Morgengrauen angerückt. Der Dorfmullah hatte von Khomeini den Befehl erhalten, sich gegen »die ungesetzliche Regierung des Schahs« zu erheben und das Gebiet unter seine Kontrolle zu bringen. Der Mullah war in dem Dorf zur Welt gekommen; der Polizeichef, gegen den er sich erheben sollte, war sein Neffe, und Nasiri, der Leiter der Basis, war mit der Tochter der Schwester seiner Frau verheiratet, die jetzt in Schiras lebte. Doch noch wichtiger war, daß sie alle Galezaner waren, ein kleiner Stamm der nomadischen Kaschkai, die sich vor Jahrhunderten dort niedergelassen hatten. Der Polizeichef und Dorfälteste, der Nitchak Khan hieß, war gleichzeitig ihr Kalandar, ihr gewählter Stammesführer.

Deshalb hatte sich der Mullah mit Nitchak Khan beraten, und der Khan war ebenfalls der Ansicht gewesen, daß eine Revolte gegen den Erbfeind Schah

Mohammed Pahlevi stattfinden solle, daß zur Feier der Revolution jeder, der Lust dazu hatte, in die Luft schießen durfte, und daß sie bei Tagesanbruch den Flugplatz der Fremden in Besitz nehmen würden.

Sie waren im Morgengrauen eingetroffen. Bewaffnet. Das ganze Dorf. Nitchak Khan trug statt der Polizeiuniform die Stammeskleidung. Er war zwar viel kleiner als Lochart, aber ein muskulöser, schlanker Mann mit eisernen Händen und stählernen Beinen. Er hatte sich einen Patronengurt umgehängt und hielt ein Gewehr in der Hand. Wie vorher besprochen, traf der von Jean-Luc Sessone begleitete Lochart mit den Aufständischen bei zwei rasch errichteten Steinsäulen zusammen, die das Tor zur Basis symbolisierten. Lochart grüßte und bestätigte, daß Nitchak Khan für die Basis zuständig war. Die beiden Steinsäulen wurden feierlich umgestoßen, alle jubelten laut, und viele schossen in die Luft. Dann überreichte Nitchak Khan Jean-Luc Sessone als dem Vertreter Frankreichs einen Blumenstrauß und dankte ihm im Namen aller Galezan-Kaschkai dafür, daß er Khomeini, der sie von ihrem Feind, dem Pahlevi-Schah, befreit hatte, unterstützt und geholfen hatte. »Allah sei Dank, daß dieser selbsternannte König der Könige, diese Kreatur der fremden Teufel, die das Sakrileg begangen hat, ihr Geschlecht auf die Könige Cyrus und Darius den Großen zurückzuführen, wie eine geschminkte Hure geflohen ist.«

Dann hielten beide Seiten tapfere Reden, ein Fest begann, und Nitchak Khan, neben dem der Mullah stand, bat Tom Lochart, als Stammesführer der Fremden auf Zagros 3 unter der neuen Regierung so weiterzumachen wie bisher. Lochart erklärte sich dazu bereit.

»Hoffentlich haben Rudi und seine Leute genauso viel Glück wie du in Zagros, Tom! Die Lage wird immer unangenehmer«, sagte McIver und zerbrach sich den Kopf darüber, wie er Genny aus dem Iran hinausschaffen konnte. Auch hätte er gern gewußt, wo Charlie steckte. Seit Pettikin am Tag zuvor nach Täbris geflogen war, hatten sie nichts mehr von ihm gehört. Von der Bodenmannschaft des Militärstützpunktes Galeg Morghi hatten sie verworrene Berichte erhalten: daß Pettikin entführt und gezwungen worden sei, mit drei Unbekannten abzufliegen, oder daß drei iranische Luftwaffenpiloten die 206 entführt hätten und zur Grenze geflohen seien, oder daß jene drei Passagiere hohe Offiziere gewesen seien, die außer Landes fliehen wollten. Warum kommen in jeder Version drei Passagiere vor, hatte sich McIver gefragt. Er wußte, daß Pettikin den Flugplatz erreicht hatte, weil sein Wagen dort stand, obwohl der Tank leer, das Radio gestohlen und das Auto beschädigt war. Bandar-e Pahlavi, wo er auftanken sollte, meldete sich nicht, und Täbris befand sich außer Reichweite. Er fluchte innerlich. Es war ein schwarzer Tag gewesen.

Seit den Morgenstunden hatten ihn wütende Gläubige bestürmt, das Telefon hatte nicht funktioniert, das Telex war gestört gewesen und konnte erst nach Stunden wieder in Ordnung gebracht werden, und sein Gespräch mit General Valik, der laut Gavallan jede Woche Geld bringen sollte, war katastrophal verlaufen.

»Sobald die Banken öffnen, bezahlen wir unsere Schulden.«
»Das erzählen Sie mir seit Wochen«, hatte McIver kühl gekontert. »Ich brauche das Geld jetzt.«
»Wir alle brauchen Geld«, hatte der General wütend gezischt, denn er wußte, daß die iranischen Angestellten im Vorzimmer versuchten, etwas aufzuschnappen. »Wir haben Bürgerkrieg, und ich kann die Banken nicht zwingen, aufzusperren. Sie müssen warten.« Seine Stimme wurde noch leiser. »Wenn diese idiotischen Amerikaner den Schah nicht getäuscht und dazu überredet hätten, unsere ruhmreichen Streitkräfte zurückzuhalten, würden wir uns jetzt nicht in dieser Klemme befinden.«
»Wie Sie wissen, bin ich Brite, und die Schwierigkeiten haben Sie selbst heraufbeschworen.«
»Briten, Amerikaner, wo ist da der Unterschied? Es ist ausschließlich deren Fehler. Beide haben den Schah und den Iran verraten, und jetzt werden Sie dafür bezahlen.«
»Womit?« fragte McIver bissig. »Unser Geld haben ohnehin Sie.«
»Ohne Ihre iranischen Partner – vor allem ohne mich – hätten Sie überhaupt kein Geld. Andy beschwert sich nicht. Mein verehrter Kollege, General Javadah, hat mir mittels Telex mitgeteilt, daß Andy diese Woche die Nachfolgeverträge für Guerney unterschreiben wird.«
»Andy hat mir mitgeteilt, daß Sie ihm fernschriftlich versprochen haben, uns Geld zu geben.«
»Ich habe nur versprochen, daß ich es versuchen werde.« Der General zwang sich, seinen Ärger zu unterdrücken, weil er McIver brauchte. Er wischte sich die Stirn ab und öffnete seine Brieftasche. Sie war mit großen Rialscheinen vollgestopft, aber er hielt sie so, daß McIver nicht hineinschauen konnte. Er zog ein kleines Bündel Banknoten heraus und schloß die Brieftasche wieder. Umständlich zählte er 500 000 Rial ab – ungefähr 6000 Dollar. »Hier.« Er legte das Geld auf den Tisch und steckte die restlichen Scheine wieder ein. »Nächste Woche werde ich wieder Geld bringen – oder einer meiner Kollegen. Eine Empfangsbestätigung bitte.«
»Danke.« McIver unterschrieb die Quittung.
»Nächste Woche, wenn die Banken aufsperren, können wir alle Außenstände bezahlen. Wir stehen immer zu unserem Wort.« Valik beugte sich vor und flüsterte nun: »Ich habe eine Sondercharter für Sie. Morgen brauche ich eine 212, die im Lauf des Vormittags starten muß. Ich muß die Anlagen in Abadan inspizieren.«
McIver bemerkte den Schweiß auf des Generals Stirn.
»Und wie soll ich die erforderlichen Genehmigungen bekommen, General? Das Militär kontrolliert den Luftraum.«
»Vergessen Sie die Genehmigung!«
»Wenn wir über keinen Flugplan verfügen, der vom Militär vorher genehmigt wurde, handelt es sich um einen illegalen Flug.«
»Sie können immer behaupten, daß Sie um die Genehmigung nachgesucht und sie mündlich erhalten haben. Was ist daran so schwierig?«

»Erstens verstößt dies gegen die iranischen Gesetze, General, und zweitens, selbst wenn es uns gelingt, den Luftraum von Teheran zu verlassen, muß man dem nächsten militärischen Flugsicherungsoffizier die Flugnummer bekanntgeben – über alle Flugpläne führt Ihr Luftwaffenhauptquartier Buch. Hat man aber keine Nummer, zwingen sie einen, auf der nächsten Militärbasis zu landen. Und dort wird man – zu Recht – sehr unfreundlich empfangen, die Maschine wird beschlagnahmt, Passagiere und Besatzung werden eingesperrt.«
»Dann lassen Sie sich etwas einfallen. Es handelt sich um einen sehr wichtigen Charterflug. Der Guerney-Nachfolgevertrag hängt davon ab. Stellen Sie die 212 morgen um 9 Uhr auf Galeg Morghi bereit.«
»Warum dort? Warum nicht auf dem Internationalen Flughafen?«
»Dort ist es bequemer – und jetzt auch ruhiger.«
McIver runzelte die Stirn. Valik besaß die Befugnis, einen solchen Flug anzuordnen und zu genehmigen. »Gut, ich werde es versuchen.« Er nahm ein leeres Flugplanformular heraus, setzte unter »Passagiere« General Valik, Vorsitzender der Iran Helicopter Company, ein und reichte es ihm. »Bitte, unterschreiben Sie!«
Valik schob das Formular gebieterisch von sich. »Es ist nicht notwendig, daß mein Name darauf steht. Setzen Sie nur ein: vier Passagiere – meine Frau und meine beiden Kinder begleiten mich und wir werden auch Gepäck mitführen. Wir bleiben eine Woche in Abadan, dann fliegen wir zurück. Stellen Sie also die 212 um 9 Uhr auf Galeg Morghi bereit!«
»Ich bedaure, General, die Namen müssen auf dem Formular stehen, sonst akzeptiert die Luftwaffe den Flugplan nicht. Alle Passagiere müssen namentlich genannt werden.« McIver begann, die übrigen Namen hinzuzufügen.
»Hören Sie auf! Setzen Sie keine Namen ein! Schreiben Sie hinein, daß Sie Ersatzteile nach Abadan fliegen müssen.« Valiks Stirn war schweißnaß.
»Schön, aber zuerst unterschreiben Sie bitte! Und setzen Sie die Namen und das Reiseziel ein!«
Der General lief rot an. »Erledigen Sie es, ohne daß ich genannt werde!«
»Das kann ich nicht.« McIver verlor ebenfalls langsam die Geduld. »Die Militärs werden genau nach dem Wer und Wohin fragen, um so mehr, als wir seit Wochen nicht mehr in dieser Richtung geflogen sind.«
»Es ist ein Sonderflug mit Ersatzteilen. Ganz einfach.«
»Überhaupt nicht einfach. Die Wachen auf Galeg Morghi lassen Sie ohne Papiere nicht einsteigen. Warum unterschreiben Sie die Genehmigung nicht selbst, General? Sie verfügen doch über ausgezeichnete Beziehungen! Für Sie wäre es ein Kinderspiel.«
»Das sind unsere Flugzeuge. Sie gehören uns.«
»Allerdings – sobald Sie sie bezahlt haben. Sie sind uns beinahe vier Millionen Dollar schuldig. Wenn Sie nach Abadan wollen, ist das Ihre Sache, aber wenn man Sie mit falschen Papieren, die ich gegengezeichnet habe, in einem S-G-Heli erwischt, landen Sie, Ihre Familie, der Pilot und ich im Gefängnis, der Helikopter wird beschlagnahmt, und wir müssen zusperren.«

Valik schluckte die Antwort hinunter, die ihm auf der Zunge gelegen hatte. Er setzte sich und lächelte schwach. »Wir sollten nicht miteinander streiten, Mac, wir haben zuviel gemeinsam erlebt! Ich werde dafür sorgen, daß es sich für Sie lohnt. Für Sie und den Piloten.« Er öffnete die Brieftasche. »12 Millionen Rial – für Sie beide.«

McIver starrte das Geld verständnislos an. 12 Millionen Rial waren fast 150 000 Dollar. Er schüttelte verdutzt den Kopf.

»Also gut, 12 Millionen für jeden und die Unkosten; die Hälfte jetzt und die Hälfte, wenn wir auf dem Flughafen von Kuwait gelandet sind«, sagte Valik daraufhin.

McIver war entsetzt, nicht nur wegen des Geldes, sondern weil Valik laut »Kuwait« gesagt hatte. McIver hatte es vermutet, aber nicht darüber nachdenken wollen. Es bedeutete genau das Gegenteil von dem, was Valik bis jetzt behauptet hatte: daß der Schah die Opposition und Khomeini zerschmettern würde. Noch nach der Abreise des Schahs hatte Valik Dutzende Male wiederholt, daß kein Grund zur Sorge bestehe, weil Bachtiar und die Generäle nie zulassen würden, daß sich unter dem Deckmantel Khomeinis eine kommunistische Revolution vollzog. Auch die Vereinigten Staaten würden es nicht zulassen.

McIver wandte den Blick von den Scheinen ab und sah den ihm gegenübersitzenden Mann an. »Was wissen Sie, was wir nicht wissen?«

»Ich muß das Land mit meiner Familie verlassen.« Valik befand sich am Rand der Verzweiflung. »Die Gerüchte sind entsetzlich – Staatsstreich oder Bürgerkrieg, Khomeini oder nicht, meine Familie und ich, wir sind gezeichnet. Wir müssen das Land verlassen, bis sich die Lage beruhigt hat. 12 Millionen für jeden von Ihnen beiden!«

»Was für Gerüchte?«

»Gerüchte. Beschaffen Sie sich irgendwie die Genehmigung. Ich zahle im voraus.«

»Ich tue es nicht, ganz gleich, wieviel Geld Sie mir anbieten. Ich mache keine krummen Sachen.«

»Sie bornierter Heuchler! Wie haben denn Sie all diese Jahre im Iran gearbeitet? Mit Pischkesch! Wie haben Sie selbst im Schleichhandel oder beim Zoll bezahlt? Mit Pischkesch! Wie werden Verträge abgeschlossen – die Nachfolgeverträge für Guerney zum Beispiel? Mit Pischkesch! Man drückt unauffällig Geld in die richtige Hand. Sind Sie so naiv, daß Sie noch immer nicht wissen, wie es im Iran zugeht?«

»Ich weiß, was Pischkesch ist. Ich bin nicht naiv. Und ich weiß, daß im Iran eigene Sitten herrschen. Trotzdem lautet meine Antwort: nein!«

»Dann komme das Blut meiner Frau und meiner Kinder auf Ihr Haupt! Und das meine!«

»Wovon reden Sie?«

»Haben Sie Angst vor der Wahrheit?«

McIver starrte ihn an. Genny und er hatten Valiks Frau und die Kinder ins Herz geschlossen. »Woher wollen Sie sie wissen?«

»Ich... ich habe einen Vetter bei der Polizei. Er hat eine... geheime Liste der SAVAK gesehen. Ich soll übermorgen mit anderen Prominenten zur Beschwichtigung der Opposition verhaftet werden. Meine Familie auch. Und Sie wissen, wie sie... Frauen und Kinder im Angesicht...« Valiks Stimme erstarb.

McIvers Widerstand brach zusammen. Jeder von ihnen hatte entsetzliche Geschichten über Frauen und Kinder gehört, die man vor den Augen der Verhafteten folterte; sei es, damit sich diese zu allem bereit erklärten, was man von ihnen verlangte, sei es aus purem Sadismus. »Gut«, gab er hilflos nach. Er fühlte sich elend, denn er wußte, daß er in der Falle saß. »Ich werde es versuchen, aber erwarten Sie nicht, daß Sie eine Genehmigung bekommen, und fliegen Sie nicht nach Abadan, um nach Kuwait zu gelangen! Am vernünftigsten wäre die Türkei. Wir könnten Sie nach Täbris fliegen, von wo aus Sie dann ein Lastwagen über die Grenze bringen kann. Sie haben drüben doch bestimmt Freunde. Und Sie können nicht von Galeg Morghi abfliegen – Sie müßten irgendwo außerhalb von Teheran in den Heli steigen. Abseits der Straßen, außer Reichweite der Radarkontrolle.«

»Gut, aber es muß bei Abadan bleiben.«

»Warum? Sie verringern Ihre Chancen um die Hälfte.«

»Meine Familie – mein Vater und meine Mutter sind mit dem Wagen dorthin gefahren. Natürlich haben Sie mit Galeg Morghi recht. Sie könnten uns außerhalb von Teheran in...« Er überlegte einen Augenblick, dann fuhr er fort: »... an der Kreuzung der Pipeline Süd mit dem Fluß Zehsan abholen... Die Stelle ist weit von jeder Straße entfernt und sicher. Wir werden morgen vormittag um 11 Uhr dort sein. Allah wird es Ihnen lohnen, Mac. Wenn... Sie um eine Flugerlaubnis für Ersatzteile ansuchen, werde ich dafür sorgen, daß Sie sie bekommen. Bitte!«

»Und wie steht es mit dem Auftanken? Wenn wir irgendwo landen, registriert man uns sofort.«

»Verlangen Sie, daß der Hubschrauber auf der Luftwaffenbasis Isfahan auftankt... Ich werde dafür sorgen, daß es klappt.«

»Und wenn etwas schiefgeht?«

»*Inscha'Allah!* Sie suchen um eine Genehmigung für Ersatzteile nach – keine Namen, sonst bin ich tot, und Annousch, Jalal und Setasem ebenfalls. Bitte!«

McIver wußte, daß es Wahnsinn war. »Ich werde um die Genehmigung nachsuchen: Ersatzteile für Bandar-e Delam. Um Mitternacht müßte ich dann wissen, ob ich sie bekommen habe. Ich werde jemanden beauftragen, auf sie zu warten und sie mir in die Wohnung zu bringen. Das Telefon funktioniert nicht. Sie müssen mich aufsuchen, um zu erfahren, wie es steht. Dadurch gewinne ich auch Zeit, die ganze Sache durchzudenken und mich zu entscheiden.«

»Aber Sie...«

»Um Mitternacht.«

»Ja, gut, ich komme.«

»Was ist mit den anderen Partnern?«

»Sie wissen nichts. Emir Paknouri oder ein anderer wird mich vertreten.«
»Was ist mit den wöchentlichen Zahlungen?«
»Sie werden dafür sorgen.« Wieder wischte sich Valik die Stirn ab. »Allahs Segen über Sie.« Er zog den Mantel an und ging zur Tür. Die Brieftasche blieb auf dem Tisch liegen.
»Nehmen Sie das da mit!«
Valik drehte sich um. »Sie wollen also, daß ich in Kuwait bezahle? Oder in der Schweiz? In welcher Währung?«
»Sie haben nichts zu bezahlen. Sie sind autorisiert, einen Charterflug zu genehmigen. Vielleicht können wir Sie nach Bandar-e Delam bringen – von dort an sind Sie auf sich gestellt.«
Valik starrte ihn ungläubig an. »Aber... Sie brauchen doch Geld, um den Piloten zu bezahlen.«
»Nein. Sie können mir jedoch einen Vorschuß von 5 Millionen Rial auf das Geld geben, das uns Ihre Gesellschaft schuldet und das wir dringend brauchen.« McIver kritzelte eine Quittung und überreichte sie Valik. »Wenn Sie fort sind, werden Emir Paknouri oder die anderen vielleicht nicht mehr so großzügig sein.«
»Die Banken werden nächste Woche wieder öffnen, das steht fest.«
»Hoffentlich. Dann bekommen wir endlich, was uns zusteht.«
Valik zählte das Geld ab, und McIver wußte, daß er ihn für verrückt hielt, weil er das Pischkesch nicht angenommen hatte. Er wußte aber auch, daß Valik versuchen würde, den Piloten zu bestechen, damit der sie nach Kuwait brachte, was die Katastrophe heraufbeschwören würde.
Und jetzt starrte er ausdruckslos zum Fenster hinaus und dachte: Mein Gott, die SAVAK, ich muß ihm doch helfen! Die armen Kinder und die arme Frau! Und wenn Valik den Piloten zu bestechen versucht, wird er dann standhaft bleiben? Valik hat 12 Millionen geboten, er wird den Betrag in Abadan verdoppeln. Tom oder Nogger Lane könnten das Geld gut gebrauchen, ich auch, jeder von uns. Nur ein kurzer Trip über den Golf – und kein Rückflug. Wo zum Teufel hat Valik das Geld her? Es muß doch von einer Bank kommen! Seit Wochen hielt sich hartnäckig das Gerücht, daß Leute mit guten Verbindungen gegen einen bestimmten Betrag Geld aus Teheran hinausschaffen konnten, obwohl die Banken geschlossen waren. Gegen einen noch größeren Betrag konnte man sogar Geld auf ein Schweizer Nummernkonto überweisen lassen. Ein paar Millionen in die richtige Hand, und alles ist möglich. Nicht nur hier, sondern auf der ganzen Welt.
»Tom«, sagte er müde, »ruf die militärische Flugsicherung an und erkundige dich, ob die 212 die Starterlaubnis bekommen hat.« Für Lochart handelte es sich um einen Routineflug. McIver hatte ihm nur erzählt, daß Valik heute endlich Geld übergeben hätte. McIver wußte immer noch nicht, welchen Piloten er schicken sollte; am liebsten wäre er selbst geflogen, um niemanden in Gefahr zu bringen.
Lochart ging zum Funkgerät. In diesem Augenblick hörte er im vorderen Büro ein Geräusch, und die Tür ging auf. Vor ihm stand ein junger Mann, der eine

automatische Waffe über der Schulter und eine grüne Armbinde trug. Etwa ein halbes Dutzend Burschen standen hinter ihm. Die iranischen Angestellten rührten sich nicht. Der junge Mann musterte McIver und Lochart und schaute dann in einer Liste nach.

»*Salaam*, Agha! Captain McIver?« fragte er Lochart. Er sprach stockend und mit starkem Akzent.

»*Salaam*, Agha! Nein, *ich* bin Captain McIver«, antwortete dieser beunruhigt. Sein erster Gedanke war, daß diese Leute zu der gleichen Gruppe gehören könnten, die Yusuf Kyabi ermordet hatte, sein zweiter, Genny hätte zusammen mit den übrigen abreisen sollen, er hätte darauf bestehen sollen. Sein dritter Gedanke galt den gebündelten Rialscheinen in seinem offenstehenden Aktenkoffer, der neben dem Garderobenständer auf dem Boden lag.

»Gut«, sagte der junge Mann höflich. Er hatte dunkle Ringe unter den Augen, und obwohl McIver ihn für höchstens 25 Jahre alt hielt, wirkte er wie ein betagter Mann. »Gefahr hier. Für Sie hier. Jetzt. Bitte gehen. Wir sind das Komitee für diesen Block. Bitte gehen Sie! Jetzt.«

»Gut. Ja, danke.« Schon zweimal hatte McIver daran gedacht, die Büros wegen der Unruhen und der Volkshaufen in den umliegenden Straßen zu räumen, obwohl sich die Menge überraschenderweise diszipliniert verhalten und Europäern und deren Besitz kaum Schaden zugefügt hatte, die auf den Straßen geparkten Autos ausgenommen. Es war das erste Mal, daß McIver persönlich gewarnt wurde. Gehorsam zogen er und Lochart ihre Mäntel an. McIver schloß seinen Aktenkoffer und setzte sich gemeinsam mit den übrigen in Bewegung. Er schaltete das Licht aus.

»Wieso hier Licht, wenn sonst niemand?« fragte der Anführer.

»Wir besitzen einen Generator. Oben auf dem Dach.«

Der junge Mann lächelte seltsam. »Fremde haben Generatoren und warm, Iraner nicht.«

McIver wollte etwas erwidern, überlegte es sich aber anders.

»Sie haben Nachricht bekommen? Nachricht über Fortgehen? Brief heute?«

»Ja«, bestätigte McIver. Ein Zettel im Büro, einer in der Wohnung im Briefkasten. »Am 1. Dezember haben wir Sie aufgefordert abzureisen. Warum sind Sie noch hier, wenn nicht als Feind? Ihnen bleibt nur noch wenig Zeit.« Unterschrieben hatte die Universitätsaktionsgruppe für eine Islamische Republik im Iran.

»Sie sind von der Universität?«

»Wir sind Ihr zuständiges Komitee. Bitte jetzt fortgehen. Feinde besser nie mehr zurückkommen. Nicht wahr?«

McIver und Lochart gingen hinaus. Die Revolutionäre folgten ihnen auf der Treppe. Der Fahrstuhl war seit Wochen außer Betrieb.

Die Straße war immer noch frei, keine Menschen, keine Brände, nur in der Ferne Gewehrfeuer.

»Nicht zurückkommen. Drei Tage.«

McIver starrte sie an. »Das ist nicht möglich. Ich habe viel...«

»Gefährlich.« Der junge Mann und die übrigen Burschen warteten schwei-

gend und beobachteten sie. Nicht alle trugen Gewehre, zwei hatten nur Knüppel. »Nicht zurückkommen. Sehr schlecht. Drei Tage, sagt Komitee. Verstehen?«
»Ja, aber einer von uns muß den Generator auftanken, sonst ist das Telex außer Betrieb, und man kann sich nicht mit uns in Verbindung setzen.«
»Telex unwichtig. Nicht zurückkommen. Drei Tage.« Der junge Mann bedeutete ihnen geduldig, sie sollten wegfahren. »Gefahr hier. Nicht vergessen! Gute Nacht!«
McIver und Lochart stiegen in ihre Autos, die auf den Abstellplätzen unter dem Gebäude standen; die neidischen Blicke waren ihnen sehr deutlich bewußt. Sie fuhren los und hielten nebeneinander, nachdem sie die zweite Ecke hinter sich hatten.
»Die Kerle haben es ernst gemeint«, stellte McIver erbittert fest. »Drei Tage? Ich kann nicht drei Tage lang vom Büro wegbleiben.«
»Tja. Was jetzt?« Lochart schaute in den Rückspiegel. Die jungen Männer waren um die Ecke gekommen und beobachteten sie. »Fahren wir lieber weiter! Ich komme in eure Wohnung«, fügte er hastig hinzu.
»Ja, aber erst morgen früh, Tom. Im Augenblick können wir nichts unternehmen.«
»Ich fliege doch nach Zagros zurück – ich sollte längst unterwegs sein.«
»Ich weiß. Bleib noch einen Tag hier und flieg übermorgen! Wenn wir die Starterlaubnis bekommen, was ich zwar bezweifle, kann Nogger den Charterflug übernehmen. Komm gegen 10!« Die Burschen kamen näher. »Gegen 10 Uhr, Tom!« wiederholte McIver, legte den Gang ein und fuhr fluchend davon.
Die jungen Männer sahen ihnen nach, und ihr Anführer Ibrahim war froh, daß die beiden Wagen weg waren, denn er wollte keine Auseinandersetzungen mit Fremden. Er wollte nicht Fremde töten oder vor Gericht stellen, nur die SAVAK, schuldige Polizisten, iranische Feinde des Irans, die den Schah zurückholen wollten und alle verräterischen marxistischen Anhänger totalitärer Systeme, die gegen Demokratie, freie Religionsausübung, freie Erziehung und freie Universitäten waren.
»Wie gern hätte ich so ein Auto, Ibrahim«, meinte einer von ihnen blaß vor Neid.
»Eines Tages wirst du eines besitzen, Ali«, antwortete Ibrahim. »Auch den Sprit, den du dafür brauchst. Eines Tages wirst du der berühmteste Schriftsteller und Dichter des Iran sein.«
»Es ist widerlich von den Fremden, ihren Reichtum so zur Schau zu stellen, wenn es im Iran soviel Armut gibt«, meinte ein anderer.
»Bald werden alle fort sein. Für immer.«
»Glaubst du, daß die beiden morgen wiederkommen, Ibrahim?«
»Hoffentlich nicht. Ich wüßte nämlich nicht, wie wir uns dann verhalten sollen. Aber wir haben ihnen ganz schön Angst eingejagt. Trotzdem sollten wir diesen Block mindestens zweimal täglich kontrollieren.«
Einer von den jungen Männern, die nur mit Knüppeln bewaffnet waren, legte

ihm liebevoll den Arm um die Schulter. »Ich bin froh, daß wir dich zum Anführer gewählt haben. Du bist der beste.«

Ibrahim Kyabi war sehr stolz über diese Auszeichnung. Er war auch stolz darauf, daß er an der Revolution teilnahm, die allen Schwierigkeiten des Iran ein Ende setzen würde. Dazu war er stolz auf seinen Vater, der Gebietsmanager und einer der wichtigsten Beamten von IranOil war, seit Jahren für die Demokratie im Iran gearbeitet und Opposition gegen den Schah betrieben hatte und jetzt im neuen ruhmreichen Iran bestimmt ein einflußreicher Mann sein würde.

»Kommt, Freunde!« sagte er zufrieden. »Wir müssen noch einige Gebäude durchsuchen.«

12

Auf Siri: 19 Uhr 42. Etwas mehr als 1100 Kilometer südwestlich von Teheran waren die Verladearbeiten mit dem japanischen 50 000-Tonnen-Tanker »Rikomaru« beinahe abgeschlossen. Der Mond beleuchtete den Golf, die Nacht war lind und die Sterne funkelten am Himmel. Scragger hatte sich bereit erklärt, gemeinsam mit de Plessey das Abendessen bei Yoshi Kasigi an Bord einzunehmen. Jetzt standen sie zu dritt auf der Brücke neben dem Kapitän und beobachteten die japanischen Matrosen und den ersten Maschinisten am Einlaßschlauch, der zu dem Satz von Ventilen auf dem fest verankerten Öllandungsfahrzeug führte, das längsseits des Tankers lag.

Das Schiff befand sich etwa 200 Meter vor der Küste von Siri. Das Be- und Entladen waren gefährliche Operationen, weil sich in den Tanks im Raum oberhalb des Rohöls flüchtige, hochexplosive Gase bildeten.

Der erste Maschinist rief zu den Männern auf dem Boot hinunter: »Schließt das Ventil!«, dann drehte er sich mit in die Höhe gestrecktem Daumen zur Brücke um. Der Kapitän erwiderte das Zeichen und wandte sich auf Japanisch an Kasigi: »Sollen wir abfahren, sobald wir können?« Er war ein magerer Mann mit strengem Gesicht, trug zu seiner weißen Mütze ein gestärktes weißes Hemd, weiße Shorts, weiße Socken und weiße Schuhe.

»Ja, Kapitän Moriyama. Wie lange wird es noch dauern?«

»Höchstens zwei Stunden, um sauberzumachen und die Vertäubojen zu katten.« Das bedeutete, daß ihr Motorboot hinausfuhr, um die Bugankerketten von den festen Bojen loszumachen und wieder an den Ankern des Schiffs zu befestigen.

»Gut.« Kasigi erklärte de Plessey und Scragger auf Englisch: »Wir sind jetzt voll und bald bereit zum Auslaufen. In ungefähr zwei Stunden sind wir wieder auf See.«

»Ausgezeichnet«, sagte de Plessey erleichtert. »Jetzt können wir uns entspannen.«

Das Füllen der Tanks war problemlos verlaufen. Die Sicherheitsmaßnahmen auf der Insel und um das Schiff waren verschärft und alles, was man überprüfen konnte, war überprüft worden. Nur drei Iraner hatten an Bord kommen dürfen. Sie wurden durchsucht und von je einem japanischen Besatzungsmitglied genau überwacht. Bei den Iranern am Ufer konnte man keine Anzeichen von Feindseligkeit wahrnehmen. »Vielleicht hat sich der arme junge Mann auf Siri 3 geirrt, Scrag, *mon ami*«, sagte de Plessey.

»Vielleicht«, gab Scragger zu. »Trotzdem glaube ich, daß Abdullah Turik ermordet worden ist. Wenn man von einer Bohrinsel in ruhiges Wasser fällt, zieht man sich keine solche Verletzungen im Gesicht und an den Augen zu. Der arme Kerl.«

»Die Haie, Captain Scragger«, warf der ebenfalls beunruhigte Kasigi ein. »Die Wunden könnten doch von Haien stammen.«
»Möglich. Aber ich gehe jede Wette ein, daß er tot ist, weil er mich gewarnt hat.«
»Hoffentlich irren Sie sich!«
»Die Wahrheit werden wir nie erfahren. Was hatten Sie noch gesagt, Mr. Kasigi? Karma. Das Karma des armen Kerls schlug schnell zu und war nicht sonderlich schön.«
Die anderen nickten. Sie sahen schweigend zu, wie das Schiff von der Nabelschnur des Landungsfahrzeugs gelöst wurde.
Scragger trat an die Reling der Brücke, um besser zu sehen. Im Licht der Scheinwerfer schraubten Ölarbeiter den Zwölfzollschlauch von den Ventilen des Ölbootes ab. Es waren Japaner, Iraner und ein französischer Techniker. Vor Scragger lag das flache Deck, in dessen Mitte seine 206 stand. Er war auf de Plesseys Vorschlag hin und mit Kasigis Erlaubnis dort gelandet.
»Yoshi Kasigi schlägt vor, daß wir beide über Nacht bleiben«, hatte de Plessey Scragger mitgeteilt, »und erst am Morgen zurückfliegen. Es ist eine Abwechslung für Sie, und wir können mit Kasigi und seinem Kapitän Bridge spielen. Bei Tagesanbruch fliegen wir dann nach Lengeh zurück. Kommen Sie an Bord, ich würde mich freuen!«
So war Scragger bei Sonnenuntergang auf dem Tanker gelandet. Er fühlte sich für Abdullahs Tod verantwortlich. Der Anblick des Toten hatte ihn zutiefst erschüttert, und er hatte das Bedürfnis, bis zum Auslaufen der »Rikomaru« hierzubleiben.
Seit dem Augenblick, in dem das Beladen begonnen hatte, waren alle nervös gewesen, und diese Gereiztheit hatte stetig zugenommen. Die BBC hatte wieder über Zwischenfälle in Teheran, Mesched und Qom berichtet. Dazu kam McIvers Meldung, die Ayre durchgegeben hatte, und dann die zahllosen, einander widersprechenden Gerüchte, die im Umlauf waren: Eine militärische Intervention der USA stehe bevor. Eine militärische Intervention der Sowjetunion stehe bevor. Auf Khomeini, auf den von ihm ernannten Ministerpräsidenten Bazargan, auf den rechtmäßigen Premierminister Bachtiar und auf den amerikanischen Botschafter seien Mordanschläge verübt worden. Heute abend würde in Teheran der militärische Staatsstreich stattfinden, Khomeini sei bereits verhaftet worden, die Streitkräfte hätten kapituliert, der Wirbelsturm Gottes sei bereits de facto der Beherrscher des Irans und General Nassiri, der Leiter der SAVAK, sei verhaftet, verurteilt und erschossen worden.
»All diese Gerüchte können unmöglich stimmen«, hatte Kasigi ihnen allen aus der Seele gesprochen. »Wir können nur abwarten.«
Er war ein ausgezeichneter Gastgeber. Scragger mußte zwar zunächst seinen Abscheu vor den *sushi*, die es als Vorspeise gab, verbergen, aber das gegrillte Huhn in süß-saurer Sauce, der Reis, die Garnelen und das Gemüse in Butter schmeckten ihm. »Noch ein Bier, Captain Scragger?« fragte Kasigi.
»Nein, danke. Eines reicht. Obwohl ich zugeben muß, daß es nahe an das Forster Bier herankommt.«

De Plessey lächelte. »Sie wissen nicht, was für ein Kompliment Sie gerade erhalten haben, Mr. Kasigi. Wenn ein Australier sagt ›nahe an das Forster Bier herankommt‹, will das etwas heißen.«
»Freilich, das weiß ich, Mr. de Plessey. In Australien trinke ich nur Forster.«
»Sind Sie oft unten?« fragte Scragger.
»O ja. Australien ist unser Hauptlieferant für alle möglichen Rohstoffe. Wir importieren sogar große Mengen Reis von dort, obwohl wir ihn hauptsächlich zur Erzeugung unseres Nationalgetränks Sake verwenden. Haben Sie schon Sake getrunken, Captain?«
»Ja, einmal. Aber warmer Wein? Sake ist nicht ganz mein Geschmack.«
»Da bin ich ganz Ihrer Meinung«, bemerkte de Plessey und fügte dann rasch hinzu: »Obwohl, im Winter, Grog etwa... Was wollten Sie über Australien sagen, Mr. Kasigi?«
»Mir gefällt das Land sehr gut. Mein ältester Sohn studiert in Sydney, und wir besuchen ihn von Zeit zu Zeit. Es ist ein wunderbares Land – so weit, so reich und so leer.«
Ja, dachte Scragger grimmig, so leer, als würde es darauf warten, von Ihren Millionen Arbeitsameisen besetzt zu werden. Zum Glück liegen etliche tausend Meilen zwischen unseren Ländern.
Scraggers Gedanken kehrten in die Gegenwart zurück, und er wandte seine Aufmerksamkeit wieder dem Schiff zu.
Die Nacht war herrlich. Hoch oben erblickte er die Navigationslichter eines westwärts fliegenden Flugzeugs, und unter ihm hatten die Männer auf dem Ölboot das Abschraubemanöver beinahe abgeschlossen. Sobald der Schlauch an Bord gewinscht war, konnte die »Rikomaru« in See stechen. Bei Tagesanbruch würden sie die Straße von Hormus erreichen, und dann konnte er mit de Plessey nach Lengeh zurückfliegen.
Da erblickten seine scharfen Augen ein paar Männer, die von der spärlich beleuchteten Anschlußstelle am Ufer wegliefen. Eine kleine Explosion folgte, und dann schossen Flammen in die Höhe. Die Leute an Bord schauten entsetzt zu. Die Flammen breiteten sich aus, und vom Ufer waren französische und iranische Rufe zu hören. Aus den Baracken und von den Tanks kamen Männer herbeigelaufen. Ein Maschinengewehr feuerte kurz. Der Kapitän gab über das Lautsprechersystem der »Rikomaru« auf Japanisch Alarm.
Die Männer auf dem Landungsboot verdoppelten ihre Anstrengungen, weil sie befürchteten, daß das Feuer durch die Verbindung zum Festland auf ihr Boot übergreifen und es in die Luft jagen könnte. In dem Augenblick, da sich der Stutzen vom Ventil löste, sprangen die iranischen Ölarbeiter in ihr kleines Motorboot und brachten sich in Sicherheit. Der französische Techniker und die japanischen Matrosen liefen die Gangway zur »Rikomaru« hinauf. Auf dem Deck des Tankers erwachte die Winde rasselnd zum Leben und zog den Schlauch an Bord.
Unter Deck war die Mannschaft zu den Notfallstationen gerannt – Maschi-

nenraum, Brücke, Niedergänge. Jene drei Iraner, die zur Überwachung des Ölflusses an Bord hatten kommen dürfen, waren plötzlich allein und stürzten an Deck.
Einer von ihnen, Saiid, tat, als würde er stolpern, und ließ sich in der Nähe des Haupteinlaßventils zum Tank zu Boden fallen. Als er sicher war, daß ihn niemand beobachtete, öffnete er hastig die Hosen und holte einen kleinen Sprengsatz heraus, der bei der Leibesvisitation übersehen worden war. Er hatte ihn zwischen seinen Beinen an der Innenseite des Oberschenkels befestigt. Geschwind machte er den chemischen Zeitzünder scharf, der in etwa einer Stunde explodieren würde, versteckte den Sprengsatz hinter dem Hauptventil und lief zur Gangway. Hier stellte er erschrocken fest, daß die Kollegen auf dem Landungsboot nicht auf ihn gewartet hatten, und daß ihr Motorboot bereits fast das Ufer erreicht hatte. Die anderen beiden Iraner schimpften aufgeregt und wütend, weil man auch sie an Bord zurückgelassen hatte. Sie waren keine Mudjaheddin.
Am Ufer brannte das Öl lichterloh, aber die Ölzufuhr war abgeschaltet, und das Leck abgedichtet worden. Ein Franzose und zwei Iraner hatten schwere Verbrennungen erlitten, Vom Feuerwehrwagen aus versuchte man, die Flammen mit Seewasser zu löschen, das aus dem Golf gepumpt wurde. Es war windstill, und der stickige schwarze Rauch erschwerte die Bekämpfung des Feuers.
»Löscht doch mit Schaum!« rief Legrande, der französische Manager. Er war außer sich und versuchte, Ordnung zu schaffen, aber noch immer rannten alle im Scheinwerferlicht durcheinander und wußten nicht, was sie tun sollten. »Jacques, treiben Sie alle zusammen und zählen Sie sie, so rasch Sie können!« Die gesamte Mannschaft auf der Insel bestand aus 7 Franzosen und 30 Iranern. Die 3 Männer der Sicherheitsgruppe liefen in die Dunkelheit hinein; ihre einzige Bewaffnung waren Schlagstöcke, und keiner wußte, ob und von wo weitere Sabotageversuche zu erwarten waren.
»M'sieur.« Der iranische Arzt winkte Legrande.
Er ging zum Ufer hinunter. Der Mediziner kniete neben den zwei iranischen Verletzten, die bewußtlos auf einer Segeltuchplane lagen. Der eine hatte schwere Verbrennungen im Gesicht und keine Haare mehr, der andere war von brennendem Öl bespritzt worden und hatte beinahe am ganzen Körper schwere Brandwunden. Der dritte Verletzte, ein französischer Techniker, saß zusammengekauert in der Nähe und stöhnte leise; seine Hände und Arme waren mit Brandwunden übersät. Ab und zu fluchte er hemmungslos.
»Ich lasse Sie so rasch wie möglich ins Krankenhaus bringen, Paul«, sagte Legrande.
»Fangen Sie diese Scheißkerle und verbrennen Sie sie!« knurrte der Techniker, ehe er sich wieder seinen Schmerzen überließ.
»Natürlich«, antwortete Legrande hilflos und wandte sich an den Arzt: »Tun Sie, was Sie können! Ich fordere eine CASEVAC an.« Er lief vom Ufer zum Funkraum, der sich in einer der Baracken befand; allmählich gewöhnten sich seine Augen an die Dunkelheit. Da bemerkte er auf der anderen Seite des

Landestreifens zwei Männer, die einen Pfad zu den niedrigen Klippen hinaufliefen. Jenseits der Klippen befand sich eine Bucht mit einem Landesteg. Ich wette, die Hunde haben dort ein Boot versteckt, dachte er. Beinahe außer sich vor Wut schrie er hinter ihnen her: »Dreckskerle!«

Nach der ersten Explosion war de Plessey zum Sprechfunkgerät auf der Brücke gerannt. »Haben Sie das Maschinengewehr schon gefunden?« hatte er den Stellvertreter Legrandes auf Französisch gefragt. Scragger, Kasigi und der Kapitän standen hinter ihm.

»Nein, *M'sieur*. Nach dem ersten Feuerstoß sind die Angreifer verschwunden.«

»Wie steht es mit dem Schaden an der Pumpanlage?«

»Ich weiß es noch nicht, ich warte auf... Einen Augenblick, eben kommt *M'sieur* Legrande...« Einen Augenblick später meldete sich der Manager. »Drei sind verletzt, zwei Iraner sehr schwer, der dritte ist Paul Beaulieu, Hände und Arme – fordern Sie bitte sofort eine CASEVAC an! Zwei Männer sind zur Bucht gelaufen – vermutlich die Saboteure. Sie haben dort vermutlich ein Boot versteckt. Ich lasse gerade alle zusammentrommeln, dann sehen wir, wer fehlt.«

»Sehr gut. Wie schätzen Sie den Schaden ein?«

»Nicht hoch. Mit etwas Glück haben wir alles in einer Woche repariert – bestimmt, bis der nächste Tanker eintrifft.«

»Ich komme so rasch wie möglich an Land. Warten Sie einen Augenblick!« De Plessey berichtete den anderen, was Legrande gesagt hatte.

»Ich übernehme die CASEVAC, Sie brauchen keine Maschine anzufordern«, erklärte Scragger sofort.

»Lassen Sie doch die Verletzten an Bord bringen«, schlug Kasigi vor. »Wir haben hier ein Lazarett und einen Arzt. Er kennt sich mit Brandwunden sehr gut aus.«

»Um so besser.« Scragger rannte davon.

»Wir erledigen die CASEVAC von hier aus«, sagte de Plessey ins Mikrophon. »Lassen Sie die Männer auf Tragbahren legen. Captain Scragger bringt sie an Bord – wir haben einen Arzt hier.«

Ein junger japanischer Deckoffizier kam auf die Brücke und sprach kurz mit dem Kapitän, der den Kopf schüttelte, genauso kurz antwortete und dann de Plessey auf Englisch erklärte: »Die drei Iraner, die an Bord zurückgeblieben sind, weil das Motorboot abgehauen ist, wollen sofort an Land gebracht werden. Ich habe ihnen sagen lassen, daß sie warten müssen.« Dann erteilte er dem Maschinenraum einige Befehle.

»Ich fliege mit an Land.« De Plessey lief zur 206.

Scragger hängte gerade die Hecktüren aus.

»Was tun Sie da, Scrag?« fragte de Plessey.

»Ich kann die Tragbahre auf die Rücksitze legen und dort festzurren. Geht schneller, als wenn ich außen behelfsmäßig eine Transportvorrichtung anbringe.«

»Ich fliege mit.«

»Springen Sie hinein.« Sie sahen sich um, als sie die Stimmen hinter sich hörten. Die drei Iraner waren zum Helikopter gelaufen und redeten jetzt auf de Plessey ein. Es war klar, daß sie mit Scragger an Land fliegen wollten. »Sollen wir sie mitnehmen, Scrag?«

Scragger saß bereits im Pilotensitz, und seine Finger tanzten über die Schalter. »Nein. Sie sind am Notmanöver beteiligt, die drei nicht. Herein mit Ihnen, Sportsfreund!« Er zeigte auf den Platz neben sich und bedeutete den Iranern wegzugehen. *»Nah, ajaleh daram«*, nein, ich habe es eilig, sagte er. Dies war einer der wenigen Sätze auf Persisch, die er kannte. Zwei wichen gehorsam zurück. Der dritte, es war Saiid, schlüpfte auf die Rücksitze und begann sich anzuschnallen. Scragger schüttelte den Kopf und forderte ihn mit Gesten auf auszusteigen. Der Mann ignorierte das, sprach rasch, zwang sich zu lächeln und zeigte aufs Ufer.

Ungeduldig schickte ihn Scragger noch einmal hinaus und drückte bereits auf den Startknopf. Der Motor fing an zu jaulen. Wieder weigerte sich der Mann. Er winkte jetzt schon zornig, zeigte auf das Ufer und sagte etwas, das im Turbinenlärm unterging. Einen Augenblick lang wollte Scragger schon nachgeben, dann bemerkte er den Schweiß, der vom Gesicht des Mannes tropfte, er sah seinen schweißnassen Overall und konnte seine Angst förmlich riechen. »Raus!« befahl er und beobachtete ihn genau.

Saiid beachtete ihn wieder nicht, über ihnen drehte sich der Rotor immer schneller.

»Lassen Sie ihn drin!« rief de Plessey. »Beeilen wir uns!«

Unvermittelt unterbrach Scragger den Startvorgang, bewies für einen relativ kleinen Mann erstaunliche Kraft, hakte Saiids Sicherheitsgurt aus und setzte den halb ohnmächtigen Mann auf das Deck, bevor die anderen begriffen, was los war. Er legte die Hände an den Mund und rief zur Brücke hinauf: »He, ihr dort oben, Mr. Kasigi! Dieser Komiker hat es verdammt eilig, an Land zu kommen – war der nicht vorhin unter Deck?« Ohne die Antwort abzuwarten, sprang er wieder ins Cockpit und startete die Turbinen.

De Plessey sah ihn an. »Was ist Ihnen an dem Mann aufgefallen?«

Scragger zuckte mit den Achseln. Noch bevor die Turbinen auf vollen Touren liefen, hatten Matrosen Saiid und die anderen beiden gepackt, um sie zur Brücke hinaufzubringen.

Die 206 schoß wie ein Pfeil auf das Ufer zu. Die beiden Verletzten lagen bereits auf Tragbahren. Rasch wurde eine leere Tragbahre auf den Rücksitz geschnallt und die erste Tragbahre darauf festgezurrt. Scragger half dem verletzten Franzosen, dessen Hände und Arme verbunden waren, in den Sitz neben sich, versuchte, den Gestank nicht zu beachten, und flog zurück. Sanitäter und der Arzt warteten mit Plasma und Morphiumspritzen.

Sekunden später flog Scragger wieder zum Ufer. Die zweite Tragbahre wurde blitzschnell verladen, und schon landete er abermals leicht wie eine Flaumfeder auf dem Tanker. Auch dieses Mal wartete der Arzt bereits mit der Spritze, duckte sich und lief unter den wirbelnden Rotorblättern zur Tragbahre. Doch er gebrauchte die Spritze nicht. »Tut mir leid«, sagte er in stockendem

Englisch. »Mann tot.« Dann hastete er in sein Lazarett. Die Sanitäter brachten die Tragbahre mit der Leiche weg.
Als Scragger den Rotor abgeschaltet und alles abgesperrt hatte, ging er an die Reling und erbrach sich. Seit er vor vielen Jahren einen Piloten in einem abgestürzten, brennenden Flugzeug gesehen, gehört und gerochen hatte, war es ein Alptraum für ihn, auch in diese Lage zu geraten. Er konnte den Geruch von verbrannter menschlicher Haut und verbrannten Haaren nicht ertragen. Nach einer Weile wischte er sich den Mund ab, holte tief Luft und gratulierte sich zu seinem Glück. Dreimal hatte man ihn abgeschossen, zweimal war das Flugzeug dabei in Brand geraten, er aber kam jedesmal mit dem Leben davon. Viermal war er zur Autorotation gezwungen gewesen, um sich und die Passagiere zu retten, zweimal über dem Dschungel, einmal mit einem brennenden Motor. »Aber meine Zeit war noch nicht abgelaufen«, murmelte er. »Damals jedenfalls nicht.« Als er Schritte hörte, drehte er sich um. Er sah Kasigi, der mit zwei eiskalten Flaschen Bier in der Hand auf ihn zukam.
»Entschuldigen Sie bitte, aber hier«, Kasigi bot ihm eine Flasche an. »Auf Verbrennungen reagiere ich genauso. Auch ich habe mich übergeben müssen. Ich bin in das Lazarett hinuntergegangen, um nach den Verwundeten zu sehen, und... mir wurde ganz schlecht.«
Scragger trank dankbar. Die kühle, leicht bitter schmeckende, perlende Flüssigkeit belebte ihn. »Das war wirklich gut. Danke, Kamerad.« Und weil er das Wort einmal ausgesprochen hatte, fiel es ihm beim zweitenmal leichter. »Danke, Kamerad.«
In diesem Augenblick kam ein Matrose gelaufen und überreichte Kasigi ein Telex. Kasigi zog die Luft scharf ein und wurde noch blasser.
»Schlechte Nachrichten?«
Kasigi zögerte. »Nein, nur Probleme.«
»Kann ich etwas tun?«
Kasigi antwortete nicht. Scragger wartete. Dann sagte Kasigi: »Ich glaube nicht. Es handelt sich um unsere petrochemische Anlage in Bandar-e Delam.«
»Ja, dort bauen die Japaner.« Wie jeder am Golf kannte auch Scragger das ungeheure 3,5-Milliarden-Dollar-Projekt, das nach seiner Fertigstellung die größte petrochemische Anlage im Vorderen Orient sein sollte. Das Kernstück war eine 300 000-Tonnen-Raffinerie. Der Bau war 1971 begonnen worden und zu 85 Prozent fertiggestellt. »Das ist eine Riesenanlage.«
»Ja, aber sie wird von der japanischen Industrie, nicht von der Regierung errichtet. Der Iran-Toda-Komplex wird mit privaten Mitteln finanziert.«
»Aha.« Scragger hatte begriffen. »Toda Shipping Industries, Iran-Toda! Die gleiche Gesellschaft?«
»Ja. Aber wir sind nur eine Tochter der japanischen Holding, welche die finanziellen Mittel und das Know-how für den Schah – für den Iran zur Verfügung gestellt hat.« Kasigi warf wieder einen Blick auf die Nachricht und stellte befriedigt fest, daß seine Finger nicht zitterten. Sie stammte von Hiro Toda, dem Boß der Gesellschaft, und war verschlüsselt.
Sie lautete: »Dringend! Infolge der anhaltenden iranischen Kompromißlosig-

keit mußte ich in Bandar-e Delam einen Baustop anordnen. Derzeit übersteigen die Kosten 500 Millionen Dollar, und sie würden vermutlich auf eine Milliarde anwachsen, bis wir mit der Produktion beginnen können. Im Augenblick bezahlen wir täglich 495 000 Dollar Zinsen. Aufgrund des gemeinen inoffiziellen Drucks seitens ›Gebrochenes Schwert‹ wurde unser Eventualplan 4 abgelehnt. Fliegen Sie sofort nach Bandar-e Delam und berichten Sie mir persönlich. Chefingenieur Watanabe erwartet Sie. Bitte bestätigen Sie.«
Unmöglich dahinzukommen, dachte Kasigi niedergeschlagen. Und wenn Plan 4 abgelehnt wird, sind wir ruiniert. Nach Eventualplan Nr. 4 sollte Hiro Toda, um das Defizit auszugleichen, bei der japanischen Regierung Kredite zu einem niedrigen Zinssatz beantragen. Gleichzeitig wollte man den iranischen Ministerpräsidenten diskret dazu bringen, den Iran-Toda-Komplex in Bandar-e Delam zum Nationalen Projekt zu erklären. Damit würde die Regierung formell anerkennen, daß es sich um ein lebenswichtiges Projekt handelte, und es so lange vorantreiben, bis es fertiggestellt war. »Gebrochenes Schwert« war ihre Code-Bezeichnung für Hiro Todas persönlichen Feind und Hauptkonkurrenten Hidiyoshi Ishida, der an der Spitze der ungeheuer mächtigen Mitsuwari-Gruppe stand.
Mögen die Götter den neidischen, verlogenen Sohn eines Ungeziefers strafen, dachte Kasigi, während er erklärte: »Meine Gesellschaft ist nur eine von vielen innerhalb der Holding.«
»Ich bin einmal über die Anlage geflogen. Haben Sie Schwierigkeiten dort?«
»Kurzfristig, ja...« Kasigi unterbrach sich und sah Scragger an. Im Geist entwarf er einen Plan. »Kurzfristige Probleme – wichtig, aber nur kurzfristig. Wie Sie wissen, hatten wir von Anfang an jede Menge Schwierigkeiten. Wir waren an keiner schuld.« Er zwang sich äußerlich zur Ruhe. »Wie jeder, der mit den Leuten hier zu tun hat, haben wir in den letzten Jahren festgestellt, daß sie immer schwieriger zu behandeln sind.« Er deutete auf die Nachricht. »Mein Boß fordert mich auf, nach Bandar-e Delam zu fliegen.«
Scragger pfiff durch die Zähne. »Das wird schwierig sein.«
»Ja.«
»Ist es wichtig?«
»Ja. Sehr.« Kasigi ließ die Antwort in der Luft hängen, weil er sicher war, daß Scragger eine Lösung einfallen würde. Am Ufer brannte die ölgetränkte Erde immer noch lichterloh. Das Feuerwehrauto legte jetzt einen Schaumteppich. In der Nähe unterhielt sich de Plessey mit Legrande.
»Hören Sie«, meinte Scragger, »Sie sind ein wichtiger Kunde von de Plessey – er könnte Ihnen doch eine Charter besorgen. Wir haben eine freie 206. Vielleicht können wir von der Flugsicherung die Erlaubnis erhalten, Sie hinaufzufliegen. Oder wir bringen Sie über den Golf nach Dubai oder Al Schargas. Von dort bekommen Sie leichter einen Flug nach Abadan oder Bandar-e Delam. In beiden Fällen kann de Plessey etwas für Sie tun.«
»Glauben Sie, daß er dazu bereit wäre?«
»Warum nicht? Sie sind für ihn wichtig.«
Kasigi überlegte. Natürlich sind wir für ihn wichtig. Aber ich werde nie den

gemeinen Zwei-Dollar-Aufschlag pro Barrel vergessen. »Entschuldigen Sie! Was haben Sie eben gesagt?«

»Ich habe gefragt, warum Sie das Projekt überhaupt in Angriff genommen haben? Was hat Sie auf diese Idee gebracht?«

»Ein Traum. Vor elf Jahren, also 1968, ist ein Ingenieur namens Banjiro Kyama, der für uns arbeitet und mit unserem Boß verwandt ist, über die Ölfelder von Abadan gefahren. Überall sah er, wie ausströmendes Erdgas abgefackelt wurde. Da kam ihm die Idee: Warum verarbeiten wir das überflüssige Gas nicht zu Petrochemikalien? Wir besitzen die Technologie und das Know-how. Das war eine einmalige, glänzende Idee. Die Vorausplanung dauerte drei Jahre, doch wir arbeiteten das Projekt aus und trieben die 3,5 Milliarden Dollar auf. Freilich sind wir nur ein Teil des Gyokotomo-Mitsuwari-Toda-Konsortiums, aber Toda Shipping Industries werden jene Produkte befördern, die Japan dringend benötigt.« Fall wir den Komplex überhaupt fertigstellen können, dachte er verbittert.

»Und jetzt ist aus dem Traum ein Alptraum geworden?« fragte Scragger. »Ich habe doch irgendwo gehört, daß das Geld für das Riesenprojekt allmählich knapp wird.«

»Unsere Konkurrenten verbreiten alle möglichen Gerüchte.« Trotz des Dröhnens der Schiffsgeneratoren vernahm er den Schrei, den er schon lange erwartet hatte. »Wenn de Plessey wieder an Bord kommt, helfen Sie mir dann?«

»Gern. Er ist der Mann, der...« Scragger verstummte. Wieder ein Schrei. »Verbrennungen müssen scheußlich schmerzhaft sein.«

Kasigi nickte.

Das Feuer am Ufer war beinahe unter Kontrolle. Wieder ein Schrei. Kasigi kümmerte sich nicht darum, denn er dachte an Bandar-e Delam und das Telex, das er möglichst rasch an Hiro Toda absenden mußte. Wenn jemand unser Problem lösen kann, dann ist es Hiro Toda. Er muß es tun, sonst bin ich erledigt, und sein Mißerfolg wird zu meinem.

»Kasigi-san«, rief der Kapitän von der Brücke.

»Hai?«

Ein Schwall japanischer Worte folgte, und Kasigi schnappte nach Luft. *»Domo«*, rief er zurück und wandte sich an Scragger. »Kommen Sie!« Sie rannten zum Niedergang. »Der Iraner – der, den Sie aus dem Hubschrauber geworfen haben. Er ist ein Saboteur und hat da unten einen Sprengsatz angebracht.«

Scragger folgte Kasigi immer tiefer ins Schiffsinnere, bis sie den Kapitän und den ersten Maschinisten einholten. Zwei zornige Matrosen schoben und stießen den vor Angst beinahe gelähmten Saiid vor sich her. Er weinte und stammelte unverständliches Zeug. Mit einer Hand hielt er seine Hosen fest. Dann blieb er zitternd und stöhnend stehen und zeigte auf das Ventil. Der Kapitän bückte sich, griff sehr vorsichtig dahinter und stand mit dem Sprengsatz in der Hand auf, der mit dem chemischen Zeitzünder gekoppelt war.

»Schalt ihn ab!« befahl er Saiid, der entsetzt zurückwich.

»Man kann ihn nicht abschalten«, krächzte er, »er muß jeden Augenblick explodieren – verstehen Sie denn nicht?«
Bevor der Kapitän etwas unternehmen konnte, riß ihm einer der Matrosen den Sprengsatz aus der Hand, zog Saiid mit sich und raste zum Niedergang. Auf diesem Deck gab es keine Bullaugen, erst auf dem nächsten. Die Bullaugen wurden von zwei schweren Flügelmuttern zugehalten. Der Matrose schleuderte Saiid an die Wand und befahl ihm brüllend, eine Schraube zu lösen. Mit seiner freien Hand begann er, die zweite aufzuschrauben. Er war als erster fertig, Sekunden später Saiid. Der Matrose stieß das Bullauge auf. In diesem Augenblick explodierte der Sprengsatz, riß ihm beide Hände und den größten Teil des Gesichts weg, Saiid aber den Kopf ab.
Die anderen, die hinterherkamen, wurden beinahe den Niedergang hinuntergedrückt. Dann trat Kasigi vor, kniete neben den Leichen nieder und schüttelte benommen den Kopf.
Der Kapitän unterbrach die Stille. »Karma«, murmelte er.

13

Teheran: 20 Uhr 33. Nachdem Tom Lochart sich von McIver getrennt hatte, fuhr er nach Hause – ein paar Umleitungen, ein paar aufgebrachte Polizisten, aber sonst gab es keine Unannehmlichkeiten. Er wohnte in einem schönen Penthouse in einem modernen fünfstöckigen Gebäude in der besten Wohngegend – ein Hochzeitsgeschenk seines Schwiegervaters. Scharazad erwartete ihn bereits. Sie legte ihm die Arme um den Hals, küßte ihn leidenschaftlich und bat ihn, sich vor den Kamin zu setzen und die Schuhe auszuziehen. Dann holte sie Wein, der exakt so gekühlt war, wie er es gern hatte, und brachte ihm ein paar Appetithäppchen. Das Essen werde bald auf dem Tisch stehen, versprach sie ihm, lief in die Küche und erklärte der Köchin, daß sie sich beeilen müsse, weil der Herr zu Hause und hungrig sei. Vor dem Kamin setzte sie sich ihm zu Füßen, schlang die Arme um seine Knie und sah bewundernd zu ihm auf. »Ich bin so glücklich, daß du da bist, Tommy, du hast mir so sehr gefehlt. Ich habe gestern und heute sehr viel Interessantes erlebt.« Sie trug eine leichte, seidene Pluderhose und eine lange, lose Bluse, und er empfand ihre Schönheit beinahe als schmerzhaft. In wenigen Tagen würde sie 23 sein. Er war 42, und sie waren seit fast einem Jahr verheiratet. Er war ihr von dem Augenblick an verfallen gewesen, als er sie zum erstenmal erblickt hatte. Das war vor etwas mehr als 3 Jahren in Teheran anläßlich einer Dinnerparty bei General Valik gewesen, einem Vetter ihres Vaters. Die Sommerferien in Großbritannien gingen gerade zu Ende, und Deirdre, seine Frau, befand sich mit ihrer Tochter in England, genoß das Leben und vergnügte sich auf Parties. Erst an diesem Morgen hatte er wieder einen unzufriedenen Brief von ihr erhalten, in dem sie darauf bestand, daß er bei Gavallan seine sofortige Versetzung erreichen müsse. »Ich hasse Persien, ich will nicht mehr dort leben, ich will in England bleiben genau wie Monica. Warum denkst Du nicht zur Abwechslung einmal an uns statt immerzu nur an Deine verdammte Fliegerei und Deine verdammte Firma? Meine Familie lebt hier, meine Freunde leben hier, Monicas Freunde leben hier. Ich habe genug davon, im Ausland zu leben, ich will ein eigenes Haus mit Garten in der Nähe von London haben oder meinetwegen in der Stadt – es gibt sehr günstige Objekte in Putney und Clapham Common. Ich habe die Nase voll von Ausländern und von Versetzungen ins Ausland. Ich kann das persische Essen nicht mehr riechen. Ich habe genug von dem Schmutz, von der Hitze, der Kälte, dieser gräßlichen Sprache, diesen dreckigen Klos, auf denen man hockt wie ein Tier, all den dreckigen Gewohnheiten und Sitten – von allem. Es ist an der Zeit, daß wir uns über einiges klar werden, solange ich noch jung bin...«

»Exzellenz?«

Der lächelnde Kellner hatte ihm ehrerbietig ein Tablett mit Drinks angeboten. »*Manoonan*« – danke –, sagte er höflich und nahm ein Glas einheimischen Weißwein. Er nahm kaum den Kellner oder die übrigen Gäste wahr, konnte seine trübe Stimmung nicht abschütteln und ärgerte sich darüber, daß er sich von McIver hatte breitschlagen lassen, auf diese Party zu gehen. McIver mußte zu ihrem Stützpunkt in Al Schargas auf der gegenüberliegenden Seite des Golfs fliegen. »Du sprichst wenigstens Persisch, Tom«, hatte er gemeint, »und jemand von uns muß dort aufkreuzen...« Ja, dachte er jetzt verbittert, aber McIver hätte genausogut Charlie Pettikin herschicken können.
Es war beinahe 9 Uhr, das Essen war noch nicht aufgetragen worden, und er stand in der Nähe einer der offenen Türen, die in den Garten führten. Im Schein der Kerzen sah er die auf dem Rasen ausgebreiteten kostbaren Teppiche und die Gäste, die auf ihnen saßen oder unter den Bäumen in der Nähe des kleinen Teiches standen.
Damals war er in Galeg Morghi stationiert gewesen, dem Militärstützpunkt bei Teheran, und er bildete iranische Luftwaffenpiloten aus. In zehn Tagen sollte er seinen neuen Posten im Zagrosgebirge antreten, und er wußte genau, daß die neue Regelung mit zwei Wochen Zagros, einer Woche Teheran seine Frau noch mehr in Rage bringen würde. Am Vormittag hatte er in einem Wutanfall ihren Brief gleich beantwortet: »Wenn Du in England bleiben willst, dann bleib dort, aber hör auf zu meckern, und hör auf, etwas schlecht zu machen, was Du nicht kennst. Kauf Dir Dein Vorstadthaus, wo Du willst – aber ich werde *nie* darin leben. Nie. Ich habe einen guten Job, die Bezahlung ist in Ordnung, die Arbeit gefällt mir, und das wär's wohl. Wir haben ein gutes Leben, aber Du willst es nicht einsehen. Als wir heirateten, wußtest Du, daß ich Flieger bin, daß ich dieses Leben gewählt habe, daß ich nicht in England bleiben würde und daß ich nichts anderes gelernt habe, so daß ich jetzt nicht damit aufhören kann. Hör auf zu meckern, sonst... Wenn du eine Änderung herbeiführen willst, dann tu es...«
Verdammt, mir reicht's. Sie behauptet, daß sie den Iran und alles hier haßt, und dabei weiß sie überhaupt nichts vom Iran, ist nie aus Teheran hinausgekommen, will das Essen nicht einmal kosten, kommt immer nur mit ein paar englischen Weibern zusammen, immer den gleichen...
»Exzellenz, Sie sehen überhaupt nicht glücklich aus«, sagte da eine weibliche Stimme leise hinter ihm.
Er drehte sich um, und sein Leben veränderte sich.
»Was haben Sie bloß?« fragte sie, und ihr ovales Gesicht wurde ernst.
»Es tut mir leid«, stieß er heraus, weil sie ihn einen Augenblick lang verwirrt hatte, weil sein Herz wie verrückt pochte und sein Hals wie zugeschnürt war. »Ich habe geglaubt, daß Sie eine Fata Morgana sind, ein Märchenwesen aus ›Tausendundeiner Nacht‹, ein Zauber...« Er verstummte, weil er sich wie ein Dummkopf vorkam. »Entschuldigen Sie! Ich war schrecklich weit weg. Ich heiße Lochart, Tom Lochart.«
»Ja, ich weiß«, antwortete sie lachend. Ihre rehbraunen Augen blitzten, ihre Lippen glänzten, ihre Zähne schimmerten blendend weiß, ihr Haar war lang,

dunkel und gewellt, und ihre Haut hatte die Farbe der iranischen Erde: olivenbraun. Sie trug ein Kleid aus weißer Seide, duftete nach einem teuren Parfüm und reichte ihm knapp bis zum Kinn. »Sie sind der schlimme Ausbildungs-Captain, der meinen armen Vetter Karim mindestens dreimal täglich fertigmacht.«
»Was?« Es fiel Lochart schwer, sich zu konzentrieren. »Wen?«
»Dort.« Sie zeigte auf die andere Seite des Raums. Der junge Mann, der sie anlächelte, trug Zivil, und Lochart hatte ihn nicht als einen seiner Schüler erkannt. Karim sah sehr attraktiv aus, hatte dunkles, gelocktes Haar, dunkle Augen und eine gute Figur. »Mein Lieblingsvetter, Captain Karim Peschadi von der kaiserlich iranischen Luftwaffe.« Sie blickte Lochart wieder an, ihre Wimpern waren lang und schwarz. Und wieder setzte sein Herzschlag kurz aus.
Reiß dich um Himmels willen zusammen! Was ist denn mit dir los? »Ich, na ja, ich mache sie eigentlich nie fertig, nur wenn es absolut notwendig ist – wenn ich ihnen damit das Leben rette.« Er versuchte, sich an Captain Peschadis Leistungen zu erinnern, aber sie fielen ihm nicht ein, und in seiner Verzweiflung wechselte er zu Persisch: »Aber Gnädigste, wenn Sie mir die besondere Ehre erweisen wollen, wenn Sie sich mit mir unterhalten wollen und mir die Gunst gewähren, mir Ihren Namen zu nennen, verspreche ich...« Er suchte das passende Wort, fand es nicht und ersetzte es: »... werde ich auf ewig Ihr Sklave sein und werde natürlich Seine Exzellenz Ihren Vetter mit der besten Beurteilung durchkommen lassen.«
Sie klatschte entzückt in die Hände. »Oh, Exzellenz«, antwortete sie auf Persisch, »mein Vetter hat mir nicht verraten, daß Sie unsere Sprache beherrschen. Wie schön klingen die Worte, wenn Sie sie aussprechen!«
Lochart lauschte atemlos ihrem übertriebenen Kompliment, das aber im Persischen ganz normal wirkte, und antwortete auf die gleiche Art und segnete dabei Scragger, der ihm vor Jahren, als er zu Sheik Aviation kam, erklärt hatte: »Wenn du bei uns fliegen willst, Kumpel, dann lerne lieber Persisch, denn ich habe es nicht vor.« Jetzt erkannte er zum erstenmal, daß es eine Sprache der Liebe, eine Sprache der Andeutungen war.
»Ich heiße Scharazad Paknouri, Exzellenz.«
»Dann kommen Gnädigste doch aus ›Tausendundeiner Nacht‹.«
»Ich kann Ihnen trotzdem keine Geschichte erzählen, selbst wenn Sie schwören, daß Sie mir den Kopf abschlagen lassen.« Dann fuhr sie lachend auf Englisch fort: »Im Geschichtenerzählen war ich die schlechteste in der Schule.«
»Das kann nicht sein!«
»Sind Sie immer so höflich, Captain Lochart?« Ihr Blick neckte ihn.
»Nur gegenüber der schönsten Frau, die ich je gesehen habe.«
Sie errötete und blickte zu Boden, und er dachte entsetzt, daß er jetzt alles verdorben hatte. Doch als sie wieder zu ihm aufschaute, strahlten ihre Augen.
»Danke! Sie machen eine alte, verheiratete Frau glücklich.«
Da fiel ihm das Glas aus der Hand. Er hob es leise fluchend auf und

entschuldigte sich, aber außer ihr hatte es niemand bemerkt. »Sie sind verheiratet?« platzte er heraus, denn dieser Gedanke war ihm nicht gekommen, und außerdem war er ja auch verheiratet und hatte eine achtjährige Tochter. Mit welchem Recht regte er sich also auf? Du benimmst dich wie ein Irrer – du bist übergeschnappt. Dann kam er zu sich. »Was haben Sie eben gesagt?« fragte er.

»Daß ich verheiratet bin – noch drei Wochen und zwei Tage lang, und daß mein Name seit meiner Verehelichung Paknouri lautet. Mein Mädchenname ist Bakravan.« Sie hielt einen Kellner auf und reichte Lochart ein neues Glas Wein. »Sind Sie sicher, daß Sie sich wohl fühlen, Captain?«

»O ja, bestimmt. Haben Sie Paknouri gesagt?«

»Ja. Seine Hoheit, Emir Paknouri, war bereits fast 50 und Vater und Mutter hielten es für gut, wenn ich ihn, den Freund meines Vaters, heirate. Er war dazu bereit, obwohl ich mager bin, nicht üppig und begehrenswert, wenn ich auch noch soviel esse.« Sie zuckte mit den Achseln, aber ihre Augen strahlten, und für ihn wurde die Welt wieder hell. »Natürlich willigte ich ein, aber nur unter der Bedingung, daß unsere Ehe enden solle, wenn sie mir nach 2 Jahren nicht mehr gefalle. Wir heirateten an meinem 17. Geburtstag, und mir gefiel die Ehe sofort nicht. Ich weinte immerzu, und als wir 2 Jahre lang und ein zusätzliches Jahr, zu dem ich meine Zustimmung gab, kinderlos blieben, war mein Ehemann, mein Herr, so gütig, sich von mir scheiden zu lassen. Jetzt kann er wieder heiraten, und ich bin frei, aber leider schon alt und...«

»Sie sind nicht alt, Sie sind jung!«

»O doch, alt.« Ihre Augen funkelten, und sie tat, als wäre sie traurig, und er unterhielt sich mit ihr, lachte mit ihr und bedeutete ihrem Vetter, sich ihnen anzuschließen, weil er befürchtete, daß er der Mann ihrer Wahl war. Er unterhielt sich mit ihnen, erfuhr, daß ihr Vater ein wichtiger Bazaari, daß ihre Familie groß und kosmopolitisch eingestellt war und gute Beziehungen besaß, daß ihre Mutter kränkelte, daß sie Schwestern und Brüder hatte, daß sie in der Schweiz zur Schule gegangen war, aber nur ein halbes Jahr lang, weil sie solche Sehnsucht nach der Heimat und ihrer Familie gehabt hatte.

An diesem Abend war er nicht gleich nach Hause gefahren, sondern hinauf nach Darband in die Berge, wo es viele schöne Gartencafés am Ufer des Flusses gab, mit Stühlen, Tischen und weichen Diwanen, auf denen man ruhen, essen oder schlafen konnte. Er hatte auf einem Diwan gelegen, zu den Sternen aufgeblickt und gewußt, daß sich alles verändert hatte, daß er verrückt geworden war, aber daß er jedes Hindernis überwinden, jede Mühsal ertragen würde, um sie zu heiraten.

Und er hatte sie geheiratet, obwohl es nicht leicht gewesen war und er manchmal fast verzweifelte.

»Woran denkst du, Tommy?« fragte sie jetzt.

»An dich.« Ihre Zärtlichkeit hatte seine Sorgen verscheucht. Das Wohnzimmer war warm wie die gesamte riesige Wohnung mit dem gedämpften Licht, den zugezogenen Vorhängen, den vielen Teppichen und Couchkissen. Die

Holzscheite im Kamin brannten fröhlich. »Aber ich denke ja immer nur an dich.«
Sie schlug die Hände zusammen. »Das ist wunderbar.«
»Ich fliege statt morgen erst übermorgen ins Zagros-Gebirge.«
»Das ist noch wunderbarer.« Sie umschlang wieder seine Knie und legte den Kopf auf sie.
Er streichelte ihr Haar. »Du hast erwähnt, daß du einen interessanten Tag hinter dir hast?«
»Ja, gestern und heute. Ich war in deiner Botschaft und habe den Paß bekommen, wie du gewollt hast.«
»Großartig. Ab jetzt bist du Kanadierin.«
»Nein, Liebling, Iranerin – du bist Kanadier. Aber das Beste kommt erst: Ich war in Doschan Tappeh!«
»Verdammt«, entfuhr es ihm wider Willen, denn sie mochte nicht, daß er fluchte. »Entschuldige! Aber das war verrückt. Dort wird gekämpft, es war verrückt von dir, dich in Gefahr zu begeben.«
»Ach, ich war nicht bei den Kämpfen«, erklärte sie fröhlich, stand auf und lief hinaus. »Ich zeige es dir.« Im nächsten Augenblick stand sie wieder in der Tür. Sie hatte einen grauen Tschador angelegt, der sie vom Kopf bis zu den Füßen und auch den größten Teil ihres Gesichts verdeckte. Er verabscheute ihn sofort. »Ach, Herr«, sagte sie auf Persisch und drehte sich vor ihm, »du mußt nicht um mich bangen. Allah beschützt mich, und auch der Prophet, Sein Name sei gepriesen.« Sie unterbrach sich, als sie seinen Gesichtsausdruck sah. »Was ist los?« fragte sie auf Englisch.
»Ich habe dich noch nie in einem Tschador gesehen. Er steht dir nicht.«
»Ich weiß, daß er häßlich ist, und ich würde ihn nie zu Hause tragen, aber auf der Straße fühle ich mich in ihm wohler, Tommy. Die Männer starren einen so schrecklich an. Es ist an der Zeit, daß wir ihn wieder tragen – und auch den Schleier.«
Er war entsetzt. »Was ist mit den Rechten, die ihr errungen habt, dem Recht zu wählen, dem Recht, den Schleier abzulegen, dem Recht, überall hinzugehen, wo ihr wollt, zu heiraten, wen ihr wollt, nicht mehr ein Stück Vieh zu sein? Wenn ihr den Tschador akzeptiert, verliert ihr alle übrigen Rechte.«
»Vielleicht, vielleicht auch nicht, Tommy.« Sie war froh, daß sie ihm widersprechen konnte, was bei einem iranischen Ehemann undenkbar gewesen wäre. Sie war so froh, daß sie diesen Mann geheiratet hatte, der ihr unglaublicherweise eine eigene Meinung zubilligte und, was noch verblüffender war, ihr erlaubte, sie offen zu äußern. Der Wein der Freiheit steigt einem rasch zu Kopf, dachte sie, er ist für eine Frau sehr gefährlich – wie jene Frucht im Garten Eden.
»Als Schah Reza den Schleier von unseren Gesichtern nahm, hätte er auch die Einstellung der Männer ändern müssen. Du gehst nicht auf den Markt, Tommy, und fährst nicht Autobus, jedenfalls nicht als Frau. Du hast keine Ahnung, wie das ist. Die Männer auf der Straße, im Basar, in der Bank, überall. Sie sind alle gleich. Man sieht, daß alle das gleiche denken, von dem

gleichen besessen sind – Gedanken, die im Zusammenhang mit mir nur dir zustehen.«
Sie nahm den Tschador ab, legte ihn ordentlich auf einen Stuhl und setzte sich wieder zu ihm. »Von heute an werde ich ihn auf der Straße tragen wie meine Mutter und Großmutter vor mir, nicht wegen Khomeini, Allah schütze ihn, sondern deinetwegen, mein geliebter Mann.«
Sie küßte ihn leicht, und er wußte, daß es beschlossene Sache war. Außer er verbot es ihr. Aber dann würde es Schwierigkeiten geben, denn es war ihr Recht, diese Entscheidung zu treffen. Sie war Iranerin, sie lebten im Iran, also würden es typisch iranische Schwierigkeiten sein, die zu einer typisch iranischen Lösung führten: Sie würde oft und tief seufzen, ihm seelenvolle Blicke zuwerfen, gelegentlich eine Träne vergießen, ihn mit niedergeschlagenen Augen wie eine Sklavin bedienen, nachts im richtigen Augenblick schluchzen, noch gequälter seufzen, aber nie würde ein zorniges Wort oder ein drohender Blick den äußerlichen Frieden stören.
Manchmal fiel es Lochart schwer, sie zu verstehen. »Tu, was du willst, aber fahre nicht mehr nach Doschan Tappeh! Was ist dort geschehen?«
Ihr Gesicht leuchtete auf. »Es war so aufregend. Die Unsterblichen konnten die Gläubigen nicht vertreiben. Überall wurde geschossen. Ich befand mich in Sicherheit, meine Schwester Laleh, mein Vetter Ali und seine Frau waren bei mir. Auch Karim war da. Er hat sich gemeinsam mit anderen Offizieren für den Islam und die Revolution entschieden und uns gesagt, wo und wie wir ihn erreichen können. Es waren über 200 Frauen anwesend, alle trugen den Tschador, und wir riefen im Chor ›Allah ist groß, Allah ist groß.‹ Dann liefen einige Soldaten zu uns über. Unsterbliche.« Ihre Augen wurden groß. »Stell dir vor, sogar die Unsterblichen beginnen, die Wahrheit zu erkennen!«
Lochart war bestürzt, weil sie sich, wenn auch in Begleitung, solcher Gefahr ausgesetzt hatte. Bis jetzt hatten die Revolte und Khomeini sie scheinbar nicht berührt, außer zu Beginn, als sie sich wegen ihres Vaters und ihrer Verwandten Sorgen machte, die reiche Kaufleute und Bankiers waren und gute Beziehungen zum Hof unterhielten. Zum Glück hatte der Vater alle ihre Sorgen zerstreut, indem er ihr anvertraute, daß er und seine Brüder im geheimen seit Jahren Khomeini und die Revolte gegen den Schah unterstützten. Aber jetzt, dachte Lochart, wenn die Unsterblichen und hohe junge Offiziere wie Karim überlaufen, wird es zu einem schrecklichen Blutvergießen kommen. »Wie viele sind denn übergelaufen?« fragte er, während er überlegte, was er tun solle.
»Nur drei, aber Karim findet, daß es ein guter Anfang ist und daß Bachtiar und sein Geschmeiß bald genauso fliegen werden wie der Schah.«
»Hör zu, Scharazad, heute haben die Regierungen von England und Kanada angeordnet, daß alle Angehörigen ihrer hier tätigen Staatsbürger den Iran auf einige Zeit verlassen müssen. Mac schickt alle nach Al Schargas, bis sich die Lage beruhigt hat.«
»Das ist sehr vernünftig.«
»Morgen kommt unsere 125. Sie bringt Genny, Manuela, dich und Azadeh fort. Packe also...«

»Ich verlasse das Land nicht, ich habe keinen Grund dazu, Liebling. Und warum sollte Azadeh das Land verlassen? Für uns besteht keine Gefahr. Vater würde es bestimmt wissen. Du brauchst dir keine Sorgen zu machen.« Sie sah, daß sein Weinglas beinahe leer war, stand auf, füllte es wieder und brachte es ihm. »Mir geschieht bestimmt nichts.«
»Aber ich finde, daß du außerhalb des Irans besser aufgehoben wärst.«
»Es ist wunderbar, daß du an mich denkst, Liebling, aber ich habe keinen Grund abzureisen. Ich werde morgen Vater fragen – oder du tust es.« Ein kleines Stückchen glühende Kohle fiel aus dem Kamin. Er wollte aufstehen, aber sie war schon dort. »Ich tue es. Ruhe dich nur aus, mein Liebling, du mußt müde sein. Vielleicht hast du morgen Zeit, gemeinsam mit mir Vater zu besuchen.«
Dann griff sie lächelnd nach ihrem Tschador und lief fröhlich durch das Zimmer und den Korridor in die Küche.
Beunruhigt starrte Lochart ins Feuer und sammelte Argumente, weil er ihr nichts vorschreiben wollte. Aber wenn es sein muß, werde ich mich dazu entschließen. Es gibt schon so genug Schwierigkeiten: Charlie ist verschwunden, in Kowiss herrscht das Chaos, Kyabi wurde ermordet, und Scharazad und ich befinden uns mitten im Aufruhr. Sie ist verrückt, ein solches Risiko einzugehen. Wenn ich sie verliere, sterbe ich. Gott, wer und wo Du auch bist, beschütze sie!
Das Wohnzimmer war groß. In der anderen Hälfte standen ein Tisch und Stühle, aber meist saßen sie auf dem Fußboden und lehnten sich an Polster und Kissen. Sie verfügten über fünf Schlafzimmer, drei Badezimmer und zwei Wohnzimmer. Das zweite war viel kleiner, und wenn er geschäftliche Besprechungen hatte oder wenn ihre Freundinnen oder Verwandten zu Besuch kamen, zog sie sich in dieses Wohnzimmer zurück, um nicht zu stören. Um Scharazad war immer Leben und Bewegung: Verwandte, Kinder, Kindermädchen...
Es störte ihn nie, denn sie waren eine glückliche, gesellige Familie. Er hatte mit ihrem Vater vereinbart, daß er drei Jahre und einen Tag im Iran leben würde. Dann konnte er mit Scharazad zeitweilig den Iran verlassen, falls es erforderlich war. »Bis dahin«, hatte ihr Vater freundlich gemeint, »werdet ihr sicherlich die richtige Entscheidung getroffen haben, dann werdet ihr Söhne und Töchter haben, denn obwohl meine Tochter mager, geschieden und noch kinderlos ist, glaube ich nicht, daß sie unfruchtbar ist.«
»Aber sie ist noch so jung. Vielleicht finden wir, daß es noch zu früh für Kinder ist.«
»Es ist nie zu früh«, hatte Bakravan scharf widersprochen. »Es steht ausdrücklich in den heiligen Büchern. Eine Frau braucht Kinder. Ein Heim braucht Kinder. Ohne Kinder kommt eine Frau auf müßige Gedanken.«
»Aber wenn sie und ich der Meinung sind, daß es zu früh ist?«
»Eine solche Entscheidung steht ihr nicht zu«, hatte Jared Bakravan empört geantwortet. »Es wäre ungeheuerlich, sogar eine Beleidigung, mit ihr darüber zu sprechen. Du mußt denken wie ein Iraner, oder diese Ehe wird nicht von

Dauer sein. Vielleicht nicht einmal beginnen. Willst du womöglich keine Kinder?«
»O doch, natürlich, aber...«
»Gut, dann ist das erledigt.«
»Können wir uns auf folgendes einigen: Drei Jahre und einen Tag lang darf ich bestimmen, ob es zu früh ist?«
»Das ist unsinnig. Wenn du keine Kinder willst...«
»Natürlich will ich welche, Exzellenz.«
Schließlich räumte der alte Mann widerwillig ein: »Nur ein Jahr und einen Tag – aber du mußt schwören, daß du wirklich Kinder willst. Du hast nur Unsinn im Kopf, mein Sohn. Mit Allahs Hilfe wird dieser Unsinn verschwinden wie Schnee auf Wüstensand. Natürlich brauchen Frauen Kinder...«
Lochart lächelte geistesabwesend vor sich hin. Dieser unglaubliche alte Mann würde noch im Paradies mit Gott feilschen. Und warum auch nicht? Immerhin handelte es sich dabei um den nationalen Zeitvertreib der Iraner. Aber was sage ich ihm in ein paar Tagen, wenn das Jahr und ein Tag vorüber sind? Möchte ich jetzt Kinder und die damit verbundene Verantwortung auf mich nehmen? Nein, noch nicht. Doch Scharazad wünscht sich Kinder. Sie hat meine Entscheidung zwar akzeptiert und nie ein Wort gesagt, aber ich glaube nicht, daß sie sich je damit abgefunden hat.
Er hörte aus der Küche gedämpfte Stimmen – ihre und die des Dienstmädchens –, was die Ruhe um ihn nur verdeutlichte. Hier fand er den richtigen Ausgleich zu dem Lärm im Cockpit, zu seinem zweiten Leben. Die Polster waren sehr bequem, und er beobachtete das Feuer. Draußen wurde irgendwo geschossen, aber sie hatten sich schon so daran gewöhnt, daß sie es kaum noch wahrnahmen.
Ich muß sie aus Teheran hinausbringen, dachte er, aber wie? Solange ihre Familie hier ist, wird sie nie abreisen. Bachtiar müßte sich bald entschließen, die Revolte durch das Militär niederschlagen zu lassen, sonst ist er erledigt. Doch wenn er es tut, kommt es zu einem Blutbad, denn wenn es um den Islam geht, werden die Iraner gewalttätig.
Ja, der Islam. Ich habe dem alten Mann versprochen, daß ich mich mit dieser Religion befassen werde, daß ich sie ohne jedes Vorurteil studieren werde. Und?
Jetzt ist nicht der richtige Augenblick, um darüber nachzudenken. Du mußt praktische Entscheidungen treffen. Scharazad befindet sich in Gefahr. Tschador oder nicht, sie wird sich letztlich für ihn einsetzen, denn sie hat das Recht – es handelt sich schließlich um ihre Heimat.
Ja, aber sie ist meine Frau, und ich werde ihr befehlen, sich herauszuhalten. Sie könnte in das Haus ihres Vaters am Kaspischen Meer in der Nähe von Bandar-e Pahlavi ziehen. Vielleicht kann ihre Familie sie dorthin bringen – das Klima ist dort besser, es ist nicht so verdammt kalt wie hier, obwohl unsere Wohnung warm ist und wir dank des Alten und der Familie immer Heizöl und Brennholz sowie Lebensmittel im Kühlschrank haben.
Ein leises Geräusch lenkte ihn ab. Scharazad stand im Türrahmen; sie trug

den Tschador und einen leichten Schleier, den er noch nie an ihr gesehen hatte. Ihre Augen waren ihm noch nie so verführerisch erschienen. Sie trat näher und schlug den Tschador zurück. Darunter hatte sie nichts an, und er sog scharf die Luft ein.

»Exzellenz, mein Mann, gefällt Ihnen der Tschador jetzt?«

Er griff nach ihr, aber sie wich lachend zurück. »Angeblich tragen die Prostituierten in den Sommernächten ihren Tschador so.«

»Scharazad ...«

»Nein.«

Diesmal fing er sie mühelos ein. Ihr Duft, ihre schimmernde Haut, ihr weicher Körper. »Vielleicht, Herr«, meinte sie zwischen den Küssen nekkend, »wird deine Sklavin den Tschador immer so tragen – auf der Straße, im Basar. Angeblich tun es viele Frauen.«

»Nein. Die Vorstellung würde mich wahnsinnig machen.« Er wollte sie hochheben und ins Schlafzimmer tragen.

Aber sie widersprach: »Nein, Liebster, bleiben wir hier!«

»Aber die Dienerschaft ...«, wandte er ein.

Und sie flüsterte: »Vergiß sie, sie werden uns nicht stören, ich bitte dich, Liebster, vergiß alles und denke nur daran, daß dies dein Haus, dein Heim ist, und daß ich ewig deine Sklavin bin.«

Sie blieben. Wie immer war ihre Leidenschaft genauso groß wie die seine, und obwohl er nicht begriff, wieso es so war, konnte er nur mit ihr die Gefilde der Seligkeit erreichen, mit dieser Nymphe des Paradieses dort verweilen und dann ungefährdet auf die Erde zurückkehren.

Als sie später beim Essen saßen, störte die Türklingel ihren Frieden. Der Diener Hassan sah nach, kehrte dann in das Eßzimmer zurück und schloß die Tür hinter sich: »Herr, es ist Seine Exzellenz General Valik. Er bittet um Verzeihung, weil er Sie so spät noch stört, aber es sei wichtig, und er fragt, ob Sie ihm ein paar Minuten gewähren würden.«

Lochart wollte schon abschlägig antworten, aber Scharazad berührte ihn, und er beruhigte sich. »Empfange ihn, Liebster! Ich warte im Bett auf dich. Hassan, bring einen frischen Teller und wärme den Khoresch auf. Seine Exzellenz ist bestimmt hungrig.«

Valik entschuldigte sich überschwenglich, weil er so spät kam, lehnte zweimal das Essen ab, ließ sich aber natürlich dann doch überreden und aß heißhungrig. Lochart wartete geduldig und hielt sich an die iranische Sitte, daß die Familie zuerst kam, daß es sich gehörte, nie mit der Tür ins Haus zu fallen und nie direkt zu sein. Auf Persisch ging das viel leichter als auf Englisch.

Sobald er aber konnte, wechselte er zum Englischen. »Ich freue mich sehr, Sie zu sehen, General. Was kann ich für Sie tun?«

»Ich habe erst vor einer halben Stunde erfahren, daß Sie wieder in Teheran sind. Dieser Khoresch ist der beste, den ich seit Jahren gegessen habe. Es tut mir so leid, daß ich Sie zu so später Stunde stören muß.«

»Das macht überhaupt nichts.« Lochart ließ die Stille wachsen. Der Ältere aß gelassen, dann wischte er sich den Mund ab. »Ich bewundere Scharazad – sie

hat ihre Köchin gut angewiesen. Ich werde es meinem Lieblingsvetter, Exzellenz Jared, erzählen.«
»Danke.« Lochart wartete.
Wieder hing die Stille zwischen ihnen. Valik trank Tee, er rührte keinen Alkohol an. »Ist die Starterlaubnis für die 212 gekommen?«
»Sie war noch nicht da, als wir das Büro verließen.« Lochart war auf die Frage nicht gefaßt. »Meines Wissens hat Mac einen Boten mitgeschickt, der darauf warten sollte. Ich würde ihn gern anrufen, aber leider funktioniert unser Telefon nicht. Warum?«
»Die Partner möchten, daß Sie die Charter fliegen.«
»McIver hat Captain Lane dafür eingeteilt, vorausgesetzt die Starterlaubnis kommt.«
»Sie kommt.« Valik wischte sich noch einmal den Mund ab und schenkte sich neuen Tee ein. »Die Partner möchten, daß Sie die Charter fliegen. McIver wird bestimmt damit einverstanden sein.«
Locharts Staunen wuchs. »Es tut mir leid, aber ich muß ins Zagros-Gebirge zurück. Ich möchte mich vergewissern, daß dort alles in Ordnung ist.« Er berichtete Valik kurz, was sich dort zugetragen hatte.
»Zagros kann bestimmt ein paar Tage warten. Jared würde sich freuen, wenn Ihnen die Wünsche der Partner ein Anliegen sind und Sie sie erfüllen.«
Lochart runzelte die Stirn. »Ich bin gern bereit, ihre Wünsche zu erfüllen. Warum sind ein paar Ersatzteile und ein paar Rial wichtig für die Partner?«
»Alle Charter sind wichtig. Die Partner wollen immer nur den besten Service liefern. Wir sind uns also einig?«
»Ich... ich muß erstens mit Mac sprechen, zweitens bezweifle ich, daß die 212 Starterlaubnis bekommt und drittens sollte ich wirklich auf meine Basis zurückkehren.«
Valik lächelte gewinnend. »McIver wird ganz gewiß zustimmen, Sie werden die Starterlaubnis erhalten.« Er stand auf. »Ich fahre jetzt zu McIver und berichte ihm, daß Sie einverstanden sind. Ich lasse Scharazad meinen Dank ausrichten – und mich tausendmal entschuldigen, weil ich so spät gekommen bin. Aber wir leben in unruhigen Zeiten.«
Lochart rührte sich nicht. »Ich möchte noch immer wissen, warum ein paar Ersatzteile und 100 000 Rial so wichtig sind.«
»Die Partner sind dieser Ansicht. Angesichts Ihrer engen Beziehungen zu meiner Familie habe ich sofort angenommen, daß Sie mir gefällig sein würden, wenn ich Sie persönlich darum bitte. Wir gehören doch zur gleichen Familie, nicht wahr?« Der Ton war scharf, obwohl das Lächeln blieb.
Lochart kniff die Augen zusammen. »Ich bin gern bereit zu helfen, aber...«
»Gut, dann ist es abgemacht. Danke. Ich finde schon allein hinaus.« Unter der Tür drehte sich Valik nochmals um und musterte den Raum vielsagend. »Sie sind ein sehr glücklicher Mann, Captain. Ich beneide Sie.«
Als Valik gegangen war, blieb Lochart am verlöschenden Feuer sitzen und starrte in die Flammen. Hassan und ein Dienstmädchen räumten ab und wünschten ihm gute Nacht, aber er hörte sie nicht. Auch Scharazad hörte er

nicht, die später ins Zimmer kam, ihn ansah, dann leise ins Bett zurückkehrte und ihn pflichtschuldig seinem Tagtraum überließ.

Lochart war wütend und angewidert. Valik wußte genau, daß alles, was sich in der Wohnung befand, einschließlich der Wohnung selbst ein Hochzeitsgeschenk von Scharazads Vater war. Jared Bakravan hatte ihm sogar das Eigentumsrecht am ganzen Haus übertragen – zumindest an den Mieteinnahmen. Nur wenige wußten, daß sie deshalb gestritten hatten. »So sehr ich deine Großzügigkeit schätze, ich kann es nicht annehmen. Es ist mir unmöglich«, hatte Lochart sich gewehrt.

»Es handelt sich doch nur um materielle, unwichtige Dinge.«

»Ja, aber das ist zu viel. Mein Gehalt ist zwar nicht groß, aber wir können mit ihm durchkommen. Wirklich.«

»Ja, natürlich. Aber warum soll der Mann meiner Tochter kein angenehmes Leben führen? Wie solltest du sonst in Ruhe die iranischen Sitten kennenlernen und dein Versprechen halten? Ich versichere dir, mein Sohn, diese Dinge stellen für mich keinen großen Wert dar. Du gehörst jetzt zu meiner Familie. Die Familie steht im Iran an erster Stelle. Innerhalb einer Familie kümmert sich jeder um jeden.«

»Ja, aber um Scharazad muß *ich* mich kümmern – nicht du.«

»Natürlich, und mit Allahs Hilfe wirst du ihr in einiger Zeit das Leben bieten können, an das sie gewöhnt ist. Doch jetzt ist es dir unmöglich, weil du für deine frühere Frau und dein Kind sorgen mußt. Es ist mein Wunsch, diese Angelegenheit auf zivilisierte Art, auf iranische Art zu regeln. Du hast doch versprochen, so zu leben wie wir, nicht wahr?«

»Ja. Aber bitte, ich kann es nicht annehmen. Gib ihr, was du willst, nicht mir! Gib mir die Möglichkeit, mein Bestes zu tun!«

»Das kannst du ja. Das Haus schenke ich dir, nicht ihr. Dadurch wird es erst möglich, daß ich sie dir schenke.«

»Gib es doch ihr, nicht...«

Jared Bakravan hatte ihn brüsk unterbrochen. »Es ist Allahs Wille, daß der Mann der Herr des Hauses ist. Wenn es nicht dein Haus ist, dann kannst du nicht der Herr sein. Ich muß darauf bestehen. Ich bin das Oberhaupt der Familie, Scharazad tut, was ich sage, und um ihretwillen muß ich darauf bestehen, sonst kann die Hochzeit nicht stattfinden. Das Dilemma, in dem du als Europäer steckst, ist mir klar, obwohl ich es nicht verstehen kann, mein Sohn. Aber im Iran bestimmen unsere Sitten das Leben, und in einer Familie kümmert sich jeder um jeden...«

Lochart nickte vor sich hin. Das stimmt, und ich habe Scharazad gewollt, habe zugestimmt... Aber dieser Hurensohn Valik hält es mir nun vor, so daß ich mir wieder schäbig vorkomme. Ich hasse ihn, ich hasse es, daß ich mir alles schenken lassen mußte, ich weiß, daß mein einziges Geschenk für sie die Freiheit ist, die sie sonst nie bekommen würde, und mein Leben, falls es notwendig sein sollte. Wenigstens ist sie jetzt Kanadierin und muß nicht hierbleiben. – Mach dir nichts vor, sie ist Iranerin und wird es immer bleiben. Würde sie sich in Vancouver zu Hause fühlen, wenn es regnet und sie keine

Familienangehörigen, keine Freunde, nichts Heimatliches um sich hat? O ja, eine Zeitlang könnte ich ihr alles ersetzen. Aber nicht für ewig.
Er hatte sich zum erstenmal dem wahren Problem gestellt, das sich vor ihnen auftürmte. Der alte Iran ist mit dem Schah für immer verschwunden. Vielleicht wird der neue besser. Sie wird sich anpassen, genau wie ich. Ich spreche Persisch, sie ist meine Frau, und Jared ist mächtig. Wenn wir auf einige Zeit fort müssen, werde ich sie darüber hinwegtrösten. Die Zukunft sieht immer noch rosig aus, ich liebe sie so sehr und danke Gott für sie.
Das Kaminfeuer war beinahe heruntergebrannt. Leichter Duft stieg aus den glühenden Resten der Scheite auf und mit ihm ein Hauch ihres Parfüms. Die Polster, auf denen sie gelegen hatten, waren noch eingedrückt, und obwohl er vollkommen befriedigt und erschöpft war, sehnte er sich nach ihr. Sie gehört wirklich zu den Huris, den Geschöpfen des Paradieses, dachte er schläfrig. Sie hat mich verzaubert, und das ist wunderbar; wenn ich heute nacht sterbe, dann wenigstens nachdem ich erfahren habe, wie es im Paradies ist. Sie ist wunderbar. Ihr Vater ist wunderbar. Auch ihre Kinder und ihre eigene Familie werden wunderbar sein.
Ach ja, Familie. Ich muß tun, wozu mich Valik drängt, ob ich will oder nicht. Ich muß, ihr Vater hat das deutlich ausgedrückt.
Die letzten Glutreste knisterten und flammten noch einmal auf. »Was ist an ein paar Ersatzteilen und ein paar Rial so wichtig?« fragte er die Flammen. Die Flammen gaben ihm keine Antwort.

Montag 12. Februar 1979

14

Täbris 1: 7 Uhr 12. Charlie Pettikin schlief unruhig. Er hatte sich auf einer Matratze auf dem Fußboden unter einer einzigen Decke zusammengerollt; seine Hände waren gefesselt. Es war kurz vor Tagesanbruch und sehr kalt. Die Wächter hatten ihm keinen der tragbaren Gasöfen bewilligt und ihn in jenen Teil von Erikki Yokkonens Häuschen gesperrt, der normalerweise als Lagerraum diente. Auf der Innenseite der kleinen Fensterscheibe glitzerten Eiskristalle. Vor dem Fenster befand sich ein Gitter, auf dem Fensterbrett lag Schnee.

Pettikin schlug die Augen auf, setzte sich erschrocken auf und wußte einen Augenblick lang nicht, wo er war. Dann kehrte die Erinnerung zurück, und er lehnte sich mit schmerzendem Körper an die Wand. »Was für eine verdammte Schweinerei!« murmelte er. Ungeschickt rieb er sich mit beiden Händen die Augen und fuhr sich über das Gesicht. Seine Bartstoppeln waren mit grauen Stiften durchmischt. Ich hasse es, unrasiert zu sein, dachte er.

Heute ist Montag. Ich bin samstags bei Sonnenuntergang hierher gekommen, und sie haben mich gestern überwältigt. Diese Schweinehunde.

Am Samstag abend hatte er wiederholt Geräusche vernommen, die seine Unruhe vergrößerten. Einmal war er sicher, daß er gedämpfte Stimmen hörte. Er schaltete das Licht ab, entriegelte die Tür, trat mit einer Leuchtpistole in der Hand auf die Schwelle und versuchte, mit den Augen die Dunkelheit zu durchdringen.

Da nahm er in etwa 30 Meter Entfernung eine Bewegung wahr oder glaubte es wenigstens, und eine weitere in größerer Entfernung.

»Wer ist da?« rief er. »Was wollen Sie?«

Niemand antwortete ihm. Wieder eine Bewegung. Wo? 30, 40 Meter entfernt – nachts war es schwierig, Entfernungen abzuschätzen. Da war wieder etwas. Ein Mensch? Oder nur ein Tier, oder der Schatten eines Astes? Und was war das – dort drüben bei der großen Eiche?

»Sie dort drüben, was wollen Sie?«

Keine Antwort. Er konnte nicht erkennen, ob es sich um einen Menschen handelte. Er hatte Angst und drückte auf den Abzug. Die Leuchtkugel traf den Baum, prallte funkensprühend ab und landete schließlich zischend und knisternd in einer Schneewehe. Er wartete.

Nichts geschah. Geräusche im Wald, das Hangardach knarrte, der Wind fuhr durch die Baumwipfel. Manchmal fiel Schnee von einem Ast. Er stampfte wütend mit den Füßen, um sie warmzuhalten, schaltete das Licht ein, lud die Pistole neu und versperrte die Tür.

Er vergewisserte sich, daß Tür und Fenster verriegelt waren, zog die Vorhänge zu, schenkte sich einen großen Wodka ein, vermischte ihn mit gefrorenem Orangensaft aus der Tiefkühlbox, setzte sich vor das Feuer und beruhigte sich langsam. Es gab Eier zum Frühstück, und er war bewaffnet. Das Gas brannte. Es war gemütlich. Nach einer Weile fühlte er sich wohler, sicherer. Bevor er zu Bett ging, überprüfte er die Schlösser noch einmal. Dann zog er die Stiefel aus, legte sich ins Bett und schlief ein.

Am nächsten Morgen war die Angst verflogen. Nach dem Frühstück räumte er auf, zog die gefütterte Fliegerkombination an und öffnete die Tür. Die Mündung eines Maschinenpistolenlaufes starrte ihm ins Gesicht. Sechs Revolutionäre drängten herein, und das Verhör begann. Stundenlang.

»Ich bin kein Spion, kein Amerikaner. Ich sage Ihnen doch, daß ich Engländer bin.« Immer wieder.

»Lügner. In Ihren Papieren steht, daß Sie Südafrikaner sind. Sind Ihre Papiere gefälscht?« Der Anführer, der sich Rákóczy nannte, sah zäh aus, war größer und älter als die anderen, hatte hartblickende braune Augen und sprach Englisch mit eigenartigem Akzent. Immer wieder die gleichen Fragen: »Woher kommen Sie? Warum sind Sie hier? Wer ist Ihr Vorgesetzter bei der CIA? Wer ist Ihr Kontaktmann hier? Wo befindet sich Erikki Yokkonen?«

»Ich weiß es nicht. Ich habe Ihnen schon hundertmal gesagt, daß ich es nicht weiß. Als ich Samstag abends hier gelandet bin, war kein Mensch hier. Ich hätte ihn und seine Frau abholen sollen. Sie hatten in Teheran etwas zu erledigen.«

»Lügner. Die beiden sind vor zwei Tagen nachts abgehauen. Warum sollten sie das tun, wenn vorgesehen war, daß Sie sie abholen?«

»Ich habe Ihnen ja gesagt, daß man mich nicht erwartet hat. Warum sollten sie davonlaufen? Wo sind Dibble und Arberry, unsere Mechaniker? Wo befindet sich der Leiter dieser Basis, Ali Dayati, und warum...«

»Wer ist Ihr CIA-Kontaktmann in Täbris?«

»Ich habe keinen. Wir sind eine britische Firma, und ich verlange, mit unserem Konsul in Täbris zu sprechen.«

»Feinde des Volkes können überhaupt nichts verlangen. Nicht einmal Gnade. Es ist Allahs Wille, daß wir uns im Krieg befinden. Im Krieg werden Menschen erschossen.«

Das Verhör wurde den ganzen Vormittag fortgesetzt. Trotz seines Protestes hatten sie seine Papiere, seinen Paß mit den lebenswichtigen Ausreise- und Aufenthaltserlaubnissen an sich genommen, hatten ihn gefesselt, ihn in diesen Raum geworfen und ihm mit allem Möglichen gedroht, falls er einen Fluchtversuch unternehmen wolle.

Später waren Rákóczy und zwei Revolutionäre wiedergekommen. »Warum haben Sie mir nicht erzählt, daß Sie die Ersatzteile für die 212 gebracht haben?«

»Sie haben mich nicht danach gefragt. Wer zum Teufel sind Sie eigentlich? Geben Sie mir meine Papiere zurück! Ich verlange, den britischen Konsul zu sprechen. Verdammt noch mal, binden Sie endlich meine Hände los!«

»Allah wird Sie strafen, wenn Sie fluchen. Auf die Knie und bitten Sie Allah

um Verzeihung!« Sie zwangen ihn niederzuknien. »Bitten Sie um Verzeihung.«
Er gehorchte haßerfüllt.
»Sie fliegen sowohl eine 212 als auch eine 206?«
»Nein«, antwortete er, während er unbeholfen aufstand.
»Lügner! Es steht in Ihrer Lizenz.« Rákóczy warf sie auf den Tisch. »Warum lügen Sie?«
»Es spielt ja keine Rolle, denn Sie glauben mir ohnehin nicht. Sie wollen die Wahrheit nicht glauben. Natürlich steht es in meiner Lizenz. Sie haben sie mir ja weggenommen. Natürlich fliege ich eine 212, wenn ich dafür eingestuft bin.«
»Das Komitee wird Ihnen den Prozeß machen und ein Urteil fällen.« Rákóczy sagte es mit einer Endgültigkeit, die ihn erschauern ließ. Dann ließen sie ihn allein.
Bei Sonnenuntergang hatten sie ihm dann Reis und Suppe gebracht und waren wieder gegangen. Er hatte kaum geschlafen, und jetzt, im Morgengrauen, war ihm klar, wie hilflos er war. Seine Angst nahm zu. In Vietnam war er einmal abgeschossen und gefangengenommen worden, und die Vietkong hatten ihn zum Tode verurteilt. Seine Schwadron hatte ihn jedoch herausgeholt. Sein Kommandeur war damals Conroe Starke gewesen.
Was Duke jetzt wohl macht? dachte er. Das glückliche Schwein! Er hat Glück, weil er in Kowiss ist und Manuela bei sich hat.
Seine Gedanken schweiften ab, er dachte an Manuela und Starke, fragte sich, wo Erikki und Azadeh steckten, und erinnerte sich an den jungen Captain Ross und seine Leute. Auch Ross war jemand, der ihm das Leben gerettet hatte. Tauchen diese Retter im Leben eines Menschen auf, weil er gebetet hat? Wenn das Leben auf des Messers Schneide steht, betet jeder, auch wenn er sich nicht an Gott wendet. Aber Gott hat viele Namen. Wenn es einen Gott gibt, dachte Pettikin frierend.
Kurz vor 12 Uhr kam Rákóczy mit zwei Männern wieder. Überraschenderweise lächelte er, half Pettikin höflich auf die Beine und löste seine Fesseln. »Guten Morgen, Captain Pettikin. Entschuldigen Sie den Irrtum. Bitte, folgen Sie mir!« Er ging ins Wohnzimmer voraus. Auf dem Tisch stand Kaffee. »Trinken Sie den Kaffee schwarz oder auf englische Art mit Milch und Zucker?«
Pettikin rieb sich die aufgeschundenen Handgelenke und versuchte, einen klaren Gedanken zu fassen. »Was soll das? Der Gefangene erhält ein herzhaftes Frühstück?«
»Ich verstehe Sie leider nicht.«
»Macht nichts.« Pettikin starrte Rákóczy immer noch mißtrauisch an. »Mit Milch und Zucker.« Der Kaffee schmeckte wunderbar und belebte ihn. Er schenkte sich noch welchen ein. »Es war also ein Irrtum, alles war ein Irrtum?«
»Ja. Ich habe Ihre Geschichte überprüft, und sie stimmt. Allah sei Lob! Sie werden sofort nach Teheran zurückfliegen.«

Pettikin wurde bei dieser Begnadigung der Kragen zu eng – scheinbaren Begnadigung, stellte er mißtrauisch richtig. »Ich brauche Treibstoff. Unser gesamter Treibstoff ist gestohlen worden. Im Lager befindet sich kein einziger Kanister.«
»Ihr Helikopter ist inzwischen aufgetankt worden. Ich habe es selbst beaufsichtigt.«
»Sie kennen sich mit Helis aus?« Pettikin hätte gern gewußt, warum der Mann so nervös war.
»Ein wenig.«
»Wie war doch Ihr Name?«
»Smith.« Rákóczy lächelte. »Sie werden jetzt sofort starten, bitte.«
Pettikin fand seine Pelzstiefel und zog sie an. Die anderen beobachteten ihn schweigend. Er bemerkte, daß sie sowjetische Maschinenpistolen trugen. Auf dem Tisch neben der Tür lag seine Reisetasche, daneben sah er seine Dokumente. Paß, Visum, Arbeitserlaubnis, iranischer Flugschein. Er versuchte, seine Verwunderung nicht zu zeigen, überprüfte, ob alles da war, und steckte die Papiere ein. Als er zum Kühlschrank ging, stellte sich ihm einer der Männer in den Weg. »Ich bin hungrig«, protestierte Pettikin.
»In Ihrem Flugzeug finden Sie etwas zu essen. Bitte, folgen Sie mir!«
Die frische Luft tat ihm gut, es war ein kalter, klarer Tag, der Himmel war sehr blau. Im Westen türmten sich Schneewolken, im Osten war die Strecke über den Paß frei. Um Pettikin funkelte der Wald, das Licht brach sich im Schnee. Vor dem Hangar stand die 206 mit gereinigter Windschutzscheibe und geputzten Fenstern. Drinnen befand sich alles an seinem Platz, auch wenn seine Kartentasche jetzt in einer Seitentasche steckte und nicht neben seinem Sitz lag, wo er sie normalerweise deponierte. Er führte den Start-Check sehr sorgfältig durch.
»Bitte, sich zu beeilen«, drängte Rákóczy.
»Natürlich.« Pettikin tat, als beeile er sich, doch in Wirklichkeit ließ er bei seiner Untersuchung nichts aus, strengte alle Sinne an, um einen raffinierten oder auch plumpen Sabotageanschlag zu entdecken. Alles war in Ordnung – Treibstoff, Öl, einfach alles. Er sah und spürte die wachsende Nervosität der anderen. Noch immer befand sich außer ihnen niemand auf der Basis. Im Hangar erblickte er die 212, deren Motorteile immer noch ordentlich ausgerichtet auf dem Boden lagen. Die Ersatzteile, die er geladen hatte, lagen daneben auf einer Bank.
»Jetzt sind Sie fertig.« Rákóczy sagte es wie einen Befehl. »Steigen Sie ein! Sie werden wie vorher in Bandar-e Pahlavi auftanken.« Er drehte sich zu den Revolutionären um, umarmte beide hastig und kletterte in den rechten Sitz. »Starten Sie und steigen Sie sofort auf. Ich begleite Sie nach Teheran.« Er hielt seine Maschinenpistole mit den Knien fest, schloß den Sicherheitsgurt, verriegelte die Tür ordentlich, nahm die Kopfhörer von dem Haken hinter ihm und setzte sie auf. Das Innere eines Cockpits war ihm offensichtlich vertraut.
Pettikin bemerkte, daß die beiden anderen zur Straße hin in Stellung gegangen

waren. Er drückte auf den Startknopf für den Motor – und wurde leichtsinnig. Schuld waren das Heulen der Turbinen, die vertraute Situation und die Tatsache, daß »Smith« sich an Bord befand und deshalb eine Sabotage unwahrscheinlich war. »Los geht's«, sagte er in das Mikrophon, hob rasch ab, ging sanft in die Kurve und stieg zum Paß hinauf.

»Gut«, lobte ihn Rákóczy, »sehr gut. Sie fliegen sehr gut.« Er legte die Maschinenpistole lässig so auf seine Knie, daß die Mündung auf Pettikin zeigte. »Bitte, fliegen Sie nicht zu gut!«

»Legen Sie den Sicherungshebel um – oder ich fliege überhaupt nicht.«

Rákóczy zögerte und gehorchte. »Ich gebe zu, daß es während des Flugs gefährlich ist.«

Bei 200 Meter Höhe ging Pettikin in Geradeausflug über, beschrieb dann plötzlich eine steile Kurve und flog zum Flugfeld zurück.

»Was tun Sie?«

»Ich will mich nur orientieren.« Er verließ sich darauf, daß »Smith« sich zwar offensichtlich in einem Cockpit auskannte, aber keine 206 fliegen konnte, denn sonst hätte er sie sich genommen. Pettikins Augen suchten am Boden eine Erklärung für die Nervosität des Mannes und für die Eile, mit der er zum Aufbruch gedrängt hatte. Das Flugfeld war unverändert. In der Nähe der Abzweigung der schmalen Straße zur Basis von der Hauptstraße, die in nordwestlicher Richtung nach Täbris führte, fuhren zwei Lastwagen auf die Basis zu. Aus der geringen Höhe erkannte Pettikin mühelos, daß es sich um Armeelastwagen handelte.

»Ich werde landen und mal nachsehen, was sie wollen«, erklärte er.

»Wenn Sie das tun«, antwortete Rákóczy unbeeindruckt, »kostet Sie das große Schmerzen und eine bleibende Verstümmelung. Bitte, fliegen Sie nach Teheran – aber zuerst nach Bandar-e Pahlavi!«

»Wie heißen Sie wirklich?«

»Smith.«

Pettikin ließ es auf sich beruhen, umkreiste einmal den Flugplatz, folgte dann der Teheraner Straße nach Südosten zum Paß hinauf und wartete auf den richtigen Augenblick – er war jetzt davon überzeugt, daß irgendwo unterwegs seine Zeit kommen würde.

15

Teheran: 8 Uhr 30. Tom Lochart, der nach Galeg Morghi unterwegs war, lenkte seinen alten Citroën durch die Trümmer der vorangegangenen Kämpfe. Der Morgen war trüb und kalt, und Lochart hatte schon Verspätung, obwohl er sofort nach Sonnenaufgang aufgebrochen war.

Er war an vielen Leichen, an jammernden Trauernden und vielen ausgebrannten Autowracks vorbeigekommen, von denen manche noch glühten – Strandgut der nächtlichen Unruhen. Haufen von bewaffneten Zivilisten hielten immer noch Balkone oder Barrikaden besetzt, und er wurde ein dutzendmal umgeleitet. Viele Männer trugen jetzt die grüne Khomeini-Armbinde, und alle *hezbollahis* hatten Waffen. Die Straßen waren verdächtig leer. Von Zeit zu Zeit donnerten Polizeilastwagen, ein paar Personenautos und Laster an ihm vorbei, aber sie beachteten ihn nicht, hupten nur und fluchten, damit er Platz machte. Er fluchte zurück, und es war ihm beinahe gleichgültig, ob er den Flughafen überhaupt erreichte. Hier stecken zu bleiben, wäre die Lösung seines Dilemmas gewesen. Nur die Vorstellung, daß dann Valiks Frau und ihre beiden Kinder der SAVAK in die Hände fallen könnten, trieb ihn vorwärts.

Er riß den Wagen herum, um einem Auto auszuweichen, das aus einer Seitengasse gekommen und auf die falsche Straßenseite eingebogen war. Das Auto blieb nicht stehen. Er verfluchte den Fahrer, Teheran, den Iran und General Valik und sagte laut *»Inscha'Allah«*, aber es half ihm nicht.

Am Himmel hingen schmutziggraue Schneewolken, die ihm überhaupt nicht gefielen. Als ihn der Wecker vor Morgengrauen aus dem Schlaf riß, hatte er die Wärme seines Betts und Scharazad nur widerwillig verlassen.

»Ich denke, du fliegst heute nicht, Liebling. Du mußt doch erst morgen fort.«

»Ich habe unerwartet eine Charter bekommen, zumindest sieht es so aus. Deshalb ist Valik nämlich gekommen. Ich muß zuerst mit Mac sprechen, aber wenn ich fliege, werde ich ein paar Tage fortbleiben. Schlaf wieder ein, Liebling!« Er hatte sich rasiert, eilig angezogen, schnell eine Tasse Kaffee getrunken und war gegangen.

McIver wohnte ein paar Straßen weiter. Zu Locharts Überraschung war er bereits vollständig angekleidet. »Hallo, Tom, komm herein! Die Starterlaubnis ist um Mitternacht per Boten gebracht worden. Valik ist wirklich einflußreich – ich hätte nie geglaubt, daß wir sie kriegen. Kaffee?«

»Danke. Hat er heute nacht mit dir gesprochen?«

»Ja.« McIver ging in die Küche voraus. Der Kaffee lief gerade durch den Filter. Von Genny, Paula oder Nogger Lane war nichts zu sehen. McIver schenkte Lochart ein. »Valik hat mir erzählt, daß er mit dir gesprochen hat, und daß du dich bereit erklärt hast zu fliegen.«

Lochart brummte. »Ich habe gesagt, daß ich nur mit deiner Zustimmung fliegen würde, falls wir die Starterlaubnis bekommen. Wo steckt Nogger?«

»In seiner Wohnung. Ich habe ihm gestern freigegeben. Er ist noch immer ganz schön durcheinander.«

»Das kann ich mir vorstellen. Was ist aus dem Mädchen geworden?«

»Sie schläft im Gästezimmer. Ihr Alitalia-Flug hat noch immer keine Starterlaubnis, aber sie wird vermutlich heute abfliegen können. George Talbot von der Botschaft ist gestern abend vorbeigekommen und hat berichtet, daß der Flughafen von Revolutionären gesäubert wurde, so daß heute mit etwas Glück Maschinen starten und landen können.«

Lochart nickte nachdenklich. »Dann wird Bachtiar vielleicht doch die Oberhand behalten.«

»Hoffen wir es.«

»Hat Talbot etwas von einem Staatsstreich erwähnt?«

»Nur, daß Carter angeblich dagegen ist – wenn ich Iraner und General wäre, würde ich nicht zögern.«

Lochart dachte an Scharazad, an den jungen Karim Peschadi und die drei desertierten Unsterblichen. »Ich weiß nicht, was ich täte, wenn ich einer von ihnen wäre.«

»Zum Glück sind wir es nicht, Tom. Wir befinden uns im Iran, nicht in England, und wir stehen nicht auf den Barrikaden. Wenn die 125 heute hereinkommt, werde ich jedenfalls Scharazad vormerken lassen. Sie ist in Al Schargas besser aufgehoben, wenigstens für die nächsten Wochen. Hat sie ihren kanadischen Paß bekommen?«

»Ja, aber ich glaube nicht, daß sie Teheran verlassen wird.« Lochart erzählte ihm von ihrer Teilnahme an dem Aufstand in Doschan Tappeh.

»Mein Gott, sie sollte ihr Gehirn untersuchen lassen! Ich werde Genny zu ihr schicken.«

»Fliegt Genny nach Al Schargas?«

»Nein«, antwortete McIver verdrießlich. »Aber wenn es nach mir ginge, wäre sie schon seit einer Woche dort.«

Lochart trank seinen Kaffee. »Wenn ich fliegen soll, muß ich mich auf den Weg machen.« Er blickte McIver in die Augen. »Worum geht's bei dieser Charter, Mac?«

McIver erwiderte den Blick unbewegt. »Erzähl mir genau, was Valik dir gestern abend gesagt hat!«

Lochart berichtete es ihm in allen Einzelheiten. Dann fragte er: »Warum sind ein paar Ersatzteile und ein paar Rial so wichtig, Mac?«

McIver trank seinen Kaffee aus, schenkte sich nach und senkte seine Stimme. »Ich will Genny oder Paula nicht aufwecken, Tom. Was ich dir jetzt sage, muß unter uns bleiben.« Er berichtete genau, was sich im Büro abgespielt hatte.

Lochart stieg das Blut zu Kopf. »Die SAVAK? Ihn, Annousch, Setarem und Jalal? Du meine Güte!«

»Deshalb habe ich mich ja bereit erklärt, es zu versuchen. Aber das ist noch nicht alles.« Er erzählte von dem Geld.

Lochart schnappte nach Luft. »12 Millionen Rial in bar? Oder den Gegenwert in der Schweiz?«
»Sprich leise! Ja, 12 für mich und 12 für den Piloten. Heute nacht hat er gemeint, daß sein Angebot noch steht und daß ich nicht naiv sein soll. Wenn Genny nicht in der Wohnung gewesen wäre, hätte ich ihn hinausgeworfen.« Er sah Lochart an. »Willst du noch immer fliegen, Tom?«
»Ich kann mich nicht weigern, noch dazu, nachdem wir jetzt die Starterlaubnis bekommen haben.« Sie lag auf dem Küchentisch, und Lochart griff danach. Sie lautete: »EP-HBC für Bandar-e Delam freigegeben. Vorrangiger Flug wegen dringender Ersatzteile. Auftanken bei IIAF Basis Isfahan. Besatzung: ein Mann; Captain Lane.« Lane war durchgestrichen, daneben stand: »Krank. Name des Ersatzpiloten...« Es folgte ein freier Raum.
McIver hatte das Papier noch nicht gegengezeichnet. Er blickte zur geschlossenen Küchentür, dann zu Lochart: »Valik will heimlich außerhalb von Teheran abgeholt werden.«
»Das stinkt immer mehr. Wo ist der Treffpunkt?«
»Wenn du nach Bandar-e Delam kommst, Tom, was gar nicht so sicher ist, wird er Druck auf dich ausüben, damit du sie nach Kuwait bringst.«
»Natürlich.«
»Er wird alles einsetzen, was ihm einfällt, die Familie, Scharazad, alles. Besonders aber Geld.«
»Millionen, in bar, und wir beide wissen, daß ich sie brauchen kann.« Locharts Stimme war tonlos. »Aber wenn ich mit einem im Iran registrierten Heli ohne Zustimmung der Regierung oder der Gesellschaft mit Iranern, die vor ihrer immer noch rechtmäßigen Regierung flüchten, nach Kuwait fliege, dann bin ich ein Flugzeugentführer. Mir wird hier und in Kuwait der Prozeß gemacht. Die Behörden in Kuwait würden den Hubschrauber beschlagnahmen, mich ins Gefängnis stecken und bestimmt an den Iran ausliefern. Auf jeden Fall wäre meine Zukunft als Pilot im Eimer. Ich könnte nie in den Iran und zu Scharazad zurückkehren – vielleicht würde die SAVAK sie sogar verhaften. Also werde ich es bestimmt nicht tun.«
»Valik ist gefährlich. Er wird dir die Pistole an die Brust setzen und dich zwingen...«
»Das ist möglich. Aber ich habe keine andere Wahl. Ich muß ihm helfen und werde es tun – aber ich bin kein Idiot.« Nach einer Pause fragte er: »Weiß Nogger Bescheid?«
»Nein.« Nachdem McIver nachts statt zu schlafen alle möglichen Pläne erwogen hatte, war er entschlossen gewesen, selbst zu fliegen und weder Nogger Lane noch Lochart der Gefahr auszusetzen.
Sein Vorhaben war einfach: Nach Rücksprache mit Lochart wollte er einfach sagen, daß er beschlossen hatte, den Flug nicht zu genehmigen und die Freigabe nicht gegenzuzeichnen. Er wollte seinen eigenen Namen in die Starterlaubnis eintragen und losfliegen. Beim Treffpunkt...
»Es ist ganz einfach«, unterbrach Lochart McIvers Gedanken. »Du kannst mich oder jemand anderen schicken. Du hast Nogger gestrichen, Charlie ist

nicht hier, also bleiben nur noch du oder ich übrig. Du kannst nicht fliegen, Mac, denk an deine letzten medizinischen Tests! Es ist einfach zu gefährlich.«

»Natürlich würde ich fliegen, meine Lizenz...«

»Du kannst es nicht, Mac«, wiederholte Lochart entschieden. »Tut mir leid. Es ist unmöglich.«

McIver seufzte, der gesunde Menschenverstand siegte, und er gab nach. »Ja, du hast recht. Hör mir also genau zu: Wenn du es tun willst, ist es deine Sache, ich befehle es dir nicht. Wenn du willst, genehmige ich den Flug, aber du mußt dich an meine Bedingungen halten. Hol sie ab, und flieg nach Isfahan! Valik hat behauptet, daß er das mit dem Auftanken regeln wird. Wenn in Isfahan alles klappt, flieg weiter. Vielleicht reicht der Einfluß des Kerls über den ganzen Iran. Darauf müssen wir uns verlassen.«

»Darauf verlasse ich mich.«

»Bandar-e Delam aber ist der Schlußpunkt. Du überfliegst die Grenze nicht. Abgemacht?« McIver streckte die Hand aus.

»Abgemacht.« Lochart schüttelte die Hand und betete, daß er sein Versprechen würde halten können.

McIver beschrieb ihm den Treffpunkt. Als er die Starterlaubnis unterschrieb, bemerkte er, daß seine Hände zitterten. Wenn etwas schiefgeht, sagte er sich, darfst du dreimal raten, wen die SAVAK holen wird. Uns beide sicher.

Dann reichte er Tom die Starterlaubnis. »Ich befehle dir ausdrücklich, die Grenze nicht zu überqueren, Tom, denn damit setzt du deine Existenz aufs Spiel und verlierst bestimmt Scharazad.«

»Der ganze Plan ist verrückt, aber da kann man nichts machen.«

»Ja. Viel Glück!«

Lochart nickte ihm lächelnd zu und ging.

McIver schloß die Wohnungstür. Hoffentlich habe ich die richtige Entscheidung getroffen, dachte er. Sein Kopf schmerzte. Es wäre Wahnsinn, wenn ich fliege, aber trotzdem...

Genny stand im warmen Schlafrock in der Küchentür.

»Ich bin schrecklich froh, daß du den Flug nicht übernommen hast, Duncan.«

»Was?«

»Ach, komm schon! Ich kenne dich doch. Du hast ja kaum geschlafen, weil du dich zu keinem Entschluß durchringen konntest, und ich habe nicht geschlafen, weil ich mir deinetwegen Sorgen gemacht habe. Tom ist stark, er wird es richtig machen, und ich hoffe nur, daß er mit Scharazad fortgeht und nie mehr zurückkommt...« Tränen liefen ihr über die Wangen. »Ich bin ja so froh, daß du nicht fliegst.« Sie wischte die Tränen weg, trat zum Herd und stellte den Teekessel auf. »Verdammt, es tut mir leid, ich gerate so leicht aus dem Häuschen.«

Er schloß sie in die Arme. »Wenn die 125 heute kommt, fliegst du dann mit, Genny, bitte?«

»Natürlich, Liebster. Wenn auch du mitfliegst.«

»Aber Gen, ich...«

»Hör mir bitte einen Augenblick lang zu, Duncan!« Sie drehte sich um, legte die Arme um ihn und den Kopf an seine Brust und fuhr fort: »Drei von euren Partnern sind bereits mit ihrem Geld geflohen, der Schah mit seiner Familie und seinem Geld sitzt im Ausland, viele unserer Bekannten sind nicht mehr da, jetzt flüchtet sogar der große General Valik, und wenn es den Unsterblichen nicht einmal gelungen ist, den kleinen Aufstand in Doschan Tappeh niederzuschlagen, dann ist es Zeit, daß auch wir einen Schlußstrich ziehen und abhauen.«

»Das geht nicht, Gen. Das wäre eine Katastrophe.«

»Es wäre ja nur für kurze Zeit, bis sich die Lage beruhigt.«

»Wenn ich den Iran verlasse, ruiniere ich die S-G.«

»Das kann ich nicht beurteilen, aber die Entscheidung liegt bei Andy, nicht bei dir – er hat uns hierher geschickt.«

»Ja, aber würde er mich um meine Meinung fragen, dann könnte ich ihm nicht raten, sich zurückzuziehen und Hubschrauber sowie Ersatzteile im Wert von 20 bis 30 Millionen Dollar zurückzulassen. Auch wir würden alles verlieren, Gen, unser gesamtes Geld ist bei S-G angelegt, alles.«

»Dann nimm die Helis und die Ersatzteile mit.«

»Das ist unmöglich, wir bekommen nie die Freigaben – wir sitzen hier fest, bis der Krieg zu Ende ist.«

»Das stimmt nicht, Duncan. Weder du noch ich, noch unsere Jungs. Du mußt auch an sie denken. Wir müssen fort. Sie werden uns auf jeden Fall hinauswerfen, ganz gleich, wer gewinnt. Khomeini tut es ganz sicher.« Sie dachte an seine erste Rede auf dem Friedhof: »Ich bete darum, Allah möge allen Fremden die Hände abschneiden.«

16

Täbris 1: 9 Uhr 30. Der rote Range-Rover bog, aus dem Tor des Palastes des Khans kommend, in die Straße nach Teheran ein. Erikki saß am Steuer, Azadeh neben ihm. Ihr Vetter, der Polizeichef Oberst Mazardi, hatte Erikki dazu überredet, nicht schon am Freitag nach Teheran zu fahren. »Die Straße ist äußerlich gefährlich – es ist schon bei Tag schlimm genug«, hatte er ihn gewarnt. »Die Aufrührer werden jetzt nicht wiederkommen, Ihnen kann nichts geschehen. Suchen Sie lieber Seine Exzellenz den Khan auf und bitten Sie ihn um Rat. Das wäre viel vernünftiger.«

Azadeh war der gleichen Meinung. »Selbstverständlich werden wir tun, was du für richtig hältst, Erikki, aber mir wäre wirklich wohler, wenn wir jetzt zu meinem Vater gingen.«

»Meine Cousine hat recht, Captain, Sie können natürlich tun, was Sie wollen, aber die Sicherheit Azadehs liegt mir genauso am Herzen wie Ihnen. Wenn Sie morgen immer noch fortwollen, fahren Sie! Ich kann Ihnen versichern, daß Ihnen hier keine Gefahr droht. Ich werde Wachen aufstellen.«

»O ja, Erikki, bitte!« Azadeh stimmte begeistert zu, und Erikki gab zögernd nach.

Arberry und Dibble, die Mechaniker, hatten beschlossen, das Wochenende im Hotel International in Täbris zu verbringen. »Die Ersatzteile treffen bestimmt am Montag ein, Captain. Der alte Knicker McIver weiß, daß unsere 212 am Mittwoch wieder fliegen muß, sonst müßte er eine Ersatzmaschine schicken, und das würde ihm kaum gefallen. Unser sogenannter Basismanager Ali kann uns ja abholen. Wir sind Engländer, wir haben keinen Grund, uns Sorgen zu machen, niemand wird uns auch nur anrühren. Vergessen Sie nicht, Captain, daß wir für ihre Regierung arbeiten, ganz gleich, was für eine Regierung es ist. Machen Sie sich unseretwegen keine Sorgen! Wir erwarten Sie mittwochs zurück. Amüsieren Sie sich gut in Teheran!«

Also fuhr Erikki mit Azadeh und Oberst Mazardi an den Stadtrand von Täbris, wo in den Hügeln der weitläufige Palast der Gorgon-Khans hinter hohen Mauern inmitten von riesigen Gärten lag. Als sie eintrafen, rannte das ganze Haus zusammen: Stiefmutter, Halbschwestern, Nichten, Neffen, Diener und die Kinder der Diener. Doch fehlte Abdullah Khan, Azadehs Vater. Azadeh wurde in die Arme geschlossen, Tränen flossen, und man plante sofort, am nächsten Mittag ein Fest zu veranstalten, um ihre Heimkehr zu feiern.

Erikki Yokkonen begrüßte man höflich und zurückhaltend. Alle hatten Angst vor ihm, vor seiner Größe, vor der Schnelligkeit, mit der er seinen Dolch handhabte, und vor seinem heftigen Temperament. Sie verstanden nicht, wie

er seinen Freunden gegenüber so sanftmütig sein und Azadeh so sehr lieben konnte.
»Zuerst ein Bad«, schlugen ihre Halbschwestern fröhlich vor, »dann kannst du uns alles erzählen, was geschehen ist.« Sie zogen Azadeh mit sich. Im intimen Rahmen des Badehauses plauderten die Frauen des Hauses und erzählten sich den neuesten Klatsch. »Mein Mahmud hat mich seit einer Woche nicht geliebt«, berichtete Najoud.
»Vielleicht hat er eine andere Frau, Najoud«, meinte eine andere.
»Nein, das ist es nicht. Er hat Schwierigkeiten mit seiner Erektion.«
»Ach, du Arme. Hast du es schon mit Austern versucht?«
»Oder dir die Brüste mit Rosenöl eingerieben?«
»Oder ihn mit einem Extrakt aus Jakaranda, dem Horn eines Rhinozeros und Moschus eingeschmiert?«
»Davon habe ich noch nie gehört, Fazulia.«
»Es stammt aus einem alten Rezept aus der Zeit von Cyrus dem Großen. Als der große König ein Jüngling war, war sein Penis sehr klein, aber nach der Eroberung von Medes beneideten ihn alle Männer um sein Glied. Angeblich hat ihm der Hohepriester von Medes eine Wundersalbe als Dank für sein Leben gegeben, mit der er einen Monat lang sein Organ einreiben mußte. Das Geheimnis wurde durch die Jahrhunderte von einer Generation zur nächsten weitergegeben. Jetzt ist es nach Täbris gelangt, denn unser Urgroßvater hat das Rezept dieses Elixiers für einen gigantischen Preis, man spricht von einer Handvoll Diamanten, gekauft.«
»Nein!«
»Aber jetzt bekommt man eine kleine Phiole schon für 50 000 Rial.«
»Auch das ist zuviel. Wo soll ich so viel Geld hernehmen?«
»Du findest es wie immer in seiner Tasche, und man kann immer noch handeln. Für ein solches Zaubermittel ist kein Preis zu hoch, wenn wir keine anderen Männer haben können.«
»Wenn es hilft.«
»Natürlich hilft es. Wo gibt es diesen Trank zu kaufen, liebste Fazulia?«
»Im Basar, im Laden von Abu Bakra bin Hassan bin Saiidi. Ich kenne den Weg. Gehen wir morgen vor dem Mittagessen hin! Du begleitest uns doch, liebste Azadeh?«
»Nein, danke, liebe Schwester.«
Die anderen lachten, und eine der Jüngeren meinte: »Die arme Azadeh braucht weder Jakaranda noch Moschus – eher das Gegenteil.«
Azadeh lachte ebenfalls, hatten doch alle mehr oder weniger verstohlen gefragt, ob ihr Mann überall so gut gebaut sei und wie sie es anstelle, sein Gewicht zu ertragen, zumal sie doch so zart und schlank sei.
»Es klappt durch Magie«, antwortete sie den Jüngeren; »ganz mühelos«, sagte sie zu den Ernsthaften; und »mit unglaublicher Verzückung, als wäre ich im Garten des Paradieses« zu den Neidischen und jenen, die sie nicht mochte.
Nicht alle hatten die Heirat mit dem fremden Riesen gebilligt, viele waren sogar ihrem Vater wegen Erikki in den Ohren gelegen, um ihn zu beeinflus-

sen. Aber sie hatte schließlich ihren Willen durchgesetzt und kannte ihre Feindinnen: ihre sexbesessene Halbschwester Zadi, die verlogene Cousine Fazulia mit ihren sinnlosen Übertreibungen, und vor allem die honigsüße Schlange, ihre älteste Schwester Najoud und ihr abscheulicher Mann Mahmud.

»Ich bin so glücklich, weil ich endlich wieder zu Hause bin, aber jetzt ist es an der Zeit, schlafen zu gehen.«

Erikki wachte auf, als Azadeh neben ihm ins Bett schlüpfte. »Wir sollten morgen früh so zeitig wie möglich aufbrechen, Liebste.«

»Ja.« Sie schlief beinahe schon, das Bett war so angenehm, sein Körper war so angenehm. »Ja, wann du willst, aber bitte erst nach dem Essen, sonst weint sich die liebe Stiefmutter die Augen aus.«

»Azadeh!«

Da schlief sie schon, und er folgte rasch ihrem Beispiel.

Sie brachen nicht wie vorgesehen am Sonntag auf – ihr Vater hatte zuerst mit Erriki sprechen wollen. Erst jetzt, am Montag im Morgengrauen, nach dem Gebet, das ihr Vater gesprochen hatte, und nach dem Frühstück war ihnen erlaubt worden, sich auf den Weg zu machen. Die Hauptstraße nach Teheran machte eine Kurve, und vor ihnen lag die Straßensperre.

»Das ist merkwürdig«, meinte Erikki. Mazardi hatte ihnen versprochen, sie hier zu erwarten, aber er war nirgends zu sehen. Die Straßensperre war nicht besetzt.

»Die Polizei!« Azadeh gähnte. »Sie ist nie da, wenn man sie braucht.«

Die Straße wand sich zum Paß empor. Der Himmel war blau und klar, und die Spitzen der Berge waren bereits in Sonnenschein getaucht. Unten im Tal war es noch dämmrig, kalt und feucht. Die Straße war glatt und von Schneewällen gesäumt, aber Erikki machte sich keine Sorgen, weil sein Wagen einen Vierradantrieb hatte und Schneeketten im Kofferraum lagen. Als er die Abzweigung zur Basis erreichte, ließ er sie links liegen. Er wußte, daß der Stützpunkt unbesetzt war und die 212 darauf wartete, repariert zu werden. Bevor er den Palast verließ, hatte er erfolglos versucht, Ali Dayati, den Leiter der Basis, zu erreichen. Aber es war ohnehin unwichtig. Er lehnte sich zurück; der Wagen war vollgetankt, und er verfügte zusätzlich über sechs Zwanzigliterreservekanister aus Abdullahs privater Tankstelle.

Ich schaffe es heute mühelos bis Teheran, dachte er, und kann am Mittwoch zurück sein – falls ich überhaupt zurückkomme. Dieser Bursche Rákóczy ist sehr unangenehm.

»Möchtest du Kaffee, Liebling?« fragte Azadeh.

»Danke. Versuch einmal, die BBC oder die Stimme Amerikas auf Kurzwelle hereinzubekommen.« Er schlürfte dankbar den heißen Kaffee aus der Thermoskanne, während er auf das Knistern der atmosphärischen Störungen und die sich überlagernden lauten sowjetischen Sender lauschte. Die iranischen Stationen wurden immer noch bestreikt, die wenigen ausgenommen, die von der Armee betrieben wurden.

Während des Wochenendes hatten Freunde, Verwandte, Händler und Diener

Gerüchte und Gegengerüchte kolportiert: Eine sowjetische Invasion stehe bevor, eine amerikanische Invasion stehe bevor, in der Hauptstadt habe ein erfolgreicher Staatsstreich stattgefunden, alle Generäle hätten sich Khomeini unterworfen, Bachtiar sei zurückgetreten.

»Blödsinn!« hatte Abdullah Khan festgestellt. Der bärtige, korpulente sechzigjährige Mann mit dunklen Augen und einem vollen Mund trug Juwelen und kostbare Kleidung. »Warum sollte Bachtiar zurücktreten? Es bringt ihm keinen Vorteil, also hat er noch keinen Grund dazu.«

»Und wenn Khomeini siegt?« hatte Erikki gefragt.

»Ist es Allahs Wille.« Der Khan rekelte sich auf den Teppichen im kleinen Saal, Erikki und Azadeh saßen vor ihm, und sein bewaffneter Leibwächter stand hinter ihm. »Aber falls Khomeini die Oberhand behält, kann das nicht lange dauern. Die Armee wird ihn und seine Mullahs früher oder später an die Kandare nehmen. Er ist alt und wird bald sterben, je früher, desto besser. Auch wenn er Allahs Willen erfüllt und als Instrument zur Absetzung des Schahs, dessen Zeit gekommen war, gedient hat – er ist rachsüchtig, engstirnig und genauso größenwahnsinnig wie der Vertriebene. Er wird bestimmt mehr Iraner ermorden lassen als der Schah.«

»Aber er ist doch ein Mann Gottes, ist fromm und besitzt alle Eigenschaften eines Ayatollahs«, meint Erikki vorsichtig. »Warum sollte er so etwas tun?«

»Tyrannen haben diese Gewohnheit.« Der Khan lachte und aß noch ein Stück Halvah, eine türkische Süßspeise, mit der er sich gern vollstopfte.

»Und der Schah? Was wird jetzt mit ihm geschehen?« So wenig Erikki den Khan mochte, war er doch froh, seine Meinung zu hören. Von ihm hingen sein und Azadehs Leben im Iran ab, und er hatte keine Lust, das Land zu verlassen.

»Wie es Allah gefällt. Schah Mohammed hat genau wie sein Vater viel Gutes für den Iran getan, aber in den letzten Jahren wurde er immer egozentrischer und wollte auf niemanden hören, nicht einmal auf die vernünftige Schahbanu, Kaiserin Farah, die ihm treu und ergeben ist. Wenn er klug wäre, würde er sofort zugunsten seines Sohnes Reza abdanken. Die Generäle brauchen eine Bezugsperson, sie könnten ihn ausbilden, bis er die Macht übernehmen kann. Vergiß nicht, daß der Iran seit beinahe 3000 Jahren eine Monarchie ist. Von den Kadscharen-Schahs, unserer legitimen Dynastie, die 150 Jahre lang regiert hat, ist nur einer, der letzte dieses Geschlechts, eines natürlichen Todes gestorben; er war mein Vetter. Wir sind ein orientalisches Volk und kennen Gewalt und Folter. Leben und Tod werden bei uns nicht mit euren Maßstäben gemessen. Vielleicht ist es Allahs Wille, daß die Kadscharen wieder an die Macht gelangen – unter ihnen ging es dem Iran sehr gut.«

Ich habe es anders gehört, dachte Erikki, doch er schwieg.

Den ganzen Sonntag über waren die BBC und die Stimme Amerikas gestört gewesen, was freilich nicht ungewöhnlich war. Radio Moskau empfing man dagegen laut und deutlich, und das galt auch für den Sender Radio Freier Iran, der von Tiflis nördlich der Grenze aus sendete. Die auf Persisch und Englisch durchgegebenen Nachrichten dieser Stationen berichteten über einen Volksaufstand gegen »Bachtiars illegale, vom vertriebenen Schah eingesetzte Regie-

rung und seine amerikanischen Drahtzieher unter der Führung des Kriegshetzers und Lügners Carter.«
Bachtiar habe versucht, sich bei der Bevölkerung beliebt zu machen, indem er militärische Verträge kündigte, die der abgedankte Schah dem Land aufgezwungen hatte: 8 Milliarden Dollar von den USA, britische Centurion-Panzer im Wert von 2,3 Milliarden, dazu zwei französische Atomreaktoren und einen aus Deutschland, die 2,7 Milliarden wert waren. Diese Nachricht habe die westlichen Regierungen in Panik gestürzt und werde zweifellos an den kapitalistischen Börsen zu einem wohlverdienten Kurssturz führen...
»Entschuldige die Frage, Vater«, mischte sich Azadeh ein, »aber wird der Westen jetzt zusammenbrechen?«
»Diesmal noch nicht«, sagte der Khan, und sein Gesichtsausdruck wurde kälter. »Erst wenn die Sowjets beschließen, die 80 Milliarden Dollar nicht zurückzuzahlen, die sie den Banken im Westen und auch ein paar Banken im Vorderen Orient schulden.« Dazu grinste er und spielte mit der Perlenkette, die er um den Hals trug. »Natürlich sind die hiesigen Geldverleiher viel klüger, zumindest aber nicht so gierig. Sie verleihen wohlüberlegt, verlangen Bürgschaften, glauben niemandem und schon gar nicht an den Mythos von der christlichen Nächstenliebe.« Es war allgemein bekannt, daß den Gorgons ungeheure Ländereien in Aserbeidschan, ein ergiebiges Erdölgebiet, ein großer Anteil an Iran Timber, Ufergrundstücke am Kaspischen Meer, ein großer Teil des Basars von Täbris und die meisten Handelsbanken in dieser Stadt gehörten.
Erikki erinnerte sich daran, was ihm über Abdullah zugetragen worden war, als er den Khan um die Zustimmung zur Heirat mit Azadeh gebeten hatte, über seinen Geiz und seine Skrupellosigkeit in geschäftlichen Angelegenheiten. »Wenn man schnell ins Paradies oder in die Hölle gelangen will«, hieß es, »muß man nur Abdullah dem Grausamen einen Rial schulden, ihn nicht bezahlen, weil man zu arm dazu ist, und in Aserbeidschan bleiben.«
»Darf ich dich etwas fragen, Vater: Die Stornierung von so vielen Verträgen wird doch ein Chaos heraufbeschwören, nicht wahr?«
»Nein, du darfst nicht fragen. Heute hast du schon genügend Fragen gestellt. Eine Frau soll den Mund halten und zuhören. Jetzt kannst du gehen.«
Sie entschuldigte sich sofort und verließ gehorsam das Zimmer.
Erikki stand ebenfalls auf, um zu gehen, aber der Khan hielt ihn zurück. »Ich habe dich noch nicht entlassen. Setz dich! Warum hast du vor einem Russen Angst?«
»Nicht vor ihm – nur vor dem System. Er muß beim KGB sein.«
»Warum hast du ihn dann nicht einfach getötet?«
»Es hätte uns geschadet, statt uns zu helfen: der Basis, Iran Timber, Azadeh, vielleicht sogar dir. Andere haben ihn zu mir geschickt. Er kennt uns – er kennt dich.« Erikki beobachtete den Alten genau.
»Ich kenne viele von ihnen. Die Sowjets haben genau wie die Zaren immer schon Aserbeidschan besitzen wollen, waren aber trotzdem stets gute Handelspartner unseres Landes, und sie haben uns gegen die stinkenden Briten

geholfen. Ich ziehe sie den Briten vor, ich verstehe sie besser.« Sein Lächeln wurde noch dünner. »Es wäre leicht, diesen Rákóczy aus dem Verkehr zu ziehen.«

»Gut, dann tue es bitte!« Erikki lachte laut. »Und die anderen auch. Damit würdest du wirklich Allahs Werk tun.«

»Der Meinung bin ich nicht«, widersprach der Khan mißmutig. »Damit würde ich nicht Allahs Werk, sondern das Werk des Satans verrichten. Ohne die Russen würden die Amerikaner und ihre britischen Kettenhunde allmählich uns und die ganze Welt beherrschen. Den Iran würden sie bestimmt schlucken – unter Schah Mohammed ist es ihnen beinahe gelungen. Ganz gleich, welche Schwächen Sowjetrußland hat, es sorgt dafür, daß sich die widerliche Politik der Amerikaner, ihre widerliche Arroganz, ihr widerliches Benehmen, ihre widerlichen Jeans, ihre widerliche Musik, ihre widerliche Nahrung und ihre widerliche Demokratie, ihre widerliche Haltung zu Frauen sowie Gesetz und Ordnung, ihre widerliche Pornographie, ihre naive Einstellung zur Diplomatie und ihre erbitterte Feindschaft dem Islam gegenüber in Grenzen halten.«

Erikki wollte auf keinen Fall eine Auseinandersetzung heraufbeschwören. Dennoch packte ihn die Wut. »Wir hatten uns darauf geeinigt...«

»Aber es ist wahr«, schrie ihn der Khan an, »bei Allah, es ist wahr!«

»Ist es nicht. Und wir hatten vorher bei deinem Gott und bei allem, was mir heilig ist, ausgemacht, daß wir nicht über Politik sprechen werden – weder über die deiner noch über die meiner Welt!«

»Es ist doch wahr, gib es zu!« zischte Abdullah Khan mit wutverzerrtem Gesicht. »Bei Allah, du wagst es, mich in meinem eigenen Haus einen Lügner zu nennen?«

»Exzellenz, ich erinnere dich nur an unsere Abmachung«, knurrte Erikki. Abdullahs dunkle, blutunterlaufene Augen starrten ihn an. Er erwiderte den Blick und war darauf gefaßt, seinen Dolch zu ziehen und zu töten oder getötet zu werden.

»Ja, das stimmt«, murmelte der Khan, und seine Wut verflog genauso rasch, wie sie gekommen war. Er schickte den Leibwächter mürrisch hinaus. »Verschwinde!«

Jetzt war es im Zimmer sehr still. Erikki wußte, daß es hinter den Türen weitere Wächter und in den Wänden Gucklöcher gab. Er spürte den Schweiß auf seiner Stirn und den Pukoh-Dolch in seinem Hosenbund.

Abdullah Khan wußte von dem Dolch, und daß Erikki ihn benützen würde, ohne zu zögern. Aber der Khan hatte ihm für immer die Erlaubnis erteilt, in seiner Gegenwart Waffen zu tragen, nachdem ihm Erikki vor zwei Jahren das Leben gerettet hatte.

An diesem Tag hatte Erikki um die Erlaubnis gebeten, Azadeh heiraten zu dürfen, war aber hochmütig abgewiesen worden. »Nein, bei Allah, ich will keine Ungläubigen in meiner Familie. Verlassen Sie mein Haus!« Erikki war unglücklich aufgestanden. In diesem Augenblick kam es vor der Tür zu einem Handgemenge. Schüsse fielen, die Tür flog auf, und zwei Attentäter mit

Maschinenpistolen kamen hereingestürmt, während im Korridor ein Feuergefecht ausgetragen wurde. Der Leibwächter des Khans tötete einen Attentäter, aber der andere durchsiebte ihn mit Kugeln und wandte sich Abdullah Khan zu, der entgeistert und regungslos auf dem Teppich saß. Bevor der Attentäter abdrücken konnte, starb er mit Erikkis Dolch in der Kehle. Im gleichen Augenblick stürzte sich Erikki auf ihn, um ihm die Maschinenpistole aus den Händen und das Messer aus dem Hals zu reißen. Ein dritter Attentäter war feuernd ins Zimmer gestürzt. Erikki schmetterte dem Mann die Maschinenpistole ins Gesicht, tötete ihn und rannte dann wie ein Berserker in den Korridor hinaus. Drei Angreifer und zwei Leibwächter waren tot oder lagen im Sterben, zwei weitere Mordgesellen flüchteten, aber Erikki erledigte beide und lief weiter. Erst als er Azadeh gefunden und festgestellt hatte, daß ihr nichts geschehen war, beruhigte er sich wieder.

Dann war Erikki in den kleinen Saal zurückgekehrt, in dem Abdullah Khan immer noch auf dem Teppich saß. »Wer waren diese Männer?« fragte er den völlig Verstörten.

»Mörder – Feinde, wie die Wächter, die sie hereingelassen haben. Es war Allahs Wille, daß Sie gerade anwesend waren und mir das Leben gerettet haben. Sie dürfen Azadeh heiraten, ja, aber weil ich Sie nicht mag, werden wir beide vor Allah und Ihrem Gott – wen immer Sie anbeten – schwören, daß wir weder über die Politik noch über die Religion Ihrer oder meiner Welt sprechen werden; dann muß ich Sie hoffentlich nie töten lassen.«

Und jetzt starrten ihn diese kalten, schwarzen Augen wieder an. Abdullah Khan klatschte in die Hände. Sofort ging die Tür auf, und ein Diener erschien. »Bring Kaffee!« Der Mann hastete davon. »Ich lasse das unerquickliche Thema fallen und gehe zu einem anderen über, über das wir uns unterhalten können: meine Tochter Azadeh.«

Erikki wurde noch vorsichtiger, weil er nicht genau wußte, wie weit ihr Vater Gewalt über sie hatte und welche Rechte ein Ehemann in Aserbeidschan besaß. Wenn Abdullah Azadeh tatsächlich befehlen sollte, in sein Haus zurückzukehren und sich von Erikki scheiden zu lassen, würde sie es tun? Vermutlich. Sie wollte nie ein böses Wort über ihn hören. Sie verteidigte sogar seinen paranoiden Haß auf Amerika, indem sie zu erklären versuchte, wodurch er ausgelöst worden war.

»Sein Vater hat ihm befohlen, dort die Universität zu besuchen. In Amerika ging es ihm entsetzlich schlecht, er mußte die Sprache lernen und das Studium der Wirtschaftswissenschaften abschließen, bevor er wieder nach Hause kommen durfte. Mein Vater haßte die übrigen Studenten, die ihn auslachten, weil er ihre Spiele nicht konnte und langsamer lernte als sie. Aber vor allem haßte er das Land wegen der Demütigungen, die er dort ertragen mußte. Er mußte unreine Dinge essen, Bier, Wein und Alkoholika trinken, was gegen die Gebote unserer Religion verstößt, und noch vieles mehr. Bitte, habe Geduld mit ihm. Legt sich nicht auch ein roter Schleier über deine Augen, wenn du daran denkst, was die Sowjets deinen Eltern und deinem Land angetan haben? Habe Geduld mit ihm, ich bitte dich!«

Ich bin sehr geduldig gewesen, dachte Erikki. »Was ist mit meiner Frau, Exzellenz?« Es war üblich, selbst den Schwiegervater so anzureden, und Erikki tat es von Zeit zu Zeit aus Höflichkeit.
»Natürlich interessiert mich die Zukunft meiner Tochter. Was für Pläne hast du für deinen Aufenthalt in Teheran?«
»Ich habe keine Pläne. Ich halte es nur für vernünftig, für ein paar Tage aus Täbris zu verschwinden. Rákóczy hat gesagt, sie ›benötigen‹ meine Dienste. Wenn der KGB in Finnland so etwas sagt, muß man sich auf Schwierigkeiten gefaßt machen. Wenn sie zum Beispiel Azadeh entführten, wäre ich Wachs in ihren Händen.«
»Sie können sie in Teheran viel leichter entführen als hier, falls sie das vorhaben. Du vergißt, daß wir uns in Aserbeidschan befinden und nicht in Bachtiars Land.«
Erikki fühlte sich hilflos. »Ich kann nur das tun, was ich für das Beste halte. Und meiner Meinung nach ist es am besten, wenn wir nach Teheran fahren.«
»Dann fahrt!« Erikki war über die plötzliche Zustimmung ihres Vaters erschrocken. »Wenn ihr Hilfe braucht, schick mir eine verschlüsselte Nachricht...« Er überlegte einen Augenblick, dann lächelte er grimmig. »Laß mir den Satz zukommen: ›Alle Menschen sind gleich.‹ Das ist übrigens wahr, oder?«
»Ich weiß nicht, Exzellenz. Auf jeden Fall ist es aber der Wille Gottes.«
Abdullah hatte unvermittelt gelacht, sich erhoben und ihn im kleinen Saal allein sitzen gelassen.
»Ist dir kalt, Erikki?« fragte jetzt Azadeh.
»Nein, überhaupt nicht«, antwortete er und tauchte aus seinen Überlegungen auf. Sie hatten beinahe die Paßhöhe erreicht. Der Verkehr in beide Richtungen war spärlich. Sie bogen um eine Ecke, kamen in den Sonnenschein und hatten den höchsten Punkt hinter sich. Erikki schaltete den Rover herunter, und sie begannen die lange Talfahrt. Die Straße, wie die Eisenbahn auf Veranlassung Schah Rezas erbaut, war ein technisches Wunderwerk, doch sie besaß an der Talseite kein Geländer, und sie war schneebedeckt und glatt. Erikki schaltete noch einmal herunter und war froh, daß sie nicht nachts gefahren waren. »Kann ich noch Kaffee haben?«
Sie schenkte ihm sofort einen Becher ein. »Ich freue mich auf Teheran. Ich muß eine Menge einkaufen, Scharazad ist dort, und meine Schwestern und meine Stiefmutter haben mir eine Liste von Dingen mitgegeben, die sie brauchen...«
Er hörte ihr kaum zu, weil er an Rákóczy, McIver und seine nächsten Schritte dachte.
Die Straße beschrieb eine Kurve nach der anderen. Er fuhr langsamer und vorsichtiger; einige Autos stauten sich hinter ihm. Das erste war ein überladener Personenwagen, und der Fahrer fuhr zu dicht hinter ihm und zu schnell. Er nahm den Finger nicht von der Hupe, obwohl es eindeutig unmöglich war, ihm Platz zu machen. Erikki bog um die nächste unübersichtliche Kurve, das Gefälle wurde stärker, auf der Geraden, nicht weit vor ihm, mühte sich ein

schwerbeladener Lastwagen bergauf und wurde gerade von einem Auto überholt. Erikki bremste und fuhr dicht an die Felswand heran. In diesem Augenblick beschleunigte der Wagen hinter ihm mit heulender Hupe, überholte ihn blindlings und raste auf der falschen Seite der Straße weiter. Die beiden Autos verkeilten sich ineinander, stürzten 200 Meter über den Hang hinunter und standen sofort in Flammen. Erikki hielt an. Der bergauffahrende Laster dröhnte, als wäre nichts geschehen, vorbei, ohne stehenzubleiben – wie alle übrigen Fahrzeuge.

Erikki stand am Straßenrand und blickte hinunter. Die brennenden Überreste der Wagen waren über den ganzen Hang verstreut; es gab bestimmt keine Überlebenden und auch keine Möglichkeit, ohne Kletterausrüstung dort hinunterzukommen. Er kehrte zum Wagen zurück und schüttelte unglücklich den Kopf.

»*Inscha'Allah*, mein Liebling«, sagte Azadeh ruhig. »Es war Gottes Wille.«

»Nein, es war eine unglaubliche Dummheit.«

»Natürlich hast du recht, Liebster. Es war eine unglaubliche Dummheit«, gab sie sofort zu.

Sie fuhren weiter. Die Dörfer neben der Straße waren arm oder sehr arm. Die beiden sahen nur schmale Erdstraßen, rohe Hütten und Häuser, schmutzige Mauern, ein paar düstere Moscheen, offene Läden, Ziegen, Schafe und Hühner. Abfälle lagen auf der Straße und in den Gräben, und überall trieben sich räudige Hunde herum, die oft Tollwut hatten. Doch dank des Schnees wirkten die Landschaft und die Berge malerisch, und das Wetter blieb gut, wenn es auch kalt war.

Im Range-Rover war es warm und gemütlich. Azadeh trug einen gefütterten modernen Skianzug, darunter einen Kaschmirpullover und kurze Stiefel. Jetzt zog sie die Jacke aus und nahm die Wollmütze ab, so daß ihr das dichte, naturgewellte Haar auf die Schultern fiel. Gegen Mittag hielten sie, um neben einem Bergbach einen Imbiß einzunehmen. Am frühen Nachmittag fuhren sie durch Obstgärten, deren Bäume jetzt nackt und kahl waren, und erreichten dann die Vororte von Qazvin, einer Stadt mit etwa 150 000 Einwohnern und vielen Moscheen.

»Wie viele Moscheen gibt es im Iran, Azadeh?« fragte Erikki.

»20 000, hat man mir einmal gesagt.« Sie öffnete schläfrig die Augen und schaute nach vorn. »Ach, schon Qazvin. Du bist schnell gefahren, Erikki. Angeblich hat es 20 000 Moscheen und 30 000 Mullahs gegeben. Wenn du so weiterfährst, sind wir in ein paar Stunden in Teheran.« Sie gähnte, rückte sich bequemer zurecht und begann, wieder einzunicken.

Erikki fühlte sich jetzt sicherer, weil er den größten Teil der Fahrt hinter sich hatte. Ab Qazvin war die Straße bis nach Teheran gut. Dort besaß Abdullah Khan viele Häuser und Wohnungen, von denen die meisten an Ausländer vermietet waren. Ein paar hatte er für sich und seine Familie freigehalten und Erikki diesmal wegen der Unruhen eine Wohnung unweit von McIver angeboten.

»Ich danke dir«, hatte Erikki geantwortet, und Azadeh hatte später gemeint:

»Ich möchte wissen, warum er so freundlich gewesen ist. Das sieht ihm gar nicht ähnlich. Er haßt dich und mich, ganz gleich, was ich tue, um ihm zu gefallen.«

»Er haßt dich nicht, Azadeh.«

»Entschuldige, wenn ich dir widerspreche, aber er haßt mich. Ich habe dir ja schon gesagt, mein Liebling, daß meine älteste Schwester Najoud ihn gegen mich und gegen meinen Bruder aufgehetzt hat. Sie und ihr schlimmer Ehemann. Vergiß nicht, daß meine Mutter, Vaters zweite Frau, halb so alt wie Najouds Mutter und doppelt so hübsch war. Und obwohl meine Mutter bereits gestorben ist, als ich sieben war, verleumdet Najoud mich immer noch – natürlich nicht in unserer Gegenwart, dazu ist sie viel zu klug. Du hast keine Ahnung, Erikki, wie raffiniert, wie verschwiegen und mächtig die Frauen hier sein können, oder auch wie rachsüchtig, trotz ihrer honigsüßen Art. Najoud ist ärger als eine Schlange. Sie steckt hinter all diesen Feindseligkeiten.« Azadehs schöne blaugrüne Augen füllten sich mit Tränen. »Als ich klein war, hat mein Vater meinen Bruder Hakim und mich wirklich geliebt, und er hat uns allen anderen vorgezogen. Er hat mehr Zeit in unserem Haus als im Palast verbracht. Nach dem Tod unserer Mutter sind wir in den Palast übersiedelt, aber weder meine Halbbrüder noch meine Halbschwestern haben uns wirklich gemocht. Damals hat sich alles geändert, und Najoud war schuld daran.«

»Du zerfleischst dich selbst mit diesem Groll, Azadeh – und darunter leidest du, nicht Najoud. Vergiß sie! Sie hat jetzt keine Macht mehr über dich, und ich wiederhole: Du verfügst über keine Beweise.«

»Ich brauche keine Beweise. Ich weiß es. Und ich werde es nie vergessen.«

Erikki hatte es dabei bewenden lassen. Es war sinnlos, deshalb zu streiten, noch einmal all die Dinge durchzukauen, die zu vielen Gewalttätigkeiten und Tränen geführt hatten. Es ist besser, wenn sie sich Luft macht, statt es in sich hineinzufressen, dachte er.

Die Straße säumten jetzt die ersten Häuser von Qazvin, einer Stadt, wie es sie im Iran hundertfach gibt: laut, übervölkert, schmutzig und eine Verkehrsstauung nach der anderen. Neben der Fahrspur befanden sich die *joub*, die Straßengräben, welche zu den meisten iranischen Straßen gehören. Hier waren sie einen Meter tief und teilweise betoniert. Sie waren voll Schneematsch, Eis und Wasser. Bäume wuchsen aus ihnen, die Einwohner wuschen in manchen die Wäsche, andere benützten sie als Abwasserkanal. Hinter den Gräben begannen die Mauern, welche Häuser und Gärten verbargen. Für gewöhnlich waren die Stadthäuser einen Stock hoch. Sie sahen aus wie graubraune Schachteln, waren zum Teil aus Steinen, zum Teil aus Lehmziegeln gebaut und nur selten verputzt. Die meisten besaßen gestampfte Fußböden und nur einige wenige fließendes Wasser, Elektrizität und sanitäre Anlagen.

Der Verkehr nahm schlagartig zu: Fahrräder, Motorräder, Autobusse, Lastwagen und dazu Personenautos aller Größen, Marken und Baujahre von alt bis uralt, beinahe alle verbeult und ausgebessert, manche mit verschiedenen Farben bemalt und mit kleinen Lämpchen verziert. Erikki war in den letzten

Jahren oft durch diesen Ort gefahren, und er wußte, zu welchen Stauungen es hier kommen konnte. Aber es gab keine Umgehungsstraße, obwohl seit Jahren eine geplant war.
Erikki wich einem ausgebrannten Autowrack aus, dann legte er eine Beethoven-Kassette ein und drehte die Lautstärke hoch, um den Straßenlärm zu übertönen. Aber es nützte nicht viel.
»Der Verkehr ist ärger denn je. Wo steckt bloß die Polizei?« fragte Azadeh, die jetzt hellwach war. »Bist du durstig?«
»Nein, danke.« Er warf ihr einen Blick zu; im Pullover und mit dem offenen schwarzen Haar sah sie sehr attraktiv aus. »Aber ich habe Hunger nach dir.«
Wie üblich war die Straße schlecht. Stellenweise war sie aufgerissen, sei es als Abnützungserscheinung, sei es wegen nie endender Reparaturen. Er wich einem tiefen Loch aus und fuhr dann an einem weiteren Autowrack vorbei, das man einfach zur Seite geschoben hatte. Ein verbeulter Lastwagen kam ihm entgegen, dessen Fahrer wütend hupte. Die Stoßstangen waren mit Draht befestigt, in den Fenstern fehlten die Glasscheiben, der Einfüllstutzen des Tanks war mit einem Lappen zugestopft. Auf der Ladefläche war Reisig hoch aufgestapelt, und drei Passagiere klammerten sich verzweifelt fest. Der Fahrer trug einen zerlumpten Mantel aus Schaffellen. Als Erikki an ihm vorüberfuhr, schauten ihn er und die zwei Männer, die neben ihm saßen, zu seiner Überraschung wütend an. Ein paar Meter weiter schwankte ein demolierter, überladener Autobus auf sie zu. Erikki fuhr vorsichtig dicht an den *joub* heran und blieb stehen. Wieder starrten ihn der Fahrer und alle Passagiere feindselig an. Einer der jungen Männer im Bus schüttelte drohend die Faust, ein anderer beschimpfte ihn.
Wir haben noch nie Schwierigkeiten gehabt, dachte Erikki beunruhigt. Überall auf den Straßen und aus den Fahrzeugen trafen ihn die gleichen boshaften Blicke. Er mußte wegen der Motorräder, Fahrräder, Lastwagen und Autobusse langsam fahren, da kam auch noch eine Schafherde aus einer Seitengasse und verstopfte die Straße. Die Autofahrer beschimpften die Hirten, die Hirten schimpften zurück, alle waren wütend und ungeduldig, und die Hupen heulten.
»Verdammter Verkehr! Blöde Schafe!« Azadeh wollte nicht warten. »Hup einmal, Erikki!«
»Hab Geduld, schlaf weiter! Ich kann nicht überholen«, schrie er, um das Durcheinander zu übertönen. »Hab Geduld!«
Für die nächsten 300 Meter brauchte er eine halbe Stunde, weil von rechts und links weitere Fahrzeuge auf die ohnehin schon überfüllte Straße drängten. Überall Straßenverkäufer, Fußgänger und Unrat. Jetzt schlich er hinter einem Bus her, der beinahe die ganze Straße blockierte und dessen Räder fast die ganze Zeit über den Rand des *joub* hinausragten. Bleib ruhig, befahl er sich. Du kannst nichts tun.
Aber es fiel ihm immer schwerer. Nach einer halben Stunde bogen die Schafe in eine Seitengasse ab, und der Verkehr wurde etwas flüssiger. Hinter der nächsten Ecke war dann die ganze Fahrbahn aufgegraben, und ein nicht

gesicherter, einige Meter breiter und halb mit Wasser gefüllter Graben versperrte ihnen den Weg.
Es war unmöglich, vorwärts oder zurück zu fahren, deshalb mußte der Verkehr in eine enge Seitenstraße ausweichen. Der Bus vor Erikki schaffte die Kurve nicht, mußte stehenbleiben und zurücksetzen, was zu weiteren zornigen Flüchen und Ausrufen führte. Als Erikki rückwärts fuhr, um Platz zu machen, drängte sich ein kleiner blauer Wagen an ihm vorbei und zwang den entgegenkommenden Wagen zu bremsen. Dieser geriet ins Schleudern, eines der Räder glitt über den Rand des *joub*, und das Auto neigte sich gefährlich. Der Verkehr kam vollkommen zum Stillstand.
Wütend zog Erikki die Handbremse an, riß die Tür auf, ging zu dem verunglückten Wagen hinüber und schob ihn auf die Straße zurück. Niemand half ihm dabei, alle fluchten und schimpften nur. Dann wollte er sich dem blauen Wagen zuwenden, aber in diesem Augenblick schaffte der Bus die Kurve, der Fahrer des blauen Wagens betätigte die Kupplung und raste hinterher.
Erikki zwang sich, die verkrampften Fäuste zu öffnen. Ein wildes Hupkonzert ertönte. Er stieg ein und fuhr wieder los.
»Hier!« Azadeh reichte ihm eine Tasse Kaffee.
»Danke.« Er trank ihn, während er mit einer Hand lenkte, denn der Verkehr wurde wieder stockend. Der blaue Wagen war verschwunden. Als Erikki sich beruhigt hatte, meinte er: »Wenn ich den oder seinen Wagen in die Hände bekommen hätte, wäre keiner von beiden ganz geblieben.«
»Ja, ich weiß. Hast du gemerkt, wie feindselig sich alle uns gegenüber benehmen?«
»Ja.«
»Aber warum? Wir sind schon so oft...« Azadeh duckte sich unwillkürlich, als plötzlich Unrat auf dem Wagenfenster landete. Erikki kurbelte fluchend das Fenster ganz hinauf, griff über Azadeh hinweg und versperrte die Tür.
»Was zum Teufel ist mit diesen Leuten los?« murmelte er. »Sie benehmen sich, als hätten wir die amerikanische Fahne gehißt und schwenkten Fotos des Schahs.« Von irgendwoher kam ein Stein geflogen und prallte von der Karosserie ab. Dann gelangte der Bus vor ihnen aus der engen Seitenstraße auf den großen Platz vor einer Moschee, auf dem sich Marktstände befanden. Zu Erikkis Erleichterung kamen sie jetzt dank einer zweispurigen Fahrbahn schneller voran. Es herrschte immer noch dichter Verkehr, aber er wurde flüssiger. Erikki schaltete und erblickte schon am anderen Ende des Platzes die Ausfahrt nach Teheran. Doch nun verschmolzen die beiden Fahrspuren zu einer, und die Fahrzeuge drängten auf diese.
»So schlimm war es noch nie«, murmelte er. »Wieso kommen wir nicht weiter?«
»Es muß einen Unfall gegeben haben«, meinte Azadeh sehr beunruhigt. »Oder Straßenarbeiten. Sollen wir zurückfahren – in die andere Richtung ist der Verkehr nicht so dicht?«
»Wir haben eine Menge Zeit«, beruhigte er sie. »In einer Minute sind wir

draußen. Sobald wir die Stadt hinter uns haben, ist alles in Ordnung.« Die Fahrzeuge vor ihnen wurden wieder langsamer, und der Lärm schwoll an. Nur allmählich ordneten sich die Fahrzeuge ein, die Fahrer hupten und fluchten, blieben stehen, fuhren wieder an und schoben sich mit 20 Stundenkilometern Geschwindigkeit weiter. Die beiden hatten die Ausfahrt fast erreicht, als ein paar Jungen begannen, neben dem Wagen herzulaufen und Schimpfworte zu rufen. Einer von ihnen hämmerte auf das Seitenfenster ein.

»Amerikanischer Hund...«

»Amerikanisches Schwein...«

Männer und ein paar Frauen im Tschador schlossen sich den Jungen mit erhobenen Fäusten an. Erikki konnte überhaupt nichts unternehmen, und seine Hilflosigkeit machte ihn wütend. Einige Männer trommelten auf die Kühlerhaube und die Türen des Range-Rovers. Es wurden immer mehr, und auf Azadehs Seite machten sie obszöne Gesten und versuchten, die Tür aufzureißen. Einer der Jungen sprang auf die Kühlerhaube, glitt aus, fiel hinunter und konnte gerade noch vor Erikkis Fahrzeug wegkriechen.

Der Bus vor ihnen hielt. Sofort setzte ein Gedränge ein, weil Passagiere aussteigen und andere gleichzeitig einsteigen wollten. Da erspähte Erikki eine Lücke, stieg aufs Gas, fuhr um den Autobus herum, wich im letzten Augenblick Fußgängern aus, die sorglos durch das Gedränge schlenderten, bog in eine wunderbarerweise freie Seitengasse ein, scherte an ihrem Ende aus, stieß beinahe mit einer Gruppe von Motorradfahrern zusammen und raste weiter. Bald hatte er sich vollkommen verfahren, aber er richtete sich nach dem Stand der Sonne, erreichte endlich eine breitere Straße, zwängte sich in den fließenden Verkehr und befand sich bald in einer Allee, die er kannte. Auf ihr gelangte er zu einer weiteren Moschee und wieder auf die Straße nach Teheran.

»Jetzt ist alles vorbei, Azadeh. Es war nur ein Haufen Rowdies.«

»Ja«, bestätigte sie zitternd. »Man sollte sie auspeitschen.«

Erikki hatte die Menge beobachtet und versucht, eine Erklärung für die unerwartete Feindseligkeit zu finden. Etwas hat sich verändert, dachte er, aber was? Dann verkrampfte sich sein Magen. »Seit wir Täbris verlassen haben, habe ich keinen einzigen Polizisten, Soldaten oder Armeelastwagen gesehen. Du vielleicht?«

»Nein. Jetzt fällt es mir auch auf, weil du es erwähnst.«

»Etwas Ernstes muß geschehen sein.«

»Was? Haben vielleicht die Sowjets die Grenze überschritten?« Sie wurde noch blasser.

»Das glaube ich nicht, dann würden Truppen nach dem Norden verlegt werden.« Er sah sie an. »Macht nichts«, meinte er, mehr, um sich selbst zu beruhigen. »Wir werden uns in Teheran glänzend unterhalten. Es ist Zeit, daß du ein bißchen Abwechslung bekommst. Vielleicht sollte ich mir den Urlaub nehmen, den ich guthabe – wir könnten für eine Woche oder zwei nach Finnland fliegen.«

Sie hatten das Zentrum verlassen und befanden sich jetzt in einer Vorstadt mit

baufälligen Häusern und Schlaglöchern. Hier verbreiterte sich die Straße nach Teheran auf vier Fahrbahnen, und obwohl der Verkehr immer noch dicht und träge war – sie konnten kaum 25 Stundenkilometer fahren –, störte es Erikki nicht. Weiter vorn zweigte die Strecke nach Abadan-Kermanschah ab, und damit würden die Staus vorbei sein. Automatisch überflog er die Armaturen, als wären es die Instrumente in seinem Cockpit. Die Benzinuhr stand auf viertelvoll. Er mußte bald tanken, aber das war kein Problem, weil sie ja die Reservekanister dabei hatten.
Er wurde langsamer, weil er an einem Lastwagen vorbei mußte, der sorglos neben ein paar Straßenständen parkte. Da flog von irgendwoher wieder Unrat gegen ihre Windschutzscheibe. »Vielleicht sollten wir doch umdrehen, Erikki, und nach Täbris zurückfahren. Vielleicht können wir Qazvin umfahren.«
»Nein.« Die Angst in ihrer Stimme war ihm unheimlich – für gewöhnlich war sie furchtlos. »Wir fahren nach Teheran, stellen fest, was eigentlich los ist, und dann treffen wir eine Entscheidung.«
Sie rückte näher zu ihm und legte ihm die Hand aufs Knie. »Diese Rowdies haben mir wirklich Angst eingejagt, Allah strafe sie, diese Hurensöhne! Warum sind sie so?«
Am Stadtrand befanden sich ein großes Ausbildungslager der Armee und daneben eine Luftwaffenbasis. »Wo sind die Soldaten, die hier sein sollten?« fragte Azadeh.
»Das möchte ich auch wissen«, antwortete er.
Rechts zweigte die Strecke nach Abadan-Kermanschah ab, und ein Großteil der Fahrzeuge bog ab. Beide Straßen waren von Stacheldrahtzäunen gesäumt wie die meisten Straßen und Autobahnen im Iran. Die Zäune dienten dazu, Schafe, Ziegen, Rinder, Hunde und Menschen am Überqueren der Straße zu hindern.
Als sie die Stadt hinter sich hatten, fühlten sie sich besser. Aber der Verkehr wurde nicht flüssiger. Das Tempo verringerte sich neuerlich, die beiden Fahrbahnen verschmolzen zu einer, und wieder hupten die Fahrer wütend. Erikki fluchte über faule Straßenarbeiter, die vermutlich an der Engstelle schuld waren, schaltete in einen niedrigeren Gang und fuhr langsam weiter. Plötzlich zeigte Azadeh nach vorn. »Schau!«
Im Abstand von 100 Metern vor ihnen befand sich eine Straßensperre, um die Männer in Gruppen standen. Einige waren bewaffnet, alle waren schäbig gekleidete Zivilisten. Neben der Straßensperre begann ein armseliges Dorf, Verkaufsstände begrenzten die Straße. Die Dorfbewohner standen ebenfalls bei der Straßensperre. Alle Frauen trugen den grauen oder schwarzen Tschador. Jedes Fahrzeug wurde angehalten und durfte erst nach der Überprüfung der Papiere weiterfahren. Einige Wagen waren auf die danebenliegende Wiese gewunken worden, wo Männer die Insassen verhörten. Diese Männer waren stärker bewaffnet.
»Das sind keine *hezbollahis*«, stellte Erikki fest.
»Es sind keine Mullahs dabei. Oder siehst du welche?«
»Nein.«

»Dann sind es Tudeh oder Mudjaheddin – oder Fedajin.«
»Hol lieber deinen Ausweis heraus«, meinte er lächelnd. »Zieh deine Jacke an, damit du dich nicht erkältest, wenn ich das Fenster öffne, und setze deine Kappe auf.« Dabei machte er sich nicht wegen der Kälte Sorgen, sondern wegen ihrer Figur, die der anliegende Pullover betonte, und wegen der offenen Haare.
Im Handschuhfach lag ein kleiner Pukoh-Dolch in einer Scheide. Er versteckte ihn in seinem rechten Stiefel. Seinen großen Pukoh trug er unter dem Parka auf dem Rücken.
Als sie endlich an der Reihe waren, umkreisten die mürrischen, bärtigen Männer den Range-Rover. Ein paar hatten US-Gewehre oder AK 47. Einige in Tschadors gehüllte Frauen gehörten zu der Gruppe. Sie betrachteten Azadeh mit funkelnden Augen mißbilligend. »Papiere«, sagte einer der Männer auf Persisch und streckte die Hand aus. Sein Atem stank, und der Geruch nach verschwitzten Körpern und ungewaschener Kleidung drang in den Wagen. Azadeh starrte gerade vor sich hin und versuchte, den Spott und die Bemerkungen zu überhören und die sie bedrängenden Menschen nicht zu sehen – Dinge, die sie noch nie erlebt hatte.
Höflich reichte Erikki seinen und Azadehs Ausweis durchs Fenster. Der Mann starrte die Dokumente an und reichte sie einem Jungen weiter, der lesen konnte. Die anderen warteten schweigend und stampften mit den Füßen, um sie warm zu halten. Schließlich erklärte der Junge heiser: »Er ist ein Ausländer aus einem Land, das Finnland heißt. Er kommt aus Täbris. Er ist kein Amerikaner.«
»Er sieht aber amerikanisch aus«, behauptete jemand.
»Die Frau heißt Gorgon. Sie ist mit ihm verheiratet – so steht es jedenfalls in ihren Papieren.«
»Ich bin seine Frau«, bemerkte Azadeh scharf.
»Wer hat dich gefragt?« unterbrach sie der erste Mann grob. »Du gehörst zur Familie der Gorgons. Ihr seid Landbesitzer, deine Aussprache und dein Benehmen sind hochmütig, und du bist vermutlich eine Feindin des Volkes.«
»Ich bin niemandes Feindin.«
»Halt den Mund! Frauen sollen sich gut benehmen, keusch sein, sich verhüllen und auch in einem sozialistischen Staat gehorsam sein.« Er wandte sich an Erikki. »Wo fährst du hin?«
»Was hat er gefragt, Azadeh?« fragte Erikki.
Sie übersetzte.
»Nach Teheran«, antwortete er leise. »Erklär ihm, daß wir nach Teheran fahren, Azadeh!« Er hatte sechs Gewehre und eine automatische Waffe gezählt. Die anderen Fahrzeuge schlossen den Rover ein, er konnte nicht ausbrechen. Noch nicht.
Sie übersetzte und fügte hinzu: »Mein Mann spricht nicht Persisch.«
»Woher sollen wir das wissen? Und woher sollen wir wissen, daß du verheiratet bist? Wo ist deine Heiratsurkunde?«

»Ich trage sie nicht bei mir. Daß ich verheiratet bin, steht in meinem Ausweis.«
»Das ist ein Ausweis des Schahs, er ist ungesetzlich. Wo ist dein neuer Ausweis?«
»Ein Ausweis von wem? Von wem unterschrieben?« fragte sie scharf. »Gib uns unsere Ausweise zurück und laß uns weiterfahren!«
Ihre Entschlossenheit beeindruckte den Mann, und er zögerte. »Du mußt schon verstehen, daß es viele Spione und Feinde des Volkes gibt...«
Erikkis Herz hämmerte. Weitere Männer gesellten sich zu der Gruppe, die sie umstellte. Einer von ihnen winkte die Lastwagen und Personenautos, die hinter Erikki warteten, nach vorn zur Kontrolle. Niemand hupte. Jeder war froh, wenn er an die Reihe kam. Über der haltenden Kolonne brütete schweigende Angst.
»Was ist hier los?« Ein untersetzter Mann drängte sich durch die Menge. Die anderen machten ihm ehrerbietig Platz. Er hatte eine tschechische Maschinenpistole umgehängt. Sein Gesicht war rund und unrasiert, seine Kleidung schäbig und schmutzig, seine Augen waren dunkel. Da hörte man einen Schuß, und alle schauten zur Wiese hinüber.
Ein Mann lag neben einem kleinen Personenauto auf dem Boden. Ein anderer beugte sich mit einer automatischen Waffe in der Hand über ihn. Ein dritter lehnte an dem Wagen und hatte die Hände erhoben. Plötzlich rannte er davon. Der Mann mit dem Gewehr legte an, schoß, verfehlte ihn und schoß noch einmal. Da schrie der Flüchtende auf, fiel zu Boden, wälzte sich auf den Bauch und versuchte weiterzukriechen. Der Mann mit dem Gewehr trat gemächlich zu ihm und leerte das Magazin in seinen Körper.
»Ahmed!« rief der Untersetzte. »Warum verschwendest du Kugeln, wo deine Stiefel auch genügen würden? Wer ist das?«
»SAVAK!« Durch die Menge lief zufriedenes Gemurmel.
»Dummkopf. Warum hast du ihn dann so schnell getötet? Bring mir die Papiere.«
»Diese Hurensöhne haben Papiere, in denen steht, daß sie Geschäftsleute aus Teheran sind, aber ich erkenne einen SAVAK-Mann, wenn ich ihn sehe. Willst du die falschen Papiere?«
»Nein. Zerreiß sie!« Der Untersetzte wandte sich jetzt Erikki und Azadeh zu. »So werden wir mit allen Feinden des Volkes verfahren.«
Sie antworteten nicht. Er hielt ihre Ausweise in seinen schmutzigen Händen. Und wenn er sie ebenfalls für falsch hielt? *Inscha'Allah.*
Der Mann musterte die Ausweise, dann starrte er zuerst Erikki und dann Azadeh an. »Du behauptest, daß du Azadeh Gorgon Yokkonen, seine Frau, bist?«
»Ja.«
»Gut.« Er steckte die Ausweise in die Tasche und zeigte auf die Wiese. »Sag ihm, daß er dort hinüberfahren soll. Wir durchsuchen euren Wagen.«
»Aber...«
»Gehorche! Sofort.« Der Untersetzte kletterte auf den Kotflügel. »Was ist

das?« fragte er und zeigte auf das blaue Kreuz auf weißem Grund, das auf das Dach gemalt war.
»Die finnische Fahne«, erklärte Azadeh. »Mein Mann ist Finne.«
»Warum befindet sie sich dort oben?«
»Weil es meinem Mann so gefällt.«
Der Untersetzte spuckte aus, dann zeigte er wieder auf die Wiese. »Beeilt euch! Dort hinüber!« Als sie einen freien Platz erreichten – die Menge war ihnen gefolgt –, sprang er herunter. »Raus mit euch! Ich will euren Wagen nach Waffen und Schmuggelware durchsuchen.«
»Wir haben weder Waffen noch...«
»Heraus! Und du Frau, halt den Mund!« Die alten Weiber in der Menge zischten beifällig. Zornig zeigte der Untersetzte auf die beiden Leichen, die im Schneematsch lagen. »Die Gerechtigkeit des Volkes arbeitet rasch und gründlich, vergeßt das nicht!« Er wies auf Erikki. »Übersetze deinem Ungeheuer von Mann, was ich gesagt habe – falls er dein Mann ist.«
»Erikki, er sagt, daß... daß die Gerechtigkeit des Volkes rasch und gründlich arbeitet, und daß wir es nicht vergessen sollen. Sei vorsichtig, mein Liebling. Wir müssen aussteigen. Sie wollen das Auto durchsuchen.«
»Gut. Aber klettere auf meiner Seite heraus.« Als Erikki ausstieg, überragte er die Menge. Er legte Azadeh schützend den Arm um die Schultern, denn die Leute drängten sich um sie. Der Gestank ihrer ungewaschenen Körper war kaum zu ertragen. Sie zitterte, obwohl sie versuchte, sich zu beherrschen. Sie sahen zu, wie der Untersetzte und die übrigen in das Auto kletterten und mit ihren schmutzigen Stiefeln auf die Sitze stiegen. Sie öffneten die hinteren Türen, rissen gleichgültig ihre Sachen heraus, die gierigen Hände öffneten seine und ihre Reisetasche. Dann hob einer der Männer ihre dünne Unterwäsche hoch, und die übrigen johlten und pfiffen. Die alten Weiber murmelten mißbilligend. Eine von ihnen berührte Azadehs Haar, die zurückwich. Sofort schob sich Erikki vor sie, aber die Menge wich nicht von der Stelle, obwohl diejenigen, die er wegdrängte, aufschrien. Die Wut der Leute nahm zu, drohende Rufe wurden laut, und der Kreis um Erikki und Azadeh wurde noch enger.
Plötzlich wurde Erikki zum erstenmal klar, daß er Azadeh nicht beschützen konnte. Auch wenn er ein Dutzend Angreifer tötete, würden sie ihn letzten Endes doch umbringen, und dann wäre Azadeh vollkommen schutzlos. Diese Erkenntnis erschütterte ihn. Seine Beine gaben nach. Er hatte das dringende Bedürfnis zu urinieren, der Geruch seiner Angst erstickte ihn, und er kämpfte gegen die Panik an, die in ihm aufstieg. Stumpf sah er zu, wie ihr Eigentum von Hand zu Hand wanderte. Männer schwankten mit den lebenswichtigen Benzinkanistern davon, ohne die sie Teheran nie erreichen konnten. Er versuchte, seine Beine in Bewegung zu setzen, aber sie gehorchten ihm ebensowenig wie sein Mund.
Sein Arm lag immer noch um Azadehs Schultern. Sie blickte zu ihm auf, und er erkannte, wie entsetzt sie war, konnte aber wegen des Lärms nicht verstehen, was sie sagte. Verzweifelt versuchte er, sowohl die aufsteigende

Panik als auch seine Kampflust zu unterdrücken, denn er durfte nicht gewalttätig werden, wenn er kein allgemeines Gemetzel auslösen wollte. Doch er konnte sich nicht mehr beherrschen und stieß blindlings mit seinem freien Ellbogen zu. Im gleichen Augenblick drängte sich eine kräftige Bäuerin wütend bis zu ihnen durch und drückte Azadeh einen Tschador an die Brust; damit lenkte sie die Aufmerksamkeit von dem Mann ab, der nach Erikkis Stoß hinter ihm zusammengebrochen war.

Die Leute schrien Azadeh an, befahlen ihr offensichtlich, den Tschador anzulegen. Sie aber weigerte sich und schluchzte vollkommen ratlos: »Nein, laßt mich in Ruhe!« Noch nie in ihrem Leben war sie so bedroht worden, noch nie hatte sie sich unter solchen Menschen befunden, noch nie eine solche Feindseligkeit erlebt.

»Zieh ihn an, Dirne!«

»Im Namen Allahs, leg den Tschador an!«

»Nicht im Namen Allahs, Frau. Im Namen des Volkes!«

»Allah ist groß, gehorche dem Gebot!«

»Scheiß auf Allah, gehorche der Revolution!«

»Bedecke dein Haar, Hure und Tochter einer Hure!«

»Gehorche dem Propheten, sein Name sei gepriesen!«

Das Geschrei und das Gedränge nahmen zu, der auf dem Boden liegende Mann wurde zu Tode getrampelt. Dann zerrte jemand an Erikkis Arm, den er um Azadeh gelegt hatte. Der Finne griff nach seinem großen Dolch, und sie schrie: »Nicht, Erikki, nicht! Sie bringen dich um...«

Verzweifelt stieß sie die Bäuerin von sich, zog den Tschador über, rief dabei einige Male *»Allah-u-Akbar«* und besänftigte dadurch die Umstehenden ein wenig. Sie blickte nicht zu Erikki auf, klammerte sich aber an ihn und zitterte wie ein frierender junger Hund. Brüllendes Gelächter ertönte, als sich ein Mann Azadehs Büstenhalter vor die Brust hielt.

Das Getümmel ging weiter, bis die Stimmung plötzlich umschlug. Der Untersetzte und seine Gefolgsleute blickten regungslos in Richtung Qazvin und tauchten im nächsten Augenblick in der Menge unter. Andere Männer, die in der Nähe der Straßensperre standen, bestiegen ihre Wagen und brausten eilig auf der Straße nach Teheran davon. Jetzt war auch die Menge aufmerksam geworden und starrte in die Richtung zur Stadt. Auf der Straße näherte sich unter der Führung einiger Mullahs eine Schar Männer. Etliche von ihnen waren bewaffnet. Sie schrien: *»Allah-u Akbar*, Allah und Khomeini«, begannen plötzlich zu laufen und griffen die Straßensperre an.

Schüsse fielen, das Feuer wurde von der Straßensperre aus erwidert, die Gegner schlugen mit Knüppeln, Eisenstangen und ein paar Gewehren aufeinander ein. Viele rannten davon; die Dorfbewohner in ihre Häuser, die Autobesitzer zu den Gräben, in denen sie Deckung suchten.

Das Geschrei, die Schüsse und der Kampflärm rissen Erikki aus seiner Erstarrung. Er schob Azadeh zum Auto, hob unterwegs hastig einen Teil ihrer Habe auf, warf die Sachen auf den Rücksitz und schlug die Fondtür zu. Ein halbes Dutzend Dorfbewohner wollte sich ebenfalls bücken und bereichern, aber er schob sie aus dem Weg, sprang in den Fahrersitz, startete, fuhr rückwärts, dann wieder vor, über die Wiese und parallel zur Straße weiter. Rechts von ihm stiegen der Untersetzte und drei seiner Gefährten in ein Auto, und ihm fiel ein, daß der Untersetzte noch immer ihre Papiere bei sich hatte. Einen Sekundenbruchteil lang wollte er stehenbleiben, verwarf aber sogleich den Gedanken und fuhr auf die Bäume zu, die die Straße säumten. Doch nun nahm der Untersetzte die Maschinenpistole von der Schulter, zielte und drückte ab. Der Feuerstoß ging über sie hinweg. Erikki riß das Lenkrad herum, trat das Gaspedal durch und griff den Schützen an. Die massive Stoßstange des Rovers preßte den Mann gegen sein Auto, zerquetschte ihn und drückte das Blech ein. Seine Maschinenpistole feuerte weiter, bis das Magazin leergeschossen war. Die Kugeln prallten vom Metall ab und durchschlugen die Windschutzscheibe. Erikki setzte zurück und griff wieder an. Das fremde Auto stürzte um, seine Insassen schienen tödlich verletzt, und Erikki wollte aussteigen und ihnen mit den bloßen Händen den Rest geben. Doch dann sah er im Rückspiegel Männer, die auf seinen Wagen zugerannt kamen, und er flüchtete.

Der Range-Rover war für diese Art von Gelände gebaut, und die Winterreifen griffen gut auf dem rauhen Boden. Im nächsten Augenblick befanden sie sich zwischen den Bäumen, wo sie kein Geschoß mehr treffen konnte. Erikki wollte auf die Straße, schaltete hinunter, sperrte beide Differentiale, kletterte mit dem Wagen über den tiefen *joub* und zerriß dabei den Stacheldrahtzaun. Auf der Straße löste er dann die Differentialsperre, schaltete in den höheren Gang und brauste davon.

Erst jetzt wich der rote Schleier von seinen Augen. Entsetzt erinnerte er sich an die Kugeln, die den Wagen getroffen hatten. Erschrocken schaute er zu Azadeh hinüber, doch ihr war nichts geschehen, sie war nur vor Angst wie gelähmt, kauerte im Sitz und hielt sich mit beiden Händen fest. Einen Augenblick lang erkannte er sie nicht, sah nur ein iranisches Gesicht, das der Tschador verunstaltete – wie all die unzähligen, die er in den Menschenansammlungen erblickt hatte.

»Ach, Azadeh«, stöhnte er, griff nach ihr, zog sie an sich und lenkte dabei mit einer Hand den Rover weiter. Doch dann bremste er, fuhr an den Straßenrand, hielt an und drückte sie an sich, während sie haltlos schluchzte. Er bemerkte nicht, daß die Benzinanzeige beinahe auf null stand, daß der Verkehr stärker wurde, und daß viele Autos, in denen Revolutionäre saßen, von der Straßensperre nach Teheran flohen.

17

Zagros 3: 15 Uhr 18. Die vier Männer rasten auf Schlitten den Hang hinter der Basis hinunter. Scot Gavallan lag knapp vor Jean-Luc Sessone, der sich auf gleicher Höhe mit Nasiri, dem Leiter der Basis, befand, während Nitchak Khan etwa zwanzig Meter hinter ihnen folgte. Das Wettrodeln hatte Jean-Luc organisiert, nach dem Motto: der Iran gegen den Rest der Welt. Alle vier Männer kämpften erbittert um den Sieg. Der Preis für den Sieger bestand aus 5000 Rial – etwa 60 Dollar – und einer von Locharts Whiskyflaschen. »Tom wird nichts dagegen haben«, hatte Jean-Luc großzügig erklärt. »Er hat Urlaub und vergnügt sich in den Freudenhäusern von Teheran, während wir auf dem Stützpunkt hocken. Jetzt führe ich das Kommando! Hiermit wird die Flasche beschlagnahmt, zum Ruhme Frankreichs, für das Wohl meiner Truppen und das unserer glorreichen Schutzherren, der Kaschkai.«

Sie befanden sich auf einer Höhe von 2500 Metern. Es war ein wunderbarer, sonniger Nachmittag, der Himmel wolkenlos und tiefblau, die Luft frisch. In der Nacht hatte es aufgehört zu schneien, und das Gelände um die Basis sah aus wie ein Märchenland aus Fichten und Schnee.

Weiter unten wurde der Hang steiler. Immer wieder holperten die Rodelschlitten über versteckte Erdhügel. Die Geschwindigkeit steigerte sich noch und zeitweise verschwanden die Männer beinahe unter dem aufstäubenden Schnee.

Eine Fichtengruppe versperrte ihnen jetzt den Weg. Scot bremste scharf und schlängelte sich elegant durch die Bäume. Dann legte er sich in die Kurve und fegte den langen Hang zur weit unten liegenden Ziellinie hinunter, von wo aus die übrige Besatzung der Basis und einige Dorfbewohner sie anfeuerten. Nasiri und Jean-Luc bremsten einen Sekundenbruchteil später, glitten eine Idee schneller durch die Bäume – und schon hatten sie ihn bis auf wenige Zentimeter eingeholt. Nitchak Khan bremste überhaupt nicht. Er wich auch nicht aus. Zum hundertsten Mal legte er sein Geschick in Allahs Hände, schloß die Augen und raste mitten in die Fichtengruppe hinein. *»Inscha'Allah!«*

Sein Abstand zum ersten Baum betrug 30 Zentimeter, zum zweiten 15, dann öffnete er gerade noch rechtzeitig die Augen und entging um Haaresbreite einem Zusammenstoß, pflügte mit zunehmender Geschwindigkeit durch ein Dutzend Schößlinge, wurde von einem Erdhügel in die Luft geschleudert, flog wie durch ein Wunder über einen umgestürzten Baumstamm hinweg und landete wieder auf dem Schnee. Der Aufprall war so heftig, daß ihm einen Augenblick die Luft wegblieb. Aber er gab nicht auf, obwohl sein Schlitten sich gefährlich neigte. Kurz fuhr er auf einer Kufe, landete dann wieder auf

beiden, schoß schneller und auf einem direkteren Weg als die anderen aus dem Wald hervor und übernahm, von allen Dorfbewohnern umjubelt, die Führung.
Doch Scot, Nasiri und Jean-Luc schlossen immer dichter auf. Hier war der Schnee nicht mehr so pulvrig, so daß sie über ein paar kleine Buckel rumpelten und sich an ihren Schlitten festklammern mußten.
Den großen Erdbuckel entdeckten sie zu spät. Nitchak Khan war der erste, der unkontrolliert durch die Luft flog und auf dem Bauch landete. Scot und Jean-Luc erging es nicht besser, so daß alle drei plötzlich hilflos im Schnee lagen. Nasiri versuchte verzweifelt, an ihnen und am Buckel vorbeizukommen. Er riß seinen Schlitten herum, verlor aber das Gleichgewicht und wurde hinuntergeschleudert. Ein Stück kollerte er noch den Hang hinunter und blieb dann nach Luft schnappend liegen.
Nitchak Khan setzte sich auf und wischte sich den Schnee aus Gesicht und Bart. »Gelobt sei Allah«, murmelte er, da er verwundert feststellte, daß er sich nichts gebrochen hatte. Er sah sich nach den anderen um, die sich ebenfalls gerade hochrappelten. Scot bog sich vor Lachen über Jean-Luc, der unverletzt auf dem Rücken lag und hemmungslos auf Französisch fluchte. Nasiri steckte mit dem Kopf voran in einer Schneewehe, und Scot begann, immer noch lachend, ihn herauszuziehen.
»He, Leute«, brüllte einer aus der Menge unten. »Das Rennen ist noch nicht zu Ende, macht weiter!«
Scot ließ Nasiri los und rannte auf den 50 Meter entfernten Zielpfosten zu. Doch er glitt aus, fiel in den nassen Schnee, taumelte wieder in die Höhe, nur um erneut auszurutschen. Die anderen stürzten hinter ihm her, während das Gejohle der Zuschauer immer lauter wurde. Stürzend, krabbelnd und immer wieder aufstehend kämpften sie sich erbittert zum Ziel, ohne an ihre blauen Flecken zu denken.
Zehn Meter vor dem Pfosten hatte der alte Khan schon etwa einen Meter Vorsprung, als er stolperte und stürzte. Scot übernahm die Führung, Nasiri und Jean-Luc befanden sich beinahe auf gleicher Höhe mit ihm. Sie mühten sich weiter durch den schweren Schnee. Nitchak Khan krabbelte die letzten Meter sogar auf allen Vieren, Jean-Luc und Scot warfen sich mit einem verzweifelten Hechtsprung über die Ziellinie, und unter dem Applaus des Publikums lagen schließlich alle auf einem Haufen.
Als Jean-Luc wieder zu Atem gekommen war, stellte er fest: »Da es kein Zielfoto gibt, erkläre ich Nitchak Khan zum Sieger um Nasenlänge. Und da die Verlierer sich so tapfer geschlagen haben, belohne ich sie mit einer weiteren Flasche von Toms Whisky, die auf mein Kommando von allen Ausländern bei Sonnenuntergang geleert wird.«
Jeder schüttelte jedem die Hand. Nitchak Khan stimmte einem weiteren Wettkampf im nächsten Monat zu, und da er dem Gesetz gehorchte und keinen Alkohol trank, verschacherte er die gewonnene Flasche um den halben Preis an Jean-Luc. Wieder applaudierten alle, als plötzlich ein Warnschrei ertönte.

Im Norden, weit oben in den Bergen, stieg eine rote Leuchtkugel zum Himmel. Stille trat ein. Die Leuchtkugel verschwand. Dann erhob sich die nächste: SOS. Dringend.
»CASEVAC«, stellte Jean-Luc fest. »Muß Bohrturm Rosa oder Bohrturm Bellissima sein.«
»Ich bin schon unterwgs.« Scot Gavallan lief los.
»Ich fliege mit. Wir nehmen eine 212 und machen gleich einen Testflug für dich daraus.«
Wenig später befanden sie sich schon in der Luft. Bohrturm Rosa stammte aus einem Guerney-Vertrag, Bellissima war einer ihrer eigenen Bohrtürme. Alle elf Bohrtürme in diesem Gebiet waren im Auftrag von IranOil von einer italienischen Gesellschaft errichtet worden. Obwohl alle in Funkverbindung mit Zagros 3 standen, funktionierte der Funkverkehr wegen der Berge und der Streuung nicht immer einwandfrei. Als Ersatz wurden Leuchtkugeln verwendet.
Die 212 stieg gleichmäßig auf 3000 Meter, die schneebedeckten Täler unter ihnen funkelten im Sonnenschein. Jetzt lag Bohrturm Rosa in einer Lichtung auf einem kleinen Plateau in 3800 Metern Höhe vor ihnen. Nur ein paar Wohnwagen und Schuppen, die in wildem Durcheinander um den Bohrturm herumstanden. Und ein Landeplatz.
»Bohrturm Rosa, hier spricht Jean-Luc. Hören Sie mich?« Er wartete geduldig.
»Laut und deutlich, Jean-Luc.« Es war die fröhliche Stimme von Mimmo Sera, dem Leiter der Anlage, einem Techniker, der alle Operationen überwachte. »Was habt Ihr denn Schönes für uns?«
»*Niente*, Mimmo. Wir haben eine rote Leuchtkugel gesehen und wollen bloß nachschauen, was los ist.«
»Madonna, CASEVAC? Das waren nicht wir.« Sofort legte Scot die Maschine in die Kurve und ging auf den neuen Kurs, tiefer in die Berge hinein.
»Bellissima?«
»Wir fliegen hin.«
»Gebt uns Bescheid, ja? Seit dem Sturm haben wir keine Verbindung mehr. Was gibt's Neues?«
»Die letzten Neuigkeiten sind zwei Tage alt: Die BBC hat gemeldet, daß die Unsterblichen in Doschan Tappeh eine Revolte der Luftwaffenkadetten und Zivilisten niedergeschlagen haben. Von unserer Zentrale in Teheran haben wir nichts gehört. Sobald wir etwas erfahren, setzen wir uns mit euch in Verbindung.«
»Da fällt mir ein – Jean-Luc, wir brauchen noch ein Dutzend Ladungen Sechs-Zoll-Rohre und den üblichen Zement ab morgen. Okay?«
»*Bien sur.*« Jean-Luc freute sich über das zusätzliche Geschäft, außerdem konnten sie bei dieser Gelegenheit beweisen, daß sie besser waren als Guerney. »Wie geht es voran?«
»Wir haben bis in 2800 Meter Tiefe gebohrt, und es sieht nach einer neuen Goldgrube aus. Ich will das Bohrloch am Montag überprüfen, wenn es geht.

Kannst du bei Schlumberger für mich bestellen?« Schlumberger war eine Firma, die die ganze Welt mit sehr präzisen elektronischen Meßgeräten für die Ölvorkommen in den verschiedenen Schichten belieferte. Außerdem produzierte sie alle für den Betrieb eines Bohrlochs erforderlichen Werkzeuge und stellte auch gleich die erforderlichen Fachkräfte zur Verfügung.
»Wo immer sie auch sein mögen, Mimmo, wir bringen sie am Montag – wenn es Khomeini gefällt.«
»Mamma mia, erklär Nasiri, daß wir sie dringend brauchen.«
Der Empfang wurde rasch schlechter.
»Kein Problem. Ich setze mich auf dem Rückweg mit dir in Verbindung.«
Jean-Luc warf einen Blick nach draußen. Sie überquerten gerade einen Höhenzug. Immer noch stieg die Maschine, die Triebwerke fingen schon an zu dröhnen. *»Merde*, ich bin hungrig.» Er streckte sich. »Ich habe das Gefühl, daß man mich mit einem Preßluftbohrer massiert hat! Aber es war ein fabelhaftes Rennen.«
Scot lächelte schweigend. Er konzentrierte sich aufs Atmen. Laut Vorschrift sollten die Piloten über 4000 Meter Höhe die Sauerstoffmasken aufsetzen, falls sie länger als eine halbe Stunde oben blieben. Doch sie führten nie welche mit, da sie schlimmstenfalls nur leichte Kopfschmerzen bekamen. Für die Ölarbeiter in Bellissima war es schlimmer.
Ihre Aufenthalte in Bellissima waren für gewöhnlich sehr kurz. Sie quälten sich mit möglichst viel Fracht hinauf, meist an die 2000 Kilo. Rohre, Pumpen, Dieselöl, Winden, Generatoren, Chemikalien, Nahrungsmittel, Anhänger, Tanks, Männer – was immer. Dann flogen sie leer zurück, manchmal aber auch mit einer vollen Ladung Arbeiter oder mit Material, das repariert oder ersetzt werden mußte.
Wir sind nur bessere Lieferwagen, dachte Scot, aber es ist trotzdem großartig zu fliegen, viel besser als zu fahren. Inzwischen hatten sie den letzten Bergkamm überwunden und sahen Bellissima vor sich.
»Bellissima, hier spricht Jean-Luc. Hören Sie mich?«
Der Bohrturm Bellissima lag am höchsten von allen – genau 4150 Meter über dem Meeresspiegel. Die Basis thronte auf einem Sims unterhalb des Gipfels. Auf der anderen Seite fiel der Hang beinahe senkrecht 2300 Meter in ein etwa 15 Kilometer breites und fast 50 Kilometer langes Tal ab.
»Bellissima, hier spricht Jean-Luc. Hören Sie mich?«
Wieder keine Antwort. Jean-Luc schaltete auf einen anderen Kanal um. »Zagros 3, hören Sie mich?«
»Laut und deutlich, Captain«, meldete sich ihr iranischer Funker sofort. »Exzellenz Nasiri steht neben mir.«
»Bleiben Sie auf dieser Frequenz auf Empfang. Die CASEVAC ist in Bellissima, aber wir haben keinen Funkkontakt mit ihnen. Wir landen.«
»Roger. Wir bleiben auf Empfang.«
Wie immer in Bellissima war Scot von der schroffen Landschaft beeindruckt. Und wie jedesmal staunte er über die ungeheuren Anstrengungen und Geldmittel, die erforderlich gewesen waren, um das Ölfeld zu finden, den

Bohrplatz zu bestimmen, den Bohrturm aufzustellen und Hunderte von Metern tief zu bohren. Und dann die nächste riesige Investition, um dieses Feld mit der durch das Zagros-Gebirge führenden Pipeline zu verbinden – eine weitere unglaubliche technische Leistung der ehemaligen Anglo-Iranian Oil Company, die inzwischen verstaatlicht worden war und IranOil hieß. »Gestohlen ist das richtige Wort dafür, Junge«, hatte ihm sein Vater eingehämmert.

Scot Gavallan lächelte vor sich hin. Ich bin froh, daß ich Vater habe, dachte er. Mutter fehlt mir immer noch, aber der Tod war eine Erlösung für sie. Und Vater hat zum Glück wieder geheiratet. In ein paar Jahren bin ich wahrscheinlich auch soweit. Es ist nur ein Jammer, daß Linbar Tess' Onkel ist, und sie seine Lieblingsnichte, aber zum Glück habe ich nichts mit ihm zu tun. Außerdem ist sie erst achtzehn, und wir haben noch eine Menge Zeit...

»Wie willst du landen, *mon vieux?«* erkundigte sich Jean-Luc.

Er riß sich zusammen. »Vom Westen.«

»Gut.« Jean-Luc spähte nach vorn. Kein Lebenszeichen. Die Anlage war beinahe unter dem Schnee begraben, nur der Landeplatz war freigeschaufelt. Aus den Wohnwagen stiegen dünne Rauchfäden. »Aha. Dort drüben.« Die winzige Gestalt eines vermummten Mannes stand neben dem Landeplatz und winkte. »Wer ist es?«

»Vermutlich Pietro.« Scot konzentrierte sich auf die Landung. In dieser Höhe und infolge der Lage des Simses kam es oft zu unerwarteten Böen, Turbulenzen und Wirbelstürmen, er konnte sich keinen Fehler leisten. Doch er legte eine Bilderbuchlandung hin.

»Gut.« Jean-Luc wandte seine Aufmerksamkeit wieder dem Mann zu; es war tatsächlich Pietro Fieri. Er fuhr sich mit der Hand über den Hals, das Zeichen dafür, daß sie die Triebwerke abschalten sollten. Also handelte es sich bei der CASEVAC um keine Situation, in der sie sofort wieder starten mußten. Jean-Luc winkte den Mann zum Hubschrauber und öffnete das Seitenfenster. »Was ist los, Pietro?« Er schrie, um den Turbinenlärm zu übertönen.

»Guineppa ist krank«, brüllte Pietro zurück und deutete auf seine linke Brustseite. »Es könnte sein Herz sein. Aber das ist nicht alles. Schaut mal da hinauf!« Er zeigte in die Höhe. Jean-Luc und Scot verdrehten den Hals, konnten aber nichts Außergewöhnliches entdecken.

Jean-Luc öffnete den Sicherheitsgurt und stieg aus. Es war beißend kalt. Er zuckte zusammen, und seine Augen begannen in den durch die Rotoren erzeugten Luftwirbeln sofort zu tränen, da die dunkle Brille nicht viel Schutz bot. Als er das Problem entdeckte, verkrampfte sich sein Magen. Ein paar hundert Meter oberhalb und beinahe direkt über dem Lager, dicht unter dem Gipfel, befand sich ein riesiger Überhang aus Schnee und Eis. »Madonna!«

»Wenn das herunterkommt, reißt es den ganzen Hang und womöglich auch uns ins Tal mit.« Pietros Gesicht war blau vor Kälte. Er war dick, sehr kräftig und hatte einen dunklen, graumelierten Bart. Die braunen und durchdringenden Augen blinzelten jetzt wegen des starken Windes. »Guineppa möchte sich mit euch beraten. Kommt mit in seinen Wohnwagen.«

»Und das da?« Jean-Luc zeigte hinauf.
»Wenn es losgeht, geht es eben los.« Pietro lachte. »Kommt schon.« Er duckte sich unter die Rotoren und stapfte davon. »Kommt!«
Jean-Luc musterte besorgt den Überhang. Er konnte noch wochenlang dort oben bleiben, genausogut aber auch jeden Augenblick in Bewegung geraten. Der Himmel über dem Gipfel war leuchtend blau. Trotzdem wärmte die Nachmittagssonne kaum. »Bleib hier, Scot, laß sie im Leerlauf«, rief er und folgte Pietro unbeholfen durch den tiefen Schnee.
Mario Guineppas Zwei-Zimmer-Unterkunft war warm und unordentlich. Karten klebten an den Wänden, ölfleckige Kleidungsstücke, schwere Handschuhe, Schutzhelme und alles, was ein Ölarbeiter sonst noch brauchte, war überall im Arbeits-Wohnzimmer verstreut. Im Schlafzimmer lag Guineppa vollkommen angekleidet auf dem Bett, nur die Stiefel hatte er ausgezogen. Er war groß und kräftig, etwa 45 Jahre alt und hatte eine mächtige Nase. Normalerweise war sein Gesicht rot und wettergegerbt, jetzt aber wirkte es blaß. Seine Lippen hatten eine seltsam bläuliche Färbung. Enrico Banastasio von der anderen Schicht, ein kleiner, dunkler Mann mit dunklen Augen und einem schmalen Gesicht, war bei ihm. »Schön, dich wiederzusehen, Jean-Luc«, sagte Guineppa müde.
»Ich freue mich auch, *mon ami.*« Jean-Luc musterte ihn besorgt, während er seine Fliegerjacke öffnete und sich ans Bett setzte. Guineppa leitete Bellissima seit zwei Jahren – immer zwölf Stunden Dienst, zwölf Stunden frei, zwei Monate auf der Bohranlage, zwei Monate Urlaub. Drei inzwischen in Betrieb befindliche Bohrlöcher hatte er bereits angelegt, für vier weitere war noch Platz. »Jetzt geht es ab mit dir ins Krankenhaus von Schiras.«
»Das ist nicht wichtig, zuerst kommt der Überhang. Jean-Luc, ich...«
»Wir evakuieren und überlassen alles übrige Gott«, warf Banastasio ein.
»*Mamma mia*, Enrico«, widersprach Guineppa gereizt, »ich sage es dir noch einmal: Wir können dem lieben Gott helfen – wenn Jean-Luc mitmacht. Pietro ist auch meiner Meinung, nicht wahr, Pietro?«
»Ja«, bestätigte Pietro, der im Türrahmen lehnte und auf einem Zahnstocher herumkaute. »Ich bin in Aosta in den italienischen Alpen aufgewachsen, deshalb kenne ich die Berge und die Lawinen und...«
»Und außerdem bist du verrückt«, stellte Banastasio fest.
»Leck mich doch.« Pietro machte eine obszöne Geste. »Wenn du uns hilfst, Jean-Luc, werden wir den Überhang ohne weiteres los.«
»Und wie stellst du dir das vor?« fragte Jean-Luc.
»Flieg mit Pietro über den Gipfel zu einer Stelle am Nordhang, die er dir zeigen wird«, erklärte Guineppa. »Von dort aus wird er einen Dynamitstab in den Schnee werfen und damit die Gefahr von uns abwenden.«
Pietro strahlte. »Der Überhang wird verschwinden, als wäre er nie dagewesen.«
Banastasio wurde noch ärgerlicher. »Ich sage euch noch einmal, daß es zu gefährlich ist! Wir müssen zuerst evakuieren – wenn du willst, kannst du es dann noch immer mit deinem Dynamit versuchen.«

Ein Krampf verzerrte Guineppas Gesicht. Er griff sich an die Brust. »Wenn wir evakuieren, müssen wir alles abschalten.«
»Na und? Dann schalten wir eben ab. Wenn dir dein Leben nicht wichtig ist, dann denk wenigstens an uns. Ich würde sagen, wir evakuieren *pronto*, und dann kommt das Dynamit. Glaubst du nicht auch, daß es so sicherer ist, Jean-Luc?«
»Natürlich ist es sicherer.« Jean-Luc wollte den alten Banastasio nicht aufregen. »Du behauptest, daß du dich mit Lawinen auskennst, Pietro. Wie lange hält der Überhang noch?«
»Er wird bald herunterkommen. Sehr bald. Vielleicht morgen oder sogar schon heute abend. Ich weiß, wo man das Dynamit einsetzen muß, damit uns nichts passiert.« Pietro blickte Banastasio an. »Ich schaffe es, ganz gleich, was dieser Idiot glaubt.«
Banastasio stand auf. »Jean-Luc, meine Schicht und ich räumen die Bohrstelle. *Pronto.* Ganz gleich, wozu ihr euch entschließt.« Damit verließ er die Hütte.
Guineppa wechselte die Lage. »Flieg mit Pietro hinauf, Jean-Luc. Jetzt gleich!«
»Wir evakuieren zunächst mal alle zum Bohrturm Rosa, dich zuallererst«, antwortete Jean-Luc scharf, »dann sprengen wir. Wenn es funktioniert, kannst du hier weitermachen. Wenn nicht, könnt ihr vorläufig dort bleiben.«
»Ich gehe als letzter, wenn überhaupt. Die Evakuierung ist überflüssig.«
Jean-Luc hörte ihn kaum. Im Geiste rechnete er schon, wie viele Männer er fortschaffen mußte. In jeder Schicht waren neun Leute beschäftigt. »Ihr habt sieben iranische Köche und Arbeiter?«
»Ja. Aber ich sage dir noch einmal, daß wir auf die Evakuierung verzichten können«, murmelte Guineppa erschöpft.
»Es ist sicherer, *mon vieux.*« Jean-Luc wandte sich Pietro zu. »Sag allen, daß sie wenig Gepäck mitnehmen und sich beeilen sollen.«
Pietro sah Guineppa an. »Ja oder nein?«
Guineppa nickte widerwillig. »Frag, ob eine Mannschaft aus Freiwilligen hierbleiben will. Wenn nicht, dann schalt in Gottes Namen alles ab.«
Pietro war offensichtlich enttäuscht. Immer noch in seinen Zähnen stochernd, verließ er den Raum. Guineppa versuchte, sich in eine bequemere Lage zu bringen, und fluchte dabei vor sich hin. Er sah elend aus.
»Es ist besser, wenn wir euch fortbringen, Mario«, sagte Jean-Luc ruhig.
»Pietro ist vernünftig und tüchtig, aber dieses elende Schwein Banastasio macht uns nur Schwierigkeiten, und er ist schuld daran, daß unser Sender in Trümmer gegangen ist.«
»Was?«
»Es ist während seiner Schicht geschehen. Jetzt brauchen wir ein neues Gerät, habt ihr eins auf Lager?«
»Nein, aber ich werde versuchen, eins aufzutreiben. Kann man eures nicht reparieren? Vielleicht kann einer unserer Mechaniker...«
»Banastasio behauptet, daß er ausgeglitten und auf den Apparat gefallen ist.

Aber ich habe gehört, wie er mit dem Hammer auf ihn eingeschlagen hat, weil er nicht funktioniert hat... *Mamma mia!*« Giuneppa zuckte zusammen, griff sich an die Brust und fluchte wieder.
»Seit wann hast du Schmerzen?«
»Seit zwei Tagen. Heute ist es am schlimmsten. Dieses Schwein Banastasio! Aber es war ja zu erwarten, es liegt in der Familie. Sie sind halbe Amerikaner, und ich habe gehört, daß der amerikanische Zweig der Familie Verbindungen zur Mafia unterhält.«
Jean-Luc lächelte ungläubig und hörte nur mit halbem Ohr zu. Sie haßten einander – Guineppa, der portugiesisch-römische Patrizier, und Banastasio, der sizilianisch-amerikanische Bauer. Aber das ist nicht weiter überraschend, dachte er, wenn sie Tag für Tag, Monat für Monat hier zusammengesperrt sind, da kann die Bezahlung noch so gut sein. Ja, den Lohn könnte ich auch gut brauchen. Selbst der einfachste Hilfsarbeiter verdient in einer Woche genausoviel wie ich in einem Monat. Nicht einmal mit der lächerlichen Übersee-Zulage reicht es für die Kinder, das Schulgeld, Gabrielle, die Hypothek, die verfluchte Steuer... ganz zu schweigen von Wein und Delikatessen und meiner geliebten Sayada. Ach, Sayada, du fehlst mir! Wenn Lochart nicht... Scheiße! Tom Lochart hätte mich mitnehmen können, und ich würde jetzt in Teheran in ihren Armen liegen. Mein Gott, wie ich mich nach ihr sehne...
Er bemerkte, daß Guineppa ihn beobachtete. »Ja, *mon vieux?*«
»Ich fliege mit der letzten Partie.«
»Besser mit der ersten, auf Rosa gibt es einen Arzt.«
»Mir geht es gut, ehrlich.«
Dann rief jemand Jean-Lucs Namen, und er zog den Parka an. »Kann ich etwas für dich tun?«
Guineppa lächelte müde. »Flieg Pietro mit dem Dynamit hinauf.«
»Mach ich, aber als letztes, vor Einbruch der Dämmerung. Mach dir keine Sorgen.«
Draußen empfing ihn wieder die Kälte. Pietro wartete auf ihn. Die Männer standen schon mit Bündeln und Schultersäcken um den Hubschrauber herum. Banastasio kam mit einem großen deutschen Schäferhund daher.
»Ihr sollt nur wenig Gepäck mitnehmen«, fuhr in Pietro an.
»Daran halte ich mich ja«, erwiderte Banastasio genauso scharf. »Ich habe meine Papiere, meinen Hund, mein Werkzeug. Den Rest muß mir die Gesellschaft ersetzen.« Dann zu Jean-Luc: »Dein Vogel ist voll, machen wir uns auf den Weg.«
Jean-Luc ließ die Männer und den Hund einsteigen, funkte dann Nasiri an und berichtete ihm, was sie vorhatten. »Okay, Scot, ab mit dir. Du übernimmst sie.« Er stieg aus, und Scot machte große Augen.
»Du meinst, ganz allein?«
»Warum nicht, *mon brave?* Du hast genügend Flugstunden. Das ist dein dritter Testflug. Irgendwann mußt du ja anfangen. Los jetzt.«
Scot hob ab, kurz darauf befand sich der Helikopter schon über dem 2500 Meter unter ihm liegenden Abgrund.

»Jean-Luc.«
Er wandte den Blick von dem jetzt schon weit entfernten Hubschrauber ab, sah sich um und fragte sich, was sich plötzlich verändert hatte. Dann wurde ihm klar, daß es die Stille war, die ihn beunruhigte. Einen Augenblick war er seltsam abwesend, ihm wurde sogar ein wenig schwindlig. Doch das Heulen des Windes, das nun lauter wurde, brachte ihn wieder zu sich.
»Hier herüber, Jean-Luc!« Pietro winkte ihm zu. Er stand mit den Männern auf der gegenüberliegenden Seite des Lagers im Schatten. Mühsam stapfte Jean-Luc zu ihnen hinüber. Sie waren merkwürdig schweigsam.
»Schau mal.« Pietro zeigte nach oben. »Genau unterhalb des Überhangs, etwa sechs bis zehn Meter darunter. Siehst du die Risse?«
Jean-Luc sah sie. Ihm wurde schlecht. Es waren keine Risse mehr, sondern Spalten. Während sie hinaufschauten, hörten sie ein stöhnendes Geräusch. Die gesamte Schneemasse schien sich etwas zu verschieben. Ein kleiner Brocken Schnee und Eis löste sich, wurde schneller und größer und donnerte den Hang hinunter. Keiner rührte sich. Die Lawine, die jetzt aus Tonnen von Schnee und Eis bestand, kam kaum fünfzig Meter von ihnen entfernt zum Stillstand.
Einer der Männer durchbrach das Schweigen. »Hoffentlich braust der Heli nicht an wie ein Kamikaze-Flieger – denn dann könnte er der Zünder sein, *amico.* Das Zeug kann beim geringsten Geräusch in Bewegung geraten.«

18

In der Luft nahe Qazvin: 15 Uhr 17. Von dem Augenblick an, in dem Pettikin vor beinahe zwei Stunden gemeinsam mit Rákóczy, den er unter dem Namen Smith kannte, von Täbris gestartet war, hatte er sich bemüht, möglichst gleichmäßig zu fliegen, um den KGB-Mann zu einem Nickerchen zu verleiten oder wenigstens seine Wachsamkeit einzulullen. Deshalb hatte er auch, um einer Unterhaltung auszuweichen, die Kopfhörer abgesetzt. Rákóczy fand sich damit ab und beobachtete nur noch das Gelände unter ihnen. Aber er hielt die Maschinenpistole immer noch auf dem Schoß und hatte den Daumen auf dem Sicherungshebel.

In Bandar-e Pahlavi war das Auftanken umständlich und langsam vor sich gegangen. Charlie hatte nicht protestiert, nur mit seinen letzten Dollars bezahlt und zugesehen, wie die Tanks gefüllt wurden. Dann hatte er die IranOil-Quittung unterschrieben. Rákóczy hatte versucht, sich mit dem Tankwart zu unterhalten, aber der Mann war abweisend und wollte offenbar nicht, daß er dabei beobachtet wurde, wie er den fremden Hubschrauber auftankte. Außerdem hatte er Angst vor der Maschinenpistole auf dem Vordersitz.

Die ganze Zeit, während sie sich auf dem Boden befanden, hatte Pettikin auf eine Gelegenheit gewartet, der Maschinenpistole habhaft zu werden, aber vergebens. Nachdem er von Bandar-e Pahlavi gestartet war, folgte er jetzt in 300 Meter Höhe der Straße nach Qazvin. Im Osten lag das Ufer, an dem er Hauptmann Ross und seine beiden Fallschirmjäger abgesetzt hatte. Er hätte Ross gern wiedergesehen.

»Warum lächeln Sie, Captain?«

Die Stimme kam aus den Kopfhörern, die Pettikin nach dem Start in Bandar-e Pahlavi automatisch wieder aufgesetzt hatte. Er blickte zu Rákóczy hinüber, zuckte mit den Achseln und wandte sich wieder seinen Instrumenten und dem Gelände unter ihm zu. Über Qazvin bog er nach Südosten ab und folgte der Straße nach Teheran. Nur Geduld, sagte er sich, und bemerkte, daß Rákóczy sich aufrichtete und hinunterschaute.

»Gehen Sie nach links in die Kurve – ein wenig!« befahl Rákóczy eindringlich und konzentrierte sich ausschließlich auf den Boden. Pettikin ging leicht in die Kurve. »Genug. Drehen Sie um!«

»Was ist denn los?« fragte Pettikin über das Mikrophon. Er legte die Maschine noch schräger und erkannte plötzlich, daß der Mann die Maschinenpistole auf seinem Schoß vergessen hatte. Sein Herz schlug schneller.

»Dort unten auf der Straße. Der Lieferwagen.«

Pettikin achtete nicht darauf, konzentrierte sich vielmehr auf die Waffe und

schätzte die Entfernung sorgfältig ab. »Wo? Ich sehe nichts.« Er ging noch steiler in die Kurve. »Was für ein Lieferwagen? Meinen Sie...«
Er packte mit der linken Hand die Maschinenpistole am Lauf und warf sie durch das Schiebefenster in die Kabine hinter ihnen. Gleichzeitig zog er mit der rechten Hand den Steuerknüppel rasch nach links und rechts, so daß die Maschine wild schwankte. Rákóczy war vollkommen überrascht, sein Kopf schlug gegen die Wand, und einen Augenblick lang war er betäubt. Sofort ballte Pettikin die linke Faust und wollte Rákóczy einen Schlag aufs Kinn versetzen. Aber Rákóczy beherrschte Karate, seine Reflexe waren in Ordnung, und er fing den Schlag mit dem Unterarm auf. Benommen hielt er Pettikins Handgelenk fest, wurde jede Sekunde stärker und der Hubschrauber legte sich gefährlich schräg. Fluchend und durch die Sicherheitsgurte behindert kämpften sie miteinander. Die zwei wurden immer wütender, doch Rákóczy, der jetzt beide Hände frei hatte, setzte sich allmählich durch.
Unvermittelt umklammerte Pettikin den Steuerknüppel mit den Knien und schlug Rákóczy mit der rechten Hand ins Gesicht. Der Schlag saß nicht genau, aber der Schwung brachte ihn aus dem Gleichgewicht, seine Knie schoben den Steuerknüppel nach links, und seine Füße glitten von den Ruderpedalen. Sofort legte sich der Hubschrauber auf die Seite, verlor den ganzen Auftrieb – ein Helikopter kann nicht einmal eine Sekunde lang ungesteuert fliegen –, und die Fliehkraft führte dazu, daß in dem nun einsetzenden Handgemenge der Blattverstellhebel nach vorne gedrückt wurde. Der Hubschrauber geriet außer Kontrolle und drohte abzustürzen. Pettikin wurde von Panik ergriffen und gab den Kampf auf. Er versuchte blindlings, die Maschine wieder in die Hand zu bekommen, die Turbinen jaulten, und die Instrumente spielten verrückt. Er glich zu stark aus, und dann noch einmal zu stark in die Gegenrichtung. Sie stürzten 300 Meter ab, bevor er die Maschine wieder auf Geradeausflug brachte. Sein Herz schlug wild, und der schneebedeckte Boden befand sich 15 Meter unter ihnen.
Pettikins Hände zitterten, und er konnte kaum atmen. Dann wurde etwas Hartes in seine Seite gedrückt, und er hörte Rákóczy fluchen. Pettikin merkte zwar, daß sein Begleiter nicht persisch sprach, kannte aber die Sprache nicht. Er sah Rákóczy an, dessen Gesicht vor Wut verzerrt war, erblickte das graue Metall der automatischen Pistole und verwünschte sich, weil er nicht an dergleichen gedacht hatte. Er versuchte zornig, die Waffe wegzuschieben, aber Rákóczy drückte sie ihm an den Hals.
»Hören Sie auf, oder ich schieß' Ihnen eine Kugel durch den Kopf!«
Sofort ging Pettikin scharf in die Kurve, aber die Pistole drückte noch kräftiger und schmerzhafter an seinen Hals. Er hörte, wie der Sicherungsbügel umgelegt wurde.
»Ihre letzte Chance.«
Die Erde war sehr nah und stürzte mit Übelkeit erregender Geschwindigkeit unter ihnen vorbei. Pettikin sah ein, daß er den Mann nicht abschütteln konnte. »Also gut«, gab er nach, fing die Maschine ab und begann zu steigen. Der Druck der Waffe wurde stärker und mit ihm auch der Schmerz. »Sie tun

mir weh und bringen mich aus dem Gleichgewicht! Wie kann ich fliegen, wenn...«

Rákóczy drückte ihm die Waffe noch heftiger in den Hals, schrie ihn an, beschimpfte ihn und stieß Pettikins Kopf an den Türrahmen.

»Um Himmels willen!« schrie Pettikin verzweifelt zurück und versuchte, die Kopfhörer zurechtzurücken, die sich während der Auseinandersetzung verschoben hatten. »Wie zum Teufel soll ich fliegen, wenn ich Ihre Pistole im Nacken habe?« Der Druck ließ etwas nach. »Wer zum Teufel sind Sie überhaupt?«

»Smith!« Rákóczy hatte ebenfalls die Nerven verloren. Noch einen Sekundenbruchteil, dachte er, und wir hätten ausgesehen wie ein frischer Kuhfladen. »Glauben Sie, daß Sie es mit einem blutigen Dilettanten zu tun haben?« Er konnte sich nicht mehr beherrschen und versetzte Pettikin beinahe unbewußt mit dem Handrücken einen Schlag auf den Mund.

Pettikin schwankte, der Hubschrauber legte sich wieder schief, doch Pettikin fing ihn ab. »Wenn Sie das noch einmal tun, lasse ich den Heli abstürzen«, erklärte er sehr entschieden.

»Sie haben recht«, lenkte Rákóczy sofort ein. »Ich entschuldige mich für diese... für meine Dummheit, Captain.« Er rückte zu seiner Tür hinüber, hielt jedoch die Pistole weiterhin im Anschlag. »Ja, das war unnötig. Es tut mir leid.«

Pettikin sah ihn verständnislos an. »Es tut Ihnen leid?«

»Ja, bitte entschuldigen Sie! Es war unnötig. Ich bin kein Barbar.« Rákóczy riß sich zusammen. »Wenn Sie mir Ihr Wort darauf geben, daß Sie mich nicht mehr angreifen, lege ich die Pistole weg. Ich schwöre Ihnen, daß Sie sich nicht in Gefahr befinden.«

Pettikin überlegte kurz. »Gut. Wenn *Sie* mir verraten, wer und was Sie sind.«

»Ihr Wort?«

»Ja.«

»Gut, ich verlasse mich auf Ihr Wort, Captain.« Rákóczy sicherte die Waffe und steckte sie in die Tasche. »Ich heiße Ali bin Hassan Karakose und bin Kurde. Mein Dorf liegt auf den Hängen des Berges Ararat an der iranisch-sowjetischen Grenze. Durch Allahs Gnade bin ich ein Freiheitskämpfer gegen den Schah und gegen jeden, der uns versklaven will. Genügt Ihnen das?«

»Ja. Wenn ich...«

»Bitte später! Fliegen Sie zuerst dorthin – aber schnell!« Rákóczy zeigte hinunter. »Gehen Sie so nahe wie möglich heran.«

Sie befanden sich jetzt in 250 Meter Höhe rechts von der Straße nach Teheran. Eine Meile weiter hinten lag ein Dorf an der Straße, und der Rauch aus den Kaminen wurde von der steifen Brise fortgeweht. »Wohin?«

»Dort neben die Straße.«

Zuerst sah Pettikin nicht, was der Mann meinte – in seinem Geist überstürzten sich Fragen über die Kurden und ihre Geschichte, die jahrhundertelangen Kämpfe gegen die persischen Schahs. Dann erblickte er am Straßenrand stehende Autos und Lastwagen und Männer, die sich um einen Rover

drängten, auf dessen Dach ein blaues Kreuz auf weißem Grund gemalt war. Der übrige Verkehr quälte sich mühsam vorbei. »Meinen Sie diese Stelle?« fragte er. »Sie wollen diese Fahrzeuge genauer in Augenschein nehmen? Die Lastwagen neben dem Wagen mit dem blauen Kreuz auf dem Dach?«
»Ja.«
Gehorsam ging Pettikin tiefer. »Was ist denn an denen so wichtig?« Er blickte auf und traf auf Rákóczys mißtrauischen Blick. »Was zum Teufel ist jetzt wieder los?«
»Sie wissen wirklich nicht, was ein blaues Kreuz auf weißem Grund bedeutet?«
»Nein. Was ist damit?« Pettikin musterte den Range-Rover, der von einer wütenden Menge umgeben war. Ein Mann schlug mit dem Gewehrkolben gerade gegen das Rückfenster. »Es ist die finnische Fahne«, erklärte Rákóczy, und in diesem Augenblick fiel Pettikin sein Kollege Erikki ein. »Erikki hat einen Range-Rover«, sprudelte er hervor und sah, wie das Rückfenster zersplitterte. »Glauben Sie, daß Erikki da drin sitzt?«
»Ja, das ist möglich.«
Sofort ging Pettikin tiefer, vergaß alle Fragen, die sich ihm aufdrängten – etwa die, woher dieser Freiheitskämpfer Erikki kannte. Jetzt blickte die Menge zu ihnen hinauf und zerstreute sich. Er überflog den Wagen sehr schnell und sehr tief, konnte aber Erikki nicht entdecken. »Haben Sie ihn gesehen?«
»Nein, ich konnte nicht ins Wageninnere blicken.«
»Ich auch nicht, aber ein paar von diesen Halunken sind bewaffnet und schlagen die Fenster ein. Haben Sie das mitbekommen?«
»Ja. Es müssen Fedajin sein. Einer von ihnen hat auf uns geschossen. Wenn Sie...« Rákóczy verstummte und hielt sich fest, als der Hubschrauber 5 Meter über dem Boden eine Kurve von 180 Grad beschrieb und zurückbrauste. Diesmal flohen fast alle restlichen Männer und Frauen Hals über Kopf. Auf der Straße gaben die Fahrer auf beiden Fahrbahnen entweder Gas oder sie bremsten, so daß die überladenen Lastwagen aufeinander auffuhren. Einige Fahrzeuge kamen von der Straße ab und stürzten in den *joubs* beinahe um.
Genau vor dem Range-Rover ging Pettikin wieder in die Kurve und flog direkt auf ihn zu; diesmal erkannte er Erikki, dann schwenkte er ab und stieg höher. »Er ist es. Haben Sie die Einschußlöcher in der Windschutzscheibe gesehen?« fragte er entsetzt. »Können Sie an die Maschinenpistole da hinten ran? Ich lande, und wir holen ihn raus. Rasch! Ich will die Leute nicht zur Besinnung kommen lassen.«
Rákóczy öffnete den Sicherheitsgurt und griff durch das kleine Verbindungsfenster nach hinten, kam aber nicht bis zu der am Boden liegenden Maschinenpistole. Mühsam wand er sich aus seinem Sitz, kletterte halb durch das Fenster und griff nach der Waffe. Pettikin überlegte, daß ihm der Mann nun hilflos ausgeliefert war. Es wäre so einfach gewesen, jetzt die Tür zu öffnen und ihn hinauszustoßen. Doch er konnte es nicht tun.
»Kommen Sie schon!« Er half Rákóczy auf den Sitz zurück. »Schnallen Sie sich wieder an!«

Rákóczy gehorchte, holte keuchend Luft und war froh darüber, daß Pettikin dem Finnen helfen wollte. Er wußte, daß er sonst nicht gezögert hätte, die Tür zu öffnen. »Ich bin soweit«, meldete er, spannte den Bügel und dachte weiter über Pettikins Unbedarftheit nach: Die Briten sind so dumm. Diesen Idioten geschieht es recht, wenn sie verlieren.

»Vorsicht!« Pettikin ging in den Sturzflug über. In der Nähe des Rovers standen immer noch ein paar Bewaffnete und zielten auf sie. »Ich jage ihnen jetzt Angst ein, und wenn ich ›Feuer‹ rufe, geben Sie eine Salve über ihre Köpfe hinweg ab!«

Der Range-Rover kam näher, hielt an, schien weiterzufahren, hielt wieder an und kam neuerdings näher. In 20 Meter Entfernung blieb Pettikin 3 Meter über dem Boden schweben und befahl: »Feuer!«

Sofort gab Rákóczy durch das offene Fenster einen Feuerstoß ab, zielte aber nicht über die Köpfe, sondern auf eine Gruppe von Männern und Frauen, die sich außerhalb von Pettikins Gesichtsfeld neben Erikkis Wagen geduckt hatten; er tötete oder verwundete einige. Alle übrigen flohen in kopfloser Panik – die Schreie der Verwundeten vermischten sich mit dem Heulen der Turbinen. Aus Personen- und Lastwagen sprangen Fahrer und Passagiere, um so schnell sie konnten durch die Schneewehen davonzurennen. Ein weiterer Feuerstoß erhöhte die Panik, und der Verkehr brach vollends zusammen. Auf der Straße kamen ein paar Burschen mit Gewehren hinter einem Lastwagen hervor. Rákóczy nahm sie unter Feuer. »Gehen Sie auf den alten Kurs zurück!« rief er.

Sofort drehte sich der Helikopter um seine eigene Achse, aber niemand befand sich mehr im Umkreis. Pettikin sah vier Gestalten im Schnee liegen. »Ich habe Ihnen doch gesagt, über die Köpfe hinweg«, setzte er an, aber in diesem Augenblick flog die Tür des Range-Rovers auf, und Erikki sprang mit dem Dolch in der Hand heraus. Einen Augenblick lang war er allein, dann stand eine Frau im Tschador neben ihm. Pettikin setzte leicht auf den Schnee auf, blieb aber noch im Schwebeflug. »Kommt!« rief er und winkte den beiden. Sie begannen zu laufen. Pettikin erkannte Azadeh, die Erikki halb tragen mußte, noch nicht.

Neben ihm öffnete Rákóczy seine Tür, sprang hinaus, riß die hintere Tür auf und drehte sich mit der Maschinenpistole im Anschlag um. Wieder gab er einen Feuerstoß ab. Erikki blieb erschrocken stehen, als er Rákóczy erblickte. »Beeilt euch!« schrie Pettikin, der nicht verstand, warum der Finne zögerte. »Komm schon, Erikki!« Dann erst erkannte er Azadeh. »Mein Gott...«, murmelte er, dann rief er noch einmal: »Kommt, Erikki!«

»Schnell, ich habe nicht mehr viel Munition«, rief Rákóczy auf Russisch.

Erikki hob Azadeh hoch und lief weiter. Ein paar Kugeln pfiffen an ihm vorbei. Er erreichte den Hubschrauber, Rákóczy half ihm, Azadeh hinten hineinzuheben. Dann schob er Erikki mit dem Pistolenlauf zur Seite. »Werfen Sie Ihren Dolch weg und steigen Sie vorn ein!« befahl er auf Russisch. »Schnell!«

Der vor Schreck halb gelähmte Pettikin beobachtete den zögernden Erikki.

»Ich habe noch genügend Munition für die Frau, für Sie und den verdammten Piloten«, brüllte Rákóczy. »Steigen Sie schon ein!«
Irgendwo in dem Fahrzeugwirrwarr auf der Straße begann ein Maschinengewehr zu rattern. Erikki ließ seinen Dolch fallen und schob sich in den Vordersitz; Rákóczy glitt neben Azadeh, Pettikin hob ab und raste davon. Er flog im Zickzack dicht über dem Boden wie ein in Panik geratenes Moorhuhn, dann zog er die Maschine hoch.
Als er endlich sprechen konnte, fragte er: »Was zum Teufel wird hier gespielt?«
Erikki antwortete nicht. Er sah nach hinten, um sich zu vergewissern, daß es Azadeh gut ging. Sie hatte die Augen geschlossen, war in ihrem Sitz zusammengesunken und schnappte keuchend nach Luft. Rákóczy hatte ihren Sicherheitsgurt geschlossen. Als Erikki nach ihr greifen wollte, bedeutete ihm der Russe mit der Maschinenpistole, er solle das bleiben lassen.
»Ihr wird nichts geschehen, das verspreche ich Ihnen.« Er sprach weiterhin russisch. »Vorausgesetzt, Sie benehmen sich so, wie ich es Ihrem Freund beigebracht habe.« Er ließ Erikki nicht aus den Augen, während er in die Tasche griff und ein neues Magazin herausholte. »Nur, damit Sie Bescheid wissen. Jetzt schauen Sie bitte nach vorn!«
Erikki beherrschte sich mit Mühe, gehorchte aber und setzte die Kopfhörer auf. Rákóczy konnte sie schlecht belauschen, da es hinten keine Sprechanlage gab, aber es war für beide ein merkwürdiges Gefühl, so frei und doch gefangen zu sein. »Wie hast du uns gefunden, Charlie? Wer hat dich geschickt?« fragte er.
»Niemand«, antwortete Pettikin. »Was zum Teufel ist mit diesem Bastard los? Ich bin nach Täbris geflogen, um dich und Azadeh abzuholen, und bin von dem Hurensohn gekidnappt worden. Dann hat er mich gezwungen, ihn nach Teheran zu fliegen. Ihr habt einfach Glück gehabt – was ist euch denn zugestoßen?«
»Das Benzin ist uns ausgegangen.« Erikki schilderte ihm kurz ihre Erlebnisse. »Als der Motor aussetzte, wußte ich, daß wir erledigt waren. Die Leute sind verrückt. Einen Augenblick lang war alles in Ordnung, dann wurden wir eingekreist, wie bei der Straßensperre. Ich habe alle Türen verriegelt, aber es war nur eine Frage der Zeit...« Er sah sich wieder um. Azadeh hatte die Augen geöffnet und den Tschador abgestreift. Sie lächelte ihn müde an und streckte die Hand nach ihm aus, aber Rákóczy mischte sich ein. »Entschuldigen Sie bitte, Gnädigste«, sagte er auf Persisch, »aber warten Sie bis zur Landung. Es wird Ihnen nichts geschehen.« An Erikki gewandt, fuhr er auf Russisch fort: »Ich habe Wasser bei mir. Möchten Sie, daß ich es Ihrer Frau anbiete?«
Erikki nickte. »Ja, bitte.« Er sah zu, wie sie dankbar trank. »Danke.«
»Möchten Sie auch welches?«
»Nein, danke«, lehnte Erikki höflich ab, denn obwohl sein Mund ausgedörrt war, wollte er keine Gefälligkeit. Er lächelte sie ermutigend an. »Ein Deus ex machina, nicht wahr, Azadeh? Charlie ist wie ein rettender Engel gekommen.«
»Ja... es war wohl Gottes Wille. Mir geht es jetzt wieder gut, Erikki. Danke Charlie auch in meinem Namen!«
Erikki verbarg seine Besorgnis. Die zweite Bedrohung durch die aufgebrachte

Menge hatte ihr den Rest gegeben. Und er schwor sich, nie wieder ohne Maschinenpistole und Handgranaten unterwegs zu sein, falls er lebend aus diesem Abenteuer kam. Rákóczy beobachtete ihn, deshalb drehte er sich wieder nach vorn.

»Der Kerl ist verrückt. Es war vollkommen unnötig, die Leute umzubringen. Ich habe ihm gesagt, er solle über ihre Köpfe hinwegschießen. Der Bastard hat mich beinahe umgebracht. Woher kennst du ihn, Erikki? Hat einer von euch beiden etwas mit den Kurden zu tun gehabt?«

Erikki starrte ihn verständnislos an. »Kurden? Du meinst den Typ da hinten?«

»Ja, natürlich. Ali bin Hassan Karakose. Er kommt vom Berg Ararat und ist kurdischer Freiheitskämpfer.«

»Er ist kein Kurde, sondern ein Stück Scheiße und ein KGB-Mann.«

»Bist du sicher?« Pettikin war empört.

»Natürlich. Er behauptet, Moslem zu sein, aber das ist bestimmt auch eine Lüge. Mir gegenüber hat er sich als ein gewisser Rákóczy ausgegeben, aber das stimmt bestimmt nicht. Sie sind alle Lügner – und warum sollten sie auch uns, ihren Widersachern, etwas verraten?«

»Er hat geschworen, daß er die Wahrheit spricht, und daraufhin habe ich ihm mein Wort gegeben.« Pettikin erzählte verärgert von dem Kampf und dem Abkommen, das sie geschlossen hatten.

»Du bist verrückt, Charlie, ausgerechnet ihm! Hast du nicht Lenin, Stalin oder Marx gelesen? Er tut nur, was alle KGB-Leute tun: Sie benützen alles und jeden, um ihrer Sache zu dienen. Ich könnte jetzt einen Wodka vertragen.«

»Ein doppelter Brandy wäre besser.«

»Am besten wäre beides zusammen.« Erikki musterte das Gelände unter ihnen. »Es ist nicht mehr weit. Hat er schon gesagt, wo er landen will?«

»Nein.«

»Vielleicht haben wir dann eine Chance.«

»Ja.« Pettikins Besorgnis wuchs. »Du hast eine Straßensperre erwähnt. Was ist dort geschehen?«

Erikkis Gesicht wurde hart. »Wir wurden von Linksradikalen aufgehalten und mußten fliehen. Azadeh und ich haben keine Papiere mehr, überhaupt keine.« Er schüttelte sich. »Ich habe noch nie solche Angst gehabt, Charlie. Ich war vollkommen hilflos und fürchtete mich zu Tode, weil ich sie nicht beschützen konnte. Dieser dicke Dreckskerl hat uns alles weggenommen, Paß, Ausweis, Fluglizenz, alles.«

»Mac wird dir neue Papiere ausstellen, die Botschaft wird euch Pässe geben.«

»Ich mache mir nicht meinetwegen Sorgen. Aber was wird aus Azadeh?«

»Sie wird einen finnischen Paß bekommen, so wie Scharazad einen kanadischen bekommen hat. Mach dir keine Sorgen.«

»Scharazad ist noch in Teheran, nicht wahr?«

»Ja. Tom muß auch dort sein. Er sollte gestern mit der Post von zu Hause aus dem Zagrosgebirge kommen...« Seltsam, dachte Pettikin, ich bezeichne

England immer noch als »zu Hause«, auch wenn Claire und alles andere für mich verloren sind. »Er ist gerade vom Urlaub zurückgekommen.«
»Das könnte ich jetzt brauchen, Urlaub. Ich bin schon überfällig. Vielleicht kann Mac einen Ersatzmann schicken.« Er stieß Pettikin in die Seite. »Du bist großartig geflogen. Als ich dich sah, habe ich geglaubt, daß ich träume oder schon tot bin. Du hast wahrscheinlich die finnische Fahne gesehen?«
»Nein, das war Ali – wie hast du ihn genannt? Rekowsky?«
»Rákóczy.«
»Er hat sie erkannt. Tut mir leid.« Pettikin warf Erikki einen Blick zu. »Was will er von dir?«
»Das weiß ich nicht, aber er will mich bestimmt für die Sowjets einspannen.« Erikki stieß eine Verwünschung aus. »Wir verdanken ihm also unser Leben?«
»Ja«, gab Pettikin zu. »Allein hätte ich es nicht geschafft.« Er sah sich um. Rákóczy war hellwach, Azadeh döste vor sich hin. Er wandte sich wieder nach vorn: »Azadeh scheint in Ordnung zu sein.«
»Nein, Charlie«, widersprach Erikki. »Der heutige Tag war für sie schrecklich. Sie hat gesagt, daß sie Dorfbewohnern körperlich noch nie so nahe war. Heute hat sie das wahre Gesicht des Irans, die Realität ihres Volkes kennengelernt – und man hat sie gezwungen, den Tschador anzulegen.« Er fröstelte wieder. »Sie haben ihre Seele vergewaltigt. Damit hat sich für sie, für uns, alles geändert. Sie wird sich zwischen ihrer Familie und mir entscheiden müssen: der Iran oder das Exil. Sie wollen uns nicht hier haben. Es ist an der Zeit, Charlie, daß wir alle von hier verschwinden.«
»Nein, du irrst dich. Vielleicht ist es für dich und Azadeh anders, aber sie brauchen immer noch Erdöl, und deshalb auch Helis. Wir haben noch ein paar gute Jahre vor uns. Die Nachfolgeverträge von Guerney und...« Er verstummte, weil ihm jemand auf die Schulter klopfte, und sah sich um. Er konnte nicht hören, was Rákóczy sagte, deshalb nahm er die Kopfhörer ab. Azadeh war aufgewacht. »Was ist?«
»Benützen Sie den Funk nicht, Captain! Und machen Sie sich bereit, am Stadtrand an einer Stelle zu landen, die ich Ihnen angebe.«
»Ich brauche eine Landeerlaubnis.«
»Seien Sie nicht komisch! Eine Landeerlaubnis von wem? Die dort unten sind viel zu beschäftigt. Der Internationale Flugplatz von Teheran wird belagert, genau wie Doschan Tappeh und Galeg Morghi. Hören Sie auf mich, und landen Sie, nachdem Sie mich abgesetzt haben, auf dem kleinen Flugplatz Rudrama.«
»Ich muß mich melden. Das Militär besteht darauf.«
Rákóczy lachte spöttisch. »Das Militär? Und was wollen Sie melden? Daß Sie in der Nähe von Qazvin ohne Erlaubnis gelandet sind, sich an der Ermordung von fünf oder sechs Zivilisten beteiligt und zwei Fremde mitgenommen haben, die auf der Flucht waren – auf der Flucht vor wem? Vor dem Volk.«
Pettikin wandte sich entschlossen ab und wollte den Sender einschalten, aber

Rákóczy lehnte sich vor und schüttelte ihn grob. »Wachen Sie auf! Es gibt kein Militär mehr. Die Generäle haben Khomeini den Sieg zugestanden. Das Militär existiert nicht mehr – die Generäle haben nachgegeben.«
Sie starrten ihn verständnislos an. Der Hubschrauber schwankte, und Pettikin korrigierte hastig. »Wovon reden Sie eigentlich?«
»Gestern abend haben die Generäle alle Truppen in die Kasernen zurückbeordert. Die Truppen aller Waffengattungen. Sie haben sich Khomeini und seiner Revolution gebeugt. Zwischen Khomeini und der Volksmacht steht keine Armee und keine Polizei mehr – das Volk hat gesiegt.«
»Das ist doch nicht möglich«, sagte Pettikin.
»Nein«, stimmte Azadeh verängstigt zu. »Mein Vater hätte es gewußt.«
»Abdullah der Große?« fragte Rákóczy höhnisch. »Er weiß es inzwischen – falls er noch am Leben ist.«
»Das ist nicht wahr.«
»Es wäre möglich, Azadeh«, mischte Erikki sich ein. »Das würde erklären, warum wir weder Polizei noch Truppen gesehen haben, und warum die Leute sich so feindselig verhalten haben.«
»Das würden die Generäle nie tun«, widersprach sie schwach, dann wandte sie sich an Rákóczy: »Es wäre doch für die Generäle und für Tausende andere reiner Selbstmord. Sagen Sie die Wahrheit, bei Allah!«
»Der Iran befindet sich in den Händen von Khomeini, seinen Mullahs und seinen Wächtern der Revolution.«
»Das ist eine Lüge.«
»Wenn es wahr ist, dann ist es aus mit Bachtiar«, stellte Pettikin fest.
»Dieser Schwächling hat nie richtig angefangen.« Rákóczy lachte. »Ayatollah Khomeini hat den Generälen heillose Angst eingejagt, und jetzt wird er ihnen obendrein noch die Kehle durchschneiden.«
»Dann wäre der Krieg zu Ende.«
»Ja, der Krieg«, bemerkte Rákóczy dunkel. »Für einige.«
Erikki forderte ihn heraus: »Und wenn Ihre Informationen stimmen, dann ist er auch für Sie zu Ende – für die Tudeh und die Marxisten. Khomeini wird Sie alle abschlachten.«
»O nein, Captain. Der Ayatollah war das Schwert, das den Schah vernichtet hat, aber das Schwert wurde vom Volk geschwungen.«
»Er, seine Mullahs und das Volk werden euch vernichten – er ist so antikommunistisch, wie er antiamerikanisch ist.«
»Warten Sie lieber ab, und machen Sie sich nichts vor! Khomeini ist Realist und genießt die Macht, ganz gleich, was er jetzt auch behauptet.«
Azadeh wurde blaß, und Pettikin fröstelte es. »Und die Kurden?« fragte er scharf. »Was ist mit ihnen?«
Rákóczy beugte sich vor. »Ich bin Kurde, ganz gleich, was der Finne Ihnen über Sowjets und KGB erzählt hat. Kann er beweisen, was er sagt? Natürlich nicht. Khomeini wird versuchen, uns Kurden auszuradieren, wenn man ihn läßt, und dazu alle Stammes- und religiösen Minderheiten, alle Fremden, die Bourgeoisie, die Landbesitzer, die Geldverleiher, die Anhänger des Schahs

und alle Leute, die mit seiner Auslegung des Korans nicht einverstanden sind. Er wird im Namen *seines* Allah – nicht im Namen des einzig wahren Gottes – Ströme von Blut vergießen, falls man ihm nicht in den Arm fällt.« Er warf einen Blick aus dem Fenster, orientierte sich und fügte noch höhnischer hinzu: »Dieses häretische Schwert Allahs hat seine Schuldigkeit getan; jetzt wird es in eine Pflugschar umfunktioniert – und begraben werden.«
»Sie meinen ermordet?« fragte Erikki.
»Begraben – wie es dem Volk gefällt.«
Azadeh richtete sich auf, wollte sich auf ihn stürzen und ihm das Gesicht zerkratzen. Er hielt sie mühelos fest. Erikki beobachtete sie mit aschgrauem Gesicht, denn er konnte nicht eingreifen. Im Augenblick jedenfalls nicht.
»Hören Sie auf!« fuhr Rákóczy sie an. »Vor allem Sie sollten froh sein, wenn dieser Häretiker verschwindet – er wird Abdullah Khan, alle Gorgons und auch Sie ausmerzen, falls er siegt.« Er schob sie weg. »Beherrschen Sie sich, sonst muß ich Ihnen wehtun.« Er spannte den Bügel der Maschinenpistole. »Drehen Sie sich beide um!« sagte er zu den Männern in den Vordersitzen. Sie gehorchten. Der Stadtrand von Teheran lag etwa 15 Kilometer entfernt vor ihnen.
»Sehen Sie die Stelle, wo die Eisenbahnbrücke über den Fluß führt, Captain?«
»Ja.« Pettikin überlegte, wie er Rákóczy überwältigen könnte, Erikki dachte auch darüber nach, doch er saß auf der falschen Seite.
»Landen Sie 500 Meter südlich davon, hinter diesem Felsvorsprung. Sehen Sie ihn?«
In der Nähe des Felsvorsprungs verlief eine Landstraße, die nach Teheran führte. Der Verkehr auf ihr war schwach. »Ja. Und dann?«
»Dann sind Sie entlassen. Jedenfalls für den Augenblick.« Rákóczy berührte lachend Pettikins Nacken mit dem Pistolenlauf. »Mit meinem speziellen Dank. Aber drehen Sie sich nicht mehr um! Schauen Sie beide nach vorn, lassen Sie Ihre Sicherheitsgurte geschlossen und denken Sie daran, daß ich Sie sehr genau beobachte! Wenn Sie landen, tun Sie es ruhig und sicher, und wenn ich weg bin, starten Sie sofort! Aber drehen Sie sich nicht um, sonst bekomme ich Angst. Männer, die Angst haben, drücken auf den Abzug. Verstanden?«
»Ja.« Pettikin prüfte den Landeplatz und schob seine Kopfhörer zurecht. »Bist du einverstanden, Erikki?«
»Ja. Gib acht auf die Schneewehen!«
»Wir sollten einen Plan machen.«
»Ich glaube, er ist zu schlau, Charlie.«
»Vielleicht macht er einen Fehler.«
»Einer würde uns genügen.«
Die Landung war einfach. Die Rotoren wirbelten Schnee auf, der sich an den Fenstern festsetzte.
»Drehen Sie sich nicht um!«
Die Nerven der beiden Männer waren aufs äußerste gespannt. Die hintere Tür ging auf, und sie spürten die kalte Luft. Dann kreischte Azadeh: »Erikkiiii!«

Trotz des Verbots drehten sich beide um. Rákóczy war schon draußen und zog die sich wehrende Azadeh hinter sich her. Sie versuchte, sich an der Tür festzuhalten, aber er wurde mühelos mit ihr fertig. Er hatte sich die Maschinenpistole über die Schulter gehängt. Sofort riß Erikki seine Tür auf, sprang hinaus und schlüpfte unter das Fahrgestell, um anzugreifen. Aber er kam zu spät. Ein kurzer Feuerstoß vor seine Füße brachte ihn zum Stehen. 10 Meter vor ihm hatte Rákóczy mit einer Hand die Waffe auf ihn gerichtet, mit der anderen hielt er Azadeh fest. Einen Augenblick lang rührte sie sich nicht, dann begann sie wieder zu schreien, und sie schlug auf ihn ein. Darauf war er nicht gefaßt gewesen. Erikki konnte nun angreifen.
Rákóczy packte Azadeh mit beiden Händen und stieß sie gegen Erikki, so daß beide zu Boden fielen. Im gleichen Augenblick sprang er zurück, drehte sich um und raste davon. Dann machte er in einiger Entfernung mit schußbereiter Maschinenpistole wieder kehrt. Aber er mußte nicht auf den Abzug drücken, denn der Finne und seine Frau lagen noch immer halb betäubt auf den Knien. Der Pilot befand sich noch in seinem Sitz. Doch nun kam Erikki wieder zur Besinnung, schob Azadeh schützend hinter sich und machte sich zum nächsten Angriff bereit.
»Stop«, befahl Rákóczy, »oder ich töte euch alle. Stop!« Er schoß vor ihre Füße in den Schnee. »Steigen Sie in die Maschine – beide!« Erikki beobachtete ihn mißtrauisch. »Gehen Sie schon – Sie sind frei!«
Azadeh kletterte auf den Rücksitz. Erikki folgte ihr langsam und deckte sie dabei mit seinem Körper. Rákóczys Waffe schwankte nicht. Der Finne setzte sich zu Azadeh, ließ aber die Tür offen. Die Turbinen heulten auf. Der Hubschrauber stieg ein paar Zentimeter in die Höhe, drehte sich in Richtung zu Rákóczy, und die Tür wurde geschlossen.
Rákóczys Herz klopfte heftig. Sterbt ihr jetzt alle, dachte er, oder werden wir noch einmal gegeneinander kämpfen? Der Augenblick nahm kein Ende. Der Hubschrauber wich langsam zurück und gab dabei ein wunderbares Ziel ab. Rákóczys Finger krümmte sich leicht, aber er drückte nicht ab. Nach ein paar Metern machte der Helikopter kehrt und stieg in die Höhe.
Gut, dachte Rákóczy. Es wäre besser gewesen, wenn ich die Frau als Geisel genommen hätte, aber das macht nichts. Wir können uns die Tochter des alten Abdullah Khan morgen oder übermorgen holen. Sie kann warten, genau wie Yokkonen. Inzwischen müssen wir das Land in Besitz nehmen und die Generäle, Mullahs, Ayatollahs und alle anderen Feinde töten.

19

Internationaler Flughafen Teheran: 17 Uhr 05. McIver fuhr vorsichtig die mit Stacheldraht gesäumte Straße entlang zum Tor des Frachthofes. Der Fahrweg war mit Schnee bedeckt, glatt und nicht geräumt. Die Temperatur war etwas unter null Grad, der Himmel bewölkt, und in nicht einmal einer Stunde würde die Dunkelheit hereinbrechen. Er blickte wieder auf die Uhr. Wir haben nicht viel Zeit, dachte er. Am Morgen hatte er versucht, sich ins Büro zu schleichen, aber es wurde noch immer bewacht, und man hatte ihm nicht einmal gestattet nachzusehen, ob sich im Fernschreiber Nachrichten befanden.

»Diese verdammten Kerle«, hatte Genny geflucht, als er in die Wohnung zurückgekommen war. »Es muß doch möglich sein, etwas dagegen zu unternehmen. Was ist mit George Talbot von der Britischen Botschaft? Kann er uns nicht helfen?«

»Ich bezweifle es, aber wir können es ja versuchen. Wenn Valik...« McIver unterbrach sich. »Tom muß inzwischen aufgetankt haben und beinahe am Ziel sein – wo immer das ist.«

»Hoffen wir es. Hast du geöffnete Geschäfte gesehen?«

»Nein. Unser Mittagessen wird wohl aus Dosensuppe und einer Flasche Bier bestehen.«

»Tut mir leid, wir haben kein Bier mehr«, sagte Genny.

Er hatte versucht, mit dem Hochfrequenzgerät Kowiss und die übrigen Basen zu erreichen, doch vergeblich. Er bekam auch weder die BBC noch den AFN herein. Das Telefon funktionierte nicht. Er hatte versucht zu lesen, konnte sich aber nicht konzentrieren, weil er sich um Lochart, Pettikin, Starke und alle anderen große Sorgen machte.

»Verdammte Scheiße!«

Kurz nach dem Lunch war der Empfänger zum Leben erwacht. Freddy Ayre teilte ihm aus Kowiss mit, daß die 125 gegen 17 Uhr auf dem Internationalen Flughafen von Teheran eintreffen werde. Sie kam von Al Schargas, einem winzigen, unabhängigen Scheichtum, etwa 1250 Kilometer südlich von Teheran auf der anderen Seite des Golfes gelegen, wo S-G ein Büro unterhielt.

»Hat er gesagt, ob er eine Landeerlaubnis erhalten hat, Freddy?« fragte McIver aufgeregt.

»Das weiß ich nicht. Unsere Zentrale in Al Schargas hat nur ein paarmal wiederholt: ›Geschätzte Ankunftszeit Teheran 17 Uhr. Informieren Sie McIver – erreichen ihn nicht.‹«

»Wie steht es bei dir?«

»Soso... Starke befindet sich immer noch in Bandar-e Delam, und der einzige

Kontakt, den wir mit ihnen gehabt haben, war ein ›Lage beschissen‹ vor einer halben Stunde.«

»Hat Rudi das durchgegeben?«

»Ja.«

»Bleib mit ihnen und mit uns in Kontakt! Was war heute früh mit eurem Funker los? Ich habe euch ein paar Stunden lang zu erreichen versucht, aber ohne Erfolg.«

Eine lange Pause folgte. »Er ist festgenommen worden.«

»Warum denn?«

»Das weiß ich nicht, Mac – Captain McIver. Sobald ich Näheres weiß, werde ich berichten. Ich werde auch so bald wie möglich Dubois nach Bandar-e Delam zurückschicken, aber hier geht alles drunter und drüber. Wir werden alle auf der Basis festgehalten, im Tower befindet sich ein reizender, freundlicher, bewaffneter Wächter. Keine Maschine darf starten, es sei denn für eine CASEVAC, und sogar da müssen wir Wächter mitnehmen – und Flüge außerhalb unseres Gebietes werden nicht bewilligt.«

»Was ist denn los?«

»Das weiß ich nicht. Unser verehrter Standortkommandant, Oberst Peschadi, hat mir versichert, daß das nur ein vorübergehender Zustand ist, nur heute, vielleicht noch morgen. Übrigens, kurz nach 15 Uhr erhielten wir einen Anruf von Captain Scragger, der mit einer Sondercharter nach Bandar-e Delam unterwegs war.«

»Was sucht er denn dort?«

»Das weiß ich nicht. Der alte Scrag – Captain Scragger – hat behauptet, daß ihn de Plessey auf Siri darum gebeten hat. Ich glaube nicht, daß ich noch lange sprechen kann. Unser freundlicher Wächter wird schon nervös, aber wenn du die 125 hierher dirigieren kannst, wird Oberst Peschadi sie landen lassen. Ich werde versuchen, Manuela fortzuschicken, aber ich verspreche mir keinen Erfolg. Sie ist fürchterlich nervös, solange sie keine Nachricht von Starke hat.«

»Das kann ich mir vorstellen. Sag ihr, daß Gen mitfliegt. Jetzt mache ich Schluß, Gott allein weiß, wie lange ich brauchen werde, um zum Flugplatz zu kommen.« Er wandte sich an seine Frau: »Gen, pack ein!«

»Was willst du mitnehmen, Duncan?« fragte sie honigsüß.

»Du bist diejenige, die fliegt.«

»Mach dich nicht lächerlich, Liebling! Wenn du rechtzeitig zur Ankunft der 125 am Flugplatz sein willst, mußt du dich beeilen, aber vergiß die Fotos nicht! Übrigens, ich habe vergessen, dir zu erzählen, daß Scharazad uns zum Abendessen eingeladen hat, während du versucht hast, in dein Büro zu kommen.«

»Gen, du fliegst mit der 125, und damit hat sich's.«

Die Diskussion war damit zu Ende gewesen, und er fuhr über Seitenstraßen zum Flugplatz, da die wichtigsten Kreuzungen von Menschenmassen verstopft waren. Jedesmal, wenn er angehalten wurde, hob er das Foto Khomeinis hoch, auf dem in Persisch »Lang lebe der Ayatollah« stand, worauf er

durchgelassen wurde. Er sah keine Truppen und keine Polizei und brauchte deshalb das Foto des Schahs mit »Lang lebe der ruhmreiche Iran« nicht. Dennoch benötigte er zweieinhalb Stunden für eine Strecke, die er normalerweise in einer Stunde zurücklegte, und seine Besorgnis, zu spät zu kommen, wuchs von Minute zu Minute.
Aber die 125 stand weder auf einer der parallel verlaufenden Landebahnen noch auf dem Vorfeld des Frachthofes oder in der Nähe des Abfertigungsgebäudes am anderen Ende des Flugplatzes. Er blickte wieder auf die Uhr. 17 Uhr 17. Noch eine Stunde Licht. Sie wird es gerade noch schaffen, dachte er, falls sie überhaupt eintrifft. Womöglich haben sie sie schon zurückgeschickt.
In der Nähe des Abfertigungsgebäudes standen einige zivile Jets, die keine Starterlaubnis hatten. Eine Maschine, eine Royal Iranian Air 747, war ausgebrannt. Die anderen schienen in Ordnung zu sein, die Alitalia-Maschine war darunter. Paula Ciancani wohnte immer noch bei ihnen, und Nogger Lane umwarb sie eifrig.
Vor ihm lag jetzt das Tor zum Frachthof und den Depots. Es stand offen und war nicht bewacht. Normalerweise war es beinahe unmöglich, hier hereinzukommen, denn in diesem Teil des Flughafens arbeiteten 500 Menschen rund um die Uhr und leiteten die ungeheuren Warenmengen weiter, die als Gegenwert für die täglich durch die Ölförderung anfallenden 90 Millionen Dollar ins Land strömten. Doch jetzt lag das Gelände verlassen da.
Das Zolltor zum Vorfeld und dem S-G-Gelände war geschlossen. Er hupte, wartete und wartete wieder. Niemand kam, also stieg er aus, öffnete das Tor selbst, stieg wieder ein und fuhr zu den S-G-Lagerräumen, Büroschuppen, Werkstätten und Hangars, in denen Platz für vier 212-Modelle und fünf 206-Modelle war. Im Augenblick befanden sich drei 206 und eine 212 hier.
Zu seiner Erleichterung waren die Haupttore geschlossen und versperrt. Er hatte befürchtet, daß die Aufständischen in die Lagerräume und Hangars eingedrungen waren und sie geplündert und zerstört hatten. Im Hauptdepot für Reparaturen waren Ersatzteile und Spezialwerkzeuge im Wert von über 2 Millionen Dollar gelagert. S-G verfügte auch über eine eigene Tankstelle sowie die unterirdischen Tanks, die den streng geheimen Vorrat von 200 000 Litern Hubschrauberbenzin enthielten, die McIver »vergessen« hatte, als die Schwierigkeiten eskalierten.
Er musterte den Himmel. Der Wind verriet ihm, daß die 125, von Westen kommend, auf der Landebahn 29 links landen würde, aber die Maschine war nicht zu sehen. Er sperrte die Tür auf, zog sie hinter sich zu und hastete durch den kalten Vorraum zum Hauptbüro mit dem Fernschreiber. Er war abgeschaltet. »Verdammte Idioten«, murmelte er. Verärgert ging er zu den Hochfrequenz- und Kurzwellengeräten und schaltete sie ein. Beide konnten bei Notfällen auf Batteriebetrieb umgestellt werden. Ihr Summen war tröstlich.
»Echo Tango Lima Lima«, sagte er in das Mikrophon, das waren die Kennbuchstaben der 125: ETLL. »Hier spricht McIver, hören Sie mich?«

»Echo Tango Lima Lima – und ob, alter Junge«, meldete sich das Flugzeug sofort. »Hier oben ist es ziemlich einsam – wir rufen seit einer halben Stunde. Wo befindest du dich?«
»Im Frachtenbüro. Es tut mir leid, Johnny« – er hatte die Stimme von John Hogg, dem dienstältesten Starrflügel-Captain erkannt. »Es war gar nicht so leicht, hierher zu kommen – ich bin gerade erst eingetroffen. Wo befindet ihr euch?«
»In 27 Kilometer Entfernung genau südlich – in der Suppe. Wir gehen von 3000 hinunter zum Standardlandeanflug und wollen auf Landebahn 29 links landen. Was ist denn los, Mac? Wir bekommen keinen Kontakt mit dem Tower von Teheran. Wir haben, seit wir im iranischen Luftraum sind, keinen einzigen Rückruf bekommen.«
»Mein Gott! Nicht einmal von der Flugsicherung in Kisch?«
»Nicht einmal von dort. Was ist denn geschehen?«
»Ich weiß es nicht. Der Tower war gestern noch besetzt – bis Mitternacht. Das Militär hat uns die Starterlaubnis für einen Flug nach Süden erteilt.« McIver war verblüfft, weil die Kisch-Flugsicherung peinlichst aufpaßte, besonders wenn es sich um Flüge über den Golf handelte. »Der Flugplatz ist verlassen und sieht gespenstisch aus. Auf der Herfahrt waren überall Menschenmassen unterwegs, aber außer ein paar Straßensperren habe ich nichts Außergewöhnliches gesehen, keine Unruhen oder dergleichen.«
»Könnte es bei der Landung Probleme geben?«
»Ich bezweifle, daß die Landehilfen funktionieren, aber die Wolkendecke liegt bei 1500 Meter, die Sicht beträgt 15 Kilometer. Die Landebahnen sehen gut aus.«
»Was meinst du?«
McIver erwog das Für und Wider einer Landung ohne Unterstützung und ohne Genehmigung durch den Tower. »Habt ihr genügend Treibstoff für den Rückflug?«
»O ja. Ihr habt keinen Treibstoff?«
»Nur für den Notfall – jedenfalls im Augenblick.«
»Ich bin auf 1700, unter der Wolkendecke, und habe dich in Sicht.«
»Okay, Echo Tango Lima Lima. Wir haben Ostwind mit etwa 10 Knoten Geschwindigkeit. Du würdest normalerweise auf 29 links landen. Die Militärbasis scheint geschlossen und verlassen zu sein, also dürfte es keinen weiteren Luftverkehr geben. Alle landenden und startenden Zivilflüge sind abgesagt worden. Ich schlage vor, du überfliegst den Platz einmal, und wenn du meinst, daß es okay ist, komm direkt herein – treib dich nicht lange in der Luft herum, hier wimmelt es vor schießwütigen Clowns. Sobald du gelandet bist, dreh die Maschine sofort um, damit du notfalls rasch starten kannst. Ich fahre dir entgegen.«
»Echo Tango Lima Lima.«
McIver zog sein Taschentuch heraus und wischte sich Hände und Stirn ab. Doch als er aufstand, setzte sein Herzschlag aus.
In der offenen Tür stand ein Zollbeamter, dessen rechte Hand lässig auf dem

Pistolenhalfter lag. Seine Uniform war schmutzig und zerknittert, in seinem runden Gesicht stand ein drei oder vier Tage alter Stoppelbart.
»*Salam* Agha«, begrüßte ihn McIver, der sich bemühte, die Ruhe zu bewahren. Der Mann gehörte nicht zu den Beamten, die üblicherweise hier Dienst taten.
Der Fremde bewegte drohend die Hand auf der Pistolentasche und schaute von McIver zu den Funkgeräten und von dort wieder zu McIver zurück.
»Sprechen Sie Englisch, Sir?« fragte McIver stockend auf Persisch: »Bitte entschuldigen Sie, aber ich spreche Ihre Sprache nicht.«
Der Zollbeamte knurrte und fragte genauso stockend auf Englisch: »Was machen Sie hier?«
»Ich bin Captain McIver, Leiter von S-G Helicopters.« McIver sprach langsam und deutlich. »Ich habe nur meinen Fernschreiber überprüft und ein hereinkommendes Flugzeug begrüßt.«
»Flugzeug – was für ein Flugzeug?«
In diesem Augenblick überflog die 125 den Flugplatz in 300 Meter Höhe. Der Zollbeamte lief hinaus, und McIver folgte ihm. Sie sahen zu, wie die Maschine eine steile Kurve beschrieb, ehe sie zur Landung ansetzte.
»Was für ein Flugzeug?«
»Es ist unser regulärer Flug von Al Schargas.«
Der Name löste bei dem Mann eine Flut von Schimpfwörtern aus.
»Es tut mir leid, ich verstehe Sie nicht.«
»Nicht landen – nicht landen, verstehen Sie?« Der Mann zeigte zornig vom Flugzeug zum Büro mit dem Funkgerät. »Sie sagen Flugzeug.«
McIver nickte ruhig, obwohl er keineswegs ruhig war, und bedeutete dem Iraner, ihm ins Büro zu folgen. Dort zählte er 10 000 Rial, etwa 120 Dollar, ab und bot sie ihm an. »Bitte, nehmen Sie die Landegebühr – das Geld für die Landung.«
Der Mann lehnte das Geld mit einem neuerlichen Wortschwall auf Persisch ab. McIver legte den Betrag auf den Tisch und ging an dem Mann vorbei in den Lagerraum. Er sperrte die Tür zu einem kleinen Raum auf, in dem sich für Bestechungszwecke alle möglichen Ersatzteile und drei Zwanzigliterkanister mit Benzin befanden. Er stellte einen Kanister vor die Tür und ging dann, ohne die Tür abzuschließen – die Kanister sollten alle Probleme beseitigen. »Entschuldigen Sie mich, Sir. Ich muß die Herren abholen.«
Er verließ das Gebäude, stieg in sein Auto und sah sich nicht um. »Dem verdammten Kerl verdanke ich beinahe einen Herzanfall«, murmelte er und fuhr dem Flugzeug entgegen. Der Schnee war nur ein paar Zentimeter tief, aber der aufkommende Wind ließ die Temperatur sinken.
Die 125 hatte Landeklappen und Fahrgestell ausgefahren und kam in einer steilen Kurve herunter, John Hogg setzte auf und ließ sie rollen, bis eine Bremsung nicht mehr gefährlich war, setzte aber selbst dann die Bremsen nur sehr vorsichtig ein. Er wendete und hielt bei der ersten Zufahrt zur Startbahn.
Als McIver die Maschine erreichte, war die Tür offen, und die Gangway

heruntergeklappt. John Hogg wartete auf der untersten Stufe in seinem Parka und trat von einem Fuß auf den anderen, um sich zu wärmen.

»Hi, Mac«, rief er. »Schön, dich zu sehen – komm rein, drinnen ist es wärmer!«

»Eine gute Idee.« McIver stellte den Motor ab und folgte John die Gangway hinauf. Drinnen war es warm, das Licht war eingeschaltet, Kaffee stand bereit, im Regal lagen Londoner Zeitungen. McIver wußte, daß sich im Kühlschrank Wein und Bier befanden, und daß es an Bord eine richtige Toilette mit weichem Papier gab – die Zivilisation hatte ihn wieder. Er schüttelte Hogg die Hand und winkte dem Copiloten zu. »Ich freue mich, daß du da bist, Johnny. Wir...« Sein Mund blieb offen stehen. In einem der Sessel des achtsitzigen Flugzeugs saß Andy Gavallan und strahlte ihn an.

»Hallo, Mac.«

»Mein Gott, Chinaboy, es tut gut, dich wiederzusehen.« McIver schüttelte ihm die Hand. »Was zum Teufel suchst du hier – warum hast du mir nicht gesagt, daß du kommst?«

»Immer mit der Ruhe, Junge! Kaffee?«

»Gern.« McIver setzte sich ihm gegenüber. »Wie geht es Maureen und der kleinen Electra?«

»Großartig, danke. Ich war der Meinung, daß wir miteinander sprechen sollten, also habe ich mich in den Vogel gesetzt, und da bin ich.«

»Ich kann dir gar nicht sagen, wie froh ich bin. Du siehst blendend aus.«

»Danke, ich kann dir das Kompliment erwidern. Aber wie geht es dir wirklich, Mac?« fragte Gavallan vielsagend.

»Ausgezeichnet.« Hogg stellte den Kaffee vor McIver hin und dazu für ihn und Gavallan je einen Whisky. McIvers Miene hellte sich auf. »Danke, Johnny. Prost!« Er stieß mit Gavallan an und trank genüßlich. »Ich bin halb erfroren. Warum bist du hier, Andy? Habt ihr Probleme? Und was ist mit der 125? Die Revolutionäre und die Loyalisten sind sehr nervös – beide könnten auftauchen und sie beschlagnahmen.«

»Johnny Hogg hält nach ihnen Ausschau. Wir werden gleich über meine Probleme sprechen, aber ich wollte eben selbst mal sehen, was los ist. Im Augenblick steht hier und auch sonst zu viel auf dem Spiel, wir haben eine Menge neuer Verträge und Flugzeuge. Die X63 ist ein Hit, ein Bombenerfolg.«

»Wunderbar. Wann bekommen wir sie?«

»Nächstes Jahr. Aber darauf komme ich später zu sprechen. Im Augenblick ist die Lage im Iran mein brennendstes Problem. Wir müssen Pläne für den Notfall aufstellen – wie wir in Kontakt bleiben und so weiter. Gestern habe ich in Al Schargas stundenlang erfolglos versucht, eine Landeerlaubnis für Teheran zu bekommen. Sogar die Iranische Gesandtschaft war geschlossen. Schließlich bin ich zur Flugsicherung von Al Schargas gefahren und habe mich mit den Leuten dort unterhalten. Sie haben mir geraten zu warten, aber ich habe sie dazu überredet, uns eine Starterlaubis zu geben, und jetzt sind wir eben da. Zunächst: Wie steht es mit unserer Arbeit?«

McIver berichtete, was er wußte.
Gavallans gute Laune war wie weggeblasen. »Charlie ist also verschwunden, Tom Lochart setzt Kopf und Kragen und unser gesamtes iranisches Unternehmen aufs Spiel – das ist dumm oder tapfer von ihm, je nachdem, wie man es sehen will –, Duke Starke sitzt mit Rudi in Badar-e Delam in der Tinte, Kowiss befindet sich im Belagerungszustand, und wir sind aus unseren Büros hinausgeflogen.«
»Ja.« McIver fügte kleinlaut hinzu: »Ich habe Toms Flug genehmigt.«
»Ich hätte es vermutlich auch getan, wenn ich an deiner Stelle gewesen wäre, aber das ist keine Entschuldigung dafür, daß wir ihn, uns, Valik und dessen Familie in Gefahr bringen. Ich gebe allerdings zu, die SAVAK ist ein unerträglicher Gedanke. Ian hat wieder einmal recht behalten.«
»Ian? Dunross? Du hast mit ihm gesprochen? Wie geht es ihm?«
»Er hat von Schanghai aus angerufen.« Gavallan schilderte ihm das Gespräch.
»Wie sieht die neueste politische Entwicklung hier aus?«
»Das solltest du besser wissen als wir – unsere einzigen zuverlässigen Nachrichtenquellen sind die BBC oder die Stimme Amerikas. Es gibt keine Zeitungen, dafür eine Unmenge Gerüchte. Bachtiar ist immer noch Premierminister, aber Bazargan und Khomeini holen auf. Ach ja, verdammt, ich habe vergessen, es dir zu erzählen: Kyabi ist ermordet worden.«
»Das ist ja entsetzlich. Warum?«
»Wir wissen nicht, warum, wie oder von wem. Freddy Ayre hat uns...«
»Entschuldigen Sie die Störung, Sir«, ertönte es aus dem Bordlautsprecher. Hoggs ruhige Stimme klang dringlich. »Drei Autos voller Männer mit Gewehren kommen vom Abfertigungsgebäude auf uns zu.«
McIver und Gavallan schauten aus den kleinen, runden Fenstern. Die Wagen waren in Sicht, Gavallan nahm seinen Feldstecher und stellte ihn ein. »Fünf oder sechs Mann in jedem Wagen. Im ersten sitzt ein Mullah. Khomeinis Leute.« Er hängte sich den Feldstecher um und sprang auf. »Johnny!«
Hogg stand bereits in der Tür. »Ja, Sir?«
»Plan B.« Hogg gab seinem Copiloten ein Zeichen, der sofort Gas gab, während Gavallan einen Parka anzog und sich einen kleinen Handkoffer griff. »Komm, Mac!« Er hastete die Gangway hinunter, McIver folgte ihm, die Treppe wurde hochgezogen, die Tür fiel ins Schloß, die Triebwerke heulten auf, die 125 rollte davon und wurde immer schneller. »Kehr den Autos den Rücken zu, Mac, kümmere dich nicht um sie, schau dem Flugzeug nach!«
Es war so schnell gegangen, daß Mac kaum Zeit gehabt hatte, den Reißverschluß seines Parkas zuzuziehen. Eines der Autos wollte die 125 abfangen, aber sie brauste bereits über die Rollbahn, hob Sekunden später ab und war fort. Jetzt wandten sich die beiden Männer den näherkommenden Autos zu.
»Was jetzt, Andy?«
»Das hängt vom Begrüßungskomitee ab.«
»Was zum Teufel bedeutet Plan B?«
Gavallan lachte. »Ich steige aus, Johnny startet sofort, erzählt niemandem, daß er abhauen mußte, kommt morgen um die gleiche Zeit zurück und holt

mich ab. Wenn er mich nicht sieht noch über Funk ein Zeichen von mir empfangen kann, kommt er am nächsten Tag um eine Stunde früher – und so weiter, vier Tage lang. Dann bleibt er in Al Schargas sitzen und wartet auf weitere Weisungen.«

»Und Plan A?«

»Der war für den Fall vorgesehen, daß wir unbesorgt über Nacht hierbleiben können. Die beiden Piloten hätten im Flugzeug Wache gehalten, ich wäre zu dir hinausgefahren.«

Die Autos hielten, der Mullah und *hezbollahis* drängten sich um die beiden Männer, richteten ihre Gewehre auf sie und schrien. Plötzlich brüllte Gavallan: *»Allah-u-Akbar«*, worauf Stille eintrat. Er zog seine Mütze vor dem Mullah und nahm ein offiziell aussehendes Dokument aus der Tasche, das in arabischer Schrift auf Persisch geschrieben war und ein großes, rotes Wachssiegel trug. Er überreichte das Papier dem Mullah. »Die Landegenehmigung für Teheran, ausgestellt vom ›neuen‹ Botschafter in London«, erklärte er McIver lässig, während sich die Männer um den Mullah drängten und das Papier betrachteten. »Ich habe die Reise in London unterbrochen, um sie mir zu holen – sie besagt, daß ich ein VIP bin, offiziell hier zu tun habe und jederzeit wieder abreisen kann.«

»Wie hast du das geschafft?« fragte McIver bewundernd.

»Beziehungen, mein Junge. Beziehungen und ein großes *beung yau.«*

»Sie kommen mit uns«, befahl ein bärtiger junger Mann, der Englisch mit amerikanischem Akzent sprach. »Sie sind verhaftet.«

»Weshalb, wenn ich fragen darf?«

»Illegale Landung ohne Erlaubnis.«

Gavallan zeigte auf das Papier. »Das ist eine offizielle Erlaubnis von Ihrem Botschafter in London. Es lebe die Revolution! Lang lebe Ayatollah Khomeini!«

Der Junge zögerte, dann übersetzte er es dem Mullah. Sie murmelten zornig miteinander. »Sie kommen beide mit uns!«

»Wir folgen Ihnen in unserem Wagen. Komm, Mac!« befahl Gavallan entschieden und setzte sich auf den Beifahrersitz. McIver schaltete die Zündung ein. Einen Augenblick lang waren die Männer verblüfft, dann stieg der englischsprechende junge Mann mit einem Genossen hinten ein. Jeder hatte eine AK 47.

»Fahren Sie zu Abfertigung. Sie verhaftet.«

Im Abfertigungsgebäude warteten weitere finster blickende Männer und ein sehr nervöser Einwanderungsbeamter. McIver zeigte seinen Flughafenausweis und seine Arbeitserlaubnis vor, erklärte, wer er und Gavallan waren und daß sie für IranOil arbeiteten, doch der Beamte bedeutete ihm herrisch zu schweigen. Er prüfte McIvers Papiere und Gavallans Paß genau und gewichtig, öffnete dann Gavallans Koffer und durchsuchte ihn, aber der enthielt nur Rasierzeug, ein zweites Hemd, Unterwäsche und Nachtzeug. Eine Taschenflasche Whisky wurde von einem der jungen Männer sofort konfisziert. Er öffnete sie und schüttete den Inhalt auf den Fußboden.

»Dew neh loh moh«, sagte Gavallan honigsüß auf Kantonesisch, und McIver erstickte beinahe. »Es lebe die Revolution!«
Der Mullah befragte den vor Angst schwitzenden Beamten. Schließlich sagte der englischsprechende junge Mann: »Behörden behalten Paß und Papier. Sie erklären später.«
»Ich will meinen Paß behalten«, widersprach Gavallan.
»Die Behörden behalten. Feinde des Volkes werden leiden. Diejenigen, die Gesetze brechen – illegale Landungen und Einreisen – werden islamische Bestrafung erhalten. Seine Exzellenz möchte wissen, wer in Flugzeug mit Ihnen?«
»Nur meine zweiköpfige Besatzung. Die beiden stehen auf der Passagierliste, die der Landeerlaubnis beigefügt ist. Jetzt möchte ich bitte meinen Paß und dieses Dokument.«
»Die Behörden behalten. Wo Sie wohnen?«
McIver nannte seine Adresse.
Der Mann übersetzte. Wieder folgte eine hitzige Debatte. »Ich soll Ihnen sagen: Jetzt Ihre Flugzeuge dürfen nicht fliegen oder landen ohne Erlaubnis zuerst. Alle iranischen Flugzeuge – alle Flugzeuge jetzt im Iran gehören Staat und...«
»Die Flugzeuge gehören ihren rechtmäßigen Besitzern«, unterbrach ihn McIver.
»Ja«, bestätigte der Mann höhnisch, »unser islamischer Staat ist Besitzer. Ihnen gefallen Gesetze nicht, Sie gehen. Sie verlassen Iran. Wir Sie nicht hergeholt.«
»Da irren Sie sich. Wir, die S-G Helicopters, sind hierher geholt worden. Wir arbeiten für Ihre Regierung und haben IranOil jahrelang gedient.«
Der Mann spuckte auf den Boden. »IranOil Schah-Gesellschaft. Islamischem Staat gehört Öl, nicht Fremden. Ihr bald verhaftet werden wegen schwerem Verbrechen: iranisches Öl gestohlen.«
»Blödsinn. Wir haben überhaupt nichts gestohlen«, widersprach McIver. »Wir haben dem Iran in das 20. Jahrhundert geholfen.«
»Verlassen Sie Iran, wenn Sie wollen«, wiederholte der Sprecher, ohne ihn zu beachten. »Jetzt alle Befehle kommen von Imam Khomeini, Allah schütze ihn. Er sagt, keine Landung oder Start ohne Erlaubnis. Jedesmal fliegt ein Khomeini-Wächter mit jedem Flugzeug. Verstehen?«
»Wir verstehen, was Sie sagen«, antwortete Gavallan höflich. »Können Sie es uns schriftlich geben, weil die Regierung Bachtiar vielleicht nicht damit einverstanden ist?«
Der Mann übersetzte, und die anderen brüllten vor Lachen. »Bachtiar ist fort«, sagte der Mann grinsend. »Dieser Hund von Schah-Lakai versteckt sich. Versteckt sich, Sie verstehen? Der Imam ist Regierung. Er allein.«
»Natürlich.« Gavallan glaubte ihm kein Wort. »Wir können also gehen?«
»Ja. Morgen melden bei Behörde.«
»Wo – und bei welcher Behörde?«
»Teheran Behörde.« Der Mann übersetzte es den anderen, und wieder lachten

alle. Der Mullah steckte Paß und Dokumente ein und schritt davon. Die Wächter begleiteten ihn und nahmen den schwitzenden Einwanderungsbeamten mit. Von den noch Anwesenden schlenderten die meisten scheinbar ziellos davon. Ein paar blieben, beobachteten sie, lehnten sich an die Wand und rauchten mit über die Schultern gehängten Gewehren.

»Er hat die Wahrheit gesagt«, erklärte eine Stimme. Gavallan und McIver sahen sich um. Es war George Talbot von der Britischen Botschaft, ein kleiner, magerer, 55 Jahre alter Mann, der einen dicken Regenmantel und eine russische Pelzmütze trug. Er stand in der Tür zum Zollbüro neben einem großen, breitschultrigen, sechzigjährigen Mann mit harten, blaßblauen Augen, grauem, gestutztem Schnurrbart und grauen Haaren, der einen alten Regenmantel, einen weichen Hut und einen Schal trug. Beide rauchten.

»Hallo, George, ich freue mich, Sie zu sehen.« Gavallan ging zu Talbot und streckte ihm die Hand entgegen. Er kannte ihn, seit er vor Jahren in Malaysia war, Talbots vorhergehendem Posten, wo S-G ebenfalls im Ölgeschäft arbeitete. »Seit wann hören Sie uns zu?«

»Seit ein paar Minuten.« Talbot drückte seine Zigarette aus und hustete geistesabwesend. »Hallo, Duncan. Das ist eine schöne Bescherung, was?«

»Das kann man wohl sagen.« Gavallan blickte zu dem anderen Mann hinüber.

»Darf ich Sie mit Mr. Armstrong bekannt machen?«

Gavallan schüttelte ihm die Hand. »Hallo«, sagte er und dachte darüber nach, wo er den Mann schon gesehen hatte und wer dieser war. Wenn er Amerikaner ist, wette ich jeden Betrag, daß er zur CIA gehört, dachte er. »Sind Sie auch von der Botschaft?« fragte er beiläufig.

Der Mann schüttelte lächelnd den Kopf. »Nein, Sir.«

Gavallan konnte seinen Akzent nicht lokalisieren. Vielleicht ist er Kanadier, dachte er.

»Sind Sie in offizieller Funktion hier, George?« fragte McIver.

»Ja und nein. Als wir den einfliegenden Jet hörten, sind wir herausgerast, weil wir ein paar Nachrichten für die Regierung Ihrer Majestät mitgeben wollten. Der Botschafter wäre sehr froh gewesen, aber als wir ankamen, war Ihr Flugzeug gerade gestartet. Schade.«

»Ich bin gern bereit, Ihnen behilflich zu sein«, antwortete Gavallan genauso leise, wie Talbot gesprochen hatte. »Vielleicht morgen?« Er bemerkte den Blick, den die beiden Männer wechselten, und fragte sich, was hier alles nicht stimmte.

»Wäre das möglich, Mr. Gavallan?« fragte Armstrong.

»Durchaus.«

Talbot lächelte und hüstelte ohne es zu merken. »Sie werden mit oder ohne iranische Erlaubnis oder Paß abreisen?«

»Ich besitze eine Kopie des Dokuments. Und einen zweiten Paß – ich habe offiziell um einen Ersatzpaß angesucht – für alle Fälle.«

Talbot seufzte. »Ungesetzlich, aber weise. Übrigens, ich hätte sehr gern eine Kopie Ihrer offiziellen Landeerlaubnis.«

»Das ist vielleicht keine sehr gute Idee – offiziell. Man kann nie wissen, was die Leute heutzutage alles verlangen.«

Talbot lachte. »Falls Sie morgen abreisen, wären wir Ihnen dankbar, wenn Sie Mr. Armstrong mitnehmen könnten – ich nehme an, daß Ihre erste Zwischenlandung für Al Schargas vorgesehen ist.«

Gavallan zögerte. »Handelt es sich um ein offizielles Ansuchen?«

Talbot lächelte. »Inoffiziell offiziell.«

»Mit oder ohne iranische Erlaubnis oder Paß?«

Talbot grinste. »Es ist Ihr gutes Recht, Fragen zu stellen. Ich versichere Ihnen, daß Mr. Armstrongs Papiere vollkommen in Ordnung sein werden.« Er fügte vielsagend hinzu, um das Gespräch zu beenden: »Wie Sie so richtig festgestellt haben, kann man nie wissen, was die Leute heutzutage alles verlangen.«

Gavallan nickte. »In Ordnung, Mr. Armstrong. Ich wohne bei Captain McIver und überlasse es Ihnen, mit mir in Verbindung zu bleiben. Meine früheste Abflugzeit wäre gegen 17 Uhr, aber ich kann nicht auf Sie warten. In Ordnung?«

»Danke, Sir.«

»George, Sie haben von dem arroganten kleinen Kerl behauptet, daß er die Wahrheit spricht. Heißt das, daß ich mich bei irgendwelchen Behörden in Teheran melden muß?«

»Nein. Daß Bachtiar abgedankt hat und sich versteckt hält.«

Die beiden Männer starrten ihn an. »Sind Sie sicher?«

»Bachtiar ist vor ein paar Stunden formell zurückgetreten und klugerweise verschwunden. Die Situation ist plötzlich prekär geworden, deshalb sind wir so besorgt. Ach, lassen wir das! Gestern abend hat Stabschef General Ghara-Baghi mit Zustimmung der Generäle alle Truppen in die Kasernen zurückbeordert und erklärt, daß die Streitkräfte sich jetzt neutral verhalten. Damit war der Ministerpräsident wehrlos, und die Regierungsgewalt ist Khomeini zugefallen.«

»Neutral?« wiederholte Gavallan ungläubig. »Das ist doch nicht möglich, das ist glatter Selbstmord.«

»Ich bin ganz Ihrer Meinung. Aber es ihr wahr. Natürlich werden nur einige Einheiten gehorchen, und die anderen werden kämpfen. Die Polizei und die SAVAK haben sich nicht angeschlossen und wollen nicht aufgeben, obwohl sie früher oder später unterliegen werden. *Inscha'Allah*, alter Freund. Und das Blut wird die Kanäle füllen, das können Sie mir glauben.«

McIver unterbrach das Schweigen. »Aber... wenn Bachtiar... dann ist es ja vorbei. Es ist vorbei«, wiederholte er aufgeregt. »Der Bürgerkrieg ist vorbei, Gott sei Dank! Die Generäle haben ein echtes Blutbad verhindert – das totale Blutbad. Jetzt wird sich alles wieder normalisieren und die Schwierigkeiten sind vorbei.«

»O nein, mein Bester«, widersprach Talbot ruhig, »die Schwierigkeiten beginnen erst.«

20

Bohrturm Bellissima: 18 Uhr 35. Der Sonnenuntergang war prachtvoll. Tief am Horizont standen rotschimmernde Wolken, darüber spannte sich ein reiner und klarer Himmel. Der Abendstern funkelte. Es war fast Vollmond. Aber hier, in 4000 Meter Höhe, war es bitter kalt. Im Osten war es bereits dunkel, und es fiel Jean-Luc schwer, die einfliegende 212 auszumachen.
»Sie kommt, Gianni!« rief er schließlich.
Damit war Scot Gavallan zum dritten Mal hin und zurück geflogen. Ölarbeiter, Köche, Hilfsarbeiter, drei Katzen, vier Hunde und ein Kanarienvogel – der Gianni Salubrio gehörte –, alle waren bereits zum Bohrturm Rosa evakuiert worden, alle außer Mario Guineppa, der trotz Jean-Lucs Drängen darauf bestanden hatte, bis zum Schluß zu warten, sowie Gianni und Pietro und zwei weitere Arbeiter, die immer noch damit beschäftigt waren, die Bohranlage abzuschalten.
Jean-Luc beobachtete ständig den Überhang, der sich von Zeit zu Zeit bewegte. Jedesmal liefen ihm dabei kalte Schauer den Rücken hinunter. Als der Helikopter zum ersten Mal zurückgekommen war, hatten wegen des Lärms alle den Atem angehalten, obwohl Pietro ihnen versichert hatte, daß das ein Ammenmärchen sei – nur Dynamit oder Gottes Wille konnten eine Lawine auslösen. Und als wollte der Überhang beweisen, daß Pietro unrecht hatte, bewegte er sich daraufhin wieder, nur ein wenig, aber es genügte, um die Anwesenden zu Tode zu erschrecken.
Pietro legte den letzten Schalter um, und die Turbinen der Dieselgeneratoren wurden allmählich langsamer. Er wischte sich müde das Gesicht ab, hinterließ dabei einen Ölstreifen. Sein Rücken schmerzte und seine Hände zitterten vor Kälte, aber das Bohrloch war versiegelt und soweit wie möglich gesichert. Draußen über dem Abgrund kam der Helikopter vorsichtig näher. »Gehen wir«, forderte er die anderen auf Italienisch auf. »Wir können hier nichts mehr tun – nur das Scheißding dort oben in die Luft sprengen.«
Die anderen bekreuzigten sich erschrocken und stapften Richtung Landeplatz, während Pietro zum Dynamitschuppen ging und die beiden Sprengladungen holte, die er angefertigt hatte: je sechs Dynamitstäbe, dazu eine Dreißig-Sekunden-Zündschnur. Er steckte sie sorgfältig in eine kleine Tragtasche, dazu ein Feuerzeug und zur Sicherheit auch noch Streichhölzer.
»Pietro, he, Pietro!«
»Ich komme ja schon, wir haben jede Menge Zeit.« Draußen erwartete ihn Gianni. Sein Gesicht war weiß und verzerrt. »Was ist los?«
»Guineppa – sieh ihn dir einmal an.«
Mario Guineppa lag auf dem Rücken und atmete rasselnd, seine Augenlider

flatterten. Jean-Luc stand neben dem Bett und fühlte ihm den Puls. »Er ist sehr schnell... und dann spüre ich ihn wieder überhaupt nicht«, erklärte er beklommen.

»Mario war vor vier Wochen bei der alljährlichen medizinischen Untersuchung – Kardiogramm, alles. Er war vollkommen in Ordnung.« Pietro spuckte auf den Boden. »Ärzte!«

»Warum mußte er auch unbedingt als Letzter fliegen«, sagte Gianni.

»Er ist der Boß und tut, was er will. Legen wir ihn auf eine Tragbahre und sehen wir zu, daß wir fortkommen.« Pietro war ernst. »Hier können wir nichts für ihn tun. Zum Teufel mit dem Dynamit, wir erledigen es später oder morgen.«

Sie packten Mario warm ein, hoben ihn vorsichtig hoch und trugen ihn aus dem Wohnwagen durch den Schnee zu dem wartenden Hubschrauber. Als sie den Landeplatz erreichten, stöhnte der Berg plötzlich. Sie blickten auf. Schnee und Eis begannen immer schneller herunterzukollern. Innerhalb von Sekunden war die Lawine unterwegs. Sie hatten keine Zeit zu laufen, nichts anderes zu tun, als abzuwarten. Das Dröhnen wurde lauter. Der Schnee ergoß sich über den Hang und riß den letzten Wohnwagen und einen der großen Stahltanks in den Abgrund. Dann kam er zum Stillstand.

»Mamma mia!« Gianni bekreuzigte sich. »Diesmal habe ich geglaubt, daß es uns an den Kragen geht.«

Auch Jean-Luc hatte sich bekreuzigt. Jetzt sah der Überhang noch drohender aus, Tausende Tonnen, die über der Anlage schwebten, ein Teil der Felsen lag bloß. Schnee rieselte ständig nach.

»Jean-Luc!« Das war Guineppa. Seine Augen waren offen. »Warte... nicht... jetzt Dynamit... du mußt.«

»Er hat recht«, bestätigte Pietro, »jetzt oder nie.«

»Bitte... mir geht es gut... Bitte, tu es gleich. Mir geht es gut.«

Sie rannten zum Hubschrauber. Die Tragbahre wurde auf den Vordersitzen festgeschnallt, die anderen Männer legten ihre Sicherheitsgurte an. Jean-Luc schob sich im Cockpit auf den linken Platz und setzte die Kopfhörer auf.

»Okay, Scot?«

»Großartig, alter Knabe. Wie geht es Guineppa?«

»Nicht gut.« Jean-Luc überprüfte die Instrumente. Alles schien in Ordnung zu sein, Treibstoff war auch genügend vorhanden. *»Merde!* Der Überhang muß jede Sekunde herunterkommen; gib auf die Luftwirbel acht, sie werden heftig sein. *Allons-y!«*

»Hier – ich habe sie für Pietro zurechtgemacht, während ich in Rosa gewartet habe.« Scot reichte Jean-Luc die Reserve-Kopfhörer, die jetzt mit den ihren verbunden waren.

»Ich gebe sie ihm, sobald wir in der Luft sind. Hier fühle ich mich nicht sicher. Starte.«

Scot gab sofort Gas, hob ab, flog ein bißchen zurück, wendete und lenkte den Helikopter über den Abgrund. Als er zu steigen begann, krabbelte Jean-Luc nach hinten in die Kabine. »Hier, setz sie auf, Pietro, dann bist du mit uns vorn verbunden.«

»Gut, sehr gut.« Pietro hatte sich neben die Tür gesetzt.
»Wenn es losgeht, dann nimm um Himmels willen Rücksicht auf mich und auf deine alte Mutter und fall nicht hinaus.«
Pietro lachte nervös. Jean-Luc sah nach Guineppa, der jetzt etwas ruhiger wirkte, ging anschließend wieder nach vorn und setzte die Kopfhörer auf.
»Hörst du mich, Pietro?«
»Si, amico.«
Der Helikopter schraubte sich langsam höher, immer näher an den Gipfel heran. Pietro zeigte den beiden Piloten die Stelle am Nordhang, wo das Dynamit den Überhang unterhöhlen und eine Lawine auslösen sollte, die den Bohrturm nicht berühren würde. »Es könnte klappen«, murmelte Scot.
Sie kreisten einmal, um sich zu vergewissern. »Wenn wir uns dreißig Meter über der vorgesehenen Stelle befinden, *amico*, gehst du in Schwebeflug. Ich zünde die Schnur an und werfe die Knallerbse hinaus, *buono?«* Pietros Stimme zitterte leicht.
»Vergiß nicht, vorher die Tür aufzumachen, alter Junge«, meinte Scot trocken. Die Antwort bestand aus einer Flut italienischer Schimpfworte, und Scot lächelte. Eine Minute später befanden sie sich an Ort und Stelle.
»Gut, *amico*, bleib so.«
Jean-Luc drehte sich um und beobachtete den Vorgang. Die anderen in der Kabine starrten Pietro fasziniert an. Während er eine Melodie aus »Aida« summte, nahm er die erste Sprengladung heraus und strich die Zündschnur glatt.
»Mein Gott, Pietro«, jammerte Gianni, »weißt du wirklich, was du tust?«
Pietro ballte die linke Faust. Die rechte Hand, in der er das Dynamit hielt, legte er auf den linken Bizeps und nickte bedeutungsvoll. »Haltet euch vorn bereit.« Er öffnete seinen Sicherheitsgurt, blickte durch das Fenster hinunter und nickte. »Gut, halte sie ruhig. Gianni, öffne die Tür einen Spalt. Den Rest besorge ich.«
Der Hubschrauber schwankte in den unregelmäßigen Luftströmungen, als Gianni seinen Sicherheitsgurt öffnete und zur Tür ging. »Beeil dich«, drängte er. Da er sich nicht gerade sicher fühlte, bat er den Mann neben ihm: »Halt mich an meinem Gürtel fest.«
»Öffne die Tür, Gianni.«
Gianni zog sie mühsam auf und hielt sie fest. Das Dröhnen der Luft erfüllte die Kabine. Die Maschine drehte sich. Wegen des zusätzlichen Sogs, der durch die offene Tür entstanden war, hatte Scot noch mehr Schwierigkeiten, sie zu steuern. Pietro hielt die Zündschnur in die Höhe und drückte auf das Feuerzeug. Es funktionierte nicht. Er drückte immer wieder, immer ungeduldiger.
»Komm schon, um Himmels willen.« Als das Feuerzeug endlich brannte, war Pietros Gesicht schweißüberströmt. Die Zündschnur fing an zu zischen. Er hielt sie mit einer Hand fest, beugte sich vor und warf die Ladung durch die Öffnung. Gianni schlug sofort die Tür zu und verriegelte sie. Dann begann er zu fluchen.

»Bombe abgeworfen! Verschwinden wir.« Pietros Zähne klapperten vor Kälte, als er sich wieder anschnallte. In Windeseile drehte der Hubschrauber ab. Pietro war so erleichtert, daß er laut auflachte. Dann begann er zu zählen: »... sechs... fünf... vier... drei... zwei... eins.« Nichts geschah. Er hörte auf zu lachen. »Hast du sie fallen gesehen, Jean-Luc?«
»Nein, wir haben nichts gesehen«, antwortete der Franzose resigniert, obwohl er das Manöver nicht unbedingt wiederholen wollte. »Vielleicht ist sie auf einen Felsen aufgeprallt, und die Zündschnur ist abgerissen worden.« Insgeheim dachte er jedoch: Der blöde italienische Schleimscheißer kann nicht einmal eine Zündschnur an ein paar Stangen Dynamit befestigen. »Wir versuchen es noch einmal, ja?«
»Warum nicht?« meinte Pietro zuversichtlich. »Der Zünder war in Ordnung. Daß er versagt hat, ist ein Werk des Teufels. Natürlich, im Schnee kommt so etwas öfter vor.«
Er fischte die zweite Ladung heraus und untersuchte sie genau. Der Draht, der die Stäbe zusammenhielt, saß stramm, und die Zündschnur war gut befestigt. »Da seht ihr, genauso in Ordnung wie die erste.« Er warf die Ladung von einer Hand in die andere und schlug sie kräftig auf seine Armlehne, um zu sehen, ob sich die Zündschnur lockerte.
»Mamma mia«, protestierte einer der Männer entsetzt. »Bist du verrückt?«
Pietro zuckte die Schultern und schaute aus dem Fenster. Der Gipfel kam näher. Er erkannte die Stelle genau. »Halt dich bereit, Gianni.« Dann ins Kehlkopfmikrophon: »Noch ein bißchen nach Osten, Signor Pilot. Halten Sie sie hier... ruhig halten... können Sie sie nicht ruhiger halten?« Er hielt das Feuerzeug an das Ende der Zündschnur. »Mach die verdammte Tür auf.«
Gianni öffnete verärgert seinen Sicherheitsgurt und gehorchte. Plötzlich drehte sich die Maschine. Er schrie auf, glitt aus, krachte mit seinem ganzen Gewicht gegen die Tür, drückte sie auf und wäre um ein Haar hinausgefallen. Aber sein Nachbar hielt ihn am Gürtel fest, und er blieb halb drinnen, halb draußen in der Schwebe, während der Wind an beiden zerrte. In dem Augenblick, als Gianni die Tür öffnete, hatte Pietro das Feuerzeug betätigt und die Zündschnur in Brand gesetzt, wurde aber von Giannis Aufschrei abgelenkt. Instinktiv griff er ebenfalls nach Gianni und ließ dabei das Dynamit fallen. Entsetzt sahen ihm die anderen zu, wie er über den Fußboden kroch und nach der Sprengladung tastete, die hin und her rutschte – während die Zündschnur fröhlich weiterbrannte. Gianni hatte inzwischen den Türpfosten gepackt und versuchte langsam und vorsichtig, wieder in die Kabine zu gelangen.
Pietros Finger berührten die Dynamitstäbe. Die Zündschnur sprühte auf seine Haut, aber er spürte den Schmerz nicht. Er packte die Ladung mit eisernem Griff, drehte sich auf dem Boden um, hielt sich an einem Stuhl fest und warf das Dynamit und den Rest der Zündschnur an Gianni vorbei hinaus. Dann packte er ein Bein seines Freundes und zog ihn ganz herein. Der andere Mann schlug die Tür zu, und Pietro und Gianni blieben wortlos und erschöpft auf dem Boden liegen.

»Bring uns fort, Scot«, sagte Jean-Luc schwach.
Der Hubschrauber ging in die Kurve und flog vom Nordhang weg. Einen Augenblick lang rührte sich nichts. Dann erfolgte die Explosion. Im Hubschrauber konnte man weder etwas spüren noch hören, aber sie sahen, wie der Schnee in die Höhe stob und wieder herunterfiel. Die ganze Nordflanke geriet nun mit lautem Dröhnen in Bewegung, die Lawine brauste ins Tal und hinterließ auf dem Berghang eine Spur der Verwüstung, die einen halben Kilometer breit war.
Der Helikopter wendete. »Mein Gott, sieh mal.« Scot zeigte mit dem Finger nach vorn. Der Überhang war verschwunden. Oberhalb von Bellissima befand sich nur mehr ein sanft geneigter Hang. Die Bohrstelle war unberührt.
»Pietro!« rief Jean-Luc aufgeregt. »Du hast...« Er verstummte. Pietro und Gianni saßen noch immer auf dem Fußboden und versuchten, sich zu beruhigen. »Sie können es aus ihren Fenstern nicht sehen. Flieg näher ran, Scot, und wende die Maschine.«
Aufgeregt kletterte Jean-Luc in die Kabine, klopfte Pietro unentwegt auf die Schulter und gratulierte ihm. Die anderen Männer starrten ihn verständnislos an. Erst als sie begriffen, was er sagte, schauten sie aus den Fenstern. Der Anblick löste lautes Jubelgeschrei aus.
Jean-Luc beugte sich über die Tragbahre und rüttelte Guineppa sanft. »Mario! Pietro hat es geschafft, Bellissima ist in Sicherheit.«
Guineppa antwortete nicht. Er war bereits tot.

Dienstag
13. Februar 1979

21

Am Nordhang des Sabalan: 22 Uhr. Die Nacht war bitterkalt unter einem wolkenlosen Himmel, die Sterne funkelten, der Mond schien hell. Unterhalb eines Gipfels folgten Hauptmann Ross und seine beiden Gurkhas vorsichtig dem Führer und dem CIA-Mann. Die Soldaten trugen warme Unterwäsche, über der Felduniform weiße Schnee-Tarnanzüge mit Kapuzen und noch dazu Handschuhe, aber die Kälte setzte ihnen dennoch zu. Sie befanden sich in etwa 2600 Meter Höhe, auf der dem Wind abgekehrten Seite des Berges, eine halbe Meile von ihrem Ziel auf dem jenseitigen Hang entfernt.
»Wir legen eine Ruhepause ein, Meschgi«, sagte der CIA-Mann auf Türkisch zu dem Führer. Beide trugen die grobe Kleidung der Einheimischen.
»Wenn du es wünschst, Agha, dann sei es so.« Meschgi führte sie vom Weg fort durch den Schnee zu einer kleinen Höhle, die keiner von ihnen bemerkt hatte. Er trug zerlumpte Kleider, war behaart und mager, alt und knorrig wie ein Olivenbaum, und trotzdem nach zwei anstrengenden Tagen noch der frischeste von allen.
»Gut«, meinte der CIA-Mann. Dann wandte er sich an Ross: »Verkriechen wir uns hier, bis wir soweit sind.«
Ross nahm den Karabiner ab, setzte sich und stützte dankbar seinen Rucksack auf. Seine Waden, Schenkel und der Rücken schmerzten. »Mir tut alles weh«, stellte er angewidert fest, »und dabei bin ich angeblich in Form.«
»Sie sind in Form, Sahib«, widersprach Tenzing, der Gurkha-Sergeant auf Nepalesisch. »Bei unserm nächsten Urlaub besteigen wir den Everest, okay?«
»Nie im Leben«, antwortete Ross auf Englisch, und die drei Soldaten lachten.
»Es muß schon ein besonderes Gefühl sein, wenn man auf diesem Gipfel steht«, meinte der CIA-Mann nachdenklich.
Ross sah ihn an. Er hatte ihn vor zwei Tagen am vereinbarten Treffpunkt bei Bandar-e Pahlavi kennengelernt. Zum Glück war er auf einen Mann mit fremdländischem Aussehen gefaßt gewesen, denn der CIA-Mann hatte dunkle Haare, gelbliche Haut und die Augen eines Asiaten. Gekleidet war er wie ein Nomade.
»Ihr CIA-Kontaktmann ist Vien Rosemont, er ist halb Vietnamese, halb Amerikaner«, hatte der CIA-Oberst bei der Einsatzbesprechung gesagt. »Er ist 26, lebt seit einem Jahr in der Gegend und spricht Persisch und Türkisch. Sein Vater war bei der CIA. Sie können ihm blindlings vertrauen.«
»Mir bleibt ohnehin nichts anderes übrig, Sir, nicht wahr?«
»Ja, ja, natürlich. Sie treffen ihn also südlich von Bandar-e Pahlavi. Das Boot organisiert er. Sie halten sich in der Nähe der Küste, bis Sie die sowjetische Grenze erreicht haben. Dann marschieren Sie landeinwärts.«

»Ist er der Führer?«
»Nein. Er weiß nur über Mekka – das ist unser Codename für die Radaranlage – Bescheid. Der Führer ist sein Problem, aber er wird es schaffen. Wenn er nicht kommt wie verabredet, warten Sie bis zum Morgengrauen. Wenn er dann noch nicht da ist, ist er hoppgegangen, und Sie brechen die Aktion ab. Okay?«
»Ja. Was ist an den Gerüchten von einem Aufstand in Aserbeidschan dran?«
»Soviel wir wissen, wird in der Gegend von Täbris und im Westen gekämpft, aber nicht bei Ardabil. Rosemont sollte mehr darüber wissen. Wir wissen nur, daß... äh, daß die Sowjets bereit sind einzumarschieren, sobald die Aserbeidschaner Bachtiars Anhänger hinauswerfen.«
»Und was ist, wenn dieser Pilot, Charles Pettikin, uns nicht mitnehmen will?«
»Bringen Sie ihn dazu. Irgendwie. Diese Aktion wird von höchster Stelle gebilligt, aber wir können nichts Schriftliches aus der Hand geben. Richtig, Bob?«
Der dritte Mann, der bei der Einsatzbesprechung anwesend war, ein gewisser Robert Armstrong, den Ross noch nie zu Gesicht bekommen hatte, nickte. »Ja.«
»Und sind die Iraner damit einverstanden?«
»Es geht um... äh, um nationale Sicherheit – Ihre und unsere. Auch um die der Iraner, aber die... äh, die sind jetzt beschäftigt. Bachtiar ist, nun ja, vielleicht wird er sich nicht halten können.«
»Eine letzte Frage: Warum schicken Sie nicht Ihre eigenen Leute?«
Robert Armstrong hatte für den Oberst geantwortet: »Sie sind alle im Einsatz, wir können nicht rasch genug neue Leute herbringen. Außerdem sind Sie ausgezeichnet ausgebildet.«
Das stimmt allerdings, dachte Ross und rieb sich die schmerzenden Schultern. Wir können einfach alles, und ich habe sogar meine geliebten Gurkhas mit. Er grinste sie an und machte eine obszöne Bemerkung auf Nepalesisch, so daß sich die beiden vor lautlosem Lachen schüttelten. Vien Rosemont und der Führer sahen ihn fragend an. »Entschuldigen Sie, Exzellenzen«, sagte er auf Persisch, »ich habe gerade meine Brüder ermahnt, sich gut zu benehmen.«
Meschgi antwortete nicht, sondern wandte seine Aufmerksamkeit wieder der Nacht zu.
Rosemont hatte die Stiefel ausgezogen und rieb sich die kalten Füße. »Die britischen Offiziere, die ich kennengelernt habe, standen mit ihren Soldaten nicht auf so freundschaftlichem Fuß wie Sie.«
»Vielleicht habe ich mehr Glück als die anderen.« Ross beobachtete aus den Augenwinkeln den Führer, der aufgestanden war und jetzt lauschend am Eingang zur Höhle stand. Während der letzten Stunden war der Alte immer unruhiger geworden. Wie weit kann ich ihm trauen? dachte Ross. Er sah zu Gueng hinüber. Der kleine Mann begriff sofort und nickte unmerklich.
»Der Captain ist einer von uns, Sir«, erklärte Tenzing Rosemont stolz. »Wie sein Vater und sein Großvater. Sie waren beide Scheng'khan.«
»Was ist das?«

»Das ist ein Titel bei den Gurkhas.« Ross ließ sich nicht anmerken, daß er stolz darauf war. »Er bedeutet ›Herr der Berge‹. Außerhalb des Regiments kennt ihn kaum jemand.«

»Drei Generationen bei der gleichen Einheit. Ist das üblich?«

Natürlich ist es nicht üblich, hätte Ross am liebsten geantwortet. Persönliche Fragen mochte er nicht, obwohl ihm Rosemont selbst sympathisch war. Rosemont wartete geduldig, da er erkannte, daß Ross zerstreut war. Dann bemerkte auch er, wie der Führer die Höhle verließ, kurz zögerte, zurück kam, sich an den Höhleneingang lehnte und das Gewehr über die Knie legte.

»Was ist los, Meschgi?« fragte Rosemont.

»Nichts, Agha. Im Tal sind Ziegen- und Schafherden.«

»Gut.« Rosemont lehnte sich beruhigt zurück. Nach einer Pause fügte er hinzu: »Es tut gut, zu einem Team zu gehören.«

»Was sieht der Plan als nächstes vor?« fragte Ross.

»Wenn wir den Eingang zur Höhle erreichen, übernehme ich die Führung. Sie und Ihre Jungs bleiben zurück, bis ich mich vergewissert habe, okay?«

»Wie Sie wollen, aber nehmen Sie Sergeant Tenzing mit. Er kann Ihnen Rückendeckung geben. Gueng und ich decken Sie beide.«

Nach einer Pause nickte Rosemont. »Klingt gut. In Ordnung, Sergeant?«

»Ja, Sahib. Bitte sagen Sie mir mit einfachen Worten, was Sie wollen. Mein Englisch ist nicht gut.«

»Es ist ausgezeichnet«, widersprach Rosemont, der seine Nervosität zu verbergen suchte. Er wußte, daß Ross ihn ebenso abschätzte wie er ihn – zuviel stand auf dem Spiel.

»Sie sprengen Mekka einfach in die Luft«, hatte ihm sein Direktor erklärt. »Ein Spezialteam wird Ihnen dabei helfen. Wir wissen nicht, wie gut sie sind, aber sie sind das Beste, was wir bekommen konnten. Ihr Führer ist ein Captain Ross; hier ist sein Foto. Er bringt zwei Gurkhas mit. Soviel wir wissen, steht Mekka leer. Unsere anderen Anlagen in der Nähe der Türkei sind noch in Betrieb. Wir wollen so lange bleiben wie möglich. Inzwischen werden die hohen Tiere ein Abkommen mit den neuen Machthabern treffen – mit Bachtiar oder Khomeini. Aber Mekka – diese verdammten Schweine haben uns wirklich gefährdet.«

»Wieso?«

»Wir nehmen an, daß sie in aller Eile abgehauen sind und nichts zerstört haben. In Mekka befinden sich so viele streng geheime Geräte und Codes, daß unser unfreundlicher KGB-Chef Andropow zum Mann des Jahres gewählt werden würde, wenn sie ihm in die Hände fallen. Können Sie sich so was vorstellen: Diese Idioten sind einfach verduftet!«

»Verrat?«

»Das bezweifle ich. Einfach Dummheit – auf dem Sabalan hat es nicht einmal einen Plan für den Notfall gegeben. Na ja, von uns konnte ja auch keiner glauben, daß der Schah sich so bald verdrücken, geschweige denn Khomeini Bachtiar so schnell abservieren würde. Niemand hat uns gewarnt – nicht einmal die SAVAK.«

Und jetzt müssen wir die Scherben wegkehren, dachte Rosemont. Oder, genauer gesagt, in die Luft sprengen. Er blickte auf die Uhr, da er schon ziemlich müde war. Dann schätzte er das Mondlicht ab. Besser, sie warteten noch eine halbe Stunde. Seine Beine und sein Kopf schmerzten. Ross beobachtete ihn, und Rosemont lächelte in sich hinein: Ich halte schon durch, Kumpel. Aber wie steht es mit dir?
»In einer Stunde machen wir uns wieder auf den Weg«, sagte er laut.
»Warum warten wir überhaupt?«
»Der Mond steht dann für uns günstiger. Wir befinden uns hier in Sicherheit und haben Zeit. Wissen Sie, was wir zu tun haben?«
»Wir verminen alles, was Sie uns angeben, sprengen die Geräte und den Höhleneingang gleichzeitig und laufen dann wie die Verrückten direkt nach Hause.«
Rosemont mußte grinsen und fühlte sich etwas besser. »Wo sind Sie denn zu Hause?«
»Das weiß ich eigentlich nicht«, antwortete Ross überrascht. Darüber hatte er nie nachgedacht. Dann fügte er mehr zu sich selbst als zum Amerikaner hinzu: »Vielleicht Schottland – vielleicht Nepal. Meine Eltern leben in Katmandu. Sie sind genauso Schotten wie ich, aber seit 1951, als Vater in den Ruhestand trat, verbringen sie die meiste Zeit dort. Ich bin sogar dort zur Welt gekommen, obwohl ich in Schottland zur Schule ging. Und wie steht es mit Ihnen?«
»Washington, D. C., genauer Falls Church, Virginia, das beinahe zu Washington gehört. Dort bin ich zur Welt gekommen. Mein Vater war bei der CIA. Er ist inzwischen gestorben, aber in seinen letzten Lebensjahren hat er in Langley gearbeitet. Das liegt in der Nähe. Im Hauptquartier der CIA in Langley. Meine Mutter lebt noch in Falls Church, ich habe sie seit Jahren nicht mehr gesehen. Sind Sie jemals in den Staaten gewesen?«
»Nein, noch nicht.« Der Wind hatte aufgefrischt, und sie lauschten ihm eine Weile schweigend.
»Er wird sich nach Mitternacht legen«, behauptete Rosemont zuversichtlich. Der Führer wechselte wieder seinen Sitzplatz. Ross fragte sich, ob er ihnen wirklich eine Hilfe war. »Sie haben schon mit dem Führer gearbeitet?«
»Klar. Vergangenes Jahr bin ich mit ihm durch diese Berge gewandert. Ich war einen Monat hier. Routine. Ein großer Teil der Opposition infiltriert dieses Gebiet, und wir bemühen uns, über sie auf dem laufenden zu bleiben – wie sie über uns.« Rosemont beobachtete den Führer. »Meschgi ist in Ordnung. Die Kurden mögen weder die Iraner noch die Iraker, noch unsere Freunde jenseits der Grenze. Aber ich verstehe Ihre Frage.«
Ross wechselte jetzt ins Nepalesische: »Tenzing, beobachte alles, auch den Pfadfinder. Du kannst später essen.« Tenzing streifte sofort seinen Rucksack ab und verschwand in der Nacht. »Ich habe ihn auf Wache geschickt.«
»Gut.« Rosemont hatte sie beim Anstieg beobachtet und die Art, wie sie als Team zusammenarbeiteten, hatte ihn tief beeindruckt. Sie gingen immer abwechselnd vor, einer von ihnen deckte die Flanke, sie wußten stets, was sie

zu tun hatten, es gab keine Befehle. Die Gewehre waren immer entsichert.
»Ist das nicht ein bißchen gefährlich?« hatte er gefragt.
»Nur wenn man nicht weiß, was man tut, Mr. Rosemont«, hatte der Brite ohne den geringsten Anflug von Arroganz geantwortet. »Aber wenn sich hinter jedem Baum, jeder Ecke, jedem Felsen ein Feind versteckt halten kann, ist unter Umständen der Unterschied zwischen ent- und gesichert gleichbedeutend mit töten oder getötet werden.«
Dann hatte er harmlos hinzugefügt: »Wir werden alles tun, was in unserer Macht steht, um Sie zu unterstützen und Sie anschließend herauszubringen.«
Rosemont fragte sich wieder einmal, ob sie überhaupt hineingelangen, geschweige denn herauskommen würden.
Mekka war vor fast einer Woche aufgegeben worden. Niemand wußte, was sie dort erwartete. Es konnte unversehrt, bereits geplündert oder sogar besetzt sein. »Sie wissen ja, daß die gesamte Operation verrückt ist.«
»Es steht uns nicht zu, über das Warum nachzudenken.«
»Es steht uns nur zu, es zu tun oder zu sterben? Das halte ich für Scheiße!«
»Falls es Ihnen hilft – ich halte es ebenfalls für Scheiße.«
Damals hatten sie zum ersten Mal miteinander gelacht, und Rosemont hatte sich viel besser gefühlt. »Hören Sie, ich habe es noch nicht erwähnt, aber ich bin froh, daß ich Sie bei mir habe.«
»Wir sind froh, daß wir hier sind.« Ross verbarg seine Verlegenheit über das offene Kompliment. »Agha«, rief Ross auf Persisch dem Führer zu, »bitte essen Sie mit uns.«
»Danke, Agha, aber ich bin nicht hungrig«, erwiderte der Alte, ohne sich vom Eingang der Höhle wegzurühren.
Rosemont zog seine Stiefel wieder an. »Sie haben viele Sondereinheiten im Iran?«
»Nein. Ein halbes Dutzend. Wir bilden die Iraner aus. Glauben Sie, daß Bachtiar es schaffen wird?« Er öffnete seinen Rucksack und verteilte Dosen mit Pökelfleisch.
»Nein. In den Hügeln heißt es, daß er innerhalb einer Woche aus dem Spiel sein wird, vermutlich erschossen.«
Ross pfiff. »So schlimm steht es?«
»Schlimmer. Aserbeidschan soll innerhalb eines Jahres ein sowjetisches Protektorat sein.«
»Verdammt!«
»Stimmt. Aber man kann nie wissen«, Rosemont lächelte, »und das macht das Leben so interessant.«
Ross hielt ihm einen Flachmann hin. »Der beste Fusel, den es im Iran zu kaufen gibt.«
Rosemont verzog das Gesicht und nahm vorsichtig einen Schluck. »Das ist ja echter Scotch!« rief er erfreut aus.
Schon wollte er zu einem kräftigeren Zug ansetzen, aber Ross war darauf gefaßt und holte sich die Flasche zurück. »Nur mit der Ruhe – das ist alles, was wir haben, Agha.«

Rosemont grinste und aß hastig weiter. »Sind Sie jemals in Vietnam gewesen?« erkundigte er sich.
»Nein, nie. Wir wollten einmal dorthin, als mein Vater und ich nach Hongkong unterwegs waren, aber man schickte uns über Bangkok statt über Saigon. Ich war damals sieben oder acht Jahre alt. Mein Vater hat entfernte Verwandte in Hongkong, Dunross heißen sie, und es fand eine Art Treffen des Clans statt.«
»Mein Vater war 1963 in Hongkong«, erzählte Rosemont stolz. »Er war stellvertretender Leiter des CIA-Büros. Sie wissen, daß ich halber Vietnamese bin?«
»Ja, man hat es mir erzählt.«
»Was hat man Ihnen noch erzählt?«
»Daß ich Ihnen mein Leben anvertrauen kann.«
Rosemont lächelte gequält. »Hoffentlich stimmt das auch.« Er begann nachdenklich, den Mechanismus seiner M 16 zu überprüfen. »Ich wollte immer einmal nach Vietnam. Mein Vater war Vietnamese, ein Pflanzer, aber er wurde getötet, bevor ich auf die Welt kam. Meine Mutter ist eine typische Amerikanerin, und als sie wieder heiratete, suchte sie sich den besten von allen aus. Mein wirklicher Vater könnte mich nicht mehr lieben als er.«
Gueng legte unvermittelt den Karabiner an. »Sahib!« Ross und Rosemont griffen schon nach ihren Waffen, als ein schriller Pfiff ertönte. Ross und Gueng entspannten sich. »Das ist Tenzing.«
Der Sergeant tauchte genauso lautlos aus der Nacht auf wie er gegangen war. Aber jetzt war sein Gesicht ernst. »Sahib, viele Lastwagen auf Straße unten im Tal. Ich hab elf gezählt, im Konvoi.«
Rosemont fluchte. »Die Straße führt nach Mekka. Wie weit sind sie?«
Der kleine Mann hob die Schultern. »Unten im Tal. Ich bin auf die andere Seite des Kamms gegangen, und dort ist ein Felsvorsprung. Die Straße im Tal ist gewunden, dann schlängelt sie sich bergauf. Wenn der Schwanz der Schlange im Tal ist und der Kopf dort, wo die Straße aufhört, dann sind vier Lastwagen schon weit am Schwanz vorbei.«
Rosemont fluchte wieder. »Bestenfalls eine Stunde. Wir...« In diesem Augenblick war ein Geräusch zu vernehmen, und die Aufmerksamkeit aller wandte sich dem Eingang der Höhle zu. Sie sahen gerade noch, wie der Führer davonrannte, und Gueng hinterher.
»Verdammt!«
»Er verläßt das Schiff, aus welchem Grund auch immer«, stellte Ross fest. »Vergessen Sie ihn. Genügt uns eine Stunde?«
»Klar. Reichlich.« Sie nahmen ihre Rucksäcke auf, und Rosemont machte sein leichtes Maschinengewehr schußbereit. »Was ist mit Gueng?«
»Er wird uns einholen.«
»Wir marschieren direkt hin. Ich gehe als erster. Wenn ich Schwierigkeiten bekomme, hauen Sie ab. Okay?«
Die Kälte verschlug ihnen beinahe den Atem. Unter Rosemonts Führung kamen sie jedoch gut auf dem gewundenen, schneebedeckten Pfad voran.

Rasch erreichten sie den Kamm und stiegen auf der anderen Seite hinunter. Vor ihnen lag der Eingang zur Höhle, in den die Straße mündete. Der Schnee war von zahlreichen Reifenspuren aufgewühlt.
»Sie könnten von unseren eigenen Lastwagen stammen.« Rosemont unterdrückte seine Besorgnis. »Es hat seit Wochen nicht mehr geschneit.« Er bedeutete den anderen zu warten und ging weiter, betrat dann die Straße und lief zum Eingang. Tenzing folgte ihm. Obwohl er jede Deckung nutzte, kam er genauso schnell voran.
Nachdem Rosemont und Tenzing in der Dunkelheit verschwunden waren, bekam Ross noch mehr Angst. Er konnte die Straße nicht weit einsehen, weil sie steil bergab führte. Plötzlich meldete sich sein sechster Sinn, und er zog sein *kookri*, aber es war nur Gueng, der sich schwer atmend über ihn beugte.
»Nicht schnell genug, Sahib«, flüsterte er, »ich hätte Sie längst erledigen können.« Er hob strahlend den abgetrennten Kopf hoch. »Ich bringe Ihnen ein Geschenk.«
Es war der erste Schädel, den Ross sah. Die Augen standen offen. Das Gesicht des Alten war noch verzerrt vor Entsetzen. Gueng hat ihn getötet, aber ich habe ihm den Befehl dazu erteilt, dachte er angewidert.
»Ist etwas nicht in Ordnung, Sahib?« fragte Gueng verständnislos.
»Nein. Leg den Kopf hin.«
Gueng warf ihn weg. Der Kopf rollte ein Stück hinunter und blieb dann liegen. »Ich habe ihn durchsucht, Sahib, und das da gefunden.« Er überreichte Ross das Amulett. »Er hat es um den Hals getragen, und das da« – er reichte ihm einen kleinen Lederbeutel – »zwischen den Beinen.«
Das Amulett war nur ein billiger blauer Stein, der gegen den bösen Blick schützen sollte. Im Beutel befand sich eine mit Plastik überzogene kleine Karte. Als Ross sie näher betrachtete, setzte sein Herz kurz aus. In diesem Augenblick ertönte wieder ein Pfiff. Sie griffen sofort nach ihren Gewehren und liefen zum Eingang der Höhle. Drinnen war die Dunkelheit tiefer, doch als sich ihre Augen an sie gewöhnt hatten, nahmen sie einen Lichtschein wahr. Es war eine teilweise abgedeckte Taschenlampe.
»Hier herüber, Captain.« Rosemont sprach leise, und dennoch hallte seine Stimme wider. »Hierher.« Er führte sie tiefer in die Höhle hinein, und als er sicher war, daß niemand das Licht von außen bemerken konnte, leuchtete er die Felswände und die Umgebung ab, um sich zu orientieren. »Sie können jetzt Ihre Taschenlampe verwenden.« Die Höhle war eine riesige Felsenkuppel, in die unzählige Tunnels und Korridore einmündeten. Als Rosemont den Tunnel fand, den er suchte, leuchtete er hinein. An seinem Ende erblickte er eine halb offenstehende, dicke Stahltür. »Sie sollte versperrt sein«, flüsterte er. »Ich weiß nicht, warum sie offensteht, aber wir müssen dort hinein.«
Ross winkte Tenzing. Der Sergeant zog sein *kookri* und verschwand durch die Tür. Automatisch legten Ross und Gueng die Gewehre an. Auf wen? fragte sich Ross hilflos. In jedem Tunnel konnten fünfzig Mann versteckt sein.
Die Sekunden dehnten sich. Dann ertönte wieder der Pfiff. Ross stürmte als erster durch die Tür, gefolgt von Gueng und dann Rosemont. Rosemont zog

die Tür hinter sich zu und schaltete das Licht ein. Die plötzliche Helligkeit schmerzte fast in den Augen.
»Halleluja!« Rosemont machte kein Hehl aus seiner Erleichterung. »Die Bosse meinten, wenn die Generatoren noch arbeiten, dann haben wir leichtes Spiel. Die Tür ist nicht lichtdurchlässig.« Er schob die schweren Riegel vor und hängte sich die Taschenlampe an den Gürtel.
Sie befanden sich jetzt in einer viel kleineren Höhle, die wohnlicher gestaltet war und wie das Vorzimmer eines Büros wirkte, mit Schreibtischen, Telefonen und überall herumliegenden Papieren. »Die Kerle haben es wirklich eilig gehabt zu verschwinden«, stellte Rosemont fest. Er hastete durch einen anderen Tunnel in eine weitere Höhle, in der wieder Schreibtische, ein paar Radarschirme und etliche graue und grüne Telefone standen.
»Die grauen sind für interne Gespräche bestimmt, die grünen sind mit dem Turm und den Masten auf dem Kamm verbunden. Von dort aus geht es via Satellit nach Teheran, zu unserem zentralen Schaltbrett in der Botschaft und zu verschiedenen streng geheimen Stellen. Alle haben eingebaute Zerhakker.« Er hob einen Hörer ab. Die Leitung war tot. »Vielleicht wußten die Nachrichten-Jungs doch, was sie zu tun haben.« Am anderen Ende der Höhle öffnete sich neuerlich ein Tunnel. »Der führt zum Generatorenraum hinunter, in dem alles untergebracht ist, was wir in die Luft jagen müssen.«
»Gibt es einen zweiten Weg, der hinaus führt?« fragte Ross. Das Gefühl, eingesperrt zu sein, wurde immer stärker.
»Klar, oben, wo wir jetzt hingehen.«
Rohe Stiegen führten durch die Decke der Höhle. Rosemont begann hinaufzusteigen. Auf dem Treppenabsatz befand sich eine Tür: »Streng geheimes Gebiet – Zutritt nur mit Sondergenehmigung.« Auch sie stand offen. »Scheiße«, murmelte er. In der Höhle standen Dutzende von Computern und Radarschirmen, reihenweise elektronische Geräte, Schreibtische, Stühle, graue und grüne Telefone sowie zwei rote auf dem Schreibtisch in der Mitte.
»Wozu braucht man die?«
»Die direkte Verbindung mit Langley über den Militärsatelliten.« Rosemont hob einen Hörer ab. Tot. Das zweite auch. Er zog ein Stück Papier aus der Tasche und las nach. Dann ging er zu einer Reihe von Schaltern und legte ein paar um. Leises Summen ertönte, die Computer wurden warm und begannen zu ticken, drei Radarschirme erwachten zum Leben. »Saukerle. Wie kann man das alles zurücklassen?« Er zeigte auf die vier Computer in den Ecken. »Sprengen Sie die, sie sind der Kern des ganzen.«
»Gueng!«
»Ja, Sahib.« Der Gurkha nahm seinen Rucksack ab und holte den Plastiksprengstoff und die Zeitzünder heraus. Inzwischen starrte Ross fasziniert auf die Schirme. Er erblickte den größten Teil des Kaukasus, das Kaspische Meer und im Osten sogar einen Teil des Schwarzen Meeres. »Eine ganz schöne Übersicht.«
Rosemont legte einen weiteren Schalter um.

Einen Augenblick lang stand Ross wie versteinert da, dann riß er sich von dem Bild los. »Jetzt verstehe ich, warum wir hier sind.«
»Das ist nur ein Teil.«
»Dann sollten wir uns lieber an die Arbeit machen. Was ist mit dem Eingang zur Höhle?«
»Wir haben keine Zeit mehr für gründliche Arbeit. Dort steht auch nur die übliche Einrichtung. Wir werden die Tunnels hinter uns sprengen und den Fluchtweg benützen.«
»Wo ist der?«
Der Amerikaner ging zu einer versperrten Tür und zog einen Schlüsselbund heraus. Als er endlich den richtigen Schlüssel fand, ging die Tür auf. Dahinter führte eine Wendeltreppe steil nach oben. »Sie mündet auf dem Berghang.«
»Tenzing, sieh nach, ob der Weg frei ist.« Tenzing nahm zwei Stufen auf einmal. »Was kommt als nächstes?«
»Der Chiffrierraum und die Safes, anschließend die Fernmeldeanlagen. Zum Schluß der Generatorenraum, okay?«
»Ja. Aber vorher sollten Sie sich das einmal ansehen.« Er zog die kleine Karte heraus. »Gueng hat unseren Führer eingeholt. Er hatte das da bei sich.«
Rosemont wurde blaß. Auf der Karte befanden sich ein Fingerabdruck, ein paar Worte in kyrillischer Schrift und eine Unterschrift. »Ein kommunistischer Ausweis!« Vor Verblüffung schrie er es fast.
»Das habe ich mir gedacht. Was steht genau darauf?«
»Ich kann es auch nicht lesen, aber ich könnte wetten, daß es sich um eine Art Geleitbrief handelt.« Ihm wurde schlecht, als er sich an die Tage und Nächte erinnerte, die er in Gesellschaft des Alten verbracht hatte, und benommen schüttelte er den Kopf. »Meschgi war seit Jahren bei uns – er hat zur Bande von Ali bin Hassan Karakose gehört, einem unserer verläßlichsten Verbündeten in den Bergen. Womöglich hat er ihn verraten. – Es paßt einfach nicht zusammen.«
»Es paßt insofern, als wir absichtlich in die Falle gelockt wurden, eine leichte Beute«, antwortete Ross. »Vielleicht gehört der Konvoi mit den Truppen zu dem Plan. Wir sollten uns lieber beeilen.«
Rosemont nickte und unterdrückte die Angst, die ihn erfaßt hatte. »Ja, Sie haben recht.« Er gelangte durch einen kleinen Durchlaß zu einer weiteren Tür. Sie war versperrt. Während Rosemont den Schlüssel suchte, sagte er: »Ich muß mich bei Ihnen und Ihren Männern entschuldigen. Ich weiß nicht, wieso dieses Schwein die Sicherheitsüberprüfung geschafft hat, aber Sie haben vermutlich recht. Wir sind hereingelegt worden. Es tut mir leid – aber das hilft uns jetzt auch nichts.«
»Es hilft.« Ross' Grinsen verjagte die Angst. »Okay?«
»Okay. Danke. Gueng hat ihn erledigt?«
»Na ja, er hat mir seinen Kopf gebracht«, antwortete Ross trocken. »Für gewöhnlich bringen sie nur die Ohren mit.«
Der Schlüssel glitt ins Schloß, und die Tür ging auf. Im Chiffrierraum

herrschte pedantische Ordnung. Fernschreiber, Teleprinter, Kopiermaschinen, ein Decodiergerät und ein halbes Dutzend Handbücher.
Rosemont griff nach ihnen. »Du meine Güte!« Es handelte sich ausschließlich um Codebücher. »Wenigstens ist der Hauptcode im Tresor eingeschlossen.« Er trat zu dem in die Mauer eingelassenen modernen Safe mit dem elektronischen Neun-Ziffern-Schloß, las die Kombination von seinem Papier ab und berührte die Zahlen. Aber nichts rührte sich. »Vielleicht habe ich eine Zahl ausgelassen. Lesen Sie sie mir bitte vor, ja?«
»Klar.« Ross begann die lange Zahlenreihe vorzulesen. Hinter ihnen betrat Tenzing geräuschlos den Raum. Keiner der beiden hörte ihn. »...125, 721...« Doch plötzlich spürten beide gleichzeitig seine Anwesenheit und fuhren entsetzt herum.
Tenzing verbarg seine Freude über diese Reaktion und verschloß die Ohren vor den Flüchen. In den letzten Wochen ist es immer schwieriger geworden, den Sahib zu überraschen, dachte er glücklich, aber heute abend haben Gueng und ich es geschafft.
»Die Treppe hat 75 Stufen und führt zu einer Eisentür«, berichtete Tenzing. »Die Tür ist verrostet, aber ich habe sie aufbekommen. Hinter ihr befindet sich eine Höhle und dahinter die Nacht – ein guter Fluchtweg, Sahib. Nicht gut ist, daß ich von dort aus den Konvoi gesehen habe. Vielleicht noch eine halbe Stunde Zeit.«
»Geh zur ersten Tür zurück, Tenzing, zu der, die wir versperrt haben. Vermine den Tunnel auf dieser Seite der Tür. Stell den Zeitzünder auf 20 Minuten ein. Sag Gueng, er soll seinen Zünder auf die gleiche Zeit einstellen.«
»Ja, Sahib.«
Ross drehte sich um und bemerkte den Schweiß auf Rosemonts Stirn. »Okay?«
»Klar. Wir waren bei 103.«
»Die letzten beiden Zahlen sind 66 und 31.« Der Amerikaner berührte die Zahlen, und das grüne Licht begann zu blinken. Rosemont griff nach dem Hebel. »Einen Augenblick.« Ross wischte sich den Schweiß vom Kinn. »Halten Sie es für möglich, daß er mit einer Sprengladung verbunden ist?«
Rosemont starrte zuerst ihn, dann den Safe an. »Das ist natürlich möglich.«
»Dann sprengen wir das Mistvieh einfach und gehen das Risiko erst gar nicht ein.«
»Ich muß nachsehen, ob der Mekka-Hauptcode drinnen ist oder nicht. Der und das Decodiergerät haben Vorrang. Kehren Sie in den anderen Raum zurück, gehen Sie mit Gueng in Deckung und rufen Sie, wenn Sie soweit sind. Diesmal bin ich an der Reihe.«
Ross zögerte, dann nickte er und griff nach den Rucksäcken mit Sprengstoff und Zündern. »Wo liegt der Fernmelderaum?«
»Daneben.«
»Ist der Generatorenraum wichtig?«
»Nein, nur dieser Raum hier, der Decodierer und die vier Computer im anderen Raum.« Rosemont sah Ross nach. Dann wandte er sich wieder dem

Hebel zu. Das Atmen fiel ihm schwer. Dieser Hundesohn Meschgi! »Sind Sie soweit?« rief er ungeduldig.
»Warten Sie.« Ross stand bereits wieder neben ihm und hielt ein langes, dünnes Kletterseil aus Nylon in der Hand. Er band es rasch an den Hebel. »Drehen Sie den Hebel, wenn ich es sage, aber öffnen Sie die Tür nicht. Wir reißen sie von drüben auf.« Ross lief hinaus. »Jetzt.« Rosemont holte tief Luft und drehte den Hebel, dann lief er in die andere Höhle. Ross bedeutete ihm, sich an die Wand zu drücken. »Ich habe Gueng zu Tenzing geschickt, damit er ihn warnt. Fertig?«
»Ja.«
Ross zog scharf am Seil. Es blieb gespannt. Er zog noch stärker, und es gab 30 Zentimeter nach. Stille. Nichts. Beide Männer schwitzten. »Na also.« Ross stand sehr erleichtert auf. »Lieber sicher als tot.«
Die Explosion übertönte seine Worte. Eine Wolke von Staub und Metallteilchen wehte durch den Durchgang in ihre Höhle, riß ihnen die Luft aus den Lungen und zertrümmerte Tische und Stühle. Alle Radarschirme explodierten, das Licht erlosch. Ein Telefon riß sich los, flog durch den Raum und durchschlug das Stahlgehäuse eines Computers. Während die beiden Männer sich die Lunge aus dem Leib husteten, setzte sich der Staub allmählich. Rosemont faßte sich als erster und griff nach der Taschenlampe an seinem Gürtel.
»Sahib?« rief Tenzing besorgt und stürzte mit eingeschalteter Taschenlampe in den Raum. Gueng befand sich neben ihm.
»Ich bin in Ordnung.« Ross hustete immer noch heftig. Als Tenzing ihn zwischen den Trümmern entdeckte, sah er, wie ihm ein dünner Blutfaden über das Gesicht lief. Es war aber nur eine kleine, durch einen Glassplitter verursachte Wunde. »Gott sei Dank«, murmelte Tenzing und half ihm hoch. Ross hatte Mühe, sich auf den Beinen zu halten. »Heiliger Strohsack!« Er betrachtete benommen den Trümmerhaufen, dann stolperte er hinter Rosemont durch den Durchlaß in den Chiffrierraum. Der Safe war verschwunden, und mit ihm das Decodiergerät, die Handbücher, die Telefone. Im Felsen klaffte nur noch ein riesiges Loch. Die gesamte elektronische Ausrüstung war ein wirrer Haufen aus verbogenem Metall und Kabeln. An einigen Stellen brannte es bereits.
»Mein Gott«, krächzte Rosemont heiser. Hilflos versuchte er, noch etwas zu sagen, schaffte es aber nicht, sondern wankte statt dessen in eine Ecke und erbrach sich.
»Wir sollten...« Auch Ross fiel das Sprechen schwer. »Bist du – bist du fertig, Tenzing?«
»In zwei Minuten, Sahib.« Der Mann rannte davon.
»Gueng?«
»Ja, Sahib, auch zwei Minuten.« Damit war er fort.
Ross erbrach sich in der anderen Ecke. Danach fühlte er sich besser. Er zog die Flasche heraus, nahm einen kräftigen Schluck und wischte sich den Mund mit dem Ärmel ab. Dann ging er zu Rosemont, der an der Wand

lehnte, und rüttelte ihn. »Hier.« Er drückte ihm die Flasche in die Hand. »Geht es?«
»Na klar.« Rosemont war immer noch speiübel, aber sein Verstand funktionierte wieder. Er hatte einen schlechten Geschmack im Mund und spuckte in den Schutt, bevor er trank. Nach einer Weile sagte er: »Nichts auf der Welt ist so gut wie Scotch.« Ein zweiter Schluck, und er gab die Flasche zurück. »Wir sollten so rasch wie möglich verschwinden.«
Im Schein der Taschenlampe untersuchte er schnell die Trümmer. Als er die Reste des Decodiergerätes fand, suchte er sich vorsichtig einen Weg in die nächste Höhle und legte sie neben den Sprengsatz bei den Computern. »Ich verstehe nur eines nicht: Wieso ist nicht die ganze Anlage in die Luft geflogen und hat uns direkt zur Hölle befördert? Überall liegt doch unser Sprengstoff herum!«
»Ich – bevor ich mit dem Seil zurückkam, habe ich Gueng befohlen, den Sprengstoff und die Zünder sicherheitshalber wegzubringen«, erklärte Ross.
»Denken Sie immer an alles?«
Ross lächelte schwach. »Das gehört zum Service. Fernmelderaum?«
Sie verminten ihn schnell, Rosemont sah auf die Uhr. »Acht Minuten bis zur Sprengung. Wir vergessen besser den Generatorenraum.«
»Gut. Tenzing, du gehst voran.«
Sie stiegen die Fluchttreppe hinauf. Als sie die Eisentür öffneten, knarrte sie. In der Höhle übernahm Ross die Führung. Vorsichtig blickte er in die Nacht hinaus und sah sich um. Der Mond stand noch hoch. 300 oder 400 Meter weiter unten quälte sich der erste Lastwagen die letzte Steigung hinauf. »Wohin, Vien?« fragte er. Rosemont wurde rot vor Freude.
»Hinauf«, antwortete er sachlich. »Wir klettern höher. Wenn uns Truppen verfolgen, vergessen wir die Küste und nehmen Kurs auf Täbris. Wenn sie uns nicht verfolgen, schlagen wir einen Kreis und gehen den gleichen Weg zurück, den wir gekommen sind.«
Tenzing ging voran. Er war behende wie eine Bergziege, aber er suchte den bequemsten Weg, weil er wußte, daß den beiden Männern der Schock noch immer in den Gliedern steckte. Hier stieg der Hang steil an, war aber nicht zu schwierig, und es gab nur wenig Schnee, der sie behinderte. Sie waren kaum unterwegs, als der Boden unter ihnen bebte. Das Geräusch der ersten Explosion erreichte sie nur sehr schwach. Weitere kleine Beben folgten rasch aufeinander.
Nur noch eine Explosion, dachte Rosemont. Er war froh über die Kälte, durch die sein Kopf wieder klar wurde. Die letzte Explosion – der Fernmelderaum, in dem sie den gesamten übriggebliebenen Sprengstoff verteilt hatten – war viel heftiger und erschütterte sekundenlang die Erde. Unterhalb und rechts von ihnen rutschte ein Teil des Berghangs ab, und aus dem entstandenen Krater quoll Rauch.
»Schauen Sie dort hinunter, Sahib.«
Der erste Lastwagen hatte beim Eingang zur Höhle haltgemacht. Die Männer sprangen herunter, einige blickten den Berghang hinauf. Im Scheinwerfer-

licht der nachfolgenden Lastwagen konnte man deutlich erkennen, daß alle bewaffnet waren.
Ross und die übrigen drückten sich tiefer in den Schatten. »Wir klettern zu diesem Kamm hinauf«, deutete Rosemont. »Dort sind wir außer Sicht und haben Deckung. Dann marschieren wir nach Täbris, beinahe genau nach Osten. Okay?«
»Vorwärts, Tenzing.«
»Ja, Sahib.«
Sie erreichten den Kamm, überquerten ihn und kletterten weiter. Während sie sich in östlicher Richtung durchkämpften, sprachen sie kein Wort. Sie mußten sich ihre Kräfte einteilen, weil sie noch viele, viele Meilen zu gehen hatten. Das Gelände war schroff, und der Schnee machte ihnen zu schaffen. Bald waren die Handschuhe zerrissen, die Hände und Beine aufgeschunden und die Waden schmerzten. Da sie jedoch keine schweren Lasten mehr schleppten, kamen sie gut voran und ihre Stimmung besserte sich.
Sie erreichten einen der Wege, die kreuz und quer über die Berge verlaufen. Wo sich der Pfad gabelte, wählten sie immer den bergaufführenden. Im Tal lagen zwar einige Dörfer, aber in dieser Höhe gab es kaum welche. »Es ist besser, wenn wir hier oben bleiben«, meinte Rosemont. »Hoffentlich treffen wir niemanden.«
»Glauben Sie, daß uns alle als Feinde betrachten?« fragte Ross.
»Bestimmt. Sie sind hier nicht nur gegen den Schah, sondern auch gegen Khomeini, überhaupt gegen alle.« Rosemont atmete schwer. »Die meiste Zeit kämpft ein Dorf gegen das andere, und dazwischen treiben sich Banditen herum.« Er bedeutete Tenzing, weiterzugehen.
Tenzing behielt sein Tempo bei. Nach einer Stunde übernahm Gueng die Führung, dann Ross, Rosemont und wieder Tenzing. Jede Stunde legten sie eine Rast von drei Minuten ein.
Der Mond stand tief am Himmel. Sie kamen jetzt leichter voran, hielten sich tiefer am Hang. Der Weg beschrieb Schlangenlinien, führte aber ungefähr nach Osten auf einen seltsam geformten Spalt in der Bergkette zu. Rosemont hatte ihn erkannt. »Die Straße unten führt nach Täbris. Sie ist im Winter kaum mehr als ein Weg, aber man kommt durch. Wir marschieren bis Tagesanbruch, legen dann eine Pause ein und entwerfen einen Plan. Okay?«
Jetzt befanden sie sich unterhalb der Baumgrenze und erreichten den Fichtenwald. Da sie inzwischen die Müdigkeit spürten, gingen sie wesentlich langsamer als anfangs.
Tenzing führte gerade. Der Schnee dämpfte das Geräusch ihrer Schritte, und die scharfe, reine Luft tat ihm gut. Plötzlich witterte er Gefahr und blieb stehen. Die anderen hielten ebenfalls an und warteten regungslos. Vorsichtig ging Ross zu Tenzing vor. Beide Männer sahen sich um – nichts. Sie warteten. Schnee fiel von den Bäumen. Keiner rührte sich. Dann flog rechts von ihnen ein Nachtvogel auf und flatterte davon. Tenzing zeigte in die Richtung, bedeutete Ross zu warten, zog sein *kookri* und verschwand in der Nacht.
Nach einigen Schritten erblickte Tenzing einen Mann, der 50 Meter vor ihm

hinter einem Baum kauerte. Seine Erregung nahm zu. Er schlich sich näher. Aus dem Augenwinkel bemerkte er rechts von ihm einen Schatten, der sich bewegte, und einen zweiten links. »Hinterhalt!« brüllte er und warf sich zu Boden.

Die erste Salve verfehlte ihn knapp. Die zweite durchschlug seine Lunge, riß ihm ein Loch in den Rücken und schleuderte ihn gegen einen umgestürzten Baumstamm. Von der anderen Seite des Weges aus eröffneten weitere Gewehre das Feuer auf Ross und die übrigen, die hinter Baumstämmen und Gräben Deckung gesucht hatten.

Einen Augenblick lang hörte Tenzing die Schüsse wie aus weiter Ferne, obwohl er wußte, daß die Schützen nahe waren. Mit einer letzten, ungeheuren Anstrengung gelangte er auf die Beine und taumelte auf die Gewehre zu. Einige Angreifer drehten sich um und schossen erneut auf ihn. Eine Kugel durchschlug seine Schulter, aber er spürte sie nicht mehr. Er war zufrieden, weil er so sterben würde, wie man es von Männern in seinem Regiment erwartete: kämpfend und furchtlos.

Als er den Hinterhalt erreichte, schlug sein *kookri* jemandem den Arm ab, seine Beine gaben nach, ein ungeheures, blendendes Licht erfüllte seinen Kopf, und er schritt ohne Schmerzen in den Tod.

»Feuer einstellen«, schrie Ross und nahm damit die Führung der Gruppe wieder in die Hand. Der Hinterhalt war gut gewählt. Er hatte gesehen, wie Tenzing im Kreuzfeuer getroffen wurde, und seine gesamte Willenskraft aufbieten müssen, um ihm nicht zu Hilfe zu kommen. Aber er mußte an die anderen denken. Er hatte seinen Rucksack abgenommen, die Handgranaten hervorgeholt und seinen Karabiner auf Automatik gestellt. Dann hatte sich Tenzing mit einem Schlachtruf wieder hochgerappelt, die Gegner angegriffen und dadurch die Ablenkung geschaffen, die Ross brauchte. »Geben Sie mir Feuerschutz«, befahl er Rosemont, zeigte auf die Gruppe, auf die Tenzing zuwankte, und rief Gueng zu: »Los!«

Gueng sprang auf und lief in die angegebene Richtung. Als sein Kamerad fiel, riß er den Stift aus seiner Handgranate, warf sie zwischen die Gegner und ließ sich in den Schnee fallen. In dem Augenblick, in dem die Handgranate explodierte, war er wieder auf den Beinen und ballerte los, bis die Schreie verstummten. Da sah er, wie ein Mann davonrannte und ein anderer ins Unterholz kroch. Ein Hieb mit dem *kookri* spaltete dem Kriechenden den Kopf. Ein kurzer Feuerstoß erledigte den zweiten. Sofort warf Gueng sich wieder in Deckung, weil er nicht wußte, aus welcher Richtung die nächste Gefahr drohte. Eine explodierende Handgranate lenkte seine Aufmerksamkeit auf die andere Seite des Weges.

Ross war aus der Deckung gekrochen, und die Schüsse der Angreifer konzentrierten sich auf ihn. Als Rosemont das Feuer eröffnete, lenkte er sie ab, und Ross schaffte es zum nächsten Baum, wo er sich in ein tiefes Schneeloch fallen ließ. Er wartete kurz, bis er wieder zu Atem kam, und kroch dann über den harten Schnee auf den Hinterhalt zu. Als er annahm, daß er nahe genug war, zog er den Stift aus der ersten Handgranate und richtete sich auf. Er erblickte die Männer, aber nicht an der Stelle, an der er sie erwartet hatte. Fünf waren es, und sie standen kaum zwanzig Meter von ihm entfernt. Sie richteten ihre Gewehre auf ihn, aber er reagierte einen Sekundenbruchteil schneller als sie und warf sich gerade noch rechtzeitig hinter einen Baum auf den Boden. Er zählte bis vier, dann schleuderte er die Handgranate und vergrub den Kopf in den Armen. Die Explosion zerfetzte einen nahen Baumstamm und begrub Ross unter Zweigen und Schnee.

Währenddessen hatte Rosemont sein Magazin leergeschossen. Fluchend legte er das nächste ein und gab wieder eine Feuersalve ab.

Jenseits des Weges kauerte Gueng hinter einem Felsen auf dem Hang und wartete darauf, daß sich etwas regte. Dann sah er in der Nähe des zersplitterten Baums einen Mann gebückt davonrennen. Gueng zielte, und der Mann fiel.

Rosemont konnte nicht länger warten. »Gib mir Feuerschutz, Gueng«, rief er, sprang auf und lief zu dem Baum. Rechts von ihm ertönten Schüsse, die Kugeln surrten jedoch an ihm vorbei. Dann fing Gueng an, vom jenseitigen Hang aus zu feuern. Jemand schrie auf, und die Schüsse verstummten. Rosemont lief weiter bis zum Hinterhalt. Vor ihm lagen vier Tote. Er drehte sich um und kehrte zu dem Baumstamm zurück, bei dem Ross lag.

Auf dem anderen Hang wartete Gueng. Hinter dem Felsen, wo seine Handgranate die vier Männer getötet hatte, bewegte sich etwas. Er hielt den Atem an, aber es war nur ein Tier. Als er langsam um sich schaute, erblickte er Tenzing, der noch im Tod sein *kookri* umklammert hielt. Ich werde es mitnehmen, dachte Gueng. Seine Familie wird es aufbewahren, bis es sein Sohn genauso ehrenvoll tragen wird wie er.

Vor ihm im Wald bewegte sich etwas. Er konzentrierte sich.

Auf der anderen Seite des Weges zerrte Rosemont mit schmerzenden Armen die Äste weg. Endlich erreichte er Ross, und sein Herzschlag stockte. Ross lag auf dem Boden, hatte den Kopf unter den Armen vergraben und rührte sich nicht. Der Schnee und der Rücken seines weißen Tarnanzugs waren blutig. Rosemont kniete nieder. Als er ihn umdrehte, stellte er mit ungeheurer Erleichterung fest, daß Ross noch atmete.

Einen Augenblick lang sah Ross ihn verwirrt an. Schließlich wurde sein Blick klar. Als er sich aufsetzte, zuckte er zusammen. »Tenzing? Und Gueng?«

»Tenzing hat es erwischt, Gueng liegt auf der anderen Seite und gibt uns Feuerschutz. Versuchen Sie, Arme und Beine zu bewegen.«

Ross bewegte vorsichtig seine Gliedmaßen. Es schien ihm nichts zu fehlen. »Mein Kopf schmerzt höllisch, aber sonst bin ich okay.« Er sah sich um und erblickte die zusammengesunkenen Angreifer. »Wer sind sie?«

»Einheimische. Vielleicht auch Banditen.« Rosemont faßte den Weg vor ihnen ins Auge. Nichts rührte sich. »Wir sollten verdammt schnell von hier verschwinden, bevor uns weitere Einheimische angreifen. Glauben Sie, daß Sie gehen können?«

»Ja. Lassen Sie mir nur ein paar Sekunden Zeit.« Ross rieb sein Gesicht mit Schnee ein. Die Kälte tat ihm gut. »Danke. Sie wissen schon, wofür.«

»Das gehört zum Service«, antwortete Rosemont trocken. Seine Augen wanderten zu den Einheimischen hinüber. Tief geduckt schlich er zu ihnen und durchsuchte sie, fand aber nichts. »Das hätte ganz schön ins Auge gehen können.«

Ross nickte, und wieder überlief ihn eine Welle des Schmerzes. »Ich bin jetzt soweit. Wir müssen weiter. Das Feuergefecht war bestimmt meilenweit zu hören, also sehen wir zu, daß wir uns aus dem Staub machen.«

Rosemont hatte bemerkt, daß Ross Schmerzen hatte. »Warten Sie noch.«

»Nein. Wenn ich mich bewege, fühle ich mich besser.« Auf Nepalesisch rief er: »Wir gehen weiter, Gueng.« Er wollte schon aufstehen, hielt aber in der Bewegung inne, als ihm ein schriller Pfiff antwortete. »Runter«, keuchte er und riß Rosemont mit sich.

Eine einzige Kugel kam aus der Nacht, bohrte sich in Rosemonts Brust und verwundete ihn tödlich. Vom anderen Hang ertönte ein Feuerstoß, jemand schrie auf. Dann trat wieder Stille ein.

Nach einer Weile kam Gueng zu Ross. »Das war wahrscheinlich der letzte, Sahib. Für den Augenblick.«

»Ja.« Sie blieben bei Vien Rosemont, bis er starb. Nachdem sie ihn und Tenzing traditionsgemäß im Schnee bestattet hatten, marschierten sie weiter.

22

Luftwaffenbasis Isfahan: 5 Uhr 40. Im Osten erhellte das Morgengrauen die Nacht. Auf der Basis herrschte Ruhe, nur die bewaffneten Revolutionswächter, die am Vortag unter der Führung des Mullahs Hussain gemeinsam mit 1000 Bewohnern von Isfahan die Basis erstürmt hatten, waren auf den Beinen. Die Offiziere und Mannschaften der Streitkräfte hatte man in ihre Baracken gesperrt, wo sie bewacht wurden – oder sie waren frei, wenn sie sich für Khomeini und die Revolution entschieden hatten.
Der Posten Relazi war 18 Jahre alt und sehr stolz auf seine grüne Armbinde, vor allem aber darauf, daß er den Schuppen bewachen durfte, in dem der verräterische General Valik und seine Familie, die sie in der Offiziersmesse gefangengenommen hatten, festgehalten wurden.
Er stand im Windschatten der Hütte, aber die feuchte Kälte drang ihm bis ins Mark, obwohl er alle Kleidungsstücke angezogen hatte, die er besaß. Seine Füße waren gefühllos. »Wie es Allah gefällt«, sagte er laut und fühlte sich sofort besser. »Ich werde bald abgelöst, dann gibt es wieder etwas zu essen.« Er hustete, hängte sich den Karabiner über die andere Schulter, kramte nach einem Zigarettenstummel, den er aufgespart hatte, und zündete ihn an.
Beim Propheten, dachte er triumphierend, wer hätte geglaubt, daß wir die Basis so leicht einnehmen können. Nur 30 von uns und ein Mullah sind gefallen, bis wir die Torposten überwältigt haben und in die Basis eingedrungen sind.
Er schloß die Augen und betete aus tiefster Seele: »Laß mich mit dem Namen Allahs auf den Lippen sterben, so daß ich direkt in den Garten des Paradieses komme, wo ich nie wieder Hunger leiden werde.«
Ein Gewehrkolben zertrümmerte seine Nase, drückte ihm die Vorderseite des Schädels ein, nahm ihm für immer die Sehkraft, zerstörte sein Denkvermögen, tötete ihn jedoch nicht. Relazi stürzte bewußtlos in den Schnee. Der Angreifer war ein Soldat, der hastig den Karabiner aufhob, mit ihm das Schloß der dünnen Tür aufbrach und sie aufstieß.
»Beeilen Sie sich«, flüsterte der vor Angst schwitzende Mann. Im nächsten Augenblick steckte General Valik vorsichtig den Kopf heraus. Der Mann packte ihn am Arm: »Kommen Sie schon, beeilen Sie sich doch!«
»Allah segne Sie.« Valik lief mit klappernden Zähnen in die Baracke zurück und kam mit zwei großen Geldbündeln wieder, die der Mann in seinen Kampfanzug steckte, ehe er genauso lautlos verschwand, wie er gekommen war. Valik zögerte kurz, weil sein Herz wild klopfte. Er sah den Karabiner im Schnee liegen, hob ihn auf, lud ihn durch und hängte ihn sich über die

Schulter. Dann griff er nach der Diplomatenaktentasche und dankte Allah, weil die Revolutionäre diese so hastig durchsucht hatten, daß sie den doppelten Boden nicht entdeckt hatten.
»Folgt mir«, flüsterte er seiner Frau und den Kindern zu. »Aber seid vorsichtig!« Er zog den Mantel enger um sich und ging durch den Schnee voran. Seine Frau Annousch, sein achtjähriger Sohn Jalal und seine sechsjährige Tochter Setarem zögerten an der Tür. Alle trugen Schianzüge. Annousch hatte über den ihren einen Nerzmantel gezogen, und die Revolutionswächter hatten höhnisch behauptet, daß er bestimmt ein Lohn der Sünde war. »Behalte ihn«, hatten sie verächtlich gesagt, »er genügt, um dich zu verurteilen.« Nachts war sie für seine Wärme dankbar gewesen, als sie in dem ungeheizten Schuppen auf dem Boden lag und die Kinder in ihn einhüllen konnte. »Kommt zu mir, meine Lieblinge«, hatte sie geflüstert und versucht, ihre Angst nicht zu zeigen.
Der Posten, der leise stöhnend im Schnee lag, versperrte ihnen den Weg.
»Warum schläft er im Schnee, Mama?« fragte das kleine Mädchen flüsternd.
»Denk nicht daran, Setarem, beeile dich! Und jetzt seid still.«
Sie stieg stumm über den Körper. Dem kleinen Mädchen gelang es nicht ganz, es mußte auf ihn treten, stolperte dabei und fiel in den Schnee. Aber Setarem schrie nicht auf, sondern kam mit Hilfe ihres Bruders wieder auf die Beine. Hand in Hand liefen sie weiter.
Valik ging vorsichtig voran. Als sie den Hangar erreichten, in dem noch immer die 212 stand, atmete er auf.
Dieser Teil des Flugplatzes lag weit vom Hauptlager auf der anderen Seite der riesigen Startbahn entfernt. Valik vergewisserte sich, daß sich keine Wachtposten in der Nähe befanden, lief zum Hubschrauber und warf einen Blick in die Kabine. Zu seiner großen Erleichterung schlief drinnen kein Posten. Er öffnete die zum Glück nicht versperrte Tür, winkte den anderen, half ihnen beim Einsteigen, folgte ihnen, schloß die Tür und versperrte sie von innen. Er bettete die Kinder auf Decken unter die Notsitze und schärfte ihnen ein, sich nicht zu zeigen, was immer auch geschehe. Dann setzte er sich neben seine Frau, wickelte sich in eine Decke, denn ihm war sehr kalt, und hielt ihre Hand. Ihr Gesicht war tränennaß.
»Hab Geduld, weine nicht! Es dauert nicht mehr lange«, flüsterte er. »*Inscha'Allah.*«
»Die ganze Welt ist verrückt geworden«, sagte sie leise, »was soll denn aus uns werden?«
»Wir sind mit Allahs Hilfe bis hierher gekommen, warum sollten wir es nicht bis Kuwait schaffen?«
Sie waren am vorhergehenden Tag mittags angekommen. Der Flug vom Treffpunkt außerhalb von Teheran bis hierher verlief ohne Zwischenfall, im Äther herrschte Funkstille. Sein Fahrer, der ihm seit 15 Jahren treu diente, fuhr den Wagen nach Teheran zurück, und Valik befahl ihm, niemandem zu verraten, daß sie »zu ihrem Haus am Kaspischen Meer« flogen. »Bei dieser Flucht traue ich niemandem«, gestand er Annousch, während sie auf den

Hubschrauber warteten, und sie pflichtete ihm bei, hätte aber gern Scharazad mitgenommen, um die Gewähr zu haben, daß Tom Lochart sie auch noch nach Kuwait fliegen würde.
»Nein, Scharazad würde den Iran niemals verlassen«, widersprach Valik. »Ob mit oder ohne ihr, man kann ihm nicht trauen, denn er ist ein Fremder und gehört nicht zu uns.«
Während des Fluges von Teheran nach Isfahan saß er vorn bei Lochart. Sie waren dicht über dem Boden geflogen und hatten Städte und Flugplätze vermieden. Als Lochart die Flugsicherung der Luftwaffenbasis Isfahan rief, erwartete man sie bereits. Vom Tower wurde ihnen mitgeteilt, wo sie landen sollten, und sie wurden angewiesen, nicht mehr zu senden und Funkstille zu bewahren. Der Kommandeur der Luftwaffe, General Mohammed Seladi, Valiks Onkel, der dafür gesorgt hatte, daß sie landen und auftanken konnten, holte sie vom Rollfeld ab, und da es Mittagszeit war, schlug er vor, auf der Basis zu essen, bevor sie weiterflogen.
»Aber wir haben genügend Essen im Hubschrauber, Exzellenz Mohammed«, wandte Valik ein.
»Ich muß darauf bestehen«, widersprach Seladi nervös. »Mach nur dem Kommandanten deine Aufwartung und, äh, wir müssen miteinander reden.«
Gerade zu diesem Zeitpunkt drangen die *hezbollahis* und die aufgebrachte Menge durch die Tore, nahmen alle fest und brachten Lochart zu einem anderen Teil der Basis. Hundesöhne, dachte Valik zornig, sie sollen alle in der Hölle schmoren. Ich habe doch gleich gewußt, daß wir nur auftanken und sofort weiterfliegen sollten.
Eine Viertelmeile entfernt schlief im ersten Stock einer Baracke Tom Lochart äußerst unruhig. Das Geräusch von Schritten im Korridor weckte ihn, die Tür flog auf, und eine Taschenlampe blendete ihn.
»Schnell«, befahl eine Stimme, und zwei Männer halfen ihm auf die Füße. Dann drehten sie sich um und liefen davon. Lochart folgte ihnen einen Sekundenbruchteil später durch den Korridor, die Treppe hinunter und hinaus ins Freie. Als sie kurz stehenblieben, machte er ebenfalls halt und bemerkte dabei, daß es sich um einen Major und einen Hauptmann handelte; dann rannten sie weiter. Im Osten wurde es hell. Es schneite leicht, und der Schnee dämpfte ihre Schritte.
Vor ihnen befand sich ein Wächterhaus, vor dem ein Feuer brannte, um das ein paar schläfrige, unaufmerksame Posten kauerten. Die drei Männer bogen ab und liefen zwischen den Baracken weiter, schwenkten, als ein Lastwagen mit singenden Soldaten um eine Ecke bog, in einen Durchlaß ein und liefen dann über die Einfassungsstraße zum Hangar und zur 212. Im Windschatten des Hangars blieben sie keuchend stehen.
»Hören Sie, Pilot«, sagte der Major, »wenn ich ›los‹ sage, laufen wir zum Heli und starten. Sind Sie soweit?«
»Was ist mit den anderen?« wollte Lochart wissen. »Was ist mit General Valik und seiner...«
»Vergessen Sie sie!« Der Major zeigte auf den Hauptmann. »Ali sitzt vorn

neben Ihnen, und ich hinten in der Kabine. Wie lange wird es dauern, bis wir in der Luft sind?«
»Das geht schnell.«
»Sie müssen es noch schneller schaffen«, sagte der Major. »Los!«
Sie stürzten zu der 212. In diesem Augenblick sah Lochart einen Wagen ohne Licht, der auf der Einfassungsstraße auf sie zuraste. »Dort drüben, Major.«
»Beeilen Sie sich, Pilot!«
Lochart gehorchte, sprang in den Pilotensitz, schob die Unterbrecher ein, schaltete ein und ließ die Turbinen an. Gleichzeitig erreichte der Major die Schiebetür und riß sie auf. Er fiel beinahe in Ohnmacht, als ihm Valik den Karabiner vor das Gesicht hielt.
»Ach, Sie sind es, Major. Allah sei gelobt.«
»Allah sei gelobt, daß Sie hier sind, Exzellenz«, keuchte der Major und kletterte hinein. »Aber wo ist der Soldat?«
»Er hat das Geld genommen und sich aus dem Staub gemacht.«
»Hat er die Gewehre gebracht?«
»Nein.«
»Hundesohn«, fluchte der Major und schrie dann Lochart an: »Verdammt noch mal, beeilen Sie sich doch!« Er drehte sich um und schaute nach dem näherkommenden Wagen. Schnell riß er Valik den Karabiner aus der Hand, kniete in der Tür nieder, zielte auf den Fahrer und drückte ab. Der Feuerstoß ging über den Wagen hinweg, der von der Straße abbog und hinter einer Reihe von Schuppen verschwand. Dann kam er für einen Augenblick wieder in Sicht und verschwand hinter dem Hangar.
Lochart hatte die Kopfhörer aufgesetzt und sah zu, wie die Nadeln hinaufkletterten. Die Zeit schien stillzustehen. »Kommt schon, verdammt«, murmelte er. Seine Hände und Füße waren bereit, das Heulen der Turbinen wurde lauter, der Hauptmann neben ihm betete laut. Er konnte Annousch nicht hören, die hinten schluchzte; die entsetzten Kinder hatten ihr Versteck verlassen und sich an sie gepreßt.
Jetzt. Seine linke Hand ergriff den Blattverstellhebel. Da schoß der Wagen hinter dem Hangar hervor und stoppte 15 Meter vor ihnen. 5 Männer sprangen heraus – einer lief direkt auf das Cockpit zu und zielte mit einer automatischen Waffe auf Lochart, die anderen rannten zur Kabinentür. Lochart hatte beinahe schon abgehoben, begriff aber, daß er ein toter Mann war, wenn er aufstieg. Der Mann bedeutete ihm zornig, auf dem Boden zu bleiben. Er gehorchte, drehte sich um und schaute in die Kabine. Die anderen Männer kletterten gerade hinein; es handelte sich ausschließlich um Offiziere. Valik und der Major umarmten sie und wurden umarmt. »Starten Sie endlich«, rief Ali, der neben ihm saß, über die Kopfhörer und stieß ihn in die Rippen.
»Starten Sie!« wiederholte Ali und winkte den Mann, der draußen noch immer auf sie zielte, herein. Der Mann lief zur Tür, stieg ein und schob die Tür zu. »Beeilen Sie sich, verdammt noch mal, schauen Sie dorthin!« Ali zeigte auf die andere Seite der Startbahn. Von dort kamen weitere Wagen auf

sie zu. Aus einem wurde mit einer Maschinenpistole auf den Hubschrauber geschossen. Sekunden später befand sich Lochart in der Luft.

Hinter ihm jubelten die Offiziere, hielten sich fest, als der Hubschrauber schwankte, und setzten sich dann. Die meisten waren tief erschüttert und verstört, vor allem General Seladi, der zwischen Valik und dem Major saß. »Ich war nicht sicher, ob Sie es sind, Exzellenz«, sagte der Major gerade, »deshalb habe ich nur einen Warnschuß abgegeben. Allah sei gelobt, daß der Plan so gut funktioniert hat.«

»Aber Sie wollten starten und ohne uns abfliegen.«

»O nein, Exzellenz Mohammed«, beteuerte Valik aalglatt, »der kanadische Pilot ist in Panik geraten und wollte nicht länger warten. Diese Kanadier haben überhaupt keinen Mut. Denken Sie einfach nicht mehr an ihn, wir sind bewaffnet, haben Verpflegung und befinden uns in Sicherheit. Allah sei gelobt.« Ohne mich und mein Geld, dachte er, wären wir alle tot – denn die Bestechungsgelder habe ich bezahlt.

»Wenn ihr uns zurückgelassen hättet, wären wir erschossen worden.« General Seladis Gesicht war bleich. »Warum haben Sie sich überhaupt die Mühe gemacht, den Piloten herauszuholen? Ali kann eine 212 auch fliegen.«

»Ja. Aber Lochart besitzt mehr Erfahrung, und wir brauchen ihn, um durch dieses Labyrinth zu kommen.«

Valik lächelte Annousch aufmunternd zu. Sie saß auf der anderen Seite des Mittelgangs und hielt ihre Tochter in den Armen, während ihr Sohn halb schlafend auf dem Boden saß und den Kopf in ihren Schoß gelegt hatte. Sie erwiderte Valiks Lächeln und nahm das Kind auf den anderen Arm. Er griff nach ihrer Hand, dann lehnte er sich zurück und schloß sehr müde, aber überaus zufrieden die Augen. Du bist wirklich sehr klug, sagte er sich. Wenn du McIver nicht eingeredet hättest, daß die SAVAK dich und deine Familie verhaften will, hätten uns weder McIver noch Lochart zur Flucht verholfen. Diese Narren, dachte er verächtlich. Und du, Seladi, mein dummer, habgieriger Onkel, der mir sicheres Auftanken in Isfahan versprochen hat, wenn ich dafür dich und einige deiner Freunde mitnehme, du bist noch schlimmer. Du bist ein Verräter. Wenn ich nicht seit langem einen Informanten im Hauptquartier des Generalstabs sitzen hätte, wäre ich nie rechtzeitig von dem großen Verrat der Generäle benachrichtigt worden, und man hätte uns alle in Teheran geschnappt. Der Kampf ist vielleicht noch nicht verloren, aber meine Familie und ich werden die Ereignisse von London, St. Moritz oder New York aus verfolgen.

Er gab sich angenehmen Vorstellungen hin: ein Haus in London, ein Landhaus in Surrey, ein weiteres in Kalifornien, und die Bankkonten in der Schweiz und auf den Bahamas. Und dabei fiel ihm das gesperrte S-G-Konto ein: Weitere 4 Millionen für uns – jetzt wird es leicht sein, sie Gavallan zu entreißen. Es ist mehr als genug, damit meine Familie und ich gut leben, bis wir zurückkehren können. Khomeini wird nicht ewig leben, auch wenn er siegen sollte. Ich werde bald nach Hause zurückkommen können, im Iran wird bald wieder der Normalzustand eintreten, und bis dahin haben wir alles, was wir brauchen. Seladi war noch immer darüber ungehalten, daß man ihn beinahe zurückgelassen hätte. »Beruhigen Sie sich, Exzellenz«, meinte Valik und dachte: Du und deine Kreaturen, ihr besitzt vorläufig noch immer einen gewissen Wert für mich – vielleicht als Geiseln, vielleicht als Lockvögel –, wer weiß? Keiner von den anderen ist mit uns verwandt, nur du bist es, und du hast uns verraten. »Beruhige dich, verehrter Onkel, mit Allahs Hilfe wird der Pilot bekommen, was er verdient.«

Ja. Lochart hätte nicht in Panik geraten dürfen. Er hätte auf meinen Befehl warten sollen. Valik schloß die Augen und schlief ein. Er war mit sich außerordentlich zufrieden.

23

Bandar-e Delam – Iran-Toda-Raffinerie: 12 Uhr 04. Scragger pfiff tonlos vor sich hin und pumpte von Hand aus großen Fässern Treibstoff in seine Tanks. In der Nähe hockte ein junger *hezbollahi* halb schlafend im Schatten.

Die Mittagssonne war warm, der Tag angenehm; eine sanfte Brise hatte die Feuchtigkeit vertrieben. Scragger war leicht gekleidet: weißes Hemd mit Captain-Schulterstücken, leichte schwarze Hose und schwarze Schuhe, die unvermeidliche dunkle Brille und die Mütze.

Jetzt war der erste Tank bis zum Rand voll. »Das wär's, mein Sohn«, erklärte er dem Japaner, der ihm zugeteilt worden war.

»*Hai, Anjin-san* – ja, Herr Pilot«, antwortete der Mann. Wie alle Angestellten der Raffinerie trug er einen makellos sauberen Overall und weiße Handschuhe.

»*Hai.*« Scragger zeigte auf die Langstreckentanks: »Jetzt kommen noch die dran, und dann füllen wir die Reservetanks.« Für den Flug, den de Plessey am Sonntag abend so großartig bewilligt hatte, um den Sieg über die Saboteure zu feiern, hatte Scragger den Rücksitz ausgebaut und an seiner Stelle zwei 160-Liter-Behälter festgezurrt. »Nur für alle Fälle, Mr. Kasigi. Ich habe sie an die Haupttanks angeschlossen. Wir können dann eine Handpumpe verwenden und sogar während des Flugs auftanken – falls Sie bereit sind zu pumpen. Wir müssen nicht landen, um Treibstoff aufzunehmen. Man kann nie wissen, wie das Wetter hier wird, deshalb ist es am besten, wenn wir über dem Meer bleiben.«

»Und die Haie?«

Scragger hatte gelacht. »Der alte Hammerhai von Kharg? Wenn wir Glück haben, sehen wir ihn.«

»Noch immer kein Rückruf von der Flugsicherung in Kisch?«

»Nein, aber das spielt keine Rolle. Wir können nach Bandar-e Delam fliegen. Sind Sie sicher, daß ich bei Ihrer Anlage auftanken kann?«

»Ja, wir haben dort Vorratstanks, Captain, Landeplätze, Hangars und Werkstätten. Das war das erste, was wir gebaut haben. Wir hatten einen Vertrag mit Guerney Aviation.«

»Ja, das weiß ich, aber Guerney hat aufgegeben, nicht wahr?«

»Ja, vor einer Woche etwa. Möchte Ihre Gesellschaft vielleicht in den Vertrag einsteigen? Sie könnten die Sache in die Hand nehmen. Während wir bauen, wird es ständig für drei 212 und vielleicht zwei 206 Beschäftigung geben.«

Als Scragger mit dem Auftanken fertig war, überprüfte er noch einmal Motor, Rotoren und Flugwerk, obwohl er nicht annahm, daß er heute noch fliegen

würde. De Plessey hatte ihn gebeten, auf Kasigi zu warten, ihn dorthin zu fliegen, wo er hinwollte, und ihn am Donnerstag nach Lengeh zurückzubringen. Die 206 war vollkommen in Ordnung. Zufrieden schaute Scragger auf die Uhr, dann rieb er sich den Magen. »Essenszeit, was?«
»Hai.« Sein Helfer zeigte lächelnd auf den kleinen Lieferwagen, der in der Nähe stand, und dann auf das vierstöckige, 200 Meter entfernte Hauptgebäude, in dem sich die Büros der leitenden Angestellten befanden.
Scragger schüttelte den Kopf. »Ich gehe«, erklärte er und demonstrierte mit zwei Fingern, was er meinte. Der junge Mann verbeugte sich, stieg in den Lieferwagen und fuhr davon.
Scragger sah ihm nach, während der Wächter ihn beobachtete. Jetzt, nachdem der Lieferwagen fort und die Tanks geschlossen waren, roch er das Meer und das modernde Strandgut am nahen Ufer. Es war beinahe Ebbe – wie im Roten Meer gab es auch im Golf nur einmal am Tag Flut, weil er flach und schmal und mit dem Ozean nur durch die Straße von Hormus verbunden war.
Scragger liebte den Geruch des Meeres. Er war in Sydney aufgewachsen, immer in Sichtweite des Ozeans, und hatte sich nach dem Krieg wieder dort niedergelassen. Zumindest hielt er sich zwischen seinen verschiedenen Jobs dort auf, und seine Frau und die Kinder lebten immer noch in Sydney. Sein Sohn und seine beiden Töchter waren verheiratet und hatten selbst Kinder. Etwa einmal im Jahr, im Urlaub, bekam er sie zu Gesicht. Ihre Beziehung war freundlich, aber distanziert.
Zunächst war ihm seine Frau mit den Kindern an den Golf gefolgt. Einen Monat später waren sie jedoch nach Sydney zurückgekehrt. Während er dann in Kuwait war, lernte sie einen anderen Mann kennen. Als Scragger das nächste Mal nach Hause kam, meinte sie: »Wir sollten uns scheiden lassen, es ist für die Kinder, für dich und für mich das Beste.« Sie ließen sich scheiden. Ihr zweiter Ehemann starb nach einigen Jahren, worauf Scragger und sie wieder gute Freunde wurden. Sie ist ein prima Kerl, dachte er, die Kinder sind glücklich, und ich kann fliegen. Er schickte ihr immer noch jeden Monat Geld. Sie behauptete immer, daß sie es nicht brauchte. »Dann leg es für schlechte Zeiten auf die hohe Kante«, war seine stereotype Antwort. Bis jetzt hatten sie noch keine schlechten Zeiten erlebt, und die Kinder auch nicht.
Der Posten funkelte ihn aus dem Schatten heraus mit bösartigen Augen an. Scheißkerl, du wirst mir den heutigen Tag nicht verderben. Scragger setzte ein demonstratives Lächeln auf, drehte ihm den Rücken zu und schaute sich um. Ein großartiger Standort für eine Raffinerie, dachte er. Nahe bei Abadan und bei den Haupt-Pipelines, die die Ölfelder im Norden mit denen im Süden verbinden. Außerdem ist es eine großartige Idee, das Gas zu nutzen, statt es nur abzufackeln.
Die Raffinerie lag auf einem Felsplateau und verfügte über eigene Kaianlagen, die sich 400 Meter in den Golf erstreckten und einmal in der Lage sein würden, zwei Supertanker jeder beliebigen Größe gleichzeitig zu bedienen. Um die Hubschrauberlandeplätze waren die komplizierten Krackanlagen sowie andere Baulichkeiten verteilt, die durch lange Stahl- und Kunststoffrohre mitein-

ander verbunden waren. Überall standen Kräne und Bulldozer. Alle möglichen Baumaterialien lagen umher, Berge von Sand und Zement und Armierungen für Beton. Man blickte auf halbfertige Straßen, Grundmauern, Lagerhäuser und Baugruben, aber nichts bewegte sich, weder Menschen noch Maschinen.
Bei ihrer Landung hatten ihnen 20 oder 30 hastig zusammengerufene Japaner einen freundlichen Empfang bereitet. Aber auch etliche hundert streikende Iraner waren gekommen, sowie bewaffnete Revolutionswächter, von denen einige IPLO-Armbinden trugen, die ersten, die Scragger sah. Sie drohten, brüllten und prüften die Papiere, aber schließlich erklärten sie, daß Kasigi und Scragger bleiben könnten, daß jedoch keiner ohne die Erlaubnis des Komitees das Gebiet verlassen dürfe, was auch für die Maschine galt.
Auf dem Weg zum Bürogebäude hatte der Chefingenieur Watanabe, der englisch sprach, erklärt, daß das Streikkomitee vor beinahe zwei Monaten die Kontrolle übernommen habe. Seither waren fast alle Arbeiten eingestellt worden. »Sie erlauben uns nicht einmal, unsere Geräte zu warten.« Watanabe war Mitte 60, hatte harte Gesichtszüge, graues Haar und sehr kräftige Arbeiterhände. Er zündete an seiner halbgerauchten Zigarette die nächste an.
»Und Ihr Funkgerät?«
»Sie haben den Funkraum vor sechs Tagen zugesperrt und den Schlüssel mitgenommen. Die Telefone und Fernschreiber funktionieren natürlich seit Wochen nicht mehr. Wir haben noch etwa 2000 Mann japanisches Personal hier – Angehörige wurden ohnehin nicht zugelassen. Die Nahrungsmittelvorräte sind sehr gering, und wir haben seit sechs Wochen keine Post mehr bekommen. Wir können nicht gehen und dürfen nicht arbeiten. Wir sind beinahe Gefangene und bekommen sehr große Schwierigkeiten, wenn wir etwas tun wollen. Doch wir sind am Leben, können die Anlagen, die wir bis jetzt errichtet haben, schützen und warten geduldig darauf, daß man uns gestattet weiterzumachen. Es ist eine große Ehre für uns, Sie zu sehen, Kasigi-san, und auch Sie, Captain.«
Scragger hatte die beiden Japaner sich selbst überlassen, weil er die Spannung zwischen ihnen spürte, auch wenn sie sich noch so bemühten, sie zu verbergen. Am Abend hatte er wie immer nur wenig gegessen und sich ein eiskaltes japanisches Bier genehmigt. Dann war er zu Bett gegangen.
Kurz vor Mitternacht, als er noch las, klopfte es leise. Kasigi kam aufgeregt ins Zimmer und entschuldigte sich, weil er Scragger störte, aber er wollte ihm die neueste Nachricht sofort mitteilen. Ein Sprecher Khomeinis in Teheran hatte soeben über den Rundfunk bekanntgegeben, daß sich die Streitkräfte Khomeini angeschlossen haben. Ministerpräsident Bachtiar war zurückgetreten, und der Iran hatte das Joch des Schahs nun endgültig abgeschüttelt. Auf Khomeinis persönlichen Befehl hin sollten die Kämpfe sofort eingestellt und die Streiks abgebrochen werden; die Ölförderung sollte wieder in Gang kommen, Basare und Geschäfte sollten geöffnet werden; die Männer sollten ihre Waffen abliefern und an ihre Arbeitsplätze zurückkehren. Vor allem aber sollten alle Allah für den Sieg danken.

Kasigi strahlte. »Jetzt können wir endlich weitermachen, Gott sei Dank! Jetzt wird sich die Lage wieder normalisieren.«
Als Kasigi gegangen war, dachte Scragger darüber nach, wie es jetzt weitergehen würde. Da er dergleichen jedoch in der Vergangenheit auch nie erraten hatte, gab er seine Überlegungen bald auf und schaltete das Licht ab, um zu schlafen.
Am Morgen war er zeitig aufgewacht, hatte grünen japanischen statt seines gewohnten indischen Tees getrunken, dann den Helikopter überprüft, geputzt und aufgetankt, und jetzt war er sehr hungrig. Er nickte dem Wächter, der ihn nicht beachtete, kurz zu und schlenderte zum Hauptgebäude.
Kasigi stand an einem Fenster im obersten Stockwerk. Es gehörte zum Sitzungsraum. Er beobachtete zerstreut Scragger und die 206. Seine Gedanken rasten, und er konnte seinen Zorn kaum beherrschen. Seit Stunden ging er Kostenschätzungen, Berichte, Außenstände und Arbeitsprogramme durch und gelangte immer zu dem gleichen Ergebnis: Sie brauchten mindestens noch ein Jahr und eine weitere Milliarde Dollar, bis sie mit der Produktion beginnen konnten. Er besuchte diese Raffinerie, die nicht in seinen Kompetenzbereich fiel, erst zum zweitenmal.
Hinter ihm saß Chefingenieur Watanabe äußerlich geduldig und wie immer kettenrauchend am großen Tisch. Er hatte während der letzten beiden Jahre die Leitung innegehabt und war seit Beginn des Projekts im Jahr 1971 stellvertretender Leiter gewesen – ein Mann mit großer Erfahrung. Sein Vorgänger als Chefingenieur war vor zwei Jahren an einem Herzanfall gestorben.
Kein Wunder, dachte Kasigi zornig. Vor zwei oder vielleicht schon vier Jahren muß ihm klargewesen sein, daß unser Spitzenbudget von 3,5 Milliarden nicht ausreichen würde, daß es bereits weit überzogen war und daß die Fertigstellungstermine immer unrealistischer wurden.
»Warum hat uns Chefingenieur Kasusaka nicht informiert? Warum hat er keinen Sonderbericht gesandt?«
»Er hat es getan, Kasigi-san«, antwortete Watanabe höflich. »Aber aufgrund der Abmachungen für dieses Gemeinschaftsunternehmen müssen alle Berichte unseren Partnern vorgelegt werden. Das geschieht im Iran immer wieder – zunächst wird es als Gemeinschaftsunternehmen aufgezogen, 50:50, unter gemeinsamer Verantwortlichkeit, aber allmählich beeinflussen die Iraner die Sitzungen, die Verträge und die Klauseln, schieben für gewöhnlich den Hof oder den Schah als Ausrede vor, bis sie de facto die Leitung in Händen halten, und dann...« Er zuckte mit den Achseln. »Sie haben keine Ahnung, wie schlau diese Kerle sind – schlimmer als jeder chinesische Geschäftsmann. Sie erklären sich bereit, das ganze Tier zu kaufen, halten sich aber dann nicht an die Abmachung, nehmen nur das Steak und überlassen dem Partner den restlichen Kadaver.« Er drückte seine halbgerauchte Zigarette aus und zündete die nächste an. »Hier in diesem Büro hat kurz vor dem Tod von Kasusaka-san eine Sitzung des gesamten Vorstands stattgefunden, bei dem Yoshi Gyokotomo, der Vorsitzende des Syndikats, persönlich anwesend war. Ka-

susaka-san machte alle darauf aufmerksam, daß die iranische bürokratische Verschleppungstaktik und die Schikanen die Fertigstellung verzögern und zu einer wesentlichen Kostenüberschreitung führen würden. Ich habe es mit eigenen Ohren gehört, aber die iranischen Partner überstimmten ihn, erklärten dem Vorsitzenden, daß alles wieder in Ordnung gebracht würde, daß Kasusaka-san weder den Iran noch die Art, wie man im Iran solche Angelegenheiten regelt, verstehe.« Watanabe starrte auf das Ende seiner Zigarette. »Kasusaka-san hat seine Warnung Gyokotomo-sama gegenüber vertraulich wiederholt, ihn gebeten, sich in acht zu nehmen und ihm einen schriftlichen, detaillierten Bericht überreicht.«

Kasigis Gesicht wurde undurchdringlich. »Waren Sie bei diesem Gespräch anwesend?«

»Nein, aber er hat mir erzählt, was er gesagt hat, und daß Gyokotomo-sama den Bericht entgegengenommen und erklärt habe, er würde ihn persönlich auf höchster Ebene in Teheran und in Japan zur Sprache bringen. Aber es ist nichts geschehen, Kasigi-san. Nichts.«

»Wo ist die Kopie des Berichts?«

»Es gibt keine. Am nächsten Tag hat Gyokomoto vor seiner Abreise nach Teheran befohlen, daß alle Kopien vernichtet werden.« Er hob wieder die Schultern. »Chefingenieur Kasusaka und ich waren und sind dafür verantwortlich, daß die Raffinerie gebaut wird, ganz gleich, welche Probleme sich dabei stellen, aber wir dürfen uns in die Angelegenheiten des Konsortiums nicht einmischen.« Watanabe zündete wieder an der halbgerauchten Zigarette die nächste an, inhalierte tief, drückte die erste aus. Lieber hätte er den Aschenbecher, den Schreibtisch, das Gebäude und die ganze Anlage in die Luft gejagt – und dazu diesen Eindringling Kasigi, der es wagte, ihn zu verhören, der von nichts eine Ahnung, nie im Iran gearbeitet hatte und seine Position in der Gesellschaft nur der Verwandtschaft mit den Todas verdankte. »Im Gegensatz zu Chefingenieur Kasusaka«, fügte er unendlich sanft hinzu, »habe ich Kopien aller meiner Berichte aufbewahrt.«

»So ka?« Kasigi bemühte sich, sachlich zu klingen.

»Ja«, sagte Watanabe. Und Kopien dieser Kopien an einem sehr sicheren Ort, dachte er grimmig, während er einen dicken Ordner aus seiner Aktentasche zog und auf den Tisch legte. Nur für den Fall, daß du mich für deine Fehler verantwortlich machen willst. »Wenn Sie wünschen, können Sie sie gern lesen.«

»Danke.« Kasigi mußte sich beherrschen, um nicht sofort nach der Akte zu greifen.

Watanabe strich sich müde über die Stirn. Er hatte sich beinahe die ganze Nacht auf diese Besprechung vorbereitet. »Sobald wieder normale Zustände eingekehrt sind, wird die Arbeit rasch voranschreiten. Wir haben 80 Prozent der Anlage fertiggestellt. Ich bin sicher, daß wir die Produktion pünktlich aufnehmen können – das steht in allen meinen Berichten. Außerdem habe ich ihnen den Verlauf der Sitzung, in der Kasusaka-san mit den Partnern zusammengekommen ist, sowie sein Gespräch mit Gyokotomo-sama geschildert.«

»Was für eine Lösung schlagen Sie Iran-Toda vor?«
»Es wird erst eine geben, wenn die Lage sich wieder normalisiert hat.«
»Sie ist bereits normal, Sie haben doch die Rundfunkmeldung gehört.«
»Ich habe sie gehört, Kasigi-san, aber für mich bedeutet normal, daß die Regierung Bazargan alles in der Hand hat.«
»Das wird innerhalb weniger Tage der Fall sein. Ihre Lösung?«
»Sehr einfach: Wir suchen neue Partner, die kooperieren, sorgen für die erforderliche Finanzierung, und in einem Jahr, nicht einmal in einem Jahr, beginnen wir mit der Produktion.«
»Können wir die Partner wechseln?«
Watanabes Stimme wurde genauso hart wie sein Mund. »Die alten Partner waren alle vom Vorstand bestellt oder genehmigt, daher waren sie Leute des Schahs, daher sind sie verdächtig und sogenannte Feinde des Volkes. Seit Khomeinis Rückkehr haben wir keinen von ihnen gesehen und von keinem etwas gehört. Angeblich sind sie alle geflüchtet, aber...« Watanabe zuckte mit den Achseln. »Ich kann es nicht überprüfen, wenn ich keinen Fernschreiber, kein Telefon, keine Transportmittel besitze. Ich bezweifle, daß die Haltung der ›neuen‹ Partner anders sein wird.«
Kasigi nickte und blickte wieder zum Fenster hinaus, ohne etwas wahrzunehmen. Es ist leicht, Iraner, Tote, Geheimsitzungen und vernichtete Berichte für alles verantwortlich zu machen. Vorsitzender Yoshi Gyokotomo hat nie ein Zusammentreffen mit Kasusaka oder einen schriftlichen Bericht erwähnt. Warum sollte Gyokotomo ein so wichtiges Schriftstück unterschlagen? Es ist lächerlich, weil er und seine eigene Firma genauso gefährdet sind wie wir. Warum? Wenn Watanabe die Wahrheit spricht und seine Berichte dies beweisen, warum?
Während Watanabe Kasigi beobachtete, versteinerte sich dessen Miene, weil er die Antwort gefunden hatte: Die ungeheure Kostenüberschreitung und das Versagen der Leitung des Iran-Toda-Komplexes in Verbindung mit dem katastrophalen weltweiten Preisverfall bei Schiffsfrachten würde Hiro Toda persönlich das Genick brechen und uns für eine Übernahme reif machen. Übernahme durch wen? Natürlich durch Yoshi Gyokotomo, durch diesen Emporkömmling, diesen ehemaligen Bauern, der uns haßt, weil wir edle Nachkommen von Samurais sind.
Dann hatte Kasigi das Gefühl, als würde sein Gehirn explodieren. Natürlich von Yoshi Gyokotomo, den auch noch unsere Erzfeinde, die Mitsuwari Industries, unterstützen und ermutigen. Gyokotomo wird zwar hier ein Vermögen verlieren, aber MITI wird ihm helfen, seinen Anteil am Verlust zu verschmerzen. Sie werden die richtigen Hände schmieren, die Firma aufteilen und ihr mit gütiger Erlaubnis das richtige Management verpassen. Und mit den Todas werden ihre Verwandten, die Kasigis und die Kayamas, abserviert. Ich könnte genausogut tot sein.
Soll jetzt ausgerechnet ich die entsetzlichen Neuigkeiten nach Hause bringen? Watanabes Berichte werden nichts beweisen, denn Gyokotomo wird natürlich alles abstreiten, mich vernichten, weil ich ihn beschuldige, und laut hinauspo-

saunen, daß Watanabes Berichte die jahrelange schlechte Führung durch Hiro Toda schlüssig beweisen. Ich komme also auf jeden Fall in Schwierigkeiten. Ob mich Hiro Toda absichtlich in diese ausweglose Situation manövriert hat? Vielleicht will er mich durch einen seiner Brüder oder Neffen ersetzen...
In diesem Augenblick klopfte es, und die Tür flog auf. Watanabes junger Assistent stürzte verzweifelt herein und entschuldigte sich wortreich.
»Was ist geschehen?« unterbrach ihn Watanabe.
»Ein Komitee trifft ein, Watanabe-san, Kasigi-sama. Sehen Sie!« Der kreidebleiche junge Mann zeigte auf die Fenster an der Vorderfront des Gebäudes. Kasigi erreichte sie als erster. Vor dem Haupttor stand ein Lastwagen voller Revolutionäre, dem andere Lastautos und Personenwagen folgten. Bewaffnete sprangen heraus und blieben in Gruppen stehen.
Scragger näherte sich ihnen, blieb kurz stehen und ging dann weiter auf das Haupttor zu, wurde jedoch zur Seite gewunken, als ein großer Mercedes vorfuhr. Ihm entstieg ein kräftiger Mann in schwarzem Gewand, der einen schwarzen Turban trug und einen weißen Bart hatte. Ein wesentlich jüngerer Mann in hellem Anzug und offenem Hemd begleitete ihn. Beide trugen Brillen. Watanabe sog scharf die Luft ein.
»Wer ist das?« fragte Kasigi.
»Das weiß ich nicht, aber ein Ayatollah bedeutet immer Unannehmlichkeiten. Mullahs tragen weiße, Ayatollahs schwarze Turbane.« Die von einem halben Dutzend Wächtern umgebenen Männer betraten das Gebäude. »Bringen Sie sie hierher, Takeo, aber ehrerbietig!« Der junge Mann rannte davon. »Wir haben bis jetzt nur einmal von einem Ayatollah Besuch gehabt, und zwar vergangenes Jahr nach dem Brand in Abadan. Er hat unser iranisches Personal zusammengerufen, ihnen drei Minuten lang einen Vortrag gehalten und ihnen dann in Khomeinis Namen befohlen zu streiken. Damit haben unsere Schwierigkeiten angefangen. Nur wir Ausländer haben seither weitergemacht, so gut es ging.«
»Und was jetzt?« fragte Kasigi.
Watanabe zuckte mit den Achseln, trat zu einem Tisch, ergriff ein gerahmtes Foto von Khomeini, das Kasigi nicht bemerkt hatte, und hängte es an die Wand. »Nur aus Höflichkeit«, meinte er mit spöttischem Lächeln. »Setzen wir uns! Sie erwarten von uns Förmlichkeit. Bitte, setzen Sie sich ans Kopfende!«
»Nein, Watanabe-san, Sie sind hier der Chef, ich bin nur ein Besucher, bitte.«
»Wie Sie wünschen.« Watanabe setzte sich an seinen gewohnten Platz. Keiner sagte ein weiteres Wort.
Da unterbrach Kasigi das Schweigen. »Was für einen Brand in Abadan haben Sie gemeint?«
»Ach, entschuldigen Sie«, antwortete Watanabe, der in Wirklichkeit verärgert war, weil Kasigi nichts von diesem wichtigen Ereignis wußte. »Es war vergangenes Jahr im August, während des heiligen Monats Ramadan, in dem kein Gläubiger zwischen Sonnenaufgang und -untergang essen oder trinken darf. Es kam zu Protesten gegen den Schah, vor allem in Teheran und Qom,

aber es war nichts Ernstes, die Polizei und die SAVAK wurden leicht damit fertig. Am 15. August aber legten Brandstifter im Rex-Kino in Abadan Feuer. Zufällig waren alle Türen versperrt oder verbarrikadiert, zufällig kamen Feuerwehr und Polizei erst sehr spät, und in der Panik starben 500 Menschen, vor allem Frauen und Kinder.«
»Wie entsetzlich!«
»Ja. Die ganze Nation war empört. Man schob die Schuld sofort der SAVAK in die Schuhe und damit dem Schah. Der Schah aber machte die Linken dafür verantwortlich und schwor, daß weder die Polizei noch die SAVAK etwas damit zu tun hätten. Natürlich ordnete er eine Untersuchung an, die wochenlang lief. Natürlich wurde nie festgestellt, wer dafür verantwortlich war. Aber diese Brandstiftung war der Funke, der die zerstrittenen Oppositionsgruppen unter Khomeini vereinte und die Pahlevis vom Thron stürzte.«
»Wer hat Ihrer Meinung nach das Kino in Brand gesteckt?«
»Wer wollte die Pahlevis vernichten? Was bedeuten einem Fanatiker – gleich welcher Richtung – 500 Frauen und Kinder?«
Assistent Takeo öffnete die Tür. Gefolgt von sechs bewaffneten Männern traten der Ayatollah und der ihn begleitende Zivilist ein. Watanabe und Kasigi standen höflich auf und verbeugten sich.
»Willkommen«, grüßte Watanabe auf Japanisch, obwohl er sehr gut Persisch sprach. »Ich bin Naga Watanabe, führe hier die Aufsicht, und das ist Mr. Kasigi von unserem Hauptbüro in Japan. Mit wem habe ich die Ehre?«
Takeo, der perfekt Persisch sprach, begann zu übersetzen, aber der Zivilist, der bereits Platz genommen hatte, unterbrach ihn. *»Vous parlez français?«* fragte er Watanabe scharf.
»Iye – nein«, antwortete Watanabe auf Japanisch.
»Ich spreche ein wenig Französisch«, antwortete Kasigi zögernd, »aber Mr. Watanabe und ich beherrschen die englische Sprache besser.«
»Very good«, stellte der Mann fest. »Dann werden wir uns in dieser Sprache unterhalten. Ich bin Muzadeh, stellvertretender Minister für das Gebiet von Abadan, ernannt von Ministerpräsident Bazargan und...«
»Die Gesetze werden nicht von Bazargan, sondern vom Imam erlassen«, unterbrach ihn der Ayatollah scharf. »Der Imam hat Bazargan zum vorläufigen Ministerpräsidenten ernannt, bis unser islamischer Staat mit Allahs Hilfe geschaffen ist. Unter der Führung des Imam«, fügte er vielsagend hinzu.
»Ja, natürlich«, sagte Muzadeh und fuhr fort, als wäre er nie unterbrochen worden, »und teile Ihnen offiziell mit, daß der Iran-Toda-Komplex jetzt unter staatlicher Leitung steht. In drei Tagen wird eine Sitzung stattfinden, bei der das Management und die weiteren Operationen festgelegt werden. Alle bisherigen, unter dem Schah abgeschlossenen Verträge sind ungesetzlich und daher ungültig. Ich werde einen neuen Vorstand ernennen mit mir als Vorsitzendem sowie einem japanischen Arbeiter und Ihnen als Vertreter der Arbeitnehmer.«
»Und mit mir sowie einem Mullah aus Bandar-e Delam«, unterbrach ihn der Ayatollah abermals.

Muzadeh wechselte zornig ins Persische: »Wir können später über die Zusammensetzung des Vorstandes sprechen.« Seine Stimme klang gereizt. »Wichtig ist, daß es eine Arbeitnehmervertretung gibt.«
»Wichtig ist, daß wir das Werk Allahs tun.«
»In diesem Fall sind das Werk des Volkes und das Werk Allahs dasselbe.«
»Nicht, wenn das Werk des Volkes ein Deckname für das Werk des Satans ist.«
Die sechs iranischen Revolutionswächter bewegten sich unruhig. Unwillkürlich hatten sie eine Vierer- und eine Zweiergruppe gebildet. Einer entsicherte vorsichtig sein Gewehr.
»Was sagten Sie?« fragte Watanabe schnell und bemerkte erleichtert, daß sich nun alle Blicke auf ihn richteten. »Sie wollen einen neuen Vorstand bilden?«
»Ja.« Muzadeh riß seinen Blick vom Ayatollah los und fuhr fort: »Sie werden uns Ihre Bücher zur Überprüfung vorlegen und haften persönlich für alle – alle – vergangenen oder künftigen Verbrechen gegen den Iran.«
»Es hat sich von Anfang an um ein Gemeinschaftsunternehmen mit dem Iran gehandelt.«
»Mit dem Schah, nicht mit dem iranischen Volk«, erwiderte Muzadeh. Hinter ihm begannen die jungen Revolutionswächter zu murmeln.
»Das stimmt, Mr. Muzadeh.« Watanabe ließ sich nicht einschüchtern, er hatte in den letzten Monaten zu viele derartige Auseinandersetzungen erlebt. »Aber wir sind Japaner. Iran-Toda wird von japanischen Arbeitern mit größtmöglicher Unterstützung durch iranische Arbeiter erbaut und zur Gänze mit japanischem Geld finanziert...«
»Das hat nicht...«
»Ja, das wissen wir«, übertönte die Stimme des Ayatollahs den anderen, »und Sie sind im Iran willkommen. Die Japaner sind nicht wie die gemeinen Amerikaner oder die hinterhältigen Briten. Aber jetzt müssen wir neue Abkommen für die künftigen Operationen treffen. Unsere Leute werden hierbleiben und Fragen stellen. Bitte, arbeiten Sie mit ihnen zusammen! Sie haben nichts zu befürchten. Wir sind genauso wie Sie daran interessiert, daß die Anlage in Betrieb geht. Ich heiße Ischmael Ahwazi und bin der Ayatollah dieses Gebiets.« Er stand auf. »Wir kommen in vier Tagen wieder.«
»Wir haben andere Befehle«, begann Muzadeh auf Persisch. Aber der Ayatollah war bereits gegangen. Muzadeh stand auf und verließ mit seinen Männern ebenfalls den Raum.
Als sie endlich allein waren, zog Kasigi sein Einstecktuch heraus und wischte sich die Stirn ab. Takeo war sprachlos. Watanabe wühlte in seinen Taschen nach Zigaretten, aber die Packung war leer. Takeo kam zu sich, lief zu einer Schublade, fand eine Packung, öffnete sie und bot sie Watanabe an.
»Danke, Takeo.« Watanabe setzte sich. »Sie können jetzt gehen.« Er sah Kasigi an. »Es geht also wieder los.«
»Ja.« Kasigi nickte. »Das ist die beste Nachricht, die wir bekommen konnten.«
Watanabe blickte ihn an.

»Was ist?« fragte Kasigi.
»Ich habe nicht gemeint, daß die Arbeit wieder losgeht, Kasigi-san«, antwortete der Chefingenieur mit Nachdruck. »Der neue Vorstand wird nicht besser sein als der alte, sondern schlechter. Bei den bisherigen Partnern hat das unvermeidliche Pischkesch alle Türen geöffnet, und man wußte, woran man war. Aber bei diesen Fanatikern, diesen Dilettanten?« Watanabe fuhr sich gereizt mit der Hand durch das Haar.
»Der Ayatollah hat also gelogen?« Kasigis gute Laune war wie weggeblasen.
»Nein. Dieser arme Irre glaubt, was er sagt, aber es wird nichts geschehen. Die Polizei und die SAVAK haben Abadan und dieses Gebiet noch in der Hand – die Einwohner bestehen hauptsächlich aus Arabern, also Sunniten, keinen schiitischen Iranern. Ich meine, daß das Morden weitergehen wird.« Watanabe schilderte die Auseinandersetzung, welche die beiden Männer auf Persisch geführt hatten. »Es wird jetzt schlimmer werden, weil beide Gruppierungen die Macht anstreben.«
»Diese Barbaren wollen Khomeini nicht gehorchen? Wollen die Waffen nicht abliefern?«
»Die Linken, zu denen Muzadeh offensichtlich gehört, werden mit Hilfe der Sowjets den Kampf fortsetzen, denn die Russen haben am Iran schon immer Interesse – nicht wegen des Öls, sondern wegen der Straße von Hormus. Denn wenn sie die Meerenge beherrschen, haben sie den Westen in der Hand – und Japan. Von mir aus können der Westen, die USA und die übrige Welt zum Teufel gehen, aber wir müssen einen Krieg beginnen, wenn die Straße für unsere Schiffe gesperrt wird.«
»Natürlich bin ich Ihrer Meinung.« Auch Kasigi war gereizt. »Wir alle wissen das. Natürlich bedeutet es Krieg – solange wir vom Öl abhängig sind.«
»Ja.« Watanabe lächelte grimmig. »Zehn Jahre, nicht mehr.«
»Ja.« Beide Männer wußten um die ungeheuren Anstrengungen Japans, die in offenen und geheimen Forschungsprojekten unternommen wurden, um alternative Energiequellen zu entwickeln, durch die Japan autark werden würde. *Das* nationale Projekt. Die neuen Energiequellen: die Sonne und das Meer.
»Zehn Jahre, nur zehn Jahre.« Kasigi war selbstsicher. »Wir brauchen zehn Jahre Frieden und freien Zugang zum US-Markt, dann...«
Ein Feuerstoß vor dem Gebäude unterbrach ihn. Einen Augenblick lang rührte sich keiner der beiden, dann rannten sie zum Fenster. Vier Stockwerke unter ihnen standen der Ayatollah und Muzadeh auf der Treppe. Vor ihnen zielte ein einzelner Mann in der Mitte eines Halbkreises von Bewaffneten mit einer automatischen Waffe auf sie. Die übrigen Revolutionswächter befanden sich bei den Lastwagen. Scragger stand am Rand der Szene und zog sich in eine sicherere Position zurück. Der Ayatollah hob die Arme und wandte sich an die Anwesenden. Watanabe wollte hören, was er sagte, und öffnete das Fenster.
»Im Namen Allahs, liefert eure Waffen ab! Der Imam hat es befohlen – ihr habt alle die Ansprache im Rundfunk gehört. Ich wiederhole: Gehorcht ihm und liefert eure Waffen ab!«

Die Antwort war zorniges Geschrei. Die Männer brüllten einander an und schüttelten drohend die Fäuste. Scragger verschwand unauffällig hinter einem Gebäude.
Watanabe lehnte sich weiter aus dem Fenster. »Der Mann mit dem Gewehr... ich kann nicht erkennen, ob er eine grüne Armbinde trägt – aha, er hat keine, also muß er ein Fedajin oder Tudeh sein.«
Im Hof herrschte jetzt Stille. Unmerklich suchten die Männer bessere Positionen, jeder hatte seine Waffe im Anschlag, jeder beobachtete seinen Nachbarn, alle Nerven waren angespannt. Der Mann, der den Ayatollah und Muzadeh bedrohte, hob seine Waffe und brüllte den Ayatollah an: »Befiehl deinen Männern, die Gewehre wegzulegen!«
Muzadeh, der eine Konfrontation vermeiden wollte, weil seine Anhänger sich in der Minderzahl befanden, trat vor: »Hör auf, Hassan! Du...«
»Wir haben nicht dafür gekämpft, und unsere Brüder sind nicht dafür gestorben, daß die Mullahs uns die Gewehre und die Macht entreißen.«
»Die Regierung besitzt die Macht.« Muzadehs Stimme wurde lauter. »Ihr könnt alle eure Gewehre behalten, aber gebt sie in meinem Büro ab, denn ich vertrete die Regierung.«
»Das ist nicht wahr«, rief der Ayatollah. »Erstens werden in Allahs Namen alle nicht-islamischen Revolutionswächter ihre Gewehre auf den Boden legen und in Frieden gehen, zweitens untersteht die Regierung dem Revolutionskomitee unter der direkten Leitung des Imam, und drittens ist dieser Muzadeh noch nicht in seinem Amt bestätigt und besitzt deshalb überhaupt keine Autorität. Gehorcht, oder wir werden euch entwaffnen.«
»Ich vertrete die Regierung.«
»Das ist nicht wahr.«
»Allah-u Akbar!« schrie einer, drückte auf den Abzug und traf Hassan voll in den Rücken. Der junge Mann drehte sich um seine eigene Achse und brach zusammen. Sofort krachten weitere Gewehre, und die Männer gingen in Deckung oder griffen ihren Nachbarn an. Der Kampf war kurz und heftig. Viele starben, und Muzadehs Männer waren in der Minderzahl. Die *hezbollahis* kannten kein Erbarmen. Ein paar von ihnen hatten Muzadeh gepackt und ihn auf die Knie gezwungen; er flehte um Gnade.
Den Ayatollah hatten Kugeln in Brust und Bauch getroffen, ein Mann hielt ihn in seinen Armen, sein Gewand war blutbefleckt. Ein Blutfaden sickerte aus seinem Mund in den Bart. »Allah ist groß... Allah ist groß«, murmelte er, dann überfiel ihn jäher Schmerz, und er stöhnte.
Dem Mann, der ihn festhielt, flossen die Tränen über die Wangen. »Meister, berichte Allah, daß wir versucht haben, dich zu schützen.«
»Allah ist groß«, murmelte er.
»Was wird aus Muzadeh?« fragte jemand. »Was sollen wir mit ihm tun?«
»Verrichtet Allahs Werk. Tötet ihn – wie ihr alle Feinde des Islams töten müßt. Es gibt keinen Gott außer Allah...«
Sie gehorchten dem Befehl sofort und grausam. Der Ayatollah starb lächelnd mit dem Namen Allahs auf den Lippen.

24

Luftwaffenbasis Kowiss: 14 Uhr 32. Manuela Starke bereitete in der Küche des Bungalows Chili zu. Country-Musik aus einem batteriebetriebenen Kassettenrecorder erfüllte den Raum. Auf dem Gasherd stand schon ein großer Topf mit Brühe und einem Teil der Zutaten, und als der Eintopf zu kochen begann, drehte sie das Gas zurück, um das Gemisch sieden zu lassen. Die Küche war zwar klein und unbequem, nicht zu vergleichen mit der geräumigen und hochmodernen in ihrem Elternhaus in Lubbock, aber die Enge machte ihr nichts aus. Sie war um jede Beschäftigung froh, die sie von der Frage ablenkte, wann sie ihren Mann wiedersehen würde.

Am Samstag war Conroe mit dem Mullah nach Bandar-e Delam geflogen. Heute ist Dienstag, sagte sie sich beruhigend, es sind also noch nicht einmal drei Tage vergangen. Letzten Abend hatte er über Funk mit ihr gesprochen: »Hallo, Liebling, hier ist alles in Ordnung, du brauchst dir keine Sorgen zu machen. Ich muß leider gleich wieder aufhören, im Augenblick ist unsere Sendezeit beschränkt. Ich liebe dich, und wir sehen uns bald wieder.« Seine Stimme klang laut und selbstsicher, doch sie spürte in ihr eine Nervosität, die sie bis in den Traum verfolgte. Du redest es dir nur ein. Er wird bald wieder da sein. Konzentriere dich auf das Kochen.

Sie hatte aus London nur Chili und alle möglichen Gewürze sowie ein paar Vorräte mitgebracht. Da in ihrer Wohnung in Teheran noch genügend Kleider hingen, brauchte sie keine mitzunehmen. Das Chili war auch wichtiger: Starke liebte die mexikanische Küche, und beide waren sich einig, daß Ziegenfleisch nur mit Chili oder Curry genießbar war.

Heute hatte sie Brot gebacken. Die drei Laibe kühlten unter Musselintüchern aus, die die Fliegen fernhielten. Verdammte Fliegen, dachte sie, sie sind eine Plage – sogar in Lubbock. Ach ja, ich würde gern wissen, wie es den Kindern geht.

Billy Joe, Conroe junior und Sarita. Sieben, fünf und drei Jahre alt. Ich bin so froh, daß ich euch zu meinem Daddy gebracht habe, dachte sie, dort könnt ihr auf unseren 10 000 Morgen Grund nach Herzenslust herumtollen.

»Texas auf ewig«, sagte sie laut und lachte über sich. Ihre geschickten Finger arbeiteten flink, von Zeit zu Zeit schmeckte sie den Eintopf ab. Draußen ging Freddy Ayre über den kleinen Platz zum Tower. Pavoud, ihr Bürovorsteher, begleitete ihn. Hinter ihnen konnte sie die Hauptrollbahn und den Großteil der schneebedeckten Basis sehen. Die tiefhängenden Wolken verdeckten die Berggipfel. Ein paar Piloten und Mechaniker stießen lustlos einen Fußball herum. Marc Dubois – der den Mullah von Bandar-e Delam zurückgeflogen hatte – befand sich unter ihnen.

Sonst war hier nichts los. Die Maschinen wurden gewartet, die Ersatzteile überprüft und lackiert – seit Sonntag, seit dem Angriff auf die Basis war niemand mehr gestartet. Und seit der Meuterei. Am Sonntag abend waren drei Meuterer, ein Pilot und zwei Sergeants vom Panzerregiment, vor ein Kriegsgericht gestellt und im Morgengrauen erschossen worden. In den letzten beiden Tagen war es auf der Basis ruhig gewesen. Gestern waren lediglich zwei Kampfflugzeuge aufgestiegen. Da es auf dieser Ausbildungsbasis für gewöhnlich sehr lebhaft zuging, war diese Ruhe merkwürdig. Nur ein paar Lastwagen fuhren herum, es gab keine Panzer, keine Appelle, keine Besucher. In der Nacht waren Schüsse gefallen, jemand hatte geschrien – aber bald war wieder Stille eingetreten.
Sie betrachtete sich kritisch im Spiegel über dem Spülbecken, bewegte das Gesicht hin und her und musterte ihre Figur, soweit sie sie sehen konnte. »Jetzt siehst du noch gut aus, Süße«, erklärte sie ihrem Spiegelbild, »aber du solltest lieber rechtzeitig anfangen zu joggen und weniger zu essen.«
Das Chili begann zu spritzen. Sie drehte die Flamme noch etwas kleiner und kostete den eingedickten roten Eintopf. »Mensch«, meinte sie genußvoll, »das wird Conroe vielleicht schmecken.« Ihr Gesicht wurde ernst. Es würde ihm schmecken, wenn er hier wäre. Macht nichts, die Jungs werden sich darüber freuen.
Als sie das Geschirr spülte, mußte sie unaufhörlich an Bandar-e Delam denken, und ihre Augen füllten sich mit Tränen. »Scheiße! Reiß dich zusammen!«
»CASEVAC!« Sie erschrak, als sie den Ruf draußen hörte, und schaute zum Fenster hinaus. Niemand spielte mehr Fußball. Statt dessen starrten alle Ayre an, der aufgeregt die äußere Treppe des Tower herunterrannte. Sie sah, wie sich die Männer zuerst um ihn drängten und sich dann wieder zerstreuten. Ayre ging auf Manuelas Bungalow zu. Hastig nahm sie die Schürze ab, glättete ihr Haar, wischte sich die Tränen ab und öffnete ihm die Tür.
»Was ist los, Freddy?«
Er strahlte. »Ich wollte dir nur erzählen, daß ich eine 212 für eine sofortige CASEVAC nach Isfahan fertigmachen muß. Die IranOil hat die Genehmigung erteilt.«
»Ist das nicht ein bißchen weit?«
»O nein, nur gute 300 Kilometer, ein paar Stunden – es bleibt lang genug hell. Marc wird dort übernachten und morgen zurückkommen. Es tut gut, wenn man etwas zu tun hat. Seltsamerweise haben sie verlangt, daß Marc fliegen soll.«
»Warum er?«
»Das weiß ich nicht. Vielleicht, weil er Franzose ist, und sein Land Khomeini geholfen hat. Ich muß jetzt weiter. Dein Chili riecht großartig. Marc ist wütend, weil er nichts davon abbekommt.« Er marschierte zum Büro hinüber. Sie blieb in der Tür stehen. Die Mechaniker schoben eine 212 aus dem Hangar. Marc Dubois hatte bereits seinen Winteroverall an und winkte fröhlich, während er zum Helikopter lief, um den Abflug-Check zu überwa-

chen. Dann bemerkte sie die vier Autos, die über die Einfassungsstraße kamen. Auch Freddy Ayre hatte sie erblickt. Er runzelte die Stirn und ging ins Büro. »Haben Sie die Starterlaubnis bei der Hand, Mr. Pavoud?«
»Ja, Exzellenz...« Pavoud überreichte sie ihm.
Ayre bemerkte nicht, wie angespannt Pavoud war, und daß seine Hände zitterten. »Danke. Bitte kommen Sie mit, falls die Gespräche in Persisch geführt werden.«
»Aber, Exzellenz...«
»Kommen Sie schon.« Ayre knöpfte seine Fliegerjacke zu und lief hinaus. Pavoud wischte sich die schweißnassen Hände ab. Die übrigen nicht minder besorgten Iraner beobachteten ihn.
»Wie es Allah gefällt«, sagte einer von ihnen, der froh war, daß Pavoud mitgehen mußte und nicht er.
Ayre traf gleichzeitig mit den Autos bei der 212 ein. Sein Lächeln verschwand. Die Wagen waren mit *hezbollahis* vollgestopft, die sich jetzt um den Hubschrauber verteilten. Auch ein paar Flieger in Uniform waren dabei. Der Mullah Hussain Kowissi, der über der Schulter seine AK 47 trug, kletterte aus dem Vordersitz des ersten Wagens. Er führte offensichtlich den Befehl. Seine Leute öffneten die hinteren Türen des ersten Wagens und zerrten Oberst Peschadi und dann seine Frau heraus. Peschadi verfluchte sie brüllend, und sie wichen ein wenig zurück. Er zog seinen Uniformmantel zurecht. Seine Frau trug einen schweren Wintermantel, Handschuhe, einen kleinen Hut und eine Schultertasche. Ihr Gesicht war blaß und angespannt, aber wie ihr Mann hielt sie den Kopf stolz erhoben. Sie griff ins Auto nach ihrer Einkaufstasche. Einer der *hezbollahis* war schneller und holte sie heraus; er zögerte kurz, übergab sie ihr dann aber doch.
Ayre versuchte, nicht zu zeigen, wie erschrocken er war. »Was ist hier los, Sir?«
»Wir werden unter Bewachung nach Isfahan geschickt. Meine Basis ist verraten worden und in die Hände von Aufrührern gefallen.« Der Oberst drehte sich wütend zu Hussain um und sprach auf Persisch weiter: »Ich wiederhole: Was hat meine Frau damit zu tun?« Einer der nervösen *hezbollahis* stieß ihm ein Gewehr in den Rücken. Ohne sich umzusehen, schlug der Oberst die Waffe zur Seite. »Sohn einer läufigen Hündin!«
»Hören Sie auf!« befahl Hussain auf Persisch. »Ich habe Ihnen den Befehl aus Isfahan gezeigt, laut dem Sie und Ihre Frau sofort...«
»Befehl? Ein dreckiger Fetzen Papier, auf das ein Analphabet etwas Unleserliches gekritzelt hat, und das von einem Ayatollah unterschrieben ist, von dem ich noch nie gehört habe.«
Hussain trat zu ihm. »Steigen Sie beide in den Hubschrauber«, warnte er, »oder ich lasse Sie hineinschleppen.«
»Wenn die Maschine bereit ist.« Der Oberst holte verächtlich eine Zigarette heraus. »Gib mir Feuer«, befahl er dem Nächststehenden, und als dieser zögerte, schnarrte er: »Bist du taub? Feuer!«
Der Mann fand in einer seiner Taschen eine Schachtel Streichhölzer. Die

Umstehenden nickten zustimmend, sogar der Mullah, denn sie bewunderten Mut angesichts des Todes – nein, der Hölle, denn Peschadi war ein Mann des Schahs und für die Hölle bestimmt.
Hussain trat zu Ayre, der entsetzt zu begreifen versuchte, was sich hier abspielte. Marc Dubois hatte den Check unterbrochen und stand genauso verständnislos neben ihm. *»Salaam.«* Der Mullah versuchte höflich zu sein. »Sie haben nichts zu befürchten. Der Imam hat befohlen, daß das Leben sich wieder normalisieren soll.«
»Normalisieren?« wiederholte Ayre zornig. »Dieser Mann ist Oberst Peschadi, Befehlshaber eines Panzerregiments, Held Ihres Expeditionskorps, das Oman bei der Niederschlagung einer von den Marxisten unterstützten Revolte und einer Invasion aus dem Süd-Yemen unterstützt hat.« Das war 1973 gewesen, als der Sultan von Oman den Schah um Hilfe gebeten hatte. »Oberst Peschadi hat die höchste Auszeichnung Ihres Landes für Tapferkeit vor dem Feind erhalten.«
»Das stimmt. Aber jetzt muß Oberst Peschadi Fragen beantworten, die Verbrechen gegen das iranische Volk und gegen die Gesetze Allahs betreffen. *Salaam*, Captain Dubois, ich freue mich, daß Sie uns fliegen werden.«
»Wir wurden aufgefordert, eine CASEVAC zu fliegen. Das ist keine CASEVAC«, antwortete Dubois.
»Es handelt sich um eine Evakuierung – der Oberst und seine Frau werden ins Hauptquartier nach Isfahan gebracht.«
»Ich bedaure, aber unsere Maschinen stehen bei der IranOil unter Vertrag«, widersprach Ayre. »Wir können Ihrer Bitte nicht nachkommen.«
Der Mullah drehte sich um und rief: »Exzellenz Esvandiari.«
Hakim Esvandiari – dem man den Spitznamen »Klugscheißer« gegeben hatte, war Anfang 30, bei den Ausländern beliebt und von S-G ausgebildet. Einen Augenblick lang erkannte keiner der S-G-Leute ihren Gebietsmanager. Normalerweise war er überkorrekt gekleidet und glattrasiert, aber jetzt hatte er drei oder vier Tage alte Bartstoppeln, trug grobe Kleidung mit einer grünen Armbinde, einen Schlapphut und eine M 16 über der Schulter. »Der Flug ist bewilligt.« Er reichte Ayre die üblichen Formulare. »Ich habe sie unterschrieben, und sie sind gestempelt.«
»Ihnen ist doch klar, Klugscheißer, daß es sich um keine rechtmäßige CASEVAC handelt?«
»Mein Name ist Esvandiari – Mr. Esvandiari. Und es handelt sich um einen rechtmäßigen Befehl von IranOil, bei der Sie aufgrund Ihres Vertrages beschäftigt sind.« Seine Miene verhärtete sich. »Wenn Sie bei guten Wetterbedingungen einen rechtmäßigen Befehl nicht ausführen, brechen Sie den Vertrag. Wenn Sie das grundlos tun, haben wir das Recht, alle Geldmittel, Flugzeuge, Hangare, Ersatzteile, Häuser und Ausrüstungsgegenstände zu beschlagnahmen und Sie auszuweisen.«
»Das können Sie nicht machen.«
»Ich bin hier jetzt der leitende Vertreter von IranOil«, erwiderte Esvandiari kurz. »IranOil gehört der Regierung. Das Revolutionskomitee unter der

Leitung von Imam Khomeini, Friede sei mit ihm, ist die Regierung. Lesen Sie Ihren Vertrag mit IranOil – auch den Vertrag zwischen S-G und der Iran Helicopter Company. Fliegen Sie nun die Charter oder weigern Sie sich?«
Ayre beherrschte sich. »Was ist mit Ministerpräsident Bachtiar und der Regierung?«
»Bachtiar?« Esvandiari und der Mullah starrten ihn an. »Haben Sie es noch nicht gehört? Er hat abgedankt und ist geflohen, die Generäle haben gestern früh kapituliert, der Imam und das Revolutionskomitee bilden jetzt die Regierung des Iran.«
Ayre, Dubois und die übrigen Ausländer starrten ihn mit offenem Mund an. Der Mullah sagte etwas auf Persisch, und seine Männer lachten.
»Kapituliert?« Mehr brachte Ayre nicht heraus.
»Es war Allahs Wille, daß die Generäle Vernunft annahmen.« Hussains Augen glitzerten. »Sie wurden verhaftet. So wie alle Feinde des Islams. Auch Nassiri – Sie haben doch von ihm gehört?« Nassiri war der verhaßte Leiter der SAVAK, dessen Verhaftung der Schah vor einigen Wochen angeordnet hatte und der im Gefängnis auf seinen Prozeß wartete. »Nassiri wurde für schuldig befunden, Verbrechen gegen die Menschlichkeit begangen zu haben, und erschossen – zusammen mit drei weiteren Generälen. Sie vergeuden meine Zeit. Fliegen Sie oder nicht?«
Ayre konnte kaum vernünftig überlegen. Wenn das, was Hussain erzählte, stimmte, dann waren Peschadi und seine Frau so gut wie tot. Das alles kam so überraschend. »Natürlich fliegen wir eine... eine offizielle Charter. Was wollen Sie genau?«
»Daß Sie seine Exzellenz den Mullah Hussain Kowissi sofort mit seiner Begleitung nach Isfahan fliegen. Sofort. Mit dem Gefangenen und seiner Frau«, antwortete Esvandiari ungeduldig.
»Der Oberst und seine Frau stehen nicht auf der Genehmigung.«
Esvandiari riß ihm das Papier noch ungeduldiger aus der Hand und schrieb etwas dazu. »Jetzt stehen sie darauf.« Er zeigte an Ayre und Dubois vorbei auf Manuela. Er hatte sie in dem Augenblick bemerkt, in dem er gelandet war. Sie wirkte verführerisch und aufregend wie immer. »Sie besitzt nicht das Recht, sich auf dieser Basis aufzuhalten. Ich sollte sie wegen unbefugten Betretens verhaften lassen.«
Von der 212 her rief Oberst Peschadi zornig auf Englisch: »Fliegen Sie noch heute oder nicht? Uns wird langsam kalt. Beeilen Sie sich, Ayre – ich möchte so wenig Zeit wie möglich mit diesem Geschmeiß verbringen.«
Esvandiari und der Mullah wurden rot. Ayre antwortete: »Ja, Sir. Entschuldigen Sie. Bist du soweit, Marc?«
»Ja.« Dubois wandte sich an Esvandiari: »Wo ist meine militärische Starterlaubnis?«
»Sie liegt bei. Auch die Starterlaubnis für den morgigen Rückflug.« Auf Persisch fügte Esvandiari zum Mullah gewandt hinzu: »Ich schlage vor, daß Sie sich an Bord begeben, Exzellenz.«
Der Mullah nickte. Die Revolutionswächter bedeuteten Peschadi und seiner

Frau einzusteigen. Sie schritten hocherhobenen Hauptes die Treppe hinauf. Hinter ihnen drängten sich Bewaffnete hinein. Der Mullah setzte sich neben Dubois.
»Moment mal«, begann Ayre, der den Schock überwunden hatte. »Wir fliegen keine Bewaffneten. Das verstößt gegen die Vorschriften.«
Esvandiari rief einen Befehl und zeigte auf Manuela. Sofort wurde sie von vier Bewaffneten umringt, während andere auf Ayre zutraten. »Jetzt geben Sie Dubois das Zeichen zum Start.«
Ayre gehorchte zähneknirschend. Dubois startete und Sekunden später befand er sich in der Luft.
»Jetzt gehen wir ins Büro.« Esvandiari überbrüllte das Heulen der Triebwerke. Er befahl den Männern um Manuela, wieder ins Auto zu steigen. »Laßt einen Wagen und vier Wächter hier, ich habe für die Fremden noch weitere Befehle. Du«, wandte er sich an Pavoud, »machst mir eine Aufstellung von allen hier stationierten Maschinen, allen Ersatzteilen, allen Transportmitteln, den Treibstoffvorräten, den Namen, Beschäftigungen, Nummern der Pässe, der Aufenthaltsgenehmigungen, der Flugscheine. Verstanden?«
»Ja, Exzellenz Esvandiari.«
»Und ich will morgen alle Pässe und Genehmigungen sehen. Mach dich an die Arbeit.« Der Mann zog ab. Esvandiari ging Ayre in Starkes Büro voraus und setzte sich hinter den Schreibtisch. »Nehmen Sie Platz.«
»Sie sind zu gütig«, antwortete Ayre spöttisch und setzte sich ihm gegenüber. Die ungefähr gleichaltrigen Männer musterten einander.
Der Iraner zündete sich eine Zigarette an. »Von nun an ist das mein Büro. Jetzt befindet sich der Iran endlich in iranischen Händen, und wir können beginnen, die notwendigen Veränderungen vorzunehmen. In den nächsten beiden Wochen werden Sie unter meiner persönlichen Leitung operieren, bis ich sicher bin, daß Sie die neue Situation begriffen haben. Ich bin die oberste Autorität der IranOil für das Gebiet von Kowiss, ich werde alle Fluggenehmigungen ausstellen, niemand startet ohne meine schriftliche Bewilligung oder ohne bewaffneten Wächter.«
»Das verstößt gegen die iranischen Gesetze. Davon abgesehen ist es verdammt gefährlich.«
Lange Stille folgte, dann nickte Esvandiari. »Sie werden Wächter mit Gewehren befördern – aber ohne Munition.« Er lächelte. »Wie Sie sehen, können wir auch Kompromisse schließen. Wir können sehr vernünftig sein. Die neue Ära wird auch Ihnen Gutes bringen.«
»Hoffentlich auch Ihnen.«
»Was soll das heißen?«
»Daß jede Revolution, von der ich gelesen habe, allmählich ihre Kinder frißt, daß Freunde sehr schnell zu Feinden werden und noch schneller sterben.«
»Nicht bei uns.« Esvandiari war seiner Sache sicher. »Bei uns handelt es sich um eine echte Revolution des Volkes – des gesamten Volkes. Alle wollten den Schah und seine ausländischen Drahtzieher loswerden.«
»Hoffentlich haben Sie recht.« Du armer Teufel, dachte Ayre. Wenn eure

Führer vier Generäle – lauter gute Leute bis auf Nassiri – innerhalb von nicht einmal 24 Stunden richten, verurteilen und erschießen können, tapfere Patrioten wie Peschadi und seine Frau verhaften und beschimpfen können, dann helfe dir Gott. »Ist das für den Augenblick alles?«
»Beinahe.« In Esvandiari stieg Zorn hoch. Durch das Fenster bemerkte er Manuela, die mit einigen Piloten zum Bungalow zurückging, und seine Begierde steigerte seinen Zorn. »Es wäre gut, wenn Sie alle lernen würden sich zu betragen und zur Kenntnis zu nehmen, daß der Iran ein asiatisches, ein orientalisches Land, eine Weltmacht ist und nie wieder von den Engländern, den Amerikanern oder den Sowjets ausgebeutet wird.« Er glitt in seinem Stuhl tiefer und legte die Füße auf den Schreibtisch. »Die Engländer waren schlimmer als die Amerikaner. Sie haben uns 150 Jahre lang gedemütigt, unseren alten Pfauenthron und unser Land wie ihren Privatbesitz behandelt und sich darauf ausgeredet, daß sie Indien verteidigen müssen. Sie haben uns unsere Herrscher aufgezwungen, uns dreimal besetzt, uns ungerechte Verträge diktiert, unsere Führer bestochen, damit sie ihnen Konzessionen erteilen.« Sein Gesicht verzerrte sich. »Stimmt das vielleicht nicht?«
Ayre hatte sich nicht gerührt. »Ich brauche keine Vorträge, ich will nur meine Arbeit machen. Wenn wir keine zufriedenstellende Methode finden können, müssen wir weitersehen. Wenn Sie dieses Büro haben wollen, in Ordnung. Wenn Sie hier auftrumpfen wollen, in Ordnung. Sie haben das Recht zu feiern. Sie haben gesiegt, Sie besitzen die Gewehre und die Macht und jetzt auch die Verantwortung. Und Sie haben recht, es ist Ihr Land. Lassen wir es also dabei bewenden, ja?«
Esvandiari starrte ihn haßerfüllt an. Obwohl ihm klar war, daß Ayre keine Schuld daran trug, wußte er auch, daß er ein Blutbad angerichtet haben würde, wenn Ayre ihm nicht gehorcht und den Mullah sowie den Verräter Peschadi nicht zur Gerichtsverhandlung geflogen hätte. Ich habe den Soldaten, den Peschadi ermordet hat, nicht vergessen, auch nicht alle anderen Soldaten, die ermordet wurden, als Peschadi uns zurückschlug und Hunderte starben, darunter mein Bruder und meine beiden besten Freunde. Ich habe keinen von ihnen vergessen.
Er gewann seine Selbstbeherrschung wieder und erinnerte sich an die Wichtigkeit seiner Aufgabe. »In Ordnung. Lassen wir es dabei bewenden.«
Er stand auf. Müde war er jetzt, aber auch stolz darauf, wie er sie untergekriegt hatte, und überzeugt, daß er die Fremden dazu bringen würde, sich ordentlich zu benehmen und zu arbeiten, bis man sie auswies. Es dauert nicht mehr lange, dachte er. Es wird mir nicht schwerfallen, den Langzeitplan der Partner in Kraft treten zu lassen. Ich bin Valiks Meinung. Wir haben genügend iranische Piloten und brauchen keine Fremden. Ich darf diese Operation leiten, denn zum Glück war Valik im geheimen immer ein Anhänger Khomeinis. Bald werde ich ein großes Haus in Teheran besitzen, und meine beiden Söhne werden dort die Universität besuchen.
»Ich bin morgen früh um neun wieder hier.« Er schloß die Tür nicht, als er hinausging.

»Verdammt«, murmelte Ayre. Dann fiel ihm etwas ein, und er ging ins Vorzimmer. Pavoud und die übrigen standen an den Fenstern. »Pavoud!«
»Ja, Exzellenz?«
Das Gesicht des Mannes war aschgrau und sah viel älter aus als sonst. »Wußten Sie, daß die Generäle aufgegeben haben?«
»Nein, Exzellenz.« Pavoud war daran gewöhnt zu lügen. Im Moment beschäftigten ihn andere Sorgen. Verzweifelt versuchte er sich zu erinnern, ob er in den letzten drei Jahren einen Fehler begangen, sich Esvandiari gegenüber verraten hatte. Es wäre ihm nicht im Traum eingefallen, daß der Mann im geheimen ein Revolutionswächter war. »Es gab zwar Gerüchte über ihre Kapitulation, aber Sie wissen ja, wieviel geredet wird.«
»Ja, da haben Sie recht.«
»Haben Sie etwas dagegen, wenn ich mich setze?« Pavoud, der sich plötzlich uralt fühlte, tastete nach einem Stuhl. Er schlief seit einer Woche schlecht, und der drei Kilometer lange Marsch von dem kleinen Haus in Kowiss, in dem er mit der Familie seines Bruders lebte, war ihm an diesem Morgen schwerer gefallen als sonst. Natürlich hatten alle Bewohner von Kowiss gewußt, daß die Generäle zu Kreuz gekrochen waren. Die Nachricht kam aus der Moschee, der Mullah Hussain verkündete sie und behauptete, daß er es durch einen geheimen Funkspruch aus Khomeinis Hauptquartier in Teheran erfahren hatte. Also mußte es wahr sein.
Ihr Tudeh-Führer hatte sofort eine Versammlung einberufen, auf der sie alle verblüfft über die Feigheit der Generäle diskutierten. »Das beweist nur den schlechten Einfluß der Amerikaner. Die haben sie verraten und dazu gebracht, daß sie aufgeben und sich damit selbst umbringen. Denn natürlich werden sie alle sterben, sei es durch uns oder durch diesen Wahnsinnigen Khomeini.«
Alle waren fest entschlossen gewesen, hatten aber zugleich Angst vor dem bevorstehenden Kampf gegen die Eiferer und die Mullahs gehabt. Pavoud atmete erleichtert auf, als ihnen der Führer den Auftrag gab, in Deckung zu bleiben und zu warten, bis der Befehl zur allgemeinen Erhebung eintraf. »Es ist ungeheuer wichtig, Genosse Pavoud, daß du mit den ausländischen Piloten auf der Basis ein gutes Einvernehmen herstellst. Wir werden sie und ihre Helikopter brauchen, oder zumindest verhindern müssen, daß die Feinde des Volkes sie benützen. Wir sollten uns jetzt ruhig verhalten, warten und Geduld haben. Wenn wir dann gegen Khomeini auf die Straße gehen, werden unsere Freunde und Verbündeten im Norden mit ihren Streitkräften die Grenze überschreiten...«
Pavoud merkte, daß Ayre ihn beobachtete. »In Ordnung, Captain, nur macht mir das alles Sorgen... diese neue Ära.«
»Sie tun einfach, was Esvandiari befiehlt.« Ayre überlegte kurz. »Ich gehe jetzt in den Tower und teile der Zentrale mit, was sich ereignet hat. Geht es Ihnen bestimmt gut?«
»Ja, ganz bestimmt, danke.«
Ayre runzelte die Stirn, ging dann jedoch durch den Korridor und die Treppe

hinauf. Die überraschende Veränderung Esvandiaris, der jahrelang liebenswürdig und freundlich gewesen war, hatte ihn aus der Fassung gebracht. Zum ersten Mal hatte er das Gefühl, daß es im Iran keine Zukunft mehr für sie gab.

Zu seiner Überraschung war der Tower-Raum leer. Seit der Meuterei am Sonntag hatte sich hier ständig ein Posten aufgehalten. Major Changiz hatte ihm mitgeteilt, daß er nur während des Tages und auch dann nur das absolut Notwendige senden dürfe. Bei dieser Gelegenheit erkundigte sich Ayre nach dem Funker Massil und erfuhr, daß er noch verhört wurde – wegen seiner Zugehörigkeit zur PLO und seiner Aktivitäten.

Einen Tag später hatte Changiz Ayre mitgeteilt, daß Massil gestanden habe und erschossen worden sei. Der arme Teufel, dachte Ayre, als er die Tür hinter sich zuzog und den Sender einschaltete. Massil verhielt sich uns gegenüber immer loyal. Er war so froh, daß er hier arbeiten konnte.

Ayre wartete, bis das Hochfrequenzgerät und die anderen Apparate warm wurden. Ihr Summen beruhigte ihn etwas, und das Flackern der roten und grünen Lämpchen gab ihm das Gefühl, von der Welt nicht mehr ganz so abgeschnitten zu sein.

Er griff nach dem Sendeschalter und hoffte, daß McIver oder jemand anderer am Apparat sitzen würde. Da bemerkte er, daß er aus Gewohnheit auch das Radar eingeschaltet hatte. Er beugte sich hinüber, um es abzustellen, aber in diesem Augenblick erschien am äußeren Rand – in der Zwanzig-Meilen-Zone – ein kleiner Impuls im Nordwesten, kaum sichtbar, da der Empfang wegen der Berge gestört war. Ayre beobachtete ihn genau und gelangte zu dem Schluß, daß es sich um einen Helikopter handeln mußte. Er überprüfte, ob alle Empfangsfrequenzen eingeschaltet waren. Als er wieder auf den Schirm blickte, verschwand das Signal. Ayre wartete. Es tauchte nicht mehr auf. Entweder ist die Maschine gelandet, abgeschossen worden, oder sie schleicht sich unterhalb des Radarnetzes durch, dachte er.

Die Zeit verging. Keine Veränderung, nur die kreisende, dicke, weiße Linie des Abtaststrahls. Keine Spur des Signals.

Er schaltete den Kurzwellensender ein, hob schon das Mikrophon an die Lippen, zögerte aber dann und schaltete wieder ab. Wozu soll ich die Jungs im Tower der Basis darauf aufmerksam machen, dachte er. Falls dort überhaupt jemand am Gerät sitzt. Er zeichnete mit einem weichen roten Fettstift den vermutlichen Kurs ein, falls die Maschine landen wollte. Die Minuten vergingen. Er hätte auf den Nahbereich umschalten können, unterließ es aber für den Fall, daß das Signal von keinem einfliegenden Hubschrauber stammte, sondern von einem, der ihr Gebiet nur überquerte.

Jetzt müßte sie noch acht bis zehn Kilometer entfernt sein, überlegte er. Ayre griff nach dem Feldstecher und begann den Himmel abzusuchen. Als er leichte Schritte auf der Treppe vernahm, schaltete er das Radar aus.

»Captain Ayre?« Ein junger Iraner in Luftwaffenuniform, mit dem üblichen US-Karabiner in der Hand, stand vor ihm.

»Ja.«

»Ich bin Sergeant Wazari, Ihr neuer Fluglotse.« Der Mann lehnte den Karabiner an die Wand, und sie schüttelten sich die Hände. »Ich bin bei der amerikanischen Luftwaffe drei Jahre lang ausgebildet worden und habe sogar sechs Monate am Van-Nuys-Flughafen gearbeitet.« Er musterte die Einrichtung. »Einen netten Laden haben Sie hier.«
»Ja, ja,... äh, danke.« Nervös nestelte Ayre an der Umhängeschnur des Feldstechers herum. Es dauerte etwas, bis er das Fernglas endlich weglegen konnte. »Was ist denn da los am Van-Nuys-Flughafen?«
»Das ist ein klitzekleiner Landestreifen im San-Fernando-Valley bei Los Angeles, aber einer der verkehrsreichsten Flugplätze der Vereinigten Staaten. Er wird hauptsächlich von Privatfliegern benützt, die noch naß hinter den Ohren sind. Meistens kreisen 20 auf einmal über dem Flugplatz, davon acht im Landeanflug.« Er lachte. »Zum Lernen großartig, aber nach sechs Monaten dreht man durch.«
Ayre lächelte gezwungen. Er mußte sich überwinden, nicht weiter den Himmel abzusuchen. »Hier ist es ziemlich ruhig, auch wenn alles normal ist. Wie Sie wissen, gibt es zur Zeit keine Abflüge – ich fürchte, Sie werden hier nichts zu tun haben.«
»Das weiß ich. Ich wollte mich nur mal umsehen.« Er zog eine Liste aus der Tasche und reichte sie Ayre. »Um acht Uhr früh haben Sie drei Flüge für die umliegenden Bohrtürme, stimmt das?« Er griff automatisch nach einem Lappen, wischte den roten Streifen vom Radarschirm und fuhr damit auch noch über die Schreibtische. Der rote Fettstift wurde zu den übrigen gelegt.
Ayre betrachtete die Liste. »Hat Esvandiari diese Flüge genehmigt?«
»Wer ist das?«
Ayre erklärte es ihm.
Der Sergeant lachte. »Major Changiz hat diese Flüge persönlich angeordnet, Sie können also darauf wetten, daß sie bestätigt sind.«
»Ist er denn nicht zusammen mit dem Oberst verhaftet worden?«
»Nein, Captain. Der Mullah hat Major Changiz zum provisorischen Kommandanten der Basis ernannt, bis die Bestätigung von Teheran kommt.« Er schaltete auf die Frequenz der Zentrale um. »Hallo, Zentrale, hier spricht Wazari bei S-G. Müssen die morgigen Flüge von einem Esvandiari bei IranOil gegengezeichnet werden?«
»Negativ«, lautete die Antwort. »Ist bei Ihnen alles in Ordnung?«
»Ja. Der Abflug hat planmäßig stattgefunden. Ich befinde mich jetzt bei Captain Ayre.« Während der Sergeant sprach, suchte er automatisch den Himmel ab.
»Gut. Captain Ayre, hier spricht der rangälteste Fluglotse. Alle von Major Changiz autorisierten Flüge sind automatisch auch von IranOil genehmigt.«
»Kann ich das bitte schriftlich haben?«
»Morgen früh um acht Uhr bringt Ihnen Sergeant Wazari die Bestätigung, okay?«
»Danke.«
»Danke, Zentrale«, Wazari wollte Schluß machen. Dann erstarrte er. »Blei-

ben Sie dran, Zentrale, wir haben einen Vogel im Landeanflug. Einen Heli, 270 Grad...«
»Wo? Verdammt, ich sehe ihn. Wie ist er durch das Radar gekommen? Ist Ihr Schirm eingeschaltet?«
»Negativ.« Der Sergeant setzte den Feldstecher an die Augen. »Eine Bell 212, Kennzeichen... kann ich nicht sehen.« Er schaltete den Kurzwellensender ein. »Hier spricht die militärische Flugüberwachung Kowiss. Landender Hubschrauber, wie lautet Ihr Kennzeichen, was ist Ihr Zielflughafen und woher kommen Sie?«
Stille, nur statisches Knistern. Die Zentrale wiederholte die Anfrage. Keine Antwort.
»Der Hundesohn kann sich auf etwas gefaßt machen«, murmelte Wazari. Er nahm wieder den Feldstecher hoch.
Ayre schaute durch das zweite Fernglas. Sein Herz schlug schneller. Als der Hubschrauber näherkam, las er das Kennzeichen: EP-HBX.
»Echo Peter Hotel Boston Xaver«, buchstabierte jetzt auch der Sergeant.
»HBX«, bestätigte die Zentrale. Sie versuchten wieder, über Funk Kontakt zu bekommen. Keine Antwort. »Er befindet sich in Ihrem Landebereich. Gehört er hierher? Ist er einer von Ihren Helis, Captain Ayre?«
»Nein, er gehört nicht zu mir, er ist nicht hier stationiert. Aber HBX könnte eine S-G-Kennung sein.«
»Wo stationiert?«
»Das weiß ich nicht.«
»Sobald dieser Komiker landet, Sergeant, verhaften Sie ihn und alle Passagiere, schicken ihn unter Bewachung hierher ins Hauptquartier, und dann berichten Sie mir, wer, warum und woher.«
Nachdenklich griff Wazari nach einem roten Fettstift und zog die Linie auf dem Radarschirm nach, die er weggewischt hatte. Einen Augenblick lang starrte er darauf. Er wußte genau, daß Ayre ihn aufmerksam beobachtete, sagte aber nichts, sondern wischte sie nur wieder weg und wandte sich erneut der 212 zu.
Die Maschine beschrieb einen normalen Kreis und flog dann direkt auf sie zu. Doch sie landete nicht, hielt sich nur in der vorgeschriebenen Höhe, beschrieb einen viel kleineren Kreis und wackelte.
»Ihr Funkgerät funktioniert nicht. Sie will grünes Licht«, stellte Ayre fest und griff nach einem Signallicht. »Okay?«
»Klar, geben Sie ihm Grün – aber er kann sich trotzdem auf einiges gefaßt machen.«
Ayre vergewisserte sich, daß das starke Signallicht auf Grün geschaltet war, zielte auf den Hubschrauber und schaltete es ein. Durch erneutes Wackeln bestätigte die Maschine das Signal und begann den Landeanflug. Wazari griff nach seinem Karabiner und ging hinaus. Ayre schaute noch einmal durch den Feldstecher, erkannte aber noch immer weder den Piloten noch den Mann neben ihm, weil beide winterlich vermummt waren und Schutzbrillen trugen. Schließlich lief er auch die Treppe hinunter.

Das übrige S-G-Personal hatte sich versammelt und beobachtete ebenfalls die Landung. Von der Zentrale raste ein Auto über die Einfassungsstraße zu ihnen. Manuela stand in der Tür des Bungalows. Der Landeplatz befand sich vor dem Bürogebäude. Im Windschatten hockten die vier *hezbollahis*, die hiergeblieben waren, und Wazari. Einer von ihnen war sehr jung, fast noch ein Teenager. Er spielte mit seiner Maschinenpistole, entsicherte sie und ließ sie in seiner Aufregung auf den Asphalt fallen – der Lauf zeigte direkt auf Ayre. Aber sie ging nicht los. Der Junge hob sie am Lauf hoch, stieß mit dem Schaft auf den Boden, um den Schnee abzuschütteln, und wischte den Abzugbügel sauber. An seinem Gürtel hingen einige Handgranaten – an den Stiften. Ayre ging hastig mit ein paar Mechanikern in Deckung.
»So ein Idiot«, meinte einer von ihnen. »Er wird sich in die Luft jagen und uns dazu. Ist alles in Ordnung, Captain?«
»Ja. HBX – woher kommt sie, Benson?«
»Bandar-e Delam«, antwortete Benson. »50 Pfund, daß es sich um Duke handelt.«
Als die 212 aufsetzte und die Triebwerke abstellte, rannte Wazari an der Spitze der Revolutionswächter hinüber. Sie umstellten die Maschine und richteten die Waffen auf sie.
»Die Idioten werden noch aus Versehen jemanden umbringen«, meinte Ayre nervös.
Er konnte den Piloten immer noch nicht erkennen und verließ deshalb seine Deckung. Die Tür der Kabine glitt zurück, Bewaffnete sprangen heraus, ohne sich um die sich noch drehenden Rotorblätter zu kümmern, und riefen den anderen zu, die Waffen abzusetzen. In dem Durcheinander feuerte jemand zur Begrüßung in die Luft, worauf alle auseinanderstoben, sogleich aber wieder zum Hubschrauber zurückkehrten. Der Wagen war inzwischen herangekommen. Die Insassen stiegen aus und gesellten sich zu den übrigen. Ein schwer verwundeter Mullah wurde aus dem Hubschrauber gehoben, dann folgten ein Mann auf einer Tragbahre und weitere Verwundete. Wazari rannte auf Ayre zu.
»Haben Sie Ärzte auf der Basis?«
»Ja.« Ayre drehte sich um und legte die Hände an den Mund. »Benson, holen Sie im Laufschritt den Arzt und den Sanitäter.« Er lief mit dem Sergeant zum Hubschrauber. »Was wird hier überhaupt gespielt?«
»Sie kommen von Bandar-e Delam – dort hat es eine Konterrevolution gegeben, von diesen verdammten Fedajin.«
Die Tür beim Pilotensitz ging auf, und Starke stieg aus. Sofort rannte Ayre auf ihn zu. Was Wazari noch zu sagen hatte, interessierte ihn nicht mehr. »Hallo, Duke, alter Knabe.« Er zwang sich, ruhig auszusehen und zu sprechen, obwohl er das Gefühl hatte, vor Aufregung gleich zu platzen. »Wo hast du denn gesteckt?«
Starke grinste. »Ich war fischen.« In diesem Augenblick drängte sich Manuela durch die Menge und warf sich in seine Arme. Er hob sie mühelos hoch und drehte sich mit ihr im Kreis. »Na so was, Süße, mir scheint, du magst mich noch.«

Halb lachend, halb weinend schluchzte sie: »O Conroe, als ich dich sah, wär' ich am liebsten gestorben!«
»Wir waren selber nahe dran, Liebes«, entfuhr es Starke unwillkürlich, aber sie hörte es nicht. Er stellte sie wieder auf die Füße. »Du mußt noch einen Augenblick warten, bis ich hier Ordnung gemacht habe. Komm, Freddy.«
Er ging durch das Gedränge voran. Der verwundete Mullah lehnte halb bewußtlos an einer Kufe. Der Mann auf der Tragbahre war bereits tot. »Legt den Mullah auf die Bahre«, befahl Starke auf Persisch. Die *hezbollahis* aus der 212 gehorchten sofort. Wazari und die übrigen Männer von der Basis waren überrascht. Keiner von ihnen bemerkte Zataki, den sunnitischen Revolutionsführer, der das Kommando über Bandar-e Delam übernommen hatte. Er lehnte am Helikopter und beobachtete die Szene genau.
»Lassen Sie mich mal sehen, Duke.« Der Arzt war noch ganz außer Atem. Trotz der Eile hatte er sein Stethoskop dabei. »Ich bin froh, daß Sie wieder da sind.« Dr. Nutt war gut 50 Jahre alt, sein Haar war bereits schütter. Man sah ihm an, daß er gerne und viel aß und auch dem Alkohol nicht abgeneigt war. Er kniete neben dem Mullah nieder und untersuchte seine blutverschmierte Brust. »Er muß so rasch wie möglich ins Krankenrevier. Die übrigen ebenfalls.«
Starke befahl den beiden neben ihm Stehenden, die Tragbahre aufzuheben und dem Arzt zu folgen. Wieder gehorchten ihm die Männer widerspruchslos, wieder starrten ihn die anderen *hezbollahis* verblüfft an.
»Sie sind verhaftet«, erklärte Wazari.
Starke sah ihn an. »Weshalb?«
Wazari zögerte. »Befehl von oben, Captain, ich arbeite nur hier.«
»Ich auch. Wenn sie mit mir reden wollen, müssen sie nur herüberkommen, Sergeant.« Starke lächelte der blaß gewordenen Manuela beruhigend zu. »Du gehst ins Haus zurück, Liebling. Kein Grund zur Sorge.« Er drehte sich um, ging zur Tür des Hubschraubers und schaute hinein.
»Es tut mir leid, Captain, aber Sie sind verhaftet. Steigen Sie in den Wagen. Ich muß Sie sofort zur Zentrale bringen.«
Als Starke sich wieder umdrehte, schaute er in die Mündung einer Maschinenpistole. Zwei *hezbollahis* sprangen von hinten auf ihn zu, packten seine Arme und hielten ihn fest. Ayre trat einen Schritt vor. aber ein *hezbollahi* setzte ihm ein Gewehr an den Bauch, worauf er stehenblieb. Die beiden Männer zerrten Starke zum Auto. Da er sich laut fluchend wehrte, kamen ihnen noch ein paar zu Hilfe. Manuela sah entsetzt zu.
Auf einmal brüllte Zataki wütend etwas, drängte sich durch den Kreis, entriß Sergeant Wazari den Karabiner und schwang ihn mit dem Kolben voran gegen seinen Kopf. Zum Glück reagierte Wazari blitzschnell und wich dem Schlag aus. Bevor er etwas sagen konnte, rief Zataki: »Was tut dieser Hund mit einem Gewehr? Habt ihr Idioten nicht gehört, daß der Imam allen Männern befohlen hat, die Waffen abzuliefern?«
»Ich bin bevollmächtigt...«, begann Wazari wütend, verstummte aber dann erschrocken, weil ihm Zataki eine Pistole an die Kehle hielt.

»Du darfst nicht einmal scheißen, bevor das örtliche Komitee dich überprüft hat«, fuhr ihn Zataki an. »Hat dich das Komitee überprüft?«
»Nein, aber...«
»Dann, bei Allah und dem Propheten, bist du verdächtig.« Zataki drückte Wazari den Lauf der Pistole stärker an die Kehle und winkte mit der anderen Hand. »Laßt den Piloten los und legt eure Waffen weg, sonst lege ich euch alle um.« In dem Augenblick, in dem er nach Wazaris Gewehr gegriffen hatte, hatten seine Männer die anderen eingekreist. Jetzt hielten sie sie von hinten in Schach. Die beiden Männer, die Starke gepackt hatten, ließen ihn los.
»Warum sollten wir dir gehorchen?« fragte einer von ihnen mürrisch. »Wer bist du, daß du uns Befehle erteilst?«
»Ich bin Oberst Zataki, Mitglied des Revolutionskomitees von Bandar-e Delam, Allah sei Dank. Der Amerikaner hat uns bei einem Gegenangriff der Fedajin geholfen und hat den Mullah und die übrigen Verwundeten, die ärztliche Hilfe benötigten, hierher geflogen.« Plötzlich brach sich seine Wut Bahn. Er versetzte Wazari einen Stoß, und der Sergeant ging zu Boden. »Laßt den Piloten in Ruhe. Habt ihr nicht gehört?« Er zielte, drückte ab, und die Kugel durchschlug den Kragen der Schaffellweste, die einer der Männer neben Starke trug. Manuela fiel beinahe in Ohnmacht. Die anderen wichen zurück. »Die nächste sitzt zwischen deinen Augen. – Du bist verhaftet«, schnauzte er Wazari an. »Ich halte dich für einen Verräter – wir werden ja sehen. Die übrigen können mit Allah gehen. Sagt eurem Komitee, daß ich mich freuen werde, mit ihnen zu sprechen – hier.«
Er scheuchte sie weg. Während die Männer untereinander murmelten, benützte Ayre die Gelegenheit, um zu Manuela zu treten und ihr den Arm um die Schultern zu legen. »Geh hinein«, flüsterte er, »jetzt ist alles in Ordnung.« Starke bedeutete ihnen zu gehen. Freddy nickte. »Komm schon, Duke will auch, daß du ins Haus gehst.«
»Nein, bitte, Freddy, ich nehme mich zusammen, ich verspreche es.« Sie rang sich ein Lächeln ab.
Stille trat ein. Zataki wartete mit der Pistole in der Hand. Der Sergeant lag immer noch auf dem Boden, seine Leute funkelten ihren Gegner Zataki wütend an, und Starke stand zwischen ihnen. Er war sich gar nicht so sicher, daß Zataki die Oberhand behalten würde.
»Geht alle mit Allah«, wiederholte Zataki schärfer. »Seid ihr noch immer taub?«
Zögernd machten sie sich auf den Weg. Der Sergeant stand mit bleichem Gesicht auf, zog seine Uniform zurecht und versuchte tapfer, seine Angst zu unterdrücken.
»Du bleibst hier und rührst dich erst, wenn ich es dir erlaube.« Zataki blickte zu Starke hinüber, der Manuela beobachtete. »Wir sollten weiter ausladen, Pilot. Dann müssen meine Männer essen.«
»Ja. Und danke.«
»Ist schon gut. Diese Leute haben es nicht gewußt, man kann ihnen keinen Vorwurf daraus machen.« Er schaute zu Manuela hinüber. »Gehört sie zu Ihnen?«

»Sie ist meine Frau.«
»Meine Frau ist mit meinen beiden Söhnen bei dem Brand in Abadan umgekommen. Es war Allahs Wille.«
»Manchmal ist Gottes Wille kaum zu ertragen.«
»Allahs Wille ist Allahs Wille. Und jetzt sollten wir mit dem Ausladen weitermachen.«
»Ja.« Starke kletterte in die Kabine. Die Gefahr war nur für den Augenblick vorbei, denn Zataki war unberechenbar. Zwei Verwundete waren noch in ihren Sitzen festgeschnallt, und zwei lagen auf Tragbahren. Er kniete neben einem von ihnen nieder. »Wie geht es dir, Kumpel?« fragte er leise auf Englisch.
John Tyrer, der einen blutgetränkten Kopfverband trug, zuckte zusammen, als er die Augen öffnete. »Recht gut, danke. Was ist denn geschehen?«
»Kannst du sehen?«
Tyrer wirkte überrascht. Er blickte zu Starke auf, rieb sich die Augen und fuhr sich über die Stirn. Zu Starkes Erleichterung antwortete er: »Klar... ich sehe dich ein bißchen verschwommen und habe höllische Kopfschmerzen, aber ich sehe dich, Duke. Was war eigentlich los?«
»Während des Gegenangriffs der Fedajin heute morgen bist du ins Kreuzfeuer geraten, eine Kugel hat dich am Kopf gestreift, du bist aufgestanden, im Kreis gerannt wie ein kopfloses Huhn und hast gebrüllt: ›Ich kann nichts sehen... ich kann nichts sehen!‹ Dann bist du zusammengebrochen und erst jetzt wieder zu dir gekommen.«
»Verdammt.« Der Amerikaner schaute durch die offene Tür hinaus. »Wo sind wir, zum Teufel?«
»In Kowiss. Ich habe dich und die übrigen hierher geflogen.«
Tyrer war immer noch verblüfft. »Ich kann mich an überhaupt nichts mehr erinnern, nicht einmal daran, daß ihr mich an Bord gebracht habt.«
»Ich erzähle es dir später.« Starke drehte sich um und rief hinaus: »Freddy, jemand soll John Tyrer zum Arzt tragen.« Dann wandte er sich auf Persisch an Zataki: »Exzellenz Zataki, bitte lassen Sie Ihre Männer in das Krankenrevier bringen. Mein Stellvertreter wird dafür sorgen, daß alle zu essen bekommen. Möchten Sie mit mir in meinem Haus essen?«
Zataki schüttelte lächelnd den Kopf. »Danke, Pilot«, antwortete er auf Englisch. »Ich werde mit meinen Männern essen. Heute abend sollten Sie und ich miteinander reden.«
»Wann immer Sie wollen.« Starke sprang aus der Kabine. Die Männer begannen die Verwundeten wegzuschaffen. Starke zeigte auf seinen Bungalow. »Das ist mein Haus. Sie sind dort jederzeit willkommen, Exzellenz.«
Zataki dankte ihm, zwang Wazari, vor ihm zu gehen, und machte sich auf den Weg zum Hauptquartier.
Ayre und Manuela traten zu Starke, und sie ergriff seine Hand. »Als er auf den Abzug gedrückt hat, habe ich geglaubt...« Sie lächelte schwach. »Ach, Geliebter, endlich bist du in Sicherheit und bei mir.«
»Und du bei mir«, antwortete Starke.

»Was ist in Bandar-e Delam geschehen?«
»Zataki hat gestern im Namen von Khomeini und der Revolution unsere Basis besetzt. Ich bin mit ihm aneinandergeraten, als wir dort angekommen sind, aber jetzt ist er halbwegs okay. Trotzdem ist er gefährlich wie eine Klapperschlange, völlig fanatisch. Jedenfalls haben im Morgengrauen die linken Fedajin den Flugplatz angegriffen, mit Lastwagen und zu Fuß. Zataki und seine Männer haben geschlafen, keine Posten, nichts. – Hast du gehört, daß die Generäle kapituliert haben und Khomeini jetzt oberster Kriegsherr ist?«
»Wir haben es erst heute erfahren.«
»Ich bin durch den Angriff aufgewacht, überall wurde geschossen, die Kugeln durchschlugen die Wände des Wohnwagens. Ich bin in Deckung gegangen und dann ins Freie gekrochen... Ist dir kalt, Schatz?«
»Nein, Liebling. Ich könnte nur einen Drink vertragen – o mein Gott!«
»Was ist denn?«
Aber sie lief schon zum Bungalow. »Das Chili – ich habe das Chili auf dem Ofen stehen lassen.«
»Mein Gott«, murmelte Ayre, »ich habe geglaubt, daß wir erschossen werden.«
Starke strahlte. »Wir bekommen Chili?«
»Ja. Bandar-e Delam?«
»Nicht viel zu berichten.« Sie gingen auf das Haus zu. »Ich räumte den Wohnwagen. Die Angreifer nahmen vermutlich an, daß Zataki und seine Leute dort schlafen würden, aber Zataki hatte sie auf die Hangare verteilt; sie sollten die Hubschrauber bewachen. Auf die Helis sind sie ganz scharf. Jedenfalls duckten Rudi und ich uns hinter ein leeres Schlammbecken, und dann eröffneten ein paar von den Kerlen mit einem Sten-Maschinengewehr das Feuer auf die Hangare – gerade als John Tyrer seine Hütte verließ. Ich sah, wie er zu Boden ging, und da packte mich die Wut. Ich schnappte mir ein Gewehr – das darfst du Manuela nicht erzählen – und stürzte mich ins Getümmel, um John herauszuholen. Auch Rudi bekam ein Gewehr zu fassen, und wir führten uns auf wie Butch Cassidy und Sundance Kid.«
»Mein Gott, ihr müßt verrückt gewesen sein.«
Starke nickte. »Das stimmt, aber wir haben John aus der Feuerlinie geholt. Dann kam Zataki mit drei Männern aus einem Hangar gestürmt und griff wild feuernd die Hauptgruppe an. Worauf ihm die Munition ausging. Die armen Teufel standen vollkommen hilflos da.« Er zuckte mit den Achseln. »Rudi und ich meinten, es wäre unfair, auf wehrlose Ziele zu schießen. Nachdem Hussain, der Mullah, fort war, hatte sich Zataki ganz ordentlich benommen, und wir konnten uns irgendwie einigen. Also feuerten wir über die Köpfe der Angreifer hinweg und dadurch hatten Zataki und seine Leute Zeit, in Deckung zu gehen.« Er zuckte wieder mit den Achseln. »Das war's ungefähr.« Sie hatten den Bungalow beinahe erreicht, und er schnupperte. »Wir bekommen wirklich Chili, Freddy?«
»Ja, falls es nicht angebrannt ist. War das alles?«
»Ja. Als die Schießerei aufhörte, war ich der Meinung, daß wir schleunigst

hierher zu Doc Nutt fliegen sollten. Der Mullah sah nicht gut aus, und ich hatte Angst um John. Zataki hat gemeint: ›Klar, warum nicht, ich muß ohnehin nach Isfahan‹ – und jetzt sind wir da. Unterwegs ist das Funkgerät ausgefallen. Ich habe euch gehört, konnte aber nicht senden. Das ist alles.«
Ayre wußte genau, daß ein Psychopath wie Zataki Starke nie so viele Machtbefugnisse einräumen oder ihn beschützen würde, wenn er nicht mehr geleistet hätte. »Was ist wirklich geschehen?«
Starke schaute ihn an. »Ich habe es dir eben erzählt.«
»Blödsinn.«
Starke lächelte und öffnete die Tür des Bungalows. Der appetitanregende, würzige Duft hüllte ihn ein und entführte ihn in Gottes eigenes Land, nach Texas. Manuela hatte ihm einen Drink zurechtgemacht, aber er ließ ihn stehen, ging in die Küche und kostete das Chili. Manuela beobachtete ihn. Er kostete noch einmal.
»Das ist ja großartig«, stellte er fröhlich fest. »Das beste Chili, das ich je gegessen habe.«

25

Am Dez-Staudamm: 16 Uhr 31. Locharts 212 war vor einem Schuppen abgestellt, der als Hangar diente und unweit eines gut gepflegten Landeplatzes stand. Neben dem Schuppen erstreckte sich hinter einem gepflasterten Vorhof das flache Haus. Lochart hockte auf dem Oberwerk des Hubschraubers und überprüfte den technisch komplizierten Rotor, fand aber nichts Ungewöhnliches. Vorsichtig kletterte er wieder herunter.

»Okay?« fragte Ali Abbasi, der ausgestreckt in der Sonne lag. Er war der junge und sehr gutaussehende iranische Pilot, der geholfen hatte, Lochart kurz vor Morgengrauen aus der Haft auf der Luftwaffenbasis Isfahan zu befreien, und der die ganze Strecke hierher mit im Cockpit gesessen hatte. »Alles okay?«

»Na sicher«, sagte Lochart. Es war ein schöner Tag, wolkenlos und warm. Wenn die Sonne in einer Stunde unterging, würde die Temperatur um 20 oder noch mehr Grad fallen, aber das war nicht schlimm. Lochart wußte, daß ihm nicht kalt sein würde, denn Generäle schauen auf sich – und auf die, die sie zum Überleben brauchen. Und im Augenblick, dachte er, brauchen mich Valik und General Seladi – im Augenblick.

Gedämpftes Lachen kam aus dem Haus und auch von jenen, die im klaren, blauen Wasser des Stausees schwammen. Das Haus schien in diese Einsamkeit nicht zu passen: ein moderner, eingeschossiger, geräumiger Bungalow mit separaten Unterkünften für das Personal. Es stand auf einer leichten Anhöhe, von der aus man den See und den Staudamm überblicken konnte. Kahle Wildnis umgab See und Damm: kleine, felsige Hügel ohne jede Vegetation. Hierher gelangte man nur zu Fuß oder auf dem Luftweg mit einem Hubschrauber oder einem leichten Flugzeug. Aus dem gebirgigen Terrain war eine sehr kurze, schmale, staubige Landebahn herausgesprengt worden.

Ich frage mich, ob eine zweimotorige Maschine hier überhaupt einfliegen könnte, hatte Lochart gedacht, als er zum erstenmal hierher gekommen war. Muß eine einmotorige sein. Aber es ist ein tolles Versteck. Keine Frage. Ganz toll.

Ali stand auf und streckte sich.

Heute früh waren sie hier angekommen, nachdem sie nach General Seladis Anweisungen in Bodennähe geflogen, sich durch Pässe geschlängelt und Städte und Dörfer gemieden hatten. Über Funk hörten sie nur einen mehrmals wiederholten gehässigen Aufruf aus Isfahan. Von einer 212 mit Verrätern an Bord war die Rede, die angeblich nach Süden flogen und die abgeschossen werden sollten. »Sie haben weder unsere Namen genannt noch unsere Kennung«, krächzte Ali aufgeregt. »Sie müssen vergessen haben, sie zu notieren.«

»Na wenn schon«, entgegnete Lochart. »Wir sind sicher die einzige 212 am Himmel.«
»Spielt keine Rolle. Bleiben Sie auf 30 Meter Höhe und schwenken Sie jetzt nach Westen!«
Lochart war überrascht. Er hatte erwartet, daß sie Bandar-e Delam im Süden anfliegen. »Wo soll's denn hingehen?«
»Vergessen Sie die Kompaßpeilung. Von jetzt an zeige ich Ihnen den Weg.«
»Aber wohin?«
»Richtung Bagdad.« Ali lachte.
Erst nachdem sie gelandet waren, erfuhren sie ihre Destination. Die über 300 Kilometer von Isfahan herüber waren sie sehr niedrig bei Gegenwind und daher maximalem Treibstoffverbrauch geflogen. Sie waren weit über die normale Flugdauer unterwegs – zu lange mit beinahe leeren Tanks –, und Ali hatte angefangen zu beten.
»Da unten gibt's massenhaft Treibstoff... wenn wir's schaffen«, jubelte er, als sie über die Anhöhe kamen und den Stausee und den Damm sahen. »Allah sei gelobt!«
Lochart war schnell gelandet. Neben dem kleinen Rollfeld befanden sich ein unterirdischer 2000-Liter-Tank und der Schuppen, der als Hangar diente. Dort gab es auch Werkzeuge, eine Luftpumpe, Halterungen für Wasserschi und Ruderausrüstungen.
»Bringen wir sie ein!« schlug Ali vor. Gemeinsam schoben sie die 212 in den Schuppen. Während Lochart die Tragschraube fixierte, fielen ihm drei Hanggleiter in einer Halterung an der Decke auf.
»Wem gehören die?« fragte er.
»Das war früher das Wochenendhaus vom General der kaiserlichen Luftwaffe, Hassayn Aryani. Sie haben ihm gehört.«
Lochart stieß einen Pfiff aus. Aryani war der legendäre Chef der Luftwaffe gewesen, Vertrauter des Schahs und mit einer seiner Schwestern verheiratet. Vor zwei Jahren hatte er beim Hanggleiten den Tod gefunden. »Starb er hier?«
»Ja.« Ali deutete auf das andere Ende des Sees. »Angeblich geriet er in eine Turbulenz und stürzte auf die Klippen dort ab.«
Lochart musterte ihn. »Angeblich? Sie glauben es also nicht?«
»Nein. Ich bin sicher, daß er ermordet wurde.«
»Sie meinen, an seinem Hanggleiter wurde Sabotage verübt?«
Ali zuckte mit den Achseln. »Das weiß ich nicht. Vielleicht ja, vielleicht nein. Aber er war als Flieger viel zu gewitzt, um in eine Turbulenz zu geraten.« Sie traten in die Sonne hinaus. Valiks Kinder spielten unten am See. Stimmen und Lachen drangen herauf.
»Von wem wurde er ermordet?«
»Das weiß ich nicht. Wüßte ich es, dann wären er oder sie längst schon gestorben.«
»Sie kannten General Aryani?«
»Ich war sein Adjutant, einer seiner Adjutanten. Ein Jahr lang. Er war der

wunderbarste Mensch, den ich je gekannt habe: der beste General, der beste Flieger, der beste Sportler, Wasserschifahrer... alles. Wäre er noch am Leben, hätten nie Fremde den Schah in eine Falle gelockt, nie wäre Mohammed Pahlevi unserem Erzfeind Carter auf den Leim gegangen, nie hätte er das Land verlassen. Der Iran wäre nie in den Abgrund gestürzt, und kein General hätte uns verraten können.« Zorn verzerrte Ali Abbasis hübsche Züge. »Undenkbar, daß man uns so verraten hätte, wenn er noch am Leben wäre.«
»Wer hat ihn also getötet? Khomeinis Anhänger?«
»Nein, nicht vor drei Jahren. Er war ja ein bekannter Nationalist. Ein Schiit, wenn auch ein moderner. Wer? Irgendein Fanatiker der Rechten, der Linken oder des Zentrums, der den Iran geschwächt sehen wollte.« Ali sah ihn an. Dunkle Augen funkelten in einem scharfgeschnittenen Gesicht. »Es gibt sogar Stimmen, wonach hochgestellte Persönlichkeiten seinen wachsenden Einfluß und seine zunehmende Beliebtheit fürchteten.«
Lochart kniff die Augen zu. »Sie meinen, der Schah könnte seinen Tod anbefohlen haben?«
»Nein. Natürlich nicht, aber er war eine Gefahr für jene, die den Schah in die Irre führten. Er war ein *farmandeh*, ein Kommandant des Volkes. Er war für viele eine Gefahr: für britische Interessen, weil er Ministerpräsident Mossadeq unterstützt hatte, der die Anglo-Iranian Oil verstaatlichte; er stand auf der Seite des Schahs und der OPEC, als sie den Ölpreis vervierfachten. Er war für Israel, aber kein Feind der Araber, und somit eine Gefahr für die PLO und Arafat. Man kann auch sagen, daß er eine Gefahr für die amerikanischen Interessen darstellte – er war eben vor allem ein Patriot.« In Alis Augen lag ein seltsamer Glanz. »Er wurde ermordet. Von wem, wissen wir nicht. Noch nicht.« Zusammen zogen sie das Tor des Schuppens zu.
»Und was jetzt?« fragte Lochart.
»Jetzt warten wir. Dann setzen wir unsere Reise fort.« Ins Exil, dachte Ali. Aber wenigstens weiß ich, wohin es geht. Anders als der Schah, der jetzt ein Ausgestoßener ist, kann ich in die Vereinigten Staaten gehen.
Nur er und seine engsten Familienangehörigen wußten, daß er einen amerikanischen Paß besaß. Verdammt noch einmal, dachte er, wie gescheit von Vater. »Man kann nie wissen, was Allah mit uns vorhat, mein Sohn«, hatte der alte Herr in ernstem Ton gesagt. »Ich rate dir, einen amerikanischen Paß zu beantragen, solange es noch geht. Schahs kommen und gehen, und die zwei Pahlevis zusammen sind erst seit 54 Jahren Hoheiten – kaiserliche Majestäten gar! Wer war denn dieser Reza Khan, bevor er sich zum König der Könige krönen ließ? Ein Soldat, ein Abenteurer, ein Glücksritter, der Sohn eines ungebildeten Bauern aus Masandaran am Kaspischen Meer.«
»Aber Reza Khan war doch sicher ein besonderer Mann, Vater. Ohne ihn und Schah Mohammed wären wir doch noch immer Sklaven der Briten.«
»Die Pahlevis waren uns von Nutzen, mein Sohn. Auf verschiedene Weise. Aber Schah Reza machte einen großen Fehler. Dummerweise glaubte er, die Deutschen würden den Krieg gewinnen. Er versuchte, die Achsenmächte zu

unterstützen und lieferte so den Briten den Vorwand, ihn abzusetzen und zu verbannen.«
»Aber das kann Schah Mohammed nicht passieren! Er ist stärker, als sein Vater es je war. Die ganze Welt beneidet uns um unsere Streitkräfte. Wir haben mehr Flugzeuge als England, mehr Panzer als Deutschland, mehr Geld als Krösus. Amerika ist unser Verbündeter, wir sind die größte Militärmacht des Vorderen Orients.«
»Stimmt alles. Aber wir kennen den Willen Allahs nicht. Hol dir deinen amerikanischen Paß!«
»Aber der Besitz eines amerikanischen Passes kann sehr gefährliche Folgen haben. Du weißt doch, es heißt, fast alles geht über die SAVAK an den Schah. Wenn er es nun erfährt oder General Aryani, das wäre mein Ende bei der Luftwaffe.«
»Warum denn das? Du würdest ihnen mit Stolz erzählen, daß du dir den Paß verschafft hast, um für den Tag gerüstet zu sein, wo du ihn zum Nutzen der Pahlevis verwenden kannst. Hmmm?«
»Natürlich.«
»Merke dir, mein Sohn: Die Versprechen von Königen sind wertlos. Sie können immer Zweckdienlichkeit vorschützen. Wenn dieser Schah oder auch der nächste oder sogar dein großer General wählen müßte zwischen deinem Leben und etwas, das ihm wichtig ist, wofür würde er sich wohl entscheiden? Vertraue weder Fürsten noch Generälen noch Politikern: Sie verkaufen dich, deine Familie und dein Erbe für eine Prise Salz...« Er schauderte bei dem Gedanken, wie nahe er in Isfahan dem Tod gewesen war.
»Im Schatten ist es kalt«, sagte Lochart.
»Ja, ja. Sie haben recht.« Ali schaute ihn an und schüttelte seine Angst ab. Alle Generäle sind gleich. Mein Vater hatte recht. Das gilt auch für diese zwei, für Valik und Seladi. Sie hätten uns längst verkauft, wenn es nötig gewesen wäre. Vielleicht tun sie's noch.
Mich brauchen sie ja nur, weil ich der einzige bin, der sie fliegen kann – von diesem armen Narren abgesehen, der gar nicht weiß, wie tief er im Dreck steckt.
»Sehen Sie zu, daß Sie diesen Kanadier loswerden«, hatte Seladi gesagt. »Wozu ihn in Sicherheit bringen? Er hätte uns in Isfahan zurückgelassen – warum ihn nicht hier lassen? Am besten als Toten. Er kennt uns doch und würde uns alle verraten.«
»Nein, Exzellenz Onkel«, hatte Valik eingewendet, »als Geschenk an die Kuwaiter oder Iraker ist er mehr wert. Sie können ihn ins Gefängnis werfen oder spektakulär ausweisen. Schließlich war er es, der einen iranischen Helikopter gestohlen und sich bereit erklärt hat, ihn für Geld auszufliegen. Oder?«
»Ja. Aber er kann den Revolutionären immer noch unsere Namen nennen.«
»Da werden wir und unsere Familien schon längst in Sicherheit sein. Bitte, Exzellenz Onkel, überlege es dir noch einmal! Der Kanadier ist der erfahrenere Pilot...«

Ali sah auf die Uhr. Noch 30 Minuten bis zum Start. Wer sich wohl durchgesetzt hat, Valik oder Seladi? Wartet auf diesen armen Hund eine Gefängniszelle in Kuwait oder Bagdad oder eine Kugel? Ob sie ihn wohl begraben werden, nachdem sie ihn erschossen haben? Oder soll er den Geiern zum Fraß dienen?
»Haben Sie was?« fragte Lochart.
»Nein, nichts, Captain. Ich dachte nur gerade, was wir für ein Glück hatten, aus Isfahan rausgekommen zu sein.«
»Ja, ich schulde Ihnen mein Leben.« Lochart war überzeugt: Hätten Ali und der Major ihn nicht befreit, man hätte ihn vor ein sogenanntes Komiteegericht gestellt. Und wenn sie ihn jetzt erwischten? Das gleiche.
Wohin wollten sie? Nach Kuwait? Oder war vielleicht nur ein schneller Abstecher über die Grenze nach dem Irak geplant? Der Irak steht dem Iran für gewöhnlich feindselig gegenüber; das könnte also heikel für sie werden. Die Kuwaiter sind Sunniten, nicht Schiiten, und sie sind gegen Khomeini. Dem steht jedoch entgegen, daß man, um hinzukommen, einen besonders sensiblen Luftraum durchqueren muß. An der iranisch-irakischen Grenze war man nervös und schießwütig. Auf 80 Kilometer gibt es dort 20 iranische Luftstützpunkte: einsatzbereite Jäger, voll aufgetankte Maschinen und Dutzende von aufgeregten Piloten, die alle bestrebt waren, dem neuen Regime ihre Loyalität zu beweisen. Und wie steht es mit deinem Versprechen an McIvèr, sie nicht das letzte Stück zu fliegen?
Nach Isfahan bist du jetzt ein Gezeichneter. Du solltest schauen, daß du weiterkommst, solange es noch geht. Du bist in eine Flucht verwickelt, in Isfahan wurden Menschen getötet... Wie immer du es drehst und wendest, du bist ein gezeichneter Mann. Aber was ist mit Scharazad?
Ich kann sie nicht allein lassen. Vielleicht mußt du es. In Teheran ist sie sicher.
»Ich könnte etwas zu trinken gebrauchen«, sagte er. »Glauben Sie, daß es hier ein Coke gibt oder so etwas?«
»Ich schau mal nach.« Ihre Aufmerksamkeit wurde von Valiks Kindern abgelenkt, die mit Annousch den Weg vom See heraufgesprungen kamen.
»Ach«, sagte Annousch mit ihrem freundlichen Lächeln und dunklen Schatten um die Augen, »es ist ein wunderbarer Tag, nicht wahr? Wir haben wirklich Glück.«
»Ja«, stimmten beide ihr zu und fragten sich, wie eine solche Frau einen solchen Mann hatte heiraten können. Sie war so schön und sicher eine ideale Mutter.
»Hauptmann Abbasi, wo ist mein Mann?«
»Mit den anderen im Haus«, antwortete Ali. »Darf ich Sie begleiten? Ich war gerade auf dem Weg dorthin.«
»Würden Sie ihm bitte sagen, daß ich ihn gern sprechen möchte?«
Ali wollte sie nicht mit Lochart allein lassen, denn sie war dabeigewesen, als Valik und Seladi ihren Plan erläutert hatten. Über Locharts Liquidierung war allerdings erst später gesprochen worden. »Ich möchte den General nicht stören, Gnädigste. Vielleicht können wir zusammen gehen.«

»Holen Sie ihn bitte!« Sie war so gebieterisch wie der General, dabei aber liebenswürdig und nicht beleidigend.
Ali hob die Schultern und ging. Während die Kinder ums Haus tollten und Verstecken spielten, berührte Annousch sanft Locharts Arm. »Ich habe Ihnen noch nicht für unser aller Leben gedankt, Tom.«
Lochart war verblüfft. Das war das erste Mal, daß sie ihn mit dem Vornamen angesprochen hatte. Bis jetzt war er immer nur Captain Lochart oder mein angeheirateter Vetter oder Seine Exzellenz, Scharazads Gatte gewesen. »Ich war froh, helfen zu können.«
»Ich weiß, daß Sie und der liebe Mac es für die Kinder und mich getan haben – machen Sie doch kein so überraschtes Gesicht, mein Lieber! Ich kenne die Stärken meines Mannes... und seine Schwächen. Ich weiß, was das auch für Sie bedeutet: Sie haben Ihr Leben aufs Spiel gesetzt, Scharazads Existenz, Ihre Zukunft in Teheran...«
»Nicht Scharazads Existenz. Sie ist völlig in Sicherheit. Ihr Vater, Exzellenz Bakravan, wird um ihr Wohl besorgt sein, bis sie ausreisen kann. Natürlich ist sie in Sicherheit.« Er sah in Annouschs Augen und las, was sie empfand.
»Dafür bete ich von ganzem Herzen, Tom, und ich bitte Allah, mir diesen Wunsch zu erfüllen.« In ihren Augen standen Tränen, und sie trocknete sie.
»Ich war in meinem ganzen Leben noch nie so traurig. Ich empfinde Schmerz, weil ich weglaufen muß, Schmerz um den armen Soldaten, der im Schnee sterben mußte, Schmerz um unsere Familie und Freunde, die zurückbleiben müssen. Ich fürchte sehr, daß die Mullahs viele aus unseren Kreisen verfolgen werden. Wir waren immer zu modern... zu fortschrittlich. Hier ist keiner mehr sicher... nicht einmal Khomeini selbst.«
»*Inscha'Allah*«, hörte Lochart sich sagen, aber er hörte Annousch gar nicht mehr zu. Er war wie gelähmt von dem Gedanken, daß er Scharazad nie wiedersehen, nie wieder in den Iran zurückkehren oder daß sie das Land nie würde verlassen können. »Es wird sich alles normalisieren. Ganz sicher. In ein paar Monaten schon.«
»Ich hoffe es, Tom, denn ich liebe Ihre Scharazad, und ich würde es sehr bedauern, wenn ich sie und das Kleine nicht wiedersehen könnte.«
»Eh?« Er starrte sie mit offenem Mund an.
»Ach ja, das können Sie noch gar nicht wissen«, murmelte sie und wischte ihre letzten Tränen fort. »Gestern hat Scharazad es mir gesagt. Sie ist sicher, daß sie ein Kind unter dem Herzen trägt.«
»Aber... aber wie...« Hilflos und frohlockend zugleich stotterte er. »Das... das ist doch nicht möglich!«
»Na ja, sie war sich noch nicht ganz sicher, aber sie hatte das Gefühl. Eine Frau weiß das; sie fühlt sich anders, so ganz anders, so wunderbar, so erfüllt. Es fehlen noch ein paar Tage, um ganz sichergehen zu können. Drei oder vier. Lassen Sie mich überlegen.« Sie sah ihn an. »Ja, das wäre dann der Tag nach dem geplanten Besuch bei ihrem Vater. Sie sollten ihn doch auch besuchen, an diesem heiligen Tag: Freitag, den 16. Februar, nach Ihrem Kalender. Habe ich recht?«

»Ja«, sagte Lochart. »Als ob ich das vergessen könnte. Sie wissen davon?«

»Selbstverständlich.« Annousch war über diese Frage erstaunt. »Ein so ungewöhnliches Ersuchen Ihrerseits und eine so wichtige Entscheidung, davon mußten wir doch alle wissen. Wäre es nicht wunderbar, wenn sie ein Kind erwartete? Ich hoffe so sehr, daß Allah sie gesegnet hat. So wird es ihr leichter fallen, all die Tage und Nächte zu verbringen, bis wir sie herausholen können. Kuwait ist ja nicht weit.«

»Kuwait?«

»Ja, aber da bleiben wir nicht. Wir reisen weiter nach London.« Ihre Stimme zitterte. »Ich will meine Heimat und meine Freunde nicht verlassen, aber...«

Lochart sah, wie hinter ihr die Tür des Hauses aufging. Valik und Seladi kamen heraus, gefolgt von Ali. Er bemerkte, daß die drei Männer Pistolen umgeschnallt hatten. Sie haben hier wohl ein geheimes Waffenlager, dachte er zerstreut, als Ali salutierte und den Weg zum Stausee hinunterlief. Die zwei Kinder kamen hinter dem Schuppen hervor und stürzten sich in Valiks Arme. Er schwang das kleine Mädchen in die Luft und stellte es wieder auf den Boden.

»Annousch«, wandte er sich an seine Frau, »mach bitte Setarem und Jalal fertig! Wir fliegen bald los.« Die Kinder liefen ins Haus. »Steht die Maschine bereit, Captain?«

»Jawohl.«

Valik warf einen Blick auf seine Frau. »Mach dich bitte fertig, meine Liebe!« Sie lächelte und rührte sich nicht. »Ich muß nur noch meinen Mantel holen. Ich bin fertig.« Jetzt kamen auch die anderen Offiziere aus dem Haus. Mehrere trugen automatische Waffen.

Lochart vergaß Scharazad, den heiligen Tag und die fehlenden vier Tage. Er brach das Schweigen: »Wie sieht der Plan aus?«

»Bagdad«, antwortete Valik. »Wir starten in wenigen Minuten.«

»Ich dachte, wir fliegen nach Kuwait«, sagte Annousch.

»Wir haben uns für Bagdad entschieden. General Seladi meint, es sei sicherer.« Valik beobachtete Lochart. »Ich möchte in zehn Minuten in der Luft sein.«

»Ich würde raten, mit dem Abflug zu warten, weil...«

Seladi fiel ihm ins Wort. »Hier kann man uns jederzeit einschließen. In der Nähe gibt es eine Luftwaffenbasis. Sie verstehen nichts von militärischen Dingen. Wir fliegen sofort nach Bagdad ab.«

»Kuwait wäre besser und sicherer, aber da wie dort wird man den Heli ohne eine iranische Freigabe in gerichtliche Verwahrung nehmen«, gab Lochart zu bedenken.

»Vielleicht, vielleicht auch nicht«, entgegnete Valik ruhig. »Bakschisch und einige Verbindungen – das müßte genügen.« Du, ausländischer Eindringling in meine Familie, dachte er nachsichtig, du und deine geschenkte 212, ihr werdet sogar die Iraker zufriedenstellen, denn wir werden ganz gewiß übereinstimmend erklären, daß du die Maschine illegal geflogen hast. Die Iraker werden das verstehen und uns nichts tun. Die meisten von ihnen hassen und fürchten Khomeini und seine Vision des Islam. Er sah, wie Lochart ihn beobachtete. »Ja?«

»Ich fürchte, mit Bagdad haben Sie eine falsche Entscheidung getroffen.«

General Seladi erklärte schroff: »Wir fliegen jetzt.«

Die Unhöflichkeit ließ Lochart erröten. »Sie werden zweifellos starten können, sobald die Maschine und der Pilot bereit sind. Sind Sie in diesen Bergen schon einmal geflogen, General?«

»Nein, aber die 212 hat die Gipfelhöhe, und wir fliegen nach Bagdad. Und zwar sofort!«

»Dann wünsche ich Ihnen Glück. Ich rate immer noch zu Kuwait und etwas zuzuwarten, aber Sie können natürlich tun, was Sie wollen. Ich fliege Sie nicht.«

Stille trat ein. Seladi wurde rot im Gesicht. Lochart wandte sich an Valik: »Auf dem Weg nach Isfahan sagte ich Ihnen, daß ich den letzten Abschnitt nicht fliegen werde. Das kann Hauptmann Abbasi machen – er ist dafür bestens qualifiziert.«

»Aber Sie werden doch genauso gesucht wie wir alle«, entgegnete Valik und staunte über so viel Dummheit. »Natürlich fliegen Sie auch die letzte Strekke.«

»Nein, das werde ich nicht tun. Ich werde mich zu Fuß auf den Weg machen. Ali kann Sie fliegen. Er war in dieser Gegend stationiert und kennt die Flugüberwachung. Lassen Sie mir nur ein Gewehr da, und ich mache mich nach Bandar-e Delam auf. Okay?«

Die Umstehenden ließen ihre Blicke von Lochart zu Seladi und Valik schweifen. Und warteten.

Die beiden Generäle setzten sich mit der neuen Situation auseinander und kamen bald zu dem gleichen Schluß: *Inscha'Allah!* Lochart hatte sich dafür entschieden zu bleiben und damit auch für die Konsequenzen.

»Sehr gut«, sagte Valik ruhig, »Ali wird uns fliegen.« Er lächelte und fügte rasch hinzu: »Weil wir ein sehr demokratisches Volk sind, schlage ich vor, wir stimmen ab: Irak oder Kuwait?«

»Kuwait«, sagte Annousch sofort, und die anderen sagten es ihr nach, bevor Seladi sie unterbrechen konnte.

Na schön, dachte Valik, ich habe mich breitschlagen lassen, weil Seladi behauptete, den Polizeichef in Bagdad zu kennen und daß es dort billiger sein würde als in Kuwait – nicht mehr als 20 000 Dollar für meine Familie und mich. »Du bist doch auch einverstanden, Exzellenz Onkel? Kuwait. Danke, Captain. Vielleicht wollen Sie Ali sagen, daß er uns fliegen wird? Er ist unten am See.«

»Gern. Ich hole nur meine Sachen. Sie überlassen mir ein Gewehr?«

»Selbstverständlich.«

Lochart ging zum Schuppen und verschwand im Inneren.

»Ein paar von Ihnen holen jetzt den Heli heraus, und wir können los«, ordnete Seladi an. Die Offiziere schickten sich an, seinen Aufforderungen nachzukommen. Lochart verließ den Schuppen wieder und ging den Weg zum See hinunter. Seladi sah ihm nach und schloß sich dann den Offizieren an. Valik merkte, daß seine Frau ihn beobachtete. »Ja, Annousch?«

»Was habt ihr mit Captain Lochart vor?« fragte sie leise, obwohl niemand sie hören konnte.

»Er... Du hast ihn ja gehört. Er weigert sich, uns zu fliegen, und will bleiben. Er steigt aus.«

»Ich weiß, was in deinem Kopf vorgeht, mein Lieber. Wirst du ihn töten lassen?« Ein freundliches Lächeln spielte um ihre Lippen. »Ermorden?«

»Ermorden wäre das falsche Wort.« Sein Mund lächelte. »Du wirst mir doch sicher zustimmen, daß Lochart jetzt eine große Gefahr für uns darstellt. Er kennt uns alle, kennt unsere Namen... Unsere Familien werden büßen, wenn er erwischt, gefoltert und verurteilt wird. Seladi wollte ihn auf jeden Fall töten lassen – eine militärische Notwendigkeit, meinte er. Aber ich sagte, nein, er soll uns weiterfliegen.«

»Um in Kuwait oder Bagdad geopfert zu werden?«

»Seladi gab Ali den Befehl, nicht ich. Es ist tragisch, aber notwendig. Du stimmst mir doch zu, nicht wahr?«

»Nein, mein Lieber, das tue ich nicht. Wenn er erwischt wird, ist es Allahs Wille. Aber jetzt solltest du dich besser beeilen, denn wenn ihm hier etwas zustößt, werden es viele sehr zu bedauern haben.« Das Lächeln spielte immer noch um Annouschs Lippen, und ihre Stimme blieb leise. »Auch du, mein Lieber.«

Valik zögerte kurz, dann eilte er Lochart nach. Die Kinder kamen aus dem Haus auf ihre Mutter zugeschossen, sie aber sagte freundlich: »Wartet hier, meine Lieben! Ich komme gleich.«

Eine auf Pfählen ruhende Veranda säumte das Seeufer. Ein paar Stufen führten auf ein Floß ins Wasser: für Wasserschifahrer und das Motorboot, das im nahen Bootshaus angepflockt lag.

Lochart stand mit erhobenen Händen am Ufer.

Ali hielt die Maschinenpistole auf ihn gerichtet. Seladis Befehl war klar gewesen: »Gehen Sie zum See und warten Sie! Entweder wir rufen Sie zurück, oder wir schicken den Piloten zu Ihnen hinunter. Wenn er kommt, erschießen Sie ihn und kommen Sie sofort zurück!«

Der Befehl war ihm in tiefster Seele zuwider gewesen. Sein Gesicht war aschfahl. Er hatte noch nie getötet und bat Allah um Verzeihung, aber Befehl war Befehl. »Tut mir leid«, stammelte er und wollte abdrücken.

In diesem Augenblick schienen Locharts Beine einzuknicken. Der Kanadier ließ sich seitwärts ins Wasser fallen. Automatisch folgte Ali der Bewegung und zielte wie beim Übungsschießen auf den Rücken.

»Halt!«

Der Sekundenbruchteil, den Ali gezögert hatte, genügte seinem Hirn, den Befehl zu hören und ihm erleichtert zu folgen. Valik kam herbeigestürzt, und nun starrten beide in das tiefe und im Schatten trübe Wasser. Sie warteten. Lochart tauchte nicht auf.

»Vielleicht ist er unter dem Verandaboden – oder unter dem Floß.« Ali wischte sich den Schweiß von Gesicht und Händen und dankte Allah, daß er das Blut des Piloten nicht auf dem Gewissen hatte.
»Ja.« Auch Valik schwitzte, aber vor Angst. Noch nie hatte er diesen Ausdruck auf dem Gesicht seiner Frau gesehen, dieses Lächeln, das den Tod anzukündigen schien. Sie ist eben eine Kadscharin, aus dem Geschlecht der Kadscharen, die Thronrivalen oder auch ihre Kinder unbekümmert blenden oder ermorden ließen. Valik drehte sich um, sah sie oben am Ende des Pfades stehen und wandte sich wieder Ali zu. »Geben Sie mir Ihre Pistole!«
Er legte die Waffe auf den rauhen Holzboden und rief: »Ich habe Ihnen eine Pistole dagelassen, Lochart. Das war alles ein Irrtum. Der Hauptmann hat sich geirrt.«
»Aber Herr Gen...«
»Gehen Sie zur Maschine hinauf!« befahl Valik mit lauter Stimme. »Seladi ist ein Dummkopf. Er hätte Ihnen nie befehlen dürfen, diesen armen Menschen zu töten. Sie fliegen sofort los, und zwar nach Kuwait, nicht nach Bagdad. Gehen Sie und starten Sie das Flugzeug!«
Als Ali gegangen war, kam Annousch zu Valik herunter.
»Hast du's gesehen?« fragte er.
»Ja.«
Sie warteten. »Ich bete zu Allah, daß er sich irgendwo versteckt hält«, sagte sie mit einer großen Leere in ihrer Seele. »Ich bin froh, daß sein Blut nicht an unseren Händen klebt. Seladi ist ein Monster.«
»Gehen wir lieber zurück!« Sie waren weder vom Hubschrauber noch vom Haus aus zu sehen. Er zog seine Pistole und feuerte in die Erde. »Für Seladi. Ich glaube, ich habe Lochart getroffen, als er... als er auftauchte, hm?«
Sie nahm seinen Arm. »Du bist ein kluger und guter Mann.« Die beiden machten sich auf den Weg. »Ohne dich, ohne deine Klugheit und deinen Mut wären wir nie aus Isfahan herausgekommen. Aber Exil? Warum...?«
»Ein befristetes Exil«, beruhigte er sie, erleichtert, daß diese häßliche Krise zwischen ihnen vorüber war. »Dann kehren wir in die Heimat zurück.«
»Das wäre wunderbar«, sagte sie und zwang sich, ihm zu glauben. Das muß ich auch, dachte sie, wenn ich nicht den Verstand verlieren will. Und wegen der Kinder. »Ich bin froh, daß ihr euch für Kuwait entschieden habt. Bagdad habe ich nie gemocht.« Immer noch lagen Schatten um ihre Augen. »Was Lochart da gesagt hat, daß wir noch einige Zeit warten sollten, war das falsch?«
»Wenige Kilometer von hier ist eine Luftwaffenbasis. Könnte sein, daß wir auf dem Radarschirm gesehen wurden oder von dem Flugmeldeposten in den Bergen. Seladi befürchtet, vom Stützpunkt aus könnte eine Patrouille hierher aufbrechen. Damit könnte er recht haben.« Sie erreichten die Anhöhe. Die anderen waren schon alle an Bord, und sie beschleunigten ihre Schritte. »Kuwait ist sicherer. Ich hatte schon zuvor beschlossen, diesen aufgeblasenen Narren Seladi zu überstimmen – man darf ihm einfach nicht trauen.«
Wenige Minuten später waren sie aufgestiegen. Ali Abbasi war ein guter Pilot

und kannte das Gebiet. Nachdem er die Anhöhe überflogen hatte und ins Tal hinabgetaucht war, schwenkte er nach Westen ab und schlängelte sich durch einen Paß, um dem weiten Umkreis der Basis auszuweichen. Bis zur irakischen Grenze waren es an die 80 Kilometer. Über ihnen auf den Berggipfeln lag Schnee, obwohl einige Talböden bereits grün heraufleuchteten. Sie dröhnten über ein überraschend auftauchendes unbekanntes Dorf hinweg und drehten dann nach Süden ab, wobei sie dem Wasserlauf folgten, der sich weit zu ihrer Rechten parallel zur Grenze erstreckte. Der Flug würde keine zwei Stunden dauern, denn der Wind war günstig.
Ali war froh, die Maschine fliegen zu können, froh, daß er Lochart nicht getötet hatte, der ohne ein Wort zu sagen vor ihm gestanden war. Er hatte nicht um sein Leben gebettelt oder gebetet, war einfach nur dagestanden, mit erhobenen Händen, wartend. Sicher hatte er sich unter dem Pfahlwerk verborgen. Allah sei Dank...
Er warf einen schnellen Blick auf die Karte, um sein Gedächtnis aufzufrischen, aber das war eigentlich gar nicht nötig. Er hatte viele Jahre damit verbracht, die Pässe zu durchfliegen. Bald würde er aus den Bergen heraus sein und die Ebene zwischen Tigris und Euphrat erreicht haben; immer in Bodennähe, würde er Dezful, Ahwas und Korramschahr umgehen, den Schatt-al-Arab und dann die Grenze überqueren, um schließlich nach Kuwait und in die Freiheit zu gelangen.
Vor ihm lag ein Gebirgskamm. Erregt von der Freude am Fliegen, ließ er den Hubschrauber aus dem Tal herausfegen, um in das nächste zu tauchen. Doch dann: »HBC, steigen Sie auf 300 Meter und verringern Sie Ihre Geschwindigkeit!« Seine Kopfhörer dröhnten und sein Kopf. Er war knapp sechs Minuten in der Luft.
Der Befehl war auf Persisch gegeben worden, wurde auf Englisch wiederholt und dann wieder auf Persisch und wieder auf Englisch. Die ganze Zeit bemühte sich Ali verzweifelt, klar zu denken.
»HBC, Sie sind rechtswidrig unterwegs, kommen Sie aus dem Tal heraus und verringern Sie Ihre Geschwindigkeit!«
Ali Abbasi spähte nach oben, suchte den Himmel ab, konnte aber kein Flugzeug sehen. Der Talboden raste unter ihnen vorbei. Vor ihm lag noch ein Gebirgszug, und dann würden weitere Kämme und Täler kommen, die in die Ebene hinabführten. Die irakische Grenze im Westen war etwa 65 Kilometer entfernt – zwanzig Minuten.
»HBC, zum letztenmal, Sie sind ohne Genehmigung unterwegs. Kommen Sie aus dem Tal heraus und verringern Sie Ihre Geschwindigkeit!«
Du hast drei Möglichkeiten, brüllte es in seinem Kopf: Gehorch und stirb, versuch zu entkommen, oder geh nieder, warte die Dunkelheit ab und versuche es in der Morgendämmerung – wenn du ihre Raketen oder Kugeln überlebst.
Links vor sich sah er Bäume; die Hänge fielen ab, und das Tal verengte sich zu einer Schlucht. Ihr vertraute er sich an. Er setzte auf Entkommen. Er nahm den Kopfhörer ab, gab sich in Allahs Hand und fühlte sich sofort besser. Er

verringerte seine Geschwindigkeit, als er sich dem Ende der Schlucht näherte, flog um einige Bäume herum, tauchte in ein kleines Seitental, verringerte die Geschwindigkeit noch weiter und folgte vorsichtig dem Flußbett.

Bleib in Bodennähe, geh sparsam mit dem Kraftstoff um und bewege dich vorsichtig in Richtung Süden! sagte er sich mit wachsender Zuversicht. Flieg näher an die Grenze heran, wenn du kannst, und laß dir Zeit! Die kriegen dich nicht, wenn du einen klaren Kopf behältst. Bald wird es dunkel sein, und in der Dunkelheit kannst du sie abschütteln. Du verstehst genug vom Instrumentenfliegen, um nach Kuwait zu kommen. Aber wie haben sie uns entdeckt? Fast könnte man meinen, sie haben auf uns gewartet. Konnten sie uns schon auf dem Radarschirm sehen, als wir... Aufpassen!

Die Bäume standen dichter, und er schwenkte um einige Gruppen am Hang herum, ging näher an die Felswand heran und kletterte zum Kamm hinauf, um ins nächste Tal zu gelangen. Während er sich von neuem in den Schutz der Felsen begab, suchten seine Augen nach einem guten Platz, wo er niedergehen konnte, falls eine Turbine ausfallen sollte. Er konzentrierte sich und machte seine Arbeit gut. Die Minuten verstrichen, und obwohl er fleißig den Himmel absuchte, sah er nichts. Vor dem Eingang ins nächste Tal drehte er den Hubschrauber um 360 Grad und suchte dabei sorgfältig den Luftraum ab. Über ihm war alles leer.

In Sicherheit! Ich habe sie abgehängt. *Inscha'Allah!* Er holte tief Luft und nahm befriedigt wieder Kurs nach Süden. Schnell über den nächsten Kamm und noch über einen, und dahinter lag die Ebene. Die zwei Jäger erwarteten ihn. Sie waren vom Typ F-14.

26

Internationaler Flughafen Teheran – S-G-Büro: 17 Uhr 48. »...Sie haben keine Landeerlaubnis«, kam es, stark vermischt mit atmosphärischen Störungen, über Funk – Gavallan, McIver und Robert Armstrong hockten um den Apparat herum und hörten aufmerksam zu. Draußen vor dem Fenster war es grau, die Nacht zog herauf.

John Hoggs frische Stimme aus der einfliegenden 125 kam wieder: »Teheran Tower, hier ist Echo Tango Lima Lima. Wir haben Landeerlaubnis von Kisch und...«

»ETLL, Sie haben keine Landeerlaubnis!« Die Stimme des Fluglotsen klang rauh und ängstlich. »Ich wiederhole: negativ. Der gesamte Zivilluftverkehr hat Startverbot. Alle ankommenden Flüge sind gestrichen, bis der Imam neue Anordnungen trifft...« Sie konnten auch noch andere Stimmen hören, die auf Persisch dazwischenredeten; eine Reihe von Mikrophonen war auf diese Frequenz eingestellt. »Kehren Sie zu Ihrem Ausgangspunkt zurück!«

»Ich wiederhole: Wir haben Landeerlaubnis von der Kisch-Flugsicherung. Man hat uns an den Tower in Isfahan weitergereicht, wo unsere Landeerlaubnis bestätigt wurde. Lang lebe der Ayatollah Khomeini und der Sieg des Islam! Ich befinde mich 65 Kilometer südlich des Kontrollpunkts Varamin und erwarte Piste 29 links. Bitte bestätigen Sie, daß Ihr Instrumentenlandesystem funktioniert. Haben Sie auch noch anderen Nachrichtenverkehr in Ihrem System?«

Einen Augenblick lang beherrschten persischsprechende Stimmen den Tower, und dann: »Nachrichtenverkehr negativ. ETLL, Instrumentenlandesystem negativ, aber Sie haben keine...« Das amerikanisch akzentuierte Englisch verstummte abrupt, und eine zornige Stimme mit starkem persischem Akzent meldete sich: »Keine Landung! Komitee gibt Befehle in Teheran! Kisch ist nicht Teheran! Isfahan ist nicht Teheran – wir geben Befehle in Teheran. Wenn landen, Sie verhaften.«

John Hoggs fröhliche Stimme konterte sogleich: »Echo Tango Lima Lima. Wir verstehen. Sie wollen nicht, daß wir landen, Teheran Tower will unsere Landeerlaubnis ablehnen. Nach dem Luftverkehrsreglement ist dies meiner Meinung nach ein Fehler – Warten Sie, bitte!« Und unmittelbar darauf sagte er auf ihrer privaten S-G-Frequenz: »Zentrale kommen! Bitte Anweisungen!«

Sofort wechselte McIver den Kanal: »Auf Warteposition und Landeerlaubnis warten!« Er sah Gavallan an, der ein grimmiges Gesicht machte. Robert Armstrong pfiff tonlos.

»Vielleicht sollten wir ihn zurückschicken«, meinte McIver. »Wenn er landet, können sie ihn aller möglichen Vergehen bezichtigen und die Maschine beschlagnahmen.«

»Mit einer offiziellen Landeerlaubnis?« fragte Gavallan. »Sie haben doch dem Tower gesagt, daß wir den offiziellen Bescheid der Britischen Botschaft haben, von Bazargans Büro beglaubigt...«
»Aber nicht von Bazargan persönlich, Sir«, warf Robert Armstrong ein. »Und selbst dann hätten im Augenblick diese Burschen im Tower das Sagen. Ich würde vorschlagen...« Er verstummte und deutete hinaus: »Sehen Sie nur!«
Zwei Laster und ein Funkwagen rasten über die Einfassungsstraße. Die Laster fuhren ohne anzuhalten auf die Piste 29 und blieben in der Mitte stehen. Bewaffnete *hezbollahis* sprangen heraus und nahmen Verteidigungspositionen ein. Der Funkwagen kam nach.
»Scheiße!« murmelte McIver.
»Glaubst du, die hören unsere Frequenz mit?«
»Das ist mit Sicherheit anzunehmen, Andy.«
Gavallan nahm das Mikrophon: »Flug abbrechen. B. Wiederhole: B.«
»Echo Tango Lima Lima«, kam es dann auf der Frequenz des Kontrollturms liebenswürdig und freundlich. »Teheran Tower, wir entsprechen Ihrem Wunsch, unsere Landung zu streichen, und suchen formell um Erlaubnis nach, morgen mittag landen zu können, um dringend, wiederhole: dringend benötigte Ersatzteile für IranOil abzuliefern und Mannschaft mit überfälligen Urlaubsansprüchen nach erfolgter Inspektion auszufliegen.«
»Johnny hat schon immer schnell geschaltet«, brummte McIver.
»Echo Tango Lima Lima, bitte warten!« meldete sich der Tower.
»Wenn wir können, setzen wir Sie auf unsere Passagierliste, Mr. Armstrong«, sagte Gavallan. »Tut mir leid, kein Glück heute. Wie steht es mit Ihren Papieren?«
Armstrong wandte den Blick von einem sich nähernden Wagen ab. »Wenn Sie nichts dagegen haben, möchte ich lieber ein Sonderberater der S-G sein, der auf Urlaub fährt, unbezahlten Urlaub natürlich.« Er sah Gavallan an. »Was bedeutet ›B. Wiederhole: B‹?«
»Versuchen Sie's morgen um die gleiche Zeit noch mal!«
»Wird Ihre Maschine die Erlaubnis erhalten?«
»Wenn, dann morgen. Sie werden ein Sonderberater sein.«
»Danke. Hoffen wir, daß es morgen klappt.« Armstrong beobachtete den sich nähernden Wagen. »Werden Sie heute abend gegen 10 Uhr zu Hause sein, Mr. Gavallan? Vielleicht könnte ich vorbeikommen – auf einen Plausch. Es ist nichts Wichtiges.«
»Gern. Ich werde Sie erwarten. Wir sind uns schon einmal begegnet, nicht wahr?«
»Ja. Wenn ich 10 Uhr 15 nicht da bin, wurde ich aufgehalten und kann nicht kommen – Sie wissen ja, wie das ist. Ich melde mich dann morgen.« Armstrong erhob sich, um zu gehen. »Danke.«
»Schon recht. Wo sind wir einander begegnet?«
»Hongkong.« Robert Armstrong nickte höflich und verließ den Raum. Groß und hager durchquerte er das Büro und begab sich zum S-G-Parkplatz, wo er sein undefinierbares Vehikel abgestellt hatte. McIvers Wagen stand vor dem Haus.

»Fast möchte man glauben, er wäre schon mal hier gewesen«, sagte McIver nachdenklich.
»Hongkong... Ich kann mich überhaupt nicht an ihn erinnern. Du etwa?«
»Nein.« McIver runzelte die Stirn. »Ich werde Gen fragen. Sie hat ein gutes Namensgedächtnis.«
»Ich weiß nicht so recht, ob mir dieser verdammte Robert Armstrong gefällt und ob man ihm trauen kann.«
Zu Mittag waren sie bei Talbot gewesen, um etwas über Armstrong zu erfahren. Aber George Talbot hatte nur gesagt: »Ach, er ist eigentlich ganz ordentlich, und wir würden es schätzen, wenn Sie ihn mitnehmen und ihm, äh, nicht zu viele Fragen stellen. Sie bleiben doch zum Essen, nicht wahr? Wir haben noch tiefgekühlte Seezunge, massenhaft Kaviar und geräucherten Lachs, wenn Sie Appetit darauf haben. Dann gibt es auch Schokoladepudding oder Kirschdessert. Die ganze Welt mag in Flammen stehen, aber wenigstens können wir wie Gentlemen zusehen, wie sie brennt.«
Es war ein ausgezeichneter Lunch gewesen. »Wenn Bachtiar jetzt für Bazargan und Khomeini das Feld räumt«, hatte Talbot gemeint, »wird das größeres Unheil verhüten. Nun, da ein Coup unwahrscheinlich geworden ist, dürfte sich alles wieder normalisieren – früher oder später.«
»Was verstehen Sie unter ›früher oder später‹?«
»Wenn denen, wer immer sie sein mögen, die Munition ausgeht. Aber das ist natürlich nur *meine* Meinung. Wichtig ist aber, was Khomeini denkt, und nur Gott weiß, was er denkt.«
Gavallan erinnerte sich an das schrille Gelächter, das Talbot seinem Scherz nachgeschickt hatte, und lächelte.
»Hm?« fragte McIver.
»Ich mußte an Talbot beim Lunch denken.«
Der sich nähernde Wagen war nur noch 100 Meter entfernt. »Talbot verbirgt einen ganzen Berg von Geheimnissen. Was glaubst du, worüber Armstrong ›plaudern‹ möchte?«
»Vermutlich will er uns noch mehr zum Narren halten – schließlich sind wir doch zur Botschaft gegangen, um uns über ihn zu erkundigen. Sonderbar! Für gewöhnlich vergesse ich niemand... Hongkong? Es wird mir schon wieder einfallen. Eines muß ich ihm zugestehen: Er ist pünktlich. Ich sagte 5 Uhr, und er war da.« Gavallans Augenlider zuckten unter seinen dichten Augenbrauen. Er wandte sein Interesse wieder dem Wagen zu, der draußen stehengeblieben war. »Eins ist mal sicher: Er wollte unter keinen Umständen mit unserem freundlichen Komitee zusammentreffen. Warum wohl?«
Das Komitee bestand aus zwei bewaffneten jungen Männern, einem Mullah – nicht der vom Vortag – und Sabolir, dem schwitzenden, immer noch sehr nervösen Beamten der Einwanderungsbehörde.
»Guten Abend, Exzellenzen«, sagte McIver, während sein Geruchssinn sich gegen den Schweißgeruch empörte. »Dürfen wir Ihnen Tee anbieten?«
»Nein, nein, danke«, antwortete Sabolir. Er war immer noch auf der Hut, obwohl er sich bemühte, seine Gefühle unter einer Maske von Arroganz zu

verbergen. Er setzte sich auf den besten Stuhl. »Wir haben neue Vorschriften für Sie.«

»Ach ja?« McIver hatte schon einige Jahre mit ihm zu tun gehabt, hatte ihn gelegentlich mit einer Kiste Whisky oder auch mit ein paar Kanistern Benzin versorgt. Auch hatte er ihm von Zeit zu Zeit Gratisflüge für die ganze Familie mit Unterbringung in Ferienorten am Kaspischen Meer verschafft: Wir haben für einige unserer Direktoren Zimmer bestellt, aber nun können sie nicht kommen. Wäre doch schade, die Reservierungen verfallen zu lassen, nicht wahr, mein lieber Mr. Sabolir? Einmal hatte er auch einen Wochenendflug für zwei Personen nach Dubai arrangiert. Das Mädchen war jung und sehr hübsch gewesen. »Was können wir für Sie tun?«

Zu ihrer Überraschung holte Sabolir Gavallans Paß und die übrigen Dokumente heraus und legte sie auf den Tisch. »Hier sind Ihr Paß und die Papiere. Genehmigt«, fügte er mit öliger Stimme hinzu. »Der Imam hat angeordnet, sofort wieder mit den normalen Operationen zu beginnen. Der, äh, islamische Staat Iran ist zu normalen Zuständen zurückgekehrt und der Flughafen in, äh, drei Tagen wieder für den normalen, vorher vereinbarten Verkehr geöffnet. Sie können jetzt Ihre Tätigkeit normalisieren.«

»Fangen wir auch mit dem Training der iranischen Luftwaffe wieder an?« erkundigte sich McIver, dem es schwerfiel, seine Freude und Genugtuung zu verbergen, denn dies war ein sehr wichtiger und sehr einträglicher Kontrakt.

»Nein«, antwortete der Mullah in gutem Englisch. »Nein. Solange der Imam oder das Islamische Revolutionäre Komitee nicht seine Einwilligung gibt. Ich werde mich darum kümmern, daß Sie eine verbindliche Antwort erhalten. Mittlerweile können Sie damit beginnen, Ersatzteile für Ihre Basen zu fliegen und mit Vertragsflügen IranOil bei der Wiederaufnahme der Produktion zu unterstützen, ebenso auch Iran Timber und so weiter, vorausgesetzt, die Flüge werden vorher vereinbart. Übermorgen können Sie anfangen.«

»Ausgezeichnet«, sagte Gavallan, und McIver nickte beifällig.

»Auch Ersatzmannschaften für die Hubschrauber und Arbeiter für die Bohranlagen können ab übermorgen ein- und ausgeflogen werden, vorausgesetzt, die Flüge sind im voraus genehmigt und die Papiere der Leute in Ordnung«, fuhr der Mullah fort. »Die Ölproduktion hat Priorität. Ein islamischer Wächter wird jeden Inlandflug begleiten.«

»Wenn es vorher vereinbart und der Mann pünktlich ist. Aber nicht bewaffnet«, entgegnete McIver höflich und machte sich auf den unvermeidlichen Zusammenstoß gefaßt.

»Bewaffnete islamische Wächter werden zu Ihrem Schutz mitfliegen, um Entführungen durch Staatsfeinde zu verhindern«, erklärte der Mullah in scharfem Ton.

»Wir werden sehr gerne mit Ihnen zusammenarbeiten, Exzellenz«, unterbrach Gavallan ruhig, »wirklich sehr gern. Aber Sie werden doch gewiß nicht Menschenleben oder den iranischen Staat in Gefahr bringen wollen. Ich ersuche Sie offiziell, dem Imam nahezulegen, auf Waffen zu verzichten. Sie haben doch offensichtlich freien Zugang zu ihm. Mittlerweile werde ich für

unsere Maschinen keine Starterlaubnis geben, bis ich Freigabe von seiten meiner Regierung habe.«
»Sie werden kein Startverbot aussprechen und Sie werden normal operieren!« Der Mullah war sehr zornig.
»Vielleicht können wir uns auf einen Kompromiß einigen, bis der Imam seine Zustimmung gegeben hat: Ihre Wächter behalten ihre Waffen, aber während des Flugs bleibt die Munition beim Captain. Einverstanden?«
Der Mullah zögerte. »Na gut... Ich bin einverstanden.«
»Danke. Mac, bereite einen Vertrag vor, den Seine Exzellenz unterschreiben wird, und der für alle unsere Jungs gilt. Wir werden auch neue Flugzeugpapiere brauchen, Exzellenz. Wir haben nur die der früheren Regierung, und die sind ja jetzt nutzlos. Werden Sie uns auch die nötige Ermächtigung geben? Sie selbst, Exzellenz? Sie sind doch offensichtlich ein Mann von Einfluß und wissen, was los ist.« Der Mullah mochte an die 30 Jahre alt sein, sein Bart war fettig und seine Kleidung fadenscheinig. »Natürlich werden Sie uns schnell die richtigen Dokumente ausstellen, damit wir den gesetzlichen Vorschriften der neuen Ära gerecht werden können?«
»Wir, äh, werden für alle Ihre Maschinen neue Dokumente unterzeichnen, ja.« Der Mullah nahm einige Papiere aus seiner abgenutzten Aktentasche und setzte sich eine alte Brille auf; die Gläser waren dick, eines war gesprungen. »Sie haben an verschiedenen Orten 15 Hubschrauber vom Typ 212, 7 vom Typ 206 und 34 Alouettes in Verwahrung – allesamt im Iran registriert und Eigentum der Iran Helicopter Company. Ist das richtig?«
Gavallan schüttelte den Kopf. »Nicht ganz. Im Augenblick sind sie noch Eigentum der S-G Helicopters Ltd. in Aberdeen. Die Iran Helicopter Company, unser Gemeinschaftsunternehmen mit den hiesigen Partnern, besitzt die Maschinen erst, wenn sie bezahlt sind.«
Der Mullah runzelte die Stirn. »Aber der Vertrag, der IHC die Eigentumsrechte überträgt, ist doch unterschrieben, nicht wahr?«
»Ja, aber vorbehaltlich noch ausstehender Zahlungen.«
»Der Imam hat gesagt, daß wir alle Schulden begleichen werden, und darum werden sie auch beglichen werden.«
»Selbstverständlich. Aber die Eigentumsrechte gehen erst nach erfolgter Zahlung an die IHC über«, fuhr Gavallan fort, während er überlegte, ob der Tower Johnny Hoggs klug formuliertem Ansuchen um eine Landung am nächsten Tag stattgeben würde. Ich frage mich, ging es ihm durch den Kopf, ob dieser glattzüngige Bastard eine Freigabe anordnen könnte. Wenn Khomeini eine Rückkehr zur Normalität angeordnet hat, wird diese auch erfolgen, und ich kann ohne Risiko die nächste Maschine nach London nehmen. Mit ein bißchen Glück könnte ich bis zum Wochenende den ExTex-Vertrag abschließen. »Seit Monaten«, sagte er, »leisten wir im Namen der IHC Zahlungen für alle diese Flugzeuge, dazu tragen wir die Zinsen, Bankprovisionen und so weiter...«
»Der Islam verbietet Wucher und Zinsen«, erklärte der Mullah mit solcher Entschiedenheit, daß Gavallan und McIver sich erstaunt ansahen. »Banken dürfen keine Zinsen berechnen. Keinerlei. Das ist Wucher.«

»Wenn Banken keine Zinsen berechnen dürfen«, wandte Gavallan ein, »wie soll dann das Geschäftsleben funktionieren?«
»Nach islamischen Gesetzen, nur nach islamischen Gesetzen. Der Koran verbietet den Wucher.« Und angewidert fuhr der Mullah fort: »Was ausländische Banken tun, ist gottlos. Mit ihnen hat der Iran schon viel Ärger gehabt. Banken sind gottlose Institutionen, die wir nicht tolerieren werden. Was die Iran Helicopter Company angeht, hat das Islamische Revolutionäre Komitee angeordnet, alle Gemeinschaftsunternehmen so lange einzufrieren, bis sie einer Überprüfung unterzogen werden können. Alle diese Flugzeuge sind iranisch, im Iran registriert.« Er warf einen Blick auf sein Papier. »Hier in Teheran haben Sie 3 Maschinen vom Typ 212, 4 vom Typ 206 und 1 Alouette stationiert, nicht wahr?«
»Sie sind verteilt«, erwiderte McIver vorsichtig. »Hier, in Doschan Tappeh und Galeg Morghi.«
»Aber sie gehören alle hierher nach Teheran?«
McIver hatte versucht, verkehrt herum zu lesen, was auf den Papieren stand. Das eine, das der Mullah in der Hand hielt, war eine Liste aller Flugzeuge mit der jeweiligen Registrierungsnummer, eine Kopie der Aufstellung, die ständig im Tower aufbewahrt wurde und die stets auf dem letzten Stand zu halten S-G verpflichtet war. Es gab ihm einen Stich, als er die EP-HBC, Locharts 212, und auch die EP-HFC, Pettikins 206, rot angekreuzt sah.
»Wir haben eine 212 nach Bandar-e Delam ausgeliehen«, sagte er. Im Geist verfluchte er General Valik, und er hoffte, daß Lochart entweder in Bandar-e Delam saß oder bereits die Heimreise angetreten hatte. »Die anderen sind da.«
»Ausgeliehen... das wäre dann die EP-HBC«, sagte der Mullah. »Aber wieso...«
Vom Empfangsgerät her unterbrach ihn die Stimme des Fluglotsen: »Echo Tango Lima Lima. Antrag abgelehnt. Rufen Sie Isfahan auf 118.3 – Guten Tag.«
»Ganz richtig.« Der Mullah nickte zufrieden.
Im Geist stießen Gavallan und McIver noch mehr Verwünschungen aus, und Sabolir, der genau verstand, daß die zwei Männer versuchten, den Mullah zu manipulieren, kicherte in sich hinein, vermied es aber dabei sorgfältig, dem Blick der anderen zu begegnen. Einen Augenblick zuvor hatte er McIver, Sympathie vortäuschend, verstohlen zugelächelt, denn er fürchtete, McIver könnte alle jene Vergünstigungen zur Sprache bringen, die doch nur eine Geste der Dankbarkeit für sein, Sabolirs, Entgegenkommen bei der Einfuhr von Ersatzteilen und beim Ausfliegen der Mannschaften waren. Im Radio hatte ein Sprecher des Islamischen Revolutionären Komitees heute morgen alle loyalen Bürger aufgefordert, jeden anzuzeigen, der »Verbrechen gegen den Islam« begangen hatte. Im Lauf des Tages waren drei Kollegen von ihm verhaftet worden. Lähmendes Entsetzen hatte den ganzen Flughafen ergriffen. Die islamischen Wächter gaben keine Gründe an, sie schleppten die Menschen weg und brachten sie ins Evin-Gefängnis, wo heute, wie gerüchteweise verlautete, 50 »Feinde des Islam« nach Schnellgerichtsverfahren er-

schossen worden waren. Einer der Verhafteten war sein Untergebener gewesen, der gestern die drei Kanister Benzin aus McIvers Lagerraum genommen hatte. Allah, laß nicht zu, daß sie mein Haus durchsuchen!
Vom Empfangsgerät kam diesmal John Hoggs Stimme, immer noch munter: »Echo Tango Lima Lima. Danke. Es lebe die Revolution! Guten Tag.« Dann forderte er auf dem S-G-Kanal kurz und bündig: »Zentrale, bitte bestätigen!«
McIver ging zum Gerät. »Bestätigt!« sagte er ins Mikrophon und war sich der Anwesenheit des Mullahs voll bewußt. »Glauben Sie...«
»Ah! Sie sprechen direkt mit dem Flugzeug – ein privater Kanal?«
»Ein Kanal der Gesellschaft, Exzellenz. Das ist ganz normal.«
»Normal. Ja. EP-HBC befindet sich also in Bandar-e Delam?« fragte der Mullah und las von seinem Papier ab: »Lieferung von Ersatzteilen. Ist das richtig?«
»Ja«, antwortete McIver und schickte ein Stoßgebet zum Himmel.
»Wann soll dieser Hubschrauber wieder zurück sein?«
Dieses Interesse des Mullahs lastete wie ein Gewicht auf McIver. »Das wissen wir nicht. Es war mir nicht möglich, mit Bandar-e Delam Verbindung aufzunehmen. Sobald ich etwas weiß, werde ich es Ihnen mitteilen. Was aber nun die Freigaben für unsere verschiedenen Flüge angeht, Exzellenz, könnten Sie...«
»Und die EP-HFC befindet sich in Täbris?«
»Auf einer kleinen Landebahn in der Nähe der Stadt«, antwortete McIver und fühlte sich gar nicht wohl. Wieder fragte er sich, wo wohl Erikki steckte. Er hätte sich schon um 3 Uhr in der Wohnung mit ihnen treffen sollen, um gemeinsam zum Flughafen zu fahren, war aber nicht erschienen.
»In der Nähe der Stadt?«
Es kostete ihn Mühe, sich zu konzentrieren. »EP-HFC flog am Sonnabend nach Täbris, um Ersatzteile abzuliefern und die Crew abzulösen. Sie ist gestern abend zurückgekommen und wird morgen wieder auf der Aufstellung stehen.«
Der Mullah machte plötzlich ein grimmiges Gesicht. »Aber jedes ein- und ausfliegende Flugzeug muß sofort gemeldet werden. Von gestern haben wir keine Meldung einer Landung aus dem Inland.«
»Captain Pettikin konnte gestern keine Verbindung mit der Flugsicherung Teheran herstellen. Soviel ich weiß, hatte das Militär das Kommando.» Und rasch fügte er hinzu: »Wenn wir nun unsere Operationen wieder aufnehmen sollen, wer wird unsere Flüge für die IranOil autorisieren? Wie bisher Mr. Davies?«
»Ja, ich denke schon. Aber warum wurde die Ankunft gestern nicht gemeldet?«
Mit gezwungener Lebhaftigkeit mischte sich Gavallan ein: »Ich bin sehr von Ihrer Umsicht beeindruckt, Exzellenz. Schade, daß die militärische Flugüberwachung diese gestern vermissen ließ. Ich sehe schon, daß die neue islamische Republik den Westen bald überflügeln wird. Es wird uns eine

Freude sein, unserem neuen Herrn zu dienen. Dürfen wir bei dieser Gelegenheit Ihren Namen erfahren?«

»Ich heiße Mohammed Tehrani«, antwortete der Mullah, von neuem abgelenkt.

»Darf ich Sie dann bitten, Exzellenz Tehrani, daß Sie uns das Privileg Ihrer Autorität genießen lassen? Wenn meine Echo Tango Lima Lima Ihre werte Erlaubnis erhält, morgen zu landen, könnten wir unsere Effizienz wesentlich erhöhen, um sozusagen mit der Ihren gleichzuziehen. Die Ersatzteile, welche die ETLL an Bord hat, werden es uns ermöglichen, zwei Hubschrauber vom Typ 212 wieder betriebsfertig zu machen, und ich kann nach London zurückkehren, um unsere Unterstützung der großen Revolution zu erhöhen. Sie stimmen mir doch sicher zu?«

»Das ist nicht möglich. Das Komitee...«

»Ich bin sicher, das Komitee würde Ihren Rat annehmen. Oh, ich bemerke gerade, daß Sie das Mißgeschick hatten, Ihre Brille zu zerbrechen. Schrecklich. Ohne die meine kann ich auch kaum sehen. Vielleicht könnte ich die ETLL beauftragen, morgen ein neues Paar für Sie aus Al Schargas mitzubringen?«

Der Mullah war verunsichert. Mit seiner Sehkraft stand es sehr schlecht. Gute neue Gläser... ja, sie wären ein Geschenk Allahs. Gewiß hatte Er diesem Ausländer den Gedanken eingegeben. »Ich denke... Ich weiß nicht. So schnell kann das Komitee nicht genehmigen, was Sie verlangen.«

»Ich weiß, daß es schwierig ist, aber wenn Sie sich beim Komitee für uns verwenden – die Herren würden sicher auf Sie hören. Es wäre uns enorm geholfen, und wir stünden in Ihrer Schuld«, fügte Gavallan hinzu und gebrauchte damit die altehrwürdige Redewendung, die in allen Sprachen der Welt das gleiche bedeutet: Was willst du dafür haben?

Er sah, wie McIver die Tower-Frequenz einschaltete und dem Mullah das Mikrophon hinhielt. »Um zu sprechen, drücken Sie den Knopf, Exzellenz, wenn Sie uns die Ehre Ihres Beistandes schenken wollen...«

Mullah Tehrani zögerte und wußte nicht, was er tun sollte. Während er das Mikrophon anstarrte, warf McIver Sabolir einen vielsagenden Blick zu.

Sabolir kapierte sofort. »Natürlich wird Ihr Komitee allem zustimmen, was immer Sie entscheiden, Exzellenz«, sagte er mit öliger Stimme. »Aber soviel ich weiß, sollen Sie doch morgen die anderen Flugplätze inspizieren, um zu eruieren, wie viele Zivilhubschrauber in Ihrem Gebiet, und das ist ja die ganze Region Teheran, stationiert sind. Stimmt das?«

»So lauten die Befehle, jawohl«, bestätigte der Mullah. »Ich und noch einige Mitglieder meines Komitees müssen morgen die anderen Flugplätze inspizieren.«

Sabolir stieß einen schweren Seufzer aus, der Enttäuschung signalisieren sollte, und McIver hatte alle Mühe, nicht laut herauszulachen.

»Bedauerlicherweise wird es Ihnen nicht möglich sein, sie alle mit dem Wagen oder zu Fuß zu besuchen und noch rechtzeitig wieder zurück zu sein, um persönlich die Ankunft und die Inspektion dieser Maschine zu überwachen,

die ohne eigenes Verschulden zurückgeschickt wurde, weil die hochnäsigen Fluglotsen in Kisch und Isfahan sich erfrecht haben, Sie nicht vorher zu konsultieren.«
»Ja, das ist wahr«, stimmte der Mullah zu. »Das haben sie nicht richtig gemacht.«
»Würde Ihnen 7 Uhr früh passen, Exzellenz Tehrani?« hakte McIver sofort ein. »Es wäre uns eine Ehre, Ihrem Komitee auszuhelfen. Ich gebe Ihnen unseren besten Piloten, und wenn Sie zurückkommen, werden Sie reichlich Zeit haben, die Inspektion zu überwachen. Wie viele Herren werden mit Ihnen kommen?«
»Sechs«, antwortete der Mullah zerstreut, überwältigt von dem Gedanken, seine Mission – Allahs Werk – so angenehm und luxuriös wie ein Ayatollah zu Ende führen zu können. »Das... das läßt sich arrangieren?«
»Selbstverständlich«, sagte McIver. »Um 7 Uhr hier. Chefpilot Nogger Lane wird eine 212 startbereit halten. Sie fliegen natürlich im Cockpit mit dem Piloten. Das geht in Ordnung.«
Der Mullah war bisher nur zweimal im Leben geflogen, nach England an die Universität und wieder zurück, im Rahmen eines speziell für Studenten eingerichteten Charterflugs der Iran Air. Er strahlte und griff nach dem Mikrophon.
McIver und Gavallan hüteten sich, ihrer Freude über den Sieg Ausdruck zu geben. Auch Sabolir verzog keine Miene. Daß der Mullah überlistet worden war, erfüllte ihn mit Genugtuung. Allah will es so. Wenn ich jetzt zu Unrecht beschuldigt werde, habe ich einen Verbündeten. Dieser Narr von einem Mullah, hat er sich nicht bestechen lassen, zweimal sogar, mit einer neuen Brille und einer komfortablen, nicht autorisierten Flugreise? Hat er sich nicht ganz bewußt zum Gimpel dieser zungenfertigen und verschlagenen Engländer machen lassen, die immer noch glauben, sie könnten uns mit ihrem Plunder vom rechten Weg abbringen und uns für ein paar Rial unser Erbe abkaufen? Er warf einen Blick auf McIver. Einen vielsagenden Blick. Na, du arroganter Hundesohn aus dem Westen, dachte er, welchen großen Gefallen wirst du mir als Gegenleistung für meinen Beistand erweisen?

Im Französischen Club: 19 Uhr 10. Gavallan akzeptierte das Glas Rotwein vom livrierten französischen Kellner, McIver nahm den Weißwein.
Sie stießen an und tranken erleichtert; sie waren erschöpft nach ihrer Fahrt vom Flughafen hierher. Sie saßen im großen Salon, zusammen mit anderen Gästen, vornehmlich Europäern, Damen wie Herren, und genossen den Blick auf die schneebedeckten Gärten und Tennisplätze. Das prächtige Gebäude im Herzen Teherans bot viele andere Räume: Bankett- und Speisesäle, Spielzimmer, Tanzbar und Sauna. Der Französische Club war im Gegensatz zum Amerikanischen, Britischen und Deutschen der einzige Ausländerklub, der noch funktionierte.
»Mein Gott, das schmeckt«, bemerkte McIver. »Sag Gen nicht, daß wir schon hier waren!«

»Das brauche ich ihr gar nicht zu sagen, Mac. Sie wird es wissen.«
McIver nickte. »Hast du auch wieder recht. Es ist mir gelungen, einen Tisch für heute abend zum Dinner zu bekommen. Kostet ein Vermögen, aber es ist das Geld wert. Zu dieser Zeit gab es hier früher nur Stehplätze...« Er drehte sich um, als eine Gruppe von Franzosen in einer entfernten Ecke in schallendes Gelächter ausbrach. »Einen Augenblick lang glaubte ich, Jean-Luc zu hören. Scheint Jahre her zu sein, daß wir hier mit ihm Weihnachten gefeiert haben... Ich frage mich, ob wir je wieder so vergnügt zusammensitzen werden.«
»Aber sicher«, erwiderte Gavallan, um ihm Mut zu machen. »Laß dir doch von dem Mullah nicht deine gute Laune verderben.«
»Er hat mir einen richtigen Schauder eingejagt – Armstrong übrigens auch. Und Talbot. Aber du hast recht, Andy, ich sollte mich davon nicht unterkriegen lassen. Wir stehen heute besser da als noch vor zwei Tagen...« Er besann sich auf die guten Zeiten, die er mit Genny und Pettikin und Lochart – an ihn will ich jetzt nicht denken – und all den anderen Piloten und ihren vielen Freunden hier verbracht hatte. Alle waren fort, die meisten zumindest. Gen, hatte es geheißen, gehen wir ins Pars hinüber, heute nachmittag sind die Endspiele im Tennis... Oder: Um acht steigt Valiks Cocktailparty im Iranischen Offiziersklub... Oder: Tut mir leid, dieses Wochenende kann ich nicht, wir fahren zu den Festivitäten des Botschafters am Kaspischen Meer... Oder: Ich würde gern kommen, aber Genny ist nach Isfahan gefahren, um Teppiche einzukaufen...
»Früher war hier so viel los, Andy. Das Gesellschaftsleben war wirklich prima, keine Frage«, schwärmte er. »Heute ist es schon schwer, überhaupt noch Kontakte zu halten.«
Gavallan nickte. »Mac«, sagte er einfühlsam, »eine gerade Antwort auf eine gerade Frage: Möchtest du im Iran Schluß machen und deinen Job einem anderen überlassen?«
McIver starrte ihn verblüfft an. »Guter Gott, wie kommst du denn darauf? Natürlich nicht! Du glaubst vielleicht, weil ich ein bißchen niedergeschlagen bin... Guter Gott, nein!« Und doch stellte er sich plötzlich im Geist die gleiche Frage, eine Frage, die noch vor wenigen Tagen undenkbar gewesen wäre: Ist es an der Zeit aufzuhören? Ich weiß es nicht, dachte er, während die Wahrheit mit kalten Fingern nach ihm griff. Mit lächelndem Gesicht sagte er: »Alles ist bestens, Andy. Es gibt nichts, womit wir nicht fertig werden können.«
»Fein. Ich hoffe, du nimmst mir meine Frage nicht übel. Für meinen Teil hat mir der Mullah neuen Mut gemacht – außer als er von ›unseren iranischen Flugzeugen‹ sprach.«
»Nachdem wir den Vertrag unterzeichnet hatten, haben sich Valik und die Partner wirklich so benommen, als ob unsere Flugzeuge ihnen gehörten.«
»Gott sei Dank ist es ein britischer Vertrag, der nach englischen Gesetzen geltend gemacht werden kann.« Gavallan warf einen Blick über McIvers Schulter, und seine Augen weiteten sich. Das Mädchen, das jetzt den Saal

betrat, war Ende Zwanzig, hatte dunkles Haar und dunkle Augen und sah phantastisch aus. McIver folgte seinem Blick und erhob sich. »Hallo, Sayada«, sagte er und forderte sie mit einer Handbewegung auf, an den Tisch zu kommen. »Darf ich Ihnen Andrew Gavallan vorstellen? Andy, das ist Sayada Bertolin, eine Freundin von Jean-Luc. Wollen Sie nicht Platz nehmen?«

»Danke, Mac, tut mir leid, ich kann nicht. Ich bin mit einer Freundin zum Squash verabredet. Sie sehen gut aus. War mir ein Vergnügen, Mr. Gavallan.« Sie streckte ihm die Hand entgegen, und Gavallan schüttelte sie. »Tut mir leid, aber ich hab's eilig. Grüßen Sie mir Genny!«

Sie setzten sich wieder. »Herr Ober, noch einmal das gleiche«, orderte Gavallan. »Offen gesagt, Mac, bei diesem Mädchen könnte man schwach werden.«

McIver lachte. »Für gewöhnlich sollte es gerade umgekehrt sein. Ja, sie ist überall sehr beliebt. Sie arbeitet in der Botschaft von Kuwait, ist Libanesin, und Jean-Luc ist ganz verrückt nach ihr.«

»Das kann ich ihm nachfühlen...« Gavallans Lächeln verflog. Begleitet von einem großgewachsenen, energisch blickenden Iraner Mitte Fünfzig kam Robert Armstrong durch die Eingangstür. Er sah Gavallan, nickte kurz, setzte aber sein Gespräch fort und ging die Treppe hinauf, die zu anderen Gesellschaftsräumen führte. »Was der Kerl wohl...« Gavallan unterbrach sich, als plötzlich die Erinnerung in ihm wach wurde. »Robert Armstrong, Chef des CID Kowloon, das ist er... oder war er.«

»Des CID? Der Kriminalpolizei? Bist du sicher?«

»Ja, CID oder Sonderdezernat... Ja, warte mal, er war ein Freund von Ian Dunross, und dort habe ich ihn auch kennengelernt, im Großen Haus auf dem Peak. Wenn ich mich recht entsinne, war das der Abend, an dem Quillan Gornt als höchst unwillkommener Gast erschien... Ich glaube, Ian und Penelope feierten ihren Hochzeitstag. Es war kurz bevor ich Hongkong verließ. Mein Gott, das ist fast 16 Jahre her; kein Wunder, daß ich mich nicht gleich an ihn erinnerte.«

»Ich hatte das Gefühl, daß er dich sofort wiedererkannte, als er dich gestern auf dem Flughafen sah.«

Sie leerten ihre Gläser und gingen, beide auf seltsame Weise verunsichert.

Universität Teheran: 19 Uhr 32. Die Versammlung der mehr als 1000 linksorientierten Studenten im Viereck des Vorhofs war laut und gefährlich: Es gab zu viele Fraktionen, zu viele Eiferer und zu viele Bewaffnete. Es war kalt und feucht, aber noch nicht dunkel, obwohl in der Dämmerung schon einige Lichter und Fackeln aufleuchteten.

Rákóczy stand im Rücken der Menge, nachlässig gekleidet, im Aussehen den anderen gleich, obwohl er seine Identität gewechselt hatte. Er war jetzt nicht mehr Smith oder Rákóczy oder Karakose, hier in Teheran firmierte er wieder als Dimitri Yazernow, der sowjetische Vertreter im Zentralkomitee der Tudeh – eine Position, die er in den vergangenen Jahren immer wieder eingenommen hatte. Er stand in einer Ecke des Vorhofs mit fünf Studenten-

führern der Tudeh, ein Sturmgewehr über der Schulter, bewaffnet und bereit. »Jeden Augenblick kann es losgehen«, murmelte er.
»Wen soll ich mir als ersten vorknöpfen?« fragte einer der Studenten nervös.
»Den Mudjaheddin – diesen mutterlosen Bastard da drüben«, antwortete er und deutete auf einen schwarzbärtigen Mann, der um vieles älter war als die anderen. »Laß dir Zeit, Farmad, und warte auf mein Zeichen! Er ist ein Profi und gehört zur PLO.«
Verdutzt starrten ihn die Studenten an. »Wieso den, wenn er zur PLO gehört?« fragte Farmad, ein vierschrötiger, fast unförmiger Bursche. »In all den Jahren waren die PLO-Leute unsere großen Freunde; sie haben uns ausgebildet, unterstützt und Waffen geliefert.«
»Weil die PLO jetzt Khomeini unterstützen wird«, erklärte Rákóczy geduldig. »Hat Khomeini nicht Arafat eingeladen, nächste Woche herzukommen? Hat er der PLO nicht den früheren Sitz der Israelischen Mission als ständiges Hauptquartier zugewiesen? Die PLO kann all die Techniker zur Verfügung stellen, die Bazargan und Khomeini brauchen, um die Israelis und Amerikaner zu ersetzen – besonders auf den Ölfeldern. Wünschst du dir vielleicht einen starken Khomeini?«
»Nein, aber die PLO war...«
»Der Iran ist nicht Palästina. Die Palästinenser sollten in Palästina bleiben. Ihr habt die Revolution erkämpft. Warum Ausländern euren Sieg schenken?«
»Aber die PLO war unser Verbündeter«, beharrte Farmad, und Rákóczy war froh, daß er den Makel entdeckt hatte, bevor dieser Junge auch nur einen bescheidenen Anteil an Macht erhalten hatte.
»Verbündete, die zu Feinden werden, sind für uns wertlos.«
»Ich stimme dem Genossen Dimitri bei«, sagte Ibrahim Kyabi, dessen Blick kalt und sehr hart war. »Wir wollen nicht, daß die PLO hier Befehle erteilt. Wenn du ihn nicht erledigst, Farmad, tu ich es. Ihn und alle diese verdammten *hezbollahis*.«
»Der PLO darf man nicht trauen«, setzte Rákóczy seine Lektion fort. »Seht doch, wie sie schwanken und sogar auf vertrautem Gelände ständig ihren Standpunkt wechseln! Eben noch haben sie gesagt, sie seien Marxisten, gleich darauf, sie seien Moslems, um am nächsten Tag mit dem Verräter Sadat zu flirten und ihn dann wieder anzugreifen. Wir haben Dokumente, die das beweisen, und auch, daß sie planen, König Hussein zu ermorden, die Macht in Jordanien zu übernehmen und einen Sonderfrieden mit Israel und Amerika zu schließen. Sie haben schon Geheimgespräche mit der CIA und Israel geführt. Sie sind in Wahrheit gar keine Feinde Israels.«
»Die PLO ist arrogant und sehr von sich eingenommen«, meinte Ibrahim. »Sie ist sich der Bedeutung des Iran in der Welt nicht bewußt und weiß nichts von unserer Geschichte.«
»Das ist wahr. Es sind Bauern, die sich durch den Nahen Osten und unseren Golf durchschmarotzt und sich die besten Posten gesichert haben.«
»Ja«, meinte ein anderer, »sie sind schlimmer als die Juden.«
Rákóczy lachte in sich hinein. Er hatte Freude an seinem Job, an der Arbeit

mit Universitätsstudenten; das war immer ein fruchtbares Feld. Bin ich nicht ein Lehrer, fragte er sich zufrieden, ein Professor des Terrors, der Macht und der Machtergreifung? In gewisser Weise bin ich aber auch ein Bauer. Ich pflanze den Samen, hege und pflege und ernte ihn, arbeite Tag und Nacht und zu allen Jahreszeiten, wie das ein Bauer tun muß. Ach, dachte er, wenn ich Mütterchen Rußland den Iran zu Füßen legen könnte, ich hätte nicht umsonst gelebt. Glaubte ich an Gott, ich würde beten: Allah ist groß, Allah ist...
Mit einemmal fröstelte ihn. So lange schon gab er vor, ein Moslem zu sein, daß seine Tarnung manchmal sein wahres Selbst übermannte.
Bin ich noch immer Igor Mzytryk, Hauptmann im KGB, verheiratet mit meiner Liebsten Delaurah, meiner schönen Armenierin, die in Tiflis auf meine Rückkehr wartet? Ist sie jetzt daheim, sie, die im geheimen an Gott glaubt? An den Gott der Christen, der der gleiche ist wie der Gott der Moslems und der Juden?
Gott hat unzählige Namen. Gibt es einen Gott?
Es gibt keinen Gott, sagte er sich wie in einer Litanei, stellte den Gedanken in sein Fach zurück und konzentrierte sich auf die zu erwartende gewalttätige Auseinandersetzung.
Unter den versammelten Studenten stieg die Spannung; zornige Rufe flogen hin und her. »Wir haben unser Blut nicht vergossen, damit die Mullahs jetzt die ganze Macht an sich reißen! Brüder und Schwestern, haltet zusammen! Vereinigt euch unter dem Banner der Tudeh...«
»Nieder mit der Tudeh! Schließt euch zur heiligen Sache des islamischen Marxismus zusammen! Wir Mudjaheddin haben unser Blut vergossen, wir sind die Märtyrer von Imam Ali und Lenin...«
»Nieder mit den Mullahs und Khomeini, dem Erzverräter am Iran...«
Kritisch beobachtete Rákóczy die Menge. Noch war sie Stückwerk, formlos, noch kein Mob, der wie eine Waffe geführt und eingesetzt werden konnte. Einige Umstehende, religiöse Fanatiker, beobachteten die Vorgänge und reagierten mit Schmährufen und Wutausbrüchen. Die wenigen Gemäßigten schüttelten die Köpfe, gingen davon und überließen die Dinge der großen Mehrheit der Khomeini-Gegner.
Schah Reza hatte die Universität in den dreißiger Jahren erbauen lassen. Vor fünf Jahren hatte Rákóczy hier ein paar Semester verbracht. Er hatte vorgegeben, aus Aserbeidschan zu stammen, obwohl die Tudeh wußte, daß er sich Dimitri Yazernow nannte und gekommen war, um an der Universität Zellen zu organisieren. Die Universität war von Anfang an ein Ort der Zwietracht gewesen, schahfeindlich, obwohl Schah Mohammed das Bildungswesen großzügig gefördert hatte. Die Studenten von Teheran hatten als Avantgarde der Rebellion gedient – lange bevor Khomeini ihr Idol geworden war.
Ohne Khomeini hätten wir es nie geschafft, dachte er. Khomeini war die Flamme, um die wir uns scharen und zusammenschließen konnten, damit der Schah gestürzt und die Vereinigten Staaten hinausgeworfen werden konnten. Er ist weder senil noch bigott, wie viele sagen, sondern ein skrupelloser Führer mit einem gefährlich klaren Plan, einem gefährlich starken Charisma und

gefährlich großer Macht unter den Schiiten – und darum ist es jetzt an der Zeit, daß er zu dem Gott zurückkehrt, den es nie gegeben hat.
Plötzlich lachte Rákóczy hell auf.
»Was hast du?« fragte Farmad.
»Ich stellte mir gerade vor, was Khomeini und die Mullahs sagen werden, wenn sie draufkommen, daß es keinen Gott gibt und nie einen gegeben hat – keinen Himmel, keine Hölle, keine Huris – alles nur Märchen.«
Die anderen lachten mit. Nur einer nicht. Ibrahim Kyabi. Es war kein Raum mehr für Gelächter in ihm, er sann nur mehr auf Rache. Als er gestern nachmittag heimgekommen war, hatte er das Haus in großer Bestürzung vorgefunden, die Mutter aufgelöst in Tränen, die Geschwister verzweifelt. Soeben hatten sie die Nachricht erhalten, daß sein Vater, ein Ingenieur, vor dem Hauptbüro der IranOil in Ahwas von islamischen Wächtern ermordet worden war. Seinen Körper hatte man den Geiern zum Fraß vorgeworfen.
»Weswegen?« hatte er geschrien.
»Wegen... wegen Verbrechen gegen den Islam«, antwortete ihm sein Onkel mit tränenerstickter Stimme; er hatte die Schreckensnachricht gebracht. »Das haben sie uns gesagt... die Mörder. Sie waren aus Abadan, ungebildete Burschen, die meisten von ihnen, und sie sagten, er wäre ein amerikanischer Agent, der seit Jahren mit den Feinden des Islam zusammengearbeitet hätte. Er hätte zugelassen, daß sie unser Öl stehlen, und...«
»Alles Lügen!« hatte Ibrahim ihn angeschrien. »Vater war gegen den Schah, er war ein Patriot – ein Rechtgläubiger! Wer waren diese Hunde! Ich werde sie und ihre Väter verbrennen! Sag mir ihre Namen!«
»Es war Allahs Wille, Ibrahim! *Inscha'Allah!* Allahs Wille! O mein armer Bruder!«
»Es gibt keinen Gott! *Inscha'Allah* ist für Dummköpfe«, hatte Ibrahim gesagt. »Ein dummer Aberglaube, hinter dem Dummköpfe sich verstecken.«
»So darfst du nicht reden«, hatte seine Mutter ängstlich protestiert. »Geh in die Moschee, bitte Allah um Vergebung! Wenn dein Vater tot ist, so ist das Allahs Wille, nichts weiter. Geh in die Moschee!«
»Ja, ja, ich werde gehen«, hatte er geantwortet, aber in seinem Herzen gewußt, daß sein Leben sich verändert hatte – kein Gott hätte ein solches Verbrechen zugelassen. »Wer waren diese Männer, Onkel? Beschreibe sie mir!«
»Ganz gewöhnliche Burschen, wie ich schon sagte, die meisten jünger als du. Es war kein Anführer oder Mullah dabei, nur einer im Hubschrauber der Fremden, der aus Bandar-e Delam kam. Noch im Tod verfluchte mein armer Bruder Khomeini. Wenn er nur nicht mit dem Hubschrauber der Fremden zurückgekommen wäre... Aber, *Inscha'Allah*, sie warteten ja sowieso schon auf ihn.«
»Im Hubschrauber war auch ein Mullah?«
»Ja, ja.«
»Wirst du in die Moschee gehen?« hatte ihn seine Mutter noch einmal gefragt.
»Ja«, hatte er ihr geantwortet und sie zum erstenmal belogen. Es hatte ihn

kaum Mühe gekostet, Verbindung mit den Studentenführern der Tudeh und mit Dimitri Yazernow aufzunehmen, ihnen Treue zu schwören, ein Maschinengewehr zu bekommen und sie zu bitten, den Namen des Mullahs im Hubschrauber von Bandar-e Delam ausfindig zu machen. So stand er nun da, Rache fordernd, und seine Seele empörte sich gegen das Verbrechen, das im Namen eines falschen Gottes gegen seinen Vater verübt worden war. »Fangen wir an, Dimitri!« sagte er; die Rufe der Menge ließen wilde Wut in ihm aufsteigen.

»Wir müssen noch warten, Ibrahim«, sagte Rákóczy sanft. Er war froh, den Jungen bei sich zu haben. »Vergiß nicht: Der Mob ist ein Mittel zum Zweck. Erinnere dich an unseren Plan!« Sie waren wie vor den Kopf gestoßen gewesen, als er sie vor einer Stunde in diesen Plan eingeweiht hatte.

»Die Amerikanische Botschaft überfallen?«

»Ja, ein Überraschungsangriff – morgen oder übermorgen. Heute abend wird aus dieser Kundgebung ein Volksaufstand werden. Die Botschaft ist nur ganze zwei Kilometer von hier entfernt. Es wird ganz leicht sein, den Mob aufzuwiegeln und in diese Richtung zu dirigieren. Ist ein Tumult nicht die beste Tarnung für einen Überfall? Wir lassen die uns feindlich gesinnten Mudjaheddin und Fedajin gegen die religiösen Fanatiker kämpfen und sehen zu, wie sie einander die Köpfe einschlagen, während wir die Initiative ergreifen. Heute abend säen wir den Samen aus, morgen oder übermorgen überfallen wir die Amerikanische Botschaft.«

»Aber das ist unmöglich, Dimitri, völlig unmöglich!«

»Es ist sogar leicht. Nur einen Überfall, keine Besetzung, die kommt später. Ein Überfall ist unerwartet und einfach auszuführen. Man kann leicht in die Botschaft eindringen und den Botschafter und alle eine Stunde lang gefangenhalten, während man das Haus plündert. Amerikaner sind nicht mutig und werden kaum Widerstand leisten. Hier sind die Pläne der Anlagen und die Stellungen der Marines, und ich werde dabei sein, um euch zu helfen. Ihr werdet in der ganzen Welt Schlagzeilen machen und Bazargan sowie Khomeini, noch mehr aber die Amerikaner selbst in tödliche Verlegenheit bringen. Vergeßt nicht, wer unser eigentlicher Feind ist, und daß ihr jetzt schnell handeln müßt, um Khomeini die Initiative zu entreißen...«

Es war leicht gewesen, sie zu überzeugen. Es wird leicht sein, ein Ablenkungsmanöver zu inszenieren, dachte er, und es wird leicht sein, das Büro und den Funkraum der CIA im Souterrain zu stürmen, den Safe zu sprengen und alle Dokumente und Code-Bücher herauszuholen; dann über die Hintertreppe in den zweiten Stock hinauf, links den Gang hinunter, das dritte Zimmer links, das Schlafzimmer des Botschafters, zum Safe hinter dem Ölbild über dem Bett, und auch diesen sprengen und ausräumen. Plötzlich, schnell und, wenn der Feind sich wehrt, mit Gewalt.

»Dimitri! Sieh doch!«

Rákóczy wirbelte herum. Hunderte von jungen Burschen – *hezbollahis* und Mullahs an der Spitze – kamen die Straße herunter. Sofort brüllte Rákóczy: »Nieder mit Khomeini!« und feuerte eine Salve in die Luft. Die unverhofften

Schüsse brachten die Studenten zur Raserei. Sie schrien sich an, und gleichzeitig gingen im ganzen Vorhof die Gewehre los. Die Menge fing an, wegzulaufen, in der Hast trampelte einer den anderen nieder, und es erhob sich ein fürchterliches Geschrei.
Noch bevor er ihn zurückhalten konnte, sah Rákóczy, wie Ibrahim auf die angreifenden *hezbollahis* zielte und feuerte. Einige Männer in den ersten Reihen fielen, ein Wutgebrüll setzte ein, und nun eröffneten die Angreifer das Feuer. Fluchend ließ sich Rákóczy zu Boden fallen. Der Kugelregen ging daneben, aber es erwischte Farmad und andere in seiner Nähe, nicht jedoch Ibrahim und die restlichen drei Tudeh-Führer. Auf sein Zurufen warfen auch sie sich zu Boden, während von panischem Schrecken erfaßte Studenten nun mit Karabinern und Pistolen loslegten.
Schon viele waren verwundet, bevor der vierschrötige Mudjaheddin, den Rákóczy zur Exekution vorgesehen hatte, seine Männer um sich scharte, zum Angriff auf die religiösen Fanatiker überging und sie zurückschlug. Sofort kamen andere ihm zu Hilfe, und der Rückzug der Fanatiker wurde zur wilden Flucht.
Rákóczy packte Ibrahim, der gerade blind in die Menge feuern wollte, am Arm.
»Mir nach!« befahl er und schob Ibrahim und die anderen weiter auf die geschützte Seite des Vorhofs; nachdem er sich vergewissert hatte, daß ihm alle Genossen gefolgt waren, machte er sich mit ihnen eilig aus dem Staub.
Bei einer Wegkreuzung im schneebedeckten Universitätsgarten blieb er kurz stehen, um Atem zu schöpfen. Der Wind war eisig, und die Nacht nicht mehr fern.
»Was ist mit Farmad?« keuchte Ibrahim. »Er wurde verwundet.«
»Er ist tot«, entgegnete Rákóczy. »Kommt, gehen wir! Und stellt euch nicht so an! Kehrt in eure Wohnungen oder Wohnheime zurück und bereitet euch auf den Überfall vor – morgen oder übermorgen. Das Komitee wird euch den Befehl geben.« Er eilte davon und verschwand in der Nacht.

In Locharts Wohnung: 19 Uhr 30. Mit geschlossenen Augen, den Kopf auf einem Gummikissen, das Haar in ein Handtuch gebunden, lag Scharazad in einem Schaumbad. »O Azadeh, Liebste«, murmelte sie schläfrig, während Schweiß auf ihrer Stirn perlte, »ich bin ja so glücklich.«
Auch Azadeh lag in dem Bad, mit dem Kopf am Fußende. Sie genoß die Hitze, die Vertrautheit, das duftende Wasser und den Luxus – die Wanne war groß und tief und reichte bequem für beide. Aber sie hatte noch immer dunkle Ringe unter den Augen, denn es gelang ihr nicht, die Schrecken des Vortages, die Ängste bei der Straßensperre und im Hubschrauber abzuschütteln. »Wenn nur Erikki wieder da wäre!« sagte Azadeh.
»Er wird nicht mehr lange ausbleiben, wir haben ja massenhaft Zeit, Liebste. Das Dinner ist erst um neun. Wir haben noch fast zwei Stunden, um uns fertigzumachen.« Scharazad schlug die Augen auf und legte ihre Hand auf Azadehs schlanke Schenkel. »Bald ist er wieder da, dein roter Riese! Und

vergiß nicht, daß ich die Nacht bei meinen Eltern verbringe: Ihr könnt die ganze Nacht nackt hier herumlaufen. Genieße das Bad, sei fröhlich und fall nicht in Ohnmacht, wenn er kommt.« Beide lachten. »Jetzt ist alles wunderbar: Du bist in Sicherheit, wir sind alle in Sicherheit – mit Allahs Hilfe hat der Imam gesiegt, und jetzt ist der Iran sicher und frei.«

»Ich wollte, ich könnte das glauben«, entgegnete Azadeh. »Ich kann dir gar nicht sagen, wie furchtbar diese Leute bei der Straßensperre waren – mir war, als würde mich ihr Haß verzehren. Warum hassen sie uns, mich und Erikki? Wir haben ihnen doch nichts Böses getan, und trotzdem hassen sie uns.«

»Denk nicht mehr an sie!« Scharazad unterdrückte ein Gähnen. »Die Linken sind alle verrückt. Sie wollen gleichzeitig Moslems und Marxisten sein. Sie sind gottlos und darum verdammt. Und die Leute auf dem Land? Die Leute auf dem Land sind ungebildet, wie du nur zu gut weißt, und die meisten von ihnen sehr simpel. Sorge dich nicht – das ist vorbei, und von jetzt an wird alles besser werden. Du wirst sehen.«

»Oh, ich hoffe, du hast recht. Von mir aus braucht es gar nicht besser zu werden. Es soll nur so bleiben, wie es immer war, ganz normal.«

»Das wird es.« Scharazad fühlte sich wohl; das Wasser war so ölig und warm. Ach, dachte sie, nur noch drei Tage, bis ich es genau weiß, und dann kann Tommy Vater sagen, daß... O ja, natürlich wünscht er sich Söhne und Töchter und dann, am nächsten Tag, dem großen Tag, sollte ich es sicher wissen, obwohl ich mir jetzt schon sicher bin. Habe ich meine Tage nicht immer pünktlich gehabt? Tommy wird so stolz sein. »Der Imam tut das Werk Allahs. Darum muß einfach alles gut sein.«

»Ich weiß nicht, Scharazad, aber in unserer ganzen Geschichte haben sich die Mullahs noch nie des Vertrauens der Gläubigen würdig erwiesen. Sie waren immer nur Parasiten am Leib des Volkes.«

»Aber jetzt ist es anders«, entgegnete Scharazad, die eigentlich gar keine Lust hatte, über so ernste Dinge zu diskutieren. »Jetzt haben wir ein richtiges Oberhaupt. Ist Khomeini nicht der Frömmsten einer? Und so bewandert im Islam und seinen Gesetzen! Vollbringt er nicht Allahs Werk? Hat er nicht das Unmögliche möglich gemacht? Den Schah und seine korrupten Ratgeber davongejagt und die Generäle daran gehindert, zusammen mit den Amerikanern einen Staatsstreich durchzuführen? Vater sagt, wir sind jetzt sicherer, als wir es je waren.«

»Sind wir das?« Azadeh mußte an Rákóczy denken und an das, was er im Hubschrauber über Khomeini gesagt hatte: daß er eine rückschrittliche Politik verfolgte. Sie wußte, daß viel Wahres daran war, sehr viel Wahres. Sie hatte Khomeini gehaßt, denn natürlich war er einer von jenen, die sich der einfältigen Mullahs bedienen würden, um alle anderen zu knechten. »Willst du von islamischen Gesetzen aus der Zeit des Propheten – fast 1500 Jahre ist das her – regiert werden? Dich mit dem aufgezwungenen Tschador und dem Verlust unserer so schwer erkämpften Rechte abfinden, dem Recht zu wählen, zu arbeiten und dem Mann gleichgestellt zu sein?«

»Ich will weder wählen noch arbeiten, noch einem Mann gleichgestellt sein.

Ich will nur meinem Tommy eine gute Frau sein, und im Iran ziehe ich persönlich den Tschador auf der Straße gern an.« Geschickt unterdrückte Scharazad ein weiteres Gähnen. »*Inscha'Allah*, liebste Azadeh. Natürlich wird alles wie früher sein, aber, wie Vater sagt, noch herrlicher, da jetzt alles uns gehört, das Öl und alles in unserem Land. Es wird keine garstigen ausländischen Generäle oder Politiker mehr geben, die uns beschämen, und nachdem jetzt der gottlose Schah fort ist, werden wir glücklich und zufrieden leben, du mit deinem Erikki, ich mit meinem Tommy und vielen, vielen Kindern. Wie könnte es anders sein?« Sie lächelte und umschlang zärtlich die Beine ihrer Freundin. »Ich bin so froh, daß du bei mir wohnst, Azadeh. Es ist schon so lange her, daß du in Teheran warst.«

»Ja.« Sie waren seit vielen Jahren Freundinnen. Zuerst in der Schweiz, wo sie sich im Pensionat im Berner Oberland kennengelernt hatten. Scharazad war allerdings nur ein Jahr lang geblieben; sie hatte es nicht ertragen, so lange von ihrer Familie und der Heimat getrennt zu sein. An der Universität in Teheran hatten sie sich wiedergetroffen. Und weil sie beide Ausländer vom gleichen Unternehmen geheiratet hatten, war ihre Beziehung noch enger geworden. Sie halfen einander gegenseitig, sich den fremden Eigenarten anzupassen.

»Manchmal verstehe ich meinen Tommy überhaupt nicht, Azadeh«, hatte Scharazad ihr einmal traurig gestanden. »Er genießt es, allein zu sein. Ich meine, ganz allein, nur er und ich, das Haus leer, nicht einmal ein Dienstbote. Er hat mir sogar versichert, daß er es genießt, allein zu sein und zu lesen, keine Familie oder Kinder um sich zu haben, keine Gespräche mit Verwandten oder Freunden zu führen. Das ist manchmal ganz schrecklich.«

»Erikki ist genauso«, hatte Azadeh sie getröstet. »Die sind nun mal nicht so wie wir – sie sind sonderbar. Ich möchte meine Tage mit Freunden und Kindern und der Familie verbringen, aber Erikki denkt da anders. Und da ist noch etwas: Weißt du, daß ich Monate gebraucht habe, bis ich mich daran gewöhnt habe, in einem Bett zu schlafen, und...«

»Das könnte ich nicht. So hoch über dem Fußboden, man fällt so leicht heraus. Und immer diese Vertiefung auf der Seite deines Mannes, daß man so unbequem liegt und mit Rückenschmerzen aufwacht. Betten sind wirklich schrecklich, wenn man sie mit weichen Polstern auf schönen Teppichen vergleicht. Sie sind so gar nicht bequem und kultiviert.«

»Ja. Aber Erikki besteht auf einem Bett. Manchmal empfinde ich es als Erleichterung, wenn er fort ist.«

»Also wir schlafen jetzt ganz korrekt, Azadeh. Mit dem Unsinn eines Bettes wie im Westen habe ich schon nach dem ersten Monat Schluß gemacht.«

»Wie hast du das geschafft?«

»Oh, ich habe die ganze Nacht lang geseufzt und gestöhnt, um meinen armen Liebling wach zu halten. Dann schlief ich den ganzen Tag, um in der Nacht wieder seufzen zu können.« Scharazad hatte vergnügt gelacht. »Nach sieben Nächten gab es mein Liebster auf. Jetzt schläft auch er wie ein kultivierter Mensch – sogar wenn er im Zagrosgebirge ist. Warum versuchst du es nicht auch einmal mit dieser Methode? Vergiß auch nicht, ein wenig darüber zu klagen, daß du vom Liegen im Bett Kreuzschmerzen hast und daß du natürlich trotzdem rasend gern mit ihm schlafen würdest, aber er möge doch dabei bitte ein wenig vorsichtig sein.«

Azadeh hatte gelacht. »Mein Erikki ist gerissener als dein Tommy. Als er das Polster auf dem Teppich ausprobierte, warf *er* sich die ganze Nacht schlaflos herum und hielt mich wach. Nach drei Nächten war ich so erschöpft, daß ich anfing, mich im Bett wohl zu fühlen. Wenn ich meine Familie besuche, schlafe ich kultiviert, aber wenn Erikki im Palast ist, benützen wir ein Bett. Aber da gibt es noch ein Problem: Ich liebe meinen Erikki, aber manchmal ist er so ungeschliffen, daß ich sterben könnte. Wenn ich ihn etwas frage, antwortet er nur mit ja und nein. Wie kann man sich nach ja und nein noch unterhalten?«

Jetzt lächelte sie in sich hinein. Ja, es ist sehr schwer, mit ihm zu leben, aber ohne ihn zu leben wäre unmöglich. »Wir haben beide großes Glück gehabt, Scharazad, meinst du nicht auch?« sagte sie laut.

»O ja, Liebste. Kannst du ein paar Wochen bleiben, auch wenn Erikki zurück muß?«

»Das würde ich gern. Wenn Erikki zurückkommt, vielleicht frage ich ihn.«

Scharazad veränderte ihre Lage in der Wanne, fing die schaumigen Luftblasen über ihren Brüsten ein und pustete sie von den Fingern. »Mac hat gesagt, sie würden vom Flughafen direkt hierher kommen, wenn sie zu spät dran sein sollten. Genny kommt von ihrer Wohnung, aber nicht vor neun. Ich habe auch Paula eingeladen, die kleine Italienerin, aber für Charlie, nicht für Nogger.« Sie kicherte. »Charlie fällt beinahe in Ohnmacht, wenn sie ihn nur anguckt.«

»Charlie Pettikin? Oh, das ist wunderbar, das ist fein! Dann sollten wir ihm helfen – wir schulden ihm so viel. Helfen wir ihm, diese aufreizende Italienerin zu umgarnen.«

»Wunderbar! Laß uns planen, wie wir ihn mit Paula zusammenbringen können.«

»Als Geliebte oder als Ehefrau?«

»Als Geliebte. Laß uns mal überlegen. Wie alt ist sie? Sie muß mindestens 27 sein. Was glaubst du, würde sie ihm eine gute Frau sein? Tommy und ich haben ihm schon so viele Mädchen vorgeführt – ganz diskret natürlich –, aber er lächelt nur und zuckt mit den Achseln. Na fein, jetzt haben wir etwas zu planen. Wir haben reichlich Zeit, uns etwas auszudenken und uns anzuziehen – und ich habe ein paar entzückende neue Kleider, von denen du dir eins aussuchen kannst.«

»Es ist so ein eigenartiges Gefühl, nichts zu besitzen – gar nichts, kein Geld, keine Papiere...« Einen Augenblick lang sah sich Azadeh wieder im Range-Rover nahe der Straßensperre, und vor ihr stand der feistgesichtige Mudjaheddin, der ihre Papiere genommen hatte. Erikki hatte ihn gegen den anderen Wagen geschmettert, ihn wie eine Wanze zerquetscht. »Nichts zu besitzen, nicht einmal einen Lippenstift.«

»Keine Sorge, ich habe eine ganze Menge von allem. Und Tommy wird so froh sein, dich und Erikki hier zu haben. Er hat es auch nicht gern, daß ich allein bin. Du brauchst dich wirklich nicht zu sorgen, Liebste. Jetzt bist du in Sicherheit.«

Ich fühle mich überhaupt nicht sicher, dachte Azadeh und ärgerte sich über ihre Angst, die ihrer ganzen Erziehung so fremd war. Ich habe mich von dem Augenblick an nicht sicher gefühlt, da wir Rákóczy dort im Schnee zurückließen. Und die Erleichterung bei dem Gedanken, daß ich, Erikki und Charlie unverletzt diesem Teufel entwischt waren, hatte nur einen Augenblick gedauert. Selbst die Freude, als wir den Wagen mit Benzin im Tank auf der kleinen Landepiste fanden, nahm mir noch nicht die Angst. Ich hasse es, Angst zu haben.

Es war schon dunkel gewesen, als Azadeh, Erikki und Charlie gestern abend McIvers Wohnung erreicht hatten. Dort war bereits Andy Gavallan, und damit gab es keinen Platz für sie. Azadeh war zu verängstigt gewesen, um in der Wohnung ihres Vaters bleiben zu wollen, selbst mit Erikki. Deshalb hatte sie Scharazad gefragt, ob sie bis zu Locharts Rückkehr bei ihr unterkommen könne. Diese war von der Idee begeistert. Alles hatte sich wunderbar angelassen, bis dann während des Abendessens eine wilde Schießerei in der Nähe sie zusammenfahren ließ.

»Kein Grund zur Sorge, Azadeh«, hatte McIver sie beruhigt. »Das sind nur Hitzköpfe, die ein bißchen Dampf ablassen. Wahrscheinlich feiern sie etwas. Habt ihr nicht Khomeinis Befehl gehört, sofort alle Waffen niederzulegen?«

Alle nickten, und Scharazad sagte: »Die Leute werden dem Imam gehorchen.« Sie nannte Khomeini gern den »Imam«, weil sie dabei an die zwölf Imams der Schiiten dachte, die direkten, fast göttlichen Nachkommen des Propheten Mohammed. »Es ist doch fast ein Wunder, was der Imam vollbracht hat«, äußerte Scharazad mit betörender Unschuld, »und ist unsere Freiheit nicht ein Geschenk Allahs?« Und dann war es so warm und gemütlich mit Erikki im Bett, aber er schien so sonderbar und grüblerisch zu sein, so gar nicht jener Erikki, den sie kannte. »Was hast du nur?«

»Nichts, Azadeh, nichts. Morgen werde ich mir einen Plan zurechtlegen. Heute abend fand ich keine Gelegenheit, mit Mac oder Gavallan zu sprechen. Morgen müssen wir uns die Sache überlegen, aber jetzt schlaf, mein Liebling!«

Zweimal schreckte sie in der Nacht auf, zitternd und verängstigt, und rief nach Erikki.

»Ist ja schon gut, Azadeh! Ich bin da. Es war nur ein Traum. Du bist jetzt in Sicherheit.«

»Nein, nein, das bin ich nicht. Ich fühle mich nicht sicher. Was ist denn los mit mir? Laß uns nach Täbris zurückkehren, oder einfach fortgehen, fort von diesen schrecklichen Menschen!«

Auch am Morgen fühlte sie sich nicht besser. Erikki ging zu McIver und Gavallan; sie schlief noch ein bißchen, konnte aber nur wenig neue Kräfte sammeln. Den Rest des Tages verbrachte sie mit Tagträumen, und sie lauschte den Gerüchten, welche die Dienerschaft stündlich zu berichten

wußte: Noch mehr Generäle waren erschossen worden. Es gab viele neue Verhaftungen. Die aufgebrachte Menge hatte die Gefängnisse gestürmt. Westliche Hotels waren angezündet oder geschlossen worden. Bazargan hatte die Regierung übernommen, im Süden standen die Mudjaheddin in offener Rebellion, im Norden die Kurden. Aserbeidschan hatte seine Unabhängigkeit erklärt, die Nomadenstämme der Kaschkai und Bachtiaren das Joch Teherans abgeworfen. Alle hatten die Waffen niedergelegt, keiner hatte sie niedergelegt. Ministerpräsident Bachtiar war gefangen und erschossen worden oder in die Berge oder in die Türkei oder nach Amerika geflüchtet. Präsident Carter hatte Khomeinis Regierung anerkannt. Sowjetische Truppen sammelten sich an der Grenze, um einzumarschieren. Breschnew war auf dem Weg nach Teheran, um Khomeini zu beglückwünschen. Von amerikanischen Truppen unterstützt, war der Schah in Kurdistan gelandet; nein, er war im Exil gestorben.
Dann waren sie zum Lunch bei Scharazads Eltern im Hause Bakravan nahe dem Basar, aber erst nachdem Scharazad darauf bestand, sie müsse den Tschador anziehen, obwohl sie den Tschador haßte und alles, was er symbolisierte. In dem großen Haus gab es noch mehr Gerüchte, aber positive, also keine Angst und absolute Zuversicht. Es herrschte Überfluß wie immer und wie in ihrem Elternhaus eine lächelnde Dienerschaft. Allah sei für den Sieg gedankt! Jetzt, da der Basar wieder geöffnet und alle ausländischen Banken geschlossen seien, hatte Jared Bakravan ihnen gutgelaunt auseinandergesetzt, werde das Geschäft wieder florieren so wie vor den gottlosen Gesetzen, die der Schah erlassen hatte.
Nach dem Essen waren sie in Scharazads Wohnung zurückgekehrt. Zu Fuß. Im Tschador. Alles ging zunächst problemlos, die Männer verhielten sich respektvoll. Im Basar drängten sich die Menschen, aber es gab erschreckend wenig zu kaufen, obwohl jeder Händler von einem Überangebot von Waren zu berichten wußte, die nur darauf warteten, mit Lastwagen oder Zügen angeliefert oder auf dem Luftweg eingeflogen zu werden; in den Häfen stauten sich angeblich die Frachter, die mit Gütern aller Art beladen waren. Tausende drängten sich auf den Straßen mit Khomeinis Namen auf den Lippen; es waren fast nur bewaffnete Männer, alte Leute waren kaum unterwegs. Statt der Polizei regelten in einigen Bezirken *hezbollahis* pedantisch und ungeübt den Verkehr, oder sie standen mit finsterer Miene herum. Zwei von Soldaten gelenkte Panzer rumpelten vorbei, vollgepackt mit Revolutionswächtern und Zivilisten, die den jubelnden Fußgängern zuwinkten.
Dennoch waren alle unter dem Anstrich des Entzückens verkrampft und nervös, vor allem Scharazad und Azadeh hinter ihren Schleiern. Einmal, als sie um eine Ecke bogen, sahen sie plötzlich eine Gruppe Jugendlicher, die eine dunkelhaarige, westlich gekleidete Frau umringten. Sie verhöhnten und beschimpften sie und machten dabei obszöne Gesten. Mehrere entblößten sich vor ihr. Die Frau war Mitte 30 und dezent gekleidet, sie hatte lange Beine und das dunkle Haar unter einem kleinen Hut versteckt. Ein Mann, offensichtlich ein Ausländer, drängte sich durch die Menge, um ihr zu Hilfe zu kommen, und schrie, daß sie Engländerin sei und daß man sie in Frieden lassen solle.

Aber die Burschen beachteten ihn nicht, stießen ihn zur Seite und belästigten nach wie vor die Frau. Sie war vor Schreck wie gelähmt.
Für Scharazad und Azadeh gab es keine Möglichkeit mehr, der Menge auszuweichen, die schnell anwuchs und sie einschloß; sie waren also gezwungen zuzusehen. Schließlich kam ein Mullah und ersuchte die Menge weiterzugehen. Die beiden Ausländer forderte er dringend auf, sich an die islamischen Bräuche zu halten. Als Azadeh und Scharazad endlich wieder daheim waren, fühlten sie sich todmüde und beschmutzt.
Müßig beobachtete Azadeh nun in der Wanne, wie die Luftblasen platzten. Dann setzte sie sich einen Augenblick auf und verstrich den Schaum auf ihren Brüsten und Schultern. »Ist es nicht sonderbar, Scharazad, aber heute war ich froh, daß ich den Tschador anhatte – diese Männer waren so schrecklich.«
»Männer auf der Straße sind immer schrecklich, liebste Azadeh.« Scharazad öffnete die Augen und betrachtete ihre Freundin, die golden glitzernde Haut, die stolzen Brustwarzen. »Du bist so schön, liebste Azadeh.«
»O danke, aber die Schöne bist du.« Azadeh legte ihre Hand auf den Bauch ihrer Freundin und streichelte sie. »Meine kleine Mama.«
»Oh, ich hoffe es so sehr!« Scharazad seufzte, schloß wieder die Augen und gab sich der wohligen Wärme hin. »Ich kann mir kaum vorstellen, Mutter zu werden. Noch drei Tage, und ich weiß es sicher. Wann wollt ihr euch Kinder anschaffen?«
»In ein, zwei Jahren.« Mit ruhiger Stimme wiederholte Azadeh die Lüge, die sie schon so oft aufgetischt hatte. Sie war ständig in Angst, sie könnte unfruchtbar sein. Es war immer der gleiche Alptraum, der sie peinigte. Hatte jene Abtreibung damals ihr die Möglichkeit genommen, Kinder zu bekommen? Zwar hatte sich der deutsche Arzt bemüht, ihre Befürchtungen zu zerstreuen, aber... Wie hatte ich nur so dumm sein können?
Ganz einfach. Ich war verliebt. Ich war so schrecklich verliebt. Nein, nicht in Erikki, für den ich gern mein Leben opfern würde. Mit Erikki ist alles wahr und endgültig und leidenschaftlich und sicher. Mit meinem blauäugigen Johnny war es wie ein Traum. Wo bist du jetzt, was machst du immer? Wen hast du geheiratet? Wie viele Herzen hast du gebrochen, so wie du meines gebrochen hast, Liebling? In jenem Sommer hatte er in Rougemont gewohnt, dem Ort in der Nähe des Pensionats, in dem sie war, um Deutsch und Französisch zu lernen. Scharazad war schon in den Ferien, als sie den jungen Engländer kennengelernt hatte. Auf der Terrasse eines Hotels hatte sie sich von der Sonne braten lassen, während sie die herrliche Aussicht auf Gstaad genossen. Er war neunzehn, sie seit drei Tagen siebzehn, und den ganzen Sommer über wanderten sie durch das Oberland, durch die Wälder und hinauf in die Berge; sie schwammen in den Seen, spielten über den Wolken und liebten sich.
»Tut mir leid«, sagte er dann im Herbst, »ich muß an die Universität zurück, aber zu Weihnachten bin ich wieder da.« Er kam nicht zurück. Und lange vor Weihnachten wußte sie, daß sie schwanger war. Kummer und Sorge suchten sie heim, wo sie doch eigentlich glücklich hätte sein sollen. Sie hatte entsetzli-

che Angst, man würde es im Pensionat erfahren, denn dann hätte man ihre Eltern benachrichtigt. In der Schweiz erschien ihr eine Abtreibung zu riskant, und so ging sie über die Grenze nach Deutschland, wo sie einen verständnisvollen Arzt fand. Keine Schmerzen, keine Unannehmlichkeiten, nur das kleine Problem, genügend Geld aufzutreiben. Immer noch liebte sie ihren Johnny. Am Ende des Schuljahrs ging sie dann heim nach Teheran. Irgendwie hatte es die Stiefmutter herausgefunden, wahrscheinlich war ihre Schwester Najoud die Verräterin; schließlich ist sie es gewesen, die ihr das Geld geliehen hatte. Dann erfuhr es auch der Vater.

Wie einen aufgespießten Schmetterling hatte man sie gehalten, ein Jahr lang. Dann kamen Verzeihung und Frieden – eine Art Frieden. Sie hatte gebeten, an die Universität in Teheran gehen zu dürfen. »Ich erlaube es, vorausgesetzt, du schwörst bei Allah: keine Affären, bedingungsloser Gehorsam, und du heiratest nur, wen ich auswähle«, hatte der Khan gefordert.

Die Beste ihres Jahrgangs war sie gewesen. Dann hatte sie gebeten, in das Iranische Unterrichtskorps eintreten zu dürfen; ihr war alles recht, wenn sie nur aus dem väterlichen Palast entfliehen konnte. »Ich stimme zu, daß du Lehrerin wirst, aber nur auf unserem Land. Wir haben hier genug Dörfer, um die du dich kümmern kannst.«

Viele Männer in Teheran wollten sie heiraten, aber ihr Vater, der sich ihrer schämte, wies alle ab. Und dann war Erikki gekommen.

»Und wenn dieser Fremde, dieser arme Schlucker, dieser ordinäre, ungehobelte, Geister anbetende Kerl, der kein Wort Persisch oder Türkisch spricht, der nichts von unseren Bräuchen, unserer Geschichte weiß oder wie man sich in kultivierter Gesellschaft benimmt, dessen einzige Talente darin bestehen, riesige Mengen von Wodka in sich hineinzugießen und einen Hubschrauber zu fliegen – wenn der herausfindet, daß du keine Jungfrau mehr bist, daß du besudelt und vielleicht für immer verdorben bist?«

»Ich habe es ihm schon gesagt«, gestand sie unter Tränen. »Und auch, daß ich ohne deine Erlaubnis nicht heiraten kann.«

Dann dieser Überfall auf den Palast, bei dem ihr Vater beinahe getötet worden wäre – oh, wie oft hatte sie ihn sich schon tot gewünscht! –, und Erikki, der wie ein Racheengel aus den alten Geschichtenbüchern auftauchte. Heiratserlaubnis, wieder ein Wunder. Erikkis Verständnis, ein Wunder mehr.

Aber ich habe immer noch kein Kind. Der alte Dr. Nutt sagte, ich wäre völlig in Ordnung; ich müsse Geduld haben. Mit Allahs Hilfe werde ich einen Sohn haben, und diesmal wird es nur Glückseligkeit geben, wie Scharazad sagt. Sie ist so schön mit ihrem lieblichen Gesicht, ihrer stolzen Brust, dem seidenen Haar und der zarten Haut.

Sie fühlte die glatte Haut ihrer Freundin unter den Fingern, und es gefiel ihr sehr. Zerstreut begann sie, sie zu liebkosen, und sie ließ sich in Wärme und Zärtlichkeit treiben. Wir haben es wahrlich gut, daß wir Frauen sind, dachte sie, daß wir zusammen baden und schlafen können, uns küssen und berühren und lieben können, ohne uns etwas dabei denken zu müssen.

»Ach, Scharazad«, murmelte sie, »wie ich deine Berührung liebe!«

In der Altstadt: 19 Uhr 52. Der Mann eilte über den verschneiten Platz nahe der alten Mehrid-Moschee, durchschritt das Haupttor des überdachten Basars und tauchte, aus der klirrenden Kälte kommend, in das mit Menschen vollgestopfte, warme, vertraute Halbdunkel ein. Er war Mitte 50, korpulent, teuer gekleidet, und er keuchte in seiner Eile. Er bog nach links in einen Durchgang ein, der ihn in die Straße der Kleiderverkäufer führte.
Laß dir Zeit! sagte er sich immer wieder. Brust und Glieder schmerzten ihn. Du bist jetzt in Sicherheit, kein Grund zur Eile! Aber die Angst war stärker als die Vernunft, und immer noch in Panik hastete er weiter, um in dem großen Labyrinth zu verschwinden. Wenige Minuten später folgte ihm eine Gruppe bewaffneter *hezbollahis*. Sie schienen keine Eile zu haben.
In dem engen Gäßchen der Reisverkäufer drängten sich mehr Menschen als üblich, um die kleine Ration zu ergattern, die es zu kaufen gab. Der korpulente Mann blieb einen Augenblick stehen, um sich die Stirn abzuwischen, ehe er weiterging. Der Basar glich einem von Leben strotzenden Bienenstock mit Hunderten von Gäßchen, Torwegen und Durchgängen, die auf beiden Seiten von matt erleuchteten Läden, Ständen und Buden, von denen einige kaum mehr als in die Mauer geschlagene Nischen waren, gesäumt wurden. Überall bot man Waren und Leistungen aller Art an: von Lebensmitteln bis zu ausländischen Uhren, vom Schlächter bis zum Geldverleiher, und alles wartete auf Kunden, obwohl es nicht viel zu kaufen und zu erledigen gab. Die Luft war schwer von dem besonderen Geruch des Basars: von Rauch und ranzigem Kochfett, faulendem Obst und gebratenem Fleisch, Gewürzen und Urin, Dünger, Staub und Benzin, von Honig, Feigen und Abfall, alles vermischt mit den Ausdünstungen der Körper und dem Schweiß der Menge, die hier geboren wurde, lebte und starb.
Menschen jeden Alters und aller Rassen drängten sich hier zusammen – Teheraner, Turkmenen, Kurden, Kaschkai, Armenier und Araber, Libanesen und Levantiner – doch der korpulente Mann achtete nicht auf sie und auch nicht auf die ständigen Aufforderungen stehenzubleiben und etwas zu kaufen. Schiebend und stoßend setzte er seinen Weg fort, schlängelte sich durch die Gasse der Goldschmiede und die der Gewürzhändler, immer tiefer in das Labyrinth hinein. Sein Gesicht war gerötet, das Haar unter dem Hut aus Astrachan von Schweiß verklebt. Zwei Krämer, denen er auffiel, lachten. »Bei Allah«, sagte der eine, »ich habe den Emir Paknouri noch nie so schnell watscheln sehen – der Alte ist wohl unterwegs, um eine Schuld von zehn Rial einzutreiben.«
»Ich glaube eher, den Geizkragen Paknouri erwartet daheim ein hübscher Knabe, der ihm schon den Hintern entgegenstreckt.«
Ihr Gelächter erstarb, als bald darauf die bewaffneten *hezbollahis* vorbeikamen. Erst als sie nicht mehr zu sehen waren, brummte einer: »Was wohl diese jungen mutterlosen Köter hier suchen?«
»Sicher suchen sie irgendwen. Das muß es sein. Mögen ihre Väter verbrennen! Hast du nicht gewußt, daß sie schon den ganzen Tag Leute verhaften?«
»Leute verhaften? Was machen sie mit ihnen?«

»Sie werfen sie ins Gefängnis. Sie sind es, die jetzt die Gefängnisse verwalten – hast du nicht gehört, daß sie die Türen zum Evin-Gefängnis aufgebrochen, alle Häftlinge freigelassen und die Wärter eingesperrt haben? Sie haben ihre eigenen Gerichte und Exekutionskommandos eingesetzt und, wie ich höre, viele Generäle und Polizeibeamte erschossen. Und zu einem schweren Tumult ist es auch wieder gekommen – in der Universität.«
»Allah schütze uns! Mein Sohn Farmad, dieser dumme Kerl, nimmt dort an einer Kundgebung teil. Dabei habe ich ihm gesagt, er soll heute abend nicht hingehen.«

Jared Bakravan, Scharazads Vater, saß in seinem im Obergeschoß gelegenen Büro über dem offenen Laden an der Straße der Geldverleiher. Das Haus befand sich seit fünf Generationen im Besitz der Familie. Seine Spezialität waren Bankgeschäfte und Finanzierungen. Bakravan trank Tee mit seinem alten Freund Ali Kia, dem es gelungen war, an eine hohe Stelle in der Regierung Bazargan berufen zu werden. Bakravans ältester Sohn Meschang saß unmittelbar hinter ihm, um zuzuhören und zu lernen. Er war ein gutaussehender, glattrasierter Mann Mitte 30 und neigte zu behaglicher Körperfülle. Auch Ali Kia war glatt rasiert; auf seiner Nase saß eine Brille. Bakravan, der einen weißen Bart trug, hatte einiges Gewicht angesetzt; er war wie sein Freund Mitte 60 und kannte ihn schon sein ganzes Leben.
»Und wie soll das Darlehen zurückgezahlt werden? In welcher Zeit?« fragte Bakravan.
»Wie immer aus den Öleinkünften«, antwortete Kia geduldig, »wie schon zu Zeiten des Schahs. Laufzeit 5 Jahre, zu den üblichen 12 Prozent. Mein Freund Mehdi, Mehdi Bazargan, hat gesagt, das Parlament wird sofort, nachdem es zusammengetreten ist, das Darlehen garantieren.« Lächelnd und ein wenig übertreibend fügte er hinzu: »Ich bin ja nicht nur Regierungsmitglied; ich sitze auch im engeren Kabinett und kann die Gesetzgebung persönlich überwachen. Du weißt natürlich, wie wichtig das Darlehen für uns und ganz besonders für den Basar ist.«
»Selbstverständlich.« Bakravan zupfte an seinem Bart, um nicht laut herauszulachen. Armer Ali, dachte er, du bist ein Wichtigtuer wie eh und je. »Es steht mir gewiß nicht zu, es auch nur zu erwähnen, aber einige Bazaaris haben mich gefragt, was denn nun mit den Millionen in Gold und Silber ist, die schon für die Revolution gespendet wurden zugunsten von Ayatollah Khomeini – Allah schütze ihn«, fügte er höflich hinzu. In seinem Herzen aber dachte er, Allah möge ihn doch jetzt, wo wir gewonnen haben, so schnell wie möglich zu sich nehmen, bevor er und seine raubgierigen, blindwütigen, schmarotzenden Mullahs zu viel Schaden anrichten. Und was dich angeht, Ali, alter Freund, der du es so liebst, die Wahrheit zu verfälschen und deine eigene Bedeutung maßlos zu übertreiben, du magst mein ältester Freund sein, aber wenn du meinst, ich würde dir weiter trauen, als ein Kamel seinen Kot zu werfen vermag... Als würde einer von uns einem Iraner, der nicht zu seiner Familie gehört, trauen... und selbst den Verwandten mit Vorsicht.

»Natürlich weiß ich, daß der Ayatollah nie einen einzigen Rial gesehen, gebraucht oder gar angerührt hat«, fuhr er fort und meinte es sogar ernst. »Aber wir Bazaaris haben große Mengen Geld, Gold und Devisen für ihn gegeben und seinen Kampf unterstützt – natürlich zur größeren Ehre Allahs und unseres geliebten Vaterlandes.«

»Ja, das wissen wir. Und Allah wird es euch lohnen. Und auch der Ayatollah. Natürlich werden die Darlehen sofort zurückgezahlt, wenn wir das Geld haben – unverzüglich! Von allen inländischen Schulden werden die Darlehen der Teheraner Bazaaris als erste zurückgezahlt. Wir in der Regierung wissen, wie wichtig eure Hilfe gewesen ist. Aber Jared, alter Freund, bevor wir etwas tun können, müssen wir die Ölproduktion wieder in Gang setzen, und dazu brauchen wir etwas Bargeld. Jetzt, wo alle ausländischen Banken an die Kandare gelegt, kontrolliert, wo die meisten geschlossen werden, sind die 5 Millionen Dollar, die wir brauchen, wie ein Tropfen Wasser auf einen heißen Stein.«

»Der Iran braucht keine ausländischen Banken. Wir Bazaaris können alles Nötige tun – wenn man uns darum bittet. Wenn wir fleißig suchen, können wir entdecken, daß wir alles, was wir brauchen, in unserer Mitte haben.« Mit bedachter Eleganz nippte Bakravan an seinem Tee. »Mein Sohn Meschang hat ein Diplom von der Harvard Business School. Mit Hilfe brillanter Studenten, wie er einer ist...«

Ali Kia schnappte sofort nach dem Köder. »Du würdest doch gewiß nicht in Erwägung ziehen, seine Dienste meinem Ministerium für Finanzen und Bankwesen zur Verfügung zu stellen? Dazu ist er doch sicher viel zu wichtig für dich und deine Freunde?«

»Ja, das ist er, das ist er. Aber unser geliebtes Vaterland sollte Vorrang über unsere persönlichen Wünsche haben – vorausgesetzt, die Regierung würde seine einzigartigen Talente nutzen wollen.«

»Gleich morgen werde ich es Mehdi sagen – bei dem Gespräch, das ich jeden Tag mit meinem alten Freund und Kollegen führe«, erklärte Ali Kia und legte sich insgeheim die Frage vor, wann ihm endlich die – schon längst überfällige – erste Audienz seit seiner Bestellung zum stellvertretenden Finanzminister gewährt werden würde. »Ich darf ihm doch auch mitteilen, daß du dem Darlehen zustimmst?«

»Ich werde meine Freunde sofort konsultieren. Es ist natürlich ihre Entscheidung, nicht meine. Aber ich werde mich für dein Anliegen einsetzen.«

»Ich danke dir.« Ali Kia lächelte. »Wir in der Regierung und der Ayatollah werden die Hilfe der Bazaaris zu würdigen wissen.«

»Wir sind immer bereit zu helfen. Wie du weißt, waren wir das schon immer.«

Diese verdammten Pahlevis, dachte der alte Mann, sie sind an allem schuld. Mit ihrem beharrlichen, übereilten Drängen auf Modernisierung und ihrer unsinnigen Mißachtung unserer Ratschläge und unserer Verbindungen haben sie uns ins Unglück gestürzt. Fremde hat Schah Mohammed ins Land gerufen, allein im vorigen Jahr 50 000 Amerikaner, und ihnen die lukrativsten Posten und das ganze Bankgeschäft zugeschanzt. Verächtlich zurückgewiesen hat er unsere Hilfe. Er hat unser Monopol gebrochen, uns die Schlinge um den Hals enger gezogen und unser geschichtliches Erbe mit Füßen getreten. Überall, im ganzen Land.

Aber wir haben unsere Rachsucht gestillt. Unser Vermögen und was wir noch an Einfluß besaßen haben wir auf eine Karte gesetzt: auf Khomeinis unversöhnlichen Haß und seine Gewalt über die unwissenden Massen. Und wir haben gewonnen. Nachdem jetzt die ausländischen Banken und die Ausländer gegangen sind, werden wir vermögender und einflußreicher sein als je zuvor. Es wird nicht schwer sein, dieses Darlehen zu beschaffen, aber Ali Kia und seine Regierung sollen ruhig ein bißchen zappeln. Wir sind die einzigen, die das Geld auftreiben können. Die angebotene Verzinsung ist noch nicht hoch genug, aber...

Die Tür sprang auf, und Emir Paknouri stürzte ins Zimmer. »Jared, sie werden mich verhaften!« rief er, während ihm die Tränen über die Wangen rollten.

»Wer? Wer wird dich verhaften, und weswegen?« stieß Bakravan hervor. Die gewohnte Ruhe seines Hauses war gestört, die bestürzten Gesichter seiner Angestellten, des Büroleiters und des Teejungen tauchten im Türrahmen auf.

»Wegen... wegen Verbrechen gegen den Islam!« Paknouri weinte jetzt hemmungslos.

»Das muß ein Irrtum sein. Das ist doch unmöglich!«

»Ja, es ist unmöglich, aber sie sind in mein Haus gekommen... vor einer halben Stunde... ich...«

»Wer? Gib mir ihre Namen, und ich vernichte ihre Väter. Wer ist gekommen?«

»Ich sagte es doch schon! Wächter, Revolutionswächter! *Hezbollahis*«, sprudelte Paknouri hervor.

Ali Kia erbleichte. »Allah schütze uns«, murmelte er.

»Vor einer halben Stunde, mit meinem Namen auf einem Stück Papier... mit meinem Namen. Emir Paknouri, erster Sekretär des Verbandes der Goldschmiede, der Millionen Rial gespendet hat. Sie sind in mein Haus gekommen und haben mich beschuldigt, aber die Dienerschaft... und meine Frau waren da, und ich... Aber bei Allah und den Propheten, Jared, ich habe keine Verbrechen begangen!« Er fiel auf die Knie. »Ich bin im Vorstand der Bazaari. Ich habe Millionen gegeben...« Sein Blick fiel auf Ali Kia. »Kia, Ali Kia, Exzellenz, Sie wissen doch sehr gut, was ich getan habe, um der Revolution zu helfen.«

»Allerdings.« Kia war leichenblaß, und das Herz klopfte ihm bis zum Hals. »Das muß ein Irrtum sein.« Er kannte Paknouri als höchst einflußreichen Bazaari, überaus angesehen, Scharazads erster Mann und einer seiner Förderer. »Ein Irrtum!«

»Natürlich ist es ein Irrtum.« Bakravan legte seinen Arm um den verängstigten Mann und versuchte, ihn zu beruhigen. »Sofort frischen Tee!« befahl er.

»Einen Whisky, bitte, hast du einen Whisky?« murmelte Paknouri. »Nachher trinke ich einen Tee. Hast du Whisky?«

»Nicht hier, mein armer Freund, aber Wodka habe ich.« Sofort wurde eine Flasche gebracht. Paknouri stürzte ein Glas hinunter. Nach ein oder zwei Minuten wurde er ein wenig ruhiger und fing von neuem an zu erzählen, was geschehen war. Er hatte gemerkt, daß etwas nicht in Ordnung war, als er laute Stimmen in der Eingangshalle seines luxuriösen Hauses unweit des Basars hörte. Er war mit seiner Frau im Obergeschoß gewesen, um sich für das Abendessen umzukleiden. »Der Anführer der Revolutionswächter – es waren insgesamt fünf – schwenkte dieses Stück Papier und verlangte, mich zu sprechen. Natürlich wagten meine Bediensteten nicht, mich zu stören oder einen solchen Affen überhaupt einzulassen, und so sagte mein erster Diener, er werde sehen, ob ich überhaupt da sei, und kam nach oben. Das Papier, berichtete er mir, war von jemandem mit Namen Uwari im Namen des Islamischen Revolutionären Komitees unterschrieben. O Allah, wer sind diese Leute? Wer ist dieser Uwari? Hast du schon einmal von diesem Mann gehört, Jared?«
»Es ist ein weitverbreiteter Name«, antwortete Bakravan gemäß dem iranischen Brauch, für alles, was man nicht weiß, stets eine Antwort parat zu haben. »Hast du den Namen schon einmal gehört, Exzellenz Ali?«
»Wie du sagtest, es ist ein weitverbreiteter Name. Hat dieser Mann noch andere Namen genannt, Exzellenz Paknouri?«
»Das könnte sein. Allah schütze uns! Aber wer sind sie? Wer ist dieses Islamische Revolutionäre Komitee? Ali Kia, das müssen Sie doch wissen!«
»Man hat viele Namen genannt«, erwiderte Kia bedeutungsvoll, um sein Unbehagen zu verbergen.
Wie jedermann in und außerhalb der Regierung, dachte er erbittert, habe auch ich keine zuverlässigen Informationen über die Zusammensetzung des Komitees und darüber, wo es tagt, nur daß es sich an dem Tag gebildet zu haben scheint, als Khomeini vor knapp zwei Wochen ins Land zurückgekehrt ist. Seit gestern, seit Bachtiar die Flucht ergriffen hat und sich versteckt hält, setzt sich dieses Komitee über alle Vorschriften und Gesetze hinweg, regiert in Khomeinis Namen, bestellt überstürzt neue Richter, von denen die meisten keinerlei juristische Ausbildung genossen haben, ordnet Verhaftungen an, setzt Revolutionsgerichte ein, läßt Todesstrafen sofort vollstrecken und verstößt damit schwerstens gegen unsere Verfassung. Mögen ihre Häuser niederbrennen und sie alle zur Hölle fahren!
»Erst heute morgen«, fuhr er fort, »war mein Freund Mehdi Bazargan beim Ayatollah und drohte zurückzutreten, wenn das Revolutionskomitee nicht aufhört, seine Kompetenzen zu mißachten und seine Autorität zu untergraben. Diese Leute müssen ein für allemal in ihre Schranken gewiesen werden.«
»Dem Himmel sei Dank!« stieß Paknouri sehr erleichtert hervor. »Wir haben nicht für die Revolution gekämpft, um noch mehr Gesetzlosigkeit an die Stelle der SAVAK, der Fremdherrschaft und Schah-Diktatur treten zu lassen.«
»Natürlich nicht! Allah sei Dank, daß die Regierung jetzt in so guten Händen liegt. Aber bitte, Exzellenz Paknouri, fahren Sie mit Ihrer schrecklichen Geschichte fort.«

»Da gibt es nicht mehr viel zu erzählen, Ali Kia«, sagte Paknouri, nun schon ruhiger und tapferer, da er sich von so mächtigen Freunden umgeben sah. »Ich bin sofort zu diesen Eindringlingen hinunter, um sie darauf aufmerksam zu machen, daß es sich um einen dummen Irrtum handeln muß. Aber dieses ungebildete Stück Hundekot hielt mir sein Stück Papier unter die Nase, erklärte mich für verhaftet und verlangte, ich solle mitkommen. Ich hieß sie warten und ging hinauf, um einige Papiere zu holen, aber meine Frau... meine Frau meinte, ich dürfe ihnen nicht trauen. Es könnten ja Männer von der Tudeh sein oder Mudjaheddin oder Fedajin. Ich stimmte ihr zu und hielt es für das Beste, hierherzukommen, um mich mit Jared zu beraten.« In Wahrheit war er sofort geflohen, als er den Anführer hörte, der im Namen des Revolutionären Komitees und dieses Uwari laut forderte, Paknouri, der Halsabschneider, müsse sich vor Allah für seine Verbrechen gegen den Islam verantworten.

»Mein armer Freund«, seufzte Bakravan, »was mußt du gelitten haben. Aber jetzt bist du in Sicherheit. Bleib heute nacht hier. Und du, Ali, gehst morgen gleich nach dem ersten Gebet zum Ministerpräsidenten und siehst zu, daß diese Angelegenheit erledigt wird und daß man diese Holzköpfe bestraft. Wir alle wissen, daß Emir Paknouri ein Patriot ist, daß er und alle Goldschmiede die Revolution unterstützt haben, und daß sie auch für das vorhin besprochene Darlehen von Bedeutung sind.«

Angeödet verschloß er seine Ohren vor den Platitüden, die Ali Kia anschließend von sich gab. Armer Paknouri, dachte er, das muß ein schöner Schock gewesen sein. Bei seinem Reichtum und seinem guten Namen, ist er doch über Valiks Frau Annousch mit dem Geschlecht der Kadscharen verwandt. Eine Schande, daß alle meine Bemühungen für Scharazad fehlgeschlagen sind. Welch ein Jammer, daß er keine Kinder mit ihr gezeugt hat, was unsere Familien aneinandergeschmiedet hätte; wenigstens ein Kind, denn dann wäre es nie zu einer Scheidung gekommen, und ich hätte mir mein Leben nicht noch durch diesen Fremden, diesen Tom Lochart, erschweren müssen. So sehr sich dieser Bursche auch bemühen mag, sich unserer Lebensart anzupassen, es wird ihm nie gelingen. Und was mich das kostet, ihn dazu zu bringen, den Ruf der Familie hochzuhalten! Ich muß mit Vetter Valik sprechen und ihn noch einmal ersuchen, Lochart mit zusätzlichen Mitteln zu versehen – Valik und seine habgierigen Partner von der IHC können sich wohl leisten, das für mich zu tun, wo sie doch Millionen verdienen, das meiste jetzt in Devisen. Und was würde es sie kosten? Nichts. Sie würden das Geld als Spesen sowieso auf Gavallan und die S-G abwälzen.

»Zahl Lochart doch aus deiner eigenen Tasche, Jared, Exzellenz«, hatte Valik ihn grob angefahren, als er ihn das letzte Mal in dieser Sache angesprochen hatte. »Du bist an allem, was wir verdienen, beteiligt, und was bedeutet eine so winzige Summe für meinen Lieblingsvetter und den reichsten Bazaari in Teheran?«

»Aber Lochart könnte für alle Partner nützlich sein. Mit dem neuen Plan für die Zukunft der IHC wird die Gesellschaft reicher sein als je zuvor.«

»Ich werde unverzüglich die anderen Partner konsultieren. Es ist natürlich ihre Entscheidung, nicht meine...«
Lügner, dachte der alte Herr, während er seinen Tee schlürfte, aber wahrscheinlich hätte ich das auch gesagt. Er unterdrückte ein Gähnen. Er war jetzt müde und hungrig. Ein Schläfchen vor dem Essen würde guttun. »Tut mir leid, Exzellenzen, aber ich habe dringende Geschäfte zu erledigen. Paknouri, alter Freund, ich bin froh, daß jetzt alles seine Ordnung hat. Bleib heute nacht hier, und mach dir keine Sorgen! Meine Angestellten werden dir ein Lager bereiten. Und du, Ali, mein Freund, begleite mich zum Tor des Basars – du bist doch motorisiert, nicht wahr?«
»Ja, Allah sei Dank. Der Ministerpräsident hat darauf bestanden, daß ich einen Dienstwagen bekomme – die Bedeutung meiner Abteilung, nehme ich an.«
Zufrieden verließen die drei den Raum und stiegen die schmale Treppe hinunter, die zum offenen Laden führte. Doch ihr Lächeln erstarb, und mit einemmal hatten sie einen gallbitteren Geschmack im Mund.
Im Laden warteten die fünf *hezbollahis*. Mit Karabinern der US-Army bewaffnet, Anfang 20, unrasiert oder bärtig, die Kleidung verschlissen und schmutzig, einige mit Löchern in den Schuhen, andere ohne Socken, lümmelten sie auf dem Schreibtisch und den Stühlen. Schweigend stocherte der Anführer in seinen Zähnen herum, die anderen rauchten und ließen die Asche unbekümmert auf Bakravans kostbare Kaschkai-Teppiche fallen.
Bakravan fühlte seine Knie nachgeben. Wie erstarrt stand sein ganzes Personal an der Wand. Draußen auf der Straße war alles still, kein Mensch war zu sehen. Selbst die Geldverleiher von gegenüber schienen verschwunden zu sein.
»*Salaam*, Agha, Allahs Segen sei mit euch«, sagte er höflich und erkannte seine eigene Stimme nicht wieder. »Was kann ich für euch tun?«
Der Anführer achtete nicht auf ihn und fixierte starr Paknouri. Sein junges Gesicht war von den Narben jener parasitären Krankheit entstellt, die von Sandfliegen übertragen wird und die im Iran sehr häufig auftritt. Er hatte dunkle Haare und dunkle Augen, und seine verarbeiteten Hände spielten mit dem Karabiner. Sein Name war Yusuf Senvar – Yusuf der Maurer.
Die Stille verdichtete sich, und Paknouri konnte die Spannung nicht länger ertragen. »Es ist alles ein Irrtum«, kreischte er. »Ihr macht einen Fehler!«
»Dachtest du, du könntest der Rache Allahs entfliehen, indem du davonläufst?« Yusufs Stimme klang sanft, fast gütig, wenn auch mit unverkennbar bäuerlichem Akzent.
»Wieso Allahs Rache?« krächzte Paknouri. »Ich habe nichts Böses getan, gar nichts.«
»Nichts? Hast du nicht jahrelang für Fremde und mit ihnen gearbeitet und ihnen geholfen, den Reichtum unseres Landes davonzuschleppen?«
»Nicht, um das zu tun, sondern um Arbeitsplätze zu schaffen und die Wirtschaft anzu...«
»Nicht? Hast du nicht jahrelang dem Satan Schah gedient?«

»Nein!« brüllte Paknouri. »Ich stand in Opposition zu ihm, das weiß jeder, ich stand in Oppo...«
»Aber du hast ihm trotzdem gedient und nach seiner Pfeife getanzt.«
»Alle haben ihm gedient«, stöhnte Paknouri mit verzerrtem Gesicht. »Natürlich haben ihm alle gedient. Er war ja der Schah, aber wir haben für die Revolution gearbeitet... Der Schah war der Schah, und natürlich haben ihm alle gedient, solange er an der Macht war.«
»Der Imam hat das nicht getan«, entgegnete Yusuf, und seine Stimme war plötzlich rauh. »Der Imam Khomeini hat dem Schah nicht gedient. Im Namen Allahs, hat er ihm gedient?« Langsam blickte er von einem zum anderen. Keiner antwortete.
Bakravan sah, wie der Mann in seine zerrissene Tasche griff, einen Zettel herauszog und ihn genau betrachtete, und er wußte, daß er der einzige hier war, der diesem Alptraum vielleicht ein Ende bereiten konnte.
»Auf Befehl des Islamischen Revolutionären Komitees und Ali' allah Uwaris«, fing Yusuf an zu lesen, »Halsabschneider Paknouri, du sollst vor Gericht gestellt werden. Unterwirf dich...«
»Nein, Exzellenz«, protestierte Bakravan energisch, aber höflich, während sein Herz in schweren Schlägen klopfte. »Wir sind hier im Basar. Sie wissen, daß der Basar von jeher seine eigenen Gesetze und seine eigenen Anführer hat. Emir Paknouri ist einer dieser Anführer. Er kann weder verhaftet noch gegen seinen Willen fortgebracht werden.« Furchtlos blickte er den jungen Mann an. Er wußte, daß er im Recht war. Nicht einmal die SAVAK hatte es je gewagt, die Gesetze des Basars in Frage zu stellen oder gegen das Asylrecht zu verstoßen.
»Steht das Gesetz des Basars über dem Gesetz Allahs, Geldverleiher Bakravan?«
Ein eisiger Schrecken durchfuhr ihn. »Nein, natürlich nicht.«
»Gut. Ich gehorche Allahs Gesetzen und tue Allahs Werk.«
»Aber Sie dürfen keinen...«
»Ich tue Allahs Werk.« Arglos war der Blick des Mannes unter seinen schwarzen Brauen. »Ich brauche diese Waffe nicht – keiner von uns braucht Waffen, um Allahs Werk zu tun. Ich sehne mich von ganzem Herzen danach, ein Märtyrer für Allah zu werden, weil ich dann geradewegs ins Paradies komme. Wenn es heute nacht geschehen soll, werde ich den segnen, der mich tötet, weil ich weiß, daß ich Allahs Werk vollendet habe.«
»Allah ist groß«, sagte einer seiner Begleiter, und die anderen stimmten ein.
»Ja, Allah ist groß. Aber du, Geldverleiher Bakravan, hast du heute fünfmal gebetet, wie es der Prophet vorschreibt?«
»Selbstverständlich, selbstverständlich«, hörte Bakravan sich sagen, und er wußte, daß seine Lüge erlaubt war. Der Prophet gestattete es jedem Moslem zu lügen, wenn er das Gefühl hat, daß sein Leben bedroht ist.
»Gut. Schweige und gedulde dich! Ich komme noch auf dich zurück.«
Wieder durchzuckte es ihn eisig, als er sah, wie der Mann seine Aufmerksamkeit Paknouri zuwandte. »Auf Befehl des Islamischen Revolutionären Komi-

tees und Ali' allah Uwaris: Halsabschneider Paknouri, unterwirf dich Allah! Du hast Verbrechen gegen Allah begangen.«
Paknouris Mund mühte sich. »Ich... ich... ihr könnt nicht...« Er verstummte. Ein wenig Schaum quoll aus seinen Mundwinkeln. Alle beobachteten ihn: die *hezbollahis* ungerührt, die anderen mit Entsetzen.
Ali Kia räusperte sich. »Jetzt hören Sie einmal zu! Vielleicht wäre es besser, die Sache auf morgen zu verschieben«, setzte er an, bemüht, seine Autorität geltend zu machen. »Dieser Irrtum hat Emir Paknouri offensichtlich aus dem Gleichgewicht...«
»Und wer bist du?«
»Ich bin der stellvertretende Minister Ali Kia vom Finanzministerium, Mitglied der Regierung von Ministerpräsident Bazargan, und ich schlage vor, Sie warten bis...«
»Im Namen Allahs: Du, dein Finanzministerium, deine Regierung, dein Bazargan – sie alle haben nichts mit mir oder uns zu tun. Wir gehorchen dem Mullah Uwari, der dem Komitee gehorcht, das dem Imam gehorcht, der Allah gehorcht.« Yusuf kratzte sich zerstreut und wandte sich wieder Paknouri zu. »Hinaus auf die Straße!« befahl er. Seine Stimme war immer noch sanft, »oder wir schleifen dich hinaus.«
Mit einem Ächzen brach Paknouri zusammen und blieb reglos liegen. Die anderen sahen hilflos zu, und der kleine Teejunge fing an zu schluchzen.
»Sei still, Junge«, wies ihn der Anführer, ohne seine Stimme zu erheben, zurecht. »Ist er tot?«
Einer der Männer hockte sich über Paknouri. »Nein. Wie es Allah gefällt.«
»Wie es Allah gefällt. Hassan, heb ihn auf und steck ihm den Kopf in den Wassertrog!«
»Nein«, protestierte Bakravan tapfer. »Er bleibt hier. Er ist krank und...«
»Bist du taub, Alter?« Yusufs Stimme war schärfer geworden. Angst griff um sich. Er starrte Bakravan an, während Hassan, ein breitschultriger, kräftiger Mann, Paknouri aufhob, den Laden verließ und ihn das Gäßchen hinauftrug. »Wie es Allah gefällt«, sagte er, den Blick auf Bakravan gerichtet.
»Wohin... wohin werden Sie ihn bringen?«
»Ins Gefängnis natürlich, wohin denn sonst?«
»In welches... Gefängnis?«
Einer der Männer lachte. »Was spielt das noch für eine Rolle?«
»Ich würde es gern wissen, Exzellenz«, sagte Bakravan mit heiserer Stimme, bemüht, seinen Haß zu verbergen. »Bitte.«
»Ins Evin-Gefängnis.« Dies war das schändlichste der von der SAVAK verwalteten Gefängnisse gewesen. Yusuf fühlte, wie eine neue Welle von Angst sich ausbreitete. Bestimmt sind sie alle schuldig, dachte er. Er warf einen Blick auf seinen jüngeren Bruder, der hinter ihm stand. »Gib mir das Papier!«
Sein Bruder war knapp 15 und schmuddelig gekleidet. Er nahm ein halbes Dutzend Papiere aus der Tasche und blätterte sie durch, bis er ein bestimmtes gefunden hatte. »Da ist es, Yusuf.«

Der Anführer betrachtete es. »Ist es auch bestimmt das richtige?«
»Ja.« Mit einem unförmigen Finger zeigte der Junge auf den Namen und buchstabierte langsam: »J-a-r-e-d B-a-k-r-a-v-a-n.«
»Allah schütze uns«, murmelte ein Angestellter. Yusuf hielt Bakravan das Papier hin. Wie gelähmt sahen die anderen zu.
Kaum atmend nahm der alte Mann mit zitternden Fingern den Zettel entgegen. Sekundenlang flimmerte es ihm vor den Augen. Dann las er: »Jared Bakravan vom Basar in Teheran: Auf Anordnung des Islamischen Revolutionären Komitees und Ali' allah Uwaris wirst du aufgefordert, morgen unmittelbar nach dem ersten Gebet vor dem revolutionären Gericht im Evin-Gefängnis zu erscheinen, um Fragen zu beantworten.« Die Benachrichtigung war unterschrieben mit Ali' allah, der Rest war unleserlich.
»Was für Fragen?« wollte Bakravan wissen.
»Wie es Allah gefällt.« Der Anführer schulterte seinen Karabiner und erhob sich. »Bis morgen früh! Bring das Papier mit, und komm nicht zu spät!« Sein Auge fiel auf den Teppich. »Diese herrlichen Farben! Wunderschön! Prachtvoll!« Er seufzte, kratzte sich und wandte sich an Bakravan und Kia. »Wenn wir den Reichtum von uns Dorfbewohnern hier zusammenlegen würden und den unserer Familien und den der Familien unserer Väter – es würde immer noch nicht reichen, um auch nur ein Eckchen von einem solchen Teppich zu kaufen.« Er lächelte mit schiefem Mund. »Aber selbst wenn ich so reich wäre wie du, Geldverleiher Bakravan – weißt du übrigens, daß Wucher gegen die Gesetze Allahs verstößt? –, selbst wenn ich so reich wäre, würde ich mir trotzdem keinen solchen Teppich kaufen. Solche Schätze brauche ich nicht. Ich habe nichts, wir haben nichts, wir brauchen nichts. Nur Allah.«
Er stolzierte hinaus.

Nahe der Amerikanischen Botschaft: 20 Uhr 15. Seit fast vier Stunden wartete Erikki. Durch das Fenster der im ersten Stock gelegenen Wohnung seines Freundes Christian Tollonen konnte er die hohen Mauern sehen, die das von Scheinwerfern beleuchtete US-Gelände umgaben, die uniformierten Marineinfanteristen nahe dem riesigen Eisentor und das große Botschaftsgebäude dahinter. Immer noch herrschte dichter Verkehr. Jeder hupte, um schneller voranzukommen, und die Fußgänger waren so ungeduldig und egoistisch wie immer. Keine Ampel funktionierte. Kein Polizist war zu sehen. Nicht daß es etwas geändert hätte, dachte Erikki. Die Teheraner kümmern sich einen feuchten Kehricht um Verkehrsregeln, haben es nie getan und werden es nie tun. Wie diese Wahnsinnigen, die von der Straße durch die Berge hinuntergestürzt waren und sich selbst umgebracht hatten, auf der Fahrt nach Qazvin.
Bei dem Gedanken an Qazvin ballten sich seine großen Fäuste. In der Finnischen Botschaft waren heute früh Berichte eingetroffen, wonach in Qazvin eine offene Revolte ausgebrochen war. Die aserbeidschanischen Nationalisten in Täbris hatten sich abermals erhoben und griffen die mit dem Khomeini-Regime sympathisierenden Truppen an. Die ganze ölreiche und

strategisch wichtige Grenzprovinz hatte ihre Unabhängigkeit von Teheran erklärt, die Unabhängigkeit, für die sie seit Jahren kämpften – ermutigt von der UdSSR. Ganz gewiß schwärmten Rákóczy und seine Genossen jetzt über Aserbeidschan aus.

»Natürlich sind die Sowjets hinter uns her«, hatte Abdullah Khan während ihrer Auseinandersetzung zornig bestätigt, kurz bevor er und Azadeh nach Teheran abgereist waren. »Natürlich sind ihr Rákóczy und dessen Leute hier in voller Stärke aufmarschiert. Wir können uns rühmen, auf dem dünnsten Drahtseil der Welt zu balancieren, weil wir der Schlüssel zum Golf und zur Straße von Hormus sind. Hätte es uns Gorgons nicht gegeben, unsere Stammesbrüder und einige unserer kurdischen Verbündeten, wir wären jetzt ein Sowjetstaat – zusammen mit der anderen Hälfte von Aserbeidschan, die längst in sowjetischem Besitz ist dank der Hilfe der hinterhältigen Briten. Oh, wie ich die Briten hasse, mehr noch als die Amerikaner, die bloß dumme und ungehobelte Barbaren sind, oder?«

»Auf die Briten, die ich kenne, trifft das nicht zu. Und S-G hat mich anständig behandelt.«

»Bis jetzt. Aber sie werden dich schon noch hereinlegen. Die Briten betrügen jeden Nichtbriten, und wenn es ihnen paßt, sogar ihre eigenen Leute.«

»Inscha'Allah.«

Abdullah Khan hatte bitter gelacht. »*Inscha'Allah!* Auf alle Fälle werden die Sowjets ihre Bemühungen nie aufgeben. Aber wir auch nicht. Wir Aserbeidschaner werden sie immer ausmanövrieren und in Schach halten...«

Erikki beugte sich vor und schenkte sich nach. Es war kalt in der Wohnung, und er hatte immer noch seinen Mantel an – die Zentralheizung war außer Betrieb, und durch die Fenster zog es. Aber der Raum war groß und irgendwie gemütlich. Er war mit alten Lehnstühlen möbliert, und an den Wänden hingen kleine, aber gute persische Teppiche. Erikki nahm einen Schluck Wodka, genoß die Wärme, die er ihm vermittelte, und warf wieder einen Blick durch das Fenster auf die Botschaft. Einen Augenblick lang fragte er sich, ob er mit Azadeh in die Vereinigten Staaten auswandern solle. »Die Bastionen fallen«, murmelte er, »der Iran ist nicht mehr sicher, Europa ist verwundbar.«

Er blickte nach unten. Jetzt war der Verkehr völlig zum Erliegen gekommen. Jugendliche blockierten die beiden Straßen, an deren Ecke sich das Gelände der Amerikanischen Botschaft befand. Die Hauptstraße hieß Roosevelt-Allee – hatte geheißen, korrigierte sich Erikki automatisch. Wie sie jetzt wohl heißen mag? Khomeini-Straße? Straße der Revolution?

Die Eingangstür der Wohnung ging auf. »He, Erikki«, begrüßte ihn Christian Tollonen lachend. Der junge Finne trug eine Pelzmütze russischer Machart und einen pelzgefütterten Regenmantel; beides hatte er an einem Wochenende in Leningrad gekauft. »Was gibt es Neues?«

»Seit 4 Stunden warte ich auf dich.«

»Nur 3 Stunden und 22 Minuten und eine halbe Flasche des besten russischen Wodkas, der für Geld zu haben ist. Dabei haben wir 3 bis 4 Stunden ausgemacht.« Christian Tollonen war Anfang 30, Junggeselle, blond, hatte

graue Augen, und er war Erster Sekretär bei der Finnischen Botschaft. Erikki hatte sich mit ihm angefreundet, als er vor ein paar Jahren seinen Posten im Iran angetreten hatte. »Schenk mir auch einen ein. Ich kann einen brauchen. Da unten braut sich wieder einmal eine Demonstration zusammen, und ich hatte alle Mühe durchzukommen.« Er behielt seinen Regenmantel an und ging ans Fenster.
Die Menge aus den beiden Straßen hatte sich mittlerweile vereinigt und wogte nun vor dem Botschaftskomplex hin und her. Alle Tore waren geschlossen. Beunruhigt stellte Erikki fest, daß sich unter den Jugendlichen kein Mullah befand. Sie konnten Rufe hören.
»Tod für Amerika! Tod für Carter!« übersetzte Christian. Er sprach fließend Persisch, denn schon sein Vater hatte hier einen diplomatischen Posten bekleidet, und er selbst hatte 5 Jahre lang in Teheran die Schule besucht. »Der übliche Scheiß: Nieder mit Carter und dem amerikanischen Imperialismus.«
»Kein *Allah-u Akbar*«, bemerkte Erikki. Einen Augenblick lang stieg die Erinnerung an die Straßensperre in ihm auf, und es durchzuckte ihn eisig. »Keine Mullahs.«
»Nein. Ich habe auch auf dem Weg hierher keine gesehen.« Auf der Straße schien die Demonstration auf Touren zu kommen. Verschiedene Gruppen drängten sich an die eisernen Tore. »Die meisten sind Studenten. Sie hielten mich für einen Russen und erzählten mir, daß es vor der Universität eine regelrechte Schlacht gegeben habe: Linke gegen *hezbollahis.* Sie sprachen von 20 oder 30 Toten oder Verletzten, und daß es noch immer weitergeht.« Vor der Botschaft begannen 50 oder 60 Burschen an den Toren zu rütteln. »Die suchen Streit.«
»Und keine Polizei, die eingreifen könnte.« Erikki reichte ihm das Glas.
»Was würden wir wohl ohne Wodka anfangen?«
Erikki lachte. »Wir würden Brandy trinken. Hast du alles?«
»Nein, aber der Anfang ist gemacht.« Christian öffnete seine Aktentasche. »Hier sind Kopien eures Trauscheins und eurer Geburtsurkunden – Gott sei Dank, daß wir Kopien hatten. Neue Pässe für euch. Es ist mir gelungen, einen Mann in Bazargans Büro ausfindig zu machen, der dir gleich eine Aufenthaltsgenehmigung für drei Monate hineingestempelt hat.«
»Du bist ein Zauberkünstler.«
»Sie haben auch versprochen, dir einen neuen iranischen Pilotenschein auszustellen, aber wann, haben sie nicht gesagt. Mit deinem Firmenausweis von S-G und der Fotokopie deines britischen Flugscheins würdest du den gesetzlichen Bestimmungen entsprechen, sagten sie. Azadehs Paß ist befristet.« Er schlug ihn auf und zeigte ihm die Fotografie. »Es ist kein richtiges Paßfoto, aber vorderhand genügt dieses. Laß sie hier unterschreiben, sobald du sie siehst. Hat sie seit eurer Hochzeit das Land verlassen?«
»Nein. Warum fragst du?«
»Wenn sie mit einem finnischen Paß reist – na ja, ich weiß nicht, wie weit das ihren Status als Iranerin berühren könnte. Die Behörden hier sind diesbezüglich immer schon sehr empfindlich gewesen. Khomeini scheint ja noch

fremdenfeindlicher zu sein, und so werden seine Beamten wohl eine noch schärfere Gangart einschlagen. Sie könnten den Eindruck gewinnen, als verzichte sie auf ihre Staatsbürgerschaft. Ich glaube nicht, daß sie sie noch einmal einreisen lassen würden.«

Einen Augenblick lang wurden sie von lautem Geschrei der Burschen auf der Straße abgelenkt. Hunderte schwenkten die geballte Faust, und einer hatte ein Megaphon und hetzte seine Genossen noch mehr auf.

»Wie es jetzt aussieht, ist mir das schnuppe, wenn ich sie nur herausbringen kann«, sagte Erikki.

»Vielleicht sollte man ihr aber zur Kenntnis bringen, was sie riskiert, Erikki«, wandte der jüngere Mann ein. »Ich habe keine Möglichkeit, ihr Ersatzpapiere oder einen iranischen Paß zu verschaffen, aber es wäre sehr gefährlich für sie, ohne dergleichen zu reisen. Warum bittest du ihren Vater nicht, das für sie zu arrangieren. Für ihn wäre das eine Leichtigkeit. Ihm gehört doch halb Täbris.«

Erikki nickte traurig. »Ja, aber wir hatten wieder einmal Streit, bevor wir abreisten. Er mißbilligt immer noch unsere Heirat.«

»Vielleicht nur darum, weil ihr noch kein Kind habt«, meinte Christian. »Du weißt ja, wie die Iraner sind.«

»Für Kinder ist noch reichlich Zeit«, erwiderte Erikki nachdenklich. Wir werden schon noch Kinder bekommen, dachte er. Wir haben keine Eile, und Dr. Nutt sagt, Azadeh sei kerngesund. Scheiße! Wenn ich ihr das sage, wie das mit ihren iranischen Papieren aussieht, geht sie nie fort. Sage ich es ihr nicht, und man verweigert ihr die Rückreise, wird sie mir das nie verzeihen. Und ohne die Erlaubnis ihres Vaters fährt sie sowieso nicht. »Um ihr neue Papiere zu verschaffen, müßte ich nach Täbris zurück, und das möchte ich nicht.«

»Warum denn nicht, Erikki? Für gewöhnlich kannst du es gar nicht erwarten, nach Täbris zu kommen.«

»Rákóczy.« Erikki hatte ihm alles erzählt, was geschehen war, bis auf die Vorgänge an der Straßensperre und daß Rákóczy bei der Rettungsaktion noch andere Menschen getötet hatte.

Christian Tollonen schlürfte seinen Wodka. »Wo ist denn nun wirklich das Problem?«

»Rákóczy.« Erikki hielt seinem Blick stand.

Christian zuckte mit den Achseln. Zweimal schenkten sie noch nach, dann war die Flasche leer. »Prost!«

»Prost! Danke für die Papiere und die Pässe.«

Lautes Geschrei lenkte sie abermals ab. Auf dem Botschaftsgelände hatte man weitere Scheinwerfer eingeschaltet, und in den Fenstern konnte man jetzt deutlich Gesichter sehen. »Nur gut, daß sie ihre eigenen Generatoren haben.«

»Ja – und ihre eigene Heizanlage, Benzinpumpen, PX, alles.« Christian holte eine frische Flasche. »Das und ihr Sonderstatus im Iran – sie brauchen kein Visum, unterliegen keinen iranischen Gesetzen – hat viel böses Blut gemacht.«

»Mensch, ist es kalt hier drin... Hast du nicht ein paar Scheite Holz?«

»Nicht ein Stück. Die Heizung war schon abgeschaltet, als ich hier eingezogen bin – vor drei Monaten, das ist schon fast der ganze Winter.«
»Hat wohl auch seine Vorteile.« Erikki deutete auf ein Paar Damenschuhe, die sorglos auf einem Regal lagen. »Du scheinst es ja hier genügend warm zu haben, äh?«
Christian grinste. »Manchmal. Ich gebe zu, Teheran war ein idealer Platz für alle möglichen Vergnügungen. Aber jetzt, alter Freund...« Über sein Gesicht fiel ein Schatten. »Aber jetzt, fürchte ich, wird der Iran nicht das Paradies sein, wie diese armen Hunde da unten glauben, sondern eine Hölle auf Erden – zumindest für die meisten, vor allem für die Frauen.« Er schlürfte seinen Wodka. Unten vor der Mauer erkletterte plötzlich ein junger Mann die Schultern von drei anderen und bemühte sich erfolglos, die obere Kante zu erreichen. »Ich frage mich, was ich wohl tun würde, wenn das meine Mauer wäre und diese Bastarde mich bedrohten.«
»Du würdest ihnen den Schädel wegpusten, was völlig legal wäre, oder?«
Christian lachte. »Aber nur, wenn du ungestraft davonkommst.« Er musterte Erikki. »Und was ist jetzt mit dir? Was hast du für Pläne?«
»Ich habe keine. Zuerst muß ich mit McIver reden – heute vormittag hatte ich keine Gelegenheit dazu. Er und Gavallan waren zu sehr damit beschäftigt, ihre iranischen Partner zu finden. Dann hatten sie einen Termin in der Britischen Botschaft mit einem gewissen ... Salbot, glaube ich...«
Christian verbarg sein plötzliches Interesse. »Talbot? George Talbot?«
»Ja, das stimmt. Kennst du ihn?«
»Er ist der Zweite Sekretär.« Christian fügte nicht hinzu, daß Talbot schon seit Jahren der heimliche Chef des britischen Nachrichtendienstes im Iran war. »Ich wußte nicht, daß er noch in Teheran ist. Ich dachte, er wäre schon vor Tagen abgereist. Was wollen denn McIver und Gavallan von ihm?«
Erikki hob die Schultern. »Sie wollten mehr über einen seiner Freunde wissen, den sie gestern auf dem Flughafen kennengelernt haben, einen Mann namens Armstrong, Robert Armstrong.«
Fast hätte Christian Tollonen sein Glas fallen lassen. »Armstrong?«
»Ja. Sagt dir der Name etwas?«
»Es ist ein sehr häufiger Name«, erwiderte Tollonen und stellte erfreut fest, daß seine Stimme ganz normal klang. Robert Armstrong, MI 6, früher im Sonderdezernat. Er war eine Reihe von Jahren hier im Iran unter Vertrag gestanden – wie es hieß, von der englischen Regierung leihweise überlassen – und angeblich Hauptratgeber des innerstaatlichen iranischen Nachrichtendienstes; ein Mann, den man nur selten in der Öffentlichkeit sah und der nur einigen wenigen bekannt war, von denen die meisten selbst der nachrichtendienstlichen Szene angehörten. Wie ich, dachte Tollonen und fragte sich, was Erikki wohl sagen würde, wenn ihm bekannt wäre, daß er eine Menge von Rákóczy und vielen anderen ausländischen Agenten wußte, weil seine Arbeit vornehmlich darin bestand, alles, was den Iran betraf, in Erfahrung zu bringen, zu warten, zu beobachten und zu lernen, sich an alles zu erinnern. Was machte Armstrong immer noch hier?

Um sich seine Beunruhigung nicht anmerken zu lassen, stand er auf und tat, als wolle er die Menge unten besser beobachten. »Haben sie erfahren, was sie wissen wollten?«
Wieder hob Erikki die Schultern. »Ich weiß es nicht. Ich bin gar nicht so recht mitgekommen. Ich war...« Er unterbrach sich und musterte den anderen. »Ist das wichtig?«
»Nein, nein, überhaupt nicht. Bist du hungrig? Seid ihr noch frei heute abend, Azadeh und du?«
»Tut mir leid. Heute abend nicht.« Erikki warf einen Blick auf die Uhr. »Ich muß jetzt los. Nochmals vielen Dank für deine Hilfe!«
»Nicht der Rede wert. Wie ist das mit McIver und Gavallan? Haben sie vor, hier etwas zu ändern?«
»Das glaube ich nicht. Ich sollte sie um 3 Uhr treffen, um zum Flughafen hinauszufahren, aber es war mir wichtiger, dich zu sehen und die Pässe zu bekommen. Also noch einmal: Danke!«
»Schon recht.« Christian schüttelte ihm herzlich die Hand. »Bis morgen!«
Unten auf der Straße war an die Stelle des Geschreis eine bedrückende Stille getreten. Die beiden Männer liefen zum Fenster. Ihre ganze Aufmerksamkeit richtete sich auf die Hauptstraße, die frühere Roosevelt-Allee. Dann hörten sie das immer lauter werdende: *»Allahhh-uuuu Akbarrrr!«*
»Hat das Haus einen Hinterausgang?« erkundigte sich Erikki.
»Leider nein.«
Ein neuer Haufen näherte sich. Er wurde von Mullahs und *hezbollahis* angeführt, die meisten bewaffnet wie die nachdrängenden jungen Männer. Sogleich nahmen die Linken günstige Verteidigungsstellungen in Torwegen und hinter eingeschlossenen Fahrzeugen ein. Die religiösen Fanatiker kamen schnell näher. Während die ersten Reihen über die Gehsteige hinweg und zwischen den stehenden Fahrzeugen hindurch strömten und sich den von Scheinwerfern angestrahlten Mauern näherten, wurden die *Allah-u Akbar*-Rufe schneller, und die Marschierenden beschleunigten ihre Schritte. Überraschenderweise fingen die Studenten daraufhin an, sich zurückzuziehen. Lautlos. Die *hezbollahis* zögerten verblüfft.
Es war ein friedlicher Rückzug. Bald waren die Protestierer verschwunden, keiner bedrohte mehr die Botschaft, und Mullahs und *hezbollahis* machten sich daran, den Verkehr zu regeln. Die Umstehenden, die ihre Fahrzeuge verlassen hatten, atmeten erleichtert auf und stiegen wieder ein. Die großen eisernen Tore der Botschaft blieben geschlossen, nur eine kleine Seitentür öffnete sich.
»Ich hätte wetten mögen, daß es zu einer regelrechten Schlacht kommt«, bemerkte Christian mit trockener Kehle.
Auch Erikki war überrascht. »Es ist, als hätten sie die *hezbollahis* erwartet und gewußt, wann und von wo sie kommen. Das Ganze kommt mir wie eine Art Generalprobe vor...« Er unterbrach sich und ging näher ans Fenster. »Sieh mal! Der Mann da in dem Torweg, das ist Rákóczy.«
»Wo? Meinst du den in der Fliegerjacke, der sich mit dem kleinen Mann unterhält?« Tollonen spähte ins Dunkel hinab. Die zwei Männer standen halb

im Schatten; dann gaben sie sich die Hand und traten ins Licht hinaus. Es war tatsächlich Rákóczy. »Bist du sicher, daß...«
Aber Erikki hatte bereits die Wohnungstür aufgerissen und war schon die halbe Treppe hinuntergelaufen. Flüchtig konnte Tollonen wahrnehmen, wie er den großen Pukoh-Dolch aus der Scheide am Gürtel zog und in seinen Ärmel schob. »Mach keine Dummheiten!« rief er ihm nach, aber Erikki war bereits verschwunden. Tollonen stürzte wieder ans Fenster und sah gerade noch, wie sein Freund aus dem Haus lief und sich durch die Menschen drängte. Rákóczy hatte sich in der Menge verloren.
Erikki aber hatte ihn im Auge behalten. Rákóczy war 100 Meter vor ihm und bog jetzt in die ehemalige Roosevelt-Allee ein. Als Erikki die Ecke erreichte, erblickte er den Russen nahe vor sich. Rákóczy trat auf die Straße, warf einen Blick zurück und sah Erikki. Ohne zu zögern rannte er weg, schlängelte sich durch die Menge und lief in eine Seitengasse. Erikki raste hinter ihm her. Rákóczy bog in eine noch kleinere Gasse ein, änderte wieder seine Richtung, floh von einem Durchgang in den nächsten, jagte, ohne sich noch zurechtzufinden, durch ein Labyrinth von Gassen und Gäßchen. Atemlos blieb er stehen, als er merkte, daß er in eine Sackgasse geraten war. Schon griff er nach seiner Pistole, als er in einer Ecke doch noch einen Durchschlupf entdeckte. Die Mauern standen auf beiden Seiten so eng beisammen, daß er sie berühren konnte, während er keuchend weiterhetzte. Erikki war nun 20 Meter hinter ihm. Die Wut verlieh dem Finnen neue Kräfte. An der nächsten Ecke aber hielt der Verfolgte jäh im Lauf an und zerrte einen alten Marktkarren quer über den Weg. Noch bevor Erikki ausweichen konnte, krachte er mit voller Wucht dagegen und ging halb betäubt zu Boden. Wutschnaubend rappelte er sich hoch, schwankte sekundenlang benommen, kletterte über das Hindernis, rannte weiter, den Dolch jetzt offen in der Hand. Er bog um die Ecke, doch der Durchgang vor ihm war leer.

Mittwoch
14. Februar 1979

27

Evin-Gefängnis: 6 Uhr 29. Das Gefängnis war wie jedes andere moderne Gefängnis – an guten und an schlechten Tagen – grau, düster, von hohen Mauern umgeben und schrecklich.
An diesem Tag glühte der Horizont in einem seltsamen Rot, zum ersten Mal seit Wochen strahlte der Himmel wolkenlos, und obwohl es noch kalt war, versprach es ein schöner Tag zu werden. Kein Smog. Zur Abwechslung war die Luft rein und frisch. Ein wohlwollender Wind trug den Rauch davon, den Rauch noch brennender Autowracks und Barrikaden, Überbleibsel der gestrigen Zusammenstöße zwischen den jetzt legalen *hezbollahis* und den jetzt illegalen Loyalisten und Linken, zusammen mit verdächtigen Polizeibeamten und Angehörigen der Streitkräfte.
Die wenigen Fußgänger, die an den Gefängnismauern, an dem riesigen Tor, das zertrümmert und aus den Angeln gerissen worden war, und an den untätig herumstehenden *hezbollahis* vorbeikamen, blickten zur Seite und beschleunigten ihre Schritte. Es herrschte nur leichter Verkehr. Ein Lastwagen mit Wächtern und Gefangenen blieb zur Durchsuchung kurz vor dem Haupttor stehen. Die provisorischen Schranken öffneten und schlossen sich wieder. Aus dem Inneren kam eine Gewehrsalve. Die *hezbollahis* gähnten und räkelten sich.
Mit Sonnenaufgang riefen die Muezzins von den Minaretten zum Gebet. Meist wurden die auf Tonband aufgenommenen Stimmen von Lautsprechern übertragen. Wo immer ihre Rufe gehört wurden, unterbrachen die Rechtgläubigen, was immer sie gerade taten, wandten sich gen Mekka und knieten zum ersten Gebet nieder.
Ein Stück die Straße hinunter hatte Jared Bakravan den Wagen halten lassen. Zusammen mit seinem Fahrer und den anderen kniete er nieder und betete. Er hatte einen Großteil der Nacht damit verbracht, sich mit seinen Freunden in Verbindung zu setzen. Die Nachricht von Paknouris rechtswidriger Verhaftung und seiner eigenen rechtswidrigen Vorladung hatte sich wie ein Lauffeuer im Basar verbreitet. Alle waren empört, aber es fand sich keiner, der die aufgebrachte Menge zu einem Protest, einem Streik oder zur Schließung des Basars vereint hätte. An Ratschlägen fehlte es nicht: Er solle bei Khomeini persönlich protestieren oder bei Ministerpräsident Bazargan; er solle nicht vor Gericht erscheinen; er solle erscheinen, aber sich weigern, Fragen zu beantworten; er solle erscheinen und einige Fragen beantworten; er solle erscheinen und alle beantworten. Wie es Allah gefällt. Aber keiner erbot sich, ihn zu begleiten, nicht einmal sein guter Freund, der bedeutendste Rechtsanwalt Teherans, der alle Eide schwor, es wäre wichtiger, bei den Richtern des

Obersten Gerichtshofs zu intervenieren. Nur seine Frau, sein Sohn und seine drei Töchter waren mitgekommen und beteten jetzt auf ihren eigenen Gebetsteppichen hinter ihm.

Schwankend erhob er sich, nachdem er sein Gebet beendet hatte. Sogleich begann der Fahrer, die Gebetsteppiche wieder einzusammeln. Jared fröstelte. Er hatte sich sorgfältig angekleidet und trug einen dicken Mantel und einen Anzug, aber keinen Schmuck. »Von hier gehe ich zu Fuß«, sagte er.

»Nein, Jared«, erwiderte seine Frau mit tränenerstickter Stimme, ohne auf das Gewehrfeuer in der Ferne zu achten. »Es ist besser, so anzukommen, wie das von einer bedeutenden Persönlichkeit erwartet wird. Bist du nicht der angesehenste Bazaari in Teheran? Zu Fuß zu gehen wäre mit deiner Position unvereinbar.«

»Ja, du hast recht.« Er setzte sich in den Fond des Wagens. Es war ein großer blauer Mercedes, neu und gut gepflegt. Seine Frau, eine füllige Matrone, deren teure Frisur unter einem Tschador verhüllt war, der auch ihren langen braunen Nerz bedeckte, setzte sich neben ihn und ergriff seinen Arm; die Tränen zogen schwarze Streifen durch ihr Make-up. Auch ihr Sohn Meschang hatte Tränen in den Augen. Seine Töchter, unter ihnen auch Scharazad, trugen alle den Tschador. »Ja, ja, du hast recht. Allahs Fluch auf die Revolutionäre!«

»Mach dir keine Sorgen, Vater«, sagte Scharazad. »Allah wird dich schützen. Die revolutionären Richter folgen den Befehlen des Imam, und der Imam den Befehlen Allahs.« Sie klang so zuversichtlich, sah aber dabei so niedergeschlagen aus, daß er zu sagen vergaß, sie solle Khomeini nicht als »Imam« bezeichnen.

»Ja«, antwortete er, »es ist natürlich alles ein Irrtum.«

»Ali Kia hat mir auf den Koran geschworen, Ministerpräsident Bazargan würde mit dem ganzen Unsinn aufräumen«, bemerkte seine Frau. »Er hat mir geschworen, gestern abend noch zu ihm zu gehen. Die entsprechenden Anweisungen sind vermutlich schon im... dort angelangt.«

Er selbst hatte Ali Kia unmißverständlich wissen lassen, daß es ohne Paknouri kein Darlehen geben könne. Sollte er selbst in Schwierigkeiten kommen, würde der ganze Basar revoltieren, und man würde alle Zahlungen einstellen – an Khomeini, an die Mullahs und an Ali Kia persönlich. »Ali wird mich nicht enttäuschen«, sagte er grimmig. »Das wird er nicht wagen. Ich weiß zuviel über sie alle.«

Der Wagen hielt vor dem Haupttor. Jared Bakravan nahm seinen ganzen Mut zusammen. »Es wird nicht lange dauern.«

»Allah schütze dich. Wir warten hier.« Seine Frau küßte ihn, die anderen folgten ihrem Beispiel, es gab noch mehr Tränen, und schließlich stand er vor den *hezbollahis*. *»Salaam«*, sagte er, »ich bin als Zeuge vor das Gericht von Mullah Ali'allah Uwari geladen.«

Der Anführer der Wächter nahm das Papier entgegen, warf einen Blick darauf – obwohl er es verkehrt herum hielt – und gab es dann einem anderen, der lesen konnte. »Der ist vom Basar«, sagte der, »Jared Bakravan.«

Der Anführer zuckte mit den Achseln. »Zeig ihm, wo er hin muß.« Der andere führte ihn durch das zerschlagene Tor. Als sich die Schranke hinter im schloß, verlor er viel von seiner Zuversicht. Es war dunkel und feucht auf diesem kleinen offenen Hof zwischen den Mauern und dem Hauptgebäudekomplex. Es stank. Im östlichen Teil drängten sich Hunderte von Männern, saßen oder lagen dicht nebeneinander, um sich gegen die Kälte zu schützen. Viele trugen Uniformen – Offiziere. Im Westen war der Platz leer. Vor Bakravan öffnete sich jetzt ein großes Tor, um ihn einzulassen. In einem Saal warteten Dutzende von anderen Männern, sehr verängstigte Männer. Sie standen da, saßen in Reihen auf Bänken oder auf dem Boden, viele davon Offiziere, unter ihnen auch ein Oberst. Er erkannte noch einige andere, angesehene Geschäftsleute, Hofschranzen, Verwalter, Abgeordnete. Aber mit keinem war er eng befreundet. Einige wenige erkannten auch ihn. Stille trat ein.

»Beeil dich«, fuhr der Wächter ihn an. Der pockennarbige junge Mann schob ihn zu einem Schreibtisch vor, hinter dem ein sichtlich überlasteter Beamter saß. »Da ist noch einer für Exzellenz Mullah Uwari.«

Der Beamte nahm den Zettel und starrte Bakravan an. »Setz dich. Man wird dich rufen, wenn du gebraucht wirst.«

»*Salaam*, Exzellenz«, sagte Bakravan, von der Grobheit des Mannes betroffen. »Wann wird das sein?«

»Wie es Allah gefällt. Man wird dich rufen, wenn du gebraucht wirst.«

»Aber ich bin Jared Bakravan vom Basar.«

»Ich kann lesen, Agha! Der Iran ist jetzt ein islamischer Staat mit einem einzigen Gesetz für alle, nicht einem für die Reichen und einem anderen für das Volk.«

Bakravan wurde von anderen gestoßen, die zum Schreibtisch geschoben wurden. Rot vor Zorn bahnte er sich einen Weg zur Wand. Neben ihm benützte ein Mann einen bereits übervollen Eimer als Latrine. Der Urin ergoß sich auf den Boden. Viele Augenpaare ruhten auf Bakravan. »Allahs Friede sei mit Euch«, murmelten einige. Sein Herz klopfte. Einer machte ihm Platz auf einer Bank. Dankbar setzte er sich. »Allah segne Sie, Exzellenz.«

»Und Sie, Agha«, antwortete einer. »Sind Sie angeklagt?«

»Nein, nein, ich bin als Zeuge geladen.«

»Als Zeuge vor den Mullah Uwari?«

»Ja, ja, Exzellenz. Wer ist das eigentlich?«

»Ein Richter, ein revolutionärer Richter, wenn es Allah gefällt«, murmelte der Mann. Er war Mitte 50, klein gewachsen, sein Gesicht runzlig, sein Haar büschlig. Er zuckte nervös. »Hier scheint keiner zu wissen, was eigentlich los ist oder warum sie herbestellt wurden oder wer dieser Uwari ist. Nur daß er vom Ayatollah ernannt wurde und in seinem Namen Recht spricht.«

Bakravan sah die panische Angst in den Augen des Mannes und wurde noch nervöser. »Sind Sie auch als Zeuge geladen, Exzellenz?«

»Ja, ja. Aber warum sie mich vorgeladen haben, weiß ich nicht. Ich war doch nur ein Direktor bei der Post.«

»Die Post ist eine sehr wichtige Einrichtung. Wahrscheinlich brauchen sie Ihren Rat. Was glauben Sie, werden wir lange warten müssen?«
»*Inscha'Allah.* Ich war schon für gestern nach dem vierten Gebet vorgeladen. Seitdem warte ich. Ich mußte die ganze Nacht hierbleiben. Wir müssen warten, bis wir gerufen werden. Das ist die einzige Toilette«, klagte der Mann und deutete auf den Kübel. »Das ist die schlimmste Nacht, die ich je verbracht habe. In der Nacht... es wurde viel geschossen. Angeblich wurden weitere drei Generäle und ein Dutzend SAVAK-Leute hingerichtet.«
»50 oder 60«, sagte der Mann auf der anderen Seite. »Eher 60. Das ganze Gefängnis ist voll... wie Wanzen in einer Matratze eines Dorfgasthauses. Alle Zellen sind vollgestopft. Vor zwei Tagen haben die *hezbollahis* das Tor aufgebrochen, die Wachen überwältigt und sie eingekerkert. Die meisten Gefangenen haben sie freigelassen und ihre politischen Gegner in die Zellen gesteckt.« Er senkte seine Stimme. »Es sind jetzt mehr Menschen hier als unter dem Schah, Allah verfluche ihn... Ständig bringen die *hezbollahis* mehr Leute, Fedajin, Mudjaheddin und Tudeh, zusammen mit uns Unschuldigen... Anständige Leute, die man nie hätte anrühren sollen. Als die Revolutionäre das Gefängnis aufbrachen, fanden sie elektrische Sonden und Peitschen... und Folterbänke...« Schaum sammelte sich in seinen Mundwinkeln. »Es heißt, die neuen Herren gebrauchen sie... und wenn man einmal hier ist, Exzellenz, dann behalten sie einen auch.« Tränen standen in den kleinen Augen in seinem schwammigen Gesicht. »Das Essen ist schrecklich, das Gefängnis ist schrecklich... und ich habe Magengeschwüre, und dieser Hundesohn von einem Beamten, er will nicht verstehen, daß ich Schonkost brauche...«
Auf der anderen Seite entstand eine Bewegung, und die Tür sprang auf. Ein halbes Dutzend *hezbollahis* betraten den Raum und bahnten sich mit ihren Gewehren einen Weg durch die Menschen. Hinter ihnen umringten weitere Wächter einen Luftwaffenoffizier. Mit erhobenem Haupt, die Arme auf den Rücken gebunden, die Uniform in Fetzen, schritt er stolz durch den Saal. Bakravan stockte der Atem. Es war Oberst Peschadi, der Kommandant der Luftwaffenbasis Kowiss – ebenfalls ein Vetter.
Auch andere erkannten den Oberst. Sein siegreicher Feldzug gegen Dhofar im südlichen Oman war damals in aller Munde gewesen. »Ist das nicht der Held von Dhofar?« fragte einer ungläubig.
»Ja, das ist er.«
»Allah schütze uns. Wenn sie schon einen Mann wie ihn verhaften...«
Ungeduldig stieß einer der Wächter Peschadi in den Rücken, um ihn zur Eile anzutreiben. Sogleich wollte der Oberst zurückschlagen, wobei seine Handschellen ihn aber behinderten. »Du Hundesohn!« brüllte er wütend. »Ich gehe, so schnell ich kann. Verbrennen soll dein Vater!« Der *hezbollahi* fluchte zurück und stieß ihm den Kolben seines Gewehrs in den Magen. Der Oberst verlor das Gleichgewicht und stürzte zu Boden. Er stieß noch immer Verwünschungen gegen seine Schergen aus, als sie ihn brutal hochrissen und hinaus auf den Platz zwischen den Mauern zerrten. Er stieß Verwünschungen gegen

Khomeini und die falschen Mullahs aus und rief schließlich: »Lang lebe der Schah! Es gibt nur einen Allah und...« Kugeln brachten ihn zum Schweigen. Im Wartesaal herrschte gespenstische Stille. Einige wimmerten. Ein Greis erbrach sich. Andere flüsterten miteinander, viele begannen zu beten, und Bakravan war nun sicher, daß er von einem Alptraum geplagt wurde. Die stinkende Luft war kalt, aber ihm kam es vor, als stecke er in einem Ofen und müsse ersticken. Sterbe ich? fragte er sich hilflos und riß sich den Hemdkragen auf. Dann berührte ihn jemand, und er schlug die Augen auf. Einen Augenblick lang wußte er nicht, wo er war. Er lag auf dem Boden, und der kleine Mann beugte sich besorgt über ihn. »Geht es Ihnen wieder besser?«
»Ja, ja, ich denke schon.«
»Sie haben das Bewußtsein verloren, Exzellenz. Geht es Ihnen wirklich besser?«
Hände halfen ihm auf seinen Platz. Mit matter Stimme dankte er ihnen.
»Wissen Sie«, flüsterte ihm der Mann mit den Magengeschwüren zu, »das ist wie die Französische Revolution, Guillotine und Terror. Aber wie kann das unter Ayatollah Khomeini passieren, das ist es, was ich nicht begreife.«
»Er weiß es nicht«, erklärte der kleine Mann verängstigt. »Er kann es gar nicht wissen. Ist er denn nicht ein Mann Allahs, fromm und der gelehrteste aller Ayatollahs?«
Bleierne Müdigkeit überkam ihn. Er lehnte sich an die Wand und döste vor sich hin.
Einige Zeit später rüttelte ihn eine derbe Hand wach. »Bakravan, du bist dran! Komm!«
»Ja, ja«, murmelte er und kam schwankend auf die Beine. Er erkannte Yusuf, den Anführer der *hezbollahis*, die gestern in den Basar gekommen waren. Er taumelte ihm nach, in einen Gang hinaus, Stufen hinauf, durch einen anderen ungeheizten Gang, vorbei an Wächtern und anderen, die ihn seltsam anstarrten. »Wohin bringen Sie mich?«
»Spar deine Kräfte, du wirst sie noch brauchen.«
Yusuf blieb vor einer Tür stehen, öffnete sie und schob ihn hinein. Der Raum war klein und vollgestopft mit Männern. In der Mitte stand ein Schreibtisch mit einem Mullah und vier jungen Männern an seiner Seite. Auf dem Schreibtisch lagen Papiere und ein großer Koran. An den Wänden lümmelten einige *hezbollahis*.
»Jared Bakravan, der Bazaari, der Geldverleiher«, meldete Yusuf. Der Mullah blickte von der Liste auf, die er studiert hatte. »Ach, Bakravan. *Salaam*.«
»*Salaam*, Exzellenz«, erwiderte Bakravan mit schwacher Stimme. Der Mullah war etwa 40 Jahre alt. Er hatte schwarze Augen und einen schwarzen Bart, trug einen weißen Turban und eine abgewetzte Robe. Die Männer neben ihm waren ungefähr 20 Jahre alt, unrasiert oder bärtig und ärmlich gekleidet. »Wie... wie kann ich Ihnen helfen?« fragte Bakravan, bemüht, ruhig zu erscheinen.
»Ich bin Ali'allah Uwari, vom Islamischen Revolutionären Komitee als Richter eingesetzt, und auch diese Männer sind Richter. Das Gericht läßt sich in

seinen Entscheidungen vom Wort Allahs und dem Heiligen Buch leiten.« Die Stimme des Mullahs klang rauh. »Du kennst diesen Paknouri, den man auch Geizkragen Paknouri nennt?«
»Ja, aber wenn ich das sagen darf, Exzellenz: nach unserer Verfassung und dem alten Bazaari-Gesetz...«
»Beantworte die Frage«, unterbrach ihn einer der jungen Richter. »Wir haben keine Zeit, um uns lange Reden anzuhören. Kennst du ihn oder kennst du ihn nicht?«
»Ja, ja, selbstverständlich...«
»Exzellenz Uwari«, unterbrach nun Yusuf, der an der Tür stand, »wen wollt Ihr als nächstes sehen?«
»Paknouri und dann...«, blinzelnd studierte der Mullah die Namensliste. »Dann den Polizei-Sergeant Jufrudi.«
Einer seiner Beisitzer mischte sich ein. »Der Hund wurde gestern abend von unserem zweiten Revolutionären Gericht verurteilt und heute morgen erschossen.«
»Wie es Allah gefällt.« Der Mullah strich diesen Namen aus. Alle Namen vor diesem waren gestrichen. »Dann bring Hassan Turlak, Zelle 573.«
Fast hätte Bakravan aufgeschrien. Turlak war ein höchst angesehener Journalist und Schriftsteller, halb Iraner und halb Afghane, ein mutiger und konsequenter Kritiker des Schah-Regimes, der wegen seiner Einstellung sogar einige Jahre im Gefängnis verbracht hatte.
Der unrasierte junge Richter neben dem Mullah kratzte sich ärgerlich im Gesicht. »Wer ist Turlak, Exzellenz?«
Der Mullah las von seiner Liste ab. »Ein Zeitungsschreiber.«
»Ist doch eine Zeitverschwendung, wenn wir ihn anhören«, sagte ein anderer. »Natürlich ist er schuldig. War das nicht er, der behauptete, das Wort könnte sich verändern, die Worte des Propheten träfen für unsere Zeit nicht mehr zu? Er ist schuldig, natürlich ist er schuldig.«
»Wie es Allah gefällt.« Der Mullah wandte seine Aufmerksamkeit wieder Bakravan zu. »Paknouri. Hat er jemals Wucher getrieben?«
»Nein. Niemals. Und er...«
»Hat er Geld gegen Zinsen verliehen?«
Bakravans Magen zog sich schmerzhaft zusammen. Er sah die kalten schwarzen Augen und bemühte sich verzweifelt, einen klaren Kopf zu behalten. »Ja, aber in einer modernen Gesellschaft...«
»Steht es nicht deutlich im heiligen Koran geschrieben, daß Geldverleih gegen Zinsen Wucher ist und somit gegen Allahs Gesetze verstößt?«
»Ja. Wucher ist gegen die Gesetze Allahs, aber in der modernen Gesellschaft...«
»Der heilige Koran ist ohne Makel. Das Wort ist klar und ohne Zweifel. Wucher ist Wucher. Gesetz ist Gesetz.« Der verklärte Blick des Mullahs wurde wieder kalt. »Hältst du das Gesetz ein? Praktizierst du die fünf Säulen des Islam?« Das waren die Grundpflichten aller Moslems: das Aufsagen der Schahada; das fünfmal tägliche Gebet; die freiwillige Abgabe einer jährlichen

Steuer, des Zakat; das Fasten von Sonnenaufgang bis Sonnenuntergang im heiligen Monat Ramadan; und schließlich einmal im Leben der Haddsch, die Pilgerfahrt nach Mekka.

»Ja, ja, gewiß... nur die Pilgerfahrt habe ich noch nicht gemacht... noch nicht.«

»Und warum nicht? Du hast mehr Geld als ein Misthaufen Fliegen. Mit deinem Geld hättest du dir eine jede Flugmaschine leisten können. Also warum nicht?«

»Es ist... meine Gesundheit«, antwortete Bakravan mit gesenkten Augen und hoffte zu Allah, daß seine Lüge überzeugend klang. »Ich habe ein schwaches Herz.«

»Wann warst du zum letzten Mal in der Moschee?« fragte der Mullah.

»Letzten Freitag in der Moschee im Basar«, antwortete er. Er war tatsächlich in der Moschee gewesen, wenn auch nicht, um zu beten, sondern um dort eine geschäftliche Besprechung abzuhalten.

»Dieser Paknouri. Praktiziert er die fünf Säulen, wie ein Rechtgläubiger es tun muß?«

»Ich... ich glaube schon.«

»Es ist doch allgemein bekannt, daß er es nicht getan hat, und daß er den Schah unterstützt hat. Also?«

»Er war ein Patriot, ein Patriot, der die Revolution finanziell unterstützt hat und Ayatollah Khomeini, Allah möge ihn schützen, die Mullahs finanziell unterstützt hat und...«

»Aber er hat amerikanisch gesprochen und für die Amerikaner und den Schah gearbeitet und ihnen geholfen, unser Land, unsere Bodenschätze auszubeuten, nicht wahr?«

»Er war ein Patriot, der mit den Fremden zum Wohl des Irans zusammengearbeitet hat.«

»Als der Satan Schah gesetzwidrig seine Partei gründete, ist Paknouri ihr nicht beigetreten, hat er dem Schah nicht als Abgeordneter in der Madschlis gedient?« fragte der Mullah.

»Ja, er war Abgeordneter«, erwiderte Bakravan. »Aber er hat für die Revolution...«

»Und hat er als Abgeordneter für die sogenannte Weiße Revolution des Schahs gestimmt, die den Moscheen ihren Grundbesitz nahm, die Gleichberechtigung der Frauen dekretierte und gegen die Diktate des heiligen Koran Zivilgerichte einsetzte und das Erziehungswesen dem Staat übertrug...«

Natürlich hat er dafür gestimmt, hätte Bakravan herausschreien mögen, während ihm der Schweiß über Gesicht und Rücken tropfte. Natürlich haben wir alle dafür gestimmt! Hat nicht das ganze Volk mit überwältigender Mehrheit dafür gestimmt, einschließlich vieler Mullahs und Ayatollahs? Hat nicht der Schah die Regierung, die Polizei, die Gendarmerie, die SAVAK und die Streitkräfte kontrolliert und das meiste Land besessen? Der Schah war das höchste Gesetz! Dieser verfluchte Schah, dachte er, außer sich vor Wut, verflucht soll er sein und seine Weiße Revolution von 1963, mit der dieser

Wahnsinn angefangen hat! Verflucht seine ›modernen‹ Reformen, die den Aufstieg des damals obskuren Ayatollah Khomeini zu einer prominenten Persönlichkeit zur Folge hatten. Haben wir Bazaaris die Ratgeber des Schahs nicht tausendmal gewarnt? Als ob diese Reformen etwas ausgerichtet hätten...

»Ja oder nein?«

Er schreckte aus seinen Träumen auf und verwünschte sich. Konzentrier dich! dachte er in Panik. Dieser aussätzige Hundesohn will dich in eine Falle locken! Was hat er gefragt? Sei vorsichtig. Es könnte auch um dein eigenes Leben gehen. Ach ja, die Weiße Revolution!

»Emir Pak...«

»Im Namen Allahs, ja oder nein?« fuhr ihn der Mullah an.

»Er... ja... als Abgeordneter in der Madschlis hat er für die Weiße Revolution gestimmt.«

Der Mullah holte tief Atem, und die jungen Beisitzer räkelten sich auf ihren Stühlen.

»Bist du Abgeordneter?«

»Nein. Ich habe mein Mandat zurückgelegt, als Ayatollah Khomeini es anordnete.«

»Du meinst wohl, als Imam Khomeini es anordnete?«

»Ja, ja«, sagte Bakravan in höchster Verwirrung. »Ich habe es sofort zurückgelegt, sofort, als der Imam es befahl.« Aber er fügte nicht hinzu: Wir haben alle Paknouris Rat befolgt und sind zurückgetreten, als schon sicher war, daß der Schah das Land verlassen und die Macht an den gemäßigten und vernünftigen Ministerpräsidenten Bachtiar abgeben würde. Aber nicht damit ein Khomeini die Macht an sich reißen konnte, hätte er hinausschreien mögen, so war es nicht geplant! Verflucht sollen die Amerikaner sein, die uns verkauft haben, die Generäle, die uns verkauft haben, und der Schah, der an allem die Schuld trägt! »Das wissen alle, wie ich den Imam unterstützt habe. Allah schenke ihm ewiges Leben!«

»Allahs Segen möge auf ihm ruhen«, beteten der Mullah und seine Beisitzer nach. »Und du, Jared Bakravan aus dem Basar. Hast du jemals Wucher getrieben?«

»Niemals«, antwortete Bakravan sofort und glaubte es auch, obwohl ihn würgende Angst befiel. Mein ganzes Leben habe ich Geld verliehen, aber immer zu vernünftigen und maßvollen Zinsen, dachte er, nie war es Wucher. Und wie oft habe ich als Ratgeber verschiedener Persönlichkeiten und Minister fungiert, habe Darlehen, private und öffentliche, vermittelt, Gelder aus dem Iran transferiert, private und öffentliche, und damit Geld verdient, viel Geld. Das waren gesunde Geschäfte und immer im Rahmen der Gesetze. »Ich habe dem Schah und seiner Weißen Revolution entgegengearbeitet, wo ich konnte... Es war allgemein bekannt, daß ich...«

»Der Schah hat Verbrechen gegen Allah, gegen den Islam, gegen den heiligen Koran, gegen den Imam – Allah schütze ihn – und gegen den schiitischen Glauben begangen. Alle, die ihm dabei geholfen haben, sind gleichermaßen schuldig.« Der Blick des Mullahs ließ keine Nachsicht erkennen. »Welche Verbrechen hast du gegen Allah und das Wort Allahs begangen?«

»Keine!« rief er schon fast erschöpft. »In Allahs Namen, ich schwöre, keine!«

Die Tür ging auf. Yusuf kam mit Paknouri ins Zimmer. Beinahe wäre Bakravan wieder in Ohnmacht gefallen. Man hatte Paknouri die Hände auf den Rücken gefesselt. Kot und Urin befleckten seine Hose. Erbrochenes klebte auf seiner Jacke. Sein Kopf zuckte unkontrolliert, das Haar war verfilzt. Er hatte den Verstand verloren. Als er Bakravan sah, verzerrte sich sein Gesicht zu einer Grimasse. »Ach, Jared, alter Freund, alter Freund und Kollege, bist du auch zu uns in die Hölle gekommen?« Er lachte kreischend auf. »Es ist nicht so, wie ich es mir vorgestellt habe, die Teufel sind noch nicht da, und auch nicht das kochende Öl und die Flammen, aber dafür gibt es keine Luft, nur Gestank, und du kannst weder sitzen noch liegen, und immer wieder das Schreien und die Schüsse, und die ganze Zeit fühlst du dich wie ein Ei, zusammengepreßt wie ein Kaviar-Ei, aber, aber, aber...« Er verstummte, als er den Mullah sah. Tödlicher Schrecken überkam ihn.

»Paknouri«, sagte der Mullah sanft, »dir werden Verbrechen gegen Allah vorgeworfen. Dieser Zeuge gegen dich erklärt...«

»Ja, ja, ich habe gegen Allah gesündigt, ich bin schuldig!« schrie Paknouri. »Warum wäre ich sonst in der Hölle?« In Tränen aufgelöst fiel er auf die Knie. »Es gibt keinen anderen Gott als Allah, nur Allah, keinen Allah, und Mohammed ist sein Prophet von keinem Allah und...« Abrupt verstummte er. Als er aufblickte, war sein Gesicht noch verzerrter. »Ich bin Allah – und du bist der Satan!«

Einer der Beisitzer brach das Schweigen. »Er ist ein Gotteslästerer, er ist vom Satan besessen. Er hat sich für schuldig erklärt. Wie es Allah gefällt.«

Die anderen nickten zustimmend. »Wie es Allah gefällt«, sagte der Mullah. Er winkte einen *hezbollahi* heran, der Paknouri hochzog und hinausführte. Bakravan folgte seinem Freund mit den Blicken. Er war entsetzt zu sehen, wie schnell – in einer einzigen Nacht – Paknouri zerstört worden war. »Also, Bakravan, Sie haben...«

»Ich habe diesen Turlak draußen«, unterbrach Yusuf den Mullah.

»Gut«, sagte dieser und wandte sich abermals Bakravan zu. Der Bazaari wußte, daß er verloren war, so verloren wie sein Freund Paknouri, und daß das Urteil das gleiche sein würde. Das Blut pochte ihm in den Schläfen. Er sah, wie sich die Lippen des Mullahs bewegten und alle ihn anstarrten. »Bitte?« murmelte er. »Entschuldigen Sie, ich habe nicht gehört, was Sie sagten.«

»Du kannst gehen. Für heute. Tu Allahs Werk.« Ungeduldig warf der Mullah einem der *hezbollahis*, einem großgewachsenen häßlichen Mann, einen Blick zu. »Führ ihn hinaus, Ahmed.« Und dann zu Yusuf: »Nach Turlak den Polizeihauptmann Mohammed Dezi, Zelle 917.«

Bakravan verspürte ein Zupfen an seinem Arm, drehte sich um und ging hinaus. Im Gang wäre er beinahe gefallen, aber Ahmed fing ihn auf und lehnte ihn, auf seltsame Weise gütig, gegen die Wand.

»Beruhige dich, Exzellenz.«

»Ich... ich kann gehen?«
»Ich bin genauso überrascht wie du, Agha«, sagte der Mann. »Vor Allah und dem Propheten, ich bin genauso überrascht wie du. Du bist heute der erste, den man hat gehen lassen – ob angeklagt oder Zeuge.«
»Könnte ich... könnte ich etwas Wasser haben?«
»Hier haben wir keines. Aber draußen gibt es mehr als genug. Jetzt sollten wir gehen. Stütz dich auf meinen Arm.«
Dankbar hielt sich Bakravan an ihm fest. Er wagte kaum zu atmen, fürchtete, daß alles nur ein Traum sein könnte. Langsam gingen sie den Weg zurück, den er gekommen war. Im Gang, der in den Wartesaal führte, stieß Ahmed mit der Schulter eine Seitentür auf, und sie standen auf einem freien Platz. Hier wartete das Exekutionskommando. Drei Männer waren an Pfosten gebunden. Ein Pfosten war leer. Bakravans Darm und Blase entleerten sich nach ihrem eigenen Willen.
»Bewegung, Ahmed!« rief der Befehlshaber bereits.
»Wie es Allah gefällt«, sagte Ahmed. Beglückt schleifte er Bakravan zu dem leeren Pfosten. Neben ihm delirierte Paknouri, zu seiner eigenen Hölle verdammt. »Du kommst also doch nicht davon, das ist recht so, wir alle haben deine Lügen gehört. Wir alle kennen dich. Wir wissen, wie du versucht hast, dir deinen Weg zum Himmel mit Geschenken für den Imam, Allah schütze ihn, zu erkaufen. Wie hast du denn soviel Geld erworben, wenn nicht durch Wucher und Diebstahl?«
Die Salve traf nicht akkurat. Lässig zog der Befehlshaber seinen Revolver und brachte einen der Verurteilten und dann auch Bakravan zum Schweigen. »Ich hätte ihn nicht wiedererkannt«, wunderte sich der Mann. »Da sieht man wieder, was die Zeitungen alles zusammenlügen.«
»Das ist nicht Hassan Turlak«, sagte Ahmed. »Der kommt als nächster.«
Der Mann starrte ihn an. »Und wer ist das?«
»Ein Bazaari. Bazaari sind gottlose Wucherer. Ich weiß das. Ich habe viele Jahre für Farazan gearbeitet und Abtrittsdünger eingesammelt. Wie vor mir mein Vater. Bis ich dann wie Yusuf ein Maurer wurde. Aber der da...« Er rülpste. »Er war der reichste Wucherer. Ich weiß nicht viel von ihm, außer wie reich er war, aber ich erinnere mich sehr gut an seine Weiber. Nie hat er seine Weiber in Zucht genommen. Sie trugen keinen Tschador, stolzierten herum und stellten sich zur Schau. Ich erinnere mich an diesen Satansbraten von Tochter, die hin und wieder halb nackt, die Haut weiß wie Sahne, mit flatterndem Haar, wippenden Brüsten und einladendem Hintern zu Besuch in die Straße der Geldverleiher kam. Scharazad heißt sie. Ich habe sie verflucht, weil ich bei ihrem Anblick auf sündige Gedanken verfiel.« Verflucht soll sie sein, sie und alle Frauen, die Allahs Wort mißachten, dachte er. »Er war aller Verbrechen schuldig«, sagte er und wandte sich ab.
»Aber... wurde er verurteilt?« rief ihm der Befehlshaber nach.
»Allah hat ihn verurteilt. Selbstverständlich. Der Pfosten wartete, und du hast gesagt, ich solle mich beeilen. Es war Allahs Wille. Allah ist groß. Jetzt hole ich Turlak, den Gotteslästerer.« Ahmed zuckte die Achseln.

28

Auf dem Weg nach Bandar-e Delam: 11 Uhr 58. Es war die Zeit des Mittagsgebetes, und der uralte, klapprige, überfüllte Bus hielt am Straßenrand. Wie es der mitreisende Mullah befahl, stiegen alle Moslems gehorsam aus, breiteten ihre Gebetsteppiche auf den Boden und vertrauten ihre Seelen Allah an. Mit Ausnahme einer indischen Hindufamilie, die ihre Sitzplätze nicht verlieren wollte, waren auch die meisten anderen Passagiere – unter ihnen Tom Lochart – ausgestiegen, dankbar für die Gelegenheit, sich die Beine zu vertreten oder ihre Notdurft zu verrichten. Christliche Armenier, orientalische Juden, ein Kaschkai-Ehepaar, zwei Japaner, einige christliche Araber – allen war der einsame Europäer aufgefallen.

Es war ein warmer, dunstiger Tag. Mit schmerzenden Gliedern und Muskeln nach dem Gewaltmarsch vom Dez-Staudamm – 300 Kilometer nördlich von hier – und der Strapaze dieser zermürbenden, lärmenden Busfahrt, lehnte sich Tom Lochart erschöpft gegen die wegen des heißgelaufenen Motors dampfende Motorhaube. Das ganze Stück von Ahwas herunter war er eingekeilt auf einer Sitzbank gesessen, die kaum Platz für zwei bot und schon gar nicht für drei Männer. Einer davon war ein junger *hezbollahi*, der seine M 14 und sein Kind im Schoß hielt, während seine schwangere Frau mit 30 anderen in dem engen Gang stehen mußte, der für 15 Personen gedacht war. Die Luft war zum Schneiden, Stimmen plapperten in einer Vielzahl von Sprachen. Über ihren Köpfen und unter ihren Füßen Koffer, Taschen und Bündel, Kisten mit Gemüse oder halbtoten Hühnern, eine oder zwei schlecht genährte Ziegen mit gefesselten Vorderbeinen, und dazu noch Massen von Gepäck auf dem Dach.

Aber ich habe verdammtes Glück gehabt, so weit zu kommen, dachte er, während er mit halbem Ohr der monotonen Weise der Schahada lauschte.

Als er gestern bei Sonnenuntergang die 212 von Dezful abheben gehört hatte, war er, Gott für seine Rettung dankend, unter der Holzterrasse hervorgekrochen. Er zitterte, denn das Wasser war sehr kalt gewesen. Er hob die Maschinenpistole auf, überprüfte den Mechanismus und ging ins Haus hinauf. Die Tür stand offen. Der Kühlschrank, der, von einem Generator gespeist, freundlich summte, enthielt Lebensmittel und Getränke. Im Haus war es warm. Er zog seine Kleider aus und hängte sie über einen Heizkörper zum Trocknen. Er verwünschte Valik und Seladi. Zur Hölle mit ihnen! Was habe ich ihnen getan, außer ihre verdammten Köpfe zu retten?

Die Wärme und der Luxus des Hauses waren verlockend. Ich könnte hier schlafen und dann im Morgengrauen losziehen, dachte er. Ich habe einen Kompaß und kenne ungefähr den Weg. An dem Flugplatz, von dem Ali Abbasi gesprochen hat, muß ich vorbei und dann geradewegs nach Osten bis

zur Hauptstraße Kermanschah-Ahwas-Abadan. Sollte nicht schwer sein, dort einen Bus zu finden oder mich von jemandem mitnehmen zu lassen. Oder ich könnte gleich gehen. Das Mondlicht ist hell genug, und ich sitze hier nicht in der Falle, wenn die Luftwaffenbasis tatsächlich eine Patrouille ausschicken sollte. Aber was ich auch tue, was sage ich, wenn ich aufgehalten werde?
Darüber dachte er nach, während er sich einen Brandy-Soda mixte und etwas zum Essen heraussuchte. Valik und die anderen hatten zwei Dosen des besten Belugakaviars aufgemacht und, noch halbvoll, auf dem Wohnzimmertisch stehen lassen. Er leerte sie mit Genuß und warf danach die Dosen in den Abfalleimer bei der Hintertür. Dann verschloß er das Haus und machte sich auf den Weg.
Der Gewaltmarsch über die Berge war schlimm gewesen, aber nicht so schlimm, wie er erwartet hatte. Kurz nach Tagesanbruch erreichte er die Hauptstraße Kermanschah-Ahwas-Abadan. Ziemlich bald nahmen ihn koreanische Bauarbeiter mit, die das Stahlwerk räumten, das sie in Kermanschah errichtet hatten. Sie waren zum Flughafen Abadan unterwegs, wo, so hatte man ihnen gesagt, eine Maschine auf sie warten würde, um sie nach Korea zurückzufliegen. »Viele Kämpfe in Kermanschah«, berichteten sie ihm in gebrochenem Englisch. »Alle bewaffnet. Iraner töten Iraner. Alle wahnsinnig, Barbaren – schlimmer als Japaner.« Beim Busbahnhof in Ahwas setzten sie ihn ab. Wie durch ein Wunder gelang es ihm, einen Platz im nächsten Bus nach Bandar-e Delam zu ergattern.
Nun gut. Und wie sollte es weitergehen? Er dachte daran, wie er die leeren Kaviardosen wieder aus dem Kübel geholt und vergraben hatte, wie er zurückgegangen war, um die Türschnallen und sogar das Glas abzuwischen, aus dem er getrunken hatte. Du bist wirklich nicht ganz richtig im Kopf. Als ob sie Zeit hätten, nach Fingerabdrücken zu suchen!
Du bist verrückt! Dein Name ist im Flugauftragsbuch in Teheran vermerkt, du mußt dich für die nicht genehmigte Aufnahme von Valik und seiner Familie verantworten, für den Ausbruch aus Isfahan und dafür, daß du »Staatsfeinde« geflogen und ihnen zur Flucht verholfen hast – ganz gleich, ob vor der SAVAK oder vor Khomeini! Und wie erklärt die S-G oder McIver einen fehlenden iranischen Hubschrauber, der seinen Flug in Kuwait oder Bagdad oder sonstwo beendet? Was für eine verdammte Scheiße!
Ja, und da ist dann auch noch Scharazad...
»Sorgen Sie sich nicht, Agha«, riß ihn eine Stimme aus seinen Reflexionen. »Wir sind alle in Allahs Hand.«
Es war der Mullah, und er lächelte. Es war ein jüngerer bärtiger Mann, der in Ahwas mit seiner Frau und drei Kindern zugestiegen war. Er hatte ein Gewehr über die Schulter geschlungen. »Der Fahrer sagt, daß Sie Persisch sprechen und daß Sie aus Kanada kommen und ein Mann des Buches sind?«
»Ja, ja, das stimmt, Agha«, erwiderte Lochart und nahm seine Gedanken zusammen. Er sah, daß das Gebet beendet war und sich nun alle zum Buseinstieg drängten.
»Dann werden Sie auch, wie es der Prophet versprochen hat, in den Himmel

kommen – wenn auch nicht in unsere Abteilung.« Der Mullah lächelte scheu. »Seit der Zeit des Propheten wird der Iran der erste wirklich islamische Staat der Welt sein.« Wieder das scheue Lächeln. »Sie sind der erste Mann des Buches, mit dem ich je gesprochen habe. Haben Sie Persisch in der Schule gelernt?«

»Ich bin zur Schule gegangen, Exzellenz, aber meistens hatte ich Privatlehrer.« Lochart hob seine Flugtasche auf, die er sicherheitshalber mit hinausgenommen hatte, und stellte sich in die Reihe. Sein Platz war schon besetzt.

»Und die Exzellenz ist im Ölgeschäft tätig?« Der Mullah stellte sich in die Reihe neben ihm, und sofort traten einige Leute zur Seite, um ihn vorzulassen. Im Inneren des Busses stritten die Passagiere bereits, und einige forderten den Fahrer auf, sich zu beeilen.

»Ja, für eure große IranOil«, antwortete Lochart und merkte, wie die Umstehenden näher herandrängten, um besser hören zu können. Jetzt dauert es nicht mehr lange, dachte er. Bis zum Flughafen können es nicht mehr als ein paar Kilometer sein. Kurz vor dem Mittagsgebet hatte er eine 212 gesehen, die vom Golf her einflog. Sie war zu weit weg gewesen, um erkennen zu können, ob es sich um eine zivile oder eine Militärmaschine handelte. Jedenfalls war sie auf den Flughafen zugeflogen. Es wird schön sein, Rudi und die anderen wiederzusehen, zu schlafen und...

»Der Fahrer sagt, Sie wären auf Urlaub in der Nähe von Kermanschah gewesen.«

»In Luristan, südlich von Kermanschah.« Lochart konzentrierte sich. Er erzählte noch einmal die Geschichte, für die er sich entschieden und die er auch dem Fahrkartenverkäufer in Ahwas und den *hezbollahis* erzählt hatte, die wissen wollten, wer er sei und was er in Ahwas mache. »Ich war auf einer Wanderung im Norden von Luristan in den Bergen, und wurde dort durch einen Schneefall in einem Dorf festgenagelt – eine Woche lang. Fahren Sie nach Schiras?« Das war die Endstation der Buslinie.

»In Schiras steht meine Moschee und dort bin ich auch geboren. Kommen Sie, setzen wir uns zusammen.« Der Mullah entschied sich für einen Platz neben einem alten Mann, nahm eines seiner Kinder aufs Knie, sein Gewehr in den Arm und überließ Lochart gerade genug Platz neben dem Gang. Widerstrebend gehorchte Lochart. Er wollte nicht neben einem redseligen und neugierigen Mullah sitzen, war aber auch dankbar für einen Sitzplatz. »Ihr Vaterland Kanada grenzt an den großen Satan, nicht wahr?«

»Kanada und Amerika haben eine gemeinsame Grenze«, erwiderte Lochart verdrießlich. »Die große Mehrheit der Amerikaner sind Leute des Buches.«

»Ach ja, aber viele sind Juden und Zionisten, und Juden und Zionisten sind gegen den Islam, Feinde des Islams, und daher Feinde Allahs. Stimmt es nicht, daß Juden und Zionisten den großen Satan regieren?«

»Wenn Sie Amerika meinen, Agha, nein, das stimmt nicht.«

»Aber wenn der Imam es sagt, ist es richtig.« Der Mullah war seiner Sache völlig sicher und zitierte aus dem Koran: »›Denn Allah zürnt ihnen, und für alle Zeiten sollen sie Qualen erleiden.‹«

Im hinteren Teil des Busses entstand Unruhe. Sie drehten sich um und sahen, wie einer der Iraner wütend den mit einem Turban bekleideten Inder aus dem Sitz zerrte, um seinen Platz einzunehmen. Der Inder setzte ein gequältes Lächeln auf und blieb stehen. Von neuem setzte das Stimmengewirr ein, und nun begann ein anderer im Gang eingekeilter Mann alle Ausländer zu beschimpfen. Er war grob gekleidet, bewaffnet, stand neben den beiden Japanern, die eng gedrängt neben einem zerlumpten alten Kurden saßen, und funkelte sie böse an. Die Japaner in Khakihemden und Shorts trugen dunkle Brillen. Sie waren etwa gleich alt wie er.
»Warum sollen fremde Ungläubige sitzen, während wir stehen? Wir sind jetzt nicht mehr die Lakaien der Ungläubigen«, sagte der Mann jetzt noch wütender und deutete mit dem Daumen auf sie. »Bewegt euch!«
Die Japaner rührten sich nicht. Einer nahm seine Brille ab und lächelte den Mann an. Der Mann zögerte, polterte noch eine Weile, besann sich dann jedoch eines Besseren und forderte schließlich den Fahrer auf, sich zu beeilen.
»Ah«, freute sich der Mullah, nachdem der Fahrer wieder auf seinen Sitz geklettert war. »Jetzt geht es wieder weiter, Allah sei Dank.« Er schien sehr zufrieden zu sein und wandte sich abermals Lochart zu: »Was sagten Sie über den großen Satan Amerika?«
Lochart hatte die Augen geschlossen und tat, als höre er nichts.
Der Mullah berührte ihn am Arm: »Was sagten Sie über den großen Satan?«
»Ich habe nichts gesagt, Agha.«
»Was? Ich habe Sie nicht verstanden.«
Lochart wußte, in welcher Gefahr er sich befand, machte weiterhin ein höfliches Gesicht und wiederholte etwas lauter: »Ich habe nichts gesagt, Agha. Reisen ermüdet, nicht wahr?« Er schloß wieder die Augen. »Ich denke, ich werde jetzt ein wenig schlafen.« Der Motor knatterte.
»Warum sagen Sie nichts?« schrie ihn ein junger Mann an, der neben ihm im Gang stand. »Amerika ist an allen unseren Schwierigkeiten schuld. Gäbe es Amerika nicht, würde auf der ganzen Welt Frieden herrschen!«
Lochart hielt seine Augen beharrlich geschlossen und versuchte wegzuhören, da er fürchtete, gleich zu explodieren. Halb wünschte er, die Pistole bei sich zu haben, halb war er froh, daß sie sich in seiner Flugtasche befand. Er spürte, wie der Mullah ihn schüttelte. »Bevor Sie einschlafen, Agha, sind Sie nicht auch der Meinung, daß es ohne das amerikanische Übel besser in der Welt aussehen würde?«
Lochart kämpfte seinen Zorn nieder und hielt auch weiterhin die Augen geschlossen. Wieder wurde er geschüttelt, diesmal gröber, diesmal von dem jungen Mann im Gang neben ihm, der ihm jetzt ins Ohr schrie: »Antworten Sie Seiner Exzellenz!«

Flughafen Bandar-e Delam: 12 Uhr 32. Der Wagen der iranischen Luftwaffe brauste an den schläfrigen Wachen am Tor vorbei und hielt in einer Staubwolke vor Lutz' Büro. Zwei Offiziere in schneidigen Uniformen stiegen aus. Hinter ihnen folgten die *hezbollahis*.

Rudolf Lutz ging vor die Tür, um die Offiziere zu begrüßen – einen Major und einen Hauptmann. Als er den Hauptmann erkannte, erhellten sich seine Züge. »Hallo, Huschang. Ich habe mich schon gefragt, wie es Ihnen...«
Der ältere Offizier unterbrach ihn ärgerlich. »Ich bin Major Qazani vom Geheimdienst der Luftwaffe. Wie ist es möglich, daß ein iranischer Hubschrauber unter Ihrem Befehl versucht, den iranischen Luftraum zu verlassen, dabei wiederholt Instruktionen eines Abfangjägers mißachtet und Befehle der Bodenkontrolle überhaupt ignoriert?«
Lutz starrte ihn verständnislos an. »Nur eine meiner Maschinen ist aufgestiegen, und sie ist auf einer CASEVAC auf Ersuchen der Radarkontrolle von Abadan.«
»Ihre Kennung?«
»EP-HBX. Was ist denn eigentlich los?«
»Genau das möchte ich von Ihnen wissen.« Major Qazani stieg an ihm vorbei in den Wohnwagen und setzte sich. Seine *hezbollahis* warteten. »Kommen Sie!« rief der Major aufgebracht. »Setzen Sie sich hin, Captain Lutz.«
Lutz zögerte und setzte sich dann hinter seinen Schreibtisch. Die *hezbollahis* und der andere Offizier kamen ebenfalls herein und schlossen die Tür.
»Was für eine HBX? Eine 206 oder 212?« wollte der Major wissen.
»Eine 212. Aber was...?«
»Wie viele 212 haben sie hier?«
»Zwei. HBX und GGC. Gestern hat Abadan Radar HBX für die CASEVAC mit Verwundeten von dem Fedajin-Angriff nach Kowiss freigegeben...«
»Ja, davon haben wir gehört. Und daß Sie den Wächtern geholfen haben, sie zum Teufel zu schicken. Vielen Dank übrigens. Ist die EP-HBC als eine S-G-212 registriert?«
Lutz zögerte. »Das kann ich nicht so auf Anhieb sagen. Ich habe hier nicht die Unterlagen aller 212-Maschinen, aber ich könnte es feststellen, wenn es mir gelänge, unseren Stützpunkt Kowiss zu erreichen. Die Funkverbindung ist schon den ganzen Tag tot. Also bitte, ich will Ihnen gern helfen, aber um was geht es eigentlich?«
Major Qazani zündete sich eine Zigarette an und hielt Lutz das Päckchen hin. Der Deutsche schüttelte den Kopf. »Es geht um eine 212, EP-HBC, eine, wie wir glauben, von S-G betriebene 212 mit einer unbekannten Anzahl von Personen an Bord, die gestern abend kurz vor Sonnenuntergang die irakische Grenze überflogen hat – ohne Freigabe und, wie ich schon sagte, unter Mißachtung über Funk gegebener expliziter Landebefehle.«
»Davon weiß ich überhaupt nichts.« Lutz überlegte fieberhaft. Da muß einer geflohen sein, dachte er. »Das ist keiner von unseren Vögeln. Ohne Okay von der Bodenkontrolle in Abadan dürfen wir hier nicht einmal einen Motor anlassen.«
»Welche Erklärung haben Sie dann für diese HBC?«
»Es könnte eine Guerney-Maschine sein, die einen Teil ihres Personals ausgeflogen hat, oder eine von Bell oder sonst einer Hubschraubergesellschaft. In letzter Zeit ist es schwer, manchmal sogar unmöglich, einen

Flugplan zu erstellen. Sie wissen ja, wie, äh, fließend das Radar in den letzten paar Wochen funktioniert hat.«

»›Fließend‹ ist kein gutes Wort«, bemerkte Hauptmann Huschang Abbasi. Er war ein drahtiger, sehr gut aussehender Mann mit einem gestutzten Schnurrbart und dunkler Brille, und trug das Pilotenabzeichen auf seiner Uniform. Er war das ganze letzte Jahr auf Kharg stationiert gewesen, wo er und Lutz sich kennengelernt hatten. »Und wenn es eine S-G-Maschine war?«

»Dann wird es eine zufriedenstellende Erklärung dafür geben.« Lutz war froh, daß Huschang Abbasi die Revolution gut überstanden hatte – schließlich hatte er die Einmischung der Mullahs in Regierungsgeschäfte schon immer scharf kritisiert. »Sind Sie sicher, daß es ein illegaler Flug war?«

»Ich bin sicher, daß Maschinen, die zu einem legalen Flug starten, das nicht ohne Freigabe tun, daß sie die Flugvorschriften beachten, keine Ausweichmanöver durchführen und auch nicht Kurs auf die Grenze nehmen«, sagte Abbasi. »Und ich bin fast sicher, daß ich beim ersten Vorbeifliegen die S-G-Kennung gesehen habe.«

Rudi kniff die Augen zusammen. Abbasi war ein sehr guter Pilot. »Haben Sie den Abfang geflogen?«

»Ich führte die Abfangjäger an.« Die Männer schwiegen.

»Haben Sie etwas dagegen, wenn ich ein Fenster öffne, Major? Der Rauch – ich bekomme Kopfweh davon.«

»Wenn HBC ein S-G-Heli ist, wird jemand mehr als nur Kopfweh bekommen«, sagte der Major verdrießlich.

Lutz öffnete das Fenster. »HBC klingt nach einer unserer Kennungen. Was zum Teufel ist da nur los? Die letzten paar Tage scheinen wir unter einem ungünstigen Stern zu stehen.« Zuerst dieser Psychopath Zataki und der Mord an unserem Mechaniker, dann die Erschießung des armen alten Kyabi, schließlich gestern früh der Angriff dieser verfluchten Fedajin, bei dem wir beinahe alle draufgegangen wären und Jon Tyrer verwundet wurde – o Gott, ich hoffe, er kommt wieder in Ordnung – und jetzt noch mehr Schwierigkeiten!

Er setzte sich wieder. »Ich kann höchstens mal nachfragen.«

»Wie weit nach Norden operieren Sie?« erkundigte sich der Major.

»Unter normalen Umständen? Bis Ahwas. Dezful wäre unsere äußerste Grenze.« Der Apparat der Sprechanlage des Stützpunktes läutete. Er nahm den Hörer auf, wobei ihm der Blick entging, den die zwei Offiziere miteinander tauschten.

Es war Fowler Joines, sein Chefmechaniker. »Sind Sie okay?«

»Ja. Danke. Keine Probleme.«

»Schreien Sie, wenn Sie Hilfe brauchen, alter Freund, und wir kommen alle gelaufen!« Damit legte Joines wieder auf.

Er fühlte sich wohler, als er sich nun wieder dem Major zuwandte. Seitdem er Zataki mutig gegenübergetreten war, behandelten ihn seine Männer und Piloten, als sei er Gavallan persönlich. Und seit gestern, als die Fedajin zurückgeschlagen worden waren, zollten ihm sogar die *hezbollahis* des Komi-

tees Respekt – ausgenommen der Verwalter des Stützpunktes, Yemeni, der sich immer noch bemühte, ihm das Leben schwer zu machen. »Dezful ist die äußerste Grenze – in einer Richtung.« Abrupt brach er ab. Wir haben einmal, hatte er sagen wollen, unseren Gebietsdirektor nach Kermanschah geflogen. Doch nun stieg die Erinnerung an den brutalen und sinnlosen Mord an Boß Kyabi wieder in ihm auf, und abermals erfüllte ihn die Tat mit Abscheu.
Er sah, wie der Major und Abbasi ihn anstarrten. »Entschuldigen Sie. Ich wollte sagen, Major, daß wir einmal einen Charterflug nach Kermanschah durchgeführt haben. Mit Auftanken sind wir durchaus beweglich, aber das wissen Sie ja.«
»Ja, Captain Lutz, das wissen wir.« Der Major drückte seine Zigarette aus und zündete sich eine neue an. »Ministerpräsident Bazargan hat strenge Befehle in bezug auf alle Flugzeuge im Iran, insbesondere Hubschrauber, erteilt. Natürlich mit Billigung von Ayatollah Khomeini«, fügte er vorsichtig hinzu. Er vertraute weder Abbasi noch den *hezbollahis*, von denen möglicherweise einer Englisch verstand. »Sie können jetzt Kowiss anrufen.«
Sie gingen in den Funkraum hinüber. Sofort protestierte Yemeni. Er könne unmöglich den Anruf zulassen, nicht ohne Erlaubnis des örtlichen Komitees, zu dessen Mitglied er sich selbst ernannt hatte, weil er der einzige war, der lesen und schreiben konnte. Ein *hezbollahi* wollte sie holen gehen, doch der Major setzte sich über Yemeni hinweg. Dreimal versuchten sie es, aber Kowiss antwortete nicht.
»Wie es Allah gefällt. Nach Einbruch der Dunkelheit wird es besser gehen«, meinte der Funker Jahan.
»Was brauchen Sie denn eigentlich, Agha?« frage Yemeni in rüdem Ton. Er war wütend über die Verletzung seiner Rechte. Die Uniformen aus der Zeit des Schahs brachten ihn zur Weißglut.
»Ich brauche dich für gar nichts, du Hundesohn«, fuhr der Major ihn zornig an. »Wenn du mir Schwierigkeiten machst, bringe ich dich vor unser Gericht wegen Einmischung in die Arbeit des Ministerpräsidenten und Khomeinis persönlich! Raus mit dir!«
Yemeni flüchtete, worauf die *hezbollahis* in Lachen ausbrachen. »Soll ich ihm für Sie den Schädel einschlagen, Agha?« fragte einer.
»Nein, danke. Er ist so wichtig wie eine Fliege, die den Kot eines Kamels frißt.« Major Qazani paffte seine Zigarette und musterte Lutz nachdenklich. Die Nachricht, wie dieser Deutsche Zataki, den prominentesten Revolutionswächter in diesem Gebiet, gerettet hatte, war auf dem Stützpunkt Tagesgespräch.
Er stand auf und ging ans Fenster. Er betrachtete seinen Wagen mit dem grünen Wimpel Khomeinis und die herumlungernden *hezbollahis*. Abschaum, dachte er. Hundesöhne, alle miteinander. Haben wir uns der Zwänge und der Einflußnahme der Amerikaner entledigt, haben wir mitgeholfen, den Schah zu verjagen, nur um die Kontrolle über unser Leben und unsere schönen Flugzeuge verlausten Mullahs zu überlassen, so tapfer einige von ihnen auch sein mögen? »Sie warten hier, Huschang«, wies er ihn an. »Ich lasse Ihnen

zwei Wächter da. Versuchen Sie später durchzukommen. Ich schicke Ihnen den Wagen zurück.«
»Jawohl, Herr Major!«
Mit harten Augen musterte der Major Lutz. »Ich will wissen«, sagte er auf Englisch, »ob HBC ein S-G-Hubschrauber ist, wo er stationiert war, wie er in diese Gegend gekommen ist und wer alles an Bord war.« Er gab die nötigen Befehle und fuhr ab.
Huschang schickte die *hezbollahis* aus, um die anderen über den Stand der Dinge zu informieren. Jetzt waren die beiden allein. »So«, sagte er und streckte dem Deutschen die Hand entgegen, »ich freue mich, dich zu sehen, Rudi.«
»Und umgekehrt.« Sie schüttelten sich herzlich die Hände. »Ich habe mich schon gefragt, wie, äh, wie es dir ergangen ist.«
Abbasi lachte. »Du meinst, ob sie mich liquidiert haben? Du mußt nicht alles glauben, Rudi. Nein, alles ist bestens. Nachdem ich Kharg verlassen hatte, verbrachte ich einige Zeit in Doschan Tappeh und kam dann auf die Luftwaffenbasis Abadan.«
Rudi wartete. »Und dann?«
»Und dann?« Huschang überlegte kurz. »Und dann, als Seine Kais... als der Schah den Iran verließ, ließ unser Kommandant uns alle antreten und teilte uns mit, daß er unseren Treueeid für null und nichtig ansah. Er forderte uns auf zu entscheiden, was wir tun, ob wir bleiben oder gehen wollten. ›Aber‹, sagte er schließlich, ›auf dieser Basis wird die Machtübernahme durch die neue Regierung in geordneten Bahnen verlaufen.‹ Er gab uns zwölf Stunden Zeit, uns zu entscheiden.« Abbasi runzelte die Stirn. »Einige gingen, in der Mehrzahl dienstältere Offiziere. Was würdest du getan haben?«
»Ich wäre geblieben. Selbstverständlich. Heimat ist Heimat.«
»Ja, so dachte ich auch.« Ein Schatten fiel über Abbasis Gesicht. »Nachdem wir uns alle entschieden hatten, rief unser Kommandant Ayatollah Ahwazi, unseren obersten Ayatollah, herein, und führte die Machtübernahme offiziell durch. Dann erschoß er sich. Er ließ einen Brief zurück, in dem es hieß: ›Ich habe mein Leben lang Mohammed Reza Schah gedient, so wie mein Vater Reza Schah, seinem Vater. Ich kann nicht Mullahs oder Politikern dienen oder mit dem Gedanken eines Treuebruchs leben, der unser Land verpestet.‹ Der Major meint, er hätte dabei an die Generäle gedacht. Aber viele von uns meinen, er hatte den Verrat am Islam im Sinn gehabt.«
»Durch Khomeini?« Lutz blickte in Abbasis arglose braune Augen, in sein feingeschnittenes Gesicht und wurde das unbehagliche Gefühl nicht los, daß das nicht mehr sein Freund war, sondern ein anderer mit dem gleichen Gesicht. Einer, der ihn in eine Falle locken könnte.
»So etwas auch nur zu denken, wäre Verrat, meinst du nicht auch?« Es war eine Feststellung, keine Frage. »Ich habe Angst um den Iran. Wir sind so angreifbar, gleichzeitig so wertvoll für beide Supermächte und werden von so vielen unserer nächsten Nachbarn beneidet und gehaßt.«
»Aber eure Streitkräfte sind doch die stärksten und am besten ausgerüsteten in

der ganzen Gegend. Ihr seid die Macht am Golf.« Er ging zu dem kleinen Eisschrank hinüber. »Wie wäre es mit einer eiskalten Flasche Bier?«
»Nein, danke.« Für gewöhnlich hatten sie mit Genuß getrunken.
»Bist du auf Diät?« fragte Lutz.
Der andere schüttelte den Kopf und lächelte sonderbar. »Ich habe das Trinken aufgegeben. Es ist mein Geschenk an das neue Regime.«
»Dann trinken wir Tee, wie in alten Zeiten«, sagte Lutz, ohne mit der Wimper zu zucken, ging in die Küche und setzte den Kessel auf. Huschang hat sich wirklich geändert, dachte er. Aber an seiner Stelle würdest du dich auch geändert haben – seine Welt steht kopf. »Wie geht es Ali?« fragte er. Ali war Huschang Abbasis geliebter älterer Bruder, ein Hubschrauberpilot, den Lutz niemals kennengelernt hatte. Ständig erzählte Abbasi von ihm und von seinen legendären Abenteuern und Eroberungen in Teheran, Paris und Rom.
»Ali dem Großen geht es auch gut«, antwortete Abbasi mit strahlendem Lächeln. Kurz vor der Flucht des Schahs hatten sie im geheimen ihre Möglichkeiten durchdiskutiert und waren zu dem Schluß gekommen, daß sie bleiben würden, wie immer sich die Dinge entwickeln mochten. »Wir sind immer noch die Elitetruppe und werden immer noch den Urlaub in Europa verbringen können.« Er war sehr stolz auf ihn, beneidete ihn auch nicht, sondern wünschte nur, er könnte den zehnten Teil so erfolgreich sein wie er.
Der Kessel begann zu pfeifen. Lutz machte Tee. »Darf ich dich in bezug auf HBC etwas fragen?« Er warf einen Blick durch die Tür. Sein Freund beobachtete ihn. »Hast du etwas dagegen?«
»Was möchtest du wissen?«
»Was ist passiert?«
Nach einer kleinen Pause antwortete Abbasi. »Ich leitete den Einsatz. Wir hatten Auftrag, einen Hubschrauber abzufangen, der entdeckt worden war, wie er sich durch unser Revier pirschte. Ein ziviler Heli, wie sich herausstellte, der sich durch die Täler rings um Dezful schlängelte. Unsere Funksprüche – auf Englisch und Persisch – beantwortete er nicht. Wir verfolgten den Hubschrauber und warteten. Als er dann einmal hinter einer Wolkenbank hervorkam, überflog ich ihn in geringer Höhe – und da glaubte ich, seine S-G-Kennung gesehen zu haben. Aber die Besatzung ignorierte mich, drehte zur Grenze ab und drückte auf die Tube. Mein Flügelmann kam dem Heli ziemlich nahe, aber er führte wieder nur Ausweichmanöver durch.«
Abbasi kniff die Augen zusammen, als er sich des erregenden Gefühls bei dieser Jagd erinnerte. Jäger und Gejagter – es war das erstemal für ihn gewesen. Das berauschende Dröhnen der Düsentriebwerke, und dann der Befehl: »Raketen scharf machen!« Hände und Finger gehorchten. Der Hubschrauber schoß hin und her wie eine Libelle, beschrieb wahre Pirouetten. Die erste Rakete verfehlte ihr Ziel. Auch sein Flügelmann drückte ab, traf aber ebenso wenig – die Raketen waren keine IR-Lenkwaffen. Noch ein Fehltreffer. Jetzt war sie jenseits der Grenze und in Sicherheit. In Sicherheit? Nicht vor mir, vor der Gerechtigkeit, denn ich verfolgte sie mit meinem Geschützfeuer, bis sie sich in einen Feuerball verwandelte. Als ich aus der Kehre

zurückkam, war sie verschwunden. Nur eine Rauchwolke war zurückgeblieben.
»Ich habe sie erledigt«, sagte er. »Vom Himmel heruntergeholt.«
Lutz wandte sich ab, um seinen Schock zu verbergen. Er hatte angenommen, daß die HBC entkommen war – wen immer sie an Bord gehabt hatte. »Es gab... keine Überlebenden?«
»Nein, Rudi. Sie ist explodiert«, sagte Abbasi und bemühte sich, mit ruhiger, professioneller Stimme zu sprechen. »Es war... es war mein erster Abschuß – ich hätte nie gedacht, daß es so schwer sein würde.«
Keine große Heldentat, dachte Lutz zornig und angewidert. Raketen und Bordkanonen gegen nichts. Andererseits, Befehl ist Befehl, und die HBC war im Unrecht, wer auch immer an Bord saß. Sie hätte den Flug abbrechen sollen – ich hätte das zumindest getan. Wirklich? Augenblick mal! Hat Huschang sie im irakischen Luftraum abgeschossen? Na, ich werde ihm diese Frage nicht stellen. Wenn er es getan hat, wird er es mir nicht sagen – ich würde es auch verschweigen.
Bedrückt leerte er das kochende Wasser in die Kanne und warf dabei einen Blick durch das Fenster. Ein alter Bus hielt auf der Straße vor dem Flughafen. Er sah den hochgewachsenen Mann aussteigen. Er konnte ihn nicht gleich identifizieren. Dann aber erkannte er ihn, stieß einen Freudenschrei aus und lief zur Tür. »Entschuldige mich einen Moment...«
Sie trafen sich beim Tor. Die *hezbollahis* beobachteten sie neugierig. »Tom! Wie geht's? Wie zum Teufel kommst du hierher? Warum hast du uns nicht gesagt, daß du kommst? Wie steht's im Zagrosgebirge und wie geht es Jean-Luc?« So groß war seine Freude, daß ihm weder Locharts Erschöpfung noch der Zustand seiner Kleider auffiel – staubig, fleckig und zerrissen.
»Ich habe dir viel zu erzählen, Rudi«, erwiderte Lochart, »aber ich bin total geschafft. Ich brauche unbedingt einen Tee... und Schlaf. Okay?«
»Selbstverständlich!« Lutz schaute ihn forschend an. »Komm mit, ich mache dir zu Ehren meine letzte Flasche Whisky auf.« Erst jetzt merkte er, in welchem Zustand sich sein Freund befand. »Was ist denn mit dir los? Du siehst ja aus, als hätte man dich rücklings durch den Busch geschleift!« Es entging ihm nicht, wie Lochart verstohlen nach den Wächtern blinzelte, die in der Nähe standen und zuhörten.
»Nichts, Rudi, überhaupt nichts. Zuerst muß ich mich waschen...«
»Na klar. In meinem Wohnwagen.« Sehr beunruhigt ging er neben Lochart her. Noch nie war ihm der Freund so alt erschienen. Er sieht richtig mitgenommen aus... man könnte meinen, er hat irgendwo Bruch gemacht... Er sah Yemeni aus dem Bürofenster spähen. Fowler Joines und der andere Mechaniker hatten aufgehört zu arbeiten und kamen herübergeschlendert. Als dann Abbasi auf der Stufe des Wohnwagens erschien, schoß Lutz ein entsetzlicher Verdacht durch den Kopf. »O Gott!« stieß er hervor. »Doch nicht die HBC?«
Lochart blieb abrupt stehen. Alle Farbe war aus seinem Gesicht gewichen. »Woher weißt du etwas von ihr?«

»Aber er hat doch gesagt, die HBC wäre durchlöchert worden – vom Himmel gefegt! Wie bist du da bloß rausgekommen?«
»Durchlöchert?« Lochart war entsetzt. »Wer... wer hat das gesagt?«
»Der iranische Offizier dort vor dem Wohnwagen – schau jetzt nur ja nicht hin –, er hat den Abfangjäger, die F 14, geflogen und sie heruntergeholt!« Mit einem starren Lächeln, bemüht, nicht aufzufallen, packte er Lochart am Arm und steuerte ihn zum nächsten Wohnwagen. »Du kannst dich da bei John Tyrer hinlegen«, erklärte er mit gezwungener Heiterkeit. Kaum hatte er die Tür hinter ihnen geschlossen, als er hastig auf Lochart einzureden begann: »Huschang hat erzählt, daß er die HBC gestern bei Sonnenuntergang nahe der irakischen Grenze abgeschossen hat! Wie hast du dich retten können? Wer war alles an Bord? Schnell, erzähl mir, was passiert ist! Schnell!«
»Das letzte Stück habe nicht ich geflogen. Ich war nicht drin«, sagte Lochart, bemüht, klar zu denken und leise zu sprechen, denn die Wände waren dünn. »Sie haben mich beim Dez-Staudamm zurückgelassen.«
»Dez-Staudamm? Wie zum Teufel bist du dorthin gekommen? Wer hat dich zurückgelassen?«
Lochart zögerte. Es ging alles so schnell. »Ich weiß nicht, ob ich dir...«
»Um Himmels willen, sie wissen von der HBC. Wir müssen etwas tun, und zwar rasch. Wer hat sie geflogen? Wer war an Bord?«
»Alles Iraner, die aus dem Iran fliehen wollten – von der Luftwaffe aus Isfahan – General Seladi, acht Oberste und Majore aus Isfahan – ihre Namen kenne ich nicht – und General Valik, seine Frau und...«, Lochart brachte es kaum über die Lippen, »... seine zwei Kinder.«
»Oh, mein Gott!« Rudi war erschüttert. McIver hatte oft von Annousch und den zwei Kindern gesprochen, und er selbst war mehrmals mit Valik zusammengetroffen. »Das ist ja entsetzlich! Was soll ich ihnen bloß sagen?«
»Wem was sagen?«
»Major Qazani und Huschang«, sprudelte er hervor. »Sie sind vor einer knappen halben Stunde gekommen – der Major ist wieder fort, hat mir aber befohlen, in Erfahrung zu bringen, ›ob die HBC zur G-S gehört, wo sie stationiert und wer alles an Bord war‹. Er hat mir befohlen, Kowiss anzurufen und das festzustellen. Huschang wird mithören, und er ist kein Dummkopf. Außerdem ist er ziemlich sicher, die S-G-Kennung gesehen zu haben, bevor er sie in die Luft jagte. Kowiss wird mir mitteilen müssen, daß sie unser Vogel war, und daß sie Teheran verständigen werden. Und dann ist der Teufel los.«
Wie betäubt setzte sich Lochart auf eine der Pritschen. »Ich habe sie gewarnt. Habe ihnen dringend empfohlen zu warten, bis es dunkel ist. Was soll ich jetzt nur tun?«
»Abhauen. Vielleicht solltest du...« Es klopfte an der Tür, und sie erstarrten.
»Ich bin's, Chef, Fowler. Ich habe ein bißchen Tee gebracht. Dachte mir, Tom könnte ihn vielleicht brauchen.«
»Danke, Fowler. Einen Augenblick«, sagte Lutz und senkte seine Stimme. »Was willst du ihnen erzählen? Hast du dir eine Geschichte zurechtgelegt?«
»Ich komme gerade von einer Urlaubswanderung durch Luristan, südlich von

Kermanschah, zurück. Ich geriet in einen Schneefall und war eine Woche in einem Dorf eingeschlossen. Was Besseres ist mir nicht eingefallen.«

»Aber das ist doch sehr gut. Wo ist dein Stützpunkt?«

Lochart zuckte die Achseln. »Zagros.«

»Gut. Hat dich schon jemand nach deinem Ausweis gefragt?«

»Ja. Der Fahrkartenverkäufer in Ahwas und einige *hezbollahis.*«

»Scheiße!« Entmutigt öffnete Lutz die Tür.

Fowler Joines brachte den Tee. »Wie geht's denn so, Tom?« fragte er mit seinem zahnlosen Grinsen.

»Freut mich, Sie zu sehen, Fowler. Fluchen Sie immer noch so viel?«

»Nicht so arg wie Effer Jordon. Wie geht's meinem alten Kumpel?«

Müdigkeit hüllte Lochart ein, und er lehnte sich an die Wand. Zagros und Effer Jordon, Rodrigues, Jean-Luc, Scot Gavallan und die anderen schienen so weit weg zu sein. »Trägt immer noch seinen Hut«, antwortete er mit viel Mühe, nahm dankbar den Tee entgegen und schluckte ihn. Was hat Rudi gesagt? Ich soll abhauen? Das kann ich nicht ohne Scharazad... dachte er noch, bevor der Schlaf ihn umfing.

Lutz erzählte Joines rasch die Geschichte, die Lochart sich ausgedacht hatte. »Sehen Sie zu, daß das Personal davon erfährt.«

Der Mechaniker kniff die Augen zusammen. »Eine Urlaubswanderung? Tom Lochart? Während Khomeini in Teheran Zoff macht? Haben Sie den Verstand verloren, Rudi?«

Lutz sah ihn an.

»Na, wie Sie meinen, Chef.« Joines wollte noch ein paar Worte mit Lochart sprechen, aber der Pilot war bereits eingeschlafen; sein Gesicht war von Erschöpfung gezeichnet. »Ich werde die Geschichte herumerzählen, als ob sie ein Stück aus der Bibel wäre.« Er ging.

Gerade bevor sich die Tür hinter dem Mechaniker schloß, konnte Lutz Abbasi sehen, der neben dem Wohnwagen wartete. Er bedauerte es, ihn so lange alleingelassen zu haben. Er warf einen Blick auf Lochart. Armer alter Tom. Mein Gott, was für ein Schlamassel! Wie war er überhaupt nach Isfahan gekommen? Wie zum Teufel soll ich mich verhalten? Vorsichtig nahm er die Tasse aus Locharts Händen, aber der Kanadier schreckte auf.

Einen Augenblick lang wußte Lochart nicht, ob er wachte oder träumte. Sein Herz klopfte, er hatte rasende Kopfschmerzen, und er wartete wieder auf dem Landesteg; Rudi stand im Gegenlicht vor ihm wie Ali, und Lochart wußte nicht, ob er sich auf ihn stürzen oder ins Wasser springen sollte.

»Mein Gott, ich dachte, du wärst Ali«, stieß er hervor. »Tut mir leid, ich bin schon wieder okay.«

»Ali?«

»Der Pilot, der Pilot der HBC, Ali Abbasi. Er wollte mich töten.« Halb verschlafen erzählte er Lutz, was geschehen war. Dann bemerkte er, daß Lutz leichenblaß geworden war. »Was hast du?«

Lutz zeigte mit dem Daumen nach draußen. »Das ist sein Bruder. Huschang Abbasi. Er hat die HBC abgeschossen.«

29

Teheran: 16 Uhr 17. Im Penthouse-Büro der S-G starrten die beiden Männer ungeduldig auf den Fernschreiber. »Na, komm schon endlich«, murmelte McIver und warf abermals einen Blick auf die Uhr. Die 125 sollte um 17 Uhr 30 eintreffen. »Wir müssen bald gehen, Andy. Bei dem Verkehr weiß man nie.«

Gavallan schaukelte zerstreut auf dem knarrenden alten Lehnsessel. »Ja, aber Genny ist noch nicht da. Sobald sie kommt, gehen wir. Schlimmstenfalls kann ich die Zentrale von Al Schargas aus anrufen.«

»Falls Johnny Hogg es schafft, durch den Luftraum von Kisch und Isfahan durchzukommen, und die Landeerlaubnis für Teheran anerkannt wird.«

»Diesmal kommt er. Ich habe so das Gefühl, unser Mullah Tehrani hätte schon gern seine neue Brille. Ich hoffe nur, daß Johnny sie ihm beschafft hat.«

»Das hoffe ich auch.«

Es war dies der erste Tag, da das Komitee Ausländern gestattet hatte, in das Gebäude zurückzukehren. Sie hatten den halben Vormittag mit Saubermachen verbracht. Gleich darauf gab der Fernschreiber kräftige Lebenszeichen von sich. »Dringend! Bitte bestätigt, daß euer Fernschreiber funktioniert und informiert Mr. McIver, daß ich ein Avisyard-Telex für den Boß habe. Ist er noch in Teheran?« Das Fernschreiben kam von Elizabeth Chen in Aberdeen. »Avisyard« war ein selten verwendeter Firmencode und bedeutete eine streng geheime, für McIver allein bestimmte Nachricht. Er versuchte viermal, Aberdeen zurückzurufen.

»Solange wir noch keinen Vogel verloren haben...« Gavallan schickte ein Stoßgebet zum Himmel.

»Daran habe ich auch gerade gedacht. Hast du eine Ahnung, was passiert sein könnte, daß die mit einem Avisyard daherkommen?«

»Nein.« Gavallan mußte an das wirkliche Avisyard denken, Schloß Avisyard, wo er so viele glückliche Jahre mit Kathy verbracht hatte. Sie hatte dem Code auch den Namen gegeben. Denk jetzt nicht an Kathy, sagte er sich. Nicht jetzt.

»Ich hasse diese verdammten Fernschreiber! Immer sind sie kaputt«, brummte McIver. In seinem Magen rumorte es, vornehmlich wegen des Streits, den er gestern abend mit Genny gehabt hatte – sie sollte heute unbedingt mit der 125 fliegen –, aber auch weil er immer noch keine Nachricht von Lochart hatte. Dazu kam, daß das iranische Büropersonal nicht zur Arbeit erschienen war, nur die Piloten. McIver schickte sie alle fort, mit Ausnahme von Pettikin, der Bereitschaftsdienst machen sollte. Gegen Mittag kam Nogger Lane, um zu berichten, daß sein Rundflug mit dem Mullah Tehrani, sechs *hezbollahis* und fünf Frauen ein voller Erfolg war. »Ich habe das Gefühl, unser lieber Mullah möchte morgen einen zweiten Rundflug unternehmen. Er erwartet dich Punkt 17 Uhr 30 auf dem Flughafen.«

»Okay. Nogger, du löst Charlie ab.«

»Na, hör mal, Mac, alter Freund, ich habe den ganzen Vormittag hart gearbeitet, über bloße Pflichterfüllung hinaus, und Paula ist noch in der Stadt.«

»Das weiß ich nur zu gut, ›alter Freund‹, und so wie's aussieht, wird sie noch die ganze Woche dasein«, konterte McIver verärgert. »Lös jetzt Charlie ab, und wenn ich noch ein Wort von dir höre, versetze ich dich nach Nigeria!«

Sie hatten gewartet. Wieder einmal war ihnen dabei bewußt geworden, daß Fernschreiben zum Teil über Telefonverbindungen liefen. »Verdammt viel Draht zwischen hier und Aberdeen«, brummte McIver.

»Sobald Genny da ist, gehen wir. Bevor ich heimreise, möchte ich mich noch vergewissern, daß sie gut in Al Schargs ankommt. Du hattest völlig recht, darauf zu bestehen.«

»Ich weiß es, du weißt es, der ganze verdammte Iran weiß es, nur sie nicht.«

»Frauen«, kommentierte Gavallan diplomatisch. »Kann ich sonst noch was tun?«

»Ich glaube nicht. Daß du unsere beiden letzten Partner melken konntest, hat uns mächtig geholfen.« Gavallan hatte Mohammed Siamaki und Turis Bachtiar aufgespürt und ihnen 5 Millionen Rial in bar – ein Butterbrot im Vergleich zu dem, was die Partner schuldeten – und Zusagen für weitere wöchentliche Zahlungen abgeluchst, gegen ein schriftliches Versprechen, sie persönlich »wenn nötig, im Ausland«, dafür zu entschädigen.

»Na schön, aber wo ist Valik? Wo erwische ich ihn?« hatte Gavallan gefragt und so getan, als wisse er nichts von ihrer Flucht.

»Wir sagten es Ihnen doch schon: Er ist mit seiner Familie auf Urlaub.« Siamaki war rüde und arrogant wie immer. »Er wird in London oder Aberdeen mit euch Kontakt aufnehmen. Da ist ja auch noch die schon zu lange anstehende Sache mit unseren Geldern auf den Bahamas.«

»Mit unseren gemeinsamen Geldern, geschätzter Partner, und da ist auch noch die Sache mit fast 4 Millionen Dollar für bereits geleistete Arbeiten – ganz zu schweigen von den schon überfälligen Mietzahlungen für unsere Maschinen.«

»Wenn die Banken offen wären, hätten Sie das Geld schon. Es ist ja nicht unsere Schuld, daß die verbrecherischen Freunde des Schahs ihn und den Iran ruiniert haben. Wir tragen keine Schuld an der Katastrophe. Und was die Gelder angeht, haben wir bisher nicht immer gezahlt?«

»Ja. Meistens mit sechs Monaten Verspätung, aber ich gebe Ihnen recht, lieber Freund, früher oder später haben wir unseren Anteil immer bekommen. Aber wie soll es weitergehen, wenn alle Gemeinschaftsunternehmen eingestellt werden, wie Mullah Tehrani mir sagte?«

»*Einige* Gemeinschaftsunternehmen, nicht alle – Ihre Information ist übertrieben und lückenhaft, Gavallan. Man hat uns wissen lassen, daß wir so bald wie

möglich zu normalen Verhältnissen zurückkehren werden – die Crews können jederzeit gehen, sobald die Ersatzleute eingetroffen sind. Es wird keine Probleme geben. Aber um allen Schwierigkeiten vorzubeugen, haben wir wieder einmal das Unternehmen gerettet. Morgen tritt mein illustrer Vetter, Finanzminister Ali Kia, in den Vorstand ein. Er hat mir versichert, daß wir ausgenommen sein werden.«
Gavallan bemühte sich, nicht unentwegt auf den Fernschreiber zu starren, aber es fiel ihm schwer. Er suchte krampfhaft nach einem Ausweg aus der Falle. »Gerade scheint noch alles in Butter zu sein, und schon ist alles wieder faul.«
»Ja, ja, Andy, da hast du recht. Und Talbot war der absolute Knüller des heutigen Tages.«
Schon früh am Morgen waren sie kurz mit Talbot zusammengetroffen. »Ja, Jungs, tut mir leid, aber jedes Gemeinschaftsunternehmen ist momentan *persona non grata*«, hatte er ihnen trocken mitgeteilt. »Die ›höchsten Stellen‹ haben verfügt, *alle* Gemeinschaftsunternehmen einzustellen, bis neue Anordnungen getroffen werden. Was das für Anordnungen sein, von wem sie kommen sollen, wurde nicht mitgeteilt. Oder wer die ›höchsten Stellen‹ sind. Vermutlich das gute alte Revolutionäre Komitee, wer immer das sein mag. Andererseits haben der Ayatollah und Ministerpräsident Bazargan verkündet, daß man alle Auslandsschulden anerkennen würde. Natürlich setzt sich Khomeini über Bazargan hinweg, Bazargan erläßt Anordnungen, die das Revolutionäre Komitee zurückweist, und die örtlichen Komitees sind ›Ordnungshüter‹, die sich ihre eigenen Gesetze machen. Die Gefängnisse füllen sich, Köpfe rollen, und von den Schinderkarren abgesehen klingt alles sehr vertraut. Solange das nicht vorbei ist, sollten wir uns besser nach Margate zurückziehen.«
»Meinen Sie das ernst?«
»Wir empfehlen immer noch, entbehrliches Personal zu evakuieren, sobald der Flughafen wieder in Betrieb ist – was uns für Sonnabend versprochen wurde. Was den ehrenwerten Ali Kia angeht, ist er ein kleiner, ein sehr kleiner Beamter ohne jeden Einfluß, der sein Fähnchen nach dem Wind dreht...«
Der Fernschreiber nahm einen Anlauf und verstummte wieder. Die beiden Männer stießen Verwünschungen aus.
Die Tür öffnete sich. Sie waren überrascht, als sie Erikki sahen. Er und Azadeh hätten sich mit ihnen auf dem Flughafen treffen sollen. Er lächelte, aber es war kein heiteres Lächeln.
»Hallo, Erikki. Was ist los?« McIver sah ihn scharf an.
»Wir mußten unsere Pläne ein wenig ändern. Azadeh und ich müssen zuerst noch mal nach Täbris zurück.«
Gestern abend hatte Gavallan Erikki und Azadeh vorgeschlagen, unverzüglich in Urlaub zu gehen. »Wir werden Ersatz finden. Wie wäre es, wenn ihr morgen mit mir kommt? Vielleicht könnten wir in London Ersatzdokumente für Azadeh beschaffen.«
»Warum, Erikki?« fragte er jetzt. »Sind Azadeh Zweifel gekommen? Will sie den Iran nicht ohne iranische Papiere verlassen?«

»Nein, das ist es nicht. Vor einer Stunde erhielten wir eine Nachricht – ich erhielt eine Nachricht von ihrem Vater. Da, lies selbst.« Er reichte sie Gavallan, der sie zusammen mit McIver las. Die handschriftliche Mitteilung lautete: »Von Abdullah Khan an Captain Yokkonen: Ich wünsche, daß meine Tochter sofort hierher zurückkommt, und ersuche Sie, ihr die Erlaubnis zu erteilen.«

»Bist du sicher, daß es seine Handschrift ist?« fragte Gavallan.

»Azadeh ist sicher. Und sie kennt auch den Boten. Der Mann wußte sonst nichts zu sagen, nur daß dort erbittert gekämpft wird.«

»Eine Fahrt über Land kommt nicht in Frage«, meinte McIver, und dann zu Gavallan gewandt: »Vielleicht könnte unser Mullah Tehrani eine Starterlaubnis erwirken. Wenn wir Nogger glauben sollen, war er nach seinem heutigen Vergnügungsflug geradezu sanftmütig. Wir könnten Charlies 206 mit Langstreckentanks ausrüsten, und Erikki könnte sie fliegen, vielleicht Nogger mitnehmen für den Rückflug.«

»Erikki«, sagte Gavallan, »weißt du auch, welches Risiko du eingehst?«

»Ja.« Er hatte ihnen nichts von den Morden erzählt.

»Hast du auch alles gut überlegt? Rákóczy, die Straßensperre, Azadeh selbst? Wir könnten Azadeh allein hinaufschicken, du könntest die 125 nehmen, und wir setzen sie Samstag in die Maschine.«

»Aber Boß, du würdest so etwas nie tun, und ich tue es auch nicht. Ich könnte sie nicht allein zurücklassen.«

»Versteht sich, aber es mußte gesagt werden. Also schön. Du kümmerst dich um die Langstreckentanks, wir bemühen uns um die Starterlaubnis. Ich würde vorschlagen, daß ihr so schnell wie möglich nach Teheran zurückkehrt und am Samstag die 125 nehmt. Beide. Es wäre vielleicht klug, wenn ihr umsteigen und irgendwo anders hinfliegen würdet – Australien, Singapur vielleicht – oder Aberdeen, aber das könnte für Azadeh zu kalt sein.« Gavallan streckte ihm die Hand entgegen. »Guten Flug, ja?«

»Danke.« Erikki zögerte. »Schon was Neues von Tom Lochart?«

»Nein, noch nicht – wir können weder Kowiss noch Bandar-e Delam erreichen. Aber warum fragst du? Macht Scharazad sich Sorgen?«

»Mehr als das. Ihr Vater ist im Evin-Gefängnis und...«

»Mein Gott!« explodierte McIver, und auch für Gavallan war es ein Schock. Sie kannten die Gerüchte von Verhaftungen und Exekutionen. »Weswegen?«

»Er wurde als Zeuge vorgeladen. Von einem Komitee. Niemand weiß, weswegen oder wie lange er in Haft bleiben wird.«

»Na ja«, meinte Gavallan und konnte sein Unbehagen nicht verbergen, »wenn er nur als Zeuge... Was ist denn passiert, Erikki?«

»In Tränen aufgelöst kam Scharazad vor einer halben Stunde nach Hause. Als sie gestern abend zum Essen zu ihren Eltern ging, war dort die Hölle los. *hezbollahis* waren in den Basar gekommen, hatten Emir Paknouri mitgenommen – ihr erster Mann, ihr erinnert euch – und hatten Bakravan befohlen, bei Tagesanbruch zur Einvernahme zu kommen.« Erikki holte Atem. »Heute früh begleiteten sie ihn zum Gefängnis, sie, ihre Mutter, die Schwestern und der Bruder. Sie warteten und warteten und würden immer noch warten, wenn die *hezbollahis*, die dort Wache stehen, sie nicht um 14 Uhr aufgefordert hätten, endlich zu verschwinden.«

Betroffenes Schweigen.

»Mac«, bat Erikki, »versuch doch mal Kowiss. Sie sollen Bandar-e Delam verständigen – Tom sollte wissen, was mit Scharazads Vater los ist.«

Er sah, wie die zwei Männer Blicke tauschten. »Was ist denn mit Tom?«

»Er ist auf einem Charterflug nach Bandar-e Delam.«

»Ja, das habt ihr mir schon gesagt. Tom hat Scharazad versichert, daß er in ein paar Tagen zurück sein würde.« Erikki wartete. Gavallan sah ihn nur an. »Na ja«, meinte er schließlich, »ihr werdet eure Gründe haben.«

»Ich denke schon«, erwiderte Gavallan. Sowohl er wie auch McIver waren überzeugt, daß Tom Lochart nicht freiwillig nach Kuwait weitergeflogen wäre, selbst wenn Valik versucht hätte, ihn zu bestechen. Beide befürchteten, daß man ihn gezwungen hatte.

»Na ja, du bist der Boß.« Erikki zwang sich zu einem Lächeln. »Ich muß mich um Scharazad kümmern. Wir sehen uns dann in Al Schargas!«

»Wenn du zufällig Gen siehst«, sagte McIver, »erzähl ihr nichts von Scharazads Vater, okay?«

»Selbstverständlich.«

Nachdem Erikki gegangen war, meinte McIver: »Bakravan ist ein ziemlich bedeutender Mann. Daß man ihn einfach verhaftet hat...«

Gavallan nickte.

Der Fernschreiber ließ die beiden auffahren. Sie lasen das Telex Zeile für Zeile, so wie es durchkam. Nachdem die Maschine verstummt war, begann Gavallan zu fluchen. »Diese verdammten Imperial Helicopters!« Er riß das Telex heraus, McIver bestätigte den Empfang, und Gavallan las es noch einmal durch.

Es war wieder von Liz Chen: »Lieber Boß, seitdem wir von Johnny Hogg erfuhren, daß Sie in Teheran geblieben sind, haben wir zu jeder Stunde versucht, Sie zu erreichen. Tut mir leid, daß ich schlechte Nachrichten für Sie habe, aber Montag früh haben Imperial Airways und Imperial Helicopter gemeinsam neue finanzielle Arrangements mit dem Ziel, die Konkurrenzfähigkeit zu verbessern, bekanntgegeben. Man hat IH erlaubt, 17,1 Millionen Pfund auf Kosten des Steuerzahlers abzuschreiben. Von ihren 68 Millionen Schulden haben sie weitere 48 Millionen auf Kapitalkonto übernommen und zur Abdeckung ihrer Schulden Anleihen auf die Muttergesellschaft emittiert. Wir haben soeben eine vertrauliche Mitteilung erhalten, daß die IH 18 unserer 19 Nordseeverträge, die zur Verlängerung anstanden, *unter* den realen Kosten hereingenommen hat. Thurston Dell von ExTex will Sie dringend sprechen. Unsere Niederlassung in Nigeria bräuchte dringend drei 212-Maschinen, wenn Sie sie im Iran erübrigen können. Bitte um Mitteilung. Liebe Grüße an Genny.«

»Die haben uns doch glatt verarscht!« empörte sich Gavallan. »Straßenraub mit dem Geld der Steuerzahler!«

»Dann bring sie doch einfach vor Gericht«, sagte McIver. »Wegen unlauterem Wettbewerb.«
»Das kann ich nicht, verdammt noch mal!« Gavallan wurde immer lauter und zorniger. »Wenn die Regierung nicht Krach schlägt, kann ich überhaupt nichts tun. *Dew neh loh moh* auf Callaghan und all seine Salonbolschewisten!«
»Aber Andy! Es sind doch nicht alle Salonbolschewisten.«
»Ich weiß«, brüllte Gavallan, »aber es klingt gut.« Schließlich siegte aber doch der Humor über seine Wut, und er mußte lachen. »Diese Scheißregierung«, fügte er verbittert hinzu.
McIver fühlte, wie seine Hände zitterten. »Mein Gott, Andy, ich dachte schon, dir würden ein paar Äderchen platzen!« Er war sich der Tragweite des Fernschreibens wohl bewußt. Er hatte den Großteil seiner Ersparnisse in S-G-Aktien angelegt. »18 von 19 Verträgen, das reißt ein gewaltiges Loch in unsere Operationen in der Nordsee!«
»Und nicht nur dort. Mit allen diesen Abschreibungen kann uns IH weltweit unterbieten. Und Thurston wünscht mich dringend zu sprechen? Das heißt wohl, daß ExTex kneifen will oder zumindest verhandeln.« Gavallan nahm sein Taschentuch heraus und trocknete sich die Stirn. Dann sah er Nogger Lane, der in der Tür stand und sie anstarrte. »Was zum Teufel willst du?«
»Nichts, gar nichts. Ich dachte, es wäre etwas passiert...« Eilig schloß er die Tür hinter sich.
»Andy«, sagte McIver leise, »könnten dir nicht Struan's aushelfen?«
»Struan's könnten es. In diesem Jahr würde es ihnen zwar nicht leichtfallen, doch sie könnten es tun. Aber Linbar wird keinen Finger rühren. Wenn er das alles erfährt, wird er einen Tanz aufführen. Das Timing könnte nicht perfekter für ihn sein.« Er dachte an Ian Dunross' Anruf und seine Warnungen. Er hatte McIver nichts davon erzählt. McIver gehörte nicht zu Struan's, obwohl er ein alter Freund von Ian war. Wo zum Teufel hat Ian nur seine Informationen her?
Er strich das Telex glatt. Dies war der Höhepunkt einer ganzen Reihe von Problemen mit Imperial Helicopter. Vor sechs Monaten hatte ihm IH ganz gezielt einen seiner Direktoren abgeworben, der im Besitz vieler Geheimnisse der S-G war. Erst im vorigen Monat hatte Gavallan eine Absage auf eine sehr wichtige Ausschreibung des Handelsministeriums bekommen – nach einem Jahr Arbeit und enormen Investitionen. Es war darum gegangen, elektrische Geräte zu entwickeln, die es Helikoptern ermöglichen würden, Schiffbrüchige unter allen Wetterbedingungen bei Tag und bei Nacht aus der Luft zu retten. Solcherart ausgerüstete Hubschrauber könnten gefahrlos bis zu 150 Kilometer weit über die Nordsee fliegen, acht Mann aus dem Wasser fischen und zurückbringen – bei begrenzter Sicht und stürmischer See.
Ian Dunross selbst war begeistert gewesen. »Vergiß nicht, Andy, ein solches Know-how und solche Geräte wären auch unseren Plänen für das Chinesische Meer förderlich.« Gavallan hatte eine halbe Million Pfund und ein Jahr Arbeit in die Entwicklung des elektronischen Leitsystems investiert. Dann war der große Tag gekommen, und der offizielle Testpilot hatte erklärt, mit dem Gerät

nicht zu Rande zu kommen – obwohl sechs von S-Gs Linienpiloten, unter ihnen auch Tom Lochart und Rudolf Lutz, später keine Schwierigkeiten hatten. »Das Gemeine war«, hatte Gavallan McIver geschrieben, »daß IH den Vertrag bekommen hat, obwohl sie eine Guerney 661 mit einer amtlich nicht zugelassenen dänischen Ausrüstung einsetzten. Uns schickt man von Pontius zu Pilatus, und sie bekommen eine Ausnahmebewilligung. Ich kann es natürlich nicht beweisen, aber ich wette, der Testpilot wurde ›auf einen großen Urlaub geschickt‹. Natürlich werden wir nächstes Jahr oder so das Geld zurück und den Vertrag bekommen, weil unsere Geräte besser und sicherer sind und in England hergestellt werden. Bis dahin operiert Imperial auf einer Sicherheitsstufe, die sich meiner Meinung nach verbessern läßt.«
Darauf kommt es auch tatsächlich an, dachte er, während er das Telex noch einmal überflog – Sicherheit und noch einmal Sicherheit. »Würdest du Liz für mich eine Antwort schicken, Mac? ›Fliege nach Al Schargas und rufe von dort aus an. Schicken Sie Thurston Dell ein Telex und fragen Sie an, was er uns anzubieten hat, wenn wir die Zahl der bestellten X 63 verdoppeln.‹«
»Was?«
»Na ja, fragen kostet nichts. IH muß ja von unseren Problemen hier gehört haben, und ich gedenke nicht zu warten, bis sich diese Scheißer über uns lustig machen. Lieber lasse ich sie im Ungewissen. Und für die Guerney-Verträge könnten wir auf jeden Fall zwei X 63 brauchen – falls sich die Lage hier ändern sollte. Zum Schluß schreib noch: ›Auf bald.‹«
»Okay.«
Gavallan lehnte sich zurück, ließ seine Gedanken wandern und sammelte seine Kräfte. Ich werde sehr stark sein müssen. Und sehr geschickt. Das ist jetzt eine Konstellation, die mich und die S-G vernichten und Linbar alles geben könnte, was er sich wünscht – und den Iran noch dazu. Was ich jetzt bräuchte, das ist Kathys Klagebaum... O Kathy, Kathy!
Der Klagebaum war ein alter Clan-Baum, ein besonderer Baum, ausgesucht vom Ältesten des Clans, zu dem man gehen konnte, wenn der Teufel – so hatte Oma Dunross, Kathys Großmutter, es formuliert –, ›wenn der Teufel dich am Kragen hat. Dort kannst du schimpfen und wüten und fluchen, bis du keine Flüche mehr hast. Dann herrscht Frieden im Haus, und man braucht den Mann oder seine Frau oder sein Kind nicht wirklich zu verwünschen. Ja, so ein kleiner Baum genügt, der kann alle Flüche ertragen, auch wenn der Teufel selbst sie erfunden hat.‹
Das erste Mal war er in Hongkong zu Kathys Klagebaum gegangen – ein Jakarandabaum im Garten des Großen Hauses, der Residenz des Tai-Pans von Struan's. Kathys Bruder Ian war damals Tai-Pan. Er wußte noch genau, wann es gewesen war: am 21. August 1963, in der Nacht, als sie es ihm gesagt hatte. Meine arme Kathy, dachte er. Er liebte sie immer noch. Multiple Sklerose mit knapp 38 Jahren. Die Heimreise nach Schottland, die du dir immer gewünscht hast – ich sollte Ians Pläne verwirklichen, du wolltest wieder gesund werden. Das sollte jedoch nicht gelingen. Und ich mußte zusehen, wie du starbst. Mußte das süße Lächeln sehen, mit dem du die Hölle in deinem Körper

überdecktest, so tapfer und sanft und weise und liebevoll, während du dich immer weiter von mir entferntest. So langsam und doch so schnell, so unaufhaltsam. Dann, 1968, der Rollstuhl, der Verstand noch kristallklar, die Stimme sicher, der Rest eine zitternde und nicht mehr kontrollierbare Hülle. Weihnachten 1970 auf Schloß Avisyard. Und am zweiten Tag des neuen Jahres, nachdem die anderen gegangen waren und während Melinda und Scot in der Schweiz Schiurlaub machten, hatte sie gesagt: »Andy, mein Liebling, ich kann es nicht mehr ertragen: kein Jahr, keinen Monat, keinen Tag länger.«
»Ja«, konnte er nur erwidern.
»Es tut mir leid, aber ich brauche Hilfe. Ich muß gehen, und ich... Es tut mir so schrecklich leid, daß es so lange gedauert hat... aber jetzt muß ich gehen. Ich muß es selbst tun, Andy, aber ich brauche deine Hilfe. Ja?«
Einen Tag und eine Nacht verbrachten sie mit Reden, sie sprachen über gute Dinge und gute Zeiten und darüber, was er für Melinda und Scot tun sollte. Er hielt ihre halbgelähmte Hand mit den Schlaftabletten, drückte ihren zitternden Kopf an seine Brust, half ihr, das Wasserglas zum Mund zu führen, und gab sie erst frei, als sie nicht mehr zitterte.
»Ich verurteile sie nicht«, hatte der Arzt mitfühlend gesagt. »An ihrer Stelle hätte ich es schon vor Jahren getan. Arme Frau.«
Er war zum Klagebaum gegangen. Aber ohne ein einziges Wort hervorzubringen – nur Tränen.
»Andy?«
»Ja, Kathy?«
Gavallan blickte auf und sah, daß es Genny war. McIver stand neben ihr an der Tür, und beide beobachteten ihn. »O hallo, Genny, entschuldige. Ich war ganz woanders.« Er stand auf. »Es war wohl diese Avisyard-Botschaft, die alte Erinnerungen in mir wachgerufen hat.«
»Oh, ein Avisyard-Telex?« Gennys Augen weiteten sich. »Wir haben doch nicht etwa einen Vogel verloren?«
»Nein, nein. Nur Imperial Helicopter mit ihren alten Tricks.«
Genny schien erleichtert. Sie trug einen dicken Mantel und einen hübschen Hut. Ihr Koffer stand im Vorzimmer, wo Nogger Lane und Charlie Pettikin warteten. »Also, Andy«, sagte sie, »ich denke, wir sollten gehen.« Mit einer gebieterischen Handbewegung wehrte sie ab, als Nogger Lane ihren Koffer nehmen wollte, hob ihn selbst auf, schwankte ein wenig unter seinem Gewicht und verließ mit einem noch herrischeren »Vielen Dank, aber ich kann meinen Koffer selbst tragen« das Büro.
McIver seufzte. Nogger Lane fiel es schwer, nicht laut heraus zu lachen. Gavallan und Charlie Pettikin verzogen keine Miene.
»Du brauchst nicht mit uns hinauszufahren, Charlie«, sagte Gavallan mürrisch.
»Aber ich würde gern mitkommen«, entgegnete Pettikin. Gavallan zog seinen Parka an, nahm das Telex vom Tisch und steckte es in die Tasche. »Eigentlich wäre es mir lieber, du bliebest hier. Ich habe noch einiges mit Mac zu bereden.«

»Selbstverständlich.« Pettikin versuchte, sich die Freude nicht anmerken zu lassen, als er ihm die Hand bot. Wenn er nicht mitfahren mußte, würde er ein paar Stunden mit Paula verbringen können. Seit dem Frühstück hatte er nur mehr an sie gedacht. »Wir sehen uns zu Hause«, sagte er zu McIver.
»Warum wartest du nicht lieber hier? Ich möchte mit allen Stützpunkten Verbindung aufnehmen, sobald es dunkel ist. Wir fahren dann zusammen zurück. Ich möchte, daß du die Stellung hier hältst. Nogger, du kannst gehen.« Nogger Lane strahlte, und Pettikin verzog grimmig das Gesicht.
Im Wagen setzte sich McIver ans Steuer. Gavallan saß neben ihm, Genny im Fond. »Mac«, sagte sie, »reden wir doch mal über den Iran.«
Sie gingen die einzelnen Möglichkeiten durch, die ihnen offenstanden, und kamen jedesmal zum gleichen Schluß: Sie mußten hoffen, daß die Dinge wieder ins Lot kamen, die Banken wieder aufmachten, sie das Geld bekommen würden, das man ihnen schuldete, und daß man sie nicht schnappen würde. »Du mußt einfach weitermachen, Mac. Solange wir im Geschäft bleiben können, müssen wir weitermachen, welche Probleme es auch geben mag.«
»Ich weiß«, entgegnete McIver in ernstem Ton. »Aber wie soll ich ohne Geld operieren – und was machen wir mit den Mietzahlungen?«
»Irgendwie verschaffe ich dir Betriebskapital. In einer Woche bringe ich Geld aus London. Ich kann die Zahlungen für deine Maschinen und Ersatzteile noch für ein paar Monate übernehmen; ich könnte sogar in der Lage sein, das gleiche mit den X 63 zu machen, wenn es mir gelingt, die Zahlungen umzuschulden. Ich hatte allerdings nicht damit gerechnet, so viele Verträge an die IH zu verlieren, aber vielleicht kann ich ein paar davon zurückbekommen. Wie auch immer – für eine Weile wird unsere Lage prekär sein, aber wir dürfen den Mut nicht verlieren.«
Wo ich wohl Ian erwischen könnte? überlegte er. Vielleicht wäre er in der Lage, mir einen Weg aus dem Abgrund zu weisen. Plötzlich mußte er an den tragischen Tod David MacStruan's denken. Die Struan's, die MacStruan's, die Dunross', ihre Feinde, die Gornts, Rothwells und die Brocks – so viele von ihnen waren eines gewaltsamen Todes gestorben oder einfach verschwunden, auf See geblieben oder bei oft unerklärlichen Unfällen ums Leben gekommen. Bis jetzt hatte Ian überlebt. Aber wie lange noch?
»Jetzt bin ich dem Tod schon zum achten Mal von der Schippe gesprungen«, hatte Dunross sich bei ihrem letzten Treffen gerühmt.
»Was war es denn diesmal?«
»Nichts Besonderes. In Beirut ging eine Autobombe hoch, gerade als ich vorbeigefahren war. Mach dir keine Sorgen. Ich habe es dir schon mal gesagt: Ich habe einen Schutzengel.«
»Wie in Macao?«
Dunross war ein begeisterter Rennfahrer und hatte mehrmals am Grand Prix in Macao teilgenommen. Im Jahre 1965 hatte er das Rennen gewonnen, doch der rechte Vorderreifen seines Wagens war beim Zielpfosten geplatzt und hatte ihn zuerst gegen die Leitplanke und dann gegen nachkommende Wagen

geschleudert. Einer konnte nicht mehr ausweichen und krachte mit voller Wucht in ihn hinein. Dunross mußte mit Schneidbrennern aus den Trümmern befreit werden. Er lebte noch, hatte aber seinen linken Fuß verloren. »Wie in Macao«, hatte Dunross mit schiefem Lächeln bestätigt. »Ein Unfall, nichts weiter. Beide Male.« Das zweite Mal explodierte seine Maschine, aber Dunross erlitt keine Verletzungen. Gerüchten zufolge war an dem Motor herumhantiert worden. Insgeheim verdächtigte man seinen Feind Quillan Gornt, sprach die Anklage aber nie öffentlich aus.

Quillan ist tot, und Ian lebt, dachte Gavallan. Ich bin auch noch am Leben. Und Linbar, dieser unverwüstliche Bastard... mein Gott, ich werde ja richtig morbid, Schluß damit. Mac hat schon genug am Hals. »Notfalls lasse ich dir durch Talbot Nachrichten zukommen, und du machst es genauso. In ein paar Tagen bin ich garantiert wieder da. Mittlerweile werde ich die 125 bis auf weiteres abstellen – Johnny könnte für uns den Kurier spielen. Mehr kann ich heute nicht tun.«

Genny hatte kein Wort gesprochen. Sie hörte zwar aufmerksam zu, lehnte es aber höflich ab, sich in das Gespräch ziehen zu lassen. Auch sie machte sich Sorgen. Es springt doch ins Auge, dachte sie, daß es hier für uns keine Zukunft gibt, und ich wäre sehr froh, wenn ich das Land verlassen könnte – vorausgesetzt, Duncan kommt mit. Andererseits können wir auch nicht einfach mit eingezogenem Schwanz davonlaufen und uns Duncans Lebenswerk und unsere Ersparnisse stehlen lassen – das würde ihn ebenso tödlich treffen wie eine Kugel. Warum bloß befolgte er damals nicht den Rat, den man ihm gegeben hatte! Er hätte sich schon voriges Jahr, als der Schah noch an der Macht war, in den Ruhestand versetzen lassen sollen. Männer sind doch Idioten!

Sie kamen nur langsam voran. Zweimal versperrten ihnen Barrikaden – von bewaffneten Männern bewacht, aber nicht von *hezbollahis* – den Weg, und sie mußten Umleitungen fahren. Da und dort Leichen zwischen den Abfallhaufen, ausgebrannte Autos und ein Panzer. Nahrungsuchende Hunde. Einmal wurde ganz in ihrer Nähe geschossen, und sie wichen über eine Seitenstraße aus. Eine irregeleitete Bazooka-Rakete traf ein nahegelegenes Gebäude, gefährdete sie aber nicht. McIver bahnte sich einen Weg um einen ausgebrannten Bus herum. Er war froh, daß er auf Gennys Abreise bestanden hatte. Im Rückspiegel sah er ihr weißes Gesicht unter dem Hut. Sie ist ein feiner Kerl, dachte er zärtlich, sie hat wirklich Mumm, und ich liebe sie. Aber dieser Hut! Hüte stehen ihr nicht. Und warum tut sie nie, was man ihr sagt, ohne erst lang zu diskutieren? Arme Gen, ich werde erst aufatmen, wenn sie außer Gefahr ist.

Nahe dem Flughafen kam der Verkehr fast völlig zum Erliegen. Hunderte von Autos, vollgestopft mit Menschen, mit Männern, Frauen und Kindern, vor allem Europäern, steuerten in diese Richtung, weil es hieß, er sei wieder geöffnet. Wütende *hezbollahis* wiesen alle zurück. An Mauern und Bäumen klebten Plakate mit der Aufschrift: »Flukave jezt verboten. Flukave ofen Montag – wenn Farkate und Ausweise Genemigung.«

Sie brauchten eine halbe Stunde, um durch die Sperren zu kommen. Es war Genny, die es schließlich schaffte. Wie die meisten Frauen, die einkaufen und mit dem Personal zurechtkommen mußten, sprach sie ein wenig Persisch, und während sie auf der Fahrt kein Wort gesprochen hatte, lehnte sie sich jetzt aus dem Fenster und sprach in freundlichem Ton mit den *hezbollahis*. Sofort wurden sie durchgewunken.
»Das hast du phantastisch gemacht, Gen«, sagte McIver. »Was hast du denen gesagt?«
»Andy«, antwortete sie selbstzufrieden, »würdest du Mr. McIver bitte mitteilen, daß ich ihnen sagte, er stünde im Verdacht, an den Pocken erkrankt zu sein und müsse daher außer Landes gebracht werden.«
Noch mehr *hezbollahis* standen am Tor zur Güterabfertigung und ihrem Büro, aber hier ging es schneller, weil sie schon erwartet wurden. Die 125 stand bereits auf der Rollbahn.
»Warum kommen Sie so spät?« fragte der Mullah Tehrani ärgerlich, während er, gefolgt von zwei Revolutionswächtern, die Stufen der 125 herunterkletterte. Gavallan und McIver bemerkten sofort, daß er eine neue Brille trug. John Hogg saß bereits auf dem Pilotensitz. »Die Maschine muß sofort starten. Warum haben Sie sich verspätet?«
»Tut mir schrecklich leid, Exzellenz, der Verkehr – *Inscha'Allah!* Tut mir wirklich leid«, antwortete McIver. »Captain Lane hat mich wissen lassen, daß Ihr Werk für den Ayatollah, Gott segne ihn, von Erfolg begleitet war.«
»Es blieb nicht genug Zeit, um mein Werk zu vollenden. Wie es Allah gefällt. Es ist notwendig, daß ich morgen, äh, weitermache. Sie werden das bitte für 9 Uhr arrangieren.«
»Mit Vergnügen. Hier ist die Passagier- und Mannschaftsliste.« McIver reichte ihm das Dokument. Darauf waren Gavallan, Genny und Armstrong angegeben; neben Armstrongs Name stand »Urlaubsreise«.
Mit der neuen Brille fiel Tehrani das Lesen jetzt leicht. »Wo ist dieser Armstrong?«
»Ich dachte, er wäre schon an Bord.«
»Außer der Mannschaft ist niemand an Bord«, versetzte der Mullah gereizt. »Die Maschine muß sofort starten.«
»Es paßt einfach nicht zu Mr. Armstrong, sich so zu verspäten«, sagte Gavallan und runzelte die Stirn. Weder er noch McIver hatten seit gestern von ihm gehört, und er war auch nicht in die Wohnung gekommen. Talbot hatte heute morgen nur mit den Achseln gezuckt. Armstrong wäre aufgehalten worden, es bestünde kein Grund zur Sorge, er würde pünktlich am Flughafen sein. »Vielleicht wartet er im Büro«, vermutete Gavallan.
»Dort ist keiner, der nicht dort sein sollte. Die Maschine wird jetzt starten. Bitte gehen Sie an Bord.«
»Wunderbar«, sagte Gavallan. »Wie es Gott gefällt. Übrigens hätte ich auch gern eine Landeerlaubnis für die 125 für Samstag und eine Starterlaubnis für eine 206 für morgen nach Täbris.« Sehr förmlich überreichte er ihm das sauber ausgefüllte Formular.

»Die 125 kann zurückkommen. Aber es gibt keine Flüge nach Täbris. Vielleicht Samstag.«
»Aber, Exzellenz, wir...«
»Nein«, sagte der Mullah, dem es nicht entging, daß er beobachtet wurde. Er befahl, den Lastwagen, der die Piste blockierte, wegzufahren, erblickte Genny, die jetzt den Wagen verließ, und nickte beifällig. Überrascht stellten Gavallan und McIver fest, daß sie ihr Haar in das Tuch gesteckt hatte, das zu ihrem Hut gehörte. Mit ihrem langen Mantel machte sie fast den Eindruck, als trüge sie einen Tschador.
»Bitte gehen Sie an Bord.«
»Danke, Exzellenz«, sagte sie auf Persisch. Den ganzen Vormittag hatte sie es geübt. »Aber wenn Sie gestatten, bleibe ich. Mein Mann ist im Kopf nicht so gesund, wie er sein sollte, natürlich nur vorübergehend, aber Sie, ein Mann von solcher Intelligenz – Sie werden verstehen, daß eine Frau zwar nichts gegen den Willen ihres Mannes tun kann, daß es aber geschrieben steht, daß sogar der Prophet umsorgt werden mußte.«
»Das ist wahr«, sagte der Mullah und musterte McIver nachdenklich. McIver starrte ihn verblüfft an. »Sie können bleiben, wenn Sie es wünschen.«
»Vielen Dank«, sagte Genny höflich, »dann bleibe ich. Vielen Dank, Exzellenz, für Ihr Verständnis und Ihre Weisheit.« Sie verbarg die Freude über den gelungenen Trick und fügte auf Englisch hinzu: »Duncan, Mullah Tehrani ist auch der Meinung, daß ich bleiben sollte.« Sie sah, wie sich seine Augen verdunkelten, und sagte noch schnell: »Ich warte im Wagen.«
Er kam ihr zuvor: »Geh sofort an Bord, oder ich schleife dich hin!«
»Sei doch nicht albern, Liebster.« Sie war eifrig bemüht, ihn zu besänftigen. Gavallan kam dazu. »Und schrei nicht, das ist schlecht für deinen Blutdruck.« Mürrisch starrten die *hezbollahis* sie an. »Du weißt, ich liebe diese Stadt. Wie könnte ich von ihr fortgehen?«
»Verdammt noch mal, du wirst sofort...« McIver war so zornig, daß er kein Wort mehr herausbrachte, und einen Augenblick lang fürchtete Genny, zu weit gegangen zu sein.
»Ich fliege, Duncan, wenn du mitkommst. Jetzt gleich. Ich gehe nicht ohne dich, und wenn du versuchst, mich zu zwingen, mache ich dir hier eine Szene, die sich gewaschen hat. Andy, erklär das diesem Menschen! Ich weiß, ihr könnt mich mit Gewalt an Bord zerren, aber wenn ihr das tut, verliert ihr beide das Gesicht... und dazu kenne ich euch zu gut! Andy!«
Gavallan lachte. »Mac, gib dich geschlagen!«
Trotz seines Zornes mußte auch McIver lachen. Der Mullah beobachtete sie, hörte zu und schüttelte den Kopf über das groteske Benehmen dieser Ungläubigen.
»Gen, du hattest das von Anfang an geplant!« prustete McIver schließlich.
»Wer, ich? Wie kannst du nur so etwas sagen!«
»Na schön, Gen, du hast gewonnen.«
»An Bord!« rief der Mullah.
»Was machen wir mit Armstrong?« fragte McIver.

»Er kennt die Regeln.« Gavallan umarmte Gen und schüttelte McIver die Hand. »Auf bald, und paßt auf euch auf.« Damit ging er an Bord, und der Jet hob ab.

Während der langen Fahrt ins Büro zurück merkten weder Gen noch Duncan, wie die Zeit verging. Beide hingen ihren Gedanken nach. Genny saß vorne, die Hände auf den Knien. Sie war sehr müde, aber auch sehr zufrieden. »Du bist eine gute Frau«, hatte er gesagt, als sie in den Wagen gestiegen waren, »aber ich verzeihe dir nicht.«

»Ja, Duncan«, hatte sie gesagt, demütig, wie eine gute Frau es tut – von Zeit zu Zeit.

»Ich verzeihe dir keineswegs.«

»Ja, Duncan.«

»Und hör auf mit deinem ›Ja, Duncan‹.« Schweigend fuhr er weiter und sagte dann: »Ich hätte dich lieber in Sicherheit in Al Schargas gewußt, aber ich bin froh, daß du da bist.«

Sie war eine kluge Frau und schwieg. Sie lächelte nur und legte ihre Hand auf sein Knie. Jetzt herrschte Frieden zwischen ihnen.

Es war wieder eine scheußliche Fahrt, mit vielen Umleitungen, noch mehr Schießereien, mehr Leichen und Hunden und zornigen Menschen, die Straßen seit Monaten nicht mehr gesäubert, die Kanäle seit langem verstopft. Schnell wurde es Nacht, und die Kälte nahm zu. »Bist du müde, Duncan? Soll ich fahren?«

»Nein, mir geht's gut, danke«, erwiderte er, obwohl er sich wirklich sehr müde fühlte. Er war froh, als sie endlich in ihre Straße einbogen, eine dunkle und bedrohliche Straße wie die anderen auch. Das einzige Licht kam aus ihrem Penthouse-Büro. Er hätte es vorgezogen, den Wagen auf der Straße stehenzulassen, aber er war sicher, daß am Morgen das Benzin abgezapft sein würde – wenn der Wagen selbst überhaupt noch da war. Er fuhr in die Garage hinein, sperrte den Wagen ab, schloß die Garage zu und stieg mit Genny die Treppe hinauf.

Charlie Pettikin wartete schon auf der Schwelle. Er war leichenblaß. »Hallo, Mac. Gott sei Dank...« Er sah Genny und unterbrach sich. »O, Genny! Was ist passiert? Ist die 125 nicht gekommen?«

»Sie ist gekommen«, antwortete McIver. »Was ist denn passiert, Charlie?«

Pettikin schloß die Tür hinter ihnen und warf einen Blick auf Genny. »Schon gut«, sagte sie müde, »ich geh mal aufs Klo.« Mein Gott, dachte sie, es ist alles so idiotisch. Duncan wird es mir erzählen, sobald wir allein sind. Ich werde es also sowieso erfahren. Mißmutig ging sie zur Tür.

»Nein, Gen«, sagte McIver, und sie blieb verdutzt stehen. »Du hast dich dafür entschieden zu bleiben, also sollst du auch alles wissen. Schieß los, Charlie.«

»Vor etwas weniger als einer halben Stunde hat sich Rudi über Funktelefon gemeldet«, sprudelte Pettikin heraus. »Die HBC wurde abgeschossen, gesprengt. Keine Überlebenden...«

Genny und McIver wurden blaß. »O mein Gott!« Sie tastete nach einem Stuhl.

»Ich verstehe nicht, was da los ist«, sagte Pettikin hilflos. »Es ist verrückt, wie ein Traum, aber Tom Lochart ist nichts passiert, er ist bei Rudi in Bardar-e Delam.«
»Tom ist in Sicherheit?« staunte McIver. »Er konnte aussteigen?«
»Man kann aus einem Hubschrauber nicht aussteigen, wenn er gesprengt wird. Die ganze Geschichte ergibt überhaupt keinen Sinn, außer es wird etwas vertuscht. Tom hatte Ersatzteile, keine Passagiere an Bord, aber dieser Offizier behauptet, sie wäre voller Menschen gewesen, und Rudi sagte noch: ›Sagen Sie McIver, Captain Lochart ist vom Urlaub zurück.‹ Ich habe selbst mit ihm gesprochen.«
McIver starrte ihn an. »Du hast mit ihm gesprochen? Bist du sicher? Von welchem Urlaub, verdammt noch mal?«
»Das weiß ich nicht, aber ich habe mit ihm gesprochen.«
»Augenblick, Charlie. Wie hat Rudi uns erreicht? Ist er in Kowiss?«
»Nein, er rief von der Flugsicherung in Abadan an.«
McIver stieß einen Fluch aus – erleichtert zu hören, daß Lochart lebte und gleichzeitig tief betroffen über das Schicksal Valiks und seiner Familie. Voller Menschen? Es hätten doch nur vier sein sollen. Er hätte fünfzig Fragen stellen wollen und wußte doch genau, daß es keinen Weg aus der Falle gab, in der er und Tom saßen. Außer Gavallan hatte er keinem von Locharts wirklichem Auftrag und seinem eigenen Dilemma erzählt. »Noch einmal von vorn, Charlie.« Er warf einen Blick auf Genny, die vor Entsetzen wie erstarrt war. »Geht es dir gut, Gen?«
»Ja, ja. Ich... ich werde uns Tee machen.« Sie ging zur Kochnische hinüber.
Erschöpft ließ sich Pettikin auf der Schreibtischkante nieder. »Soweit ich mich erinnern kann, sagte Rudi: ›Ich habe hier einen Offizier der iranischen Luftwaffe und benötige eine offizielle...‹ Dann kam diese andere Stimme über den Lautsprecher: ›Hier spricht Major Qazani vom Geheimdienst der Luftwaffe. Ich verlange sofortige Antwort. Ist die HBC eine 212 der S-G oder nicht?‹ Um Zeit zu gewinnen, antwortete ich: ›Bleiben Sie einen Moment am Draht, ich seh mal nach.‹ Ich wartete, hoffte, Rudi würde mir einen Hinweis geben, aber es kam nichts, und da dachte ich mir, das ginge in Ordnung. ›Ja, die EP-HBC ist eine von unseren 212.‹ Daraufhin fluchte Rudi, wie ich ihn noch nie fluchen gehört habe, und sagte so etwas wie: ›Das ist wirklich schrecklich, denn die HBC hat versucht, in den Irak zu fliehen, und die iranische Luftwaffe hat sie völlig zu Recht abgeschossen und die Insassen ins Jenseits befördert. Wer zum Teufel hat sie geflogen, und wer war an Bord?‹«
Pettikin wischte sich einen Tropfen Schweiß von der Stirn. »›Das ist furchtbar‹, sagte ich. ›Augenblick, ich hole das Flugregister.‹ Ich hoffte, meine Stimme würde mehr oder weniger normal klingen. Ich holte es also und sah Tom Locharts Namen und deine Unterschrift, mit der du den Charterflug genehmigt hast.« Hilflos sah er zu McIver auf. »Offenbar wollte Rudi nicht, daß ich Tom erwähne, und so sagte ich bloß: ›Nach unserem Flugregister

wurde die Maschine von niemandem gemietet.‹ Rudi fing wieder an zu fluchen, aber es schien mir, als ob seine Stimme jetzt anders klang, irgendwie erleichtert. ›Wovon reden Sie überhaupt?‹ fragte er.
›Wie ich Ihnen sage, Captain Lutz. Nach dem Register hier steht die HBC noch immer im Hangar von Doschan Tappeh. Wenn sie weg ist, hat man sie entführt.‹ Mir ist nichts Besseres eingefallen, Mac. Ich tappte ja im Dunkeln, und ich kenne die Zusammenhänge immer noch nicht. Dann sagte die andere Stimme: ›In dieser Angelegenheit wird sofort eine Untersuchung eingeleitet. Ich brauche Ihr Flugauftragsbuch.‹ ›Okay‹, sagte ich, ›wo soll ich es hinschikken?‹ Das machte ihn ein wenig unsicher, denn wir haben keine Möglichkeit, es ihm sofort zukommen zu lassen. Schließlich meinte er, wir sollten unsere Unterlagen gut aufheben, und wir würden noch Weisungen erhalten. Dann kam Tom noch einmal ans Mikrophon und sagte: ›Pettikin, bitte entschuldigen Sie mich bei Mr. McIver. Ich wurde in einem Dorf im Süden von Kermanschah eingeschneit. Sobald ich kann, komme ich heim.‹« Pettikin atmete aus, streifte Genny mit einem Blick und sah dann McIver an. »Das ist alles. Was hältst du davon?«
»In bezug auf Tom? Ich weiß es nicht.« Mit schweren Schritten ging McIver ans Fenster, und sowohl Pettikin wie auch Genny konnten die Last, die auf ihm lag, förmlich sehen. In einiger Entfernung war sporadisches Gewehrfeuer zu hören, aber keiner von ihnen achtete darauf.
»Was meinst du, Genny?«
»Ich kann es mir auch nicht zusammenreimen, Charlie.« Sie goß das siedende Wasser in die Teekanne und war froh, daß sie eine Beschäftigung für ihre Hände hatte. Sie fühlte sich hilflos, am liebsten hätte sie geweint. Sie wußte, daß Tom und Duncan in der Falle saßen, wußte, daß sie nichts tun konnte, nichts von Annousch und den Kindern oder Valik sagen durfte... Aber wer hat die Maschine geflogen, wenn nicht Tom? »Die Entführung... Offensichtlich steht nun einmal Tom im Auftragsbuch, und Duncan ebenfalls. Duncans Name ist auf der Starterlaubnis, und darum kann es keine Entführung gewesen sein... das ergibt keinen Sinn.«
»Das sehe ich jetzt ein, aber damals klang die Geschichte einleuchtend.« Pettikin fühlte sich miserabel. »Ich konnte nicht klar denken.« Er deutete auf das Flugauftragsbuch. »Wie wäre es, wenn wir das verschwinden ließen?«
»Der Kontrollturm hat doch das Original, Charlie. Tom hat aufgetankt, das wurde doch irgendwo festgehalten.«
»Normalerweise, ja. Aber jetzt? Bei dem Durcheinander?«
»Könnte sein.«
»Vielleicht wäre es möglich, an das Original heranzukommen.«
»Völlig unmöglich.«
Genny goß den Tee ein. Die Stille wurde unerträglich. Verzweifelt schüttelte Pettikin den Kopf. »Ich verstehe immer noch nicht, wie Tom von Doschan Tappeh starten konnte und dann... außer die Maschine wurde unterwegs gekapert, oder als er gerade auftankte... es muß eine Entführung sein. Wo hat er aufgetankt? Kowiss? Vielleicht können die uns helfen.«

McIver antwortete nicht, starrte nur in die Nacht hinaus. Pettikin wartete. Dann blätterte er das Auftragsbuch durch, fand das passende Duplikat und warf einen Blick auf die Rückseite. »Isfahan?« sagte er überraschend. »Wieso Isfahan?«
Wieder blieb McIver eine Antwort schuldig.
Genny goß etwas Kondensmilch in den Tee und reichte Pettikin eine Tasse. »Ich finde, du hast das sehr gut gemacht, Charlie«, sagte sie, um irgend etwas zu sagen. Dann trug sie die zweite Tasse zu McIver hinüber.
»Danke, Gen.«
Sie sah die Tränen und endlich konnte sie auch weinen. Er legte seinen Arm um sie und dachte an Annousch und die Weihnachtsfeier, die er und Genny vor so kurzer Zeit für alle Kinder ihrer Freunde gegeben hatten – die kleine Setarem und Jalal, diese wunderbaren Kinder, die jetzt Asche waren.
»Es ist doch gut, daß Tom in Sicherheit ist, nicht wahr, Liebster«, sagte sie unter Tränen. Pettikin war vergessen. Verlegen verließ er den Raum und schloß die Tür hinter sich. Die McIvers merkten es nicht. »Es ist doch gut, daß Tom in Sicherheit ist«, wiederholte sie.
»Ja, das ist gut, Gen.«
»Was können wir tun?«
»Warten. Abwarten. Hoffen, daß sie nicht... Aber irgendwie bin ich sicher, daß sie an Bord waren.« Zärtlich wischte er ihre Tränen fort. »Aber wenn die 125 am Samstag fliegt, bist du an Bord«, sagte er sanft. »Diesmal mußt du mit.«
Sie nickte. Er trank seinen Tee, der vorzüglich schmeckte. Er lächelte sie an. »Du machst einen verdammt guten Tee, Gen.« Das Lob freute sie zwar, konnte ihr aber nicht die Angst und den Kummer nehmen – oder die Wut über all das Töten, die Zwecklosigkeit, die Tragödie und die vollkommene Vernichtung ihrer beider Lebensgrundlage, oder die Last, die ihr Mann zu tragen hatte. Die Sorgen bringen ihn um, dachte sie mit wachsender Empörung. Und dann plötzlich hatte sie die Lösung.
Sie sah sich um, weil sie sicher sein wollte, daß sie allein waren. »Duncan«, flüsterte sie, »wenn du nicht willst, daß diese Bastarde uns unsere Zukunft stehlen, warum gehen wir nicht einfach fort und nehmen alles mit?«
»Was meinst du?«
»Flugzeuge, Ersatzteile und das Personal.«
»Das geht nicht, Gen, das habe ich dir schon so oft gesagt.«
»O ja, das geht schon, wenn wir es wirklich wollen und einen Plan haben.« Sie sagte es mit so unerschütterlicher Überzeugung, daß es ihn mitriß. »Andy kann uns helfen. Nur Andy kann den Plan machen, dafür kannst nur du ihn ausführen. Die wollen uns hier nicht haben – bitteschön, wir gehen –, aber mit unseren Flugzeugen und Ersatzteilen und mit unserer Selbstachtung. Wir müssen sehr vorsichtig sein, aber wir können es schaffen. Wir können es schaffen, ich weiß, wir können es schaffen.«

Samstag
17. Februar 1979

30

Kowiss: 6 Uhr 38. Mullah Hussain saß mit gekreuzten Beinen auf der dünnen Matratze und überprüfte den Mechanismus der AK 47. Mit geübter Hand legte er das neue Magazin ein. »Gut«, sagte er.

»Wird heute noch gekämpft?« fragte ihn seine Frau. Sie stand am anderen Ende des Zimmers neben einem Holzofen, auf dem sie einen Kessel mit Wasser für den ersten Kaffee des Tages aufgesetzt hatte. Ihr schwarzer Tschador raschelte, wenn sie sich bewegte, und verbarg, daß sie wieder in anderen Umständen war.

»Wie es Allah gefällt.«

Sie bemühte sich, ihre Angst zu verbergen. Was würde aus ihr werden, wenn ihr Mann den Märtyrertod erlitt, den er so unentwegt zu erlangen suchte. Sie hätte es von den Minaretten schreien mögen, daß es ein zu schweres Opfer war, was Gott von ihr und den Kindern forderte. Sieben Jahre Ehe, drei lebende und vier tote Kinder und die tiefe Armut all dieser Jahre – welch schroffer Gegensatz zu ihrem früheren Leben mit ihrer eigenen Familie! Einen Metzgerladen im Basar hatten sie gehabt, immer genug zu essen und zu lachen; ohne Tschador war sie auf die Straße gegangen, zu Picknicks und sogar ins Kino! Das Leben mit ihrem Mann hatte ihr einst hübsches Gesicht gezeichnet. Wie es Allah gefällt, aber es ist ungerecht, dachte sie zornig, einfach ungerecht. Wir werden verhungern. Wer wird schon die Frau eines toten Mullahs unterstützen?

Ali, ihr ältester Sohn, ein kleiner Junge von sechs Jahren, hockte vor der Tür dieser einfachen Hütte neben der Moschee und verfolgte aufmerksam jede Bewegung seines Vaters. Eingehüllt in eine alte Kommißdecke, schliefen seine kleinen Brüder, zwei und drei Jahre alt, auf der Strohmatte auf dem Lehmboden. In der Hütte befanden sich ein grober Holztisch mit zwei Bänken, ein paar Schüsseln und Töpfe, die große Matratze und eine kleine aus alten Teppichen. Eine Öllampe. Weißgetünchte Lehmwände. Ein Wasserhahn, der manchmal funktionierte. Fliegen und Insekten. Und in einer Nische, Mekka zugewandt, ein abgegriffener Koran.

Es war noch früh, der Tag noch frostig und bewölkt. Hussain hatte bereits zum Morgengebet in die Moschee gerufen und dann sein Gewehr sorgfältig gereinigt und geölt. Jetzt ist es so gut wie neu, dachte er befriedigt, bereit, noch mehr von Allahs Werk zu tun. Die AK 47 ist sehr viel besser als die M 14; einfacher, robuster und genauso treffsicher aus der Nähe! Diese dummen Amerikaner! Da produzieren sie ein Infanteriegewehr, das furchtbar kompliziert ist und treffsicher bis zu 1000 Metern, aber gekämpft wird meistens aus der Nähe, höchstens bis 300 Meter Entfernung. Die AK 47 könnte man den

ganzen Tag durch den Schlamm ziehen, und trotzdem würde sie noch ihre Aufgabe erfüllen: töten. Tod allen Feinden Allahs!
In Kowiss hatte es schon Zusammenstöße gegeben zwischen *hezbollahis* und den marxistischen Islamiten und anderen Linken, und noch mehr in Gach Saran, einer nahegelegenen Stadt im Nordwesten mit einer Ölraffinerie. Gestern, nach Einbruch der Dunkelheit, hatte er seine *hezbollahis* gegen eines der konspirativen Häuser der Tudeh geführt. Die Zusammenkunft war von einem Mitglied in der Hoffnung auf Gnade verraten worden. Aber es würde keine Gnade geben. Der Kampf war kurz und blutig gewesen. Elf Tote. Bis jetzt waren die Tudeh noch nicht in voller Stärke auf den Plan getreten, aber für morgen nachmittag hatte man eine Massendemonstration angekündigt zur Unterstützung einer Tudeh-Kundgebung in Teheran. Die Konfrontation war bereits vorprogrammiert. Beide Seiten wußten das. Viele werden sterben, dachte er grimmig.
»Hier«, sagte sie und reichte ihm den heißen, süßen, schwarzen Kaffee, den einzigen Luxus, den er sich gönnte – außer an Freitagen und an anderen Feiertagen und natürlich im heiligen Monat Ramadan, in dem er gern auf den Kaffee verzichtete.
»Ich danke dir, Fatima«, sagte er höflich. Nachdem er hier Mullah geworden war, hatten seine Eltern sie für ihn ausgesucht. Sein Mentor, der Ayatollah Isfahani, hatte ihm aufgetragen, sie zu heiraten, und er hatte gehorcht.
Die Ehe hatte ihn nicht von seinem Weg abgebracht, obwohl er es von Zeit zu Zeit genoß, mit ihr zu schlafen. Aber seinen Frieden fand er dabei nicht. Ich werde meinen Frieden erst im Paradies finden, erst dann, und das wird bald sein. Dem Himmel sei Dank, daß mir der Name des Imam Hussain, des Herrn der Märtyrer, gegeben wurde, des zweiten Sohnes des Imam Ali, dem vor 1300 Jahren bei der Schlacht von Karbala das große Martyrium zuteil wurde. Wir werden ihn nie vergessen, dachte Hussain. Erregt durchlebte er noch einmal die Schmerzen des Aschura, des zehnten Tages des Muharram. Nur wenige Wochen lag der Jahrestag jenes Martyriums zurück, der Schiiten heiligster Trauertag. Noch wies sein Körper die Spuren auf. Wie schon in den vergangenen zwei Jahren war er wieder in Qom gewesen, um mit 10 000 anderen Iranern an den Aschura-Prozessionen, den Reinigungsprozessionen, teilzunehmen. Sie hatten sich gepeitscht, um sich an das göttliche Martyrium zu erinnern, hatten sich mit Peitschen und Ketten und scharfen Haken gezüchtigt.
Er hatte viele Wochen gebraucht, um zu genesen, um ohne Schmerzen aufstehen zu können. Wie es Allah gefällt, dachte er stolz. Der Schmerz bedeutet nichts, diese Welt bedeutet nichts. Ich habe Peschadi auf der Luftwaffenbasis gestellt, habe die Basis übernommen und Peschadi in Ketten nach Isfahan gebracht, wie man es mir befohlen hat. Und jetzt, heute, gehe ich zuerst noch einmal zur Basis, um die Fremden zu überprüfen und sie an die Kandare zu nehmen, sie und diesen Sunniten Zataki, der sich für Dschingis-Khan hält, und heute nachmittag werde ich die Rechtgläubigen wieder gegen die atheistischen Tudeh führen und damit Allahs Werk tun. Ich bete zu Allah,

daß ich heute Einlaß in das Paradies erlangen werde, um dort »auf brokatenen Kissen zu ruhen und die Früchte aus zwei Gärten zu genießen«, wie es im Koran zu lesen steht.
»Wir haben nichts zu essen«, sagte seine Frau und riß ihn aus seinen Träumen.
»In der Moschee wird es heute Essen geben«, antwortete er. Sein Sohn Ali spitzte die Ohren. »Von jetzt an werdet ihr nicht mehr hungern, du und die Kinder. Wir werden täglich Khoresch und Reis an die Bedürftigen ausgeben, wie wir das in unserer Geschichte schon immer getan haben.« Er lächelte Ali zu und zerzauste liebevoll seine Haare. »Allah weiß, daß wir zu den Bedürftigen gehören.« Seit Khomeinis Rückkehr hatten die Moscheen den alten Brauch wieder aufgenommen, täglich Mahlzeiten, einfache, aber nahrhafte Speisen, auszugeben. Finanziert wurde es aus dem Zakat, dem für alle Moslems vorgeschriebenen Geben von Almosen in Kombination mit der jährlichen Steuerabgabe. Wieder einmal stieß Hussain Flüche gegen den Schah aus, der vor zwei Jahren die jährlichen Zuwendungen an Mullahs und Moscheen gestrichen und ihnen damit Armut und Elend gebracht hatte.
»Stell dich zu den Leuten, die vor der Moschee warten«, trug er Fatima auf. »Wenn alle ihr Teil bekommen haben, nimm ausreichend für dich und die Kinder. Das tust du von nun an jeden Tag.«
»Ich danke dir.«
»Danke Allah.«
»Das tue ich, o ja, das tue ich.«
Er zog seine Stiefel an und schulterte das Gewehr. »Kann ich mitkommen, Vater?« fragte Ali mit seiner dünnen piepsenden Stimme. »Ich möchte auch Allahs Werk tun.«
»Selbstverständlich, komm mit.«
Sie schloß die Tür hinter ihnen und setzte sich auf eine Bank. Ihr Magen knurrte, sie fühlte sich krank und schwach, war sogar zu müde, um die Fliegen zu verjagen, die sich auf ihrem Gesicht niederließen. Sie war im achten Monat schwanger. Da das Baby falsch lag, würde es diesmal schlimmer sein als zuvor, hatte die Hebamme ihr gesagt. »Aber sorge dich nicht, du bist in Allahs Hand. Ein wenig frischen Kameldung auf den Bauch gestrichen, und du bist von den Schmerzen befreit. Es ist die Pflicht einer Frau, Kinder zu gebären, und du bist ja noch jung.«
Jung? Ich bin 22 Jahre alt, alt, alt, ich weiß es, und ich weiß auch warum, denn ich habe ein Hirn und ich habe Augen, und ich kann meinen Namen schreiben und ich weiß, daß es uns besser gehen wird, wenn erst einmal die Fremden vertrieben sind. Der Imam, Allah schütze ihn, ist weise und gut und spricht zu Allah, gehorcht nur Allah, und Allah weiß, daß wir Frauen keine Leibeigenen sind und, wie einige Fanatiker es haben wollen, nicht in die Zeiten des Propheten zurückverbannt werden wollen. Der Imam wird uns vor den Extremisten schützen und nicht zulassen, daß sie das Familiengesetz des Schahs aufheben, das uns das Wahlrecht gewährt und Schutz vor einer Blitzscheidung. Er wird nicht zulassen, daß man uns unsere Rechte und Freiheiten nimmt, oder das Recht, selbst zu entscheiden, ob wir den Tschador

tragen wollen oder nicht. Er wird es nicht zulassen, wenn er sieht, wie fest wir entschlossen sind. Im ganzen Land.
Fatima trocknete ihre Tränen und fühlte sich wohler bei dem Gedanken an die geplanten Demonstrationen in drei Tagen. Ja, wir Frauen werden in den Straßen von Kowiss demonstrieren, um unsere Solidarität mit den Schwestern in den großen Städten wie Teheran, Qom und Isfahan zum Ausdruck zu bringen. Ich werde natürlich den Tschador tragen – wegen Hussain.
Die Nachricht von den geplanten Aufmärschen hatte sich über den ganzen Iran verbreitet. Alle Frauen wußten es und waren dafür – selbst die, die nicht wagten, es laut auszusprechen.

Auf der Luftwaffenbasis: 10 Uhr 20. Starke stand im S-G-Tower und beobachtete die 125, die mit ausgefahrenen Landeklappen zur Landung ansetzte. Auch Zataki und Esvandiari waren dabei, von zwei *hezbollahis* begleitet. Zataki war jetzt glatt rasiert.
»Schwenken Sie am Ende der Rollbahn nach rechts, Echo Tango Lima Lima«, sagte Sergeant Wazari, der junge, in Amerika ausgebildete Fluglotse, mit heiserer Stimme. Statt seiner adretten Uniform trug er derbe Zivilkleidung. Nach seiner öffentlichen Züchtigung durch Zataki war sein Gesicht arg zerschunden, drei Zähne fehlten, und er konnte nicht durch die Nase atmen. »Parken Sie vor dem Haupt-Tower.«
»Verstanden«, kam Johnny Hoggs Stimme über den Lautsprecher. »Ich wiederhole, wir haben die Genehmigung, drei Passagiere aufzunehmen, dringend benötigte Ersatzteile abzuliefern und nach sofortiger Inspektion nach Al Schargas zu starten. Bitte um Bestätigung.«
Wazari stand die Angst im Gesicht geschrieben, als er sich an Zataki wandte: »Entschuldigen Sie bitte, Exzellenz, aber was soll ich antworten?«
»Du antwortest gar nichts, du Ratte.« Zataki nahm seine Maschinenpistole auf und befahl Starke: »Sagen Sie Ihrem Piloten, er soll parken, seine Motoren abstellen und dann alle Insassen des Flugzeugs auf der Rollbahn Aufstellung nehmen lassen. Die Maschine wird untersucht. Wenn sie von mir freigegeben wird, darf sie weiterfliegen, wenn nicht, wird sie nicht weiterfliegen. Sie kommen mit und Sie auch«, wandte er sich an Esvandiari und verließ den Turm.
Starke tat, wie ihm geheißen. Als er Zataki folgen wollte, packte ihn Wazari, mit dem er jetzt allein war, am Arm und flüsterte ihm pathetisch zu: »Um Allahs willen, helfen Sie mir, an Bord zu kommen, Captain, ich tue alles, alles!«
»Das kann ich nicht. Es ist unmöglich«, erwiderte Starke. Der Mann tat ihm leid. Vor zwei Tagen hatte Zataki alle antreten lassen und Wazari wegen »Verbrechen gegen die Revolution« bewußtlos geschlagen, dann wieder zu sich gebracht, ihn Dreck fressen lassen und abermals bewußtlos geschlagen. Nur Manuela und den Schwerkranken war es erspart geblieben, dieser Prozedur beizuwohnen. »Unmöglich!«
»Bitte! Ich flehe Sie an, Zataki ist wahnsinnig, er wird mich...« In panischer

Angst wandte sich Wazari ab, als ein *hezbollahi* in der Tür auftauchte. Starke ging an ihm vorbei, die Treppe hinunter und auf das Vorfeld hinaus. Freddy Ayre wartete am Steuer eines Jeeps. Darin saßen Manuela, einer seiner englischen Piloten und John Tyrer mit einer Binde um die Augen. Manuela trug eine weite Hose und einen langen Mantel; ihr Haar war unter einer Fliegerkappe verborgen.
»Folge uns, Freddy«, sagte Starke und setzte sich zu Zataki in den Fond des wartenden Autos. Esvandiari ließ die Kupplung los und brauste davon, um die 125 abzufangen, die jetzt, begleitet von einem LKW-Konvoi der *hezbollahis* und zwei wie wild herumkurvenden Motorrädern, von der Hauptlandebahn abbog. »Lauter Verrückte«, murmelte Starke.
Zataki lachte und ließ seine weißen Zähne sehen. »Enthusiasten, Pilot, keine Verrückten.«
»Wie es Allah gefällt.«
Zataki streifte ihn mit einem Blick, und nun war es kein Geplänkel mehr. »Sie sprechen unsere Sprache. Sie haben den Koran gelesen und Sie kennen unsere Sitten. Es ist an der Zeit, daß Sie vor zwei Zeugen die Schahada aussprechen und Moslem werden. Es wäre mir eine Ehre, Ihnen als Zeuge zu dienen.«
»Mir auch«, schloß sich Esvandiari sogleich an, auch er war begierig, eine Seele zu retten. »Es wäre auch mir eine Ehre, Ihnen als Zeuge zu dienen.«
Starke dankte ihnen. Im Laufe der Jahre war ihm schon der Gedanke gekommen. Als es noch ruhig war im Iran und er nichts anderes zu tun hatte als so viele Aufträge wie möglich zu fliegen, sich um seine Männer zu kümmern und mit Manuela und den Kindern zu lachen – war das erst ein halbes Jahr her? –, hatte er zu ihr gesagt: »Weißt du, Manuela, der Islam hat viele gute Seiten.«
»Denkst du an vier Ehefrauen, Liebster?« hatte sie mit honigsüßer Stimme gekontert, und gleich war er auf der Hut gewesen.
»Ich meine es ernst, Manuela, der Islam hat viel zu bieten.«
»Männern ja, aber nicht den Frauen. Im Koran heißt es doch: ›Und die Rechtgläubigen‹ – das sind natürlich alle Männer – ›werden auf seidenen Kissen ruhen, und es werden Huris um sie sein, die noch kein Mann und kein Geist besessen hat.‹ Ich bin nie dahintergekommen, warum es ewige Jungfrauen sein müssen? Reizt das einen Mann? Und wird auch für die Frauen in dieser Weise gesorgt – ich meine, ewige Jugend und so viele geile junge Männer, wie sie sich nur wünschen können?«
»Hör mir doch einmal zu, verdammt noch mal, ich meine ja nur, wenn man in der Wüste lebt... Erinnerst du dich, damals in Kuwait, als wir in die Wüste hinausgingen, die Sterne so groß wie Austern, die Nacht so rein und grenzenlos, wir so unbedeutend... Erinnerst du dich, wie wir das Unendliche spürten? Ich kann verstehen, sagte ich damals, daß man dem Islam verfällt, wenn man als Nomade in einem Zelt geboren wird.«
»Und erinnerst du dich auch noch, wie ich sagte, daß wir in keinem gottverdammten Zelt geboren sind?«
Er lächelte und entsann sich, wie er sie in die Arme genommen und sie unter

den Sternen geküßt und wie sie einander geliebt hatten. »Ich meine die reine Lehre Mohammeds«, hatte er später gesagt, »seine ursprüngliche Lehre, nicht die engherzige, verdrehte Interpretation von Fanatikern.«

»Na klar, Schatz«, hatte sie erwidert, »aber wir leben in keiner Wüste, werden auch nie in einer Wüste leben, und du bist Conroe ›Duke‹ Starke, Helikopterpilot, und in dem Moment, wo du anfängst, von diesen vier Ehefrauen zu phantasieren, sind wir fort, ich und die Kinder...«

Er warf einen Blick auf Zataki, der ihn beobachtete, und atmete den naßkalten Duft von Schnee und Winter ein. »Vielleicht tue ich es noch einmal«, sagte er zu Zataki und Esvandiari. »Wenn Allah mir ein Zeichen gibt.«

»Möge Allah Ihnen bald ein Zeichen geben! Als Ungläubiger verschwenden Sie Ihr Leben.«

Jetzt aber wandte Starke seine Aufmerksamkeit der 125 zu, die sich auf ihren Parkplatz schob. Manuela muß heute abreisen, dachte er. Schwer für sie, verdammt schwer, aber sie muß gehen.

Schon früh am Morgen hatte McIver Starke aus Teheran verständigt, daß die 125 in Kowiss Zwischenstation machen würde, sofern Kowiss es gestattete; daß sie Ersatzteile bringen und Platz für drei Passagiere haben würde. Schließlich erklärten sich Major Changiz und Esvandiari damit einverstanden, aber erst nachdem Starke sie zornig und in Gegenwart von Zataki angefahren hatte: »Sie wissen genau, daß eine Auswechslung der Bedienungsmannschaft schon lange überfällig ist. Eine unserer 212 wartet auf Ersatzteile, und von den 206 brauchen zwei ihren 1500-Stunden-Service. Wenn ich keine frischen Arbeitstrupps und Ersatzteile bekomme, kann ich den Betrieb nicht aufrechterhalten, und *Sie* werden dafür geradestehen müssen, wenn Sie dem Ayatollah Khomeini nicht gehorchen, nicht ich!«

Der Wagen hielt neben der 125. Die Tür war noch nicht offen, aber er konnte John Hogg durch das Cockpitfenster sehen. Lastwagen und Gewehre umringten die Maschine, reizbare *hezbollahis* liefen herum.

Zataki versuchte vergeblich, sich Gehör zu verschaffen; schließlich feuerte er einmal in die Luft. »Weg von dem Hubschrauber!« brüllte er zornig. »Bei Allah und dem Propheten! Nur meine Männer werden die Maschine durchsuchen! Fort mit euch!« Mürrisch wichen die *hezbollahis* ein wenig zurück. »Pilot, sagen Sie ihm, er soll schnell die Tür aufmachen und alle aussteigen lassen, bevor ich meine Meinung ändere.«

Starke nickte Hogg zu. Im Nu öffnete der zweite Pilot die Tür. Die Treppe senkte sich herab. Sofort sprang Zataki hinauf und blieb oben stehen, die Maschinenpistole im Anschlag.

»Das brauchen Sie nicht, Exzellenz«, sagte Starke. »Alle raus, so schnell es geht, okay?«

Es waren acht Passagiere – vier Piloten, drei Ingenieure und Genny McIver.

»Mein Gott, Genny! Dich habe ich nicht erwartet.«

»Hallo, Duke. Duncan hielt es für das beste und... Na ja. Wo ist Manuela?«

Als sie sie entdeckte, eilte sie auf sie zu, und die beiden Frauen umarmten sich.

Starke fiel auf, wie bedrückt Genny aussah.

Er folgte Zataki in das leere, niedrige Flugzeug. Im hinteren Teil, nahe der Toilette, standen mehrere Kisten. »Ersatzteile und der Ersatzmotor, den du bestellt hast«, rief Johnny Hogg vom Pilotensitz her und reichte ihm die Ladeliste. »Hallo, Duke!«
Zataki nahm die Ladeliste entgegen und deutete auf Hogg: »Raus!«
»Wenn Sie nichts dagegen haben, ich bin für die Maschine verantwortlich, tut mir leid«, erwiderte Hogg.
»Zum letzten Mal: raus!«
»Steh für einen Augenblick auf, Johnny«, sagte Starke. »Er will nur sehen, ob du Waffen versteckt hast. Exzellenz, es wäre sicherer, wenn der Pilot hierbleiben dürfte. Ich verbürge mich für ihn.«
»Raus!«
Widerwillig zwängte sich John Hogg aus dem engen Cockpit heraus. Zataki vergewisserte sich, daß er nichts in den Seitentaschen hatte, forderte ihn dann mit einer Handbewegung auf, seinen Platz wieder einzunehmen, und musterte die Kabine. »Das sind also die Ersatzteile, die Sie brauchen.«
»Ja«, sagte Starke und machte höflich Platz, als Zataki nach einigen seiner Männer rief, die die Kisten auf das Rollfeld hinuntertragen sollten. Dann durchsuchte Zataki den Jet sorgfältig, fand aber nichts, was ihn gestört hätte, außer Wein im Eisschrank und Schnaps in einem Schränkchen. »In den Iran kommt kein Alkohol mehr! Schluß damit! Konfisziert!« Er ließ die Flaschen auf dem Rollfeld zerschlagen und die Kisten öffnen. Ein Motor und viele andere Ersatzteile.
Schließlich stieg Zataki wieder aus und erkundigte sich nach den Passagieren. Der zweite Offizier gab ihm die Namensliste. Die Überschrift lautete: »Vorübergehend überzählige Piloten und Ingenieure, allesamt mit überfälligen Urlaubsansprüchen.« Er verglich die Liste mit den Personen.
»Duke«, richtete Johnny Hogg vorsichtig das Wort an Starke, »ich habe etwas Geld für dich und einen Brief von McIver. Ist es riskant, wenn...«
»Im Augenblick nicht.«
»In den zwei Umschlägen der Innentasche meiner Uniformjacke, die da hängt. Der Brief ist privat, sagte McIver.«
Starke fand die Umschläge und steckte sie zu sich. »Wie schaut es denn in Teheran aus?« fragte er aus dem Mundwinkel.
»Der Flughafen ist ein Tollhaus. Tausende versuchen einen Platz auf den drei oder vier Maschinen zu ergattern, die bisher Starterlaubnis erhalten haben«, erzählte Hogg hastig. »Dabei kreisen mindestens sechs Jumbos in Warteschleifen übereinander und hoffen auf baldige Landeerlaubnis. Ich... ich bin einfach aus der Reihe getanzt, ohne auf einen Leitweg eingewiesen worden zu sein, sagte: ›Oh, tut mir leid, ich dachte, ich wäre gerufen worden‹, lud mein Zeug und verduftete. Hatte keine Zeit, mich mit McIver zu unterhalten. Um ihn herum standen schießwütige Revoluzzer und ein paar komische Mullahs, aber er scheint okay zu sein. Auch Pettikin, Nogger und die anderen scheinen okay zu sein. Ich bin jetzt für mindestens eine Woche auf Al Schargas stationiert und soll, so gut es geht, hin und her pendeln.« Al Schargas war

nicht weit von Dubai, wo die S-G ihr Hauptquartier auf dieser Seite des Golfs hatte. »Flüge jeweils Mittwoch und Samstag. McIver sagte, wir sollten Ausreden erfinden, damit ich von Zeit zu Zeit herkommen kann. Ich soll so eine Art Kurier für ihn und Andy Gavallan sein, bis normale Zeiten...«
»Vorsicht«, murmelte Starke, als er sah, wie Zataki das Flugzeug musterte. Er hatte ihn dabei beobachtet, wie er die Passagiere und ihre Reisedokumente überprüfte. Jetzt winkte Zataki ihn heran, und er kletterte die Stufen hinunter. »Ja, Exzellenz?«
»Dieser Mann hat keine Ausreisegenehmigung.«
Der Mann war Roberts, ein sehr erfahrener Mechaniker mittleren Alters. Die Angst vertiefte noch die Falten in seinem schon runzligen Gesicht. »Ich habe ihm erklärt, ich konnte keine bekommen – die Einwanderungsämter sind immer noch alle geschlossen. In Teheran hatte ich keine Probleme.«
Starke betrachtete das Dokument. Es war vor vier Tagen abgelaufen. »Vielleicht könnten Sie diesmal Nachsicht walten lassen, Exzellenz. Es ist wahr, daß die Büros...«
»Keine Ausreisegenehmigung, keine Ausreise. Er bleibt da!«
Roberts wurde weiß im Gesicht. »Aber Teheran hat mich passieren lassen, und ich muß nach London.«
Zataki packte ihn an seinem Parka und stieß ihn mit solcher Wucht aus der Reihe, daß der Mann hinfiel. Wütend rappelte Roberts sich hoch. »Man hat mich passieren lassen und...« Er verstummte, als einer der *hezbollahis* ihm sein Gewehr an die Brust hielt. Ein anderer stellte sich hinter ihn, beide den Finger am Abzug.
»Warten Sie beim Jeep, Roberts. Verdammt noch mal, warten Sie beim Jeep.«
Einer der *hezbollahis* drängte ihn zum Jeep, während Starke versuchte, nicht an seine eigenen Sorgen zu denken. Auch John Tyrer und Manuela hatten keine gültigen Ausreisegenehmigungen.
»Keine Ausreisegenehmigung, keine Ausreise«, wiederholte Zataki giftig und knöpfte sich den nächsten vor.
Genny, die nach diesem in der Reihe stand, hatte große Angst. Sie haßte Zataki für die Gewalttätigkeit und den Geruch von Furcht, der sie umgab. Sie bedauerte Roberts, der dringend nach England zurückmußte: Eines seiner Kinder war schwer krank, vermutlich Kinderlähmung, und hier gab es weder Post noch Telefon, und die Fernschreiber funktionierten nur sporadisch. Sie beobachtete Zataki, der die Papiere des Mannes neben ihr gemächlich studierte. Saukerl, dachte sie. Ich muß mitfliegen, ich muß einfach. Ich wünschte, wir könnten alle von hier weg. »Meine Ausreisegenehmigung ist abgelaufen.« Sie bemühte sich, schüchtern zu klingen, und ließ ein paar Tränen in ihren Augen schimmern.
»Meine auch«, sagte Manuela mit dünner Stimme.
Zataki musterte sie. Er zögerte. »Frauen sind nicht verantwortlich. Sie können ausreisen. Dieses eine Mal. Gehen Sie an Bord.«
»Kann Mr. Roberts auch mitkommen?« fragte Genny und deutete auf den Mechaniker. »Er ist wirklich...«

»Gehen Sie an Bord!« brüllte Zataki in einem seiner plötzlichen krankhaften Wutausbrüche. Die zwei Frauen flohen die Treppe hinauf. Die übrigen Passagiere waren zu Tode erschrocken, und selbst seine eigenen *hezbollahis* wurden nervös.
»Sie hatten recht, Exzellenz«, sagte Starke und zwang sich, nach außen hin Ruhe zu bewahren. »Mit Frauen sollte man nicht diskutieren.« Zataki nickte und beschäftigte sich wieder mit den Papieren in seiner Hand.
Zataki war gestern aus Isfahan zurückgekommen, und für morgen nachmittag hatte Esvandiari einen Flug bewilligt, um ihn nach Bardar-ee Delam zurückzubringen. Je früher, desto besser, dachte Starke grimmig.
Trotzdem tat Zataki ihm leid. Gestern nacht hatte er ihn gegen einen Helikopter lehnen sehen, die Hände an die Schläfen gepreßt, offensichtlich von starken Schmerzen gepeinigt. »Was haben Sie, Agha?«
»Mein Kopf. Ich... es ist mein Kopf.«
Er hatte ihn dazu überredet, sich von Dr. Nutt untersuchen zu lassen, und ihn zum Bungalow des Arztes gebracht. »Geben Sie mir Aspirin oder Kodein, Herr Doktor, was Sie gerade haben«, sagte Zataki.
»Vielleicht darf ich Sie untersuchen und dann...«
»Nicht untersuchen!« hatte Zataki geschrien. »Ich weiß, was mit mir nicht stimmt. Die SAVAK paßt mir nicht, das Gefängnis paßt mir nicht!« – Später, als die Schmerzen durch das Kodein ein wenig nachgelassen hatten, war er aus sich herausgegangen. Vor etwa eineinhalb Jahren war er verhaftet worden. Man warf ihm Schah-feindliche Propaganda vor. Damals arbeitete er als Journalist für eine Zeitung in Abadan. Er saß acht Monate, wurde dann aber nach dem großen Feuer in Abadan freigelassen. »Doch seit dieser Stunde danke ich Allah für jeden Tag meines Lebens, der mir Gelegenheit gibt, mehr Männer der SAVAK und des Schahs zu zertreten, seine kriecherische Polizei, seine kriecherischen Offiziere und alle, die ihn unterstützt haben. Ich war einmal für ihn. Hat er nicht für meine Ausbildung gezahlt, hier und in England? Aber er war auch verantwortlich für die SAVAK! Dieser Teil meiner Rache ist nur meine Sache – meine Rache für den Tod meiner Frau und meiner Kinder im Feuer von Abadan habe ich noch nicht begonnen.«
Starke hatte den Mund gehalten. Wer diesen Brand gelegt hatte, wer und warum, war nie ans Licht gekommen. Die Katastrophe hatte 500 Tote gefordert. Er erinnerte sich, daß man dem Schah die Schuld gegeben hatte, seiner SAVAK, seiner Polizei – und seiner Feuerwehr, weil sie schwerwiegende Fehler begangen hatte.
Er beobachtete Zataki, der gemächlich und mühsam die Reihe der Passagiere durchging. Bald würde Tyrer an der Reihe sein, und Tyrer *mußte* ausfliegen. Um sicherzugehen, hatte Dr. Nutt gesagt, sollte er so bald wie möglich in Al Schargas oder Dubai untersucht werden, wo es ausgezeichnete Kliniken gab. »Ich bin sicher, er ist ganz in Ordnung, aber bis auf weiteres sollte er seine Augen schonen. Und hören Sie, Duke, halten Sie sich um Himmels willen von Zataki fern und sagen Sie es auch den anderen. Er kann jeden Augenblick explodieren, und Gott allein weiß, was dann passiert.«

»Was hat er denn eigentlich?«
»Medizinisch? Das weiß ich nicht. Aber psychologisch ist er gefährlich, sehr gefährlich. Ich würde sagen, er ist manisch-depressiv, ganz gewiß paranoid, vermutlich eine unmittelbare Folge seiner Erlebnisse im Gefängnis. Hat er Ihnen erzählt, was sie mit ihm gemacht haben?«
»Nein.«
»Wenn ich etwas zu sagen hätte, würde ich empfehlen, ihn mit Sedativa zu behandeln und ihm den Zugang zu Feuerwaffen unmöglich zu machen.«
Na fein, dachte Starke hilflos, wie zum Teufel soll ich das schaffen? Wenigstens sind Genny und Manuela an Bord, bald werden sie in Al Schargas sein, und das ist ja ein Paradies im Vergleich zu...
Ein Warnruf ließ ihn herumwirbeln. Hinter dem Hauptkontrollturm hervor, auf die 125 zu, kam Mullah Hussain mit noch mehr *hezbollahis*, und sie gebärdeten sich überaus feindselig.
Sofort vergaß Zataki die Passagiere, nahm seine Maschinenpistole von der Schulter, entsicherte sie, ging ein paar Schritte vor und stellte sich zwischen Hussain und den Jet. Zwei seiner Männer begleiteten ihn. Die anderen nahmen Verteidigungsstellen in der Nähe der Maschine ein und deckten ihn.
»Erschlagt doch endlich diese verdammten Raben«, murmelte einer.
»Wenn es kracht, duckt euch«, rief Ayre.
»Captain«, wisperte Roberts. »Ich muß in die Maschine. Meine Kleine ist furchtbar krank. Können Sie diesen Bastard nicht überzeugen?«
»Ich werde es versuchen.«
Zataki beobachtete Hussain. Sein Anblick war ihm verhaßt. Vor zwei Tagen war er nach Isfahan gefahren; man hatte ihn zu einer Sitzung des geheimen Komitees eingeladen. Alle elf Mitglieder waren Ayatollahs und Mullahs. Dort zeigte sich ihm zum erstenmal das wahre Gesicht der Revolution – der Revolution, für deren Sieg er so verzweifelt gekämpft und um die er so viel gelitten hatte. »Ketzer werden ausgelöscht werden. Es wird nur revolutionäre Gerichte geben. Richterliche Entscheidungen werden endgültig sein, und es wird keine Berufung geben...« Die Mullahs waren ihrer Sache so sicher, ihrer göttlichen Rechte, zu herrschen und Recht zu sprechen, so sicher, genauso wie nur sie allein den Koran und die Scharia interpretierten. Mit Bedacht hatte Zataki sein Entsetzen und seine Gedanken für sich behalten, aber er wußte, daß er abermals betrogen worden war.
»Was willst du, Mullah?« fragte er. Die Anrede klang aus seinem Mund wie ein Schimpfwort.
»Als erstes sollst du wissen, daß du hier keine Macht hast. Was du in Abadan tust, ist Sache der Ayatollahs von Abadan, aber du hast keine Macht über diese Basis, über diese Männer und über diese Flugmaschine.« Hussain wurde von einem Dutzend bewaffneter junger Männer mit harten Gesichtern, allesamt *hezbollahis*, umringt.
»Keine Macht, was?« Verächtlich kehrte ihm Zataki den Rücken zu und schrie auf Englisch: »Die Maschine wird sofort abheben! Alle Passagiere an Bord!« Dann wandte er sich wieder Hussain zu. »Nun? Was kommt als zweites?«

spottete er, während sich hinter ihm die Passagiere beeilten, seiner Aufforderung zu folgen, solange sich die Aufmerksamkeit der *hezbollahis* auf Zataki und Hussain konzentrierte. Starke befahl Roberts, an Bord zu gehen, und wies Ayre an mitzuhelfen, die Flucht des Mechanikers zu verschleiern. Gemeinsam halfen sie Tyrer aus dem Jeep.
Zataki spielte mit seiner Pistole. Seine ganze Aufmerksamkeit galt Hussain.
»Nun? Was ist das zweite?« wiederholte er.
Hussain war verwirrt. Die Triebwerke erwachten zum Leben. Er sah die Passagiere, die an Bord eilten, sah Starke und Ayre, die einem Mann mit einer Augenbinde die Stufen hinaufhalfen, dann wieder die zwei Piloten neben dem Jeep, und in dem Augenblick, da der letzte Mann im Inneren verschwunden war, wurde die Treppe hinaufgezogen, und das Flugzeug rollte davon.
»Nun, Agha, was kommt als nächstes?«
»Als nächstes... als nächstes befiehlt das Komitee von Kowiss dir und deinen Männern, Kowiss zu verlassen.«
»Habt ihr gehört?« rief Zataki seinen Männern spöttisch zu, »das Komitee von Kowiss befiehlt uns, von hier fortzugehen!« Die Füße auf den Betonboden gepflanzt, stand er da, bereit zu kämpfen, wenn es nötig sein sollte, bereit zu sterben, wenn es sein mußte.
Seine Männer fingen an zu lachen. Einer von Hussains *hezbollahis*, ein bartloser Junge am äußersten Rand der Gruppe, hob seinen Karabiner – und starb augenblicklich; das treffsichere Feuer von Zatakis Männern riß ihn fast in zwei Hälften. Die Plötzlichkeit des Geschehens und die Blutlache auf dem Boden brachten Hussain vorübergehend aus der Fassung.
»Wie es Allah gefällt«, sagte Zataki. »Was willst du noch, Mullah?«
Erst jetzt bemerkte Zataki den vor Schreck wie versteinerten kleinen Jungen, der sich hinter der Robe des Mullahs verbarg, sich schutzsuchend an Hussain klammerte und Zataki aus weit geöffneten Augen anstarrte. So sehr ähnelte der Kleine seinem eigenen, dem älteren Sohn, daß ihm einige Sekunden lang die glücklichen Tage vor dem Feuer in den Sinn kamen, als alles in Ordnung zu sein schien und eine schöne Zukunft sich abzeichnete – des Schahs Weiße Revolution, eine wunderbare Sache, die Landreform, das Zügeln der Mullahs, Allgemeinbildung und vieles andere... Die guten Tage, als ich ein Vater war. Aber ich werde es nie wieder sein. Nie wieder. Die Elektroden und die Kneifzangen haben diese Möglichkeit zunichte gemacht...
Er sah die Unerbittlichkeit im Gesicht des Mullahs und machte sich bereit. Das Töten mit der Maschinenpistole machte ihm großen Spaß. Das heiße Stakkato, die kurzen, heftigen Salven, der ätzende Geruch des Kordits, das Blut der Feinde Allahs und des Islams... die Mullahs sind der Feind, vor allem aber Khomeini, der Sakrilege begeht, wenn er zuläßt, daß man seine Fotografie verehrt, daß seine Anhänger ihn Imam nennen, und weil er Mullahs zwischen uns und Allah stellt – all dies gegen die Lehre des Propheten. »Beeil dich«, schnauzte er, »ich verliere allmählich die Geduld!«

»Ich will diesen Mann haben«, sagte Hussain und streckte die Hand vor. Zataki sah sich um. Der Mullah deutete auf Starke. »Den Piloten? Warum? Wozu?« fragte er verdutzt.
»Um ihn zu verhören. Ich will ihn verhören.«
»Worüber?«
»Ich will ihn zur Flucht der Offiziere aus Isfahan vernehmen.«
»Was sollte er davon wissen? Als das geschah, war er bei mir, in Bandar-e Delam, Hunderte Meilen von Isfahan entfernt, und hat mitgeholfen, die Revolution gegen die Feinde Allahs zu verteidigen!« Giftig fügte er hinzu: »Überall findet man die Feinde Allahs. Überall. Überall gibt es Sakrilege, überall werden Idole angebetet – ist es nicht so?«
»Ja, ja. Feinde gibt es jede Menge, und Sakrileg ist Sakrileg. Aber er ist ein Hubschrauberpilot, und ein Ungläubiger war der Pilot des Fluchthubschraubers. Er könnte etwas davon wissen. Ich möchte ihn verhören.«
»Nicht, solange ich da bin.«
»Warum? Warum nicht? Warum...«
»Nicht solange ich da bin! Bei Allah, nicht solange ich da bin! Morgen oder übermorgen, wenn es Allah gefällt, aber nicht jetzt.«
In Hussains Gesicht las Zataki, daß der Mullah aufgegeben hatte und keine Gefahr mehr darstellte. »Du wirst in deine Moschee zurück wollen. Es ist schon fast Zeit zum Gebet.« Er kehrte ihm den Rücken zu und ging zum Jeep zurück; er wußte, daß seine Leute ihn decken würden, winkte Zataki und Ayre heran und setzte sich neben den Fahrer. Die Maschinenpistole hielt er im Anschlag, aber nicht so demonstrativ wie zuvor. Einer nach dem anderen kehrten seine Männer zu den Wagen zurück. Sie fuhren los.
Hussain war aschfahl. Seine *hezbollahis* warteten. Die Leiche zu ihren Füßen war ihnen erschreckend bewußt. Einer zündete sich eine Zigarette an.
»Warum hast du sie gehen lassen, Vater?« piepste der Kleine.
»Das habe ich nicht, mein Sohn. Wir haben jetzt wichtigere Dinge zu tun; dann werden wir wiederkommen.«

31

Zagros 3: 12 Uhr 05. Scot Gavallan starrte in den Lauf eines Sten-Maschinengewehrs. Nach dem ersten Flug des Tages zum Bohrturm Rosa, wo er eine Ladung Stahlrohre und Zement abgeliefert hatte, war er soeben mit der 212 gelandet. Kaum hatte er die Motoren abgestellt, waren bewaffnete *hezbollahis* aus dem Hangar gestürmt und standen nun drohend um die Maschine herum.

Angst befiel ihn, ohne daß er es wollte. Er blickte in die feindseligen schwarzen Augen. »Was wollt ihr?« krächzte er und dann in gebrochenem Persisch: *»Cheh karbareh?«*

Eine Flut zorniger unverständlicher Worte waren die Erwiderung des Mannes mit dem Gewehr.

Gavallan nahm seine Kopfhörer ab. *»Man zaban-e schoma ra khoob nami danam agha!«* schrie er. »Ich verstehe eure Sprache nicht«, und verbiß sich den Ausdruck »Scheißsprache«, den er schon auf der Zunge hatte. Noch mehr zornige Worte folgten, und dann sah er Nasiri, den Leiter der Basis der IranOil, der mit zerzaustem Haar und Verletzungen im Gesicht von Revolutionswächtern aus seinem Büro gezerrt und zu der 212 gebracht wurde. Gavallan beugte sich ein wenig aus dem Fenster. »Was zum Teufel ist da los?«

»Sie... sie wollen Sie aus dem Heli raus haben, Captain«, rief Nasiri zurück. »Sie... Bitte, beeilen Sie sich!«

Die Rotorblätter wurden rasch langsamer. Gavallan schnallte sich los und stieg aus. Sofort wurde er zur Seite gedrängt, erregt schreiende Männer drückten die Tür zum Cockpit weiter auf und guckten hinein, während andere den Einstieg aufzogen und an Bord kletterten. »Was ist denn mit Ihnen passiert, Agha?« fragte Gavallan Nasiri.

»Das neue Komitee hat einen Fehler gemacht«, antwortete Nasiri, bemüht, seine Würde zu wahren. »Sie dachten, ich wäre ein Anhänger des Schahs gewesen und nicht ein Mann der Revolution und des Imam.«

»Wer sind diese Leute? Die kommen doch nicht aus Yazdik.«

Aber noch bevor Nasiri antworten konnte, drängte sich der *hezbollahi* mit dem Sten-Maschinengewehr durch den Haufen hindurch. »In Büro! Jetzt!« radebrechte er auf Englisch, streckte den Arm aus und packte Scot am Ärmel seiner Fliegerjacke, um ihn zur Eile anzutreiben. Automatisch riß Gavallan seinen Arm zur Seite. Ein Gewehrlauf bohrte sich in seinen Rücken. »Schon gut, schon gut«, brummte er und marschierte mit grimmigem Gesicht auf sein Büro zu.

Dort standen Nitchak Khan, der Kalandar des Dorfes, und der alte Mullah hinter dem Schreibtisch mit dem Rücken zur Wand neben dem offenen

Fenster. Er begrüßte sie, und sie nickten mit unbewegtem Gesicht. Hinter ihm drängten sich viele *hezbollahis* nach Nasiri in den Raum.
»Was geht hier vor, Kalandar?« fragte Scot.
»Diese Männer sind ... sie behaupten, unser neues Komitee zu sein«, antwortete Nitchak Khan mit einiger Mühe. »Sie wurden aus Scharpur hierher geschickt, um unser ... unser Dorf und unseren Flugplatz zu übernehmen.«
Scot war verwirrt. Was der Dorfvorsteher da sagte, ergab keinen Sinn. Zwar war Scharpur die nächstgelegene Stadt und besaß die Gerichtsgewalt über das Gebiet, doch hatte man es von alters her den Kaschkai aus dem Bergland überlassen, sich selbst zu regieren – solange sie die Oberhoheit des Schahs in Teheran anerkannten, die Gesetze einhielten, unbewaffnet blieben und in Frieden miteinander lebten. »Aber ihr habt doch immer ...«
»Ruhe!« befahl der Anführer der *hezbollahis* und fuchtelte mit seinem Maschinengewehr. Scot sah, wie eine leichte Röte über Nitchak Khans Gesicht flog. Der Anführer trug einen Bart, war Mitte 30, ärmlich gekleidet und hatte ein böses Funkeln in seinen dunklen Augen. Er zerrte Nasiri nach vorn und sagte etwas auf Persisch.
»Ich soll dolmetschen, Captain«, sagte Nasiri nervös. »Der Anführer, er heißt Ali-sadr, wünscht, daß Sie die folgenden Fragen beantworten. Ich habe die meisten schon beantwortet, aber er will ...« Ali-sadr stieß eine Verwünschung aus und begann die Vernehmung, wobei er die Fragen von einer Liste ablas. Nasiri übersetzte: »Haben Sie hier das Kommando?«
»Im Augenblick ja.«
»Welche Staatsangehörigkeit haben Sie?«
»Ich bin Engländer. Aber was ...«
»Sind Amerikaner hier?«
»Nicht daß ich wüßte«, antwortete Scot rasch, verzog keine Miene und hoffte, daß man Nasiri nicht die gleiche Frage gestellt hatte. Sie wußten beide, daß der Mechaniker Rodrigues Amerikaner mit einem falschen englischen Ausweis war. Nasiri übersetzte, ohne zu zögern. Einer der *hezbollahis* schrieb alle Antworten mit.
»Wie viele Piloten sind hier?«
»Im Augenblick bin ich der einzige.«
»Wo sind die anderen? Wer sind sie, und welche Staatsangehörigkeit haben sie?«
»Unser dienstältester Pilot, Captain Lochart, ist Kanadier und befindet sich in Teheran. Er ist auf einem Charterflug und müßte jeden Tag zurück sein. Der andere, der stellvertretende Kommandant, ist Captain Jean-Luc Sessone. Er ist Franzose und fliegt heute einen dringenden Charter für IranOil nach Teheran.«
Der Anführer hob den Blick. »Was war so dringend?«
»Die Anlage Rosa soll eine neue Bohrung niederbringen.« Er wartete, während Nasiri erklärte, was das bedeutete, und daß die Ölbohrer dringend die Hilfe von Schlumberger-Experten brauchten, die jetzt in Teheran stationiert waren. Heute morgen hatte Jean-Luc auf gut Glück die Flugsicherung in

Schiras angerufen, um Starterlaubnis für Teheran zu erhalten. Zu seiner Überraschung und großen Freude hatte die Flugsicherung sie sofort erteilt. »Der Imam hat verfügt, daß die Ölproduktion sofort wieder aufgenommen wird«, hatte es geheißen.
Scot Gavallan schmunzelte, denn er kannte den wahren Grund, warum Jean-Luc so behende in das Cockpit der 206 gesprungen war: Er konnte seiner Sayada einen längst fälligen Besuch abstatten. Scot hatte sie einmal kennengelernt und hoffnungsvoll gefragt: »Hat sie eine Schwester?«
Der Anführer hörte Nasiri ungeduldig zu und unterbrach ihn schließlich. »Ali-sadr sagt, in Zukunft müssen alle Flüge von ihm freigegeben werden, von ihm oder von diesem Mann.« Nasiri deutete auf den jungen *hezbollahi*, der Scots Antworten mitschrieb. »In Zukunft muß bei allen Flügen einer von ihren Leuten an Bord sein. Keine Starts mehr ohne vorherige Erlaubnis. In etwa einer Stunde werden Sie ihn und seine Leute zu allen unseren Bohranlagen fliegen.«
»Erklären Sie ihm, daß das nicht möglich ist, weil wir noch mehr Rohre und Zement zum Bohrturm Rosa fliegen müssen. Sie sind sonst dort nicht fertig, wenn Jean-Luc morgen zurückkommt.«
Nasiri begann zu erklären. Der Anführer fiel ihm grob ins Wort und stand auf. »Sag dem ungläubigen Piloten, er soll in einer Stunde fertig sein, und dann ... Nein, noch besser: Sag ihm, er soll jetzt mit uns ins Dorf kommen, wo ich ihn im Auge behalten kann. Du kommst auch mit. Und sag ihm, er soll nur ja gehorchen! Zwar will der Imam, daß die Ölproduktion schnell wieder aufgenommen wird, aber im Iran unterstehen alle Personen den iranischen Gesetzen, ob sie iranische Staatsbürger sind oder nicht. Wir brauchen hier keine Fremden.« Er warf einen Blick auf Nitchak Khan. »Wir gehen jetzt in unser Dorf zurück«, erklärte er und verließ das Büro. Wieder stieg Nitchak Khan Röte ins Gesicht. Er und der Mullah folgten den *hezbollahis*.
»Wir sollen mitkommen, Captain«, sagte Nasiri. »Ins Dorf?«
»Wozu?«
»Na ja, Sie sind hier der einzige Pilot, und Sie kennen die Gegend«, antwortete Nasiri und fragte sich, was wohl wirklich der Grund war. Er hatte große Angst. Heute morgen war der Lastwagen mit den zwölf *hezbollahis* ins Dorf gekommen. Sofort hatte der Anführer das vom Islamischen Revolutionären Komitee von Scharpur unterzeichnete Papier vorgezeigt, das ihnen die Oberaufsicht über Yazdik, die gesamte Ölproduktion sowie die Einrichtungen und die Hubschrauber der IranOil in dieser Region übertrug. Als Nasiri auf Nitchak Khans Ersuchen über Funk bei IranOil protestieren wollte, hatte einer der Männer angefangen, ihn zu schlagen. Der Anführer hatte dem Mann Einhalt geboten, sich aber nicht entschuldigt, und er hatte auch Nitchak Khan nicht die Achtung erwiesen, die ihm als Kalandar zustand. Wäre ich doch nur wieder in Scharpur bei meiner Frau und den Kindern, dachte Nasiri. Zum Teufel mit diesen Komitees und Fanatikern und dem großen amerikanischen Satan, der an allem schuld ist. »Wir... wir sollten besser gehen«, sagte er.
Sie verließen das Büro. Die anderen waren schon ein gutes Stück voraus auf

dem Weg, der ins Dorf führte. Als Scot am Hangar vorbeikam, sah er die sechs Mechaniker unter den wachsamen Augen eines bewaffneten Wächters. Der Wächter rauchte, obwohl überall in Persisch und Englisch Schilder angebracht waren: »Rauchen verboten – Gefahr!« In der Ecke stand ihre zweite 212 im letzten Abschnitt des 1500-Flugstunden-Services, aber ohne die beiden 206 wirkte der Hangar leer und verlassen. »Agha«, wandte er sich an Nasiri und deutete mit dem Kopf auf die sie begleitenden Wächter, »sagen Sie ihnen, ich muß mich noch schnell um den Hubschrauber kümmern und dem Scheißer verbieten, im Hangar zu rauchen.«
Nasiri übersetzte. »Geht in Ordnung, sagen sie, aber Sie sollen sich beeilen.«
Der rauchende Wächter schnippte die Zigarette lässig auf den Boden. Einer der Mechaniker trat sie rasch aus. Nasiri wäre gern dabeigeblieben, aber die Wächter bedeuteten ihm, weiterzugehen. Widerstrebend gehorchte er.
»Tankt die FBC auf und checkt sie gründlich«, sagte Scot vorsichtig, weil er nicht wußte, ob der Wächter Englisch verstand. »In einer Stunde soll ich mit dem Komitee zu einer Art Staatsbesuch unserer Anlagen fliegen. Anscheinend haben wir jetzt ein neues Komitee aus Scharpur.«
»Scheiße«, murmelte einer.
»Was ist mit dem Zeug für Bohrturm Rosa?« fragte Effer Jordon. Neben ihm stand Rodrigues, und Scot sah die Sorge in seinem Gesicht.
»Das muß eben warten. Tank die FBC auf, Effer, und macht dann alle einen Ground-Check. Rod«, sagte er, um dem Mechaniker Mut zu machen, »jetzt geht's ja bald auf Heimaturlaub nach London, *capito?«*
»Na klar. Danke, Scot.«
Gavallan ging weiter, seine Leute folgten ihm. »Was ist denn eigentlich los?« rief Jordon ihm besorgt nach. »Wohin gehst du?«
»Ich mache einen Spaziergang«, antwortete er sarkastisch. »Woher soll ich das wissen? Ich war den ganzen Vormittag in der Luft.« Er fühlte sich müde und hilflos und seiner Aufgabe nicht gewachsen. Wäre doch nur Lochart oder Jean-Luc hier an seiner Stelle! Diese verdammten Bastarde vom Komitee! Verdammte Scheißkerle!
Nasiri war 100 Meter vor ihm und beeilte sich offenbar. Die anderen waren bereits hinter der Biegung des Weges verschwunden, der zum Dorf hinunterführte. Die Temperatur war eisig und der Schnee knirschte unter seinen Füßen. Er hätte Nasiri gern eingeholt, schaffte es aber nicht.
Yazdik lag auf einer kleinen Anhöhe, aber gut geschützt gegen Wind und Sturm. Die Hütten und Häuser waren aus Holz, Stein oder Lehmziegeln und standen rund um den Platz vor der kleinen Moschee. Yazdik war, was nicht selbstverständlich war, ein wohlhabendes Dorf: Es gab reichlich Feuerholz im Winter, reichlich Wild in den nahen Wäldern, gemeindeeigene Schaf- und Ziegenherden, ein paar Kamele und 30 Pferde und Zuchtstuten – der Stolz der Dorfbewohner. Nitchak Khan wohnte neben der Moschee in einem zweigeschossigen Haus mit vier Zimmern und einem Ziegeldach; es war das größte des Dorfes.
Nebenan stand als modernster Bau das Schulhaus. Tom Lochart hatte es

entworfen und McIver im Vorjahr überredet, die Kosten dafür zu übernehmen. Tom und seine Kameraden vom Stützpunkt hatten dort von Zeit zu Zeit Vorträge gehalten, die oft zu Frage-und Antwort-Spielen wurden. Sie wollten gute Beziehungen zu den Dorfbewohnern pflegen, aber auch etwas zu tun haben, wenn nicht geflogen wurde. Die Veranstaltungen waren gut besucht, von Erwachsenen, aber auch von Kindern, die von Nitchak Khan und seiner Frau dazu ermutigt wurden.
Als er jetzt den Hügel herunterkam, sah Gavallan, wie die anderen ins Schulhaus gingen. Der Lastwagen, der die *hezbollahis* gebracht hatte, war vor dem Haus abgestellt. Dorfbewohner standen in Gruppen herum und beobachteten schweigend die Vorgänge. Die Kaschkai-Frauen trugen weder Schleier noch Tschador, sondern bunte Kleider.
Scot ging die Stufen hinauf und betrat das Schulhaus. Das letzte Mal, als er hier gewesen war, hatte er von Hongkong erzählt. Es war schwer gewesen, seinen Zuhörern zu erklären, wie es in Hongkong aussieht, mit seinen überfüllten Straßen, Taifuns, Eßstäbchen, Schriftzeichen und Speisen, mit seinem freibeuterischen Kapitalismus und dem chinesischen Riesenreich jenseits der Grenze. Scot war froh, daß sie nach Schottland zurückgegangen waren und sein alter Herr die S-G gegründet hatte, die er, Scot, eines Tages leiten würde.
»Sie sollen sich setzen, Captain«, sagte Nasiri. »Da.« Er zeigte auf einen Stuhl an der Rückwand des niedrigen, überfüllten Raumes. Ali-sadr und vier *hezbollahis* saßen an dem Tisch, der üblicherweise dem Lehrer vorbehalten war. Nitchak Khan und der Mullah saßen vor ihnen. Dorfbewohner und *hezbollahis* hatten auf Stühlen und am Boden Platz genommen.
»Was ist los?«
»Es ist eine... eine Versammlung.«
Scot sah die Angst, die Nasiri quälte, und fragte sich, was er wohl tun solle, wenn die *hezbollahis* anfingen, den Mann zu schlagen. Ich hätte Karatekämpfer oder Boxer werden sollen, dachte er verdrießlich, während er versuchte, das Persisch zu verstehen, das der Anführer von sich gab.
»Was sagt er, Agha?« flüsterte er Nasiri zu.
»Ich... ich... Er sagt... Nitchak Khan, wie es im Dorf in Zukunft zugehen soll. Bitte, ich werde es Ihnen später erklären.« Nasiri entfernte sich.
Endlich verstummte Ali-sadr. Alle Blicke richteten sich auf Nitchak Khan. Langsam erhob er sich. Sein Gesicht war ernst, und er sprach nur wenige Worte. Selbst Scot verstand ihn: »Wir sind Kaschkai. Und wir werden Kaschkai bleiben.« Er kehrte dem Tisch den Rücken zu und ging zum Ausgang. Der Mullah folgte ihm.
Ein zorniges Kommando des Anführers, und zwei *hezbollahis* versperrten ihm den Weg. Geringschätzig schob er sie zur Seite, doch dann griffen andere nach ihm. Die Spannung im Raum erreichte einen Höhepunkt, und Scot sah, wie einer der Dorfbewohner unbemerkt hinausschlüpfte. Die Männer, die Nitchak Khan festhielten, drehten ihn herum, so daß er Ali-sadr und den vier *hezbollahis* gegenüberstand, die wütend aufgesprungen waren und ihn anbrüll-

ten. Den Mullah hatte keiner berührt. Er hob die Hand und begann zu sprechen, aber der Anführer schrie ihn nieder. Ein Seufzen ging durch die Dorfbewohner. Nitchak Khan wehrte sich nicht gegen die Männer, die ihn festhielten; sein Blick ruhte auf Ali-sadr, und Scot empfand den darin sich spiegelnden Haß wie einen körperlichen Schlag.

Der Anführer redete beschwörend auf die Dorfbewohner ein, zeigte mit anklagender Geste auf Nitchak Khan und forderte ihn noch einmal auf, zu gehorchen. »Wir sind Kaschkai«, sagte Nitchak Khan ruhig. »Und wir werden Kaschkai bleiben.«

Ali-sadr nahm mit den vier Beisitzern wieder am Tisch des Lehrers Platz. Abermals zeigte er mit dem Finger auf Nitchak Khan und sagte einige Worte. Die vier neben ihm nickten. Ali-sadr sagte ein Wort, das die Stille wie eine Sense durchschnitt. »Tod!« Er stand auf und ging hinaus, die Dorfbewohner und die *hezbollahis* mit Nitchak Khan folgten ihm. Scot versuchte, möglichst unbemerkt zu bleiben. Bald war er allein.

Draußen zerrten die *hezbollahis* Nitchak Khan zur Moschee und stellten ihn dort an die Wand. Der Platz war jetzt leer; die Dorfbewohner waren verschwunden. Nur der alte Mullah war geblieben. Langsam ging er zu Nitchak Khan hinüber und stellte sich neben ihn, vor die *hezbollahis*, die in 20 Metern Entfernung ihre Gewehre schußbereit machten. Auf Ali-sadrs Befehl zerrten zwei von ihnen den Greis weg. Schweigend und stolz wartete Nitchak Khan an der Mauer. Dann spuckte er aus.

Niemand wußte, woher der einzelne Schuß kam. Ali-sadr war tot, noch bevor er zusammensackte. Atemlose Stille trat plötzlich ein. Die *hezbollahis* wirbelten in Panik herum und erstarrten, als eine Stimme rief: *»Allah-u Akbarr*, legt eure Waffen nieder!«

Keiner bewegte sich, bis dann einer vom Exekutionskommando seine Waffe auf Nitchak Khan richtete, aber er starb, noch bevor er abdrücken konnte.

»Allah ist groß, legt eure Waffen nieder!«

Ein *hezbollahi* ließ sein Gewehr fallen, ein anderer folgte seinem Beispiel, ein dritter raste auf den Lastwagen zu und starb, noch bevor er zehn Meter gelaufen war. Jetzt lagen alle Waffen auf dem Boden, und niemand bewegte sich.

Dann ging die Tür von Nitchak Khans Haus auf, und seine Frau, einen Karabiner im Anschlag, kam heraus, gefolgt von einem jungen Mann, der auch einen Karabiner hielt. Die Frau war zehn Jahre jünger als Nitchak Khan. Sehr aufrecht, stolz, kam sie näher; das Klirren ihrer Ohrringe und Armreifen und das Rauschen ihres langen, rotbraunen Kleides waren die einzigen Geräusche auf dem Platz.

Nitchak Khan kniff die Augen zusammen, und um seine Lippen spielte ein Lächeln. Aber er sagte nichts und musterte nur die acht *hezbollahis*, die noch vor ihm standen: gnadenlos. Sie starrten ihn an. Einer griff rasch nach seinem Gewehr, da schoß sie ihn in den Bauch. Er schrie und wand sich vor Schmerzen im Schnee. Sie ließ ihn eine kleine Weile brüllen. Ein zweiter Schuß, und er verstummte.

Jetzt waren es noch sieben.
Nitchak Khan lächelte immer noch. Jetzt kamen die Männer und Frauen aus ihren Häusern und Hütten. Alle waren bewaffnet. Er wandte seine Aufmerksamkeit wieder den sieben *hezbollahis* zu. »Steigt auf den Wagen! Legt euch nieder und verschränkt eure Arme auf dem Rücken!« Mürrisch gehorchten die Männer. Er befahl vier Dorfbewohnern, die *hezbollahis* zu bewachen, und sagte dann zu dem jungen Mann, der aus seinem Haus gekommen war: »Es ist noch einer auf dem Flughafen, mein Sohn. Nimm einen Freund mit und erledigt den Burschen! Bringt seine Leiche zurück, aber bedeckt eure Gesichter mit Halstüchern, damit euch die Ungläubigen nicht wiedererkennen können.«
»Wie es Allah gefällt.« Der junge Mann deutete auf das Schulhaus. Die Tür stand noch offen, aber von Scot war nichts zu sehen. »Der Ungläubige«, sagte er leise, »ist nicht aus unserem Dorf.« Dann ging er schnell fort.
Die Dorfbewohner warteten. Nitchak Khan strich sich nachdenklich den Bart. Sein Blick fiel auf Nasiri, der auf den Stufen des Schulhauses hockte. Das Blut wich aus Nasiris Gesicht. »Ich habe nichts gesagt, Nitchak Khan, gar nichts«, krächzte er und erhob sich. »In den zwei Jahren, die ich hier bin, habe ich immer alles, was ich konnte, für das Dorf getan ... Ich habe nichts gesagt«, wiederholte er lauter und unterwürfig, doch dann ergriff ihn blinde Furcht, und er nahm Reißaus – und starb. Ein Dutzend Dorfbewohner hatten auf ihn geschossen.
Nitchak Khan seufzte. Er hatte Nasiri gut leiden können, aber der Basisleiter gehörte nicht zu ihnen. Nitchak Khans Frau trat zu ihm, gab ihm eine Zigarette und zündete sie ihm an. Er paffte nachdenklich. In den Häusern bellten ein paar Hunde, und ein Kind weinte.
»Eine kleine Lawine wird die Straße verschütten, dort, wo sie schon einmal fortgeschwemmt wurde. Bis nach der Schneeschmelze wird uns kein Lastwagen erreichen können«, begann er. »Wir werden die Leichen auf den Laster laden, ihn mit Benzin übergießen und dann von der Straße in die Kamelschlucht stürzen lassen. Wie es aussieht, ist das Komitee zu dem Schluß gekommen, daß wir uns wie schon bisher selbst regieren können, und daß man uns, wie schon bisher, in Frieden lassen soll. Sie sind dann weggefahren und haben Nasiris Leiche mitgenommen. Sie erschossen Nasiri hier auf dem Platz, als er fliehen wollte. Das haben wir alle gesehen. Bedauerlicherweise hatten sie auf der Rückfahrt einen Unfall. Wie wir alle wissen, ist die Straße sehr gefährlich. Wahrscheinlich haben sie Nasiris Leiche mitgenommen, um zu beweisen, daß sie ihrer Pflicht nachgekommen waren und einen bekannten Schah-Anhänger festgenommen und ihn erschossen haben, als er fliehen wollte.«
Die Bürger hörten aufmerksam und kritisch zu und warteten. Alle wollten die Antwort auf die letzte Frage wissen: Was soll mit dem letzten Zeugen, dem Ungläubigen im Schulhaus, geschehen?
Nitchak Khan strich sich über den Bart. Das half immer, wenn er schwierige Entscheidungen zu treffen hatte.

»Es werden noch mehr *hezbollahis* kommen, magnetisch angezogen von den Flugmaschinen. Fremde stellen sie her, und Fremde fliegen sie zum Nutzen der Fremden, die das Öl aus unserem Land holen, zum Nutzen der uns feindlich gesinnten Teheraner und der Steuereinnehmer. Gäbe es keine Ölfelder, gäbe es auch keine Fremden und damit auch keine *hezbollahis*. Das ganze Land ist reich an Öl, unsere Bohranlagen sind jedoch schwer zu erreichen. Warum muß genau hier Öl gefördert werden?«
Alle gaben ihm recht. Bedächtig paffte er seine Zigarette. Die Menschen betrachteten ihn vertrauensvoll. Er war ihr Vorsteher, der sie 18 Jahre lang durch gute und schlechte Zeiten geführt hatte. »Wenn sich also diese Fremden entschließen könnten, abzureisen«, fuhr er fort, »bezweifle ich sehr, ob andere Fremde herkommen wollen, um die Anlagen wieder instandzusetzen, die doch gewiß sehr rasch verfallen, ja sogar von Banditen beschädigt und geplündert werden. Man würde uns also in Frieden lassen. Ohne unseren guten Willen läuft nichts in unseren Bergen. Wir Kaschkai wollen frei sein und in Frieden und gemäß unseren alten Bräuchen leben. Darum müssen die Fremden fort – freiwillig. Und rasch. Das gleiche gilt für die Bohranlagen und alles, was fremde Hände errichtet haben.« Sorgfältig trat er seine Zigarette im Schnee aus. »Laßt uns anfangen! Brennen wir die Schule nieder!«
Die Dorfbewohner gehorchten sogleich. Ein wenig Benzin und Brennholz genügten. Die Menschen warteten. Aber der Ungläubige kam nicht zum Vorschein, und auch als sie später Schutt und Asche durchsuchten, fanden sie keine Spur von ihm.

32

In der Nähe von Täbris: 11 Uhr 49. Erikki Yokkonen steuerte die 206 über den letzten Paß vor der Stadt. Nogger Lane saß neben ihm, Azadeh hinten. Sie trug eine dicke Fliegerjacke über ihrem Schianzug, aber in ihrer Reisetasche hatte sie einen Tschador. »Sicherheitshalber«, hatte sie gesagt. Erikki hatte auch ihr Kopfhörer besorgt.

»Täbris 1, können Sie mich hören?« wiederholte er. Sie warteten. Keine Antwort, obwohl sie sich bereits im Frequenzbereich befanden. »Könnte unbesetzt sein oder auch eine Falle wie bei Charlie.«

»Am besten, du siehst dich gut um, bevor du landest«, meinte Nogger, der sich unbehaglich fühlte.

Der Himmel war klar, die Temperatur unter dem Nullpunkt, und auf den Bergen lag Schnee. Über Anweisung der Flugsicherung Teheran hatten sie ohne Schwierigkeiten bei einem Depot der IranOil in Bandar-e Ayatollah, dem früheren Bandar-e Pahlavi, aufgetankt. »Seit Khomeini die Dinge im Griff hat, ist die Flugsicherung zuvorkommend und der Flughafen wieder offen«, hatte Erikki gesagt und versucht, die Niedergeschlagenheit zu verjagen, die auf ihnen allen lastete.

Azadeh war immer noch völlig verstört von der Nachricht über Emir Paknouris Hinrichtung wegen »Verbrechen gegen den Islam« und der noch furchtbareren Nachrichten über Scharazads Vater. »Das ist Mord!« hatte sie entsetzt hervorgestoßen. »Welche Verbrechen könnte er begangen haben, wo er doch seit Jahren Khomeini und die Mullahs unterstützt hat?«

Keiner wußte eine Antwort darauf. Die Familie war aufgefordert worden, die Leiche abzuholen, und trauerte nun um den Toten. Scharazad, wie wahnsinnig vor Kummer, hatte ihr Haus sogar vor Azadeh und Erikki verschlossen. Azadeh wollte Teheran nicht verlassen, aber Erikki hatte eine zweite Botschaft von ihrem Vater erhalten: »Ich wünsche, meine Tochter dringend in Täbris zu sehen.«

Und nun waren sie fast schon daheim.

Es war einmal ein Daheim, dachte Erikki. Jetzt bin ich nicht mehr so sicher. Nahe Qazvin hatte er die Stelle überflogen, wo seinem Range-Rover das Benzin ausgegangen war, und wo Pettikin und Rákóczy Azadeh und ihn vor der aufgebrachten Menge gerettet hatten. Der Range-Rover war nicht mehr da. Dann flogen sie über den elenden Ort, wo die Straßensperre gewesen und er den feistgesichtigen Mudjaheddin zerquetscht hatte, der ihre Papiere genommen hatte. Ein Wahnsinn, hierher zurückzukommen, dachte Erikki.

»Mac hat recht«, hatte Azadeh ihn dringend gebeten. »Geh du nach Al Schargas. Laß Nogger mich nach Täbris und wieder zurück fliegen, um den

nächsten Pendler zu nehmen. Ich komme zu dir nach Al Schargas, ganz gleich, was mein Vater sagt.«
Gleich nach Tagesanbruch waren sie von Doschan Tappeh aus gestartet. Der Stützpunkt war fast leer. Viele Gebäude und Hangars glichen ausgebrannten Schalen, zerstört von Flugzeugen der iranischen Luftwaffe, daneben Lastwagen und ein völlig demolierter Panzer mit dem Emblem der Unsterblichen an der Seite. Niemand hatte diesen Trümmerhaufen beseitigt. Plünderer hatten alles Brennbare mitgenommen, da es kaum noch Heizöl zu kaufen gab.
Der Hangar der S-G und die Reparaturwerkstatt waren fast unbeschädigt. Trotz vieler Einschußlöcher in den Mauern war nichts gestohlen worden. Ein paar Mechaniker und das Büropersonal gingen mehr oder weniger normal ihrer Arbeit nach. Die Auszahlung rückständiger Löhne und Gehälter mit dem Geld, das McIver aus Valik und den anderen Partnern herausgequetscht hatte, war der Anreiz dazu gewesen. McIver hatte Yokkonen ein Bündel Scheine gegeben, um das Personal auf Täbris 1 zu besolden. »Fang an zu beten, Erikki! Ich habe heute einen Termin beim Minister, um unsere Finanzen in Ordnung zu bringen, um zu den Geldern zu kommen, die man uns schuldet, und darauf zu dringen, daß sie alle abgelaufenen Lizenzen erneuern«, hatte er ihnen mitgeteilt, knapp bevor sie gestartet waren. »Talbot von der Botschaft hat ihn für mich fixiert. Er meint, Bazargan und Khomeini hätten jetzt gute Chancen, das Land unter Kontrolle zu bringen und die Linken zu entmachten. Wir müssen jetzt nur kaltes Blut bewahren.«
Für ihn ist das leichter, dachte Yokkonen.
Jetzt waren sie über dem Paß. Der Helikopter legte sich in die Kurve und ging schnell nieder. »Da ist der Stützpunkt!« Die Piloten konzentrierten sich. Der Windsack war das einzige, was sich bewegte. Es waren keine geparkten Fahrzeuge zu sehen. Aus keiner Unterkunft stieg Rauch auf. Sie kreisten in etwa 200 Meter Höhe. Niemand kam heraus, um sie zu begrüßen. »Ich gehe etwas tiefer.«
Noch immer bewegte sich nichts, und so stiegen sie wieder auf 300 Meter Höhe auf. Erikki überlegte. »Azadeh. Ich könnte dich im Vorhof des Palastes, außerhalb der Mauern, absetzen.«
Sofort schüttelte Azadeh den Kopf. »Nein, Erikki. Du weißt, wie nervös seine Leibwächter sind, und wie empfindlich er ist, wenn ungebetene Besucher kommen.«
»Aber wir wurden doch gebeten. Zumindest wurdest du gebeten. Befohlen wäre ein besseres Wort. Wir könnten das Gelände überfliegen, kreisen und uns umschauen. Wenn alles in Ordnung zu sein scheint, könnten wir landen.«
»Wir könnten in einiger Entfernung landen und dann zu Fuß...«
»Nicht zu Fuß. Nicht ohne Gewehr.« Es war ihm nicht gelungen, in Teheran zu einer Feuerwaffe zu kommen. Ich muß mir noch ein Gewehr verschaffen, dachte er ärgerlich. Ich fühle mich nicht mehr sicher. »Wir schauen uns das alles an, und dann entscheiden wir uns.« Er rief den Kontrollturm in Täbris. Keine Antwort. Wieder zog er eine Schleife und hielt dann auf die Stadt zu. Während sie das Dorf Abu-Mard überflogen, deutete Erikki nach unten, und

Azadeh sah das kleine Schulhaus, wo sie so viele glückliche Stunden verbracht hatte, und dort, nahe dem Bach, den Ort, an dem sie Erikki zum erstenmal gesehen, ihn für einen Riesen gehalten und sich, Wunder über Wunder, in ihn verliebt hatte. Sie steckte die Hand durch das Verbindungsfenster und berührte ihn.
»Geht's dir gut? Ist dir auch nicht kalt?« Er lächelte sie an.
»Nein, nein. Das Dorf hat uns Glück gebracht, nicht wahr?« Sie ließ ihre Hand auf seiner Schulter. Die Berührung tat ihnen beiden wohl.
Bald konnten sie den Flughafen und den Bahnhof sehen. Täbris war eine große Stadt. Nun konnten sie die Zitadelle ausmachen, die Blaue Moschee und die umweltverschmutzenden Stahlfabriken, dazu die Hütten, Dächer und Häuser der 600 000 Einwohner.
»Seht mal da drüben!« Ein Teil des Bahnhofs schwelte, Rauchwolken stiegen auf. Weitere Brände wüteten nahe der Zitadelle. Vom Kontrollturm kam noch immer keine Antwort, und auf dem Vorfeld des Flughafens nahmen sie keine Aktivitäten wahr, wenngleich einige Zubringermaschinen dort abgestellt waren. Reges Leben und Treiben herrschte dagegen auf der Militärbasis. Personen- und Lastwagen kamen und fuhren wieder weg. Soweit sie sehen konnten, wurde in den Straßen weder geschossen noch gekämpft, das ganze Gebiet rund um die Moschee war völlig leer. »Ich möchte nicht zu tief hinuntergehen«, sagte Erikki. »Ich möchte keinen schießwütigen Spinner provozieren.«
»Gefällt dir Täbris, Erikki?« fragte Nogger, um sich seine Besorgnis nicht anmerken zu lassen. Er war noch nie da gewesen.
»Täbris ist eine großartige Stadt, alt und weise und offen und frei – die weltoffenste Stadt des Iran. Ich habe herrliche Zeiten hier verbracht. Hier gibt es Speisen und Getränke aus aller Welt, preiswert und leicht aufzutreiben: Kaviar und Wodka aus Rußland, geräucherten Lachs aus Schottland, und in den guten alten Zeiten brachte die Air France einmal in der Woche Brot und Käse aus Frankreich. Türkische Waren und kaukasische, britische und amerikanische, japanische... Hier gibt es alles zu kaufen. Die Stadt ist berühmt für ihre Teppiche und die Schönheit ihrer Frauen.« Azadeh zwickte ihn ins Ohrläppchen, und er lachte. »Es ist eine wunderbare Stadt, Nogger. Jahrhundertelang war sie ein großes Handelszentrum. Die Bevölkerung besteht aus Iranern, Russen, Türken, Kurden und Armeniern; sie war immer rebellisch und unabhängig. Früher haben die Zaren die Stadt begehrt; jetzt interessiert sie die Sowjets.«
Da und dort starrten kleine Menschengruppen zu ihnen hinauf. »Siehst du irgendwelche Waffen, Nogger?«
»Eine ganze Menge. Aber niemand schießt auf uns. Noch nicht.«
Vorsichtig zog Erikki eine Schleife um die Stadt und steuerte nach Osten. Dort stieg das Land zu den Vorbergen auf, und auf einem Kamm stand der ummauerte Palast der Gorgons, zu dem eine Straße führte. Die Straße war leer. Die hohen Mauern umschlossen viele Hektar Land: Obstgärten, eine Teppichfabrik, Garagen für 20 Autos, Schuppen für überwinternde Schaf-

herden, Hütten und Nebengebäude für über 100 Bedienstete und Wächter und das von einer Kuppel gekrönte breit angelegte Haupthaus mit seinen 50 Zimmern, einer kleinen Moschee und einem winzigen Minarett. Mehrere Wagen waren vor dem Haupteingang geparkt. Erikki kreiste in 200 Meter Höhe.
»Nettes Häuschen«, murmelte Nogger Lane beeindruckt.
»Der Palast wurde auf Befehl des Zaren vom Prinzen Zergejew, der mein Urgroßvater war, erbaut«, erzählte Azadeh ein wenig zerstreut, während sie nach unten blickte. »Es war 1890, als die Zaren wieder einmal versuchten, Aserbeidschan an sich zu reißen und dabei mit Unterstützung der Gorgons rechneten. Aber unsere Familie war immer loyal gegen den Iran, obwohl sie sich stets bemühte, ein Gleichgewicht zu bewahren.« Sie blickte auf den Palast hinunter. Menschen kamen aus dem Haupthaus und einigen Nebengebäuden, Bedienstete und bewaffnete Wächter. »Die Moschee wurde 1907... Oh, Erikki, sieh doch! Sind das nicht Najoud, Fazulia und Zadi... und, schau doch, Erikki, ist das nicht mein Bruder Hakim? Aber was macht Hakim hier?«
»Wo? Ach ja, ich sehe ihn. Nein, ich...«
»Vielleicht hat Abdullah Khan ihm verziehen«, fuhr sie aufgeregt fort. »Oh, das wäre wunderbar!«
Erikki blickte hinunter. Er war ihrem Bruder nur einmal begegnet, bei ihrer Hochzeit, und Hakim hatte ihm gut gefallen. Abdullah Khan hatte ihn nach Khoy im Norden von Aserbeidschan, nahe der türkischen Grenze, verbannt, wo er große Bergwerksanteile besaß. »Dabei wollte Hakim immer nach Paris, um dort Klavier zu studieren«, hatte Azadeh erzählt, »aber Vater weigerte sich, ihn auch nur anzuhören, beschimpfte ihn und verbannte ihn...«
»Das ist nicht Hakim«, sagte nun Erikki, der schärfere Augen hatte als Azadeh.
»Ach!« Sie blinzelte gegen den Wind. »Ach!« seufzte sie enttäuscht. »Ja, du hast recht, Erikki.«
»Dort ist Abdullah Khan!« Unmöglich, den stattlichen, korpulenten Mann mit dem langen Bart zu verwechseln, der jetzt, zwei bewaffnete Leibwächter hinter sich, aus der Tür kam und auf den Stufen stehenblieb. In seiner Begleitung waren zwei andere Männer. Alle trugen dicke Mäntel, um sich vor der Kälte zu schützen. »Wer sind denn die beiden?«
»Fremde«, antwortete Azadeh. »Sie tragen keine Gewehre und haben auch keinen Mullah dabei, also sind es keine *hezbollahis.*«
»Es sind Europäer«, sagte Nogger. »Hast du ein Fernglas, Erikki?«
»Nein.« Yokkonen ging auf 150 Meter hinunter und blieb schweben, während er Abdullah Khan aufmerksam beobachtete. Er sah, wie dieser auf den Hubschrauber deutete und dann mit den beiden Männern sprach. Inzwischen hatten sich noch andere Schwestern Azadehs und einige Frauen, teils im Tschador, unten versammelt. Nachdem Erikki weitere 50 Meter hinuntergegangen war, nahm er seine dunkle Brille und die Kopfhörer ab, schob

das Seitenfenster auf, steckte den Kopf hinaus, damit man ihn deutlich sehen konnte, und winkte. Nach einer kleinen Weile winkte der Khan zurück. Er schien nicht gerade erfreut zu sein.

»Azadeh! Nimm deine Kopfhörer ab, und tu das gleiche!«

Sie kam der Aufforderung sofort nach. Einige ihrer Schwestern winkten aufgeregt zurück. Abdullah Khan tat nichts dergleichen; er blieb nur stehen und wartete. Dickschädel! dachte Erikki, beugte sich aus dem Fenster und deutete auf den großen freien Platz jenseits des zugefrorenen Wasserbeckens im Hof; offensichtlich erbat er die Erlaubnis, dort landen zu dürfen. Abdullah Khan nickte, sprach kurz mit seinen Wächtern, machte kehrt und ging ins Haus zurück. Die beiden Männer folgten ihm. Ein Leibwächter blieb zurück und ging, während er den Mechanismus seines Sturmgewehrs überprüfte, zu der Stelle, wo der Hubschrauber aufsetzen sollte.

»Es geht nichts über ein liebenswürdiges Empfangskomitee«, brummte Nogger.

»Kein Grund zur Sorge«, sagte Azadeh und lachte nervös. »Ich steige zuerst aus, Erikki. Das ist sicherer für mich.«

Sie landeten. Azadeh öffnete den Einstieg und kletterte hinaus, um ihre Schwestern und ihre Stiefmutter zu begrüßen; letztere war ihres Vaters dritte Frau und jünger als Azadeh. Die erste Frau, die Khananum, war gleichen Alters wie er. Sie war bettlägerig. Die zweite Frau, Azadehs Mutter, war, wie schon berichtet, vor vielen Jahren gestorben.

Der Leibwächter sprach Azadeh an. Sehr höflich. Erikki atmete auf. Sie waren zu weit weg, als daß er hätte hören können, was gesprochen wurde – und überdies sprachen er und Nogger weder Persisch noch Türkisch. Der Leibwächter deutete auf den Heli. Sie nickte, drehte sich um und winkte die beiden herbei. Erikki und Nogger beeilten sich, die Turbinen abzustellen, während sie den Leibwächter nicht aus den Augen ließen, der sie mit ernstem Gesicht beobachtete.

»Sind dir Schußwaffen auch verhaßt wie mir, Erikki?« fragte Nogger.

»Noch verhaßter. Aber dieser Bursche weiß wenigstens damit umzugehen. Angst habe ich vor den Amateuren.« Erikki steckte den Zündschalter ein.

Sie wollten zu Azadeh und ihren Schwestern gehen, aber der Leibwächter stellte sich ihnen in den Weg. »Er sagt«, rief Azadeh, »wir sollen in den Empfangssaal gehen und dort warten. Kommt mir bitte nach!«

Der Empfangssaal war riesengroß, kalt und zugig und roch ausgesprochen muffig. Die Einrichtung war viktorianisch, dazu gab es viele Teppiche und Sitzpolster und altmodische Heizkörper. Azadeh stellte sich vor einen Spiegel und richtete sich die Haare. Ihr Schianzug war elegant und modisch. Abdullah Khan hatte von seinen Frauen und Töchtern und Dienstmädchen nie verlangt, daß sie den Tschador trugen; er hielt nichts davon. Warum aber trug Najoud heute einen? fragte Azadeh sich, und ihre Nervosität nahm zu. Ein Diener brachte Tee. Sie warteten eine halbe Stunde, dann erschien ein anderer Leibwächter und sprach mit Azadeh. Sie holte tief Atem. »Sie sollen hier warten, Nogger«, sagte sie. »Erikki, du und ich, wir sollen kommen.«

Erikki folgte ihr. Er befand sich in einem Zustand der Spannung, vertraute aber darauf, daß der erbitterte Frieden, den er mit Abdullah Khan geschlossen hatte, halten würde. Die Berührung seines Dolches gab ihm Sicherheit. Der Leibwächter öffnete eine Tür am Ende des Ganges und bedeutete ihnen einzutreten.

Abdullah Khan ruhte, gegen einige Kissen gelehnt, auf einem Teppich gegenüber der Tür. Zwei Leibwächter standen hinter ihm. Die beiden Männer, die sie auf den Stufen gesehen hatten, saßen mit gekreuzten Beinen neben ihm. Der eine war Europäer, ein großer, gutaussehender Mann Ende 60 mit breiten Schultern und slawisch geschnittenen Augen im freundlichen Gesicht. Der andere war jünger, Mitte 30, von gelblicher Hautfarbe und asiatischem Aussehen. Beide trugen dicke Winteranzüge. Erikki blieb an der Tür stehen, während Azadeh auf ihren Vater zutrat, vor ihm niederkniete, seine plumpe, beringte Hand küßte und ihn segnete. Unbewegt winkte ihr Vater sie beiseite und hielt seine dunklen Augen auf Erikki gerichtet, der ihn höflich begrüßte, aber nahe der Tür stehenblieb. Er sah, wie die beiden Fremden Azadeh mit bewundernden Blicken musterten, und seine Temperatur erhöhte sich um einige Grade. Die Stille verdichtete sich.

Neben dem Khan stand eine Schüssel mit Halvah, kleine Würfel der honigsüßen türkischen Delikatesse, die er liebte, und von denen er einige aß, während das Licht auf seinen Ringen tanzte. »Also«, begann er in scharfem Ton, »wie es scheint, tötest du wie ein toller Hund.«

Erikkis Augen verengten sich, aber er blieb stumm.

»Nun?«

»Wenn ich töte, dann nicht wie ein toller Hund. Und wen soll ich denn getötet haben?«

»Einen Greis in einer Menschenmenge außerhalb von Qazvin. Mit deinem Ellbogen hast du ihm die Brust eingedrückt. Es gibt Zeugen. Dann drei Männer in einem Wagen und einen, der daneben stand – ein bedeutender Freiheitskämpfer. Auch dafür gibt es Zeugen. Ein Stück die Straße hinunter fünf Tote und mehrere Verwundete im Zuge eines Hubschraubermanövers. Noch mehr Zeugen.« Wieder trat Stille ein. Azadeh hatte sich nicht gerührt, aber das Blut war aus ihrem Gesicht gewichen. »Nun?«

»Wenn es tatsächlich Zeugen gibt, wirst du auch wissen, daß wir in friedlicher Absicht nach Teheran unterwegs waren. Wir waren unbewaffnet und wurden von einer aufgebrachten Menge überfallen, und ohne Charlie Pettikin und Rákóczy wären wir wahrscheinlich...« Erikki verstummte, als er bemerkte, daß die zwei Fremden Blicke wechselten. Schließlich fuhr er fort. »... wären wir wahrscheinlich tot. Wir waren unbewaffnet – bis auf Rákóczy – und wurden zuerst beschossen.«

Auch Abdullah Khan hatte die Veränderung in den Mienen der beiden Männer neben sich bemerkt. Nachdenklich sah er Erikki an. »Rákóczy? Ist das der mit dem islamisch-marxistischen Mullah und den Männern, die deinen Stützpunkt angegriffen haben? Der sowjetische Moslem?«

»Ja. Der KGB-Agent, der behauptete, aus Georgien, aus Tiflis zu kommen.«

Abdullah Khan lächelte dünn. »KGB? Woher willst du das wissen?«
»Ich habe genug von ihrer Sorte gesehen, um es zu wissen.« Die zwei Fremden starrten ihn ausdruckslos an. Der Ältere setzte ein liebenswürdiges Lächeln auf, und Erikki überlief es eiskalt.
»Dieser Rákóczy, wie kam er in den Hubschrauber?« wollte der Khan wissen.
»Vorigen Sonntag nahm er Charlie Pettikin auf meinem Stützpunkt gefangen – Pettikin ist einer von unseren Piloten, der nach Täbris gekommen war, um uns abzuholen, Azadeh und mich. Ich war von meiner Botschaft ersucht worden, wegen meines Passes Verbindung mit ihnen aufzunehmen – das war der Tag, an dem die meisten Regierungen, auch meine, alle nicht unbedingt benötigten Personen aufforderte, das Land zu verlassen. Am Montag, als wir von hier abfuhren, zwang Rákóczy Pettikin, ihn nach Teheran zu fliegen.« Er erzählte in kurzen Worten, was geschehen war. »Hätte er die finnische Flagge auf dem Dach nicht bemerkt, wären wir tot.«
Der Mann mit den asiatischen Zügen lachte leise. »Das wäre ein großer Verlust gewesen, Captain Yokkonen«, sagte er auf Russisch.
Der andere, der mit den slawisch geschnittenen Augen, erkundigte sich in fehlerlosem Englisch: »Wo hält sich dieser Mann jetzt auf?«
»Das weiß ich nicht. Irgendwo in Teheran. Und darf ich fragen, wer Sie sind?« Erikki bemühte sich, Zeit zu gewinnen, und erwartete keine Antwort. Er versuchte zu erraten, ob Rákóczy ein Freund oder ein Feind dieser beiden war – offensichtlich Sowjetrussen, offensichtlich Männer des KGB oder des GRU – der Geheimpolizei der Streitkräfte.
»Bitte, wie lautete sein Name genau?« fragte der Ältere freundlich.
»Rákóczy, so wie der ungarische Freiheitskämpfer.« Erikki hätte weitersprechen können, war aber viel zu klug, um dem KGB oder dem GRU aus eigenem Antrieb weitere Informationen zu liefern. Azadeh kniete immer noch mit steifem Rücken auf dem Teppich, die Hände im Schoß. Plötzlich befiel ihn würgende Angst um sie.
»Du gibst also zu, diese Männer getötet zu haben«, sagte der Khan und steckte sich ein Stück Halvah in den Mund.
»Ich gebe zu, vor etwa einem Jahr Menschen getötet zu haben, um dein Leben zu retten und ...«
»Und auch deines!« versetzte Abdullah Khan zornig. »Diese Mörder hätten auch dich getötet – es war Allahs Wille, daß wir am Leben blieben.«
»Ich habe diesen Kampf weder angefangen noch gesucht.« Erikki bemühte sich, seine Worte klug zu wählen. »Wenn ich diese anderen tötete, so nur, um deine Tochter, meine Frau, zu schützen. Unser beider Leben war in Gefahr.«
»Du hältst es also für dein gutes Recht, jederzeit zu töten, wenn du der Meinung bist, daß dein Leben in Gefahr ist?«
Erikki sah die Röte im Gesicht des Khans, sah die zwei Männer neben ihm, die ihn beobachteten, und dachte an sein eigenes Erbe und an die Geschichten seines Großvaters über die alten Zeiten im Norden, als noch Riesen auf Erden wandelten und Trolle und Kobolde noch nicht in das Reich der Legende verbannt waren, als man das Gute gut nannte und das Böse böse.

»Wenn Azadehs Leben bedroht ist oder auch meines, töte ich jeden, wer immer es sein mag«, antwortete er, ohne seine Stimme zu erheben. Die drei Männer verspürten Eiseskälte. Azadeh war über diese Drohung zu Tode erschrocken, und selbst die Leibwächter, die weder Russisch noch Englisch verstanden, traten nervös von einem Fuß auf den anderen.

Die Ader auf Abdullah Khans Stirn schwoll an. »Du wirst diesen Herrn begleiten«, sagte er, »und seine Anordnungen ausführen.«

Erikki musterte den Mann mit den asiatischen Zügen. »Was wollen Sie von mir?«

»Ich brauche nur Ihre Erfahrung als Pilot und die 212«, antwortete der Mann freundlich auf Russisch.

»Tut mir leid, die 212 ist beim 1500-Flugstunden-Service, und im übrigen arbeite ich für S-G und Iran Timber.«

»Die 212 hat den Service hinter sich und wurde von Ihren Mechanikern bereits am Boden getestet. Und Iran Timber hat sie für mich freigegeben.«

»Um was zu tun?«

»Um zu fliegen«, gab der Mann gereizt zurück. »Sind Sie schwerhörig?«

»Nein, aber Sie sind es anscheinend.«

Zischend entwich die Luft aus dem Mund des Mannes. Der Ältere lächelte schief. Abdullah Khan richtete das Wort an Azadeh, die zusammenzuckte. »Du gehst jetzt zur Khananum und machst ihr deine Aufwartung.«

»Ja... ja, Vater«, stammelte sie und sprang auf. Erikki trat einen halben Schritt vor, aber die Leibwächter stellten sich in den Weg, und einer bedrohte ihn mit der Waffe. »Nein, Erikki«, sagte sie, den Tränen nahe. »Ich... ich muß gehen...« Sie lief weg, bevor er sie aufhalten konnte.

Der Mann mit den asiatischen Gesichtszügen brach das Schweigen. »Sie haben nichts zu befürchten. Wir möchten nur Ihr Know-how in Anspruch nehmen.«

Erikki Yokkonen blieb ihm die Antwort schuldig. Er war überzeugt, daß er in der Schlinge saß, daß er und Azadeh in der Schlinge saßen und verloren waren, und wenn keine Leibwächter im Saal gewesen wären, hätte er sofort und ohne zu zögern Abdullah Khan und vermutlich auch die beiden anderen angegriffen und getötet. Die drei Männer wußten das.

»Warum hast du meine Frau herbefohlen?« fragte Erikki in ruhigem Ton, obwohl er die Antwort bereits wußte. »Du hast zweimal nach ihr verlangt.«

»Für mich«, antwortete Abdullah Khan höhnisch, »ist sie ohne jeden Wert. Aber sie ist wertvoll für meine Freunde: Sie garantiert ihnen, daß du zurückkommst und daß du dich benimmst. Und bei Allah und den Propheten: Du wirst dich gut aufführen. Du wirst tun, was dieser Herr von dir verlangt.«

Der Russe mit den asiatischen Zügen erhob sich. »Zuerst Ihren Pukoh, bitte.«

»Sie können kommen und ihn sich holen, wenn Sie ihn wirklich haben wollen.«

Der Mann zögerte. Abdullah Khan fing zu lachen an. Es war ein grausames Lachen. »Sie werden ihm seinen Dolch lassen. Das wird Ihr Leben interes-

santer machen.« Dann, an Erikki gewandt: »Es wäre klug, gehorsam zu sein und sich zu benehmen.«
»Es wäre klug, uns in Frieden gehen zu lassen.«
»Möchtest du sehen, wie dein Copilot an den Daumen aufgehängt wird?«
Der ältere Russe beugte sich hinüber, um dem Khan, den Erikki unverwandt anstarrte, etwas ins Ohr zu flüstern.
Der Khan spielte mit seinem juwelenbesetzten Dolch. Er nickte. »Du wirst deinem Copiloten sagen, daß auch er zu gehorchen hat, solange er in Täbris ist. Wir werden ihn zu eurer Basis schicken, aber dein kleiner Hubschrauber wird hierbleiben. Bis auf weiteres.« Mit einer Handbewegung entließ er den Mann mit den asiatischen Zügen.
»Mein Name ist Cimtarga, Captain«, stellte sich dieser vor. Er war nicht annähernd so groß wie Erikki, aber kräftig gebaut. »Zunächst fahren wir...«
»Cimtarga heißt ein Berg östlich von Samarkand. Wie heißen Sie wirklich? Und welchen Rang bekleiden Sie?«
Der Mann zuckte mit den Achseln. »Meine Vorfahren sind mit dem Mongolen Tamerlan, Timur dem Lahmen, geritten, dem es Spaß machte, Berge von Schädeln aufzuhäufen. Zunächst fahren wir also zu Ihrem Stützpunkt.« Er ging an ihm vorbei und öffnete die Tür, aber Erikki rührte sich nicht von der Stelle. Immer noch starrte er den Khan an.
»Heute abend werde ich meine Frau sehen.«
»Du wirst sie sehen, wenn ich...«
Abdullah Khan brach ab, als sich der ältere Mann wieder vorbeugte, um ihm etwas ins Ohr zu flüstern. »Ja, du wirst sie heute abend sehen, heute und jeden zweiten Abend. Immer vorausgesetzt...« Er beendete den Satz nicht.
Erikki machte auf dem Absatz kehrt und verließ den Saal.
Nachdem sich die Tür hinter ihm geschlossen hatte, ließ die Spannung nach. Der ältere Mann kicherte. »Sie waren großartig, Hoheit. Großartig wie immer.«
Abdullah Khan legte die Hand auf seine linke Schulter. Der Schmerz in seinen arthritischen Gelenken ärgerte ihn. »Er wird gehorchen, Pjotr«, sagte er, »aber nur, solange ich meine ungehorsame und undankbare Tochter in meiner Macht habe.«
»Töchter sind immer schwierig«, meinte Pjotr Oleg Mżytryk aus Tiflis nördlich der Grenze.
»Das stimmt nicht, Pjotr. Die anderen gehorchen und machen mir keinen Ärger. Nur die... Ich kann Ihnen gar nicht sagen, wie wütend sie mich macht.«
»Dann schicken Sie sie doch fort, sobald der Finne getan hat, was von ihm verlangt wird! Schicken Sie beide fort!« Die Fältchen um die slawisch geschnittenen Augen verzogen sich zu einem Lächeln. »Wenn ich 30 Jahre jünger und sie noch frei wäre, würde ich darum bitten, sie Ihnen abnehmen zu dürfen.«
»Hätten Sie mich gefragt, bevor dieser Verrückte hier aufkreuzte, ich wäre gern bereit gewesen, sie Ihnen zu überlassen«, entgegnete Abdullah Khan

verdrießlich. »Ich bedaure es, sie ihm gegeben zu haben. Ich dachte, sie würde auch ihn verrückt machen – und ich bedaure, daß ich vor Allah geschworen habe, ihn am Leben zu lassen. Es war ein Augenblick der Schwäche.«

»Nicht unbedingt. Es ist gelegentlich von Vorteil, Großmut zu zeigen. Er hat Ihnen ja schließlich das Leben gerettet.«

»Inscha'Allah! Das war Allahs Wille – er war nur das Werkzeug.«

»Selbstverständlich«, versuchte Mzytryk ihn zu beruhigen. »Selbstverständlich.«

»Der Mann ist ein Teufel, ein gottloser Teufel. Wenn meine Leibwächter nicht hier gewesen wären, wir hätten um unser Leben kämpfen müssen – Sie haben es ja selbst gesehen. Aber mit Allahs Hilfe werden sie bald beide in der Hölle schmoren«, schimpfte der Khan, der sich immer noch darüber ärgerte, daß er, um Pjotr Oleg Mzytryk auszuhelfen, Erikki am Leben lassen mußte, anstatt ihn diesem linken Mullah zu überlassen und ihn für immer los zu sein. Dieser Mullah Mahmud, einer der Führer der islamitisch-marxistischen Mudjaheddins in Täbris, die den Stützpunkt angegriffen hatten, war vor zwei Tagen zu ihm gekommen, um ihm über das Geschehen bei der Straßensperre zu berichten. »Hier sind als Beweis ihre Papiere«, hatte der Mullah grimmig gesagt. »Sowie er nach Täbris zurückkehrt, stellen wir ihn vor unser Komitee, verurteilen ihn, bringen ihn nach Qazvin und richten ihn hin.«

»Beim Propheten, das werdet ihr nicht tun, solange ich nicht zustimme«, hatte er ihn gebieterisch angeschnauzt und die Papiere an sich genommen. »Dieser Hund von einem Fremden ist mit meiner Tochter verheiratet und steht unter meinem Schutz. Und wenn ihr ihm auch nur ein stinkendes rotes Haar krümmt oder ihm ohne meine Billigung auf der Basis Schwierigkeiten macht, entziehe ich euch meine Unterstützung – und dann wird die *hezbollahis* nichts daran hindern, euch Linke in Täbris auszuradieren. Ihr bekommt ihn, wenn es mir, nicht wenn es euch paßt.«

Der Mullah war verdrießlich abgezogen, und Abdullah hatte Mahmud unverzüglich auf seine Terminliste gesetzt. Als er dann die Papiere sorgfältig untersuchte, Azadehs Paß und ihren Ausweis und andere Dokumente fand, war er entzückt: Damit hatte er jetzt ein zusätzliches Druckmittel gegen sie und ihren Mann in der Hand.

Ja, dachte er jetzt, sie wird alles tun, was ich von ihr verlange. »Wie es Allah gefällt, aber sie könnte schon sehr bald eine Witwe sein.«

»Nicht *zu* bald, wollen wir hoffen.« Mzytryks Lachen war ansteckend. »Nicht bevor ihr Gatte seinen Auftrag ausgeführt hat.«

Die Anwesenheit dieses Mannes und sein weiser Rat wärmten Abdullah Khans Herz. Es freute ihn, daß Mzytryk tun wollte, was er von ihm erwartete. Aber wenn ich, wenn Aserbeidschan überleben will, werde ich ein noch besserer Puppenspieler sein müssen als je zuvor, dachte er.

Die Lage in Täbris und in der ganzen Provinz war zur Zeit überaus heikel. Es gab Aufstände aller Art, Fraktionen kämpften gegen Fraktionen, und

Zehntausende von Sowjetsoldaten standen einsatzbereit jenseits der Grenze. Der Iran darf ihnen nicht wie ein fauler Apfel in die Hand fallen, dachte er. Und mit dem Iran der Golf, das Öl der Welt, und die Straße von Hormus.
Er hätte vor Wut aufheulen mögen. Dieser verdammte Schah, der nicht zuhören und nicht warten wollte und es vor 20 Jahren verabsäumte, eine unbedeutende, von Mullahs angezettelte Rebellion niederzuschlagen und Ayatollah Khomeini zum Teufel zu jagen, wie ich es ihm geraten habe. Es ging uns so gut: Die Vereinigten Staaten fraßen uns aus der Hand, drängten uns ihre modernsten Waffen auf, flehten uns an, am Golf für Ruhe und Ordnung zu sorgen, die Araber an die Kandare zu nehmen, ihr Öl zu vereinnahmen, Vasallen aus ihnen und ihren kleinen sunnitischen Scheichtümern zu machen. Wir hätten Kuwait in einem Tag, den Irak in einer Woche überrennen können, und die Saudis und die Scheiche der Emirate wären in die Wüste geflohen und hätten um Gnade gebettelt. So nahe daran waren wir, die Schiiten des Iran, Allahs Willen zu erfüllen – wir mit unserer größeren Intelligenz, unserer alten Geschichte, unserem Öl und der Straße von Hormus. So nahe daran, die Fahne des Propheten in Jerusalem und Mekka aufzupflanzen.
Wir waren nahe daran, die ersten auf Erden zu sein, wie es unser Recht ist. Nun ist alles in Gefahr – und das wegen eines einzigen Mannes.
Inscha'Allah, dachte er, und damit legte sich sein Zorn ein wenig. Und dennoch: Wäre Mzytryk nicht bei ihm gewesen, er hätte getobt und gewütet und den nächstbesten geschlagen. Aber der Mann war da, man mußte sich mit ihm befassen, und so bezähmte er seinen Zorn und überlegte seinen nächsten Schritt. Seine Finger griffen nach dem letzten Halvah-Würfel, um ihn in den Mund zu stecken.
»Würden Sie Azadeh gern heiraten, Pjotr?«
»Würden Sie denn mich, der ich älter bin als Sie, Hoheit, zum Schwiegersohn haben wollen?« gab der Mann mit gespielter Mißbilligung lachend zurück.
»Wenn es Allahs Wille wäre«, erwiderte Abdullah Khan mit genau dem richtigen Maß an Aufmerksamkeit und lächelte in sich hinein, weil er das plötzliche Licht in den Augen seines Freundes hatte aufblitzen sehen. So, so, dachte er, du siehst sie zum erstenmal und möchtest sie schon haben. Wenn ich sie dir nun wirklich gebe, sobald das Monstrum erledigt ist, was könnte dabei für mich herausspringen? Vielerlei? Du bist akzeptabel, du bist mächtig, es wäre politisch ein geschickter Schachzug, und du würdest sie zur Vernunft bringen und ihr die Flausen austreiben – du würdest sie nicht wie der Finne behandeln, der vor ihr herumscharwenzelt. Du wärst ein Werkzeug meiner Rache. Es gäbe viele Vorteile...
Vor drei Jahren hatte Pjotr Oleg Mzytryk die riesige Datscha und die Ländereien übernommen, die Eigentum seines Vaters gewesen waren – auch er ein alter Freund der Gorgons. Der Besitz lag in der Nähe von Tiflis, wo die Gorgons seit Generationen große geschäftliche Interessen hatten. Seit damals stand Abdullah Khan auf vertrautem Fuß mit Pjotr, und er hatte sich auf Geschäftsreisen häufig in dessen Datscha aufgehalten. Pjotr Oleg war ein verschlossener Mann, der kaum etwas von sich preisgab, doch war er hilfsbe-

reit und liebenswürdig – und mächtiger als jeder Sowjetbürger, den Abdullah kannte. Er war Witwer mit einer verheirateten Tochter, einem Sohn bei der Marine, hatte Enkelkinder und nicht gerade alltägliche Gewohnheiten. Er lebte allein in der riesigen Datscha, allein bis auf die Dienerschaft und eine seltsam schöne, seltsam aggressive Eurasierin namens Wertinskaja. Sie war Ende 30, und er hatte sie ihm in all der Zeit nur zweimal vorgeführt – fast wie einen einzigartigen privaten Schatz. Sie schien zum Teil seine Sklavin, seine Gefangene, seine Trinkgefährtin, seine Hure, sein Quälgeist und seine Wildkatze zu sein. »Warum bringen Sie sie nicht einfach um, Pjotr?« hatte er gefragt, als einmal ein wütender, erbitterter Streit ausgebrochen war und Mzytryk sie windelweich prügelte. Die Frau hatte gespuckt und geflucht und um sich geschlagen, bis es zwei Dienern endlich gelungen war, sie fortzuschaffen.
»Nein, noch nicht«, hatte Mzytryk gesagt. »Sie ist viel, viel zu wertvoll.« Seine Hände hatten dabei gezittert.
»Ach ja, ich verstehe«, hatte Abdullah Khan gesagt, der auch erregt war, weil er ähnliche Gefühle gegenüber Azadeh empfand: das Widerstreben, sich eines solchen Wertobjekts zu entledigen, bevor es wahrhaftig zum Gehorsam bewegt, wahrhaft demütig und unterwürfig war. Er erinnerte sich, wie er Mzytryk beneidet hatte. Nur weil die Wertinskaja Geliebte und nicht Tochter war, konnte der letzte Racheakt vollzogen werden.
Allah strafe Azadeh! dachte er. Er strafe sie; sie könnte die Zwillingsschwester ihrer Mutter sein, die mir so viele Freuden gegeben hat. Ständig erinnert sie mich an meinen Verlust, sie und ihr gottloser Bruder Hakim. Beide sind ihr Abbild in Aussehen und Gehaben, aber nicht im inneren Wert. Wie eine Huri aus dem Garten des Paradieses war sie. Ich dachte, meine beiden Kinder würden mich lieben und ehren, aber nein: Kaum war ihre Mutter ins Paradies eingegangen, entpuppte sich ihre wahre Natur. Ich weiß, daß mir Azadeh und ihr Bruder nach dem Leben trachten. Besitze ich nicht die Beweise? O Allah, ich wünschte, ich könnte sie prügeln wie Pjotr seine Geliebte, aber ich kann es nicht. Jedesmal, wenn ich meine Hand gegen sie erhebe, sehe ich meine geliebte Frau. Mag Azadeh doch zur Hölle fahren!
»Bleiben Sie ruhig«, sagte Mzytryk sanft.
»Was?«
»Sie machen ein so unglückliches Gesicht, mein Freund. Machen Sie sich doch keine Sorgen, es kommt alles in Ordnung! Es wird Ihnen gelingen, sie aus ihren Gedanken zu verbannen.«
Abdullah Khan nickte. »Sie kennen mich zu gut.« Das ist wahr, dachte er und ließ Tee für sich und Wodka für Mzytryk kommen, den einzigen Mann, in dessen Gesellschaft er sich stets wohl fühlte.
Wer bist du wirklich? fragte er sich. Als dein Vater noch lebte und wir uns in der Datscha trafen, sagtest du immer, du seist auf Urlaub; Urlaub von wem oder was, hast du mir nie verraten. Von der Roten Armee, dachte ich zuerst, denn als du einmal betrunken warst, hast du mir gesagt, du habest im Zweiten Weltkrieg als Panzerkommandant gekämpft. Dann aber änderte ich meine

Meinung und hielt es für wahrscheinlicher, daß du und dein Vater beim KGB oder GRU seid, denn wer kann sich in der UdSSR schon auf so eine Datscha in Georgien zurückziehen, wenn er nicht über besonderes Wissen und Einfluß verfügt. Jetzt sagst du, du seist im Ruhestand. Ruhestand nach welcher Tätigkeit?

Um sich vom Ausmaß von Mzytryks Macht in früheren Tagen ein Bild zu machen, hatte Abdullah Khan ihm gegenüber erwähnt, daß eine geheime Zelle der kommunistischen Tudeh sich verschworen habe, ihn zu ermorden, und daß ihm deshalb daran lag, diese Zelle unschädlich zu machen. Das stimmte nur zum Teil; der wahre Grund war, daß der Sohn eines Mannes, den Abdullah haßte und nicht offen angreifen konnte, zu dieser Zelle gehörte. Noch in der gleichen Woche steckten die Köpfe dieser Leute unweit der Moschee auf Pfählen neben einem Schild mit der Aufschrift: »So werden alle Feinde Allahs ihr Leben lassen.« Bei den Trauerfeierlichkeiten hat er kalte Tränen geweint und sich im geheimen ins Fäustchen gelacht. Daß Pjotr Oleg Mzytryk die Macht besaß, selbst eine der eigenen Zellen zu eliminieren, das war wahre Macht, aber auch ein Beweis dafür, wie wichtig er, Abdullah Khan, für die Sowjets war.

Er sah ihn an. »Wie lange werden Sie den Finnen brauchen?«

»Ein paar Wochen.«

»Was geschieht, wenn die *hezbollahis* ihn am Fliegen hindern oder ihn abfangen?«

Der andere hob die Schultern. »Wir wollen hoffen, daß er dann seinen Auftrag schon ausgeführt hat. Ich glaube nicht, daß es einen Überlebenden gibt – weder ihn noch Cimtarga –, wenn man sie diesseits der Grenze entdeckt.«

»Gut. Um auf unser Thema zurückzukommen: Wir haben einvernehmlich festgestellt, daß es, solange die Amerikaner draußen bleiben und Khomeini kein Pogrom gegen sie in Szene setzt, keine offizielle Unterstützung der Tudeh hier geben wird?«

»Aserbeidschan gehört schon immer unser Interesse. Wir haben stets gesagt, es solle ein unabhängiger Staat sein – das Land verfügt über mehr als genug Reichtum, Macht, Bodenschätze, Öl und ...« Mzytryk lächelte, »... es verfügt über eine aufgeschlossene Führung. Sie könnten das Kommando übernehmen, Abdullah. Ich bin sicher, Sie würden ausreichende Unterstützung finden, um Präsident und unverzüglich von uns anerkannt zu werden.«

Und am nächsten Tag, während eure Tanks über die Grenze rollen, ermordet zu werden, dachte der Khan nüchtern. O nein, mein lieber Freund, der Golf ist für euch eine zu große Versuchung. »Das ist eine wunderbare Idee«, sagte er mit ernstem Gesicht, »aber ich würde Zeit brauchen. Kann ich mittlerweile damit rechnen, daß die kommunistische Tudeh gegen die Aufständischen eingesetzt wird?«

Mzytryks Lächeln blieb das gleiche, aber seine Augen veränderten sich. »Es wäre schon ein wenig kurios, wenn sich die Tudeh gegen ihre Stiefbrüder stellen würde. Viele intellektuelle Moslems treten für den islamischen Marxismus ein – wie ich höre, genießt diese Bewegung auch Ihre Unterstützung.«

»Ich bin der Meinung, daß in Aserbeidschan ein gewisses Gleichgewicht herrschen sollte. Aber wer hat den Befehl gegeben, den Flughafen anzugreifen? Wer hat ihnen befohlen, unseren Bahnhof anzugreifen und niederzubrennen? Das kann kein vernünftiger Mensch gewesen sein. Wie mir berichtet wurde, war es der Mullah Mahmud von der Hajsta-Moschee.« Er fixierte Pjotr. »Einer von Ihren Leuten.«

»Ich habe noch nie von ihm gehört.«

»Oh«, entgegnete Abdullah Khan, der ihm kein Wort glaubte, mit gespielter Erleichterung, »da bin ich froh, denn er ist ein falscher Mullah, nicht einmal ein richtiger islamischer Marxist. Er ist ein Demagoge und der Mann, der Yokkonens Stützpunkt überfallen hat. Bedauerlicherweise hat er 500 ebenso undisziplinierte Kämpfer hinter sich. Und von irgend jemandem bekommt er Geld – und Helfer wie Rákóczy. Welchen Stellenwert hat Rákóczy für Sie?«

»Keinen sehr großen«, erwiderte Pjotr, der viel zu klug war, als daß er der Frage ausgewichen wäre. »Er ist ein Pipeline-Ingenieur aus Aschara, nahe der Grenze, einer von unseren nationalistischen Moslems. Wie es heißt, hat er sich ohne Erlaubnis oder Zustimmung seiner Vorgesetzten als Freiheitskämpfer den Mudjaheddin angeschlossen.« Pjotr verzog keine Miene, aber in seinem Inneren stieß er wüste Verwünschungen aus. Mein Sohn, mein Sohn, hätte er herausschreien mögen, hast du uns verraten? Du wurdest ausgesandt, um zu spionieren, dich bei den Mudjaheddin einzuschleusen und uns zu berichten, nichts weiter! Und du solltest versuchen, den Finnen für uns anzuwerben, dann nach Teheran zu gehen und die Studenten zu organisieren, aber nicht, dich mit einem verrückten Mullah zu verbünden, Flughäfen anzugreifen oder am Straßenrand Menschen zu töten. Bist du wahnsinnig geworden? Der Finne ist nicht so wichtig, daß du Befehle mißachten, deine Zukunft aufs Spiel setzen mußt – deine Zukunft, die Zukunft deines Bruders und meine. Gerät der Sohn in Verdacht, wird auch der Vater suspekt, ist die ganze Familie gefährdet. »Er ist unbedeutend«, fügte er hinzu, und es klang überzeugend. Bleibe ruhig! ermahnte er sich. Du brauchst dir keine Sorgen zu machen. Du kennst zu viele Geheimnisse, als daß man dir etwas anhaben könnte. Das gilt auch für deinen Sohn. Du bist stark, du bist gesund und du könntest diese kleine Schlampe Azadeh schlagen und beschlafen wie die Wertinskaja. »Wichtig ist, daß Sie im Brennpunkt Aserbeidschans stehen, mein Freund«, sagte er begütigend. »Ihre Ansichten in bezug auf die islamischen Marxisten werden an die richtige Adresse gelangen. Das Gleichgewicht, das Sie anstreben, wird erhalten bleiben.«

»Gut. Ich rechne damit.«

»Aber was ist mit dem englischen Captain?« kam Mzytryk auf den Hauptgrund für seinen unerwarteten Besuch bei Abdullah Khan zurück. »Können Sie uns da helfen?«

Vorgestern war ein streng geheimes, als besonders dringend eingestuftes, verschlüsseltes Telex der Zentrale in seinem Haus bei Tiflis eingetroffen. Darin wurde mitgeteilt, daß der Radiohorchposten der CIA auf dem Nordhang des Sabalan, noch bevor freundlich gesinnte lokale Gruppen, die ausge-

schickt worden waren, um alle Chiffrebücher, Decodiergeräte und Computer an sich zu nehmen, ihren Auftrag ausführen konnten, von Saboteuren in die Luft gesprengt worden war. »Fahren Sie sofort zu Iwanowitsch«, hatte es im Telex weiter geheißen – Iwanowitsch war Abdullah Khans Deckname. »Sagen Sie ihm, daß die Saboteure Männer vom britischen SAS – Special Air Service – waren. Ein Captain und zwei Gurkhas, dazu ein amerikanischer CIA-Agent namens Rosemont. Geführt wurden sie von einem unserer Söldner, den sie ermordeten, noch bevor er sie in eine Falle locken konnte. Der Amerikaner und ein Gurkha wurden auf der Flucht getötet, und die zwei Überlebenden sind angeblich auf dem Weg in Iwanowitschs Gebiet. Seine Mitarbeit ist erwünscht. Sektion 16/a. Bestätigen Sie!« Sektion 16 bedeutete: Diese Person oder Personen sind von großer Wichtigkeit; sie sind abzufangen, zu verhaften und unter allen Umständen zur Vernehmung zu bringen. Das beigefügte a bedeutete: Wenn das unmöglich ist, unverzüglich eliminieren.
Mzytryk nippte an seinem Wodka. »Wir würden Ihre Hilfe zu schätzen wissen.«
»Mit meiner Hilfe können Sie immer rechnen«, sagte Abdullah. »Aber in Aserbeidschan zwei erfahrene Saboteure zu finden, die mittlerweile mit Sicherheit untergetaucht sind, ist praktisch unmöglich. Sie haben zweifellos konspirative Wohnungen, wo sie sich verstecken können – es gibt in Täbris ein Britisches Konsulat –, und es gibt Dutzende von Schleichwegen über die Berge.« Er stand auf, ging ans Fenster und blickte hinaus. Er konnte die 206 sehen, die, von seinen Leuten bewacht, auf dem Vorhof stand. Der Tag war immer noch wolkenlos.
Das Mißlingen der Sabalan-Expedition hatte selbst bei den höchsten Stellen Wutausbrüche ausgelöst. Nachdem sich so viele CIA-Geräte und sonstiges Material in so greifbarer Nähe befanden, war seit geraumer Zeit, besonders aber in den vergangenen zwei Wochen die Aktivität der westlichen Geheimdienste sprunghaft angestiegen. Als ranghöchster Berater in dieser Region hatte Mzytryk gewisse Vorsichtsmaßnahmen empfohlen. So sollten iranische, keine sowjetischen Teams eingesetzt werden, um Abdullah Khan, sein Paradepferd, nicht vor den Kopf zu stoßen oder gar internationale Verwicklungen heraufzubeschwören. Und was die modernen CIA-Computer betrifft – wurde nicht schon seit Jahren für einen ständigen Nachschub der besten und fortgeschrittensten westlichen Technologien gesorgt? Und zwar durch Ankauf über ein Netz von Scheinfirmen und nicht mit den konventionellen, aber sehr kostenintensiven Mitteln des Diebstahls und der Spionage.
»An den Gewinnen gemessen hat das Geld keinerlei Bedeutung«, hatte er in seinem ersten, streng geheimen Bericht an die Zentrale geschrieben, nachdem er 1964 aus dem Fernen Osten zurückgekehrt war. »Es gibt Zehntausende von korrupten Geschäftsleuten und Mitläufern, die uns, um einen Profit zu machen, das beste und modernste Material verkaufen werden. Auch der größte Profit, den ein Individuum erzielen könnte, wäre für uns nur ein Butterbrot, denn wir würden uns Milliarden an Forschung und Entwicklung sparen, die wir besser für die Rüstung verwenden. Mit einem Minimum an

Kosten können wir mit allem Schritt halten, was ihre besten Köpfe hervorbringen.«
Pjotr Mzytryk wurde es warm ums Herz, als er sich erinnerte, wie sein Plan aufgenommen worden war – obgleich seine Vorgesetzten ihn natürlich als ihre eigene Idee ausgaben. Schließlich war der Plan nicht einmal auf seinem Mist gewachsen: Einer seiner Agenten, ein bei Struan's beschäftigter Franzose namens Jacques de Ville, hatte ihm die Augen geöffnet. »Man verstößt nicht gegen amerikanische Gesetze, wenn man Technologien nach Frankreich oder Westdeutschland oder anderen Ländern exportiert, und es spricht nichts dagegen, sie in die Schweiz zu schicken. Und kein Schweizer Gesetz verbietet einer Firma, Waren in die Sowjetunion zu liefern. Geschäft ist Geschäft, Gregor, und Geld regiert die Welt.«
Mzytryk lächelte in sich hinein. Damals hatte man ihn als Gregor Suslew gekannt, Kapitän eines kleinen Sowjetfrachters, der regelmäßig auf der Route Wladiwostok-Hongkong verkehrte. Das war die Tarnung für seinen richtigen Job gewesen: stellvertretender Abteilungsleiter für Asien des Ersten KGB-Direktorats. Seither hatte die UdSSR 85 Millionen Dollar ausgegeben, dafür aber Milliarden gespart und eine nicht enden wollende Lieferung europäischer, japanischer und von der NASA entwickelter Geräte bezogen: elektronische Wunderdinge, Hardware, Software, Roboter, Chips, Arzneien und alle Arten von Systemen, die sich nach Belieben kopieren und selbst herstellen ließen.
Mzytryk beobachtete Abdullah Khan, der am Fenster stand, und er wartete geduldig, bis der Mann wußte, welche Gegenleistungen er dafür verlangen sollte, daß er die Saboteure vom SAS einfing. Komm schon, Dicker, dachte er, wir wissen beide, daß du diese Kerle ausfindig machen kannst, wenn du willst – falls sie noch in Aserbeidschan sind.
»Ich werde tun, was ich kann«, sagte Abdullah Khan, ihm immer noch den Rücken zukehrend. »Aber wenn ich sie aufspüre, was dann, Pjotr?«
»Informieren Sie Cimtarga. Er wird alles Nötige veranlassen.«
»Also gut.« Abdullah Khan verließ das Fenster und setzte sich wieder. »Das wäre erledigt.«
»Ich danke Ihnen«, sagte Mzytryk sehr befriedigt.
»Dieser Mullah Mahmud, von dem wir gesprochen haben«, fuhr der Khan fort, »er ist sehr gefährlich. Er und seine Mordbande. Sie stellen eine Bedrohung für alle dar. Die Tudeh sollte angewiesen werden, ihn zu erledigen. Still und leise natürlich.«
Mzytryk fragte sich, wie weit Abdullah darüber Bescheid wußte, daß sie Mahmud, einen ihrer besten und fanatischsten Anhänger, heimlich unterstützten. »Die Tudeh muß unterstützt werden, und auch ihre Freunde.« Als er in Abdullahs Augen Zorn aufblitzen sah, fügte er sogleich hinzu: »Vielleicht könnte man den Mann abkommandieren und durch einen anderen ersetzen – ein Bruderkrieg würde nur dem Feind nützen.«
»Der Mullah ist ein falscher Mullah und kein rechtgläubiger.«
»Dann sollte er wirklich gehen. Rasch.« Pjotr Oleg Mzytryk lächelte.

Abdullah Khan blieb ernst. »Sehr rasch, Pjotr. Und seine Kampfgruppe muß aufgelöst werden.«

Es war ein hoher Preis, aber Sektion 16/a gab ihm genügend Vollmachten. »Warum nicht, wenn Sie es für nötig halten? Ich werde Ihre Empfehlung weiterleiten.« Mzytryk lächelte wieder, und diesmal tat Abdullah Khan es ihm gleich.

Er war zufrieden. »Ich freue mich, daß wir gleicher Meinung sind, Pjotr.« Der Khan schenkte seinem Gast nach. »Kann ich Sie nicht überreden, noch ein paar Tage zu bleiben?«

»Nein, aber danke. Nach dem Essen werde ich mich auf den Heimweg machen.« Das Lächeln wurde breiter. »Ich habe viel zu tun.«

Jetzt kann ich also diesen lästigen Mullah vergessen, dachte Abdullah, ihn und seine Bande. Was du wohl tun würdest, Pjotr, wenn du wüßtest, daß dein Captain und sein Gurkha am anderen Ende meines Besitzes hocken und auf eine sichere Möglichkeit warten abzumarschieren? Abmarschieren wohin? Nach Teheran oder zu dir? Ich habe mich noch nicht entschlossen.

Ich wußte doch, du würdest kommen, um meine Hilfe zu erbitten. Deswegen habe ich sie ja auch vor zwei Tagen heimlich in Täbris getroffen und hierher eingeladen. Um sie an dich auszuliefern? Vielleicht. Schade, daß Rosemont tot ist, er war nützlich. Die verschlüsselte Information, die er dem Captain für mich mitgab, ist sogar mehr als nützlich. Es wird schwer sein, ihn zu ersetzen. Ja, es ist wahr: Jede Gefälligkeit muß mit einer Gefälligkeit bezahlt werden. Der ungläubige Erikki ist nur eine.

Er läutete und befahl, als der Diener kam: »Sag meiner Tochter Azadeh, daß sie mit uns speisen wird.«

33

Teheran: 16 Uhr 17. Jean-Luc Sessone betätigte den Türklopfer an McIvers Wohnung. Neben ihm stand Sayada Bertolin. Da sie jetzt von der Straße weg und allein waren, küßte er sie und umfaßte dabei durch den Mantel ihre Brüste. »Ich verspreche dir, es wird nicht lange dauern, und dann marsch zurück ins Bett!«
Sie lachte. »Schön.«
»Hast du im Französischen Club einen Tisch bestellt?«
»Selbstverständlich. Wir haben reichlich Zeit.«
»Ja, *chérie.*« Er trug einen eleganten schweren Regenmantel über seiner Fliegeruniform. Es war kein angenehmer Flug gewesen vom Zagrosgebirge herauf; niemand hatte auf seine wiederholten Funksprüche geantwortet, obwohl der Äther von aufgeregtem Persisch schwirrte, das er weder sprach noch verstand.
Er hatte die vorschriftsmäßige Höhe eingehalten und den Internationalen Flughafen von Teheran angeflogen. Immer noch ohne Antwort auf seine Funksprüche. Der Windsack war voll und ließ einen starken Seitenwind erkennen. Vier Jumbos standen auf dem Vorfeld nahe dem Abfertigungsgebäude, dazu einige andere Jets; ein Flugzeug war nur noch ein ausgebranntes Wrack. Männer, Frauen und Kinder drängten sich um einzelne Maschinen. Die Gangways zu den Kabinen waren gefährlich überfüllt, und man konnte weder Polizei noch Bodenpersonal sehen. Die Zufahrtsstraßen waren vollgestopft mit Automobilen. Die Wagen glichen einer kompakten Masse, und doch versuchten immer neue, sich hineinzuzwängen. Als er weiterflog, sah er, daß der Stau meilenweit reichte. Aber auch Hunderte von Fußgängern steuerten auf den Flughafen zu.
Jean-Luc dankte Gott, daß er fliegen konnte und nicht gehen mußte, und landete ohne Schwierigkeiten auf dem nahegelegenen Flugplatz des Militärstützpunktes Galeg Morghi. Er brachte die 206 im S-G-Hangar unter und organisierte sich mit Hilfe eines Zehn-Dollar-Scheins eine Fahrt in die Stadt mit Zwischenstop im Büro Schlumberger, um den Rückflug ins Zagrosgebirge zu fixieren. Dann zu Sayada in die Wohnung. Sie war zu Hause gewesen. Wie immer nach so langer Trennung war die erste Umarmung ungeduldig, fast grob, selbstsüchtig und gierig gewesen.
Ein Jahr, zwei Monate und drei Tage war es her, daß er Sayada bei einer Weihnachtsfeier in Teheran kennengelernt hatte. Er erinnerte sich noch genau an den Abend. Sie war inmitten der vielen Menschen allein an einem Tisch gesessen, hatte an ihrem Drink genippt und ein fast durchsichtiges weißes Kleid getragen.

»*Vous parlez français, Madame?*« fragte er, von ihrer Schönheit fasziniert.
»Tut mir leid, *Monsieur*, nur ein paar Worte. Ich ziehe Englisch vor.«
»Also dann auf Englisch: Ich bin überglücklich, Sie kennenzulernen, aber ich habe ein Problem.«
»Und welches?«
»Ich möchte sofort mit Ihnen schlafen. Sie sind ein fleischgewordener Traum...« Auf Französisch würde es besser klingen, dachte er, aber was soll man machen. »Ich habe schon immer nach Ihnen gesucht. Ich muß mit Ihnen schlafen. Sie sind so begehrenswert.«
»Aber... aber mein Mann sitzt dort drüben. Ich bin verheiratet.«
»Das ist ein einschränkender Umstand, aber kein Hindernis.«
Sie lachte, und er wußte, daß sie ihm gehörte. Nur noch eine Kleinigkeit fehlte, und alles war perfekt. »Können Sie kochen?«
»Ja«, erwiderte sie mit so viel Selbstvertrauen, daß er wußte, sie war auch im Bett phantastisch. Was ihr an Erfahrung fehlte, würde er sie lehren.
Welches Glück sie doch hatte, mir zu begegnen, dachte er jetzt und klopfte noch einmal an McIvers Tür.
Die Monate waren verflossen. Ihr Mann kam nur selten nach Teheran. Er war ein libanesischer Banker in Beirut, von französischer Abkunft. »Und daher zivilisiert«, hatte Jean-Luc mit totaler Überzeugung bemerkt. »Natürlich würde er unsere Liaison billigen, sollte er je davon erfahren. Im Vergleich zu dir ist er ziemlich alt. Bestimmt hätte er nichts dagegen einzuwenden.«
»Da bin ich nicht so sicher, *chéri*, er ist erst 50, und du bist...«
»Phantastisch – so wie du.« Nie zuvor hatte er eine solche Haut, solch seidiges Haar und eine solche Leidenschaft erlebt. »Mein Gott«, seufzte er eines Nachts, »in deinen Armen könnte ich sterben.« Das war im vergangenen Herbst während eines Urlaubs in Istanbul gewesen, und die unglaubliche Sinnlichkeit dieser Stadt hatte sie bezaubert.
Für sie war die Affäre aufregend, aber nicht so einmalig, um nicht weitere Affären zuzulassen. Noch am Abend nach der Weihnachtsfeier hatte sie mit ihrem Mann über Jean-Luc gesprochen.
»Aha.« Er schmunzelte. »Darum also wolltest du, daß ich ihn kennenlerne.«
»Ja. Ich fand ihn interessant – obwohl er Franzose ist und wie viele Franzosen völlig egozentrisch. Aber er hat mich erregt, ja, das hat er.«
»Na ja, du wirst zwei Jahre in Teheran bleiben, und ich kann immer nur für ein paar Tage im Monat kommen – mehr wäre zu gefährlich. Es wäre ja ein Jammer, wenn du jede Nacht allein verbringen müßtest. Stimmt's?«
»Ich habe also deine Erlaubnis?«
»Wo ist seine Frau?«
»In Frankreich. Er ist zwei Monate im Iran, dann einen Monat bei ihr.«
»Vielleicht ist diese Liaison eine sehr gute Idee: gut für deine Seele, gut für deine Gesundheit und gut für unsere Arbeit. Und was noch wichtiger ist: Sie würde die Aufmerksamkeit von uns ablenken.«
»Ja, das dachte ich auch. Und er bringt viele Vorteile. Er ist zum Beispiel Mitglied im Französischen Club.«

»Ah! Dann bin ich einverstanden, Sayada. Erzähl ihm, ich sei ein Bankier französischer Abkunft, was ja zum Teil sogar stimmt – hat mein Ururgroßvater nicht als Fußsoldat im Heer Napoleons gekämpft? Sag deinem Franzosen, wir seien seit vielen Generationen, nicht erst seit ein paar Jahren Libanesen.«
»Du bist klug wie immer.«
»Sieh zu, daß er dich als Mitglied im Französischen Club einschreiben läßt. Das wäre perfekt. Irgendwie muß diese Entente zwischen Israel und dem Iran zerschlagen, irgendwie müssen dem Schah Zügel angelegt werden. Wir müssen Israel endlich den Zugang zum iranischen Öl sperren, oder dieser Erzschurke Begin wird versucht sein, im Libanon einzumarschieren, um unsere Kämpfer zu vertreiben. Mit iranischem Öl wird es ihm gelingen. Ich bin langsam des ewigen Wanderns müde.«
»Ja, ja, ich stimme dir zu.«
Sayada war sehr stolz. Sie hatten in diesem Jahr so viel erreicht! Unglaublich viel! Nächste Woche würde Yasir Arafat zu einem triumphalen Empfang nach Teheran kommen: Khomeinis Dank für seine Hilfe bei der Revolution. Die Ölexporte nach Israel waren gesperrt. Khomeini, der fanatische Feind Israels, hatte die Macht übernommen, und der Freund Israels, der Schah, war mit Schimpf und Schande aus dem Land gejagt worden. Sie hatten unfaßbare Fortschritte erzielt, seit sie Jean-Luc kennengelernt hatte. Und sie war sich bewußt, daß sie ihrem Mann, der in der PLO einen hohen Rang einnahm, dabei geholfen hatte. Als Sonderkurier hatte er Botschaften und Kassetten von und nach Istanbul gebracht, der Französische Club in Teheran war eine beliebte Drehscheibe für seine Agententätigkeit, und wie vieler Intrigen hatte es bedurft, die Iraker zu bewegen, Khomeini nach dem sicheren Zufluchtsort in Frankreich ausreisen zu lassen! O ja, dachte sie zufrieden, Jean-Lucs Freunde und Bekannte waren sehr nützlich gewesen. Bald wird der Tag kommen, an dem wir nach Gaza zurückkehren und unsere Häuser, unsere Länder, unsere Geschäfte und unsere Weinberge wieder in Besitz nehmen können...
McIvers Tür ging auf. Es war Charlie Pettikin. »Du lieber Himmel, Jean-Luc! Wie kommst du denn hierher? Hallo, Sayada! Sie sind noch schöner als sonst, kommen Sie rein!« Er schüttelte Jean-Luc die Hand und gab ihr einen freundschaftlichen Kuß auf beide Wangen.
Ihr langer, dicker Mantel verhüllte ihre gute Figur zum großen Teil. Sie kannte die Gefahren in Teheran und kleidete sich entsprechend. »Das erspart mir eine Menge Belästigungen, Jean-Luc. Ich stimme dir zu, es ist dumm und antiquiert, aber ich möchte nicht angespuckt werden oder zusehen müssen, wie sich so ein Dreckskerl vor mir einen runterholt. Wir sind hier nicht in Frankreich. Ich gebe zu, es ist unglaublich, daß ich, um sicher zu sein, in Teheran jetzt eine Art Tschador tragen muß. Du kannst sagen, was du willst, *chéri*, das alte Teheran ist tot...«
Irgendwo ist es schade, dachte sie, während sie die Wohnung betrat. Mir tun die Leute hier leid, besonders die Frauen. Warum sind die Moslems, vor allem die Schiiten, so engstirnig? Warum lassen sie nicht zu, daß sich ihre Frauen

modern kleiden? Sind sie solche Sexmuffel? Oder fürchten sie, als solche bloßgestellt zu werden? Warum sind sie nicht aufgeschlossen wie die Palästinenser oder die Ägypter oder die Pakistani und so viele andere? Sind sie impotent? Mich wird jedenfalls niemand davon abhalten, am Protestmarsch der Frauen teilzunehmen. Wie kann Khomeini es wagen, uns Frauen, die wir für ihn auf die Barrikaden gestiegen sind, so in den Rücken zu fallen?
Es war kalt in der Wohnung, und sie behielt den Mantel an. Sie knöpfte ihn nur auf, um es sich bequemer zu machen, und setzte sich auf eines der Sofas. Sie war schon oft hier gewesen und fand die Wohnung düster und ungemütlich, obwohl sie Genny gut leiden konnte. »Wo ist Genny?«
»Sie ist heute morgen mit der 125 nach Al Schargas geflogen.«
»Dann ist auch Mac fort?« erkundigte sich Jean-Luc.
»Nein, nur sie.«
»Das glaube ich nicht!« entfuhr es Jean-Luc. »Sie hat geschworen, sie würde ohne Duncan nie das Land verlassen.«
Pettikin lachte. »Ich konnte es auch nicht glauben, aber sie ging an Bord, ohne einen Mucks von sich zu geben«, sagte er und dachte: Ich werde noch Gelegenheit haben, Jean-Luc den wahren Grund zu sagen, warum sie es getan hat.
»War es schlimm hier?«
»Ja, und es wird immer schlimmer. Hinrichtungen ohne Ende.« Pettikin hielt es für besser, in Gegenwart von Sayada die von Scharazads Vater nicht zu erwähnen. »Kann ich euch Tee anbieten? Ich habe gerade welchen gemacht. Habt ihr schon gehört, wie es heute im Evin-Gefängnis zugegangen ist?«
»Was war denn?«
»Eine Menschenmenge hat das Gefängnis gestürmt«, berichtete Pettikin, während er in die Küche ging, um noch ein paar Tassen zu holen. »Sie haben alle Gefangenen freigelassen, ein paar SAVAKs und Polizeibeamte aufgeknüpft, und jetzt heißt es, die *hezbollahis* haben dort Sondergerichte eingesetzt. Sie füllen die Zellen eilig mit allen möglichen Leuten und leeren sie ebenso schnell wieder – mit Hilfe von Exekutionen.«
Sayada hätte gern gesagt, daß das Gefängnis befreit worden ist, und daß die Feinde der Revolution, die Feinde Palästinas, ihrer gerechten Strafe zugeführt worden sind. Aber sie hielt den Mund und hörte aufmerksam zu, als Pettikin weitererzählte: »Mac fuhr schon früh mit Genny zum Flughafen und dann ins Ministerium. Er muß bald wieder da sein. Wie schaut es denn auf dem Flughafen aus, Jean-Luc?«
»Kilometerlanger Stau.«
»Der Alte hat die 125 für ein paar Wochen in Al Schargas stationiert, um unsere Leute auszufliegen und – wenn es nötig werden sollte –, frische Mannschaften hereinzubringen.«
»Gute Idee. Scot Gavallan ist schon mehr als urlaubsreif, und das gilt auch für einige unserer Mechaniker. Bekommt die 125 Erlaubnis für eine Zwischenlandung in Schiras?«
»Wir versuchen es nächste Woche. Khomeini und Bazargan wollen die

Ölproduktion wieder auf Touren bringen; wir nehmen also an, daß sie zu Entgegenkommen bereit sind.«

»Dürft ihr denn frische Crews einfliegen, Charlie?« erkundigte sich Sayada und fragte sich, ob es einer britischen 125 gestattet sein sollte, sich so frei zu bewegen. Diese verdammten Engländer, Intriganten alle miteinander!

»So ist es geplant, Sayada.« Pettikin goß kochendes Wasser in die Teekanne nach und konnte nicht sehen, daß Jean-Luc eine Grimasse zog. »Die Britische Botschaft hat uns ziemlich dringend empfohlen, alles entbehrliche Personal zu evakuieren. Wir haben einige nicht benötigte Arbeitskräfte ausgeflogen, und Genny, und dann ist auch noch John Hogg nach Kowiss gestartet, um Manuela Starke abzuholen.«

»Manuela ist in Kowiss?« Sayada war ebenso überrascht wie Jean-Luc. Pettikin erzählte ihm, wie sie angekommen war und McIver sie hinuntergeschickt hatte. »Es ist soviel los, man verliert den Überblick. Wie sieht es denn auf Zagros 3 aus? Ihr bleibt doch zum Abendessen? Heute koche ich.«

Jean-Luc verbarg sein Entsetzen. »Tut mir leid, *mon vieux*, heute abend geht es nicht. Auf Zagros ist alles in Ordnung, wie immer; schließlich sind dort die Franzosen am Zug. Ich bin hier, um einen Mann von Schlumberger zu holen. Morgen bei Tagesanbruch fliege ich los, ich muß ihn in zwei Tagen wieder heimbringen. Übrigens, Charlie: Wo ist denn Tom Lochart? Wann kommt er wieder nach Zagros?«

Pettikins Magen krampfte sich zusammen. Seitdem Rudi Lutz sie vom Abschuß der EP-HBC unterrichtet und ihnen mitgeteilt hatte, daß Tom Lochart »vom Urlaub zurück« sei, fehlten weitere Hinweise. Lochart, so hatte es geheißen, sei nach Teheran unterwegs. Es habe noch keine offizielle Untersuchung der Kaperung gegeben. Wenn Tom nur wieder da wäre, dachte Pettikin. Säße Sayada nicht hier auf dem Sofa, ich würde Jean-Luc alles erzählen, er ist ja enger mit Tom befreundet als ich, aber in Gegenwart von Sayada... Sie gehört schließlich nicht zur Familie, sie arbeitet für die Kuwaiter, und die Geschichte mit der HBC könnte auch als Verrat ausgelegt werden.

Zerstreut goß er den Tee ein. »Tom hat getan, was er tun mußte«, antwortete er vorsichtig. »Vorgestern ist er auf dem Landweg von Bandar-e Delam aus aufgebrochen. Weiß der Himmel, wie lange er brauchen wird, er sollte schon gestern abend in Teheran eingetroffen sein. Hoffen wir, daß er heute kommt.«

»Das wäre wunderbar«, sagte Jean-Luc. »Dann könnte nämlich er mit dem Techniker von Schlumberger nach Zagros zurückfliegen, und ich würde mir ein paar Tage Urlaub gönnen.«

»Du hast doch gerade Urlaub gehabt! Und du hast das Kommando.«

»Na, wenigstens könnte er mich begleiten und den Stützpunkt übernehmen. Dann käme ich am Sonntag zurück.« Er strahlte Sayada an. *»Voilà*, alles ist abgemacht.« Zerstreut nahm er einen Schluck Tee und hätte sich um ein Haar verschluckt. *»Mon Dieu*, Charlie, ich liebe dich wie einen Bruder, aber das ist *merde!«*

Sayada lachte, und Pettikin beneidete Sessone. Nimm dich zusammen,

Charlie, sagte er sich. Du könntest dich lächerlich machen. Sie ist 29, du bist 57, und du hast nur hin und wieder belangloses Zeug mit ihr geplaudert. Ja, das ist richtig, aber sie erregt dich mehr, als dich seit Jahren eine Frau erregt hat, und ich kann Tom Lochart gut verstehen, der ganz verrückt nach seiner Scharazad ist.
Der Warnsummer des Hochfrequenz-Sende- und -Empfangsgerätes auf der Anrichte ertönte. Pettikin stand auf und stellte den Apparat lauter. »Zentrale Teheran. Sprechen Sie!«
»Hier spricht Captain Ayre in Kowiss. Ich habe eine Mitteilung für Captain McIver. Dringend.«
»Hier spricht Captain Pettikin. Captain McIver ist im Augenblick nicht da. Kann ich Ihnen helfen?«
»Bitte warten Sie!«
»Was hat Freddy denn nur?« brummte Jean-Luc. »Captain Ayre und Captain Pettikin?«
»Das ist nur ein Code«, murmelte Pettikin zerstreut, während er sich auf das Gerät konzentrierte, und Sayada horchte auf. »Es hat sich einfach so entwikkelt und bedeutet, daß ein Fremder anwesend ist und mithört. Wenn man mit der gleichen Förmlichkeit antwortet, heißt das, man hat begriffen.«
»Wirklich sehr clever«, sagte Sayada. »Habt ihr viele solche Codes, Charlie?«
»Nein, aber langsam wünschte ich, wir hätten mehr. Es ist verdammt ungemütlich, wenn man nicht weiß, was wirklich los ist – man sieht einander nicht, es gibt keine Post, und die Telefon- und Telexverbindungen werden ständig von schießwütigen Verrückten gestört. Warum geben sie ihre Waffen nicht einfach ab und lassen uns alle in Frieden leben?«
Das Gerät summte. Sie warteten ungeduldig.
»Hier spricht Captain Ayre in Kowiss... Zunächst übermittle ich eine Botschaft, die ich vor wenigen Minuten von Captain Gavallan aus Zagros 3 erhalten habe.« Jean-Luc richtete sich auf. »Die Botschaft lautet: ›Pan pan pan‹ – das internationale Funknotsignal der Flieger, eine Stufe niedriger als *Mayday* –, ›mir wurde soeben vom hiesigen Komitee mitgeteilt, daß wir *Persona non grata* sind, und daß wir innerhalb von 48 Stunden alle Ausländer im ganzen Gebiet von sämtlichen Bohranlagen zu evakuieren haben – sonst gibt es Unannehmlichkeiten. Erbitte sofortige Anweisung, wie wir vorgehen sollen.‹ Ende der Botschaft. Haben Sie mitgeschrieben?«
»Ja, ja«, antwortete Pettikin hastig und machte sich Notizen. »Ich werde Captain McIver informieren und Sie so bald wie möglich zurückrufen.« Jean-Luc lehnte sich vor, und Pettikin überließ ihm das Mikrophon.
»Hier spricht Jean-Luc. Ruf doch bitte Scot und sag ihm, daß ich, wie abgesprochen, morgen noch vor Mittag zurück sein werde. War nett, mit dir zu reden, Freddy. Danke, hier ist noch einmal Charlie.«
»Wird gemacht, Captain Sessone. Weiter: Die 125 hat unsere Abgänge abgeholt, dazu noch Mrs. Starke und Captain John Tyrer, der bei einem fehlgeschlagenen Angriff der Linken auf Bandar-e Delam verwundet wurde...«

»Von was für einem Angriff redet er«, murmelte Jean-Luc.
»Ich höre zum erstenmal davon.« Pettikin war beunruhigt.
»... Sie wird planmäßig in wenigen Tagen Ersatz-Crews bringen. Nächster Punkt: Captain Starke.« Alle registrierten die zögernde, von Besorgnis geprägte, irgendwie geschraubte Sprechweise – als würde die Mitteilung abgelesen. »Captain Starke wurde nach Kowiss gebracht, um dort von einem Komitee vernommen zu werden. Es geht um die Flucht einiger Schah-freundlicher Luftwaffenoffiziere aus Isfahan am vergangenen Dienstag, dem 13., mittels eines Hubschraubers, der angeblich von einem Europäer gesteuert wurde. Nächster Punkt: Unter strenger Aufsicht der neuen Verwaltung bessern sich die Luftoperationen auch weiterhin. Mr. Esvandiari, der Manager unseres IranOil-Distrikts, möchte, daß wir alle Guerney-Verträge übernehmen. Dazu würden wir noch drei Heli vom Typ 212 und eine 206 benötigen. Bitte um Stellungnahme. Wir brauchen Ersatzteile für HBN, HKJ und HGX, sowie Geld für überfällige Löhne. Für den Moment ist das alles.«
Beinahe automatisch kritzelte Pettikin weiter. »Ich ... ich habe alles notiert und werde Captain McIver sofort nach seiner Rückkehr Bericht erstatten. Sie sprachen von einem Angriff auf Bandar-e Delam. Bitte um Einzelheiten.«
Bis auf atmosphärische Störgeräusche blieb das Gerät stumm. Sie warteten. Dann wieder Ayres Stimme, nun nicht mehr befangen. »Ich weiß nur, daß es einen Angriff von Khomeini-Gegnern gegeben hat; Captain Starke und Captain Lutz halfen mit, ihn abzuwehren. Nachher brachte Captain Starke die Verwundeten hierher, wo sie versorgt wurden. Von unseren Leuten erlitt nur Captain Tyrer eine leichte Verletzung. Das ist alles.«
Pettikin wischte sich einen Schweißtropfen von der Stirn. »Was für eine Verletzung?«
Schweigen. Und dann: »Eine kleine Kopfverletzung. Dr. Nutt meint, er würde bald wieder auf dem Damm sein.«
Pettikin drückte den Sendeknopf, änderte aber seine Absicht. So viele Fragen konnte Ayre offenbar nicht beantworten. »Danke, Captain«, sagte er und war froh, daß seine Stimme fest klang. »Halten Sie uns hinsichtlich Captain Starke auf dem laufenden. Captain McIver wird Sie so bald wie möglich zurückrufen.«
»Wird gemacht. Ende.«
Die zwei Männer sahen sich an, ohne auf Sayada zu achten, die still auf dem Sofa saß und sich nichts entgehen ließ.
»›Unter strenger Aufsicht‹? Das klingt nicht gut, Jean-Luc«, meinte Pettikin.
»Es bedeutet wahrscheinlich, daß sie mit bewaffneten *hezbollahis* fliegen müssen.« Jean-Luc stieß einen Fluch aus und dachte an Scot Gavallan. Wie würde der Junge ohne ihn zurechtkommen? *Merde!* Als ich heute morgen abflog, war alles noch in Butter, und die Flugsicherung in Schiras so hilfsbereit wie ein Schweizer Hotelier außerhalb der Saison. *Merde!*
Pettikin fiel plötzlich Rákóczy ein, und wie nahe er einer Katastrophe gewesen war. Einen Augenblick lang zog er in Erwägung, Jean-Luc davon zu erzählen, entschied sich aber dann anders. »Vielleicht sollten wir die Flugsicherung in Schiras um Hilfe bitten?«

»Mac hat da vielleicht eine Idee. *Mon Dieu*, das klingt auch für Duke nicht gerade ermutigend – diese Komitees vermehren sich wie die Läuse. Bazargan und Khomeini sollten rasch etwas dagegen unternehmen, bevor sie zu Tode gebissen werden.« Sehr besorgt stand er auf und streckte sich. Dann fiel sein Blick auf Sayada, die es sich auf dem Sofa bequem gemacht hatte, und auf die unberührte Tasse Tee neben ihr auf einem Tischchen. Sie lächelte ihn an. Für Scot und auch für Duke kann ich im Moment nichts weiter tun, dachte er, wohl aber für Sayada. »Tut mir leid, *chérie*«, sagte er mit einem strahlenden Lächeln, »aber du siehst, ohne mich gibt es auf Zagros immer Probleme. Charlie, wir gehen jetzt. Ich muß noch in meiner Wohnung nachsehen, aber wir schauen vor dem Abendessen noch einmal vorbei. Sagen wir um acht. Inzwischen dürfte auch Mac wieder da sein, hm?«
»Ja. Möchtest du einen Drink? Wein haben wir leider keinen. Einen Whisky vielleicht?« Es war ein halbherziges Angebot; die letzte Flasche war nur mehr dreiviertel voll.
»Danke, *mon vieux.*« Jean-Luc schlüpfte in den Mantel, stellte vor dem Spiegel fest, daß er immer noch flott aussah, und dachte an die Kisten Wein und die Dosen Käse, die seine Frau auf sein Anraten in ihrer Wohnung gelagert hatte. »*A bientôt!* Ich bringe dir auch etwas Wein mit.«
»Charlie«, sagte Sayada und beobachtete die beiden Männer so aufmerksam, wie sie es schon getan hatte, nachdem das Hochfrequenzgerät zum Leben erwacht war, »was meinte Freddy mit der Flucht per Hubschrauber?«
Pettikin zuckte die Achseln. »Es gibt immer wieder Gerüchte über alle möglichen Fluchtversuche – auf dem Land-, auf dem See- und auf dem Luftweg. Immer haben angeblich Europäer damit zu tun. Uns gibt man an allem die Schuld.«
Und warum auch nicht, ihr seid ja für alles verantwortlich, dachte Sayada Bertolin ohne Groll. Aus ihrem politischen Blickwinkel heraus sah sie mit Entzücken, wie die beiden schwitzten. Persönlich konnte sie beide wie die meisten Piloten gut leiden, vor allem natürlich Jean-Luc, der ihr viel Vergnügen bereitete und sie immer wieder amüsierte. Ein wahres Glück, dachte sie, daß ich Palästinenserin bin und koptische Christin aus altem Geschlecht. Das gibt mir eine Kraft, die sie nicht haben, und jene Lebensweisheit, die von der Freundschaft und vom Schlafzimmer herrührt – solange beides notwendig und ratsam ist. Hatten wir nicht 3000 Jahre Überlebenstraining? Ist Gaza nicht seit 3000 Jahren besiedelt?
»Angeblich hat Bachtiar heimlich das Land verlassen und ist nach Paris geflohen.«
»Das glaube ich nicht, Charlie.« Sayada schüttelte den Kopf. »Aber da gibt es noch ein anderes Gerücht, und das glaube ich.« Ihr war nicht entgangen, daß er ihre Frage nicht beantwortet hatte. »Wie es scheint, ist euer General Valik mit seiner Familie nach London geflogen, wo auch die anderen Partner der IHC sitzen. Alle zusammen sollen sie dort Millionen Dollar auf der hohen Kante liegen haben.«
»Partner?« wiederholte Jean-Luc verächtlich. »Sie sind allesamt Räuber, ob hier oder in London.«

»Sie sind nicht alle schlecht«, meinte Pettikin.
»Diese *crétins* stehlen uns den Schweiß von der Stirne, Sayada«, widersprach Jean-Luc. »Mich wundert nur, daß der alte Gavallan ruhig zusieht.«
»Aber das tut er doch gar nicht«, konterte Pettikin. »Er kämpft bis zur Erschöpfung gegen sie.«
»Bis zu unserer Erschöpfung, alter Freund. Das Fliegen nämlich besorgen wir, nicht er. Und was Valik angeht...« Mit gallischem Überschwang hob Jean-Luc die Schultern. »Wenn ich ein reicher Iraner wäre, ich wäre schon vor Monaten mit meinem ganzen Vermögen getürmt. Es war längst nicht mehr zu übersehen, daß der Schah die Kontrolle verloren hatte. Wir erleben hier noch einmal die Französische Revolution und deren Terror, aber ohne unseren Stil, unseren Verstand und unsere Manieren.« Angewidert schüttelte er den Kopf. »Welche Verschwendung! Jahrhundertelang haben wir Franzosen uns bemüht, diesen Menschen zu helfen, das finsterste Mittelalter zu überwinden. Und was haben sie gelernt? Sie können nicht einmal ein anständiges Brot backen!«
Sayada lachte, stellte sich auf die Zehen und küßte ihn. »Ah, Jean-Luc, ich liebe dich und dein Selbstvertrauen. Aber jetzt, *mon vieux*, müssen wir los. Wir haben noch viel zu tun.«
Nachdem sie gegangen waren, stellte sich Pettikin ans Fenster und blickte auf die Dächer hinaus. Irgendwo wurde geschossen, und über Jaleh stieg Rauch auf. Kein großes Feuer, aber ein Feuer. Die Wolken reichten bis zu den Bergen herunter. Auf den Fensterbrettern lagen Eis und Schnee. Unten auf der Straße waren eine Menge *hezbollahis* zu sehen; sie waren zu Fuß unterwegs oder auf Lastwagen. Dann begannen von den Minaretten die Muezzins zum Nachmittagsgebet zu rufen. Die Rufe schienen ihn von allen Seiten einzukreisen.

Im Luftfahrtministerium: 17 Uhr 04. Duncan McIver saß abgekämpft auf einem Holzstuhl in einer Ecke des Vorzimmers des Vizepräsidenten. Ihm war kalt. Er fühlte sich hungrig und sehr gereizt. Seine Uhr sagte ihm, daß er bereits seit drei Stunden wartete.
Ein Dutzend anderer Herren saßen im Zimmer herum – Iraner, ein paar Franzosen, Amerikaner, Engländer und ein Kuwaiter in der Galabia, dem langen arabischen Gewand. Wenige Augenblicke zuvor hatten die Europäer höflich aufgehört zu plappern, da die Moslems nach dem Ruf des Muezzins niedergekniet waren, um das Nachmittagsgebet zu sprechen. Es dauerte nicht lange, und die belanglosen Gespräche begannen von neuem. Das Vorzimmer war zugig, die Luft eisig. Alle hatten ihre Mäntel an, und alle waren des Wartens müde. Wie McIver hätten auch sie schon längst empfangen werden sollen.
»Inscha'Allah«, murmelte McIver, aber das half ihm auch nicht. Mit ein bißchen Glück ist Gen schon in Al Schargas, dachte er. Ich bin verdammt froh, daß sie draußen ist, und verdammt froh, daß sie es selbst zur Sprache gebracht hat. »Ich bin es, die mit Andy reden kann. Schreiben kannst du ihm ja nicht.«
»Das ist wahr«, hatte er ihr zugestimmt und widerstrebend hinzugefügt: »Vielleicht kann sich Andy einen Plan zurechtlegen, den wir dann, wenn es sein muß, ausführen können. Ich hoffe, es wird nicht nötig sein. Es ist zu gefährlich.

Alle unsere Jungs und alle unsere Maschinen sind über das ganze Land verstreut. Du vergißt, daß wir zwar keinen Krieg führen, aber bis zum Hals in einem Krieg stecken.«
»Ja, Duncan, aber wir haben nichts zu verlieren.«
»O doch: Menschen und Vögel.«
»Wir wollen doch nur sehen, ob es überhaupt machbar ist, nicht wahr, Duncan?«
Gen ist zweifellos die beste Vermittlerin, die wir uns wünschen können – falls wir eine brauchen. Sie hat recht, es wäre viel zu gefährlich, es ihm zu schreiben: »Andy, es gibt nur einen Weg, mit heiler Haut aus diesem Kuddelmuddel herauszukommen. Wir müssen uns einen Plan zurechtlegen, um alle unsere Maschinen und Ersatzteile herauszuholen, auch wenn sie gegenwärtig im Iran registriert sind und genaugenommen Eigentum einer iranischen Gesellschaft, der IHC, sind.«
Mein Gott! Wenn das nicht auf arglistige Täuschung zur Verschaffung eines Vermögensvorteils hinausläuft!
Sich fortzustehlen ist keine Lösung. Wir müssen dableiben und arbeiten und, sobald die Banken aufmachen, sehen, wie wir zu unserem Geld kommen. Irgendwie muß ich die Partner dazu bringen, mitzuhelfen, koste es, was es wolle. Wir können hier warten, bis der Wirbelsturm vorüber ist. Jede Regierung braucht Hilfe, um das Öl aus dem Boden zu holen. Wir werden unser Geld schon bekommen...
Talbot von der Britischen Botschaft hatte die Audienz beim Vizepräsidenten für ihn arrangiert und ihm ein Empfehlungsschreiben mitgegeben. »Tut mir leid, alter Freund, nicht einmal ich komme an den Ministerpräsidenten heran, aber sein Stellvertreter Antazam ist ein netter Kerl, spricht fließend Englisch – nicht eine von diesen revolutionären Spottfiguren. Er wird alles für Sie erledigen.«
Kurz vor dem Mittagessen war McIver vom Flughafen zurückgekommen und hatte so nahe wie möglich bei den Regierungsgebäuden geparkt. Nachdem er den in Persisch und Englisch abgefaßten Brief dem Wachtposten am Haupttor vorgewiesen hatte, war er zuerst in ein anderes Gebäude geschickt worden und erst mit einer Stunde Verspätung endlich wütend hier angekommen.
»Keine Sorge, Agha, Sie haben reichlich Zeit«, beruhigte ihn der junge Mann im Empfangsraum freundlich und gab ihm den Umschlag mit dem Empfehlungsschreiben zurück. »Hier sind Sie jetzt richtig. Bitte gehen Sie durch diese Tür und nehmen Sie im Vorzimmer Platz. Herr Minister Kia wird Sie so bald wie möglich rufen lassen.«
»Aber mit dem will ich doch gar nicht sprechen!« McIver explodierte beinahe. »Ich habe einen Termin beim Vizepräsidenten Antazam.«
»Ach ja, beim Vizepräsidenten Antazam. Der ist aber leider nicht mehr in der Regierung von Ministerpräsident Bazargan. *Inscha' Allah*«, erklärte der junge Mann liebenswürdig. »Minister Kia kümmert sich jetzt um alles, was mit Fremden, Finanzen und Flugzeugen zu tun hat.«
»Aber es muß...« McIver verstummte, als der Name in sein Bewußtsein

eindrang. Er erinnerte sich, was Talbot ihm erzählt hatte und daß man diesen Mann mit einem enormen Pauschalhonorar, aber ohne entsprechende Zusagen und Gegenleistungen in den Vorstand der IHC gehievt hatte. »Ali Kia?«

»Ja, Agha. Der Minister Ali Kia wird Sie so bald wie möglich empfangen.« Der junge Mann trug einen modernen Anzug, ein weißes Hemd und eine blaue Krawatte – wie in alten Zeiten. In weiser Voraussicht hatte McIver ein Pischkesch von 5000 Rial in den Umschlag mit dem Brief gesteckt – wie in alten Zeiten. Das Geld war verschwunden.

Vielleicht wird sich alles andere auch wieder normalisieren, dachte McIver, ging in den angrenzenden Raum, setzte sich in eine Ecke und wartete. In der Tasche hatte er noch ein Bündel Rialscheine, und er fragte sich, ob er den Umschlag ein zweites Mal mit dem passenden Betrag füllen sollte. Warum nicht, dachte er. Wir sind im Iran, kleine Beamte brauchen kleine Beträge, hohe Beamte höhere Summen. Nachdem er sich vergewissert hatte, daß niemand ihn beobachtete, steckte er einige größere Scheine in den Umschlag. Vielleicht kann dieser Bursche uns wirklich helfen.

»Agha McIver!« Die Innentür stand offen, ein Beamter winkte ihn herbei. Ali Kia saß hinter einem sehr großen Schreibtisch, auf dem keine Papiere lagen. Er hatte zwar ein Lächeln aufgesetzt, aber seine Augen waren hart und klein; instinktiv verspürte McIver große Abneigung gegen ihn.

»Wie liebenswürdig von Ihnen, mich zu empfangen, Herr Minister«, sagte McIver und streckte Kia seine Hand entgegen.

Dieser behielt sein Lächeln bei und ergriff die Rechte mit schlaffen Fingern.

»Bitte, nehmen Sie Platz, Mr. McIver. Ich danke Ihnen für Ihren Besuch. Sie haben ein Empfehlungsschreiben?« Sein Englisch, das er mit Oxfordakzent sprach, war gut. Mit einer müden Handbewegung bedeutete er dem Beamten an der Tür zu gehen.

»Ja, es war für den Vizepräsidenten Antazam bestimmt, aber wie ich erfahren habe, hätte es an Sie gerichtet sein sollen.« McIver reichte ihm den Umschlag.

Kia zog das Schreiben heraus, nahm von der Anzahl der Scheine genau Notiz, warf das Kuvert lässig auf den Schreibtisch, las aufmerksam die Empfehlung und legte sie dann vor sich hin. »Mr. Talbot ist ein achtbarer Freund des Iran, wenn auch der Vertreter einer feindseligen Regierung«, sagte Kia mit öliger Stimme. »Wie kann ich dem Freund einer so ehrenwerten Persönlichkeit helfen?«

»Es gibt da drei Dinge, Herr Minister. Aber vielleicht darf ich Ihnen zuerst sagen, wie sehr wir von der S-G uns freuen, daß Sie sich entschlossen haben, uns an den Früchten Ihrer wertvollen Erfahrung teilhaben zu lassen, indem Sie der Berufung in unseren Vorstand gefolgt sind.«

»Mein Vetter hat mich dringend darum ersucht. Ich bezweifle, daß ich Ihnen helfen kann, aber wie es Allah gefällt.«

»Wie es Allah gefällt.« McIver hatte ihn aufmerksam beobachtet und versucht, ihn zu taxieren, konnte sich aber die Abneigung nicht erklären, die er

gegen ihn empfand. »Da gibt es zunächst ein Gerücht, wonach alle Gemeinschaftsunternehmen bis zu einer Entscheidung des Revolutionären Komitees suspendiert werden sollen.«
»Bis zu einer Entscheidung der Regierung«, korrigierte ihn Kia. »Und?«
»Welche Auswirkungen wird das auf unser Gemeinschaftsunternehmen, die IHC, haben?«
»Ich bezweifle, daß es überhaupt Auswirkungen haben wird, Mr. McIver. Der Iran braucht Hubschrauber für seine Ölproduktion. Die Guerney Aviation ist auf und davon. Es will mir scheinen, daß unsere Gesellschaft einer blendenden Zukunft entgegensehen kann.«
»Aber wir haben seit Monaten kein Geld für die Arbeiten erhalten, die für den Iran geleistet wurden, haben jedoch alle Pachtzahlungen für die Flugzeuge nach Aberdeen geleistet.«
»Morgen sollen die Banken... soll die Zentralbank wieder geöffnet werden. Auf Befehl des Ministerpräsidenten – und des Ayatollahs, natürlich. Ich bin sicher, daß ein Teil des Geldes, das wir schulden, verfügbar sein wird.«
»Was denken Sie, wieviel wir erwarten können, Herr Minister?« McIvers Hoffnungen erhielten neuen Auftrieb.
»Mehr als genug um...um den Betrieb aufrechtzuerhalten. Ich habe auch schon dafür gesorgt, daß die Crews ausfliegen können, sobald Ersatz für sie da ist.« Ali Kia nahm eine dünne Akte aus seiner Lade und reichte McIver ein Papier. Es war eine Anordnung an die Einwanderungsbehörde, auf den Flughäfen von Teheran, Abadan und Schiras zugelassenen Piloten und Mechanikern der IHC bei Eintreffen von Ersatzpersonal, Mann gegen Mann, die Ausreise zu genehmigen. Das Dokument war namens des für IranOil verantwortlichen Islamischen Revolutionären Komitees von einem Ayatollah Dewari unterschrieben und vom Vortag datiert. McIver hatte noch nie etwas von ihm gehört.
»Vielen Dank. Würden Sie auch genehmigen, daß unsere 125 in den nächsten paar Wochen – natürlich nur so lange, bis die internationalen Flughäfen wieder in Betrieb sind – mindestens drei Flüge pro Woche machen darf, um Crews, Ersatzteile, Geräte et cetera hereinzubringen und überflüssige Arbeitskräfte auszufliegen?«
»Es ist unter Umständen möglich, das zu genehmigen.«
McIver reichte ihm einen Satz Papiere. »Ich habe mir erlaubt, sie selbst zu schreiben, um Ihnen, Herr Minister, die Mühe zu sparen – mit Durchschlägen an die Flugsicherungen in Kisch, Kowiss, Schiras, Abadan und Teheran.«
Sorgfältig studierte Kia das oberste Blatt. Seine Finger zitterten. Diese Papiere zu unterschreiben würde seine Vollmachten weit überschreiten. Da aber jetzt der Vizepräsident wie auch sein, Kias, unmittelbarer Vorgesetzter in Ungnade gefallen waren – beide von dem immer noch recht ominösen Islamischen Revolutionären Komitee angeblich entlassen – und das Chaos in der Regierung immer weiter zunahm, mußte er wohl das Risiko eingehen. Weil er es zudem für dringend nötig erachtete, daß er, seine Familie und

seine Freunde jederzeit Zugriff auf ein Privatflugzeug hatten, notabene einen Jet, erschien ihm dieses Risiko vertretbar.
Ich kann immer sagen, daß mein Vorgesetzter mich angewiesen hat, es zu unterschreiben, dachte er und versuchte sich seine Nervosität nicht anmerken zu lassen. Die 125 ist ein Geschenk Allahs für den Fall, daß man Lügen über mich verbreitet. Dieser verdammte Jared Bakravan! Meine Freundschaft mit diesem Hund von Bazari hätte mich um ein Haar in diesen Hochverratsprozeß hineingezogen. Dabei habe ich mein Lebtag kein Geld verliehen, mich nie mit Fremden eingelassen geschweige denn den Schah unterstützt.
Fast ärgerlich warf er die Papiere auf den Tisch. »Es ist vielleicht möglich, das zu genehmigen. 500 Dollar Landegebühr wären für jede Landung zu entrichten. Ist das alles, Mr. McIver?« fragte er, wohl wissend, daß es nicht alles war. Du hinterhältiger britischer Hundesohn! Glaubst du, du kannst mich für dumm verkaufen?
»Nur noch eines, Exzellenz.« McIver reichte ihm das letzte Papier. »Wir haben drei Maschinen, die unbedingt gewartet und repariert werden müssen. Ich bräuchte eine von Ihnen unterzeichnete Ausfuhrgenehmigung, um sie nach Al Schargas zu schicken.« Er hielt den Atem an.
»Völlig unnötig, wertvolle Flugzeuge ins Ausland zu schicken, Mr. McIver. Lassen Sie sie hier reparieren!«
»Das würde ich ja gerne tun, Exzellenz, aber es ist unmöglich. Wir haben hier weder die Ersatzteile noch die Mechaniker – und jeder Tag, an dem einer unserer Hubschrauber nicht arbeitet, kostet die Partner ein Vermögen. Ein Vermögen«, wiederholte er.
»Natürlich können Sie sie hier reparieren, Mr. McIver. Lassen Sie doch die Mechaniker und die Ersatzteile aus Al Schargas kommen!«
»Von den Kosten für die Maschinen ganz abgesehen, müssen die Löhne für die Crews bezahlt werden. Es ist alles sehr teuer. Vielleicht sollte ich auch noch erwähnen, daß es – wie im Vertrag festgehalten ist – Sache der iranischen Partner ist, für Ausfuhrgenehmigungen zu sorgen. Wir brauchen einen vollständig ausgerüsteten Maschinenpark, um die Nachfolgeverträge von Guerney zu erfüllen, wenn wir den Anweisungen der Regierung, die Ölproduktion zu normalisieren, nachkommen sollen. Sonst...« Er ließ das Wort im Raum stehen und hielt abermals den Atem an.
Kia runzelte die Stirn. Alles, was die iranischen Partner Geld kostete, kam ja jetzt zum Teil aus seiner eigenen Tasche. »Wie schnell könnten sie repariert und zurückgebracht werden?«
»Wenn ich sie gleich hinschicken darf, ungefähr zwei Wochen.«
Wieder zögerte Kia. Die Guerney-Aufträge zusätzlich zu den IHC-Aufträgen, Hubschrauber, Ausrüstung, Armaturen und Installationen im Wert von vielen Millionen, an denen er jetzt zu einem Sechstel beteiligt war – ohne auch nur einen einzigen Rial je investiert zu haben, frohlockte er in seinem tiefsten Inneren. Ausfuhrgenehmigungen für drei Helikopter? Er warf einen Blick auf seine juwelenbesetzte Cartier-Uhr. In wenigen Minuten hatte er einen Termin mit dem Direktor der Luftsicherung, den er leicht in die Sache hineinziehen konnte.

»Na schön«, sagte er. »Aber die Ausfuhrgenehmigungen werden auf zwei Wochen befristet sein, und...«, er überlegte kurz, »...5000 Dollar pro Maschine kosten, die vor dem Abflugtag zu hinterlegen sind.«
»So viel Bargeld kann ich nicht so schnell beschaffen. Ich könnte Ihnen einen Scheck auf eine Schweizer Bank ausstellen – über 2000 Dollar je Maschine.«
Sie feilschten kurz und einigten sich schließlich auf 3100 Dollar. »Danke, Mr. McIver«, sagte Ali Kia höflich. »Bitte verlassen Sie mein Büro mit einem langen Gesicht. Ich möchte nicht, daß Sie diese Spitzbuben ermutigen, die da draußen warten.«
Als McIver wieder in seinem Wagen saß, nahm er die Dokumente aus seiner Aktentasche und betrachtete sie lächelnd. »Es ist fast zu schön, um wahr zu sein«, murmelte er. »Kia sagt, die Suspensionen werden uns nicht berühren, die 125 fliegt jetzt legal und wir haben Ausfuhrgenehmigungen für drei 212, die in Nigeria dringend gebraucht werden:
9300 Dollar gegen einen Wert von 3 Millionen, das ist mehr als fair! Ich hätte nie gedacht, daß ich damit durchkomme. McIver, du hast dir einen Scotch verdient, einen großen Scotch!«

In einem nördlichen Vorort: 18 Uhr 50. Mit krumpeligem Regenmantel und Fliegeranzug stieg Tom Lochart aus dem verbeulten alten Wagen und gab dem Fahrer eine Zwanzig-Dollar-Note. Er war unrasiert und sehr müde und fühlte sich schmutzig, aber die Freude, vor seinem Wohnhaus zu stehen und Scharazad nach langer Trennung nahe zu sein, ließ ihn alles Unbehagen vergessen. Einige Schneeflocken fielen, aber er merkte es kaum, als er ins Haus eilte. Er lief die Treppe hinauf, da es zwecklos war, den Aufzug zu versuchen, der schon seit Monaten nicht mehr funktionierte.
Er nahm die Schlüssel aus der Tasche und steckte sie ins Schloß, aber die Tür war von innen verriegelt. Er läutete und wartete ungeduldig, daß das Mädchen öffnete; Scharazad ging nie selbst zur Tür. Seine Finger trommelten einen fröhlichen Rhythmus, sein Herz war von Liebe erfüllt. Die Erregung wuchs, als er die Schritte des Mädchens hörte, die Riegel zurückgeschoben wurden und die Tür sich einige Zentimeter breit öffnete. Ein unbekanntes, von einem Tschador umrahmtes Gesicht starrte ihn an. »Was wollen Sie, Agha?« Ihre Stimme war ebenso rauh wie ihr Persisch.
Seine freudige Erregung verflog sofort und hinterließ ein Übelkeit erregendes Loch. »Wer sind Sie?« fragte er grob. Die Frau wollte die Tür schließen, aber er stellte seinen Fuß dazwischen und drückte sie auf. »Was machen Sie in meiner Wohnung? Ich bin Exzellenz Lochart, und das ist meine Wohnung! Wo ist die Gnädigste, meine Gattin?«
Die Frau musterte ihn mit finsterem Blick, trottete dann zur Tür seines Wohnzimmers und öffnete sie. Lochart sah Fremde, Männer und Frauen, und Gewehre, die an der Wand lehnten. »Was zum Teufel ist hier los?« murmelte er auf Englisch und marschierte ins Zimmer. Mit verschränkten Beinen oder in seine Polster gelehnt saßen zwei Männer und vier Frauen auf seinen Teppichen vor dem brennenden Kaminfeuer und starrten ihn an. Sie hatten

sich die Schuhe ausgezogen, ihre Füße waren schmutzig. Sie befanden sich mitten in einer Mahlzeit. Seine Schüsseln und Teller waren sorglos über den Fußboden verstreut. Einer der Männer, Mitte 30 und älter als die anderen, hatte seine Hand auf einer Pistole, die in seinem Gürtel steckte.
Sinnlose Wut stieg in Lochart auf. Er empfand die Anwesenheit dieser Menschen als Unverschämtheit und Sakrileg. »Wer sind Sie? Wo ist meine Frau? Verlassen Sie sofort...« Er brach ab. Die Pistole war auf ihn gerichtet.
»Wer sind Sie, Agha?«
Mit äußerster Anstrengung bezwang er seine Wut. »Ich bin... das ist... das ist meine Wohnung. Ich bin der Eigentümer und...«
»Ach, der Eigentümer! Sie sind der Eigentümer!« unterbrach ihn der Mann, der Teymour hieß. »Der Ausländer, der Mann von dieser Bakravan...«
Lochart wollte sich auf ihn stürzen, doch der Mann entsicherte seine Waffe. »Tun Sie's nicht! Ich schieße schnell und treffe immer«, warnte er ihn. »Durchsuch ihn!« befahl er dem anderen Mann, der sofort aufsprang, Lochart abtastete, ihm die Flugtasche aus der Hand riß und sie inspizierte.
»Keine Waffen. Kompaß, Dienstvorschrift... Sind Sie der Pilot Lochart?«
»Ja«, antwortete Lochart mit klopfendem Herzen.
»Setzen Sie sich da drüben hin! Schnell!«
Lochart setzte sich auf den Stuhl, der weit vom Feuer entfernt war. Der Mann legte die Pistole neben sich auf den Teppich und nahm ein Papier aus der Tasche. »Gib ihm das.« Der andere tat, wie geheißen. Alle beobachteten Lochart. Der brauchte eine Weile, um das persisch geschriebene Dokument zu entziffern. »Konfiskationsbescheid. Wegen Verbrechen gegen den islamischen Staat wird das gesamte Eigentum des Jared Bakravan, ausgenommen sein Stadthaus und sein Laden im Basar, konfisziert.« Das Dokument war zwei Tage zuvor namens des Islamischen Revolutionären Komitees von jemandem ausgestellt worden, dessen Namen er nicht lesen konnte.
»Das ist... das ist doch lächerlich«, stieß er ratlos hervor. »Seine Exzellenz Bakravan war ein begeisterter Anhänger Ayatollah Khomeinis. Das muß ein Irrtum sein.«
»Es ist kein Irrtum. Er wurde ins Gefängnis eingeliefert, des Wuchers für schuldig gesprochen und erschossen.«
Lochart starrte den Mann an. »Das... das muß ein Irrtum sein.«
»Kein Irrtum, Agha«, wiederholte Teymour nicht unfreundlich und musterte Lochart. »Wir wissen, daß Sie Kanadier sind und Pilot, daß Sie fort waren, daß Sie mit einer der Töchter des Verräters verheiratet sind und für seine Verbrechen nicht verantwortlich – oder für die seiner Tochter, wenn sie welche begangen haben sollte.« Er streckte seine Hand nach der Luger aus, als er die Röte sah, die Lochart ins Gesicht stieg. »Ich sagte, ›wenn‹, Agha. Beherrschen Sie sich. Wir sind kein primitiver Pöbelhaufen. Wir sind Freiheitskämpfer und Profis. Wir halten uns hier nur auf, um diese Unterkunft für Persönlichkeiten zu bewachen, die erst eintreffen werden. Wir wissen, daß Sie kein Feind sind, also bleiben Sie ruhig! Natürlich ist das ein Schock für Sie, das verstehen wir. Aber wir haben das Recht, uns zu nehmen, was uns gehört.«

»Recht? Was für Recht haben Sie...«
»Das Recht der Eroberer. War es nicht immer schon so, Agha?« Seine Stimme blieb ruhig, und die Frauen beobachteten Lochart mit kaltem, hartem Blick. »Beruhigen Sie sich! Wir haben Ihr Eigentum nicht angerührt. Noch nicht.« Er machte eine Handbewegung. »Überzeugen Sie sich selbst!«
»Wo ist meine Frau?«
»Das weiß ich nicht, Agha. Es war niemand hier, als wir gekommen sind. Wir sind heute früh gekommen.«
Lochart war krank vor Sorge. Wenn ihr Vater für schuldig befunden worden ist, wird die Familie darunter zu leiden haben? Alle? Augenblick mal! Alles konfisziert... ausgenommen das Stadthaus... Sie muß dort sein. O Gott, das sind ja Kilometer bis dorthin, und ich habe keinen Wagen...
Er bemühte sich, klare Gedanken zu fassen. »Sie haben gesagt, Sie hätten nichts angerührt – noch nicht. Soll das heißen, daß dies bald geschehen wird?«
»Ein kluger Mann schützt sein Eigentum. Es wäre klug, Ihr Eigentum an einen sicheren Ort zu bringen. Von Bakravan bleibt alles da, aber Ihr persönlicher Besitz?« Er zuckte mit den Achseln. »Natürlich können Sie ihn mitnehmen. Wir sind doch keine Diebe.«
»Und die Sachen meiner Frau?«
»Auch die. Selbstverständlich. Persönliche Dinge. Ich sagte es Ihnen schon: Wir sind keine Diebe.«
»Wie lange habe ich Zeit?«
»Bis morgen 17 Uhr. Möchten Sie etwas essen?«
»Nein, danke.«
»Dann leben Sie wohl, Agha. Aber zuerst geben Sie mir Ihre Schlüssel.«
Wieder stieg Lochart die Röte ins Gesicht. Er nahm die Schlüssel aus der Tasche und gab sie dem Mann, der neben ihm stand. »Sie haben von Persönlichkeiten gesprochen. Welche Persönlichkeiten?«
»Einfach Persönlichkeiten, Agha. Die Wohnung hat einem Staatsfeind gehört; jetzt ist sie Eigentum des Staates, der sie jedem zuweisen kann, den sie für würdig hält. Tut mir leid, aber das verstehen Sie sicher.«
Lochart musterte ihn und dann den anderen Mann. Die Erschöpfung lähmte ihn beinahe – und seine Hilflosigkeit. »Bevor ich gehe, möchte ich mich noch umziehen – und rasieren. Okay?«
Nach einer Pause antwortete Teymour: »Ja. Hassan, geh mit ihm!«
Lochart verließ das Zimmer. Er haßte diese Männer und alles, was hier geschah. Hassan folgte ihm, den Gang hinunter bis in sein Zimmer. Man hatte nichts angerührt, obwohl die Schränke offenstanden und die Laden herausgezogen waren. Es roch nach Tabak, aber es gab keine Anzeichen von Gewalt oder einer überstürzten Flucht. Das Bett war benützt worden. Reiß dich zusammen und denk dir einen Plan aus! Kann ich nicht. Also gut, dann rasier dich! Stell dich unter die Dusche, zieh dich um und geh zu McIver, das ist nicht weit! Du kannst zu Fuß gehen, und er wird dir helfen, wird dir Geld leihen und einen Wagen. Du wirst sie im Stadthaus finden – und denk nicht an Jared, denk nicht an ihn!

In der Nähe der Universität: 20 Uhr 10. Rákóczy schob die Öllampe näher an das Bündel Papiere, Tagebücher, Akten und Dokumente heran, die er aus dem Safe im Obergeschoß der Amerikanischen Botschaft gestohlen hatte, und fuhr fort, sie auszusortieren. Er war allein in einem kleinen Raum, der zu einer Mietwohnung mit sieben kleinen Zimmern gehörte, wo hauptsächlich Studenten lebten. Farmad, der Studentenführer der Tudeh, der in der Nacht des Tumults getötet worden war, hatte das Zimmer für ihn gemietet. Es war ein armseliges Zimmer ohne Heizung: ein Bett, ein wackeliger Tisch, ein Stuhl und ein winziges Fenster mit zerbrochenen Scheiben.
Rákóczy lachte laut auf. So viel erreicht bei so geringem Einsatz. Eine gute Planung. Der zur Tarnung so perfekt in Szene gesetzte Krawall vor den Toren der Botschaft – dann plötzlich Feuer auf den gegenüberliegenden Dächern, das Panik auslöste. Rasch waren die Tore aufgebrochen und das Gelände gestürmt worden. Die mit Gewehren bewaffneten Marineinfanteristen boten kaum Widerstand, da man sie angewiesen hatte, nicht zu schießen. Gerade Zeit genug, ehe die Khomeini-Anhänger angriffen. Er war zur Rückseite des Gebäudes gerast und hatte die Hintertür eingedrückt. Dann die Hintertreppe hinauf, während der Kader draußen die Ablenkungsmanöver fortsetzte, schrie, brüllte und in die Luft ballerte, sorgfältig darauf bedacht, niemanden zu töten. Ein Geschoß und das nächste, einen Gang hinunter, vor ihm zwei verängstigte alte Amerikanerinnen. »Legt euch auf den Boden, sonst erschieße ich euch!« hatte er sie angebrüllt.
Hinein ins Schlafzimmer. Leer bis auf einen vor Angst wie gelähmten einheimischen Diener, der sich, die Arme über dem Kopf, schon halb unter dem Bett verkrochen hatte. Schnell den Safe geknackt, alles in die Reisetasche, wieder runter, drei Stufen auf einmal, und, von Ibrahim Kyabi und den anderen gedeckt, untergetaucht in der wogenden Menge. Ein perfekter Rückzug.
Die Zentrale wird beeindruckt sein. Der Beförderung zum Major steht nichts mehr im Wege, und Vater wird so stolz auf mich sein. »Bei Allah und dem Propheten«, sagte er laut. »Noch nie war mein Leben so erfüllt.«
In bester Laune machte er sich von neuem an die Arbeit. Bis jetzt hatte das Safe keine Schätze freigegeben, aber eine ganze Menge von Dokumenten, welche die Einflußnahme der CIA im Iran bewiesen, ein paar Privatstempel des Botschafters, private Rechnungen, etwas Schmuck von nicht sehr hohem Wert und ein paar alte Münzen. Macht nichts, dachte er, ich habe noch viel durchzusehen. Tagebücher und persönliche Papiere.
Die Zeit verging schnell. Bald würde Ibrahim Kyabi da sein, um über die Frauendemo zu sprechen. Er wollte wissen, wie man sie stören und spalten könne, um die Ziele der Tudeh zu fördern und Khomeini und den Schiiten zu schaden. Khomeini ist die wirkliche Gefahr, dachte Rákóczy, die einzige Gefahr: dieser sonderbare Greis mit seiner eisernen Unbeugsamkeit.
Ein eisiger Luftzug kam durch das zerbrochene Fenster. Es machte ihm nichts aus. Ihm war nicht kalt. Er trug seine schwere Lederjacke, Hemd, Pullover und warme Unterwäsche, dicke Socken und feste Schuhe. »Zieh immer dicke

Socken und feste Schuhe an«, hatten seine Lehrmeister ihm eingetrichtert. »Sei immer darauf vorbereitet, laufen zu müssen...«
Belustigt erinnerte er sich, wie er vor Erikki Yokkonen davongelaufen war. Sicher werde ich ihn eines Tages töten müssen, dachte er, ihn und seine Schreckschraube von Frau. Was ist mit Azadeh? Was ist mit der Tochter von Abdullah Khan, Abdullah dem Grausamen, der uns zwar als Doppelagent gute Dienste leistet, aber zu arrogant und unabhängig geworden ist und zu gefährlich für unsere Sicherheit? Wie auch immer: Jetzt möchte ich den Mann und seine Frau in Täbris haben, wo sie tun sollen, was wir von ihnen verlangen. Und was mich angeht, ich möchte wieder auf Urlaub gehen, wieder einmal daheim, wieder Igor Mzytryk, Hauptmann des KGB sein, zu Hause mit meiner schönen Delaurah, in unserem schönen Bett mit der feinen Bettwäsche aus Irland. Nur noch sieben Wochen, und unser Erstgeborener ist da. Ich hoffe so sehr, daß es ein Sohn sein wird...
Er hörte die Muezzins zum Abendgebet rufen und fing an, den Tisch freizumachen. Sehr bald schon würde Ibrahim Kyabi kommen, und es bestand keine Notwendigkeit, daß der junge Mann Dinge erfuhr, die ihn nichts angingen. Rasch schob er die Papiere in die Reisetasche. Er hob ein Bodenbrett auf und steckte die Reisetasche in den darunter befindlichen Hohlraum, der auch eine geladene, sorgfältig in Öltuch gewickelte automatische Pistole, wie er sie am Tisch liegen hatte, und ein halbes Dutzend Splittergranaten britischer Herkunft beherbergte. Ein wenig Schmutz über die Ritzen gescharrt, und von dem Versteck war nichts mehr zu sehen. Er schraubte den Docht der Lampe herunter und zog die Vorhänge zurück. Auf dem Fensterbrett lag ein bißchen Schnee. Zufrieden wartete Rákóczy. Eine halbe Stunde verging. Es war nicht Kyabis Art, sich zu verspäten.
Dann hörte er Schritte. Er richtete die automatische Pistole auf die Tür. Das Klopfzeichen war in Ordnung, trotzdem ging er an der Wand in Deckung, immer bereit, den Feind zu durchlöchern, wenn es ein Feind war. Aber es war Ibrahim Kyabi, warm angezogen und erleichtert, hier zu sein.
»Tut mir leid«, sagte er, »aber es gibt fast keine Autobusse.«
Rákóczy schloß die Tür hinter ihm. »Pünktlichkeit ist sehr wichtig. Du wolltest doch wissen, wer der Mullah in dem Hubschrauber in Bandar-e Delam war, als dein Vater ermordet wurde. Ich weiß seinen Namen.« Er sah, wie es in den Augen des Jungen aufblitzte, und verbarg ein Lächeln. »Er heißt Hussain Kowissi und ist der Mullah von Kowiss. Kennst du Kowiss?«
»Nein, nein, ich war noch nie dort. Hussain Kowiss? Gut. Ich danke dir.«
»Ich habe Erkundigungen über ihn angestellt. Er scheint ein fanatischer Antikommunist und ein ebenso fanatischer Khomeini-Anhänger zu sein, gehört aber in Wirklichkeit der CIA an.«
»Was?«
»Ja«, sagte Rákóczy, die Desinformation weiter ausspinnend. »Der Schah schickte ihn in die Vereinigten Staaten, wo er einige Jahre blieb. Er spricht fließend Englisch und wurde, als er dort studierte, von den Amis umgedreht. Sein Haß auf Amerika ist genauso falsch wie sein Fanatismus.«

»Wie machst du das bloß, Dimitri? Wie erfährst du so schnell so viel – ohne Telefon, ohne Telex oder sonst etwas?«
»Du vergißt, daß wir überall unsere Leute haben: in jedem Bus, in jedem Taxi, Lastwagen, Dorf oder Postamt. Vergiß nicht«, fügte er hinzu und glaubte es selbst, »die Massen stehen auf unserer Seite. Wir sind ein Teil der Massen.«
»Ja.«
Er sah den Glaubenseifer des jungen Mannes und wußte, daß Ibrahim das richtige Werkzeug für ihn war. »Mullah Hussain befahl den *hezbollahis*, deinen Vater zu erschießen, nachdem er ihn beschuldigt hatte, ein Spitzel der Fremden zu sein.«
Alle Farbe wich aus Kyabis Gesicht. »Dann... dann kaufe ich ihn mir. Der gehört mir.«
»Wir sollten ihn besser einem Profi überlassen. Ich werde...«
»Nein. Bitte! Ich will meinen Vater rächen.«
Rákóczy verbarg seine Befriedigung und tat, als überlege er. Hussain Kowissi war schon seit geraumer Zeit als Todeskandidat vorgemerkt. »In ein paar Tagen werde ich Waffen besorgen, einen Wagen und ein paar Leute, die dich begleiten.«
»Ich danke dir. Aber ich brauche nichts weiter als das.« Mit zitternden Fingern zog Kyabi ein Taschenmesser heraus. »Das, ein paar Stunden und ein Stück Stacheldraht. Ich werde ihm zeigen, wie ein Sohn seinen Vater rächt.«
»Gut. Also jetzt zur Frauendemo: Sie soll definitiv in drei Tagen stattfinden. Wir...« Entsetzt brach er ab, sprang auf die gegenüberliegende Wand zu und drückte einen kaum sichtbaren Knopf. Ein Teil der Wand schwang auf und gab den Weg zur unbeleuchteten, schwankenden Notstiege frei. »Komm!« rief er und raste los, Kyabi hastete ihm in blinder Panik nach. Im gleichen Augenblick wurde die Tür aufgebrochen, fast aus den Angeln gerissen, und mehrere Männer drängten ins Zimmer. Es waren Iraner und alle trugen grüne Armbinden. Mit gezogenen Pistolen setzten sie den Flüchtenden nach. Die Treppe hinunter, drei Stufen auf einmal, Jäger und Gejagte, stolpernd, fast stürzend, hinaus auf die Straße in die Nacht, wo sie in der Menge untertauchten. Doch Rákóczy hetzte direkt in die Falle und in die Arme der Häscher. Ibrahim Kyabi zögerte nicht, änderte nur die Richtung, floh quer über die Straße, bog in eine belebte Seitengasse ein und verschwand in der Dunkelheit.
Robert Armstrong saß in einem geparkten Wagen auf der anderen Straßenseite und hatte beobachtet, wie die Männer in das Haus eingedrungen waren, wie sie Rákóczy gefaßt und Kyabi entkommen lassen hatten. Noch bevor viele Leute auf der Straße merkten, was vorging, war Rákóczy auf ein Lastauto gehievt worden. Zwei *hezbollahis*, besser gekleidet als üblich, kamen auf Armstrong zu. Die Leute wichen ihnen aus, beobachteten sie, ohne zu beobachten, weil sie keine Schwierigkeiten bekommen wollten. Die zwei Männer stiegen in den Wagen, Armstrong legte den Gang ein und fuhr los. Die zurückgebliebenen *hezbollahis* mischten sich unter die Fußgänger.
Wenige Augenblicke später war Robert Armstrong einer der Teilnehmer des abendlichen Spitzenverkehrs. Die zwei Männer streiften ihre grünen Arm-

bänder ab und steckten sie in die Tasche. »Schade, daß wir diesen Studenten nicht erwischt haben, Robert«, sagte der ältere der beiden in tadellosem Englisch mit amerikanischem Akzent. Der glattrasierte Mann Mitte 50 war Oberst Haschemi Fazir, der stellvertretende Chef des Inneren Sicherheitsrates, in den Vereinigten Staaten ausgebildet und Angehöriger der SAVAK, bevor man die separate Geheimdienstabteilung gegründet hatte.
»Mach dir nichts draus, Haschemi«, versuchte Armstrong ihn zu beruhigen.
»Wir haben Kyabi auf Film bei den Krawallen vor der Botschaft und bei der Universität!« sagte der junge Mann im Fond. Er war Mitte 20, trug einen buschigen Schnurrbart und verzog nun sein Gesicht zu einem gemeinen Grinsen. »Morgen schnappen wir ihn uns.«
»Jetzt auf der Flucht? Das würde ich nicht empfehlen, Herr Leutnant«, sagte Armstrong. »Bleiben Sie lieber an ihm dran, beschatten Sie ihn, er wird Sie zu einem größeren Fisch führen. Er hat Sie auch zu Dimitri Yazernow geführt.«
Der Mann lachte. »Ja, das hat er.«
»Und Yazernow wird uns noch zu allerhand interessanten Leuten führen.«
Haschemi zündete sich eine Zigarette an und bot das Päckchen auch Armstrong an. »Robert?«
»Danke.« Armstrong machte einen Zug und schnitt eine Grimasse. »Mein Gott, Haschemi, die sind ja furchtbar! Die bringen einen glatt um.«
»Wie es Allah gefällt.« Dann zitierte Haschemi auf Persisch: »›Wasch mich in Wein, wenn ich sterbe. Bei meinem Begräbnis sprich einen Vers, der mit Wein zu tun hat. Und wenn du mich am Tage des Gerichts finden willst, such mich im Staub vor der Tür eines Weinhändlers.‹«
»Die Zigaretten, nicht der Wein, werden dich umbringen«, bemerkte Armstrong trocken.
»Der Herr Oberst hat aus den ›Robā'iāt‹ des Omar Hayyām zitiert«, sagte der hilfsbereite junge Mann im Fond. »Es bedeutet...«
»Er weiß, was es bedeutet, Mohammed«, unterbrach ihn Haschemi. »Mr. Armstrong spricht perfekt Persisch. Sie haben noch viel zu lernen.« Nachdenklich paffte er seine Zigarette. »Würdest du bitte kurz anhalten, Robert?«
Als der Wagen stehenblieb, sagte Haschemi: »Fahren Sie in die Zentrale zurück, Mohammed, und warten Sie dort auf mich! Sehen Sie zu, daß niemand – niemand – vor mir an Yazernow herankommt. Unsere Freunde sollen nur alles vorbereiten. Ich möchte um Mitternacht anfangen.«
»Jawohl, Herr Oberst.« Der junge Mann stieg aus.
Haschemi sah ihm nach. »Jetzt könnte ich einen großen Whisky-Soda vertragen. Fahr noch ein bißchen herum, Robert!«
»Gern.« Armstrong legte den Gang ein und streifte den Oberst mit einem Blick. Er glaubte, einen gewissen Unterton gehört zu haben. »Ein Problem?«
»Viele.« Haschemi beobachtete den Verkehr und die Fußgänger. Seine Gesichtszüge waren starr. »Ich weiß nicht, wie lange wir noch operieren können, wie lange wir noch sicher sind und wem ich noch vertrauen kann.«
»Sonst fehlt dir nichts?« Armstrong lächelte trübe. »Das ist unser Berufsrisi-

ko«, sagte er – eine Lektion, die er nach elfjähriger Tätigkeit im Inneren Sicherheitsrat und davor bei der Polizei in Hongkong gelernt hatte.
»Möchtest du dabei sein, wenn Yazernow verhört wird, Robert?«
»Wenn ich euch nicht störe, ja. Ich bin doch nur ein alter CID-Mann vom Sonderdezernat mit einem Privatvertrag, der mich verpflichtet, euch Burschen dabei zu helfen, einen gleichwertigen Dienst aufzuziehen. Weißt du noch?«
»Ich erinnere mich sogar sehr gut. Zwei Fünfjahresverträge, der letzte bis zum nächsten Jahr verlängert. Dann kannst du dich mit einer Rente ins Privatleben zurückziehen.«
»Meinst du wirklich? Khomeini und die Regierung werden mir eine Rente zahlen? Daß ich nicht lache!« Er mußte damit rechnen, daß seine Dienstjahre im Iran verloren waren; dazu kam die Entwertung des Hongkong-Dollars seit seiner Pensionierung im Jahre 1966. Seine Rente würde recht karg ausfallen. »Da ist nicht mehr viel zu holen.«
Haschemis Augen verdunkelten sich. »Robert, was will MI 6 von diesem Yazernow?«
Armstrong legte die Stirn in Falten. Etwas stimmt heute abend ganz und gar nicht. Der junge Kyabi hätte nicht entkommen dürfen, und Haschemi ist so nervös wie ein Polizist, der den ersten Tag auf Streife geht. »Soviel ich weiß, gar nichts. Ich interessiere mich für ihn. Ich«, ließ er beiläufig fallen.
»Warum?«
Eine lange Geschichte, dachte Armstrong. Soll ich dir erzählen, daß Dimitri Yazernow ein Deckname für Rákóczy ist, den russischen islamischen Marxisten, hinter dem du seit Monaten her bist? Soll ich dir den wahren Grund nennen, warum man mich angewiesen hat, dir heute abend zu helfen, ihn zu fassen? Von einem tschechischen Überläufer hat MI 6 ganz zufällig erfahren, daß es sich hier in Wirklichkeit um Igor Mzytryk handelt, den Sohn von Pjotr Oleg Mzytryk, der in meinen Tagen in Hongkong als Gregor Suslew bekannt war – ein Meisterspion, von dem wir alle glaubten, er wäre längst tot.
Nein, Yazernow brauchen wir nicht. Wen wir haben wollen – wen ich haben will –, das ist der Vater, der angeblich in Reichweite irgendwo nördlich der Grenze lebt. Nur allzu gern würden wir diesen Saukerl durch die Mangel drehen und auseinandernehmen, diesen Exchef des Geheimdienstes Fernost, Dozent für Spionage an der Universität Wladiwostok, ranghohes Parteimitglied und Gott weiß was noch alles.
»Warum bist du an Yazernow interessiert, Robert?«
»Ich glaube, er ist mehr als nur ein Verbindungsmann der Tudeh zu den Studenten. Er sieht deinem kurdischen Dissidenten Ali bin Hassan Karakose zum Verwechseln ähnlich.«
»Du meinst, er ist derselbe Mann?«
»Ja.«
»Unmöglich!«
Armstrong hob die Schultern. Er hatte ihm einen Knochen hingeworfen; wenn er nicht daran nagen wollte, war das seine Sache.

Haschemi stieß nach. »Warum interessieren dich Karakose und die Kurden – wenn es wahr ist, was du mir da erzählst.«
»Die Kurden sitzen an allen Grenzen«, antwortete er leichthin. »Das kurdische Nationalbewußtsein ist sehr sensibel und für die Sowjets leicht auszunützen – mit weitreichenden Folgen für Kleinasien. Natürlich sind wir interessiert.«
Gedankenverloren starrte der Oberst aus dem Fenster. »Setz mich bitte hier ab, Robert! Wir fangen um Mitternacht mit Yazernow an. Du bist natürlich willkommen.« Er legte die Hand an den Türgriff.
»Nicht so hastig, alter Junge! Wir sind Freunde. Was ist denn los mit dir?«
Der Oberst zögerte. Dann nahm er die Hand wieder von der Klinke. »Die Regierung hat die SAVAK verboten, ebenso alle nachrichtendienstlichen Abteilungen, also auch unsere, und angeordnet, daß sie unverzüglich aufzulösen sind.«
»Ja, aber das Büro des Ministerpräsidenten hat dich bereits angewiesen, heimlich weiterzuarbeiten. Du hast nichts zu fürchten, Haschemi. Du bist nicht belastet. Du wurdest angewiesen, die Tudeh zu zerschlagen, die Fedajins, die islamischen Marxisten – du hast mir selbst den Befehl gezeigt. Hat die Operation heute abend nicht diesen Richtlinien entsprochen?«
»Ja, ja, schon...« Haschemi verstummte und fügte mit dumpfer Stimme hinzu: »Ja, das hat sie schon. Was weißt du über das Islamische Revolutionäre Komitee?«
»Nur daß es aus Männern bestehen soll, die Khomeini persönlich ausgesucht hat«, antwortete Armstrong aufrichtig. »Seine Vollmachten wurden nie genau definiert, und wir wissen nicht exakt, wer dabei ist, aus wie vielen Leuten es besteht, wo und wann es zusammentritt, ob Khomeini den Vorsitz führt oder ein anderer...«
»Aber ich weiß jetzt genau, daß das Komitee von Khomeini mit einem Höchstmaß an Macht ausgestattet wurde, und daß Bazargan eine kurzfristige Galionsfigur darstellt und nur so lange im Amt bleiben wird, bis das Komitee die neue islamische Verfassung promulgiert hat, die uns alle in die Zeit des Propheten zurückwerfen wird.«
»Verdammt!« knurrte Armstrong. »Keine gewählte Regierung?«
»Nein!« stieß Haschemi wütend hervor.
»Vielleicht wird diese Verfassung abgelehnt. Das Volk muß doch dafür stimmen, und nicht alle sind so fanatisch...«
»Mach dir doch nichts vor, Robert!« fuhr der Oberst ihn an. »Die große Mehrheit der Bevölkerung besteht aus Fundamentalisten, und Bewußtsein, das zu sein, ist auch schon alles, was diese Leute haben. Unsere Bourgeois, die Reichen und die Mittelklasse, das sind Teheraner, Bürger von Täbris, Abadan, Isfahan – alle vom Schah gefördert und nur eine Handvoll im Vergleich zu den anderen 36 Millionen Iranern, von denen die meisten weder lesen noch schreiben können. Natürlich werden sie für alles stimmen, was Khomeini gutheißt. Und wir beide wissen, wie er den Islam, den Koran und die Scharia sieht.«

»Wann... wann werden sie die neue Verfassung proklamieren?«
»Verstehst du uns Iraner immer noch nicht nach so langer Zeit? Die neue Verfassung trat in dem Augenblick in Kraft, als dieser arme Hund Bachtiar von Carter und von den Generälen fallengelassen wurde und fliehen mußte. Was Bazargan angeht, diesen frommen, rechtschaffenen, anständigen und demokratisch gesinnten, von Khomeini ernannten Ministerpräsidenten – der arme Kerl ist nur ein Gimpel und wird für alles und jedes geradestehen müssen, was zwischen jetzt und dann schiefgeht.«
»Du meinst, er wird der Sündenbock sein? Wird man ihm den Prozeß machen?«
»Prozeß? Was für einen Prozeß? Habe ich dir nicht schon mal erklärt, was das Komitee unter einem Prozeß versteht? Wenn er angeklagt wird, wird er auch erschossen. *Inscha'Allah.* Unter dem Siegel der Verschwiegenheit hat man mir heute nachmittag mitgeteilt, daß die SAVAK heimlich umorganisiert wurde; sie wird in Zukunft SAVAMA heißen – und Abrim Pahmudi wurde zum Chef bestellt!«
»Allmächtiger Gott!« Armstrong war, als hätte er einen Schlag in die Magengrube erhalten. Abrim Pahmudi war einer der drei besten Freunde des Schahs gewesen und hatte im Iran und später in der Schweiz mit ihm zusammen studiert. Unter Schah Mohammed hatte er eine hohe Stellung bekleidet und war in der SAVAK zum Stellvertretenden Kommandeur avanciert. Wie es hieß, hielt er sich jetzt irgendwo versteckt und wartete auf eine Gelegenheit, im Namen des Schahs mit der Regierung Bazargan über die Möglichkeit zu verhandeln, eine konstitutionelle Monarchie zu errichten. Der Schah hatte sich für diesen Fall bereit erklärt, zugunsten seines Sohnes Reza abzudanken.
»Du lieber Himmel! Das erklärt natürlich vieles.«
»Genau«, sagte Haschemi bitter. »Jahrelang hat dieser Bastard an fast jeder militärischen oder politischen Sitzung teilgenommen, an jeder Zusammenkunft mit Staatsoberhäuptern und gerade in den letzten Tagen an allen Besprechungen mit dem amerikanischen Botschafter und amerikanischen Generälen.« Er war so zornig, daß ihm Tränen über die Wangen liefen. »Alles ist verraten: der Schah, die Revolution, das Volk, du, ich, alle. Wie oft haben wir beide ihm in den vergangenen Jahren Bericht erstattet? Einschließlich Namenslisten, Kontonummern, Liebesverhältnissen, die nur wir entdecken und kennen konnten. Und alles schriftlich. Wir sind verraten!«
Armstrong lief es kalt über den Rücken. Natürlich wußte Pahmudi von seiner Zugehörigkeit zum Inneren Sicherheitsrat. Pahmudi mußte alles wissen, was von Belang war: von George Talbot, von Masterton, seinem Gegenspieler in der CIA, von Lawenow, seinem sowjetischen Gegenspieler, von allen militärischen Notstandsplanungen und von jenen Operationen zur Neutralisierung der streng geheimen Radarstationen der CIA.
»Verdammte Scheiße«, murmelte er und ärgerte sich, daß ihre eigenen Informationsquellen sie nicht gewarnt hatten. Dieser stets zuvorkommende, intelligente, diskrete und drei Sprachen sprechende Pahmudi! In all den Jahren hatte es nie auch nur den leisesten Verdacht gegen ihn gegeben.

Niemals. Wie hatte er das nur geschafft, zumal doch der Schah seine höchsten Beamten immer wieder überprüfen ließ? Völlig zu Recht, dachte Armstrong. O Gott, wie soll das enden?

Im gleichen Verkehrsgewühl: 21 Uhr 15. McIver fuhr in südliche Richtung zu jenem Stadtteil, in dem das Haus der Familie Bakravan stand. Tom Lochart saß neben ihm.
»Es wird schon alles gutgehen«, tröstete ihn McIver, krank vor Sorge.
Als er nach seiner Vorsprache bei Ali Kia guter Dinge wieder nach Hause gekommen war, hatte Tom Lochart schon auf ihn gewartet. Seine Freude über Locharts Ankunft wurde rasch durch dessen Aussehen und die Nachrichten gedämpft, wonach Starke zur Vernehmung über die »Flucht aus Isfahan« vor das Revolutionäre Komitee von Kowiss gebracht worden war.
»Es ist alles meine Schuld, Mac«, sagte Tom Lochart.
»Ist es nicht, Tom. Wir sitzen beide in der Falle – ich habe den Flug ja schließlich genehmigt. Aber wie bist du überhaupt rausgekommen, wenn alle an Bord waren? Erzähl uns doch, was passiert ist – dann rufe ich Freddy an. Möchtest du einen Drink?«
»Nein, nein, danke. Hör mal, Mac, ich muß Scharazad finden. Sie war nicht daheim, aber ich hoffe, sie ist im Stadthaus ihrer Familie.«
»Sie ist dort. Ich weiß es, weil Erikki es mir erzählt hat, bevor er heute früh nach Täbris geflogen ist. Du hast das mit ihrem Vater gehört?«
»Ja. Entsetzlich. Bist du sicher, daß sie dort ist?«
»Ja.« Mit schweren Schritten ging McIver zur Anrichte, um sich einen Drink zu mixen. »Sie ging schon nach deinem Abflug nicht mehr in eure Wohnung zurück. Und es schien ihr auch gut zu gehen, bis... Erikki und Azadeh haben noch vorgestern mit ihr gesprochen. Gestern...«
»Wie hat sie die Nachricht vom Tod ihres Vaters aufgenommen?«
»Den Umständen entsprechend – du weißt ja, wie das bei iranischen Familien ist. Was ihren Vater angeht, wissen wir nur, was Erikki uns erzählt hat: daß er als Zeuge vorgeladen wurde und daß die Familie noch am gleichen Tag aufgefordert wurde, seine Leiche abzuholen. Er hätte ›Verbrechen gegen den Islam‹ begangen und sei deswegen erschossen worden.« Er nahm einen kräftigen Schluck und fühlte sich gleich ein wenig wohler. »Aber erzähle uns doch einmal, wie es dir ergangen ist! Dann rufe ich Freddy an, und dann fahren wir zu Scharazad.«
Rasch kam Lochart seinem Wunsch nach. Fassungslos hörten sie zu. »Als Rudi mir dann erzählte, daß dieser islamische Luftwaffenoffizier Abbasi die HBC abgeschossen hat, wurde ich fast wahnsinnig. Aber Mac, glaubst du, Charlies Idee mit einer Entführung, die wird standhalten? Bestimmt nicht.«
»Das wissen wir, Tom«, sagte McIver. »Aber erzähl erst mal fertig!«
»Ich konnte nicht zurückfliegen, also mietete ich einen Wagen, kam vor ein paar Stunden hier an und mußte feststellen, daß die Wohnung von *hezbollahis* beschlagnahmt worden war – zusammen mit dem ganzen Besitz meines Schwiegervaters, seinen Laden im Basar und das Stadthaus ausgenommen.«

»Unglaublich!«
»Ich bin obdachlos. Scharazad und ich haben alles verloren.« Er lachte bitter. »Das Haus hat natürlich Jared gehört, und die Wohnung auch, obwohl – sie war ein Teil von Scharazads Mitgift. Können wir jetzt fahren, Mac?«
»Laß mich zuerst Freddy anrufen. Dann...«
»Natürlich, natürlich. Tut mir leid. Ich bin ganz durcheinander.«
McIver ging zum Sendegerät. »Tom«, sagte er traurig, »was hast du im Hinblick auf Zagros vor?«
»Wenn Scharazad in Ordnung ist, fliege ich morgen mit Jean-Luc zurück; wir wollen sehen, wie wir zurechtkommen, und dann fliegt sie mit dem nächsten Pendler nach Al Schargas«, antwortete Lochart. »Es hängt davon ab, welche Zustände wir auf der Basis vorfinden... Wenn wir schließen müssen, *Inscha'Allah*, bringen wir alle auf den Ölfeldern Beschäftigten nach Schiras, von wo sie mit regulären Flügen weiterreisen können. Ihre Firmen werden ihnen schon sagen, wo sie hin sollen. Und wir schaffen alles nach Kowiss: Helis, Ersatzteile und Personal. Okay?«
»Ja, okay.« McIver schaltete das Sendegerät ein: »Kowiss. Hier spricht Zentrale. Hören Sie mich?«
Nur einen Augenblick später: »Zentrale. Hier spricht Kowiss, Captain Ayre. Bitte sprechen Sie, Captain McIver!«
»Zunächst bezüglich Zagros 3: Teilen Sie Captain Gavallan mit, daß Captain Lochart und Captain Sessone morgen mit neuen Anweisungen zurück sein werden. Mittlerweile entwickeln Sie Pläne, den Wünschen des Komitees zu entsprechen.« Verdammte Saukerle, dachte er und fügte mit Rücksicht auf die Zuhörenden hinzu: »Der IranOil-Verwalter des Stützpunktes Zagros sollte das Komitee daran erinnern, daß der Ayatollah und die Regierung befohlen haben, die Ölproduktion ab sofort zu normalisieren. Sollte Zagros stillgelegt werden müssen, würde das eine ordnungsgemäße Produktion in diesem Gebiet ernstlich behindern. Informieren Sie Captain Gavallan, daß ich mich in dieser Sache unverzüglich an Minister Kia wenden werde, der mir die Anordnungen der Regierung vor einer Stunde persönlich bestätigt und mir gleichzeitig schriftliche Genehmigung erteilt hat, mit unserer eigenen 125 Crews auszufliegen und zu ersetzen, bis . . .«
»Mann, Mac, das ist eine gute Nachricht!« kam es impulsiv aus dem Lautsprecher.
». . . bis der normale Flugverkehr wieder aufgenommen wird. Denken Sie an die Ersatzcrews und Ersatzteile für die viele zusätzliche Arbeit, dazu die Guerney-Verträge, in die wir auf Wunsch der Regierung einsteigen sollen – ich kann die Maßnahmen des örtlichen Komitees wirklich nicht begreifen. Haben Sie verstanden, Captain Ayre?«
»Jawohl, Sir, alles verstanden.«
»Ist Captain Starke schon zurück?«
Langes Schweigen und dann: »Nein.«
McIvers Stimme wurde kühler. »Informieren Sie mich unverzüglich, wenn er zurückkommt. Und noch etwas, Captain Ayre, aber das bleibt unter uns:

Wenn er irgendwelche Probleme hat und nicht bis Tagesanbruch auf den Stützpunkt zurückgekehrt ist, werde ich allen unseren Flugzeugen im ganzen Iran Startverbot erteilen, unseren ganzen Betrieb stillegen und unser gesamtes Personal zu 100 Prozent aus dem Iran abziehen. Haben Sie mich verstanden, Kowiss?«

Schweigen, und dann: »Verstanden, Zentrale.«

»Was Sie angeht«, fügte McIver hinzu, »richten Sie Major Changiz und dem Klugscheißer von mir aus, daß ich Ihnen befohlen habe, sofort alle Operationen einschließlich der CASEVACS einzustellen, bis Starke auf den Stützpunkt zurückgekehrt ist. Haben Sie verstanden?«

Schweigen, und dann: »Jawohl. Die Mitteilung wird sofort weitergegeben.«

»Gut. Aber nur, soweit sie Ihren Stützpunkt betrifft. Der Rest ist vertraulich – bis morgen früh!« Er lächelte grimmig. »Sobald die 125 wieder da ist, werde ich eine Inspektionsreise unternehmen, um mich zu vergewissern, daß alles auf dem letzten Stand ist. Sonst noch etwas?«

»Nein, Sir. Im Augenblick nicht. Wir freuen uns schon darauf, Sie zu sehen.«

»Zentrale. Ende der Durchsage.«

Pettikin lächelte. »Das dürfte genügen, Mac. Damit hast du ihnen eine Wespe in den Hintern gesteckt.«

»Kann sein, kann auch nicht sein.« McIver leerte sein Glas und sah auf die Uhr. »Komm, Tom! Wir werden nicht auf Jean-Luc warten. Fahren wir zu Scharazad!«

Der Verkehr hatte inzwischen ein wenig nachgelassen, staute sich aber immer noch vor den Kreuzungen. Die Straßen waren glatt und von schmutzigen Schneehaufen gesäumt.

»Bei der nächsten Ecke mußt du rechts abbiegen«, sagte Lochart jetzt.

»Okay.« Schweigend fuhren sie weiter. McIver bog ab. »Hast du in Isfahan für das Benzin mit deinem Namen unterschrieben, Tom?«

»Nein, habe ich nicht.«

»Hat dir jemand Fragen gestellt? Dich nach deinem Namen gefragt? *Hezbollahis* vielleicht?«

Lochart dachte konzentriert nach. »Nicht daß ich wüßte. Ich war einfach nur der ›Captain‹ und gehörte zur Dekoration. Ich wurde auch niemandem vorgestellt. Valik, Annousch und die Kinder gingen gleich nach der Landung etwas essen, zusammen mit dem anderen General – wie hieß er doch gleich? – Seladi. Ich blieb die ganze Zeit über beim Heli im Hangar, überwachte das Auftanken, sah einiges nach – man brachte mir sogar das Essen auf einem Tablett, und ich verzehrte es in der Kabine. Da saß ich die ganze Zeit, bis diese verdammten *hezbollahis* mich überfielen, mich wegschleppten und einsperrten. Es kam alles völlig unerwartet. Sie hatten den Stützpunkt umstellt, konnten aber dabei sicher auf Hilfe von innen zählen. Die Burschen, die mich schnappten, brüllten mich an, ich wäre Amerikaner, von der CIA. Es ging ihnen wohl nicht so sehr um mich als um den Stützpunkt. Bei der Gabelung links, Mac. Jetzt ist es nicht mehr weit.«

Mit leichtem Unbehagen fuhr McIver weiter. Es war ein sehr heruntergekom-

menes Viertel, und die Vorübergehenden glotzten sie an. »Vielleicht können wir ungeschoren davonkommen, wenn wir angeben, die HBC sei von Unbekannten aus Doschan Tappeh gekapert worden. Vielleicht verfolgen sie dann die Sache nicht von Isfahan aus.«
»Aber warum haben sie dann Duke Starke geschnappt?« fragte Lochart.
»Routine.« McIver seufzte. »Ich weiß, es ist eine riskante Angelegenheit, aber es könnte klappen. Möglicherweise erinnern sie sich nur an den ›Amerikaner von der CIA‹, und weiter an nichts. Laß dir für alle Fälle einen Schnurrbart wachsen oder einen Bart!«
Lochart schüttelte den Kopf. »Das bringt nichts. Mein Name steht auf der ursprünglichen Starterlaubnis. Meiner und deiner, das ist der Haken.«
»Als du von Doschan Tappeh gestartet bist, wer hat dich verabschiedet?«
Lochart überlegte kurz. »Niemand. Ich glaube, es war Nogger, der am Tag zuvor das Auftanken überwacht hatte. Er...«
»Das stimmt. Ich erinnere mich jetzt. Er hat noch gemeckert und gesagt, ich gäbe ihm zuviel Arbeit, wo doch seine Paula in der Stadt sei. War irgendwelches iranisches Personal dabei? Wachtposten? Hast du jemandem ein Trinkgeld gegeben?«
»Nein, es war niemand dabei.« Lochart steckte den Kopf aus dem Fenster. Seine Erregung nahm zu, und er deutete hinaus: »Da ist die Abzweigung!«
McIver bog in eine enge Straße ein, die nur zwei Fahrspuren hatte. Hohe Mauern auf beiden Seiten, Schneehaufen, Türen und Tore. McIver, der noch nie hier gewesen war, wunderte sich, daß ein so reicher Mann wie Bakravan in einer offensichtlich so armen Gegend wohnte. So reich, dachte er, und jetzt ist er tot wegen »Verbrechen gegen den Staat«. Was ist eigentlich ein Verbrechen gegen den Staat? Es schauderte ihn.
»Das ist das Tor, da links!«
Sie blieben stehen. Ein unauffälliger Torbogen war in die hohe, modrige Mauer eingelassen, die Tür mit Eisen beschlagen, das Eisen rostig.
»Komm mit rein, Mac!«
»Ich warte hier eine kleine Weile. Wenn alles in Ordnung ist, fahre ich zurück. Ich bin geschlaucht.« Es gibt nur eine Lösung, dachte McIver, streckte den Arm aus und hielt Lochart am Arm fest. »Wir haben die Bewilligung, drei 212 auszufliegen. Du nimmst eine. Morgen. Zum Teufel mit Zagros, Jean-Luc schafft das leicht. Ich weiß natürlich nicht, ob sie Scharazad gehen lassen werden, aber du mußt hier raus, und so schnell du kannst. Es gibt keine andere Möglichkeit. Scharazad setzen wir in den nächsten Pendler.«
»Und was ist mir dir, Mac?«
»Mit mir? Was soll schon sein? Du mußt raus – und wenn sie sie gehen lassen, nimm Scharazad mit! Alles klar?«
Lochart sah ihn an. »Laß mich darüber nachdenken, Mac. Und vielen Dank! Ich komme gleich nach Tagesanbruch – laß Jean-Luc nicht eher abfliegen. Wir können uns dann entscheiden. Okay?«
»Ja.« McIver sah vom Auto aus zu, wie sein Freund den altmodischen Klopfer betätigte. Die zwei Männer warteten. Lochart war ganz übel vor Sorge. Er

bereitete sich auf die trauernde Familie vor, auf die Tränen und die Fragen. Er würde höflich sein müssen, obwohl er nichts anderes im Sinn hatte, als mit Scharazad in ihre eigenen vier Wände zu fliehen, sie in die Arme zu nehmen und festzuhalten und alle Alpträume zu vergessen. Er stand vor der Tür und wartete, klopfte noch einmal, diesmal lauter. Und wartete wieder. McIver schaltete den Motor ab, um Benzin zu sparen, aber die Stille machte das Warten noch schlimmer. Schneeflocken blieben auf der Windschutzscheibe haften.
Da näherten sich gedämpfte Schritte, und das vergitterte Guckloch öffnete sich einen Spalt. Die Augen, die Lochart anblickten, waren kalt und hart, und er konnte den kleinen Teil des Gesichtes, den er sah, nicht erkennen.
»Ich bin es, Exzellenz Lochart«, begann er auf Persisch. »Meine Gemahlin Scharazad ist hier.«
»Bitte warten Sie, Agha!«
Wieder mußte er warten. Er bewegte sich ungeduldig, um sich gegen die Kälte zu wehren. Er hätte die Tür einschlagen wollen und wußte, daß er das nicht konnte. Endlich wieder Schritte. Wieder öffnete sich das Guckloch. Ein anderes Gesicht, andere Augen. »Wie heißen Sie, Agha?«
Lochart hätte den Mann anbrüllen mögen, aber er beherrschte sich. »Mein Name ist Exzellenz Captain Tom Lochart, ich bin der Gemahl von Scharazad. Öffnen Sie die Tür! Es ist kalt. Ich bin müde und da, um nach meiner Frau zu sehen.«
Schweigend schloß sich das Guckloch. Nach einem Augenblick quälenden Wartens hörte er zu seiner Erleichterung, wie die Riegel zurückgeschoben wurden. Die Tür öffnete sich. Der Diener hielt eine Öllampe hoch. Hinter ihm sah Lochart den von einer hohen Mauer umgebenen Hof mit einem prächtigen Springbrunnen in der Mitte. Die Bäume und Pflanzen waren gegen die Kälte geschützt. Am anderen Ende wieder eine Tür, auch sie eisenbeschlagen. Diese Tür stand offen, und er sah Scharazad, die sich als Silhouette gegen das Lampenlicht abhob. Er stürzte auf sie zu, und weinend und jammernd lag sie in seinen Armen.
Die Tür zur Straße schlug zu, und die Riegel wurden zugeschoben. »Warten Sie!« rief Lochart dem Diener zu und dachte dabei an McIver. Dann hörte er den Motor anspringen und den Wagen losfahren.
Er führte Scharazad ins Haus und in die Wärme. Als er sie im Licht sah, schwand sein anfängliches Glücksgefühl, und sein Magen krampfte sich zusammen. Ihre Wangen waren schmutzig, die Augen geschwollen, die Haare glanzlos und strähnig, ihre Kleidung zerknittert.
»Du lieber Himmel...«, murmelte er, aber sie schien ihn nicht zu hören. Sie klammerte sich an ihn, wimmerte in einer Mischung aus Persisch und Englisch, während ihr Tränen über die Wangen rollten. »Ist ja schon gut, Scharazad«, versuchte er sie zu beruhigen. Aber sie lallte monoton weiter. »Scharazad, Scharazad, mein Liebling. Ich bin wieder da. Ist ja schon gut... ist ja schon gut...« Er brach ab. Es war, als hätte er überhaupt nichts gesagt, und plötzlich erstarrte er bei dem Gedanken, daß sie den Verstand verloren haben könnte. Er begann, sie sanft zu schütteln, aber auch das zeigte keine

Wirkung. Dann sah er, daß der alte Diener immer noch an der Treppe stand und auf Befehle wartete. »Wo... wo ist die Gnädigste, Frau Bakravan?« fragte er. Scharazad hatte ihre Arme fest um seinen Hals gelegt.

»Sie ist in ihrem Zimmer, Agha.«

»Bitte, sagen Sie ihr, daß ich da bin und gern meine Aufwartung machen möchte.«

»Oh, sie empfängt niemanden, Agha. Niemanden. Wie es Allah gefällt. Sie hat niemanden mehr empfangen seit dem Tag...« Tränen glitzerten in den alten Augen. »Exzellenz sind fort gewesen, vielleicht wissen Exzellenz nicht, daß...«

»Ich weiß es. Ja, ich habe es schon erfahren.«

»*Inscha'Allah*, Agha, *Inscha'Allah*. Aber welche Verbrechen hätte der Herr verüben sollen? *Inscha'Allah*, daß man ihn...«

»*Inscha'Allah*. Bitte, sagen Sie der Gnädigsten... Scharazad, hör auf! Komm, Liebling«, fuhr er auf Englisch fort; ihr Winseln machte ihn wahnsinnig. »Hör auf!« Und auf Persisch zum Diener: »Bitte, ersuchen Sie die Gnädigste, mich zu empfangen.«

»O ja, ich werde sie ersuchen, Agha. Aber die Gnädigste wird die Tür nicht aufmachen und mir nicht antworten. Ich gehe jedoch sofort, um Ihren Befehl auszuführen.« Er setzte sich in Bewegung.

»Warten Sie! Wo sind denn alle? Wo ist der Rest der Familie?«

»Ah, die Familie. Die Gnädigste ist in ihrem Zimmer, und die Dame Scharazad ist hier.«

»Ich meine, wo ist Exzellenz Meschang mit seiner Frau und den Kindern, und wo sind meine Schwägerinnen und ihre Männer?«

»Zu Hause natürlich, Agha.«

»Dann sagen Sie Exzellenz Meschang, daß ich da bin.« Als ältester Sohn waren Meschang und seine Familie die einzigen, die mehr oder weniger ständig hier wohnten.

»Gewiß, Agha. Wie es Allah gefällt. Ich werde in den Basar gehen.«

»Er ist im Bazar?«

Der Alte nickte. »Selbstverständlich, Agha. Er und seine Familie sind im Bazar. Jetzt ist er der Herr und muß das Geschäft führen, wie es Allah gefällt, Agha. Er ist jetzt das Oberhaupt des Hauses Bakravan. Ich gehe schon.«

»Nein, schicken Sie jemand anderen.« Der Basar war ganz in der Nähe. »Haben wir – Scharazad, hör endlich auf!« fuhr er sie grob an – »haben wir heißes Wasser im Haus?«

»Wir sollten welches haben, Agha. Der Kessel ist sehr gut, aber nicht eingeschaltet.«

»Habt ihr kein Heizöl?«

»Oh, Heizöl sollte da sein, Agha. Wünschen Sie, daß ich nachsehe?«

»Ja, machen Sie den Kessel an, und bringen Sie uns etwas zu essen und Tee!«

»Gewiß, Agha. Was wünscht die Exzellenz zu speisen?«

Lochart bemühte sich, bei Verstand zu bleiben; Scharazads Wimmern brachte ihn langsam zur Verzweiflung. »Irgend etwas – nein, Reis und Khoresch,

Hühner-Khoresch.«
»Wenn Sie es wünschen, Agha. Aber der Koch ist stolz auf seinen Hühner-Khoresch, und er braucht Stunden, um ihn zuzubereiten.« Höflich wartete der alte Mann, während seine Blicke von Lochart zu Scharazad und wieder zurück wanderten.
»Dann... einfach Obst. Irgendwelches Obst. Obst und Tee...« Lochart ertrug es nicht länger, hob Scharazad in seine Arme und ging mit ihr die Treppe hinauf und durch die Gänge bis zu den Zimmern, die sie beide für gewöhnlich in dem prächtigen, weitläufigen, dreigeschossigen Haus bewohnten. Er öffnete die Tür und schloß sie mit einem Tritt. »Scharazad, hör mir zu! Verdammt noch mal, hör doch zu!« Aber sie stand nur da, lehnte sich an ihn, jammerte und lallte. Er trug sie in das muffige Schlafzimmer – Fenster und Rolläden waren fest geschlossen – und nötigte sie, sich auf das ungemachte Bett zu setzen. Dann eilte er ins Badezimmer.
Kein heißes Wasser. Das kalte Wasser floß und schien auch nicht allzu abgestanden zu sein. Er fand Handtücher, feuchtete eines an und kehrte ins Schlafzimmer zurück. Seine Brust schmerzte ihn, und er wußte, daß er überfordert war. Scharazad hatte sich nicht bewegt. Er versuchte, ihr das Gesicht abzuwischen, aber sie leistete Widerstand und fing an zu schluchzen, womit sie ihr Gesicht noch mehr entstellte.
»Scharazad... Scharazad, mein Liebling!« Er hob sie auf und drückte sie an sich, aber sie reagierte nicht. Nur das Wimmern hielt an, und er konnte es kaum mehr ertragen. »Reiß dich zusammen!« stieß er hervor und wollte sich von ihr lösen, aber ihre Hände krallten sich in seine Jacke und klammerten sich an ihn.
O Gott, gib mir Kraft... Er sah, wie seine Hand ihr mitten ins Gesicht schlug. Einen Augenblick lang verstummte sie, starrte ihn nur ungläubig an; dann umflorten sich ihre Augen von neuem, sie begann abermals zu wimmern und zerrte wieder an seiner Jacke. »Gott steh mir bei!« stammelte er und fing an, sie ins Gesicht zu schlagen, fester und fester, mit der offenen Hand. Dann legte er sie mit dem Gesicht nach unten auf das Bett und bearbeitete ihr Hinterteil, kräftig, bis seine Hände brannten und sein Arm schmerzte. Plötzlich hörte er Schreien, richtiges Schreien, kein winselndes Lallen mehr. »Tommy, bitte hör auf! Tommy... du tust mir weh, was hab ich denn getan, o Allah? Tommy, hör auf...«
Er ließ seine Hand sinken. In seinen Augen brannte Schweiß, seine Kleider klebten ihm am Leib. Mühsam richtete er sich auf. Sie krümmte sich vor Schmerzen, ihr Hinterteil und ihr Gesicht waren blutrot, aber ihre Tränen strömten jetzt als richtige Tränen, und auch ihr Verstand regte sich wieder.
»Du hast mir wehgetan, Tommy«, schluchzte sie. »Warum nur? Ich schwöre dir, daß ich dich liebe... Ich habe nie etwas getan, um dich zu verletzen, und jetzt...« Sie schämte sich, ihn so wütend gemacht zu haben, begriff nicht, wie es dazu gekommen war, und wußte nur, daß sie ihm helfen mußte, seine Wut zu vergessen. Sie flehte ihn unter Tränen an, ihr zu verzeihen.
Ihre Tränen versiegten, als die Wirklichkeit sie einholte. »Oh, Tommy«, sagte

sie und blickte ihn schmerzvoll an. »Vater ist tot... Ermordet, ermordet von *hezbollahis.*«
»Ja, mein Liebling, ich weiß es. Ich weiß es... Es tut mir so leid.« Er nahm sie in die Arme und hielt sie fest und gab ihr von seiner Kraft, wie auch sie ihm von der ihren gab.
Sie schliefen unruhig ein, während das Licht der Öllampe freundliche Schatten warf. Kurz vor Mitternacht erwachte sie. Ihre Augen beobachteten ihn; als sie sich näher an ihn heranschieben wollte, um ihn zu küssen, hinderten sie brennende Schmerzen daran.
Sogleich legte er seinen Arm um sie. »Bitte, sei vorsichtig! Tut mir leid... es ist...«
Sie blickte an sich hinunter und sah, daß ihre Kleider schmutzig waren. »Oh, dieses Kleid, entschuldige, Liebling...« Unbeholfen stand sie auf, um sich auszuziehen. Ihre Schönheit benahm ihm den Atem. Sie griff nach dem noch feuchten Handtuch und säuberte ihr Gesicht. Dann ging sie näher ans Licht, bürstete ihr Haar und sah im Spiegel, daß sich ein Auge schon leicht blau verfärbte und daß ihr Hinterteil Prellungen und Druckstellen aufwies. »Was habe ich getan... habe ich dich beleidigt?«
»Nein, überhaupt nicht«, entgegnete er bestürzt und erzählte ihr, wie er sie angetroffen hatte.
Verständnislos starrte sie ihn an. »Aber... ich erinnere mich an gar nichts... nur, daß du mich geschlagen hast.«
»Es tut mir so furchtbar leid, aber ich wußte mir keinen anderen Rat.«
Sie kam zum Bett zurück und legte sich vorsichtig auf den Bauch. »Wenn du nicht gewesen wärst... wie es Allah gefällt. Aber wenn ich mich in so einem Zustand befunden habe, wie du sagst... Wie seltsam, daß ich mich an nichts erinnern kann.« Ihre Stimme drohte zu versagen, doch sie fuhr gleich fort: »Wenn du nicht gewesen wärst... ich hätte vielleicht für immer den Verstand verloren.« Sie schmiegte sich an ihn und küßte ihn. »Ich liebe dich, Geliebter.«
»Ich liebe dich auch, Geliebte.«
Nach einer Weile sagte sie mit gepreßter Stimme: »Ich glaube, ich weiß, was mich in diesen Zustand versetzt hat. Als ich gestern – oder war es vorgestern? – Vater sah... tot... kam er mir so klein vor... Mit den vielen Löchern in seinem Gesicht, in seinem Kopf... Ich hatte ihn nicht so klein in Erinnerung... Sie haben ihn so klein gemacht, sie haben ihn...«
»Nicht!« sagte er sanft und sah die Tränen in ihren Augen. *»Inscha'Allah.* Denk nicht daran!«
»Gewiß, mein Gemahl, wenn du es wünschst«, erwiderte sie sogleich förmlich auf Persisch. »Selbstverständlich ist alles, wie Allah es will, aber für mich ist es wichtig, mit dir darüber zu sprechen, die Schande von mir zu nehmen, daß du mich so angetroffen hast... Ich würde es dir gern eines Tages erzählen.«
»Dann erzähl es mir jetzt, Scharazad, und dann können wir es für immer vergessen. Bitte erzähl es mir jetzt!«
»Sie haben dem Mann, der nach dir der wichtigste Mann in meiner Welt war, seine Bedeutung genommen. Haben ihn zu einem unbedeutenden Menschen

gemacht. Grundlos. Er war immer gegen den Schah und ein begeisterter Parteigänger dieses Mullah Khomeini.« Ganz ruhig sagte sie Mullah und nicht Ayatollah oder Imam oder *farmandeh.* »Grundlos und ohne Prozeß haben sie meinen Vater ermordet und ihn klein gemacht; sie haben ihm alles genommen, was er als Mann, als Vater, als geliebter Vater, besessen hat. Wie Allah will, soll ich sagen, und ich werde es versuchen. Aber ich kann nicht glauben, daß es Allahs Wille war. Vielleicht war es Khomeinis Wille. Ich weiß es nicht. Aber wir Frauen werden es bald erfahren.«

»Was meinst du damit?«

»In drei Tagen werden sich die Frauen zu einem Protestmarsch versammeln – alle Frauen Teherans.«

»Gegen was wollt ihr protestieren?«

»Gegen Khomeini und die Mullahs, die den Frauen ihre Rechte nehmen. Wenn sie sehen, wie wir ohne Tschador marschieren, werden sie sich das überlegen.«

Halb hörte Lochart ihr zu, halb erinnerte er sich, wie sie noch vor wenigen Tagen mit sich zufrieden gewesen war, glücklich darüber, daß sie nur eine Ehefrau und keine »Progressive« wie Azadeh war. Er sah ihre Augen und ihre Entschlossenheit. »Ich möchte nicht, daß du an dieser Demonstration teilnimmst.«

»Gewiß, mein Gemahl. Aber jede Frau in Teheran wird marschieren, und du wirst mich doch im Gedenken an meinen Vater nicht beschämen wollen – würdest du vor den Vertretern seiner Mörder stumm bleiben?«

»Es ist eine reine Zeitverschwendung«, argumentierte Lochart und wußte, daß er verlieren würde. »Und wenn alle Frauen des Iran oder in allen Ländern des Islam an einem Protestmarsch teilnehmen würden, es hätte auf Khomeini überhaupt keine Wirkung. In seinem islamischen Staat werden die Frauen nur sein, was ihnen der Koran zubilligt. Er ist unbeugsam – und das ist seine Stärke.«

»Du hast natürlich recht, aber wir marschieren, um zu protestieren, und dann wird ihm Allah die Augen öffnen und ihm alles klarmachen. Es soll sein, wie es Allah gefällt, nicht wie es Khomeini gefällt.«

Er nahm sie in die Arme. Mit Marschieren ist nichts getan, dachte er. O Scharazad, es gibt so viel zu sagen, zu berichten, zu entscheiden, aber jetzt ist nicht die Zeit dazu. Da sind Zagros und die 212, die überführt werden muß. Dann ist nur noch Mac da, um den Kopf hinzuhalten. Was wäre, wenn ich ihn auch mitnehmen würde? Das ginge natürlich nur mit Gewalt. »Ich muß ein Flugzeug überführen«, sagte er, »eine 212 nach Nigeria. Würdest du mitkommen?«

»Selbstverständlich, Tommy. Wie lange würden wir fortbleiben?«

Er zögerte. »Ein paar Wochen, vielleicht auch länger.« Er fühlte, wie sie sich kaum merklich in seinen Armen regte. »Wann würdest du starten wollen?«

»Sehr bald. Vielleicht morgen.«

Ohne sich zu bewegen, entzog sie sich seiner Umarmung. »Es wäre mir nicht möglich, Mutter in nächster Zeit allein zu lassen. Sie hat sich ganz in ihren

Kummer vergraben, und wenn ich fortginge, hätte ich keine ruhige Minute. Auch darf ich den armen Meschang nicht vergessen. Er muß die Geschäfte führen, er braucht Hilfe. Es gibt so viel zu tun, so viele Dinge, um die man sich kümmern muß.«

»Weißt du schon vom Konfiskationsbescheid?«

»Von was für einem Bescheid?«

Er erzählte es ihr. Wieder hatte sie Tränen in den Augen. »Dann haben wir also kein Heim mehr, nichts. Wie es Allah gefällt«, sagte sie niedergeschlagen. Doch dann plötzlich mit veränderter Stimme: »Nein, nicht wie es Allah gefällt! Wie es den *hezbollahis* gefällt! Jetzt müssen wir zusammenhalten, um die Familie zu retten. Wenn wir das nicht tun, werden sie Vater ganz auslöschen – wir können nicht zulassen, daß sie ihn ermorden und dann auch noch ganz auslöschen, das wäre furchtbar.«

»Ich stimme dir zu, aber dieser Überführungsflug würde unsere Probleme für ein paar Wochen lösen.«

»Du hast recht wie immer, das würde er, Tommy, wenn wir fortgehen müßten. Aber das Haus hier ist jetzt genauso unser Heim, wenn nicht noch mehr. Wie glücklich werden wir hier sein! Schon morgen kümmere ich mich um Personal und bringe alle unsere Sachen aus der Wohnung hierher. Was sind schon ein paar Teppiche und ähnlicher Plunder, wenn wir dieses Haus und uns selbst haben! Ich werde mich um alles kümmern... Wir werden hier sehr glücklich sein.«

»Aber wenn du...«

»Nach diesem Verlust ist es noch wichtiger, daß wir hier bleiben und Widerstand leisten, protestieren.« Als sie sah, daß er ihr antworten wollte, legte sie ihren Zeigefinger auf seine Lippen. »Wenn du diesen Überführungsflug machen mußt – und natürlich mußt du deine Arbeit tun –, dann flieg nur, Liebster. Aber komm bald zurück! In ein paar Wochen wird in Teheran alles wieder normal und liebenswert sein. Ich weiß, daß es das sein wird, weil es Allah gefällt.«

O ja, dachte sie zuversichtlich, und Glückseligkeit besiegte ihre Schmerzen, und dann bin ich im zweiten Monat, und Tommy wird so stolz auf mich sein. Hier im Schoß der Familie werden wir ein wunderbares Leben führen. »Alle werden uns helfen«, sprudelte sie heraus. Sie war so müde, aber auch so glücklich. »O Tommy, ich bin so froh, daß du daheim bist, daß wir daheim sind. Es wird herrlich werden.« Ihre Worte wurden gedehnter, als der Schlaf sie zu übermannen begann. »Wir werden Meschang helfen... und die im Ausland sind, werden zurückkommen. Tante Annousch und die Kinder... sie werden mithelfen... und Onkel Valik wird Meschang beraten...«

Lochart hatte nicht das Herz, ihr die Wahrheit zu sagen.

Sonntag
18. Februar 1979

34

Täbris – im Palast des Khans: 3 Uhr 13. In der Finsternis des kleinen Zimmers öffnete Captain Ross den Lederdeckel seiner Uhr und starrte auf die Leuchtziffer. »Können wir, Gueng?« fragte er auf Nepalesisch.
»Ja, Sahib«, wisperte Gueng. Er war froh, daß das Warten ein Ende nahm. Vorsichtig verließen beide Männer – sie waren völlig angekleidet – ihre Strohlager auf den alten stinkenden Teppichen. Ross schlich sich ans Fenster und spähte hinaus. Ihr Wächter war neben der Tür fest eingeschlafen, sein Gewehr im Schoß. 200 Meter weiter, jenseits des schneebedeckten Obstgartens und der Nebengebäude, erhob sich der viergeschossige Palast des Khans. Die Nacht war dunkel und kalt, der Himmel von einigen Wolken bedeckt, die sich hin und wieder vor den Mond schoben.
Morgen wird es wieder schneien, dachte Ross, als er die Tür aufdrückte. Die beiden Männer standen eine Weile da und versuchten mit allen Sinnen die Finsternis zu durchdringen. Lautlos stahl sich Ross an den Wächter heran und schüttelte ihn, doch der Mann wachte nicht auf. Es war leicht gewesen, ihm das Schlafmittel in einem Stück Schokolade zu verabreichen, die genau zu diesem Zweck ihrer Überlebensausrüstung gehörte; ein Teil der Schokolade war mit einem Schlafmittel versetzt, ein anderer mit Gift. Geduldig wartete Ross, bis der Mond wieder hinter einer Wolke verschwand. Er war nur mit seinem *kookri* und einer Handgranate bewaffnet. »Wenn wir aufgehalten werden, Gueng, wir machen nur einen Spaziergang«, hatte er ihm schon vorher eingeschärft. »Unsere Waffen lassen wir besser hier. Wozu wir unser *kookri* und eine Granate mithaben? Das ist ein alter Brauch der Gurkha – in unserem Regiment ist es ein Vergehen, unbewaffnet zu sein.«
»Ich würde ja lieber alle unsere Waffen mitnehmen, mich wieder in die Berge schleichen und versuchen, nach Süden durchzukommen, Sahib.«
»Wenn es jetzt nicht klappt, werden wir das sowieso tun müssen, aber es ist ein gewagtes Unternehmen«, erwiderte Ross. »Diese Jäger sind immer noch auf der Suche nach uns und werden nicht aufgeben, bis sie uns erwischt haben. Vergiß nicht: wir haben es gerade noch hierher geschafft. Unsere Kleidung hat uns gerettet.« Nach dem Hinterhalt, bei dem Vien Rosemont und Tenzing getötet wurden, entkleideten er und Gueng einige ihrer Angreifer und zogen sich ihre Gewänder über die Uniformen. Er dachte zuerst sogar daran, die Uniformen überhaupt loszuwerden, gab den Gedanken dann aber doch wieder auf. »Wenn wir erwischt werden, werden wir erwischt, und das ist dann eben das Ende.«
Gueng lachte. »Darum sollten Sie jetzt schnell ein guter Hindu werden. Wenn man uns dann tötet, ist es kein Ende, sondern ein Anfang.«

»Wie mache ich das, Gueng? Wie wird man ein Hindu?« Er lächelte ironisch, als er an den verdutzten Ausdruck auf Guengs Gesicht zurückdachte. Dann hatten sie die Leichen Vien Rosemonts und Tenzings gesäubert und nebeneinander im Schnee liegenlassen, wie es der alte Brauch verlangte: »Dieser Körper hat keinen Wert mehr für den Geist und wird daher wegen der Unabänderlichkeit der Wiedergeburt den Tieren und Vögeln überlassen, denn auch sie sind Geister, die in ihrem eigenen Karma dem Nirwana zustreben – dem Ort des himmlischen Friedens.«
Am nächsten Morgen hatten sie die Männer erspäht, die so gnadenlos hinter ihnen her waren. Als sie von den Bergen herunter und in die Vorstädte von Täbris kamen, waren die Verfolger nur mehr eine halbe Meile hinter ihnen. Nur ihre Verkleidung hatte sie gerettet; da auch viele Eingeborene blaue Augen hatten, so groß und ebenso gut bewaffnet waren wie Ross, konnten sie in der Menge untertauchen. Das Glück blieb ihnen treu, und so fand er sehr bald den Hintereingang der schmutzigen kleinen Autowerkstatt. Als er Vien Rosemonts Namen nannte, nahm der Mann sie auf und versteckte sie, und schon am gleichen Abend erschien Abdullah mit seinem Wächter, sehr feindselig und mißtrauisch. »Wer hat Ihnen geraten, nach mir zu fragen?«
»Vien Rosemont. Er hat uns auch diese Werkstatt genannt.«
»Wer ist dieser Rosemont? Wo ist er jetzt?«
Ross hatte ihm berichtet, was im Hinterhalt geschehen war.
»Wie soll ich wissen, daß Sie mir die Wahrheit sagen? Wer sind Sie?«
»Bevor Vien starb, bat er mich, Ihnen eine Botschaft zu übermitteln. Er redete irre und hatte einen schweren Tod, aber er ließ es mich dreimal wiederholen, um sicherzugehen. Und das waren seine Worte: ›Sag Abdullah Khan, daß Pjotr hinter dem Haupt des Gorgonen her ist. Pjotrs Sohn ist noch gefährlicher als Pjotr. Der Sohn spielt mit Kordeln, und das tut auch der Vater, der versuchen wird, sich einer Medusa zu bedienen, um den Gorgonen zu fangen.‹« Die Augen des Khans leuchteten auf, aber nicht freudig. »Es hat also eine Bedeutung für Sie?«
»Ja. Es bedeutet, daß Sie Vien kennen. Vien ist also tot. Wie es Allah gefällt, aber es ist schade um ihn. Vien war gut, sehr gut, und ein großer Patriot. Wer sind Sie? Was war Ihre Mission? Was hat Sie in unsere Berge gebracht?«
Wieder zögerte Ross. Armstrong hatte ihm geraten, diesem Mann nicht allzu sehr zu vertrauen. Rosemont aber, dem er geglaubt hatte, war noch knapp vor seinem Tod ganz anderer Meinung gewesen: »Du kannst diesem alten Bastard dein Leben anvertrauen. Ich habe es ein halbes dutzendmal getan, und er hat mich nie enttäuscht. Geh zu ihm. Er wird dich rausholen.«
Abdullah Khan lächelte, doch sein Mund blieb dabei genauso hart wie seine Augen. »Sie können mir vertrauen – ich fürchte sogar, das müssen Sie.«
»Ja.« Aber nicht allzu sehr, fügte er in Gedanken hinzu. Er haßte das Wort, das er nun aussprechen mußte. Millionen von Menschen hatte es das Leben gekostet und noch mehr Millionen ihre Freiheit: »Ich sollte den Sabalan neutralisieren«, antwortete er und berichtete, was dort vorgefallen war.
»Allah sei Lob und Dank! Ich werde Wesson und Talbot sofort informieren.«

»Wen?«
»Ist nicht wichtig. Ich bringe Sie nach Süden. Kommen Sie jetzt, hier ist es nicht sicher – in der ganzen Stadt wird Zeter und Mordio geschrien, eine Belohnung ist ausgesetzt für die Gefangennahme von ›zwei britischen Saboteuren, Feinden des Islam‹. Wer sind Sie?«
»Mein Name ist Ross, Captain Ross, und das ist Sergeant Gueng. Wer waren diese Leute, die uns gejagt haben? Iraner? Oder Sowjets?«
»Hier in meinem Aserbeidschan operieren die Sowjets nicht so offen – noch nicht.« Die Lippen des Khans verzogen sich zu einem kühlen Lächeln. »Ich habe draußen einen Kombi stehen. Steigen Sie schnell ein und legen Sie sich auf den Boden. Ich werde Sie verstecken und Sie, sobald es sicher ist, nach Teheran zurückbringen – aber Sie müssen sich meinen Anweisungen fügen. Kein Wenn und Aber.«
Das war vor zwei Tagen gewesen, doch die Ankunft der fremden Sowjets und die Landung des Hubschraubers hatte alles verändert. Der Mond verschwand hinter einer Wolke, und Ross berührte Gueng an der Schulter. Der kleine Mann verschwand im Obstgarten. Als das verabredete Signal aus der Nacht kam, folgte er ihm. Unbemerkt erreichten sie die Ecke des Nordflügels des Palasts. Es waren weder Wächter noch Wachhunde zu sehen.
Es fiel ihnen nicht schwer, die Balustrade zur Galerie des ersten Stockwerks zu erklimmen. Gueng war als erster oben. Er eilte an einer Flucht verschlossener und dunkler Fenster vorbei zu einer Treppe, die zur nächsten Galerie hinaufführte. Während er oben wartete, versuchte er sich zu orientieren. Sobald Ross neben ihm stand, deutete er auf die Fensterreihe im zweiten Stock und nahm sein *kookri* heraus, aber Ross schüttelte den Kopf und wies auf eine tief im Schatten liegende Seitentür. Er drückte auf die Klinke. Die Tür quietschte. Im Obstgarten stoben laut kreischend ein paar Nachtvögel auf. Beide Männer versuchten zu erkennen, woher die Vögel kamen, erwarteten jeden Augenblick, einen Wächter auftauchen zu sehen. Nichts. Noch einen Augenblick, um sicher zu sein, dann setzte Ross als erster den Fuß ins Innere. Es war ein langer Gang, viele Türen zu beiden Seiten, im Süden einige Fenster. Vor der zweiten Tür blieb er stehen. Sie öffnete sich lautlos, und die beiden Männer traten rasch über die Schwelle. Sie schienen sich in einem Vorraum zu befinden – Teppiche, Liegepolster, altmodische viktorianische Möbel und Sofas. Ross öffnete die Tür, die dem Hauseck am nächsten lag, und trat ein. Die Vorhänge waren zugezogen, aber durch einen Spalt fiel Mondlicht ins Zimmer. Deutlich konnte er das Bett sehen und den Mann, den er suchte – und die Frau, die an seiner Seite schlief. Es war der richtige Mann, aber er hatte keine Frau erwartet. Behutsam schloß Gueng die Tür. Ohne zu zögern, traten sie an beide Seiten des Bettes. Ross übernahm den Mann, und Gueng die Frau. Gleichzeitig hielten sie den Schlafenden zu einem Knäuel gebauschte Taschentücher vor den Mund, wobei sie gerade genug Druck ausübten, um sie am Schreien zu hindern.
»Wir sind Freunde, Pilot, bitte schreien Sie nicht«, wisperte Ross Erikki ins Ohr. Er kannte weder seinen Namen noch den der Frau, wußte nur, daß er der

Pilot war. »Ich werde Sie freigeben, aber schreien Sie nicht. Wir sind Freunde, Engländer. Englische Soldaten. Nicken Sie, wenn Sie wach sind und mich verstanden haben.«
Er wartete, bis der große Mann nickte. »Halt ihr den Mund zu, Gueng, bis wir uns hier einig sind«, sagte er leise auf Nepalesisch, und dann zu Erikki: »Keine Angst, Pilot, wir sind Freunde.«
Er lockerte den Druck und sprang aus dem Weg, als Erikki auf ihn losfuhr und sich dann im Bett herumdrehte, um Gueng zu fassen – und jäh innehielt. Das Mondlicht glitzerte auf dem Messer an ihrer Kehle. Azadehs Augen standen weit offen, und sie war vor Angst wie gelähmt.
»Nicht! Lassen Sie sie...«, zischte Erikki in panischer Angst. Er sprach Russisch, da er Gueng seiner asiatischen Gesichtszüge wegen für einen von Cimtargas Männern hielt. »Was wollen Sie?«
»Sprechen Sie Englisch. Sie sind doch Engländer, nicht wahr?«
»Nein, ich bin Finne. Was zum Teufel wollen Sie von uns?«
»Tut mir leid, daß ich Sie so unsanft wecken mußte«, antwortete Ross eilig und kam ein wenig näher. »Aber ich mußte mit Ihnen sprechen. Es ist sehr wichtig.«
»Sagen Sie diesem Bastard, er soll aufhören, meine Frau zu bedrohen! Sofort!«
»Ihre Frau? O ja... selbstverständlich, tut mir leid. Sie... sie wird nicht schreien? Bitte sagen Sie ihr, sie soll nicht schreien.« Er sah, wie sich dieser Riese von einem Mann der Frau zuwandte, die regungslos unter der Decke lag und wie gebannt auf das Messer starrte. Seine Stimme klang sanft und beruhigend, aber er sprach weder Englisch noch Persisch. Dann richtete Erikki den Blick wieder auf Ross.
»Sagen Sie ihm, er soll meine Frau in Frieden lassen«, sagte Erikki auf Englisch. Es fiel ihm schwer, sich zu konzentrieren. »Sie wird nicht schreien.«
»Was haben Sie ihr gesagt? Ist das Russisch?«
»Ja, das ist Russisch, und ich sagte: ›Dieser Bastard wird dich in wenigen Sekunden freigeben, schrei nicht. Schrei nicht, schrei nicht auf, schieb dich nur hinter mich, ganz langsam. Tu nichts, solange ich nicht den anderen Bastard angreife; dann kämpf um dein Leben.‹«
»Arbeiten Sie als Pilot für die S-G?«
»Ja, aber beeilen Sie sich, wer immer Sie sind, und lassen Sie uns in Ruhe, sonst werden Sie mich kennenlernen.«
»Ist sie Russin?«
»Meine Frau ist Iranerin, und wir sprechen beide Russisch«, erwiderte Erikki kühl. »Stellen Sie sich mehr ins Licht, damit ich Sie sehen kann, und zum letzten Mal, sagen Sie dem kleinen Bastard, er soll meine Frau freigeben, sagen Sie mir, was Sie wollen, und dann verschwinden Sie.«
»Tut mir alles sehr leid. Gueng, laß sie jetzt.«
Gueng bewegte sich nicht, und auch das Messer blieb an seinem Platz. »Ja, Sahib«, sagte er auf Nepalesisch, »aber zuerst nehmen Sie das Messer an sich, das unter dem Kissen des Mannes liegt.«

Auf Nepalesisch erwiderte Ross: »Wenn er danach greift, es auch nur berührt, töte sie. Um ihn kümmere ich mich.« Auf Englisch sagte er dann freundlich: »Sie haben ein Messer unter Ihrem Kopfkissen, Pilot. Bitte, berühren Sie es nicht, denn wenn Sie es tun, bevor wir uns einig sind... Bitte, haben Sie Geduld. Laß sie in Frieden, Gueng.« Aus den Augenwinkeln heraus sah er die vagen Umrisse eines Gesichtes, von dunklen zerzausten Haaren fast verdeckt, dann schob sie sich hinter die breiten Schultern. Ross stand mit dem Rücken zum Licht und konnte sie kaum sehen, nur den Haß in ihren halbgeschlossenen Augen. »Tut mir leid, daß wir wie Diebe in der Nacht hier aufgekreuzt sind. Bitte, entschuldigen Sie«, sagte er zu ihr, aber sie antwortete nicht. Er wiederholte seine Entschuldigung in Persisch. »Entschuldigen Sie mich bitte bei Ihrer Frau.«
»Sie spricht Englisch. Sagen Sie endlich, was Sie wollen.«
»Wir sind sozusagen Gefangene des Khan, und wir sind gekommen, um Sie zu warnen und um Ihre Hilfe zu bitten.«
»Warnen? Wovor?«
»Vor einigen Tagen habe ich einem Ihrer Captains geholfen – Charles Pettikin.« Er sah, wie der Name sogleich in das Bewußtsein des Finnen eindrang, und seine Spannung ließ nach. Rasch erzählte er Erikki von Doschan Tappeh und dem Angriff der SAVAK und wie sie entkommen waren.
»Charlie hat uns von Ihnen erzählt«, sagte Erikki, der nun keine Angst mehr hatte, »aber nicht, daß er Sie in der Nähe von Bandar-e Pahlavi abgesetzt hat – nur daß ein paar britische Fallschirmjäger ihn vor der SAVAK gerettet haben, die ihn sonst umgelegt hätte.«
»Ich habe ihn gebeten, meinen Namen zu vergessen. Wir hatten einen Auftrag...«
»Da hatte Charlie aber Glück, wir...« Ross sah, wie die Frau ihrem Mann etwas ins Ohr flüsterte. Der Mann nickte und richtete seine Augen abermals auf Ross. »Sie können mich sehen, aber ich Sie nicht! Was Abdullah angeht, wenn Sie seine Gefangene wären, würden Sie angekettet sein oder in einem Verlies liegen, aber nicht frei im Palast herumspazieren.«
»Mir wurde gesagt, der Khan wird uns helfen, wenn wir in Schwierigkeiten geraten sollten, und er versprach, uns zu verstecken, bis er für eine sichere Rückreise nach Teheran gesorgt hätte. Mittlerweile hat er uns in einer Hütte am anderen Ende seines Besitzes untergebracht. Wir werden ständig bewacht.«
»Vor wem hat er Sie versteckt?«
»Wir befanden uns auf einer streng geheimen Mission, wurden gejagt und...«
»Was für eine geheime Mission? Ich kann Sie immer noch nicht sehen. Kommen Sie ins Licht.«
Ross bewegte sich, aber nicht weit genug. »Wir mußten einige geheime amerikanische Radarstationen in die Luft jagen, um zu verhindern, daß das Zeug von den Sowjets oder ihren Anhängern gestohlen wird. Ich...«
»Sabalan?«

»Woher wissen Sie das?«
»Ich werde gezwungen, einen Sowjetbürger und ein paar Genossen zu fliegen, um Radarstationen in Grenznähe zu durchsuchen und zu plündern. Dann kommt das Zeug nach Astara an der Küste. Eine davon wurde am Nordhang zerstört – sie haben dort nichts gefunden, und auch bei den übrigen war der Erfolg bisher nur mäßig – soviel ich weiß. Aber wovor wollten Sie mich warnen?«
»Sie werden gezwungen?«
»Der Khan und die Sowjets betrachten meine Frau als Geisel – für meine Loyalität und Mitarbeit«, erwiderte Erikki nüchtern.
»Menschenskind!« Ross schüttelte den Kopf. »Ich sah den roten S-G-Löwen, als Sie über dem Palast kreisten, und ich wollte Sie vor den Russen warnen. Sie kamen heute früh und wollen Sie mit der liebenswürdigen Unterstützung des Khans kidnappen. Es sieht ganz so aus, als treibe er ein ganz raffiniertes Spiel – als Doppelagent.« Er sah Erikkis Verblüffung. »Unsere Leute sollten das möglichst bald erfahren.«
»Zu welchem Zweck soll ich entführt werden?«
»Das weiß ich nicht genau. Nachdem Ihr Hubschrauber eingetroffen war, schickte ich Gueng als Kundschafter aus. Sag ihnen, was du gehört hast.«
»Es war, nachdem sie gegessen hatten, der Khan und der Russe, und sie standen neben dem Wagen des Russen – ich hatte mich in der Nähe im Unterholz versteckt und konnte alles hören. Sie sprachen Englisch: ›Danke für die Informationen und Ihr Angebot‹, sagte der Russe. Der Khan sagte: ›Dann sind wir uns also einig, in allem, Patar?‹ Der Russe antwortete: ›Ich werde alles empfehlen, was Sie wünschen. Was mich betrifft, ich werde dafür sorgen, daß der Pilot Sie nie wieder belästigt. Wenn er hier fertig ist, wird er nach Norden gebracht...‹« Gueng verstummte, als die Luft zischend aus Azadehs Mund entwich. »Ja, Memsahib?«
»Nichts.«
Gueng konzentrierte sich; er wollte seinen Zuhörern ein möglichst vollständiges Bild zeichnen. »Der Russe sagte: ›Der Mullah wird Sie nicht mehr ärgern. Dafür werden Sie die britischen Saboteure für mich einfangen? Wenn möglich, möchte ich sie lebend haben.‹ Der Khan sagte: ›Ja, ich werde sie einfangen, Patar. Können Sie...‹«
»Pjotr«, verbesserte ihn Azadeh, ihre Hand auf Erikkis Schulter. »Er heißt Pjotr Mzytryk.«
»O Gott!« murmelte Ross; jetzt wurde ihm vieles klar.
»Was haben Sie?« fragte Erikki.
»Ich erkläre es Ihnen später. Erzähl weiter, Gueng.«
»Ja, Sahib. Der Khan sagte: ›Ich werde sie fangen, Pjotr, lebend, wenn ich kann. Was bringt es mir, wenn ich sie lebend fasse?‹ Der Russe lachte: ›Alles, soweit es in meinen Kräften steht. Und was habe ich davon?‹ Der Khan antwortete: ›Bei meinem nächsten Besuch bringe ich *sie* mit.‹ Das war alles, Sahib. Dann stieg der Russe in seinen Wagen und fuhr los.«
Azadeh erschauderte.

»Was hast du?« fragte Erikki.
»Er meinte mich«, antwortete sie mit dünner Stimme.
»Ich kann Ihnen nicht folgen«, sagte Ross.
Erikki zögerte. Sein Schädel dröhnte. Sie hatte ihm erzählt, daß sie von ihrem Vater zum Essen gerufen worden war, und daß Pjotr Mzytryk sie nach Tiflis eingeladen hatte. »Und natürlich auch Ihren Gatten, wenn er frei ist...«
»Es ist etwas Persönliches. Unwichtig«, sagte Yokkonen. »Es sieht so aus, als ob wir Ihnen zu großem Dank verpflichtet wären. Wie kann ich Ihnen helfen?« Er lächelte müde und streckte ihm eine Hand entgegen.
»Ich heiße Yokkonen, Erikki Yokkonen, und das ist meine Frau Azadeh.« Ross schüttelte die dargebotene Hand. Er lächelte ihn an, wandte sich ein wenig zur Seite, und nun fiel zum erstenmal das Mondlicht auf sein Gesicht. »Mein Name ist Ross, Captain John Ross, und das ist Gueng.«
Azadeh japste nach Luft und setzte sich mit einem Ruck auf. Alle richteten ihre Blicke auf sie, und erst jetzt konnte Ross sie deutlich sehen. Es war Azadeh, seine Azadeh vor zehn Jahren, Azadeh Gorden, wie er sie damals gekannt hatte. Azadeh Gorden vom Berner Oberland blickte jetzt starr zu ihm auf, schöner als je zuvor, immer noch ein Geschenk des Himmels. »Mein Gott, Azadeh, ich konnte dein Gesicht nicht sehen...«
»Ich deines auch nicht.«
»Azadeh... Gütiger Himmel«, stammelte Ross. Sie strahlten einander an, und dann hörte er Erikkis Stimme, wandte sich ihm zu und sah, wie er ihn anstarrte.
»Sie sind also der blauäugige Johnny?« fragte Erikki. Seine Stimme klang flach.
»Ja, ja, ich bin... ich hatte das große Vergnügen, Ihre Frau kennenzulernen, vor vielen Jahren... Wie schön, dich zu sehen, Azadeh!«
»Und du...« Ihre Hand hatte Erikkis Schulter nicht verlassen.
Erikki fühlte ihre Hand, und sie brannte auf seiner Schulter, aber er bewegte sich nicht, denn der Mann vor ihm faszinierte ihn. Sie hatte ihm von John Ross erzählt und von ihrem Sommer in Rougemont und den Folgen dieses Sommers und daß der Mann nie etwas von diesem Kind erfahren hatte. »Es war ganz allein meine Schuld, Erikki«, hatte sie ihm gestanden. »Ich war verliebt. Ich war eben erst 17 geworden, und er war 19. Den blauäugigen Johnny nannte ich ihn; ich hatte nie zuvor einen Mann mit so strahlenden Augen gesehen. Wir waren unsterblich verliebt, aber es war nur eine Sommerliebe, nicht wie die unsere... Ja, ich möchte dich heiraten, wenn Vater es erlaubt, o ja, aber nur, wenn du glücklich sein kannst mit dem Gedanken, daß ich einmal, vor langer, langer Zeit... noch nicht erwachsen war. Du mußt mir schwören, daß du als Mann und Ehemann glücklich mit mir sein kannst – auch wenn wir ihm einmal begegnen sollten. Ich werde mich freuen, ihn zu sehen, werde ihm zulächeln, aber meine Seele wird dir gehören, mein Körper, mein Leben und alles, was ich bin und habe, wird dir gehören...«
Er hatte es geschworen. Er war ein moderner, verständnisvoller Mensch, es hatte ihm überhaupt nichts ausgemacht. Und hier stand nun der Mann,

gesund, jung und kräftig, paßte von seiner Größe und vom Alter her viel besser zu ihr als er. Unsinnige, gewaltige Eifersucht drohte ihn zu zerreißen.

Ross bemühte sich, trotz ihrer Gegenwart einen klaren Kopf zu behalten. Er richtete seinen Blick auf Erikki und konnte deutlich in seinen Augen lesen. »Vor langer Zeit lernte ich Ihre Frau in der Schweiz kennen... Sie besuchte dort eine Schule.«

»Ja, ich weiß«, sagte Erikki. »Azadeh hat mir von Ihnen erzählt. Ich bin... ich bin... es ist wirklich ein unerwartetes Zusammentreffen für uns alle.« Er stieg aus dem Bett und blieb vor Ross stehen. »Also. Noch einmal. Vielen Dank für die Warnung.«

»Sie sagten, man würde Sie zwingen, für die Russen zu fliegen?«

»Azadeh bürgt als Geisel für mein gutes Benehmen«, antwortete Erikki nüchtern.

Ross nickte nachdenklich. »Wenn Sie den Khan gegen sich haben, können Sie wirklich nicht viel tun. So eine Scheiße! Ich dachte, daß Sie, weil Sie doch auch bedroht sind, ebenfalls zu flüchten versuchen und uns in Ihrem Hubschrauber mitnehmen würden.«

»Das würde ich auch tun, wenn ich könnte... selbstverständlich. Aber wenn ich fliege, sind immer zwanzig Wächter dabei, und Azadeh... meine Frau und ich werden die ganze Zeit streng bewacht, wenn wir hier sind. Da ist noch ein Russe, ein gewisser Cimtarga, der folgt mir wie ein Schatten, und Abdullah Khan ist... er paßt genau auf.« Er hatte noch nicht entschieden, was er mit diesem Ross machen sollte. Er warf einen Blick auf Azadeh und sah, daß ihr Lächeln aufrichtig war, und daß ihr dieser Mann jetzt nicht mehr bedeutete als ein alter Freund. Er zwang sich, ihr zuzulächeln. »Wir müssen vorsichtig sein, Azadeh.«

»Sehr vorsichtig.« Sie hatte das Spannen des Muskels unter seiner Hand gefühlt, als er »den blauäugigen Johnny« gesagt hatte, und wußte, daß nur sie allein diese zusätzliche Gefahr bannen konnte. Gleichzeitig freute sie sich über die Eifersucht, die Erikki um jeden Preis vor ihr zu verbergen suchte, aber auch über die offene Bewunderung ihres verloren geglaubten Liebhabers. O ja, dachte sie, Johnny mit den blauen Augen, du bist schöner als je zuvor, attraktiver als je zuvor – aufregender mit deinem *kookri*, deinem unrasierten Gesicht und deinen schmutzigen Kleidern – wie war es nur möglich, daß ich dich nicht wiedererkannt habe? »Als ich eben jetzt diesen Mann verbesserte – Pjotr statt Patar –, hatte das eine Bedeutung für dich? Welche?«

»Es war eine verschlüsselte Botschaft, die ich dem Khan überbringen mußte«, antwortete Ross. Schmerzlich war er sich der Tatsache bewußt, daß sie ihn immer noch bezauberte. Dann wiederholte er die Botschaft.

»Verstehst du das, Erikki?« fragte sie.

»Ja«, antwortete er zerstreut, »nur das mit den Kordeln...«

»Vielleicht ist die Botschaft so zu deuten«, sagte sie aufgeregt. »Sag Abdullah Khan, daß Pjotr Mzytryk vom KGB es auf ihn abgesehen hat, daß Mzytryks Sohn – auch er vermutlich vom KGB – noch schlimmer ist als sein Vater. Der Sohn spielt mit Kordeln – das könnte heißen, daß der Sohn sich mit den

Kurden eingelassen und seine Hände im Spiel hat bei dem Aufstand, der Abdullah Khans Machtposition in Aserbeidschan bedroht – und daß sich Pjotr Mzytryk einer Medusa bedienen wird, um den Gorgon zu fangen.« Sie überlegte kurz. »Könnte auch das ein Wortspiel sein? Könnte mit ›Medusa‹ eine böse Frau gemeint sein, die meinen Vater fangen soll?«

Für Ross war es ein Schock. »Der Khan... o Gott, der Khan ist dein Vater?«

»Ich fürchte ja. Mein Familienname ist Gorgon, nicht Gorden. In der Schule in Château d'Or meinten sie schon am ersten Tag, mit einem Namen wie Gorgon würden mich die Mädchen zu Tode necken. Also wurde ich Azadeh Gordon. Ich hatte nichts dagegen.«

Erikki brach das Schweigen. »Wenn diese Botschaft auf Wahrheit beruhrt, wird der Khan diesen Russen auf keinen Fall trauen.«

»Gewiß, Erikki. Aber mein Vater traut niemandem. Wenn Vater ein doppeltes Spiel treibt, wie Johnny vermutet, kann man nicht wissen, was er tun wird. Wer hat dir denn diese Botschaft für ihn gegeben?«

»Ein CIA-Agent. Er meinte, ich könnte deinem Vater mein Leben anvertrauen.«

»Ich wußte schon immer, daß die CIA-Agenten verrückt sind«, warf Erikki grimmig ein.

Wieder trat Stille ein, beklemmender als zuvor. Der Mond zog sich hinter eine Wolkenbank, und sein Licht verblaßte. Gueng spürte die zunehmende Unruhe und flehte im stillen alle Götter an, sie vor Medusa, der heidnischen Teufelin mit dem Schlangenhaar, zu bewahren, von der ihm die Missionare in der Schule in Nepal erzählt hatten. Plötzlich registrierte sein sechster Sinn die drohende Gefahr; er stieß eine Warnung aus, eilte ans Fenster und spähte hinaus. Zwei bewaffnete Wächter mit einem Dobermannpinscher an der Leine kamen die gegenüberliegende Treppe herauf.

Auch die anderen Männer standen starr. Sie hörten die Wächter über die Terrasse tappen. Der Hund schnupperte und zerrte an der Leine. Die Männer öffneten die äußere Tür und betraten das Gebäude.

Gedämpfte Stimmen vor der Schlafzimmertür und das Schnuppern des Hundes. Mit gezückten *kookris* zogen sich Gueng und Ross in die Ecke zurück. Nach einer kleinen Weile gingen die Wächter den Gang hinunter, verließen wieder das Haus und stiegen die Treppe hinab.

Azadeh rückte nervös herum. »Sie kommen sonst nie hierher.«

»Vielleicht haben sie uns heraufkommen gesehen«, flüsterte Ross. »Wir sollten jetzt besser gehen. Wenn ihr Schüsse hört – ihr kennt uns nicht. Wenn wir morgen noch frei sind, könnten wir herkommen – sagen wir, kurz nach Mitternacht? Vielleicht können wir uns einen Plan ausdenken.«

»Ja. Aber kommen Sie früher. Cimtarga hat mich wissen lassen, daß wir möglicherweise schon vor Tagesanbruch losfliegen müssen. Kommen Sie gegen elf. Es wäre besser, wenn wir uns mehrere Pläne ausdenken könnten. Es wird schwer sein, von hier wegzukommen. Sehr, sehr schwer.«

»Wie lange werden Sie noch für die Leute arbeiten müssen?«

»Das weiß ich nicht. Vielleicht drei oder vier Tage.«

»Gut. Wenn wir nicht kommen – vergessen Sie uns. Okay?«
»Gott schütze dich, Johnny«, sagte Azadeh besorgt. »Du darfst meinem Vater nicht trauen. Du darfst nicht zulassen, daß er... oder sie... euch zu fassen bekommen.«
Ross lächelte, und sein Lächeln erhellte den Raum, selbst für Erikki. »Kein Problem – und viel Glück für uns alle!« Er verabschiedete sich mit einer sorglosen Handbewegung und öffnete die Tür. Wenige Sekunden später waren er und Gueng so lautlos gegangen, wie sie gekommen waren. Durch das Fenster sah Erikki ihnen nach. Schattengleich eilten sie die Treppe hinunter. Azadeh stand neben ihm, einen Kopf kleiner als er, den Arm um seine Hüfte. Sie erwarteten Schreie und Schüsse, aber die Nacht blieb ruhig. Der Mond kam wieder hinter den Wolken hervor. Erikki sah auf die Uhr. Es war 4 Uhr 23.
Er blickte zum Himmel hinauf. Vom Morgengrauen noch keine Spur. Bei Tagesanbruch mußte er bereit sein. Cimtarga hatte ihm mitgeteilt, daß die CIA immer noch gewisse Stationen an der türkischen Grenze betrieb, daß die Regierung Khomeinis angeordnet hatte, sie zu schließen, zu evakuieren, sie aber unversehrt zu lassen. »Das werden sie nie machen«, hatte Erikki geantwortet.
»Vielleicht, vielleicht auch nicht.« Cimtarga hatte gelacht. »Sobald wir einen entsprechenden Befehl bekommen, werden wir, Sie und ich, zusammen mit meinen ›Eingeborenen‹ hinfliegen und ihnen Feuer unter dem Hintern machen...«
Lauter Verrückte! Und dann noch Johnny mit den blauen Augen, der aufgetaucht war, um ihr Leben noch komplizierter zu machen. Dennoch: Dem Himmel sei Dank für die Warnung, die er uns gab. Was hat dieser Abdullah mit Azadeh vor? Umbringen sollte ich diesen alten Schweinebären! Aber ich habe einen heiligen Eid geschworen, ihren Vater nicht anzurühren – einen Eid, den ich nicht brechen darf, so wie er geschworen hat, uns nichts in den Weg zu legen. Aber er wird einen Vorwand finden, seinen Schwur zu brechen. Kann ich das nicht auch tun? Nein, Eid ist Eid. So wie ich auch geschworen habe, in Glück und Frieden mit ihr zu leben, obwohl ich von ihm weiß.
Der KGB plant also, mich zu entführen. Wenn es diesen Plan wirklich gibt, bin ich verloren. Und Azadeh? Was hat dieser Teufel Abdullah mit ihr vor?
»Komm wieder ins Bett, Erikki«, sagte Azadeh. »Es ist sehr kalt, nicht wahr?«
Er nickte. Als sie beide wieder unter der großen Decke lagen, schmiegte sie sich an ihn an. »Wie seltsam, ihm so unvermutet zu begegnen. John Ross! Auf der Straße hätte ich ihn bestimmt nicht wiedererkannt. Ach, es ist ja schon so lange her, ich hatte ihn ganz vergessen. Ich bin so froh, daß du mich geheiratet hast, Erikki!« Ihre Stimme klang ruhig und liebevoll. Sie zweifelte nicht daran, daß er im Geiste ihren verlorengeglaubten Geliebten zu Staub zermalmte. »Ich fühle mich so sicher bei dir. Hätte ich dich nicht an meiner Seite gewußt, ich wäre vor Angst gestorben.« Sie sagte es, als ob sie eine Antwort erwartete. Aber ich erwarte keine, mein Liebster, dachte sie zufrieden und

seufzte. O blauäugiger Johnny, dachte sie, welche Ekstase habe ich in deinen Armen erlebt – sogar das erste Mal, als es doch hätte weh tun sollen. Aber es hat nicht wehgetan.
Er hörte sie seufzen und fragte sich, was dies wohl bedeutete. Er fühlte ihre Wärme und verabscheute die Wut, die in ihm aufstieg. Seufzt sie, weil es ihr leid tut, daß sie ihren früheren Liebhaber angelächelt hat? Oder ist sie böse auf mich – sie muß meine Eifersucht gespürt haben. Oder ist sie traurig, weil ich meinen Eid vergessen habe? Haßt sie mich, weil ich diesen Mann hasse?
Es war nun viel wärmer unter der Decke. Ihre Hand glitt über seine Lenden. Sie spürte, wie er sich ein wenig erregte, und sie verbarg ihr Lächeln, weil sie wußte, daß ihre Wärme sich ihm jetzt mitteilte. Es wäre so leicht, ihn noch mehr zu erregen. Aber unklug. Sehr unklug. Denn er würde sie nehmen und dabei an Johnny denken. Würde sie nur nehmen, um Johnny eins auszuwischen. Möglicherweise würde er glauben, daß sie sich ihm hingab, weil sie sich schuldig fühlte und diese Schuld ausgleichen wollte. O nein, mein Lieber, ich bin kein Kind mehr! Der Schuldige bist du, nicht ich. »Ich liebe dich, Erikki«, sagte sie und küßte das Bettuch, das seine Brust bedeckte. Dann wandte sie ihm den Rücken zu, schmiegte sich an und schlief lächelnd ein.

35

Luftwaffenbasis Kowiss: 8 Uhr 11. Freddy Ayre ballte die Fäuste. »Zum Teufel, nein! Sie haben McIvers Anweisungen gehört: Wenn Starke nicht bis Tagesanbruch zurück ist, steigt kein Heli auf. Wir haben jetzt 8 Uhr 11, und Starke ist noch nicht zurück. Also...«

»Sie werden *meiner* Anweisung nachkommen!« schrie ihn Esvandiari, der Manager der IranOil an, und seine Stimme hallte über den ganzen Stützpunkt. »Ich habe Ihnen befohlen, entsprechend dem Guerney-Vertrag ein Schlammbecken und Saugtrichter nach Bohrturm 6...«

»Solange Captain Starke nicht zurück ist, wird nicht geflogen«, knurrte Ayre. Sie befanden sich bei den drei 212, die Esvandiari für die heutigen Operationen eingeteilt hatte; die drei Piloten warteten seit Tagesanbruch, während die übrigen Ausländer mehr oder weniger nervös und zornig zusahen. Um sie herum stand ein Haufen feindseliger *hezbollahis* sowie Bedienungspersonal, das soeben mit Esvandiari gekommen war. Neben den Hubschraubern hockten vier von Oberst Zatakis Männern, die sich jedoch nicht gerührt hatten, seitdem der Streit ausgebrochen war. Sie beobachteten aufmerksam das Geschehen.

»Es wird nicht geflogen!« wiederholte Ayre.

Wütend schrie Esvandiari auf Persisch: »Diese Fremden weigern sich, die legitimen Anweisungen der IranOil zu befolgen.« Ärgerliches Murren ging durch die Reihen seiner Anhänger, Gewehrläufe richteten sich auf die Ausländer, und der Manager deutete mit dem Zeigefinger auf Ayre: »Ein Exempel muß statuiert werden!«

Ohne Warnung traf Ayre ein Gewehrkolben ins Kreuz, grobe Hände packten ihn, und es setzte Prügel. Sandor Petrofi, einer der Piloten, stürzte herbei, um einzugreifen, wurde aber zurückgestoßen und mit Schlägen zu den anderen getrieben, die, von den Waffen bedroht, hilflos zusehen mußten.

»Aufhören!« schrie Pop Kelly, der großgewachsene Captain mit kalkweißem Gesicht. »Laßt ihn zufrieden! Wir fliegen!«

»Gut.« Esvandiari befahl seinen Männern aufzuhören. Sie rissen Ayre hoch. »Also los!« Nachdem die Maschinen aufgestiegen waren, entließ er die Ausländer mit groben Worten: »Gegen den islamischen Staat wird kein Widerstand mehr geleistet. Alle Anweisungen der IranOil sind unverzüglich zu befolgen!« Esvandiari war zufrieden mit sich. Er hatte die Meuterei niedergeschlagen, wie er es dem Kommandanten versprochen hatte. Er marschierte den Gang zu Starkes Büro hinunter, das er requiriert hatte, und stellte sich ans Fenster, um sein neues Reich zu überblicken.

Er sah zwei Helikopter schon in einiger Entfernung; der dritte schwebte zwanzig Meter über dem etwa 100 Meter entfernten Schlammbecken und wartete, bis das Bodenpersonal den Aufhängehaken in den großen Stahlring an den Trossen eingeführt hatte. Vor dem Büro wurde Ayre, von Ausländern umgeben, von Dr. Nutt untersucht. Dreckskerl, mir soviel Ärger zu machen, dachte Esvandiari und warf einen stolzen Blick auf seine Uhr. Es war eine goldene Rolex, die er heute früh auf dem schwarzen Markt gekauft hatte – vom Pischkesch eines Bazaaris, der seinen Sohn bei IranOil unterbringen wollte.

»Brauchen Sie etwas, Exzellenz?« fragte der Bürovorsteher Pavoud, der in der offenen Tür stand, mit öliger Stimme. »Darf ich Ihnen zu der Art gratulieren, wie Sie mit den Fremden verfahren sind. Schon seit Jahren brauchen sie alle eine gute Tracht Prügel, damit sie wissen, wer hier der Herr ist. Sie haben sehr klug gehandelt.«

»Ja. Von nun an wird hier alles wie am Schnürchen funktionieren. Allah sei Dank, daß dieser Hundesohn Zataki mit seinen Spießgesellen in einer Stunde nach Abadan abfliegen wird.«

»Das ist ein Flug, der bestimmt pünktlich starten wird, Exzellenz.« Beide Männer lachten.

»Ja. Bringen Sie mir Tee, Pavoud!« Ganz bewußt verzichtete Esvandiari auf die üblichen Höflichkeitsfloskeln und registrierte zufrieden, wie die Unterwürfigkeit des Mannes zunahm. Er starrte wieder aus dem Fenster. Dr. Nutt betupfte einen Riß über Ayres Auge. Hat mir eigentlich Spaß gemacht zuzusehen, wie Freddy geschlagen wurde, dachte er, richtig Spaß.

Wegen des kalten Windes hatte Dr. Nutt Ayre einen Parka umgehängt. »Sie sollten in die Ambulanz hinübergehen, Junge!«

»Ich bin schon wieder in Ordnung«, sagte Ayre, obwohl ihm alles weh tat. »Ich glaube nicht, daß mir... ernstlich etwas fehlt.«

»Saukerle«, sagte einer. »Wir sollten uns überlegen, wie wir hier rauskommen.«

»Ich sitze in der ersten Maschine, die dieses Land verläßt... Ich will nicht noch einmal...«

Alle blickten jetzt zu dem Hubschrauber hinüber, dessen Turbinen auf Touren kamen, während er noch über dem Schlammbecken schwebte. Eine so schwere Ladung aufzunehmen, war eine heikle Sache – ganz besonders bei diesem Wind –, aber kein Problem für einen Profi wie Sandor Petrofi. Der Haken glitt bald in den Ring. Sobald das Bodenpersonal die Hände frei hatte, erhöhte Petrofi die Leistung, und Hubschrauber und Ladung erhoben sich langsam in den Himmel. Der Wachtposten auf dem Sitz neben dem Piloten winkte aufgeregt, sein Gefährte in der Kabine ebenfalls.

»Läuft alles prima, Captain.« Wazaris Stimme vom Kontrollturm ertönte in Petrofis Kopfhörer, aber der Pilot achtete nicht darauf. Hände und Füße perfekt aufeinander abgestimmt, schätzte er die Entfernung und gewann an Höhe. Er sah nur Esvandiari am Bürofenster und ärgerte sich immer noch über die feige und brutale Züchtigung Ayres.

»Sie sind okay, EP-HFD, aber ein bißchen zu nahe«, warnte ihn Wazaris Stimme. »Steuern Sie langsam nach Süden...«

Petrofi erhöhte abermals die Leistung und flog auf den Turm zu, der auf dem Bürohaus saß. »Ist die Ladung okay?« fragte er. »Ich habe so ein komisches Gefühl.«
»Sieht gut aus, keine Probleme, aber gehen Sie ein bißchen nach Süden. Können Sie mich hören?«
»Sind Sie sicher? Sie reagiert verdammt langsam...« Die Nadel kletterte auf 30 Meter. Petrofis Züge verhärteten sich, und seine Hand drückte den Steuerknüppel nach oben, während er gleichzeitig das rechte Seitenruder betätigte. Sofort begann der Helikopter heftig zu schwanken, der Wachtposten auf dem Sitz neben ihm verlor das Gleichgewicht. Er krachte gegen die Tür, griff nach Sandor, um sich festzuhalten, und geriet mit der Hand in die Steuerung. Wieder korrigierte Petrofi zu stark, während er den Mann beschimpfte, als stelle er eine ernste Gefahr dar.
Einen Augenblick lang hatte es den Anschein, als ob der Hubschrauber wegen des sich verstärkenden Schwingens vom Himmel stürzen würde, dann stieß Sandor den aufgeregten Wachtposten zur Seite. »Mayday! Die Ladung ist verrutscht!« schrie er, ohne auf Wazari zu hören. Er konzentrierte sich auf den Boden; bis auf sein dringendes Verlangen nach Rache war alles vergessen. »Die Ladung ist verrutscht!«
Seine Hand zog den Frachtnotabwurfgriff, der Haken sprang aus dem Ring, und das Schlammbecken fiel vom Himmel direkt auf Starkes Büro. Die eineinhalb Tonnen Stahl kamen durch das Dach, pulverisierten Sparren, Eisenblech, Glas, Metall und die Schreibtische, zerstörten den ganzen Gebäudeteil und blieben hochkant an den Resten der Innenwand liegen.
Einen Augenblick lang breitete sich entsetzte Stille über den ganzen Stützpunkt. Dann füllte das Aufheulen der Turbinen die Luft, als der Hubschrauber, mit einem Mal seiner Ladung ledig, torkelnd aufwärts strebte und außer Kontrolle geriet. Petrofis Reflexe kämpften gegen die Steuerung an, aber seinem Verstand war es gleich, ob er sie beherrschte oder nicht, ob er landete oder nicht. Er wußte nur, daß er an einem Untier Rache geübt hatte.
»Paßt auf!« schrie einer, als der Helikopter zu ihnen herabwirbelte. Schon liefen alle auseinander, aber Petrofis Reflexe schalteten die Turbinen ab und bereiteten eine Notlandung vor. Ohne nachzugeben, fraßen sich die Gleitkufen in den Schnee, und der Hubschrauber kam unbeschädigt 40 Meter weiter zum Stehen.
Ayre war der erste am Cockpit. Er riß die Tür auf. Petrofi war leichenblaß und starrte wie betäubt vor sich hin. »Die Ladung ist verrutscht...«, krächzte Ayre.
»Ja.« Mehr konnte Petrofi nicht sagen; er wußte, daß es eine Lüge war. Und dann kamen andere dazu und halfen dem Piloten, der im Augenblick kein Glied rühren konnte, aus dem Cockpit. Hinter ihm, neben dem Gebäude, sah Ayre *hezbollahis*, die mit offenem Mund um die Trümmer herumstanden, dann Pavoud und den anderen Bürobeamten, die unter Schock aus der Vordertür herauswankten. Das Fenster und die Ecke, wo Esvandiari gestanden hatte, waren völlig zerstört. Dr. Nutt drängte sich durch die Menge und eilte auf die

Trümmerstelle zu, während Wazari die stark verbogene Nottreppe an der Außenwand des Turms herunterkam. O Gott, dachte Ayre, Wazari muß alles gesehen haben. Er kniete neben seinem Freund nieder. »Geht's dir gut, Sandy?«

»Nein«, antwortete der mit schwacher Stimme. »Ich glaube, ich war verrückt. Ich konnte einfach nichts dagegen tun.«

Wazari kam zum Cockpit. Noch in Panik, nachdem das Schlammbecken neben ihm niedergesaust war, wußte er, daß der Pilot seine Instruktionen mißachtet hatte. »Sind Sie wahnsinnig?« fuhr er Sandor an.

Ayre geriet in Wut. »Verdammt noch mal, die Ladung ist verrutscht. Wir haben es alle gesehen, und Sie auch!«

»Da haben Sie wohl recht! Ich habe es gesehen, und Sie auch«, sagte Wazari. Jetzt sah er Zataki aus einem der Bungalows kommen, und seine Angst eskalierte. Er war immer noch arg mitgenommen von den Prügeln, die Zataki ihm verabreicht hatte – das Nasenbein gebrochen, drei Zähne ausgeschlagen –, und er wußte, daß er alles zugeben würde, um einer neuerlichen Züchtigung zu entgehen. Er ließ sich neben Petrofi auf die Knie fallen und zog Ayre halb mit sich. »Hören Sie«, wisperte er verzweifelt. »Sie schwören bei Allah, daß Sie mir helfen werden? Sie versprechen es, ja?«

»Ich habe gesagt, ich werde tun, was ich kann!« Zornig entzog Ayre ihm seinen Arm. Er richtete sich auf und sah Zatakis Gesicht vor sich. Die glitzernden Augen des Mannes erschreckten ihn. Alle anderen hatten sich ein paar Meter zurückgezogen.

»Sie haben das getan, um Esvandiari zu töten, Pilot?«

Sandor starrte zu ihm hoch. »Die Ladung ist verrutscht, Herr Oberst.«

Zataki richtete seine Blicke auf Ayre, der sich erinnerte, was Dr. Nutt über diesen Mann gesagt hatte. »Es war eine schwierige Operation. Der Wind war schuld; die Ladung ist verrutscht. Es war höhere Gewalt, Exzellenz...«

Wazari wich einen Schritt zurück, als Zataki sich nun ihm zuwandte. »Es ist wahr, Exzellenz«, sagte er sofort. »Die Maschine hatte mit Böen zu kämpfen...«

Er schrie auf, als Zataki ihm die Faust in den Magen rammte, ihn packte und gegen den Hubschrauber preßte. »Und jetzt sag die Wahrheit, du Ratte!«

»Es ist die Wahrheit«, wimmerte Wazari, der kaum noch den Mund aufbrachte. »Es ist die Wahrheit. *Inscha'Allah.*« Er sah, wie Zataki abermals die Faust erhob und stieß in einem Gemisch aus Persisch und Englisch hervor: »Wenn Sie mich schlagen, sage ich alles, was Sie wollen. Ich beschwöre alles, was Sie wollen, ganz gleich was, aber die Ladung ist verrutscht, das schwöre ich bei Allah...«

Zataki starrte ihn an. »Allah wird dich für alle Ewigkeit in der Hölle schmoren lassen, wenn du in Seinem Namen eine Lüge geschworen hast«, drohte er. »Du schwörst, es war einzig und allein Allahs Wille? Die Ladung ist verrutscht? Du schwörst, es war höhere Gewalt?«

»Ja, ich schwöre es!« Wazari zitterte am ganzen Körper. »Ich schwöre bei Allah und dem Propheten, es war ein Unfall... höhere Gewalt. *Inscha'Allah.*«

»Wie es Allah gefällt.« Zataki nickte und gab ihn frei. Sich erbrechend sank Wazari zu Boden, und die anderen dankten Gott, dem Himmel oder ihrem Karma, daß die Krise für den Augenblick vorbei war. Zataki deutete mit dem Daumen auf die Trümmer. »Holt heraus, was da von Esvandiari noch zu finden ist.«
»Ja... ja, sofort«, sagte Ayre.
»Wenn der Captain nicht zurückkommt, werden Sie mich und meine Leute nach Bandar-e Delam fliegen.« Zataki ging davon, gefolgt von seinen *hezbollahis*.
»Mann!« murmelte einer, und alle fühlten sich unendlich erleichtert. Sie halfen Petrofi und Wazari auf die Beine. »Geht es Ihnen wieder besser, Sergeant?« erkundigte sich Ayre.
»Nein, verdammt noch mal.« Wazari spuckte Erbrochenes aus. Als er sah, daß Zataki und die *hezbollahis* verschwunden waren, verzerrte sich sein Gesicht vor Haß. »Dieses Schwein! Er soll auch noch krepieren!«
Ayre zog Wazari beiseite und senkte seine Stimme. »Ich werde nicht vergessen, was ich gesagt habe. Wenn Zataki abfliegt, haben Sie Ruhe. Ich werde tun, was ich kann.«
»Ich werde es auch nicht vergessen«, fügte Petrofi mit schwacher Stimme hinzu. »Danke, Sergeant!«
»Ich habe Ihnen das Leben gerettet«, sagte Wazari und spuckte noch einmal aus. »Dieses verdammte Becken hätte auch mir auf den Kopf fallen können!« Er humpelte davon.
»Freddy!« Dr. Nutt winkte Ayre herbei, während er und ein paar Mechaniker anfingen, Becken und Schutt wegzuräumen. Einige *hezbollahis* standen herum und sahen zu. »Wie wäre es, wenn ihr auch ein wenig Hand anlegen würdet?«
Alle kamen zur Unglücksstätte, um mitzuhelfen, aber keiner wollte der erste sein, der auf Esvandiari stieß.
Sie fanden ihn schließlich zusammengeknickt in einem Hohlraum unter einer Wand des Schlammbeckens. Dr. Nutt kauerte sich neben ihn hin und untersuchte ihn, so gut es ging. »Er lebt!« rief er, und Petrofis Magen krampfte sich zusammen. Rasch halfen alle, die zersplitterten Sparren und die Reste von Starkes Schreibtisch aus dem Weg zu räumen, um den Mann vorsichtig herauszuholen. »Ich glaube, es ist ihm nichts passiert«, sagte Dr. Nutt heiser. »Scheint nichts gebrochen oder gequetscht zu sein. Würde mal einer eine Trage holen?« Man beeilte sich, seiner Aufforderung zu entsprechen. Alle haßten den Klugscheißer, hofften aber, daß er keinen ernsten Schaden erlitten habe. Unbemerkt ging Petrofi hinter das Haus. Er hätte weinen mögen, so erleichtert fühlte er sich.
Als er zurückkam, warteten nur Ayre und Dr. Nutt auf ihn. »Sie sollten auch mitkommen, Sandor«, sagte Dr. Nutt. »Ich möchte Sie mir nur mal rasch ansehen. Jetzt haben wir ja eine richtige Unfallstation hier.«
»Sind Sie sicher, daß dem Klugscheißer nichts passiert ist?«
»Ziemlich sicher. Er hat einen Schock erlitten, mehr ist es nicht.« Die Augen

des Arztes waren wäßrig, blaßblau und ein wenig blutunterlaufen. »Was ist schiefgegangen, Sandor?« fragte er.
»Ich weiß es nicht, Doc. Ich wollte nur diesen Saukerl erledigen, und in diesem Moment hielt ich es für das einfachste, ihm das Schlammbecken auf den Kopf fallen zu lassen.«
»Es ist Ihnen doch klar, daß das ein vorsätzlicher Mordversuch war?«
Petrofi sah ihn an. »Ja, das weiß ich, und es tut mir leid.«
»Es tut Ihnen leid, daß er nicht tot ist?«
»Ich schwöre es Ihnen, Doc, ich danke Gott, daß er lebt. Ich halte ihn immer noch für ein Schwein und kann ihm nicht verzeihen, daß er Freddy schlagen ließ... aber das ist keine Rechtfertigung für das, was ich getan habe. Ich war verrückt, und dafür gibt es keine Entschuldigung.«
»Sie sollten jetzt ein oder zwei Tage nicht fliegen, Sandy«, sagte Dr. Nutt. »Man hat Sie bis zum Äußersten getrieben – kein Grund zur Sorge, Junge, wenn Sie das begreifen. Ruhen Sie sich einen Tag aus. Heute nacht werden Sie einen Tatterich haben, aber das geht vorbei. Das gilt auch für Sie, Freddy. Natürlich bleibt das alles unter uns dreien. Die Ladung ist verrutscht. Ich habe es selbst gesehen.«
Ein gellender Schrei ertönte, und sie blickten zum Haupteingang hinüber. Einer der Piloten schrie abermals und deutete in die Ferne. Ihre Herzen jubelten. Starke kam von der Stadt her die Straße herunter. Er war allein, und soweit sie das feststellen konnten, war er unverwundet. Aufrecht und stolz kam er daher. Aufgeregt winkten sie ihm zu, und er winkte zurück. Ayre lief ihm entgegen; seine Schmerzen hatte er schon vergessen.

36

Lengeh: 14 Uhr 15. Scragger nahm ein Sonnenbad auf dem großen Floß, das zusammen mit einem kleinen Schlauchboot 100 Meter vor der Küste festgemacht war. Das Floß bestand aus Brettern, die über leeren Ölfässern verschnürt waren. Im Schlauchboot befanden sich Angelgeräte und ein Walkie-talkie, unter dem Floß hing ein Drahtkorb mit einem Dutzend Fischen, die er und Willi Neureiter bereits für das Abendessen gefangen hatten. Im Golf wimmelte es von Makrelen, Thunfischen, See- und Klippenbarschen und vielen anderen Arten.

Willi, auch er ein Pilot, schwamm in der Nähe langsam im warmen, seichten Wasser. Ihr Stützpunkt lag an der Küste. Er bestand aus einem Dutzend Wohnwagen, einer Feldküche, Unterkünften für das iranische Personal, einem Bürotrailer mit dazugehörigem Funkraum und Hangars mit Raum für zwölf Maschinen vom Typ 212 und 206.

Der gegenwärtige Personalstand betrug zusammen mit Scragger: 5 Piloten, 7 Mechaniker, 15 Mann iranisches Personal wie Taglöhner, Köche und Diener. Der Manager von IranOil, Kormani, war gerade krank. Von den Piloten waren zwei Engländer und einer, Ed Vossi, Amerikaner.

Auf dem Stützpunkt befanden sich gegenwärtig drei 212 – im Augenblick gab es gerade genug Arbeit für eine – sowie zwei 206 Jet-Helikopter, die so gut wie gar nichts zu tun hatten. Abgesehen von den Siri-Verträgen des französischen Konsortiums mit Georges de Plessey als Manager waren alle anderen Aufträge storniert oder bis zum Ende der bewaffneten Auseinandersetzungen suspendiert worden. Es gab immer noch Gerüchte von Gefechten rund um die große Flottenbasis von Bandar-e Abbas im Osten, und auch an der übrigen Küste wurde angeblich gekämpft. Vor zwei Tagen waren die Unruhen zum erstenmal auf den Stützpunkt übergeschwappt. Seither hatten sie ein ständiges Komitee von *hezbollahis*, Polizisten und einem Mullah. »Um unseren Stützpunkt gegen die Linken zu verteidigen, Exzellenz Pilot.«

»Aber Exzellenz Mullah, alter Freund, wir brauchen doch keinen Schutz!«

»Wie es Allah gefällt, aber unsere lebenswichtigen Ölanlagen auf der Insel Siri wurden von diesen Hundesöhnen angegriffen; sie haben großen Schaden angerichtet. Unsere Hubschrauber sind lebenswichtig für uns und dürfen nicht beschädigt werden. Aber machen Sie sich keine Sorgen! Wir werden nichts ändern. Wir verstehen, daß Sie nervös sind, wenn Sie mit Schußwaffen fliegen müssen. Deshalb wird keiner von uns bewaffnet sein. Es wird nur jedesmal einer von uns mitfliegen – zu Ihrem Schutz.«

Scragger und die anderen waren beruhigt, als sie erfuhren, daß auch Qeschemi, der Ortspolizist, mit dem sie immer gute Beziehungen unterhalten hatten,

zum Komitee gehörte. Hier an der Straße von Hormus hatten sie von den Unruhen in Teheran, Qom und Abadan kaum etwas gespürt. De Plessey zahlte die Rechnungen der EPF, und so war eigentlich alles in Ordnung, wenn man von der Tatsache absah, daß es nicht genug zu tun gab.
Müßig sah Scragger zur Küste hinüber. Er sah Männer an der Arbeit, sie putzten und reparierten, und einige Mitglieder des Komitees saßen im Schatten und dösten vor sich hin. Ed Vossi war damit beschäftigt, eine 206 durchzuchecken.
Wir haben einfach nicht genug Arbeit, dachte Scragger. Das ging nun schon seit Monaten so, und er wußte nur zu gut, wie teuer und ruinös das sein konnte. Hatten nicht ihn das Fehlen laufender Aufträge und die Notwendigkeit, ständig zu modernisieren, schon vor vielen Jahren bewogen, seine Sheik Aviation an Andrew Gavallan zu verkaufen?
Aber ich bedauere es nicht, überlegte er. Andy ist ein Prachtkerl, hat mir ein faires Angebot gemacht. Ich besitze einen kleinen Anteil an der Gesellschaft und ich kann fliegen, solange ich fit bin. Aber jetzt ist der Iran für Andy eine Katastrophe: Man bezahlt ihm weder seine geleistete Arbeit noch die laufenden Operationen, ausgenommen, was wir hier machen, und das ist herzlich wenig. Vier oder fünf Monate ist es schon her, daß die Banken geschlossen haben. Das kann doch nicht so weitergehen! Mit Siri allein kommen wir nicht einmal zur Hälfte auf unsere Kosten.
Als Scragger vor drei Tagen Kasigi von den Iran-Toda-Anlagen bei Bandar-e Delam zurückgebracht hatte, war Kasigi mit dem Ersuchen an de Plessey herangetreten, eine 206 nach Al Schargas oder Dubai chartern zu dürfen. »Ich muß sofort eine Telefon- oder Telex-Verbindung mit meiner Zentrale in Japan herstellen, um mir die mit Ihnen getroffenen Vereinbarungen über den Spottpreis und die zukünftige Erhöhung der Lieferungen bestätigen zu lassen.« De Plessey hatte sofort zugestimmt. Scragger wollte diesen Flug selbst durchführen und hatte es nicht bereut, als er in Al Schargas dann John Hogg und Manuela traf. Und Genny.
Unter vier Augen machte sie ihn mit der jüngsten Entwicklung vertraut, insbesondere in bezug auf Lochart.
»Allmächtiger!« rief er, entsetzt über die Schnelligkeit, mit der alles auseinanderbrach und die Revolution sie persönlich in ihre Gewalttaten verstrickte. »Der arme Tom!«
»Tom hätte am Tag vor meiner Abreise aus Bandar-e Delam zurück sein sollen, aber er kam nicht. Und so wissen wir immer noch nicht, was geschehen ist. Zumindest ich weiß es nicht«, sagte sie. »Wer weiß, wann wir wieder Gelegenheit haben werden, so offen miteinander zu reden. Da ist nämlich noch etwas – aber es muß unter uns bleiben.«
»Großes Ehrenwort!«
»Ich glaube nicht, daß die Regierung je wieder normale Zustände herstellen kann. Und nun wollte ich dich fragen: Selbst wenn sich die Dinge normalisieren sollten, können die Partner – mit oder ohne offizielle Hilfestellung –, kann die IranOil uns hinausbeißen und unsere Flugzeuge und Einrichtungen behalten?«

»Warum sollten sie das tun? Sie brauchen doch die Helis... Na ja, wenn sie es wollten, könnten sie es tun«, antwortete er und stieß dabei einen Pfiff aus, weil er selbst noch nie an diese Möglichkeit gedacht hatte. »Na klar könnten sie das. Und ganz leicht auch noch. Sie könnten andere Piloten einstellen, Iraner oder Söldner – sind wir das nicht auch? Ja, sie könnten uns ausweisen und unsere Einrichtungen behalten. Wenn wir hier aber alles verlieren, bedeutet das das Ende für die S-G.«

»Das dachte auch Duncan. Und wenn sie das wirklich versuchen sollten – könnten wir mit unseren Flugzeugen und Ersatzteilen das Land verlassen?«

Er lachte. »Das wäre ein Handstreich, der Geschichte machen würde, aber dergleichen geht nicht, Genny. Stell dir vor, sie erwischen uns dabei, sie würden uns gehörig einheizen. Das könnten wir unmöglich machen – nicht ohne Erlaubnis der obersten Luftfahrtbehörde.«

»Ich glaube einfach nicht, daß du dich hinauswerfen lassen würdest.«

»Ich glaube es auch nicht«, gab er sogleich zurück, »aber was ich tun würde, das weiß nur der liebe Gott.«

Er sah das hübsche Gesicht, das zu ihm aufblickte, sah hinter ihren Augen den geheimen Kummer und wußte, daß ihre Sorge nicht nur McIver galt und dem, was er aufgebaut hatte, nicht nur ihrer eigenen Zukunft, die wie die seine auch an S-G gebunden war, sondern auch Andy Gavallan und all den anderen. »Was ich tun würde? Wertmäßig haben wir im Iran genauso viele Ersatzteile wie Vögel. Wir müßten damit anfangen, die ersteren hinauszuschaffen. Aber wie wir das zuwege bringen sollen, ohne daß die Iraner mißtrauisch werden, das weiß ich nicht. Alles können wir bestimmt nicht mitnehmen. Und dann müssen wir alle gleichzeitig hinaus, wir, unsere Helis aus Teheran, Täbris, Kowiss, Zagros, Bandar-e Delam und von hier. Wir würden...« Er überlegte kurz. »Wir würden alle hier zusammenkommen müssen und dann nach Al Schargas... Doch selbst dort können sie alles beschlagnahmen lassen.« Er musterte Genny. »Glaubt Andy, daß die Partner so etwas im Schilde führen?«

»Nein, nein, das glaubt er nicht, noch nicht, und auch Duncan ist sich da nicht sicher. Aber es ist eine Möglichkeit, und im Iran wird es mit jedem Tag schlimmer. Darum bin ich hier, um Andy zu fragen. Man kann das ja nicht in einem Brief oder einem Telex erörtern.«

»Du hast mit Andy telefoniert?«

»Ja, und ihm zumindest so viel gesagt, wie ich mich zu sagen traute. Duncan hat mir empfohlen, vorsichtig zu sein. Andy hat mir versprochen, in London alles auszuchecken. Bei seiner Rückkehr will er entscheiden, was wir tun sollen. Wir müssen auf alles gefaßt sein – meinst du nicht auch, Scrag?«

»Ich habe mich schon gefragt, was ausgerechnet dich veranlaßt haben könnte, deinen Mann allein zu lassen. Hat er dich hierher geschickt?«

»Selbstverständlich. In ein paar Tagen wird Andy da sein.«

Scragger schwirrte der Kopf. Wenn wir abhauen, wird der eine oder andere die Zeche bezahlen müssen. In wenigen Minuten können die Radarstationen in Kisch, Lavan und Lengeh 20 Jagdflieger hinter uns herschicken, die uns

erledigen würden, noch bevor wir den iranischen Luftraum verlassen haben. »Glaubt Mac, daß sie uns richtig fertigmachen wollen?«
»Nein, er nicht, aber ich.«
»Wenn es so ist, meine liebe Genny, und ganz unter uns: Wir täten gut daran, uns einen Plan zurechtzulegen.«
Scragger lächelte jetzt, als er sich erinnerte, wie ihre Augen aufgeleuchtet hatten. Duncan McIver hat mit dieser Frau wirklich Glück gehabt, obwohl er so bockig und rechthaberisch ist, wie ein Mann nur sein konnte.
»He, Scrag!«
»Ja, Willi?«
»Jetzt schwimm du mal und laß mich aufpassen!«
»Nett von dir, Kumpel.« Neben der Vielzahl von Speisefischen gab es im Golf auch Raubfische – Haie, Zitterrochen und andere. Man traf sie nur selten hier in diesen Untiefen an, und wenn man die Augen offenhielt, konnte man ihre Schatten schon von weitem ausmachen, so daß noch genügend Zeit blieb, zum Floß zurückzuschwimmen. Wie immer klopfte Scragger dreimal auf Holz, bevor er in das keine zwei Meter tiefe lauwarme Wasser tauchte.
Willi Neureiter war ein stämmiger Mann von 48 Jahren mit braunen Haaren. Er hatte mehr als 5000 Flugstunden hinter sich, 10 Jahre bei der Bundeswehr und 8 bei S-G. Er setzte seine Schirmmütze und seine Sonnenbrille auf und beobachtete Scragger. In wenigen Augenblicken hatte ihn die Sonne getrocknet. Er genoß sie, das Schwimmen und das Leben in Lengeh.
Alles ist so ganz anders als daheim, dachte er. Daheim, das hieß Kiel in Norddeutschland, wo das Klima rauh und meistens kalt war. Seine Frau und seine drei Kinder waren voriges Jahr nach Deutschland zurückgegangen, weil die Kinder in die Schule mußten. Er hatte sich entschlossen, je zwei Monate hier und einen in Kiel zu arbeiten. Im kommenden Monat, nach seinem Urlaub, würde er nicht mehr nach Lengeh zurückkehren.
Zum Teufel mit der Nordsee und ihren Wetterumschwüngen, wo man ganz anderen Gefahren ausgesetzt war. Zum Teufel mit den kühlen Unterkünften und der unerträglichen Langeweile. Drei Wochen lang mußte er von einer Bohrinsel 150 Kilometer vor der Küste starten, um anschließend eine Woche in Kiel bleiben zu können. Und das Geld reichte kaum, um die Hypotheken zu tilgen und die Schulden zu bezahlen und noch etwas für den Urlaub übrig zu haben. Aber dann bist du nicht weit von den Kindern, dachte er, von Hilde und Mutter und Vater; die Heimat ist nun mal die Heimat.
»Scrag, ein Schatten kommt näher!«
Scragger hatte den Fisch fast zur gleichen Zeit gesehen. Er schwamm zum Floß zurück und schwang sich hinauf. Der Schatten näherte sich schnell. Es war ein Hai. »Da soll doch gleich... Das ist ja ein Riesenbursche!«
Der Hai wurde langsamer und begann, das Floß zu umkreisen. Seine große Rückenflosse durchschnitt die ruhige Wasseroberfläche. Stumpfgrau, tödlich und gemächlich. Schweigend und ehrfurchtsvoll beobachteten ihn die beiden Männer. Dann kicherte Scragger: »Na, wie wär's, Willi?«
»Ja, bei Gott, das ist der größte, den ich je gesehen habe. Den kaufen wir uns!«

Übermütig holte er das Angelzeug aus dem Schlauchboot. »Was meinst du, was nehmen wir als Köder?«
»Den Seebarsch, den großen.«
Lachend griff Neureiter in den Korb, zog den zappelnden Fisch heraus und spießte ihn auf den stählernen Haihaken. Dann stand er auf, überprüfte die am Haken befestigte kurze Kette und verknüpfte sie sorgfältig mit der dicken Nylonangelschnur an der Rolle der Rute. »Bitte, Scrag!«
»Nein, mein Freund. Du hast ihn zuerst gesehen.«
Nervös wischte sich Willi mit dem Handrücken das Meersalz von der Stirn und beobachtete den Hai, der sie in 20 Meter Entfernung umkreiste. Mit großer Sorgfalt warf er ihm den Köder direkt in den Weg und spannte sanft die Angelschnur. Der Hai zog an dem Köder vorbei und kreiste weiter. Willi rollte die Schnur auf, während der Seebarsch eine Blutspur hinterließ. Wieder warf Willi die Angel fehlerlos aus. Der Hai beachtete den Köder nicht.
Willi fluchte. Diesmal ließ er den Köder, wo er war, und sah zu, wie er langsam auf den Grund sank. Der Hai kam vorbei, schwamm über den Seebarsch hinweg, berührte ihn fast mit der Brustflosse und kreiste weiter.
»Vielleicht hat er keinen Hunger.«
»Diese Hundesöhne sind immer hungrig. Vielleicht weiß er, daß wir es auf ihn abgesehen haben, oder er will uns einen Streich spielen. Hol einen kleinen Fisch, Scrag, und wirf ihn, wenn der Hai vorbeikommt, genau dorthin, wo der Köder liegt.«
Scragger entschied sich für einen Klippenbarsch. Der Fisch fiel eineinhalb Meter vor dem Hai ins Wasser und flüchtete sofort auf den sandigen Grund, aber der Hai achtete weder auf ihn noch auf den Seebarsch und setzte seinen Weg fort. »Laß den Köder, wo er ist«, rief Scragger. »Der Kerl muß doch schließlich eine Nase haben!«
Jetzt konnten sie die gelben Augen sehen und die drei kleinen Lotsenfische über seinem Kopf, das riesige Maul und die rauhe Haut. Sie konnten die Kraft der großen Schwanzflosse ahnen. Der Hai zog jetzt seine Kreise ein wenig enger.
»Der Hundesohn beobachtet uns, Scrag«, sagte Willi beunruhigt. Scragger runzelte die Stirn; auch er empfand ein Unbehagen. Er warf einen Blick auf das Schlauchboot. Keine Waffe, die ihnen hätte helfen können, nur ein kleines feststehendes Messer in seiner Scheide, ein Dreizack aus Aluminium und ein Paar Ruder. Trotzdem zog er das Dingi näher, kniete nieder und griff nach dem Messer und dem Dreizack. Ich wünschte, ich hätte ein Gewehr, dachte er.
Ein Aufschrei Willis ließ ihn zurückspringen. Er hatte gerade noch Zeit zu sehen, wie der Hai auf ihn zuschoß. Der große Kopf war jetzt über der Wasseroberfläche. Mit weitaufgerissenem Maul schmetterte der Fisch gegen das Schlauchboot, krachte gegen die Ölfässer und verschwand wieder.
»Sieh doch!« schrie Willi und deutete aufs Wasser. Der Hai jagte auf den Köder zu, nahm ihn mit dem Angelhaken ins Maul und schwamm davon. Die Angelschnur schwirrte von der Rolle. Willi hielt den Atem an. Mit beiden

Händen die Rute umklammernd, spießte er den Hai mit einem Ruck auf den Haken. »Ich habe ihn!« brüllte er und hielt dem Zug stand.
»Beinahe hätte mich der Bastard erwischt«, sagte Scragger und starrte mit klopfendem Herzen auf die straffe Schnur. »Laß den Kerl nicht aus!«
Willi erhöhte die Spannung und fing an zu kämpfen.
»Paß auf, Willi! Er wird kehrtmachen und wieder auf uns zuschießen.« Doch das tat der Hai nicht: Das Wasser aufwühlend, sich herumwälzend und drehend, kämpfte er verbissen gegen Schnur und Haken, aber der Haken hielt, und die Schnur war stark genug. Minuten vergingen. Es kostete übermenschliche Kraft, ohne Gurtwerk, ohne Stuhl und ohne sich mit den Beinen abstützen zu können, gegen einen solchen Fisch zu kämpfen. Aber Willi hielt durch. Abrupt gab der Hai den Kampf auf und begann abermals zu kreisen. Diesmal langsamer. Willi fühlte in Rücken und Händen die Schmerzen, aber der Kampf belebte ihn.
Der Hai wirbelte herum und kam auf sie zu. Hastig wand Willi die Schnur auf, um zu vermeiden, daß der Hai umkehrte und die lose Schnur kappte. Doch der Riesenfisch sauste unter dem Floß durch. Wie durch ein Wunder verwikkelte sich die Schnur nicht, und als der Hai auf der anderen Seite wieder herauskam und in tieferes Wasser entkommen wollte, ließ Willi die Schnur nach und stellte erst allmählich wieder die Spannung her. Noch einmal versuchte der Hai in einem Wutanfall den Haken loszuwerden, und noch einmal hielt Willi ihn fest, doch seine Muskeln wurden schwächer. Er wußte, daß er ihn nicht mehr lange halten konnte, und stieß im stillen eine Verwünschung aus.
»Pack mal mit an, Scrag!«
»Okay, Kumpel.«
Zusammen umklammerten sie nun die Angelschnur. Der Hai wurde langsamer. »Er wird müde, Willi.« Zoll um Zoll zogen sie ihn näher heran. 30 Meter war er jetzt vom Floß entfernt, und er schien gerade noch voranzukommen; seine große Schwanzflosse wogte hin und her. Fast sah es so aus, als suhle er sich im Wasser. Um zu atmen, muß ein Hai sich vorwärtsbewegen; tut er das nicht, ertrinkt er.
Geduldig kämpften die Männer. Jetzt konnten sie ihn in seiner ganzen Länge sehen, die gelben Augen, das fest geschlossene Maul, die Lotsenfische. 25 Meter, 20, 18, 15...
Dann geschah es. Der Hai erwachte zu neuem Leben und schoß mit unglaublicher Geschwindigkeit 50 Meter ins Meer hinaus. Die Schnur sauste von der Rolle. Irgendwie gelang es Willi, sie wieder zu straffen, er zwang den Fisch wieder zu kreisen, aber es war ihm nicht möglich, ihn wieder näher heranzuziehen. Noch eine Umkreisung. Ein paar Zoll näher, doch dann schwankten beide Männer und wären beinahe vom Floß gefallen, als die Schnur nach einem Ruck plötzlich erschlaffte.
»Wir haben ihn verloren!«
Keuchend sahen sie sich um. Sie konnten ihre Enttäuschung nicht verbergen. Vom Hai war nichts mehr zu sehen. »Die verdammte Schnur!« stieß Willi

hervor und fluchte in zwei Sprachen. Aber es war, wie sich herausstellte, nicht die Schnur. Es war die Kette. Die Glieder, die unmittelbar an den Haken anschlossen, waren zerbrochen.
»Der Kerl muß sie zerbissen haben«, knurrte Scragger.
»Er hat mit uns gespielt«, sagte Willi ärgerlich. »Er hätte sich jederzeit befreien können. Er wird jetzt hier auf dem Grund liegen und warten«, meinte er nachdenklich.
»Ich halte es für wahrscheinlicher, daß er schon kilometerweit fort ist und fuchsteufelswild.«
»Ich wette, er ist fuchsteufelswild. Der Haken im Bauch wird ihm gar nicht behagen.« Noch einmal suchten sie das Meer ab. Nichts. Da merkten sie, daß das Schlauchboot krängte und schon halb unter Wasser war. Scragger beugte sich vor und besah sich den Schaden. In einer der Luftkammern klaffte ein großer Riß. »Das muß der Kerl gemacht haben, als er unter uns durchsauste.« Die Luft entwich schnell. »Kein Problem. Bis zur Küste kommen wir schon noch. Komm, gehen wir!«
Willi betrachtete das Dingi, dann blickte er auf das Meer hinaus. »Fahr nur, Scrag! Ich warte lieber auf das Holzboot mit jemandem, der ein Maschinengewehr dabei hat.«
»Mensch, das ist doch ganz ungefährlich! Komm schon!«
»Scrag«, entgegnete Neureiter liebenswürdig, »ich liebe dich wie einen Bruder, aber ich rühre mich nicht vom Fleck. Das Vieh hat mir einen höllischen Schrecken eingejagt.« Er setzte sich mitten auf das Floß und schlang die Arme um die Knie. »Dieser Bastard liegt irgendwo auf Grund und lauert uns auf. Wenn du das Schlauchboot nehmen willst, nimm es! Ich halte mich an die Regel, die da sagt, im Zweifelsfall soll man sich ducken. Nimm das Walkie-talkie und laß das andere Boot kommen.«
»Ich hole es selbst.« Scragger stieg vorsichtig in das Dingi, das jedoch beinahe kenterte, und kletterte hastig wieder auf das Floß zurück. »Was gibt es da zu lachen?«
»Du bist da so schnell wieder raus, als ob du eine Qualle am Hintern hättest.« Neureiter lachte immer noch. »Warum schwimmst du nicht einfach zurück?«
»Laß dich doch ausstopfen!« Scragger blickte zur Küste hinüber. Das Herz klopfte ihm bis zum Hals. Sie schien heute so weit weg zu sein; sonst war sie immer viel näher.
»Wenn du schwimmst, bist du verrückt«, sagte Willi jetzt mit ernstem Gesicht. »Tu's nicht!«
Scragger hörte nicht auf ihn. Prüfend streckte er eine Zehe ins Wasser. Da fiel ihm etwas auf. Er kniete am Floßrand nieder und zog den Fischkorb hervor. Er war leer. Die ganze Seite war aufgerissen. »Verdammt!«
»Ich rufe das Boot«, sagte Willi und griff nach dem Walkie-talkie.
»Brauchen wir doch nicht«, konterte Scragger mit gespielter Tapferkeit. »Wir schwimmen um die Wette an die Küste.«
»Kommt gar nicht in Frage... Um Himmels willen, Scragger!« Entsetzt beobachtete Willi, wie Scragger mit dem Kopf voran ins Wasser sprang. Er

tauchte gleich wieder auf und schwamm los, kehrte dann aber entschlossen wieder um und kletterte auf das Floß.
Er erstickte fast vor Lachen. »Bist mir auf den Leim gegangen, was? Du hast recht, mein Junge. Wer in einer solchen Situation an Land schwimmt, ist wirklich verrückt. Ruf das Boot! Ich fang' uns noch was zum Abendessen.«
Als das Boot etwas später kam, stand einer der Mechaniker am Ruder. Zwei aufgeregte *hezbollahis* begleiteten ihn. Andere beobachteten von der Küste aus die Rettungsaktion. Sie hatten bereits den halben Weg hinter sich, als plötzlich der Hai wieder auftauchte und anfing, das Boot zu umkreisen. Die *hezbollahis* begannen zu schießen, und in der Aufregung fiel einer über Bord. Scragger packte sein Gewehr und eröffnete das Feuer auf den Hai. Dieser schoß auf den Mann zu, der vor Schreck wie gelähmt im seichten Wasser stand. Die Kugeln drangen in den Kopf und die Augen des Hais, doch obwohl das Tier tot war, raste es weiter auf sein Opfer zu. Ohne Witterung und Augenlicht verfehlte es den Mann. Der Fisch glitt den aufsteigenden Grund entlang, bis er, halb im Wasser, halb außerhalb, strandete.
»Scrag«, sagte Willi, als er seine Stimme wiederfand, »du hast teuflisches Glück gehabt. Wenn du geschwommen wärst, hätte er dich erwischt.«

37

Zagros – Bohrturm Rosa: 15 Uhr 05. Tom Lochart stieg mit steifen Gliedern aus der 206 und schüttelte Mimmo Sera, dem Leiter der Anlage, der ihn herzlich begrüßte, die Hand. Locharts Begleiter war der Experte von Schlumberger, Jesper Almqvist, ein großgewachsener junger Schwede, Ende 20. Er hatte seinen Koffer mit den Spezialwerkzeugen dabei.

»*Buon giorno*, Jesper, freut mich, Sie zu sehen. Man wartet schon auf Sie.«

»Okay, Mr. Sera, ich mache mich gleich an die Arbeit.« Der junge Mann ging zum Bohrturm hinüber. Er hatte die meisten Bohrlochmessungen auf dem Feld vorgenommen.

»Kommen Sie einen Augenblick rein, Tom!« Sera ging durch den Schnee zum Bürotrailer voraus. In dem Anhänger war es warm, und auf dem gedrungenen eisernen Holzofen an der Wand stand eine Kaffeekanne. »Kaffee?«

»Danke. Der Flug von Teheran herunter war keine Erholungsreise.«

Sera reichte ihm eine Tasse. »Was ist eigentlich los?«

»Das weiß ich selbst nicht genau. Ich habe Jean-Luc auf dem Stützpunkt abgesetzt und mit Scot ein paar Worte gewechselt. Dann hielt ich es für das Beste, gleich mit Jesper herzukommen und selbst nach dem Rechten zu sehen. Mit Nitchak Khan habe ich noch nicht gesprochen; das werde ich tun, sobald ich zurück bin, aber Scot hat sich ganz klar ausgedrückt: Nitchak Khan hat ihm mitgeteilt, daß das Komitee uns genau 48 Stunden Zeit läßt, unsere Zelte hier abzubrechen. McIver...«

»Aber warum? *Mamma mia!* Wenn Sie weggehen, müssen wir die ganze Anlage schließen.«

»Ich weiß. Der Kaffee ist wirklich prima. Bisher war Nitchak immer vernünftig. Haben Sie schon gehört, daß dieses Komitee Nasiri erschossen und das Schulhaus niedergebrannt hat?«

»Ja, schrecklich. Nasiri war ein feiner Kerl – wenn er auch für den Schah eingetreten ist.«

»Sind wir das nicht alle, solange er an der Macht war?« entgegnete Lochart und dachte an Jared Bakravan, an Emir Paknouri, an die abgeschossene HBC und an Scharazad. Beim Morgengrauen war er gegangen; sie hatte noch tief geschlafen. Hätte er sie wecken sollen? Für Zagros 3 war er verantwortlich, und sie sah so erschöpft aus. Er hatte ihr eine Nachricht hinterlassen: »Bin in ein paar Tagen wieder zurück. Wenn du Probleme hast, sprich mit Mac oder Charlie. Alles Liebe!« Er sah Sera an. »Heute vormittag hatte Mac einen Termin mit einem hohen Beamten im Ministerium. Mit ein bißchen Glück kann er alles wieder einrenken. Er hat gesagt, er würde uns benachrichtigen, sobald er wieder zurück ist. Funktioniert Ihr Funkgerät?«

Sera zuckte mit den Achseln. »Wie üblich. Von Zeit zu Zeit.«
»Wenn ich etwas höre, lasse ich es Sie wissen. Entweder noch heute abend oder morgen früh. Ich hoffe, es ist alles nur ein Sturm im Scheißhaus. Aber wenn wir Zagros räumen müssen, will McIver, daß wir vorübergehend nach Kowiss übersiedeln. Von dort können wir Sie natürlich unmöglich versorgen. Was meinen Sie?«
»Wenn man euch hinauswirft, müssen wir hier räumen. Man wird uns dann nach Schiras schicken. Dort befindet sich die Zentrale unserer Gesellschaft; die können uns aufnehmen oder ausfliegen, bis wir wieder zurück dürfen. *Madonna*, der Aufwand, wenn die Anlage geschlossen werden müßte!«
»Kein Problem. Wir könnten die beiden 212 nehmen.«
»Es gäbe sogar reichlich Probleme, Tom.« Sera machte sich große Sorgen. »Es ist einfach unmöglich, in 48 Stunden den Laden dichtzumachen und die Leute auszufliegen. Völlig unmöglich.«
»Vielleicht wird es gar nicht nötig sein. Wir wollen es hoffen, okay?« Lochart erhob sich. »Wenn wir räumen müssen, wird die Crew jubeln. Wir haben schon seit Wochen keine Ersatzleute bekommen, und die meisten wissen gar nicht mehr, was Urlaub ist.«
Sera erhob sich und warf einen Blick aus dem Fenster. Die Nachmittagssonne glitzerte auf den Bergen über dem Bohrturm Bellissima. »Haben Sie schon gehört, was für ein feines Stück Arbeit Scot zusammen mit Pietro geleistet hat?«
»Ja. Den Bombenwerfer Pietro nennen die Jungs ihn jetzt. Tut mir leid wegen Mario Guineppa.«
»*Che sera sera!* Die Ärzte sind alle *stronzi*. Er hat sich vorigen Monat untersuchen lassen: Alles in bester Ordnung. *Stronzi!*« Der Italiener sah ihn durchdringend an. »Was wird da gespielt, Tom?«
»Nichts.«
»Wie war es in Teheran?«
»Nicht gut.«
»Hat Scot Ihnen etwas gesagt, was ich nicht weiß?«
»Sie meinen, welchen Grund das Komitee für die Anordnung hatte? Nein, er hat nichts gesagt. Vielleicht bekomme ich aus Nitchak Khan etwas heraus.« Lochart schüttelte ihm die Hand und ging.
In der Maschine dachte er noch einmal an die Geschichte, die Scot ihm, Jean-Luc und Almqvist erzählt hatte. Was im Dorf geschehen war, nachdem das Komitee Nitchak Khan zum Tode verurteilt hatte. »Kaum hatten sie Nitchak Khan abgeführt, verließ ich das Schulhaus durch das Hinterfenster und schlich mich in den Wald. Ein paar Minuten später hörte ich eine wilde Schießerei und eilte, so schnell ich konnte, zum Stützpunkt zurück – mit vollen Hosen, wie ich zugeben muß. Nicht lange nach meiner Rückkehr kamen der alte Nitchak Khan, der Mullah und noch ein paar Dorfbewohner hier herauf. Mein Gott, war ich erleichtert! Ich war sicher, daß sie Nitchak Khan und den Mullah erschossen hatten. Vermutlich waren sie ebenso erleichtert. Sie bekamen allesamt Stielaugen, als sie mich sahen. Sie hatten mich auch für tot gehalten.«

»Wieso?«
»Nitchak erzählte, daß das Komitee, bevor es geschlossen abfuhr, das Schulhaus niederbrannte – in der Annahme, daß ich noch drinnen sei. Sie hätten auch wiederholt, daß alle Fremden bis zum nächsten Abend das Zagrosgebirge zu verlassen hatten – vor allem wir mit unseren Helis.«
Die Nachmittagssonne verschwand hinter den Wolken. Es war noch genügend hell, aber die Sonne wärmte nicht mehr.
Kurz bevor er mit Almqvist zum Bohrturm Rosa abgeflogen war und man nicht fürchten mußte, belauscht zu werden, hatte Scot ihm berichtet, was wirklich geschehen war. »Ich habe alles gesehen, Tom. Ich bin nicht in den Wald gelaufen, wie ich gesagt habe. Ich habe alles durch das Fenster mitangesehen. Es ging so schnell. Mein Gott, du hättest Nitchaks Frau mit dem Gewehr sehen sollen! Eine Tigerin! Sie schoß einen *hezbollahi* in den Bauch, ließ ihn eine Weile brüllen und... gab ihm dann den Gnadenschuß. Ich wette, sie war es auch, die den Anführer erschoß. Noch nie habe ich eine solche Frau gesehen; ich hätte ihr das nie zugetraut.«
»Was war mit Nasiri?«
»Nasiri hatte keine Chance. Er wollte weglaufen, und sie erschossen ihn. Sicher nur, weil er alles gesehen hatte und nicht aus dem Dorf war. Als Nitchak dann hierher kam, tat ich, als glaubte ich ihm seine Geschichte, aber ich schwöre dir, Tom, diese Bastarde vom Komitee waren schon tot, bevor ich mich davonmachte. Also muß Nitchak befohlen haben, die Schule anzuzünden.«
»Das hätte Nitchak Khan nie getan, solange du drinnen warst. Jemand muß dich herauskommen gesehen haben.«
»Ich kann nur hoffen, daß du dich irrst, denn sonst bin ich eine Gefahr für das ganze Dorf: der einzige Zeuge«, hatte Scot gesagt.
Nachdem Lochart gelandet war, ging er ins Dorf Yazdik. Er ging allein. Wie ausgemacht, warteten Nitchak Khan und der Mullah im Kaffeehaus auf ihn. Auch einige Dorfbewohner waren gekommen, allerdings keine Frauen. Das Kaffeehaus war ein Ort der Begegnung, eine aus nur einem Raum bestehende Hütte mit einem schräg abfallenden Dach und einem primitiven Schornstein. Die Wände waren aus Baumstämmen und mit Lehm beworfenem Flechtwerk. Grobe Teppiche lagen auf dem Boden als Sitzgelegenheit.
»*Salaam*, Kalandar«, sagte Lochart. »Friede sei mit Ihnen!« Er gebrauchte den Ehrentitel, um anzudeuten, daß Nitchak Khan auch über den Stützpunkt gebot.
»Friede sei mit Ihnen, Kalandar der fliegenden Männer!« gab der Alte höflich zurück. »Setzen Sie sich bequem! War Ihre Reise von Erfolg begleitet?«
»Wie es Allah gefällt. Ich habe mein Heim und meine Freunde hier in Zagros vermißt. Allah hat Sie mit Segnungen überhäuft.« Lochart setzte sich auf den unbequemen Teppich, tauschte nicht enden wollende Artigkeiten aus und wartete, bis Nitchak Khan ihm erlauben würde, zur Sache zu kommen. Ein ranziger Geruch, vermischt mit Körperausdünstungen, durchzog die Hütte. Es stank nach Ziegen und Schafen.

»Was bringt Ihre Exzellenz in unser Dorf?« fragte Nitchak Khan, und die Augen der Anwesenden leuchteten erwartungsfroh auf.
»Mit großer Betroffenheit habe ich gehört, daß Fremde in unser Dorf gekommen sind, welche die Frechheit besaßen, Hand an Sie zu legen.«
»Wie es Allah gefällt. Die Fremden kamen in *unser* Dorf, aber sie gingen wieder fort und ließen *unser* Dorf, wie es immer gewesen ist. Bedauerlicherweise jedoch wird *Ihr* Lager nicht so bleiben, wie es war.«
»Aber warum, Kalandar? Wir sind ein Segen für das Dorf gewesen und beschäftigen viele Ihrer Leute.«
»Es steht mir nicht zu, Entscheidungen *unserer* Regierung oder eines Komitees *unserer* Regierung oder gar des Führers *unseres* Volkes, des Ayatollahs, in Frage zu stellen. Der junge Flieger hat alles gesehen und gehört – mehr ist darüber nicht zu sagen.«
Lochart ging nicht in die Falle. »Der junge Flieger hat nur gesehen und gehört, was in der Schule vorgefallen ist, Kalandar. Ich möchte bitten, daß uns als alten vertrauten Gästen...«, er wählte seine Worte sorgfältig, »daß uns Zeit gegeben wird, um eine Änderung der Verfügung zu erwirken, die mir gegen die Interessen von Yazdik zu gehen scheint.«
Nitchak Khan zitierte aus dem »Robā'iyāt«: »Überlasse deinen Leib dem Schicksal und erdulde den Schmerz, denn was die Feder für dich geschrieben hat, kann sie nicht zurücknehmen.«
»Das ist richtig«, erwiderte Lochart. »Aber Omar Hayyām hat auch geschrieben: Das Gute und das Böse, das sich im Herzen des Menschen findet, die Freude und das Leid, die unser Geschick und Wohlergehen darstellen, binde sie nicht an das Rad des Himmels, denn im Licht der Vernunft ist das Rad tausendmal hilfloser als du.«
Ein Raunen ging durch den Raum. Der alte Mullah nickte erfreut und sagte nichts. Nitchak Khans Augen lächelten, nicht aber sein Mund, und Lochart wußte, daß er sich jetzt ein besseres Gesprächsklima erhoffen durfte.
Alle warteten und Nitchak Khan strich sich den Bart, griff dann in seine Tasche und fand ein Päckchen Zigaretten. Wie selbstverständlich nahm Lochart das Pischkesch heraus, ein vergoldetes Dunhill-Feuerzeug, das er zu eben diesem Zweck von Effer Jordon gekauft hatte. »Ich bringe dich um, Effer, wenn es nicht beim ersten Mal funktioniert.« Aber seine Hand zitterte nicht, als er sich vorbeugte und dem alten Mann Feuer anbot.
Nitchak Khan zögerte, dann brachte er die Zigarette in Brand und stieß ein Rauchwölkchen aus. Seine Pupillen verengten sich, als Lochart das Feuerzeug vor ihn auf den Teppich legte.
»Vielleicht würden Sie dieses Geschenk von uns allen im Lager annehmen, die wir Ihnen für Ihre Fürsorge und Ihren Schutz dankbar sind. Schließlich haben Sie doch im Namen des Volkes die Tore niedergerissen und vom Stützpunkt Besitz ergriffen. Und haben Sie nicht das Wettfahren mit dem Rodelschlitten gegen unsere Besten gewonnen?«
Wieder ging ein Raunen durch den Raum, und alle warteten gespannt, wie der Wortkampf weitergehen würde, obwohl sie wußten, daß der Ungläubige nur

gesagt hatte, was der Wahrheit entsprach. Das Schweigen verdichtete sich, und dann hob der Khan das Feuerzeug auf und betrachtete es von allen Seiten. Sein knorriger Daumen kickte den Deckel auf, wie er das bei anderen im Lager gesehen hatte. Wieder funktionierte das Feuerzeug gleich beim ersten Mal, und alle freuten sich mit ihm über die Qualität des Pischkesch.

»Welcher Unterweisung bedarf Ihre Exzellenz jetzt?«

»Es ist eigentlich nichts Besonderes, Exzellenz Kalandar«, erwiderte Lochart mit gespieltem Desinteresse, womit er den Dialog der persischen Sitte gemäß fortsetzte.

»Aber es muß doch etwas geben, was Ihr Los verbessern könnte.« Der alte Mann drückte seine Zigarette auf dem Fußboden aus.

Schließlich ließ sich Lochart dann doch überreden. »Nun ja, wenn Ihre Exzellenz so großzügig ist, mich danach zu fragen. Wenn Ihre Exzellenz sich beim Komitee dahingehend für uns verwenden wollte, daß uns ein wenig mehr Zeit eingeräumt wird, wäre ich sehr dankbar. Ihre Exzellenz, die diese Berge wie das Innere Ihrer Eßschale kennt, weiß am besten, daß wir Befehlen von Ortsunkundigen nicht nachkommen können. Diese wissen offensichtlich nicht, daß wir bis zum morgigen Sonnenuntergang unmöglich unser Personal abziehen, die Anlagen – das Eigentum des illustren Galezaner-Stammes der Kaschkai – absichern und die Maschinen und Ersatzteile wegbringen können.«

»Es ist wahr. Fremde wissen nichts«, gab Nitchak Khan gefällig zu. Ja, dachte er, Fremde wissen nichts, und diese Hundesöhne, die versucht haben, uns ihre üble Lebensart aufzuzwingen, wurden sehr schnell von Allah gestraft. »Vielleicht könnte das Komitee einen weiteren Tag zugestehen.«

»Das wäre mehr, als ich zu erbitten wage. Andererseits würde diese Frist kaum ausreichen, um ihnen zu zeigen, wie wenig sie von Zagros wissen. Vielleicht sollten Sie ihnen eine Lektion erteilen und sie wissen lassen, daß mindestens zwei Wochen benötigt werden. Schließlich sind Sie der Kalandar von Yazdik und sämtlichen Bohrtürmen in der Umgebung und Nitchak Khan kennt man im ganzen Zagrosgebirge.«

Nitchak Khan war sehr stolz, und auch die Dorfbewohner waren es, die sich von der Logik des Ungläubigen gern überzeugen ließen. »Zwei Wochen«, sagte der Khan, und alle, vor allem aber Lochart, waren zufrieden. Um sich jedoch Zeit zum Überlegen zu verschaffen, ob zwei Wochen nicht zu lange seien, fügte er hinzu: »Ich werde einen Boten losschicken und um eine Frist von zwei Wochen bitten lassen.«

Lochart erhob sich und dankte dem Khan überschwenglich. Zwei Wochen würden McIver genügen. Draußen schmeckte die Luft wie Wein. Dankbar füllte er mit ihr seine Lungen. Er war zufrieden mit der Art, wie er die heikle Verhandlung geführt hatte. »*Salaam*, Nitchak Khan, Friede sei mit Ihnen!«

»Und mit Ihnen.«

Gegenüber stand die Moschee, daneben die verbrannte Schule. Auf der anderen Seite erhob sich Nitchak Khans zweigeschossiges Haus, und in der Tür standen seine Frau, zwei seiner Kinder und noch ein paar Dorfbewohnerinnen, alle bunt gekleidet.

»Warum wurde die Schule niedergebrannt, Kalandar?«
»Ich hörte einen vom Komitee sagen: ›Wir sollten alles Fremde zerstören. Wir werden den Stützpunkt zerstören und alles, was er enthält. Wir brauchen keine Fremden hier, wir wollen keine Fremden.‹«
Lochart wurde das Herz schwer. Das ist es, was die meisten von euch glauben, wenn nicht gar alle, dachte er. Und das, obwohl viele von uns sich bemühen, ein Teil des Landes zu sein, eure Sprache zu sprechen, akzeptiert zu werden – vergeblich. Warum bleiben wir? Warum bemühen wir uns? Vielleicht aus dem gleichen Grund, der schon Alexander den Großen zum Bleiben veranlaßte, so daß er und Tausende seiner Offiziere in einer mächtigen Zeremonie Iranerinnen heirateten. Ein geheimer Zauber scheint in ihnen zu stecken, in ihnen und in ihrem Land, ein Zauber, dem auch ich verfallen bin.
Die Dorfbewohnerinnen, die um Nitchak Khans Gemahlin herumstanden, brachen plötzlich in schallendes Gelächter aus; offenbar hatte sie eine witzige Bemerkung gemacht.
»Es ist schön, wenn die Frauen glücklich sind, nicht wahr? Es ist Allahs Geschenk an die Männer«, bemerkte der Khan aufgeräumt, und Lochart nickte. Ein Geschenk Gottes, wie Scharazad es für mich ist, dachte er, und noch einmal stieg das Entsetzen der vergangenen Nacht in ihm auf, seine Angst, sie verloren zu haben an Wahnsinn und Bekümmernis. Er erinnerte sich, wie er sie geschlagen hatte, wo er doch nur ihr Glück ersehnte in dieser Welt und in der nächsten, wenn es sie gab.
»Es war mein Glück, daß Allah sie zu einem so guten Schützen gemacht hat, nicht wahr?«
»Ja«, sagte Lochart, und hätte sich gleich darauf die Zunge abbeißen mögen. Er verwünschte sich, weil er seine Gedanken hatte schweifen lassen. Er sah die tückischen Augen auf sich gerichtet und fügte rasch hinzu: »Schütze? Ihre Gattin ist ein guter Schütze? Bitte verzeihen Sie mir, Exzellenz, ich habe Sie nicht ganz verstanden. Sie meinen mit einem Gewehr?«
Der alte Mann sagte nichts, sah ihn nur an und nickte nachdenklich.
Lochart musterte den Platz und fragte sich, ob dies eine überlegte Falle gewesen war. »Ich habe gehört, daß viele Kaschkai-Frauen mit einem Gewehr umgehen können. Wie es scheint, hat Allah Euch mit vielen Segnungen bedacht.«
Nach einer kleinen Weile sagte Nitchak Khan: »Ich werde Sie morgen wissen lassen, wieviel Zeit das Komitee Ihnen zugesteht. Friede sei mit Ihnen.«
Auf dem Rückweg zum Stützpunkt legte sich Lochart noch einmal die Frage vor: Bin ich in eine Falle gestolpert? Wenn ihn nur der Stolz auf seine Frau zu dieser Bemerkung bewogen hat, dann sind wir vielleicht sicher – auch Scot. Jedenfalls haben wir jetzt Zeit gewonnen. Aber vielleicht gilt das nicht für Scot.
Die Sonne hatte den Teil des Plateaus, den Lochart überquerte, verlassen, und die Temperatur war rasch wieder unter den Nullpunkt gesunken. Die Kälte half ihm, seine Gedanken zu ordnen, aber nicht, seine Besorgnis zu zerstreuen oder seine Müdigkeit zu überwinden.

Eine Woche, zwei Wochen, oder nur ein paar Tage, viel Zeit ist das nicht, dachte er. In Teheran hat mir McIver von den Ausfuhrgenehmigungen für drei 212 erzählt. »... Nach Al Schargas, um dort repariert zu werden. Ich schicke eine von den deinen, eine von hier und eine aus Kowiss – und ab nach Nigeria! Aber behalte das um Himmels willen für dich. Hier sind die Papiere, sie sind für den nächsten Mittwoch ausgestellt. Ich finde, du solltest unbedingt mitfliegen und das Land verlassen, solange du noch kannst. Du bleibst in Al Schargas, dort gibt es genügend Piloten, welche die 212 weiterfliegen können.«

Er kam aus dem Wald und sah den Stützpunkt vor sich. Neben einer 212 warteten Scot und Jean-Luc auf ihn.

Ich werde Scot auf jeden Fall beim Überführungsflug einsetzen, dachte Lochart. Nachdem diese Entscheidung getroffen war, wurde ihm etwas leichter. Aber die große Frage ist doch: Räumen wir oder nicht? Um das zu entscheiden, mußt du beurteilen, wie weit du Nitchak Khan trauen kannst. Sehr weit nicht.

38

Zentrale des Inneren Sicherheitsrates: 18 Uhr 42. Es waren erst 23 Stunden seit Rákóczys Gefangennahme vergangen, aber schon hatten sie seinen Willen gebrochen, und er gab lallend die dritte Bewußtseinsstufe preis – die Wahrheit. Die ersten zwei Stufen waren aus Teilwahrheiten bestehende Legenden, wie sie von allen Berufsagenten eingeübt und wieder eingeübt werden, bis sie tief im Unterbewußtsein sitzen – in der Hoffnung, daß diese Teilwahrheiten die Vernehmer davon abhalten, noch tiefer zu bohren, weil sie glauben machen, daß bereits die ganze Wahrheit zutage gefördert wurde. Zu Rákóczys Pech aber waren seine Vernehmer Profis und sehr begierig, noch tiefer zu bohren. Ihr Problem dabei bestand lediglich darin, zu verhindern, daß er noch vorher an den Folterungen starb. Sein Problem hingegen war, wie er es anstellen sollte, schnell zu sterben.

Als er am Vorabend geschnappt worden war, hatte er sofort versucht, in die Spitze seines Kragens zu beißen, wo die Giftphiole eingenäht war – eine oft geübte scheinbare Reflexbewegung. Aber seine Häscher waren ihm zuvorgekommen und hatten ihm den Kopf nach hinten gerissen, während sie ihn chloroformierten. Dann hatten sie ihn sorgfältig entkleidet, seinen Mund nach einem Giftzahn und seinen After nach einer Kapsel untersucht.

Er hatte Schläge und bewußtseinsverändernde Drogen erwartet.

»Wenn sie Ihnen die verabreichen, sind Sie erledigt, Hauptmann Mzytryk«, hatte sein Lehrer gesagt. »Da können Sie dann nicht viel mehr tun, als alles daransetzen zu sterben, bevor Sie Geheimnisse verraten. Vergessen Sie nicht, daß wir Sie rächen werden. Es kann 50 Jahre dauern, aber wir kriegen die, die Sie verraten haben.«

Nicht erwartet hatte er das Ausmaß der Qualen, die sie ihm zugefügt, oder die unbeschreiblichen Dinge, die sie mit ihm gemacht hatten: Elektroden an seinen Eingeweiden, in den Ohren, der Nase, dem Mund, dem Mastdarm, auf seinen Hoden und Augäpfeln; dazu Drogen, um ihn einzuschläfern, ihn zu wecken, so daß nur Minuten zwischen Schlafen und Wachen, Wachen und Schlafen blieben, bis er jede Orientierung verloren hatte, bis alles von oben nach unten und von innen nach außen gekehrt war.

»Um Himmels willen, Haschemi«, hatte Robert Armstrong gesagt, »warum gibst du ihm nicht diese Wahrheitsdrogen? Du hast doch welche, nicht wahr? Wozu dieser ganze Scheiß?«

Oberst Haschemi Fazir hatte die Schultern gehoben. »Ein bißchen Grausamkeit ist gut für die Seele. Bei Allah, du hast die Akten gesehen, du hast gesehen, was der KGB mit einigen von den Unseren gemacht hat und mit solchen, die nicht einmal Spione waren.«

»Das ist keine Entschuldigung.«
»Wir brauchen seine Informationen schnell. Ich habe keine Zeit für deine verdrehten Moralbegriffe, Robert. Wenn du nicht bleiben willst, dann geh!«
Armstrong war geblieben. Er hatte sich Watte in die Ohren gestopft, um die Schreie nicht hören zu müssen. Brutalität war ihm zuwider. Er wußte, daß er an Rákóczys Statt schon längst gestorben wäre.
Durch den Einwegspiegel beobachtete er die zwei Männer, die Rákóczy wieder in der Mangel hatten. Irgendwie tat er ihm leid. Schließlich war Rákóczy ein Profi wie er, ein tapferer Mann, der sich bis jetzt außerordentlich gut gehalten hatte. Plötzlich verstummten die Schreie, und Rákóczy lag regungslos da. Haschemi sprach in das Mikrophon, das mit den Kopfhörern der Männer unten in der Kammer verbunden war. »Ist er tot? Ich habe euch Idioten doch gesagt, ihr sollt vorsichtig sein.«
Der Angesprochene war Arzt. Ärgerlich hob er Rákóczys Lid und betrachtete seine Augen. Dann hörte er mit einem Stethoskop die Herztätigkeit ab.
»Er lebt, Herr Oberst. Er... wir können weitermachen.«
»Gib ihm fünf Minuten, dann weck ihn! Und bringt ihn nicht um, bevor ich es sage.« Haschemi schaltete das Mikrophon aus und wandte sich mit leuchtenden Augen an Armstrong. »Er ist der beste, den wir je in die Finger bekommen haben, stimmt's? Er ist eine wahre Fundgrube.«
Rákóczy hatte seine zwei Legenden längst ausgespuckt, und dann seinen richtigen Namen und seine KGB-Nummer angegeben, wo er geboren und erzogen worden war, wann und wen er geheiratet hatte, wo er lebte, die Namen seiner Vorgesetzten in Tiflis, ihre Einflußnahme im Iran, in der Tudeh, unter den Mudjaheddin, wie und wo sie die kurdische Unabhängigkeitsbewegung unterstützten und wer seine Verbindungsmänner waren.
»Wer ist der KGB-Chef in Aserbeidschan?«
»Ich... bitte aufhören... das ist Abdullah Khan in Täbris. Er... ist ein einflußreicher Mann und soll Präsident werden, wenn Aser... Aserbeidschan unabhängig wird. Jetzt ist er zu mächtig... und darum Sektion 16/a...«
»Du sagst uns nicht die ganze Wahrheit. Erteilt ihm eine Lektion!«
»Oh, ich bitte... bitte...«
Wieder belebten sie ihn, und wieder stammelte er... von Ibrahim Kyabi, Ibrahims Vater, vom Mullah Kowissi, wer die Studentenführer der Tudeh waren, von seiner eigenen Frau, seinem Vater und wo er in Tiflis wohnte und von seinem Großvater, der schon bei der Geheimpolizei des Zaren gewesen, dann ein Gründungsmitglied der Tscheka geworden war und anschließend für die OGPU, das NKWD und schließlich für den KGB – 1954, nachdem Beria als westlicher Spion erschossen worden war, von Chruschtschow gegründet – gearbeitet hatte.
»Glaubst du, daß Beria für den Westen spioniert hat?«
»Ja... ja... der KGB hatte Beweise... O bitte, bitte, hören Sie auf, ich sage Ihnen alles...«
»Wie konnte der KGB Beweise für diese Lüge haben?«

»Ja, es war eine Lüge, aber wir sollten glauben... Wir mußten, mußten, mußten... Bitte aufhören... ich flehe Sie an...«
»Hört auf mit der Folter!« schaltete Armstrong sich ein. »Es ist überflüssig, ihn zu quälen, wenn er so mitteilsam ist. Wie oft soll ich euch das noch sagen? Gebt ihm ein Glas Wasser. Und jetzt Mzytryk, sag uns alles, was du von Gregor Suslew weißt.«
»Er ist... er ist ein Spion, glaube ich.«
»Er lügt!« brüllte Haschemi ins Mikrophon. »Erteilt ihm eine Lektion!«
»Nein... nein... bitte, bitte, bitte, aufhören... Er ist Pjotr Oleg Mzytryk, mein Vater, mein Vater... Suslew war sein Deckname im Fernen Osten, in Wladiwostok stationiert... und ein anderer Deckname war Brodnin... und er lebt in Tiflis. Er ist Kommissar und ranghöchster Beamter für iranische Angelegenheiten und... überwacht Abdullah Khan...«
»Er lügt schon wieder. Woher will er das alles wissen? Erteilt ihm...«
»Bitte nicht, ich schwöre, ich lüge nicht... Ich habe sein Geheimdossier gelesen... zum Schluß hieß er Brodnin... Allah hilf mir...«
»Wie setzt sich Abdullah Khan mit ihm in Verbindung?«
»Sie treffen sich immer wieder... manchmal auf der Datscha, manchmal in Täbris.«
»Wo in Täbris?«
»Im... im Palast des Khan.«
»Wie bereiten sie ein Treffen vor?«
»Über Code... G16...«
»Wie lautet Abdullah Khans Deckname?«
»Iwanowitsch.«
»Und der seines Überwachers?«
Armstrong war darauf bedacht, den hilflosen Mann nicht daran zu erinnern, daß er seinen eigenen Vater verriet.
»Ali... Ali Koy.«
»Wer waren Brodnins Verbindungsmänner?«
»Ich... ich erinnere mich nicht... erinnere mich nicht.«
»Helft ihm, daß er sich erinnert.«
»Bitte, bitte, bitte! O Gott... warten Sie, lassen Sie mich nachdenken... Er hat mir gesagt, es seien drei gewesen... Einer hieß wie eine Farbe... ja, Grey, das war sein Name... Einer hieß Broad oder so ähnlich... Broad... Ich glaube, es war Julan Broad oder so...«
»Und der dritte?« fragte Armstrong.
»Ich kann mich nicht... erinnern... Da war noch einer... vier, hat er gesagt... und einer war Ted... Ever... Everly... Und einer hieß Peter... nein, Percy... Percy Smedley, ja, Smedley Teiller oder Smidley...«
O Gott! dachte Armstrong entsetzt.
»Das war alles, was er mir gesagt hat...«
»Erzähl uns alles, was du von Roger Crosse weißt!«
Keine Antwort.
Durch den Spiegel sahen sie, wie sich der Mann auf dem Operationstisch

krümmte und wie er gegen die Stricke ankämpfte, während ihm noch mehr Schmerzen zugefügt wurden, und mit Stöhnen und Schreien vermischt kamen abermals wirre Worte über seine Lippen: »Er... er war zweiter Chef von MI 6 und unser bester englischer Geheimagent... 20 Jahre lang oder noch länger... Und Brod... Brodnin, mein Vater fand... fand heraus, daß er ein Doppel... ein Dreifachagent war... Jahrelang hat Crosse uns betrogen, betrogen...«

»Wer überwachte Roger Crosse?«

»Weiß nicht... weiß nicht... wie sollte ich das wissen?... Ich weiß nur, was in seinem Dossier stand und was er mir gesagt hat...«

»Er soll uns alles erzählen, was er im Dossier gelesen hat«, befahl Haschemi, der nun ebenso brennend interessiert war wie Armstrong.

Sie hörten aufmerksam zu und siebten die Worte aus der zuweilen unzusammenhängenden Mischung aus Russisch und Persisch aus, während Rákóczy weitere Namen und Adressen preisgab, bis er erschöpft war, sich ständig wiederholte und nichts Brauchbares mehr lieferte. Bis dann ganz unerwartet ein neuer Name auftauchte: »Pah... mud... Pah... mudi...«

»Was ist mit Pahmudi?« fragte Haschemi schroff. »Ist er ein Sowjetagent?«

Unverständliches Gestammel, Weinen, völlige Verwirrung.

»Schenk ihm eine Atempause, Haschemi! Sein Erinnerungsvermögen ist zu kostbar, als daß wir es zerstören sollten. Wir können auch noch morgen von ihm erfahren, welche Bedeutung Pahmudi hat. Ich würde eine Ruhepause empfehlen. Laß ihn fünf Stunden schlafen, dann machen wir weiter.«

Unten in der Kammer warteten die zwei Männer auf Anweisungen. Der Arzt sah auf die Uhr. Seit sechs Stunden war er ohne Unterbrechung im Einsatz. Der Rücken tat ihm weh und auch der Kopf, aber er war ein altgedienter SAVAK-Spezialist und stolz darauf, daß er Rákóczy ohne Drogen auf die dritte Bewußtseinsstufe gebracht hatte. Dieser gottlose Hurensohn! dachte er angewidert.

»Laßt ihn vier Stunden schlafen, dann machen wir weiter«, kam es über den Lautsprecher.

»Jawohl, Herr Oberst.« Er wandte sich an seinen Assistenten, der taubstumm war, aber alles von den Lippen ablesen konnte: »Laß ihn so, wie er ist! Damit sparen wir Zeit, wenn wir zurückkommen.« Der Mann nickte, und als die Tür von außen geöffnet wurde, verließen beide die Kammer.

Im Raum hinter dem Spiegel war die Luft rauchig und trocken.

»Was hältst du von Pahmudi?«

»Es muß eine Verbindung bestehen zwischen Pjotr Oleg Mzytryk und ihm«, meinte Armstrong, den die von Rákóczy gelieferten Informationen beeindruckt hatten.

Haschemi schaltete das Tonbandgerät ab und drückte auf die Rücklauftaste. In einer halboffenen Lade lagen noch sieben weitere Kassetten. »Was war so wichtig an diesen Namen: Grey, Julan Broad oder so ähnlich, Ted Ever oder so ähnlich und Percy Smidley oder Smedley Teiller?«

Armstrong stand auf, um die Verspannung in seiner Schulter zu lindern und um ein wenig Zeit zum Nachdenken zu gewinnen. »Julan Broad oder so ähnlich dürfte Julian Broadhurst sein. Wir haben nie etwas Belastendes gegen ihn gehabt, konnten ihm nie etwas anhängen. Er ist eine Leuchte der Gesellschaft der Fabier, ein angesehenes Mitglied der Labour Party, Berater und Vertrauter von Präsidenten.« Angewidert fügte er hinzu: »Patriot!«

»Na, jetzt hast du ihn. Ein Agent. Leg ihn für ein paar Stunden auf den Tisch, nimm ihn aus und wirf ihn in die Themse. Und Grey?«

»Lord Grey, Exgewerkschafter, Feuergeist der Linken, rabiater Sprecher der Antichina- und Antihongkong-Lobby, Salonkommunist, vor ein paar Jahren in den Adelsstand erhoben, wo er noch mehr Unruhe stiften kann. Wir haben ihn schon einmal unter die Lupe genommen, aber es ist nichts dabei herausgekommen – außer seiner politischen Überzeugung.« Mein Gott, dachte Armstrong, wenn sie beide Agenten und Verräter sind und wir das beweisen können, das würde die Labour Party in Stücke reißen, gar nicht zu reden von dem Unheil, das Percy bei den Tories anrichten würde. Aber wie es beweisen und am Leben bleiben? »Es gab nie irgendwelche Erkenntnisse in bezug auf seine Person.«

»Den hast du also jetzt. Ein Agent. Nimm ihn aus und erschieß ihn! Und Ted Ever oder wie er hieß?«

»Everley – der Goldjunge des Gewerkschaftsapparates, der in ein hohes Amt lanciert werden soll. Hat immer eine konservative Politik betrieben. Hat nie sozialistische oder gar kommunistische Tendenzen erkennen lassen.«

»Nun hast du ihn auch. Dreh ihn durch die Mangel! Smidley oder Smedley Teiller?«

Robert Armstrong bot Haschemi eine Zigarette an. Sir Percy Smedley Taylor, dachte er. Ja, Landadel, reich, Trinity College, ein unpolitischer Homo, dem es, wenn er erwischt wird, immer wieder gelingt, seine Eskapaden nicht in die Zeitungen gelangen zu lassen; ein sehr bekannter Ballettkritiker, Herausgeber gelehrter Publikationen mit untadeligen, besten Verbindungen zu den höchsten Kreisen des britischen Establishments. Mein Gott, wenn der ein sowjetischer Agent ist, einfach unmöglich! Sei nicht so dumm, sagte er sich dann, du bist schon zu lange im Geschäft, um dich noch von jemandem überraschen zu lassen. »Sagt mir nichts, aber ich werde den Namen unter die Lupe nehmen«, log er.

Das Tonbandgerät schaltete sich ab, als der Rücklauf beendet war. Haschemi nahm die Kassette heraus, legte sie mit den anderen in die untere Lade und versperrte diese sorgfältig. »Dann bedien dich doch unserer Methoden, wenn du dir diese Leute vornimmst. Schick einen Emissär zu ihnen. Geh nicht selbst, sonst endest du in einem dunklen Gäßchen mit einem Messer im Rücken. Diese hochfeinen Bastarde sind alle gleich.« Er lachte trübe und legte eine neue Kassette ein. Er war sehr müde, aber die phantastischen Informationen, die Rákóczy ihnen gegeben hatte, ließen ihn nicht an Schlaf denken. »Wir haben schon genug von ihm, um die Tudeh zu sprengen, die Kontrolle über die Kurden zu übernehmen, den Aufstand in Aserbeidschan niederzuschlagen, Teheran und Kowiss sicher zu machen und Khomeinis Macht zu zementieren.«

»Willst du das wirklich? Und was ist mit Abrim Pahmudi?«
Haschemis Gesicht verdüsterte sich. »Selbst für den hat Rákóczy mir einen goldenen Schlüssel geliefert.« Er sah Armstrong an. »Ist das nicht auch Gold für dich? Dieser Suslew – Pjotr Oleg –, der den großen Roger Crosse umlegte? Eh?«
»Ja. Jetzt weißt du, wer dein größter Feind ist.«
»Was bedeutet dir Mzytryk, dieser Suslew?«
»Vor Jahren hatte ich in Hongkong einmal einen Krach mit ihm.« Armstrong spießte den Köder auf den Angelhaken. »Er könnte dir – und auch mir – mehr Gold liefern als sein Sohn. Er könnte uns Abrim Pahmudi ans Messer liefern und wer weiß, wen noch? Vielleicht das Revolutionäre Komitee? Ich würde viel darum geben, Suslew auseinanderzunehmen. Wie können wir das zuwege bringen?«
Haschemi vergaß vorübergehend Pahmudi und dachte wieder an die Gefahr, in der er und seine Familie sich befanden. »Als Gegenleistung wirst du mir einen englischen Paß besorgen sowie eine ausreichende Rente – wenn ich sie benötigen sollte?«
Armstrong streckte ihm die Hand entgegen. »Abgemacht.«
Die beiden Männer schlugen ein, und keiner maß der Abmachung verbindlichen Wert zu. Es war eine Geste der Höflichkeit, denn beide wußten, daß sie sich daran halten würden, wenn sie konnten, aber nur so lange, als es ihnen selbst zum Vorteil gereichte.
»Wenn wir ihn schnappen, Robert, leite ich die Vernehmung und stelle die ersten Fragen.«
»Selbstverständlich! Du bist der Boß.« Armstrongs Augen verrieten nichts von seiner Erregung. »Könntest du ihn schnappen?«
»Ich könnte Abdullah Khan vielleicht dazu bringen, ein Treffen diesseits der Grenze zu arrangieren. Dank Rákóczy weiß ich jetzt genug, um auch ihn zappeln zu lassen – obwohl ich sehr vorsichtig sein müßte, schließlich ist er auch einer unserer besten Agenten. Aber wenn wir Pjotr Oleg fassen, brauchen wir ihn gar nicht erst hierher zu bringen. Wir können das Hühnchen in unserer Außenstelle in Täbris ausnehmen.«
»Ich wußte gar nicht, daß du dort eine Außenstelle hast.«
»Es gibt noch vieles im Iran, was du nicht weißt, Robert.« Haschemi drückte seine Zigarette aus. Wieviel Zeit habe ich noch? fragte er sich nervös. »Ich wäre dir dankbar, wenn ich den Paß schon morgen haben könnte.«
»Wie bald könntest du Abdullah Khan soweit bringen?«
»Wir müssen sehr vorsichtig sein – dieser Bastard ist in Aserbeidschan der ungekrönte König. Sehr vorsichtig.«
»Wann?«
»Morgen. Sobald wir mit Rákóczy fertig sind, statten wir Abdullah einen Besuch ab. Du stellst das Flugzeug zur Verfügung. Du stehst doch auf freundschaftlichem Fuß mit der IHC, nicht wahr?«
Armstrong lächelte. »Du weißt wirklich alles.«
»Nur soweit es Teheraner Angelegenheiten betrifft – islamische Angelegen-

heiten, iranische Angelegenheiten.« Haschemi fragte sich, was McIver und die anderen mit dem Ölgeschäft befaßten Fremden tun würden, wenn sie wüßten, daß Ali Kia, vor kurzem als Minister ins Luftfahrtministerium berufen, vor einigen Tagen empfohlen hatte, alle im Iran registrierten Flugzeuge und alle Fluggesellschaften zu nationalisieren und alle ausländischen Piloten nebst übrigem Personal auszuweisen. »Wie wollen Sie dann die Ölfelder versorgen, Exzellenz?« hatte er ihn gefragt.
»Wir brauchen keine Fremden. Unsere eigenen Piloten werden die Ölfelder versorgen. Haben wir nicht Hunderte von Piloten, die ihre Loyalität unter Beweis stellen wollen? Ich nehme an, daß Sie über genügend Material gegen alle fremden Piloten, Manager, et cetera verfügen. Das, äh, Islamische Revolutionäre Komitee hat dieses Material angefordert.«
»Ich fürchte, wir haben nichts, Exzellenz. Diese Dossiers wurden von der SAVAK angelegt«, hatte Haschemi locker eingewendet. »Ich nehme an, Sie wissen, daß diese Leute auch ein umfangreiches Dossier über Eure Exzellenz angelegt haben?«
»Ein Dossier? Über mich? Sie müssen sich irren...«
»Mag sein. Ich habe es nie gesehen, Exzellenz, aber man hat mir versichert, daß es existiert. Es soll über 20 Jahre zurückgehen. Sicher enthält es nichts als Lügen...«
Er hatte einen arg verunsicherten Kia mit dem Versprechen zurückgelassen, daß er versuchen werde, das Dossier in die Hände zu bekommen und es ihm zu übergeben. Er hatte herzlich lachen müssen auf dem Weg zurück in die Zentrale des Inneren Sicherheitsrates, denn das Dossier – von dem er eine Abschrift besaß – reichte tatsächlich 20 Jahre zurück und enthielt durch nichts zu erschütternde Beweise für alle anrüchigen Geschäfte, Wuchereien, Schahfreundliche Interventionen und Denunziationen und dazu höchst einfallsreiche – auf Fotografien festgehaltene – sexuelle Praktiken, die konservative Fundamentalisten in bleiche Rage bringen würden. Auch jetzt mußte Haschemi Fazir lächeln.
»Was ist so lustig?« fragte Armstrong.
»Das Leben, Robert. Noch vor ein paar Wochen hatte ich die ganze Luftwaffe zur Verfügung, und nun muß ich dich bitten, einen Hubschrauber zu besorgen. Du kümmerst dich um die Maschine, ich sorge für die Starterlaubnis.« Er lächelte. »Bevor wir abfliegen, gibst du mir den englischen Paß. Abgemacht?«
»Abgemacht.« Armstrong unterdrückte ein Gähnen. »Während wir warten, könnte ich die letzte Kassette noch einmal hören?«
»Warum nicht?« Haschemi suchte seinen Schlüssel und hielt inne, als es an der Tür klopfte. Müde stand er auf und öffnete. Seine Müdigkeit verflog rasch, als er sich vier Männern gegenübersah. Einer gehörte zu seinen Beamten, er war leichenblaß, und die anderen drei waren *hezbollahis*, bewaffnet. Den ältesten kannte er. »*Salaam*, General«, begrüßte er ihn höflich, während sein Herz schneller schlug. »Friede sei mit Ihnen!«
»*Salaam*, Oberst, Friede sei mit Ihnen!« General Janan war ein Mann mit

harten Gesichtszügen, sein Mund nur eine dünne Linie. SAVAK. Er streifte Armstrong mit einem kalten Blick, nahm dann ein Papier aus der Tasche und reichte es Haschemi. »Sie werden angewiesen, mir unverzüglich den Gefangenen Yazernow zu übergeben.«

Haschemi nahm das Papier entgegen und dankte Allah, daß er alles riskiert hatte, um Rákóczy zu schnappen und ihn so schnell auf die dritte Bewußtseinsstufe zu bringen. »An Oberst Haschemi Fazir, Direktor des Inneren Sicherheitsrates. Dringend. Anordnung des Islamischen Revolutionären Komitees: Der Innere Sicherheitsrat wird aufgelöst, das Personal unverzüglich in die unterzeichnende Organisation integriert und General Janan unterstellt. Bis auf weiteres sind Sie aller Ihrer Pflichten entbunden. Sie werden General Janan den Gefangenen Yazernow sowie alle Vernehmungsbänder sofort übergeben. Abrim Pahmudi, Direktor, SAVAMA.«

»Der Spion ist noch auf der zweiten Bewußtseinsstufe. Sie werden warten müssen. In seinem jetzigen Zustand wäre es gefährlich, ihn zu...«

»Sie sind nicht mehr für ihn verantwortlich.« Auf einen Wink des Generals verließ einer der Männer den Raum, ging hinaus, bedeutete einigen Kameraden im Gang, ihm zu folgen, und stieg dann mit ihnen in Begleitung des Arztes die Stufen zur Kammer hinunter. Die Augen der *hezbollahis* glitzerten, als sie den nackten Mann auf dem Tisch und all die Instrumente sahen. Der Arzt machte sich daran, die Drähte zu entfernen.

Oben im Beobachtungsraum wandte sich der General an Haschemi. »Die Bänder bitte!«

Haschemi zuckte mit den Achseln, schloß die oberste Lade auf und gab ihm das Dutzend fast wertloser Bänder von der Vernehmung während der ersten und zweiten Bewußtseinsstufe.

»Und die anderen?«

»Es gibt keine anderen, nur leere.«

»Öffnen Sie die andere Lade!«

Wieder zuckte Haschemi mit den Achseln, suchte einen Schlüssel aus und schob ihn sorgfältig ins Schloß. Wenn er richtig gedreht wurde, setzte der Schlüssel eine Magnetisierung in Gang, welche die Bänder löschte. Nur er und Armstrong wußten von dem Geheimnis – und auch vom Vorhandensein eines zweiten Satzes von Aufnahmegeräten. »Man kann nie wissen, wann und von wem man verraten wird«, hatte Armstrong Haschemi schon vor Jahren beim Einbau der Geräte eingeprägt. »Es könnte sein, daß du Bänder löschen mußt, aber die Duplikate dazu gebrauchen willst, sie gegen deine Freiheit einzutauschen. Bei diesem Spiel kann man nie vorsichtig genug sein.«

Haschemi zog die Lade heraus und übergab Janan die acht Bänder. »Wie ich schon sagte, sie sind leer.«

»Wenn sie leer sind, entschuldige ich mich. Wenn nicht... *Inscha' Allah!*« Der General fixierte Armstrong. »Sie täten gut daran, den Iran schnell zu verlassen. In Anerkennung der geleisteten Dienste gebe ich Ihnen 24 Stunden Zeit.«

Im Hause Bakravan, nahe dem Basar: 20 Uhr 57. Scharazad lag bäuchlings auf dem Bett und ließ sich massieren. Sie stöhnte vor Wohlbehagen, als die alte Frau aromatisches Öl in ihre zum Teil aufgerissene Haut einrieb. »Vorsichtig, Jari!«

»Ja, ja, Prinzeßchen«, murmelte Jari, während ihre sanften, aber kräftigen Hände die Schmerzen der Herrin linderten. Seit Scharazads Geburt war sie ihre Amme und Dienerin gewesen und hatte sie auch nach ihrer Hochzeit in Emir Paknouris Haus begleitet. Als die Ehe scheiterte, waren beide erleichtert nach Hause zurückgekehrt. Wie dumm, wenn einer, der Knaben vorzieht, eine solche Blütenknospe heiratet, hatte Jari stets gedacht, es aber nie ausgesprochen. Es war gefährlich, wußte sie, dem Oberhaupt der Familie zu widersprechen: jedem Familienoberhaupt und gar einem so geldgierigen Knauser wie Jared Bakravan. Es tat ihr nicht leid, daß er tot war.

Als Scharazad wieder geheiratet hatte, war Jari nicht in die Wohnung mitgegangen, aber das tat der Beziehung der beiden Frauen keinen Abbruch, denn wenn der Ungläubige auf Reisen war, verbrachte Scharazad ihre Tage im Elternhaus. Alle nannten Tom Lochart so und tolerierten ihn, weil er Scharazad glücklich machte.

»Was sind die Männer doch für Teufel«, sagte Jari und verbarg ihr Lächeln. Alle hatten gestern abend Scharazads Schreien und Schluchzen gehört, und obwohl sie wußten, daß ein Ehemann das Recht besaß, seine Frau zu prügeln, gelitten, als Allah sich der Hände des Ungläubigen bediente, um ihren Geist gesunden zu lassen. Jari hatte aber heute kurz vor Tagesanbruch auch die anderen Schreie gehört, ihre und seine, im Paradies Allahs.

Sie blickte auf den schönen samtweichen Körper und das lange, golden schimmernde Haar hinab. Wie herrlich, dachte sie, so jung, so kräftig zu sein, so sehr bereit, Allahs Werk endlich zu vollenden.

»Dreh dich um, Prinzeßchen!«

»Nein, Jari, es tut so weh.«

»Aber ich muß deine Magenmuskeln kneten und stark machen«, kicherte Jari. »Bald müssen sie sehr kräftig sein.«

Sogleich vergaß Scharazad ihre Schmerzen und drehte sich auf den Rücken. »Bist du sicher, Jari?«

»Nur Allah ist sicher, Prinzeßchen. Aber bist du mit deiner Zeit schon jemals spät dran gewesen? Und ist dein Sohn nicht schon längst fällig?«

Die zwei Frauen lachten, und dann streckte Scharazad sich aus, überließ sich den Händen ihrer Dienerin und dachte an die Zukunft und wie wunderbar es sein würde, wenn sie es ihm sagte: Tommy, ich habe die Ehre, dir mitzuteilen... Nein, das ist nicht gut. Tommy, Allah hat uns gesegnet... Nein, das taugt auch nichts, obwohl es wahr ist. Wenn er nur Moslem und Iraner wäre, es würde alles viel leichter machen!

Sie ließ ihre Gedanken schweifen. Bald würde sie mit der Familie zu Abend essen, dann mit ihrem Vetter Karim oder mit Zarah, der Frau ihres Bruders Meschang, Backgammon spielen und schließlich zufrieden einschlafen.

Die Sonne war schon aufgegangen, als Jari sie heute geweckt hatte. Zwar hatte sie wegen ihrer Schmerzen ein wenig geweint, aber mit Öl und Massagen war es rasch besser geworden. Dann die rituelle Waschung und das erste Gebet des Tages vor einem kleinen Schrein in der Ecke ihres Schlafzimmers. Ein schnelles Frühstück, bestehend aus Tee, frischem Brot, noch heiß aus dem Ofen, Butter, Honig und Milch sowie einem gekochten Ei, und dann mit Schleier und Tschador eilig in den Basar, um Meschang, ihren angebeteten Bruder, zu besuchen.

»O Meschang, mein Liebling, du siehst so müde aus. Hast du schon gehört, was mit unserer Wohnung passiert ist?«

»Ja, ja, ich weiß.« Er hatte dunkle Schatten unter den Augen; die vier Tage, seitdem ihr Vater zum Evin-Gefängnis gegangen war, hatten ihn alt werden lassen. »Diese Hundesöhne! Aber es sind nicht unsere Leute. Ich habe gehört, daß es die PLO ist, die ihre Instruktionen von diesem Revolutionären Komitee erhält.« Er erschauderte. »Wie es Allah gefällt.«

»Wie es Allah gefällt, gewiß, aber mein Mann hat mir erzählt, daß ein Mann namens Teymour, ihr Anführer, gesagt hat, wir hätten bis zum Nachmittagsgebet Zeit, unsere Sachen zu holen.«

»Ja, das weiß ich auch. Dein Mann hat mir eine Nachricht hinterlassen, bevor er heute morgen zum Zagrosgebirge abgeflogen ist. Ich habe Ali und Hussain und ein paar andere Diener hingeschickt. Sie sollen sich als Angestellte einer Speditionsfirma ausgeben und alles, was sie können, mitnehmen.«

»O, danke, Meschang, du bist so klug.« Sie war sehr erleichtert. Sie hätte unmöglich selbst hingehen können. Ihre Augen füllten sich mit Tränen. »Ich weiß, es war Allahs Wille, aber ich fühle mich so leer ohne Vater.«

»Ja, ja, mir geht es auch so. *Inscha'Allah!*« Er konnte nicht mehr tun. Er hatte die Waschung der Leiche beaufsichtigt, hatte den Vater mit dem feinsten Musselin einhüllen und beerdigen lassen. Jetzt war die erste Phase der Trauer abgeschlossen. Am 40. Tag würden sie abermals zu einer Trauerfeier auf dem Friedhof zusammenkommen, weinen und klagen, die Kleider zerreißen und untröstlich sein. Dann aber mußte jeder so wie jetzt auch die Last des Lebens wieder auf sich nehmen.

Schweigend saßen sie in dem kleinen Raum über dem Laden, der noch vor so kurzer Zeit die private Domäne Jared Bakravans gewesen war. War es wirklich erst vier Tage her, daß Vater hier mit Ali Kia wegen des neuen Darlehens verhandelt hatte? Und dann war dieser Paknouri hereingeplatzt, und mit ihm hatte das Unheil begonnen. Dieser Hundesohn! Es war alles seine Schuld. Er hatte die *hezbollahis* hergelockt. Und wenn er nicht so schwächlich gewesen wäre, würde Scharazad jetzt schon fünf oder sechs Kinder haben und wir hätten nicht diesen Ungläubigen auf dem Buckel, der uns zur Zielscheibe endloser Spötteleien der Bazaaris macht.

Er sah den blauen Fleck an ihrem linken Auge, äußerte sich aber nicht dazu. Heute morgen hatte er Allah gedankt und seiner Frau zugestimmt: Die Prügel hatten geholfen, sie von ihrem Wahn zu befreien. »Von Zeit zu Zeit eine gesunde Tracht Prügel, dagegen ist nichts einzuwenden, Zarah«, hatte er gesagt und gedacht: Das gilt für alle Frauen mit ihrem ständigen Nörgeln und

Meckern, Jammern und Zanken, mit ihren Eifersüchteleien und Einmischungen und ihrem gottlosen Gerede von Wahlrecht und Aufmärschen und Demonstrationen. Gegen was? Gegen die Gesetze Allahs! Ich werde die Frauen nie verstehen. Warum können sie nicht damit zufrieden sein, daheim zu bleiben und zu gehorchen. Und warum müssen sie zu allem ihren Senf dazugeben?

Es gibt so viel zu tun, so viele Fäden anzuknüpfen und einzufädeln, Geheimnisse zu enthüllen, Rechnungen und Wechsel und Forderungen aufzuspüren. Unser Eigentum hat man uns gestohlen: große Dörfer, den Besitz am Kaspischen Meer, Häuser und Wohnungen, über ganz Teheran zerstreut. Diese Teufel wissen alles! Das Islamische Revolutionäre Komitee, die Mullahs und *hezbollahis*, sie sind allesamt Teufel! Wie soll ich mit ihnen fertig werden? Irgendwie muß es mir gelingen. Und nächstes Jahr muß ich die Pilgerfahrt nach Mekka unternehmen.

»Wie es Allah gefällt«, sagte er und fühlte sich ein wenig besser. Und es ist Allahs Wille, daß ich jetzt zum Familienoberhaupt berufen wurde, lange bevor ich es erwartet habe, obwohl ich gut ausgerüstet bin, ein Imperium zu übernehmen, selbst ein so großes wie das Bakravan-Imperium. Allahs Wille ist es auch, daß ich schon die meisten Geheimnisse kenne, die Vater mir in den letzten Jahren zugeflüstert hat, als er merkte, daß er mir vertrauen konnte und daß ich klüger war, als selbst er es erwartet hatte. War ich es nicht, der ihn schon vor sieben Jahren auf Schweizer Nummernkonten hinwies und ihn über amerikanische Schatzanweisungen, Anlagen in amerikanischen Grundstükken und vor allem über die Sieben Schwestern – die großen internationalen Ölgesellschaften – informierte? Millionen haben wir verdient, und die sind vor diesen Hundesöhnen sicher: in der Schweiz, in Gold, in Grundbesitz, erstklassigen Wertpapieren, Dollars, D-Mark, Yen und Schweizer Franken.

Er sah Scharazad an. »Keine Sorge, Schwester, bis Sonnenuntergang werden die Bediensteten alles erledigt haben.« Er liebte sie, hätte sie aber gern schon auf dem Heimweg gesehen, um mit seiner Arbeit fortfahren zu können. Aber da gab es noch einen Punkt, der zur Sprache gebracht werden mußte. »Dein Mann hat sich doch bereit erklärt, zum Islam überzutreten, nicht wahr?«

»Wie aufmerksam von dir, daß du dich daran erinnerst, lieber Meschang. Mein Mann hat sich bereit erklärt, einen solchen Schritt in Erwägung zu ziehen«, antwortete sie versöhnlich. »Ich bereite ihn darauf vor, wann immer sich eine Gelegenheit ergibt.«

»Gut. Wenn er zurückkommt, sag ihm bitte, daß ich ihn sprechen möchte.«

»Selbstverständlich.« Meschang war jetzt das Familienoberhaupt, dem man absoluten Gehorsam schuldete. Scharazads Augen leuchteten auf. »Ich habe die Ehre, dir mitzuteilen, lieber Meschang, daß Allah uns vielleicht gesegnet hat. Ich bin ein oder zwei Tage über meine Zeit hinaus.«

»Allah sei gepriesen! Wenn das kein Grund zur Freude ist! Vater hätte sich so gefreut!« Er tätschelte ihre Hand. »Gut. Und was ist jetzt mit ihm, mit deinem Mann? Das wäre doch jetzt ein günstiger Zeitpunkt, dich scheiden zu lassen, nicht wahr?«

»Nein! Wie kannst du nur so etwas sagen!« brach es auch ihr heraus, bevor sie es sich überlegen konnte. »Absolut nicht! Das wäre schrecklich! Ich würde sterben! Das wäre...«
»Sei still, Scharazad! Denk doch einmal nach!« Meschang war über ihre Unbeherrschtheit überrascht. »Er ist weder Iraner noch Moslem, er hat kein Geld und keine Zukunft. Er ist es doch einfach nicht wert, ein Mitglied der Familie Bakravan zu sein. Würdest du mir da nicht zustimmen?«
»Ja, ja, natürlich, ich... natürlich stimme ich allem zu, was du sagst, aber wenn ich darauf hinweisen darf...«, sagte sie hastig, hielt ihre Augen gesenkt und verwünschte ihren Vorwitz. Sie hatte doch gewußt, daß Meschang ihren Tommy nicht mochte, daß er ein Feind war, vor dem man sich hüten mußte. Wie konnte sie nur so naiv und so dumm sein! »Ich gebe zu, es mag Probleme geben, und ich bin in allem deiner Meinung«, fuhr sie mit honigsüßer Stimme fort, während sie in aller Eile überlegte und Pläne schmiedete – für jetzt und für alle Zukunft –, denn ohne Meschangs Wohlwollen würde das Leben sehr schwer werden. »Du bist der klügste Mann, den ich kenne, aber vielleicht darf ich sagen, daß Allah ihn meinen Weg kreuzen ließ, und daß Vater unserer Heirat zugestimmt hat.«
»Aber jetzt bin ich das Oberhaupt der Familie, und nun ist alles anders – der Ayatollah hat alles verändert«, entgegnete er schroff. Er hatte Lochart nie gemocht, hatte ihn abgelehnt als Ungläubigen und als Urheber all ihres Ungemachs und ihn als aufdringlichen Gesellen, der ihnen auf der Tasche lag, verachtet. »Zerbrich dir nicht dein hübsches kleines Köpfchen, die Revolution hat nun mal alles verändert. Wir leben jetzt in einer anderen Welt, und in diesem Licht muß ich deine Zukunft und die deines Sohnes ins Auge fassen.«
»Du hast völlig recht, Meschang, und ich weiß es zu schätzen, daß du an mich und mein Kind denkst«, erwiderte sie und hatte sich wieder völlig in der Gewalt. Sie fuhr fort, ihm schönzutun und zu schmeicheln und zeigte sich reuig wegen ihrer Unbeherrschtheit. Schließlich gelang es ihr auch mit viel List, das Gespräch in andere Bahnen zu lenken, und in einem gut gewählten Augenblick sagte sie: »Ich weiß, du hast sehr viel zu tun.« Sie erhob sich lächelnd. »Werdet ihr zum Abendessen bei uns sein, du und Zarah? Vetter Karim kommt auch, wenn er sich freimachen kann. Wäre das nicht schön? Ich habe ihn seit...«, sie brach rechtzeitig ab, »... seit mindestens einer Woche nicht gesehen. Aber was noch wichtiger ist, Meschang: Der Koch macht deinen Lieblings-Khoresch, genauso, wie du ihn gern hast.«
»Ach ja? Nun gut, wir werden... Aber sag ihm, er soll nicht zu viel Knoblauch nehmen! Was nun deinen Mann...«
»Da fällt mir gerade ein, lieber Meschang«, unterbrach sie ihn und spielte ihre – für den Augenblick – letzte Karte aus, »ich habe gehört, daß du Zarah erlaubt hast, übermorgen an der Frauendemonstration teilzunehmen. Wie vernünftig von dir!« Sie lächelte in sich hinein, weil sie wußte, daß Zarah ebenso unerschütterlich auf ihrer Teilnahme bestanden hatte, wie er dagegen gewesen war. Zornesröte stieg ihm ins Gesicht. Sie hörte ihm aufmerksam zu und nickte hin und wieder zustimmend.

»Mein Mann ist ganz deiner Meinung, liebster Meschang«, versicherte sie ihm, »und wenn Zarah mich fragen sollte, werde ich nicht versäumen, sie daran zu erinnern, wie du darüber denkst...« Dabei dachte sie: Was natürlich weder sie noch mich von unserem Entschluß abbringen wird, denn wir *werden* mitmarschieren! »Leb wohl, mein Liebling, arbeite nicht zu viel! Ich werde mich gleich um den Khoresch kümmern.«
Sofort suchte sie Zarah, um ihr zu erzählen, daß Meschang wegen der Teilnahme an der Demo noch wütend war. »Lächerlich! Alle unsere Freundinnen werden dabei sein, Scharazad. Will er uns vor unseren Freundinnen unmöglich machen?« Zusammen schmiedeten sie Pläne. Mittlerweile wurde es aber spät, und sie mußte nach Hause, um den Khoresch anzuordnen. »Wie ihn der Herr gerne hat. Und wehe, du gibst zuviel Knoblauch hinein! Geh noch zum Markt und kaufe die Melone, die er so sehr liebt...«
Zusammen mit Jari sortierte sie dann ihre und Tommys Garderobe, welche die Bediensteten brachten, wobei sie hin und wieder Tränen vergoß; nicht wegen des Verlustes der Wohnung, die er mehr genossen hatte als sie, sondern aus Freude, wieder daheim zu sein. Es waren dann eine kleine Ruhepause gefolgt, das letzte Gebet des Tages, dann ein Bad und jetzt die Massage.
»So, Prinzeßchen«, sagte Jari, der die Arme weh taten. »Jetzt solltest du dich zum Abendessen ankleiden. Was möchtest du gerne anziehen?«
Sie hatte sich für das Kleid entschieden, das Meschang so gut gefiel, ein vielfarbiges Wollkostüm, das er immer wieder bewunderte. Dann ging sie in die Küche, um nach dem Khoresch und dem Polo – diesem wohlschmeckenden persischen Reisgericht – zu sehen.
Während sie auf ihren Vetter Karim Peschadi wartete, mit dem sie zusammen aufgewachsen war, dachte sie an die herrlichen Zeiten zurück, die ihrer beider Familien gemeinsam verbracht hatten: die langen Sommer auf ihrem Besitz am Kaspischen Meer, wo sie geschwommen und gesegelt waren; im Winter das Schifahren in der Umgebung von Teheran, dazu Parties und Bälle und Fröhlichkeit. Karim war großgewachsen wie sein Vater, der Kommandeur von Kowiss, und ebenso attraktiv und elegant. Stets rief Karims Name in ihr die Erinnerung an jenen ersten Septemberabend wach, als sie den großen Fremden mit den blaugrauen Augen erblickt hatte, mit Augen, in welchen das himmlische Feuer brannte, von dem die alten Sagen kündeten.
»Gnädigste, Seine Exzellenz, Ihr Vetter, Captain Karim Peschadi, bittet um die Erlaubnis, vorzusprechen.«
Freudig lief sie ihm entgegen. Er starrte im kleinen Empfangsraum zu einem Fenster hinaus. »Liebster Karim, wie schön...« Sie verstummte. Sie sah ihn heute zum erstenmal seit dem Tag vor einer Woche, da sie zusammen in Doschan Tappeh gewesen waren. Doch jetzt stand ein Fremder vor ihr: die Haut über die hohen Backenknochen gespannt, eine entsetzliche Blässe, dunkle Schatten unter den Augen, Stoppelbart, ungepflegte Erscheinung. Er, der doch immer untadelig gekleidet und gepflegt gewesen war! »Karim! Was ist los?«
Seine Lippen bewegten sich, aber seine Stimme versagte ihm. Er setzte von

neuem an. »Vater ist tot; er wurde wegen Verbrechen gegen den Islam erschossen. Auch ich stehe unter Verdacht; ich bin vom Dienst suspendiert und kann jeden Augenblick verhaftet werden. Die meisten unserer Freunde stehen unter Verdacht«, fuhr er in bitterem Ton fort. »Oberst Jabani ist verschwunden; man beschuldigt ihn des Verrats. Vielleicht erinnerst du dich an ihn. Er hat damals das Volk gegen die Unsterblichen angeführt und dabei eine Hand verloren.«

Wie betäubt setzte sie sich, den Mund halb offen.

»Aber es kommt noch schlimmer, liebste Scharazad. Onkel... Onkel Valik und Annousch und die Kinder, Jalal und Setarem, sie sind alle tot. Sie wurden abgeschossen, als sie versuchten, mit einem Hubschrauber außer Landes zu fliehen...«

Ihr Herz setzte aus, und ein dunkler Nebel senkte sich herab. »Nahe der irakischen Grenze wurden sie abgefangen und abgeschossen. Ich war heute im Hauptquartier, um dem Komitee Rede und Antwort zu stehen, als das Telex aus Abadan eintraf. Diese Dummköpfe vom Komitee konnten natürlich nicht lesen und ersuchten mich, es ihnen vorzulesen. Sie wußten nicht, daß ich mit Valik verwandt bin. In dem Fernschreiben wurde mitgeteilt, daß die Verräter, General Valik und ein gewisser General Seladi, zusammen mit anderen Offizieren... und einer Frau mit zwei Kindern... auf Grund der Personalausweise im Wrack der Maschine identifiziert worden seien. Wir wurden angewiesen, die Herkunft des Hubschraubers, Typ 212, Kennung EP-HBC, zu untersuchen. Vermutlich gehört er Toms Firma, und sie kaperten ihn.«

Scharazad verlor das Bewußtsein.

Als sie wieder zu sich kam, befeuchtete Jari ihr mit einem kalten, angefeuchteten Handtuch die Stirn; andere Bedienstete standen mit sorgenvollen Mienen um sie. Karim, leichenblaß, hielt sich im Hintergrund. Mit leeren Augen starrte sie ihn an. Dann kehrte alles, was er berichtet hatte, in ihr Bewußtsein zurück, dazu das, was Erikki bruchstückhaft erzählt hatte, und auch Toms seltsames Betragen. Und als diese drei Erinnerungsstränge sich vermischten, begann eine neue Welle des Entsetzens über sie hinwegzufluten. »Ist Exzellenz Meschang schon gekommen?« fragte sie mit schwacher Stimme.

»Nein, nein, Prinzeßchen. Komm, ich bringe dich ins Bett. Du wirst...«

»Ich bin... Nein, danke, Jari... ich... mir geht es gut. Bitte, laßt uns allein!«

»Aber, Prinzeßchen!«

»Laßt uns allein!«

Die Bediensteten gehorchten. Karim war verzweifelt. »Bitte, entschuldige, liebste Scharazad, ich hätte dich mit allen diesen Dingen nicht belasten sollen, aber ich... Ich habe erst heute morgen vom Tod meines Vaters erfahren. Es tut mir schrecklich leid, Scharazad.«

»Karim, bitte hör mir zu!« unterbrach sie ihn. »Was immer du tust, sag Meschang nichts von Valik... und von den anderen. Noch nicht, bitte, noch nicht!«

»Aber warum?«

»Weil... weil...« Ach, was soll ich tun? Ich weiß doch ganz genau, daß Tom die HBC geflogen hat. Ich bin sicher, daß Erikki gesagt hat, Tom sei nach Bandar-e Delam geflogen... die HBC mit Ersatzteilen... Mehr als ein oder zwei Tage brauche er nicht. Liegt Bandar-e Delam nicht in der Richtung Abadan und Grenze? Und ist Onkel Valik nicht spät abends zu Tommy gekommen? Viel zu spät, wenn es nicht dringend gewesen wäre. Und war Tommy nachher nicht völlig verändert? »Die Familie muß zusammenhalten«, hatte er gemurmelt und ins Feuer gestarrt. O Allah, hilf mir!

„Was ist los, Scharazad, was ist los?«

Ich wage nicht, es dir zu sagen, obwohl ich dir mein Leben anvertrauen würde. Aber ich muß Tommy schützen... Wenn Meschang das erfährt, es wäre für uns das Ende. Er zeigt ihn an. Er wird keine neue Katastrophe riskieren... oder Verbrechen gegen Allah. Ich kann mich nicht gegen die Familie stellen! Meschang wird mich zwingen, mich scheiden zu lassen. O Allah, was soll ich tun? Ohne Tommy sterbe ich... Ich sterbe, das weiß ich sicher. Ich wage nicht, es dir zu sagen, Karim, ich wage es nicht...

Doch als sie in seinen Augen las, wie groß seine Besorgnis war, öffnete sie den Mund und stieß sprudelnd heraus, was sie nicht zu sagen gewagt hatte.

»Aber das ist unmöglich«, stammelte er. »Im Telex stand ausdrücklich, daß es keine Überlebenden gegeben hat. Er kann die Maschine gar nicht geflogen haben.«

»Doch, doch, doch. Ich bin ganz sicher. O Karim, was soll ich nur tun? Bitte hilf mir, ich flehe dich an!« Tränen rollten ihr über die Wangen. Er hielt seine Cousine fest und versuchte, sie zu beruhigen. »Bitte, sag Meschang nichts! Bitte hilf mir! Wenn mein Tommy... ich würde sterben.«

»Aber Meschang wird es so oder so erfahren.«

»Bitte hilf mir! Es muß doch eine Möglichkeit...«

Die Tür ging auf, und Meschang kam hereingestürzt, Zarah gleich hinter ihm. »Scharazad, meine Liebe! Jari hat gesagt, du seist in Ohnmacht gefallen. Was ist passiert, geht es dir wieder gut? Ach – Karim. Wie geht es dir?« Das Aussehen und die Blässe seines Vetters ließen ihn verstummen. »Was in aller Welt ist passiert?«

Scharazad sah, wie Karim zögerte. Die Stille wurde schwer erträglich, und dann hörte sie ihn herausplatzen: »Ich bringe schreckliche Nachrichten. Erstens... was meinen Vater betrifft... er wurde erschossen... wegen Verbrechen gegen den Islam.«

»Das ist doch nicht möglich!« stieß Meschang hervor. »Der Held von Dhofar! Du mußt dich irren!«

»Auch bei Exzellenz Jared Bakravan hat es geheißen, es sei nicht möglich. Aber jetzt ist er tot, und auch Vater ist tot. Doch ich habe noch mehr schlechte Nachrichten...«

Scharazad begann zu weinen, und Zarah legte ihren Arm um sie. Da schmolz Karims Herz, und er begrub Valik und seine Familie; sollten andere ihre Geister beschwören!

»Inscha'Allah«, sagte er und verabscheute zugleich diese abgegriffene Floskel, die er nicht mehr akzeptieren wollte für gotteslästerliche Verbrechen, im

Namen Allahs begangen von Männern, die nie vor Allahs Thron treten würden. Der Ayatollah ist wirklich ein Geschenk Gottes, dachte er. Wir brauchen nur ihm zu folgen, um den Islam von diesem Abschaum zu säubern. »Ich habe nur schlechte Nachrichten, fürchte ich. Wie die meisten meiner Freunde, stehe auch ich unter Verdacht. Der ganzen Luftwaffe wird der Prozeß gemacht. Dummerweise erzählte ich es Scharazad... Eigentlich wollte ich nur mit dir darüber sprechen, Meschang, aber wie gesagt, ich war so ungeschickt... und das war der Grund, warum sie... in Ohnmacht fiel. Bitte verzeiht mir! Es tut mir schrecklich leid. Nein, ich kann nicht bleiben, ich muß... ich muß zurück. Ich bin nur gekommen, um... ich mußte es jemandem sagen.«

In McIvers Büro: 20 Uhr 20. McIver war allein in seinem Penthouse-Büro. Er saß in seinem quietschenden Lehnsessel, die Beine bequem auf dem Schreibtisch, und las. Dank des Generators hatte er gutes Licht und ein warmes Zimmer. Er blickte hoch, weil er Schritte auf dem Gang hörte. Das Klopfen klang nervös. »Wer ist das?«
»Captain McIver? Ich bin's, Captain Peschadi, Karim Peschadi.«
Überrascht schloß McIver die Tür auf. Er wußte, daß der junge Mann, sein ehemaliger Hubschrauberschüler, der Lieblingsvetter Scharazads war. »Kommen Sie rein, Karim! Was kann ich für Sie tun? Hat mir schrecklich leid getan, als ich von der Verhaftung Ihres Vaters hörte.«
»Er wurde vor zwei Tagen erschossen.«
»O Gott!«
»Tja. Das ist alles nicht sehr erfreulich.« Eilig schloß Karim die Tür und senkte seine Stimme. »Tut mir leid, aber ich muß mich beeilen. Ich bin sowieso schon spät dran. Ich komme gerade von Scharazad. Ich war in Ihrer Wohnung, Captain McIver, aber Charlie Pettikin sagte mir, daß ich Sie hier finden würde. Ich hatte heute abend Gelegenheit, ein geheimes Fernschreiben von unserem Stützpunkt in Abadan zu lesen.« Er erzählte ihm den Inhalt.
McIver bemühte sich, seine Bestürzung zu verbergen. »Haben Sie auch Charlie Pettikin informiert?«
»Nein, nein. Ich dachte, ich sollte nur Sie davon in Kenntnis setzen.«
»Soweit uns bekannt ist, wurde die HBC gekapert. Keiner unserer Piloten hat etwas damit...«
»Ich bin nicht in offizieller Eigenschaft hier, und ich bin auch nur gekommen, weil Tom nicht da ist.« Er wiederholte, was Scharazad ihm erzählt hatte. »Wie läßt es sich erklären, daß alle tot sind und Tom am Leben ist?«
Wieder fühlte McIver den bohrenden Schmerz in der Brust. »Sie muß sich irren.«
»Sagen Sie mir doch um Himmels willen die Wahrheit!« Vor Sorge außer sich, explodierte der junge Mann. »Sie müssen es wissen! Tom muß es Ihnen gesagt haben! Sie können mir vertrauen. Vielleicht kann ich helfen. Tom schwebt in Lebensgefahr – genauso Scharazad und unsere ganze Familie. Sie müssen mir vertrauen. Wie ist Tom davongekommen?«

McIver spürte, daß sich der Knoten um sie alle zusammenzog: um Lochart, Pettikin und ihn. Behalt die Nerven! ermahnte er sich. Sei vorsichtig! Du kannst Karim nicht vertrauen. Was kann er denn schon für uns tun? Du darfst nichts zugeben! »Soviel ich weiß, war Tom nicht einmal in der Nähe der HBC.«
»Sie lügen!« fuhr der junge Mann ihn wütend an und sprach aus, was er sich unterwegs, zu Fuß und im überfüllten Bus, zusammengereimt hatte – und das Verhör vor dem Komitee stand noch aus. »Sie müssen doch die Starterlaubnis abgezeichnet haben, Sie oder Pettikin. Und auf der Starterlaubnis muß auch Toms Name stehen – ich kenne Sie doch. Immer schon haben Sie uns eingehämmert, die erforderlichen Formulare auszufüllen und zu unterschreiben. Das haben Sie auch diesmal getan, nicht wahr? Nicht wahr?« brüllte er.
»Ich glaube, Sie sollten jetzt besser gehen, Captain«, sagte McIver kurz angebunden.
»Sie stecken genauso tief drin wie Tom, kapieren Sie das nicht? Sie...«
»Ich glaube wirklich, Sie sollten jetzt besser gehen. Ich weiß, Sie sind übermüdet, und der Tod Ihres Vaters hat Sie schwer mitgenommen«, sagte McIver gütig. »Es tut mir wirklich sehr, sehr leid.«
Bis auf das Brummen des Generators auf dem Dach und das Summen des Funkgeräts herrschte Stille. Die zwei Männer warteten. Karim nickte zögernd. »Sie haben ja recht«, sagte er niedergeschlagen. »Warum sollten Sie mir vertrauen? Es gibt kein Vertrauen mehr unter uns. Unsere Welt ist zur Hölle auf Erden geworden, und alles nur wegen des Schahs. Wir haben ihm vertraut, aber er hat uns enttäuscht, hat uns falsche Verbündete gegeben, unsere Generäle geknebelt. Er ist davongelaufen, hat uns im Stich gelassen und den falschen Mullahs ausgeliefert. Ich schwöre Ihnen, daß Sie mir vertrauen können. Aber das wird weder bei Ihnen noch bei sonst jemandem Eindruck machen. Es gibt kein Vertrauen mehr unter uns. Vielleicht hat Allah uns verlassen.« Das Funkgerät im Nebenzimmer knisterte. »Können Sie Zagros erreichen? Scharazad sagte, Tom sei heute morgen zurückgeflogen.«
»Ich habe es schon früher versucht, aber ich komme nicht durch«, antwortete McIver wahrheitsgemäß. »Um diese Jahreszeit ist es fast unmöglich. Aber wie ich gehört habe, sind sie gut angekommen. Unser Stützpunkt in Kowiss hat uns am frühen Nachmittag einen Bericht übermittelt.«
»Sie sollten... Sie sollten Tom sagen, was ich Ihnen erzählt habe. Sagen Sie ihm, daß er das Land verlassen muß«, murmelte Karim mit dumpfer Stimme. »Sie können sich alle glücklich schätzen, Sie können heimfahren.« Seine Verzweiflung überwältigte ihn, und Tränen rollten über seine Wangen.
Um es Karim leichter zu machen, sein Gesicht zu wahren, ging McIver in die kleine Küche. »Ich wollte mir gerade einen Tee kochen. Wollen sie mir Gesellschaft leisten?«
»Ich... wenn ich ein Glas Wasser haben dürfte. Und dann muß ich los. Danke.«
Sogleich ging McIver das Wasser holen. Armer Junge, dachte er. Schreckliche Sache mit seinem Vater – so ein wunderbarer Mann, zäh und hart, aber auch

geradlinig und loyal. Schrecklich. Wenn sie schon einen solchen Mann erschießen, werden wir bald alle tot sein, so oder so. »Hier«, sagte er und bot Karim das volle Glas an.
Der junge Mann nahm das Wasser. Er schämte sich, vor einem Fremden die Beherrschung verloren zu haben. »Danke... Gute Nacht.« Er sah, daß McIver ihn befremdlich anstarrte. »Ja?«
»Nur so eine Idee, Karim. Könnten Sie sich Zugang zum Kontrollturm in Doschan Tappeh verschaffen?«
»Das weiß ich nicht. Warum?«
»Wenn Sie das könnten, vielleicht wäre es Ihnen dann möglich, an die bei der Flugsicherung vorliegende Starterlaubnis der HBC heranzukommen. Sie müßte im Flugantragsbuch vermerkt sein, wenn an diesem Tag Eintragungen vorgenommen wurden. Dann könnten wir sehen, wer den Heli geflogen hat, nicht wahr?«
»Ja, aber was hätten wir davon? Die automatischen Tonbandgeräte waren auf alle Fälle eingeschaltet.«
»Vielleicht, vielleicht auch nicht. Es wurde in der Nähe gekämpft – vielleicht waren die Beamten nicht ganz so aufmerksam. Wer immer sich ans Steuer der HBC setzte, erhielt unseres Wissens keine mündliche Starterlaubnis vom Tower und verlangte auch keine. Er flog einfach los. Bei der herrschenden Aufregung könnte es sogar sein, daß überhaupt keine Flugerlaubnis registriert wurde. Das ließe sich eben an Hand des Flugauftragsbuches feststellen, stimmt's?«
Karim bemühte sich zu ergründen, wo McIver hinauswollte. »Und wenn dort der Name Tom Lochart eingetragen ist?«
»Ich weiß nicht, wie das sein könnte, denn dann müßte auch meine Unterschrift dabei sein, und dann, dann wäre es, äh, eine Fälschung.« McIver verabscheute diese Unwahrheiten und seine in aller Eile erfundene Geschichte klang mit jedem Augenblick unwahrscheinlicher. »Die einzige Genehmigung, die ich gegengezeichnet habe, war für Nogger Lane, der Ersatzteile nach Bandar-e Delam bringen sollte; die habe ich aber dann gestrichen, noch bevor er starten konnte. Die Ersatzteile waren unwichtig, und während dieses Hin und Her wurde die HBC entführt.«
»Die Starterlaubnis ist der einzige Beweis?«
»Das weiß nur der liebe Gott. Wenn Tom Locharts Name auf der Genehmigung auftaucht und sie von mir unterschrieben ist, dann ist es eine Fälschung. So eine Fälschung könnte viel Verdruß stiften, oder? Darum sollte es sie am besten nicht geben, meinen Sie nicht auch?«
Langsam nickte Karim mit dem Kopf. Schon eilten seine Gedanken voraus: Er lief zum Tower, vorbei an den Wachtposten, fand das Buch, die richtige Seite, sah den *hezbollahi* im Türbogen und tötete ihn, packte das Buch und eilte davon, so lautlos und unbemerkt, wie er gekommen war, trat vor den Ayatollah und erzählte ihm von dem monströsen Verbrechen, das an seinem Vater begangen worden war, und sogleich ordnete der weise Ayatollah die Bestrafung der Schuldigen an. Dann ging er zu Meschang und berichtete ihm,

daß die Familie gerettet war, vor allem Scharazad, die er bis zur Selbstaufgabe liebte und begehrte, aber niemals zu der Seinen machen konnte, weil sie als Verwandte ersten Grades gegen das Gesetz des Korans verstoßen würden.
»Diese Genehmigung dürfte es nicht geben.« Wieder nickte er. Er fühlte sich müde. »Ich werde es versuchen, ja. Ich werde es versuchen. Wie war das nun mit Tom?«
Der Fernschreiber begann zu rattern. Beide Männer zuckten zusammen. Doch McIver widmete sich wieder Karim. »Wenn Sie ihn sehen, fragen Sie ihn. Das ist doch das Beste, nicht wahr? Fragen Sie Tom!«
»Salaam.«
Karim ging, und McIver verschloß die Tür hinter ihm. Das Telex kam aus Al Schargas und war von Genny: »Hallo, Kind Nummer eins. Habe lange mit Chinaboy gesprochen, der morgen, Montag abend, kommt und Dienstag mit der 125 nach Teheran weiterfliegt. Er sagt, es wäre unbedingt nötig, daß du ihn zu einer Besprechung am Flughafen erwartest. Hier alle Vorbereitungen für die Reparaturen und Generalüberholungen der 212 getroffen. Habe mit den Kindern in England gesprochen. Alles in Ordnung. Mir geht's hier wunderbar, bin froh, daß du nicht da bist. Warum bist du nicht da? MacAllister.«
MacAllister war ihr Mädchenname, den sie nur gebrauchte, wenn sie stocksauer auf ihn war. »Die gute Genny«, sagte er laut. »Bin froh, daß sie in Sicherheit ist.« Er las noch einmal das Fernschreiben. Was ist denn da so unbedingt nötig? Er wird es bald genug erfahren. Er setzte sich vor den Apparat und tippte die Bestätigung ein. Am frühen Abend war ein völlig verstümmeltes Telex von der Zentrale in Aberdeen gekommen. Er hatte nur die Unterschrift entziffern können: Gavallan. Er hatte sofort um eine Wiederholung gebeten und wartete noch immer darauf. Auch der Radioempfang war heute schlecht. Es war von Schneestürmen in den Bergen die Rede gewesen und von sintflutartigen Regenfällen in Brasilien. In England wurde weiter gestreikt, in Vietnam kämpften Chinesen gegen Vietnamesen, ein einfliegendes rhodesisches Passagierflugzeug war von Guerillas abgeschossen worden. Ayatollah Khomeini hatte dem Vorsitzenden Yasir Arafat ein herzliches Willkommen bereitet, die beiden Führer hatten sich öffentlich umarmt, und die PLO war in das frühere Hauptquartier der Israelischen Mission in Teheran eingezogen. In Aserbeidschan kämpften immer noch Khomeini-Anhänger und Khomeini-Gegner um die Macht. Weitere vier Generäle waren erschossen worden. Premierminister Bazargan hatte angeordnet, zwei amerikanische Radarstationen an der iranisch-sowjetischen Grenze zu schließen...
Deprimiert hatte McIver das Radio abgedreht. Sein Kopfweh war schlimmer geworden. Schon nach seinem Besuch bei Minister Ali Kia hatte es angefangen. Kia hatte die Wechsel auf eine Schweizer Bank akzeptiert. »Lizenzgebühren« für die Ausfuhr der drei 212, sowie für die sechsmalige Lande- und Starterlaubnis der 125. Überdies hatte er versprochen, sich über die Ausweisung der Zagros-3-Besatzung informieren zu lassen. »Teilen Sie dem Zagros-Komitee inzwischen mit, daß seine Anordnungen bis zum Abschluß einer Untersuchung durch das Ministerium außer Kraft gesetzt sind.«

Das bringt zumindest Aufschub, dachte er. Wie es wohl Erikki und Nogger jetzt ergehen mag? Am Nachmittag war ein von der Flugsicherung Täbris übermitteltes Telex von Iran Timber eingetroffen: »Captains Yokkonen und Lane werden für dringende Arbeiten auf die Dauer von drei Tagen hier gebraucht. Übliche Konditionen für den Charter. Danke.« Es war wie üblich vom Distriktleiter unterschrieben. Immer noch besser für Nogger, als auf seinem Hintern zu sitzen. Wozu Azadehs Vater sie wohl gebraucht hat?

Pünktlich um 19 Uhr 30 hatte sich Kowiss gemeldet, der Empfang war miserabel gewesen, nur zum Teil verständlich und stark überlagert. Freddy Ayre berichtete, daß Starke unversehrt zurückgekehrt war.

»Gott sei Dank!«

»... tain Starke ... fragen ... itee ... antwortet.«

»Wiederholen Sie, Kowiss.«

»Wieder ... Capt ... arke ... fragen ... itee ...«

»Ich kann Sie nicht verstehen. Versuchen Sie's noch einmal gegen 21 Uhr. Wenn es nicht klappt, versuche ich es gegen 23 Uhr.«

»Verstanden ... Cap ... und Jean-Luc eintreff ... Zagros ...«

Dann war überhaupt nichts mehr zu verstehen gewesen. Er hatte gewartet, ein wenig geschlafen und ein wenig gelesen. Während er jetzt am Fernschreiber saß, warf er einen Blick auf die Uhr: 22 Uhr 30.

»Wenn ich damit fertig bin, rufe ich Kowiss«, sagte er laut zu sich selbst. Sorgfältig beendete er das Telex an seine Frau und fügte für Manuela auch noch hinzu, daß in Kowiss alles in Ordnung sei – ist es ja auch, dachte er, nachdem Starke zurück ist und er und seine Jungs okay sind.

Er stand auf und streckte sich. In der Schreibtischschublade lagen seine Pillen, und er schluckte die zweite an diesem Tag. »Dieser verdammte Blutdruck!« murmelte er ärgerlich. Sein Blutdruck lag üblicherweise bei 160:115, und die Pillen senkten ihn auf beruhigende 135:85. »Aber hören Sie, Mac, das heißt nicht, daß Sie weiterhin hemmungslos Whisky, Wein, Eier und Sahne konsumieren können – auch Ihr Cholesterinspiegel ist erhöht ...«

»Whisky und Sahne, Doktor? Wir sind hier im Iran ...«

Er erinnerte sich noch, wie übellaunig er gewesen war, als Gen wissen wollte, was der Arzt gesagt hatte. »Alles bestens«, hatte er sie beruhigt, »besser als das letzte Mal. Und hack nicht auf mir herum!« Zum Teufel damit! Einen großen Whisky mit Soda und Eis könnte ich jetzt gut gebrauchen, und dann noch einen. Doch der Kühlschrank war leer. Er machte sich einen Tee. Was mache ich mit Karim und der HBC? Darüber werde ich später nachdenken. Es war 23 Uhr.

»Kowiss, hier spricht Teheran. Können Sie mich hören?« Geduldig rief er immer wieder an und gab es schließlich auf. »Muß wohl der Sturm sein«, sagte er laut. »Zum Teufel damit! Versuche ich es eben von zu Hause noch einmal.«

Er zog seinen schweren Mantel an und stieg die Wendeltreppe zum Dach hoch, um nach der Kraftstoffreserve des Generators zu sehen. Die Nacht war sehr dunkel und still; es waren kaum Schüsse zu hören, und selbst die wenigen durch den Schnee gedämpft. Er konnte keine Lichter ausmachen. Immer noch schneite es. Fast 15 Zentimeter waren seit Tagesanbruch gefallen. Er richtete die Taschenlampe auf den Anzeiger. Der Stand war noch in Ordnung, doch in den nächsten paar Tagen würden sie eine neue Lieferung brauchen. Wie ärgerlich! Und was war mit der HBC? Wenn Karim das Buch an sich bringen und vernichten konnte, würde es keine Beweise geben, oder? Wie war das mit Isfahan, wo sie aufgetankt hatten?

In der Garage ging er zu seinem Wagen und schloß ihn auf. Das Herz stockte ihm, als er eine hochgewachsene Gestalt auf sich zukommen sah. SAVAK wegen der HBC schoß es ihm durch den Kopf; beinahe hätte er die Taschenlampe fallen lassen, aber es war Armstrong in einem dunklen Regenmantel.

»Tut mir leid, Captain McIver, ich wollte Sie nicht erschrecken.«

»Aber genau das haben Sie getan«, gab er wütend zurück. »Warum zum Teufel haben Sie sich nicht angemeldet oder sind ins Büro gekommen, statt wie ein verdammter Gangster im Dunkeln zu lauern?«

»Es hätte ja sein können, daß Sie noch mehr Besucher erwartet haben. Einen sah ich aus dem Haus kommen, und so hielt ich es für besser, hier auf Sie zu warten. Tut mir leid. Bitte, senken Sie die Taschenlampe!«

Zornig kam McIver der Bitte nach. »Wo zum Teufel haben Sie gesteckt? Wir haben Sie auf dem Flughafen erwartet, aber Sie sind nicht erschienen.«

»Tut mir leid. Wann kommt die 125 wieder nach Teheran?«

»Am Dienstag, so Gott will. Warum...?«

»Zu welcher Zeit ungefähr?«

»Gegen Mittag. Warum fragen Sie?«

»Ausgezeichnet. Das trifft sich perfekt. Ich muß nach Täbris. Könnten ich und ein Freund sie chartern?«

»Ausgeschlossen. Ich würde niemals eine Starterlaubnis bekommen. Und wer ist Ihr Freund?«

»Ich garantiere die Starterlaubnis. Tut mir leid, Captain, aber es ist sehr wichtig.«

»Aus Täbris werden schwere Kämpfe gemeldet. Tut mir leid, das kann ich nicht genehmigen. Es wäre ein unnötiges Risiko für die Besatzung.«

»Mr. Talbot würde sich meinem Ersuchen um Ihre Mithilfe gern anschließen«, sagte Armstrong in nach wie vor ruhigem, geduldigem Ton.

»Nein. Tut mir leid.« McIver wollte einsteigen, aber die Gehässigkeit, die aus den folgenden Worten sprach, ließ ihn innehalten.

»Soll ich Sie, bevor Sie fahren, nach der HBC, nach Lochart, nach Ihrem Partner Valik, seiner Frau und den zwei Kindern fragen?«

McIver stand regungslos da. Er konnte das scharfgeschnittene Gesicht, den harten Mund und die Augen sehen, die im Licht der Taschenlampe glitzerten.

»Ich... ich weiß nicht, was Sie meinen.«

Armstrong griff in die Tasche, holte ein Papier heraus und hielt es McIver vor die Nase. McIver ließ den Lichtstrahl der Taschenlampe darauf fallen. Es war die Fotokopie der Eintragung ins Flugauftragsbuch: »EP-HBC Starterlaubnis um 6 Uhr 20 für einen Charterflug der IHC nach Bandar-e Delam, Lieferung von Ersatzteilen, Pilot Captain T. Lochart, Fluggenehmigung von Captain

McIver erteilt.« Das Dokument war von ihm unterzeichnet, Captain Nogger Lane ausgestrichen, »krank«, und durch Captain T. Lochart ersetzt worden. »Ein Geschenk. Mit meinen besten Empfehlungen.«
»Wo haben Sie das her?«
»Sobald die 125 den Teheraner Luftraum erreicht, teilen Sie Captain Hogg mit, daß er anschließend zu einem Charterflug nach Täbris startet. Sie bekommen rechtzeitig die Starterlaubnis.«
»Nein. Ich werde keine...«
»Wenn Sie nicht alles nach Wunsch in die Wege leiten und Stillschweigen bewahren – die Sache muß unter uns bleiben«, fuhr Armstrong mit solcher Bestimmtheit fort, daß McIver Angst bekam, »dann geht das Original zur SAVAK – oder SAVAMA, wie das jetzt heißt.«
»Das ist Erpressung.«
»Es ist ein Tauschgeschäft.« Armstrong schob ihm das Papier in die Hand und wollte gehen.
»Warten Sie! Wo – wo ist das Original?«
»An einem sicheren Ort – für den Augenblick.«
»Wenn ich tue, was Sie von mir verlangen, bekomme ich es dann zurück?«
»Machen Sie Scherze? Natürlich bekommen Sie es nicht.«
»Das ist verdammt unfair!«
Mit zur Maske erstarrtem Gesicht sah Armstrong ihn an. »Natürlich ist es unfair. Wenn Sie das Original haben, sind Sie aus dem Schneider. Sie und alle Ihre Freunde. Aber solange dieses Papier existiert, werden Sie tun, was von Ihnen verlangt wird, nicht wahr?«
»Was sind Sie doch für ein Saukerl!«
»Und Sie sind ein Dummkopf, der lieber an seinen Blutdruck denken sollte.« McIver ließ den Unterkiefer fallen. »Woher wissen Sie das?«
»Sie würden sich wundern, was ich alles weiß, von Ihnen, Genny MacAllister und Noble House, ganz zu schweigen von anderen Dingen, die ich noch gar nicht verwendet habe.« Armstrongs Stimme wurde rauher; Müdigkeit und Besorgnis ließen ihn seine Beherrschung verlieren. »Begreifen Sie denn nicht? Es besteht die Gefahr, daß sowjetische Panzer und Flugzeuge das Land besetzen und den Iran zu einer sowjetischen Provinz machen. Ich bin es müde zuzusehen, wie ihr dummen Schweine Vogel-Strauß-Politik spielt. Diskutieren Sie nicht lang! Tun Sie schon, was ich von Ihnen verlange, denn wenn Sie es nicht tun, lasse ich euch alle miteinander hochgehen.«

Dienstag
20. Februar 1979

39

Täbris: 5 Uhr 12. In der kleinen Hütte, die der Khan ihnen zugewiesen hatte, wurde Ross plötzlich wach. Er blieb regungslos liegen, atmete ruhig weiter und nahm seine fünf Sinne zusammen. Wie er durch das Fenster sehen konnte, war die Nacht dunkel und der Himmel zum größten Teil wolkenverhangen. Auf der anderen Pritsche, zusammengerollt wie ein Igel, schlief Gueng. Er atmete ruhig und gleichmäßig. Wegen der Kälte hatten sich beide Männer angekleidet niedergelegt. Lautlos ging Ross nun ans Fenster und spähte hinaus. Nichts zu hören und nichts zu sehen. Dann wisperte Gueng ihm ins Ohr: »Was ist los, Sahib?«

»Ich weiß es nicht.«

Gueng stieß ihn an und deutete hinaus. Kein Wachtposten saß draußen auf der Veranda.

»Vielleicht ist er nur mal pinkeln gegangen.« Es war immer zumindest ein Wächter da gewesen, bei Tag und bei Nacht. Gestern abend waren es zwei gewesen, und trotzdem hatte Ross durch das hintere Fenster ins Freie gelangen und allein zu Erikki und Azadeh schleichen können, um mit ihnen zu sprechen.

»Schauen wir mal durch das hintere Fenster!« flüsterte Ross. Wieder spähten sie hinaus in das Dunkel und warteten. In einer Stunde ist es hell, dachte Ross.

»Vielleicht war es nur ein Berggeist, Sahib«, meinte Gueng. Im Land auf dem Dach der Welt war es ein Aberglaube, daß Geister schlafende Männer, Frauen und Kinder besuchten; die Geschichten, die sie den Menschen dann zuwisperten, nannte man Träume.

Mit Augen und Ohren versuchte der Gurkha die Dunkelheit zu durchdringen. »Ich denke, wir sollten den Geistern Aufmerksamkeit schenken.« Er ging zu seinem Lager zurück, zog seine Stiefel an, steckte den Talisman, den er unter dem Kissen aufbewahrt hatte, in seine Uniformtasche und wand sich seinen Turban um den Kopf. Flink überprüfte er den Tornister, der Munition, das *kookri*, Handgranaten, Wasser und ein wenig Proviant enthielt.

Auch Ross war nun bereit. Bereit wofür? fragte er sich. Kaum fünf Minuten ist es her, daß du aufgewacht bist, und schon hast du das *kookri* locker in der Scheide, die Pistole entsichert, und wofür? Wenn Abdullah dir übel wollte, hätte er dir schon längst deine Waffen abgenommen – oder es zumindest versucht.

Gestern nachmittag hatten sie die 206 aufsteigen gehört. Gleich darauf war Abdullah Khan gekommen. »Ach, Captain, ich bedaure die Verzögerung, aber das gegen Sie erhobene Zetergeschrei wird immer heftiger. Unsere sowjetischen Freunde haben eine sehr hohe Belohnung auf Ihren Kopf

ausgesetzt«, hatte er heiter verkündet. »Hoch genug, um vielleicht sogar mich in Versuchung zu führen.«
»Das wollen wir doch nicht hoffen, Sir. Wie lange werden wir noch warten müssen?«
»Nur noch ein paar Tage. Es hat den Anschein, als sei den Sowjets ganz besonders viel an Ihnen gelegen. Es war wieder eine Abordnung bei mir, die mich ersucht hat zu helfen, Sie festzunehmen. Die erste war schon da, bevor Sie gekommen sind. Aber keine Bange! Ich weiß, welcher Seite die Zukunft des Irans gehört.«
Erikki hatte dann bestätigt, daß eine hohe Belohnung ausgesetzt war. »Wir waren heute in der Nähe des Sabalan, wo wir eine Radarstation ausräumten. Ein paar von den Arbeitern dachten, ich wäre Russe, und sagten, sie hofften, daß es ihnen gelingen würde, den britischen Saboteur und seinen Helfer zu schnappen. Die Belohnung besteht aus 5 Pferden, 5 Kamelen und 50 Schafen. Das ist ein Vermögen. Und wenn die Leute so weit im Norden davon wissen, können Sie sich vorstellen, wie emsig sie hier nach Ihnen suchen.«
»Haben die Sowjets Sie überwacht?«
»Nur Cimtarga, aber auch er ist kein Kapo. Er hatte sich nur um mich und den Heli zu kümmern. Diese russisch sprechenden Arbeiter fragten mich immer wieder, wann wir in voller Stärke über die Grenze kommen würden.«
»Mein Gott, haben diese Fragen einen realistischen Anlaß?«
»Das glaube ich nicht. Es sind bloß Gerüchte. Die Leute hier leben von Gerüchten.«
»Das Zeug, das da weggebracht wurde, war da etwas Wichtiges dabei?«
»Das weiß ich nicht. Ein paar Computer und eine Menge schwarzer Kisten und Stöße von Papieren. Sie ließen mich nicht heran, aber die Anlage wurde nicht von Experten demontiert. Die Teile wurden nur aus der Wand gerissen und sorglos aufeinandergestapelt. Das einzige, wofür sich die Arbeiter interessieren, sind Vorräte, hauptsächlich Zigaretten.«
Sie hatten über Fluchtmöglichkeiten gesprochen, sich aber nicht auf einen Plan einigen können. Es gab zu viele Imponderabilien. »Ich weiß nicht, wie lange sie mich noch fliegen lassen wollen. Dieser Cimtarga erzählte mir, Ministerpräsident Bazargan hätte die Yankees aufgefordert, zwei Stationen zu räumen – weit im Osten, an der türkischen Grenze, die letzten, die sie hier noch haben. Er hat ihnen befohlen, sie unverzüglich zu verlassen und die Ausrüstung intakt zu lassen. Wir wollen morgen hinauffliegen.«
»Haben Sie heute die 206 geflogen?«
»Nein, das war Nogger Lane, einer unserer Captains. Er ist mit uns hergekommen und sollte die 206 nach Teheran zurückfliegen. Der Leiter unseres Stützpunktes hat mir erzählt, sie hätten Nogger genötigt, Aufklärungsflüge über Gegenden durchzuführen, wo gekämpft wird. Wenn McIver nichts von uns hört, wird er unruhig, und er wird einen Suchtrupp ausschicken. Das könnte unsere Chance sein. Und wie steht es mit Ihnen?«
»Könnte sein, daß wir uns still und leise davonmachen. Ich werde schon sehr nervös in dieser elenden Hütte. Wenn wir abhauen, halten wir nach Möglich-

keit auf Ihren Stützpunkt zu und verstecken uns im Wald. Wenn wir können, nehmen wir Kontakt mit Ihnen auf – aber erwarten Sie uns nicht. Alles klar?«

»Ja, trauen Sie jedoch keinem auf dem Stützpunkt außer unseren zwei Mechanikern Dibble und Arberry.«

»Kann ich etwas für Sie tun?«

»Haben Sie eine Handgranate übrig?«

»Selbstverständlich. Haben Sie schon einmal eine gezündet?«

»Nein, aber ich weiß, wie man damit umgehen muß.«

»Gut. Hier. Sicherungsstift abziehen, bis vier – nicht fünf – zählen und schleudern. Brauchen Sie eine Pistole?«

»Nein, danke, ich habe meinen Dolch.«

»Na schön. Ich muß jetzt gehen. Viel Glück.«

Dabei hatte er Azadeh angesehen. Wie schön sie doch war! Ihre Zeit zusammen war schon in die Sterne geschrieben oder in den Wind. Warum hatte sie ihm eigentlich nie auf seine Briefe geantwortet? Sie sei abgereist, hatte man ihm in der Schule mitgeteilt. »Was zwischen uns war, wird sich vielleicht nie wiederholen, mein blauäugiger Johnny«, hatte sie ihm am letzten Tag gesagt. »Ich weiß. Wenn es auch nicht wiederkommt, kann ich doch glücklich sterben, denn ich weiß, was Liebe ist. Wahrhaftig, ich liebe dich, Azadeh.« Der letzte Kuß. Dann hinunter zu seinem Zug. Winken zum Abschied, bis sie verschwunden war. Für immer verloren. Könnte sein, wir beide wußten, daß es für immer war, dachte er, während er im Dunkel der kleinen Hütte wartete und versuchte, eine Entscheidung zu treffen: weiter warten, sich wieder niederlegen oder fliehen. Vielleicht ist es doch so, wie der Khan sagte, daß wir hier relativ in Sicherheit sind – für den Augenblick jedenfalls. Kein Grund, ihm zu mißtrauen. Vien Rosemont war kein Dummkopf, und er sagte: »Vertraue...«

»Sahib!«

Im gleichen Augenblick hatte auch er die leisen Schritte gehört. Beide Männer gingen in Deckung, und beide waren froh, daß die Zeit zum Handeln gekommen war. Die Tür ging auf. War es ein dämonischer Berggeist, der da stand und in die tiefe Finsternis der Hütte starrte? Zu seiner Überraschung erkannte Ross Azadeh; ihr Tschador verschmolz mit der Nacht, ihr Gesicht war von Tränen aufgeschwollen.

»Johnny?« flüsterte sie angstvoll.

»Azadeh? Hier, neben der Tür.«

»Folgt mir, schnell! Ihr seid beide in Gefahr. Beeilt euch!« Und schon lief sie in die Nacht hinaus.

Er sah, wie Gueng voll Unbehagen den Kopf schüttelte, und schwankte. Doch dann entschied er: »Wir gehen.« Er schlüpfte aus der Tür und lief ihr nach, Gueng schloß sich ihm an. Sie wartete unter einigen Bäumen. Noch bevor er sie erreicht hatte, bedeutete sie ihm mit einer Handbewegung, ihr zu folgen. Ohne zu zögern eilte sie durch den Obstgarten und um einige Wirtschaftsgebäude herum. Der Schnee dämpfte ihre Schritte, aber sie hinterließen Spuren, und das machte Ross Sorgen. Er war zehn Schritte hinter ihr, achtete

sorgfältig auf das Terrain und fragte sich: Welche Gefahr droht uns, warum hat sie geweint, und wo ist Erikki?
Die Wolken gaben jetzt kurz den Mond frei und zogen über ihn hinweg. Immer, wenn er klar am Himmel stand, hielt Azadeh an und bedeutete auch den beiden Männern, stehenzubleiben und zu warten. Dann eilte sie weiter, suchte geschickt Deckung, und Ross fragte sich, wo sie wohl gelernt hatte, sich auf waldigem Gelände so sicher zu bewegen. Bald hatten sie die große Mauer erreicht, die den ganzen Besitz umschloß. Die Mauer, drei Meter hoch und aus roh behauenen Steinen, war durch eine breite leere Schneise von den Bäumen getrennt. Wieder bedeutete Azadeh ihnen, in Deckung zu bleiben, ging weiter und suchte offenbar eine bestimmte Stelle. Sie fand sie ohne Schwierigkeiten und winkte die Männer heran. Noch bevor sie neben ihr standen, kletterte sie bereits hoch. Ihre Füße paßten genau in die Spalten und Kerben, und es gab genügend natürliche Haltemöglichkeiten, aber auch geschickt in die Mauer eingefügte, um das Klettern zu erleichtern. Der Mond kam wieder hinter den Wolken hervor. Ross fühlte sich nackt und schutzlos und kletterte rascher. Als er die Mauerkrone erreicht hatte, war sie auf der anderen Seite schon auf halbem Wege wieder hinunter. Er rutschte hinüber, fand einige sichere Fugen, duckte sich und wartete, bis auch Gueng so weit war.
Der Abstieg war schwieriger; er rutschte aus und fiel fast zwei Meter hinunter. Er stieß Verwünschungen aus, sah sich um und versuchte sich zu orientieren. Azadeh hatte die Einfriedungsstraße bereits überquert und eilte auf eine felsige Lichtung in einem 200 Meter entfernten steilen Berghang zu. Gueng landete sauber neben ihm, lachte und bedeutete ihm, ihr zu folgen. Doch als sie die Lichtung erreichten, war sie verschwunden.
»Johnny! Hier!«
Er sah den engen Spalt im Fels, der gerade noch genügend Platz ließ, um sich durchzuzwängen. Er wartete auf Gueng und drang in die Finsternis ein. Ihre Hand kam ihm entgegen und führte ihn seitwärts, dann holte sie auf die gleiche Art Gueng ins Innere. Vor den Spalt schob sie einen dicken Ledervorhang. Ross wollte seine Taschenlampe herausholen, aber schon flammte ein Zündholz auf. Sie kniete und zündete eine Kerze in einer Nische an. Rasch sah er sich um. Der Vorhang schien lichtundurchlässig zu sein. Die Höhle war geräumig, warm und trocken. Ein paar Decken und alte Teppiche lagen auf dem Boden, Speise- und Trinkutensilien, Bücher und Spielsachen standen auf einem Felssims. Das Versteck eines Kindes, dachte er und bot ihr Wasser aus seiner Flasche an.
Sie trank dankbar, vermied es aber, ihn anzusehen. Gueng räusperte sich, und Ross erriet, was in seinem Kopf vorging. »Hättest du etwas dagegen, wenn wir die Kerze löschen, Azadeh? Wir könnten den Vorhang zurückziehen und besser hören und Ausschau halten. Ich habe eine Taschenlampe, wenn wir Licht brauchen.«
»Ja, ja... natürlich. Ich... nur einen Augenblick noch, entschuldige...« Auf dem Sims stand ein Spiegel, den er nicht bemerkt hatte. Sie hob ihn auf,

betrachtete sich und verabscheute, was sie sah: die geschwollenen Augen und die Schweißspuren. Hastig wischte sie ein paar Schmutzflecke ab, nahm den Kamm und machte sich zurecht, so gut sie konnte. Ein letzter Blick in den Spiegel, und sie blies die Kerze aus. »Entschuldige«, wiederholte sie.
Gueng schob den Vorhang zurück und trat aus der Höhle. In der Stadt hörten sie Geschützfeuer. Unten, hinter der einzigen Rollbahn des Flughafens und rechts davon brannten einige Häuser. Nur wenige Lichter waren zu sehen. Der Palast lag immer noch dunkel und ruhig da. Gueng konnte keine Gefahr ausmachen. Er kam zurück und berichtete Ross, was er gesehen hatte. »Es ist sicherer, wenn ich draußen warte, Sahib. Wir haben nicht mehr viel Zeit.«
»Ja.« Ross hörte das Unbehagen in seiner Stimme, äußerte sich aber nicht dazu. Er kannte den Grund. »Bist du okay, Azadeh?« fragte er leise.
»Ja, ich bin schon wieder in Ordnung. Im Dunkel ist es besser. Tut mir leid, ich habe ja zum Fürchten ausgesehen.«
»Was ist eigentlich los? Wo ist dein Mann?«
»Kurz nachdem du gestern abend gegangen warst, kam Cimtarga mit einem Wächter und teilte Erikki mit, er müsse sich sofort anziehen. Es tue ihm leid, sagte er, aber sie hätten ihre Pläne geändert und müßten sofort aufbrechen. Und ich, ich sollte zu meinem Vater kommen – sofort. Bevor ich dann sein Zimmer betrat, hörte ich, wie er befahl, euch beide gleich nach Tagesanbruch gefangenzunehmen und zu entwaffnen.« Ihre Stimme stockte. »Er wollte euch zu sich rufen, um mit euch über eure Abreise zu sprechen; in Wirklichkeit solltet ihr in der Nähe der Wirtschaftsgebäude gefesselt, in einen Lastwagen verladen und sogleich nach Norden geschickt werden.«
»Nach Norden?«
»Ja, nach Tiflis.« Nervös fuhr sie fort. »Ich wußte nicht, was ich tun sollte. Ich sah keine Möglichkeit, euch zu warnen – ich werde genauso streng bewacht wie ihr. Mein Vater sagte mir, Erikki würde ein paar Tage ausbleiben, er selbst aber heute eine Geschäftsreise nach Tiflis antreten, und dorthin sollte ich... ihn begleiten. Wir würden zwei oder drei Tage wegbleiben, und dann sei auch Erikki von seiner Arbeit zurück, und wir könnten beide nach Teheran zurückkehren.« Sie konnte nur mit Mühe die Tränen zurückhalten. »Ich habe solche Angst. Ich habe solche Angst, daß Erikki etwas zugestoßen sein könnte.«
»Erikki wird nichts passieren«, beruhigte er sie, begriff jedoch nicht, was es mit der Reise nach Tiflis auf sich haben sollte. Was hatte der Khan vor? »Vertraue Abdullah dein Leben an, und glaube die Lügen nicht, die man über ihn verbreitet«, hatte Vien ihm eingeschärft. Hier aber stand Azadeh und sagte genau das Gegenteil. Er wünschte, sie hätte ihm das alles früher erzählt, auf der anderen Seite der Mauer oder in der Hütte. Er wurde immer nervöser. Dieser Wächter! »Azadeh, der Wächter – weißt du, was mit ihm passiert ist?«
»O ja... ich habe ihn bestochen. Er sollte sich für eine halbe Stunde entfernen... Es war die einzige Möglichkeit, euch zu warnen...«
»Kannst du ihm vertrauen?«
»Ja. Ali ist... seit vielen Jahren bei uns. Ich kenne ihn, seitdem ich sieben war,

und ich habe ihm etwas Schmuck gegeben... genug für ihn und seine Familie... auf Jahre hinaus. Aber Erikki... ich mache mir solche Sorgen...«

»Dazu hast du doch keinen Grund, Azadeh. Hat Erikki nicht selbst gesagt, er müsse zur türkischen Grenze hinauf?« Er wollte ihr Mut machen und sie zur Rückkehr bewegen. »Ich kann dir gar nicht genug danken, daß du uns gewarnt hast. Aber jetzt müssen wir dich zurück...«

»Nein, nein, das kann ich nicht«, stieß sie hervor. »Verstehst du denn nicht? Vater bringt mich nach Norden... Vater haßt mich, er übergibt mich Mzytryk, das weiß ich genau...«

»Aber was ist mit Erikki?« fragte er betroffen. »Du kannst doch nicht einfach davonlaufen.«

»Das muß ich, Johnny. Das muß ich. Ich kann nicht warten, und ich will nicht nach Tiflis gebracht werden. Auch für Erikki ist es sicherer, wenn ich jetzt weglaufe. Viel sicherer.«

»Was redest du da? Du kannst nicht einfach weglaufen. Das ist doch Wahnsinn! Was ist, wenn Erikki heute abend zurückkommt, und du bist fort?«

»Ich habe ihm eine Nachricht hinterlassen. Wir haben ein Versteck in unserem Zimmer. Wir wußten ja nicht, was Vater während seiner Abwesenheit tun würde. Erikki wird wissen, wie er sich verhalten muß. Und da ist noch etwas. Heute mittag fährt Vater zum Flughafen. Er erwartet dort ein Flugzeug, jemanden aus Teheran. Ich weiß nicht, wer es ist und um was es geht, aber ich dachte, du könntest es vielleicht einrichten, daß man uns nach Teheran mitnimmt... Oder wir könnten uns an Bord schleichen... oder du könntest sie zwingen, uns mitzunehmen?«

»Du bist verrückt«, erwiderte Ross zornig. »Es ist doch Wahnsinn, fortzulaufen und Erikki zurückzulassen. Woher willst du wissen, daß nicht alles doch so ist, wie dein Vater gesagt hat? Du behauptest, der Khan haßt dich und ihn... Ob das nun zutrifft oder nicht, wenn du wegläufst, bekommt er einen Tobsuchtsanfall. So oder so bringst du Erikki nur noch mehr in Gefahr.«

»Wie kannst du denn nur so blind sein? Verstehst du denn nicht? Solange ich hier bin, hat Erikki überhaupt keine Chance. Wenn ich weg bin, braucht er nur an sich selbst zu denken. Wenn er herkommt und hört, daß ich in Tiflis bin, kommt er mir nach und ist für immer verloren. Begreifst du denn nicht? Ich bin der Köder! Mach doch endlich die Augen auf, Johnny!« Er hörte sie weinen, leise weinen, und das steigerte noch seine Wut.

Verdammt noch mal, wir können sie doch nicht mitnehmen! Unmöglich! Wenn das wahr ist, was sie sagt, zieht der Khan in ein paar Stunden eine Großfahndung nach uns auf – und dann können wir von Glück sagen, wenn wir den Abend noch erleben. In ein paar Stunden? Die Fahndung läuft wohl schon. So ein Unsinn: weglaufen! »Du mußt zurück. Es ist besser so«, sagte er.

Sie hörte auf zu weinen. »Wenn du meinst, Johnny«, sagte sie mit veränderter Stimme. »Dann solltest du gleich losgehen. Du hast nicht viel Zeit. Welche Richtung willst du einschlagen?«

»Das weiß ich nicht. Komm jetzt! Ich bring dich zurück.«
»Das brauchst du nicht. Ich... ich bleibe noch eine Weile hier.«
Er hörte die falschen Töne und seine Nerven gaben noch dringlicheren Alarm.
»Du gehst jetzt zurück! Du mußt!«
»Nein«, widersprach sie trotzig. »Ich kann nie mehr zurück. Ich bleibe hier. Er wird mich nicht finden. Ich habe mich schon einmal tagelang hier versteckt. Hier bin ich sicher. Mach dir keine Sorgen um mich! Du mußt jetzt los.«
Er setzte sich vor sie hin. Ich kann sie doch nicht ihrem Schicksal überlassen! ging es ihm durch den Kopf. Ich kann sie auch nicht gegen ihren Willen zurückbringen, noch kann ich sie mitnehmen. Kann sie nicht dalassen, kann sie nicht mitnehmen. Natürlich kannst du sie mitnehmen, aber wenn man sie schnappt, wird man ihr Beteiligung an Sabotageakten und weiß der Himmel was noch alles vorwerfen – und dafür werden Frauen hierzulande gesteinigt.
»Wenn der Khan erfährt, daß wir mit dir geflohen sind, wird er wissen, daß du uns gewarnt hast. Wenn du hierbleibst, wird man dich früher oder später finden, und dann sieht es noch schlimmer aus: für dich und deinen Mann. Du mußt zurück!«
»Nein, Johnny. Ich bin in Allahs Hand, und ich habe keine Angst. Du kannst mir wie Erikki eine Handgranate dalassen. Aber in Allahs Hand bin ich sicher. Bitte, geh jetzt!«
»*Inscha'Allah*«, sagte er entschlossen. »Wir gehen beide zurück, und Gueng soll allein sein Glück versuchen.« Er stand auf.
»Warte!« Er hörte sie aufstehen und fühlte ihre Nähe und ihren Atem. Ihre Hand berührte seinen Arm. »Nein, mein Liebling«, sagte sie, »damit würden wir meinen Erikki vernichten – und auch dich und deinen Corporal. Daß du das nicht begreifen willst! Ich bin das Werkzeug, um Erikki zu erledigen. Nimm dem Khan das Werkzeug, und Erikki hat eine Chance. Außerhalb der Mauern meines Vaters hast auch du eine Chance. Wenn du Erikki siehst, sag es ihm...«
Was soll ich ihm sagen, fragte er sich. Im Dunkeln nahm er ihre Hand in die seine, fühlte ihre Wärme und kehrte im Geist ins Berner Oberland zurück, wo sie zusammen im Dunkel in dem großen Bett gelegen hatten, während ein heftiger Gewitterregen gegen die Fenster peitschte. Gemeinsam hatten sie die Sekunden zwischen Blitz und Donner gezählt, oft nur zwei oder drei. O Johnny, jetzt ist es direkt über uns! *Inscha'Allah*, wenn es uns trifft, aber das macht nichts, wir sind ja zusammen. Sie hatten einander an der Hand gehalten, wie jetzt auch. Nein, dachte er, nicht wie jetzt auch. Er führte ihre Hand an seine Lippen und küßte sie. »Du kannst es ihm selbst sagen. Wir versuchen es – zusammen. Bist du bereit?«
»Du meinst, wir gehen... zusammen?«
»Ja.«
Nach einer kleinen Pause sagte sie: »Frag zuerst Gueng!«
»Er tut, was ich sage.«
»Natürlich. Aber frag ihn trotzdem. Bitte!«

Er ging zu Gueng hinaus, aber noch bevor er den Mund auftun konnte, sagte der Gurkha: »Noch keine Gefahr, Sahib.«
»Hast du uns gehört?«
»Ja, Sahib.«
»Was meinst du?«
Gueng lächelte. »Was ich meine, Sahib, ist nicht von Bedeutung. Karma ist Karma. Ich tue, was Sie sagen.«

Flughafen Täbris: 12 Uhr 40. Abdullah Khan stand neben seinem kugelsicheren Rolls-Royce auf dem mit Schnee bedeckten Vorfeld in der Nähe des Abfertigungsgebäudes. Wütend beobachtete er, wie die 125 einflog. Gestern hatte ihm sein Neffe, Oberst Mazardi, der Polizeichef, ein von der Polizeizentrale weitergegebenes Telex überbracht: »Bitte erwarten Sie morgen, Dienstag, 12.40 den Jet G-ETLL. Oberst Haschemi Fazir.« Der Name hatte ihm und allen, die Zugang zu dem Fernschreiben hatten, kalte Schauder den Rücken hinunterlaufen lassen. Der Innere Sicherheitsrat hatte schon immer über dem Gesetz gestanden, und Oberst Haschemi Fazir war sein Großinquisitor gewesen – ein selbst im Iran, wo Grausamkeit erwartet und bewundert wurde, wegen seiner Unbarmherzigkeit berüchtigter Mann.
»Was will er hier?« hatte Mazardi verängstigt gefragt.
»Er will mit mir über Aserbeidschan sprechen«, hatte der Khan geantwortet und seine Furcht verborgen. Er war erbost über die Wortkargheit des Fernschreibens und den unerwarteten und unerwünschten Besuch. »Er wird mich fragen wollen, wie er mir helfen kann. Er ist seit vielen Jahren mein guter Freund«, log er weiter.
»Ich werde eine Ehrenwache aufziehen lassen und das Komi...«
»Sei kein Narr! Oberst Fazir legt Wert auf Geheimhaltung. Tu nichts, komm nicht auf den Flughafen, sieh nur zu, daß es auf den Straßen ruhig ist und... Ach ja, verstärke den Druck auf die Tudeh. Denk an Khomeinis Befehl, die Tudeh zu zerschlagen. Laß heute nacht ihre Zentrale niederbrennen und verhafte die uns bekannten Führer.« Ein perfektes Gastgeschenk, wenn ich eines brauchen sollte, dachte er. Ist Fazir nicht ein fanatischer Gegner der Tudeh? Allah sei Dank, daß Pjotr Oleg mir seine Zustimmung gegeben hat. Aber was will dieser Hundesohn Fazir von mir?
All die Jahre hindurch waren sie sich mehrmals begegnet, um zu ihrem beiderseitigen Vorteil Informationen auszutauschen. Doch Oberst Haschemi Fazir war einer von denen, die fest daran glaubten, daß der einzige Schutz des Irans in einem absoluten Zentralismus liege, daß das Land also von Teheran aus regiert werden müsse und daß die Stammesführer ein Anachronismus seien, der eine Gefahr für den Staat darstellte. Dazu kam, daß Fazir ein Teheraner war, der die Macht hatte, zu viele Geheimnisse aufzudecken, Enthüllungen, die sich gegen ihn, Abdullah, verwenden ließen. Zur Hölle mit allen Teheranern! Und mit Azadeh und ihrem verdammten Gatten!
Azadeh! Habe ich diese Teufelin wirklich gezeugt? Unmöglich! Da muß ein anderer... Allah verzeih mir, daß ich meine geliebte Naphthala verdächtige.

Azadeh ist vom Satan besessen. Aber sie entkommt mir nicht, o nein. Ich schwöre, ich schaffe sie nach Tiflis und überlasse sie Pjotr zum Gebrauch...
Zum wiederholten Male begann das Blut in seinen Ohren zu dröhnen und wieder krallte sich ein lähmender Schmerz in seine Brust. Hör auf, ermahnte er sich, beruhige dich! Denke jetzt nicht an sie, du wirst später dein Mütchen kühlen können. Denk lieber an Fazir! Du wirst dein Köpfchen anstrengen müssen, um mit ihm fertig zu werden. Sie kann dir nicht entkommen.
Als kurz nach Tagesanbruch bestürzte Wächter in sein Schlafzimmer gekommen waren, um ihm zu berichten, daß die zwei Gefangenen das Weite gesucht hatten, und er fast zur gleichen Zeit erfuhr, daß Azadeh nicht im Palast war, schäumte er vor Wut. Sofort hatte er Männer ausgesandt, ihr Versteck in der Felswand zu durchsuchen, von dem er seit Jahren wußte, und ihnen befohlen, nicht ohne sie und die Saboteure zurückzukommen. Er hatte dem Nachtwächter die Nase abschneiden, die übrigen Wachtposten prügeln und einsperren und Azadehs Mägde auspeitschen lassen.
Allah strafe sie alle, dachte er und strengte sich gewaltig an, sich zu beruhigen. Sein Blick blieb auf dem kleinen Düsenjet haften, der zur Landung ansetzte. Versprengte Wolken zogen über den blauen Himmel, und ein böiger Wind strich über die verschneite Rollbahn. Er trug einen Astrachanhut, einen Wintermantel mit Pelzkragen und mit Pelz gefütterte Stiefel. Das kleine Abfertigungsgebäude hinter ihm war leer – bis auf seine eigenen Leute, die den kleinen Terminal und die Zufahrtsstraße sicherten. Auf dem Dach hatte er einen Scharfschützen mit dem Auftrag postiert, Fazir zu erschießen, wenn er, Abdullah, ein weißes Taschentuch herauszog und sich schneuzte. Ich habe getan, was ich kann, dachte er, alles Weitere liegt bei Allah. Stürz ab, du Hundesohn!
Doch die 125 setzte perfekt auf. Ihre Räder wirbelten eine breite Schneefahne auf. Seine Angst steigerte sich. »Wie es Allah gefällt«, murmelte er und setzte sich wieder in den Fond des Wagens, der vom Fahrer und von Ahmed, seinem zuverlässigsten Ratgeber und Leibwächter, durch ein kugelsicheres Schiebefenster getrennt war. »Fahr dem Flugzeug entgegen!« befahl er und entsicherte den Revolver in seiner Tasche.
Die 125 erreichte das Vorfeld, drehte in den Wind und blieb stehen. Der große schwarze Rolls hielt längsseits, als die Tür des Jets aufschwang. Abdullah sah Haschemi Fazir oben stehen und ihn zu sich rufen: »*Salaam!* Allah sei mit Euch, Hoheit! Kommen Sie an Bord!«
Abdullah Khan ließ das Fenster herunter. »*Salaam*, Friede sei mit Euch, Exzellenz!« rief er zurück. »Kommen Sie doch zu mir in den Wagen!« Du hältst mich wohl für einen Dummkopf, daß ich meinen Kopf in so eine Schlinge stecke. »Geh du an Bord, Ahmed! Geh bewaffnet und tu, als ob du kein Englisch verstehen würdest!«
Ahmed Dursak war ein bärtiger turkmenischer Moslem, sehr kräftig und sehr schnell mit dem Messer oder der Schußwaffe. Er stieg aus. Die Maschinenpistole locker in der Hand, lief er flink die Gangway hinauf. Der Wind zerrte an seinem langen Gewand. »*Salaam*, Exzellenz Oberst«, begrüßte er Haschemi

auf Persisch; er stand draußen auf der obersten Stufe. »Mein Herr bittet Sie, sich zu ihm in den Wagen zu begeben. Kabinen kleiner Flugzeuge bedrängen ihn. Im Wagen können Sie ganz privat miteinander sprechen. Er läßt Sie auch fragen, ob Sie ihm die Ehre antun wollen, während Ihres Aufenthalts hier in seinem bescheidenen Haus abzusteigen.«
Für Haschemi war es ein Schock, daß Abdullah die Unverfrorenheit, aber auch Selbstsicherheit besaß, ihm einen bewaffneten Boten zu schicken. Zum Wagen hinuntergehen wollte er nicht: zu leicht konnten Wanzen angebracht oder Sprengladungen versteckt worden sein. »Sag dem Khan, daß mir in einem Auto manchmal übel wird und ich ihn daher bitte, heraufzukommen. Auch hier könnten wir uns privat unterhalten, und ich würde es als eine Gefälligkeit ansehen. Natürlich kannst du die Kabine durchsuchen, um sicher zu sein, daß sich kein schurkischer Fremder an Bord geschlichen hat.«
»Mein Herr würde es vorziehen, Exzellenz, wenn Sie...«
Haschemi trat nahe an ihn heran, und seine Lippen wurden zu einem dünnen Strich. »Durchsuch das Flugzeug! Sofort! Und tu es rasch, Ahmed Dursak, dreifacher Mörder! Eine Frau namens Najmeh war eines der Opfer. Tu, was ich befehle, oder du wirst die nächste Woche nicht mehr erleben.«
»Dann werde ich um so früher ins Paradies eingehen, denn als Diener des Khans tue ich Allahs Werk«, erwiderte Ahmed Dursak, »aber ich werde die Maschine durchsuchen, wie Sie es wünschen.« Er trat durch die Tür und sah die zwei Piloten im Cockpit. In der Kabine saß Armstrong. Dursaks Augen verengten sich, aber er sagte nichts, ging nur höflich an ihm vorüber und öffnete die Tür zur Toilette, um sich zu vergewissern, daß sie leer war. »Sollte Ihr Vorschlag, Exzellenz, angenommen werden, würden die Piloten dann das Flugzeug verlassen?«
Schon zuvor hatte Haschemi Captain John Hogg gefragt, ob er einem solchen Ersuchen nachkommen würde, wenn es nötig sein sollte.
»Tut mir leid, Sir«, hatte Hogg geantwortet, »aber davon halte ich nichts.«
»Es würde nur ein paar Minuten dauern. Sie können Zündschalter und Hauptsicherung mitnehmen«, hatte Robert Armstrong ihn beruhigt. »Ich garantiere Ihnen persönlich, daß niemand das Cockpit betreten oder etwas anrühren wird.«
»Ich halte trotzdem nichts davon, Sir.«
»Ich weiß. Aber Captain McIver hat Sie angewiesen, alles zu tun, was wir von Ihnen verlangen. Mit Maß und Ziel, versteht sich. Und das trifft auf diesen Fall zu.«
Haschemi sah die Arroganz in Ahmed Dursaks Gesicht und hatte gute Lust, den Mann zusammenzuschlagen. Aber das kommt noch, nahm er sich vor. »Die Piloten werden im Wagen warten.«
»Und der Ungläubige?«
»Dieser Ungläubige spricht besser Persisch als du, du Ratte, und wenn du klug bist, du Ratte, redest du in höflichem Ton mit ihm und sprichst ihn mit Exzellenz an, denn ich versichere dir, sein Gedächtnis ist so lange wie meines, und er vermag grausamer zu sein, als du dir vorstellen kannst.«

Dursaks Mund lächelte. »Und Seine Exzellenz, der Ungläubige, wartet er auch auf dem Vorfeld?«
»Er bleibt da. Und die Piloten warten *im* Wagen. Sollte Seine Hoheit einen Wächter bei sich haben wollen – um sicher zu sein, daß kein Mörder hier im Hinterhalt liegt –, steht dem nichts entgegen. Wenn ihm aber dieses Arrangement nicht behagt, sollten wir uns vielleicht besser in der Polizeizentrale treffen. Und jetzt befreie mich von deinen miserablen Manieren!«
Dursak dankte ihm höflich und kehrte zum Khan zurück, um ihm über sein Gespräch zu berichten. »Ich meine, dieses Stück Hundekot muß seiner Sache sehr sicher sein, wenn es einen so rüden Ton anschlägt«, fügte er hinzu. Und im Flugzeug sagte Haschemi zu Armstrong: »Dieser Hundesohn muß seiner Sache sehr sicher sein, daß er sich von so arroganten Dienern begleiten läßt.«
»Würdest du den Khan tatsächlich auf die Polizeidirektion zitieren?«
»Ich könnte es versuchen.« Haschemi zündete sich eine frische Zigarette an. »Ich glaube allerdings nicht, daß es mir gelingen würde. Sein Neffe Mazardi ist immer noch Polizeichef, und die Polizei hat sich in diesem Landesteil ihre Macht in beträchtlichem Maß erhalten. *Hezbollahis* und Revolutionäres Komitee spielen hier keine beherrschende Rolle – noch nicht.«
»Wegen Abdullah?«
»Natürlich wegen Abdullah. Auf seinen Befehl hat die Polizei in Täbris monatelang im stillen Khomeini unterstützt. Der einzige Unterschied zwischen früher und jetzt ist der, daß die Bilder des Schahs durch die Bilder Khomeinis ersetzt wurden, und jetzt ist seine Macht unerschütterter als je zuvor.« Ein eisiger Zug kam durch die halboffene Tür. »Die Aserbeidschaner sind ein hinterhältiges Pack und noch dazu grausam. Die Schahs aus dem Geschlecht der Kadscharen kamen aus Täbris so wie auch der Schah Abbas, der Isfahan seine schönsten Bauten geschenkt und versucht hat, sich ein langes Leben zu sichern, indem er seinen ältesten Sohn ermorden und einen anderen blenden ließ...«
Haschemi Fazir beobachtete den Wagen durch das Fenster. Er fühlte sich jetzt wohler und zuversichtlicher als am Sonntag abend, als General Janan mit den Befehlen ins Hauptquartier gekommen war, den Inneren Sicherheitsrat aufzulösen und die Kassetten von Rákóczy herauszugeben. Er hatte zunächst nicht weitergewußt. Als er am nächsten Morgen sein Haus verließ, stellte er fest, daß man ihm folgte, und am Vormittag wurden seine Frau und die Kinder auf der Straße angepöbelt. Erst am frühen Nachmittag gelang es ihm, seine Verfolger abzuschütteln. Zu diesem Zeitpunkt wartete bereits ein Anführer seiner Gruppe 4 in einer konspirativen Wohnung, und als General Janan an diesem Abend aus seiner kugelsicheren Limousine stieg, um sein Haus zu betreten, sprengte eine in einem in der Nähe geparkten Wagen versteckte Plastikbombe ihn und zwei seiner Leibwächter in die Luft, zerstörte sein Haus, tötete seine Frau und drei Kinder und sieben Dienstboten und auch noch seinen alten bettlägerigen Vater. Man hörte Männer davonlaufen, die linksgerichtete Kampfrufe der Mudjaheddins grölten. Sie ließen handgeschriebene Flugblätter zurück: »Tod der SAVAK, der jetzigen SAVAMA!«

Am frühen Morgen, eine halbe Stunde nachdem Abrim Pahmudi das Bett seiner streng geheimen Mätresse verlassen hatte, waren ein paar grausame Gesellen zu ihr auf Besuch gekommen. Man hörte auch hier linksgerichtete Kampfrufe und fand die gleichen Botschaften mit ihrem Blut an die Wände der Wohnung gepinselt. Um neun Uhr vormittags ging Haschemi, wie vereinbart, zu Abrim Pahmudi, um ihm zu den beiden Tragödien sein Beileid auszudrücken – seine Leute hatten ihn natürlich sofort informiert. Als Pischkesch brachte er einen Teil von Rákóczys Aussagen, so als ob es sich um Informationen handelte, die ihm von anderer Seite zugespielt worden wären – gerade genug, um noch von einigem Wert zu sein. »Ich bin sicher, Exzellenz, daß ich noch viel mehr beschaffen könnte, wenn man mir gestatten würde, meine Arbeit wieder aufzunehmen. Wenn Sie meiner Abteilung Ihr Vertrauen schenken und mir erlauben wollen, so wie bisher weiterzuarbeiten – wobei ich meine Informationen nur Ihnen und sonst niemandem zugänglich machen würde –, könnte ich solche Greueltaten verhindern und diese verbrecherischen Terroristen vom Erdboden verschwinden lassen.«
In diesem Augenblick kam ein Adjutant desperat ins Zimmer gestürzt, um zu melden, daß Terroristen einen der einflußreichsten Ayatollahs in Teheran ermordet hätten – wieder mit einer Autobombe – und daß das Revolutionäre Komitee Pahmudi unverzüglich zu sprechen wünsche. Pahmudi war sofort aufgesprungen, fand aber noch Zeit, seinen vorausgegangenen Befehl zu widerrufen. »Ich bin einverstanden, Exzellenz Oberst. Für 30 Tage. Sie haben 30 Tage Zeit, mir zu zeigen, was Sie wert sind.«
»Danke, Exzellenz, Ihr Vertrauen überwältigt mich. Sie können meiner Loyalität gewiß sein. Kann ich diesen Rákóczy zurück haben?«
»General Janan, dieser Hund, hat ihn entkommen lassen.«
Dann war er zum Flughafen hinausgefahren, um mit Robert Armstrong die 125 zu besteigen. Kaum waren sie in der Luft, fing er an zu lachen und konnte nicht mehr aufhören. Zum erstenmal war im Iran eine Autobombe mit Fernzündung explodiert. »Wirklich eine tolle Sache, Robert. Man wartet in etwa 100 Meter Entfernung, bis man die Sicherheit hat, daß es der Gesuchte ist. Dann berührt man einen Knopf auf dem Sender, der nicht größer ist als ein Päckchen Zigaretten, und: Bumm! Wieder ein Feind für immer aus dem Weg geräumt – er und sein Vater!« Er wischte sich die Tränen aus den Augen. »Das hat Pahmudi richtig überzeugt. Aber ohne die Gruppe 4 wäre ich daran gewesen – ich und meine Familie.«
Die Gruppe 4 ging auf einen Vorschlag Armstrongs zurück, dem er gefolgt war und den er bis ins einzelne ausgearbeitet hatte: Es handelte sich dabei um ausgesuchte Einheiten von Männern und Frauen, die mit den modernsten Methoden der Terrorbekämpfung vertraut waren und sehr gut bezahlt und sorgfältig geschützt wurden; allesamt Nichtiraner, nur Haschemi bekannt und nur ihm gegenüber loyal. In all den Jahren hatte die Gruppe 4 ihren Wert immer wieder bewiesen. Ihre Aktionen blieben geheim, von den meisten wußte sogar Armstrong nichts. »Ohne sie«, sagte Haschemi und lächelte, »ohne sie wäre ich jetzt tot.«

»Ich wahrscheinlich auch. Ich habe ganz schön Schiß gekriegt, als dieser Janan sagte: ›In Anerkennung der geleisteten Dienste gebe ich Ihnen 24 Stunden Zeit.‹ Er hätte mich nie rausgelassen.«
»Das ist richtig.« 1000 Meter unter ihnen lag das Land unter einer dichten Schneedecke. Der Jet flog hoch über den Bergen, und in einer halben Stunde würden sie Täbris erreichen.
»Was ist jetzt mit Rákóczy? Glaubst du Pahmudi, daß er entkommen ist?«
»Natürlich nicht, Robert. Rákóczy war ein Tauschobjekt, das Pischkesch. Als Pahmudi feststellen mußte, daß die Bänder leer waren, und sah, in welchem Zustand Rákóczy sich befand, war der Mann wertlos für ihn – außer als Gegenleistung für erwiesene Gefälligkeiten. Von der Verbindung mit Pjotr Oleg Mzytryk kann er ja kaum etwas wissen – oder?«
»Unwahrscheinlich. Ich würde sagen unmöglich.«
»Wahrscheinlich ist er bei den Sowjets. Wenn er noch lebt. Die werden wissen wollen, was er uns verraten hat... Könnte er ihnen etwas sagen?«
»Das bezweifle ich.« Armstrong schüttelte den Kopf. »Nachdem du jetzt wieder ganz oben bist, was wirst du tun? Pahmudi in den kommenden 30 Tagen weiter mit Informationen beliefern – wenn er noch 30 Tage am Leben ist?«
Haschemi lächelte dünn und blieb eine Antwort schuldig. Ich bin noch nicht wieder ganz oben, dachte er, auch nicht halb, solange Pahmudi nicht mit vielen anderen in der Hölle schmort. Es könnte immer noch sein, daß ich deinen Paß brauche. Armstrong hatte ihm das Dokument vor dem Abflug überreicht.
Dann hatte er die Augen geschlossen, sich zurückgelehnt und den Luxus des privaten Jets genossen, der bereits Qazvin überflog. Aber er schlief nicht. Er verbrachte die Zeit mit Überlegungen, wie er sich gegenüber der SAVAMA verhalten, wie er gegen Pahmudi und Abdullah Khan vorgehen und was er mit Robert Armstrong machen sollte, der zu viel wußte.
Durch das Kabinenfenster beobachtete er nun weiterhin den Rolls; groß, makellos, ein exklusives Eigentum. Bei Allah und dem Propheten, ging es ihm durch den Kopf, welch ein Reichtum! Er war beeindruckt von der Position und der Macht des Khans. Einen solchen Besitz furchtlos vor den Revolutionären Komitees und vor mir zur Schau zu stellen! Es wird nicht leicht sein, uns Abdullah Khan gefügig zu machen.
Er wußte, daß sie hier im Flugzeug gefährlich exponiert waren: ein leichtes Ziel, wenn Abdullah seinen Leuten befahl, auf sie zu schießen. Er rechnete aber damit, daß der Khan es nicht wagen würde, in aller Öffentlichkeit drei Ungläubige und ihn zu ermorden. Aber für den Fall, daß der Khan einen »Unfall« in Szene setzte, waren bereits zwei Einheiten der Gruppe 4 mit Wagen nach Täbris unterwegs. Die eine war für den Khan persönlich, die andere für seine Familie bestimmt, und nur ein Losungswort von ihm konnte sie aufhalten. Er lächelte.
Er sah, wie die Vordertür des Wagens aufging. Dursak stieg aus, die Maschinenpistole locker in der Hand. Er ging zur Fondtür und öffnete sie für Abdullah.

»Die erste Runde geht an dich, Haschemi«, sagte Armstrong und ging, wie verabredet, zum Cockpit. »Also, bitte, Captain. Wir werden uns so beeilen, wie nur möglich.«
Widerstrebend zwängten sich die zwei Piloten aus der engen Kanzel, zogen ihre Parkas über und liefen die Stufen hinunter in die winterliche Kälte. Höflich grüßten sie den Khan, der ihnen bedeutete, im Fond seines Wagens Platz zu nehmen. Dann kletterte Abdullah, von Dursak gefolgt, die Gangway hinauf.
»*Salaam*, Hoheit, Friede sei mit Ihnen!« begrüßte ihn Haschemi Fazir liebenswürdig schon an der Tür, ein Entgegenkommen, das Abdullah nicht entging. »Und mit Ihnen, Exzellenz Oberst!« Sie gaben sich die Hand. Der Khan betrat die Kabine. Den Blick auf Armstrong gerichtet, nahm er auf dem Sitz Platz, der dem Einstieg am nächsten war.
»*Salaam*, Hoheit«, sagte Armstrong. »Friede sei mit Ihnen!«
»Das ist ein Kollege von mir«, erklärte Haschemi und setzte sich dem Khan gegenüber. »Ein Engländer. Sein Name ist Robert Armstrong.«
»Ach ja, die Exzellenz, die besser Persisch spricht als mein Ahmed und für sein Gedächtnis – und seine Grausamkeit – bekannt ist.« Hinter ihm hatte inzwischen Dursak den Vorhang vor dem Einstieg zugezogen und stand nun mit dem Rücken zum Cockpit, die Maschinenpistole unauffällig im Anschlag.
Armstrong lächelte. »Das war nur ein Scherz des Herrn Oberst, Hoheit.«
»Da bin ich gegenteiliger Meinung. Selbst hier in Täbris haben wir von dem Experten des Sonderdezernats gehört, zwölf Jahre im Dienst des Schahs, Hofschranze unter Hofschranzen.« Das Lächeln verschwand aus Armstrongs Gesicht, und sowohl er wie auch Haschemi waren angesichts dieses eklatant schlechten Benehmens schockiert. »Ich habe Ihre Akte gelesen.« Abdullah richtete seinen Blick auf Haschemi; er war jetzt völlig überzeugt, daß der Durchführung seines Plans nichts entgegenstand. Auf ein Zeichen von ihm sollte Ahmed die beiden töten, im Flugzeug eine Sprengladung anbringen, die Piloten wieder an Bord schicken und abfliegen lassen. Er selbst würde natürlich nichts mit ihrem Feuertod zu tun haben, ganz im Gegenteil: Nach einem so ergiebigen Gespräch, in dessen Verlauf er seine volle Unterstützung für die Zentralregierung versprochen hatte, würde ihn diese Tragödie in tiefe Trauer versetzen.
»Da wären wir nun also wieder, Exzellenz«, sagte Abdullah. »Was kann ich für Sie tun? Ich weiß, Sie haben bedauerlicherweise nur wenig Zeit für uns.«
»Vielleicht kann ich etwas für *Sie* tun, Hoheit. Vielleicht...«
»Kommen Sie zur Sache, Herr Oberst!« konterte der Khan brüsk. Er war seiner jetzt völlig sicher. »Wir kennen einander, wir können auf Schmeicheleien und Komplimente völlig verzichten und schnell zur Sache kommen. Ich habe viel zu tun. Wenn Sie so höflich gewesen wären, allein in meinen Wagen zu kommen, hätte ich mich leichter getan, mit Ihnen zu sprechen. Kommen Sie jetzt zur Sache!«
»Ich möchte mit Ihnen über den Mann sprechen, der Sie überwacht, über den Generaloberst Mzytryk«, sagte Haschemi ebenso brüsk, »und über Ihre

langjährige Verbindung mit dem KGB, hergestellt durch diesen Mzytryk, Deckname Ali Koy.«
»Überwacht? Von wem überwacht? Wer ist der Mann?« hörte Abdullah Khan sich fragen, aber in seinem Kopf gellte ein Aufschrei. Das kannst du nicht wissen, unmöglich! Und durch den Sturzbach seiner eigenen Herzschläge hörte er, wie der Oberst noch andere Dinge sagte, die alles noch viel, viel schlimmer machten, vor allem aber seinen Plan in Fetzen rissen. Wenn der Oberst solche Geheimnisse so offen vor diesem Fremden und Ahmed ausplauderte, dann würden diese Geheimnisse auch an einem sicheren Ort schriftlich niedergelegt sein und im Falle eines »Unfalls« vom Revolutionären Komitee gelesen werden.
»Dieser Mann«, fuhr Haschemi ihn an, der die Verwandlung in seinem Gegenüber sah und entschlossen war, seinen Vorteil auszunützen, »heißt Pjotr Oleg Mzytryk. Seine Datscha befindet sich am Tzvenghid-See in den Verborgenen Tälern östlich von Tiflis. Sein Deckname ist Ali Koy und der Ihre Iw...«
»Warten Sie!« unterbrach ihn Abdullah heiser und leichenblaß. Nicht einmal Ahmed wußte das und durfte es auch nicht wissen. »Ich... Ein Glas Wasser bitte!«
Armstrong wollte aufstehen, ließ es aber sein, als Dursak seine Pistole auf ihn richtete. »Bitte, bleiben Sie sitzen, Exzellenz! Ich hole es. Sie beide, schnallen Sie sich an!«
»Das ist doch nicht...«
»Tun Sie's«, zischte Dursak und schwenkte die Maschinenpistole. Er war entsetzt über des Khans verändertes Aussehen und veränderte Taktik und durchaus bereit, den anderen Plan selbst zur Ausführung zu bringen. »Schnallen Sie sich an!«
Sie gehorchten. Dursak stand neben dem Wasserhahn, füllte einen Plastikbecher und gab ihn dem Khan. Haschemi und Armstrong sahen mit ungerührter Miene zu. Sie hatte beide nicht erwartet, daß der Khan so schnell kapitulieren würde. Der Mann schien vor ihren Augen zusammengeschrumpft zu sein, er war leichenblaß und atmete schwer.
Er trank das Wasser aus und sah Haschemi an. Die kleinen Augen hinter der Brille waren blutunterlaufen. Er nahm die Brille ab und putzte sie zerstreut, bemüht, wieder zu Kräften zu kommen. »Warte neben dem Wagen auf mich, Ahmed!«
Dursak gehorchte widerstrebend. Armstrong löste seinen Sicherheitsgurt und zog hinter ihm den Vorhang wieder zu. Für den Augenblick fühlte sich der Khan wohler. Der eisige Luftzug hatte ihm vorübergehend geholfen, wieder klar zu denken. »Also, was wollen Sie?«
»Ihr Deckname ist Iwanowitsch. Seit Januar 1944 sind Sie KGB-Agent. In dieser Zeit...«
»Alles gelogen. Was wollen Sie?«
»Ich möchte mit Pjotr Oleg Mzytryk zusammentreffen. Ich möchte ihn einer gründlichen Befragung unterziehen, im geheimen.«

Der Khan hörte die Worte und dachte darüber nach. Wenn dieser Hundesohn Pjotrs und seinen Decknamen kannte und von den Verborgenen Tälern und vom Januar 1944 wußte, als er heimlich nach Moskau gefahren war, um in den KGB einzutreten, dann waren ihm auch noch andere strafbare Handlungen bekannt. Daß er all dies nur zum Nutzen seines geliebten Aserbeidschan tat und getan hatte, würde die Mörder auf der rechten und auf der linken Seite kaum bekümmern. »Ihre Gegenleistung?«
»Jede Freiheit, ungehindert in Aserbeidschan zu agieren – solange Sie tun, was dem Iran nützt. Dazu eine feste Arbeitsvereinbarung mit mir. Ich werde Sie mit Informationen beliefern, mit denen Sie die Tudeh, die Linken *und* die Kurden in die Hand bekommen. Auch werde ich Ihnen nachweisen, daß die Sowjets Ihnen entgegenarbeiten. So wurden Sie zum Beispiel als zur Sektion 16/a gehörig eingestuft.«
Der Khan starrte ihn mit offenem Mund an. In seinen Ohren dröhnte es. »Das glaube ich nicht!«
»Pjotr Oleg Mzytryk hat den Befehl selbst unterzeichnet«, versicherte ihm Haschemi.
»Beweise, ich will Beweise sehen!« stieß Abdullah hervor.
»Locken Sie ihn über die Grenze, und ich liefere Ihnen die Beweise; besser gesagt, er wird sie Ihnen liefern.«
»Sie... Sie lügen.«
»Hatten Sie nicht die Absicht, heute oder morgen, seiner Einladung folgend, nach Tiflis zu fahren? Sie wären nie wieder zurückgekommen. Es hätte geheißen, daß Sie aus dem Iran geflohen sind. Man hätte sie gebrandmarkt, Ihre Familie mit Schimpf und Schande davongejagt, Ihren Besitz eingezogen und den Mullahs überlassen.« Jetzt, da Haschemi wußte, daß er Abdullah in der Hand hatte, gab es nur noch einen Faktor, der ihm Sorgen bereitete: der Gesundheitszustand des Khans. Sein sonst schwärzliches Gesicht war bleich, eine merkwürdige Röte umgab seine Augen und zog sich bis zu den Schläfen hinauf, und die Stirnschlagader trat deutlich hervor. »Sie täten gut daran, die Reise nach Norden nicht anzutreten und die Zahl Ihrer Leibwächter zu verdoppeln. Ich könnte Pjotr Oleg austauschen... besser noch, ich könnte zulassen, daß Sie ihn retten... Nun, es gibt viele Lösungen, sobald ich einmal über ihn verfügen kann.«
»Was wollen Sie von ihm?«
»Informationen.«
»Könnte ich... könnte ich mich daran beteiligen?«
Haschemi lächelte. »Warum nicht? Wir sind uns also einig?«
Die Lippen des Khans bewegten sich lautlos. »Ich werde es versuchen«, sagte er dann.
»Nein«, konterte der Oberst grob; die Zeit für den Gnadenstoß schien ihm gekommen zu sein. »Nein, nicht versuchen, Sie haben vier Tage. Ich komme am Samstag zurück. Am Samstag mittag bin ich in Ihrem Palast, um ihn mir zu holen. Oder wenn es Ihnen lieber ist, können Sie ihn auch bei dieser Adresse abliefern.« Er schob ihm einen Zettel über den Tisch. »Oder – eine

dritte Möglichkeit: Wenn Sie mich wissen lassen, wann und wo er über die Grenze kommt, kümmere ich mich um alles.« Er löste die Schnalle des Sicherheitsgurts und erhob sich. »Vier Tage, Iwanowitsch.«
Vor Wut platzte Abdullah schier das Trommelfell. Er versuchte sich zu erheben, aber es gelang ihm nicht. Armstrong half ihm auf, und Haschemi ging zum Vorhang. Aber bevor er ihn zurückschlug, nahm er die Pistole aus seinem Schulterhalfter. »Sagen Sie Ihrem Ahmed, er soll uns nicht belästigen.«
Schwankend stand der Khan im offenen Einstieg und tat, wie ihm geheißen. Dursak wartete am Fuß der Gangway, die Maschinenpistole im Anschlag. Der Wind hatte die Richtung geändert und war wesentlich stärker geworden. »Hast du nicht gehört, was Seine Hoheit gesagt hat?« rief der Oberst hinunter. »Es ist alles in Ordnung, aber er braucht Hilfe. Er sollte vielleicht so bald wie möglich einen Arzt kommen lassen.«
Dursak war verwirrt und wußte nicht, was er tun sollte. Da stand sein Herr, offensichtlich in schlechterer Verfassung als zuvor, und hier waren die Männer, die an dieser Veränderung schuld waren, die getötet werden sollten und nicht entkommen durften.
»Hilf mir in den Wagen, Ahmed«, sagte der Khan und stieß einen Fluch aus. Damit war alles entschieden. Dursak ließ die Waffe sinken. Armstrong stieg zusammen mit Abdullah die Gangway hinunter. Hastig verließen die Piloten den Wagen und eilten zum Flugzeug, während Armstrong dem kranken Mann in den Fond half. Ganz allein im Freien fühlte sich der Engländer schutzloser als je zuvor. Haschemi stand oben im Einstieg in Sicherheit. Die Triebwerke wurden angelassen.
»*Salaam*, Hoheit«, sagte Armstrong. »Ich hoffe, es wird Ihnen bald wieder besser gehen.«
»Sie sollten unser Land schnellstens verlassen«, erwiderte der Khan und wandte sich an seinen Fahrer. »In den Palast zurück!«
Armstrong schaute dem davonrasenden Wagen nach und drehte sich um. Er sah Haschemis sonderbares Lächeln, die halbversteckte Pistole in seiner Hand, und einen Augenblick lang dachte er, der Mann würde ihn erschießen. »Beeil dich, Robert!«
Er lief die Gangway hinauf. Der Copilot hatte bereits den Einholknopf gedrückt. Die Stufen hoben sich. Die Tür ging zu, und das Flugzeug begann zu rollen. »Es ist kalt draußen«, sagte Armstrong.
Haschemi kümmerte sich nicht um ihn. »Starten Sie, so schnell Sie können, Captain«, befahl er; er stellte sich hinter die Piloten.
»Ich muß die Maschine wenden, Sir. Mit dem Wind von hinten wage ich nicht abzuheben.«
Haschemi fluchte und spähte durch die Cockpitscheiben. Das andere Ende der Startbahn schien eine Million Meter entfernt zu sein. Der Wind fegte den Schnee von der Piste. Um das richtige Ende der Rollbahn zu erreichen, hätten sie nahe an den Parkplatz des Terminals heranrollen, ihn überqueren und über die gegenüberliegende Rampe zum Startpunkt fahren müssen. Er konnte den

Rolls sehen, der auf das Abfertigungsgebäude zubrauste. Bewaffnete Männer sammelten sich, um den Wagen zu empfangen. »Rollen Sie auf der Piste zurück, und starten Sie so schnell wie möglich!«
»Ohne Freigabe durch den Tower ist das höchst irregulär«, gab John Hogg zu bedenken.
»Wäre Ihnen eine Kugel im Kopf oder eine Zelle im Gefängnis der SAVAK lieber? Diese Männer wollen uns nichts Gutes. Tun Sie's!«
Hogg konnte die Gewehre sehen. Er drückte auf die Sendetaste. »Echo Tango Laura Laura bittet um Erlaubnis, zurückzurollen«, sagte er, ohne jedoch eine Antwort zu erwarten. Er schwenkte den Jet auf die Rollbahn zurück, rutschte seitlich ab, gab ein wenig mehr Gas und blieb auf der linken Seite parallel zu den Landespuren. »Tower. Hier Echo Tango Laura Laura. Wir rollen zurück.« Gordon Jones, der Copilot, überprüfte die Instrumente und bereitete alles für den Heimflug nach Teheran vor. Er beobachtete den Rolls, der drüben beim Terminal stehenblieb und von Bewaffneten umringt wurde.
»So schnell Sie können«, drängte Haschemi. »Wenden Sie! Die Rollbahn ist genügend breit.«
»Sobald ich kann, Sir«, antwortete Hogg höflich. Verdammter Trottel, dachte er, Oberst, oder was du auch bist. Auch ich wäre gern schon längst in der Luft. Er hatte die Feindseligkeit der Männer im Wagen gespürt und schon in Teheran McIvers Nervosität. Aber der Tower in Teheran hatte ihm unverzüglich Starterlaubnis erteilt, ihm sogar Priorität zuerkannt, so als hätte er Khomeini persönlich an Bord gehabt. Was wir nicht alles für England tun! Über seine Hände und Füße spürte er den Schnee und das Eis und die Glätte des Bodens. Er nahm ein wenig Gas weg. »Vielleicht würden Sie sich anschnallen, Sir.«
»Sieh mal!« sagte der Copilot, während sie zurückrollten. Etwa einen Kilometer vor ihnen durchquerte ein Jet-Helikopter den Luftraum. »Eine 212, nicht wahr?«
»Ja. Sieht aber nicht aus, als ob sie hier landen wollte«, sagte Hogg, während seine Augen den Horizont absuchten. Am Terminal hielt nun ein anderer Wagen neben den Männern, die den Rolls umringten. Vorne rechts funkelte ein Licht; die 212 war hinter einem Hügel verschwunden; rechts erhob sich ein Schwarm Vögel; alle Zeiger standen sicher im grünen Bereich; ein Mann auf dem Dach des Abfertigungsgebäudes; Kraftstoff in Ordnung; der Schnee nicht zu tief, darunter eine Eisschicht. Achtung auf die Verwehung vor uns! Jetzt ein bißchen nach rechts; Wind immer noch im Rücken; im Norden bauen sich Gewitterwolken auf; linkes Triebwerk eine Spur zurückschalten. Hogg korrigierte das ruckende Schwingen; auf der eisigen Oberfläche reagierte die Maschine besonders empfindlich. »Vielleicht sollten Sie jetzt Platz nehmen, Herr Oberst«, sagte er.
»Steigen Sie auf, so schnell Sie können!« Haschemi trat zurück. Er sah, daß Armstrong durch die Fenster den Terminal beobachtete. »Was machen sie dort, Robert? Gibt's Probleme?« fragte er.

»Noch nicht. Meinen Glückwunsch! Eine Glanzleistung, wie du mit Abdullah umgesprungen bist.«
»Wenn er liefert.« Jetzt, wo alles vorüber war, hatte Haschemi ein flaues Gefühl im Magen. Diesmal war ich dem Tod zu nahe, dachte er. Er nahm die Pistole aus seiner Seitentasche, sicherte sie und schob sie in sein Schulterhalfter. Seine Finger berührten den englischen Paß in seiner Innentasche. Vielleicht werde ich ihn doch nicht brauchen, dachte er. Gut. Es ginge mir sehr gegen den Strich, mir eine solche Schmach antun zu müssen. Er zündete sich eine Zigarette an. »Glaubst du, er wird uns noch bis Samstag erhalten bleiben? Ich dachte schon, er bekommt einen Schlaganfall.«
»Er ist schon seit Jahren so fett und schmierig.«
Armstrong hörte den brutalen Unterton heraus. Haschemi Fazir war immer gefährlich, immer nervös und gereizt; daß er die meisten Landsleute verachtete, tat seinem fanatischen Patriotismus keinen Abbruch. »Sie haben ihn völlig richtig behandelt«, sagte er und blickte wieder aus dem Fenster. Der Rolls, der andere Wagen und die Männer, die sie umstanden, waren schon ziemlich weit weg und von den Schneewehen halb verdeckt, aber er konnte viele Schußwaffen sehen, und von Zeit zu Zeit deutete man mit der ausgestreckten Hand nach ihnen. Um Himmels willen, macht schon, dachte er, hebt endlich ab!
»Herr Oberst«, kam Hoggs Stimme über den Lautsprecher. »Würden Sie bitte nach vorn kommen?«
Haschemi eilte zum Cockpit.
»Da, Sir«, sagte Hogg und zeigte nach rechts, über das Ende der Rollbahn hinaus auf eine Gruppe von Kiefern. »Was halten Sie davon?« Der kleine Lichtpunkt begann von neuem zu blinken. »Es ist ein SOS.«
»Robert«, rief Haschemi, »schau doch mal nach rechts vorn!«
Die vier Männer konzentrierten sich. Das Licht wiederholte das SOS-Zeichen. »Da ist kein Irrtum möglich«, meinte Hogg. »Ich könnte auf das Signal antworten.« Er deutete auf die Hochleistungssignalleuchte, die in einer Notsituation, wenn die Funkgeräte ausfielen, grünes oder rotes Licht gab.
»Was hältst du davon, Robert?« rief Haschemi in die Kabine zurück.
Die 125 brauste die Rollbahn hinunter auf das Licht zu. Die Männer im Flugzeug warteten und sahen dann drei kleine Gestalten unter den Bäumen hervortreten: zwei Männer und eine Frau im Tschador. Und sie sahen ihre Waffen.
»Das ist eine Falle«, entfuhr es Haschemi sogleich. »Machen Sie kehrt!«
»Das kann ich nicht«, sagte Hogg. »Ich habe nicht genug Rollbahn.« Sie sahen, wie die drei Menschen ihre Pistolen schwenkten.
»Schauen wir, daß wir hier rauskommen!« rief Armstrong.
»So schnell ich kann«, gab Hogg zurück. »Herr Oberst, gehen Sie bitte wieder auf Ihren Platz. Es könnte ein bißchen unruhig werden.« Er verbannte die Passagiere aus seinen Gedanken. »Gordon, behalte die Leute da draußen, aber auch den Terminal im Auge.«
»Wird gemacht.«
Der Captain blickte sich kurz um, um das Ende der Piste zu checken, und kam

zu dem Schluß, daß sie noch nicht weit genug waren; dennoch nahm er Kraft weg und berührte die Bremsen. Als die Maschine anfing zu rutschen, löste er die Bremsen wieder; der Wind drehte sich, aber er hielt den Jet so stabil, wie er konnte. Die Gestalten bei den Bäumen waren jetzt größer.
»Scheinen Einheimische zu sein. Zwei automatische Karabiner.«
Gordon Jones warf einen Blick zum Terminal hinüber. »Der Rolls ist weg. Aber über die Rampe kommt ein Wagen auf uns zu.«
Hogg drosselte die Triebwerke. Immer noch war das Tempo zu hoch, um umzukehren. »Scheiße, ich glaube, einer der Einheimischen hat einen Schuß abgegeben«, stieß Jones mit heiserer Stimme hervor.
»Jetzt geht's los!« sagte Hogg ins Mikrophon, bremste, fühlte, wie die Maschine wegrutschte, bekam sie wieder unter Kontrolle und begann die Kehre über die ganze Breite der Rollbahn.
Armstrong und Haschemi in der Kabine klammerten sich grimmig an ihre Sitze und sahen einen der beiden Männer, seinen Karabiner schwenkend, auf sie zulaufen. »Wir geben ein wehrloses Ziel ab«, murmelte Armstrong. Er fühlte, wie der Jet ohne Bodenhaftung in die Kurve schlitterte, und fluchte.
Hogg im Cockpit pfiff lautlos. Immer noch seitlich abrutschend, brauste der Jet jetzt über die Landespuren. Hogg wagte es noch nicht, auf die Tube zu drücken, und wartete mit trockenem Mund darauf, daß sich die Maschine schneller in den Wind drehte. Aber das tat sie nicht, sie glitt nur weiter – hohe Wehen zur Seite, nutzlos die Räder, gefährlich das Bremsen, Eis unter dem Schnee.
Unaufhaltsam kamen die Verwehungen der Maschine näher und näher. Er sah die zackigen Eisränder, die ihre Haut auseinanderreißen würden. Er konnte nur abwarten. Da erfaßte ein Windstoß das Leitwerk und drehte den Jet herum, bis er, wenn auch noch rutschend, gegen den Wind flatterte. Langsam brachte Hogg die Triebwerke auf Touren, und er fühlte, wie die Maschine aufhörte zu schlittern. Er schob sofort den Leistungshebel langsam vor, bis er eine Vorwärtsbewegung verspürte. Nun wurde er allmählich schneller, erlangte schließlich volle Kontrolle und schob die Leistungshebel ganz nach vorn. Die 125 schoß dahin. Die Räder verließen den Boden, er betätigte den Fahrgestellhebel, und sie hoben ab.
»Wenn Sie wünschen, können Sie jetzt rauchen«, sagte er lakonisch ins Mikrophon. Er war sehr zufrieden mit sich.
Auf dem Flugfeld, nicht weit von den Kiefern entfernt, hatte Ross aufgehört zu laufen und zu winken. Die Brust tat ihm weh. »Verdammte Schweine«, schrie er dem Flugzeug nach. »Habt ihr keine Augen im Kopf?«
Tief enttäuscht ging er zu den anderen zurück, die am Waldrand gewartet hatten. Niedergeschlagenheit hatte auch sie ergriffen. So nahe war die Rettung gewesen! Mit seinem Feldstecher hatte er den Khan ankommen gesehen, dann an Bord gehen und später Armstrong mit dem Khan die Gangway heruntersteigen. »Laß mich auch sehen, Johnny«, hatte Azadeh besorgt gebeten und das Glas neu eingestellt, um es ihren Augen anzupassen. »Oh, Vater sieht krank aus. Der Arzt hat ihn immer wieder ermahnt, Diät zu halten und das Leben leichter zu nehmen.«

»Es geht ihm ausgezeichnet«, hatte Ross erwidert und sich bemüht, seine Stimme nicht allzu sarkastisch klingen zu lassen. Aber sie hatte es gehört und war errötet. »Es tut mir leid. Ich wollte nicht... Ich meinte nur...«
»Schon gut«, hatte er gesagt und das Fernglas wieder auf Armstrong gerichtet. Er war überglücklich gewesen, Armstrong vor sich zu haben, und hatte sich sofort einen Plan ausgedacht, um an Bord zu kommen.
Aber nun haben wir es doch nicht geschafft, sagte er sich verbittert, während er durch den Schnee stapfte. Wir sitzen in der Scheiße. Sie müssen doch das SOS gesehen haben, warum zum Teufel haben Sie nicht...
Er hörte Guengs schrilles Warnsignal und wirbelte herum. Ein nur noch 200 Meter entfernter Wagen kam auf sie zu. Er lief zurück und deutete auf den Wald: »Da hinein!«
Schon früher hatte er sich einen Plan ausgedacht: zuerst zum Flugplatz, und wenn das nicht klappte, zu Erikkis Stützpunkt, über sechs Kilometer südöstlich von Täbris. Er warf einen Blick zurück. Der Wagen blieb am Rand der Rollbahn stehen. Männer stiegen aus, wollten ihnen nachsetzen, fanden es aber offenbar zu beschwerlich, die Schneewehen zu überwinden. Sie kletterten wieder in den Wagen und fuhren davon. »Jetzt kriegen sie uns nicht mehr«, sagte Ross. Notgedrungen nahmen sie den kaum ausgetretenen Weg, der tiefer in den Wald führte. Hinter diesem Waldstück lagen vereiste Felder, von denen die meisten entgegen der Landreform des Schahs einigen wenigen Grundbesitzern gehörten. Hinter den Feldern begannen die vorstädtischen Elendsviertel von Täbris. Sie sahen die Minarette der Blauen Moschee und Rauchschwaden, die der Wind vor sich her trieb. »Können wir einen Bogen um die Stadt machen, Azadeh?«
»Ja«, antwortete sie, »aber es ist ziemlich weit.«
Ihre unterschwellige Besorgnis war nicht zu überhören. Bisher war sie schnell gewesen und hatte sich nicht beklagt. Aber sie stellte immer noch eine Gefahr dar. Die Männer trugen Eingeborenengewänder über den Uniformen. Ihre schweren Stiefel würden keinen Anstoß erregen, ebensowenig wie ihre Waffen. Aber eine Frau im Tschador? Er sah sie an, immer noch befremdet von dem häßlichen Aussehen, das der Umhang ihr gab. Sie fühlte seinen Blick und versuchte zu lächeln. Sie verstand, wie der Tschador wirkte, und daß sie eine Last für die beiden Männer war.
»Gehen wir lieber durch die Stadt«, schlug sie vor. »Wir bleiben einfach in den Nebenstraßen. Ich habe etwas Geld bei mir, und wir können uns etwas zu essen kaufen. Johnny, du könntest ein Kaukasier sein, aus Astara zum Beispiel, und ich würde deine Frau spielen. Sie, Gueng, sprechen Nepalesisch oder eine fremde Sprache, Sie sind exotisch und arrogant wie die Turkmenen aus dem Norden – für einen solchen wird man Sie halten. Ich könnte aber auch grüne Bänder kaufen und *hezbollahis* aus euch machen...«
»Ausgezeichnet, Azadeh! Aber vielleicht sollten wir nicht ständig beieinander bleiben. Gueng, du kannst uns folgen.«
»Auf der Straße gehen iranische Frauen immer hinter ihren Männern. Ich werde zwei Schritte zurückbleiben, Johnny.«

»Das ist ein guter Plan, Memsahib«, erklärte Gueng. »Sehr gut.«
Ihr Lächeln dankte ihm. Bald waren sie in den Gassen und Gäßchen des Elendsviertels. Von Straßenverkäufern kaufte Azadeh Proviant: frisches Brot, Lamm-Kebab, Bohnen, Gemüse-Khoresch mit Reis. Sie setzten sich auf eine Bank, aßen gierig und setzten ihren Weg fort. Keiner achtete auf sie. Als die Muezzins zum Nachmittagsgebet riefen, blieb Azadeh erschrocken stehen. Um sie herum suchten Männer und Frauen nach einem Stück Teppich oder Zeitung oder Karton, um darauf zu knien und zu beten. Ross zögerte, sah aber dann ihren flehenden Blick und tat ebenfalls, als betete er. Entlang der ganzen Straße blieben nur vier oder fünf Personen aufrecht stehen, unter ihnen Gueng, der sich an eine Hausmauer lehnte. Niemand belästigte die Stehenden, denn in Täbris lebten viele Rassen und viele Religionen.
Sie setzten ihren Weg in südöstlicher Richtung fort und befanden sich jetzt wieder in Vorstädten, einem Labyrinth aus Gäßchen und Höfen mit Müllhaufen und räudigen, halbverhungerten Hunden. Bald würden sie die Felder und Obstgärten erreicht haben und anschließend den Wald und die Hauptstraße nach Teheran, die sich zum Paß hinaufwand und sie zum Stützpunkt Täbris 1 führen würde. Was sie dann tun sollten, wußte Ross nicht, aber Azadeh kannte mehrere Höhlen in der Nähe, wo sie sich verstecken konnten, bis ein Hubschrauber landete.
Sie kamen auf einen von Schneehaufen gesäumten Karrenweg, dem sie mit anderen, die sich mühselig dahinschleppten, folgten. Die einen hatten Lastesel am Zügel, die anderen gingen gebeugt unter dem Gewicht ihrer Bürden. Manche verrichteten ihre Notdurft direkt am Pfad – eine Handvoll Schnee mit der linken Hand zur Reinigung, und weiter ging's. Ein buntes Gemisch von Menschen verschiedenster Herkunft und Rassen, die nur ihre Armut und den Stolz gemein hatten.
Der Weg durch die Stadt hatte Azadeh sehr ermüdet. Sie fürchtete die ganze Zeit, einen Fehler zu machen oder entdeckt zu werden. Sie war krank vor Sorge um Erikki, und wußte nicht, wie sie zum Stützpunkt kommen und was sie dort tun sollten. *Inscha'Allah*, sagte sie sich ein um das andere Mal, Allah wird dich beschützen, dich und ihn und Johnny.
Als sie zu der Stelle kamen, wo der Karrenweg in die Straße nach Teheran einmündete, sahen sie *hezbollahis* und bewaffnete Männer neben einer primitiven Straßensperre stehen. Die Wachtposten beobachteten die Leute, die vorbeikamen, und untersuchten die Fahrzeuge. Es gab keine Möglichkeit, ihnen auszuweichen.
»Du gehst als erste, Azadeh!« flüsterte Ross. »Warte weiter oben an der Straße auf uns. Wenn man uns aufhält, misch dich nicht ein! Geh weiter Richtung Stützpunkt. Es ist sicherer, wenn wir uns trennen.« Er lächelte. Die Angst ließ ihr Gesicht noch blasser erscheinen. Sie ging weiter und trug dabei seinen Tornister, denn als sie aus der Stadt gekommen waren, hatte sie darauf bestanden: »Schau die anderen Frauen an, Johnny! Wenn ich nichts zu tragen habe, falle ich sofort auf.«
Die zwei Männer warteten, gingen dann an den Straßenrand und urinierten in

einen Schneehaufen. Menschen stapften an ihnen vorbei. Einigen fielen sie auf. Manche beschimpften sie als Ungläubige. Der eine oder andere wunderte sich über sie. Ohne es zu wissen, hatten sie ihre Notdurft in Richtung Mekka verrichtet, was ein Moslem nie getan hätte.
»Wenn sie durch ist, gehst du als nächster, Gueng! Ich komme in zehn Minuten nach.«
»Besser, Sie gehen jetzt«, widersprach Gueng. »Ich bin doch Turkmene.«
»Na schön. Aber wenn ich aufgehalten werde, misch dich nicht ein! Schleich dich vorbei und bring sie in Sicherheit! Ich verlasse mich auf dich.«
Der geschmeidige Gurkha grinste. »Lassen Sie sich nicht erwischen, Sahib! Sie haben noch viel zu tun.« Gueng sah an ihm vorbei zu der 100 Meter entfernten Straßensperre hinauf. Dort war gerade Azadeh an der Reihe. Einer der *hezbollahis* sagte etwas zu ihr, sie wandte den Blick ab und erwiderte etwas, und er ließ sie passieren. »Warten Sie nicht auf der Straße auf mich, Sahib! Vielleicht gehe ich ein Stück zurück und dann quer über die Felder. Machen Sie sich keine Sorgen! Ich finde Sie schon.« Gueng mischte sich unter die Menge, die in die andere Richtung ging. Nach etwa 100 Metern setzte er sich auf eine umgekehrte Kiste und schnürte seinen Stiefel auf, als ob er Schmerzen hätte. Seine Socken waren in Fetzen, aber das störte ihn nicht. Seine Fußsohlen waren hart wie Eisen. Gemächlich schnürte er dann wieder seine Stiefel; es machte ihm Spaß, Turkmene zu sein.
Vor der Straßensperre stellte sich Ross in die Reihe derer, die Täbris verließen. Die Menschen waren gereizt, denn wie immer haßten sie jeden, der ihnen das Recht verwehren wollte, zu gehen, wohin es ihnen paßte. Viele machten aus ihrem Ärger kein Hehl, und da und dort kam es fast zu einer Schlägerei. »Du«, sagte ein *hezbollahi* zu Ross, »wo sind deine Papiere?«
Zornig spuckte Ross vor ihm aus. »Papiere? Diese linken Hunde haben mein Haus niedergebrannt, haben meine Frau und mein Kind verbrannt. Mir ist nichts geblieben als dieser Karabiner und ein wenig Munition. Es war Allahs Wille – aber warum geht ihr nicht und verbrennt diese Satansbrut und tut das Werk Allahs, statt anständige Leute hier aufzuhalten?«
»Wir sind auch anständig«, gab der Mann erbost zurück. »Wir tun das Werk Allahs. Woher kommst du?«
»Aus Astara. Astara an der Küste. Und du?«
Der nächste in der Reihe und der Mann hinter diesem fingen an zu fluchen und forderten die *hezbollahis* auf, sich gefälligst zu beeilen und sie nicht in der Kälte warten zu lassen. Ein Polizist kam dahergeschlendert, und Ross beschloß, es zu riskieren. Er stieß einen Fluch aus und drängte sich einfach durch. Ein anderer Mann folgte ihm – und sie hatten die Sperre hinter sich. Der *hezbollahi* bedachte sie zwar mit einigen Schimpfwörtern, wandte sich jedoch dann anderen zu, die durch die Sperre wollten.
Ross brauchte eine kleine Weile, bis er wieder frei atmen konnte. Er beeilte sich nicht und setzte gemählich seinen Weg fort. Von Azadeh war nichts zu sehen. Privatwagen und Lastautos kamen vorbei, quälten sich knirschend die Steigung hinauf oder kamen mit zu hohem Tempo herunter, so daß die

Menschen von Zeit zu Zeit schimpfend auseinanderstoben. Der Mann, der bei der Straßensperre hinter ihm gestanden hatte, holte ihn ein, ein Mann mittleren Alters mit einem durchfurchten, kraftvollen Gesicht, ärmlich gekleidet, das Gewehr gut gepflegt. »Dieser Hundesohn von einem *hezbollahi*«, knurrte er. »Sie hatten recht, Agha, die sollen lieber Allahs Werk tun im Auftrag des Imam, nicht des Abdullah Khan.«
Ross war auf der Hut. »In wessen Auftrag?«
»Ich bin aus Astara, und an Ihrem Akzent habe ich gemerkt, daß Sie nicht aus Astara sind, Agha. Männer aus Astara pissen nicht in Richtung Mekka – in Astara sind wir alle gute Moslems. So, wie Sie aussehen, müssen Sie der Saboteur sein, auf den der Khan einen Preis ausgesetzt hat.« Der Mann sprach mit ruhiger, seltsam freundlicher Stimme; das alte Enfield-Gewehr hing über seiner Schulter.
Ross sagte nichts, knurrte nur und ging weiter, ohne sein Tempo zu verändern.
»Ja, der Khan hat einen hohen Preis auf Ihren Kopf ausgesetzt, viele Pferde, eine Herde Schafe, zehn Kamele oder noch mehr. Die Prämie ist noch höher, wenn Sie ihm lebend gebracht werden. Aber wo ist diese Azadeh, seine Tochter, die Sie und noch ein anderer Mann entführt haben sollen?«
Ross starrte ihn mit offenem Mund an, und der Mann kicherte. »Sie müssen schon sehr müde sei, daß Sie sich so schnell verraten haben.« Unvermittelt verhärteten sich seine Züge. Er griff in die Tasche seiner alten Jacke, zog einen Revolver heraus und stieß ihn Ross in die Seite. »Gehen Sie jetzt einen Schritt vor mir, laufen Sie nicht und tun Sie nichts, oder ich schieße Ihnen in den Rücken! Also wo ist die Frau? Auch für sie ist eine Belohnung ausgesetzt.«
In diesem Augenblick kam ein Lastwagen vor ihnen das Gefälle heruntergesaust, geriet schwankend auf die Gegenfahrbahn und schoß laut hupend auf sie zu. Die Menschen stoben auseinander. Ross reagierte schneller. Er wich nach rechts aus, stieß aber den Mann mit der Schulter so kräftig in die Seite, daß dieser vor dem heranrasenden Vehikel lang hinschlug. Die Vorderräder des Wagens überrollten ihn, dann auch die Hinterräder. Der Wagen kam erst nach 30 Metern zum Stehen.
»Allah schütze uns! Haben Sie das gesehen?« fragte einer. »Er ist in den Lastwagen hineingelaufen!«
Ross zerrte die Leiche von der Straße weg. Der Revolver war im Schnee verschwunden.
»Ist dieser arme Mensch Ihr Vater, Agha?« erkundigte sich eine Frau.
»Nein... nein«, antwortete Ross, der jetzt fast in Panik geriet. »Ich... er ist ein Fremder. Ich habe ihn noch nie gesehen.«
»Beim Propheten, wie unvorsichtig manche Leute doch sind! Als hätten sie keine Augen. Ist er tot?« fragte der Lastwagenfahrer, der jetzt die Straße heraufkam. Er war ein bärtiger dunkelhäutiger Mann. »Allah ist mein Zeuge, daß er mir in den Wagen gelaufen ist. Das haben alle gesehen. Sie«, wandte er sich an Ross, »Sie gingen doch neben ihm, Sie müssen es gesehen haben.«
»Ja, ja, es ist so, wie Sie sagen. Ich ging neben ihm.«

»Wie es Allah gefällt.« Erleichtert ging der Fahrer zu seinem Lastwagen zurück. Alles war in bester Ordnung. »Seine Exzellenz hat es gesehen. *Inscha' Allah.*«
Ross drängte sich durch diejenigen, die stehengeblieben waren, und setzte seinen Weg fort: nicht zu schnell, nicht zu langsam. Nachdem er eine Biegung hinter sich hatte, beschleunigte er seine Schritte, während er sich die Frage vorlegte, ob es richtig gewesen war, so schnell zu reagieren, fast ohne nachzudenken. Aber der Mann hätte sie verraten! Weg mit ihm, Karma ist Karma. Wieder eine Biegung, und von Azadeh immer noch nichts zu sehen. Die Straße stieg steil an. Ein paar Bruchbuden standen am Waldrand, wildernde Hunde trieben sich zwischen ihnen herum. Die wenigen, die ihm nahekamen, verscheuchte er; viele hatten die Tollwut. Wieder eine Biegung, und da sah er Azadeh am Straßenrand sitzen und sich inmitten eines Dutzends anderer ausruhen. Sie sah ihn sofort, mahnte ihn mit einer leichten Kopfbewegung zur Vorsicht und ging dann weiter die Straße hinauf. Er blieb 20 Meter hinter ihr. Unten wurde geschossen. Wie alle anderen blieben auch sie stehen und blickten zurück. Sie konnten nichts sehen. Die Straßensperre lag bereits weit hinter ihnen, fast einen Kilometer. Nach einer kleinen Weile hörte das Schießen auf. Sie gingen weiter.
Hin und wieder wurden sie von einem Bus überholt, aber jeder war überfüllt, und keiner blieb stehen. Unter diesen Umständen mußte man auch an einer richtigen Haltestelle ein oder zwei Tage warten, bevor es irgendwo einen Platz gab. Nur Lastwagen blieben manchmal stehen, gegen Bezahlung.
Ein solcher tuckerte an ihnen vorbei und verlangsamte das Tempo, als der Fahrer mit Azadeh auf gleicher Höhe war. »Warum denn zu Fuß gehen, wenn die, die müde sind, mit Allahs und Cyrus' Hilfe fahren können?« rief der Fahrer mit einem lüsternen Seitenblick nach ihr und stieß seinen Gefährten in die Rippen. Sie hatten schon seit einiger Zeit das Wiegen ihrer Hüften, das auch der Tschador nicht verbergen konnte, beobachtet. »Warum sollte eine Blume Allahs zu Fuß gehen, wenn sie es auf einem Lastwagen oder auf dem Teppich eines Mannes bequem haben könnte?«
Sie sah erbost zu ihm hoch, stieß einen deftigen Fluch aus und rief zu Ross zurück: »Hör mal, Mann, dieser aussätzige Hundesohn hat es gewagt, mich zu beleidigen, und hat unzüchtige Reden gegen Allahs Gesetze geführt...«
Ross stand schon neben ihr, und der Fahrer blickte in den Lauf seines Karabiners. »Exzellenz... ich habe nur gefragt, ob Sie... ob Sie beide mitfahren wollen...«, stieß der Fahrer angstvoll hervor. »Hinten ist Platz... wenn Seine Exzellenz mir die Ehre geben...«
Der offene Lastwagen war zur Hälfte mit Alteisen beladen, aber das war immer noch besser, als zu Fuß zu gehen. »Und wohin geht die Fahrt?«
»Nach Qazvin, Exzellenz. Würden Sie uns die Ehre erweisen?«
Der Lastwagen blieb zwar nicht stehen, aber für Ross war es leicht, Azadeh über die Ladeklappe hinaufzuheben. Ihre Beine zitterten, sie war durchfroren und sehr nervös. Er nahm sie in seine Arme und hielt sie kurz fest.
»O Johnny, wenn du nicht gewesen wärst...« Sie spürte seine Wärme.

»Ist ja schon gut.« Qazvin? Das ist doch auf dem Weg nach Teheran? Natürlich!
»Nach zwei oder drei Kilomtern kommt die Abzweigung zum Stützpunkt«, sagte sie und erschauerte vor Kälte. »Rechts.«
Ach ja, der Stützpunkt. Und Erikki. Noch wichtiger: Was ist mit Gueng? Vergiß diese Frau und denk mal scharf nach. Was willst du tun?
»Wie ist denn das Terrain da oben?« fragte er sie.
»Es ist ziemlich eben. Jetzt kommt bald unser Dorf, Abu-Mard, und dann wird das Gelände flach, eine Art bewaldetes Plateau. Von dort steigt die Hauptstraße weiter zum Paß hinauf.«
»Wir könnten also nach dem Dorf absteigen und um den Wald herumgehen, um umgesehen zum Stützpunkt zu kommen. Wäre das möglich?«
»Ja. Ich kenne die Gegend gut. Ich... ich habe in der Dorfschule unterrichtet und bin oft mit den Kindern spazierengegangen. Ich kenne die Wege.« Wieder zitterte sie.
»Wenn du dich duckst, bist du vor dem Wind geschützt. Dann wird dir gleich wärmer sein.«
Der alte Laster kämpfte sich die Steigung hinauf. Ross hielt Azadeh im Arm, und allmählich hörte sie auf zu zittern. Über der Heckklappe sah er einen Personenwagen näherkommen, der sie schnell überholte, gefolgt von einem Halbkettenfahrzeug in Tarnbemalung. Der Fahrer des Personenwagens hielt die Hand auf der Hupe. Der Laster hatte jedoch keinen Platz, um nach rechts auszuweichen, und so schwenkte der Personenwagen auf die Gegenfahrbahn und brauste weiter. Hoffentlich brecht ihr euch alle Knochen! dachte Ross, verärgert über den Lärm und die unglaubliche Dummheit. Da sah er, daß der Personenwagen voll bewaffneter Männer war. Auch auf der Ladefläche des Halbkettenfahrzeugs standen Bewaffnete und hielten sich an eisernen Pfosten fest. Während letzteres vorbeisauste, bekam er flüchtig einen menschlichen Körper zu sehen, der zwischen den Beinen der Männer lag. Zuerst dachte er, es wäre der Alte, den er unter den Lastwagen gestoßen hatte. Doch der war es nicht. Es war Gueng. Die Reste der Uniform waren nicht zu verkennen und auch nicht das *kookri*, das einer der Bewaffneten im Gürtel stecken hatte.
»Was ist los, Johnny?«
Er kauerte neben ihr, fühlte weder sie noch sonst etwas, nur daß er jetzt auch den zweiten seiner Gefährten verloren hatte. Seine Augen füllten sich mit Tränen.
»Was ist denn, Johnny? Was hast du?«
»Nichts. Es ist nur der Wind.« Er wischte sich die Tränen aus den Augen, kniete nieder und blickte geradeaus. Die Straße schlängelte sich in immer neuen Kurven den Berg hinauf, verschwand und erschien dann wieder. Jetzt konnte er schon das Dorf ausmachen. Dahinter wurde die Gegend flach, wie sie gesagt hatte. Der Personenwagen und das Halbkettenfahrzeug brausten durch das Dorf. Ross nahm sein Fernglas aus der Tasche und richtete es auf den Personenwagen. Dort, wo die Straße eben wurde, bog er rechts in eine Seitenstraße ab und verschwand. Das Halbkettenfahrzeug blieb stehen; ein

Dutzend Männer sprang herunter, verteilte sich über die Straße und bildete eine Postenkette. Dann bog auch das Kettenfahrzeug nach rechts ab.

Der Laster verlangsamte die Fahrt, als der Fahrer geräuschvoll den ersten Gang einlegte. Vor ihnen lag ein kurzes, aber steiles Straßenstück, in der Nähe verlief ein Pfad; Fußgänger waren keine zu sehen. »Wo führt dieser Weg hin, Azadeh?«

Auch sie kniete nieder und folgte seinem Blick. »Nach Abu-Mard, unserem Dorf. Er führt durch den Wald und endet dort.«

»Mach dich zum Abspringen bereit! Vor uns ist wieder eine Straßensperre.«

Im richtigen Augenblick schwang er sich über die Ladeklappe und half Azadeh herunter. Der Lastwagen fuhr weiter, und sein Fahrer sah sich nicht einmal um. Bald war er weit fort. Hand in Hand flohen sie in den Wald.

40

Zagros 3: 16 Uhr 05. Lochart lehnte am Cockpit der 212 und wartete darauf, eine weitere Ladung Rohre zum Bohrturm Rosa zu fliegen. Der Himmel war wolkenlos, die Berge so rein und gestochen scharf, daß er meinte, die Hand ausstrecken und sie berühren zu können. Er sah Rodrigues, seinem Mechaniker, zu, wie er, im Schnee kniend, den unter den Flügeln angebrachten Brennstoffbehälter überprüfte. »Das ist ein Nachmittag zum Rodeln oder Schifahren, Rod, nicht zum Abrackern.«

»Es ist ein Tag zum Abhauen, Tom.«

»Vielleicht müssen wir das gar nicht«, sagte Lochart. Seit seinem Gespräch mit Nitchak Khan am vergangenen Sonntag hatte er nichts mehr von ihm oder sonst jemandem aus dem Dorf gehört. »Vielleicht ändert das Komitee seine Meinung noch, oder Mac erreicht, daß sie den Befehl widerrufen. Wäre doch verrückt, uns rauszuschmeißen, wenn sie alles Öl brauchen, das sie kriegen können. Und Rosas neue Quelle ist eine wahre Glücksquelle – Jesper Almqvist sagte, er rechne mit 18 000 Barrel am Tag, wenn sie in Betrieb geht. Das sind 360 000 Dollar am Tag, Rod.«

»Das Öl ist den Mullahs scheißegal. Für sie zählt nur Allah, der Koran oder das Paradies. Das hast du selbst schon hundertmal gesagt.« Rodrigues wischte einen Ölfleck weg. »Wir hätten alle mit Jesper nach Schiras fliegen sollen – und raus. Wir sind hier nicht erwünscht. Nasiri haben sie erschossen, stimmt's? Er war wirklich ein netter Kerl. Hat nie jemandem etwas zuleide getan. Man hat uns befohlen, Leine zu ziehen. Worauf warten wir noch, zum Teufel?«

»Vielleicht hat es sich das Komitee anders überlegt. Wir haben elf Bohranlagen zu versorgen.«

»Die Bohrtürme produzieren nur ein Minimum. Die Crews können es gar nicht mehr erwarten wegzukommen, seit Wochen gibt es keine Ersatzleute.« Rodrigues stand auf, klopfte sich den Schnee von den Knien und fing an, sich das Öl von den Händen zu wischen. »Es ist doch verrückt, hierzubleiben, wenn man uns nicht haben will. Scot benimmt sich verdammt komisch, und du übrigens auch.«

»Unsinn.« Lochart hatte niemandem erzählt, was laut Scot wirklich auf dem Dorfplatz geschehen war. Neue Besorgnis flackerte in ihm auf – um Scot, um den Stützpunkt, um Scharazad, um die HBC und immer wieder um Scharazad.

»Das ist kein Unsinn«, setzte Rodrigues ihm zu. »Seit deiner Rückkehr aus Teheran bist du ein einziges Nervenbündel. Wenn du im Iran bleiben willst – okay, Tom, das ist etwas anderes. Du bist mit dem Iran verheiratet. Aber ich möchte raus.«

Lochart sah die Angst im Gesicht seines Freundes. »Hast du Probleme, Rod?«

Der vierschrötige Mann zog den Pulli über den Ansatz seines Bäuchleins herunter und schloß seinen Parka. »Mein falscher Personalausweis macht mich verdammt nervös. Ich brauch' doch nur den Mund aufzumachen, und jeder weiß, daß ich kein Engländer bin. Meine sämtlichen Zulassungen sind abgelaufen. So geht's natürlich auch 'n paar andern, aber ich bin der einzige Amerikaner hier. Ich kann nachts schon nicht mehr schlafen.«
»Warum hast du das nicht schon früher gesagt? Du brauchst doch nicht zu bleiben, Rod. Die 212 soll morgen ausfliegen. Warum begleitest du Scot nicht? Sobald du einmal in Al Schargas bist, kannst du dich nach Nigeria oder sonstwohin versetzen lassen.«
Einen Augenblick lang blieb Rodrigues stumm. »Das wär' mir schon recht, Tom. Wenn du das organisieren könntest, wär' mir um ein gutes Stück leichter.«
»Schon erledigt. Wir müssen einen Mechaniker mitschicken – warum nicht dich? Du bist der Dienstälteste.«
»Danke. Vielen Dank,. Tom.« Rodrigues strahlte. »Ich muß nur noch die Pedale festmachen, dann ist die Maschine so gut wie neu.«
Lochart sah, daß unten am Lagerplatz die Rohre zum Aufladen bereit waren. Zwei iranische Arbeiter machten sich daran, den Lasthaken in die Transportöse einzuführen. Er wollte schon in das Cockpit steigen, als er zwei Männer in etwa 100 Meter Entfernung vom Dorf heraufkommen sah. Nitchak Khan und ein anderer Mann mit einem Karabiner. Selbst aus dieser Entfernung war das grüne Armband nicht zu übersehen.
Lochart ging auf sie zu. »*Salaam*, Kalandar, *salaam*, Agha«, sagte er zu dem anderen Mann, der ebenfalls einen Bart trug, aber viel jünger war als der Khan.
»*Salaam*«, erwiderte Nitchak. »Man hat Ihnen bis zum fünften Sonnenuntergang Zeit gegeben.«
Lochart bemühte sich, seine Bestürzung zu verbergen. Heute war Dienstag. »Aber Exzellenz, der...«
»Bis zum fünften Sonnenuntergang«, wiederholte der *hezbollahi* schroff. »Am heiligen Tag dürfen Sie weder fliegen noch arbeiten, und wenn bis zum fünften Sonnenuntergang nicht alle Fremden und ihre Flugzeuge weg sind, wird der Stützpunkt niedergebrannt.«
Lochart starrte ihn an. Hinter dem Mann befand sich das Küchenhaus. Jean-Luc kam heraus und ging auf sie zu. »Das sind nur vier Arbeitstage, Agha, und ich glaube nicht...«
»*Inscha'Allah.*«
»Wenn wir gehen, müssen alle Bohranlagen stillgelegt werden. Nur wir können sie und ihre Leute versorgen. Das wird dem Iran sehr schaden und...«
»Der Islam braucht kein Öl. Die Fremden brauchen Öl. Fünf Tage. Wenn Sie länger bleiben, haben Sie sich die Folgen selbst zuzuschreiben.«
Mit einem Seitenblick auf seinen Begleiter wandte sich Nitchak Khan an Lochart. »Ich möchte mich mit diesem Mann zum Kalandar der italienischen Fremden begeben, um mit ihm zu sprechen. Gleich jetzt, bitte.«

»Wie Sie wünschen, Kalandar«, sagte Lochart. Insgeheim hoffte er, daß Mimmo Sera, der seit Jahren in den Bergen war, schon wissen würde, was zu tun sei. »Ich muß eine Ladung Rohre zum Bohrturm Rosa bringen. Wir können gleich losfliegen.«
»Rohre?« fragte der junge *hezbollahi* grob. »Wir brauchen keine Rohre. Wir fliegen so. Keine Rohre.«
»Wir fliegen mit den Rohren, oder Sie bleiben da«, entgegnete Lochart zornig. »Ayatollah Khomeini hat befohlen, die Ölproduktion zu normalisieren. Warum verweigert ihm das Komitee den Gehorsam?«
Mürrisch sah der *hezbollahi* den Khan an, der Lochart nun antwortete: »Wie es Allah gefällt. Der Ayatollah ist der Ayatollah, die Komitees gehorchen nur ihm. Gehen wir, Agha.«
»*Salaam*, Kalandar«, sagte Jean-Luc und trat auf sie zu. »Wie steht es, Tom?« fragte er auf Englisch.
»Sonntag bei Sonnenuntergang. Dann müssen wir weg sein. Am Freitag können wir nicht fliegen.«
Jean-Luc unterdrückte einen Fluch. »Keine Verhandlungen?«
»Keine. Hör mal, sie wollen mit Mimmo Sera sprechen. Ich komme so schnell wie möglich zurück. Dann besprechen wir, was zu tun ist. Wir können, Kalandar«, sagte er auf Persisch und öffnete die Kabinentür.
»Schaut doch mal!« Rodrigues deutete aufgeregt nach Norden, Richtung Berggipfel. Rauchwolken türmten sich am Himmel. »Rosa?«
»Könnte Bellissima sein«, meinte Jean-Luc.
Nitchak Khan blinzelte in die Ferne. »Das ist in der Nähe von dem Ort, wo wir hinwollen, ja?«
»Nicht weit davon, Kalandar.«
Der alte Mann schien sehr besorgt zu sein. »Es wäre vielleicht besser, die Rohre bei Ihrem nächsten Flug mitzunehmen, Pilot. Wir hören schon seit Tagen, daß linke Gruppen in den Bergen ihr Unwesen treiben, Sabotage planen und Unruhe stiften. Gestern nacht haben sie einem meiner Schäfer die Gurgel durchgeschnitten und die Genitalien abgehackt. Ich habe Männer ausgesandt, die nach den Mördern suchen.« Mit grimmigem Gesicht stieg er in die Kabine. Der *hezbollahi* folgte ihm.
»Rod«, sagte Lochart, »hol die 206 heraus. Jean-Luc, bleib beim Funkgerät. Ich melde mich.«
»*Oui. Pas de problème.*«
Lochart ließ die Rohre also doch auf dem Stützpunkt zurück und flog nach Norden. Es war Bellissima, und die Bohrstation brannte. Schon von weitem sah er zehn Meter hohe Flammen aus einem der Trailer schlagen, der bereits fast völlig ausgebrannt war. Nahe dem Bohrturm wütete ein zweites Feuer, und beim Sprengstoffschuppen lag ein Mensch im Schnee.
Als er näherkam, sah er ein halbes Dutzend Gestalten den gewundenen Weg hinunterlaufen, der ins Tal führte – alle bewaffnet. Ohne zu zögern wendete er und verfolgte sie. Er bedauerte, daß er keinen Kampfhubschrauber flog; es wäre ein leichtes gewesen, sie alle abzuknallen. Es waren sechs bärtige Männer

in undefinierbaren Einheimischengewändern. Dann sah er einen Mann stehenbleiben und zielen, sah die vertrauten Funken aus der Mündung des Gewehrs spritzen und drehte ab. Als er wiederkam, diesmal in größerer und sicherer Höhe, waren die Gestalten verschwunden.
Er blickte in die Kabine zurück. Nitchak Khan und der *bezbollahi* starrten durch die Seitenfenster nach unten. Lochart schrie etwas, aber sie hörten ihn nicht. Er hämmerte an die Wand der Kabine, um ihre Aufmerksamkeit zu erregen, und winkte Nitchak Khan heran. »Haben Sie sie gesehen?« schrie er.
»Ja, ja«, schrie der Alte zurück. »Keine Bergbewohner – das sind die Terroristen.«
Lochart flog weiter. »Kannst du mich hören, Jean-Luc?«
»Klar und deutlich.«
Er berichtete ihm, was er gesehen hatte, bat ihn, auf Empfang zu bleiben, und bereitete sich auf die Landung vor. Seit seiner Rückkehr kam er zum erstenmal wieder zu Bellissima. Nach dem Tod Guineppas, des Betriebsleiters, arbeitete Bellissima nur mehr mit einer Schicht.
Als er landete, sah er Pietro Fieri, der jetzt an Guineppas Stelle die Arbeiten beaufsichtigte, das Feuer neben dem Bohrturm verlassen und auf sie zueilen. »Tom! Wir brauchen Hilfe!« rief er fast in Tränen durch das Fenster herein. »Gianni ist tot, und einige Leute haben Verbrennungen erlitten.«
»Okay. Ich habe verstanden.« Lochart schaltete die Turbinen ab. »In der Kabine habe ich Nitchak und einen *bezbollahi* – keine Aufregung, okay?« Er drehte sich herum und deutete auf die Tür. Der Alte nickte. »Was ist passiert, Pietro?« fragte er.
»Ich weiß es nicht, *amico.*« Pietro kam mit dem Kopf ganz nahe ans Fenster des Cockpits. »Wir saßen gerade beim Essen, als eine mit Benzin gefüllte Flasche und ein brennender Fetzen durchs Fenster kamen und wir auch schon in Flammen standen.« Er warf einen Blick auf das Feuer zurück. »Ja, und dann brannte es auch schon in der Kabine, und als wir hinausstürzten, sahen wir diese Männer, Einheimische, Banditen... *Mamma mia*, sie fingen an zu schießen, und wir mußten in Deckung gehen. Ein wenig später sah Gianni, wie sie im Generatorenraum, gleich neben dem Sprengstoffschuppen, ein Feuer anzündeten und... und er lief hinaus, um sie zu warnen, und einer von ihnen erschoß ihn. Sie hatten keinen Grund, ihn zu erschießen. *Bastardi, stronzo bastardi!*«
Rasch kletterten Lochart und die anderen aus dem Helikopter. Es war nichts zu hören außer dem Wind, den prasselnden Flammen und einer Feuerlöschpumpe. Das Dach des Trailers brach ein. Funken und Glutasche stoben auf und fielen zum großen Teil auf nahegelegene Dächer, die jedoch von Schnee bedeckt und daher nicht gefährdet waren. Das Feuer neben dem Bohrturm, von Altöl und Öldämpfen genährt, war immer noch nicht unter Kontrolle. Die Männer hatten Schaumlöschgeräte eingesetzt, aber die Flammen züngelten eine Wellblechwand hinauf und breiteten sich immer noch Richtung Sprengstoffschuppen aus.

»Wie viel ist drinnen, Pietro?«
»Zu viel.«
»Holen wir's raus.«
»Mamma mia...« Die Hände vor das Gesicht geschlagen, um sich vor dem Feuer zu schützen, drückten sie die Tür auf. Keine Zeit, den Schlüssel zu suchen. Das Dynamit war in Kisten gelagert. Ein Dutzend. Lochart hob eine auf und lief hinaus. Einer der anderen Männer nahm sie ihm ab, und Lochart kehrte zurück, um eine zweite zu holen.
Neben dem Helikopter, im Windschatten und außer Gefahr, standen Nitchak Khan und der *hezbollahi*. »Wie es Allah gefällt.«
»Wie es Allah gefällt«, wiederholte der *hezbollahi*. »Was machen wir jetzt?«
»Wir müssen an die Terroristen denken und an den Toten.«
Der Jüngere betrachtete die Gestalt, die wie eine zerbrochene Puppe im Schnee lag. »Wäre er nicht in unsere Berge gekommen, müßte er nicht tot sein. Es ist seine Schuld, daß er tot ist – allein seine Schuld.«
»Das ist wahr.« Nitchak Khan beobachtete immer noch das Feuer und die Männer, die es bekämpften.
Als Pietro und Lochart das Dynamit aus dem Schuppen geholt hatten, war auch das Feuer gelöscht. Lochart lehnte sich an einen Trailer, um wieder zu Atem zu kommen. »Pietro, wir haben nur mehr bis Sonntag abend, dann müssen wir raus, oder es passiert was.«
Pietros Züge verhärteten sich. Er ließ seine Blicke zu Nitchak Khan und dem *hezbollahi* neben dem Hubschrauber wandern. »Fünf Tage? Das erspart mir eine Entscheidung. Wir evakuieren nach Schiras – über die Bohranlage Rosa oder direkt.« Er ballte die linke Hand zur Faust. »Für den Augenblick ist Bellissima kaputt. Ich werde Almqvist brauchen, um die Quellen zu stopfen. *Mamma mia*, das ist ein Riesentransport. Was für eine Verschwendung! Ich bin froh, daß der alte Guineppa diesen Tag nicht mehr erleben mußte. Am besten, ich komme zu Mimmo mit.«
»Gleich jetzt. Zusammen mit den Verwundeten. Was machen wir mit Gianni?«
Pietro warf einen Blick auf die Leiche. »Wir lassen ihn bis zum Schluß hier, meinen armen Blutsbruder«, sagte er traurig. »Bis dahin wird er nicht verwesen.«

Bohrturm Rosa. In der Messe saß Mimmo Sera Nitchak Khan und dem *hezbollahi* gegenüber; auch Lochart, Pietro und die drei älteren Mechaniker hatten am Tisch Platz genommen. Eine halbe Stunde lang hatte Mimmo, der gut Persisch sprach, versucht, den *hezbollahi* zu überreden, die Frist zu verlängern oder ihm zu erlauben, die Stammcrew zurückzulassen, während er und Lochart mit ihm nach Schiras flogen, um dort mit dem Direktor der IranOil zu sprechen.
»Im Namen Allahs, jetzt ist's genug«, polterte der *hezbollahi*.
»Aber Exzellenz, ohne Hubschrauber müssen wir das ganze Feld stillegen und sofort mit der Räumung beginnen. Und da der Ayatollah, Gott segne ihn, und

Premierminister Bazargan die Ölproduktion wieder normalisieren wollen, werden Sie mir doch zustimmen, Exzellenz, daß wir den Direktor der IranOil in Schiras zu Rate ziehen sollten...«

»Genug!« Der *hezbollahi* wandte sich an Nitchak Khan: »Wenn diese Vogelhirne nicht gehorchen, geht es um Ihren Kopf, dann sind Sie erledigt, Yazdik und alle seine Bewohner sind erledigt! Wenn zur Zeit des fünften Sonnenuntergangs noch ein Fremder oder ein Flugzeug hier sind und sie den Stützpunkt nicht gesprengt haben, werden wir es tun! Dann werden wir auch das Dorf anzünden! Sie!« fuhr er Lochart an. »Starten Sie das Flugzeug. Wir fliegen zurück. Jetzt gleich!« Er stürmte hinaus.

Bestürzt starrten sie ihm nach. Lochart schüttelte resigniert den Kopf, als er an all die Kraft, das Geld und das Wissen dachte, die in die Ölfelder gesteckt worden waren. Ein Skandal, dachte er, aber es bleibt uns ja nichts anderes übrig. Wir räumen. Wir werden fünf Tage lang wie die Wahnsinnigen schuften, wir werden Scharazad und Teheran vergessen, und daß heute der Tag des Protestmarsches ist.

»Kalandar«, sagte er, »ohne Ihren guten Willen und Ihren Beistand müssen wir fortgehen.«

Nitchak Khan sah, wie sich aller Augen auf ihn richteten. »Ich muß zwischen dem Stützpunkt und meinem Dorf entscheiden«, antwortete er, »aber da gibt es nichts zu entscheiden. Ich werde versuchen, die Terroristen zu finden und sie ihrer gerechten Strafe zuzuführen. Für Sie ist es wohl das beste, daß Sie nichts riskieren. Die Berge sind voll von Verstecken.«

Sehr würdevoll erhob er sich und verließ den Raum. Er war jetzt ganz sicher, daß er nicht gezwungen sein würde, den Stützpunkt niederzubrennen, obwohl er es, ohne einen Augenblick zu zögern, tun würde, wenn Allah es so wollte.

Er gestattete sich den Anflug eines Lächelns. Seine Rechnung war glatt aufgegangen. Ohne Ausnahme hatten die Fremden Hassan, den Ziegenhirten, als echten *hezbollahi* akzeptiert. Seine vorgetäuschte Arroganz und Grobheit waren wunderbar anzusehen gewesen. Die Fremden hatten seine Geschichte von den »Terroristen« und dem ermordeten Schäfer geschluckt, ohne sie auch nur einen Augenblick zu bezweifeln. Die gleichen »Terroristen« hatten die Bohranlage in Brand gesetzt; noch heute nacht würden sie einen Teil der Bohranlage Rosa anzünden und dann verschwinden. Schon morgen bei Tagesanbruch würde die Angst weit um sich greifen, die Fremden würden alles tun, um von hier wegzukommen. Damit, dachte er, ist die Räumung gesichert, und Yazdik wird wieder in Frieden leben können.

Diese Dummköpfe! Sich auf Spiele einzulassen, von denen nur wir die Regeln kennen! Daß ein Fremder in eine Kugel gelaufen ist, die nicht töten hätte sollen – *Inscha'Allah*, es war seine Schuld. Wäre er nicht hergekommen, dann wäre er jetzt nicht tot. Jawohl. Aber da ist noch das Problem mit dem jungen Piloten. Ist er dabei gewesen oder nicht? Die Dorfältesten haben einen »Unfall« empfohlen, um ganz sicher zu sein. Gestern hätte sich eine günstige Gelegenheit geboten, als der junge Mann allein auf die Jagd gegangen war.

Man kann so leicht ausrutschen und auf sein eigenes Gewehr fallen. Aber meine Frau hat mir von einem solchen »Unfall« abgeraten.

»Warum?«

»Weil die Schule eine wunderbare Sache war«, hatte sie geantwortet. »War es nicht die erste Schule, die wir jemals hatten? Ohne die Piloten hätten wir nie eine bekommen. Aber jetzt wissen wir, wie es geht, und können uns jederzeit eine andere bauen. Die Piloten waren gut zu uns. Ohne sie würden wir vieles nicht wissen, was wir heute wissen. Und wir würden auch kein so reiches Dorf haben. Ich glaube auch, daß der junge Mann die Wahrheit gesagt hat. Ich bin dafür, daß du ihn in Frieden ziehen läßt. Vergiß nicht, wie er uns alle zum Lachen gebracht hat mit seinem Märchen von diesem Ort Kong in dem Land China, wo es tausend mal tausend mal tausend mal tausend Menschen gibt, wo alle schwarze Haare haben und schwarze Augen, und wo sie mit Holzstücken essen.«

»Besteht aber nicht doch die Gefahr, daß er gelogen hat?«

»Dann stell ihn doch auf die Probe. Du hast noch Zeit.«

Ja, dachte er, ich habe noch vier Tage Zeit, um die Wahrheit herauszufinden.

41

Teheran: 17 Uhr 16. Der Marsch der Frauen war vorüber.
An diesem Morgen herrschte die gleiche von Erwartung geprägte Stimmung, die Teheran bereits seit zwei Tagen in Atem hielt. Zum ersten Mal in der Geschichte sollten die Frauen als eigene Gruppe auf die Straße gehen, um solidarisch gegen die Verletzung ihrer mühsam errungenen Rechte durch die neuen Herren, ja sogar durch den Imam selbst, zu protestieren.
Die korrekte Kleidung für eine Frau ist das hijab, *das sie dazu nötigt, ihre Haare, ihre Arme und Beine und die* zinaat *– die verführerischen Körperteile – zu bedecken.*
»Ich habe mich dazu entschlossen, den Tschador als Protest gegen den Schah zu tragen, Meschang«, hatte Zarah, seine Frau, ihn angeschrien. »*Ich* habe mich dazu entschlossen, ich allein! Niemals werde ich einen Schleier oder einen Tschador gegen meinen Willen tragen, nie, nie, nie…«
Die vom Satan Schah vor einigen Jahren eingeführte Koedukation wird aufgehoben, weil sie in der Praxis viele unserer Schulen in Bordelle verwandelt hat.
»Lügen, alles Lügen! Lächerlich«, hatte Scharazad zu Lochart gesagt. »Der Wahrheit muß zum Sieg verholfen werden, Tommy. Es ist ja nicht der Imam, der solche Dinge predigt, es sind die Fanatiker um ihn herum.«
Das abscheuliche Eheschutzgesetz des Satans Schah wird aufgehoben.
»Das ist bestimmt ein Irrtum, Hussain.« Die Frau des Mullahs hatte sich vorsichtig ausgedrückt. »Das kann der Imam nicht gesagt haben. Das Gesetz schützt uns davor, von einem Ehemann verstoßen zu werden, es schützt uns vor der Vielweiberei, gibt uns das Recht auf Scheidung, das Wahlrecht und garantiert der Frau einen eigenen Besitz.«
In unserem islamischen Staat werden alle nach dem Koran und der Scharia leben. Die Frauen sollen nicht arbeiten, sie müssen in ihr Heim zurückkehren, in ihrem Heim bleiben und ihre heilige, von Allah bestimmte Pflicht tun, die darin besteht, Kinder zu gebären und aufzuziehen und ihren Herren zu dienen.
»Beim Propheten, Erikki: So sehr ich mir wünsche, deine Kinder zu haben und dir die beste Frau zu sein«, hatte Azadeh gesagt, »ich schwöre dir, ich kann nicht einfach rumsitzen und zusehen, wie meine weniger vom Glück begünstigten Schwestern ins finsterste Mittelalter zurückgetrieben werden. Die Fanatiker, die Eiferer sind es, nicht Khomeini, die es darauf angelegt haben. Wo immer ich mich gerade befinde, ich werde marschieren.«
Im ganzen Iran hatten die Frauen Sympathiemärsche organisiert: In Qom, Isfahan, Mesched, Abadan, Täbris, ja sogar in kleinen Städten wie Kowiss – aber nicht in den Dörfern. Im ganzen Iran hatte es Diskussionen und Streit gegeben zwischen Vätern und Töchtern, Ehemännern und ihren Frauen, Brüdern und Schwestern, überall die gleichen Auseinandersetzungen und

Dispute, Händel und Spannungen, das gleiche Bitten und Flehen. Und: Im ganzen Iran zeigten sich die Frauen entschlossen, für ihre Rechte einzutreten.
»Ich bin nur froh, daß mein Tommy nicht da ist. Das macht alles soviel leichter«, hatte Scharazad am Morgen ihrem Spiegelbild anvertraut. »Denn wenn er dagewesen wäre, hätte ich ihm vielleicht ungehorsam sein müssen.«
Ein letztes Mal überprüfte sie ihr Make-up im Spiegel, um sicherzugehen, daß der blaue Fleck unter ihrem linken Auge nicht mehr zu sehen war. Sie lächelte sich zu. Was sie sah, gefiel ihr. Sie trug einen warmen grünen Sweater, einen grünen Rock, Nylonstrümpfe und Wildlederstiefel. Wenn sie dann mittags auf die Straße ging, würde sie einen passenden pelzgefütterten Mantel und Hut anziehen. Ist Grün denn nicht die Farbe des Islams, dachte sie heiter. Ihre Schmerzen waren vergessen. Schade, daß es noch nicht Frühling ist, ich hätte mein hellgelbes Seidenkleid nehmen können, dazu den gelben Hut und...
Plötzlich überkam sie eine dumpfe Traurigkeit. Dieses Kleid hatte ihr Vater ihr voriges Jahr zum Geburtstag geschenkt, und dazu dieses wunderschöne Perlenhalsband. Armer Vater! dachte sie und Zorn stieg in ihr auf. Allah strafe diese Verbrecher, die ihn ermordet haben! Sie sollen für immer in der Hölle braten! Allah schütze Meschang und meine ganze Familie und meinen Tommy; er lasse nicht zu, daß die Fanatiker uns unsere Freiheit nehmen.
Tränen standen jetzt in ihren Augen, und sie wischte sie fort. *Inscha'Allah.* Vater ist im Paradies, wo alle Rechtgläubigen hingehören, und so gibt es eigentlich keinen Grund, um ihn zu trauern. Nein. Aber diese elenden Mörder sollten ihrer Strafe nicht entgehen. Mörder! Onkel Valik. Die HBC. Annousch und die Kinder. Die HBC. Wie ich diese drei Buchstaben hasse! Und wie mag es Karim gehen? Seit Sonntag hatte sie nichts von ihm gehört, wußte nicht, ob man ihn vor Gericht gestellt hatte, ob er tot war oder frei. Sie wußte auch nicht, was mit dem Telex geschehen war – sie konnte nur beten.
Das tat sie auch, verbannte damit alle diese Probleme aus ihren Gedanken, überließ die Lösung Allah und fühlte sich gereinigt. Während sie ihre Pelzmütze aufsetzte, ging die Tür auf und Jari, auch sie im Sonntagsstaat, kam ins Zimmer: »Es ist soweit, Prinzeßchen, eben ist Zarah gekommen. Oh, wie hübsch du aussiehst!«
In bester Laune nahm Scharazad ihren Mantel vom Bett und lief den Gang und dann die Treppe hinunter, um Zarah zu begrüßen, die in der Halle auf sie wartete. »Du siehst wunderbar aus, liebste Zarah!« rief sie und umarmte sie. »Ich fürchtete schon, Meschang würde es dir im letzten Moment verbieten.«
»Dazu kam es gar nicht«, lachte Zarah, die ebenfalls eine schicke Pelzmütze trug. »Seit gestern liege ich ihm ununterbrochen wegen des Zobelpelzes in den Ohren. Ich müßte ihn unbedingt haben, wenn ich mich vor meinen Freundinnen nicht zu Tode schämen sollte. Heute morgen floh er in den Basar, um nichts davon hören zu müssen – und vergaß dabei unsere Demo. Komm, wir dürfen uns nicht verspäten. Das Taxi wartet draußen. Es wird ein schöner Tag werden, zwar ein bißchen kalt, aber es hat zumindest aufgehört zu schneien.«
Drei andere Damen saßen schon im Taxi, Freundinnen und Cousinen. Zwei

trugen Jeans, hohe Absätze und Schijacken, das Haar hing über die Schultern herab. Alle waren so vergnügt und aufgeregt, als wollten sie wie früher ein Picknick veranstalten. Keiner achtete auf die mißbilligenden Bemerkungen des Fahrers. »Zur Universität!« wies Zarah ihn an. Zwei Straßen vor der Universität, wo der Marsch seinen Anfang nehmen sollte, mußte das Taxi stehenbleiben, weil die Menschenmenge schon zu groß war.
Man hatte nur einige hundert erwartet, aber Tausende waren schon da, und immer mehr kamen hinzu. Jung, alt, von hoher und von niedriger Geburt, gebildet, ungebildet, reich, arm – Jeans, Röcke, Hosen, Stiefel, Sandalen, Pelzmäntel – und bei allen die gleiche Begeisterung, selbst bei denen, die im Tschador gekommen waren. Einige Kampfnaturen schwangen schon Reden, andere skandierten Parolen:
»Keinen Tschador mit Gewalt!«
»Einheit, Kampf, Sieg!«
»Frauen, vereinigt euch!«
»Nieder mit den Despoten, von wo sie auch kommen mögen!«
»Hoch die Frauen!« rief Scharazad. »Wir lassen uns weder Schleier noch Tschador aufzwingen!«
Zarah bezahlte den Taxifahrer, gab ihm ein gutes Trinkgeld, wandte ihm den Rücken zu und hakte sich fröhlich bei Scharazad und Jari ein. Keine hörte den Taxifahrer, der ihnen beim Wegfahren nachrief: »Huren seid ihr, alle miteinander!«
Die Menge wogte noch unentschlossen hin und her. Die meisten waren überwältigt, daß so viele und so verschiedene Frauen gekommen waren – selbst ein paar Männer schlossen sich ihnen begeistert an.
»Wir sind wirklich da, Zarah! Wir protestieren!«
»Ja, Scharazad. Und wir sind so viele!«
Eine gutgekleidete Dame, eine bekannte Anwältin, Aktivistin und Frauenrechtlerin, Namjeh Lengehi, versuchte schreiend den Lärm zu übertönen. Auch einige Gruppen von Männern, hauptsächlich Studenten und Lehrer, die einen pro, die anderen contra, ein paar Mullahs, alle contra, hörten ihr zu. »Einige Mullahs sagen, wir Frauen könnten keine Richterinnen sein, sollten uns nicht bilden dürfen und müßten den Tschador tragen. Seit drei Generationen gehen wir ohne Schleier. Seit drei Generationen haben wir das Recht, uns zu bilden, und seit einer Generation können wir auch wählen. Allah ist groß...«
»Allah ist groß!« wiederholte ein Chor von Tausenden.
»Einige von uns hatten im Leben mehr Glück als andere, sind gebildeter als andere, manche sogar gebildeter als viele Männer. Einige sind mit den Gesetzen vertrauter als manche Männer – warum sollten sie nicht Richterinnen sein? Warum?«
»Dafür gibt es keinen Grund! Solche Frauen sollen Richterinnen sein!« rief Zarah zusammen mit hundert anderen, und Namjeh Lengehi fuhr fort: »Wir haben den Ayatollah von ganzem Herzen unterstützt!« Lauter Beifall unterbrach sie. »Wir segnen ihn für alles, was er getan hat. Wir haben gekämpft, so

gut wir konnten. Seite an Seite mit den Männern. Wir haben mit ihnen Leiden und Gefängnis geteilt, wir haben den Despoten verjagt. Jetzt sind wir frei, der Iran hat sein Joch und das der Fremden abgeworfen. Aber es gibt keinem Mullah, ja nicht einmal dem Ayatollah das Recht, die Uhr zurückzustellen...«
Stürmische Rufe wurden laut: »Nein! Nein! Keine Despoten! Wahlrecht für die Frauen! Lengehi in die Madschlis! Lengehi ins Erziehungsministerium!«
»Oh, Zarah, ist das nicht wunderbar!« Scharazad war begeistert. »Bist du eigentlich schon einmal zu einer Wahl gegangen?«
»Nein, Liebste, natürlich nicht. Aber das heißt nicht, daß ich nicht das Recht haben will zu wählen, wenn ich möchte. Hundertmal habe ich es Meschang schon gesagt: Natürlich würde ich ihn fragen, wen ich wählen soll, aber ich will selbst in die Wahlkabine gehen und meinen Stimmzettel ausfüllen können.«
»Du hast völlig recht«, stimmte ihr Scharazad zu und rief: »Hoch die Revolution! Allah ist groß! Lengehi in den Obersten Gerichtshof! Wir bestehen auf unseren Rechten!«
Teymour, der von der PLO geschulte Iraner, der Scharazads Wohnung besetzt hielt und ausgeschickt worden war, die Demonstration zu beobachten und Aktivistinnen zu identifizieren, erkannte sie nach Fotografien, die er in der Wohnung gesehen hatte. Er wurde immer zorniger. »Die Frauen haben den Gesetzen Gottes zu gehorchen! Wir brauchen keine Richterinnen!« Doch Tausende schrien ihn nieder, und niemand achtete mehr auf ihn.
Keiner konnte sagen, wie der Marsch begonnen hatte. Sie gingen einfach los, und bald füllten sie die breiten Straßen von einer Häuserwand zur anderen und brachten den Verkehr zum Erliegen. Die Menschen in den Geschäften, an den Fenstern und auf den Balkonen starrten mit offenem Mund auf die vorbeiziehende Masse.
Die meisten Männer waren schockiert. »Schau dir die an, die junge Hure mit dem grünen Mantel, den sie vorne aufklaffen läßt, um ihren Ausschnitt zu zeigen. Schau doch! Allah strafe sie, denn sie will mich in Versuchung führen...«
»Und die mit den blauen Hosen! Gott schütze uns! Sie will die Männer nur aufgeilen. So wie die neben ihr. Dirne! He, du Dirne da unten, du sehnst dich wohl nach einem Schwanz...«
Die Männer gafften und gierten. Auch die Frauen gafften. Mehr und mehr vergaßen sie das Einkaufen und schlossen sich ihren Schwestern, Tanten, Müttern und Großmüttern an und entfernten furchtlos ihre Kopftücher, Schleier und Tschadors – war denn das nicht ihre Hauptstadt, waren sie nicht Teheranerinnen, die Elite des Irans? »Frauen, vereinigt euch, Allah ist groß! Sieg, Einheit, Kampf! Gleiche Rechte für die Frauen! Das Wahlrecht! Nieder mit den Despoten!«
Vor den Demonstrantinnen, hinter ihnen und um sie herum, in Hauptstraßen und Seitengassen, formten sich Gruppen von Männern, Befürworter und Gegner. Die Auseinandersetzungen wurden zunehmend härter. Die Gesetze

des Korans verpflichteten die Moslems schließlich, jeden Angriff gegen den Islam abzuwehren. Vereinzelt kam es zu Handgemengen. Ein Mann zog ein Messer und starb, als ihm ein anderer ein Messer in den Rücken stieß. Ein paar Schüsse und Verletzte. Zusammenstöße. Da und dort Diskussionen zwischen Liberalen und Fundamentalisten, zwischen Linken und *hezbollahis*. Ein paar eingeschlagene Schädel, noch ein Toter, Kinder, die ins Kreuzfeuer gerieten, einige tot, andere hinter geparkten Autos kauernd.
Ibrahim Kyabi, der Studentenführer der Tudeh, lief auf die Straße und hob eines der verschreckten Kinder auf, während seine Kameraden ihm Dekkungsfeuer gaben. Unversehrt erreichte er die Ecke. Nachdem er sich vergewissert hatte, daß dem Kind nichts passiert war, rief er seinen sechs Freunden zu: »Folgt mir!« Er wußte, daß sie hier in der Minderheit waren. Sie verschwanden in den Seitengassen, sammelten sich aber dann und erreichten gemeinsam die Roosevelt-Allee. Die Tudeh waren angewiesen worden, offene Zusammenstöße mit den *hezbollahis* zu vermeiden, mit den Frauen mitzumarschieren, sich zwischen ihre Reihen zu mischen und sie ideologisch zu unterwandern. Er war froh, wieder aktiv sein zu können, nachdem er sich so lange versteckt halten mußte.
Schon eine halbe Stunde nach Rákóczys Gefangennahme hatte er seinem Vorgesetzten im Hauptquartier der Tudeh Bericht erstattet. Der Mann hatte ihm aufgetragen, nicht nach Hause zu gehen, sich den Bart scheren zu lassen, für einige Tage von der Bildfläche zu verschwinden und sich in einer konspirativen Wohnung in der Nähe der Universität aufzuhalten. »Bis zum Protestmarsch der Frauen am Dienstag. Nimm daran mit deiner Zelle teil, wie vorgesehen, und geh am Tag darauf nach Kowiss.«
»Wie können wir Dimitri Yazernow helfen?« Er kannte Rákóczy nur unter diesem Namen.
»Keine Sorge, wir holen ihn schon raus. Sag mir noch mal, wie die Männer ausgesehen haben.«
Ibrahim hatte ihm das Wenige berichtet, an das er sich erinnern konnte, und dann gefragt: »Wie viele Genossen werden mich nach Kowiss begleiten?«
»Du und noch zwei, das sollte für einen stinkenden Mullah genug sein.«
Ja, dachte er, mehr als genug. Bald wird mein Vater gerächt sein. Seine Hände umspannten die M 16, die er vor einer Woche aus der Waffenkammer in Doschan Tappeh gestohlen hatte. »Freiheit!« brüllte er und mischte sich zusammen mit seinen Freunden unter die ersten Reihen der Demonstrantinnen.
Hundert Meter hinter ihnen kam langsam ein offener Lastwagen gerollt, auf ihm junge Männer, Angehörige der Luftwaffe in Zivil. Tausende jubelten ihnen zu. Auch Karim Peschadi war dabei. Seit Stunden suchte er nach Scharazad, hatte sie aber nicht finden können. Er und seine Freunde waren in Doschan Tappeh stationiert, wo es praktisch keine Ordnung und keine Disziplin mehr gab. Komitees hatten das Sagen, erließen Befehle und Gegenbefehle, desgleichen aber auch das Ministerpräsident Bazargan untergeordnete Oberkommando, das Islamische Revolutionäre Komitee und von Zeit zu

Zeit sogar auch Ayatollah Khomeini, wenn er über den Rundfunk neue Gesetze verkündete.
Wie alle Piloten und Offiziere im Land war auch Karim vor ein Komitee zitiert und über seine Vergangenheit, seine politischen Überzeugungen und seine revolutionären Verbindungen befragt worden. Er hatte gute Leistungen vorzuweisen, und er konnte wahrheitsgemäß beschwören, daß er den Islam, Khomeini und die Revolution unterstützte. Doch die Erinnerung an seinen Vater ließ ihn nicht los, und er mußte seinen Rachedurst in seiner Brust verschließen.
Am letzten Abend hatte er versucht, sich in den Tower von Doschan Tappeh zu schleichen, um das Flugauftragsbuch zu finden, doch war ihm der Zugang verwehrt worden. Heute abend würde er es noch einmal versuchen. Es muß mir gelingen, Scharazad verläßt sich auf mich. O Scharazad, auch wenn es nicht sein darf, aber du bedeutest alles für mich!
Gestern abend hatte er zusammen mit Freunden im Radio die Hetzrede eines fundamentalistischen Ayatollahs gehört. Der Mann hatte die Frauendemonstration scharf angegriffen und zu Gegenprotesten der »Rechtgläubigen« aufgerufen. Nun hatte Karim große Sorge um Scharazad, seine Schwestern und andere Frauen aus seiner Verwandtschaft, da er wußte, daß sie am Protestmarsch teilnehmen würden. Seinen Freunden ging es ähnlich, und darum hatten sie sich diesen Lastwagen organisiert und sich der Demonstration angeschlossen. Sie waren bewaffnet.
»Gleiches Recht für die Frauen!« rief er. »Hoch die Demokratie! Hoch der Islam!«
Vor den Marschierenden hatten Männer eine dichte Barriere quer über die Straße gebildet, die ein weiteres Vorrücken unmöglich machte. Die Frauen in den vordersten Reihen sahen ihre zornigen Gesichter und die erhobenen Fäuste. Instinktiv versuchten sie das Tempo zu bremsen, konnten es aber nicht. Der Druck der Tausende hinter ihnen schob sie unaufhaltsam weiter.
»Warum sind diese Männer so zornig?« fragte Scharazad. Ihre gute Stimmung war wie weggeblasen. Der Druck von hinten nahm zu.
»Es sind einfach irregeführte Menschen, vorwiegend aus den umliegenden Dörfern«, antwortete Namjeh Lengehi tapfer. »Sie wollen Sklaven aus uns machen. Habt keine Angst! Allah ist groß!...«
»Hängt euch ein!« rief Zarah. »Sie können uns nicht aufhalten! *Allah-u Akbar...«*
Unter den Männern, die die Straße blockierten, war auch der, der im Evin-Gefängnis Jared Bakravan zur Schlachtbank geführt hatte. Er erkannte Scharazad in einer der vorderen Reihen. »Allah ist groß«, murmelte er verzückt. »Allah hat mich zum Werkzeug erkoren, diesen verfluchten Bazaari zur Hölle zu schicken, und nun hat Allah seine Hure von Tochter in meine Hand gegeben!«
Er zog sein Messer und stürmte auf sie los, durchquerte wie rasend den Raum, der ihn von den Frauen trennte, stieß dabei einige zu Boden, streckte den Arm nach ihr aus... rutschte aus und stürzte.

Ungerührt vom Kreischen derer, die er verwundet hatte, kämpfte er sich hoch, sah nur sie, ihre weit aufgerissenen, schreckerfüllten Augen, das Messer in seiner Faust, bereit, es ihr in den Leib zu rennen, noch drei Schritte von ihr entfernt, noch zwei, noch einen... Sein Kopf war umwölkt von ihrem Parfüm, dem Gestank der leibhaftigen Satansbraut. Er setzte zum Todesstoß an, konnte ihn aber nicht ausführen und wußte, daß der Teufel ihm einen bösen Geist in den Weg gestellt hatte. Er verspürte ein entsetzliches Brennen in der Brust, seine Augen erloschen, und er starb mit dem Namen Allahs auf den Lippen.
Scharazad starrte auf die leblose Gestalt zu ihren Füßen. Die Pistole in der Hand, stand Ibrahim neben ihr. Geschrei und Gekreisch und ein Wutgebrüll von Tausenden von Frauen, die hinter ihnen nachdrängten. »Mit Allah voran!« rief Lengehi, um ihre eigene Angst zu betäuben, und Ibrahim zupfte Scharazad am Ärmel: »Haben Sie keine Angst! Mit Allah voran!«
Sie sah seine Zuversicht und verwechselte ihn einen Augenblick lang mit ihrem Vetter Karim, der ihm in Wuchs, Gestalt und Gesicht so ähnlich war. Doch dann wurde ihr bewußt, was eben geschehen war, Entsetzen und Haß überkamen sie, und sie schrie: »Rache für meinen Vater! Nieder mit den Fanatikern und *hezbollahis!* Nieder mit den Mördern!« Sie packte Zarah. »Komm! Los!« Sie hakte sich bei ihr und Ibrahim, ihrem Retter, ein, und sie zogen weiter.
Schreiend kam wieder ein Mann mit einem Messer auf sie zu. »Allah ist groß!« rief Scharazad, und die anderen stürmten ihr nach, aber noch bevor er gebändigt werden konnte, hatte der Mann Namjeh Lengehis Arm aufgeschlitzt. Unaufhaltsam drängten die ersten Reihen vorwärts. Beide Seiten brüllten: »Allah ist groß!«, beide Seiten überzeugt, daß sie im Recht waren. Dann brach die Front der Gegner auseinander.
»Laßt sie marschieren!« brüllte ein Mann. »Auch unsere Frauen sind dabei... es sind zu viele... zu viele...« Die Männer wichen zurück, und der Weg war wieder frei. Ein Triumphgeheul unter den Demonstrantinnen. *»Allah-u Akbar...* Allah ist mit uns, Schwestern!«
»Vorwärts!« feuerte Scharazad die Frauen an, und sie marschierten weiter. Nun kehrte wieder Ordnung unter den Demonstrantinnen ein. Niemand hielt sie mehr auf, obwohl viele Männer sie von den Gehsteigen aus mürrisch beobachteten.
»Es ist ein Erfolg«, erklärte Namjeh Lengehi mit schwacher Stimme. Mit einem Tuch stillte sie das Blut aus ihrer Armwunde. »Wir haben uns durchgesetzt. Selbst der Ayatollah wird unsere Entschlossenheit zur Kenntnis nehmen müssen. Jetzt können wir heimgehen, zu unseren Männern und Familien. Wir haben getan, was wir tun wollten; jetzt können wir wieder heimgehen.«
»Nein«, widersprach Scharazad. Ihr Gesicht war blaß und von Schmutzflekken bedeckt; noch hatte sie ihre Angst nicht überwunden. »Wir müssen auch morgen und übermorgen und überübermorgen weitermarschieren – so lange, bis der Imam öffentlich erklärt, daß uns kein Tschador aufgezwungen wird und unsere Rechte gewahrt bleiben.«

»Ja«, stimmte Ibrahim ihr zu. »Wenn ihr jetzt aufhört, werden euch die Mullahs zerschmettern.«

»Sie haben recht, Agha. Wie kann ich Ihnen nur dafür danken, daß Sie mich gerettet haben?«

»Ja«, sagte Zarah, die sich immer noch nicht gefaßt hatte. »Wir müssen auch weiterhin marschieren, weil... weil uns diese Wahnsinnigen sonst vernichten werden.«

Die Demonstration ging ohne nennenswerte Störungen weiter, und das war auch das Modell für die Entwicklung in anderen Städten: anfangs Zusammenstöße, dann ein friedlicher Protestmarsch. Doch in den kleineren Städten wurden die Demonstrationen gestoppt, noch bevor sie begonnen hatten, und weiter im Süden, in Kowiss, herrschte Stille auf dem Hauptplatz, ausgenommen das Knallen der Peitsche und die Schmerzensschreie. Als sich die Demonstrantinnen formiert hatten, war Mullah Hussain eingeschritten. »Dieser Protestmarsch ist verboten. Alle Frauen, die nicht der *hijab* entsprechend gekleidet sind, verstoßen gegen die Gesetze des Irans und müssen mit empfindlichen Strafen rechnen.«

»Wo steht es denn im Koran geschrieben, daß wir gegen Allahs Gebote verstoßen, wenn wir keinen Tschador tragen?« rief eine Frau. Sie war die Gattin des Bankdirektors und hatte in Teheran an der Universität studiert. Sie trug ein züchtig geschlossenes Kleid und das Haar offen.

»›O Prophet, sag den Ehegattinnen und Töchtern und rechtgläubigen Frauen, sie mögen ihre Schleier enger um sich ziehen.‹ Der Iran ist ein islamischer Staat. Der erste in der Geschichte. Der Imam hat die *hijab* verordnet. Geh und zieh sofort sittsame Kleidung an!«

»Aber in anderen Ländern werden rechtgläubigen Frauen keine Tschadors aufgezwungen, weder von ihren Führern noch von ihren Ehemännern!«

»›Den Männern obliegt es, über die Frauen zu bestimmen. Gott hat die einen über die anderen gesetzt. Daher sind rechtgläubige Frauen gehorsam... die Widerspenstige jedoch ermahne; verbanne sie auf ihr Lager und schlage sie.‹ Geh und bedecke dein Haar!«

»Das werde ich nicht tun. Seit über vierzig Jahren gehen die iranischen Frauen ohne Schleier und...«

»40 Peitschenhiebe werden deinen Ungehorsam zähmen! Allah ist groß!« Hussain gab einem seiner Helfer ein Zeichen. Andere packten die Frau und hielten sie fest. Bald fetzte die Peitsche durch den Stoff auf ihrem Rücken. Die männlichen Zuschauer stimmten ein Hohngeschrei an. Als es vorbei war, wurde die besinnungslose Frau fortgetragen. Von anderen Frauen. Die übrigen kehrten schweigend in ihre Häuser zurück.

Internationaler Flughafen Teheran: 18 Uhr 40. Zusammen mit Andrew Gavallan fuhr McIver aus dem Lagerbereich über die Zubringerstraße auf ihre 125 mit dem Kennzeichen ETLL zu, die 200 Meter weiter auf dem Vorfeld des Frachthofes geparkt war. Sie war vor etwa einer Stunde aus Täbris zurückgekehrt und wurde gerade für den Rückflug über den Golf aufgetankt. Nach der

Landung hatten sich Armstrong und Oberst Haschemi Fazir überschwenglich bedankt.
»Wie uns Captain Hogg mitgeteilt hat, kommt die 125 am Samstag zurück, Mr. Gavallan«, hatte Haschemi höflich gesagt. »Ob Sie wohl so liebenswürdig wären, uns nach Täbris mitzunehmen? Diesmal nur auf dem Hinflug.«
»Selbstverständlich, Herr Oberst«, hatte Gavallan freundlich geantwortet, obwohl er keinerlei freundliche Gefühle für die beiden Männer hegte. Als er heute früh aus Al Schargas zurückgekehrt war, hatte McIver ihm sofort unter vier Augen erzählt, warum sie sich kooperativ zeigen mußten. »Ich werde mir Talbot gleich vornehmen, Mac.« Er kochte vor Wut wegen der Erpressung.
Alle legten die Hände über die Ohren, als ein riesiges Transportflugzeug der amerikanischen Luftwaffe an ihnen vorbei auf die entfernte Startlinie zurollte. Es war einer der vielen von der amerikanischen Regierung eingesetzten Charterflüge mit dem Ziel, das noch vorhandene amerikanische Dienst- und Botschaftspersonal bis auf eine Stammbelegschaft zu evakuieren.
»Talbot hat eine Nachricht für Sie hinterlassen«, wandte sich Gavallan an Armstrong, sobald er sich wieder verständlich machen konnte. »Er bittet Sie, ihn so bald wie möglich zu besuchen.« Er sah, wie die beiden Männer Blicke tauschten, und fragte sich, was das wohl zu bedeuten hatte.
»Hat er gesagt, wo?«
»Nein.« Gavallan wurde von einer großen schwarzen Limousine abgelenkt, die, den offiziellen Khomeini-Stander am Kotflügel, auf sie zuschoß. Zwei Männer mit harten Gesichtszügen sprangen heraus, grüßten Haschemi respektvoll und rissen den Schlag für ihn auf.
»Bis Samstag also, und nochmals vielen Dank, Mr. Gavallan.« Haschemi stieg ein.
»Wie können wir Sie erreichen – falls wir unsere Pläne ändern müssen?«
»Über Mr. Armstrong. Er kann mir eine Nachricht zukommen lassen. Kann ich etwas für Sie tun? Hier auf dem Flughafen?«
»Wegen des Auftankens«, antwortete McIver rasch, »vielen Dank. Wenn Sie erreichen könnten, daß wir immer so schnell bedient werden, würde ich das sehr zu schätzen wissen. Und auch in bezug auf die Starterlaubnisse.«
»Ich werde mich darum kümmern. Wenn Sie sonst noch Wünsche haben, sprechen Sie mit Mr. Armstrong. Komm, Robert.«
»Nochmals vielen Dank, Mr. Gavallan«, sagte Armstrong. »Wir sehen uns Samstag, wenn nicht schon früher.«
Als Talbot vorbeigekommen war, um sich über Armstrongs Rückkehr aus Täbris berichten zu lassen, hatte Gavallan Talbot beiseite gezogen und sich wütend über die Erpressung beschwert. »Du meine Güte«, protestierte Talbot, »was für eine gräßliche Beschuldigung, so schrecklich unbritisch, Andrew, wenn ich das sagen darf. Soviel mir bekannt ist, hat Robert sich alle erdenkliche Mühe gegeben, um Sie vor einer Katastrophe zu bewahren, Sie, Ihre Gesellschaft, Duncan und Lochart – netter Kerl, reizende Frau, tut mir leid wegen ihres Vaters –, vor einer Katastrophe mit unter Umständen unabsehbaren Folgen. Stimmt das etwa nicht?« Er lächelte breit. »Soviel ich

weiß, hat Robert um eine kleine Gefälligkeit *gebeten*, die ihm ohne Schwierigkeiten erwiesen werden konnte.«

»Er ist vom Geheimdienst, war früher bei der Kriminalpolizei in Hongkong, ist das richtig?«

Talbot lächelte immer noch. »Woher soll ich das wissen? Aber es ist doch nett von ihm, daß er Ihnen gefällig sein möchte, finden Sie nicht?«

»Hat er das Flugauftragsbuch?«

»Von solchen Dingen weiß ich überhaupt nichts.«

»Wer ist denn dieser Oberst Fazir überhaupt?«

Talbot zündete sich eine Zigarette an. »Ein Freund, nichts weiter. Es ist eine gute Sache, einen Mann wie ihn zum Freund zu haben.«

»Das glaube ich Ihnen. Er hat für das Auftanken und eine sofortige Starterlaubnis gesorgt, als ob er der liebe Gott persönlich wäre.«

»Oh, das ist er nicht, beileibe nicht. Gott ist ja Engländer beziehungsweise Engländerin.« Talbot kicherte. »Keine männliche Intelligenz wäre imstande, die Welt so perfekt durcheinanderzubringen. Und noch etwas, alter Freund: Wie ich höre, beabsichtigen sie, einem Rat Ali Kias, Ihres Kollegen im Vorstand, folgend, alle ausländischen Fluggesellschaften, insbesondere Ihre, zu verstaatlichen.«

Gavallan war entsetzt. »Wer sind ›sie‹?«

»Ist das wichtig?«

Nachdem Talbot Leine gezogen hatte, war Gavallan ins Büro zurückgestapft, das heute gut besetzt war. Noch kein normaler Betrieb, aber auf bestem Wege dazu: störungsfreier Funk- und Fernschreibdienst, Büroleiter, Lagerarbeiter, Büropersonal – bis auf die Frauen, die um Erlaubnis gebeten hatten, an der Demonstration teilnehmen zu dürfen. »Laß uns einen Spaziergang machen, Mac.«

McIver blickte von einem Stoß Papiere auf. »Gern«, sagte er, als er die ernste Miene seines Freundes sah.

Sie hatten noch keine Zeit für ein privates Gespräch gefunden. Im Büro oder auch nur in der Nähe des Büros war das unmöglich, da die Wände Ohren hatten. Seit Gavallans Ankunft waren sie stundenlang damit beschäftigt gewesen, die Kassenbücher durchzugehen, bestehende und gekündigte Verträge zu überprüfen und die gegenwärtigen Zustände auf den einzelnen Stützpunkten zu vergleichen, die alle – mit der gebotenen Vorsicht – über ein Minimum an Arbeit und ein Maximum an Störaktionen berichteten.

Die zwei Männer begaben sich jetzt auf das Abfertigungsfeld des Frachthofes. Dröhnend stieg ein Jumbo der Japan Airlines auf. »Angeblich stehen sich bei Iran-Toda noch fast 3000 Japaner die Füße in den Bauch«, bemerkte McIver zerstreut.

»Ihr Konsortium steckt ganz schön in Schwierigkeiten. Ihre Außenstände belaufen sich bereits auf eine halbe Milliarde Dollar; so steht es zumindest in der *Financial Times* von heute. Und das Überangebot an Schiffsraum macht ihnen sicher arg zu schaffen.« Gavallan sah sich um; es war niemand in der Nähe. »Zumindest unsere Investitionen sind flüssig. Zum größten Teil.«

McIver hob den Blick, musterte das zerfurchte Gesicht, die buschigen grauen Brauen, die braunen Augen. »War das der Grund, warum du mich so dringend sprechen wolltest?«
»Einer der Gründe.« Gavallan berichtete ihm über Talbots Warnung. »›Verstaatlicht.‹ Das würde heißen, daß wir alles verlieren, wenn wir nichts dagegen unternehmen. Ich fürchte, Genny hat recht. Wir müssen es selbst tun.«
»Ich halte es für unmöglich. Hat sie dir auch das gesagt?«
»Natürlich. Aber ich glaube, wir können es schaffen. Spielen wir es doch mal durch: Nehmen wir an, heute wäre der Tag 1. Das gesamte entbehrliche Personal beginnt den Iran zu verlassen – um verlegt zu werden oder den Urlaub anzutreten. Wir holen so viele Ersatzteile heraus, wie wir können – mit der 125 oder mit regulären Fluglinien, sobald sie wieder fliegen –, deklarieren sie als veraltet, überschüssig, reparaturbedürftig oder Privatgepäck. Zagros 3 zieht sich nach Kowiss zurück. Täbris macht ›vorübergehend‹ dicht, und Erikkis 212 geht nach Al Schargas, dann weiter nach Nigeria mit Tom Lochart vom Stützpunkt Zagros, und einer 212 aus Kowiss. Du machst die Zentrale in Teheran dicht und übersiedelst nach Al Schargas. Von dort aus leitest du die Operationen und dirigierst die uns noch verbleibenden Stützpunkte Lengeh, Kowiss und Bandar-e Delam – ›bis zur Wiederherstellung geordneter Verhältnisse‹. Seitens unserer Regierung sind wir ja immer noch angewiesen, alles entbehrliche Personal zu evakuieren.«
»Das stimmt, aber...«
»Ich bin noch nicht fertig, Junge. Nehmen wir an, wir sind mit allen Vorbereitungen in 30 Tagen fertig. Der Tag 31 ist unser D-Day. Zu einer bestimmten Stunde funken wir ein Codewort aus Al Schargas. Daraufhin starten alle noch im Land befindlichen Piloten und Helis und nehmen Kurs auf Al Schargas. Dort montieren wir die Rotorblätter ab, verladen die Helis in 747-Frachtflugzeuge, die ich irgendwo gemietet habe, und lassen sie nach Aberdeen fliegen.«
McIver starrte ihn an. »Du bist verrückt! Der Plan hat so viele Lücken... Du bist nicht bei Trost!«
»Nenne mir eine Lücke.«
»Ich kann dir 50 nennen. Da ist erstens...«
»Immer schön der Reihe nach, Junge, und denk an deinen Blutdruck. Wie steht es übrigens damit? Genny hat mich gebeten, dich danach zu fragen.«
»Ausgezeichnet. Und fang bloß nicht damit an. Zunächst einmal: die Helis müßten wegen der Entfernungen zu völlig unterschiedlichen Zeiten von den verschiedenen Stützpunkten abfliegen. Die Maschine aus Täbris wird auftanken müssen – sie kann es unmöglich in einem Flug schaffen, nicht einmal über den Golf.«
»Das weiß ich doch. Wir machen für jeden Stützpunkt einen gesonderten Zeitplan. Jeder Kommandant entwickelt sein eigenes Konzept, wir sind erst ab der Ankunft verantwortlich. Scrag kann leicht über den Golf huschen, das gleiche gilt für Rudi in Bandar-e Delam. Und...«

»Kann er nicht. Weder Rudi aus Bandar-e Delam noch Starke aus Kowiss können in einem Flug die ganze Strecke den Golf entlang bis Al Schargas schaffen – selbst wenn sie gleich über den Golf kommen. Sie müssen den Luftraum von Kuwait, Saudi-Arabien und den der Emirate durchfliegen, und Gott allein weiß, ob die unsere Maschine beschlagnahmen, ob sie uns einsperren oder mit hohen Geldstrafen belegen – ebenso in Al Schargas, warum sollten sie sich dort anders verhalten?« McIver schüttelte den Kopf. »Ohne die nötigen Freigaben seitens des Iran sind den Scheichtümern die Hände gebunden. Die haben doch – was ja durchaus verständlich ist – eine Heidenangst, daß Khomeinis Revolution sich über ihre Länder ausbreiten könnte. Sie haben alle beträchtliche schiitische Minderheiten und können im Falle eines Falles der iranischen Flotte, Armee oder Luftwaffe nichts Gleichwertiges entgegensetzen.«

»Eins nach dem anderen«, entgegnete Gavallan. »Was Rudis und Starkes Maschinen angeht, hast du recht, Mac. Aber nehmen wir doch einmal an, sie hätten die Erlaubnis, all diese Territorien zu überfliegen.«

»Wie das?«

»Ich habe alle Flugsicherungen am Golf fernschriftlich um Erlaubnis gebeten und bin im Besitz ihrer Bestätigungen, daß S-G-Hubschrauber im Transit ihre Territorien überfliegen können.«

»Ja, aber...«

»Immer schön der Reihe nach, mein Freund. Nehmen wir ferner an, alle unsere Maschinen wären wieder britisch registriert – es sind britische Flugzeuge, *unsere* Flugzeuge, sie sind unser Eigentum, ganz gleich, was die Partner auch geltend machen. Wenn sie britisch registriert sind, unterliegen sie nicht den iranischen Vorschriften. Richtig?«

»Sobald sie außer Landes sind, ja, aber es wird dir nicht gelingen, die Oberste Iranische Zivilluftfahrtbehörde dazu zu bringen, einem Transfer zuzustimmen. Und ohne den bekommst du keine britische Registrierung.«

»Und wenn ich trotzdem die britische Registrierung bekäme?«

»Wie zum Teufel willst du das denn schaffen?«

»Indem ich die Burschen von der Registrierbehörde darum ersuche. Und genau das habe ich getan, bevor ich London verließ. ›Im Iran sind die Dinge ein bißchen aus dem Lot‹, sage ich. ›Jawohl, ein heilloses Durcheinander, alter Freund‹, sagen die. ›Ich möchte unsere Vögel vorübergehend im britischen Register haben‹, sage ich. ›Könnte sein, daß ich sie heraushole, bis sich die Lage normalisiert hat. Die bestehende iranische Obrigkeit hätte natürlich nichts dagegen einzuwenden, es ist nur im Moment völlig unmöglich, von den Leuten etwas unterschrieben zu bekommen. Sie wissen ja, wie das ist.‹ ›Aber sicher, alter Freund‹, sagen die. ›Mit unserer Scheißregierung ist das ja das gleiche Theater. Na ja, es sind Ihre Vögel, keine Frage, es entspricht wohl nicht ganz den Vorschriften, aber das geht schon in Ordnung.‹«

McIver war stehengeblieben und starrte ihn beeindruckt an. »Sie haben zugestimmt?«

»Noch nicht, Junge. Nächster Punkt?«

»Ich habe noch hundert ›nächste Punkte‹, und auf jeden wirst du Antwort wissen und eine *mögliche* Lösung, aber die Rechnung wird trotzdem nicht aufgehen.«
»Ich stimme mit Genny überein: Wir müssen es selbst machen.«
»Schon möglich, aber es muß machbar sein. Und noch etwas: Wir haben die Erlaubnis, drei unserer 212 auszufliegen. Vielleicht kriegen wir auch noch den Rest.«
»Die drei sind noch nicht draußen. Die Partner, von der Zivilluftfahrtbehörde ganz zu schweigen, werden uns nicht so leicht entwischen lassen. Sieh doch nur, was mit Guerney passiert ist: Alle ihre Hubschrauber sind beschlagnahmt, alle 48 Stück, einschließlich sämtlicher 212.« Sie warfen einen Blick auf die Rollbahn. Eine Hercules der RAF landete. »Talbot hat mir erzählt, daß alle britischen Techniker der Armee, der Marine und der Luftwaffe bis zum Wochenende das Land verlassen haben werden. In der Botschaft bleiben nur noch drei Beamte – er und zwei andere. Wie Talbot sich ausdrückte, geht sämtlichen Diplomaten in Teheran – westlichen, östlichen und arabischen – der Arsch mit Grundeis. Am meisten den Arabern: Kein Ölscheich wünscht sich den Khomeinismus in seinem Land, und sie sind willens und bereit, gute Petrodollar auszugeben, um diese Gefahr abzuwenden. ›Ich wette 50 Pfund gegen eine verbogene Hutnadel‹, sagte Talbot, ›daß sie jetzt alle die Hand aufhalten – der Irak, die Kurden und jeder Araber, der für die Sunniten und gegen Khomeini ist. Die Golfstaaten stehen vor einer Explosion.‹«
»Aber mittlerweile...«
»Mittlerweile ist er nicht mehr so optimistisch wie noch vor wenigen Tagen und nicht mehr so sicher, daß Khomeini sich still und leise nach Qom zurückziehen wird. ›Iran für die Iraner‹, sagte er, ›solange es Khomeini und die Mullahs gibt. Und mit dem Khomeinismus wird man leben müssen, wenn die Linken den Ayatollah nicht vorher umbringen.‹« Gavallan schlug die behandschuhten Hände zusammen, um seinen Kreislauf anzuregen. »Ich bin schon ganz erfroren. Aus den Büchern ist klar zu ersehen, daß wir hier tief im Dreck stecken. Wir müssen etwas tun.«
»Das ist aber ein wahnsinniges Risiko. Ich fürchte, wir verlieren dabei einige Vögel.«
»Nur wenn wir das Glück nicht auf unserer Seite haben.«
»Du verlangst eine Menge vom Glück, Andy. Erinnerst du dich an die zwei Mechaniker in Nigeria, die 14 Jahre sitzen mußten, nur weil sie eine 125 gewartet hatten, die illegal ausgeflogen worden war?«
»Das war in Nigeria, und die Mechaniker wurden zurückgelassen. Wir würden niemanden zurücklassen.«
»Wenn auch nur ein Ausländer zurückbleibt, werfen sie ihn ins Gefängnis; er wird zur Geisel für uns alle und unsere Vögel – außer du nimmst in Kauf, daß er den Kopf hinhält. Tust du das nicht, werden sie ihn dazu verwenden, uns zurückzuholen. Und wenn wir zurückkommen, werden sie verdammt ungemütlich sein. Und was machen wir mit unserem iranischen Personal?«
Gavallan konterte stur: »Wenn das Glück gegen uns ist, wird es eine Katastro-

phe, was immer wir tun. Ich denke, wir sollten einen Plan ausarbeiten, der bis ins letzte Detail geht. Dazu brauchen wir Wochen – und wir sollten die Sache streng geheim halten.«
»Wenn du im Ernst daran denkst, müssen wir auch mit Rudi, Scragger, Lochart und Starke darüber reden.«
»Wie du meinst.« Gavallan streckte sich. Sein Rücken schmerzte. »Sobald alles richtig geplant ist...«
Schweigend gingen sie weiter. Der Schnee knirschte unter ihren Füßen. »Wir würden eine ganze Menge von den Jungs verlangen.«
Gavallan schien ihn nicht gehört zu haben. »Unseren Iran gibt es nicht mehr. Die meisten Leute, mit denen wir in all den Jahren zusammen gearbeitet haben, sind geflohen oder tot. Oder sie halten sich versteckt. Oder sie sind unsere Feinde geworden, ob sie es nun wollten oder nicht. Die Arbeit ist auf ein Minimum geschrumpft, von 26 Hubschraubern sind ganze neun im Einsatz. Für das Wenige, was wir tun, werden wir nicht bezahlt, und es werden auch keine Schulden getilgt. Das können wir alles abschreiben.«
»Es steht nicht so schlecht, wie du denkst«, entgegnete McIver verbissen. »Die Partner...«
»Du mußt verstehen, Mac: Ich kann nicht das ganze Geld abschreiben, das man uns schuldet, plus Vögel und Ersatzteile, und trotzdem im Geschäft bleiben. Das kann ich nicht. Unsere 17 212-Helis sind 13 Millionen Dollar wert, die 7 206-Helis 1,3 Millionen, 3 Alouettes 1,5 Millionen, die Ersatzteile rund drei Millionen... 20 Millionen, ein paar Dollar hin oder her. Das kann ich nicht einfach abschreiben. Ian hat mich gewarnt: Struan's hat im vergangenen Jahr Verluste gemacht, Linbar hat einige falsche Entscheidungen getroffen... sie sind selbst knapp. Du weißt, was ich von ihm halte und er von mir, aber er ist immer noch der Tai-Pan. Ich kann nicht den Iran abschreiben, kann nicht aus den neuen Verträgen für die X 63 aussteigen, kann nicht gegen Imperial ankämpfen, die uns mit ihren unfairen Subventionen – zu Lasten der Steuerzahler – in der Nordsee fertigmachen. Es geht einfach nicht.«
»Du verlangst verdammt viel von den Jungs.«
»Und von dir, Mac, das vergesse ich nicht. Es geht für uns alle um die Wurst.«
»Die meisten Jungs können ohne Schwierigkeiten wieder Arbeit finden. Hubschrauberpiloten, die auch etwas vom Ölgeschäft verstehen, sind sehr gesucht.«
»Na und? Ich wette mit dir, sie würden alle lieber bei uns bleiben. Wir kümmern uns um sie, zahlen Top-Gehälter, halten alle nur möglichen Sicherheitsvorschriften ein – die S-G ist die beste Hubschraubergesellschaft der Welt, und das wissen sie!« Unvermittelt zwinkerte Gavallan schelmisch: »Wäre doch ein tolles Stück, wenn wir das abziehen könnten. Wenn es soweit ist, werden wir die Jungs fragen. Bis dahin läuft alles weiter wie gehabt, okay?«
»Okay«, stimmte McIver nicht gerade begeistert zu. »Soweit es die Planung angeht.«
Gavallan sah ihn an. »Ich kenne dich zu gut, Mac. Bald wirst du ganz wild

darauf sein, loszuschlagen, und ich werde sagen müssen: Moment mal, was machen wir denn mit dem Sowieso...?«

»Was den Plan angeht, Andy: Wir sollten ein Codewort dafür haben.«

»Genny sagt, wir sollten ihn ›Wirbelsturm‹ nennen – denn darauf wird es hinauslaufen.«

Donnerstag
22. Februar 1979

42

Nordwestlich von Täbris: 11 Uhr 20. Von seinem Sitzplatz auf dem Kabinentrittbrett seiner hoch im Gebirge abgestellten 212 konnte Erikki weit in die Sowjetunion hinein sehen. Tief unten floß der Aras, der über lange Strecken die Grenze zwischen dem Iran und der UdSSR markierte, nach Osten zum Kaspischen Meer. Zur Linken lag das türkische Bergland und der mächtige, 5165 Meter hohe Ararat. Die 212 war nicht weit von dem Höhleneingang abgestellt, wo sich der geheime amerikanische Horchposten befand. Befunden hatte, dachte er. Als er gestern nachmittag hier gelandet war – der Höhenmesser zeigte 2853 Meter –, hatten die Fedajin, Cimtargas Reisegefährten, die Höhle gestürmt, dann aber berichtet, daß sie leer war. Als Cimtarga sie inspizierte, mußte er feststellen, daß alle wichtigen Geräte zerstört und keine Codebücher zurückgelassen worden waren. »Wir werden sie trotzdem ausräumen«, befahl er seinen Männern. Und Erikki fragte er: »Können Sie dort landen? Ich möchte gern die Radarmasten abmontieren.«

»Das weiß ich nicht«, antwortete Erikki. »Ich will mal nachsehen.«

»*Wir* sehen mal nach«, sagte Cimtarga und lachte. »Dann geraten Sie nicht in Versuchung, uns zu verlassen.«

Er flog mit ihm hinauf. Die Masten waren auf der Nordseite tief in die Felswand einbetoniert, davor eine kleine ebene Plattform. »Wenn das Wetter so gut ist wie heute, geht es ohne weiteres, aber nicht, wenn der Wind auffrischt. Ich könnte dann im Schwebeflug bleiben und Sie an einer Winde hinunterlassen.«

Cimtarga grinste. »Vielen Dank, lieber nicht. Ich bin noch nicht lebensmüde.«

»Für einen Sowjetrussen, vor allem für einen KGB-Mann, sind Sie kein schlechter Kerl.«

»Das sind Sie auch nicht – für einen Finnen.«

In den fünf Tagen, die er nun schon mit Cimtarga flog, hatte er Zuneigung zu ihm gefaßt – soweit das bei einem KGB-Mann überhaupt möglich war, dachte er. Aber der Mann war höflich und fair, teilte den Proviant gerecht auf. Am Abend zuvor hatten sie zusammen eine Flasche Wodka getrunken, und Cimtarga hatte ihm den besten Schlafplatz gegeben. In einem Dorf zwanzig Kilometer weiter südlich hatten sie auf Teppichen über einem schmutzigen Lehmboden geschlafen. Sie befänden sich zwar auf kurdischem Gebiet, hatte Cimtarga ihm erklärt, aber die Dorfbewohner seien heimliche Fedajin und vertrauenswürdig.

Vor zwei Tagen, kurz nachdem Ross gegangen war, hatten Cimtarga und einige Wächter ihn in der Nacht aus dem Bett geholt und zum Stützpunkt gefahren. In der Dunkelheit flog er dann zu dem Dorf in den Bergen nördlich von Khoy. Im Morgengrauen nahmen sie dort eine ganze Ladung bewaffneter Männer an Bord und flogen weiter zum ersten der zwei amerikanischen Horchposten. Er befand sich im gleichen Zustand wie dieser hier. »Jemand muß ihnen rechtzeitig gesteckt haben, daß wir kommen«, stellte Cimtarga wütend fest. »Scheiß-Spione!«

Später erzählte ihm Cimtarga, daß die Amerikaner laut Berichten der Dorfbewohner den Posten erst in der vorletzten Nacht evakuiert hatten. Riesige Hubschrauber ohne Kennzeichen hatten sie ausgeflogen. »Wär doch zu schön gewesen, sie beim Spionieren zu ertappen. Angeblich können diese Bastarde 1000 Kilometer weit in unser Land hineinsehen.«

»Sie haben Glück, daß sie nicht mehr da waren. Sonst hätte es vielleicht einen Kampf gegeben und damit einen internationalen Zwischenfall.«

Cimtarga hatte gelacht. »Hätte doch nichts mit uns zu tun gehabt. Die Kurden wären es wieder einmal gewesen. Sind doch eine einzige Gangsterbande, oder? Ihnen hätte man die Schuld gegeben. Später würde man die Leichen gefunden haben – auf kurdischem Gebiet. Beweis genug für Carter und die CIA.«

Müde und deprimiert rückte Erikki auf dem Trittbrett herum. Er hatte letzte Nacht wieder schlecht geschlafen – so wie alle Nächte, seitdem Ross aufgetaucht war.

Du bist ein Narr, sagte er sich zum soundsovielten Mal. Ich weiß, aber das hilft mir auch nichts. Nichts scheint zu helfen. Vielleicht macht dir das Fliegen zu schaffen. Zu lange unter schlechten Bedingungen, zu viele Nachtflüge. Und dann die Sorge um Nogger. Und Ross. Und vor allem um Azadeh. Ist sie in Sicherheit?

Schon am Morgen nach der Begegnung mit dem blauäugigen Johnny hatte er sich mit ihr ausgesöhnt. »Ich gebe zu, ich war eifersüchtig. Dumm von mir. Ich glaubte einfach nicht, daß er so... so männlich und so gefährlich sein würde. Sein *kookri* könnte es mit meinem Messer jederzeit aufnehmen.«

»Niemals, mein Liebling, niemals. Ich bin so froh, daß wir beide zusammen sind. – Aber wie kommen wir von hier weg?«

»Jedenfalls nicht zusammen und nicht zur gleichen Zeit«, hatte er ihr ehrlich geantwortet. »Die Soldaten sollten fliehen, solange es noch geht. Was uns drei angeht, dich und Nogger und mich... ich weiß es nicht, Azadeh. Noch nicht. Wir müssen warten. Vielleicht können wir in die Türkei entkommen...«

Im Osten lag jetzt die Türkei, so nah und doch so fern! Wenn nur Azadeh hier wäre! Wenn wir die Türkei erreichten, wenn man den Heli nicht beschlagnahmen und mir die Möglichkeit geben würde, aufzutanken, dann könnten wir, immer der Grenze entlang, nach Al Schargas fliegen. Wenn, wenn, wenn! O ihr Götter meiner Vorfahren, helft mir!

»Wie lange werden Sie meine Dienste noch in Anspruch nehmen?« hatte er Cimtarga gestern beim Wodka gefragt.

»Wir werden noch zwei oder drei Tage brauchen, um hier alles zu erledigen. Dann geht's nach Täbris zurück.«

»Und dann?«
»Dann werde ich mehr wissen.«
Erikki stand auf und sah den Iranern zu, die die zu verladenden Geräte und Apparate heranschleppten. Oben waren einige Männer damit beschäftigt, die Radarmasten abzumontieren. Reine Zeitverschwendung, dachte er. Sogar ich weiß, daß niemand etwas damit anfangen kann. »Das spielt keine Rolle«, hatte Cimtarga dazu bemerkt. »Mein Herr liebt die Masse. Bringt alles mit, hat er gesagt. Mehr ist besser als weniger. Und wozu machen Sie sich Sorgen? Sie werden doch nach Stunden bezahlt.«
Da er fühlte, daß seine Nackenmuskeln verspannt waren, streckte er sich und beugte sich hinunter, bis er mit den Händen seine Zehen berührte. In dieser Stellung ließ er Kopf und Arme zuerst frei schwingen und dann den Oberkörper locker und so weit wie möglich kreisen, um die Sehnen, Bänder und Muskeln zu dehnen. »Was machen Sie da?« erkundigte sich Cimtarga und trat auf ihn zu.
»Das ist gut gegen Nackenschmerzen.« Er setzte seine dunkle Brille wieder auf. »Wenn Sie das zweimal am Tag machen, werden Sie nie Nackenschmerzen haben.«
»Ach, haben Sie das auch? Ich leide sehr darunter. Mindestens dreimal im Jahr muß ich deswegen zum Chiropraktiker. Und das hilft wirklich?«
»Garantiert. Ich habe das von einer Kellnerin. Wer den ganzen Tag Tabletts schleppt, bekommt Genick- und Rückenschmerzen, so wie Piloten. Es ist eine Berufskrankheit. Versuchen Sie's doch mal.«
Cimtarga folgte seinem Beispiel, und nach einiger Zeit spürte er die entspannende Wirkung. Als er sich wieder aufrichtete, sagte er: »Das ist wunderbar, Captain. Ich schulde Ihnen einen Gefallen.«
»Das war für den Wodka.«
»Das ist mehr wert als eine Flasche Wod...«
Erikki starrte Cimtarga fassungslos an. Blut spritzte aus seiner Brust. Eine Kugel hatte ihn von hinten getroffen. Und schon stürmten, wild in die Fedajin hineinschießend, Einheimische aus ihren Verstecken in Felsen und Bäumen hervor, während sie abwechselnd Schlachtrufe und *»Allah-u Akbar«* brüllten. Der Angriff war kurz und heftig, und Erikki sah auf dem ganzen Plateau Cimtargas Männer fallen. Sein eigener Wächter hatte zwar auch das Feuer eröffnet, wurde aber sofort getroffen, und nun stand ein bärtiger Einheimischer über ihm und erledigte ihn mit dem Gewehrkolben.
Zwei Männer stürzten auf Erikki zu, und er hob die Hände. Dumm und ausgeliefert kam er sich vor, sein Herz hämmerte. Einer von den beiden drehte Cimtarga auf den Rücken und gab einen weiteren Schuß auf ihn ab. Auch der zweite kümmerte sich nicht um Erikki, lief statt dessen zu der 212 hinüber, um sich zu vergewissern, daß dort niemand versteckt war. Plötzlich stand schwer atmend der Mann, der Cimtarga getötet hatte, vor Erikki. Er war klein, seine Haut hatte die Farbe von Oliven, Augen und Haare waren dunkel. Er trug ein grobes Gewand und stank.
»Nimm Hände runter«, sagte er auf Englisch. Er sprach mit starkem ausländi-

schen Akzent. »Ich bin Scheich Bayazid, Chef hier. Wir brauchen dich und Helikopter.«
»Was wollen Sie von mir?«
»CASEVAC.« Bayazid lächelte dünn, als er Erikkis erstauntes Gesicht sah. »Viele von uns arbeiten Öl und Bohrtürme. Wer ist dieser Hund?« Mit dem Fuß deutete er auf Cimtarga.
»Er nannte sich Cimtarga. Er war Sowjetrusse. Ich nehme an, vom KGB.«
»Natürlich Sowjet«, gab der Mann grob zurück. »Natürlich KGB – alle Sowjets im Iran KGB. Papiere bitte.« Erikki gab ihm seinen Personalausweis. Der Eingeborene studierte ihn und gab ihn wieder zurück. »Warum du fliegen Sowjethund?« Schweigend hörte er Erikkis Erklärungen zu, aber als dieser erzählte, wie Abdullah Khan ihn überlistet und erpreßt hatte, verdüsterten sich seine Züge. »Nicht gut, wenn Abdullah Khan beleidigt. Einfluß von Abdullah dem Grausamen groß, sogar im Land der Kurden.«
»Seid ihr Kurden?«
»Kurden«, sagte Bayazid. Die Lüge kam ihm gelegen. Er kniete nieder und durchsuchte Cimtarga. Keine Papiere, ein wenig Geld, die Pistole im Halfter und Munition, weiter nichts. Was er fand, steckte er ein. »Du vollgetankt?«
»Zu drei Vierteln.«
»Ich will 30 Kilometer nach Süden. Ich zeige dir Weg. Dort wir abholen CASEVAC, dann nach Rezaiyeh, Krankenhaus dort.«
»Warum nicht nach Täbris, ist doch viel näher?«
»Rezaiyeh in Kurdistan. Dort Kurden sind sicher, manchmal. Täbris gehört unseren Feinden: Iraner, Schah, Khomeini, alles gleich. Wir fliegen Rezaiyeh.«
»In Ordnung. Das Overseas Hospital wäre das beste. Ich war schon mal dort, und sie haben einen Heliport. Sie sind an CASEVACS gewöhnt. Dort können wir auch auftanken. Sie haben Kraftstoff für Hubschrauber – oder hatten welchen... in alten Zeiten.«
Bayazid zögerte. »Ja. Gut. Wir fliegen gleich.«
»Und nach Rezaiyeh, was dann?«
»Und dann, wenn du uns gut gedient hast, vielleicht wir dich geben frei und du kannst holen deine Frau vom Gorgon-Khan.« Scheich Bayazid wandte sich ab und forderte seine Männer schreiend auf, sich zu beeilen und an Bord zu gehen. »Bitte starten!«
»Und was geschieht mit ihm?« Erikki deutete auf Cimtarga. »Und den anderen?«
»Geier machen hier schnell sauber.«
Sie brauchten nicht lange, um an Bord zu gehen und abzufliegen. Kein Problem, das kleine Dorf zu finden. Die CASEVAC war eine Greisin. »Sie ist unser Häuptling«, sagte Bayazid.
»Ich wußte nicht, daß auch Frauen Häuptlinge sein können.«
»Warum nicht, wenn sie weise, stark und klug genug ist. Und aus einer guten Familie kommt. Wir sind sunnitische Moslems, keine Linken oder Abweichler. Schiiten sind Vieh, setzen Mullahs zwischen Mensch und Allah. Allah ist Allah. Wir fliegen gleich weiter.«

»Spricht sie Englisch?«
»Nein.«
»Sie sieht sehr krank aus. Könnte sein, daß sie den Flug nicht überlebt.«
»Wie es Allah gefällt.«
Doch sie stand die eineinhalb Stunden bis zum Heliport durch. Das Overseas Hospital war von ausländischen Ölgesellschaften gebaut, mit Personal besetzt und finanziert worden. Erikki hatte die ganze Strecke im Tiefflug zurückgelegt und Täbris sowie den Militärflughafen gemieden. Die Häuptlingsfrau lag auf einer Bahre, wach, aber regungslos. Sie schien große Schmerzen zu haben, klagte jedoch nicht.
Schon Sekunden nach der Landung waren ein Arzt und ein Sanitäter zur Stelle. Der Arzt trug einen weißen Mantel mit einem roten Kreuz auf dem Ärmel. Er war Mitte 30, Amerikaner, und hatte dunkle Ringe unter geröteten Augen. Er kniete neben der Bahre nieder, während die anderen schweigend warteten. Obwohl er sie sanft und fachkundig abtastete, stöhnte sie ein wenig, als seine Hände ihren Unterleib berührten. In stockendem Türkisch sprach er leise zu ihr. Ein feines Lächeln ging über ihr Gesicht, sie nickte und dankte ihm. Die Sanitäter trugen sie fort, gefolgt von zwei von Bayazids Männern.
»Exzellenz«, sagte der Arzt in holprigem Dialekt zu Bayazid, »ich brauche Name und Alter und...« Er suchte nach dem passenden Wort, »Krankengeschichte.«
»Sprechen Sie Englisch.«
»Ah, danke, Agha. Ich bin Dr. Newbegg. Ich fürchte, sie ist dem Ende nahe. Ihr Puls ist kaum noch zu fühlen. Sie ist sehr alt, und ich würde sagen, daß sie innere Blutungen hat. Ist sie vor kurzem vielleicht einmal gestürzt?«
»Bitte langsamer sprechen. Gestürzt? Ja, ja, vor zwei Tagen. Im Schnee ausgerutscht und gegen einen Felsen gefallen.«
»Wie gesagt, sie hat innere Blutungen. Ich werde tun, was ich kann, aber... tut mir leid, ich kann Ihnen nicht viel versprechen.«
»Inscha'Allah.«
»Sind Sie Kurden?«
»Kurden.« In der Nähe wurde geschossen, und alle blickten in die Richtung, aus der die Schüsse zu kommen schienen. »Wer...?«
»Ich weiß es leider auch nicht, aber es ist ja immer dasselbe«, antwortete der Arzt verdrießlich. *»Hezbollahis* gegen Linke, Linke gegen *hezbollahis*, gegen Kurden – da gibt es mehrere Gruppierungen –, und alle sind bewaffnet.« Er rieb sich die Augen. »Kommen Sie vielleicht besser mit, Agha. Könnte sein, daß ich einige Auskünfte brauche.« Er ging.
»Haben Sie noch Treibstoff hier, Herr Doktor?« rief Erikki ihm nach. Der Arzt blieb stehen und sah ihn ausdruckslos an. »Treibstoff? Ach ja. Ich weiß es nicht. Die Benzintanks sind hinten.« Er eilte die Treppe zum Haupteingang hinauf.
»Captain«, sagte Bayazid. »Du warten, bis ich zurückkomme. Hier.«
»Aber der Treibstoff? Ich...«

»Du warten hier.« Er eilte dem Arzt nach, zwei seiner Männer begleiteten ihn. Zwei blieben bei Erikki.
Auf dem Flug hatte Bayazid ihm einen kleinen Vortrag gehalten: »Seit Jahren kämpfen wir Kurden um die Unabhängigkeit. Wir ein eigenes Volk, eigene Sprache, eigene Bräuche. Jetzt vielleicht sechs Millionen Kurden in Aserbeidschan, Kurdistan, über sowjetische Grenze, auf diese Seite von Irak und in Türkei. Seit Jahrhunderten wir kämpfen. Wir halten die Berge. Wir sind gute Krieger. Saladin war Kurde. Du gehört von ihm?« Während der Kreuzzüge des zwölften Jahrhunderts war Saladin der islamische Gegner von Richard Löwenherz gewesen. Er machte sich zum Sultan von Ägypten und Syrien und eroberte 1187 Jerusalem, nachdem er ein großes Kreuzfahrerheer geschlagen hatte.
»Ja, ich weiß, wer er war.«
»Heute andere Saladins unter uns. Eines Tages werden wir zurückerobern alle heiligen Stätten – nachdem Khomeini, Verräter von Islam, in die Gosse getrampelt ist.«
»Nur wegen der CASEVAC haben Sie Cimtarga und die anderen überfallen und umgelegt?« hatte Erikki gefragt.
»Selbstverständlich. Sie Feinde. Deine und unsere.« Ein schiefes Lächeln erschien auf seinem Gesicht. »Unsere Häuptlingsfrau krank, du in der Nähe. Wir sehen Amerikaner fortgehen, Plünderer kommen. Du erkannt.«
»Ach ja? Wie denn?«
»Der Rotschopf mit dem Messer. Der Ungläubige, der Mörder tötet wie Läuse, dann ein Gorgonbalg bekommt zur Belohnung!« In den dunklen Augen war Belustigung zu lesen. »O ja, Captain, wir kennen dich. Aber es ist gut, daß du weder Iraner noch Sowjet.«
»Können Sie und Ihre Männer mir gegen den Gorgon-Khan helfen?«
Bayazid hatte gelacht. »Deine Blutfehde ist deine Sache. Abdullah Khan steht auf unserer Seite, im Moment. Wir tun nichts gegen ihn. Was du tust, steht bei Allah.«
Es war kalt auf dem Vorhof des Krankenhauses. Erikki wanderte auf und ab, um sich einigermaßen warm zu halten. Ich muß nach Täbris zurück, überlegte er, Azadeh irgendwie herausholen, und dann zusammen mit ihr diesen Ort für immer verlassen.
Schüsse in der Nähe schreckten ihn und die Wächter auf. Vor dem Eingang zum Krankenhaus staute sich der Verkehr. Leute liefen vorbei. Noch mehr Schüsse. Schon sprangen die Autofahrer aus dem Wagen, gingen in Deckung oder flohen. Ein paar Glasfenster im obersten Stockwerk des Krankenhauses zersplitterten. Eine wilde Schießerei folgte. Erikki ärgerte sich, daß seine Maschine so exponiert stand, wußte nicht, was er tun sollte, keine Zeit, um abzuheben, nicht genug Treibstoff, um irgendwohin zu fliegen. Vor den Mauern des Krankenhauses schien sich eine regelrechte kleine Schlacht zu entwickeln. Doch sie ging ebenso rasch zu Ende, wie sie begonnen hatte. Die Leute kehrten in ihre Wagen zurück, Hupen ertönten, und bald lief der Verkehr wieder so normal und aggressiv wie immer.

Ein kleiner Tankwagen kam hinter dem Krankenhaus hervor, am Steuer ein junger Iraner mit einem breiten Lächeln. Erikki ging ihm entgegen.
»He, Captain«, begrüßte ihn der Fahrer fröhlich mit starkem New Yorker Akzent. »Ich soll Sie auftanken. Ihr furchtloser Führer, Scheich Bayazid, hat das in die Wege geleitet.« Er begrüßte die Kurden in einem türkischen Dialekt. Sofort erwiderten sie seine Grüße. »Wir machen Sie bis zum Rand voll, Captain. Haben Sie vielleicht irgendwelche Reservetanks?«
»Nein, nur das Übliche. Ich bin Erikki Yokkonen.«
»Na sicher. Der Rotschopf mit dem Messer.« Der junge Mann lachte. »Sie sind in dieser Gegend schon zu einer Art Legende geworden. Ich habe Sie schon einmal aufgetankt – vor einem Jahr oder so.« Er streckte ihm die Hand entgegen. »Ich bin der ›Benzin-Ali‹ – Ali Reza, wenn Ihnen das besser gefällt.«
Sie schüttelten sich die Hände, und während sie sich unterhielten, begann der Junge mit dem Auftanken. »Waren Sie in der amerikanischen Schule?« fragte Erikki.
»Ach was. Ich wurde schon vor Jahren, als ich noch ein Kind war, vom Krankenhaus sozusagen adoptiert. Damals stand dieses Gebäude noch gar nicht, und das Hospital war in einem alten Lagerhaus der TEXACO im Osten der Stadt untergebracht.« Der Junge lächelte, schraubte sorgfältig den Verschluß zu und begann mit dem nächsten Tank. »Abe Weiss hieß der Arzt, der mich aufnahm. Ein feiner Kerl. Er setzte mich auf die Lohnliste und brachte mir bei, wie man mit Seife und Socken, mit Löffeln und dem Klo umgeht – unbekannte Dinge für einen Straßenjungen wie mich, ohne Familie, ohne Zuhause. Er nannte mich sein Hobby und gab mir sogar einen Namen. Und eines Tages ging er fort.« Erikki sah den Schmerz in den Augen des Jungen. »Er gab mich an Doc Templeton weiter, und auch er war mir ein Freund. Manchmal weiß ich wirklich nicht, wo ich hingehöre. Ich bin Kurde, Yankee, Iraner, Jude, Moslem – alles und doch nichts.« Er zuckte die Achseln. »Bißchen durcheinander, Captain. Die Welt, alles. Was?«
Von seinen zwei Wächter begleitet, kam Bayazid die Treppe herunter, hinter ihm die zwei Sanitäter mit einer Bahre. Die Greisin war jetzt zugedeckt – von Kopf bis Fuß.
»Nach Auftanken wir fliegen«, sagte Bayazid.
»Es tut mir leid«, murmelte Erikki.
»*Inscha'Alah.*« Die Sanitäter schoben die Trage in die Kabine. Bevor sie gingen, dankte ihnen Bayazid. Bald war die Maschine voll aufgetankt.
»Danke, Mr. Reza.« Erikki streckte ihm die Hand entgegen. »Vielen Dank.«
Der Junge starrte ihn an. »Noch nie hat mich jemand Mister genannt, Cap!«
Er wollte Erikkis Hand gar nicht mehr loslassen. »Danke... wenn Sie wieder mal Benzin brauchen, stets zu Ihren Diensten.«
Bayazid setzte sich wieder neben Erikki, schnallte sich an und setzte die Kopfhörer auf. »Wir fliegen zurück zu Dorf, von wo wir gekommen sind.«
»Und dann?«
»Ich berate mit neuem Häuptling«, antwortete Bayazid und dachte dabei: Für

diesen Mann und den Hubschrauber könnte man ein hohes Lösegeld fordern – vielleicht vom Khan, vielleicht von den Sowjets, oder vielleicht sogar von seinen eigenen Leuten. Mein Volk braucht jeden Rial, den es kriegen kann.

In der Nähe von Täbris 1: 18 Uhr 16. Azadeh nahm die Schale Reis und die Schüssel Khoresch auf, dankte der Frau des Dorfältesten und ging durch den schmutzigen Schnee zu der ein wenig abseits gelegenen Hütte hinüber. Ihr Gesicht war spitz, ein Husten quälte sie. Sie klopfte und trat durch die niedere Tür. »Hallo, Johnny. Wie fühlst du dich? Geht es dir besser?«
»Mir geht es gut«, antwortete er, aber das stimmte nicht. Die erste Nacht hatten sie zitternd vor Kälte in einer nahen Höhle verbracht. »Hier können wir nicht bleiben, Azadeh«, hatte er bei Tagesanbruch gesagt. »Wir erfrieren sonst. Wir müssen es mit dem Stützpunkt versuchen.« Sie hatten sich durch den Schnee geschleppt, sich versteckt gehalten und alles beobachtet. Von Zeit zu Zeit sahen sie die zwei Mechaniker und sogar Nogger Lane – und die 206 –, aber der Stützpunkt wimmelte von bewaffneten Männern. Dayati, der Kommandant, hatte sich in Azadehs und Erikkis Hütte einquartiert – er, seine Frau und die Kinder. »Dieser Hundesohn«, zischte Azadeh, als sie sah, daß die Frau ein Paar von ihren Stiefeln trug. »Vielleicht könnten wir uns in die Hütten der Mechaniker schleichen«, schlug sie vor. »Sie würden uns bestimmt verstecken.«
»Sie sind nie allein; ich wette, die Wächter verlassen sie auch nachts nicht. Aber wer sind diese Wächter – *hezbollahis*, Leute des Khan, oder wer?«
»Ich kenne sie alle nicht.«
»Sie sind hinter uns her«, sagte er. Er war sehr deprimiert. Guengs Tod nagte an ihm. Er und Tenzing waren von Anfang an bei ihm gewesen. Und dann Rosemont. Und jetzt Azadeh. »Noch eine Nacht im Freien, und du bist am Ende, wir sind beide am Ende.«
»Unser Dorf, Johnny. Abu-Mard. Es gehört seit über hundert Jahren unserer Familie. Es sind loyale Menschen, das weiß ich. Ein oder zwei Tage lang wären wir in Sicherheit.«
»Mit einem Preis auf meinen Kopf? Und auf deinen? Sie würden deinen Vater verständigen.«
»Ich würde sie bitten, es nicht zu tun. Ich würde ihnen sagen, daß wir uns verstecken müssen, bis mein Mann zurückkommt... Er war immer sehr beliebt, Johnny.«
Er sah sie an. Ein Dutzend Gründe hätte er anführen können, warum sie es nicht tun sollten. »Das Dorf liegt an der Straße, und...«
»Ja, du hast selbstverständlich recht, und wir werden auch tun, was du sagst, aber es zieht sich in den Wald hinein. Wir könnten uns dort verstecken – niemand würde uns dort vermuten.«
Er sah, wie müde sie war. »Wie fühlst du dich? Wie stark fühlst du dich?«
»Nicht stark, aber gut.«
Er dachte an den Stützpunkt. Eine Schlangengrube. Reiner Selbstmord, es dort zu versuchen. Von der Anhöhe, auf der sie standen, konnte er bis zur

Hauptstraße sehen. Die Straßensperre war noch nicht aufgehoben worden. Auf beiden Seiten lange Reihen von Fahrzeugen. Von denen nimmt uns keiner mit, dachte er. »Geh du ins Dorf. Ich warte im Wald.«
»Wenn du nicht bei mir bist, schicken sie mich sofort zu meinem Vater zurück – ich kenne sie, Johnny.«
»Vielleicht verraten sie dich auf jeden Fall.«
»Wie es Allah gefällt. Aber wir bekommen etwas zu essen, einen warmen Raum und vielleicht sogar ein Nachtquartier. Im Morgengrauen könnten wir uns wieder davonmachen. Vielleicht bekommen wir sogar einen Wagen oder einen Laster von ihnen – der Kalandar hat einen alten Ford.« Sie mußte niesen. Sehr wahrscheinlich hatte man Patrouillen in den Wald ausgeschickt. Das Dorf ist Wahnsinn, dachte er. Und um die Straßensperre zu umgehen, bräuchte man schon bei Tageslicht viele Stunden, und bei Nacht – wir können nicht noch eine Nacht im Freien zubringen.
»Gehen wir ins Dorf«, hatte er gesagt. Gestern waren sie gegangen, und Mustafa, der Kalandar, hatte ihr aufmerksam zugehört und Ross dabei nicht angesehen. Die Nachricht von ihrer Ankunft ging von Mund zu Mund, und bald wußte es das ganze Dorf – das und welche Belohnung für die Ergreifung des Saboteurs und Entführers der Tochter des Khans ausgesetzt war. Mustafa gab Ross eine leerstehende, aus einem Raum bestehende Hütte mit Lehmboden und modrigen Teppichen, Azadeh hingegen nahm er in sein Haus auf. Es war ein aus zwei Räumen bestehendes Loch. Keine Elektrizität, kein fließendes Wasser, keine Toilette.
Es war schon dunkel, als eine alte Frau Ross warmes Essen und eine Flasche Wasser brachte.
Er bedankte sich. Sein Kopf schmerzte, und Fieber schüttelte ihn. »Wo ist die Gnädigste?« Die Frau zuckte die Achseln. Ihr Gesicht war durchfurcht, sie hatte Pockennarben und braune Zahnstummel. »Bitte, ersuchen Sie sie, mich zu empfangen.«
Später ließ man ihn kommen. Im Raum des Dorfältesten, in seiner Gegenwart und der seiner Frau und eines Großteils seiner Familie begrüßte er Azadeh mit aller Förmlichkeit – wie ein Fremder eine Dame von hohem Stand begrüßen würde. Natürlich trug sie den Tschador und kniete auf einem Teppich gegenüber der Tür. »*Salaam*, Gnädigste, sind Sie bei guter Gesundheit?«
»*Salaam*, Agha, ja, vielen Dank, und Sie?«
»Ich glaube, ich habe ein wenig Fieber.« Ihre Augen sahen sekundenlang vom Teppich auf. »Ich habe Arzneien. Brauchen Sie etwas?«
»Nein, danke.«
Bei so vielen Augen und Ohren war es unmöglich, ihr zu sagen, was er sagen wollte. »Vielleicht darf ich morgen nach Ihnen sehen, Gnädigste. Friede sei mit Ihnen.«
»Und mit Ihnen.«
Sie hatten beide lange gebraucht, um einzuschlafen. Bei Tagesanbruch war das Dorf wach: Feuer wurden geschürt, Ziegen gemolken, Gemüse-Khoresch aufgesetzt. Zur Anreicherung des Eintopfs gab es vielleicht einmal einen

kleinen Brocken Huhn, in manchen Hütten ein Stückchen Ziegen- oder Lammfleisch – alt, zäh und ranzig. In guten Zeiten zwei Mahlzeiten am Tag. Azadeh hatte Geld und bezahlte für ihrer beider Essen. Was nicht unbemerkt blieb. Sie verlangte, ein ganzes Huhn in den abendlichen Khoresch der Familie zu geben, und zahlte dafür. Auch das blieb nicht unbemerkt.
»Jetzt werde ich ihm etwas zu essen bringen«, sagte sie, als es schon dämmerte.
»Aber Gnädigste, es ist nicht recht, daß Sie ihn bedienen«, bemerkte die Frau des Kalandars. »Ich werde die Schüsseln tragen. Wir können zusammen gehen, wenn Sie es wünschen.«
»Nein, es ist besser, ich gehe allein, weil...«
»Allah schütze uns, Gnädigste, allein? Zu einem Mann, der nicht Ihr Gatte ist? O nein, das wäre ungehörig, sehr ungehörig. Lassen Sie nur, ich werde es ihm bringen.«
»Danke. Wie es Allah gefällt. Gestern hat er von Fieber gesprochen. Es könnte die Pest sein. Ich weiß, daß Ungläubige oft von Krankheiten befallen werden, die wir nicht gewöhnt sind. Ich wollte Ihnen nur Leiden ersparen. Danke, daß Sie mich schonen wollen.« Alle in der Hütte Anwesenden hatten gestern das schweißbedeckte Gesicht des Ungläubigen gesehen. Alle wußten, wie abstoßend Ungläubige waren, die meisten von ihnen Teufelsanbeter und Hexer. Fast jeder glaubte im geheimen, daß Azadeh behext worden war, zuerst von dem Riesen mit dem Messer, und jetzt von dem Saboteur. Schweigend hatte die Frau des Dorfältesten Azadeh die Schüsseln gereicht und beobachtet, wie die Tochter des Khans durch den Schnee gestapft war.
Jetzt kniete sie ihm gegenüber im Halbdunkel des Raumes, der ein Loch in der Lehmwand als Fenster hatte; kein Glas, nur ein Stück Sackleinwand. Von der Kloake draußen stank es nach Urin und Abwässern.
»Iß, solange es warm ist. Ich kann nicht lange bleiben.«
»Geht's dir gut?« Voll angekleidet hatte er unter der einzigen vorhandenen Decke gelegen und vor sich hingedöst; jetzt war er wieder hellwach. Mit Hilfe von Tabletten aus seiner Überlebensausrüstung hatte das Fieber nachgelassen, aber sein Magen war ernstlich verstimmt. »Du siehst nicht gerade blendend aus.«
Sie lächelte. »Du auch nicht. Mir geht's gut. Iß.«
Er war sehr hungrig. Die Suppe war dünn, aber für seinen Magen genau das richtige. Ein neuer Krampf packte ihn, aber er aß weiter, und der Krampf löste sich wieder. »Glaubst du, wir könnten uns davonschleichen?« fragte er zwischen zwei Schlucken; er bemühte sich, langsam zu essen.
»Du könntest, ich nicht.«
»Was ist mit dem Laster?«
»Ich habe den Dorfältesten gefragt. Der Wagen sei nicht in Ordnung, hat er gesagt. Ich weiß natürlich nicht, ob er gelogen hat oder nicht.«
»Wir können nicht lange hierbleiben. Früher oder später wird eine Patrouille vorbeikommen, oder man wird deinen Vater informieren. Für uns gibt es nur eines: abschwirren.«

»Oder zusammen mit Nogger Lane die 206 kapern.«
Er sah sie fragend an. »Und die Wachen?«
»Eines der Kinder hat mir erzählt, daß sie heute nach Täbris zurückgekehrt sind.«
»Bist du sicher?«
»Sicher bin ich nicht. Aber das Kind hat keinen Grund, mich anzulügen. Vor meiner Heirat habe ich hier unterrichtet, und ich weiß, die Kinder mochten mich gern. Das Mädchen sagte, es wären nur ein oder zwei Mann zurückgeblieben.« So viele Lügen, dachte sie, so viele Probleme in diesen letzten Wochen. Sind es nur Wochen? Soviel Schrecken und Entsetzen, seitdem Rákóczy und der Mullah nach der Sauna über Erikki und mich hergefallen sind. So hoffnungslos ist jetzt alles. Wo bist du, Erikki? hätte sie schreien mögen. Wo bist du?
Ross aß die Suppe auf und dann den Reis und versuchte sich einen Plan auszudenken. Sie kniete ihm gegenüber und betrachtete sein verfilztes Haar, seine Erschöpfung und seine ernste Miene. »Armer Johnny«, murmelte sie, »ich habe dir nicht viel Glück gebracht, stimmt's?«
»Unsinn. Das alles ist nicht deine Schuld.« Er schüttelte den Kopf. »Hör zu: Ich werde dir sagen, was wir tun. Wir bleiben noch über Nacht hier, aber morgen, beim ersten Hahnenschrei, gehen wir los. Wir versuchen es mit dem Stützpunkt – wenn es nicht klappt, machen wir zu Fuß weiter. Versuch den Dorfältesten dazu zu bringen, daß er den Mund hält, und seine Frau auch. Die anderen Dorfbewohner werden das tun, was er ihnen befiehlt. Versprich ihnen eine große Belohnung, und da...« Er langte in seinen Tornister und fand die zehn Goldrupien. »Gib ihm fünf, behalt die anderen fünf für einen Notfall.«
»Aber... aber was ist mit dir?«
»Ich habe noch zehn«, antwortete er. Die Lüge fiel ihm leicht. »Eine kleine Aufmerksamkeit Ihrer britischen Majestät.«
»O Johnny, ich glaube, jetzt haben wir eine echte Chance – das ist soviel Geld für die Leute!«
Ein Windstoß griff nach der Sackleinwand, die das Fenster ersetzte. Azadeh stand auf, um sie, so gut es ging, zurechtzuziehen.
»Laß nur«, sagte er, »komm, setz dich zu mir.« Sie gehorchte. »Hier. Für den Fall eines Falles.« Er übergab ihr die Handgranate. »Einfach den Sicherheitsstift herausziehen, den Bügel festhalten, bis vier zählen und werfen. Bis vier, nicht bis fünf!«
Sie nickte, zog den Tschador hoch und steckte die Handgranate vorsichtig in eine Tasche ihres Anoraks. »Danke. Jetzt fühle ich mich wohler. Sicherer.« Sie lächelte. »Ich... ich sollte jetzt gehen. Morgen bei Tagesanbruch bringe ich dir etwas zu essen, dann machen wir uns auf den Weg.«
Er stand auf und öffnete ihr die Tür. Draußen war es dunkel. Keiner sah die Gestalt, die vom Fenster weghuschte, aber beide spürten die Augen, die sie von allen Seiten beobachteten.
»Was ist mit Gueng, Johnny? Glaubst du, er wird uns finden?«

»Wo immer er auch sein mag, er wird nach uns Ausschau halten. Gute Nacht, träum schön.«
»Träum schön.«
Das war früher immer ihr Gute-Nacht-Wunsch gewesen. Ihre Blicke trafen sich, ihre Herzen berührten sich. Sie wandte sich ab, und der dunkle Tschador machte sie fast unsichtbar. Er sah, wie sich die Tür des Dorfältesten öffnete, wie sie hineinging und die Tür hinter sich schloß. Wieder packte ihn ein Krampf, und diesmal mußte er sich hinhocken. Es schmerzte stark, aber das Ergebnis war dürftig. Er war froh, daß Azadeh gegangen war. Mit seiner linken Hand tastete er nach etwas Schnee, um sich zu säubern. Immer noch fühlte er sich von allen Seiten beobachtet. Saukerle, dachte er, kehrte in die Hütte zurück und setzte sich auf die derbe Strohmatte.

Im Palast des Khans: 23 Uhr 19. Der Arzt hielt das Handgelenk des Khans und fühlte ihm noch einmal den Puls. »Sie brauchen viel Ruhe, Hoheit«, sagte er besorgt, »und nehmen Sie alle drei Stunden eine von diesen Pillen.«
»Alle drei Stunden... ja«, murmelte Abdullah Khan. Er atmete schwer. Er lag auf Kissen gestützt in seinem Bett aus weichen Teppichen. Neben dem Bett standen Najoud, mit 35 Jahren seine älteste Tochter, und die 17jährige Ayscha, seine dritte Frau. Zwei Wächter waren an der Tür postiert, und Ahmed kniete neben dem Arzt. »Gehen Sie jetzt.«
»Morgen früh komme ich wieder – mit dem Krankenwagen und...«
»Kein Krankenwagen. Ich bleibe hier.« Das Gesicht des Khans rötete sich, wieder durchbohrte ein wilder Schmerz seine Brust. Alle im Raum beobachteten ihn und wagten kaum zu atmen. »Ich bleibe... da«, stieß er hervor, als er wieder sprechen konnte.
»Aber Hoheit, Sie hatten doch schon eine Herzattacke – Allah sei Dank, nur eine leichte«, gab der Arzt mit zitternder Stimme zu bedenken. »Niemand kann sagen, wann Sie... Ich habe keine Apparate da. Sie sollten sofort behandelt und beobachtet werden.«
»Was immer Sie brauchen, lassen Sie es herbringen. Ahmed, kümmere dich darum.«
»Jawohl, Hoheit.« Ahmed sah den Mediziner an, der nun sein Stethoskop und das Blutdruckmeßgerät in seiner altmodischen Tasche verstaute. Bei der Tür schlüpfte er in seine Schuhe und verließ das Zimmer. Najoud und Ahmed folgten ihm. Ayscha zögerte. Sie war seit zwei Jahren mit ihm verheiratet und hatte ihm einen Sohn und eine Tochter geboren. Sie kniete neben dem Khan nieder und ergriff seine Hand, aber er stieß sie zornig von sich und verwünschte sie. Ihre Angst steigerte sich.
Draußen in der Halle verhielt der Arzt seinen Schritt. Sein Gesicht war alt und runzlig, sein Haar weiß. »Gnädigste«, wandte er sich an Najoud, »er sollte ins Krankenhaus gebracht werden. Aber Täbris wäre nicht gut genug. Teheran wäre besser. Er sollte in Teheran... obwohl die Reise... sein Blutdruck ist zu hoch... schon seit Jahren zu hoch... Na ja, wie es Allah gefällt.«

»Was immer Sie brauchen, wir lassen es herkommen«, schaltete Ahmed sich ein.
»Dummkopf«, fertigte der Arzt ihn ab. »Ich kann keinen Operationssaal hier installieren, keine Apotheke und keinen aseptischen Bereich!«
»Wird er sterben?« fragte Najoud mit weitaufgerissenen Augen.
»Wenn die Zeit gekommen ist. Sein Blutdruck ist viel zu hoch. Ich bin kein Zauberer, und wir haben so wenig Medikamente. Haben Sie eine Ahnung, was den Anfall ausgelöst haben könnte – hat es vielleicht einen Streit gegeben?«
»Nein, einen Streit nicht, aber sicher war es Azadeh. Wieder war sie es, meine Stiefschwester.« Najoud rang die Hände. »Wo sie doch gestern mit diesem Saboteur weggelaufen ist...«
»Was für ein Saboteur?« erkundigte sich der Arzt überrascht.
»Dieser Saboteur, den alle suchen. Ein Feind des Iran. Aber ich bin ganz sicher, daß er sie nicht entführt hat – wie hätte er sie aus dem Palast entführen sollen? Sie war es, die Abdullah Khan so in Wut versetzt hat – seit gestern früh leben wir hier alle in Schrecken...«
Dumme Kuh! dachte Ahmed. Die Männer aus Teheran waren es, die diesen wahnsinnigen, unbeherrschten Ausbruch hervorgerufen haben. Haschemi Fazir und der Persisch sprechende Ungläubige, und was sie von meinem Herrn verlangten und was er ihnen zugestehen mußte. So eine unwichtige Kleinigkeit: ihnen einen Russen auszuliefern, einen vorgeblichen Freund, der in Wirklichkeit ein Feind ist – ist das ein Grund, sich so aufzuregen? Wie geschickt hat mein Herr alles in die Wege geleitet: Übermorgen kommt das Brandopfer über die Grenze ins Netz zurück, und die zwei Feinde aus Teheran kommen ins Netz zurück. Bald wird mein Herr eine Entscheidung treffen, und ich werde handeln. Mittlerweile sind Azadeh und ihr Saboteur sicher im Dorf eingesperrt – der Dorfälteste hat meinen Herrn ja sofort von ihrer Ankunft unterrichtet. Nur wenige Menschen sind so klug wie Abdullah Khan, und Allah wird entscheiden, wann er sterben muß, nicht dieser Hund von einem Arzt.
Die Tür am anderen Ende des langen Ganges öffnete sich. Ayscha war noch blasser geworden. »Ahmed! Seine Hoheit wünscht dich einen Augenblick zu sprechen.«
Najoud ergriff den Arzt am Arm. »Wie schlecht steht es um Seine Hoheit? Sie müssen mir die Wahrheit sagen. Ich muß es wissen.«
Der Mediziner hob bedauernd die Hände. »Ich weiß es nicht. Schon seit einem Jahr oder noch länger erwarte ich... Es war ein leichter Anfall. Der nächste könnte in einer Stunde oder in einem Jahr kommen, es könnte ein leichter, aber auch ein schwerer Anfall sein. Ich weiß es nicht!«
Panisches Entsetzen hatte Najoud befallen, als der Khan vor ein paar Stunden zusammengebrochen war. Wenn der Khan starb, war Hakim, Azadehs Bruder, sein rechtmäßiger Erbe. Najouds eigene Brüder waren schon im frühen Kindesalter gestorben. Ayschas Sohn war knapp ein Jahr alt. Hakim aber stand in Ungnade und war enterbt worden, und so würde eine Regent-

schaft eingesetzt werden. Mahmud, Najouds Gatte, war der älteste Schwiegersohn. Wenn der Khan nichts anderes verfügte, würde er Regent werden. Aber warum sollte er etwas anderes verfügen, fragte sie sich. Der Khan weiß, daß ich meinen Mann lenken und uns alle stark machen kann. Ayschas Sohn – pah, ein kränkliches Kind, kränklich wie die Mutter. Wie es Allah gefällt, aber Kinder können sterben. Er ist keine Gefahr, nur Hakim – Hakim ist es.
Sie erinnerte sich, wie sie den Khan aufgesucht hatte, als Azadeh aus der Schule in der Schweiz zurückgekehrt war. »Ich bringe dir schlechte Nachrichten, Vater, aber du mußt die Wahrheit wissen. Ich habe Hakim und Azadeh belauscht. Sie erzählte ihm, daß sie ein Kind erwartete, sich aber mit Hilfe eines Arztes seiner entledigt hat.«
»Was?«
»Ja. Ich habe es selbst gehört.«
»Azadeh würde so etwas... könnte so etwas nicht tun!«
»Frag sie, aber bitte sag ihr nicht, von wem du es erfahren hast. Frag sie, laß sie von einem Arzt untersuchen. Warte, das ist noch nicht alles. Gegen deinen Wunsch ist Hakim immer noch entschlossen, Pianist zu werden. Er erzählte ihr, daß er weglaufen würde, und forderte Azadeh auf, mit ihm nach Paris zu kommen. ›Dann kannst du deinen Geliebten heiraten‹, sagte er. Aber sie sagte: ›Vater wird uns zurückholen. Mit Gewalt wird er uns zurückholen. Er wird uns nie ohne seine Erlaubnis fortgehen lassen.‹ Und Hakim sagte: ›Ich werde trotzdem fortgehen. Ich werde nicht hierbleiben und mein Leben vertrödeln.‹ Und wieder sagte sie: ›Vater wird es nie erlauben.‹ Und er sagte: ›Dann wäre es besser, er würde sterben.‹ Und sie sagte: ›Das ist auch meine Meinung.‹«
»Ich... ich... das kann ich nicht glauben.«
Najoud erinnerte sich, wie hochrot er geworden war und welche Angst sie ausgestanden hatte. »Ich schwöre bei Allah, ich habe sie gehört. Dann sagte sie noch, sie müßten planen, sie würden...«
Als er sie brüllend aufforderte, ihm alles genau zu berichten, hätte sie fast den Mut verloren.
»Hakim sagte also: ›Ein wenig Gift in Halvah oder in ein Glas. Wir können einen Diener bestechen, vielleicht einen seiner Wächter, daß er ihn tötet, oder wir könnten nachts das Tor für einen Mörder offenlassen... für jeden seiner unendlich vielen Feinde gibt es zahllose Wege, das für uns zu erledigen. Alle hassen ihn. Wir müssen nur überlegen und Geduld haben.‹«
Es war ihr leichtgefallen, das Lügengespinst weiter zu weben, so daß sie bald selbst fest daran glaubte, so wie jetzt auch. Allah wird mir verzeihen, sagte sie sich zuversichtlich, wie sie es immer tat. Allah wird mir vergeben. Azadeh und Hakim haben uns, den Rest der Familie, schon immer gehaßt, wollten uns tot oder ausgestoßen sehen, das ganze Erbe für sich behalten, sie und ihre Hexe von Mutter, die Vater so viele Jahre lang in ihren Bann geschlagen hat. Ja, acht Jahre lang übte sie ihre magischen Kräfte auf ihn aus. Acht Jahre lang hieß es nur Azadeh hin und Hakim her, und wir waren Luft für ihn. Ihre Mutter, seine erste Frau, beachtete mich nicht und verheiratete mich mit

diesem Tölpel von Mahmud, diesem stinkenden, jetzt auch noch impotenten, widerlichen, schnarchenden Tölpel und ruinierte so mein Leben. Ich hoffe, mein Gatte stirbt, hoffe, daß ihn die Würmer fressen, aber erst nachdem er Khan geworden ist, damit mein Sohn nach ihm Khan werden kann.
Bevor er stirbt, muß Vater Hakim loswerden. Allah erhalte ihn so lange am Leben, er muß es tun, bevor er stirbt – und auch Azadeh muß erniedrigt, ausgestoßen und vernichtet werden – besser noch, sie muß des Ehebruchs mit diesem Saboteur überführt werden, o ja, dann wäre meine Rache vollkommen.

Freitag
23. Februar 1979

43

Im Dorf Abu-Mard: 6 Uhr 14. Das Gesicht eines anderen Mahmuds, des islamisch-marxistischen Mullahs, war wutverzerrt. »Hast du mit diesem Mann geschlafen?« brüllte er sie an.
Von panischem Entsetzen befallen, kniete Azadeh vor ihm. »Sie haben kein Recht, hier hereinzuplatzen und...«
»Hast du mit diesem Mann geschlafen?«
»Ich... ich bin meinem Gatten treu«, stammelte sie. Gerade eben waren sie und Ross noch in der Hütte gewesen und hatten hastig ihr Frühstück verzehrt, guter Laune und zum Aufbruch bereit. Der Dorfälteste hatte dankbar und demütig sein Pischkesch entgegengenommen – vier Goldstücke für ihn und eines für seine Frau – und ihr geraten, gleich nach dem Essen das Dorf durch den Wald zu verlassen. Plötzlich war die Tür aufgesprungen, Fremde waren hereingestürzt, hatten ihn überwältigt und beide ins Freie gezerrt, sie dem Mullah vor die Füße geworfen und Ross zusammengeschlagen. »Ich bin treu, ich schwöre es, ich bin treu...«
»Treu? Warum trägst du keinen Tschador?« hatte er sie angebrüllt. Schon war das halbe Dorf um sie versammelt, schweigend und verängstigt. Ein halbes Dutzend Bewaffnete lehnten auf ihren Waffen, zwei standen über Ross, der mit dem Gesicht nach unten bewußtlos im Schnee lag; Blut tropfte von seiner Stirn.
»Ich... ich hatte den Tschador nur zum Essen abgelegt...«
»In einer Hütte bei geschlossener Tür beim Essen mit einem Fremden hast du deinen Tschador abgelegt? Was hast du denn noch abgelegt?«
»Nichts, nichts«, antwortete sie und geriet noch mehr in Panik. »Wir haben nur gegessen, und er ist kein Fremder, sondern ein alter Freund von mi... meinem Mann«, verbesserte sie sich rasch, aber der Lapsus blieb nicht unbemerkt. »Abdullah Khan ist mein Vater, und Sie haben kein Recht...«
»Alter Freund? Wenn du nicht schuldig bist, hast du nichts zu fürchten. Schwör bei Allah, daß du nicht mit ihm geschlafen hast! Schwör es!«
»Kalandar, schick nach meinem Vater, schick nach ihm!« Der Kalandar rührte sich nicht. »Ich schwöre bei Allah, daß ich meinem Mann treu bin!« schrie sie, und ihr Schreien gab Ross die Besinnung zurück.
»Beantworte meine Frage, Weib! Hast du mit ihm geschlafen, ja oder nein?« Drohend stand er über ihr. Die Dorfbewohner warteten, alle warteten, die Bäume und der Wind warteten – selbst Allah wartete.
Inscha'Allah. Ihre Angst verließ sie. Haß trat an ihre Stelle. Sie erhob sich und starrte diesen Mann Mahmud an. »Im Namen Allahs, ich bin meinem Mann treu und bin es immer gewesen«, erklärte sie. »Im Namen Allahs, ja, ich habe diesen Mann geliebt – vor vielen, vielen Jahren.«

»Dirne! Leichtfertiges Frauenzimmer! Du gibst deine Schuld offen zu. Du wirst bestraft werden, wie es...«
»Nein!« brüllte Ross. Mühsam kam er auf die Knie. Die zwei Mudjaheddin, die ihm ihre Gewehre an den Kopf hielten, ignorierte er. »Es war nicht die Schuld der Gnädigsten, ich... ich allein habe schuld daran!«
»Keine Bange, Ungläubiger, du wirst bestraft werden«, sagte Mahmud und wandte sich an die Umstehenden. »Ihr wart alle Zeugen, daß die Dirne ihre Unzucht zugegeben hat. Ihr alle wart Zeugen, daß der Ungläubige seine Unzucht zugegeben hat. Für sie gibt es nur eine Strafe, aber der Ungläubige, welche Strafe soll er erleiden?«
Die Dorfbewohner warteten. Der Mullah war nicht ihr Mullah, nicht aus ihrem Dorf, und auch kein richtiger Mullah, sondern ein islamischer Marxist. Niemand hatte ihn eingeladen. Seine bewaffneten Begleiter waren Linke, keine wahren Schiiten, Wahnsinnige. Hatte der Imam nicht schon oft gesagt, daß das alles Verrückte waren, nicht wirklich gottesfürchtig, weil sie im geheimen den Satan Marx-Lenin anbeteten?
»Nun? Soll er ihre Strafe teilen?«
Niemand antwortete ihm. Der Mullah und seine Männer waren bewaffnet. Azadeh fühlte, wie alle sie anstarrten. Mit zitternden Knien stand sie da, die Stimmen in weiter Ferne, selbst Ross' wütender Protest: »Du hast kein Recht, mich – oder sie – zu verurteilen! Du befleckst den Namen Allahs...« Einer der Männer, die über ihm standen, versetzte ihm einen brutalen Tritt. Ross schlug lang hin, und der Mann setzte ihm den gestiefelten Fuß auf den Nacken, um ihn festzuhalten. »Kastrieren wir ihn doch einfach, und die Sache ist erledigt«, sagte er, aber ein anderer widersprach. »Nein, sie war es ja, die ihn in Versuchung geführt hat. Seht sie nur an, wie sie uns alle in Versuchung führt. Sind nicht hundert Peitschenhiebe die Strafe, die ihm gebührt?«
Ein dritter meinte: »Er hat sie angefaßt. Hacken wir ihm die Hände ab.«
»Gut«, sagte Mahmud. »Zuerst die Hände, dann die Peitsche. Bindet ihn.«
Azadeh wollte schreien, aber kein Ton kam über ihre Lippen. Das Blut dröhnte ihr in den Ohren, ihr Magen krampfte sich zusammen, und ihre Sinne drohten sich zu verwirren, als die Männer nun ihren Johnny, der wie rasend um sich schlug, hochrissen und ihn, Arme und Beine gespreizt, an die Balken banden, die aus der Hütte herausragten. Mit einem Aufschrei stürzte sie sich, die Hände zu Krallen gekrümmt, auf Mahmud, aber ihre Kräfte versagten, und sie verlor das Bewußtsein.
Mahmud blickte auf sie hinab. »Lehnt sie dort an die Wand«, wies er einige seiner Männer an, »und bringt ihr ihren Tschador.« Er musterte die Dorfbewohner. »Wer ist hier der Fleischer? Wer ist hier in diesem Dorf der Fleischer?« Keine Antwort. »Kalandar, wer ist euer Fleischer?«
Rasch deutete der Dorfälteste auf einen kleinen Mann in der Menge. »Abrim. Abrim ist unser Fleischer.«
»Geh und hol dir dein schärfstes Messer!« befahl ihm der Mullah. »Ihr anderen sucht Steine zusammen.«
Abrim ging, um zu tun, wie ihm geheißen. »Wie es Allah gefällt«, murmelten

die anderen einander zu. »Hast du schon einmal eine Steinigung gesehen?« fragte einer, und eine sehr alte Frau antwortete: »Ja, einmal. In Täbris. Ich war noch ein kleines Mädchen.« Ihre Stimme zitterte. »Die Ehebrecherin war die Frau eines Bazaari. Ihr Liebhaber war auch ein Bazaari, und sie hackten ihm vor der Moschee den Kopf ab. Dann wurde sie von den Männern gesteinigt. Sie dauerte lange, diese Steinigung, und noch Jahre danach hörte ich ihre Schreie.«

»Ehebruch ist eine große Sünde und muß bestraft werden«, ließ sich der Kalandar vernehmen. »Hundert Peitschenhiebe für den Mann, so steht's im Koran... der Mullah ist der Richter, nicht wir.«

»Aber er ist kein richtiger Mullah, und der Imam hat uns vor seinesgleichen gewarnt.«

»Der Mullah ist der Mullah, und das Gesetz ist das Gesetz«, erklärte der Kalandar dunkel. Insgeheim wollte er den Khan erniedrigt sehen und dieses Weib, das ihren Kindern neue Gedanken gelehrt hatte, vernichten. »Holt die Steine.«

Mahmud stand im Schnee. Er achtete nicht auf die Kälte, nicht auf die Dorfbewohner, nicht auf den Saboteur, der fluchend und tobend versuchte, sich aus seinen Fesseln zu befreien, und auch nicht auf die Frau, die regungslos an der Mauer lag. Als er heute morgen sehr früh gekommen war, um den Stützpunkt zu erobern, hatte er davon gehört, daß der Saboteur und sie sich in dem Dorf befanden. Das Weib von der Sauna, hatte er gedacht, das hochgeborene Balg des verfluchten Khans, der vorgibt, unser Gönner zu sein, und uns und mich verraten hat. *Er* steckt hinter dem Mordanschlag, der gestern abend vor der Moschee nach dem letzten Gebet gegen mich verübt wurde – eine Feuersalve aus Maschinengewehren, die viele getötet hat, aber mich nicht. Der Khan wollte mich ermorden lassen, mich, den das heilige Wort schützt, wonach der Islam zusammen mit dem Marxismus-Leninismus der einzige Weg ist, der die Welt aufwärts führt.

»Ich bin bereit«, sagte der Fleischer und fuhr mit den Fingern an seinem Messer entlang.

»Zuerst die rechte Hand«, wies Mahmud seine Männer an. »Bindet ihn oberhalb der Handgelenke fest.« Sie fesselten ihn nochmals mit Streifen der Sackleinwand vor dem Fenster, während die Dörfler sich vordrängten, um besser zu sehen. Ross sah nur das pockennarbige Gesicht über dem Tranchiermesser, sah den schmutzigen Schnurrbart, die leeren Augen, den Daumen, der zerstreut die Klinge prüfte. Doch dann richtete er seinen Blick auf Azadeh, sah, wie sie sich aus ihrer Erstarrung löste, und erinnerte sich.

»Die Handgranate«, schrie er, »Azadeh, die Handgranate!«

Sie hörte ihn deutlich und suchte in ihrer Tasche danach, während er immer wieder schrie, den Fleischer verunsicherte und die Aufmerksamkeit auf sich lenkte.

Fluchend kam der Fleischer auf ihn zu und packte mit festem Griff seine rechte Hand. Das Messer erhoben, schien er zu überlegen, wo er die Sehnen des Gelenkes durchtrennen sollte, und gab Azadeh damit genügend Zeit, aufzuspringen, über den kleinen Zwischenraum zu schnellen, ihn mit einem kräftigen Stoß zu Boden zu schleudern und das Messer im Schnee landen zu lassen. Blitzschnell wandte sie sich Mahmud zu, zog den Sicherungsstift heraus und blieb, vor Erregung zitternd, stehen; ihre kleine Hand umklammerte den Bügel.

»Weg da!« kreischte sie. »Rührt ihn nicht an!«

Mahmud bewegte sich nicht. Fluchend und schreiend stoben die anderen auseinander, um sich in Sicherheit zu bringen.

»Hierher, Azadeh, schnell!« rief Ross. Trotz ihrer Benommenheit hörte sie ihn und näherte sich ihm rückwärts, wobei sie Mahmud im Auge behielt. Dann sah Ross, wie Mahmud sich umdrehte und auf einen seiner Männer zuging. Er stöhnte auf. Er wußte, was jetzt passieren würde. »Schnell, heb das Messer auf und schneide mich los«, rief er ihr zu. »Laß ja den Bügel nicht los!« Hinter ihr sah er, wie der Mullah dem Mann das Gewehr aus der Hand nahm, den Hahn spannte und sich ihnen zuwandte. Jetzt hatte sie das Messer des Fleischers aufgehoben und griff nach den Fesseln seiner rechten Hand. Er wußte, daß die Kugel sie töten oder verwunden und der Bügel davonfliegen würde. Fünf Sekunden noch, dann Vergessen für sie beide – schnell und sauber. »Ich habe dich immer geliebt, Azadeh«, wisperte er und lächelte, und sie blickte überrascht auf und erwiderte sein Lächeln.

Der Schuß fiel, und sein Herz stockte, dann noch einer und noch einer, aber sie kamen nicht von Mahmud, sondern aus dem Wald, und nun krümmte sich Mahmud brüllend im Schnee. Dann folgte eine Stimme dem Schuß: *»Allah-u Akbar!* Tod den Feinden Allahs! Tod allen Linken, Tod allen Feinden des Imams!«

Mit einem Wutgebrüll stürmte einer der Mudjaheddin auf den Wald zu, fiel aber unter erneutem Gewehrfeuer. Sogleich ergriffen die anderen die Flucht, und schon Sekunden später war es auf dem Dorfplatz still – bis auf das lallende Heulen Mahmuds. Der Anführer des vier Mann starken Mordkommandos der Tudeh, das ihm seit Tagesanbruch gefolgt war, erledigte ihn mit einer Feuergarbe. Anschließend zogen sich die vier so lautlos zurück, wie sie gekommen waren.

Verwirrt ließen Ross und Azadeh ihre Blicke über das leere Dorf schweifen.

»Das kann doch nicht sein...«, murmelte sie, »ich glaube es nicht...«

»Halt den Bügel fest«, sagte er heiser. »Halt ja den Bügel fest. Schnell, bind mich los!«

Das Messer war sehr scharf. Ihre Hände zitterten, und es kam ihm vor, als brauchte sie eine halbe Ewigkeit. Sobald er frei war, griff er nach der Handgranate, hielt den Bügel fest und atmete tief durch. Er schwankte in die Hütte zurück, um sein Messer und seinen Karabiner wieder an sich zu nehmen. In der Tür blieb er stehen. »Azadeh, hol schnell deinen Tschador und das Bündel und komm mir nach.« Sie starrte ihn an. »Schnell!«

Sie gehorchte wie ein Automat. Die Handgranate in der Rechten, das Gewehr in der linken Hand, führte er sie aus dem Dorf in den Wald hinein. Nachdem sie eine Viertelstunde gegangen waren, blieb er stehen und horchte. Niemand

folgte ihnen. Hinter ihm keuchte Azadeh. Er sah, daß sie den Tschador vergessen hatte. Ihr hellblauer Schianzug hob sich deutlich von Schnee und Bäumen ab. Sie eilten weiter. Noch einmal hundert Meter, aber alles blieb ruhig.
Keine Zeit zum Ausruhen. Da er ein heftiges Stechen in der Seite verspürte und ein starker Brechreiz ihn würgte, verlangsamte er das Tempo. Die Granate hielt er immer noch zündbereit. Azadehs Kräfte erlahmten zusehends. Er fand den Weg, der zum hinteren Teil des Stützpunkts führte. Von Verfolgern immer noch nichts zu sehen. Nahe der Anhöhe, vor der Rückseite von Erikkis Hütte blieb er stehen, um auf Azadeh zu warten. Plötzlich drehte sich ihm der Magen um, er taumelte, ging auf die Knie und erbrach sich. Schwankend erhob er sich und ging die Anhöhe hinauf, um eine bessere Deckung zu suchen. Vor Anstrengung keuchend, nach Luft japsend, kämpfte sich Azadeh an ihn heran. Völlig erschöpft ließ sie sich neben ihm in den Schnee fallen.
Unten, neben dem Hangar, stand die 206; einer der Mechaniker war gerade damit beschäftigt, sie zu waschen. Gut, dachte er, vielleicht wird sie für einen Flug fertig gemacht. Drei Bewaffnete hockten rauchend auf der nahen Veranda unter dem Vordach eines Trailers. Sonst kein Lebenszeichen auf dem gesamten Stützpunkt. Aus den Schornsteinen von Erikkis Hütte, von der Baracke der Mechaniker und des Kochhauses quoll Rauch auf. Er konnte bis zur Straße hinauf sehen. Die Sperre war noch da.
Zehn Minuten verstrichen. Die Wolken bildeten eine schmutziggraue, schneeschwere Decke. Zwei Bewaffnete gingen ins Büro; von Zeit zu Zeit sah er sie durch die Fenster. Der dritte kümmerte sich wenig um die 206. Sonst alles ruhig. Dann kam ein Mann aus dem Kochhaus, urinierte in den Schnee und ging wieder hinein. Jetzt verließ einer der Wächter das Büro und stapfte, eine M 16 über der Schulter, durch den Schnee zur Baracke der Mechaniker hinüber. Er ging hinein und kam gleich wieder heraus, gefolgt von einem großgewachsenen Europäer in Fliegerjacke und einem weiteren Mann. Ross erkannte den Piloten Nogger Lane und den anderen Mechaniker. Der Mechaniker sagte etwas zu Lane und ging wieder hinein. Der Wächter und der Pilot schlenderten zur 206 hinüber.
Das wär's also, dachte Ross, und sein Herz schlug schneller. Durch die Granate in seiner Rechten behindert, überprüfte er unbeholfen seinen Karabiner, nahm die letzten zwei Reservemagazine und die letzte Handgranate aus dem Tornister und steckte sie in seine Seitentasche.
»Ich geh jetzt runter, Azadeh«, sagte er. »Wenn ich rufe oder winke, läufst du sofort zum Hubschrauber. Klar?« Sie sah ihn an, nickte und formte den Mund zu einem Ja, aber er war nicht sicher, ob sie den Sinn seiner Worte erfaßt hatte. Er wiederholte seine Anweisungen und lächelte sie aufmunternd an. »Keine Angst!« Sie nickte stumm.
Dann lockerte er sein *kookri* und stürmte wie ein wildes Tier auf Nahrungssuche über den Hügelkamm.
Von der Sauna gedeckt, schlüpfte er hinter Erikkis Hütte. Drinnen die

Stimmen von Kindern und einer Frau. Der Mund trocken, die Granate warm in der Hand. Hinter riesigen Haufen von Rohren, Balken und Bohrgeräten verborgen, schlich er sich an den Bürotrailer heran. Der Wächter und der Pilot näherten sich dem Hangar, der Mann auf der Veranda beobachtete sie träge. Die Bürotür ging auf, ein anderer Wächter kam heraus, und mit ihm ein neuer Mann, älter, größer, glatt rasiert, möglicherweise ein Europäer, besser gekleidet, mit einem Sten-Maschinengewehr bewaffnet. An seinem breiten Ledergürtel steckte in einer Scheide ein *kookri*.
Ross ließ den Bügel wegfliegen. »Eins, zwei, drei.« Er verließ seine Deckung, schleuderte die Granate auf die 40 Meter entfernten Männer auf der Veranda und duckte sich hinter einen Wassertank, während er die zweite Granate entschärfte.
Sie hatten ihn gesehen. Einen Augenblick lang standen sie wie gelähmt; doch als sie sich zu Boden fallen lassen wollten, explodierte die Granate auch schon, sprengte den größten Teil der Veranda und das Vordach in die Luft, tötete einen der Männer, betäubte den zweiten und verstümmelte den dritten. Den Karabiner im Anschlag, die zweite Handgranate fest umklammert, den Zeigefinger am Abzug, stürmte Ross noch im gleichen Augenblick los. Unten am Hangar warfen sich der zweite Mechaniker und der Pilot in den Schnee und verschränkten die Arme über dem Kopf. Sekundenlang ungedeckt sauste der Wächter auf den Hang zu. Ross schoß und verfehlte ihn, lief zum Hangar, bemerkte eine Hintertür und schlüpfte hinein. Der Feind stand auf der anderen Seite hinter einem Motor und hatte seine Waffe auf die andere Tür gerichtet. Ross schoß ihn nieder und rannte sofort weiter zur anderen Tür. Neben der 206 lagen der Mechaniker Arberry und Nogger Lane immer noch im Schnee. »Schnell«, rief er ihnen zu, ohne den Hangar zu verlassen. »Wie viele Feinde sind noch da?« Keine Antwort. »Um Himmels willen, antworten Sie!«
Nogger Lane blickte auf. »Nicht schießen, wir sind Zivilisten, Engländer, nicht schießen!«
»Wie viele Kämpfer sind noch da?«
»Ich... es waren fünf, der da und der Rest im Büro, glaube ich...«
Ross lief zur Hintertür zurück, ließ sich zu Boden fallen und spähte hinaus. Nichts bewegte sich. Das Büro war 50 Meter entfernt, offenes Terrain, die einzige Deckung ein Laster auf halbem Weg. Er sprang auf die Beine und stürmte darauf zu. Kugeln krachten gegen das Metall, bis der Schütze, der aus einem zerbrochenen Fenster schoß, das Feuer wieder einstellte.
Hinter dem Laster befand sich eine nicht einsehbare Bodenmulde, die an den Trailer heranführte. Wenn die Burschen in Deckung bleiben, habe ich sie. Wenn sie rauskommen, und das sollten sie, wenn sie wissen, daß ich allein bin, haben sie die besseren Chancen.
Auf dem Bauch rutschte er weiter, seiner Jagdbeute entgegen. Alles blieb ruhig. Wind, Vögel, Feind. Alles wartete. Jetzt in die Bodenmulde hinein. Stimmen und eine knarrende Tür. Stille. Noch ein Meter. Er bohrte seine Zehen in den Schnee, löste den Bügel der Handgranate, zählte bis vier, sprang

auf und schleuderte sie durch das zerbrochene Fenster, an dem dort stehenden Mann vorbei, und warf sich wieder in den Schnee. Die Explosion brachte das Gewehrfeuer zum Schweigen, aber schon war er wieder auf den Beinen und stürmte, ununterbrochen schießend, auf den Trailer zu. Er sprang über eine Leiche und schoß weiter. Plötzlich verstummte der Karabiner. Ihm wurde schlecht. Doch es gelang ihm, blitzschnell das leere Magazin durch das neue zu ersetzen und den Schützen zu erledigen.
Stille. Dann ein Aufschrei. Vorsichtig trat er die zerbrochene Tür ein und ging auf die Veranda. Der Schreiende hatte keine Beine mehr, war aber trotzdem noch am Leben. Um seine Mitte trug er Guengs Ledergürtel mit dem *kookri*. Wilde Wut stieg in Ross auf, und er riß das Messer aus der Scheide. »Hast du das bei der Straßensperre erbeutet?«
»Hilf... hilf... hilf mir... Wer bist du, hilf mir...« Der Mann hörte nicht auf zu schreien. »Hilf, hilf... ja, ich habe den Saboteur getötet, hilf...«
Mit einem durchdringenden Aufschrei ließ Ross das Messer niedersausen. Als sich der Nebel vor seinen Augen wieder lichtete, starrte er in das Gesicht des Kopfes, den er mit seiner linken Hand hochhielt. Angewidert ließ er ihn fallen und wandte sich ab.
Der Stützpunkt schien verlassen, aber von der Straßensperre kamen Männer gelaufen. Lane und der Mechaniker lagen immer noch regungslos neben dem Hubschrauber im Schnee. Ross eilte auf sie zu. Vor Schreck wie gelähmt, sahen sie ihn herankommen – diesen wild blickenden, stoppelbärtigen, schmutzverschmierten Mudjaheddin oder Fedajin, der perfekt Englisch sprach, dessen Hände und Jackenärmel noch von dem Kopf blutig waren, den er praktisch vor ihren Augen mit einem einzigen Hieb abgetrennt hatte. In einer Hand hielt er das blutige Messer, in der anderen den Karabiner. Sie rappelten sich hoch und hoben die Hände. »Nicht schießen! Wir sind Freunde, Zivilisten! Nicht schießen!«
»Schnauze! Macht die Maschine startklar! Schnell!«
Nogger Lane reagierte nicht gleich. »Was?«
»Herrgott noch mal, beeilt euch!« fuhr Ross sie an, ergrimmt über den Ausdruck auf ihren Gesichtern, vergaß dabei aber ganz, wie er selbst aussah. »Sie!« Er deutete mit dem *kookri* auf den Mechaniker. »Sehen Sie die Anhöhe da drüben?«
»Ja... ja, Sir«, krächzte Arberry.
»Rennen Sie hinauf, so schnell sie können, dort wartet eine Dame. Bringen Sie sie runter...« Er hielt inne, als er sah, wie Azadeh aus dem Wald kam und auf sie zulief. »Hat sich erledigt. Holen Sie den anderen Mechaniker, beeilen Sie sich, um Himmels willen, die Bastarde von der Straßensperre werden gleich hier sein!« Arberry eilte davon. Die Männer kamen die Straße herunter. Ross wirbelte zu Nogger Lane herum. »Ich habe Ihnen doch gesagt, Sie sollen die Maschine startklar machen!«
»Ja... ja, Sir... diese Frau... ist das nicht Azadeh, Erikkis Azadeh?«
»Ja... ich habe Ihnen gesagt, Sie sollen die Maschine startklar machen!«
Noch nie hatte Nogger Lane eine 206 so schnell in Startposition gebracht,

noch nie hatten sich Mechaniker schneller bewegt. Azadeh hatte noch 100 Meter zu laufen, und die Wächter waren schon ziemlich nahe. Ross duckte sich unter die surrenden Rotorblätter und empfing die Angreifer mit gezielten Schüssen Sie verteilten sich und gingen zu Boden. Ein paar Köpfe hoben sich. Noch eine Salve und noch eine – sparsam mit der Munition umgehen, die Kerle aufhalten um jeden Preis! Azadeh wurde langsamer. Mit letzter Kraft schleppte sie sich aber irgendwie an ihm vorbei, schwankte auf die Kabine zu und wurde von den Mechanikern hinaufgezogen. Ross feuerte noch eine letzte Salve ab, zog sich zurück und schwang sich in das Cockpit. Sekunden später hob sich der Hubschrauber in die Lüfte und trug sie davon.

44

Luftwaffenbasis Kowiss: 17 Uhr 20. Starke hob die letzte Karte auf und betrachtete sie. Pik-As. Abergläubisch wie die meisten Piloten, steckte er sie brummend, aber mit wichtigtuerischem Gehabe zu den anderen. Zu fünft saßen sie in seinem Bungalow und spielten Poker: Freddy Ayre, Dr. Nutt, Pop Kelly und Tom Lochart, der noch gestern spät abends im Zug der Räumung mit einer weiteren Ladung Ersatzteile von Zagros 3 gekommen war. Weil das Fliegen heute, an diesem heiligen Tag, verboten war, mußte er bis zum nächsten Morgen dableiben. Vor ihnen allen lagen Bündel von Rialscheinen, der größte Haufen vor Kelly, der kleinste vor Dr. Nutt.

»Wie viele Karten, Paps?« fragte Ayre.

»Eine«, antwortete Kelly, ohne zu zögern, warf eine ab und legte die vier, die ihm blieben, mit der Bildseite nach unten vor sich auf den Tisch. Er war ein großgewachsener, magerer Mann Anfang 40 mit einem zerknitterten Gesicht und dünnen blonden Haaren. Paps war der Spitzname des früheren RAF-Fliegers, weil er sieben Kinder hatte und ein achtes unterwegs war.

Mit großer Geste gab Ayre ihm die Karte. Kelly starrte sie kurz geistesabwesend an, steckte sie dann, ohne sie anzusehen, zu den übrigen, nahm die ganze Hand auf, betrachtete sie vorsichtig und stieß einen befriedigten Seufzer aus.

»Scheiß!« sagte er, und alle lachten. Alle außer Lochart, der verdrießlich seine Karten anglotzte. Starke runzelte die Stirn; er sorgte sich, war aber doch froh, daß Lochart heute hier war. Er dachte an Gavallans geheimen, sehr privaten Brief, den John Hogg mit der 125 gebracht hatte.

»Ich eröffne mit 1000 Rial«, sagte Dr. Nutt, und alle sahen ihn an. Normalerweise setzte er nie mehr als 100 Rial.

Zerstreut studierte Lochart sein Blatt. Mit seinen Gedanken war er in Zagros – und bei Scharazad. Gestern abend hatte die BBC von größeren Zusammenstößen bei den Protestmärschen der Frauen in Teheran, Isfahan und Mesched berichtet. Für heute und morgen waren weitere Demonstrationen angesagt.

»Passe«, sagte er und warf die Karten hin.

»Die 1000 und noch 2000«, bot Starke, und Dr. Nutts Zuversicht schwand. Nutt hatte zwei Karten verlangt, Starke eine, Ayre drei.

Kelly betrachtete seinen Straight – 4-5-6-7-8. »Deine 2000 und 3000 dazu.«

»Ohne mich«, reagierte Ayre sofort und warf seine zwei Pärchen, Könige und Zehner, weg.

»Ohne mich«, sagte Dr. Nutt und warf seine drei Damen weg. Ganz sicher hatte Starke einen Flush, einen Straight oder ein Full House eingekauft.

»Deine 3000, Paps, und – 30 000«, sagte Starke honigsüß. Er hatte ein gutes Gefühl. Er hatte einen von zwei Sechsern abgeworfen und vier Herzen in der

Hoffnung auf einen Flush behalten. Mit dem Pik-As war der Flush zwar im Eimer, aber er besaß immer noch eine gewinnträchtige Hand, wenn es ihm gelang, Kelly hinauszubluffen.
Alle Augen ruhten auf Kelly. Im Raum herrschte Stille. Selbst Lochart zeigte sich an diesem Spiel interessiert.
Starke wartete geduldig, verzog keine Miene und rührte keinen Finger. Er legte sich die Frage vor, was er wohl tun würde, wenn Kelly noch einmal erhöhte. Er wußte, was Manuela sagen würde, wenn sie je erfuhr, daß er einen ganzen Wochenlohn auf einen geplatzten Flush gesetzt hatte. Aus der Pelle würde sie fahren, dachte er und lächelte.
Kelly schwitzte. Er hatte Starkes plötzliches Lächeln gesehen. Einmal hatte er ihn beim Bluffen erwischt, aber das war schon Wochen her und bei einem Pot von 4000, nicht von 30 000. Ich kann es mir nicht leisten, einen Wochenlohn zu verlieren, aber etwas sagt mir, daß der alte Duke nur blufft, und ich könnte einen zusätzlichen Wochenlohn gut gebrauchen. »Ich möchte deine 30 000 sehen«, wollte er schon sagen, aber aus seinem Mund kam: »Du kannst mich mal, Duke!« Er warf die Karten weg, und alle lachten. Außer Starke. Er griff nach dem Pot, schob seine Karten in den Pack und mischte sie, um sicher zu sein, daß niemand sie sehen konnte.
»Ich möchte wetten, du hast geblufft, Duke«, sagte Lochart und grinste.
»Ich? Mit einem ausgewachsenen Flush?« konterte Starke mit Unschuldsmiene. Er sah auf die Uhr. »Ich muß die Runde machen. Spielen wir nach dem Abendessen weiter, okay? Willst du mich begleiten, Tom?«
»Gern.« Lochart zog seinen Parka an und folgte Starke nach draußen.
»Wann fliegst du nach Teheran zurück, Tom?« fragte Starke.
»Am liebsten noch heute.«
»Hast du Sorgen?«
»Kann man wohl sagen. Ich weiß, daß Scharazad bei der Demonstration mit von der Partie war, obwohl ich sie gebeten habe, es nicht zu tun. Na, und dann all das andere.«
Am Vorabend hatte Lochart ihm von ihrem Vater erzählt und vom Verlust der HBC. Starke war entsetzt gewesen, war es immer noch, und dankte seinem Schöpfer, daß er nichts davon gewußt hatte, als er von Mullah Hussain und seinen *hezbollahis* zum Verhör gebracht worden war.
»Mac wird sich um Scharazad kümmern, Tom. Sicher ist sie okay.« Nach Locharts Ankunft hatten sie über Funk mit McIver gesprochen und ihn gebeten, sich um Scharazad zu kümmern. In wenigen Minuten würden sie wieder die einzige Funkverbindung mit der Zentrale in Teheran aufnehmen, die ihnen täglich gestattet war. Und obwohl ihre Gespräche vom Kontrollturm der Basis abgehört wurden, erhielt sie die Funkverbindung einigermaßen in Stimmung, und sie täuschte den Anschein normaler Verhältnisse vor.
»Wenn Zagros 3 am Sonntag geräumt ist, und alle hier sind, warum nimmst du dann nicht gleich Montag früh die 206? Ich regle das schon mit Mac.«
»Danke, das wäre herrlich.« Sobald sein Stützpunkt geschlossen war, unterstand Lochart Starke.

»Hast du schon daran gedacht, statt Scot die 212 zu nehmen? Oder noch besser: Ihr schwirrt beide ab. Ich rede mit Mac.«
»Danke, aber das geht nicht. Gerade jetzt kann Scharazad ihre Familie nicht im Stich lassen.«
Sie gingen weiter. Die Nacht brach schnell herein, kalt und windig. Auf der Militärbasis brannten schon Lichter; dort hatte man eigene Reservegeneratoren für den Fall eines Stromausfalls. Aber Major Changiz, der Kommandant des Stützpunktes, hatte Starke versichert, daß jetzt keine Störungen mehr zu erwarten waren: »Die Revolution ist vorbei, Captain, der Imam hat endgültig die Führung übernommen.«
»Und die Linken?«
»Der Imam hat befohlen, sie zu vernichten, wenn sie sich nicht zu unserem islamischen Staat bekennen wollen«, hatte Major Changiz mit harter und unheilkündender Stimme gesagt: »Linke, Kurden und so weiter – es geht alle Fremden an. Der Imam weiß, was er tut.«
Der Imam! Als wäre er ein Halbgott, hatte Starke gedacht, als er vor dem Komitee stand. Hussain war Ankläger und oberster Richter gewesen, und der Saal, ein Teil der Moschee, vollgestopft mit feindselig gesinnten Männern aller Altersstufen, unter ihnen fünf Richter. »Was wissen Sie von der Flucht der Feinde des Islams aus Isfahan mit einem Hubschrauber?«
»Nichts.«
Sogleich meldete sich einer der vier Richter – lauter junge Männer, grob und ungebildet – zu Wort. »Als Ausbeuter im Dienst amerikanischer Teufelsanbeter hat er sich Verbrechen gegen Allah und den Iran schuldig gemacht.«
»Nein«, sagte Mullah Hussain, »dies ist ein Gerichtshof; hier halten wir die Gesetze des Korans ein. Er ist hier, um Fragen zu beantworten, nicht wegen eines Verbrechens. Noch nicht. Captain, erzählen Sie uns alles, was Sie von dem in Teheran begangenen Verbrechen wissen!«
Die Luft im Saal war zum Schneiden gewesen. Obwohl alle wußten, wer er war, sah Starke kein einziges freundliches Gesicht. Seine Angst war wie ein bohrender Schmerz; er verstand, daß er jetzt auf sich allein gestellt, daß er diesen Menschen auf Gedeih und Verderb ausgeliefert war.
Er holte tief Atem und wählte seine Worte mit Bedacht. »Im Namen Allahs, des Barmherzigen und Mitleidsvollen«, begann er, wie alle Suren des Korans beginnen, und löste damit Überraschung unter den Zuhörern aus. »Ich selbst weiß nichts, kann nichts bezeugen und habe an keinem Verbrechen teilgenommen. Ich war zu der Zeit in Bandar-e Delam. Meines Wissens hat keiner meiner Leute damit zu tun. Ich weiß nur, was Oberst Zataki aus Abadan mir sagte, als er aus Isfahan zurückkam. Er sagte, und ich zitiere wörtlich: ›Wir haben gehört, daß einige Schah-Anhänger, alles Offiziere, in einem von einem Amerikaner gesteuerten Hubschrauber am Dienstag nach Süden geflohen sind. Allah strafe alle Satanisten!‹ Mehr sagte er nicht, und das ist auch alles, was...«
»Du bist ein Satansanbeter«, unterbrach ihn ein anderer Richter triumphierend. »Du bist ein Amerikaner, du bist schuldig!«

»Ich bin ein Mann des Buches und habe schon bewiesen, daß ich kein Satansanbeter bin. Viele von euch wären tot, wenn ich nicht eingegriffen hätte.«
»Hätten wir auf dem Stützpunkt den Tod gefunden, wären wir jetzt im Paradies«, rief einer der *hezbollahis* zornig. »Wir tun das Werk Allahs. Es hatte nichts mit dir zu tun, Ungläubiger!«
Viele stimmten zu. Plötzlich stieg wilde Wut in Starke auf. »Bei Allah und dem Propheten!« brüllte er. »Ich bin ein Mann des Buches, und der Prophet hat uns besondere Privilegien und Schutzrechte zugesprochen!« Er zitterte vor Wut, seine Angst war geschwunden, er verabscheute dieses Scheintribunal, die Blindheit und Dummheit dieser Menschen, ihre Ignoranz und Frömmelei. »Im Koran steht geschrieben: ›Oh, ihr Menschen des Buches, übertretet nicht die Grenzen der Wahrheit in eurer Religion, und folgt nicht den Lockungen jener, die bereits vom rechten Weg abgekommen sind und schon viele dazu verführt haben, vom rechten Weg abzukommen!‹ Ich habe mir nichts zuschulden kommen lassen«, schloß er grob und ballte die Hände zu Fäusten. »Und möge Allah jeden strafen, der etwas anderes behauptet!«
Erstaunt starrten ihn alle an.
Einer der Richter brach das Schweigen. »Du... Sie zitieren den Koran? Sie lesen Arabisch so gut, wie Sie Persisch sprechen?«
»Nein, nein, aber...«
»Dann hatten Sie also einen Lehrer, einen Mullah?«
»Nein, nein, ich habe...«
»Dann bist du also doch ein Hexer!« schrie ein anderer. »Wie kannst du den Koran kennen, wenn du keinen Lehrer hattest und nicht Arabisch lesen kannst?«
»Ich habe ihn in einer Übersetzung, in meiner eigenen Sprache gelesen.«
Noch größeres Staunen und Mißtrauen, bis Hussain das Wort ergriff. »Er sagt die Wahrheit. Der Koran wurde in viele fremde Sprachen übersetzt.«
Ein kurzsichtiger junger Mann, das Gesicht mit Narben bedeckt, sah ihn forschend an. »Warum gibt es dann den Koran nicht in Persisch, Exzellenz, damit wir ihn lesen können – wenn wir lesen könnten?«
»Die Sprache des heiligen Koran ist Arabisch. Das ist der Grund, warum die Mullahs in allen Ländern Arabisch lernen. Der Prophet, sein Name sei gepriesen, war Araber. Um das heilige Buch wahrhaftig zu kennen, muß man es so lesen, wie es geschrieben wurde.« Hussain haftete seine schwarzen Augen auf Starke. »Eine Übersetzung steht dem Original immer nach, habe ich recht?«
»Ja«, antwortete Starke, der intuitiv erkannte, daß er zustimmen sollte. »Das ist richtig. Ich würde den Koran gern im Original lesen können.«
Wieder trat Stille ein. »Wenn Sie den Koran so gut kennen, daß Sie ihn zitieren können wie ein Mullah«, wollte der kurzsichtige junge Mann wissen, »warum sind Sie dann kein Moslem, kein Rechtgläubiger?«
Ein Raunen ging durch den Saal. Starke zögerte. Er wußte nicht gleich, was er sagen sollte, war aber sicher, daß eine falsche Antwort sein Ende bedeuten

konnte. Die Stille verdichtete sich. »Weil Allah«, hörte er sich schließlich sagen, »die Haut über meinen Ohren noch nicht entfernt und mein Herz noch nicht geöffnet hat. Ich widersetze mich nicht und warte. Ich warte geduldig.« Die Stimmung im Raum schlug um. Die Stille war jetzt voller Wohlwollen, Mitgefühl. »Gehen Sie zum Imam«, sagte Hussain sanft, »und Ihr Warten wird ein Ende haben. Ich weiß es, ich habe zu seinen Füßen gesessen. Ich habe gehört, wie der Imam das Wort gepredigt, das Gesetz verkündet und die Ruhe Allahs verbreitet hat.« Ein Seufzen ging durch den Raum, und alle konzentrierten sich auf den Mullah, sahen das Licht in seinen Augen, hörten die neue Energie und die wachsende Ekstase in seiner Stimme. »Ist der Imam nicht gekommen, um die Herzen der Welt aufzutun? Ist der Imam nicht unter uns erschienen, um den Islam von allen Übeln reinzuwaschen und in der ganzen Welt zu verbreiten, um die Botschaft Allahs zu verkünden, wie geweissagt wurde? Der Imam *ist* gekommen.«

Seine Worte hingen im Raum. Alle verstanden ihn. Auch Starke. Mahdi! dachte er, seinen Schock verbergend. Hussain gibt uns zu verstehen, daß der Imam in Wahrheit der Mahdi ist, der legendäre zwölfte Imam, der vor Jahrhunderten verschwunden ist – dem menschlichen Auge entzogen, wie die Schiiten glauben –, der Unsterbliche, der von Allah geleitete Erlöser, der einst wiederkommen soll, um über eine vollkommene Welt zu herrschen.

Alle starrten auf den Mullah. Viele nickten, anderen liefen Tränen über die Wangen, alle waren verzückt und zufrieden. Du lieber Himmel, dachte Starke, wenn die Iraner Khomeini diesen Status zuerkennen, wird seine Macht keine Grenzen mehr kennen! 20, 30 Millionen Männer, Frauen und Kinder, die ganz wild darauf sind, nach seiner Pfeife zu tanzen, die auf ein Zeichen von ihm freudig den Tod suchen werden – und warum auch nicht? Der Mahdi garantiert ihnen ja einen Platz im Himmel.

»Allah ist groß«, rief einer, andere wiederholten es, und dann redeten sie miteinander, von Hussain geleitet. Starke war vergessen. Als sie ihn dann doch bemerkten, ließen sie ihn gehen. »Sprechen Sie mit dem Imam, ihn sehen heißt glauben...«

Sonderbar leicht waren seine Füße auf dem Rückweg gewesen, nie zuvor hatte er solche Lebensfreude gekannt. Vielleicht, hatte er gedacht, vielleicht kommt das daher, daß ich dem Tod so nahe war. Ich war ein toter Mann, und irgendwie wurde mir mein Leben zurückgegeben. Warum eigentlich? Und Tom – wie hat er es geschafft, aus Isfahan zu entkommen, aus dem Haus am Dez-Stausee, aus der HBC? Gibt es einen Grund dafür? Oder war es einfach nur Glück?

Während er nun neben ihm herging, machte er sich große Sorgen um ihn. Wie schrecklich, was da mit der HBC, was mit Scharazads Vater passiert war! Was für ein schrecklicher Hexenkessel, aus dem es kein Entkommenn gab! Bald werden Tom und Scharazad wählen müssen: zusammen ins Exil – wahrscheinlich für immer – oder Trennung – wahrscheinlich für immer.

»Da gibt es noch etwas, Tom. Ganz vertraulich, geht nur uns zwei etwas an. Johnny Hogg hat mir einen Brief von Andy Gavallan mitgebracht.« Sie

befanden sich in sicherer Entfernung von den anderen und brauchten nicht zu fürchten, belauscht zu werden. »Im Prinzip geht es darum: In Hinblick auf unsere Zukunft hier ist Andy ziemlich pessimistisch und denkt ernsthaft daran, sich aus dem Iran zurückzuziehen und seine Verluste abzuschreiben.«
»Das ist doch nicht nötig«, gab Lochart rasch und in scharfem Ton zurück. »Es kommt schon wieder alles ins Lot, muß ins Lot kommen. Andy muß eben durchhalten. Wir halten ja auch durch.«
»Wie lange denn noch, Tom? Du brauchst doch nur zwei und zwei zusammenzuzählen. Die Firma sieht schon seit Monaten kein Geld mehr. Wir haben nicht genügend Arbeit für unsere Vögel und die Piloten. Alles muß von Aberdeen aus bezahlt werden – der Iran ist ein einziger Trümmerhaufen, und man macht uns, vor allem seit die Sache mit der HBC passiert ist, sagt Andrew, von allen Seiten das Leben schwer.«
»Du meinst...«
»Ruhig Blut, Tom! Es ist Andy zu Ohren gekommen, daß alle ausländischen Fluggesellschaften, insbesondere solche mit Hubschrauberflotten, schon sehr bald verstaatlicht werden sollen.«
In Lochart sproß neue Hoffnung. Würde das nicht mein Bleiben rechtfertigen? Wenn sie unsere Helis stehlen, sprich: verstaatlichen, werden sie trotzdem Berufspiloten brauchen. Ich spreche Persisch, ich könnte Iraner ausbilden – aber was ist mit der HBC? »Immer wieder die HBC. Woher weiß er das, Duke?«
»Aus ›zuverlässiger Quelle‹, wie Andy sich ausdrückt. Was er von uns wissen will – uns, das sind Lochart, Scrag, Rudi und ich –, ist dies: Wenn er und Mac einen brauchbaren Plan anzubieten hätten, würden wir und so viele Piloten, wie nötig, alle Vögel über den Golf fliegen?«
Lochart starrte ihn an. »Du meinst, einfach losfliegen, ohne Starterlaubnis?«
»Genau das. Aber sprich nicht so laut!«
»Er ist verrückt! Wie sollen wir denn Lengeh, Bandar-e Delam, Kowiss und Teheran koordinieren? Es müßten doch alle zur gleichen Zeit losfliegen – über verschieden lange Strecken?«
»Irgendwie werden sie das tun müssen, Tom. Entweder das, oder wir machen dicht, sagt Andy.«
»Das glaube ich nicht. Die Firma arbeitet doch in der ganzen Welt!«
»Er sagt, wenn wir den Iran verlieren, sind wir fertig.«
»Er hat leicht reden«, versetzte Lochart bitter. »Für ihn geht es ja nur ums Geld. Wir sollen den Kopf hinhalten. Hat er gesagt, die S-G wäre pleite, wenn er nur das Personal abzieht und die Helis im Land läßt?«
»Ja, das hat er gesagt.«
»Das glaube ich einfach nicht, Duke. Du wirst dich doch nicht auf einen so gottverdammten Hijack einlassen – denn genau das wäre es. Ich mache da bestimmt nicht mit.« Er sah, wie Starke mit den Achseln zuckte. »Was sagen denn die anderen?«
»Sie wissen es noch nicht und werden auch noch nicht gefragt. Und wie ich schon sagte: Bis auf weiteres bleibt das unter uns.« Starke warf einen Blick auf

die Uhr. »Es ist schon fast Zeit, Mac anzurufen. Es lohnt, über Andys Vorschlag nachzudenken, Tom, als letzten Ausweg.«

Lochart blieb stumm. Er fühlte sich beschissen. Beschissen war das Zwielicht, einfach alles, sogar die von der nahegelegenen Raffinerie verschmutzte Luft, und er wünschte sich, wieder in Zagros zu sein, nahe den Sternen, wo Luft und Erde noch nicht verschmutzt waren. Noch mehr aber wünschte er sich in Teheran zu sein, wo die Luft noch schmutziger war – und *sie* auf ihn wartete.

»Mit mir kannst du nicht rechnen.«

»Überleg es dir, Tom!«

»Ich habe es mir überlegt. Der ganze Plan ist verrückt. Ich mache nicht mit. Wenn du die Sache zu Ende denkst, wirst du draufkommen, daß es Wahnsinn ist.«

»Schon gut, Kumpel.« Starke fragte sich, wann sein Freund erkennen würde, daß gerade er, Lochart, am meisten betroffen war – so oder so.

45

Al Schargas – Hotel Oasis: 18 Uhr 42. »Könntest du das, Scrag?« fragte Gavallan. Die Sonne stand schon sehr tief.

»Es wäre mir ein leichtes, meine fünf Vögel und die Männer aus Lengeh hinauszuschmuggeln«, antwortete Scragger. »Es müßte nur ein passender Tag sein und wir müßten unter der Kisch-Flugsicherung durchrutschen. Wir könnten es schaffen, wenn die Jungs bei dem Streich mitmachen. Aber unter Mitnahme aller unserer Ersatzteile? Nichts zu wollen, Andy, einfach unmöglich.«

»Würdest du es machen, wenn es möglich wäre?« fragte Gavallan. Er war heute aus London gekommen und hatte deprimierende geschäftliche Neuigkeiten aus Aberdeen mitgebracht. Imperial Air unterbot ihn in der Nordsee, die Ölgesellschaften drehten ihm die Luft ab, und Linbar hatte eine Vorstandssitzung zu dem Zweck einberufen, eine eventuelle Mißwirtschaft bei S-G aufzudecken. »Na?«

»Ich allein, sobald alle anderen draußen und in Sicherheit sind? Sofort.«

»Würden deine Jungs mitmachen?«

Scragger überlegte kurz und trank von seinem Bier. Sie saßen an einem Tisch auf einer der herrlichen Terrassen rund um den Swimmingpool dieses neuesten Hotels in dem kleinen Scheichtum. »Ed Vossi sicher.« Er lachte. »Ein australisches Schlitzohr mit amerikanischem Unternehmergeist. Willi Neureiter eher nein. Es würde ihm schwerfallen, gegen so viele Vorschriften zu verstoßen, solange er sich persönlich nicht bedroht fühlt. Was sagt Duke Starke? Und Tom Lochart und Rudi?«

»Ich weiß es noch nicht. Ich habe Johnny Hogg mittlerweile einen Brief an Duke mitgegeben.«

»War das nicht riskant?«

»Ja und nein. Johnny Hogg ist ein sicherer Kurier, aber es ist ja überhaupt ein Problem, sichere Verbindungen aufrechtzuerhalten. Tom Lochart wird bald in Kowiss sein – du hast ja von Zagros gehört, nicht wahr?«

»Na klar. Die sind ja alle verrückt dort oben in den Bergen. Und Rudi?«

»Ich weiß noch nicht, wie ich ihn erreichen soll. Vielleicht hat Mac eine Idee. Morgen früh nehme ich die 125 nach Teheran, und wir wollen uns auf dem Flughafen treffen. Dann komme ich gleich zurück. Den Nachtflug nach London habe ich schon gebucht.«

»Du scheinst es ja ziemlich eilig zu haben?«

»Ich habe einige Probleme, Scrag.« Gavallan starrte in sein Glas. Andere Gäste kamen vorüber, darunter drei Mädchen im Bikini, mit golden schimmernder Haut, langen schwarzen Haaren, das Badetuch lose um die Schultern. Scragger bemerkte sie, seufzte und wandte sich wieder an Gavallan: »Andy, es könnte sein, daß ich Kasigi in ein oder zwei Tagen wieder zu Iran-Toda zurückbringen muß. Der alte George kann es schon nicht mehr erwarten, nachdem Kasigi sich bereit erklärt hat, ihm zwei Dollar über den Tagespreis zu zahlen. Kasigi meint, bis Weihnachten würde der Preis bei 20 Dollar pro Barrel liegen.«

Gavallans Besorgnis nahm zu. »Wenn das eintritt, wird ein Schock durch alle Industrienationen gehen. Das würde die Inflation in die Höhe treiben.« Als Scragger Kasigi erwähnt hatte, war es ihm eingefallen: Struan's stellte komplette Besatzungen zur Verfügung und stationierte viele von Toda gebaute Schiffe. »Vor Jahren kannte ich Kasigis Boß, einen Mann namens Hiro Toda. Hat er je davon gesprochen?«

»Nein. Wo lerntest du ihn denn kennen? In Japan?«

»Nein, in Hongkong. Toda machte Geschäfte mit Struan's – die Firma, für die ich arbeitete. Toda Shipping Industries hießen sie damals; vor allem Werften, nicht der Riesentrust, der sie heute sind.« Gavallans Züge verhärten sich. »Meine Familie saß in Schanghai und war von alters her im China-Handel tätig. Im Ersten Weltkrieg wurde ihre Firma mehr oder weniger ramponiert, und sie beteiligten sich dann an Struan's. Bald nach Pearl Harbor schnappten die Japaner meinen alten Herrn in Schanghai; im Kriegsgefangenenlager kam er um.« Seine Niedergeschlagenheit nahm zu. »Wir haben viele gute Freunde in Schanghai und Nanking verloren. Ich kann den Japsen nie verzeihen, was sie in China getan haben, aber das Leben geht weiter, nicht wahr? Irgendwann muß man die Streitaxt begraben, aber man darf nie vergessen.«

»So denke ich auch.« Scragger hob die Schultern. »Kasigi scheint mir in Ordnung.«

»Wo ist er jetzt?«

»In Kuwait. Morgen kommt er zurück, und ich soll ihn gleich zu Besprechungen nach Lengeh bringen.«

»Wenn du dort bist, ob du wohl mit Rudi sprechen könntest? Ihm auf den Zahn fühlen?«

»Eine gute Idee, Andy.«

»Wenn du Kasigi siehst, erwähne, daß ich seinen Vorstandsvorsitzenden kenne.«

»Mach ich gern. Ich könnte ihn auch fragen, ob er...« Er verstummte und spähte über Gavallans Schulter. »Na, ist das nicht eine Augenweide?«

Gavallan blickte nach Westen. Der Sonnenuntergang war von überirdischer Schönheit – rot und purpur, braun und golden waren die Wolken gefärbt, die Sonne zu drei Viertel unter dem Horizont verschwunden, das Wasser des Golfs in Blut verwandelt. In einer sanften Brise flackerten die Kerzen auf den gestärkten Tischtüchern, die schon für das Dinner aufgelegt waren. »Du hast recht, Scrag«, stimmte er ihm zu. »Jetzt ist nicht die Zeit, an so ernste Dinge zu denken. Es gibt auf der ganzen Welt nichts Schöneres als einen Sonnenuntergang.«

Verständnislos starrte Scragger ihn an. »Mein Gott, ich habe nicht den Sonnenuntergang gemeint – ich meinte das Mädchen dort.«
Gavallan seufzte. Das Mädchen war Paula Giancani, die soeben dem Schwimmbecken entstieg. Ihr Bikini war knapper als knapp, die Wassertropfen auf ihrer olivfarbenen Haut wurden von der untergehenden Sonne zu Juwelen veredelt. Während sie nun einen hauchzarten Umhang anlegte, war sie sich der beglückenden Tatsache bewußt, daß es weit und breit keinen Mann gab, der ihren Anblick nicht genoß – und keine Frau, die ihn ihr nicht geneidet hätte. »Du bist ein geiler Bock, Scrag.«
Scragger lachte. »Mein einziges Vergnügen in diesem Leben. Mann, diese Paula kann sich sehen lassen!«
Gavallan betrachtete sie. »Na ja, junge Italienerinnen haben etwas ganz Besonderes. Aber diese junge Dame... sie ist keine Schönheit wie Scharazad und sie besitzt auch nicht Azadehs geheimnisvolle, exotische Ausstrahlung, doch ich gebe zu, Paula ist etwas Besonderes.«
Lust und Neid folgten ihr auf dem Weg in die riesige Halle des Hotels. Sie waren alle erst für später zum Essen verabredet: Paula, Genny, Manuela, Scragger, Gavallan, Sandor Petrofi und John Hogg. Paulas Alitalia-Jumbo stand in Dubai, wenige Kilometer die Straße hinunter, und wartete auf Starterlaubnis nach Teheran, um eine weitere Ladung italienischer Staatsbürger auszufliegen. Genny McIver hatte sie zufällig beim Einkaufen getroffen. Gavallan bestellte sich noch einen Whisky-Soda beim adretten, stets lächelnden Kellner, einem Pakistani. Einige andere Gäste hatten bereits elegante und teure Abendkleidung angelegt, die Damen Roben nach der letzten Pariser Mode mit großem Dekolleté, die Herren weiße Smokingjacken. Gavallan trug einen gutgeschnittenen Anzug aus gelbbraunem Tropical, Scragger die korrekte Dienstuniform; kurzärmeliges weißes Hemd mit Schulterspangen, schwarze Hosen und ebensolche Schuhe. »Noch ein Bier, Scrag?«
»Danke, nein. Ich muß mich seelisch auf Paula vorbereiten.«
»Traumtänzer!« Gavallan wandte sich wieder dem Sonnenuntergang zu, der ihn an Sonnenuntergänge in China erinnerte, ihm die alten Zeiten ins Gedächtnis zurückrief: Hongkong und Kathy und Ian, unbeschwerte Zeiten im Großen Haus auf dem Peak, ihr eigenes Haus auf dem Vorgebirge bei Schek-o, als sie jung waren und noch beisammen, Melinda und Scot noch Kinder, und weit unten im sicheren Hafen auf Hausboote, Dschunken und Schiffe aller Größen blickten. Das letzte Restchen der Sonne versank im Meer. Feierlich schlug Gavallan gedämpft die Hände zusammen.
»Bedeutet das etwas, Andy?«
»Ach ja, entschuldige, Scrag. Früher klatschten wir immer der Sonne Beifall, wenn sie unterging, Kathy und ich, um der Sonne dafür zu danken, daß sie da war, und für das einmalige Schauspiel, das sie uns geboten hatte. So wie heute.« Gavallan nahm einen Schluck Whisky. »Ich habe diese Idee von einem wunderbaren Menschen. Wir wurden gute Freunde, sind es immer noch. Ich werde dir einmal von ihm erzählen.« Er beugte sich vor und sagte leise: »Lengeh – hältst du es für durchführbar?«

»O ja – wenn es dabei nur um uns ginge! Wir müssen sehr sorgfältig planen. Die Flugsicherung in Kisch ist noch kribbeliger als früher, aber wir könnten den Radarschirm unterfliegen, wenn wir die richtige Gelegenheit abwarten. Das Problem ist nur, daß unser italienisches Bodenpersonal zusammen mit dem uns im Augenblick freundlich gesinnten Komitee und unserem neuen Charmeur von IranOil, daß diese schon innerhalb von wenigen Minuten wissen würden, daß wir abgehauen sind. Sie würden sofort die IATC verständigen, und die würde per Funk die Behörden in Dubai, Scharjah, Abu Dhabi und Al Schargas, von Omam über Saudi-Arabien und Kuwait bis nach Bagdad hinauf alarmieren und ersuchen, unsere Maschinen unverzüglich zu beschlagnahmen. Selbst wenn wir alle hierher kämen... Na ja, der alte Scheich ist ein feiner Kerl, liberal und ein guter Freund, aber er könnte nichts gegen die iranische Luftsicherung unternehmen, wenn sie im Recht wäre – und auch nicht, wenn sie im Unrecht wäre. Er kann sich einfach nicht mit dem Iran anlegen.«
Gavallan erhob sich, ging an den Rand der Terrasse und blickte hinunter auf die Altstadt – einst ein Zentrum der Perlenfischerei, Piratenfestung, Sklavenmarkt und Handelsplatz. Von alters her war der Golf die goldbringende Verbindung zwischen dem Mittelmeer, dem damaligen Mittelpunkt der Welt, und Asien. Seefahrende phönizische Kaufleute, die ursprünglich aus Omam kamen, beherrschten diese unglaublich reiche Route; über kurze Karawanenstraßen brachten sie die Güter Asiens und Indiens zum Schatt-al-Arab, schufen später ihr eigenes, vom Meer umspültes mediterranes Reich, gründeten Stadtstaaten wie Karthago und bedrohten sogar Rom.
Unberührt, von modernen Gebäuden verschont und beherrscht vom Palast des Scheichs, lag die pittoreske, mauerbewehrte Altstadt im schwindenden Licht vor ihnen. In all den Jahren hatte Gavallan den alten Scheich schätzengelernt. Das Scheichtum war eine von Emiraten umgebene, unabhängige, souveräne, gut 30 Kilometer tiefe Enklave mit über 11 Kilometer Küste. Im Schelf jedoch, 150 Kilometer von iranischen Gewässern entfernt, befanden sich gewaltige Lagerstätten leicht förderbaren Öls – viele Milliarden Barrels. Al Schargas besaß auch eine separate Neustadt mit einem Dutzend moderner Hotels und Hochhäuser, dazu einen Flughafen, auf dem gerade noch ein Jumbo-Jet landen konnte. Sein Reichtum konnte sich freilich weder mit dem der Emirate noch mit dem Saudi-Arabiens oder Kuwaits messen, aber wenn es seine Schätze klug verwaltete, war alles im Überfluß vorhanden. Der Scheich galt als so weise, wie seine phönizischen Vorfahren es gewesen waren, und er war nicht weniger als sie leidenschaftlich auf die Unabhängigkeit seines kleinen Landes bedacht. Er selbst konnte weder lesen noch schreiben, aber seine Söhne waren Absolventen der besten Universitäten der Welt. Ihm, seiner Familie und seinem Stamm gehörte alles, sein Wort war Gesetz, er war Sunnit und kein Fundamentalist und tolerant gegenüber Ausländern und Gästen, sofern sie sich anständig benahmen.
»Er verabscheut doch Khomeini und alle Fundamentalisten, Scrag.«
»Richtig. Aber das hilft uns nicht weiter. Er wird sich hüten, mit Khomeini Streit anzufangen.«

»Es hilft uns nicht weiter, aber es schadet uns auch nicht.« Gavallan fühlte sich vom Sonnenuntergang gereinigt. »Ich habe die Absicht, ein paar Jumbo-Frachtflugzeuge zu chartern und hierherkommen zu lassen. Wenn dann unsere Helis ankommen, montieren wir die Rotorblätter ab, stopfen die Jumbos voll und heben ab. Auf Schnelligkeit kommt es an – und auf Planung.«
Scragger pfiff durch die Zähne. »Du meinst es also wirklich ernst?«
»Ich möchte wissen, ob wir es schaffen würden, Scrag, und welche Chancen wir haben. Das ist nämlich die Crux: Wenn wir alle unsere Helis, die Ausrüstung und sämtliche Ersatzteile verlieren, sind wir am Ende. Keine Versicherung deckt uns, und wir sind nach wie vor verpflichtet, unsere Schulden zu bezahlen. Du bist Gesellschafter, du kannst dir heute nacht die Zahlen anschauen. Ich habe die Unterlagen mitgebracht – für dich und Mac.«
Scragger dachte an seinen Firmenanteil, an Nell und seine Kinder und deren Kinder in Sydney und an die Schaf- und Rinderzuchtfarm Baldoon, die in der großen Dürreperiode verlorengegangen war und die er seit Jahren für sie zurückkaufen wollte. »Ich brauche mir die Zahlen nicht anzusehen, Andy. Wenn du sagst, daß es so schlecht steht, dann steht es eben so schlecht.« Er blickte zum Wolkenhimmel auf. »Also schön: Ich kümmere mich um Lengeh, wenn du einen Plan anzubieten hast und die anderen mitmachen. Nach dem Essen könnten wir uns vielleicht eine Stunde über die Logistik unterhalten – und beim Frühstück auch wieder; Kasigi kommt nicht vor 9 Uhr aus Kuwait zurück.«
»Danke, Scrag.« Gavallan klopfte ihm auf die Schulter. »Ich bin verdammt froh, daß du da warst, daß du alle diese Jahre bei uns warst. Zum erstenmal sehe ich jetzt eine Chance für uns.«
»Ich stelle eine Bedingung«, sagte Scragger. »Beim Dinner mußt du neben Paula sitzen, Genny auf ihrer anderen Seite. Manuela neben mir, und dieser ungarische Lustmolch Sandor am anderen Ende zusammen mit Johnny Hogg.«
»Bedingung angenommen!«
»Fein! Und jetzt ist es Zeit, mich umzuziehen. Übrigens: In den letzten Wochen war es in Lengeh schon recht langweilig.« Er stand auf und machte sich auf den Weg.
Gavallan gab dem lächelnden Kellner seine Kreditkarte.
»Das ist nicht nötig, Effendi. Sie brauchen bloß die Rechnung zu unterschreiben«, sagte der Mann. »Und wenn ich einen Vorschlag machen darf: Zahlen Sie bitte nicht mit American Express. Es ist die für die Geschäftsleitung teuerste Verrechnung.«
Nachdenklich gab Gavallan ihm ein Trinkgeld und entfernte sich.
Zwei Herren auf der anderen Seite der Terrasse sahen ihn gehen. Sie waren beide gut gekleidet, Mitte 40. Einer war Amerikaner, der andere kam aus dem Nahen Osten. Beide hatten winzig kleine Hörapparate im Ohr. Der Herr aus dem Nahen Osten spielte mit einer altmodischen Füllfeder, und als Gavallan an einem elegant gekleideten Araber vorbeikam, der in ein Gespräch mit einer sehr attraktiven jungen Europäerin vertieft war, richtete der Herr aus dem Nahen Osten die Füllfeder auf das ungleiche Paar. Sofort konnten die beiden Herren

die Stimmen in ihren Hörgeräten vernehmen: »Mit 500 Dollar liegen Sie weit über dem Marktpreis«, sagte der Araber.
»Das hängt ganz von der Marktlage in ihrer speziellen Sparte ab, mein Lieber«, erwiderte sie und lächelte liebenswürdig. »Das Honorar schließt zum Beispiel die beste seidene Unterwäsche ein, die Sie in Stücke zu reißen belieben, so wie alle von Ihnen geäußerten Sonderwünsche. Geschick und Können haben ihren Preis. Und wenn Sie nur einen einzigen freien Termin haben, nämlich morgen abend von sechs bis acht...«
Die Stimmen schwiegen, als der Herr die Kappe drehte und die Feder mit einem spöttischen Lächeln auf den Tisch legte. Er war ein in Amerika erzogener, gut aussehender, dunkelhäutiger Mann, der wie schon Generationen seiner Vorfahren mit edlen Teppichen handelte. Er hieß Aaron ben Aaron und war hauptberuflich Major im israelischen Geheimdienst. »Ich hätte Abdu bin Talak nie für pervers gehalten«, bemerkte er trocken.
»Pervers sind sie alle«, brummte der andere. »Aber ich hätte das Mädchen nie als eine Nutte taxiert.«
Aarons lange Finger spielten mit der Füllfeder. »Ein tolles Spielzeug, Glenn. Es spart soviel Zeit. Ich wollte, ich hätte so etwas schon vor Jahren gehabt.«
»Vor ein paar Monaten hat der KGB ein neues Modell herausgebracht – funktioniert auf 100 Meter Entfernung.« Glenn Wesson nippte an seinem Bourbon. Er war Amerikaner und seit Jahren im Ölgeschäft tätig. Sein wahrer Beruf: Mann von Karriere in der CIA. »Es ist nicht so klein, aber sehr brauchbar.«
»Könntest du uns welche besorgen?«
»Es geht schneller, wenn du deine Leute in Washington darum ersuchst.« Sie sahen Gavallan in der Halle verschwinden. »Interessant.«
»Woran hast du gedacht?« fragte Aaron.
»Daß wir Khomeinis Wölfen jederzeit eine britische Hubschraubergesellschaft zum Fraß vorwerfen könnten – zusammen mit allen Piloten. Das würde Talbot aus den Stiefeln hauen, ihn und Robert Armstrong und die ganze MI 6 – keine schlechte Idee.« Wesson lachte leise. »Hin und wieder muß Talbot eins auf den Deckel bekommen. Wie ist das also mit der S-G? Hältst du sie für eine Tarnorganisation der MI 6?«
»Wir sind uns über ihre Ziele nicht im klaren, Glenn. Wir vermuten allerdings das genaue Gegenteil, und darum dachte ich, du solltest mithören. Zu viele Koinzidenzen. Nach außen hin sind sie in Ordnung. Aber da gibt es einen französischen Piloten namens Sessone, der mit einer gewissen Sayada Bertolin schläft; sie hat ausgezeichnete Verbindungen und arbeitet als Kurier für die PLO. Sie haben einen Finnen, Erikki Yokkonen, der enge Beziehungen zu Abdullah Khan unterhält, dem Doppelagenten, der mehr dem KGB als unserer Seite zuneigt und extrem antijüdische Ansichten vertritt. Yokkonen ist auch mit Christian Tollonen, einem Angehörigen des finnischen Geheimdienstes, befreundet. Uns ist soeben ein Gerücht zu Ohren gekommen, wonach er mit seiner 212 oben um den Sabalan herum den Sowjets dabei hilft, eure geheimen Radarstationen zu demontieren.«

»Du lieber Himmel! Bist du sicher?«
»Nein. Es ist nur ein Gerücht, wie ich schon sagte. Aber wir überprüfen es. Dann der Kanadier Lochart. Hat in eine bekannte anti-zionistische Bazaari-Familie eingeheiratet. Gegenwärtig sind PLO-Agenten in seiner Wohnung einquartiert und...«
»Ja, aber wir haben gehört, daß die Bude requiriert wurde. Und vergiß nicht, daß er versucht hat, diesen pro-israelischen Offizieren bei der Flucht zu helfen.«
»Aber sie wurden abgeschossen, sie sind alle tot, und er ist seltsamerweise am Leben geblieben. Keine Frage, daß Valik und General Seladi prominente Kandidaten für eine Exilregierung gewesen wären. Mit ihnen haben wir wieder zwei wertvolle Kräfte verloren. Weiter: Der Amerikaner Starke hilft mit, einen Anschlag der Fedajin auf Bandar-e Delam zurückzuschlagen, wird mit einem wütenden Schah- und Israel-Gegner namens Zataki dick Freund und...«
»Ein intellektueller sunnitischer Moslem, der in Abadan Streiks auf den Ölfeldern inszeniert, drei Polizeistationen in die Luft gesprengt hat, jetzt an der Spitze der Revolutionären Komitees in Abadan steht und vermutlich nicht mehr lange unter den Lebenden weilen wird. Noch ein Glas?«
»Ja, bitte. Du hast von Sayada Bertolin gesprochen – die hatten wir auch schon mal unter Beobachtung. Was meinst du, könnte man die umdrehen?«
»Ich würde ihr nicht trauen. Wir sind hinter ihrem Kontaktmann her – konnten ihn aber noch nicht identifizieren.« Aaron bestellte einen Wodka für Wesson und sich selbst. »Um wieder auf die S-G zu kommen: Zataki ist also ein Feind. So wie Lochart spricht auch Starke Persisch. Beide pflegen schlechten Umgang. Nächster auf der Liste: Sandor Petrofi, ungarischer Dissident, Familie noch in Ungarn, auch er ein potentieller Maulwurf oder zumindest ein Werkzeug des KGB. Rudolf Lutz, Deutscher, dessen Verwandte jenseits des Eisernen Vorhangs leben, schon allein darum verdächtig. Ähnlich sieht es bei Neureiter in Lengeh aus.« Er deutete auf den Tisch hinüber, an dem Scragger gesessen hatte. »Der Alte ist ein ausgebildeter Killer, ein Söldner, der auf uns, auf dich, auf jeden mit dem gleichen Resultat angesetzt werden kann. Und Gavallan? Deine Leute in London sollten sich ihn näher ansehen! Vergiß nicht, daß er die Leute ausgesucht hat, vergiß nicht, daß er Engländer ist! Möglicherweise ist sein ganzer Verein eine Tarnfirma des KGB.«
»Unmöglich!« fiel Wesson ihm ins Wort. Verdammt noch mal, dachte er, warum sind diese Burschen nur alle solche Paranoiker, selbst der gute Aaron, ihr bester Mann. »Das ist alles zu glatt. Unmöglich.«
»Sei nicht so sicher! Die Engländer waren wahre Meister ihres Faches. Denk bloß an Philby, McLean, Blake und wie sie alle geheißen haben.«
»Wie Crosse – damit hast du wohl recht, alter Freund.«
»Crosse?«
»Roger Crosse – 15 Jahre ist das jetzt her. Oberspion, aber von den Tommies zugedeckt und begraben, wie sie das so vortrefflich verstehen, ein Produkt der

Public-School und der gemeinste Verräter von allen. Armstrongs Exchef und Freund im Sonderdezernat Hongkong. Offiziell ein unbedeutender stellvertretender Leiter in der MI 6, in Wahrheit aber Spitzenmann im Geheimdienst und Verräter. Wurde auf eigenen Wunsch vom KGB liquidiert, knapp bevor wir dem Schuft auf die Schliche kamen.«

»Die Sowjets haben ihn erledigt?«

»Na sicher. Mit einem Giftpfeil aus nächster Nähe. Wir hatten ihn in die Enge getrieben, er konnte nicht mehr raus. Wir hatten ihn festgenagelt. Damals hatten wir einen Spitzel in der Londoner Sowjetbotschaft – Brodnin hieß der Bursche. Er lieferte uns Crosse ans Messer. Dann verschwand der arme Hund. Jemand muß ihn wohl verpfiffen haben.«

»Diese verdammten Briten! Sie züchten Agenten wie Läuse.«

»Bei jedem Geheimdienst gibt es Verräter.«

»Bei uns nicht.«

»Sei nicht so sicher, Aaron«, bemerkte Wesson verdrießlich. »Angesichts so vieler Informationen aus undichten Quellen in Teheran – vor und nach der Abreise des Schahs – muß es auf unserer Seite einen hochgestellten Verräter geben.«

»Talbot oder Armstrong?«

Wesson krümmte sich. »Wenn es einer von den beiden ist, sollten wir den Beruf wechseln.«

»Damit würden wir unseren Feinden einen Gefallen tun. Die wollen nämlich, daß wir aufgeben und aus dem Nahen Osten verschwinden. Aber das können wir nicht. Also müssen wir uns etwas anderes einfallen lassen«, sagte Aaron, und seine dunklen kalten Augen musterten den Amerikaner. »Und weil wir gerade davon reden: Wie hat es unser alter Freund Haschemi Fazir wohl geschafft, ungestraft mit dem Mord am neuen Oberexekutor der SAVAMA, General Janan, davonzukommen?«

Wesson erblaßte. »Janan ist tot? Bist du sicher?«

»Autobombe, Montag nachts.« Aarons Augen verengten sich. »Warum tut dir das so leid? War er einer von deinen Leuten?«

»Er hätte es werden können. Wir... wir führten Verhandlungen.« Wesson zögerte und seufzte. »Aber Haschemi ist noch am Leben? Ich dachte, er wäre ganz oben auf der Abschußliste des Revolutionären Komitees gestanden?«

»Ist er auch, aber heute früh wurde ich informiert, daß er wieder in Amt und Würden ist – nach einer Intervention von höchster Stelle.«

Aaron trank aus seinem Glas. »Wenn er nach allem, was er für uns und den Schah getan hat, wieder dem Inneren Sicherheitsrat vorsteht, muß er einen sehr hochgestellten Schutzengel haben.«

»Aber wen?« Wesson sah, wie sein Freund mit den Achseln zuckte. Sein Lächeln schwand. »Das könnte heißen, daß er schon die ganze Zeit für den Ayatollah gearbeitet hat.«

»Vielleicht.« Wieder spielte Aaron mit dem Füllhalter. »Und da gibt es noch etwas Merkwürdiges. Am Dienstag wurde Haschemi dabei beobachtet, wie

er mit Armstrong auf dem Flughafen Teheran eine 125 der S-G bestieg. Sie flogen nach Täbris und waren nach drei Stunden wieder zurück.«
»Ist das die Möglichkeit?«
»Was hat das wohl zu bedeuten?«
»Ich weiß es nicht, aber wir sollten es schnellstens in Erfahrung bringen.« Wesson senkte seine Stimme. »Eines ist einmal sicher: Um wieder gut angeschrieben zu sein, muß Haschemi über Informationen verfügen, die hochgestellte Persönlichkeiten schwer belasten. Solche Informationen könnten sich als sehr nützlich erweisen... für den Schah beispielsweise.«
»Für den Schah? Du glaubst doch nicht ernstlich, der Schah hätte auch nur die gerinste Chance, in sein Land zurückzukehren?«
»Man hat schon Pferde kotzen sehen, alter Freund«, entgegnete Wesson zuversichtlich und leerte sein Glas. Wie kommt es nur, daß diese Burschen nicht verstehen, was in der Welt vorgeht? fragte er sich. Es wäre an der Zeit, daß sie aufwachen, daß sie aufhören, immer nur an Israel, an die PLO und den Nahen Osten zu denken, und uns mehr Platz zum Manövrieren ließen. »Na sicher hat der Schah eine Chance – obwohl man besser auf seinen Sohn setzen sollte. Wenn Khomeini einmal tot ist, gibt es einen Bürgerkrieg, die Armee übernimmt die Macht und braucht eine Galionsfigur. Reza wäre ein ausgezeichneter konstitutioneller Monarch.«
Aaron ben Aaron wunderte sich, daß Wesson immer noch so naiv sein konnte. Nach all den Jahren im Iran und am Golf, wie kann er da immer noch die explosiven Kräfte unterschätzen, die das Land auseinanderreißen? Ein anderer hätte Wesson maßlose Dummheit vorgeworfen: die unzähligen unbeachtet gebliebenen Warnzeichen, die Berge von ungelesenen, katalogisierten, mit soviel Blut und Schweiß zusammengetragenen Geheimberichte, das jahrelange Hickhack mit Politikern, Generälen und Nachrichtendienstlern – iranischen und amerikanischen –, die vor dem sich zusammenziehenden Unheil gewarnt hatten.
Alles vergeblich. Viele Jahre lang. Allahs Wille, dachte er. Allah will es uns nicht leicht machen. Leicht? Wann war es denn schon mal leicht für uns? Nie, nie, nie.
»Wart's nur mal ab!« fuhr Wesson fort. »Khomeini ist ein Greis. Er wird's nicht mehr lange machen. Die Zeit arbeitet für uns. Wart's nur mal ab!«
»Das werde ich wohl.« Aaron wollte sich auf keine hitzige Debatte einlassen. »Mittlerweile liegt die Vermutung nahe, daß S-G feindlichen Zellen als Aushängeschild dient. Auf die Versorgung von Bohranlagen spezialisierte Hubschrauberpiloten könnten sich als wertvolle Kräfte für jede Art von Sabotage erweisen.«
»Na klar. Nur: Gavallan will raus. Du hast es ja selbst gehört.«
»Vielleicht wußte er, daß wir ihn belauschen, oder es ist ein Trick.«
»Also bitte, Aaron! Ich halte ihn für koscher, und alles andere ist nur Zufall.« Wesson seufzte. »Ich werde ihn beschatten lassen, und wenn er auch nur einen Furz läßt, wirst du es erfahren. Aber ihr seht auch überall Feinde: unter dem Bett, an der Decke und unter dem Teppich.«

»Und wieso nicht? Es gibt sie wie Sand am Meer.« Und wir kennen unsere Feinde, dachte Aaron. Hier, drunten in der Altstadt, drüben in der neuen Stadt, auf der Straße nach Oman, der Straße nach Dubai, Bagdad und Damaskus, auf dem Weg nach Moskau und Paris und London, über das Meer nach New York, nach Süden zu beiden Kaps und zum Nördlichen Polarkreis hinauf, überallhin, wo es Gojim gibt. Nur ein Jude ist nicht schon automatisch verdächtig, doch heutzutage muß man auch da vorsichtig sein. Es gibt unter den Auserwählten viele, die den Zionismus ablehnen, weder Krieg führen noch für den Krieg bezahlen und nicht verstehen wollen, daß der Schah im Nahen Osten unser einziger Verbündeter ist, und daß wir mit dem Rücken zur Klagemauer stehen, und daß wir kämpfen und sterben müssen, um unser Land Israel zu schützen.
Er musterte Wesson. Er konnte ihn gut leiden, verzieh ihm seine Schwächen, bewunderte ihn als Profi – und bedauerte ihn, weil er kein Jude und daher verdächtig war.
»Ich bin froh, daß ich als Jude geboren wurde, Glenn. Es macht das Leben um so vieles einfacher.«
»Wieso?«
»Man weiß, wo man hingehört.«

Hotel Schargas – in der Disco Tex: 23 Uhr 52 Amerikaner, Briten und Franzosen beherrschten den Raum – nur vereinzelt waren Japaner und andere Asiaten zu sehen. Die Europäer waren in der Mehrheit, und es gab mehr Männer als Frauen. Die Gäste waren zwischen 25 und 45 Jahre alt. Die ausländischen Arbeitskräfte am Golf mußten jung, rüstig und, wenn möglich, unverheiratet sein, um das harte Leben hier zu ertragen. Es waren auch ein paar Leute aus Schargas und Angehörige anderer Golfstaaten da, aber nur wohlhabende, verwestlichte, anspruchsvolle Männer. Die meisten saßen in den oberen Logen, tranken Limonade und beobachteten die wenigen Tänzer und ihre europäischen Partnerinnen: Sekretärinnen, Botschaftsangestellte, Groundhostessen, Krankenschwestern und Hotelbedienstete.
Paula tanzte mit Sandor Petrofi, Genny mit Scragger und Johnny Hogg mit dem Mädchen, das auf der Terrasse mit einem Araber verhandelt hatte. »Wie lange bleiben Sie, Alexandra?« murmelte er.
»Nur bis nächste Woche. Dann muß ich zu meinem Mann nach Rio.«
»Oh, so jung und schon verheiratet! Bis dahin sind Sie ganz allein?«
»Ja, Johnny, ganz allein. Traurig, nicht wahr?«
Er antwortete nicht, hielt sie nur ein wenig fester und beglückwünschte sich zu der Beflissenheit, mit der er ihr in der Halle ein Buch aufgehoben hatte, das ihr aus der Hand gefallen war. Er blickte zur Galerie hinauf, wo Gavallan ernst und in Gedanken versunken am Geländer stand, um die Tänzer zu beobachten. Johnny Hogg empfand tiefes Mitgefühl. Nur ungern hatte er den morgigen Nachtflug nach London für ihn gebucht. »Ich weiß, wie die Zeitverschiebung einem zu schaffen macht. Wollen Sie sich morgen nicht lieber ausruhen?«

»Danke, Johnny, aber das geht schon. Morgen um zehn starten wir nach Teheran.«
»Natürlich. Und dann weiter nach Täbris?«
»Ja. Ich hoffe nur, daß das glatt geht – hin und gleich wieder zurück.«
Hogg fühlte nun die Schenkel des Mädchens an den seinen. »Wollen Sie morgen mit mir zu Abend essen? Ich werde gegen sechs wieder zurück sein.«
»Vielleicht – aber nicht vor neun.«
»Ausgezeichnet.«
Gavallan trat nun vom Geländer zurück, stieg die Treppe herunter und schlenderte auf die im Parterre gelegene Terrasse hinaus. Es war eine herrliche Nacht. Am wolkenlosen Himmel stand ein silbrig glänzender Mond. Rundum erstreckten sich zart angestrahlte, sorgsam gepflegte Gärten.
Eine Front dem Golf, die andere der Wüste zugekehrt, war das Schargas das größte Hotel des Scheichtums. Es verfügte über einen achtzehn Stockwerk hohen Turm, fünf Restaurants, drei Bars, eine Cocktail-Lounge, ein Café, die Disco, zwei Schwimmbecken, mehrere Saunas, Tennisplätze und einen Fitness-Club. Eine Einkaufsstraße beherbergte ein Dutzend Boutiquen und Antiquitätengeschäfte, einen Aaron-Teppichladen, Frisiersalons, eine Videothek und eine Konditorei. Selbstverständlich war das Schargas voll klimatisiert und bot seinen Gästen Telex und Schreibkräfte, Zimmerservice rund um die Uhr, Satellitenfernsehen in allen Zimmern und Telefonverbindungen mit allen Ländern der Erde.
Großartig, dachte Gavallan, und doch ein Getto. Zwar sind die Herrscher hier aufgeklärte und liberale Menschen – Ausländer können nach Herzenslust trinken, ihre Frauen Auto fahren, einkaufen und spazierengehen –, aber ob das auch so bleiben wird? Nur wenige hundert Meter von hier leben die Einwohner Schargas, wie sie seit Jahrhunderten gelebt haben. Nur wenige hundert Meter von hier ist Alkohol verboten, können Frauen nicht allein auf die Straße gehen, müssen ihr Haar, müssen Arme und Schultern bedecken.
Vor ein paar Jahren hatte er einen Range-Rover und einen Führer gemietet und war zusammen mit McIver und Genny und seiner zweiten Frau Maureen in die Wüste gefahren, um die Nacht am Rand des Rub-al-Khali, des unbewohnten Viertels, zu verbringen. Es war ein wunderbarer Frühlingstag gewesen. Wenige Minuten, nachdem sie den Flughafen verlassen hatten, wurde die Straße zu einem Karrenweg, der sich rasch auf steinigem Boden verlor. Immer weiter über sandiges, zuweilen felsiges Terrain, quer durch eine Gegend, wo es niemals regnete und wo nichts gedieh. Als sie endlich hielten und den Motor abstellten, überkam sie die Stille mit geradezu körperlicher Wucht, die Sonne lastete schwer auf ihnen, und der Raum hüllte sie beengend ein.
Blau und dunkel war die Nacht gewesen, riesenhaft leuchteten die Sterne, und sie hatten sich auf weiche Teppiche gebettet. Noch betäubender die Stille, noch gewaltiger der Raum, unfaßbar. »Ich hasse das, Andy«, hatte Maureen geflüstert. »Es ängstigt mich zu Tode.«
»Mich auch. Ich weiß nicht, warum, aber es ist so.« Rund um die Palmen der

Oase erstreckte sich, lockend und überirdisch, die Wüste bis zu allen Horizonten. »Die Unendlichkeit scheint dir das Leben aus dem Leib zu saugen. Stell dir einmal vor, wie das erst im Sommer ist!«
Sie hatte gezittert. »Wie ein Sandkorn komme ich mir vor. Diese Wüste erdrückt mich – sie nimmt mir mein Gleichgewicht. Junge, ich gehöre nach Schottland, nach London, wenn es sein muß. Aber das... nie wieder!«
Und sie war nie zurückgekommen. So wie Scrags Nell, dachte er. Ich kann es ihnen nicht verübeln. Es ist schon schlimm genug für uns Männer hier am Golf, aber für Frauen... Er wandte den Kopf. Sich zufächelnd kam Genny aus dem Saal. Sie sah viel jünger aus als in Teheran. »Hallo, Andy! Du bist der einzig Gescheite. Es ist so stickig drin und so rauchig.«
»Ich war nie ein großer Tänzer.«
»Ich komme überhaupt nur zum Tanzen, wenn Duncan nicht dabei ist. Er ist ja so eine Schlafmütze.« Sie hielt zaudernd inne. »Was den Pendler morgen betrifft, glaubst du, ich...«
»Nein«, erwiderte er sanft. »Noch nicht. In etwa einer Woche, wenn die Wogen sich geglättet haben.«
Sie nickte. »Wie hat Scrag reagiert?«
»Er hat ja gesagt, wenn die anderen mitmachen und wenn es sich bewerkstelligen läßt. Wir haben uns ausgesprochen, und morgen frühstücken wir zusammen.« Gavallan legte einen Arm um ihre Schultern und drückte sie. »Sorge dich nicht um Mac! Ich werde mich um ihn kümmern.«
»Ich habe noch eine Flasche Whisky für ihn, nimmst du sie mit?«
»Ich stecke sie in meine Aktentasche. Es gibt eine Verfügung der iranischen Flugsicherung, wonach es verboten ist, Alkohol als Bordproviant mitzuführen. Kein Problem, ich trage ihn eben in der Hand.«
»Vielleicht solltest du das diesmal besser nicht tun.« Seine ernste Miene, so ungewöhnlich bei ihm, beunruhigte sie. Armer Andy, jeder kann sehen, daß er vor Sorgen weder ein noch aus weiß.
»Darf ich dir einen Vorschlag machen, Andy?«
»Selbstverständlich.«
»Diese VIPs, die du nach Täbris bringen mußt... den Oberst und diesen Armstrong... warum bittest du den Oberst nicht, dich über Kowiss zurückzudirigieren? Sag, du müßtest ein paar Sachen zur Reparatur bringen, äh? Dann kannst du direkt mit Duke sprechen.«
»Eine ausgezeichnete Idee! Du bist die Klassenbeste und darfst dich in die erste Bank setzen.«
Sie stellte sich auf die Zehen und drückte ihm einen geschwisterlichen Kuß auf die Wange. »Du bist auch nicht gerade schlecht. Na, ich stürze mich wieder ins Getümmel. Ich war schon seit dem Krieg nicht mehr so beliebt.« Sie lachten. »Gute Nacht, Andy!«
Gavallan kehrte in sein Hotel zurück, ein kleines Stück die Straße hinunter. Er merkte nicht, daß er verfolgt wurde, daß sein Zimmer durchsucht worden war und daß man seine Papiere gelesen hatte. Und er merkte auch nicht, daß man in seinem Zimmer Wanzen angebracht und sein Telefon angezapft hatte.

46

Internationaler Flughafen Teheran: 11 Uhr 58. Die Kabinentür der 125 schloß sich hinter Robert Armstrong und Oberst Haschemi Fazir. John Hogg winkte Gavallan und McIver zu, die neben dem Wagen auf dem Vorfeld standen, und rollte davon; der Bestimmungsort war Täbris. Gavallan war soeben aus Al Schargas gekommen und nützte diese erste Gelegenheit, ungestört mit McIver zu reden.

»Was ist los, Mac?« fragte er. Der frostige Wind zerrte an ihrer Winterkleidung und wirbelte den Schnee auf.

»Es gibt Ärger, Andy.«

»Das weiß ich. Sag schon!«

»Ich habe gerade erfahren, daß man uns in knapp einer Woche Startverbot erteilen wird – bis zur Verstaatlichung.«

»Was?« Das Blut erstarrte Gavallan in den Adern. »Hast du das von Talbot?«

»Nein, von Armstrong. Vor ein paar Minuten, der Oberst war gerade auf der Toilette. ›In spätestens zehn Tagen ist es soweit‹, sagte mir dieser Bastard mit seiner aalglatten, vorgetäuschten Höflichkeit. ›Wahrscheinlich schon in einer Woche. Und vergessen Sie nicht, Mr. McIver: Wer die Schnauze zu weit aufreißt, kommt leicht zu Schaden.‹«

»Mein Gott, weiß er, daß wir etwas vorhaben?«

»Das kann ich nicht sagen. Ich habe einfach keine Ahnung.«

»Und die HBC? Hat er von ihr gesprochen?«

»Nein. Als ich nach den Papieren fragte, antwortete er nur: ›Die sind in Ordnung.‹«

»Hat er gesagt, wann wir uns heute treffen?«

McIver schüttelte den Kopf. »›Wenn ich rechtzeitig zurück bin, melde ich mich.‹ Saukerl.« Er riß die Wagentür auf.

In tiefer Sorge klopfte Gavallan den Schnee ab und glitt in den Wagen. Die Fenster hatten sich beschlagen. McIver schaltete Heizung und Ventilator ein, schaltete eine Musikkassette an, erhöhte die Lautstärke, drehte sie wieder zurück und fluchte.

»Was ist noch passiert, Mac?«

»So ziemlich alles, was nur passieren konnte«, gab McIver zurück. »Erikki wurde von den Sowjets oder vom KGB entführt und befindet sich jetzt mit seiner 212 irgendwo an der türkischen Grenze... Nogger meint, er würde dazu gezwungen, ihnen zu helfen, geheime amerikanische Radarstationen auszuräumen. Nogger, Azadeh und ein englischer Captain konnten in letzter Minute aus Täbris fliehen; sie sind gestern zurückgekommen und befinden sich im Augenblick in meiner Wohnung. Du kannst dir nicht vorstellen, wie sie aussahen, als sie gestern landeten. Der Captain, das war der, der Charlie auf Doschan Tappeh gerettet hatte, und als Charlie in Bandar-e Pahlavi seine Ladung absetzte...«

»*Was* hat er getan?«

»Er... es war eine geheime Operation. Er ist Captain einer Gurkha-Einheit. Sein Name ist Ross, John Ross, und er und Azadeh, sie waren beide ziemlich durcheinander, und auch Nogger. Aber jetzt sind sie bei mir in Sicherheit.« McIvers Stimme schwankte. »Tut mir leid, dir das mitteilen zu müssen: Auf Zagros haben wir einen Mechaniker verloren, Effer Jordon. Er wurde erschossen, als...«

»Was? Der alte Effer ist tot?«

»Ja... und auch dein Sohn wurde verwundet... eine Kugel... nicht sehr schlimm. Er ist schon wieder okay.«

»*Wie* schlimm?«

»Eine Fleischwunde in der rechten Schulter, hat Jean-Luc mir berichtet. Sie haben Penicillin und einen Arzt. Die Wunde ist sauber. Natürlich kann Scot die 212 morgen nicht nach Al Schargas überstellen. Ich habe Jean-Luc angewiesen, sie zu fliegen und Scot mitzunehmen und dann mit dem nächsten Pendelflug der 125 nach Teheran zurückzukommen.«

»Bist du sicher, daß Scot nicht ernstlich verletzt ist?«

»Ja, Andy, ganz sicher.«

»Was ist denn da nur passiert?«

»Genau weiß ich das auch nicht. Es sieht so aus, als ob im Zagrosgebirge Terroristen operieren würden. Es handelt sich möglicherweise um die gleiche Bande, die Bellissima und Rosa angegriffen haben. Sie müssen sich in den Wäldern rund um unsere Basis versteckt gehalten haben. Heute kurz nach Tagesanbruch luden Effer Jordon und Scot Ersatzteile in die 212, als sie beschossen wurden. Der arme Effer bekam die meisten Kugeln ab, Scot nur eine...« Als er Gavallans Gesicht sah, fügte McIver rasch hinzu: »Jean-Luc hat mir versichert, daß es Scot gut geht. Ehrlich!«

»Ich habe nicht nur an Scot gedacht«, versetzte Gavallan bitter. »Effer war von Anfang an mit dabei... hat er nicht drei Kinder?«

»Ja, ja, das stimmt. Es ist schrecklich.« McIver legte den Gang ein und steuerte den Wagen durch das Schneetreiben zum Büro zurück. »Soviel ich weiß, gehen sie alle noch zur Schule.«

»Sobald ich wieder zurück bin, werde ich mich um sie kümmern. Erzähl weiter von Zagros!«

»Da gibt es nicht viel mehr zu berichten. Tom war nicht da – er mußte Freitag in Kowiss übernachten. Sie haben keinen der Angreifer gesehen, sagt Jean-Luc, die Schüsse kamen aus dem Wald. Da unsere Vögel Überstunden machen, um die Männer von allen Bohranlagen zu holen und sie anschließend in Gruppen nach Schiras zu überführen, geht es auf der Basis sowieso drunter und drüber. Die Leute halten sich wirklich ran, um die Räumung noch vor morgen abend abgeschlossen zu haben.«

»Werden sie es schaffen?«

»Bis zu einem gewissen Punkt. Sie können alle unsere Leute und auch das Personal der Bohranlagen sowie die meisten Ersatzteile und alle Helis evakuieren. Die Einrichtungen und die Gerätschaften der Ölfirmen werden zurückbleiben müssen, aber das ist schließlich nicht unser Bier. Gott allein weiß, was mit dem Stützpunkt und den Bohrtürmen geschehen wird, wenn sie unversorgt bleiben.«

»Das Land wird in seinen ursprünglichen Zustand zurückfallen.«

»So eine Verschwendung! Verdammte Idioten! Ich fragte Oberst Fazir, ob er nichts tun könne. Der Bastard lächelte nur und sagte, es sei schon schwer genug zu erfahren, was in Teheran im Büro nebenan vorgeht. Und gar so weit im Süden! Und das Flughafenkomitee – ob die uns nicht helfen könnten, fragte ich. Nein, antwortete er, diese Komitees haben fast keine Verbindung miteinander – nicht einmal in Teheran. Ich zitiere: ›Da oben in den Bergen unter den halbzivilisierten Nomaden und Bergstämmen mußt du Waffen haben und Iraner sein – womöglich ein Ayatollah – oder tun, was man dir befiehlt.‹ Ich gebe zu, der Bastard wollte uns nicht verhöhnen, aber sehr unglücklich über unsere mißliche Lage scheint er auch nicht gewesen zu sein.«

Gavallan war der Verzweiflung nahe. So viele Fragen und Antworten, alles gefährdet hier und daheim. Noch eine Woche Zeit bis zum Tag des Jüngsten Gerichts? Gott sei Dank, daß Scot... Der arme Effer... Bedrückt blickte er durch das Fenster und sah, daß sie sich dem Frachthof näherten. »Halt einen Augenblick an, Mac! Hier können wir in Ruhe reden. Wie geht es dir denn sonst? Ich meine, gesundheitlich?«

»Gut, gut, wenn ich nur diesen Husten los wäre. Und sonst... Angst habe ich, das ist alles.« McIvers Eingeständnis wirkte wie ein Schock auf Gavallan. »Ich gerate außer Kontrolle. Einen Mann habe ich schon verloren. Die Sache mit der HBC hängt immer noch über unseren Köpfen, Erikki ist in Gefahr, wir sind alle in Gefahr, die S-G und alles, wofür wir gearbeitet haben.« Er spielte mit dem Lenkrad. »Wie geht es Gen?«

»Ja, ja, sehr gut«, antwortete Gavallan. »Ich habe einen Brief für dich, sie hat mit Hamish und Sarah gesprochen, der kleine Angus hat seinen ersten Zahn bekommen. Daheim sind alle gesund, und ich habe eine Flasche Loch Vay in meiner Aktentasche; sie hat sie mir mitgegeben. Sie wollte sich an Johnny Hogg vorbeimogeln – als blinder Passagier auf der Toilette der 125 –, obwohl ich ihr gesagt hatte, es tue mir leid, aber es gehe nicht.« Zum erstenmal sah er die Spur eines Lächelns um McIvers Lippen spielen.

»Gen kann sehr bockig sein, keine Frage. Ich bin froh, daß sie dort und nicht da ist. Danke, Andy.«

»Nichts zu danken.« Gavallan überlegte kurz. »Warum nimmt Jean-Luc die 212 und warum nicht Tom Lochart? Wäre es nicht besser, ihn draußen zu haben?«

»Natürlich, aber ohne Scharazad will er den Iran nicht verlassen... Und da gibt's auch noch ein anderes Problem.« Die Musik auf dem Tonband verstummte, und er drehte die Kassette um. »Ich kann sie nicht finden. Tom macht sich Sorgen um sie und bat mich, in dem Haus in der Nähe des Basars

nach ihr zu sehen. Das tat ich, aber es kam niemand zur Tür. Tom meint, sie hätte sich an der Frauen-Demo beteiligt.«
»Auweh! Die BBC hat über Krawalle und Verhaftungen berichtet. Glaubst du, sie ist im Gefängnis?«
»Ich hoffe nicht.« Zerstreut wischte McIver die Windschutzscheibe ab. »Was willst du jetzt tun? Warten, bis der Vogel zurückkommt?«
»Nein. Fahren wir in die Stadt! Bleibt uns genug Zeit?« Gavallan warf einen Blick auf die Uhr. Es war 12 Uhr 25.
»Aber natürlich. Wenn wir jetzt losfahren, bleibt uns reichlich Zeit.«
»Fein. Ich möchte mit Azadeh und Nogger und diesem Ross sprechen. Und vor allen Dingen mit Talbot. Wir könnten bei Scharazad vorbeifahren. Vielleicht ist sie inzwischen zurückgekommen.«
»Eine gute Idee. Ich bin froh, daß du da bist, Andy. Sehr froh.« Er legte den Gang ein, die Räder schleuderten leicht.
»Ich auch, Mac. Um die Wahrheit zu sagen: Ich war noch nie so deprimiert.« McIver hustete und räusperte sich. »Schlechte Nachrichten von daheim?«
»Ja.« Mit dem Rücken seines Handschuhs wischte Gavallan den Beschlag vom Fenster. »Für Montag ist eine Sondersitzung des Aufsichtsrates von Struan's angesetzt. Man wird mir peinliche Fragen in bezug auf den Iran stellen.«
»Wird Linbar da sein?«
»Ja. Bevor er abtritt, wird er Noble House kaputtgemacht haben. Ein Wahnsinn, nach Südamerika zu expandieren, jetzt, wo eine Öffnung Chinas unmittelbar bevorsteht.«
McIver runzelte die Stirn, enthielt sich aber eines Kommentars. Seit Jahren wußte er von der Rivalität und dem Haß zwischen den beiden Männern, den Umständen von David MacStruans Tod und der Überraschung, mit der man in Hongkong Linbars Aufstieg zur Konzernspitze aufgenommen hatte. Er hatte immer noch viele Freunde in der Kolonie, die ihm regelmäßig Zeitungsausschnitte schickten und ihn über den letzten Klatsch auf dem laufenden hielten, soweit er Noble House und dessen Konkurrenten betraf. Mit Gavallan sprach er nie darüber.
»Tut mir leid, Mac«, hatte Gavallan seinerzeit gebrummt. »Ich will über diese Dinge nicht reden, und auch nicht über Ian, Linbar oder Quillan oder sonst jemanden, der mit Struan's in Verbindung steht. Offiziell habe ich mit Noble House nichts mehr zu tun. Dabei wollen wir es belassen.«
Was nur recht und billig ist, hatte McIver damals gedacht und auch weiterhin seine Zunge gehütet. Nun streifte er Gavallan mit einem Blick. Die Jahre waren spurlos an ihm vorübergegangen, er sah immer noch sehr gut aus – trotz seiner vielen Sorgen. »Keine Bange, Andy! Du schaffst es schon.«
»Ich wollte, ich könnte das glauben.« Er dachte an seinen Sohn. Ich werde keine Ruhe haben, bis ich ihn mit eigenen Augen gesehen habe. Mit ein wenig Glück morgen. Wenn Scot nicht zurück ist, bevor meine Maschine nach London startet, storniere ich und fliege am Sonntag. Und irgendwie muß ich auch noch mit Talbot sprechen – vielleicht kann er mir einen Tip geben. Mein Gott, nur noch sieben Tage.

McIver steuerte den Wagen aus dem Flughafengelände und reihte sich in den Verkehrsstrom ein. Ein großes Transportflugzeug der amerikanischen Luftwaffe befand sich gerade im Landeanflug. »Sie fertigen bis zu fünf Jumbos am Tag ab«, sagte McIver. »Immer noch gibt es Militärkontrollen und ›überwachende‹ *hezbollahis*. Jeder gibt Befehle und widerruft sie, und keiner beachtet sie. Für unsere Engländer hat mir British Airways drei Plätze bei jedem ihrer Flüge versprochen – mit Gepäck. Sie hoffen, jeden zweiten Tag einen Jumbo hereinzubekommen.«
»Und was verlangen sie als Gegenleistung?«
»Die Kronjuwelen«, bemühte sich McIver seinen Freund aufzuheitern, aber der Scherz zeigte keine Wirkung. »Natürlich nichts, Andy. Der BA-Manager, Bill Shoesmith, ist ein feiner Kerl und macht seine Sache ausgezeichnet.« Er wich dem Wrack eines Autobusses aus, der auf der Seite am Straßenrand lag, als ob man ihn dort geparkt hätte. »Die Frauen gehen heute wieder auf die Straße. Angeblich wollen sie so lange weitermachen, bis Khomeini nachgibt.«
»Wenn sie zusammenhalten, wird er das wohl müssen.«
»Ich weiß gar nicht mehr, was ich denken soll.« Mit dem Daumen deutete McIver auf die Fußgänger, die, ohne auf den Verkehr zu achten, rücksichtslos die Straße überquerten. »Sie scheinen zu glauben, daß es in der Welt zum besten steht. Die Moscheen sind brechend voll, jeden Tag gibt es Aufmärsche von Khomeini-Anhängern, die *hezbollahis* kämpfen gegen die Linken, die sich erbittert ihrer Haut wehren.« Pfeifender Husten schüttelte ihn. »Und unsere iranischen Angestellten? Sie begegnen einem mit der üblichen wortreichen Höflichkeit, aber man weiß nie, was sie eigentlich denken. Nur eines ist sicher: Sie wollen uns draußen haben.« Er mußte auf den Gehsteig hinauf, um einem entgegenkommenden Wagen auszuweichen, der viel zu schnell fuhr. »Verdammte Idioten!« Er sah Gavallan an und lächelte. »Ich bin so froh, daß du da bist, Andy. Danke. Jetzt geht es mir wieder besser. Tut mir leid.«
»Schon recht«, gab Gavallan ruhig zurück, während ihm ganz andere Gedanken durch den Kopf schwirrten. »Wie steht es jetzt mit unserer Operation ›Wirbelsturm‹?« fragte er; er konnte sich nicht mehr beherrschen.
»Tja, ob es nun sieben Tage sind oder siebzig, nehmen wir einmal an, wir wären alle einverstanden und könnten, wenn wir wollten, in sieben Tagen auf den Knopf drücken – nein, Armstrong meint, wir sollten mit höchstens einer Woche rechnen, also lieber sieben Tage von heute gerechnet, also Freitag – ein Freitag wäre sowieso der beste Tag, richtig?«
»Ja, weil es ihr heiliger Tag ist.«
»Fassen wir also zusammen, wie wir uns das zurechtgelegt haben, Charlie und ich: Phase 1: Von heute an schicken wir alle Ausländer und alle Ersatzteile hinaus – soviel wir können und auf jede erdenkliche Weise. Mit der 125, mit Lastwagen in den Irak und in die Türkei, oder als Gepäck und Übergepäck mit British Airways. Irgendwie werde ich Bill Shoesmith dazu bringen, uns mehr Plätze zu reservieren und ein Maximum an Frachtraum zur Verfügung zu stellen. Zwei unserer 212 haben wir schon zur ›Reparatur‹ hinausgeschickt, und die vom Stützpunkt Zagros soll morgen ausfliegen. Hier in Teheran

haben wir noch fünf Vögel: die 212, zwei 206 und zwei Alouettes. Die 212 und die Alouettes schicken wir nach Kowiss – vorgeblich, um den Wunsch unseres Klugscheißers nach mehr Helis zu befriedigen, obwohl nur Gott allein weiß, wozu er sie braucht. Duke sagt, seine Vögel sind schon jetzt nicht ausgelastet. Na, jedenfalls unsere 206 lassen wir zur Tarnung hier zurück.«

»Du willst sie zurücklassen?«

»Ich sehe keine Möglichkeit, alle unsere Helis hinauszubekommen, Andy, unabhängig von unserer Vorlaufzeit. Weiter: Am D-Day minus zwo, nächsten Mittwoch also, sind wir von der Zentrale dran, Charlie, Nogger, die restlichen Piloten und Mechaniker und ich. Wir steigen in die 125 und hauen nach Al Schargas ab, außer einige von uns können ein paar davon schon früher mit BA ausfliegen. Vergiß nicht, daß wir unsere Kopfstärke beibehalten sollen: für jeden Abgang einen Zugang. Als nächstes...«

»Wie sieht es denn mit persönlichen Dokumenten, Ausreisegenehmigungen et cetera aus?«

»Ich werde versuchen, von Ali Kia Blankoformulare zu bekommen – ich werde übrigens auch ein paar Schweizer Blankoschecks brauchen. Er liebt Pischkesch, aber er sitzt auch im Vorstand, ist clever und hungrig wie ein Wolf, aber durchaus nicht bereit, seine Haut zu Markte zu tragen. Wenn das nicht klappt, müssen wir eben Pischkesch einsetzen, um an Bord der 125 zu gelangen. Wenn man entdeckt, daß wir fort sind, sagen wir den Partnern – Kia oder sonst jemandem –, daß du eine dringende Konferenz nach Al Schargas einberufen hast. Zugegeben, eine lahme Ausrede, aber das spielt dann auch keine Rolle mehr. Damit endet Phase 1. Wenn wir daran gehindert werden, das Land zu verlassen, bedeutet das das Ende der Operation ›Wirbelsturm‹, weil man uns bis zur Rückkehr aller Vögel als Geiseln nehmen würde, und ich weiß, daß du nicht bereit sein würdest, uns zu opfern. Phase 2: Wir...«

»Was soll mit eurem Hausrat geschehen? Viele unserer Jungs haben doch Häuser oder Wohnungen in Teheran, nicht wahr?«

»Die Gesellschaft wird die Verluste ersetzen müssen, das müßte in die Gewinn-Verlust-Rechnung von ›Wirbelsturm‹ eingesetzt werden. Einverstanden?«

»Was wird das ausmachen, Mac?«

»Es wird kein Haus kosten. Aber wir müssen Schadenersatz leisten. Es bleibt uns gar nichts anderes übrig.«

»Ja, ja, ich bin einverstanden.«

»Phase 2: Wir richten in Al Schargas ein Büro ein; mittlerweile sind mehrere Dinge passiert. Du hast dafür gesorgt, daß die Boeing-747-Transportjumbos am Nachmittag des D-Day minus eins in Al Schargas eintreffen. Bis dahin hat Starke irgendwie an der Küste heimlich genügend Treibstoffässer versteckt – ausreichend für den Flug über den Golf. Ein anderer hat zusätzlichen Treibstoff auf irgendeiner gottverlassenen Insel vor der saudiarabischen Küste gelagert – für Starke, wenn er etwas braucht, vor allem aber für Rudi und seine Jungs aus Bandar-e Delam, die zweifellos Treibstoff benötigen werden. Scrag hat keine Treibstoffprobleme. Du hast inzwischen für alle Vögel, die wir zu

›exportieren‹ beabsichtigen, britische Register besorgt, ebenso auch die Erlaubnis, den Luftraum Kuwaits, Saudi-Arabiens und der Emirate zu durchfliegen. Ich selbst leite die Operation ›Wirbelsturm‹ vor Ort. Am Morgen des D-Day sagst du mir ›geht‹ oder ›geht nicht‹, wobei ›geht nicht‹ endgültig ist. Bei ›geht‹ kann ich die Operation abbrechen, wenn es mir angebracht erscheint, und dann ist auch das endgültig. Einverstanden?«
»Mit zwei Vorbehalten, Mac. Erstens: Du sprichst dich mit mir ab, bevor du die Operation abbrichst, so wie ich mich vor dem ›geht‹ oder ›geht nicht‹ mit dir abspreche. Zweitens: Wenn wir es bis zum D-Day nicht schaffen, versuchen wir es am D-Day plus eins oder plus zwo wieder.«
»In Ordnung.« McIver holte tief Atem. »Phase 3: Am Morgen des D-Day oder D plus eins oder D plus zwo – drei Tage sind wohl das Maximum, länger können wir nicht warten – geben wir über Funk das Schlüsselwort ›geht‹ durch. Die drei Stützpunkte bestätigen den Empfang, und sofort steigen alle Vögel auf und nehmen Kurs auf Al Schargas. Zwischen den ersten und den letzten Anflügen ist mit einer Zeitspanne von vier Stunden zu rechnen – wenn alles gut geht. Sobald die Vögel irgendwo außerhalb des Irans landen, ersetzen wir die iranischen Kennungen durch britische. Sobald sie in Al Schargas landen, werden die Boeings beladen, alle gehen an Bord und fliegen los.« McIver atmete aus. »Ganz einfach.«
Gavallan ließ sich mit der Antwort Zeit. Im Geist prüfte er den Plan sorgfältig, entdeckte die Lücken – und die ganze Bandbreite der drohenden Gefahren. »Das ist gut, Mac.«
»Ist es nicht, Andy. Es ist überhaupt nicht gut.«
»Ich habe mich gestern lange mit Scrag unterhalten. Er meint, ›Wirbelsturm‹ ist machbar, und er ist dabei. Er hat mir versprochen, über das Wochenende auch den anderen den Puls zu fühlen und mich das Resultat wissen zu lassen, aber er ist sicher, daß er seine Vögel und seine Jungs herausbringen kann.«
McIver nickte und fuhr weiter durch die engen Seitenstraßen, um die Hauptstraßen zu vermeiden, die um diese Zeit wie immer verstopft waren. »Wir sind jetzt nicht mehr weit vom Basar.«
»Scrag hat mir ein Briefchen für dich mitgegeben.«
»Was steht drin, Andy?«
Gavallan griff in seine Aktentasche, holte den Umschlag heraus und setzte seine Brille auf. »Da steht nur: ›Laß dich ausstopfen!‹ Da ist aber auch noch ein ärztlicher Befund, unterzeichnet von Dr. G. Gernin vom Australischen Konsulat in Al Schargas. Cholesterinspiegel normal, lese ich da, Blutdruck 130/85, Zucker normal... alles normal... alles normal. Na wunderbar, ich...«
McIver bremste. Die Straße führte zum Platz vor der Basar-Moschee, aber die Einmündung war mit brüllenden Männern blockiert, von denen viele eine Waffe schwenkten. Es gab keine Möglichkeit abzubiegen oder auszuweichen, und darum verlangsamte McIver das Tempo und blieb stehen. »Es sind wieder die Frauen«, sagte er, als er die wogende Demonstration vor sich sah. Mit unglaublicher Plötzlichkeit staute sich der Verkehr auf beiden Straßensei-

ten, wütend gellten die Hupen. Hier gab es keine Gehsteige, nur die üblichen mit Abwässern gefüllten *joubs* und Schneehaufen, dazu einige wenige Straßenbuden, aber jede Menge Fußgänger.
Sie waren von allen Seiten eingeschlossen. Zuschauer drängten nach und verteilten sich zwischen Privatwagen und Lastautos, darunter viele Kinder und Jugendliche. Ein Junge trat gegen einen Kotflügel, ein anderer folgte seinem Beispiel, und alle liefen lachend davon.
»Verdammte Rotzbengel!« Im Rückspiegel sah McIver, wie sich andere Rangen um sie scharten. Immer mehr Männer schoben sich an den Fenstern vorbei, immer mehr feindselige Blicke trafen sie, und manch einer ließ seine Schußwaffe unbekümmert gegen den Wagen schlagen. Vor ihnen überquerten die Demonstrantinnen, *»Allah-u Akbar«* brüllend, die Kreuzung.
Ein lauter Krach ließ sie zusammenfahren. Ein Stein war gegen den Wagen geknallt und hatte nur knapp das Seitenfenster verfehlt. Gleich darauf begann das Auto zu schwanken, weil neun Straßenjungen es umringt hatten, abwechselnd auf die Stoßstange hüpften und dabei obszöne Gesten machten. Wütend stieß McIver die Tür auf, wobei er zwei der Burschen zu Boden schleuderte, sprang heraus und ging auf die anderen los, die sich sofort zerstreuten. Auch Gavallan stieg aus, nahm sich zwei Jungen vor, die inzwischen hinten versuchten, den Wagen umzuwerfen, und schlug einen zu Boden. Die meisten hatten sich nun zurückgezogen, aber zwei größere Burschen gingen von hinten auf Gavallan los. Er sah sie kommen, schlug dem einen mit der Faust ins Gesicht und schleuderte den anderen gegen einen Laster. Der Fahrer lachte und hämmerte gegen die Tür seines Vehikels. McIver atmete schwer. Auf seiner Seite hatten sich die Burschen ein Stück entfernt und brüllten Schimpfworte herüber.
»Paß auf, Mac!«
McIver duckte sich. Der Stein verfehlte nur knapp seinen Kopf, und die Burschen, zehn oder zwölf an der Zahl, stürmten auf ihn los. Da jeder Fluchtweg abgeschnitten war, hielt McIver seine Stellung neben dem Kühler, und auch Gavallan stand, in höchste Bedrängnis geraten, mit dem Rücken zum Wagen, bereit, sich bis zum Äußersten zu wehren. Einer der Burschen stürzte sich mit einem Holzstück, das er als Knüppel schwang, auf Gavallan, während drei andere von der Seite her angriffen. Gavallan wehrte sie ab, doch der Knüppel traf ihn an der Schulter. Aufstöhnend warf er sich auf den Jungen, schlug ihm ins Gesicht, verlor dabei das Gleichgewicht, rutschte aus und blieb ausgestreckt im Schnee liegen. Die anderen kamen herbeigelaufen, um ihr Opfer zur Strecke zu bringen. Plötzlich aber lag Gavallan nicht mehr von trampelnden Füßen umringt im Schnee. Jemand half ihm auf; ein bewaffneter *hezbollahi* war es, während die Burschen, von der ungesicherten Maschinenpistole eines anderen *hezbollahis* bedroht, an der Mauer kauerten und von einem wütenden Mullah angebrüllt wurden. Fußgänger standen herum und glotzten. Noch schreckensbleich sah Gavallan, daß auch McIver weitgehend unverletzt geblieben war und vor dem Wagen stand. Der Mullah kam auf ihn zu und sprach ihn auf Persisch an.

»Nam zaban-e schoma ra khoob namu danan, Agha – Tut mir leid, ich spreche Ihre Sprache nicht, Exzellenz«, krächzte Gavallan.
Der Mullah, ein alter Mann mit weißem Bart und schwarzem Gewand, drehte sich um und rief den Herumstehenden und den Leuten in den anderen Wagen etwas zu. Widerwillig stieg ein Fahrer aus, begrüßte ehrerbietig den Mullah, hörte ihm zu und wandte sich dann in gutem, ein wenig geschraubtem Englisch an Gavallan: »Der Mullah wünscht Sie wissen zu lassen, daß die Jugendlichen irrten, als sie Sie angriffen und damit das Gesetz gebrochen haben. Agha, Sie aber haben offensichtlich nicht das Gesetz gebrochen und sie auch nicht provoziert.«
Wieder lauschte er kurz dem Mullah und wandte sich dann abermals an Gavallan und McIver: »Er wünscht Sie wissen zu lassen, daß die Islamische Republik auf dem Boden der unwandelbaren Gesetze Allahs steht. Die Jugendlichen haben das Gesetz gebrochen, das allen untersagt, unbewaffnete Fremde anzugreifen, die friedlich ihren Geschäften nachgehen.« Der bärtige, ärmlich gekleidete ältere Mann fuhr fort: »Sie sollen mitansehen, wie das Gesetz eingehalten und der Gerechtigkeit Genüge getan wird. Die Schuldigen werden mit 50 Peitschenhieben bestraft, aber zuerst werden die Burschen Sie und alle Anwesenden um Verzeihung bitten.«
Inmitten des Lärms von der nahen Demonstration wurden die verängstigten Jungen vor McIver und Gavallan geschoben und gezerrt, wo sie auf die Knie fielen und demütig um Verzeihung baten. Dann wurden sie zur Mauer zurückgetrieben und mit Maultierpeitschen, welche die johlende Menge bereitwillig zur Verfügung stellte, gezüchtigt. Der Mullah, die beiden *hezbollahis* und andere, vom Mullah ausgewählte Personen taten dem Gesetz Genüge. Gnadenlos.
»Mein Gott!« murmelte Gavallan erschüttert.
»Das ist der Islam«, versetzte der Dolmetscher in scharfem Ton. »Der Islam hat ein Gesetz für alle, eine Strafe für alle Verbrechen, wobei der Schuldige unverzüglich gerichtet wird. Das Gesetz ist Allahs Gesetz, immerwährend und unantastbar, nicht so wie in Ihren korrupten Ländern, wo man den Gesetzen und der Gerechtigkeit Hohn spricht zum Nutzen von Advokaten, die sich an der Unredlichkeit, der Schändlichkeit und dem Elend anderer mästen...« Die Schmerzensschreie einiger Burschen unterbrachen ihn. »Diese Hundesöhne haben keinen Stolz«, knurrte der Mann verächtlich und ging zu seinem Wagen zurück.
Als die Bestrafung zu Ende war, ermahnte der Mullah nochmals die Burschen, entließ sie und setzte, von den *hezbollahis* begleitet, seinen Weg fort. Die Menge verlief sich und ließ McIver und Gavallan allein neben ihrem Wagen stehen. Ihre Angreifer von soeben waren jetzt mitleidheischende Bündel blutiger Fetzen, die sich stöhnend bemühten, wieder auf die Beine zu kommen. Gavallan trat zu einem, um ihm zu helfen, doch der Junge kroch entsetzt davon. McIver sah älter aus als zuvor.
»Ich kann nicht sagen, daß sie es nicht verdient haben«, meinte Gavallan. »Sie hätten auf uns herumtrampeln und uns ganz schön zurichten können,

wenn der Mullah nicht gekommen wäre«, sagte McIver mit heiserer Stimme. Wie gut, daß Genny nicht dabei gewesen war! Brust und Rücken schmerzten ihn von den erlittenen Schlägen. Sein Blick fiel auf den Mann, der für sie gedolmetscht hatte und immer noch mit seinem Wagen im Stau steckte. Mühsam ging er durch den Schnee zu ihm. »Ich danke Ihnen für Ihre Hilfe, Agha«, rief er durch das geschlossene Seitenfenster, um den Lärm zu übertönen. Es war ein schäbiger alter Wagen, in dem noch vier andere Männer saßen. Der Mann kurbelte das Seitenfenster herunter. »Der Mullah hat nach einem Dolmetscher verlangt. Ich habe *ihm* geholfen, nicht Ihnen«, sagte er und kräuselte verächtlich die Lippen. »Wären Sie nicht in den Iran gekommen, hätte die widerliche Art, wie Sie materielle Werte zur Schau stellen, diese jungen Dummköpfe nicht gereizt.«
»Es tut mir leid, ich wollte nur...«
»Und wenn es da nicht Ihre ebenso widerlichen Filme und Fernsehproduktionen mit den gottlosen Banden und den aufmüpfigen Schülern gegeben hätte, die der teuflische Schah auf Geheiß seiner satanischen Herren importierte, um unsere Jugend zu verderben, würden diese armen Burschen ein anständiges Leben führen. Sie täten gut daran, unser Land zu verlassen, bevor man auch Sie bei Gesetzesübertretungen ertappt.« Er kurbelte das Fenster wieder hinauf und drückte zornig auf die Hupe.

In Locharts Wohnung: 14 Uhr 37. Ihre Fingerknöchel klopften ein kurzes Signal an die Penthouse-Tür. Sie trug einen Schleier und einen verschmutzten Tschador. Eine Folge von Klopfzeichen antwortete ihr. Wieder klopfte sie: viermal kurz, einmal lang. Sofort ging die Tür einen Spalt auf. Teymour hielt ihr eine Pistole vor die Nase, und sie lachte. »Vertraust du denn niemandem mehr, Liebster?« fragte sie auf Arabisch in palästinensischem Dialekt.
»Nein, Sayada, nicht einmal dir«, antwortete er, und erst als er sich überzeugt hatte, daß sie wirklich Sayada Bertolin und allein war, stieß er die Tür weiter auf. Sie nahm Schleier und Schal ab und glitt in seine Umarmung. Er schloß die Tür und versperrte sie wieder. »Nicht einmal dir.« Sie küßten sich gierig.
»Du hast dich verspätet.«
»Ich bin pünktlich. Du bist zu früh gekommen.« Sie lachte, löste sich von ihm und reichte ihm ihre Tasche. »Das ist ungefähr die Hälfte. Den Rest bringe ich morgen.«
»Wo hast du den Rest gelassen?«
»In einem Schließfach im Französischen Club.« Sayada Bertolin legte ihren Tschador ab und war eine andere Frau. Sie trug eine gefütterte Schijacke über einem warmen Rollkragenpullover, einen Rock mit Schottenmuster, dicke Strümpfe und hohe Pelzstiefel. »Wo sind die anderen?« fragte sie.
Er lächelte vielsagend. »Ich habe sie weggeschickt.«
»Ach ja. Liebe am Nachmittag. Wann kommen sie zurück?«
»Am Abend.«
»Ausgezeichnet. Aber zuerst eine Dusche! Ist das Wasser noch heiß?«
»Aber ja. Und die Zentralheizung funktioniert, und eine Heizdecke haben wir

auch. So ein Luxus! Lochart und seine Frau haben verstanden zu leben. Dieses – wie nennt man das? – Appartement ist eines Paschas würdig.«
Ihr Lachen wärmte ihn. »Du hast ja keine Ahnung, was für ein Pischkesch so eine heiße Brause ist, noch viel schöner als ein Bad – vom Rest ganz zu schweigen.« Sie setzte sich auf einen Stuhl, um ihre Stiefel auszuziehen. »Aber es war der alte Wüstling Bakravan, der zu leben verstand – ursprünglich war diese Wohnung für eine seiner Mätressen.«
»Für dich etwa?« fragte er, ohne es bös zu meinen.
»Nein, mein Liebster, er bevorzugte junge, sehr junge. Ich bin niemandes Geliebte, nicht einmal die meines Gatten. Scharazad hat es mir erzählt. Ja, der alte Jared! Bedauerlich, daß er beim Sterben nicht mehr Glück hatte.«
»Er war ein notorischer Wucherer und Anhänger des Schahs, obwohl er auch Khomeini sehr freigebig unterstützt hat. Er hatte gegen Allahs Gesetze verstoßen und...«
»Die Gesetze von Eiferern, mein Lieber. Du und ich, wir verstoßen ja auch gegen alle möglichen Gesetze, nicht wahr?« Sie erhob sich, küßte ihn flüchtig und ging durch den Korridor über die weichen Teppiche in Scharazads und Locharts Schlafzimmer, und weiter in das luxuriöse, mit Spiegeln versehene Badezimmer. Sie drehte die Brause auf und wartete auf heißes Wasser. »Ich habe diese Wohnung immer geliebt.«
Er lehnte am Türpfosten. »Meine Vorgesetzten danken dir, daß du sie darauf aufmerksam gemacht hast. Wie war's bei der Demo?«
»Gräßlich. Was sind diese Iraner doch für Tiere! Sie beschimpfen uns unflätig, bewerfen uns mit Schmutz, entblößen sich vor uns – und all dies nur, weil wir ein wenig Gleichheit fordern, uns kleiden wollen, wie es uns gefällt, schön sein wollen in der kurzen Zeit, in der wir jung sind.« Sie hielt ihre Hand unter den Wasserstrahl. »Dein Khomeini wird nachgeben müssen.«
Er lachte. »Niemals. Und nur einige wenige sind Tiere, Sayada. Der Rest weiß es besser. Wo bleibt denn deine palästinensische Toleranz?«
»Deine Männer hier sehen immer nur das eine, Teymour. Wenn du eine Frau wärst, würdest du das verstehen.« Wieder prüfte sie die Temperatur, und sie spürte, daß das Wasser heiß wurde. »Höchste Zeit, daß ich nach Beirut zurückkomme – hier habe ich mich noch nie sauber gefühlt.«
»Auch ich bin froh, wenn ich wieder zurück kann. Hier ist der Kampf vorbei, aber nicht in Palästina, im Libanon oder in Jordanien, dort braucht man ausgebildete Kämpfer.«
»Ich bin froh, daß du nach Beirut zurückkommst«, sagte sie, und ihre Augen funkelten. »Man hat mir aufgetragen, in zwei Wochen heimzufahren. Das paßt mir ausgezeichnet – bis dahin kann ich hier immer noch mitmarschieren. Die für Donnerstag geplante Demonstration wird die größte sein.«
»Ich verstehe wirklich nicht, warum du dich damit abgibst. Der Iran ist doch nicht dein Problem, und mit allen euren Versammlungen und Aufmärschen werdet ihr nichts erreichen.«
»Du irrst dich. Khomeini ist kein Dummkopf. Ob ich jetzt an Demonstrationen teilnehme oder für die PLO arbeite, meine Motive sind die gleichen: Ich

kämpfe für unsere Heimat, für Gleichheit – Gleichheit für die Frauen Palästinas, ja für die Frauen in aller Welt!« Ihre braunen Augen leuchteten, und er hatte sie nie schöner gesehen. »Die Frauen sind auf dem Vormarsch, mein Liebling, und beim Gott der Kopten und bei Lenin, den du ja im geheimen verehrst, die Herrschaft der Männer geht zu Ende!«
»Ich bin ganz deiner Meinung«, gab er sogleich zurück und lachte.
Auch sie mußte lachen. »Du bist ein Chauvinist, der es eigentlich besser wissen müßte.« Das Wasser hatte jetzt die richtige Temperatur. Sie begann sich auszuziehen. »Laß uns zusammen duschen!«
»Gern. Erzähl mir von den Papieren.«
»Nachher.« Sie entkleidete sich, ohne Scham zu empfinden. Beide waren erregt, aber geduldig, denn sie waren vertraute Liebende – seit drei Jahren im Libanon, in Palästina und hier in Teheran. Er seifte sie ein und sie ihn, und ihr Spiel wurde allmählich intimer, sinnlicher und erotischer, bis sie sich gegenseitig in drängender Hingabe vereinten, um gemeinsam den Höhepunkt zu erreichen. Von der Heizdecke gewärmt, lagen sie später befriedigt im Bett.
»Wie spät ist es?« fragte sie schläfrig und seufzte.
»Zeit für die Liebe.«
Still griff sie hinüber. Unvorbereitet fuhr er auf, zog sich protestierend zurück, ergriff ihre Hand und hielt sie fest.
»Noch nicht, nicht einmal bei dir, mein Liebling!« rief sie und kuschelte sich in seine Arme.
»Fünf Minuten.«
»Nicht einmal in fünf Stunden, Teymour!«
»In einer Stunde...«
»In zwei Stunden«, erwiderte sie lächelnd. »In zwei Stunden wirst du wieder bereit sein, aber so lange kann ich nicht bleiben. Du wirst dich mit einer deiner Soldatenhuren begnügen müssen.« Sie streckte sich wie eine Katze. »O Teymour, du bist ein wunderbarer Liebhaber!« Ein Geräusch drang an ihr Ohr. »Ist das die Dusche?«
»Ja, ich habe sie laufen lassen. Was für ein Luxus, nicht wahr?«
»Ja, ja, aber es ist auch eine Verschwendung.« Sie schlüpfte aus dem Bett, schloß die Badezimmertür hinter sich, stellte sich unter die Brause und summte ein Liedchen, während sie sich das Haar wusch und anschließend mit einem Fön trocknete. Nun wickelte sie sich in ein Badetuch, um ins Schlafzimmer zurückzukehren, wo sie ihren Liebhaber schlafend anzutreffen vermeinte. Aber er schlief nicht. Er lag mit durchschnittener Kehle im Bett. Das Laken, das ihn teilweise bedeckte, war von Blut durchtränkt, und neben ihm auf der Matratze, sauber abgetrennt, lagen seine Genitalien. Zwei Männer standen da und beobachteten Sayada. Beide waren bewaffnet, ihre Revolver mit Schalldämpfern versehen. Durch die offene Schlafzimmertür sah sie einen dritten Mann, der am Gang Wache hielt.
»Wo ist der Rest der Papiere?« fragte einer der Männer und richtete seinen Revolver auf sie. Er sprach Englisch mit einem nicht erkennbaren Akzent.
»Im... im Französischen Club.«

»Wo im Französischen Club?«
»In einem Schließfach.« Zu lange schon arbeitete sie im Untergrund der PLO, um in Panik zu geraten. Ihr Herz schlug langsam, während sie sich bemühte zu entscheiden, was sie tun solle, bevor sie starb. Sie hatte ein Messer in ihrer Handtasche, aber die Tasche lag nun auf dem Bett, der Inhalt verstreut, und das Messer war verschwunden. Sie sah keine Waffe, die ihr hätte helfen können. Es blieb ihr nichts als Zeit – bei Sonnenuntergang würden die anderen zurückkommen. Es war noch lange nicht Abend. »In der Damenabteilung.«
»In welchem Schließfach?«
»Das weiß ich nicht – sie sind nicht numeriert, und es ist üblich, das, was man aufgehoben haben möchte, einer Aufseherin zu übergeben. Man schreibt seinen Namen in ein Buch, sie zeichnet es ab und gibt den Gegenstand zurück, wenn man danach fragt; aber nur der Person, die ihn ihr übergeben hat.«
Der Mann sah seinen Gefährten an, der kurz nickte. Beide hatten dunkles Haar und dunkle Augen, beide trugen einen Schnurrbart. Es konnten Iraner sein, Araber oder Juden, Ägypter, Syrer oder Jemeniten. »Zieh dich an! Wenn du auf dumme Gedanken kommst, fährst du nicht so schmerzlos zur Hölle wie dieser Mann – wir haben ihn vorher nicht geweckt.«
»Ja.« Sayada fing an, sich anzuziehen. Sie versuchte gar nicht, sich zu bedecken. Der Mann an der Tür beobachtete sie aufmerksam: ihre Hände, nicht ihren Körper. Das sind Profis, dachte sie, und Mutlosigkeit überkam sie.
»Von wo hast du die Papiere?«
»Von einem Mann namens Ali. Ich habe ihn nie zuvor...«
»Halt!« Scharf wie ein Rasiermesser durchschnitt das Wort die Stille, obwohl es leise ausgesprochen worden war. »Wenn du uns noch einmal anlügst, schnipple ich dir deine wunderhübsche Brustwarze ab und zwinge dich, sie zu fressen, Sayada Bertolin. Diese eine Lüge, sozusagen ein Versuch, ist dir verziehen. Tu es nie wieder! Sprich weiter!«
Angst strömte durch ihre Adern. »Der Name des Mannes ist Abdullah ben Ali Siba; er ist heute morgen mit mir in das alte Mietshaus bei der Universität gegangen. Er führte mich in eine Wohnung, und dort suchten wir, wie man es mir aufgetragen hatte.«
»Wer hat es dir aufgetragen?«
»Die Stimme. Die Stimme am Telefon. Ich kenne nur die Stimme des Mannes. Von Zeit zu Zeit ruft er mich an und erteilt mir besondere Aufträge.«
»Wie erkennst du ihn?«
»An seiner Stimme natürlich, und dann haben wir auch noch einen Code.« Bis auf die Stiefel war sie fertig angezogen. Der Revolver mit dem Schalldämpfer war immer noch auf sie gerichtet. »Der Code besteht darin, daß er während der ersten paar Worte des Gesprächs irgendwie den Vortag erwähnt.«
»Weiter.«
»Wir suchten unter den Fußbodendielen und fanden dort auch das Material: Briefe, Akten und ein paar Bücher. Ich stopfte alles in meine Tasche und ging in den Französischen Club. Aber weil mir der Henkel riß, ließ ich die Hälfte dort und kam hierher.«

»Wo hast du diesen Dimitri Yazernow getroffen?«
»Ich habe ihn nie getroffen. Mir wurde nur aufgetragen, mit Abdullah in diese Wohnung zu gehen, mich zu vergewissern, daß uns niemand folgt, die Papiere zu suchen und sie Teymour zu übergeben.«
»Warum gerade Teymour?«
»Ich habe nicht gefragt. Ich frage nie.«
»Sehr klug. Was... womit hat sich Teymour beschäftigt?«
»Das weiß ich nicht genau, nur... Er war Iraner und wurde als Iraner von der PLO ausgebildet, mehr weiß ich nicht.«
Sie zwang sich, weder auf das Bett noch auf diesen Mann zu sehen, der so viel wußte. Nach der Art der Fragen konnte es sich um Agenten der SAVAMA, des KGB, der CIA, der MI 6, Israelis, Syriens, Jordaniens, ja sogar um eine Extremistengruppe der PLO handeln, die Arafat nicht als ihren Führer anerkannte. Sie alle würden den Inhalt des Safes des Amerikanischen Botschafters in ihren Besitz bringen wollen.
»Wann kommt dein Liebhaber, der Franzose, zurück?«
»Das weiß ich nicht«, antwortete sie prompt und ließ sich ihre Überraschung anmerken.
»Wo ist er jetzt?«
»Auf seinem Stützpunkt im Zagrosgebirge. Auf Zagros 3.«
»Wo ist Lochart?«
»Auch auf Zagros 3, soviel ich weiß.«
»Wann kommt er in diese Wohnung zurück?«
»Ich glaube nicht, daß er jemals wieder hierher zurückkommt.«
»Und nach Teheran?«
So sehr sie sich dagegen wehrte, ihre Augen verirrten sich Richtung Bett. Ihr Blick fiel auf Teymour. Ihr Magen empörte sich, sie tastete sich nach der Toilette und erbrach sich. Der Mann beobachtete sie teilnahmslos. Er war den Anblick von Körpern gewöhnt, die ähnlich elementar auf Terror reagierten. Dennoch hielt er sie mit seinem Revolver auch weiterhin in Schach.
Sie spülte sich den Mund und bemühte sich, gegen die Übelkeit anzukämpfen. Und sie verwünschte Teymour, weil er so dumm gewesen war, die anderen wegzuschicken. Idiotisch! hätte sie herausschreien mögen, so idiotisch, wenn man von Feinden zur Rechten, zur Linken, ja überall umgeben ist. Als ob es mich schon jemals gestört hätte, in Gegenwart anderer mit einem Mann zu schlafen, solange die Tür zu ist.
Sie lehnte sich an das Waschbecken und betrachtete ihre Feinde.
»Zuerst fahren wir in den Französischen Club«, sagte der Mann. »Dort holst du den Rest des Materials und gibst ihn mir. Klar?«
»Ja.«
»Von nun an wirst du für uns arbeiten. Geheim. Einverstanden?«
»Habe ich eine andere Wahl?«
»Natürlich. Du kannst sterben. Auf eine häßliche Art.« Die Lippen des Mannes wurden noch dünner, und seine Augen glitzerten tückisch. »Und wenn du tot bist, suchen wir ein Kind namens Yassar Bialik.«

Alle Farbe wich aus ihrem Gesicht.
»Gut, gut! Du erinnerst dich also an deinen Sohn, der bei der Familie deines Onkels in der Straße der Blumenhändler in Beirut wohnt?« Der Mann starrte sie an. »Du erinnerst dich?«
»Ja, natürlich«, stammelte sie. Unmöglich, dachte sie, wie können sie das von meinem kleinen Yassar wissen, wo nicht einmal mein Mann...
»Was geschah mit dem Vater des kleinen Jungen?«
»Er... er ist gefallen.«
»Wo?«
»Auf den Golanhöhen.«
»Traurig, wenn man einen jungen Ehemann nach nur wenigen Monaten Ehe verliert«, brummte der Mann. »Wie alt warst du damals?«
»Ich glaube 17.«
»Dein Gedächtnis läßt dich nicht im Stich. Das ist gut, nachdem du dich jetzt entschlossen hast, für uns zu arbeiten. Ihr – du, dein Sohn, dein Onkel und deine Familie – seid nun sicher. Wenn du uns aber nicht gehorchst oder versuchst, uns zu verraten oder dir selbst das Leben zu nehmen, wird der junge Yassar seine Männlichkeit und sein Augenlicht verlieren. Klar?«
Sie nickte hilflos.
»Und wenn wir sterben, werden andere dafür sorgen, daß wir gerächt werden. Sei dessen sicher. Hast du deine Wahl getroffen?«
»Ich werde für euch arbeiten. Aber... für wen, für wen arbeite ich?«
Beide Männer lächelten, ohne belustigt zu sein. »Stell diese Frage nie wieder und versuche auch nicht, es zu erfahren! Wir werden es dir sagen, wenn es einmal nötig sein sollte. Klar?«
Der Mann, der sie mit dem Revolver bedroht hatte, schraubte den Schalldämpfer von der Waffe ab und steckte beides in die Tasche. »Wir wollen sofort informiert werden, sobald der Franzose oder Lochart zurückkommt. Du wirst es dir angelegen sein lassen, in Erfahrung zu bringen, wie viele Hubschrauber sie in Teheran und auf welchen Flugplätzen haben. Klar?«
»Ja. Wie setze ich mich mit euch in Verbindung?«
»Du bekommst eine Telefonnummer. Sie ist nur für dich bestimmt. Klar?«
»Ja.«
»Wo wohnt Armstrong? Robert Armstrong?«
»Das weiß ich nicht.« Warnsignale schossen ihr durch den Kopf. Gerüchten zufolge war Armstrong ein ausgebildeter Killer im Dienst der MI 6.
»Wer ist Talbot?«
»Talbot? Ein Beamter der Britischen Botschaft.«
»Was für ein Beamter? Was ist sein Aufgabenbereich?«
»Das weiß ich nicht. Ein Beamter eben.«
»Schläfst du mit den beiden?«
»Nein. Sie... sie kommen nur manchmal in den Französischen Club. Es... es sind Bekannte.«
»Du wirst Armstrongs Geliebte werden. Klar?«
»Ich... ich werde es versuchen.«

»Du hast zwei Wochen Zeit. Wo ist Locharts Frau?«
»Ich... ich nehme an, im Haus der Familie Bakravan beim Basar.«
»Du wirst dich vergewissern. Und besorge dir einen Schlüssel zur Eingangstür! Jetzt nimm deinen Mantel, wir gehen gleich.«
Mit weichen Knien durchquerte sie das Schlafzimmer Richtung Eingangstür.
»Warte!« Der Mann stopfte alles in ihre Handtasche zurück; unbekümmert wickelte er dann die Genitalien, die auf dem Kissen lagen, in eines ihrer Papiertaschentücher und schob sie ebenfalls in ihre Handtasche. »Um dich an deinen Gehorsam zu erinnern!«
»Bitte nein!« Tränen rollten ihr über die Wangen. »Das... das kann ich nicht!«
Der Mann schob ihr die Tasche in die Hand. »Dann sieh zu, wie du es los wirst!«
Kummervoll torkelte sie ins Badezimmer, warf das Papierpaket in die Toilette, zog die Kette und erbrach sich wieder, diesmal noch heftiger als zuvor.
»Beeil dich!«
Als ihr die Beine wieder gehorchten, stellte sie sich vor ihn hin. »Wenn die anderen... wenn sie zurückkommen und ihn finden... und ich nicht da bin... Sie werden denken, daß ich zu denen gehöre, die das getan haben... und...«
»Selbstverständlich. Hältst du uns für Dummköpfe! Denkst du, wir sind allein? In dem Moment, in dem die vier zurückkommen, sind sie schon tot, und diese Wohnung wird in Flammen stehen.«

In McIvers Wohnung: 16 Uhr 20. »Ich weiß nicht, Mr. Gavallan«, sagte Ross. »Von dem Augenblick an, als ich Azadeh auf dem Hügel zurückließ und zum Stützpunkt lief, bis zu unserer Ankunft hier, erinnere ich mich kaum an etwas.« Er trug eines von Pettikins Uniformhemden, einen schwarzen Pullover, eine schwarze Hose und schwarze Schuhe. Er war frisch geduscht und rasiert, aber noch stand ihm die totale Erschöpfung ins Gesicht geschrieben. »Aber vorher... vorher war alles so, wie ich es Ihnen berichtet habe.«
»Entsetzlich«, sagte Gavallan. »Ihnen gebührt großer Dank. Ohne Sie wären die anderen verloren gewesen. Wie wäre es mit einem Gläschen – es ist ja so verdammt kalt. Wir haben noch etwas Whisky.« Er wandte sich Pettikin zu. »Charlie?«
Pettikin ging zur Anrichte. »Gern, Andy.«
»Für mich nicht, Mr. Gavallan, danke«, sagte Ross.
»Ich möchte schon etwas, auch wenn die Sonne noch nicht untergegangen ist«, erklärte McIver.
Er und Gavallan waren erst vor kurzem gekommen und immer noch arg mitgenommen von ihrem Erlebnis auf dem Weg vom Flughafen in die Stadt. Auch waren sie beunruhigt, weil sie wieder den Türklopfer am Bakravan-Haus betätigt hatten, abermals erfolglos. Als sie dann die Wohnung betraten, war Ross, der auf dem Sofa gedöst hatte, mit seinem *kookri* in der Hand aufgesprungen.

»Entschuldigen Sie«, hatte er gesagt und das Messer wieder in die Scheide gesteckt.
»Schon recht.« Gavallan hatte getan, als habe er seinen Schreck überwunden. »Ich bin Andy Gavallan. Tag, Charlie! Wo ist Azadeh?«
»Sie schläft im Gästezimmer«, hatte Pettikin geantwortet.
»Tut mir leid, daß wir Sie erschreckt haben«, hatte sich Gavallan entschuldigt. »Was hat sich in Täbris abgespielt, Captain?«
Ross hatte ihnen alles erzählt. Bruchstückhaft, weil er, abrupt aus tiefem Schlaf erwacht, nicht gleich zur Realität zurückgefunden hatte. Sein Kopf tat ihm weh, alles tat ihm weh, aber es erleichterte ihn, alles berichten zu können, den Hergang zu rekonstruieren, die Lücken auszufüllen, die Einzelteile zusammenzusetzen. Nur Azadeh stellte eine Ausnahme dar. Wo gehörte sie bloß hin?
Als er heute morgen erwacht und in ein quälendes Bewußtsein zurückgekehrt war, in seinem Kopf ein wirres Durcheinander von Düsenmotoren, Turbinen, Gewehren und Steinen, Explosionen und Kälte, hatte er seine Hände angestarrt, um zu erfahren, was Traum und was Wirklichkeit war. Dann hatte er einen Mann wahrgenommen, der sich über ihn beugte. »Wo ist Azadeh?« war seine erste Frage gewesen.
»Sie schläft im Gästezimmer«, hatte Pettikin ihn beruhigt. »Erinnern Sie sich an mich? Charlie Pettikin – Doschan Tappeh?«
Er suchte in seinem Gedächtnis. Doschan Tappeh? Was war da gewesen in Doschan Tappeh? Er war hingegangen, um irgendwohin mitzufliegen... »Ach ja, Captain. Schön, Sie wiederzusehen! Sie schläft?«
»Wie ein Baby. Aber jetzt bekommen Sie erst mal eine Tasse Tee, dann wollen Sie sich sicher duschen und rasieren... Ich habe auch was zum Anziehen für Sie; Sie haben ungefähr meine Größe. Sind Sie hungrig? Wir haben Eier und etwas Brot...«
»Danke, nein, ich bin nicht hungrig. Sie sind sehr liebenswürdig.«
»Ich bin verdammt froh, Sie zu sehen. Aber so gern ich auch hören möchte, was passiert ist... Na ja, McIver ist zum Flughafen gefahren, um unseren Boß Andrew Gavallan abzuholen. Die beiden werden bald zurück sein. Bis dahin keine Fragen... Sie müssen ja erschöpft sein.«
»Ja, danke... Ich bin immer noch... Ich erinnere mich, daß ich Azadeh auf dem Hügel zurückgelassen habe, und dann an nichts mehr, bis ich soeben aufgewacht bin. Wie lange habe ich geschlafen?«
»Etwa 16 Stunden. Nogger und unsere zwei Mechaniker haben Sie hergebracht, und dann waren Sie und Azadeh einfach weg. Wie Babys haben wir Sie beide schlafen gelegt, Mac und ich. Sie haben wir vorher ausgezogen, ein wenig gewaschen und ins Bett gesteckt.«
»Geht es ihr gut?«
»Ja, ja. Ich habe einige Male nach ihr gesehen, aber sie ist offensichtlich immer noch ganz weg. Was haben Sie... Tut mir leid. Zuerst eine Dusche. Das Wasser ist zwar nicht sehr heiß, aber ich habe den elektrischen Ofen ins Badezimmer gestellt und...«

Nun beobachtete also Ross Pettikin, der McIver und Gavallan ihren Whisky reichte. »Wollen Sie nicht vielleicht doch einen, Captain?«

»Nein, danke.« Ohne sich dessen bewußt zu werden, massierte er sich sein rechtes Handgelenk. Seine Energiereserven waren nahezu erschöpft. Gavallan sah, wie müde der Mann war, und begriff, daß nicht mehr viel Zeit blieb.

»Kommen wir noch einmal auf Erikki zurück. Können Sie sich an sonst nichts erinnern?«

»Ich fürchte, ich habe Ihnen schon alles gesagt. Vielleicht kann Azadeh Ihnen helfen – der Name des Russen war Certaga oder so ähnlich – der Mann, mit dem Erikki an der Grenze arbeiten mußte. Man benutzte Azadeh als Druckmittel. Da gab es auch noch Komplikationen mit ihrem Vater und einer Reise, die sie mit ihm machen sollte. Der andere, der mit Abdullah Khan befreundet ist, heißt Mzytryk, Pjotr Oleg Mzytryk.«

Sein Blick fiel auf die Uhr auf dem Kaminsims. »Ich muß zur Britischen Botschaft. Ist das weit von hier?«

»Wir bringen Sie hin, wenn Sie wollen.« Gavallan wechselte einen Blick mit McIver. »Laß uns gleich gehen, Mac. Vielleicht erwische ich Talbot. Wir werden immer noch Zeit genug haben, um nach Azadeh zu sehen. Und nach Nogger, wenn er da ist.«

»Gute Idee.«

Gavallan erhob sich und zog seinen schweren Mantel an.

»Ich gebe Ihnen einen Mantel und Handschuhe«, sagte Pettikin zu Ross. »Soll ich Azadeh wecken?«

»Nein, danke. Ich... ich möchte nur einen Blick in ihr Zimmer werfen.«

»Die zweite Tür links.«

Sie beobachteten ihn, wie er mit katzenhaften Schritten den Korridor hinunterging, lautlos die Tür öffnete und sie dann wieder schloß. Anschließend nahm er seinen Karabiner und die zwei *kookri*, seines und das von Gueng. Er überlegte kurz und legte eines auf den Kaminsims.

»Wenn ich nicht zurückkomme«, trug er ihnen auf, »sagen Sie ihr, daß das ein Geschenk ist, ein Geschenk für Erikki – und für sie.«

47

Täbris – im Palast des Khans: 17 Uhr 19. Der Kalandar von Abu-Mard lag auf den Knien. Er war vor Schreck wie gelähmt. »Nein, nein, Hoheit, ich schwöre, es war der Mullah Mahmud, der uns befahl...«
»Er ist kein richtiger Mullah, du Hundesohn, das weiß doch jeder! Bei Allah, du wolltest meine Tochter steinigen lassen!« kreischte der Khan. Er rang nach Luft, und auf seinem Gesicht zeigten sich rote Flecken. »*Du* hast beschlossen, *meine* Tochter steinigen zu lassen?«
»Das war er«, wimmerte der Kalandar, »es war der Mullah, der das beschlossen hat, nachdem er sie verhört und sie den Ehebruch mit dem Saboteur zugegeben hatte!«
»Hundesohn! Du hast diesem falschen Mullah Beihilfe geleistet... Lügner! Ahmed hat mir berichtet, was geschehen ist!« Der Khan stützte sich auf seine Kissen. Sein Bett war umringt von Wächtern, Ahmed stand neben dem Kalandar. Najoud, seine älteste Tochter, und Ayscha, seine junge Frau, saßen an der Seitenwand und bemühten sich, ihre Angst vor seiner Wut zu verbergen. Noch in seiner Reisekleidung, von Furcht erfüllt, kniete Hakim, Azadehs Bruder, neben der Tür. Er war eben angekommen und unter Bewachung zum Khan gebracht worden. Wütend wie sein Vater hatte er Ahmeds Bericht über die Vorgänge im Dorf mit angehört.
»Du Hundesohn!« brüllte der Khan noch einmal. »Du hast diesen Hund von Saboteur entkommen lassen, zusammen mit meiner Tochter entkommen lassen! Zuerst gewährst du dem Saboteur Unterschlupf, und dann wagst du es, über ein Mitglied *meiner* Familie zu Gericht zu sitzen! Du hättest sie steinigen lassen – ohne meine, *meine* Billigung!«
»Es war der Mullah...«, rief der Kalandar aus und wiederholte es immer wieder.
»Bringt ihn zum Schweigen!«
Ahmed versetzte ihm einen heftigen Schlag, riß ihn dann wieder hoch und zischte ihn an: »Noch ein Wort, und ich schneide dir die Zunge ab!«
Der Khan rang nach Luft. »Ayscha, gib mir... gib mir eine von diesen Tabletten.« Eilig öffnete sie das Fläschchen und steckte ihm eine Tablette in den Mund. Der Khan schob sie unter seine Zunge, wie ihn der Arzt angewiesen hatte, und einen Augenblick später legte sich der Krampf, das Dröhnen in seinen Ohren ließ nach, und der Raum hörte auf zu schwanken. Seine blutunterlaufenen Augen richteten sich wieder auf den alten Mann, der wimmernd vor ihm auf den Knien lag. »Du Hundesohn! Du hast es gewagt, mich zu mißachten, der ich Herr bin über dich, deinen Fleischer und dein elendes Dorf? Ibrim!« wandte sich der Khan an einen der Wächter, »bring ihn

nach Abu-Mard zurück und steinige ihn, laß ihn von seinen Leuten steinigen, und dann hacke dem Fleischer die Hände ab!«

Ibrim und ein anderer Wächter zerrten den heulenden Greis auf die Füße, öffneten die Tür und blieben stehen, als Hakim sie ansprach: »Und dann brennt das Dorf nieder!«

Der Khan sah ihn an und kniff die Augen zusammen. »Ja, brennt das Dorf nieder«, sagte er. Hakim bemühte sich, seinem Blick standzuhalten. Die Tür schloß sich, und nun herrschte Stille, die nur durch das Keuchen Abdullahs unterbrochen wurde. »Najoud, Ayscha, ihr könnt gehen«, herrschte er die zwei Frauen an.

Najoud zögerte. Nur zu gern hätte sie mitangehört, wie über Hakim das Urteil gesprochen wurde. Sie triumphierte: Azadeh war des Ehebruchs überführt worden und würde, nachdem man sie wieder eingefangen hatte, streng bestraft werden. Gut, gut, gut. Mit Azadeh müssen auch Hakim und der Rotschopf mit dem Messer ihr Leben lassen. »Ich bleibe in Rufweite, Hoheit«, sagte sie.

»Du kannst in deine Gemächer zurückkehren; Ayscha, du wartest am Ende des Ganges.« Die Frauen verließen den Raum. Zufrieden schloß Ahmed die Tür. Es lief alles wie geplant. Schweigend warteten die anderen beiden Wächter.

Mühsam wechselte der Khan seine Lage und winkte sie heran. »Wartet draußen. Du bleibst, Ahmed.« Wieder richtete er seinen Blick auf Hakim. »›Brennt das Dorf nieder‹, hast du gesagt. Eine gute Idee. Aber damit rechtfertigst du weder deinen Verrat noch den deiner Schwester.«

»Nichts rechtfertigt den Verrat an einem Vater, Hoheit, aber weder ich noch Azadeh haben dich verraten oder uns gegen dich verschworen, und...«

»Lügner! Du hast Ahmed gehört. Sie hat es zugegeben, mit dem Saboteur gehurt zu haben. Sie hat es zugegeben.«

»Sie hat zugegeben, ihn geliebt zu haben, Hoheit – vor vielen, vielen Jahren. Sie hat bei Allah geschworen, niemals Ehebruch begangen oder ihren Mann betrogen zu haben. Niemals! Was hätte die Tochter eines Khans sagen sollen vor diesen Hunden und Hundesöhnen und diesen falschen Mullahs? Hat sie nicht versucht, deinen Namen vor dieser gottlosen Meute zu verteidigen?«

»Verdrehst du immer noch deine Worte, trittst du immer noch für die Hure ein, die sie geworden ist?«

Hakims Gesicht war aschfahl. »Azadeh hat sich verliebt, so wie Mutter sich verliebt hat. Wenn Azadeh eine Hure ist, dann hast du mit meiner Mutter Hurerei getrieben!«

Wieder schoß dem Khan das Blut ins Gesicht. »Wie kannst du es wagen, so zu reden!«

»Es ist die Wahrheit. Du hast mit ihr geschlafen, bevor du sie geheiratet hast. Weil sie dich liebte, ließ sie dich heimlich in ihre Kammer ein – womit sie ihr Leben riskierte. Sie riskierte ihr Leben, weil du sie darum batest. Hat nicht *unsere* Mutter ihren Vater dazu überredet, dich als Schwiegersohn zu akzeptieren, und *deinen* Vater dazu bewogen, *dir* zu erlauben, sie zu heiraten, statt

deinem älteren Bruder, der sie als zweite Frau für sich selbst haben wollte?« Hakims Stimme brach, als er sich an ihren Tod erinnerte. Er war sieben, Azadeh sechs Jahre alt gewesen. Sie hatten nicht viel verstanden, nur daß sie wegen etwas, das »Tumor« hieß, schreckliche Schmerzen litt. Vom Kummer gebeugt war ihr Vater Abdullah draußen im Hof gesessen. »Ist sie nicht immer für dich eingetreten, gegen deinen Vater und deinen älteren Bruder, und hat sie nicht, als dein Bruder starb und dir das Erbe zufiel, hat sie da nicht den Bruch mit deinem Vater gekittet?«
»Du kannst doch... du kannst doch diese Dinge nicht wissen, du warst zu jung.«
»Unsere alte Amme Fatima hat es uns erzählt, bevor sie starb – alles, woran sie sich erinnern konnte...«
Der Khan hörte kaum mehr zu. Auch er erinnerte sich an den Jagdunfall seines Bruders, den er so geschickt herbeigeführt hatte. Die alte Amme mochte auch davon gewußt haben, und wenn sie davon wußte, dann wußten es auch Hakim und Azadeh – ein Grund mehr, sie zum Schweigen zu bringen. Er erinnerte sich auch an die schönen Zeiten mit der lieblichen Naphtala vor und nach ihrer Heirat. Sie waren noch kein Jahr Mann und Frau, als Hakim geboren wurde, und ein Jahr später kam Azadeh. Naphtala war 16 gewesen, Ayscha ähnlich, aber tausendmal schöner, ihr langes Haar wie gesponnenes Gold. Noch fünf weitere himmlische Jahre, keine Kinder mehr, aber das hatte ihn nicht gestört – er hatte ja endlich einen kräftigen, gut gewachsenen Sohn. Die drei Söhne von seiner ersten Frau waren allesamt kränklich gewesen und bald gestorben, seine vier Töchter häßlich und zänkisch. War Naphtala nicht erst 22 und gesund und ebenso kräftig und wunderbar wie die zwei Kinder, die sie ihm geboren hatte?
Bis die Schmerzen begannen und das Leiden. Und kein Arzt in Teheran, der ihr helfen konnte.
Inscha'Allah, hatten sie gesagt.
Keine Hilfe außer durch Drogen, immer stärkere Drogen, während sie zunehmend schwächer wurde und dahinsiechte. Allah schenke ihr den Frieden des Paradieses und lasse mich sie dort finden. Er musterte Hakim, der immer noch redete. »Sie hat sich eben verliebt, Hoheit, und wenn sie diesen Mann liebt, kannst du ihr nicht verzeihen? War sie nicht erst 16 und wurde in die Schweiz verbannt, wie ich später nach Khoy?«
»Weil ihr beide hinterhältig, undankbar und treulos wart!« brüllte der Khan, während seine Ohren wieder zu dröhnen begannen. »Hinaus mit dir! Du... du hältst dich von den anderen fern und wirst scharf bewacht, bis ich dich rufen lasse. Ahmed, kümmere dich darum und komm dann zurück.«
Den Tränen nahe, erhob sich Hakim. Er wußte, was geschehen würde, sah aber keinen Ausweg. Er stolperte hinaus. Ahmed gab die entsprechenden Befehle und kehrte zu seinem Gebieter zurück. Der Khan fixierte ihn. »Ich muß über ihn entscheiden, Ahmed. Rasch.«
»Jawohl, Hoheit«, erwiderte sein Ratgeber. Die nächsten Worte wählte er mit Bedacht. »Sie haben zwei Söhne: Hakim und den Kleinen. Sollte Hakim

sterben oder... das Augenlicht verlieren... oder... zum Krüppel werden, dann wird Mahmud, der Gemahl Ihrer Hoheit Najoud, Regent.«

»Dieser Dummkopf? Innerhalb eines Jahres wären unser Besitz und unsere Macht dahin.« Rote Flecken erschienen auf dem Gesicht des Khan, und es fiel ihm immer schwerer, klar zu denken. »Gib mir noch eine Tablette.«

Ahmed gehorchte und gab ihm auch noch etwas Wasser zu trinken. »Sie sind in Allahs Hand und werden genesen. Sorgen Sie sich nicht.«

»Sorgen Sie sich nicht«, wiederholte der Khan spöttisch. Die Brust schmerzte ihn. »Es war Allahs Wille, daß der Mullah rechtzeitig starb... Seltsam. Pjotr Oleg hat sich an unsere Abmachung gehalten... obwohl er... der Mullah ist zu schnell gestorben.«

»Ja, Hoheit.«

Nach einer kleinen Weile ließ der Krampf nach. »Was... was rätst du mir... in bezug auf Hakim?«

Ahmed tat, als dächte er kurz nach. »Ihr Sohn Hakim ist ein guter Moslem. Man könnte ihn schulen. Er hat Ihre Interessen in Khoy gut wahrgenommen und ist nicht geflohen, wie er es vielleicht hätte tun können. Er ist kein gewalttätiger Mann – außer wenn er glaubt, seine Schwester beschützen zu müssen. Und das ist sehr wichtig, denn darin liegt der Schlüssel zu seinem Charakter.« Er trat näher an Abdullah heran und flüsterte: »Setzen Sie ihn zu Ihrem Erben ein.«

»Niemals!«

»Unter der Bedingung, daß er vor Allah schwört, über seinen jüngeren Bruder zu wachen, wie er über seine Schwester wachen würde; vorausgesetzt ferner, daß seine Schwester sogleich aus freiem Willen nach Täbris zurückkehrt. In Wahrheit haben Sie ja gar keine Beweise gegen ihn, Hoheit – nur bloßes Gerede. Betrauen Sie mich damit, die Wahrheit über ihn und sie herauszufinden – und Ihnen im geheimen zu berichten.«

Obwohl ihn die Konzentration seine letzten Kräfte kostete, hörte der Khan aufmerksam zu. »Aha! Der Bruder soll der Köder sein, um die Schwester in die Falle zu locken – so wie sie der Köder war, mit dem wir ihren Gatten in die Falle gelockt haben.«

»So wie sie beide Köder füreinander sind! Ja, Hoheit, natürlich haben Sie schon vor mir daran gedacht! Als Gegenleistung dafür, daß Sie dem Bruder Ihre Gunst schenken, soll sie vor Allah schwören, hier zu bleiben und ihm beizustehen.«

»Das wird sie tun, o ja, das macht sie!«

»Dann sind sie beide in Ihrer Reichweite, und Sie können nach Belieben mit ihnen spielen, schalten und walten – ob sie nun schuldig sind oder nicht.«

»Sie sind schuldig!«

»Wenn sie schuldig sind – und das werde ich bald herausgefunden haben, wenn Sie mich mit einer Untersuchung betrauen –, dann ist es Allahs Wille, daß sie langsam sterben, daß Sie Fazulias Gatten zu Ihrem Nachfolger einsetzen – obwohl der auch nicht viel besser ist als Mahmud. Sind sie unschuldig, soll Hakim sein Erbe behalten, vorausgesetzt, sie bleibt. Und

wenn es Allahs Wille ist, daß sie Witwe wird, würde sie sich sogar dem Gatten vermählen, den Sie dazu bestimmen, Hoheit. Sogar dem Russen, sollte er aus der Falle entkommen, nicht wahr?«
Zum erstenmal an diesem Tag lächelte der Khan. Als Armstrong und Oberst Haschemi Fazir heute morgen gekommen waren, um sich Pjotr Oleg Mzytryks zu bemächtigen, waren sie angeblich um Abdullahs Gesundheit sehr besorgt gewesen, so wie auch er vorgegeben hatte, kränker zu sein, als er sich zu diesem Zeitpunkt fühlte. »Oleg Pjotr kommt heute an«, teilte er ihnen mit schwacher Stimme mit. »Ich bat ihn, hierher zu kommen – wegen meines... weil ich krank bin. Bei Sonnenuntergang sollte er an der Grenze sein. Bei Julfa. Wenn Sie sich gleich auf den Weg machen, haben Sie reichlich Zeit... Er kommt mit einem kleinen sowjetischen Kampfhubschrauber über die Grenze und landet bei einer Abzweigung der Straße Julfa–Täbris; dort erwartet ihn sein Wagen. Sie können die Abzweigung nicht verfehlen, es ist die einzige. Wie Sie ihn schnappen, ist Ihre Sache... und da ich nicht dabei sein kann, werden Sie mir ein Tonband von seiner Vernehmung überlassen, nicht wahr?«
»Jawohl, Hoheit«, erwiderte Haschemi. »Was würden Sie uns raten, wie sollen wir ihn schnappen?«
»Sie sperren die Straße auf beiden Seiten der Abzweigung mit ein paar alten, schwer beladenen Lastern... Brennholz oder Fischkisten. Die Straße ist eng, voller Schlaglöcher und stark befahren. Es sollte nicht schwer sein, den Hinterhalt einzurichten. Aber seien Sie vorsichtig... Er ist ein schlauer Fuchs und ein furchtloser Mann... Er hat eine Giftkapsel im Revers.«
»Auf welcher Seite?«
»Das weiß ich nicht. Er wird gegen Abend landen. Sie können die Abzweigung nicht verfehlen.«
Gedankenverloren starrte der Khan vor sich hin. Wie oft war er mit eben diesem Hubschrauber zur Datscha bei Tiflis geflogen worden! Wie viele schöne Stunden hatte er dort verbracht – vorzügliches und überreichliches Essen, junge und entgegenkommende Frauen, und wenn er Glück hatte, stand ihm auch noch die Wertinskaja, die Hexe, zur Verfügung.
Er sah, wie Ahmed ihn beobachtete. »Ich hoffe, Pjotr entgeht der Falle. Ja, es wäre gut, wenn er sie bekäme.« Müdigkeit überflutete ihn. »Ich werde jetzt schlafen. Schick meine Wächter wieder her. Nachdem ich dann zu Abend gegessen habe, holst du meine mir so treu ergebene Familie, und wir tun, was du vorgeschlagen hast.« Er lächelte zynisch. »Ein weiser Mann hat keine Illusionen.«
»Jawohl, Hoheit.« Ahmed erhob sich, und der Khan beneidete ihn um seine kräftige und geschmeidige Gestalt.
»Warte... da war noch etwas.« Der Khan dachte kurz nach. »Ach ja: Wo ist denn der Rotschopf mit dem Messer?«
»Zusammen mit Cimtarga oben an der Grenze. Cimtarga sagte, es könne diesmal ein paar Tage dauern. Sie sind Dienstag abend aufgebrochen.«
»Dienstag? Und was haben wir heute?«

»Freitag, Hoheit«, antwortete Ahmed und verbarg seine Bestürzung.
»Ach ja, Freitag.« Wieder eine Welle von Müdigkeit. »Versuch herauszufinden, wo er sich aufhält. Wenn etwas passiert... wenn ich wieder einen Anfall bekomme... sorge dafür, daß ich sofort nach Teheran gebracht werde, ins International Hospital! Sofort! Hast du verstanden?«
»Ja, Hoheit.«
Als der Wächter ins Zimmer zurückkam, schloß der Khan die Augen und fühlte, wie er in die Tiefe sank. »Es gibt nur einen einzigen Allah...«, murmelte er furchtsam.

Nahe der Nordgrenze – östlich von Julfa: 18 Uhr 05. Es war kurz vor Sonnenuntergang. Erikkis 212 befand sich unter einem primitiven, hastig zusammengezimmerten Pultdach, auf dem nach dem Sturm von gestern abend schon fast ein halber Meter Schnee lag. Er wußte, daß die Maschine, wenn sie noch länger Temperaturen unter null Grad ausgesetzt war, irreparable Schäden erleiden würde. »Können Sie mir keine Decken oder Stroh oder sonst etwas verschaffen?« hatte er den Scheich gefragt. »Der Heli braucht Wärme.«
»Wir haben nicht einmal genug für uns selbst.«
»Wenn sie vereist, wird sie nicht anspringen«, entgegnete er verärgert. Warum erlaubte ihm der Scheich nicht, nach dem nur 100 Kilometer entfernten Täbris zurückzufliegen? Er machte sich große Sorgen um Azadeh, auch um Ross und Gueng. »Wenn sie vereist, wie sollen wir hier wieder rauskommen?«
Widerwillig befahl der Scheich seinen Leuten endlich, das Pultdach zu errichten, und stellte ihm einige Ziegen- und Schaffelle zur Verfügung. Kurz nach Tagesanbruch wollte Erikki zurückfliegen. Zu seiner großen Bestürzung teilte ihm Bayazid mit, daß er ihn und die 212 nur gegen ein Lösegeld freigeben würde.
»Du wartest, Captain, darfst mit einem netten Wächter durch das Dorf streifen und an deinem Flugzeug herumbasteln«, erklärte Bayazid scharf. »Oder du bist ungeduldig und zornig, dann wirst du gefesselt und angekettet wie ein wildes Tier. Ich will nicht mit dir streiten, auch nicht diskutieren, Captain. Wir verlangen ein Lösegeld von Abdullah Khan.«
»Aber ich sagte doch, daß er mich haßt und auf keinen Fall...«
»Wenn er nein sagt, verlangen wir es eben von anderer Seite. Von deiner Firma in Teheran, von deiner Regierung – vielleicht von deinen sowjetischen Auftraggebern. Bis dahin bist du unser Gast: ißt, was wir essen, schläfst, wie wir schlafen, teilst alles mit uns. Oder gefesselt und angekettet und hungrig. So oder so, du bleibst bei uns, bis ein Lösegeld für dich bezahlt wird.«
»Aber das kann doch Monate dauern und...«
»*Inscha'Allah!*«
Den ganzen gestrigen Tag und die halbe Nacht hatte Erikki sich den Kopf nach einem Ausweg aus dieser Falle zermartert. Sie hatten ihm die Handgranate abgenommen, nicht aber den Dolch. Doch seine Wächter ließen ihn nicht aus den Augen. Ohne Winterausrüstung war es auch nahezu unmöglich, sich

durch den tiefen Schnee ins Tal hinunterzukämpfen. Mit der 212 war Täbris nur dreißig Minuten von hier, aber zu Fuß?
»Heute nacht bekommen wir noch mehr Schnee, Captain.«
Erikki sah sich um. Bayazid stand nur einen Schritt von ihm entfernt, er hatte ihn nicht kommen gehört. »Ja, noch ein paar Tage in dieser Kälte, und mein Vogel, mein Flugzeug, wird nicht mehr fliegen. Die Batterie wird tot sein und die meisten Instrumente kaputt. Ich muß die Triebwerke anlassen, um wenigstens die Batterie zu laden. Wer wird denn Lösegeld für einen Hubschrauber in den Bergen zahlen?«
Bayazid überlegte. »Wie lange müssen die Triebwerke arbeiten?«
»Zehn Minuten am Tag – das ist das absolute Minimum.«
»Das kannst du jeden Tag machen – nach Einbruch der Dunkelheit und nachdem du mich gefragt hast. Wir werden dir helfen, sie herauszuziehen – warum sagst du eigentlich immer nur ›sie‹ und nicht ›es‹ oder ›er‹?«
Erikki runzelte die Stirn. »Das weiß ich nicht. Schiffe sind immer weiblich, und das ist ein Schiff des Himmels.«
»Also gut. Wir werden dir helfen, ›sie‹ ins Freie zu ziehen, aber während ›ihre‹ Triebwerke arbeiten, werden fünf Gewehre in einem Meter Abstand von ihnen postiert werden – damit du nicht in Versuchung kommst.«
Erikki lachte. »Dann werde ich also der Versuchung widerstehen.«
»Gut.« Bayazid lächelte. Trotz seiner schlechten Zähne war er ein gutaussehender Mann.
»Wann werden Sie den Khan benachrichtigen?«
»Ein Bote ist bereits unterwegs. Bei dieser Schneelage braucht man selbst zu Pferd einen Tag, um zur Straße hinunter zu gelangen, aber von dort ist es nicht mehr weit nach Täbris. Wenn der Khan sofort zustimmt, erfahren wir es schon morgen oder vielleicht übermorgen – je nach der Schneelage.«
»Vielleicht auch nie. Wie lange werden Sie warten?«
»Sind alle Menschen aus dem fernen Norden so ungeduldig?«
Erikki reckte das Kinn hoch. »Die alten Götter waren sehr ungeduldig, wenn man sie gegen ihren Willen festhielt – und das haben sie uns vererbt.«
»Wir sind ein armes Volk, und wir führen Krieg. Wir müssen nehmen, was Allah uns gibt. Lösegeld zu erpressen ist ein alter Brauch.« Er lächelte dünn. »Von Saladin haben wir gelernt, unsere Gefangenen ritterlich zu behandeln, ganz im Gegensatz zu vielen Christen. Die Christen sind nicht für ihre Ritterlichkeit bekannt. Wir...« Seine Ohren, aber auch seine Augen waren schärfer als die des Finnen. »Da! Da unten im Tal!«
Jetzt hörte auch Erikki die Triebwerke. Er brauchte ein paar Sekunden, um den tieffliegenden, tarnfarbenen Hubschrauber auszumachen, der sich von Norden her näherte. »Ein Jakowiew. Ein sowjetischer Nahversorgungs-Jagdhubschrauber... Was machen die wohl da?«
»Die fliegen Julfa an. Diese Hundesöhne kommen und gehen, wie es ihnen beliebt.«
»Sind es viele?«
»Nicht viele. Aber schon einer ist zuviel.«

Nahe der Abzweigung bei Julfa: 18 Uhr 15. Die gewundene Waldstraße war von Schnee bedeckt. Man konnte nur wenige Karren- und Lastwagenspuren erkennen und die des alten Chevy, der unter einer Gruppe von Föhren, ein paar Meter neben der Hauptstraße, geparkt war. Durch ihre Ferngläser konnten Armstrong und Haschemi zwei Männer in warmen Mänteln auf den Vordersitzen sehen; sie hatten die Fenster heruntergekurbelt und lauschten angestrengt. »Es bleibt ihm nicht mehr viel Zeit«, brummte Armstrong.

»Vielleicht kommt er gar nicht.« Von einer kleinen Anhöhe unter den Bäumen beobachteten sie seit einer halben Stunde den Landebereich. Die Wagen hatten sie unauffällig auf der Hauptstraße unter und hinter ihnen geparkt, wo auch Haschemis Leute warteten. Es war sehr still, nur ein paar Krähen krächzten heiser.

»Halleluja!« wisperte Armstrong aufgeregt. Ein Mann stieg aus und spähte in nördliche Richtung. Der Fahrer ließ den Motor an. Jetzt hörten sie den einfliegenden Helikopter, sahen ihn über die Anhöhe gleiten, sich ins Tal senken und in einer aufwirbelnden Schneewolke landen. Im Cockpit saß neben dem Piloten eine zweite Gestalt. Der Passagier, ein kleiner Mann, stieg aus und ging auf den Wagen zu. Armstrong stieß einen Fluch aus. »Erkennst du ihn, Robert?«

»Es ist nicht Suslew – Pjotr Oleg Mzytryk. Ich bin ganz sicher.« Armstrong war bitter enttäuscht.

»Gesichtsplastik?«

»Nein, nichts dergleichen. Er war ein stämmiger, vierschrötiger Bursche, so groß wie ich.« Sie sahen, wie er auf den anderen Mann zutrat und ihm etwas übergab.

»War das ein Brief, Robert?«

»Es sah aus wie ein Päckchen, könnte aber auch ein Brief gewesen sein.« Wieder stieß Armstrong einen Fluch aus, während er sich auf ihre Lippen konzentrierte.

»Was reden sie?« Haschemi wußte, daß Armstrong von den Lippen lesen konnte.

»Ich weiß es nicht! Es ist weder Persisch noch Englisch.«

Haschemi fluchte. Der Mann sprach noch ein paar Worte und ging dann zum Helikopter zurück. Sofort hob der Jagdhubschrauber ab und wirbelte davon. Der andere Mann stapfte zu seinem Chevy zurück. »Und was nun?« fragte Haschemi verbittert.

»Zwei Möglichkeiten: Wir fangen den Wagen ab, wie ursprünglich geplant, und stellen fest, was ›es‹ ist – vorausgesetzt, wir können diese Bastarde außer Gefecht setzen, bevor sie ›es‹ vernichten –, womit wir aber verraten würden, daß wir wissen, wo Seine Hochwohlgeboren zu landen pflegten. Oder wir gehen von der Annahme aus, daß es eine Botschaft für den Khan ist, in der Mzytryk ihm einen neuen Termin vorschlägt.« Er hatte seine Enttäuschung überwunden. Es gehört eben auch Glück dazu, dachte er. Das nächste Mal kriegen wir ihn, und dann führt er uns zu unserem Verräter. »Wir brauchen ihnen nicht einmal zu folgen – er wird gleich zum Khan selbst kommen.«

»Warum?«
»Weil der Khan in Aserbeidschan ein lebenswichtiger Angelpunkt ist – für die Sowjets oder gegen sie –, und darum wollen sie aus erster Hand erfahren, wie schlecht es um sein Herz steht. Und wen er zum Regenten bestimmt hat, bis der Kleine großjährig ist. Mit dem Titel sind doch auch die Macht, die Ländereien und der Reichtum verbunden, nicht wahr?«
»Und die Schweizer Nummernkonten. Ein Grund mehr, um gleich zu kommen.«
»Ja, aber vergiß nicht, daß in Tiflis etwas passiert sein könnte, was schuld ist an der Verzögerung. Die Russen haben vom Iran genauso die Nase voll wie wir.« Der Mann kletterte wieder in den Chevy, der Fahrer ließ den Motor an und kehrte zur Hauptstraße zurück. »Gehen wir zu unserem Wagen hinunter.«
Auf der Straße Julfa–Täbris herrschte starker Verkehr, einige Scheinwerfer waren bereits eingeschaltet. Ihre Opfer hätten einem Hinterhalt kaum entgehen können. »Da gibt es auch noch eine andere Möglichkeit, Haschemi. Mzytryk könnte erfahren haben, daß sein Sohn ihn verraten hat, und schickt darum dem Khan eine Warnung. Vergiß nicht, daß wir immer noch nicht wissen, was mit Rákóczy passiert ist, seitdem dein vor kurzem dahingeschiedener Freund, General Janan, ihn laufen ließ.«
»Das hätte der Hund nie von sich aus getan«, sagte Haschemi mit einem verzerrten Lächeln. Noch einmal verspürte er die starke Genugtuung, mit der er auf den Knopf gedrückt und mitangesehen hatte, wie die explodierende Autobombe diesen Feind, zusammen mit seinem Haus, seiner Zukunft und seiner Vergangenheit vernichtete. »So etwas müßte Abrim Pahmudi befehlen.«
»Aber warum?«
Haschemis Blick verschleierte sich. Er musterte Armstrong, konnte aber keine Arglist in seinen Augen entdecken. Du kennst zu viele Geheimnisse, Robert, dachte er. Du weißt von den Tonbändern, von meiner Gruppe 4 und daß ich es war, der Janan zur Hölle geschickt hat – wo ihm der Khan bald Gesellschaft leisten wird und in ein paar Tagen auch Talbot. Und nicht zuletzt du, alter Freund, wann immer es mir paßt. Soll ich dir erzählen, daß Pahmudi den Befehl gegeben hat, Talbot für seine Verbrechen gegen den Iran zu bestrafen? Oder soll ich dir gestehen, daß ich diesem Befehl mit Vergnügen nachkomme? Seit Jahren schon wollte ich Talbot aus dem Weg geräumt sehen, habe es aber nicht gewagt, allein gegen ihn vorzugehen. Jetzt trägt Pahmudi die Verantwortung, möge Allah ihn strafen, und nun wird es bald einen Störfaktor weniger für mich geben. O ja, und nächste Woche ist Pahmudi selbst dran, und du, Robert, wirst der dazu auserwählte Mörder sein, der vermutlich selbst dabei draufgeht. Einen meiner richtigen Killer ist mir Pahmudi nicht wert.
»Pahmudi ist der einzige, der Rákóczys Freilassung angeordnet haben könnte«, sagte er. »Bald werde ich wissen, was ihn dazu bewogen hat, und wo Rákóczy sich befindet. Entweder in der Botschaft der Sowjetunion oder in

einer konspirativen Wohnung der Russen oder in einem ›Vernehmungszimmer‹ der SAVAMA.«
»Oder er hat mittlerweile das Land verlassen.«
»Dann ist er sicher tot. Der KGB duldet keine Verräter.« Haschemi lächelte höhnisch. »Was willst du wetten?«
»So wie du pflege auch ich nicht zu wetten, Haschemi, aber wenn ich es diesmal täte...« Er bot dem Oberst eine Zigarette an; beide taten genüßlich die ersten Züge. Der Rauch mischte sich mit der kalten Luft. »Wenn ich es täte, würde ich darauf wetten, daß Rákóczy das Pischkesch deines Pahmudi an irgendeinen sowjetischen Führer war – um sich abzusichern.«
Haschemi lachte. »Du wirst mit jedem Tag mehr zum Iraner. Ich werde vorsichtig sein müssen.« Sie hatten schon fast den Wagen erreicht, und der Fahrer stieg aus, um den Schlag aufzureißen. »Wir fahren direkt zum Khan, Robert.«
»Und der Chevy?«
»Wir überlassen es einem anderen, ihm zu folgen. Ich möchte als erster beim Khan sein.« Sein Gesicht verdüsterte sich. »Ich möchte sicher sein, daß der Verräter mehr auf unserer als auf ihrer Seite steht.«

48

Luftwaffenbasis Kowiss: 18 Uhr 35. Entgeistert starrte Starke Gavallan an. »Operation ›Wirbelsturm‹ in sieben Tagen?«

»Ich fürchte ja, Duke.« Gavallan öffnete den Reißverschluß seines Parka und hängte seine Mütze auf den Garderobehaken. »Ich wollte es Ihnen selbst mitteilen.« Die zwei Männer standen in Starkes Bungalow, nachdem sie Freddy Ayre draußen postiert hatten, um sicher zu sein, daß sie nicht belauscht wurden. »Ich habe heute früh erfahren, daß man im Zuge der Verstaatlichung alle unsere Vögel mit Startverbot belegen wird. Wir haben noch sechs Tage Zeit, um die Operation ›Wirbelsturm‹ zu planen und vorzubereiten – wenn wir sie durchführen. Das wäre also am kommenden Freitag. Samstag ist schon nicht mehr sicher.«

»Du lieber Himmel!« Zerstreut stapfte Starke zur Anrichte hinüber. Seine Fliegerstiefel hinterließen eine kleine Spur von Schnee und Wassertropfen auf dem Teppich. In der untersten Lade lag seine letzte Flasche Bier. Er öffnete sie, goß die Hälfte in ein Glas und gab es Gavallan. »Prost«, sagte er, trank aus der Flasche und setzte sich auf ein Sofa.

»Prost.«

»Wer ist noch dabei, Andy?«

»Scrag. Von den anderen Jungs unter seinem Kommando weiß ich noch nichts. Mac hat mir eine Aufstellung und einen nach drei Phasen aufgegliederten Plan vorgelegt – voller Lücken, aber im Prinzip machbar. Was halten Sie und Ihre Jungs von der Sache?«

»Wie sieht Macs Plan aus?«

Gavallan erzählte es ihm.

»Sie haben recht, Andy. Der Plan hat jede Menge Lücken.«

»Wenn Sie abhauen müßten, wie würden Sie es von hier aus anfangen? Welche Strecke würden Sie fliegen?«

Starke ging zur Wandkarte hinüber und zeigte auf eine Linie, die Kowiss mit einem Kreuz einige Meilen draußen im Golf verband, das eine Bohranlage markierte. »Das ist der Bohrturm Flotsam. Wir brauchen etwa 20 Minuten bis zur Küste und weitere 10 zur Bohranlage. Ich würde an der Küste nahe dieser Position ein geheimes Treibstofflager einrichten. Ich denke, das ließe sich machen, ohne allzu viel Verdacht zu erregen. Es gibt in dieser Gegend praktisch nur Sand und Dünen, und meilenweit keine menschlichen Behausungen. Wir haben dort oft Picknicks gemacht. Eine ›Notlandung‹, um eine Sicherheitsüberprüfung des Schwimmergestells vorzunehmen, bevor wir aufs Meer hinausfliegen, sollte das Radar nicht allzu nervös machen, obwohl die Burschen täglich schwieriger werden. Wir müßten zwei Fässer Treibstoff je

Heli verstecken, um über den Golf zu kommen, und wir müßten im Flug manuell auftanken.«
Es war schon fast dunkel. Die Fenster gingen zur Rollbahn hinaus und zur dahinterliegenden Luftwaffenbasis. Die 125 war auf dem Vorfeld geparkt, wo sie auf das Tankfahrzeug wartete. Seitdem ihr die Starterlaubnis nach Al Schargas erteilt worden war, standen die *hezbollahis* nervös um sie herum. Das Auftanken wäre nicht wirklich erforderlich gewesen, aber Gavallan hatte John Hogg trotzdem angewiesen, den Tank auffüllen zu lassen, um so mehr Zeit für das Gespräch mit Starke zu haben. Die anderen beiden Passagiere, Arberry und Dibble, die nach ihrer Flucht aus Täbris jetzt auf Urlaub geschickt wurden, durften die Maschine nicht verlassen, nicht einmal, um sich die Beine zu vertreten. Das gleiche galt für die Piloten; ihnen war nur gestattet, den Groundcheck vorzunehmen und das Auftanken zu überwachen.
»Sie würden Kurs auf Kuwait nehmen?« fragte Gavallan.
»Aber sicher. Das beste, was wir tun können, Andy. Wir würden in Kuwait auftanken und uns dann die Küste bis Al Schargas hinunterarbeiten. Wenn es nach mir ginge, ich würde wahrscheinlich noch mehr Treibstoff verstecken – für alle Fälle.« Starke zeigte auf eine winzige Insel vor der saudiarabischen Küste. »Hier wäre es nicht schlecht. Die Insel heißt Jellet, die Kröte, und so sieht sie auch aus. Keine Bewohner, aber ungeheuer fischreich. Als ich noch in Bahrain stationiert war, haben Manuela und ich die Insel ein- oder zweimal besucht. Dort würde ich auch Treibstoff lagern.«
Er nahm seine Fliegerkappe ab, wischte sich den Schweiß von der Stirn und setzte die Kappe wieder auf. Sein Gesicht war müder und zerfurchter als sonst. Auf der Basis herrschte ein heilloses Durcheinander, ständig wurden Flüge gestrichen, wieder angesetzt und abermals annulliert. Esvandiari war widerlicher und gefährlicher denn je, alle Welt nervös und gereizt, seit Wochen keine Post von daheim. Die meisten seiner Leute, er eingeschlossen, mehr als urlaubsreif. Dazu das Problem des in Kürze einfliegenden Personals von Zagros 3 mit ihren Maschinen, und was sie mit Effer Jordons Leiche tun sollten, wenn sie morgen ankam. Das war Starkes erste Frage gewesen, als er Gavallan auf der Treppe der 125 in Empfang genommen hatte.
»Das habe ich schon arrangiert«, hatte Gavallan ihn beruhigt. »Auf Grund einer Genehmigung der Flugsicherung kann die 125 morgen zurückkommen und den Sarg abholen. Ich schicke ihn dann so schnell wie möglich nach England weiter. Eine schreckliche Sache. Sobald ich wieder zurück bin, werde ich seine Frau besuchen und tun, was ich kann.«
»Verdammter Mist! Gott sei Dank, daß Scot wieder auf dem Damm ist.«
»Ja.« Wenn es nun Scots Leiche und Scots Sarg gewesen wäre? dachte Gavallan. Eine Frage, auf die es keine Antwort gab. Wenn es Scot gewesen wäre, könnte ich seinen Tod auch so leicht abhaken? Nein, natürlich nicht. Diesmal kann ich nur Gott danken und ›tun, was ich kann‹. »Seltsam: die Flugsicherung Teheran und das Flughafenkomitee zeigten sich genauso geschockt wie wir; sie waren alle sehr hilfsbereit. Hier habe ich Post für ein paar von den Jungs und einen Brief von Manuela. Es geht ihr gut, Duke. Sie hat

gesagt, Sie bräuchten sich keine Sorgen zu machen. Ihrer Familie geht's gut, den Kindern geht's gut, und sie wollen in Texas bleiben...«
Dann hatte Gavallan die Bombe von den sechs Tagen fallen lassen, und jetzt war Starke wirklich ratlos. »Zusammen mit den Vögeln aus dem Zagrosgebirge werde ich drei 212, eine Alouette, drei 206 und eine Menge Ersatzteile hier haben. Insgesamt neun Piloten einschließlich Tom Lochart und Jean-Luc und zwölf Mechaniker. Das ist wohl zuviel für einen Streich wie ›Wirbelsturm‹, Andy.«
»Ich weiß.« Gavallan sah aus dem Fenster. Das Tankfahrzeug rumpelte an die 125 heran; John Hogg kam die Treppe herunter. »Wie lange dauert das Auftanken?«
»Wenn Johnny ihnen kein Feuer unter dem Hintern macht, eine Dreiviertelstunde – leicht.«
»Das ist nicht viel Zeit, um uns etwas Neues einfallen zu lassen«, meinte Gavallan und warf einen Blick auf die Wandkarte. »Aber die Zeit würde wohl nie ausreichen. Gibt es in der Nähe dieser Position eine Anlage, die noch geschlossen ist?«
»Dutzende. Dutzende, die immer noch so ausschauen, wie die Streikenden sie zurückgelassen haben. Warum fragen Sie?«
»Scrag meinte, eine davon könnte ein idealer Ort sein, um Treibstoff zu lagern und aufzutanken.«
Starke furchte die Stirn. »Nicht in unserem Bereich, Andy. Er hat dort ein paar große Plattformen – unsere sind in der Mehrzahl klitzeklein. Wir haben überhaupt keine, die mehr als einen Heli aufnehmen könnte, und wir würden ganz bestimmt nicht warten wollen, bis wir drankommen. Was ist Scrag da nur eingefallen? Glauben Sie, er wird mit Rudi sprechen?«
»In den nächsten Tagen, sagte er. Aber so lange kann ich nicht warten. Könnten Sie einen Vorwand finden, um nach Bandar-e Delam hinunterzukommen?«
Starke kniff die Augen zusammen. »Sicher. Wir könnten vielleicht zwei von unseren Vögeln hinschicken und Esvandiari erklären, daß wir sie verlegen... Oder noch besser, wir sagen dem Klugscheißer, wir leihen sie auf eine Woche aus. Gelegentlich bekommen wir immer noch Freigaben – wenn uns dieser Hundesohn nicht im Weg ist.«
»Wir können im Iran nicht mehr arbeiten. Das mit dem armen Jordon hätte nie passieren dürfen, und es tut mir verdammt leid, daß ich nicht schon vor Wochen die Räumung angeordnet habe.«
»Es war doch nicht Ihre Schuld, Andy.«
»In gewissem Sinne doch. Jedenfalls müssen wir hier raus. Mit oder ohne Flugzeuge. Wir müssen retten, was zu retten ist – ohne dabei unser Personal zu gefährden.«
»Wie Sie es auch anstellen, es wird verdammt riskant sein«, bemerkte Starke mit sanfter Stimme.
»Ich weiß. Ich möchte, daß Sie Ihre Jungs fragen, ob sie bei der Operation ›Wirbelsturm‹ mitmachen würden.«

»Es ist völlig ausgeschlossen, *alle* unsere Helis hinauszubekommen.«
»Ist mir klar, und darum schlage ich vor, daß wir uns nur auf unsere 212 konzentrieren.« Gavallan sah, daß sich Starke jetzt empfänglicher zeigte. »Mac hat mir zugestimmt. Könnten Sie drei Stück ausfliegen?«
Starke dachte kurz nach. »Maximal zwei. Wir würden zwei Piloten brauchen, dazu, sagen wir, einen Mechaniker pro Heli für Notfälle und ein paar Leute für die Reservefässer oder das Auftanken im Flug – das wäre ein Minimum. Eine heikle Sache, aber mit ein bißchen Glück...« Er spitzte die Lippen. »Vielleicht könnten wir die andere 212 zu Rudi nach Bandar-e Delam schicken? Na sicher, warum nicht? Ich würde dem Klugscheißer sagen, daß wir sie auf zehn Tage verliehen haben. Sie können mir ein Telex schicken, in dem sie uns um diesen Transfer ersuchen. Aber damit hätten wir immer noch drei Piloten hier und...«
Das Stützpunkttelefon rasselte. »Ja, hier spricht Starke. Was gibt es?« Gavallan beobachtete ihn. »Ja, danke«, sagte Starke. »Okay, danke, Sergeant. Wer? Na klar, stellen Sie durch.« Gavallan registrierte die veränderte Stimme. »Guten Abend. Nein, das können wir nicht, jetzt nicht. Nein! Wir haben zu tun.« Er legte auf und stieß einen Fluch aus. »Der Klugscheißer will uns sprechen. Dieses Arschloch! ›Ich wünsche Sie beide sofort in meinem Büro zu sehen!‹« Er spülte seinen Ärger mit einem Schluck Bier hinunter. »Zuerst war Wazari vom Tower dran, der mir meldete, daß der letzte von unseren Vögeln gelandet ist.«
»Wer?«
»Pop Kelly. Er macht die Flotsam-Runde; er muß Ölarbeiter von Bohrturm zu Bohrturm fliegen – die haben einfach nicht genug Leute. Statt Öl zu pumpen sitzen sie in ihren Komitees und halten Gebetsversammlungen ab.« Er schüttelte sich. »Ich sage Ihnen, Andy, diese Komitees sind eine wahre Höllenbrut. Der Abschaum.«
»Ja. Um ein Haar wäre Azadeh gesteinigt worden.«
»Was?«
Gavallan erzählte ihm von dem Dorf und von Azadehs und Ross' Flucht. »Wir wissen immer noch nicht, wo Erikki ist – ich habe mit ihr gesprochen, bevor ich abflog, und sie war... vereist ist das einzige Wort, das mir dazu einfällt. Sie hat den Schock noch nicht überwunden.«
Starke machte ein noch grimmigeres Gesicht. Es kostete ihn Mühe, seine Wut zu dämpfen. »Nehmen wir an, wir kriegen die 212 raus – was machen wir mit den Männern? Da haben wir dann immer noch drei Piloten und vielleicht zehn Mechaniker, die hinaus müssen, bevor das Ding in Szene geht, was machen wir mit ihnen? Und mit den Ersatzteilen? Wir würden drei 206 und die Ersatzteile zurücklassen... Was geschieht mit unseren Haushaltssachen? Mit unseren Wohnungen in Teheran, mit unseren Bankkonten... von uns allen, meine ich... Wenn wir abhauen, ist alles verloren. Alles.«
»Die Gesellschaft wird alle entschädigen. Die meisten Bankkonten sind sowieso auf ein Minimum geschrumpft, weil unsere Leute ja ihr Geld in England haben und nach Bedarf davon abheben. In den letzten Monaten

haben wir alle Gehälter und Zulagen in Aberdeen gutgeschrieben. Für Wohnungseinrichtungen und privates Eigentum zahlen wir eine Entschädigung. Ich glaube, daß wir das meiste Zeug sowieso nicht hinausbekommen – die Häfen sind verstopft, es gibt praktisch keine Spediteure, die Eisenbahnen stehen, Luftverbindungen existieren kaum. Wir werden alle entschädigen.«
Starke nickte und leerte die Flasche. »Selbst wenn wir die 212 hinausbekommen, werden Sie kräftig baden gehen.«
»Nein«, widersprach Gavallan geduldig. »Sie können es sich selbst ausrechnen. Jede 212 kostet eine Million Dollar, jede 206 150 000 und eine Alouette 500 000. Wir haben 12 212 im Iran. Wenn wir die hinausbekommen, wären wir immer noch im Geschäft, und ich könnte die im Iran erlittenen Verluste verkraften. Gerade noch. Das Geschäft blüht, und mit 12 212 können wir weitermachen. Die Ersatzteile wären ein zusätzlicher Bonus – wobei wir uns auf die für die 212 konzentrieren müßten.«
Er bemühte sich, seine Zuversicht zu bewahren, aber es wollte ihm nicht recht gelingen. Es gab so viele Hürden zu nehmen, Berge zu erklimmen, Schluchten zu überqueren. Gewiß, aber vergiß nicht, daß jede noch so lange Reise mit einem einzigen Schritt beginnt. Denk ein wenig chinesisch, ermahnte er sich. Erinnere dich an deine Kindheit in Schanghai und deine alte Amme Ah Soong und wie sie dir den Begriff Joss erklärte: »Joss ist Joss, junger Herr, guter oder schlechter. Manchmal kannst du um guten Joss beten und bekommst ihn auch, manchmal nicht. Aber verlaß dich nicht zu sehr auf die Götter – Götter sind wie Menschen. Sie schlafen, gehen essen, sie betrinken sich, vergessen, was sie zu tun haben, lügen, versprechen und lügen noch einmal. Bete, soviel du magst, aber verlaß dich nicht auf die Götter. Nur auf dich selbst und deine Familie. Und denk immer daran: Die Götter mögen die Menschen nicht, weil sie sie zu sehr an sich selbst erinnern...«
»Natürlich werden wir alle unsere Burschen herausbekommen. Würden Sie bitte mittlerweile zwei Freiwillige ausfindig machen, die die beiden Vögel ausfliegen würden, falls ich den Startknopf für ›Wirbelsturm‹ drücke?«
»Das werde ich sein und entweder Freddy oder Pop Kelly. Ein anderer kann die 212 zu Rudi bringen und bei ihm mitmachen – die haben es ja nicht so weit. Okay?«
»Danke«, sagte Gavallan und hatte ein sehr gutes Gefühl dabei. »Haben Sie mit Tom Lochart von ›Wirbelsturm‹ gesprochen, als er hier war?«
»Na sicher. Er könne da nicht mitmachen, hat er gesagt.«
»Oh.« Das gute Gefühl schwand. »Das wär's dann. Wenn er bleibt, können wir nicht weg.«
»Er wird schon mitmachen, Andy, ob es ihm nun gefällt oder nicht«, beruhigte ihn Starke. »Er muß, mit oder ohne Scharazad. Mit oder ohne, das ist das Bittere. Er kann sich die HBC, Valik und Isfahan nicht einfach abschminken.«
»Da haben Sie wohl recht«, stimmte Gavallan ihm zu. »Aber es ist unfair, meinen Sie nicht auch?«

»Ja. Aber Tom ist in Ordnung. Früher oder später wird er es verstehen. Bei Scharazad bin ich nicht so sicher.«

»McIver und ich wollten mit ihr sprechen. Wir fuhren zu ihr und klopften zehn Minuten lang. Niemand kam zur Tür. Vielleicht wollten sie einfach nicht aufmachen.«

»Das paßt nicht zu Iranern.« Starke zog seine Fliegerjacke aus und hängte sie auf. »Wenn Tom morgen hierher zurückkommt, schicke ich ihn gleich nach Teheran – wenn es noch hell genug ist. Sonst Montag früh.«

»Gute Idee.« Gavallan ging das nächste Problem an. »Genauso wenig weiß ich, was ich mit Erikki tun soll. Ich habe mit Talbot gesprochen – er würde sehen, was er tun könne, sagte er. Dann ging ich in die Finnische Botschaft und sprach dort mit einem Ersten Sekretär namens Tollonen. Er schien mir sehr beunruhigt zu sein – und ebenso hilflos. ›Das ist ein ziemlich wildes Land da oben‹, sagte er, ›und wenn der KGB bei der Geschichte mitmischt...‹«

»Kann denn Azadehs Papi, der Khan, nicht helfen?«

»Da scheint es einen gewaltigen Familienkrach gegeben zu haben. Ich riet ihr, sie solle ihre iranischen Papiere vergessen, an Bord der 125 gehen und in Al Schargas auf Erikki warten, aber davon wollte sie nichts hören. Sie will unbedingt hier auf ihn warten. Ich erinnerte sie daran, daß der Khan sie leicht auch in Teheran schnappen und zurückholen könnte. Ihre Antwort: *›Inscha'Allah!‹*«

»Erikki kommt schon wieder, darauf mache ich jede Wette.« Starke war ganz zuversichtlich. »Seine alten Götter werden ihn beschützen.«

»Ich hoffe es.« Gavallan hatte seinen Parka anbehalten. Trotzdem war ihm immer noch kalt. »Wie wäre es mit einer Tasse Tee, bevor ich gehe?«

»Gern.« Starke ging in die Küche. Ich muß verrückt sein, schalt er sich. Wie zum Teufel sollen wir es anstellen, die Basis zu räumen und mit heiler Haut davonzukommen? Andy hat recht, daß wir hier keine Zukunft mehr haben. Trotzdem: ich muß verrückt sein, mich freiwillig zu melden.

Es klopfte an der Eingangstür, und gleich darauf öffnete sie sich. Mit leiser Stimme meldete Freddy Ayre: »Der Klugscheißer ist mit einem *hezbollahi* auf dem Weg hierher.«

»Komm rein, Freddy, und mach die Tür zu«, forderte Starke ihn auf. Sie warteten schweigend. Ein gebieterisches Klopfen. Er öffnete die Tür und bemerkte als erstes Esvandiaris höhnisches Grinsen. Den jungen *hezbollahi* erkannte er sofort wieder; es war einer von Mullah Hussains Männern und Mitglied des Komitees, das ihn vernommen hatte. *»Salaam«*, grüßte er höflich.

»Salaam, Agha«, sagte der *hezbollahi* mit einem scheuen Lächeln. Er trug eine Brille mit dicken, gesprungenen Gläsern und eine M 16.

Plötzlich hatte Starke eine Eingebung. »Mr. Gavallan«, sagte er, »unseren Klugscheißer kennen Sie ja wohl...«

»Mein Name ist Esvandiari, Mr. Esvandiari«, gab der Mann zornig zurück. »Wie oft muß man Ihnen das noch sagen? Es könnte Ihrem Unternehmen guttun, Gavallan, wenn Sie sich dieses Mannes entledigen würden, bevor wir ihn als unerwünschte Person hinauswerfen!«

Die Grobheit ließ Gavallan erröten. »Augenblick mal, Captain Starke ist der beste Cap...«
»Du bist ein Klugscheißer und du bist auch ein Saukerl«, explodierte Starke und ballte seine Hände zu Fäusten. Er sah plötzlich so gefährlich aus, daß Ayre und Gavallan ihn entsetzt anstarrten, Esvandiari einen Schritt zurückwich und dem jungen *hezbollahi* vor Erstaunen die Kinnlade herunterklappte. »Du warst immer ein Klugscheißer, aber ich würde dich mit Esvandiari anreden, wenn du Captain Ayre nicht so gemein behandelt hättest. Ein schlappschwänziger Hurensohn bist du, der eine ordentliche Tracht Prügel verdient und sie auch bekommen wird!«
»Ich werde dich vor das Kom...«
»Eine feige Sau bist du, ein Kamelkotfresser.« Verächtlich kehrte Starke ihm den Rücken und wandte sich, ohne Pause auf Persisch übergehend, in höflichem Ton an den *hezbollahi*. »Ich habe diesem Hund gesagt«, er deutete mit dem Daumen auf Esvandiari, »daß er ein feiger Kamelkotfresser ist, der *Männer* mit Gewehren braucht, die ihn schützen, während er anderen *Männern* gegen jedes Gesetz befiehlt, unbewaffnete, friedfertige Angehörige meines Stammes zu bedrohen und zu schlagen, und der...«
In heller Wut versuchte Esvandiari, Starke zu unterbrechen, aber der Captain überfuhr ihn einfach: »...der sich mir nicht als Mann entgegenstellt, mit einem Messer, einer Pistole oder mit den Fäusten, wie es der Brauch ist unter den Beduinen und in meiner Familie, um eine Blutrache zu vermeiden.«
»Blutrache? Sie sind verrückt! Im Namen Allahs, was für eine Blutrache? Blutrachen sind gegen das Gesetz...« Schreiend setzte Esvandiari seine Tirade fort, aber der junge *hezbollahi* verschloß vor Esvandiari seine Ohren und hob die Hand: »Bitte, Exzellenz Esvandiari«, und nachdem dieser verstummt war, fragte er Starke: »Sie fordern das Recht der Blutrache gegen diesen Herrn?«
»Jawohl«, antwortete Starke mit fester Stimme. Sein Herz klopfte, denn er wußte, daß er sich auf ein gefährliches Spiel eingelassen hatte. »Jawohl.«
»Wie kann ein Ungläubiger ein solches Recht fordern?« wandte Esvandiari zornig ein. »Wir sind hier nicht in der saudiarabischen Wüste, und unsere Gesetze verbieten...«
»Ich fordere dieses Recht!«
»Wie es Allah gefällt«, sagte der *hezbollahi* und sah Esvandiari an. »Vielleicht ist dieser Herr in Wirklichkeit gar kein Ungläubiger. Er kann fordern, was er mag, Exzellenz.«
»Bist du wahnsinnig? Natürlich ist er ein Ungläubiger, und weißt du denn nicht, daß Blutrachen gegen das Gesetz sind? Du Dummkopf, es ist kein...«
»Du bist kein Mullah«, sagte der Junge, der nun auch zornig geworden war. »Du bist kein Mullah, daß du bestimmen kannst, was Gesetz ist und was nicht. Halt den Mund. Ich bin kein ungebildeter Bauer, ich kann lesen und schreiben und bin Mitglied des Komitees, um hier den Frieden zu bewahren, und du gefährdest diesen Frieden.« Er funkelte Esvandiari böse an. »Ich werde das Komitee und Mullah Hussain fragen«, sagte er zu Starke. »Ich

glaube kaum, daß sie zustimmen werden, aber... Wie es Allah gefällt. Ich stimme Ihnen zu, Gesetz ist Gesetz, und ein Mann braucht keine anderen Männer mit Gewehren, um unbewaffnete Unschuldige zu schlagen – oder auch nur die Bösen zu bestrafen. Dies sollte allein der Kraft Allahs überlassen werden.« Er wandte sich zum Gehen.

»Einen Augenblick, Agha«, sagte Starke und nahm einen Reserveparka von einem Haken neben der noch offenen Tür. »Hier – bitte, nehmen Sie dieses kleine Geschenk an.«

»Das kann ich unmöglich«, wehrte der Junge ab, doch seine Augen waren groß vor Verlangen.

»Aber bitte, Exzellenz, es ist so unbedeutend, kaum der Rede wert.« Esvandiari wollte etwas sagen, unterließ es aber, als der Junge ihm einen Blick zuwarf und seine Aufmerksamkeit dann wieder Starke zuwandte. »Das kann ich unmöglich annehmen – er ist so schön, das kann ich unmöglich annehmen.«

»Bitte«, drängte Starke geduldig und hielt die Jacke schließlich dem Jungen hin, um hineinzuschlüpfen.

»Also wenn Sie darauf bestehen«, murmelte der *hezbollahi* mit scheinbarem Widerstreben. Er gab Ayre seine M 16 zu halten, während er in die Jacke schlüpfte. Die anderen wußten nicht recht, was da vorging, ausgenommen Esvandiari, der insgeheim Rache schwor. »Er ist wunderbar«, sagte der Junge und schloß den Reißverschluß. Zum erstenmal in vielen Monaten war ihm richtig warm. In seinem ganzen Leben hatte er eine solche Jacke noch nicht besessen. »Danke, Agha.« Er sah den Ausdruck auf Esvandiaris Gesicht, und sein Widerwille gegen ihn wuchs – ein Pischkesch anzunehmen war doch wohl sein gutes Recht, oder? »Ich werde das Komitee zu überzeugen versuchen, das Recht, das Sie fordern, zu gewähren, Exzellenz«, sagte er zufrieden und verschwand in der Dunkelheit.

Sofort fuhr Starke Esvandiari an. »Was willst du also, zum Teufel?«

»Viele britische und amerikanische Pilotenscheine und Aufenthaltsgenehmigungen sind abgelaufen und...«

»Kein einziger britischer oder amerikanischer Pilotenschein ist abgelaufen, nur iranische, und die behalten automatisch ihre Gültigkeit, wenn die anderen in Ordnung sind. Natürlich sind sie abgelaufen! Haben eure Büros nicht schon seit Monaten geschlossen? Zieh doch mal den Kopf aus dem Arsch!« Esvandiari lief rot an, aber in dem Augenblick, da er protestieren wollte, kehrte ihm Starke den Rücken zu und wandte sich zum erstenmal direkt an Gavallan. »Es ist offensichtlich unmöglich, hier richtig zu arbeiten, Mr. Gavallan – Sie haben es ja selbst gesehen. Wir werden ständig belästigt, Freddy wurde geschlagen, man setzt sich über uns hinweg – man kann einfach nicht arbeiten mit diesem Scheiß. Ich meine, Sie sollten die Basis auf ein paar Monate schließen. Unverzüglich!« fügte er hinzu.

Plötzlich begriff Gavallan. »Ich bin einverstanden«, sagte er und ging auf das Spiel ein. Starke atmete erleichtert auf, schob sich an ihm vorbei und setzte sich mit gespielter Verdrossenheit auf einen Stuhl. »Ja, ich schließe den

Stützpunkt ab sofort. Wir verlegen alle Helis und das gesamte Personal. Freddy, suchen Sie fünf Männer mit überfälligem Urlaubsanspruch aus und setzen Sie sie unverzüglich mit ihrem Gepäck in die 125, *unverzüglich*, und...«
»Sie können die Basis nicht einfach schließen«, zischte Esvandiari. »Und Sie können auch nicht...«
»Sie ist geschlossen, und damit fertig«, fuhr Gavallan ihm über den Mund und steigerte sich in einen Wutausbruch hinein. »Es sind meine Flugzeuge und mein Personal, und wir werden diese Belästigungen und Prügeleien nicht länger hinnehmen. Freddy, wer sind die Leute mit überfälligem Urlaubsanspruch?«
Ayre begann Namen herzusagen, und Esvandiari bekam einen leichten Schock. Eine Schließung der Basis paßte ihm ganz und gar nicht. Kam Minister Ali Kia nicht Donnerstag auf Besuch und plante er nicht, ihm ein außerordentliches Pischkesch zu überreichen? Wenn Gavallan den Stützpunkt schloß, würde das alle seine Pläne zunichte machen.
»Sie können unsere Helikopter nicht ohne meine Zustimmung von hier wegbringen!« brüllte er. »Sie sind iranisches Eigentum.«
»Sie werden Eigentum des Gemeinschaftsunternehmens sein, sobald sie bezahlt sind«, brüllte Gavallan zurück, beeindruckend in seiner Wut. »Ich werde an höherer Stelle über Sie Klage führen! Sie obstruieren den ausdrücklichen Befehl des Imams, die Produktion schnellstmöglich zu normalisieren. Jawohl, das tun Sie, Sie...«
»Ich verbiete Ihnen, die Basis zu schließen. Ich werde beim Komitee beantragen, Starke wegen Auflehnung ins Gefängnis zu werfen, wenn Sie...«
»Quatsch! Starke, ich befehle Ihnen, den Stützpunkt zu schließen! Sie scheinen zu vergessen, daß wir gute Verbindungen haben, Klugscheißer. Ich werde mich direkt bei Minister Ali Kia beschweren. Er sitzt jetzt in beratender Funktion in unserem Vorstand und wird wissen, wie er mit Ihnen und IranOil fertig wird.«
Esvandiari erblaßte. »Minister Kia... sitzt... im Vorstand?«
»Jawohl!« Den Bruchteil einer Sekunde lang war Gavallan verdutzt. Er hatte einfach den Namen des einzigen Ministers in der jetzigen Regierung genannt, den er kannte, und war von der Wirkung auf Esvandiari überrascht. »Mein guter Freund Ali Kia wird wissen, wie er vorzugehen hat. Sie sind eine Schande für den Iran. Freddy, setzen Sie unverzüglich fünf Mann in die 125! Und Sie, Starke, Sie schicken alle Maschinen, die wir haben, morgen bei Tagesanbruch – bei Tagesanbruch – nach Bandar-e Delam.«
»Ja, Sir!«
»Warten Sie«, sagte Esvandiari, der seine Felle davonschwimmen sah. »Es ist doch nicht nötig, die Basis zu schließen, Mr. Gavallan. Es mag Mißverständnisse gegeben haben, aber daran waren vornehmlich Petrofi und dieser Zataki schuld. Ich war für diese barbarische Züchtigung nicht verantwortlich.« Er zwang sich zu einem vernünftigen Tonfall, hätte aber am liebsten vor Wut gebrüllt. Sie gehörten alle ausgepeitscht und in den Kerker geworfen, wo sie vergeblich um Gnade flehen würden. »Es ist doch nicht nötig, den Stützpunkt

zu schließen, Mr. Gavallan. Der Flugbetrieb kann normal weitergeführt werden.«
»Der Stützpunkt ist geschlossen«, erklärte Gavallan gebieterisch und streifte Starke mit einem ratsuchenden Blick. »So sehr es mir auch persönlich gegen den Strich geht.«
»Ja, Sir, Sie haben recht.« Starke gab sich ehrerbietig. »Natürlich können Sie die Basis schließen. Wir können die Helis umgruppieren oder einmotten. Bandar-e Delam bräuchte dringend eine 212 für... für den Iran-Toda-Vertrag. Vielleicht schicken wir ihnen eine von unsern und schließen die übrigen weg.«
»Die Arbeit normalisiert sich laufend, Mr. Gavallan«, warf Esvandiari schnell ein. »Die Revolution hat gesiegt und ist beendet. Die Komitees... die Komitees werden bald verschwinden. Denken Sie bloß an die neuen Guerney-Verträge, die zu erfüllen sind... dazu bräuchten wir doppelt so viele 212. Und was die abgelaufenen Flugscheine betrifft, *Inscha'Allah*, warten wir eben noch 30 Tage. Kein Grund, die Arbeiten einzustellen. Nichts überstürzen, Mr. Gavallan. Sie haben hier viel investiert und...«
»Ich weiß, wieviel wir investiert haben«, fuhr Gavallan ihn an. Der katzbukkelnde Unterton war ihm zuwider. »Also schön, Captain Starke, ich folge Ihrem Rat und kann nur hoffen, daß Sie recht haben. Setzen Sie zwei Mann in die 125, die Ersatzmänner kommen nächste Woche zurück. Schicken Sie die 212 morgen nach Bandar-e Delam – wie lange bleibt sie ausgeliehen?«
»Acht Tage, Sir. Nächsten Sonntag kommt sie wieder zurück.« Zu Esvandiari sagte er: »Sie kommt zurück, wenn sich die Lage hier gebessert hat.«
»Die 212 gehört uns, ich meine, die 212 gehört zur Ausstattung des Stützpunktes«, verbesserte sich Esvandiari rasch. »Sie muß zurückkommen. Und was das Personal angeht, ist es Vorschrift, daß zuerst die Ersatzleute eintreffen müssen, bevor die Urlaubsmannschaft abfliegt.«
»Dann werden wir die Vorschriften ein wenig beugen, oder ich schließe jetzt gleich den Stützpunkt, Mr. Esvandiari«, sagte Gavallan schroff. »Starke, Sie setzen heute abend zwei Mann in die Maschine, am Donnerstag alle übrigen bis auf das Stammpersonal, und wir schicken die 125 mit allen Ersatzleuten am Freitag zurück – sofern sich die Situation hier normalisiert hat.«
Starke, der einen neuen Wutausbruch Esvandiaris befürchtete, entgegnete rasch: »Am heiligen Tag dürfen wir nicht fliegen, Sir. Die volle Crew sollte Samstag bei Tagesanbruch eintreffen.« Er warf Esvandiari einen Blick zu. »Sind Sie nicht auch dieser Meinung?«
Einen Augenblick lang dachte Esvandiari, er würde explodieren. Seine aufgestaute Wut drohte ihn zu überwältigen. »Wenn Sie... wenn Sie sich entschuldigen – für Ihre Schimpfworte und Ihr schlechtes Benehmen.«
Eine große Stille trat ein. Die Tür stand immer noch offen, es war kalt im Hause, aber Starke fühlte den Schweiß auf seinem Rücken, während er über seine Antwort nachdachte. Sie hatten so viel erreicht – für den Fall, daß die Operation »Wirbelsturm« anlaufen sollte –, aber Esvandiari war kein Dummkopf. Wenn er zu rasch nachgab, würde das den Argwohn des Iraners erregen,

lehnte er jedoch ab, konnte er das Erreichte gefährden. »Es gibt nichts, wofür ich mich entschuldigen müßte, aber ich werde Sie in Zukunft mit Mr. Esvandiari anreden.«
Wortlos machte Esvandiari kehrt und stürmte davon. Starke schloß hinter ihm die Tür. Das Hemd klebte ihm am Rücken.
»Was sollte das, Duke?« fragte Ayre zornig. »Bist du völlig beklopft?«
»Augenblick, Freddy«, beruhigte ihn Gavallan. »Was glauben Sie, Duke, geht der Klugscheißer darauf ein?«
»Ich weiß es nicht.« Starke setzte sich; seine Knie zitterten.
»Wenn er... wenn er sich darauf einläßt... es war eine brillante Idee, Duke, wirklich brillant.«
»Sie haben doch auch wunderbar mitgespielt, Andy.«
»Danke.« Gavallan wischte sich den Schweiß von der Stirn. Gerade wollte er Ayre alles erklären, als das Telefon klingelte.
»Hallo? Hier ist Starke... ja... Andy, es ist der Tower. McIver ist am Funkgerät und will mit Ihnen sprechen. Wazari fragte, ob Sie gleich hinüberkommen oder später zurückrufen wollen. McIver sagt, er hätte eine Nachricht von einem gewissen Avisyard.«
Gavallan eilte zum Kontrollraum hinüber. Nahezu krank vor Sorge drückte er auf den Sendeknopf. Wazari und ein anderer englischsprechender *hezbollahi* beobachteten ihn.
»Ja, Captain McIver?«
»Guten Abend, Mr. Gavallan, ich bin froh, daß ich Sie erwischt habe.« Starke Störgeräusche erschwerten die Verständigung. »Wie verstehen Sie mich?«
»Es geht gerade noch, Captain McIver. Bitte sprechen Sie.«
»Ich habe soeben ein Telex von Liz Chen erhalten. Darin heißt es, und ich zitiere: Bitte übermitteln Sie Mr. Gavallan den Inhalt des folgenden Fernschreibens vom 23., das ich gerade erhalten habe: ›Ihrem Ersuchen wird stattgegeben. (Unterzeichnet) Masson Avisyard.‹ Eine Durchschrift ist nach Al Schargas gegangen. Zitat Ende.«
Einen Augenblick lang traute Gavallan seinen Ohren nicht. »Stattgegeben?«
»Jawohl. Ich wiederhole: ›Ihrem Ersuchen wird stattgegeben.‹ Was soll ich antworten?«
Es fiel Gavallan schwer, ein freudiges Strahlen zu unterdrücken. Masson war der Name seines Freundes in der Luftfahrtbehörde in London, und sein Ersuchen war gewesen, alle im Iran stationierten Hubschrauber vorübergehend im britischen Register einzutragen. »Sie brauchen nur zu bestätigen, Captain McIver.«
»Wir können mit dem Plan weitermachen.«
»Ja, einverstanden. Ich hab' nicht mehr viel Zeit. Gibt es sonst noch etwas?«
»Im Moment nicht, nur Routine. Ich werde Captain Starke heute abend zu gewohnter Stunde informieren. Glückwunsch an Masson und gute Landung.«
»Danke, Mac.« Gavallan betätigte den Schalter und reichte dem jungen Wazari das Mikrophon zurück. Er hatte die Quetschungen und Blutergüsse,

die gebrochene Nase und die fehlenden Zähne bemerkt, sich aber nicht dazu geäußert. Was hätte er auch sagen sollen? »Danke, Sergeant.«
Wazari deutete auf das Vorfeld hinaus, wo die Mannschaft des Tankwagens begonnen hatte, den langen Schlauch aufzurollen. »Sie ist fertig aufgetankt. Beachten Sie bitte, daß die Pistenbefeuerung nicht funktioniert. Sie sollten sobald wie möglich an Bord gehen.«
»Vielen Dank.« Wie auf Wolken schritt Gavallan zur Tür, als plötzlich der Stützpunkt-Funk rasselte. »Hier spricht der Kommandant. Rufen Sie Mr. Gavallan an den Apparat.«
Nervös reichte Wazari Gavallan das Mikrophon. »Es ist Maj... Verzeihung, er ist Oberst geworden... Oberst Changiz.«
»Ja, Herr Oberst. Andrew Gavallan.«
»Es ist Ausländern untersagt, über Funk verschlüsselte Nachrichten zu übermitteln – wer ist Masson Avisyard?«
»Ein Industriedesigner«, antwortete Gavallan. Es war der erste Gedanke, der ihm in den Sinn kam. »Ich wollte gewiß nicht...«
»Was war das für ein Ersuchen, und wer ist Liz Chen?«
»Miss Chen ist meine Sekretärin, Herr Oberst. Mein Ersuchen bezog sich auf...« Auf was? hätte er schreien mögen, aber plötzlich fiel ihm eine Antwort ein: »... auf die Sitzanordnung in unserem neuen Heli, der X 63. Die Hersteller wollten eine andere Sitzanordnung, aber unsere Ingenieure wollten sechs Reihen zu je vier Sitzen. Damit wäre die Sicherheit erhöht und in Notfällen könnte die Maschine schneller geräumt werden. Außerdem würden wir Geld sparen und...«
»Ja, ja, schon recht«, unterbrach ihn der Oberst mürrisch. »Ihre Maschine ist aufgetankt, Sie können sofort starten. Die morgige Landung zwecks Abholung des im Zagrosgebirge Verunglückten wird nicht genehmigt. Echo-Tango-Laura-Laura kann am Montag zwischen 11.00 und 12.00 landen, vorbehaltlich der Bestätigung durch das Oberkommando, die der Radarstation Kisch zugehen wird. Gute Nacht.«
»Aber wir haben doch bereits die formelle Genehmigung aus Teheran, Sir. Mein Pilot hat sie gleich nach unserer Ankunft Ihrem Landemeister übergeben.«
Die Stimme des Oberst verhärtete sich. »Die Landeerlaubnis für Montag wird vorbehaltlich der Bestätigung des Oberkommandos der iranischen Luftwaffe erteilt – des Oberkommandos der iranischen Luftwaffe. Sie befinden sich hier auf einem Stützpunkt der iranischen Luftwaffe und haben sich daher an die Regeln und Vorschriften der iranischen Luftwaffe zu halten. Verstehen Sie?«
»Gewiß, Sir, das verstehe ich«, antwortete Gavallan nach einer kleinen Pause. »Aber wir sind eine zivile...«
»Sie befinden sich im Iran, auf einem Stützpunkt der iranischen Luftwaffe und haben sich daher an die Regeln und Vorschriften der iranischen Luftwaffe zu halten.« Die Verbindung wurde abgeschaltet. Nervös wischte Wazari seinen bereits makellos sauberen Schreibtisch ab.

Sonntag 25. Februar 1979

49

Zagros – Bohrturm Bellissima: 11 Uhr 05. In der bitteren Kälte beobachtete Tom Lochart, wie Jesper Almqvist mit dem großen Zapfen umging, der jetzt an einem Drahtseil über dem unverdeckten Bohrloch hing. Rundherum lagen, schon halb vom Schnee zugedeckt, die nach dem Brandbombenangriff der Terroristen übrig gebliebenen Trümmer des Bohrturms und der Trailer.
»Laß laufen!« rief der junge Schwede, und sofort begann sein Helfer in der kleinen freistehenden Kabine die Winde zu betätigen. Gegen den Wind ankämpfend, führte Almqvist den Zapfen in das stählerne Futterrohr ein. Der Zapfen bestand aus einer Sprengladung über zwei eisernen Schalen mit einem Gummidichtungsring. Lochart konnte sehen, wie müde die beiden Männer waren. Dies war nun die vierzehnte Quelle, die sie in den vergangenen zwei Tagen abgedeckt hatten. Fünf fehlten noch, und bis zur Deadline waren es nur noch sieben Stunden, dabei erforderte jede Quelle zwei bis drei Stunden Arbeit – unter guten Bedingungen.
Auch Lochart war erschöpft. Zu viele Flugstunden waren notwendig gewesen, seit der *hezbollahi* vom Komitee die Deadline festgesetzt hatte, und es hatte zu viele Probleme bei den fieberhaften Bemühungen gegeben, das ganze Feld mit seinen elf Bohrtürmen stillzulegen. Jesper mußte man aus Schiras holen, Crews mußten von früh bis spät nach Schiras geflogen und Ersatzteile nach Kowiss gebracht werden. Es war einfach unmöglich, alles in so kurzer Frist zu schaffen. Und dann waren auch noch Jordon getötet und Scot angeschossen worden.
»So ist's gut, laß es so!« brüllte Almqvist und lief durch den Schnee zur Kabine. Lochart sah, daß er die Tiefe überprüfte und dann einen Knopf drückte. Eine dumpfe Explosion, dann quoll ein Rauchwölkchen aus dem Bohrloch. Sofort kurbelte der Helfer die Reste des Drahtseils hoch, während Jesper zurückging und die Rohrrammen über dem Bohrloch schloß.
Er fuhr sich mit dem Ärmel über das Gesicht. »Schauen wir, daß wir weiterkommen, Tom!« Er stapfte wieder zur Kabine, drehte den elektrischen Hauptschalter ab, stopfte alle Computerausdrucke in eine Aktentasche und versperrte die Tür.
»Was ist mit den Gerätschaften?«
»Bleibt alles da. Die Kabine ist in Ordnung. Gehen wir an Bord! Ich bin total durchgefroren.« Almqvist lief zur 206. »Sobald ich wieder in Schiras bin, gehe ich zu IranOil und hole mir eine Erlaubnis, zurückzukommen und die Kabinen – die und die anderen – mitzunehmen. Elf Kabinen, das ist doch eine verdammt große Investition, zu groß, um sie einfach hier stehenzulassen. Ein Jahr lang sind sie wetterfest. Allerdings – gegen Vandalismus gibt es keinen Schutz.« Er deutete auf die Trümmer. »Ein Wahnsinn.«

»Tja!«
»Einfach dumm! Du hättest die Direktoren der IranOil sehen sollen, als ich ihnen mitteilte, daß man euch den Stuhl vor die Tür gesetzt hat und Mr. Sera dabei ist, das Feld stillzulegen.« Almqvist lachte, und seine blauen Augen tanzten. »Sie quietschten wie abgestochene Schweine und schworen heilige Eide, es gebe keine Befehle eines Komitees, die Produktion einzustellen.«
»Ich verstehe immer noch nicht, warum sie nicht mit dir hergekommen sind, um diese Bastarde da zurückzupfeifen.«
»Ich habe sie eingeladen, mitzukommen, aber sie sagten: ›nächste Woche.‹ Das ist der Iran. Sie werden nie kommen.« Er überblickte die Anlage. »Diese Quelle allein produziert 16 000 Barrel pro Tag.« Er kletterte in die 206 und setzte sich neben Lochart.
»Bohrturm Maria ist der nächste, okay?«
Almqvist überlegte kurz. »Den lassen wir bis zum Schluß. Bohrturm Rosa ist wichtiger.« Er unterdrückte ein Gähnen. »Dort müssen wir zwei Produktionsbohrungen abdecken. Die armen Burschen hatten nicht einmal Zeit, die über 2000 Meter Rohrleitungen auszuräumen, und darum werden wir sie wohl so, wie sie sind, zustopfen müssen. So eine Verschwendung!« Er schnallte sich an und rückte nahe an den Heizkörper. Wieder ein Gähnen. Er schloß die Augen und war fast im selben Moment eingeschlafen.
Beim Bohrturm Rosa erwartete Mimmo Sera die 206. Auch eine 212 stand, die Turbinen im Leerlauf, auf dem Landeplatz. Jean-Luc saß an der Steuerung, während die Männer Gepäck aufluden und an Bord kletterten. *»Buon giorno*, Tom!«
»Tag, Mimmo! Wie geht's denn so?«
»Das sind die letzten meiner Leute, ausgenommen ein Handlanger, der Almqvist helfen muß.« Mimmo Sera konnte vor Erschöpfung kaum die Augen offenhalten. »Wir hatten einfach keine Zeit, die Rohrleitungen von Nummer 3 auszuräumen.«
»Kein Problem. Wir decken sie so ab, wie sie ist.«
»Si.« Ein müdes Lächeln. »Denk bloß an das viele Geld, das du verdienen wirst, wenn du sie mal ausräumst!«
Almqvist lachte. »2100 Meter zu... Vielleicht machen wir dir einen Sonderpreis.«
Der alte Mann antwortete gutmütig mit einer ausdrucksvollen italienischen Geste.
»Ich lasse euch jetzt allein«, sagte Lochart. »Wann soll ich euch holen kommen?«
Almqvist sah auf die Uhr. Es war bald Mittag. »Komm um halb fünf, okay?«
»Punkt halb fünf bin ich da. Die Sonne geht um 6 Uhr 37 unter.« Lochart ging zur 212 hinüber.
Obwohl Jean-Luc sich mit einem dicken Schal gegen die Kälte schützte, gelang es ihm dennoch, schneidig auszusehen. »Ich bringe diesen Haufen direkt nach Schiras – das sind die letzten, bis auf Mimmo und deine Crew.«
»Gut. Wie sieht's unten aus?«

»Chaos, milde ausgedrückt. Ich rieche eine Katastrophe, eine mehr.«
»Du erwartest ständig Katastrophen – ausgenommen, du hast ein Mädchen im Bett. Mach dir keine Sorgen, Jean-Luc!«
»Und ob ich mir Sorgen mache.« Einen Augenblick lang beobachtete Jean-Luc die Ladearbeiten, die schon fast beendet waren: Koffer, Taschen, zwei Hunde, zwei Katzen und eine Gruppe ungeduldig wartender Männer. Dann wandte er sich wieder Tom zu und sagte mit gesenkter Stimme: »Je schneller wir diesem Land den Rücken kehren, desto besser.«
»Aber nein. Zagros ist doch nur ein Einzelfall! Ich hoffe jedenfalls, daß sich hier alles wieder einrenkt.« Vor Locharts geistigem Auge taumelte die HBC himmelwärts. Er hatte hier mit niemandem über die Operation »Wirbelsturm« und seine Unterredung mit Starke gesprochen. »Das überlasse ich dir, Duke«, hatte er gesagt, bevor er abgeflogen war. »Du bringst das besser als ich. Ich bin ja entschieden dagegen.«
»Das ist dein Privileg. Mac hat deinen Montagflug nach Teheran genehmigt.«
»Danke. Hat er schon mit Scharazad gesprochen?«
»Noch nicht.«
Wo zum Teufel steckt sie? fragte er sich nun. »Wir sehen uns auf dem Stützpunkt, Jean-Luc. Guten Flug!«
»Sieh zu, daß Scot und Rodrigues bereit sind, wenn ich komme. Ich muß schnell zurück, wenn ich heute abend noch nach Al Schargas kommen soll.« Die Kabinentür schlug zu. »Und sieh auch zu, daß Scot ohne großes Aufsehen an Bord kommt, kapiert? Ich möchte nicht abgeschossen werden. Ich behaupte nämlich nach wie vor, daß sie es auf Scot abgesehen hatten und auf niemand sonst.«
Lochart nickte traurig und kehrte zu seiner 206 zurück. Er war gestern auf dem Rückweg von Kowiss gewesen, als es passierte. Jean-Luc war gerade aufgestanden und hatte zufällig aus dem Fenster gesehen. »Effer Jordon und Scot luden gemeinsam Ersatzteile in die HTW«, hatte er dann Lochart gleich nach der Ankunft berichtet. »Ich habe die ersten Schüsse nicht gesehen, nur gehört, aber ich sah Jordon wanken und aufschreien – er war in den Kopf getroffen worden. Scot blickte zu den Bäumen hinter dem Hangar hinüber, dann beugte er sich vor und versuchte, Jordon aufzuhelfen. Ich habe genug Menschen gesehen, die erschossen wurden, um zu wissen, daß Jordon tot war, noch bevor er den Boden berührte. Dann folgten noch mehr Schüsse, drei oder vier, aber es war kein Maschinengewehr, eher eine M 16 oder eine Selbstladepistole. Scot bekam eine Kugel in die Schulter; sie wirbelte ihn herum, und er fiel neben Jordon in den Schnee. Gleich darauf wurden noch mehr Schüsse abgefeuert... auf Scot, Tom, dessen bin ich ganz sicher.«
»Wie kannst du so sicher sein?«
»Ich bin sicher, weil Effer sich genau in der Schußlinie befand und alle Kugeln verpaßt bekam. Die Attentäter hatten es nicht auf den Stützpunkt, sie hatten es auf Scot abgesehen. Ich griff mir meine Verey-Pistole, sprang hinaus, sah niemanden, feuerte aber trotzdem in Richtung der Bäume. Als ich Scot erreichte, schlotterte er vor Angst, aber Jordon war übel zugerichtet: Er hatte

vielleicht acht Kugeln abbekommen. Wir brachten Scot zum Arzt – er ist okay, Tom, Schulterwunde, ich war selbst dabei, als er zusammengeflickt wurde. Es war ein glatter Durchschuß, die Wunde ist sauber.«

Lochart war sofort in den Raum im Wohnwagen geeilt, der allgemein Krankenstation genannt wurde. »Er ist okay, Captain«, versicherte ihm Kevin O'Sweeney, der Sanitäter.

»So ist es«, bestätigte Scot mit blassem Gesicht. Er hatte den Schock noch nicht überwunden.

»Lassen Sie mich bitte kurz mit ihm sprechen, Kevin«, ersuchte Lochart. Als sie allein waren, fragte Lochart: »Was ist während meiner Abwesenheit passiert? Hast du mit Nitchak Khan gesprochen? Oder mit sonst jemandem aus dem Dorf?«

»Nein. Mit niemandem.«

»Und du hast niemandem erzählt, was auf dem Dorfplatz vorgefallen ist?«

»Nein, nein, niemandem. Warum, was ist denn los, Tom?«

»Jean-Luc meint, daß man es auf dich abgesehen hatte, nicht auf Jordon und nicht auf die Basis.«

»O Mann! Dann hat es also Effer an meiner Stelle erwischt.«

Lochart erinnerte sich, wie betroffen Scot und wie düster die Stimmung auf dem Stützpunkt gewesen war, während die Männer wie besessen arbeiteten, Ersatzteile in Kisten packten und die Alouette, die 212 und die 206 für den letzten Tag auf Zagros 3 beluden. Der einzige Lichtpunkt war abends das Dinner gewesen: auf dem Rost gebratene Bezoar-Ziegenkeule, von Jean-Luc mit iranischen Kräutern, Reis und Khoresch köstlich zubereitet.

»Schmeckt phantastisch, Jean-Luc«, hatte er den Franzosen gelobt. »Hat der Koch das Fleisch im Dorf gekauft?«

»Nein, wir bekamen es geschenkt. Der junge Darius – das ist der, der Englisch spricht – hat es uns am Freitag gebracht. Ein Geschenk von Nitchaks Frau.«

Mit einemmal schmeckte der Braten in Locharts Mund schal. »Von seiner Frau?«

»*Oui*. Sie hat die Ziege am Morgen geschossen. *Mon Dieu*, ich wußte gar nicht, daß sie zur Jagd geht. Was hast du denn, Tom?«

»Für wen war das Geschenk bestimmt?«

Jean-Luc legte die Stirn in Falten. »Für mich und die Leute vom Stützpunkt. Darius formulierte es so: ›Das ist von der Kalandaran für die Basis und als Dankeschön für die Hilfe, die Frankreich dem Imam, Allah schütze ihn, geleistet hat.‹ Warum fragst du?«

»Nur so«, hatte Lochart ihm geantwortet, Scot aber später beiseite genommen. »Warst du dabei, als Darius die Ziege brachte?«

»Ja. Ich war zufällig im Büro und dankte ihm und...« Die Farbe war aus Scots Gesicht gewichen. »Jetzt fällt es mir ein! Als er sich verabschiedete, sagte Darius: ›Ein Glück, daß die Kalandaran ein so guter Schütze ist, nicht wahr?‹ Ich glaube... ich glaube, ich habe geantwortet: ›Ja, phantastisch.‹ Damit habe ich mich wohl verplappert, stimmt's?«

»Ja – das und mein Versprecher. Damit bin ich wohl auch in eine Falle

gestolpert. Jetzt weiß Nitchak also, daß wir beide als Zeugen gegen das Dorf aussagen könnten.«
Seit dem Vorabend zermarterte sich Lochart nun das Hirn, wie er es anstellen sollte, Scot und sich aus dieser mißlichen Lage herauszupauken. Doch hatte er noch keine Lösung gefunden.
Zerstreut kletterte er in die 206 und hob ab. Er überflog die Kamelschlucht. Die Straße, die zum Dorf führte, war immer noch unter Schneemassen begraben. Auf dem welligen Plateau sah er Ziegen- und Schafherden mit ihren Hirten. Vor ihm lag das Dorf Yazdik. Die Ruine des Schulhauses glich einer schwarzen Narbe in der weißen Landschaft. Ich werde es nicht bedauern, von hier fortzugehen, dachte er. Hier wurde Jordon ermordet. Es wird nie mehr so sein wie früher.
Auf dem Stützpunkt herrschte Chaos. Überall wuselten Männer herum. Die letzten Gruppen jener, die von anderen Bohranlagen kamen, nach Schiras geflogen und von dort außer Landes gebracht werden sollten, und fluchende, erschöpfte Mechaniker, die immer noch Ersatzteile packten und Kisten und Gepäck zum Umschlag nach Kowiss aufstapelten. Noch bevor er das Cockpit verlassen konnte, kam das Auftankfahrzeug heran. Freddy Ayre saß munter auf dem Kühler. Auf Starkes Vorschlag hatte Lochart am Vortag Ayre und noch einen anderen Piloten, Claus Schwartenegger, hergebracht, um Scot zu vertreten. »Ich mache jetzt für dich weiter, Tom«, sagte Ayre. »Geh du was essen!«
»Danke, Freddy. Wie läuft es denn so?«
»Zäh. Claus hat eine weitere Ladung Ersatzteile nach Kowiss geflogen und wird rechtzeitig für die letzte zurück sein. Vor Sonnenuntergang nehme ich die Alouette; sie ist proppenvoll, gelinde gesagt. Welche wirst du denn ausfliegen?«
»Die 212. Ich nehme Jordon mit. Claus kann die 206 nehmen. Fliegst du nach Schiras?«
»Ja. Wir müssen noch zehn Mann hinbringen. Ich dachte schon daran, auf zwei Flügen jedesmal fünf statt vier Passagiere mitzunehmen. Was hältst du davon?«
»Wenn sie nicht zuviel wiegen und kein Gepäck haben – und ich dich nicht dabei erwische. Klar?«
Ayre lachte. In der Kälte traten seine Narben deutlich hervor. »Die wollen alle nur raus, die denken gar nicht an ihr Gepäck. Einer vom Bohrturm Maria sagte, sie hätten in der Nähe Schüsse gehört.«
»Ein Jäger auf der Pirsch, vermutlich.« Das Schreckgespenst der Kalandaran oder anderer Kaschkai, die alle ausgezeichnete Schützen waren, versetzte ihn in Schrecken. Wir sind alle so verdammt wehrlos, dachte er, ließ es sich aber nichts anmerken. »Guten Flug, Freddy!« Er ging zur Küche hinüber.
»Agha«, sagte der Koch nervös, während seine Gehilfen sich um ihn scharten, »wir haben schon seit zwei Monaten keinen Lohn mehr bekommen – wie steht's damit, und was passiert mit uns?«
»Das habe ich dir ja schon gesagt, Ali. Wir bringen euch nach Schiras zurück,

von wo ihr ja kommt. Noch heute mittag. Dort zahlen wir euch aus, und sobald ich kann, schicke ich euch die Abfindung, die wir euch schulden. Ihr bleibt wie üblich über die IranOil mit uns in Kontakt. Wenn es hier wieder losgeht, bekommt ihr auch eure Jobs wieder.«
»Vielen Dank, Agha.« Der Koch war schon ein Jahr bei ihnen. Er war ein magerer Mann mit Magengeschwüren. »Ich möchte nicht länger bei diesen Barbaren bleiben«, wisperte er ängstlich. »Wann fliegen wir heute nachmittag?«
»Noch vor Sonnenuntergang. Um vier fangt ihr an, alles sauberzumachen.«
»Aber, Agha, wozu soll das gut sein? Kaum sind wir weg, werden diese läusebefallenen Leute aus Yazdik kommen und alles stehlen.«
»Ich weiß«, sagte Lochart müde. »Aber ich werde die Tür zusperren, und vielleicht kommen sie nicht.«
»Wie es Allah gefällt, Agha. Aber die werden kommen.«
Lochart beendete sein Mahl und ging ins Büro. Das Gesicht abgespannt, den Arm in der Schlinge, saß dort Scot Gavallan. Die Tür ging auf, und Rod Rodrigues kam herein. »He, Tom, du hast doch nicht vergessen?« erkundigte er sich besorgt. »Ich stehe nicht auf der Passagierliste.«
»Das geht schon in Ordnung. Scot, Rod fliegt in der HJX mit dir und Jean-Luc nach Al Schargas.«
»Das ist schön, aber mir geht's gut, Tom. Ich möchte lieber nach Kowiss. Dr. Nutt...«
»Himmelherrgott, du fliegst nach Al Schargas, und damit basta!« Der Zornausbruch ließ eine leichte Röte in Locharts Gesicht steigen.
»Okay, Tom.« Scot Gavallan verließ den Raum.
Rodrigues brach das Schweigen. »Was sollen wir mit der HJX mitschicken?«
»Woher zum Teufel soll ich das wissen...« Lochart unterbrach sich. »Tut mir leid. Ich bin müde. Entschuldige!«
»Macht doch nichts, Tom. Geht uns doch allen so. Vielleicht schicken wir sie leer los, hm?«
Mit einiger Mühe überwand Lochart seine Erschöpfung. »Nein, schafft das Reservetriebwerk an Bord... und weitere Ersatzteile für die 212, bis die Ladung komplett ist.«
»Mach ich. Vielleicht kann...« Die Tür ging auf, und Scot kam zurück. »Nitchak Khan! Schaut aus dem Fenster!« 20 Männer oder noch mehr kamen den Weg vom Dorf herauf. Alle waren bewaffnet. Andere verteilten sich bereits über das Gelände des Stützpunkts. Nitchak Khan kam auf den Bürotrailer zu. Lochart ging zum hinteren Fenster und riß es auf. »Scot, geh in meine Hütte! Halt dich vom Fenster fern, laß dich von niemandem sehen, und rühr dich nicht weg, bis ich dich holen komme! Beeil dich!«
Unbeholfen kletterte Scot hinaus und eilte davon. Lochart schloß das Fenster hinter ihm. Die Tür ging auf. Lochart erhob sich. »*Salaam*, Kalandar.«
»*Salaam*. In den nahen Wäldern wurden Fremde gesehen. Die Terroristen müssen zurückgekehrt sein. Darum sind wir gekommen, um euch zu beschützen.« Sein Blick war hart. »Wie es Allah gefällt, aber ich würde es bedauern,

wenn es noch mehr Tote gäbe, bevor ihr die Basis verlassen habt. Wir bleiben bis zum Sonnenuntergang.« Er verließ den Trailer.
»Was wollte er denn?« fragte Rodrigues, der kein Persisch verstand.
Lochart erklärte es ihm und sah, wie der Amerikaner zitterte. »Alles in Ordnung«, sagte er und überspielte so seine eigene Angst. Es gab keine Möglichkeit abzuheben oder zu landen, ohne langsam tief den Wald zu überfliegen – fürwahr eine leichte Beute! Terroristen? Faule Fische! Nitchak weiß von Scot und von mir. Daß er überall in der Nähe Scharfschützen postiert hat, darauf wette ich meinen Kopf, und wenn er bis Sonnenuntergang hier bleibt, sehe ich keine Möglichkeit, uns davonzumachen. Er wird ja wissen, in welchem Heli wir sitzen. *Inscha'Allah.* Aber bis dahin muß uns etwas einfallen, wie zum Teufel wir hier rauskommen.
»Nitchak Khan kennt die Gegend«, sagte er leichthin, um Rodrigues nicht in Panik zu stürzen. »Er wird uns beschützen. Ist das Reservetriebwerk schon in der Kiste?«
»Ja, sicher, Tom. Es ist schon in der Kiste.«
»Dann kümmere dich um die Ladung! Wir sehen uns später.«
Lange starrte Lochart die Wand an. Als es aber dann Zeit wurde, zum Bohrturm Rosa zurückzukehren, begab er sich zu Nitchak Khan. »Sie werden überprüfen wollen, daß Bohrturm Rosa ordnungsgemäß stillgelegt wurde, nicht wahr, Kalandar? Es ist ja schließlich Ihr Land.« Nicht eben begeistert willigte der Alte schließlich ein. Mit dem Khan an Bord wußte Lochart, daß er zumindest bis auf weiteres in Sicherheit war.
So weit, so gut. Ich muß sowieso als letzter abfliegen. Und bis wir weit weg von hier sind, Scot und ich, muß ich sehr schlau sein. Zu viel steht jetzt auf dem Spiel. Scot, die Jungs, Scharazad, einfach alles.

Bohrturm Rosa: 17 Uhr 00. Almqvist steuerte den Kleinbus rasch über den föhrengesäumten Weg zur letzten Quelle, die noch abzudecken war. Neben sich hatte er Mimmo Sera, die Hilfskraft und der Assistent saßen hinten. Sie fuhren über ein großes Plateau, die Entfernung zwischen den Quellen betrug über einen halben Kilometer, die Gegend war anmutig und wild romantisch. »Wir sind spät dran«, brummte Mimmo und schaute nach der sinkenden Sonne.
»Wir beeilen uns«, sagte Almqvist, holte sein letztes Stück Schokolade aus der Tasche und teilte es mit Mimmo. »Die Landschaft erinnert mich an Schweden.«
»Ich war noch nie in Schweden. Da ist sie ja endlich!« Die Quelle befand sich auf einer Lichtung, war bereits in Betrieb und produzierte etwa 12 000 Barrel pro Tag. Über der Quelle stand eine riesige Säule aus Rohren und Ventilen, »Weihnachtsbaum« genannt, welche die Verbindung zur Hauptrohrleitung herstellte.
Als Almqvist den Motor abschaltete, trat gespenstische Stille ein, denn hier bedurfte es keiner Pumpen, um das Erdöl an die Oberfläche zu bringen. Es strömte unter Druck aus den Lagern, die sich in 300 Metern Tiefe befanden.

»Wir haben keine Zeit, um sie richtig abzudecken, Mr. Serra – außer Sie wollen länger bleiben, als wir erwünscht sind.«
Der Italiener schüttelte den Kopf und zog sich seine Wollmütze über die Ohren. »Wie lange werden die Ventile halten?«
Almqvist zuckte mit den Achseln. »Wenn man sie unbeaufsichtigt läßt und nicht von Zeit zu Zeit inspiziert? Ich weiß es nicht. Eigentlich unbegrenzt, außer ein Ventil oder ein Verschluß ist fehlerhaft.« Er winkte seine zwei Helfer heran. »Wir machen sie einfach zu, ohne sie abzudecken.« Der Schnee knirschte unter ihren Füßen. Der Wind raschelte in den Wipfeln, und dann hörten sie das Triebwerk des Helikopters, der vom Stützpunkt zurückkam. »Also los!«
Ärgerlich zündete sich Mimmo eine Zigarette an, lehnte sich an den Kühler und sah zu, wie die drei Männer emsig arbeiteten. Bis dann die Kugel vom »Weihnachtsbaum« abprallte und der krachende Laut im Wald sein Echo fand. Die Männer erstarrten. Und warteten. Nichts.
»Hat einer gesehen, von wo der Schuß kam?« fragte Almqvist. Keine Antwort. Wieder warteten sie. Nichts. »Laßt uns die Arbeit zu Ende führen«, sagte er und legte sein ganzes Gewicht auf den großen Schraubenschlüssel, um ein hartnäckiges Ventil zu lockern. Die anderen kamen dazu, um ihm zu helfen. Im gleichen Augenblick krachte es wieder. Die Kugel durchschlug diesmal die Windschutzscheibe des Kleinbusses, riß ein Loch in die Seitenwand und zertrümmerte einen Computerbildschirm und einige elektrische Geräte, bevor sie auf der anderen Seite wieder austrat. Stille.
Keine Bewegung. Nur der Wind, der den von den Bäumen fallenden Schnee zerstäubte. »Wir schließen nur die Quellen, um sie abzusichern, Herrschaften«, brüllte Mimmo Sera auf Persisch. »Wir schließen sie nur und fahren gleich wieder zurück.« Sie warteten. Keine Antwort. Und noch einmal: »Wir sichern sie nur ab. Für den Iran, nicht für uns! Für den Iran und den Imam – es ist euer Öl, nicht unseres.« Wieder warteten sie und hörten nur die Geräusche des Waldes. Knackende Zweige. Irgendwo weit weg der Schrei eines Vogels.
»Mamma mia«, brummte Mimmo mit heiserer Stimme, machte ein paar Schritte und hob den Schraubenschlüssel auf. Da pfiff die nächste Kugel so nahe an seinem Gesicht vorbei, daß er den Luftzug spürte. Es war ein gewaltiger Schock; der Schraubenschlüssel glitt ihm aus den Händen. »Alle in den Bus! Wir fahren!«
Er trat ein paar Schritte zurück und schob sich auf den Vordersitz. Die anderen folgten ihm bis auf Almqvist. Der Schwede hob den Schraubenschlüssel auf, doch als er sah, welchen Schaden die verirrte Kugel an seinen Apparaten angerichtet hatte, verhärteten sich seine Züge, seine Wut explodierte und er schleuderte den Schraubenschlüssel ohnmächtig und fluchend in den Wald. Mit gespreizten Beinen stand er sekundenlang da. Er wußte, daß er ein leichtes Ziel abgab, aber im Augenblick kümmerte ihn das nicht. *»Förbannades schitdjävlar!«*
»Steigen Sie ein!« rief Mimmo ihm zu.
»Förbannades schitdjävlar – verfluchte Scheißteufel«, knurrte Almqvist. Die

schwedischen Schimpfworte bereiteten ihm Erleichterung. Er schob sich auf den Fahrersitz. Der Kleinbus kehrte auf demselben Weg zurück, auf dem er gekommen war. Erst als er nicht mehr zu sehen war, schlugen Dutzende von Kugeln in den »Weihnachtsbaum« ein und zerfetzten oder zerbeulten die Metallteile. Dann herrschte Stille. Bis ein Mann laut auflachte und in den Ruf *»Allah-u Akbar«* ausbrach.

Zagros 3: 18 Uhr 38. Die Sonne berührte den Horizont. Die letzten Ersatzteile und Gepäckstücke wurden gerade verladen. Alle vier Hubschrauber – die beiden 212, die 206 und die Alouette – waren startklar, die Piloten bereit. In gereizter Stimmung stapfte Jean-Luc auf und ab. Der Aufbruch war von Nitchak Khan aufgeschoben worden, der eigenmächtig verfügt hatte, daß alle Maschinen gleichzeitig abheben müßten. Und weil Nachtflüge im iranischen Luftraum verboten waren, konnte Jean-Luc heute statt Al Schargas nur Schiras erreichen und dort übernachten.
»Erklär es ihm noch einmal, Tom!« drängte Jean-Luc zornig.
»Er hat zu dir nein gesagt und zu mir nein gesagt, also bleibt es bei nein. Außerdem ist es sowieso schon zu spät. Seid ihr soweit, Freddy?«
»Natürlich«, gab Ayre ärgerlich zurück. »Schon seit einer Stunde.«
Mit grimmigem Gesicht ging Tom zu Nitchak Khan, der den zornigen Wortwechsel gehört und mit heimlichem Vergnügen das Unbehagen der Fremden beobachtet hatte. Neben dem Kalandar standen der Mann, von dem Lochart annahm, er sei ein Mitglied des Komitees, und ein paar Dorfbewohner. Der Rest hatte sich im Lauf des Nachmittags zurückgezogen. In den Wald, vermutete Lochart; sein Mund war trocken. »Wir sind fast fertig, Kalandar.«
»Wie es Allah gefällt.«
»Freddy«, rief Lochart. »Jetzt die letzte Ladung!« Er nahm seine Schirmmütze ab, und die anderen folgten seinem Beispiel. Ayre, Rodrigues und zwei Mechaniker trugen den grob gezimmerten Sarg aus dem Hangar durch den Schnee und schoben ihn behutsam in Jean-Lucs 212. Nachdem das geschehen war, trat Lochart zur Seite. »Abflug nach Schiras!« Er verabschiedete sich von Mimmo, Almqvist, der Hilfskraft und dem Assistenten des Schweden, die nun an Bord gingen und es sich zwischen Gepäckstücken, Ersatzteilen und dem Sarg so bequem wie möglich machten. Jean-Luc kletterte ins Cockpit, Rodrigues setzte sich neben ihn, und Lochart wandte sich an die anderen: »Alles einsteigen!«
Von Nitchak Khan und dem angeblichen Komiteemitglied aufmerksam beobachtet, gingen sie an Bord. Ayre flog die Alouette, Claus Schwartenegger die 206. Die 212 war über das Maximum hinaus beladen. »Bis wir nach Kowiss kommen, werden wir eine Menge Treibstoff verbraucht haben und das zulässige Höchstgewicht nicht mehr überschreiten – zudem geht es ja sowieso die ganze Zeit abwärts«, hatte er den Piloten bei ihrer letzten Besprechung erklärt.
Jetzt stand er allein auf dem schneebedeckten Stützpunkt Zagros 3. Alle waren angeschnallt, die Türen geschlossen. »Turbinen anlassen!« befahl er, und die

Spannung nahm noch mehr zu. Er hatte Nitchak Khan davon informiert, daß er als Startchef fungieren würde.
Nitchak Khan und sein Begleiter traten zu Lochart. »Wo ist denn der junge Pilot? Der, der verwundet wurde?«
»Wer? Oh, Scot? Wenn er nicht hier ist, ist er in Schiras, Kalandar«, antwortete Lochart und sah, wie dem Alten Zornesröte ins Gesicht stieg und dem vermeintlichen Komiteemitglied die Kinnlade herunterfiel. »Warum fragen Sie?«
»Das ist unmöglich«, stieß der *hezbollahi* hervor.
»Ich habe ihn nicht an Bord gehen sehen. Also ist er wohl mit einem früheren Flug...« Lochart mußte seine Stimme heben, um das Aufheulen der Turbinen zu übertönen, »...gestartet, während wir die Bohranlagen Rosa und Maria inspizierten, Kalandar. Warum fragen Sie?«
»Das ist unmöglich«, wiederholte das vermeintliche Komiteemitglied verängstigt, als der alte Mann ihn fragend ansah. »Ich habe genau aufgepaßt.«
Lochart ging gebückt unter den rotierenden Drehflügeln hindurch zum Cockpitfenster von Jean-Lucs 212, holte einen dicken weißen Umschlag heraus und reichte ihn dem Piloten. »Hier, Jean-Luc, *bonne chance!* Du kannst abheben.« Einen Augenblick lang sah er den Schimmer eines Lächelns, bevor er sich in Sicherheit brachte. Jean-Luc schaltete auf maximale Leistung für einen schnellen Start, die Maschine hob ab und trudelte davon. Der von den Rotorblättern erzeugte Luftstrudel zerrte an den Kleidern Locharts und der Dorfbewohner, und das Heulen der Turbinen übertönte Nitchak Khans lautes Rufen.
Gleichzeitig – so war es abgesprochen – ließen Ayre und Schwartenegger ihre Motoren aufheulen, und alle drei Hubschrauber entfernten sich vorsichtig voneinander, bevor sie langsam und schwerfällig an Höhe gewannen. Lochart stand noch da und beobachtete die Maschinen, als der Begleiter Nitchak Khans ihn wütend am Ärmel packte und herumriß. »Sie haben gelogen«, schrie er ihn wütend an. »Sie haben den Kalandar belogen. Der junge Pilot ist nicht schon früher abgeflogen! Ich hätte ihn gesehen, ich habe genau aufgepaßt – sagen Sie dem Kalandar, daß Sie gelogen haben!«
Grob machte Lochart seinen Arm frei. Er wußte, daß jede Sekunde ein paar Meter mehr Höhe, ein paar Meter mehr Sicherheit bedeutete. »Warum sollte ich lügen? Wenn der junge Pilot nicht in Schiras ist, dann müßte er ja noch hier sein. Durchsuchen Sie das Lager, durchsuchen Sie mein Flugzeug, kommen Sie, durchsuchen Sie mein Flugzeug!« Er stapfte zu seiner 212 hinüber und blieb vor der offenen Tür stehen, während er aus den Augenwinkeln heraus feststellte, daß Jean-Lucs Hubschrauber bereits über den Baumwipfeln schwebte. Die 206 war noch am Steigen, Ayres Maschine dagegen so überladen, daß er es kaum schaffte, Höhe zu gewinnen. »Also bitte«, sagte Lochart und bemühte sich angestrengt, die Aufmerksamkeit des Mannes von den sich entfernenden Helis fort und auf sich zu lenken. »Wie sollte sich einer hier verstecken? Unmöglich. Vielleicht im Büro oder in einem der Wohnwagen?«

Der junge Mann riß das Gewehr von seiner Schulter und richtete es auf ihn. »Sagen Sie dem Kalandar, daß Sie gelogen haben, oder Sie sterben!«

Zornig entriß Nitchak Khan dem jungen Mann das Gewehr und warf es in den Schnee. »In den Zagros-Bergen bin *ich* das Gesetz, nicht du! Geh ins Dorf zurück!« Angsterfüllt gehorchte der so Gemaßregelte.

Die restlichen Dorfbewohner warteten und beobachteten Nitchak Khan. Sein Gesicht war ernst, und seine kleinen Augen wanderten von einem Helikopter zum anderen. Sie waren noch nicht außer Reichweite jener, die er um den Stützpunkt herum postiert hatte, um auf sein Zeichen hin zu schießen – nur auf sein Zeichen hin. Eine Maschine legte sich in die Kurve, während sie immer noch so rasch wie möglich höher stieg, und kehrte dann in einem großen Kreis zurück. Um uns zu beobachten, dachte Nitchak Khan, um zu sehen, was jetzt geschieht. Wie es Allah gefällt.

»Es ist gefährlich, diese Himmelsmaschinen abzuschießen«, hatte seine Frau ihn gewarnt. »Es würde den Zorn Allahs auf uns herabrufen.«

»Das werden Terroristen machen, nicht wir. Der junge Pilot hat uns gesehen, und der Kalandar der Piloten, der unsere Sprache spricht, weiß es. Sie dürfen nicht entkommen. Terroristen kennen keine Gnade. Gesetz und Ordnung bedeuten ihnen nichts. Und wie will man uns beweisen, daß es diese Terroristen gar nicht gibt? Sind diese Berge nicht immer schon Schlupfwinkel von Banditen gewesen? Was konnten wir tun, um eine Tragödie zu verhindern? Nichts.«

Und da stand nun der letzte der Ungläubigen vor ihm, sein Hauptfeind, der Mann, der ihn betrogen und belogen und den anderen Teufel weggezaubert hatte. Aber wenigstens du wirst mir nicht entkommen, dachte der Kalandar. In diesem Augenblick verschwand die Sonne hinter dem Horizont. »Friede sei mit Ihnen, Pilot.«

»Und mit Ihnen, Kalandar, Allah beschütze Sie! Der Umschlag, den ich meinem französischen Piloten gab – haben Sie gesehen, wie ich ihn ihm gab?«

»Ja, das habe ich gesehen.«

»Dies war ein Brief an das Revolutionäre Komitee in Schiras mit einer Durchschrift an den iranischen Kalandar in Dubai jenseits des Golfes, geschrieben und unterzeichnet von dem jungen Piloten und von mir beglaubigt. Darin berichtet er peinlich genau, was auf dem Dorfplatz von Yazdik geschehen ist, was wem von wem angetan und wer erschossen wurde. Auch gibt er die Zahl der *hezbollahis* an, die auf den Lastwagen gebunden wurden, bevor man sie in die Kamelschlucht stürzte, ferner die Art, wie Nasiri ermordet wurde und ...«

»Lügen, alles Lügen! Beim Propheten, was soll das Wort ›ermordet‹? Nur Banditen morden. Der Mann starb – wie es Allah gefallen hat«, fügte der Khan mürrisch hinzu. »Er war ein notorischer Anhänger des teuflischen Schahs, dem Sie sicher bald in der Hölle begegnen werden.«

»Vielleicht, vielleicht auch nicht. Vielleicht hat mein loyaler Mitarbeiter, der hier von feigen Hunden ermordet wurde, dem einzigen Gott schon alles berichtet, und der einzige Gott wird wissen, wer die Wahrheit spricht.«

»Er war kein Moslem und er hat nicht dem Islam gedient.«
»Er war Christ, und auch Christen dienen dem einzigen Gott. Mein Kamerad wurde von Feiglingen aus dem Hinterhalt ermordet, von feigen Hundesöhnen, Kotfressern, verfluchten Männern der linken Hand. Er wurde ermordet, so wie der andere Christ beim Bohrturm ermordet wurde. Bei Gott und seinem Propheten, die Toten werden gerächt werden!«
Nitchak Khan hob die Schultern. »Terroristen«, polterte er, von ängstlicher Beklommenheit erfüllt. »Terroristen haben das getan, natürlich waren es Terroristen. Und was den Brief angeht, es ist alles gelogen, der Pilot ist ein Lügner, wir wissen alle, was auf dem Dorfplatz geschehen ist, alles nur Lügen.«
»Um so mehr würde es sich empfehlen, den Brief nicht an die Adressaten gelangen zu lassen.« Lochart wählte seine Worte mit viel Bedacht. »Daher sollten Sie mich vor den Terroristen schützen, wenn ich jetzt starte. Nur ich kann veranlassen, daß diese Schreiben nicht zugestellt werden.« Das Herz klopfte ihm bis zum Hals, als der Alte jetzt eine Zigarette herausholte, sorgfältig das Für und Wider abwog und die Zigarette mit Jordons Feuerzeug anzündete. Noch einmal fragte sich Lochart, wie er Rache für Effer Jordons Ermordung üben sollte. Das war noch immer der ungelöste Teil jenes Planes, der bisher so hervorragend geklappt hatte: Den allzu wachsamen Nitchak Khan hatte man ein Weilchen herumgeflogen, Scot Gavallan währenddessen in den Sarg gelegt und später formell an Bord von Jean-Lucs 212 gehievt. Der in ein Leichentuch gehüllte Jordon lag in einer länglichen Kiste, die einst Rotorblätter enthalten hatte. Auch das mit dem Brief und dem gleichzeitigen Start der drei Helis – alles war perfekt geplant.
Und jetzt war es an der Zeit, zu Ende zu kommen. Ein gutes Stück außer Schußweite kreiste Ayre auf Position. »*Salaam*, Kalandar, Allahs Gerechtigkeit sei mit Ihnen!« sagte Lochart und ging auf das Cockpit seiner Maschine zu.
»Ich habe keine Macht über Terroristen!« Und als Lochart nicht stehenblieb, rief Nitchak Khan noch lauter: »Warum sollten Sie die Zustellung dieser Lügen verhindern, äh?«
Lochart stieg ins Cockpit. »Weil ich Lügen verabscheue, bei Allah!«
»Und Sie würden – bei Allah – veranlassen, daß diese Lügen nicht weitergegeben werden?«
»Bei Allah, ich werde die Briefe verbrennen lassen. Allahs Gerechtigkeit sei mit Ihnen, Kalandar, und mit Yazdik!« Er drückte den Startknopf. Die erste Turbine zündete, und die Rotorblätter begannen sich zu drehen. Noch mehr Schalter – jetzt zündete auch die zweite Turbine. Die ganze Zeit beobachtete Lochart dabei Nitchak Khan. In der Hölle sollst du braten, alter Mann, dachte er.
Er wartete. Alle Anzeigen waren im grünen Bereich. Abheben.
Der Kalandar sah zu, wie sich der Helikopter in die Luft erhob, sich langsam drehte und entfernte. So leicht wäre es, die Hand zu heben, dachte er, und der Ungläubige und dieses heulende Monstrum würden brennend vom Himmel

fallen. Der Brief? Alles nur Lügen. Zwei Tote? Ihre eigene Schuld, daß sie tot sind, das wissen doch alle. Haben wir sie eingeladen? Nein, sie sind gekommen, um unser Land auszuplündern.

Sein Blick blieb auf der Himmelsmaschine haften. Er hatte noch reichlich Zeit. Langsam rauchte er. Es war schön zu wissen, daß er mit einer einzigen Handbewegung einen so großen Vogel vernichten konnte. Aber er unterließ es. Er dachte an den Rat, den die Kalandaran ihm gegeben hatte, zündete sich eine zweite Zigarette an und wartete geduldig. Bald verstummte das abscheuliche Dröhnen der Turbinen, und als er nach oben blickte, sah er, daß auch die andere Maschine zu kreisen aufhörte und in südwestlicher Richtung davonflog.

So war nun wieder Friede im Zagrosgebirge eingekehrt. »Brennt den Stützpunkt nieder!« befahl er den anderen, und bald loderte das Feuer. Ohne Bedauern warf er das Feuerzug in die Flammen und ging befriedigt nach Hause.

50

In der Nähe des Flughafens Bandar-e Delam: 9 Uhr 16. Der Kombiwagen der Marke Subaru mit dem Firmenzeichen von Iran-Toda auf den Türen raste im strömenden Regen über die mit Schlaglöchern und Pfützen übersäte Straße. Die Scheibenwischer arbeiteten mit voller Kraft. Angeschnallt und nervös saß Scragger neben dem iranischen Fahrer, und im Fond hielt sich ein japanischer Funker fest, so gut er konnte. Vor sich sah Scragger einen alten Bus, der die ganze Straße für sich beanspruchte, und etwas weiter vorn entgegenkommenden Verkehr.

»Minoru, sagen Sie ihm, er soll nicht so schnell fahren«, bat er. »Der ist ja verrückt.«

Der junge Japaner beugte sich vor und wies den Fahrer auf Persisch zurecht. Der Mann nickte freundlich, zeigte sich jedoch wenig beeindruckt, klatschte mit der flachen Hand auf die Hupe und beließ sie dort, während er auf halsbrecherische Weise den Bus überholte und dem entgegenkommenden Verkehr auswich.

Scragger stieß einen Fluch aus. Strahlend erklärte der Fahrer, ein bärtiger junger Mann, während er gerade über ein riesiges Schlagloch fuhr, etwas auf Persisch. Minoru übersetzte: »Mit Allahs Hilfe, sagt er, werden wir in ein paar Minuten auf dem Flugplatz sein, Mr. Scragger.«

»Mit Allahs Hilfe ganz und nicht in 50 Stücken.« Scragger wäre lieber selbst gefahren, aber das war nicht erlaubt, und auch das Personal von Iran-Toda durfte nicht ans Steuer. »Wir haben mit dieser Regelung gute Erfahrungen gemacht, Mr. Scragger«, hatte Naga Watanabe, der Chefingenieur, gesagt. »So wie die Iraner sich aufführen... Aber Mohammed ist einer unserer besten Fahrer und sehr verläßlich.«

Zu seiner großen Erleichterung sah Scragger nun den Flugplatz vor sich. *Hezbollahis* bewachten das Tor, aber der Fahrer achtete nicht auf sie, raste weiter und hielt inmitten einer aufspritzenden Wasserlache vor dem zweigeschossigen Bürogebäude. *»Allah-u Akbar«*, sagte er stolz.

Scragger atmete geräuschvoll aus. »In der Tat, *Allah-u Akbar!*« Er öffnete den Sicherheitsgurt, griff nach dem Regenschirm und sah sich um. Er war das erste Mal da. Großes Vorfeld, kleiner Tower, einige Fenster zerschlagen, andere mit Brettern vernagelt, das Bürohaus heruntergekommen mit noch mehr zerschlagenen Fenstern, gute Hangars, die wegen des Sturms jetzt allerdings geschlossen waren, und überall Einschußlöcher. Er erinnerte sich, daß man ihm von den Kämpfen zwischen *hezbollahis* und Mudjaheddins erzählt hatte.

Zwei zweistrahlige Passagierdüsenflugzeuge der Royal Iran Air – das Wort

»Royal« mit schwarzer Farbe durchgestrichen – waren aufs Geratewohl geparkt, die Reifen geplatzt, das Cockpit aufgerissen und der Zerstörung preisgegeben. »Ein Frevel«, brummte Scragger, als er sah, wie es in die Cockpits hineinregnete.
»Minoru, mein Sohn, wollen Sie Mohammed sagen, er soll sich nicht von der Stelle rühren, bis wir wieder losfahren?«
Minoru tat, wie ihm geheißen, und folgte Scragger dann in den Regen hinaus. Und weil Scragger nicht wußte, wohin er seine Schritte lenken sollte, blieb er neben dem Wagen stehen. Da ging die Tür eines Trailers auf.
»Mein Gott, Scrag! Ich dachte schon, daß du es bist. Wie zum Teufel kommst du hierher?« Es war Rudi Lutz, und er strahlte. Nun tauchte auch noch Starke auf, und Scraggers Herz klopfte schneller.
»Schönen guten Tag, meine Söhne!« Er schüttelte beiden die Hand, und sekundenlang redeten alle drei auf einmal. »Das ist wirklich eine nette Überraschung, Duke.«
»Was hat dich hierher verschlagen, Scrag?«
»Eins nach dem anderen, mein Sohn. Das ist Minoru Fuyama, Funker bei Iran-Toda. Auf dem Herflug hat mein UHF-System verrückt gespielt, ich bin nämlich auf einem prächtigen Charterflug von Lengeh aus. Minoru hat den Kasten ausgebaut. Ich habe ihn im Wagen. Kannst du ihn austauschen?«
»Kein Problem. Kommen Sie, Mr. Fuyama.« Lutz ging nach nebenan, damit sich Fowler Joines um die Sache kümmerte.
»Ich bin verdammt froh, dich zu sehen, Scrag. Es gibt viel zu besprechen«, sagte Starke.
»Wetterprobleme und Wirbelstürme?«
»Ja, ja. Man könnte sagen, das Wetter hat meine Gedanken völlig beherrscht.« Starke schien älter geworden zu sein. Seine Blicke schweiften über den Stützpunkt. Der Regen war stärker geworden.
»Ich habe Manuela in Al Schargas gesehen«, sagte Scragger. »Sie hat sich nicht verändert, ist immer noch bildschön. Besorgt, aber okay.«
Lutz kam zurück und führte sie in seinen Bürowagen. »Bei diesem Sauwetter wirst du ja wohl nicht fliegen, Scrag. Ein Bierchen gefällig?«
»Vielen Dank, aber wenn ich eine Tasse Tee haben könnte«, gab Scragger automatisch zurück, obwohl er ein überwältigendes Verlangen nach einem kühlen Bier verspürte. Aber seit seiner ersten ärztlichen Untersuchung, nachdem er Sheik Aviation an Gavallan verkauft hatte, war er besonders vorsichtig. »Scrag«, hatte Dr. Nutt damals gesagt, »wenn Sie nicht das Rauchen und das Bier aufgeben, wird man Ihnen in ein paar Jahren Startverbot erteilen.« Damit hatte er wohl recht gehabt. »Hast du denn überhaupt noch Vorräte, Rudi? In Lengeh wird langsam alles knapp – von de Plessey und seinem französischen Wein abgesehen.«
»Ich krieg noch was von einem Tanker unten im Hafen«, rief Lutz aus der Kochecke, während er den Kessel aufsetzte. »Wir hatten da eine CASEVAC, einen Matrosen mit schweren Kopfverletzungen. Der Kapitän sagte, er sei gestürzt, aber für mich sah es eher nach einer handfesten Schlägerei

aus. Gar nicht überraschend, wenn man bedenkt, daß das Schiff seit drei Monaten vor Anker liegt. Mein Gott, Scrag, hast du diese Massen von Frachtern im Hafen gesehen? An die 100 Schiffe warten darauf zu löschen oder Öl zu laden.«

»Wie auf Kharg und an der ganzen Küste, Rudi. Alle Häfen sind verstopft. Meterhoch türmen sich Kisten und Ballen auf Piers, und alles fault in der Sonne oder im Regen. Aber genug davon! Was bringt dich hierher, Duke?«

»Ich habe gestern eine 212 aus Kowiss überführt. Wenn das Wetter nicht so unfreundlich gewesen wäre, wäre ich schon bei Tagesanbruch losgeflogen – jetzt bin ich froh, daß ich es nicht getan habe.«

Scragger hörte den warnenden Unterton und sah sich um. Soweit er das feststellen konnte, hörte niemand zu. »Probleme?«

Starke schüttelte den Kopf. Lutz legte eine Musikkassette ein: Wagner. Scragger haßte Wagner. »Was soll das, Rudi?«

»Ich bin nur vorsichtig. Die Wände sind so verdammt dünn. Gestern habe ich einen beim Lauschen erwischt. Wenn ihr mich fragt, sind die meisten hier Spione. Und dann haben wir einen neuen Manager hier; Numi. Miesling Numi nennen wir ihn. Heute ist er nicht da, sonst müßtet ihr ihm erklären, warum ihr gekommen seid – in dreifacher Ausfertigung.« Lutz senkte die Stimme. »Wir müssen über ›Wirbelsturm‹ reden. Aber wozu bist du gekommen, Scrag? Warum hast du uns nicht angerufen?«

»Ich kam gestern zu Iran-Toda: Charterflug für einen gewissen Kasigi, das ist der wichtigste Abnehmer von Siri-Rohöl und ein großes Tier bei Iran-Toda. Georges de Plessey hat das arrangiert. Andy hat mich ersucht, mit dir zu sprechen und dir auf den Zahn zu fühlen, und früher konnte ich es nicht schaffen. Über das UHF-System konnte ich dich nicht kriegen – möglicherweise war es das Wetter. Ich bekam auch keine Erlaubnis herzufliegen, und darum manipulierte ich ein wenig am Tiegel herum und ›bedurfte einer dringenden Reparatur‹. Hat Andy dir berichtet, worüber wir in Al Schargas gesprochen haben, Duke?«

»Ja, das hat er. Aber du solltest wissen, daß da etwas dazugekommen ist: Man hat Andy informiert, daß man uns im Hinblick auf die Verstaatlichung Startverbot erteilen wird. Wir haben nur mehr fünf Tage. Wenn wir es schaffen wollen, ist Freitag der letzte Termin.«

»Allmächtiger!« Scragger fühlte, wie sich seine Brust verkrampfte.

»Bis Freitag kann ich unmöglich fertig sein, Duke.«

»Andy sagte, wir sollen nur alle 212 ausfliegen.«

»Nur die 212?«

Starke berichtete, was in Kowiss geschehen war und – wie zu hoffen stand – auf den anderen Stützpunkten geschehen würde, »wenn Andy das Zeichen gibt«.

»Hör doch auf! Nicht ›wenn‹, sondern sobald er muß. Die Frage ist doch, ob wir den Kopf hinhalten sollen?«

Starke lachte. »Das hast du doch schon getan! Ich habe ihm gesagt, ich mache mit, wenn auch die anderen dabei sind – mit zwei 212 schaffe ich es, und da, sobald wir draußen sind, unsere Vögel wieder britisch registriert sein werden, ist auch alles gesetzlich gedeckt.«

»Stimmt ja gar nicht«, hielt Lutz ihm entgegen. »Es ist und bleibt illegal. Das habe ich dir gestern abend gesagt, und Pop Kelly hat mir zugestimmt.«

»Pop Kelly ist da?«

»Na sicher«, erwiderte Starke. »Er ist mit mir gekommen. Unser Klugscheißer hat die ›Ausleihung‹ genehmigt, wir haben zwei Jungs mit der 125 hinausgebracht, und der Rest ist für Donnerstag vorgesehen – obwohl ich da nicht so sicher bin. Oberst Changiz hat uns mitgeteilt, daß in Zukunft alle personellen Bewegungen von ihm, nicht nur vom Klugscheißer genehmigt werden müssen.«

»Wie willst du deine Männer rauskriegen, Scrag?« wollte Lutz wissen.

»Wenn es sich nur um meine beiden 212 handelt, geht alles viel leichter.« Scragger sah, wie Lutz einen großen Schluck eiskaltes Bier nahm, und sein Durst wurde noch größer. »Freitag wäre ein guter Tag, denn da sind die Iraner bei ihren Gebetsversammlungen oder so.«

»Da bin ich nicht so sicher, Scrag«, meldete sich Lutz zu Wort. »Die Flugsicherung ist auch an Freitagen besetzt – die müssen einfach merken, daß was los ist, wenn da meine vier Vögel über den Golf jagen, ganz zu schweigen von den deinen und denen von Duke. Wenn es um Helis geht, ist Abadan verdammt nervös – ganz besonders nach der HBC-Geschichte.»

»Haben sie noch weitere Erkundigungen eingezogen, Rudi?«

»Ja, vorige Woche kam Abbassi vorbei, aber immer nur wieder dieselben Fragen.«

»Weiß er schon, daß sein Bruder die HBC geflogen hat?«

»Noch nicht, Scrag.«

»Tom Lochart hat verdammtes Glück gehabt.«

»Das gilt für uns alle«, meinte Starke. »Bis jetzt. Ausgenommen Erikki.« Er informierte Scragger über das Wenige, das sie wußten.

»Das auch noch! Wie sollen wir die Operation ›Wirbelsturm‹ angehen, wenn er noch im Iran ist?«

»Eben«, sagte Rudi. »Wir können ihn nicht zurücklassen.«

»Das stimmt, aber vielleicht...« Starke trank seinen Kaffee, »...vielleicht drückt Andy gar nicht auf den Knopf. Mittlerweile können wir nur hoffen, daß Erikki vorher freikommt. Dann kann Andy auf den Knopf drücken. Wenn es nach mir ginge, ganz allein nach mir... also da sollte mich doch der Teufel holen, wenn ich das riskierte.«

»So denke ich auch.« Lutz war nicht weniger mulmig zumute.

»Wenn es eure Vögel wären und eure Gesellschaft und eure Zukunft, ich wette, ihr würdet es sehr wohl riskieren.« Scragger blitzte sie an. »Ich bin für die Operation ›Wirbelsturm‹ und muß es ja wohl auch sein, weil mich nämlich bei meinem Alter keine andere Firma einstellen würde. Darum bleibt mir ja gar nichts anderes übrig, als Dunc und Andy und Gav zu helfen, wenn ich weiter fliegen will.« Der Wasserkessel begann zu singen. »Ich bin dabei, Rudi. Und du?«

»Ich bin dabei, wenn ihr beide mitmacht und wenn es möglich ist. Aber es gefällt mir kein bißchen. Ich sage es euch ganz offen: Ich fliege meine Vögel nur raus, wenn *ich* glaube, daß wir eine Chance haben. Gestern abend haben wir mit den anderen Piloten gesprochen, Scragger. Marc Dubois und Pop Kelly sagten, sie würden es riskieren. Block und Forsyth sagten nein, danke, also haben wir drei Piloten für vier 212. Ich habe Andy gebeten, mir einen Freiwilligen zu schicken.« Lutz machte kein Hehl aus seiner Besorgnis. »Scheiße mit Reis! Irgendwie muß ich vier Vögel in die Luft bringen, alle zur gleichen Zeit, vorausgesetzt, wir haben Starterlaubnis. Und überall *hezbollahis* auf dem Stützpunkt verteilt. Unser Funker Jahan ist kein Idiot, ganz zu schweigen von dem Miesling Numi...« Er zog die Augenbrauen hoch.
»Das sind doch alles keine Probleme, Kumpel«, witzelte Scragger. »Erzähle ihnen doch einfach, du führst einen Triumphflug über Abadan zu Ehren Khomeinis durch!«
»Du kannst mich mal!« Die Musik ging zu Ende. Lutz drehte die Kassette um, und sein Gesicht verhärtete sich. »Aber ich stimme dir zu: Andy *wird* auf den Knopf drücken, und zwar am Freitag. Ich mache deshalb einen Vorschlag: Wenn einer die Aktion abbricht, brechen sie alle ab. Einverstanden?«
Scragger sagte in das Schweigen hinein: »Wenn Andy sagt, los, schlage ich los. Ich muß.«

Bandar-e Delam: 15 Uhr 17. Der Kombi mit Scragger bog von einer Hauptstraße der weithin ausgebreiteten, lärmenden Stadt in eine Nebenstraße ein, die zum Platz vor einer Moschee führte. Am Steuer saß natürlich Mohammed, die Hand fast ununterbrochen auf der Hupe. Der Regen hatte merklich nachgelassen, aber das Wetter war immer noch häßlich. Das Ersatzgerät im Schoß, döste Minoru im Fond. Scragger starrte geistesabwesend vor sich hin. Es gab so viel, worüber er nachdenken mußte: Pläne, Codes, und wie stand es mit Erikki? Der arme Kerl! Aber wenn einer es schafft, dann er. Und wenn nicht... oder wenn Andy den Plan fallenläßt, wo finde ich wieder einen Job? Darüber zerbreche ich mir nächste Woche den Kopf.
Er sah das Polizeiauto nicht, das aus einer Seitenstraße herausgeschossen kam, über das schlüpfrige Pflaster rutschte und von hinten in sie hineinfuhr. Mohammed hatte keine Möglichkeit, den Unfall zu vermeiden. Wegen der Schnelligkeit des Polizeiautos und ihres eigenen Tempos wurde ihr Wagen quer über die Straße geschleudert. Er landete in einem kleinen Verkaufsstand und einer Menschenmenge, wobei sie eine alte Frau zerdrückten, eine andere enthaupteten und viele Passanten verletzten, bis die Räder in einen *joub* rutschten. Dabei wurde der Kombi herumgedreht, so daß er aufs neue mit kreischendem Getöse gegen eine hohe Mauer raste.
Instinktiv hatte Scragger die Hände vor das Gesicht gehalten, aber der letzte Aufprall betäubte ihn für einen Augenblick, und nur der Sicherheitsgurt bewahrte ihn vor größerem Schaden. Mohammed war durch die Windschutzscheibe geflogen und hing nun schwer verletzt mit dem Oberkörper aus dem Wagen. Minoru erholte sich als erster; der Vordersitz hatte ihn geschützt. Das

Ersatzgerät immer noch festhaltend, kämpfte er sich mit Mühe ins Freie, unverletzt und als Fußgänger unbemerkt – Japaner von Iran-Toda waren in dieser Stadt nichts Außergewöhnliches.
In diesem Augenblick kam die Besatzung des Polizeiautos, das nun mit verbeultem Kühler quer über der Straße stand, herübergelaufen. Die Polizisten warfen einen kurzen Blick auf den Fahrer, rissen die Vordertür auf und zerrten Scragger heraus.
Zornig wurde gerufen: »Amerikaner!« Und noch mehr Geschrei und Lärm erhob sich. Scragger war noch benommen. »Da... Danke... Mir ist nichts passiert...«
Aber sie hielten ihn fest und schrien ihn an.
»Ich war doch gar nicht am Steuer«, stammelte er. »Was zum Teufel...« Um ihn herum steigerten sich Panik und Wut. Ein Polizist legte ihm Handschellen an. Dann schleiften sie ihn grob zum Polizeiwagen, stießen ihn in den Fond und stiegen wüst schimpfend ein. Das Auto setzte sich in Bewegung.
Auf der anderen Straßenseite hatte Minoru vergeblich versucht, sich zu Scragger durchzudrängen, um ihm zu helfen. Niedergeschlagen blieb er stehen, als der Polizeiwagen um die nächste Ecke sauste.

51

In der Nähe von Doschan Tappeh: 15 Uhr 30. McIver fuhr auf der leeren Einfassungsstraße außerhalb des Stacheldrahtzauns der Luftwaffenbasis. Die Kotflügel waren arg verbeult und wiesen noch mehr Dellen als früher auf. Ein Scheinwerfer war zerbrochen und behelfsmäßig verklebt, und das rote Glas des Rücklichts fehlte, aber noch lief der Motor einwandfrei, und die Winterreifen hafteten fest am Boden. Schneehaufen säumten die Straße. Kein Sonnenstrahl drang durch die hohe Wolkendecke. Es war kalt, und er hatte sich verspätet. Auf der Innenseite seiner Windschutzscheibe klebte ein großer grüner Passierschein, und als die am Tor stationierten *hezbollahis* und Luftwaffensoldaten ihn sahen, ließen sie MvIver durch und versammelten sich gleich wieder an einem offenen Feuer, um sich zu wärmen. Noch bevor McIver den S-G-Hangar erreicht hatte, kam Tom Lochart aus einer Seitentür und lief ihm entgegen.
»Tag, Mac«, sagte er und stieg rasch zu ihm in den Wagen. Er war erst kurz zuvor aus Kowiss gekommen. »Wie geht es Scharazad?«
»Tut mir leid, daß es so lange gedauert hat, aber der Verkehr war katastrophal.«
»Hast du mit ihr gesprochen?«
»Nein, noch nicht. Tut mir leid. Ich war erst heute früh wieder dort. Ein Diener kam zur Tür, schien mich aber nicht zu verstehen. Ich bring' dich hin, sobald ich kann.« Er legte den Gang ein und hielt auf das Tor zu. »Wie war es auf Zagros?«
»Beschissen. Ich setz' dich gleich ins Bild«, antwortete Lochart rasch. »Aber bevor wir von hier verschwinden, müssen wir uns beim Kommandanten melden.«
»Wozu denn das?« McIver stieg auf die Bremse.
»Haben sie mir nicht gesagt. Sie haben nur im Büro die Nachricht hinterlassen, wir sollten uns beim Kommandanten melden, sobald du kommst. Gibt's Probleme?«
»Nicht daß ich wüßte.« McIver legte wieder den Gang ein und schwenkte herum. Was ist denn jetzt schon wieder los, dachte er, bemühte sich aber, seine Besorgnis nicht zu zeigen. »Könnte es sich um die HBC handeln?«
»Wir wollen es nicht hoffen.«
»Was ist denn mit deiner Lulu passiert? Ist dir jemand reingefahren?«
»Nein – nur ein paar zerstörungswütige Rabauken«, antwortete McIver, der mit seinen Gedanken immer noch bei der HBC war.
»Es wird jeden Tag schlimmer. Hast du Neuigkeiten von Erikki?«
»Nichts. Er ist wie vom Erdboden verschwunden. Azadeh dreht schon langsam durch. Sitzt den ganzen Tag vor dem Telefon.«
»Wohnt sie noch bei dir?«
»Nein. Sie ist Sonntag in ihre eigene Wohnung übersiedelt. Bei mir, na ja, da ist

es schon ein bißchen eng.« Während McIver auf das Gebäude am anderen Ende der Piste zuhielt, steuerte er vorsichtig durch die Trümmer, die seit den letzten Kämpfen über den Flughafen zerstreut lagen: ausgebrannte Lastwagen, ein halb auf der Seite liegender Panzer, mit Einschußlöchern versehene Hangardächer und Teile anderer Baulichkeiten. »Erzähl mir von Zagros!« Er hörte aufmerksam zu, ohne einen Kommentar abzugeben, bis Lochart zu Ende war. »So ein Schwein!«
»Ja, aber Nitchak Khan hat das Zeichen, mich beziehungsweise uns abzuschießen, nicht gegeben. Wir hätten uns nicht dagegen wehren können. Es wäre verdammt schwer gewesen, die Geschichte mit seinen Terroristen zu entkräften. Ich fürchte, er wäre ungestraft davongekommen. Jedenfalls hatten Duke und Andy einen Riesenkrach mit dem Klugscheißer gehabt, als wir nach Kowiss kamen. Aber der Trick scheint zu klappen: Gestern brachten Duke und Pop die 212 zu Rudi, und heute morgen kam Echo-Tango-Laura-Laura, um Jordons Leiche abzuholen.«
Vor ihnen lag, von Posten bewacht, das Gebäude des Oberkommandos.
»Wir traten alle an und brachten den Sarg an Bord, und Freddy spielte ein Klagelied auf der Flöte. Viel mehr konnten wir nicht tun. Aber seltsam: Oberst Changiz schickte eine Ehrenwache der Luftwaffe und gab uns einen richtigen Sarg. Merkwürdige Leute, diese Iraner. Er schien ihnen richtig leid zu tun.«
Lochart plapperte automatisch weiter; die vielen Verzögerungen machten ihn krank. In Kowiss hatte er warten müssen, die Flugsicherung hatte ihm das Leben schwergemacht, er hatte unendlich lange auf McIver warten müssen – und jetzt noch die Meldung beim Oberkommando. Was ist mit Scharazad passiert?
Sie standen vor dem Gebäude, in dem sich die Räume des Kommandanten und die Offiziersmesse befanden, in der sie beide in der Vergangenheit schöne Zeiten verbracht hatten. Doschan Tappeh war ein wichtiger Stützpunkt gewesen, hier hatte der Schah einen Teil seiner privaten Düsenflotte und seine Fokker Friendship stationiert gehabt. Jetzt zeigten die Mauern Einschußlöcher und Spuren von Artilleriefeuer; die meisten Fenster waren zerschlagen, einige mit Brettern vernagelt. Ein paar *hezbollahis* und nachlässig gekleidete Luftwaffensoldaten lungerten vor dem Eingang herum.
»Friede sei mit Ihnen! Exzellenz McIver und Lochart wünschen den Kommandanten zu sprechen«, sagte Lochart auf Persisch. Und als einer der *hezbollahis* auf das Haus deutete: »Wo ist sein Büro, bitte?«
»Drinnen.«
Sie gingen die Treppe zum Haupteingang hinauf. Es roch nach Feuer, Kordit. Als sie die oberste Stufe erreicht hatten, wurde die Eingangstür aufgerissen, und ein Mullah in Begleitung einiger *hezbollahis* kam herausgeeilt. Die Bewaffneten zerrten zwei junge, mit Handschellen gefesselte Luftwaffenoffiziere in schmutzigen, zerrissenen Uniformen hinter sich her. Lochart stockte der Atem, als er einen von ihnen erkannte. »Karim!« stieß er hervor, und nun erkannte auch McIver den jungen Mann: Karim Peschadi, Scharazads gelieb-

ter Vetter, der Mann, den er gebeten hatte zu versuchen, die Unterlagen über die HBC aus dem Tower zu holen.
»Tom! Um Himmels willen, sag ihnen, daß ich weder ein Spion noch ein Verräter bin«, schrie Karim auf Englisch. »Sag es ihnen, Tom!«
»Exzellenz«, wandte sich Lochart in Persisch an den Mullah, »hier liegt zweifellos ein Irrtum vor. Dieser Mann ist der Pilot Captain Peschadi, ein loyaler Anhänger des Ayatollah, ein getreuer...«
»Wer sind Sie, Exzellenz?« fragte der Mullah, ein kleiner stämmiger Mann mit dunklen Augen.
»Mein Name ist Lochart, Exzellenz, ich bin Kanadier, ein Pilot der IranOil, und das ist der Direktor unserer Gesellschaft da drüben am anderen Ende des Flughafens, Captain McIver.«
»Woher kennen Sie diesen Verräter?«
»Exzellenz, ich bin sicher, daß es sich um einen Irrtum handelt, er kann unmöglich ein Verräter sein, weil er ein Vetter meiner Frau ist und der Sohn...«
»Ihre Frau ist Iranerin?«
»Ja, Ex...«
»Sind Sie Moslem?«
»Nein, Ex...«
»Dann täten Sie gut daran, sich scheiden zu lassen und so die Seele Ihrer Frau vor Verunreinigung zu bewahren. Wie es Allah gefällt. Was diese Verräter angeht – das ist kein Irrtum. Kümmern Sie sich um Ihre eigenen Angelegenheiten, Exzellenz!« Er gab den *hezbollahis* ein Zeichen, und sogleich gingen sie weiter, die Treppe hinunter, wobei sie die zwei jungen Offiziere, die laut ihre Unschuld beteuerten, hinter sich herschleiften. Der Mullah drehte sich um und ging zur Eingangstür zurück.
»Exzellenz«, wandte sich Lochart eindringlich an ihn. »Im Namen des einzigen Allahs, hören Sie mich an! Ich weiß, daß der junge Mann dem Imam treu ergeben, ein guter Moslem und ein iranischer Patriot ist. Und es ist eine Tatsache, daß er einer von denen war, die hier in Doschan Tappeh gegen die Unsterblichen und auf seiten der Revolution gekämpft haben...«
»Still! Das ist nicht Ihre Sache, Fremder! Die Zeit ist vorbei, wo Fremde oder fremde Gesetze oder ein von Fremden beherrschter Schah uns regiert haben. Sie sind weder Iraner noch Richter, noch Gesetzgeber. Diese Männer wurden vor Gericht gestellt und verurteilt.«
»Ich bitte um Nachsicht, Exzellenz, aber das muß ganz einfach ein Irrtum sein, es muß...« Lochart wirbelte herum, als ganz in der Nähe eine Salve krachte. Die Wachtposten unten starrten über die Straße auf eine Barackengruppe, aber von dort, wo er stand, konnte Lochart nicht ausmachen, was sie sahen. Dann kamen die *hezbollahis* hinter einer Baracke hervor, schulterten ihre Gewehre und stiegen wieder die Treppe herauf. Der Mullah bedeutete ihnen hineinzugehen. »Gesetz ist Gesetz«, erklärte der Mullah, während er Lochart musterte. »Ketzer müssen ausgemerzt werde. Da Sie seine Familie kennen, können Sie den Leuten sagen, sie sollen Verzeihung von Allah erflehen, daß sie einen solchen Sohn unter ihrem Dach geduldet haben.«

»Welcher Verbrechen soll er sich denn schuldig gemacht haben?«
»Nicht ›soll‹, Exzellenz«, entgegnete der Mullah gereizt. »Karim Peschadi hat offen zugegeben, einen Lastwagen gestohlen und den Stützpunkt ohne Erlaubnis verlassen zu haben; er hat offen zugegeben, sich an verbotenen Demonstrationen beteiligt zu haben; er hat sich offen gegen den kommenden absoluten islamischen Staat ausgesprochen, hat offen gegen die Aufhebung des anti-islamischen Ehegesetzes Stellung genommen und ist offen für Handlungen und Taten eingetreten, die dem islamischen Gesetz widersprechen; er wurde bei der versuchten Ausübung von Sabotageakten ertappt und hat offen die Vollkommenheit des Korans in Frage gestellt.« Der Mullah zog sein Gewand enger um seine Schultern, um sich vor der Kälte zu schützen. »Friede sei mit Ihnen.« Er ging in das Gebäude zurück.
Einen Augenblick lang war Lochart sprachlos. Dann übersetzte er McIver, was der Mullah gesagt hatte. »›Versuchte Ausübung von Sabotageakten‹, Tom? Ob er wohl im Tower überrascht wurde?«
»Spielt das noch eine Rolle?« bemerkte Lochart. »Er wurde erschossen – wegen Verbrechen gegen Allah.«
»Nein, mein Freund, nicht gegen Allah, sondern gegen ihre Version von Wahrheit, ausgesprochen im Namen eines Gottes, von dem sie nichts wissen.« Er straffte seine Schultern und ging Lochart voran ins Haus. Nach einigem Suchen fanden sie das Büro des Kommandanten und wurden eingelassen.
Hinter dem Schreibtisch saß der Major und neben ihm der Mullah. Über ihnen hing an der Wand als einzige Dekoration des unordentlichen, schmucklosen kleinen Raumes eine Fotografie Khomeinis.
»Ich bin Major Delami«, stellte sich der Mann mit einiger Schärfe auf Englisch vor. »Das ist Mullah Mohammed Tehrani.« Er musterte Lochart und wechselte zu Persisch über. »Da Exzellenz Tehrani kein Englisch spricht, werden Sie für mich dolmetschen. Sie heißen?«
»Lochart, Captain Tom Lochart.«
»Bitte nehmen Sie Platz! Sie beide. Seine Exzellenz sagt, Sie seien mit einer Iranerin verheiratet. Wie ist ihr Mädchenname?«
Lochart kniff die Augen zusammen. »Mein Privatleben ist mein Privatleben. Was wünschen Sie, daß ich dolmetsche?«
»Das gilt nicht für einen fremdländischen Hubschrauberpiloten mitten in unserer islamischen Revolution gegen Fremdherrschaft, Spione, die CIA, die MI 6 oder den KGB«, korrigierte ihn der Major zornig. »Nicht für einen Mann, der Staatsverbrecher kennt. Haben Sie etwas zu verbergen, Captain?«
»Natürlich nicht.«
»Dann beantworten Sie bitte meine Frage.«
»Sind Sie von der Polizei? Mit welchem Recht...«
Der Mullah ergriff das Wort. »Ich bin Mitglied des Komitees von Doschan Tappeh – würden Sie es vorziehen, offiziell vorgeladen zu werden? Jetzt gleich?«

»Ich würde es vorziehen, nicht über mein Privatleben gefragt zu werden.«
»Wenn Sie nichts zu verbergen haben, können Sie die Frage beantworten. Entscheiden Sie sich bitte!«
»Bakravan.« Es entging Lochart nicht, daß der Name den beiden Männern bekannt war. Sein Unbehagen nahm zu.
»Jared Bakravan, der Bazaari und Geldverleiher? Eine seiner Töchter?«
»Ja.«
»Ihren Vornamen, bitte.«
»Scharazad.«
McIver hatte aufmerksam zugehört. »Um was geht's, Tom?«
»Nichts. Nichts. Ich erkläre es dir später.«
Der Major kritzelte etwas auf ein Stück Papier. »Welcher Art war Ihre Beziehung zu dem Verräter Karim Peschadi?«
»Ich kenne ihn seit etwa zwei Jahren. Er war einer meiner Flugschüler. Er ist – er war ein leiblicher Vetter meiner Frau. Und ich kann nur wiederholen, es ist völlig unmöglich, daß er den Iran oder den Islam verraten haben soll.«
Der Major machte wieder eine Notiz. Die Feder kratzte laut. »Wo wohnen Sie, Captain?«
»Ich... das kann ich nicht genau sagen. Zuletzt im Bakravan-Haus nahe dem Basar. Unsere Wohnung wurde requiriert.«
Stille breitete sich aus.
Dann ergriff der Major ein Blatt mit Notizen und richtete den Blick auf McIver. »Erstens: Ohne Freigabe des Oberkommandos der Luftwaffe darf kein ausländischer Hubschrauber in den Luftraum von Teheran eindringen oder ihn verlassen.«
Lochart übersetzte, und McIver nickte unverbindlich. Das war nichts Neues, wenn man davon absah, daß das Komitee des Internationalen Flughafens von Teheran im Namen des allmächtigen Revolutionären Komitees soeben schriftlich und offiziell Anordnungen erlassen hatte, wonach einzig und allein das Komitee solche Freigaben autorisieren und genehmigen konnte. Gerade noch rechtzeitig hatte McIver die Erlaubnis erhalten, seine restlichen 212 und eine Alouette »leihweise« nach Kowiss zu schicken. Daran dachte er grimmig, während er sich auf den Major konzentrierte und sich gleichzeitig fragte, um was es wohl bei der scharfen Auseinandersetzung mit Lochart gegangen war. Wieso die Namen Jared Bakravan und Scharazad? Was hatten sie mit all dem zu tun?
»Zweitens: Wir brauchen eine komplette Liste aller Hubschrauber, über die Sie derzeit verfügen, ihren Standort im Iran, ihre Motorennummern sowie die Anzahl und die Typen der Ersatzteile, die Sie mit den Hubschraubern transportieren.«
Lochart sah, wie McIvers Augen sich weiteten, war aber so sehr in seine eigenen Gedanken verstrickt – warum wollten sie wissen, wo er wohnte, und welcher Art seine Beziehung zu Karim Peschadi gewesen war? –, daß er gar nicht zuhörte und automatisch hin- und rückübersetzte. »Captain McIver sagt: Sehr gut. Ich werde ein wenig Zeit brauchen wegen der Schwierigkeiten

in der Nachrichtenübermittlung, aber ich werde Ihnen die Daten sobald wie möglich zukommen lassen.«
»Ich hätte sie gern schon morgen.«
»Wenn ich sie bis dahin habe. Sie bekommen sie sobald wie möglich.«
»Drittens: Alle Ihre Helikopter im Gebiet von Teheran werden ab morgen hier stationiert und werden von hier aus operieren.«
»Ich werde meine Vorgesetzten bei IranOil von Ihrem Ersuchen in Kenntnis setzen, Herr Major. Unverzüglich.«
Die Züge des Majors verhärteten sich. »Darüber hat die Luftwaffe zu entscheiden.«
»Selbstverständlich. Ich werde meine Vorgesetzten sofort informieren. Ist das alles, Herr Major?«
Der Mullah schaltete sich ein. »Was diesen Hubschrauber angeht«, er deutete auf ein Papier vor ihm auf dem Tisch. »HBC. Wir möch...«
»Ja, die HBC!« McIver schaffte es, seine Panik in gerechten Zorn zu verwandeln, und es fiel Lochart schwer, ihm zu folgen. »Für die Sicherheit auf dem Stützpunkt ist die Luftwaffe verantwortlich, und ich werde nie begreifen, wie diese Leute so lax sein konnten, die HBC kapern zu lassen! Immer wieder habe ich über diese Nachlässigkeit Klage geführt. Keine Posten, keine Nachtwächter! Eine Million Dollar Schaden! Unersetzlich! Ich werde gegen die Luftwaffe wegen Fahrlässigkeit Klage erheben, weil...«
»Es war nicht unsere Schuld«, warf der Major zornig ein, aber McIver achtete nicht auf ihn, setzte seine Attacke fort und ließ ihm keine Chance. Das gleiche tat Lochart, der McIvers Tiraden in treffende iranische Worte und Redewendungen kleidete, die einem noch vernichtenderen Angriff auf die Unfähigkeit der Luftwaffe gleichkamen.
»... unglaubliche Nachlässigkeit – fast möchte ich von gezielter Niedertracht und geheimem Einverständnis mit anderen Offizieren sprechen. Vor der Nase angeblicher Gesetzeshüter schleicht sich da ein unbekannter Amerikaner in unseren Hangar, schnappt sich eine Maschine, bekommt Starterlaubnis und kann ungehindert dem großen iranischen Staat enormen Schaden zufügen. Unverzeihlich! Natürlich war es Verrat, vorausgeplant von ›unbekannten Personen im Offiziersrang‹, und ich muß darauf bestehen...«
»Wie können Sie es wagen, die...«
»Natürlich muß ein geheimes Einverständnis mit Offizieren der Luftwaffe bestanden haben! Wer beaufsichtigt denn die Basis? Wer schickt denn Informationen durch den Äther? Wer sitzt im Tower? Wir weisen der Luftwaffe die volle Verantwortung zu, und ich werde meine Beschwerde auf höchster Ebene der IranOil vorbringen und Wiedergutmachung fordern. Und nächste Woche... nächste Woche werde ich in aller Demut beim illustren Islamischen Revolutionären Komitee und dem Imam, Allah schütze ihn, persönlich um Entschädigung nachsuchen. Und jetzt, Exzellenz, wenn Sie uns entschuldigen wollen, werden wir uns um unsere Geschäfte kümmern. Friede sei mit Ihnen!«
Von Lochart gefolgt, ging McIver zur Tür.

»Warten Sie!« rief der Mullah.
»Ja, Exzellenz?«
»Wie erklären Sie es sich, daß der Verräter Valik ganz zufällig ein Teilhaber Ihrer Gesellschaft und Verwandter des Schah-Gefolgsmanns und Wucherers Bakravan war? Als er mit diesem Hubschrauber in Isfahan ankam, nahm er dort andere Verräter auf, einer davon war General Seladi, ebenfalls ein Verwandter von Jared Bakravan und Schwiegervater eines Ihrer dienstältesten Piloten?«
Mit ausgedörrter Kehle übersetzte Lochart diese verhängnisvollen Worte, aber McIver ging ohne Zögern zum Gegenangriff über: »Ich habe General Valik nicht in unseren Aufsichtsrat berufen. Den damals geltenden Gesetzen entsprechend wurde er von hochgestellten Iranern in die Vorstandsetage gehievt. Wir haben uns nicht um iranische Partner bemüht; sie wurden uns aufgedrängt. Das alles hat nichts mit mir zu tun. Und was den Rest angeht – *Inscha'Allah*, Allahs Wille!« Mit klopfendem Herzen öffnete er, von Lochart gefolgt, die Tür und stolzierte hinaus.
»Wir haben uns heute nicht zum letztenmal gesehen!« rief ihm der Major nach.

In der Nähe der Universität: 18 Uhr 07. Sie lagen nebeneinander auf Teppichen vor dem Holzfeuer, das hell den gemütlichen Raum erleuchtete. Scharazad und Ibrahim Kyabi. Sie berührten sich nicht, blickten nur ins Feuer und lauschten gedankenverloren der schönen modernen Musik, die aus dem Kassettengerät kam.
»Du Geschenk des Universums«, murmelte er. »Du mit den rubinroten Lippen, Atem wie Wein, Zunge des Himmels...«
»O Ibrahim!« Sie lachte. »Was ist denn mit dieser Himmelszunge?«
Er stützte sich auf einen Ellbogen, blickte auf sie hinab und dankte dem Geschick, das ihm erlaubt hatte, sie vor dem wahnsinnigen Eiferer bei der Frauendemonstration zu retten, dem gleichen Geschick, das ihn bald nach Kowiss führen würde, um dort den Mord an seinem Vater zu rächen. »Ich habe aus dem *›Robâ'iyât‹* zitiert«, antwortete er lächelnd.
»Ich glaube dir kein Wort. Das hast du dir nur so ausgedacht.« Sie erwiderte sein Lächeln, wandte ihre Augen aber dann vor dem Feuer seines Blickes ab, um wieder in die Glutasche zu blicken.
Nach dem ersten Protestmarsch vor sechs Tagen hatten sie bis spät abends miteinander gesprochen, hatten über die Revolution geredet, Gemeinsamkeiten in der Ermordung ihres und seines Vaters gefunden. Beide waren sie Kinder der Einsamkeit. Ihre Mütter verstanden sie nicht, die sich mit Tränenfluten und *Inscha'Allah*-Ausrufen begnügten und von Rache nichts wissen wollten. Gleich ihrem Vaterland war auch ihrer beider Leben auf den Kopf gestellt: Ibrahim war kein Rechtgläubiger mehr, und auch Scharazads Glaube war erschüttert; zum erstenmal in ihrem Leben hegte sie Zweifel, fragte sich, wie Allah so viel Böses und so viele verachtenswerte Handlungen erlauben konnte, die Korrumpierung des ganzen Landes und seines Geistes. »Ich

stimme dir zu, Ibrahim, du hast recht. Wir haben uns nicht eines Despoten entledigt, um uns von einem anderen unterdrücken zu lassen. Du hast recht, der Despotismus der Mullahs tritt immer deutlicher hervor. Aber warum verweigert uns Khomeini die Rechte, die billigen Rechte, die der Schah uns gegeben hat?«

»Es sind eure unveräußerlichen Rechte als menschliche Wesen. Es stand weder dem Schah noch sonst jemandem zu, sie euch einzuräumen.«

»Aber warum verweigert sie uns der Imam?«

»Er ist kein Imam, Scharazad, nur ein Ayatollah, ein Mensch – und noch dazu ein Fanatiker. Er tut nur, was Priester seit Anbeginn der Geschichte schon immer getan haben: Er gebraucht seine Version von Religion, um die Menschen zu betäuben, sie in Unbildung verharren zu lassen und abhängig zu machen, um den Mullahs die Macht zu sichern. Besteht er nicht darauf, ausschließlich den Mullahs das Erziehungswesen zu überlassen? Behauptet er nicht, nur die Mullahs verstünden das Gesetz, studierten es, und ihnen allein sei das Wissen gegeben? Als ob sie allein das ganze Wissen gepachtet hätten!«

»So habe ich die Dinge nie gesehen. Ich habe so vieles als selbstverständlich hingenommen, aber du hast recht, Ibrahim, die Mullahs glauben nur, was im Koran steht – als ob das, was in den Tagen des Propheten, Friede sei mit ihm, richtig war, auch heute noch Geltung hätte! Ich weigere mich einfach, eine Leibeigene zu sein. Ich will nicht auf mein Wahlrecht verzichten.«

Sie hatten so viele gemeinsame Denkansätze: der an einer Universität ausgebildete Modernist und die das Moderne anstrebende Frau, die sich ihres Weges nie sicher war. Sie teilten Geheimnisse und Sehnsüchte, verstanden sich augenblicklich, achteten auf die gleichen Nuancen und waren dem gleichen Erbe verhaftet. Und er ähnelte im Gehaben und Aussehen so sehr Karim, daß sie hätten Brüder sein können.

Wonnevoll hatte sie in jener Nacht geschlafen und am nächsten Morgen schon früh das Haus verlassen, um sich mit ihm zu treffen. Sicherheitshalber im Tschador war sie mit ihm in ein kleines Kaffeehaus gegangen, um zu frühstücken. Sie hatten viel zusammen gelacht, grundlos oder aus allen möglichen Gründen, manchmal aber auch über ernste Dinge gesprochen. Und dann fand der zweite Protestmarsch statt, größer und besser als der erste und ohne besonderen Widerstand.

»Wann mußt du zurück sein, Scharazad?«

»Ich habe meiner Mutter gesagt, ich würde später kommen. Ich müßte eine Freundin am anderen Ende der Stadt besuchen.«

»Ich bringe dich jetzt rasch hin, du könntest bald wieder gehen, und wenn du willst, können wir dann weiterreden. Oder noch besser: ein Freund von mir hat eine Wohnung und ein paar wunderbare Kassetten.«

Das war vor fünf Tagen gewesen. Manchmal war sein Freund auch da, ebenfalls ein Studentenführer der Tudeh, und gelegentlich kamen andere Studenten und Studentinnen; nicht alle waren Kommunisten. Zuweilen blieben sie allein. Herrliche Tage: Sie marschierten und diskutierten und

lachten und hörten Musik. Die Nächte verbrachte sie friedlich in ihrem Elternhaus in der Nähe des Basars.
Und gestern der Sieg! Khomeini hatte öffentlich nachgegeben. Die Frauen, hatte er gesagt, müßten keinen Tschador tragen, vorausgesetzt, sie bedeckten ihr Haar und kleideten sich züchtig. Am Abend hatten sie gefeiert, sie und ihre jungen Freunde, hatten in der kleinen Wohnung vor Freude getanzt, hatten sich umarmt und waren wieder heimgegangen. Aber in dieser Nacht hatte sie viel geträumt – von sich und ihm. Erotische Träume.
Die getragene, romantische Musik auf der Kassette endete. Er drehte die Kassette um. Die andere Seite war noch besser. Soll ich es wagen? fragte sie sich verträumt. Durch einen Spalt im Vorhang sah sie, daß es dunkelte. »Ich muß bald gehen«, sagte sie, ohne sich zu rühren. Ihre Stimme bebte.
»Jari kann warten«, flüsterte er zärtlich. Jari, ihre Amme, wußte von diesen heimlichen Zusammenkünften. »Es ist besser, daß niemand es weiß«, hatte er sie am zweiten Tag gewarnt. »Auch Jari nicht.«
»Sie muß es wissen, Ibrahim, sonst kann ich nie allein ausgehen und dich nie sehen. Ich habe nichts zu verbergen, aber ich bin verheiratet, und es ist...« Es war nicht nötig, das Wort auszusprechen: gefährlich. Jeder Augenblick, den sie zusammen verbrachten, bedeutete Gefahr.
Er hatte mit den Achseln gezuckt und Allah angefleht, sie zu schützen – wie er das auch jetzt tat. »Jari kann warten.«
»Ja, ja, das kann sie, aber zuerst müssen wir ein paar Besorgungen machen, und mein lieber Bruder Meschang – heute abend muß ich mit ihm und Zarah zu Abend essen.«
Ibrahim war überrascht. »Was will er? Er schöpft doch keinen Verdacht?«
»Nein, es betrifft nur die Familie.« Sehnsuchtsvoll sah sie ihn an. »Was ist jetzt mit dieser Sache in Kowiss? Wartest du noch oder fährst du morgen?«
»Es ist nicht dringend«, antwortete er lässig. Er hatte die Abfahrt immer wieder hinausgeschoben, obwohl sein Tudeh-Leitoffizier ihn gewarnt hatte: »Jeder weitere Tag, den du in Teheran verbringst, ist gefährlich. Hast du vergessen, was mit dem Genossen Yazernow passiert ist? Wir haben erfahren, daß der Innere Sicherheitsrat dahintersteckt. Sie müssen dich gesehen haben, als du zu ihm ins Haus gingst.«
»Ich habe mir den Bart abrasiert, bin nicht zu mir nach Hause gegangen und meide die Universität. Übrigens, Genosse: Es wäre besser, wir sähen uns ein paar Tage nicht. Ich glaube, ich werde beschattet.« Er mußte lächeln, wenn er daran dachte, mit welcher Behendigkeit der andere, ein alter Tudeh-Mann, um die Ecke verschwunden war.
»Warum lächelst du, Liebster?«
»Ich liebe dich, Scharazad«, antwortete er schnell, wölbte die Hand über ihre Brust und küßte sie.
Sie erwiderte seinen Kuß, aber nicht mit der gleichen Intensität. Mit seiner Leidenschaft steigerte sich auch die ihre. Zwar war sie bemüht, sich zu beherrschen, wußte aber, daß ihre Gefühle sie zu überwältigen drohten. Seine Hände liebkosten sie und hinterließen eine feurige Spur.

»Ich liebe dich, Scharazad... liebe mich!«
O ja, brannte es auf ihren Lippen, und sie wollte nicht fort von der Glut, von seinen Händen, dem Druck seiner Glieder und dem Klopfen ihres Herzens. Und doch zog sie sich zurück. »Nicht jetzt, Liebster!« murmelte sie und gewann so eine Denkpause. Sie blickte zu ihm auf und forschte in seinen Augen. Sie sah Enttäuschung, aber keinen Ärger. »Ich bin noch nicht bereit für die Liebe.«
»Die Liebe passiert einfach. Deine Liebe wird bei mir sicher sein, Scharazad.«
»Ich weiß... o ja, das weiß ich. Ich...« Sie runzelte die Stirn, verstand sich selbst nicht, wußte nur, daß es jetzt falsch wäre. »Ich muß aber meiner selbst sicher sein. Jetzt bin ich es nicht.«
Er lächelte, beugte sich nieder und küßte sie. Er wollte nichts erzwingen, denn er war überzeugt, daß sie bald einander angehören würden. Morgen. Oder übermorgen. »Du bist klug wie immer«, sagte er. »Morgen haben wir die Wohnung für uns allein, das verspreche ich dir. Wir treffen uns wie gewöhnlich in dem kleinen Café.« Er erhob sich und half ihr beim Aufstehen. Sie dankte ihm, und er schloß die Eingangstür auf. Schweigend schlüpfte sie in ihren Tschador, küßte ihn und ging. Sie ließ einen Hauch von Parfüm zurück, und bald verflog auch dieser.
Nachdem er die Tür abermals versperrt hatte, ging er ins Zimmer zurück und zog sich die Schuhe an. Nachdenklich nahm er seine M 16, die in einer Ecke lehnte, überprüfte den Mechanismus und das Magazin. Nun, da er allein war, hatte er keine Illusionen, was die Realität seines Lebens anging – oder seines baldigen Todes.
Tod, dachte er. Martyrium. Ich gebe mein Leben für eine gerechte Sache. Ich gehe freiwillig in den Tod, heiße ihn willkommen. Ich kann keine Armee anführen wie der Herr der Märtyrer, aber ich kann mich empören gegen die Teufelsanbeter, die sich Mullahs nennen, und Rache nehmen an dem Mullah Hussain Kowissi für den Mord an meinem Vater, verübt im Namen falscher Götter, und dafür, daß er die Revolution des Volkes geschändet hat.
Ich liebe Scharazad von ganzem Herzen, aber morgen sollte ich fahren. Ich brauche keine Helfer. Allein ist es sicherer. Ich kann ohne weiteres in einen Bus steigen. Morgen sollte ich fahren – sollte ich, aber ich kann es nicht. Erst müssen wir uns geliebt haben.

Flughafen Al Schargas: 18 Uhr 17. Fast 1300 Kilometer südöstlich, jenseits des Golfes, stand Gavallan auf dem Hubschrauberlandeplatz und beobachtete die 212 im Landeanflug. Es war ein milder Abend, die Sonne stand am Horizont. Jetzt konnte er Jean-Luc an der Steuerung sehen, einen der anderen Piloten neben ihm, nicht aber Scot, wie er gedacht und erwartet hatte. Er winkte und näherte sich dann, als die Kufen den Boden berührten, ungeduldig der Maschine. Die Kabinentür ging auf, und er sah Scot, der sich mit einer Hand losschnallte. Den anderen Arm trug er in einer Schlinge. Sein Gesicht war abgespannt und blaß, aber unversehrt. »Oh, mein Sohn«, sagte er, und das Herz klopfte ihm vor Erleichterung. »Ich hatte solche Sorge, Junge!«

»Das war nicht nötig, Vater. Mir geht's gut, wirklich gut.« Scot drückte seinen Vater fest mit seinem guten Arm. »Ich bin so froh, dich zu sehen. Ich dachte, du mußt heute in London sein?«
»Hätte ich sein müssen. In einer Stunde sitze ich in der Linienmaschine.« Wo ich jetzt weiß, daß du in Ordnung bist, kann ich beruhigt zurückfliegen, dachte er und wischte sich eine Träne aus dem Auge. Er tat aber, als wäre es ein Staubkörnchen gewesen und deutete auf einen in der Nähe geparkten Wagen. Genny saß am Steuer. »Ich will dich ja nicht bemuttern, aber Genny bringt dich jetzt gleich ins Krankenhaus, nur zum Röntgen, du bist schon angemeldet. Im Hotel hast du ein Zimmer neben meinem, okay?«
»Alles bestens, Vater. Ich... ein Aspirin könnte ich brauchen. Zugegeben, ich fühle mich etwas lausig. Der Flug war verdammt unruhig. Du fliegst also jetzt? Wann kommst du wieder?«
»Sobald ich kann. In ein, zwei Tagen. Ich rufe dich morgen an. Okay?« Scot zögerte. Seine Backenknochen arbeiteten. »Könntest du vielleicht... vielleicht noch schnell mitkommen, und ich erzähle dir dann von Zagros? Hast du soviel Zeit?«
»Selbstverständlich. War es arg?«
»Ja und nein. Wir sind alle draußen. Bis auf Jordon, der an meiner Stelle erschossen wurde. Vater, er war...« Tränen füllten Scots Augen, obwohl seine Stimme fest blieb. »Ich kann nichts dagegen tun.« Er wischte sich die Tränen ab. »Kann nichts tun, weiß nicht, wie...«
»Es war doch nicht deine Schuld!« sagte Gavallan, den die Verzweiflung seines Sohnes tief betroffen machte. »Komm! Fahren wir los!« Jean-Luc rief er zu: »Ich bringe Scot nur ins Krankenhaus zum Röntgen. Ich bin gleich wieder da.«

Teheran – McIvers Wohnung: 18 Uhr 35. Bei Kerzenlicht saßen Charlie Pettikin und Paula am Eßtisch und stießen mit Sayda Bertolin an. Das »kalte Buffet« umfaßte eine große Flasche Chianti, zwei große Salamis, von denen eine schon zum Teil verzehrt war, eine große Scheibe noch unberührten Bel-Paese-Käse und zwei frische Baguettes, die Sayada aus dem Französischen Club mitgebracht hatte und von denen eines bereits zur Hälfte aufgegessen war. »Es mag Krieg geführt werden«, hatte sie mit gezwungener Heiterkeit erklärt, als sie vor einer halben Stunde ungeladen erschienen war, »aber was immer auch geschieht, wir Franzosen müssen anständiges Brot haben.«
»*Vive la France* und *viva Italia!*« hatte Pettikin erwidert und sie widerwillig hereingebeten – widerwillig, weil er Paula mit niemandem teilen wollte. Nachdem Paulas Interesse an Nogger Lane erloschen war, hatte er sich in die Bresche geworfen. »Paula ist mit der Nachmittagsmaschine gekommen und hat diese Schätze unter Lebensgefahr hereingeschmuggelt – und sieht sie nicht phantastisch aus?«
Paula hatte gelacht. »Es ist der *Bel Paese*, Sayada. Charlie hat mir verraten, daß es sein liebster Käse ist.«
»Ist er nicht der beste Käse der Welt? Ist nicht alles, was aus Italien kommt, das beste der Welt?«

»Du schmeichelst, *caro!*«
»*Magnifico!* Sind alle jungen Damen der Alitalia so aufmerksam, tapfer, schön, zärtlich, süß duftend und liebreizend?«
»Selbstverständlich.«
»Machen Sie doch mit, Sayada!« hatte er dann gesagt. Als sie ins Licht gekommen war und er sie besser sehen konnte, war ihm ihre bedrückte Stimmung aufgefallen. »Geht's Ihnen nicht gut?«
»Nein, nein, es ist nichts.« Sayada war froh gewesen, daß sie sich im schwachen Kerzenlicht verbergen konnte. »Ich... danke. Ich bleibe nicht. Ich... wollte nur erfahren, wann Jean-Luc zurückkommt, und ich dachte, Sie könnten die Baguettes brauchen.«
»Herzlichen Dank! Wir haben schon seit Wochen kein anständiges Brot mehr gesehen. Aber bleiben Sie doch! Mac ist nach Doschan Tappeh gefahren, um Tom abzuholen. Tom wird wissen, wo Jean-Luc steckt – sie müßten jeden Moment hier sein.«
»Wie steht es in Zagros?«
»Wir mußten dichtmachen.« Während er sich damit beschäftigt hatte, mit Paulas Hilfe die Gläser zu holen und den Tisch herzurichten, erzählte er den beiden, wie alles gewesen war, vom Angriff der Terroristen auf die Bohranlage Bellissima, vom Tod Guineppas und später Jordons, und wie Scot verwundet worden war. »Eine häßliche Geschichte, aber was soll man machen?«
»Entsetzlich«, sagte Paula. »Jetzt weiß ich, warum wir über Schiras zurückfliegen und 50 Plätze freihalten sollen. Vermutlich für unsere Landsleute aus dem Zagros-Gebirge.«
»Richtig gemein«, meinte Sayada und fragte sich, ob sie diese Informationen weitergeben sollte. An »sie« – und an »ihn«. Die Stimme hatte am Vortag schon früh angerufen und wissen wollen, wann sie Teymour am Freitag verlassen habe. »Gegen fünf, vielleicht ein Viertel nach fünf. Warum?«
»Kurz nach Einbruch der Dunkelheit ist in dem verdammten Haus Feuer ausgebrochen – irgendwo im dritten Stock. Die zwei Etagen darüber waren abgeschnitten. Es gab viele Tote, und von Teymour und den anderen fehlt jede Spur. Die Feuerwehr kam natürlich zu spät.«
Es stellte kein Problem dar, echte Tränen fließen zu lassen und ihr Leid überzeugend zur Schau zu stellen. Im Lauf des Tages hatte die Stimme noch einmal angerufen. »Haben Sie Teymour die Papiere gegeben?«
»Ja... ja, natürlich.«
Ein erstickter Fluch. »Kommen Sie morgen nachmittag in den Französischen Club. Ich werde Anweisungen in Ihr Fach legen.« Aber sie hatte keine Botschaft vorgefunden und bei dieser Gelegenheit dem Koch das Brot abgeschwatzt; dann war sie hierher gekommen. Sie wußte nicht, wo sie sonst hingehen sollte – und hatte immer noch große Angst.
»Wirklich traurig«, sagte Paula.
»Ja, aber jetzt genug davon!« Pettikin verwünschte seine Redseligkeit. Das ging die zwei Frauen doch nichts an, dachte er. »Laßt uns essen, trinken und fröhlich sein!«

»Denn morgen sterben wir?« ergänzte Sayada.
»Nein!« Pettikin hob sein Glas und schaute Paula strahlend an. »Denn morgen leben wir! Auf eure Gesundheit!« Er stieß zuerst mit Paula und dann mit Sayada an.
Charlie, dachte Sayada, ist in diese verführerische Hexe verliebt; sie wird ihn ganz nach Laune vernaschen und den Rest, ohne auch nur zu rülpsen, wieder ausspucken. Aber warum wollen »sie«, meine neuen Herren, wer immer sie auch sein mögen, über Jean-Luc und Tom informiert werden? Warum soll ich Armstrongs Geliebte werden? Und wie in aller Welt haben »sie« von meinem Sohn erfahren?
Paula dachte: Ich hasse diese Scheißstadt, wo die Menschen alle so trübselig und miesepetrig und pessimistisch sind wie diese arme Sayada, der offensichtlich ein Mann übel mitgespielt hat. Dabei gibt es doch Rom und Italien, meine Heimat, und das süße Leben, wo man lachen kann und die Liebe genießen, Kinder bekommen und einen Mann verwöhnen – solange sich der Kerl anständig benimmt. Warum sind die Männer nur so gemein, und warum mag ich diesen Mann, diesen Charlie, der zu alt ist, und doch auch nicht, zu arm, und doch auch nicht, zu männlich und doch auch nicht...
»*Allora*«, sagte sie, und der Wein ließ ihre Lippen voller erscheinen, »Charlie, *amore*, wir müssen uns in Rom wieder treffen. Teheran ist so deprimierend.«
»Nicht, wenn du da bist.«
Sayada sah, wie sich die beiden anlächelten, und beneidete sie. »Ich komme später noch einmal vorbei«, sagte sie und erhob sich. Noch bevor Pettikin sich dazu äußern konnte, drehte sich ein Schlüssel im Schloß, und McIver kam herein.
»Oh, hallo!« begrüßte er sie und bemühte sich, seine Erschöpfung abzuwerfen. »Abend, Paula! Abend, Sayada! Was für eine nette Überraschung!« Er sah das Essen auf dem Tisch. »Was ist denn das? Haben wir etwa schon Weihnachten?« Er zog die Handschuhe aus und legte seinen schweren Mantel ab.
»Das haben Paula und Sayada mitgebracht. Wo ist Tom?« fragte Pettikin.
»Ich habe ihn bei den Bakravans abgesetzt.«
»Wie geht es denn Scharazad?« erkundigte sich Sayada. »Ich habe sie schon seit... seit dem ersten Protestmarsch nicht mehr gesehen.«
»Ich weiß es nicht, Mädchen. Ich habe ihn dort einfach abgesetzt und bin weitergefahren.« Er nahm ein Glas Wein entgegen und erwiderte Pettikins Blick, ohne die Miene zu verziehen. »Der Verkehr ist katastrophal. Ich habe eine Stunde gebraucht, um hierher zu kommen. Auf deine Gesundheit, Paula! Du bist eine wahre Augenweide. Bleibst du über Nacht?«
»Wenn das ginge? Ich muß morgen schon früh los. Aber keine Sorge, einer von der Crew hat mich hergebracht und holt mich auch wieder ab. Genny hat gesagt, ich könne das Gästezimmer haben.« Sie stand auf, und die zwei Männer waren sogleich und ohne es zu wissen von der Animalität ihrer Bewegungen fasziniert. Sayada verwünschte sie im stillen, beneidete sie und fragte sich, was es wohl war: gewiß nicht die Uniform, die, wenn auch untadelig geschnitten, ziemlich streng war.

Paula griff in ihre Handtasche, holte zwei Briefe heraus und gab sie McIver. »Einer von Genny und einer von Andy.«
»Vielen Dank!«
»Ich wollte eben gehen, Mac«, sagte Sayada. »Ich wollte eigentlich nur wissen, wann Jean-Luc zurückkommt.«
»Wahrscheinlich am Mittwoch. Er überführt eine 212 nach Al Schargas.« Er warf einen Blick auf die Briefe. »Du brauchst nicht zu gehen, Sayada. Entschuldigt mich nur eine Sekunde!«
Er setzte sich in den Lehnstuhl neben dem Heizofen und schaltete eine Lampe an. Das elektrische Licht nahm dem Raum viel von seiner Romantik. Gavallan schrieb: »He, Mac, ich hab's eilig; ich warte auf Scot. Wenn er okay ist, fliege ich heute abend nach London, bin aber in zwei Tagen wieder da, spätestens in drei. Habe Duke aus Kowiss herausgetrickst – zu Rudi hinunter, für den Fall, daß Scragger sich verspätet. Er sollte Dienstag zurück sein. Kowiss ist mit Vorsicht zu genießen – hatte eine scharfe Auseinandersetzung mit dem Klugscheißer –, und das gilt auch für Zagros. Habe von hier aus gerade mit Masson gesprochen. So ist der Knopf also gedrückt. Wir sehen uns am Mittwoch. Gib Paula einen Kuß von mir, aber Genny sagt, Du sollst Dich nicht unterstehen!«
Er starrte auf den Brief, auf die Worte: »ist der Knopf also gedrückt«, lehnte sich zurück und lauschte mit halbem Ohr einer Geschichte, die Paula über ihre Ankunft in Teheran erzählte. Also ist der Knopf gedrückt! Mach dir nichts vor, Andy, ich wußte vom ersten Augenblick an, daß du ihn drücken würdest. Darum sage ich ja auch okay, vorausgesetzt, ich kann die Operation »Wirbelsturm« abblasen, wenn sie mir zu gefährlich erscheint. Ich weiß, du mußtest ja den Knopf drücken – du hattest keine andere Wahl, wenn die S-G fortbestehen soll.
Der Wein schmeckte gut. Er leerte sein Glas und öffnete Gennys Brief. Sie schrieb von zu Hause und den Kindern; alle waren gesund und okay, aber er kannte sie zu gut, um nicht die unterschwellige Sorge herauszulesen. »Paß auf Dich auf, Duncan, und schwitz Dir nicht die Seele aus dem Leib! Und denke bloß nicht, ich würde von einem rosenumrankten Häuschen in England träumen! Unsere Zukunft liegt in der Kasbah, mir ist der Schleier bestimmt, und ich praktiziere schon den Bauchtanz – also beeil Dich! Alles Liebe, Gen.«
McIver lächelte und schenkte sich Wein nach. »Auf die Frauen, Gott segne sie!« Er stieß mit Paula an. »Ein wunderbarer Wein. Andy schickt dir einen Kuß ...« Sogleich lächelte sie, griff herüber und berührte ihn, und er fühlte, wie ein elektrischer Strom seinen Arm hinaufschoß. Was ist nur an ihr dran? fragte er sich und sagte dann rasch zu Sayada: »Er hätte auch dir einen geschickt, wenn er gewußt hätte, daß du da bist.« Eine Kerze auf dem Kaminsims tropfte. »Ich mach' das schon. Gab es hier etwas Neues?«
»Talbot hat angerufen. Er tut, was er kann, um Erikki zu finden. Duke wurde vom Wetter in Bandar-e Delam aufgehalten, sollte aber morgen in Kowiss zurück sein.«
»Und Azadeh?«

»Heute geht es ihr schon besser. Paula und ich haben sie nach Hause begleitet. Aber jetzt solltest du etwas essen, Mac!«
»Wie wäre es mit einem Dinner im Französischen Club?« schlug Sayada vor. »Das Essen dort ist immer noch passabel.«
»Da wäre ich gern dabei«, stimmte Paula fröhlich zu. »Eine wunderbare Idee, Sayada. Charlie?«
»Wunderbar. Mac?«
»Sicher, wenn ich euch einladen darf, und wenn wir nicht zu lange bleiben.« McIver hob sein Glas gegen das Licht und bewunderte die Farbe des Weins. »Charlie, ich möchte, daß du morgen in aller Frühe die 212 nach Kowiss bringst. Nogger wird die Alouette nehmen. Du kannst Duke für ein paar Tage aushelfen. Ich schicke eine 206, um dich am Samstag zurückzuholen. Einverstanden?«
»Sicher«, erwiderte Pettikin und fragte sich, warum der Plan geändert worden war: McIver, Nogger und er selbst hätten am Mittwoch an Bord des Pendlers gehen sollen, und zwei andere Piloten morgen nach Kowiss fliegen. Warum? Mußte wohl etwas mit Andys Brief zu tun haben. Die Operation »Wirbelsturm«? War Mac dabei, sie abzublasen?

Im Elendsviertel von Jaleh: 18 Uhr 50. Das alte Vehikel hielt in einem engen Gäßchen. Ein Mann stieg aus und sah sich um. Das Gäßchen lag verlassen da; linkerhand befand sich ein *joub*, seit langem unter Schnee und Abfällen begraben, zur Rechten ein verfallener Platz. Der Mann klopfte auf das Dach des Autos. Die Scheinwerfer erloschen. Der Fahrer stieg aus und gesellte sich zu seinem Begleiter, der den Kofferraum geöffnet hatte. Gemeinsam trugen sie die in ein dunkles Tuch gewickelte und gebundene Leiche über den Platz.
»Warte einen Augenblick!« sagte der Fahrer auf Russisch, nahm seine Taschenlampe heraus und ließ sie kurz aufleuchten. Der Lichtstrahl fand in der Mauer die Öffnung, die sie suchten. »Gut«, murmelte der andere. Sie schlüpften durch und blieben wieder stehen, um sich zu orientieren. Sie befanden sich nun auf einem alten, halb verfallenen Friedhof. Der Lichtstrahl wanderte von Grabstein zu Grabstein – manche mit kyrillischen, andere mit lateinischen Buchstaben beschriftet –, bis er das offene, erst vor kurzem ausgehobene Grab fand. In dem Erdhaufen steckte eine Schaufel. Sie gingen hin und blieben am Rand stehen. »Können wir?« fragte der größere, der Fahrer.
»Ja.«
Sie ließen die Leiche in die Grube fallen. Der andere Mann nahm die Schaufel zur Hand und begann zu arbeiten. Der Fahrer zündete sich eine Zigarette an und warf das Streichholz achtlos in das Grab. »Vielleicht solltest du ein Gebet für ihn sprechen.«
Der andere lachte. »Marx und Lenin würden das nicht gutheißen, und auch der alte Stalin nicht.«
»Dieser Hurenbock – verfaulen soll er!«

»Aber denk doch einmal, was er alles für Mütterchen Rußland getan hat!«
»Um den Preis von 20 Millionen Menschenleben? Russische Menschenleben!«
»Um die ist es nicht schade! Dummköpfe, Unrat, Abschaum!« Der Mann schwitzte und gab jetzt dem anderen die Schaufel. »Was ist denn eigentlich los mit dir? Du bist schon den ganzen Tag sauer.«
»Ich bin nur müde. Tut mir leid.«
»Alle sind müde. Du brauchst ein paar Tage Urlaub. Melde dich doch für Al Schargas. Ich habe drei herrliche Tage dort verbracht. Wollte gar nicht mehr zurückkommen. Ich habe meine Versetzung dorthin beantragt – wir sind ja jetzt schon eine richtige Organisation und werden jeden Tag größer. Auch die Israelis haben ihre Operationen intensiviert, von der CIA ganz zu schweigen. Was war in meiner Abwesenheit hier los?«
»Aserbeidschan kommt schön langsam in Schwung. Einem Gerücht zufolge liegt Abdullah Khan im Sterben, vielleicht ist er gar schon tot.«
»Sektion 16/a?«
»Nein, Herzinfarkt. Sonst läuft alles normal. Du hast also ein paar schöne Tage verbracht?«
Der andere lachte. »Es gibt dort eine sehr entgegenkommende Sekretärin bei Intourist.« Die angenehme Erinnerung veranlaßte ihn dazu, sich zwischen den Beinen zu kratzen. »Wer ist denn überhaupt dieser arme Kerl?«
»Sein Name steht nicht auf der Liste«, antwortete der Fahrer.
»Namen stehen nie auf der Liste. Also wer war es?«
»Ein Agent namens Yazernow, Dimitri Yazernow.«
»Sagt mir nichts. Und dir?«
»Er war vom Sonderkommando Desinformation an der Universität eingesetzt. Ich habe eine Zeitlang mit ihm gearbeitet. Ein Quasselkopf, ein Studierter, vollgestopft mit ideologischem Quatsch. Wurde vom Inneren Sicherheitsrat geschnappt und ›erschöpfend‹ verhört.«
»Schweine! Sie haben ihn also umgebracht?«
»Nein.« Der Mann stützte sich auf die Schaufel, um auszuruhen. Obwohl man sie hier kaum belauschen konnte, gefiel ihm der Ort nicht. Er senkte die Stimme. »Als man ihn dort herausholte – das ist jetzt schon fast eine Woche her –, war er bewußtlos und in sehr schlechter Verfassung. Man hätte ihn nicht transportieren dürfen. Die SAVAMA holte ihn sich vom Inneren Sicherheitsrat, und der Direktor meint, die hätten ihn auch noch durch die Mangel gedreht, bevor sie ihn herausgaben, und bis zur dritten Bewußtseinsstufe alles aus ihm herausgequetscht. Er sagt, wir sollen schnell herausfinden, wer er war – ein Spion im Innendienst oder ein von oben eingeschleuster Spitzel –, was er ihnen erzählt haben könnte und wer er nun wirklich war. In unserer Datei figuriert er nur als vom Sonderkommando Desinformation an der Universität eingesetzter Agent.« Er wischte sich den Schweiß von der Stirn und fing wieder an zu schaufeln. »Unsere Leute warteten und warteten, aber er kam einfach nicht wieder zu Bewußtsein. Heute verloren sie dann die Geduld und versuchten, ihn zu wecken.«

»Da hat ihm dann wohl einer zuviel gegeben, oder?«
»Wer weiß. Jetzt ist der arme Hund tot.«
»Das ist etwas, was mir persönlich Angst macht«, meinte der andere, und es fröstelte ihn. »Daß man zuviel gespritzt bekommt. Da kann man nichts dagegen tun. Er ist also nicht mehr aufgewacht? Hat nichts gesagt?«
»Nicht ein Wort. Das Pech war, daß er überhaupt erwischt wurde. Es war seine eigene Schuld. Er arbeitete auf eigene Rechnung.«
»War wohl einer, der alles besser zu wissen glaubte. Ein Quasselkopf. Diese Bastarde machen mehr Ärger, als sie wert sind.« Abwechselnd arbeiteten sie weiter.
Bald war die Grube voll. Schwer atmend trampelten sie die Erde flach. »Wenn dieser Armleuchter so dumm war, sich erwischen zu lassen, warum machen wir uns dann eigentlich soviel Mühe mit ihm?«
»Wenn eine Leiche nicht repatriiert werden kann, hat jeder Genosse das Recht, anständig begraben zu werden, so lautet die Vorschrift. Das ist doch hier ein russischer Friedhof, nicht wahr?«
»Ja, schon, aber hier möchte ich wirklich nicht begraben sein.« Der Mann wischte sich die Erde von den Händen, drehte sich um und verrichtete seine Notdurft auf den nächsten Grabstein.
Der größere der beiden Männer lockerte einen Grabstein. »Hilf mir mal!« Zusammen hoben sie den Stein auf und stellten ihn ans Kopfende des Grabes, das sie eben zugeschaufelt hatten.
»Gehen wir«, sagte der kleinere. »Hier stinkt's ärger als sonstwo.« Er nahm die Schaufel und stapfte auf das Loch in der Mauer zu.
In diesem Augenblick fiel der Blick seines Gefährten auf die Inschrift des versetzten Grabsteins. Er knipste die Taschenlampe an und las: »Graf Alexi Pokenow, bevollmächtigter Gesandter am Hof von Schah Nasirdu'd Din, 1830–1862.«
Das würde Yazernow gefallen, dachte er und lachte schiefmäulig.

Im Hause Bakravan, nahe dem Basar: 19 Uhr 15. Die Tür in der Mauer ging auf. *»Salaam,* Gnädigste.« Der Diener beobachtete Scharazad, die gutgelaunt hereinstürmte, gefolgt von Jari in den Vorhof lief, den Tschador abstreifte, ihr Haar schüttelte und mit den Fingerspitzen lockerte. »Der... Ihr Gemahl ist da, Gnädigste; er ist kurz nach Sonnenuntergang zurückgekommen.«
Einen Augenblick lang erstarrte Scharazad im Licht der Öllampe, die im schneebedeckten Vorhof flackerte.
Dann ist es also vorbei, dachte sie. Vorbei, bevor es noch begonnen hat. Fast hätte es heute begonnen. Ich war so bereit, und doch auch nicht... und jetzt, jetzt bin ich geschützt vor... vor meiner Lust? Vor meiner Liebe? Ich weiß es nicht, ich weiß es nicht, aber... morgen werde ich ihn ein letztes Mal sehen. Ich muß ihn noch einmal sehen, nur noch einmal... nur, um ihm Lebewohl zu sagen.
Tränen traten ihr in die Augen, und sie lief ins Haus, durch Zimmer und

Salons, die Treppe hinauf in ihre Räume und in seine Arme. »O Tommy! Du warst so lange fort!«

»Du hast mir so gefehlt, wo bist... Weine nicht, mein Liebling! Warum weinst du denn?«

Seine Arme umschlangen sie, und sie nahm den vertrauten Öl- und Benzingeruch wahr, den seine Fliegerjacke verbreitete. Ohne ihm auch nur einen Augenblick Zeit zu lassen, stellte sie sich auf die Zehenspitzen, küßte ihn und sprudelte hervor: »Ich habe eine wunderbare Nachricht: Ich bekomme ein Kind. O ja, es ist wahr. Ich war schon beim Arzt, und morgen bekomme ich das Ergebnis des Tests, aber ich weiß es schon! O Tommy, wirst du mich heiraten, bitte, bitte, bitte!«

»Aber wir sind doch...«

»Sag es, bitte sag es!« Sie blickte auf und sah, daß er immer noch blaß war und nur ein wenig lächelte, aber das reichte ihr für den Anfang.

Und sie hörte ihn sagen: »Selbstverständlich.«

»Nein, du mußt es richtig sagen: Ich heirate dich, Scharazad Bakravan, ich heirate dich, ich heirate dich, ich heirate dich.« Und damit war alles perfekt.

»Perfekt«, stieß sie hervor, schlang nun ihre Arme um ihn, stieß ihn gleich wieder fort und eilte zum Spiegel, um ihr Make-up zu erneuern. Sie setzte sich und sah Lochart im Spiegel, sein Gesicht so streng, so unsicher. »Was hast du?«

»Das Kind. Bist du sicher?«

Sie lachte. »Natürlich bin ich sicher, aber Ärzte brauchen Beweise, Ehemänner brauchen Beweise... ist das nicht wunderbar?«

»Ja, ja, das ist es.« Er legte von hinten die Hände auf ihre Schultern. »Ich liebe dich.«

Im Geist hörte sie das andere »Ich liebe dich«, das mit solcher Leidenschaft und solchem Verlangen ausgesprochen worden war. Wie seltsam, daß die Liebe ihres Gatten sicher und erprobt war, nicht aber Ibrahims Gefühl. Ihr Mann sah sie mit gerunzelter Stirn an.

»Das Jahr und ein Tag sind vergangen, Tommy, die Frist, die du haben wolltest«, sagte sie sanft, erhob sich von ihrem Toilettentisch und legte die Arme um seinen Hals. Sie lächelte ihn an, weil sie wußte, daß es an ihr lag, ihm zu helfen. »Fremde sind nicht wie wir, Prinzeßchen«, hatte Jari gesagt. »Sie sind anders erzogen und reagieren anders. Aber sorge dich nicht: Sei nur du selbst, und er wird wie Wachs in deinen Händen sein.« Tommy wird der beste Vater der Welt sein, redete sie sich ein, überglücklich, daß sie nicht schwach geworden war, daß sie es ihm gesagt hatte und daß sie für alle Zeiten glücklich miteinander leben würden. »Das werden wir doch, nicht wahr, Tommy?«

»Was denn?«

»Für immer glücklich sein.«

Einen Augenblick lang löschte ihre Freude seine verzweifelte Sorge darüber aus, was getan werden mußte und wie es getan werden mußte. Er setzte sich in den weichen Lehnstuhl, nahm sie auf die Knie und wiegte sie. »O ja, das werden wir. Es gibt so vieles, worüber wir reden...«

Jaris Klopfen an der Tür unterbrach ihn.

»Kommen Sie nur, Jari!«
»Bitte verzeihen Sie, Exzellenz, aber Exzellenz Meschang und die Gnädigste sind eingetroffen und würden sich freuen, Sie beide zu sehen...«
»Sagen Sie Seiner Exzellenz, wir kommen, sobald wir uns umgezogen haben.« Lochart bemerkte nicht, wie erleichtert Jari war, als Scharazad nickte und sie anlachte.
»Ich laß dir das Bad ein, Prinzeßchen«, sagte Jari und ging zum Badezimmer.
»Ist das nicht eine wunderbare Neuigkeit, Exzellenz! Meine herzlichsten Glückwünsche, Exzellenz, meine allerherzlichsten Glückwünsche!«
»Danke, Jari«, sagte Lochart, ohne ihr zuzuhören. In Sorge und Seligkeit verloren dachte er an Scharazad und das Kind, das sie erwartete. Es war alles so kompliziert, so schwierig.

»Gar nicht schwierig«, sagte Meschang dann nach dem Abendessen.
Es war eine langweilige Konversation gewesen, weitgehend von Meschang bestritten, wie das, seit er das Familienoberhaupt darstellte, immer der Fall war. Scharazad und Zarah hatten kaum den Mund aufgemacht und auch Lochart nur wenig zum Gespräch beigetragen. Es erschien ihm nicht sinnvoll, von Zagros zu erzählen. Meschang hatte sich immer völlig uninteressiert an seinen Meinungen oder Tätigkeiten gezeigt. Zweimal wäre er beinahe mit dem Schicksal Karim Peschadis herausgeplatzt – aber wozu sollte er es ihnen sagen, wozu der Überbringer schlechter Nachrichten sein?
»Findest du das Leben in Teheran jetzt nicht sehr schwierig?« fragte er Meschang. Dieser hatte sich bitter über die neuen Vorschriften beklagt, die jetzt von den Bazaaris befolgt werden mußten.
»Das Leben ist immer sehr schwierig gewesen, aber wenn man Iraner ist, ein gewiefter Bazaari, ein Mann mit ein wenig Achtsamkeit und Verständnis, mit Logik und Arbeitseifer, läßt sich selbst das Revolutionäre Komitee im Zaum halten. Es ist uns noch immer gelungen, Steuereinnehmer und hohe Beamte, Schahs und Kommissare oder britische und Yankee-Paschas zu bändigen.«
»Ich freue mich, das zu hören, freue mich sehr.«
»Und ich bin sehr froh, daß du wieder zurück bist. Ich wollte mit dir reden«, erwiderte Meschang. »Hat dir meine Schwester von dem Kind erzählt, das sie erwartet?«
»Ja, das hat sie. Ist es nicht wunderbar?«
»Ja, das ist es. Allah sei gelobt. Was hast du jetzt für Pläne?«
»Wie meinst du das?«
»Wo werdet ihr wohnen? Wie wirst du jetzt für alles aufkommen?«
Betretenes Schweigen trat ein. »Wir kommen schon zurecht«, setzte Lochart an. »Ich be...«
»Ich weiß nicht, wie. Ich habe mir die Rechnungen vom Vorjahr angesehen und...« Meschang verstummte, als Zarah sich erhob.
»Ich finde, das ist jetzt nicht der geeignete Zeitpunkt, um über Rechnungen zu sprechen«, sagte sie mit leichenblassem Gesicht.
»Nun, ich finde, es ist genau der richtige Zeitpunkt«, gab Meschang barsch

zurück. »Wovon soll meine Schwester leben? Setz dich, Zarah, und hör zu! Setz dich! Und wenn ich sage, du sollst nicht an einem Protestmarsch oder sonst was teilnehmen, wirst du in Zukunft gehorchen, oder ich lasse dich auspeitschen. Setz dich endlich!«
Zarah gehorchte, schockiert von seinem Benehmen und seiner brutalen Einstellung. Scharazad saß wie gelähmt da, eine Welt brach zusammen. Sie sah, wie ihr Bruder sich jetzt an Lochart wandte. »Also, Captain, deine Rechnungen vom Vorjahr, die Rechnungen, die mein Vater bezahlt hat, nicht eingerechnet die noch ausstehenden, sind wesentlich höher als dein Gehalt. Ist das richtig?«
Scharazads Gesicht brannte vor Scham und Zorn, und noch bevor Lochart antworten konnte, richtete sie mit honigsüßer Stimme das Wort an ihren Bruder: »Liebster Meschang, es ehrt dich, daß du dir über uns Sorgen machst, aber die Wohn...«
»Sei du bitte ruhig! Ich frage deinen Mann, nicht dich. Es ist sein Problem und nicht deines. Nun, Captain...«
»Aber liebster Meschang...«
»Sei still! Also, Captain, ist das richtig oder nicht?«
»Ja, das ist richtig«, gab Lochart zurück, verzweifelt bemüht, einen Ausweg aus der Sackgasse zu finden. »Aber du wirst dich erinnern, daß Seine Exzellenz mir die Wohnung, besser gesagt das ganze Haus, geschenkt hat. Die anderen Mieten deckten die Rechnungen, und der Rest war als Taschengeld für Scharazad bestimmt. Was die Zukunft angeht, werde ich selbstverständlich für Scharazad sorgen.«
»Womit denn? Ich habe deinen Scheidungsvertrag gelesen, und aus dem geht klar hervor, daß du im Hinblick auf die Zahlungen, die du an deine erste Frau und dein Kind zu leisten hast, nur sehr geringe Möglichkeiten hast, meine Schwester davor zu bewahren, in Armut leben zu müssen.«
Lochart erstickte fast vor Wut. Scharazad rückte auf ihrem Stuhl herum, und Lochart sah ihre Angst und mußte sich beherrschen, Meschang nicht zusammenzuschlagen. »Es ist alles in Ordnung, Scharazad. Dein Bruder hat das Recht zu fragen. Es ist fair, er hat das Recht.« Er las die Selbstgefälligkeit in dem scharfgeschnittenen attraktiven Gesicht und wußte, daß die Kampfansage angenommen worden war. »Wir kommen zurecht, Meschang. Ich komme zurecht. Unsere Wohnung wird ja nicht ewig requiriert bleiben, oder wir können uns eine andere nehmen. Wir...«
»Es gibt keine Wohnung und es gibt kein Haus mehr. Es ist am Samstag abgebrannt und wurde völlig zerstört.«
Sie starrten ihn an. »O Gott!« murmelte Lochart.
»Du solltest besser nicht lästern«, versetzte Meschang, dem es schwerfiel, sich seine Schadenfreude nicht anmerken zu lassen. »Es bleibt dir also keine Wohnung, kein Haus, nichts. *Inscha'Allah.*«
»Die Versicherung!« stieß Lochart hervor. »Es muß eine Feuerversicherung...«
Schallendes Gelächter. Scharazad stieß ein Glas Wasser um, aber niemand

merkte es. »Du glaubst also, der Schaden würde von einer Versicherung gedeckt werden? Jetzt? Selbst wenn es eine gegeben hätte... Du hast den Verstand verloren! So ist das also, Captain: Viele Schulden, kein Geld, kein Kapital, kein Haus – nicht daß es legal je deines gewesen wäre; Vater arrangierte das in dieser Form, um dir die Möglichkeit zu geben, dein Gesicht zu wahren und gleichzeitig die Mittel zur Verfügung zu haben, um Scharazad standesgemäß zu erhalten.« Er steckte sich ein Stück von der Nachspeise in den Mund. »Und was willst du jetzt tun?«
»Ich werde zurechtkommen.«
»Sag mir bitte, wie. Und sag es auch Scharazad, denn sie hat das gesetzliche Recht, es zu erfahren. Wie?«
Scharazad murmelte: »Ich habe Schmuck, Tommy, den ich verkaufen kann.«
Grausam ließ Meschang die Worte im Raum stehen, hocherfreut darüber, daß Lochart in die Enge getrieben war, erniedrigt, bis auf die Haut entblößt. Dieser armselige Ungläubige! Hätte es nicht diese Locharts in unserer Welt gegeben, diese raubgierigen Fremden, die Ausbeuter des Irans, nie wären Khomeini und seine Mullahs über uns gekommen, mein Vater würde noch leben und Scharazad mit einem anständigen Mann verheiratet sein. »Nun?«
»Was schlägst du vor?« fragte Lochart, der keinen Ausweg sah.
»Was schlägst *du* vor?«
»Ich weiß es nicht.«
»Fassen wir zusammen: Du hast kein Haus, gesalzene offene Rechnungen und kein Geld, sie zu begleichen, geschweige denn Rücklagen – und du wirst bald arbeitslos sein. Ich bezweifle, daß man deiner Firma gestatten wird, noch lange hier zu operieren. Ausländische Gesellschaften werden nicht mehr gebraucht, sie sind weder erwünscht noch notwendig.«
»In diesem Fall kündige ich eben und fliege Helis für iranische Gesellschaften. Sie werden sofort Piloten brauchen. Ich spreche Persisch, und ich bin ein erfahrener Pilot und Ausbilder. Der Imam wünscht, daß die Ölproduktion normalisiert wird – natürlich wird man Piloten brauchen.«
Meschang lachte in sich hinein. Gestern war Minister Ali Kia devot und beflissen, wie es sich gehörte, mit einem exquisiten Pischkesch angetanzt gekommen; sein alljährliches »Beraterhonorar« war ja in Kürze fällig. Er hatte ihm von seinen Plänen erzählt, alle Flugzeuge der Firma an sich zu ziehen und ihre Bankkonten zu sperren. »Wir werden keine Schwierigkeiten haben, so viele Söldner zu bekommen, wie nötig sind, um *unsere* Hubschrauber zu fliegen, Exzellenz Meschang«, hatte Kia gesagt. »Sie werden in Scharen anrücken und sich mit halb soviel Gehalt zufriedengeben.«
Ja, das werden sie. Aber du wirst nicht unter ihnen sein, du Nochehemann meiner Schwester. »Du solltest vielleicht praktischer denken.« Meschang betrachtete seine elegant manikürten Finger, die heute nachmittag eine Vierzehnjährige gestreichelt hatten, ein Geschenk Ali Kias: »Die erste von vielen, Exzellenz!« Diese feine weiße Haut der Tscherkessin. Als Ehe auf Probe für heute nachmittag, die er gern auf eine Woche verlängert hatte. »Die jetzigen

Herren im Iran sind allen Fremden gegenüber feindselig eingestellt, insbesondere wenn es sich um Amerikaner handelt.«

»Ich bin Kanadier.«

»Ich glaube nicht, daß das noch eine Rolle spielt. Die Annahme liegt nahe, daß man dir nicht gestatten wird, im Land zu bleiben.« Er streifte Scharazad mit einem Blick. »Oder hierher zurückzukehren.«

»Du stellst Mutmaßungen an«, brauste Lochart auf.

»Captain, die Mildherzigkeit meines seligen Vaters läßt sich nicht mehr aufrechterhalten – die Zeiten sind hart. Ich möchte nun wissen, wie du meine Schwester und das Kind, das sie erwartet, zu erhalten gedenkst, wo und wie du zu leben beabsichtigst.«

Lochart erhob sich so abrupt, daß alle Anwesenden aufschreckten. »Du hast dich klar ausgedrückt, Exzellenz Meschang. Ich werde dir morgen antworten.«

»Ich möchte jetzt eine Antwort.«

Locharts Züge verhärteten sich. »Zuerst werde ich mit meiner Frau sprechen, dann mit dir. Morgen. Komm, Scharazad!« Er ging steif hinaus. In Tränen aufgelöst wankte sie hinter ihm her und schloß die Tür.

Meschang lächelte höhnisch, griff nach einem Stück Süßspeise und steckte es sich in den Mund.

Zarah war wütend. »Wie kannst du...«

Er beugte sich hinüber und schlug ihr mit der flachen Hand ins Gesicht. »Halt den Mund!« brüllte er. Es war nicht das erste Mal, daß er sie geschlagen hatte, aber noch nie so brutal. »Halt den Mund, oder ich lasse mich von dir scheiden! Ich lasse mich scheiden, hörst du? Ich nehme mir sowieso eine andere Frau – eine jüngere, nicht eine so ausgetrocknete, keifende alte Hexe wie dich. Verstehst du denn nicht, daß Scharazad, daß wir alle wegen dieses Mannes in Gefahr sind? Geh und bitte Allah um Vergebung für deine schlechten Manieren! Hinaus!« Sie floh, ehe er eine Schale nach ihr warf.

In einem nördlichen Vorort: 21 Uhr 14. Azadeh fuhr mit dem kleinen, arg verbeulten Wagen flott durch die von eleganten Villen und Wohnhäusern gesäumten Straßen. Nach einer Kreuzung bremste sie scharf, rutschte dabei quer über die Fahrbahn und vermied dabei nur knapp einen Unfall, ehe sie mit quietschenden Reifen in die Garage eines der Häuser hineinschoß.

Die Garage war dunkel. Sie nahm die Taschenlampe aus der Seitentasche und versperrte den Wagen. Sie trug einen eleganten warmen Mantel, Rock und Stiefel, Pelzhandschuhe und einen Hut. Auf der anderen Seite der Garage befanden sich Stiege und Lichtschalter. Als sie ihn betätigte, sprühte die nächste Glühlampe Funken und die Beleuchtung erlosch. Mit schweren Schritten stieg sie die Treppe hinauf. Die Wohnung, die Abdullah ihr und Erikki zur Verfügung gestellt hatte, lag im dritten Stock und ging auf die Straße hinaus. »Es ist kein Risiko dabei«, hatte sie Mac versichert, als er sie überreden wollte, in seiner Wohnung zu bleiben. »Wenn mein Vater mich in Täbris haben will, würde es mir absolut nichts helfen, hier bei euch zu

bleiben. In der Wohnung habe ich Telefon, sie ist nur einen knappen Kilometer von hier entfernt, ich habe dort meine Sachen und einen Diener. Ich melde mich jeden Tag bei dir und warte – mehr kann ich nicht tun.«
Auch im dritten Stock war es dunkel, aber sie hatte die Taschenlampe, fand den Schlüssel und steckte ihn ins Schloß. Da fühlte sie Augen auf sich gerichtet und wirbelte erschrocken herum. Der dunkelhäutige, unrasierte Kerl hatte die Hose offen und schwenkte ihr sein steifes Glied entgegen. »Ich habe schon auf dich gewartet, du Hurenprinzessin, und Allah soll mich strafen, wenn mein Schwanz nicht für dich bereit ist... von vorn oder hinten oder sonst wo...« Mit solchen Beschimpfungen bedrängte er sie. Entsetzt wich sie zurück, bekam den Schlüssel zu fassen, drehte ihn herum und stieß die Tür weit auf.
Da stand der Dobermann. Der Mann erstarrte. Ein drohendes Knurren, und der Hund sprang los. Der Mann schrie auf, versuchte den Hund abzuwehren und rannte die Treppe hinunter. Fauchend und knurrend folgte ihm der Dobermann, schnappte nach seinen Beinen und zerriß ihm die Kleider. »Zeig ihn mir jetzt doch!« rief Azadeh dem Burschen nach.
»O Gnädigste, ich habe Sie nicht klopfen gehört. Was ist denn passiert?« rief der alte Diener, während er aus der Küche gelaufen kam.
Zornig wischte sie sich den Schweiß von der Stirn und erzählte ihm von dem Überfall. »Allah, strafe dich, Ali! Zwanzigmal habe ich dir schon aufgetragen, du sollst mit dem Hund unten auf mich warten. Ich bin immer pünktlich. Hast du kein Hirn im Kopf?«
Der alte Mann entschuldigte sich, aber eine rauhe Stimme hinter Azadeh ließ ihn verstummen. »Geh und hol den Hund!« Sie sah sich um. Ihr Magen krampfte sich zusammen.
»Guten Abend, Gnädigste.« Es war Ahmed Dursak. Groß und bärtig stand er erschreckend in der Tür.
Inscha'Allah, dachte sie, das Warten ist zu Ende, und jetzt beginnt alles von neuem. »Guten Abend, Ahmed.«
»Entschuldigen Sie bitte, Gnädigste. Ich wußte nicht, wie es in Teheran zugeht. Ali, ich habe dir doch gesagt, du sollst den Hund holen!«
Verängstigt und Entschuldigungen murmelnd hastete der Diener mit einer Taschenlampe die Treppe hinunter. Ahmed schloß die Tür und sah zu, wie Azadeh den Stiefelknecht gebrauchte, um sich ihrer Schuhe zu entledigen, und dann ihre kleinen Füße in türkische Pantoffel steckte. Sie ging an ihm vorbei in das komfortable, in westlichem Stil eingerichtete Wohnzimmer und setzte sich. Im Kamin brannte ein lustiges Feuer. Kostbare Teppiche bedeckten den Fußboden und hingen an den Wänden. Auf einem Tischchen lag das *kookri*, das Ross für sie dagelassen hatte. »Du bringst Nachrichten von meinem Vater und meinem Mann?«
»Seine Hoheit, der Khan, ist krank, sehr krank, und wir...«
»Was fehlt ihm?« fragte Azadeh sofort, ehrlich beunruhigt.
»Er hatte eine Herzattacke.«
»Allah schütze ihn – wann ist das passiert?«

»Letzten Donnerstag.« Er las ihre Gedanken. »Das ist der Tag, an dem Sie... und der Saboteur ins Dorf Abu-Mard kamen. Nicht wahr?«
»Schon möglich. Die letzten Tage waren sehr verwirrend«, sagte sie kühl. »Wie geht es meinem Vater?«
»Der Anfall von Donnerstag war, Allah sei Dank, mild, aber am Samstag um Mitternacht hatte er wieder einen, einen viel schwereren.«
»Wie schwer? Schone mich bitte nicht! Sag mir alles! Sofort!«
»Tut mir leid, Gnädigste, es war nicht meine Absicht, Sie zu schonen.« Er blieb höflich, hielt den Blick von ihren Beinen fern, bewunderte ihr Temperament und ihren Stolz und hätte ihr verdammt gern gezeigt, wie wenig er sie schonen würde. »Der Arzt nennt es einen Schlaganfall, und jetzt ist Seine Hoheit linksseitig zum Teil gelähmt. Er kann noch sprechen – mit einiger Mühe –, aber sein Geist ist so rege wie eh und je. Der Arzt sagt, er würde sich in Teheran viel schneller erholen, aber die Straßen...«
»Wird er sich erholen?«
»Das weiß ich nicht, Gnädigste. Wie es Allah gefällt. Er scheint sehr krank zu sein. Der Arzt, von dem ich nicht viel halte, hat nur gemeint, Seine Hoheit hätte hier in Teheran bessere Chancen.«
»Dann bring ihn doch so schnell wie möglich her!«
»Das werde ich, Gnädigste. Mittlerweile habe ich eine Botschaft für Sie. Der Khan, Ihr Herr Vater, sagt: ›Ich wünsche dich zu sehen. Ich weiß nicht, wie lange ich noch leben werde, aber gewisse Maßnahmen müssen getroffen, Verträge unterschrieben werden. Dein Bruder Hakim ist jetzt bei mir. Ich...‹«
»Allah schütze ihn!« stieß Azadeh hervor. »Hat mein Vater sich mit Hakim versöhnt?«
»Seine Hoheit hat ihn als Erben eingesetzt.«
»Oh, das ist wunderbar, Allah sei gelobt, aber...«
»Bitte haben Sie Geduld und lassen Sie mich seine Botschaft beenden: ›Dein Bruder Hakim ist jetzt bei mir. Ich habe ihn als Erben eingesetzt – sofern gewisse Bedingungen deiner- und seinerseits erfüllt werden.‹« Ahmed zögerte, während Azadehs Herz noch vor Seligkeit überfloß, der Verstand ihr aber gleichzeitig riet, Vorsicht walten zu lassen.
»›Es ist dazu erforderlich, daß du unverzüglich mit Ahmed zurückkommst.‹ So endet die Botschaft, Gnädigste.«
Ali kam zurück, versperrte die Tür von neuem und ließ den Hund von der Leine. Das Tier kam sofort ins Wohnzimmer gesprungen und legte seinen Kopf in Azadehs Schoß, um gestreichelt zu werden. »Sitz! Sei brav! Sitz!« Zufrieden gehorchte der Hund, legte sich zu ihren Füßen, sah auf die Tür und auf Ahmed, der neben dem anderen Sofa stand. Zerstreut spielte Azadeh mit dem *kookri*, was Ahmed nicht entging. »Schwörst du bei Allah, daß du mir die Wahrheit gesagt hast?«
»Ja, Gnädigste, ich schwöre.«
»Dann wollen wir möglichst bald aufbrechen.« Sie stand auf. »Hast du einen Wagen dabei?«

»Ja, Gnädigste, ich habe eine Limousine und einen Fahrer mitgebracht. Aber es gibt noch mehr Nachrichten, gute und schlechte. Am Freitag erhielt Seine Hoheit eine Lösegeldforderung. Seine Exzellenz, Ihr Gemahl, befindet sich in den Händen von Banditen, Bergstämmen...« Sie bemühte sich, Fassung zu bewahren, »... irgendwo nahe der sowjetischen Grenze. Er und sein Helikopter. Die Banditen behaupten, Kurden zu sein, aber der Khan bezweifelt es. Am Donnerstag früh, behaupten sie, hätten sie den Russen Cimtarga und seine Männer überfallen und getötet. Seine Exzellenz nahmen sie gefangen und den Hubschrauber behielten sie auch. Dann flogen sie nach Rezaiyeh, wo er gesehen wurde; er war unverletzt. Dann flogen sie wieder weiter.«
»Allah sei Dank!« stieß sie hervor. Mehr zu sagen erlaubte ihr Stolz nicht. »Wurde mein Mann freigekauft?«
»Die Lösegeldforderung kam freitags spät abends. Sobald Seine Hoheit gestern das Bewußtsein wiedererlangte, trug er mir die Botschaft für Sie auf und schickte mich her, um Sie zu bringen.«
Sie hörte das Wort »bringen« und wußte, wie ernst es gemeint war, aber Ahmed gab sich unbefangen und griff in die Tasche. »Seine Hoheit Hakim gab mir das für Sie.« Er reichte ihr einen versiegelten Umschlag. Sie riß ihn auf. Es war Hakims Handschrift: »Mein Liebling, Seine Hoheit hat mich zum Erben eingesetzt und uns beide rehabilitiert – unter gewissen Bedingungen, wunderbaren Bedingungen, denen wir leicht zustimmen können. Komm schnell! Er ist sehr krank und wird in bezug auf das Lösegeld nichts unternehmen, bevor er Dich nicht gesehen hat. *Salaam.*«
Überglücklich eilte sie aus dem Zimmer, packte in Windeseile einen Koffer, schrieb eine Mitteilung für McIver und wies Ali an, diese am nächsten Morgen zu überbringen. Es war schon spät, als sie auch das *kookri* einsteckte und aufbrach. Ahmed sagte nichts und folgte ihr aus der Wohnung.

Dienstag
27. Februar 1979

52

Bandar-e Delam: 8 Uhr 15. Vom Funker Minoru gefolgt, eilte Kasigi hinter dem finster blickenden Polizeioffizier durch die grauen, von Menschen wimmelnden Gänge des Krankenhauses. Kranke und verletzte Männer, Frauen und Kinder ruhten auf Bahren, saßen auf Stühlen oder lagen einfach auf dem Boden und warteten auf jemanden, der ihnen helfen würde. Leichte und schwere Fälle waren nicht getrennt, einige verrichteten ihre Notdurft, die anderen aßen und tranken, was ihnen Verwandte mitgebracht hatten – und alle, die irgendwie dazu fähig waren, jammerten lautstark. Geplagte Ärzte und Schwestern kamen und gingen. Alle Frauen trugen den Tschador, ausgenommen einige wenige britische Pflegerinnen, deren strenge Frisuren aber beinahe den gleichen Zweck erfüllten.
Schließlich fand der Polizeibeamte die Tür, die er suchte, und drängte sich in die überfüllte Station. Zu beiden Seiten standen Betten mit männlichen Patienten, eine dritte Reihe in der Mitte, die zu Besuch gekommenen Familienmitglieder plapperten und jammerten, Kinder spielten, und in einer Ecke kochte eine alte Frau etwas auf einem tragbaren Öfchen.
Scragger war mit einem Handgelenk und einem Fußknöchel an ein altes Bettgestell gefesselt. Er lag in seinen Kleidern und Schuhen auf einer Strohmatratze, einen Verband um den Kopf, schmutzig und unrasiert. Als er Minoru und Kasigi hinter dem Polizisten sah, leuchteten seine Augen auf. »Hallo, Jungs«, sagte er mit heiserer Stimme.
»Wie geht's, Captain«, sagte Kasigi, nachdem er den ersten Schreck wegen der Handschellen überwunden hatte.
»Wenn ich hier rauskönnte, würde es mir gutgehen. Ich...«
Verärgert und wohl auch, um sich bei den Zuhörern zu profilieren, unterbrach der Polizist laut auf Persisch: »Ist das der Mann, den Sie sehen wollten?«
»Ja, Exzellenz«, antwortete Minoru für Kasigi.
»Jetzt haben Sie ihn also gesehen. Sie können Ihrer Regierung oder wem auch immer berichten, daß er offensichtlich ärztlich versorgt wurde. Das Verkehrskomitee wird gegen ihn verhandeln.« Wichtigtuerisch wandte er sich zum Gehen.
»Aber der Captain war nicht der Fahrer«, wandte Kasigi geduldig auf Englisch ein, und Minoru übersetzte für ihn, wie er es schon die halbe Nacht und seit Tagesanbruch tat. Von den verschiedenen Polizeibeamten hatte er jedoch lediglich unterschiedliche Versionen der immer gleichen Antwort zu hören bekommen: »Befände sich der Fremde nicht im Iran, würde es keinen Unfall gegeben haben, und darum trägt er selbstverständlich die Verantwortung.«

»Wie oft muß ich Ihnen das noch sagen«, wies der Polizist den Einwand zurück. »Er hat den Wagen bestellt. Hätte er ihn nicht bestellt, hätte es keinen Unfall gegeben.«

»Aber mein Assistent hier war Augenzeuge und wird bestätigen, daß der Unfall von dem anderen Wagen verursacht wurde.«

»Wer dem Komitee Lügen auftischt, muß mit strengen Strafen rechnen«, entgegnete der Mann drohend. Er war einer von jenen, die im Polizeiauto gesessen hatten.

»Das sind keine Lügen, Agha. Es gibt auch noch andere Augenzeugen«, erklärte Kasigi in immer schärferem Ton – obwohl es gar nicht stimmte. »Ich verlange, daß dieser Mann unverzüglich auf freien Fuß gesetzt wird. Er ist ein Angestellter meiner Regierung, die Milliarden von Dollar in den petrochemischen Betrieb Iran-Toda investiert hat – zum Nutzen des Iran und insbesondere der Bevölkerung von Bandar-e Delam. Wenn er nicht unverzüglich, ich wiederhole: unverzüglich auf freien Fuß gesetzt wird, werde ich allen japanischen Staatsbürgern befehlen, die Arbeit einzustellen.« Da er weder die entsprechende Machtbefugnis besaß, noch ernstlich daran dachte, einen solchen Befehl zu erteilen, nahm seine Gereiztheit nur noch mehr zu. »Alle Räder werden stillstehen!«

»Beim Propheten, wir lassen uns nicht mehr von Fremden erpressen«, blies sich der Mann auf und wandte sich ab. »Das werden Sie dem Komitee erzählen müssen.«

»Wenn er nicht sofort freigelassen wird, schließen wir das Werk, und es gibt keine Arbeitsplätze mehr. Keine!« Während Minoru übersetzte, fiel Kasigi auf, wie sich die Stimmung der Umstehenden verändert hatte. Selbst der Polizeibeamte hatte das ungute Gefühl, daß alle ihn ansahen, und spürte förmlich die plötzlich gegen ihn gerichtete Feindseligkeit. »Willst du unsere Arbeitsplätze gefährden?« fragte ihn ein junger Mann in einem schmuddeligen Pyjama anklagend. »Wer bist du eigentlich? Woher sollen wir wissen, daß du früher nicht dem Schah gedient hast? Hat dich das Komitee schon von jedem Verdacht gereinigt?«

»Selbstverständlich! Ich bin schon seit Jahren für den Imam!« konterte der Mann zornig, von würgender Angst befallen. »Ich habe der Revolution geholfen, das wissen alle.« Er deutete auf Kasigi, den er im stillen verwünschte. »Sie! Kommen Sie jetzt mit!« Er drängte sich durch die Umstehenden.

»Ich komme wieder, Captain Scragger, keine Bange.« Kasigi und Minoru eilten dem Beamten nach.

Der Polizist führte sie eine Treppe hinunter, einen Gang entlang und noch ein Stockwerk tiefer. Je weiter sie in das Innere des Krankenhauses vordrangen, desto mehr nahm Kasigis Nervosität zu. Endlich stieß der Mann eine Tür auf. Kalter Schweiß trat Kasigi auf die Stirn. Sie standen in der Leichenkammer. Auf Steinsockeln lagen mit schmutzigen Tüchern bedeckte menschliche Körper. Eine ganze Menge. Es stank nach Chemikalien, getrocknetem Blut, Abfall und Exkrementen. »Hier«, sagte der Mann und hob ein Tuch hoch. Darunter erblickten sie den kopflosen Rumpf einer Frau. Der Kopf lag

daneben, die Augen standen offen. »Ihr Wagen hat sie getötet. Was soll jetzt mit ihr und ihrer Familie geschehen?« Ein Schauer lief Kasigi den Rücken hinunter. »Und hier!« Er riß ein zweites Tuch hoch und zeigte ihnen eine entsetzlich verstümmelte Frau. »Na?«
»Es... es tut uns natürlich sehr leid... es tut uns leid, daß es Opfer gegeben hat, aber das ist Karma, *Inscha'Allah*, nicht unsere Schuld oder die des Piloten oben.« Es fiel Kasigi nicht leicht, seine Übelkeit zu überwinden. »Tut uns schrecklich leid.«
Minoru übersetzte, während der Polizeibeamte sich respektlos an einen Leichensockel lehnte. Dann antwortete er, und der junge Japaner machte große Augen. »Er sagt, die Kaution, die Strafe, die zu bezahlen ist, damit Mr. Scragger unverzüglich freigelassen wird, beträgt eine Million Rial. Gleich zu bezahlen. Was das Komitee beschließt, geht ihn nichts an.«
Eine Million Rial waren etwa 12 000 Dollar. »Das ist unmöglich. Aber wir könnten 100 000 Rial in einer Stunde flüssig machen.«
»Eine Million!« schrie der Mann. Er packte den Kopf der Frau an den Haaren und hielt ihn Kasigi entgegen. »Was ist mit ihren Kindern, die nun mutterlos aufwachsen müssen? Verdienen sie keine Entschädigung?«
»Im... im ganzen Werk haben wir nicht so viel Bargeld. Tut mir leid.« Der Polizist fluchte und fing an zu feilschen. Doch als die Tür aufging, Sanitäter mit einer frischen Leiche hereinkamen und sie neugierig musterten, sagte er plötzlich: »Also schön. Wir gehen jetzt gleich in Ihr Büro.«
Sie gingen und holten den zuletzt von Kasigi gebotenen Betrag, 250 000 Rial, bekamen aber keine Bestätigung, nur ein mündliches Versprechen, daß Scragger das Krankenhaus verlassen konnte. Da er dem Mann nicht traute, gab Kasigi ihm nur die Hälfte und steckte den Rest in einen Umschlag, den er in seine Tasche schob. Sie fuhren zum Krankenhaus zurück, wo Kasigi im Wagen wartete, bis Minoru und Scragger mit dem Polizisten die Treppe herunterkamen. Kasigi stieg aus und gab dem Polizisten den Umschlag, woraufhin dieser auf alle Fremden schimpfte und sich wütend aus dem Staub machte.
»Na also«, sagte Kasigi und lächelte Scragger an. Sie schüttelten sich kräftig die Hand. Während sie schnell in den Wagen stiegen, dankte ihm Scragger überschwenglich und entschuldigte sich für den ganzen Ärger. Der iranische Fahrer scherte aus, fluchte jedoch laut, als ein Wagen, der Vorfahrt hatte, an ihm vorbeifuhr, und wäre um ein Haar mit ihm zusammengestoßen.
»Sagen Sie ihm, er soll aufpassen und langsam fahren, Minoru«, wies Kasigi den jungen Mann an. Minoru übersetzte, der Fahrer nickte, lächelte und gehorchte – etwa zehn Sekunden lang.
»Geht's Ihnen gut, Captain?«
»Aber ja. Ein bißchen Kopfweh, aber sonst okay. Das schlimmste war, daß ich pinkeln mußte.«
»Was?«
»Die Bastarde hielten mich mit den Handschellen ans Bett gefesselt und ließen mich nicht aufs Klo. Ich konnte ja schlecht in die Hosen machen oder ins Bett,

und erst heute früh brachte mir ein Pfleger eine Flasche. Mensch, ich dachte, meine Blase würde platzen.« Er rieb sich die Müdigkeit aus den Augen. »Wie hoch war das Lösegeld?«
»Sie schulden mir nichts. Wir haben einen Fonds für solche Fälle.«
»Aber nein. Andrew Gavallan wird zahlen – und da fällt mir ein, er erzählte mir, er hätte vor ein paar Jahren Ihren Chef gekannt – Toda, Hiro Toda.«
»Ah so desu ka?« Kasigi war völlig überrascht. »Gavallan hat Helis in Japan?«
»Nein, nein. Er war, was man einen China-Trader nennt, ein in China tätiger Kaufmann in Hongkong, wo er für Struan's arbeitete. Kennen Sie die Firma?«
»Ja, ein angesehenes Unternehmen, Toda steht oder stand in Geschäftsverbindung mit Struan's«, antwortete Kasigi und speicherte die Information für eine spätere Gelegenheit. War es nicht Linbar Struan gewesen, der vor zwei Jahren einseitig fünf Leasing-Frachtverträge gekündigt und uns damit um ein Haar ruiniert hatte? Vielleicht, dachte er, könnte Gavallan ein Werkzeug werden, um den Verlust auf diese oder jene Weise wieder einzubringen. »Tut mir leid, daß Ihnen das passiert ist.«
»War ja nicht Ihre Schuld, mein Freund. Aber Andy wird darauf bestehen, Ihnen das Lösegeld zu ersetzen. Was hat der Bursche Ihnen abgenommen?«
»Es war eine sehr bescheidene Summe. Nehmen Sie sie bitte als Geschenk an. Sie haben damals mein Schiff gerettet. Überdies haben wir den Fahrer ausgesucht – es war unsere Schuld.«
»Wo ist er denn? Wo ist Mohammed?«
»Tut mir leid, er ist tot.«
Scragger stieß einen Fluch aus. »Es war nicht seine Schuld. Überhaupt nicht!«
»Ja, ja, ich weiß. Wir haben seiner Familie Unfallentschädigung gezahlt.« Kasigi wollte endlich wissen, wie sehr Scragger die Sache mitgenommen hatte und wann er wieder imstande sein würde zu fliegen. Er mußte schleunigst zurück nach Al Schargas und von dort weiter nach Japan. Seine Arbeit hier war beendet. Chefingenieur Watanabe stand nun voll auf seiner Seite. Die Durchschläge seiner privaten Berichte würden seine eigene Position stärken und ihm – und Hiro Toda – eine große Hilfe sein, falls die Regierung erneut dafür gewonnen werden sollte, Iran-Toda zu einem nationalen Vorhaben zu erklären. In diesem Punkt war er zuversichtlicher als je zuvor. Es wird keine Bankrotterklärung geben, dachte er, wir werden unsere Feinde, Mitsuwari und Gyokotomo, begraben, enorm an Gesicht gewinnen und Profite machen – hohe und höchste Profite! Dazu kam noch dieser Glücksfall – Kasigi gestattete sich ein zynisches Lächeln –, der Durchschlag des privaten Berichtes des toten Chefingenieurs Kasusaka an Gyokotomo, ein wahrhaftig wichtiges und brisantes Dokument, das Watanabe in einer vergessenen Akte »gefunden« hatte, während ich in Al Schargas war! Ich werde es sehr vorsichtig einsetzen müssen – ein Grund mehr, daß ich sobald wie möglich wieder nach Hause komme!
Auf den Straßen staute sich der Verkehr. Der Himmel war zwar immer noch bewölkt, das Gewitter hatte sich jedoch verzogen. Einem Flug stand nichts im Wege. Ich wünschte, ich hätte mein eigenes Flugzeug, dachte er. Einen Lear-Jet zum Beispiel. Mein Einsatz hier sollte eine stattliche Belohnung wohl wert sein!

Beglückt ließ er seine Gedanken treiben; es war ein gutes Gefühl, etwas geleistet und Macht angehäuft zu haben. »Es sieht ganz so aus, als ob wir sehr bald mit dem Bau beginnen könnten, Captain.«
»Ach ja?«
»Mhm. Der Vorsitzende des neuen Komitees hat uns seine Zusammenarbeit zugesichert. Wie es scheint, kennt er einen Ihrer Kameraden, einen gewissen Captain Starke. Er heißt Zataki.«
Scragger warf ihm einen scharfen Blick zu. »Das ist der, den Duke Starke vor den Linken rettete und nach Kowiss flog. An Ihrer Stelle würde ich den Mann im Auge behalten.« Er erzählte Kasigi, wie launisch und unbeherrscht Zataki war. »Ein Verrückter.«
»Diesen Eindruck machte er überhaupt nicht. Seltsam. Die Iraner sind sehr... sonderbar. Aber was viel wichtiger ist, wie fühlen Sie sich?«
»Mir fehlt nichts, was eine gute Tasse Tee nicht kurieren würde. Wenn wir gleich losfliegen, soll's mir recht sein. Ein schnelles Bad, rasieren, eine Tasse Tee und ein bißchen was zu futtern, und wir können.«
»Ausgezeichnet. Dann fliegen wir, wenn Sie fertig sind. Minoru hat das Funkgerät bereits eingebaut und überprüft.«
Auf dem Flug zur Raffinerie und zurück nach Lengeh war Kasigi bester Stimmung. Bei der Insel Kharg glaubten sie den großen Hammerhai auszumachen, von dem Scragger einmal erzählt hatte. Sie hielten sich in geringer Höhe und nahe der Küste, da die Wolken immer noch tief und dicht hingen. Gelegentlich fuhr ein Blitz aus einer grauen Regenwolke, machte ihnen aber nicht wirklich zu schaffen. Radarüberwachung und Freigabe funktionierten einwandfrei – was Scraggers bösen Vorahnungen neue Nahrung gab. Noch zwei Tage bis zur Operation »Wirbelsturm«, von morgen an gerechnet! Wenn wir einen Tag verlieren, wird die Sache noch haariger, dachte er besorgt. Was ist passiert in der Zeit, da ich weg war?
Ein gutes Stück nach Kharg landete er, um aufzutanken und sich die Beine zu vertreten. Immer noch hatte er arge Magenschmerzen, und er bemerkte etwas Blut im Urin. Kein Anlaß zur Sorge, sagte er sich. Sicher nur eine kleine Blutung. Kein Wunder nach so einem Unfall.
Sie saßen auf einer Sandbank und beendeten ihr Picknick – kalter Reis mit Fisch und Gurken und einem großen Stück iranisches Brot, das Scragger sich in dem makellos sauberen Kochhaus organisiert hatte, dazu über Kohlenfeuer gegrilltes Huhn in Sojasauce. Kasigi trank japanisches Bier, das Scragger abgelehnt hatte. »Danke, aber Trinken und Fliegen vertragen sich nicht.«
Bald waren sie wieder in der Luft. »Wird genug Zeit bleiben, um mich noch heute nach Al Schargas oder Dubai zu bringen?« erkundigte sich Kasigi.
»Wenn wir nach Lengeh müssen, nein. Aber ich mache Ihnen einen Vorschlag. Sobald wir Kontakt mit der Flugsicherung in Kisch haben, werde ich fragen, ob ich einen Umweg über Bahrain machen darf. Dort bekommen Sie sicher einen lokalen oder internationalen Flug. In Lavan müssen wir dann zuvor auftanken, aber wenn sie den Flug genehmigen, erlauben sie das sicher auch. Wie gesagt, ich schulde Ihnen einiges.«

»Sie schulden uns gar nichts.« Kasigi lächelte still. »Bei der gestrigen Sitzung des Komitees fragte mich dieser Zataki, wie bald unsere Heli-Flotte vollzählig sein könnte. Ich versprach ihm, mich sofort darum zu kümmern. Wie Sie wissen, werden wir von Guerney nicht mehr versorgt. Nun hätte ich gern drei von Ihren 212 und zwei 206 für die kommenden drei Monate. Dann wäre über einen Jahresvertrag zu verhandeln – entsprechend unserem Bedarf, alljährlich zu verlängern, und unter Ihrer Leitung. Wäre das möglich?«
Scragger zögerte; er wußte nicht, was er antworten sollte. Normalerweise würde eine solche Anfrage Freudenausbrüche bis nach Aberdeen auslösen, Gavallan würde sich persönlich ans Telefon hängen, und jeder dürfte mit einer schönen Gratifikation rechnen. Jetzt aber, da Operation »Wirbelsturm« beschlossene Sache, Guerney von der Bildfläche verschwunden und sonst niemand verfügbar war, sah er keine Möglichkeit, Kasigi zu helfen. »Ab... ab wann würden Sie die Vögel denn brauchen?« fragte er, um Zeit zu gewinnen.
»Sofort«, antwortete Kasigi fröhlich. »Ich habe Zataki und dem Komitee versprochen, daß wir, wenn Sie mitmachen, sofort anfangen. Morgen oder spätestens übermorgen. Vielleicht könnten Sie Ihr Büro ersuchen, ein paar von den in Bandar-e Delam stationierten und nicht voll ausgelasteten 212 vorübergehend abzuzweigen. Ja?«
»Sobald wir landen, werde ich selbstverständlich anfragen.«
»Auf ein oder zwei Wochen werden wir eine zeitweilige Luftbrücke nach Kuwait brauchen, um japanische Crews abzuholen und zurückzubringen. Zataki und sein Komitee würden das Flughafenkomitee von Abadan dazu bewegen, den Flughafen spätestens zum Wochenende für uns aufzumachen.«
Mit halbem Ohr lauschte Scragger den zuversichtlichen Plänen des Mannes, der sich seiner angenommen hatte und ohne den er immer noch an dieses Bett gefesselt sein würde. Er sah nur zwei Möglichkeiten: Entweder ich erzähle ihm von der Operation »Wirbelsturm«, oder ich lasse ihn in der Scheiße sitzen. Aber wenn ich es ihm sage, mißbrauche ich ein größeres, seit langer Zeit bestehendes Vertrauen. Kasigi könnte die Operation »Wirbelsturm« verraten. Er wird es auf alle Fälle de Plessey erzählen. Die Frage ist also: Wie weit kann ich ihm – und de Plessey – trauen?
Stark verunsichert warf er einen Blick aus dem Fenster und überprüfte seine Position. »Entschuldigen Sie, daß ich Sie unterbreche, aber ich muß mich melden.« Er drückte auf den Sendeknopf. »Kisch, Radar, hier spricht Hotel Sierra Tango, können Sie mich hören?«
»HST, Kisch Radar, wir hören Sie, sprechen Sie weiter.«
»HST auf Charter für Iran-Toda auf Heimflug nach Lengeh befindlich. Nähere mich Lavan in Höhe 300, ein Passagier an Bord. Ersuche um Erlaubnis, in Lavan aufzutanken und für Abstecher nach Bahrain, um meinen Passagier abzusetzen, der dringende Geschäfte zugunsten des Irans zu erledigen hat.«
»Ersuchen abgelehnt. Behalten Sie Höhe 300 und Steuerkurs bei.«

»Mein Passagier ist Japaner, Chef von Iran-Toda, und muß dringend seine Regierung im Hinblick auf den Wunsch der iranischen Regierung konsultieren, den Betrieb sofort wieder aufzunehmen. Ich ersuche um Sondergenehmigung für diesen Fall.«
»Ersuchen abgelehnt. Flüge über den Golf werden nur genehmigt, wenn sie 25 Stunden vorher angemeldet werden. Drehen Sie auf 095 Grad für Direktanflug Lengeh, melden Sie Kisch seitlich, nicht drüber! Haben Sie verstanden?«
Scragger warf einen Blick auf Kasigi, der das Gespräch mitanhören konnte. »Tut mir leid, mein Freund.« Er ging auf den neuen Steuerkurs. »HST hat verstanden. Ich ersuche um Landeerlaubnis in Al Schargas morgen bei Tagesanbruch mit einem Passagier.«
»Warten Sie.« Nach Steuerbord eine endlose Kette von Tankern, die die Golfhäfen Saudi-Arabiens, der Emirate, Abu Dhabis, Bahrains, Kuwaits und des Irak anliefen oder von dort ausliefen. Kein Tanker lud auf Kharg oder in Abadan, wo normalerweise ein Dutzend abgefertigt wurde und ein weiteres Dutzend auf Abfertigung wartete. Jetzt sah man nur mehr letztere, manche lagen bereits seit zwei Wochen auf der Reede. »HST, hier spricht Kisch. In diesem Fall wird Ihr Ersuchen genehmigt, morgen, Mittwoch, den 28., von Lengeh aus Kurs auf Al Schargas zu nehmen. Abflug Mittag. Bis auf weiteres muß für alle, ich wiederhole: für alle den Golf überquerenden Flüge 24 Stunden vorher um Genehmigung angesucht werden; auch für alle, ich wiederhole: für alle Triebwerkstarts muß Genehmigung eingeholt werden. Haben Sie verstanden?«
Scragger fluchte, bestätigte jedoch.
»Worum geht's?« fragte Kasigi.
»Bis jetzt mußten wir noch nie Genehmigungen einholen, um Triebwerke zu starten. Diese Schweinehunde sind jetzt wirklich schon überempfindlich.« Scragger dachte an Freitag und seine zwei 212. Kisch war entschieden zu neugierig und zu gründlich. »Ein mieser Haufen!«
»Allerdings. Werden Sie in der Lage sein, unsere Heli-Flotte zu dirigieren?«
»Es gibt viele, die das besser können.«
»Ja, aber mir wäre es wichtig zu wissen, daß die Leitung in guten Händen liegt.«
Wieder zögerte Scragger. »Danke für die Blumen, und wenn... wenn ich könnte, würde ich es gern übernehmen, ja, sicher.«
»Dann ist es also abgemacht. Natürlich werde ich mich formell an Ihren Mr. Gavallan wenden.«
Kasigi streifte Scragger mit einem Blick. Etwas hat sich verändert, dachte er. Aber was? Wenn ich es mir so recht überlege, hat der Pilot nicht so begeistert reagiert, wie ich mir das vorgestellt habe. Er muß doch wissen, was der Vertrag wert ist, der ihm da angeboten wird! Was verbirgt er? »Könnten Sie über Ihre Basis in Kowiss in Bandar-e Delam anfragen, ob sie uns morgen zumindest eine 212 zur Verfügung stellen könnten?« begann er zu sondieren.
»Ja, ja, selbstverständlich... sobald wir da sind.«

Aha, dachte Kasigi, der aufmerksam hingehört hatte, ich hatte recht, etwas hat sich geändert. Von freundlicher Gesinnung ist nichts mehr zu spüren. Aber warum? Ich habe doch nichts gesagt, was ihn beleidigen könnte! Auch mein Vorschlag kann es nicht sein – der müßte doch jede Heli-Gesellschaft begeistern. Seine Gesundheit vielleicht? »Fühlen Sie sich wohl?«
»Bestens, alter Freund. Mir geht's prima.« Diesmal war das Lächeln echt, die Stimme wie sonst. Also muß es etwas mit den Helis zu tun haben. »Wenn ich nicht mit Ihrer Hilfe rechnen könnte, würde ich nur schwer zurechtkommen.«
»Ja, ich weiß. Und ich würde Ihnen auch gern helfen, so gut ich kann.« Das Lächeln verflog, und die Stimme wurde wieder ernst. Und was soll dieses: »Ich würde Ihnen auch gern helfen«? Wird es ihm von jemandem verboten? Von Gavallan?
Nachdem Kasigi alle Möglichkeiten durchkalkuliert hatte, ohne eine befriedigende Antwort gefunden zu haben, griff er auf seine nahezu unfehlbare Masche zurück, die bei einem Fremden wie diesem gut ankommen mußte. »Mein Freund«, setzte er an, »ich weiß, daß etwas Sie bedrückt. Bitte sagen Sie mir, was es ist.« Als er sah, wie Scraggers Miene immer düsterer wurde, fügte er beschwörend hinzu: »Sie können es mir sagen, Sie können mir vertrauen, ich bin wirklich Ihr Freund.«
»Ja... ja, ich weiß das, Kumpel.«
Kasigi wartete und sah jetzt, wie der Fisch am Angelhaken zappelte. Die Leine, an der er hing, war dünn, aber stark. Sie reichte bis zu einem gebrochenen Drehflügel zurück, zu geteilten Gefahren an Bord der »Rikomaru«, gemeinsamem Kriegsdienst und Gedenken toter Kameraden. So viele von uns mußten sterben, und so viele junge. Ja, dachte er, von jäher Wut erfaßt, wenn wir nur ein Zehntel ihrer Flugzeuge, ihrer Waffen, ihrer Schiffe gehabt hätten und nur ein Zwanzigstel ihres Erdöls und ihrer Rohmaterialien, wir wären unbesiegbar gewesen, und der Kaiser hätte niemals den Krieg beendet, wie er ihn beenden mußte. Wir wären unbesiegbar gewesen – hätte es da nicht die zwei Bomben gegeben. In alle Ewigkeit sollen sie verflucht sein, die Erfinder der Bombe, die *seinen* Willen brach. »Was ist es?«
»Ich kann nicht darüber sprechen, noch nicht – tut mir leid.«
Kasigi witterte Gefahr. »Warum, mein Freund? Ich nehme doch an, daß Sie mir vertrauen«, gab er sich überrascht.
»Ja, sicher... aber die Entscheidung liegt nicht allein bei mir. Morgen in Al Schargas... so lange müssen Sie noch warten.«
»Aber wenn es so wichtig ist, sollte ich es doch jetzt schon erfahren, meinen Sie nicht?« Kasigi wußte, wann es Zeit war zu warten. Er erinnerte Scragger nicht an seine Schuld.
Scragger hing seinen Gedanken nach. In Bandar-e Delam rettete Kasigi mir das Leben, das steht fest, und an Bord seines Schiffes bei Siri bewies er, daß er Mumm hat. Und heute erwies er sich als mein Freund. Er hätte es nicht so eilig haben müssen, sich den ganzen Verdruß aufzuladen. Scragger warf einen Blick auf den Japaner. Die Stirn leicht gerunzelt, starrte Kasigi vor sich hin.

Wenn du deiner Verpflichtung nicht nachkommst, könnte Zataki leicht wild werden. Aber du kannst den Vertrag nicht erfüllen, und darum fällt es mir so schwer, dich da sitzen zu sehen – ohne mich daran zu erinnern, was ich dir schulde. »Kisch, hier ist HST. Kisch seitlich, gleichbleibend auf 300 Meter.«

»Kisch. 300 Meter beibehalten. Sie haben Verkehr genau östlich in 3000 Metern.«

Es waren zwei Jagdflugzeuge. Er zeigte sie Kasigi, der sie nicht gesehen hatte. »Es sind F 14; wahrscheinlich kommen sie aus Bandar-e Abbas.« Kasigi äußerte sich nicht dazu, er nickte nur, und Scragger fühlte sich noch elender. Bis er einen Entschluß faßte.

»Es tut mir leid«, wiederholte er. »Aber Sie werden sich bis Al Schargas gedulden müssen. Andy Gavallan kann Ihnen helfen, ich kann es nicht.«

»Er kann helfen? In welcher Form? Wo liegt das Problem?«

Nach einer kleinen Pause antwortete Scragger: »Wenn einer helfen kann, dann er. Dabei wollen wir es belassen, mein Freund.«

Kasigi hörte die Endgültigkeit heraus, nahm sie aber im Augenblick noch nicht ernst, da er zu sehr mit der neuen Gefahrensituation beschäftigt war. Daß Scragger ihm nicht in die Falle gegangen war und das Geheimnis verraten hatte, ließ ihn in seiner Achtung steigen. Aber damit ist ihm noch nicht verziehen, dachte er, während Wut in ihm aufstieg. Er hat mir genug gesagt, um mich zu warnen, jetzt muß ich sehen, wie ich auch den Rest in Erfahrung bringe. Gavallan ist also der Schlüssel? Schlüssel zu was?

Der Kopf wollte ihm schier zerplatzen. Habe ich diesem Verrückten, diesem Zataki, nicht versprochen, unverzüglich mit ihm ins Geschäft zu kommen? Wie können es diese Leute wagen, unser ganzes Projekt zu gefährden – unser *nationales* Projekt? Ohne Helis können wir nicht anfangen. Es kommt einem Verrat an Japan gleich. Was haben sie vor?

Mit viel Mühe gelang es ihm, verbindlich zu lächeln. »Natürlich werde ich so bald wie möglich mit Gavallan sprechen. Hoffen wir, daß Sie unsere neue Operation leiten werden, was?«

»Die Entscheidung liegt bei Andy Gavallan.«

Sei nicht so sicher, dachte Kasigi, denn was immer geschieht, ich werde unverzüglich Helis haben – eure, die von Guerny, ganz gleich, von wem. Aber bei meinen Samurai-Vorfahren – Iran-Toda wird keine weiteren Risiken eingehen! Niemals! Und auch ich nicht!

53

Täbris – im Palast des Khans: 10 Uhr 50. Azadeh folgte Ahmed in das im westlichen Stil eingerichtete Schlafzimmer und ging zu dem Himmelbett hinüber; jetzt, da sie sich wieder in diesen Mauern befand, überlief es sie kalt. Neben dem Bett saß eine Krankenschwester in ihrer gestärkten weißen Uniform, ein halboffenes Buch im Schoß, und musterte sie neugierig durch ihre Brille. Muffige Brokatvorhänge vor den Fenstern schützten gegen Zug. Die Lichter waren gedämpft. Und in der Luft hing der schale Geruch eines alten Mannes.

Der Khan lag mit geschlossenen Augen im Bett, sein Gesicht war blaß, sein Atem ging stoßweise, und er hing an einem Tropf, der neben dem Bett stand. Mit zerzaustem Haar und tränennassen Wangen kauerte Ayscha auf einem Lehnsessel und döste vor sich hin. Zaghaft lächelte Azadeh sie an; sie tat ihr leid. Dann wandte sie sich an die Krankenschwester, erkannte dabei aber ihre eigene Stimme nicht mehr: »Bitte, wie geht es Seiner Hoheit?«

»Ganz gut. Aber er darf sich nicht aufregen oder gestört werden«, antwortete die Schwester leise in stockendem Türkisch. Azadeh sah sie genauer an und stellte fest, daß sie Europäerin war, Mitte 50, mit gefärbtem braunem Haar. Am Ärmel hatte sie ein rotes Kreuz aufgenäht. »Oh, Sie sind Engländerin? Oder Französin?«

»Schottin«, antwortete die Frau, offensichtlich erleichtert auf Englisch. »Ich bin Schwester Bain vom hiesigen Krankenhaus. Dem Patienten geht es den Umständen entsprechend – wenn man berücksichtigt, daß er nie tut, was man ihm sagt. Und wer sind Sie bitte?«

»Ich bin seine Tochter Azadeh. Ich bin soeben aus Teheran eingetroffen. Wir... wir sind die Nacht durchgefahren.«

»Ach ja«, entgegnete die Schwester, überrascht, daß ein so häßlicher Mann eine so schöne Frau gezeugt hatte. »Wenn ich einen Vorschlag machen darf, junge Frau, es wäre besser, ihn schlafen zu lassen. Sobald er aufwacht, werde ich ihm sagen, daß Sie da sind und Sie holen lassen. Schlaf ist gut für ihn.«

Gereizt schaltete Ahmed sich ein: »Bitte, wo ist der Wächter Seiner Hoheit?«

»In einem Krankenzimmer ist kein Platz für Bewaffnete, ich habe ihn weggeschickt.«

»Es wird immer ein Wächter da sein, außer der Khan oder ich schicken ihn weg.« Zornig machte Ahmed kehrt und ging.

»Es ist ein Brauch, Schwester«, sagte Azadeh.

»Na schön. Auch so ein Brauch, den man ruhig vergessen kann.«

Azadeh betrachtete ihren Vater. Sie erkannte ihn kaum wieder. Auch jetzt kann er uns noch vernichten, Hakim und mich – er hat ja immer noch diesen Ahmed. »Sollte man ihn nicht besser nach Teheran bringen?«
»Bei einem neuerlichen Schlaganfall ganz gewiß.« Schwester Bain fühlte ihm den Puls. »Aber im Augenblick würde ich nicht empfehlen, ihn zu bewegen. Nein, jetzt noch nicht.« Sie machte eine Notiz auf das Krankenblatt und streifte Azadeh mit einem Blick. »Sie könnten der Dame sagen, daß sie nicht hierbleiben muß, sie sollte sich besser ausruhen, das arme Kind.«
»Tut mir leid, aber da darf ich mich nicht einmischen. Das ist auch so ein Brauch. Halten Sie... halten Sie einen neuen Anfall für wahrscheinlich?«
»Das weiß man nie, Mädchen, das weiß nur der liebe Gott. Wir können nur hoffen.« Sie sah sich um, als die Tür aufging. Hakim strahlte sie an. Azadehs Augen leuchteten auf. »Bitte rufen Sie mich, sobald Seine Hoheit erwacht«, sagte sie zur Krankenschwester, eilte durch das Zimmer in den Gang hinaus, schloß die Tür hinter sich und umarmte ihn. »O Hakim, Lieber, es hat lange gedauert«, flüsterte sie atemlos. »Ist es wirklich wahr?«
»Ja, ja, es ist wahr, aber...« Er hielt inne, da er Schritte hörte. Ahmed und ein Wächter kamen den Gang herauf auf sie zu. »Ich bin froh, daß du wieder da bist, Ahmed«, begrüßte Hakim ihn höflich. »Auch der Khan wird sich freuen.«
»Danke, Hoheit. Ist in meiner Abwesenheit etwas vorgefallen?«
»Nichts, außer daß Oberst Fazir heute morgen Vater sprechen wollte.«
Ahmed überkam ein Frösteln. »Wurde er vorgelassen?«
»Nein. Du hast ja Anweisung gegeben, ohne ausdrücklichen Wunsch des Khans niemanden vorzulassen, und da er gerade schlief... Er schläft fast den ganzen Tag, ich sah jede Stunde nach, und auch die Schwester sagte, daß sein Zustand sich nicht verändert hat.«
»Gut. Danke. Hat der Oberst eine Nachricht hinterlassen?«
»Nur, daß er heute nach Julfa fahren wollte – wie mit seinem ›Kollegen‹ vereinbart. Sagt dir das etwas?«
»Nein, Hoheit«, log Ahmed verbindlich.
Bevor er etwas hinzufügen konnte, erklärte Hakim: »Wir werden im Blauen Salon warten. Bitte laß uns rufen, sobald mein Vater erwacht.«
Ahmed sah ihnen nach, dem großen, gutaussehenden jungen Mann und seiner gertenschlanken, begehrenswerten Schwester. Verräter? Das herauszufinden blieb nicht mehr viel Zeit, dachte er. Er ignorierte die mißbilligenden Blicke der Schwester, kauerte sich nieder und begann seine Wache.
Was wollte dieser Hundesohn Fazir? fragte er sich. Als Haschemi Fazir am Freitag mit Armstrong und ohne Mzytryk aus Julfa zurückgekommen war, hatte er zornig den Khan zu sprechen verlangt. Ahmed war dabei gewesen, als der Khan sie empfangen und sich ebenso verblüfft wie sie gezeigt hatte, daß Mzytryk nicht mit dem Hubschrauber gekommen war. »Versuchen Sie es morgen wieder. Wenn mir der Mann einen Brief bringt, können Sie ihn lesen«, hatte der Khan gesagt.
»Danke, aber wir warten lieber. Der Chevy war nicht weit hinter uns.«

Eine Stunde später war der Chevy gekommen. Er selbst hatte den Fahrer eingelassen, während sich Haschemi und der Persisch sprechende Ungläubige im Zimmer nebenan auf die Lauer legten. »Ich habe ein vertrauliches Schreiben für Seine Hoheit«, erklärte der Russe.
Im Krankenzimmer sagte er: »Ich soll es Ihnen nur überreichen, wenn Sie allein sind, Hoheit.«
»Sie können es mir gleich geben. Ahmed ist mein Vertrauter. Geben Sie her.«
Nur zögernd gehorchte der Mann, und Ahmed erinnerte sich, wie eine fiebrige Röte dem Khan, kaum daß er zu lesen begonnen hatte, ins Gesicht stieg.
»Wünschen Sie mir eine Antwort mitzugeben?« fragte der Russe.
Der Khan schüttelte nur wütend den Kopf, schickte den Mann fort und gab Ahmed den Brief zu lesen. Da hieß es: »Mein Freund, mit großer Betroffenheit habe ich von Ihrer Erkrankung erfahren. Ich wäre jetzt bei Ihnen, kann aber nicht kommen, weil mich dringende Geschäfte hier festhalten. Ich habe schlechte Nachrichten für Sie: Es könnte sein, daß Sie und Ihr Spionagering an den Inneren Sicherheitsrat oder die SAVAMA verraten werden – wußten Sie, daß dieser Überläufer Abrim Pahmudi jetzt diese Neuausgabe der SAVAK leitet? Wenn Sie an Pahmudi verraten werden, sollten Sie unverzüglich die Flucht ergreifen, wenn Sie nicht das Innere einer Folterkammer kennenlernen wollen. Ich habe unsere Leute angewiesen, Ihnen zu helfen, wenn die Lage kritisch werden sollte. Wenn alles sicher zu sein scheint, komme ich Dienstag abend. Viel Glück.«
Dem Khan blieb nichts anderes übrig, als den beiden Männern den Brief zu zeigen. »Ist es wahr, was er da von Pahmudi schreibt?«
»Ja. Er ist ein alter Freund von Ihnen, nicht wahr?« hatte Fazir ihn gefrotzelt.
»Nein... ist er nicht. Raus!«
»Gewiß, Hoheit. Bis auf weiteres steht der Palast unter Aufsicht. Sie brauchen auch nicht zu fliehen. Bitte tun Sie nichts, um Mzytryks Ankunft am Dienstag zu verhindern. Was Pahmudi und die SAVAMA angeht, die können nichts ohne mein Einverständnis tun. In Täbris bin jetzt ich das Gesetz. Gehorchen Sie, und ich werde Sie schützen – verweigern Sie mir den Gehorsam, werden Sie sein Pischkesch sein.«
Die zwei Männer hatten sich verabschiedet, und der Khan war vor Wut fast erstickt. Plötzlich war er auf dem Fußboden gelegen, und Ahmed hatte ihn schon für tot gehalten, aber er lebte noch. Nur eine wächserne Blässe, zuckende Glieder und stoßweises Atmen.
»Wie es Allah gefällt«, murmelte Ahmed. Am liebsten würde er diese Nacht vergessen.

Im Blauen Salon: 11 Uhr 15. Nachdem sie festgestellt hatten, daß sie ganz allein waren, hob Hakim Azadeh hoch und schwang sie durch die Luft. »Oh, es ist wunderbar, wunderbar, wunderbar, dich wiederzusehen...«, begann sie, aber er flüsterte: »Sei leise, Azadeh, es gibt überall Ohren, und ganz sicher wird jemand wieder alles falsch auslegen und lügen.«

»Najoud? Soll sie doch zum Teuf...«
»Still, Liebling, sie kann uns nicht mehr wehtun. Ich bin der offizielle Erbe.«
»Oh, erzähl mir, wie alles gekommen ist, erzähl mir alles.«
Sie setzten sich auf das lange Sofa, und Hakim konnte die Worte gar nicht schnell genug über die Lippen bringen. »Zunächst einmal Erikki: Das Lösegeld beträgt zehn Millionen Rial für ihn und den Hubschrauber.«
»Vater kann das herunterhandeln und zahlen. Dann wird er sie aufstöbern und in der Luft zerreißen lassen.«
»Ja, ja, natürlich kann er das, und er hat mir in Gegenwart Ahmeds versprochen, sofort damit anzufangen, sobald du wieder da bist. Ja, und es ist auch wahr, daß er mich als Erbe eingesetzt hat, vorausgesetzt, ich schwöre bei Allah, daß ich den kleinen Hassan ebenso liebhaben werde wie dich – das habe ich natürlich gleich und gern getan –, und ich sagte, daß wir auch beide bei Allah schwören würden, in Täbris zu bleiben, daß ich lernen würde, in seine Fußstapfen zu treten, daß du hierbleiben würdest und mir helfen! Oh, wir werden so glücklich sein!«
»Das ist alles, was wir tun müssen?« fragte sie zweifelnd.
»Ja, das ist alles. Er hat mich vor der ganzen Familie zum Erben eingesetzt – sie haben ein Gesicht gemacht, als ob ihr letztes Stündlein geschlagen hätte, aber das macht nichts, Vater hat vor ihnen die Bedingungen genannt, ich habe mich natürlich sofort einverstanden erklärt, und das wirst du auch tun – warum sollten wir nicht?«
»Selbstverständlich, selbstverständlich!« Wieder umarmte sie ihn und barg ihr Gesicht an seiner Schulter, um ihre Freudentränen zu trocknen. Auf der ganzen Fahrt von Teheran herauf hatte sie herumgerätselt, was das für Bedingungen sein würden. Ahmed hatte keinerlei Andeutungen gemacht. Und jetzt? »Es ist unglaublich, Hakim, es ist wie ein Wunder. Natürlich werden wir den kleinen Hassan liebhaben, und du wirst ihm das Khanat übertragen, ihm oder seinem Nachfolger, wenn das Vaters Wunsch ist. Allah schütze uns und ihn und Erikki. Erikki kann sicher fliegen, soviel er will, warum auch nicht? Oh, es wird herrlich werden!« Sie trocknete sich die Augen. »Ich sehe sicher schrecklich aus.«
»Du siehst wunderbar aus. Jetzt erzähl mir, wie es dir ergangen ist. Ich weiß nur, daß du im Dorf mit... mit diesem britischen Saboteur erwischt wurdest und dann irgendwie geflohen bist.«
»Es war ein wahres Wunder, Hakim... dieser elende Mullah... ich kann mich gar nicht mehr erinnern, wie wir entkamen... nur was Johnny mir nachher erzählt hat... mein Johnny mit den blauen Augen, Hakim.«
Hakim machte große Augen. »Johnny aus der Schweiz?«
»Ja, er war das. Er war der britische Offizier.«
»Aber wie... das verstehe ich nicht.«
»Er hat mir das Leben gerettet, Hakim! Oh, es gibt so viel zu erzählen!«
»Als Vater von den Vorgängen im Dorf erfuhr... du weißt doch, daß der Mullah von *hezbollahis* erschossen wurde, nicht wahr?«
»Johnny hat es mir erzählt.«

»Also, als Vater von dem Dorf erfuhr, befahl er Ahmed, den Kalandar herzubringen. Er nahm ihn ins Verhör, schickte ihn zurück, ließ ihn steinigen, dem Metzger die Hände abschlagen und das Dorf niederbrennen. Das Dorf niederzubrennen, war meine Idee – diese Hunde!«
Azadeh war sehr betroffen. Das ganze Dorf niederzubrennen war eine schreckliche Rache gewesen.
Hakim ließ sich seine Hochstimmung durch nichts trüben. »Vater hat die Wachen von mir abgezogen, und ich kann mich ungehindert und frei bewegen. Alle betrachten mich als Erben, die ganze Familie, sogar Najoud, obwohl sie mit den Zähnen knirscht. Das... das hatte ich gar nicht erwartet. Du erinnerst dich doch noch, wie ich verbannt wurde? Damals verfluchte er mich und schwor, Schah Abbas wisse, wie man mit verräterischen Söhnen umgehen müsse...«
Sie zitterte, als sie an diesen Alptraum zurückdachte, an die Flüche und Wutausbrüche, obwohl sie doch beide unschuldig waren. »Was hat ihn so verändert? Mir gegenüber, uns gegenüber?«
»Es war Allahs Wille. Allah hat ihm die Augen geöffnet. Er muß wissen, daß er dem Tod nahe ist und Vorsorge treffen muß. Er ist ja schließlich der Khan. Vielleicht hat er Angst und möchte zugefügtes Unrecht wiedergutmachen. Wir haben nie etwas gegen ihn unternommen. Spielt es eine Rolle, was ihn zu seiner Sinnesänderung bewogen hat? Wir haben das Joch endlich abgeschüttelt und sind frei – das allein zählt.«

Im Krankenzimmer: 11 Uhr 16. Der Khan schlug die Augen auf. Ohne den Kopf zu bewegen erfaßte er die Grenzen seines Blickfeldes. Ahmed, Ayscha und der Wächter. Keine Krankenschwester. Dann konzentrierte er sich auf Ahmed, der am Boden hockte. »Hast' sie gebracht?« stammelte er mühsam.
»Ja, Hoheit. Vor ein paar Minuten sind wir angekommen.«
Die Krankenschwester kam in sein Gesichtsfeld. »Wie fühlen Sie sich, Exzellenz?« fragte sie ihn auf Englisch. Er hatte ihr befohlen, in dieser Sprache mit ihm zu reden.
»Immer gleich.«
»Ich werde es Ihnen ein wenig bequemer machen.« Sehr zart und behutsam – und mit viel Kraft – richtete sie ihn auf und strich Bett und Kissen glatt. »Brauchen Sie die Flasche, Exzellenz?«
Der Khan überlegte kurz. »Ja.«
Sie versorgte ihn mit dem Urinal. Abdullah Khan fühlte sich beschmutzt, weil eine Ungläubige diese Handreichung an ihm vornahm, obwohl er mittlerweile erkannt hatte, daß sie enorm kompetent, überaus klug und sehr gut war, die beste in Täbris – Ahmed hatte dafür gesorgt –, in jeder Beziehung besser als Ayscha, die sich als völlig nutzlos erwiesen hatte.
»Exzellenz?«
Er nahm die Tablette und einen Schluck Wasser. Angenehm kühle Hände hielten das Glas. Dann fiel sein Blick wieder auf Ahmed. Froh, daß sein Vertrauter wieder da war, lächelte er ihn an. »Gute Fahrt?«

»Ja, Hoheit.«
»Freiwillig? Oder mit Gewalt?«
Ahmed lächelte. »Es ging alles, wie Sie es geplant hatten, Hoheit. Freiwillig.«
»Ich meine, Sie sollten nicht so viel sprechen, Hoheit«, sagte die Krankenschwester.
»Gehen Sie.«
Sie tätschelte seine Schulter. »Möchten Sie etwas essen, vielleicht ein wenig Khoresch?«
»Halvah.«
»Der Arzt hat gesagt, Süßigkeiten tun Ihnen nicht gut.«
»Halvah!«
Schwester Bain seufzte. »Wenn er unbedingt welche haben will, geben Sie sie ihm«, hatte der Arzt hinzugefügt. »Spielt ja doch keine Rolle mehr. *Inscha'Allah.*« Sie holte sie, steckte ihm ein Stück in den Mund und wischte den Speichel weg.
»Ihre Tochter ist aus Teheran gekommen, Exzellenz«, sagte sie. »Sie hat mich gebeten, sie sofort zu rufen, wenn Sie erwachen.«
Abdullah Khan fand das Sprechen höchst eigenartig. Er bemühte sich, Sätze laut werden zu lassen, aber sein Mund öffnete sich nicht, wenn er sich öffnen sollte, und die Worte blieben lange Zeit in seinem Kopf. Wenn dann endlich das, was er sagen wollte, in vereinfachter Form über seine Lippen kam, waren die Worte nicht so formuliert, wie sie hätten sein sollen. Aber warum? Ich tue doch nichts, was ich früher nicht auch getan hätte? Wann früher? Ich weiß es nicht. Ich sehe nur eine tiefe Schwärze vor mir. Glühendheiße Nadeln stechen mich, und ich kann nicht atmen. »Wie?«
»Ja, Exzellenz?«
Wieder das Warten. »Wie reden?«
»Ach ja«, erwiderte sie und verstand sofort. Sie hatte viel Erfahrung mit Herzinfarkten. »Keine Bange, am Anfang wird es Ihnen ein wenig schwerfallen. Das gibt sich später. Sie müssen so viel wie möglich ruhen, und Sie dürfen sich keine Sorgen machen, das ist sehr wichtig. Ruhe und Arzneien und Geduld, und bald sind Sie wieder der alte. Alles klar?«
»Ja.«
»Soll ich nach Ihrer Tochter schicken? Sie hatte es sehr eilig, mit Ihnen zu sprechen. So ein hübsches Mädchen!«
Warten. »Später. Später sprechen. Jetzt fortgehen, alle... außer Ahmed.«
Schwester Bain zögerte. »Ich gebe Ihnen zehn Minuten – wenn Sie mir versprechen, nachher zu schlafen. Abgemacht?«
»Ja.«
Als sie allein waren, ging Ahmed nahe ans Bett heran. »Hoheit?«
»Wiev... Uhr?«
Ahmed warf einen Blick auf seine funkelnde goldene Armbanduhr, sein ganzer Stolz. »Fast halb zwölf, Hoheit. Heute ist Dienstag.«
»Pjotr?«

»Ich weiß es nicht, Hoheit. Wenn er heute nach Julfa kommt, wird Fazir schon auf ihn warten.«
»*Inscha'Allah.* Azadeh?«
»Sie hat sich echte Sorgen um Ihr Wohlbefinden gemacht und war sofort bereit zu kommen. Vor ein paar Minuten sah ich sie zusammen mit Ihrem Sohn. Ich bin sicher, daß sie mit allem einverstanden sein wird, um ihn zu schützen – und umgekehrt.« Ahmed bemühte sich, alles klar und deutlich auszusprechen, um ihn nicht zu übermüden. »Was wünschen Sie, daß ich tun soll?«
»Alles.« Alles, was ich beschlossen habe, und noch ein wenig mehr, dachte der Khan mit großem Behagen: dem Lösegeldboten die Kehle durchschneiden, damit seine Stammesbrüder das gleiche mit dem Piloten machen; unter Anwendung aller Mittel herausfinden, ob diese Bälger Verräter sind, und wenn sie es sind, Hakim die Augen ausstechen und sie, gleich nachdem sie Witwe geworden ist, zu Pjotr hinaufschicken; wenn sie es nicht sind, Najoud langsam zerstückeln. Und Pahmudi! Auf seinen Kopf einen Preis aussetzen, der selbst den Teufel verlocken würde. Aber zuerst versuchen, Fazir dafür zu gewinnen und ihm sagen, ich will meine Rache. Ich will, daß Pahmudi gefoltert, vergiftet, zerstückelt, verstümmelt, kastriert wird...
Sein Herz begann zu hämmern, und er wollte die Hand heben, um sie auf die Brust zu legen, aber die Hand gehorchte ihm nicht. Er sah sie auf der Decke liegen, aber sie rührte sich nicht. Und er hatte kein Gefühl – weder in der Hand, noch im Arm. Würgende Angst befiel ihn.
Haben Sie keine Angst, hatte die Schwester gesagt, erinnerte er sich, während seine Verzweiflung zunahm. Sie haben einen Infarkt gehabt, das ist alles, keinen schweren, hatte sie gesagt, und der Arzt auch. Viele Leute erleiden Infarkte. Der alte Hussain Komargi hatte einen, noch kein Jahr ist es her, und er ist immer noch am Leben und aktiv und behauptet, immer noch mit seiner jungen Frau ins Bett gehen zu können. Ich bin ein guter Moslem und komme ins Paradies... Ich habe nichts zu fürchten. Nichts zu fürchten, nichts zu fürchten... wenn ich sterbe, komme ich ins Paradies.
Ich will nicht sterben, schrie er, ich will nicht sterben. Aber er schrie nur in seiner Vorstellung – zu hören war nichts.
»Was wünschen Sie, Hoheit?«
Er sah Ahmeds Sorge, und das beruhigte ihn ein wenig. Gott sei gedankt für Ahmed, auf ihn kann ich mich verlassen. Schweiß lief ihm über den Rücken. Was wollte ich jetzt eigentlich von ihm? Ach ja. »Familie. Alle hier. Später. Zuerst Azadeh, Hakim, Najoud – verstanden?«
»Ja, Hoheit. Um die Nachfolge zu bestätigen?«
»Ja.«
»Ich habe Ihre Erlaubnis, die Gnädigste zu befragen?«
Er nickte. Seine Augenlider waren bleischwer. Er wartete auf das Nachlassen der Schmerzen in der Brust. Er bemühte sich, seine Beine zu bewegen, aber es funktionierte erst beim zweiten Mal, und auch da nur mit großer Mühe. Von neuem überkam ihn tödlicher Schrecken; er geriet in Panik und änderte seine

Entschlüsse. »Zahl Lösegeld schnell. Pilot her. Erikki her. Ich nach Teheran. Verstanden?« Er sah Ahmed nicken. »Schnell«, stammelte er und bedeutete ihm zu gehen. Die Panik ließ nach. »Zahl Lösegeld jetzt – geheim. Hol Schwester.«

Nahe der Abzweigung bei Julfa: 18 Uhr 25. Unter den schneebeladenen Bäumen lagen Haschemi Fazir und Armstrong wieder auf der Lauer. Unten wartete der Chevy: Scheinwerfer abgeblendet, Fenster offen, zwei Männer auf dem Vordersitz. Hinter ihnen, zu beiden Seiten der Straße Julfa–Täbris über den Hang verteilt, wartete eine etwa 50 Mann starke paramilitärische Einheit. Die Sonne war hinter den Bergen verschwunden, und der Himmel wurde merklich dunkler.

»Es bleibt ihm nicht mehr viel Zeit«, brummte Haschemi.

»Die Maschine ist auch das letztemal erst nach Einbruch der Dunkelheit gekommen.«

»Der Schlag soll ihn treffen – ich bin bis auf die Knochen durchgefroren.«

»Jetzt dauert es nicht mehr lange, Haschemi, alter Freund!« Wenn es nach ihm ginge, dachte Armstrong, würde er bis zum Jüngsten Tag warten, um Mzytryk alias Suslew alias Brodnin in die Finger zu bekommen. So wie er auch nach dem Debakel vom vergangenen Freitag vorgeschlagen hatte, in Täbris zu bleiben. »Laß mir die Männer da, Haschemi. Ich werde dann aus dem Hinterhalt angreifen. Fahr du nach Teheran zurück, ich weiß, du hast alle Hände voll zu tun. Ich warte hier, schnappe ihn und bringe ihn dir.«

»Nein, ich reise sofort ab und bin Dienstag ganz früh wieder da. Du kannst hierbleiben.«

»Hier« war eine konspirative Wohnung mit Aussicht auf die Blaue Moschee, warm, behaglich und mit einem ansehnlichen Vorrat an Whisky ausgestattet.

»War das eigentlich dein Ernst, als du Abdullah Khan sagtest, daß du jetzt hier das Gesetz bist, und daß SAVAMA und Pahmudi ohne deine Unterstützung nichts ausrichten können?«

»O ja.«

»Pahmudi ist Abdullah richtig unter die Haut gegangen – das muß es gewesen sein, was ihn um den Verstand gebracht hat. Um was geht es da eigentlich?«

»Pahmudi ließ Abdullah aus Teheran ausweisen.«

»Na so was! Warum?«

»Das ist eine alte Feindschaft, die schon Jahre zurückgeht. Nachdem Abdullah 1953 Khan wurde, riet er verschiedenen Premierministern und Hofbeamten mit Nachdruck, sich nur mit großer Vorsicht an politische Reformen und sogenannte Modernisierungen heranzuwagen. Pahmudi, der in Europa erzogene Intellektuelle aus guter Familie, war immer gegen ihn, verachtete ihn und verwehrte ihm den Zutritt zum Schah. Bedauerlicherweise fand Pahmudi ein offenes Ohr beim Schah.«

»Um ihn am Ende zu verraten.«

»Vielleicht sogar von Anfang an. Zum ersten Mal gerieten sich Pahmudi und Abdullah Khan 1963 offen über die vom Schah angeregten Reformen in die

Haare – Wahlrecht für Frauen, Wahlrecht für Nicht-Moslems und der Einzug der Nicht-Moslems in die Madschlis. Wie jeder vernünftige Iraner wußte natürlich auch Abdullah, daß sich unter den religiösen Führern ein Sturm der Entrüstung erheben würde.«

»Kaum zu glauben, daß niemand an den Schah herankommen konnte, um ihn zu warnen.« Armstrong schüttelte den Kopf.

»Oh, das ist vielen gelungen, aber sie hatten nicht genug Einfluß. Von uns standen die meisten auf der Seite von Khomeini. In seinem Kampf gegen Pahmudi verlor Abdullah eine Runde nach der anderen. Gegen unser aller Rat verordnete der Schah eine Kalenderreform. Den islamischen, der den Moslems genauso heilig ist wie den Christen die Geburt Christi, wollte er zugunsten eines frei erfundenen, der auf Cyrus den Großen zurückging, aufgeben. Damit stieß er natürlich alle Moslems vor den Kopf und mußte den Plan wieder fallenlassen.«

Haschemi leerte seinen Whisky, schenkte sich aber gleich noch einen ein. »Dann forderte Pahmudi Abdullah in aller Öffentlichkeit auf, sich zu verpissen – wörtlich –, warf ihm höhnisch vor, ein rückschrittlicher Dummkopf zu sein und im finstersten Mittelalter zu leben – ›Ist ja kein Wunder, wenn man aus Aserbeidschan kommt‹ –, und befahl ihm, sich von Teheran fernzuhalten. Andernfalls würde er verhaftet werden. Zu allem Überfluß ließ er eindeutige Karikaturen in den Zeitungen erscheinen.«

»Ich hätte Pahmudi nie für so schwachsinnig gehalten«, wunderte sich Armstrong.

»Zum Glück ist er es aber – und darum sind seine Tage gezählt.«

Armstrong entsann sich der merkwürdigen Zuversicht, die Haschemi beseelt hatte, und wie unentschlossen dagegen er gewesen war. Während er auf Haschemis Rückkehr nach Täbris wartete, wurde dieser Eindruck immer stärker. Sich in diesen Tagen auf den Straßen zu zeigen, wäre unklug; immer noch trugen dort rivalisierende Gruppen Kämpfe aus. Tagsüber sorgten Polizei und loyales Militär im Namen des Ayatollah für Frieden – nachts war es wesentlich schwerer, wenn nicht gar unmöglich, kleine Gruppen von Fanatikern davon abzuhalten, Teile der Stadt zu terrorisieren. »Wir könnten sie immer noch zerschlagen, wenn dieser alte Teufel Abdullah uns helfen würde.«

»Hat denn Abdullah Khan noch als Halbtoter soviel Macht?«

»O ja, er hat schließlich den erblichen Titel eines Khans, ist Führer eines großen Stammes. Sein Reichtum, der sichtbare und der unsichtbare, kann es ohne weiteres mit dem eines Schahs aufnehmen.«

»Er wird bald sterben. Und was kommt dann?«

»Sein Nachfolger wird die gleiche Macht besitzen – vorausgesetzt, dieser arme Hund Hakim bleibt am Leben, um sie zu nutzen. Habe ich dir erzählt, daß er zum Erben eingesetzt wurde?«

»Nein. Was ist daran so bemerkenswert?«

»Hakim ist der älteste Sohn. Er fiel in Ungnade und mußte viele Jahre in Khoy leben. Jetzt wurde er zurückgebracht und wieder in seine Rechte eingesetzt.«

»Warum wurde er denn verbannt?«
»Das übliche. Er wurde bei dem Versuch ertappt, seinen Vater ins Jenseits zu befördern – wie Abdullah das mit seinem Vater getan hat.«
»Bist du sicher?«
»Nein. Aber seltsamerweise starb Abdullahs Vater in der Datscha seines Freundes Mzytryk in Tiflis.« Haschemi lächelte. »An einem Schlaganfall.«
»Wie lange weißt du das schon?«
»Lange genug. Wir werden deinen Mzytryk fragen, ob es wahr ist – sobald wir ihn haben. Was Abdullah angeht, hoffe ich nur, daß er so lange am Leben bleibt, bis er den Befehl gegeben hat, uns bei unseren Friedensbemühungen zu unterstützen. Dann kann er von mir aus vermodern. Ich hasse diesen gemeinen alten Kerl, weil er immer ein falsches Spiel getrieben und uns alle für seine eigenen Zwecke mißbraucht hat. Ja, ich hasse ihn, Pahmudi würde ich ihn aber trotzdem nie in die Hände fallen lassen; dazu ist er – auf seine abscheuliche Art – ein zu guter Patriot. Ich mache mich jetzt auf den Weg nach Teheran. Du weißt, wo du mich finden kannst. Brauchst du Gesellschaft für dein Bett?«
»Ich bin mit fließend heißem und kaltem Wasser zufrieden.«
»Du solltest ein bißchen experimentieren; versuch es doch zur Abwechslung mal mit einem Jungen. Um Himmels willen, sei bloß nicht so verlegen! Du hast mich schon so oft enttäuscht, ich weiß gar nicht, warum ich soviel Geduld mit dir habe.«
»Danke.«
»Wenn es um Sex geht, seid ihr Engländer schrecklich verdorben und verklemmt. Zu viele von euch sind heimliche Homosexuelle, oder geben es sogar zu, widerliche Sünder in den Augen der übrigen. In arabischen Ländern aber, wo Freundschaft unter Männern historisch normal und etwas ganz Gewöhnliches ist, kennt man Homosexualität, wie ihr sie versteht, überhaupt nicht. Angenommen, ein Mann zieht den Analverkehr vor. Na, wenn schon! Hier schadet das seiner Männlichkeit nicht. Mach dich um eine Erfahrung reicher, Robert – das Leben ist so kurz. Bis dahin wird sie dir nach Wunsch zur Verfügung stehen. Beleidige mich nicht, indem du sie bezahlst.«
»Sie« war eine attraktive christliche Kaukasierin, und er bediente sich ihrer ohne Leidenschaft. Es war nur eine höfliche Geste, er dankte ihr, ließ sie im Bett schlafen und auch den folgenden Tag noch bleiben, um sauber zu machen, zu kochen und ihn zu unterhalten. Als er heute morgen die Augen geöffnet hatte, war sie verschwunden gewesen.
Jetzt sah Armstrong zum westlichen Himmel auf. Es wurde rasch dunkel. Sie warteten noch eine halbe Stunde.
»Der Pilot wird nicht mehr landen können, Robert. Gehen wir.«
»Der Chevy hat sich nicht gerührt«, hielt Armstrong ihm entgegen. »Ich gehe erst, wenn der Chevy losfährt. Okay?«
Der stämmige Iraner musterte ihn kalt. »Unten wird ein Wagen warten. Der bringt dich dann in unsere konspirative Wohnung. Warte dort auf mich. Ich muß nach Teheran zurück. Ich habe dort dringende Geschäfte – wichtiger als dieser Hundesohn. Übrigens glaube ich, daß er etwas gemerkt hat.«

»Wann kommst du wieder?«
»Morgen. Wir müssen uns ja auch um den Khan kümmern.« Fluchend stapfte er davon.
Armstrong sah ihm nach. Er war froh, allein zu sein. Haschemi wurde immer schwieriger, immer gefährlicher, immer nervöser. Zu nervös für den Chef des Inneren Sicherheitsrates, der soviel Macht besaß und im geheimen über eine Schar ausgebildeter Mörder verfügte. Es ist an der Zeit, an einen Ausstieg zu denken, Robert. Aber ich kann nicht, noch nicht. Komm schon, Mzytryk, das Mondlicht reicht aus, um zu landen.
Kurz nach zehn ließ der Chevy die Scheinwerfer aufflammen. Die zwei Männer kurbelten die Fenster hoch und fuhren in die Nacht hinaus. Armstrong zündete sich eine Zigarette an. Nachdem er genußvoll zu Ende geraucht hatte, trat er den Stummel aus und ging zu dem wartenden Wagen hinunter.

Nahe der iranisch-sowjetischen Grenze: 23 Uhr 05. Erikki lag in der kleinen primitiven Hütte und versuchte zu schlafen. Sein Kinn war stoppelig. Ein Docht, der auf Öl in einer alten angeschlagenen Tonschale schwamm, tropfte und warf gespenstische Schatten. Er schlug die Augen auf und sah sich um. Er war allein in der Hütte. Lautlos schlüpfte er unter den Decken und Tierfellen hervor. Er war völlig angekleidet. Er zog seine Stiefel an, ging zur Tür und öffnete sie leise.
Den Kopf ein wenig zur Seite geneigt, stand er einen Augenblick lang lauschend da. Tiefziehende Wolken umnebelten den Mond, der Wind bewegte nur die dünnsten Kiefernzweige. Es waren keine Wachen zu sehen, und nichts rührte sich in der Nähe des Pultdachs, unter dem die 212 abgestellt war. Einem Jäger gleich schlich er sich um die Hütte herum und auf den Anbau zu. Die 212 war für die Nacht eingemummt worden, Felle und Decken, wo sie am nötigsten gebraucht wurden, alle Türen geschlossen. Durch ein Seitenfenster der Kabine konnte er zwei Stammesangehörige ausmachen, die, das Gewehr neben sich, in Decken eingerollt auf den Sitzen lagen und schnarchten. Der Wächter im Cockpit war hellwach, hatte Erikki aber noch nicht gesehen. Leise Schritte näherten sich; der Geruch von Ziegen und Schafen und schalem Tabak ging ihnen voraus.
»Was gibt es, Pilot?« fragte der junge Scheich Bayazid leise.
»Ich weiß es nicht.«
Der Wächter hörte sie, steckte den Kopf aus dem Cockpitfenster, begrüßte seinen Anführer und wollte wissen, was los war.
»Nichts«, antwortete Bayazid und starrte nachdenklich ins Dunkel. In den wenigen Tagen, da der Fremde im Dorf war, hatte er ihn zu schätzen und zu respektieren gelernt – als Mann und nun auch als Jäger. Erst heute hatte er ihn in den Wald mitgenommen, um ihn zu testen, und ihm zu seinem eigenen Vergnügen sogar ein Gewehr gegeben. Mit dem ersten Schuß hatte Erikki eine Bergziege so sauber erledigt, wie er es nicht besser hätte machen können. Bayazid hatte sich schon überlegt, was der Fremde wohl mit dem Gewehr

anfangen würde – es törichterweise gegen ihn richten oder gar in die Wälder flüchten. Es hätte ihm Spaß gemacht, ihn dort zu jagen. Doch der Rotschopf mit dem Messer hatte nur Wild gejagt und seine Gedanken für sich behalten.
»Hast du etwas gemerkt – Gefahr?«
»Ich weiß es nicht.« Erikki starrte in die Nacht hinaus. Keine Geräusche bis auf den Wind und ein paar jagende Nachttiere. »Immer noch keine Antwort?«
»Nein, noch nichts Neues.«
Einer der zwei Boten war heute nachmittag zurückgekommen. »Der Khan ist sehr, sehr krank, dem Tod nahe«, hatte er berichtet. »Aber er versprach, uns bald zu antworten.«
»Und wenn er stirbt, was dann?« hatte Erikki gefragt.
»Dann wird sein Erbe zahlen – oder auch nicht. *Inscha'Allah.*«
Der Scheich zog den Schulterriemen mit seinem Sturmgewehr zurecht. »Komm auf die andere Seite. Hier ist es kalt.« Von hier aus konnten sie ins Tal hinabsehen.
Knapp 30 Minuten zum Palast und zu Azadeh, dachte Erikki, und dennoch keine Möglichkeit zu entkommen.
Jedesmal, wenn er die Triebwerke startete, um die Batterien aufzuladen und das Öl zirkulieren zu lassen, waren fünf Gewehre auf ihn gerichtet. Hin und wieder schlenderte er ans Ende des Dorfes oder er stand in der Nacht auf, wie auch jetzt, immer bereit loszulaufen und die Flucht zu Fuß zu riskieren. Aber er hatte nie eine Chance, die Wachen paßten zu gut auf. Heute, während des Jagdausflugs, war die Versuchung auszubrechen groß gewesen, aber es hatte natürlich keinen Sinn. Er wußte, daß sie nur mit ihm spielten.
»Es ist nichts, Pilot, geh wieder schlafen«, sagte Bayazid. »Vielleicht gibt es morgen eine gute Nachricht. Wie es Allah gefällt.«
Erikki blieb stumm. Seine Augen suchten das Dunkel ab, aber es war ihm nicht möglich, sich von seinen Vorahnungen zu befreien. Vielleicht ist Azadeh in Gefahr, vielleicht ist es aber auch gar nichts, und nur die Warterei und die Ungewißheit machen mich langsam verrückt. Sind Ross und sein Soldat geflüchtet, und was ist mit diesem verdammten Pjotr Mzytryk und Abdullah?
»Ich stimme Ihnen zu, wie es Allah gefällt, aber ich will hier raus. Die Zeit ist da.«
Der Scheich lächelte und ließ seine abgebrochenen Zähne sehen. »Dann werde ich dich fesseln müssen.«
Erikki erwiderte das Lächeln, es war ebenso kalt. »Ich werde bis morgen abend warten. Im Morgengrauen des folgenden Tages verlasse ich das Dorf.«
»Nein.«
»Es wäre besser für Sie und für mich. Wir können mit Ihren Männern in den Palast eindringen. Ich kann...«
»Nein. Wir warten.«
»Ich kann im Hof landen, ich rede mit ihm, Sie bekommen das Löse...«
»Nein. Wir warten hier. Dort ist es nicht sicher.«
»Entweder wir gehen zusammen, oder ich gehe allein.«
Der Scheich zuckte die Achseln. »Ich habe dich gewarnt, Pilot.«

Im Palast des Khans: 23 Uhr 38. Ahmed trieb Najoud und ihren Mann Mahmud wie Vieh vor sich her, das Haar verwuschelt, beide noch im Nachtgewand. Vor Schreck waren sie wie gelähmt, Najoud liefen die Tränen übers Gesicht. Zwei Wächter folgten ihnen. Ahmed hatte immer noch das Messer in der Hand. Vor einer halben Stunde war er mit den Wächtern in ihre Gemächer eingedrungen und hatte sie aus dem Bett geholt. Der Khan, teilte er ihnen mit, wisse nun endlich, daß sie ihn belogen hatten, als sie ihm erzählten, Hakim und Azadeh hätten sich gegen ihn verschworen. Heute abend habe eine der Dienerinnen gestanden, sie hätte das fragliche Gespräch mitangehört, und von einer Verschwörung gegen den Khan wäre nie die Rede gewesen.
»Lügen!« stieß Najoud hervor, halb geblendet von der Taschenlampe, die einer der Wächter auf ihr Gesicht richtete, während der andere Mahmud einen Revolver an die Schläfe hielt. »Alles Lügen!«
Ahmed ließ sein nadelscharfes Messer aus der Scheide gleiten und hielt es unter ihr linkes Auge. »Es sind keine Lügen! Sie sind vor dem Khan meineidig geworden, denn Sie haben bei *Allah* geschworen, und darum bin ich jetzt auf Befehl des Khans gekommen, um Ihnen das Augenlicht zu nehmen.« Er berührte ihre Haut mit der Spitze seines Messers.
»Nein, bitte... ich flehe dich an... Warte, warte...«
»Geben Sie zu, gelogen zu haben?«
»Nein. Ich habe nie gelogen. Laß mich zu meinem Vater! Er würde das nie befehlen, ohne mich vorher gesehen zu...«
»Aber Sie werden ihn nie wieder *sehen!* Warum sollte er Sie *sehen?* Sie haben ihn belogen und werden ihn wieder belügen!«
Seine Lippen verzerrten sich zu einem Lächeln. In all den Jahren hatte er immer gewußt, daß sie log. Es hatte ihm nichts ausgemacht. Bis jetzt. »Im Namen *Allahs* haben Sie gelogen.« Die Messerspitze durchstach die Haut. Die von panischem Schrecken erfaßte Frau versuchte zu schreien, aber er hielt ihr seine andere Hand vor den Mund, und die Versuchung war groß, das halbe Zoll tiefer zu stechen, auf der einen und dann auf der anderen Seite, und damit würde alles ein für allemal vorbei sein. »Lügnerin!«
»Gnade!« kreischte sie. »In Allahs Namen, Gnade!«
Er lockerte seinen Griff, beließ aber das Messer unter ihrem Auge. »Ich kann an Ihnen keine Gnade üben. Flehen Sie Allah um Gnade an, denn der Khan hat sein Urteil über Sie gesprochen.«
»Warte... warte«, wimmerte sie, als sie spürte, wie seine Muskeln sich für den Stich spannten, »bitte laß mich zum Khan gehen... laß mich ihn um Gnade anflehen... ich bin seine Tochter...«
»Geben Sie zu, gelogen zu haben?«
Sie zögerte, und sogleich nahm der Druck des Messers um ein Spur zu. »Ich gebe zu... ich gebe zu, daß ich übertrieb...«
»In Allahs Namen: Haben Sie gelogen, ja oder nein?«
»Ja... ja... ich habe gelogen. Bitte laß mich zu meinem Vater... bitte!« Tränen rollten ihr über die Wangen. Er zögerte, tat, als wäre er seiner Sache nicht sicher, funkelte dann ihren Mann an, der vor Angst zitternd auf dem Boden lag.

»Ich weiß überhaupt nichts davon«, stotterte Mahmud. »Nie habe ich den Khan angelogen. Ich wußte ja gar nichts...«

Ahmed trieb sie vor sich her. Die Tür des Krankenzimmers öffnete sich. Azadeh, Hakim und Ayscha waren da, vor wenigen Minuten herbeizitiert, auch sie im Nachtgewand, alle verängstigt, einschließlich der Krankenschwester. Die Augen blutunterlaufen, brütete der Khan dumpf vor sich hin. Najoud fiel auf die Knie und stieß hervor, sie habe in bezug auf Hakim und Azadeh übertrieben – doch als Ahmed auf sie zukam, gestand sie plötzlich: »Ich habe gelogen, ich habe gelogen, bitte verzeih mir, Vater... verzeih mir... Gnade... Gnade...« Mahmud sagte, er habe nichts davon gewußt, sonst hätte er natürlich etwas dagegen unternommen, bei Allah, das hätte er. Beide flehten um Gnade, und doch wußten alle im Zimmer, daß es vergebens war.

Der Khan räusperte sich laut. Stille. Aller Augen waren auf ihn gerichtet. Sein Mund arbeitete, aber kein Laut war zu hören. Die Krankenschwester und Ahmed kamen näher heran. »Ahmed bleiben... und auch Hakim, Azadeh... die anderen gehen – die *beiden* unter Bewachung abführen.«

»Hoheit«, wandte sich Schwester Bain sanft an ihren Patienten, »hat das nicht bis morgen Zeit? Sie sind ja völlig erschöpft. Bitte erledigen Sie das doch morgen.«

Der Khan schüttelte nur den Kopf. »Jetzt.«

Die Krankenschwester war sehr müde. »Ich übernehme keine Verantwortung, Agha. Bitte machen Sie es so kurz wie möglich.« Ärgerlich ging sie hinaus. Zwei Wächter rissen Mahmud und Najoud hoch und führten sie weg. Schwankend verließ auch Ayscha das Zimmer. Der Khan schloß die Augen und nahm alle seine Kräfte zusammen. Nur sein schweres würgendes Atmen unterbrach die Stille. Ahmed, Azadeh und Hakim warteten. Zwanzig Minuten vergingen. Der Khan öffnete die Augen. Für ihn waren es nur Sekunden gewesen. »Mein Sohn, vertraue Ahmed als deinem ersten Berater.«

»Ja, Vater.«

»Schwört bei Allah, ihr beide!«

Sie schworen, und er hörte aufmerksam zu. Schon früher hatten sie vor der ganzen Familie das gleiche geschworen und was sonst noch von ihnen verlangt wurde: den kleinen Hassan zu lieben und auf ihn achtzugeben; in Täbris zu bleiben; Hakim mußte versprechen, Hassan zu seinem Erben zu machen, und Azadeh mußte zumindest zwei Jahre im Iran bleiben, ohne das Land zu verlassen.

Der Khan verübelte es Hakim und Azadeh, daß sie Najouds Lügen viele Jahre lang hingenommen und ungestraft gelassen hatten. Und er haßte Najoud und Mahmud, weil sie solche Schwächlinge waren. Keine Mut, keine Kraft. Na ja, Hakim wird lernen, und Azadeh ebenfalls. Wenn ich nur mehr Zeit hätte...

»Azadeh!«

»Ja, Vater.«

»Najoud. Welche Strafe?«

Sie erschrak abermals und zögerte mit der Antwort. Sie kannte seine Denk-

weise, spürte, wie die Falle zuzuschlagen drohte. »Verbannung. Verbannung für sie, ihren Mann und ihre Familie.«
Närrin, dachte er. Nie wirst du einen Khan der Gorgons gebären. Aber er war zu müde, um es auszusprechen. Und so nickte er bloß und bedeutete ihr zu gehen. Aber bevor sie ging, trat sie an das Bett heran und küßte ihres Vaters Hand. »Sei gnädig, bitte sei gnädig, Vater!« Sie zwang sich zu einem Lächeln, streichelte ihn noch einmal und verließ den Raum.
Er wartete, bis sie die Tür hinter sich geschlossen hatte. »Hakim?«
Auch Hakim hatte die Falle entdeckt und fürchtete, das Mißfallen seines Vaters zu erregen. Auch er wollte seine Rache stillen, aber er forderte nicht das böswillige Urteil, das sein Vater jetzt sprechen würde. »Verbannung für alle Zeiten ohne einen Rial«, schlug er vor. »Sie sollen sich in Zukunft selbst ihr Brot verdienen. Überdies sollen sie aus dem Stamm ausgeschlossen werden.«
Schon besser, dachte Abdullah. Normalerweise wäre das eine mehr als harte Strafe. Aber nicht, wenn man ein Khan ist und diese Leute eine ständige Bedrohung darstellen. Er entließ seinen Sohn mit einer Handbewegung. Wie Azadeh küßte auch er seinem Vater die Hand und wünschte ihm eine angenehme Ruhe.
»Ahmed?« fragte Abdullah, als sie allein waren.
»Wir verbannen sie morgen, ohne ihnen einen Rial mitzugeben, und bringen sie unter Bewachung in das Ödland nördlich von Mesched. In einem Jahr und einem Tag, wenn sie sicher sind, mit dem Leben davongekommen zu sein, wenn sie sich irgendein Geschäft oder ein Haus oder eine Hütte aufgebaut haben, brennen wir alles nieder und töten sie – sie und ihre drei Kinder.«
Der Khan lächelte. »Gut. Mach das.«
»Jawohl, Hoheit.« Ahmed erwiderte sein Lächeln. Er war sehr zufrieden.
»Will jetzt schlafen.«
»Schlafen Sie wohl, Hoheit.« Ahmed sah, wie sich die Augen schlossen und die Gesichtszüge erschlafften. Schon nach wenigen Sekunden begann der Kranke pfeifend zu schnarchen.
Ahmed wußte, daß er jetzt sehr vorsichtig sein mußte. Leise öffnete er die Tür. Hakim, Azadeh und die Krankenschwester standen wartend im Gang. Besorgt ging Schwester Bain an ihm vorbei und fühlte dem Khan den Puls.
»Wie geht es ihm?« fragte Azadeh von der Tür her.
»Wer kann das sagen, Mädchen? Er hat sich sehr verausgabt. Sie sollten jetzt alle gehen.«
Nervös wandte sich Hakim an Ahmed. »Was hat er beschlossen?«
»Sie werden morgen bei Tagesanbruch in das Ödland nördlich von Mesched gebracht. Überdies werden sie aus dem Stamm ausgeschlossen. Er wird es Ihnen morgen selbst sagen, Hoheit.«
»Wie es Allah gefällt.« Azadeh war sehr erleichtert zu hören, daß die Strafe nicht strenger ausgefallen war. Hakim wurde es warm ums Herz, als er erfuhr, daß der Khan seinen Rat befolgt hatte. »Meine Schwester und ich,

wir wissen gar nicht, wie wir dir dafür danken sollen, daß du für uns gesprochen, und daß du, na ja, daß du der Wahrheit zum Sieg verholfen hast.«
»Danke, Hoheit, aber ich habe nur dem Khan gehorcht. Wenn die Zeit kommt, werde ich Ihnen dienen, wie ich Seiner Hoheit gedient habe – das mußte ich ihm schwören. Gute Nacht.« Ahmed lächelte in sich hinein, schloß die Tür und ging zum Bett zurück. »Wie geht es ihm?« fragte er die Schwester.
»Nicht sehr gut, Agha.« Der Rücken tat ihr weh, und sie war todmüde. »Morgen muß eine Kollegin als Ersatz für mich einspringen. Wir sollten hier zwei oder drei Schwestern haben. Tut mir leid, aber allein kann ich nicht weitermachen.«
»Sie können verlangen, soviel sie wollen, wenn Sie nur bleiben. Seine Hoheit ist mit Ihrer Pflege sehr zufrieden. Wenn Sie wollen, werde ich jetzt ein oder zwei Stunden auf ihn aufpassen. Im Nebenraum ist ein Sofa, und ich kann Sie ja rufen, wenn es nötig sein sollte.«
»Oh, das ist sehr liebenswürdig von Ihnen. Ich könnte eine kleine Ruhepause jetzt sehr gut gebrauchen, aber rufen Sie mich, wenn er aufwacht.«
Er führte sie ins Nebenzimmer, beauftragte den Wächter, ihn in zwei Stunden abzulösen, und begann die Nachtwache. Nach einer Stunde warf er einen Blick ins Nebenzimmer. Sie schlief tief und fest. Er versperrte die Tür, holte tief Atem, zerzauste sich das Haar, stürzte zum Bett und fing an, den Khan heftig zu rütteln. »Hoheit«, zischte er in gespielter Aufregung, »wachen Sie auf, wachen Sie auf!«
Der Khan kämpfte sich aus bleiernem Schlaf. Er wußte nicht, wo er war, was geschehen war oder ob er wieder einen Alptraum hatte. »Was... was...« Dann schärfte sich sein Blick und er sah einen zu Tode erschrockenen Ahmed. Noch nie hatte er seinen Vertrauten in dieser Verfassung erlebt. Angst befiel den Khan. »Was...«
»Schnell, Sie müssen aufstehen, Pahmudi ist unten, Abrim Pahmudi mit Folterknechten der SAVAMA, sie sind gekommen, um Sie zu holen«, keuchte Ahmed. »Jemand hat ihnen das Tor aufgemacht, man hat Sie verraten, Haschemi Fazir hat sie Pahmudi und der SAVAMA als Pischkesch überlassen. Schnell, stehen Sie auf, sie haben alle Wächter überwältigt und suchen jetzt nach Ihnen...« Er sah das Entsetzen in den hervorquellenden Augen und fuhr fort: »Es sind zu viele, als daß man sie hätte aufhalten können. Schnell, Sie müssen fliehen...«
Mit flinken Fingern machte er den Tropf los, warf die Bettdecke zurück und begann dem sich wie rasend gebärdenden, unhörbare Worte formenden Mann aufzuhelfen, stieß ihn dann aber abrupt zurück und starrte zur Tür: »Zu spät!« stieß er keuchend hervor. »Sie kommen schon, hören Sie, sie kommen schon!«
Der Khan glaubte ihre Schritte zu hören, vermeinte draußen im Gang Pahmudis höhnisch grinsendes Gesicht und die Folterwerkzeuge sehen zu können und wußte, daß sie keine Gnade kennen und ihn zu Tode martern würden. Schnell, hilf mir, wollte er Ahmed zurufen, ich kann zum Fenster, wir können hinunterklettern, wenn du mir hilfst, Ahmed... Aber es gelang ihm nicht, die Worte über die Lippen zu bringen. Eine Ewigkeit lang – so kam

es ihm zumindest vor – schrie und brüllte er Ahmed an, aber der half ihm nicht und starrte immerfort nur zur Tür. »Hilf mir!« stieß er endlich hervor und wollte sich aus dem Bett schieben, aber die Decken lasteten wie Blei auf ihm, hinderten und erstickten ihn. Die Schmerzen in seiner Brust wurden unerträglich.

»Es gibt kein Entrinnen, sie sind da, ich muß sie hereinlassen.«

Sein Entsetzen steigerte sich bis zur Grenze des Erträglichen. Er sah Ahmed zur Tür gehen. Mit dem Rest seiner Kräfte rief er ihm zu, stehenzubleiben, aber er brachte nur ein würgendes Krächzen hervor. Er fühlte, wie etwas in seinem Kopf zuschnappte und etwas anderes zersprang, wie ein Funke durch seine Gehirnwindungen sprühte und in einer Art Kettenreaktion auf sein Herz übersprang. Er empfand keine Schmerzen mehr, und er sah Ahmed lächeln. Seine Ohren vernahmen die Stille, die im Gang und im ganzen Palast herrschte, und er wußte, daß er in Wahrheit verraten worden war. Mit letzter, ungeahnter Kraft wollte er sich auf Ahmed stürzen. Doch das Feuer, das in seinem Kopf loderte, löschte jeglichen Willen aus, führte ihn tief hinab, und dort, im Nichts ging er in die große Finsternis ein.

Ahmed vergewisserte sich, daß der Khan tot war. Er war froh, daß er ihn nicht mit dem Kissen hatte ersticken müssen. Hastig schloß er ihn wieder an den Tropf, richtete das Bett und überprüfte sorgfältig das Zimmer. Nichts, was ihn verraten könnte. Er atmete schwer, in seinem Kopf hämmerte es; gleichzeitig fühlte er sich ungeheuer erfrischt. Er ging zur Tür, schloß sie auf und kehrte lautlos zum Bett zurück. Der Khan ruhte mit offenen starren Augen auf seinen Kissen; Blut quoll aus Nase und Mund.

»Hoheit!« brüllte er. »Hoheit...« Er beugte sich vor, packte ihn für einen Augenblick, ließ ihn zurückfallen, eilte durch das Zimmer und riß die Tür zum Nebenraum auf. »Schwester«, schrie er, rüttelte die Frau aus ihrem tiefen Schlaf und zerrte sie zum Khan.

»O mein Gott«, murmelte sie und fühlte sich unendlich erleichtert, daß es nicht passiert war, während sie sich allein im Krankenzimmer aufgehalten hatte. Am Ende hätte dieser messerschwingende gewalttätige Leibwächter noch ihr die Schuld gegeben. Schnell tat sie, was zu tun war, und schloß dem Toten die Augen, während sie Ahmed jammern und wehklagen hörte. »Da war einfach nichts zu machen, Agha«, sagte sie, »es hätte einfach jederzeit geschehen können. Er hatte große Schmerzen zu ertragen, seine Zeit war abgelaufen. Es ist besser so, als nur noch dahinzuvegetieren.«

»Ja... da haben Sie wohl recht.« Ahmed weinte echte Tränen, Tränen der Erleichterung.

»Was ist denn geschehen?«

»Ich döste, und plötzlich stöhnte er auf und fing an, aus Mund und Nase zu bluten.« Ahmed wischte einige Tränen fort und ließ seine Stimme brechen. »Er schien aus dem Bett zu fallen... aber ich packte ihn, und dann... ich weiß nicht... er brach einfach zusammen, und ich lief, um Sie zu holen.«

»Keine Bange, Agha, da hätte niemand mehr etwas tun können. Manchmal kommt das Ende ganz plötzlich, das ist ein wahrer Segen.« Sie seufzte und

zupfte ihre Uniform zurecht. Sie war froh, daß sie diesen Palast jetzt endlich verlassen konnte. »Er... er sollte noch gewaschen werden, bevor wir die anderen rufen.«
»Ja. Bitte lassen Sie mich helfen. Ich möchte gern helfen.«
Während er mit ihr zusammen den Leichnam säuberte, plante er, was nun zu tun war: Najoud und Mahmud sollten noch vor Mittag in die Verbannung geschickt werden, den Rest ihrer Strafe in einem Jahr und einem Tag erleiden. Außerdem galt es herauszufinden, ob Fazir Pjotr Oleg erwischt hatte, und sich zu vergewissern, daß dem Lösegeldboten heute nachmittag die Kehle durchgeschnitten wurde, wie er im Auftrag des Khans befohlen hatte.
Du Narr, sagte er zu dem Toten, hast du wirklich geglaubt, ich würde das Lösegeld zahlen, damit der Pilot zurückkommt und dich nach Teheran fliegt, um dir das Leben zu retten? Wegen ein paar Tagen mehr das Leben zu retten? Und deine Krankheit war eine gefährliche Krankheit, o ja, das hat der Arzt mir gesagt: Man verliert immer mehr den Verstand, wird mit jedem Tag rachsüchtiger und gefährlicher. So gefährlich, daß du dich vielleicht eines Tages auch gegen mich gewendet hättest. Aber jetzt ist die Erbfolge gesichert, das Söhnchen kann ich nach meiner Pfeife tanzen lassen, und mit Allahs Hilfe werde ich Azadeh heiraten. Oder sie nach Norden schicken, wenn sie Zicken macht.

Mittwoch
28. Februar 1979

54

Teheran: 6 Uhr 55. McIver war dabei, die Akten und Papiere durchzusortieren, die er aus dem großen Bürosafe genommen hatte, und schob nur die wichtigen in die Aktentasche. Schon seit 5 Uhr 30 früh war er damit beschäftigt, und nun taten ihm Kopf und Rücken weh, und die Aktentasche war fast voll. Ich müßte noch so viel mehr mitnehmen, dachte er und arbeitete, so schnell er konnte. In spätestens einer Stunde würde das iranische Personal anrücken, und er würde aufhören müssen.

Scheißbande, dachte er ärgerlich, nie waren sie da, wenn man sie brauchte, aber in den letzten paar Tagen kann man sie gar nicht mehr loswerden; wie Kletten hängen sie an einem. »Aber nein, Exzellenz, lassen Sie mich doch zuschließen, tun Sie mir den Gefallen!« oder: »Aber nein, Exzellenz, ich sperre das Büro für Sie auf, ich bestehe darauf, das ist doch keine Arbeit für Ihre Exzellenz!« Vielleicht leide ich an Verfolgungswahn, aber es kommt mir ganz so vor, als wären sie Spitzel, denen man aufgetragen hat, uns zu beobachten. Und mir ist fast so, als würden sie etwas mitgekriegt haben.

Dabei funktioniert eigentlich alles wie ein gut getunter Motor: Heute mittag oder ein wenig später sind wir draußen. Rudi hat alles für den Freitag vorbereitet, alle seine Aushilfskräfte sind bereits mit einer ganzen Ladung Ersatzteile auf dem Weg nach Abadan, wo sie von einer Trident der British Airways erwartet werden, die Dukes Freund Zataki freigegeben hat, um britische Ölarbeiter zu evakuieren. In Kowiss wollte Duke mittlerweile die geheimen Treibstofflager für den morgigen »Pendlerflug« anlegen; der Klugscheißer sowie Oberst Changiz und sein Mullah Hussain geben noch keinen Anlaß zur Klage. Scragger wird in Lengeh keine Probleme haben; er findet genügend Küstendampfer für seine Ersatzteile.

Die einzige Schwachstelle ist Azadeh und natürlich Erikki. Warum zum Teufel hat sie mir nichts gesagt, bevor sie sich aufmachte, auf gut Glück hinter dem armen Erikki herzujagen? Mein Gott! Da rettet sie sich mit knapper Not und hat nichts Besseres zu tun, als ihr hübsches Köpfchen sofort wieder in die Schlinge zu stecken! Weiber! Sie sind alle verrückt. Lösegeld? Quatsch. Ich wette, es ist nur wieder eine Falle, die ihr Vater, dieser alte Bastard, ihr gestellt hat. Aber wie Tom sagte: Sie wäre auf jeden Fall gefahren.

Erikki und Azadeh, Tom und Scharazad: Wie zum Teufel bringen wir diese vier in Sicherheit? Ich muß mir was einfallen lassen. Wir haben noch zwei Tage Zeit...

Aufgeschreckt wirbelte er herum. Er hatte die Tür nicht gehört. Es war Gorani, sein Bürovorsteher, groß, schütteres Haar, ein frommer Schiit; ein guter Mann, der seit vielen Jahren bei S-G war.

»*Salaam*, Agha!«
»*Salaam*, Gorani! Sie sind früh dran.« McIver sah, wie überrascht der Mann von der Unordnung war, und er fühlte sich wie einer, der beim Griff in die Kasse ertappt wurde.
»Wie es Allah gefällt, Agha. Der Imam wünscht eine Normalisierung des Geschäftslebens, und darum müssen alle härter für die Revolution arbeiten. Kann ich Ihnen helfen?«
»Nein, nein, danke. Ich bin nur sehr in Eile. Ich habe heute eine Menge zu tun. Jetzt muß ich in die Botschaft. Dann habe ich den ganzen Tag Termine; zu Mittag muß ich am Flughafen sein. Ich soll etwas für das Komitee in Doschan Tappeh erledigen. Ich komme vom Flughafen nicht mehr ins Büro zurück. Sie können also schon früh Schluß machen. Nehmen Sie sich den Nachmittag frei – eigentlich könnten Sie sich den ganzen Tag freinehmen.«
»O danke, Agha, aber das Büro sollte doch offenbleiben.«
»Nein, nein, wir machen zu, wenn ich gehe. Ich fahre dann direkt nach Hause und bin dort zu erreichen, wenn ich gebraucht werde. Bitte, kommen Sie in zehn Minuten! Ich möchte noch einige Fernschreiben losschicken.«
»Gewiß, Agha.« Der Mann ging.
McIver haßte den leichtfertigen Umgang mit der Wahrheit. Was wird mit Gorani passieren, fragte er sich. Mit ihm und allen unseren Iranern und ihren Familien?
Nervös und beunruhigt beendete er seine Arbeit, so gut er konnte. In der Kasse waren 100 000 Rial. Er ließ Anweisungen zurück, versperrte den Safe und schickte einige unwichtige Fernschreiben ab. Das wichtige war pünktlich 5 Uhr 30 nach Al Schargas abgegangen – mit Durchschrift nach Aberdeen, für den Fall, daß Gavallan sich verspätet hatte: »Schicke die fünf Kisten Ersatzteile zwecks Reparatur wie besprochen als Luftfracht nach Al Schargas.« Entschlüsselt bedeutete dies, daß Nogger, Pettikin, er und die letzten zwei Mechaniker, die er noch nicht aus Teheran herausbekommen hatte, heute wie geplant an Bord der 125 gehen würden.
»Was sind das für Kisten, Agha?« Irgendwie war Gorani auf die Kopie des Fernschreibens gestoßen.
»Die sind aus Kowiss und gehen nächste Woche mit der 125 hinaus.«
»Sehr gut. Ich werde mich drum kümmern. Bevor Sie gehen, würden Sie mir bitte sagen, wann unsere 212 zurückkommt, die wir nach Kowiss ausgeliehen haben?«
»Nächste Woche. Warum?«
»Seine Exzellenz, Vorstandsmitglied Minister Ali Kia wollte es wissen, Agha.«
McIver fröstelte. »Ach ja? Warum?«
»Wahrscheinlich hat er einen Charterauftrag. Gestern abend, Sie waren schon weg, kam sein Sekretär vorbei und fragte mich. Herr Minister Kia wollte auch einen Zwischenbericht über unsere drei 212, die wir zur Reparatur weggeschickt haben. Ich sagte ihm, ich würde ihn heute haben. Er kommt vormittags vorbei, darum kann ich auch das Büro nicht schließen...«

Sie hatten nie über die drei Maschinen gesprochen und auch nie über die große Zahl von Ersatzteilen, die sie mit Lastwagen, Personenautos oder als persönliches Gepäck weggeschickt hatten. Es war durchaus möglich, Gorani wußte Bescheid, daß die drei 212 keine Reparatur benötigten. McIver hob die Schultern und hoffte das Beste. »Sie werden zur vorgesehenen Frist abgeliefert werden. Lassen Sie doch einfach einen Zettel an der Tür!«
»Oh, das wäre aber sehr unhöflich. Ich werde es ihm persönlich mitteilen. Er sagte, er werde vor dem Mittagsgebet wiederkommen, und ersuchte auch um ein Treffen mit Ihnen. Er habe eine vertrauliche Nachricht von Minister Kia.«
»Tja, ich muß jetzt zur Botschaft.« McIver überlegte kurz. »Ich werde mich beeilen.« Ärgerlich nahm er die Aktentasche an sich, eilte die Treppe hinunter und verwünschte Ali Kia – genauso wie Ali Baba.
Ali Baba – so genannt, weil er McIver an die Geschichte von den vierzig Räubern erinnerte – war die schleimige Hälfte ihres Dienerehepaars, das sie seit zwei Jahren betreute, aber beim Ausbruch der Unruhen einfach verschwunden war. Gestern früh war Ali Baba zurückgekommen. Er hatte gegrinst und so getan, als ob er nur auf einen Sprung weggewesen wäre und nicht schon seit Monaten.
»Nächste Woche kommt auch meine Frau, um die Wohnung für die Rückkehr der Gnädigsten sauberzumachen. Mittlerweile bringe ich Ihnen Tee und Toast, wie Sie es gern haben. Heute mußte ich mächtig feilschen, um auf dem Markt Milch und dieses Brot zu ergattern, denn diese Räuber verlangen jetzt fünfmal soviel wie voriges Jahr. Sehr traurig, aber bitte geben Sie mir das Geld gleich, und wenn nun bald die Banken wieder aufmachen, können Sie mir meinen mukroskupisch rückständigen Lohn wieder auszahlen.«
Dieser verdammte Ali Baba! Den hatte auch die Revolution nicht verändert. Mukroskupisch? Sein Motto lautete immer noch: ein Laib Brot für euch und fünf für mich. Aber was soll's, es war angenehm, Tee und Toast ans Bett gebracht zu bekommen, freilich nicht einen Tag, bevor wir uns davonmachen. Wie zum Teufel sollen Charlie und ich unser Gepäck hinausbekommen, ohne daß Ali Baba den Braten riecht?

Talbot erwartete ihn in seinem geräumigen, eleganten Büro. »Mein lieber Mr. McIver, Sie kommen ja schon so früh! Man hat mir von den Abenteuern Captain Ross' berichtet – da hatten wir alle großes Glück, meinen Sie nicht auch?«
»Ja, ja. Hatten wir. Wie geht es ihm?«
»Er ist auf dem Weg der Besserung. Ein guter Mann. Hat prima Arbeit geleistet. Wir sehen uns zum Mittagessen, und dann schaffen wir ihn mit dem heutigen BA-Flug hinaus – für den Fall, daß man ihm auf der Fährte ist – man kann nicht vorsichtig genug sein. Gibt's was Neues von Erikki Yokkonen? Wir hatten schon mehrere Anfragen von der finnischen Botschaft.«
McIver erzählte ihm von Azadehs Mitteilung.
Talbot legte die Handflächen aneinander. »Das mit dem Lösegeld gefällt mir gar nicht. Einem Gerücht zufolge ist der Khan sehr krank. Schlaganfall.«

McIver runzelte die Stirn. »Wäre das für Azadeh und Erikki gut oder schlecht?«
»Wenn er tatsächlich stirbt, würde das die politischen Kräfte in Aserbeidschan für eine Weile aus dem Gleichgewicht bringen, unsere irregeleiteten Freunde nördlich der Grenze ermutigen, noch mehr als bisher zu agitieren, und Carter und die maßgeblichen Regierungsstellen veranlassen, noch mehr Staub aufzuwirbeln.«
»Was der wohl jetzt machen wird?«
»Nichts, mein lieber Freund, überhaupt nichts. Das ist es ja. Er hat seine Erdnüsse über das ganze Land verstreut und ward nicht mehr gesehen.«
»Haben Sie noch etwas davon gehört, daß wir verstaatlicht werden? Armstrong sagte, das stehe unmittelbar bevor.«
»Es könnte durchaus sein, daß Sie die uneingeschränkte Kontrolle über Ihre Flugzeuge in naher Zukunft verlieren«, erwiderte Talbot mit wohlüberlegter Vorsicht, und McIver spitzte die Ohren. »Dabei könnte es sich mehr um den persönlichen Erwerb durch eine Gruppe von Interessenten handeln.«
»Ali Kia und die Teilhaber?«
Talbot hob die Schultern. »Es ist nicht unsere Sache, logische Schlüsse zu ziehen, äh?«
»Ist das offiziell?«
»Um Gottes willen, nein!« Talbot war richtig schockiert. »Eine persönliche Bemerkung, völlig inoffiziell. Was kann ich für Sie tun?«
»Wir... wir verlegen unsere Zentrale heute nach Al Schargas.«
»Sehr klug. Und?«
»Heute. Das gesamte ausländische Personal. Mit unserer 125.«
»Sehr klug. Und?«
»Wir legen den ganzen Betrieb im Iran still. Freitags.«
Talbot seufzte müde. »Ohne Personal liegt der Gedanke nahe. Und?«
Es fiel McIver schwer zu sagen, was er sagen wollte. »Freitags holen wir unsere Flugzeuge heraus – diesen Freitag.«
»Ist ja allerhand«, versetzte Talbot bewundernd. »Herzlichen Glückwunsch! Wie haben Sie es nur geschafft, diesen Schweinehunde Kia so unter Druck zu setzen, daß er Ihnen die Genehmigung erteilt hat? Sie müssen ihm den Zutritt zur königlichen Loge in Ascot auf Lebenszeit versprochen haben.«
»Nein, nein, nein, das nicht. Wir haben beschlossen, gar nicht erst um eine Genehmigung anzusuchen. Wäre ja nur eine Zeitverschwendung gewesen.« Er stand auf. »Also, auf bald!«
Talbot brachte den Mund nicht mehr zu. »Keine... Genehmigungen?«
»Nein. Sie wissen ja selbst, wie das laufen würde: Sie schnappen sich unsere Vögel, verstaatlichen sie und übernehmen den Laden. Sie können es nennen, wie Sie wollen, aber unter diesen Umständen haben wir keine Chance, Ausfluggenehmigungen zu erhalten – also fliege ich einfach los. Am Freitag machen wir uns aus dem Staub.«
»Ach, du grüne Neune!« Talbot schüttelte energisch den Kopf. »Das ist verdammt riskant!«

»Es gibt keine Alternative. Also, Mr. Talbot, das wär's. Einen schönen Tag noch wünsche ich. Andy wollte Sie warnen... Damit Sie tun können, was Sie wollen.«

»Und was zum Teufel wäre das?« explodierte Talbot.

»Woher soll ich das wissen?« McIver war ebenso wütend. »Sie sind doch dazu da, die Interessen Ihrer Landsleute zu wahren.«

»Aber Sie...«

»Ich lasse mich nicht einfach ausschalten, und mehr ist dazu nicht zu sagen.« Talbots Finger trommelten nervös. »Jetzt brauche ich dringend eine Tasse Tee.« Er drückte auf den Knopf der Sprechanlage. »Zwei Tassen vom besten, Celia.« Seine Finger hörten auf zu trommeln und er lächelte McIver an. »Ich bin so froh, daß Sie mir nichts erzählt haben, alter Freund.«

»Ich auch.«

»Seien Sie versichert, sollte ich jemals hören, daß Sie im Kittchen sitzen – bei trocken Brot, wie man so sagt –, es wird mir ein Vergnügen sein, Sie im Auftrag der Regierung Ihrer Majestät zu besuchen und alles daran zu setzen, Sie vor den Folgen Ihres Fehltritts zu bewahren.« Er zog die Brauen hoch. »Schwerer Diebstahl! Du meine Güte! Aber ich wünsche Ihnen trotzdem viel Glück.«

In Azadehs Wohnung: 8 Uhr 10. Die alte Dienerin trug das schwere Frühstückstablett den Gang hinunter – vier weiche Eier, Toast, Butter und Marmelade, zwei Kaffeetassen aus kostbarem Porzellan, eine dampfende Kaffeekanne und Servietten aus feinster ägyptischer Baumwolle. Sie stellte das Tablett nieder und klopfte.

»Herein.«

»Guten Morgen, Gnädigste. *Salaam.*«

»Salaam«, gab Scharazad teilnahmslos zurück. Sie lag aufgestützt auf die vielen Kissen des Polsterbettes, und ihr Gesicht war von Tränen verquollen. Die Badezimmertür war halb offen, man hörte das Wasser laufen. »Du kannst es hier aufs Bett stellen.«

»Ja, Gnädigste.« Die alte Frau gehorchte. Mit einem Seitenblick zum Badezimmer verließ sie stumm den Raum.

»Frühstück, Tommy!« rief Scharazad und bemühte sich, heiter zu klingen. Da keine Antwort kam, zuckte sie mit den Achseln. Sie schniefte ein wenig und blickte auf, da Lochart ins Schlafzimmer kam. Er war rasiert und trug seine Winteruniform – Stiefel, Hose, Hemd und dicken Pullover. »Kaffee?« fragte sie mit zaghaftem Lächeln. Sie konnte sein starres Gesicht nicht ausstehen.

»Gleich«, sagte er, nicht eben begeistert. »Danke.«

»Ich habe alles so bestellt, wie du es gern hast.«

»Sieht gut aus. Du brauchst nicht auf mich zu warten.« Er ging zur Kommode hinüber und fing an, seine Krawatte zu binden.

»Es ist wirklich sehr nett von Azadeh, uns ihre Wohnung zur Verfügung zu stellen, solange sie fort ist, nicht wahr?« fragte sie ihn. »Ich finde es hier viel netter als daheim.«

»Das hast du damals nicht gesagt.«
»O Tommy, natürlich hast du recht! Aber bitte, laß uns nicht streiten!«
»Nein. Ich habe schon alles gesagt, und du auch.« Ja, das habe ich, dachte er bekümmert, weil er wußte, daß ihr ebenso beklommen zumute war wie ihm und er außerstande war, etwas dagegen zu tun. Als Meschang ihn vor ihr und Zarah herausgefordert hatte, war das der Anfang eines Alptraums gewesen, der immer noch andauerte, sie auseinanderriß und an den Rand des Wahnsinns trieb. Zwei Tage und zwei Nächte immer wieder Tränen, sein leeres Versprechen: »Keine Sorge, wir schaffen das schon, Scharazad«, und nichtssagende Gespräche über ihre Zukunft. Was für eine Zukunft? fragte er sein Spiegelbild.
»Da ist dein Kaffee, Liebling.«
Er nahm die Tasse mit finsterem Gesicht, setzte sich ihr gegenüber, sah sie aber nicht an. Der Kaffee war heiß und ausgezeichnet, vermochte aber nicht, den schalen Geschmack in seinem Mund zu beseitigen, und er nippte nur an ihm und stand auf, um seine Jacke zu holen. Gott sei Dank habe ich heute den Überführungsflug nach Kowiss, dachte er.
»Wann sehe ich dich, Liebster? Wann kommst du zurück?«
Er sah sich mit den Achseln zucken, verabscheute sich und hätte sie in die Arme nehmen und ihr seine Liebe gestehen wollen – nur daß er diese Qual in den letzten zwei Tagen schon viermal durchgemacht hatte. Sie war immer noch so unzugänglich und unbeugsam wie ihr Bruder. »Den Iran verlassen? Die Heimat für immer verlassen? Oh, das kann ich nicht!«
»Aber es wäre doch nicht für immer, Scharazad. Wir verbringen einige Zeit in Al Schargas, fliegen dann nach England. England wird dir gut gefallen, und Schottland und Aberd...«
»Aber Meschang sagt...«
»Zum Teufel mit Meschang!« hatte er geschrien und die Angst in ihrem Gesicht gesehen, eine Angst, die ihn zur Raserei brachte. »Meschang ist nicht der liebe Gott, verdammt noch mal!«
Schluchzend wie ein kleines Kind hatte sie sich von ihm abgewandt. »O Gott, es tut mir leid...« Reumütig hatte er sie in die Arme genommen.
»Hör doch, Tommy, Liebling, du hattest recht und ich unrecht, es war mein Fehler, aber jetzt weiß ich, was zu tun ist. Morgen gehe ich zu Meschang und werde ihn dazu überreden, uns einen monatlichen Betrag auszusetzen und... Was hast du denn?«
»Du hast überhaupt nicht zugehört.«
»O doch, sogar sehr aufmerksam. Bitte sei nicht wieder böse! Du hast natürlich recht, aber...«
»Hast du denn nicht gehört, was Meschang gesagt hat? Wir haben kein Geld – das Geld ist weg, das Haus ist weg, er allein verfügt über das Familienvermögen, und du bekommst überhaupt nichts mehr – außer du gehorchst ihm und nicht mir. Aber das spielt keine Rolle, ich kann genug verdienen. Es geht nur darum, daß wir Teheran verlassen müssen, für eine Weile.«
»Aber ich habe keine Papiere, Tommy, und ich kann auch keine bekommen,

und Meschang hat recht, wenn er sagt, daß sie mich nie, nie, nie wieder zurückkehren lassen, wenn ich ohne Papiere das Land verlasse.«

Es gab noch mehr Tränen und noch mehr Rede und Gegenrede. Unmöglich, es ihr verständlich zu machen. »Du sagst, du kannst nicht hierbleiben, Tommy. Warum kannst du nicht hierbleiben?«

»Herrgott noch mal, Scharazad, das hat Meschang dir doch erklärt. Ich bin hier unerwünscht, alle Fremden fliegen raus. Wir müssen woandershin – Nigeria oder Aberdeen oder irgendwo anders. Pack deinen Koffer. Du fliegst mit dem Pendler, und wir treffen uns in Al Schargas. Du hast einen kanadischen Paß. Du bist Kanadierin.«

»Aber ich kann doch ohne Papiere nicht ausreisen!« jammerte sie und schluchzte. Immer wieder die gleichen Einwände, immer mehr Tränen.

Und dann, gestern früh, hatte er doch tatsächlich seinen Stolz überwunden, war zu Meschang gegangen, um ihn umzustimmen – und war gegen eine Wand angelaufen. Und es war noch schlimmer gekommen.

»Mein Vater besaß eine maßgebliche Beteiligung an der IHC – die ich natürlich geerbt habe.«

»Das ist ja prima, Meschang! Dann sieht ja alles ganz anders aus!«

»Gar nichts sieht anders aus. Es geht doch immer noch darum, wie du ohne Appell an die sogenannte christliche Nächstenliebe deine Schulden bezahlen, für den Unterhalt deiner ersten Frau aufkommen und meine Schwester und ihr Kind erhalten willst!«

»Ein Job hat nichts mit Nächstenliebe zu tun, Meschang. Es könnte sogar für uns beide ein eminent einträgliches Geschäft sein. Ich spreche nicht von einer Partnerschaft oder etwas Ähnlichem. Ich würde für dich arbeiten. Du kennst das Hubschraubergeschäft nicht, ich kenne es in- und auswendig. Ich könnte die neue Gesellschaft für dich leiten. Ich kenne die Piloten und den ganzen Betrieb. Ich kenne den Iran und fast alle Ölfelder. Das würde die meisten Probleme lösen. Und ich würde wie ein Besessener arbeiten, um die Interessen der Familie wahrzunehmen, wir würden in Teheran bleiben, Scharazad könnte ihr Kind zur Welt bringen und...«

»Im islamischen Staat werden ausschließlich iranische Piloten beschäftigt werden, hat mir Minister Kia versichert, zu 100 Prozent.«

Plötzlich verstand er, und seine Welt fiel in Stücke. »Ah, jetzt kapiere ich. Keine Ausnahme, nicht wahr? Vor allem nicht ich.«

Meschang hatte verächtlich die Schultern gehoben. »Ich habe zu tun. Um es ganz offen zu sagen: Du kannst nicht im Iran bleiben. Du hast im Iran keine Zukunft. Außerhalb des Irans und mit dir hat Scharazad keine Zukunft. Sie wird nie auf Dauer im Exil leben wollen, aber genau das würde sie tun müssen, wenn sie das Land ohne meine Erlaubnis und ohne Papiere verläßt. Daher müßt ihr euch scheiden lassen.«

»Nein.«

»Schick Scharazad heute nachmittag zu mir und verlaß unverzüglich Teheran! Eure Ehe wurde nicht nach moslemischem Recht geschlossen und ist daher unwichtig. Die kanadische Ziviltrauung werden wir annullieren lassen.«

»Damit wird Scharazad nie einverstanden sein.«
»Nein? Seid um 6 Uhr in meinem Haus, und wir bringen die Sache zu Ende. Nachdem du das Land verlassen hast, werde ich deine Schulden im Iran begleichen. Um 6 Uhr abends. Pünktlich. Guten Morgen!«
Er wußte nicht mehr, wie er in die Wohnung zurückgekommen war, aber er hatte ihr alles erzählt. Wieder Tränen, und am Abend gingen sie ins Haus der Bakravans. Meschang war angewidert von Scharazads jämmerlichem Gebettel. »Mach dich nicht lächerlich, Scharazad! Hör auf zu heulen! Es geschieht alles nur zu deinem Besten, zum Besten deines Kindes und deiner Familie! Wenn du mit einem kanadischen Paß und ohne iranische Papiere reist, darfst du nie wieder zurück. Willst du in Aberdeen leben? Allah schütze dich, in einem Monat stirbst du an Kälte, und dein Sohn auch... Du würdest uns nie wiedersehen, denk daran! Denk an deinen Sohn...« Und immer und immer wieder, bis Scharazad keinen klaren Gedanken mehr fassen konnte und Tom völlig am Boden zerstört war.
»Tommy.«
Damit brachte sie ihn jetzt in die Gegenwart zurück.
»Ja?«
»Du willst mich also für immer verlassen?« fragte sie auf Persisch.
»Ich kann nicht im Iran bleiben. Sobald wir einmal dichtgemacht haben, gibt es hier keinen Job mehr für mich. Ich habe kein Geld und... für Almosen habe ich nie viel übrig gehabt.« Sein Blick war ohne Falsch. »Meschang hat in vielem recht. Von einem Leben mit mir könntest du dir nicht viel erwarten, und du hast recht, wenn du hierbleiben willst. Sicher wäre es gefährlich, ohne iranische Papiere auszureisen, und du mußt ja auch an das Kind denken, das weiß ich. Und da ist dann auch noch... nein, laß mich ausreden, da ist dann auch noch die Geschichte mit der HBC.« Das erinnerte ihn an ihren Vetter Karim. Noch eine Schreckensmeldung, die ihr bevorstand. Arme Scharazad!
»Du verläßt mich für immer?«
»Ich fliege heute nach Kowiss. Dort bleibe ich ein paar Tage, bis ich nach Al Schargas gehe. In Al Schargas warte ich. Einen Monat. Genug Zeit, damit du dir überlegen kannst, was du machen willst. Wenn du zu mir kommen willst... die Kanadische Botschaft macht das sofort; ich habe schon alles arrangiert... Und natürlich bleibe ich mit dir in Verbindung.«
»Über Mac?«
»Über ihn oder sonstwie.«
»Du läßt dich also von mir scheiden?«
»Nein, niemals. Wenn du das willst oder... Drücken wir es mal so aus: Wenn du denkst, es ist nötig, um unserem Kind nicht zu schaden oder aus sonst einem Grund – dann werde ich tun, was du willst.«
Stille breitete sich aus. Sie sah ihn an. In ihren großen dunklen Augen war ein ungewöhnliches Leuchten. Sie schien alt geworden zu sein und doch auch viel jünger und zerbrechlicher. Das durchsichtige Nachthemd brachte den Glanz ihrer golden schimmernden Haut und ihres Haares, das ihre Schultern und Brüste umfloß, noch vorteilhafter zur Geltung.

Hilflosigkeit verzehrte ihn. Er hätte bleiben wollen und wußte, daß es keinen Grund mehr dafür gab, noch länger zu bleiben. Es ist alles gesagt, und jetzt liegt die Entscheidung bei ihr. An ihrer Stelle würde ich nicht zögern: Ich würde mich scheiden lassen, ich hätte überhaupt nie einen Fremden geheiratet. »Leb wohl, Geliebte!« sagte er.
»Leb wohl, Geliebter!«
Er nahm seine Fliegerjacke und ging. Sie hörte, wie die Eingangstür zuging. Lange Zeit starrte sie ihm nach. Dann schenkte sie sich, in Gedanken versunken, Kaffee nach; er war heiß, stark und süß – und lebenspendend. Wie es Allah gefällt, dachte sie und war mit sich selbst im reinen. Entweder er kommt zurück oder er kommt nicht zurück. Entweder Meschang gibt nach oder er gibt nicht nach. So oder so, ich muß stark sein, für zwei essen und mich guten Gedanken überlassen, während ich meinen Sohn nähre.
Sie schlug das erste Ei auf. Es war wachsweich und schmeckte köstlich.

In McIvers Wohnung: 11 Uhr 50. Pettikin kam mit einem Koffer ins Wohnzimmer und war überrascht, als er Ali Baba sah, der die Anrichte abstaubte. »Ich habe dich nicht zurückkommen gehört. Ich dachte, ich hätte dir den Tag freigegeben«, sagte er ärgerlich und stellte den Koffer nieder.
»O ja, Agha, aber es gibt viel, viel zu tun, die Wohnung ist voll Schmutz und die Küche...« Er zog seine buschigen braunen Augenbrauen hoch.
»Ja, ja, das ist richtig, aber du kannst morgen damit anfangen.« Pettikin sah, wie er den Koffer betrachtete, und stieß einen Fluch aus. Gleich nach dem Frühstück hatte er ihn weggeschickt und ihm aufgetragen, bis Mitternacht wieder zurück zu sein, was üblicherweise so aussah, daß er erst am nächsten Morgen wieder erschien. »Und jetzt fort mit dir!«
»Ja, Agha. Machen Sie sich einen freien Tag? Oder gehen Sie in Urlaub?«
»Nein, nein, äh, ich bleibe ein paar Tage bei einem unserer Piloten. So kann ich sicher sein, daß mein Zimmer morgen gemacht wird. Ach ja, und gib mir deine Schlüssel! Ich habe die meinen verlegt.« Pettikin hielt ihm die offene Hand hin; zu dumm, daß er nicht schon früher daran gedacht hatte. Seltsam widerstrebend gab Ali Baba ihm die Schlüssel. »Captain McIver will die Wohnung für sich allein haben; er muß arbeiten und will nicht gestört werden. Also auf bald, leb wohl!«
»Aber Agha...«
»Leb wohl!« Er vergewisserte sich, daß Ali Baba seinen Mantel hatte, öffnete die Tür, schob den Diener fast hinaus und schloß sie wieder. Nervös sah er noch einmal auf die Uhr: fast schon Mittag, und von McIver noch keine Spur. Dabei sollten sie bereits auf dem Flugplatz sein. Er ging ins Schlafzimmer zurück, holte den anderen Koffer vom Schrank, stopfte ihn voll und stellte ihn neben den anderen zur Eingangstür.
Zwei kleine Koffer und eine Reisetasche, dachte er, mehr habe ich nicht vorzuweisen nach all den Jahren im Iran. Macht nichts. Ich ziehe es ja vor, mit leichtem Gepäck zu reisen, aber vielleicht habe ich diesmal Glück und kann mehr verdienen oder ein kleines Geschäft anfangen, und da ist ja dann auch

noch Paula. Wie soll ich es mir denn leisten, wieder zu heiraten? Ich muß verrückt sein. Ein Verhältnis, das kann ich mir gerade noch leisten. Ja, aber verdammt noch mal, ich würde gern...

Das Telefon läutete, und er sprang geradezu darauf los. Mit klopfendem Herzen hob er an.

»Hallo?«

»Charlie? Ich bin's, Mac, Gott sei Dank, daß das Ding funktioniert! Ich wurde aufgehalten.«

»Gibt's Probleme?«

»Weiß ich noch nicht, Charlie, aber ich muß jetzt zu Ali Kia – der Bastard hat seinen Sekretär und einen *hezbollahi* geschickt, um mich abzuholen. In einer halben Stunde soll ich dort sein. Fahr du schon mal zum Flughafen hinaus! Ich komme nach, sobald ich kann. Sag Johnny Hogg, er soll den Abflug hinhalten.«

»Okay, Mac. Was ist mit deinem Gepäck? Hast du es im Büro?«

»Ich habe es schon heute früh hinausgeschafft, als Ali Baba noch schnarchte. Alles ist im Kofferraum. Hör mal, Charlie: In deinem Zimmer hängt eine von Gennys Petit-point-Stickereien. Nimm sie bitte mit. Nicht auszudenken, was ich von ihr zu hören bekäme, wenn ich sie vergessen würde.«

»Soll ich Gas und Strom abschalten?«

»Keine Ahnung. Laß es an. Okay?«

»In Ordnung. Soll ich nicht doch lieber hier auf dich warten? Es wäre vielleicht besser.«

»Nein, fahr du nur los! Ich werde fix machen. Bis bald!«

»Bis bald!« Pettikin runzelte die Stirn und wählte das IHC-Büro am Flughafen. Zu seiner Überraschung kam er gleich durch.

»Iran Helicopters, hallo?«

Er erkannte die Stimme des Lademeisters. »Guten Morgen, Adwani, hier spricht Captain Pettikin. Ist die 125 schon eingetrudelt?«

»Ist gerade im Anflug.«

»Kann ich Captain Lane sprechen?«

»Augenblick, bitte.« Pettikin wartete. Was Kia wohl von McIver wollte?

»Hallo, Charlie! Hier Nogger. Ihr zählt wohl zwei hochgestellte Persönlichkeiten zu euren Freunden?«

»Nein, das Telefon hat sich nur plötzlich entschlossen, wieder zu funktionieren. Kann ich vertraulich mit dir sprechen?«

»Nein. Unmöglich. Was ist los?«

»Ich bin noch in der Wohnung. Mac wurde aufgehalten – er mußte zu Ali Kia. Ich fahre jetzt zum Flughafen hinaus, und er kommt direkt von Kias Büro hin. Bist du schon beim Laden?«

»Ja, Charlie, wir schicken die zwei Triebwerke hinaus – Reparatur und Generalüberholung –, wie Captain McIver angeordnet hat.«

»Gut. Sind die zwei Mechaniker da?«

»Ja. Und die Ersatzteile sind auch versandfertig.«

»Gut. Also keine Probleme?«

»Noch nicht, Kumpel.«
»Auf bald!« Pettikin legte auf und sah sich ein letztes Mal in der Wohnung um. Gute Zeiten hatte er hier erlebt und schlechte, aber die besten, wenn Paula dagewesen war. Durch das Fenster sah er wieder einmal Rauch über Jaleh. In der Ferne hörte er das schon gewohnte sporadische Gewehrfeuer. »Zum Teufel mit ihnen allen«, murmelte er, stand auf, verließ mit seinem Gepäck die Wohnung und versperrte sorgfältig die Tür. Als er aus der Garage kam, sah er, wie Ali Baba auf der anderen Straßenseite in einem Torweg verschwand. Zwei Männer waren bei ihm, die Pettikin nie zuvor gesehen hatte. Was zum Teufel hat der Kerl vor? fragte er sich beunruhigt.

Im Luftfahrtministerium: 13 Uhr 07. Trotz des Kaminfeuers war es eiskalt in dem großen Raum. Ali Kia trug einen schweren, teuren Astrachan-Mantel mit passendem Hut und war sehr zornig. »Ich wiederhole: Ich brauche eine Maschine, die mich morgen nach Kowiss bringt, und ich wünsche, daß Sie mich begleiten.«
»Tut mir leid, morgen geht es nicht«, konterte McIver, dem es nur mit Mühe gelang, sich von seiner Nervosität nichts anmerken zu lassen. »Nächste Woche wird es mir ein Vergnügen sein, sagen wir am Montag...«
»Ich wundere mich, daß es angesichts der wiederholten Hilfe, die ich geleistet habe, überhaupt nötig ist, noch darüber zu reden. Morgen, Captain, oder ich werde jede Starterlaubnis für die 125 streichen – ja, ich werde sie schon heute mit Startverbot belegen, sie bis zum Abschluß einer Untersuchung sicherstellen!«
McIver stand vor dem riesigen Schreibtisch, hinter dem in einem großen geschnitzten Lehnsessel, der ihn zwergenhaft erscheinen ließ, Kia saß. »Könnten Sie den Flug nicht noch heute antreten, Exzellenz? Wir haben eine Alouette, die Sie nach Kowiss bringen würde. Captain Lane fliegt...«
»Morgen. Nicht heute!« Eine noch tiefere Röte schoß Kia ins Gesicht. »Als ranghöchster Vorstandsdirektor befehle ich Ihnen: Sie begleiten mich morgen, und wir fliegen um 10 Uhr. Haben Sie mich verstanden?«
McIver nickte düster, während er versuchte, einen Ausweg zu finden. Fragmente eines noch unausgegorenen Planes tauchten vor seinem inneren Auge auf. »Von wo aus wünschen Sie den Flug anzutreten?«
»Wo steht der Helikopter?«
»In Doschan Tappeh. Wir werden eine Starterlaubnis brauchen. Dort gibt es bedauerlicherweise diesen Major Delami und auch einen Mullah, und die beiden sind ziemlich schwierig, und darum weiß ich nicht, wie wir das schaffen sollen.«
Kias Gesicht verdunkelte sich noch mehr. »Der Ministerpräsident hat neue Verfügungen getroffen wegen der Mullahs und deren Behinderung der Regierungsarbeit, Verfügungen, die der Imam rückhaltlos billigt. Die beiden sollen sich gefälligst in acht nehmen. Wir sehen uns morgen um 10 Uhr und...«
In diesem Augenblick krachte draußen eine gewaltige Explosion. Sie stürzten ans Fenster, konnten aber nur eine Rauchwolke sehen, die in den kalten

Himmel aufstieg. »War wohl wieder eine Autobombe«, bemerkte McIver voll Unbehagen. Während der letzten Tage hatten linksgerichtete Extremisten eine Reihe von Mordanschlägen mit Autobomben verübt, die zum großen Teil gegen prominente Ayatollahs in der Regierung gerichtet gewesen waren.
»Dreckige Terroristen, möge Allah ihre Väter verbrennen und sie selbst auch!« Kia hatte offensichtlich Angst, und das paßte McIver ins Konzept.
»Der Preis des Ruhmes, Herr Minister«, bemerkte er, und seine Stimme klang, als sei er von tiefer Sorge erfüllt. »Bedeutende Männer wie Sie, hochgestellte Persönlichkeiten stellen immer ein Ziel dar.«
»Ja... ja... Wir wissen das. Dreckige Terroristen.«
Auf dem Rückweg zu seinem Wagen lächelte McIver in sich hinein. Kia will also auch nach Kowiss. Ich werde dafür sorgen, daß er nach Kowiss kommt und die Operation »Wirbelsturm« trotzdem weitergeht, wie geplant.
Als er um die Ecke fuhr, war die Hauptstraße zum Teil durch Schutt blockiert. Ein Wagen brannte noch, andere glühten, und ein Loch in der Straßendecke ließ erahnen, wo der Wagen mit der Bombe explodiert war und die Vorderseite eines Restaurants sowie eine daneben liegende Bank in die Luft gesprengt hatte. Er sah viele Verletzte, Tote und Sterbende. Schmerzensschreie und der Gestank nach brennendem Gummi erfüllten die Luft.
Der Verkehr stockte in beiden Richtungen, und es hieß warten. Nach einer halben Stunde kamen ein Rettungswagen, ein paar *hezbollahis* und ein Mullah und fingen an, den Verkehr zu regeln. Langsam kam auch McIver voran. Als er an den Trümmern vorbeifuhr, bemerkte er nicht den kopflosen Körper Talbots, der halb unter dem Schutt des Restaurants begraben lag, und auch nicht Ross. Dieser lag in Zivilkleidung bewußtlos in zerrissenem Mantel in der Nähe; Blut quoll ihm aus Nase und Ohren.

Al Schargas – in der Halle des Flughafens: 14 Uhr 05. Den rechten Arm in der Schlinge, stand Scot Gavallan in der Menge, die vor der Zollabfertigung wartete. Als er seinen Vater durch die grüne Tür kommen sah, leuchtete sein Gesicht auf, und er ging ihm eilig entgegen. »Hallo, Vater!«
»Scot, mein Junge!« rief Gavallan fröhlich und umarmte ihn vorsichtig wegen der verletzten Schulter. »Wie geht es dir?«
»Mir geht es gut, Vater, wirklich. Ich habe dir ja schon gesagt, mir geht es prächtig.«
»Ja, das sehe ich.« Seitdem Gavallan am Montag abgeflogen war, hatte er mehrmals mit seinem Sohn telefoniert. Aber Telefonate können persönliche Gespräche nicht ersetzen, dachte er. »Ich... war so in Sorge...« Trotz der für den nächsten Tag angesetzten Vorstandssitzung in London wäre Gavallan am Montag gern bei seinem Sohn geblieben, doch der englische Arzt im Krankenhaus hatte ihm versichert, daß Scot ganz in Ordnung war. »Die Röntgenaufnahme zeigt keine Knochenverletzung. Die Kugel hat einen Teil des Rückenmuskels durchschlagen – eine häßliche Wunde, aber durchaus reparabel.« Zu Scot hatte der Arzt gesagt: »Es wird scheußlich wehtun, und Sie werden zwei Monate nicht fliegen können. Was Ihre Tränen angeht... auch das ist kein

Grund zur Sorge. Es ist eine ziemlich normale Reaktion auf eine Schußverletzung. Wir behalten Sie über Nacht da.«
»Ist das nötig, Herr Doktor? Ich... ich fühle mich schon viel besser.« Scot war aufgestanden, seine Knie hatten nachgegeben, und er wäre gestürzt, wenn Gavallan ihn nicht aufgefangen hätte.
»Jetzt schlafen Sie sich erst mal richtig aus!« Der Arzt hatte Scot ein Sedativ gegeben, und Gavallan war bei ihm geblieben, um ihn wegen Jordons Tod zu beruhigen. »Wenn jemand schuld hat, dann ich, Scot. Wenn ich die Räumung schon vor der Abreise des Schahs angeordnet hätte, wäre Jordon noch am Leben.«
»Nein, das stimmt nicht, Vater... Die Kugeln galten mir...«
Gavallan hatte gewartet, bis der Junge eingeschlafen war. Damit hatte er zwar seinen Anschluß versäumt, doch hatte er noch die Mitternachtsmaschine erwischt und war rechtzeitig in London eingetroffen.
»Was zum Teufel wird in Teheran gespielt?« war Linbar gleich zur Sache gekommen.
»Was ist mit den anderen?« hatte Gavallan wissen wollen. Nur noch ein anderer Direktor war im Zimmer, Profitable Choy, ein Kanton-Amerikaner, aus Hongkong eingeflogen, ein Mann, den er seit Jahren kannte und wegen seines Geschäftssinnes hoch schätzte – nur die Art, wie Choy in den Unfalltod David MacStruans und Linbars darauf folgende Amtsübernahme involviert gewesen war, warf einen Schatten auf ihre Beziehungen. »Wir sollten auf sie warten, meint ihr nicht?«
»Es kommt sonst niemand«, gab Linbar scharf zurück. »Ich habe ihnen abgesagt. Ich brauche sie nicht. Ich bin Tai-Pan und kann tun, was mir beliebt.«
»Aber nicht mit S-G Helicopters.« Gavallan fixierte Choy. »Ich schlage vor, wir vertagen das Ganze.«
»Das können wir natürlich«, äußerte sich Choy verbindlich. »Aber was soll's, Andy? Ich bin extra deswegen nach London gekommen, und wir drei sind beschlußfähig, wenn wir dafür stimmen.«
»Ich stimme dafür«, sagte Linbar. »Wovor hast du eigentlich Angst?«
»Vor nichts. Aber...«
»Gut.«
»Gut. Dann sind wir beschlußfähig. Wie sieht es also jetzt im Iran aus?«
Gavallan bewahrte seine Ruhe. »Freitag ist D-Day, wenn die Wetterverhältnisse es zulassen. Die Operation ›Wirbelsturm‹ wurde vorbereitet, so gut es ging.«
»Daran zweifle ich nicht, Andy.« Profitable Choy lächelte freundlich. »Linbar sagt, ihr wollt nur versuchen, alle 212 herauszubekommen.« Er war ein immens reicher, gut aussehender Mann Ende 30 und seit Jahren Direktor von Struan's und vielen Tochtergesellschaften. »Was ist mit den 206 und den Alouettes?«
»Die müssen wir zurücklassen. Unmöglich, sie auszufliegen.«
»Wie sieht das letzte Stadium der Operation ›Wirbelsturm‹ aus?«

»Wenn die Wetterverhältnisse es zulassen, gebe ich am Freitag um 7 Uhr früh die Codemeldung durch, daß die Operation anläuft. Alle Maschinen steigen auf. Wir haben vier 212 unter Rudis Kommando in Bandar-e Delam stationiert; die nehmen Kurs auf Dubai, tanken dort auf und fliegen weiter nach Al Schargas. Unsere zwei 212 in Kowiss müssen an der Küste auftanken, nehmen Kurs auf Kuwait, um dort noch einmal aufzutanken, dann geht es weiter nach Jellet, Dubai und Al Schargas. Die drei in Lengeh unter Scraggers Kommando haben keine Probleme. Sie nehmen direkt Kurs auf Al Schargas. Sobald die Maschinen ankommen, demontieren wir sie, verladen sie in Transport-Jumbos, die ich bereits gechartert habe, und hauen ab, so schnell wir können.«
»Wie stehen die Chancen, daß ihr weder einen Mann noch einen Heli verliert?« fragte Choy. Er war ein bekannter Glücksspieler, Besitzer eines Rennstalls und Schatzmeister des Hongkong-Jockey-Clubs.
»Ich pflege nicht zu wetten. Aber die Chancen stehen gut, sonst hätte ich die Operation gar nicht in Erwägung gezogen. McIver ist es schon gelungen, drei 212 hinauszuschleusen, damit sind schon einmal drei Millionen gerettet. Wenn wir alle unsere 212 und den Großteil der Ersatzteile herausbekommen, wird sich die S-G in guter Verfassung befinden.«
»In einer miserablen Verfassung«, bemerkte Linbar schroff.
»Immer noch in einer besseren als Struan's in diesem Jahr.«
Brennende Röte überzog Linbars Gesicht. »Ihr hättet auf diese Katastrophe vorbereitet sein sollen, du und dein verdammter McIver. Jeder Heuochse konnte sehen, daß der Schah am Ende war.«
»Das reicht, Linbar«, schnauzte ihn Gavallan an. »Ich bin nicht gekommen, um zu streiten, sondern um zu berichten. Kommen wir also zu einem Ende, damit ich zurückfliegen kann! Was gibt es sonst, Profitable?«
»Selbst wenn du sie herausbekommst, Andy, was willst du dagegen unternehmen, daß Imperial dich in der Nordsee unterbietet und gerade dabei ist, dir an die 20 Verträge abzujagen? Und da ist dann auch noch deine Kaufverpflichtung für die sechs X 63.«
»Eine verdammt dumme und zur unrechten Zeit getroffene Entscheidung«, sagte Linbar.
Gavallan wandte den Blick von Linbar ab und konzentrierte sich. Choy hatte das Recht, Fragen zu stellen, und er hatte nichts zu verbergen. »Sobald ich meine 212 draußen habe, kann ich einen normalen Betrieb führen; es gibt mehr als genug Arbeit für sie. Um Imperial kümmere ich mich nächste Woche. Ich weiß, daß ich einen Teil der Verträge wiederbekomme. Die ganze Welt ist verrückt nach Öl, darum wird ExTex zweifellos mit den neuen saudiarabischen, nigerianischen und malaysischen Verträgen angetanzt kommen. Sobald sie unseren Bericht über die X 63 in Händen haben, werden sich unsere Umsätze mit ihnen verdoppeln – und mit allen anderen großen Ölgesellschaften auch. Wir werden ihnen einen noch besseren Service anbieten können, noch höhere Sicherheit bei jedem Wetter und das zu geringen Kosten. Der Markt ist enorm, bald wird auch China die Grenzen öffnen.«
»Ein Hirngespinst«, kanzelte Linbar ihn ab. »Das ist reine Phantasterei!«

»China wird für uns nie interessant sein«, sagte Choy mit einem wunderlichen Ausdruck in den Augen. »Ich teile Linbars Meinung.«
»Ich nicht.« Gavallan fiel etwas an Choy auf, aber sein Ärger ließ ihn nicht nachdenken. »Wir werden es ja erleben! China muß irgendwo Öl haben, und zwar eine Menge. Um abzuschließen: Ich bin in guter, in bester Verfassung, im letzten Jahr waren die Gewinne um 50 Prozent höher, und dieses Jahr werden sie ebenso hoch, wenn nicht noch besser sein. Nächste Woche werde ich...«
»Nächste Woche bist du nicht mehr im Geschäft«, unterbrach ihn Linbar.
»Das wird sich an diesem Wochenende entscheiden.« Gavallan reckte das Kinn. »Ich schlage vor, wir kommen nächsten Montag wieder zusammen. Da kann ich dann auch schon zurück sein.«
»Profitable und ich fliegen am Sonntag nach Hongkong zurück. Wir werden uns dort wieder treffen.«
»Das ist mir nicht möglich, denn...«
»Dann werden wir eben ohne dich weitermachen müssen.« Linbar schäumte vor Wut. »Wenn du mit der Operation ›Wirbelsturm‹ Schiffbruch erleidest, bist du erledigt, dann wird S-G Helicopters liquidiert, eine neue Gesellschaft, Nordsee-Helicopters, die übrigens bereits eingetragen ist, wird die Vermögenswerte übernehmen, und ich bezweifle, daß wir mehr als einen halben Cent auf einen Dollar zahlen werden.«
Das Blut stieg Gavallan ins Gesicht. »Das wäre Straßenraub.«
»Nur der Preis des Mißerfolgs. Bei Gott, wenn die S-G kaputtgeht, bist du erledigt. Und wenn du es dir nicht leisten kannst, deine Flugtickets zu bezahlen, um zu Vorstandssitzungen zu kommen, dann wirst du uns nicht abgehen.«
Gavallan war vor Wut außer sich, aber er beherrschte sich. Einer plötzlichen Eingebung folgend, richtete er das Wort an Profitable Choy: »Wenn wir mit der Operation ›Wirbelsturm‹ Erfolg haben, würdest du mir helfen, Struan's auszuzahlen?«
Noch bevor der Chinese antworten konnte, brüllte Linbar: »Unsere Kapitalmehrheit steht nicht zum Verkauf!«
»Aber vielleicht sollte sie das, Linbar«, sagte Choy nachdenklich. »Auf diese Weise kämst du vielleicht aus der Klemme, in der du dich befindest. Und warum dich nicht von einer Last befreien, die... Ihr beide hackt immerzu aufeinander herum, und wozu? Macht doch Schluß damit!«
Mit gepreßter Stimme fragte Linbar: »Würdest du eine solche Auszahlung finanzieren?«
»Vielleicht. Ja. Könnte sein, aber nur mit deinem Einverständnis, Linbar. Das ist eine Familienangelegenheit.«
»Ich werde nie zustimmen, Profitable.« Linbars Gesicht verzerrte sich, und er funkelte Gavallan böse an. »Dich will ich modern sehen.«
Gavallan erhob sich. »Wir sehen uns bei der nächsten Vorstandssitzung. Wir werden ja sehen, was diese Herren dazu sagen.«
»Sie werden tun, was ich ihnen befehle. Ich bin der Tai-Pan. Übrigens mache ich Profitable Choy zum Vorstandsmitglied.«
»Das kannst du nicht. Es wäre gegen Dirks Vorschrift.« Dirk Struan, der

Gründer der Gesellschaft, hatte festgelegt, daß nur Familienangehörige und Christen Mitglieder des Vorstands sein durften. »Du hast bei Gott geschworen, dich daran zu halten!«
»Zum Teufel mit Dirks Vorschriften!« fuhr Linbar ihn an, »was ich geschworen habe, ist allein meine Sache. Du hältst dich für so verdammt gescheit, aber das bist du gar nicht. Choy ist Episkopalist geworden, voriges Jahr hat er sich scheiden lassen, und bald wird er in die Familie einheiraten: eine meiner Nichten, mit meinem Segen. Er wird mehr zur Familie gehören als du!« Er lachte schallend.
Gavallan nicht. Und auch Choy war ernst geblieben. »Ich wußte nicht, daß du dich scheiden lassen hast«, hatte Gavallan gesagt. »Ich sollte dich beglückwünschen zu... zu deinem neuen Leben und deiner... deiner Berufung.«
»Ja, danke.« Mehr hatte sein Feind nicht gesagt.

Teheran – in einem nördlichen Vorort: 14 Uhr 35. Lässig-elegant wie immer, in maßgeschneiderter Fliegerkleidung und spezialangefertigten Stiefeln stieg Jean-Luc aus dem Taxi. Wie vereinbart nahm er eine Hundert-Dollar-Note aus der Brieftasche und riß sie sorgfältig in zwei Teile. »*Voilà!*« Aufmerksam musterte der Fahrer seine Hälfte. »Nur eine Stunde, Agha? In Allahs Namen, Agha, nicht mehr.«
»Eineinhalb Stunden, wie wir vereinbart haben, und dann zum Flughafen zurück. Ich werde etwas Gepäck haben.«
»*Inscha'Allah.*« Der Fahrer sah sich nervös um. »Hier kann ich nicht warten – zu viele Augen. Eineinhalb Stunden. Ich warte um die Ecke dort.« Er deutete nach vorn und fuhr los. Jean-Luc ging die Treppe hinauf und schloß die Tür zum Appartement 4a auf, das nach Süden lag und auf die von hohen Bäumen gesäumte Straße hinausging. Dies war seine Behausung, die freilich seine Frau Marie-Christine gefunden und eingerichtet und bei ihren seltenen Besuchen bewohnt hatte. Ein Schlafzimmer mit einem großen niederen Doppelbett, eine gut ausgerüstete Küche, ein Wohnzimmer mit einem tiefen Sofa und einem modernen Hi-Fi-Plattenspieler: »Um deine Freundinnen zu betören, solange du dir nicht einfallen läßt, eine nach Frankreich zu importieren.«
»Ich, *chérie?* Ich bin ein Liebhaber, aber doch kein Importeur.« Er lächelte, war froh, daheim zu sein, und nur ein wenig verärgert, weil er so viel zurücklassen mußte: das Hi-Fi-Gerät, die wunderbaren Platten, das so herrlich federnde Bett, den so raffiniert ins Land geschmuggelten Wein, die Küchengeräte. Er ging ins Schlafzimmer, um zu telefonieren, aber das Telefon funktionierte nicht.
Er holte einen Koffer aus dem eleganten Wandschrank und fing an zu packen, schnell und zügig, denn er hatte lange darüber nachgedacht. Zuerst seine Lieblingsmesser und die Bratpfanne und sechs Flaschen seiner besten Weine. Die restlichen vierzig würden dem neuen Mieter bleiben – dem vorübergehenden Mieter, falls er je wieder zurückkommen sollte. Die Zahlung sollte in guten französischen Franc erfolgen, monatlich im voraus auf ein Schweizer Konto, dazu eine Kaution für eventuelle Schäden.

Die Sache war schon vor Weihnachten am Kochen gewesen. Während die anderen alle noch mit Scheuklappen herumspazierten, hatte er vergnügt gegluckst, war ihnen schon um einige Nasenlängen voraus gewesen. Aber natürlich bin ich ihnen gegenüber im Vorteil, sagte er sich: Ich bin Franzose. Auch der neue Mieter war ein Franzose, ein alter Freund an der Botschaft, der schon seit Wochen dringend eine sofort verfügbare, hübsch eingerichtete Absteige für seine im Teenageralter befindliche georgisch-tscherkessische Geliebte suchte. Sie hatte gedroht, ihn zu verlassen, wenn er das Gewünschte nicht bald zur Verfügung stellte: »Jean-Luc, teuerster Freund, vermieten Sie mir die Wohnung auf ein Jahr, sechs Monate, drei Monate – ich versichere Ihnen, bald werden Diplomaten die einzigen Europäer in Teheran sein. Wir wissen, was hier vorgeht – sind doch viele von Khomeinis Gefährten der französischen Sprache mächtig und Absolventen französischer Universitäten! Bitte, ich flehe Sie an, ich muß einfach das Licht meines Lebens zufriedenstellen!«

Zuletzt packte Jean-Luc noch seine Fluginstrumente und ein halbes Dutzend Sonnenbrillen ein. Seine Kleider hatte er in einem versperrten Schrank untergebracht. Die Gesellschaft wird mich natürlich für den Verlust entschädigen, und ich werde mir neue kaufen. Wer braucht noch alte Kleider?

Endlich war er fertig. Er sah auf die Uhr. Er hatte genau 22 Minuten gebraucht. Perfekt! Er nahm eine Flasche La Doucette aus dem Kühlschrank, öffnete sie und kostete den Wein. Perfekt! Drei Minuten später läutete es an der Tür. Perfekt!

»Sayada, *chérie*, wie schön du bist!« begrüßte er sie herzlich, aber in Wirklichkeit dachte er: Du siehst gar nicht gut aus, müde und erschöpft. »Wie geht es dir, *chérie?*«

»Ich war erkältet, nichts Ernstes«, antwortete sie. Am Morgen hatte sie die Sorgenfalten und Augenschatten in ihrem Spiegel gesehen und gleich gewußt, daß Jean-Luc es bemerken würde. »Es ist schon vorbei. Und wie geht es dir, *chérie?*«

»Heute geht's mir gut, aber morgen, wer weiß?« Er zuckte mit den Achseln, half ihr aus dem Mantel, nahm sie in die Arme und ließ sich mit ihr auf das Sofa sinken. Sie war sehr schön, und es machte ihn traurig, sie verlassen zu müssen. Sie und den Iran. Wie seinerzeit Algerien, dachte er.

»Woran denkst du, Jean-Luc?«

»An 1963, als wir aus Algerien hinausgeschubst wurden. Nicht viel anders als jetzt aus dem Iran.« Er spürte, wie sie sich in seinen Armen regte. »Was hast du?«

»Die Welt ist manchmal abscheulich.« Sayada hatte ihm nichts von ihrem wahren Leben erzählt. »So unfair«, fügte sie angewidert hinzu, während sie an den Krieg 1967 im Gaza-Streifen zurückdachte, an den Tod ihrer Eltern und ihre Flucht. Dann erinnerte sie sich an Teymours Ermordung und ihren neuen Auftraggeber. Es schauderte sie, als sie sich ausmalte, was diese ihrem Sohn Yassar antun würden, wenn sie etwas falsch machte. Wenn ich nur herausfinden könnte, wer »sie« sind!

Jean-Luc schenkte den Wein ein. »Mach kein so ernstes Gesicht, *chérie!* Wir haben nicht viel Zeit. *Santé!*«

Der Wein war kühl und delikat und schmeckte nach Frühling. »Nicht viel Zeit? Bleibst du nicht da?«

»In einer Stunde muß ich fort.«

»Ins Zagros-Gebirge?«

»Nein, *chérie*, zum Flughafen und dann nach Kowiss.«

»Wann kommst du zurück?«

»Ich komme nicht zurück«, antwortete er und fühlte, wie sie erstarrte. Aber er hielt sie fest, und schon nach wenigen Sekunden entspannte sie sich wieder. Und weil er nie einen Grund gehabt hatte, ihr nicht vorbehaltlos zu vertrauen, fuhr er fort: »Unter uns: Auch in Kowiss bleibe ich nicht lange. Wir ziehen ab aus dem Iran, die ganze Firma. Es springt ins Auge, daß wir hier unerwünscht sind, wir können nicht mehr ungehindert operieren, die Gesellschaft bekommt kein Geld. Aus dem Zagros-Gebirge hat man uns schon hinausgeworfen – einer unserer Mechaniker wurde vor ein paar Tagen von Terroristen getötet, und es fehlten nur Millimeter, und auch Scot Gavallan wäre ein toter Mann gewesen. Also ziehen wir uns zurück. *C'est fini.*«

»Wann?«

»Bald. Genau weiß ich es auch nicht.«

»Ich... ich werde dich vermissen, Jean-Luc«, sagte sie und kuschelte sich enger an ihn.

»Auch du wirst mir fehlen«, murmelte er zärtlich und sah die stummen Tränen, die ihr über das Gesicht rollten. »Wie lange bleibst du in Teheran?«

»Ich weiß es nicht. Ich gebe dir eine Adresse in Beirut. Dort wird man wissen, wo ich zu finden bin.«

»Mich kannst du über Aberdeen erreichen.«

Sie saßen auf dem Sofa, Sayada halb in seinen Armen liegend, und die Uhr auf dem Kaminsims tickte – heute anscheinend so laut, als wolle sie die beiden an die vergangene Zeit erinnern und daran, daß ein Ende gekommen war – ein Ende nicht aus eigenem Entschluß.

»Lieben wir uns!« flüsterte sie. Sie hatte kein Verlangen, wußte aber, daß dies von ihr erwartet wurde.

»Nein«, lehnte er ritterlich ab. Er wußte, daß das jetzt von ihm erwartet wurde, damit sie sich wieder ankleiden konnten und wie zwei Franzosen dem Ende ihrer Affäre vernünftig in die Augen sehen. Seine Augen wanderten zur Uhr hinüber. Noch 43 Minuten Zeit.

»Du willst mich nicht?«

»Mehr als je zuvor.« Seine Hand umfaßte ihre Brust und seine Lippen streiften ihren Hals.

»Ich bin froh«, murmelte sie mit tiefer Stimme, »und auch froh, daß du nein gesagt hast. Ich möchte viele Stunden in deinen Armen liegen, Liebster, nicht nur ein paar Minuten, nicht jetzt. Es würde alles kaputtmachen, wenn wir uns beeilten.«

Einen Augenblick lang war er verdutzt; diese Wendung hatte er nicht erwar-

tet. Doch jetzt war auch er froh. Wie tapfer von ihr, auf einen solchen Genuß zu verzichten, dachte er und liebte sie von ganzem Herzen. Es war doch viel schöner, sich der herrlichen Stunden zu entsinnen, die sie miteinander verbracht hatten, als sich da jetzt in fliegender Hast abzustrampeln. Überdies, überlegte er, habe ich vergessen nachzusehen, ob das heiße Wasser funktioniert. Jetzt können wir in Ruhe auf dem Sofa sitzen, ein wenig weinen und glücklich sein. »Du hast recht. Auch ich empfinde es so.« Wieder glitten seine Lippen über ihren Hals. Armes Kind, warum sie noch länger quälen?
»Wie wollt ihr denn gemeinsam das Land verlassen, Liebster?«
»Wir fliegen zusammen aus. Noch ein Schluck Wein?«
»Ja, bitte. Er schmeckt so gut.« Sie trank von dem Wein, trocknete ihre Tränen, plauderte mit ihm und bemühte sich, die Umstände dieses außergewöhnlichen Ausflugs zu sondieren. Das wird »sie« und auch »die Stimme« sehr interessieren. Vielleicht hilft es mir auch, »sie« zu identifizieren. Solange ich sie nicht kenne, kann ich meinen Sohn nicht schützen.
»Wie ich dich liebe, *chérie*«, flüsterte sie.

Internationaler Flughafen: 18 Uhr 05. Johnny Hogg, Pettikin und Nogger starrten McIver verständnislos an. »Du bleibst da? Du fliegst nicht mit uns?« stammelte Pettikin.
»Wie ich schon sagte«, entgegnete McIver lebhaft, »ich muß Kia morgen nach Kowiss begleiten.« Sicher vor ungebetenen Lauschern standen sie auf dem Parkplatz neben seinem Wagen. Drüben auf dem Vorfeld luden Arbeiter, die von *hezbollahis* überwacht wurden, die letzten Kisten in die 125. Ein Mullah stand wie üblich daneben.
»Diesen Mullah haben wir noch nie gesehen«, sagte Nogger, der seine Nervosität kaum verbergen konnte.
»Gut. Sind alle anderen schon an Bord?«
»Ja, Mac, bis auf Jean-Luc.« Pettikin war verunsichert. »Meinst du nicht, du solltest es lieber riskieren, Kia zu versetzen?«
»Das wäre wirklich ein Wahnsinn, Charlie. Du brauchst dir keine Sorgen zu machen! Du kannst auf dem Flughafen von Al Schargas alles mit Andy vorbereiten. Morgen bin ich da. Ich gehe morgen in Kowiss mit den anderen Jungs an Bord der 125.«
»Aber wir haben doch alle Flugerlaubnis, und du nicht«, wandte Nogger ein.
»Du lieber Himmel, Nogger, von hier kann keiner von uns starten.« McIver lachte. »Wie sollen denn unsere Jungs aus Kowiss sicher sein, solange wir nicht in der Luft sind und außerhalb des iranischen Luftraums? Keine Bange! Eins nach dem anderen. Zunächst müssen wir erst diesen Teil unserer Show über die Bühne gehen lassen.« Er warf einen Blick auf das Taxi, das mit kreischenden Bremsen stehenblieb. Jean-Luc stieg aus, gab dem Fahrer die andere Hälfte der Banknote und kam, einen Koffer in der Hand, herübergeschlendert.
»*Alors, mes amis*«, begrüßte er sie und lächelte zufrieden. »*Ça marche?*«
McIver seufzte. »Richtig sportlich von dir, alle Welt wissen zu lassen, daß du Urlaub machst, Jean-Luc.«

»Was?«
»Schon recht.« McIver schätzte Jean-Luc – seine Tüchtigkeit, seine Kochkunst und seine Zielstrebigkeit. Als Gavallan Jean-Luc von der Operation »Wirbelsturm« in Kenntnis gesetzt hatte, war der Franzose sofort einverstanden gewesen. »Selbstverständlich fliege ich eine 212 aus Kowiss aus – vorausgesetzt, ich kann am Mittwoch mit einem Pendler nach Teheran und dort für ein paar Stunden in die Stadt fahren.«
»Um was zu tun?«
»Mon Dieu, ihr Engländer! Vielleicht um dem Imam adieu zu sagen?«
McIver lachte ihn nun freundlich an. »Wie war's in der Stadt?«
»Magnifique!« Seit Jahren, dachte Jean-Luc, habe ich McIver nicht mehr so jung gesehen. Welche Dame da wohl dahinter steckte? *»Et toi, mon vieux?«*
»Gut.« Jones, der Copilot, kam eilig die Treppe herunter und auf sie zu. Auf dem Vorfeld standen keine Kisten mehr, und die Männer des iranischen Bodenpersonals schlenderten ins Büro zurück. »An Bord alles klar?« erkundigte sich McIver.
»Startklar, Captain, bis auf die Passagiere«, antwortete Jones. »Die Flugsicherung wird schon nervös und meint, wir müßten schon längst weg sein. So schnell es geht, okay?«
McIver holte tief Atem. »Also dann los! Alles, wie geplant. Nur daß ich die Papiere nehme.« Johnny Hogg reichte sie ihm, und nun marschierten McIver, Hogg und Jones, in der Hoffnung, ihn abzulenken, geradewegs auf den Mullah zu. Wie vorher abgesprochen, waren die zwei Mechaniker bereits an Bord. »Guten Tag«, sagte McIver und überreichte dem Mullah demonstrativ das Ladungsmanifest, während sie ihm gleichsam den Blick auf die Treppe verstellten. Nogger, Pettikin und Jean-Luc eilten behende hinauf und verschwanden im Inneren der Maschine.
Der Mullah blätterte das Manifest durch. »Gut. Wir inspizieren jetzt«, knurrte er.
»Das ist doch nicht nötig, Agha!« McIver verstummte. Zusammen mit zwei Wachtposten ging der Mullah bereits zur Treppe. »Sobald wir an Bord sind, laß die Triebwerke an!« zischte McIver und folgte dem Mullah.
Die Kabine war vollgestopft mit Kisten, die Passagiere saßen bereits angeschnallt auf ihren Plätzen. Der Mullah starrte die Männer an. »Wer sie sind?«
»Ersatzleute, Agha«, antwortete McIver. Die Triebwerke heulten auf, und seine Erregung nahm zu. Er deutete aufs Geratewohl auf Jean-Luc. »Pilot für Kowiss«, und dann, eiliger: »Das Komitee vom Tower wünscht, daß die Maschine jetzt abfliegt. Bitte schnell!«
»Was ist in den Kisten?« Der Mullah sah zum Cockpit, von woher Johnny Hogg in perfektem Persisch rief: »Verzeihen Sie die Unterbrechung, Exzellenz, wie es Allah gefällt, aber der Tower verlangt, daß wir sofort abfliegen. Mit Ihrer Erlaubnis bitte?«
»Ja, ja, selbstverständlich, Exzellenz Pilot.« Der Mullah lächelte. »Ihr Persisch ist ausgezeichnet.«
»Danke, Exzellenz. Allah beschütze Sie und segne den Imam!«

»Danke, Exzellenz Pilot, Allah schütze Sie!« Der Mullah verließ die Maschine.
Auf dem Weg zum Ausstieg steckte McIver den Kopf ins Cockpit. »Ich wußte gar nicht, daß du Persisch sprichst, Johnny.«
»Spreche ich auch nicht«, versetzte Hogg und wiederholte, was er dem Mullah gesagt hatte. »Ich habe nur diesen Satz auswendig gelernt. Ich dachte, er würde sich vielleicht einmal nützlich erweisen.«
McIver lächelte. »Ich ernenne dich zum Klassenersten!« sagte er, und mit gesenkter Stimme: »Sag Duke, er soll sich bemühen, den Klugscheißer dazu zu bewegen, die Jungs schon möglichst früh ausfliegen zu lassen. Ich möchte nicht, daß Kia dabei ist, wenn sie starten. Kapiert?«
»Selbstverständlich. Das hatte ich vergessen. Sehr klug.«
»Also dann. Guten Flug! Wir sehen uns in Al Schargas.« Er stieg aus, und die 125 rollte davon.
Kaum war sie in der Luft, stieß Nogger einen Freudenschrei aus. »Wir haben's geschafft!« Alle stimmten ein, ausgenommen der abergläubische Jean-Luc, der sich bekreuzigte. *»Merde«*, rief er, »spar dir deinen Jubel, Nogger! Man kann uns auch in Kowiss noch ein Startverbot verpassen. Spar dir den Jubel für Freitag!«
»Du hast recht, Jean-Luc«, stimmte ihm Pettikin zu, der auf dem Fensterplatz daneben saß. »Mac war richtig gut gelaunt. Es ist schon Monate her, seit ich ihn so aufgekratzt gesehen habe. Noch heute morgen war er stocksauer. Seltsam, wie Menschen sich ändern können.«
»Ja, seltsam. Ich zum Beispiel wäre stocksauer, wenn ich meine Pläne in letzter Minute ändern müßte.« Jean-Luc lehnte sich bequem zurück, dachte an Sayada, den süßen Schmerz, der sie bewegt hatte, als sie voneinander geschieden waren. Er warf einen Blick auf Pettikin und sah die gefurchte Stirn. »Was hast du?«
»Mir ist gerade eingefallen: Wie kommt Mac nach Kowiss?«
»Mit einem Heli natürlich. Es sind doch noch zwei 206 und eine Alouette da.«
»Tom hat die Alouette heute nach Kowiss gebracht, und es sind keine anderen Piloten mehr da.«
»Dann fährt er eben mit dem Wagen. Warum?«
»Du glaubst doch nicht, er ist so verrückt und fliegt Kia selbst?«
»Bist du wahnsinnig? Natürlich nicht.« Jean-Lucs Augenbrauen schnellten hoch. *»Merde!* Der ist so verrückt.«

Zentrale des Inneren Sicherheitsrates: 18 Uhr 30. Haschemi Fazir stand am Fenster seines riesigen Büros und blickte hinaus auf die Dächer der Stadt, auf die Minaretts und die enormen Kuppeln der Moscheen zwischen den modernen Hochhäusern und Hotels. Die letzten Rufe der Muezzins verstummten, und überall in der Stadt flammten Lichter auf. Aus der Ferne waren Gewehrsalven zu hören. »Dreckskerle«, murmelte er und fügte dann, ohne sich umzudrehen, in scharfem Ton hinzu: »Mehr hat sie nicht gesagt?«
»Nein, Exzellenz. ›In ein paar Tagen.‹ Sie sagte noch, sie sei sich ziemlich

sicher, daß auch der Franzose den genauen Zeitpunkt des Abflugs nicht wisse.«

»Sie hätte sich vergewissern müssen. Nachlässig. Nachlässige Agenten sind gefährlich. Nur Hubschrauber vom Typ 212, äh?«

»Ja, in diesem Punkt war sie sich sicher. Ich stimme Ihnen zu, daß sie nachlässig war und bestraft werden sollte.«

Haschemi hörte die tückische Häme, die aus diesen Worten sprach, ließ sich aber die gute Laune nicht verderben. Er würde zu gegebener Zeit schon entscheiden, wie er mit Sayada Bertolin verfahren und wie er ihre Informationen verwerten wollte. Er war sehr mit sich zufrieden.

Es war ein ausgezeichneter Tag gewesen. Einer seiner heimlichen Verbündeten war in der SAVAMA zur Nummer 2 nach Abrim Pahmudi ernannt worden. Zu Mittag hatte ein Fernschreiben aus Täbris den Tod Abdullah Khans bestätigt. Sofort hatte er ein Telex zurückgeschickt, um für morgen einen privaten Termin mit Hakim Khan zu vereinbaren, und für diesen Zweck ein leichtes, zweimotoriges Flugzeug angefordert. Die Talbot geleistete Hilfe bei dessen Höllenfahrt hatte keine Spuren der dafür Verantwortlichen – eines Teams der Gruppe 4 – hinterlassen. Niemand konnte sagen, wer den Wagen geparkt hatte. »Eben noch herrschte Allahs Friede, und im nächsten Augenblick war die Hölle los.«

Vor einer Stunde hatte Abrim Pahmudi persönlich angerufen – vorgeblich um ihn zu beglückwünschen. Aber er war nicht in die Falle gegangen und hatte achtsam in Abrede gestellt, daß die Explosion etwas mit seiner Behörde zu tun haben könne. Es war besser, keine Aufmerksamkeit auf die Parallelität zur ersten Autobombe zu lenken, die General Janan in Stücke gerissen hatte. »Wie es Allah gefällt, Exzellenz«, hatte er gesagt, »aber das war ganz offensichtlich wieder ein Anschlag dieser verdammten linken Terroristen. Talbot war nicht das Ziel, wenngleich sein konvenables Hinscheiden auch dieses Problem aus der Welt geschafft hat. Es tut mir leid, Ihnen sagen zu müssen, daß der Anschlag gegen Persönlichkeiten gerichtet war, die sich der Gunst des Imams erfreuen.« Damit, daß er den Terroristen die Schuld zuschob und behauptete, der Angriff hätte den Ayatollahs und Mullahs gegolten, die das Restaurant frequentierten, würde er ihnen einen gehörigen Schreck einjagen.

Haschemi wandte sich vom Fenster ab und musterte Suliman al Wiali, den Führer des Teams der Gruppe 4, der die heutige Autobombe gelegt hatte, der Mann, der Sayada Bertolin in Teymours Schlafzimmer überrascht hatte. »In wenigen Minuten werde ich nach Täbris aufbrechen. Morgen oder übermorgen bin ich wieder da. Ein hochgewachsener Engländer, Robert Armstrong, wird mich begleiten. Beauftrage einen deiner Männer, ihm zu folgen und herauszufinden, wo er wohnt. Dann laß ihn irgendwo auf der Straße nach Einbruch der Dunkelheit liquidieren. Tu es nicht selbst!«

»Jawohl, Exzellenz. Wann?«

Haschemi dachte seinen Plan noch einmal durch, konnte aber keinen schwachen Punkt finden. »Am Freitag.«

»Ist das der gleiche Mann, den diese Sayada ins Bett kriegen sollte?«
»Ja, aber ich habe es mir anders überlegt.« Robert besitzt keinen Wert mehr für mich, dachte er. Seine Uhr ist abgelaufen.
»Haben Sie noch einen Auftrag für die Frau, Exzellenz?«
»Nein. Teymours Ring ist aufgeflogen.«
»Wie es Allah gefällt. Darf ich einen Vorschlag machen?«
Haschemi studierte die scharfgeschnittenen Gesichtszüge seines Gegenübers. Suliman war der tüchtigste, verläßlichste und gefährlichste Mann, der offiziell eine kleine Stellung als Agent des Inneren Sicherheitsrates bekleidete und ihm direkt unterstand. Suliman behauptete, aus dem Dschebel esch Schargi östlich von Beirut zu kommen, wo seine Familie ermordet und er selbst von christlichen Milizionären vertrieben worden war. Haschemi hatte ihn vor fünf Jahren aus einem syrischen Gefängnis geholt und in seine Dienste genommen. Er war wegen Straßenraub und Mord auf beiden Seiten der Grenze zum Tod verurteilt worden. Seine Verteidigung hatte gelautet: »Ich habe nur Juden und Ungläubige getötet, wie Allah es befohlen hat; also habe ich Allahs Werk getan. Ich bin ein Rächer.«
»Was für einen Vorschlag?«
»Sie ist ein ganz gewöhnlicher PLO-Kurier, kein sehr guter und in ihrer gegenwärtigen Verfassung gefährlich, möglicherweise sogar eine Bedrohung. Sie könnte leicht von den Israelis oder von der CIA abgeworben und gegen uns eingesetzt werden. Mein Vorschlag wäre, ich sage ihr, daß es Zeit für sie ist, nach Beirut zurückzukehren, und daß wir, da wir sie bei ihrer Hurerei ertappt haben, von ihr wollen, daß sie dort für uns arbeitet. Wir lassen sie dann ein privates Gespräch mitanhören, bei dem wir so tun, als wären wir Teil einer Zelle christlicher Milizen aus dem Südlibanon, die, israelischen Befehlen gehorchend, für ihre Herren von der CIA arbeiten.« Als er das überraschte Gesicht seines Dienstherrn sah, lachte er.
»Und dann?«
»Was würde eine palästinensische Koptin, eine lauwarme Gegnerin Israels, zu einer fanatischen, rachedurstigen, haßerfüllten Teufelin machen?«
»Na, was?«
»Nehmen wir an, Mitglieder dieser christlichen Milizen, die unter israelischem Befehl für ihre Herren von der CIA arbeiten, würden einen Tag vor ihrer Rückkehr ihrem Sohn vorsätzlich Verletzungen, schwere Verletzungen, zufügen und gleich danach verschwinden. Würde sie das nicht zu einer erbitterten Feindin unserer Feinde machen?«
Haschemi zündete sich eine Zigarette an, um seinen Ekel zu überspielen. »Ich teile deine Meinung, daß ihre Brauchbarkeit ein Ende gefunden hat.« Er sah in Sulimans Augen etwas wie Verärgerung aufblitzen.
»Welchen Wert hat ihr Kind und welche Zukunft?« gab Suliman geringschätzig zurück. »Bei einer solchen Mutter? Und wenn es bei christlichen Verwandten lebt, wird es ein Christ bleiben und zur Hölle fahren.«
»Israel ist unser Verbündeter. Halte dich aus dem Nahen Osten heraus, wenn du nicht gefressen werden willst. Ich verbiete es dir.«

»Wenn Sie es verbieten, ist es verboten, Herr.« Suliman verneigte sich und nickte zustimmend. »Ich schwöre es beim Leben meiner Kinder.«
»Schön. Du hast deine Sache heute gut gemacht. Ich danke dir.« Er ging zum Safe und holte ein Bündel Dollarnoten heraus. Er sah, wie Sulimans Züge aufleuchteten. »Hier hast du eine Sonderzulage für dich und deine Leute.«
»Danke, danke, Exzellenz. Allah schütze Sie! Dieser Armstrong ist praktisch schon tot.« Ein sehr dankbarer Suliman verneigte sich abermals und ging.
Ein Vermögen für Suliman und seine drei Henkersknechte, diese 1000 Dollar, aber eine lohnende Investition, dachte Fazir. O ja. Ich bin froh, daß ich wegen Robert eine Entscheidung getroffen habe. Robert weiß zu viel, ahnt zu viel – war er es doch, der bestimmt hat, was meine Teams tun sollen. »Die Teams der Gruppe 4 müssen für einen guten und nicht für einen schlechten Zweck gebraucht werden, Haschemi«, hatte Armstrong in seiner besserwisserischen Art gesagt. »Ich warne dich. Die Macht könnte ihnen zu Kopf steigen und auf dich zurückschlagen. Denk an den Alten vom Berge!«
Haschemi hatte gelacht, um seinen Schock zu verbergen: Armstrong hatte in sein Innerstes geblickt. »Was hat Ibn-Sabbah mit mir zu tun? Wir leben im 20. Jahrhundert, und ich bin kein religiöser Fanatiker. Und was noch wichtiger ist, Robert, ich besitze auch keine Festung Alamut!«
»Aber immer noch gibt es Haschisch – sogar wirksameres.«
»Ich brauche keine Süchtigen, nur Männer, denen ich vertrauen kann.« Die Bezeichnung Assassinen leitete sich von *haschaschin*, Haschisch-Genießer, ab. Der Legende nach hatte Hasan ibn-Sabbah in seiner uneinnehmbaren Festung in den Bergen unweit von Qazvin heimliche Gärten angelegt, ähnlich den Gärten des Paradieses, wie sie im Koran beschrieben sind, wo Milch und Honig floß und schöne und willige Mädchen ihre Gäste verwöhnten. Hier erlebten von Haschisch betäubte junge Männer einen Vorgeschmack auf die ihnen versprochene, ewigwährende erotische Glückseligkeit, die sie nach dem Tod im Paradies erwartete. Nach zwei oder drei Tagen wurde der so Gesegnete wieder in den Alltag zurückversetzt, aber man verhieß ihm eine baldige Rückkehr – als Gegenleistung für absoluten Gehorsam und Unterwerfung unter Ibn-Sabbahs Willen.
Von Alamut aus terrorisierte der fanatische Haufen einfältiger, Haschisch genießender Eiferer als Assassinen ganz Persien und bald auch einen großen Teil des Nahen Ostens. Erst 1256 kam ein Enkel Dschingis-Khans nach Persien, führte seine Horden gegen Alamut, zerstörte die Festung und trat die Assassinen in den Staub der Geschichte.
Haschemi preßte die Lippen zusammen. Ach Robert, wie ist es dir nur gelungen, den Schleier zu zerreißen, den ich über meinen geheimen Plan gebreitet habe, das System Ibn-Sabbahs zu modernisieren – ein leicht durchführbares Vorhaben, wo nun der Schah geflohen und das Land in Aufruhr ist? Es ist so leicht mit bewußtseinsverändernden und Halluzinationen hervorrufenden Drogen und einem unerschöpflichen Aufgebot von unbedarften, von dem Verlangen nach einem Märtyrertod durchdrungenen Eiferern, denen man nur die gewünschte Richtung zu weisen braucht. Es ist so leicht, ihnen

den Vorsatz einzuimpfen, jeden zu eliminieren, den ich zu eliminieren wünsche – Janan und Talbot und nun auch dich.
Doch mit welchem Abschaum muß ich mich umgeben zum größeren Ruhm meines Ziels? Wie können Menschen so grausam sein? Wie können sie solch ausschweifende Grausamkeiten genießen wie etwa diesem Mann die Genitalien abzuschneiden oder auch nur zu erwägen, einem Kind Schmerzen zuzufügen? Nur weil sie aus dem Nahen Osten sind, im Nahen Osten leben und nirgendwo sonst hingehören? Wie schrecklich, daß sie nicht von uns lernen können! Bei Allah, das Reich des großen Cyrus und Darius muß wiedererstehen – in diesem Punkt hatte der Schah recht. Meine Assassinen werden vorangehen, wenn es sein muß, bis nach Jerusalem!

Donnerstag
1. März 1979

55

Im Dorf an der Nordgrenze: 5 Uhr 30. Im trüben Licht des heraufdämmernden Morgens zog sich Erikki die Stiefel an. Er schlüpfte in die Fliegerjacke – der vertraute Ledergeruch –, zog den Dolch aus der Scheide und steckte ihn in seinen Ärmel. Vorsichtig drückte er die Tür auf. Das Dorf schlief unter einer Schneedecke. Kein Wächter zu sehen. Auch das Pultdach über seiner Maschine schien verlassen, aber er wußte, daß sie zu gut bewacht war, das hatte er schon mehrmals tagsüber und in der Nacht ausprobiert. Er konnte nur zu Fuß fliehen, und das plante er nun schon seit seiner Auseinandersetzung mit Scheich Bayazid vor zwei Tagen.

Seine Sinne tasteten sich ins Dunkel vor. Die Sterne verbargen sich hinter einer dünnen Wolkendecke. Jetzt! Sicheren Fußes glitt er aus der Tür und, den Bäumen zustrebend, die Reihe der Hütten entlang, als er plötzlich in dem Netz gefangen war, das vom Himmel gefallen zu sein schien. Er kämpfte um sein Leben.

Vier Angehörige des Stammes hielten die Enden des Netzes, das dazu diente, wilde Ziegen einzufangen und sie zu zähmen. Geschickt schlangen sie es um ihn herum, enger und enger, und obwohl er vor Wut brüllte und mit seiner enormen Kraft einige Maschen zerriß, strampelte er bald hilflos im Schnee. Je mehr er gegen die Stricke ankämpfte, desto fester schlossen sie sich um seine Glieder. Schließlich hörte er auf zu kämpfen, ließ sich zurückfallen und sah sich um. Das ganze Dorf umringte ihn, angekleidet und bewaffnet. Sie hatten offenbar auf ihn gewartet. Noch nie hatte er solchen Haß gesehen oder gespürt.

Fünf Männer waren nötig, um ihn aufzuheben. Halb trugen, halb schleiften sie ihn in die Versammlungshütte und ließen ihn dann grob auf den Lehmboden vor Scheich Bayazid fallen, der mit gekreuzten Beinen auf seinem Ehrenplatz nahe dem Feuer saß. Es war eine große Hütte, rauchgeschwärzt und voll von Menschen.

»Du hast es also gewagt, dich mir zu widersetzen?«

Erikki lag still und sammelte Kräfte. Was hätte er auch antworten sollen?

»In der Nacht ist einer meiner Männer vom Khan zurückgekommen.« Bayazid zitterte vor Wut. »Auf Befehl des Khans und gegen jedes Gebot der Ritterlichkeit wurde meinem Boten gestern nachmittag die Kehle aufgeschlitzt! Was sagst du dazu? Wie einem Hund hat man ihm die Kehle durchgeschnitten, wie einem Hund!«

»Ich... ich kann nicht glauben, daß der Khan so etwas tun würde«, stammelte Erikki. »Ich kann es nicht glauben.«

»Und doch ist es geschehen. Der Mann ist tot, und wir sind entehrt. Wir alle, aber ganz besonders ich! Entehrt! Wegen dir!«

»Der Khan ist ein Teufel. Es tut mir leid, aber ich...«
»Wir haben ehrenhaft mit dem Khan verhandelt und sind ehrenhaft mit dir umgegangen. Nachdem wir dich unseren und den Feinden des Khans als rechtmäßige Siegesbeute abgenommen hatten. Du bist mit seiner Tochter verheiratet, und er besitzt mehr Goldsäcke als eine Ziege Haare. Was sind 10 Millionen Rial für ihn? Ein Stück Ziegenscheiße. Was aber noch schlimmer ist: Er hat uns unsere Ehre genommen! Allah strafe ihn!«
Ein Gemurmel ging durch die Dorfbewohner, die kein Englisch verstanden, aber die Sprache des Zorn heraushörten. »*Inscha'Allah!* Jetzt lassen wir dich gehen, wie du gehen wolltest, zu Fuß – und dann werden wir dich jagen. Nicht mit Kugeln werden wir dich töten, aber dein Kopf wird unser Geschenk an den Khan sein.« Der Scheich wiederholte sein Urteil in seiner eigenen Sprache und gab ein Zeichen. Die Männer drängten sich näher heran.
»Wartet!« rief Erikki. Die Angst brachte ihn auf eine Idee.
»Willst du um Gnade betteln?« ließ Bayazid sich höhnisch vernehmen. »Ich hielt dich für einen Mann – nur darum habe ich nicht befohlen, dir im Schlaf die Kehle durchzuschneiden.«
»Ich bettle nicht um Gnade, ich fordere Rache.« Und Erikki brüllte: »Rache!« Überraschtes Schweigen folgte. »Eure und meine Rache! Verlangt solcher Ehrverlust nicht nach Rache?«
Der junge Scheich zögerte. »Was ist das nun wieder für ein falsches Spiel?«
»Nur ich kann Ihnen helfen, Ihre Ehre wiederzugewinnen – nur ich allein. Laßt uns den Palast des Khans plündern und Vergeltung an ihm üben!« Erikki flehte seine alten Götter an, ihn mit silberner Zunge sprechen zu lassen.
»Du bist verrückt!«
»Der Khan ist mehr mein Feind als Ihrer. Warum sonst sollte er Schande über uns beide bringen, wenn nicht um Sie gegen mich aufzuhetzen? Ich kenne den Palast. Im Bruchteil einer Sekunde kann ich Sie und 15 Bewaffnete in den Vorhof fliegen...«
»Unsinn!« höhnte Bayazid. »Sollen wir unser Leben wegwerfen wie drogensüchtige Dummköpfe? Der Khan hat zu viele Wächter.«
»53 innerhalb der Mauern, aber nie mehr als 4 oder 5, die gleichzeitig Wache stehen. Sind Ihre Männer solche Schwächlinge, daß sie es nicht mit 53 Männern aufnehmen können? Wir haben das Überraschungsmoment auf unserer Seite. Ein Kommandounternehmen aus der Luft, ein erbarmungsloser Angriff, um Ihre Ehre wiederherzustellen – ich könnte Sie in wenigen Minuten hineinbringen und wieder herausholen. Abdullah Khan ist sehr krank, die Wächter werden nicht vorbereitet sein. Ich weiß, wie man in sein Zimmer kommt, wo er schläft, alles...«
Erikki wußte, daß es zu schaffen war: Er sah sich landen, die Treppe hinaufstürmen, den Gang hinunter, Ahmed und jeden niedermachen, der sich ihm entgegenstellte, hinein ins Zimmer des Khans und beiseite treten, um Bayazid und seinen Männern Gelegenheit zu geben, zu tun, was sie tun wollten. Weiter in den Nordflügel zu Azadeh, um sie zu retten. Und wenn sie nicht da oder verletzt war, töten, töten, den Khan, die Wächter, alle.

Er war jetzt von seinem Plan wie besessen. »Würde Ihr Name durch diese Tat nicht ein Jahrtausend überdauern? Scheich Bayazid, der es wagte, den Khan aller Gorgons in seinem Haus zu demütigen und herauszufordern? Werden die Spielleute nicht für alle Zeit an den Lagerfeuern aller Kurden von dir singen?«
Er sah, wie die Augen im Dunkel mit einemmal anders funkelten, sah Bayazid zögern, hörte ihn leise mit seinen Leuten reden – bis dann ein Mann laut auflachte, etwas rief, die anderen einstimmten und schließlich mit einer einzigen Stimme ihre Zustimmung brüllten.
Fiebrige Hände schnitten ihn los, und die Männer kämpften um das Privileg, bei dem Überfall mitmachen zu dürfen. Erikkis Finger zitterten, als er auf den Startknopf drückte.

Im Palast des Khans: 6 Uhr 35. Hakim schreckte aus dem Schlaf. Sein Leibwächter an der Tür fuhr auf. »Hoheit?«
»Nichts, nichts, Ischtar, ich habe nur geträumt.« Er ließ sich zurückfallen und reckte sich wohlig. »Bring mir Kaffee. Nach dem Bad möchte ich hier frühstücken und bitte meine Schwester, zu mir zu kommen.«
»Jawohl, Hoheit, sofort.«
Der Leibwächter ging. Der Raum lag in trüber Dämmerung. Enorm groß, überladen, zugig und frostig, aber er war das Schlafzimmer des Khans. Im Kamin brannte ein helles Feuer; der Wächter hatte es die Nacht über geschürt. Sonst durfte keiner ins Zimmer, nicht einmal Ahmed. Bis eine Entscheidung in bezug auf die 53 Wächter im Palast gefallen war, hatte er Ischtar als Leibwächter ausgesucht. Wo soll ich die Männer finden, denen ich vertrauen kann? fragte er sich, während er aus dem Bett stieg und in den warmen Brokatschlafrock schlüpfte – einer von fünfzig, die er im Schrank gefunden hatte. Er wandte sich nach Mekka, kniete vor dem offenen Koran nieder und sprach das erste Gebet des Tages. Es gibt so viel, wofür ich Allah danken muß, dachte er, so viel, was ich noch lernen muß – aber einen wunderbaren Anfang habe ich schon gemacht.
Gestern, kurz nach Mitternacht, hatte er vor der versammelten Familie den aus Gold und Smaragden gearbeiteten Ring – Symbol des alten Khanats – vom Zeigefinger der rechten Hand seines Vaters genommen und ihn an seinen eigenen gesteckt. Er hatte den Ring nur mit Mühe über einen Fettwulst geschoben und seine Nase vor dem Gestank des Todes verschließen müssen, der im Raum hing, doch seine Erregung war stärker gewesen als der Ekel. Nun fühlte er sich wahrlich als Khan. Alle anwesenden Familienmitglieder waren vor ihm niedergekniet, hatten seine beringte Hand geküßt und ihm Treue geschworen – Azadeh stolz als erste, anschließend Ayscha, zitternd und verängstigt, und dann die anderen, Najoud und Mahmud, nach außen hin verächtlich; in Wahrheit waren sie jedoch dankbar für die ihnen gewährte Gnade.
Unten in der großen Halle – Azadeh stand hinter ihm – hatten auch Ahmed und die Leibwächter einen Treueeid geschworen. Der Rest der großen Familie, zusammen mit anderen Stammesführern, Personal und Dienerschaft

waren später an der Reihe. Zugleich hatte er Verfügungen über die Bestattung getroffen und erst dann seinen Blick auf Najoud fallen lassen. »Also.«
»Hoheit«, richtete Najoud salbungsvoll das Wort an ihn, »vor Allah und von ganzem Herzen beglückwünschen wir dich und schwören, dir bis an die Grenzen des Möglichen zu dienen.«
»Ich danke dir, Najoud«, antwortete er. »Danke. Ahmed, welches Urteil hat der Khan vor seinem Tod über meine Schwester und ihre Familie gesprochen?« Im Saal herrschte atemlose Spannung.
»Verbannung, mittellos in das Ödland nördlich von Mesched, Hoheit. Unter Bewachung und sofort.«
»Ich bedaure, Najoud, aber du und deine ganze Familie, ihr werdet morgen bei Tagesanbruch, wie Vater es verfügt hat, den Palast verlassen.«
Er erinnerte sich, wie Najoud und Mahmud aschfahl geworden waren. »Aber, Hoheit...«, stammelte sie. »Jetzt bist du der Khan, und dein Wort ist Gesetz. Ich hätte nicht erwartet... wo du doch jetzt der Khan bist.«
»Aber der Khan, unser Vater, hat dieses Urteil gesprochen, als er Khan war, Najoud. Ein Urteil, das er auf seinem Totenbett gesprochen hat.«
»Aber, Hoheit«, Najoud trat näher an ihn heran. »Bitte, können wir... können wir das nicht unter vier Augen besprechen?«
»Besser hier vor der Familie, Najoud. Was wolltest du mir mitteilen?«
Sie kam noch näher, und er sah, wie Ahmeds Hand nach seinem Messer griff. »Nur weil Ahmed *sagt*, der Khan hätte einen solchen Befehl gegeben, heißt das doch noch nicht, daß... nicht wahr?« Najoud hatte versucht zu wispern, aber ihre Worte hallten von den Wänden zurück.
Ächzend stieß Ahmed hervor: »Ich soll in aller Ewigkeit in der Hölle braten, wenn ich gelogen habe!«
»Ich weiß, daß du nicht gelogen hast, Ahmed«, beruhigte ihn Hakim. »War ich denn nicht anwesend, als der Khan diesen Beschluß faßte? Ich war dabei, Najoud, und auch die Gnädigste, meine Schwester. Ich bedaure nur...«
»Aber du kannst doch barmherzig sein!« rief Najoud. »Bitte sei barmherzig!«
»Aber das bin ich doch, Najoud. Ich verzeihe dir. Unser Vater hat diese Strafe über dich verhängt, weil du im Namen Allahs gelogen hast, nicht weil du über meine Schwester und mich Lügen erzählt und uns damit kummervolle Jahre beschert hast. Natürlich verzeihe ich dir das, nicht wahr, Azadeh?«
»Gewiß, gewiß, das ist dir verziehen.«
»Ja, das ist dir verziehen, aber unter Anrufung Allahs zu lügen? Der Khan hat das Urteil gefällt. Ich kann es nicht umstoßen.«
Najouds Winseln übertönend, stieß Mahmud hervor: »Ich wußte nichts davon, Hoheit, absolut nichts, das schwöre ich bei Allah. Ich habe ihre Lügen geglaubt. In aller Form trenne ich mich jetzt von ihr, weil sie Verrat an dir geübt hat. Ich wußte nichts von ihren Lügen.«
Alle hatten es sehen können, wie die beiden sich erniedrigten; die einen haßten sie, die anderen verachteten sie, weil sie ihre Macht, als sie sie noch besaßen, nicht genutzt hatten. »Mit Tagesanbruch bist du verbannt, Mahmud, du und deine Familie«, hatte er ihm mit trauerumflorter Stimme mitgeteilt, »mittel-

los, unter Bewachung... solange es mir beliebt. Was deinen Wunsch nach Scheidung betrifft – das ist in meinem Hause verboten. Wenn du willst, kannst du das im Norden von Mesched tun. *Inscha'Allah.* Du bleibst dort verbannt, solange es mir beliebt.«
Oh, du warst perfekt, Hakim, sagte er sich entzückt, denn natürlich wußten alle, daß dies eine erste Probe war. Du warst perfekt. Kein einziges Mal hast du deine Schadenfreude offen geäußert oder deine wahren Absichten erkennen lassen, kein einziges Mal deine Stimme erhoben, bist immer ruhig und ernst geblieben, so als ob du Vaters Urteil bedauern würdest, es aber leider nicht außer Kraft setzen könntest. Dazu das vage Hoffnungen offenlassende »solange es mir beliebt«! Es wird mir belieben, daß sie für alle Zeiten dort verbannt bleiben, und wenn ich nur einen Mucks höre, der auf eine mögliche Verschwörung hindeuten könnte, lösche ich euch schneller aus als eine alte Kerze. Bei Allah und beim Propheten, der Geist meines Vaters wird stolz sein auf diesen Khan der Gorgons – möge er auch dafür, daß er den böswilligen Lügen dieser alten Hexe geglaubt hat, in der Hölle schmoren!
Für so vieles muß ich Allah dankbar sein, dachte er. Haben mich die langen Jahre der Verbannung nicht Verschwiegenheit, Täuschung und Geduld gelehrt? Jetzt gilt es, meine Macht zu zementieren, Aserbeidschan zu verteidigen, eine Welt zu erobern, Frauen zu finden, Söhne zu zeugen und eine Ahnenreihe zu beginnen. Verrecken sollen sie, Najoud und ihre Bälger!
Zusammen mit Ahmed hatte er im Morgengrauen »kummervoll« ihrem Abzug beigewohnt. Seinen genauen Anweisungen folgend, durchwühlten Ahmed und die Wächter den Berg von Koffern und Taschen und nahmen ihnen alles weg, was noch irgendwie von Wert war; zum Schluß blieb nur je ein Köfferchen für sie und ihre drei Kinder übrig, die vor Schreck wie gelähmt zusahen.
»Deinen Schmuck, Weib«, sagte Ahmed.
»Du hast schon alles genommen, alles. Bitte, Hoheit... Hakim, bitte...«, schluchzte Najoud. Ihr Schmucktäschchen, das sie in ein Seitenfach eines Handkoffers eingenäht hatte, lag bereits auf dem Haufen ihrer Wertsachen. Abrupt streckte Ahmed die Hand aus, nahm ihr die Ohrringe ab und riß den Ausschnitt ihres Kleides auf. Ein Dutzend Ketten mit Diamanten, Rubinen, Smaragden und Saphiren hingen um ihren Hals.
»Wo hast du denn die alle her?« fragte Hakim erstaunt.
»Sie sind... sie sind von meiner Mutter und von mir... ich habe sie im Lauf der Jahre gekauft...« Sie brach ab, als Ahmed sein Messer zog. »Schon gut... schon gut...« Hektisch zog sie sich einige Ketten über den Kopf, machte die anderen auf und gab sie ihm. »Jetzt hast du alles.«
»Die Ringe!«
»Aber Hoheit, laß mir doch wenigstens etwas...« Sie schrie auf, als Ahmed ungeduldig den Finger packte, um ihn ihr, zusammen mit dem Ring, abzuschneiden, aber sie riß sich los, zog sich die Ringe ab und schleuderte sie, heulend vor Wut, auf den Boden. »Jetzt hast du alles...«
»Jetzt heb alles auf und überreiche es Seiner Hoheit auf den Knien«, zischte

Ahmed. Als sie nicht gleich gehorchte, packte er sie an den Haaren und drückte ihr Gesicht auf den Boden, bis sie vor ihnen auf dem Bauch kroch. Wenn er daran zurückdachte, verspürte Hakim jetzt noch tiefe Genugtuung. Er beendete sein Gebet und erhob sich voller Tatendrang. Eine Dienerin kniete vor ihm nieder und schenkte Kaffee ein; die Angst, die er in ihren Augen las, befriedigte ihn. In dem Moment, da er Khan geworden war, hatte er gewußt, daß er keine Zeit verlieren durfte, um die Zügel der Macht zu ergreifen. Gestern vormittag hatte er den Palast inspiziert. Die Küche war ihm nicht sauber genug, und darum ließ er den Küchenchef halb totprügeln, ihn hinauswerfen und setzte den zweiten Koch an dessen Stelle. Vier Wächter wurden gekündigt, weil sie verschlafen hatten, zwei Hausmädchen wegen Schlampigkeit geprügelt. »Aber Hakim«, meinte Azadeh, als sie allein waren, »war es denn wirklich nötig, sie prügeln zu lassen?«
»In ein paar Tagen wird es nicht mehr nötig sein«, versicherte er ihr. »Bis dahin wird hier alles so funktionieren, wie ich es haben will.«
»Du wirst schon wissen, was du tust. Was ist mit dem Lösegeld?«
»Ach ja, das mache ich gleich.« Er ließ Ahmed kommen.
»Ich bedaure, Hoheit, der Khan, Ihr Vater, hat befohlen, dem Boten die Kehle durchzuschneiden, was ich dann gestern nachmittag auch anordnete.«
Azadeh und Hakim waren entsetzt. »Das ist ja schrecklich!« rief er aus. »Was können wir jetzt tun?«
»Ich werde versuchen, mit den Stammesangehörigen Kontakt aufzunehmen. Jetzt, wo Ihr Vater, der Khan, tot ist, werden sie mit Ihnen neu verhandeln wollen. Ich will es versuchen.«
Wie er da auf dem Platz des Khans saß, war ihm Ahmeds verbindliche Dreistigkeit nicht entgangen, und er begriff, in welcher Falle er saß. Angst bohrte in seinen Eingeweiden. Er spielte mit dem Smaragdring an seinem Finger. »Komm bitte in einer halben Stunde zurück, Azadeh.«
»Gewiß«, sagte sie gehorsam, und als er allein mit Ahmed war, fragte er: »Welche Waffen trägst du?«
»Ein Messer und eine Selbstladepistole, Hoheit.«
»Gib sie mir.« Er erinnerte sich, wie sein Herz geklopft hatte, und sein Mund war ungewöhnlich trocken gewesen, aber es mußte getan werden, und allein getan werden. Ahmed zögerte, gehorchte aber, obwohl er offensichtlich nicht darüber erfreut war, entwaffnet zu werden. Hakim tat so, als merke er nichts, überprüfte nur den Mechanismus der Pistole und entsicherte sie nachdenklich. »Jetzt paß mal gut auf, *Berater*. Du wirst nicht *versuchen*, mit den Leuten Kontakt aufzunehmen. Du wirst das sehr schnell tun und alles Erforderliche unternehmen, damit der Mann meiner Schwester heil zurückgebracht wird. Bei Allah und seinem Propheten, dafür haftest du mir mit deinem Kopf!«
»Ich... selbstverständlich, Hoheit.« Ahmed versuchte, sich seinen Zorn nicht anmerken zu lassen.
Lässig richtete Hakim die Pistole auf ihn. »Ich habe bei Allah geschworen, dich als ersten Ratgeber zu betrachten, und das werde ich auch tun – solange

du lebst.« Er lächelte schief. »Selbst wenn dich deine Feinde verstümmeln, kastrieren oder gar blenden sollten. Hast du Feinde, Ahmed Dursak?«

Ahmed lachte, völlig beruhigt jetzt, zufrieden, daß ein Mann Khan geworden war, und nicht der dumme Schwächling, den er erwartet hatte. Man kommt um vieles leichter mit einem Mann aus, dachte er, während sein Selbstvertrauen zurückkehrte. »Viele, Hoheit, viele. *Inscha'Allah.* Ich wußte gar nicht, daß Sie mit Schußwaffen umgehen können.«

»Es gibt viele Dinge, die du von mir noch nicht weißt, Ahmed«, erwiderte Hakim voll grimmiger Befriedigung. Er hatte einen wichtigen Sieg errungen. Er gab ihm das Messer zurück, nicht aber die Pistole. »Die behalte ich als Pischkesch. Ein Jahr und einen Tag lang komm nicht mehr bewaffnet zu mir!«

»Wie kann ich Sie dann schützen, Hoheit?«

»Mit Klugheit.« Von der Gewalt, die sich seit Jahren in ihm angestaut hatte, war nur ein Bruchteil zum Vorschein gekommen. »Du mußt mir deinen Wert erst beweisen – mir allein. Was meinem Vater zugesagt hat, muß nicht unbedingt auch mir zusagen. Wir leben in einer neuen Zeit, mit neuen Möglichkeiten und neuen Gefahren.«

Den Rest des Tages hatte er damit verbracht, bedeutende Persönlichkeiten aus Täbris und Aserbeidschan zu empfangen und ihnen viele Fragen zu stellen: über den Aufstand und die Linken, die Mudjaheddin, die Fedajin und andere Gruppierungen. Bazaaris waren gekommen und Mullahs und zwei Ayatollahs, hohe Militärs und sein Cousin, der Polizeichef, den er in seinem Amt bestätigt hatte. Alle hatten ein angemessenes Pischkesch mitgebracht.

Und das war auch recht so, dachte er sehr zufrieden und entsann sich ihrer Geringschätzung in vergangenen Tagen, als seine Verbannung nach Khoy in aller Munde gewesen war. Diese Geringschätzung werden sie noch teuer bezahlen...

»Ihr Bad, Hoheit, und Ahmed ist da.«

»Er soll reinkommen, Ischtar. Du bleibst.« Nachdenklich sah er zur Tür. Ahmed war müde, seine Kleidung verschmutzt und zerknittert.

»*Salaam*, Hoheit.«

»Was ist mit dem Lösegeld?«

»Gestern spät abends fand ich zwei Angehörige des Stammes. Ich erklärte ihnen, daß Abdullah Khan tot sei und der neue Khan mir befohlen habe, ihnen auf Treu und Glauben sofort das halbe Lösegeld zu geben und die andere Hälfte zu garantieren, wenn der Pilot wieder sicher zurückgekehrt ist. Ich schickte sie in einem unserer Wagen mit einem verläßlichen Fahrer nach Norden; ein zweiter Wagen sollte ihnen unauffällig folgen.«

»Weißt du, wer sie sind, wo ihr Dorf liegt?«

»Sie erzählten mir, sie seien Kurden, einer heiße Ischmud, der andere Alilah, ihr Häuptling al-Drah und ihr Dorf Gespaltener Baum; es läge in den Bergen nördlich von Khoy. Sicher ist das alles gelogen, Hoheit, und sie sind auch keine Kurden, obwohl sie sich als solche ausgeben. Ich würde sagen, es sind einfach Einheimische, zum Großteil Banditen.«

»Gut. Bist du bewaffnet?«

Ahmed war verdutzt. »Ich habe nur mein Messer, Hoheit.«
»Gib es mir«, sagte er und verbarg seine Befriedigung, daß Ahmed ihm in die Falle gegangen war. »Habe ich dir nicht aufgetragen, ein Jahr und einen Tag lang nicht bewaffnet in meiner Gegenwart zu erscheinen?«
»Aber... Sie haben es mir doch zurückgegeben, und so dachte ich...« Ahmed unterbrach sich, als er Hakim vor sich stehen sah, das Messer gezückt, die Augen dunkel und hart, wie die seines Vaters. Hinter ihm beobachtete Ischtar atemlos die Szene. »Bitte entschuldigen Sie, Hoheit. Ich dachte, ich hätte Ihre Erlaubnis«, sagte Ahmed, von echter Angst befallen.
»Ich gebe dir dein... dein Leben zurück.« Hakim wählte das Wort voller Bedacht. »Dieses eine Mal.«
»Ja, Hoheit. Danke, Hoheit«, murmelte Ahmed und fiel vor seinem Herrn auf die Knie. »Es... es wird nie wieder geschehen.«
»Ganz gewiß nicht. Bleib so. Warte draußen, Ischtar.«
Hakim Khan setzte sich auf die Kissen zurück, spielte mit dem Messer und wartete, bis seine Erregung sich legte. Rache, rief er sich ins Gedächtnis zurück, ist eine Speise, die kalt genossen werden sollte. »Erzähl mir alles, was du über diesen Russen, diesen Mzytryk, weißt, welche Macht er über meinen Vater besaß und welche Macht mein Vater über ihn.«
Ahmed gehorchte. Er berichtete ihm, was Haschemi Fazir in der 125 gesagt, was der Khan ihm im geheimen in all den Jahren erzählt hatte, über die Datscha bei Tiflis, die auch er besucht hatte, ihre Codeworte, wie der Khan sich mit Mzytryk in Verbindung setzte, was in Mzytryks Brief stand, was er aufgeschnappt und was er vor ein paar Tagen miterlebt hatte.
Zischend entwich der Atem aus Hakims Mund. »Mein Vater wollte meine Schwester nach... Er wollte sie in Mzytryks Datscha bringen und sie ihm geben?«
»Ja, Hoheit, das wollte er, er hat mir sogar befohlen, sie hinaufzuschicken, wenn er... wenn er nach Teheran ins Krankenhaus gebracht werden müßte.«
»Schick sofort nach Mzytryk. Dringend. Tu es gleich, Ahmed. Sofort.«
»Ja, Hoheit«, sagte Ahmed. Insgeheim tobte er vor Wut. »Vielleicht sollten Sie ihn bei dieser Gelegenheit auch an die Versprechungen erinnern, die er Abdullah Khan gemacht hat.«
»Gut, sehr gut. Hast du mir alles erzählt?«
»Alles, woran ich mich jetzt erinnern kann«, antwortete Ahmed ernst. »Es muß auch noch andere Dinge geben – mit der Zeit werde ich Ihnen alle möglichen Geheimnisse verraten, Khan aller Gorgons, und ich schwöre noch einmal vor Allah, daß ich Ihnen treu dienen werde.« Ja, ich werde dir alles sagen, dachte er haßerfüllt, ausgenommen zwei Dinge: wie der Khan ums Leben gekommen ist und daß ich Azadeh zur Frau haben will, jetzt mehr als je zuvor – sie wird mein einzig wahrer Schutz vor dir sein, du Satansbrut!

Vor Täbris: 7 Uhr 20. Mit maximaler Drehzahl flog Erikkis 212 über die bewaldete Anhöhe. Während des ganzen Fluges hatte er sich in der Höhe der Baumkronen gehalten und Straßen, Flugplätze, Städte und Dörfer gemieden.

Er hatte an nichts anderes mehr gedacht als an Azadeh und seine Rache an Abdullah Khan. Als die Stadt nun plötzlich vor ihm lag, wurde Erikki ebenso plötzlich von einem starken Unbehagen erfaßt.
»Wo ist der Palast, Pilot?« erkundigte sich der Scheich freudig erregt.
»Hinter der Hügelkette, Agha«, antwortete er ins Kehlkopfmikrophon. Einerseits hätte er am liebsten hinzugefügt: Sollen wir uns nicht noch einmal überlegen, ob dieser Angriff eine weise Entscheidung ist?, andererseits aber sagte er sich: Das ist deine einzige Chance, Erikki! Du kannst deinen Plan nicht ändern, aber wie zum Teufel willst du mit Azadeh aus dem Palast fliehen? Wie willst du dich vor diesem Haufen Wahnsinniger in Sicherheit bringen? »Sagen Sie Ihren Leuten, sie sollen sich anschnallen, angeschnallt bleiben, bis die Kufen aufsetzen, und ihre Gurte erst aufmachen, wenn sie auf dem Boden sind. Zwei von ihnen sollen den Heli bewachen und ihn mit ihrem Leben verteidigen. Für die Landung führe ich von 10 an den Countdown durch... und ich leite das Ganze!«
»Wo ist der Palast, ich sehe ihn nicht.«
»Hinter der Hügelkette, noch eine Minute... Sagen Sie es ihnen.« Die Bäume verschwammen ihm vor den Augen, als er näher kam, da er den Blick auf das Joch in der Bergkette gerichtet hielt. »Ich will eine Schußwaffe haben«, sagte er, krank vor Erwartung.
Bayazid bleckte die Zähne. »Keine Schußwaffe, bis wir den Palast nicht genommen haben.«
»Dann brauche ich keine mehr«, gab er zurück und fluchte. »Ich muß...«
»Du kannst mir vertrauen, mußt mir vertrauen. Wo ist denn nun der Palast der Gorgons?«
»Da!« Erikki deutete auf die Bergkette vor ihnen. »10... 9... 8...«
Er hatte beschlossen, von Osten her einzufliegen, zum Teil durch die Wälder gedeckt, durch das Joch geschützt, die Stadt zu seiner Rechten. Noch 50 Meter. Sein Magen zog sich zusammen.
Die Felsen rasten auf sie zu. Er fühlte mehr, als er sah, wie Bayazid aufschrie und seine Hände hob, um sich vor dem unvermeidlichen Aufprall zu schützen, glitt aber durch das Joch und schwenkte dann, Kurs auf die Mauer nehmend, geradewegs nach unten. Genau im richtigen Augenblick schaltete er alles aus, hob den Heli im Notstopverfahren über die Mauer, brachte die Maschine leicht in Schräglage und ließ sie aus der Luft fallen. Perfekt dämpfte er den Fall, setzte auf den Fliesen auf, rutschte noch ein paar Meter weiter und blieb stehen. Mit der rechten Hand riß er die Leistungsschalter herum, öffnete mit der Linken den Sicherheitsgurt, stieß die Tür auf und war der erste, der auf dem Boden landete und die Treppe hinaufstürmte, hinter ihm Bayazid. Aus den offenen Kabinentüren drängten sich die Männer heraus und fielen in ihrer Erregung einer über den anderen. Noch drehte sich der Rotor, die Triebwerke jedoch erstarben.
Als Erikki die Eingangstür erreichte und sie aufbrach, kamen Diener und ein erstaunter Wächter gelaufen, um zu sehen, was da eigentlich los war. Er riß dem Bewaffneten das Sturmgewehr aus der Hand und schlug ihn bewußtlos.

Die Diener stoben auseinander und flüchteten, einige wenige erkannten ihn. Im Augenblick war der Korridor vor ihnen leer. »Mir nach!« brüllte er und lief, von Bayazid und einigen seiner Männer gefolgt, den Gang hinunter auf den Treppenabsatz zu. Ein Wächter steckte den Kopf über das Geländer, legte das Gewehr an, aber einige Stammesangehörige nahmen ihn unter Feuer. Erikki sprang über ihn hinweg und jagte den Korridor hinunter.

Vor ihnen öffnete sich eine Tür. Wild drauflosschießend kam ein anderer Wächter heraus. Erikki spürte, wie Kugeln an ihm vorbeizischten; ihn selbst trafen sie aber nicht. Bayazid knallte den Mann gegen den Türpfosten und stürmte zusammen mit Erikki auf das Zimmer des Khans zu. Erikki trat die Tür ein. Dauerfeuer empfing sie, verfehlte Erikki und den Scheich, erwischte aber den Mann neben ihnen und schleuderte ihn herum. Die anderen gingen schleunigst in Deckung, aber der schwer verwundete Bergbewohner setzte seinen Weg in den Raum fort. Obwohl er erneut getroffen wurde, erwiderte er das Feuer bis zum letzten Atemzug.

Eine oder zwei Sekunden lang herrschte Stille, doch dann zog Bayazid zu Erikkis Entsetzen den Sicherungsstift einer Handgranate und warf sie ins Zimmer hinein. Die Explosion war gewaltig. Rauch quoll auf den Gang heraus. Sogleich sprang er, die Maschinenpistole im Anschlag, von Erikki gefolgt, durch die Öffnung.

Das Zimmer war völlig zerstört, die Fenster hinausgesprengt, die Vorhänge zerfetzt, das Teppichbett auseinandergerissen, die Überreste des Leibwächters waren gegen eine Wand geschmettert. Im Alkoven am anderen Ende des riesigen Raumes stand ein Tisch hochkant, ein Dienstmädchen stöhnte, und zwei reglose Körper lagen am Boden, halb unter einem Tischtuch und zerbrochenem Geschirr begraben. Erikki blieb fast das Herz stehen, als er Azadeh erkannte. Wie von Sinnen stürzte er auf sie zu, um mit den Händen den Schutt von ihr wegzuschaufeln. Hakim lag neben ihr. Er hob sie in seine Arme und trug sie ans Licht. Sein Puls ging erst wieder normal, als er sicher war, daß sie noch lebte, nur bewußtlos war. Sie konnte zwar innere Verletzungen erlitten haben, aber sie lebte! Ohne sich um die anderen zu kümmern, zog Erikki seine Fliegerjacke aus und hüllte sie darin ein. »Azadeh... Azadeh...«

»Wer ist das, Pilot?«

Erikki sah Bayazid neben dem Trümmerhaufen stehen. »Das ist Hakim, mein Schwager. Ist er tot?«

»Nein.« Wütend sah Bayazid sich um. Wo konnte sich der Khan nur versteckt halten? Er befahl seinen Männern, Verteidigungsstellungen an beiden Enden des Korridors einzunehmen. Einige wurden auf den Hof hinausgeschickt, um diesen zu bewachen. Dann kletterte er zu Erikki und Azadeh hinüber und studierte ihr blutleeres Gesicht. »Deine Frau?«

»Ja.«

»Sie ist nicht tot. Gut.«

»Ja, aber man kann nicht wissen, ob sie verwundet ist. Ich muß einen Arzt...«

»Später. Zuerst...«

»Jetzt! Sie könnte sterben!«

»Wie es Allah gefällt, Pilot«, sagte Bayazid ungeduldig und schrie dann zornig: »Du hast behauptet zu wissen, wo der Khan sich aufhält – im Namen Allahs, wo ist er?«

»Das sind seine privaten Gemächer, Agha, ich habe sonst nie jemanden anderen hier gesehen. Selbst seine Frau durfte nur kommen, wenn sie gerufen wurde...« Ein Schußwechsel draußen unterbrach ihn. »Er muß da sein, wenn Hakim und Azadeh hier im Zimmer sind.«

»Aber wo kann er sich versteckt haben?«

Erikki bettete Azadeh, so gut es ging, auf Kissen und eilte ans Fenster. Es war jedoch vergittert: auf diesem Weg konnte der Khan nicht geflohen sein. Während er sich umdrehte, nahm er aus den Augenwinkeln eine Bewegung im Alkoven wahr – eine Pistole richtete sich auf sie. Er schob Bayazid aus dem Weg der Kugel, die ihn sonst getötet hätte, und stürzte sich auf Hakim, der noch in den Trümmern lag. Bevor die anderen noch reagieren konnten, hatte er den jungen Mann umklammert und ihm die Waffe aus der Hand geschlagen. »Du bist in Sicherheit, Hakim!« Er schrie, um sicherzugehen, daß Hakim ihn auch verstand. »Wir sind Freunde, wir sind gekommen, um dich und Azadeh vor dem Khan zu retten!«

»Mich zu retten... wovor zu retten?« Hakim starrte ihn verständnislos an. Blut quoll aus einer kleinen Kopfwunde. »Retten?«

»Vor dem Khan und...« Erikki sah die Todesangst in seinen Augen, wirbelte herum und erwischte gerade noch rechtzeitig den Kolben von Bayazids Sturmgewehr. »Warten Sie, Agha, er ist ja noch ganz benommen, er hat auf mich gezielt und nicht auf Sie, er wird uns helfen. Warten Sie.«

»Wo ist Abdullah Khan?« brüllte Bayazid. »Sag es mir schnell, oder ihr seid beide tot!«

Und als Hakim nicht gleich antwortete, fauchte Erikki: »Um Himmels willen, Hakim, sag uns, wo er steckt, sonst macht er uns alle kalt.«

»Abdullah Khan ist tot... er ist gestern abend gestorben. Nein, vorgestern um Mitternacht«, antwortete Hakim mit schwacher Stimme, während ihn alle anstarrten. Er konnte immer noch nicht begreifen, wieso er dalag und warum Erikki ihn festhielt. Erikki war doch von Banditen verschleppt worden... er hatte zusammen mit Azadeh gefrühstückt... dann plötzlich Gewehrfeuer, er war in Deckung gegangen, die Wächter hatten geschossen, dann die Explosion, und das halbe Lösegeld war bezahlt...

Plötzlich kam er zur Besinnung. »Erikki«, keuchte er und versuchte vergeblich, sich aufzurichten. »Warum dringst du mit Gewalt hier ein? Dein halbes Lösegeld ist bezahlt. Warum?«

Erikki stand auf. »Es gibt kein Lösegeld, dem Boten wurde die Kehle aufgeschlitzt, Abdullah Khan ließ dem Boten die Kehle aufschlitzen!«

»Aber das Lösegeld – die Hälfte wurde gezahlt. Das hat Ahmed gestern abend erledigt.«

»Wem wurde es bezahlt?« knurrte Bayazid. »Was sind das für Lügen?«

»Es sind keine Lügen. Gestern hat der neue Khan die Hälfte bezahlen lassen – als... Vertrauensbeweis nach... nach dem Irrtum in bezug auf den Boten.

Das schwöre ich vor Allah! Laßt doch Ahmed kommen, er hat das Geld bezahlt und wird alles bestätigen.«

Erikki sprang ihm bei: »Wenn Abdullah Khan tot ist, eine Hälfte bezahlt und die andere fest versprochen wurde, ist Ihrer Ehre Genüge getan, Agha. Bitte, lassen Sie Ahmed kommen; er wird uns sagen, wem und wie er bezahlt hat.«

Bayazid und seinen Männern war unbehaglich zumute in diesem engen Raum; sie wollten hinaus ins Freie, in die Berge, weg von diesen bösen Menschen. Sie fühlten sich verraten. Wenn aber Abdullah wirklich tot war und die Hälfte bezahlt wurde... »Pilot, geh und hol diesen Ahmed«, sagte der Scheich, »und denke dran: wenn du mich belügst, findest du deine Frau ohne Nase wieder.« Er riß Erikki die Pistole aus der Hand. »Geh und hol ihn.«

»Ja, selbstverständlich.«

»Hilf mir zuerst auf, Erikki«, sagte Hakim mit schwacher Stimme, und Erikki hob ihn hoch, drängte sich durch die Menge und setzte ihn auf die Sofakissen neben Azadeh. Besorgt betrachtete Hakim das bleiche Gesicht der Schwester, bemerkte aber auch, daß sie regelmäßig atmete. »Gott sei Dank«, murmelte er.

Unbewaffnet verließ Erikki das Zimmer und schlich sich herzklopfend zum Treppenabsatz, wo er zu Ahmed hinunterrief und ihn aufforderte, nicht zu schießen. »Ich muß mit dir reden, Ahmed. Ich bin allein.«

Als er unten ankam, war er immer noch allein. Wieder rief er nach Ahmed, aber seine Worte hallten nur von den Wänden zurück. Er wanderte weiter, in andere Zimmer. Niemand war zu sehen, aber plötzlich hatte er eine Pistole im Gesicht und eine zweite im Rücken. Ahmed und ein Wächter, beide sehr nervös.

»Schnell, Ahmed«, stieß er hervor, »ist es wahr, daß Abdullah tot ist, daß es einen neuen Khan gibt und daß die Hälfte des Lösegeldes bezahlt wurde?«

Ahmed starrte ihn mit offenem Mund an.

»Verdammt noch mal, ist es wahr?«

»Ja, ja, das ist wahr. Aber...«

»Schnell, du mußt es ihnen sagen.« Er fühlte sich sehr erleichtert, weil er Hakim nur halb geglaubt hatte. »Schnell, sie töten sonst ihn und Azadeh. Komm mit...«

»Dann ist er... sind sie also nicht tot?«

»Natürlich nicht. Komm schon!«

Ein breites Lächeln zeigte sich auf Ahmeds Gesicht. »Wie es Allah gefällt.« Er nahm sein Messer heraus und gab es zusammen mit seiner Pistole dem Wächter, der mit bleichem Gesicht dastand. »Augenblick!« Erikki legte ihm die Hand auf den Arm. »Bitte sag dem Wächter, er soll nach einem Arzt schicken. Hakim und meine Frau... sie könnten verletzt sein.«

Ahmed gab dem Mann den Auftrag, ging den Korridor entlang und die Treppe hinauf. Auf dem Absatz durchsuchten ihn Bayazids Kämpfer nach Waffen und führten ihn dann in das Zimmer des Khans. Erikki hielten sie an der Tür zurück, und ein Mann setzte ihm das Messer an die Kehle. Als Ahmed sah, daß der Khan tatsächlich lebte und mit düsterem Gesichtsausdruck neben der noch bewußtlosen Azadeh saß, murmelte er »Gelobt sei Allah«, und

lächelte ihm zu. »Hoheit, ich habe nach einem Arzt geschickt.« Dann wandte er sich an Bayazid.
»Ich bin Ahmed Dursak, der Turkmene«, erklärte er stolz in sehr formalem Türkisch. »Im Namen Allahs: Es ist wahr, daß Abdullah Khan tot ist, wahr, daß ich das halbe Lösegeld – 5 Millionen Rial – gestern abend im Auftrag des neuen Khans an zwei Boten des Häuptlings al-Drah des Dorfes Gespaltener Baum bezahlt habe – als Vertrauensbeweis nach der vom verstorbenen Khan anbefohlenen, durch nichts zu rechtfertigenden Tötung deines Boten. Die Namen der Männer waren Ischmud und Alilah, und ich schickte sie in einem bequemen Wagen nach Norden.« Ein Murmeln des Erstaunens ging durch den Raum. Ein Irrtum war ausgeschlossen, denn alle kannten diese falschen Namen, Decknamen, die dazu dienten, das Dorf und den Stamm zu schützen. »Im Auftrag des neuen Khans sagte ich ihnen, daß die zweite Hälfte sofort nach Freilassung des Piloten und seiner Maschine bezahlt würde.«
»Wo ist denn dieser neue Khan, wenn es ihn überhaupt gibt?« stotterte Bayazid. »Soll er es uns doch selbst sagen.«
»Ich bin der Khan aller Gorgons«, erklärte Hakim, und plötzlich trat Stille ein. »Hakim Khan, der älteste Sohn Abdullah Khans!«
Die Überraschung auf Erikkis Gesicht entging auch Bayazid nicht. Der Scheich versuchte seine Unsicherheit durch finstere Blicke zu kaschieren. »Nur weil du es sagst, heißt das noch lange nicht...«
»Du nennst mich einen Lügner in meinem eigenen Haus?«
»Ich sage nur zu diesem Mann«, Bayazid deutete mit dem Daumen auf Ahmed, »daß, wenn er behauptet, das Lösegeld, das halbe Lösegeld bezahlt zu haben, daß das nicht heißt, daß er bezahlt hat und die Männer nicht nachher überfallen und töten ließ!«
»Ich habe die Wahrheit gesagt und wiederhole sie vor Allah, daß ich sie mit dem Geld nach Norden geschickt habe. Gebt mir ein Messer, nimm du ein Messer, und ich werde dir zeigen, was ein Turkmene mit einem Mann macht, der ihn einen Lügner nennt!« Die Krieger waren entsetzt, als sie merkten, in was für eine ungünstige Lage sich ihr Anführer begeben hatte. »Du nennst uns Lügner, mich und meinen Khan?«
In die Stille hinein regte sich stöhnend Azadeh. Sogleich wollte Erikki zu ihr, aber das Messer an seiner Kehle wich nicht. Wieder ein leises seufzendes Stöhnen, das ihn schier krank vor Sorge machte, aber dann sah er Hakim, der sich unbeholfen an sie heranschob und ihre Hand ergriff, und das beruhigte ihn ein wenig.
Hakim hatte große Angst. Alles tat ihm weh, und er wußte, daß er ebenso wehrlos war wie sie und dringend einen Arzt brauchte. Ahmed und Erikki waren in ihrer Bewegungsfreiheit eingeschränkt, sein eigenes Leben bedroht, sein Khanat in Trümmern. Dennoch nahm er noch einmal seinen ganzen Mut zusammen. Ich habe Abdullah Khan und Mahmud und Ahmed nicht überlistet, um diesen Hunden den Sieg zu überlassen! Er hob den Blick zu Bayazid. »Nun? Nennst du Ahmed einen Lügner?« fragte er in scharfem Ton auf Türkisch, so daß alle ihn verstehen konnten, und Ahmed liebte ihn für seine

Unerschrockenheit. Aller Augen waren jetzt auf Bayazid gerichtet. »Ein *Mann* muß diese Frage beantworten. Nennst du ihn einen Lügner?«
»Nein«, murmelte Bayazid. »Er hat die Wahrheit gesprochen.«
»Wie es Allah gefällt«, sagte Hakim. Er verbarg seine Erleichterung, stieß weiter vor, und mit jedem Satz gewann er mehr an Autorität. »Mit Kämpfen erreichen wir nichts. Die eine Hälfte ist also bezahlt und die andere versprochen, wenn der Pilot freigelassen wird. Der Pilot ist da und in Sicherheit, und auch seine Maschine. Daher werde ich den Rest sogleich bezahlen.«
Er sah die Gier in ihren Gesichtern und schwor insgeheim, sich an ihnen allen zu rächen. »Ahmed, drüben beim Tisch – Najouds Schmuckbeutel muß dort liegen.« Ahmed drängte sich grob durch die Kurden und fing an, im Schutt nach dem Ledertäschchen zu suchen. Kurz vor dem Angriff hatte Hakim es Azadeh gezeigt und ihr erzählt, daß es sich um Familienerbstücke handelte. Najoud habe zugegeben, sie gestohlen zu haben, und sie ihm, bevor sie den Palast verließen, in tiefer Zerknirschung zurückgegeben. »Ich bin froh, daß du dich nicht hast erweichen lassen, Hakim«, hatte Azadeh gesagt. »Mit ihr und ihrer Brut in deiner Nähe wärest du nie sicher gewesen.«
Ich werde nie sicher sein, dachte er ohne Angst, während er Ahmed beobachtete. Ich bin froh, daß ich Ahmed geschont habe, und ich bin froh, daß wir so gescheit waren, Azadeh und ich, uns in den Alkoven zurückzuziehen, als die Schießerei losging. Hier im Zimmer... *Inscha'Allah!* Seine Finger umschlossen ihr Handgelenk. Er spürte ihre Wärme und hörte sie atmen. »Allah sei Dank«, murmelte er erleichtert. Sein Blick fiel auf den Mann, der Erikki bedrohte. »Du«, deutete er gebieterisch, »laß den Piloten in Frieden.« Fragend sah der bärtige Mann Bayazid an. Der Scheich nickte. Sogleich ging Erikki zu Azadeh hinüber. Vorsichtshalber zog er sich seinen dicken Sweater aus, um leichter an den Dolch heranzukommen, den er auf dem Rücken festgeklemmt hatte. Dann kniete er sich hin, ergriff ihre Hand, behielt aber Bayazid im Auge, während er mit seinem massiven Körper Azadeh und Hakim deckte.
»Hoheit!« Ahmed reichte Hakim den Beutel.
Lässig öffnete Hakim ihn und schüttete die Juwelen in seine Hand: Smaragde und Diamanten und Saphire, Halsketten, reich verzierte goldene Armbänder, Ohrgehänge. Ein großes Seufzen ging durch den Raum. Bedächtig wählte er eine Halskette aus Rubinen im Wert von 10 bis 15 Millionen Rial und tat, als merke er nicht, wie sich aller Augen auf den Schmuck konzentrierten. Abrupt legte er die Rubine zur Seite und entschied sich statt dessen für einen Anhänger, der zwei- oder dreimal soviel wert war.
»Hier«, sagte er, »damit ist das Lösegeld voll bezahlt.« Er hielt den Diamantanhänger Bayazid entgegen, der, vom Feuer des Steines wie hypnotisiert, mit ausgestreckter Hand auf ihn zukam. Doch noch bevor der Scheich danach greifen konnte, schloß Hakim die Faust. »Akzeptierst du das vor Allah als volle Zahlung?«
»Ja, vor Allah als volle Zahlung«, murmelte Bayazid. Nie hatte er geglaubt, daß Allah ihm soviel Reichtum schenken würde – genug, um Herden und

Gewehre und Granaten und Seide und warme Kleidung zu kaufen. »Ich schwöre es vor Allah.«

»Und du verläßt uns sofort? In Frieden vor Allah?«

»Erst müssen wir in unser Dorf zurück, Agha. Wir brauchen das Flugzeug und den Piloten.«

»Nein, bei Allah, das Lösegeld ist für die sichere Rückkehr des Flugzeugs und des Piloten, und nicht mehr.« Er öffnete die Faust, ohne den Blick von Bayazid abzuwenden, der nur mehr den Stein sah. »Vor Allah?«

»Was sollte mich daran hindern«, gab Bayazid mürrisch zurück, »was sollte mich daran hindern, alles zu nehmen, dich zu töten, den Palast niederzubrennen und sie als Geisel mitzunehmen, um den Piloten zu zwingen, äh?«

»Nichts. Außer deiner Ehre. Haben Kurden keine Ehre?« Hakims Stimme klang rauh. Wie aufregend das ist, dachte er. Der Preis des Versagens ist Tod. »Das ist mehr als das geforderte Lösegeld.«

»Ich... ich akzeptiere es vor Allah als volle Zahlung für den Piloten und das Flugzeug.« Bayazid wandte den Blick von dem Schmuckstück ab. »Aber für dich, für dich und die Frau...« Schweiß stand ihm in großen Tropfen auf der Stirn. Soviel Reichtum, brüllte sein Verstand, so viel, so leicht, ihn an sich zu reißen, aber es geht um die Ehre, o ja, viel Ehre! »... für dich und die Frau soll auch ein angemessenes Lösegeld gezahlt werden.«

Draußen ließ jemand den Motor eines Wagens an. Die Männer stürzten ans Fenster. Der Wagen raste durch das große Tor hinaus in die Stadt hinunter.

»Schnell«, drängte Bayazid, »entscheide dich, Agha.«

»Die Frau ist wertlos«, gab Hakim zurück. Die Lüge fiel ihm schwer, aber er begriff, daß er feilschen mußte, wenn nicht alles verloren sein sollte. Seine Finger wählten ein Armband aus Rubinen und boten es ihm an. »Einverstanden?«

»Für dich mag die Frau wertlos sein – aber nicht für den Piloten. Das Armband und die Halskette, die da, zusammen mit dem Armband mit den grünen Steinen.«

»Bei Allah, das ist zuviel«, explodierte Hakim. »Dieses Armband ist mehr als genug – mehr als der Pilot und das Flugzeug wert sind!«

»Dann eben die Halskette und das andere Armband, das mit den grünen Steinen!«

So feilschten und schacherten sie und wurden dabei immer zorniger. Alle hörten aufmerksam zu, ausgenommen Erikki, der nichts verstand und vor Wut hätte aufheulen mögen. Mit seinen Gedanken war er ausschließlich bei Azadeh. Wo blieb nur der Arzt, und wie konnte er ihr und Hakim helfen? Seine Nerven waren zum Zerreißen gespannt. Als die wütenden Stimmen der beiden Männer ein Crescendo erreichten, hielt Hakim den richtigen Augenblick für gekommen. Er stieß ein herzzerreißendes Wehgeschrei aus, das ebenfalls Teil des Rituals war. »Als Verhandlungspartner bist du einfach zu gut für mich, bei Allah! Also das ist jetzt mein letztes Angebot!« Er legte das Diamantenarmband, die kleinere Smaragdhalskette und das schwere Goldarmband auf den Teppich. »Sind wir uns einig?«

Es war ein fairer Preis – nicht so viel, wie Bayazid wollte, aber weit mehr, als er erwartet hatte. »Ja«, antwortete er und steckte die Schmuckstücke ein. »Schwörst du bei Allah, uns nicht zu verfolgen? Uns nicht anzugreifen?«
»Ja, bei Allah!«
»Gut. Pilot, ich brauche dich, du mußt uns in unser Dorf zurückbringen...«, sagte Bayazid auf Englisch, sah die Wut in Hakims Gesicht aufsteigen und setzte hastig hinzu: »Ich befehle dir nichts, Agha, ich bitte. Hier.« Er bot Erikki das goldene Armband an. »Ich wünsche deine Dienste in Anspruch zu nehmen, und das biete ich dir als Bez...« Er hielt inne, da einer seiner Männer, die den Hof bewachten, einen Warnruf ausstieß: »Aus der Stadt kommt ein Wagen herauf!«
Bayazid schwitzte jetzt noch stärker. »Bei Allah, Pilot, ich schwöre es dir, ich werde dir kein Leid zufügen.«
»Ich kann euch nicht ausfliegen«, entgegnete Erikki. »Ich habe nicht genug Treibstoff.«
»Dann eben nicht die ganze Strecke, den halben Weg, nur den halben!«
»Der Treibstoff reicht nicht.«
»Dann nimm uns mit und setze uns in den Bergen ab. Nur ein kleines Stück. Ich bitte dich – ich befehle nichts«, sagte Bayazid und fügte hastig hinzu: »Beim Propheten, ich habe dich anständig behandelt und ihn auch, und wir haben auch sie nicht... belästigt. Ich bitte dich.«
Sie alle hatten die Drohung in der Stimme gehört. Vielleicht eine Drohung, vielleicht auch keine, aber Erikki zweifelte keinen Augenblick daran, daß die schillernde Seifenblase »Ehre« und »vor Allah« mit dem ersten Schuß zerplatzen würde, und daß es nun an ihm lag, den Angriff nicht zur Katastrophe werden zu lassen. Mit ernstem Gesicht streichelte er Azadeh noch einmal, warf einen Blick auf den Khan, nickte, erhob sich und riß das Sturmgewehr aus den Händen des ihm am nächsten stehenden Kriegers. »Ich vertraue deinem Wort vor Allah, und ich töte dich, wenn du falsch spielst. Ich setze euch am Nordrand der Stadt in den Bergen ab. Und jetzt alle in den Heli! Los!«
Der Gedanke an das Sturmgewehr in den Händen dieses grüblerischen, rachedurstigen Hünen bereitete Bayazid Unbehagen. Bestimmt hat er nicht vergessen, daß ich die Handgranate geworfen habe, die seine Frau hätte töten können, dachte er. *Inscha'Allah!* Rasch befahl er den Rückzug. »Wir gehen zusammen, Pilot. Ich danke dir, Agha Hakim Khan. Allah sei mit dir! Gehen wir!«
Erfüllt von schmerzlicher Sorge über das, was er heraufbeschworen hatte, hob Erikki die Hand, um sich von Hakim zu verabschieden. »Es tut mir leid...«
»Allah schütze dich, Erikki, und komm gesund wieder!« sagte Hakim, worauf Erikki sich etwas wohler fühlte. »Ahmed, begleite ihn. Er kann nicht gleichzeitig fliegen und schießen. Sieh zu, daß er gut heimkommt.« Ja, dachte er kalt. Ich habe noch ein Hühnchen mit ihm zu rupfen.
»Ja, Hoheit. Danke, Pilot.« Ahmed nahm das Gewehr von Erikki, überprüfte Mechanismus und Magazin und musterte Bayazid mit schiefem Lächeln. »Bei

Allah und dem Propheten, Sein Name sei gelobt, es sollte keiner ein falsches Spiel treiben!« Höflich ließ er Erikki den Vortritt und folgte ihm; Bayazid ging als letzter.

Vor dem Palast des Khans: 11 Uhr 05. Gefolgt von anderen Wagen und einem mit Soldaten voll besetzten Militärfahrzeug jagte das Polizeiauto die sich windende Straße zum Tor hinauf. Haschemi Fazir und Armstrong saßen im Fond des Polizeiautos, das nun in den Vorhof einfuhr, in dem bereits ein Krankenwagen geparkt war. Sie stiegen aus und folgten dem Wächter in den großen Saal. Hier erwartete sie Hakim Khan auf seinem Ehrensitz, blaß und abgespannt, von Wächtern umgeben; dieser Teil des Palasts war unversehrt geblieben.
»Gott sei gelobt, Hoheit, daß Sie nicht verletzt sind – wir haben erst von dem Angriff erfahren. Darf ich mich vorstellen? Ich bin Oberst Haschemi Fazir vom Inneren Sicherheitsrat, und das ist Superintendent Armstrong, der uns seit Jahren unterstützt, ein Fachmann auf Gebieten, die für Sie von Belang sein könnten. Übrigens spricht er Persisch. Würden Sie uns bitte sagen, was geschehen ist?«
Aufmerksam hörten die beiden sich Hakims Version des Angriffs an – einige Gerüchte hatte man ihnen schon erzählt – und waren tief beeindruckt von seiner gefaßten Haltung.
Haschemi hatte sich gut vorbereitet. Noch bevor er gestern abend Teheran verlassen hatte, war er Hakims Akte Punkt für Punkt durchgegangen. Schon seit Jahren hatten er und die SAVAK ihn regelmäßig überwachen lassen. »Ich weiß, wem er wieviel schuldet, wem er und wer ihm verpflichtet ist, was er gern ißt und liest, wie gut er Klavier spielt, wie geschickt er mit einer Schußwaffe und einem Messer umgehen kann – und ich weiß von jeder Frau und jedem Knaben, mit dem er je geschlafen hat.«
Armstrong hatte gelacht. »Und seine politische Einstellung?«
»Er hat keine. Unglaublich, aber wahr. Er ist Iraner, Aserbeidschaner und hat sich nie irgendeiner Bewegung angeschlossen und nie eine auch nur entfernt aufrührerische Äußerung von sich gegeben – nicht einmal gegen Abdullah Khan hat er je aufbegehrt! Und das, obwohl Khoy immer schon ein Unruheherd und eine Brutstätte revolutionärer Umtriebe war.«
»Religion?«
»Er ist Schiit, gemäßigt, orthodox, weder links noch rechts. Er war 7, als seine Mutter starb und er und seine Schwester in den Palast einzogen. Immer war er seinem Vater ein braver, willenloser Sohn und wartete ängstlich auf die unvermeidliche Katastrophe. Wie es Allah gefällt, aber für mich ist es ein Wunder, daß er Khan geworden ist, ein Wunder, daß dieser elende Hundesohn starb, bevor er ihm und seiner Schwester etwas antun konnte. Wirklich seltsam! Eben noch lag sein Kopf praktisch auf dem Richterblock, und jetzt besitzt er unermeßliche Reichtümer und vereinigt enorme Macht in seiner Hand – und ich muß mit ihm fertig werden.«
»Das sollte dir doch nicht schwerfallen – wenn alles so ist, wie du sagst.«

»Du bist immer argwöhnisch, immer mißtrauisch – ist das die Stärke der Engländer?«
»Nur eine Lektion, die ein alter Bulle mit den Jahren lernt.«
Haschemi hatte in sich hineingelächelt, und tat es jetzt wieder. Er konzentrierte sich auf den jungen Mann, den Khan aller Gorgons, der vor ihm saß, studierte ihn aufmerksam und suchte nach einem Schlüssel zu seinen Geheimnissen. Was sind das für Geheimnisse – du mußt doch Geheimnisse haben!
»Wie lange ist es her, daß der Pilot abgeflogen ist, Hoheit?«
Hakim warf einen Blick auf die Uhr. »Vor etwa zweieinhalb Stunden.«
»Hat er gesagt, wieviel Treibstoff er noch hatte?«
»Nein, nur daß er sie ein kleines Stück mitnehmen und dann absetzen würde.«
Haschemi Fazir und Robert Armstrong standen vor der Estrade mit ihren kostbaren Teppichen und Kissen. Hakim Khan war in warme Brokatseide gekleidet; um den Hals trug er eine Perlenkette mit einem Diamantanhänger, der viermal so groß war wie der, den er für ihrer aller Leben eingetauscht hatte. »Vielleicht«, tippte Haschemi vorsichtig an, »vielleicht steckt der Pilot in Wahrheit mit den Kurden unter einer Decke und kommt nicht mehr zurück.«
»Nein, und es waren auch keine Kurden, obwohl sie das behaupteten, sondern einfach Banditen. Sie hatten Erikki in ihre Gewalt gebracht und ihn gezwungen, sie gegen den Khan, meinen Vater, zu führen.« Der junge Khan runzelte die Stirn und fuhr mit fester Stimme fort: »Der Khan, mein Vater, hätte ihren Boten nicht umbringen lassen sollen. Er hätte das Lösegeld herunterhandeln, es bezahlen und die Kerle dann wegen ihrer Frechheit töten lassen sollen.«
Haschemi prägte sich jedes Wort genau ein. »Ich werde veranlassen, daß sie alle zur Strecke gebracht werden.«
»Und mir mein Eigentum zurückgestellt wird.«
»Selbstverständlich. Gibt es da noch etwas, was ich, beziehungsweise meine Dienststelle für Sie tun kann?« Er beobachtete den jungen Mann sehr aufmerksam und sah, vielmehr glaubte ein Aufblitzen zynischer Belustigung zu sehen – was ihn nervös machte. In diesem Augenblick ging die Tür auf, und Azadeh kam herein. Zwar hatte er sie oft gesehen, aber nie kennengelernt. Sie sollte einem Iraner gehören, dachte er, nicht einem dreckigen Ausländer! Er bemerkte nicht, daß Hakim ihn ebenso unverhohlen musterte. Armstrong bemerkte es sehr wohl, da er nicht Fazir, sondern den Khan beobachtete.
Azadeh trug westliche Kleidung, grau-grün, aber ihr Gesicht war blaß, und sie hatte nur ein Minimum an Make-up aufgelegt. Sie bewegte sich langsam – anscheinend hatte sie noch Schmerzen –, verneigte sich aber mit einem lieblichen Lächeln vor ihrem Bruder. »Tut mir leid, daß ich dich unterbreche, Hoheit, aber der Arzt hat mich gebeten, dich zu erinnern, daß du Ruhe brauchst. Er möchte jetzt gehen – willst du ihn noch einmal sprechen?«
»Nein, nein, danke. Geht es dir gut?«
»O ja«, antwortete sie und zwang sich zu einem Lächeln, »mir geht's gut.«
»Darf ich vorstellen: Agha Haschemi Fazir und Mr. Armstrong, Superintendent Armstrong – Ihre Hoheit, meine Schwester Azadeh.«

»Superintendent Armstrong?« wiederholte sie auf Englisch. »An den Titel erinnere ich mich nicht, aber wir sind uns doch schon einmal begegnet, nicht wahr?«
»Ja, Hoheit, voriges Jahr im Französischen Club. Ich war dort mit Mr. Talbot von der Britischen Botschaft und einem Freund Ihres Mannes von der Finnischen Botschaft, Christian Tollonen – ich glaube, es war die Geburtstagsfeier Ihres Mannes.«
»Sie haben ein gutes Gedächtnis, Superintendent.«
Hakim Khan lächelte kühl. »Charakteristisch für die MI 6, Azadeh.«
»Für frühere Polizeibeamte, Hoheit«, wandte Armstrong verbindlich ein. »Ich diene nur dem Inneren Sicherheitsrat als Berater.« Und zu Azadeh: »Agha Fazir und ich waren so erleichtert zu hören, daß weder Sie noch der Khan zu Schaden gekommen sind.«
»Ich danke Ihnen.« Sie hatte immer noch starke Ohren- und Kopfschmerzen, und auch ihr Rücken tat ihr weh. »Wir müssen noch ein paar Tage warten, Hoheit«, hatte der Arzt gesagt. »Es wäre für Sie beide am besten, nach Teheran zu fahren, die sind dort besser ausgerüstet. Bei einer solchen Explosion... man kann nie wissen...« Azadeh seufzte. »Verzeihen Sie die Unterbrechung. Ich...« Sie verstummte und drehte den Kopf etwas zur Seite. Auch die anderen lauschten. Aber es war nur der aufkommende Wind und ein Wagen in der Ferne.
»Noch nicht«, sagte Hakim gütig.
Sie bemühte sich zu lächeln. »Wie es Allah gefällt«, murmelte sie und verließ den Saal.
Haschemi brach das Schweigen. »Auch wir sollten gehen«, sagte er rücksichtsvoll. »Es war sehr freundlich von Ihnen, uns zu empfangen. Können wir vielleicht morgen wiederkommen?« Er sah, wie der junge Khan ihn unter seinen dunklen Brauen musterte; das attraktive Gesicht blieb unbeweglich, seine Finger spielten mit dem juwelenbesetzten dekorativen Dolch in seinem Gürtel. Ein Mann aus Eis, dachte Haschemi und wartete höflich darauf, entlassen zu werden. Statt dessen entließ Hakim Khan alle Wächter bis auf einen, den er an der Tür postierte, wo er außer Hörweite war. Dann winkte er die beiden Männer näher heran. »Jetzt wollen wir wieder Englisch sprechen. Was wollen Sie wirklich von mir?« sagte er leise.
Haschemi seufzte. Er war sicher, daß Hakim Khan das bereits wußte, und noch sicherer, daß er in ihm einen würdigen Gegner fand – oder auch einen Verbündeten. »Ihre Unterstützung in zwei Belangen, Hoheit. Ihr Einfluß in Aserbeidschan könnte uns sehr helfen, feindlich gesinnte Elemente, die sich gegen den Staat erhoben haben, niederzuschlagen.«
»Und der zweite?«
Er hatte den Unterton von Ungeduld gehört und konnte seine Belustigung kaum verbergen. »Der zweite Punkt ist ein wenig delikat. Es geht um einen Russen namens Pjotr Oleg Mzytryk, einen Bekannten Ihres Vaters, der seit Jahren immer hierher gekommen ist – wie auch Abdullah Khan seine Datscha in Tiflis besucht hat. Während sich Mzytryk als Freund Abdullah Khans und

Aserbeidschans ausgab, ist er in Wirklichkeit ein ranghoher KGB-Offizier und uns sehr feindlich gesinnt.«
»98 von 100 Sowjets, die in den Iran kommen, sind Mitglieder des KGB und uns daher feindlich gesinnt. Die anderen 2 sind vom GRU, und somit auch Feinde. Als Khan sah sich mein Vater genötigt, mit allen möglichen Feinden Umgang zu pflegen« – wieder das zynische Lächeln, das Haschemi jetzt schon kannte – »mit allen möglichen Freunden und allem, was dazwischen liegt. Also?«
»Wir würden ihn sehr gern interviewen.« Haschemi wartete auf eine Reaktion, aber es kam keine, und seine Bewunderung für den jungen Mann nahm weiter zu. »Vor seinem Tod erklärte sich Abdullah Khan bereit, uns zu helfen. Von ihm erfuhren wir, daß der Mann am vergangenen Freitag und dann wieder Dienstag heimlich über die Grenze kommen wollte. Beide Male ist er jedoch nicht erschienen.«
»Wie sollte er ins Land kommen?«
Haschemi berichtete ihm die Einzelheiten. »Wir nehmen an, daß er sich mit Ihnen in Verbindung setzen wird. Könnten Sie es uns wohl wissen lassen, wenn es soweit ist? Inoffiziell?«
Hakim Khan kam zu dem Schluß, daß es an der Zeit war, diesen Feind aus Teheran und seinen britischen Lakaien in die Schranken zu weisen. Bin ich denn so naiv, daß ich nicht weiß, was hier gespielt wird? »Und was ist für mich drin?« fragte er frei heraus.
Haschemi reagierte ebenso offen. »Was wollen Sie?«
»Erstens: Alle ranghohen SAVAMA- und Polizeioffiziere sind sofort zu suspendieren und – von mir – zu überprüfen. Alle zukünftigen Berufungen müssen von mir genehmigt werden.«
Brennende Röte schoß Haschemi ins Gesicht. Nicht einmal Abdullah Khan war so weit gegangen. »Und zweitens?« fragte er trocken.
Hakim Khan lachte. »Gut, sehr gut, Agha. ›Zweitens‹ wird bis morgen oder übermorgen warten, ebenso ›drittens‹ und vielleicht auch ›viertens‹. Was aber Ihr erstes Anliegen betrifft: Bringen Sie mir morgen eine genaue Aufstellung von den Dingen, die ich tun könnte, um den Kampfhandlungen von Aserbeidschan ein Ende zu setzen – und Vorschläge, wie Sie, wenn Sie die Macht hätten, wie Sie...«, er überlegte kurz, »vorgehen würden, um uns vor äußeren und inneren Feinden zu schützen.« Er wandte sich Armstrong zu. »Sie sind Fachmann auf welchen gewissen Gebieten, die für mich von Belang sein könnten?«
»Nun ja, Hoheit, ich war im Sonderdezernat und verstehe ein wenig von Spionage und Spionageabwehr. Natürlich ist ein guter Nachrichtendienst, ich meine vertrauliche Informationen, für einen Mann in Ihrer Position von großer Bedeutung. Wenn Sie es wünschen, könnte ich vielleicht – zusammen mit Agha Fazir – Wege vorschlagen, um diese Situation für Sie zu verbessern.«
»Eine gute Idee, Mr. Armstrong. Bitte legen Sie mir Ihre Vorschläge schriftlich vor – so bald wie möglich.«
»Werde ich gerne tun.« Armstrong beschloß, vabanque zu spielen. »Mzytryk

könnte Ihnen sehr rasch mit Antworten auf sehr interessante Fragen dienen, Fragen in Verbindung mit ›inneren und äußeren Feinden‹, wie Sie es ausgedrückt haben – insbesondere dann, wenn Agha Fazir Gelegenheit hätte, sich, äh, privat mit ihm zu unterhalten.« Neben sich sah er Haschemi nervös von einem Fuß auf den anderen treten. Ich wette meinen Kopf, daß du mehr weißt, als du dir anmerken läßt, Hakim, mein Junge, und ich nehme an, daß du in all den Jahren in der Verbannung nicht nur Däumchen gedreht hast. Mensch, ich brauche eine Zigarette!

Hakim Khan furchte die Stirn. »Wie bekomme ich Zugang zu den Informationen?« fragte er, und beiden Besuchern war sofort klar, daß er den Köder geschluckt hatte.

»Wie immer Sie wünschen«, antwortete Haschemi. »Wie immer Sie wünschen.«

Wieder ein kleines Schweigen. »Ich werde mir überlegen, was...« Hakim Khan unterbrach sich und lauschte. Jetzt hörten sie alle das sich nähernde Tuckern der Rotoren und den Lärm der Triebwerke. Die Besucher wollten zum Fenster. »Augenblick«, sagte Hakim. »Würde mir einer von Ihnen bitte behilflich sein?«

Erstaunt halfen sie ihm auf. »Danke«, sagte er mit schmerzverzerrtem Gesicht. »So ist es besser. Es ist mein Rücken. Bei der Explosion muß ich ihn mir verzogen haben.« Von Haschemi und Armstrong gestützt, humpelte er zu den hohen Fenstern hinüber, die auf den Vorhof hinausgingen.

Die 212 flog langsam ein und setzte zur Landung an. Als sie näherkam, erkannten sie Erikki und Ahmed auf den Vordersitzen, aber Ahmed war zusammengesackt und offenbar verwundet. Das Flugwerk wies ein paar Einschußlöcher auf, aus einem Seitenfenster war ein großes Stück Plastik herausgerissen. Der Helikopter setzte perfekt auf, und sofort erstarben die Triebwerke. Jetzt sahen sie auch die Blutflecke auf Erikkis weißem Kragen und einem Ärmel.

»O Gott...«, murmelte Armstrong.

»Agha«, wandte sich Hakim Khan drängend an Haschemi, »sehen Sie doch bitte, ob Sie verhindern können, daß der Arzt das Haus verläßt.« Sofort lief Haschemi los.

Vom Fenster aus konnten sie die Vordertreppe überblicken. Die große Tür ging auf, Azadeh trat heraus und blieb stocksteif stehen. Neben ihr versammelten sich Wächter und Dienerschaft und einige Familienmitglieder. Erikki öffnete die Cockpittür und kletterte unbeholfen heraus. Müde, aber sicher und aufrecht ging er auf sie zu, und dann lag sie in seinen Armen.

56

Stadt Kowiss: 12 Uhr 10. Geduldig wartete Ibrahim Kyabi darauf, daß der Mullah Hussain aus der Moschee kam und auf den verkehrsreichen Platz heraustrat. In sich zusammengesunken, saß er an den Brunnen gegenüber dem großen Tor gelehnt, in den Armen eine Tasche aus Segeltuch mit seiner entsicherten M 16. Seine Augenränder waren vor Müdigkeit gerötet, sein ganzer Körper schmerzte ihn von der über 600 Kilometer langen Fahrt.
Ein hochgewachsener Europäer fiel ihm auf. Der Mann folgte einem *hezbollahi* und trug dunkle Kleidung, einen Parka und eine Schildmütze. Die beiden gingen an der Moschee vorbei und verschwanden in einem Seitengäßchen. In der Nähe befand sich das Labyrinth des Basars, dessen Dunkelheit, Wärme und Sicherheit ihn verlockten, seinen Platz in der Kälte zu verlassen.
»Was ist das für ein Mensch, dieser Mullah Hussain?« hatte er den Straßenverkäufer gefragt, der ihm eine Portion dampfenden Bohnen-Khoresch aus einem über dem Holzkohlenfeuer hängenden Kessel schöpfte. Es war am frühen Morgen gewesen, unmittelbar nach seiner Ankunft.
Der zahnlose Alte hatte mit den Achseln gezuckt. »Ein Mullah eben.«
Ein anderer Kunde, der das gehört hatte, reagierte mit einer Verwünschung. »Der Teufel soll dich holen! Hör nicht auf ihn, Fremder! Der Mullah Hussain ist ein wahrer Freund des Volkes, ein Mann Allahs, und sein ganzer Besitz besteht aus einem Gewehr und Munition, um die Feinde Allahs zu töten!«
Andere Kunden stimmten dem bärtigen Burschen zu und erzählten von der Einnahme des Luftstützpunktes. »Unser Mullah ist ein wahrer Anhänger des Imam, bei Allah, und er wird uns ins Paradies führen!«
Fast hätte Ibrahim vor Wut losgebrüllt. Hussain und alle Mullahs verdienten den Tod dafür, daß sie diesen armen Bauern solchen Unsinn verkündeten. Ins Paradies? Schöne Gewänder und Wein und 40 ewige Jungfrauen auf seidenen Betten?
Ich will nicht an die Liebe denken. Ich will nicht an Scharazad denken. Noch nicht.
Scharazad war jetzt nur mehr der Teil eines Traums. Aber so war es besser, viel besser. Er hatte im Kaffeehaus auf sie gewartet, als Jari zu ihm getreten war. »Im Namen Allahs, ihr Mann ist wieder da. Was nie begonnen hat, ist für immer zu Ende.« Dann war sie in der Menge verschwunden. Sofort hatte er sich sein Gewehr geholt und war zum Busbahnhof gegangen. Jetzt wartete er; bald würde er ein Märtyrer sein, der im Namen der Massen gegen blinde Tyrannei Rache übte. So bald schon? Bald würde er ins Dunkel eingehen oder ins Licht, ins große Vergessen oder ins allumfassende Verstehen, allein oder mit anderen, zusammen mit Propheten, Imams, Teufeln, oder?

In ekstatischer Verzückung schloß er die Augen. Bald werde ich wissen, was geschieht, wenn wir sterben, und wohin wir dann gehen. Werden wir schließlich doch noch die Antwort auf das große Rätsel finden: War Mohammed der letzte Prophet Allahs oder ein Wahnsinniger? Ist der Koran die Wahrheit? Gibt es einen Gott?
In dem Gäßchen neben der Moschee blieb der *hezbollahi* stehen und deutete auf eine elende Behausung. Starke trat über den übelriechenden *joub* und klopfte. Die Tür ging auf. »Friede sei mit Ihnen, Exzellenz Hussain«, grüßte er auf Persisch. »Sie haben nach mir geschickt?«
»Allah sei mit Ihnen, Captain. Ja, das habe ich«, erwiderte der Mullah auf Englisch und forderte ihn mit einer Geste auf, einzutreten.
Starke mußte sich ducken, um in die aus nur einem Raum bestehende Hütte zu gelangen. Zwei Kleinkinder schliefen unruhig in Strohbetten auf dem Lehmboden. Ein Junge, der ein altes Gewehr umklammerte, starrte Starke an, und dieser erkannte ihn wieder; es war der gleiche Knabe, der auch bei der Auseinandersetzung zwischen den Leuten Hussains und Zatakis dabeigewesen war. Eine gut geölte AK 47 lehnte an der Wand. Neben dem Spülbecken saß auf einem wackligen Stuhl eine nervöse alte Frau in einem schwarzen fleckigen Tschador.
»Das sind meine Söhne, und das ist meine Frau.«
»Salaam.« Starke verbarg sein Erstaunen über das Alter der Frau. Erst bei näherem Hinsehen stellte er fest, daß sie nicht alt an Jahren war.
»Ich habe Sie aus drei Gründen kommen lassen. Erstens: damit Sie sehen können, wie ein Mullah lebt. Armut ist eine der Grundpflichten eines Mullahs.«
»So wie auch Gelehrsamkeit, Führerschaft und Gesetzgebung. Und ich weiß, Agha, daß Sie in Ihrem Glauben 100 Prozent aufrichtig sind«, – und ein Gefangener dieses Glaubens, hätte Starke ihn anschreien mögen. Er verabscheute diesen Raum mit der schrecklichen, nicht enden wollenden Armut und der Hilflosigkeit, die nicht sein mußte, diese Familie aber ihr Leben lang begleiten würde.
»Sie sprachen von drei Gründen, Agha?«
»Der zweite ist: Wie kommt es, daß bis auf einige wenige alle Männer heute planmäßig ausfliegen sollen?«
»Sie haben längst fällige Urlaubsansprüche, Agha, und weil es auf dem Stützpunkt nicht viel Arbeit gibt, ist das jetzt ein idealer Zeitpunkt.« Starkes Besorgis nahm zu. Schon bevor Mullah Hussain ihn hierher zitiert hatte, waren heute morgen drei Fernschreiben und zwei Anrufe über Funk aus der Zentrale in Teheran gekommen – der letzte von Siamaki, dem jetzt ranghöchsten Direktor von IHC, der wissen wollte, wo Pettikin, Nogger Lane und die anderen steckten. Er hatte ihn mit dem Versprechen abgewimmelt, daß McIver ihn sofort zurückrufen werde, sobald er mit Minister Kia eingetroffen sei.
Gestern hatte er zum erstenmal von Ali Kias Besuch gehört. Bei einem kurzen Aufenthalt vor dem Weiterflug nach Al Schargas hatte Charlie Pettikin ihm

erzählt, wozu McIver verdonnert worden war. »Du lieber Himmel...» Mehr hatte er nicht sagen können.
Aber so schlecht waren die Dinge gestern auch nicht gelaufen. John Hogg hatte Gavallans provisorischen Plan für die Operation »Wirbelsturm« mit allen Codes, Zeitangaben und Koordinaten für die Auftankalternativen jenseits des Golfs mitgebracht. »Andy hat mir aufgetragen, dir mitzuteilen, daß diese Daten auch an Scrag in Lengeh und Rudi in Bandar-e Delam weitergegeben wurden, und daß du dir die Probleme aller drei Stützpunkte vor Augen halten sollst. Zwei Boeing-747-Transportjumbos sind für Freitag bei Tagesanbruch nach Al Schargas beordert. Wir haben reichlich Zeit, sagt Andy. Ich werde den letzten Stand wissen, wenn ich die Jungs holen komme. Der letzte Knopf darf nicht vor 7 Uhr früh freitags beziehungsweise samstags oder sonntags gedrückt werden.«
Da sich keiner von des Klugscheißers Esvandiari Spitzeln hatte sehen lassen, war es Starke gelungen, noch eine Kiste mit besonders wertvoller Flugelektronik für die 212 an Bord der 125 zu quetschen. Ihre persönlichen Ausreisegenehmigungen waren immer noch gültig, und genügend große Fässer mit Treibstoff lagen an der Küste heimlich auf Lager. Tom Lochart war pünktlich aus dem Zagrosgebirge gekommen. »Du hast es dir anders überlegt, Tom? Ich dachte, du wolltest auf keinen Fall mitmachen?« Aber sein Freund hatte nur mit den Achseln gezuckt, und Starke war nicht weiter in ihn gedrungen.
Dennoch machte ihn der Gedanke daran, wie ihre 212 einfach losfliegen sollten, große Sorgen. Sie hatten keinen richtigen Plan, nur verschiedene Möglichkeiten. Es kostete ihn Mühe, sich zu konzentrieren. »Entschuldigen Sie, Agha, was sagten Sie?«
»Wann kommen die Ersatzleute?«
»Am Samstag, wenn alles nach Plan geht.«
»Esvandiari sagt, Sie haben viele Ersatzteile weggeschickt.«
»Auch Ersatzteile müssen gewartet und von Zeit zu Zeit ersetzt werden, Agha.«
Hussain musterte ihn und nickte nachdenklich. »Wie kam es zu dem Unfall, der Esvandiari beinahe das Leben gekostet hätte?«
»Die Ladung ist verrutscht. Es war eine sehr heikle Operation.«
Ein kurzes Schweigen. »Wer ist dieser Kia, Ali Kia?«
Starke hatte keine dieser Fragen erwartet, hätte aber gerne gewußt, ob er wieder verhört wurde und wieviel dem Mullah bekannt war. »Man hat mir gesagt, er sei ein Minister in Ministerpräsident Bazargans Kabinett – auf Inspektionsreise. Und auch, daß er ein Berater unseres Gemeinschaftsunternehmens IHC gewesen sei, vielleicht sogar ein Direktor. Aber davon weiß ich nichts.«
»Wann kommt er?«
»Da bin ich nicht sicher. Unserem Direktor, Captain McIver, wurde befohlen, ihn zu begleiten.«
»Befohlen?«
»Befohlen, wenn ich das richtig verstanden habe.«

»Warum sollte ein Minister als Berater einer privaten Gesellschaft tätig sein?«
»Ich fürchte, das werden Sie ihn selbst fragen müssen, Agha.«
»Das glaube ich auch.« Hussains Gesichtszüge verhärteten sich. »Der Imam hat geschworen, der Korruption ein Ende zu setzen. Wir werden zusammen zum Stützpunkt gehen.« Er nahm die AK 47 auf und hängte sie sich um. *»Salaam«*, verabschiedete er sich von seiner Familie.
Starke und der *hezbollahi* folgten Hussain bis zu einem Seiteneingang der Moschee. Dort schüttelte der Mullah die Schuhe von den Füßen, hob sie auf und ging hinein. Starke und der *hezbollahi* taten es ihm gleich; Starke nahm auch seine Mütze ab. Es ging einen Gang hinunter und durch eine zweite Tür, dann befanden sie sich in der Moschee selbst, einem größeren Raum unter der Kuppel, schmucklos, aber mit Teppichen ausgelegt. Sie sahen ein Lesepult mit einem offenen Koran, daneben ein modernes Kassettengerät und Lautsprecher. Aus den Lautsprechern kam der gedämpfte, eintönige Singsang eines Mannes, der aus dem Koran las.
Die einen beteten, andere schwatzten, einige schliefen. Die ihn sahen, lächelten Hussain zu, und er erwiderte ihr Lächeln, während er einem von Säulen getragenen Alkoven zustrebte. Hier blieb er stehen, legte Schuhe und Gewehr nieder und bedeutete dem *hezbollahi*, sich zu entfernen.
»Haben Sie noch über alles nachgedacht, worüber wir bei der Vernehmung gesprochen haben, Captain?«
»In welcher Beziehung?«
»Über den Islam, über den Imam, Allahs Friede sei mit ihm, und über einen Besuch bei ihm.«
»Es ist mir unmöglich, ihn zu besuchen, selbst wenn ich wollte.«
»Vielleicht könnte ich das in die Wege leiten. Wenn Sie den Imam sehen, mit ihm sprechen, ihm zuhören könnten, würden Sie den Seelenfrieden finden, den Sie suchen. Und die Wahrheit.«
Starke war von der augenfälligen Aufrichtigkeit des Mullahs gerührt. »Wenn ich die Gelegenheit hätte, ich würde sie ganz gewiß... wahrnehmen. Sie sprachen von drei Gründen, Agha.«
»Das war der dritte. Der Islam. Werden Sie Moslem! Sie haben keinen Augenblick mehr zu verlieren! Unterwerfen Sie sich Allah, akzeptieren Sie, daß es nur Ihn gibt und daß Mohammed sein Prophet ist!«
Die Augen waren dunkel und durchdringend, nahezu hypnotisch.
»Ich sagte es Ihnen schon, Agha. Vielleicht werde ich... zu gegebener Zeit.«
Starke wandte den Blick ab und fühlte, wie die beherrschende Kraft des Mullahs nachließ. »Wenn wir zurück wollen, sollten wir jetzt lieber gehen, Agha. Ich möchte nicht versäumen, mich von meinen Jungs zu verabschieden.«
Es war, als ob er in den Wind geredet hätte. »Ist denn der Imam nicht der heiligste aller Männer, der tapferste und treueste Kämpfer gegen die Unterdrückung? Genau das ist er, Captain! Öffnen Sie ihm Ihre Augen und Ihren Geist!«

Starke hörte die inbrünstige Emphase, und wieder beunruhigte ihn das scheinbare Sakrileg. »Ich warte geduldig.« Die Augen des Mullahs schienen durch ihn hindurch und durch die Mauer bis in die Unendlichkeit zu blicken.
»Wenn wir gehen wollen, müssen wir jetzt gehen«, sagte Starke, so sanft er konnte.
Hussain seufzte, und in seinen Augen erlosch das Licht. Er schulterte sein Gewehr und ging voran. Beim Eingang zog er seine Schuhe an und wartete, bis Starke in den seinen war. Weitere vier *hezbollahis* schlossen sich ihnen an.
»Wir gehen zur Basis«, wies Hussain sie an.
»Ich habe meinen Wagen an der gegenüberliegenden Seite des Platzes geparkt«, sagte Starke, der unendlich erleichtert war, wieder im Freien zu sein. »Es ist ein Kombi, in dem haben wir alle Platz.«
»Gut. Wo steht er?«
Starke deutete in die entsprechende Richtung und fing an, sich durch die Buden, die auf dem Platz standen, einen Weg zu suchen. Er war fast einen Kopf größer als die meisten Menschen auf dem Platz. Während er an die Worte des Mullahs dachte, versuchte er sich zurechtzulegen, wie er sich zu der Operation »Wirbelsturm« äußern solle.
»Verdammt«, murmelte er, als er sich der Gefahr bewußt wurde. Ich hoffe, Rudi entschließt sich, das gesamte Unternehmen abzublasen, denn dann tue ich es auch, wie immer sich Scrag entscheidet. Automatisch suchte er das Rund ab, so als ob er im Cockpit säße, und bemerkte vor sich, dort am Brunnen, eine heftige Bewegung. Dank seiner Körpergröße sah er den Jungen mit dem Gewehr als erster. Als Hussain ihn einholte und an seine Seite trat, blieb er starr vor Erstaunen stehen. Aber es war kein Irrtum. Der kreischende junge Berserker stürzte zwischen den Leuten hindurch direkt auf ihn zu. »Ein Attentat!« keuchte er, während die Menschen entsetzt auseinanderstoben. In sprachloser Bestürzung sah er den Jungen abrupt zum Stehen kommen und das Gewehr auf ihn richten.
Aber noch bevor er sich zu Boden werfen und hinter einer Bude in Deckung gehen konnte, traf ihn die erste Kugel und schmetterte ihn gegen einen der *hezbollahis* hinter ihm. Weitere Kugeln, Schreie, dann der betäubende Knall eines anderen Gewehrs in seiner Nähe.
Es war das Gewehr Hussains, dessen Reflexe sehr gut gewesen waren. Ihm war sofort klar geworden, daß der mörderische Anschlag ihm galt. Mit einer einzigen Bewegung hatte er das Gewehr von der Schulter gerissen, gezielt und geschossen.
Sein Feuer war zielsicher und durchlöcherte Ibrahim Kyabi, riß ihm die Waffe aus den schon toten Händen und schleuderte ihn in den Dreck. Wie betäubt hörte der Mullah auf zu schießen und stellte fest, daß er noch aufrecht stand, daß er nicht getötet worden war, daß der Mörder ihn verfehlt hatte. Er war also nicht den Märtyrertod gestorben und auf dem Weg ins Paradies. Verwirrt sah er sich um. Menschen jammerten und fluchten, einer seiner *hezbollahis* lag tot auf dem Platz, viele der Umstehenden waren verwundet. Starke schien sich zwischen zwei Buden verkrochen zu haben.

»Gelobt sei Allah, Exzellenz Hussain! Sie sind unverletzt geblieben!« rief ein *hezbollahi*.
»Wie es Allah gefällt. Allah ist groß.« Hussain ging zu Starke und kniete neben ihm nieder. Er sah Blut aus dessen linkem Ärmel tropfen. Der Ungläubige war leichenblaß. »Wo sind Sie verletzt?«
»Ich... ich bin nicht sicher. Ich... ich glaube, es ist meine Schulter oder die Brust.« Es war das erste Mal, daß jemand auf Starke geschossen hatte. Als er von der Kugel nach hinten auf den *hezbollahi* und dann zu Boden geschleudert worden war, hatte er im Geist aufgeschrien: Ich bin tot! Dieser Bastard hat mich getötet! Ich werde Manuela und die Kinder nie wiedersehen... Ich bin tot. Dann dieses wilde Verlangen davonzulaufen, vor seinem eigenen Tod zu flüchten. Er hatte aufspringen wollen, aber die Schmerzen waren über seine Kräfte gegangen. Und jetzt kniete Hussain neben ihm.
»Lassen Sie mich Ihnen helfen!« sagte Hussain, und dann zu einem *hezbollahi:* »Nimm seinen anderen Arm!«
Starke brüllte vor Schmerzen, als sie ihn umdrehten, um zu versuchen, ihn aufzurichten. Als die Schmerzen nachgelassen hatten, stellte er fest, daß er den linken Arm überhaupt nicht bewegen konnte. Mit der unverletzten rechten Hand tastete er sich ab. Er bewegte die Beine. Keine Schmerzen. Alles schien zu funktionieren bis auf den linken Arm und die Schulter. Er biß die Zähne zusammen, öffnete seinen Parka und riß sich das Hemd auf. Blut quoll aus dem Loch in der Schulter, aber es sprudelte nicht. Das Atmen fiel ihm nicht besonders schwer, und er empfand nur einen stechenden Schmerz, wenn er sich zu heftig bewegte. »Ich... ich glaube nicht... daß die Lunge...«
»Bist ein Satansbraten, Pilot«, sagte der *hezbollahi* und lachte. »Hör mal, da ist noch ein Loch auf der Rückseite deiner Jacke, das blutet auch. Die Kugel muß durch dich hindurchgegangen sein...« Er hob die Schultern und stand auf, betrachtete seinen toten Kameraden und einen anderen Verwundeten, schlenderte schließlich zu Ibrahim Kyabi hinüber, der wie ein Sack mit alten Lumpen im Dreck lag, und fing an, dessen Taschen auszuleeren.
Die Menge auf dem Platz drängte sich immer näher heran. Hussain stand auf und jagte sie fort. »Allah ist groß, Allah ist groß!« schrie er. »Geht endlich weiter! Helft lieber den Verwundeten!« Wieder kniete er neben Starke nieder.
»Habe ich Ihnen nicht gesagt, daß Ihnen nicht mehr viel Zeit bleibt? Diesmal hat Allah Sie beschützt und Ihnen eine zweite Chance gegeben.«
Aber Starke hörte ihn kaum. Er hatte sein Taschentuch gefunden, preßte es gegen die Wunde und versuchte, die Blutung zu stillen. Er fühlte das warme Tröpfeln am Rücken. »Warum, zum Teufel, wollte dieser Bastard mich umlegen?« murmelte er. »So ein Hurensohn, so ein verdammter!«
»Er wollte mich töten, nicht Sie.«
Starke starrte ihn an. »Fedajin? Mudjaheddin?«
»Oder Tudeh. Aber das spielt keine Rolle. Er war ein Feind Allahs. Allah hat ihn gerichtet.«
Wie ein Messer bohrte sich der Schmerz in Starkes Brust. Er stieß einen Fluch aus. Er konnte das ewige Gerede von Allah nicht mehr hören. Er wollte nicht

an Allah denken, nur an die Kinder und Manuela und wie er hier herauskommen könnte. Ich habe die Nase voll von diesem Wahnsinn, diesem Töten im Namen irgendeiner Schmalspurversion von Gott! Die Schmerzen in seiner Schulter hämmerten und breiteten sich aus. So gut es ging, knüllte er das Taschentuch zusammen, benutzte es als Verband und schloß seinen Parka. Was zum Teufel soll ich nur tun? Dieser verdammte Hurensohn! Wie zum Teufel soll ich jetzt fliegen? Er veränderte ein wenig seine Lage und mußte abermals laut aufstöhnen. Hussain erwachte aus seinen Tagträumen, tief betroffen, daß Allah beschlossen hatte, ihn am Leben zu lassen, statt ihm einen Märtyrertod zu gewähren. Warum hat er mich so gestraft? Und warum war dieser Mann trotz der vielen Kugeln am Leben geblieben? »Wir gehen jetzt zum Stützpunkt. Können Sie aufstehen?«

»Ich... sicher... gleich...« Starke machte sich bereit. »Okay, vorsichtig...« Und es gelang ihm, wieder hochzukommen. »Kann einer von Ihren Leuten den Kombi fahren?«

»Ja.« Hussain rief den *hezbollahi*, der noch neben Kyabi kniete. »Beeil dich!« Gehorsam kam der junge Mann zurück. »Er hatte nur diese Münzen in der Tasche. Und das da. Was ist das?«

Hussain betrachtete das Dokument aufmerksam. »Es ist ein Ausweis der Universität von Teheran.«

Die Fotografie zeigte einen hübschen Jungen, der in die Kamera lachte: Ibrahim Kyabi, 6. Semester Maschinenbau. Geboren am 12. März 1955. Hussain warf einen Blick auf die Rückseite. »Hier ist auch eine Teheraner Adresse.«

»Drecksuniversitäten«, schimpfte ein anderer *hezbollahi*. »Eine Brutstätte des Satans und verderblicher westlicher Einflüsse.«

»Wenn der Imam, Allah schütze ihn, sie wieder öffnet, werden Mullahs dort das Sagen haben. Wir werden alle westlichen, dem Islam feindlichen Ideen ausmerzen. Liefere die Karte beim Komitee ab, Fivouz. Die können sie dann nach Teheran weiterleiten. Das Komitee in Teheran wird sich seine Familie und seine Freunde vorknöpfen. Ja, Captain?«

Starke hatte das Foto gesehen. »Ich dachte nur gerade: In ein paar Tagen wäre er 24 geworden. Ein vergeudetes Leben, nicht wahr?«

»Allah hat ihn bestraft. Jetzt schmort er in der Hölle.«

Nördlich der Stadt: 16 Uhr 10. Die 206 kreuzte über den Vorbergen des Zagros-Gebirges. McIver saß am Steuer, Ali Kia döste neben ihm. McIver fühlte sich sehr wohl. Nachdem er beschlossen hatte, Kia selbst zu fliegen, schwebte er wie auf Wolken. Es war die perfekte, die einzige Lösung. Mein ärztliches Attest war also nicht zufriedenstellend? Na wenn schon. Wir sind im Krieg, wir müssen Risiken eingehen, und ich bin immer noch der beste Pilot der Firma.

Er sah zu Kia hinüber. Wenn du nicht so ein Armleuchter wärst, ich könnte dich küssen dafür, daß du mir einen so guten Vorwand geliefert hast. Er grinste und drückte auf den Sendeknopf: »Kowiss. Hier spricht Hotel Tango

X-ray, Höhe 300 Meter, Kurs 185 Grad, einfliegend von Teheran mit Minister Kia an Bord.«
»HTX, halten Sie Steuerkurs und melden Sie sich beim Outer Marker.«
Bisher waren der Flug wie auch das Auftanken auf dem Internationalen Flughafen von Isfahan ohne Zwischenfälle verlaufen, ausgenommen ein paar Minuten nach der Landung zum Tanken, als aufgebrachte *hezbollahis* den Hubschrauber mit drohend erhobenen Fäusten umringten, obwohl McIver eine Landeerlaubnis und Genehmigung zum Auftanken besaß. »Verlangen Sie über Funk, daß der aufsichtführende Beamte sofort erscheint!« hatte Kia McIver wütend angewiesen. »Ich vertrete die Regierung!«
McIver hatte getan, wie ihm geheißen. »Der... der Tower sagt, wenn wir nicht innerhalb einer Stunde aufgetankt haben und verschwunden sind, beschlagnahmt das Komitee die Maschine.« Und liebenswürdig fügte er hinzu – es machte ihm Spaß, die Botschaft weiterzugeben –: »Sie sagen, fremde Flugzeuge und fremde Piloten sind in Isfahan ebensowenig willkommen wie die Lakaien Bazargans und seiner von Fremden beherrschten Regierung.«
»Barbaren, ungebildete Bauern!« hatte Kia geschimpft – aber erst, als sie wieder in der Luft waren. McIver konnte jetzt den ganzen Luftstützpunkt überblicken. Am anderen Ende des Feldes, nahe dem IHC-Gelände, sah er die 125 der Gesellschaft. Das Herz drehte sich ihm im Leib um. Ich habe Starke doch eingeschärft, die Jungs schon früh auszufliegen! dachte er verärgert. »IHC-Kontrollturm. HTX aus Teheran mit Minister Kia an Bord.«
»IHC-Kontrollturm. Landen Sie auf Helikopterlandeplatz 2. Windstärke 30 bis 35 Knoten bei 135 Grad.«
McIver konnte die *hezbollahis* beim Haupttor sehen, dazu einige in der Nähe des Landeplatzes mit Esvandiari und dem iranischen Personal. Nicht weit von ihnen sammelte sich eine Gruppe von Mechanikern und Piloten. Mein Empfangskomitee, dachte er und erkannte John Hogg, Lochart, Jean-Luc und Ayre. Starke war noch nicht da. Ich handle also illegal, dachte er. Was können sie tun? Zwar stehe ich rangmäßig höher als sie, aber wenn die iranische Zivilluftbehörde draufkommt, können die Burschen verdammt unangenehm werden. Er hatte seine Verteidigungsrede schon vorbereitet – für alle Fälle: Ich entschuldige mich, aber Minister Kias Befehl machte eine sofortige Entscheidung nötig. Es wird nicht wieder vorkommen. Es wäre überhaupt nicht vorgekommen, wenn die Operation »Wirbelsturm« nicht angesagt gewesen wäre. Er beugte sich hinüber und schüttelte Kia wach. »In ein paar Sekunden landen wir, Agha.«
Kia rieb sich die Müdigkeit aus dem Gesicht, sah auf die Uhr und rückte seine Krawatte zurecht. Er warf einen Blick nach unten, studierte die Leute, die sauberen Hangars und die in einer Reihe aufgestellten Hubschrauber: zwei vom Typ 212, drei vom Typ 206, zwei Alouettes. *Meine* Hubschrauber, dachte er mit leuchtenden Augen. »Warum sind wir so langsam geflogen?« fragte er barsch.
»Wir sind pünktlich, Herr Minister. Wir hatten ein wenig Gegenwind.«

McIver konzentrierte sich auf die Landung. Es mußte eine Bilderbuchlandung werden. Sie wurde es.
Esvandiari, der Klugscheißer, riß Kias Tür auf. »Exzellenz Minister, ich bin Kuram Esvandiari, Gebietsmanager von IranOil, willkommen in Kowiss! Agha Direktor Siamaki hat angerufen, um sicherzustellen, daß wir auf Ihren Besuch vorbereitet sind. Willkommen!«
»Ich danke Ihnen.« Großtuerisch wandte sich Kia an McIver. »Machen Sie sich bereit, morgen vormittag um 10 Uhr zu starten, Pilot. Es könnte sein, daß ich vor dem Rückflug zusammen mit Exzellenz Esvandiari einige Ölfelder inspiziere. Und vergessen Sie nicht, daß ich in Teheran sein muß, um meinen Termin mit dem Ministerpräsidenten einzuhalten.« Er stieg aus, und sofort tauchten Ayre, Lochart und die anderen unter den Rotorblättern durch und sammelten sich unter McIvers Fenster.
Er grinste sie an. »Na, wie läuft's denn so?«
»Laß mich das Ding abdrehen, Mac«, bot sich Ayre an. »Wir haben da...«
»Danke, aber dazu bin ich noch sehr gut imstande«, konterte McIver und sagte dann ins Mikrophon: »HTX schaltet ab.« Er sah Lochart ins Gesicht und seufzte. »Also schön, ich bin nicht ganz in Ordnung, Tom. Na und?«
»Darum geht es gar nicht, Mac«, stieß Lochart hervor. »Duke wurde angeschossen.« McIver hörte entsetzt zu, als Lochart ihm berichtete, was geschehen war. »Er ist jetzt im Krankenrevier. Dr. Nutt meint, die Lunge könne punktiert sein. Aber das ist noch nicht...«
»Heiliger Bimbam! Bringt ihn doch an Bord der 125! Los, Johnny, mach...«
»Das kann er nicht!« setzte sich Lochart mit der gleichen Dringlichkeit über die Anweisung hinweg. »Der Klugscheißer hat den Abflug bis nach Kias Inspektion hinausgeschoben. Duke hat alles Mögliche versucht, die 125 freizubekommen, aber... der Klugscheißer ist eben ein Hundesohn. Und das ist noch nicht alles. Ich habe das Gefühl, in Teheran haben sie etwas spitzgekriegt.«
»Was?«
Lochart erzählte ihm von den Fernschreiben und den Funksprüchen. »Siamaki ist dem Klugscheißer in den Ohren gelegen und hat ihn ganz wild gemacht. Ich nahm Siamakis letzten Anruf entgegen – Duke war zum Mullah gegangen –, und er war ganz außer sich. Ich habe ihn abgewimmelt und gesagt, du würdest ihn zurückrufen, aber Mensch, Mac, er weiß, daß du und Charlie eure Wohnung ausgeräumt habt.«
»Ali Baba! Er muß ein Spitzel gewesen sein! Aber zunächst schaue ich mal nach Duke.« Er beobachtete Esvandiari und Kia, welche die Reihe der Helikopter abschritten. »Tom, du und Jean-Luc, ihr schmeißt euch an diesen Scheißkerl Kia ran! Tut ihm schön, schmiert ihm Honig ums Maul! Ich komme dazu, sobald ich kann.« Die beiden Piloten setzten sich sofort in Bewegung. »Freddy, du sagst es allen weiter: Sobald wir für die 125 die Starterlaubnis haben, gehen alle rasch und ohne Aufsehen an Bord. Ist das Gepäck schon verstaut?«
»Ja, aber was machen wir mit Siamaki?«

»Um den kümmere ich mich, und jetzt los!« McIver eilte davon. Johnny Hogg rief ihm nach: »Auf ein Wort noch, Mac!«
McIver blieb stehen. »Was gibt's?«
»Dringend und vertraulich von Andy: Wenn das Wetter schlechter wird, könnte es sein, daß er die Operation ›Wirbelsturm‹ auf Samstag verschiebt. Der Wind hat umgeschlagen. Und Andy hat auch gesagt: Nachdem du jetzt hier bist, kann er dich nicht, wie abgemacht, vom definitiven Ja oder Nein in Kenntnis setzen.«
»Ist mir klar. Sag ihm, er soll Charlie informieren. Sonst noch was?«
»Der Rest kann warten. Die anderen wissen noch nichts.«
Dr. Nutt war bei Starke, der auf einer Pritsche lag, den Arm in der Schlinge, die Schulter in einer schützenden Bandage. »Hallo, Mac! Hatten der Herr einen guten Flug?« fragte er und warf ihm einen vernichtenden Blick zu.
»Fang bloß nicht so an! Tag, Doktor! Duke, Kia hat darauf bestanden, daß ich ihn fliege. Ich konnte ihm ja nicht gut sagen, er solle Leine ziehen.«
»Na klar«, brummte Starke. »Wie war's?«
»Ganz toll.«
»Und wie steht's mit dem Wind?«
»Für morgen nicht gerade ein Pluspunkt«, antwortete McIver vorsichtig. »Er kann natürlich ebenso schnell wieder umschlagen.«
»Wenn es so bleibt, bekommen wir Gegenwind oder noch etwas Schlimmeres, und dann schaffen wir es nicht über den Golf. Wir können unmöglich soviel Treib...«
»Du hast recht. Doktor, Sie...«
»Hast du das von Siamaki gehört?«
»Mit dem werde ich schon fertig. Also, Doc, wie sieht's aus?«
»Duke sollte so bald wie möglich geröntgt werden. Das Schulterblatt ist zerschmettert. Er hat einen Sehnen- und Muskelschaden, aber die Wunde ist sauber. Auch könnte er einen oder zwei Splitter in der Lunge haben, obwohl er etwa einen halben Liter Blut verlor, hat er alles in allem ein Mordsglück gehabt.«
»Mir geht's gut, Doc, ich bin mobil«, erklärte Starke. »Auf einen Tag kommt's doch wohl nicht an. Ich kann morgen mithalten.«
»Tut mir leid, alter Freund, aber Sie stehen unter Schock. Bei Schußverletzungen ist das so. In ein oder zwei Stunden werden Sie es merken, garantiert.« Dr. Nutt war sehr froh, daß er heute mit der 125 ausfliegen konnte. Ich mag nicht mehr, sagte er sich. Ich mag keine von Kugeln zerfetzten und verstümmelten Menschen mehr sehen. Freilich, ein paar Tage wirst du wohl noch durchhalten und ein paar Burschen noch zusammenflicken müssen, weil die Operation »Wirbelsturm« bestimmt nicht klappen wird; das spüre ich in den Knochen. »Tut mir leid, aber Sie wären eine Gefahr für jedes Unternehmen, auch das geringste.«
»Duke«, sagte McIver, »du fliegst am besten gleich mit. Tom kann eine Maschine nehmen und Freddy die andere. Auch Jean-Luc braucht nicht zu bleiben.«

»Und was gedenkst *du* zu tun?«
McIver grinste. »Ich, ich arbeite als Privatpilot für diesen verdammten Kia.«

Im Tower: 16 Uhr 40. »Ich wiederhole, Mr. Siamaki«, sagte McIver mit Nachdruck ins Mikrophon, »in Al Schargas wird eine Sonderkonferenz...«
»Und ich wiederhole: Warum wurde ich nicht unverzüglich davon verständigt?« Die Stimme im Lautsprecher war schrill und gereizt.
McIver wurde von einem *hezbollahi* und Wazari, dessen Gesicht immer noch Spuren von den Prügeln trug, die Zataki ihm verabreicht hatte, aufmerksam beobachtet. »Ich wiederhole«, sagte er, »die Captains Pettikin und Lane wurden für eine dringende Besprechung in Al Schargas gebraucht, und es fehlte an Zeit, sie darüber zu informieren.«
»Wieso? Ich bin hier in Teheran. Warum wurde das Büro nicht informiert? Wo sind die Ausreisegenehmigungen?«
McIver tat, als wäre er schon ein wenig ärgerlich. »Wir hatten eben keine Zeit, Agha – in Teheran funktioniert bekanntlich das Telefon nicht. Ich habe die Ausreisegenehmigungen vom Flughafenkomitee bekommen, von Seiner Exzellenz, dem diensthabenden Mullah persönlich.«
Der *hezbollahi*, der kein Englisch verstand, gähnte gelangweilt.
»Aber Sie und Captain Pettikin haben alle Wertsachen aus Ihrer Wohnung entfernt, stimmt das?«
»Nur eine Vorsichtsmaßnahme, um die elenden Mudjaheddin und Fedajin und andere Burschen nicht in Versuchung zu führen, während unserer Abwesenheit bei uns einzubrechen«, antwortete McIver leichthin und vergaß dabei keinen Augenblick, daß dieses Gespräch mit Sicherheit abgehört wurde. »Wenn Sie mich jetzt entschuldigen wollen – Herr Minister Kia verlangt nach mir.«
»Ach ja, Minister Kia. Ja, ja.« Siamakis Reizbarkeit ließ ein wenig nach. »Bis wann werden Sie beide morgen wieder in Teheran sein?«
»Je nach den Windverhältnissen...« McIver empfand plötzlich ein überwältigendes Verlangen, Siamaki alles über die Operation »Wirbelsturm« zu erzählen. Ich werde schon langsam verrückt, dachte er und konzentrierte sich. »Das wird von Minister Kia abhängen, aber natürlich auch von den Windverhältnissen, und wie das Auftanken funktioniert... im Laufe des Nachmittags, würde ich sagen.«
»Ich werde auf Sie warten. Vielleicht hole ich Sie vom Flughafen ab, wenn wir Ihre voraussichtliche Ankunftszeit haben. Es müssen Schecks unterschrieben und viele Neuordnungen besprochen werden. Bitte, richten Sie Minister Kia meine besten Wünsche aus! *Salaam.*«
McIver seufzte und legte das Mikrophon hin. »Solange ich hier bin, würde ich gern mit Bandar-e Delam und Lengeh sprechen, Sergeant.«
»Ich werde um Genehmigung ersuchen müssen«, sagte Wazari.
»Bitte.« McIver sah zum Fenster hinaus. Das Wetter verschlechterte sich. Der Südostwind ließ den Windsack knattern und die Verspannung des Antennenmastes ächzen. 30 Knoten, manchmal 35. Zu viel, dachte er. Er sah Hogg und

Gordon Jones, die geduldig in der 125 warteten; die Kabinentür war einladend geöffnet. Durch das andere Fenster konnte er feststellen, daß Kia und Esvandiari ihre Inspektion beendet hatten und auf die Büros im Erdgeschoß zukamen. Nebenbei bemerkte er, daß ein Anschlußteil der Antenne locker, das Kabel nahezu losgelöst war. »Hören Sie, Sergeant, das sollten Sie aber schnellstens in Ordnung bringen! Sonst bekommen Sie bald überhaupt nichts mehr rein!«

»Ja, danke!« Wazari erhob sich und blieb stehen. »Tower Kowiss«, kam es über den Lautsprecher. »Ansuchen, Bandar-e Delam und Lengeh zu rufen, genehmigt.« Wazari bestätigte, wechselte die Frequenz und stellte die Verbindung her.

»Hier ist Bandar-e Delam. Sprechen Sie, Kowiss!« McIvers Herz klopfte schneller, als er Rudi Lutz' Stimme erkannte.

Wazari reichte McIver das Mikrophon, während seine Augen auf das fehlerhafte Verbindungsstück draußen gerichtet waren. »Verdammter Dreck«, murmelte er, holte Werkzeug, öffnete die Tür und ging hinaus. Er befand sich immer noch in Hörweite. Der *hezbollahi* gähnte wieder gelangweilt.

»Hallo, Rudi! Hier spricht Mac. Ich übernachte hier.« McIver wählte seine Worte mit Bedacht. »Ich mußte einen VIP aus Teheran, Minister Kia, herbringen. Wie läuft's denn so in Bandar-e Delam?«

»Wir sind soweit in Ordnung«, die Stimme verstummte. McIver hatte das Einströmen des Atems gehört und konnte sich die schnell unterdrückte Sorge vorstellen. Er warf einen Blick auf Wazari, der neben dem Anschlußteil kauerte. »Wie lange... wie lange bleibst du, Mac?« fragte Lutz.

»Ich werde morgen wie geplant unterwegs sein. Vorausgesetzt, das Wetter hält«, fügte er hinzu.

»Verstehe. Alles klar.«

»Kein Problem. Alle Systeme sind auf ein langes und glückliches Jahr eingestellt. Und bei dir?«

Wieder eine Pause. »Alles klar. Alle Systeme sind auf ein langes und glückliches Jahr eingestellt, und es lebe der Imam!«

»Ganz recht. Ich rufe an, weil die Zentrale in Aberdeen dringend Informationen über die von euch ›auf den neuesten Stand gebrachte Kennungsakte‹ benötigt.« Das war der Code für die Vorbereitungen auf die Operation »Wirbelsturm«. »Ist sie fertig?«

»Ja, das ist sie. ›Wo soll ich sie hinschicken?‹« Das war der Code für: Nehmen wir immer noch Kurs auf Al Schargas?

»Gavallan ist auf Inspektionsreise in Al Schargas. Du könntest sie also dorthin schicken. Es wäre gut, wenn du dich besonders anstrengst, damit sie schnell am Bestimmungsort sind. Ich habe in Teheran gehört, daß die British Airways morgen einen Flug nach Abadan haben. Gib sie dieser Maschine für Al Schargas mit, okay?«

»Habe alles verstanden. Ich arbeite schon den ganzen Tag an den Details.«

»Ausgezeichnet. Wie sieht es denn bei dir mit dem Personalaustausch aus?«

»Funktioniert alles klaglos. Die abgehende Crew ist weg. Die Ankunft der

Ersatzleute ist für Samstag vorgesehen, spätestens für Sonntag. Es ist schon alles für sie vorbereitet. Beim nächsten Austausch der Crew bin ich auch dabei. Und noch etwas: Siamaki hat Numi, unseren IranOil-Manager, ein paarmal angerufen.«

»Um was ging es?«

»Er wollte nur mal hören, ob hier alles in Ordnung ist, sagte Numi.«

»Fein«, bemerkte McIver vorsichtig. »Ist doch schön, daß er sich so für unsere Operationen interessiert. Ich rufe morgen wieder an. Hier ist alles Routine. Viel Spaß noch!«

Siamaki verwünschend, beendete McIver das Gespräch. Dieser neugierige Bastard! Er sah hinaus. Wazari kniete immer noch neben dem Antennensockel nahe dem Oberlicht des darunterliegenden Büros und arbeitete konzentriert. Um ihn nicht zu stören, rief McIver selbst Lengeh.

Scragger meldete sich sofort. »Hallo, Sportsfreund. Ja, wir haben gehört, daß du einen Routineausflug machst, indem du einen VIP herumkutschierst – Andy hat uns aus Al Schargas angerufen. Was ist los?«

»Routine. Alles läuft nach Plan. Ich rufe nur an, weil die Zentrale in Aberdeen eure ›auf den neuesten Stand gebrachte Kennungsakte‹ braucht. Ist sie fertig?«

»Sie kann gar nicht fertiger sein. ›Wo soll ich sie hinschicken?‹«

»Nach Al Schargas, das ist am einfachsten. Kannst du sie morgen aufgeben?«

»Ich werde mich darum kümmern. Wie ist das Wetter bei euch?«

»Südostwind, 30 bis 35 Knoten. Johnny meint, es könne morgen aufhellen. Und bei euch?«

»Etwa das gleiche. Wollen hoffen, er legt sich. Aber kein Problem für uns.«

»Schön. Ich rufe morgen wieder an. Alles Gute!« McIver verzog den Mund und schaltete ab. Er war jetzt sehr müde. Er streckte sich und stand auf. Da bemerkte er, daß der *hezbollahi* gegangen war und Wazari, das Gesicht seltsam starr, in der Tür zum Dach stand. »Ist was, Sergeant?«

»Ich... nichts, Captain.« Der junge Mann schloß die Tür und konstatierte überrascht, daß der Tower bis auf sie beide leer war. »Wo ist der *hezbollahi?*«

»Keine Ahnung.« Rasch überprüfte Wazari die Treppe, wandte sich dann wieder an McIver und fragte mit gesenkter Stimme: »Was geht hier eigentlich vor, Captain?«

McIvers Müdigkeit verflog. »Ich verstehe Sie nicht.«

»All die Anrufe von diesem Spaßvogel Siamaki, die Fernschreiben, die Burschen, die Teheran ohne Genehmigung verlassen, die Kerle, die von hier abfliegen, und Unmengen von Ersatzteilen, die ausgeführt werden, heimlich ausgeführt werden?«

»Die Crews müssen doch ausgewechselt werden und die Ersatzteile erneuert! Danke für Ihre Hilfe!« McIver wollte an ihm vorbeigehen, aber Wazari versperrte ihm den Weg.

»Ich bin kein ungebildeter Bauernlümmel. Mich kann keiner für dumm verkaufen. Das ist doch alles Wahnsinn! Sie wollen mir...« Er unterbrach sich, als Schritte die Treppe heraufkamen. »Hören Sie, Captain«, flüsterte er,

»ich stehe auf Ihrer Seite. Ich habe da etwas ausgemacht mit Captain Ayre, er wird mir helfen...«

Der *bezbollahi* kam die Stiege heraufgestapft und sagte auf Persisch etwas zu Wazari, der die Augen weit aufriß.

»Esvandiari läßt sagen, Sie sollen runterkommen.« Wazari lächelte spöttisch, ging wieder auf das Dach hinaus und machte sich am Antennensockel zu schaffen.

In Esvandiaris Büro: 17 Uhr 40. Tom Lochart schäumte vor Wut und McIver auch. »Aber unsere Ausreisegenehmigungen sind gültig, und wir haben die Erlaubnis, heute und jetzt Personal auszufliegen!«

»Mit Minister Kias Einverständnis werden die Genehmigungen so lange einbehalten, bis die Ablösung kommt«, entgegnete Esvandiari schroff. Er saß hinter dem Schreibtisch, Kia neben ihm. Lochart und McIver standen vor ihnen. Auf dem Schreibtisch lagen die Pässe und Ausreisegenehmigungen. Es war kurz vor Sonnenuntergang. »Auch Agha Siamaki stimmt dieser Regelung zu.«

»Völlig korrekt.« Der Unmut der beiden belustigte und freute Kia. Diese verdammten Fremden! »Wozu diese Eile, Captain? Es ist doch besser, die Dinge ordnungsgemäß abzuwickeln.«

»Der Flug wurde ordnungsgemäß genehmigt, Minister Kia«, konterte McIver mit Nachdruck. »Ich bestehe darauf, daß das Flugzeug wie vorgesehen startet.«

»Wir sind hier im Iran, nicht in England«, feixte Esvandiari, »und selbst dort dürften Sie kaum auf allem bestehen können.« Er war sehr mit sich zufrieden. Minister Kia war von seinem Pischkesch, einer zukünftigen privaten Ölquelle, entzückt gewesen und hatte ihm sofort einen Sitz im Gremium der IHC angeboten. Dann hatte ihm Kia zu seinem großen Ergötzen auseinandergesetzt, daß in Zukunft für Ausreisegenehmigungen Gebühren erhoben werden sollten: »Die Fremden sollen nur schwitzen«, hatte der Minister hinzugefügt. »Schon ab nächsten Samstag werden sie Ihnen nur zu gern und ohne dazu aufgefordert zu werden, na, sagen wir 300 Dollar pro Kopf in die Hand drücken.«

Wichtigtuerisch erklärte er jetzt. »Ich kann dem Herrn Minister nur zustimmen. Alles muß ordnungsgemäß abgewickelt werden. Und jetzt habe ich zu tun.«

Die Tür wurde aufgerissen, und Starke stand in dem kleinen Büro. Sein Gesicht war fleckig, der linke Arm in der Schlinge, die Finger der rechten Hand zur Faust geballt. »Was zum Teufel treiben Sie da, Esvandiari? Sie können doch nicht einfach die Ausreisegenehmigungen widerrufen?«

»Um Himmels willen, Duke!« stieß McIver hervor. »Du sollst doch nicht...«

»Die Genehmigungen wurden ausgesetzt, nicht widerrufen. Ausgesetzt!« Esvandiaris Gesichtszüge verzerrten sich. »Und wie oft soll ich Ihnen noch sagen, daß man anklopft? Ungehobelte Menschen! Man klopft an! Das ist mein Büro und nicht Ihres. Ich leite diesen Stützpunkt und nicht Sie! Jetzt

aber raus mit Ihnen allen!« Er wandte sich an Kia, als ob sie allein wären, und sagte auf Persisch: »Ich entschuldige mich, Herr Minister, Sie sehen ja selbst, womit ich hier fertig werden muß. Ich empfehle Ihnen nachdrücklich, alle ausländischen Flugzeuge zu verstaatlichen und unsere eigenen Piloten...«
Starke schob das Kinn vor. »Jetzt hör mal, du Klugscheißer, du...«
»Raus!« Esvandiari griff in seine Schreibtischlade, in der eine Pistole lag. Aber er holte sie nicht heraus. Durch die Tür kam der Mullah Hussain, von *hezbollahis* gefolgt. Plötzlich breitete sich Stille im Raum aus.
»Im Namen Allahs, was geht hier vor?« fragte Hussain auf Englisch und richtete seine harten kalten Augen auf Esvandiari und Kia. Sofort stand Esvandiari auf und begann zu erklären. Er sprach Persisch, und Starke fiel ihm ins Wort, um den Standpunkt seiner Seite zu vertreten, und bald wurden beide Männer immer lauter und lauter. Ungeduldig hob Hussain die Hand. »Zuerst Sie, Agha Esvandiari.« Gleichmütig lauschte er den weitschweifigen Ausführungen; seine vier *hezbollahis* drängten sich an der Tür. Dann deutete er auf Starke. »Captain?«
Starke sprach kurz und sachlich.
Hussain nickte Kia zu. »Und jetzt Sie, Exzellenz Minister! Darf ich Ihre Vollmacht sehen, die Sie dazu berechtigt, die Autorität des hiesigen Komitees zu übergehen und die Ausreiseerlaubnis auszusetzen?«
»Zu übergehen, Exzellenz Mullah? Aussetzen? Ich doch nicht!« gab Kia verbindlich zurück. »Ich bin nur ein Diener des Imam, Allahs Friede sei mit ihm, seines persönlich ernannten Ministerspräsidenten und dessen Regierung.«
»Exzellenz Esvandiari sagte, Sie hätten die Aussetzung gebilligt.«
»Ich habe nur seinem Wunsch nach einer geregelten Neuordnung des ausländischen Personalstands zugestimmt.«
Hussains Blick fiel auf den Schreibtisch. »Sind das die Pässe mit den Ausreisegenehmigungen?«
Esvandiaris Mund war trocken. »Ja, Exzellenz.«
Hussain raffte sie zusammen und reichte sie Starke. »Diese Männer werden sofort abfliegen.«
»Danke, Exzellenz«, sagte Starke. Die Anstrengung des Stehens setzte ihm sichtlich zu.
»Laß dir helfen!« McIver nahm ihm die Dokumente ab. »Danke Ihnen, Agha«, sagte er zu Hussain.
Hussains Augen waren so hart und kalt wie immer. »Der Imam hat gesagt: ›Wenn Fremde gehen wollen, laßt sie gehen! Wir brauchen sie hier nicht.‹«
»Ja, danke«, wiederholte McIver. Die Nähe dieses Mannes erfüllte ihn mit Unbehagen. Er verließ das Büro und Lochart folgte ihm.
Starke sagte auf Persisch: »Ich fürchte, ich werde auch dieses Flugzeug nehmen müssen, Exzellenz.« Er berichtete ihm, was Dr. Nutt empfohlen hatte, und fügte auf Englisch hinzu: »Ich möchte nicht gehen, aber so ist das nun mal. *Inscha'Allah*.«
Hussain nickte zerstreut. »Sie brauchen keine Ausreisegenehmigung. Gehen

Sie an Bord! Ich werde es dem Komitee erklären.« Er verließ das Büro und ging zu Oberst Changiz hinüber, um ihn von seiner Entscheidung zu unterrichten.
Es dauerte gar nicht lange, bis die 125 voll besetzt war. Der schon recht unsicher auf seinen Beinen schwankende Starke war der letzte auf der Gangway. Dr. Nutt hatte ihm genügend Schmerzmittel gegeben, um ihn an Bord zu bringen. »Danke, Exzellenz«, sagte er zu Hussain, »Allahs Friede sei mit Ihnen!«
»Und mit Ihnen, Captain.« Hussain drehte sich um und ging davon. Der Wind frischte ein wenig auf.
Mit Hilfe seiner gesunden Hand stieg Starke langsam die Stufen hinauf. Oben angelangt, blieb er einen Augenblick stehen und sah sich um. Sein Kopf dröhnte, die Brust schmerzte ihn. Er ließ so viel zurück hier und im Iran, zu viel, nicht nur Helikopter und Ersatzteile und materielle Werte... so viel mehr. Verdammt, er sollte bleiben, nicht gehen. Trübe winkte er zum Abschied, und doch mußte er sich schmerzlich eingestehen, daß er dankbar war, nicht hierbleiben zu müssen.
Esvandiari und Kia sahen der davonrollenden 125 nach. Allah möge sie strafen, dachte Esvandiari. Brennen sollten sie alle, die sich eingemischt hatten. Dann vergaß er seine Wut und freute sich auf das tolle Fest, das einige ausgesuchte Freunde – sie wollten unbedingt Minister Kia kennenlernen – vorbereitet hatten. Zur vorgerückten Stunde war das Auftreten von Tänzerinnen angesagt, und dann sollten die provisorischen Hochzeiten stattfinden.
Die Tür ging auf. Blaß vor Wut kam Hussain herein, *hezbollahis* drängten hinter ihm in den Raum. Esvandiari erhob sich. »Ja, Exzellenz? Womit kann ich Ihnen...« Es verschlug ihm die Stimme, als ein *hezbollahi* ihn grob zur Seite stieß, um es Hussain zu ermöglichen, hinter dem Schreibtisch Platz zu nehmen. Kia machte ein perplexes Gesicht und blieb sitzen.
Hussain ergriff das Wort: »Der Imam, Allahs Friede sei mit ihm, hat alle Komitees angewiesen, die Korruption auszumerzen, wo sie sich zeigt. Hier tagt jetzt das Komitee des Stützpunktes Kowiss. Ihnen beiden wird Korruption vorgeworfen.«
Kia und Esvandiari erblaßten. Sie fingen an zu reden und behaupteten, es wäre lächerlich, und der Mullah beschuldige sie zu Unrecht. Hussain griff über den Schreibtisch und riß Esvandiari die goldene Armbanduhr vom Handgelenk. »Wann haben Sie die gekauft, und womit haben Sie sie bezahlt?«
»Meine... meine Ersparnisse und...«
»Lügner! Das war das Pischkesch für zwei Geschäfte. Das Komitee weiß Bescheid. Und wie steht es mit Ihrem neuen Plan, den Staat zu schröpfen, indem Sie korrupten Beamten heimlich für Gefälligkeiten zukünftige Einnahmen aus der Ölförderung anbieten?«
»Lächerlich, Exzellenz, das ist alles gelogen!« schrie Esvandiari, den panischer Schrecken packte.
Hussain sah nun Kia an, der ebenfalls leichenblaß geworden war. »Welche Beamte meinen Sie, Exzellenz?« fragte Kia, ohne seine Stimme zu erheben. Er

zweifelte nicht daran, daß seine Feinde hier in der Provinz, wo sein Einfluß gleich null war, ihm eine Falle gestellt hatten. Siamaki! Es muß Siamaki gewesen sein!
Hussain gab einem der *hezbollahis* ein Zeichen. Der junge Mann ging hinaus und kam mit Sergeant Wazari zurück. »Wiederhole hier, vor Allah, was du mir berichtet hast«, befahl Hussain.
»Wie ich schon sagte, Exzellenz, ich war auf dem Dach, Exzellenz«, gehorchte Wazari nervös. »Ich überprüfte eines unserer Kabel und hörte die beiden durch das Oberlicht miteinander reden. Ich hörte, wie er das Angebot machte.« Er deutete auf Esvandiari, hocherfreut über die Gelegenheit, sich zu rächen. Ohne Esvandiari wäre Zataki, dieser Wahnsinnige, nie auf mich gekommen, hätte mich nie, nie so geschlagen und beinahe umgebracht. »Sie unterhielten sich englisch, und er sagte, er könne es einrichten, alle Einkünfte aus neuen Ölquellen abzuzweigen, er könne es einrichten, daß die Quellen nicht auf die Listen kommen und daß die Gelder an Sie fließen...«
Esvandiari war entsetzt. Umsichtig hatte er das gesamte iranische Personal weggeschickt und zudem sicherheitshalber nur englisch gesprochen. Jetzt war er erledigt. Er hörte, wie jetzt Kia das Wort ergriff. Der Minister sprach völlig ruhig und gelassen, leugnete jede Komplizenschaft und sagte, er hätte diesen korrupten Mann, diesen üblen Burschen, nur in eine Falle locken wollen. »Allein zu diesem Zweck hat mich die Regierung des Imam, Allah schütze ihn, hierher geschickt: um die Korruption überall dort auszumerzen, wo sie im Spiel ist. Darf ich Sie zu Ihrem Glaubenseifer beglückwünschen? Wenn Sie mir gestatten, werde ich Sie sofort nach meiner Rückkehr nach Teheran dem Revolutionären Komitee und natürlich auch dem Ministerpräsidenten empfehlen.«
Hussain sah die *hezbollahis* an: »Ist Esvandiari schuldig oder nicht schuldig?«
»Schuldig, Exzellenz.«
»Ist Minister Kia schuldig oder nicht?«
»Schuldig!« rief Esvandiari, noch bevor die anderen antworten konnten.
Einer der *hezbollahis* zuckte mit den Achseln. »Alle Teheraner sind Lügner.«
Die anderen nickten.
Kia erwiderte höflich: »Teheraner Mullahs und Ayatollahs sind keine Lügner, Exzellenz, die Mitglieder der Revolutionären Komitees sind keine Lügner und auch der Imam, Allah schütze ihn, den man vielleicht auch einen Teheraner nennen könnte, weil er ja dort lebt. Zufällig lebe ich auch dort, obwohl ich in der heiligen Stadt Qom geboren bin.«
Einer der *hezbollahis* brach das Schweigen. »Was er sagt, ist wahr, Exzellenz, oder?« Er kratzte sich am Kopf. »Daß nicht alle Teheraner Lügner sind?«
»Ja, das ist wahr.« Hussain sah Kia an. Er war sich seiner Sache nicht mehr sicher. »Vor Allah: Sind Sie schuldig oder nicht?«
»Natürlich unschuldig, Exzellenz, vor Allah.« Sein Blick war ohne Falsch. Dummkopf, dachte er, glaubst du mich damit fangen zu können?
»Und wie erklären Sie den Umstand, daß Sie gleichzeitig Minister und Direktor dieser Hubschraubergesellschaft sind?«

»Der Minister...« Kia unterbrach sich, denn Esvandiari zeterte laut und erhob alle möglichen Anschuldigungen. »Tut mir leid, Exzellenz, aber bei dem Lärm kann man sich ja nicht verständlich machen.«
»Schafft ihn hinaus!« Esvandiari wurde hinausgezerrt. »Also?«
»Der Ministerpräsident hat mich ersucht, als Vertreter der Regierung in das Gremium der IHC einzutreten. Es ist nämlich so, daß wir der Loyalität der Direktoren keineswegs sicher sind. In diesem Zusammenhang darf ich Ihnen auch privat mitteilen, daß in wenigen Tagen alle ausländischen Flugzeuggesellschaften verstaatlicht werden...«
Er sprach in vertraulichem Ton zu ihnen und modulierte die Stimme, um die größtmögliche Wirkung zu erzielen. Als er dann den richtigen Moment für gekommen hielt, verstummte er und seufzte: »Wie Sie, Exzellenz, bin ich ohne Fehl. Und wenn mir auch die große Berufung versagt geblieben ist, habe ich mein Leben doch dem Dienst an meinem Volk gewidmet.«
»Allah schütze Sie, Exzellenz!« stieß ein *hezbollahi* hervor. Die anderen stimmten ein, und selbst Hussain hegte kaum noch Zweifel. Er wollte noch ein wenig tiefer bohren, doch da hörten sie einen Muezzin vom Stützpunkt zum Abendgebet rufen. Hussain schalt sich, weil er sich von Allah hatte ablenken lassen. »Gehen Sie mit Allah, Exzellenz«, beendete er die Verhandlung und erhob sich.
»Danke, Exzellenz. Möge Allah Ihnen und allen Ihren Mitstreitern helfen, unsere große islamische Nation vor den bösen Absichten Satans zu bewahren!«
Hussain ging allen voran nach draußen, wo sie sich einer rituellen Säuberung unterzogen, nach Mekka wandten und beteten: Kia, die *hezbollahis*, das Büropersonal, Handlanger, Küchenarbeiter – alle glücklich und zufrieden, daß sie noch einmal Allah ihre Unterwerfung bezeugen konnten. Nur Esvandiari weinte, während er in tiefster Verzweiflung seine Gebete verrichtete.
Kia kehrte alleine ins Büro zurück. In der Stille setzte er sich hinter den Schreibtisch und gestattete sich einen heimlichen Seufzer und viele heimliche Glückwünsche. Wie kann es dieser Hundesohn Esvandiari wagen, mich anzuschwärzen! Mich, den Minister Kia! Möge Allah ihn und alle Staatsfeinde verbrennen!
Draußen krachte eine Salve.
Ruhig nahm Kia eine Zigarette heraus und zündete sie an. Je früher ich diesen Misthaufen verlassen kann, desto besser, dachte er.

57

Lengeh: 18 Uhr 50. Der Sonnenuntergang sah bedrohlich aus; dicke schwarze Wolken zogen sich fast über den ganzen Himmel. »Bis morgen wird die Wolkendecke geschlossen sein«, prophezeite der Pilot Ed Vossi. Der Wind zauste sein dunkles lockiges Haar. »Dieser verdammte Wind!«

»Wir machen das schon, Sportsfreund. Aber Rudi, Duke und die anderen? Wenn es so bleibt, sitzen die bis zum Hals in der Scheiße.«

Die zwei Männer standen neben ihrem Fahnenmast auf dem Hügel, der eine romantische Aussicht auf den Golf gewährte. Das Wasser war grau, und weiter draußen tanzten mit Schaum bedeckte Wellenkämme. Hinter ihnen lagen der Stützpunkt und das Flugfeld, das noch naß war vom Regenschauer dieses Morgens. Vossis Blick wanderte über ihren Strand und das Floß, zu dem sie immer hinausgeschwommen waren. Aber seit ihrer Begegnung mit dem Hai hatte sich keiner mehr hingewagt – man konnte ja nicht wissen, ob nicht ein anderer dort auf sie lauerte. »Ich werde verdammt froh sein, wenn wir das alles hinter uns haben«, brummte er.

Scragger nickte zerstreut, während er zu ergründen versuchte, wie sich das Wetter in den nächsten 12 Stunden entwickeln würde, ein schwieriges Vorhaben in dieser Jahreszeit, wenn der üblicherweise friedliche Golf mit plötzlicher und monströser Gewalt wild wurde. 363 Tage im Jahr kam der Wind hauptsächlich aus Nordwesten. Heute nicht. Auf der Basis war nichts los. Nur Vossi, Willi Neureiter und zwei Mechaniker hielten die Stellung. Alle anderen Piloten und Mechaniker sowie der britische Geschäftsführer waren schon vor zwei Tagen, am Dienstag, abgeflogen, während er mit Kasigi von Bandar-e Delam nach Lengeh unterwegs gewesen war.

Neureiter hatte sie alle auf dem Seeweg nach Al Schargas gebracht. »Ging ganz problemlos, Scragger«, hatte er ihm berichtet, nachdem er zurück war. »Dein Plan hat funktioniert. Es war besser und billiger, sie mit dem Schiff hinauszubringen. Die vom Komitee haben nur mit den Achseln gezuckt und einen der Trailer in Besitz genommen.«

»Sie schlafen jetzt auf dem Stützpunkt?«

»Ein paar von ihnen. Drei oder vier. Ich habe veranlaßt, daß sie von uns verpflegt werden. Es sind keine schlechten Kerle. Auch Masoud bemüht sich, bei ihnen gut angeschrieben zu sein.« Masoud war ihr IranOil-Mann.

»Warum bist du geblieben, Willi? Ich weiß doch, wie du über dieses Husarenstück denkst. Ich habe dir doch gesagt, daß ich dich nicht brauche.«

»Schon richtig, Scrag, aber du sollstest einen richtigen Piloten dabeihaben – könnte ja sein, daß du dich verfliegst.« Der gute alte Willi, dachte Scragger und war froh, ihn in seiner Nähe zu wissen.

Seit seiner Rückkehr aus Bandar-e Delam am vergangenen Dienstag hatte Scragger ein großes Unbehagen verspürt, nichts Bestimmtes, nur so ein Gefühl, daß dunkle Mächte darauf warteten, irgendwie zuzuschlagen. Die Bauchschmerzen hatten nachgelassen, aber von Zeit zu Zeit war noch eine Spur Blut im Urin. Daß er Kasigi nichts von der Operation »Wirbelsturm« sagen durfte, hatte sein Unbehagen noch erhöht. Ich konnte es einfach nicht riskieren, dachte er. Ich tat, was ich konnte, indem ich ihm riet, sich an Gavallan zu wenden.

Gestern, am Mittwoch, hatte Vossi Kasigi über den Golf geflogen. In einem Brief hatte Scragger Gavallan berichtet, was in Bandar-e Delam vorgefallen war, hatte auf sein Dilemma in bezug auf Kasigi hingewiesen und es Gavallan überlassen, zu entscheiden, was sie tun sollten. Er hatte ihn auch von seinem Zusammentreffen mit Georges de Plessey in Kenntnis gesetzt, der die große Befürchtung hegte, daß die Schwierigkeiten abermals auf den Siri-Komplex übergreifen könnten: »Die Schäden an Pumpen und Rohrleitungen auf Siri sind schwerer als ursprünglich angenommen, und ich glaube nicht, daß diesen Monat gefördert werden kann. Kasigi ist stinksauer. Entsprechend der Vereinbarung, die er mit Georges ausgehandelt hat, sollen in den nächsten drei Wochen drei Tanker nach Siri kommen, um Öl zu laden. Wir können da nicht helfen, Andy. Die Möglichkeiten, sich vor Sabotage zu schützen, wenn die Terroristen es wirklich auf sie abgesehen haben, sind sehr gering. Tun Sie für Kasigi, was Sie können. Bis bald. Scrag.«

Heute morgen, bei seinem Telefongespräch aus Al Schargas hatte Gavallan nur bestätigt, seinen Bericht erhalten zu haben, und versprochen, sich die Sache zu überlegen. Das war alles gewesen.

»Scrag!«

Er drehte sich um. Ein Blick auf Willi Neureiters Gesicht genügte. »Was ist passiert?«

»Ich habe soeben erfahren, daß Masoud alle unsere Pässe der Polizei gegeben hat – alle, ohne Ausnahme.«

Vossi und Scragger starrten ihn mit offenem Mund an. »Warum zum Teufel hat er das getan?« fragte Vossi entsetzt. Scragger drückte sich etwas ordinärer aus.

»Es war Dienstag, Scrag, und die anderen hatten sich bereits eingeschifft. Natürlich war ein Polizist dabei, um sie zu verabschieden und zu zählen. Und bei der Gelegenheit verlangte er unsere Pässe. Masoud gab sie ihm. An seiner Stelle hätte ich es wahrscheinlich auch getan.«

»Was wollte er denn damit?«

Willi erklärte es ihm geduldig. »Er wollte unsere Aufenthaltsgenehmigungen neu ausfertigen lassen, mit Khomeinis Unterschrift. Wir sollten alles legal haben – du hast ihn doch oft genug darum gebeten, nicht wahr?« Scragger stieß eine Flut von Verwünschungen aus.

»Wir müssen sie zurückbekommen, Scrag«, sagte Vossi mit zitternder Stimme. »Wir müssen sie einfach wiederhaben, oder wir können über ›Wirbelsturm‹ ein Kreuz machen.«

»Das weiß ich, Sportsfreund.« Scragger überlegte fieberhaft.
»Vielleicht können wir in Al Schargas oder Dubai neue bekommen«, meinte Willi. »Wir sagen, wir hätten sie verloren.«
»Menschenskind, Willi«, explodierte Vossi, »die würden uns so schnell in den Knast stecken, daß uns Hören und Sehen vergeht. Und ohne meinen kann ich sowieso nicht weg. Der ist ja voll von Visa für alle Golfstaaten, Nigeria, das Vereinigte Königreich und weiß Gott noch was alles. Ich würde Monate brauchen, um sie alle wieder zusammenzubekommen, wenn überhaupt. Und wie steht's mit Al Schargas? Ein wunderschönes Plätzchen, aber ohne Paß und gültiges Visum hieße es auch dort: ab in den Knast!«
»Du hast leider recht, Ed. Und dazu kommt noch, daß morgen der heilige Tag ist und niemand auch nur den kleinen Finger rührt. Weißt du, wer der Polizist war, Willi? Einer von den offiziellen oder ein *hezbollahi?*«
»Es war der Alte, der Graubart.«
»Qeschemi? Sergeant Qeschemi?«
»Ja, genau der.«
Wieder stieß Scragger einen Fluch aus. »Wenn der alte Qeschemi sagt, daß wir bis Samstag oder bis Samstag in einer Woche warten müssen, dann ist daran nicht zu rütteln.« In diesem Bezirk übten die Polizisten ihre Tätigkeit immer noch so aus wie früher, als Teil des Militärs, nur daß sie jetzt die Rangabzeichen des Schahs abgelegt hatten und grüne Armbinden mit dem Namen Khomeinis trugen. »Mit dem Abendessen braucht ihr nicht auf mich zu warten.« Scragger stapfte in die Dämmerung hinaus.

Auf dem Polizeirevier: 19 Uhr 32. Der Corporal gähnte und schüttelte höflich den Kopf, während er auf Persisch zu Ali Pasch, dem Funker des Stützpunkts, sprach. Scragger hatte ihn als Dolmetscher mitgebracht. »Sie wollten sich nach den Reisepässen der Fremden erkundigen? Die Pässe sind im Safe, wo sie hingehören«, sagte der Corporal. »Reisepässe sind wertvolle Dokumente, und darum müssen wir sie einschließen.«
»Völlig korrekt, Exzellenz, aber der Captain würde sie gerne zurückhaben. Er sagt, er braucht sie für einen Personalaustausch.«
»Selbstverständlich kann er sie zurückhaben. Sie sind doch sein Eigentum. Haben er und seine Männer in all den Jahren nicht schon viel für unser Volk getan?«
»Gewiß, aber er kann sie nicht zurückbekommen, solange der Schlüssel nicht zum Vorschein kommt.«
»Gewiß, Exzellenz, sobald der Safe geöffnet wird.«
»Könnte man ihn nicht gleich öffnen? Der Fremde würde Ihre Liebenswürdigkeit sehr zu schätzen wissen.« Ali Pasch war ebenso höflich und verbindlich wie sein Gesprächspartner und wartete, bis dieser mit der Information herausrückte, die er benötigte. Er war ein gutaussehender Iraner Ende 20, der seine Ausbildung an der U. S. Radio School in Isfahan erhalten und drei Jahre bei der IHC in Lengeh gearbeitet hatte. »Darf ich fragen, wo sich der Schlüssel befindet, Exzellenz?«

Der Corporal deutete auf den großen altmodischen Panzerschrank, der das Büro beherrschte. »Sie sehen ja selbst, Exzellenz, der Schlüssel ist nicht an seinem Haken. Sehr wahrscheinlich hat der Sergeant ihn bei sich.«
»Wie weise und korrekt, Exzellenz. Wahrscheinlich ist Seine Exzellenz, der Sergeant, jetzt zu Hause?«
»Seine Exzellenz wird morgen wieder hier sein.«
»Am heiligen Tag? Wie gesegnet sind wir doch, daß unsere Polizisten eine so pflichtbewußte Haltung erkennen lassen. Aber ich kann mir nicht vorstellen, daß er sehr früh kommen wird.«
»Der Sergeant ist der Sergeant, aber das Büro macht um 7 Uhr 30 früh auf. Das Revier ist natürlich Tag und Nacht geöffnet.« Der Polizist drückte seine Zigarette aus. »Kommen Sie morgen.«
»Vielen Dank, Exzellenz. Darf ich Ihnen noch eine Zigarette anbieten, während ich das dem Captain erkläre?«
»Danke sehr, Exzellenz. Man kommt nicht oft zu einer ausländischen.« Amerikanische Zigaretten waren sehr begehrt, obwohl das niemand zugab.
»Feuer, Exzellenz?« Ali Pasch zündete sich auch eine an und berichtete Scragger, was gesprochen worden war.
»Fragen Sie ihn doch, ob der Sergeant jetzt zu Hause ist, Ali Pasch.«
»Das habe ich getan, Captain. Er meinte, Seine Exzellenz würde morgen früh wieder da sein.« Ali Pasch war zu höflich, um Scragger zu sagen, was ihm schon in den ersten Sekunden klar geworden war: daß dieser Mann nichts wußte, nichts tun würde, und daß diese ganze Unterhaltung reine Zeitverschwendung war. Und daß Polizisten um diese Tageszeit wegen einer so unbedeutenden Angelegenheit nicht belästigt zu werden wünschten. Was sollte das Ganze? Hatten sie schon je einen Paß verloren? Natürlich nicht! Personalaustausch? »Wenn ich Ihnen raten darf, Agha, morgen früh.«
Scragger seufzte. »Hat keinen Sinn, noch weiter zu bohren«, sagte er ärgerlich. »Danken Sie ihm in meinem Namen und sagen Sie ihm, daß ich morgen früh wiederkomme.« Ali Pasch gehorchte. Wie es Allah gefällt, dachte der Corporal. Er war müde, hungrig und machte sich Sorgen, weil er schon seit Monaten kein Gehalt bekommen hatte. Die Geldverleiher im Basar drängten, und seine Familie war nahe am Verhungern. *»Shab be khayr«*, wandte er sich an Scragger.
»Shab be khayr, Agha«, sagte Scragger und wartete. Er wußte, daß die Verabschiedung ebenso höflich langatmig sein würde wie das ganze Gespräch.
Draußen auf der Straße, der Hauptstraße der Hafenstadt, fühlte er sich wohler. Neugierige Umstehende, ausnahmslos Männer, umringten seinen verbeulten alten Kombi mit der S-G-Kennung an der Tür. *»Salaam«*, sagte er unbeschwert, und einige erwiderten seinen Gruß. Piloten vom Stützpunkt waren beliebt, da die Basis und die Bohranlagen die Hauptquelle einträglicher Arbeit darstellten. Scragger war gut bekannt: »Das ist der Chef der Piloten«, wisperte ein alter Mann wichtigtuerisch seinem Nachbarn zu. »Das ist der, der den jungen Abdullah Turik ins Krankenhaus nach Bandar-e Abass brachte, in das sonst nur noch hochgestellte Persönlichkeiten kommen. Er

besuchte sogar sein Dorf außerhalb von Lengeh und ging auch zu seinem Begräbnis.«
»Turik?«
»Abdullah Turik, der Sohn meines Schwestersohns, der von der Ölplattform fiel und von Haien angefallen wurde.«
»Ach ja, ich erinnere mich. Der junge Mann, von dem es hieß, er wäre von ein paar Linken ermordet worden.«
»Nicht so laut, man weiß nie, wer zuhört. Friede sei mit dir, Pilot.«
Scragger winkte ihnen zu und fuhr los.
»Aber der Stützpunkt liegt doch in der anderen Richtung, Captain. Wohin fahren wir?« fragte Ali Pasch.
»Zum Sergeant natürlich.« Scragger pfiff durch die Zähne und schenkte Ali Paschs mißbilligenden Blicken keine Beachtung.
Das Haus des Sergeant stand an der Ecke einer schmutzigen, nach dem Regenschauer dieses Morgens immer noch mit Pfützen bedeckten Lehmstraße, nur eine der vielen Türen in den hohen Mauern jenseits des *joub*. Es wurde langsam dunkel. Scragger ließ die Scheinwerfer an und stieg aus. Nirgends ein Lebenszeichen. Nur einige wenige Fenster waren matt erleuchtet.
Scragger fühlte Ali Paschs Nervosität. »Sie bleiben im Wagen«, sagte er. »Kein Problem, ich war schon mal da.« Er betätigte energisch den Türklopfer. Das erste Mal war er voriges Jahr hier gewesen, als er einen Riesenfreßkorb mit zwei geschlachteten Schafen, einigen Säcken Reis und Kisten mit Obst gebracht hatte – ein Geschenk des Stützpunktes zur Feier, daß »ihr« Sergeant vom Schah die bronzene Sepah-Medaille erhalten hatte: für Tapferkeit im Kampf gegen Piraten und Schmuggler, die diese Gewässer unsicher machten. Das letzte Mal hatte er Qeschemi vor ein paar Wochen besucht, um ihm von der Tragödie vor Siri 1 zu berichten, nachdem man Abdullah Turik aus dem Golf gefischt hatte, in dem es von Haien wimmelte. Er war nie ins Haus gebeten worden und hatte stets in dem kleinen Innenhof warten müssen.
Knarrend ging die Tür auf. Scragger war nicht auf den Strahl der Taschenlampe gefaßt, der ihn sekundenlang blendete. Der Lichtkreis zögerte, wanderte zum Wagen hinüber und konzentrierte sich auf Ali Pasch, der fast heraussprang, um sich halb zu verbeugen. »Guten Abend, Exzellenz«, rief er. »Friede sei mit Ihnen. Ich entschuldige mich, daß der Fremde...«
Mit einem »Guten Abend« schnitt Qeschemi ihm das Wort ab, drehte das Licht ab und wandte sich Scragger zu.
»*Salaam*, Agha Qeschemi«, sagte Scragger, während seine Augen sich langsam an das Halbdunkel gewöhnten. Der Mann mit den scharfgeschnittenen Gesichtszügen musterte ihn; seine Uniformjacke war aufgeknöpft, und der Revolver steckte lose in seinem Halfter.
»*Salaam*, Captain.«
»Tut mir leid, Agha, so spät am Abend zu kommen«, sagte Scragger langsam und verbindlich, denn er wußte, daß Qeschemi genauso schlecht Englisch verstand wie er Persisch. »*Loftan, gozar nameh. Loftan*« – bitte, brauchen Reisepässe. Bitte.

Der Sergeant brummte überrascht und deutete dann mit der Hand nach der Stadt. »Reisepässe auf Revier, Captain.«
»Ja. Aber leider kein Schlüssel. Kein Schlüssel«, wiederholte er.
»Ah. Ja. Verstehe. Kein Schlüssel. Morgen. Morgen Sie bekommen.«
»Wäre es möglich, heute abend? Bitte. Jetzt?« Scragger fühlte die forschenden Blicke.
»Warum heute abend?«
»Wegen Personalaustausch. Fliegen nach Schiras. Personalaustausch.«
»Wann?«
Scragger wußte, daß das Ganze ein Glücksspiel war. »Samstag. Wenn ich habe Schlüssel, ich gehe auf Revier und komme gleich wieder.«
Qeschemi schüttelte den Kopf. »Morgen.« Dann richtete er in scharfem Ton das Wort an Ali Pasch, der sich sogleich verneigte, ihm überschwenglich dankte und sich für die Ruhestörung entschuldigte. »Seine Exzellenz sagt, Sie können sie morgen haben. Wir... wir sollten jetzt besser gehen.«
Scragger zwang sich zu einem Lächeln. »*Mamnoon am*, Agha – danke, Exzellenz. *Mamnoon am*, Agha Qeschemi. Ich komme nach dem ersten Morgengebet.« Scragger streckte ihm die Hand entgegen, und Qeschemi schüttelte sie. Jeder spürte die Kraft des anderen. Dann stieg Scragger in seinen Wagen und fuhr davon.
Nachdenklich schloß Qeschemi die Tür und verriegelte sie.
Im Sommer war der Innenhof mit den hohen Mauern, dem Spalierwein und der kleinen Fontäne kühl und einladend. Jetzt war er eintönig und grau. Qeschemi überquerte ihn, öffnete die gegenüberliegende Tür, die ins Wohnzimmer führte, in dem ein Holzfeuer für ein wenig Wärme sorgte, und schloß sie hinter sich. Vom Obergeschoß rief seine Frau: »Wer war es denn?«.
»Nichts, nichts Wichtiges. Ein Fremder vom Stützpunkt. Der Alte. Er wollte ihre Pässe.«
»So spät am Abend? Allah schütze uns. Immer wenn es an der Tür klopft, erwarte ich neuen Verdruß – gemeine *hezbollahis* oder diese abscheulichen Linken.« Qeschemi nickte zerstreut und hörte kaum hin. »Wozu ist er gekommen? Diese Fremden haben so schlechte Manieren! Wozu braucht er so spät abends noch die Pässe? Hast du sie ihm gegeben?«
»Sie sind in unserem Safe eingeschlossen. Sonst habe ich den Schlüssel immer bei mir, aber er wurde verlegt. Wie geht es der Kleinen?«
»Sie hat immer noch Fieber. Bring uns heißes Wasser, das wird helfen. Gib ein wenig Honig dazu.« Er stellte den Kessel aufs Feuer und seufzte, als er sie weiter murren hörte: »Reisepässe um diese späte Stunde! Warum können sie nicht bis Samstag warten? So ungezogen und gedankenlos. Du sagtest, der Schlüssel wurde verlegt?«
»Ja. Wahrscheinlich hat ihn diese Karikatur von einem Polizisten, dieser Lafti, und hat vergessen ihn zurückzulegen. Wie es Allah gefällt.«
»Sag mal, Mohammed: Wozu würde der Fremde so spät am Abend noch Reisepässe brauchen?«
»Ich weiß es nicht. Aber es ist merkwürdig. Sehr merkwürdig.«

58

Flughafen Bandar-e Delam: 19 Uhr 49. Rudolf Lutz stand auf der Veranda seines Wohnwagens unter dem Dachfuß und blickte in den dichten Regen hinaus. »Scheiße«, murmelte er. Die Tür hinter ihm war offen, und die schweren Tropfen sprühten im Licht. Das Tonbandgerät spielte leise Mozart. Die Tür des benachbarten Wohnwagens, des Bürotrailers, öffnete sich, und er sah Pop Kelly mit einem aufgespannten Regenschirm herauskommen und durch die Pfützen auf ihn zu patschen. Keiner achtete auf den Iraner in der Dunkelheit. Irgendwo auf der Basis fauchte und jaulte ein Kater. »Hallo, Pop, komm rein. Hast du's?«

»Ja, es war kein Problem.« Kelly schüttelte den Regen ab. Drinnen im Trailer war es sauber, warm und behaglich. Auf dem Herd stand eine Kaffeekanne. »Kaffee?«

»Danke. Ich bediene mich selbst.« Kelly reichte ihm das Papier und schlenderte zur Einbauküche hinüber. Das Papier enthielt hastig hingeworfene Zahlenreihen, Temperaturen, Windrichtungen und -stärken für alle nur erdenklichen Höhen sowie Messungen des atmosphärischen Druckes und die Wettervorhersagen für morgen. »Der Tower in Abadan sagt, die Zahlen seien auf dem neuesten Stand. Alle heute von British Airways gelieferten Daten seien berücksichtigt. Sieht gar nicht so übel aus, was?«

»Wenn alles stimmt.« Die Vorhersage prophezeite abnehmende Niederschlagstätigkeit gegen Mitternacht und verminderte Windstärke. Lutz drehte die Musik lauter, und Kelly setzte sich neben ihn. Er senkte seine Stimme. »Wir kämen da ganz gut raus, aber für Kowiss könnte es scheußlich unangenehm werden. Wenn wir nach Bahrain wollen, müssen wir auch im Flug auftanken.«

Genüßlich nippte Kelly an seinem Kaffee: heiß, stark, mit einem Löffel Kondensmilch. »Was würdest du an Andys Stelle tun?«

»Wenn ich mich um drei Stützpunkte sorgen müßte...« Draußen ein Geräusch. Lutz stand auf und schaute aus dem Fenster. Nichts. Dann wieder das Miauen des Katers, diesmal näher. »Diese verdammten Katzen. Ich bekomme eine Gänsehaut, wenn ich sie höre.«

»Ich mag Katzen.« Kelly lächelte. »Zu Hause haben wir drei; zwei Siamesen und eine Tigerkatze. Betty sagt, die Jungs machen sie noch wahnsinnig, weil sie unbedingt eine vierte haben wollen.«

»Wie geht es denn Betty?« Der heutige British-Airways-Flug nach Abadan hatte ihnen Post gebracht, die erste nach vielen Wochen, dazu von Gavallan die letzten Instruktionen für die Operation »Wirbelsturm« – und auch noch Sandor Petrofi für die vierte 212.

»Gut, wunderbar – es fehlen noch genau 20 Tage. Mein altes Mädchen ist für gewöhnlich pünktlich. Ich freue mich schon, daheim zu sein, wenn der Klapperstorch kommt. Der Arzt sagt, es wird endlich ein Mädchen.«

»Gratuliere!« Alle wußten, wie sehnlich sich die Kellys ein Mädchen wünschten. Aber sieben Jungs und ein Mädchen, da waren eine Menge Mäuler zu stopfen. Lutz mußte daran denken, wie schwer es ihm fiel, alle Rechnungen zu bezahlen, bei nur drei Kindern und einem schuldenfreien Haus – ihr Vater, Gott segne den alten Gauner, hatte es ihnen hinterlassen. »Das sind eine Menge Mäuler – ich weiß gar nicht, wie du das schaffst.«

»Oh, wir kommen durch, es geht so.« Kelly betrachtete noch einmal die Vorhersage und runzelte die Stirn. »Weißt du, an Andys Stelle würde ich das Startsignal geben und nichts verschieben.«

»Wenn es nach mir ginge, würde ich die ganze verrückte Idee vergessen.« Lutz rückte näher. »Mir ist klar, daß es für Andy eine schwere Zeit werden könnte. Vielleicht müßte die Gesellschaft zumachen, vielleicht. Aber wir könnten alle neue Jobs bekommen. Wir müssen an unsere Familien denken, und ich hasse überhaupt diese illegalen Sachen. Wie zum Teufel sollen wir uns denn verkrümeln? Es ist doch gar nicht möglich. Wenn wir...«

Autoscheinwerfer leuchteten durchs Fenster, der Lärm eines starken Motors kam näher, um plötzlich zu verstummen.

Lutz war als erster am Fenster. Er sah Zataki mit einigen *hezbollahis* aus dem Wagen steigen, und dann kam Numi, ihr Stützpunktmanager, mit einem Regenschirm aus dem Bürotrailer auf ihn zu. »Scheiße!« murmelte Lutz, drehte die Musik ab und steckte die Vorhersage in die Tasche. »*Salaam*, Herr Oberst«, sagte er und öffnete die Tür. »Suchen Sie mich?«

»*Salaam*, Captain, ja, ich suche Sie.« Eine Maschinenpistole der US-Army über der Schulter, kam Zataki herein. »Guten Abend. Wieviel Hubschrauber sind jetzt da, Captain!«

Numi begann: »Vier 212 und...«

»Ich habe den Captain gefragt«, fuhr Zataki ihn an. »Wenn ich eine Information von Ihnen benötige, werde ich es Sie wissen lassen. Captain?«

»Vier 212, zwei 206, Herr Oberst.«

Zu aller, insbesondere aber Numis Bestürzung sagte Zataki: »Schön. Ich wünsche, daß sich morgen um 8 Uhr früh zwei 212 bei Iran-Toda melden, um dort nach Anweisungen von Agha Watanabe – das ist dort der Chef – zu arbeiten. Von morgen an täglich. Kennen Sie ihn?«

»Ich... ja, ich... wir hatten mal eine CASEVAC, und da haben wir ihnen ausgeholfen.« Lutz versuchte sich zusammenzureißen. »Werden sie denn am heiligen Tag arbeiten, Herr Oberst?«

»Ja. So wie Sie auch.«

Numi protestierte. »Aber der Ayatollah hat gesagt...«

»Er ist nicht das Gesetz. Halten Sie den Mund.« Zataki sah Lutz an. »Seien Sie pünktlich.«

Lutz nickte. »Ja, ja. Kann ich Ihnen einen Kaffee anbieten, Herr Oberst?«

»Vielen Dank.« Zataki lehnte seine Maschinenpistole an die Wand und setzte sich an den Klapptisch, die Augen auf Pop Kelly gerichtet. »Habe ich Sie nicht in Kowiss gesehen?«

»Ja, das haben Sie. Das... das ist mein regulärer Stützpunkt. Ich habe eine 212 heruntergebracht. Ich heiße Kelly, Ignatius Kelly.« Er ließ sich auf seinen Stuhl zurücksinken. »Eine Nacht für Fische, stimmt's?«

»Ah ja.« Zataki sprach gern Englisch, um seine Sprachkenntnisse zu verbessern. Gebildete Iraner, die diese internationale Sprache beherrschen, daran zweifelte er nicht, würden in Zukunft gesucht sein, ob sie nun Mullahs waren oder nicht. Die Tabletten, die Dr. Nutt ihm verschrieben hatte, taten ihm gut, und die rasenden Kopfschmerzen hatten nachgelassen. »Wird der Regen Sie morgen am Fliegen hindern?«

»Nein, ich glaube nicht.«

»Hängt davon ab«, warf Lutz von der Küche aus ein, »ob die Front wandert oder steht.« Er brachte ein Tablett mit zwei Tassen, Zucker und Kondensmilch, während er immer noch versuchte, mit diesem neuen Desaster fertig zu werden. »Bitte bedienen Sie sich, Herr Oberst. – Was Iran-Toda angeht«, fügte er bedächtig hinzu, »unsere Helis sind alle verpachtet, vertraglich der IranOil zugesichert, und Agha Numi ist der verantwortliche Manager.« Numi nickte, wollte sich schon dazu äußern, besann sich dann jedoch eines Besseren und schwieg. »Wir haben Verträge mit IranOil.«

Das Schweigen verdichtete sich. Alle beobachteten Zataki. Gemächlich gab er drei Löffel Zucker in seinen Kaffee, rührte um und nippte daran. »Schmeckt ganz ausgezeichnet, Captain, ja, sehr gut. Natürlich weiß ich von IranOil, habe jedoch entschieden, Iran-Toda einstweilen den Vorzug vor IranOil einzuräumen. Morgen um 8 Uhr früh werden Sie Iran-Toda zwei 212 zur Verfügung stellen.«

Lutz warf einen schnellen Blick auf den Basismanager, der ihm jedoch auswich. »Aber... also vorausgesetzt, IranOil ist einverstanden und...«

»IranOil ist einverstanden«, unterbrach ihn Zataki. »Nicht wahr, Agha?«

»Ja, ja, Agha.« Numi nickte unterwürfig. »Natürlich werde ich die Zentrale über Ihre... über Ihre hochgeschätzten Anweisungen informieren.«

»Schön. Dann ist ja alles in Ordnung. Gut.«

Nichts ist in Ordnung, hätte Lutz aufschreien mögen. »Darf ich fragen, wie wir für den... neuen Vertrag bezahlt werden sollen?« fragte er.

Zataki erhob sich. »Iran-Toda wird sich darum kümmern. Danke, Captain. Morgen, nach dem ersten Gebet, komme ich wieder. Sie fliegen einen der Hubschrauber, und ich werde Sie begleiten.«

»Eine tolle Idee«, stieß Pop Kelly plötzlich hervor, und Lutz hätte ihn umbringen können. »Sie brauchen nicht vor 7 Uhr 30 dazusein, Herr Oberst, das machen wir schon. Es genügt, wenn Sie um – sagen wir, 8 Uhr 15 kommen. Eine wunderbare Idee, Iran-Toda zu versorgen! Diesen Vertrag wollten wir immer schon haben. Wir können Ihnen gar nicht genug danken! Phantastisch! Eigentlich sollten wir gleich alle vier Vögel nehmen, damit sparen wir Zeit. Ich werde den Jungs Bescheid sagen, jawohl, ich bereite alles vor!« Er eilte davon. Kochend vor Wut sah Lutz ihm nach.

59

Al Schargas – in der Nähe des Flughafens: 20 Uhr 01. Es war eine schöne, laue Nacht, ein schwerer Blumenduft hing in der Luft. Gavallan und Pettikin saßen auf der Terrasse des Hotels Oasis vor dem Flugfeld am Rand der Wüste. Sie tranken ein Bier vor dem Dinner, Gavallan rauchte eine dünne Zigarre und starrte in die Ferne, wo der purpurschwarze, sternenklare Himmel mit dem dunkleren Land zusammentraf. Pettikin rutschte ungeduldig auf seinem Clubsessel hin und her. »Ich wünschte, ich könnte mehr tun.«
»Und ich wünschte, ich hätte den alten Mac hier, ich würde ihm den Hals umdrehen«, gab Gavallan zurück, und Pettikin lachte.
Hinter ihnen saßen bereits einige Gäste im Speisesaal – gestärkte Tischtücher, funkelnde Gläser, eine hohe Decke, aber abblätternde Farbe. Das Oasis war ein baufälliger alter Kasten, das Haus des britischen Regenten, als die britische Macht noch die einzige Macht am Golf gewesen war. Aus den hohen Türen wehte Musik, so altehrwürdig wie die aus drei älteren Franzosen bestehende Kapelle – zwei ältere Damen spielten Violine und Baßgeige, ein weißhaariger Herr Klavier.
Pettikin ließ seinen Blick über die drei Musiker zu Jean-Luc schweifen, der mit Nogger Lane, Rodrigues und ein paar anderen Mechanikern beim Essen saß und plauderte. Er bemerkte, daß Gavallans Glas leer war. »Noch eines?«
»Nein, danke. Ich werde jetzt einmal zur Wetterstation hinüberschauen und dann in unser Büro.«
»Ich begleite Sie.«
»Danke, Charlie, aber wollen Sie nicht lieber hierbleiben – falls ein Anruf kommt?«
»Gern. Wie Sie wünschen.«
»Warten Sie nicht mit dem Essen auf mich. Zum Kaffee bin ich wieder da. Ich mache auch noch einen Abstecher ins Krankenhaus.« Gavallan stand auf, durchquerte den Speisesaal, wo er seinen Männern zuwinkte, und ging in die Halle hinaus, die auch schon bessere Tage gesehen hatte.
»Mr. Gavallan, verzeihen Sie, ein Telefongespräch für Sie.« Der Empfangschef deutete auf die Telefonzelle zu seiner Linken. Sie war mit rotem Plüsch gepolstert und nicht klimatisiert.
»Hallo? Gavallan.«
»Hallo, Boß, Liz Chen. Ich wollte Ihnen nur berichten, daß wegen der zwei Lieferungen aus Luxemburg angerufen wurde. Sie werden sich verspäten.« – »Lieferung aus Luxemburg« war der Code für die zwei 747-Transportflugzeuge, die er gechartert hatte. »Sie können Freitag nicht kommen – die Firma kann nur für Sonntag 16 Uhr garantieren.«

Gavallan war bestürzt. Die Charterfirma hatte ihn gewarnt: Ihr Zeitplan zwischen den Chartern war sehr eng und eine Verzögerung um 24 Stunden durchaus im Bereich des Möglichen. Er hatte große Schwierigkeiten gehabt, die Maschinen zu bekommen. Reguläre Fluglinien, die die Golfstaaten oder den Iran beflogen, kamen natürlich nicht in Frage, und die Gründe sowie die Art der Fracht hatte er zudem nicht genauer erklären können. »Rufen Sie zurück und versuchen Sie, die Ankunftszeit doch noch vorzuverlegen. Es wäre sicherer, wenn sie Samstag kommen könnten, viel sicherer. Was gibt's noch?«

»Imperial Air hat uns angeboten, in unseren Auftrag für die neuen T 63 einzusteigen.«

»Sagen Sie ihnen, sie können uns mal. Weiter?«

»Die ExTex haben ihr Angebot bezüglich der neuen Zehn-Prozent-Verträge für Saudi-Arabien, Singapur und Nigeria nach unten revidiert.«

»Akzeptieren Sie das Angebot über Fernschreiben. Arrangieren Sie mir für Dienstag ein gemeinsames Mittagessen mit den hohen Tieren in New York. Weiter?«

»Sir Ian hat vor einer halben Stunde angerufen, um Ihnen Glück zu wünschen.«

»Wie schön!« Während seines Aufenthalts in Aberdeen hatte Gavallan vergeblich versucht, ihn zu erreichen. »Wo ist er? Hat er eine Telefonnummer hinterlassen?«

»Er ist in Tokio. In zwei Wochen ist er wieder da und würde gern mit Ihnen sprechen.«

»Hat er auch gesagt, worüber?«

»Öl für die Lampen Chinas«, lautete die kryptische Antwort seiner Sekretärin.

Gavallans Interesse nahm zu. »Wunderbar. Machen Sie einen Termin mit ihm aus, sobald es ihm möglich ist. Ich rufe Sie später noch einmal an. Jetzt habe ich's eilig.«

»In Ordnung. Aber vergessen Sie nicht: morgen hat Scot Geburtstag!«

»Du lieber Himmel, ich hätte es tatsächlich vergessen. Danke, Liz.« Er legte auf.

Draußen stand sein Mietwagen. Er stieg ein und fuhr zum Haupteingang des Flughafens.

Über ihm setzte eine 707 mit eingeschalteten Bordscheinwerfern und blinkenden Heck- und Flügellichtern zur Landung an.

»Guten Abend, Mr. Gavallan«, begrüßte ihn Sibbles, der Meteorologe. Er war Engländer, ein kleiner, magerer ausgetrockneter Mann, seit zehn Jahren am Golf. »Bitte sehr.« Er reichte ihm die Fotokopie der Vorhersage. »In den nächsten Tagen wird das Wetter hier veränderlich sein.« Er reichte ihm drei weitere Blätter. »Lengeh, Kowiss und Bandar-e Delam.«

»Und die Grundlinie?«

»Es sind alle ungefähr gleich, plus minus 10 oder 15 Knoten, ein paar 100 Meter Wolkenhöhe. Das Wetter bessert sich allmählich. In den nächsten

Tagen sollte sich der Wind normalisieren – ich erwarte einen freundlichen Nordwestwind. Ab Mitternacht sagen wir einen leichten Regen voraus, niedrige Wolken und Nebel über dem Golf, Wind aus Südosten, etwa 20 Stunden lang, mit Gewittern, gelegentlichen kleinen Turbulenzen und Stürmen.« Er hob den Blick und lächelte.
Gavallans Magen zog sich zusammen, obwohl das Wort ohne besondere Betonung ausgesprochen wurde und Sibbles nicht in das Geheimnis eingeweiht war. Aber das war heute schon das zweite kuriose Zusammentreffen. Da war dieser Amerikaner gewesen, der am Nebentisch mit einem Araber zu Mittag gegessen hatte. »Viel Glück morgen«, hatte der Mann ihm mit einem freundlichen Lächeln gewünscht, als er gegangen war.
»Wie bitte?«
»Ich bin Glenn Wesson von der Wesson Oil Marketing, und Sie sind Andrew Gavallan, stimmt's? Wir haben gehört, Sie und Ihre Leute veranstalten morgen ein... ein ›Kamelrennen‹ bei der Dez-al-Oase. Stimmt's?«
»Das sind nicht wir, Mr. Wesson. Wir interessieren uns nicht sonderlich für Kamele.«
»Ach ja? Dann sollten Sie's mal versuchen, Sir. Macht viel Spaß. Na, trotzdem viel Glück.«
Zufall? Für Ausländer waren Kamelrennen hier eine beliebte Zerstreuung, und die Dez-al-Oase ein beliebter Ort für das islamische Wochenende.
»Danke, Mr. Sibbles. Auf morgen dann.« Er steckte die Wettervorhersagen ein, ging in die Abfertigungshalle hinaus und lenkte seine Schritte zum Büro. Weder ein positives Ja noch ein positives Nein. Samstag ist sicherer als morgen. Ich kann es nicht mehr lange hinausschieben. »Wie wirst du dich entscheiden?« hatte ihn Maureen, seine Frau, vorgestern vor seinem Abflug gefragt.
»Ich weiß es nicht, Schatz. Mac hat eine gute Nase. Ich werde mich von ihm beraten lassen.«
Und jetzt war Mac nicht da! Mac ist verrückt geworden, dachte er wütend, fliegt ohne ärztliches Attest und bleibt natürlich in Kowiss hängen! Erikki steckt immer noch Gott weiß wo, und der arme alte Duke hat eine Stinkwut im Bauch, daß er nicht mehr auf der Dienstliste steht; dabei kann er von Glück reden, daß er jetzt draußen ist. Dr. Nutt hatte recht gehabt. Das Röntgen zeigte, daß mehrere Knochensplitter seine linke Lunge durchstoßen hatten, und ein weiteres halbes Dutzend eine Arterie bedrohte. Er warf einen Blick auf die Uhr: 20 Uhr 27. Duke dürfte bereits aus der Narkose erwacht sein. Ich werde mich bald entscheiden müssen. Zusammen mit Charlie Pettikin. Es muß bald sein.
Er durchschritt die Tür mit der Aufschrift »Kein Zutritt für Unbefugte« und marschierte den von Doppelfenstern gesäumten Gang entlang. Auf dem Vorfeld wurde die 707 von einem Follow-me-Car auf ihren Abstellplatz geführt. Mehrere Fokker-Wolf waren in einer Reihe geparkt, daneben ein PanAm-Jumbo, der routinemäßig die Evakuierungsflüge aus Teheran besorgte, und ein halbes Dutzend privater Jets, darunter auch ihre 125. Ich wünschte, es wäre schon Samstag, dachte er. Oder nein, lieber nicht.

»S-G Helicopters, Fluggesellschaft« stand auf der Tür ihres Büros.
»Guten Abend, Scot.«
»Guten Abend, Vater.« Scot lächelte. Ein Buch im Schoß, den linken Arm in der Schlinge, saß er allein als diensthabender Offizier vor dem Funkgerät, das auf Stand-by geschaltet war. »Nichts Neues außer einer Mitteilung, du möchtest Roger Newbury daheim anrufen. Soll ich verbinden?«
»Warte noch einen Augenblick.« Gavallan reichte ihm die Wettervorhersagen. Scot sah sie schnell durch. Das Telefon läutete. Während er noch las, nahm er den Hörer ab. »S-G?« Er lauschte kurz. »Ach ja. Nein, er ist nicht hier. Tut mir leid. Ja, ich werde es ihm ausrichten. Gute Nacht.« Er legte auf und seufzte. »Johnny Hoggs neue Flamme, Alexandra.« Er ließ die Wetterberichte sinken. »Weder süß noch sauer. Könnte sehr gut gehen, viel Wolkendeckung. Könnte aber auch sehr unangenehm werden, wenn der Wind auffrischt. Samstag wäre besser als Freitag.« Seine blauen Augen waren auf seinen Vater gerichtet, der durch das Fenster auf das Vorfeld starrte, wo die Passagiere des Jets von Bord gingen.
»Ich stimme dir zu«, sagte Gavallan. »Aber da ist etwas...« Er verstummte, als das Hochfrequenzgerät zum Leben erwachte. »Al Schargas, hier spricht Zentrale Teheran, können Sie mich hören?«
»Hier spricht Zentrale Al Schargas, wir hören, Sie können sprechen«, antwortete Scot.
»Herr Direktor Siamaki wünscht unverzüglich mit Mr. Gavallan zu sprechen.«
Gavallan schüttelte den Kopf. »Ich bin nicht da«, wisperte er.
»Kann ich etwas ausrichten, Zentrale?« sagte Scot ins Mikrophon. »Es ist schon ein bißchen spät, aber ich werde ihn so bald wie möglich verständigen.«
Warten. Störgeräusche. Dann die arrogante Stimme, die Gavallan verabscheute. »Hier spricht Generaldirektor Siamaki. Sagen Sie Gavallan, er soll mich noch heute abend zurückrufen... Ich bin bis 22 Uhr 30 da oder morgen nach 9 Uhr früh. Unbedingt. Haben Sie verstanden?«
»Gewiß, Zentrale«, gab Scot liebenswürdig zurück. »Over and out.«
»Verdammter Trottel«, brummte Gavallan und dann, in schärferem Ton, »was zum Teufel macht er um diese Zeit noch im Büro?«
»Herumschnüffeln, was sonst? Und wenn er die Absicht hat, am heiligen Tag zu arbeiten... das ist doch recht verdächtig, meinst du nicht auch?«
»Mac hat gesagt, er würde alles Wichtige aus dem Safe nehmen und Schlüssel und Ersatzschlüssel in den Kanal werfen. Aber diese Gauner haben Nachschlüssel«, überlegte Gavallan laut. »Ich werde bis morgen auf das Vergnügen warten müssen, mit ihm zu reden. Sag mal, Scot: haben wir eine Möglichkeit, ihn daran zu hindern, unsere Gespräche mitzuhören?«
»Nicht, solange wir die Frequenzen der Gesellschaft benützen – und andere haben wir nicht.«
Sein Vater nickte. »Wenn Johnny sich meldet, erinnere ihn daran, daß ich ihn morgen vielleicht sehr schnell in der Luft haben möchte.« Es gehörte zur Operation »Wirbelsturm«, das UKW-System der 125 zur Information jener

Helis zu verwenden, die nur mit Ultrakurzwelle ausgerüstet waren. »Ab 7 Uhr.«
»Dann steigt die Sache also morgen?«
»Das steht noch nicht fest.« Gavallan griff zum Telefon und wählte. »Mr. Newbury bitte. Gavallan.« Roger Newbury war ein Beamter des Britischen Konsulats, der ihnen oft bei der Beschaffung von Transitscheinen, Aus- und Einreiseerlaubnissen geholfen hatte. »Hallo, Roger, Sie wollten mich sprechen. Entschuldigen Sie – ich habe Sie doch nicht beim Essen gestört?«
»Nein, nein, ich bin froh, daß Sie anrufen. Ein paar Dinge: Zunächst die schlechte Nachricht. Wir haben soeben erfahren, daß George Talbot tot ist.«
»Du lieber Himmel! Was ist geschehen?«
»Eine scheußliche Sache. Er war in einem Restaurant, in dem auch einige hochrangige Ayatollahs verkehren. Gestern mittag jagte eine Autobombe das Lokal – und ihn – in die Luft.«
»Wie entsetzlich!«
»Er war in Begleitung von einem gewissen Captain Ross; er wurde verwundet. Ich glaube, Sie kennen ihn?«
»Ja, ich habe ihn kennengelernt. Er hat der Frau eines unserer Piloten oben in Täbris aus einer gefährlichen Lage geholfen. Ein netter junger Mann. Wurde er schwer verletzt?«
»Wir wissen es noch nicht, aber unsere Botschaft in Teheran hat ihn gestern in das Internationale Krankenhaus von Kuwait bringen lassen. Für morgen erwarte ich einen ausführlichen Bericht und werde Sie sofort informieren. Aber jetzt etwas anderes. Wir haben den Konsul gefragt, ob er etwas über den Aufenthaltsort Ihres Captain Erikki Yokkonen in Erfahrung bringen konnte.« Eine Pause und das Rascheln von Papier. »Wir bekamen heute abend – ich wollte schon heimgehen – ein Telex aus Täbris, und darin heißt es: ›In Beantwortung Ihrer Anfrage teilen wir Ihnen mit, daß der Genannte seinen Entführern entkommen konnte und sich jetzt mit seiner Frau im Haus von Hakim Khan aufhält. Ein weiterer Bericht folgt morgen.‹«
»Sie meinen Abdullah Khan, Roger?« Aufgeregt flüsterte Gavallan seinem Sohn zu: »Erikki ist in Sicherheit.«
»Im Telex steht eindeutig Hakim Khan«, beharrte Newbury.
»Ist ja nicht so wichtig, die Hauptsache, es geht ihm gut.« Und Gott sei Dank, ein weiteres Hindernis für »Wirbelsturm« ist überwunden. »Ob Sie ihm wohl eine Nachricht von mir zukommen lassen könnten?«
»Ich könnte es versuchen. Rufen Sie mich morgen noch einmal an. Ich kann Ihnen nicht garantieren, daß wir ihn erreichen. Wir können es versuchen.«
»Ich kann Ihnen gar nicht genug danken, Roger. Sehr aufmerksam von Ihnen, mich zu informieren. Tut mir schrecklich leid wegen Talbot und Ross. Wenn ich etwas tun kann, um Ross zu helfen, lassen Sie es mich bitte wissen.«
»Ja, ja, das werde ich. Übrigens: Man weiß Bescheid.« Er ließ den Satz einfach fallen.
»Wie bitte?«
»Sprechen wir doch von ›Turbulenzen‹«, schlug Newbury feinfühlig vor.

Einen Augenblick blieb Gavallan stumm, bevor er sich wieder faßte. »Oh.«
»Oh. Wie es aussieht, wollte ein gewisser Kasigi, daß Sie Iran-Toda versorgen. Sie sollten gestern anfangen. Sie sagten ihm, Sie könnten ihm erst in 30 Tagen eine Antwort geben. Also zählte er 2 und 2 zusammen und traf damit ins Schwarze.«
Gavallan bemühte sich, kühl zu bleiben. »Daß wir nicht imstande sind, Iran-Toda zu versorgen, war eine rein geschäftliche Entscheidung, Roger, nichts weiter. Jetzt im Iran zu arbeiten, ist verdammt schwierig, das wissen Sie. Ich konnte Kasigis zusätzlichen Auftrag nicht übernehmen.«
»Ach ja?« spöttelte Newbury, und dann, in scharfem Ton: »Wenn das, was wir gehört haben, der Wahrheit entspricht, würden wir nachdrücklich davon abraten.«
»Sie wollen mir doch nicht nahelegen, Iran-Toda in Gang zu halten, während der ganze Iran auseinanderbricht, oder?«
Schweigen. Ein Seufzer. Dann: »Ich will Sie nicht länger aufhalten, Andy. Vielleicht sollen wir zusammen Mittag essen. Samstag.«
»Ja, danke. Das, das wäre mir recht.« Gavallan legte auf.
»Schlechte Nachrichten?« fragte Scot.
Gavallan berichtete ihm von Talbot und Ross und auch von den »Turbulenzen«. »Kommt einem ›Wirbelsturm‹ verdammt nahe.«
»Was war da eigentlich mit Kasigi?«
»Er wollte zwei 212 aus Bandar-e Delam haben; sie sollten sofort anfangen, Iran-Toda zu versorgen.« Ihr Gespräch war kurz und ohne Umschweife verlaufen. Gavallan hatte den Auftrag ohne Angabe von Gründen rundweg abgelehnt. »Ich könnte die Sache erst nach Ablauf von 30 Tagen in Erwägung ziehen.«
»Mein Vorstand würde es sehr zu schätzen wissen.«
»Wenn ich Ihnen helfen könnte, würde ich es bestimmt tun. Ich bedaure, es geht einfach nicht.«
»Gibt es eine andere Gesellschaft, die mir aushelfen könnte?«
»Nicht daß ich wüßte. Guerney wird nie wieder den Betrieb aufnehmen. Aber vielleicht wissen sie jemanden.« Er hatte ihm ihre Telefonnummer gegeben, und der verzagte Japaner war gegangen.
Er sah seinen Sohn an. »Es ist ein Jammer, aber ich konnte nichts für ihn tun.«
Scot überlegte. »Wenn man Bescheid weiß...« Er schob seine Armbinde zurecht. »Wenn man Bescheid weiß, weiß man Bescheid. Ein Grund mehr, das Startsignal zu geben.«
»Oder das Ganze abzublasen. Ich gehe mal kurz zu Duke hinüber. Laß mich suchen, wenn jemand anruft. Löst Nogger dich ab?«
»Ja, um Mitternacht. Jean-Luc hat immer noch den Frühflug nach Bahrein gebucht, Pettikin nach Kuwait. Ich habe die Buchungen bestätigt.« Er musterte seinen Vater.
Gavallan beantwortete die unausgesprochene Frage nicht. »Für den Moment laß alles, wie es ist.« Er sah seinen Sohn lächeln und nicken, und blitzartig

durchfuhr ihn ein tiefes Gefühl von Liebe und Besorgnis und Stolz – gemischt mit seinen eigenen Hoffnungen auf eine Zukunft, die davon abhing, daß es ihm gelingen würde, sie alle aus dem iranischen Morast zu ziehen. Es überraschte ihn, als er sich selbst sagen hörte: »Würdest du unter Umständen in Erwägung ziehen, das Fliegen aufzugeben, Junge?«

»Was?«

Gavallan mußte über die Verwunderung seines Sohnes lächeln. Da er es nun aber ausgesprochen hatte, mußte er fortfahren. »Es ist Teil einer Planung auf längere Sicht – für dich und die Familie. Eigentlich sind es zwei Pläne – aber das bleibt unter uns. Natürlich hängen beide davon ab, ob wir im Geschäft bleiben oder nicht. Zum ersten Plan würde gehören, daß du das Fliegen aufgibst, auf ein paar Jahre nach Hongkong gehst, um dort den Betrieb von Struan's kennenzulernen, dann auf ein weiteres Jahr nach Aberdeen und wieder zurück nach Hongkong, um dich dort endgültig niederzulassen. Der zweite Plan würde vorsehen, daß du einen Typenkurs für die X 63 machst, sechs Monate in den Staaten verbringst, anschließend ein Jahr an der Nordsee. Dann nach Hongkong.«

»Immer wieder nach Hongkong zurück?«

»Ja. Irgendeinmal wird sich China für die Ölförderung öffnen, und Ian und ich möchten, daß Struan's mit einem kompletten Programm bereitsteht – Helis, Bohranlagen, der ganze Kram.« Er lächelte. »Öl für die Lampen Chinas« war der Code für Ian Dunross' Geheimplan, von dem Linbar Struan so gut wie nichts wußte. »Air Struan wird die neue Firma heißen, und ihr Operationsbereich wird China sein, die Randmeere des Stillen Ozeans und das China-Becken. Und du sollst eines Tages an der Spitze dieses Unternehmens stehen.«

»Nicht gerade überwältigende Chancen«, scherzte Scot. »Meinst du denn, Air Struan hätte Zukunft?« Ein Lächeln spielte um seine Lippen, gleich darauf runzelte er aber die Stirn. »Wird Linbar zustimmen, daß ich auf diese Weise für Struan's tätig werde?«

»Mich haßt er, Scot, nicht dich. Er hat auch nichts dagegen gehabt, daß du mit seiner Nichte zusammenkommst, nicht wahr?«

»Noch nicht, nein, bis jetzt noch nicht.«

»Jetzt ist ein günstiger Zeitpunkt, und wir müssen planen. Du hast jetzt das richtige Alter. Ich glaube, du könntest es schaffen.« Gavallans Augen leuchteten auf. »Du bist ein halber Dunross und ein direkter Abkomme von Dirk Struan und trägst somit Verantwortungen, die über deine Person hinausgehen. Du und deine Schwester, ihr habt den Anteil eurer Mutter geerbt, und wenn du gut genug bist, wärest du für den Vorstand qualifiziert. Eines Tages wird sich dieser Idiot Linbar aufs Altenteil zurückziehen müssen – nicht einmal er kann Noble House ganz zugrunde richten. Was hältst du von meinem Plan?«

»Ich würde es mir gerne überlegen, Vater.«

Was gibt es denn da viel zu überlegen, dachte Gavallan. »Gute Nacht, Scot, ich komme vielleicht später noch einmal vorbei.« Er klopfte ihm auf die gesunde Schulter und verließ das Büro. Scot wird mich nicht enttäuschen, sagte er sich stolz.

In die geräumige Transithalle tröpfelten grüppchenweise Passagiere aus der Zollabfertigung; andere warteten auf ihr Gepäck. Die Anzeigetafel kündigte an, daß Flug 52 der Gulf Air pünktlich aus Muscat, der Hauptstadt Omans, eingetroffen war und in 15 Minuten nach Abu Dhabi, Bahrain und Kuwait weiterfliegen würde. Der Zeitungskiosk war noch offen; er schlenderte hinüber. Er streckte die Hand nach der Londoner *Times* aus, doch als er die Schlagzeile sah, »Premierminister Callaghan beruft sich auf die Erfolge der Labourregierung«, zog er die Hand wieder zurück. Wozu brauche ich das? fragte er sich. Da entdeckte er Genny McIver.

Sie saß allein mit einem kleinen Koffer neben sich in der Nähe des Flugsteigs.

»Hallo, Genny, was machst du denn da?«

Sie lächelte liebenswürdig. »Ich fliege nach Kuwait.«

Er erwiderte ihr Lächeln ebenso liebenswürdig. »Wozu denn das?«

»Ich brauche Urlaub.«

»Mach dich nicht lächerlich. Es ist noch nicht losgegangen, und ausrichten kannst du dort sowieso nichts. Du wärst nur im Weg. Sei doch vernünftig, Genny.«

Sie lächelte immer noch. »Bist du fertig?«

»Ja.«

»Ich bin vernünftig, ich bin das vernünftigste Wesen, das du kennst. Duncan McIver ist das nicht. Er ist der größte Trottel, der mir je begegnet ist, und ich fliege nach Kuwait.« Das alles brachte sie mit olympischer Ruhe vor.

Er beschloß, seine Taktik zu ändern. »Warum hast du mir das nicht vorher gesagt, statt dich so davonzumachen? Ich hätte mir die größten Sorgen gemacht, wenn du so plötzlich verschwunden wärst.«

»Hätte ich es dir gesagt, dann hättest du auch einen Trick gefunden, es zu verhindern. Ich habe Manuela gebeten, dich später zu informieren: Ankunftszeit, Hotel, Telefonnummer. Aber ich bin froh, daß du da bist. Du kannst mich verabschieden. Ich hasse es, mich selbst verabschieden zu müssen... ach, du weißt schon, was ich meine.«

Erst jetzt fiel ihm auf, wie angegriffen sie aussah. »Fühlst du dich wohl, Genny?«

»Ach ja... Es ist nur... Ich kann einfach nicht tatenlos herumsitzen. Es war doch teilweise meine Idee, auch ich bin dafür verantwortlich, und ich will nicht, daß es... daß irgend etwas schiefgeht.«

»Das wird es nicht«, beruhigte er sie und hakte sich bei ihr unter. »Es kommt alles in Ordnung. Und ich habe auch eine gute Nachricht.« Er erzählte ihr die Neuigkeiten über Erikki.

»Das ist wunderbar! Hakim Khan?« Genny durchforstete ihr Gedächtnis. »War das nicht Azadehs Bruder, der da irgendwo an der türkischen Grenze lebte? Hieß der nicht Hakim?«

»Vielleicht war das Fernschreiben richtig, und es ist Hakim Khan? Das würde natürlich heißen, daß der Vater tot ist.«

»Ja, ich glaube, er war schon sehr alt.« Sie sah ihm voll ins Gesicht. »Hast du dich entschlossen? Ist es morgen?«
»Noch nicht endgültig.«
»Und das Wetter?«
Er berichtete ihr den neuesten Stand. »Hilft nicht viel weiter«, bemerkte sie.
»Ich wollte, Mac wäre da. Er ist für eine solche Situation wie geschaffen.«
»Er ist auch nicht klüger als du, Andy.« Es wurde zum Flug 52 aufgerufen. Sie standen auf. »Ich weiß nicht, ob es dir weiterhilft, Andy, aber Mac hat sich für morgen entschieden.«
»Woher weißt du das?«
»Ich kenne Duncan. Leb wohl, mein lieber Andy.« Sie küßte ihn flüchtig und blickte nicht zurück.
Er wartete, bis sie gegangen war. Tief in Gedanken versunken verließ er die Halle, ohne Wesson zu bemerken, der beim Zeitungskiosk stand und seine Füllfeder wegsteckte.

Freitag
2. März 1979

60

Al Schargas – Hotel Oasis: 5 Uhr 37. Gavallan war bereits angekleidet. Er stand am Fenster und blickte in die Nacht hinaus. Im Osten kündigte sich die Dämmerung an. Nebelschleier kamen von der gut einen halben Kilometer entfernten Küste, um schnell über die Wüste weiterzuziehen. Dicke Wolken bedeckten zusehends den im Osten noch klaren Himmel. Auf dem Flugfeld waren die Startbahnlichter eingeschaltet, schon rollte ein kleiner Jet heraus, und der Wind, der sich ein wenig nach Süden gedreht hatte, trug den Geruch von Kerosin heran. Es klopfte an der Tür. »Herein! Ah, guten Morgen, Jean-Luc, guten Morgen, Charlie.«

»Guten Morgen, Andy. Wenn wir unsere Maschine nicht verpassen wollen, müssen wir jetzt los«, sagte Pettikin.

»Wo ist Rodrigues?«

»Er wartet unten.«

»Gut. Dann sollten Sie sich jetzt auf den Weg machen.« Gavallan war froh, daß es ihm gelang, mit so beherrschter Stimme zu sprechen. Pettikin strahlte, Jean-Luc brummelte etwas Unverständliches vor sich hin. »Wenn es Ihnen recht ist, Charlie, gedenke ich, wie besprochen, um 7 Uhr das Startsignal zu geben – vorausgesetzt, daß kein Stützpunkt die Sache schon vorher sterben läßt. Wenn das geschieht, versuchen wir es morgen noch einmal. Einverstanden?«

»Einverstanden. Hat schon jemand angerufen?«

»Noch nicht.«

Pettikin konnte seine Erregung nur mühsam verbergen. »Na, dann auf in eine ungewisse Zukunft! Kommst du, Jean-Luc?«

Jean-Lucs Augenbrauen schnellten nach oben. »*Mon Dieu*, wie kann man es nur so eilig haben?« Er ging zur Tür. »Das mit Erikki war eine gute Nachricht, Andy, aber wie kommt er heraus?«

»Das weiß ich nicht. Ich gehe dann gleich zu Newbury aufs Konsulat. Ich möchte versuchen, ihm zu raten, über die Türkei auszufliegen. Rufen Sie mich bitte beide an, sobald Sie gelandet sind. Ich bin ab 6 im Büro. Bis dann.«

Er schloß die Tür hinter ihnen. Nun war die Entscheidung gefallen. Wenn nicht eine der Basen noch abblies.

Lengeh: 5 Uhr 49. Durch die Wolkendecke war die Morgendämmerung kaum auszumachen. Scragger trug einen Regenmantel und stapfte durch Nieselregen und Pfützen zum Küchenwagen, in dem das einzige Licht auf dem Stützpunkt brannte.

Neureiter war schon vor ihm gekommen. Er saß neben dem Holzofen und

trank Kaffee. »Guten Morgen, Scrag. Kaffee? Ich habe ihn gerade frisch gemacht.« Er deutete mit dem Kopf in eine Ecke. Auf dem Boden lag zusammengerollt ein *hezbollahi* in tiefem Schlaf. Scragger nickte und zog seinen Regenmantel aus.
»Für mich Tee, mein Sohn. Du bist ja schon so früh auf – wo ist der Koch?« Willi Neureiter zuckte mit den Achseln und setzte Wasser auf. »Hat sich wohl verspätet. Ich hatte Lust auf ein gutes Frühstück. Ich mache mir ein paar Rühreier. Möchtest du auch welche?«
Plötzlich verspürte Scragger gewaltigen Hunger. »Du hast gewonnen. Für mich vier Eier und zwei Toasts – dafür werde ich mich beim Mittagessen zurückhalten. Haben wir überhaupt noch Brot, Sportsfreund?« Er sah zu, wie Willi den Kühlschrank öffnete.
»Drei Laib. Massenhaft Eier und Butter.«
»Fein. Ohne gebutterten Toast kann ich keine Eier essen. Sie schmecken nicht richtig.« Er warf einen Blick auf die Uhr.
»Der Wind hat fast ganz nach Süden gedreht und ist auf 30 Knoten.«
»Meine Nase sagt mir, er wird abflauen.«
»Das sagt mir mein Arsch auch, aber es ist trotzdem beschissen.«
Scragger lachte. »Nur Mut, Kumpel.«
»Mit meinem Paß hätte ich gleich mehr Mut.«
»So geht's mir auch. Aber an unserem Plan ändert sich nichts.« Als er gestern abend nach seinem Besuch beim Sergeant zurückgekommen war, hatten Vossi und Willi auf ihn gewartet. Er hatte ihnen von seinem Mißerfolg berichtet.
»Wir sollten Andy benachrichtigen, daß wir möglicherweise abblasen müssen«, hatte Willi sofort vorgeschlagen, und Vossi war der gleichen Meinung gewesen.
»Nein«, widersprach Scragger, »ich sehe die Sache anders. Falls Andy morgen keinen ›Wirbelsturm‹ ansagt, habe ich den ganzen Tag Zeit, um die Pässe zurückzubekommen. Falls er ›Wirbelsturm‹ ansagt, wird es genau um 7 Uhr sein. Dann kann ich leicht um 7 Uhr 30 auf dem Revier und um 8 wieder zurück sein. In meiner Abwesenheit laßt ihr alles anlaufen.«
»Aber das haben wir doch schon...«
»Willst du mir zuhören, Ed? Wir fliegen auf jeden Fall los, aber an Al Schargas vorbei, weil wir ja wissen, daß wir dort Schwierigkeiten haben würden, und gehen in Bahrain runter. Ich kenne dort den Hafenoffizier. Ihm ergeben wir uns auf Gnade und Ungnade – vielleicht machen wir auch eine ›Notlandung‹ am Strand. Sobald wir draußen sind, verständigen wir vorher schon Al Schargas, daß jemand herüberkommt und uns auslöst. Etwas Besseres fällt mir nicht ein, und wir sind wenigstens gedeckt – so oder so.«
Und mir fällt immer noch nichts Besseres ein, mußte er sich eingestehen, während er Willi am Herd zusah.
Der Duft von heißer Butter stieg dem *hezbollahi* in die Nase. Er streckte sich, gähnte, nickte ihnen schläfrig zu, legte sich bequemer hin und schlief wieder ein. Als das Wasser kochte, machte sich Scragger etwas Tee und sah auf die

Uhr. 5 Uhr 55. Hinter ihm ging die Tür auf. Vossi kam herein und schüttelte den Regen von seinem Schirm.
»He, Scrag! He, Willi, Kaffee und zwei Eier mit Speck und einen schwarzen Afghanen für mich.«
»Du kannst mich mal!«
Alles lachte, froh um ein Ventil für ihre Angst und Unruhe. Scragger sah wieder auf die Uhr. Hör auf damit! Hör auf damit, rief er sich zu. Du mußt ruhig bleiben, dann bleiben alle ruhig. Kann doch jeder sehen, daß die beiden am Durchdrehen sind.

Kowiss: 6 Uhr 24. McIver und Lochart waren im Tower und blickten auf den Regen und die Wolkendecke hinaus. Beide trugen ihre Fliegerkleidung; McIver saß vor dem Funkgerät, Lochart stand am Fenster. Kein Licht, nur die roten und grünen Lämpchen des eingeschalteten Geräts. Kein Geräusch außer seinem behaglichen Summen und dem weniger behaglichen Heulen des Windes, der durch die zerbrochenen Fenster fuhr und an den Antennenstreben rüttelte.
Lochart warf einen Blick auf den Windmesser. 25 Knoten, die von Süd-Südost auf 30 stiegen. Drüben beim Hangar spritzten zwei Mechaniker die bereits sauberen 212 und auch die 206 ab, mit der McIver aus Teheran gekommen war. Im Küchenwagen brannte Licht. Bis auf die wenigen hier Beschäftigten hatte McIver dem Büropersonal und den Arbeitern für Freitag freigegeben. Nach dem Schock von Esvandiaris summarischer Exekution wegen »Korruption« hatte er den Leuten nicht lange zureden müssen, das Gelände zu verlassen.
Lochart warf einen Blick auf die Uhr. Der Stundenzeiger schien unerträglich langsam vorzurücken. Unten fuhr ein Lastwagen vorbei. Noch einer. Jetzt war es genau 6 Uhr 30. »Sierra One, hier ist Lengeh.« Es war Scragger, der sich wie vorgesehen meldete. McIver war sehr erleichtert. Locharts Gesicht wurde noch grimmiger.
»Lengeh, hier ist Sierra One, wir hören Sie gut.« Scots Stimme aus Al Schargas war klar und deutlich. Sierra One war die Codebezeichnung für das Büro des Flughafens von Al Schargas. Gavallan wollte nicht mehr Aufmerksamkeit als unbedingt nötig auf das Scheichtum lenken.
McIver drückte auf die Sendetaste. »Sierra One, hier spricht Kowiss.«
»Kowiss, hier spricht Sierra One, wir hören Sie klar und deutlich.«
»Sierra One, hier spricht Bandar-e Delam.« Sie hörten beide das Beben in Lutz' Stimme.
Jetzt nur mehr Störgeräusche aus dem Lautsprecher. McIver rieb sich die Handflächen trocken. So weit, so gut. Der Kaffee in seiner Tasse schmeckte schal, aber er trank aus.
»Rudi klang ein bißchen aufgeregt, hattest du nicht auch das Gefühl?« fragte Lochart.
»So wie ich sicher auch. Und Scrag.« McIver musterte ihn; er machte sich Sorgen um ihn.

Lochart wich seinen Blicken aus, ging einfach zum elektrischen Wasserkessel hinüber und steckte ihn ein. Vier Telefone standen auf dem Schreibtisch, zwei Hausapparate und zwei Hauptanschlüsse. Seinen Vorsatz vergessend, versuchte Lochart zuerst den einen, dann den anderen Hauptanschluß. Beide tot. Tot wie schon seit Tagen. Tot wie ich. Keine Möglichkeit, eine Verbindung mit Scharazad zu bekommen, keine Post.
»Es gibt einen kanadischen Konsul in Al Schargas«, brummte McIver. »Er könnte vielleicht von dort eine Verbindung mit Teheran für dich herstellen.«
»Sicher.« Ein Windstoß rüttelte an der provisorischen Bretterverkleidung der zerbrochenen Fenster. Lochart achtete nicht darauf; er dachte nur an Scharazad. Ob sie wohl mit ihm kommen würde? Aber wie sollte es dann weitergehen? Der Kessel begann zu singen. Er hatte die Wohnung verlassen und seitdem jeden Gedanken an eine gemeinsame Zukunft aus seinen Gedanken verbannt. In der Nacht aber waren sie wiedergekommen, so sehr er sich auch dagegen wehrte.
Vom Stützpunkt herüber kam der Ruf eines Muezzins. »Kommt zum Gebet, erwachet, Gebet ist besser als Schlaf...«

Bandar-e Delam: 6 Uhr 38. Ein nasser Tagesanbruch, Nieselregen, der Wind schwächer als am Tag zuvor. Rudolf Lutz, Sandor Petrofi und Pop Kelly saßen in Lutz' Wohnwagen und tranken Kaffee. Draußen auf der Veranda hatte Marc Dubois Wache bezogen, um Lauscher abzuhalten. Der ganze Stützpunkt lag im Dunkel. Lutz sah auf die Uhr. »Hoffentlich bleibt's bei heute«, murmelte er.
»Heute oder überhaupt nicht.« Kelly machte ein grimmiges Gesicht. »Ruf an, Rudi.«
»Es fehlt noch eine Minute.«
Durch das Fenster konnte Lutz den Hangar und ihre 212 sehen. Keine besaß Langstreckentanks. Irgendwo im Dunkel waren Fowler Jones und drei Mechaniker damit beschäftigt, den letzten Reservetreibstoff an Bord zu schaffen, und beendeten so die Vorbereitungen, die sie gestern abend begonnen hatten, während die Piloten die Lagerwachen und Numi ablenkten. Kurz vor dem Schlafengehen hatten alle vier, jeder für sich, ihre Entfernungsberechnungen gemacht. Ihre Zahlen wichen um nicht mehr als 10 Seemeilen voneinander ab.
»Wenn diese Windstärke anhält, sitzen wir alle im Teich«, hatte Petrofi resigniert festgestellt.
»Jawohl«, hatte Marc Dubois zugestimmt. »Etwa 10 Kilometer vor der Küste.«
»Vielleicht sollten wir Bahrain vergessen und statt dessen Kurs auf Kuwait nehmen. Was hältst du davon, Rudi?«
»Nein, Sandor, wir müssen Kuwait für Kowiss offen lassen. Sechs im Iran registrierte Helis, die sich dort versammeln? Die würden durchdrehen!«
»Wo zum Teufel sind denn die neuen Registriernummern, die man uns versprochen hat?« fragte Kelly, der zunehmend nervöser wurde.
»Wir werden erwartet. Charlie Pettikin fliegt nach Kuwait, Jean-Luc nach Bahrain.«

»Unser Pech«, sagte Dubois verächtlich. »Jean-Luc kommt immer zu spät. Diese Pieds Noirs denken wie Araber.«
»Wenn Jean-Luc uns diese Partie vermasselt«, hatte Sandor gedroht, »drehen wir ihn durch den Wolf.«
»Ruf jetzt an, Rudi, es ist Zeit.«
»Okay, okay.« Lutz holte tief Atem und ergriff das Mikrophon. »Sierra One, hier spricht Bandar-e Delam. Können Sie mich hören? Hier spricht...«

Al Schargas: 6 Uhr 40. »... Bandar-e Delam, können Sie mich hören?« Gavallan saß vor dem Funkgerät, Scot neben ihm. Nogger Lane lehnte an einem Schreibtisch hinter ihnen, Manuela hatte sich auf dem einzigen noch vorhandenen Stuhl niedergelassen. Sie alle starrten besorgt auf den Lautsprecher, denn die Planung für Operation »Wirbelsturm« sah 7 Uhr und während der eigentlichen Flucht Funkstille vor. »Bandar-e Delam, Sierra One«, meldete sich Scot mit rauher Stimme. »Wir hören Sie schwach, bitte sprechen Sie.«
»Wir wissen nicht, wie Ihr Tag aussieht, aber wir haben für heute vormittag einige Flüge geplant und würden sie gern auf jetzt gleich vorziehen. Sind Sie einverstanden?«
»Bitte warten Sie«, sagte Scot.
»Verflucht«, murmelte Gavallan. »Das ist doch ein wesentlicher Punkt, daß alle Stützpunkte zur gleichen Zeit starten.« Wieder erwachten die Ätherwellen prasselnd zum Leben.
»Sierra One, hier ist Lengeh.« Scraggers Stimme war um vieles lauter und klarer und schärfer. »Auch wir haben Flüge programmiert, aber je später, desto besser. Wie ist das Wetter bei euch?«
»Bitte warten, Lengeh.« Scot sah seinen Vater fragend an.
»Ruf Kowiss«, wies Gavallan ihn an, und alle entspannten sich ein wenig. »Wir wollen zunächst mal mit ihnen checken.«
»Kowiss, hier spricht Sierra One, können Sie mich hören?«
»Hier spricht Kowiss, bitte sprechen Sie.« McIvers Stimme klang angespannt und setzte zeitweilig aus.
»Haben Sie mitgehört?«
»Ja. Wir ziehen Abflug wie geplant vor.«
»Damit ist die Frage entschieden.« Gavallan griff zum Mikrophon. »Sierra One, alle Stützpunkte, unser Wetter ist veränderlich. Wir werden die endgültige Vorhersage um 0700 durchgeben.«
»Verstanden«, sagte Scragger.
»Verstanden.« Rudis Stimme klang brüchig.
»Verstanden.« McIver schien erleichtert zu sein.
Wieder herrschte Stille im Äther. »Wir sollten uns an den Plan halten«, sagte Gavallan, ohne eine bestimmte Person anzusprechen. »Wir wollen doch die Flugsicherung nicht unnötig alarmieren und auch vermeiden, daß dieser Armleuchter Siamaki uns noch mehr Ärger macht. Rudi hätte die Operation ja abbrechen können, wenn es wirklich notwendig gewesen wäre; er kann es immer noch.« Er stand auf, streckte sich und setzte sich wieder. Störgeräusche. Der Jumbo der PanAm hob ab, und die Fenster klirrten.

Manuela rückte unruhig auf ihrem Stuhl herum. Sie fühlte sich fehl am Platz, obwohl Gavallan ihr versichert hatte: »Bleiben Sie da, Manuela. Sie sind die einzige, die perfekt Persisch kann.« Die Zeit war ihr nicht so wichtig. Ihr Mann war in Sicherheit, ein wenig angeschlagen zwar, aber in Sicherheit; ihr Herz sang vor Freude, und sie dankte dem Schicksal, das ihn aus dem tödlichen Strudel herausgeführt hatte. »Du hattest Glück«, hatte sie ihm gestern abend im Krankenhaus versichert.
»Schon möglich, aber ohne Hussains Hilfe wäre ich noch in Kowiss.«
Nur wegen dieses Mullahs bist du überhaupt verwundet worden, hätte sie am liebsten geschimpft, hielt sich aber zurück. Sie wollte ihn nicht aufregen. »Kann ich dir etwas bringen, Liebster?«
»Einen neuen Kopf.«
»Du bekommst gleich eine Tablette. Der Arzt sagt, daß du in sechs Wochen wieder fliegen wirst, und daß du eine Konstitution hast wie ein Büffel.«
»Ich fühle mich aber wie ein versoffenes Huhn.«
Sie hatte gelacht.
Jetzt ließ sie sich behaglich treiben; sie brauchte nicht wie die anderen, insbesondere Genny, die qualvolle Warterei mitzumachen. Noch zwei Minuten. Störgeräusche. Gavallans Finger trommelten. Draußen setzte ein Jumbo der Alitalia zur Landung an. Ob das wohl Paulas Maschine auf dem Rückflug von Teheran war?
Der Minutenzeiger berührte die 12. Gavallan sprach ins Mikrophon. »Sierra One an alle Basen. Unsere Wettervorhersage steht fest, wir erwarten Wetterbesserung. Aber achten Sie auf kleine Wirbelstürme. Haben Sie verstanden?«
»Sierra One, hier spricht Lengeh.« Scragger klang unbeschwert. »Wir haben verstanden und werden auf Wirbelstürme achten. Ende.«
»Sierra One, hier spricht Bandar-e Delam, wir haben verstanden und werden auf Wirbelstürme achten. Ende.«
Stille. Die Sekunden verstrichen. Unwillkürlich biß sich Gavallan auf die Unterlippe. Er drückte auf die Sendetaste. »Kowiss, können Sie mich hören?«

Kowiss: 7 Uhr 04. McIver und Lochart starrten auf das Funkgerät. Fast gleichzeitig sahen sie auf die Uhr. »Heute geht nichts«, murmelte Lochart erleichtert. Noch ein Tag Gnadenfrist, dachte er. Vielleicht funktionieren die Telefone heute, vielleicht kann ich heute mit ihr reden.
»Sie würden uns auf jeden Fall verständigen. So ist es abgemacht.«
McIver schaltete an dem Gerät herum. Alle Lichter gingen aus. »Zur Hölle damit«, sagte er und stellte den Sender ein. »Sierra One, hier Kowiss, können Sie mich hören?« Schweigen. Noch einmal, diesmal ängstlicher: »Sierra One, hier Kowiss, können Sie mich hören?« Schweigen.
»Was, zum Teufel, ist mit ihnen los?« stieß Lochart zwischen den Zähnen hervor.
»Lengeh, hier Kowiss, können Sie mich hören?« Keine Antwort. Plötzlich sprang McIver auf und rannte zum Fenster. Das Hauptkabel zur Sende- und Empfangsantenne hing lose und flatterte im Wind. Fluchend drückte McIver

die Tür zum Dach auf und kletterte hinaus in die Kälte. Die Muttern waren festgerostet, die verlötete Drahthalterung dagegen war durchgerostet und gebrochen. »Verdammter Mist!«
»Hier.« Lochart gab ihm die Zange.
»Danke.« McIver begann den Rost wegzukratzen. Keinem fiel auf, daß es fast nicht mehr regnete. Ein Donner grollte. Über dem Zagros-Gebirge erhellte ein Wetterleuchten die umwölkten Berge. Während McIver versuchte, so schnell wie möglich den Schaden zu reparieren, erzählte er Lochart, daß Wazari am Vortag schon ziemlich lange auf dem Dach gewesen war, um das Kabel zu befestigen. »Als ich heute morgen ankam, stellte ich durch einen Routineruf fest, daß es funktioniert. Um 6 Uhr 30 und dann wieder um 6 Uhr 40 waren wir laut und deutlich zu hören. Der Wind muß das Kabel in der Zwischenzeit wieder losgerissen haben.« Die Zange rutschte ab und riß ihm einen Hautfetzen vom Finger, worauf er noch mehr fluchte.
»Soll ich es machen?«
»Nein, es geht schon. Ein paar Sekunden noch.«
Lochart ging in die Kabine zurück. 7 Uhr 07. Immer noch alles ruhig auf dem Stützpunkt. Drüben auf der Luftwaffenbasis waren einige Lastwagen unterwegs, aber keine Flugzeuge. Unten beim Hangar bastelten, wie im Plan vorgesehen, zwei Mechaniker zusammen mit Freddy Ayre an den 212 herum. Dann sah er Wazari, der die innere Umfahrungsstraße heraufradelte. Lochart drehte durch: »Mac, da ist Wazari, er kommt von der Basis!«
»Halt ihn auf! Erzähl ihm, was du willst, aber halt ihn auf!«
Lochart sauste die Treppe hinunter. McIver klopfte das Herz bis zum Hals. »Um Himmels willen, komm schon«, sagte er und verwünschte sich, weil er nicht nachgeprüft hatte. Prüfen, prüfen und nochmals prüfen. Sicherheit ist kein Zufall, sie muß geplant werden!
Wieder rutschte die Zange ab. Er setzte sie von neuem an, und diesmal lösten sich die Muttern von der Schraube. Nun zog er die eine Seite wieder fest. Er wollte schon riskieren, es dabei zu belassen, aber dann überwand doch die Vorsicht die Angst und er befestigte auch die andere Seite. Versuchsweise zog er am Kabel. Fest. Er eilte zurück, Schweiß lief ihm über den Rücken.
7 Uhr 16.
Für einen Augenblick blieb ihm die Luft weg. »Um Himmels willen, komm schon, McIver!« Er holte tief Atem, und das half: »Sierra One, hier spricht Kowiss, können Sie mich hören?«
Scots besorgte Stimme kam sofort zurück. »Kowiss, Sierra One, sprechen Sie.«
»Haben Sie irgendwelche Wetternachrichten für uns?«
Plötzlich Gavallans Stimme, noch besorgter: »Kowiss, wir haben die folgende Mitteilung um Punkt 0700 durchgegeben: Unsere Vorhersage steht fest, wir erwarten Wetterbesserung. Aber achten Sie auf kleine Wirbelstürme. Haben Sie verstanden?«
McIver atmete auf. »Wir haben verstanden und werden auf kleine Wirbelstürme achten. Haben auch die anderen verstanden?«
»Positiv...«

Al Schargas. »... noch einmal, positiv«, wiederholte Gavallan. »Was war denn los?«
»Nichts Besonderes.« McIvers Stimme war nur schwach zu hören. »Auf bald, und Ende.« Die Ätherwellen schwiegen, und plötzlich brach Jubel los. Scot umarmte seinen Vater und schnappte nach Luft, als ihn von der Schulter her ein wilder Schmerz durchfuhr, was aber in der allgemeinen Aufregung sonst niemand merkte. Manuela strahlte Gavallan an. »Ich ruf nur mal im Krankenhaus an, ich bin gleich wieder da«, sagte sie und lief aus dem Zimmer. Nogger sprang vor Freude in die Höhe, und Gavallan meinte: »Ich finde, alle Nicht-Piloten haben sich eine große Flasche Bier verdient.«

Kowiss. McIver schaltete das Gerät ab und ließ sich auf seinen Sitz zurückfallen. Er fühlte sich benommen und seine Hände waren schwer.
»Also dann«, sagte er.
Im Kontrollturm war alles ruhig bis auf den Wind, der die Tür knarren ließ, die McIver in der Eile offengelassen hatte. Er schloß sie und sah, daß der Regen aufgehört hatte. Erst jetzt bemerkte er, daß sein Finger immer noch blutete. Neben dem Funkgerät lag ein Papiertaschentuch; er riß ein Stück ab und wickelte es um die Wunde. Seine Hände zitterten. In einem plötzlichen Impuls ging er nach draußen und kniete neben dem Anschlußkabel nieder. Er mußte seine ganze Kraft zusammennehmen, um es loszureißen. Dann prüfte er den Kontrollturm noch einmal genau nach, wischte sich den Schweiß von der Stirn und ging die Treppe hinunter.
Er fand Lochart und Wazari in Esvandiaris Büro, Wazari unrasiert und schmuddelig. Eine sonderbare Spannung lag in der Luft. Keine Zeit, mir jetzt den Kopf darüber zu zerbrechen, dachte er, Scrag und Rudi sind wahrscheinlich schon in der Luft.
»Guten Morgen, Sergeant«, sagte er. »Ich dachte, ich hätte Ihnen den Tag freigegeben?«
»Ja, Captain, das haben Sie, aber ... ich konnte nicht schlafen ... und ich fühle mich nicht sicher drüben auf der Basis.« Er bemerkte McIvers gerötetes Gesicht und den primitiven Verband. »Haben Sie sich verletzt?«
»Ja, aber es ist nichts von Bedeutung. Ich habe mir nur an dem zerbrochenen Fenster in den Finger geschnitten.« McIver sah Lochart an, der ebenso schwitzte wie er selbst. »Wir sollten jetzt gehen, Tom. Wir müssen die 212 überprüfen, Sergeant.«
»Jawohl, Sir, ich werde die Basis informieren«, sagte Wazari.
»Das brauchen Sie nicht.« Einen Augenblick lang wußte McIver nicht weiter, dann fiel ihm eine Antwort ein. »Ich sage Ihnen das in Ihrem eigenen Interesse; wenn sie noch lange hier herumhängen, sollten Sie sich auf eine Begegnung mit Minister Kia vorbereiten.«
Alle Farbe wich aus Wazaris Gesicht. »Was?«
»Er wird in Kürze hier aufkreuzen, um den Rückflug nach Teheran anzutreten. Waren Sie nicht der einzige Zeuge gegen ihn und den armen Klugscheißer?«

»Na sicher, aber ich habe sie tatsächlich gehört.« Wazari glaubte sich rechtfertigen zu müssen. »Kia ist ein Schweinehund und ein Lügner, und das war auch der Klugscheißer. Haben Sie vergessen, daß er es war, der Ayre zusammenschlagen ließ? Sie hätten ihn beinahe umgebracht, haben Sie das vergessen? Esvandiari und Kia, alles, was ich gesagt habe, war die reine Wahrheit!«
»Davon bin ich überzeugt. Ich glaube Ihnen. Aber Kia wird vermutlich verdammt schlecht auf Sie zu sprechen sein, wenn er Sie sieht, meinen Sie nicht auch? Und das gilt auch für das Büropersonal, die sind alle sehr böse. Vielleicht kann ich ihn ablenken«, sagte McIver, um ihn zu beruhigen, »vielleicht auch nicht. An Ihrer Stelle würde ich mich dünnemachen und nicht hier rumhängen. Komm, Tom.« McIver wandte sich zum Gehen, aber Wazari verstellte ihm den Weg.
»Vergessen Sie nicht, daß ich ein Massaker verhindert habe, indem ich bestätigte, daß Sandors Ladung verrutscht war. Ohne mein Eintreten wäre er ein toter Mann, ohne mein Eintreten hätten Sie sich alle vor einem Komitee verantworten müssen... Sie müssen mir helfen...« Tränen rannen ihm über die Wangen. »Sie müssen mir helfen...«
»Ich werde tun, was ich kann«, sagte McIver, dem der Mann leid tat, und ging hinaus. Draußen mußte er an sich halten, um nicht zu den anderen hinüberzulaufen, die ihn besorgt erwarteten.
Lochart kam ihm nach. Er mußte sich beeilen, um mit ihm Schritt halten zu können. »Wirbelsturm?« fragte er.
»Ja. Andy hat um Punkt 0700 auf den Knopf gedrückt. Scrag und Rudi sind vermutlich schon in der Luft.« Bald hatten sie Ayre und die Mechaniker erreicht. »Wirbelsturm!« krächzte McIver. Das Wort klang wie ein Trompetenstoß.
»Hört sich gut an«, sagte Freddy Ayre mit ausdruckslosem Gesicht, bemüht, seine Erregung zu verbergen. Nicht so die anderen: »Woher die Verzögerung? Was ist passiert?«
»Ich erzähl's euch später. Aber jetzt müssen wir los.« McIver ging auf die erste 212 zu, Ayre auf die zweite, und die Mechaniker kletterten schon in die Kabinen hinauf. In diesem Augenblick kam ein Befehlsfahrzeug mit Oberst Changiz und einigen Luftwaffensoldaten auf das Gelände gebraust und blieb stehen. Die Soldaten waren bewaffnet und trugen grüne Armbinden. »Ah, Captain, Sie fliegen Minister Kia nach Teheran zurück?« Changiz schien ein wenig nervös und ärgerlich zu sein.
»Ja, ja, um 10.«
»Ich erhielt eine Nachricht, wonach er seinen Abflug auf 8 Uhr vorverlegen möchte, aber Sie sind angewiesen, erst nach 10 aufzusteigen, so wie es in Ihrer Starterlaubnis steht. Klar?«
»Ja, aber...«
»Ich hätte Sie ja telefonisch verständigt, aber Ihre Anschlüsse funktionieren wieder einmal nicht, und auch mit Ihrem Funkgerät stimmt etwas nicht. Werden Ihre Geräte nicht richtig gewartet?« Der Oberst faßte die drei Helis

ins Auge und begann auf sie zuzugehen. »Ich wußte nicht, daß Sie heute zahlende Fluggäste herumkutschieren wollen.«

»Die eine soll nur einem Ground Check unterzogen und bei der anderen muß die Elektronik getestet werden – morgen ist Personalaustausch bei der Bohranlage Abu Sal, Herr Oberst«, erklärte McIver hastig und fuhr fort, um ihn noch mehr abzulenken: »Was ist denn das Problem mit Minister Kia?«

»Es ist kein Problem«, widersprach der Oberst gereizt, sah auf die Uhr und beschloß, die Hubschrauber doch nicht zu inspizieren. »Lassen Sie Ihr Funkgerät in Ordnung bringen und kommen Sie jetzt mit mir. Der Mullah Hussain wünscht Sie zu sprechen. Wir werden rechtzeitig wieder da sein.«

»Es wird mir ein Vergnügen sein, Captain McIver in ein paar Minuten hinzufahren«, warf Lochart ein. »Es gibt hier nämlich ein paar Dinge, die er...«

»Hussain wünscht Captain McIver zu sprechen, nicht Sie – und jetzt gleich! Sie kümmern sich um das Funkgerät!« Changiz wies seine Männer an, auf ihn zu warten, kletterte auf den Fahrersitz und lud McIver mit einer Handbewegung ein, neben ihm Platz zu nehmen. McIver gehorchte stumm, und Changiz fuhr los. Die Luftwaffensoldaten zerstreuten sich und schlenderten um die Helis herum. Beide 212 waren mit Ersatzteilen, noch gestern spät abends geladen, vollgestopft. Die Mechaniker gaben sich unbekümmert und schlossen die Kabinentür.

Ayre und Lochart sahen dem davonfahrenden Wagen nach. »Und was jetzt?« seufzte Ayre.

»Ich weiß es nicht – aber ohne ihn können wir nicht starten.«

Bandar-e Delam: 7 Uhr 26. Die vier 212 waren aus dem Hangar geschoben und startklar. Fowler Joines und die anderen drei Mechaniker hantierten in den Kabinen herum und warteten ungeduldig. Unhandliche Treibstoffässer waren festgezurrt. Viele Kisten mit Ersatzteilen. Unter Segeltuch verborgene Koffer.

»Na, mach doch schon«, knurrte Fowler und wischte sich den Schweiß von der Stirn. Durch die offene Kabinentür konnte er Lutz, Petrofi und Kelly sehen, die immer noch im Hangar warteten. Alles war bereit bis auf den letzten Piloten, Marc Dubois, der sich schon um Minuten verspätet hatte, wobei keiner wußte, ob er von Numi oder von einem *hezbollahi* aufgehalten wurde. Als er Dubois endlich aus seinem Trailer kommen sah, platzte er beinahe vor Wut. Mit gallischem Gleichmut, einen Koffer in der Hand, den Regenmantel über den Arm, schlenderte Dubois am Büro vorbei. Numi erschien am Fenster. »Los«, zischte Lutz und ging, so ruhig er konnte, auf seine Kabine zu, schnallte sich an und drückte auf den Startknopf. Petrofi tat es ihm gleich, Pop Kelly eine Sekunde später; die Rotoren setzten sich in Bewegung. Gemächlich warf Dubois Fowler seinen Koffer zu, legte seinen Regenmantel fein säuberlich auf eine Kiste, kletterte auf den Pilotensitz und ließ die Triebwerke an, ohne sich mit Sicherheitsgurt oder Kontroll-Listen aufzuhalten. Fowler stieß eine Flut von Verwünschungen aus. Die Jets kamen

auf Touren, Dubois summte ein Liedchen. Erst nachdem er die Kopfhörer aufgesetzt hatte und alles vorbereitet war, schnallte er sich an. Er sah nicht, wie Numi aus seinem Büro gestürzt kam.
»Wohin fliegen Sie?« schrie Numi Lutz durch das Seitenfenster an.
»Iran-Toda. Auf der Ladeliste ist alles vermerkt.« Rudi setzte den Startvorgang fort: UHF-System einschalten, die Zeiger in den grünen Bereich vorrükken lassen.
»Aber Sie haben in Abadan nicht um ›Triebwerkstart‹ angesucht und...«
»Heute ist heiliger Tag, Agha, das könnten Sie doch für uns erledigen.«
»Das ist Ihr Job«, brüllte Numi wütend. »Sie haben auf Zataki zu warten! Sie müssen auf den Ob...«
»Ganz recht. Ich möchte mich nur vergewissern, daß mein Heli startklar ist. Ich möchte den Oberst nicht warten lassen. Es empfiehlt sich doch, ihn bei Laune zu halten, nicht wahr?«
»Ja, aber wozu braucht Dubois einen Koffer und...«
»Ach, Sie kennen doch die Franzosen«, unterbrach ihn Lutz. Etwas anderes fiel ihm im Augenblick nicht ein. »Kleider sind für sie sehr wichtig.« Sein behandschuhter Daumen hing über dem Sendeschalter am Steuerknüppel. Tu es nicht, sagte er sich, sei nicht ungeduldig, sie wissen alle, was sie zu tun haben, sei nicht ungeduldig!
Doch dann sah Lutz durch den Frühnebel, bei einer Sichtweite von nur wenigen 100 Metern, hinter Numi den Lastwagen mit *hezbollahis* durch das Haupttor rumpeln. Aber es war nicht Zataki, nur ein paar von den hier üblicherweise stationierten *hezbollahis*, die nun neugierig um die 212 herumstanden. Noch nie waren vier 212 gleichzeitig aufgestiegen.
In seinem Kopfhörer meldete sich Dubois. »Startbereit, *mon vieux.*« Dann Pop Kelly, dann Petrofi; er betätigte den Sendeschalter. »Los!« sagte er ins Mikrophon, lehnte sich näher ans Fenster und winkte Numi heran. »Die anderen brauchen nicht zu warten. Ich warte.«
»Aber man hat Ihnen doch befohlen, zusammen abzuheben. Und Ihre Starterlaubnis...« Die Stimme des Stationsleiters ging im Lärm der Triebwerke unter, die auf volle Leistung geschaltet waren – Notstartvorgang nach einem Plan, auf den sich die Piloten gestern abend heimlich geeinigt hatten: Dubois steuerte nach rechts, Petrofi nach links, Kelly geradeaus – einer sich zerstreuenden Kette Rebhühnern gleich. In Sekundenschnelle waren sie aufgestiegen und fort, blieben aber in geringer Höhe. Numis Gesicht lief rot an. »Aber man hat Ihnen doch gesagt...«
»Das geschieht zu Ihrer Sicherheit, Agha, wir versuchen Sie zu schützen«, rief Lutz ihm zu. »Wir müssen Sie und IranOil schützen!« In seinem Kopfhörer meldete sich Dubois, der das vorgeschriebene Schweigen brach, um ihm eine dringende Mitteilung zu machen: »Ein Auto ist schon fast am Tor!«
Im gleichen Augenblick sah Lutz den Wagen und erkannte Zataki auf dem Vordersitz. Maximale Leistung! »Agha, ich muß nur mal ein paar Fuß aufsteigen, mein Drehmomentwandler wackelt...«

Was immer Numi noch schrie, es ging im Lärm verloren. Zataki war keine 100 Meter mehr entfernt. Lutz spürte, wie die Maschine abhob. Sekundenlang sah es so aus, als wollte Numi auf eine Kufe springen, aber schließlich wich er aus, die Kufe streifte ihn und brachte ihn zu Fall. Lutz gewann an Boden und hielt auf die anderen zu, die in Position über dem Sumpfland waren. Er schwenkte seinen Heli, während er sich ihnen anschloß, zeigte ihnen den nach oben gerichteten Daumen und nahm als erster Kurs auf den 6 Kilometer entfernten Golf.

Numi kochte vor Zorn, während er sich aufrappelte und Zatakis Wagen mit quietschenden Reifen neben ihm zu stehen kam. »Was ist denn hier los?« brüllte Zataki und sprang heraus, während die Helis im Nebel verschwanden und das Dröhnen der Triebwerke allmählich erstarb. »Sie hätten doch auf mich warten sollen!«

»Ich weiß, Herr Oberst, ich weiß, ich habe es ihnen gesagt, aber sie... sie haben einfach abgehoben, und...« Numi schrie auf, als die Faust ihn mitten ins Gesicht traf und ihn niederstreckte. Die *hezbollahis* sahen gleichmütig zu; sie waren solche unbeherrschten Ausbrüche gewöhnt. Einer von ihnen riß ihn in die Höhe und schüttelte ihn, um ihn wieder zu sich zu bringen.

Zataki verwünschte Himmel und Erde, und als die erste Wut verraucht war, befahl er: »Bringt dieses Stück Kamelscheiße mit und folgt mir!« Am offenen Hangar vorüberstürmend, entdeckte er die sauber abgestellten 206, sah da und dort Ersatzteile herumliegen und einen Ventilator, der frisch aufgetragene Lack trocknete – von Lutz vorsorglich getroffene Verschleierungsmaßnahmen, um ein paar zusätzliche Minuten herauszuschinden. »Diese Hunde werden sich noch wünschen, auf mich gewartet zu haben«, brummte Zataki. Sein Kopf dröhnte.

Mit einem Tritt öffnete er die Tür zum Büro und stürzte zum Funkgerät. »Numi, holen Sie mir diese Männer an den Lautsprecher!«

»Aber Jahan, unser Funker, ist nicht da, und ich...«

»Tun Sie's!«

Der zu Tode erschrockene Mann schaltete das Gerät ein. Sein Mund blutete, und er konnte kaum reden. »Basis ruft Captain Lutz!« Er wartete, wiederholte den Befehl und fügte das Wort »dringend« hinzu.

In den Flugzeugen. Sie schwebten kaum 3 Meter über dem Sumpfland und einige wenige 100 Meter vom Flugplatz entfernt, als sie Zatakis zornige Stimme hörten: »Alle Hubschrauber werden auf den Stützpunkt zurückgerufen! Melden Sie sich!« Lutz stellte Antriebskraft und Trimmung ein wenig nach. Im Heli neben sich sah er Marc Dubois, der auf seinen Kopfhörer deutete und eine obszöne Geste machte. Er lächelte, erwiderte die Geste. Erst jetzt bemerkte er, daß ihm der Schweiß über das Gesicht lief. »Alle Hubschrauber melden sich zurück! Alle...«

Auf dem Flugplatz. »...Hubschrauber melden sich zurück!« kreischte Zataki ins Mikrophon. »Alle Hubschrauber melden sich zurück!«

Nur Störgeräusche antworteten ihm. Plötzlich knallte Zataki das Mikrophon auf den Tisch. »Verbinden Sie mich mit dem Tower in Abadan! Beeilen Sie sich!« brüllte er, und der verängstigte Numi, dem das Blut in den Bart tropfte, wechselte die Kanäle und erreichte nach dem sechsten Versuch, diesmal auf Persisch, den Tower. »Hier spricht Tower Abadan. Bitte sprechen Sie, Agha.«
Zataki riß ihm das Mikrophon aus der Hand. »Hier spricht Oberst Zataki vom Revolutionären Komitee in Abadan«, antwortete er. »Ich rufe vom Flugplatz Bandar-e Delam.«
»Friede sei mit Ihnen, Herr Oberst.« Die Stimme klang sehr unterwürfig. »Was können wir für Sie tun?«
»Vier unserer Hubschrauber sind ohne Genehmigung aufgestiegen, um zu Iran-Toda zu fliegen. Rufen Sie sie bitte zurück!«
»Augenblick bitte.« Gedämpfte Stimmen. Zataki wartete, sein Gesicht war fleckig. Wartete und wartete und dann...»Sind Sie sicher, Agha? Wir sehen sie nicht auf dem Radarschirm.«
»Natürlich bin ich sicher. Rufen Sie sie zurück.«
Mehr gedämpfte Stimmen und weiteres Warten, Zataki auf Kohlen, und dann eine Stimme auf Persisch: »Den vier Hubschraubern, die Bandar-e Delam verlassen haben, wird befohlen, auf ihren Stützpunkt zurückzukehren. Bitte bestätigen Sie, daß Sie das tun werden.« Die Durchsage erfolgte unbeholfen und wurde wiederholt. Dann fügte die gleiche Stimme hinzu: »Vielleicht funktioniert ihr Funkgerät nicht, Agha?«
»Rufen Sie sie weiter! Sie fliegen niedrig und in Richtung Iran-Toda!«
Noch mehr gedämpfte Stimmen, noch mehr Persisch, und dann eine ganz andere Stimme auf Englisch mit amerikanischem Akzent: »Okay, ich übernehme! Hier spricht Flugsicherung Abadan. Helis auf Steuerkurs 090 Grad, können Sie mich hören?«

In Dubois' Cockpit. Sein Kompaß zeigte 091 Grad an. Wieder die frische Stimme in seinem Kopfhörer. »Hier ist Flugsicherung Abadan. Helis auf Kompaßkurs 090 Grad, eineinhalb Kilometer vor der Küste, können Sie mich hören?« Pause. »Flugsicherung Abadan, Helis auf Steuerkurs 090 schalten Sie auf Kanal 121,9... Können Sie mich hören?«
Durch die Nebelschleier sah Dubois, daß die Küste schnell näherkam; es fehlten weniger als 800 Meter. Solange sie so niedrig flogen, bezweifelte er, daß sie auf dem Radarschirm zu sehen waren. Er warf einen Blick nach links. Lutz zeigte auf seinen Kopfhörer und legte dann einen Finger an die Lippen. Dubois gab die Botschaft an Petrofi weiter, der zu seiner Rechten flog. Die Stimme im Kopfhörer war jetzt schärfer. »Alle Hubschrauber, die von Bandar-e Delam nach Iran-Toda unterwegs sind, kehren zum Stützpunkt zurück. Verstanden?«
Dann wieder die Stimme, und ihrer aller Lächeln verging: »Flugsicherung Abadan an Oberst Zataki. Können Sie mich hören?«
»Ja, sprechen Sie.«

»Wir hatten da eine flüchtige Spur auf dem Radarschirm, wahrscheinlich bedeutungslos, aber es hätte ein Heli sein können, wahrscheinlich mehrere Helis eng beieinander mit Kompaßkurs 090 Grad« – die Stimme wurde vorübergehend schwächer – »und damit kämen sie direkt zu...«

Auf dem Flugfeld. »... Iran-Toda. Das Nicht-Ansuchen um Triebwerkstart und Nicht-Halten von Funkkontakt stellt eine grobe Übertretung dar. Bitte geben Sie mir die Kennungen und die Namen der Piloten bekannt. Iran-Todas UHF ist immer noch außer Betrieb, sonst hätten wir schon Kontakt mit ihnen aufgenommen. Wir empfehlen, daß Sie jemanden hinunterschicken, um die Piloten zu verhaften und sie sofort wegen Verstoßes gegen die Vorschriften vor das Komitee der Flugsicherung von Abadan zu stellen. Haben Sie verstanden?«
»Ja... ja, ich verstehe. Danke. Augenblick.« Zataki übergab Numi das Mikrophon. »Ich fahre zu Iran-Toda! Wenn die Burschen zurückkommen, bevor ich sie erwische, sind sie verhaftet! Sagen Sie der Flugsicherung, was sie wissen wollen!« Er stürmte hinaus und ließ drei Männer mit Maschinengewehren auf der Basis zurück.
»Flugsicherung Abadan, Bandar-e Delam«, begann Numi, »die Kennungen der vier 212 sind: HVV, HGU, HKL und HXC. Die Namen der Piloten sind Rudolf Lutz, Marc Dubois...«

In Lutz' Cockpit. »... Sandor Petrofi und Ignatius Kelly, sie alle auf Befehl von Oberst Zataki zeitweilig von IranOil zu Iran-Toda abgestellt.«
»Danke, Bandar-e Delam, halten Sie uns auf dem laufenden.«
Die dicht nebeneinanderfliegenden Helis hatten schon fast den Küstenstrich erreicht. Iran-Toda lag zu ihrer Linken, etwa 800 Meter entfernt, aber Nebel und Dunst ließen Lutz nichts erkennen. Er beschleunigte ein wenig und ging dann von Süd- auf Ostkurs. Dies war nun der direkte Weg über die Werksanlagen hinweg, aber er gewann die nötige Höhe, um über die Baulichkeiten zu setzen. Danach ging er wieder tiefer, behielt den Kurs bei und steuerte etwas über 15 Kilometer weit landeinwärts. Sie flogen über unbewohntes Gebiet; hier gab es keine Siedlungen. Wie im Plan vorgesehen, nahmen sie jetzt Kurs nach Süden, auf den Golf zu.
Sogleich verschlechterte sich die Sicht. Fast genau vor ihnen, in gut 90 Kilometern, lag die Insel Kharg mit ihrer ungemein starken Radaranlage, und danach, in weiteren 330 Kilometern Entfernung, Bahrain. Flugdauer: mindestens zwei Stunden, bei diesem Wind noch mehr, denn der 35-Knoten-Südostwind wurde zu einem 20-Knoten-Gegenwind.
In dieser Suppe lauerten Gefahren, aber die Piloten dachten, es müßte ihnen gelingen, unter dem Radar durchzurutschen, falls die Schirme besetzt waren – und Jägern auszuweichen, wenn welche auftauchen sollten.
Lutz bewegte den Steuerknüppel von einer Seite zur anderen, wackelte mit seinem Heli und berührte sekundenlang den Sendeknopf seines Funkgeräts. »Delta 4, Delta 4«, sagte er deutlich; das war der Code, um Al Schargas

mitzuteilen, daß alle vier Helis aus Bandar-e Delam in Sicherheit waren und jetzt die Küste verließen.

Al Schargas – im Büro der S-G. Gavallan hatte das Krankenhaus angerufen. »Captain Starke, bitte... Guten Morgen, Duke, ich bin's, Andy. Ich wollte Ihnen nur sagen, daß wir vor einer Minute ›Delta 4‹ von Rudi empfangen haben. Ist das nicht wunderbar?«
»Wunderbar, großartig! Jetzt fehlen nur noch fünf.«
»Sechs – Sie haben Erikki vergessen...«

61

Lengeh: 8 Uhr 04. Scragger wartete immer noch auf dem Polizeirevier. Niedergeschlagen saß er auf einer Holzbank vor dem Corporal, der von seinem hohen Schreibtisch hinter einer brusthohen Trennwand auf ihn herabblickte. Noch einmal sah Scragger auf die Uhr. Er war schon um 7 Uhr 20 gekommen, aber der Unteroffizier hatte erst um 7 Uhr 45 aufgesperrt und ihn höflich aufgefordert, auf der Bank Platz zu nehmen und zu warten. Es war die längste Wartezeit seines Lebens.

Lutz und die Jungs aus Kowiss müssen jetzt schon in der Luft sein, dachte er bekümmert, wie wir auch, gäbe es nicht diese verdammten Pässe. Noch eine Minute, dann gebe ich auf, ich kann einfach nicht länger warten – wir brauchen immer noch eine Stunde, um von hier wegzukommen, und ganz sicher wird es irgendwo noch eine Panne geben. Und dann dieser Armleuchter Siamaki! Gestern abend war Scragger am Funkgerät gesessen und hatte Siamakis ungeduldige Rufe an Gavallan in Al Schargas mitgehört und den an McIver in Kowiss, den er heute auf dem Flughafen in Teheran zu sprechen wünschte. Dieser Idiot! Aber ich glaube immer noch, daß es richtig von mir war, Andy nicht anzurufen und abzusagen. Teufel, wir haben es doch hier am leichtesten von allen, und wenn ich die Operation »Wirbelsturm« auf morgen verschoben hätte, wäre doch wieder etwas anderes dazwischengekommen – bei uns oder bei den anderen – und Mac hätte keine andere Wahl gehabt, als heute mit diesem verdammten Kia nach Teheran zurückzufliegen. Das konnte ich einfach nicht riskieren.

Die Tür öffnete sich, und er blickte auf. Zwei junge Polizisten schleiften einen grün und blau geschlagenen Burschen herein; seine Kleider waren schmutzig und zerrissen. »Wer ist das?« fragte der Corporal.

»Ein Dieb. Wir haben ihn beim Stehlen erwischt, Corporal. Der arme Dummkopf hat dem Bazaari Ischmael Reis gestohlen. Wir haben ihn bei Tagesanbruch festgenommen.«

»Wie es Allah gefällt. Sperrt ihn in Zelle 2.« Der Corporal schrie den Burschen an – auf Persisch, so daß Scragger nichts verstand: »Du Hundesohn! Wie konntest du nur so dumm sein, dich erwischen zu lassen? Weißt du denn nicht, daß Diebstahl jetzt nicht nur mit einer Tracht Prügel bestraft wird? Wie oft muß man euch das noch sagen!«

»Ich... ich war hungrig...«

Der verängstigte Bursche stöhnte, als einer der Polizisten ihn derb schüttelte. »Hunger ist keine Entschuldigung! Ich bin auch hungrig! Unsere Familien sind hungrig, wir sind alle hungrig!« Sie packten ihn und schleiften ihn hinaus.

Der Corporal schickte ihm eine Verwünschung nach, obwohl der Bursche ihm leid tat. Wie es Allah gefällt, dachte er, streifte Scragger mit einem Blick, nickte ihm zu und ging wieder an seine Arbeit. Wie dumm von dem Fremden, am heiligen Tag hier zu sitzen, aber wenn er den ganzen Tag und die Nacht hier verbringen will, bis morgen der Sergeant kommt, dann kann er den ganzen Tag und die Nacht hier sitzen und warten.

Seine Feder kratzte laut, das Geräusch ging Scragger durch Mark und Bein. Mit grimmigem Gesicht erhob er sich und dankte dem Corporal, der ihn höflich drängte, noch zu bleiben. Dann ging er zur Tür und wäre fast mit Qeschemi zusammengestoßen. »Oh, tut mir leid! *Salaam*, Agha Qeschemi, *Salaam.*«

»Salaam, Agha.« Qeschemi spürte Scraggers Erleichterung und Ungeduld. Spöttisch bedeutete er ihm zu warten, während er zu seinem Schreibtisch ging. »Guten Morgen, Achmed. Allahs Friede sei mit dir.«

»Und mit Ihnen, Exzellenz Sergeant Qeschemi.«

»Was haben wir denn Neues? Was der Fremde von mir will, weiß ich schon.«

»Unten im Hafen gab es nach Mitternacht wieder so eine islamisch-marxistische Versammlung. Ein Mudjaheddin wurde getötet und weitere sieben haben wir in den Zellen. Es war ganz leicht, der Hinterhalt funktionierte perfekt, und *hezbollahis* haben uns geholfen. Was wollen wir jetzt mit den Kerlen machen?«

»Wir beachten die neuen Vorschriften«, antwortete Qeschemi geduldig. »Wir übergeben die Gefangenen dem Revolutionären Komitee, wenn es morgen zusammentritt. Noch was?« Der Corporal erzählte ihm von dem Burschen. »Für ihn gilt das gleiche – so ein Holzkopf, sich erwischen zu lassen!« Qeschemi passierte die Schranke, ging zum Safe, zog den Schlüssel aus der Tasche und steckte ihn ins Schloß.

»Allah sei Dank, ich dachte schon, der Schlüssel wäre verloren«, bemerkte der Corporal.

»Das war er auch, aber Lafti hat ihn gefunden. Ich war heute früh schon bei ihm. Er hatte ihn in der Tasche.« Die Pässe lagen auf der Munitionskiste. Er brachte sie zu seinem Schreibtisch, überprüfte sie sorgfältig, unterzeichnete den Erlaubnisschein und überprüfte sie noch einmal. »Hier, Agha Pilot«, sagte er und reichte sie Scragger.

»Mamnoon am, Agha, khoda halfez.« Danke, Exzellenz, leben Sie wohl.

»Khoda halfez, Agha.« Sergeant Qeschemi schüttelte die ihm dargebotene Hand und folgte Scragger nachdenklich mit den Blicken. Durch das Fenster sah er, daß der Pilot eilig davonfuhr. Zu eilig. »Haben wir noch Benzin im Wagen, Achmed?«

»Gestern hatten wir noch welches, Exzellenz.«

Flughafen Bandar-e Delam: 8 Uhr 18. Numi lief wie ein Verrückter von einem Mechanikerwohnwagen zum anderen und riß alle Türen auf, aber die Trailer waren leer. Er hastete in sein Büro zurück. Der Funker Jahan, ein Mann in mittleren Jahren, sah ihn verdutzt durch seine Brille hindurch an.

»Sie sind fort! Alle sind fort, die Piloten, die Mechaniker, alle... und auch ihre Sachen sind zum größten Teil verschwunden«, stammelte Numi, sein Gesicht bläulich verfärbt von dem Schlag, den Zataki ihm verabreicht hatte.
»Diese Hundesöhne!«
»Aber... aber sie sind doch nur zu Iran-Toda, Exzel...«
»Und ich sage dir, sie sind geflohen, und zwar mit unseren Hubschraubern!«
»Aber unsere zwei 206 stehen frisch gestrichen im Hangar, ich habe sie selbst gesehen, und ein Ventilator trocknet den Lack. Exzellenz Lutz würde niemals einen Ventilator eingeschaltet lassen, wenn...«
»Bei Allah, ich sage dir, sie sind weg!«
Jahan schaltete das Funkgerät ein: »Captain Lutz, hier ist die Basis, können Sie mich hören?«

In Lutz' Cockpit. Lutz und sein Mechaniker Faganwitch hörten ihn deutlich. »Basis an Captain Lutz, können Sie mich hören?« Lutz stellte die Trimmung geringfügig nach, entspannte sich wieder und schaute nach links und rechts. Er sah Kelly, der auf seinen Kopfhörer deutete, zwei Finger hob und gestikulierte. Lutz lachte und bestätigte. Dann aber verflog seine übermütige Stimmung. »Teheran, hier spricht Bandar-e Delam, können Sie mich hören?« Die Piloten strafften sich. Keine Antwort. »Kowiss, hier spricht Bandar-e Delam, können Sie mich hören?« Keine Antwort. »Lengeh, hier spricht Bandar-e Delam, können Sie mich hören?«
»Bandar-e Delam, hier spricht Lengeh, wir verstehen Sie schlecht, aber sprechen Sie.«
Sofort ließ Jahan einen persischen Wortschwall los, den Lutz nicht verstand. Dann begannen die zwei Funker eine rege Unterhaltung. Nach einer Pause sagte Jahan auf Englisch: »Teheran, hier spricht Bandar-e Delam, können Sie mich hören?« Störgeräusche. Er wiederholte die Frage. Störgeräusche. Dann: »Kowiss, können Sie mich hören?« Und wieder Stille.
»Für den Augenblick«, brummte Rudi.
»Um was ging's denn jetzt da, Captain?« fragte Faganwitch.
»Wir sind festgenagelt. Es sind keine 50 Minuten her, daß wir abgehoben haben, und schon sind wir festgenagelt.« Um sie herum waren Jagdverbände stationiert, und vor ihnen lag der große, sehr effiziente Jägerstützpunkt von Kharg. Daß man sie abschießen würde, wenn man sie abfing, daran hegte er nicht den geringsten Zweifel. Und völlig zu Recht, mußte er sich grimmig eingestehen. Obwohl sie im Augenblick knapp über dem Meeresspiegel ziemlich sicher waren – die Sicht betrug knapp einen halben Kilometer –, würde sich der Nebel binnen kurzem lichten und sie wehrlos zurücklassen.
Wieder Jahans Stimme: »Teheran, hier spricht Bandar-e Delam, können Sie mich hören?« Störgeräusche. »Kowiss, hier ist Bandar-e Delam, können Sie mich hören?« Keine Antwort.
Lutz stieß einen Fluch aus. Jahan war ein guter Funker, ein beharrlicher Mann; er würde so lange Kowiss oder Teheran rufen, bis er Antwort bekam. Und dann? Das ist euer Problem, nicht meines. Mein Problem ist es, die vier

Maschinen herauszubringen, das ist alles, worüber ich mir Sorgen zu machen brauche.
3 bis 5 Meter unter ihnen rollten die Wellen, noch ohne Schaumkronen, aber grau und tückisch, und der Wind hatte nicht nachgelassen. Er sah zu Kelly hinüber und bewegte seine Hand von links nach rechts – eine Aufforderung, sich weiter auszubreiten und bei schlechter Sicht nicht zu versuchen, visuellen Kontakt zu halten. Er signalisierte das gleiche Dubois, der die Anweisung an Petrofi weitergab, und machte sich anschließend daran, mit einem Minimum an Treibstoff ein Maximum an Leistung herauszuholen. Bald würden sie die Schiffahrtswege überblicken.

Lengeh: 8 Uhr 31. »Mein Gott, Scrag, wir dachten schon, du wärst verhaftet worden!« stieß Vossi hervor; voller Erleichterung standen er, Neureiter und die drei Mechaniker um den Wagen herum. »Was war denn?«
»Ich habe die Pässe, also machen wir uns auf die Socken.«
»Wir haben ein Problem.« Vossi war blaß.
Scragger zog eine Grimasse. »Und zwar?«
»Ali Pasch ist da. Er sitzt am Funkgerät. Er kam an wie gewöhnlich, und wir haben versucht, ihn wegzuschicken, aber er wollte einfach nicht und...«
Ungeduldig fiel Willi Neureiter ihm ins Wort: »Und seit 5 oder 10 Minuten benimmt er sich höchst sonderbar.«
»Als ob er einen Vibrator im Arsch hätte, Scrag. Ich habe ihn noch nie so erlebt...« Vossi verstummte. Ali Pasch kam auf die Veranda des Büros heraus und winkte Scragger aufgeregt heran.
»Bin gleich da, Ali!« rief Scragger ihm zu und richtete im Flüsterton die Frage an Benson, ihren Chefmechaniker: »Seid ihr alle soweit?«
»Jawohl, Sir.« Der kleine drahtige Benson war nervös. »Hauen wir ab?«
»Warte, bis ich im Büro bin. Ihr wartet alle, bis ich das Zeichen gebe.«
Scragger holte tief Atem und setzte sich in Bewegung. Im Büro angekommen, legte er die Aktentasche mit den Pässen auf den Schreibtisch und wandte sich an Ali Pasch. »Was haben wir denn für ein Problem?«
»Sie verlassen uns, Agha«, antwortete der junge Mann zu Scraggers Entsetzen.
»Na ja, wir... wir machen Bodenkontrollen...«
»Nein, nein, Sie verlassen uns! Jawohl, das tun Sie. Es... es gibt keinen Personalaustausch morgen, man braucht keine Koffer – ich habe Agha Benson mit einem Koffer gesehen –, und wozu wurden alle Ersatzteile hinausgeschickt und alle Piloten und Mechaniker...«, Tränen rollten dem jungen Mann über die Wangen, »...es ist wahr...«
»Jetzt hören Sie mal zu, mein Junge. Sie sind ein bißchen durcheinander, nehmen Sie sich einen Tag frei.«
»Aber Sie verlassen uns, so wie die in Bandar-e Delam, Sie verlassen uns heute, und was soll dann aus uns werden?« Ein Schwall von Persisch aus dem Lautsprecher. Der junge Mann wischte sich die Tränen ab, berührte den Sendeschalter, antwortete auf Persisch, fügte auf Englisch »Bitte warten Sie«

hinzu und sagte kläglich: »Das war wieder Agha Jahan. Er hat nur wiederholt, was er schon vor 10 Minuten durchgegeben hat. Ihre vier 212 sind verschwunden, Agha. Sie sind fort. Sie sind um 7 Uhr 32 zu Iran-Toda gestartet, aber dort nicht niedergegangen, sondern weiter landeinwärts geflogen.«
Scragger hatte nach einem Stuhl getastet und sich bemüht, ruhig zu erscheinen. Bis auf »Vier haben's geschafft, fünf fehlen noch« war sein Kopf leer. Wieder der Lautsprecher, diesmal auf Englisch: »Teheran, hier spricht Bandar-e Delam, können Sie mich hören?«
»Alle paar Minuten ruft er Teheran und auch Kowiss, aber er bekommt keine Antwort...« Neue Tränen traten dem jungen Mann in die Augen. »Sind die aus Kowiss auch schon fort? Keiner von Ihren Leuten mehr in Teheran? Was sollen wir tun, wenn Sie weg sind?« Auf der Rampe ließ die erste 212 lärmend ihr Triebwerk an, gleich darauf auch die zweite. »Agha«, warnte Ali Pasch besorgt, »jetzt müßten wir in Kisch um Erlaubnis ansuchen, die Triebwerke zu starten.«
»Heute am Feiertag brauchen wir die Leute doch nicht zu belästigen, und es ist ja auch kein richtiger Flug, nur ein Test«, beruhigte ihn Scragger. Er schaltete das Funkgerät ein und wischte sich das Kinn ab; er fühlte sich irgendwie schmutzig und sehr unsicher. Er konnte Ali Pasch gut verstehen, und was der junge Mann gesagt hatte, entsprach der Wahrheit. Wenn sie einmal fort waren, gab es hier keine Jobs mehr, für die Ali Paschs blieb nur mehr der Iran, und Gott allein wußte, wie es weitergehen würde. Aus dem Lautsprecher kam Neureiters Stimme: »Mein Drehmomentmesser spielt verrückt, Scrag.«
Scragger nahm das Mikrophon zur Hand. »Flieg mit ihr zum Kohlfeld hinüber und teste sie dort.« Das Kohlfeld war ein 8 Kilometer landeinwärts gelegenes Gebiet, wo sie Triebwerke testeten und Verfahren für Notsituationen übten. »Bleib dort, Willi, und wenn du Probleme hast, laß es mich wissen. Ich kann dir ja Benson hinüberschicken, wenn du eine Justierung brauchst. Und wie geht's dir, Ed?«
»Prima, wirklich prima, Scrag. Wenn du nichts dagegen hast, könnte ich einige Triebwerksausfälle üben. Meine Lizenz steht zur Verlängerung an. Willi kann mich kontrollieren, okay?«
»Okay. Ich ruf dich in einer Stunde.« Scragger ging ans Fenster. Er war froh, Ali Pasch den Rücken zukehren zu können, weg von diesen traurigen, vorwurfsvollen Augen. Beide Helikopter hoben ab und steuerten landeinwärts. Das Büro schien noch stickiger als sonst zu sein. Er machte das Fenster auf. Traurig saß Ali Pasch neben dem Funkgerät. »Warum nehmen Sie sich den Tag nicht frei, Junge?«
»Ich muß Bandar-e Delam antworten. Was soll ich sagen, Agha?«
»Was hat Jahan dich gefragt?«
»Er sagte, Agha Numi wollte wissen, ob hier etwas Ungewöhnliches vorgegangen, ob mir etwas aufgefallen wäre. Ob Ersatzteile über das normale Maß hinaus weggeschickt, ob mehr Flugzeuge, Piloten und Mechaniker als sonst den Stützpunkt verlassen hätten.«

Scragger musterte ihn. »Was sollte hier Ungewöhnliches vorgegangen sein? Ich bin hier, die Mechaniker sind auf ein Picknick gefahren, Ed und Willi machen Routinekontrollen. Routine, stimmt's?« Er fixierte ihn, wollte ihn auf seine Seite zwingen, aber er hatte keine Möglichkeit, ihn zu etwas zu überreden, konnte ihm nichts anbieten, kein Pischkesch, außer... »Sind Sie mit allem einverstanden, was hier vorgeht, Ali?« fragte er vorsichtig. »Ich meine, was die Zukunft Ihnen hier bringen wird?«
»Zukunft? Wenn... wenn Sie von hier fortgehen... habe ich keinen Job mehr, ich kann mir überhaupt nichts leisten, ich bin der einzige Sohn...«
»Wenn Sie wegwollen, na ja, Sie hätten einen Job und eine Zukunft. Außerhalb des Irans. Garantiert.«
Der Junge starrte ihn an, verstand plötzlich, was Scragger ihm anbot. »Aber... was können Sie mir garantieren, Agha? Ein Leben in Ihrem Westen? Für mich allein? Aber wie steht es mit meinen Leuten? Was soll ich mit meiner Familie machen, mit meiner Braut?«
»Auf diese Fragen weiß ich keine Antwort«, gab Scragger zurück. Den Blick auf die Uhr gerichtet, war ihm bewußt, wie schnell die Zeit verstrich, und er machte sich darauf gefaßt, den jungen Mann überwältigen zu müssen – der größer war als er, kräftiger gebaut und um 35 Jahre jünger –, dann das Funkgerät untauglich zu machen und auf Teufel komm raus die Flucht über den Golf zu wagen. Tut mir leid, mein Junge, aber so oder so, du wirst mit mir zusammenarbeiten. Lässig rückte er näher an ihn heran. »*Inscha'Allah* ist Ihre Lebensphilosophie«, sagte er freundlich und machte sich bereit.
Diese Worte aus dem Mund dieses gütigen, sonderbaren alten Mannes, den er so sehr respektierte, ließen ein warmes Gefühl in Ali Pasch hochsteigen.
»Das ist meine Heimat, Agha, mein Land«, sagte er schlicht. »Der Imam ist der Imam, und er gehorcht nur Allah. Die Zukunft ist die Zukunft und in Allahs Hand.«
Und noch bevor Scragger ihn aufhalten konnte, rief Ali Pasch Bandar-e Delam und sprach auf Persisch ins Mikrophon. Nur ein paar Sekunden lang unterhielten sich die zwei Funker miteinander, dann beendete der junge Mann den Dialog und sah Scragger an: »Ich nehme es Ihnen nicht übel, daß Sie fortgehen«, sagte er. »Ich danke Ihnen für alles... was gewesen ist.« Sehr bedächtig schaltete er das Funkgerät aus, nahm einen Leistungsschalter heraus und steckte ihn in die Tasche. »Ich habe ihm gesagt, daß wir für heute Schluß machen.«
Scragger atmete tief auf. »Danke, mein Sohn.«
Die Tür ging auf. Qeschemi stand auf der Schwelle. »Ich wünsche die Basis zu inspizieren.«

Al Schargas – im Büro der S-G. »...und dann«, berichtete Manuela Starke, »dann sagte Ali Pasch zu Jahan: ›Nein, hier ist nichts Ungewöhnliches.‹ Und fügte dann, ein wenig abrupt, hinzu: ›Für heute machen wir Schluß. Ich muß jetzt zum Gebet.‹ Numi rief ihn sofort zurück und ersuchte ihn, noch ein paar Minuten zu warten, bekam aber keine Antwort mehr.«

»Abrupt?« hakte Gavallan nach, während Scot und Nogger Lane aufmerksam zuhörten. »Können Sie das näher beschreiben?«
»So, als ob er die Nase voll hätte... oder wie wenn man ihm eine Pistole an die Schläfe hielte – für einen Iraner nicht ungewöhnlich, so abrupt zu sein. Ich würde da an Ihrer Stelle nichts hineininterpretieren, Andy.«
»Hieße das, daß Scragger noch da ist oder nicht?« Der bloße Gedanke erschreckte Scot und Nogger. Manuela rückte unruhig herum. »Wenn er da war, würde er dann nicht selbst geantwortet haben, um uns auf dem laufenden zu halten? Vielleicht...« Das Telefon schrillte. Scot nahm den Hörer auf. »S-G. Oh, hallo, Charlie, Augenblick.« Er reichte seinem Vater den Hörer. »Aus Kuwait...«
»Hallo, Charlie. Ist alles in Ordnung?«
»Danke, ja. Ich bin auf dem Flughafen von Kuwait und rufe Sie von Patricks Büro bei Guerney's an.« Obwohl die zwei Gesellschaften weltweite Konkurrenten waren, unterhielten sie sehr freundschaftliche Beziehungen. »Was gibt es Neues?«
»Delta 4, sonst nichts. Ich rufe Sie sofort an, sobald Jean-Luc aus Bahrain eingecheckt hat – er ist mit Delarne bei der Gulf Air de France, wenn Sie ihn brauchen. Ist Genny bei Ihnen?«
»Nein, sie ist ins Hotel zurückgegangen, aber ich bin startklar, sobald Mac und die anderen eintreffen.«
»Haben Sie es Patrick erzählt, Charlie?« fragte Gavallan ganz beiläufig. Er hörte Pettikins gezwungenes Lachen.
»Ist doch komisch, Andy. Der hiesige Vertreter von British Airways und noch ein paar andere haben die verrückte Idee, daß wir etwas im Schilde führen – daß wir alle unsere Vögel abziehen wollen. Stellen Sie sich vor!«
Gavallan seufzte. »Lassen Sie die Katze nicht aus dem Sack, Charlie, halten Sie sich an den Plan. Ich rufe an, wenn ich etwas Neues habe. Übrigens – ich hätte es beinahe vergessen: Sie erinnern sich doch noch an Ross, John Ross?«
»Als ob ich ihn je vergessen könnte! Was ist mit ihm?«
»Ich habe erfahren, daß er im Kuwait International Hospital liegt. Sehen Sie doch mal nach ihm, wenn Sie einen Augenblick Zeit haben.«
»Selbstverständlich. Mache ich gleich. Was hat er denn?«
»Das weiß ich nicht. Rufen Sie mich an, wenn Sie was wissen.« Er legte auf. Wieder ein tiefer Seufzer. »In Kuwait wissen sie Bescheid.«
»Mensch, wenn sie es dort schon...« Scot wurde vom Telefon unterbrochen. »Hallo? Augenblick. Mr. Newbury, Vater.«
Gavallan nahm den Hörer. »Guten Morgen, Roger, wie läuft's denn so?«
»Oh. Na ja, eigentlich wollte ich Sie das fragen. Wie läuft's denn so? Inoffiziell natürlich.«
»Gut, gut«, antwortete Gavallan unverbindlich. »Werden Sie den ganzen Tag im Büro bleiben? Ich würde vorbeikommen, rufe aber an, bevor ich von hier fortgehe.«
»Bitte tun Sie das. Ich werde bis Mittag hier sein. Es ist ja ein langes Wochenende. Bitte rufen Sie mich auch sofort an, wenn Sie etwas hören –

inoffiziell. Sofort. Wir machen uns hier Sorgen, und – na ja, wir können darüber reden, wenn Sie hier sind. Auf Wiedersehen!«

»Augenblick noch. Haben Sie etwas von Ross gehört?«

»Ja, ja, habe ich. Tut mir leid, aber er scheint schwer verletzt zu sein, keine großen Überlebenschancen. Es ist ein Jammer, aber was soll man machen? Also bis bald.«

Gavallan legte auf. »Stimmt etwas nicht?« fragte Manuela.

»Wie es aussieht... Ross wurde schwer verletzt, und man erwartet nicht, daß er überlebt.«

»Entsetzlich!« murmelte Nogger. »Mein Gott...« Er hatte ihnen von Ross erzählt, wie er ihrer aller und auch Azadehs Leben gerettet hatte.

Manuela bekreuzigte sich und flehte inständig zur hl. Maria, ihn genesen zu lassen, betete darum, daß alle Männer sicher herauskamen, alle ohne Ausnahme, und auch Azadeh und Scharazad. Warum können die Menschen nicht in Frieden miteinander leben...

»Hat Newbury dir gesagt, was geschehen ist, Vater?«

Gavallan schüttelte den Kopf. Er dachte an Ross, der im gleichen Alter war wie Scot, aber zäher, robuster und widerstandsfähiger als Scot, und nun... der arme Junge! Vielleicht schafft er es doch noch. O Gott, ich hoffe es so sehr... Was kann man tun? Weitermachen, mehr nicht. Azadeh wird erschüttert sein... das arme Mädchen! Und Erikki nicht minder – schließlich verdankt er ihm ihr Leben. »Bin gleich wieder da«, sagte er und ging ins Vorzimmer hinaus, wo er ein privates Gespräch mit Newbury führen konnte.

»Teheran, hier spricht Bandar-e Delam, können Sie mich hören?«

»Genau 5 Minuten«, brummte Scot. »Jahan ist überpünktlich. Hat Siamaki nicht gesagt, er würde um 9 im Büro sein?«

»Ja, hat er.« Ihrer aller Augen richteten sich auf die Uhr. Es war 8 Uhr 54.

Lengeh: 9 Uhr 01. Sergeant Qeschemi stand im Hangar und betrachtete die dort abgestellten zwei 206. Scragger und Ali Pasch standen nervös hinter ihm und beobachteten ihn. Ein Sonnenstrahl brach durch die Wolken und glitzerte auf der 212, die in 50 Meter Entfernung auf dem Heliport wartete.

»Sind Sie schon einmal in einer von diesen geflogen, Exzellenz Pasch?« wollte Qeschemi wissen.

»Mit der 206? Ja, Exzellenz Sergeant«, antwortete der Funker und schenkte dem Sergeant ein liebenswürdiges Lächeln. »Manchmal nimmt der Captain mich oder meinen Kollegen mit, wenn wir dienstfrei haben.« Innerlich war er nicht ganz so ruhig. Er machte sich Sorgen, weil er jetzt zwangsläufig an einem verräterischen Unternehmen beteiligt war – es war Verrat, gegen die Vorschriften zu verstoßen, die Polizei zu belügen, ungewöhnliche Vorgänge nicht zu melden. »Wenn Sie wollen, würde der Captain Sie jederzeit auch mitnehmen«, erklärte er. Mit allen Mitteln versuchte er jetzt, sich aus dem Sumpf herauszuarbeiten, in den seine Gefühle und der Captain ihn gebracht hatten.

»Wäre heute ein guter Tag?«
Nur mit Mühe hielt Ali Pasch den forschenden Blicken des Sergeant stand. »Selbstverständlich, Agha. Soll ich ihn fragen?«
Qeschemi sagte nichts. Er ging ins Freie hinaus, ohne auf das halbe Dutzend *hezbollahis* zu achten, die neugierig zusahen. Auf Persisch sagte er: »Wo sind denn die Leute alle, Agha?«
Ali Pasch machte den Dolmetscher für Scragger, verdrehte dabei aber die Worte in einer Weise, daß sie besser und überzeugender klangen. Weil doch heute heiliger Tag sei und es daher keine zahlenden Fluggäste geben würde, habe der Captain dem iranischen Personal korrekterweise freigegeben, die 212 zu einem Ground check auf das Versuchsgelände geschickt und die übrigen Mechaniker auf ein Picknick fahren lassen. Er selbst würde sich jetzt in die Moschee begeben, sobald Exzellenz Sergeant mit dem zu Ende gekommen sei, womit er zu Ende kommen wollte.
Da er kein Persisch verstand, war Scragger völlig frustriert. Er haßte es, derart die Kontrolle über eine Situation zu verlieren. Ali Pasch hatte sein Leben und das seiner Männer in der Hand.
»Seine Exzellenz fragt, welche Pläne Sie für den Rest des Tages haben.«
»Eine verdammt gute Frage«, murmelte Scragger, worauf ihm eine alte Familienmaxime in den Sinn kam: »Du hängst für ein Lamm, du hängst für ein Schaf – also kannst du auch gleich die ganze Herde nehmen.« Der Verfasser war einer seiner Vorfahren gewesen, ein Mann, der zu Beginn des 19. Jahrhunderts gelebt und den man nach Australien deportiert hatte. »Sag ihm bitte, daß ich, wenn er seine Inspektion beendet hat, ins Kohlfeld hinüberfliegen werde, um Ed durchzuchecken. Seine Lizenz steht zur Verlängerung an.«
Während Qeschemi wieder eine Frage stellte und Ali Pasch sie beantwortete, überlegte er sich, was er tun sollte, wenn Qeschemi sagen würde: »Gute Idee, ich komme mit.«
»Seine Exzellenz möchte wissen, ob Sie so freundlich wären, der Polizei etwas Benzin zu borgen.«
»Was?«
»Er braucht Benzin, Captain. Er möchte sich Benzin ausleihen.«
»Aber gewiß doch, Agha, gewiß doch!« Einen Augenblick lang blühte Hoffnung in ihm auf. »Kommen Sie, Ali, Sie können mir helfen«, sagte er, weil er ihn nicht mit Qeschemi allein lassen wollte, ging zur Pumpe voraus und winkte Corporal Achmed, ihm mit dem Wagen zu folgen. Der Windsack hüpfte. Er sah, wie sich hoch oben die Wolken auftürmten und, von einem stürmischen Wind getrieben, schnell dahinzogen. Hier unten war es immer noch ein Südostwind, obwohl er noch mehr nach Süden gedreht hatte. Gut für uns, aber ein scheußlicher Gegenwind für die anderen, dachte er.

In den Hubschraubern – im Anflug auf die Insel Kisch: 9 Uhr 07. Lutz' vier Helis flogen in Sichtweite, noch näher beieinander als zuvor, und schwebten ruhig und knapp über den Wellen dahin. Man konnte zwischen 200

und 800 Meter weit sehen. Alle Piloten sparten an Treibstoff, während sie gleichzeitig bemüht waren, maximale Reichweite zu erzielen. Wieder beugte Lutz sich vor, um auf den Benzinanzeiger zu klopfen. Der Zeiger bewegte sich geringfügig und registrierte knapp unter Halbvoll. »Kein Problem, Rudi, sie läuft prima«, sagte Faganwitch über die Sprechanlage. »Wir haben reichlich Zeit zum Auftanken, stimmt's? Wir liegen noch im Zeitplan, oder?«
»O ja.« Trotzdem rechnete Lutz noch einmal ihre Reichweite durch, wobei er auch jetzt wieder das gleiche Ergebnis ermittelte: Genug, um Bahrain zu erreichen, aber nicht genug für die gesetzlich vorgeschriebene Treibstoffreserve. »Teheran, hier spricht Bandar-e Delam, können Sie mich hören?« Wieder hatte er Jahans Stimme im Kopfhörer; sie irritierte ihn mit ihrer Hartnäckigkeit. Einen Augenblick lang fühlte er sich versucht, abzuschalten, aber das war doch zu gefährlich.
»Bandar-e Delam, hier spricht Teheran. Wir hören Sie recht gut. Sprechen Sie!«
Ein persischer Wortschwall. Lutz hörte mehrmals »Siamaki« heraus, aber sonst wenig. Dann erkannte er Siamakis Stimme, gereizt, arrogant wie immer, nur jetzt zusätzlich sehr zornig. »Warten Sie, Bandar-e Delam. Al Schargas, hier spricht Teheran! Können Sie mich hören?« Und noch zorniger: »Al Schargas, hier spricht Generaldirektor Siamaki, können Sie mich hören?« Keine Antwort. Wieder eine Flut von persischen Sätzen, und dann schrie Faganwitch auf: »Achtung! Vor uns!«
Auf dem Weg zu seinem irakischen Terminal raste der fast 300 Meter lange Supertanker durch den Dunstschleier breitseitig auf sie zu und türmte sich mit bellendem Nebelhorn vor ihnen auf. Lutz wußte, daß er in der Falle saß. Er hatte keine Zeit, aufzusteigen, und keinen Platz, um links oder rechts auszubrechen, weil er sonst mit den anderen zusammenstoßen würde. Er begann einen Notstopvorgang.
Kelly zu seiner Linken legte sich gefährlich weit in die Kurve und schaffte es gerade noch knapp am Heck vorbei. Sandor, ganz rechts, kam sicher um den Bug herum. Dubois hingegen, keineswegs sicher, aber sofort auf maximaler Leistung, kurvte nach rechts und zurück in eine zu steile Steigdrehung, mehr, immer mehr, auf 50 – 60 – 70 – 80 Grad; der Bug stürmte auf ihn zu, unmöglich, um ihn herumzukommen, Knüppel zurück, bis es ihn und Fowler in ihre Sitze heruntersaugte, und der Schandeckel des Schiffes auf sie zuraste. Dann aber brausten sie, eine wahre Millimeterarbeit, über das Vorderdeck, die erschrockene Deckmannschaft stob auseinander. Sobald er in Sicherheit war, änderte Dubois den Kurs um 180 Grad, um nach Lutz zu sehen. Er hegte die leise Hoffnung, es könnte Lutz gelungen sein, den Aufprall zu dämpfen und sich in die See zu retten.
Nase nach oben, Leistung aus, hatte Lutz den Knüppel zurückgezogen und beobachtete, wie die Eigengeschwindigkeit fiel; Nase ein wenig höher, keine Zeit zum Beten, Nase höher, die Seite des Tankers näher und näher, die Nase noch höher, aufheulendes Durchsackwarngerät, da komm ich nicht durch, kreischendes Durchsackwarngerät, jeder Augenblick kann der letzte sein,

Tanker nur mehr ein paar Meter entfernt, kam auf sie zu, langsamer, langsamer, ist ja doch zu spät, aber vielleicht reicht es, um den Zusammenstoß zu mildern... er stürzte ab, riß den Knüppel nach vorn, sekundenlang volle Kraft, um den entsetzlichen Aufprall zu dämpfen, und plötzlich war der Helikopter eineinhalb Meter über den Wellen in der Schwebe fixiert, die knatternden Drehflügel nur wenige Zentimeter von der Seite des Tankers entfernt, der sanft vorüberglitt.
Als er wieder klar sehen konnte, hob er den Blick. Auf der Brücke des Tankers machte er die Offiziere aus, die auf sie herabstarrten; viele schüttelten wütend ihre Fäuste. »Verdammter Idiot!« brüllte einer, aber er konnte ihn nicht hören. Die Schiffsschrauben wühlten die Wellen auf, salziger Gischt übersprühte sie. Der Weg vor ihnen war frei.
»Ich... ich glaube, ich muß scheißen!« Kraftlos kroch Faganwitch in die Kabine zurück.
Du kannst gleich für mich mit gehen, dachte Rudi, hatte aber nicht die Kraft, es auszusprechen. Ihm zitterten die Knie und seine Zähne klapperten. »Vorsichtig«, brummte er, gab Gas, gewann an Höhe und Geschwindigkeit und war bald völlig in Sicherheit. Von den anderen war nichts zu sehen. Dann entdeckte er Kelly, der vorbeikam, um nach ihm zu sehen. Als Kelly ihn erblickte, wackelte er mit dem Helikopter glücklich von einer Seite zur anderen, postierte sich neben ihn und reckte den Daumen hoch. Um die anderen davon abzuhalten, wertvollen Treibstoff zu vergeuden, indem sie zurückkamen, um nach ihm zu suchen, hielt Rudi die Lippen ganz nahe ans Mikrophon und zischte durch die Zähne – d-d-dsss, d-d-d-sss, d-d-d-sss – ihr eigener Code, der sie anweisen sollte, Bahrain getrennt anzusteuern. Er hörte Petrofi und Dubois bestätigen. Nur Pop Kelly schüttelte den Kopf und bedeutete ihm, daß er neben ihm bleiben wollte. Lutz deutete nach vorn.
Und wieder in ihren Kopfhörern: »Al Schargas, hier spricht Agha Siamaki in Teheran, können Sie mich hören? Al Schargas, hier spricht...«

Lengeh: 9 Uhr 26. Scragger hielt die Zapfpistole, aus der das Benzin in das Polizeiauto sprudelte. Schäumend quoll es über und spritzte ihn voll. Eine Verwünschung ausstoßend, legte er den Hebel um und hängte die Pistole wieder an die Pumpe. Der Corporal schraubte den Tank zu. Qeschemi sprach kurz zu Ali Pasch. »Seine Exzellenz fragt, ob Sie ihm ein paar Kanister überlassen könnten, Captain? Volle natürlich.«
»Na klar, warum nicht? Wie viele will er denn haben?«
»Er sagt, er könne drei im Kofferraum unterbringen und zwei im Fond. Fünf.«
»Fünf also.«
Scragger fand die Kanister und füllte sie; zusammen luden sie sie in das Polizeiauto. Jetzt ist der Wagen ein einziger Molotowcocktail, dachte er. Am Himmel türmten sich Sturmwolken auf. In den Bergen zuckten Blitze. »Sag ihm, er soll im Wagen nicht rauchen.«
»Seine Exzellenz dankt Ihnen.«

»Gern geschehen.« Donner rollte von den Bergen herab. Noch mehr Blitze. Müßig sah sich Qeschemi im Lager um. Ein paar *hezbollahis* saßen im Windschatten und rekelten sich. Scragger hielt es nicht länger aus. »Tja, dann mache ich mich wohl jetzt auf den Weg, Agha«, sagte er, deutete auf die 212 und dann nach oben. »Okay?«
Qeschemi sah ihn befremdlich an. »Okay? Was okay, Agha?«
»Ich jetzt gehen.« Starr lächelnd drückte Scragger mit Gebärden aus, daß er wegfliegen wollte. *»Mamnoon am. Khoda halfez.«* Danke, leben Sie wohl. Er streckte ihm die Hand entgegen.
Der Sergeant betrachtete die Hand und hob dann den Blick. Seine erfahrenen harten Augen bohrten sich in die seinen. »Okay, Sie leben wohl, Agha«, sagte er und schüttelte ihm kräftig die Hand.
Der Schweiß lief Scragger über das Gesicht, und er mußte sich zusammennehmen, um ihn nicht abzuwischen. *»Mamnoon am. Khoda halfez*, Agha.« Er nickte Ali Pasch zu, hätte auch ihm gern die Hand geschüttelt, wollte aber sein Glück nicht strapazieren. Im Vorbeigehen klopfte er ihm auf die Schulter. »Auf bald, mein Sohn, machen Sie's gut.«
»Guten Flug, Agha.« Ali Pasch sah zu, wie Scragger in das Cockpit kletterte, ihm winkte und abhob. Er winkte zurück und sah dann, wie Qeschemi ihn musterte. »Wenn Sie gestatten, Exzellenz, sperre ich jetzt zu und gehe dann in die Moschee.«
Qeschemi nickte und folgte der davonfliegenden 212 mit den Blicken. Wie transparent sie doch sind, dachte er, der alte Pilot und der junge Narr. Es ist so leicht, die Gedanken von Menschen zu lesen, wenn man Geduld hat und Hinweise beachtet. Sehr gefährlich, unter Mißachtung der Gesetze ein Flugzeug in Betrieb zu nehmen. Noch gefährlicher, Fremden dabei zu helfen, gegen das Gesetz zu verstoßen und fortzufliegen – und selbst zurückzubleiben. Ein Wahnsinn! Die Menschen sind eigenartig! Wie es Allah gefällt.
Einer der *hezbollahis*, ein Junge mit noch flaumigem Bart, kam, eine AK 47 umgehängt, herangeschlendert und betrachtete mit anzüglichem Lächeln die Kanister im Fond des Wagens. Qeschemi sagte nichts, nickte ihm nur zu. Auch der Junge nickte und spazierte dann arrogant zu seinen Kameraden zurück.
Der Sergeant kletterte auf den Fahrersitz. Aussätzige Hundesöhne, dachte er. Noch vertretet ihr in Lengeh nicht das Gesetz – Allah sei Dank. »Es ist Zeit, Achmed, wir müssen los.« Während sich der Corporal neben ihn setzte, sah er den Hubschrauber die Höhe überfliegen und verschwinden. Es wäre noch immer so leicht, dich zu erwischen, mein Alter, dachte er amüsiert. So leicht. Wir müssen nur Alarm schlagen – unser Telefon funktioniert, und wir haben eine direkte Verbindung mit dem Jägerstützpunkt in Kisch. Sind ein paar Liter Benzin genug Pischkesch für deine Freiheit? Ich muß es mir noch überlegen.
»Ich setze dich beim Revier ab, Achmed, und dann habe ich bis morgen dienstfrei. Den Tag über behalte ich den Wagen.«
Qeschemi legte den Gang ein. Vielleicht hätten wir mit den Fremden gehen

sollen, meine Familie und ich – wir hätten sie leicht zwingen können, uns mitzunehmen, aber dann hätten wir auf der anderen Seite unseres Persischen Golfs leben müssen – unter Arabern. Ich habe Araber nie gemocht, habe ihnen nie getraut. Nein, ich habe einen besseren Plan. Heute den ganzen Tag und die ganze Nacht die Küstenstraße hinunter, dann mit der Dhau meines Vetters nach Pakistan hinüber – mit reichlich Benzin als Pischkesch. Viele von uns sind schon drüben. Mit Allahs Hilfe kann ich meiner Frau, meinem Sohn und der kleinen Fatemah dort ein gutes Leben bieten, bis wir in die Heimat zurückkehren können. Hier herrscht jetzt zuviel Haß; wir haben zu lange dem Schah gedient. Es waren gute Jahre. Für einen Schah war er nicht der schlechteste. Wir haben immer unser Geld bekommen.

Nördlich von Lengeh: 9 Uhr 32. Das »Kohlfeld« lag 8 Kilometer nordöstlich des Stützpunktes; es war ein ödes Gelände, und die zwei Hubschrauber standen mit laufenden Triebwerken nebeneinander. Vossi lehnte am Fenster von Neureiters Cockpit. »Mir ist zum Kotzen, Willi.«
»Mir auch.« Neureiter schob seine Kopfhörer zurecht. Das UKW-Gerät war eingeschaltet, durfte aber, dem Plan entsprechend, zwar abgehört, aber nur im äußersten Notfall zum Senden benutzt werden.
»Hörst du was, Willi?« fragte Vossi.
»Nein, nur Störgeräusche.«
»Scheiße. Er muß ganz schön im Dreck stecken. Noch eine Minute, dann schau ich mal nach.«
»Wir schauen beide nach.« Neureiter beobachtete die Blitze in den Bergen. Die Wolken waren schwarz und verdichteten sich.
Plötzlich leuchtete Neureiters Gesicht auf und er deutete nach oben: »Da ist er!« Scraggers 212 näherte sich in gut 200 Meter Höhe. Vossi stürzte zu seinem Helikopter hinüber und kletterte in das Cockpit. Jetzt in den Kopfhörern: »Wie steht es mit deinem Drehmomentzähler, Willi?«
»Nicht sehr gut, Scrag«, gab Neureiter selig zurück. Damit befolgte er ihren Plan, für den Fall, daß jemand mithörte. »Ich habe Ed gebeten, sich das Ding einmal anzusehen, und er ist sich seiner Sache auch nicht sicher – sein Funkgerät funktioniert nicht.«
»Na, dann komm ich runter, und wir besprechen das. Scragger an Stützpunkt, können Sie mich hören?« Keine Antwort. »Scragger an Stützpunkt. Wir bleiben eine Weile am Boden.« Keine Antwort.
Neureiter ließ Vossi seinen aufgereckten Daumen sehen. Beide gaben Gas und konzentrierten sich auf Scragger, der gemächlich zur Landung ansetzte. In Bodennähe drosselte er seinen Sinkflug, um die Jagd zum Golf anzuführen. Bereits als er die Bergkette überflog, konnte er die Küste sehen und auch ihren kleinen Lieferwagen, der auf dem steinigen Uferland geparkt war. Für einen Augenblick setzte sein Herzschlag aus. Eine Ziegenherde mit drei Hirten tummelte sich auf seinem Landeplatz. 50 Meter den Strand hinauf stand ein Wagen mit ein paar Leuten und spielenden Kindern, wo er nie zuvor jemanden gesehen hatte.

Ich kann jetzt nichts mehr ändern, dachte er. Er sah, wie Benson und die anderen zwei Mechaniker aufmerksam wurden, in den Laster sprangen und auf den Landeplatz zufuhren. Neureiter und Vossi hatten Gas weggenommen, um ihm Zeit zu lassen. Ohne zu zögern, steuerte er den Landeplatz an. Die Ziegen stoben auseinander, Hirten und Ausflügler standen wie versteinert. »Rein mit euch!« rief er, sobald seine Kufen den Boden berührten.
Die Mechaniker ließen sich nicht lange nötigen. Benson stürzte auf die Kabinentür zu, riß sie auf und hastete zurück, um den zwei anderen zu helfen, die die Hecktür des Lieferwagens geöffnet hatten. Gemeinsam holten sie Koffer und Taschen heraus und stolperten hinüber, um mit dem Einladen zu beginnen. Scragger sah sich um und stellte fest, daß Neureiter und Vossi in die Schwebe gegangen waren. »So weit, so gut«, brummte er und konzentrierte sich auf die Umstehenden, die neugierig näherkamen. Er suchte die Umgebung ab. Noch keine wirkliche Gefahr. Trotzdem vergewisserte er sich, daß seine Pistole geladen war. Jeden Augenblick konnte das Polizeiauto die Straße herunterkommen. Eine zweite Ladung, noch eine, dann die letzte. Den drei Mechanikern lief der Schweiß in Strömen herunter. Zwei kletterten in die Kabine und knallten die Tür zu. Benson ließ sich neben ihn auf den Vordersitz fallen. Sofort erhob er sich jedoch wieder und fluchte. »Ich habe vergessen, den Scheißmotor abzustellen...«
»Zum Teufel damit, es geht los!« Scragger gab Gas, hob die Maschine hoch, während Benson noch die Tür verriegelte und sich anschnallte. Schon flogen sie über die Wellen, hinaus in den Nebel des Golfes. Links neben ihm sah er Willi, rechts Vossi in ihren Helikoptern, und er bedauerte, daß er mit keinem UHF-System ausgerüstet war, um Gavallan »Lima 3« melden zu können. Na wenn schon, macht nichts, wir sind sowieso im Handumdrehen dort.
Nachdem er die erste Bohranlage hinter sich hatte, begann er freier zu atmen. Schade, daß ich den jungen Ali Pasch so zurücklassen muß, Georges de Plessey mit seinen Leuten, die zwei 206 – überhaupt schade, daß ich fort muß. Na ja, ich hab' getan, was ich konnte. Die nötigsten Anweisungen und mein restliches Geld habe ich ihnen immerhin auch zurückgelassen.
Er überprüfte seinen Kurs und steuerte Siri an, als ob sie Routineeinsätze flögen – falls sie vom Radar erfaßt wurden. Kurz nach Siri wollte er nach Südosten abdrehen, Richtung Al Schargas und Heimat. Wenn alles gut geht, dachte er und berührte die Kaninchenpfote, die Nell ihm vor vielen Jahren als Glücksbringer geschenkt hatte. Wieder an einem Bohrturm vorbei. Siri 6. Der Gewittersturm knisterte in seinem Kopfhörer, bis dann deutlich zu hören war: »He, Scragger, du und *les garçons*, ihr kommt ziemlich niedrig daher!«
Es war die Stimme von François Menange, dem Verwalter der Bohranlage, die sie soeben passiert hatten. Scragger drückte auf die Sendetaste, um ihn zum Schweigen zu bringen: »Kein Wort, darüber, François. Wir üben. Mund halten!«
»*Bien sûr*, aber du bist verrückt, wenn du so niedrig übst. *Adieu.*«
Wieder kam er ins Schwitzen. Noch vier Bohranlagen waren zu passieren, bevor er auf das offene Meer hinaus konnte. Vielleicht können wir uns vorbeischwindeln, dachte er.

62

Luftwaffenbasis Kowiss: 9 Uhr 46. »Erzählen Sie mir noch mehr über Minister Kia, Captain«, forderte ihn der Mullah Hussain geduldig auf. Er saß im Büro des Kommandanten der Basis hinter dem Schreibtisch. Ein *hezbollahi* mit harten Gesichtszügen bewachte die Tür.

»Ich habe Ihnen alles gesagt, was ich weiß«, sagte McIver erschöpft.

»Dann erzählen Sie mir von Captain Starke.« Höflich, beharrlich und geruhsam, so als ob sie den ganzen Tag und die ganze Nacht und auch morgen noch Zeit hätten.

»Ich habe Ihnen auch von ihm schon alles gesagt, Agha. Seit fast zwei Stunden rede ich von den beiden. Ich bin müde, und es gibt nichts mehr zu sagen.« McIver erhob sich von seinem Stuhl, streckte sich und setzte sich wieder. Er hatte schon einmal versucht, den Raum zu verlassen, war aber von dem *hezbollahi* daran gehindert worden.

Daß der Mullah alles über Kia wissen wollte, war für McIver nicht überraschend gekommen, und er hatte ihm schon mehrmals erzählt, wie Kia vor ein paar Wochen plötzlich und völlig unerwartet Direktor geworden war. Er hatte auch über seinen eigenen bescheidenen Geschäftsverkehr mit ihm berichtet, nicht aber über die Schecks auf Schweizer Banken, die den Weg für die Pendelroute der 125 geebnet und die drei 212 aus dem Hexenkessel herausgeholt hatten.

Was Kia anging, durchaus verständlich, aber warum Duke Starke? Wo Duke zur Schule gegangen ist, was er ißt, wie lange er schon verheiratet ist, ob er eine Frau hat oder mehrere, wie lange er schon bei der Firma, ob er Katholik oder Protestant ist. Der Mullah war unersättlich in seinem Wissensdurst; und immer die gleiche ausweichende Antwort auf seine Frage nach dem Warum: »Weil er mich interessiert, Captain.«

McIver sah zum Fenster hinaus. Niedrige Wolken, Donner in der Ferne, Nieselregen. In den Gewitterwolken im Osten gab es anscheinend Aufwind und ein paar richtige Wirbelstürme – eine ausgezeichnete Abschirmung für den Sprung über den Golf. Wie es wohl Scrag und Rudi und ihren Jungs ergehen mag? Mit einiger Mühe verbannte er diese Sorge aus seinen Gedanken – dafür war auch später noch Zeit. Was aber sollte er tun, wenn diese Vernehmung zu Ende war? Wenn sie überhaupt je zu Ende ging! Nimm dich in acht! Konzentrier dich! Wenn du nicht aufpaßt, machst du einen Fehler, und dann bist du geliefert.

Er wußte, daß seine Kraftreserven nahezu erschöpft waren. Gestern hatte er schlecht geschlafen, das verbesserte seine Verfassung auch nicht gerade. Ebensowenig wie Locharts tiefe Trauer über Scharazad. Es fiel Tom schwer, sich der Wahrheit zu stellen, und es war unmöglich, sie ihm ins Gesicht zu sagen: Mußte es nicht einfach schiefgehen, Tom, alter Freund? Sie ist Moslime, sie ist reich, das wirst du nie sein; ihre Familie ist ihr Leben, deine ist es nicht. Sie kann bleiben, du mußt fort – dazu das Damoklesschwert über deinem Kopf, die HBC. Wirklich traurig. Hattet ihr je eine Chance? Solange es einen Schah gab, vielleicht. Aber angesichts der Unbeugsamkeit der neuen Herren?

Mit einiger Mühe zwang er seine Gedanken in die Gegenwart zurück. Er fühlte, wie der Blick des Mullahs ihn durchbohrte. Seitdem Changiz mit ihm gekommen und dann wieder gegangen war, hatte Hussain ihn kaum aus den Augen gelassen.

Dieser verdammte Oberst Changiz! Im Wagen auf der Fahrt hierher hatte auch er alle möglichen Fragen gestellt. Aber er wollte nur genau wissen, wann und wie oft ihre 125 Kowiss anflog, wie viele *hezbollahis* auf ihrer Seite der Basis stationiert waren, wann sie kamen, wie viele auf dem Stützpunkt blieben, und ob sie die Maschine die ganze Zeit bewachten. Er hatte die Fragen ganz beiläufig gestellt, aber McIver zweifelte nicht daran, daß sie einen bestimmten Zweck verfolgten: Changiz war dabei, sich einen Fluchtweg einzurichten – für den Fall des Falles. »Auch in einer Revolution kann es zu Fehlern kommen, Captain, da braucht man dann mehr als sonst hochgestellte Freunde. Traurig, aber wahr.« Entweder kraulst du mir meinen Rücken, oder ich zerfleische dir deinen.

Der Mullah erhob sich. »Ich bringe Sie jetzt zurück.«

»Sehr gut. Vielen Dank.« Vorsichtig musterte McIver den Mullah. Die schwarzbraunen Augen unter den buschigen Brauen gaben nichts preis; die Haut spannte sich über den hohen Backenknochen. Es war ein kraftvolles, edles Gesicht, das starke Entschlossenheit verriet. Zum Guten oder zum Bösen?

Im Tower: 9 Uhr 58. Immer noch kauerte Wazari auf dem Dach neben der Tür. Als McIver und Lochart ihn im Büro zurückgelassen hatten, war ihm die Entscheidung schwergefallen, ob er fliehen oder bleiben sollte. Dann war Changiz mit den Luftwaffensoldaten gekommen, und fast zugleich auch Pavoud und das übrige Personal. Er hatte sich unbemerkt herausgeschlichen und hielt sich seitdem hier versteckt. Kurz vor 8 war Kia mit einem Taxi vorgefahren.

Von seinem guten Aussichtspunkt aus hatte er beobachtet, wie Kia einen Wutanfall bekam, weil McIver nicht neben der 206 auf ihn wartete. Die Soldaten berichteten ihm, was Changiz angeordnet hatte. Kia hatte laut protestiert und war ins Büro gestürzt, um sofort Changiz und Teheran anzurufen. Lochart hatte ihn am Treppenfuß abgefangen und darauf hingewiesen, daß Telefon und Funkgerät ausgefallen waren und ein Funktechniker erst morgen zur Verfügung stehen würde. »Tut mir leid, Herr Minister, aber wir können nichts tun – außer Sie wollen selbst in die Zentrale hinübergehen. Captain McIver wird sicher nicht lange brauchen, Mullah Hussain hat ihn zu sich gebeten.« Sogleich war es mit Kias Wichtigtuerei vorbei gewesen. Das hatte Wazari zwar gefreut, ihm aber seine lähmende Furcht nicht genommen. Seine vorläufige Sicherheit befreite ihn auch nicht von der Angst. Heute Kia, morgen das Komitee – man wird dich zu einer weiteren Vernehmung holen! Und warum waren diese Bastarde, McIver und Lochart, so nervös? Warum haben sie diesem Hurensohn Changiz das Märchen von einem Personalaustausch beim Bohrturm Abu Sal aufgetischt? Dort gibt es keinen Personalaustausch, außer er wurde in der Nacht angeordnet. Wie kommt es, daß nur mehr drei Piloten und ein Mechaniker da sind, wo wir doch ab Montag eine Menge Arbeit haben? Warum wurden so viele Ersatzteile ausgeflogen?

Es war so kalt und stürmisch hier draußen, daß er wieder hineinging, die Tür aber für einen schnellen Rückzug einen Spalt offenließ. Mit einiger Vorsicht konnte er, ohne selbst gesehen zu werden, durch die Fenster und die Ritzen in den Dielen fast alles beobachten, was auf der Basis vorging. Ayre, Lochart und die Mechaniker standen drüben bei den 212. Das Haupttor war von den regulären *hezbollahis* gut bewacht. Gerüchten zufolge plante das Komitee eine neue Säuberungsaktion, und wegen seiner Aussagen gegen Kia und Esvandiari stand er auf ihrer Liste ganz oben. »Beim Propheten, ich habe gehört, sie wollen dich morgen vorladen. Wer so offen redet, setzt sein Leben aufs Spiel. Weißt du denn nicht, daß hier bei uns, um zu überleben, seit 4000 Jahren die erste Regel lautet: Hüte deine Zunge und schließe deine Augen vor dem Tun jener, die über dir stehen, denn sonst wird beides nicht mehr lange in deinem Schädel sein. Natürlich sind die Oberen korrupt, aber war das nicht schon immer so?«

Wazari stöhnte; er stand kurz vor einem Zusammenbruch. Seit Zataki ihn so brutal geprügelt, ihm vier Zähne ausgeschlagen und die Nase zerschmettert hatte – ich kann gar nicht mehr richtig atmen! –, litt er fast ständig unter Kopfschmerzen. Kampfgeist und Mut hatten ihn verlassen. Er war nie zuvor gezüchtigt worden. Natürlich haben sich beide schuldig gemacht, Kia und der Klugscheißer, aber geht das dich etwas an? Und jetzt wird dich deine Dummheit ins Verderben stürzen.

Tränen rollten ihm über die Wangen. Will mir denn keiner helfen... Locharts Bemerkung, das Funkgerät wäre ausgefallen, schoß ihm durch den Kopf, und er hielt sich daran fest. Wieso ausgefallen? Gestern hatte das Gerät doch einwandfrei funktioniert!

Er wischte sich die Tränen ab. Lautlos glitt er zum Tisch hinüber und schaltete das Funkgerät ein, wobei er die Lautstärke auf ein Minimum reduzierte. Es schien alles in Ordnung zu sein. Die Skalen stimmten. Viele Störgeräusche durch den Gewittersturm. Aber kein Funkverkehr. Unmöglich, daß es keinen Funkverkehr auf der Frequenz der Gesellschaft gab – irgendwo sollte irgend jemand irgend etwas senden. Da er es nicht wagte, den Apparat lauter zu stellen, holte er einen Kopfhörer aus einer Schublade und stöpselte ihn ein, wodurch der Lautsprecher ausgeschaltet wurde. Jetzt konnte er alle Signale so laut empfangen, wie es ihm beliebte. Komisch. Immer noch nichts zu hören. Vorsichtig schaltete er vom Kanal der Gesellschaft auf andere

um. Nichts. Zum UHF hinüber. Es war nirgends etwas zu hören. Zurück zum Hochfrequenzkanal. Nicht einmal ein Wetterbericht.
Er war ein erfahrener Funker und gut geschult. Er brauchte nicht lange, um auf den Fehler zu kommen. Ein Blick durch den Türspalt bestätigte seine Annahme: das Kabel hing frei. Ist ja nicht zu glauben, dachte er. Wieso habe ich das nicht bemerkt, als ich da draußen saß?
Vorsichtig schaltete er ab und kroch wieder hinaus. Zorn überkam ihn, als er sah, daß das Kabel abgeschnitten, der Rost am Ende jedoch frisch gesäubert worden war. Diese Schweinehunde, dachte er. Diese scheinheiligen Bastarde McIver und Lochart! Sie müssen empfangen und gesendet haben, als ich ankam. Was haben die bloß vor?
Die Verbindung war rasch wieder hergestellt. Auf der Frequenz der Gesellschaft füllte Persisch seine Ohren: Die Zentrale in Teheran sprach mit Bandar-e Delam, rief dann Al Schargas und Lengeh und ihn selbst in Kowiss. Es ging um vier Helis, die nicht hinflogen, wo sie hinfliegen sollten. Iran-Toda? Das ist doch keine von unseren Basen.
»Kowiss, hier spricht Bandar-e Delam, können Sie mich hören?«
Er erkannte Jahans Stimme. Automatisch bewegte sich sein Finger auf den Sendeschalter zu und hielt inne. Es ist noch nicht nötig, zurückzurufen, dachte er. Die Ätherwellen der Gesellschaft waren jetzt voll. Numi und Jahan aus Bandar-e Delam, Gelani aus Teheran und dazu der geifernde, tobende Siamaki. »Ist ja nicht zu glauben«, murmelte er, als sich die Einzelteile zu einem Ganzen zusammenfügten.

In den Hubschraubern – vor Siri: 10 Uhr 05. Bis zur Insel Siri war es nur mehr ein Kilometer, aber bevor Scragger und sein Team nach Südosten auf die Grenze zudrehen konnten, mußten sie noch an drei Bohranlagen vorbei. Wie auf einem Minenfeld, dachte Scragger. Alle Zeiger auf Grün, die Triebwerke liefen ruhig. Benson, sein Mechaniker, starrte auf die Wellen hinaus, die dicht unter ihnen vorüberrollten. Störgeräusche in den Kopfhörern. Von Zeit zu Zeit meldeten internationale Maschinen, die sie überflogen, ihre Positionen an die Radarstation in Kisch, die immer sofort reagierte.
»Die Burschen in Kisch sind auf Draht«, bemerkte Benson.
»Wir sind unter ihrem Radar.«
»Ich habe trotzdem Angst. Du?«
Scragger nickte. Kisch lag etwa 20 Kilometer zu seiner Rechten querab. Vossi und Neureiter flogen links und rechts neben ihm.
»Noch 20 Minuten, und wir sind über der Grenze«, sagte Scragger. »Und dann gehen wir gleich auf 200.«
»Gut. Das Wetter bessert sich«, stellte Benson fest. Die Wolkendecke über ihnen hatte sich gelichtet, die Sichtverhältnisse waren etwa die gleichen. Beide hatten reichlich Zeit, den schwer beladenen, auf der Ausreise befindlichen Tanker vor ihnen auszumachen. Zusammen mit Neureiter ging Scragger mit großem Abstand hinter dem Schiff in die Kurve, aber Vossi setzte ausgelassen über sie hinweg und ging dann neben ihnen in Stellung.

Sofort tönte es in ihren Kopfhörern: »Hier spricht Kisch Kontrolle, niedrig fliegender Hubschrauber auf Kurs 225, melden Sie Höhe und Bestimmung!« Scragger schwankte von einer Seite zur anderen, um Neureiters und Vossis Aufmerksamkeit zu erregen, deutete nach Südwesten und winkte sie fort, womit er ihnen befahl, in niedriger Höhe zu bleiben und ihn zu verlassen. Er sah ihr Widerstreben, zeigte aber mit den Fingern nach Südosten, verabschiedete sich mit einer Handbewegung, stieg auf und ließ sie knapp über dem Meeresspiegel zurück. »Halt dich fest, Benson«, sagte er und begann zu wenden, wobei er das Mikrophon abwechselnd an die Lippen und wieder fort führte, um so ein schlechtes Signal vorzuspiegeln. »Kisch, hier spricht Heli HVX aus Lengeh, Siri 9 mit Ersatzteilen anfliegend, Kurs 225. Ich dachte, ich hätte eine gekenterte Dhau gesehen, aber das war negativ.« Siri 9 war der am weitesten entfernte Bohrturm, den sie üblicherweise versorgten, knapp diesseits der Grenze zwischen dem Iran und den Emiraten. Die Anlage war noch im Bau und besaß noch kein eigenes UHF-System. »Ich steige auf 200 zurück.«
»Heli HVX, wir hören Sie schlecht, Ihre Übermittlung setzt zeitweilig aus. Behalten Sie Kurs bei und melden Sie sich auf 200 Metern. Bestätigen Sie, daß Sie in Lengeh von den neuen Vorschriften in bezug auf Triebwerkstarts in Kenntnis gesetzt wurden.« Der Offizier sprach mit amerikanischem Akzent und war klar und deutlich zu hören.
»Tut mir leid, Kisch, heute ist der erste Tag, da ich wieder Dienst mache.« Scragger sah, wie Neureiter und Vossi im Nebel verschwanden. »Muß ich auch um Triebwerkstarterlaubnis von Siri 9 ansuchen, nachdem ich gelandet bin? Ich werde mich dort mindestens eine Stunde aufhalten.« Kisch hatte durchaus das Recht zu verlangen, daß er unverzüglich in Kisch landete, um ihn dann dort wegen des Verstoßes gegen die Vorschriften fertig zu machen. »Positiv. Warten Sie.«
»Was machen wir jetzt, Scrag?« fragte Benson über die Bordsprechanlage.
Scragger grinste. »Hängt davon ab, was die machen.« Er schaltete auf Sendung. »Kisch, HVX auf 200.«
»Kisch. Bleiben Sie auf Kurs und Höhe. Warten Sie.«
»HVX.« Schweigen. Scragger begann seine Möglichkeiten durchzukalkulieren; er genoß die Gefahr. »Das ist doch besser als ein Routineeinsatz. Habe ich nicht recht, mein Sohn?«
»Um ehrlich zu sein, nein. Wenn ich Vossi erwische, drehe ich ihm den Kragen um.«
Scragger zuckte die Achseln. »Es ist nun mal geschehen. Wir könnten auch schon die ganze Zeit auf dem Radarschirm sein. Vielleicht hat Qeschemi uns verpetzt.« Bis Siri 9 waren es noch fünf Kilometer.
»Kisch, hier spricht HVX«, sagte Scragger und trieb immer noch sein Spielchen mit dem Mikrophon. »Ich verlasse 200, um Siri 9 anzufliegen.«
»Negativ, HVX. Bleiben Sie auf 200. Ihre Übermittlung setzt zeitweilig aus.«
»HVX – Kisch, bitte sagen Sie das noch mal, Ihre Übermittlung ist verzerrt. Ich verlasse jetzt 200, um Siri 9 anzufliegen«, wiederholte Scragger langsam

und fuhr fort, schlechte Übermittlung vorzutäuschen. Und über die Sprechanlage: »Den Trick habe ich bei der RAF gelernt.«
»HVX. Ihre Übermittlung setzt aus. Brechen Sie Landung auf Siri 9 ab. Drehen sie auf 310 Grad. Behalten Sie 200 bei und melden Sie sich in Kisch.«
Benson wurde leichenblaß. Scragger rülpste. »Wiederholen Sie, Kisch, wir können Sie kaum hören.«
»Ich wiederhole: Brechen Sie Landung auf Siri 9 ab, drehen Sie auf 310 Grad und melden Sie sich in Kisch.« Die Stimme des Offiziers ließ keine Eile erkennen.
»Roger, Kisch. Wir sollen also auf Siri 9 landen und uns dann auf Kisch melden. Wir gehen jetzt auf 150 zu einem Niedriganflug hinunter, vielen Dank und guten Tag.«
»Kisch, hier ist JAL Flug 664 aus Delhi«, unterbrach eine andere Stimme den Dialog. »Von 13 000 im Anflug auf Kuwait auf 100. Können Sie mich hören?«
»JAL 664, Kisch. Behalten Sie Kurs und Höhe bei. Rufen Sie Kisch auf 118,8, guten Tag.«
»664, 118,8, danke und guten Tag...«
Scragger und Benson spähten durch den Dunst. Sie konnten die zur Hälfte fertiggestellte Bohrinsel sehen und einen an einer ihrer Stützen vertäuten Lastkahn. Die Crew hatte sie gehört und gesehen, stellte ihre Arbeit ein und räumte das gut erkennbare Hubschrauberdeck. 20 Meter vor der Insel sagte Scragger ins Mikrophon: »Kisch, HVX landet jetzt, guten Tag.«
»HVX. Melden Sie sich anschließend in Kisch. Suchen Sie um Erlaubnis an, Triebwerke starten zu dürfen. Ich wiederhole: Melden Sie sich anschließend in Kisch.« Alles sehr deutlich. »Können Sie mich hören?«
Aber Scragger bestätigte nicht und landete nicht. Er ging nur in geringer Höhe in Schwebeflug über und winkte der Deckmannschaft zu; die Männer erkannten ihn und nahmen an, es handle sich um einen Übungsflug für einen neuen Piloten. Ein letztes Zuwinken, er neigte sich vor, ließ sich sauber über die Seite fallen, drehte knapp über der Wasseroberfläche nach Südwesten und gab Vollgas.

Luftwaffenbasis Kowiss: 10 Uhr 21. Der Mullah Hussain saß am Steuer und hielt vor dem Büro. McIver stieg aus. »Ich danke Ihnen«, sagte er und wußte nicht, wie es nun weitergehen sollte, denn Hussain hatte während der ganzen Fahrt nicht den Mund aufgemacht. Lochart, Ayre und die anderen standen bei den Hubschraubern. Kia kam aus dem Büro spaziert, blieb stehen, als er den Mullah erblickte, und setzte dann seinen Weg fort. »Guten Morgen, Exzellenz Hussain, wie erfreulich, Sie zu sehen.« Er sprach wie ein Minister zu einem geehrten Gast, nicht aber zu einem Gleichgestellten. Dann wandte er sich an McIver, englisch, schroff: »Wir sollten sofort abfliegen.«
»Ja, ja, Agha, gestatten Sie mir nur ein paar Minuten, um die Dinge hier in den Griff zu bekommen.« Jetzt möchte ich nicht in Kias Haut stecken, dachte er. »Hallo, Tom.«
»Alles in Ordnung, Mac?«

»Ja.« Und fügte rasch hinzu: »Die nächsten Minuten müssen wir improvisieren. Ich weiß nicht, was der Mullah vorhat. Wir müssen abwarten, was er mit Kia macht, ich weiß nicht, ob Kia in der Klemme steckt oder nicht. Das müssen wir erst wissen, bevor wir weitermachen.« Er senkte seine Stimme. »Ich muß Kia mitnehmen – wenn Hussain ihn nicht hier behält. Ich habe die Absicht, ihn ein Stück mitzunehmen, dann über den Bergen und außerhalb der Senderreichweite eine Panne vorzutäuschen und zu landen. Wenn Kia aussteigt, um sich die Beine zu vertreten, hebe ich ab, umfliege dieses Gebiet und erwarte euch beim Treffpunkt.«
»Das gefällt mir nicht, Mac. Laß mich das lieber machen. Du kennst diesen Ort nicht, und die Dünen sehen meilenweit alle gleich aus.«
»Daran habe ich auch schon gedacht, aber dann würde ich einen der Mechaniker ohne Attest fliegen. Da bringe ich lieber Kia in Gefahr. Außerdem könntest du ja in Versuchung kommen, oben zu bleiben und nach Teheran zurückzufliegen, was?«
Nach einer kleinen Pause antwortete Lochart: »Während ich hier auf dich gewartet habe, hätte ich ihn an Bord genommen und wäre abgeflogen – wenn ich gekonnt hätte.« Ein schiefes Lächeln. »Aber die Luftwaffensoldaten ließen es nicht zu, und ich mußte warten. Paß auf die Burschen auf, Mac, ein paar von ihnen sprechen Englisch. Wie ist es dir ergangen?«
»Hussain hat mir nur Fragen gestellt. Bezüglich Kia – und Duke.«
Lochart starrte ihn an. »Duke? Was wollte er wissen?«
»Alles mögliche. Als ich ihn fragte, warum, antwortete er immer nur: ›Es interessiert mich eben.‹«
»Mac, ich glaube, es ist doch das Beste, wenn ich Kia fliege. Du könntest den Treffpunkt verfehlen – du kannst mit Freddy zusammen fliegen. Ich hebe als erster ab und warte auf dich.«
»Tut mir leid, Tom, das kann ich nicht riskieren – du würdest weiterfliegen. An deiner Stelle täte ich das gleiche. Aber ich kann dich nicht zurückkehren lassen. Es wäre eine Katastrophe. Eine Katastrophe für dich – ich bin da ganz sicher, Tom – und für uns alle. Das ist die Wahrheit.«
»Zum Teufel mit der Wahrheit«, gab Lochart verbittert zurück. »Okay, aber ich schwöre dir bei Gott: in dem Moment, wo wir in Kuwait niedergehen, nehme ich den mir zustehenden Urlaub, oder ich kündige bei S-G – du kannst es dir aussuchen.«
»Gut und schön, aber du wirst von Al Schargas starten müssen. In Kuwait müssen wir auftanken und so schnell wie möglich weiterfliegen – wenn wir das Glück haben hinzukommen und man uns auch wieder rausläßt.«
»Nein. Für mich ist Kuwait Endstation.«
»Ganz wie du wünschst«, konterte McIver, »aber ich werde das Nötige veranlassen, daß du keine Maschine nach Teheran, Abadan oder sonstwohin im Iran bekommst.«
»Du bist ein Mistkerl«, stieß Lochart hervor; es ärgerte ihn, daß McIver seine Absicht so schnell durchschaut hatte. »Geh doch zum Teufel!«
»Ja, tut mir leid. Von Al Schargas aus werde ich alles tun, um dir zu helfen,

aber...« McIver unterbrach sich, als Lochart eine Verwünschung ausstieß. Er drehte sich um. Kia und Hussain standen immer noch neben dem Wagen und unterhielten sich. »Was ist denn?«

»Im Tower.«

McIver blickte nach oben, dann bemerkte er Wazari, halb versteckt hinter einem der mit Brettern verschlagenen Fenster, der sie deutlich heranwinkte. Unmöglich, so zu tun, als ob sie ihn nicht gesehen hätten. Noch während sie ihn beobachteten, winkte Wazari noch einmal und zog sich dann wieder zurück.

»Verdammter Kerl«, brauste Lochart auf. »Gleich nachdem du weg warst, habe ich den Tower überprüft. Ich wollte sicher sein, daß er nicht hinaufgeschlichen war, und das war er auch nicht. Ich dachte, er hätte sich davongemacht.« Zornesröte überzog sein Gesicht. »Aber wenn ich es mir jetzt überlege, im Zimmer oben war ich gar nicht. Er könnte sich also auf dem Dach versteckt haben – der Hurensohn muß die ganze Zeit da gewesen sein.«

»Du lieber Himmel! Möglicherweise hat er herausgefunden, daß...« McIver war fassungslos.

Locharts Züge verhärteten sich. »Du bleibst da. Wenn er uns Schwierigkeiten machen will, bringe ich ihn um.« Eilig entfernte er sich.

»Warte, ich komme mit. Wir sind gleich wieder da, Freddy.«

Als sie an Hussain und Kia vorbeikamen, sprach McIver Kia an: »Ich hole mir nur eine Starterlaubnis, Herr Minister. Abflug in 5 Minuten?«

Noch bevor Kia antworten konnte, brummte der Mullah: *»Inscha'Allah.«*

»Sie haben doch nicht vergessen, Captain«, erwiderte Kia jetzt, »daß ich um 7 in Teheran sein muß, um einen wichtigen Termin wahrzunehmen? Gut.« Er kehrte ihm den Rücken zu und konzentrierte sich auf Hussain. »Sie sagten, Exzellenz?«

Wütend über Kias Unverschämtheit marschierten die zwei Piloten ins Büro, an Pavoud und den anderen Angestellten vorbei und die Treppe hinauf.

Der Tower war leer. Dann sahen sie die offene Tür zum Dach und hörten Wazari wispern: »Hier bin ich.« Er kauerte draußen an der Wand, bewegungslos. »Ich weiß, was Sie vorhaben«, sagte er. »Kein Funkgerät ist ausgefallen«, sagte er, kaum fähig, seine Erregung zu verbergen. »Vier Helis haben von Bandar-e Delam abgehoben und sind verschwunden. Ihr Generaldirektor Siamaki brüllt wie am Spieß, weil er weder Lengeh noch uns noch Al Schargas und dort Mr. Gavallan rankriegen kann – sie warten alle nur ab. Stimmt's vielleicht nicht?«

»Und was hat das mit uns zu tun?« hielt Lochart ihm forsch entgegen.

»Alles, natürlich alles, weil ja alles zusammenpaßt. Numi in Bandar-e Delam sagt, daß alle Ausländer fort sind, keiner ist dageblieben. Siamaki sagt das gleiche von Teheran, er hat Numi sogar erzählt, Ihr Diener, McIver, Ihr Diener habe ihm erzählt, Ihre und Captain Pettikins persönliche Dinge sind aus Ihrer Wohnung verschwunden.«

McIver zuckte die Achseln und schaltete das UHF-System ein. »Sicherheitsvorkehrungen für die Zeit, da ich fort bin und Pettikin auf Urlaub ist. Es wird viel gestohlen.«

»Senden Sie noch nicht! Bitte! Hören Sie mir zu, ich bitte Sie... Sie können die Wahrheit nicht länger verschweigen. Ihre 212 und Ihre Leute sind aus Bandar-e Delam fort, in Lengeh herrscht Funkstille, also ist dort genau das gleiche. Teheran ist zu. Nur Sie sind noch da und auch schon auf dem Sprung. Ich will Sie nicht verraten, ich will Ihnen helfen, ich schwöre, ich will Ihnen helfen.«
»Wobei wollen Sie uns helfen?«
»Von hier fortzukommen.«
»Warum sollten Sie das tun, selbst wenn das, was Sie sagen, wahr wäre?«
»Sie hatten recht, mir nicht zu trauen, ja, früher, aber jetzt können Sie mir trauen, das schwöre ich Ihnen. Sie sind doch meine einzige Hoffnung, von hier wegzukommen. Für morgen hat mich das Komitee vorgeladen, um... um Christi willen, schauen Sie mich doch nur an!« stieß er hervor. »Ich bin ein Wrack, und wenn ich keinen ordentlichen Arzt bekomme, werde ich immer ein Wrack sein – oder tot. Hier drückt mich etwas und tut scheußlich weh.« Er berührte die Spitze seiner zerquetschten Nase. »Seit dieser Bastard Zataki mich geschlagen hat, habe ich Kopfschmerzen, ich bin schon ganz verrückt, ich weiß, aber ich kann Ihnen trotzdem helfen. Ich kann Sie von hier aus decken, wenn Sie mich mitnehmen, lassen Sie mich beim letzten Heli an Bord schleichen – ich schwöre, ich werde Ihnen helfen.«Seine Augen füllten sich mit Tränen. Die zwei Männer starrten ihn an.
McIver drückte auf den Sendeknopf. »Kowiss Tower, IHC, Test, Test.« Eine lange Pause, und dann auf Englisch mit starkem Akzent: »Hier ist der Tower, IHC, wir hören Sie klar und deutlich.«
»Danke. Wir scheinen den Fehler behoben zu haben. Unsere 206 auf Charter nach Teheran wird in 10 Minuten abheben, ebenso auch unser Frühflug mit Ersatzteilen zu den Bohranlagen Forty, Abu Sal und Gordy.«
»Okay. Melden Sie sich wieder, wenn Sie in der Luft sind. Bandar-e Delam hat versucht, Sie zu erreichen.«
McIver begann zu schwitzen. »Danke, Tower, guten Tag.« Er sah Lochart an und schaltete auf den Hochfrequenzkanal um. Sofort hörten sie Jahans Stimme auf Persisch, und Lochart fing an zu übersetzen: »Jahan sagt, sie wurden zuletzt in nordöstlicher Richtung gesichtet, von der Küste aus landeinwärts... und daß Zataki...«, einen Augenblick lang schwankte seine Stimme,... »daß Zataki befohlen hatte, daß die vier Helis Iran-Toda versorgen sollen. Er dürfte inzwischen bei Iran-Toda angekommen sein und wird sicher anrufen oder eine Nachricht schicken...« Dann erkannte McIver Siamakis Stimme. Lochart schwitzte. »Siamaki sagt, er wird jetzt für eine halbe bis eine Stunde die Sendung einstellen, sich aber melden, sobald er wieder zurück ist, und Jahan soll weiter versuchen, uns und Al Schargas reinzukriegen... Jahan sagt, okay, und daß er rufen wird, wenn es etwas Neues gibt.«
Einen Augenblick lang Störgeräusche. Dann wieder Jahan auf Englisch: »Kowiss, hier ist Bandar-e Delam, können Sie mich hören?«
»Wenn der Tower das alles mitgehört hat, wieso sitzen wir noch nicht im Knast?« wunderte sich Lochart.
»Heute ist Freitag. Warum sollten sie Ihre Gesellschaftsfrequenz abhören?«

Wazari trocknete seine Tränen; er hatte sich wieder in der Gewalt. »An Freitagen ist die Station minimal besetzt – es wird nicht geflogen, es passiert nichts, und das Komitee hat alle Radaroffiziere und fünf Sergeants entlassen – und ins Militärgefängnis gesteckt.« Er schüttelte sich und fuhr fort. »Vielleicht hat einer der Burschen Bandar-e Delam ein- oder zweimal aufgefangen. Also hat Bandar-e Delam den Kontakt mit Ihren Helis verloren, na wenn schon, es sind Fremde, und das passiert doch immer wieder. Aber Captain, wenn Sie Bandar-e Delam und Teheran nicht zum Schweigen bringen, dann... dann wird man etwas herausfinden.« Er nahm ein schmuddeliges Taschentuch heraus und wischte sich etwas Blut von der Nase. »Wenn Sie auf Ihren Ausweichkanal schalten, das sollte genügen, den hat der Tower nicht.«
McIver starrte ihn an. »Sind Sie sicher?«
»Na klar! Hören Sie, warum...« Er unterbrach sich. Schritte näherten sich. Lautlos zog er sich wieder auf das Dach zurück. Kia kam die Treppe heraufgestapft.
»Wo bleiben Sie denn nur so lang, Captain?«
»Ich... ich warte auf die Bestätigung der Starterlaubnis, Herr Minister. Tut mir leid, ich wurde angewiesen zu warten. Da ist nichts zu machen.«
»Aber natürlich ist da etwas zu machen! Wir können abheben und losfliegen, und zwar gleich! Ich bin es müde...«
»Ich bin auch müde, aber nicht lebensmüde!« McIver verlor die Nerven und schnautzte ihn an: »Sie werden warten! Warten! Verstanden? Und wenn Sie nicht umgehend Ihre flegelhaften Manieren ablegen, streiche ich den ganzen Flug und werde Mullah Hussain über das eine oder andere Pischkesch informieren, das ich bei der Vernehmung zu erwähnen vergessen habe. Und jetzt scheren Sie sich raus!«
Einen Augenblick lang dachten sie, Kia würde explodieren, aber er rang nur nach Luft und ging hinaus. McIver verwünschte seine Unbeherrschtheit. Dann deutete er mit dem Daumen zum Dach. »Was machen wir mit ihm, Tom?«
»Wir müssen ihm trauen. Wir müssen. Entweder nehmen wir ihn mit, oder... Wir dürfen ihn nicht zurücklassen. Er könnte uns auffliegen lassen.« Lochart drehte sich um. Wazari stand in der Tür.
»Ich schwöre, ich helfe Ihnen«, flüsterte er verzweifelt. »Sie müssen mir vertrauen, Captain. Hören Sie zu, rufen Sie die Radarstation auf dem Ausweichkanal und putzen Sie Numi so herunter, wie Sie das eben mit diesem Bastard Kia gemacht haben, und sagen Sie ihm, Sie hätten alle Helis hierher beordert. Das gibt Ihnen einen Aufschub von ein oder zwei Stunden.«
McIver sah Lochart an, und Lochart sagte erregt: »Warum nicht? Das ist wirklich eine gute Idee! Dann fliegst du mit Kia los und... und Freddy kann auch starten. Ich warte hier und...« Seine Worte verloren sich.
»Und dann, Tom?« fragte McIver.
Wazari kam herüber und schaltete den Ausweichkanal ein. »Sie schinden ein wenig Zeit, Captain«, wandte er sich an Lochart, »und wenn Captain McIver fort ist und Ayre diese Gegend verlassen hat, dann sagen Sie Numi, Sie wären

sicher, seine vier Helis hätten das Gerät abgeschaltet, weil sie es noch nicht bräuchten. Das liefert Ihnen den Vorwand, aufzusteigen, ein bißchen herumzufliegen, dann eilig das geheime Treibstofflager anzusteuern.« Er sah, wie die zwei Piloten Blicke wechselten. »Mein Gott, Captain, das weiß doch jeder, daß Sie nicht mit einem Hüpfer den Golf überqueren können; also müssen Sie irgendwo Treibstoffreserven gelagert haben. An der Küste oder auf einer der Bohrinseln.«
McIver holte tief Atem und drückte auf den Sendeknopf. »Bandar-e Delam, wir versuchen seit Stunden, Sie zu erreichen...«
»Jahan, rufen Sie Agha Numi«, sagte McIver schroff. Nach wenigen Sekunden kam Numi ans Mikrophon, aber noch bevor der IranOil-Verwalter sich in einer endlosen Tirade ergehen konnte, fiel McIver ihm mit seiner eigenen ins Wort: »Wo sind meine vier Helis? Warum haben sie sich nicht gemeldet? Was ist da unten los? Sie sind ja unfähig! Wußten Sie denn nicht, daß ich meine Hubschrauber und das Personal hierher beordert habe? Und wieso...«

Al Schargas – im Büro der S-G. »... erinnern Sie sich nicht daran, daß nach dem Wochenende ein Personalaustausch in Bandar-e Delam vorgesehen ist?« McIvers Stimme war nur schlecht, aber klar zu hören, und Gavallan, Scot und Manuela starrten wie gebannt auf den Lautsprecher – war McIver also noch in Kowiss, und wenn er sich noch dort aufhielt, hieß das, daß auch Lochart, Ayre und die anderen in Kowiss saßen?
»Aber wir haben Sie doch den ganzen Morgen gerufen, Captain«, entgegnete Numi. »Sie haben unsere Helis nach Kowiss beordert? Aber warum? Und wozu? Unsere Helis sollten heute morgen zu Iran-Toda fliegen, sind aber dort nie angekommen! Sie sind einfach verschwunden! Auch Agha Siamaki hat versucht, Sie zu erreichen.«
»Unser Gerät hatte einen Defekt. Aber jetzt hören Sie, Numi: Ich habe meine Helis nach Kowiss beordert, ich habe keinem Vertrag mit Iran-Toda zugestimmt, ich weiß von keinem Vertrag mit Iran-Toda, und mehr ist darüber nicht zu sagen. Und jetzt hören Sie auf, wegen nichts und wieder nichts Stunk zu machen!«
»Aber es sind unsere Hubschrauber, und alle sind fort, Mechaniker und Pil...«
»Verdammt noch mal, ich habe sie bis zum Abschluß einer Untersuchung hierher beordert. Ich wiederhole, daß ich mit der Art, wie Sie Ihre Aufgaben wahrnehmen, sehr unzufrieden bin. Das werde ich auch IranOil melden. Und jetzt hören Sie auf mit der Funkerei!«
Im Büro waren alle vor Schreck wie erstarrt. McIver noch vor Ort – eine Katastrophe! Operation Wirbelsturm lief schief! Es war 10 Uhr 12, und Lutz und seine drei Maschinen mußten schon längst in Bahrain sein. »Aber wir wissen nicht, wie stark der Gegenwind ist, Vater«, hatte Scot warnend hingewiesen, »oder wie lange sie brauchen, um im Flug aufzutanken. Sie könnten bis zu einer Stunde Verspätung haben und immer noch okay sein – damit würde die voraussichtliche Ankunftszeit bei 11 bis 11 Uhr 15 liegen.« Aber alle wußten, daß sie unmöglich soviel Treibstoff an Bord haben konnten.

Noch nichts von Scrag und seinen beiden Gefährten, aber das war zu erwarten, dachte Gavallan, sie haben kein Hochfrequenzgerät an Bord. Für den Flug nach Al Schargas sollten sie etwa eineinhalb Stunden brauchen. Wenn sie um, sagen wir, 7 Uhr 30 gestartet sind... »Du brauchst dir keine Sorgen zu machen, Manuela, du weißt doch, daß es Gegenwind gibt«, hatte er sie beruhigt. »Und wir wissen ja auch nicht, wann genau sie abgeflogen sind.« So viel könnte schiefgelaufen sein. Mein Gott, dieses Warten macht mich verrückt. Gavallan kam sich sehr alt vor. Er rief Bahrain an. »Gulf Air de France? Jean-Luc Sessone, bitte... Was Neues, Jean-Luc?«

»Nein, Andy, ich habe gerade mit dem Tower gesprochen, und sie haben nichts auf dem Schirm. *Pas de problème.* Rudi wird Treibstoff sparen wollen. Der Tower hat versprochen, mich sofort zu verständigen, wenn sie was haben. Sonst was Neues?«

»Wir haben gerade gehört, daß Mac noch in Kowiss ist.« Gavallan hörte einen erschrockenen Ausruf und gleich darauf einige Kraftausdrücke. »Ich teile Ihre Meinung. Sie hören wieder von mir.« Er rief Kuwait an. »Charlie? Ist Genny bei Ihnen?«

»Nein, sie ist im Hotel. Andy, ich...«

»Wir haben gerade erfahren, daß Mac noch in Kowiss ist.«

»Du lieber Himmel, was ist geschehen?«

»Ich weiß es nicht. Er scheint Schwierigkeiten zu haben. Ich rufe Sie zurück, wenn ich etwas Konkretes weiß. Sagen Sie Genny noch nichts. Auf Wiederhören.«

Wieder das zermürbende Warten. Dann erwachte das Funkgerät wieder. »Teheran, hier ist Kowiss, Captain McIver, sprechen Sie.«

»Kowiss, Teheran, wir versuchen Sie schon den ganzen Vormittag zu erreichen. Agha Siamaki kommt in etwa einer Stunde zurück. Bitte bestätigen Sie, daß Sie die vier 212 nach Kowiss dirigiert haben.«

»Teheran, hier spricht Kowiss. Bandar-e Delam, hören Sie mit.« McIver sprach langsamer und klarer, aber seine Stimme bebte vor Zorn. »Ich bestätige, daß ich alle meine 212 – ich wiederhole, alle meine 212 – unter Kontrolle habe. Ich werde mich mit Agha Siamaki nicht unterhalten können, da ich Starterlaubnis habe, um in 5 Minuten mit Minister Kia nach Teheran zurückzufliegen. In Kürze werden wir hier dichtmachen, um Reparaturen vornehmen zu lassen – auf Anweisung der Behörde – und werden nur mehr über UHF-System zu erreichen sein. Zu Ihrer Information teile ich Ihnen ferner mit, daß Captain Ayre in 5 Minuten mit Ersatzteilen zur Bohranlage Abu Sal abfliegt und Captain Lochart in Bereitschaft stehen wird, um meine 212 aus Bandar-e Delam in Empfang zu nehmen. Haben Sie verstanden, Teheran?«

»Positiv, Captain McIver, aber könnten Sie mir...«

»Haben Sie gehört, Numi, oder sind Sie genauso unnütz wie immer?«

»Ja, aber ich muß darauf bestehen, daß wir infor...«

»Ich habe diesen Unsinn satt. Ich bin Hauptgeschäftsführer dieses Unternehmens, und solange wir im Iran operieren, werden die Dinge so laufen –

einfach, ohne Umwege und ohne Hektik. Kowiss macht jetzt dicht, um Reparaturen vornehmen zu lassen, wie von Oberst Changiz angeordnet. Bleiben Sie auf diesem Kanal, aber halten Sie ihn frei für Testzwecke. Alles wird ausgeführt wie geplant. Ende.«

In diesem Augenblick ging die Tür auf, und Starke, begleitet von einer verängstigten jungen Krankenschwester, kam herein. Manuela war wie vor den Kopf geschlagen. Gavallan sprang auf und half ihm auf einen Stuhl. Er hatte einen dicken Verband um die Brust und trug eine Pyjamahose und einen Schlafrock aus Frotteetuch. »Mir geht's gut, Andy«, sagte Starke, »und dir, Schätzchen?«

»Mir... oh, Conroe, bist du verrückt geworden?«

»Nein. Erzählen Sie mir, wie's läuft, Andy.«

Die Krankenschwester meldete sich zu Wort. »Wir können die Verantwortung wirklich nicht...«

»Ich bleibe nur ein paar Stunden, Schwester, das verspreche ich Ihnen, und ich werde sehr vorsichtig sein«, sagte Starke geduldig. »Manuela, bring sie zum Wagen zurück. Tust du das, Schätzchen?« Er bedachte sie mit dem besonderen Blick, mit dem Eheleute einander zu verstehen geben, daß dies nicht der Moment für Diskussionen ist. Sie stand sofort auf und begleitete die Krankenschwester hinaus. »Tut mir leid, Andy«, sagte Starke, nachdem sie gegangen waren, »ich konnte es einfach nicht mehr aushalten. Was ist los?«

Kowiss: 10 Uhr 48. McIver kam aus dem Büro. Er fühlte sich krank und leer und keineswegs sicher, daß er es bis zur 206 schaffen oder gar seinen Plan auszuführen imstande sein würde. Du wirst es schaffen, sagte er sich. Reiß dich zusammen.

Immer noch lehnte der Mullah Hussain an seinem Wagen und sprach mit Kia. »Wir sind soweit, Herr Minister«, meldete McIver. »Natürlich nur, wenn es Ihnen recht ist, Exzellenz Hussain!«

»Ja, wie es Allah gefällt«, erwiderte Hussain mit einem sonderbaren Lächeln. Höflich streckte er Kia die Hand entgegen. »Leben Sie wohl, Herr Minister.«

»Leben Sie wohl, Exzellenz.« Kia machte kehrt und schritt flott auf die 206 zu. Ein wenig beunruhigt bot McIver dem Mullah seine Hand. »Leben Sie wohl, Exzellenz.« Wieder fiel ihm auf, wie kraftvoll der Händedruck des Mullahs war. Hussain beobachtete, wie Kia in das Cockpit stieg. Wieder das sonderbare Lächeln. »Es steht geschrieben: ›Gottes Mühlen mahlen langsam, aber trefflich fein.‹ Stimmt das nicht, Captain?«

»Gewiß. Aber warum sagen Sie das?«

»Es ist ein Abschiedsgeschenk. Sie können es Ihrem Freund Kia sagen, wenn Sie in Teheran landen.«

»Er ist nicht mein Freund, und warum erst dann?«

»Sie tun gut daran, ihn nicht zum Freund zu haben. Wann sehen Sie Captain Starke wieder?«

»Ich weiß es nicht, hoffentlich bald. Warum?«

»Ich würde ihn gern wiedersehen.« Der Mullah nahm sein Gewehr von der

Schulter, stieg in den Wagen, fuhr mit seinen *hezbollahis* los und blickte nicht mehr zurück.
»Captain.« Es war Pavoud, zittrig und aufgeregt.
»Ja, Mr. Pavoud, einen Augenblick. Freddy!« McIver winkte Ayre heran, der sofort gelaufen kam. »Ja, Mr. Pavoud?«
»Bitte, wieso sind die 212 mit Ersatzteilen und Gepäck beladen und...«
»Personalaustausch«, gab McIver sofort zurück. »Vier Helis sind von Bandar-e Delam hierher unterwegs. Sie täten gut daran, sich um Unterkünfte zu kümmern. Vier Piloten und vier Mechaniker. Sie sollten in ungefähr zwei Stunden hier sein.«
»Aber wir haben keine Ladelisten und keine...«
»Tun Sie's!« Wieder stieg Wut in McIver auf. »Ich habe den Befehl gegeben. Ich! Ich allein! Und worauf, zum Teufel, wartest du noch, Freddy? Setz deinen Arsch in Bewegung mit deinen Ersatzteilen!«
»Jawohl! Und du?«
»Ich nehme Kia, Lochart hat hier das Sagen, bis ich wiederkomme. Los jetzt. Nein, warte, ich komme mit. Und was wollen Sie noch, Pavoud? Captain Lochart wird verdammt ungehalten sein, wenn Sie nicht alles rechtzeitig erledigen.« In der Hoffnung, Pavoud überzeugt zu haben, stapfte McIver mit Ayre davon.
»Was zum Teufel ist los, Mac?«
»Warte, bis wir bei den anderen sind.« Als McIver die 212 erreicht hatte, kehrte er Pavoud, der immer noch vor dem Büro stand, den Rücken zu und erklärte ihnen, was vorging. »Wir sehen uns an der Küste.«

Vor Bahrain: 10 Uhr 59. Lutz und Pop Kelly kämpften immer noch gegen den Gegenwind an und gingen schonend mit ihren Triebwerken um – ihre Kraftstofftanks waren leer, die roten Warnlämpchen leuchteten. Vor einer halben Stunde waren sie beide in Schwebeflug gegangen. Die Mechaniker hatten die Kabinentüren aufgestoßen, sich hinausgebeugt und die Tankklappen abgenommen. Dann rollten sie die Schläuche auf, steckten die Stutzen in die Tankhälse und kehrten in die Kabine zurück. Mühsam leerten sie dann mit behelfsmäßigen Pumpen die Treibstoffässer. Keiner der Mechaniker hatte je auf diese Weise in der Luft aufgetankt. Nach Beendigung ihrer Arbeit war beiden speiübel.
Der Nebel war immer noch dicht, die Dünung noch schwer unter dem Wind, und seit dem Beinahe-Zusammenstoß mit dem Tanker alles Routine. Von Petrofi oder Dubois hatte Lutz nichts gesehen. Eines von Lutz' Triebwerken stotterte, beruhigte sich aber gleich wieder.
Faganwitch erschrak. »Wie weit ist es denn noch?«
»Zu weit.« Die vereinbarte Funkstille mißachtend, schaltete Lutz sein Gerät sein. »Pop, geh auf Hochfrequenz und paß auf«, sagte er rasch und schaltete um. »Sierra One, hier ist Delta 1, können Sie mich hören.«
»Laut und klar, Delta 1«, kam Scots Stimme sofort zurück, »sprechen Sie weiter.«

»Ab Boston« – ihr Code für Bahrain – »auf 200, Kurs 185, knapp an Treibstoff. Delta 2 ist bei mir, 3 und 4 haben sich selbständig gemacht.«

»Willkommen an den Sonnenstränden des Südens, G-HTXX und G-HJZI, ich wiederhole, G-HTXX und G-HJZI. Jean-Luc erwartet Sie. Wir wissen noch nichts von Delta 3 und 4.«

»HTXX und HJZI.« Sofort bestätigte Lutz mit ihren neuen britischen Kennungen. »Wie steht es mit Lima 3 und Kilo 2?« Lima für die drei Maschinen aus Lengeh, Kilo für die beiden aus Kowiss.

»Kilo 2 ist noch vor Ort.« Lutz und Pop Kelly waren bestürzt. Dann hörten sie: »Hier spricht Teheran, Zentrale, Al Schargas, können Sie mich hören?« Und gleich darauf Siamakis Stimme: »Wer sendet auf diesem Kanal? Wer ist Kilo 2 und Lima 3? Wo ist Sierra One?«

Scots Stimme funkte laut dazwischen: »Keine Aufregung, HTXX, irgendein Trottel sendet auf unserem Kanal. Rufen Sie uns, wenn Sie gelandet sind«, fügte er hinzu, um vor unnötigem Gerede zu warnen.

Aufgeregt meldete sich Pop Kelly zu Wort. »Sandbänke voraus, HTXX.«

»Ich sehe sie, HJZI. Sierra One, HTXX, wir haben fast schon die Küste erreicht...«

Wieder stotterte eines von Lutz' Triebwerken, erholte sich aber wieder; der Zeiger des Drehzahlmessers drehte sich wie rasend. Durch den Dunstschleier sah Lutz die Küste, eine Landspitze, ein paar Sandbänke und schließlich auch den Strand, und nun wußte er genau, wo er sich befand. »Sierra One, ich befinde mich...«

Al Schargas. Gavallan hielt bereits den Hörer in der Hand und wählte Bahrain, während Lutz noch über den Lautsprecher tönte: »...auf der nordwestlichen Spitze des Abu-Sabh-Strandes, östlich von...« Ein Schwall von Störgeräuschen, und dann Stille.

»Gulf Air de France?« fragte Gavallan in die Sprechmuschel. »Jean-Luc, bitte. Jean-Luc, Andy. Rudi und Pop sind... warte...« Kellys Stimme kam laut herein. »Sierra One, ich folge Delta 1 hinunter, ein Triebwerk ist ausgefallen...«

»Hier spricht Teheran. Wo ist ein Triebwerk ausgefallen? Wer sendet auf diesem Kanal? Hier spricht Teheran...«

An der Küste von Bahrain. Der schöne weiße Sandstrand war fast menschenleer, Jachten und Segelboote kreuzten auf dem Meer, Schwärme von Windsurfern nutzten die frische Brise. Ein Stück die Küste hinauf erhob sich strahlend weiß das Hotel Starbreak; Palmen und Gärten und bunte Sonnenschirme sprenkelten Terrassen und Strände. Mit kreisenden Rotoren und stotternden, defekten Triebwerken kam Lutz' 212 rasch aus dem Nebel; die Richtung seines Sinkfluges ließ ihm wenig Wahl, aber er war schon froh, daß es eine harte Landung und kein Niedergang auf dem Wasser sein würde. Der Strand stürzte auf sie zu, und er entschied sich für einen Landeplatz unweit eines einsamen Sonnenschirms, den Strand hinauf, nicht weit von der Straße.

Er steuerte jetzt in den Wind hinein, gewann Halt, zog den Knüppel zurück, veränderte die Blattstellung, um genügend Auftrieb zu erlangen und den Sturz aufzufangen. Auf der ungleichmäßigen Oberfläche rutschte er ein paar Meter voraus, kippte ein wenig und stand.

In gespenstischer Stille, mit zitternden Händen und Knien, begann er mit dem Abschalten. Auf dem Strand vor ihm hatten sich Sonnenanbeter und Hotelgäste auf den Terrassen erhoben und starrten sie an. Plötzlich hielt Faganwitch den Atem an, Lutz erschrak. Er drehte sich herum und schnappte ebenfalls nach Luft.

Das Mädchen unter dem einsamen Sonnenschirm trug eine dunkle Brille, ansonsten fast nichts; oben ohne, unten nicht viel mehr, blond und schön lag sie da, auf einen Ellbogen gestützt, und betrachtete sie. Ohne sich zu beeilen, stand sie auf und schlüpfte in das Nichts von Oberteil ihres Bikinis.

»Menschenskind...« Faganwitch war sprachlos.

»Tut mir leid«, rief Lutz und winkte ihr zu. »Aber mir ist der Treibstoff ausgegangen.«

Sie lachte, und dann kam Kelly vom Himmel und verdarb alles. Beide verwünschten ihn. Der Luftstrudel seiner Rotoren zerrte an ihrem Sonnenschirm und ihren langen Haaren, pustete ihr Badetuch fort und wirbelte Sand auf. Nun erblickte auch Kelly das Mädchen, setzte, dem Wind abgekehrt, höflich zurück und landete prompt – ebenso abgelenkt wie die anderen – in einer Sanddüne.

Internationaler Flughafen Bahrain: 11 Uhr 13. Jean-Luc und der Mechaniker Rod Rodrigues kamen aus dem Gebäude gelaufen und eilten über das Vorfeld auf einen kleinen Tankwagen mit der Aufschrift GAdeF – Gulf Air de France – zu, den sie sich geliehen hatten. Auf dem Flugplatz herrschte reges Treiben, der moderne Terminal und die dazugehörigen Gebäude waren geräumig und strahlend weiß. Viele Jets aus vielen Ländern luden und entluden, ein JAL befand sich im Landeanflug.

»*On y va*, fahren wir«, sagte Jean-Luc.

»Gern, Sahib.« Der Fahrer drehte die Bordsprechanlage lauter. Mit einer einzigen gleichmäßigen Bewegung betätigte er den Anlasser, legte den Gang ein und rollte. Der schlanke, junge, christliche Palästinenser trug eine dunkle Brille und einen Overall seiner Gesellschaft. »Wohin soll's gehen?«

»Kennen Sie den Abu-Sabh-Strand?«

»Aber natürlich, Sahib.«

»Zwei von unseren Helis, denen der Treibstoff ausgegangen ist, sind dort niedergegangen. Da wollen wir hin.«

»Wir sind schon fast da.« Der Fahrer beschleunigte und schaltete auf einen höheren Gang. Über die Autosprechanlage meldete sich eine Stimme. »Alpha 4?« Er griff nach dem Handmikrophon. »Hier ist Alpha 4.«

»Geben Sie mir Captain Sessone.«

Jean-Luc erkannte die Stimme Matthias Delarnes, des Direktors der Gulf Air de France in Bahrain, eines alten Freundes aus den Tagen der französischen

Luftwaffe in Algerien. »Hier Jean-Luc, alter Freund«, meldete er sich auf französisch.
Delarne kam gleich zur Sache. »Der Tower hat mich soeben verständigt, daß ein weiterer Heli auf dem von dir erwarteten Steuerkurs in den Luftraum gekommen ist. Dubois oder Petrofi, nehme ich an. Tower hat sie schon mehrmals gerufen, konnte aber noch keinen Kontakt mit ihr herstellen.«
»Nur *ein* Heli?« Jean-Luc war bestürzt.
»Ja. Sie befindet sich auf korrektem Sicht-Landeanflug auf Heliport 16. Das Problem, von dem wir gesprochen haben, nicht wahr?«
»Ja.« Jean-Luc hatte seinem Freund berichtet, was hier tatsächlich gespielt wurde, und war auch auf das Problem der Registrierung zu sprechen gekommen. »Richte dem Tower von mir aus, es handelt sich um die G-HTTE im Transit.« Das war die dritte der ihm zugeteilten Kennungen. »Dann ruf Andy an und sag ihm, daß ich Rodrigues schicke, er wird sich um Rudi und Kelly kümmern. Wir, du und ich, kümmern uns um Dubois oder Sandor. Wo treffen wir uns?«
»Vor dem Büro.«
Jean-Luc bestätigte und hängte das Mikrophon wieder an seinen Haken. »Bleiben Sie stehen.« Der Tankwagen stoppte so plötzlich, daß Rodrigues und Jean-Luc beinahe durch die Windschutzscheibe geflogen wären. »Du weißt, was du zu tun hast, Rod.« Er sprang hinaus. »Fahren Sie los.«
»Hören Sie mal, ich würde lieber zu Fuß...« Mit quietschenden Reifen schoß der Tankwagen davon, durch das Tor hinaus auf die Straße, die zum Strand führte.

Kowiss – im Tower: 11 Uhr 17. Lochart und Wazari beobachteten, wie McIver mit seiner 206 ins Zagrosgebirge kletterte. »Kowiss, hier ist HOC«, sagte McIver über Funk, »ich verlasse jetzt Ihren Luftraum. Guten Tag.«
»HOC, Kowiss, guten Tag«, antwortete Wazari.
Aus dem Hochfrequenz-Lautsprecher, in Persisch: »Bandar-e Delam, hier ist Teheran, haben Sie schon etwas aus Kowiss gehört?«
»Negativ. Al Schargas, hier ist Bandar-e Delam, können Sie mich hören?«
Störgeräusche und wieder Stille.
Wazari wischte sich das Gesicht ab. »Glauben Sie, ist Captain Ayre schon beim Treffpunkt?«
Lochart zuckte mit den Achseln; er dachte an Teheran und was er tun sollte. Er hatte McIver geraten, beide Mechaniker mit Ayre mitzuschicken. »Für den Fall, daß sie mich schnappen oder Wazari entdeckt wird oder er uns verrät.«
»Mach keine Dummheiten, Tom – zum Beispiel mit der 212 nach Teheran fliegen, mit oder ohne Wazari.«
»Ich könnte mich unmöglich nach Teheran verdrücken, ohne den ganzen Apparat zu alarmieren und die Operation Wirbelsturm zu vermasseln. Ich würde auftanken müssen, und man würde mich festhalten.«
Gibt es eine Möglichkeit? fragte er sich und sah, wie Wazari ihn beobachtete. »Was?«

»Wird Captain McIver Sie anrufen oder Ihnen ein Zeichen geben, nachdem er Kia ausgekippt hat?« Als Lochart ihn nur anstarrte, jammerte Wazari: »Mein Gott, verstehen Sie denn nicht, daß ich tun muß, was Sie wollen, daß Sie meine einzige Hoffnung sind, hier lebend heraus...« Ein knarrendes Geräusch. Beide Männer wirbelten herum. Durch das Treppengeländer starrte Pavoud sie an.

»So!« zischte er. »Wie es Allah gefällt. Sie sind beide als Verräter überführt.« Lochart trat einen Schritt auf ihn zu. »Ich weiß gar nicht, was Sie haben, Agha«, gab Lochart zurück. Das Herz klopfte ihm bis zum Hals, die Kehle wurde ihm eng. »Es gibt nichts...«

»Sie sind überführt! Sie und dieser Judas! Sie wollten flüchten! Mit unseren Hubschraubern!«

Wazaris Gesicht verzerrte sich. »Du redest von Judas, du Kommunistenschwein? Ich weiß alles von dir und deinen Tudeh-Genossen!«

Pavoud war totenbleich geworden. »Du redest Unsinn! Du bist der Verbrecher, du...«

»Du bist der Judas, du lausiges Kommunistenschwein! Ali Fedagi ist mein Stubengenosse. Er ist der Volkskommissar auf dem Stützpunkt und dein Chef! Ich weiß alles von dir – schon vor Monaten wollte er mich überreden, in die Partei einzutreten. Komm rauf!« Als Pavoud immer noch zögerte, warnte Wazari ihn. »Wenn du nicht kommst, zeige ich dich beim Komitee an, dich, Ali, zusammen mit Mohammed Berari und noch ein Dutzend anderer!« Seine Finger bewegten sich auf die Sendetaste des Funkgeräts zu.

»Nein!« stieß Pavoud hervor. Er kam die Treppe herauf und blieb zitternd stehen. Einen Augenblick lang geschah nichts, dann packte Wazari den winselnden, zu Tode erschrockenen Mann, stieß ihn in eine Ecke, ergriff einen Schraubenschlüssel und hob ihn, um Pavoud damit den Schädel einzuschlagen. Lochart fiel ihm gerade noch rechtzeitig in den Arm.

»Warum halten Sie mich auf, verdammt noch mal?« Wazari zitterte vor Angst. »*Mir* geht es an den Kragen, nicht Ihnen. Er will uns verraten!«

»Das... das ist nicht nötig.« Einen Augenblick lang konnte Lochart nicht weiterreden. »Haben Sie Geduld. Hören Sie, Pavoud, wenn Sie den Mund halten, sind wir auch still.«

»Ich schwöre bei Allah. Selbstverständlich werde ich...«

»Diesen Bastards kann man nicht trauen«, geiferte Wazari.

»Das tue ich auch nicht«, sagte Lochart. »Rasch, schreiben Sie alles auf! Rasch! Alle Namen, an die Sie sich erinnern können – mit drei Durchschlägen.« Lochart drückte ihm einen Stift in die Hand. Wazari zögerte nur kurz, holte sich dann einen Schreibblock und fing an zu kritzeln. Lochart trat näher an Pavoud heran, der sich unterwürfig duckte und um Gnade bettelte. »Halten Sie den Mund und hören Sie zu, Pavoud. Ich schlage Ihnen einen Handel vor. Sie sagen nichts, wir sagen nichts.«

»Bei Allah, natürlich werde ich schweigen, Agha. Habe ich der Gesellschaft nicht all die Jahre treu gedient, habe ich nicht...«

»Lügner!« fiel Wazari ihm ins Wort, und fügte zu Locharts ungläubigem

Staunen hinzu: »Ich weiß, daß du und die anderen gelogen und betrogen und hinter Manuela Starke hergesabbert und sie nachts heimlich beobachtet habt.«

»Lügen, nichts als Lügen, glauben Sie ihm...«

»Halt's Maul, du Hund«, fuhr Wazari ihn an. Pavoud verkroch sich wieder in seine Ecke. Lochart wandte seine Augen von dem zitternden Mann ab, nahm eine der Listen und steckte sie in die Tasche. »Sie behalten auch eine, Sergeant. Hier«, sagte er zu Pavoud und hielt ihm die dritte Kopie vor die Nase. Als Lochart sie ihm in die Hand drücken wollte, stöhnte Pavoud und ließ sie fallen, als ob das Papier in Flammen stünde. »Wenn wir aufgehalten werden, das schwöre ich Ihnen, bekommt der erste *hezbollahi* diese Liste! Und vergessen Sie nicht, daß ich Hussain kenne, verstanden?« Lochart hob die Liste auf und stopfte sie dem Mann in die Tasche. »Setzen Sie sich da hinüber!« Er deutete auf einen Stuhl in der Ecke. Dann schaltete er den Funk ein und nahm das Mikrophon zur Hand.

»Kowiss ruft anfliegende Helis aus Bandar-e Delam, können Sie mich hören?« Lochart wartete und wiederholte den Ruf. Dann: »Tower. Hier Stützpunkt, können Sie mich hören?«

Nach einer Pause antwortete eine müde Stimme mit starkem Akzent: »Ja, wir hören Sie.«

»Wir erwarten vier einfliegende Helis, die nur mit UHF ausgerüstet sind. Ich steige jetzt auf und werde versuchen, Sichtkontakt mit ihnen aufzunehmen. Wir stellen den Sendebetrieb ein, bis ich wieder zurück bin. Okay?«

»Okay.«

Lochart schaltete ab. »Und was machen wir mit ihm?« Beide musterten Pavoud, der auf seinem Stuhl förmlich zusammenzuschrumpfen schien.

»Ich muß ihn umbringen«, sagte Wazari, »das ist die einzige Möglichkeit.«

»Nein«, widersprach Lochart. »Pavoud, Sie nehmen sich den Rest des Tages frei. Sie gehen jetzt hinunter, sagen den anderen, daß Sie sich nicht wohl fühlen und nach Hause gehen. Von hier aus können wir Sie sehen und hören. Wenn Sie uns verraten, haben Sie sich selbst und alle auf dieser Liste verraten.«

»Schwören Sie... schwören Sie, daß Sie mit niemandem... mit niemandem sprechen werden?«

»Gehen Sie nach Hause. Es hängt alles von Ihnen ab. Los, gehen Sie.« Pavoud schwankte die Stiege hinunter. Als sie ihn ein wenig später auf seinem Fahrrad die Straße hinunterfahren sahen, war ihnen beiden ein wenig leichter.

»Wir hätten ihn töten sollen, Captain. Ich hätte es getan.«

»Auf diese Weise sind wir genauso sicher und... na ja, mit seinem Tod hätten wir kein Problem gelöst.«

Auf dem Hochfrequenzkanal wieder das bohrende: »Kowiss, hier ist Bandar-e Delam, hören Sie?«

»Sie sollten diese Bastarde nicht weiter senden lassen, Captain. Der Tower wird ihre Funksprüche früher oder später auffangen, so ungeübt und untüchtig diese Burschen auch sein mögen.«

Lochart dachte angestrengt nach. »Sergeant, melden Sie sich kurz auf Hochfrequenz, spielen Sie einen Funktechniker, der stocksauer ist, weil man ihm den Feiertag verdorben hat. Sagen Sie Ihnen auf Persisch, sie sollen sich aus unserem Kanal heraushalten, bis alles repariert ist, daß Lochart, dieser Verrückte aufgestiegen ist, um diese vier Helis über UHF zu finden, okay?«

»Kapiert!« Wazari befolgte die Anweisungen genau. Nachdem er abgeschaltet hatte, blickte er zu Lochart auf. »Vertrauen Sie mir jetzt?«

»Ja!« Lochart streckte ihm die Hand entgegen. »Danke für Ihre Hilfe.« Er entfernte zunächst den Hochfrequenz-Steuerquarz, verstümmelte ihn und setzte ihn wieder ein; dann nahm er den UHF-Unterbrecher heraus und steckte ihn in die Tasche. »Kommen Sie.«

Unten im Büro blieb er kurz stehen. »Ich steige auf«, teilte er den drei Angestellten mit, die ihn ganz komisch anstarrten. Sie sagten nichts, aber Lochart hatte das Gefühl, als wüßten sie etwas. Dann wandte er sich an Wazari: »Bis morgen, Sergeant.«

»Ich hoffe, es macht Ihnen nichts aus, daß ich gehe. Ich habe scheußliche Kopfschmerzen.«

»Schon recht.« Lochart trödelte noch eine Weile im Büro herum, um Wazari genügend Zeit zu geben, so zu tun, als schlendere er davon, während er in Wahrheit um den Hangar herumlief und sich an Bord schlich. »Sobald Sie das Büro verlassen haben, sind Sie sich selbst überlassen«, hatte Lochart ihm gesagt. »Ich werde in der Kabine nicht nachschauen. Ich fliege einfach los.«

»Allah steh uns beiden bei, Captain.«

63

Internationaler Flughafen Bahrain: 11 Uhr 28. Jean-Luc Sessone und Matthias Delarne standen neben einem Kombi nahe dem Hubschrauberlandeplatz und beobachteten die einfliegende 212. Sie schirmten die Augen gegen die Sonne ab, konnten aber den Piloten noch nicht erkennen. Matthias war ein kleingewachsener, stämmiger Mann mit dunklem, welligem Haar und nur einer Gesichtshälfte, die andere war durch Brandnarben entstellt: Nicht weit von Algier war er aus einer brennenden Maschine »ausgestiegen«.

»Es ist Sandor.« Sessone winkte und bedeutete dem Piloten, mit Seitenwind zu landen. Kaum hatten die Kufen den Boden berührt, stürzte sich Matthias, ohne sich um Sandor zu kümmern, der ihm etwas zurief, unter den Rotoren auf die linke Cockpittür. Er hatte einen großen Malerpinsel und eine Dose mit schnell trocknender weißer Flugzeugfarbe bei sich, die er mit Windeseile über die iranische Registriernummer knapp unterhalb des Türfensters klatschte. Jean-Luc arbeitete mit einer Schablone, die sie vorbereitet hatten, schwarzer Farbe und einem Pinsel, und löste dann die Schablone sorgfältig wieder ab. Jetzt hieß die Maschine G-HXXI und entsprach so allen gesetzlichen Vorschriften.

Mittlerweile war Matthias bereits zum Leitwerksträger geeilt, hatte das IHC übermalt und sich dann unter den Leitwerksträger gebückt, um dasselbe auf der anderen Seite zu tun. Jean-Luc war bereits damit beschäftigt, das zweite G-HXXI-Zeichen zu schablonieren.

»*Voilà!*« Jean-Luc gab Matthias die Malutensilien zurück. Der lief zum Kombi, um das Zeug unter einer Plane zu verstecken. Kräftig drückte Jean-Luc Sandors Hand, berichtete ihm von Lutz und Kelly und fragte ihn, was Dubois mache.

»Das weiß ich nicht, Kumpel«, antwortete Sandor. »Nach der Beinahe-Karambolage wies Rudi uns an, ohne ihn weiterzufliegen. Ich habe sie dann alle nicht mehr gesehen. Ich ging auf Minimalverbrauch, hielt mich an den Funk und betete. Was ist mit den anderen?«

»Rudi und Kelly sind am Abu-Sabh-Strand gelandet – Rod Rodrigues kümmert sich um sie. Von Scrag, Willi oder Vossi haben wir noch nichts gehört, aber Mac ist noch in Kowiss.«

»O Gott!«

»*Oui*. Zusammen mit Freddy und Tom Lochart – zumindest waren sie noch vor 10 oder 15 Minuten dort.« Er wandte sich an Matthias, der auf sie zukam. »Hast du den Tower eingeschaltet?«

»Ja. Kein Problem.«

»Matthias Delarne – Sandor Petrofi und Johnson, unser Mechaniker.«

Sie begrüßten einander mit Handschlag. »Wie war die Reise? *Merde*, sagen Sie es mir lieber nicht«, meinte Matthias. »Achtung!«
»Bleib im Cockpit, Sandor!« wies Jean-Luc den Piloten an. »Johnson, zurück in die Kabine!«
Der sich nähernde Personenwagen trug die Aufschrift »Dienstwagen« und blieb vor der 212 stehen. Zwei Bahrainer stiegen aus: ein Offizier der Einwanderungsbehörde und ein Beamter aus dem Tower in einem wallenden weißen Burnus. Matthias ging auf sie zu. »Guten Morgen, Sayyid Yusuf, Sayyid Bin Ahmed. Das ist Captain Sessone.«
»Guten Morgen«, grüßten beide höflich und musterten aufmerksam die 212. »Und der Pilot?«
»Captain Petrofi. Mr. Johnson, ein Mechaniker, sitzt in der Kabine.« Jean-Luc überlief es eiskalt. Die Sonne glitzerte auf der frischen Farbe, nicht aber auf der alten, und vom Grundstrich des I perlte links und rechts ein schwarzer Tropfen. Jean-Luc wartete auf die unvermeidliche Frage: Von woher kommt die Maschine? Und es war so leicht, mit einem Finger prüfend über die frische Farbe zu fahren und die alte Kennung darunter zu finden. Auch Matthias war höchst beunruhigt. Für Jean-Luc ist es leicht, dachte er. Er lebt ja nicht hier.
»Wie lange wird die G-HXXI hierbleiben, Captain?« fragte der Offizier, ein glattrasierter Mann mit traurigen Augen.
»Sie soll sofort nach Al Schargas weiterfliegen, Sayyid«, antwortete Matthias. »Gleich nachdem sie aufgetankt hat. Das gilt auch für die anderen, die... die keinen Treibstoff mehr haben.«
Bin Ahmed, der Towerbeamte, seufzte. »Wenn Ihnen der Treibstoff ausgeht, läßt das auf schlechte Planung schließen. Ich frage mich, wie sich das mit der gesetzlich vorgeschriebenen Reserve für 30 Flugminuten verträgt.«
»Das... das liegt vermutlich am Gegenwind, Sayyid.«
»Der ist heute sehr stark, das ist richtig.« Bin Ahmed blickte auf den Golf hinaus; die Sicht betrug etwa eine Seemeile. »Eine 212 hier, zwei auf unserem Strand, und die vierte... die vierte irgendwo da draußen.« Die dunklen Augen blickten wieder Jean-Luc an. »Vielleicht ist sie nach... zu ihrem Ausgangsflughafen zurückgekehrt?«
Jean-Luc schenkte ihm sein schönstes Lächeln. »Das weiß ich nicht, Sayyid Ahmed«, antwortete er bedächtig. Er hätte gern das Katz-und-Maus-Spiel beendet und aufgetankt, um eine halbe Stunde zurückzufliegen und nach Lutz zu suchen.
Der Rotor kam zum Stehen. Seine Blätter zitterten ein wenig im Wind. Lässig holte Bin Ahmed ein Telex aus der Tasche. »Das haben wir gerade aus Teheran bekommen, Matthias«, sagte er höflich. »Es betrifft ein paar vermißte Hubschrauber und kommt von der Flugsicherung. Darin heißt es: ›Bitte, halten Sie Ausschau nach einigen bei uns registrierten Hubschraubern, die illegal aus Bandar-e Delam exportiert wurden. Bitte beschlagnahmen Sie sie, verhaften Sie die an Bord befindlichen Personen und informieren Sie unsere Botschaft, die für die sofortige Abschiebung der Verbrecher

und die Rückführung der Maschinen sorgen wird.‹« Er lächelte und reichte das Telex Delarne. »Seltsam, nicht?«
»Sehr.« Delarne überflog das Papier und gab es ihm zurück.
»Waren Sie im Iran, Captain Sessone?«
»Ja, ich war dort.«
»Ist das nicht furchtbar? Die vielen Toten, die Unruhen, die Morde. Moslems, die einander töten! Persien war immer schon anders: schwierig und unleidlich für alle am Golf. Sie nehmen ihn in einer Weise für sich in Anspruch, als ob es uns auf dieser Seite gar nicht gäbe. Hat der Schah nicht sogar unsere Insel als iranische beansprucht, nur weil Persien uns vor drei Jahrhunderten für ein paar Jahre erobert hatte – wo wir doch immer unabhängig waren?«
»Sie haben eben ihre Eigenheiten«, meinte Sessone.
Bin Ahmed warf einen Blick auf den Kombi. Der Griff eines Malerpinsels guckte unter der Plane hervor. »Gefährliche Zeiten haben wir jetzt hier am Golf. Sehr gefährliche. Im Norden gottlose Sowjets und jeden Tag mehr gottlose Marxisten im Süd-Jemen. Sie richten ihre Augen auf uns und unseren Reichtum – und auf den Islam.«
»Der Islam aber wird immer ein festes Bollwerk sein«, bemerkte Matthias, »und auch die Golfstaaten, wenn sie wachsam sind.«
»Mit Allahs Hilfe, dem stimme ich zu.« Bin Ahmed lächelte. »Hier auf unseren Inseln müssen wir besonders wachsam sein – gegenüber jenen, die uns in Schwierigkeiten bringen möchten. Habe ich nicht recht?«
Jean-Luc nickte. Es fiel ihm schwer, den Blick von dem Telex in der Hand des Mannes zu wenden. Wenn Bahrain diese Aufforderung bekommen hatte, dann wohl auch alle anderen Towers auf der Südseite des Golfs.
Der Offizier der Einwanderungsbehörde wandte sich an ihn: »Ich hätte gern die Papiere des Piloten und des Mechanikers gesehen, Captain. Und die Herren selbst auch. Bitte.«
»Selbstverständlich. Sofort.« Jean-Luc ging zu Petrofi hinüber. »Teheran hat sie fernschriftlich aufgefordert, nach im Iran registrierten Hubschraubern Ausschau zu halten«, wisperte er hastig, und Petrofi wurde leichenblaß. »Keine Panik! Zeigt dem Offizier eure Pässe! Du auch, Johnson. Und vergeßt nicht: Ihr fliegt die G-HXXI aus Basra.«
»Aber wir haben doch praktisch auf allen Seiten iranische Stempel und keinen aus Basra.«
»Ihr wart eben im Iran. Na, wenn schon? Fang an zu beten, mein Alter! Mach schon!«
Der Offizier nahm den amerikanischen Paß. Peinlich genau studierte er die Fotografie, verglich sie mit Petrofi, der seine Sonnenbrille abnahm, und reichte das Dokument zurück, ohne die anderen Seiten durchzublättern. »Danke«, sagte er und nahm sich Johnsons englischen Paß vor. Wieder interessierte er sich nur für die Fotografie. Bin Ahmed ging einen Schritt näher an den Hubschrauber heran. Johnson hatte die Kabinentür offengelassen.

»Was haben Sie an Bord?«
»Ersatzteile«, antworteten Petrofi, Johnson und Sessone gleichzeitig.
»Sie werden sie verzollen müssen.«
»Es handelt sich doch um einen Transit, Sayyid Yusuf«, wandte Matthias Delarne ein. »Die Maschine wird abheben, sobald sie aufgetankt ist. Vielleicht reicht es, eine Transiterklärung abzugeben, in der sich der Pilot verpflichtet, nichts auszuladen. Ich würde ein solches Dokument mitunterschreiben, falls das von Wert ist.«
»Ihre Anwesenheit ist immer von Wert, Sayyid Matthias«, sagte Yusuf. Es war heiß und staubig auf dem Vorfeld. Er zog ein Taschentuch heraus, putzte sich die Nase und ging zu Bin Ahmed hinüber. »Für ein britisches Flugzeug im Transit geht das wohl in Ordnung, meinen Sie nicht? Auch für die anderen zwei?«
Der Beamte vom Tower kehrte dem Kombi den Rücken zu. »Warum nicht? Wenn die anderen zwei kommen, bitten Sie sie auch hierher, Captain Sessone. Sie kommen mit dem Tankwagen, und wir geben Ihnen Starterlaubnis nach Al Schargas, sobald sie aufgetankt haben. Und die vierte? Was machen wir mit der? Ich nehme an, sie hat ebenfalls eine britische Registrierung?«
»Ja, ja«, antwortete Jean-Luc und nannte die neue Kennung. »Mit Ihrer Erlaubnis werden die drei jetzt eine halbe Stunde nach ihr suchen und dann nach Al Schargas weiterfliegen.« Einen Versuch ist es wert, dachte er und verabschiedete sich mit französischem Charme von den beiden Bahrainern, ohne das Wunder seiner Rettung ganz begreifen zu können.
Waren sie einfach blind? Oder wollten sie nichts sehen? Ich weiß nicht, aber Gott segne die hl. Maria, die wieder ihre schützende Hand über uns gehalten hat.
»Jean-Luc, du solltest Gavallan anrufen und ihn über das Telex informieren«, riet ihm Matthias.

Vor der Küste der Emirate. Scragger und Benson starrten auf die Kraftstoffanzeige und den Kraftstoffdruckmesser ihres Einser-Triebwerkes. Die Warnlämpchen leuchteten, die Temperaturanzeige stand auf Maximum, der Zeiger des Druckmessers schon fast auf Null. Bei gutem, aber dunstigem Wetter überflogen sie jetzt in 200 Meter Höhe die Grenze. Siri und Abu Mesa lagen hinter, Al Schargas lag unmittelbar vor ihnen. Der Tower, der den Verkehr überwachte, war ziemlich deutlich in ihren Kopfhörern zu vernehmen.
»Ich werde das Einser abstellen, Benson.«
»Ja, damit es sich nicht festfrißt.«
Das Tuckern ließ nach, und der Helikopter sank etwa 30 Meter, doch nachdem Scragger beim Zweier-Triebwerk die Leistung erhöht und den Lauf reguliert hatte, behielt die Maschine die Höhe bei. Das fehlende Hintergrundgeräusch bereitete ihnen beiden Unbehagen.
»Ich sehe keinen Grund für diese Panne, Scrag. Ich habe den Heli vor wenigen Tagen selbst durchgecheckt. Wie geht es uns denn?«

»Prächtig. Es ist nicht mehr weit.«
Benson verspürte große Unruhe. »Können wir im Notfall hier irgendwo niedergehen? Sandbänke? Eine Bohrinsel?«
»Aber sicher, 'ne ganze Menge«, log Scragger, während Augen und Ohren auf Gefahren lauerten, ohne welche zu finden. »Hörst du was?«
»Nein... nichts. Verdammt, ich höre doch jeden trockenen Radzahn.«
Scragger lachte. »Ich auch.«
»Sollen wir uns nicht in Al Schargas melden?«
»Noch reichlich Zeit, mein Sohn. Ich warte auf Vossi oder Willi.«
»Wie weit haben wir's noch, Scrag?« Benson liebte zwar Maschinen, doch haßte er das Fliegen, besonders in Hubschraubern. Das Hemd klebte ihm am Leib.
Plötzlich hatten sie Willis Stimme in den Kopfhörern. »Al Schargas, hier ist EP-HBB, einfliegend mit EP-HGF, 250 Meter auf 140 Grad. Voraussichtliche Ankunft in 12 Minuten.« Scragger stöhne auf, denn Willi hatte automatisch die iranische Kennung genannt, obwohl sie übereingekommen waren, nach Möglichkeit nur mit den letzten drei Buchstaben durchzukommen.
Die sehr englisch klingende Stimme des Kontrollbeamten kam laut und schneidend zurück: »Al Schargas. Rufender Heli, wir nehmen an, Sie sind im Transit, auf 140 Grad einfliegend; Ihre Übertragung war verzerrt. Bitte bestätigen Sie, daß Sie G-HYYR und G-HFEE sind? Ich wiederhole: Golf-Hotel-Yankee-Yankee-Romeo und Golf-Hotel-Foxtrott-Echo-Echo?«
Scragger stieß einen Jubelschrei aus. »Sie erwarten uns!«
Willis Stimme klang zögernd, und Scraggers Puls stieg sprungartig an: »Al Schargas, hier ist... hier ist G-HY... YR...« Da übertönte ihn Vossi aufgeregt. »Al Schargas, hier ist Golf-Hotel-Foxtrott-Echo-Echo und Golf-Hotel-Yankee-Yankee-Romeo. Wir hören Sie laut und klar. Wir sind in 10 Minuten bei Ihnen und bitten um Landeerlaubnis auf dem nördlichen Aufsetzplatz. Bitte informieren Sie S-G!«
»Gewiß, G-HFEE«, bestätigte der Kontrollbeamte, und Scragger konnte die Erleichterung des Mannes fast sehen. »Sie haben Landeerlaubnis auf dem nördlichen Aufsetzplatz. Bitte rufen Sie S-G auf 117,7. Willkommen! Willkommen in Al Schargas! Bitte, behalten Sie Kurs und Höhe bei!«
»Ja, Sir! Jawohl, Sir. 117,7«, antwortete Vossi. Und sofort schaltete Scragger auf diesen Kanal. Wieder meldete sich Vossi: »Sierra One, hier sind HFEE und HYYR, können Sie mich hören?«
»Laut und wunderbar klar. Willkommen, willkommen, aber... wo ist Golf-Hotel-Sierra-Victor-Tango?«

Al Schargas – im Büro der S-G. »Sie kommt hinter uns, Sierra One«, antwortete Vossi.
Im Lautsprecher hörten Gavallan, Scot, Nogger und Starke auf dem Kanal der Gesellschaft den Funkverkehr ab. Da auch die Frequenz des Towers überwacht wurde, waren sich alle der Tatsache bewußt, daß jede Übertragung mitgehört werden konnte, insbesondere die Funksprüche von Siamaki in

Teheran und Numi in Bandar-e Delam. »Sie kommt in ein paar Minuten nach«, fügte Vossi sehr vorsichtig hinzu. »Der Pilot hat uns angewiesen, vorauszufliegen. Wir wissen nicht, was passiert ist.« Plötzlich schaltete sich Scragger ein, und alle hörten den Freudenrausch in seiner Stimme: »Hier kommt G-HSVT herangebraust, macht euch bereit!«

»Gott sei Dank!« murmelte Gavallan, wischte sich die Stirn ab. Er deutete mit dem Daumen auf Nogger: »Setzen Sie sich in Bewegung, Nogger!«

Bereitwillig eilte der junge Mann davon und hätte beinahe Manuela umgeworfen, die, ein Tablett mit kalten Getränken in den Händen, den Gang entlang kam. »Scrag, Willi und Ed werden gleich landen!« rief er ihr im Vorbeilaufen zu.

»Wie herrlich!« jubelte sie und hastete ins Büro. »Ist das nicht...« Sie unterbrach sich, als sie Scragger hörte: »... nur mit einem Triebwerk, und würde daher um Erlaubnis für einen Direktanflug ersuchen. Stellt auf jeden Fall ein Löschfahrzeug bereit.«

Darauf Willis Stimme: »Ed, dreh doch mal um 180 Grad, schließ dich Scrag an und bring ihn rein! Wie sieht es bei dir mit Treibstoff aus?«

»Mehr als genug. Ich bin schon unterwegs.« Manuela hörte Ed lachen und fühlte sich gleich besser.

Obwohl sie sich bemühte, ihre Ängste zu unterdrücken, hatte sie die ungeheure Spannung dieses Vormittags kaum ertragen. Dazu die körperlosen Stimmen, so weit entfernt und doch so nah, Stimmen von Menschen, die sie gern hatte oder liebte oder auch haßte, wie die der Feinde. »Genau das sind sie nämlich«, hatte sie sich vor ein paar Minuten ereifert, den Tränen nahe wegen Ross und weil ihre wunderbaren Freunde Marc Dubois und der alte Fowler vermißt waren. Es hätte ja auch Conroe treffen können, und dann... »Jahan ist einer von ihnen. Siamaki, Numi, sie alle sind unsere Feinde!« Sanft hatte Gavallan widersprochen: »Das sind sie nicht, Manuela, nicht wirklich, sie tun nur ihre Pflicht...« Aber seine Milde hatte sie nur aufgestachelt und wütend gemacht. Dazu kam ihre Sorge um Conroe, der hier saß, statt im Krankenhaus das Bett zu hüten. Schließlich war er erst gestern operiert worden! »Ein Spiel ist sie für euch, diese Operation ›Wirbelsturm‹, ein verdammtes Spiel, nichts weiter«, hatte sie die Männer angefahren. »Ihr seid ein Haufen ruhmsüchtiger kleiner Buben, und du... und du...« Dann war sie aus dem Zimmer gestürmt und auf die Toilette gelaufen, um sich auszuweinen. Schließlich hatte sie sich mit dem Gedanken getröstet, daß alle Männer dumm und kindisch waren und sich nie ändern würden. Nachdem sie sich die Nase geputzt und frisches Make-up aufgelegt hatte, war sie Getränke holen gegangen. Ruhig stellte sie jetzt das Tablett nieder. Keiner achtete auf sie.

Starke hatte bereits die Bodenkontrolle am Apparat, um das Notwendigste zu erklären. »Wir kümmern uns um alles«, sagte Scot.

»Sierra One. Wie geht's den Deltas und Kilos?« erkundigte sich Scragger.

Gavallan beugte sich vor und antwortete bedächtig: »Delta drei geht's gut. Kilo zwo... befindet sich immer noch vor Ort... mehr oder weniger.«

Stille in den Lautsprechern. Über die Towerfrequenz hörten sie den engli-

schen Kontrollbeamten, wie er einigen einfliegenden Maschinen Landeerlaubnis erteilte. Störgeräusche. Scraggers Stimme hatte sich verändert. »Bestätigen Sie: Delta *drei!*«
»Wir bestätigen: Delta drei«, sagte Gavallan, der noch unter dem Schock stand, den Jean-Luc vor wenigen Minuten mit dem Telex ausgelöst hatte. Jeden Augenblick konnte hier im Tower und auch in Kuwait die Sache auffliegen. Zu Jean-Luc hatte er über Funk gesagt: »Luft-Wasser-Bergungsdienst? Ein Funknotruf wäre besser.«
»Wir sind selbst unser Luft-Wasser-Bergungsdienst, Andy. Einen anderen gibt es nicht. Sandor ist bereits auf die Suche gegangen, und sobald Rudi und Pop aufgetankt haben, werden sie auch suchen – ich habe eine Fahndung nach Planquadraten für sie ausgearbeitet. Anschließend nehmen wir direkten Kurs auf Al Schargas – so wie Sandor. *Mon Dieu*, wir können hier nicht so lange rumhängen, Sie können sich ja gar nicht vorstellen, wie nahe wir einem Desaster waren. Wenn er auf den Wellen treibt, werden sie ihn finden – und es gibt Dutzende von Sandbänken, auf welchen man niedergehen kann.«
Die Tür ging auf, und Dr. Nutt kam herein. »Marsch ins Bettchen, Duke! Sagen Sie schön gute Nacht wie ein braver Junge!«
»Hallo, Doc!« Starke wollte gehorchen und aufstehen, brachte dies aber beim ersten Versuch nicht fertig. Es gelang ihm gerade noch, sein Unvermögen zu überspielen. »Hör mal, Scot, haben wir ein Walkie-talkie oder ein Radio mit den Towerfrequenzen?«
»Na klar.« Scot griff in eine Schublade und gab ihm das kleine Gerät. »Wir bleiben in Kontakt – du hast doch ein Telefon am Bett?«
»Ja. Auf später! Nein, Schätzchen, mir geht's gut. Du bleibst – wegen deiner Persischkenntnisse. Danke.« Er warf einen Blick durch das Fenster. »He! Schaut euch mal das an!«
Einen Augenblick lang waren alle ihre Sorgen vergessen. Spitz wie eine Nadel, unvergleichlich, die Nase zum Start gesenkt, rollte die Concorde heraus, welche die Strecke London – Bahrain beflog: Reisegeschwindigkeit 2400 Kilometer in der Stunde in fast 22 Kilometer Höhe; für die ganze Strecke benötigte sie 3 Stunden und 16 Minuten. »Das ist doch der schönste Vogel, den es gibt!« schwärmte Starke.
»Mit der möchte ich auch einmal fliegen«, seufzte Manuela, »nur einmal.«
»Anders kann man ja gar nicht mehr reisen«, bemerkte Scot trocken. »Wie ich gehört habe, wird diese Strecke nächstes Jahr stillgelegt.« Er war hauptsächlich damit beschäftigt, den Sprechverkehr zwischen Willi, Scragger und Vossi zu überwachen. Von seinem Platz aus konnte er den Kombi sehen, der mit Nogger, Mechanikern, Farbe und Schablonen auf den Hubschrauberlandeplatz am anderen Ende der Rollbahn zuraste. Ein Löschfahrzeug stand schon bereit.
»Das sind ja alles Idioten«, bemerkte Gavallan verdrießlich. »Diese verdammten Regierungen haben ja alle nur Sülze im Kopf, und das gilt auch für die Franzosen. Sie könnten sich ihre Forschungs- und Entwicklungskosten sparen. Tun sie sowieso. Die Concorde ließe sich auf gewissen Strecken ideal

einsetzen. Von Los Angeles beispielsweise nach Japan, nach Australien oder Argentinien... Hat einer von euch unsere Vögel schon gesehen?«
»Dazu ist der Tower in einer besseren Position, Vater.« Scot schaltete auf die Towerfrequenz. »Concorde 001, Sie starten als nächster. *Bon voyage«*, sagte der Kontrollbeamte. »Sobald Sie in der Luft sind, rufen Sie Bagdad auf 119,9.«
»Danke. 119,9.« Stolz rollte die Concorde dahin, und aller Augen waren auf sie gerichtet. »Bei Gott, sie ist es wert, daß man sie bewundert!«
»Tower, hier spricht Concorde 001. Was macht das Feuerwehrauto da?«
»Wir erwarten drei Helis auf dem nördlichen Aufsetzplatz. Einer fliegt nur mehr mit einem Triebwerk...«

Im Kontrollturm. »... wünschen Sie, daß wir sie umleiten, bis Sie gestartet sind?« fragte der Kontrollbeamte. Er hieß Sinclair, war Engländer und ein ehemaliger RAF-Offizier wie viele seiner Kameraden, die in ähnlichen Stellungen am Golf arbeiteten.
»Nein, nein, danke. Wir waren nur neugierig.«
Sinclair war ein untersetzter Mann, mit schütterem Haar und saß in einem Drehstuhl an einem Schreibtisch, von dem aus er einen umfassenden Rundblick genoß. Um den Hals hatte er ein starkes Fernglas hängen. Er hob es an die Augen und stellte es scharf ein. Jetzt konnte er die drei in V-Formation einfliegenden Helikopter sehen. Schon zuvor hatte er den mit dem ausgefallenen Triebwerk an der Spitze ausgemacht. Er wußte, daß es Scragger war, tat aber, als habe er keine Ahnung. Er war von einer Reihe erstklassiger Radar- und Fernmeldegeräte umgeben, die von drei in Ausbildung stehenden Einheimischen und einem Kontrollbeamten, der ebenfalls aus Al Schargas war, bedient wurden. Letzterer konzentrierte sich auf seinen Radarschirm und staffelte die anderen sechs Flugzeuge, die sich gegenwärtig im entsprechenden Luftraum aufhielten.
Ohne die Hubschrauber aus den Augen zu verlieren, schaltete Sinclair seinen Sender ein: »HSVT, hier spricht der Tower. Wie kommen Sie voran?«
»Tower, hier HSVT.« Scragger antwortete mit klarer Stimme. »Kein Problem. Alles im grünen Bereich. Ich sehe die Concorde zum Start rollen; soll ich bleiben, wo ich bin, oder mich beeilen?«
»HSVT, setzen Sie den direkten Landeanflug mit der nötigen Umsicht fort! Concorde, gehen Sie in Position und behalten Sie sie bei!« Einem der Einheimischen rief Sinclair zu: »Sobald der Heli landet, übernimmst du ihn, Mohammed, okay?«
»Ja, Sayyid.«
»Hast du Verbindung mit dem Löschwagen aufgenommen?«
»Nein, Sayyid.«
»Dann stell sie schleunigst her. Dafür bist du verantwortlich.« Der Junge wollte sich entschuldigen. »Keine Aufregung. Es war ein Fehler, ist schon vorbei, mach weiter!«
Scragger war noch 15 Meter über dem Boden, der Landeanflug perfekt.

»Mohammed, sag dem Löschfahrzeug, sie sollen endlich was tun! Die Burschen sollten schon längst ihre Schaumlöscher bereithalten!« Er hörte, wie der angehende Kontrollbeamte die Feuerwehrleute beschimpfte, und sah, wie diese sich aus dem Wagen drängten und die Schläuche in Stellung brachten. Das Gerücht, wonach S-G einen illegalen Abzug aus dem Iran plante, machte nun schon seit zwei Tagen die Runde. Sinclair ließ seinen Blick durch den Feldstecher zum Hubschrauber wandern. Die Kufen von Scraggers Maschine berührten den Boden. Die Löschmannschaft umringte den Helikopter, aber es gab kein Feuer. »Concorde 001, Sie haben Starterlaubnis«, sagte Sinclair ruhig. »HFEE und HYYR, Sie können jederzeit landen. PanAm CHT, Sie haben Landeerlaubnis auf Rollbahn 32, Windstärke 20 Knoten aus 160 Grad.« Hinter Sinclair ratterte ein Fernschreiber. Er sah zu, wie die Concorde abhob, bewunderte ihre Kraft und ihren Steigwinkel und konzentrierte sich dann wieder auf Scraggers Hubschrauber, wobei er die gebückten Gestalten, die unter den Rotoren mit Schablone und Farbe hantierten, geflissentlich übersah. Ein anderer Mann, ein Offizier, gab den Männern des Löschfahrzeugs mit einer Handbewegung zu verstehen, daß sie sich entfernen konnten. Scragger stand neben seiner Maschine und erbrach sich, während ein anderer Mann, vermutlich der Copilot, mit mächtigem Strahl urinierte. Die zwei anderen Helikopter gingen auf ihren Aufsetzplätze nieder, und die Maler fielen auch über sie her.
»Sayyid Sinclair, vielleicht sollten Sie dieses Telex lesen.«
»Hm?« Zerstreut warf der Angesprochene einen Blick auf den jungen Mann, der unbeholfen versuchte, das Reservefernglas auf die Helikopter zu richten. Ein Blick auf das Telex genügte. »Hast du schon jemals ein Fernglas verkehrt herum benützt, Mohammed?« fragte er.
»Sayyid?« Der junge Mann war perplex. Sinclair nahm ihm das Glas ab, änderte die Einstellung und gab es ihm verkehrt zurück. »Richte es jetzt auf die Helis und sag mir, was du siehst!«
Der junge Mann brauchte eine kleine Weile, um das Bild zu zentrieren. »Die sind so weit weg, ich kann sie kaum sehen.«
»Interessant. Setz dich mal für einen Moment auf meinen Stuhl!« Mit vor Stolz geschwellter Brust gehorchte der Junge. »Jetzt ruf die Concorde und ersuche sie um einen Positionsbericht!«
Die anderen jungen Einheimischen waren so sehr von Neid erfüllt, daß sie alles um sich herum vergaßen. Mohammeds Finger zitterten vor Aufregung, als er die Sendetaste drückte: »Concorde, hier... hier ist der Tower Al Schargas. Ihre Position, bitte.«
»Tower, 001 geht von 1000 auf 2000 Meter, von Mach 1,3 auf Mach 2 – 2400 Kilometer Stundengeschwindigkeit. Steuerkurs 290. Wir verlassen jetzt Ihren Luftraum.«
»Danke, Concorde, guten Tag!« sagte der junge Mann strahlend, und weil es jetzt schon soweit war, nahm Sinclair ihm das Telex aus der Hand und runzelte die Stirn.
»Iranische Hubschrauber?« Er gab dem angehenden Kontrollbeamten das

Reserveferuglas zurück. Aufmerksam betrachtete dieser die drei fremden Maschinen; dann schüttelte er den Kopf. »Nein, Sayyid. Das sind Engländer, und alle anderen hier sind aus Al Schargas.«
»Ganz richtig.« Sinclair zog die Stirn in Falten. Er hatte bemerkt, daß Scragger am Boden lag. Lane und noch ein paar andere standen um ihn herum. Das sieht Scragger aber nicht ähnlich, dachte er. »Mohammed, schick einen Arzt und eine Ambulanz zu den britischen Helis hinüber, aber dalli!« Dann griff er zum Telefon und wählte. »Mr. Gavallan, ihre Vögel sind wohlbehalten hier angelangt. Wenn Sie einen Augenblick Zeit haben, könnten Sie auf einen Sprung im Tower vorbeikommen?« Er sagte es auf jene lässige, untertreibende englische Art, an der nur ein anderer Engländer sogleich die Dringlichkeit des Begehrens entdecken konnte.

Im Büro der S-G. »Ich komm gleich rüber, Mr. Sinclair«, antwortete Gavallan. »Danke.«
Scot sah sein Gesicht. »Neue Unannehmlichkeiten, Vater?«
»Ich weiß es nicht. Ruf mich an, wenn es etwas Neues gibt!« Unter der Tür blieb er stehen. »Verdammt, ich habe ganz auf Newbury vergessen. Ruf im Konsulat an und frag ihn, ob er heute nachmittag Zeit hat. Ich besuche ihn auch zu Hause, ganz gleich – mach etwas aus, wenn du kannst. Wenn er wissen will, was los ist, sag nur: Bis jetzt sechs von sieben, einer sollte schon da sein, und zwei fehlen noch. Bis bald, Manuela! Scot, versuch noch einmal, Charlie zu erreichen und festzustellen, wo zum Teufel er steckt.«
»Okay.« Scot und Manuela blieben allein. Ihre Niedergeschlagenheit war Scot aufgefallen. »Dubois wird schon auftauchen, du wirst sehen«, sagte er und bemühte sich, zuversichtlich zu klingen und die eigene Angst zu betäuben, es könne ihnen etwas zugestoßen sein. »Den alten Fowler bringt sowieso nichts um.«
»Oh, das hoffe ich sehr.« Sie war den Tränen nahe. Sie hatte Starke taumeln sehen und war sich seiner Schmerzen lebhaft bewußt. »Ich muß ins Krankenhaus. Zum Teufel mit dem Persisch! Das lange Warten macht mich verrückt.«
»Nur noch ein paar Stunden, Manuela. Nur noch zwei Vögel und fünf Personen. Dann können wir feiern.« Auch mein alter Herr wird dann einer großen Last ledig sein, dachte er. Er wird wieder lächeln und 1000 Jahre leben. Die alte, bohrende Frage stieg in ihm auf: Was tue ich, wenn Vater einmal nicht mehr ist? Es fröstelte ihn. Es kann jeden Tag passieren. Denk doch nur an Jordon oder Talbot – oder an Duke oder dich selbst. Ein Zollbreit, und du bist tot oder bleibst am Leben. Gottes Wille? Karma? Ich weiß es nicht, und es ist auch nicht wichtig. Sicher ist für mich nur eines: Seit meiner Verwundung bin ich ein anderer Mensch. Mein ganzes Leben hat sich verändert. Die Gewißheit, daß nichts mich jemals erschüttern kann, ist für immer dahin. Geblieben ist eine gottverdammte, eisige, stinkende Gewißheit, daß ich sehr sterblich bin. Allmächtiger! Ob auch Duke solche Gefühle hat?
Sein Blick fiel auf Manuela. Sie starrte ihn an. »Tut mir leid, ich habe nicht aufgepaßt«, entschuldigte er sich und fing an, Newburys Nummer zu wählen.

»Ich meinte nur«, sagte Manuela, »es sind doch drei Vögel und mehr Personen, oder? Du hast Erikki und Azadeh vergessen, wenn du Scharazad nicht auch mitrechnen willst.«

Teheran – im Hause Bakravan: 13 Uhr 14. Nackt stand Scharazad vor dem hohen Spiegel in ihrem Badezimmer und überprüfte von der Seite ihre Figur. Heute morgen war ihr aufgefallen, daß ihre Brustwarzen empfindlicher und ihre Brüste straffer geworden zu sein schienen. »Kein Grund zur Sorge«, hatte Zarah, Meschangs Frau, gesagt und gelacht. »Bald wirst du rund sein wie ein Ballon und dir einbilden, daß du nie wieder in deine Kleider hineinkommst. Und wie häßlich du dir vorkommen wirst! Aber sorge dich nicht! Du wirst wieder in deine Kleider passen, und du wirst nicht häßlich aussehen.«

Heute war Scharazad sehr glücklich. Sie beguckte sich genau, um festzustellen, ob sie irgendwelche Runzeln hatte, probierte alle möglichen Frisuren aus und war mit dem, was sie sah, durchaus zufrieden. Nach dem Bad war ihr Körper jetzt völlig abgetrocknet, und sie schlüpfte in ihre Unterwäsche.

Jari kam geschäftig hereingeeilt. »Oh, Prinzeßchen, bist du immer noch nicht fertig? Seine Eminenz, dein Bruder, kann jeden Augenblick zum Essen kommen, und das ganze Haus fürchtet einen seiner Wutausbrüche. O bitte, beeil dich! Wir wollen ihn doch nicht reizen...« Vor sich hinbrummelnd und Scharazad zur Eile drängend, fing sie an, Ordnung zu machen. In wenigen Minuten war Scharazad angezogen. Nylonstrümpfe – seit Monaten gab es keine Strumpfhosen mehr zu kaufen, nicht einmal auf dem schwarzen Markt –, ein warmes blaues Kaschmirkleid im neuesten Schnitt und eine dazu passende kurzärmelige Jacke. Noch schnell mit der Bürste durch das von Natur aus wellige Haar gefahren, eine Spur Lippenstift, ein Hauch Lidschatten um die Augen, und Scharazad war fertig.

»Aber Prinzeßchen, du weißt doch, wie dein Bruder jedes Make-up haßt!«

»Aber ich gehe doch nicht aus, und Meschang ist auch nicht...« Auch nicht mein Vater, hatte sie sagen wollen, unterließ es jedoch, weil sie diese Tragödie nicht aus den Tiefen ihrer Erinnerung hervorzuholen wünschte. Vater ist im Paradies, dachte sie. Es fehlen noch 25 Tage bis zum Tag des Trauerendes, dem 40. Tag nach seinem Tod, und bis dahin müssen wir trotz all des Trauerns weiterleben.

Und die Liebe?

Sie wußte nicht, was damals geschehen war, als sie Jari ins Café geschickt hatte, um »ihn« von der Rückkehr ihres Gatten zu verständigen, ihm sagen zu lassen, daß das, was nie begonnen hatte, nun zu Ende war. Sie tat, als hätte »er« keinen Namen gehabt und als wäre er nur Teil eines wunderbaren Traums gewesen. O mein Geliebter, dachte sie. Ob du mich wohl auch weiterhin in meinen Träumen besuchen wirst?

Im Erdgeschoß hörten sie Lärm und beide wußten, daß Meschang gekommen war. Scharazad blickte ein letztes Mal in den Spiegel und ging hinunter.

Nach seinem Krach mit Lochart war Meschang mit seiner Familie ins Haus zurückübersiedelt. Es war ein sehr großes Haus. Scharazad hatte immer noch ihr Zimmer und freute sich sehr, daß Zarah und ihre drei Kinder jetzt der drückenden Stille und düsteren Stimmung ein Ende machten. Ihre Mutter war zur Einsiedlerin geworden, bewohnte ihren eigenen Flügel und ließ sich nur von ihren eigenen Mädchen bedienen; sie weinte und betete den ganzen Tag. Nie verließ sie ihre Räume, nie bat sie jemanden zu Besuch. »Laßt mich allein«, wimmerte sie stets durch die versperrte Tür.

Solange Meschang daheim war, achteten Scharazad, Zarah und auch die anderen Familienmitglieder darauf, ihm zu schmeicheln und schönzutun. »Keine Bange«, hatte Zarah ihre Schwägerin beruhigt, »den kriegen wir schon noch kirre. Er glaubt wohl, ich habe vergessen, wie er mich gedemütigt und geschlagen hat, und ich weiß nichts von dieser kleinen Hure, die dieser miese Hundesohn Kia ihm vermittelt hat. Keine Bange, liebste Scharazad, ich werde mich revanchieren. Es ist unverzeihlich, wie er dich und deinen Mann behandelt. Bald werden wir wieder reisen können... Paris, London, vielleicht sogar New York... Er wird kaum Zeit haben, uns zu begleiten, und dann, dann werden wir auf den Putz hauen, durchsichtige Blusen tragen und Dutzende von Verehrern haben.«

Tief im Inneren ließen sie diese Gedanken vor Erregung zittern. Ich fahre mit meinem Sohn nach New York, nahm sie sich vor. Bald werden wir wieder ein normales Leben führen, die Macht der Mullahs über Khomeini wird gebrochen und das Revolutionäre Komitee auseinandergejagt sein. Wir werden eine echte, demokratisch gewählte, islamische Regierung unter Ministerpräsident Bazargan haben. Nie wieder wird man die Rechte der Frauen antasten, nie wieder die Tudeh für ungesetzlich erklären. Diese Regierung wird für alle da sein, und im Land wird Frieden herrschen.

»Hallo, liebster Meschang, wie gut du heute aussiehst! Aber ein bißchen müde wirkst du. Du darfst einfach nicht so hart für uns alle arbeiten. Hier, laß dir ein Glas Zitronenlimonade einschenken!«

»Danke.« Gegen Kissen gelehnt, rekelte sich Meschang auf den Polstern. Er hatte die Schuhe ausgezogen und aß bereits. Zarah war in seiner Nähe und bedeutete Scharazad mit einer Handbewegung, sich neben sie zu setzen.

»Wie geht es dir?« fragte Meschang.

»Wunderbar. Keine Spur von Übelkeit.«

Meschang machte ein verdrießliches Gesicht. Zarah war es ständig übel, sie blies immerzu Trübsal, während andere Frauen... »Hoffen wir, daß alles normal abläuft, wo du doch so mager bist... *Inscha'Allah.*«

Beide Frauen setzten ein Lächeln auf, um ihre Haßgefühle zu verbergen. Sie verstanden einander. »Hattest du einen guten Vormittag, Meschang? Es muß schrecklich anstrengend für dich sein, da es so viel zu tun gibt und so viele da sind, für die du sorgen mußt.«

»Es ist schwer, weil ich von Dummköpfen umgeben bin, liebe Schwester. Es wäre alles so leicht, wenn ich tüchtige, gut ausgebildete Menschen um mich hätte.« Und noch viel leichter, wenn du Vater nicht getäuscht und um den Finger gewickelt, deinen ersten Mann nicht im Stich gelassen und durch deinen zweiten Schande über uns alle gebracht hättest, dachte er. Soviel Pein hast du mir bereitet, liebe Schwester, du mit deinem ausgezehrten Gesicht, deiner schwindsüchtigen Figur und deiner Dummheit. Und das mir, der sich aufgerieben hat, dich vor dir selbst zu retten. Allah sei gedankt, daß meine Bemühungen solche Früchte getragen haben!

»Es muß ein schrecklich hartes Leben für dich sein, Meschang«, sagte Zarah. »Ich wüßte nicht, wo ich anfangen sollte.« Dabei dachte sie: Ein Kinderspiel, das Geschäft zu führen, wenn man weiß, wo die Schlüssel sind und die Konten und die Kundenwechsel – und wenn man die Familiengeheimnisse kennt. Du verwehrst uns die Gleichberechtigung, weil es uns leicht fallen würde, dich auszuschalten und uns in die besten Positionen zu verschanzen.

Der Lamm-Khoresch und der golden schimmernde, knusprige Reis schmeckten köstlich, und Meschang aß mit Appetit. Du mußt dich zurückhalten, ermahnte er sich, du willst doch nicht zu müde sein für die kleine Yasmin heute nachmittag. Ich habe nie gewußt, wie lebendig und aufregend eine *zinaat* sein kann und wie süß junge Lippen schmecken. Wenn ich ihr ein Kind mache, heirate ich sie, und Zarah kann machen, was sie will.

Er streifte sie mit einem Blick. Sofort hörte sie auf zu essen, lächelte ihm zu und gab ihm eine Serviette, mit der er sich den Bart von Fett und Speiseresten säubern konnte. »Danke«, sagte er höflich und aß weiter. Nachdem ich mich mit Yasmin vergnügt habe, dachte er dabei, kann ich ein Stündchen ruhen. Dann muß ich wieder an die Arbeit. Ich wollte, Kia, dieser Hund, wäre wieder zurück. Wir haben viel miteinander zu bereden und zu planen.

»Meschang, mein Teuerster, hast du auch diese Gerüchte gehört? Die Generäle sollen beschlossen haben, einen Putsch zu unternehmen, damit die Armee die Macht an sich reißen kann.«

»Natürlich. Im Basar spricht man von nichts anderem.« Meschang verspürte ein leichtes Unbehagen. Er hatte alles getan, um sich nicht festzulegen. »Der Sohn von Mohammed dem Goldschmied schwört, sein Vetter, der als Telefonist im Oberkommando arbeitet, habe gehört, wie einer der Generäle sagte, sie würden nur noch zuwarten, um einem amerikanischen Kampfverband Zeit zu geben, in Stellung zu gehen. Und daß sie Luftlandetruppen einsetzen würden.«

Es war ein Schock für beide Frauen. »Fallschirmspringer? Dann sollten wir aber sofort die Stadt verlassen«, drängte Zarah. »Wir sind in Teheran nicht sicher. Wir sollten in unser Haus am Kaspischen Meer übersiedeln und dort das Ende der Auseinandersetzungen abwarten. Ich fange gleich an zu pack...«

»Was für ein Haus am Kaspischen Meer? Wir haben kein Haus am Kaspischen Meer«, fuhr Meschang sie verdrießlich an. »Wurde es nicht wie unser ganzer Besitz konfisziert? Allah strafe die Diebe, nach allem, was wir für die Revolution und die Mullahs getan haben!« Brennende Röte stieg ihm ins Gesicht. »Und jetzt...«

»O bitte, verzeih mir, liebster Meschang. Du hast wie immer recht. Ich habe geplappert, ohne nachzudenken. Natürlich hast du recht, aber wenn es dir paßt, könnten wir bei Onkel Agha Madri wohnen, er hat eine zweite Villa an der Küste. Die könnten wir nehmen und schon morgen...«

»Morgen? Mach dich nicht lächerlich! Glaubst du, daß man mich nicht rechtzeitig warnt?« Er wischte sich den Bart ab. Ihre kriecherische Entschuldigung besänftigte ihn ein wenig. »Natürlich wird man uns Bazaaris rechtzeitig warnen. Wir sind doch keine Hohlköpfe!«

»Selbstverständlich nicht, liebster Meschang«, sagte Zarah beschwichtigend. »Es tut mir leid, ich dachte nur an deine Sicherheit und wollte vorbereitet sein.« Wie widerlich er auch sein mag, dachte sie, und ihre Augenlider flatterten nervös, aber er ist unser einziger Schutz vor den verabscheuungswürdigen Mullahs und ihren nicht weniger verabscheuungswürdigen Schlägern, diesen *hezbollahis*. »Glaubst du, sie werden putschen?«

»Inscha'Allah«, sagte er und rülpste. »So oder so, mit Allahs Hilfe werde ich vorbereitet sein. So oder so, uns Bazaaris wird man immer brauchen – wir können so modern sein wie die Fremden auch, viele von uns, und ich ganz gewiß, noch gerissener als sie. Dieser Hundesohn Paknouri, dafür, daß er uns gefährdet hat, sollen er und seine Väter in der Hölle braten!«

Onkel Madris Villa am Kaspischen Meer? Eine ausgezeichnete Idee. Eine Sekunde später wäre ich selbst darauf gekommen. Zarah mag verbraucht und ihre *zinaat* staubtrocken sein, aber sie ist eine gute Mutter und ihr Rat ist nie schlecht. »Einem anderen Gerücht zufolge hält sich unser ruhmreicher Ex-Ministerpräsident Bachtiar immer noch in Teheran versteckt – unter dem Dach seines alten Freundes und Kollegen, Ministerpräsident Bazargan.«

Zarah rang nach Atem. »Wenn die *hezbollahis* ihn dort erwischen...«

»Mit Bazargan ist kein Staat mehr zu machen... schade. Niemand gehorcht ihm mehr, niemand hört mehr auf ihn. Das Revolutionäre Komitee würde beide hinrichten lassen, wenn man sie erwischt.«

Scharazad zitterte. »Jari hat erzählt, auf dem Markt hieß es heute morgen, Bazargan wäre bereits zurückgetreten.«

»Das stimmt nicht«, sagte Meschang und hatte ein weiteres Gerücht parat. »Ein Freund von mir, der Bazargan nahesteht, hat mir erzählt, daß er Khomeini seinen Rücktritt angeboten hat, aber der Imam hat ihn nicht angenommen und Bazargan aufgetragen zu bleiben, wo er ist. Noch etwas Reis, bitte!«

Das interessanteste Gerücht aber, das man ganz im geheimen weitergegeben hatte, besagte, daß der Imam bald sterben würde – eines natürlichen Todes oder vergiftet von kommunistischen Agitatoren der Tudeh oder von Mudjaheddin oder von der CIA – und daß sowjetische Truppen an der Grenze stünden, um unmittelbar nach seinem Tod in Aserbeidschan einzufallen und Richtung Teheran vorzurücken.

Wenn das wahr ist, haben wir nur noch Katastrophen und den Tod zu erwarten, dachte er. Aber das wird, das darf nicht geschehen. Niemals werden es die Amerikaner zulassen, daß die Sowjets hier einmarschieren. Sie können nicht zulassen, daß sie die Straße von Hormus kontrollieren – selbst Carter wird das einsehen. Nein, nein. Hoffen wir, daß nur der erste Teil stimmt – und daß der Imam bald ins Paradies eingeht. »Wie es Allah gefällt«, sagte er mit frommem Augenaufschlag und bedeutete der Dienerschaft, sich zu entfernen. »Scharazad«, wandte er sich dann an seine Schwester, sobald sie allein waren, »bis auf einige Formalitäten ist deine Scheidung bereits in die Wege geleitet.«

Sie war sofort auf der Hut. »Ach ja?« Sie haßte ihren Bruder, weil er ihre Ruhe störte, ihre Gedanken in eine Hetzjagd trieb. Ich will mich nicht scheiden lassen. Es wäre Meschang leicht gefallen, ihm Geld zu geben. In der Schweiz liegt genug. Er hätte nicht so gemein sein müssen zu Tommy. Wir hätten wegfahren können... Sei nicht dumm, ohne Papiere kannst du nicht wegfahren. Er hat dich verlassen, es war seine Entscheidung. Ja, aber Tommy hat auch gesagt, er würde einen Monat warten. Und in einem Monat kann so viel passieren.

»Deine Scheidung bringt keine Probleme mit sich. Und deine Wiederverheiratung auch nicht.«

Sprachlos starrte sie ihn an.

»Ja, ich habe einem Brautpreis zugestimmt, der viel höher war, als ich erwartet hatte...« Für eine zweimal geschiedene Frau, die das Kind eines Ungläubigen erwartet, hatte er sagen wollen, aber es handelte sich um seine Schwester, und es war eine ausgezeichnete Verbindung, und darum schwieg er. »Die Eheschließung wird nächste Woche stattfinden, und er bewundert dich schon seit Jahren. Es ist Exzellenz Farazan.«

Einen Augenblick lang trauten beide Frauen ihren Ohren nicht. Verwirrende Erregung breitete sich in Scharazad aus. Der achtundzwanzigjährige Keyvan Farazan war aus einer reichen Bazaari-Familie, sah gut aus und war vor kurzem aus Cambridge zurückgekehrt. Sie kannten sich seit Jahren gut.

»Aber, aber ich dachte... Keyvan wollte sich...«

»Doch nicht Keyvan!« fiel Meschang ihr ins Wort, verärgert über so viel Dummheit. »Daß Keyvan sich zu verloben gedenkt, das wissen doch alle. Daranousch! Exzellenz Daranousch Farazan.«

Scharazad war vor Entsetzen wie gelähmt. Zarah schnappte nach Luft und bemühte sich, ihre Entgleisung zu überspielen. Daranousch war Keyvans Vater, der vor kurzem seine zweite Frau verloren hatte. Sie war im Kindbett gestorben, so wie schon seine erste. Er war ein sehr reicher Mann, der das Monopol auf die Müllabfuhr im ganzen Basarbezirk innehatte. »Das... das ist doch nicht möglich?« stammelte Scharazad.

»O doch, das ist möglich«, verkündete Meschang stolz, der ihre Reaktion völlig mißdeutete. »Ich konnte es selbst nicht glauben, als er mir den Vorschlag machte, nachdem er von deiner Scheidung gehört hatte. Mit seinem Reichtum und seinen Verbindungen werden wir die mächtigste Firmenverbindung des Basars sein, zusammen mit...«

Scharazad fiel ihm ins Wort. »Aber er ist widerlich, widerlich und alt. Und kahl und häßlich. Und er liebt Knaben, alle Welt weiß, daß er ein Päd...«

»Und alle Welt weiß, daß du zweimal geschieden bist und das Kind eines Fremden im Bauch hast«, explodierte Meschang, »daß du an Demonstratio-

nen teilnimmst und ungehorsam bist, daß dein Kopf voll von westlichem Unsinn ist und daß du dürr bist!« In seiner Wut verschüttete er Speisen von seinem Teller. »Begreifst du denn nicht, was ich für dich getan habe? Er ist einer der reichsten Männer im Basar! Ich habe ihn dazu gebracht, dich zu akzeptieren, und damit ist deine Ehre wiederhergestellt. Und jetzt...«
»Aber Meschang, du...«
»Verstehst du denn nicht, du undankbares Miststück«, brüllte er. »Er ist sogar bereit, dein Kind zu adoptieren. Was zum Teufel willst du noch?«
Zitternd vor Wut ballte Meschang seine Hand zur Faust und schüttelte sie drohend. Zarah starrte sie an, dann ihn. Sie war entsetzt über sein geiferndes Toben.
Scharazad hörte nichts und sah nichts. Sie verstand nur, welches Schicksal ihr Bruder für sie bestimmt hatte: den Rest ihres Lebens an diesen alten Mann gekettet zu sein, einer Zielscheibe des Spottes der Bazaaris, der ständig nach Urin stank und ihr einmal im Jahr ein Kind machen würde. Sie würde gebären und weiterleben und wieder gebären müssen, bis sie im Kindbett starb – wie seine ersten beiden Frauen. Neun Kinder hatte er von seiner ersten, sieben von seiner zweiten. Sie kam sich verdammt vor, konnte aber nichts dagegen tun. Nichts.
Mir bleibt nur der Tod. Aber nicht durch Selbstmord, denn dann komme ich nicht ins Paradies. Nicht durch Selbstmord. Niemals. Ich muß den Tod erleiden, während ich Allahs Werk tue, mit dem Namen Allahs auf den Lippen.

64

S-G-Stützpunkt Kowiss: 13 Uhr 47. Oberst Changiz, Mullah Hussain und einige *bezbollahis* sprangen aus dem Wagen. Die *bezbollahis* verteilten sich über den Stützpunkt, um alles zu durchsuchen, während der Oberst und Hussain ins Büro eilten.

Das plötzliche Erscheinen des Obersten löste bei den zwei übriggebliebenen Angestellten einen Schock aus. »Ja... ja, Exzellenz?«

»Wo sind alle?« brüllte Changiz.

»Allah weiß es, wir wissen gar nichts, Exzellenz Oberst, außer daß Exzellenz Captain Ayre mit Ersatzteilen zur Bohranlage Abu Sal und Exzellenz Captain McIver mit Exzellenz Minister Kia nach Teheran geflogen sind und daß Exzellenz Captain Lochart auf die Suche nach den vier angekündigten Helis...«

»Welche Helis?«

»Die vier vom Typ 212, die Exzellenz Captain McIver mit Piloten und Personal von Bandar-e Delam hierher beordert hat.« Unter dem durchbohrenden Blick des Mullahs verlor der Beamte, sein Name war Ischmael, allen Mut. »Der Captain stieg allein auf, um sie zu suchen, weil sie ja kein UHF haben...«

Changiz war sehr erleichtert. »Wenn die 212 alle hierher kommen«, sagte er zu Hussain, »gibt es keinen Grund zu einer Panik.« Er trocknete sich die Stirn. »Wann sollen sie denn eintreffen?«

»Schon bald, meine ich, Exzellenz«, antwortete Ischmael.

»Wieviel Fremde befinden sich derzeit in der S-G-Niederlassung?«

»Ich... das weiß ich nicht, Exzellenz. Wir... wir sind gerade dabei, ein Ladeverzeichnis anzufertigen und...«

Ein *bezbollahi* kam gelaufen. »Wir können keinen Fremden finden, Exzellenz«, informierte er Hussain. »Einer der Köche sagte, die letzten zwei Mechaniker seien heute früh mit den großen Hubschraubern abgeflogen. Einheimische Arbeiter sagten, sie hätten gehört, daß für Sonntag oder Montag ein Personalaustausch vorgesehen ist.«

»Für morgen – so wurden *wir* informiert, Exzellenzen«, warf Ischmael ein. »Aber die vier 212, die wir erwarten, haben ja Mechaniker und Personal an Bord, hat Exzellenz McIver gesagt.«

»In manchen Räumen«, berichtete der *bezbollahi*, »sieht es aus, als ob die Ungläubigen in Eile gepackt hätten. Aber drei Hubschrauber stehen noch im Hangar – zwei 206 und eine Alouette.«

»Wo ist der Bürovorstand Pavoud?« wandte sich Changiz an Ischmael.

»Ihm war schlecht, Exzellenz Oberst. Gleich nach dem Mittagessen wurde

ihm schlecht, und er ging nach Hause. Stimmt das nicht, Ali?« fragte er seinen Kollegen.
»Ja, ja, ihm war schlecht, und er sagte, er würde morgen wiederkommen.«
»Hat Captain McIver die vier 212 aus Bandar-e Delam hierher beordert?«
»Ja, Exzellenz, das hat er Exzellenz Pavoud gesagt. Ich habe es genau gehört. Mit Piloten und anderem Personal.«
»Das reicht! Ist Sergeant Wazari im Tower?«
»Nein, kurz bevor Exzellenz Lochart abhob, um die vier 212 zu suchen, ging er zur Luftwaffenbasis hinüber.«
»Genug!« Oberst Changiz überlegte kurz und wandte sich dann barsch an den *hezbollahi:* »Du! Bring meinen Unteroffizier zum Tower! Dalli!« Mit diesem rüden Ton brachte er den jungen Bewaffneten zum Erröten. Hilfesuchend sah er den Mullah an. »Der Oberst meint, du sollst bitte den Unteroffizier Borgali rasch zum Tower bringen.« Daraufhin stapfte Hussain den Gang zur Treppe entlang, die in den Tower hinaufführte. Changiz folgte ihm nachdenklich.
Vor einer halben Stunde war auf der Luftwaffenbasis ein Fernschreiben der Flugsicherung Teheran eingetroffen, in dem eine sofortige Überprüfung aller Hubschrauber und des gesamten Personals der IHC in Kowiss angeordnet worden war. »Generaldirektor Siamaki hat vier 212 vom S-G-Stützpunkt Bandar-e Delam als vermißt gemeldet. Er hält es für möglich, daß sie illegal aus dem Iran in einen der Golfstaaten geflogen wurden.«
Sogleich war Changiz zum diensthabenden *hezbollahi* gerufen worden, der das Fernschreiben schon zuvor zu Hussain und dem Komitee gebracht hatte. Das Komitee hielt gerade eine Sitzung auf der Basis ab, bei der es fortfuhr, die islamische Verläßlichkeit aller Offiziere und Mannschaften zu untersuchen, aber auch Verbrechen, die im Namen des Schahs gegen Allah verübt worden waren. Changiz empfand Brechreiz. Das Komitee war erbarmungslos. Keiner, der sich für den Schah seinerzeit ausgesprochen hatte, war ihnen durch die Lappen gegangen. Und obwohl er Kommandant war, mit Hussains Billigung vom Komitee bestätigt, hatte sich das allmächtige Islamische Revolutionäre Komitee zu seiner Stellung noch nicht geäußert. Bis dahin war er immer noch auf dem Prüfstand, das wußte er.
Oben im Tower sah er, wie Hussain die Apparate betrachtete. »Können Sie mit den Funkgeräten umgehen, Herr Oberst?« fragte der Mullah. Sein Gewand war alt, aber sauber, der Turban weiß und frisch gewaschen, aber auch alt.
»Nein, Exzellenz, darum habe ich ja nach Borgali geschickt.« Der Unteroffizier kam die Treppe heraufgelaufen und nahm Haltung an. »Schalten Sie die Funkgeräte an!« befahl der Oberst.
»Zu Befehl!« Borgali schaltete ein. Nichts geschah. Eine schnelle Untersuchung, und er fand den beschädigten Quarz und daß der Unterbrecher fehlte. »Tut mir leid, Herr Oberst, aber das Gerät funktioniert nicht.«
»Sie meinen, es handelt sich um einen Sabotageakt«, sagte Hussain leise und sah Changiz an.
Allah strafe alle Fremden, dachte Changiz verzweifelt. Wenn hier Sabotage

vorliegt... ist es der Beweis, daß sie geflohen sind und unsere Hubschrauber mitgenommen haben. Als ich McIver heute morgen wegen unserer 125 fragte, muß dieser Hund schon gewußt haben, was sie vorhatten.

Eisige Nadeln schienen ihm in die Haut zu dringen. Keine 125 mehr, bedeutete, kein privilegierter Fluchtweg mehr, keine Chance mehr, Lochart oder einen anderen Piloten unter einer aus den Fingern gesogenen Beschuldigung als Geisel zu nehmen und dann, wenn nötig, die Befreiung des Mannes aus dem Gefängnis im geheimen gegen einen Platz in seiner Maschine zu tauschen. Ihm hob sich der Magen. Und wenn das Komitee herausfindet, daß meine Familie bereits in Bagdad ist und nicht in Abadan, wo meine arme Mutter im Sterben liegt? Was für eine Mutter? Deine Mutter ist seit sieben oder acht Jahren tot, höhnten die Teufel in seinem Alptraum und konfrontierten ihn mit der Wahrheit: Du hattest die Absicht zu fliehen, du hast dich Verbrechen gegen Allah und gegen den Imam schuldig gemacht...

»Wenn die Funkgeräte absichtlich beschädigt wurden«, wandte sich Hussain mit frostiger Stimme an den Oberst, »folgt daraus nicht, daß Captain Lochart keineswegs nach den anderen Hubschraubern sucht, daß er niemanden sucht, sondern so wie die anderen geflohen ist, und daß McIver gelogen hat, als er behauptete, die anderen 212 hierher beordert zu haben?«

»Ja... ja, Exzellenz, das...«

»Und folgt daraus nicht auch, daß sie illegal geflohen und die Hubschrauber gestohlen haben, zusätzlich zu den vier aus Bandar-e Delam?«

»Ja, das würde dann auch den Tatsachen entsprechen.«

»Wie es Allah gefällt, aber Sie sind der Verantwortliche.«

»Aber Exzellenz müssen doch zugeben, daß es nicht möglich ist, eine solche heimliche, gesetzwidrige Aktion vorauszusehen, wo doch...« Er sah die Augen, las in ihnen, und seine Worte verloren sich.

»Sie sind also auf die Fremden hereingefallen?«

»Die Fremden sind Hunde, die ständig lügen und betrügen.« Changiz unterbrach sich, als ihm ein Gedanke durch den Kopf schoß. Er griff nach dem Telefon, fluchte, als er sah, daß es nicht funktionierte, und sagte mit veränderter Stimme: »Ohne aufzutanken kann keine 212 den Golf überfliegen, und auch McIver muß auftanken, um mit Kia nach Teheran zu kommen. Ja, sie müssen auftanken, und dabei können wir sie schnappen.« Er wandte sich an Borgali. »Stellen Sie fest, wo die 206 mit McIver und Minister Kia, die für Teheran freigegeben wurde, planmäßig auftanken wird. Dem diensthabenden Offizier sagen Sie, er möge die entsprechende Basis verständigen, den Piloten verhaften, den Hubschrauber festhalten und Minister Kia nach Teheran weiterschicken lassen – auf dem Landweg.« Er sah Hussain an. »Sie sind doch einverstanden, Exzellenz?« Hussain nickte. »Gut. Setzen Sie sich in Bewegung.«

Es war kalt im Tower. Einen Augenblick lang prasselte ein Regenschauer an die Fenster. Hussain bemerkte es nicht; er hielt den Blick auf Changiz gerichtet.

»Den Hund erwischen wir, Exzellenz. Minister Kia wird es uns danken.«

Hussain lächelte dünn. Er hatte bereits ein »Empfangskomitee« für Kia auf dem Flughafen Teheran organisiert, und wenn Kia nicht imstande sein sollte, alle

möglichen Merkwürdigkeiten in seinem Verhalten zu klären, würde die Regierung bald einen korrupten Minister weniger haben. »Vielleicht ist Kia an dem Komplott beteiligt und flüchtet mit McIver aus dem Iran. Haben Sie schon mal an diese Möglichkeit gedacht, Herr Oberst?«
Changiz glotzte ihn mit offenem Mund an. »Minister Kia? Sie glauben doch...«
»Halten Sie es für möglich?«
»Bei Allah, es ist... es ist durchaus möglich, wenn Sie meinen«, gab Changiz vorsichtig zurück. »Ich bin dem Mann noch nie begegnet. Sie wissen mehr über ihn, Exzellenz. Sie haben ihn ja vor dem Komitee verhört.« Und ihn laufen lassen, dachte er mit hämischem Ergötzen. »Wenn... wenn wir McIver erwischen, können wir ihn als Pfand benützen, um die anderen zurückzubringen, und ihn werden wir erwischen, Exzellenz!«
Hussain sah die Angst im Gesicht des Obersten und fragte sich, welche Schuld der Mann auf sich geladen haben mochte. Konnte auch er in den Fluchtplan verwickelt sein, der für ihn, den Mullah, augenfällig gewesen war, seitdem er gestern Starke und heute morgen McIver in die Zange genommen hatte?
Und wenn es augenfällig war, hatte er sich vorgestellt, daß ein religiöser Vorgesetzter ihn fragte, warum hast du es geheimgehalten und nicht verhindert?
»Wegen Starke, Eminenz. Weil er meiner ehrlichen Überzeugung nach, wiewohl ungläubig, ein Werkzeug Allahs ist und unter seinem Schutz steht. Dreimal schon hat er die Kräfte des Bösen daran gehindert, mir den gesegneten Frieden des Paradieses zu schenken. Und er hat mir die Augen geöffnet: Es ist Allahs Wunsch, daß ich nicht mehr das Märtyrertum anstrebe, sondern am Leben bleibe, um auch weiterhin ein furchtloser Kämpfer für Allah und den Imam gegen die Feinde des Islam zu sein.«
»Aber die anderen? Warum sollte ihnen die Flucht gestattet sein?«
»Der Iran braucht weder die Fremden noch ihre Hubschrauber. Sollte der Iran Hubschrauber benötigen, in Isfahan gibt es Tausende davon.«
Hussain war völlig überzeugt, daß er recht hatte, so recht, wie dieser dem Schah ergebene, auf seiten der Amerikaner stehende, seine Überzeugung wechselnde Oberst unrecht hatte.
»Und was ist mit den zwei 212, Herr Oberst, werden Sie die auch erwischen? Wie?«
Changiz trat vor die Karte an der Wand. Er wußte, daß man sie zwar beide hereingelegt hatte, er aber der Kommandant und verantwortlich war, wenn der Mullah ihn zur Verantwortung ziehen wollte. Aber vergiß nicht: Das ist der Mullah, der in der Nacht des ersten Angriffs auf die Basis ein Abkommen mit Oberst Peschadi getroffen hat, der gleiche, der sich des Amerikaners Starke und des abscheulichen, verrückten Zataki aus Abadan angenommen hat. Und stehe ich etwa nicht auf seiten des Imams und der Revolution? Habe ich die Basis nicht korrekt den Soldaten Allahs übergeben?
Inscha'Allah. Konzentrier dich auf die Fremden! Wenn du sie schnappst, auch

nur einen von ihnen schnappst, bist du sicher vor diesem Mullah und seinen widerlichen *hezbollahis*.

»Dieser dumme Angestellte sprach von Ersatzteilen nach Abu Sal«, brummte er. »Wenn ich an ihrer Stelle wäre, wo würde ich auftanken?« Sein Finger blieb bei einer der Bohranlagen auf der Karte haften. »Hier würde ich auftanken.«

»Haben die Bohranlagen denn Treibstoffreserven?«

»Aber ja – für Notfälle.«

»Und wie wollen Sie sie erwischen?«

»Mit Jagdbombern.«

Beim Treffpunkt an der Küste: 14 Uhr 07. Die zwei 212 waren im Nieselregen auf dem einsamen hügeligen Strand abgestellt. Niedergeschlagen saßen Freddy Ayre und Lochart in der offenen Tür einer Kabine, die beiden Mechaniker und Wazari in der anderen. Alle waren hundemüde vom Hantieren mit den großen unhandlichen Treibstoffässern und dem Einpumpen in die Tanks. Noch nie waren zwei 212 schneller aufgetankt worden. Freddy Ayre war um 11 Uhr 30 eingetroffen, Lochart kurz nach 12. Eine halbe Stunde hatte das Auftanken gedauert, und seitdem warteten sie. »Mac muß in Schwierigkeiten geraten sein, Tom«, meinte Ayre.

»Geben wir ihm noch eine halbe Stunde.«

»Mensch, du tust gerade, als ob wir jede Menge Zeit hätten.«

»Ist doch Blödsinn, daß wir beide hier warten. Wie oft soll ich dir das noch sagen? Nimm alle mit, und ich warte. So würde auch Mac entscheiden, wenn er hier wäre und auf mich warten müßte. Hör doch endlich auf, den Helden zu spielen, und zieh Leine!«

»Nein, tut mir leid. Ich warte, bis er kommt oder bis wir beide losfliegen.« Lochart zuckte mit den Achseln. Gleich nachdem er gelandet war, hatte er Macs vermutlichen Zeitplan genau auskalkuliert. »Bis 11 Uhr 20 hat Mac ganz sicher den Luftraum von Kowiss verlassen. Nehmen wir an, er fliegt eine halbe Stunde, dazu kommt eine weitere halbe Stunde Maximum, in der er den Maschinenschaden vortäuscht, landet und Kia absetzt, und dann noch eine Stunde, um hierher zu kommen. Das hieße äußersten Falls 1 Uhr 30. Ich schätze, er wird zwischen 1 Uhr und 1 Uhr 15 eintrudeln.«

Aber jetzt war es 2 Uhr, und von Mac war nichts zu sehen. Die Mechaniker hatten die leeren Fässer in einer Reihe aufgestellt, fünf waren noch voll. Die Trommeln waren auf Routineflügen zu den Bohrtürmen hergeschafft, unter Planen versteckt und unter Sand und Algen getarnt worden. Vor der Küste, im Dunst kaum sichtbar, ragte eine Bohrinsel hoch auf Stelzen aus dem Wasser.

Es stank nach faulendem Fisch und Seetang. Immer noch wehte der Wind mit etwa 30 Knoten, ihrem geplanten Fluchtweg entgegen. Die Wolkenuntergrenze hatte sich auf etwa 70 Meter gesenkt. Aber Tom Lochart nahm das alles kaum zur Kenntnis. Mehr und mehr war er mit seinen Gedanken in Teheran und bei Scharazad, während er mit gespannter Aufmerksamkeit über Wind und Wellen hinweg auf den Lärm einer sich nähernden 206 wartete. Komm schon, Mac, flehte er, laß mich nicht im Stich! Komm schon, Mac...

Dann hörte er sie. Ein paar Sekunden, um sicherzugehen, dann sprang er aus der Kabine. Auch Ayre hatte seine Tagträume vergessen und stand neben ihm. Beide spähten zur Wolkendecke hinauf und horchten angestrengt. Das Triebwerk wurde lauter, die Maschine flog über sie hinweg, aufs Meer hinaus, und Lochart stieß eine Verwünschung aus. »Er hat uns nicht gesehen!«

»Ruf ihn per Funk!« schlug Ayre vor.

»Zu gefährlich... noch nicht... Er macht noch einen Durchgang... der gibt nicht so schnell auf.«

Sie warteten. Der Motorenlärm wurde schwächer und schwächer, blieb gleich und nahm wieder zu. Wieder machte der Heli einen Durchgang, verfehlte sie, entfernte sich, kam zurück. Einen halben Kilometer am Strand entfernt, stieß er durch die Wolken, machte sie aus und begann seinen Anflug. Kein Zweifel, es war ihre Maschine. McIver saß am Steuer und war allein. Sie brachen in Jubel aus.

Im Cockpit der 206. McIver hatte große Schwierigkeiten gehabt, den Treffpunkt zu finden. Die Schlammzonen sahen alle gleich aus, der Küstenstrich ebenso, und er hatte bei ungünstigem Wetter fliegen müssen. Dann hatte er sich an die stillgelegte Bohrinsel vor der Küste erinnert, hatte das Tempo verringert, um sie zu finden, und von dort Kurs auf das Festland genommen. Kaum hatte er festen Boden unter den Kufen, stieß er die Tür des Cockpits auf und sagte auf alle ihre Fragen: »Tut mir leid, aber zuerst muß ich mal pinkeln. Freddy, schalt für mich ab!« Und schon hatte er seinen Sicherheitsgurt geöffnet, war herausgeklettert und unter den Rotorblättern zur nächsten Düne geeilt. Als er zurück kam, blickte er sich um, sah Ayre, der auf ihn wartete, und die anderen bei den 212. Da bemerkte er Wazari. »Was zum Teufel macht der da?«

»Tom hielt es für das beste, ihn mitzunehmen, für sicherer, als ihn zurückzulassen. Und er hat uns auch geholfen. Aber jetzt müssen wir los, Mac! Was machen wir mit der 206?«

»Wir müssen sie hierlassen.« Sie war nicht mit Langstreckentanks ausgestattet, und es hätte zuviel Zeit in Anspruch genommen, ein provisorisches Reservetanksystem einzubauen. Und selbst mit einem solchen hätte der widrige Wind den Treibstoff verschlungen und den Flug unmöglich gemacht. »Ich dachte daran, sie auf der Bohrinsel abzustellen. Aber das geht nicht, weil nicht genug Platz für sie und eine 212 vorhanden ist, die mich dann aufnehmen müßte.«

»Gab es Probleme mit Kia?«

»Nein. Er hat mir ein bißchen Kummer gemacht, aber...« Er wirbelte herum. Hinter ihnen hatte Lochart die 206 angelassen, die jetzt abhob und rückwärts schwebte. »Um Gottes willen, Tom!« brüllte McIver und lief auf den Hubschrauber zu, aber Lochart war schneller und hob ihn einen Meter ab. »Tommmmmm!«

Lochart beugte sich aus dem Cockpitfenster. »Wart nicht auf mich, Mac!«

»Aber du hast doch fast keinen Treibstoff mehr!«
»Für den Moment reicht's. Ich warte, bis ihr fort seid, lande und tanke auf. Auf Wiedersehen in Al Schargas!«
»Was soll das?« wunderte sich Ayre.
»Scharazad«, sagte McIver und verwünschte seine Unachtsamkeit. »Er muß 50 Pläne gemacht haben, um sich der 206 zu bemächtigen.« Er legte die Hände trichterförmig an den Mund. »Tom, du vermasselst die ganze Operation ›Wirbelsturm‹. Du mußt mit uns kommen.«
»Mich werden die nie zur Geisel nehmen, Mac! Niemals! Dafür trage ich allein die Verantwortung! Es ist meine Entscheidung! Und jetzt haut ab! Ich hole mir Scharazad. Versucht nicht, mich aufzuhalten! Es geht um meine Haut, nicht um eure... Macht's gut!« Er flog ein Stück den Strand entlang, drehte sich in den Wind und landete. Aber die Triebwerke liefen weiter, bereit für einen sofortigen Start.
»Wir könnten warten, bis ihm der Treibstoff ausgeht«, schlug Ayre vor.
»Tom ist zu clever, um darauf hereinzufallen.« Fast schon in Panik, warf er einen Blick auf die Uhr. Er sah, wie die anderen ihn anstarrten. »Was wollen wir tun?« stieß er nach.
McIver zwang sich, klare Schlüsse zu ziehen. Du bist hier der Chef! Entscheide dich! Wir sind schrecklich spät dran. Nach allem, was ich sagte, hat Tom einen Entschluß gefaßt. Das ist sein gutes Recht, aber das heißt auch, daß er jetzt sich selbst überlassen ist. Denk an die anderen! Rudi und Scrag und die Jungs sind in Sicherheit – nehmen wir zumindest an, daß sie in Sicherheit sind. Also, steig in die 212 und heb ab!
Der Gedanke, die nächsten zweieinhalb Stunden in niedriger Höhe eine 212 nach Kuwait steuern zu müssen, überwältigte ihn fast. »Verdammt noch mal«, murmelte er. Die anderen warteten noch immer. »Tom fliegt zurück, um seine Frau zu holen – wir können nichts dagegen unternehmen. Er ist sein eigener Herr – ihr habt ja gehört, was er gesagt hat. Wir nehmen Kurs auf Kuwait, wie vorgesehen. Ihr alle nehmt Freddys 212, ich nehme die von Lochart. Los geht's, und wir bleiben dicht beieinander. Funkstille, bis wir ein gutes Stück jenseits der Grenzlinie sind.« Er ging zu seiner Maschine. Die anderen sahen sich an; es war ihnen unbehaglich zumute. Sie sahen seine Blässe, und sie wußten, daß er sich keiner ärztlichen Untersuchung unterzogen hatte.
»Ich werde mit Tom reden, Mac«, schlug Ayre vor. »Er muß verrückt sein. Ich werde ihn dazu bringen, mit nach Kuwait...«
»Aussichtslos. Ich wäre genauso verrückt, wenn es sich um Genny handeln würde. Alles an Bord!« In diesem Augenblick überflutete das Dröhnen zweier Düsenjäger in niedriger Höhe den Strand. Sie ließen eine ungeheure Stille zurück.
»Allah hilf!« Wazari fröstelte. »Ich würde gern mit Ihnen fliegen, Captain.«
»Nein, nein, alle fliegen mit Freddy. Ich bleibe lieber allein.«
»Daß Sie ohne ärztliches Attest fliegen, macht mir nichts aus.« Wazari hob die Schultern. »*Inscha'Allah*. Außerdem möchte ich wissen, wie das mit Kia

funktioniert hat. Ich werde den Funkverkehr mithören.« Er deutete mit dem Daumen nach oben. »Diese Bastarde reden bestimmt nicht englisch miteinander.« Er kletterte in McIvers 212.

»Eine gute Idee«, meinte Ayre.

»Na schön. Und Freddy: Wenn einer in Schwierigkeiten gerät, fliegt der andere weiter.« Ein letzter Blick auf Lochart. McIver winkte noch einmal und ging an Bord. Er war sehr froh, nicht allein zu sein. »Danke«, sagte er zu Wazari. »Ich weiß nicht, was in Kuwait passieren wird, Sergeant, aber ich werde Ihnen helfen, wo ich kann.« Er schnallte sich an und startete das erste Triebwerk.

»Danke. Aber ich habe ja nichts zu verlieren. Mein Kopf zerspringt. Ich habe schon jede Menge Aspirin gefressen... Was war mit Kia?«

McIver stellte die Lautstärke seines Kopfhörers ein, betätigte Start von Triebwerk Nummer zwei und überprüfte Treibstoffanzeige und andere Instrumente, während er antwortete: »Ich mußte mit der Notlandung ein wenig warten – etwa einen Kilometer von einem Dorf entfernt ging ich nieder –, aber es klappte. Es klappte sogar zu gut. Der Bursche fiel mir in Ohnmacht, und ich bekam ihn nicht aus dem Cockpit heraus. Irgendwie hatte er sich in seinem Sicherheitsgurt verheddert, und ich hatte nirgends ein Messer, um ihn loszuschneiden. Ich zog und zerrte, aber die Schließe steckte fest. Am Ende gab ich auf und wartete, bis er wieder zu sich kam. Während ich wartete, lud ich sein Gepäck aus und stellte es auf die Straße. Als er dann wieder bei Bewußtsein war, hatte ich meine liebe Not, ihn zum Aussteigen zu bewegen. Schließlich täuschte ich ihm ein Feuer vor, sprang heraus und ließ ihn zurück. Das wirkte, und er kam mir eilig nach. Als er endlich draußen war, sprang ich hinein und hob ab...«

Er erinnerte sich, wie er mit klopfendem Herzen und trockener Kehle abgehoben hatte, während Kia, ihn wütend beschimpfend, sich an die Türklinke klammerte und eisern festhielt, bis McIver schließlich fürchtete, wieder landen zu müssen. Glücklicherweise hatte Kia die Nerven verloren und losgelassen. Er war einen halben Meter tief auf die Erde gefallen, McIver aber seines Passagiers ledig geworden. Die 206 hatte noch einmal gekreist, um sicherzugehen, daß Kia nichts zugestoßen war. Rot vor Wut war der Mann dagestanden und hatte McIver mit der Faust gedroht. Dann hatte McIver Kurs auf die Küste genommen, und obwohl er sich jetzt in Sicherheit befand, hatten die Schmerzen in seiner Brust angehalten. Übelkeit und Hitze durchfluteten ihn wechselweise.

Es ist nur die Spannung der letzten Woche, die sich jetzt bemerkbar macht, hatte er sich besänftigend vorgesagt. Das und die Bemühungen, den Burschen aus dem Cockpit zu befördern, die Sorge um die Operation »Wirbelsturm« und der Schrecken, den dir der Mullah mit seinen Fragen eingejagt hat.

Ein paar Minuten war er noch weitergeflogen. Es war ihm schwergefallen, sich zu konzentrieren. Die Schmerzen hatten zugenommen. Bei einer neuen Welle von Übelkeit hätte er fast die Kontrolle über sich verloren. Er beschloß zu landen und eine kleine Weile auszuruhen. Noch befand er sich in den Bergen: Felsen und Baumgruppen und Schnee, die Wolkendecke niedrig und ziemlich dünn. Wie durch einen Nebel entschied er sich für ein Plateau und ging nieder. Es war eine schlechte Landung, und das machte ihm große Angst, mehr als alles sonst. Ganz in der Nähe stürzte ein nur zum Teil zugefrorener Wildbach über die Felsen zu Tal. Das Wasser lockte ihn. Von Schmerzen gepeinigt, schaltete er ab und schwankte hinüber, legte sich auf die schneebedeckte Erde und trank in großen Zügen. Das Wasser und die kalte Luft halfen ihm. Nachdem er sich mit einer Handvoll Schnee Nacken und Schläfen eingerieben hatte, fühlte er sich wohler. Allmählich ließen die Schmerzen nach, und auch das Kribbeln in seinem linken Arm verging. Er raffte sich auf, schaffte es, noch ein wenig taumelnd, wieder in den Cockpit zu gelangen und lehnte sich in seinem Sitz zurück.

Der Cockpit war warm und gemütlich und vertraut. Automatisch schnallte er sich an. Die Stille breitete sich über seine Ohren in seinem Schädel aus. Nur das sanfte Brausen von Wind und Wasser, keine Triebwerke, kein Verkehr, keine Störgeräusche, nur Wind und Wasser. Frieden. Seine Lider waren schwerer als je zuvor. Er schloß die Augen. Er schlief.

Er schlief tief und gut, aber nur knapp eine halbe Stunde. Als er erwachte, fühlte er sich neu belebt – keine Schmerzen, kein Unbehagen –, nur ein wenig benommen, so als ob er seinen schlechten Zustand nur geträumt hätte. Er reckte sich wohlig. Da hörte er leises Klirren von Metall gegen Metall. Er drehte sich um. Auf einem kleinen Bergpony saß ein junger Eingeborener und beobachtete ihn schweigend. Ein Gewehr hatte er in seiner Satteltasche stecken, ein zweites hing neben einem Patronengürtel über seinen Rücken. Die beiden starrten sich an, dann lächelte der Jüngling, und das Plateau schien aufzuleuchten. »*Salaam*, Agha.«

»*Salaam*, Agha.« McIver erwiderte das Lächeln und stellte überrascht fest, daß er überhaupt keine Angst hatte; die wilde Schönheit des Jungen nahm ihm jede Befangenheit. *»Loftan befarma 'id schoma ki hastid?«* Darf ich fragen, wer du bist?

»*Agha* Mohammed Rud Kahani«, und dann einige Wörter, die McIver nicht verstand. Schließlich lächelte er noch einmal und fügte hinzu: »Kaschkai.«

»Ach ja, Kaschkai.« McIver nickte und deutete auf sich: »Agha McIver.« Und dann wieder ein auswendig gelernter Satz: *»Nam zaban-e schoma ra khoob nama danam.«* Tut mir leid, ich spreche deine Sprache nicht.

»Inscha'Allah. Amerika?«

»England. Engländer.« Er beobachtete sich und den anderen Mann. Hubschrauber und Pferd, Pilot und Stammesangehöriger, wahre Abgründe zwischen den beiden, aber keinerlei Bedrohung. »Tut mir leid, aber ich muß jetzt los«, sagte er auf Englisch und machte mit den Händen das Wegfliegen nach. Der Junge nickte und hob seine Hand zum Gruß. Als beide Turbinen die volle Leistung erreicht hatten, winkte McIver und hob ab. Auf dem ganzen Flug zum Treffpunkt hatte er über den Jüngling nachgedacht. Er hatte keinen Grund, nicht auf mich zu schießen, oder vielleicht auch keinen Grund, auf

mich zu schießen. Habe ich ihn nur geträumt? Habe ich meine Schmerzen geträumt? Nein, habe ich nicht. Hatte ich einen Herzinfarkt?
Er stellte sich diese Frage jetzt, da er sich anschickte, Kurs auf Kuwait zu nehmen. Er streifte Wazari mit einem Blick. Wie gefährdet bin ich jetzt? fragte er sich. Wenn ich einen Infarkt hatte, vielleicht auch nur einen leichten, könnte ich ja wieder einen bekommen. Ich riskiere also nicht nur mein, sondern auch sein Leben. Aber ich glaube, es war keiner. Und ich kann ja eine 212 nicht einfach stehenlassen, nur weil Tom wahnsinnig geworden ist. Ich bin müde, aber sonst okay, und bis Kuwait sind es ja nur zwei Stunden. Sicher: Es wäre mir lieber, wenn ich nicht fliegen müßte. Daß ich jemals so denken würde! Scrag kann die ganze Fliegerei für sich behalten. Ich möchte für immer Schluß damit machen.
Er horchte auf das Schwingungsgeräusch der Triebwerke. Ich bin jetzt startbereit. Eigentlich überflüssig, die Instrumente zu überprüfen. Durch die Regentropfen auf der Windschutzscheibe sah er Ayres erhobenen Daumen, ein Stück weiter den Strand hinauf Tom in der 206. Armer alter Tom. Ich hoffe, er kommt durch; zumindest hat er Rückenwind.
»Kann ich jetzt das UKW einschalten?« lenkte Wazari ihn ab. »Die Militärfrequenzen?«
»Gut.« McIver lächelte Wazari an; er war froh, ihn an Bord zu haben.
Viele Störgeräusche ertönten im Kopfhörer, dann kam ein Schwall von Persisch. Wazari hörte eine Weile zu und berichtete dann: »Das sind die Jagdbomber. Einer von ihnen hat gerade gesagt: ›Wie zum Teufel sollen wir in diesem Teich aus Hundescheiße zwei Helis finden?‹«
»Sie werden sie auch nicht finden, solange ich mit im Spiel bin.« McIver bemühte sich, zuversichtlich zu klingen – ungeachtet einer bösen Ahnung, die plötzlich in ihm aufstieg. Er lenkte Ayres Aufmerksamkeit auf sich, zeigte nach oben und fuhr sich dann mit einem Finger über die Kehle. Ein Blick auf die Uhr: 14 Uhr 21.
»Los geht's, Sergeant«, sagte er und gab Vollgas. »Nächste Station Kuwait. Voraussichtliche Ankunftszeit 16 Uhr 40 oder so.«

Flughafen Kuwait: 14 Uhr 56. Genny und Charlie Pettikin saßen im Freiluftrestaurant auf der oberen Ebene des funkelnden, neu eröffneten Terminals. Es war ein schöner, sonniger Tag. Tischtücher und Sonnenschirme leuchteten gelb, und die Menschen aßen und tranken mit Appetit und Vergnügen. Ausgenommen sie beide. Genny hatte ihren Salat kaum angerührt, und Pettikin stocherte in seinem Curryreis herum.
»Charlie«, sagte Genny plötzlich, »ich werde mir doch einen Wodka-Martini genehmigen.«
»Eine gute Idee.« Er winkte einen Kellner heran und bestellte für sie. Er hätte gern mitgehalten, erwartete aber, Lochart oder Ayre auf der letzten Teilstrekke nach Jellet hinunter ablösen zu müssen. Zumindest eine, wenn nicht zwei Zwischenlandungen zum Auftanken waren notwendig, bevor sie Al Schargas erreichten. »Jetzt dauert es nicht mehr lange, Genny.«

O Gott, wie oft wirst du mir das noch sagen, hätte Genny am liebsten aufgeschrien. Das Warten machte sie krank. »Nein, Charlie, nicht mehr lange.« Sie blickten aufs Meer hinaus. Dunst und Nebel, schlechte Sicht, aber sie würden es sofort erfahren, wenn die Helikopter auf dem Radarschirm auftauchten. Bruce Biddle, der Vertreter der Imperial Air, wartete im Tower. Wie lange ist lange? fragte sie sich. »Warum in aller Welt fliegt er mit Kia nach Teheran. Was bedeutet das?«

»Ich weiß es nicht, Genny. Ich gebe es so weiter, wie er es gesagt hat. Wir interpretieren es in der Weise, daß Freddy zuerst zum Auftanktreffpunkt geschickt wurde. Mac flog mit Kia los. Entweder bringt er ihn zum Treffpunkt mit, oder er setzt ihn unterwegs ab. Tom hält eine Zeitlang die Stellung, um den anderen eine Atempause zu verschaffen, dann fliegt auch er zum Treffpunkt. Wir haben Macs ersten Ruf um 10 Uhr 42 erhalten. Nehmen wir an, er und Freddy sind um 11 gestartet. Geben wir ihnen eine Stunde, um den Treffpunkt zu erreichen und aufzutanken, weitere zwei Stunden Flugzeit, und so könnten sie frühestens um 14 Uhr 30 in Kuwait sein. Je nachdem, wie lange sie beim Treffpunkt warten müssen, kann es natürlich auch später werden...«

Der Kellner kam mit Gennys Drink. Auf dem Tablett hatte er einen drahtlosen Telefonapparat. »Anruf für Sie, Captain Pettikin«, sagte der Kellner, während er das Glas vor Genny hinstellte. Pettikin zog die Antenne heraus und hielt den Hörer ans Ohr. »Hallo? Oh, hallo, Andy.« Sie beobachtete sein Gesicht. »Nein... nein, noch nicht... Ach ja?...« Eine lange Weile hörte er aufmerksam zu, brummte und nickte nur hin und wieder, ohne sich etwas anmerken zu lassen, und sie fragte sich, was Gavallan ihm da wohl erzählte, was sie nicht hören sollte. »...Ja sicher... nein... ja... Natürlich haben wir uns abgesichert... Ja, sie ist da... Augenblick, bleiben Sie dran!« Er reichte ihr den Apparat. »Er möchte dir guten Tag sagen.«

»Hallo, Andy, was gibt es Neues?«

»Rudi, Pop Kelly und Sandor sind von Bahrain aus unterwegs. Wir stehen in Funkverbindung mit ihnen. Johnny Hogg ist unsere Relaisstation. Sie sollten in 20 Minuten hier sein. Scrag geht es gut, Ed und Willi auch, Duke schläft und Manuela ist bei mir...«

»Was ist mit Marc Dubois und Fowler?«

Eine Pause. »Noch nichts. Wir hoffen, daß sie inzwischen aufgelesen wurden. Rudi, Sandor und Pop sind zurückgeflogen und haben gesucht, solange sie konnten. Sie haben kein Wrack gesichtet. In den dortigen Gewässern gibt es eine Menge Schiffe. Wir warten ab.«

»Und jetzt erzähl mir, was Charlie wissen darf und ich nicht.« Sie hörte Gavallan seufzen.

»Du bist ein Biest, Genny. Ich habe Charlie gefragt, ob auch bei euch schon so ein Telex eingetroffen ist wie hier, in Dubai und Bahrain. Sollte etwas schieflaufen, würde ich über Newbury und unsere Botschaft in Kuwait alle Hebel in Bewegung setzen, obwohl Newbury meint, man müsse sich da nicht zuviel versprechen. Kuwait möchte Khomeini auf keinen Fall verprellen; der

Scheich fürchtet, der Imam könnte ein paar Fundis mit dem Auftrag nach Kuwait exportieren, die dortigen Schiiten aufzuhetzen. Und dann habe ich Charlie gesagt, daß ich versuche, Ross' Eltern in Nepal und sein Regiment zu informieren. Das war's.« Und in herzlicherem Ton fügte er hinzu: »Ich wollte dich nicht unnötig beunruhigen. Alles klar?«
»Ja, danke. Ich... mir geht's gut.« Sie reichte den Apparat zurück und betrachtete ihr Glas, das sich beschlagen hatte und von dem langsam Tropfen herabliefen. Wie die Tränen auf meinen Wangen, dachte sie und stand auf. »Bin gleich wieder da.«
Traurig sah Pettikin ihr nach. »Ja, ja, natürlich«, sagte er zu Gavallan. »Machen Sie sich keine Sorgen, Andy. Ich werde... ich werde mich um Ross kümmern, und ich verständige Sie sofort, wenn wir die Helis auf dem Schirm haben. Schreckliche Sache, das mit Dubois und Fowler. Wir können nur hoffen... Leben Sie wohl!«
Die Begegnung mit Ross hatte ihn erschüttert. Gleich nachdem er heute früh Gavallans Anruf entgegengenommen hatte, war er ins Krankenhaus geeilt. Weil Freitag war, der islamische Feiertag, saß ein einziger Angestellter in der Anmeldung, und der sprach nur Arabisch. Er lächelte, zuckte mit den Achseln und sagte immer wieder: *»Bokrah«* – morgen. Aber Pettikin ließ nicht locker, und schließlich kam ein Krankenpfleger und winkte ihm mitzukommen. Sie wanderten durch lange Gänge, durchschritten eine Tür, und da lag Ross nackt auf einer Leichenbahre.
Nicht der Tod an sich war es, der Pettikin so erschüttert hatte, sondern die totale Nacktheit, die scheinbare Schändung und die völlige Auslöschung menschlicher Würde. Auf einer anderen Leichenbahre lagen Laken. Er nahm eines und deckte Ross zu, und das schien alles erträglicher zu machen.
Über eine Stunde hatte Pettikin gebraucht, um die Station zu finden, auf der Ross gestorben war, und um eine englischsprechende Krankenschwester und den Arzt aufzuspüren.
»Tut mir schrecklich leid, Sir«, hatte der Arzt, ein Libanese, in stockendem Englisch gesagt, »der junge Mann war schon im Koma, als er gestern eingeliefert wurde. Er hatte eine Schädelbasisfraktur, und wir vermuteten eine Gehirnschädigung; beide Trommelfelle waren geplatzt. Wir haben ihn natürlich geröntgt, aber er hatte keine inneren Verletzungen oder Blutungen erlitten. Wir konnten nicht viel mehr tun, als ihm einen Kopfverband anlegen und warten. Heute bei Tagesanbruch ist er gestorben. Ich habe den Totenschein unterzeichnet – möchten Sie eine Kopie haben? Eine haben wir der Britischen Botschaft zukommen lassen, zusammen mit seiner persönlichen Habe.«
»Kam er noch einmal zu Bewußtsein, bevor... bevor er starb?«
»Das weiß ich nicht. Er war auf der Intensivstation, und die Schwester... Lassen Sie mich mal sehen...« Der Arzt sah die Listen durch und fand ihren Namen. »Sivin Tahollah. Ach ja. Weil er doch Engländer war, haben wir sie ihm zugeteilt.«
Sivin Tahollah war eine alte Frau, ein typisches Strandgut des Nahen Ostens.

Ihr Gesicht war pockennarbig und häßlich, aber ihre Stimme sanft und beruhigend, ihre Hände waren warm. »Er hat das Bewußtsein nicht mehr wiedererlangt, Effendi, nicht wirklich.«
»Hat er etwas gesagt, was Sie verstehen konnten?«
Die alte Frau dachte kurz nach. »Er redete irre. Er fürchtete, was man nicht fürchten sollte, wünschte, was man nicht haben kann. ›Azadeh‹, murmelte er. ›Azadeh‹ bedeutet ›frei geboren‹, ist aber auch ein weiblicher Vorname. Dann ›Erri‹ oder ›Ekki‹ oder ›Kookri‹ und dann wieder ›Azadeh‹. Er hatte Frieden mit sich gemacht, aber auch nicht ganz, obwohl er nie weinte oder aufschrie, wie viele es tun, wenn sie sich der Schwelle nähern.« Sie spielte mit der Uhr, die sie an einer Kette trug. »In der Nacht phantasierte er in einer Sprache, die ich noch nie gehört habe. Ich spreche Englisch, ein wenig Französisch und viele arabische Dialekte, aber diese Sprache habe ich nie zuvor gehört. ›Azadeh‹ kam immer wieder vor, aber auch Wörter wie...« – sie kramte in ihrem Gedächtnis – »...›Regiment‹ und ›Edelweiß‹ und ›Oberland‹ und manchmal auch Wörter wie ›Gueng‹ und ›Tenzing‹, dann auch ein Name wie ›Rosen‹ oder ›Rosemont‹. Vielleicht war es auch ein Ort, aber das Wort schien ihn traurig zu machen.« Sie sah ihn aus wäßrigen alten Augen an. »Ich kenne den Tod, Effendi, kenne ihn gut. Er ist immer anders, immer gleich. Und dieser Mann schied in Frieden dahin, mit einem Seufzer. Ich glaube, er ging ins Paradies, wenn Christen ins Paradies kommen, und fand dort seine Azadeh...«

65

Täbris – im Palast des Khans: 15 Uhr 40. Langsam ging Azadeh den Flur hinunter, der zum Blauen Salon führte, wo ihr Bruder sie erwartete. Nach der Explosion der Handgranate am Vortag machte ihr der Rücken immer noch zu schaffen. Gott im Himmel, war es erst gestern gewesen, daß die Bergbewohner und Erikki uns beinahe getötet hätten? Mir kommt es eher vor wie 100 Tage, ein Lichtjahr der Gefahr, das wir durchlebt haben.

Es war eine andere Zeit, in der nichts gut war außer meiner Mutter, Erikki und Hakim, Erikki und... Johnny. Für Hakim und mich war es eine Zeit des Hasses und des Tötens, des Terrors und des Wahnsinns. Um uns das Böse: das Entsetzen an der Straßensperre von Qazvin, dieser widerlich feiste Mudjaheddin, an den Wagen gequetscht wie eine schillernde Schmeißfliege, die Wahnsinnstat unserer Rettung durch Charlie und den KGB-Mann – wie hieß er doch gleich? Ach ja, Rákóczy –, der Wahnwitz in Abu Mard, der mein Leben für immer verändert hat, der Irrsinn auf dem Stützpunkt, wo Erikki und ich so schöne Tage verbrachten und wo Johnny so viele Menschen so schnell und so grausam tötete.

Gestern abend hatte sie Erikki alles erzählt – fast alles. »Er wurde zu einer mörderischen Bestie. Nur Erinnerungsfetzen sind mir geblieben. Ich sehe, wie er den Stützpunkt stürmt... Handgranaten und Maschinengewehre... einer der Männer mit einem *kookri.* Johnny, der aufheulend einen abgetrennten Kopf hochhält... Es war Guengs *kookri*, Johnny hat es mir in Teheran erzählt.«

»Laß den Rest für morgen, mein Liebstes! Geh schlafen! Du bist jetzt in Sicherheit.«

»Nein, nein. Ich habe Angst zu schlafen, selbst jetzt in deinen Armen... Im Schlaf bin ich wieder im Dorf, in Abu Mard, und da sind dieser gottverfluchte Mullah, der Kalandar und der Fleischer mit seinem Messer...«

»Es gibt kein Dorf mehr und keinen Mullah, keinen Kalandar und keinen Fleischer; ich bin dort gewesen. Ahmed hat mir von dem Dorf erzählt und was dort geschah.«

»Du warst dort?«

»Ja, heute nachmittag, während du geruht hast. Ich nahm einen Wagen und fuhr hin. Es ist nur mehr ein einziger Schutthaufen.«

Nun blieb Azadeh im Flur einen Augenblick stehen. Sie hielt sich fest, um das Zittern abebben zu lassen. So viel Tod und Entsetzen! Als sie gestern auf die Treppe des Palastes hinausgetreten war und im Cockpit Erikki gesehen hatte, dem das Blut über das Gesicht und in seinen Stoppelbart lief, während noch mehr Blut aus seinem Ärmel tropfte, Ahmed zusammengesunken neben ihm, hatte sie geglaubt, sterben zu müssen. Doch als sie dann gesehen hatte, wie er herauskletterte, groß und stark dastand, auf sie zuging, um sie, deren Beine versagten, in die Arme zu nehmen, war sie von neuem zum Leben erwacht. »O Erikki, ich hatte solche Angst...«

Er hatte sie in den großen Saal getragen, und da waren auch der Arzt, Hakim und Robert Armstrong sowie Oberst Haschemi Fazir. Eine Kugel hatte Erikki ein Stück seines linken Ohres weggerissen, eine andere ihn am Unterarm verletzt. Der Arzt hatte seine Wunden kauterisiert und verbunden und ihm Tetanus-Schutzserum und Penicillin gespritzt. *»Inscha'Allah*, Captain, viel mehr kann ich für Sie nicht tun. Sie sind kräftig, Ihr Puls geht regelmäßig, ein Facharzt für plastische Chirurgie kann Ihr Ohr verschönern, und Ihr Gehör hat nicht gelitten...«

»Was ist passiert, Erikki?« hatte Hakim gefragt.

»Ich flog nach Norden in die Berge, und Ahmed war unaufmerksam. – Es war nicht seine Schuld, er wurde luftkrank. Und bevor wir noch wußten, was los war, hielt ihm Bayazid eine Pistole an den Kopf, und ein anderer Bergbewohner eine an meinen. Bayazid sagte: ›Flieg uns ins Dorf, dann kannst du zurück.‹

›Sie haben einen heiligen Eid geschworen, daß Sie uns nicht angreifen‹, protestierte ich.

›Das habe ich geschworen, und ich werde meinen Eid auch nicht brechen, aber das war mein Eid und nicht der meiner Männer‹, entgegnete Bayazid, und der Mann, der mir die Pistole an den Kopf hielt, lachte und schrie: ›Gehorche unserem Scheich, oder du wirst solche Schmerzen erleiden, daß du um den Tod betteln wirst!‹«

»Daran hätte ich denken müssen«, hatte Hakim gesagt. »Ich hätte sie alle schwören lassen müssen.«

»Das hätte nichts geändert. Es war sowieso alles meine Schuld. Schließlich habe ich sie ja hergebracht. Ich kann dir gar nicht sagen, wie leid es mir tut, aber es gab keine andere Möglichkeit zurückzukommen, und ich dachte, ich würde Abdullah Khan hier finden. Daß dieser Hornochse eine Handgranate werfen könnte, kam mir nie in den Sinn.«

»Es ist uns ja nichts passiert, Azadeh und mir, dem Himmel sei Dank! Wie hättest du wissen sollen, daß Abdullah Khan tot ist und daß die Hälfte deines Lösegeldes bezahlt worden war. Erzähl doch weiter!«

Azadeh war eine Fremdheit in Hakims Stimme aufgefallen. Er hat sich verändert, hatte sie gedacht. Ich weiß nicht mehr so wie früher, was in seinem Kopf vorgeht. Er ist immer noch mein geliebter Bruder – und doch ein Fremder. So viel hat sich verändert und so schnell. Ich habe mich verändert. Und auch Erikki, mein Gott, wie sehr! Nur Johnny hat sich nicht verändert...

Erikki hatte seinen Bericht fortgesetzt: »Mit ihnen fortzufliegen, war die einzige Möglichkeit, um sie von hier wegzulotsen und weiteres Blutvergießen zu vermeiden. Hätte Bayazid nicht darauf bestanden, hätte ich es selbst vorgeschlagen – nur so wart ihr beide sicher, du und Azadeh. Ich mußte mich darauf verlassen, daß sie ihren Eid halten. Aber dann wurde mir klar, daß es nur die Alternative gab: sie oder ich. Ich wußte es, und sie wußten es, denn ich war ja der einzige, dem bekannt war, wer sie waren und wo sie lebten – und die Rache eines Khans ist eine ernste Sache. Was immer ich also tat, sie würden mich nie gehen lassen. Wie hätten sie auch können? Es gab das Dorf oder mich, und ihr einziger Gott würde für sie und ihr Dorf entscheiden, was immer sie geschworen hatten.«

»Wie ging es weiter, Erikki?« hatte Hakim gefragt.

»Ich sagte Bayazid, daß wir nicht genug Benzin hätten, und versuchte, ihn mit Argumenten zu überzeugen. Aber er sagte nur: ›Wie es Allah gefällt‹, hielt die Pistole an Ahmeds Schulter und drückte ab. ›Flieg zum Dorf! Die nächste Kugel bekommt er in den Magen.‹ Ahmed verlor das Bewußtsein, und Bayazid griff über ihn hinweg nach dem Sten-Maschinengewehr, das auf den Boden des Cockpits und halb unter den Sitz gerutscht war, aber er schaffte es nicht ganz. Ich war angeschnallt und Ahmed auch, sie aber nicht, und so schubste ich die Maschine auf eine Weise in der Luft herum, von der ich nie geglaubt hätte, daß ein Heli das aushält. Schließlich setzte ich hart auf. Ich dachte schon, eine Kufe sei gebrochen, stellte aber dann fest, daß sie nur verbogen war. Kaum waren wir gelandet, gebrauchte ich das Maschinengewehr und meinen Dolch und tötete die, die bei Bewußtsein und aggressiv waren. Die Bewußtlosen entwaffnete ich und warf sie aus der Kabine. Dann flog ich hierher zurück.«

»Einfach so«, hatte Armstrong gesagt. »Vierzehn Mann?«

»Mit Bayazid sechs. Die anderen...« Azadeh hatte ihren Arm um seine gesunde Schulter gelegt und spürte sein Achselzucken, »...die habe ich dort liegenlassen...«

»Wo? Könnten Sie uns das genauer sagen, Captain«, hatte sich Haschemi Fazir erkundigt. Als Erikki Auskunft gegeben hatte, schickte der Oberst ein paar Männer aus.

Erikki holte die Lösegeldjuwelen aus der Tasche und übergab sie Hakim Khan. »Jetzt würde ich gerne ein wenig mit meiner Frau allein sein, wenn du nichts dagegen hast. Den Rest erzähle ich dir später.« Dann waren sie in ihre Gemächer zurückgekehrt. Er sprach nichts mehr und hielt sie nur sanft in seinen Armen fest. Bald schlief er ein. Sie war eine Weile still in seinen Armen geblieben, hatte sich dann auf einem Stuhl niedergelassen und ein wenig gedöst, während er traumlos und ohne sich zu bewegen bis zum Einbruch der Dunkelheit schlief.

»Zuerst ein Bad, dann rasiere ich mich, dann ein Gläschen Wodka, und dann werden wir reden«, hatte er gesagt. »Nie habe ich dich schöner gesehen und nie inniger geliebt, und es tut mir leid, daß ich eifersüchtig war. Nein, Azadeh, sag jetzt nichts! Hernach will ich alles von dir erfahren.«

Nachts hatte sie ihm erzählt, was es noch zu erzählen gab – und auch er hatte nichts verschwiegen, weder seine Eifersucht noch seine Freude am Kampf, noch seine Mordlust, noch die Tränen, die er auf den Höhen beim Anblick der von ihm hingeschlachteten Bergbewohner vergossen hatte. »Sie haben mich

gut behandelt in ihrem Dorf, und Lösegeld... Lösegeld ist ein alter Brauch hierzulande. Hätte Abdullah nicht ihren Boten ermordet, dann wäre alles anders gekommen... vielleicht, vielleicht auch nicht. Aber das entschuldigt nicht, daß ich sie getötet habe. Ich komme mir vor wie ein Monster. Du bist mit einem Wahnsinnigen verheiratet, Azadeh, ich bin gefährlich und...«
»Nein, nein, das bist du nicht, natürlich nicht!«
»Bei allen meinen Göttern, ich habe 20 oder mehr Männer in halb so vielen Tagen getötet! Und dabei habe ich nie einen Menschen getötet, bis damals, bevor wir heirateten, jene Mörder hier eindrangen, um deinen Vater umzubringen. Außerhalb des Irans habe ich nie einen Menschen getötet oder auch nur verwundet, niemals. Aber wenn es diesen Kalandar und das Dorf gegeben hätte, ich hätte sie alle, ohne einen Augenblick zu zögern, niedergebrannt. Ich kann deinen Johnny auf dem Stützpunkt gut verstehen; ich danke allen Göttern, daß sie ihn uns geschickt haben, ich verwünsche ihn, weil er mir den Frieden geraubt hat, und ich weiß, daß ich für alle Zeiten in seiner Schuld stehe. Aber ich werde nicht fertig mit dem Morden und Schlachten, und nicht mit ihm. Ich werde nicht fertig damit, noch nicht.«
»Das ist doch jetzt nicht wichtig, Erikki! Jetzt haben wir Zeit. Wir sind doch jetzt in Sicherheit, du und ich und Hakim. Wir sind in Sicherheit, mein Liebling. Sieh nur die Dämmerung! Ist sie nicht wunderschön? Sieh doch, Erikki, ein neuer Tag bricht an, ein neues Leben beginnt!«

Im großen Saal: 15 Uhr 45. Hakim Khan war mit Haschemi Fazir allein. Vor einer halben Stunde war Haschemi unaufgefordert erschienen. Er hatte sich für die Störung entschuldigt und ihm ein Telex überreicht. »Ich dachte, Sie sollten das gleich sehen, Hoheit.«
Das Fernschreiben lautete: *»Dringend.* An Direktor Innerer Sicherheitsrat, Täbris. Verhaftet Erikki Yokkonen, Ehemann von Azadeh Gorgon, wegen Staatsverbrechen, Mittäterschaft bei Luftpiraterie und Hochverrat. Der Mann ist in Ketten zu legen und unverzüglich nach hier zu überstellen. Direktor SAVAMA, Teheran.«
Hakim Khan ließ seine Wächter gehen. »Das verstehe ich nicht, Herr Oberst. Ich bitte sie um eine Erklärung.«
»Nachdem ich es entschlüsselt hatte, ersuchte ich telefonisch um Einzelheiten, Hoheit. Allem Anschein nach haben die S-G-Helicopters voriges Jahr eine Anzahl Hubschrauber an die IHC verkauft und...«
»An wen?«
»Entschuldigung. An die Iran Helicopter Company, Captain Yokkonens gegenwärtigen Arbeitgeber. Darunter waren – sind – 10 Hubschrauber vom Typ 212, seiner eingeschlossen. Heute wurden die anderen 9 – sie stellen einen Wert von etwa 15 Millionen Dollar dar – gestohlen und illegal von IHC-Piloten außer Landes geflogen; nach Dafürhalten der SAVAMA in einen der Golfstaaten.«
Hakim Khan zog die Augenbrauen hoch. »Selbst wenn sie das getan haben, hat das doch nichts mit Yokkonen zu tun. Er hat sich nicht schuldig gemacht.«

»Das wissen wir nicht sicher, Hoheit. Die SAVAMA sagt, er hat vielleicht von der Verschwörung gewußt. Sie muß ja seit geraumer Zeit geplant gewesen sein, weil drei Stützpunkte in die Sache verwickelt sind, Lengeh, Bandar-e Delam und Kowiss, dazu auch die Zentrale in Teheran. Besonders verärgert ist man bei der SAVAMA, weil auch berichtet wurde, daß man große Mengen wertvoller Ersatzteile weggebracht hat.«
»Von wem wurde das berichtet?«
»Von Generaldirektor Siamaki. Und was noch mehr ins Gewicht fällt: Das gesamte ausländische Personal der IHC-Piloten, Mechaniker und Bürokräfte, ist ebenfalls verschwunden, ohne Ausnahme. Also war es ein Komplott. Im ganzen Iran sind keine ausländischen Angestellen der S-G, soll heißen IHC mehr zu finden, ausgenommen Captain Yokkonen.«
Sogleich schoß Hakim durch den Kopf, welche folgenschwere Entwicklung zwangsläufig mit der Person Erikkis verknüpft war, und er verwünschte sich, weil sein Gesichtsausdruck ihn verriet, als Haschemi munter hinzufügte: »Ach ja, Sie sehen das natürlich auch! Selbst wenn der Captain nichts mit dieser Verschwörung zu tun hat, ist er doch das ideale Werkzeug, um die verbrecherischen Rädelsführer Gavallan und McIver zu bewegen, uns unsere Flugzeuge und Ersatzteile zurückzugeben, eine Entschädigung von nicht geringem Ausmaß zu bezahlen, in den Iran zurückzukehren und sich vor Gericht wegen Verbrechen gegen den Islam zu verantworten.«
Hakim Khan rückte unbehaglich auf seinen Polstern herum. Seine Rückenschmerzen meldeten sich von neuem. Er hätte vor Wut aufschreien mögen, weil diese Qualen unnötig waren. Er konnte ohne Schmerzen kaum aufrecht stehen. Hatte er am Ende eine bleibende Verletzung davongetragen? Laß das für später, ermahnte er sich grimmig, und befaß dich jetzt mit diesem gefährlichen Hundesohn, der geduldig wie ein perfekter Teppichhändler dasitzt, seine kostbaren Waren ausgelegt hat und nur darauf wartet, mit dem Feilschen beginnen zu können. Falls ich überhaupt kaufen will.
Um Erikki aus der Falle zu befreien, werde ich diesem Hund ein persönliches Pischkesch geben müssen, das für ihn, nicht für die SAVAMA, von Wert ist. Aber was? Zumindest Pjotr Oleg Mzytryk. Ich könnte ihn, ohne einen Rülpser zu machen, an Haschemi ausliefern, wenn er kommt. Wenn er kommt. Er wird kommen. Gestern hat Ahmed in meinem Namen nach ihm geschickt – ich frage mich, wie es Ahmed geht, ob die Operation gut verlaufen ist? Ich hoffe, der Dummkopf stirbt nicht; ich könnte sein Wissen noch eine Weile gut gebrauchen. Was für ein Narr, sich so übertölpeln zu lassen! Ja, er ist ein Hohlkopf, aber dieser Hund vor mir ist keiner. Wenn ich ihm Mzytryk überlasse und in Aserbeidschan weiterhelfe und ihm meine Freundschaft auch in Zukunft verspreche, kann ich Erikki freikaufen. Aber warum sollte ich?
Weil Azadeh ihn liebt? Bedauerlicherweise ist sie die Schwester des Khans aller Gorgons, und das hier ist das Problem eines Khans, nicht das eines Bruders.
Erikki stellt ein Risiko dar – für mich und für sie. Er ist ein gefährlicher Mann, und an seinen Händen klebt Blut. Diese Bergbewohner, ob sie nun Kurden

sind oder nicht, werden sich rächen – wahrscheinlich. Er war immer schon eine schlechte Partie, auch wenn er Azadeh froh und glücklich gemacht hat, und jetzt kann er nicht mehr im Iran bleiben. Unmöglich. Zwei Jahre Schutz vor Verfolgung kann ich ihm nicht erkaufen, und Azadeh hat vor Allah geschworen, mindestens zwei Jahre hierzubleiben. Wie schlau von meinem Vater, mir auf diese Weise Macht über sie zu schenken. Auch wenn ich Erikki freikaufe, kann sie nicht mit ihm gehen. In zwei Jahren aber kann leicht eine Entfremdung eingetreten sein. Wozu ihn aber freikaufen, wenn er nicht der richtige für sie ist? Warum sollte ich Erikki nicht ausliefern, wenn hier tatsächlich Hochverrat begangen wurde? Und es ist doch Hochverrat, unser Eigentum zu stehlen.

»Die Sache ist zu ernst, um gleich mit einer Antwort zur Hand zu sein«, sagte er.

»Von Ihnen wird keine Antwort erwartet, Hoheit. Nur Captain Yokkonen. Und soviel mir bekannt ist, hält er sich noch im Haus auf.«

»Der Arzt hat ihm Ruhe verordnet.«

»Vielleicht lassen Sie ihn rufen, Hoheit.«

»Selbstverständlich. Aber einem Mann von Ihrer Bedeutung und Ihrem Format ist es wohl bekannt, daß es in Aserbeidschan und in meiner Familie gewisse Regeln des Anstands und der Gastfreundschaft zu achten gilt. Er ist mein Schwager, und selbst die SAVAMA wird Verständnis für die Familienehre haben.« Beide wußten, daß das nur das Eröffnungsspiel eines delikaten Handels war: delikat, weil sich keiner von beiden den Zorn der SAVAMA zuziehen wollte, keiner von beiden wußte, wie weit er gehen sollte oder konnte und ob eine private Abmachung überhaupt gewünscht wurde. »Ich nehme an, daß schon viele von diesem... von diesem Hochverrat wissen?«

»Hier in Täbris nur ich, Hoheit. Bis jetzt«, gab Haschemi sofort zurück, wobei er allerdings Armstrong vergaß, dem er das gefälschte Telex heute morgen vorgeschlagen hatte: »Wie soll dieser Dummkopf Hakim daraufkommen, daß es getürkt ist?« Er war von seiner brillanten Idee echt begeistert gewesen. »Er wird einfach verhandeln müssen. Wir tauschen den Finnen gegen Mzytryk aus. Sobald wir kriegen, was wir haben wollen, kann dieser blutrünstige Finne eine Fliege machen – und bis dahin ziehen wir ihn aus dem Verkehr.«

»Und wenn Hakim Khan nicht einverstanden ist? Wenn er uns Mzytryk nicht ausliefern will oder kann?«

»Wenn er nicht austauschen will, schnappen wir uns Erikki trotzdem. Ich kann Yokkonen für alle möglichen Zugeständnisse gebrauchen – als Pfand zur Rückerstattung von Flugzeugen im Wert von mindestens 15 Millionen Dollar oder als Friedensangebot für die Bergstämme. Als Finne könnte man ihn mit Rákóczy und dem KGB in Verbindung bringen und die Sowjets in Unruhe versetzen – ebenso die CIA oder sogar die MI 6. Meinst du nicht auch?«

»Die CIA hat dir nie etwas getan. Und die MI 6 auch nicht.«

»Misch dich da nicht ein, Robert! Yokkonen und der Khan, das ist eine Sache, die nur den Iran betrifft. In deinem eigenen Interesse, misch dich da nicht ein!

Mit dem Finnen kann ich wichtige Zugeständnisse herausschlagen.« Wichtig für mich, nicht für die SAVAMA, hatte Haschemi gedacht und in sich hineingelächelt. Morgen oder übermorgen kehren wir nach Teheran zurück, der von mir bestellte Mörder folgt dir in die Nacht und – puff, bläst er dir das Lebenslicht aus. »Er wird ihn ausliefern«, hatte er zuversichtlich gesagt.
»Wenn Hakim dir Yokkonen ausliefert, wird ihm seine geliebte Schwester das Leben zur Hölle machen. Sie würde für ihren Mann auf den Scheiterhaufen gehen.«
»Vielleicht muß sie das auch.« Haschemi entsann sich des Hochgefühls, das er empfunden hatte, und jetzt war es noch schöner. Er sah Hakim Khans Unruhe und zweifelte nicht daran, daß der Haken tief im Fleisch saß. »Ich muß das Fernschreiben bald beantworten. Das verstehen Sie doch, Hoheit?«
Hakim Khan entschloß sich zu einem Teilangebot. »Hochverrat und Verschwörung sollten nicht ungeahndet bleiben. Ich habe nach dem Verräter geschickt, den Sie haben wollten. Dringend.«
»Ah. Wie schnell wird Mzytryk reagieren?«
»Das müssen Sie doch besser wissen als ich, nicht wahr?«
Haschemi hörte die Entschiedenheit heraus und verwünschte sein Vorprellen. »Es würde mich überraschen, wenn Ihre Hoheit nicht sehr bald eine Antwort bekäme«, antwortete er sehr höflich. »Sehr bald.«
»Wann?«
»Innerhalb von 24 Stunden. Persönlich oder durch Boten.« Er sah, wie der junge Khan, seine Schmerzen kaum verbergend, hin und her rutschte. Der Arzt hatte ihm eine detaillierte Diagnose der möglichen Verletzungen des Khans und seiner Schwester gestellt. Um für alle Eventualitäten gerüstet zu sein, hatte er dem Medikus aufgetragen, Erikki heute abend ein starkes Beruhigungsmittel zu geben.
»Die 24 Stunden werden heute abend um sein, Herr Oberst.«
»Ihrem Ratschlag von heute morgen gemäß gibt es jetzt in Täbris so viel für mich zu tun. Ich bezweifle, daß ich vorher Zeit finde, um mich mit dem Fernschreiben zu beschäftigen.«
»Sie wollen also heute abend das Hauptquartier der linken Mudjaheddin stürmen lassen?«
»Ja, Hoheit«, nachdem wir jetzt Ihre Erlaubnis haben und keine Reaktion der Tudeh befürchten müssen, wollte Haschemi hinzufügen, unterließ es aber. Sei nicht dumm! sagte er sich. Der junge Mann ist nicht so doppelgesichtig, wie es dieser Hund Abdullah – mag er in der Hölle braten! – war. Mit dem Jungen kann man leichter fertig werden – vorausgesetzt, man hat bessere Karten und scheut sich nicht, die Krallen zu zeigen, wenn es nötig ist. »Es wäre bedauerlich, wenn der Captain heute abend nicht zu einer... Vernehmung zur Verfügung stünde.«
Nach dieser unnötigen Drohung verengten sich Hakim Khans Augen zu Schlitzen. Ich verstehe dich schon, du manierenloser Hundesohn! »Ich stimme Ihnen zu.«
Es klopfte an der Tür.

»Herein.«
Es war Azadeh. »Tut mir leid, Hoheit, aber du hast mich gebeten, dich zu erinnern, daß du in einer halben Stunde im Krankenhaus sein mußt wegen der Bestrahlung. Ich begrüße Sie, Herr Oberst. Friede sei mit Ihnen!«
»Und Allahs Friede sei mit Ihnen, Gnädigste.« Es wird Zeit, daß diese Schönheit bald in einen Tschador gesteckt wird, dachte er, sie würde selbst den Teufel in Versuchung führen. Er wandte sich wieder dem Khan zu. »Ich sollte jetzt gehen, Hoheit.«
»Bitte, kommen Sie um 7 Uhr, Herr Oberst. Sollte ich vorher etwas erfahren, lasse ich Sie verständigen.«
»Danke, Hoheit.«
Azadeh schloß die Tür hinter Haschemi. »Wie fühlst du dich, Hakim, Liebster?«
»Ich bin müde und habe starke Schmerzen.«
»Ich auch. Mußt du den Oberst später noch einmal empfangen?«
»Ja. Das spielt keine Rolle. Wie geht es Erikki?«
»Er schläft.« Sie lächelte. »Wir sind so glücklich, wir drei.«

In der Stadt: 16 Uhr 06. Mit grimmigem Gesicht überprüfte Robert Armstrong die Automatik der kleinen Pistole. »Was wollen Sie tun?« fragte Henley, der ein ungutes Gefühl hatte, als er die Waffe sah. Auch er war Engländer, aber viel kleiner, trug einen buschigen Schnurrbart und eine Brille und saß in dem schmutzigen, ungeordneten Büro hinter einem Schreibtisch und unter einem Bild von Königin Elisabeth II.
»Fragen Sie mich das lieber nicht. Aber keine Sorge, ich bin ein Bulle, nicht wahr? Die Waffe brauche ich nur, wenn mich ein Bösewicht umzulegen versucht. Können Sie Yokkonen die Nachricht zukommen lassen?«
»Unaufgefordert kann ich nicht in den Palast gehen. Welchen Grund soll ich angeben? Soll ich Hakim Khan etwa sagen: ›Tut mir schrecklich leid, alter Junge, aber ich möchte mit Ihrem Schwager sprechen. Es geht darum, einen Kumpel mit einem privaten Hubschrauber aus dem Iran auszufliegen.‹« Er wurde ernst. »Was den Oberst angeht, liegen Sie völlig falsch, Robert. Es gibt keinerlei Beweise dafür, daß der Oberst für den Tod Talbots verantwortlich ist.«
»Und wenn Sie welche hätten, würden Sie es nicht zugeben«, konterte Armstrong, der sich immer noch ärgerte, weil er explodiert war, als Henley ihn von dem ›Unfall‹ in Kenntnis gesetzt hatte. Seine Stimme war rauh. »Warum, zum Teufel, haben Sie bis heute gewartet, um mir mitzuteilen, daß Talbot in die Luft gesprengt wurde? Zwei Tage ist das nun schon her!«
»Für die politische Linie bin ich nicht zuständig. Ich überbringe nur Nachrichten, und überdies habe ich es eben erst erfahren. Außerdem war es schwer, Sie aufzuspüren. Wir dachten alle, Sie seien schon abgereist; Sie wurden gesehen, wie Sie ein englisches Flugzeug nach Dubai nahmen. Verdammt noch mal, Sie sollten schon längst draußen sein und sind immer noch hier! Was immer Sie vorhaben, tun Sie's nicht! Verlassen Sie den Iran,

denn wenn man Sie erwischt und Sie auf die dritte Bewußtseinsebene hievt, werden eine Menge Leute sehr unglücklich darüber sein.«
»Ich werde mich bemühen, die Herrschaften nicht zu enttäuschen.« Armstrong erhob sich und zog seinen alten Regenmantel mit dem Pelzkragen an. »Auf bald!«
»Wann?«
»Wann es mir in den Kram paßt.« Armstrongs Gesichtszüge verhärteten sich. »Ich bin Ihnen nicht unterstellt, und was ich tue und lasse und wann ich komme und gehe, geht Sie nichts an. Sie haben nur darauf zu achten, daß mein Bericht in Ihrem Safe bleibt, bis Sie ihn mit Diplomatenpost eiligst nach London schicken können, und Sie haben den Mund zu halten.«
»Üblicherweise sind Sie nicht so grob oder so reizbar. Was haben Sie denn bloß, Robert?«
Armstrong stakste aus dem Zimmer und die Treppe hinunter, dann trat er in die Kälte hinaus. Der Himmel war bewölkt, und es sah nach Regen aus. Passanten und Straßenhändler taten, als bemerkten sie Armstrong nicht. Sie hielten ihn für einen Russen und gingen ihren eigenen Geschäften nach. Während er darauf achtete, ob ihm jemand folgte, suchte er nach Mitteln und Wegen, mit Haschemi abzurechnen. Er hatte keine Zeit, seine Vorgesetzten zu konsultieren und, offen gesagt, auch keine Lust. Die würden nur den Kopf schütteln: »Du lieber Himmel, unser alter Freund Haschemi? Bloß auf den Verdacht hin, er könnte Talbot ausgepustet haben? Da bräuchten wir zunächst Beweise...«
Aber diese Beweise wird es nie geben, und die Herren würden es auch nicht glauben, wenn ich ihnen von seinen Mordkommandos erzählte und daß er sich für einen modernen Hasa ibn-Sabbah hält. Aber ich weiß es. War er über die Ermordung von General Janan nicht vor Freude außer sich? Aber jetzt hat er lohnendere Ziele ins Visier gefaßt, wie etwa Pahmudi. Oder vielleicht sogar das ganze Revolutionäre Komitee. Ob er wohl schon weiß, wer diese Leute sind? Aber wie auch immer: Für den alten Talbot wird er bezahlen, sobald wir Pjotr Oleg Mzytryk geschnappt haben. Ohne Haschemi habe ich keine Chance, ihn zu kriegen, ihn und durch ihn die verdammten Verräter, von denen wir wissen, daß sie bis nach Whitehall hinauf operieren – Philbys Chefs, der vierte, fünfte und sechste Mann –, im Kabinett, in der MI 5, in der MI 6...
Seine Wut kannte keine Grenzen. So viele gute Männer waren verraten worden. Es machte ihm Freude, seine Pistole zu berühren. Zuerst Mzytryk, dann Haschemi. Ich brauche nur noch zu entscheiden, wann und wo.

Internationaler Flughafen Bahrain: 16 Uhr 34. Mit ernstem Gesicht saß Jean-Luc Sessone in Matthias Delarnes Büro und telefonierte: »...leider, Andy, wir haben auch noch nichts.« Er warf Delarne, der zuhörte, einen Blick zu und zeigte mit dem Daumen nach unten.
»Charlie ist verzweifelt«, sagte Gavallan. »Ich habe eben mit ihm gesprochen. Es ist ein Jammer, aber wir können nichts tun als warten. Und das gilt auch für Dubois und Fowler.« Die Anstrengung in seiner Stimme war nicht zu überhören.

»Dubois wird schon aufkreuzen«, meinte Jean-Luc. »Er ist ja schließlich Franzose. Übrigens habe ich Charlie eingeschärft, daß er Tom Lochart und Freddy Ayre, sobald sie auftauchen, sagt, sie sollen in Jellet auftanken und nicht hier. Hier in Bahrain könnte es Schwierigkeiten geben. Ich möchte nicht noch eine Konfrontation riskieren. Die Warnung war unmißverständlich. Ob wir jetzt mit britischer Kennung fliegen oder nicht. Ich weiß immer noch nicht, wie es uns gelungen ist, Rudi, Sandor und Pop durchzuquetschen. Ich bin ganz sicher, daß sie das nächste Mal jede iranische Maschine beschlagnahmen und die Crews verhaften. Sie werden den Anstrich und die Papiere genau prüfen.«

»In Ordnung. Ich werde es Charlie auch noch ans Herz legen. Und hören Sie, Jean-Luc. Sie brauchen nicht nach Al Schargas zurückzukommen; warum fliegen Sie nicht morgen direkt nach London und von dort nach Aberdeen? Ich versetze Sie vorläufig an die Nordsee, bis wir alles klarer sehen. Einverstanden?«

»Eine gute Idee. Ich melde mich am Montag in Aberdeen«, gab Jean-Luc ruhig zurück und ergatterte sich so ein freies Wochenende. *Mon Dieu*, ich habe es mir verdient, dachte er und wechselte schnell das Thema, um Gavallan keine Zeit zu lassen, Einwände zu erheben. »Ist Rudi schon da?«

»Ja. Heil und ganz. Sie haben sich alle drei niedergelegt. Vossi und Willi auch. Scragger geht es gut, Erikki ist außer Gefahr. Duke erholt sich langsam, aber sicher... Na ja, ich muß los. Auf bald!«

»Au revoir!« Dann zu Matthias: *»Merde*, ich bin an die Nordsee versetzt. Welche Nummer hat die Alitalia?«

»22134. Warum?«

»Und wenn ich mich auf den Papst höchst persönlich berufen müßte, ich bin morgen in der Frühmaschine nach Rom mit Anschluß nach Nizza. Ich brauche Marie-Christine, die Kinder und was Anständiges zu essen.« Sorgenvoll sah er auf die Uhr. »Verdammte Scheiße, dieses Warten! Wo sind denn bloß unsere Vögel aus Kowiss?«

Kuwait – vor der Küste: 16 Uhr 31. Das rote Warnlämpchen der Treibstoffanzeige leuchtete auf. McIver und Wazari sahen es gleichzeitig und fluchten. »Wieviel haben wir noch, Captain?«

»Bei diesem Scheißwind nicht viel.« Sie flogen 3 Meter über den Wellen.

»Und wie weit haben wir noch?«

»Nicht weit.« McIver war erschöpft und fühlte sich sehr schlecht. Der Wind hatte auf fast 35 Knoten aufgefrischt. Die Sicht war immer noch verhangen, öffnete sich aber rasch in dem Maß, in dem sie sich der Golfküste näherten. Er blickte zu Ayre in die andere Maschine hinüber, deutete auf sein Instrumentenbrett und richtete den Daumen nach unten.

Ayre nickte. Jetzt flammte auch sein Warnlämpchen auf. »Verdammt«, stieß Kyle, Ayres Mechaniker, hervor. »In ein paar Minuten sind wir ungedeckt und geben ein sehr gutes Ziel ab. Aber diese Bastarde werden es doch nicht wagen, uns so weit zu folgen, oder?«

»Ich weiß es nicht.« Seitdem sie die iranische Küste verlassen hatten, waren sie gezwungen gewesen, mit den zwei Jagdbombern Versteck zu spielen. Während sie sich an Kharg in Regen und Nebel glücklich vorbeigeschlichen hatten, waren Ayre und McIver ausgemacht worden. »Hier Radarkontrolle Kharg. Illegal ausfliegende Helis auf Steuerkurs 275 Grad. Steigen Sie auf 300 Meter, und halten Sie diese Höhe!«
Einen Augenblick lang verharrten sie erschreckt, dann winkte McIver Ayre zu, ihm zu folgen, drehte 90 Grad von Kharg weg nach Norden ab und ging noch tiefer. In wenigen Minuten hatte er den ganzen Funkverkehr zwischen den Jägern und der Radarkontrolle in den Kopfhörern. »Sie geben ihnen unsere Koordinaten, Captain«, stieß Wazari hervor. »Befehl, ihre Raketengeschosse scharf zu machen... und jetzt melden sie, daß sie soweit sind...«
»Hier Radarkontrolle Kharg! Illegal ausfliegende Helis auf Kurs 270. Steigen Sie auf 300 Meter, und halten Sie diese Höhe! Wenn Sie nicht gehorchen, werden wir Sie abfangen und abschießen. Ich wiederhole: Sie werden abgefangen und abgeschossen.«
Die Schmerzen kamen wieder, und McIver nahm die Hand vom Steuerknüppel, um sich die Brust zu reiben, behielt aber den Kurs verbissen bei, während Wazari ihm Brocken dessen wiedergab, was gesprochen wurde: »... Folg mir hinunter, sagt der Anführer. Der Flügelmann sagt: Alle Raketen sind scharf... Wie sollen wir sie in dieser Scheiße finden? Ich verlangsame das Tempo... Wir wollen sie doch nicht verfehlen... Radarkontrolle sagt: Bestätigen Sie, daß die Raketen scharf sind, bestätigen Sie, daß sie zum Abschuß bereit sind... Mein Gott, sie bestätigen und daß sie auf Kollisionskurs mit uns sind!«
Dann kamen die zwei Jagdbomber aus der Nebelbank vor ihnen auf sie zugeschossen, aber rechts von und 20 Meter über ihnen, und schon waren sie vorbei und wieder verschwunden. »Ob sie uns gesehen haben?«
»Das weiß ich nicht, Captain, aber diese Hunde sind mit Wärmesensoren ausgerüstet.«
McIvers Herz hämmerte, während er Ayre ein Zeichen gab und knapp über der Wasseroberfläche in Schwebeflug ging, um die Verfolger abzuschütteln.
»Sagen Sie mir um Gottes willen, was die reden, Wazari!«
»Die Piloten fluchen. Der eine sagt, er findet keine Löcher in der Suppe, und die Wolkendecke liegt bei 100 Metern... Schwer, die Oberfläche zu sehen... Radarkontrolle sagt, fliegt zur Grenze und geht dort in Wartestellung... zwischen den Entführern und Kuwait... Du lieber Himmel, Entführer? Bleibt in 700 Meter Höhe auf der Lauer...«
Was tun? fragte sich McIver. Wir könnten Kuwait umgehen und Kurs auf Jellet nehmen. Taugt nichts. Bei diesem Gegenwind würden wir das nie schaffen. Umkehren können wir auch nicht. Also bleibt es bei Kuwait und der Hoffnung, daß es uns gelingt, an ihnen vorbeizuschlüpfen.
An der Grenze reichten die Wolken gerade aus, um sie zu verbergen. Aber irgendwo lauerten die Jäger, warteten auf ein Fenster oder daß die Wolken sich lichten oder daß sich die Verfolgten sicher genug fühlen würden, um in die

vorschriftsmäßige Anflugshöhe aufzusteigen. Eine Viertelstunde lang hatte der Militärkanal geschwiegen. Sie konnten bereits die Kuwaiter Fluglotsen hören.
»Ich werde ein Triebwerk abschalten, um Treibstoff zu sparen«, sagte McIver.
»Soll ich Kuwait rufen?«
»Nein, ich mach das schon. Sie klettern jetzt besser in die Kabine und bereiten alles vor, um sich zu verstecken. Vielleicht finden Sie einen Overall; es müßten ein paar im Spind hängen. Werfen Sie Ihre Lotsenuniform über Bord und halten Sie eine aufblasbare Schwimmweste griffbereit!«
Wazari wurde blaß. »Müssen wir ins Wasser?«
»Nein, nur als Tarnung für den Fall, daß man uns inspiziert«, log McIver, der die Hoffnung aufgab, die Küste zu erreichen. Seine Stimme war ruhig, der Kopf war ruhig, aber seine Glieder waren bleischwer.
»Wie geht's weiter, wenn wir landen, Captain?«
»Je nachdem. Haben Sie irgendwelche Papiere bei sich?«
»Nur meine Lizenzen, die amerikanischen und die iranischen. Beide weisen mich als Angehörigen der iranischen Luftwaffe aus.«
»Bleiben Sie in der Kabine! Ich weiß nicht, was passieren wird... aber hoffen wir das Beste.«
»Captain, wir sollten raus aus dieser Suppe, wozu das Glück strapazieren?« sagte Wazari. »Wir sind über die Grenze und in Sicherheit.«
McIver sah zum Himmel auf. Wolken und Nebel lichteten sich rasch, gaben ihnen kaum noch Deckung. Sollten sie aufsteigen? Wazari hatte recht. Wozu das Glück strapazieren? »Sicher sind wir nur auf festem Boden«, sagte er laut. »Das wissen Sie doch.«

Internationaler Flughafen Kuwait – Radarkontrolle im Tower: 16 Uhr 38. Der große Raum war personell voll besetzt: ein paar britische, ein paar kuwaitische Fluglotsen. Die besten und modernsten Geräte. Telex, Telefone, Effizienz auf allen Linien. Die Tür ging auf, und Charlie Pettikin kam herein. »Sie wollten mich sprechen, Sir?« wandte er sich besorgt an den diensthabenden Lotsen, einen rundlichen Iren mit rötlicher Gesichtsfarbe, der einen Kopfhörer mit einer einzigen kleinen Ohrmuschel und einem Kehlkopfmikrophon trug.
»Ja, ja, das wollte ich, Captain Pettikin«, antwortete der Mann schroff, und Pettikins Besorgnis nahm zu. »Mein Name ist Sweeney. Sehen Sie mal!« Er benützte seinen Zimmermannsstift als Zeigestock. Am äußeren Rand seines Schirms, auf der Zwanzig-Meilen-Linie war ein kleiner Punkt zu sehen. »Das ist ein Heli, möglicherweise sind es zwei. Er oder sie ist oder sind gerade erst aufgetaucht, haben sich noch gar nicht gemeldet. Sie erwarten doch zwei Maschinen, hat man mir gesagt, ›im Transit von Großbritannien‹. Sind sie das?«
»Ja, das stimmt«, antwortete Pettikin und hätte aufjubeln mögen. Endlich befanden sie sich hier im Luftraum, wobei ihm schmerzlich bewußt wurde, daß

sie noch lange nicht in Sicherheit waren. Er schickte ein Stoßgebet zum Himmel.
»Aber vielleicht sind sie's gar nicht. Mein lieber Mann, die kommen ja aus östlicher Richtung – ein verdammt merkwürdiger Kurs, wenn der Heli oder die beiden im Transit aus Großbritannien einfliegen.« Sweeney sah Pettikin forschend an. »Mal angenommen, er oder sie gehörten zu Ihnen, wie würde dann ihre Kennung lauten?«
Pettikins Magen krampfte sich zusammen. Wenn er die neuen britischen Kennungen nannte und die Helis sich mit den iranischen meldeten, wie sie das vorschriftsmäßig würden tun müssen, kamen sie alle in des Teufels Küche. Die Kennungen waren vom Tower aus zu sehen, wenn die Helis zur Landung ansetzten. Die Fluglotsen mußten sie einfach sehen. Wenn er aber Sweeney die iranischen Kennungen nannte... könnte das das Ende für die Operation »Wirbelsturm« sein. Der Bastard will mich in eine Falle locken, dachte er und fühlte eine große Leere in seinem Inneren. »Tut mir leid«, antwortete er lahm. »Mit dem Papierkram steht es bei uns nicht zum besten.«
Das Telefon auf dem Schreibtisch surrte leise. Sweeney hob ab. »Ach ja, ja, Herr Kommandant... ja... Im Augenblick nicht... Wir glauben, es sind zwei... Ja, das ist auch meine Meinung... Ja, ausgezeichnet.« Er legte auf und konzentrierte sich von neuem auf den Radarschirm. Der Punkt schien sich nicht von der Stelle zu bewegen.
Sweeney schaltete auf maximale Erfassungsreichweite, und das Schirmbild erfaßte einen Bereich bis weit über den Golf hinaus. »Unser Weitsichtradar hat eine Weile nicht funktioniert, sonst hätten wir sie schon früher gesehen. Da drüben gibt es eine Menge Jägerbasen«, spekulierte er zerstreut, während er mit seinem Zimmermannsstift auf die iranische Seite des Schatt-al-Arab zeigte. Dann wanderte der Stift über den Golf zu einer Linie, die Kowiss mit Kuwait verband, und blieb dort bei einem Punkt hängen. »Da sind Ihre Helis, wenn es zwei und wenn es Ihre sind.« Von dort sprang die Bleistiftspitze auf zwei sich rasch bewegende Echosignale über. »Jagdbomber. Keine von uns, aber in unserem Bereich.« Er blickte auf. »Ungebeten und ohne Durchflugerlaubnis und daher feindlich.«
»Und was machen sie da?« fragte Pettikin, der nun nicht mehr daran zweifelte, daß Sweeney mit ihm spielte.
»Das würden wir alle gern wissen.« Die Stimme des Fluglotsen klang unfreundlich. Mit seinem Stift zeigte er auf zwei andere Punkte, die vom Kuwaiter Militärflughafen nach Norden zogen. »Das sind unsere; die wollen sich mal umsehen.« Er reichte Pettikin eine zweite Hörmuschel und drückte auf die Sendetaste. »Hier Radarkontrolle Kuwait. Einfliegender Heli oder Helis auf Steuerkurs 275 Grad, geben Sie Kennung und Höhe an!«
Störgeräusche. Dann erkannte Pettikin McIvers Stimme. »Hier ist Heli... hier ist Heli Boston-Tango und Hotel-Echo im Transit nach Al Schargas, und wir gehen von 200 auf 250 Meter.« McIver hatte nur die letzten zwei Buchstaben der iranischen Kennung genannt, statt, wie beim ersten Ruf

vorgeschrieben, alle Buchstaben, einschließlich des Nationalitätenkennzeichens, EP für Iran, zu nennen.
Erstaunlicherweise nahm Sweeney den Ruf an. »Helis Boston-Tango und Hotel-Echo, melden Sie sich beim Outer marker«, sagte er, und Pettikin erkannte, daß er abgelenkt wurde und sich auf die zwei Punkte konzentrierte, die jetzt schnell auf die Helis zukamen. »Sie sind eindeutig in unserem Luftraum«, murmelte er, »15 Kilometer achteraus.«
McIvers Stimme: »Kuwait. Bitte bestätigen Sie Outer marker! Ersuchen Erlaubnis zum Direktanflug, sind knapp an Treibstoff.«
»Direktanflug genehmigt; melden Sie sich beim Outer marker!« Sweeney summte vor sich hin. Der Cheflotse, ein Kuwaiter, erhob sich von seinem Schreibtisch, kam herüber und blieb hinter ihnen stehen.
Die zwei Punkte der langsameren kuwaitischen Abfangjäger waren noch weit von den Helis weg. Die Punkte der anderen verschmolzen jetzt fast mit denen der Helis, entfernten sich aber plötzlich wieder und drehten ostwärts ab, um über den Golf zurückzukehren. Einen Augenblick lang hielten die drei Männer den Atem an: Raketengeschosse brauchten eine gewisse Zeit, um ihr Ziel zu erreichen. Sekunden vergingen, aber die Echosignale der beiden Helis blieben auf dem Schirm. Auch die Punkte der kuwaitischen Abfangjäger blieben auf dem Schirm, näherten sich den Helis, machten dann aber ebenfalls kehrt und flogen zurück. Sweeney schaltete sich in ihren Kanal ein, hörte eine kleine Weile mit, sah den Cheflotsen an und sprach mit ihm auf arabisch. Der Mann sagte: *»Inscha'Allah«*, nickte Pettikin zu und verließ den Raum.
»Unsere Abfangjäger berichten, sie hätten nichts gesehen«, sagte Sweeney mit ausdrucksloser Stimme. »Außer zwei 212. Sie haben nichts gesehen.« Er kehrte auf sein reguläres Frequenzband zurück und schaltete dann das Radar wieder auf Nahbereich. Inzwischen hatten sich die Helis in zwei Punkte geteilt – immer noch weit draußen vor der Küste. Im Vergleich zu den Echosignalen der ein- und ausfliegenden Düsenjets schienen sie unendlich langsam unterwegs zu sein.
McIvers Stimme übertönte die anderen: »Pan-pan-pan! Hier sind die Helis BT und HE. Pan-pan-pan. Unsere Kontrolleuchten brennen, wir sind leer. Pan-pan-pan.« Der Notruf, noch einen Grad stärker als Mayday.
Sweeney sagte: »Erlaubnis, auf dem Hubschrauberlandeplatz am Messali-Strand vor dem Hotel unmittelbar unter Ihnen zu landen. Wir werden die Leute dort informieren und Ihnen Treibstoff schicken. Können Sie mich hören?«
»Roger, Kuwait. Danke. Ich kenne das Hotel. Bitte informieren Sie auch Captain Pettikin.«
»Mache ich sofort.« Sweeney telefonierte, versetzte einen Luft-Wasser-Rettungshubschrauber in Bereitschaft, schickte ein Löschfahrzeug zum Hotel, hielt die Hand auf, um die Hörmuschel von Pettikin in Empfang zu nehmen, warf einen Blick zur Tür und winkte ihn noch näher heran. »Jetzt hören Sie mir mal gut zu«, zischte er mit gesenkter Stimme. »Sie selbst werden sie in Empfang nehmen und auftanken, sie durch die Zoll- und Einwanderungsbe-

hörde schleusen – wenn Sie das können – und sie dann in Minutenschnelle wieder aus Kuwait hinausbefördern, sonst landen die beiden und Sie selbst und Ihre hochkarätigen angesehenen Freunde allesamt im Gefängnis, und wir werden ein Kreuz machen, daß wir Sie los sind! Heilige Mutter Gottes, wie können Sie es wagen, Kuwait bei Ihrer verrückten Auseinandersetzung mit diesen schießwütigen iranischen Fanatikern in Gefahr zu bringen und anständige Menschen dazu zu verleiten, ihre Stellung für Leute Ihresgleichen zu riskieren? Wenn einer Ihrer Helis abgeschossen worden wäre... es hätte einen internationalen Zwischenfall gegeben!« Er griff in die Tasche und schob Pettikin ein Stück Papier in die Hand. »Lesen Sie's und lassen Sie's verschwinden.« Er drehte ihm den Rücken zu und griff wieder zum Telefon.
Pettikin wankte hinaus. Als er sich unbeobachtet glaubte, warf er einen Blick auf das Papier. Es war ein Telex. Das Telex. Keine Fotokopie. Das Original. Allmächtiger Himmel! Hat Sweeney es abgefangen und uns gedeckt? Aber hat er nicht auch gesagt, ich solle sie durch die Zoll- und Einwanderungsbehörde schleusen – wenn ich kann?

Strandhotel Messali. Der kleine Tankwagen, in dem Genny und Pettikin saßen, bog von der Küstenstraße ab und durchquerte die weitläufigen Hotelgärten. Der Hubschrauberlandeplatz lag ein gutes Stück westlich des riesigen Parkplatzes. Ein Löschfahrzeug wartete bereits. Genny und Pettikin sprangen heraus, Pettikin hatte einen Kurzwellen-Walkie-talkie dabei. »Kannst du mich verstehen, Mac?«
Sie konnten die Triebwerke hören, aber noch nichts sehen, doch dann: »Einigermaßen, Charlie...« Viele Störgeräusche. »... Aber ich... Freddy, du nimmst den Heliplatz, ich lande daneben.« Einen Augenblick Stille, dann wieder Störgeräusche.
»Da sind sie!« rief Genny. In etwa 200 Meter Höhe kamen die beiden 212 aus dem Dunstschleier. O Gott, steh ihnen bei...
»Wir haben euch in Sicht, Mac. Löschfahrzeug steht bereit, kein Problem.« Aber Pettikin wußte, daß ihnen große Probleme bevorstanden. Bei so vielen Zuschauern war es unmöglich, die Buchstaben auszuwechseln. Eine Turbine hustete und setzte aus, aber sie wußten nicht, welche.
Ayres Stimme, sehr trocken: »Paßt auf da unten, ich komme auf den Heliplatz.« Sie sahen, wie sich die linke 212 absonderte, allmählich Höhe verlor und sich mit stotterndem Triebwerk bemühte, über die Distanz zu kommen. Die Feuerwehrleute machten sich bereit. McIver blieb verbissen auf Kurs und Höhe, um bessere Chancen zu haben, wenn beide Triebwerke ausfielen. »Scheiße!« murmelte Pettikin, als er sah, wie Ayre schnell hereinkam, viel zu schnell hereinkam; dann aber ging er abrupt nieder und landete genau im Zentrum. McIver setzte zur Notlandung an. Herrgott noch mal, warum fliegt er denn allein, wo zum Teufel ist Tom Lochart?
McIvers 212 kam genau festgelegt, weiteres Manövrieren war unmöglich, allen stockte der Atem. Doch dann hatten die Kufen Bodenkontakt, und in dem Moment starben die Triebwerke ab.

Aus den Cockpits waren Jubelrufe zu hören. Die Feuerwehrleute, die in Funkkontakt mit dem Flughafen standen, meldeten: »Notstand aus!« und packten ihre Geräte zusammen. Pettikin schüttelte zuerst McIver und dann Ayre kräftig die Hand. Genny stand strahlend neben McIvers offener Cockpittür. Sein Gesicht war bleich, aber auch er strahlte.
»Na, Duncan«, begrüßte ihn Genny und schob sich das Haar aus den Augen, »hattest du einen guten Flug?«
»Den schlechtesten, den ich je hatte, Gen.« Das Lächeln fiel ihm schwer, er war noch nicht ganz da. »Tatsache ist, ich möchte nie wieder am Steuer sitzen, so wahr mir Gott helfe.«
Sie lachte und umarmte ihn unbeholfen. Er war so erleichtert, sie zu sehen, wieder auf festem Boden zu sein, den Passagier in Sicherheit zu wissen, seinen Vogel in Sicherheit, daß ihm zum Weinen zumute war. »Geht's dir gut, Mädchen?«
Das nun brachte ihre Tränen zum Fließen. Schon seit Monaten, vielleicht schon seit Jahren, hatte er sie nicht mehr so genannt. »Schau, was du angerichtet hast.« Sie gab ihn frei, fand ein Taschentuch und drückte ihm einen Kuß auf die Wange. »Du hast dir einen Whisky-Soda verdient. Zwei große Gläser.« Erst jetzt fiel ihr seine Blässe auf. »Fühlst du dich wohl, Liebster?«
»Ja, ich denke schon. Ich bin nur ein bißchen durcheinander.« Er sah zu Pettikin hinüber, der sich angeregt mit Ayre unterhielt. Der Fahrer des Tankwagens war bereits damit beschäftigt, die Tanks vollzupumpen. Hinter ihnen kam ein amtlich aussehender Wagen von der Straße herüber. »Wo sind die anderen? Was ist inzwischen passiert?«
»Alle sind in Sicherheit – ausgenommen Marc Dubois und Fowler Jones.« Sie erzählte ihm, was sie wußte, von Starke und Gavallan und Scragger. Von Rudi und seinen Jungs. »Und stell dir vor: Newbury, der ist vom Britischen Konsulat in Al Schargas, hat Nachricht aus Täbris bekommen. Erikki und Azadeh sind im Palast ihres Vaters, und der ist angeblich tot, und jetzt ist ihr Bruder Khan.«
»Das ist eine wunderbare Nachricht.«
»Ja, nicht wahr? Und Andy und Charlie und auch die anderen meinen, Dubois hat immer noch gute Chancen.« Sie verstummte. Ihre Fröhlichkeit verflog, als sie plötzlich merkte, daß etwas nicht stimmte. Sie wirbelte herum. »Und Tom? Wo ist Tom Lochart?«

Südlich von Teheran: 17 Uhr 10. Die verlassene Ölquelle lag in unbewohntem Hügelland etwa 150 Kilometer von Teheran entfernt. Lochart kannte sie von früher. Die 206 stand neben der Benzinpumpe, die er von Hand bedient hatte; er war fast fertig.
Der Ort war eine Zwischenstation für Hubschrauber, die dieses Gebiet versorgten, und lag an der großen, nach Norden führenden Pipeline. Zu normalen Zeiten waren hier iranische Wartungsmonteure. In einer primitiven Hütte gab es ein paar Schlafkojen zum Übernachten, wenn man von einem der

Stürme überrascht wurde, die hier häufig auftraten. Die früheren britischen Eigentümer hatten die Station D'Arcy 1908 getauft, um an den gleichnamigen Engländer zu erinnern, der als erster in diesem Jahr Öl im Iran entdeckt hatte. Jetzt gehörte die Station der Iran-Oil, welche die Tanks regelmäßig nachfüllte. Gott lohne es ihnen, dachte Lochart, den das Pumpen müde gemacht hatte. In der Annahme, daß D'Arcy offen sein würde, hatte er zwei leere Treibstoffässer auf dem Rücksitz festgezurrt und sich eine provisorische Pumpe zurechtgebastelt. An der Küste lagerte noch genug Treibstoff für die Flucht aus dem Iran, und Scharazad konnte ja die Pumpe während des Flugs betätigen. »Jetzt haben wir eine echte Chance«, murmelte er. Er wußte, wo er die Maschine sicher abstellen und wie er sich heimlich nach Teheran hineinschleichen konnte. Er war wieder voll Zuversicht, schmiedete immer neue Pläne, überlegte, was er Meschang sagen würde und was nicht, was er Scharazad erklären sollte und wie sie fliehen würden. Es mußte doch eine Möglichkeit geben, an ihren rechtmäßigen Erbteil heranzukommen...

Als er fertig war, hielt er Nachschau in der Unterkunft und fand einige Dosen Corned beef und ein halbes Dutzend Flaschen Bier. Er setzte sich auf den Antritt zum Cockpit, öffnete eine Dose und schlang das Essen hinunter. Dann griff er nach einer Bierflasche, die er zum Kühlen in den Schnee gesteckt hatte, und trank einen Schluck. In einem Faß war Wasser; er spritzte sich ein paar Tropfen ins Gesicht, um sich zu erfrischen, wagte aber nicht, es zu trinken. Er trocknete sich das Gesicht ab. Die Bartstoppeln kratzten. In seiner Reisetasche hatte er einen batteriebetriebenen Rasierapparat, und er holte ihn hervor. »Rasieren kannst du dich doch in Teheran«, sagte er zu seinem Spiegelbild in der Windschutzscheibe. Er wollte weiter.

Teheran – vor dem Hause Bakravan nahe dem Basar: 17 Uhr 15. Die Tür in der Außenmauer ging auf, und zwei dichtverschleierte Frauen – nicht wiederzuerkennen: Scharazad und Jari – kamen auf die Straße. Jari schloß die Tür und watschelte eilig hinter Scharazad her, die rascher ausschritt. »Warte, Prinzeßchen, warte! Wir haben doch keine Eile...«

Aber Scharazad ging nicht langsamer, bis sie um die Ecke gebogen waren. Erst dann blieb sie stehen und wartete ungeduldig. »Ich verlasse dich hier, Jari«, sagte sie und ließ der alten Frau keine Zeit, sie zu unterbrechen. »Geh nicht wieder gleich nach Hause. Wir treffen uns im Café, du weißt, in welchem, um halb sieben. Wenn ich mich verspäte, warte auf mich.«

»Aber Prinzeßchen...« Jari brachte kaum ein Wort hervor. »Und Exzellenz Meschang? Du hast doch gesagt, du gehst zum Arzt, und jetzt...«

»Um halb sieben im Café!« Um ihrer Zofe zu entkommen, die sich bereits anschickte, sie zu verfolgen, eilte Scharazad davon, hastete die Straße hinunter, ohne auf den Verkehr zu achten, bog in eine Seitengasse ein und war verschwunden. »Ich werde diesen scheußlichen Menschen nicht heiraten, nein, das werde ich nicht!« murmelte sie laut.

Es hatte schon an diesem Vormittag angefangen, obwohl Meschang erst beim Mittagessen darauf zu sprechen gekommen war. Eine Stunde vor der Mahlzeit war ihre beste Freundin gekommen, um sich zu erkundigen, ob es mit den Gerüchten seine Richtigkeit habe, wonach Scharazad in die Familie Farazan einheiraten werde. »Im ganzen Basar spricht man von nichts anderem, teure Scharazad, und darum bin ich gleich gekommen, um dich zu beglückwünschen.«

»Mein Bruder hat viele Pläne«, hatte sie lächelnd geantwortet. »Da ich jetzt geschieden werden soll, habe ich viele Verehrer...«

»Versteht sich, versteht sich, aber dem Gerücht zufolge hat Farazan dem Brautpreis bereits zugestimmt und gluckst vor Vergnügen, weil er Meschang dabei tüchtig hereingelegt hat.«

»Meschang hereingelegt? Das muß eine Lüge sein.«

»Ich wußte, daß die Gerüchte falsch sind, ich wußte es! Wie könntest du den alten Diarrhö-Daranousch, den Scheißhaus-Schah, heiraten? Wie könntest du?« Ihre Freundin hatte sich vor Lachen ausgeschüttet.

»Und wenn schon!« hatte dann beim Mittagessen Meschang sie angeschrien. »Die Weiber sind doch nur neidisch. Die Hochzeit wird stattfinden, und heute abend kommt er zum Essen.«

Vielleicht, dachte sie wütend, wird der Abend nicht so ausfallen, wie er sich das vorstellt!

Mit weichen Knien setzte sie nun ihren Weg fort. Ihr Ziel war die Wohnung des Freundes von Ibrahim, nicht weit von hier. Dort würde sie unten im Versteck den Schlüssel finden, im Schlafzimmer den Teppich und dann eine Diele aufheben, wie er es ihr gezeigt hatte. Sie würde die Pistole und die Handgranate herausnehmen, Diele und Teppich sorgfältig wieder an Ort und Stelle bringen und heimgehen. Sie konnte ihre Erregung kaum verbergen. Er wird so stolz auf mich sein, wenn ich mich für Allah dem Kampf stelle, für Allah zur Märtyrerin werde.

Wie klug von ihm, daß er mir gezeigt hat, wie man die Pistole entsichert und wie man die Handgranate hält, wie man den Stift herauszieht und sie dann auf die Feinde des Islam schleudert.

»Allah ist groß, Allah ist groß...« Einfach den Stift herausziehen, bis sechs zählen und schleudern. Ich habe es mir gut gemerkt.

Kuwait – auf dem Hubschrauberlandeplatz neben dem Hotel Messali: 17 Uhr 35. McIver und Pettikin sahen den zwei Herren zu; der eine war von der Einwanderungsbehörde, der andere vom Zoll. Einer studierte gleichmütig die Flugzeugpapiere, der andere stöberte in der Kabine eines Helikopters herum. Bisher war ihre Inspektion flüchtig und mechanisch, wenn auch zeitaufwendig gewesen. Sie hatten McIver nach seiner Meinung über die Lage im Iran gefragt, nicht aber, wo die Hubschrauber eigentlich gestartet waren. Darauf konnten sie jeden Augenblick kommen, dachten McIver und Pettikin, denen es komisch in der Magengegend war.

McIver hatte zunächst in Erwägung gezogen, Wazari versteckt zu halten, war aber dann davon abgekommen. »Tut mir leid, Sergeant, wir werden es riskieren müssen.«

»Wer ist das?« hatte der Mann von der Einwanderungsbehörde sofort gefragt. Wazaris Gesichtsfarbe hatte ihn verraten, und auch seine Angst.
»Ein Funker«, hatte McIver kurz geantwortet.
Der Beamte hatte sich abgewandt und Wazari schwitzend im Plastikoverall stehenlassen.
»Sie glauben also, in Teheran wird es einen Putsch geben, Captain?«
»Ich weiß es nicht«, hatte McIver geantwortet. »Es gibt mehr Gerüchte als Heuschrecken. Die englischen Zeitungen halten es für möglich, für sehr möglich, und sie schreiben auch, der Iran sei einer Art kollektivem Wahnsinn verfallen. Dürfen unsere Mechaniker die Maschinen durchchecken?«
»Selbstverständlich.«
McIver gab den Mechanikern Anweisungen. Der Kuwaiter blieb beim Thema. »Hoffentlich breitet sich dieser Wahnsinn nicht über den Golf aus. Wir brauchen keine Unruhen auf dieser Seite des *Islamischen Golfes.*« Er gebrauchte den Terminus mit großer Bedächtigkeit; in den Golfstaaten haßte man die Bezeichnung Persischer Golf. »Es ist doch der Islamische Golf, nicht wahr?«
»Ja, natürlich.«
»Man wird alle Landkarten neu drucken müssen. Der Golf ist der Golf, der Islam der Islam und nicht das Privateigentum der Schiiten.«
McIver enthielt sich eines Kommentars. Man mußte vorsichtig sein. Es gab viele Schiiten in Kuwait und den meisten Golfstaaten. Sehr viele. Für gewöhnlich waren es die Armen. Die Herrscher, die Scheichs, waren Sunniten. Sie hielten die Art, wie die Schiiten Khomeini anbeteten, schlichtweg für Idolatrie, und alle waren davon überzeugt, daß Khomeinis fundamentalistische Doktrin eine Gefahr für sie darstellte.
»Captain!« Der Zollbeamte stand in der Tür der Kabine der auf dem Landeplatz abgestellten 212 und winkte McIver heran. Ayre und Wazari waren ersucht worden, in einiger Entfernung von den Hubschraubern im Schatten zu warten, bis die Inspektion beendet sei. Die Mechaniker waren mit dem Bodencheck beschäftigt. »Transportieren Sie Waffen?«
»Nein, Sir – nur die vorgeschriebene Verey-Leuchtpistole.«
»Irgendwelche Schmuggelwaren?«
»Nein, Sir, nur Ersatzteile.« Der Mann dankte ihm und ließ ihn gehen. Der Beamte der Einwanderungsbehörde war mit den Pässen zum Wagen gegangen. Er hatte das Funkgerät eingeschaltet gelassen, und McIver konnte deutlich die Radarkontrolle hören. Er sah, wie sich der Mann nachdenklich am Kopf kratzte, das Mikrophon zur Hand nahm und auf arabisch hineinsprach.
McIver ging zu Genny hinüber, die in der Nähe im Schatten saß. »Haltung bewahren!« flüsterte sie. »Wie läuft's denn?«
»Ich wollte, sie ließen uns weitermachen«, sagte McIver gereizt.
»Captain!« Der Mann im Wagen winkte ihn heran. »Sie sind also im Transit, nicht wahr?«
»Ja. Nach Bahrain und Al Schargas. Mit Ihrer Erlaubnis starten wir sofort. Wir fliegen zum Flughafen, legen unseren Flugplan vor und heben ab, so schnell wir können. Geht das in Ordnung?«

»Wohin, sagten Sie, sind Sie im Transit?«
»Nach Bahrain und von dort nach Al Schargas.« McIver wurde immer unbehaglicher zumute. Jeder Flughafenbeamte mußte wissen, daß sie selbst ohne diesen Wind vor Bahrain noch einmal auftanken mußten und daß alle Flughäfen zwischen hier und dort saudiarabisch waren. Bahrain, Abu Dhabi und Al Schargas hatten alle das gleiche Telex erhalten. Kuwait natürlich auch, und selbst wenn es hier jemand, der ihnen wohl wollte, aus irgendeinem Grund abgefangen hatte, war dies von saudiarabischen Flughäfen nicht zu erwarten. Völlig zu Recht, dachte McIver und sah, wie der Mann die iranischen Nationalitätszeichen unter den Fenstern der Cockpits musterte. Sie waren mit iranischer Kennung eingetroffen und würden diese auch im Flugplan angeben und damit starten müssen.
Zu McIvers Überraschung griff der Mann in die Tasche an der Tür seines Wagens und holte einen Block mit Formularen heraus. »Ich werde Ihren Flugplan hier entgegennehmen und Ihnen Starterlaubnis für Bahrain geben; Sie können sofort abheben. Sie zahlen mir die vorgeschriebenen Landegebühren, und ich stemple auch Ihre Pässe. Sie brauchen sich nicht erst am Flughafen zu melden. Bitte füllen Sie die Formulare aus!«
Er reichte McIver den Block. »Wenn Sie fertig sind, unterschreiben Sie und bringen Sie mir die Unterlagen zurück.« Er nahm das Mikrophon zur Hand, um wieder zu sprechen, wartete aber mit voller Absicht, bis sich die zwei Piloten entfernt hatten.
Ayre konnte es kaum glauben. Verdattert lehnte er sich gegen den Tankwagen. »Du lieber Himmel, Mac, meinst du, sie wissen es und lassen uns laufen?«
»Ich weiß nicht, was ich denken soll. Aber verschwenden wir keine Zeit!« McIver drückte ihm den Block in die Hand und sagte gereizter, als es seine Absicht gewesen war: »Füll den Flugplan aus, bevor er es sich überlegt: Bahrain im Transit nach Al Schargas. Um Himmels willen, beeil dich und laß uns tanken, so schnell es geht.«
»Sofort.«
»Du fliegst doch nicht, Duncan, oder?« fragte Genny.
»Nein, das macht Charlie.«
Pettikin nickte. »Selbstverständlich.« Er überlegte kurz, dann nahm er einen Schlüssel und Geld aus der Tasche. »Das ist mein Zimmerschlüssel, Genny. Würdest du mir bitte mein Zeug holen, die Rechnung zahlen und die nächste Maschine nehmen? Biddell wird dir einen Platz besorgen.«
»Wird gemacht.« Sie schob ihre dunkle Brille zurecht und lächelte ihrem Mann zu. »Was wirst du tun, Duncan?«
Ohne es zu merken, atmete er tief aus. »Ich muß weiter, Gen. Kann es nicht riskieren, hier zu bleiben, wenn sie mich überhaupt hierbleiben ließen. Sie möchten auf keinen Fall, daß hier Unruhe entsteht, und sie wollen uns so bald wie möglich wieder lossein. Das sieht doch jeder Blinde, nicht wahr? Wer hat schon je davon gehört, daß von einem Strand aus Starterlaubnis gegeben wird? Mit unserer Anwesenheit bringen wir die Leute hier in Verlegenheit und

gefährden ihr Land – so sieht es aus. Mach, was Charlie sagt, Gen. In Jellet tanken wir auf, wechseln die Kennungen und hoffen das Beste. Hast du die Schablonen, Charlie?«

»Pinsel, Lack, alles.« Pettikin war immer noch damit beschäftigt, die Formulare auszufüllen. »Was machen wir mit Wazari?«

»Er gehört zur Mannschaft, solange niemand Fragen stellt. Trag ihn als Funker ein. Das ist ja auch nicht gelogen. Wenn sie ihn nicht in Bahrain unter die Lupe nehmen, in Al Schargas machen sie's bestimmt. Vielleicht kann Andy was für ihn tun.«

»Also gut, er gehört zur Mannschaft.«

»Schön. Jellet, Bahrain, Al Schargas. Alles kein Problem, Gen. Das Wetter ist in Ordnung, wir haben Vollmond. Tu, was Charlie sagt. Du bist sicher rechtzeitig da, um uns in Empfang zu nehmen.«

»Wenn ihr sofort startet, braucht ihr Verpflegung und Mineralwasser«, sagte sie. »Ich kümmere mich darum, Charlie. Komm, Duncan, du brauchst einen Drink. Du sitzt nicht am Steuerknüppel. Du brauchst einen – und ich auch.«

»Bin gleich wieder da.« McIver folgte ihr in die Hotelhalle und ging, ohne zu zögern, zur Toilette, wo er sich erbrach. Er brauchte eine Weile, um sich zu erholen. Als er wieder herauskam, legte Genny gerade den Telefonhörer auf.

»Die Sandwiches kommen gleich, dein Drink ist eingeschenkt, und ich habe ein Gespräch mit Andy für dich angemeldet.« Sie führte ihn zu ihrem Tisch auf die Terrasse hinaus. Drei eiskalte Perriers mit Zitronenscheiben und ein Gläschen Whisky ohne Eis standen bereit. Das erste Perrier kippte er hinunter, ohne abzusetzen. »Mein Gott, das habe ich gebraucht!« Er beäugte den Whisky, rührte ihn aber nicht an. Nachdenklich nippte er am zweiten Perrier.

»Gen«, sagte er, als es halb leer war, »ich glaube, es wäre mir recht, wenn du mitkämst.«

Sie war überrascht. »Danke, Duncan. Ja, das würde ich gern tun.«

»Du wärst ja sowieso mitgekommen, habe ich recht?«

Sie zuckte, hob kaum merklich die Schultern. Ihr Blick fiel auf den Whisky.

»Du sitzt ja nicht am Steuerknüppel, Duncan. Der Whisky würde dir guttun. Vor allem deinem Magen.«

»Hast du's bemerkt?«

»Nur, daß du sehr müde bist. Du hast ja auch eine tolle Leistung hingelegt. Doch jetzt solltest du dich ein wenig ausruhen. Hast du die Tabletten genommen?«

»Ja, und ich bräuchte bald eine neue Packung. Ein paarmal war mir richtig mies.« Und auf ihren Schreck hin: »Jetzt geht's mir wieder gut, Gen. Prächtig.«

Sie hütete sich davor, Fragen zu stellen. Da sie jetzt mit ihm flog, konnte sie ihre Nervosität ein wenig ablegen. In ihrer Reisetasche befanden sich Aspirin, Veganin und die kleine Überlebensausrüstung, die Dr. Nutt ihr mitgegeben hatte. »Wie hast du dich denn nun beim Fliegen wirklich gefühlt?«

»Von Teheran nach Kowiss hinunter prima, dann nur mehr mittelprächtig. Auf der letzten Teilstrecke ging's mir gar nicht gut.« Denk nicht mehr dran!

ermahnte er sich. Es ist vorbei. Die Operation »Wirbelsturm« ist fast vorbei. Erikki und Azadeh sind in Sicherheit. Aber was ist mit Dubois und Fowler? Wo zum Teufel stecken sie? Und Tom? Ich könnte ihn mit bloßen Händen erwürgen, diesen armen Hund.
»Fühlst du dich wohl, Duncan?«
»Ach ja, mir geht's gut. Ich bin nur müde – schon seit ein paar Wochen.«
»Und Tom? Was wirst du Andy sagen?«
»Ich dachte gerade daran. Ich werde Andy alles erzählen müssen.«
»Das ist ein richtiger Querschuß für die Operation ›Wirbelsturm‹, nicht wahr?«
»Na ja, er... er ist sich selbst überlassen, Gen. Vielleicht kann er Scharazad überreden und noch einmal fliehen. Wenn sie ihn erwischen... Wir müssen abwarten und hoffen«, sagte er. Er streckte den Arm aus und tätschelte ihre Hand. Er war froh, sie bei sich zu haben, und wollte ihr nicht mehr Sorgen bereiten, als sie ohnedies schon hatte. Das ist alles zu hart für sie, dachte er. Ich fürchte, ich werde bald sterben.
»Entschuldigung, Sahib, Memsahib, Ihre Bestellung wurde zum Hubschrauber gebracht«, meldete der Kellner.
McIver reichte ihm eine Kreditkarte, und der Kellner ging. »Dabei fällt mir ein: Was ist mit deiner und Charlies Hotelrechnung? Das müssen wir noch erledigen.«
»Ich habe mit Mr. Biddell telefoniert, während du auf der Toilette warst, und ihn gebeten, unsere Rechnung zu bezahlen und uns unsere Koffer nachzuschikken, wenn ich in einer Stunde nicht zurückrufe. Ich habe meine Tasche, meinen Paß... Warum lächelst du?«
»Nichts... nichts, Gen.«
»Es war nur für den Fall, daß du mich auffordern würdest...« Sie betrachtete ihr Glas, hob den Blick und lächelte glücklich. »Ich bin schrecklich froh, daß du mich aufgefordert hast, Duncan. Danke.«

Am Stadtrand von Al Schargas: 18 Uhr 01. Gavallan stieg aus seinem Wagen und ging flott die Stufen zur Eingangstür der im maurischen Stil erbauten Villa hinauf.
»Mr. Gavallan!«
»Oh, guten Abend, Mrs. Newbury!« Er wechselte die Richtung, um sich der Frau zuzuwenden, die neben der Auffahrt kniend damit beschäftigt war, Sämlinge zu pflanzen. »Ihr Garten ist wunderschön.«
»Vielen Dank. Es macht Spaß und hält mich fit.« Angela Newbury war groß und mochte um die Mitte der Dreißig sein. Ihr Tonfall war aristokratisch. »Roger ist im Gartenhaus und erwartet Sie.« Mit dem Rücken ihrer behandschuhten Hand wischte sie sich den Schweiß von der Stirn. »Wie läuft denn alles?«
»Phantastisch«, antwortete er, wobei er Lochart vergaß. »Acht von neun, und der neunte wird schon erwartet.«
»Das ist ja super! Meinen Glückwunsch! Wir haben uns schon solche Sorgen gemacht. Wunderbar! Aber sagen Sie Roger um Himmels willen nicht, daß ich

gefragt habe, sonst bekommt er noch Zustände. Es darf ja niemand davon wissen! Bleiben Sie zum Essen? Roger erzählt mir ja nie etwas.«
Er erwiderte ihr Lächeln und ging durch den herrlichen Garten um die Villa herum. Das Gartenhaus stand in einer Baumgruppe und war von Blumenbeeten umgeben; hier gab es Stühle, kleine Tische, eine Bar auf Rädern und ein Telefon. Als Gavallan den Ausdruck auf Roger Newburys Gesicht sah, verflog seine gute Laune. »Was ist denn los? Haben Sie Kummer?«
»*Sie* sind mein Kummer. Die Operation ›Wirbelsturm‹ ist mein Kummer. Ich habe doch klar zum Ausdruck gebracht, daß Sie mit dieser Geschichte schlecht beraten waren. Wie läuft es denn?«
»Ich habe soeben erfahren, daß unsere zwei aus Kowiss sicher in Kuwait gelandet sind und ohne Schwierigkeiten Starterlaubnis für Bahrain erhalten haben. Das sind dann neun von zehn, wenn wir Erikki in Täbris dazurechnen. Von Dubois und Fowler haben wir noch nichts gehört, aber wir sind guter Hoffnung. Und wo steckt jetzt das Problem, Roger?«
»Überall am Golf ist der Teufel los. Teheran schreit Zeter und Mordio, und unsere Büros sind allesamt in Alarmzustand. Der alte Herr und meine Wenigkeit sind für heute abend 19 Uhr 30 herzlich in den Palast eingeladen, um Seiner Hoheit, dem Außenminister, zu erklären, wie es zu diesem plötzlichen Zustrom von Helikoptern gekommen ist – auch wenn sie britische Kennung haben – und wie lange sie zu bleiben gedenken.« Newbury, ein eher kleiner, schmächtiger, rotblonder Mann mit blauen Augen und einer großen Nase, war offenbar sehr verärgert. »Ich wäre froh, wenn acht von neun schon wieder draußen wären – möchten Sie einen Drink?«
»Danke. Einen kleinen Whisky-Soda.«
Newbury mixte den Drink. »Der alte Herr und ich hätten nur zu gern gewußt, was wir Ihrer Meinung nach sagen sollen.«
Gavallan überlegte kurz. »Die Helis sind in dem Moment verschwunden, in dem wir sie an Bord der Transportjumbos haben.«
»Und wann wird das sein?« Newbury reichte ihm das Glas.
»Danke. Man hat uns die Transporter für Sonntag, 18 Uhr, zugesagt. Wir arbeiten die ganze Nacht durch, und Montag früh sind die Helis weg.«
Newbury zog eine Grimasse. »Geht's nicht früher?«
»Man hatte uns den Transporter schon für morgen versprochen, aber dann ließen sie mich hängen. Warum?«
»Weil man uns vor wenigen Minuten höheren Ortes den sehr freundlichen, aber sehr ernstzunehmenden Hinweis gegeben hat, daß man die Helis ›möglicherweise‹ nicht beschlagnahmen würde, wenn sie morgen abend nicht mehr hier wären.«
Gavallan war bestürzt. »Das ist unmöglich. Ausgeschlossen.«
»Sie täten gut daran, es möglich zu machen. Fliegen Sie sie nach Oman oder Dubai oder sonstwohin aus!«
»Wenn wir das tun... wenn wir das tun, stecken wir noch tiefer im Dreck.«
»Ich kann mir nicht vorstellen, daß Sie noch tiefer hineingeraten könnten, alter Junge.« Newbury spielte mit seiner Limonade. Verdammt noch mal!

dachte er. Natürlich sind wir verpflichtet, unseren Leuten dabei zu helfen, alles zu retten, was aus der iranischen Katastrophe noch zu retten ist. Aber wir müssen auch langfristig denken, wir dürfen nicht zulassen, daß die Regierung Ihrer Majestät Risiken eingeht. Davon abgesehen, ist mein Wochenende im Eimer. »Sie müssen sie wegbekommen.«
»Können Sie uns keinen Aufschub verschaffen? Den Leuten erklären, daß die Transporter gechartert sind, aber erst am Sonntag kommen können?«
»Ich würde es nicht wagen, so etwas vorzuschlagen. Damit würden wir Schuldhaftigkeit zugeben.«
»Könnten Sie uns eine auf 48 Stunden befristete Transitgenehmigung für Oman verschaffen?«
Wieder zog Newbury eine Grimasse. »Ich werde den alten Herrn fragen. Aber wir könnten den Leuten erst morgen auf den Zahn fühlen. Heute ist es schon zu spät. Und ich persönlich meine, daß ein solches Ersuchen, durchaus verständlich, abgelehnt werden wird. Der Iran hat sich in Oman ein beträchtliches Volumen an Goodwill aufgebaut; schließlich haben sie ja tatsächlich mitgeholfen, die vom Jemen unterstützten kommunistischen Aufständischen niederzuschlagen. Ich bezweifle, daß sie sich bereitfinden könnten, einen so guten Freund vor den Kopf zu stoßen, so wenig ihnen seine gegenwärtige fundamentalistische Einstellung auch behagen mag.«
Gavallan war völlig verwirrt. »Ich will mal versuchen, meinen Transportern Feuer unter dem Hintern zu machen oder mir sonst etwas einfallen zu lassen.« Er trank aus und erhob sich. »Tut mir alles schrecklich leid.«
Auch Newbury stand auf. »Ich bedaure, daß ich nicht mehr für Sie tun kann«, sagte er, und es tat ihm wirklich leid. »Halten Sie mich auf dem laufenden. Ich melde mich, wenn ich etwas erfahre.«
»Danke. Sie sagten, Sie könnten Captain Yokkonen in Täbris möglicherweise eine Nachricht zukommen lassen.«
»Ich will es gern versuchen. Was soll ich ihm bestellen lassen?«
»Er möge so schnell wie möglich und auf dem kürzesten Weg das Land verlassen. Bitte unterschreiben Sie mit GHPLX Gavallan.«
Newbury notierte: »GHPLX?«
»Ja.« Erikki würde sicher sofort kapieren, daß dies seine neue britische Kennung war. »Er ist über... über gewisse Entwicklungen nicht im Bilde, und darum wäre ich sehr dankbar, wenn Ihre Leute ihm privat die Gründe für unsere Eile begreiflich machen könnten.«
»In seinem und Ihrem Interesse stimme ich Ihnen zu, daß er das Land schnellstmöglich verlassen sollte – mit oder ohne sein Fluggerät. Wir können nichts tun, um ihm zu helfen. Tut mir leid, aber das ist nun einmal so.« Newbury spielte mit seinem Glas. »Gegenwärtig ist er wohl in sehr großer Gefahr, nicht wahr?«
»Das glaube ich gar nicht. Er steht unter dem Schutz des neuen Khans, seines Schwagers. Er ist so sicher, wie man nur sein kann.« Was Newbury wohl sagen würde, wenn er von Tom Locharts verrücktem Unternehmen wüßte? »Erikki kommt schon durch. Er wird das verstehen. Nochmals vielen Dank!«

66

Im Internationalen Krankenhaus Täbris: 18 Uhr 24. Gefolgt vom Arzt und einem Wächter betrat Hakim Khan unter Schmerzen das Zimmer auf der Privatstation. Er ging jetzt auf Krücken, und die machten es ihm leichter, sich fortzubewegen; trotzdem brauchte er ständig schmerzstillende Mittel. Azadeh wartete unten; ihr Röntgenbild hatte besser ausgesehen als seines, und sie hatte auch weniger Schmerzen.

»Also, Ahmed, wie fühlst du dich?«

Ahmed lag im Bett, seine Brust war bis zum Bauch verbunden. Die Operation, mit der man ihm die Kugel in der Brust entfernt hatte, war erfolgreich verlaufen, doch hatte er viel Blut verloren und die inneren Blutungen waren nicht ganz zum Stillstand gekommen. Er versuchte, sich aufzurichten, als er Hakim Khan erblickte.

»Beweg dich nicht, Ahmed!« sagte dieser. »Der Doktor meint, es ginge dir schon viel besser.«

»Der Herr Doktor ist ein Lügner, Hoheit.«

Der Arzt wollte etwas erwidern, unterließ es aber. »Ob Lügner oder nicht, sieh zu, daß du wieder gesund wirst!« sagte Hakim.

»Ja, Hoheit. Mit Allahs Hilfe. Aber wie steht es mit Ihnen?«

»Wenn das Röntgenbild nicht lügt, habe ich nur gezerrte Bänder.« Er zuckte mit den Achseln.

»Ich danke... danke Ihnen für das Einzelzimmer, Hoheit. Einen solchen Luxus habe ich nicht verdient.«

»Das ist bloß ein Zeichen meiner Wertschätzung für deine Treue.« Mit gebieterischer Geste entließ Hakim den Arzt und den Wächter. Als die Tür geschlossen war, ging er näher an den Kranken heran. »Du wolltest mich sprechen, Ahmed?«

»Ja, Hoheit. Verzeihen Sie, daß ich... daß ich nicht zu Ihnen kommen konnte.« Seine Stimme klang verschleimt, und das Sprechen fiel ihm schwer. »Der Mann in Tiflis, den Sie haben wollen... hat Ihnen eine Nachricht geschickt. Sie ist... unter der Lade... er hat sie unter die Lade dort geklebt.« Er zeigte auf die kleine Kommode.

Hakim geriet in Erregung. Er tastete den Boden der Lade von unten ab. Sein Verband machte ihm jede Bewegung zur Qual. Bald fand er das gefaltete Blatt Papier, das sich leicht lösen ließ. »Wer hat es gebracht, und wann war das?«

»Heute... heute irgendwann. Am Nachmittag, glaube ich. Ich bin nicht sicher. Der Mann trug einen Arztkittel und eine Brille. Aber er war kein Arzt. Ein Bergbewohner, vielleicht ein Türke. Ich habe ihn nie zuvor gesehen. Er sprach türkisch und sagte: ›Das ist für Hakim Khan, von einem Freund in

Tiflis. Verstanden?‹ Dann ging er gleich wieder. Ich dachte lange Zeit, ich hätte nur geträumt.«

Hakim erkannte die Schrift nicht wieder. »Viele, viele Glückwünsche zu Ihrem Erbe! Mögen Sie so lange leben und schöpferisch sein wie Ihr Vorgänger. Ja, ich würde auch gern mit Ihnen zusammenkommen, aber hier, nicht dort. Tut mir leid. Sobald Sie bereit sind, wäre es mir eine Ehre, Sie zu empfangen, offiziell oder privat, wie Sie es wünschen. Wir sollten Freunde sein, es gibt viel zu tun, und wir haben viele gemeinsame Interessen. Bitte, richten Sie Robert Armstrong und Haschemi Fazir aus, daß Yazernow auf dem russischen Friedhof im Teheraner Stadtteil Jaleh begraben ist und ihren Besuch erwartet, wann immer es ihnen paßt.« Eine Unterschrift fehlte.

Überaus enttäuscht ging Hakim zum Bett und hielt Ahmed das Blatt Papier hin. »Was hältst du davon?«

Ahmed hatte nicht die Kraft, es in die Hand zu nehmen. »Entschuldigen Sie, Hoheit, bitte, halten Sie es so, daß ich es sehen kann.« Nachdem er es gelesen hatte, meinte er: »Das ist nicht Mzytryks Handschrift... trotzdem halte ich die Nachricht für authentisch. Er dürfte einen Untergebenen beauftragt haben, sie herzubringen.«

»Wer ist Yazernow, und was bedeutet das?«

»Ich weiß es nicht. Wahrscheinlich ein Code... den nur die beiden verstehen.«

»Das Ganze ist die Einladung zu einem Gespräch – oder eine Drohung.«

»Ich weiß es nicht, Hoheit. Ich würde meinen, eine Ein...« Ein jäher Schmerz überfiel Ahmed. Er stieß einen Fluch aus.

»Ist sich Mzytryk der Tatsache bewußt, daß Fazir und Armstrong schon zweimal auf ihn gelauert haben? Daß Abdullah Khan ihn verraten hat?«

»Ich... ich weiß es nicht. Ich sagte Ihnen schon, er war schlau, und der Khan, Ihr Vater, sehr vorsichtig in seinen Geschäften.« Die Anstrengung des Nachdenkens und Sprechens kostete Ahmed viel Kraft. »Daß Mzytryk weiß, daß die beiden hier sind, hat nicht viel zu bedeuten, es wimmelt hier von seinen Spionen. Sie wissen doch, daß Sie von allen möglichen Leuten bespitzelt werden, zumeist von üblen Burschen, die wieder ihren Auftraggebern berichten – zumeist noch übleren Burschen.« Ein Lächeln glitt über seine Züge. »Aber Sie verstehen es ja ausgezeichnet, Ihre wahren Absichten zu verschleiern, Hoheit. Kein einziges Mal hat Abdullah Khan geahnt, wie brillant Sie sind, kein einziges Mal. Hätte er es gewußt, er hätte Sie nie verbannt... Er hätte Sie zu seinem Erben und obersten Ratgeber gemacht.«

»Er hätte gleich nach meiner Geburt den Befehl gegeben, mich zu erwürgen.« Keine Sekunde lang fühlte Hakim Khan sich versucht, Ahmed zu sagen, daß die Mörder, die Erikki einst getötet hatte, von ihm geschickt worden waren oder ihm von dem ebenfalls mißlungenen Giftmordversuch zu erzählen. »Noch vor einer Woche hätte er dir aufgetragen, mich zu verstümmeln, und du hättest, ohne mit der Wimper zu zucken, den Befehl ausgeführt.«

Ahmed blickte zum Khan auf. In den tiefliegenden Augen lauerte der Tod. »Woher wissen Sie soviel?«

»Es ist Allahs Wille.«
Die Zeit der Ebbe war gekommen, und beide Männer wußten es. »Oberst Fazir hat mir ein Fernschreiben gezeigt«, sagte Hakim. »Es geht um Erikki.« Er erzählte Ahmed den Inhalt. »Jetzt habe ich keinen Mzytryk für ein Tauschgeschäft. Ich kann Yokkonen an Fazir ausliefern oder ihm zur Flucht verhelfen. So oder so ist meine Schwester verpflichtet hierzubleiben. Sie kann ihn daher nicht begleiten. Was rätst du mir?«
»Für Sie ist es sicherer, den Ungläubigen als Pischkesch an den Oberst auszuliefern und ihr zu sagen, Sie könnten... die Verhaftung... nicht verhindern. Sie können sie ja tatsächlich nicht verhindern, wenn der Oberst es so will. Der Mann mit dem Dolch... er wird Widerstand leisten, und dabei wird man ihn töten.«
»Und wenn dem Mann mit dem Dolch ›zufällig‹ die Flucht gelingt?«
»Wenn der Oberst das zuläßt... wird er etwas dafür haben wollen.«
»Und zwar?«
»Mzytryk. Jetzt oder irgendeinmal... irgendeinmal in der Zukunft. Solange der Mann mit dem Dolch lebt, wird sie sich nie von ihm scheiden lassen, und wenn die zwei Jahre um sind, wird sie zu ihm gehen... wenn er sie bei sich behält. Selbst Sie, Hoheit...« Ahmeds Augen schlossen sich, und seine Glieder bebten.
»Was war mit Bayazid und den Banditen? Ahmed?«
Ahmed hörte ihn nicht. Er sah jetzt die Steppen, die sich weithin erstreckende Ebene seiner Heimat, das Grasland, aus dem seine Vorfahren gekommen waren, um mit Dschingis-Khan zu reiten und dann mit seinem Enkel Kublai und dessen Bruder Hülägü weiterzuziehen, der nach Persien herunterkam, um Berge aus den Schädeln jener zu errichten, die sich ihm entgegenstellten. Wie aus weiter Ferne hörte er sich sagen: »Ich bitte Sie, Hoheit, mir eine Gunst zuteil werden zu lassen: Ich würde gern in meiner Heimat und nach unserem Brauch begraben werden...« Dann kann ich für alle Zeiten mit den Geistern meiner Väter zusammenleben, dachte er.
»Was geschah mit Bayazid und den Banditen, nachdem ihr gelandet wart?«
Mit großer Mühe kehrte Ahmed in die Wirklichkeit zurück. »Es waren keine Kurden, einfach nur Banditen, die sich für Kurden ausgaben. Der Mann mit dem Dolch tötete sie alle – mit großer Brutalität«, erklärte er seltsam förmlich. »In seiner Raserei tötete er sie alle – mit seinem Messer, mit der Pistole, mit Händen und Füßen und Zähnen, alle bis auf Bayazid, der wegen seines Eides keine Hand gegen ihn erhoben hatte.«
»Er hat ihn am Leben gelassen?« Hakim konnte es nicht glauben.
»Ja. Allah sei seiner Seele gnädig. Er schob mir die Pistole in die Hand, hielt Bayazids Kopf vor den Lauf und ich...« Die Stimme erstarb, in weiter Ferne lockte das wogende Gras.
»Du hast ihn getötet?«
»O ja! Während... während ich ihm in die Augen sah.« Zorn färbte Ahmeds Stimme. »Der ehrlose Hurensohn schoß mich in die Schulter, und darum starb er auch ehrlos und ohne seine Männlichkeit.« Die blutlosen Lippen

lächelten, und Ahmed schloß die Augen. Es ging jetzt rasch dem Ende zu, und seine Worte waren kaum mehr zu verstehen. »Ich habe meine Rache gehabt.«
»Ahmed!« flüsterte Hakim rasch. »Hast du mir etwas nicht gesagt, was ich wissen sollte?«
»Ich habe alles gesagt...« Nach einer kleinen Weile öffnete der Sterbende seine Augen, und Hakim tat einen Blick in den Abgrund. »Es gibt keinen anderen Gott als Allah und...« Aus einem Mundwinkel quoll ein wenig Blut. »Ich habe Sie zum Khan...« Das letzte Wort starb mit Ahmed.
»Herr Doktor!« rief Hakim.
Sogleich kam der Arzt mit dem Wächter herein und schloß dem Toten die Augen. »Wie es Allah gefällt. Was soll ich mit dem Toten machen, Hoheit?«
»Was machen Sie denn sonst mit Leichen?« Hakim stützte sich auf seine Krücken und verließ den Raum. Der Wächter folgte ihm. Jetzt bist du also tot, Ahmed, dachte Hakim, und ich bin allein, abgetrennt von der Vergangenheit und niemandem mehr Rechenschaft schuldig. Du hast mich zum Khan gemacht? War es das, was du sagen wolltest? Wußtest du nicht, daß es auch in diesem Raum Gucklöcher gab?
Ein Lächeln spielte um seine Lippen, dann verhärteten sich seine Züge. Und jetzt zu Oberst Fazir und Erikki, dem Mann mit dem Dolch, wie du ihn nanntest.

Im Palast: 18 Uhr 48. Im schwindenden Licht besserte Erikki sorgfältig mit durchsichtigem Klebeband eines der Einschußlöcher in der Plastikschutzscheibe der 212 aus. Mit dem Arm in der Schlinge fiel es ihm schwer, aber seine Hand war kräftig, und die Wunde am Unterarm nicht groß, von einer Infektion keine Spur. Sein Ohr war fest verbunden, sein Haar der Hygiene wegen zum Teil abrasiert, und es ging ihm schon viel besser. Er hatte guten Appetit, und die stundenlangen Gespräche mit Azadeh hatten ihm bis zu einem gewissen Grad seinen inneren Frieden wiedergegeben.
Ja, dachte er, bis zu einem gewissen Grad habe ich meinen Frieden gefunden, aber das reicht nicht, um das Töten zu verzeihen oder zu vergessen, welche Gefahr ich darstelle. Aber was soll's? Ich bin der Mensch, zu dem die Götter mich gemacht haben. Doch was ist nun mit Ross und Azadeh? Und warum hat sie stets das *kookri* bei der Hand? »Es war ein Geschenk für dich, Erikki, für dich und für mich.«
»Es bringt kein Glück, wenn man einem Mann ein Messer schenkt, ohne dafür zumindest eine Münze zu zahlen. Wenn ich ihn sehe, werde ich ihm symbolisch Geld geben und sein Geschenk annehmen.«
Wie war das mit Ross und Azadeh? Er setzte sich auf die Trittkante des Cockpits und blickte zum Himmel auf, doch der Himmel gab ihm keine Antwort. Auch nicht die untergehende Sonne. Die Muezzins riefen zum Gebet. Die Wachtposten am Tor wandten sich gen Mekka und warfen sich zu Boden; das gleiche taten die Menschen im Palast, die Arbeiter auf den Feldern, in den Schafhürden und in der Teppichfabrik.
Unbewußt griff seine Hand nach seinem Dolch. Ohne es zu wollen, fiel sein

Blick auf das Sten-Maschinengewehr, das noch neben dem Pilotensitz lag und mit einem vollen Ladestreifen versehen war. Auch andere Waffen, Sturmgewehre und M 16 der Bergbewohner, waren in der Kabine versteckt. Er konnte sich nicht erinnern, sie ihnen weggenommen und hier versteckt zu haben. Aber heute morgen hatte er sie entdeckt, als er daran gegangen war, die Maschine nach Schäden zu untersuchen und das Innere zu säubern.
Mit dem verbundenen Ohr hörte er den sich nähernden Wagen nicht und war überrascht, als dieser am Tor auftauchte. Dort erkannten die Wachtposten des Khans die Insassen und winkten den Wagen durch, der im großen Vorhof neben dem Springbrunnen stehenblieb. Erikki drückte auf den Startknopf, das Triebwerk sprang kurz an, ließ das ganze Flugwerk erzittern und starb ab.
»Guten Abend, Captain«, begrüßten ihn Haschemi Fazir und Armstrong. »Wie geht es Ihnen heute?« fragte der Oberst.
»Guten Abend. Mit ein bißchen Glück stehe ich nächste Woche besser da als je zuvor«, antwortete Erikki liebenswürdig, aber immer auf der Hut.
»Die Wächter sagen, Seine Hoheit und Ihre Frau seien noch nicht zurück. Der Khan erwartet uns aber, er hat uns hergebeten.«
»Sie sind ins Internationale Krankenhaus gefahren, um sich röntgen zu lassen, sollten aber bald wieder da sein. Darf ich Ihnen etwas zu trinken anbieten? Wir haben Wodka, Whisky, Tee und natürlich Kaffee.«
»Danke, was immer Sie haben«, antwortete Haschemi. »Wie geht es Ihrer Maschine?«
»Die ist auch krank«, antwortete Erikki verdrießlich. »Seit einer Stunde versuche ich, sie zu starten. Sie hat eine schwere Woche hinter sich.« Er ging ihnen voran die Marmortreppe hinauf. »Die Flugelektronik ist im Eimer, ich brauche unbedingt einen Mechaniker. Wie Sie wissen, ist unser Stützpunkt geschlossen, und ich habe versucht, Teheran zu benachrichtigen, aber das Telefon funktioniert wieder einmal nicht.«
»Vielleicht kann ich Ihnen einen Mechaniker vom Luftwaffenstützpunkt besorgen, morgen oder übermorgen.«
»Könnten Sie das wirklich, Herr Oberst?« Erikki lächelte Haschemi dankbar an. »Damit wäre mir sehr gedient. Und ich würde auch Treibstoff brauchen, eine volle Ladung. Wäre das möglich?«
»Können Sie zum Flugplatz hinunterfliegen?«
»Das würde ich nicht riskieren, selbst wenn ich sie starten könnte – es wäre zu gefährlich.« Der Finne schüttelte den Kopf. »Der Mechaniker muß herkommen.« Er führte sie einen Gang entlang und öffnete die Tür zu dem kleinen Salon im Erdgeschoß, den Abdullah Khan für nichtislamische Gäste eingerichtet hatte und den man den Europäischen Salon nannte. An der Bar erklärte Erikki: »Ich nehme einen Wodka.«
»Das gleiche für mich«, sagte Armstrong. Haschemi entschied sich für eine Limonade. »Nach Sonnenuntergang nehme ich auch einen Wodka.« Noch waren die Muezzins nicht verstummt. »Prost!« Erikki stieß mit Armstrong an, tat höflich das gleiche mit Haschemi und leerte sein Gläschen mit einem

Zug. Er schenkte sich nach. »Bedienen Sie sich, Superintendent!« Als sie einen Wagen hörten, sahen alle aus dem Fenster. Es war der Rolls.
»Entschuldigen Sie mich bitte! Ich möchte Hakim Khan nur sagen, daß Sie da sind.« Erikki ging hinaus und begrüßte Azadeh und ihren Bruder auf der Treppe. »Was sagen die Röntgenaufnahmen?«
»Nichts, was auf eine Knochenverletzung hindeuten könnte, bei uns beiden.« Azadeh war glücklich, ihr Gesicht sorgenfrei.
»Das ist ja wunderbar!« Erikkis Freude war aufrichtig. »Ich bin so froh! Du hast Besucher, Hakim, den Oberst und Superintendent Armstrong. Sie sind im Europäischen Salon.« Erikki sah, wie müde Hakim war. »Soll ich ihnen sagen, daß sie morgen wiederkommen sollen?«
»Nein, nein, danke. Azadeh, würdest du die Herren bitten, sich fünf Minuten zu gedulden? Bis dahin sollen sie es sich bequem machen. Wir sehen uns dann beim Abendessen.« Hakim beobachtete, wie seine Schwester Erikki berührte, wie sie dabei lächelte und dann ging. Wie glücklich sie doch sind, daß sie einander so lieben – und wie traurig für sie. »Erikki, Ahmed ist tot. Ich wollte es ihr noch nicht sagen.«
Trauer überkam Erikki. »Es ist meine Schuld, daß er tot ist. Dieser Bayazid, er schoß einfach drauflos.«
»Es war Allahs Wille. Komm, wir wollen ein wenig miteinander reden!« Hakim ging den Flur hinunter zum großen Saal, wobei er sich immer mehr auf seine Krücken stützte. Die Leibwächter blieben außer Hörweite an der Tür stehen. Hakim bestellte Tee, ging zu einer Nische und legte die Krücken zur Seite. Er wandte sich gegen Mekka und stöhnte vor Schmerz auf, als er niederkniete, um sein Gebet zu verrichten. Es gelang ihm nicht, und er mußte sich damit begnügen, die Schahada herzusagen. »Willst du mir bitte aufhelfen, Erikki?«
Das war für Erikki ein leichtes. »In den nächsten Tagen solltest du das besser lassen.«
»Du meinst, nicht beten?« Hakim starrte ihn mit offenem Mund an.
»Ich meine nur ... Allah wird es dir vielleicht verzeihen, wenn du betest, ohne niederzuknien. Das ist schlecht für deinen Rücken. Hat dir der Arzt gesagt, was dir eigentlich fehlt?«
»Er meinte, einige Bänder seien gezerrt. Sobald ich kann, fahre ich mit Azadeh nach Teheran, und wir gehen zu einem Spezialisten.« Er griff wieder nach seinen Krücken. Nach kurzem Zögern entschied er sich für einen Stuhl, statt sich auf die gewohnten Polster zu setzen.
Die Tür ging auf, und ein Diener brachte den Tee. Hakim entließ ihn und die Leibwächter. »Ich möchte nicht mehr gestört werden.« Der Tee war heiß und süß, schmeckte nach Minze und wurde aus kleinen silbernen Tassen getrunken. »Jetzt müssen wir entscheiden, was du tun sollst. Hier kannst du nicht bleiben.«
»Ich bin ganz deiner Meinung«, stimmte Erikki zu. Er war froh, daß das Warten ein Ende hatte. »Ich weiß, daß ich dich als Khan in ... in eine peinliche Lage versetze.«

»Um unsere Rechte wiederzuerlangen und damit ich als Erbe eingesetzt werden, mußte Azadeh und ich unserem Vater schwören, zwei Jahre lang in Täbris zu bleiben. Das heißt: Du mußt fort, aber sie darf nicht mit dir gehen.«
»Sie hat mir von diesem Schwur erzählt.«
»Du bist hier in Gefahr. Ich kann dich weder vor der Polizei noch vor der Regierung schützen. Du solltest unverzüglich in deine Maschine steigen und das Land verlassen. Nach zwei Jahren kann Azadeh nachkommen.«
»Ich kann nicht fliegen. Fazir hat gesagt, er könne mir vielleicht morgen einen Mechaniker schicken. Und Treibstoff. Wenn ich nur McIver in Teheran erwischen könnte! Er würde mir sofort jemanden heraufschicken.«
»Hast du es denn versucht?«
»Ja, aber die Telefonverbindungen sind immer noch tot. Ich hätte den Sender auf unserem Stützpunkt benützt, aber das Büro ist völlig zerstört, die ganze Basis ein Trümmerhaufen, kein Liter Treibstoff. Sobald ich nach Teheran komme, kann McIver einen Mechaniker heraufschicken, der die 212 repariert. Kann der Heli bis dahin bleiben, wo er ist?«
»Selbstverständlich.« Hakim goß sich Tee nach. Er war jetzt überzeugt, daß Erikki nichts von der Flucht der anderen Piloten und Hubschrauber wußte. Aber das änderte nichts, mußte er sich eingestehen. »Es gibt keine Linienverbindungen von Täbris aus, sonst hätte ich dir schon einen Platz reservieren lassen. Trotzdem solltest du schnellstens von hier weg. Du befindest dich in großer Gefahr – in unmittelbarer Gefahr.«
Erikkis Augen verengten sich. »Bist du sicher?«
»Ja.«
»Was für eine Gefahr ist das?«
Hakim sah ihn an. »Ich kann es dir nicht sagen. Aber das Ganze unterliegt nicht meiner Kontrolle, und es ist eine ernste und unmittelbare Gefahr. Im Augenblick ist Azadeh nicht davon betroffen, aber sie könnte es sein, wenn wir nicht aufpassen. Zu ihrem Schutz muß das unter uns bleiben. Ich gebe dir einen Wagen, in der Garage stehen eine ganze Menge. Such dir einen aus! Wir haben nicht viel Zeit.«
Erikki drehte den Kopf hin und her, um seine gespannten Muskeln zu lockern. »Wie unmittelbar ist die Gefahr, Hakim?«
Hakim wich seinem Blick nicht aus. »Sie ist so unmittelbar, daß du bis zum Einbruch der Dunkelheit warten, dich dann in den Wagen setzen, losfahren und den Iran so schnell, wie du kannst, verlassen solltest. Sie ist so unmittelbar, daß du wissen müßtest: Wenn du es nicht gleich tust, wird Azadeh große seelische Qualen erleiden. Sie ist so unmittelbar, daß du ihr nichts sagen solltest, bevor du abreist.«
»Das schwörst du?«
»Ich schwöre bei Allah, daß ich das befürchte.«
Er sah, wie Erikki die Stirn runzelte, und wartete geduldig.
Ihm gefiel die Aufrichtigkeit und Unkompliziertheit seines Schwagers, aber unter den gegebenen Umständen hatte dieser Vorzug keine Bedeutung. »Kannst du gehen, ohne es ihr zu sagen?«

»In der Nacht, kurz vor Tagesanbruch, wenn sie schläft. Der Arzt hat ihr ein Schlafmittel gegeben. Ich könnte ihr eine Nachricht hinterlassen.«
Hakim nickte zufrieden. »Dann ist es also abgemacht.« Es lag ihm daran, Azadeh weder zu beunruhigen noch zu verletzen, so wie auch er von ihr weder beunruhigt noch verletzt werden wollte.
Erikki hatte die Endgültigkeit herausgehört und wußte genau: Wenn er Azadeh jetzt verließ, würde er sie für immer verlieren.

Im Badehaus: 19 Uhr 15. Azadeh ließ sich bis zum Hals in das heiße Wasser sinken. Das Badebecken war wunderschön gekachelt und fünfzehn Quadratmeter groß. An einem Ende war es seicht und mit zwei Ruhebänken ausgestattet. Das heiße Wasser kam aus einem Kessel im Nebenraum. Sie hatte ihr Haar in ein Handtuch gebunden und ruhte, vom Wasser umspült, mit ausgestreckten Beinen auf einer der gekachelten Ruhebänke. »Oh, das tut gut, Mina«, murmelte sie.
Mina war eine kräftige, gutaussehende Frau, eine von Azadehs drei Zofen. Nur mit einem Lendenschurz bekleidet, stand sie hinter ihr im Wasser und massierte ihr sanft Nacken und Schultern. Azadeh und die Frau waren allein im Badehaus. Hakim hatte den Rest der Familie ins Tal geschickt, um »Vorbereitungen für eine würdige Trauerfeier für Abdullah Khan zu treffen«, wie seine Erklärung lautete, aber alle wußten, daß er in diesen 40 Tagen den Palast mit Muße inspizieren und alle Gemächer ihren neuen Bestimmungen übergeben wollte. Nur die alte Khananum blieb ungestört sowie auch Ayscha und ihre zwei Kinder.
Ohne Azadehs Ruhe zu stören, schob Mina sie in seichteres Wasser auf die andere Ruhebank, auf der Azadeh den Kopf auf einem seidenen Kissen, bequem ausgestreckt, liegen konnte, so daß die Zofe Brust, Lenden, Schenkel und Beine massieren konnte.
»Oh, das tut so gut«, wiederholte Azadeh. Wieviel schöner das hier war als in ihrer kleinen Sauna: die aggressive, kräftige Hitze und dann das abrupte Eintauchen im Schnee, ein eisig brennendes Gefühl, lebenspendend, aber nicht so schön wie die Sinnlichkeit des duftenden Wassers, Ruhe und Muße. Oh, das tut so gut... Aber warum ist das Badehaus mit einemmal der Dorfplatz, und jetzt ist es so kalt, und da sind der Fleischer und der falsche Mullah... »Zuerst deine rechte Hand... steinigt die Hure!« Lautlos schrie sie auf.
»Habe ich Ihnen wehgetan, Gnädigste? Es tut mir so leid!«
»Nein, nein, Mina, das warst nicht du. Bitte, mach weiter!« Wieder die wohltuenden Finger, und Azadehs Herz beruhigte sich. Ich hoffe, ich werde bald wieder gut schlafen können – ohne das Dorf. Es war schon ein bißchen besser gewesen heute nacht mit Erikki, in seinen Armen, in seiner Nähe. Wie es Johnny wohl gehen mag? Er dürfte auf dem Heimweg sein oder schon daheim, in Nepal auf Urlaub. Jetzt, da Erikki zurück ist, fühle ich mich wieder sicher, aber nicht, wenn ich allein bin... Nicht einmal bei Hakim fühle ich mich sicher. Ich fühle mich überhaupt nicht mehr sicher.

Die Tür ging auf, und Ayscha trat ein. Ihr Gesicht war gramzerfurcht, ihr Blick angsterfüllt. Der schwarze Tschador ließ sie noch hagerer erscheinen. »Guten Abend, liebe Ayscha. Was ist denn los?«

»Ich weiß es nicht. Die Welt ist so sonderbar, und ich habe keine... ich weiß nicht, woran ich mich halten soll.«

»Komm ins Bad!« sagte Azadeh, denn Ayscha tat ihr leid. Sie sah so dünn, so alt, zerbrechlich und wehrlos aus. Kaum zu glauben, daß meines Vaters Witwe erst 17 Jahre alt ist. »Komm ins Wasser, es ist so angenehm!«

»Nein, nein, danke. Ich... ich wollte nur mit dir reden.« Ayscha sah Mina an, senkte den Blick und wartete. Noch vor zwei Tagen hätte sie einfach nach Azadeh geschickt, und Azadeh wäre sofort gekommen, hätte sich verbeugt, sich niedergekniet und auf Befehle gewartet, so wie sie jetzt als Bittstellerin vor ihr stand. Wie es Allah gefällt, dachte sie. Wenn nicht die Sorge um die Zukunft meiner Kinder wäre, ich würde vor Freude jauchzen: nie wieder dieser Gestank und das nervtötende Schnarchen, nie wieder diese erdrückende Last, das Stöhnen, die Wut, das Beißen, das verzweifelte Bemühen, das zu erreichen, was er nur mehr selten erreichen konnte. »Es ist deine Schuld, deine Schuld, deine Schuld...« Wieso meine Schuld? Wie oft habe ich ihn gebeten, mir zu zeigen, was ich tun könnte, ihm zu helfen. Und ich habe es versucht und versucht und versucht, und doch geschah es nur selten. Dann war endlich die Last von mir genommen, das Schnarchen begann, und ich lag wach in Schweiß und Gestank. Wie oft wünschte ich mir, sterben zu dürfen!

»Mina, laß uns allein, bis ich dich rufe«, bat Azadeh. Die Zofe gehorchte unverzüglich. »Was ist denn los, liebe Ayscha?«

Die junge Frau zitterte. »Ich habe Angst, Angst um meinen Sohn, und ich bin gekommen, dich zu bitten, ihn zu beschützen.«

»Du hast von Hakim Khan und mir nichts zu befürchten«, entgegnete Azadeh. »Nichts. Wir haben bei Allah geschworen, für dich und deine Kinder liebend zu sorgen. Du hast es selbst gehört. Wir haben es vor deinem Mann, unserem Vater, geschworen, und dann noch einmal nach seinem Tod. Du hast nichts zu befürchten, absolut nichts.«

»Ich habe alles zu befürchten«, stammelte das Mädchen. »Ich bin nicht mehr sicher, und auch mein Sohn ist es nicht mehr. Bitte, Azadeh, könnte... könnte Hakim Khan nicht... Ich würde alles unterschreiben, auf alle meine Rechte verzichten. Ich möchte nur in Frieden leben, und auch mein Sohn soll in Frieden aufwachsen und leben.«

»Wir leben hier alle zusammen, Ayscha. Bald wirst du sehen, wie glücklich wir alle zusammen sein werden«, versuchte Azadeh sie zu beruhigen. Verständlich, daß sie Angst hat, dachte sie. Niemals wird Hakim den Khan-Titel abgeben, wenn er eigene Söhne hat. Er muß jetzt heiraten, und ich muß ihm helfen, eine gute Frau zu finden. »Mach dir keine Sorgen, Ayscha!«

»Keine Sorgen? Du bist jetzt in Sicherheit, Azadeh; noch vor wenigen Tagen hast du in Angst gelebt. Jetzt bin ich nicht mehr in Sicherheit und lebe in Angst.«

Azadeh musterte sie. Was konnte sie für sie tun? Ayschas Leben war festgelegt. Sie war die Witwe eines Khans und mußte bewacht und beaufsichtigt im Palast bleiben und ihr Leben, so gut sie konnte, weiterführen. Hakim würde ihr nie eine Wiederverheiratung gestatten. »Mach dir keine Sorgen«, wiederholte Azadeh.

»Hier!« Aysha zog einen voluminösen Briefumschlag unter ihrem Tschador hervor. »Das gehört dir.«

»Was ist es denn?« Azadeh hatte nasse Hände und wollte es nicht berühren. Die junge Frau öffnete den Umschlag und zeigte ihr den Inhalt. Azadehs Augen weiteten sich: ihr Paß, ihr Personalausweis und andere Dokumente und auch einiges von Erikki, alles, was der Mudjaheddin ihnen bei der Straßensperre abgenommen hatte. Das war fürwahr ein Pischkesch. »Woher hast du das?«

Obwohl sie sicher war, daß niemand sie belauschen konnte, senkte Ayscha ihre Stimme. »Dieser Mullah, der Mullah aus dem Dorf, gab die Dokumente Seiner Hoheit Abdullah Khan – vor zwei Wochen, als du in Teheran warst.«

Ungläubig sah Azadeh sie an. »Und wo hatte der sie her?«

Nervös zuckte das Mädchen mit ihren mageren Achseln. »Der Mullah wußte von der Straßensperre und was dort passiert war. Er kam her, um zu versuchen, sich deines... deines Mannes zu bemächtigen. Seine Hoheit meinte: Nein, erst wenn er es für angezeigt halte. Er schickte ihn weg und behielt die Papiere.«

»Hast du noch andere Dokumente, Ayscha?«

»Keine von dir oder deinem Mann«, flüsterte die junge Frau und begann abermals zu zittern. »Seine Hoheit hat euch so schrecklich gehaßt. Er wollte deinen Mann vernichten, dich dem Russen ausliefern, dein Bruder... dein Bruder sollte kastriert werden. Ich weiß vieles, was dir und ihm helfen könnte, und so vieles, was ich einfach nicht verstehe. Ahmed... hüte dich vor ihm, Azadeh!«

»Ja.« Azadeh nickte. »Hat Vater den Mullah ins Dorf geschickt?«

»Das weiß ich nicht. Ich glaube schon. Ich hörte, wie er den Russen ersuchte, Mahmud zu beseitigen, so hieß der falsche Mullah. Vielleicht hat Seine Hoheit ihn hingeschickt, um dich und diesen Saboteur zu foltern und dann auch selbst dort den Tod zu finden. Aber Allah ließ es nicht zu. Ich habe gehört, wie der Russe versprach, diesem Mahmud ein paar Leute nachzuschicken.«

»Wo hast du das gehört?« fragte Azadeh beiläufig.

Ayscha sah sich nervös um, zog den Tschador enger um sich und kniete sich neben dem Becken nieder. »Der ganze Palast ist mit Gucklöchern versehen, Azadeh. Seine Hoheit hat niemandem vertraut, hat allen nachspioniert, sogar mir. Ich finde, wir sollten Freundinnen sein, Verbündete, weil wir so wehrlos sind... du vielleicht mehr als wir alle. Wenn wir einander nicht helfen, sind wir verloren. Ich kann dir helfen und dich beschützen.«

»Selbstverständlich sollten wir Freundinnen sein«, sagte Azadeh, die sich nicht bedroht fühlte, wohl aber gern Näheres über die Geheimnisse des Palastes erfahren hätte. »Du zeigst mir diese Gucklöcher und teilst dein Wissen mit mir?«

»O ja.« Das Gesicht des Mädchens leuchtete auf. »Ich zeige dir alles, und die zwei Jahre werden schnell vergehen.«
»Was für zwei Jahre?«
»Die Zeit, wo dein Mann fort ist, Azadeh.«
Tief beunruhigt reckte Azadeh sich empor. »Er geht fort?«
Ayscha starrte sie an. »Selbstverständlich. Was soll er denn sonst tun?«

Im Europäischen Salon. Haschemi reichte Robert Armstrong Mzytryks gekritzelte Botschaft, die Hakim ihm soeben gegeben hatte. Armstrong warf einen Blick darauf. »Tut mir leid, Haschemi. Ich kann nicht Türkisch.«
»Ach, verzeih, das hatte ich vergessen.« Haschemi las ihm das Blatt auf englisch vor. Die zwei Iraner sahen, wie enttäuscht Armstrong war.
»Nächstes Mal kriegen wir ihn, Robert. *Inscha'Allah.*«
Sorg dich nicht, dachte Armstrong, es war ja auch nur eine Spekulation. Ich krieg ihn schon noch, diesen Mzytryk, und ich kriege dich, alter Freund Haschemi. Gemein von dir, Talbot ermorden zu lassen. Warum du das bloß getan hast? Weil er deine Geheimnisse kannte? Er hat dir nie etwas getan, ganz im Gegenteil, er hat dir viele Wege geebnet, viele deiner Fehler ausgebessert. Nein! Sobald meine Ausreise arrangiert ist, bekommst du deinen Lohn. Jetzt, wo Mzytryk weiß, daß ich ihm hinter die Schliche gekommen bin, brauche ich nicht mehr abzuwarten. Da wir jetzt wissen, wo er steckt, schicken wir vielleicht einmal ein Team des Sonderdezernats nach Tiflis. Irgend jemand kriegt den Bastard einmal, auch wenn es mir nicht gelungen ist...
Hakim Kahns Frage rief ihn in die Gegenwart zurück. »Sagen Sie mal, Herr Oberst, Yazernow und der Friedhof in Jaleh, was bedeutet das?« Und Haschemi antwortete, ohne zu zögern: »Das ist eine Einladung, Hoheit. Yazernow ist ein Mittelsmann, dessen Dienste Mzytryk hin und wieder in Anspruch nimmt, wenn etwas für beide Seiten Wichtiges zu besprechen ist.«
Fast hätte Armstrong laut herausgelacht, denn Haschemi wußte genauso gut wie er, daß die Erwähnung des Namens eine persönliche Vendetta in Aussicht stellte. Sehr schlau von Mzytryk, den Namen Yazernow und nicht Rákóczy zu verwenden.
»Wir sollten also, sobald es uns paßt, mit Yazernow zusammentreffen«, fuhr Haschemi fort. »Ich denke, Hoheit, wir werden morgen nach Teheran zurückkehren.«
Auf der Fahrt vom Krankenhaus zum Palast zurück war Hakim zu dem Schluß gekommen, daß es nur eine Möglichkeit gab, um mit Mzytryks Botschaft und diesen zwei Männern fertig zu werden: den frontalen Angriff. »Wann sind Sie wieder zurück?«
»Wenn es Ihnen recht ist, nächste Woche. Dann könnten wir beraten, wie wir Mzytryk herlocken. Es gibt in Aserbeidschan viel zu tun. Wir haben soeben einen Bericht erhalten, wonach sich die Kurden bei Razalyeh, die von den Irakern – Allah strafe sie! – mit Geld und Waffen ausgerüstet wurden, in offenem Aufruhr befinden. Khomeini hat der Armee den Befehl erteilt, sie ein für allemal niederzuschlagen.«

»Die Kurden?« Hakim lächelte. »Selbst er, den Allah schützen möge, selbst er wird das nicht schaffen – zumindest nicht ein für allemal.«
»Dieses Mal vielleicht doch, Hoheit. Er kann Fanatiker gegen Fanatiker einsetzen.«
»Hezbollahis können gehorchen und sterben, aber sie wohnen nicht in diesen Bergen. Sie besitzen weder die Zähigkeit und Ausdauer der Kurden noch ihre Lust an fleischlichen Genüssen auf dem Weg ins Paradies.«
»Mit Ihrer Erlaubnis werde ich Ihren Rat weitergeben, Hoheit.«
»Wird man mehr auf ihn achten als auf den meines Vaters oder meines Großvaters? Es war immer der gleiche Rat.«
»Ich hoffe es, Hoheit, ich...«
Seine Worte gingen unter, als die Turbine der 212 zündete, stotterte und wieder abstarb. Durch das Fenster konnten sie Erikki sehen, der fluchend eine Triebwerkshaube aus der Halterung löste und mit Hilfe einer Taschenlampe in das komplexe Innere starrte, das sich ihm darbot.
Haschemi wandte sich wieder dem Khan zu, der steif auf seinem Stuhl saß. Die Stille wurde unbehaglich.
»In meinem Haus oder auf meinem Besitz kann Erikki nicht verhaftet werden«, sagte Hakim Khan mit Bedacht. »Obwohl er nichts von dem Fernschreiben weiß, ist ihm bekannt, daß er nicht in Teheran und nicht im Iran bleiben darf, daß meine Schwester ihn nicht begleiten und den Iran in den nächsten zwei Jahren nicht verlassen kann. Seine Maschine ist nicht flugtüchtig. Ich hoffe, er bleibt von einer Verhaftung verschont.«
»Mir sind die Hände gebunden, Hoheit.« Haschemis Stimme klang ebenso apologetisch wie aufrichtig. »Es ist meine Pflicht, die Gesetze des Landes zu achten.« Zerstreut entfernte er einen Fussel von seinem Ärmel. Armstrong verstand sofort. Wenn man sich über den linken Ärmel wischte, bedeutete das: Ich möchte mich mit diesem Mann privat unterhalten. Vor dir wird er nicht reden. Erfinde eine Ausrede und warte draußen auf mich! Haschemi wiederholte: »Es ist unsere Pflicht, die Gesetze zu beachten.«
»Ich bin völlig sicher, daß er an keiner Verschwörung teilgenommen hat und nichts von der Flucht seiner Kameraden weiß. Darum würde ich es gern sehen, daß man ihn in Frieden ziehen läßt.«
»Ich werde die SAVAMA gern von Ihren Wünschen in Kenntnis setzen.«
»Ich würde es begrüßen, wenn Sie täten, was ich Ihnen vorschlage.«
Armstrong mischte sich ein. »Wenn Sie mich entschuldigen wollen, Hoheit. Was den Captain angeht, das ist nicht meine Angelegenheit, und ich möchte auch das Staatsschiff nicht zum Schwanken bringen.«
»Sie sind entschuldigt, Superintendent. Wann bekomme ich Ihren Bericht über neue Sicherheitsmaßnahmen?«
»Wenn der Oberst zurückkehrt, wird der Bericht in Ihren Händen sein.«
»Friede sei mit Ihnen!«
»Und mit Ihnen, Hoheit.« Armstrong verließ den Raum und schlenderte den Gang zur Treppe entlang. Haschemi wird den armen Kerl fertigmachen, dachte er. Es war ein angenehmer Abend, der Wind frischte auf, ein roter

Farbton schmückte den westlichen Horizont. Roter Himmel in der Nacht, dem Schäfer große Freude macht; roter Himmel froh am Morgen, macht dem armen Schäfer Sorgen.
»Guten Abend, Captain«, sagte er, als er unten angelangt war. »Unter uns Pastorentöchtern: Wenn es Ihnen möglich wäre, Ihre Mühle in Gang zu setzen, würde ich einen schnellen Trip zur Grenze empfehlen.«
Erikki kniff die Augen zusammen. »Warum?«
Armstrong holte eine Zigarette heraus. »Das Klima in dieser Gegend ist nicht sehr gesund, meinen Sie nicht auch?« Er legte die Hand um das Feuerzeug, um es zu betätigen.
»Wenn Sie sich hier, wo alles voller Benzin ist, eine Zigarette anzünden, wird das Klima für uns beide auf Dauer höchst ungesund sein.« Erikki drückte auf den Starter. 20 Sekunden lang lief die Turbine perfekt, dann kam sie wieder zum Stillstand. Erikki stieß eine Verwünschung aus.
Armstrong nickte höflich und schlenderte zum Fahrer hinüber. Dieser öffnete ihm die Tür. Er lehnte sich zurück, zündete die Zigarette an und inhalierte tief. Ob Erikki ihn wohl verstanden hatte? Hoffentlich. Von dem gefälschten Fernschreiben kann ich nichts verraten, auch nicht von der Operation »Wirbelsturm«, sonst stellen sie mich wegen Landesverrat an die nächste Wand. Man hat mich gewarnt, mehr kann ich nicht verlangen. Es ist Innenpolitik. Mann, o Mann! Das hängt mir schon alles zum Hals heraus. Ich brauche Urlaub, einen langen Urlaub. Aber wo? Ich könnte auf ein, zwei Wochen nach Hongkong fliegen, ein paar alte Freunde besuchen oder vielleicht ins Berner Oberland zum Schifahren. Bin schon seit Jahren nicht mehr dort gewesen, und ich könnte die gute Schweizer Küche genießen: Rösti und Wurst und guten Kaffee mit dicker Sahne – und eine Menge Wein. Jawohl, das mache ich! Zuerst Teheran, dann einen Schlußstrich unter das Kapitel Haschemi gezogen und fort aus diesem Land, ins Blaue hinein! Vielleicht lerne ich ein nettes Mädchen kennen... Aber Leute wie ich kommen nicht aus der Kälte zurück, und wir ändern uns auch nicht. Wie soll ich mir denn in Zukunft meinen Lebensunterhalt verdienen? Meine iranische Rente ist futsch, und die eines Bullen in der Kronkolonie wird jeden Tag weniger wert. »Na, Haschemi, wie ist es gelaufen?«
»Bestens, Robert. Ins Büro zurück, Fahrer!« Der Chauffeur fuhr durch das Haupttor und sauste die Straßen zur Stadt hinunter. »Yokkonen wird sich in den frühen Morgenstunden davonmachen. Wir folgen ihm und schnappen ihn, wo es uns paßt, außerhalb Täbris.«
»Mit Hakims Segen?«
»Als Privatmann hat er seinen Segen gegeben; vor der Öffentlichkeit wird er sich empört zeigen. Danke.« Offensichtlich überaus zufrieden mit sich, nahm Haschemi die angebotene Zigarette an, und Armstrong fragte sich, was für ein Handel da geschlossen worden war. »Aber da wird der arme Kerl wohl nicht mehr unter den Lebenden weilen.«
»War das Hakims Vorschlag?«
»Na klar.«

»Interessant.« Das war nicht Hakims Idee. Was hat Haschemi jetzt wohl vor? fragte sich Armstrong.
»Ja. Interessant. Sobald wir heute nacht das Hauptquartier der Mudjaheddin niedergebrannt und diesen finnischen Wahnsinnigen eingefangen haben, fahren wir nach Teheran zurück.«
»Perfekt.«

Teheran – im Hause Bakravan: 20 Uhr 06. Scharazad verstaute die Handgranate und die Pistole in ihrer Umhängetasche und verbarg diese unter einigen Kleidungsstücken in einer Schublade ihrer Kommode. Die Sachen wollte sie später unter ihrem Tschador tragen: ein dicker Pullover, Schijacke und Schihose waren bereits ausgesucht. Jetzt hatte sie ein hellgrünes Seidenkleid aus Paris an, das ihre Figur und ihre langen Beine vortrefflich zur Geltung brachte. Auch ihr Make-up war perfekt. Ein letzter Blick in den Spiegel, dann ging sie hinunter, um am Empfang für Daranousch Farazan teilzunehmen.
»Ach, Scharazad!« Meschang erwartete sie an der Tür. Er schwitzte, überspielte aber seine Nervosität mit vorgetäuschter guter Laune. Er wußte nicht, was er von ihr zu erwarten hatte. Als sie vom Arzt zurückgekommen war, hatte er angefangen, auf sie einzureden und gräßliche Drohungen auszustoßen; sie aber hatte überraschenderweise nur die Augen niedergeschlagen und fügsam erklärt: »Es gibt nichts mehr zu sagen, Meschang, Allah hat entschieden. Entschuldige mich bitte, ich möchte mich umziehen.« Und jetzt war sie da und schien immer noch fügsam.
Und das sollte sie ja auch sein, dachte er. »Exzellenz Farazan kann es schon gar nicht mehr erwarten, dich zu begrüßen.« Er nahm ihren Arm und führte sie an den etwa 30 Leuten im Saal vorbei, zumeist Freunde von ihm und deren Frauen, dann Zarah und einige ihrer Freundinnen. Von Scharazad waren keine Freunde da. Sie lächelte den Gästen zu, die sie kannte, und widmete dann ihre ganze Aufmerksamkeit Farazan.
»Ich begrüße Sie, Exzellenz«, sagte sie höflich und streckte ihm ihre Hand entgegen. Es war das erstemal, daß sie ihn so nahe vor sich sah. Er war kleiner als sie, und sie blickte auf die wenigen gefärbten Strähnen auf der welken Kopfhaut und auf die noch welkeren Hände hinab. Seine schwarzen Äuglein glitzerten, sein schlechter Mundgeruch beleidigte ihre Nase. »Friede sei mit Ihnen!«
»Auch ich begrüße Sie, Scharazad! Aber bitte, bitte, nennen Sie mich nicht Exzellenz! Wie schön Sie sind!«
»Vielen Dank«, erwiderte sie. Sie sah sich ihre Hand zurücknehmen, sah sich lächeln und neben ihm stehen und mit fliegenden Röcken laufen, um ihm eine Limonade zu holen. Sie sah sich über seine dümmlichen Scherze lachen und andere Gäste begrüßen und tun, als nehme sie ihre erstaunten Blicke nicht wahr. Keinen Augenblick lang übertrieb sie ihre schauspielerische Leistung, denn ihr ganzes Sinnen war auf die Studentendemonstration in der Universität gerichtet, die bereits begonnen hatte, und auf den Protestmarsch, der, obwohl von Khomeini verboten, dennoch stattfinden sollte.
Zarah staunte über die Veränderung, die mit ihrer Schwägerin vorgegangen

war, und dankte Allah dafür, daß sie sich mit ihrem Los abgefunden hatte und gehorchen würde. Was hätte sie denn auch tun sollen? Und mir bleibt auch nichts anderes übrig, als hinzunehmen, daß Meschang eine 14 Jahre alte Hure hat, die bereits überall herumerzählt, daß sie bald seine zweite Frau sein wird.
»Zarah!«
»Ja, Meschang, Liebster?«
»Es ist ein gelungener Abend, wirklich gelungen.« Meschang wischte sich das Gesicht ab und nippte an seiner Limonade. »Ich bin so froh, daß Scharazad wieder zur Vernunft gekommen ist; er paßt ja auch ausgezeichnet zu ihr.«
»Ganz ausgezeichnet«, stimmte Zarah ihm zu. Wir sollten dafür dankbar sein, daß er allein gekommen ist und keinen seiner Lustknaben mitgebracht hat, aber es ist wahr: Er stinkt tatsächlich nach dem Unflat, mit dem er sein Geld verdient. »Du hast alles wunderbar arrangiert, liebster Meschang.«
»Ja, ja, wirklich. Es läuft alles so, wie ich es geplant habe.«

In der Nähe von Jaleh. Um den kleinen, nicht mehr benutzten Behelfsflugplatz eines verarmten Aero-Clubs zu erreichen, hatte Lochart Kurs auf den Stadtrand genommen – im Tiefflug, um nicht vom Radar erfaßt zu werden. Die Tür des Hangars war rostig. Mit einiger Mühe gelang es ihm, sie zu öffnen und die 206 hineinzubringen. Dann schob er die Tür wieder zu und machte sich auf den langen Weg.
Je mehr er sich der Innenstadt näherte, desto bevölkerter waren die Straßen. Die Menschen gingen nach Hause oder verließen die Moscheen. Keine Farben waren zu sehen, und kein Lachen konnte man hören, alles brütete dumpf vor sich hin. Nur wenige Kraftwagen waren unterwegs, ausgenommen mit *hezbollahis* vollgestopfte Militärfahrzeuge. Keine Soldaten und keine Polizei in Uniform. Junge *hezbollahis* regelten den Verkehr. Nach dem heiligen Tag kehrte die Stadt in die Normalität zurück. Frauen in westlicher Kleidung ließen sich nicht sehen.
Manchmal wurde ihm eine Verwünschung nachgerufen. Einige wenige grüßten, seine Fliegeruniform verschaffte ihm Respekt. Nahe einem Markt fand er einen guten Platz, um auf ein Taxi zu warten. Er kaufte sich eine Limonade, dazu ein Stück warmes frisches Brot. Der Nachtwind frischte ein wenig auf, aber das flache Kohlenbecken, vor dem er stand, war warm und einladend.
»Guten Abend. Ihre Papiere bitte.«
Die zwei *hezbollahis* waren jung und höflich. Lochart wies ihnen seinen Ausweis vor. »Wohin gehen Sie, wenn wir fragen dürfen?«
Ganz bewußt in fürchterlichem Persisch antwortete er: »Freunde besuchen bei Basar. Auto kaputt. *Inscha'Allah.*«
Er hörte, wie sie miteinander berieten. Piloten seien in Ordnung, sagten sie, aber der da sei aus Kanada. Ist das nicht ein Teil des großen Satanstaats? Nein, ich glaube nicht. »Friede sei mit Ihnen«, verabschiedeten sie sich und zogen ab.
Er stellte sich an die Ecke und beobachtete den Verkehr. Bald entdeckten seine scharfen Augen ein Taxi, in dem nur zwei Männer im Fond und einer auf dem

Vordersitz saßen. Es stand an einer Kreuzung, die von einem Lkw blockiert wurde. Der Wagen kam mit einem Wendemanöver nicht zurecht. Ohne zu zögern, schlängelte sich Lochart zwischen den Wagen hindurch, stieß einen anderen Mann zur Seite, riß die Hintertür auf und drängte sich in das Taxi. Er entschuldigte sich überschwenglich in perfektem Persisch und bat die Insassen inständig, ihm doch zu erlauben mitzufahren. Nach einigem Fluchen und Feilschen stellte der Fahrer fest, daß der Basar ohnedies auf dem Weg lag, den er mit den anderen vereinbart hatte. »Mit Allahs Hilfe. Sie steigen aus, wenn ich das zweite Mal stehenbleibe, Exzellenz.«
Ich hab's geschafft! frohlockte er innerlich und erst dann tauchten andere Gedanken auf. Hoffentlich haben es auch die anderen geschafft: Duke und Scrag, Rudi und sie alle, Freddy und der gute alte Mac.

Internationaler Flughafen Bahrain: 20 Uhr 50. Jean-Luc Sessone stand auf dem Hubschrauberlandeplatz und richtete seinen Feldstecher auf die beiden 212, die jetzt mit blinkenden Navigationslichtern über dem Ende der Aufsetzfläche schwebten. Sie hatten die Erlaubnis erhalten, eine Notlandung vorzunehmen, und näherten sich rasch. Matthias Delarne, auch er mit einem Feldstecher bewaffnet, stand neben Sessone. Mit ihnen warteten eine Ambulanz, ein Arzt und der Beamte der Einwanderungsbehörde Sayyid Yusuf. Der Nachthimmel war klar und sternübersät, es wehte ein angenehmer warmer Wind.
Die erste 212 drehte sich ein wenig, und jetzt konnte Sessone das Nationalitätskennzeichen ausmachen. G-UVX. Britisch. Gott sei Dank! In Jellet haben sie Zeit gehabt. Er erkannte Pettikin im Cockpit, richtete das Fernglas auf die zweite 212 und sah Ayre und Kyle, den Mechaniker.
Pettikin setzte auf. Delarne und Sessone liefen auf die Maschine zu, Delarne zum Cockpit, Sessone zur Kabinentür. Er riß sie auf: »Hallo, Genny, wie geht es ihm?«
Sie war leichenblaß. »Er atmet so mühsam.«
Sessone warf einen Blick auf McIver, der ausgestreckt auf dem Boden lag, den Kopf auf eine zusammengerollte Schwimmweste gebettet. 20 Minuten vorher hatte Pettikin dem Tower in Bahrain gemeldet, daß ein Mann aus seiner Crew, ein gewisser McIver, scheinbar einen Herzinfarkt erlitten habe. Er hatte dringend ersucht, ein Arzt und ein Krankenwagen mögen sie erwarten, und der Tower hatte sofort alles Nötige veranlaßt.
Der Arzt eilte an Sessone vorbei in die Kabine und kniete neben McIver nieder. Ein Blick genügte ihm. Er zückte die Spritze, die er schon vorbereitet hatte. »Das wird ihn rasch stabilisieren, und in ein paar Minuten ist er im Krankenhaus.« Auf Arabisch rief er die Sanitäter, die sofort gelaufen kamen. Dann half er Genny aus der Maschine. »Ich bin Doktor Lanoire, bitte erzählen Sie mir, was geschehen ist.«
»Ist es ein Herzinfarkt?«
»Ja, ja, aber kein schwerer«, antwortete der Mediziner, der sie beruhigen wollte. Er war halb Franzose, halb Bahrainer, ein sehr guter Arzt. Die

Sanitäter hatten McIver bereits auf eine Bahre gebettet und trugen ihn vorsichtig aus dem Hubschrauber.
»Mein Mann stöhnte plötzlich auf... Es war wie ein Krächzen. ›Ich kann nicht atmen!‹ Dann krümmte er sich vor Schmerzen und verlor das Bewußtsein.« Sie wischte sich den Schweiß von der Oberlippe. »Ich dachte mir gleich, es müsse ein Herzinfarkt sein, und ich wußte nicht, was ich tun solle, aber dann erinnerte ich mich, was Dr. Nutt, unser Arzt auf dem Stützpunkt, gesagt hatte, als er uns Ehefrauen einmal einen Vortrag hielt. Ich knöpfte Duncans Kragen auf und legte ihn auf den Fußboden. Dann suchte ich die Kapseln, die der Arzt uns gegeben hatte, hielt ihm eine unter die Nase und zerdrückte sie...«
»Nitroglyzerin?«
»Ja, genau. Dr. Nutt hat jeder von uns zwei Kapseln gegeben und gesagt, wie wir sie verwenden sollen. Es stank ganz fürchterlich, aber Duncan stöhnte und erholte sich ein wenig. Dann wurde er wieder ohnmächtig, aber er atmete. Nach einer Weile zerdrückte ich die zweite Kapsel, und dann ging es ihm wieder besser.«
Der Arzt sah der Bahre nach. Sobald sie im Krankenwagen untergebracht war, sagte er zu Sessone: »Bitte, bringen Sie Madame McIver in einer halben Stunde ins Krankenhaus! Hier ist meine Karte. Die wissen dort schon, wo sie mich finden.«
Genny schaltete sich schnell ein: »Meinen Sie nicht, ich...«
Mit fester Stimme fiel ihr der Arzt ins Wort: »Sie helfen ihm mehr, wenn Sie uns die nächste halbe Stunde unsere Arbeit tun lassen. Sie haben die Ihre getan. Ich glaube, Sie haben ihm das Leben gerettet.« Dann kletterte er eilig in die Ambulanz.

67

Teheran – im Hause Bakravan: 20 Uhr 59. Zarah stand vor der festlich gedeckten Tafel und prüfte, ob alles vorbereitet war. Teller und Tischbestecke und weiße Seidenservietten, Schüsseln mit diversen Khoreschgerichten, Fleisch und Gemüse, frisches Brot und frisches Obst, Süßigkeiten und Gewürze. Nur noch der Reis fehlte, aber der würde erst aufgetragen werden, wenn sie die Gäste zum Essen rief. »Gut«, sagte sie zu den Dienern und ging in den anderen Raum zurück.

Ihre Gäste unterhielten sich noch, aber sie sah, daß Scharazad nicht weit von Daranousch Farazan stand, der in ein Gespräch mit Meschang vertieft war. Ihr Mitleid verbergend, ging sie zu ihr hinüber. »Du siehst müde aus, mein Liebling. Fühlst du dich wohl?«

»Natürlich fühlt sie sich wohl!« rief Meschang laut. Es sollte witzig klingen. Scharazad, die in letzter Zeit sehr blaß aussah, setzte ein Lächeln auf. »Es ist die Aufregung, Zarah, nur die Aufregung.« Dann zu Farazan: »Wenn Sie nichts dagegen haben, Exzellenz Daranousch, werde ich Ihnen heute beim Essen nicht Gesellschaft leisten.«

»Warum, was ist los?« mischte Meschang sich in scharfem Ton ein. »Bist du krank?«

»O nein, liebster Bruder, es ist nur die Aufregung.« Scharazad wandte sich wieder dem kleinen Mann zu. »Vielleicht gestatten Sie mir, Sie morgen zu besuchen? Vielleicht morgen zum Abendessen?«

Farazan antwortete, noch bevor Meschang sich dazu äußern konnte: »Selbstverständlich, meine Liebe«, trat näher an sie heran und küßte ihr die Hand. Es bedurfte ihrer ganzen Willenskraft, sie nicht zurückzuziehen. »Morgen abend essen wir bei mir zu Hause. Vielleicht werden Sie und Exzellenz Meschang und Zarah mein armseliges Haus beehren.« Er kicherte, was ihm ein noch groteskeres Aussehen verlieh. »*Unser* armseliges Haus.«

»Ich danke Ihnen. Der Gedanke macht mich glücklich. Friede sei mit Ihnen.«

»Und mit Ihnen.«

Sie verabschiedete sich ebenso höflich von ihrem Bruder und Zarah. Farazan sah ihr nach, betrachtete das Wiegen ihrer knabenhaften Hüften. Bei Allah, sieh sie dir doch nur an, dachte er, wie sie wohl nackt aussieht? Bei Allah, als Meschang mir die Heirat vorschlug, haben mich eigentlich nur die Mitgift und die Aussicht auf eine politische Partnerschaft im Basar gelockt – überzeugende Angebote, und überzeugend sollten sie ja auch wohl sein, da es sich schließlich um eine Frau handelt, die mit dem Kind eines Fremden schwanger geht. Aber jetzt denke ich, es wird gar nicht schwer sein, mit ihr zu

schlafen, mich von ihr bedienen zu lassen, wie ich bedient zu werden wünsche, und irgendwann eigene Kinder zu bekommen.
Er kratzte sich zerstreut, bis sie den Raum verlassen hatte. »Wo waren wir stehengeblieben, Meschang?«
»Ich hatte Ihnen gerade vorgeschlagen, eine neue Bank zu gründen...«
Scharazad schloß die Tür und lief leichtfüßig die Treppe hinauf. Jari saß dösend im großen Lehnsessel. »O, Prinzessin, wieso...«
»Ich geh jetzt zu Bett, Jari. Du kannst dich zurückziehen, und ich möchte nicht mehr gestört werden. Durch nichts und von niemandem. Wir sprechen uns beim Frühstück.«
»Aber Prinzessin, ich schlafe im Lehnsessel und...«
Ärgerlich stampfte Scharazad auf. »Gute Nacht! Und ich will nicht gestört werden!« Laut versperrte sie die Tür hinter ihr, schleuderte die Schuhe von den Füßen und zog sich dann ganz leise um. Jetzt noch Schleier und Tschador. Vorsichtig öffnete sie die Balkontür und schlüpfte hinaus. Sie stieg die Treppe in den Garten hinunter, von dort führte ein Weg zum Hintereingang. Sie schob die Riegel zurück. Die Angeln knarrten. Dann stand sie in der schmalen Gasse, drückte die Tür wieder zu. Sie eilte davon, und hinter ihr blähte sich der Tschador wie ein schwarzer Flügel.
Im Empfangssaal warf Zarah einen Blick auf die Uhr und trat an Meschang heran. »Soll ich jetzt servieren lassen, Liebster?«
»Einen Augenblick noch! Siehst du nicht, daß Seine Exzellenz und ich etwas Wichtiges zu besprechen haben?«
Zarah seufzte, wandte sich ab, um auf eine Freundin zuzugehen, blieb aber stehen, als sie den Pförtner eintreten sah. Der Mann eilte auf Meschang zu und flüsterte etwas. Meschang wurde totenblaß. Farazan rang nach Atem. Sie stürzte zu ihnen hinüber. »Was in aller Welt ist passiert?«
»*Hezbollahis* sind hier«, platzte der verschreckte Diener heraus, »*hezbollahis* mit einem... mit einem Mullah. Sie wollen unverzüglich mit Seiner Exzellenz sprechen.«
In der großen Stille erinnerten sich alle an Paknouris Verhaftung und Jareds Vorladung und die anderen Verhaftungen und Hinrichtungen, an die Komitees, an die mit Kunden und Freunden und Verwandten gefüllten Gefängnisse. Vor Wut hätte Farazan sich am liebsten selbst ins Gesicht gespuckt. Gerade jetzt mußte er sich in diesem Haus befinden, weil er törichterweise zugestimmt hatte, sich mit der Familie Bakravan zu verbinden! In aller Öffentlichkeit habe ich dieser Verbindung zugestimmt, habe versprochen, mich an Meschangs Plänen zu beteiligen – Plänen, das ist mir jetzt deutlich bewußt, o Allah schütze mich, die gefährlich modern sind, gefährlichen westlichen Einfluß erkennen lassen und den vom Imam festgelegten Richtlinien deutlich widersprechen... Dieses Haus eines Verdammten muß doch einen Hinterausgang haben!
Die vier *hezbollahis* und der Mullah saßen mit gekreuzten Beinen in dem kleinen Salon, in den der Diener sie geführt hatte, und lehnten sich gegen die seidenen Kissen. Sie hatten ihre Schuhe ausgezogen und vor die Tür gestellt. Die

Gewehre lagen auf dem Teppich neben ihnen. Der Mullah trug feine Kleidung und einen schönen weißen Turban. Er war ein stattlicher Herr, Mitte Sechzig, mit einem weißen Bart und dichten dunklen Augenbrauen, einem kraftvollen Gesicht und schwarzen Augen.
Die Tür öffnete sich. Wie ein Automat trottete Meschang ins Zimmer. Er war kreidebleich, und vor Angst dröhnte ihm der Kopf. »Ich begrüße Sie, Exzellenz...«
»Ich erwidere Ihre Grüße. Sie sind Exzellenz Meschang Bakravan?« Meschang nickte stumm. »Ja, dann noch mal unsere Grüße und Friede sei mit Ihnen, Exzellenz, bitte entschuldigen Sie, daß ich so spät komme. Ich bin der Mullah Sayani und komme vom Komitee. Wir haben soeben entdeckt, daß Exzellenz Jared Bakravan irrtümlich verurteilt und erschossen, sein Eigentum irrtümlich eingezogen wurde und daß Ihnen alles sofort zurückgestellt werden wird.«
Sprachlos starrte Meschang ihn an.
»Die islamische Regierung ist verpflichtet, Allahs Gesetz durchzuführen. Allah weiß aber auch, daß wir unmöglich allen Eiferern oder unbedarften und irregeführten Leuten auf die Finger sehen können. Allah weiß, daß es Leute gibt, die, aus Eifer handelnd, Fehler machen. Und Allah weiß, daß es viele gibt, die sich unter dem Deckmantel eines ›Patrioten‹ verbergen, viele, die den Islam für ihre eigenen schmutzigen Zwecke mißbrauchen, viele, die das Wort Allahs mißachten, viele, die uns in Verruf bringen, ja sogar viele, die den Turban zu Unrecht tragen, ja sogar Ayatollahs, die ihn nicht verdienen. Aber mit der Hilfe Allahs werden wir ihnen die Turbane vom Kopf reißen, den Islam reinigen, die Bösen, wer immer sie sein mögen, ausmerzen...«
Meschang hörte ihn nicht mehr. Hoffnung überflutete seine Sinne. »Er... mein Vater... ich bekomme... unser Eigentum zurück?«
»Unsere islamische Regierung ist die Regierung des Gesetzes. Allah allein ist unser Souverän. Das Gesetz des Islam besitzt absolute Machtbefugnis über alle, selbst die islamische Regierung. Sogar unser aller edelster Bote, Friede sei mit ihm, war dem Gesetz untertan, das Allah allen mit der Zunge des Koran offenbart und ausgelegt hat.« Der Mullah erhob sich. »Es war der Wille Allahs, aber Exzellenz Jared Bakravan wurde nicht nach dem Gesetz verurteilt.«
»Ist... ist das wahr?«
»Ja, es ist der Wille Allahs, Exzellenz. Alles wird Ihnen zurückerstattet werden. Hat Ihr Vater uns nicht großzügig unterstützt? Wie kann die islamische Regierung ohne die Hilfe der Bazaaris tätig sein, wie können wir existieren, wenn die Bazaaris nicht gegen die Feinde des Irans, die Feinde des Islams und die Ungläubigen kämpfen?«

Vor dem Basar. Das Taxi stoppte auf dem verkehrsreichen Platz. Lochart stieg aus und bezahlte den Fahrer. Der Platz war voll von Leuten, die in die Moschee und den Basar hinein und wieder heraus strömten. Sie achteten kaum auf ihn, Uniform und Mütze ermöglichten ihm, ungehindert durchzu-

kommen. Die Nacht war kühl, der Himmel wolkenbedeckt. Die Straße mit dem Haus der Bakravans begann am anderen Ende des Platzes. Er marschierte los, bog um die Ecke, trat zur Seite, um den Mullah Sayani und die *hezbollahis* vorbeizulassen, und setzte seinen Weg fort.
Vor der Tür in der hohen Mauer blieb er stehen, holte tief Atem und klopfte laut. Und klopfte noch einmal. Und wieder. Er hörte Schritte, sah ein Auge hinter dem Guckloch. »Ich bin es, Pförtner, Exzellenz Captain Lochart!« rief er fröhlich.
»Guten Abend, Exzellenz«, begrüßte ihn der Pförtner, der den Schock des abrupten Kommens und Gehens des Mullahs und der *hezbollahis* noch nicht überwunden hatte und nun angesichts des schon längst verschwunden geglaubten Ehemannes von Scharazad gar nichts mehr verstand.
Der Wind blies tote Blätter über den Hof. Ein anderer Diener stand mit überrascht aufgerissenen Augen am offenen Haupteingang. »Guten Abend, Exzellenz«, murmelte er. »Ich... ich werde Exzellenz Meschang melden, daß Sie gekommen sind.«
»Warte!« Lochart hörte das aufgeregte Stimmengewirr aus dem großen Eßzimmer, das Klirren von Gläsern, das Gelächter einer Party. »Ist meine Frau da drinnen?«
»Ihre Frau?« Der Diener faßte sich mit Mühe. »Die... Ihre Hoheit ist zu Bett gegangen, Captain Exzellenz.«
»Ist sie krank?« fragte Lochart erschrocken.
»Sie schien mir nicht krank zu sein, Exzellenz. Sie zog sich vor dem Essen zurück. Ich werde Exzellenz Meschang mitteilen, daß...«
»Unnötig, ihn und seine Gäste zu stören«, sagte Lochart, hocherfreut über die Gelegenheit, zuerst allein mit ihr sprechen zu können. »Ich gehe zu ihr hinauf, komme dann wieder herunter und melde mich selbst.«
Der Diener beobachtete, wie er, zwei Stufen auf einmal nehmend, die Treppe hinaufhastete, wartete, bis er außer Sicht war, und ging eilig auf die Suche nach Meschang.
Beschwingten Schrittes ging Lochart den Flur hinunter. Wie überrascht sie sein würde und wie froh. Zusammen würden sie dann zu Meschang gehen, und Meschang würde sich seinen Plan anhören. Endlich war er an der Tür angelangt und drückte die Klinke nieder. Als sich die Tür nicht öffnen ließ, rief er leise: »Scharazad, ich bin's, Tommy.« Sein Herz hämmerte vor Freude, während er wartete. »Scharazad?« Warten. Klopfen. Warten. Etwas lauter: »Scharazad!«
»Exzellenz!«
»Oh, guten Abend, Jari.« In seiner Ungeduld merkte er nicht, daß sie zitterte.
»Scharazad, Liebling, mach die Tür auf, ich bin's Tommy.«
»Ihre Hoheit hat gesagt, sie wolle nicht gestört werden, sie...«
»Sie hat doch nicht mich gemeint! Hat sie ein Schlafmittel genommen?«
»O nein, Exzellenz.«
Erst jetzt richtete er seine Aufmerksamkeit auf sie. »Wovor hast du denn solche Angst?«

»Angst? Ich? Ich habe doch keine Angst, Exzellenz, wovor sollte ich denn Angst haben?«
Hier ist etwas faul, dachte er. Ungeduldig wandte er sich wieder der Tür zu. »Scharazad!« Warten, warten, warten. »Das ist doch lächerlich!« brummte er. Noch bevor ihm bewußt wurde, was er überhaupt tat, begann er mit den Fäusten gegen die Tür zu schlagen. »Mach auf, verdammt noch mal!«
»Was tust du hier?«
Es war Meschang in heller Wut. Am anderen Ende des Ganges sah Lochart Zarah auftauchen. »Guten Abend, Meschang«, sagte er mit klopfendem Herzen, bemüht, vernünftig und höflich zu sein. Und warum zum Teufel macht sie die Tür nicht auf? Das habe ich mir wirklich anders vorgestellt. »Ich bin zurückgekommen, um mit meiner Frau zu reden.«
»Sie ist nicht deine Frau, sie ist geschieden, und jetzt raus mit dir!«
Lochart starrte ihn verständnislos an. »Natürlich ist sie meine Frau.«
»Raus!«
»Leck mich doch!« Lochart hämmerte gegen die Tür. »Scharazad!«
Meschang drehte sich zu Zarah herum. »Hol ein paar *hezbollahis!* Sie werden diesen Verrückten hinauswerfen.«
»Aber Meschang, ist es nicht gefährlich, sie in diese Sache hineinzuziehen?«
»Hol sie!«
Lochart verlor die Geduld. Seine Schulter krachte gegen die Tür. Die Tür erzitterte, gab aber nicht nach. Er hob den Fuß und knallte mit dem Absatz gegen das Schloß. Das Schloß zersplitterte, und die Tür sprang auf.
»Hol die *hezbollahis!*« fuhr Meschang Zarah an. »Verstehst du denn nicht? Sie stehen jetzt auf unserer Seite. Wir sind rehabilitiert!« Er stürzte auf die Tür zu und sah, wie Lochart auch, daß der Raum leer war, das Bett leer, das Badezimmer leer, nichts, wo sie sich hätte verstecken können. Beide wandten sich Jari zu, die an der Tür stand und mit ungläubigem Gesicht ins Zimmer starrte. »Wo ist sie?« fuhr Meschang sie an, außer sich vor Wut.
»Ich weiß es nicht, Exzellenz, sie ist nicht fortgegangen, mein Zimmer ist doch nebenan, und ich habe einen leichten Schlaf...« Jari stieß einen Schmerzensschrei aus, da Meschang sie so kräftig ins Gesicht schlug, daß sie hinfiel.
»Wo ist sie hin?«
»Ich weiß es nicht, Exzellenz, sie...« Sie kreischte, als Meschang sie in die Seite trat. »Bei Allah, ich weiß es nicht, ich weiß es nicht, ich weiß es nicht!«
Lochart war inzwischen zur Balkontür gegangen. Sie war unverriegelt. Hastig stürzte Lochart auf den Balkon hinaus, die Treppe hinunter und zum Hintereingang. Langsam, mit einem verstörten Gesichtsausdruck, kehrte er zurück. Meschang und Zarah beobachteten ihn vom Balkon aus. »Der Hintereingang ist nicht abgesperrt. Dort muß sie hinausgegangen sein.«
»Aber wohin?« Meschang war immer noch ganz rot vor Zorn, und Zarah fuhr Jari an, die auf Händen und Füßen kauerte und vor Angst und Schmerz weinte. »Hör auf zu heulen, du Hündin, sonst laß ich dich auspeitschen. Wenn du schon nicht weißt, wo sie hin ist, was glaubst du, wo sie hingegangen sein könnte?«

»Ich weiß es nicht, Exzellenz«, schluchzte die alte Frau.
»Denk nach!«
»Ich weiß es nicht! Sie war schon den ganzen Tag so komisch. Heute nachmittag hat sie mich weggeschickt und ist allein weggegangen. Um sieben haben wir uns wieder getroffen und gingen zusammen nach Hause. Aber sie hat nichts gesprochen, nichts, nichts, nichts...«
»Warum hast du mir nichts gesagt?« schrie Meschang sie an.
»Was hätte ich denn sagen sollen, Exzellenz? Bitte treten Sie mich nicht wieder!«
Meschang tastete nach einem Stuhl. Der krasse Umschwung von totalem Entsetzen, als ihm der Mullah und die *hezbollahis* gemeldet wurden, bis zum extremen Hochgefühl über die Wiederherstellung seiner Position und die Rückgabe seines Vermögens sowie der Wut über Locharts Erscheinen in seinem Haus und Scharazads Verschwinden hatten ihn völlig aus dem Gleichgewicht gebracht. Sein Mund bewegte sich zwar, er brachte aber keinen Laut hervor; er sah Lochart, der Jari immer neue Fragen stellte, konnte aber nichts verstehen.
Als er in den Speisesaal zurückgestürmt war, um die frohe Botschaft der Rehabilitierung zu verkünden, hatten die Gäste mit lauten Freudenausbrüchen reagiert. Zarah hatte vor Glück geweint und ihn umarmt. Die Damen waren ihrem Beispiel gefolgt, und die Herren hatten ihm herzlich die Hand geschüttelt. Alle bis auf Daranousch Farazan. Der war geflüchtet. Durch den Hintereingang. »Ist er fort?«
»Fort wie ein Sack Furze!« rief jemand.
Alle lachten – teils aus persönlicher Erleichterung, daß sie nun nicht mehr aufgrund ihres Umgangs als schuldig angesehen und unmittelbar gefährdet waren, teils wegen Meschangs völlig unerwarteter und abrupter Rückkehr zu Reichtum und Macht, die sie übermütig werden ließ. »Du kannst dir doch diesen Angsthasen nicht zum Schwager nehmen!« brüllte einer.
»Bei Gott, nein!« rief er aus, während er ein Glas Champagner leerte.
»Wie könntest du einem solchen Mann vertrauen?«
»Nicht einmal im Traum! Beim Propheten, ich war schon immer der Meinung, dieser Drecksack Daranousch verlangt uns zuviel für seine Dienste ab. Der Basar sollte ihm die Konzession entziehen!«
Wieder Beifall und allgemeine Zustimmung, und Meschang trank ein zweites Glas Champagner und berauschte sich an den faszinierenden neuen Möglichkeiten, die sich ihm jetzt boten. Die neue Konzession für die Basar-Müllabfuhr, die ihm als Geschädigtem natürlich zustand, eine neue Gesellschaft unter seiner Führung, die der Regierung Finanzhilfe gewähren und ihm selbst größere Gewinne einbringen würde, neue Verbindungen mit einflußreicheren Ministern als diesem Ali Kia – wo steckt der Hundesohn eigentlich? –, neue Geschäfte mit den Ölfeldern, ein neuer Ehemann für Scharazad – ein Kinderspiel, denn wer würde jetzt nicht zu seiner, zu *der* Bazaari-Familie gehören wollen? Und ich brauche auch keine wucherische Mitgift zu bezahlen! Und ich bekomme mein ganzes Eigentum wieder zurück: den Besitz am Kaspischen

Meer, die Reihenhäuser in Jaleh, die Wohnungen im Villenviertel im Norden, Ländereien, Obstgärten, Felder und Dörfer, alles bekomme ich wieder. Dann der Diener, der seine Hochstimmung zerstört hatte, als er ihm zuflüsterte, daß Lochart zurückgekommen, schon im Haus, schon oben war. Er war hinaufgestürmt und mußte jetzt hilflos zusehen, wie der Mann, den er so haßte, Jari Fragen stellte, während Zarah aufmerksam zuhörte.

»Ich bin nicht sicher, Exzellenz«, stieß Jari jetzt mit schluchzender Stimme hervor, »sie hat mir nur einmal gesagt, der junge Mann, der ihr beim ersten Protestmarsch der Frauen das Leben rettete, wäre ein Universitätsstudent.«

»Hat sie sich jemals allein mit ihm getroffen?«

»O nein, Exzellenz, wie ich schon sagte: Wir haben ihn auf dem Marsch kennengelernt, und er hat uns, damit wir uns erholen, auf einen Kaffee eingeladen«, antwortete Jari. Sie hatte schreckliche Angst, bei ihrer Lüge ertappt zu werden, fürchtete aber noch mehr, zu erzählen, was wirklich geschehen war. Allah schütze uns, betete sie. Wo war das Prinzeßchen bloß hingegangen?

»Wie hieß der Mann, Jari?«

»Ich weiß es nicht, Exzellenz... Ischmael vielleicht oder Ibrahim, ich weiß es nicht, aber wie ich schon sagte, er war nicht wichtig.«

Lochart wußte nicht mehr weiter. Keine Spur. Nichts. Wo konnte sie hingegangen sein? Zu einer Freundin? Zur Universität? Hatte es am Markt nicht Gerüchte gegeben, daß die Studenten heute abend neuerlich demonstrieren, Linke gegen *hezbollahis* kämpfen würden? »Du mußt doch eine Ahnung haben, Jari, eine Ahnung, wie du uns helfen kannst!« fragte Zarah.

»Laß sie auspeitschen, dann wird ihr schon etwas einfallen!« krächzte Meschang, der sich allmählich wieder erholte.

»Ich weiß nichts, ich weiß nichts!« jammerte Jari.

»Sei still, Jari!« Leichenblaß und zu allem entschlossen, stellte sich Lochart vor Meschang hin. »Ich weiß nicht, wo sie hin ist, aber ich weiß, warum sie fort ist; du hast sie zur Scheidung gezwungen, und ich schwöre bei Gott, wenn sie zu Schaden kommt, wirst du dafür bezahlen!«

»Du hast sie verlassen!« sagte Meschang anklagend. »Ohne einen Rial zurückzulassen, und du bist geschieden und du...«

»Vergiß nicht, du wirst dafür bezahlen. Und wenn du mich daran hinderst, dieses Haus zu betreten, wenn ich zurückkomme oder sie zurückkommt, wirst du auch dafür die Verantwortung tragen!« Er ging wieder auf die Balkontür zu.

»Was willst du tun?« fragte Zarah.

»Ich weiß es nicht. Ich... zur Universität. Vielleicht nimmt sie an der Demo teil, obwohl ich mir nicht vorstellen kann...« Er brachte es nicht über sich auszusprechen, was er wirklich fürchtete: daß der überstarke Aufruhr in ihrem Inneren ihren Geist verwirrt hatte und sie sich das Leben nehmen wollte. Nein, kein Selbstmord, wie oft hatte sie in der Vergangenheit zu ihm gesagt: »Mach dir keine Sorgen um mich, Tommy, ich bin eine Rechtgläubige. Ich werde mich immer bemühen, Allahs Werk zu tun, und wenn ich mit dem Namen Allahs auf den Lippen sterbe, komme ich ins Paradies.«

Und unser Kind? Eine Mutter, eine Frau wie Scharazad würde das, konnte das doch nicht tun, oder? Es war sehr still im Raum. Eine Ewigkeit lang stand er da. Dann, ganz plötzlich, gab er seinem Leben eine andere Wendung. Mit sonderbar klarer Stimme verkündete er: »Legt Zeugnis für mich ab! Ich erkläre, daß es keinen anderen Gott gibt als Allah und daß Mohammed sein Prophet ist... Ich erkläre, daß es keinen anderen Gott gibt als Allah und daß Mohammed sein Prophet ist...« Und ein drittes und letztes Mal. Nun war es getan. Er hatte seinen Frieden gefunden. Er sah, wie sie ihn anstarrten.
Meschang brach das Schweigen. Sein Zorn war verflogen. *»Allah-u Akbar!* Willkommen. Aber es genügt nicht, die Schahada zu sprechen, nicht nur!«
»Ich weiß. Aber es ist der Anfang.«
Vor ihren Augen verschwand er in der Nacht. Sie hatten miterlebt, wie eine Seele gerettet, ein Ungläubiger ganz unerwartet in einen Gläubigen verwandelt worden war. Sie alle empfanden Freude – in unterschiedlichem Ausmaß. Allah ist groß!
»Meschang«, murmelte Zarah, »ändert das nicht alles?«
»Ja und nein, aber jetzt wird er ins Paradies eingehen. Wie es Allah gefällt.« Er fühlte sich plötzlich sehr müde. »Komm, Zarah, wir dürfen unsere Gäste nicht vergessen!«
»Und Scharazad?«
»Wie es Allah gefällt.«

Vor der Universität: 21 Uhr 48. Scharazad bog in die Hauptstraße ein, wo sich die *hezbollahis* und ihre Anhänger sammelten. Tausende. Hauptsächlich Männer. Alle bewaffnet. Mullahs befehligten sie, ermahnten sie, Disziplin zu halten, nicht auf die Linken zu schießen, solange diese nicht auf sie schossen, und zu versuchen, sie von ihrem Irrwahn abzubringen. »Vergeßt nicht, es sind Iraner, keine fremden Teufel. Allah ist groß... Allah ist groß...«
»Willkommen, Kind«, wurde sie von einem alten Mullah freundlich begrüßt. »Friede sei mit dir.«
»Und mit dir. Marschieren wir gegen die Gottlosen?«
»Ja, ja, in einer kleinen Weile. Wir haben reichlich Zeit.«
»Ich habe eine Pistole«, sagte sie stolz und zeigte sie ihm. »Allah ist groß.«
»Allah ist groß. Aber es wäre besser, wenn das Töten ein Ende nehmen würde. Die Irregeführten sollten die Wahrheit erkennen, sich von ihren Ketzereien lossagen, dem Imam gehorchen und zum Islam zurückkehren.« Der alte Mann sah ihre Jugend und Entschlossenheit. Er freute sich, war aber gleichzeitig traurig darüber. »Es wäre besser, wenn das Töten ein Ende nehmen würde, aber wenn jene, die der Linken die Treue halten, nicht aufhören, dem Imam, Friede sei mit ihm, zu trotzen, dann werden wir sie mit Allahs Hilfe zur Hölle jagen...«

68

Täbris – im Palast des Khans: 22 Uhr 05. Die drei saßen vor dem Kaminfeuer beim Kaffee, der das Abendessen beschloß, und schauten ins Feuer. Es war ein gemütlicher kleiner Raum, die Wände mit kostbarem Brokat bespannt. Einer von Hakims Wächtern stand bei der Tür. Aber es herrschte kein Frieden unter den dreien, obwohl sie die letzten Stunden so getan hatten, als wäre alles in bester Ordnung.

Hakim Khan wandte sich vom Feuer ab und brachte den Stein ins Rollen. »Du bist schon den ganzen Abend so unruhig, Azadeh«, sagte er.

»Ja. Sind wir das nicht alle?« Ihr Lächeln war nicht echt. »Ob wir wohl ohne Zeugen miteinander reden könnten, wir drei?«

»Selbstverständlich.« Hakim gab dem Wächter ein Zeichen. »Ich rufe dich, wenn ich dich brauche.« Der Mann gehorchte und schloß die Tür hinter sich. Sogleich veränderte sich die Stimmung im Raum. Alle drei waren jetzt Gegner, wußten es auch und wappneten sich innerlich. »Ja, Azadeh?«

»Ist es wahr, daß Erikki sofort weg muß?«

»Ja.«

»Es muß doch eine Lösung geben! Ich kann nicht zwei Jahre ohne meinen Mann leben.«

»Mit Allahs Hilfe wird die Zeit schnell vergehen.« Hakim Khan saß kerzengerade da; seine Schmerzen waren durch das Codein gelindert.

»Zwei Jahre ertrage ich nicht«, wiederholte sie.

»Du kannst deinen Eid nicht brechen.«

»Er hat recht, Azadeh«, stimmte Erikki ihm zu. »Du hast den Eid aus freien Stücken abgelegt, Hakim ist der Khan, und der Preis dafür... angemessen. Aber die vielen Toten! Ich muß fort, denn ich habe die Schuld, nicht du und auch nicht Hakim.«

»Du hast nichts Böses getan, du wurdest gezwungen, mich und dich selbst zu schützen. Es waren Verbrecher, die uns ermorden wollten. Und was den Angriff auf den Palast angeht... du hast getan, was du für nötig hieltest – du konntest nicht wissen, daß das Lösegeld zum Teil bezahlt worden und daß Vater tot war. Er hätte den Boten nicht töten lassen dürfen!«

»Das ändert nichts. Ich muß heute nacht fort«, bekräftigte Erikki, während er Hakim im Auge behielt.

»Ein Mullah könnte mich von meinem Eid entbinden«, bemerkte Azadeh.

Hakim schüttelte den Kopf. »Unmöglich. Das könnte weder ein Mullah noch ich tun. Nicht einmal der Imam würde zustimmen.«

»Ich kann mich selbst lossprechen. Das ist eine Sache zwischen Allah und mir. Ich kann...«

»Das kannst du nicht, wenn du Moslime bleiben willst.«
»Das ist richtig«, sagte sie. »Ich stimme dir zu.«
Hakim rang nach Atem. »Du weißt nicht, was du redest.«
»O doch. Ich habe bereits daran gedacht«, erklärte sie mit tonloser Stimme. »Ich habe diese Lösung in Erwägung gezogen, und sie erscheint mir tragbar. Ich bin nicht bereit, mich mit zwei Jahren Trennung abzufinden, bin nicht bereit, einen Anschlag auf das Leben meines Mannes hinzunehmen oder einen solchen zu verzeihen.« Damit ließ sie es für den Augenblick bewenden; sie war froh, aber gleichzeitig auch erschrocken, weil sie es ausgesprochen hatte. Wieder segnete sie Ayscha, die sie gewarnt hatte.
»Ich werde unter keinen Umständen zulassen, daß du dem Islam abschwörst«, erklärte Hakim. »Um deiner Seele willen würde ich gezwungen sein, alles zu tun, um zu verhindern, daß du vom Glauben abfällst.«
»Dann hilf mir. Du bist sehr klug. Du bist Khan, und wir haben viel zusammen durchgemacht. Ich bitte dich, sorge dafür, daß die Bedrohung meiner Seele, aber auch die meines Mannes ein Ende nimmt.«
»Ich bedrohe weder deine Seele noch deinen Mann.« Hakim sah Erikki ins Gesicht. »Nicht ich tue das.«
»Welcher Art sind die Gefahren, von welchen du gesprochen hast?« fragte Erikki.
»Das kann ich dir nicht sagen«, antwortete Hakim.
»Würdest du uns jetzt bitte entschuldigen? Wir müssen uns auf den Weg machen.« Azadeh erhob sich, und Erikki folgte ihrem Beispiel.
»Du mußt bleiben, wo du bist.« Hakim war wütend. »Würdest du es zulassen, Erikki, daß sie vom Islam abfällt und damit ihr Erbe und die Aussicht auf ein ewiges Leben aufgibt?«
»Nein, das gehört nicht zu meinem Plan.« Verdutzt starrten ihn beide an. »Sag mir bitte, was das für Gefahren sind, Hakim.«
»Von welchem Plan sprichst du?«
»Sag mir zuerst, welche Gefahren mir drohen.«
Es war nie Hakims Absicht gewesen, die beiden ins Bild zu setzen, aber Azadehs Hartnäckigkeit brachte ihn ins Wanken, die Tatsache, daß sie in Erwägung ziehen konnte, vom Islam abzufallen, entsetzte ihn, und die Aufrichtigkeit dieses seltsamen Mannes stürzte ihn noch zusätzlich in Verwirrung. So berichtete er ihnen also vom Fernschreiben, von der Flucht der Piloten und Hubschrauber und von seinem Gespräch mit Haschemi. Ihm fiel auf, daß Azadeh zwar ebenso bestürzt war wie Erikki, aber nicht wirklich überrascht zu sein schien. So, als ob sie es schon wüßte, als wäre sie beide Male dabei gewesen. Aber wie sollte sie es erfahren haben? Verärgert fuhr er fort: »Ich sagte ihnen, daß sie dich weder in meinem Haus noch sonstwo in Täbris ergreifen dürften, daß ich dir einen Wagen zur Verfügung stellen würde, daß ich hoffte, du würdest einer Verhaftung entgehen, und daß du dich kurz vor Tagesanbruch auf den Weg machen würdest.«
Erikki war tief bestürzt. Das Fernschreiben ändert alles, dachte er. »Sie werden also auf mich warten?«

»Ja. Aber ich habe Haschemi nicht gesagt, daß ich mir einen anderen Plan zurechtgelegt hatte, daß ich bereits einen Wagen nach Täbris hinuntergeschickt habe und daß ich dich, nachdem Azadeh eingeschlafen war, zum Wagen in die Stadt hinunterschmuggeln und in Richtung türkischer Grenze in Marsch setzen wollte. In Khoy habe ich Freunde, die dich über die Grenze bringen würden – mit Allahs Hilfe«, fügte er automatisch hinzu. »Und dein Plan?«
»Wenn er dir nun aber nicht gefällt, Hakim Khan, wenn du ihn mißbilligst, was dann?«
Es war für Hakim unmöglich, die Betonung des Wortes ›Khan‹ zu überhören. »In diesem Fall würde ich mich weigern, seine Ausführung zuzulassen, und versuchen, seine Ausführung zu durchkreuzen. Und ohne meine Hilfe kannst du nicht fort.«
»Ich würde deine Unterstützung zu schätzen wissen, das stimmt.« Erikki war jetzt nicht mehr so zuversichtlich. Wenn Mac und Charlie und alle fort sind – völlig klar, was die SAVAMA mit mir macht, wenn sie mich erwischt. »Du hattest recht, ich bin in Gefahr. Glaubst du wirklich, ich könnte mich hinausschleichen?«
»Haschemi hat zwei Polizeibeamte am Tor postiert. Ich glaube, man könnte dich hinausschmuggeln – irgendwie sollte es möglich sein, sie abzulenken. Ich weiß natürlich nicht, ob auch andere auf der Straße sind, die in die Stadt hinunterführt, aber ich halte es für sehr wahrscheinlich. Wenn sie wachsam sind und dich abfangen... Dann ist es Allahs Wille.«
»Sie erwarten, daß du allein kommst, Erikki«, gab Azadeh zu bedenken. »Und der Oberst hat sich verpflichtet, dich nicht innerhalb von Täbris ergreifen zu lassen. Wenn wir uns auf der Ladepritsche eines alten Lkws verstecken könnten – wir brauchten nur ein wenig Glück, um ihnen zu entkommen.«
»Du kannst nicht fort«, widersprach Hakim ungeduldig, aber sie hörte ihn nicht. Sie dachte an Ross und Gueng und ihre gemeinsame Flucht zurück, und wie schwer es diese beiden gehabt hatten, obwohl sie geschulte Kämpfer waren. Der arme Gueng! Es fröstelte sie. Die Straße nach Norden ist genauso gefahrvoll wie die nach Süden, man gerät so leicht in einen Hinterhalt, es ist so leicht, eine Straßensperre zu errichten. Zwar ist es nicht weit nach Khoy und von dort zur Grenze, aber um zu Fuß zu gehen, ich mit meinem kaputten Rücken... Ich fürchte, schon eine Meile wäre zuviel für mich. »Ich kann«, murmelte sie. »Wir schaffen das schon. Mit Allahs Hilfe kommen wir durch.«
Hakim brauste auf. »Bei Allah und dem Propheten, was ist mit deinem Eid, Azadeh?«
Sie war jetzt sehr blaß, und ihre Hände zitterten. »Bitte verzeih mir, Hakim, aber wenn ich daran gehindert werde, jetzt mit Erikki fortzugehen, oder wenn Erikki mich nicht mitnimmt, flüchte ich auf andere Weise. Ja, das tue ich, ich schwöre es!« Sie sah Erikki an. »Wenn Mac und die anderen geflohen sind, könnten sie dich ohne weiteres als Geisel nehmen.«
»Ich weiß. Ich muß hier raus, so schnell ich kann. Aber du mußt hierbleiben. So ungern ich dich verlasse, aber wegen der zwei Jahre kannst du deine Religion nicht aufgeben.«

»Würde Tom Lochart seine Scharazad auf zwei Jahre verlassen?«
»Das kannst du nicht vergleichen«, konterte Erikki. »Du bist nicht Scharazad, du bist die Schwester eines Khans und hast geschworen hierzubleiben.«
›Das ist eine Sache, die nur Allah und mich angeht. Tommy würde seine Scharazad nicht verlassen, und Scharazad nicht ihren Tommy. Sie liebt...«
»Du sagtest, du hättest einen Plan, Erikki?« fiel Hakim ihr ins Wort.
»Ja, aber es tut mir leid, in diesem Punkt traue ich keinem.«
Die Augen des Khans verengten sich zu Schlitzen, und er mußte sich sehr zurückhalten, um den Wächter nicht hereinzurufen. »Damit wären wir in eine Sackgasse geraten. Bitte schenk mir noch ein wenig Kaffee ein, Azadeh.« Sie gehorchte sogleich. Er musterte den großen Mann, der mit dem Rücken zum Feuer stand. »Was sagst du, Erikki?«
»Bitte finde du einen Ausweg, Hakim Khan«, gab Erikki zurück. »Ich weiß, du bist ein kluger Mann, und ich würde weder dir noch Azadeh jemals ein Leid zufügen.«
Hakim dankte Azadeh für den Kaffee. Er hätte gern gewußt, was Erikki vorhatte, und wünschte, es wäre schon alles geregelt, wünschte, daß Erikki fort wäre und Azadeh wie früher klug und sanft und liebevoll und gehorsam – und eine gute Moslime. Aber er kannte sie zu gut, um sicher zu sein, daß sie ihre Drohung nicht wahrmachen würde, und er liebte sie zu sehr, um zuzulassen, daß sie sie wahrmachte.
»Vielleicht stellt dich das zufrieden, Erikki: Ich schwöre bei Allah, daß ich dir beistehen werde, vorausgesetzt, dein Plan hebt Azadehs Eid nicht auf, nötigt sie nicht, von ihrem Glauben abzufallen, bringt sie weder seelisch noch politisch in Gefahr...«, er überlegte kurz, »...schadet weder ihr noch mir und hat gute Aussichten auf Erfolg.«
Azadeh warf zornig den Kopf zurück. »Das ist keine Hilfe. Wie soll Erikki...«
»Azadeh!« schnitt Erikki ihr das Wort ab. »Der Khan hat zu mir gesprochen, nicht zu dir. Er will meinen Plan hören, nicht deinen.«
»Tut mir leid, bitte entschuldige.«
Erikki war zornig, weil sie seinen Plan um ein Haar durchkreuzt hätte. Sie hatte ihren Bruder verärgert, und er brauchte einen ruhigen und gelassenen, keinen wütenden Hakim. Er warf ihr einen beschwörenden Blick zu und wandte sich wieder an seinen Schwager. »Ich akzeptiere deine Bedingungen, Hakim Khan«, sagte er. »Trotzdem werde ich dir meinen Plan nicht... Warte! Du hast mir deine Hilfe zugesagt, solange ich dich nicht in Gefahr bringe – und das werde ich nicht tun. Statt dessen werde ich dir so etwas wie einen hypothetischen Plan präsentieren, der allen deinen Bedingungen Rechnung tragen könnte. Interessiert dich das?«
»Sprich weiter.«
»Nehmen wir mal rein hypothetisch an, mein Heli wäre völlig in Ordnung, und ich hätte nur immer so getan, als ließe er sich nicht richtig starten, um alle zu täuschen, und sie an den Gedanken zu gewöhnen, daß die Triebwerke nicht richtig funktionieren und zwischendurch immer mal gestartet werden müssen; nehmen wir weiter an, ich hätte auch im Hinblick auf den Treibstoff

gelogen und es wäre noch genug für eine volle Flugstunde da, genug, um zur Grenze zu kommen...«

»Und, hast du noch genug?« warf Hakim ein.

»Um meine hypothetische Geschichte fortsetzen zu können, ja. Nehmen wir also an, ich würde dir in ein, zwei Minuten, bevor wir alle zu Bett gehen, sagen, ich wollte sie noch einmal starten. Nimm an, ich täte das auch, die Triebwerke würden anspringen, lange genug laufen, um warm zu werden, und dann aussetzen... es würde niemanden beunruhigen. Dieser Verrückte, würden die Leute denken, warum hört er nicht endlich auf und läßt uns schlafen? Nimm an, ich würde sie starten, voll auf Leistung gehen und aufsteigen – hypothetisch könnte ich in wenigen Sekunden fort sein, vorausgesetzt, die Wächter schießen nicht auf mich, und vorausgesetzt, es wären weder bewaffnete *hezbollahis* noch Polizeibeamte am Tor oder vor den Mauern.«

Hakim holte tief Atem. Azadeh bewegte sich ein wenig, und ihr Seidenkleid raschelte. »Ich bete zu Allah, diese Vorstellung könnte Wirklichkeit werden«, murmelte sie.

»Es wäre tausendmal besser als ein Wagen«, sagte Hakim. »Zehntausendmal besser. Könntest du die ganze Strecke in der Nacht fliegen?«

»Wenn ich eine Karte hätte, ja. Die meisten Piloten, die eine gewisse Zeit in einer Gegend verbracht haben, kennen sich dort auch aus. Das ist natürlich alles nur hypothetisch.«

»Ja, ja. So weit, so gut. Du könntest also auf diese Weise fliehen, wenn es dir gelänge, die Wachen im Vorhof auszuschalten. Aber, rein hypothetisch, wie steht es mit meiner Schwester?«

»Meine Frau macht keine Flucht mit, ob echt oder hypothetisch. Sie hat keine Wahl; sie muß aus freiem Willen bleiben und zwei Jahre warten. Sie muß ihren Eid halten. Keiner, der sie liebt, am wenigsten ich, würde zulassen, daß sie wegen zwei Jahren ihrem Glauben untreu wird. – Ja, Azadeh, es ist einfach verboten. Hast du verstanden?«

»Ich habe dich gehört, mein Gatte«, sagte sie durch die Zähne. Sie war so zornig, daß sie kaum sprechen konnte.

»Durch deinen Eid bist du auf zwei Jahre gebunden, dann kannst du von hier fortgehen.«

Sie sah ihn an und entgegnete: »Es könnte sein, daß ich in zwei Jahren nicht mehr den Wunsch habe, von hier fortzugehen.«

Erikki legte seine große Hand auf ihre Schulter. »Dann komme ich zurück und schleife dich an den Haaren hinaus, Weib.« Er sagte es so ruhig, aber auch so gehässig, daß Azadeh das Blut in den Adern erstarrte. Er ließ seine Hand auf ihrer Schulter, und obwohl sie sie nicht abschüttelte, fühlte er, daß sie vor Wut kochte und ihn jetzt verabscheute. Er wußte aber auch, daß es nötig gewesen war zu sagen, was er gesagt hatte.

»Bitte entschuldige mich für einen Augenblick«, sagte sie mit eisiger Stimme.

Die zwei Männer sahen ihr nach.

»Wird sie gehorchen?« rätselte Hakim.
»Nein«, antwortete Erikki. »Außer du sperrst sie ein, und selbst dann... Nein. Sie hat einen Entschluß gefaßt.«
»Ich werde nie, nie zulassen, daß sie ihren Eid bricht und sich vom Islam lossagt, das mußt du verstehen... und wenn ich sie töten müßte.«
Erikki sah ihn an. »Wenn du ihr ein Leid zufügst – und ich noch am Leben bin –, bist du ein toter Mann.«

In den Slums im Norden von Täbris: 22 Uhr 36. Im Dunkel stürmte die erste Welle der *hezbollahis* das Tor in der hohen Mauer, sprengte die Schlösser ab und drang, wild drauflos schießend, in den Innenhof ein. Haschemi Fazir und Robert Armstrong saßen auf der anderen Seite des Platzes in der relativen Sicherheit eines geparkten Lastwagens. Andere Männer lauerten im Hintergäßchen, um jeden Rückzug unmöglich zu machen.
»Jetzt!« rief Haschemi in sein Walkie-talkie; und sofort flammten auf getarnten Lastwagen montierte Scheinwerfer auf und überfluteten den Platz mit grellem Licht. Aus den umstehenden Häusern flüchteten einige Leute, aber Polizisten und *hezbollahis* eröffneten das Feuer, und die Schlacht begann. »Komm mit, Robert«, forderte Haschemi Armstrong auf und arbeitete sich näher heran.
Spitzel hatten berichtet, daß hier heute nacht eine Konferenz hochrangiger islamisch-marxistischer Führer stattfinden würde und daß dieses Gebäude auf beiden Seiten durch ein Labyrinth von geheimen Gängen mit den Nebenhäusern verbunden war. Mit Hakim Khans Unterstützung hatte Haschemi die erste von mehreren Razzien in die Wege geleitet, Operationen mit dem Ziel, die erstarkte und breit gestreute linksgerichtete Opposition zu demontieren, die Führer festzunehmen und an ihnen ein Exempel zu statuieren.
Die erste Welle von *hezbollahis* hatte das Erdgeschoß genommen und stürmte, ohne Rücksicht auf Verluste, die Treppe hinauf. Nachdem sie über die erste Überraschung hinweg waren, wehrten sich die gut bewaffneten und geschulten Verteidiger mit der gleichen wilden Entschlossenheit.
Draußen auf dem Platz war Ruhe eingekehrt. Die Verteidiger hatten keine Lust, Spießruten zu laufen oder sich jenen zuzugesellen, die hilflos zwischen den auf dem Platz abgestellten Wagen festgenagelt waren, von denen einige bereits in Flammen standen. Hinter ihren Fahrzeugen gut verschanzt, blokkierten Polizisten und *hezbollahis* das Hintergäßchen an beiden Enden. »Warum warten wir hier wie Feiglinge, statt anzugreifen?« fragte einer der *hezbollahis* aufsässig.
»Du wartest hier, weil es der Oberst so befohlen hat«, wies ihn der Polizeisergeant zurecht. »Weil wir von hier aus die Hunde töten können, ohne selbst in Gefahr zu geraten, und...«
»Ich gehorche keinem Hund von Oberst, ich gehorche nur Allah! Allah ist groß!« Damit spannte der Junge den Hahn seines Gewehrs und lief auf den Hintereingang des Gebäudes zu. Andere folgten ihm. Der Sergeant warf ihnen Verwünschungen nach und befahl ihnen zurückzukommen, aber schon

sprühte aus kleinen Fenstern hoch in der Mauer eine Salve herunter und metzelte sie nieder.

Haschemi und die anderen hörten die Schüsse im hinteren Durchgang und nahmen an, die Verteidiger hätten einen Ausbruch versucht. »So kommen die Hunde da nicht raus, Robert!« schrie Haschemi schadenfroh. »Die sitzen in der Falle!« Von seinem Beobachtungsposten aus konnte er sehen, daß der Angriff auf das Hauptgebäude ins Stocken geraten war. Er drückte auf den Sendeknopf. »Zweite Welle auf das Hauptquartier!«

Sogleich stürmten ein Mullah und eine Gruppe *hezbollahis*, ihren Schlachtruf ausstoßend, über den Platz. Robert Armstrong war entsetzt, daß Haschemi sie über den hellerleuchteten Platz laufen ließ, wo sie ein leichtes Ziel abgaben.

»Misch dich nicht ein, Robert, bei Gott, ich habe deine Einmischungen satt«, fertigte ihn Haschemi unwirsch ab. »Behalte deine guten Ratschläge für dich! Das ist Innenpolitik und hat nichts mit dir zu tun.«

»Aber, Haschemi, die Leute in den Häusern sind doch nicht alle Marxisten! Hier wohnen auch Familien, vielleicht Hunderte von Unschuldigen...«

»Sei still oder...«

»Dann bleibe ich hier. Oder ich gehe zurück und behalte den Palast im Auge.«

»Du kommst mit! Du glaubst wohl, ihr Briten seid die einzigen, die mit ein paar Revolutionären fertig werden können? Du bleibst bei mir, wo ich dich sehen kann – aber zuerst gib mir deine Waffe!«

»Aber Haschemi...«

»Deine Waffe! Beim Propheten, ich traue dir nicht mehr. Deine Waffe!«

Er überließ ihm die Waffe, und Haschemi beruhigte sich bald wieder. Die Pistole aber gab er nicht zurück. Armstrong fühlte sich bloß und hatte das Gefühl, irgendwie verraten worden zu sein. Er musterte Fazir, sah wieder die Fremdheit in seinen Augen und die Art, wie sein Mund zuckte.

Ein Feuerstoß lenkte seine Aufmerksamkeit auf das Gebäude zurück. Die Schüsse kamen aus den oberen Fenstern. Viele Angreifer wurden niedergemäht, aber einige, unter ihnen auch der Mullah, drangen ein, um die noch lebenden *hezbollahis* zu verstärken. Gemeinsam zerrten sie die Leichen weg, die die Treppe blockierten, und kämpften sich ins nächste Stockwerk hinauf.

Nie zuvor hatte Haschemi Fazir einen Kampf wie diesen geführt oder auch nur an einem teilgenommen. Seine bisherigen Aktivitäten waren durchweg geheim gewesen, verdeckt, jeweils nur ein paar Leute. Selbst den Mördern in seiner Gruppe 4 hatte er immer nur Aufträge gegeben und in sicherer Entfernung gewartet. Ausgenommen das eine Mal, wo er selbst die Autobombe gezündet hatte, von der General Janan, sein Feind in der SAVAMA, zerfetzt worden war. Bei Allah und dem Propheten, rief er sich insgeheim zu, das ist es, wofür ich geboren bin: Kampf und Krieg!

»Generalangriff!« schrie er ins Walkie-talkie, reckte sich empor und brüllte, so laut er konnte: »Generalangriff!«

Männer sprangen aus dem Dunkel. Granaten fielen wahllos in Höfe und Fenster, begleitet von Explosionen und Rauchschwaden, gefolgt von heftigem Feuer und noch mehr Explosionen und schließlich einem gewaltigen Donnerschlag, als ein Munitionslager detonierte und das oberste Geschoß und einen Großteil der Fassade in die Luft sprengte. Die Hitzewelle zerrte an Haschemis Uniform und schleuderte Armstrong zu Boden. Mzytryk, der die Vorgänge aus einem Fenster im Obergeschoß eines Hauses auf der anderen Seite des Platzes beobachtet hatte, sah die beiden deutlich im Scheinwerferlicht und entschied, daß der Zeitpunkt günstig war.

»Jetzt!« befahl er auf russisch.

Durch sein Zielfernrohr hatte der Scharfschütze seine Opfer bereits im Fadenkreuz; der Gewehrkolben ruhte auf dem Fensterbrett. Sogleich legte er den Zeigefinger auf den Abzugsbügel, fühlte Mzytryks Finger auf dem Abzug und begann, wie ihm aufgetragen worden war, mit dem Countdown: »Drei... zwei... eins... Feuer!« Mzytryk drückte ab. Die zwei Männer beobachteten, wie das Dumdum-Geschoß in Haschemis Rücken eindrang, ihn gegen den Wagen vor ihm schleuderte und dann zu Boden sinken ließ.

»Gut«, knurrte Mzytryk grimmig und bedauerte, daß seine eigenen Augen und Finger nicht mehr gut genug waren, um persönlich mit den Mördern seines Sohnes abzurechnen.

»Drei... zwei... eins...« Das Fadenkreuz verschob sich, beide fluchten, denn sie hatten gesehen, wie Armstrong herumwirbelte, sekundenlang in ihre Richtung blickte, sich in eine Lücke zwischen den Wagen warf und hinter einem davon verschwand.

»Er liegt neben dem Vorderrad. Er wird uns nicht entwischen. Hab Geduld – und schieß, wenn du ihn siehst.« Und schon feuerte der Scharfschütze. »Ich habe ihn erwischt«, sagte der Mann.

Mzytryk hob den Fernstecher an die Augen, konnte aber Armstrong nicht sehen. »Wo ist er?«

»Hinter dem schwarzen Wagen. Er hat nur eine Sekunde lang den Kopf herausgestreckt, aber das hat mir genügt.«

»Hast du ihn getötet?«

»Nein, Genosse General. Ich war sehr vorsichtig.«

»Bist du sicher?«

»Ja, Genosse General. Ich habe ihn in die Schulter getroffen, vielleicht in die Brust.«

Das Hauptgebäude brannte jetzt lichterloh. Aus Widerstandsnestern in den angrenzenden Häusern fielen nur noch vereinzelte Schüsse. Die Angreifer waren den Verteidigern zahlenmäßig weit überlegen, aber noch kämpften alle mit schonungsloser Brutalität. »Barbaren«, sagte Mzytryk verächtlich und wandte den Blick zurück auf den zuckenden Körper Haschemis. Stirb nicht zu schnell, du Hund.

Dann sah Mzytryk den ramponierten Ambulanzwagen heranrollen, und Männer mit roten Kreuzen auf den Armbinden machten sich daran, die Verwundeten aufzulesen. Gut, daß ich heute abend gekommen bin, dachte Mzytryk. Aber noch war sein Rachedurst nicht gestillt. Sofort nachdem Hakim Khans Botschaft gestern nachmittag eingetroffen war, hatte er sich entschlossen, die Vergeltungsaktion persönlich zu leiten. Die kaum verkappte

»Vorladung«, dazu Pahmudis Geheimbericht, wie sein Sohn unter den Händen Haschemis und Armstrongs gestorben war, hatten ihn vor Wut schäumen lassen.
Es war ganz einfach gewesen, gestern abend in einen Hubschrauber zu steigen und sich nach Täbris fliegen zu lassen, ganz einfach, die nötigen Maßnahmen zu treffen, um die zwei Mörder zu fassen zu bekommen, ganz einfach, eine Rache zu planen, die seine Beziehungen zu Pahmudi zementieren würde, indem er seinen Feind Haschemi Fazir für ihn aus dem Weg räumte – und gleichzeitig seinen eigenen Leuten, den Mudjaheddin wie auch den Tudeh, viel Ärger ersparen würde. Und Armstrong, diesen so schwer faßbaren Agenten der MI 6, dessen Beseitigung längst fällig war – der Teufel hole diesen Hundesohn, der nach all den Jahren wie ein Gespenst hier wieder aufgetaucht war.
»Genosse General!«
»Ja, ich sehe sie.« Die Männer vom Roten Kreuz legten Haschemi auf eine Trage und marschierten damit zum Krankenwagen. Das Fadenkreuz des Zielfernrohrs folgte ihnen, aber sie verschwanden hinter dem schwarzen Wagen. Als sie wieder auftauchten, hatten sie Armstrong in ihrer Mitte; sie mußten ihn halb tragen, halb schleifen. »Ich wußte doch, daß ich den Bastard getroffen habe«, sagte der Scharfschütze.

Im Palast: 23 Uhr 04. Lautlos erwachten die roten Nachtfluglichter auf der Instrumententafel zum Leben. Erikkis Finger drückten auf den Startknopf. Die Triebwerke sprangen an, husteten, sprangen an und zögerten, während er die Sicherungen vorsichtig vor und zurück gleiten ließ. Dann schob er sie fest hinein. Die Triebwerke fingen an, sich warmzulaufen.
Mit halber Kraft bestrahlten die Scheinwerfer den Vorhof. In dicken Mänteln, um sich gegen den Nachtfrost zu schützen, standen Azadeh und Hakim in sicherer Entfernung von den rotierenden Blättern und sahen ihm zu. Etwa hundert Meter weiter, beim Haupteingang, sahen auch zwei Wächter und zwei Polizisten zu, aber nicht besonders interessiert; ihre Zigaretten glimmten. Die beiden Polizisten schulterten ihre Kalaschnikows und kamen näher herangeschlendert.
Wieder stotterten die Triebwerke. »Laß es für heute gut sein, Erikki«, rief Hakim Khan, aber seine Stimme ging im Lärm unter. Hakim entfernte sich und ging auf das Tor zu; Azadeh folgte ihm widerstrebend.
»Guten Abend, Hoheit«, grüßten die beiden Polizisten höflich.
»Guten Abend. – Dein Mann hat einfach keine Geduld, Azadeh«, sagte Hakim ärgerlich. »Er ist unvernünftig. Was ist denn bloß los mit ihm? Selbst wenn er die Maschine starten könnte, was würde es ihm schon nützen?«
»Das weiß ich nicht, Bruder.« Azadehs Gesicht war weiß im Licht der Scheinwerfer, und sie empfand großes Unbehagen. »Er... seit dem Angriff auf den Palast ist er so komisch, sehr schwierig, schwer zu verstehen – er macht mir Angst.«
»Das wundert mich nicht. Er könnte ja selbst dem Teufel Angst machen!«

»Bitte verzeih mir«, warf Azadeh ein, »aber normalerweise... macht er mir keine Angst.«
Die zwei Polizisten wandten sich höflich ab, aber Hakim hielt sie auf. »Habt ihr bemerkt, daß der Pilot sich geändert hat?«
»Er ist sehr zornig, Hoheit. Schon seit Stunden. Aber ob er sich geändert hat, ist schwer zu sagen. Ich war ihm noch nie so nahe.« Beide hatten sie Angst, der junge Polizist und der etwas ältere Corporal; sie wollten keinen Ärger. Ihre Anweisungen lauteten: Beobachten und warten, bis der Pilot oder sonst jemand mit dem Auto wegfuhr, diesen aber nicht daran hindern, sondern nur unverzüglich über ihr Funkgerät im Wagen an die Zentrale berichten. Sie wußten beide, wie gefährlich ihre Aufgabe war; sie wußten von den Dienern des verstorbenen Khans, die dieser des Hochverrats beschuldigt hatte, und die immer noch im Polizeigefängnis steckten. Sie wußten aber auch, daß der Innere Sicherheitsrat einen vielleicht noch längeren Arm hatte als der Khan.
»Sag ihm, er soll endlich aufhören mit den Triebwerken, Azadeh.«
»Er war noch nie so zornig mit mir, und heute nacht... ich glaube nicht, daß ich ihm das sagen kann...«
»Du wirst es tun!«
Ihre Blässe fiel auch den Polizisten auf, und sie hatten Mitleid mit ihr. Noch mehr aber bemitleideten sie sich selbst. Sie hatten gehört, was im Gebirge geschehen war. Gott schütze uns vor dem Mann mit dem Dolch! Man wußte ja, daß er das Blut der Bergbewohner trank, die er abschlachtete, und daß er, gegen das Gebot Allahs verstoßend, unheimliche Waldgötter anbetete.
»Mit deiner Erlaubnis gehe ich jetzt zu Bett«, sagte Azadeh. »Ich denke, ich werde ein Schlafmittel nehmen. Hoffentlich ist morgen ein besserer Tag.«
»Ja, ein Schlafmittel ist eine gute Idee. Sehr gut. Ich werde wohl zwei nehmen müssen. Mein Rücken tut mir scheußlich weh...« Zornig fügte er hinzu: »Es ist alles seine Schuld! Wäre er nicht mit Gewalt in den Palast eingedrungen, hätte ich jetzt keine Schmerzen!« Er wandte sich an seinen Leibwächter: »Hol die Männer am Tor, ich möchte ihnen Instruktionen geben. Komm, Azadeh.«
Von Schmerzen gepeinigt, ging er davon, Azadeh gehorsam und mürrisch an seiner Seite. Die Triebwerke begannen von neuem zu kreischen. Hakim Khan drehte sich ärgerlich um und fuhr die Polizisten an: »Wenn er nicht in fünf Minuten Schluß macht, befehlen Sie ihm in meinem Namen aufzuhören. In fünf Minuten!«
Mit Unbehagen sahen die zwei Männer ihnen nach, während der Leibwächter und die beiden Torwachen ihnen die Treppe hinauf folgten. »Wenn nicht einmal Seine Hoheit mit ihm fertig wird, was können wir da noch tun?« murmelte der ältere.
Die Lichter im Vorhof erloschen. Nach sechs Minuten sprangen die Triebwerke immer noch an, um nach einer kleinen Weile wieder auszusetzen. »Wir sollten gehorchen.« Der junge Polizist war sehr nervös. »Fünf Minuten, hat der Khan gesagt.« Ängstlich gingen sie näher heran. »Pilot!« Aber

der Pilot hatte ihnen immer noch den Rücken zugekehrt und steckte zur Hälfte im Cockpit. Dieser Hundesohn! Noch näher heran, bis zu den rotierenden Drehflügeln. »Pilot!« rief der Corporal laut.

»Er kann dich nicht hören, wer kann da schon etwas hören? Geh weiter, ich warte.«

Der Corporal nickte, empfahl seine Seele Allah und tauchte in den Luftstrudel ein. »Pilot!« Er mußte ganz nahe heran, um ihn zu berühren. »Pilot!« Jetzt endlich drehte sich der Fremde um und sagte etwas in einer Sprache, die er nicht verstand. Mit gezwungenem Lächeln und ebenso gezwungener Höflichkeit drängte der Corporal: »Bitte, Exzellenz Pilot, es wäre eine Ehre für uns, wenn Sie die Triebwerke abstellen würden. Seine Hoheit, der Khan, hat es so befohlen.« Zu seiner Erleichterung nickte der Pilot entschuldigend, betätigte einige Schalter, und sogleich wurden die Triebwerke und die Drehflügel langsamer.

Allah sei gelobt! »Danke, Exzellenz Pilot. Danke.« Sehr zufrieden mit sich spähte der Corporal in das Cockpit. Jetzt sah er, daß der Pilot ihm Zeichen machte, ihm offensichtlich gefällig sein wollte – wie er das ja auch sein sollte – und ihn einlud, auf dem Pilotensitz Platz zu nehmen. Stolz sah er zu, wie sich der Barbar höflich in das Cockpit lehnte, Kontrollhebel betätigte und auf Instrumente zeigte.

Der jüngere Polizist, der seine Neugier nicht mehr zügeln konnte, kam unter den immer langsamer werdenden Drehflügeln zur Cockpittür. Fasziniert von den Reihen von Schaltern und Anzeigen, die im Dunkeln glimmten, lehnte er sich hinein.

»Mein Gott, Corporal, haben Sie schon einmal so viele Schalter und Anzeigen gesehen? Sie sehen übrigens aus, als ob Sie auf diesen Platz gehören würden!«

»Ich wollte, ich wäre ein Pilot«, sagte der Corporal. »Ich würde...« Doch er kam nicht mehr dazu, den Satz zu beenden, denn Erikki rammte den Kopf des Jüngeren gegen den des Corporals und betäubte damit beide. Die Drehflügel über ihm waren zum Stillstand gekommen. Er sah sich um. Nichts und niemand bewegte sich. Rasch verstaute er ihre Waffen hinter dem Pilotensitz. Er benötigte nur Sekunden, um die zwei Männer zur Kabine zu tragen und sie hineinzulegen, ihnen den Mund aufzudrücken und die Schlafmittel hineinzustopfen, die er aus Azadehs Kommode gestohlen hatte, und sie zu knebeln. Noch einen Augenblick, um zu Atem zu kommen. Dann stieg er nach vorn und überzeugte sich noch einmal, daß alles für einen sofortigen Abflug bereit war. Seine Kehle war trocken. Schweiß brannte ihm in großen Tropfen auf der Stirn. Er sah zum Palast hinüber. Jetzt trug er seinen Arm nicht mehr in der Schlinge.

In den nördlichen Slums. Die klapprige, mit einem Planverdeck ausgestattete Ambulanz rumpelte durch die mit Schlaglöchern übersäte Straße. Hinten saßen zwei Sanitäter neben drei Tragen. Auf einer lag, brüllend vor Schmerzen und unaufhörlich blutend, Haschemi Fazir; in seinen Lenden klaffte ein riesiges Loch.

»Gebt ihm doch um Himmels willen Morphium!« stieß Armstrong hervor, während er gegen seinen eigenen Schmerz ankämpfte. Halb gegen die schwankende Bordwand gelehnt, kauerte er zusammengesackt auf seiner Trage und hielt sich ein Stück chirurgischen Verbandstoffes fest gegen das Einschußloch in der Brust, ohne auf das Blut zu achten, das aus der Wunde im Rücken quoll und den primitiven Zellstoffbausch durchtränkte, den einer der Sanitäter durch den Riß in seinem Trenchcoat gestopft hatte. »Beeilt euch! Gebt ihm Morphium!« wiederholte er und beschimpfte sie auf Persisch und Englisch abwechselnd. Er verabscheute sie wegen ihrer Dummheit und Gefühllosigkeit.

»Was kann ich tun, Exzellenz?« kam es aus dem Dunkel. »Wir haben kein Morphium. Es ist Allahs Wille.« Der Mann knipste eine Taschenlampe an und richtete sie auf Haschemi und dann auf die dritte Trage. Der Junge, der darauf lag, war schon tot. Armstrong sah, daß sie sich nicht einmal die Mühe gemacht hatten, ihm die Augen zu schließen. Wieder ein gurgelnder Schrei Haschemis.

»Mach das Licht aus, Ischmael«, sagte der andere Sanitäter. »Willst du, daß sie auf uns schießen?«

Träge gehorchte Ischmael. Er zündete sich eine Zigarette an, hustete, räusperte sich geräuschvoll und schob kurz die Plane zur Seite, um sich zu orientieren. »Nur noch ein paar Minuten.« Er beugte sich nieder und schüttelte Haschemi aus dem Frieden der Bewußtlosigkeit in die Hölle des Erwachens. »Nur noch ein paar Minuten, Exzellenz Oberst. Sterben Sie noch nicht! Sie werden gleich richtig versorgt werden.« Sie alle taumelten, als ein Rad in ein Schlagloch geriet. Wilde Schmerzen durchfuhren Armstrong.

Als er fühlte, daß die Ambulanz stehenblieb, hätte er vor Erleichterung fast geweint. Andere Männer rissen das Segeltuch am Heck der Ambulanz zur Seite und kletterten hinein. Grobe Hände faßten ihn an den Beinen, drückten ihn auf die Trage und banden ihn mit den Riemen fest. Durch den Nebel höllischer Schmerzen sah er, wie Haschemis Bahre in die Nacht hinausgetragen wurde. Auch er wurde hochgehoben, aber dann überwältigten ihn die Schmerzen, und er fiel in Ohnmacht

Die Krankenträger stiegen über den *joub*, durchschritten das Tor, eilten den schmierigen Gang entlang und die Treppe in einen großen Keller hinunter, der mit Öllampen beleuchtet war. »Legt ihn dort hin«, befahl Mzytryk und zeigte auf den zweiten Tisch. Auf dem ersten lag schon Haschemi, auch er an seine Trage gebunden. Ohne Hast besah er sich Armstrongs und dann Haschemis Verwundungen; beide Männer waren noch bewußtlos.

»Gut«, sagte er. »Warte oben auf mich, Ischmael.«

Ischmael streifte die schmutzige Armbinde mit dem roten Kreuz ab und warf sie in eine Ecke. »In dem Haus haben viele von unseren Leuten ihr Leben gelassen. Ich glaube nicht, daß auch nur einer entkommen konnte.«

»Dann hast du ja gut daran getan, nicht an der Konferenz teilzunehmen.«

Ischmael stapfte nach oben, wo seine Freunde sich lärmend zu ihrem Erfolg beglückwünschten – waren ihnen doch der Anführer ihrer Feinde und sein Lakai, der Fremde, in die Hände gefallen. Sie alle waren harte islamisch-marxistische Kämpfer. Sanitäter gab es keinen unter ihnen.

Mzytryk wartete, bis er allein war, nahm dann ein kleines Taschenmesser heraus und stieß es Haschemi tief in seine Wunde. Der brüllende Aufschrei befriedigte ihn. Als die gellenden Laute nachließen, nahm er den Eimer mit Eiswasser und schüttete es dem Oberst ins Gesicht. Die Augen des Mannes auf der Bahre öffneten sich, und die Qual und das Entsetzen darin befriedigten ihn noch mehr. »Sie wollten mich sprechen, Herr Oberst? Ich bin General Pjotr Oleg Mzytryk.« Er drehte das Messer herum. Haschemis Gesicht verzerrte sich grotesk, er schrie und brüllte und lallte unverständliches Zeug, während er vergeblich versuchte, sich von seinen Fesseln zu befreien.

»Das ist für meinen Sohn... und das ist für meinen Sohn... und das ist für meinen Sohn.«

Haschemi hatte ein starkes Herz. Minutenlang flehte er um Gnade, bettelte er um den Tod. Er starb einen elenden Tod.

Einen Augenblick lang stand Mzytryk über ihm, während sich seine Nase gegen den Gestank auflehnte. Aber es kostete ihn keine Mühe, sich daran zu erinnern, was diese beiden seinem Sohn angetan hatten, um ihn auf die dritte Bewußtseinsebene hinunterzudrücken. Pahmudis Bericht war sehr ausführlich gewesen. »Haschemi Fazir, du Scheißkerl, du hast deinen Lohn empfangen«, sagte er und spuckte ihm ins Gesicht. Dann wandte er sich um und hielt inne. Armstrong war bei Bewußtsein und beobachtete ihn von seiner Trage aus, die auf der anderen Seite des Kellers lag. Kalte blaue Augen. Blutleeres Gesicht. Das Fehlen jeder Angst überraschte ihn. Das werde ich rasch ändern, dachte er und nahm sein Taschenmesser heraus. Dann bemerkte er, daß Armstrongs rechter Arm frei war, und noch bevor er etwas tun konnte, hatte der Engländer nach dem Revers seines Trenchcoats gelangt und hielt nun die Spitze mit der eingenähten Zyanidkapsel an die Lippen.

»Bleib, wo du bist!« warnte Armstrong.

Mzytryk war zu erfahren, um auch nur daran zu denken, auf ihn loszustürzen – die Entfernung war zu groß. Armstrongs Zähne würden die Kapsel zerbeißen, und drei Sekunden waren nicht annähernd genug, um Rache an ihm zu üben. Er konnte nur hoffen, daß ihm vor Schmerzen das Bewußtsein schwinden oder daß er seine Konzentrationsfähigkeit einbüßen würde.

Als die Krankenträger im Dunkel der Ambulanz gekommen waren, um Armstrongs Riemen festzuzurren, hatte er instinktiv seine Kräfte gegen die Riemen eingesetzt, um genügend Raum zu haben, den Arm herauszuziehen – falls die Schmerzen unerträglich werden sollten. Eine zweite Giftkapsel war in seinem Hemdkragen eingenäht. Während Haschemis qualvollem Sterben hatte er unter Aufbietung aller Kräfte den Arm freigezerrt. Und sobald er die Kapsel berührt hatte, war die Angst von ihm gewichen und mit ihr auch ein Großteil seiner Schmerzen.

»Wir sind Profis«, sagte er. »Wir haben deinen Sohn nicht ermordet. Er lebte, als... als General Janan ihn im Auftrag Pahmudis wegbrachte.«

»Das ist gelogen!« Mzytryk hörte die Schwäche in der Stimme des Engländers und wußte, daß er nicht mehr lange würde warten müssen.

»Lies die offiziellen Dokumente... SAVAMA muß welche vorliegen haben... und dein gottverfluchter KGB auch...«
»Hältst du mich für so dumm, daß ich mich von dir gegen Pahmudi aufhetzen lasse, bevor du stirbst?«
»Lies die Berichte, stell Fragen, so kommst du vielleicht an die Wahrheit heran. Aber ihr Bastarde vom KGB habt nie viel für die Wahrheit übrig gehabt. Ich sage dir, er war noch am Leben, als die SAVAMA ihn abgeholt hat.«
Mzytryk war verunsichert. Ein Profi wie Armstrong – so oder so dem Tod nahe – würde niemals eine solche Untersuchung vorschlagen, ohne sich des Resultats sicher zu sein. »Nimm an, ich würde dir glauben, wo sind die Bänder?«
»Es gab keine... keine von der dritten Bewußtseinsebene.« Armstrongs Kräfte verebbten. Die Schmerzen waren vergangen... und auch die Zeit. Es fiel ihm mit jeder Sekunde schwerer, sich zu konzentrieren, aber die Bänder mußten geschützt werden – eine Kopie war bereits unterwegs nach London. »Dein Sohn war tapfer und hat uns nichts verraten. Was Pahmudi aus ihm herausgeholt hat, weiß ich nicht... Pahmudis Mordgesellen... sie waren es oder dein eigener Abschaum. Er war noch am Leben, als er abgeholt wurde. Das hat Pahmudi Haschemi gesagt.«
Es wäre möglich, dachte Mzytryk betroffen. Diese Scheißkerle in Teheran haben alles versaut, haben den Schah jahrelang falsch interpretiert und die Arbeit von Generationen wertlos gemacht. »Ich werde es herausbekommen... aber das hilft dir auch nicht mehr, Genosse.«
»Einen Gefallen... gegen einen ... anderen. Du hast doch Roger, Roger Crosse, erledigt, nicht wahr?«
Mzytryk lachte. »Ja, das habe ich arrangiert. Und auch AMG, erinnerst du dich an ihn? Und Talbot, aber ich habe Pahmudi geraten, für 16/a diesen Scheißer Fazir zu nehmen.« Er sah, wie sich die kalten blauen Augen verengten, und fragte sich, was wohl in Armstrongs Kopf vorging.
Armstrong durchforstete sein Gedächtnis nach AMG. AMG? Ach ja. Alan Medford Grant: geboren 1905, Doyen ihres Spionageabwehrdienstes mit außergewöhnlichen Verbindungen im Kreml, im KGB und GRU. Als Ian Dunross' geheimer Informant hatte er 1963 einen Maulwurf im Noble House und einen anderen bei der Polizei in Hongkong identifiziert – seinen, Armstrongs, besten Freund, einen ranghohen chinesischen Superintendenten im Sonderdezernat.
»Du lügst, Genosse. AMG kam 1963 bei einem Motorradunfall ums Leben.«
»Bei dem wir nachgeholfen haben. Ein Jahr oder noch länger hatten wir einen 16/a auf diesen Verräter angesetzt – auf ihn und seine japanische Frau.«
»Er war nicht verheiratet.«
»Ihr Bastarde wißt aber rein gar nichts. Sonderdezernat? Arme Idioten. Sie war vom japanischen Geheimdienst. Noch im gleichen Jahr hatte sie einen Unfall in Sydney.«
»Euch Hundesöhnen macht es Spaß, im geheimen zu töten. Ihr seid effizient.«

Armstrong gestattete sich ein leises Lächeln. AMGs Motorradunfall war wohl vom KGB eingefädelt, aber von MI 6 umfunktioniert worden. Der Totenschein war echt – der eines anderen – und Alan Medford Grant blieb für immer verschwunden. Aber er erfreute sich auch heute noch bester Gesundheit und operierte immer noch höchst erfolgreich, wenn auch mit einem anderen Gesicht und einer anderen Tarnung, die nicht einmal Armstrong kannte. Aber eine Frau? Eine Japanerin? Ich könnte schwören, daß er nie verheiratet war. War das schon wieder eine Tarnung, ein weiteres Geheimnis? Es kostete Armstrong Mühe, sich auf das zu konzentrieren, was er wirklich wissen wollte. Er hatte keine Zeit mehr zu verschwenden. »Wer ist der vierte Mann – unser Erzverräter?«
Die Frage hing im Raum. Mzytryk war verdutzt, aber dann lächelte er, denn Armstrong hatte ihm die Möglichkeit gegeben, seine Rache psychologisch zu üben. Er nannte ihm den Namen und sah den Schock. Und den Namen des fünften, ja sogar den des sechsten. »MI 6 ist mit unseren Agenten durchsetzt, und das sind nicht nur Maulwürfe. Das gleiche gilt auch für MI 5, einen Großteil eurer Gewerkschaften – Ted Everly ist einer von uns, Broadhurst und Lord Grey – und nicht nur bei Labour, obgleich das unsere besten Brutstätten sind. Noch mehr Namen gefällig? Schlag im *Who's Who* nach. In den oberen Rängen der Banken, der Stadtverwaltung, im Außenministerium – auch Henley gehört zu uns, ich besitze eine Kopie deines Berichts –, bis ins Kabinett, vielleicht sogar in der Downing Street. Ein halbes Tausend Profis arbeiten in Großbritannien für uns, eure eigenen Verräter nicht mitgerechnet.«
»Gehört auch Smedley-Taylor dazu?«
»O ja, er und –« Mzytryks Schadenfreude verflog. Abrupt ging er in Dekkung. »Woher weißt du von ihm? Wenn du von ihm weißt...«
Armstrong war zufrieden. Rákóczy hatte nicht gelogen. All diese Namen auf den Bändern waren bereits verschwunden, endgültig in Sicherheit; nie hatte er sie Henley anvertraut, nicht einmal Talbot. Er war zufrieden, bedauerte aber, die Burschen nicht mehr selbst überführen zu können. Ein anderer würde es tun. AMG wird es tun.
Seine Augenlider flatterten, seine Hand glitt vom Revers ab. Sofort sprang Mzytryk zu Armstrong hinüber, klemmte den Arm zwischen dem Tisch und seinem Bett fest und riß das Revers ab. Jetzt war Armstrong hilflos, ihm auf Gedeih und Verderb ausgeliefert. »Wach auf, Scheißkerl!« rief er übermütig. »Woher weißt du von Smedley?«
Aber Armstrong antwortete nicht. Der Tod war schneller gewesen.
Mzytryk war wütend. »Macht nichts. Er ist krepiert. Wozu noch Zeit verschwenden?« murmelte er laut. »Der Bastard ist mit der Erkenntnis zur Hölle gefahren, daß er das Werkzeug von Verrätern gewesen ist, von einigen Verrätern. Aber woher wußte er von Smedley-Taylor? Zur Hölle mit ihm! Aber sollte er die Wahrheit über meinen Sohn gesagt haben?«
In einer Ecke des Kellers stand eine Kanne Kerosin. Während er es über die Leichen schüttete, legte sich seine Wut. Als die Kanne leer war, warf er sie in

eine Ecke. Ischmael und ein anderer Mann kamen die Treppe herunter. »Seid ihr fertig?«
»Ja, mit der Hilfe Allahs.«
»Und unserer eigenen Hilfe«, ließ Mzytryk beiläufig fallen. Er wischte sich die Hände ab, müde, aber zufrieden, wie dieser Tag und der Abend verlaufen waren. Jetzt noch eine kurze Fahrt in die Vorstadt, wo sein Hubschrauber wartete. Eine Stunde – nein weniger – bis zur Datscha und seiner Wertinskaja. In ein paar Wochen wird der junge Schnösel Hakim aufkreuzen – mit oder ohne mein Pischkesch Azadeh. Kommt er ohne sie, wird es teuer für ihn. »Legt Feuer!« befahl er. »Und dann fahren wir los.«
»Hier, Genosse General!« Vergnügt warf Ischmael ihm eine Schachtel mit Streichhölzern zu. »Es ist Ihr Privileg, das zu beenden, was Sie begonnen haben.«
Mzytryk fing die Streichhölzer auf. »Auch gut«, sagte er. Erst das dritte zündete. Er ging zur Treppe zurück und warf es vorsichtig in die Mitte des Raumes. Flammen schlugen zur Decke und an die hölzernen Sparren. Dann traf Ischmaels Fuß auf seinen Rücken auf und schleuderte ihn mit dem Kopf voran ins Feuer. Von Panik befallen, schrie Mzytryk auf, wirbelte herum und rutschte auf Händen und Knien zur Treppe zurück, hielt einen Augenblick inne, um sich auf die Pelzaufschläge zu klopfen, hustete und würgte im schwarzen Rauch und im Gestank von brennendem Fleisch. Irgendwie gelang es ihm, sich hochzurappeln. Die erste Kugel zerschmetterte seine Kniescheibe. Brüllend wankte er rückwärts ins Feuer zurück. Die zweite brach das andere Bein und schleuderte ihn zu Boden. Hilflos schlug er auf die Flammen ein, das sich verstärkende Tosen des Infernos erstickte seine Schreie. Er wurde zur Fackel.
Ischmael und der andere Mann sprangen die Treppe zum ersten Absatz hinauf. Fast wären sie mit den anderen zusammengestoßen, die heruntergeeilt waren, um zu sehen, was es mit dieser Schießerei auf sich hatte. Mit offenem Mund starrten sie auf Mzytryks zuckenden Körper; die Flammen verzehrten jetzt seine Stiefel. »Warum hast du denn das gemacht?« fragte einer von ihnen entsetzt.
»Im Haus da oben ist mein Bruder krepiert so wie dein Vetter.«
»Wie es Allah gefällt, aber ... der Genosse General? Gott schütze uns, aber hat er uns nicht mit Geld und Waffen und Munition versorgt, warum ihn töten?«
»Warum nicht? War der Hundesohn vielleicht kein arroganter unmanierlicher Teufelsanbeter? Wie ihn gibt es Hunderte, Tausende. Sie brauchen uns, nicht wir sie. Er hat den Tod verdient. Ist er nicht allein gekommen? Hat er mich nicht in Versuchung geführt? Personen von Bedeutung sollten Leibwächter haben.«
Flammenzungen streckten sich nach ihnen aus. Die jungen Männer zogen sich eilig zurück. Auf der Straße drängten sie sich in den Lkw, der jetzt kein Krankenwagen mehr war.

Im Vorhof des Palasts. Erikki lehnte gegen die 212, als er die Lichter in den Gemächern des Khans im zweiten Stock erlöschen sah. Noch ein vergewissernder Blick auf die zwei betäubten Polizeibeamten in der Kabine. Vorsichtig schob er die Kabinentür zu, steckte seinen Dolch in den Gürtel und hob das MG auf. Mit der Behendigkeit eines Nachttiers bewegte er sich lautlos auf den Palast zu. Dem Torwächter des Khans fiel er nicht auf – warum sollte er sich die Mühe machen, auf ihn aufzupassen? Der Khan hatte ihm den Auftrag gegeben, den Piloten zufrieden zu lassen; er würde bald müde werden, mit seiner Maschine zu spielen. »Wenn er sich einen Wagen nimmt, laß ihn. Wenn die Polizei Schwierigkeiten mit ihm bekommt, ist das ihr Problem.«

»Ja, Hoheit!« Sie waren froh, daß sie für den Mann mit dem Dolch keine Verantwortung trugen.

Erikki schlüpfte durch die Eingangstür, glitt den matt erleuchteten Gang hinunter und die Treppe hinauf, die zum Nordflügel führte, weit von den Gemächern des Khans entfernt. Lautlos die Stufen hinauf und einen anderen Gang entlang. Er sah ein Lichtband unter der Tür ihrer Suite. Ohne zu zögern, betrat er das Vorzimmer und schloß die Tür hinter sich. Er wandte sich der Schlafzimmertür zu, die er weit öffnete. Überrascht wirbelte Mina, Azadehs Zofe, herum. Sie kniete neben dem Bett, wo sie Azadeh, die fest schlief, massiert hatte.

»O Verzeihung«, stammelte sie erschrocken. »Ich habe Sie nicht gehört, Exzellenz. Die Gnädigste hat mich ersucht, so lange wie möglich weiterzumachen – mit der Massage – und dann hier zu schlafen.«

Erikkis Gesicht war eine starre Maske. Die Ölflecke auf seinen Wangen und der Verband auf seinem Ohr ließen ihn noch gefährlicher erscheinen. »Azadeh!«

»Sie werden sie doch nicht wecken wollen, Exzellenz. Sie hat ein... sie hat zwei Schlaftabletten genommen und mich gebeten, sie zu entschuldigen, wenn Sie...«

»Zieh sie an!« zischte er.

Mina erblaßte. »Aber Exzellenz, wie...« Fast stockte ihr das Herz, als sie den Dolch in seiner Hand sah.

»Zieh sie rasch an, und wenn du auch nur einen Laut von dir gibst, schneide ich dir die Kehle durch. Los!« Er sah, wie sie nach dem Schlafrock griff. »Das nicht, Mina! Warme Kleidung, einen Schianzug – ganz gleich, aber mach schnell!« Er postierte sich zwischen ihr und der Tür, so daß sie nicht ausreißen konnte. Als er sicher war, daß Mina ihm gehorchte, nahm er Azadehs Handtasche von der Frisierkommode. Sie enthielt alle ihre Dokumente, Personalausweis, Reisepaß, Führerschein, Geburtsschein, alles. Wunderbar, dachte er, segnete Ayscha für das Geschenk, von dem Azadeh ihm vor dem Essen erzählt hatte, und dankte seinen alten Göttern, daß sie ihm heute morgen den Plan eröffnet hatten. Oh, mein Liebling, dachtest du wirklich, ich würde dich verlassen?

In der Handtasche lag auch der seidene Juwelenbeutel, der ihm schwerer als sonst zu wiegen schien. Seine Augen weiteten sich angesichts der Smaragde und Diamanten und Perlenketten und Ohrgehänge, die der Beutel enthielt. Najouds Schmuck, dachte er, derselbe, den Hakim benutzt hatte, um mit den Bergbewohnern zu feilschen, und den ich Bayazid später abgenommen habe. Im Spiegel sah er Mina, die mit offenem Mund den Schatz anstarrte, den er in der Hand hielt. »Beeil dich!« knurrte er.

Bei der Straßensperre unterhalb des Palasts. Der Polizeisergeant und sein Fahrer saßen im Wagen und starrten zu dem 400 Meter entfernten Palast hinauf. Sie sahen nur die trüben Lichter an der Außenseite des großen Pförtnerhauses, aber weder die Wächter noch ihre eigenen beiden Männer. »Fahr hinauf!« befahl der Sergeant, der ein mulmiges Gefühl hatte. »Da stimmt etwas nicht! Entweder schlafen sie oder sie sind tot. Fahr langsam und mach keinen Lärm.« Der Fahrer ließ den Motor anspringen und schwenkte vorsichtig in die leere Straße ein.

Beim Haupttor. Babak, der Wächter, lehnte gegen einen Pfeiler innerhalb des großen Eisentors, das geschlossen und verriegelt war. Der andere Wächter lag in der Nähe zusammengerollt auf einem Haufen Sackleinen und schlief. Durch die Gitterstäbe des Tors konnte man die Straße sehen, die in die Stadt hinunterführte. Jenseits des leeren Springbrunnens in etwa 100 Meter Entfernung stand der Hubschrauber. Die Drehflügel bewegten sich ein wenig im eisigen Wind.
Babak gähnte und stampfte mit den Füßen, um sich warm zu halten. Die zwei Polizisten waren verschwunden, während sie sich beim Khan Anweisungen geholt hatten. »Die sind losgezogen, um sich etwas zu essen zu organisieren«, hatte er gesagt, »oder um irgendwo ein Nickerchen zu machen. Allah strafe die gesamte Polizei!«
Babak freute sich schon auf den Morgen. Er würde ein paar Stunden dienstfrei haben. Er sah sich schon neben einem warmen Körper im Bett. Automatisch kratzte er sich zwischen den Beinen, fühlte sich hart werden. Träge lehnte er sich zurück und spielte mit sich, während seine Augen sich vergewisserten, daß der schwere Torriegel vorgelegt und auch das kleine Seitentor geschlossen war. Dann nahm er aus den Augenwinkeln eine Bewegung wahr. Mit einem großen Bündel über der Schulter schlich der Pilot aus einer Seitentür des Palastes; er trug den Arm nicht mehr in der Schlinge, dafür aber eine Pistole. Eilig knöpfte sich Babak die Hose zu und ließ sein Gewehr von der Schulter gleiten. Vorsichtig stieß er seinen Kameraden an, der, ohne einen Laut von sich zu geben, erwachte. »Sieh doch«, flüsterte er, »ich dachte, der Pilot säße noch in der Kabine seines Hubschraubers.«
Mit weit aufgerissenen Augen beobachteten sie, wie Erikki im Schatten blieb und dann geräuschlos quer über den Platz zur anderen Seite des Hubschraubers hinübersprang. »Was treibt er da? Was hat er in dem Bündel?«
»Es sieht wie ein Teppich aus, ein eingerollter Teppich.« Die Tür des Cockpits öffnete sich.

»Aber was soll das? Bei allen Namen Allahs, was hat er vor?«
Das Licht reichte kaum aus, aber ihr Sehvermögen und ihr Gehör waren gut. Sie hörten einen näherkommenden Wagen, wurden aber sogleich von dem Geräusch der Kabinentür auf der anderen Seite abgelenkt, die in diesem Augenblick geöffnet wurde. Mit angehaltenem Atem verfolgten sie, wie er zwei ähnliche Bündel unter den Hubschrauber schob, dann unter dem Leitwerksträger durchtauchte und auf ihrer Seite wieder erschien. Einen Augenblick lang blieb er stehen, sah zu ihnen hinüber, ohne sie zu bemerken, stieg dann mit der Pistole in die Maschine. Das Teppichbündel lehnte gegen den anderen Sitz.
Die Triebwerke starteten, und beide Wächter zuckten zusammen. »Allah schütze uns, was sollen wir tun?«
»Nichts«, antwortete Babak nervös. »Der Khan hat uns aufgetragen: ›Laßt den Piloten zufrieden, was immer er tut. Er ist gefährlich.‹ Genau das hat er gesagt, stimmt's? ›Wenn der Pilot gegen Morgen den Wagen nimmt, laßt ihn fahren.‹ Wir tun gar nichts.«
»Aber der Khan hat nichts gesagt, daß er wieder seine Triebwerke anlassen würde oder daß er sich mit einem Bündel Teppiche herausschleichen würde.«
»Du hast recht. Wie es Allah gefällt, aber du hast recht.« Ihre Nervosität nahm zu. Sie hatten die Wächter nicht vergessen, die vom alten Khan wegen Ungehorsams oder Versäumnissen eingekerkert und ausgepeitscht worden waren. Sie blickten auf, als im zweiten Stock, wo der Khan seine Gemächer hatte, die Lichter angingen, und schauten gleich wieder um, als das Polizeiauto herangebraust kam und vor dem Tor stehenblieb. Eine Taschenlampe in der Hand, sprang der Sergeant heraus. »Was geht hier vor?« schrie er. »Macht das Tor auf! Wo sind meine Männer?«
Babak eilte zur Seitentür und schob den Riegel zurück. Erikki im Cockpit arbeitete, so schnell er konnte; die Wunde im Arm hemmte ihn. Der Schweiß lief ihm über das Gesicht und vermischte sich mit einem Rinnsal von Blut aus seinem Ohr, dessen Verband verrutscht war. Er atmete in keuchenden Stößen nach dem langen Lauf vom Nordflügel herüber, die betäubte und hilflose Azadeh in einen Teppich eingerollt über der Schulter, und verwünschte die Zeiger, die einfach nicht weiterrücken wollten. Er hatte das Zimmer nicht verlassen, ohne Mina zuvor vorsorglich bewußtlos zu schlagen, und hoffte, sie nicht ernstlich verletzt zu haben. Er hatte es getan, um sie davor zu bewahren, der geheimen Beihilfe beschuldigt zu werden. Zum Schluß hatte er sich auch noch das *kookri* in den Gürtel gesteckt.
»Na, macht schon«, schnarrte er die Zeiger an, warf dann einen flüchtigen Blick zum Tor und erkannte Männer in Polizeiuniform. Mit einemmal war der Hubschrauber ins Licht einer Taschenlampe getaucht, und sein Magen krampfte sich zusammen. Ohne nachzudenken, griff er nach dem Sten-Maschinengewehr, schob den Lauf durch das Pilotenfenster und ballerte los, ohne zu zielen.
Die vier Männer gingen eilig in Deckung, während die Kugeln vom Mauerwerk des Tors abprallten. In seiner Panik ließ der Sergeant die Taschenlampe

fallen, aber schon vorher hatten alle die zwei bewußtlosen Körper des Corporals und seines Kameraden ausgestreckt auf dem Boden liegen sehen. Als die Salve zu Ende war, kroch der Sergeant eilig zur Seitentür zu seinem Wagen und seiner M 16 – in der Annahme, die Wächter des Khans würden das Feuer eröffnen.
»Schießt doch endlich!« brüllte der Polizist, der den Wagen gefahren hatte. Babak drückte ab, doch die Schüsse gingen ins Leere. Der Fahrer wagte sich hervor, um seine Taschenlampe aufzuheben. Wieder eine Salve vom Hubschrauber, und er sprang zurück. »Sohn eines verbrannten Vaters...«
Erikki sah seinen Fluchtplan gescheitert, die 212 ein wehrloses Ziel auf dem Boden. Seine Zeit war abgelaufen. Den Bruchteil einer Sekunde lang dachte er daran abzuschalten. Wenn er sich an die Vorschriften halten wollte, standen die Zeiger viel zu niedrig. Noch einmal feuerte er auf das Tor, gab Vollgas und stieß einen urzeitlichen Schlachtruf aus, der allen, die ihn hörten, das Blut in den Adern erstarren ließ. Die Triebwerke gingen auf volle Leistung und kreischten unter der Beanspruchung, als er den Steuerknüppel vorschob und die Maschine ein paar Zoll nach oben zerrte. Mit erhobenem Leitwerk torkelte sie über den Vorhof, hüpfte hoch und fiel zurück, hüpfte wieder hoch und fiel wieder zurück und hing schließlich in der Luft, wenn sie auch nur schwerfällig vorankam. Am Haupttor entriß der Fahrer einem Wächter das Gewehr, ging zum Pfeiler vor, spähte nach oben, sah den Hubschrauber entwischen und drückte ab.
Vom Lärm aus bleiernem Schlaf gerissen, beugte sich Hakim aus dem Fenster seines Schlafzimmers im zweiten Stock. Sein Leibwächter Margol stand neben ihm. Sie sahen, wie die 212 beinahe mit einem kleinen Holzhaus kollidiert wäre – ihre Kufen rissen einen Teil des Daches weg – und sich dann in schwankendem Steigflug nach oben kämpfte. Vor der Mauer stand das Polizeiauto; Hakim beobachtete, wie der Sergeant zielte, und hoffte inbrünstig, daß die Schüsse danebengingen.
Erikki schwenkte nun hinter den Nordflügel und nahm Kurs auf die andere Umgrenzungsmauer nahe der Hütte, in der Ross und Gueng versteckt gewesen waren. Seine Höhe betrug noch immer nur knapp über zwei Meter. Eine verirrte Kugel durchschlug seine Tür und beschädigte das Instrumentenbrett.
Als der Hubschrauber außer Sicht war, humpelte Hakim quer durch das riesige Schlafzimmer, am lustig prasselnden Kaminfeuer vorbei in den Gang hinaus.
»Kannst du sie erkennen?« fragte er den Leibwächter.
»Ja, Hoheit«, antwortete Margol und deutete aufgeregt. »Da ist sie!«
Die 212 war nur ein schwarzer Fleck, der sich schwach gegen ein noch tieferes Dunkel abhob. Dann flammten die Scheinwerfer an der Umgrenzungsmauer auf, und er sah gerade noch, wie sie mit nur wenig Zentimetern Abstand über die Mauerkrone torkelte. Wenige Sekunden später tauchte sie wieder auf, gewann an Tempo und Höhe. In diesem Augenblick kam Ayscha den Gang hinuntergelaufen. »Hoheit, Hoheit...«, rief sie hysterisch. »Azadeh ist fort, sie ist fort... dieser Teufel hat sie entführt und Mina bewußtlos geschlagen...«
»Was?« Es fiel Hakim schwer, gegen die Wirkung des Schlafpulvers anzukämpfen; noch nie waren seine Lider so schwer gewesen. »Was redest du da?«
»Azadeh ist fort, deine Schwester ist fort. Er hat sie in einen Teppich gewickelt

und entführt, er hat sie mitgenommen...« Als sie Hakims eingefallenes, bleiches Gesicht sah, unterbrach sie sich erschrocken, setzte aber dann noch einmal hinzu: »Er hat sie gekidnappt!«
»Aber das ist doch nicht... nicht möglich!«
»O doch, er hat sie entführt, und Mina ist bewußtlos.«
Sekundenlang starrte Hakim sie verständnislos an, dann brach es aus ihm heraus: »Schlag Alarm, Ayscha! Wenn sie entführt wurde, bei Allah, Ayscha... Schlag Alarm! Ich habe Schlaftabletten genommen, Ayscha, und die wirken... Morgen werde ich mir diesen Teufel vornehmen, bei Allah! Nur jetzt kann ich nicht, aber schick jemanden zum Tor, der den *hezbollahis*... Gib Alarm, ich setze eine Riesenbelohnung auf seine Ergreifung aus! Hilf mir in mein Zimmer zurück, Margol!«
Verängstigte Diener und Wächter sammelten sich am Ende des Ganges. Weinend lief Ayscha zu ihnen, berichtete ihnen, was vorgefallen war, und was der Khan angeordnet hatte.
Erschöpft ließ sich Hakim auf sein Bett sinken. »Sag den Wächtern, Margol... sag ihnen, sie sollen diese Dummköpfe am Tor verhaften. Wie konnten sie das nur zulassen?«
»Sie können nicht sehr wachsam gewesen sein, Hoheit.« Margol zweifelte nicht daran, daß man ihnen die Schuld geben würde – jemand mußte ja verantwortlich gemacht werden –, obwohl er selbst dabei gewesen war, als der Khan ihnen aufgetragen hatte, den Piloten nicht zu belästigen, ihn in Frieden zu lassen. Er gab den Befehl weiter und kehrte ins Zimmer zurück. »Geht es Ihnen wieder einigermaßen, Hoheit?«
»Ja... danke... Bleib hier, behalt das Feuer im Auge und weck mich bei Tagesanbruch.«
Dankbar überließ sich Hakim dem lockenden Schlaf. Sein Rücken schmerzte ihn nicht mehr; seine Gedanken kreisten um Azadeh und Erikki. Als sie schlafen gegangen und er mit Erikki allein geblieben war, hatte er aus seinem Kummer keinen Hehl gemacht. »Es gibt keinen Ausweg, Erikki. Wir sitzen in der Falle – du, Azadeh und ich. Ich kann immer noch nicht glauben, daß sie sich tatsächlich vom Islam lossagen würde, aber ich bin auch überzeugt, daß sie weder dir noch mir gehorchen wird. Ich will ihr nicht wehtun, aber ich habe keine andere Wahl: Ihre unsterbliche Seele ist wichtiger als ihr irdisches Leben.«
»Ich könnte ihre Seele retten, Hakim. Mit deiner Hilfe.«
»Wie denn?«
»Indem wir ihr jeden Grund nehmen, Schaden an ihrer Seele zu nehmen.«
»Das mußt du mir erklären.«
»Nehmen wir einmal an, dieser Wahnsinnige von einem Piloten wäre kein Moslem, sondern ein ungläubiger Barbar und so verliebt in seine Frau, daß er noch verrückter wird. Statt allein zu fliehen, betäubt er sie, entführt sie, fliegt sie gegen ihren Willen aus dem Land und weigert sich, ihr die Rückkehr zu gestatten. In den meisten Ländern kann ein Ehemann drastische Maßnahmen ergreifen, um seine Frau festzuhalten und sie zum Gehorsam zu zwingen. Auf

diese Weise würde sie ihren Eid nicht gebrochen haben, würde sich nicht vom Islam lossagen müssen, du bräuchtest ihr kein Leid zuzufügen, und ich könnte meine Frau behalten.«

»Das ist ein Schwindel«, hatte Hakim ihm verwirrt entgegengehalten. »Ein ausgemachter Schwindel.«

»Aber nein! Das Ganze ist nur ein Spiel mit Worten, eine theoretische Konstruktion, aber hypothetisch erfüllt es alle Bedingungen, die du gestellt hast, und keiner würde jemals glauben, die Schwester des Khans der Gorgons würde freiwillig wegen eines Barbaren ihren Eid brechen und sich vom Islam lossagen. Keiner!«

Hakim hatte sich bemüht, irgendwelche schwachen Punkte zu finden. Es gibt keine, hatte er sich gesagt, und wären damit nicht alle Probleme gelöst? Wenn Erikki sie ohne ihr Wissen, ohne ihre Beihilfe entführt... Es ist wahr, kein Mensch würde glauben, daß sie wissentlich ihren Schwur gebrochen hat. Nach außen hin könnte ich es beklagen und mich insgeheim mit ihr freuen – wenn ich will, daß sie geht, wenn ich will, daß er lebt. Aber ich muß wohl: Um ihre Seele zu retten, muß ich ihn retten.

In der friedlichen Stille des Schlafzimmers öffnete er kurz die Augen. Flammen tanzten an der Decke. Er glaubte, Erikki und Azadeh zu sehen. Allah wird mir verzeihen, dachte er und fiel in Schlaf. Ob ich sie je wiedersehen werde?

69

Teheran – nahe der Universität: 23 Uhr 58. Im frostigen Dunkel stand Scharazad in der Phalanx der *hezbollahis*, die die geschlossene Front der schreienden Islamiten schützte. Eng aneinandergedrängt standen sie da, riefen einstimmig *»Allah-u Akbar«* und formten eine lebendige Barriere gegen die 2000 oder 3000 linksgerichteten Studenten und Agitatoren, die brüllend die Straße heraufkamen. Taschenlampen und brennende Fackeln, einige Autos in Flammen, Gewehre, Knüppel. Ihre Finger umklammerten die Pistole in der einen, die Handgranate in der anderen Tasche. »Allah ist groß!« kreischte sie.

Die Feinde kamen schnell näher, und Scharazad sah ihre geballten Fäuste. Auf beiden Seiten wurde die Stimmung gereizter und feindseliger, die Schreie heiserer, die Nerven gespannter – »Es gibt nur einen Gott...« Jetzt waren die Feinde schon so nahe, daß sie einzelne Gesichter unterscheiden konnte. Plötzlich erkannte sie, daß es nicht satanische Revolutionäre waren, zumindest nicht alle, sondern in der Mehrzahl Studenten, Männer und Frauen ihres Alters. Die Frauen waren tapfer ohne Tschador gekommen und demonstrierten mit lauten Rufen für die Gleichberechtigung der Frauen, das Wahlrecht und all die anderen vernünftigen, schwer und blutig erkämpften Dinge. Sie fühlte sich in die berauschende Erregung der Frauendemonstration zurückversetzt: Alle waren sie im Sonntagsstaat, das Haar eigenwillig, so eigenwillig wie ihr Haar. Freiheit und Gerechtigkeit für alle sollte es geben in ihrer großen neuen islamischen Republik, in der sie und ihr noch nicht geborener Sohn und Tommy für alle Zeit glücklich leben würden. Und wieder sah sie im Geist den messerschwingenden Fanatiker vor sich, der sie mit dem Tod bedroht hatte. Aber Ibrahim war ihm in den Arm gefallen, Ibrahim, der Studentenführer, hatte sie gerettet. O Ibrahim, bist du auch heute wieder da, kämpfst du für Freiheit und Gerechtigkeit und die Gleichberechtigung der Frau, oder hast du in Kowiss, wie es dein Wunsch war, dein Leben geopfert und den bösen, heuchlerischen Mullah getötet, der deinen Vater ermordet hat, wie auch mein Vater ermordet wurde?

Aber... Vater wurde doch von Islamiten, nicht von Linken getötet, schoß es ihr durch den Kopf. Und der Imam ist immer noch in allem unerbittlich, wie es zur Zeit des Propheten war. Scharazad war verwirrt. Und Meschang... und Tommy, den er hinausgeworfen hat. Und eine erzwungene Scheidung, eine erzwungene Verbindung mit dem widerlichen alten Mann. Und keine Rechte!

»Was habe ich hier zu suchen?« stieß sie keuchend hervor. »Da drüben ist mein Platz, bei den anderen, nicht hier... nein, nein, nein, dort auch nicht!

Ich muß an mein Kind denken, an meinen Sohn, für ihn ist es gefährlich und ...«
Irgendwo fiel ein Schuß und gleich danach noch mehr; sie lösten ein Chaos aus. Die Demonstranten in den ersten Reihen wollten zurückweichen, die hinteren drängten vorwärts, um an den Feind heranzukommen. Rings um Scharazad wogten rücksichtslose und zornige Massen. Sie fühlte, wie sie gerempelt und gestoßen und weitergetragen wurde – ihre Füße berührten kaum noch den Boden. Ein alter Mann stolperte, verschwand, die Schahada murmelnd, unter trampelnden Füßen; beinahe hätte er sie mitgerissen. Jemand neben ihr stieß ihr seinen Ellbogen in den Bauch, vor Schmerz schrie sie auf, und ihre Angst verwandelte sich in Panik. »Tommy! Hilf mir!« kreischte sie.
Etwa 100 Meter weiter stand Tom Lochart – man hatte ihm den Mantel zerrissen und die Schirmmütze vom Kopf geschlagen –, von marschierenden Studenten an eine Ladenfront gepreßt. In der Hoffnung, sie zu finden, hatte er seit Stunden die Studentengruppen durchsucht – er war ganz sicher, daß sie mit ihnen mitmarschieren würde. Wo hätte sie sonst hingehen sollen? Doch nicht in die Wohnung dieses Studenten, von dem Jari erzählt hatte, dieses Ibrahim oder wie er hieß – er bedeutete doch nichts. Ich muß sie finden!
»Allah *ist* groß«, murmelte er, und wenn er auch krank vor Sorge um sie war, sein Herz jubelte. Damit, daß ich Moslem geworden bin, habe ich alle Schwierigkeiten beseitigt. Jetzt werden sie mich akzeptieren, jetzt gehöre ich dazu. Ich kann jetzt den Haddsch nach Mekka unternehmen, in jeder Moschee meine Andacht verrichten – für Gott haben Hautfarbe oder Rasse keine Bedeutung. Nur der Glaube. Und ich glaube an Allah, und daß Mohammed der Prophet Allahs war. Ich werde kein Fundamentalist sein, auch kein Schiit, sondern ein orthodoxer Sunnit. Ich werde Arabisch lernen, und ich werde für Iran-Oil und das neue Regime fliegen, und wir werden glücklich sein, Scharazad und ich ...
In der Nähe fiel ein Schuß, das Feuer aus einer Barriere brennender Autoreifen stieg zum Himmel, während sich kleine Gruppen schreiender Studenten auf die *hezbollahis* stürzten, und nun wurde die ganze Straße zu einem wüsten Haufen brüllender, kämpfender Leiber, die die Schwächeren niederstampften. Eine wütende Phalanx von Jugendlichen riß ihn mit sich fort ins Zentrum des Sturms.
80 Meter weiter von ihm entfernt kämpfte Scharazad schreiend um ihr Leben, indem sie nach allen Seiten schlug und trat, um sich ihren Weg dahin zu bahnen, wo sie relative Sicherheit zu finden hoffte. Den Tschador hatte man ihr vom Leib gerissen, ihr Schleier war verschwunden. Sie hatte jede Menge blaue Flecke und Schmerzen im Unterleib. Um sie herum tobte der Mob, wogte ein bestialischer Kampf, jeder gegen jeden, bei dem keiner wußte, wer Freund war und wer Feind, ausgenommen Mullahs und *hezbollahis*, die vergeblich versuchten, die Ordnung wiederherzustellen. Mit ohrenbetäubendem Gebrüll setzten sich die Islamiten nach kurzem Zögern in Bewegung. Die Schwachen stürzten und wurden erdrückt. Männer und Frauen. Und alle riefen ihre eigene Version von Gott an.
Die Studenten setzten sich verzweifelt zur Wehr, wurden aber von ihren

Gegnern überwältigt und erbarmungslos niedergetrampelt. Der Rest brach auseinander, und eine wilde Flucht setzte ein.
Lochart setzte seine Körpergröße und all seine Kraft ein, um sich freizukämpfen. Er stand jetzt zwischen zwei Autos, die ihm für den Augenblick Schutz boten. Ein paar Meter weiter sah er ein kleines, halbverstecktes Gäßchen, das zu einer verfallenen Moschee führte. Nach vorn zu explodierte der Tank eines Autos; Flammen züngelten nach allen Seiten. Die Glücklicheren starben sofort, die Verwundeten schrien gellend um Hilfe. Im Feuerschein glaubte er Scharazad gesehen zu haben, aber in diesem Augenblick kreiste ihn eine Gruppe fliehender Jugendlicher ein, einer stieß ihm die Faust in den Rücken, andere rempelten ihn aus dem Weg, und er kam unter ihre Stiefel zu liegen.
Scharazad war nur 30 Meter entfernt. Das Haar zerzaust, die Kleider zerrissen, immer noch eingeschlossen in die tobende Menge, immer noch um Hilfe schreiend, ohne daß jemand sie hörte oder ihr Beachtung schenkte. »Tommy... hilf mir...«
Einen Augenblick lang teilte sich die Menge. Scharazad stürzte auf die Öffnung zu und zwängte sich zu den geparkten Autos durch, um auf den Gehsteig zu gelangen. Der Tumult legte sich ein wenig. Arme breiteten sich aus, um Bewegungsfreiheit zu erlangen, Hände wischten Schweiß und Schmutz ab, und die Menschen faßten ihre Nachbarn ins Auge. »Du verdammte kommunistische Hure!« brüllte ein Mann, der ihr entgegenkam. Vor Wut quollen ihm die Augen fast aus den Höhlen.
»Das... das bin ich doch nicht, ich bin Moslime«, stieß sie hervor, aber er packte ihre Schijacke, riß sie auf, schob seine Hand hinein und faßte nach ihrer Brust.
»Nutte! Moslemfrauen stellen sich nicht zur Schau, Moslemfrauen tragen einen Tschad...«
»Ich habe ihn verloren – man hat ihn mir vom Leib gerissen«, kreischte sie und versuchte sich loszumachen. »Es gibt nur einen einzigen...«
»Hure! Dreckstück! Satansweib!« brüllte er fanatisch; seine Ohren waren vor ihren Worten verschlossen, und es erregte ihn noch mehr, ihre Brust durch ihr seidenes Hemd zu spüren. Seine Finger krallten sich in die Seide und rissen sie auseinander, mit der anderen Hand zog er sie näher an sich heran, um sie zu bändigen und sie zu würgen, während sie schreiend um sich schlug. Die Menschen ringsum rempelten die beiden an oder wichen ihnen aus, das Dunkel nur vom Feuerschein zerrissen, und niemand wußte, was da vorging, außer daß jemand hier in den Reihen der Gottesfürchtigen eine kommunistische Hure entdeckt hatte. »Bei Gott, sie ist keine Kommunistin, ich habe gehört, wie sie den Imam gepriesen hat«, rief jemand, aber seine Worte gingen im Lärm unter. Die Leute drängten weiter und ließen Scharazad mit ihrem Angreifer allein.
Sie wehrte sich verbissen; sein Atem und seine schmutzigen Beschimpfungen brachten sie fast zum Ersticken. Mit letzter Kraft flehte sie zu Allah um Beistand und erinnerte sich ihrer Pistole. Ihre Hand bekam sie zu fassen, stieß sie in ihn hinein und drückte ab. Der Mann schrie gellend und brach, seine

Genitalien eine einzige blutende Wunde, aufheulend zusammen. Um sie herum trat Stille ein. Ihre Hand mit der Pistole kam aus der Tasche. Ein Mann neben ihr entriß sie ihr.
Verständnislos starrte sie auf ihren Angreifer hinunter, der sich stöhnend auf dem Boden wand.
»Allah ist groß«, stammelte sie, schloß hastig ihre Jacke, blickte auf und sah den Haß, der sie umgab. »Er hat mich angegriffen... Allah ist groß, Allah ist groß.«
»Das sagt sie bloß so. Sie ist eine Linke«, kreischte ein Frau.
»Seht doch nur ihre Jacke, sie gehört nicht zu uns...«
Nur wenige Meter weiter rappelte Lochart sich hoch. Der Schädel brummte ihm, er war kaum imstande zu sehen und zu hören. Mit viel Mühe stand er aufrecht und bahnte sich dann einen Weg zu der dunklen Öffnung des Sicherheit verheißenden Gäßchens. Aber auch andere hatten den gleichen Gedanken, und schon war der Zugang verstopft. In diesem Augenblick drang, mit Schreien vermischt, ihre Stimme an sein Ohr, und er kehrte um.
Er sah sie in die Enge getrieben, gegen eine Wand zurückgestoßen, von einem Mob umringt, die Kleider halb zerfetzt, ein Ärmel ihrer Jacke aufgerissen, die Augen starr, eine Granate in der Hand. In diesem Augenblick machte ein Mann eine ihr bedrohlich erscheinende Bewegung, und sie zog den Stift heraus. Der Mann erstarrte, die Leute wichen zurück. Lochart durchbrach die Kette der Demonstranten, um an sie heranzukommen, und ergriff die Handgranate, hielt aber den Hebel fest. »Laßt sie in Frieden!« brüllte er auf Persisch. »Sie ist Moslime, ihr Hundesöhne, sie ist Moslime und meine Frau. Und ich bin Moslem.«
»Du bist ein Fremder, und sie eine Linke!«
Lochart sprang auf den Mann zu, und seine jetzt mit der Handgranate bewehrte Faust zertrümmerte dem Mann das Kinn. »Allah ist groß!« rief Lochart. Andere griffen den Ruf auf, während jene, die nicht glaubten, zurückwichen; sie hatten Angst vor ihm, aber noch mehr vor der Handgranate. Mit seinem freien Arm stützte er Scharazad und ging, die Granate festhaltend, auf die erste Reihe zu. »Bitte, laßt uns vorbei, Allah ist groß, Friede sei mit euch!« Die erste Reihe teilte sich, und dann die nächste, und so ging es weiter, bis sie aus dem Kordon ausgebrochen waren und das Gäßchen erreicht hatten. Vor der Moschee brannten ein paar Lichter. Beim Brunnen blieb er stehen und spritzte sich ein wenig Wasser ins Gesicht. »Mensch!« murmelte er und schöpfte noch mehr Wasser heraus.
»O Tommy! Wo kommst du her? Oh, ich... ich hatte solche Angst!«
»Und ich erst«, stammelte er; es fiel ihm schwer, die richtigen Worte zu finden. »Ich suche dich schon seit Stunden, Liebling.« Er drückte sie an sich. »Ist alles in Ordnung?«
»Ja, ja.« Ihre Arme hielten ihn fest umschlungen, und sie barg ihr Gesicht an seiner Schulter.
Endlich sind wir in Sicherheit, dachte er. Nein, noch nicht, da ist noch die Handgranate – kein Stift, um sie zu sichern. Über ihrem Kopf und den Köpfen

der Vorübergehenden sah er ein ausgebranntes Haus neben der Moschee auf der anderen Seite des kleinen Platzes. Dort kann ich das Ding ohne Gefahr loswerden, redete er sich ein. Aber die Menge war ständig angewachsen und füllte jetzt das Gäßchen. Solange sich die Zahl der Menschen nicht verringerte, würde es schwierig und gefährlich sein, sich der Granate zu entledigen, und so schob er Scharazad näher an den Brunnen heran, wo es dunkler war.
»Mach dir keine Sorge! Wir warten ein Weilchen, dann gehen wir weiter.« Sie sprachen englisch – es gab so viel zu erzählen, so viel zu fragen. »Bist du sicher, daß dir nichts fehlt?«
»O ja, ganz sicher. Wie hast du mich gefunden? Wann bist du zurückgekommen?«
»Ich kam heute nacht an und ging zum Haus, aber du warst fort.« Und dann platzte er heraus: »Scharazad, ich bin Moslem geworden!«
Sie starrte ihn an. »Ein Trick... ein Trick, um von ihnen wegzukommen!«
»Nein, ich schwöre es dir. Vor drei Zeugen habe ich die Schahada gesprochen – vor Meschang, Zarah und Jari, und ich glaube. Ich glaube wirklich. Jetzt wird alles in Ordnung kommen.«
Ihr Zweifel verschwand, als sie erkannte, wie froh er war. Immer wieder erzählte er ihr, was geschehen war. »Wie wunderbar, Tommy«, sagte sie, außer sich vor Glück und doch völlig sicher, daß sich für sie nichts ändern würde. Meschang wird einen Weg finden, um uns zu vernichten, ganz gleich, ob Tommy jetzt ein Gläubiger ist oder nicht. Nichts wird sich ändern, die Scheidung wird bleiben, die Wiederverheiratung wird bleiben. Außer...
Die Ängste verflogen. »Können wir Teheran heute nacht verlassen? Können wir noch heute nacht fortgehen?«
»Das ist jetzt nicht mehr nötig. Ich habe wunderbare Pläne. Ich habe bei S-G gekündigt. Als Moslem kann ich jetzt bleiben und für Iran-Oil fliegen, verstehst du?« Sie merkten beide nicht, daß das Gedränge noch mehr zunahm, alle wollten nach Hause. »Kein Grund zur Sorge, Scharazad. Wir werden...«
Jemand stolperte und rempelte ihn an, es hatte sich ein Menschenstau gebildet, der in ihre kleine Zufluchtsstätte eindrang. Sie sah, wie er einen Mann wegstieß und andere zu fluchen begannen. Schnell nahm sie ihn an der Hand und zog ihn weiter. »Laß uns heimgehen, Mann«, sagte sie in derbem Persisch, »zu Hause können wir besser miteinander reden.«
»Ja, ja, Frau.« Gehen war besser und sicherer, Scharazad war bei ihm, und morgen würden sich alle Probleme lösen. Heute würde er nur noch baden und essen und schlafen und träumen.
»Wenn wir heute nacht heimlich fortgehen wollten, ginge das, Tommy?«
Müdigkeit flutete über ihn hinweg, und er wollte sie schon anfahren, ob sie ihn denn nicht verstanden habe. Aber er unterdrückte seinen Zorn und antwortete nur: »Es besteht kein Grund mehr zu flüchten.«
»Du hast recht wie immer, Mann. Aber könnten wir?«
»Ja, ja, ich denke schon«, gab er erschöpft zurück.
Sofort strahlte sie vor Begeisterung. Sie war ganz sicher, daß es ihr gelingen würde, ihn zu überzeugen. Morgen würden sie fortgehen. Morgen früh stecke

ich meinen Schmuck ein, wir verabreden uns mit Meschang zur Mittagszeit im Basar, aber da sitzen wir dann schon in Tommys Maschine und fliegen nach Süden. Er kann in die Golfstaaten fliegen oder nach Kanada oder sonstwohin, man kann ja Moslem sein und Kanadier, das hat man mir auf der Botschaft versichert. Und bald, in einem Monat oder so, kommen wir in den Iran zurück und bleiben für immer da. Zufrieden schmiegte sie sich an ihn, fühlte sich sicher in der Dunkelheit und dachte an die wunderbare Zukunft, die vor ihnen lag.

Das Gäßchen mündete in eine Straße. Hier war das Gedränge noch stärker, aber über ihnen allen, Männern, Frauen, Mullahs, *hezbollahis*, Jungen und Alten, schwebte magische Leichtigkeit – in dieser Nacht hatten sie Gottes Werk getan. *»Allah-u Akbar!«* rief einer, und die Worte fanden ihr Echo in tausend Kehlen. Vor ihnen kam ein ungeduldiger Wagen ins Schleudern, fuhr in ein paar Fußgänger hinein, die wieder andere, unter ihnen Lochart und Scharazad, schubsten und unter Flüchen und Gelächter zu Fall brachten; verletzt wurde keiner. Lachend blieben sie einen Augenblick auf dem Boden liegen. Die Granate hielt er immer noch fest in der Hand. Das warnende Zischen hörten sie nicht – ohne es zu merken, hatte er im Fallen den Hebel gelockert. Eine unendlich lange Zeitspanne lächelten sie eimander an. Und im gleichen Moment starben sie.

Samstag
3. März 1979

70

Al Schargas: 6 Uhr 34. Die Sonne erklomm den Horizont und verwandelte die schwarze Wüste in ein scharlachrotes Meer, färbte die alte Hafenstadt und die Dhaus im Golf golden. Über die Lautsprecher in den Minaretten begannen die Muezzins zum Gebet zu rufen, aber die Melodie ihrer Stimmen gefiel weder Gavallan noch dem Personal der S-G, das auf der Veranda des Hotels Oasis ein eiliges Frühstück zu sich nahm. »Es geht einem an die Nieren, habe ich recht, Scrag?« fragte Gavallan.

»Kann man wohl sagen«, stimmte Scragger ihm zu. Rudi Lutz, Pettikin und er saßen an Gavallans Tisch, alle müde und niedergeschlagen. Der nahezu restlose Erfolg der Operation »Wirbelsturm« wandelte sich zu einem Desaster. Dubois und Fowler immer noch vermißt, McIver noch nicht außer Gefahr. Tom Lochart in Teheran, weiß Gott wo. Nichts Neues von Erikki und Azadeh. Keiner hatte in der letzten Nacht viel geschlafen. Und bis Sonnenuntergang mußte »Wirbelsturm« abgeschlossen sein.

Seitdem die 212 gestern eine nach der anderen gelandet waren, hatten alle mitgeholfen, sie auseinanderzunehmen, hatten Rotoren und Leitwerksträger abmontiert, um sie in die Jumbofrachter zu verladen, sobald diese eintrafen – vorausgesetzt, daß sie eintrafen. In übler Laune war Roger Newbury gestern abend von einer Konferenz mit dem Außenminister im Palast zurückgekehrt. »Ich kann überhaupt nichts tun, Andy. Der Minister hat mir mitgeteilt, er und der Scheich wären vom iranischen Botschafter ersucht worden, den Flughafen persönlich zu inspizieren; er hätte bereits 8 oder 9 verdächtige 212 gesehen und behauptet, es würde sich um die im Iran registrierten und entführten Maschinen handeln. Der Außenminister sagte, Seine Hoheit, der Scheich hätte zugestimmt – was hätte er sonst auch tun sollen? Die Inspektion findet im Beisein des Botschafters statt; als Britischer Konsul bin ich ›herzlich eingeladen‹, die Zulassungen gründlich zu überprüfen, und wenn da etwas nicht stimmt, sind Sie übel dran, alter Junge!«

Gavallan war die ganze Nacht aufgewesen und hatte alles Menschenmögliche getan, um die Ankunft der Frachter zu einem früheren Zeitpunkt durchzusetzen oder irgendwo Ersatzmaschinen aufzutreiben. Nichts. Das Beste, was seine gegenwärtigen Befrachter tun konnten, war, die voraussichtliche Ankunftszeit ›vielleicht‹ auf morgen, Sonntag mittag, vorzuverlegen. »Verdammte Bande«, brummte er und schenkte sich Kaffee nach. »Wenn man unbedingt zwei 747 braucht, kriegt man keine. Für gewöhnlich genügt ein Telefonanruf, und du bekommst 50!«

Pettikin war ebenso besorgt, auch wegen McIver, der im Krankenhaus in Bahrain lag. Erst heute mittag würden sie erfahren, wie schwer McIvers Herzinfarkt war.

»Pas de problème«, hatte Jean-Luc sie gestern abend beruhigt. »Sie lassen Genny im Krankenhaus im Nebenzimmer schlafen, der behandelnde Arzt ist der beste, den es in Bahrain gibt, und ich bin auch da. Ich habe meinen Heimflug gestrichen und warte hier, aber schickt mir etwas Geld, damit ich die Rechnungen bezahlen kann.«
Pettikin hatte sein Frühstück nicht angerührt. Den ganzen gestrigen Tag und die halbe Nacht hatte er mitgeholfen, die Hubschrauber für den Transport vorzubereiten, und somit keine Möglichkeit gehabt, sich mit Paula zu treffen. Heute vormittag würde sie wieder nach Teheran zurückfliegen, um noch mehr italienische Staatsbürger herauszuholen, und erst in zwei Tagen wieder da sein.
Gavallan hatte die Evakuierung aller an der Operation »Wirbelsturm« Beteiligten aus dem Golfgebiet angeordnet. »Wir können gar nicht vorsichtig genug sein«, meinte er.
»Sie haben recht, Andy«, sagte Pettikin später zu ihm, »aber was ist mit Tom und Erikki? Wir sollten jemanden hier lassen. Ich würde gern freiwillig...«
»Um Himmels willen, Charlie, seien Sie friedlich«, schnauzte Gavallan ihn an, »glauben Sie denn, ich bin nicht auch schon krank vor Sorge um sie? Und um Fowler und Dubois? Aber wer hier nicht gebraucht wird, muß bis Sonnenuntergang draußen sein, und dazu gehören auch Sie.« Das war gegen 1 Uhr nachts im Büro gewesen, als Pettikin gekommen war, um Scot abzulösen, der immer noch, inzwischen völlig erschöpft, am Funkgerät saß. Um 5 Uhr war er dann seinerseits von Nogger Lane abgelöst worden und zum Frühstück hierher gekommen. Gavallan, Rudi und Scragger hatten schon auf ihn gewartet. »Konnten Sie etwas bei den Frachtern erreichen, Andy?«
»Nein, Charlie. Sie kommen immer noch frühestens morgen mittag«, hatte Gavallan geantwortet. »Setzen Sie sich, trinken Sie Ihren Kaffee.« Dann war die Dämmerung gekommen und mit ihr die Muezzins. Jetzt verstummte ihr Singsang.
Scragger schenkte sich Tee nach. Sein Magen war immer noch verstimmt. Wieder zwackte es ihn im Gedärm, und er eilte auf die Toilette. Der Krampf verging bald wieder, das Resultat war spärlich, aber er entdeckte kein Blut. Dr. Nutt hatte es nicht für Ruhr gehalten. »Ruhen Sie sich ein paar Tage aus, Scrag. Morgen bekomme ich alle Testergebnisse.« Er hatte Dr. Nutt erst vom Blut im Harn und den Magenkrämpfen in den letzten Tagen erzählt. Es zu verschweigen wäre unverantwortlich gegenüber seinen Passagieren gewesen, eine zusätzliche Gefahr beim Fliegen. »Sie sollten ein paar Tage im Krankenhaus bleiben«, hatte Dr. Nutt hinzugefügt.
»Wo denken Sie hin? Es gibt eine Menge zu tun.«
Er kehrte zum Tisch zurück, sah die düstere Stimmung, die unter seinen Freunden herrschte, hatte aber auch keine Lösung anzubieten. Sie konnten nur warten. Unmöglich, von hier wegzukommen. Sie würden den Luftraum Saudi-Arabiens und den der Emirate überfliegen müssen, ohne »in den nächsten Tagen« eine Freigabe erwarten zu können. Er schlug spaßeshalber

vor, die Hubschrauber wieder zusammenzubauen, zu eruieren, wann der nächste britische Supertanker durch die Straße von Hormus ausfahren würde, aufzusteigen und auf dem Supertanker zu landen. »Wir segeln einfach ins Blaue und steigen in Mombasa aus oder fahren um Afrika herum nach Nigeria.«

»Eine tolle Idee, Scragger«, äußerte sich Vossi bewundernd. »Ich könnte so eine Kreuzfahrt gut gebrauchen. Wie steht es mit Ihnen, Andy?«

»Noch bevor der erste Rotor sich dreht, säßen wir bereits im Bau«, sagte Gavallan und trank seinen Kaffee aus. »Ich gehe jetzt ins Büro hinüber. Mal sehen, ob es dort etwas zu tun gibt. Wie lange werden Sie noch brauchen, Rudi?«

Lutz hatte für den reibungslosen Umschlag der Helis zu sorgen. »Sie haben heute mittag als Termin festgelegt. Mittag werden alle Vorbereitungen beendet sein.« Lutz erhob sich. »Wir müssen los, Kinder.« Er erntete Pfiffe und Buhrufe von den anderen – gutgelaunte, trotz ihrer Müdigkeit. Dann begann ein allgemeiner Aufbruch zu den draußen wartenden Bussen.

»Andy«, sagte Scragger, »ich komme mit, wenn es Ihnen recht ist.«

»Gute Idee, Scrag. Charlie, Sie brauchen nicht mit Rudi mitzufahren; wir sind dem Zeitplan sowieso voraus. Warum kommen Sie nicht später auch ins Büro?«

Gavallan fuhr durch das Tor. Der Flughafen lag zum Teil noch im Schatten. Ein paar Jets hatten bereits ihre Navigationslichter eingeschaltet und ließen ihre Triebwerke warmlaufen. Die Evakuierung aus dem Iran hatte immer noch Priorität. Er warf einen Blick auf Scragger und sah das vor Schmerz verzogene Gesicht. »Ist alles in Ordnung?«

»Aber sicher, Andy. Ein bißchen Durchfall, das ist alles. Hatte ich schon mal in Neuguinea. Wenn ich nur zu einem Fläschchen von Dr. Collis Browns Elixier kommen könnte, ich wäre gleich wieder in Hochform.« Das war eine höchst wirksame Tinktur, erfunden von Dr. Collis Brown, einem englischen Militärarzt, der im Krimkrieg damit die Ruhr bekämpft hatte, an der Tausende von Soldaten starben. »Nur sechs Tropfen, und man ist wieder auf dem Damm.«

»Das stimmt«, pflichtete Gavallan ihm zerstreut bei und fragte sich, ob ihm Pan American Freighting vielleicht ein paar Frachter zur Verfügung stellen könnte. »Ich reise nie ohne Collis... Moment mal!« Er strahlte. »Meine Überlebensausrüstung! Liz gibt mir das immer mit. Collis Brown, Aspirin, Melissensalbe, einen goldenen Sovereign und eine Dose Sardinen.«

»Sardinen?«

»Für den Fall, daß ich hungrig werden sollte.« Gavallan war froh, daß er plaudern konnte, um sich von der drohenden Katastrophe abzulenken. »Liz und ich haben einen gemeinsamen Freund, einen gewissen Marlowe, einen Schriftsteller. Wir lernten ihn vor Jahren in Hongkong kennen. Er hatte immer eine Dose dabei – als eiserne Ration. Liz und ich, wir pflegten darüber zu lachen. Für uns wurde es zu einer Art Symbol, um nie zu vergessen, was wir doch für Glückspilze sind!«

»Peter Marlowe? Der Autor von *Changi* – über das Kriegsgefangenenlager in Singapur?«
»Genau der. Kennen Sie ihn?«
»Nein, aber ich habe dieses Buch von ihm gelesen.« Plötzlich erinnerte sich Scragger an seinen eigenen Krieg gegen die Japaner, und dann an Kasigi und Iran-Toda. Gestern abend hatte er mehrere Hotels angerufen und schließlich festgestellt, daß er im International abgestiegen war. Er hatte ihm eine Nachricht hinterlassen, aber noch keinen Rückruf erhalten. Wahrscheinlich ist er mir böse, weil ich ihn im Stich gelassen habe, weil wir ihm bei Iran-Toda nicht helfen können. Ist das zu glauben? Bandar-e Delam und Iran-Toda – das scheint schon so weit hinter mir zu liegen und ist doch erst ein paar Tage her! Wie auch immer: Wenn er nicht gewesen wäre, ich würde immer noch mit Handschellen an dieses Drecksbett gefesselt sein.
»Schade, daß wir nicht alle unsere Sardinendose haben, Andy«, bemerkte er. »Was waren wir doch für Glückspilze, daß wir in einem Stück aus Lengeh herausgekommen sind! Der alte Duke wird auch bald wieder kerngesund sein. Und die Operation ›Wirbelsturm‹! Alle unsere Jungs sind draußen, unsere Vögel auch. McIver kommt schon noch in Ordnung. Sie werden sehen! Dubois und Fowler? Irgendwann kommt jeder dran, aber soviel ich weiß, ist ihnen noch nichts passiert, also können wir immer noch hoffen. Tom hat seine Entscheidung getroffen, aber er kommt bestimmt auch noch raus. Und bei Erikki können wir immer noch hoffen.«

Nahe der türkischen Grenze: 7 Uhr 59. Etwa 1000 Kilometer weiter nördlich beschattete Azadeh ihre Augen vor der aufgehenden Sonne. Sie hatte unten im Tal etwas glitzern sehen. Wurde das Licht von einem Gewehr zurückgeworfen? Von einem Pferdegeschirr? Sie machte die M 16 feuerbereit, nahm das Fernglas auf. Hinter ihr lag Erikki ausgestreckt auf einigen Decken in der offenen Kabine der 212 und schlief. Sein Gesicht war bleich, da er eine Menge Blut verloren hatte, aber sein Zustand schien ihr nicht besorgniserregend zu sein. Die Landschaft unter ihr war schneebedeckt, nur hier oder da ein vereinzelter Baum. Einsam und verlassen. Keine Dörfer und kein Rauch. Der Tag war klar und windstill, aber sehr kalt. Langsam suchte sie mit dem Fernglas das Tal ab. Ein paar Kilometer weiter entdeckte sie ein Dorf, das sie vorher nicht bemerkt hatte.
Die 212 war auf einem Felsplateau in einem rauhen Gebirge abgestellt. Da in der vergangenen Nacht, nach ihrer Flucht aus dem Palast, einige Instrumente durch eine Kugel zerstört worden waren, hatte Erikki die Orientierung verloren. Und da er fürchtete, zuviel Treibstoff zu verbrauchen, und da er nicht gleichzeitig fliegen und das Blut aus seiner Armwunde stillen konnte, hatte er sich entschlossen, eine Landung zu riskieren und auf Tageslicht zu warten. Nachdem er niedergegangen war, hatte er den Teppich herausgehoben und vorsichtig aufgerollt. Azadeh schlief immer noch. Er versorgte, so gut er konnte, seine Wunde, hüllte Azadeh dann von neuem in den Teppich, um sie zu wärmen, holte eins der Gewehre aus dem Cockpit und lehnte sich gegen

den Helikopter, um Wache zu halten. Aber so sehr er sich auch bemühte, es gelang ihm nicht, die Augen offenzulassen.
Er war plötzlich erwacht. Am Horizont schien es bereits zu dämmern. Azadeh kauerte noch unter dem Teppich, war aber schon hellwach. »Du hast mich also entführt!« Aber ihre vorgetäuschte Frostigkeit hielt nicht lange an. Sie warf sich in seine Arme, küßte ihn, dankte ihm dafür, daß er das Dilemma für sie drei so klug gelöst hatte, und hielt ihm eine Rede, die sie bereits geübt hatte: »Ich weiß, daß eine Frau wenig gegen ihren Mann ausrichten kann, eigentlich gar nichts. Selbst im Iran, wo wir doch zivilisierte Leute sind, ist eine Frau nicht viel mehr als eine Leibeigene, und was die fraulichen Pflichten angeht, drückt sich der Imam sehr klar aus. Ich weiß auch, daß ich mit einem Ungläubigen verheiratet bin, und ich schwöre, daß ich mindestens einmal am Tag versuchen werde, zu fliehen und zurückzukehren, um meinen Schwur zu halten. Ja, das werde ich tun, obwohl ich genau weiß, daß du mich immer wieder einfangen, mich schlagen oder mir kein Geld geben wirst und daß ich deinen Befehlen gehorchen muß – nur meine Religion werde ich nie, nie aufgeben.« Ihre Augen schwammen in Freudentränen. »Ich danke dir, Liebster! Ich hatte solche Angst!«
»Hättest du das getan? Dich von deinem Gott losgesagt?«
»Ich habe so sehr darum gebetet, daß Allah dir den Weg zeigen möge.«
»Hättest du es getan?«
»Es ist doch jetzt nicht mehr nötig, sich das Unvorstellbare vorzustellen, nicht wahr, Liebster?«
»Aha«, sagte er. »Du wußtest es also! Du wußtest, daß ich genau das tun mußte?«
»Ich weiß nur, daß ich deine Frau bin. Ich liebe dich, ich muß dir gehorchen, und du hast mich ohne meine Mithilfe und gegen meinen Willen entführt. Wir brauchen nie wieder darüber zu reden, bitte!«
Erschöpft und verwirrt starrte er sie an; er konnte nicht begreifen, wieso sie so quicklebendig und nach Einnahme eines Schlafmittels so leicht erwacht war – Schlaf! »Azadeh, ich muß jetzt eine Stunde richtig schlafen. Tut mir leid, aber ich kann nicht mehr. Hier sind wir ja einigermaßen sicher. Du hältst Wache, und in etwa einer Stunde bin ich wieder fit.«
»Wo sind wir hier?«
»Ich weiß es nicht, irgendwo in der Nähe der Grenze.« Er gab ihr eine geladene M 16; er wußte, daß sie gut damit umgehen konnte. »Eine der Kugeln hat meinen Kompaß zerlegt.« Sie sah, wie er in die Kabine taumelte, sich ein paar Decken herausfischte und sie auf dem Boden ausbreitete. Er war sofort eingeschlafen. Während sie auf den Tagesanbruch wartete, dachte sie über Zukunft und Vergangenheit nach. Wie das Leben so spielt! Ich dachte, ich würde es nicht aushalten, als ich in diesen widerlichen Teppich eingerollt war und so tun mußte, als schliefe ich. Als ob ich so dumm gewesen wäre, ein Schlafmittel zu nehmen, wenn ich möglicherweise würde mithelfen müssen, uns zu verteidigen! Es war so leicht, Mina hinters Licht zu führen, und meinen Liebling Erikki und sogar Hakim, der inzwischen alles andere als lieb ist. »Ihre

unsterbliche Seele ist wichtiger als ihr irdischer Leib!« Er hätte mich getötet, mich, seine geliebte Schwester! Aber ich habe ihn ausgetrickst!
Sie war sehr zufrieden mit sich und Ayscha, die ihr die geheimen Horchposten verraten hatte. Als sie dann in gespielter Wut aus dem Zimmer gestürmt war, hatte sie sich eilig an einen Ort begeben, von dem aus sie hören konnte, was Hakim und Erikki miteinander redeten. O wie schlau wir beide waren! Ich vergewisserte mich sogar, daß du meine Handtasche und den Schmuck mitgenommen hast – Najouds Diebesbeute, die ich Hakim abgeschmeichelt hatte. So sind wir jetzt nicht nur in Sicherheit, sondern auch reich, wenn wir nur aus diesem gottverlassenen Land herauskommen!
Wieder das Glitzern im Tal. Unruhe überkam sie. Jetzt eine Bewegung durch die Bäume hindurch und sie sah sie. »Erikki!«
Er war sofort wach. »Da unten! Zwei Reiter. Es könnten Eingeborene sein.« Sie reichte ihm den Feldstecher.
»Ich sehe sie.« Die Männer waren bewaffnet, nach Art der Bergbewohner gekleidet, kanterten durch das Tal und nahmen Deckung, wo es Deckung gab. Von Zeit zu Zeit richteten sie ihre Blicke zu ihnen herauf. »Wahrscheinlich können sie den Heli sehen, aber ich bezweifle, daß sie uns erkennen können.«
»Kommen sie hier herauf?« Er hörte die Angst in ihrer Stimme.
»Vielleicht. Wahrscheinlich. Sie werden eine halbe Stunde dazu brauchen, wir haben also reichlich Zeit.«
»Sie suchen uns.« Ihr Gesicht war weiß, und sie rückte näher an Erikki heran. »Hakim wird überall Alarm geschlagen haben.«
»Das glaube ich nicht. Er hat mir geholfen.«
»Solange es um deine Flucht ging.« Nervös sah sie sich um. »Nachdem du entwischt warst, würde er wie ein Khan handeln. Du kennst Hakim nicht. Er ist mein Bruder, aber vor allem ist er Khan.«
Durch das Fernglas studierte sie das halbverborgene Dorf an der Straße. Die Sonne funkelte auf Telefondrähten. Auch seine Besorgnis nahm zu. »Vielleicht sind es nur neugierige Bauern. Aber wir werden nicht warten, bis wir es sicher wissen.« Müde lächelte er sie an. »Hungrig?«
»Ja, aber sonst geht es mir gut.« Hastig machte sie sich daran, den Teppich zusammenzulegen. »Ich bin mehr durstig als hungrig.«
»Ich auch, aber jetzt geht es mir schon besser. Der Schlaf war wichtig.« Seine Augen schweiften über die Berge, und er verglich das, was er sah, mit seiner Erinnerung an die Landkarte. Ein letzter Blick auf die Männer im Tal. Vorderhand keine Gefahr, dachte er, außer es halten sich noch mehr von der Sorte hier in der Gegend auf. Er kletterte ins Cockpit. Azadeh schob den Teppich in die Kabine und drückte die Tür zu. Wieder das Glitzern von Sonnenlicht auf Metall, diesmal viel näher, aber von beiden unbemerkt.
Erikki hatte Kopfschmerzen und fühlte sich schwach. Er drückte auf den Startknopf. Schnell die Instrumente gecheckt. Drehzahlmesser zersplittert, kein Kompaß. Kein Peilempfänger. Einige Instrumente brauchte er gar nicht – der Klang der Triebwerke würde es ihn merken lassen, wenn die Zeiger im grünen Bereich waren. Doch die Zeiger der Kraftstoffmesser blieben auf ein

Viertel voll hängen. Keine Zeit, um nach diesen oder anderen Schäden zu sehen, und wenn es welche gab, was konnte er tun? Ihr Götter alle, große und kleine, alte und neue, lebende und tote und noch ungeborene, seid heute auf meiner Seite, ich werde eure Hilfe brauchen. Sein Blick fiel auf das *kookri;* er erinnerte sich vage, es zu sich gesteckt zu haben. Ohne sich dessen bewußt zu sein, griff er danach und berührte es.
Azadeh eilte zum Cockpit. Die Rotoren wurden schneller, und die durch sie hervorgerufene Wirbelbewegung zerrte an ihr und ließ sie noch mehr frösteln. Sie kletterte auf den Sitz, verschloß die Tür und wandte ihre Augen von den Blutflecken auf dem Sitz und auf dem Boden ab. Ihr Lächeln erstarb, als sie seinen brütenden Gesichtsausdruck sah und die seltsame Haltung seiner Hand – dem *kookri* nahe, aber nicht ganz. Wieder fragte er sich, wozu er das Messer wohl mitgenommen hatte.
»Fühlst du dich wohl, Erikki?« fragte sie, aber er schien sie nicht gehört zu haben. *Inscha'Allah.* Es ist Allahs Wille, daß er lebt und ich auch, daß wir zusammen und fast in Sicherheit sind. Aber jetzt ist es an mir, die Bürde zu tragen und weiterhin für unsere Sicherheit zu sorgen. Noch ist er nicht mein Erikki, weder im Aussehen noch im Geist. Ich kann sie fast hören, die üblen Gedanken, die in seinem Kopf rumoren. Bald werden die bösen Gedanken die guten wieder überwinden. Allah schütze uns.
»Danke, Erikki«, sagte sie, nahm ihm die Kopfhörer ab, die er ihr reichte, und rüstete sich geistig zum Kampf.
Er vergewisserte sich, daß sie richtig angeschnallt war und stellte die Lautsprecher für sie ein. »Kannst du mich gut hören?«
»Ja, Liebling, danke.«
Zum Teil konzentrierte er sich auf das Geräusch der Triebwerke; es hieß noch ein oder zwei Minuten warten, bis sie abheben konnten. »Wir haben nicht genug Treibstoff, um Van zu erreichen – das ist der nächste Flughafen in der Türkei. Ich könnte nach Süden zum Krankenhaus nach Rezaiyeh fliegen und dort auftanken, aber das ist zu gefährlich. Weiter nördlich liegt ein Dorf an einer Straße, dort will ich hin. Es könnte die Straße von Khoy nach Van sein.«
»Gut, aber beeile dich, Erikki. Ich fühle mich hier nicht sicher. Gibt es Flugplätze in der Nähe? Ganz sicher hat Hakim die Polizei mobilisiert, und diese wiederum die Luftwaffe. Können wir abheben?«
»Nur noch ein paar Sekunden. Die Triebwerke sind gleich soweit.« Er sah, wie ängstlich, gleichzeitig aber auch, wie schön sie war, und wieder einmal erschien das Bild von ihr zusammen mit John Ross vor seinem geistigen Auge. Er verjagte es. »Ich glaube, es gibt da einen Flughafen im Grenzbezirk. Wir fliegen, so weit wir können. Ich denke, wir haben genug Treibstoff, um über die Grenze zu kommen.« Er zwang sich zu einem Scherz. »Vielleicht finden wir eine Tankstelle. Ob sie wohl Kreditkarten nehmen?«
Sie lachte nervös und hob ihre Handtasche, wobei sie den Henkel um ihr Handgelenk wickelte. »Wir brauchen keine Kreditkarten, Erikki. Wir sind reich – du bist reich. Ich kann Türkisch, und ich wäre keine echte Gorgon, wenn es mir nicht gelänge, auch ohne Bargeld den nötigen Treibstoff in den

Tank zu bekommen. Aber wohin wollen wir eigentlich? Nach Istanbul? Du hast dir einen tollen Urlaub reichlich verdient. Wenn wir jetzt in Sicherheit sind, so nur, weil du alles gemacht und an alles gedacht hast.«
»Nein, Azadeh, das warst du.« Du und John Ross, hätte er herausschreien mögen und wandte sich wieder seinen Instrumenten zu. Aber ohne Ross wäre Azadeh tot, und daher auch ich, nur kann ich einfach nicht leben mit dem Gedanken, daß du und er...
In diesem Augenblick sah er mit ungläubigem Staunen Gruppen von Reitern, unter ihnen auch Polizisten, ungefähr einen halben Kilometer entfernt, zu beiden Seiten vor ihm aus dem Wald hervorbrechen und über das Felsplateau galoppieren, um ihnen den Weg abzuschneiden. Seine Ohren sagten ihm, daß die Triebwerke warmgelaufen waren. Sofort gab er Vollgas. Wie er so vom Boden wegkroch, hätte sie jeder der Angreifer ohne weiteres abschießen können. Sie hatten eine Million Jahre Zeit, ihre Pferde anzuhalten, zu zielen und zu feuern. Der Polizist in der Mitte, der Sergeant, zog schon die M 16 aus dem Sattelhalfter!
Unvermittelt wechselte Erikkis Zeitwahrnehmung wieder auf die normale Geschwindigkeit, und er schwenkte vor ihnen davon, pendelte von einer Seite zur anderen und erwartete jeden Augenblick, daß es der letzte sein könnte. Dann waren sie fort und brausten über die Baumwipfel hinweg in die Schlucht hinunter.
»Nicht schießen!« brüllte der Sergeant seinen Leuten zu, die bereits am Rand des Plateaus waren und auf die 212 anlegten. »Ich habe euch doch gesagt, unser Befehl lautet, sie zu fangen, die Frau zu retten und ihn zu töten, nicht sie!« Widerstrebend gehorchten die Männer, und als er sie einholte, sah er, daß die 212 bereits ein gutes Stück ins Tal hinuntergeflogen war. Er holte sein Walkie-talkie heraus. »Zentrale. Hier spricht Sergeant Zibri. Der Hinterhalt ist fehlgeschlagen. Seine Triebwerke liefen schon, noch bevor wir in Position gehen konnten. Er muß uns gesehen haben und ist gleich aufgeflogen.«
»Welche Richtung hat er eingeschlagen?«
»Nach Norden, zur Khoy-Van-Straße.«
»Haben Sie die Gnädigste gesehen?«
»Ja. Sie schien vor Schreck wie gelähmt zu sein. Sagen Sie dem Khan, wir haben gesehen, wie der Kidnapper sie auf dem Sitz festgeschnallt hat, und ich glaube, sie hatte auch einen Riemen ums Handgelenk... Jetzt ist der Hubschrauber nach Osten abgeschwenkt, er hält sich zwei oder drei Kilometer südlich der Straße.«
»Gut gemacht. Wir werden die Luftwaffe einschalten...«

Teheran – Zentrale des Inneren Sicherheitsrates: 9 Uhr 54. Der Leiter der Gruppe 4, Suliman al Wiali, bemühte sich, nicht mit den Fingern zu zittern, als er das Fernschreiben vom Oberst der SAVAMA entgegennahm: »Der Leiter des Inneren Sicherheitsrates, Oberst Haschemi Fazir, fand in der vergangenen Nacht den Tod, als er, zusammen mit dem englischen Berater Armstrong, den Angriff gegen das Hauptquartier der linken Mudjaheddin

anführte. Beide Männer kamen in den Flammen um, als die Verräter das Gebäude in die Luft sprengten. (gez.) Polizeipräsident, Täbris.«
Suliman hatte seine Angst über die unerwartete Aufforderung, hier zu erscheinen, noch nicht überwunden und fürchtete, daß dieser Offizier in Fazirs Safe belastendes Material über die Mordtaten der Gruppe 4 gefunden haben könnte – der Safe hinter ihm war offen und leer. Aber mein Herr wäre gewiß nicht so unvorsichtig gewesen, doch nicht hier in seinem Büro! »Allahs Wille, Exzellenz«, sagte er, reichte das Fernschreiben zurück und versuchte seine Wut zu verbergen. »Sind Sie der neue Leiter des Inneren Sicherheitsrates, Exzellenz?«
»Ja. Was waren Ihre Pflichten?«
»Ich bin Agent, Exzellenz«, antwortete Suliman so unterwürfig, wie es von ihm erwartet wurde, wobei er die Form der Vergangenheit durch die der Gegenwart ersetzte. Die Angst begann ihn zu verlassen. Wenn diese Hunde etwas argwöhnten, würde ich nicht hier stehen, sondern schon längst im Kerker schmachten. Diese unfähigen Hundesöhne verdienen es gar nicht, in einer Welt der Männer zu leben. »Der Oberst hat mir aufgetragen, in Jaleh zu leben und Augen und Ohren offenzuhalten, um Kommunisten auszuräuchern.« Er verachtete diesen hageren, wichtigtuerischen Mann, der hinter Fazirs Schreibtisch saß.
»Wie lange werden Sie schon von uns beschäftigt?«
»Drei oder vier Jahre, ich weiß es nicht genau, Exzellenz, es steht auf meinem Personalbogen. Vielleicht sind es auch fünf, ich kann mich nicht erinnern. Ich arbeite fleißig und werde Ihnen mit ganzer Kraft dienen.«
»Die SAVAMA übernimmt den Inneren Sicherheitsrat. Von jetzt an unterstehen Sie mir. Ich wünsche Abschriften Ihrer bisherigen Berichte zu sehen.«
»Wie es Allah gefällt, Exzellenz, aber ich kann nicht schreiben, zumindest schreibe ich sehr schlecht, und Exzellenz Fazir hat nie schriftliche Berichte von mir verlangt.« Suliman zog es vor, erst einmal den Unschuldigen zu spielen und zu lügen. Mit den Füßen scharrend wartete er. Ob SAVAK oder SAVAMA, sie lügen alle wie gedruckt, und sehr wahrscheinlich haben sie auch die Ermordung meines Herrn in die Wege geleitet, Allah strafe sie – diese Hunde haben die Pläne meines Herrn zum Scheitern und mich um einen prima Job gebracht! Diebe sind diese Hunde, sie haben mir meine Zukunft und meine Sicherheit gestohlen. Jetzt habe ich keinen Job mehr – außer ich gebrauche meinen Verstand und mache da weiter, wo mein Herr ausgeschaltet wurde. Warum auch nicht? Es ist Allahs Wille, daß er tot ist, und ich lebe. Warum nicht weitere Gruppen zusammenstellen? Ich kenne die Methoden meines Herrn und einen Teil seiner Pläne. Aber noch besser: Warum nicht sein Haus durchsuchen und den Safe im Keller ausräumen? Er hat nie erfahren, daß ich davon weiß. Nicht einmal seine Frau weiß davon. Nun, da er tot ist, sollte das nicht schwer sein. Am besten gehe ich noch heute abend, bevor mir diese linken Kotfresser zuvorkommen. Welche Schätze dieser Safe enthalten könnte – enthalten sollte! Geld, Papiere, Listen – mein Herr war ganz verrückt nach Listen! Soll mich doch der Teufel holen, wenn der Safe

nicht auch eine Liste der anderen Gruppen enthält. Hatte mein verstorbener Herr nicht die Absicht, ein moderner al-Sabbah zu werden? Warum nicht ich statt ihm? Mit Mördern, richtigen Mördern, die den Tod nicht fürchten und ihn als Garantie für das Paradies ansehen...
»Wo hat Oberst Fazir seine Papiere aufbewahrt?«
»Papiere, Exzellenz? Wie sollte ein Mann wie ich von Papieren wissen? Ich bin nur ein Agent, und er hat mich losgeschickt – allzuoft mit einem Tritt... Es wird mir eine Freude sein, für einen richtigen Mann arbeiten zu dürfen.« Er wartete zuversichtlich. Was hätte Fazir mir jetzt wohl aufgetragen? Sicher hätte er gerächt werden wollen – und das hieße Pahmudi liquidieren, der für seinen Tod verantwortlich ist, und diesen Hund, der jetzt hinter seinem Schreibtisch sitzt. Warum auch nicht? Aber erst, nachdem ich den richtigen Safe ausgeräumt habe. »Kann ich jetzt gehen, Exzellenz? Meine Gedärme sind übervoll. Ich habe Parasiten.«
Angewidert blickte der Oberst von dem Personalbogen auf, der ihm nichts sagte. Keine Akten im Safe, nur Geld. Ein wunderbares Pischkesch für mich, dachte er, aber wo sind die Akten? Irgendwo muß er sie ja doch haben. Bei sich zu Hause? »Ja, Sie können gehen«, sagte er verdrießlich. »Aber einmal in der Woche melden Sie sich bei mir. Und denken Sie daran: Wenn Sie keine gute Arbeit leisten – wir haben nicht die Absicht, Drückeberger durchzufüttern.«
»Jawohl, Exzellenz, gewiß Exzellenz, danke, Exzellenz, ich werde mein Bestes tun für Allah und den Imam – und wann soll ich mich melden?«
»Am Tag nach dem heiligen Tag.« Unwirsch winkte der Oberst ihn fort, und Suliman schlurfte hinaus und gelobte sich, daß es den Oberst nächste Woche nicht mehr geben würde. Seine Macht reichte schließlich bereits bis Beirut und Bahrain.

Bahrain: 12 Uhr 50. In Bahrain, fast 1000 Kilometer weiter südlich, war das Wetter sonnig und mild, Wochenendausflügler bevölkerten die Strände, vor der Küste genossen Windsurfer die frische Brise, und an den Tischen der Hotelterrasse saßen spärlich bekleidete Herren und Damen – unter ihnen Sayada Bertolin.
Sie trug ein luftiges Strandkleid über ihrem Bikini und nippte an einer Zitronenlimonade. Lässig beobachtete sie die Badegäste und die Kinder, die im seichten Wasser herumplanschten. Einer der kleinen Jungen war das Ebenbild ihres Sohnes. Ich freue mich schon darauf, wieder daheim zu sein, meinen Sohn wieder in die Arme zu schließen und – ja, ja, sogar darauf, meinen Mann wiederzusehen. So lange war ich fort von der Zivilisation, von gutem Essen und guten Gesprächen, von gutem Kaffee und Croissants und Wein. Von Zeitungen und Radio und Fernsehen und all den wunderbaren Dingen, die wir für selbstverständlich halten. Aber ich nicht. Ich habe sie immer schon zu schätzen gewußt und für eine bessere Welt und Gerechtigkeit im Nahen Osten gearbeitet.
Und jetzt? Es fröstelte sie.
Jetzt bin ich nicht nur eine Sympathisantin der PLO und ihr Kurier, sondern

auch eine Geheimagentin für die Christliche Miliz im Libanon, ihre israelischen Herren und die Herren von der CIA – nachdem sie ihr befohlen hatten, nach Beirut zurückzukehren, hatte sie sie miteinander tuscheln gehört, als sie glaubten, sie wäre bereits gegangen. Zwar wußte sie noch immer keine Namen, aber genug, um ihre Zugehörigkeit herauszufinden. Diese Hunde! Christen! Verräter an Palästina! Und noch muß Teymour gerächt werden! Soll ich es meinem Mann berichten, der es anderen im Großen Rat erzählen wird? Ich wage es nicht. ›Sie‹ wissen zuviel.
Sie blickte aufs Meer hinaus. Unter den Surfern erkannte sie zu ihrer Überraschung Jean-Luc, der, elegant gegen den Wind gelehnt, auf die Küste zubrauste. In der allerletzten Sekunde drehte er sich in den Wind, sprang vom Brett ins Seichte und ließ das Segel zusammenklappen. Solche Perfektion nötigte ihr ein Lächeln ab.
Ah, Jean-Luc, wie liebst du dich doch! Aber ich gebe zu, du hattest Flair. In vielen Dingen bist du superb, als Koch, als Liebhaber... ja, aber nur von Zeit zu Zeit! Wir Frauen aus dem Nahen Osten verstehen etwas von Erotik, für uns bist du nicht abwechslungsreich und experimentierfreudig genug und zu sehr mit deiner eigenen Schönheit beschäftigt. Mein erster Mann war der beste, vielleicht weil er der erste war. Und dann Teymour. Teymour war einzigartig. O Teymour, jetzt, wo ich nicht mehr in Teheran bin, fürchte ich mich nicht, an dich zu denken. Dort konnte ich es nicht. Ich werde dich nicht vergessen, und auch nicht, was ›sie‹ dir angetan haben. Eines Tages werde ich dich an den christlichen Milizen rächen...
»Sayada! *Mon Dieu, chérie!* Was machst du denn da?«
Sie gab sich überrascht. Als er sie küßte, schmeckte sie das Salzwasser, das Sonnenöl und den Schweiß und kam zu dem Schluß, daß es ein perfekter Nachmittag werden würde. »Ich bin gestern abend aus Teheran gekommen«, antwortete sie atemlos. »Ich stehe auf der Warteliste für den Flug morgen mittag nach Beirut – aber wie kommst du denn hierher? Das ist ein wahres Wunder!«
»Ja, nicht wahr, was sind wir doch für Glückspilze! Aber morgen kannst du nicht fliegen. Morgen ist Sonntag. Morgen machen wir ein Grillfest mit Hummer und Austern.«
Er war seiner Sache völlig sicher und auf charmante Weise überzeugend, und sie dachte, warum eigentlich nicht? Beirut kann warten. Ich habe so lange gewartet, ein paar Tage mehr machen auch keinen Unterschied.
Jean-Luc freute sich nicht minder über dieses unerwartete Zusammentreffen. Dieses Wochenende wäre eine Katastrophe gewesen, aber jetzt – Liebe am Nachmittag, dann eine Siesta. Anschließend werde ich ein perfektes Dinner zusammenstellen, dann werden wir ein wenig tanzen, uns zärtlich lieben, gut schlafen und uns für einen weiteren perfekten Tag morgen vorbereiten. »*Chérie*, ich bin untröstlich, aber ich muß dich für eine Stunde allein lassen«, sagte er mit einem Hauch von Betrübnis. »Wir werden hier zu Mittag essen – du wohnst doch auch in diesem Hotel? Ausgezeichnet. Meine Zimmernummer ist 1623. Gegen halb, dreiviertel zwei? Zieh dich nicht um, du siehst bezau-

bernd aus. *C'est bon?*« Er beugte sich über sie, küßte sie und ließ seine Hand wie von ungefähr über ihre Brust streifen. Als er sie erbeben fühlte, verabschiedete er sich beschwingt und eilte voll Vorfreude davon.

Im Krankenhaus: 13 Uhr 16. »Guten Morgen, Dr. Lanoire. Wie geht es Captain McIver?« Jean-Luc sprach Französisch. Antoine Lanoires Vater kam aus Cannes, seine Mutter stammte aus Bahrain; sie war eine an der Sorbonne ausgebildete Tochter eines ungebildeten Fischers, der immer noch fischte, wie er es seit jeher getan hatte, und immer noch in einer elenden Hütte lebte – obwohl er ein viele Millionen schwerer Besitzer von Ölquellen war.
»Gemischt.«
»Wie gemischt?«
Der Arzt legte die Fingerspitzen aneinander. Er war ein distinguierter Mann Mitte Dreißig, der in Paris und London studiert hatte, und Arabisch, Französisch und Englisch sprach. »Wir wissen es noch nicht genau; wir müssen noch die Ergebnisse der Tests abwarten. Wirklich sicher werden wir erst in einem Monat sein, wenn er sich eine Angiographie machen lassen kann. Mittlerweile ist Captain McIver schmerzfrei und spricht auf die Behandlung gut an.«
»Aber kommt er wieder ganz in Ordnung?«
»Für gewöhnlich verläuft eine Angina pectoris ganz normal. Seine Frau wies mich darauf hin, daß er während der letzten Monate sehr stark unter Druck stand und in den letzten Tagen noch mehr – diese ›Wirbelsturm‹-Übung von euch, kein Wunder. Welcher Mut! Ich ziehe meinen Hut vor ihm und allen, die daran teilgenommen haben. Aber trotzdem würde ich nachdrücklich empfehlen, daß Ihre Piloten und das ganze Personal zwei oder drei Monate Urlaub bekommen.«
Jean-Luc strahlte. »Ob Sie mir das wohl schriftlich geben könnten? Es sollte natürlich ein bezahlter Urlaub sein!«
»Selbstverständlich. Es ist ja bewundernswert, was Sie alle für Ihre Gesellschaft getan haben! Sie haben Ihr Leben riskiert! Sie hätten sich alle eine Sonderzulage verdient! Ich wundere mich nur, daß es nicht mehr Herzinfarkte gegeben hat. Diese zwei Monate sollten der Erholung dienen, Jean-Luc, und Sie sollten sich einer gründlichen Untersuchung unterziehen, bevor Sie wieder fliegen.«
Jean-Luc war verdattert. »Haben wir denn alle Herzinfarkte zu erwarten?«
»Nein, nein, nein, keineswegs!« Lanoire lächelte. »Aber es wäre sehr klug, sich einmal ganz untersuchen zu lassen – für alle Fälle. Ich selbst kann zwar nicht fliegen, aber ich könnte mir vorstellen, daß der Streß dabei sehr hoch ist, ganz besonders in einer Gegend wie der Nordsee. Und Streß ist vielleicht die auslösende Ursache für Angina, wenn ein Teil des Herzens abstirbt und...«
»Mein Gott, ist McIvers Herz abgestorben?« Jean-Luc war geschockt.
»Nein, nein, nur ein Teil. Jedesmal, wenn man einen Anfall hat, egal, wie schwach, geht ein Teil für immer verloren. Tot.« Dr. Lanoire lächelte. »Natürlich kann man noch ziemlich lang weiterleben, bevor das Gewebe knapp wird.«

Mon Dieu, dachte Jean-Luc – es wurde ihm ein wenig komisch im Magen –, das gefällt mir aber gar nicht. Nordsee? Scheiße! Da laß ich mich lieber gleich versetzen, bevor ich da hinauffahre! »Wie lange wird McIver im Krankenhaus bleiben müssen?«
»Vier oder fünf Tage. Ich würde vorschlagen, daß Sie Ihren Besuch auf morgen verschieben, aber beanspruchen Sie ihn nicht zu sehr. Er muß einen Monat Urlaub machen und sich dann weiteren Tests unterziehen.«
»Wie stehen seine Chancen?«
»Das weiß nur der liebe Gott.«
Oben, auf dem Balkon eines freundlichen Zimmers, döste Genny, die *Times* von diesem Tag offen auf dem Schoß, in einem Lehnstuhl; McIver lag bequem in einem gestärkten sauberen Bett. Die Brise kam von der See, strich über sein Gesicht und weckte ihn. Der Wind hat sich gedreht, dachte er, weht wieder nach Nordost. Gut. Er hob den Kopf etwas, um besser auf den Golf hinaussehen zu können. Die leichte Bewegung weckte sie sofort. Sie faltete die Zeitung zusammen und erhob sich.
»Wie geht es dir, Schatz?«
»Gut. Sehr gut. Keine Schmerzen, nur ein bißchen müde. Ich habe dich mit dem Arzt reden gehört. Was hat er gesagt?«
»Sieht alles gut aus. Es war kein schwerer Anfall. Du wirst dich ein paar Tage schonen müssen, dann einen Monat Ferien, und anschließend noch mehr Tests machen – er war sehr optimistisch, weil du doch nicht rauchst.« Sie stand im Gegenlicht, aber er konnte ihr Gesicht sehen und die Wahrheit darin lesen. »Fliegen kannst du nicht mehr – als Pilot«, fügte sie hinzu und lächelte.
»Scheiße«, versetzte er trocken. »Hältst du Verbindung zu Andy?«
»Ja, natürlich. Ich habe gestern abend und heute früh mit ihm gesprochen und werde ihn in einer Stunde wieder anrufen. Nichts Neues von Marc Dubois und Fowler, aber unsere Vögel sind alle in Sicherheit in Al Schargas, wo sie demontiert werden. Morgen kommen die Frachter. Andy war so stolz auf dich – und auf Scragger. Auch mit ihm habe ich heute früh gesprochen.«
Der Schatten eines Lächelns. »Wird mir guttun, den alten Scrag wiederzusehen. Bist du okay?«
»O ja.« Sie berührte seine Schulter. »Ich bin so froh, daß es dir besser geht. Du hast mir einen schönen Schreck eingejagt.«
»Ich mir selber auch.« Er streckte ihr seine Hand entgegen. »Danke für alles, Mrs. McIver.«
Sie nahm die Hand, beugte sich vor und berührte seine Lippen mit den ihren. Er bemerkte die Zeitung. »Ist das die von heute, Gen?«
»Ja, Liebster.«
»Scheint Jahre her zu sein, daß ich eine Zeitung gesehen habe. Was gibt es Neues?«
»Nur das Übliche.« Sie legte das Blatt scheinbar achtlos zur Seite; er sollte nicht sehen, was sie gelesen hatte: »Börsenkrach in Hongkonk.« Das wird Struan's und diesen Gauner Linbar sicher in Mitleidenschaft ziehen. Aber wird es auch S-G und Andy berühren? »Streiks, Callaghan bringt das arme

alte Großbritannien immer mehr durcheinander. Es heißt, er will die Wahlen auf dieses Jahr vorverlegen – wenn er das tut, hätte Maggie Thatcher gute Chancen. Wäre das nicht fein? Eine Abwechslung, mal einen vernünftigen Menschen in der Downing Street zu haben?«

»Nur weil sie eine Frau ist?« Er schnitt eine Grimasse. »Das heißt doch, den Bock – oder soll ich sagen die Geiß? – zum Gärtner zu machen. Du lieber Himmel, eine Frau als Premierminister! Ich frage mich, wie es ihr überhaupt gelungen ist, Heath auszubooten. Wenn sich nur diese verdammten Liberalen heraushalten würden...« Seine Stimme verlor sich, und er sah wieder auf das Meer hinaus; einige Dhaus zogen vorbei.

Still setzte sie sich und wartete ab, ob er weiter plaudern wollte. Es muß ihm besser gehen, wenn er schon wieder auf die Liberalen losgeht, dachte sie. Sie genoß es, hier in der frischen Meeresbrise zu sitzen und zu wissen, daß er wieder in Ordnung war und »gut auf die Behandlung anspricht. Sie haben keinen Grund, sich zu sorgen, Mrs. McIver.« Leicht gesagt.

Es wird eine gewaltige Veränderung in unserem Leben geben, ganz abgesehen davon, daß wir den Iran und unser ganzes Zeug dort verloren haben – altes Zeug, wird mir nicht fehlen. Jetzt, da der »Wirbelsturm« vorbei ist – ich muß verrückt gewesen sein, den Vorschlag zu machen, aber immerhin hat es geklappt! Unsere Jungs sind zum größten Teil draußen und auch unsere besten Maschinen, und damit sind wir immer noch im Geschäft. Unser Anteil an S-G muß doch etwas wert sein, wir werden bestimmt nicht mittellos dastehen. Was wir wohl für unseren Anteil bekommen würden? Aber wie ist das mit dem Börsenkrach? Ich hoffe, wir sind nicht davon betroffen. Es wäre ja ganz nett, ein wenig Geld zu haben, aber die Hauptsache ist doch, daß Duncan wieder gesund wird. Vielleicht geht er in Rente. Eigentlich möchte ich das nicht – es würde ihn umbringen. Wo sollten wir leben? In der Nähe von Aberdeen? Oder in Edinburgh in der Nähe von Sarah und Trevor, oder in London bei Hamish und Kathy? Nein, London nicht, das ist keine schöne Stadt. Und wir sollten auch nicht zu nahe bei den Kindern wohnen, wir wollen ihnen schließlich nicht auf die Nerven gehen, obwohl es schön wäre, sie von Zeit zu Zeit zu besuchen – vielleicht sogar Babysitter zu spielen. Hin und wieder auf Schloß Avisyard, wo dann Andrew und Maureen und die kleine Electra... Ich möchte es nicht noch einmal durchleben, dieses Grauen, diese stampfende, ratternde Finsternis, die brüllenden Jets, der Benzingestank – mein Gott, wie halten sie das nur aus, diesen entsetzlichen Lärm, das Herumgestoßenwerden, Stunde um Stunde – und die ganze Zeit lag Duncan stöhnend und keuchend auf seinem Sitz, ich wußte nicht, ob er noch lebte oder schon gestorben war... Duncan wird wieder gesund. Er muß wieder gesund werden. Was wohl mit diesem iranischen Sergeant, diesem Wazari, passiert ist? Er sah so verängstigt aus, als die Polizei ihn abführte. Augenblick mal, hat Jean-Luc mir nicht erzählt, Andy hätte für ihn gebürgt und sich verpflichtet, Bahrain mit ihm zu verlassen und ihm Arbeit zu geben?

Diese verdammte Revolution! Zu dumm, daß ich nicht zurück kann, um mir ein paar von meinen Sachen zu holen. Die alte Bratpfanne, die immer umkippte, und Omas Teekanne, mit der man so guten Tee kochen konnte – selbst mit Teheraner Wasser. Ach, ja, Wasser! Jetzt ist bald Schluß mit dem Hinkauern am Klo, und statt Wasser gibt es wieder weiches Papier...

»Worüber lächelst du, Gen?«

»Ich mußte gerade an das Hinkauern am Klo denken, an die Tagediebe in aller Herrgottsfrüh, die, mit einer Wasserflasche bewaffnet, über den *joubs* hockten. Es sah immer so abscheulich und gleichzeitig auch komisch aus. Aber für uns hat das ein Ende, mein Junge, es geht ab nach Blighty.« Sein Gesichtsausdruck veränderte sich. »Das ist nicht schlimm, Duncan. Wir kommen nach Hause. Ich verspreche dir, es wird schön.«

Nach einer kleinen Pause nickte er. »Wir wollen abwarten, Gen. Noch keine Entscheidungen treffen. In ein, zwei Monaten. Zuerst muß ich wieder fit sein, und dann entscheiden wir uns. Mach dir keine Sorgen.«

»Ich mache mir keine Sorgen.«

Er wandte seine Aufmerksamkeit abermals dem Meer zu. Ich werde den Rest meines Lebens nicht damit verbringen, mich über das verdammte englische Wetter zu ärgern. In die Rente gehen? Da muß ich mir noch was einfallen lassen. Wenn ich nicht mehr arbeiten kann, werde ich verrückt. Vielleicht könnten wir für den Winter ein Häuschen am Meer finden – in Spanien oder Südfrankreich. Der Teufel soll mich holen, wenn ich zusehe, wie Gen ständig friert und vor ihrer Zeit alt wird – diese verdammte Salzluft, die von der Nordsee kommt! Niemals! Jetzt, da »Wirbelsturm« geklappt hat, werden wir mehr als genug Geld haben. 8 von 9 der 212!

»Woran denkst du, Duncan?«

»Wir haben heute einen wunderschönen Tag.«

»Ja, da hast du recht.«

»Würdest du versuchen, Andy für mich ans Telefon zu bekommen, Gen?«

»Gern.« Sie wußte, daß es ihm guttun würde, ein wenig zu plaudern. »Hallo? O hallo, Scot. Wie geht es dir? Hier spricht Genny.« Sie hörte kurz zu. »Das ist fein. Dein Paps da?« Wieder eine Pause. »Nein, sag ihm bloß, daß ich für Duncan angerufen habe – es geht ihm gut, und man kann ihn über Durchwahl 455 erreichen. Er möchte nur Hallo sagen. Würdest du deinen Vater bitten, ihn anzurufen, wenn er kommt? Danke, Scot...«

Nachdenklich legte sie den Hörer auf. »Nichts Neues. Andy ist mit Scrag draußen im International. Sie treffen sich mit diesem Japs – du weißt ja, der von Iran-Toda –, tut mir leid, ich würde ihn nicht so nennen, wenn ich ihm gegenüberstünde, aber das ist er nun mal.«

McIver furchte die Stirn. »Kasigi hat Scrag immerhin sehr geholfen. Das mit den ›Sünden der Väter‹ zieht nicht mehr so recht. Vielleicht sollten wir die neue Ära beginnen, denn ob es dir gefällt oder nicht, eine neue Ära ist angebrochen, Gen.«

Sie sah ihn lächeln. Wieder standen ihr Tränen in den Augen. Ich darf nicht weinen, die neue Ära wird eine gute Ära sein, und Duncan wird es bald besser gehen. »Weißt du was, mein Junge, wenn du wieder superfit bist, fahren wir auf Urlaub nach Japan. Dann sehen wir weiter.«

71

Al Schargas – Hotel Oasis: 13 Uhr 55. Kasigi schlängelte sich geschickt zwischen den besetzten Tischen auf der Terrasse durch, von der aus man das Schwimmbecken überblickte. »Ach, Mr. Gavallan, Captain Scragger, bitte verzeihen Sie meine Verspätung.«

»Aber ich bitte Sie, Mr. Kasigi, bitte nehmen Sie Platz.«

»Danke.« Kasigi trug einen leichten Tropenanzug; ihm schien kühl zu sein, aber der Schein trog. »Tut mir schrecklich leid. Ich hasse es, mich zu verspäten, aber hier am Golf ist es fast unmöglich, pünktlich zu sein. Ich mußte von Dubai herunterkommen, und der Verkehr... Glückwünsche sind wohl angebracht. Wie ich höre, ist Ihre Operation ›Wirbelsturm‹ ein nahezu voller Erfolg.«

»Von den Helis, die wir ausführen wollten, fehlt uns noch einer mit zwei Crews, aber im großen und ganzen hatten wir Glück«, stellte Gavallan klar, doch weder ihm noch Scragger war nach Freudensprüngen zumute. »Möchten Sie etwas essen oder vielleicht einen Drink?« Der von Kasigi erbetene Termin war für 12 Uhr 30 angesetzt gewesen, aber wie vorher abgesprochen, hatten Gavallan und Scragger nicht gewartet. Man hatte ihnen bereits Kaffee serviert.

»Einen Brandy mit Mineralwasser und dazu noch ein Extraglas Mineralwasser, bitte. Keinen Lunch, danke, ich bin nicht hungrig«, log Kasigi höflich, um sich nicht selbst in eine peinliche Lage zu bringen, indem er aß, nachdem die anderen ihre Mahlzeit beendet hatten. Er lächelte Scragger zu. »Also, ich bin so froh, daß Sie mit Ihren Hubschraubern und Crews jetzt in Sicherheit sind. Nochmals: meine herzlichsten Glückwünsche!«

»Tut mir leid, daß ich Ihre Fragen ausweichend beantworten mußte, aber, na ja, jetzt werden Sie verstehen.«

»Als ich davon erfuhr, habe ich natürlich verstanden. Gesundheit!« Durstig trank er das Mineralwasser. »Da also jetzt Ihre Operation ›Wirbelsturm‹ gelaufen ist, Mr. Gavallan, können Sie mir vielleicht bei der Lösung meiner Probleme mit Iran-Toda helfen?«

»Das würde ich natürlich gerne tun, aber ich kann nicht. Es tut mir sehr leid, aber wir können nicht. Es ist einfach unmöglich, das muß Ihnen jetzt doch klar sein!«

»Vielleicht kann man es möglich machen.« Kasigi wandte keinen Blick von seinem Gegenüber. »Ich habe gehört, daß Ihre Hubschrauber bis heute abend draußen sein müssen, weil sie sonst beschlagnahmt werden.«

Gavallan machte eine höfliche Geste. »Wir wollen hoffen, daß es wieder nur ein Gerücht ist.«

»Ein Beamter Ihrer Botschaft hat unserem Botschafter mitgeteilt, daß die Ihnen gesetzte Frist endgültig ist. Es wäre doch eine Tragödie, wenn Sie jetzt nach einem solchen Erfolg alle Ihre Maschinen verlieren würden. Ich hätte...«

»Endgültig? Sind Sie sicher?« Gavallan fühlte sich leer und ausgebrannt.

»Mein Botschafter war ganz sicher.« Kasigi setzte ein liebenswürdiges Lächeln auf. »Nehmen wir an, ich könnte erreichen, daß Ihre Deadline von heute abend auf morgen abend verlegt wird – könnten Sie dann meine Probleme mit Iran-Toda lösen?«

Die zwei Männer starrten ihn an. »Sie könnten eine Verlegung der uns gesetzten Frist erwirken, Mr. Kasigi?«

»Ich natürlich nicht, aber möglicherweise unser Botschafter. Er erwartet mich in einer Stunde. Ich werde ihn fragen, vielleicht könnte er den iranischen Botschafter oder den Scheich oder beide dazu bewegen.« Als geübter Fischer in westlichen Gewässern war Kasigi viel zu erfahren, um nicht zu wissen, welche Art Köder er ausgelegt hatte. »Ich stehe in Captain Scraggers Schuld. Ich habe nicht vergessen, daß er mir das Leben gerettet und große Mühe auf sich genommen hat, um mich nach Bandar-e Delam zu fliegen. Freunde sollten Freunde nicht vergessen, nicht wahr? Auf Botschafterebene... ließe sich das vielleicht ordnen.«

Der japanische Botschafter? Mein Gott, wenn das möglich wäre... Die Hoffnung auf diesen unerwarteten Ausweg ließ Gavallans Puls schneller schlagen. »Unser Botschafter kann überhaupt nichts tun, das hat man uns klar gemacht. Ich wäre für jede Hilfe dankbar. Sie meinen, er würde uns helfen?«

»Wenn er wollte... ich glaube, er könnte Ihnen helfen.« Kasigi nippte an seinem Brandy. »So wie Sie uns helfen könnten. Der Vorsitzende unseres Aufsichtsrates hat mich ersucht, Ihnen Grüße von ihm zu bestellen und Ihren gemeinsamen Freund, Sir Ian Dunross, zu erwähnen. Sie haben vorgestern abend miteinander diniert.«

»Wenn ich helfen kann... Welcher Art sind Ihre Probleme?« Und wo ist der Haken? Und wie hoch sind die Kosten? dachte Gavallan. Und wo steckt Ian? Dreimal habe ich schon vergeblich versucht, ihn zu erreichen.

»Ich brauche so bald wie möglich drei 212 und zwei 206, die Iran-Toda für ein Jahr unter Vertrag nehmen könnte. Es geht darum, daß die Werksanlagen fertiggestellt werden, und das dortige Komitee hat mir enge Zusammenarbeit zugesichert – wenn wir sofort anfangen. Wenn wir das nicht tun, hätte das katastrophale Folgen.«

Gestern abend hatte ihm Chefingenieur Watanabe von Iran-Toda ein verschlüsseltes Fernschreiben geschickt: »Komiteechef Zataki schäumt vor Wut über die Flugzeugentführungen von S-G. Sein Ultimatum: Entweder wir nehmen die Bauarbeiten unverzüglich wieder auf – was ohne Hubschrauber unmöglich ist – oder die gesamte Anlage muß mit sofortiger Inbesitznahme und Verstaatlichung rechnen, und allen Fremden hier wird wegen Hochverrats der Prozeß gemacht. Deadline ist Sonntag, der 5., nach dem Abendge-

bet. Zu dieser Stunde muß ich bei dem Komitee erscheinen. Bitte um Instruktionen.«
Dringende Telefongespräche mit Osaka und Tokio hatten Kasigi nur noch wütender gemacht. »Yoshi, mein lieber Freund«, hatte sein Vetter und Herr und Meister Hiro Toda mit steifer Höflichkeit gesagt, »ich habe mich mit dem Konsortium beraten, und wir sind zu dem Schluß gekommen, daß wir uns glücklich schätzen können, dich vor Ort zu haben. Es hängt jetzt alles von dir ab. Wir sind sicher, daß du unsere Probleme lösen wirst – bevor du zurückkommst.«
Was im Klartext hieß: Löse sie oder komm gar nicht erst zurück. Den Rest der Nacht hatte er versucht, einen Ausweg aus seinem Dilemma zu finden. Es dämmerte schon, als ihm eine beiläufige Bemerkung eingefallen war, die der japanische Botschafter in bezug auf seinen iranischen Kollegen gemacht hatte und die möglicherweise ein Mittel sein konnte, Gavallans Frist zu verlängern und seine eigenen Probleme zu lösen. »Um ganz offen zu sein, Mr. Gavallan«, sagte er und hätte beinahe laut herausgelacht, so belanglos war die Bemerkung gewesen, und doch, in diesem Fall so bedeutungsvoll – »bis morgen abend brauche ich einen Plan und Antworten.«
»Warum gerade dann, wenn ich fragen darf?«
»Weil ich gegenüber einem Freund Verpflichtungen eingegangen bin, die ich einhalten muß – das werden Sie ja verstehen. Wir haben also beide eine Deadline, und zwar die gleiche. Wenn Sie mir helfen könnten, würde ich das sehr zu schätzen wissen. Natürlich werde ich alles in meiner Macht Stehende tun, um meinen Botschafter auf jeden Fall dazu zu bringen, sich für Sie zu verwenden.«
»Es wäre sinnlos, Ihnen unsere Vögel anzubieten, man würde sie sofort beschlagnahmen; und ebenso sinnlos, Ihnen die 206 anzubieten, die wir zurückgelassen haben – sie sind ohne jeden Zweifel bereits *hors de combat*. S-G scheidet aus, ebenso auch Bell, Guerney oder eine der anderen Gesellschaften. Können Sie japanische Hubschrauberpiloten herbeischaffen?«
»Leider nein. Wir haben keine ausgebildet.« Noch nicht, dachte Kasigi und war wieder wütend über das Konsortium, das nicht den Weitblick gehabt hatte, vertrauenswürdige Leute für diesen heiklen Job auszubilden. »Es müssen Ausländer sein. Mein Botschafter könnte alle Schwierigkeiten ausbügeln – Beschaffung von Visa etc. –, Sie wissen ja, daß Iran-Toda ein ›Nationales Vorhaben‹ ist«, fügte er hinzu. Die Übertreibung störte ihn nicht. Wenn die gesamte Information, die er besaß, in die richtigen Hände gelangte, würde es bald soweit sein. »Wie steht es mit französischen oder deutschen Crews?«
»Das Problem besteht aus zwei Teilen«, antwortete Gavallan. »Zunächst die Maschinen und Ersatzteile: Wenn Sie einen Kreditbrief zu unseren üblichen monatlichen Sätzen stellen könnten, prolongationsfähig für die Zeit, für die Sie die Hubschrauber brauchen – woher immer wir sie Ihnen beschaffen können –, mit einer Garantie, daß Sie, wenn die iranischen Behörden die Maschinen beschlagnahmen, für alle Mietzahlungen in Dollar außerhalb des

Irans aufkommen und die Eigentümer für einen Totalverlust entschädigen, könnte ich sie Iran-Toda zur Verfügung stellen... in einer Woche.«
Kasigi reagierte schnell. »Unsere Bank ist die Sumitomo. Ich könnte noch heute abend hier ein Meeting mit den Leuten arrangieren. Das wäre kein Problem. Wo würden Sie die Flugzeuge hernehmen?«
»Aus Deutschland oder Frankreich – englische oder amerikanische kommen nicht in Frage. Frankreich ist wahrscheinlich besser, weil die ja Khomeini unterstützt haben. Ich könnte sie durch Freunde bei der Aerospatiale bekommen. Wie steht es mit einer Versicherung? Ich kann Ihnen unmöglich eine Versicherung im Iran verschaffen.«
»Vielleicht könnte ich das von Japan aus in die Wege leiten.«
»Gut. Ich hasse es, mit unversicherten Vögeln zu fliegen. Nächster Punkt: Nehmen wir an, wir können die Maschinen bekommen, wie viele Piloten und Mechaniker würden Sie brauchen, Scrag?«
»8 bis 10 Piloten je nach Dienstplan, würde ich sagen, dazu 10 bis 14 Mechaniker, außerhalb des Irans stationiert, aber in der Nähe.«
»Wer würde die Leute bezahlen, Mr. Kasigi? Wo und in welcher Währung?«
»In jeder Währung, wo immer und wie immer. Normale Sätze?«
»Wie es gegenwärtig im Iran aussieht, müssen Sie wohl eine ›Gefahrenzulage‹ einkalkulieren.«
»Würden Sie in Erwägung ziehen, gegen eine Gesamtprovision die ganze Sache – Maschinen und Personal – für mich zu organisieren?«
»Vergessen Sie Provisionen und denken Sie daran, daß unsere Beteiligung an der Sache streng geheimgehalten werden muß. Ich schlage vor, daß ihre Operation – Logistik, Ersatzteile und Reparaturen – von Kuwait oder Bahrain aus dirigiert wird...«
»Bahrain wäre besser«, warf Scragger ein.
»Kuwait ist näher«, meinte Kasigi.
»Ja, und daher auch dem iranischen oder dem vom Iran aus gesteuerten Druck weit stärker ausgesetzt. Ich fürchte, auf dieser Seite des Golfs könnte es ungemütlich werden. Zu viele – meist bettelarme – Schiiten, zu viele sunnitische Scheichs. Über kurz oder lang sind Sie in Bahrain besser aufgehoben.«
»Also dann Bahrain«, stimmte Kasigi zu. »Mr. Gavallan, könnte ich Mr. Scraggers Dienste für ein Jahr in Anspruch nehmen, um die Operation – wenn es dazu kommen sollte – zu leiten? Ich würde sein gegenwärtiges Gehalt verdoppeln.« Er sah, wie sich Scraggers Pupillen verengten. Ob ich wohl zu schnell zu weit gegangen bin? fragte sich Kasigi. »Wenn ich Sie Ihrer ersten Liebe abspenstig mache, sollten Sie doch wohl dafür entschädigt werden, Captain Scragger, finden Sie nicht?«
»Das ist ein sehr großzügiges Angebot, aber, ich weiß nicht... Andy?«
Gavallan zögerte. »Das würde bedeuten, daß Sie bei S-G kündigen und daß Sie das Fliegen aufgeben müßten. Sie könnten unmöglich den Einsatz von fünf Vögeln leiten und auch noch selbst fliegen – und Sie dürften natürlich nie wieder in den Iran.«
Und du stehst auch sonst an einer Wegscheide, dachte Scragger. Rede dir doch

nicht ein, daß McIver ein Einzelfall war. Wieso bist du denn gestern ohnmächtig geworden? Einfach nur Erschöpfung, hat Dr. Nutt gesagt. Quatsch, ich bin in meinem ganzen Leben noch nie ohnmächtig geworden, und was verstehen die Ärzte schon. Ein Jahr in Bahrain? Das ist schon besser als ein paar Monate an der Nordsee, wo ich immer die nächste ärztliche Untersuchung fürchten muß. Nicht mehr fliegen? Na, ich könnte doch auf dem laufenden bleiben und hin und wieder eine Spritztour machen. »Darüber müßte ich noch nachdenken, Mr. Kasigi. Aber ich danke Ihnen für das Angebot.«

»Könnten Sie sich vielleicht den ersten Monat um alles kümmern, Mr. Gavallan?«

»Ja. Mit ein bißchen Glück könnte ich innerhalb einer Woche genügend Vögel und Leute zusammenbekommen, damit Sie anfangen können; den Rest in zwei Wochen auf verlängerungsfähige Dreimonatsverträge.« So taktvoll er konnte, fügte er hinzu: »Vorausgesetzt, wir halten unsere Deadline ein.«

Kasigi zeigte seine Befriedigung nicht. »Sehr schön. Wollen wir uns hier um 9 Uhr treffen? Ich bringe Mr. Umura mit, den Direktor der Sumitomo für die Golfstaaten, der die Kreditbriefe in der von Ihnen gewünschten Form ausfertigen kann, Mr. Gavallan.«

»Pünktlich um 9 Uhr. Vielleicht könnten Sie Ihrem Botschafter gegenüber erwähnen, daß die von mir gecharterten Transportflugzeuge erst morgen mittag eintreffen und nicht vor morgen abend geladen haben werden und wieder abfliegen können.«

»Die ›Botschafterebene‹ bleibt unter uns?«

»Selbstverständlich. Sie haben mein Wort. Scragger?«

Kasigi hörte, wie Scragger das gleiche antwortete. Es erstaunte ihn immer wieder, daß Europäer so naiv sein konnten, sich auf jemandes »Wort« zu verlassen – Ehrenwort, wessen Ehre, was für eine Ehre? »Vielleicht könnten wir so vorgehen: Heute abend erledigen wir das Finanzielle und die Kreditbriefe; Sie fangen inzwischen schon an, die Hubschrauber, die Ersatzteile und die Crews zu organisieren, und überlegen sich, wie die Operation von Bahrain aus gemanagt werden soll, Lagerhaltung und so weiter – all dies vorbehaltlich der Zustimmung aller Beteiligten morgen abend. Wenn Sie bis dahin Ihre eigenen Geräte und Ausrüstung ausgeflogen haben, garantieren Sie, daß Iran-Toda binnen einer Woche seine Hubschrauber hat.«

»Sie scheinen sehr zuversichtlich zu sein, daß Sie unsere Fristen verlängern können?«

»Mein Botschafter kann es vielleicht. Sobald ich ihn verlassen habe, rufe ich Sie an und gebe Ihnen Bescheid. Captain Scragger, wäre es Ihnen möglich, ein Trainingsprogramm für japanische Piloten zu leiten?«

»Kein Problem, vorausgesetzt, sie sprechen Englisch und haben mindestens 100 Hubschrauber-Flugstunden. Ich müßte mir einen Ausbilder suchen und...« Er unterbrach sich, denn mit einemmal fiel ihm ein, daß das die perfekte Lösung war. »Das ist eine prima Idee. Ich könnte der Prüfer sein – ich kann sie nach Typen austragen und auf diese Weise genügend Flugstunden

unter den richtigen Bedingungen herausholen. Prima!« Er strahlte. »Ich sag' Ihnen was, Sportsfreund: Wenn Andy das schafft, bin ich dabei.« Er streckte ihm seine Hand entgegen, und Kasigi ergriff sie.
»Ich danke Ihnen, ausgezeichnet. Also, Mr. Gavallan, versuchen wir's?«
»Warum nicht?« Gavallan streckte seine Hand aus, und als er Kasigis eisernen Griff spürte, glaubte er zum erstenmal, daß er wirklich noch eine Chance hatte. Kasigi ist schlau. Sehr schlau. Jetzt wendet er die Standard-Operationsmethode japanischer Gesellschaften an: Veranlasse ausländische Experten, japanisches Personal vor Ort auszubilden oder auch den Markt in ihren eigenen Ländern zu schaffen, und hol dir dann die neu Ausgebildeten. Wir Europäer machen den kurzfristigen Gewinn, sie bekommen den langfristigen Markt. Im Geschäftlichen machen sie mit uns, was ihnen im Krieg nicht gelungen ist. Mit Zins und Zinseszinsen. Na und? Wir helfen uns gegenseitig. Wenn Kasigi und sein Botschafter mich vor einer Katastrophe bewahren, macht es mir nichts aus, ihm aus der Patsche zu helfen. »Wir versuchen's!«
»Danke. Ich rufe an, sobald ich etwas Neues weiß.« Kasigi deutete eine Verbeugung an und entfernte sich gemessenen Schritts.
»Was glauben Sie, Andy, klappt das?« fragte Scragger hoffnungsvoll.
»Ehrlich – ich weiß es nicht.« Gavallan winkte einen Kellner heran und verlangte die Rechnung.
»Wie wollen Sie noch rechtzeitig seine Probleme lösen?«
Gavallan wollte schon antworten, aber da bemerkte er Pettikin und Paula, die an einem Tisch am Swimmingpool saßen und die Köpfe zusammensteckten.
»Ich dachte, Paula wäre heute vormittag nach Teheran geflogen?«
»Ja, das hatte sie vor. Vielleicht wurde der Flug gestrichen, oder sie hat sich krank gemeldet. Das tun die Mädchen schon mal, wenn es ein schöner Tag ist und sie schwimmen gehen wollen oder einen Mann glücklich machen oder einfach nur so herumtrödeln. Aber mit Paula ist das etwas anderes – Charlie ist wohl nicht mehr zu retten.«
Gavallan sah die Freude auf ihren Gesichtern unter dem Sonnenschirm und wünschte sich, wie sie alle Probleme vergessen zu können. Abgesehen von seiner Besorgnis wegen Erikki, Dubois und den übrigen, hatte auch er in den Morgenzeitungen die Meldungen über den plötzlichen Börsenkrach in Hongkong gelesen. »Im Rahmen eines allgemeinen Kurssturzes – ein Ende ist noch nicht in Sicht – haben viele der großen Gesellschaften, unter ihnen Struan's, Rothwell-Gornt, Par-Con of China, heute 30 Prozent ihres Wertes oder noch mehr eingebüßt. Die vom Tai-Pan, Mr. Linbar Struan, abgegebene Erklärung, es handle sich nur um ein saisonbedingtes unerhebliches Problem, wurde sowohl von der Regierung der Kronkolonie wie auch von der Konkurrenz scharf zurückgewiesen. Die Boulevardpresse war voll von Gerüchten über Spekulationsgeschäfte unter den großen vier sowie von Insidern durch Leerverkäufe initiierte Manipulationen zu dem Zweck, die Kurse von ihrer Rekordhöhe purzeln zu lassen.« Darum kann ich also Ian nicht erwischen. Ist er nach Hongkong geflogen? Dieser verdammte Linbar! Er wird in diesem Jahr ganz schön in die roten Zahlen…

Mit einiger Mühe gelang es ihm, den Flug seiner Gedanken anzuhalten. Er sah, wie Pettikin seine Hand über die ihre legte. Paula entzog sie ihm nicht.
»Was glauben Sie, Scrag, wird er ihr einen Heiratsantrag machen?«
»Wenn er es nicht tut, ist er ein Idiot.«
»Scragger, ich kann nicht mehr warten. Unterschreiben Sie die Rechnung, dann gehen Sie zu Charlie und sagen ihm, es täte mir leid, aber ich brauche ihn auf eine Stunde im Büro, den Rest des Tages hat er frei. Dann sehen Sie zu, daß Sie Willi und Rudi erwischen, ich werde Jean-Luc anrufen, und alle zusammen werden wir beschaffen, was Kasigi braucht – wenn er es schafft. Sagen Sie ihnen nicht, um was es sich handelt, nur daß es dringend ist und daß sie die Klappe halten sollen.« Er eilte davon, aber ein »He, Mr. Gavallan« stoppte ihn. Es war Wesson, der Amerikaner, der von seinem Tisch aufstand und ihm die Hand entgegenstreckte. »Haben Sie Zeit für einen Drink?«
»O hallo, Mr. Wesson, darf ich später einmal darauf zurückkommen? Ich bin ein bißchen in Eile.«
»Aber ja, jederzeit.« Wesson lachte ihn an, beugte sich ein wenig vor und senkte seine Stimme zu einem gutmütig-konspirativen Wispern; zum ersten Mal bemerkte Gavallan das kleine Hörgerät im linken Ohr des Mannes. »Ich wollte Sie nur beglückwünschen. Sie haben den Burschen prächtig die Fersen gezeigt!«
»Wir... wir hatten einfach Glück. Tut mir leid, ich muß los. Wiedersehen!«
»Wiedersehen.« Nachdenklich nahm Wesson seine Füllfeder vom Tisch und steckte sie ein. Kasigi will also versuchen, Gavallan zu helfen, aus dem Schneider zu kommen, dachte er, während er auf die Halle zusteuerte. Das wäre mir nie eingefallen. Aber das neue Regime macht da bestimmt nicht mit. Kasigi baut Luftschlösser. Der arme Hund ist dabei, den Verstand zu verlieren. Iran-Toda ist ein einziges Durcheinander, selbst wenn sie jetzt anfangen, werden noch Jahre vergehen, bis dieses Werk die Produktion aufnehmen kann. Und man weiß doch, daß der Iran den Ölhahn abdreht, was für Japan einen Verlust von 70 Prozent seiner Energieversorgung bedeutet. Der Ölpreis wird wieder steigen und die Inflation anheizen... Japan ist unser einziger Verbündeter im Pazifik, und jetzt wird man die armen Hunde zur Kasse bitten.
Auf Botschafterebene? Interessant. Wie soll das funktionieren? Wer tut was für wen? Und was soll ich dem alten Aaron weitergeben? Alles, denn wenn einer ausklamüsern kann, wie alles zusammenpaßt, dann er.
Er schlenderte durch die Lobby zu seinem Wagen hinaus, ohne Kasigi zu bemerken, der in einer Telefonzelle stand.
»...bin ich ganz Ihrer Meinung, Ishii-san«, sagte Kasigi respektvoll. »Bitte informieren Sie Seine Exzellenz, daß wir unsere Ausrüstung und das Personal ganz sicher bekommen werden – wenn der Rest stimmt.« Er versuchte, sich seine Nervosität nicht anmerken zu lassen.
»Ach ja? Ausgezeichnet«, erwiderte Ishii von der Botschaft. »Ich werde Seine Exzellenz unverzüglich benachrichtigen. Und wie steht es jetzt mit dem iranischen Botschafter? Haben Sie vielleicht schon von ihm gehört?«

Es rumorte in Kasigis Eingeweiden. »Er ist nicht gekommen?«
»Nein, leider, und es ist schon fast 3 Uhr. Sehr betrüblich. Bitte kommen Sie zur Besprechung, wie vereinbart. Danke, Kasigi-san.«
»Danke Ihnen, Ishii-san«, gab er zurück; am liebsten hätte er laut aufgeschrien, legte statt dessen jedoch sanft den Hörer auf.
In der vollklimatisierten Halle fühlte er sich ein wenig wohler. Er ging zur Rezeption, holte sich seine Post – zwei Aufforderungen von Hiro Toda, ihn zurückzurufen –, fuhr in sein Zimmer hinauf und versperrte die Tür. Er entkleidete sich, ging unter die Dusche und legte sich dann nackt auf das Bett, um Kräfte zu sammeln, seine Ruhe wiederzuerlangen und sich auf die Konferenz vorzubereiten.
Die ohne eine bestimmte Absicht geäußerte Bemerkung des japanischen Botschafters, die seinen ganzen Denkprozeß in Gang gesetzt hatte, war vor ein paar Tagen bei einem Empfang in der Britischen Botschaft an Roger Newbury gerichtet gewesen. Der Botschafter hatte erwähnt, daß der neue iranische Botschafter die Schließung von Iran-Toda beklagt hatte; das Werk könnte dem neuen islamischen Staat eine phantastische wirtschaftliche Machtposition in der ganzen Golfregion verschaffen.
»Er heißt Abadani, ist Doktor der Wirtschaftswissenschaften, selbstverständlich Fundamentalist, aber kein Fanatiker. Er ist noch ziemlich jung und nicht allzu erfahren, aber Karrierediplomat. Er spricht gutes Englisch und war an der Botschaft in Kabul.«
Zu diesem Zeitpunkt hatte Kasigi mit dieser Bemerkung nicht viel anzufangen gewußt. Doch dann war die Operation »Wirbelsturm« gekommen, die Fernschreiben aus Teheran hatten sich über den ganzen Golf verbreitet, und nach den Fernschreiben Gerüchte über eine Forderung Abadanis nach einer für heute abend angesetzten Inspektion von Gavallans Hubschraubern, die zweifelsfrei beweisen würde, daß es sich um die im Iran registrierten Maschinen handelte. »... und dann, Kasigi-san, kommt es zu einem internationalen Zwischenfall«, hatte Ishii ihm gestern abend prophezeit, »weil jetzt Kuwait, Saudi-Arabien und Bahrain in die Sache hineingezogen werden – und das, das kann ich Ihnen versichern, das würden alle gern vermeiden, vor allem unser Scheich.«
Bei Tagesanbruch war er zu Abadani gegangen, hatte ihm von Zataki und einem neuen Anfang erzählt und unter dem Siegel der Verschwiegenheit mitgeteilt, daß die japanische Regierung Iran-Toda als »Nationales Vorhaben« neu klassifiziert habe, womit die Finanzierung für alle Zeiten gesichert war – und daß er mit Exzellenz Abadanis Hilfe die Bauarbeiten in Bandar-e Delam unverzüglich wieder aufnehmen könnte.
»Nationales Vorhaben? Dem Himmel sei Dank. Wenn Ihre Regierung es unterstützt, brauchen wir uns um die Finanzierung keine Sorgen mehr zu machen. Was kann ich dazu tun?«
»Um mit den Arbeiten sofort wieder anzufangen, bräuchte ich Hubschrauber und ausländische Piloten und Personal. Um sie rasch zu bekommen, brauche ich die Hilfe von S-G-Helicopters und Mr. Gavallan.«

Abadani war explodiert. Nachdem er einer Tirade über Luftpiraterie und Feinde des Islams höflich und Einverständnis mimend zugehört hatte, war Kasigi verblümt auf das Thema zurückgekommen.

»Sie haben völlig recht, Exzellenz«, hatte er gesagt, »aber ich mußte wählen. Entweder ich riskierte Ihr Mißfallen, indem ich Ihnen die Situation zur Kenntnis brachte, oder ich versäumte meine Pflicht gegenüber Ihrem großen Land. Die Sache ist sehr einfach: Wenn ich keine Hubschrauber bekomme, kann ich nicht wieder anfangen. Ich habe es bei Guerney und anderen ersucht – zwecklos. Ich weiß, ich kann sie nur über diesen schrecklichen Menschen bekommen – natürlich nur für ein paar Monate, als Notbehelf sozusagen, bis ich japanisches Personal organisieren kann. Wenn ich nicht gleich wieder anfange, bekomme ich es mit diesem Zataki zu tun, und ich versichere Ihnen, er und sein Abadan-Komitee tun, was ihnen paßt, und sie machen ihre Drohungen wahr. Das wird meine Regierung empören und in eine peinliche Lage versetzen und sie veranlassen, die Finanzierung von Iran-Toda als ›Nationales Vorhaben‹ hinauszuschieben, und dann...« Er hatte die Achseln gezuckt. »Meine Regierung wird Iran-Toda aufgeben und ein neues petrochemisches Werk in einem Land wie Saudi-Arabien, Kuwait oder im Irak bauen, wo stabile Verhältnisse herrschen.«

»Stabile Verhältnisse? Im Irak? Bei diesen Banditen? Saudi-Arabien oder Kuwait? Mein Gott, das sind doch dekadente Scheichtümer, die das Volk früher oder später stürzen wird. Es ist gefährlich, langfristige Geschäftsverbindungen mit den Scheichs anzuknüpfen, sehr gefährlich. Sie halten sich nicht an Allahs Gesetze. Der Iran schon. Der Imam, Allah segne ihn, hat uns gerettet. Er hat uns befohlen, das Öl fließen zu lassen. Es muß doch noch eine andere Möglichkeit geben, Hubschrauber und Personal zu bekommen. Gavallan und seine Piraten sind im Besitz unseres Eigentums. Ich kann Piraten doch nicht zur Flucht verhelfen! Wollen Sie, daß die Piraten entkommen?«

»Aber nein! Allerdings... wir wissen nicht, ob sie wirklich Piraten sind. Ich habe gehört, es wären nur wilde Gerüchte, ausgestreut von Feinden, die dem Iran noch größeren Schaden zufügen wollen. Aber selbst wenn es wahr wäre, können Sie denn 9 gebrauchte Hubschrauber gleichsetzen mit bereits investierten 1,3 Milliarden Dollar und einer weiteren Milliarde, die meine Regierung unter Umständen noch aufwenden würde?«

»Ja, das kann ich! Piraterie ist Piraterie, Gesetz ist Gesetz, der Scheich hat der Inspektion zugestimmt, und die Wahrheit ist die Wahrheit. *Inscha'Allah*!«

»Ich pflichte Ihnen bei, Exzellenz, aber Sie wissen ja, Wahrheit ist etwas Relatives, und eine Verlängerung der Frist bis morgen nach Sonnenuntergang läge im Interesse des Imams und Ihres iranischen Staates.«

»Allahs Wahrheit ist nicht relativ.«

»Das ist natürlich richtig«, stimmte Kasigi zu, nach außen ruhig, im Inneren mit den Zähnen knirschend. Wie kann man mit diesen Wahnsinnigen reden, für die ihr Glaube eine Patentmedizin ist, und die »Allah« immer da einsetzen, wo sie eine logische Beweisführung abzublocken wünschen? Sie sind alle verrückt und gehen mit Scheuklappen durch die Welt. »Aber es werden weder seine Flugzeuge noch seine Piloten sein – ich brauche nur seine Verbindungen.« Verdrießlich hatte er gewartet, geschmeichelt und zugehört und schließlich eine vorletzte Karte ausgespielt: »Ich bin sicher, der Scheich und der Außenminister würden es als eine enorme Gefälligkeit ansehen, wenn Sie die Inspektion auf morgen verschieben und ihnen so Gelegenheit geben würden, an dem großen Empfang bei meinem Botschafter heute abend um 8 Uhr teilzunehmen.«

»Empfang?«

»Ja, zwar ganz unerwartet angesagt, aber doch sehr wichtig. Ich weiß zufällig, daß Sie als namhaftester Gast eingeladen sind.« Kasigi senkte seine Stimme. »Ich bitte Sie, nicht zu erwähnen, woher Sie das wissen, aber ganz unter uns, ich kann Ihnen verraten, daß meine Regierung langfristige Ölverträge abzuschließen wünscht, wenn der Iran uns auch weiterhin beliefern kann. Es wäre eine ausgezeichnete Gelegenheit...«

»Langfristige Verträge? Ich gebe zu, daß die vom Schah ausgehandelten Verträge einseitig sind, nichts taugen und gekündigt werden müssen. Aber wir schätzen Japan als Kunden. Die Japaner haben nie versucht, uns auszunützen. Ich werde gewiß gern zum Empfang kommen, Mr. Kasigi – nach der Inspektion.«

Kasigi hatte seine letzte Karte mit der nötigen Eleganz ausgespielt: »Ich habe das Gefühl, daß man Sie sehr bald persönlich in mein Land einladen wird, um dort mit den bedeutendsten, den allerbedeutendsten Führern zusammenzutreffen. Es ist Ihnen natürlich klar, wie lebenswichtig Ihr islamischer Staat für Japan ist. Überdies sollen Sie dort Anlagen besuchen, die für den Iran wertvoll sein würden.«

»Wir... Sicher brauchen wir verständnisvolle Freunde«, sagte Abadani.

Kasigi hatte ihn aufmerksam beobachtet, aber keine Reaktion feststellen können – immer noch die gleichen erbarmungslosen Augen, die gleiche Unduldsamkeit. »In diesen unruhigen Zeiten ist es angebracht, seine Freundschaften zu pflegen, nicht wahr? Man weiß ja nie, wann man von einem Schicksalsschlag heimgesucht wird – habe ich nicht recht?«

»Das liegt allein in der Hand Allahs.« Eine lange Pause. »Wie es Allah gefällt. Ich werde darüber nachdenken.«

Große Angst würgte Kasigi jetzt in der Einsamkeit seines Hotelzimmers. Wichtig ist nur, daß man seine eigenen Interessen im Auge behält. Doch: Man ist nie gegen Schicksalsschläge gefeit. Wenn es Götter gibt, so nur, um den Menschen zu quälen.

Auf der Van-Khoy-Straße, bereits auf türkischem Gebiet: 16 Uhr 23. Kaum einen Kilometer hinter der Grenze waren sie am Morgen außerhalb eines Dorfes gelandet. Erikki hätte es vorgezogen, weiter landeinwärts zu fliegen, aber seine Tanks waren leer. Wieder war er abgefangen und aus dem Hinterhalt angegriffen worden, diesmal von zwei Jägern und zwei Huey

Kampfhubschraubern, und hatte sie über eine Viertelstunde lang abwehren müssen, bevor es ihm gelungen war, die Grenze zu passieren. Die zwei Hueys waren ihm nicht gefolgt, kreisten aber auf iranischer Seite weiter.
»Vergiß sie, Azadeh!« hatte er gesagt. »Jetzt sind wir in Sicherheit.«
Aber das waren sie nicht. Die Dorfbewohner hatten sie umringt, die Polizei war gekommen. Vier Mann, ein Sergeant und drei andere, alle in zerknitterten und schlechtsitzenden Uniformen, Revolver in den Halftern. Der Sergeant trug eine dunkle Brille. Sie sprachen alle kein Englisch. Nach einem Plan, den Azadeh und Erikki sich ausgedacht hatten, erklärte sie ihnen, daß Erikki, ein finnischer Staatsbürger und Angestellter der S-G, und sie, seine Frau, bei den Unruhen in Aserbeidschan und den Straßenkämpfen in Täbris von den Kommunisten mit dem Tod bedroht worden seien und daher fliehen mußten.
»Aha, der Effendi ist also Finne, und Sie sind Iranerin?«
»Von Geburt Iranerin, durch meine Eheschließung aber ebenfalls Finnin, Sergeant Effendi. Hier sind unsere Papiere.« Sie hatte ihm ihren finnischen Paß gegeben, in dem ihr verstorbener Vater, Abdullah Khan, nicht erwähnt war. »Könnten wir irgendwo telefonieren, bitte? Wir bezahlen natürlich. Mein Mann hätte gern seine Botschaft angerufen und auch seinen Chef in Al Schargas.«
»Aha, Al Schargas.« Der Sergeant nickte freundlich. Er war ein stämmiger, glattrasierter Mann. »Wo ist das?«
Sie erklärte es ihm, wobei ihr nur zu bewußt war, wie sie und ihr Mann aussahen. Erikki mit dem schmutzigen, blutgetränkten Verband um seinen Arm und dem primitiven Pflaster über seinem verletzten Ohr, sie mit verfilzten Haaren, schmuddeligen Kleidern und ungewaschenem Gesicht. Im Hintergrund kreisten die zwei Kampfhubschrauber. Nachdenklich betrachtete sie der Sergeant. »Was sie wohl dazu bewegt, unseren Luftraum zu verletzen und Ihnen Jagdflugzeuge und Hubschrauber nachzuschicken?«
»Allahs Wille, Sergeant Effendi. Ich fürchte, es geschehen jetzt viele seltsame Dinge jenseits der Grenze.«
»Wie sieht es denn da drüben aus?« Mit einem Wink wies er die anderen Beamten an, die 212 zu inspizieren. Die drei Polizisten schlenderten zum Hubschrauber. Einer öffnete die Kabinentür. Einschußlöcher. Blutflecken. Und eine Menge Waffen. »Sergeant!«
Der Sergeant wartete höflich, bis Azadeh zu Ende gesprochen hatte. Die Dorfbewohner – Männer, Frauen und Kinder – standen mit weitaufgerissenen Augen im Kreis, kein Tschador, kein Schleier war zu sehen. Dann deutete der Sergeant auf eine der primitiven Hütten. »Bitte, warten Sie da drüben im Schatten!« Es war ein kalter Tag, die Sonne glitzerte auf der schneebedeckten Erde. Gemächlich durchsuchte der Sergeant Cockpit und Maschine. Er hob das *kookri* auf, ließ es in der Sonne blitzen und legte es wieder weg. Dann winkte er Azadeh und Erikki zu sich. »Welche Erklärung haben Sie für all die Waffen, Effendi?«
Mit einem Gefühl des Unbehagens übersetzte Azadeh die Frage für Erikki.

»Sag ihm, sie wären von iranischen Bergbewohnern zurückgelassen worden, die versucht hatten, die Maschine zu kapern.«
»Ach ja, Bergbewohner«, sagte der Sergeant. »Es überrascht mich, daß Bergbewohner Sie mit einem solchen Schatz davonfliegen ließen. Können Sie mir das erklären?«
»Sag ihm, sie seien alle von Loyalisten getötet worden, und in dem Tumult habe ich entkommen können.«
»Loyalisten, Effendi? Was für Loyalisten?«
»Polizisten. Polizisten aus Täbris«, antwortete Erikki, dem schmerzlich zu Bewußtsein kam, daß er mit jeder Antwort tiefer im Treibsand versank. »Frag ihn, ob ich telefonieren kann.«
»Telefonieren? Selbstverständlich. Zur gegebenen Zeit.« Sekundenlang sah der Sergeant zu den Hueys hinüber. »Ich bin froh, daß die Polizei loyal war. Die Polizei hat eine Verpflichtung gegenüber dem Staat, dem Volk und dem Gesetz. Waffenschmuggel ist gegen das Gesetz. Vor der Polizei zu flüchten, die auf dem Boden des Gesetzes steht, ist ein Verbrechen. Richtig?«
»Ja, aber wir sind weder Waffenschmuggler noch Flüchtlinge vor einer Polizei, die auf dem Boden des Gesetzes steht«, entgegnete Azadeh, die jetzt noch mehr verängstigt war. Die Grenze war so nahe, und der letzte Teil ihrer Flucht war entsetzlich gewesen. Offenbar hatte Hakim Khan das ganze Grenzgebiet alarmiert. Nur er hatte soviel Einfluß, so schnell eine Fahndungsaktion in diesem Ausmaß anlaufen zu lassen.
»Sind Sie bewaffnet?« fragte der Sergeant höflich.
»Ich habe nur einen Dolch.«
»Darf ich Sie um den bitten?« Der Sergeant nahm ihm den Dolch aus der Hand. »Bitte, folgen Sie mir!«
Sie waren zum Polizeirevier gegangen, einem bescheidenen Ziegelbau mit Zellen und ein paar Büroräumen und Telefonen unweit der Moschee auf dem kleinen Dorfplatz. »In den letzten Monaten sind hier viele Flüchtlinge aller Arten durchgekommen: Iraner, Briten, andere Europäer, Amerikaner, viele Leute aus Aserbeidschan, aber keine Sowjetrussen.« Er lachte. »Viele Flüchtlinge. Reiche, Arme, Gute, Schlechte – auch viele Verbrecher. Einige haben wir zurückgeschickt, andere konnten ihren Weg fortsetzen. *Inscha'Allah!* Bitte, warten Sie hier!«
Er brachte sie nicht in eine Zelle, sondern in einen Raum mit ein paar Stühlen und einem Tisch, vergitterten Fenstern und vielen Fliegen. Aber es war warm hier und relativ sauber. »Können wir etwas zu essen und zu trinken haben und telefonieren?« fragte Azadeh. »Wir können bezahlen, Sergeant Effendi.«
»Ich werde etwas aus dem Gasthaus für Sie kommen lassen. Das Essen ist gu und nicht teuer.«
»Mein Mann fragt, ob er telefonieren kann. Bitte!«
»Gewiß – zur gegebenen Zeit.«
Das war am Vormittag gewesen, und jetzt war es Spätnachmittag. Längst wa das Essen gekommen: Reis, Hammelbraten, Fladenbrot und türkischer Kaf fee. Sie hatten mit Rials bezahlt und waren nicht übervorteilt worden. De

Sergeant hatte ihnen eine Kanne mit Wasser und ein altes Waschbecken bringen lassen. Es gab keine Medikamente, nur Jodtinktur. So gut er konnte, hatte Erikki seine Wunden gereinigt und dabei vor Schmerz die Zähne zusammengebissen. Er fühlte sich immer noch schwach und erschöpft. Er hatte sich auf einen Stuhl gesetzt, die Beine auf einen anderen gelegt und war eingedöst. Von Zeit zu Zeit ging die Tür auf, ein Polizist kam herein und ging wieder. »Dummköpfe«, murmelte Erikki, »wo sollten wir denn hinlaufen?«

Sie hatte ihn beruhigt, sich in seine Nähe gesetzt und die ganze Zeit über keine Miene verzogen. Mit gekämmtem Haar, gewaschenem Gesicht, den Kaschmirpullover ausgebürstet, fühlte sie sich jetzt wohler. Durch die Tür hörte sie Gespräche, gelegentlich das Läuten des Telefons. Autos und Lastkraftwagen fuhren vorbei. Die Fliegen summten. Da überkam sie Müdigkeit und ließ sie in unruhigen Schlaf fallen. Schwere Träume quälten sie: Motorenlärm und Schüsse, Hakim jagte zu Pferd wie ein Kosak hinter ihnen her. Erikki und sie steckten bis zum Hals in der Erde, die Hufe donnerten auf sie zu und...

Die Tür ging auf, beide schreckten auf. Flankiert vom Sergeanten und zwei anderen Polizeibeamten stand ein Major in makelloser Uniform vor ihnen und maß sie mit finsteren Blicken. Er war ein großgewachsener Mann mit harten Gesichtszügen. »Ihre Papiere, bitte«, wandte er sich an Azadeh.

»Ich habe sie dem Sergeanten gegeben, Major Effendi.«

»Sie haben ihm einen finnischen Paß gegeben. Ihre iranischen Papiere.« Der Major hielt ihr die offene Hand hin. Sie war offensichtlich zu langsam. Der Sergeant trat vor, riß ihr die Umhängetasche von der Schulter und schüttete den Inhalt auf den Tisch. Gleichzeitig stakste einer der Polizisten, die Hand auf dem Revolver in seinem offenen Halfter, zu Erikki und bedeutete ihm, sich in eine Ecke zu begeben. Der Major entfernte ein paar Stäubchen von einem Stuhl, setzte sich, nahm Azadehs iranischen Personalausweis zur Hand, studierte ihn aufmerksam, betrachtete die Dinge auf dem Tisch und öffnete den Schmuckbeutel. Seine Pupillen weiteten sich. »Wo haben Sie das her?«

»Es gehört mir. Ich habe es von meinen Eltern geerbt.« Azadeh hatte Angst. Sie hatte keine Ahnung, was der Major wußte, und sie hatte gesehen, wie er sie musterte. Auch Erikki hatte es gesehen. »Darf mein Mann telefonieren? Er möchte...«

»Zur gegebenen Zeit! Das hat man Ihnen doch schon mehrmals gesagt. Zur gegebenen Zeit heißt zur gegebenen Zeit.« Der Major schloß den Beutel und legte ihn vor sich auf den Tisch. Seine Augen glitten über Azadehs Brüste. »Ihr Gatte spricht kein Türkisch?«

»Nein, Major Effendi.«

Der Major wandte sich jetzt an Erikki und sagte in gutem Englisch: »Täbris hat einen Haftbefehl gegen Sie erlassen. Wegen Mordversuch und Entführung.«

Azadeh erbleichte, und Erikki bemühte sich, seiner Panik Herr zu werden. »Wen soll ich entführt haben, Sir?«

In den Augen des Majors blitzte Ärger auf. »Spielen Sie nicht mit mir! Diese Dame, Azadeh, die Schwester des Gorgon-Khans.«

»Sie ist meine Frau, wie kann ein Ehe...«
»Ich weiß, daß sie Ihre Frau ist, und Sie täten gut daran, mir die Wahrheit zu sagen. In dem Haftbefehl heißt es, Sie hätten sie gegen ihren Willen mitgenommen und wären in einem iranischen Helikopter geflohen.« Azadeh wollte ihm etwas sagen, aber der Major schnauzte sie an: »Ich habe ihn gefragt, nicht Sie! Also?«
»Es geschah ohne ihre Einwilligung, aber der Heli ist britisch und nicht iranisch.«
Der Major starrte ihn an und wandte sich dann an Azadeh. »Nun?«
»Es... es geschah ohne meine Einwilligung, doch...« Sie verstummte.
»Doch?«
Azadeh fühlte sich elend. Der Kopf tat ihr weh, und sie war verzweifelt. Die türkische Polizei war bekannt für ihre Sturheit, für die große persönliche Macht einzelner und für ihre Härte. Die Worte sorgfältig abwägend, erzählte Azadeh stockend von dem Schwur, den sie Abdullah Khan geleistet hatte, von Hakim und ihrem Dilemma, und wie Erikki aus eigenem Entschluß den gordischen Knoten durchhauen hatte. Tränen rollten ihr über die Wangen. »Ja, es geschah ohne meine Einwilligung, doch gewissermaßen mit der Einwilligung meines Bruders, der Erikki...«
»Wenn Hakim Khan einverstanden war, warum hat er dann eine hohe Belohnung für die Ergreifung Ihres Mannes, tot oder lebendig, ausgesetzt und seine sofortige Auslieferung verlangt?«
Sie erschrak so, daß sie beinahe in Ohnmacht gefallen wäre. Ohne zu überlegen, wollte Erikki zu ihr, aber der Revolver bohrte sich in seinen Bauch.
»Ich... ich wollte ihr nur helfen«, stammelte er.
»Dann bleiben Sie, wo Sie sind!« Auf türkisch sagte der Offizier: »Töte ihn nicht!« Und auf englisch: »Nun, Lady Azadeh, warum?«
Sie war außerstande, ihm zu antworten. Ihre Lippen bewegten sich, sie brachte aber keinen Laut hervor. Erikki antwortete für sie: »Was kann ein Khan anderes tun, Herr Major? Die Ehre eines Khans steht auf dem Spiel. Er muß sein Gesicht wahren. Nach außen hin muß er sich so verhalten, was immer er privatim denkt. Meinen Sie nicht auch?«
»Vielleicht, aber ganz sicher nicht so schnell. Nein. Nicht so schnell. Er läßt Jäger und Kampfhubschrauber losbrausen – warum sollte er das tun, wenn er Sie entwischen lassen möchte? Es grenzt an ein Wunder, daß Sie nicht abgeschossen wurden. Das klingt alles wie ein Sack voll Lügen. Vielleicht hat Ihre Frau so viel Angst vor Ihnen, daß sie sich nicht zu reden traut. Aber nun zu Ihrer Flucht aus dem Palast: Wie ging diese Flucht vor sich?«
Erikki erzählte es ihm. Was soll ich sonst tun? fragte er sich. Ihm alles sagen und hoffen. Ganz natürlich, daß Hakim so reagierte. Selbstverständlich: tot oder lebendig. Fließt nicht das Blut seines Vaters in seinen Adern?
»Und die Waffen?«
Erikki erzählte dem Major, wie er gezwungen worden war, für den KGB zu fliegen. Er erzählte von dem Lösegeld und von Scheich Bayazid, von dem Angriff auf den Palast und wie er die Bergbewohner zurückfliegen mußte.

Dann schilderte er, wie sie ihren Eid gebrochen hatten und daß er sie töten mußte. »Wie viele waren es?«
»Das weiß ich nicht mehr genau. Vielleicht ein halbes Dutzend, vielleicht auch mehr.«
»Töten macht Ihnen Spaß, was?«
»Im Gegenteil, Herr Major: Ich verabscheue es. Aber glauben Sie uns: Wir haben uns, ohne es zu wollen, in einem Netz verstrickt und wollen nichts anderes als die Freiheit. Bitte, lassen Sie mich doch unsere Botschaft anrufen. Man wird für uns bürgen... Wir bedrohen niemanden...«
Der Major sah ihn bloß an. »Ich glaube Ihnen nicht. Ihre Geschichte scheint mir zu weit hergeholt. Sie werden wegen Entführung und Mordversuch gesucht. Bitte, gehen Sie mit dem Sergeanten!« forderte er ihn auf und wiederholte seine Aufforderung auf türkisch. Erikki bewegte sich nicht. Er ballte seine Hände zu Fäusten und war nahe daran zu explodieren. Aber schon zückte der Sergeant die Pistole, seine Kollegen kamen gefährlich näher, und der Major fuhr ihn scharf an: »In diesem Land ist es ein schweres Verbrechen, wenn man einem Polizisten nicht gehorcht. Gehen Sie mit dem Sergeanten!«
Azadeh wollte etwas sagen, brachte es aber nicht fertig. Erikki schüttelte die Hand des Sergeanten ab, zähmte seine sinnlose Wut und versuchte zu lächeln, um ihr Mut zu machen. »Ist schon in Ordnung«, murmelte er und folgte dem Sergeanten.
Azadehs Panik und Entsetzen hatten sie fast überwältigt. Ihre Finger und Knie zitterten, aber sie wollte sich nicht unterkriegen lassen, obwohl sie wußte, daß sie wehrlos war. Der Major saß ihr gegenüber und beobachtete sie. *Inscha'Allah*, dachte sie, sah ihn an und haßte ihn.
»Sie haben nichts zu fürchten«, sagte er, griff über den Tisch und nahm den Schmuckbeutel an sich. »Bei mir ist das gut aufgehoben.« Er ging zur Tür, schloß sie hinter sich und stelzte den Gang hinunter.
Die Zelle am anderen Ende war klein und schmutzig, eher ein Käfig als ein menschenwürdiger Raum. Die Ausstattung bestand aus einer Pritsche, einer Kette an einem gewaltigen Haken, der in die Mauer eingelassen war, und einem stinkenden Kübel in einer Ecke. Das winzige Fenster war vergittert. Der Sergeant knallte die Tür zu und versperrte sie. »Vergessen Sie nicht«, sagte der Major durch die Gitterstäbe, »das Wohlergehen der Gnädigsten hängt von Ihrer Fügsamkeit ab.« Dann entfernte er sich.

Flughafen Al Schargas: 17 Uhr 40. Gavallan saß in seinem Büro und wartete. Er hatte bereits die Zusage einer Pariser Firma für eine 212 und von einem Freund bei der Aerospatiale für zwei 206 zu vernünftigen Sätzen. Scot saß nebenan am Funkgerät, Pettikin am anderen Telefon. Rudolf Lutz, Willi Neureiter und Scragger hingen jeweils im Hotel am Telefon, um Crews aufzuspüren und in Bahrain einen logistischen Versorgungsapparat einzurichten. Kasigi hatte noch nichts von sich hören lassen.
Das Telefon läutete. Gavallan griff hastig danach. Er hoffte fest, daß es Kasigi oder eine Nachricht von Dubois und Fowler sein könne. »Hallo?«

»Hier ist Rudi. Ich habe drei Piloten von der Lufttransportgesellschaft, und sie haben uns auch drei Mechaniker versprochen. Zehn Prozent über Tarif, ein Monat Dienst, zwei Monate frei. Bleiben Sie dran... Ich habe jemanden am anderen Apparat... Ich rufe gleich zurück.«
Gavallan machte sich eine Notiz auf seinen Block. Durch das Fenster sah er die sinkende Sonne. Auf dem Flughafen herrschte reger Betrieb. Ein Jumbo der Alitalia war im Landeanflug, und das brachte ihn auf Pettikin und Paula. Er hatte noch keine Gelegenheit gehabt, ihn zu fragen, wie es nun mit ihnen stand. Am anderen Ende des Vorfelds, nahe dem Frachthof, standen seine acht 212. Ohne die Rotoren erinnerten sie in ihrem Aussehen an Skelette. Die Mechaniker waren immer noch beim Packen. Wo zum Teufel steckte Kasigi? Er hatte wiederholt versucht, ihn im Hotel zu erreichen, aber der Japaner war ausgegangen, und man wußte nicht, wann er wiederkommen würde.
Die Tür ging auf. »Paps«, sagte Scot, »Linbar ist am Apparat.«
»Sag ihm, er kann mich... Nein, sag ihm, ich bin noch unterwegs. Aber ich rufe sofort zurück, wenn ich wieder da bin.« Er stieß eine Reihe Verwünschungen auf chinesisch aus, und Scot zog sich zurück. Das Telefon läutete wieder. »Gavallan.«
»Andrew? Hier spricht Roger Newbury. Wie geht es Ihnen?«
Gavallan fing an zu schwitzen. »Hallo, Roger! Was gibt es Neues?«
»Der Sonnenuntergang ist immer noch die Deadline. Der Iraner hat darauf bestanden, mich hier abzuholen; wir sollen uns dann mit dem Scheich am Flughafen treffen.«
»Was ist mit dem Empfang in der japanischen Botschaft?«
»Dort sollen wir nach der Inspektion hin. Nur der liebe Gott allein weiß, was dann geschehen wird, aber das ist ja nicht mehr unsere Sache. Es tut mir alles schrecklich leid, aber uns sind die Hände gebunden. Auf bald!«
Gavallan dankte ihm, legte den Hörer auf und trocknete sich die Schläfen. Wieder das Telefon. Kasigi? »Hallo?«
»Andy? Hier ist Ian. Ian Dunross.«
»Mein Gott, Ian!« Gavallans Sorgen verflogen. »Ich bin so froh, dich zu hören. Habe einige Male versucht, dich an den Draht zu bekommen.«
»Ja, tut mir leid, ich war nicht zu erreichen. Wie läuft alles?«
Gavallan deutete die Vorgänge vorsichtig an und erwähnte auch Kasigi. »In einer Stunde geht die Sonne unter.«
»Das ist einer der Gründe, warum ich anrufe. Du erinnerst dich doch an Hiro Toda von Toda Shipping Industries?«
»Selbstverständlich.«
»Hiro hat mir von Kasigi und seinen Problemen bei Iran-Toda erzählt. Sie sind in großen Schwulitäten, und wenn du etwas für sie tun kannst, bitte tu es!«
»Ich bin schon den ganzen Tag dabei. Hat Toda dir von Kasigis Plan mit dem japanischen Botschafter erzählt?«
»Ja, hat er. Hiro sagt, sie würden uns nur zu gern helfen, aber es ist ein iranisches Problem, und um ehrlich zu sein, sie erwarten sich nicht allzu viel.«

Bestürzung spiegelte sich in Gavallans Gesicht. »Hilf ihnen, so gut du kannst! Wenn Iran-Toda verstaatlicht wird, würde das für Noble House tödliche Folgen haben.«
Gavallan verstand und konnte es doch kaum glauben. Er hatte keine Ahnung gehabt, daß Struan's an dem Projekt beteiligt war. Kasigi hatte es nicht einmal angedeutet. »Kasigi bekommt seine Helis und seine Crews, auch wenn die Inspektion heute stattfindet und unsere Maschinen beschlagnahmt werden.«
»Hoffen wir, daß es bei euch doch noch klappt. Hast du die Zeitungen gelesen? Ich meine, den Börsenkrach in Hongkong.«
»Ja.«
»Es sieht schlimmer aus, als es den Anschein hat. Da ist einer mit ganz schweren Geschützen aufgefahren, und Linbar steht mit dem Rücken zur Wand. Wenn du die 212 rauskriegst und im Geschäft bleibst, wirst du deine X63 stornieren müssen und...«
Gavallans Temperatur stieg um ein paar Grade. »Aber Ian, mit denen kann ich das Monopol von Imperial Helicopters durch besseren Service und mehr Sicherheit brechen, und dazu kommt noch...«
»Das verstehe ich alles, alter Junge, aber wenn wir das nötige Kleingeld nicht haben, kannst du sie nicht kaufen. Tut mir leid, aber so ist es nun mal. Die Börse spielt verrückt, es ist schlimmer als sonst, sogar die Japaner müssen bluten, und wir können es uns einfach nicht leisten, daß Toda dabei zusammenbricht.«
»Vielleicht haben wir Glück, und ich bekomme meine X63 trotzdem. Übrigens, hast du gehört, daß Linbar Profitable Choy einen Sitz im Vorstand angeboten hat?«
»Ja. Eine interessante Idee.« Es klang flach, und Gavallan konnte es weder positiv noch negativ deuten. »Ich habe auf Umwegen davon erfahren. Wenn alles klappt, wirst du dann am Montag in London sein?«
»Ja. Heute nach Sonnenuntergang und morgen abend werde ich mehr wissen. Wenn alles gut geht, mache ich Zwischenstation in Bahrain, um McIver zu besuchen, und fliege dann nach London weiter. Warum?«
»Es könnte sein, daß ich dich bitte, London zu streichen und dich mit mir in Hongkong zu treffen. Es hat sich da eine verdammt interessante Situation ergeben – es betrifft Nobunaga Mori, das war neben Profitable Choy der einzige Zeuge, als David MacStruan starb. Vor ein paar Tagen ist Mori in seinem Haus in Kanazawa – das ist auf dem Land, ein Stück südlich von Tokio – unter rätselhaften Umständen verbrannt. Mit der heutigen Post bekam ich einen Brief. Ich kann am Telefon nicht darüber reden, aber es ist ein verdammt interessanter Brief.«
Gavallan hielt den Atem an. »Dann war es also kein Unfall?«
»Darüber möchte ich mich erst äußern, wenn wir uns treffen – in Tokio oder London, so bald wie möglich. Übrigens hatten Hiro Toda und ich die Absicht, uns in Kanazawa zu treffen, an dem Abend, als Mori starb. Im letzten Augenblick mußten wir absagen.«
»Mein Gott, da hattet ihr aber Glück!«

»Ja. Aber jetzt muß ich Schluß machen.« Sie verabschiedeten sich. Gavallan starrte auf den Telefonapparat. Scot kam mit neuen Nachrichten über verfügbare Piloten und Flugzeuge, aber Gavallan hörte seinen Sohn kaum. War es also doch Mord gewesen? Dieser verdammte Linbar... Aber irgendwie muß ich diese X63 kriegen, ich muß...
Wieder das Telefon. »R-Gespräch für Effendi Gavallan.« Sein Herz schlug höher. War es Erikki? »Ich übernehme die Gebühren. Bitte sprechen Sie etwas lauter, ich kann Sie kaum hören. Von wo kommt der Anruf?«
»Augenblick.« Während er geduldig wartete, sah er zu dem Tor am Ende der Rollbahn hinüber, durch das der Scheich und die anderen kommen würden, wenn Kasigi es nicht schaffte, einen Aufschub für die Inspektion zu erreichen. Der Atem stockte ihm, als eine große Limousine mit einem Al-Schargas-Stander näherkam, aber in einer Staubwolke wieder verschwand. »Andy!« meldete sich am anderen Ende der Leitung eine Stimme, die er kaum hören konnte. »Ich bin es, Marc, Marc Dubois...«
»Marc? Marc Dubois?« stammelte Gavallan und ließ fast den Hörer fallen. »Allmächtiger! Marc? Geht es Ihnen gut? Was zum Teufel ist passiert, wo stecken Sie, ist Fowler in Ordnung?«
Die Antwort war unverständlich. »Sagen Sie's noch einmal!«
»Wir sind in Khor al Amaya...« Khor al Amaya war die etwa einen Kilometer lange irakische Bohrinsel vor der Mündung des Schatt-al-Arab, etwa 800 Kilometer nordwestlich. »Können Sie mich hören, Andy? Khor al Amaya...«

Auf der Bohrinsel Khor al Amaya. Marc Dubois hielt sich ein Ohr zu, um besser zu hören. Er bemühte sich, nicht zu schreien und seine Worte vorsichtig zu wählen. Das Telefon befand sich im Büro des technischen Direktors der Bohranlagen. Im Nebenraum hielten sich eine Menge Iraker und Ausländer auf, die alles hören konnten. »Das ist hier kein Privatanschluß... *vous comprenez?*«
»Ich hab' verstanden, aber was ist denn passiert? Hat man Sie aus dem Meer gefischt?«
Dubois vergewisserte sich, daß niemand mithörte, und antwortete dann vorsichtig: »Nein, *mon vieux*, mir ging der Treibstoff aus, und da tauchte plötzlich der Tanker ›Oceanrider‹ auf, und auf dem sind wir gelandet; ganz perfekt natürlich. Es geht uns ausgezeichnet, Fowler und mir. *Pas de problème!* Wie steht es mit den anderen? Mit Rudi, Sandor und Pop?«
»Sie sind alle hier in Al Schargas, nur Mac ist im Moment noch in Bahrain. Erikki und Azadeh sind in Täbris in Sicherheit und...« Gavallan wollte hinzufügen, daß Tom sein Leben aufs Spiel setzte, weil er im Iran blieb, ließ es aber sein. »Wie wunderbar, daß auch Sie jetzt in Sicherheit sind, Marc! Ist Ihr Heli betriebsfähig?«
»Selbstverständlich. Ich brauche nur Treibstoff und Instruktionen.«
»Marc, Sie haben jetzt eine britische Registriernummer... Eine Sekunde... G-HKVC. Lassen Sie Ihr altes Kennzeichen verschwinden und malen Sie das

neue auf! Hier war der Teufel los, und die iranische Flugsicherung ist uns auf die Schliche gekommen. Sie haben überall Fernschreiben verteilt, in welchen die Regierungen ersucht werden, unsere Maschinen zu beschlagnahmen. Sie dürfen nirgends landen.«

Dubois' heitere Stimmung ließ nach. »Golf – Hotel-Kilo-Viktor-Charlie. Hab' verstanden, Andy. Das Glück war auf unserer Seite, denn die ›Oceanrider‹ fährt unter liberianischer Flagge, und der Kapitän ist Brite. Das erste, worum ich ihn gebeten habe, war Farbe. Farbe... Haben Sie verstanden?«

»Ja, wunderbar. Erzählen Sie weiter!«

»Da das Schiff auf dem Weg nach dem Irak war, hielt ich es für das beste, den Mund zu halten und zu bleiben, wo ich war, bis ich mit Ihnen sprechen konnte...« Durch die halboffene Tür sah Dubois den irakischen Direktor näherkommen. Viel lauter und mit leicht veränderter Stimme fuhr er fort: »Unsere Übereinkunft mit der ›Oceanrider‹ ist eine feine Sache, Mr. Gavallan, und ich freue mich, Ihnen berichten zu können, daß der Kapitän sehr zufrieden ist.«

»Okay, Marc. Jetzt werde ich die Fragen stellen. Für wann ist das Ende der Ladearbeiten vorgesehen, und welchen Hafen laufen Sie als nächsten an?«

»Vermutlich morgen.« Höflich nickte Dubois dem Iraker zu, der hinter seinem Schreibtisch Platz nahm. »Wenn alles nach Plan geht, ist Amsterdam unser nächster Anlaufhafen.«

»Was meinen Sie, können Sie die ganze Strecke auf Deck bleiben? Natürlich würden wir die Gebühren zahlen.«

»Ich wüßte nicht, warum das nicht möglich sein sollte. Aber jetzt muß ich aufhören. Ich wollte mich eigentlich nur einmal melden. Fowler läßt alle grüßen, und wenn es geht, rufe ich Sie über Funk, wenn wir vorbeikommen.«

»Mit ein bißchen Glück sind wir dann nicht mehr da. Die Vögel werden morgen als Frachtgut abtransportiert. Sobald Sie durch die Straße von Hormus sind und den Golf verlassen haben, ersuchen Sie den Kapitän, mit uns Kontakt in Aberdeen aufzunehmen. In Ordnung? Ich versetze Sie alle an die Nordsee, bis wir klarsehen. Ach ja: Sicher haben Sie kein Geld mehr. Unterschreiben Sie für alles, und ich werde das mit dem Kapitän regeln. Wie ist sein Name?«

»Tavistock, Brian Tavistock.«

»Verstanden. Marc, Sie können sich gar nicht vorstellen, wie froh ich bin.«

»Ich auch. *A bientôt*!« Dubois legte den Hörer auf und dankte dem technischen Direktor.

»Es war mir ein Vergnügen, Captain«, gab der Mann nachdenklich zurück. »Werden jetzt alle großen Tanker mit einem eigenen Hubschrauber fahren?«

»Das weiß ich nicht, Monsieur. Wäre vielleicht nicht schlecht. Oder?«

Der Direktor lächelte. Er war ein großgewachsener Mann in mittleren Jahren, sprach englisch mit amerikanischem Akzent und war vermutlich in den Staaten ausgebildet worden. »Ein iranisches Küstenwachboot liegt da draußen und beobachtet ›Oceanrider‹. Sonderbar, was?«

»In der Tat.«

»Zum Glück bleiben sie in ihren Gewässern. Diese Iraner halten sich für die Herren des ganzen Golfs. Waren Sie schon einmal im Irak?«
»Leider nein, Monsieur.«
»Bagdad ist eine große Stadt, uralt und doch modern – und wie der Rest des Iraks eines Besuchs wohl wert. Wir haben neun Milliarden Tonnen Ölreserven nachgewiesen, und zweimal soviel warten noch auf Entdeckung. Wir wären ein wertvoller Handelspartner für Frankreich, das uns getrost stärker unterstützen könnte.«
»Ich bin nur ein Pilot, Monsieur«, entgegnete Dubois. »Politik ist nicht meine Sache.«
»Das wäre bei uns unmöglich. Die Politik ist das Leben. Wir mußten Lehrgeld bezahlen, um das herauszufinden. Schon im Paradies – wußten Sie, daß schon seit 60 000 Jahren Menschen hier leben? Das Paradies war nur 150 Kilometer von hier entfernt: den Schatt stromaufwärts bis zum Zusammenfluß von Euphrat und Tigris. Unser Volk hat das Feuer entdeckt, es hat das Rad erfunden, aber auch die Mathematik, die Schrift, den Wein und den Ackerbau. Hier befanden sich die Hängenden Gärten der Semiramis. Scharazad hat hier dem König von Samarkand ihre Geschichten erzählt. Sogar die Sintflut hat hier begonnen. Wir haben die Sumerer, die Griechen, die Römer, die Araber, die Briten und die Perser überlebt. Wir werden auch weiterhin überleben.«
Dubois nickte ergeben. Kapitän Tavistock hatte ihn gewarnt: »Wir befinden uns hier in irakischen Gewässern, die Bohrinsel gehört dem Irak. Im Augenblick, in dem Sie meine Laufplanke verlassen, sind Sie sich selbst überlassen.«
»Ich möchte nur telefonieren. Ich muß.«
»Wie wäre es, wenn Sie mein Funkgerät benützen würden, sobald wir bei Al Schargas vorbeikommen?«
»Aber ich werde doch keine Schwierigkeiten haben«, hatte Dubois selbstsicher erklärt. »Wieso denn? Ich bin Franzose.« Nach seiner Notlandung auf Deck hatte er dem Kapitän von der Operation »Wirbelsturm« erzählen müssen und wie es dazu gekommen war. »Davon weiß ich nichts, junger Mann«, hatte der Kapitän gebrummt. »Sie haben mir nichts erzählt. Zunächst einmal übermalen Sie Ihre iranische Kennung, und setzen Sie ein G, vor was immer Ihnen sonst einfällt! Mein Schiffsmaler wird Ihnen helfen. Wenn mich jemand fragt, sind Sie mit Ihrer Maschine ein einmaliges Experiment, das die Reederei mir aufgezwungen hat. Sie sind in Kapstadt an Bord gekommen, und ich mag Sie nicht; wir wechseln kaum je ein Wort miteinander. Alles klar?«
Der Kapitän hatte gelächelt. »Ich freue mich, Sie an Bord zu haben.«
Jetzt wartete Dubois und musterte den technischen Direktor. »Könnte ich vielleicht morgen, bevor wir auslaufen, noch einmal telefonieren?«
»Selbstverständlich. Vergessen Sie unser Land nicht. Hier hat alles angefangen und hier wird auch alles enden. *Salaam.*« Der Direktor lächelte und streckte ihm die Hand entgegen. »Guten Flug!«
»Danke, auf bald!«
Dubois brauchte 15 Minuten, bis er wieder auf dem Schiff war. Fowler

erwartete ihn schon. »Schön, daß alle Jungs wieder da sind. Alles bestens. Aber bis Amsterdam auf diesem alten Eimer?« Fowler fing an zu schimpfen, doch Dubois achtete nicht auf ihn. Er ging zum Bug vor und lehnte sich dort gegen den Schandeckel.
Alle in Sicherheit! Hätte ich nie gedacht. Ein unwahrscheinliches Glück. Andy und Rudi werden denken, ich habe es so geplant, aber das stimmt nicht. Es war einfach Glück. Auf die Minute genau hat Gott uns die ›Oceanrider‹ geschickt. Es war äußerst knapp, aber es ist vorbei, und ich brauche nicht mehr daran zu denken. Und jetzt? Solange wir kein schlechtes Wetter bekommen oder ich nicht seekrank werde oder der alte Eimer nicht untergeht, wird es herrlich sein, zwei oder drei Wochen nichts zu tun, nur essen und schlafen und ein bißchen Bridge spielen und Pläne machen. Dann Aberdeen und die Nordsee und Spaß mit Jean-Luc, Tom Lochart, Duke und den anderen, und dann ab nach... ja, wohin? Es ist Zeit, daß ich heirate. Scheiße, ich will nicht heiraten! Ich bin erst 30. Bis jetzt konnte ich mich immer drücken. Ein ausgesprochenes Pech wäre es, wenn ich dieser Pariser Hexe mit ihrer Engelsmiene begegnete, die meine Verteidigung aufrollen und meine guten Vorsätze zunichte machen würde. Das Leben ist viel zu schön, und mit immer neuen Mädchen Bekanntschaften zu schließen macht viel zuviel Spaß. Ich wollte, ich wäre bei den Jungs in Al Schargas!

Im Internationalen Krankenhaus von Al Schargas: 18 Uhr 01. Mit einer Sonnenbrille auf der Nase saß Starke auf der Veranda im zweiten Stock. Er trug eine Pyjamahose und hatte einen Heftpflasterverband um die Brust. Die Wunde heilte gut, aber er war noch schwach. Er überlegte und plante. Es gab so viel, über das er nachdenken mußte, vor allem aber darüber: Kriegen wir unsere Vögel raus oder nicht?
Im Zimmer hinter ihm hörte er Manuela in einer Mischung aus Spanisch und Texanisch mit ihren Eltern im fernen Lubbock plaudern. Er hatte schon mit ihnen gesprochen und auch mit seiner eigenen Familie und den Kindern Billy Joe, Conroe junior und Sarita. »He, Daddy, wann kommst du endlich mal nach Hause? Ich habe ein neues Pferd, und die Schule ist toll, und heute ist es so heiß, daß man sich auf der Straße Rühreier machen könnte!«
Starke lächelte, konnte aber seine Ahnungen und Besorgnisse nicht abschütteln. Er war so weit von dort entfernt, sogar noch in Großbritannien! Aberdeen und die Nordsee? Ich habe nichts dagegen, einen Monat oder auch etwas länger dort zu verbringen, aber auf die Dauer ist das nichts für mich, für die Kinder und Manuela. Die Kinder wollen in Texas bleiben, daheim, und Manuela will jetzt auch dorthin. Zu viel ist hier passiert, was ihr Angst gemacht hat, zu viel und zu rasch. Sie hat recht, aber verdammt, ich weiß nicht, wohin ich will und was ich eigentlich tun soll. Ich muß weiter fliegen, denn das ist alles, was ich gelernt habe. Ich will auch weiter fliegen. Wo? Nicht an der Nordsee oder in Nigeria, in jenen Gebieten, die Andy jetzt mehr als alles sonst am Herzen liegen. Vielleicht ergibt sich eine kleinere Operation in Südamerika, Indonesien, Malaysia oder Borneo? Ich möchte ja bei ihm

bleiben, wenn ich kann, aber was ist mit den Kindern oder der Schule und Manuela?
Er blickte über die Altstadt hinaus in die weite Ferne der Wüste und erinnerte sich, wie er früher oftmals nachts, gelegentlich mit Manuela, manchmal auch allein, die Schwelle der Wüste überschritten hatte, um dort auf die Stille der Nacht zu lauschen. »Du lauschst Allah«, hatte der Mullah gesagt.
Welch ein sonderbarer Mann! Er hat mir das Leben gerettet, und ich ihm das seine. In Kowiss hat er uns alle abhauen lassen. Teufel, er wußte doch, daß wir nie nach Kowiss zurückkommen würden, da bin ich ganz sicher. Was hat ihn bewogen, uns gehen zu lassen, uns, die Männer aus dem Land des großen Satans? Und warum hat er mich immer wieder gedrängt, zu Khomeini zu gehen?
Was ist es, was mir so unter die Haut gegangen ist? Es liegt da draußen, dieses Stück Wüste, das nur für mich existiert. Ein Friede über alle Maßen. Das Absolute. Das ist nur für mich, für meine Seele, nicht für die Kinder, nicht für meine Familie, nicht für Manuela... ich kann es niemandem erklären, am allerwenigsten Manuela, und auch nicht, was in Kowiss in der Moschee mit mir geschehen ist.
Ich muß so schnell wie möglich von hier fort, sonst bin ich verloren. Die Einfachheit des Islam scheint alles so simpel und klar zu machen und besser. Und doch... Ich bin Conroe Starke, Hubschrauberpilot, Texaner mit einer wunderbaren Frau und wunderbaren Kindern, und bei Gott, das sollte reichen, oder etwa nicht?
Beunruhigt senkte er den Blick auf die Altstadt, auf ihre von der Sonne rotgefärbten Minarette und Mauern. Da kam Manuela wieder auf die Veranda heraus und störte seine Gedanken, als sie sich neben ihn setzte und ihn in die Wirklichkeit zurückholte.
»Sie lassen dich lieb grüßen und wollten wissen, wann wir heimkommen. Wäre doch schön, wenn wir sie besuchen könnten, meinst du nicht, Conroe?«
Er nickte zerstreut, und sie folgte seinem Blick, ohne etwas Besonderes sehen zu können. Die Sonne ging unter, na und? Sie verbarg ihre Besorgnis. Er machte gute Fortschritte, aber er war nicht mehr derselbe. »Es ist nur der Schock nach einer Schußwunde«, hatte Dr. Nutt sie beruhigt. »Das erstemal ist es oft ein traumatisches Erlebnis. Dazu kommt noch die Sorge um Dubois, Fowler, Tom und Erikki, das lange Warten... Wir sind alle ein wenig aus dem Gleichgewicht, und das äußert sich bei jedem ein wenig anders.«
Nun stand sie auf, lehnte sich an das Geländer und sah auf das Meer zu den Booten hinaus. »Während du geschlafen hast, war ich bei Doktor Nutt. Er sagt, du kannst in ein paar Tagen das Krankenhaus verlassen, wenn es sein muß, schon morgen. Aber ein oder zwei Monate mußt du dich noch schonen. Beim Frühstück hat Nogger mir erzählt, es sei ihm zu Ohren gekommen, daß alle einen Monat Urlaub bekommen, bezahlten Urlaub. Wäre das nicht fein? Mit dem Genesungsurlaub dazu hätten wir reichlich Zeit, nach Hause zu fahren, hm?«
»Sicher. Gute Idee.«

Sie zögerte, drehte sich um und musterte ihn. »Was hast du bloß, Conroe?«
»Ich weiß nicht recht, Schatz. Ich fühle mich wohl. Es ist nicht meine Brust. Ich weiß es nicht...«
»Doktor Nutt sagt, du wirst noch eine Weile ein leises Unbehagen verspüren. Von Andy weiß ich, die Chancen stehen gut, daß es keine Inspektion geben wird und daß die Transporter für morgen mittag angesagt sind...« Im Zimmer läutete das Telefon. Sie ging hinein, redete aber weiter: »...mehr können wir alle im Moment nicht verlangen. Wenn wir hier rauskönnen, wir und die Helis... Hallo? O hallo!«
Starke hörte einen Laut des Erstaunens, die darauffolgende Stille und die Explosion freudiger Erregung. Dann rief sie auf den Balkon hinaus: »Es ist Andy, Conroe, Marc Dubois hat angerufen, und sie sind im Irak auf einem Schiff, er und Fowler, auf einem Tanker, und sie sind in Sicherheit... O Andy, das ist ja wunderbar! Was? O ja, es geht ihm gut, und ich werde... Aber was ist mit Kasigi?... So... ja, gut.« Sie legte auf und eilte zu Starke zurück. »Noch keine Nachricht von Kasigi. O Conroe!« Jetzt lag sie neben ihm auf den Knien, umarmte ihn, Glückstränen in den Augen. »Ich war so besorgt um Marc und Fowler! Ich hatte Angst, sie würden es nicht schaffen.«
»Verdammt!« stieß er hervor, selbst kaum fähig zu reden. »Mach schon, Kasigi! Mach schon!«

Flughafen Al Schargas: 18 Uhr 18. Gavallan saß am Fenster seines Büros und sah, wie Newburys Dienstwagen mit dem kleinen Union Jack durch das Tor schwenkte: Fahrer in Uniform, zwei Gestalten im Fond. Er nickte ein wenig, ging zum Waschbecken hinüber, spritzte sich etwas kaltes Wasser ins Gesicht und trocknete es ab.
Die Tür ging auf. Scot kam herein, mit ihm Charlie Pettikin. Beide waren sehr blaß. »Keine Bange«, sagte Gavallan, »kommt rein!« Er ging wieder zum Fenster, bemühte sich, ruhig zu bleiben, trocknete sich die Hände ab und blieb stehen. Die Sonne näherte sich dem Horizont. Wir sind soweit, dachte er. »Wozu jetzt hier warten?« Er marschierte ihnen voraus in den Gang hinaus. »Ist doch prima, daß Marc und Fowler wohlauf sind, nicht wahr?«
»Wunderbar«, sagte Scot. »Zehn von zehn Vögeln, Paps, Besser geht's gar nicht.«
Den Gang hinunter und in die Halle. »Wie geht es Paula, Charlie?«
»Oh, ihr... ihr geht's gut, Andy.« Pettikin staunte über Gavallans Kaltblütigkeit und beneidete ihn darum. »Sie... sie ist vor einer Stunde nach Teheran geflogen, wird wohl nicht vor Montag zurück sein, vielleicht aber doch schon morgen.« Diese verdammte Operation »Wirbelsturm«, dachte er verbittert, sie hat alles kaputtgemacht. Ich weiß ja: Wer nicht wagt, der gewinnt nicht. Aber was hätte ich denn tun sollen? Wenn sie unsere Helis schnappen, bin ich meinen Job los, und ich habe so gut wie nichts gespart. Ich bin viel älter als sie und... Und überhaupt! Irgendwo bin ich froh. Jetzt kann ich ihr das Leben nicht verpfuschen, wie ich meines verpfuscht habe, und sie wäre ja sowieso verrückt, wenn sie ja sagen würde. »Paula ist okay, Andy.«

»Sie ist ein nettes Mädchen.«
In der Halle wimmelte es von Menschen. Als sie sie durchquerten, wechselten sie von der Kühle des Hauses zur Wärme des Sonnenuntergangs an der Eingangstreppe. Überrascht blieb Gavallan stehen. Die ganze S-G-Mannschaft hatte sich hier versammelt: Scragger, Vossi, Neureiter, Lutz, Kelly, Petrofi, Freddy Ayre und alle anderen, dazu die Mechaniker. Ohne sich zu rühren, beobachteten sie den näherkommenden Wagen, der am Fuße der Treppe hielt.
Newbury stieg aus. »Guten Abend, Andrew«, sagte er. Alle starrten wie versteinert: Neben ihm stand Kasigi und nicht der Iraner, und Kasigi strahlte.
»Ich verstehe eigentlich selbst nicht, was da los ist«, sagte Newbury mit verdattertem Gesicht. »Aber der Botschafter, der iranische Botschafter, hat in letzter Minute abgesagt, desgleichen der Scheich. Dafür ist Mr. Kasigi gekommen, um mich zum Empfang in der japanischen Botschaft abzuholen, weil heute abend keine Inspektion stattfindet.«
Gavallan stieß einen Jubelschrei aus, und nun umringten alle Kasigi, dankten ihm, redeten, lachten und stolperten übereinander. Kasigi aber sagte: »... und auch morgen wird es keine Inspektion geben, und wenn wir den Botschafter kidnappen müssen...« Das Gelächter und der Jubel steigerten sich, und Scragger tanzte einen Hornpipe. »Kasigi, hoch!«
Gavallan bahnte sich einen Weg zu Kasigi, umarmte ihn ungestüm und brüllte: »Danke, danke! In drei Tagen haben Sie die ersten drei Vögel, den Rest zum Wochenende...« Und dann, ohne erkennbaren Zusammenhang: »Um Himmels willen, laßt mir noch einen Augenblick Zeit, ich muß es Mac sagen und Duke und den anderen... Inzwischen könnt ihr hier schon feiern. Alles geht auf meine Rechnung.«
Kasigi sah ihn davoneilen und lächelte still in sich hinein.

Im Krankenhaus: 18 Uhr 32. Mit zitternden Händen stellte Starke das Telefon nieder. Glückstrahlend ging er auf die Veranda. »Verdammt noch mal, Manuela, verdammt noch mal, wir haben es geschafft! Keine Inspektion! Andy weiß noch nicht, wie Kasigi es geschafft hat, aber der Kerl hat es zustande gebracht.« Er legte seinen Arm um sie und lehnte gegen das Geländer. »Jetzt sind wir in Sicherheit, jetzt können wir Pläne machen. Kasigi, dieser Hundesohn, hat es geschafft. *Allah-u Akbar*!« fügte er triumphierend, ohne nachzudenken, hinzu.
Die Sonne berührte gerade den Horizont. In der Stadt rief ein Muezzin zum Gebet, er rief mit lockender, unvergleichlicher Stimme. Ihr Klang drang Starke unwiderstehlich ins Gehör und füllte sein ganzes Wesen aus, so daß er alles vergaß. Erleichterung und Freude mischten sich mit den Worten und dem Rufen und dem Unendlichen – und er löste sich von Manuela. Hilflos und allein wartete sie. In der untergehenden Sonne wartete sie, ängstigte sich um ihn und trauerte um ihn, und sie fühlte, daß ihre gemeinsame Zukunft auf dem Spiel stand.
Die Rufe des Muezzins verstummten, und jetzt war es sehr still. Starkes

Augen sahen die Altstadt in ihrer ehrwürdigen Pracht und dahinter die unendliche Wüste. Ein Jet hob ab, und Seevögel schnatterten. Dann hörte man das Tuckern eines Helikopters, und Starke faßte einen Entschluß.
»Du«, sagte er auf persisch zu Manuela, »du, ich liebe dich.«
»Du, ich werde dich ewig lieben«, murmelte sie, den Tränen nahe. Dann hörte sie ihn seufzen, und sie wußte, daß sie wieder beisammen waren.
»Es ist Zeit, heimzukehren, Liebling.« Er nahm sie in die Arme.
»Daheim ist, wo du bist«, entgegnete sie und hatte keine Angst mehr.

Hotel Oasis: 23 Uhr 52. Das Telefon weckte Gavallan aus tiefem Schlaf. Er tastete nach dem Hörer und knipste das Nachttischlämpchen an. »Hallo?«
»Hallo, Andrew, hier spricht Roger Newbury. Entschuldigen Sie, daß ich so spät anrufe, aber...«
»Oh, das ist schon in Ordnung. Wie ist es denn gelaufen?« Newbury hatte versprochen, ihn anzurufen und zu berichten. »Was ist mit morgen?«
»Es freut mich, Ihnen mitteilen zu können, daß Exzellenz Abadani eine Einladung des Scheichs zur Falkenjagd rund um die Oase Al Sal angenommen hat. Es ist also anzunehmen, daß er den ganzen Tag abwesend sein wird. Ich persönlich traue ihm nicht, und ich kann Ihnen nur raten, Ihre Flugzeuge und Ihr Personal so schnell und so diskret wie möglich zu evakuieren. Okay?«
»Ja, vielen Dank!« Gavallan lehnte sich zurück. Er fühlte sich als ein neuer Mensch, das Bett war mit einemmal verführerisch. »Bis morgen abend sind alle fort. Scragger und ich fliegen als letzte mit Kasigi nach Bahrain.«
»Gut. Wie es Ihnen gelungen ist, Abadani herumzukriegen, weiß ich nicht, und ich will es auch nicht wissen. Aber wir ziehen alle den Hut vor Ihnen. Zu den guten Nachrichten habe ich leider auch eine schlechte: Wir haben soeben ein Telex von Henley in Täbris bekommen.«
Der Schlaf war vergessen. »Verdruß?«
»Ich fürchte ja. Es klingt bizarr, aber so steht es hier.« Gavallan hörte das Rascheln von Papier, und dann: »Henley schreibt: ›Wie wir erfahren, wurde gestern oder in der vergangenen Nacht ein Mordanschlag auf Hakim Khan verübt, und angeblich soll Captain Yokkonen in die Sache verwickelt sein. Mit seinem Hubschrauber floh er in der vergangenen Nacht zur türkischen Grenze und nahm seine Frau Azadeh gegen deren Willen mit. Im Namen von Hakim Khan wurde ein Haftbefehl wegen Mordversuch und Entführung erlassen. In Täbris kämpfen gegenwärtig drei rivalisierende Gruppen erbittert um die Macht, was eine genaue Berichterstattung sehr erschwert. Wir informieren Sie, sobald wir mehr wissen.‹ Das ist alles. Erstaunlich, nicht wahr?«
Stille. »Andrew? Sind Sie noch da?«
»Ja... Ja... Ich versuche nur, einen klaren Kopf zu behalten. Was glauben Sie? Kann das stimmen?«
»Ich fürchte, ja. Vielleicht erfahren wir morgen mehr. Ich würde Ihnen raten, sich mit der Finnischen Botschaft in London in Verbindung zu setzen. Die Nummer ist 01-766 88 88. Tut mir alles schrecklich leid.«
Gavallan dankte ihm und legte wie betäubt auf.

[illegible]

[illegible]

[illegible]

Sonntag
4. März 1979

72

Im türkischen Dorf: 10 Uhr 20. Azadeh schreckte auf. Einen Augenblick lang wußte sie nicht, wo sie sich befand, doch dann zeichneten sich die Konturen des Raumes deutlich ab – eng, trist, zwei Fenster, eine harte Strohmatratze, Laken und Decke sauber, aber rauh –, und sie erinnerte sich, daß sie sich im einzigen Gasthof des Ortes befand und daß der Major und der Polizist sie trotz ihres Protestes hierhergebracht hatten. Der Major war nicht davon abzubringen gewesen, in der kleinen Herberge mit ihr zu Abend zu essen. Kaum waren sie eingetreten, hatte sich das kleine Lokal schlagartig geleert. »Natürlich müssen Sie etwas essen, um bei Kräften zu bleiben. Bitte, nehmen Sie Platz! Was Sie speisen, werde ich auch für Ihren Mann bestellen und es ihm schicken lassen. Ist Ihnen das recht?«

»Ja, bitte«, erwiderte sie auf türkisch und setzte sich. Sie verstand die versteckte Drohung, und es machte sie wütend. »Ich kann dafür bezahlen.« Die Andeutung eines Lächelns spielte um seine vollen Lippen. »Wie Sie wünschen.«

»Danke, Major Effendi. Bitte, wann können mein Mann und ich von hier fort?«

»Darüber werden wir morgen sprechen, nicht heute abend.« Er deutete auf den Polizeibeamten, der an der Tür Wache stand. »Jetzt werden wir uns englisch unterhalten«, sagte er und hielt ihr sein silbernes Zigarettenetui hin.

»Danke, ich rauche nicht. Wann kann ich meinen Schmuck wieder zurück haben, Major Effendi?«

Während er sie musterte, wählte er eine Zigarette aus und begann mit einem Ende auf das Etui zu klopfen. »Sobald er sicher ist. Mein Name ist Abdul Ikail. Ich bin in Van stationiert und für den ganzen Grenzbezirk verantwortlich.« Er benützte sein Feuerzeug und stieß dann den ersten Rauch aus. »Waren Sie schon einmal in Van?«

»Nein, noch nie.«

»Es ist ein verschlafenes kleines Städtchen. Zumindest war es das, obwohl es an der Grenze immer Ärger gibt, vor Ihrer Revolution.« Wieder ein tiefer Zug. »Unerwünschte Elemente auf beiden Seiten, welche die Grenze überqueren und flüchten wollen. Schmuggler, Drogen- und Waffenhändler, Diebe, alles mögliche Gesindel.« Er ließ die Wörter ganz beiläufig fallen. Böse Ahnungen erfüllten Azadeh. Sie begann, mit dem Riemen ihrer Umhängetasche zu spielen.

»Kennen Sie Istanbul?« fragte er.

»Ja. Als kleines Mädchen war ich einmal für ein paar Tage dort. Mein Vater nahm mich mit, weil er dort geschäftlich zu tun hatte. Anschließend wurde ich in ein Flugzeug gesetzt, das mich in die Schweiz brachte, wo ich zur Schule gehen sollte.«

»Ich war noch nie in der Schweiz. Ich verbrachte einmal einen kurzen Urlaub in Rom und besuchte einen Polizeikurs in Bonn und einen anderen in London.« In Gedanken versunken rauchte er weiter, drückte aber dann seine Zigarette aus und winkte den Wirt heran, der wartend neben der Tür gestanden hatte. Das Essen war einfach, aber gut. Es wurde mit nervöser Unterwürfigkeit serviert, die Azadehs Unbehagen noch steigerte.

»Sie brauchen keine Angst zu haben, Lady Azadeh! Sie sind nicht in Gefahr«, hatte er gesagt, als sei er in der Lage, ihre Gedanken zu lesen. »Ganz im Gegenteil. Ich freue mich, Gelegenheit zu haben, mich mit Ihnen unterhalten zu können. Nur selten kommt eine Dame Ihres... Ihres Standes hier durch.« Geduldig und höflich hatte er sie während des Essens nach Aserbeidschan und Hakim Khan ausgefragt, sich aber geweigert, von Erikki zu sprechen oder ihr zu sagen, was geschehen würde. »Was geschehen wird, wird geschehen. Bitte erzählen Sie mir Ihre Story noch einmal.«

»Ich habe sie Ihnen doch schon erzählt, Major Effendi! Es ist die Wahrheit, keine Story.«

»Natürlich«, sagte er und aß hungrig. »Bitte, erzählen Sie sie mir trotzdem noch einmal.«

Sie hatte seinem Wunsch entsprochen, in seinen Augen gelesen und das Verlangen gesehen, obwohl sein Verhalten immer höflich und korrekt blieb. »Es ist die Wahrheit«, hatte sie wiederholt. »Wir haben nichts verbrochen. Mein Mann hat sich und mich nur verteidigt – bei Allah.«

»Bedauerlicherweise kann Allah nicht für Sie Zeugnis ablegen. In Ihrem Fall akzeptiere ich natürlich, was Sie sagen. Zum Glück sind wir hier mehr von dieser Welt und keine Fundamentalisten. Hier besteht eine deutliche Trennung zwischen dem Staat und dem Islam. Keine Führer von eigenen Gnaden stellen sich zwischen uns und Allah. Fanatiker sind wir nur, wenn es darum geht, unser Leben so zu führen, wie es uns gefällt. Wir lassen uns nicht von anderen Leuten Gesetze und Überzeugungen aufzwingen.« Er unterbrach sich und lauschte angestrengt nach draußen. Schon auf dem Weg hierher hatten sie heftiges Geschützfeuer aus der Ferne gehört. »Vermutlich Kurden in den Bergen, die ihre Häuser verteidigen«, sagte er und kräuselte spöttisch die Lippen. »Wie ich höre, setzte Khomeini die Armee und seine *hezbollahis* gegen sie ein.«

»Das ist einer seiner Fehler«, sagte sie. »Das meint auch mein Bruder.«

»Ich pflichte Ihrem Bruder bei, ich komme nämlich selbst aus einer kurdischen Familie.« Er stand auf. »Ein Polizist wird die ganze Nacht vor Ihrer Tür Wache halten, zu Ihrem Schutz«, sagte er mit jenem angedeuteten Lächeln, das sie so beunruhigte. »Bitte, bleiben Sie in Ihrem Zimmer, bis ich Sie hole oder nach Ihnen schicke. Schlafen Sie gut!«

Weil es in dem Zimmer, das man ihr angewiesen hatte, weder ein Türschloß noch einen Riegel gab, hatte sie einen Stuhl unter den Türknopf geklemmt. Der Raum war kalt, das Wasser im Krug eisig. Sie wusch sich, trocknete sich ab, sprach ein Gebet und setzte sich auf das Bett.

Sehr vorsichtig zog sie die 15 Zentimeter lange stählerne Hutnadel heraus, die in der Nahtkante ihrer Umhängetasche verborgen war. Die Spitze der Nadel war scharf, der Kopf klein, aber groß genug, um sie zu halten und mit ihr zustechen zu können. Sie schob sie in die Unterseite des Kissens, wie der blauäugige Johnny es ihr damals im Berner Oberland gezeigt hatte. »So ist sie für dich ungefährlich«, hatte er sie lächelnd instruiert. »Ein Feind wird sie gar nicht bemerken, und du hast sie schnell zur Hand. Nur ein paar Zentimeter tief an der richtigen Stelle, das ist mehr als genug, absolut tödlich...« Seitdem hatte sie die Nadel immer bei sich, sie aber nie gebraucht.
Sie blies die Kerze aus. In Pullover und Schihose rollte sie sich unter der Decke zusammen. Durch die zwei Fenster fiel Mondlicht. Bald war ihr warm. Die angenehme Temperatur sowie Erschöpfung und Jugend hatten sie in traumlosen Schlaf sinken lassen.
In der Nacht war sie plötzlich aufgewacht. Der Türknopf drehte sich langsam. Ihre Hand flog zur Hutnadel, aber sie blieb ruhig liegen und beobachtete die Tür. Der Knopf ging bis zum Anschlag, doch die Tür, vom Stuhl, der unter dem Druck knarrte, festgeklemmt, hielt stand. Einen Augenblick später drehte sich der Knopf wieder zurück. Stille. Keine Schritte. Kein Atemgeräusch. Sie lächelte stillvergnügt. Johnny hatte ihr auch gezeigt, wie das mit dem Stuhl funktionierte. Oh, mein Liebster, ich hoffe, du findest das Glück, das du suchst, hatte sie gedacht und war wieder eingeschlafen.
Nun wurde sie hellwach. Sie fühlte sich ausgeruht und wußte, daß sie stärker war als gestern und besser auf den Kampf vorbereitet, der bald beginnen würde. Sie fragte sich, was sie wohl geweckt hatte. Verkehrslärm? Straßenverkäufer? Das war es nicht gewesen. Da klopfte es wieder an der Tür. »Wer ist da?«
»Major Ikail.«
»Augenblick.« Sie zog ihre Stiefel an, strich das Haar und den Pullover zurecht und entfernte geschickt den Stuhl. »Guten Morgen, Major Effendi.« Er warf einen belustigten Blick auf den Stuhl. »Es war klug von Ihnen, die Tür zu blockieren. Aber tun Sie es nicht wieder – ohne Erlaubnis.« Er musterte sie. »Sie sehen erholt aus. Das ist schön. Ich habe Kaffee und frisches Brot für Sie bestellt. Möchten Sie sonst noch etwas?«
»Nur, daß man uns gehen läßt, meinen Mann und mich.«
»Ach ja?« Er kam ins Zimmer, schloß die Tür und setzte sich auf den Stuhl. »Mit Ihrer Unterstützung ließe sich das vielleicht bewerkstelligen.«
Als er ins Zimmer getreten war, hatte sie sich ganz unauffällig zurückgezogen. Nun saß sie am Bettrand, eine Hand ganz nahe am Kissen. »Was für eine Unterstützung, Major Effendi?«
»Es könnte sich empfehlen, von einer Gegenüberstellung abzusehen«, antwortete er geheimnisvoll. »Wenn sie kooperativ sind... und heute abend freiwillig nach Täbris zurückkehren, bleibt Ihr Mann über Nacht in Haft und wird morgen nach Istanbul überstellt.«
»Wohin in Istanbul?«

»Ins Gefängnis, wo er gut aufgehoben ist und wo sein Botschafter mit ihm sprechen und, so Allah will, seine Freilassung erwirken kann.«
»Warum sollte er ins Gefängnis? Er hat doch nichts ver...«
»Auf seinen Kopf ist eine Prämie ausgesetzt. Tot oder lebendig.« Der Major lächelte dünn. »Er braucht Schutz. Hier im Dorf und in der Nähe gibt es Dutzende Ihrer Landsleute, die alle dem Hungertod nahe sind. Brauchen Sie nicht auch Schutz? Wären Sie nicht ein ideales Entführungsopfer, das der Khan sofort und großzügig loskaufen würde?«
»Ich gehe gern zurück, wenn ich damit meinem Mann helfen kann«, antwortete sie sofort. »Aber welche Garantie habe ich, daß meinem Mann nichts zustößt und er nach Istanbul überführt wird, Major Effendi?«
»Keine.« Er erhob sich und blieb vor ihr stehen. »Wenn Sie sich nicht kooperativ zeigen, wird man Sie beide zur Grenze bringen, und Ihr Mann... Er wird sehen müssen, wie er weiterkommt.«
Sie stand nicht auf und nahm auch ihre Hand nicht vom Kissen. Kooperativ? Heißt das, daß sie aus freien Stücken mit diesem Mann schlafen soll? »Wie soll denn meine ›Unterstützung‹ aussehen? Was verlangen Sie von mir?« fragte sie und ärgerte sich, daß ihre Stimme so zaghaft klang.
Er lachte. »Was ich verlange? Daß Sie tun, was allen Frauen so schwerfällt: ohne Widerrede gehorchen, tun, was man ihnen aufträgt, und aufhören, die Gewitzte zu markieren.« Er machte kehrt. »Sie bleiben hier. Ich komme später wieder. Ich hoffe, daß Sie dann bereit sein werden, mir... die richtigen Antworten zu geben.« Er schloß die Tür hinter sich.
Wenn er versucht, mich zu vergewaltigen, bringe ich ihn um, dachte sie. Ich kann nicht mit ihm schlafen. Erikki würde es mir nie verzeihen, und ich selbst mir auch nicht. Erikki könnte nicht mehr leben mit dem Wissen, daß so etwas geschehen ist, und er würde sich rächen wollen. Und auch ich könnte nicht mit mir weiterleben.
Sie stand auf, ging zum Fenster und sah hinaus auf das belebte Dorf und die schneebedeckten Berge ringsum. Bis zur Grenze war es nur ein kleines Stück...
»Erikki hat nur dann eine Chance, wenn ich zurückgehe«, murmelte sie. »Aber ich kann nicht, mir fehlt die Einwilligung des Majors, und selbst dann...«

Auf dem Polizeirevier: 11 Uhr 58. Erikkis mächtige Fäuste hatten den mittleren Eisenstab des Fensters herausgebrochen und dabei einen kleinen Schuttregen hervorgerufen. Hastig drückte er ihn in die Öffnung zurück und spähte durch die Tür des Käfigs in den Gang hinaus. Kein Gefängniswärter war zu sehen. Schnell stopfte er die Schuttreste wieder hinein, um das Loch zu tarnen. Er hatte die halbe Nacht an diesem Eisenstab gearbeitet. Jetzt besaß er eine Waffe und einen Hebel, um die anderen Stäbe herauszustemmen.
Dazu brauche ich eine halbe Stunde, nicht mehr, dachte er und setzte sich zufrieden auf seine Pritsche. Am Morgen hatte man ihm ein Stück Brot und ungenießbaren Kaffee gebracht. Die Polizisten hatten ihn verständnislos

angestarrt, als er nach seiner Frau und dem Major verlangte. Weder kannte er das türkische Wort für Major noch den Namen des Offiziers. Sie hatten mit den Achseln gezuckt und waren gegangen. Der Sergeant hatte sich nicht sehen lassen.

Die Tür am Ende des Ganges ging auf, und der Major kam auf ihn zugeschritten. »Guten Morgen«, sagte er und rümpfte die Nase vor dem Gestank, der ihm entgegenschlug.

»Guten Morgen, Herr Major. Wo ist meine Frau, und wann lassen Sie uns gehen?«

»Ihre Frau ist im Dorf – ausgeruht und in Sicherheit. Ich habe mich selbst überzeugt.« Der Major musterte Erikki nachdenklich, bemerkte seine schmutzigen Hände und prüfte mit scharfem Blick das Schloß des Käfigs, die Gitterstäbe des Fensters, den Fußboden und die Decke. »Die Sicherheit Ihrer Frau und die Behandlung, die ihr zuteil wird, hängt allerdings von Ihnen ab, verstehen Sie?«

»Ja, ich verstehe. Aber als ranghöchster Polizeibeamter sind Sie mir für ihr Wohlergehen verantwortlich.«

Der Major lachte höhnisch und machte gleich wieder ein ernstes Gesicht. »Das beste wird wohl sein, eine Gegenüberstellung zu vermeiden. Wenn Sie sich kooperativ zeigen, werden Sie heute nacht hierbleiben. Morgen schicke ich Sie unter Bewachung nach Istanbul, wo Sie mit Ihrem Botschafter sprechen können und wo sich erweisen wird, ob Sie vor Gericht gestellt oder ausgewiesen werden.«

Erikki ging auf sein eigenes Schicksal gar nicht ein. »Ich habe meine Frau gegen ihren Willen hierhergebracht. Sie hat nichts Böses getan. Sie sollte in ihre Heimat zurückkehren. Können Sie ihr sicheres Geleit geben?«

»Das hängt von Ihrer Unterstützung ab.«

»Ich werde sie auffordern zurückzugehen. Ich werde darauf bestehen, wenn Sie das meinen.«

»Natürlich können wir sie zurückschicken«, entgegnete der Major. »Selbstverständlich. Aber es ist möglich, daß sie auf dem Weg zur Grenze abermals entführt wird, diesmal von Banditen, iranischen Banditen, Halsabschneidern, die sie ein oder zwei Monate gefangenhalten und erst nach Bezahlung eines Lösegelds durch den Khan wieder freigeben würden.«

Erikki war aschfahl geworden. »Was wollen Sie von mir?«

»Von hier zur Bahn ist es nicht weit. Sie könnten heute nacht insgeheim aus dem Polizeirevier und sicher nach Istanbul gebracht werden. Die gegen Sie erhobenen Beschuldigungen würden ad acta gelegt werden. Sie könnten einen guten Job bekommen; als Flieger und Ausbilder mit einem Zweijahresvertrag. Dafür müßten Sie sich bereit erklären, als Agent für uns zu arbeiten, uns mit Informationen über Aserbeidschan, insbesondere über diesen Sowjetrussen Mzytryk zu beliefern, aber auch über Hakim Khan, wo und wie er lebt, wie man in den Palast kommt – und was sonst noch gewünscht wird.«

»Und meine Frau?«

»Sie bleibt aus freien Stücken in Van, als Geisel für Ihr Wohlverhalten ... für ein oder zwei Monate. Dann kann sie zu Ihnen kommen, wo immer Sie sich aufhalten.«

»Vorausgesetzt, sie wird heute zu Hakim Khan zurückgebracht und Sie weisen mir nach, daß sie heil dort angekommen ist, will ich tun, was Sie von mir verlangen.«

»Entweder sind Sie einverstanden oder nicht«, konterte der Major ungeduldig. »Ich bin nicht hier, um mit Ihnen zu feilschen.«

»Sie hat doch nichts mit irgendwelchen Verbrechen zu tun, die ich begangen haben soll. Bitte lassen Sie sie gehen, bitte!«

»Halten Sie uns für Dummköpfe? Sind Sie einverstanden oder nicht?«

»Ja! Aber zuerst muß ich sie in Sicherheit wissen. Zuerst!«

»Vielleicht möchten Sie zusehen, wie sie mißbraucht wird? Zuerst?«

Erikki machte einen Satz vorwärts, und der ganze Käfig erbebte unter dem Anprall. Der Major aber stand außer Reichweite und lachte über die großen Hände, die sich ohnmächtig mühten, ihn zu erreichen. Er hatte die Entfernung richtig eingeschätzt, war er doch viel zu erfahren, um sich überraschen zu lassen: ein gewiefter Ermittlungsbeamter, der wußte, wie man höhnte, drohte und lockte, der die Angst eines Gefangenen nutzte, die Wahrheit verdrehte und den Vorhang der unvermeidlichen Lügen und Halbwahrheiten auseinanderriß – um an die eigentliche Wahrheit heranzukommen.

Seine Vorgesetzten hatten ihm freie Hand gelassen, wie er mit den beiden verfahren wollte. Jetzt hatte er sich entschieden. Ohne sich zu beeilen, zog er seinen Revolver, richtete ihn auf Erikki und entsicherte ihn. Erikki wich nicht zurück. Er stand keuchend da und hielt die Gitterstäbe mit seinen Pranken fest.

»Gut«, sagte der Major ganz ruhig und steckte seine Waffe wieder in das Halfter. »Sie wurden gewarnt: Von Ihrem Verhalten hängt das Wohlbefinden Ihrer Frau ab.« Er ging davon.

Als Erikki wieder allein war, versuchte er, die Tür des Käfigs aus den Angeln zu heben. Doch die Tür hielt stand.

Flughafen Al Schargas: 16 Uhr 39. Vom Fahrersitz seines Wagens aus beobachtete Gavallan, wie sich die Ladeluke des Boeing-747-Transportjumbos hinter den ersten fünf Hubschraubern, ihren Rotoren und den Ersatzteilen schloß. Fieberhaft beluden Mechaniker und Piloten den zweiten Jumbo: der letzte Rumpf einer 212, ein Dutzend Kisten und Berge von Koffern. »Wir haben den Zeitplan eingehalten, Andy«, rief Lutz, der als Lademeister fungierte, und tat, als fiele ihm die Blässe des Angesprochenen nicht auf. »Noch eine halbe Stunde.«

»Fein.« Gavallan reichte ihm verschiedene Papiere. »Das sind die Ausreisegenehmigungen für alle Mechaniker, die mitfliegen.«

»Und die Piloten?«

»Die fliegen mit British Airways. Aber sorgen Sie dafür, daß alle bis spätestens 18 Uhr 10 in der Einwanderungsbehörde sind. British Airways kann nicht warten. Alle müssen mit dieser Maschine mit – ich habe es zugesagt.«

»Sorgen Sie sich nicht! Was ist mit Duke und Manuela?«
»Die sind schon fort. Dr. Nutt hat sie begleitet. Ich... Das wär's.« Das Denken fiel Gavallan schwer.
»Bleibt es dabei, daß Sie und Scragger um 18 Uhr 35 über Bahrain nach Kuwait fliegen?«
»Ja. Jean-Luc erwartet uns. Wir nehmen Kasigi mit, um ihm bei der Einrichtung seines Apparates behilflich zu sein und seine Iran-Toda-Vögel in Empfang zu nehmen. Ich werde mich noch von Ihnen allen verabschieden.«
»Auf Wiedersehen in Aberdeen!« Lutz schüttelte ihm die Hand und eilte davon. Gavallan legte den Gang ein und fuhr ins Büro zurück. »Was Neues, Scrag?«
»Nein, Sportsfreund, noch nicht. Kasigi hat angerufen. Ich habe ihm die Registriernummern der Helis gegeben und die Namen der Piloten und Mechaniker. Er hat gesagt, er habe für unseren Flug heute abend nach Kuwait gebucht; von dort will er weiter nach Abadan und zu Iran-Toda.« Gavallans Aussehen beunruhigte auch Scragger. »Sie haben nun wirklich alles durchgezogen, Andy.«
»Habe ich das? Ich bezweifle es. Ich habe Erikki und Azadeh nicht herausbekommen.« Noch in der Nacht hatte Gavallan mit allen wichtigen Leuten Verbindung aufgenommen, von denen er sich Hilfe erwartete. Der finnische Botschafter war schockiert gewesen: »Aber das ist doch nicht möglich! Einer unserer Bürger in eine solche Sache verwickelt? Unmöglich! Wo sind Sie morgen um diese Zeit?« Gavallan hatte es ihm gesagt und seitdem von dem Diplomaten nichts mehr gehört. Hakim war nur über Newbury zu erreichen, und dieser bemühte sich bereits darum. Wie betäubt griff Gavallan nach dem Hörer und legte ihn wieder auf. Er starrte auf das Flugfeld hinaus. »Ich weiß nicht, was ich tun soll, Scrag. Ich weiß einfach nicht, was ich tun soll.«

Auf dem Polizeirevier im türkischen Dorf: 17 Uhr 18. »...wie Sie wünschen, Effendi. Werden Sie die nötigen Dispositionen treffen?« sagte der Major respektvoll am Telefon. Er saß hinter dem einzigen Schreibtisch in dem kleinen schmuddeligen Büro. Der Sergeant stand neben ihm, das *kookri* und Erikkis Pukoh lagen auf dem Schreibtisch. »Gut. Ja... Ich pflichte Ihnen bei. *Salaam.*« Er legte den Hörer auf, zündete sich eine Zigarette an und erhob sich. »Sie finden mich im Gasthof.«
»Jawohl, Effendi.» Die Augen des Sergeanten funkelten belustigt, aber er ließ sich nichts anmerken. Er sah zu, wie der Major Jacke und Haar zurechtstrich und seinen Fez aufsetzte. Das Telefon klingelte. »Polizeirevier... Ja, o hallo!« Der Sergeant lauschte mit zunehmendem Erstaunen. »Aber... ja... ja gut.« Er legte den Hörer auf die Gabel.
»Was ist los?«
»Das... das war Sergeant Kurbel an der Grenze, Major Effendi. Da ist ein Mannschaftswagen der Iranischen Luftwaffe mit *hezbollahis* und einem Mullah gekommen, um den Hubschrauber, den Gefangenen und die Frau in den Iran zurück...«

Der Major explodierte. »In drei Teufels Namen, wer hat denen denn erlaubt, ohne Genehmigung die Grenze zu überschreiten? Es gibt einen Dauerbefehl in bezug auf Mullahs und Revolutionäre!«
»Ich weiß es nicht, Effendi«, antwortete der Sergeant erschrocken über den plötzlichen Wutausbruch. »Kurbel hat nur gesagt, sie hätten offizielle Dokumente geschwenkt und darauf bestanden. Und weil doch alle von dem iranischen Hubschrauber wüßten, hätte er sie durchgelassen.«
»Sind sie bewaffnet?«
»Hat er nicht gesagt, Effendi.«
»Geben Sie an alle Ihre Leute Maschinenpistolen aus!«
»Aber... aber was machen wir mit dem Gefangenen?«
»Vergessen Sie ihn!« schnauzte ihn der Major an und stürmte hinaus.

Außerhalb des Dorfes: 17 Uhr 32. Der Mannschaftswagen der Iranischen Luftwaffe, vierradgetrieben, halb Tank, halb Lastwagen, bog von einem Feldweg ab, der nicht viel mehr als eine Spur im Schnee war, schaltete in den zweiten Gang und fuhr auf die 212 zu. Der türkische Polizeiposten ging ihm entgegen.
Ein halbes Dutzend bewaffneter junger Männer mit grünen Armbinden sprangen ab, und nach ihnen drei unbewaffnete Soldaten der Iranischen Luftwaffe und ein Mullah. Der Mullah hängte sich seine Kalaschnikow um. »*Salaam*. Wir sind hier, um im Namen des Imam und des Volkes unser Eigentum in Besitz zu nehmen«, erklärte der Mullah wichtigtuerisch. »Wo ist der Entführer, und wo ist die Frau?«
»Davon weiß ich nichts.« Der Polizist war verwirrt. Der Befehl, den er erhalten hatte, war klar gewesen: Wache halten und niemanden ranlassen! »Gehen Sie lieber aufs Revier und fragen...« Er sah, wie einer der Luftwaffensoldaten die Tür zum Cockpit öffnete und sich hineinbeugte. Die zwei anderen rollten Tankschläuche aus. »He, Sie da! Ohne Erlaubnis darf niemand an den Hubschrauber ran.«
Der Mullah verstellte ihm den Weg. »Hier ist unsere Genehmigung.« Er hielt dem Polizisten Papiere vor die Nase, was den Wachhabenden noch mehr in Verwirrung stürzte, da er weder iranisch lesen noch sprechen konnte.
»Gehen Sie lieber zuerst aufs Revier«, stammelte er und sah dann mit ungeheurer Erleichterung, daß das Polizeiauto des dörflichen Reviers über den schmalen Weg auf sie zubrauste. Der Wagen brach seitlich aus, trudelte noch ein paar Meter durch den Schnee und blieb stehen. Mit Maschinenpistolen bewaffnet, stiegen der Major, der Sergeant und zwei Polizisten aus. Der Mullah ging, von *hezbollahis* flankiert, furchtlos auf sie zu.
»Wer sind Sie?« fuhr der Major ihn an.
»Mullah Ali Miandiry vom Khoy-Komitee. Wir sind gekommen, um im Namen des Imam und des Volkes Besitz zu ergreifen von unserem Eigentum, dem Entführer und der Frau.«
»Frau? Sie meinen wohl die Gnädigste, die Schwester von Hakim Khan.«
»Ja, die.«

»Imam? Was für ein Imam?«
»Imam Khomeini, Friede sei mit ihm.«
»Ach, Ayatollah Khomeini«, konterte der Major, den diese kniefällige Verehrung erboste. »Und welchen Volkes?«
Ebenso aggressiv hielt ihm der Mullah einige Papiere hin. »Des iranischen Volkes. Das ist unsere Vollmacht.«
Der Major nahm die Papiere entgegen und überflog sie. Es waren zwei Dokumente, beide hastig auf Persisch hingekritzelt. Der Sergeant und seine zwei Polizisten hatten sich um den Mannschaftswagen postiert. Der Mullah und die *hezbollahis* beobachteten sie geringschätzig.
»Wo ist die amtliche Beglaubigung?« fragte der Major. »Wo sind der Stempel und die Unterschrift des Polizeichefs von Khoy?«
»Das brauchen wir nicht. Die Papiere sind vom Komitee unterschrieben.«
»Von welchem Komitee? Ich habe nichts mit Komitees zu schaffen.«
»Das Revolutionäre Komitee von Khoy besitzt Amtsgewalt über dieses Gebiet und die Polizei.«
»Über dieses Gebiet? Sie befinden sich in der Türkei.«
»Ich meine Amtsgewalt über das Gebiet bis zur Grenze.«
»Und wer hat sie Ihnen verliehen? Kann ich das erfahren?«
Eine Bewegung ging durch die jungen Männer. »Das hat der Mullah Ihnen schon gesagt«, zischte einer gehässig. »Das Komitee hat unterschrieben.«
»Wer? Sie?«
»Ich habe unterschrieben«, antwortete der Mullah. »Das ist völlig legal. Das Komitee hat die Amtsgewalt.« Er sah, daß die Luftwaffensoldaten ihn anstarrten. »Worauf wartet ihr? Tankt den Hubschrauber auf.«
Noch bevor sich der Major einschalten konnte, entgegnete einer von ihnen unterwürfig: »Entschuldigen Sie, Exzellenz, aber das Armaturenbrett ist zum Teil zerstört, einige Instrumente sind defekt. Wir müssen die Maschine überprüfen, bevor wir sie fliegen können. Es wäre sicherer...«
»Der Ungläubige hat sie bei Tag und bei Nacht sicher geflogen und ist sicher gelandet. Warum könnt ihr sie nicht tagsüber fliegen?«
»Es wäre aber sicherer, sie zu kontrollieren, bevor wir sie fliegen, Exzellenz.«
»Sicherer? Wieso sicherer?« mischte sich ein *hezbollahi* grob ein und ging auf den Soldaten zu. »Wir sind in Allahs Hand und tun Allahs Werk. Willst du Allahs Werk verzögern und den Hubschrauber hierlassen?«
»Natürlich nicht...«
»Dann gehorche unserem Mullah und tank ihn auf! Und zwar gleich!«
»Ja, ja, selbstverständlich«, sagte der Soldat. »Wie Sie wünschen.« Die drei beeilten sich, der Aufforderung nachzukommen. Der türkische Major fand es empörend, wie der Soldat, ein Hauptmann, dem Rabauken parierte, der ihn jetzt herausfordernd anstarrte.
»Die Polizei untersteht dem Komitee, Aga«, erklärte der Mullah. »Die Polizei hat dem Satan Schah gedient und ist daher suspekt. Wo sind der Entführer und... die Schwester des Khans?« Einer der *hezbollahis* entsicherte seine Waffe.

»Tun Sie's nicht!« warnte ihn der Major. »Wenn auch nur einer von Ihnen abdrückt, gehen unsere Truppen über die Grenze und brennen alles zwischen Täbris und hier nieder.« Der Major war wütend.
»Es ist Allahs Wille!« Der Mullah – er hatte schwarze Augen und einen schwarzen Bart – starrte ihn entschlossen an. Er verachtete den Major und das liberale Regime, das dieser Mann und seine Uniform verkörperten. Jetzt Krieg oder später Krieg, für ihn lag darin kein Unterschied. Er war in Allahs Hand und tat Allahs Werk, und er und die Seinen würden siegen – über alle Grenzen hinweg. Aber jetzt war nicht der Zeitpunkt für einen Krieg. Es gab zu viel zu tun in Khoy: Die Linken mußten bezwungen, die Aufstände niedergeworfen, die Feinde des Imam vernichtet werden. Und dafür war hier in den Bergen ein Hubschrauber unbezahlbar.
»Ich möchte von unserem Eigentum Besitz ergreifen«, sagte er verbindlicher als bisher und deutete auf die Kennung. »Das ist unsere Registriernummer, der Beweis, daß der Hubschrauber unser Eigentum ist. Sie müssen wissen, daß die Maschine den Iran nicht hätte verlassen dürfen. Daher ist sie unser Eigentum. Die Vollmacht« – er deutete auf die Papiere, die der Major noch in der Hand hielt – »ist legal. Der Pilot hat die Frau entführt, und darum werden wir auch die beiden mitnehmen. Bitte.«
Der Major befand sich in einer heiklen Lage. Er konnte den Finnen und seine Frau unmöglich nur aufgrund eines Fetzens Papier an rechtswidrig eingedrungene Personen ausliefern. Das wäre eine grobe Pflichtverletzung und würde ihn, völlig zu Recht, den Kopf kosten. Wenn der Mullah also eine Entscheidung erzwingen wollte, würde er Widerstand leisten und das Polizeirevier verteidigen müssen. Dafür hatte er aber offensichtlich zu wenig Leute, weshalb er bei einer Konfrontation den kürzeren ziehen würde. Überdies zweifelte er nicht daran, daß der Mullah und seine *hezbollahis*, wenn es sein mußte, zu sterben bereit waren, er jedoch nicht.
Er beschloß zu pokern. »Der Entführer und Lady Azadeh wurden heute morgen nach Van überstellt. Dem Stand der Dame entsprechend hat die beiden die Armee in Gewahrsam genommen. Wegen einer Auslieferung müssen Sie sich daher an das Armeekommando wenden.«
Die Gesichtszüge des Mullah erstarrten.
»Woher sollen wir wissen, daß das keine Lüge ist?« brummte ein *hezbollahi* mürrisch. Der Major stürzte sich auf ihn, der junge Mann wich aber einen halben Meter zurück. Die *hezbollahis* hinter dem Mannschaftswagen legten an, und die bewaffneten Luftwaffensoldaten ließen sich erschrocken zu Boden fallen. Der Major hatte längst seinen Revolver gezogen.
»Halt!« rief der Mullah, und alle gehorchten ihm, sogar der Major, der wütend war, weil Stolz und Reflexe stärker gewesen waren als seine Selbstdisziplin. Der Mullah überlegte kurz und schien verschiedene Möglichkeiten in Erwägung zu ziehen. »Ja, das werden wir tun«, sagte er dann. »Wir werden uns mit Van in Verbindung setzen. Aber zuerst nehmen wir unser Eigentum mit und ziehen ab.«
Der Major bemühte sich, seine Erleichterung zu verbergen: Für ihn und seine

Vorgesetzten war der Hubschrauber wertlos, er stellte lediglich eine große Peinlichkeit dar. »Ich gebe zu, daß es Ihre Kennzeichen sind«, sagte er schroff. »Wessen Eigentum die Maschine ist, kann ich nicht feststellen. Wenn Sie mir eine Empfangsbestätigung unterzeichnen und den Eigentümer offenlassen, können Sie sie in Besitz nehmen und starten.«
»Ich werde den Empfang bestätigen.«
Auf die Rückseite der Vollmacht kritzelte der Major etwas, was ihn zufriedenstellte und vielleicht auch den Mullah zufriedenstellen würde. »Hier«, sagte er und reichte dem Mullah das Papier.
Mit kaum verhohlenem Hohn unterschrieb der Mullah, ohne die Bestätigung zu lesen. »Bist du jetzt soweit, Pilot?«
»Ja, Exzellenz, ja.« Der junge Luftwaffenhauptmann sah den Major an, und dieser las in seinen Augen schiere Verzweiflung – oder glaubte sie zumindest zu lesen. »Kann ich starten?«
»Selbstverständlich kannst du starten«, antwortete der Mullah gebieterisch. Sekunden später liefen bereits die Triebwerke und die Rotoren beschleunigten rasch. »Ali und Abrim, ihr fahrt mit dem Mannschaftswagen zum Stützpunkt zurück!«
Gehorsam stiegen die zwei jungen Männer zum Fahrer. Der Mullah bedeutete ihnen, sich auf den Weg zu machen, und den anderen, an Bord des Hubschraubers zu gehen. Er wartete, bis alle in der Kabine waren, nahm seine Kalaschnikow ab, setzte sich neben den Piloten und zog die Tür zu.
Die 212 trudelte davon. Zornig richtete der Sergeant seine Maschinenpistole auf den Hubschrauber. »Ich könnte diese mutterlosen Scheißkerle abschießen, Herr Major.«
»Ja, ja, das könnten wir.« Der Major nahm sein Zigarettenetui heraus. »Aber wir überlassen das lieber Allah. Vielleicht wird Er es für uns tun.« Er zündete sich eine Zigarette an. »Diesen Hunden wird man einmal Manieren beibringen und eine Lektion erteilen müssen.«
Er ging zum Polizeiauto und stieg ein. »Setz mich beim Gasthof ab!«

Im Gasthof. Azadeh beugte sich aus dem Fenster und sah zum Himmel auf. Sie hatte die 212 starten und abheben gehört und gab sich nun der unmöglichen Hoffnung hin, daß Erikki irgendwie entkommen war. »Allah, laß es wahr sein!« Dann sah sie das Polizeiauto kommen und vor dem Gasthof stehenbleiben. Der Major stieg aus und ordnete seine Uniform. Sie erblaßte. Energisch schloß sie das Fenster und setzte sich auf den Stuhl gegenüber der Tür, dem Bett nahe. Warten. Warten. Schritte. Die Tür ging auf. »Folgen Sie mir, bitte!«
Einen Augenblick lang verstand sie nicht. »Was?«
»Folgen Sie mir, bitte!«
»Wieso?« fragte sie argwöhnisch. Sie erwartete eine Falle und wollte ihre versteckte Hutnadel nicht aufgeben. »Was ist los? Fliegt mein Mann den Hubschrauber? Haben Sie ihn zurückgeschickt? Fliegt *er* die Maschine?«
»Nein, ihr Gatte ist auf dem Revier. Die Iraner waren da, um den Hubschrauber zu holen – und auch Sie und ihn.« Jetzt, da die Krise vorbei war, fühlte sich

der Major ausgezeichnet. »Der Hubschrauber ist im Iran registriert. Er hatte keine Erlaubnis, den Iran zu verlassen, also hatten die Burschen ein Recht darauf. Und jetzt kommen Sie mit!«
»Wohin?«
»Ich dachte, Sie wollen vielleicht Ihren Gatten sehen.« Dem Major machte es Spaß, sie zu beobachten. Er genoß die Spannung und fragte sich, wo sie ihre geheime Waffe hatte. Solche Frauen haben immer irgendeine Waffe oder ein Gift zur Hand, um einen unvorsichtigen Gewalttäter zu töten. Kein Problem, wenn man auf dergleichen vorbereitet ist und nicht schläft. »Also?«
»Sind... sind auf dem Revier Iraner?«
»Nein, wir sind hier in der Türkei, nicht im Iran. Es warten keine Fremden auf Sie. Kommen Sie, Sie haben nichts zu befürchten.«
»Ich... ich bin gleich unten. Sofort.«
»Das kann ich mir denken.« Er grinste. »Sie brauchen keine Tasche, nur Ihre Jacke. Beeilen Sie sich, bevor ich es mir überlege.« Sie maß ihn mit einem wütenden Blick, gehorchte aber und zog ihre Jacke an. Dann folgte sie ihm die Treppe hinunter. Von vielen Augen beobachtet, durchquerte sie an seiner Seite den Platz. Auf das Revier führte er sie in den gleichen Raum wie am Vortag. »Bitte, warten Sie hier!«
Er schloß die Tür und betrat das Büro. Der Sergeant hielt ihm den Telefonhörer hin. »Ich habe ihn am Draht, Effendi. Hauptmann Tanazak, diensthabender Offizier an der Grenze.«
»Hauptmann Tanazak? Hier spricht Major Ikail. Bis auf weiteres ist die Grenze für alle Mullahs und *hezbollahis* gesperrt. Verhaften Sie den Sergeanten, der vor zwei Stunden ein paar Iraner durchgelassen hat, und schicken Sie ihn unverzüglich nach Van. Ein iranischer Mannschaftswagen wird in Kürze auf dem Rückweg bei Ihnen durchkommen. Ordnen Sie an, daß der Wagen und die Insassen – sie sind bewaffnet! – 20 Stunden lang aufgehalten und Schikanen ausgesetzt werden. Was Sie angeht, Sie kommen vor ein Kriegsgericht, weil Sie es unterlassen haben, für die Einhaltung des Dauerbefehls in bezug auf die Einreise bewaffneter Ausländer zu sorgen.« Er legte den Hörer auf und warf einen Blick auf seine Uhr. »Steht der Wagen bereit?«
»Ja, Effendi.«
»Gut.« Vom Sergeanten gefolgt, stolzierte der Major durch die Tür, den Gang entlang bis zum Käfig. »Nun, Herr Pilot, wenn Sie ruhig und beherrscht sind und kein dummes Zeug mehr daherreden, bringe ich Ihnen Ihre Frau.«
»Wenn Sie oder sonst jemand sie angerührt hat – ich schwöre Ihnen, ich bringe denjenigen um und reiße ihn in Stücke!«
»Ich gebe ja zu, es ist nicht leicht, mit so einer Frau zu leben – außer man steckt sie in einen Harem. Mit einer Häßlichen gibt es weniger Probleme. Also, wollen Sie sie jetzt sehen oder nicht?«
»Was muß ich tun?«
»Ruhig sein, beherrscht sein und kein dummes Zeug mehr reden«, antwortete der Major ärgerlich. Dem Sergeanten sagte er auf türkisch: »Geh und bring sie!«

Erikki erwartete etwas Entsetzliches oder einen Trick, doch dann sah er am Ende des Ganges Azadeh, sah, daß sie gesund und munter war, und er hätte fast – wie sie – vor Erleichterung geweint.

»Oh, Erikki...«

»Jetzt hören Sie mir mal beide zu!« sagte der Major kurz angebunden. »Obwohl Sie uns eine Menge Scherereien bereitet haben, bin ich zu dem Schluß gekommen, daß Sie beide die Wahrheit sagen. Ich habe daher beschlossen, daß Sie unverzüglich und diskret unter Bewachung nach Istanbul geschickt, ebenso diskret Ihrem Botschafter übergeben und schließlich ganz diskret ausgewiesen werden.«

Verdutzt starrten sie ihn an. »Wir... sollen freigelassen werden?« fragte Azadeh und hielt sich an den Gitterstäben fest.

»Unverzüglich.«

»Aber... aber wieso? Wieso lassen Sie uns gehen?« stammelte Erikki, der dies alles noch nicht glauben konnte.

»Weil ich Sie beide geprüft habe und Sie beide die Prüfung bestanden haben. Sie haben keine Verbrechen begangen, die wir als solche werten würden. Ihre Schwüre müssen Sie mit Allah ausmachen, dafür ist kein Gerichtshof zuständig. Überdies – und zu Ihrem Glück – entsprach die Vollmacht, die uns die Iraner vorlegten, nicht den gesetzlichen Vorschriften, sie war daher für uns nicht bindend. Komitees!« Angewidert schüttelte er den Kopf und bemerkte erst jetzt, wie die beiden einander ansahen. Einen Augenblick lang erfüllte ihn Ehrfurcht, aber auch Neid.

Wie eigenartig, daß Hakim Khan es einem Komitee überlassen hatte, eine Vollmacht auszustellen, und nicht der Polizei. Mit einem polizeilichen Dokument hätten sie die Auslieferung der beiden auf legalem Weg erzwingen können. Er machte dem Sergeanten ein Zeichen. »Laß ihn raus! Ich erwarte Sie beide im Büro. Ich muß Ihnen ja noch Ihren Schmuck zurückgeben – und die zwei Messer.« Er entfernte sich.

Die Tür des Käfigs stand offen. Der Sergeant zögerte und folgte dann seinem Vorgesetzten. Weder Erikki noch Azadeh merkten, daß sie allein waren. Sie rührten sich nicht. Sie lächelten nur.

»*Inscha'Allah*?« flüsterte sie.

»Warum nicht?« Und dann sagte er: »Azadeh, ich möchte alles Böse hier zurücklassen. Können wir das? Wie steht es mit John Ross?«

Sie lächelte immer noch. »Ganz am Anfang unserer Beziehung habe ich dir erzählt, daß ich ihm begegnete, als ich noch sehr jung war.« Ihre sanfte Stimme täuschte über ihre Ängste hinweg. »Im Dorf und auch auf dem Stützpunkt hat er mir das Leben gerettet. Wenn ich ihn wiedersehe, werde ich ihm zulächeln und fröhlich sein. Das solltest du auch tun. Vergangen ist vergangen und sollte vergangen bleiben.« Das und ihn solltest du jetzt akzeptieren, dachte sie, sonst wird unsere Ehe bald unerträglich sein, und ich werde nach Täbris zurückkehren und ein neues Leben beginnen. Traurig aber wahr, das habe ich beschlossen. Ich werde dich nicht mehr an dein Versprechen erinnern, das du mir gegeben hast, bevor wir heirateten. Ich werde dich nicht

demütigen, aber wie gemein von dir, wenn du es vergessen hast. Ich verzeihe dir nur, weil ich dich liebe. »Erikki«, murmelte sie. »Laß die Vergangenheit vergangen sein. Bitte!«
Überwältigt von seiner eigenen Dummheit und Eifersucht, wich er ihrem flehenden Blick aus. Azadeh hat recht, dachte er, das ist doch alles vorbei. Azadeh hat recht, aber ich bin trotzdem sicher, daß sie ihn liebt. Von Zweifel geplagt, sah er ihr in die Augen, und in diesem Moment fiel in seinem Kopf eine Tür zu, er versperrte sie und warf den Schlüssel weg. Die alte Wärme durchströmte und reinigte ihn. »Du hast recht, und ich stimme dir bei. Ich liebe dich – für immer!« Er hob sie hoch und küßte sie, und sie erwiderte seine Küsse. Mühelos trug er sie den Gang entlang. »Was meinst du, gibt es in Istanbul eine Sauna? Glaubst du, daß er uns jetzt telefonieren läßt?«

Bahrain – Internationales Krankenhaus: 18 Uhr 03. Das Telefon summte gedämpft in McIvers Zimmer und weckte Genny aus ihren wohltuenden Träumereien auf der Veranda, während Mac in einem Lehnstuhl neben ihr weiterdöste. Sie stand lautlos auf, um ihn nicht zu wecken, und hob ab. »Hier bei Captain McIver«, meldete sie sich leise.
»Oh, entschuldigen Sie! Könnte ich Captain McIver sprechen? Ich bin Mr. Newburys Sekretär in Al Schargas. Mein Name ist Jones, Bertram Jones.«
»Tut mir leid, er schläft. Hier ist Mrs. McIver. Kann ich ihm etwas ausrichten?«
Ein Zögern und dann: »Ja, bitte. Ich habe hier ein Telex von unserem Botschafter in Teheran. Es lautet: ›Bitte informieren Sie Captain Duncan McIver von der IHC, daß, wie wir soeben erfahren haben, einer seiner Piloten, Tom Lochart, und dessen Frau bei einer Demonstration durch einen Unfall ums Leben gekommen sind.‹ Tut mir leid, daß ich Ihnen diese schlechte Nachricht übermitteln muß, Mrs. McIver.«
»Das... das geht schon in Ordnung. Vielen Dank! Ich werde es meinem Mann ausrichten.« Sie legte auf und erblickte sich in einem Spiegel. Ihr Gesicht hatte alle Farbe verloren. O Gott, wenn Duncan mich so sieht, weiß er sofort, daß...
»Wer war es, Gen?« rief McIver schlaftrunken von draußen herein.
»Nichts Wichtiges, Schatz. Schlaf weiter! Ich bin gleich wieder da.«
Sie ging ins Bad, schloß die Tür und spritzte sich Wasser ins Gesicht. Ich kann es ihm doch nicht sagen, ich soll doch auf ihn achten. Ob ich Andy anrufe? Ein Blick auf die Uhr. Zu spät. Er ist schon auf dem Flughafen. Ich werde zusammen mit Jean-Luc auf ihn warten. O Gott, o Gott, armer Tom, arme Scharazad!
Als sie wieder auf die Veranda kam, war McIver bereits eingeschlafen. Sie setzte sich und blickte in die untergehende Sonne, ohne sie zu sehen.

Flughafen Al Schargas: Sonnenuntergang. Rudi Lutz, Scragger und alle anderen warteten beim Flugsteig und starrten besorgt zur belebten Halle hinüber. »Letzter Aufruf für British Airways 532 nach Rom und London. Alle Reisenden bitte zum Flugsteig 2!«

Die Männer waren nervös. Scot wandte sich an Scragger. »Du willst das Fliegen wirklich aufgeben, Scrag?«
Der alte Pilot verzog sein verwittertes Gesicht. »Für ein Jahr, nur für ein Jahr. Bahrain tut mir verdammt gut. Kasigi ist ein feiner Kerl, und ich werde das Fliegen ja nicht ganz aufgeben, o nein! Das kann ich nicht, mein Sohn, es läuft mir kalt über den Rücken, wenn ich an so etwas auch nur denke.«
»So geht es mir auch, Scrag. In meinem Alter...« Er verstummte, als ein gereizter BA-Angestellter auf Lutz zugeeilt kam. »Captain Lutz, das ist jetzt der allerletzte Aufruf! Wir haben schon fünf Minuten Verspätung. Wir können nicht länger warten. Wenn Sie und Ihre Gruppe nicht unverzüglich an Bord kommen, fliegen wir ohne sie ab.«
»In Ordnung!« rief Lutz. »Scrag, sag Andy, wir haben so lange wie möglich auf ihn gewartet. Wenn Charlie es nicht schafft, wirf ihn doch einfach in den Bunker. Wäre diese verdammte Alitalia nicht so früh gekommen... Alle an Bord!« Er reichte der attraktiven Stewardeß seine Bordkarte, passierte die Sperre und wartete auf der anderen Seite, bis alle seine Freunde durch waren. Scot war der letzte. »He, Scrag, sag meinem alten Herrn: ›Was mich angeht, okay.‹«
»Mach ich, Sportsfreund.« Scragger winkte ihm nach, bis der junge Mann im Bereich der Sicherheitskontrolle verschwunden war. Dann eilte er zu seinem Flugsteig auf der anderen Seite des Terminals, wo Kasigi ihn schon erwartete. Seine Gesichtszüge erhellten sich, als er Pettikin Hand in Hand mit Paula durch die Menge eilen sah, 20 Schritte hinter ihnen Gavallan. Er bahnte sich einen Weg zu Pettikin.
»Menschenskind, Charlie!«
»Mecker mich nicht an, Scrag! Ich mußte auf Andy warten«, konterte Charlie. Er gab seine Bordkarte ab, warf Paula eine Kußhand zu, passierte die Sperre und war verschwunden.
»He, Paula, was gibt's Neues?«
Atemlos und freudestrahlend sah Paula ihn an und schob ihren Arm unter den seinen. »Charlie hat mich gebeten, seinen Urlaub mit ihm in Südafrika zu verbringen. Ich habe Verwandte in Kapstadt, eine Schwester mit ihrer Familie, und ich sagte, warum nicht?«
»Jawohl, warum nicht? Heißt das nun...«
»Tut mir leid, Scrag!« rief Gavallan und kam prustend auf sie zu. »Tut mir leid, ich war eine halbe Stunde am Telefon. Sieht so aus, als hätten wir den ExTex-Saudi-Vertrag und einen Teil der Nordsee verloren, aber was soll's?« Er strahlte und fühlte sich um zehn Jahre jünger. »Erikki hat angerufen, als ich schon durch die Tür war. Sie sind in Sicherheit. Er und Azadeh sind in der Türkei und...«
»Halleluja!« brüllte Scragger, und aus dem Warteraum folgten die Jubelrufe der anderen, die soeben von Pettikin die Freudenbotschaft erfahren hatten.
»... und dann rief mich auch noch ein Freund aus Japan an. Wieviel Zeit haben wir noch?«
»Sie haben Scot verpaßt. Er sagte, ich solle Ihnen ausrichten: ›Was mich angeht, okay.‹«

Gavallan lächelte. »Schön. Danke.« Er war nun wieder zu Atem gekommen. »Ich sehe Sie noch, Scragger. Warten Sie auf mich, Paula, ich bin gleich wieder da.« Er ging zum Informationsschalter der Japan Airlines. »Wann haben Sie den nächsten Flug von Bahrain nach Hongkong?«
Die junge Dame bediente den Computer. »Heute um 23 Uhr 42, Sayid.«
»Ausgezeichnet.« Gavallan holte seinen Flugschein heraus. »Streichen Sie bitte den British-Airways-Flug heute nacht nach London und geben Sie mir...« Mit dem alles durchdringenden Ruf zum Gebet erwachten die Lautsprecher zum Leben. Auf dem Flughafen breitete sich völlige Stille aus.

Im Zagros-Gebirge: Sonnenuntergang. Und hoch oben in den Bergen, Hunderte von Kilometern nördlich, glitt Hussain Kowissi von seinem Pferd und half seinem Sohn, das Kamel zum Knien zu bringen. Er trug einen Mantel aus gestreiftem Schafspelz über seinem schwarzen Gewand, einen weißen Turban und über den Rücken seine Kalaschnikow. Die beiden waren sehr ernst, das Gesicht des Jungen war aufgequollen von den vielen Tränen. Zusammen banden sie ihre Tiere an, holten ihre Gebetsteppiche hervor, wandten sich nach Mekka und begannen zu beten. Ein eisiger Wind zerrte an ihren Kleidern. Bald waren die Gebete beendet. »Wir werden hier übernachten, mein Sohn.«
»Ja, Vater.« Gehorsam half der Junge beim Abladen. Gestern war seine Mutter gestorben. »Wird Mutter schon im Paradies sein, wenn wir hinkommen?«
»Ich weiß es nicht, mein Sohn, aber ich denke schon.« Hussain verbannte den Kummer von seinem Gesicht. Die Geburt war lang und grausam gewesen. Er konnte nichts tun, um ihr zu helfen, nur ihre Hand halten und beten, daß Allah sie und das Kind schonen und daß die Hebamme geschickt sein würde. Die Hebamme war geschickt, das Kind aber dennoch eine Totgeburt. Die inneren Blutungen hörten nicht auf, und es geschah, wie es bestimmt war. »Wie es Allah gefällt«, hatte er gesagt. Doch das half ihm diesmal wenig. Er hatte sie und das totgeborene Kind begraben. In großer Betrübnis hatte er seinem Vetter – auch er ein Mullah – und dessen Frau seine zwei kleineren Söhne anvertraut und seinen Platz in der Moschee überlassen, bis die Gläubigen einen Nachfolger für ihn gefunden haben würden. Dann hatte er mit dem älteren Sohn Kowiss den Rücken gekehrt.
»Ich bin sehr hungrig, Vater«, meldete sich der Junge nun schüchtern.
»Ich auch, mein Sohn«, sagte Hussain gütig. »War es denn jemals anders?«
»Werden wir bald den Märtyrertod sterben?«
»Wie es Allah gefällt.«
»Warum sind wir von zu Hause fort, Vater? Und wohin gehen wir?«
»Zuerst nach Nordwesten, mein Sohn. Der Imam hat den Iran gerettet, aber die Moslems im Norden, im Süden, im Osten und im Westen sind von Feinden bedrängt. Sie brauchen Hilfe und Unterweisung und das Wort.«
»Hat dich der Imam, Allahs Friede sei mit ihm, ausgesandt?«
»Nein, nein, mein Sohn. Er befiehlt nichts, er unterweist nur. Ich gehe aus

freien Stücken, um Allahs Werk zu tun. Jetzt sind wir beide Soldaten Allahs.«
»Schön! Ich werde ein guter Soldat sein. Willst du mir noch einmal erklären, warum du diese Teufelsanbeter hast gehen lassen – die von unserem Stützpunkt, meine ich – und ihnen erlaubt, unsere Hubschrauber mitzunehmen?«
»Wegen ihres Anführers, wegen des Captains«, sagte Hussain geduldig. »Ich glaube, er war ein Werkzeug Allahs. Er hat mir die Augen für Allahs Botschaft geöffnet, daß ich das Leben und nicht das Martyrium anstreben soll. Und weil er mir eine unschlagbare Waffe gegen die Feinde des Islams, gegen Christen und Juden in die Hand gegeben hat: das Wissen, daß sie das einzelne menschliche Leben als sakrosankt ansehen.«
Der Junge unterdrückte ein Gähnen. »Was bedeutet sakrosankt?«
»Sie glauben, das Leben eines einzelnen Menschen sei von unschätzbarem Wert. Wir aber glauben, daß alles Leben von Allah kommt, Allah gehört und nur dann wertvoll ist, wenn es Allahs Werk vollbringt. Verstehst du das, mein Sohn?«
»Ich denke schon«, antwortete das Kind, das jetzt schon sehr müde war. »Wenn wir Allahs Werk verrichten, kommen wir ins Paradies, und das Paradies ist für immer.«
»Das ist richtig, mein Sohn. Wenn wir Gebrauch machen von dem, was uns dieser Pilot gelehrt hat, dann kann der Gläubige seinen Fuß auf die Nacken von zehn Millionen setzen. Wir werden dieses Wort verkünden, du und ich.«
Wie seltsam, dachte Hussain, daß ausgerechnet dieser Mensch, dieser Captain Starke, mir den Weg gewiesen hat. »Wir gehören weder dem Osten noch dem Westen an, nur dem Islam. Verstehst du das, mein Sohn?«
Doch er erhielt keine Antwort. Der kleine Junge schlief tief. Hussain nahm ihn in die Arme und betrachtete die sinkende Sonne. »Allah ist groß«, sagte er zu den Bergen, dem Himmel und der Nacht. »Es gibt nur einen einzigen Gott.«